HIPPOCRENE STANDARD DICTIONARY

# ENGLISH-SWEDISH SWEDISH-ENGLISH DICTIONARY

**Vincent Petti and Kerstin Petti**

**HIPPOCRENE BOOKS**
*New York*

*Second printing, 1992*


For information, address: Hippocrene Books, Inc., 171 Madison Avenue, New York NY 10016.

Printed in the United States of America.

ISBN 0-87052-871-8 (hbk) ISBN 0-87052-870-X (pbk)

# Preface

This compact two-way English-Swedish dictionary is intended for those needing a handy, reliable, up-to-date guide to English. It is suitable for schoolchildren, students and anyone who is interested in English and comes into contact with the language at work, touring abroad or, for example, watching English satellite television.

It has been specifically designed for a particular group, dictionary-users in Sweden. For instance in the Swedish-English section help is given in choosing the right translation by the clear division of the different senses using Swedish sense indicators. If one wants to know how the noun **resa** is to be translated into English, the following information is given:

**1 resa I** *s* speciellt till lands journey; till sjöss voyage, överresa crossing; vard., om alla slags resor trip; med bil ride, trip; med flyg flight

In the English-Swedish section this method is evidently unsuitable, since the user is here primarily trying to understand English texts or speech and not primarily translating. Instead illustrative examples are given, which immediately relate to the English context.

The dictionary covers the general range of vocabulary, both British and American. In the English-Swedish section there are 18 553 entries and 10 817 translated phrases and idioms, apart from 5 666 illustrative examples. In the Swedish-English section there are 23 301 entries and 9 458 examples and idioms. The reader is also given a great deal of grammatical information on inflected forms, plural forms etc.

All main entries are given in full on separate lines, for ease of reference. In spite of this and the relatively large range of the vocabulary, the dictionary is compact enough to have with one as a constant companion.

Other features include a useful map of Europe, a list of strong verbs, and weights and measures. The commonest pronunciations are supplied against each entry in the English-Swedish section, using the international phonetic alphabet and including American variants if they differ unpredictably from the British English pronunciation.

In making a dictionary, an editorial staff (which accumulates experience and provides continuity) together with the aid of a thoroughly worked-out computer system (which helps to provide consistency) are of paramount importance. We have been fortunate in having both at our disposal.

No dictionary is without its shortcomings: constructive suggestions for improvement are always welcome within the more concise range this dictionary offers. We can only hope that the reader will enjoy using it as much as we have enjoyed compiling it.

Happy word-hunting!

*Vincent and Kerstin Petti*
November 1987

# Förord

***Lilla engelska ordboken*** är avsedd för den som behöver en behändig, pålitlig engelsk-svensk/svensk-engelsk ordbok med modernt ordförråd. Den är lämplig för studerande på olika nivåer och för alla som är intresserade av engelska och kommer i kontakt med språket på arbetet, på utlandsresor eller t. ex. via satellit-TV.

***Lilla engelska ordboken*** är gjord speciellt för ordboksanvändare i Sverige. Detta innebär bl. a. att man i den svensk-engelska delen får hjälp att välja rätt översättning genom en överskådlig indelning med betydelsemarkeringar på svenska. Om man t. ex. vill veta vad substantivet *resa* heter på engelska hittar man följande:

**1 resa I** *s* speciellt till lands journey; till sjöss voyage, överresa crossing; vard., om alla slags resor trip; med bil ride, trip; med flyg flight

I den engelsk-svenska delen är denna metod inte så lämplig, eftersom man slår i den först och främst för att förstå engelska i tal eller skrift. Här ges i stället som vägledning väl valda exempel som direkt anknyter till det engelska sammanhanget.

***Lilla engelska ordboken*** täcker ett allmänt ordförråd, både brittisk och amerikansk engelska. Den engelsk-svenska delen omfattar 18 553 uppslagsord, 10 817 översatta fraser och idiomatiska uttryck samt 5 666 belysande språkexempel. I den svensk-engelska delen ingår 23 301 uppslagsord och 9 458 exempel och idiomatiska uttryck. Läsaren får också riklig grammatisk information såsom böjningsformer, pluralformer etc. För att det ska vara lätt att hitta i ordboken är alla uppslagsord helt utskrivna och står på egen rad. Trots detta och trots det relativt stora ordförrådet är formatet sådant att den är lätt att ha med överallt som ett ständigt stöd.

Ordboken innehåller också en Europakarta som ger översättningshjälp för viktiga geografiska namn. Dessutom ingår en förteckning över starka verb samt över aktuellt mått- och viktsystem. Den engelsk-svenska delen anger det vanligaste uttalet för varje uppslagsord. Amerikanska varianter anges om de skiljer sig från brittiskt engelskt uttal på ett oförutsebart sätt. Det internationella fonetiska alfabetet har använts.

När man gör en ordbok är två saker av yttersta betydelse: en redaktion som står för erfarenhet och kontinuitet, samt ett omsorgsfullt utarbetat datasystem. Vi har haft den stora glädjen att ha tillgång till bägge.

Ingen ordbok är helt utan brister. Vi tar gärna emot konstruktiva förslag och tips på förbättringar.

Vi har haft roligt när vi har arbetat fram *Lilla engelska ordboken* och hoppas nu att läsarna kommer att trivas med att använda den.

Happy word-hunting!

Stockholm november 1987
*Vincent Petti* *Kerstin Petti*

*Ordboken innehåller ett antal ord som har sitt ursprung i varumärken. Detta får inte feltolkas så, att ordens förekomst här och sättet att förklara dem skulle ändra varumärkenas karaktär av skyddade kännetecken eller kunna anföras som giltigt skäl att beröva innehavarna deras skyddade ensamrätt till de ifrågavarande beteckningarna.*

# ENGLISH-SWEDISH

# A

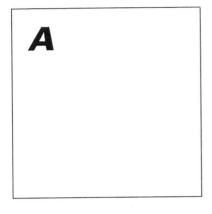

**A, a** [eɪ] *s* A, a; ***A flat*** mus. ass; ***A sharp*** mus. aiss

**a** el. framför vokal **an** [ə, respektive ən] *obest art* **1** en, ett **2** ***twice a day*** två gånger om dagen

**aback** [ə'bæk] *adv*, ***be taken*** ~ häpna

**abandon** [ə'bændən] **I** *tr* **1** ge upp [~ *an attempt*] **2** överge **II** *s*, ***with*** ~ uppsluppet

**abase** [ə'beɪs] *tr* förnedra

**abash** [ə'bæʃ] *tr* göra generad

**abate** [ə'beɪt] *itr* avta, mojna

**abbess** ['æbes] *s* abbedissa

**abbey** ['æbɪ] *s* kloster, klosterkyrka

**abbot** ['æbət] *s* abbot

**abbreviate** [ə'bri:vɪeɪt] *tr* förkorta

**abbreviation** [əˌbri:vɪ'eɪʃ(ə)n] *s* förkortning

**abdicate** ['æbdɪkeɪt] *itr tr* abdikera; avsäga sig [~ *the throne*]

**abdication** [ˌæbdɪ'keɪʃ(ə)n] *s* abdikation, avsägelse

**abdomen** ['æbdəmen] *s* buk, mage, underliv

**abduct** [æb'dʌkt] *tr* röva bort, enlevera

**aberration** [ˌæbə'reɪʃ(ə)n] *s* villfarelse; avvikelse; ***in a moment of*** ~ i ett anfall av sinnesförvirring

**abet** [ə'bet] *tr* medverka till brott

**abeyance** [ə'beɪəns] *s*, ***fall into*** ~ komma ur bruk

**abhor** [əb'hɔ:] *tr* avsky

**abhorrence** [əb'hɒr(ə)ns] *s* avsky, fasa

**abide** [ə'baɪd] *itr tr* **1** ~ ***by*** stå fast vid, foga sig efter **2** stå ut med

**abiding** [ə'baɪdɪŋ] *a* bestående, varaktig

**ability** [ə'bɪlətɪ] *s* skicklighet, duglighet; ***to the best of my*** ~ efter bästa förmåga; ***a man of*** ~ en begåvad man

**abject** ['æbdʒekt] *a* ynklig; usel

**ablaze** [ə'bleɪz] *adv* o. *a* i brand, i lågor

**able** ['eɪbl] *a* skicklig, duglig; ***be*** ~ ***to do a th.*** kunna göra ngt

**abnormal** [æb'nɔ:m(ə)l] *a* abnorm, onormal

**aboard** [ə'bɔ:d] *adv* o. *prep* ombord, ombord på

**abolish** [ə'bɒlɪʃ] *tr* avskaffa

**abolition** [ˌæbə'lɪʃ(ə)n] *s* avskaffande

**abominable** [ə'bɒmɪnəbl] *a* avskyvärd

**abominate** [ə'bɒmɪneɪt] *tr* avsky

**aboriginal** [ˌæbə'rɪdʒənl] **I** *a* ursprunglig **II** *s* urinvånare

**aborigine** [ˌæbə'rɪdʒɪnɪ] (pl. *aborigines* [ˌæbə'rɪdʒɪni:z]) *s* urinvånare

**abortion** [ə'bɔ:ʃ(ə)n] *s* abort; missfall

**abortive** [ə'bɔ:tɪv] *a* misslyckad

**abound** [ə'baʊnd] *itr* finnas i överflöd; ~ ***in (with)*** vimla av

**about** [ə'baʊt] **I** *prep* **1** omkring i (på) **2** på sig [*I have no money* ~ *me*]; hos [*there's something* ~ *him I don't like*] **3** om [*tell me* ~ *it*]; ***be*** ~ handla om; ***what (how)*** ~...? hur är det med...?, hur skulle det smaka med...?; ska vi...? **4** sysselsatt med; ***while you are*** ~ ***it*** medan du ändå håller på **5** omkring, ungefär, cirka **II** *adv* **1** omkring, runt **2** ute, i rörelse, i farten; ***be*** ~ finnas; ***be out and*** ~ el. ***be*** ~ vara uppe (igång, i farten) **3** ungefär, nästan; ***be*** ~ ***to*** + infinitiv stå i begrepp att

**about-turn** [ə'baʊt'tɜ:n] *s* helomvändning

**above** [ə'bʌv] **I** *prep* över, ovanför; ~ ***all*** framför allt; ***over and*** ~ förutom **II** *adv* ovan, ovanför; upptill

**above-board** [ə'bʌv'bɔ:d] *a* öppen, ärlig

**above-mentioned** [əˌbʌv'menʃ(ə)nd] *a* ovannämnd

**abreast** [ə'brest] *adv* i bredd, bredvid varandra; ~ ***of (with)*** i jämnhöjd med; ~ ***of the times*** med sin tid

**abridge** [ə'brɪdʒ] *tr* förkorta, korta av

**abroad** [ə'brɔ:d] *adv* **1** utomlands, i (till) utlandet **2** ***there is a rumour*** ~ det går ett rykte

**abrupt** [ə'brʌpt] *a* tvär, abrupt; brysk

**abscess** ['æbsɪs] *s* böld, bulnad

**abscond** [əb'skɒnd] *itr* avvika, rymma

**absence** ['æbs(ə)ns] *s* frånvaro

**absent** ['æbs(ə)nt] *a* frånvarande

**absentee** [ˌæbs(ə)n'ti:] *s* frånvarande

**absent-minded** ['æbs(ə)nt'maɪndɪd] *a* tankspridd
**absolute** ['æbsəlu:t] *a* absolut; total; ren, komplett [*an ~ fool*]
**absolutely** ['æbsəlu:tlɪ] *adv* absolut; helt
**absolve** [əb'zɒlv] *tr* frikänna; frita
**absorb** [əb'sɔ:b] *tr* **1** absorbera; införliva **2** helt uppta; ***be absorbed in*** vara försjunken i
**absorbent** [əb'sɔ:bənt] *a* absorberande
**absorbing** [əb'sɔ:bɪŋ] *a* absorberande; bildl. fängslande
**absorption** [əb'sɔ:pʃ(ə)n] *s* **1** absorbering **2** försjunkenhet
**abstain** [əb'steɪn] *itr* avstå; avhålla sig
**abstemious** [æb'sti:mjəs] *a* återhållsam
**abstention** [əb'stenʃ(ə)n] *s* **1** *~ **from voting*** el. ~ röstnedläggelse **2** återhållsamhet
**abstinence** ['æbstɪnəns] *s* avhållsamhet, återhållsamhet
**abstinent** ['æbstɪnənt] *a* avhållsam, återhållsam
**abstract** ['æbstrækt] *a* abstrakt
**abstruse** [æb'stru:s] *a* svårfattlig, dunkel
**absurd** [əb'sɜ:d] *a* orimlig, absurd
**absurdity** [əb'sɜ:dətɪ] *s* orimlighet, absurditet
**abundance** [ə'bʌndəns] *s* överflöd, stor mängd; rikedom
**abundant** [ə'bʌndənt] *a* överflödande, riklig; rik [*in* på]
**abuse** [substantiv ə'bju:s, verb ə'bju:z] **I** *s* **1** missbruk **2** ovett **II** *tr* **1** missbruka **2** skymfa
**abusive** [ə'bju:sɪv] *a* ovettig, smädlig
**abyss** [ə'bɪs] *s* avgrund
**academic** [,ækə'demɪk] **I** *a* akademisk **II** *s* akademiker
**academy** [ə'kædəmɪ] *s* akademi
**accede** [æk'si:d] *itr, ~ **to*** a) tillträda ämbete b) gå med på
**accelerate** [ək'seləreɪt] *tr itr* accelerera
**acceleration** [ək,selə'reɪʃ(ə)n] *s* acceleration
**accelerator** [ək'seləreɪtə] *s* gaspedal; fys., kem. accelerator
**accent** [substantiv 'æks(ə)nt, verb æk'sent] **I** *s* **1** betoning, tonvikt **2** accent, brytning **3** accenttecken **II** *tr* betona
**accentuate** [æk'sentjʊeɪt] *tr* betona, accentuera
**accept** [ək'sept] *tr* anta, acceptera; godta
**acceptable** [ək'septəbl] *a* antagbar, acceptabel; godtagbar
**acceptance** [ək'sept(ə)ns] *s* antagande, accepterande; godtagande
**access** ['ækses] *s* tillträde; tillgång
**accessible** [ək'sesəbl] *a* tillgänglig
**accessory** [ək'sesərɪ] *s* **1** pl. ***accessories*** tillbehör, accessoarer **2** medbrottsling
**accidence** ['æksɪd(ə)ns] *s* språkv. formlära
**accident** ['æksɪd(ə)nt] *s* **1** tillfällighet; ***by ~*** av en händelse (slump) **2** olycksfall, olycka
**accidental** [,æksɪ'dentl] *a* tillfällig, oavsiktlig
**acclaim** [ə'kleɪm] *tr* hylla
**acclamation** [,æklə'meɪʃ(ə)n] *s, **~s*** bifallsrop
**acclimatize** [ə'klaɪmətaɪz] *tr* acklimatisera
**accommodate** [ə'kɒmədeɪt] *tr* inhysa, logera, inkvartera
**accommodating** [ə'kɒmədeɪtɪŋ] *a* tillmötesgående
**accommodation** [ə,kɒmə'deɪʃ(ə)n] *s* bostad, husrum, logi
**accompaniment** [ə'kʌmpənɪmənt] *s* tillbehör; mus. ackompanjemang
**accompanist** [ə'kʌmpənɪst] *s* ackompanjatör
**accompany** [ə'kʌmpənɪ] *tr* åtfölja, följa med; beledsaga; mus. ackompanjera
**accomplice** [ə'kɒmplɪs] *s* medbrottsling
**accomplish** [ə'kɒmplɪʃ] *tr* utföra, uträtta
**accomplished** [ə'kɒmplɪʃt] *a* fulländad; fint bildad
**accomplishment** [ə'kɒmplɪʃmənt] *s* **1** utförande, uträttande **2** prestation; ***~s*** talanger
**accord** [ə'kɔ:d] **I** *tr* bevilja **II** *s* **1** samstämmighet; ***with one ~*** enhälligt **2** överenskommelse **3** ***of one's own ~*** självmant
**accordance** [ə'kɔ:d(ə)ns] *s, **in ~ with*** i överensstämmelse med
**according** [ə'kɔ:dɪŋ], ***~ to*** preposition enligt, efter [*~ to circumstances*]
**accordingly** [ə'kɔ:dɪŋlɪ] *adv* **1** i enlighet därmed, därefter **2** följaktligen
**accordion** [ə'kɔ:djən] *s* dragspel
**accost** [ə'kɒst] *tr* gå fram till och tilltala; antasta
**account** [ə'kaʊnt] **I** *tr itr, **~ for*** redovisa, redovisa för; ***that ~s for it*** det förklarar saken **II** *s* **1** räkning, konto; pl. ***~s*** räkenskaper; ***settle ~s with a p.*** bildl. göra upp räkningen med ngn; ***on one's own ~*** för egen räkning; ***on that ~*** för den sakens skull; ***on no ~*** el. ***not on any ~*** på inga villkor; ***on ~ of*** på grund av **2** redovisning; ***call (bring) a p. to ~*** ställa ngn till svars **3** uppskattning; ***leave out of ~***

lämna ur räkningen; ***take into*** ~ ta med i beräkningen; ***of no*** ~ utan betydelse **4** berättelse, redogörelse; ***by all*** ~***s*** efter allt vad man har hört
**accountable** [ə'kauntəbl] *a* ansvarig
**accountant** [ə'kauntənt] *s* räkenskapsförare; ***chartered*** (amer. ***certified public***) ~ auktoriserad revisor
**accredit** [ə'kredɪt] *tr* ackreditera [*to* hos]
**accrue** [ə'kru:] *itr* **1** tillfalla [*to a p.* ngn] **2** växa till; ***accrued interest*** upplupen ränta
**accumulate** [ə'kju:mjʊleɪt] *tr itr* samla, ackumulera; hopa sig, ackumuleras
**accumulation** [əˌkju:mjʊ'leɪʃ(ə)n] *s* anhopning, ackumulation; samlande
**accuracy** ['ækjʊrəsɪ] *s* exakthet, precision
**accurate** ['ækjʊrət] *a* exakt, precis
**accusation** [ˌækju:'zeɪʃ(ə)n] *s* anklagelse
**accusative** [ə'kju:zətɪv] *s* ackusativ
**accuse** [ə'kju:z] *tr* anklaga [*of* för]
**accustom** [ə'kʌstəm] *tr* vänja [*to* vid]
**accustomed** [ə'kʌstəmd] *a* van [*to* vid]
**ace** [eɪs] *s* ess, äss
**acetone** ['æsɪtəʊn] *s* aceton
**ache** [eɪk] **I** *itr* värka **II** *s* värk
**achieve** [ə'tʃi:v] *tr* **1** uträtta; åstadkomma **2** uppnå
**achievement** [ə'tʃi:vmənt] *s* prestation, insats
**Achilles** [ə'kɪli:z] Akilles; ***Achilles' heel*** akilleshäl
**acid** ['æsɪd] **I** *a* sur **II** *s* syra
**acknowledge** [ək'nɒlɪdʒ] *tr* **1** erkänna **2** kännas vid
**acknowledgement** [ək'nɒlɪdʒmənt] *s* erkännande
**acme** ['ækmɪ] *s* höjdpunkt
**acorn** ['eɪkɔ:n] *s* ekollon
**acoustic** [ə'ku:stɪk] *a* o. **acoustical** [ə'ku:stɪk(ə)l] *a* akustisk
**acoustics** [ə'ku:stɪks] *s* akustik
**acquaint** [ə'kweɪnt] *tr*, ***be acquainted with*** vara bekant med; vara insatt i
**acquaintance** [ə'kweɪnt(ə)ns] *s* **1** bekantskap [*with* med]; kännedom [*with* om] **2** bekant
**acquiesce** [ˌækwɪ'es] *itr* samtycka [*in* till]
**acquire** [ə'kwaɪə] *tr* förvärva, skaffa sig
**acquirement** [ə'kwaɪəmənt] *s* **1** förvärvande **2** pl. ~***s*** färdigheter, talanger
**acquisition** [ˌækwɪ'zɪʃ(ə)n] *s* förvärvande; förvärv
**acquit** [ə'kwɪt] *tr* frikänna [*of* från]
**acquittal** [ə'kwɪtl] *s* frikännande
**acre** ['eɪkə] *s* ytmått 'acre' (4 047 $m^2$), ungefär tunnland
**acrid** ['ækrɪd] *a* bitter, skarp; kärv, frän
**acrimonious** [ˌækrɪ'məʊnjəs] *a* bitter, frän [~ *dispute*]
**acrobat** ['ækrəbæt] *s* akrobat
**acrobatic** [ˌækrə'bætɪk] *a* akrobatisk
**across** [ə'krɒs] **I** *adv* över; på tvären **II** *prep* över, tvärsöver, genom
**act** [ækt] **I** *s* **1** handling; ***caught in the*** ~ tagen på bar gärning **2** beslut [*Act of Parliament*]; lag **3** teat. akt; nummer [*a circus* ~] **II** *itr* **1** handla; agera **2** fungera [*as* som] **3** teat. spela
**acting** ['æktɪŋ] **I** *a* tillförordnad [~ *headmaster*] **II** *s* teat. spel, spelsätt
**action** ['ækʃ(ə)n] *s* **1** handling, aktion; agerande; ***take*** ~ ingripa **2** inverkan; verkan [*the* ~ *of the drug*] **3** funktion; ***put out of*** ~ sätta ur funktion
**activate** ['æktɪveɪt] *tr* aktivera
**active** ['æktɪv] **I** *a* aktiv; verksam; livlig **II** *s* gram., ***the*** ~ aktiv
**activity** [æk'tɪvətɪ] *s* **1** aktivitet, verksamhet **2** pl. ***activities*** verksamhet, sysselsättningar
**actor** ['æktə] *s* skådespelare, aktör
**actress** ['æktrəs] *s* skådespelerska, aktris
**actual** ['æktʃʊəl] *a* faktisk, verklig; ***in*** ~ ***fact*** i själva verket
**actually** ['æktʃʊəlɪ] *adv* egentligen, i själva verket, faktiskt
**acumen** ['ækjʊmen] *s* skarpsinne
**acute** [ə'kju:t] *a* **1** akut **2** skarp, häftig; fin
**ad** [æd] *s* vard. (kortform för *advertisement*) annons
**A.D.** ['eɪ'di:, 'ænəʊ'dɒmɪnaɪ] (förk. för *Anno Domini*) e. Kr.
**adapt** [ə'dæpt] *tr* lämpa, anpassa; bearbeta
**adaptable** [ə'dæptəbl] *a* anpassningsbar
**adaptation** [ˌædæp'teɪʃ(ə)n] *s* anpassning; bearbetning
**add** [æd] *tr itr* tillägga; tillsätta; addera, summera [*up* ihop]; ~ ***to*** öka, förhöja
**added** ['ædɪd] *a* ökad, extra
**adder** ['ædə] *s* huggorm
**addict** [verb ə'dɪkt, substantiv 'ædɪkt] **I** *tr*, ***be addicted to*** vara begiven på **II** *s*, ***drug (dope)*** ~ narkoman
**addition** [ə'dɪʃ(ə)n] *s* **1** tillägg, tilläggande; ***in*** ~ dessutom; ***in*** ~ ***to*** förutom **2** mat. addition
**additional** [ə'dɪʃənl] *a* ytterligare; extra
**address** [ə'dres] **I** *tr* vända sig till, tilltala; adressera **II** *refl*, ~ ***oneself to*** vända sig till **III** *s* adress; offentligt tal
**addressee** [ˌædre'si:] *s* adressat

**adduce** [ə'dju:s] *tr* anföra, andraga
**adenoids** ['ædənɔɪdz] *s pl* polyper
**adept** ['ædept] *a* skicklig [*at* i], erfaren
**adequate** ['ædɪkwət] *a* tillräcklig; fullgod, adekvat
**adhere** [əd'hɪə] *itr*, ~ *to* a) sitta fast vid b) stå fast vid
**adherent** [əd'hɪər(ə)nt] *s* anhängare [*of*]
**adhesive** [əd'hi:sɪv] *a* självhäftande, häft- [~ *plaster*]; ~ *tape* tejp
**adjacent** [ə'dʒeɪs(ə)nt] *a* angränsande
**adjective** ['ædʒɪktɪv] *s* adjektiv
**adjoin** [ə'dʒɔɪn] *tr itr* gränsa till, gränsa till varandra
**adjoining** [ə'dʒɔɪnɪŋ] *a* angränsande
**adjourn** [ə'dʒɜ:n] *tr itr* ajournera, ajournera sig
**adjust** [ə'dʒʌst] *tr* rätta, rätta till; justera
**adjustable** [ə'dʒʌstəbl] *a* inställbar, justerbar
**adjustment** [ə'dʒʌstmənt] *s* inställning, justering
**ad-lib** ['æd'lɪb] *tr itr* vard. improvisera
**administer** [əd'mɪnɪstə] *tr* administrera, förvalta
**administration** [əd,mɪnɪs'treɪʃ(ə)n] *s* administrering, förvaltning; administration
**administrative** [əd'mɪnɪstrətɪv] *a* administrativ, förvaltande
**administrator** [əd'mɪnɪstreɪtə] *s* förvaltare; administratör
**admirable** ['ædmərəbl] *a* beundransvärd
**admiral** ['ædmər(ə)l] *s* amiral
**admiration** [,ædmə'reɪʃ(ə)n] *s* beundran
**admire** [əd'maɪə] *tr* beundra
**admirer** [əd'maɪərə] *s* beundrare
**admission** [əd'mɪʃ(ə)n] *s* **1** tillträde; inträde; intagning **2** medgivande
**admit** [əd'mɪt] *tr itr* **1** släppa in; anta **2** ha plats för **3** medge **4** ~ *of* tillåta; ~ *to* erkänna
**admittance** [əd'mɪt(ə)ns] *s* inträde; *no* ~ tillträde förbjudet
**admonish** [əd'mɒnɪʃ] *tr* tillrättavisa
**admonition** [,ædmə'nɪʃ(ə)n] *s* tillrättavisning
**ado** [ə'du:] *s* ståhej, väsen; *without further* ~ utan vidare spisning
**adolescence** [,ædə'lesns] *s* uppväxttid, ungdomstid ungefär mellan 13 och 19 år
**adolescent** [,ædə'lesnt] *s* ung människa ungefär mellan 13 och 19 år, ungdom
**adopt** [ə'dɒpt] *tr* **1** införa; anta, godkänna **2** adoptera
**adoption** [ə'dɒpʃ(ə)n] *s* **1** införande; antagande, godkännande **2** adoptering
**adorable** [ə'dɔ:rəbl] *a* vard. förtjusande
**adoration** [,ædə'reɪʃ(ə)n] *s* dyrkan
**adore** [ə'dɔ:] *tr* dyrka; vard. avguda
**adorn** [ə'dɔ:n] *tr* pryda, smycka
**adornment** [ə'dɔ:nmənt] *s* prydande; prydnad
**adrenaline** [ə'drenəlɪn] *s* adrenalin
**adrift** [ə'drɪft] *adv* o. *a* på drift
**adroit** [ə'drɔɪt] *a* skicklig; händig
**adult** ['ædʌlt, ə'dʌlt] *a* o. *s* vuxen
**adultery** [ə'dʌltərɪ] *s* äktenskapsbrott
**advance** [əd'vɑ:ns] **I** *tr itr* **1** flytta fram (framåt); gå framåt, avancera; göra framsteg **2** avancera, bli befordrad **3** förskottera lån **II** *s* **1** framryckande; framsteg; närmande **2** förskott **3** stegring i pris **4** *in* ~ på förhand, i förväg, i förskott
**advanced** [əd'vɑ:nst] *a* **1** långt framskriden; ~ *in years* ålderstigen **2** avancerad [~ *ideas*]
**advancement** [əd'vɑ:nsmənt] *s* befordran; främjande
**advantage** [əd'vɑ:ntɪdʒ] *s* fördel äv. i tennis; förmån; *have the* ~ *of* ha övertaget över; *take* ~ *of* utnyttja
**advantageous** [,ædvən'teɪdʒəs] *a* fördelaktig, förmånlig
**adventure** [əd'ventʃə] *s* äventyr
**adventurer** [əd'ventʃərə] *s* äventyrare
**adventurous** [əd'ventʃərəs] *a* äventyrslysten
**adverb** ['ædvɜ:b] *s* adverb
**adversary** ['ædvəsərɪ] *s* motståndare
**adverse** ['ædvɜ:s] *a* **1** ogynnsam **2** kritisk [~ *comments*]
**advert** ['ædvɜ:t] *s* vard. (kortform för *advertisement*) annons
**advertise** ['ædvətaɪz] *tr itr* annonsera, göra reklam för; göra reklam
**advertisement** [əd'vɜ:tɪsmənt] *s* **1** annons **2** reklam; annonsering
**advertiser** ['ædvətaɪzə] *s* annonsör
**advertising** ['ædvətaɪzɪŋ] *s* annonsering, reklam; ~ *agency* annonsbyrå
**advice** [əd'vaɪs] *s* råd; *a piece (bit, word) of* ~ ett råd
**advisable** [əd'vaɪzəbl] *a* tillrådlig
**advise** [əd'vaɪz] *tr* råda [*on* angående, i]; ~ *against* avråda från
**adviser** [əd'vaɪzə] *s* rådgivare
**advisory** [əd'vaɪzərɪ] *a* rådgivande
**advocate** [substantiv 'ædvəkət, verb 'ædvəkeɪt] **I** *s* förespråkare [*of* för] **II** *tr* förespråka
**aerial** ['eərɪəl] **I** *a* luft-, flyg- [~ *photograph*] **II** *s* antenn

**aerodrome** ['eərədrəʊm] *s* flygfält, flygplats
**aeroplane** ['eərəpleɪn] *s* flygplan
**aesthetic** [i:s'θetɪk] *a* estetisk
**afar** [ə'fɑ:] *adv*, ***from*** ~ ur fjärran
**affable** ['æfəbl] *a* förbindlig, vänlig
**affair** [ə'feə] *s* **1** angelägenhet, sak, affär **2** ***have an*** ~ ***with a p.*** ha ett förhållande (en kärleksaffär) med ngn
**1 affect** [ə'fekt] *tr* **1** beröra, påverka; drabba, angripa **2** göra intryck på, röra
**2 affect** [ə'fekt] *tr* låtsas ha (känna)
**affectation** [ˌæfek'teɪʃ(ə)n] *s* tillgjordhet
**1 affected** [ə'fektɪd] *a* **1** angripen **2** rörd, gripen [*by* av] **3** påverkad
**2 affected** [ə'fektɪd] *a* tillgjord, affekterad
**affection** [ə'fekʃ(ə)n] *s* tillgivenhet, ömhet
**affectionate** [ə'fekʃənət] *a* tillgiven, öm
**affectionately** [ə'fekʃənətlɪ] *adv* tillgivet; ***Yours*** ~ i brev Din (Er) tillgivne
**affinity** [ə'fɪnətɪ] *s* släktskap; frändskap
**affirm** [ə'fɜ:m] *tr itr* försäkra, bestämt påstå; intyga
**affirmative** [ə'fɜ:mətɪv] *a* o. *s* bekräftande; ***answer in the*** ~ svara jakande
**affix** [ə'fɪks] *tr* fästa [~ *a stamp to an envelope*]
**afflict** [ə'flɪkt] *tr* plåga, hemsöka, drabba
**affliction** [ə'flɪkʃ(ə)n] *s* **1** bedrövelse; lidande, sjukdom **2** hemsökelse; olycka
**affluence** ['æflʊəns] *s* rikedom, välstånd
**affluent** ['æflʊənt] *a* rik, förmögen; ***the*** ~ ***society*** överflödssamhället
**afford** [ə'fɔ:d] *tr* **1** ***I can*** ~ ***it*** jag har råd med det **2** ge, bereda [~ *great pleasure*]
**affront** [ə'frʌnt] **I** *tr* skymfa **II** *s* skymf
**Afghanistan** [æf'gænɪstɑ:n]
**Afghanistani** [æfˌgænɪ'stɑ:nɪ] *s* afghan
**afloat** [ə'fləʊt] *adv* o. *a* flytande; i gång; i omlopp
**afoot** [ə'fʊt] *adv* o. *a* i (på) gång [*plans are* ~]
**afraid** [ə'freɪd] *a* rädd [*of* för]; ***I'm*** ~ ***not*** tyvärr inte
**afresh** [ə'freʃ] *adv* ånyo, på nytt
**Africa** ['æfrɪkə] Afrika
**African** ['æfrɪkən] **I** *s* afrikan **II** *a* afrikansk
**Afro-Asian** [ˌæfrəʊ'eɪʃ(ə)n] *a* afroasiatisk
**aft** [ɑ:ft] *adv* sjö. akter ut (över)
**after** ['ɑ:ftə] **I** *adv* o. *prep* efter; bakom; ~ ***all*** när allt kommer omkring, ändå **II** *konj* sedan
**after-effect** ['ɑ:ftərɪˌfekt] *s* efterverkning
**aftermath** ['ɑ:ftəmæθ] *s* efterdyningar
**afternoon** ['ɑ:ftə'nu:n] *s* eftermiddag
**afters** ['ɑ:ftəz] *s pl* vard. efterrätt
**afterwards** ['ɑ:ftəwədz] *adv* efteråt
**again** [ə'gen, ə'geɪn] *adv* **1** igen, åter; ~ ***and*** ~ el. ***time and*** ~ gång på gång; ***never*** ~ aldrig mer; ***over*** ~ omigen **2** däremot, å andra sidan
**against** [ə'genst, ə'geɪnst] *prep* mot, emot; intill
**age** [eɪdʒ] **I** *s* **1** ålder; ***old*** ~ ålderdom, ålderdomen; ***come of*** ~ bli myndig; ***ten years of*** ~ tio år gammal; ***under*** ~ minderårig **2** tid [*the Ice Age*]; ***the atomic*** ~ atomåldern; ***the Middle Ages*** medeltiden **3** ***for*** ~***s*** i (på) evigheter **II** *itr tr* åldras; göra gammal
**aged** [ betydelse *1* eɪdʒd, betydelse *2* 'eɪdʒɪd] *a* **1** i en ålder av; ***a man*** ~ ***forty*** en fyrtioårig man **2** åldrig, ålderstigen; ***the*** ~ de gamla
**ageing** ['eɪdʒɪŋ] *a* åldrande
**agency** ['eɪdʒənsɪ] *s* **1** agentur; byrå **2** förmedling **3** inverkan
**agenda** [ə'dʒendə] *s* dagordning
**agent** ['eɪdʒ(ə)nt] *s* **1** agent, ombud **2** medel [*chemical* ~]
**aggrandize** [ə'grændaɪz] *tr* förstora, upphöja
**aggravate** ['ægrəveɪt] *tr* **1** förvärra **2** vard. reta, förarga
**aggravating** ['ægrəveɪtɪŋ] *a* **1** försvårande **2** vard. retsam, förarglig
**aggregate** ['ægrɪgət] *s* summa; ***in the*** ~ totalt
**aggression** [ə'greʃ(ə)n] *s* aggression
**aggressive** [ə'gresɪv] *a* aggressiv
**aggressor** [ə'gresə] *s* angripare
**aggrieved** [ə'gri:vd] *a* sårad, kränkt
**aghast** [ə'gɑ:st] *a* förskräckt, bestört
**agile** ['ædʒaɪl, amer. 'ædʒəl] *a* vig, rörlig
**agility** [ə'dʒɪlətɪ] *s* vighet, rörlighet
**agitate** ['ædʒɪteɪt] *tr itr* uppröra; agitera [*for* för]
**agitation** [ˌædʒɪ'teɪʃ(ə)n] *s* oro; agitation
**agitator** ['ædʒɪteɪtə] *s* agitator, uppviglare
**ago** [ə'gəʊ] *adv* för . . . sedan; ***it was years*** ~ det var för flera år sedan; ***as long*** ~ ***as 1960*** redan 1960
**agonize** ['ægənaɪz] *tr* pina
**agonizing** ['ægənaɪzɪŋ] *a* kvalfull, upprivande
**agony** ['ægənɪ] *s* vånda; svåra plågor

**agree** [ə'gri:] *itr tr* **1** samtycka **2** komma (vara) överens **3** passa, stämma
**agreeable** [ə'grɪəbl] *a* **1** angenäm **2** vard. villig
**agreement** [ə'gri:mənt] *s* **1** överenskommelse, avtal; ***make (come to) an ~ with a p.*** komma överens med ngn **2** överensstämmelse; enighet
**agricultural** [ˌægrɪ'kʌltʃər(ə)l] *a* jordbruks-
**agriculture** ['ægrɪkʌltʃə] *s* jordbruk
**aground** [ə'graʊnd] *adv* o. *a* på grund
**ahead** [ə'hed] *adv* o. *a* före; framåt; ***straight ~*** rakt fram; ***~ of*** framför; före; ***go ~!*** sätt i gång!, fortsätt!
**aid** [eɪd] **I** *tr* hjälpa, bistå **II** *s* hjälp, bistånd; hjälpmedel [*visual ~*]; ***hearing ~*** hörapparat
**aide-de-camp** ['eɪddə'kɒŋ] *s* mil. adjutant
**Aids** [eɪdz] *s* med. aids
**ail** [eɪl] *itr*, ***be ailing*** vara krasslig
**ailment** ['eɪlmənt] *s* krämpa, sjukdom
**aim** [eɪm] **I** *tr itr* sikta med [*~ a gun at* (på)]; ***~ at*** sikta på, sträva efter **II** *s* **1** ***take ~*** ta sikte [*at* på] **2** mål, målsättning; avsikt
**ain't** [eɪnt] ovårdat el. dial. för *am (are, is) not*; *have not* el. *has not*
**1 air** [eə] **I** *s* **1** luft; ***by ~*** per (med) flyg; ***go by ~*** flyga; ***on the ~*** i radio (TV) **2** flyg-, luft-; ***the Royal Air Force*** (förk. *R.A.F.*) brittiska flygvapnet **II** *tr* vädra, lufta
**2 air** [eə] *s* **1** utseende; ***an ~ of luxury*** en luxuös prägel **2** min; ***give oneself (put on) ~s*** spela förnäm
**3 air** [eə] *s* melodi
**air-conditioning** ['eəkənˌdɪʃənɪŋ] *s* luftkonditionering
**aircraft** ['eəkrɑ:ft] (pl. lika) *s* flygplan; ***~ carrier*** hangarfartyg
**airfield** ['eəfi:ld] *s* flygfält
**air-force** ['eəfɔ:s] *s* flygvapen
**airgun** ['eəgʌn] *s* luftgevär, luftbössa
**air-hostess** ['eəˌhəʊstɪs] *s* flygvärdinna
**air-letter** ['eəˌletə] *s* aerogram
**airlift** ['eəlɪft] *s* luftbro
**airline** ['eəlaɪn] *s* **1** flyglinje **2** flygbolag
**airliner** ['eəˌlaɪnə] *s* trafikflygplan
**airmail** ['eəmeɪl] *s* flygpost
**airman** ['eəmən] *s* flygare
**airplane** ['eəpleɪn] *s* amer. flygplan
**air-pocket** ['eəˌpɒkɪt] *s* luftgrop
**airport** ['eəpɔ:t] *s* flygplats
**airproof** ['eəpru:f] *a* lufttät
**air-raid** ['eəreɪd] *s* flygräd, flyganfall
**air-route** ['eəru:t] *s* flygväg, luftled
**airstrip** ['eəstrɪp] *s* start- och landningsbana
**airtight** ['eətaɪt] *a* lufttät
**airway** ['eəweɪ] *s* **1** flyg. luftled **2** flygbolag
**airy** ['eərɪ] *a* **1** luftig **2** lättsinnig, nonchalant
**aisle** [aɪl] *s* sidoskepp i kyrka; mittgång, gång mellan bänkrader
**ajar** [ə'dʒɑ:] *adv* på glänt
**akin** [ə'kɪn] *a* släkt, besläktad [*to* med]
**alarm** [ə'lɑ:m] **I** *s* **1** larmsignal, larm; ***give the ~*** slå larm **2** oro **3** väckarklocka **II** *tr* **1** larma **2** oroa
**alarm-clock** [ə'lɑ:mklɒk] *s* väckarklocka
**alarming** [ə'lɑ:mɪŋ] *a* oroväckande
**alas** [ə'læs] *interj* ack, tyvärr
**Albania** [æl'beɪnjə] Albanien
**Albanian** [æl'beɪnjən] **I** *s* **1** alban **2** albanska språket **II** *a* albansk
**albino** [æl'bi:nəʊ] *s* albino
**album** ['ælbəm] *s* album, skivalbum
**albumen** ['ælbjʊmɪn] *s* äggvita; äggviteämne
**alcohol** ['ælkəhɒl] *s* alkohol, sprit
**alcoholic** [ˌælkə'hɒlɪk] **I** *a* alkoholhaltig **II** *s* alkoholist
**alcoholism** ['ælkəhɒlɪz(ə)m] *s* alkoholism
**alcove** ['ælkəʊv] *s* alkov, nisch
**alert** [ə'lɜ:t] **I** *a* vaken, på alerten **II** *s* **1** flyglarm **2** ***on the ~*** på utkik **III** *tr* larma
**algebra** ['ældʒɪbrə] *s* algebra
**Algeria** [æl'dʒɪərɪə] Algeriet
**Algerian** [æl'dʒɪərɪən] **I** *s* algerier **II** *a* algerisk
**Algiers** [æl'dʒɪəz] Alger
**alias** ['eɪlɪæs] *adv* o. *s* alias
**alibi** ['ælɪbaɪ] *s* alibi
**alien** ['eɪljən] **I** *a* utländsk; främmande [*to* för] **II** *s* främling; utlänning
**alienate** ['eɪljəneɪt] *tr* fjärma; stöta bort
**1 alight** [ə'laɪt] *itr* stiga av; landa
**2 alight** [ə'laɪt] *a* upptänd, tänd; ***catch ~*** ta eld
**align** [ə'laɪn] *tr* ställa upp i rät linje, rikta, rikta in
**alike** [ə'laɪk] **I** *a* lik, lika **II** *adv* på samma sätt
**alimony** ['ælɪmənɪ] *s* underhåll, understöd
**alive** [ə'laɪv] *a* **1** i livet, vid liv; levande [*be buried ~*] **2** ***be ~ to*** vara medveten om
**alkali** ['ælkəlaɪ] *s* alkali
**alkaline** ['ælkəlaɪn] *a* alkalisk
**all** [ɔ:l] **I** *a* o. *pron* **1** all, allt, alla; ***~ at once*** alla (allt) på en gång; ***~ but*** a) alla (allt)

utom b) nästan; ***three*** ~ tre lika; ***not at*** ~ inte alls; ***not at ~!*** ingen orsak!; ***once and for*** ~ en gång för alla; ***in*** ~ inalles; ***best of*** ~ allra bäst **2** hela [~ *the*, ~ *my* etc.] **3** hel- [~ *wool*]; **II** *adv* alldeles, helt och hållet; ~ ***along*** a) preposition utefter hela b) adverb hela tiden [*I knew it ~ along*]; ~ ***at once*** plötsligen; ***go*** ~ ***out*** ta ut sig helt; ~ ***over*** a) preposition över hela b) adverb över hela kroppen; ***that is Tom*** ~ ***over*** det är typiskt Tom, sådan är Tom; ***it's*** ~ ***over (up) with him*** det är ute med honom; ***it's (it's quite )*** ~ ***right*** a) det går bra b) för all del, det gör ingenting; ***it will be*** ~ ***right*** det ordnar sig nog; ~ ***the more*** så mycket (desto) mera; ~ ***the same*** ändå, i alla fall; ***it's*** ~ ***the same to me*** det gör mig detsamma

**allay** [ə'leɪ] *tr* stilla; mildra

**allegation** [ˌælɪ'geɪʃ(ə)n] *s* anklagelse; beskyllning

**allege** [ə'ledʒ] *tr* anföra, uppge; påstå

**allegiance** [ə'li:dʒ(ə)ns] *s* tro och lydnad; lojalitet

**allergic** [ə'lɜ:dʒɪk] *a* allergisk [*to* mot]

**allergy** ['ælədʒɪ] *s* allergi

**alleviate** [ə'li:vɪeɪt] *tr* lindra, mildra

**alleviation** [əˌli:vɪ'eɪʃ(ə)n] *s* lindring

**alley** ['ælɪ] *s* **1** gränd; ***blind*** ~ återvändsgränd **2** allé, gång speciellt i park **3** kägelbana, bowlingbana

**alliance** [ə'laɪəns] *s* förbund; allians

**allied** [ə'laɪd, attributivt 'ælaɪd] *a* släkt [*to, with* med]; allierad

**alligator** ['ælɪgeɪtə] *s* alligator

**all-in** ['ɔ:l'ɪn] *a* **1** allomfattande; ~ ***wrestling*** fribrottning **2** vard. slutkörd

**allocate** ['æləkeɪt] *tr* tilldela, fördela; anslå

**allocation** [ˌælə'keɪʃ(ə)n] *s* tilldelning

**allot** [ə'lɒt] *tr* fördela; tilldela

**allow** [ə'laʊ] *tr itr* **1** tillåta, låta; bevilja, ge **2** ~ ***for*** ta i betraktande, räkna med **3** ~ ***of*** medge, tillåta

**allowance** [ə'laʊəns] *s* **1** underhåll; anslag, bidrag **2** ranson, tilldelning **3** avdrag, rabatt **4** ***make*** ~ ***for*** el. ***make ~s for*** ta hänsyn till

**alloy** ['ælɔɪ] *s* legering

**all-round** ['ɔ:l'raʊnd] *a* mångsidig

**allude** [ə'lu:d] *itr*, ~ ***to*** hänsyfta på

**allure** [ə'ljʊə] *tr* locka; tjusa

**allurement** [ə'ljʊəmənt] *s* lockelse

**alluring** [ə'ljʊərɪŋ] *a* lockande, förförisk

**allusion** [ə'lu:ʒ(ə)n] *s* anspelning

**ally** [verb ə'laɪ, substantiv 'ælaɪ] **I** *tr* förena, alliera **II** *s* bundsförvant, allierad

**almanac** ['ɔ:lmənæk] *s* almanack, kalender

**almighty** [ɔ:l'maɪtɪ] *a* allsmäktig; vard. väldig; ***God Almighty!*** vard. herregud!

**almond** ['ɑ:mənd] *s* mandel

**almost** ['ɔ:lməʊst] *adv* nästan, nära

**alms** [ɑ:mz] *s* allmosa, allmosor

**aloft** [ə'lɒft] *adv* o. *a* i höjden; upp, uppåt, högt upp, till väders

**alone** [ə'ləʊn] **I** *a* ensam **II** *adv* endast

**along** [ə'lɒŋ] **I** *prep* längs; ~ ***the street*** längs gatan, gatan fram **II** *adv* **1** framåt, åstad **2** ***come ~!*** kom nu!, raska på! **3** ~ ***with*** tillsammans med, jämte **4** ***all*** ~ hela tiden

**alongside** [ə'lɒŋ'saɪd] **I** *adv* vid sidan; ~ ***of*** långsides med **II** *prep* vid sidan av

**aloof** [ə'lu:f] *adv* o. *a* reserverad; ***stand*** ~ hålla sig undan

**aloud** [ə'laʊd] *adv* högt, med hög röst

**alpaca** [æl'pækə] *s* alpacka

**alphabet** ['ælfəbet] *s* alfabet

**alphabetical** [ˌælfə'betɪk(ə)l] *a* alfabetisk

**alpine** ['ælpaɪn] *a* alpin, alpinsk

**already** [ɔ:l'redɪ] *adv* redan

**Alsatian** [æl'seɪʃjən] *s* schäfer

**also** ['ɔ:lsəʊ] *adv* också, även

**altar** ['ɔ:ltə] *s* altare

**alter** ['ɔ:ltə] *tr itr* förändra, ändra; förändras

**alteration** [ˌɔ:ltə'reɪʃ(ə)n] *s* förändring, ändring

**alternate** [adjektiv ɔ:l'tɜ:nət, verb 'ɔ:ltəneɪt] **I** *a* omväxlande, alternerande **II** *tr* låta växla, växla

**alternately** [ɔ:l'tɜ:nətlɪ] *adv* omväxlande, växelvis

**alternation** [ˌɔ:ltə'neɪʃ(ə)n] *s* växling

**alternative** [ɔ:l'tɜ:nətɪv] *a* o. *s* alternativ

**alternator** ['ɔ:ltəneɪtə] *s* elektr. växelströmsgenerator; omformare

**although** [ɔ:l'ðəʊ] *konj* fastän, även om

**altitude** ['æltɪtju:d] *s* höjd

**altogether** [ˌɔ:ltə'geðə] **I** *adv* helt och hållet, alldeles; sammanlagt **II** *s* vard., ***in the*** ~ spritt naken

**alum** ['æləm] *s* alun

**aluminium** [ˌælj ʊ'mɪnjəm] *s* aluminium

**aluminum** [ə'lu:mənəm] *s* amer. aluminium

**always** ['ɔ:lweɪz, 'ɔ:lwəz] *adv* alltid, jämt

**am** [æm, obetonat əm] ***I am*** jag är; se vidare *be*

**a.m.** ['eɪ'em] förk. f.m., på förmiddagen (morgonen)

**amalgamate** [ə'mælgəmeɪt] *tr itr* amalgamera; slå (slås) samman
**amass** [ə'mæs] *tr* hopa, lägga på hög
**amateur** ['æmətə, ˌæmə'tɜ:] *s* amatör
**amateurish** [ˌæmə'tɜ:rɪʃ] *a* amatörmässig
**amaze** [ə'meɪz] *tr* förbluffa, göra häpen
**amazement** [ə'meɪzmənt] *s* häpnad
**amazing** [ə'meɪzɪŋ] *a* häpnadsväckande
**ambassador** [æm'bæsədə] *s* ambassadör
**amber** ['æmbə] *s* bärnsten
**ambiguous** [æm'bɪgjʊəs] *a* tvetydig
**ambition** [æm'bɪʃ(ə)n] *s* ärelystnad; ambition
**ambitious** [æm'bɪʃəs] *a* ärelysten; ambitiös
**amble** ['æmbl] *itr* gå i passgång; lunka
**ambulance** ['æmbjʊləns] *s* ambulans
**ambush** ['æmbʊʃ] **I** *s* bakhåll **II** *tr* överfalla från bakhåll
**ameliorate** [ə'mi:ljəreɪt] *tr* förbättra
**amen** ['ɑ:'men, 'eɪ'men] *interj* amen!
**amenable** [ə'mi:nəbl] *a* foglig, medgörlig
**amend** [ə'mend] *tr* rätta
**amendment** [ə'mendmənt] *s* rättelse; ändringsförslag
**amends** [ə'mendz] *s*, ***make ~ for*** gottgöra
**amenity** [ə'mi:nətɪ] *s* behag, behaglighet; bekvämlighet
**America** [ə'merɪkə] Amerika
**American** [ə'merɪkən] **I** *a* amerikansk **II** *s* amerikan
**amethyst** ['æmɪθɪst] *s* ametist
**amiable** ['eɪmjəbl] *a* vänlig, älskvärd
**amicable** ['æmɪkəbl] *a* vänskaplig, vänlig
**amid** [ə'mɪd] *prep* mitt i, ibland
**amidst** [ə'mɪdst] *prep* mitt i, ibland
**amiss** [ə'mɪs] *adv* o. *a* på tok, fel; ***not ~*** inte illa; ***take it ~*** ta illa upp
**amity** ['æmətɪ] *s* vänskap; vänskaplighet
**ammonia** [ə'məʊnjə] *s* ammoniak
**ammonium** [ə'məʊnjəm] *s* ammonium
**ammunition** [ˌæmjʊ'nɪʃ(ə)n] *s* ammunition
**amnesty** ['æmnəstɪ] *s* amnesti, benådning
**among** [ə'mʌŋ] *prep* bland, ibland
**amongst** [ə'mʌŋst] *prep* bland, ibland
**amorous** ['æmərəs] *a* amorös; kärleksfull
**amount** [ə'maʊnt] **I** *itr*, ***~ to*** a) belöpa sig till b) vara detsamma som **II** *s* **1** belopp **2** mängd; ***any ~ of*** massvis med
**ampere** ['æmpeə] *s* ampere
**amphibious** [æm'fɪbɪəs] *a* amfibisk
**ample** ['æmpl] *a* rymlig; fyllig; riklig; fullt tillräcklig
**amplify** ['æmplɪfaɪ] *tr* utvidga; förstärka
**amply** ['æmplɪ] *adv* rikligt, mer än nog
**amputate** ['æmpjʊteɪt] *tr* amputera
**amputation** [ˌæmpjʊ'teɪʃ(ə)n] *s* amputering
**amuck** [ə'mʌk] *adv*, ***run ~*** löpa amok
**amulet** ['æmjʊlət] *s* amulett
**amuse** [ə'mju:z] *tr* roa, underhålla
**amusement** [ə'mju:zmənt] *s* nöje; ***~ park (ground)*** nöjesfält, tivoli
**amusing** [ə'mju:zɪŋ] *a* lustig, rolig
**an** [ən, n, betonat æn] *obest art* se *a*
**anachronism** [ə'nækrənɪz(ə)m] *s* anakronism
**anaemia** [ə'ni:mjə] *s* blodbrist, anemi
**anaemic** [ə'ni:mɪk] *a* blodfattig, anemisk
**anaesthesia** [ˌænɪs'θi:zjə] *s* bedövning
**anaesthetic** [ˌænɪs'θetɪk] *s* bedövningsmedel; narkos
**anal** ['eɪn(ə)l] *a* anal
**analogy** [ə'nælədʒɪ] *s* analogi
**analyse** ['ænəlaɪz] *tr* analysera
**analysis** [ə'næləsɪs] (pl. *analyses* [ə'næləsi:z]) *s* analys
**analyst** ['ænəlɪst] *s* analytiker
**analytic** [ˌænə'lɪtɪk] *a* o. **analytical** [ˌænə'lɪtɪk(ə)l] *a* analytisk
**anarchy** ['ænəkɪ] *s* anarki
**anatomy** [ə'nætəmɪ] *s* anatomi
**ancestor** ['ænsəstə] *s* stamfader; pl. *~s* förfäder
**ancestry** ['ænsəstrɪ] *s* börd, anor; förfäder
**anchor** ['æŋkə] **I** *s* ankare; ***weigh ~*** lätta ankar **II** *tr itr* förankra, ankra
**anchorage** ['æŋkərɪdʒ] *s* ankarplats
**anchovy** ['æntʃəvɪ, æn'tʃəʊvɪ] *s* sardell
**ancient** ['eɪnʃ(ə)nt] *a* forntida, gammal, forn
**and** [ənd, ən, betonat ænd] *konj* och; ***~ so on*** el. ***~ so forth*** och så vidare (osv.)
**anecdote** ['ænɪkdəʊt] *s* anekdot
**anemone** [ə'nemənɪ] *s* anemon
**anew** [ə'nju:] *adv* ånyo, på nytt
**angel** ['eɪndʒ(ə)l] *s* ängel
**angelic** [æn'dʒelɪk] *a* änglalik
**anger** ['æŋgə] **I** *s* vrede, ilska **II** *tr* reta upp
**angina** [æn'dʒaɪnə] *s* med. angina
**1 angle** ['æŋgl] *s* vinkel; hörn; synvinkel
**2 angle** ['æŋgl] *itr* meta, fiska med krok
**angler** ['æŋglə] *s* metare, sportfiskare
**angling** ['æŋglɪŋ] *s* metning, mete
**Anglo-American** ['æŋgləʊə'merɪkən] **I** *s* angloamerikan **II** *a* engelsk-amerikansk
**Anglo-Saxon** ['æŋgləʊ'sæksən] *a* anglosaxisk; fornengelsk
**Anglo-Swedish** ['æŋgləʊ'swi:dɪʃ] *a* engelsk-svensk

**Angola** [æŋ'gəʊlə]
**Angolan** [æŋ'gəʊlən] **I** *s* angolan **II** *a* angolansk
**angry** ['æŋgrɪ] *a* ond, arg, ilsken
**anguish** ['æŋgwɪʃ] *s* pina, vånda, ångest
**angular** ['æŋgjʊlə] *a* kantig; vinklig
**aniline** ['ænɪli:n] *s* anilin; ~ ***dye*** anilinfärg
**animal** ['ænəm(ə)l] **I** *s* djur **II** *a* djur-, animalisk
**animate** ['ænɪmeɪt] *tr* **1** ge liv åt **2** liva upp; ***animated discussion*** livlig (animerad) diskussion **3** ***animated cartoon*** tecknad film
**animation** [,ænɪ'meɪʃ(ə)n] *s* livlighet, liv
**animosity** [,ænɪ'mɒsətɪ] *s* förbittring, animositet
**ankle** ['æŋkl] *s* vrist, fotled, ankel
**annex** ['æneks] *s* annex; tillbyggnad
**annexation** [,ænek'seɪʃ(ə)n] *s* annektering
**annihilate** [ə'naɪəleɪt] *tr* tillintetgöra
**annihilation** [ə,naɪə'leɪʃ(ə)n] *s* tillintetgörelse
**anniversary** [,ænɪ'vɜ:sərɪ] *s* årsdag
**annotate** ['ænəteɪt] *tr* kommentera
**annotation** [,ænə'teɪʃ(ə)n] *s* anteckning
**announce** [ə'naʊns] *tr* tillkännage, kungöra, meddela
**announcement** [ə'naʊnsmənt] *s* tillkännagivande, kungörelse
**announcer** [ə'naʊnsə] *s* radio., TV. hallåman (hallåa)
**annoy** [ə'nɔɪ] *tr* förarga, reta
**annoyance** [ə'nɔɪəns] *s* förargelse, förtret
**annoying** [ə'nɔɪɪŋ] *a* förarglig, retsam
**annual** ['ænjʊəl] *a* årlig; ettårig
**annually** ['ænjʊəlɪ] *adv* årligen; årsvis
**annuity** [ə'nju:ətɪ] *s* livränta; tidsränta
**annul** [ə'nʌl] *tr* annullera, upphäva
**anonymity** [,ænə'nɪmətɪ] *s* anonymitet
**anonymous** [ə'nɒnɪməs] *a* anonym
**another** [ə'nʌðə] *indef pron* **1** en annan **2** en till **3** ***one*** ~ varandra
**answer** ['ɑ:nsə] **I** *s* svar [*to* på] **II** *tr itr* svara [*to* på]; besvara, svara på; stå till svars för; ~ ***the bell (door)*** gå och öppna
**answerable** ['ɑ:nsərəbl] *a* ansvarig [*to* inför]
**ant** [ænt] *s* myra
**antagonism** [æn'tægənɪz(ə)m] *s* fiendskap; antagonism
**antagonist** [æn'tægənɪst] *s* motståndare, antagonist
**antagonize** [æn'tægənaɪz] *tr* egga (reta) upp
**antarctic** [ænt'ɑ:ktɪk] **I** *a* antarktisk; ***the Antarctic Ocean*** Södra ishavet **II** *s*, ***the Antarctic*** Antarktis
**antecedent** [,æntɪ'si:d(ə)nt] *s* föregångare [*of* till]
**antelope** ['æntɪləʊp] *s* antilop
**antenna** [æn'tenə] *s* antenn
**anterior** [æn'tɪərɪə] *a* föregående
**anthem** ['ænθəm] *s*, ***national*** ~ nationalsång
**ant-hill** ['ænthɪl] *s* myrstack
**anthology** [æn'θɒlədʒɪ] *s* antologi
**anthropologist** [,ænθrə'pɒlədʒɪst] *s* antropolog
**anthropology** [,ænθrə'pɒlədʒɪ] *s* antropologi
**anti-aircraft** ['æntɪ'eəkrɑ:ft] *a* luftvärns-
**antibiotic** ['æntɪbaɪ'ɒtɪk] **I** *s* antibiotikum **II** *a* antibiotisk
**antic** ['æntɪk] *s*, pl. ~***s*** upptåg
**anticipate** [æn'tɪsɪpeɪt] *tr* förutse, vänta sig; förekomma, föregripa
**anticipation** [æn,tɪsɪ'peɪʃ(ə)n] *s* förväntan; föregripande; ***in*** ~ i förväg
**anti-clockwise** ['æntɪ'klɒkwaɪz] *adv* moturs
**antidote** ['æntɪdəʊt] *s* motgift, antidot
**antifreeze** ['æntɪfri:z] *s* kylarvätska
**antipathy** [æn'tɪpəθɪ] *s* motvilja, antipati
**anti-pollution** ['æntɪpə'lu:ʃ(ə)n] *a*, ~ ***campaign*** miljövårdskampanj
**antiquated** ['æntɪkweɪtɪd] *a* föråldrad
**antique** [æn'ti:k] **I** *a* antik; forntida; föråldrad **II** *s* antikvitet
**antiquity** [æn'tɪkwətɪ] *s* **1** uråldrighet **2** antiken
**antiseptic** [,æntɪ'septɪk] **I** *a* antiseptisk **II** *s* antiseptiskt medel
**antisocial** ['æntɪ'səʊʃ(ə)l] *a* asocial
**antler** ['æntlə] *s* horn på hjortdjur
**anus** ['eɪnəs] *s* anus, analöppning
**anvil** ['ænvɪl] *s* städ
**anxiety** [æŋ'zaɪətɪ] *s* ängslan, bekymmer
**anxious** ['æŋʃəs] *a* ängslig, orolig; angelägen
**any** ['enɪ] *indef pron* **1** någon, något, några **2** vilken (vilket, vilka) som helst, varje [~ *child knows that*]
**anybody** ['enɪ,bɒdɪ] *indef pron* **1** någon [*has* ~ *been here?*] **2** vem som helst
**anyhow** ['enɪhaʊ] *adv* **1** på något sätt **2** i alla (varje) fall **3** lite hur som helst
**anyone** ['enɪwʌn] *indef pron* = *anybody*
**anything** ['enɪθɪŋ] *indef pron* **1** något, någonting **2** vad som helst; ~ ***but pleasant*** allt annat än trevlig; ***not for*** ~ inte för allt i världen; ***easy as*** ~ hur lätt som helst

**anyway** ['enɪweɪ] *adv* = *anyhow*
**anywhere** ['enɪweə] *adv* **1** någonstans; ~ *else* någon annanstans; *not ~ near so good* inte på långt när så bra **2** var som helst
**apart** [ə'pɑ:t] *adv* **1** åt sidan, avsides; *joking ~* skämt åsido **2** fristående, för sig själv; *~ from* frånsett; *I can't tell them ~* jag kan inte skilja på dem **3** isär, ifrån varandra
**apartheid** [ə'pɑ:theɪt, ə'pɑ:thaɪt] *s* apartheid [~ *policy* (politik)]
**apartment** [ə'pɑ:tmənt] *s* **1** pl. *~s* möblerad våning, möblerade rum **2** speciellt amer. våning, lägenhet; ~ *house* hyreshus
**apathetic** [,æpə'θetɪk] *a* apatisk; likgiltig
**apathy** ['æpəθɪ] *s* apati; likgiltighet
**ape** [eɪp] **I** *s* svanslös apa **II** *tr* apa efter, härma
**aperitive** [ə'perɪtɪv] *s* aperitif
**aperture** ['æpətjʊə] *s* öppning
**apex** ['eɪpeks] *s* spets, topp
**apiece** [ə'pi:s] *adv* per styck; per man
**apologetic** [ə,pɒlə'dʒetɪk] *a* ursäktande
**apologize** [ə'pɒlədʒaɪz] *itr* be om ursäkt
**apology** [ə'pɒlədʒɪ] *s* ursäkt
**apoplectic** [,æpə'plektɪk] *a* apoplektisk; *~ fit (stroke)* slaganfall
**apoplexy** ['æpəpleksɪ] *s* apoplexi, slag; *fit of ~* slaganfall
**apostle** [ə'pɒsl] *s* apostel
**apostrophe** [ə'pɒstrəfɪ] *s* apostrof
**appal** [ə'pɔ:l] *tr* förfära, förskräcka; *appalling* skrämmande, förfärlig
**apparatus** [,æpə'reɪtəs] *s* apparat; apparatur; redskap
**apparel** [ə'pær(ə)l] *s* poet. o. amer. dräkt, kläder
**apparent** [ə'pær(ə)nt] *a* synbar, uppenbar
**apparently** [ə'pær(ə)ntlɪ] *adv* synbarligen, uppenbarligen
**apparition** [,æpə'rɪʃ(ə)n] *s* andesyn; spöke
**appeal** [ə'pi:l] **I** *itr* **1** vädja **2** ~ *against* överklaga **3** ~ *to* tilltala, falla i smaken **II** *s* **1** vädjan; appell **2** jur. överklagande; *court of ~* appellationsdomstol **3** lockelse, attraktion
**appealing** [ə'pi:lɪŋ] *a* **1** lockande, tilltalande, attraktiv **2** vädjande
**appear** [ə'pɪə] *itr* **1** visa sig; framträda, uppträda; komma ut, publiceras **2** synas, tyckas, verka
**appearance** [ə'pɪər(ə)ns] *s* **1** framträdande, uppträdande; *put in an ~* visa sig, infinna sig **2** utgivning, publicering **3** utseende; *keep up ~s* bevara skenet
**appease** [ə'pi:z] *tr* stilla [~ *one's hunger*], blidka genom eftergifter
**appendicitis** [ə,pendɪ'saɪtɪs] *s* blindtarmsinflammation
**appendix** [ə'pendɪks] *s* **1** bihang, bilaga **2** blindtarmen
**appetite** ['æpətaɪt] *s* aptit, matlust
**appetizing** ['æpətaɪzɪŋ] *a* aptitretande
**applaud** [ə'plɔ:d] *tr itr* applådera
**applause** [ə'plɔ:z] *s* applåder; *loud ~* en stark applåd
**apple** ['æpl] *s* äpple
**appliance** [ə'plaɪəns] *s* anordning, apparat
**applicable** ['æplɪkəbl] *a* tillämplig
**applicant** ['æplɪkənt] *s* sökande [*for* till]
**application** [,æplɪ'keɪʃ(ə)n] *s* **1** ansökan [*for* om]; *on ~* på begäran **2** anbringande, applicering; tillämpning
**apply** [ə'plaɪ] *tr itr* **1** anbringa, applicera; använda, tillämpa; vara tillämplig [*to* på] **2** ansöka [*to a p.* hos någon, *for a th.* om ngt]
**appoint** [ə'pɔɪnt] *tr* **1** bestämma, fastställa **2** utnämna, förordna
**appointment** [ə'pɔɪntmənt] *s* **1** avtalat möte, träff **2** utnämning **3** anställning, befattning
**appreciable** [ə'pri:ʃəbl] *a* märkbar
**appreciate** [ə'pri:ʃɪeɪt] *tr itr* **1** uppskatta, värdera **2** inse **3** stiga i värde
**appreciation** [ə,pri:ʃɪ'eɪʃ(ə)n] *s* **1** uppskattning **2** uppfattning; förståelse [*of* för] **3** värdestegring
**appreciative** [ə'pri:ʃjətɪv] *a* uppskattande
**apprehend** [,æprɪ'hend] *tr* **1** anhålla **2** uppfatta
**apprehension** [,æprɪ'henʃ(ə)n] *s* **1** anhållande **2** farhåga; oro
**apprehensive** [,æprɪ'hensɪv] *a* ängslig
**apprentice** [ə'prentɪs] **I** *s* lärling **II** *tr* sätta i lära
**approach** [ə'prəʊtʃ] **I** *itr tr* närma sig; söka kontakt med **II** *s* **1** närmande **2** infart, infartsväg **3** inställning
**approachable** [ə'prəʊtʃəbl] *a* åtkomlig
**approbation** [,æprə'beɪʃ(ə)n] *s* gillande
**appropriate** [adjektiv ə'prəʊprɪət, verb ə'prəʊprɪeɪt] **I** *a* lämplig, passande **II** *tr* anslå; tillägna sig
**approval** [ə'pru:v(ə)l] *s* gillande; godkännande; *on ~* till påseende
**approve** [ə'pru:v] *itr tr* **1** ~ *of* gilla, samtycka till **2** godkänna [~ *a decision*]

**approximate** [adjektiv ə'prɒksɪmət, verb ə'prɒksɪmeɪt] **I** *a* **1** approximativ, ungefärlig **2** ~ *to* närmande sig, liknande, likartad **II** *tr itr* närma sig
**approximately** [ə'prɒksɪmətlɪ] *adv* ungefär, cirka
**apricot** ['eɪprɪkɒt] *s* aprikos
**April** ['eɪpr(ə)l] *s* april
**apron** ['eɪpr(ə)n] *s* förkläde
**apt** [æpt] *a* lämplig; träffande; benägen
**aptitude** ['æptɪtju:d] *s* anlag
**aquarium** [ə'kweərɪəm] *s* akvarium
**Aquarius** [ə'kweərɪəs] astrol. Vattumannen
**aquatic** [ə'kwætɪk] *a* som växer (lever) i vatten
**Arab** ['ærəb] **I** *s* arab **II** *a* arabisk
**Arabian** [ə'reɪbjən] **I** *s* arab **II** *a* arabisk
**Arabic** ['ærəbɪk] **I** *a* arabisk **II** *s* arabiska språket
**arable** ['ærəbl] *a* odlingsbar
**arbitrary** ['ɑ:bɪtrərɪ] *a* **1** godtycklig **2** egenmäktig
**arbitration** [ˌɑ:bɪ'treɪʃ(ə)n] *s* skiljedom; medling
**arbitrator** ['ɑ:bɪtreɪtə] *s* skiljedomare; medlare
**arbour** ['ɑ:bə] *s* berså, lövsal, lövvalv
**arc** [ɑ:k] *s* båge
**arcade** [ɑ:'keɪd] *s* valvgång; arkad
**1 arch** [ɑ:tʃ] *s* **1** valvbåge, valv **2** hålfot; ~ ***support*** hålfotsinlägg
**2 arch** [ɑ:tʃ] *a* skälmaktig
**archaeologist** [ˌɑ:kɪ'ɒlədʒɪst] *s* arkeolog
**archaeology** [ˌɑ:kɪ'ɒlədʒɪ] *s* arkeologi
**archaic** [ɑ:'keɪɪk] *a* ålderdomlig
**archbishop** ['ɑ:tʃ'bɪʃəp] *s* ärkebiskop
**arched** [ɑ:tʃt] *a* välvd; bågformig
**archer** ['ɑ:tʃə] *s* bågskytt
**archery** ['ɑ:tʃərɪ] *s* bågskytte
**archipelago** [ˌɑ:kɪ'peləgəʊ] *s* skärgård, arkipelag; ögrupp
**architect** ['ɑ:kɪtekt] *s* arkitekt
**architectural** [ˌɑ:kɪ'tektʃər(ə)l] *a* arkitektonisk
**architecture** ['ɑ:kɪtektʃə] *s* arkitektur
**archives** ['ɑ:kaɪvz] *s pl* arkiv
**arctic** ['ɑ:ktɪk] **I** *a* arktisk; ***the Arctic Circle*** norra polcirkeln; ***the Arctic Ocean*** Norra ishavet **II** *s*, ***the Arctic*** Arktis
**ardent** ['ɑ:d(ə)nt] *a* ivrig, varm [*an ~ admirer*], brinnande [*~ desire*]
**ardour** ['ɑ:də] *s* glöd, iver
**arduous** ['ɑ:djʊəs] *a* svår, mödosam
**are** [ɑ:, obetonat ə] ***they/we/you*** ~ de/vi/du/ni är; se vidare *be*
**area** ['eərɪə] *s* **1** yta, areal **2** område, trakt; kvarter [*shopping* ~]
**arena** [ə'ri:nə] *s* arena, stridsplats
**aren't** [ɑ:nt] = *are not*
**Argentina** [ˌɑ:dʒən'ti:nə]
**Argentine** ['ɑ:dʒəntaɪn] **I** *a* argentinsk **II** *s* **1** argentinare **2** ***the*** ~ Argentina
**Argentinian** [ˌɑ:dʒən'tɪnjən] **I** *a* argentinsk **II** *s* argentinare
**argue** ['ɑ:gju:] *itr tr* argumentera, resonera; tvista, gräla; hävda
**argument** ['ɑ:gjʊmənt] *s* argument; resonemang; dispyt
**argumentative** [ˌɑ:gjʊ'mentətɪv] *a* diskussionslysten
**aria** ['ɑ:rɪə] *s* aria
**arid** ['ærɪd] *a* torr; ofruktbar, kal
**Aries** ['eəri:z] astrol. Väduren
**arise** [ə'raɪz] (*arose arisen*) *itr* uppstå, framträda; härröra
**arisen** [ə'rɪzn] se *arise*
**aristocracy** [ˌærɪs'tɒkrəsɪ] *s* aristokrati
**aristocrat** ['ærɪstəkræt] *s* aristokrat
**aristocratic** [ˌærɪstə'krætɪk] *a* aristokratisk
**arithmetic** [ə'rɪθmətɪk] *s* räkning
**1 arm** [ɑ:m] *s* **1** arm; ***at arm's length*** på avstånd **2** ärm **3** armstöd
**2 arm** [ɑ:m] **I** *s*, pl. ***~s*** vapen; ***~s race*** kapprustning; ***be up in ~s against*** vara på krigsstigen mot **II** *tr itr* väpna [*armed forces*], rusta, armera; väpna sig
**armada** [ɑ:'mɑ:də] *s* stor flotta, armada
**armament** ['ɑ:məmənt] *s* **1** krigs rustning; ~ ***race*** el. ***~s race*** kapprustning **2** pl. ***~s*** krigsmakt
**armband** ['ɑ:mbænd] *s* armbindel; ärmhållare
**armchair** ['ɑ:m'tʃeə] *s* fåtölj
**armistice** ['ɑ:mɪstɪs] *s* vapenvila
**armlet** ['ɑ:mlət] *s* armbindel
**armour** ['ɑ:mə] **I** *s* rustning; pansar **II** *tr* pansra; ***armoured car*** pansarbil; ***armoured forces*** pansartrupper
**armour-plate** ['ɑ:məpleɪt] *s* pansarplåt
**armpit** ['ɑ:mpɪt] *s* armhåla
**arm-rest** ['ɑ:mrest] *s* armstöd
**army** ['ɑ:mɪ] *s* armé
**aroma** [ə'rəʊmə] *s* arom
**aromatic** [ˌærə'mætɪk] *a* aromatisk
**arose** [ə'rəʊz] se *arise*
**around** [ə'raʊnd] **I** *adv*, ***all*** ~ runt omkring, omkring **II** *prep* runtom, runt omkring; ~ ***the clock*** dygnet runt
**arousal** [ə'raʊz(ə)l] *s* uppväckande
**arouse** [ə'raʊz] *tr* väcka

**arrange** [ə'reɪndʒ] *tr itr* ordna, ställa i ordning; arrangera; göra upp [~ *with a p.*]
**arrangement** [ə'reɪndʒmənt] *s* **1** ordnande **2** ordning; anordning; uppställning; arrangemang
**array** [ə'reɪ] **I** *tr* pryda, styra ut **II** *s* **1** stridsordning **2** imponerande samling
**arrear** [ə'rɪə] *s*, pl. *~s* resterande skulder; *be in ~s* vara efter
**arrest** [ə'rest] **I** *tr* hejda; anhålla, arrestera **II** *s* anhållande, arrestering; *place (put) under ~* sätta i arrest
**arresting** [ə'restɪŋ] *a* bildl. fängslande
**arrival** [ə'raɪv(ə)l] *s* ankomst; *on ~* vid framkomsten
**arrive** [ə'raɪv] *itr* anlända, ankomma
**arrogance** ['ærəgəns] *s* arrogans, övermod
**arrogant** ['ærəgənt] *a* arrogant, övermodig
**arrow** ['ærəʊ] *s* pil projektil el. symbol
**arse** [ɑ:s] *s* vulg. arsle
**arsenal** ['ɑ:sənl] *s* arsenal
**arsenic** ['ɑ:snɪk] *s* arsenik
**arson** ['ɑ:sn] *s* mordbrand
**art** [ɑ:t] *s* **1** konst **2** *the Faculty of Arts* humanistiska fakulteten
**arteriosclerosis** [ɑ:'tɪərɪəʊsklɪə'rəʊsɪs] *s* arterioskleros, åderförkalkning
**artery** ['ɑ:tərɪ] *s* pulsåder
**artful** ['ɑ:tf(ʊ)l] *a* slug, listig
**arthritis** [ɑ:'θraɪtɪs] *s* ledinflammation; *rheumatoid ~* ledgångsreumatism
**artichoke** ['ɑ:tɪtʃəʊk] *s*, *globe ~* el. *~* kronärtskocka; *Jerusalem ~* jordärtskocka
**article** ['ɑ:tɪkl] *s* **1** hand. artikel, vara **2** artikel, uppsats **3** gram. artikel
**articulate** [adjektiv ɑ:'tɪkjʊlət, verb ɑ:'tɪkjʊleɪt] **I** *a* tydlig, klar **II** *tr itr* artikulera, tala tydligt
**artifice** ['ɑ:tɪfɪs] *s* konstgrepp, knep
**artificial** [ˌɑ:tɪ'fɪʃ(ə)l] *a* konstgjord, konst- [~ *silk*]; konstlad
**artificiality** [ˌɑ:tɪfɪʃɪ'ælətɪ] *s* konstgjordhet; förkonstling
**artillery** [ɑ:'tɪlərɪ] *s* artilleri
**artisan** [ˌɑ:tɪ'zæn] *s* hantverkare
**artist** ['ɑ:tɪst] *s* konstnär, artist
**artiste** [ɑ:'ti:st] *s* artist scenisk konstnär
**artistic** [ɑ:'tɪstɪk] *a* konstnärlig, artistisk
**artistry** ['ɑ:tɪstrɪ] *s* konstnärskap, artisteri
**artless** ['ɑ:tləs] *a* naiv; enkel; naturlig
**as** [æz, obetonat əz] **I** *adv* o. *konj* **1** så [*twice ~ heavy*], lika [*I'm ~ tall as you*] **2** jämförande som **3** såsom, till exempel **4** medgivande hur... än [*absurd ~ it seems, it is true*]; *try ~ he might* hur han än försökte **5** tid just när (som) **6** orsak då, eftersom **II** *rel pron* som [*the same ~*]; såsom **III** särskilda uttryck: *~ for* vad beträffar; *~ good ~* så gott som; *~ if* som om; *~ it is* redan nu; *~ it were* så att säga; *~ regards* el. *~ to* vad beträffar; *~ yet* ännu så länge
**asbestos** [æs'bestɒs] *s* asbest
**ascend** [ə'send] *tr* bestiga, stiga uppför; stiga uppåt
**ascent** [ə'sent] *s* bestigning; uppstigning
**ascertain** [ˌæsə'teɪn] *tr* förvissa sig om
**ascetic** [ə'setɪk] **I** *a* asketisk **II** *s* asket
**ascribe** [əs'kraɪb] *tr* tillskriva
**1 ash** [æʃ] *s* ask träd; *mountain ~* rönn
**2 ash** [æʃ] *s* **1** vanl. pl. *ashes* aska **2** pl. *ashes* stoft
**ashamed** [ə'ʃeɪmd] *a* skamsen; *be (feel) ~* äv. skämmas [*of* för, över]
**ashcan** ['æʃkæn] *s* amer. soptunna
**ashen** ['æʃn] *a* askliknande, askgrå
**ashore** [ə'ʃɔ:] *adv* i land; på land
**ash-tray** ['æʃtreɪ] *s* askkopp, askfat
**Asia** ['eɪʃə] Asien; *~ Minor* Mindre Asien
**Asian** ['eɪʃ(ə)n] **I** *a* asiatisk **II** *s* asiat
**Asiatic** [ˌeɪʃɪ'ætɪk] **I** *a* asiatisk **II** *s* asiat
**aside** [ə'saɪd] **I** *adv* **1** avsides, åt sidan; *joking ~* skämt åsido **2** i enrum **II** *s* teat. avsidesreplik
**asinine** ['æsɪnaɪn] *a* åsnelik; dum
**ask** [ɑ:sk] *tr itr* **1** fråga [*about* om]; *~ for* fråga efter; *if you ~ me* om jag får säga min mening; *be asked* bli tillfrågad **2** begära; be [*for* om]; *~ a p.'s advice* fråga ngn till råds **3** bjuda, inbjuda; *~ a p. to dance* bjuda upp ngn
**askance** [əs'kæns] *adv*, *look ~ at a p.* snegla misstänksamt på ngn
**askew** [əs'kju:] **I** *a* sned, skev **II** *adv* snett, skevt
**asleep** [ə'sli:p] *adv* o. *a* sovande; *be ~* sova; *fall ~* somna
**asocial** [eɪ'səʊʃ(ə)l, ə'səʊʃ(ə)l] *a* asocial
**asparagus** [əs'pærəgəs] *s* sparris
**aspect** ['æspekt] *s* aspekt; sida
**aspen** ['æspən] *s* asp
**asphalt** ['æsfælt] **I** *s* asfalt **II** *tr* asfaltera
**aspiration** [ˌæspə'reɪʃ(ə)n] *s* längtan, strävan, strävande
**aspire** [əs'paɪə] *itr* sträva [*to* efter]
**aspirin** ['æsprɪn] *s* aspirin
**1 ass** [æs] *s* åsna
**2 ass** [æs] *s* amer. vulg. arsle
**assail** [ə'seɪl] *tr* angripa, överfalla
**assailant** [ə'seɪlənt] *s* angripare

**assassin** [ə'sæsın] *s* mördare, lönnmördare
**assassinate** [ə'sæsıneıt] *tr* mörda, lönnmörda
**assassination** [əˌsæsı'neıʃ(ə)n] *s* mord, lönnmord
**assault** [ə'sɔ:lt] **I** *s* **1** anfall, angrepp **2** stormning **3** överfall; ~ ***and battery*** jur. övervåld och misshandel **II** *tr* anfalla; storma; överfalla
**assemble** [ə'sembl] *tr itr* församla; samla, samlas
**assembly** [ə'semblı] *s* **1** församling, samling; sällskap; ~ ***hall*** samlingssal **2** hopsättning; ~ ***line*** monteringsband, löpande band
**assembly-room** [ə'semblırʊm] *s* festsal; pl. *~s* festvåning
**assent** [ə'sent] **I** *itr* samtycka, instämma **II** *s* samtycke, bifall
**assert** [ə'sɜ:t] *tr* hävda, förfäkta
**assertion** [ə'sɜ:ʃ(ə)n] *s* bestämt påstående
**assess** [ə'ses] *tr* **1** uppskatta, bedöma **2** beskatta, taxera
**assessment** [ə'sesmənt] *s* **1** uppskattning, bedömning **2** beskattning, taxering
**asset** ['æset] *s* tillgång; ***~s and liabilities*** tillgångar och skulder
**assiduity** [ˌæsı'dju:ətı] *s* trägenhet, flit
**assiduous** [ə'sıdjʊəs] *a* trägen, flitig
**assign** [ə'saın] *tr* tilldela, anvisa
**assignment** [ə'saınmənt] *s* **1** tilldelning, anvisning **2** uppgift, uppdrag, skol. beting
**assimilate** [ə'sımıleıt] *tr itr* assimilera, uppta; assimileras, upptas
**assist** [ə'sıst] *tr itr* hjälpa, hjälpa till, assistera, bistå
**assistance** [ə'sıstəns] *s* hjälp, bistånd
**assistant** [ə'sıstənt] **I** *a* assisterande, biträdande **II** *s* medhjälpare; biträde [äv. *shop ~*]
**associate** [substantiv ə'səʊʃıət, verb ə'səʊʃıeıt] **I** *s* kompanjon; kollega **II** *tr itr* **1** förena, förbinda **2** associera **3** umgås
**association** [əˌsəʊsı'eıʃ(ə)n] *s* **1** förening, sammanslutning **2** förbund; ***Association football*** vanlig fotboll i motsats till rugby **3** förbindelse
**assortment** [ə'sɔ:tmənt] *s* **1** sortering **2** sort, klass **3** sortiment; blandning t. ex. av karameller
**assume** [ə'sju:m] *tr* **1** anta, förutsätta, förmoda **2** anta, anlägga; ***assumed name*** antaget namn **3** tillträda [~ *an office*], överta; ta på sig [~ *a responsibility*]
**assumption** [ə'sʌmʃ(ə)n] *s* **1** antagande; ***on the ~ that*** under förutsättning att **2** tillträdande; övertagande
**assurance** [ə'ʃʊər(ə)ns] *s* **1** försäkran **2** självsäkerhet **3** livförsäkring
**assure** [ə'ʃʊə] *tr* **1** försäkra, förvissa [*of* om] **2** säkerställa, trygga **3** livförsäkra
**assured** [ə'ʃʊəd] *a* **1** säker, viss; säkerställd **2** förvissad [*of* om] **3** trygg; självsäker
**asterisk** ['æstərısk] *s* asterisk, stjärna (*)
**astern** [ə'stɜ:n] *adv* akter ut (över)
**asthma** ['æsmə] *s* astma
**asthmatic** [æs'mætık] **I** *a* astmatisk **II** *s* astmatiker
**astigmatic** [ˌæstıg'mætık] *a* astigmatisk
**astir** [ə'stɜ:] *adv* o. *a* i rörelse
**astonish** [əs'tɒnıʃ] *tr* förvåna
**astonishing** [əs'tɒnıʃıŋ] *a* förvånande
**astonishment** [əs'tɒnıʃmənt] *s* förvåning
**astound** [əs'taʊnd] *tr* förbluffa
**astounding** [əs'taʊndıŋ] *a* förbluffande
**astray** [ə'streı] *adv* vilse [*go ~*]
**astride** [ə'straıd] *prep* o. *adv* grensle, grensle över
**astrology** [ə'strɒlədʒı] *s* astrologi
**astronaut** ['æstrənɔ:t] *s* astronaut
**astronomer** [ə'strɒnəmə] *s* astronom
**astronomic** [ˌæstrə'nɒmık] *a* o. **astronomical** [ˌæstrə'nɒmık(ə)l] *a* astronomisk
**astronomy** [ə'strɒnəmı] *s* astronomi
**astute** [ə'stju:t] *a* skarpsinnig; knipslug
**asunder** [ə'sʌndə] *adv* isär, sönder
**asylum** [ə'saıləm] *s* asyl, fristad
**asymmetric** [ˌæsı'metrık] *a* asymmetrisk
**at** [æt, obetonat ət] *prep* **1** på [~ *the hotel*]; vid [~ *my side*; ~ *midnight*], i [~ *Oxford*; ~ *the last moment*]; ~ ***my aunt's*** hos min faster; ~ ***home*** hemma; ~ ***my place (house)*** hemma hos mig **2** med [~ *a speed of*]; för, till ett pris av; ~ ***a loss*** med förlust; ~ ***that*** till på köpet **3** ***be ~ ap.*** vara 'på ngn; ***he has been ~ it all day*** han har hållit på hela dagen
**ate** [et, speciellt amer. eıt] se *eat*
**atheism** ['eıθıız(ə)m] *s* ateism
**atheist** ['eıθıist] *s* ateist
**Athens** ['æθınz] Aten
**athlete** ['æθli:t] *s* friidrottsman
**athletic** [æθ'letık] *a* idrotts-; spänstig; atletisk
**athletics** [æθ'letıks] *s* **1** (konstrueras som pl.) friidrott **2** (konstrueras som sg.) idrott, idrottande
**at-home** [ət'həʊm] *s* mottagning hemma

**Atlantic** [ət'læntɪk] **I** *a* atlant-; *the ~ Ocean* Atlanten, Atlantiska oceanen **II** *s, the ~* Atlanten
**atlas** ['ætləs] *s* atlas, kartbok
**atmosphere** ['ætməˌsfɪə] *s* atmosfär
**atom** ['ætəm] *s* atom [*~ bomb*]
**atomic** [ə'tɒmɪk] *a* atom- [*~ bomb (energy)*]; *~ pile* atomreaktor; *~ radiation* radioaktiv strålning
**atomizer** ['ætəmaɪzə] *s* sprej
**atone** [ə'təʊn] *itr, ~ for* sona; gottgöra
**atrocious** [ə'trəʊʃəs] *a* ohygglig, avskyvärd; vard. gräslig
**atrocity** [ə'trɒsətɪ] *s* ohygglighet, grymhet; illdåd
**attach** [ə'tætʃ] *tr itr* **1** fästa, sätta fast (på) [*to* på, vid] **2** bildl., *be attached to* a) vara fäst vid b) vara knuten till **3** *~ to* vara förknippad med
**attaché** [ə'tæʃeɪ] *s* attaché; *attaché case* [ə'tæʃɪkeɪs] attachéväska
**attachment** [ə'tætʃmənt] *s* **1** fastsättning **2** tillgivenhet
**attack** [ə'tæk] **I** *s* anfall; angrepp [*on* mot]; attack **II** *tr* angripa, anfalla, attackera
**attain** [ə'teɪn] *tr* uppnå, nå
**attainment** [ə'teɪnmənt] *s* **1** uppnående **2** vanl. pl. *~s* kunskaper, färdigheter
**attempt** [ə'temt] **I** *tr* försöka **II** *s* **1** försök **2** *an ~ on a p.'s life* ett attentat mot ngn
**attend** [ə'tend] *tr itr* **1** bevista, besöka **2** uppvakta **3** åtfölja; *attended with difficulties* förenad med svårigheter **4** vårda, sköta; betjäna t.ex. kunder **5** vara uppmärksam; *~ on* passa upp på; *~ to* uppmärksamma; expediera [*~ to a customer*], sköta om **6** närvara, delta
**attendance** [ə'tendəns] *s* **1** närvaro [*at, on* vid, på], deltagande [*at, on* i] **2** antal närvarande, publik **3** betjäning, uppassning; uppvaktning; tillsyn
**attendant** [ə'tendənt] **I** *s* **1** vakt [*park ~*]; serviceman; skötare **2** följeslagare, tjänare [*on* hos, åt] **II** *a* **1** åtföljande **2** uppvaktande [*on* hos]
**attention** [ə'tenʃ(ə)n] **I** *s* uppmärksamhet; kännedom [*bring a th. to a p.'s ~*]; vård, tillsyn, passning; *attract ~* tilldra sig uppmärksamhet; *pay ~ to* ägna uppmärksamhet åt; *stand at (to) ~* stå i givakt **II** *interj* **1** mil. givakt! **2** *~ please!* i t.ex. högtalare hallå, hallå!
**attentive** [ə'tentɪv] *a* uppmärksam
**attest** [ə'test] *tr* vittna om; bevittna [*~ a signature*]; vidimera
**attic** ['ætɪk] *s* vind, vindsrum
**attire** [ə'taɪə] **I** *tr* kläda **II** *s* klädsel
**attitude** ['ætɪtju:d] *s* **1** ställning, hållning **2** inställning, attityd
**attorney** [ə'tɜ:nɪ] *s* **1** *power of ~* fullmakt **2** amer. advokat; *district ~* allmän åklagare
**attract** [ə'trækt] *tr* dra till sig, attrahera; locka; tilldra sig, väcka [*~ attention*]
**attraction** [ə'trækʃ(ə)n] *s* **1** attraktion; dragningskraft; lockelse **2** attraktionsnummer; pl. *~s* nöjen
**attractive** [ə'træktɪv] *a* attraktiv, tilldragande; tilltalande
**attribute** [substantiv 'ætrɪbju:t, verb ə'trɪbju:t] **I** *s* attribut; utmärkande drag **II** *tr* tillskriva [*a th. to a p.* ngn ngt]
**aubergine** ['əʊbəʒi:n] *s* aubergine, äggplanta
**auburn** ['ɔ:bən] *a* kastanjebrun, rödbrun
**auction** ['ɔ:kʃ(ə)n] **I** *s* auktion **II** *tr, ~* el. *~ off* auktionera bort
**auctioneer** [ˌɔ:kʃə'nɪə] *s* auktionsförrättare
**audacious** [ɔ:'deɪʃəs] *a* djärv; fräck
**audacity** [ɔ:'dæsətɪ] *s* djärvhet; fräckhet
**audibility** [ˌɔ:də'bɪlətɪ] *s* hörbarhet
**audible** ['ɔ:dəbl] *a* hörbar
**audience** ['ɔ:djəns] *s* **1** publik; åhörare **2** *obtain an ~ with* få audiens hos
**audio-visual** ['ɔ:dɪəʊ'vɪzjʊəl] *a, ~ aids* audivisuella hjälpmedel
**audit** ['ɔ:dɪt] *tr* revidera, granska
**audition** [ɔ:'dɪʃ(ə)n] *s* provsjungning, provspelning för t.ex. engagemang
**auditorium** [ˌɔ:dɪ'tɔ:rɪəm] *s* hörsal; teatersalong
**aught** [ɔ:t] *s, for ~ I know* inte annat än jag vet
**augment** [ɔ:g'ment] *tr itr* öka; ökas
**August** ['ɔ:gəst] *s* augusti
**august** [ɔ:'gʌst] *a* majestätisk
**aunt** [ɑ:nt] *s* tant; faster, moster
**auntie, aunty** ['ɑ:ntɪ] *s* smeksamt för *aunt*
**au pair** [ˌəʊ'peə] *a* o. *s, ~ girl* el. *~* au pair, au pair flicka
**auspice** ['ɔ:spɪs] *s,* pl. *~s* beskydd
**auspicious** [ɔ:s'pɪʃəs] *a* gynnsam
**austere** [ɒs'tɪə] *a* sträng, allvarlig; spartansk; stram
**austerity** [ɒs'terətɪ] *s* stränghet; spartanskhet; stramhet
**Australia** [ɒs'treɪljə] Australien
**Australian** [ɒs'treɪljən] **I** *a* australisk **II** *s* australier
**Austria** ['ɒstrɪə] Österrike
**Austrian** ['ɒstrɪən] **I** *a* österrikisk **II** *s* österrikare
**authentic** [ɔ:'θentɪk] *a* autentisk, äkta

**authenticity** [ˌɔ:θen'tɪsətɪ] *s* äkthet, autenticitet
**author** ['ɔ:θə] *s* författare, författarinna
**authoress** ['ɔ:θərəs] *s* författarinna
**authoritarian** [ˌɔ:θɒrɪ'teərɪən] *a* auktoritär
**authoritative** [ɔ:'θɒrɪtətɪv] *a* auktoritativ; myndig
**authority** [ɔ:'θɒrətɪ] *s* **1** myndighet, makt, maktbefogenhet; ***those in*** ~ de makthavande; ***on one's own*** ~ på eget bevåg **2** bemyndigande; fullmakt **3** auktoritet, expert **4** stöd, belägg
**authorization** [ˌɔ:θəraɪ'zeɪʃ(ə)n] *s* bemyndigande
**authorize** ['ɔ:θəraɪz] *tr* auktorisera, bemyndiga; godkänna
**authorship** ['ɔ:θəʃɪp] *s* författarskap
**autobiographic** ['ɔ:təˌbaɪə'græfɪk] *a* o.
**autobiographical** ['ɔ:təˌbaɪə'græfɪk(ə)l] *a* självbiografisk
**autobiography** [ˌɔ:təbaɪ'ɒgrəfɪ] *s* självbiografi
**autocrat** ['ɔ:təkræt] *s* envåldshärskare, autokrat
**autograph** ['ɔ:təgrɑ:f] *s* autograf
**automatic** [ˌɔ:tə'mætɪk] **I** *a* automatisk; självgående, självverkande **II** *s* automatvapen
**automation** [ˌɔ:tə'meɪʃ(ə)n] *s* automation
**automobile** ['ɔ:təməbi:l] *s* speciellt amer. bil
**autumn** ['ɔ:təm] *s* höst, för ex. jfr *summer*
**auxiliary** [ɔ:g'zɪljərɪ] **I** *a* hjälp- [~ *verb (troops)*] **II** *s* **1** pl. ***auxiliaries*** hjälptrupper **2** hjälpverb
**avail** [ə'veɪl] **I** *tr itr*, ~ ***oneself of*** begagna sig av **II** *s*, ***of no*** ~ till ingen nytta
**available** [ə'veɪləbl] *a* tillgänglig, disponibel; anträffbar
**avalanche** ['ævəlɑ:nʃ] *s* lavin
**avarice** ['ævərɪs] *s* girighet
**avaricious** [ˌævə'rɪʃəs] *a* girig; sniken
**avenge** [ə'vendʒ] *tr* hämnas
**avenue** ['ævənju:] *s* allé, trädkantad uppfartsväg; aveny, boulevard
**average** ['ævrɪdʒ] **I** *s* genomsnitt; ***on an (the)*** ~ el. ***on*** ~ i genomsnitt, i medeltal **II** *a* genomsnittlig; ordinär
**averse** [ə'vɜ:s] *a*, ***be*** ~ ***to*** ogilla
**aversion** [ə'vɜ:ʃ(ə)n] *s* motvilja, aversion; ***my pet*** ~ min fasa
**avert** [ə'vɜ:t] *tr* **1** vända bort; avleda [~ *suspicion*] **2** avvärja
**aviation** [ˌeɪvɪ'eɪʃ(ə)n] *s* flygning, flygkonst
**aviator** ['eɪvɪeɪtə] *s* flygare; pilot
**avid** ['ævɪd] *a* ivrig; glupsk
**avoid** [ə'vɔɪd] *tr* undvika; undgå
**avoidable** [ə'vɔɪdəbl] *a*, ***it was*** ~ det hade kunnat undvikas
**await** [ə'weɪt] *tr* invänta, avvakta
**awake** [ə'weɪk] (*awoke awoken*) *itr tr* vakna; väcka; ***be*** ~ ***to*** vara medveten om
**awaken** [ə'weɪk(ə)n] *tr itr* väcka; vakna
**awakening** [ə'weɪknɪŋ] *s* uppvaknande
**award** [ə'wɔ:d] **I** *tr* tilldela, tilldöma; belöna med **II** *s* pris, belöning
**aware** [ə'weə] *a* medveten [*of* om]; uppmärksam [*of* på]
**away** [ə'weɪ] **I** *adv* **1** bort, i väg; undan, ifrån sig, åt sidan [*put a th.* ~] **2** borta **3** vidare, 'på [*eat* ~] **4** ***straight (right)*** ~ med detsamma, genast **II** *a* sport. borta- [~ *match*]
**awe** [ɔ:] **I** *s* vördnad **II** *tr* inge vördnad
**awe-inspiring** ['ɔ:ɪnˌspaɪərɪŋ] *a* respektinjagande
**awe-struck** ['ɔ:strʌk] *a* skräckslagen; fylld av vördnad
**awful** ['ɔ:fl] *a* ohygglig, fruktansvärd; vard. förfärlig, hemsk
**awkward** ['ɔ:kwəd] *a* **1** tafatt, klumpig **2** förlägen, osäker **3** besvärlig
**awl** [ɔ:l] *s* syl, pryl
**awning** ['ɔ:nɪŋ] *s* markis
**awoke** [ə'wəʊk] se *awake*
**awoken** [ə'wəʊk(ə)n] se *awake*
**awry** [ə'raɪ] *a* sned, på sned
**axe** [æks] **I** *s* yxa, bila **II** *tr* vard. skära ned
**axes** ['æksi:z] *s* se *axis*
**axiomatic** [ˌæksɪə'mætɪk] *a* axiomatisk
**axis** ['æksɪs] (pl. *axes* ['æksi:z]) *s* mat. axel
**axle** ['æksl] *s* hjulaxel
**ay** [aɪ] **I** *interj* dial. ja **II** *s* jaröst
**azalea** [ə'zeɪljə] *s* azalea
**azure** ['æʒə, 'eɪʒə] *a* azurblå, himmelsblå

# B

**B, b** [bi:] *s* B, b; *B* mus. h; *B flat* mus. b; *B sharp* mus. hiss
**B.A.** ['bi:'eɪ] förk. för *Bachelor of Arts* ungefär fil. kand.
**babble** ['bæbl] **I** *itr* babbla; pladdra **II** *s* babbel; pladder
**babe** [beɪb] *s* litt. spädbarn, barnunge
**baboon** [bə'bu:n] *s* babian
**baby** ['beɪbɪ] *s* **1** spädbarn, baby **2** vard. sötnos
**baby-boy** ['beɪbɪ'bɔɪ] *s* gossebarn
**baby-girl** ['beɪbɪ'gɜ:l] *s* flickebarn
**babyish** ['beɪbɪɪʃ] *a* barnslig
**baby-sat** ['beɪbɪsæt] se *baby-sit*
**baby-sit** ['beɪbɪsɪt] (*baby-sat baby-sat*) *itr* sitta barnvakt
**baby-sitter** ['beɪbɪˌsɪtə] *s* barnvakt
**bachelor** ['bætʃələ] *s* **1** ungkarl **2** ***Bachelor of Arts (Science)*** ungefär filosofie kandidat
**bacillus** [bə'sɪləs] (pl. *bacilli* [bə'sɪlaɪ]) *s* bacill
**back** [bæk] **I** *s* **1** rygg; ***break a p.'s ~*** bildl. ta knäcken på ngn; ***put (get) a p.'s ~ up*** reta upp ngn; ***be glad to see the ~ of a p. (a th.)*** vara glad att bli kvitt ngn (ngt) **2** baksida; bakre del; ***at the ~ of*** bakom **3** sport. back **II** *a* **1** på baksidan, bak-; ***~ page*** sista sida av tidning; ***take a ~ seat*** bildl. hålla sig i bakgrunden **2** ***~ pay*** retroaktiv lön; ***~ tax (taxes)*** kvarskatt **III** *adv* bakåt; tillbaka, åter, igen **IV** *tr itr* **1** backa [*~ a car*]; röra sig bakåt, gå (träda) tillbaka; rygga **2** ***~ up*** backa upp; ***~ down*** retirera, backa ur; ***~ out*** gå baklänges ut [*of* ur]; backa ut, hoppa av **3** hålla (satsa) på [*~ a horse*]
**backache** ['bækeɪk] *s* ryggsmärtor
**back-bencher** ['bæk'bentʃə] *s* parl. ickeminister
**backbit** ['bækbɪt] se *backbite*
**backbite** ['bækbaɪt] (*backbit backbitten*) *itr* tala illa om folk
**backbiter** ['bækˌbaɪtə] *s* baktalare
**backbiting** ['bækˌbaɪtɪŋ] *s* förtal
**backbitten** ['bækbɪtn] se *backbite*
**backbone** ['bækbəʊn] *s* ryggrad; ***to the ~*** helt igenom
**backbreaking** ['bækˌbreɪkɪŋ] *a* slitsam, hård
**backchat** ['bæk-tʃæt] *s* vard. skämtsam replikväxling; uppkäftighet
**backcloth** ['bækklɒθ] *s* teat. fondkuliss
**backer** ['bækə] *s* stödjare, hjälpare
**backfire** ['bæk'faɪə] *itr* bil. baktända; bildl. slå slint
**background** ['bækgraʊnd] *s* bakgrund, fond; miljö
**backing** ['bækɪŋ] *s* **1** backning **2** stöd, uppbackning
**backlash** ['bæklæʃ] *s* motreaktion
**back-number** ['bæk'nʌmbə] *s* gammalt nummer av tidning el. tidskrift
**backside** ['bæk'saɪd] *s* **1** baksida **2** vard. ända, rumpa
**backslid** ['bæk'slɪd] se *backslide*
**backslide** ['bæk'slaɪd] (*backslid backslid*) *itr* återfalla i t. ex. brott, synd; avfalla
**backstage** ['bæk'steɪdʒ] *adv* o. *a* bakom kulisserna (scenen)
**backstroke** ['bækstrəʊk] *s* ryggsim
**backward** ['bækwəd] **I** *a* **1** bakåtriktad, bakåtvänd **2** begåvningshämmad, efterbliven **II** *adv* se *backwards*
**backwards** ['bækwədz] *adv* bakåt, bakut, baklänges, tillbaka; ***~ and forwards*** fram och tillbaka; ***know a th. ~*** kunna ngt utan och innan
**backwash** ['bækwɒʃ] *s* **1** svallvågor **2** bildl. efterverkningar, efterdyningar
**backwater** ['bækˌwɔ:tə] *s* **1** bakvatten **2** bildl. dödvatten; avkrok
**backwoods** ['bækwʊdz] *s pl* amer. avlägsna skogstrakter, obygder
**backyard** ['bæk'jɑ:d] *s* bakgård
**bacon** ['beɪk(ə)n] *s* bacon, saltat o. rökt sidfläsk
**bacteria** [bæk'tɪərɪə] *s* se *bacterium*
**bacteriological** [bækˌtɪərɪə'lɒdʒɪk(ə)l] *a* bakteriologisk [*~ warfare*]
**bacterium** [bæk'tɪərɪəm] (pl. *bacteria* [bæk'tɪərɪə]) *s* bakterie
**bad** [bæd] (*worse worst*) *a* **1** dålig; svår [*a ~ blunder (cold)*]; sorglig [*~ news*]; ~

*luck* otur; *go* ~ ruttna, bli skämd; *that's too* ~*!* vard. vad tråkigt!, vad synd! **2** oriktig, falsk **3** ond; fördärvad; ~ *language* svordomar
**bade** [bæd, beɪd] se *bid I*
**badge** [bædʒ] *s* märke, emblem
**badger** ['bædʒə] **I** *s* grävling **II** *tr* trakassera; tjata på
**badly** ['bædlɪ] (*worse worst*) *adv* dåligt, illa; svårt
**badminton** ['bædmɪntən] *s* badminton
**bad-tempered** ['bæd'tempəd] *a* på dåligt humör, sur
**baffle** ['bæfl] *tr* förvirra, förbrylla
**bag** [bæg] **I** *s* **1** påse; säck; bag; väska **2** jaktbyte, fångst **II** *tr* **1** fånga **2** vard. knycka, lägga beslag på
**bagatelle** [ˌbægə'tel] *s* **1** bagatell **2** fortunaspel
**baggage** ['bægɪdʒ] *s* bagage, resgods
**baggy** ['bægɪ] *a* påsig, säckig
**bagpipe** ['bægpaɪp] *s*, ofta pl. ~*s* säckpipa
**bagpiper** ['bægpaɪpə] *s* säckpipblåsare
**1 bail** [beɪl] *tr itr*, ~ *out* el. ~ ösa, ösa ut [~ *water*]
**2 bail** [beɪl] **I** *s* borgen för anhållens inställelse inför rätta **II** *tr*, ~ *out* el. ~ utverka frihet åt anhållen genom att ställa borgen för honom
**bailiff** ['beɪlɪf] *s* utmätningsman
**bait** [beɪt] **I** *tr* **1** hetsa, plåga **2** reta **3** agna krok, sätta bete på **II** *s* agn, bete
**baize** [beɪz] *s* boj slags grönt filttyg, filt
**bake** [beɪk] *tr itr* baka, ugnssteka, ugnsbaka; stekas, bakas
**baker** ['beɪkə] *s* bagare
**bakery** ['beɪkərɪ] *s* bageri
**balance** ['bæləns] **I** *s* **1** våg, balansvåg; vågskål **2** balans äv. bildl. [*lose one's* ~]; jämvikt **3** hand. balans; återstod, rest; ~ ***brought (carried) forward*** ingående (utgående) saldo; ***strike a*** ~ finna en medelväg **4** vard., ***the*** ~ resten **II** *tr* **1** avväga, väga **2** balansera **3** motväga, uppväga
**balcony** ['bælkənɪ] *s* **1** balkong **2** ***the*** ~ teat. (vanl.) andra raden, amer. första raden
**bald** [bɔ:ld] *a* flintskallig
**1 bale** [beɪl] *s* bal, packe
**2 bale** [beɪl] *itr tr* **1** ~ ***out*** hoppa med fallskärm **2** ~ ***out*** el. ~ ösa, ösa ut
**balk** [bɔ:k, bɔ:lk] *tr itr* **1** hindra ngns planer **2** om häst tvärstanna; bildl. dra sig [*at* för]
**Balkan** ['bɔ:lkən] *s*, ***the*** ~*s* Balkan
**1 ball** [bɔ:l] *s* bal, dans
**2 ball** [bɔ:l] *s* **1** boll; klot; kula **2** nystan [~ *of wool*] **3** vulg., pl. ~*s* a) ballar testiklar b) skitprat
**ballad** ['bæləd] *s* folkvisa
**ballast** ['bæləst] *s* barlast
**ball-bearing** ['bɔ:l'beərɪŋ] *s* kullager
**ballet** ['bæleɪ] *s* balett
**balloon** [bə'lu:n] *s* ballong
**ballot** ['bælət] **1** *s* röstsedel, valsedel **2** sluten omröstning
**ballot-box** ['bælətbɒks] *s* valurna
**ballot-paper** ['bælətˌpeɪpə] *s* röstsedel
**ball-pen** ['bɔ:lpen] *s* kulpenna
**ball-point** ['bɔ:lpɔɪnt] *s*, ~ ***pen*** el. ~ kulpenna
**ball-room** ['bɔ:lrʊm] *s* balsal; danssalong
**ballyhoo** [ˌbælɪ'hu:] *s* vard. ståhej
**balm** [bɑ:m] *s* balsam; lindring
**balmy** ['bɑ:mɪ] *a* **1** doftande **2** lindrande
**balsam** ['bɔ:lsəm] *s* **1** balsam **2** balsamin
**Baltic** ['bɔ:ltɪk] **I** *a* baltisk; ***the*** ~ ***Sea*** Östersjön **II** *s*, ***the*** ~ Östersjön
**bamboo** [bæm'bu:] *s* bambu; bamburör
**ban** [bæn] **I** *s* officiellt förbud; ***put a*** ~ ***on*** förbjuda **II** *tr* förbjuda; bannlysa
**banal** [bə'nɑ:l] *a* banal
**banana** [bə'nɑ:nə] *s* banan
**band** [bænd] **I** *s* **1** band; snodd **2** trupp, skara **3** mindre orkester, musikkår; ***jazz*** ~ jazzband **II** *itr*, ~ ***together*** förena sig
**bandage** ['bændɪdʒ] **I** *s* bandage, förband, binda **II** *tr* förbinda
**bandit** ['bændɪt] *s* bandit, bov
**bandmaster** ['bændˌmɑ:stə] *s* kapellmästare
**bandstand** ['bændstænd] *s* musikestrad
**bandy** ['bændɪ] **I** *tr*, ~ el. ~ ***about*** kasta fram och tillbaka, bolla med **II** *a* om ben hjulbent
**bane** [beɪn] *s* fördärv; förbannelse
**bang** [bæŋ] **I** *tr itr* banka, smälla, slå **II** *s* slag, smäll, knall **III** *interj* o. *adv* bom, pang; ***go*** ~ smälla till
**bangle** ['bæŋgl] *s* armring; ankelring
**banish** ['bænɪʃ] *tr* **1** landsförvisa **2** bannlysa; slå bort [~ *cares*]
**banishment** ['bænɪʃmənt] *s* landsförvisning
**banisters** ['bænɪstəz] *s pl* trappräcke
**banjo** ['bændʒəʊ] *s* banjo
**1 bank** [bæŋk] *s* **1** sluttning **2** bank, vall
**2 bank** [bæŋk] **I** *s* **1** bank; ~ ***account*** bankkonto; ~ ***holiday*** allmän helgdag, bankfridag; ~ ***manager*** bankkamrer, bankdirektör **2** spelbank **II** *itr* **1** ~ ***with*** ha bankkonto hos **2** ~ ***on*** vard. lita på
**banker** ['bæŋkə] *s* bankir; spel. bankör
**bank-note** ['bæŋknəʊt] *s* sedel
**bank-rate** ['bæŋkreɪt] *s* diskonto

**bankrupt** ['bæŋkrʌpt] **I** *s* person som har gjort konkurs; bankruttör **II** *a* bankrutt; *go ~* göra konkurs (bankrutt)
**bankruptcy** ['bæŋkrəptsɪ] *s* konkurs; bankrutt
**banner** ['bænə] *s* baner, fana
**banns** [bænz] *s pl, publish (read) the ~* avkunna lysning
**banquet** ['bæŋkwɪt] *s* bankett, festmåltid
**banter** ['bæntə] **I** *s* skämt, skämtande **II** *itr* skämta, raljera
**baptism** ['bæptɪz(ə)m] *s* dop, döpelse
**baptize** [bæp'taɪz] *tr* döpa
**bar** [bɑ:] **I** *s* **1 a)** stång; ribba; tacka [*gold ~*]; *~ of chocolate* chokladkaka; *a ~ of soap* en tvål **b)** bom; pl. *~s* äv. galler [*behind ~s*] **2** hinder [*to* för], spärr **3** a) bardisk b) avdelning på en pub [*the saloon ~*] **4** mus. takt, taktstreck **5** skrank i rättssal; *the prisoner at the ~* den anklagade **II** *tr* **1** a) bomma till (igen) b) spärra, blockera [*~ the way*] **2** hindra; utesluta; avstänga [*~ a p. from a race*]; förbjuda **III** *prep* vard. utom [*~ one*]
**barb** [bɑ:b] *s* hulling
**barbarian** [bɑ:'beərɪən] *s* barbar
**barbaric** [bɑ:'bærɪk] *a* barbarisk
**barbarism** ['bɑ:bərɪz(ə)m] *s* barbari
**barbarous** ['bɑ:bərəs] *a* barbarisk
**barbecue** ['bɑ:bɪkju:] *s* utomhusgrill; grillfest
**barbed** [bɑ:bd] *a, ~ wire* taggtråd
**barber** ['bɑ:bə] *s* barberare; *barber's shop* frisersalong
**bar-code** ['bɑ:kəʊd] *s* streckkod på varor
**bare** [beə] *a* **1** bar [*~ hands*], naken; kal **2** blott, blotta [*the ~ idea*]; knapp [*a ~ majority*]
**barefaced** ['beəfeɪst] *a* oblyg, skamlös, fräck [*a ~ lie*]
**barefoot** ['beəfʊt] *a* o. *adv* barfota
**bareheaded** ['beə'hedɪd] *a* barhuvad
**barely** ['beəlɪ] *adv* **1** nätt och jämnt, knappt **2** sparsamt, torftigt
**bargain** ['bɑ:gɪn] **I** *s* **1** förmånlig, god affär; uppgörelse; *that's a ~!* avgjort!; *strike a ~ with a p.* träffa avtal med ngn; *into the ~* till på köpet **2** gott köp; kap, fynd, klipp **3** attributivt, *~ price* fyndpris **II** *itr* **1** köpslå, pruta **2** förhandla, göra upp [*for* om] **3** vard., *~ for* räkna med, vänta sig
**barge** [bɑ:dʒ] **I** *s* pråm **II** *itr* vard. **1** törna, rusa [*into* in i, på] **2** *~ in* tränga sig på
**baritone** ['bærɪtəʊn] *s* baryton
**1 bark** [bɑ:k] *s* bark
**2 bark** [bɑ:k] **I** *itr* skälla [*at* på] **II** *s* skall
**barley** ['bɑ:lɪ] *s* korn sädesslag
**barmaid** ['bɑ:meɪd] *s* kvinnlig bartender
**barman** ['bɑ:mən] *s* bartender
**barn** [bɑ:n] *s* lada, loge; amer. ladugård
**barometer** [bə'rɒmɪtə] *s* barometer
**baron** ['bær(ə)n] *s* baron
**baroness** ['bærənəs] *s* baronessa
**barrack** ['bærək] *s*, pl. *~s* kasern, barack
**barrage** ['bærɑ:ʒ] *s* mil. spärreld
**barrel** ['bær(ə)l] *s* **1** fat, tunna **2** gevärspipa
**barrel-organ** ['bærəlˌɔ:gən] *s* positiv
**barren** ['bær(ə)n] *a* ofruktbar; steril
**barricade** [ˌbærɪ'keɪd] **I** *s* barrikad **II** *tr* barrikadera
**barrier** ['bærɪə] *s* barriär; spärr
**barring** ['bɑ:rɪŋ] *prep* utom; bortsett från
**barrister** ['bærɪstə] *s* advokat med rätt att föra parters talan vid överrätt
**barrow** ['bærəʊ] *s* skottkärra
**barter** ['bɑ:tə] **I** *itr tr* idka byteshandel, byta ut [*for* mot], schackra **II** *s* byteshandel
**1 base** [beɪs] *a* tarvlig; *~ metals* oädla metaller
**2 base** [beɪs] **I** *s* bas; grundval; sockel **II** *tr* basera
**baseball** ['beɪsbɔ:l] *s* baseboll
**basement** ['beɪsmənt] *s* källarvåning
**bases** ['beɪsi:z] *s* se *basis*
**bash** [bæʃ] *tr* vard. slå; klå upp
**bashful** ['bæʃf(ʊ)l] *a* blyg, skygg
**basic** ['beɪsɪk] *a* grundläggande, fundamental
**basically** ['beɪsɪklɪ] *adv* i grund och botten
**basin** ['beɪsn] *s* fat, handfat; skål
**basis** ['beɪsɪs] (pl. *bases* [beɪsi:z]) *s* bas; basis
**bask** [bɑ:sk] *itr, ~ in the sun* sola sig
**basket** ['bɑ:skɪt] *s* korg
**1 bass** [bæs] *s* zool. havsabborre
**2 bass** [beɪs] mus. **I** *s* bas **II** *a* bas-; låg
**bassoon** [bə'su:n] *s* fagott
**bastard** ['bɑ:stəd] *s* **1** utomäktenskapligt barn; bastard **2** sl. knöl; jävel
**1 bat** [bæt] *s* fladdermus
**2 bat** [bæt] *s* slagträ i kricket m.m.; racket i bordtennis
**batch** [bætʃ] *s* **1** bak av samma deg, sats **2** hop, hög [*a ~ of letters*]; bunt
**bate** [beɪt] *tr* minska; *with bated breath* med återhållen andedräkt
**bath** [bɑ:θ, pl. bɑ:ðz] **I** *s* **1** bad **2** badkar, badbalja **3** badrum **4** *~s* a) badhus, badinrättning b) kuranstalt, kurort; *swimming ~s* simhall **II** *tr itr* bada
**bath-chair** ['bɑ:θ'tʃeə] *s* rullstol för sjuka

**bathe** [beɪð] **I** *tr itr* **1** bada **2** badda [~ *one's eyes*] **II** *s* bad i det fria
**bathing** ['beɪðɪŋ] *s* badning, bad
**bathing-cap** ['beɪðɪŋkæp] *s* badmössa
**bathing-costume** ['beɪðɪŋˌkɒstju:m] *s* baddräkt
**bathing-hut** ['beɪðɪŋhʌt] *s* badhytt
**bathing-suit** ['beɪðɪŋsu:t] *s* baddräkt
**bathing-trunks** ['beɪðɪŋtrʌŋks] *s pl* badbyxor
**bathrobe** ['bɑ:θrəʊb] *s* badkappa, badrock
**bathroom** ['bɑ:θrʊm] *s* badrum; amer. äv. toalett
**bath-towel** ['bɑ:θˌtaʊəl] *s* badhandduk
**bath-tub** ['bɑ:θtʌb] *s* badkar; badbalja
**baton** ['bæt(ə)n] *s* **1** batong **2** taktpinne
**batsman** ['bætsmən] *s* slagman i t. ex kricket
**battalion** [bə'tæljən] *s* bataljon
**1 batter** ['bætə] *tr itr* **1** slå, slå in (ned) **2** illa tilltyga **3** hamra, bulta
**2 batter** ['bætə] *s* kok. smet
**battered** ['bætəd] *a* sönderslagen, illa medfaren
**battering-ram** ['bætərɪŋræm] *s* mil. murbräcka
**battery** ['bætərɪ] *s* batteri
**battle** ['bætl] **I** *s* strid, batalj, fältslag **II** *itr* kämpa
**battle-cry** ['bætlkraɪ] *s* stridsrop
**battlefield** ['bætlfi:ld] *s* slagfält
**battlement** ['bætlmənt] *s*, pl. *~s* bröstvärn
**battleship** ['bætlʃɪp] *s* slagskepp
**bawl** [bɔ:l] *itr tr* vråla
**1 bay** [beɪ] *s* lagerträd
**2 bay** [beɪ] *s* vik, bukt
**3 bay** [beɪ] *s* **1** utrymme, avdelning, bås **2** burspråk
**bay-leaf** ['beɪli:f] (pl. *bay-leaves* ['beɪli:vz]) *s* lagerblad
**bayonet** ['beɪənət] *s* bajonett
**bay-tree** ['beɪtri:] *s* lagerträd
**bazaar** [bə'zɑ:] *s* basar
**BBC** ['bi:bi:'si:] (förk. för *British Broadcasting Corporation*) BBC, brittiska radion och televisionen
**B.C.** ['bi:'si:] (förk. för *before Christ*) f. Kr.
**be** [bi:, bɪ] (*was been;* presens indikativ *I am, you are, he/she/it is,* pl. *they/we are;* imperfekt *I was, you were, he/she/it was,* pl. *they/we were*) *itr* **I** *huvudvb* **1 a)** vara; bli [*the answer was . . .* ] **b)** ***there is*** el. ***there are*** det är, det finns **2** gå [*we were at school together*]; ligga [*it is on the table*]; sitta [*he is in prison*]; stå [*the verb is in the singular*]; [*he is dead*], ***isn't he?*** . . . eller hur?; ***he is wrong*** han har fel; ***how are you?*** hur mår du? □ ~ **about** handla om; ***he was about to*** han skulle just; ~ **for** förorda, vara för; ***now you are for it!*** det kommer du att få för!; ~ **off** ge sig iväg (av) **II** *hjälpvb* **1** ***be*** + perfekt particip a) passivbildande bli b) vara; ***he was saved*** han räddades, han blev räddad; ***when were you born?*** när är du född? **2** ***be*** + ***ing***-form: ***they are building a house*** de håller på och bygger ett hus; ***the house is being built*** huset håller på att byggas; ***he is leaving tomorrow*** han reser i morgon **3** ***be*** + ***to*** infinitiv **a)** ***am (are, is) to*** skall [*when am I to come back?*] **b)** ***was (were) to*** skulle [*he was never to come back again; if I were to tell you . . .* ]
**beach** [bi:tʃ] *s* sandstrand; badstrand
**beacon** ['bi:k(ə)n] *s* fyr; båk; flygfyr
**bead** [bi:d] *s* pärla av glas, trä etc.
**beaker** ['bi:kə] *s* glasbägare för laboratorieändamål, mugg
**beam** [bi:m] **I** *s* **1** bjälke **2** ljusstråle **II** *itr* stråla [~ *with happiness*]
**bean** [bi:n] *s* böna
**1 bear** [beə] *s* björn
**2 bear** [beə] (*bore borne,* äv. *born,* se detta ord) *tr itr* **1** högt. bära, föra **2** bildl. bära [~ *a name*]; äga, ha [~ *some resemblance to*]; inneha; ~ ***in mind*** komma ihåg **3** uthärda; tåla, stå ut med **4** bära [~ *fruit*]; frambringa; föda [~ *a child*] **5** bära, hålla [*the ice doesn't* ~] **6** tynga, trycka, vila [*on, against* mot, på] **7** ***bring to*** ~ utöva [*bring pressure to* ~] **8** föra, ta av [~ *to the right*] □ ~ **down on (upon)** a) styra ned mot b) störta (kasta) sig över; ~ **out** stödja, bekräfta; ~ **up** hålla uppe, hålla modet uppe
**bearable** ['beərəbl] *a* uthärdlig, dräglig
**beard** [bɪəd] *s* skägg
**bearded** ['bɪədɪd] *a* skäggig, med skägg
**bearer** ['beərə] *s* bärare
**bearing** ['beərɪŋ] *s* **1** hållning, uppträdande **2** betydelse [*on* för]; ***it has no ~ on the subject*** det har inte med saken att göra **3** läge; sjö. pejling, bäring; ***find one's ~s*** orientera sig **4** tekn. lager
**beast** [bi:st] *s* **1** fyrfota djur; best **2** bildl. odjur, fä
**beastly** ['bi:stlɪ] *a* vard. avskyvärd, gräslig
**beat** [bi:t] **I** (*beat beaten*) *tr itr* **1** slå; piska; bulta, hamra; klappa [*his heart is beating*]; ~ ***time*** slå takten **2** vispa [~ *eggs*] **3** slå [~ *a record*], besegra; ***it ~s me how*** vard. jag fattar inte hur **II** *s* **1** slag; taktslag; bultande **2** rond; pass **III** *a*, ~ el. ***dead*** ~ vard. helt utmattad

**beaten** ['bi:tn] *a* o. *pp* (av *beat*) slagen; besegrad
**beating** ['bi:tɪŋ] *s* **1** slående **2** stryk, smörj
**beautiful** ['bju:təf(ʊ)l] *a* skön, vacker
**beautify** ['bju:tɪfaɪ] *tr* försköna, pryda
**beauty** ['bju:tɪ] *s* skönhet; ~ ***parlour*** skönhetssalong
**beaver** ['bi:və] *s* bäver; bäverskinn
**became** [bɪ'keɪm] se *become*
**because** [bɪ'kɒz] **I** *konj* emedan, därför att **II** *adv*, ~ ***of*** på grund av
**beckon** ['bek(ə)n] *itr tr* göra tecken; göra tecken åt; vinka, vinka till sig
**become** [bɪ'kʌm] (*became become*) *itr tr* **1** bli, bliva **2** ***what has ~ of it?*** vart har det tagit vägen? **3** passa, anstå, klä
**becoming** [bɪ'kʌmɪŋ] *a* passande; klädsam
**bed** [bed] *s* bädd; säng; ~ ***and breakfast*** rum inklusive frukost; ***twin ~s*** två enkelsängar; ***make the ~ (the ~s)*** bädda; ***put to ~*** lägga
**bedclothes** ['bedkləʊðz] *s pl* sängkläder
**bedding** ['bedɪŋ] *s* sängkläder
**bedridden** ['bed,rɪdn] *a* sängliggande
**bedroom** ['bedrʊm] *s* sängkammare, sovrum
**bed-settee** ['bedse'ti:] *s* bäddsoffa
**bedside** ['bedsaɪd] *s*, ***at the ~*** vid sängkanten; ***at (by) a sick p.'s ~*** vid ngns sjukbädd; ~ ***table*** nattduksbord
**bedsore** ['bedsɔ:] *s* liggsår
**bedspread** ['bedspred] *s* sängöverkast
**bedstead** ['bedsted] *s* sängstomme; säng
**bedtime** ['bedtaɪm] *s* läggdags
**bee** [bi:] *s* bi; ***have a ~ in one's bonnet*** ha en fix idé
**beech** [bi:tʃ] *s* bot. bok
**beef** [bi:f] *s* oxkött, nötkött
**beefsteak** ['bi:fsteɪk] *s* biff, biffstek
**bee-hive** ['bi:haɪv] *s* bikupa
**bee-keeper** ['bi:,ki:pə] *s* biodlare
**been** [bi:n, bɪn] se *be*
**beer** [bɪə] *s* öl
**beet** [bi:t] *s* bot. beta
**beetle** ['bi:tl] *s* skalbagge; vard. kackerlacka
**beetroot** ['bi:tru:t] *s* rödbeta
**befall** [bɪ'fɔ:l] (*befell befallen*) *tr itr* litt. hända, ske
**befallen** [bɪ'fɔ:l(ə)n] se *befall*
**befell** [bɪ'fel] se *befall*
**before** [bɪ'fɔ:] **I** *prep* framför, inför, för; före; ~ ***long*** inom kort **II** *konj* innan, förrän
**beforehand** [bɪ'fɔ:hænd] *adv* på förhand; i förväg; före
**beg** [beg] *tr itr* **1** tigga **2** be (tigga) om; ***I ~ to inform you*** jag får härmed meddela
**began** [bɪ'gæn] se *begin*
**beggar** ['begə] *s* **1** tiggare, fattig stackare **2** vard. rackare; ***you lucky ~!*** din lyckans ost!
**beggary** ['begərɪ] *s* armod
**begging** ['begɪŋ] *s* tiggande, tiggeri
**begin** [bɪ'gɪn] (*began begun*) *itr tr* börja, börja med; ***to ~ with*** a) för det första b) till att börja med
**beginner** [bɪ'gɪnə] *s* nybörjare
**beginning** [bɪ'gɪnɪŋ] *s* början, begynnelse; ***at the ~*** i början
**begonia** [bɪ'gəʊnjə] *s* begonia
**begrudge** [bɪ'grʌdʒ] *tr* **1** inte unna, missunna **2** inte gilla [~ *spending money*]
**beguile** [bɪ'gaɪl] *tr* **1** lura **2** få tid att gå
**begun** [bɪ'gʌn] se *begin*
**behalf** [bɪ'hɑ:f] *s*, ***on*** (amer. ***in***) ***a p.'s ~*** i ngns ställe, för ngns räkning
**behave** [bɪ'heɪv] *itr* o. *refl* uppföra sig väl; bete sig
**behaviour** [bɪ'heɪvjə] *s* beteende; uppförande, uppträdande
**behead** [bɪ'hed] *tr* halshugga
**beheld** [bɪ'held] se *behold*
**behind** [bɪ'haɪnd] **I** *prep* bakom, efter **II** *adv* bakom; baktill; efter; kvar [*stay ~*] **III** *s* vard. bak, stuss
**behindhand** [bɪ'haɪndhænd] *adv* o. *a* efter, på efterkälken
**behold** [bɪ'həʊld] (*beheld beheld*) *tr* litt. skåda; ~*!* si!
**beholder** [bɪ'həʊldə] *s* åskådare
**beige** [beɪʒ] *s* o. *a* beige
**being** ['bi:ɪŋ] **I** *a*, ***for the time ~*** för närvarande; tillsvidare **II** *s* **1** tillvaro; ***come into ~*** bli till **2** väsen natur **3** väsen; varelse [*human ~*]
**belch** [beltʃ] **I** *itr tr* rapa; spy ut t. ex. eld **II** *s* rapning
**Belgian** ['beldʒ(ə)n] **I** *a* belgisk **II** *s* belgare
**Belgium** ['beldʒəm] Belgien
**belie** [bɪ'laɪ] *tr* motsäga, strida mot
**belief** [bɪ'li:f] *s* tro [*in* på]; ***to the best of my ~*** så vitt jag vet
**believe** [bɪ'li:v] *itr tr* tro, tro på; ~ ***in*** tro på; ***make ~*** låtsas
**believer** [bɪ'li:və] *s* troende; ***a ~*** en troende; ***he is a ~ in*** han tror på
**belittle** [bɪ'lɪtl] *tr* minska; förringa
**bell** [bel] *s* ringklocka; bjällra, skälla
**belle** [bel] *s* skönhet, vacker kvinna

**belligerent** [bɪ'lɪdʒər(ə)nt] **I** *a* **1** krigförande **2** stridslysten **II** *s* krigförande makt
**bellow** ['beləʊ] *itr* böla, råma; ryta
**bellows** ['beləʊz] *s* bälg, blåsbälg
**belly** ['belɪ] *s* buk; mage
**belly-ache** ['belɪeɪk] *s* ont i magen
**belong** [bɪ'lɒŋ] *itr*, ~ *to* tillhöra
**belonging** [bɪ'lɒŋɪŋ] *s*, pl. ~*s* tillhörigheter
**beloved** [bɪ'lʌvd, bɪ'lʌvɪd] **I** *a* älskad **II** *s* älskling
**below** [bɪ'ləʊ] *prep* o. *adv* nedan, nedanför, under
**belt** [belt] *s* bälte; skärp, livrem, svångrem; gehäng; tekn. drivrem
**bench** [bentʃ] *s* bänk; säte; arbetsbänk
**bend** [bend] **I** (*bent bent*) *tr itr* böja, kröka; vika; böja (kröka) sig, böjas **II** *s* böjning; krök; kurva
**beneath** [bɪ'ni:θ] *adv* o. *prep* nedan, nedanför, under; ~ ***contempt*** under all kritik
**benediction** [ˌbenɪ'dɪkʃ(ə)n] *s* välsignelse
**benefactor** ['benɪfæktə] *s* välgörare
**beneficial** [ˌbenɪ'fɪʃ(ə)l] *a* välgörande
**benefit** ['benɪfɪt] **I** *s* förmån, fördel, nytta; ***give a p. the ~ of the doubt*** hellre fria än fälla ngn **II** *tr itr* göra ngn gott (nytta), gagna; ~ ***by (from)*** ha (dra) nytta av
**benevolence** [bɪ'nevələns] *s* välvilja
**benevolent** [bɪ'nevələnt] *a* **1** välvillig **2** välgörenhets- [~ *society*]
**benign** [bɪ'naɪn] *a* välvillig; med. godartad
**bent** [bent] **I** *s* böjelse **II** imperfekt av *bend* **III** *pp* o. *a* **1** böjd, krokig, krökt **2** ***be ~ on*** ha föresatt sig, vara inriktad på
**benzine** [ben'zɪ:n] *s* bensin för rengöring
**bequeath** [bɪ'kwi:ð] *tr* testamentera, lämna i arv
**bequest** [bɪ'kwest] *s* testamentarisk gåva
**bereave** [bɪ'ri:v] (*bereft bereft* el. *bereaved bereaved*) *tr* beröva, frånta; perfekt particip ***bereaved*** efterlämnad, sörjande
**bereavement** [bɪ'ri:vmənt] *s* smärtsam förlust genom dödsfall, sorg; dödsfall
**bereft** [bɪ'reft] se *bereave*
**beret** ['bereɪ] *s* baskermössa
**Berlin** [bɜ:'lɪn]
**berry** ['berɪ] *s* **1** bär **2** ***brown as a ~*** brun som en pepparkaka
**berth** [bɜ:θ] *s* koj, kojplats, sovplats; hytt
**beseech** [bɪ'si:tʃ] (*besought besought*) *tr* litt. bönfalla, be enträget
**besetting** [bɪ'setɪŋ] *a*, ~ ***sin*** skötesynd
**beside** [bɪ'saɪd] *prep* **1** bredvid, intill **2** ~ ***oneself*** utom sig [*with* av]
**besides** [bɪ'saɪdz] **I** *adv* dessutom; för övrigt **II** *prep* förutom, jämte
**besiege** [bɪ'si:dʒ] *tr* belägra
**besought** [bɪ'sɔ:t] se *beseech*
**best** [best] **I** *a* o. *adv* (superlativ av *good* o. *2 well*) bäst; ***the ~ part of an hour*** nära nog en timme; ***as ~ he could*** så gott han kunde **II** *s* det, den, de bästa; ***all the ~ of luck!*** el. ***all the ~!*** lycka till!; ***look one's ~*** vara mest till sin fördel; ***get the ~ of it*** få övertaget; ***make the ~ of*** göra det bästa möjliga av; ***to the ~ of one's knowledge*** såvitt man vet; ***dressed in one's Sunday ~*** söndagsklädd
**bestial** ['bestjəl] *a* djurisk; bestialisk
**bestow** [bɪ'stəʊ] *tr* skänka
**bet** [bet] **I** *s* vad; ***make (lay) a ~*** slå vad **II** (*bet bet;* ibl. *betted betted*) *tr itr* slå vad, slå vad om; ~ ***on*** hålla (satsa) på . . .; vard., ***you ~!*** det kan du skriva upp!
**betray** [bɪ'treɪ] *tr* **1** förråda **2** svika [~ *a p.'s confidence*] **3** röja [~ *a secret*]
**betrayal** [bɪ'treɪəl] *s* **1** förrådande; förräderi, svek **2** avslöjande
**betroth** [bɪ'trəʊð] *tr* högt. trolova [*to* med]
**better** ['betə] **I** *a* o. *adv* o. *s* (komparativ av *good o. 2 well*) bättre; hellre; ***his ~ half*** hans äkta hälft; ***be ~ off*** ha det bättre ställt; ***no ~ than*** inte annat än . . . ; ***so much the ~*** el. ***all the ~*** så mycket (desto) bättre; ***the sooner the ~*** ju förr dess bättre; ***for ~ or for worse*** vad som än händer; ***get the ~ of*** få övertaget över; ***think ~ of it*** komma på bättre tankar; ***you had ~ try*** det är bäst att du försöker **II** *s*, ***one's ~s*** folk som är förmer än man själv **III** *tr* förbättra; bättra på
**betterment** ['betəmənt] *s* förbättring
**betting** ['betɪŋ] *s* vadhållning
**between** [bɪ'twi:n] *prep* o. *adv* emellan, mellan
**beverage** ['bevərɪdʒ] *s* dryck speciellt tillagad
**beware** [bɪ'weə] *itr*, ~ ***of*** akta sig för; ~ ***of pickpockets!*** varning för ficktjuvar!
**bewilder** [bɪ'wɪldə] *tr* förvirra, förbrylla
**bewitch** [bɪ'wɪtʃ] *tr* förhäxa; förtrolla
**beyond** [bɪ'jɒnd] **I** *prep* **1** bortom [~ *the bridge*] **2** senare än, efter [~ *the usual hour*] **3** utom, utöver; över [*live ~ one's means*]; ***it is ~ me*** a) det går över mitt förstånd b) det är mer än jag förmår **II** *adv* **1** bortom, på andra sidan **2** därutöver
**bias** ['baɪəs] **I** *s* förutfattad mening; fördomar **II** (*biased biased* el. *biassed biassed*) *tr* göra partisk (fördomsfull)
**biased, biassed** ['baɪəst] *a* partisk; fördomsfull

**bib** [bɪb] *s* haklapp
**Bible** ['baɪbl] *s* bibel
**biblical** ['bɪblɪk(ə)l] *a* biblisk; bibel-
**bibliography** [ˌbɪblɪ'ɒgrəfɪ] *s* bibliografi, litteraturförteckning
**biceps** ['baɪseps] *s* biceps
**bicker** ['bɪkə] *itr* gnabbas, käbbla
**bicycle** ['baɪsɪkl] **I** *s* cykel **II** *itr* cykla
**bicyclist** ['baɪsɪklɪst] *s* cyklist
**bid** [bɪd] **I** (*bid bid;* i betydelse *2*: imperfekt *bade;* perfekt particip *bidden*) *tr itr* **1** bjuda på auktion o. i kortspel **2** i högre stil befalla, bjuda; ~ ***a p. welcome*** hälsa ngn välkommen **II** *s* bud på auktion o. i kortspel; ***make a ~ for*** vara ute efter
**bidden** ['bɪdn] se *bid I*
**bide** [baɪd] *tr,* ~ ***one's time*** bida sin tid
**bier** [bɪə] *s* likbår, likvagn
**big** [bɪg] **I** *a* stor, kraftig; ***great*** ~ vard. stor stark [*a great ~ man*]; ~ ***brother*** storebror; ~ ***business*** storfinansen; ***do things in a ~ way*** slå på stort; ***look*** ~ se viktig ut **II** *adv* vard. malligt, stöddigt [*act ~*]; ***talk*** ~ vara stor i orden
**bigamy** ['bɪgəmɪ] *s* bigami, tvegifte
**big-headed** ['bɪg'hedɪd] *a* vard. uppblåst
**bigot** ['bɪgət] *s* bigott person
**bigoted** ['bɪgətɪd] *a* bigott; trångsynt
**bigwig** ['bɪgwɪg] *s* sl. högdjur, höjdare
**bike** [baɪk] vard. **I** *s* cykel **II** *itr* cykla
**bikini** [bɪ'ki:nɪ] *s* bikini
**bilberry** ['bɪlbərɪ] *s* blåbär
**bile** [baɪl] *s* galla
**bilingual** [baɪ'lɪŋgw(ə)l] *a* tvåspråkig
**bilious** ['bɪljəs] *a* gallsjuk
**1 bill** [bɪl] *s* näbb
**2 bill** [bɪl] *s* **1** lagförslag; proposition; motion **2** räkning, nota **3** affisch, program; ~ ***of fare*** matsedel **4** växel [äv. ~ *of exchange*] **5** amer. sedel [*dollar ~*]
**billiards** ['bɪljədz] *s* biljard; biljardspel
**billion** ['bɪljən] *s* biljon; amer. o. ibland i Engl. miljard
**billow** ['bɪləʊ] **I** *s* litt. stor våg, bölja **II** *itr* bölja, svalla; ~ ***out*** välla ut
**bin** [bɪn] *s* lår, binge; låda; skrin, burk för bröd
**bind** [baɪnd] (*bound bound;* se äv. *1 bound*) *tr* **1** binda, binda fast, fästa [*to* vid] **2** binda om; ~ el. ~ ***up*** förbinda **3** förbinda, förplikta
**binding** ['baɪndɪŋ] **I** *s* **1** bindning **2** bokband **II** *a* bindande [*on* för]
**binocular** [bɪ'nɒkjʊlə] *s,* pl. ~*s* kikare, teaterkikare, fältkikare; ***a pair of ~s*** en kikare
**biographic** [baɪə'græfɪk] *a* o. **biographical** [baɪə'græfɪk(ə)l] *a* biografisk
**biography** [baɪ'ɒgrəfɪ] *s* biografi, levnadsteckning
**biological** [ˌbaɪə'lɒdʒɪk(ə)l] *a* biologisk
**biologist** [baɪ'ɒlədʒɪst] *s* biolog
**biology** [baɪ'ɒlədʒɪ] *s* biologi
**birch** [bɜ:tʃ] *s* björk
**bird** [bɜ:d] *s* fågel; ~***s of a feather flock together*** ordspr. lika barn leka bäst; ~ ***of prey*** rovfågel; ***kill two ~s with one stone*** ordspr. slå två flugor i en smäll
**birdcage** ['bɜ:dkeɪdʒ] *s* fågelbur
**bird-nest** ['bɜ:dnest] *s* fågelbo
**bird's-eye view** ['bɜ:dzaɪ'vju:] *s* fågelperspektiv
**bird's-nest** ['bɜ:dznest] *s* fågelbo
**bird-watcher** ['bɜ:dˌwɒtʃə] *s* fågelskådare
**birth** [bɜ:θ] *s* födelse; ~ ***certificate*** födelseattest; ***give ~ to*** föda, bildl. ge upphov till; ***by*** ~ till börden; född [*Swedish by ~*]
**birth-control** ['bɜ:θkənˌtrəʊl] *s* födelsekontroll
**birthday** ['bɜ:θdeɪ] *s* födelsedag; ***happy ~ to you!*** el. ***happy ~!*** har den äran på födelsedagen!
**birthmark** ['bɜ:θmɑ:k] *s* födelsemärke
**birthplace** ['bɜ:θpleɪs] *s* födelseort
**birth-rate** ['bɜ:θreɪt] *s* nativitet, födelsetal
**biscuit** ['bɪskɪt] *s* käx; skorpa
**bishop** ['bɪʃəp] *s* **1** biskop **2** schack. löpare
**bison** ['baɪsn] *s* bisonoxe; visent
**1 bit** [bɪt] *s* **1** borr, borrjärn **2** bett på betsel
**2 bit** [bɪt] *s* **1** bit, stycke; ***a*** ~ vard. lite, något; ***not a*** ~ vard. inte ett dugg; ***quite a*** ~ en hel del; ***go to ~s*** gå i småbitar; ~***s and pieces*** småsaker **2** ***two ~s*** amer. sl. 25 cent
**3 bit** [bɪt] se *bite I*
**bitch** [bɪtʃ] *s* hynda; sl. satkärring
**bite** [baɪt] **I** (*bit bitten*) *tr itr* **1** bita [*at* efter], bita i (på), bitas **2** nappa, hugga [*at* på] **3** ~ ***off more than one can chew*** ta sig vatten över huvudet **II** *s* **1** bett; stick **2** napp, hugg **3** munsbit; matbit
**biting** ['baɪtɪŋ] *a* bitande, stickande
**bitten** ['bɪtn] se *bite I*
**bitter** ['bɪtə] *a* **1** bitter, besk; ***to the ~ end*** till det bittra slutet, in i det sista **2** förbittrad, hätsk
**bizarre** [bɪ'zɑ:] *a* bisarr
**blab** [blæb] *itr tr* sladdra; sladdra om
**black** [blæk] **I** *a* svart; mörk; ~ ***coffee*** kaffe utan grädde; ~ ***eye*** blått öga efter slag; ***the Black Forest*** Schwarzwald; ***Black Maria*** vard. Svarta Maja polisens piketbil; ***the***

~ ***market*** svarta börsen; ***the Black Sea*** Svarta havet; ***beat ~ and blue*** slå gul och blå; ***he is not as ~ as he is painted*** han är bättre än sitt rykte **II** *s* **1** svart; svärta **2** neger, svart **III** *tr itr* **1** svärta; blanka **2** ~ ***a p.'s eye*** ge ngn ett blått öga
**black-beetle** ['blæk'bi:tl] *s* kackerlacka
**blackberry** ['blækbərɪ] *s* björnbär
**blackbird** ['blækbɜ:d] *s* koltrast
**blackboard** ['blækbɔ:d] *s* svart tavla
**blackcurrant** ['blæk'kʌr(ə)nt] *s* svart vinbär
**blacken** ['blæk(ə)n] *tr itr* **1** svärta; svärta ned [*a p.'s character* ngn] **2** svartna
**blackguard** ['blægɑ:d] *s* skurk, slyngel
**blackhead** ['blækhed] *s* pormask
**blacking** ['blækɪŋ] *s* skosvärta
**blackleg** ['blækleg] *s* svartfot, strejkbrytare
**blackmail** ['blækmeɪl] **I** *s* utpressning **II** *tr* öva utpressning mot
**blackmailer** ['blækˌmeɪlə] *s* utpressare
**black-marketeer** ['blækˌmɑ:kɪ'tɪə] *s* svartabörshaj
**blackout** ['blækaʊt] *s* mörkläggning; med. blackout
**blacksmith** ['blæksmɪθ] *s* smed
**bladder** ['blædə] *s* blåsa; anat. urinblåsa
**blade** [bleɪd] *s* blad på kniv, åra, till rakhyvel m. m., klinga
**blame** [bleɪm] **I** *tr* klandra; förebrå [~ *oneself*]; ***I have myself to ~*** jag får skylla mig själv **II** *s* skuld; ***lay (put, throw) the ~ on a p.*** lägga skulden på ngn
**blameless** ['bleɪmləs] *a* oklanderlig
**blameworthy** ['bleɪmˌwɜ:ðɪ] *a* klandervärd
**blanch** [blɑ:ntʃ] *tr* göra blek; bleka; ***blanched celery*** blekselleri
**blancmange** [blə'mɒnʒ] *s* blancmangé
**bland** [blænd] *a* förbindlig; blid; mild [~ *air*]
**blank** [blæŋk] **I** *a* **1** ren, tom, blank, oskriven; ~ ***cartridge*** lös patron **2** tom, uttryckslös; ***look ~*** se oförstående ut; ***my mind went ~*** jag blev alldeles tom i huvudet **II** *s* **1** tomrum, lucka **2** ***draw a ~*** dra en nit **3** lös patron
**blanket** ['blæŋkɪt] *s* sängfilt
**blare** [bleə] **I** *itr* smattra **II** *s* smatter
**blaspheme** [blæs'fi:m] *itr tr* häda, smäda
**blasphemy** ['blæsfəmɪ] *s* hädelse, blasfemi
**blast** [blɑ:st] **I** *s* **1** vindstöt **2** tryckvåg vid explosion; explosion; ~ ***effect*** sprängkraft **3** ***in (at) full ~*** vard. i full fart, för fullt **4** trumpetstöt, signal; tjut **II** *tr* **1** spränga **2** förinta **3** vard., ~ ***it!*** jäklar också!
**blasted** ['blɑ:stɪd] *a* vard. sabla, jäkla
**blatant** ['bleɪt(ə)nt] *a* påfallande, flagrant
**blaze** [bleɪz] **I** *s* **1** låga; flammande eld; ***in a ~*** i ljusan låga; ***a ~ of colour*** ett hav av glödande färger **2** eldsvåda **3** vard., ***go to ~s!*** dra åt skogen!; [***he ran***] ***like ~s*** ... som bara den **II** *itr* **1** flamma, brinna **2** skina klart (starkt)
**blazer** ['bleɪzə] *s* klubbjacka
**bleach** [bli:tʃ] **I** *tr itr* bleka; blekas **II** *s* blekmedel
**bleak** [bli:k] *a* **1** kal [*a ~ landscape*] **2** kulen; råkall **3** dyster [~ *prospects*]
**bleat** [bli:t] **I** *itr* bräka **II** *s* bräkande
**bled** [bled] se *bleed I*
**bleed** [bli:d] **I** (*bled bled*) *itr* blöda; ~ ***to death*** förblöda **II** *s* blödning
**bleeding** ['bli:dɪŋ] **I** *a* blödande; ~ ***heart*** bot. löjtnantshjärta **II** *s* blödning
**blemish** ['blemɪʃ] **I** *tr* vanställa, fläcka **II** *s* fläck, skönhetsfel
**blend** [blend] **I** *tr itr* blanda [~ *tea*]; förena; blanda sig, blandas **II** *s* blandning [~ *of tea (tobacco)*]
**bless** [bles] *tr* **1** välsigna; ***God ~ you!*** a) Gud bevare dig! b) prosit! **2** lyckliggöra; ***blessed with talent*** begåvad med talang **3** ***I'm blessed if I know*** det vete katten!
**blessed** [adjektiv 'blesɪd, perfekt particip blest] **I** *a* **1** välsignad **2** lycklig; salig [~ *are the poor*] **3** helig [*the Blessed Virgin*] **4** vard. förbaskad **II** *pp* se *bless*
**blessing** ['blesɪŋ] *s* **1** välsignelse **2** nåd, gudagåva; glädjeämne; ***a ~ in disguise*** tur i oturen
**blew** [blu:] se *1 blow*
**blight** [blaɪt] **I** *s* bot. mjöldagg, rost **II** *tr* fördärva
**blighter** ['blaɪtə] *s* sl. rackare; ***lucky ~!*** lyckans ost!
**blimey** ['blaɪmɪ] *interj* sl. jösses!
**blimp** [blɪmp] *s* vard. stockkonservativ typ
**blind** [blaɪnd] **I** *a* **1** blind [~ *in (of)* (på) *one eye*]; ~ ***date*** 'blindträff' med obekant person; ***turn a ~ eye to a th.*** blunda för ngt **2** ***he did not take a ~ bit of notice of it*** han brydde sig inte ett dugg om det **II** *adv*, ~ ***drunk*** vard. dödfull **III** *s* **1** rullgardin; markis; ***Venetian ~*** persienn **2** täckmantel **IV** *tr* göra blind; blända; bildl. förblinda
**blindfold** ['blaɪndfəʊld] **I** *tr* binda för ögonen på **II** *a* o. *adv* med förbundna ögon
**blindman's-buff** ['blaɪndmænz'bʌf] *s* blindbock

**blink** [blɪŋk] *itr tr* **1** blinka; plira [*at* mot]; blinka med **2** bildl. blunda för [~ *the fact*]
**bliss** [blɪs] *s* lycksalighet, lycka
**blissful** ['blɪsf(ʊ)l] *a* lycksalig
**blister** ['blɪstə] *s* blåsa; blemma
**blithe** [blaɪð] *a* bekymmerslös, tanklös [~ *disregard*]
**blizzard** ['blɪzəd] *s* häftig snöstorm
**bloated** ['bləʊtɪd] *a* uppsvälld, plufsig
**bloater** ['bləʊtə] *s* lätt saltad rökt sill
**blob** [blɒb] *s* droppe; klick [*a* ~ *of paint*]
**block** [blɒk] **I** *s* **1** kloss, kubb, stock, block av sten, trä **2** ~ ***letter*** tryckbokstav **3** byggnadskomplex; ~ ***of flats*** hyreshus; ***walk round the*** ~ gå runt kvarteret **II** *tr* blockera, spärra, spärra av, täppa till, stänga av [äv. ~ *up*]
**blockade** [blɒ'keɪd] **I** *s* blockad **II** *tr* blockera
**blockhead** ['blɒkhed] *s* vard. dumskalle
**bloke** [bləʊk] *s* vard. kille
**blond** [blɒnd] **I** *a* blond **II** *s* blond person
**blonde** [blɒnd] **I** *a* blond [*a* ~ *girl*] **II** *s* blondin
**blood** [blʌd] *s* blod; ***stir up bad*** ~ väcka ont blod; ***his*** ~ ***is up*** hans blod är i svallning; ***in cold*** ~ kallblodigt, med berått mod; ***it runs in the*** ~ det ligger i blodet (släkten)
**blood-curdling** ['blʌd,kɜ:dlɪŋ] *a* bloddrypande; hårresande
**blood-donor** ['blʌd,dəʊnə] *s* blodgivare
**blood-heat** ['blʌdhi:t] *s* normal kroppstemperatur
**bloodhound** ['blʌdhaʊnd] *s* blodhund
**bloodless** ['blʌdləs] *a* blodlös; oblodig
**blood-poisoning** ['blʌd,pɔɪznɪŋ] *s* blodförgiftning
**bloodshed** ['blʌdʃed] *s* blodsutgjutelse
**bloodshot** ['blʌdʃɒt] *a* blodsprängd
**bloodthirsty** ['blʌd,θɜ:stɪ] *a* blodtörstig
**blood-vessel** ['blʌd,vesl] *s* blodkärl åder
**bloody** ['blʌdɪ] **I** *a* blodig; sl. förbannad, djävla **II** *adv* sl. förbannat; ***not*** ~ ***likely!*** i helvete heller!
**bloom** [blu:m] **I** *s* blomma; ***be in*** ~ stå i blom **II** *itr* blomma, stå i full blom
**bloomer** ['blu:mə] *s* vard. tabbe, blunder
**blossom** ['blɒsəm] **I** *s* blomma; blomning; ***be in*** ~ stå i blom **II** *itr* **1** slå ut i blom, blomma **2** bildl., ~ ***forth (out)*** blomma upp
**blot** [blɒt] **I** *s* plump, bläckfläck **II** *tr* **1** bläcka (plumpa) ner **2** torka med läskpapper **3** ~ ***out*** skymma; utplåna, utrota
**blotch** [blɒtʃ] *s* större fläck
**blotting-paper** ['blɒtɪŋ,peɪpə] *s* läskpapper
**blouse** [blaʊz] *s* blus
**1 blow** [bləʊ] (*blew blown*, i betydelse *3 blowed*) *itr tr* **1** blåsa, blåsa i; ~ ***one's nose*** snyta sig; ~ ***one's own trumpet*** bildl. slå på trumman för sig själv **2** spränga i luften **3** sl., ~ ***it!*** jäklar också!; ***blowed if I know!*** det vete katten! □ ~ **out a)** slockna **b)** släcka, blåsa ut [~ *out a candle*] **c)** ***the storm has blown itself out*** stormen har bedarrat **d)** ~ ***out one's brains*** skjuta sig för pannan; ~ **over** a) blåsa omkull b) om t. ex. oväder dra förbi, gå över; ~ **up** a) blåsa, (pumpa) upp [~ *up a tyre*] b) spränga (flyga) i luften
**2 blow** [bləʊ] *s* slag, stöt; bildl. hårt slag [*to* för]; ***come to*** ~***s*** råka i slagsmål (handgemäng)
**blow-dry** ['bləʊdraɪ] *tr* föna håret
**blow-lamp** ['bləʊlæmp] *s* blåslampa
**blown** [bləʊn] se *1 blow*
**blow-torch** ['bləʊtɔ:tʃ] *s* blåslampa
**blow-wave** ['bləʊweɪv] *tr* föna håret
**blub** [blʌb] *itr* vard. lipa
**blue** [blu:] **I** *a* **1** blå; ~ ***cheese*** ädelost; ***once in a*** ~ ***moon*** sällan eller aldrig **2** vard. deppig **3** vard. porr- [*a* ~ *film*] **II** *s* **1** blått **2** ***the*** ~ poet. a) skyn, himlen b) havet **3** konservativ [*a true* ~] **4** pl., ***have the*** ~***s*** vard. deppa, vara nere
**bluebell** ['blu:bel] *s* i Nordengland blåklocka; i Sydengland engelsk klockhyacint
**blueberry** ['blu:bərɪ] *s* blåbär
**bluebottle** ['blu:,bɒtl] *s* spyfluga
**blue-collar** ['blu:'kɒlə] *a*, ~ ***worker*** blåställsarbetare
**bluff** [blʌf] **I** *tr itr* bluffa **II** *s* bluff; ***call a p.'s*** ~ testa om ngn bluffar
**blunder** ['blʌndə] **I** *itr* dumma sig **II** *s* blunder, tabbe
**blunt** [blʌnt] **I** *a* **1** slö, trubbig **2** trög, slö **3** rättfram **II** *tr* göra slö, trubba av
**bluntly** ['blʌntlɪ] *adv* rakt på sak
**blur** [blɜ:] **I** *s* sudd, suddighet; surr [*a* ~ *of voices*] **II** *tr itr* göra suddig (otydlig); bli suddig
**blurred** [blɜ:d] *a* suddig, otydlig
**blurt** [blɜ:t] *tr*, ~ ***out*** vräka ur sig
**blush** [blʌʃ] **I** *itr* rodna; blygas **II** *s* rodnad, rodnande
**bluster** ['blʌstə] **I** *itr* domdera; skrävla **II** *s* gormande; skrävel
**boa** ['bəʊə] *s* boaorm
**boar** [bɔ:] *s* galt; ***wild*** ~ vildsvin
**board** [bɔ:d] **I** *s* **1** bräde, bräda **2** anslagstavla, svart tavla **3** kost [*free* ~]; ~ ***and***

*lodging* kost och logi, inackordering; *full ~* helpension **4** råd, styrelse; nämnd; *~ of directors* styrelse, direktion för t. ex. bolag **5** *on ~* ombord, ombord på (i) fartyg, flygplan, amer. äv. tåg **II** *tr* **1** brädfodra; *~ up* sätta bräder för **2** *~ a p.* ha ngn inackorderad **3** gå ombord på

**boarder** ['bɔ:də] *s* **1** inackorderingsgäst, pensionatsgäst, matgäst **2** internatselev

**boarding-house** ['bɔ:dɪŋhaʊs] *s* pensionat

**boarding-school** ['bɔ:dɪŋsku:l] *s* internatskola

**boast** [bəʊst] **I** *s* skryt; stolthet **II** *itr tr* skryta; kunna skryta med

**boaster** ['bəʊstə] *s* skrytmåns

**boastful** ['bəʊstf(ʊ)l] *a* skrytsam

**boat** [bəʊt] **I** *s* båt **II** *itr* åka båt, segla

**boatman** ['bəʊtmən] (pl. *boatmen* ['bəʊtmən]) *s* båtkarl

**boat-race** ['bəʊtreɪs] *s* kapprodd

**boatswain** ['bəʊsn] *s* båtsman

**bob** [bɒb] **I** *s* **1** knyck, ryck **2** bobbat hår **II** *itr* guppa, hoppa

**bobbin** ['bɒbɪn] *s* spole, trådrulle

**bobby** ['bɒbɪ] *s* vard. 'bobby', polisman

**bodily** ['bɒdəlɪ] **I** *a* kroppslig, fysisk **II** *adv* **1** kroppsligen **2** helt och hållet

**body** ['bɒdɪ] *s* **1** kropp; lekamen; *~ odour* kroppsodör **2** lik, död kropp **3** huvuddel, viktigaste del; stomme, skrov **4** samfund, församling [*a legislative ~*]; *governing ~* styrande organ **5** skara, grupp

**body-building** ['bɒdɪˌbɪldɪŋ] *s* bodybuilding, kroppsbyggande

**bodyguard** ['bɒdɪgɑ:d] *s* livvakt

**bog** [bɒg] **I** *s* mosse, myr **II** *tr, be (get) bogged down* vard. ha kört fast

**bogus** ['bəʊgəs] *a* fingerad, sken-

**Bohemian** [bə'hi:mjən] **I** *s* bohem **II** *a* bohemisk

**1 boil** [bɔɪl] *s* böld, varböld, spikböld

**2 boil** [bɔɪl] **I** *tr itr* koka, sjuda □ *~* **away** koka bort; koka för fullt; *~* **down** koka ihop (av); *it all ~s down to...* det hela går i korthet ut på... **II** *s, be at (on) the ~* vara i kokning; *bring a th. to the ~* koka upp ngt

**boiler** ['bɔɪlə] *s* **1** kokkärl, kokare **2** ångpanna; *~ room* pannrum; *~ suit* overall

**boiling-point** ['bɔɪlɪŋpɔɪnt] *s* kokpunkt

**boisterous** ['bɔɪstərəs] *a* bullrande

**bold** [bəʊld] *a* **1** djärv, dristig **2** framfusig

**Bolivia** [bə'lɪvɪə]

**Bolivian** [bə'lɪvɪən] **I** *s* bolivian **II** *a* boliviansk

**Bolshevik** ['bɒlʃəvɪk] *s* bolsjevik

**bolster** ['bəʊlstə] **I** *s* lång underkudde **II** *tr,* vanl. *~ up* stödja [*~ up a theory*]

**bolt** [bəʊlt] **I** *s* **1** bult **2** låskolv, regel; slutstycke i skjutvapen **3** *make a ~ for* rusa mot **II** *itr tr* **1** rusa i väg **2** vard. kasta i sig mat **3** fästa med bult (bultar); regla

**bomb** [bɒm] **I** *s* bomb **II** *tr itr* bomba

**bombard** [bɒm'bɑ:d] *tr* bombardera

**bombardment** [bɒm'bɑ:dmənt] *s* bombardemang

**bombastic** [bɒm'bæstɪk] *a* bombastisk

**bomber** ['bɒmə] *s* bombare, bombplan

**bombproof** ['bɒmpru:f] *a* bombsäker

**bond** [bɒnd] *s* **1** förbindelse; borgen, säkerhet **2** obligation; revers [*for* på] **3** band [*~ (~s) of friendship*]

**bone** [bəʊn] **I** *s* **1** ben; benknota; *be chilled (frozen) to the ~* frysa ända in i märgen; *work a p. to the ~* låta ngn arbeta som en slav; *work one's fingers to the ~* arbeta som en slav **2 a)** *~ of contention* tvistefrö **b)** *have a ~ to pick with a p.* vard. ha en gås oplockad med ngn **c)** *he made no ~s about the fact that...* vard. han stack inte under stol med att... **II** *tr* bena fisk, bena ur

**bone-dry** ['bəʊn'draɪ] *a* snustorr

**bonfire** ['bɒnˌfaɪə] *s* bål, brasa

**bonnet** ['bɒnɪt] *s* **1** hätta för barn, huva; bahytt **2** motorhuv på bil

**bonny** ['bɒnɪ] *a* söt, fager [*a ~ lass*]

**bonus** ['bəʊnəs] *s* premie; gratifikation; bonus

**bony** ['bəʊnɪ] *a* benig, full av ben

**boo** [bu:] **I** *interj* bu!, fy! **II** *s* burop, fyrop **III** *itr tr* bua; bua åt

**booby** ['bu:bɪ] *s* klantskalle; drummel

**booby-trap** ['bu:bɪtræp] *s* **1** elakt skämt, fälla **2** mil. minförsåt, minfälla

**book** [bʊk] **I** *s* **1** bok; häfte; *be in a p.'s good (bad, black) ~s* ligga bra (dåligt) till hos ngn **2** telefonkatalog [*he is* (står) *in the ~*] **II** *tr* **1** notera, bokföra, boka; skriva upp [*be booked for an offence*] **2** boka, beställa, förhandsbeställa, reservera biljett, plats, rum

**bookcase** ['bʊkkeɪs] *s* bokhylla

**booking** ['bʊkɪŋ] *s* beställning, förhandsbeställning

**booking-office** ['bʊkɪŋˌɒfɪs] *s* biljettkontor, biljettlucka

**bookkeeper** ['bʊkˌki:pə] *s* bokhållare

**bookkeeping** ['bʊkˌki:pɪŋ] *s* bokföring

**booklet** ['bʊklət] *s* liten bok, häfte

**bookmaker** ['bʊkˌmeɪkə] *s* bookmaker

**bookmark** ['bʊkmɑ:k] *s* bokmärke

**bookseller** ['bʊkˌselə] *s* bokhandlare

**bookshop** ['bʊkʃɒp] *s* bokhandel
**bookstall** ['bʊkstɔ:l] *s* bokstånd; tidningskiosk
**1 boom** [bu:m] **I** *itr* dåna, dundra **II** *s* dån, dunder
**2 boom** [bu:m] *s* hausse; högkonjunktur
**boomerang** ['bu:məræŋ] *s* bumerang
**boon** [bu:n] *s* välsignelse, förmån
**boor** [bʊə] *s* tölp, bondlurk
**boorish** ['bʊərɪʃ] *a* tölpaktig
**boost** [bu:st] **I** *tr* **1** höja, öka; ~ ***morale*** stärka moralen **2** puffa för **II** *s* höjning, ökning
**boot** [bu:t] **I** *s* **1** känga; pjäxa; stövel; ***get the*** ~ sl. få sparken **2** bagagelucka **II** *tr* sparka; ~ ***out*** vard. ge sparken
**booth** [bu:ð, bu:θ] *s* **1** stånd, bod **2** bås avskärmad plats **3** telefonkiosk
**bootleg** ['bu:tleg] *tr itr* langa sprit
**bootlegger** ['bu:tˌlegə] *s* langare
**bootlicker** ['bu:tˌlɪkə] *s* tallriksslickare
**booty** ['bu:tɪ] *s* byte, rov
**booze** [bu:z] vard. **I** *itr* supa **II** *s* sprit; fylleskiva
**boracic** [bə'ræsɪk] *a*, ~ ***acid*** borsyra
**border** ['bɔ:də] **I** *s* **1** kant; rand **2** gräns **3** bård; list **II** *tr itr* kanta, begränsa; ~ ***on*** gränsa till
**borderline** ['bɔ:dəlaɪn] *s* gränslinje; ~ ***case*** gränsfall
**1 bore** [bɔ:] se *2 bear*
**2 bore** [bɔ:] **I** *s* borrhål; gevärslopp **II** *tr itr* borra [~ *for* (efter) *oil*]
**3 bore** [bɔ:] **I** *s* **1** ***he (the film) is a*** ~ han (filmen) är långtråkig; ***what a*** ~*!* vad tråkigt! **2** tråkmåns **II** *tr* tråka ut
**bored** [bɔ:d] *a* uttråkad, ointresserad
**boredom** ['bɔ:dəm] *s* långtråkighet; leda
**boring** ['bɔ:rɪŋ] *a* tråkig, långtråkig
**born** [bɔ:n] *a* o. *pp* (av *2 bear*) född; ***he is a*** ~... han är som skapt till...; ***an Englishman*** ~ ***and bred*** en äkta engelsman
**borne** [bɔ:n] *pp* (av *2 bear*) **1** buren etc., burit etc.; jfr *2 bear* **2** född [~ *by Eve*]
**borough** ['bʌrə] *s* stad (stadsdel) som administrativt begrepp; ~ ***council*** kommunfullmäktige, stadsfullmäktige
**borrow** ['bɒrəʊ] *tr itr* låna [*from* av]
**bosh** [bɒʃ] *s* vard. struntprat
**bosom** ['bʊzəm] *s* barm, bröst; famn; ~ ***friend*** hjärtevän
**boss** [bɒs] vard. **I** *s* boss, bas **II** *tr*, ~ ***a p. about*** köra med ngn
**bossy** ['bɒsɪ] *a* vard. dominerande
**botanic** [bə'tænɪk] *a* o. **botanical** [bə'tænɪk(ə)l] *a* botanisk
**botany** ['bɒtənɪ] *s* botanik
**botch** [bɒtʃ] *tr* förfuska
**both** [bəʊθ] **I** *pron* båda, bägge **II** *adv*, ~... ***and*** både... och
**bother** ['bɒðə] **I** *tr itr* **1** plåga, besvära, störa; göra sig besvär [*about* med]; ***I can't be bothered*** jag orkar (gitter) inte; ***not*** ~ ***about*** strunta i **2** ~ ***it!*** el. ~*!* tusan också! **II** *s* besvär; bråk
**bottle** ['bɒtl] **I** *s* butelj, flaska **II** *tr* **1** tappa på flaska; ***bottled beer*** flasköl **2** lägga in på glas, konservera
**bottleneck** ['bɒtlnek] *s* flaskhals
**bottle-opener** ['bɒtlˌəʊpənə] *s* kapsylöppnare
**bottom** ['bɒtəm] *s* botten, undre del; vard. ända, stjärt; ***at the*** ~ ***of*** nederst på; ***at*** ~ i grund och botten; ***be at the*** ~ ***of*** ligga bakom; ***get to the*** ~ ***of*** gå till botten med
**bough** [baʊ] *s* speciellt större trädgren; lövruska
**bought** [bɔ:t] se *buy I*
**boulder** ['bəʊldə] *s* stenblock
**bounce** [baʊns] **I** *itr tr* studsa **II** *s* studs, studsning, hopp
**1 bound** [baʊnd] **I** imperfekt av *bind* **II** *pp* o. *a* inbunden, bunden; ***be*** ~ ***over*** jur. få villkorlig dom; ***be*** ~ ***to*** vara skyldig (tvungen) att; ***he is*** ~ ***to win*** han vinner säkert
**2 bound** [baʊnd] *a* destinerad [*for* till]
**3 bound** [baʊnd] **I** *itr* studsa; skutta **II** *s* skutt, hopp, språng
**4 bound** [baʊnd] **I** *s*, pl. ~*s* gräns, gränser; ***out of*** ~***s*** speciellt skol. o. mil. förbjudet område, på förbjudet område; ***keep within*** ~***s*** hålla måttan **II** *tr* begränsa
**boundary** ['baʊndərɪ] *s* gräns
**bounder** ['baʊndə] *s* vard. bracka; knöl
**bountiful** ['baʊntɪf(ʊ)l] *a* givmild
**bounty** ['baʊntɪ] *s* **1** ekon. premie **2** skottpengar **3** gåva
**bouquet** [bʊ'keɪ] *s* bukett
**bourgeois** ['bʊəʒwɑ:] **I** *s* småborgare **II** *a* småborgerlig
**bourgeoisie** [ˌbʊəʒwɑ:'zi:] *s* bourgeoisie, borgarklass, medelklass
**bout** [baʊt] *s* **1** dust, kamp [*wrestling* ~] **2** anfall [~ *of activity*], släng [~ *of influenza*]
**1 bow** [baʊ] **I** *tr itr* böja [~ *one's head*], kröka; buga, buga sig [*to* för]; ***be bowed down with*** vara nertyngd av **II** *s* bugning; ***take a*** ~ ta emot applåderna
**2 bow** [baʊ] *s* sjö., pl. ~*s* bog; för, stäv
**3 bow** [bəʊ] *s* **1** båge; ~ ***window*** burspråksfönster **2** pilbåge **3** stråke **4** knut, rosett
**bowel** ['baʊəl] *s*, pl. ~*s* inälvor; mage

**bower** ['bauə] *s* berså, lövsal
**1 bowl** [bəul] *s* skål, bunke
**2 bowl** [bəul] *tr itr* i kricket kasta; ~ el. ~ *out* slå ut slagmannen
**bow-legged** ['bəulegd] *a* hjulbent
**bowler** ['bəulə] *s* kubb, plommonstop
**bowling** ['bəulıŋ] *s* **1** bowling **2** bowls spel **3** i kricket kastande
**bow-tie** ['bəu'taı] *s* rosett, fluga
**bow-wow** ['bauwau] *s* barnspr. vovve
**1 box** [bɒks] *s* buxbom träslag och träd
**2 box** [bɒks] *s* **1** låda; ask, dosa, box; ***the ~*** vard. teve, TV **2** avbalkning, bås; ~ ***number*** postv. box..., fack... **3** loge på teater
**3 box** [bɒks] **I** *s*, ~ ***on the ears*** örfil **II** *tr itr* boxa; boxas; ~ ***a p.'s ears*** ge ngn en örfil
**boxer** ['bɒksə] *s* boxare
**boxing** ['bɒksıŋ] *s* boxning
**Boxing Day** ['bɒksıŋdeı] *s* annandag jul, om första dagen efter juldagen är en söndag tredjedag jul
**box-office** ['bɒks,ɒfıs] *s* biljettkontor för t. ex. teater
**box-wood** ['bɒkswud] *s* buxbom träslag
**boy** [bɔı] *s* pojke, gosse, grabb
**boycott** ['bɔıkɒt] **I** *tr* bojkotta **II** *s* bojkott
**boy-friend** ['bɔıfrend] *s* pojkvän
**boyhood** ['bɔıhud] *s* pojkår, barndom
**boyish** ['bɔıı∫] *a* pojkaktig; pojk-
**bra** [brɑ:] *s* vard. bh, behå
**brace** [breıs] **I** *s*, pl. ~*s* hängslen [*a pair of ~s*] **II** *tr*, ~ ***oneself*** ta sig samman
**bracelet** ['breıslət] *s* armband
**bracing** ['breısıŋ] *a* uppiggande [~ *air*]
**bracken** ['bræk(ə)n] *s* bräken; ormbunke
**bracket** ['brækıt] **I** *s* **1** konsol, vinkeljärn **2** parentes; ***in ~s*** inom parentes **II** *tr* **1** sätta inom parentes **2** ~ ***together*** el. ~ jämställa
**brag** [bræg] *itr* skryta, skrävla
**braggart** ['brægət] *s* skrävlare
**braid** [breıd] *s* fläta av hår
**braille** [breıl] *s* blindskrift
**brain** [breın] **I** *s* hjärna; ***cudgel (rack) one's ~s*** bry sin hjärna; ***he has got ~s*** han är intelligent; ***have (have got) a th. on the ~*** ha fått ngt på hjärnan **II** *tr* slå in skallen på
**brainwash** ['breınwɒ∫] *tr* hjärntvätta
**brainwashing** ['breın,wɒ∫ıŋ] *s* hjärntvätt
**brainwave** ['breınweıv] *s* snilleblixt, ljus idé
**brainy** ['breını] *a* vard. begåvad, klyftig
**braise** [breız] *tr* kok. bräsera
**brake** [breık] **I** *s* broms **II** *tr itr* bromsa
**bran** [bræn] *s* kli, sådor
**branch** [brɑ:nt∫] *s* **1** gren, kvist **2** förgrening, utgrening **3** filial
**brand** [brænd] **I** *s* **1** brännjärn **2** brännmärke **3** hand. sort [~ *of coffee*], märke [~ *of cigarettes*] **II** *tr* märka med brännjärn; brännmärka
**brandish** ['brændı∫] *tr* svänga t. ex. vapen
**brand-new** ['brænd'nju:] *a* splitterny
**brandy** ['brændı] *s* konjak
**brass** [brɑ:s] *s* **1** mässing; ~ ***hat*** mil., vard. höjdare; ***get down to ~ tacks*** komma till saken **2** ~ ***band*** mässingsorkester
**brassiere** ['bræsıə, amer. brə'zıə] *s* bysthållare, bh, behå
**brat** [bræt] *s* satunge; rackarunge
**bravado** [brə'vɑ:dəu] *s* skryt, övermod
**brave** [breıv] **I** *a* modig, tapper **II** *tr* trotsa, tappert möta
**bravery** ['breıvərı] *s* mod, tapperhet
**bravo** ['brɑ:'vəu] *interj* bravo!
**brawl** [brɔ:l] *itr* bråka, gorma
**brawn** [brɔ:n] *s* **1** muskelstyrka **2** kok. sylta
**brawny** ['brɔ:nı] *a* muskulös, stark
**bray** [breı] *itr* om åsna skria
**brazen** ['breızn] *a* fräck [*a ~ lie*]
**brazier** ['breızjə] *s* fat med glödande kol
**Brazil** [brə'zıl] Brasilien
**Brazilian** [brə'zıljən] **I** *a* brasiliansk **II** *s* brasilian
**brazil-nut** [brə'zılnʌt] *s* paranöt
**breach** [bri:t∫] **I** *s* **1** brytning; brytande; ~ ***of discipline*** disciplinbrott; ~ ***of duty*** tjänstefel; ~ ***of promise*** brutet äktenskapslöfte **2** bräsch; hål; ***step into (fill) the ~*** bildl. rycka in **II** *tr* slå en bräsch i
**bread** [bred] *s* bröd; matbröd; ***a slice (piece) of ~ and butter*** en smörgås utan pålägg
**bread-bin** ['bredbın] *s* brödburk, brödskrin
**breadcrumb** ['bredkrʌm] *s* brödsmula; ~*s* äv. rivebröd
**breadth** [bredθ] *s* bredd, vidd
**bread-winner** ['bred,wınə] *s* familjeförsörjare
**break** [breık] **I** (*broke broken*) *tr itr* **1** bryta, bryta av (sönder); knäcka; ha sönder; gå sönder, spricka, brytas, brytas sönder; brista; gå av [*the rope broke*], knäckas; ~ ***open*** bryta upp **2** krossa [~ *a p.'s heart*] **3** bryta mot [~ *the law*] **4** ~ ***the ice*** bildl. bryta isen; ~ ***the news to a p.*** meddela ngn nyheten **5** ***dawn is breaking*** det gryr **6** bryta fram, ljuda [*a cry broke from her lips*] **7** ~ ***into*** **a)** bryta ut i, brista ut i [~ *into laughter*] **b)** ~ ***into a house***

bryta sig in i ett hus □ ~ **away** slita sig loss; göra sig fri; ~ **down** a) bryta ner; slå in en dörr b) dela (lösa) upp c) bryta samman; få ett sammanbrott d) gå sönder, strejka; ~ **in** a) bryta sig in b) rida in, köra in [~ *in a horse*] c) röka in [~ *in a pipe*]; ~ **off** avbryta; ~ **out a)** bryta ut **b)** ~ ***out laughing*** brista ut i skratt **c)** ~ ***out into a sweat*** råka i svettning; ~ **up** a) bryta (slå) sönder b) upplösa, skingra [*the police broke up the crowd*] c) sluta [*school ~s up today*]
**II** *s* **1** brytande, brytning; brott **2** spricka, avbrott; paus, rast **3** ***at ~ of day*** vid dagens inbrott **4** vard., ***a bad ~*** otur; ***a lucky ~*** tur **5** vard. chans [*give him a ~*]
**breakdown** ['breɪkdaʊn] *s* **1** sammanbrott, misslyckande **2** ~ ***lorry (van)*** bärgningsbil **3** analys
**breaker** ['breɪkə] *s* bränning, brottsjö
**breakfast** ['brekfəst] **I** *s* frukost, morgonmål; ~ ***food*** flingor m. m. **II** *itr* äta frukost
**breakthrough** ['breɪkθru:] *s* genombrott
**breakup** ['breɪkʌp] *s* upplösning [*the ~ of a marriage*]; brytning
**breakwater** ['breɪkˌwɔ:tə] *s* vågbrytare
**bream** [bri:m] *s* braxen
**breast** [brest] *s* bröst; ***make a clean ~ of it*** lätta sitt samvete
**breast-fed** ['brestfed] se *breast-feed*
**breast-feed** ['brestfi:d] (*breast-fed breast-fed*) *tr* amma
**breaststroke** ['breststrəʊk] *s* bröstsim
**breath** [breθ] *s* **1** andedräkt; anda; andning; ***take a p.'s ~ away*** få ngn att tappa andan; ***waste one's ~ on*** spilla ord på; ***out of ~*** andfådd **2** andetag, andedrag; pust, fläkt; ***a ~ of fresh air*** en nypa frisk luft
**breathe** [bri:ð] *itr tr* andas; ~ ***one's last*** dra sin sista suck
**breather** ['bri:ðə] *s*, ***take a ~*** pusta ut
**breathing-space** ['bri:ðɪŋspeɪs] *s* andrum
**breathless** ['breθləs] *a* andfådd; andlös
**breathtaking** ['breθˌteɪkɪŋ] *a* nervkittlande; hisnande
**bred** [bred] se *breed I*
**breeches** ['brɪtʃɪz] *s pl* knäbyxor
**breed** [bri:d] **I** (*bred bred*) *tr* **1** föda upp djur, odla **2** skapa, väcka, föda [*war ~s misery*], avla **II** *s* **1** ras, avel; ~ ***of cattle*** kreatursstam **2** sort, slag [*of the same ~*]
**breeding** ['bri:dɪŋ] *s* **1** uppfödande **2** fostran **3** fortplantning **4** god uppfostran, hyfs
**breeze** [bri:z] **I** *s* bris, fläkt **II** *itr* vard., ~ ***in*** komma insusande
**brethren** ['breðrən] *s pl* se *brother 2*
**brevity** ['brevətɪ] *s* korthet; koncishet
**brew** [bru:] **I** *tr itr* **1** brygga, bryggas; ~ ***up tea*** el. ~ ***tea*** koka te **2** vara i görningen [*there is something brewing*] **II** *s* brygd
**brewer** ['bru:ə] *s* bryggare
**brewery** ['bru:ərɪ] *s* bryggeri
**briar** ['braɪə] *s* törnbuske, nyponbuske
**bribe** [braɪb] **I** *s* mutor, muta **II** *tr* muta
**bribery** ['braɪbərɪ] *s* bestickning; mutor
**brick** [brɪk] *s* **1** tegel, tegelsten; ***hard as (as hard as) a ~*** stenhård; ***drop a ~*** vard. trampa i klaveret **2** byggkloss **3** vard. hedersprick
**bricklayer** ['brɪkˌleɪə] *s* murare
**bridal** ['braɪdl] *a* brud-, bröllops-
**bride** [braɪd] *s* brud
**bridegroom** ['braɪdgrʊm] *s* brudgum
**bridesmaid** ['braɪdzmeɪd] *s* brudtärna
**1 bridge** [brɪdʒ] *s* kortsp. bridge
**2 bridge** [brɪdʒ] **I** *s* bro; brygga; kommandobrygga **II** *tr* slå en bro över, överbrygga
**bridgehead** ['brɪdʒhed] *s* mil. brohuvud
**bridle** ['braɪdl] **I** *s* betsel **II** *tr* tygla
**bridle-path** ['braɪdlpɑ:θ] *s* ridväg
**brief** [bri:f] **I** *s*, pl. ~***s*** trosor **II** *a* kort, kortfattad; ***be ~*** fatta sig kort; ***in ~*** i korthet
**brief-case** ['bri:fkeɪs] *s* portfölj
**brier** ['braɪə] *s* törnbuske, nyponbuske
**brigade** [brɪ'geɪd] *s* brigad
**bright** [braɪt] *a* **1** klar, ljus **2** skärpt, begåvad
**brighten** ['braɪtn] *tr itr* göra (bli) ljus (klar), göra (bli) ljusare (klarare); lysa upp [*his face brightened up*]
**brilliance** ['brɪljəns] *s* glans, briljans; begåvning
**brilliant** ['brɪljənt] *a* glänsande, lysande, briljant; strålande [*a ~ idea*]; mycket begåvad
**brim** [brɪm] *s* **1** brädd, kant **2** brätte
**brine** [braɪn] *s* saltvatten, saltlake
**bring** [brɪŋ] (*brought brought*) *tr* **1** komma med, ha (föra) med sig; hämta **2** a) frambringa, framkalla; medföra b) förmå, bringa, få [*to* till att] □ ~ **about** få till stånd, framkalla [~ *about a crisis*]; ~ **back** ta (ha) med sig tillbaka; väcka [~ *back memories*]; ~ **in** föra in, bära in, ta in; ~ **out** ge ut [~ *a new book*]; ~ **round** få att kvickna till; ta med; ~ ***a p. round to one's point of view*** omvända ngn till sin åsikt; ~ **up** uppfostra, föda upp; ta (dra) upp [~ *up a question*], föra på tal; hämta upp; föra fram till en viss tidpunkt

**brink** [brɪŋk] *s* rand, brant [*on the ~ of ruin*]
**brisk** [brɪsk] *a* livlig, rask [*at a ~ pace*]
**bristle** ['brɪsl] **I** *s* borsthår; skäggstrå; vanl. pl. *~s* kollektivt borst **II** *itr*, *~* ***with*** bildl. vimla av [*~ with difficulties*]
**Brit** [brɪt] *s* vard. britt, engelsman
**Britain** ['brɪtn] **1** ***Great*** *~* el. *~* Storbritannien, ibland England **2** hist. Britannien
**British** ['brɪtɪʃ] **I** *a* brittisk; engelsk **II** *s*, ***the*** *~* britterna, engelsmännen
**Briton** ['brɪtn] *s* britt äv. hist.
**Brittany** ['brɪtənɪ] Bretagne
**brittle** ['brɪtl] *a* spröd, skör
**broach** [brəʊtʃ] *tr* bringa på tal [*~ a subject*]
**broad** [brɔ:d] **I** *a* **1** bred; vid, vidsträckt; *~* ***beans*** bondbönor; ***in*** *~* ***daylight*** mitt på ljusa dagen **2** huvudsaklig, stor [*~ outline (outlines)*] **II** *s* amer. sl. fruntimmer, brud
**broadcast** ['brɔ:dkɑ:st] **I** (*broadcast broadcast*; ibland *broadcasted broadcasted*) *tr itr* **1** sända, sända i radio (TV) **2** uppträda i radio (TV) **II** *s* radioutsändning, TV-sändning
**broadcasting** ['brɔ:dˌkɑ:stɪŋ] *s* radio; ***the British Broadcasting Corporation*** brittiska radion och televisionen, BBC
**broaden** ['brɔ:dn] *tr itr* göra bred (bredare); bli bred (bredare)
**broad-minded** ['brɔ:d'maɪndɪd] *a* vidsynt
**broad-shouldered** ['brɔ:d'ʃəʊldəd] *a* bredaxlad
**broccoli** ['brɒkəlɪ] *s* broccoli, sparriskål
**brochure** ['brəʊʃjʊə] *s* broschyr; prospekt
**broil** [brɔɪl] *tr itr* halstra, grilla; halstras, grillas
**broiling** ['brɔɪlɪŋ] *a* brännhet, stekhet
**broke** [brəʊk] **I** imperfekt av *break I* **II** *a* vard. pank
**broken** ['brəʊk(ə)n] *pp* o. *a* **1** bruten, knäckt, sönderslagen **2** tämjd, dresserad [ofta *~ in*]
**broken-hearted** ['brəʊk(ə)n'hɑ:tɪd] *a* nedbruten av sorg
**broker** ['brəʊkə] *s* mäklare
**bronchitis** [brɒŋ'kaɪtɪs] *s* bronkit, luftrörskatarr
**bronze** [brɒnz] **I** *s* brons **II** *tr* bronsera; göra brun (solbränd)
**brooch** [brəʊtʃ] *s* brosch
**brood** [bru:d] **I** *s* kull **II** *itr* ligga på ägg, ruva; grubbla
**brook** [brʊk] *s* bäck
**broom** [bru:m, brʊm] *s* kvast; sopborste
**broth** [brɒθ] *s* buljong; köttsoppa
**brothel** ['brɒθl] *s* bordell
**brother** ['brʌðə] *s* **1** bror, broder **2** (pl. ofta *brethren*) relig. trosbroder
**brotherhood** ['brʌðəhʊd] *s* broderskap
**brother-in-law** ['brʌð(ə)rɪnlɔ:] (pl. *brothers-in-law* ['brʌðəzɪnlɔ:]) *s* svåger
**brotherly** ['brʌðəlɪ] *a* broderlig
**brought** [brɔ:t] se *bring*
**brow** [braʊ] *s* panna; ***knit one's*** *~****s*** rynka pannan (ögonbrynen)
**browbeat** ['braʊbi:t] (*browbeat browbeaten*) *tr* spela översittare mot, kuscha
**browbeaten** ['braʊbi:tn] se *browbeat*
**brown** [braʊn] **I** *a* brun; *~* ***paper*** omslagspapper; ***in a*** *~* ***study*** försjunken i grubbel; *~* ***sugar*** farinsocker **II** *s* brunt
**browse** [braʊz] *itr*, *~* ***among*** [***a p.'s books***] botanisera bland . . .
**bruise** [bru:z] **I** *s* blåmärke **II** *tr* ge blåmärken
**brunette** [bru:'net] *s* o. *a* brunett
**brush** [brʌʃ] **I** *s* **1** borste; kvast; pensel **2** borstning, avborstning **II** *tr* borsta, borsta av; skrubba; *~* ***up*** borsta upp; friska upp [*~ up one's English*]
**brusque** [brʊsk] *a* burdus, brysk
**Brussels** ['brʌslz] Bryssel; *~* ***sprouts*** ['brʌsl'spraʊts] pl. brysselkål
**brutal** ['bru:tl] *a* brutal, rå
**brutality** [bru:'tælətɪ] *s* brutalitet, råhet
**brute** [bru:t] *s* **1** oskäligt djur **2** brutal människa; vard. odjur
**B. Sc.** ['bi:es'si:] förk. för *Bachelor of Science* ungefär fil. kand.
**bubble** ['bʌbl] *s* o. *tr* bubbla
**buccaneer** [ˌbʌkə'nɪə] *s* sjörövare
**buck** [bʌk] *s* **1** bock, hanne av dovhjort, stenbock, kanin m. fl. **2** amer. vard. dollar
**bucket** ['bʌkɪt] *s* pyts, hink; ***kick the*** *~* sl. kola av
**bucketful** ['bʌkɪtfʊl] *s* spann, hink [*of* med]
**buckle** ['bʌkl] **I** *s* spänne, buckla **II** *tr itr* spänna [*on* på]; *~* ***up*** el. *~* böja (kröka) sig
**bud** [bʌd] **I** *s* knopp; ***nip a th. in the*** *~* kväva ngt i sin linda **II** *itr* knoppas
**budge** [bʌdʒ] *itr tr* röra (röra sig) ur fläcken, flytta sig
**budgerigar** ['bʌdʒərɪgɑ:] *s* undulat
**budget** ['bʌdʒɪt] **I** *s* budget **II** *itr* göra upp en budget
**budgie** ['bʌdʒɪ] *s* vard. undulat
**buff** [bʌf] *s* **1** samskskinn **2** mattgul färg
**buffalo** ['bʌfələʊ] *s* buffel; bisonoxe
**buffer** ['bʌfə] *s* buffert
**1 buffet** ['bʌfɪt] *tr* slå till, knuffa

2 **buffet** ['bʊfeɪ] *s* **1** möbel buffé, skänk **2** buffé restaurang o. mål
**buffoon** [bə'fu:n] *s* pajas
**bug** [bʌg] *s* **1** vägglus; amer. insekt **2** vard. bacill
**bugger** ['bʌgə] *s* vulg. sate, jävel
**bugle** ['bju:gl] *s* jakthorn; mil. signalhorn
**build** [bɪld] **I** (*built built*) *tr itr* bygga **II** *s* kroppsbyggnad
**builder** ['bɪldə] *s* byggare; byggmästare
**building** ['bɪldɪŋ] *s* byggnad; hus
**built** [bɪlt] se *build I*
**built-up** ['bɪltʌp] *a* tätbebyggd [~ *area*]
**bulb** [bʌlb] *s* **1** blomlök **2** glödlampa
**Bulgaria** [bʌl'geərɪə, bu:l'geərɪə] Bulgarien
**Bulgarian** [bʌl'geərɪən, bu:l'geərɪən] **I** *s* **1** bulgar **2** bulgariska språket **II** *a* bulgarisk
**bulge** [bʌldʒ] **I** *s* bula, buckla; utbuktning **II** *itr* bukta (svälla) ut, puta ut
**bulk** [bʌlk] *s* volym; omfång; ***the*** ~ huvuddelen; ***in*** ~ i stora partier
**bulky** ['bʌlkɪ] *a* skrymmande, klumpig
**bull** [bʊl] *s* tjur; ***like a ~ at a gate*** buffligt, på ett buffligt sätt
**bulldog** ['bʊldɒg] *s* bulldogg
**bulldozer** ['bʊl,dəʊzə] *s* bulldozer, bandschaktare
**bullet** ['bʊlɪt] *s* kula till t. ex. gevär
**bulletin** ['bʊlɪtɪn] *s* bulletin; rapport
**bulletproof** ['bʊlɪtpru:f] *a* skottsäker
**bullfight** ['bʊlfaɪt] *s* tjurfäktning
**bull-fighter** ['bʊl,faɪtə] *s* tjurfäktare
**bullfinch** ['bʊlfɪntʃ] *s* domherre
**bullock** ['bʊlək] *s* stut, oxe
**bull's-eye** ['bʊlzaɪ] *s* skottavlas prick; fullträff
**bully** ['bʊlɪ] **I** *s* översittare **II** *tr itr* spela översittare mot; spela översittare
**bullying** ['bʊlɪɪŋ] *s* pennalism, översitteri
**bulrush** ['bʊlrʌʃ] *s* **1** säv **2** kaveldun
**bulwark** ['bʊlwək] *s* bålverk
**bum** [bʌm] *s* **1** vulg. rumpa, ända **2** amer. vard. luffare; odåga
**bumble-bee** ['bʌmblbi:] *s* humla
**bump** [bʌmp] **I** *s* **1** stöt, duns **2** bula; knöl; ojämnhet på väg, gupp **II** *tr itr* stöta, dunka
**bumper** ['bʌmpə] *s* **1** stötfångare, kofångare på bil **2** attributivt rekord- [~ *crop*]
**bumpy** ['bʌmpɪ] *a* om väg ojämn, guppig
**bun** [bʌn] *s* **1** bulle; ***hot cross ~*** korsmärkt bulle som äts på långfredagen **2** hårknut
**bunch** [bʌntʃ] *s* **1** klase [~ *of grapes*]; bukett [~ *of flowers*], knippa [~ *of keys*], bunt **2** vard. samling, hop
**bundle** ['bʌndl] *s* bunt, knyte, bylte
**bungalow** ['bʌŋgələʊ] *s* bungalow; enplansvilla
**bungle** ['bʌŋgl] *tr* förfuska, fördärva
**bungler** ['bʌŋglə] *s* fuskare, klåpare
**bunk** [bʌŋk] *s* brits; sovhytt
**bunny** ['bʌnɪ] *s* barnspr. kanin
**buoy** [bɔɪ] *s* sjö. boj
**buoyant** ['bɔɪənt] *a* **1** som lätt flyter **2** elastisk, spänstig [*with a ~ step*], om person gladlynt
**burden** ['bɜ:dn] **I** *s* börda [*to, on* för], last; ***beast of ~*** lastdjur **II** *tr* belasta, betunga
**bureau** ['bjʊərəʊ] *s* **1** sekretär; skrivbord **2** ämbetsverk; byrå [*information ~*] **3** amer. byrå möbel
**bureaucracy** [bjʊə'rɒkrəsɪ] *s* byråkrati
**bureaucratic** [,bjʊərə'krætɪk] *a* byråkratisk
**burglar** ['bɜ:glə] *s* inbrottstjuv
**burglary** ['bɜ:glərɪ] *s* inbrott, inbrottsstöld
**burgle** ['bɜ:gl] *itr tr* göra inbrott; göra inbrott i
**Burgundy** ['bɜ:gəndɪ] Bourgogne
**burgundy** ['bɜ:gəndɪ] *s* bourgognevin
**burial** ['berɪəl] *s* begravning
**burly** ['bɜ:lɪ] *a* kraftig, kraftigt byggd
**burn** [bɜ:n] **I** (*burnt burnt*) *tr itr* **1** bränna, förbränna; bränna (elda) upp; brännas vid; brännas **2** brinna, brinna upp; lysa, glöda **II** *s* brännskada, brännsår
**burner** ['bɜ:nə] *s* brännare; låga på gasspis
**burnish** ['bɜ:nɪʃ] **I** *tr itr* blankskura, polera; bli blank **II** *s* glans
**burnt** [bɜ:nt] **I** se *burn* **II** *a* bränd
**burrow** ['bʌrəʊ] **I** *s* kanins m.fl. djurs håla, lya **II** *itr* gräva ner sig
**burst** [bɜ:st] **I** (*burst burst*) *itr tr* **1** brista, spricka; krevera; spränga [~ *a balloon*], spräcka **2** komma störtande [*he ~ into the room*]; ~ ***in*** a) störta in b) avbryta; ~ ***into flames*** flamma upp, ta eld; ~ ***into laughter*** brista i skratt; ~ ***out laughing*** brista i skratt **II** *s* **1** ~ ***of gunfire*** skottsalva **2** anfall [*a ~ of energy*]; storm [*a ~ of applause*]; ~ ***of laughter*** skrattsalva
**bury** ['berɪ] *tr* begrava
**bus** [bʌs] *s* buss
**bush** [bʊʃ] *s* buske; ***beat about the ~*** gå som katten kring het gröt
**bushy** ['bʊʃɪ] *a* buskig; yvig [*a ~ tail*]
**business** ['bɪznəs] *s* **1** (utan pl.) affär, affärer, affärsliv; ***go into ~*** bli affärsman; ***on ~*** i affärer **2** (med pl. *businesses*) affär, företag, firma **3** (med pl. *businesses*) bransch [*the oil ~; show ~*] **4** (utan pl.) uppgift, sak; syssla; arbete [~ *before*

*pleasure*]; ***I made it my ~ to*** jag åtog mig att; ***he means ~*** vard. han menar allvar **5** (utan pl.) angelägenhet, sak; ***a bad ~*** en sorglig historia; ***it's none of your ~*** det angår dig inte; ***mind your own ~!*** vard. sköt du ditt!; ***sick of the whole ~*** led på alltsammans

**business-like** ['bɪznɪslaɪk] *a* affärsmässig

**businessman** ['bɪznɪsmæn] *s* affärsman

**bus-stop** ['bʌsstɒp] *s* busshållplats

**bust** [bʌst] *s* **1** byst **2** bröst, barm

**bustle** ['bʌsl] **I** *itr* jäkta, flänga [*~ about*]; **II** *s* fläng, jäkt

**busy** ['bɪzɪ] **I** *a* **1** sysselsatt, upptagen; ***be ~ packing*** hålla på att packa **2** flitig **3** bråd [*~ season*]; ***~ street*** livligt trafikerad gata **II** *tr*, ***~ oneself*** sysselsätta sig

**busybody** ['bɪzɪˌbɒdɪ] *s*, ***he is a ~*** han lägger sig i allting

**but** [bʌt, obetonat bət] **I** *konj* o. *prep* **1** men; ***not only . . . ~ also*** el. ***not only . . . ~*** inte bara . . . utan också **2 a)** utom [*all ~ he*]; om inte [*whom should he meet ~ me?*] **b)** ***~ for*** bortsett från . . . ; ***~ for you*** om inte du hade varit **c)** ***first ~ one*** tvåa, som tvåa; ***the last ~ one*** den näst sista **3** än [*who else ~ he could have done it?*] **II** *adv* bara [*he is ~ a child*] **III** *s* men; aber

**butcher** ['bʊtʃə] **I** *s* slaktare **II** *tr* slakta brutalt

**butler** ['bʌtlə] *s* hovmästare, förste betjänt

**1 butt** [bʌt] *s* **1** tjockända; kolv **2** cigarrstump; fimp

**2 butt** [bʌt] *s* skottavla

**3 butt** [bʌt] *tr itr* **1** stöta, stöta till med huvud el. horn, stånga, stångas **2** ***~ in*** vard. blanda (lägga) sig i

**butter** ['bʌtə] **I** *s* smör **II** *tr* **1** bre smör på **2** ***~ up*** vard. fjäska för

**butter-bean** ['bʌtəbi:n] *s* vaxböna

**buttercup** ['bʌtəkʌp] *s* smörblomma

**butterfingers** ['bʌtəˌfɪŋgəz] *s* klumpig (fumlig) person som lätt tappar saker

**butterfly** ['bʌtəflaɪ] *s* fjäril

**buttock** ['bʌtək] *s*, pl. ***~s*** bak, ända, stuss

**button** ['bʌtn] **I** *s* knapp **II** *tr*, ***~ up*** el. ***~*** knäppa ihop

**buttonhole** ['bʌtnhəʊl] *s* knapphål

**buttress** ['bʌtrəs] *s* strävpelare, stöd

**buxom** ['bʌksəm] *a* om kvinna frodig

**buy** [baɪ] **I** (*bought bought*) *tr itr* köpa; ***~ off*** friköpa, lösa ut **II** *s* vard. köp

**buyer** ['baɪə] *s* köpare, spekulant

**buzz** [bʌz] **I** *s* surr, surrande **II** *itr* surra

**buzzard** ['bʌzəd] *s* ormvråk

**buzzer** ['bʌzə] *s* summer

**by** [baɪ] **I** *prep* **1** vid, bredvid, hos [*~ me*], i adress per; ***~ land and sea*** till lands och sjöss; ***~ oneself*** ensam, för sig själv **2** förbi [*he went ~ me*]; genom [*~ a side door*]; över, via [*~ Paris*]; ***~ the way*** el. ***~ the by*** apropå; förresten **3** uttryckande medel genom; vid, i [*lead ~ the hand*]; ***~ itself*** av sig själv; ***~ oneself*** på egen hand; ***multiply ~ six*** multiplicera med sex **4** i tidsuttryck till, senast [*be home ~ six*]; ***~ this time tomorrow*** i morgon så här dags; ***~ night*** om natten; per [*~ the hour*]; ***day ~ day*** dag för dag **5** av [*a portrait ~ Watts*] **6** i måttsuttryck, ***the price rose ~ 10%*** priset steg 10%; ***three metres long ~ four metres broad*** tre meter lång och fyra meter bred; ***bit ~ bit*** bit för bit; ***one ~ one*** en och en **7** uttryckande förhållande till [*a lawyer ~ profession*]; ***Brown ~ name*** vid namn Brown; ***go ~ the name of*** gå under namnet **II** *adv* i närheten, bredvid, intill [*close (near) ~*]; förbi [*pass ~*]; undan, av [*put money ~*]; ***~ and ~*** så småningom; ***~ and large*** i stort sett

**bye-bye** ['baɪ'baɪ] *interj* vard. ajö, ajö!

**by-election** ['baɪɪˌlekʃ(ə)n] *s* fyllnadsval

**bygone** ['baɪgɒn] **I** *a* gången, svunnen [*~ days*] **II** *s*, ***let ~s be ~s*** låta det skedda vara glömt

**by-pass** ['baɪpɑ:s] **I** *s* förbifartsled **II** *tr* leda förbi; kringgå

**bystander** ['baɪˌstændə] *s* åskådare

# C

**C, c** [si:] *s* C, c; *C flat* mus. cess; *C sharp* mus. ciss
**C.** (förk. för *Centigrade*) C
**c.** förk. för *cent, cents, cubic*
**cab** [kæb] *s* taxi
**cabaret** ['kæbəreɪ] *s*, ~ el. ~ *show* kabaré
**cabbage** ['kæbɪdʒ] *s* kål, speciellt vitkål
**cab-driver** ['kæbˌdraɪvə] *s* taxichaufför
**cabin** ['kæbɪn] *s* **1** stuga, koja **2** sjö. hytt **3** flyg. kabin
**cabin-boy** ['kæbɪnbɔɪ] *s* sjö. hyttuppassare
**cabinet** ['kæbɪnət] *s* **1** skåp med lådor el. hyllor; badrumsskåp, vitrinskåp; låda, hölje på TV el. radio **2** polit. kabinett, ministär
**cable** ['keɪbl] **I** *s* **1** kabel; vajer **2** telegram [~ *address*] **II** *tr* telegrafera till
**cablegram** ['keɪblgræm] *s* kabeltelegram
**cackle** ['kækl] **I** *itr* kackla **II** *s* kackel
**cactus** ['kæktəs] *s* kaktus
**cad** [kæd] *s* vard. bracka; knöl
**caddie** ['kædɪ] *s* golf. caddie; ~ *car (cart)* golfvagn
**caddy** ['kædɪ] *s* **1** teburk, tedosa **2** = *caddie*
**cadet** [kə'det] *s* kadett
**cadge** [kædʒ] *itr tr* snylta, snylta till sig
**cadmium** ['kædmɪəm] *s* kadmium
**café** ['kæfeɪ] *s* kafé; konditori med servering
**cafeteria** [ˌkæfə'tɪərɪə] *s* cafeteria
**caffeine** ['kæfi:n] *s* koffein
**cage** [keɪdʒ] **I** *s* bur; hisskorg **II** *tr* sätta i bur
**cake** [keɪk] *s* **1** tårta, kaka; bakelse **2** platt bulle, krokett [*fish* ~] **3** *a ~ of soap* en tvålbit
**calamity** [kə'læmətɪ] *s* olycka, katastrof
**calcium** ['kælsɪəm] *s* kalcium
**calculate** ['kælkjʊleɪt] *tr itr* beräkna, kalkylera; räkna; ~ *on* räkna med
**calculating** ['kælkjʊleɪtɪŋ] *a* beräknande; ~ *machine* räknemaskin
**calculation** [ˌkælkjʊ'leɪʃ(ə)n] *s* beräkning
**calculator** ['kælkjʊleɪtə] *s* **1** räknare **2** räknemaskin, kalkylator
**calendar** ['kæləndə] *s* almanacka; kalender
**1 calf** [kɑ:f] (pl. *calves* [kɑ:vz]) *s* vad kroppsdel
**2 calf** [kɑ:f] (pl. *calves* [kɑ:vz]) *s* **1** kalv **2** kalvskinn
**calibre** ['kælɪbə] *s* kaliber
**calico** ['kælɪkəʊ] *s* kalikå; kattun
**call** [kɔ:l] **I** *tr itr* **1** kalla, benämna; uppkalla [*after*]; *be called* heta **2** kalla på, tillkalla, larma [~ *the police*]; ringa till; telefonera, ringa [*for* efter]; ~ *attention to* fästa uppmärksamheten på **3** väcka **4** ropa [*to* åt]; ~ *for* a) ropa på (efter) b) mana till; påkalla, kräva; ~ *on* påkalla, uppmana, anmoda **5** hälsa 'på; ~ *at* besöka; ~ *for* komma och hämta; ~ *on* hälsa 'på, besöka □ ~ **in** a) kalla (ropa) in b) inkalla, tillkalla c) titta in till ngn; ~ **off** a) inställa, avlysa [~ *off a meeting*], avblåsa [~ *off a strike*]; ~ **out** a) kalla ut b) kommendera ut c) ropa ut, ropa upp [~ *out the winners*] d) ta ut i strejk; ~ **over** ropa upp; ~ **up** a) kalla fram (upp) b) väcka c) tele. ringa upp d) mil. inkalla **II** *s* **1** rop **2** anrop; påringning; telefonsamtal **3** kallelse; maning **4** skäl, anledning [*there is no ~ for you to worry*] **5** hand. efterfrågan [*for* på] **6** besök, visit; *port of* ~ anlöpningshamn
**call-box** ['kɔ:lbɒks] *s* telefonkiosk
**caller** ['kɔ:lə] *s* besökande, besökare
**calling** ['kɔ:lɪŋ] *s* kall, yrke
**callous** ['kæləs] *a* känslolös; känslokall
**call-over** ['kɔ:lˌəʊvə] *s* namnupprop
**call-up** ['kɔ:lʌp] *s* mil. inkallelse
**calm** [kɑ:m] **I** *a* o. *s* lugn **II** *tr itr* lugna; ~ *a p. down* lugna ner ngn; ~ *down* lugna sig
**calorie** ['kælərɪ] *s* kalori
**calumny** ['kæləmnɪ] *s* förtal, smädelse
**calves** [kɑ:vz] *s* se *1 calf, 2 calf*
**came** [keɪm] se *come*
**camel** ['kæm(ə)l] *s* kamel
**camellia** [kə'mi:ljə] *s* bot. kamelia
**cameo** ['kæmɪəʊ] *s* kamé
**camera** ['kæmərə] *s* kamera

**camouflage** ['kæmʊflɑ:ʒ] **I** *s* camouflage **II** *tr* camouflera
**camp** [kæmp] **I** *s* läger; koloni [*summer ~*] **II** *itr* slå läger; ligga i läger; tälta, campa; ***go camping*** åka ut och campa
**campaign** [kæm'peɪn] **I** *s* kampanj; fälttåg **II** *itr* delta i (organisera) en kampanj
**camp-bed** ['kæmp'bed] *s* fältsäng, tältsäng
**camping** ['kæmpɪŋ] *s* camping, lägerliv
**camping-ground** ['kæmpɪŋgraʊnd] *s* o.
**camping-site** ['kæmpɪŋsaɪt] *s* campingplats
**1 can** [kæn, obetonat kən] (nekande *cannot, can't;* imperfekt *could*) *hjälpvb* presens kan, kan få, får
**2 can** [kæn] **I** *s* kanna; burk; dunk **II** *tr* konservera
**Canada** ['kænədə]
**Canadian** [kə'neɪdjən] **I** *a* kanadensisk **II** *s* kanadensare
**canal** [kə'næl] *s* grävd kanal
**canalize** ['kænəlaɪz] *tr* kanalisera
**canapé** ['kænəpeɪ] *s* kanapé, sandwich
**canary** [kə'neərɪ] *s* kanariefågel
**cancel** ['kæns(ə)l] *tr* **1** stryka, (korsa) över; stämpla över [*~ stamps*] **2** annullera; upphäva; inställa; avbeställa [*~ an order*]
**cancer** ['kænsə] *s* **1** med. cancer **2** astrol., *Cancer* Kräftan
**candid** ['kændɪd] *a* öppen, uppriktig
**candidate** ['kændɪdət] *s* kandidat, sökande
**candied** ['kændɪd] *a* kanderad [*~ fruit*]
**candle** ['kændl] *s* ljus av t. ex. stearin; levande ljus
**candle-grease** ['kændlgri:s] *s* stearin
**candlestick** ['kændlstɪk] *s* ljusstake
**candour** ['kændə] *s* uppriktighet, öppenhet
**candy** ['kændɪ] *s* kandisocker; amer. äv. konfekt, godis
**cane** [keɪn] **I** *s* **1** rör; sockerrör **2** käpp, spanskrör **3** rotting, spö **II** *tr* prygla, piska
**canine** ['keɪnaɪn] *a* **1** hund- **2** ***~ teeth*** hörntänder
**caning** ['keɪnɪŋ] *s* prygel; ***get a ~*** få stryk
**canister** ['kænɪstə] *s* kanister; bleckdosa
**cannabis** ['kænəbɪs] *s* cannabis
**canned** [kænd] *a* konserverad [*~ beef*], på burk [*~ peas*]; ***~ goods*** konserver
**cannibal** ['kænɪb(ə)l] *s* kannibal
**cannibalism** ['kænɪbəlɪz(ə)m] *s* kannibalism
**cannon** ['kænən] *s* kanon
**cannot** ['kænɒt] kan (får) inte
**canoe** [kə'nu:] **I** *s* kanot **II** *itr* paddla
**canonize** ['kænənaɪz] *tr* kanonisera, helgonförklara
**can-opener** ['kænˌəʊpənə] *s* konservöppnare, burköppnare
**cant** [kænt] *s* **1** förbrytarspråk **2** floskler
**can't** [kɑ:nt] = *cannot*
**canteen** [kæn'ti:n] *s* marketenteri; kantin
**canter** ['kæntə] **I** *s* kort galopp; ***at a ~*** i galopp; ***win at a ~*** vinna lätt och ledigt **II** *itr* rida i kort galopp
**canvas** ['kænvəs] *s* **1** a) segelduk, tältduk b) kanfas; brandsegel **2** kollektivt segel **3** tält **4** tavla, målarduk **5** boxn. ringgolv
**canvass** ['kænvəs] *tr itr* **1** gå runt och bearbeta [*~ a district*], värva röster i **2** grundligt dryfta **3** agitera; *~* el. ***~ for votes*** värva röster **4** ***~ for*** vara ackvisitör för
**canvasser** ['kænvəsə] *s* **1** röstvärvare, valarbetare **2** ackvisitör
**cap** [kæp] *s* **1** mössa; keps **2** kapsyl, hätta, huv **3** ***percussion ~*** tändhatt
**capability** [ˌkeɪpə'bɪlətɪ] *s* förmåga, skicklighet
**capable** ['keɪpəbl] *a* **1** skicklig; duktig **2** ***~ of*** i stånd (kapabel) till
**capacious** [kə'peɪʃəs] *a* rymlig
**capacity** [kə'pæsətɪ] *s* **1** plats, utrymme; ***seating ~*** antalet sittplatser **2** kapacitet **3** egenskap, ställning; ***in the ~ of*** i egenskap av **4** attributivt, ***~ house (audience)*** fullsatt hus
**1 cape** [keɪp] *s* udde, kap
**2 cape** [keɪp] *s* cape, krage
**1 caper** ['keɪpə] *s*, pl. ***~s*** kapris krydda
**2 caper** ['keɪpə] *s* tilltag; ***cut ~s*** göra glädjesprång
**capital** ['kæpɪtl] **I** *a* **1** utmärkt **2** ***~ letter*** stor bokstav **3** ***~ punishment*** dödsstraff **II** *s* **1** huvudstad **2** stor bokstav **3** kapital; förmögenhet; ***make ~ of (out of)*** bildl. slå mynt av
**capitalism** ['kæpɪtəlɪz(ə)m] *s* kapitalism
**capitalist** ['kæpɪtəlɪst] *s* kapitalist
**capitulate** [kə'pɪtjʊleɪt] *itr* kapitulera
**capitulation** [kəˌpɪtjʊ'leɪʃ(ə)n] *s* kapitulation
**caprice** [kə'pri:s] *s* kapris; nyck, infall
**capricious** [kə'prɪʃəs] *a* nyckfull, lynnig
**Capricorn** ['kæprɪkɔ:n] *s* astrol. Stenbocken
**capsize** [kæp'saɪz] *itr* kapsejsa, kantra
**capstan** ['kæpstən] *s* sjö. ankarspel, gångspel
**capsule** ['kæpsju:l] *s* kapsel; kapsyl

**captain** ['kæptɪn] *s* **1** kapten; sport. lagkapten **2** amer. a) ungefär poliskommissarie b) brandkapten
**caption** ['kæpʃ(ə)n] *s* överskrift; bildtext
**captivate** ['kæptɪveɪt] *tr* fängsla, tjusa
**captive** ['kæptɪv] **I** *a* fången; ***be taken*** ~ bli tagen till fånga **II** *s* fånge
**captivity** [kæp'tɪvətɪ] *s* fångenskap
**capture** ['kæptʃə] **I** *s* **1** tillfångatagande; gripande; erövring **2** fångst, byte **II** *tr* ta till fånga; gripa; erövra, inta; bildl. fånga
**car** [kɑ:] *s* bil; ***a*** ~ ***park*** en bilparkering
**carafe** [kə'ræf] *s* karaff
**caramel** ['kærəmel] *s* **1** bränt socker, karamell **2** kola
**carat** ['kærət] *s* karat
**caravan** ['kærəvæn] *s* **1** karavan **2** husvagn; ~ ***site*** campingplats för husvagnar
**caraway** ['kærəweɪ] *s* kummin
**carbohydrate** ['kɑ:bə'haɪdreɪt] *s* kolhydrat
**carbon** ['kɑ:bən] *s* kem. kol; ~ ***dioxide*** koldioxid, kolsyra; ~ ***monoxide*** koloxid
**carbon-paper** ['kɑ:bən,peɪpə] *s* karbonpapper, kopiepapper
**carburettor** [,kɑ:bjʊ'retə] *s* förgasare
**carcass** ['kɑ:kəs] *s* **1** kadaver **2** djurkropp, slaktkropp
**card** [kɑ:d] *s* kort, spelkort, visitkort; ~***s*** kortspel; ~ ***index*** kortregister, kartotek; ***play*** ~***s*** spela kort
**cardboard** ['kɑ:dbɔ:d] *s* papp, kartong
**cardigan** ['kɑ:dɪgən] *s* cardigan, kofta
**cardinal** ['kɑ:dɪnl] **I** *a* väsentlig [*of* ~ *importance*]; ~ ***number*** grundtal; ***the*** ~ ***points*** de fyra väderstrecken **II** *s* kardinal
**care** [keə] **I** *s* **1** bekymmer **2** omtänksamhet; noggrannhet; ***take*** ~ ***to*** vara noga med att; ***take*** ~ ***not to*** akta sig för att **3** vård [*under the* ~ *of*]; ***take*** ~ ***of*** ta hand om, vara rädd om; ***take*** ~ ***of yourself!*** el. ***take*** ~***!*** sköt om dig!; ~ ***of*** (förk. *c/o*) på brev adress, c/o **II** *itr* **1** bry sig om [*I don't* ~ *what he says*]; ~ ***about*** bry (bekymra) sig om; ~ ***for*** a) bry sig om, ha lust med [*I shouldn't* ~ *for that*] b) tycka om, hålla av; ***would you*** ~ ***for?*** vill du ha?; ***I don't*** ~ det gör mig detsamma; ***I couldn't*** ~ ***less*** vard. det struntar jag i **2** ~ ***to*** ha lust att, gärna vilja
**career** [kə'rɪə] **I** *s* **1** bana, yrke [*choose a* ~]; karriär **2** ***in full*** ~ i full fart **II** *itr* rusa [*about; along*]
**careerist** [kə'rɪərɪst] *s* karriärist, streber
**carefree** ['keəfri:] *a* bekymmerslös, sorgfri
**careful** ['keəf(ʊ)l] *a* **1** försiktig; aktsam [*of* om, med] **2** omsorgsfull, noggrann
**careless** ['keələs] *a* slarvig, vårdslös
**carelessness** ['keələsnəs] *s* slarv, vårdslöshet
**caress** [kə'res] **I** *tr* smeka **II** *s* smekning
**caretaker** ['keə,teɪkə] *s* **1** vaktmästare; fastighetsskötare, portvakt **2** ~ ***government*** expeditionsministär
**cargo** ['kɑ:gəʊ] *s* skeppslast
**Caribbean** [,kærɪ'bi:ən] *a* karibisk [*the* ~ *Sea*]
**caricature** ['kærɪkə,tjʊə] **I** *s* karikatyr **II** *tr* karikera
**carnation** [kɑ:'neɪʃ(ə)n] *s* nejlika
**carnival** ['kɑ:nɪv(ə)l] *s* karneval
**carol** ['kær(ə)l] *s*, ~ el. ***Christmas*** ~ julsång
**1 carp** [kɑ:p] (pl. lika) *s* zool. karp
**2 carp** [kɑ:p] *itr* gnata; ~ ***at*** hacka på
**carpenter** ['kɑ:pəntə] *s* snickare
**carpet** ['kɑ:pɪt] *s* större mjuk matta
**carport** ['kɑ:pɔ:t] *s* carport vägglöst garage
**carriage** ['kærɪdʒ] *s* **1** vagn, ekipage **2** järnv. personvagn **3** transport, frakt
**carrier** ['kærɪə] *s* **1** a) bärare; stadsbud b) transportföretag **2** amer., ***mail*** ~ brevbärare **3** ***aircraft*** ~ hangarfartyg **4** pakethållare
**carrier-bag** ['kærɪəbæg] *s* bärkasse
**carrier-pigeon** ['kærɪə,pɪdʒɪn] *s* brevduva
**carrion** ['kærɪən] *s* kadaver, as
**carrion-crow** ['kærɪən'krəʊ] *s* svartkråka
**carrot** ['kærət] *s* morot
**carry** ['kærɪ] *tr itr* **1** bära; bära på; ha med (på) sig, medföra **2** om tidning innehålla, ha **3** frakta, transportera **4** föra, driva; leda t. ex. ljud **5** ha plats för, rymma **6** ***be carried*** om t. ex. motion gå igenom, bli antagen **7** hålla, föra kropp, huvud □ ~ **away a)** bära (föra) bort **b)** bildl. hänföra; ***be carried away by*** ryckas med av; ~ **back** föra tillbaka; ~ **forward** bokf. transportera; ***amount carried forward*** el. ***carried forward*** transport till ngt; ~ **off a)** bära (föra) bort **b)** hemföra, vinna [~ *off a prize*] **c)** ~ ***it off*** sköta (klara) sig bra; ~ **on** a) föra [~ *on a conversation*]; bedriva, utöva b) fortsätta, gå vidare c) vard. bära sig åt, bråka; ~ **out** utföra; genomföra, fullfölja; ~ **over a)** bära (föra, ta) över **b)** hand. överföra; bokf. transportera; ***amount carried over*** el. ***carried over*** transport; ~ **through** genomföra; driva igenom

**carry-cot** ['kærɪkɒt] *s* babylift bärkasse för spädbarn
**cart** [kɑ:t] **I** *s* tvåhjulig kärra; skrinda; *put the ~ before the horse* börja i galen ända **II** *tr* **1** köra, forsla **2** kånka på
**cartel** [kɑ:'tel] *s* kartell
**carter** ['kɑ:tə] *s* åkare, körare
**cart-horse** ['kɑ:thɔ:s] *s* arbetshäst, draghäst
**cartilage** ['kɑ:təlɪdʒ] *s* brosk
**carton** ['kɑ:t(ə)n] *s* kartong, pappask; paket
**cartoon** [kɑ:'tu:n] *s* **1** skämtteckning; politisk karikatyr **2** tecknad serie **3** ~ el. *animated ~* tecknad film
**cartoonist** [kɑ:'tu:nɪst] *s* skämttecknare
**cartridge** ['kɑ:trɪdʒ] *s* **1** patron **2** kassett, cartridge
**cartwright** ['kɑ:traɪt] *s* vagnmakare
**carve** [kɑ:v] *tr itr* **1** skära, snida **2** skära för (upp), tranchera kött
**carver** ['kɑ:və] *s* **1** träsnidare; bildhuggare **2** förskärare
**carving** ['kɑ:vɪŋ] *s* träsnideri
**carving-knife** ['kɑ:vɪŋnaɪf] *s* förskärarkniv, trancherkniv
**cascade** [kæs'keɪd] *s* kaskad
**1 case** [keɪs] *s* **1** fall; förhållande; *as the ~ may be* alltefter omständigheterna; *in ~ (just in ~) I forget* ifall jag skulle glömma; *in ~ of* i händelse av; *in any ~* i varje fall; *in that ~* i så fall **2 a)** jur. rättsfall; mål; sak **b)** jur. o. friare bevis; argument, skäl; *state one's ~* framlägga fakta, framlägga sin sak **3** sjukdomsfall **4** gram. kasus
**2 case** [keɪs] *s* **1** låda; ask; skrin; fodral, etui; packlår **2** väska, portfölj; boett **3** glas- monter
**casement** ['keɪsmənt] *s* sidohängt fönster
**cash** [kæʃ] **I** *s* kontanter, reda pengar [äv. *ready ~*]; *~ discount* kassarabatt; *pay (pay in) ~* el. *~ down* betala kontant **II** *tr itr* lösa in [*~ a cheque*]; *~ in on* slå mynt av
**cash-box** ['kæʃbɒks] *s* kassaskrin
**cash-desk** ['kæʃdesk] *s* kassa där man betalar
**cashier** [kæ'ʃɪə] *s* kassör, kassörska
**cash-register** ['kæʃˌredʒɪstə] *s* kassaapparat
**casino** [kə'si:nəʊ] *s* kasino äv. kortspel
**cask** [kɑ:sk] *s* fat, tunna
**casket** ['kɑ:skɪt] *s* **1** skrin **2** amer. likkista
**casserole** ['kæsərəʊl] *s* gryta eldfast form o. maträtt
**cassette** [kə'set] *s* kassett för bandspelare, TV, film; *~ deck* kassettdäck

**cast** [kɑ:st] **I** (*cast cast*) *tr* **1** kasta speciellt bildl. [*~ a shadow*]; *~ one's vote* avge sin röst **2** gjuta, stöpa, forma □ *~* **aside** kasta bort, kassera; *~* **away** kasta bort; *be ~ away* sjö. lida skeppsbrott; *~* **off** kasta bort, kassera; lägga av kläder; *~* **out** fördriva, driva ut
**II** *s* **1** kastande **2** a) avgjutning b) gjutform; *plaster ~* med. gipsförband **3** teat. **a)** rollbesättning **b)** *the ~* de medverkande; *an all-star ~* en stjärnensemble
**castanets** [ˌkæstə'nets] *s pl* kastanjetter
**castaway** ['kɑ:stəweɪ] *s* skeppsbruten
**casting-vote** ['kɑ:stɪŋ'vəʊt] *s* utslagsröst
**cast-iron** ['kɑ:st'aɪən] *s* gjutjärn
**castle** ['kɑ:sl] *s* slott, borg
**castor-oil** ['kɑ:stər'ɔɪl] *s* ricinolja
**castrate** [kæs'treɪt] *tr* kastrera
**casual** ['kæʒjʊəl] *a* **1** tillfällig; flyktig; *~ labourer* tillfällighetsarbetare **2** planlös, lättvindig **3** nonchalant; ledig; *~ jacket* fritidsjacka
**casualty** ['kæʒjʊəltɪ] *s* **1** olycksfall; *~ ward (department)* olycksfallsavdelning på sjukhus **2** offer i t. ex. krig, olyckshändelse
**cat** [kæt] *s* katt; *it's raining ~s and dogs* regnet står som spön i backen; *let the ~ out of the bag* prata bredvid mun; *see which way the ~ jumps* känna efter varifrån vinden blåser; *he is like a ~ on hot bricks* vard. han sitter som på nålar
**catalogue** ['kætəlɒg] **I** *s* katalog, förteckning; uppräkning **II** *tr* katalogisera
**catapult** ['kætəpʌlt] *s* **1** katapult **2** slangbåge
**catarrh** [kə'tɑ:] *s* katarr
**catastrophe** [kə'tæstrəfɪ] *s* katastrof
**catastrophic** [ˌkætə'strɒfɪk] *a* katastrofal
**catch** [kætʃ] **I** (*caught caught*) *tr itr* **1** fånga; fånga upp, få tag i; ta (få) fast, gripa; om eld antända **2** hinna i tid till [*~ the train*] **3** komma på [*~ a p. stealing*]; *~ a p. out* avslöja (ertappa) ngn **4** ådra sig; smittas av; *~ a cold* el. *~ cold* bli förkyld **5** fatta, begripa; *~ sight of* få syn på **6** lura **7** *~ up* hinna ifatt, hinna upp; ta igen vad man försummat; *~ up with* hinna ifatt **II** *s* **1** i bollspel lyra; *that was a good ~* det var bra taget **2** fångst **3** *there's a ~ in it* det är något lurt med det **4** spärr, hake; knäppe, lås
**catching** ['kætʃɪŋ] *a* smittande, smittsam
**catch-phrase** ['kætʃfreɪz] *s* slagord
**catchword** ['kætʃwɜ:d] *s* slagord
**catchy** ['kætʃɪ] *a* klatschig, slående

**categorical** [ˌkætə'gɒrɪk(ə)l] *a* kategorisk
**category** ['kætəgərɪ] *s* kategori
**cater** ['keɪtə] *itr* **1** leverera mat (måltider) **2** ~ *for* servera mat till; tillgodose
**catering** ['keɪtərɪŋ] *s* servering av måltider (mat); ***the ~ trade*** restaurangbranschen
**caterpillar** ['kætəpɪlə] *s* **1** fjärilslarv **2** ~ el. ~ ***tractor*** bandtraktor
**cathedral** [kə'θi:dr(ə)l] *s* katedral, domkyrka
**Catholic** ['kæθəlɪk] **I** *a* katolsk **II** *s* katolik [äv. *a Roman* ~]
**Catholicism** [kə'θɒlɪsɪz(ə)m] *s* katolicism
**cattle** ['kætl] *s pl* nötkreatur, boskap
**catty** ['kætɪ] *a* småelak
**caught** [kɔ:t] se *catch I*
**cauldron** ['kɔ:ldr(ə)n] *s* kittel
**cauliflower** ['kɒlɪflaʊə] *s* blomkål
**cause** [kɔ:z] **I** *s* **1** orsak, grund [*of* till], anledning [*of* till] **2** sak [*work for a good* ~] **II** *tr* orsaka, vålla; förmå; ~ ***a th. to be done*** låta göra ngt
**caution** ['kɔ:ʃ(ə)n] **I** *s* **1** varsamhet **2** varning; tillrättavisning **II** *tr* varna [*against* för; *not to* för att + infinitiv]
**cautious** ['kɔ:ʃəs] *a* försiktig, varsam
**cavalcade** [ˌkævəl'keɪd] *s* kavalkad
**cavalry** ['kævəlrɪ] *s* kavalleri
**cavalryman** ['kævəlrɪmən] *s* kavallerist
**cave** [keɪv] **I** *s* håla, grotta **II** *itr*, ~ ***in*** störta in, rasa
**cavern** ['kævən] *s* håla, jordkula; grotta
**caviar, caviare** ['kævɪɑ:] *s* kaviar
**cavity** ['kævətɪ] *s* hålighet, håla
**caw** [kɔ:] **I** *itr* kraxa **II** *s* kraxande, krax
**c.c.** ['si:'si:] förk. för *cubic centimetre (centimetres)*
**cease** [si:s] *itr tr* upphöra, sluta upp [*from* med]; sluta, upphöra med; ~ ***fire!*** mil. eld upphör!
**cease-fire** ['si:s'faɪə] *s* eldupphör
**ceaseless** ['si:sləs] *a* oupphörlig, ändlös
**cedar** ['si:də] *s* ceder; cederträ
**ceiling** ['si:lɪŋ] *s* innertak, tak äv. bildl.
**celebrate** ['seləbreɪt] *tr itr* fira; fira en högtid; vard. festa
**celebrated** ['seləbreɪtɪd] *a* berömd
**celebration** [ˌselə'breɪʃ(ə)n] *s* firande; fest
**celebrity** [sə'lebrətɪ] *s* celebritet, kändis
**celery** ['selərɪ] *s* selleri
**celibacy** ['selɪbəsɪ] *s* celibat, ogift stånd
**celibate** ['selɪbət] **I** *a* ogift **II** *s*, ***he is a*** ~ han lever i celibat
**cell** [sel] *s* cell
**cellar** ['selə] *s* källare; vinkällare
**cellist** ['tʃelɪst] *s* cellist
**cello** ['tʃeləʊ] *s* cello
**cellulose** ['seljʊləʊs] *s* cellulosa
**Celt** [kelt] *s* kelt
**Celtic** ['keltɪk] **I** *a* keltisk **II** *s* keltiska språket
**cement** [sɪ'ment] **I** *s* cement; kitt **II** *tr* cementera; kitta
**cemetery** ['semətrɪ] *s* kyrkogård ej vid kyrka
**censor** ['sensə] **I** *s* censor **II** *tr* censurera
**censorship** ['sensəʃɪp] *s* censur
**censure** ['senʃə] **I** *s* klander, tadel; ***vote of*** ~ misstroendevotum [*on* mot]; ***pass ~ on*** rikta kritik mot **II** *tr* kritisera, fördöma
**census** ['sensəs] *s* folkräkning
**cent** [sent] *s* **1** ***per*** ~ procent **2** mynt cent
**centenary** [sen'ti:nərɪ] *s* hundraårsjubileum
**center** ['sentə] *s* amer. = *centre*
**centigrade** ['sentɪgreɪd] *a* celsius- [~ *thermometer*]; ***20 degrees*** ~ 20 grader Celsius
**centigram, centigramme** ['sentɪgræm] *s* centigram
**centilitre** ['sentɪˌli:tə] *s* centiliter
**centimetre** ['sentɪˌmi:tə] *s* centimeter
**centipede** ['sentɪpi:d] *s* tusenfoting insekt
**central** ['sentr(ə)l] *a* central; mellerst; ~ ***heating*** centralvärme
**centralize** ['sentrəlaɪz] *tr* centralisera
**centre** ['sentə] **I** *s* centrum, center, mitt, medelpunkt; central för verksamhet; sport. inlägg; ~ ***forward*** center; ~ ***of gravity*** tyngdpunkt **II** *tr* centrera; fotb. lägga in mot mitten
**century** ['sentʃərɪ] *s* århundrade, sekel; ***in the 20th*** ~ på 1900-talet
**cereal** ['sɪərɪəl] **I** *a* sädes-, hörande till sädesslagen **II** *s* sädesslag; pl. ~*s* äv. flingor m. m. som morgonmål [*breakfast* ~*s*]
**ceremonial** [ˌserɪ'məʊnjəl] **I** *a* ceremoniell, högtids- [~ *dress*] **II** *s* ceremoniel
**ceremonious** [ˌserɪ'məʊnjəs] *a* ceremoniös; omständlig
**ceremony** ['serəmənɪ] *s* ceremoni; ceremonier, formaliteter; ***stand on*** ~ hålla på etiketten (formerna)
**certain** ['sɜ:tn] *a* **1** säker [*of, about* på]; ***make ~ of*** förvissa sig om; ***for*** ~ alldeles säkert **2** viss [*a* ~ *improvement*]
**certainly** ['sɜ:tnlɪ] *adv* säkert; säkerligen; visserligen; som svar ja visst; ~ ***not!*** visst inte!

**certainty** ['sɜ:tntɪ] *s* säkerhet, visshet; *a ~* en given sak; *that's a ~* det är säkert
**certificate** [sə'tɪfɪkət] *s* skriftligt intyg, bevis, attest [*of* om, på]; certifikat; *health ~* friskintyg
**certify** ['sɜ:tɪfaɪ] *tr* **1** attestera handling, intyga, betyga; *this is to ~ that* härmed intygas att **2** *~* el. *~ as insane* sinnessjukförklara
**cf.** [kəm'peə:, 'si:'ef] jfr, jämför
**chafe** [tʃeɪf] *tr itr* **1** gnida varm **2** skava **3** gnida sig, skrapa **4** bildl. reta upp sig [*at* över]
**1 chaff** [tʃɑ:f] *s* agnar
**2 chaff** [tʃɑ:f] vard. **I** *s* drift; skoj **II** *itr tr* skoja, retas; skoja (retas) med
**chaffinch** ['tʃæfɪntʃ] *s* bofink
**chagrin** ['ʃægrɪn] **I** *s* förtret **II** *tr* förtreta
**chain** [tʃeɪn] **I** *s* **1** kedja; kätting **2** pl. *~s* bojor **3** bildl. kedja; följd, rad [*~ of events*] **II** *tr* kedja fast [*to* vid]; lägga bojor (kedjor) på
**chain-smoker** ['tʃeɪn,sməʊkə] *s* kedjerökare
**chain-store** ['tʃeɪnstɔ:] *s* filial, kedjebutik
**chair** [tʃeə] **I** *s* **1** stol **2** lärostol, professur **3** *be in the ~* sitta som ordförande; *take the ~* inta ordförandeplatsen **II** *tr* **1** vara (sitta som) ordförande vid [*~ a meeting*] **2** bära i gullstol
**chairman** ['tʃeəmən] (pl. *chairmen* ['tʃeəmən]) *s* ordförande; styrelseordförande
**chairperson** ['tʃeə,pɜ:sn] *s* ordförande
**chalk** [tʃɔ:k] **I** *s* krita **II** *tr* skriva (rita) med krita
**challenge** ['tʃælɪndʒ] **I** *s* utmaning; stimulerande uppgift; uppmaning **II** *tr* utmana [*~ a p. to a duel*]; uppmana [*~ a p. to fight*]
**challenger** ['tʃælɪndʒə] *s* utmanare
**challenging** ['tʃælɪndʒɪŋ] *a* utmanande; stimulerande
**chamber** ['tʃeɪmbə] *s* kammare; *~ music* kammarmusik; *~ of horrors* skräckkammare
**chambermaid** ['tʃeɪmbəmeɪd] *s* städerska på hotell, husa
**chamois-leather** ['ʃæmɪleðə] *s* sämskskinn
**champagne** [ʃæm'peɪn] *s* champagne
**champion** ['tʃæmpjən] **I** *s* **1** mästare [*world ~*] **2** förkämpe [*of* för] **II** *tr* kämpa för, förfäkta
**championship** ['tʃæmpjənʃɪp] *s* **1** mästerskap, mästerskapstävling **2** försvar, kämpande [*of* för]
**chance** [tʃɑ:ns] **I** *s* **1** tillfällighet; slump; *by ~* händelsevis; *game of ~* hasardspel **2** chans, gynnsamt tillfälle; möjlighet, utsikt, utsikter [*of* till] **3** pl. *~s* sannolikhet; *the ~s are that* det mesta talar för att **II** *a* tillfällig [*~ likeness*] **III** *itr* hända (slumpa) sig; råka [*I chanced to be out*]; *~ on* råka på
**chancellor** ['tʃɑ:nsələ] *s* kansler; *Chancellor of the Exchequer* Engl. finansminister
**chandelier** [,ʃændə'lɪə] *s* ljuskrona
**change** [tʃeɪndʒ] **I** *tr itr* **1** ändra, förändra [*into* till]; ändra på, förvandla; ändras, förändras, förvandlas, ändra sig; *~ one's mind* ändra sig **2** byta; byta ut [*for* mot]; skifta [*~ colour*], byta om; *~ places* byta plats **3** växla pengar **II** *s* **1** ändring; svängning [*a sudden ~*]; växling; skifte **2** ombyte, byte; omväxling; *it makes a ~* det blir en smula omväxling; *~ of air* luftombyte; *for a ~* för omväxlings (en gångs) skull **3** ombyte [*a ~ of clothes*] **4** växel, småpengar [äv. *small ~*]; *exact ~* jämna pengar; *keep the ~!* det är jämna pengar!
**changeable** ['tʃeɪndʒəbl] *a* föränderlig, ostadig; ombytlig
**change-over** ['tʃeɪndʒ,əʊvə] *s* övergång; omläggning; omslag
**changing-room** ['tʃeɪndʒɪŋrʊm] *s* omklädningsrum
**channel** ['tʃænl] *s* **1** kanal, sund; *the English Channel* el. *the Channel* Engelska kanalen **2** ränna, kanal för vätskor **3** radio., TV. kanal **4** bildl. medium, kanal; *through the official ~s* tjänstevägen
**chant** [tʃɑ:nt] **I** *tr itr* skandera, ropa taktfast **II** *s* taktfast ropande
**chaos** ['keɪɒs] *s* kaos
**chaotic** [keɪ'ɒtɪk] *a* kaotisk
**1 chap** [tʃæp] **I** *tr itr* om hud spräcka; få sprickor **II** *s* spricka i huden
**2 chap** [tʃæp] *s* vard. karl; kille; *old ~!* gamle gosse!
**chapel** ['tʃæp(ə)l] *s* kapell; kyrka
**chaperon** ['ʃæpərəʊn] **I** *s* bildl. förkläde **II** *tr* vara förkläde åt
**chaplain** ['tʃæplɪn] *s* präst, pastor ofta t. ex. regements-, sjömans-
**chapter** ['tʃæptə] *s* kapitel
**charabanc** ['ʃærəbæŋ] *s* öppen turistbuss
**character** ['kærəktə] *s* **1** karaktär; natur; egenart; beskaffenhet **2** personlighet [*public ~*], vard. individ, original **3** gestalt, figur; roll; typ **4** skriv- tecken, bokstav

**characteristic** [ˌkærəktəˈrɪstɪk] **I** *a* karakteristisk, kännetecknande [*of* för] **II** *s* kännemärke, kännetecken
**characterization** [ˌkærəktəraɪˈzeɪʃ(ə)n] *s* karakterisering, karakteristik
**characterize** [ˈkærəktəraɪz] *tr* karakterisera, beteckna [*as* såsom]; känneteckna
**charcoal** [ˈtʃɑːkəʊl] *s* träkol
**charge** [tʃɑːdʒ] **I** *tr itr* **1** anklaga **2** ta [*how much do you charge?*]; ta betalt [~ *extra for a seat*] **3** hand. debitera, belasta ett konto **4** ladda **5** storma fram mot; rusa på; storma (rusa) fram [*at* mot]; fotb. tackla **II** *s* **1** anklagelse, beskyllning **2** pris, avgift, taxa; ***free of*** ~ gratis **3** fast utgift **4** tekn., elektr. laddning **5** vård; uppsikt; ***man in*** ~ vakthavande; ***be in*** ~ ***of*** ha hand om, ha vården om; ***take*** ~ ***of a th.*** ta hand om ngt **6** mil. m. m. anfall, chock; fotb. tackling
**chariot** [ˈtʃærɪət] *s* stridsvagn, triumfvagn
**charitable** [ˈtʃærɪtəbl] *a* **1** medmänsklig; välgörenhets- [~ *institution*] **2** välvillig
**charity** [ˈtʃærətɪ] *s* **1** människokärlek; överseende **2** välgörenhet; allmosor; välgörenhetsinrättning
**charlady** [ˈtʃɑːˌleɪdɪ] *s* städerska
**charm** [tʃɑːm] **I** *s* **1** charm, tjuskraft; tjusning; pl. ~*s* behag, skönhet **2** trollformel; trolldom **3** amulett; berlock **II** *tr* charmera, tjusa; förtrolla
**charmer** [ˈtʃɑːmə] *s* charmör, tjusare
**charming** [ˈtʃɑːmɪŋ] *a* charmfull, charmig, förtjusande
**charred** [tʃɑːd] *a* kolad, förkolnad
**chart** [tʃɑːt] **I** *s* **1** tabell; diagram; karta [*weather* ~] **2** väggplansch [äv. *wall* ~] **3** sjökort **II** *tr* kartlägga
**charter** [ˈtʃɑːtə] **I** *s* **1** privilegiebrev **2** charter; ***a*** ~ ***flight*** en chartrad flygresa; ~ ***flights*** charterflyg **II** *tr* **1** bevilja privilegier **2** chartra, befrakta
**chartered** [ˈtʃɑːtəd] *a* **1** auktoriserad [~ *accountant*] **2** chartrad [~ *aircraft*]
**charwoman** [ˈtʃɑːˌwʊmən] (pl. *charwomen* [ˈtʃɑːˌwɪmɪn]) *s* städerska
**chary** [ˈtʃeərɪ] *a*, ***be*** ~ ***of*** akta sig för; vara mån om [~ *of one's reputation*]
**chase** [tʃeɪs] **I** *tr* jaga; förfölja **II** *s* jakt
**chasm** [ˈkæz(ə)m] *s* klyfta, avgrund
**chassis** [ˈʃæsɪ] *s* chassi; underrede
**chaste** [tʃeɪst] *a* kysk
**chastise** [tʃæsˈtaɪz] *tr* straffa, aga
**chastity** [ˈtʃæstətɪ] *s* kyskhet
**chat** [tʃæt] **I** *itr* prata **II** *s* prat, pratstund
**chatter** [ˈtʃætə] **I** *itr* pladdra **II** *s* pladder
**chatty** [ˈtʃætɪ] *a* **1** pratsam **2** kåserande
**chauffeur** [ˈʃəʊfə] *s* privatchaufför
**chauvinism** [ˈʃəʊvɪnɪz(ə)m] *s* chauvinism; ***male*** ~ manschauvinism
**chauvinist** [ˈʃəʊvɪnɪst] *s* chauvinist; ***male*** ~ manschauvinist; ***male*** ~ ***pig*** vard. mullig mansgris
**cheap** [tʃiːp] *a* billig
**cheapen** [ˈtʃiːp(ə)n] *tr* göra billig (billigare)
**cheapskate** [ˈtʃiːpskeɪt] *s* vard. snåljåp
**cheat** [tʃiːt] **I** *tr itr* lura, narra; fuska; fiffla **II** *s* svindlare, skojare, fuskare
**check** [tʃek] **I** *s* **1** hinder; broms; bakslag **2** ***keep (hold) in*** ~ hålla i schack; ***keep (put) a*** ~ ***on*** hålla i schack **3** kontroll [*make a* ~], prov; ***keep a*** ~ ***on*** kontrollera **4** kontramärke; amer. restaurangnota **5** amer. check **6** rutigt mönster [äv. ~ *pattern*] **II** *tr itr* **1** hejda, hämma, bromsa, hindra, blockera **2** tygla, hålla i styr, hejda **3** kontrollera [äv. ~ *up*]; ~ ***up on a th.*** kontrollera ngt **4** amer., ~ el. ~ ***up*** stämma [*with*] **5** ~ ***in*** a) boka in sig [~ *in at a hotel*] b) stämpla in på arbetsplats; ~ ***into a hotel*** ta in på ett hotell
**checkbook** [ˈtʃekbʊk] *s* amer. checkhäfte
**checked** [tʃekt] *a* rutig [~ *material*]
**check-up** [ˈtʃekʌp] *s* kontroll, undersökning
**cheek** [tʃiːk] **I** *s* **1** kind **2** bildl. vard. 'mage'; fräckhet; ***what*** ~***!*** vad fräckt!; ***I like your*** ~ iron. du är inte lite fräck du! **II** *tr* vard. vara fräck mot
**cheeky** [ˈtʃiːkɪ] *a* vard. fräck, uppkäftig
**cheep** [tʃiːp] **I** *itr tr* om småfåglar pipa **II** *s* om småfågels pip
**cheer** [tʃɪə] **I** *s* **1** hurrarop; ***three*** ~***s for*** ett trefaldigt (svensk motsvarighet fyrfaldigt) leve för **2** vard., ~***s!*** skål! **3** glädje, munterhet **II** *tr itr* **1** ~ ***up*** pigga (liva) upp; bli gladare **2** heja på [äv. ~ *on*], hurra, heja; hurra för
**cheerful** [ˈtʃɪəf(ʊ)l] *a* **1** glad, gladlynt **2** glädjande, trevlig
**cheerfulness** [ˈtʃɪəf(ʊ)lnəs] *s* gladlynthet
**cheerio** [ˈtʃɪərɪˈəʊ] *interj* vard. **1** hej då!, ajö! **2** skål!
**cheerleader** [ˈtʃɪəˌliːdə] *s* sport. ledare av hejarklack
**cheerless** [ˈtʃɪələs] *a* glädjelös, dyster
**cheery** [ˈtʃɪərɪ] *a* glad, munter
**cheese** [tʃiːz] *s* ost
**cheetah** [ˈtʃiːtə] *s* gepard
**chef** [ʃef] *s* köksmästare, kock

**chemical** ['kemɪk(ə)l] **I** *a* kemisk **II** *s* kemikalie
**chemist** ['kemɪst] *s* **1** kemist **2** apotekare; ***chemist's shop*** ungefär apotek, färghandel
**chemistry** ['keməstrɪ] *s* kemi
**cheque** [tʃek] *s* check
**cheque-book** ['tʃekbʊk] *s* checkhäfte
**cherish** ['tʃerɪʃ] *tr* hysa [~ *a hope*], nära [~ *feelings*]
**cheroot** [ʃə'ru:t] *s* cigarill
**cherry** ['tʃerɪ] *s* körsbär
**cherub** ['tʃerəb] *s* (pl. *cherubim* ['tʃerəbɪm]) kerub
**cherubic** [tʃe'ru:bɪk] *a* kerubisk; änglalik
**cherubim** ['tʃerəbɪm] se *cherub*
**chess** [tʃes] *s* schack, schackspel
**chessboard** ['tʃesbɔ:d] *s* schackbräde
**chest** [tʃest] *s* **1** kista, låda; ~ ***of drawers*** byrå **2** bröst, bröstkorg
**chestnut** ['tʃesnʌt] *s* kastanje; kastanjeträd
**chew** [tʃu:] **I** *tr* tugga **II** *s* tuggning; buss; tugga
**chewing-gum** ['tʃu:ɪŋgʌm] *s* tuggummi
**chic** [ʃi:k] **I** *s* stil, elegans **II** *a* chic, elegant
**Chicago** [ʃɪ'kɑ:gəʊ]
**chick** [tʃɪk] *s* **1** nykläckt kyckling **2** fågelunge **3** sl. tjej, brud
**chicken** ['tʃɪkɪn] **I** *s* kyckling, speciellt amer. äv. höna; höns; ***count one's ~s before they are hatched*** ungefär sälja skinnet innan björnen är skjuten **II** *a* vard. feg, skraj
**chicken-pox** ['tʃɪkɪnpɒks] *s* vattkoppor
**chicken-run** ['tʃɪkɪnrʌn] *s* hönsgård
**chicory** ['tʃɪkərɪ] *s* **1** endiv; amer. chicorée **2** cikoria; cikoriarot
**chief** [tʃi:f] **I** *s* chef, ledare; ~ ***of staff*** stabschef **II** *a* **1** i titlar chef-, chefs-, huvud- [~ *editor*] **2** huvud-, förnämst, störst; ledande
**chiefly** ['tʃi:flɪ] *adv* framför allt, först och främst; huvudsakligen
**chieftain** ['tʃi:ftən] *s* ledare; hövding
**chilblain** ['tʃɪlbleɪn] *s* frostknöl, kylskada
**child** [tʃaɪld] (pl. *children* ['tʃɪldr(ə)n]) *s* barn; ~ ***allowance*** a) barnavdrag vid skatt b) barnbidrag; ***with*** ~ gravid, havande
**childbearing** ['tʃaɪld,beərɪŋ] *s* barnafödande
**childbirth** ['tʃaɪldbɜ:θ] *s* förlossning; barnsäng [*die in* ~]
**childhood** ['tʃaɪldhʊd] *s* barndom; ***be in one's second*** ~ vara barn på nytt
**childish** ['tʃaɪldɪʃ] *a* barnslig, enfaldig
**childlike** ['tʃaɪldlaɪk] *a* barnslig, lik ett barn
**childminder** ['tʃaɪld,maɪndə] *s* dagmamma, dagbarnvårdare
**childproof** ['tʃaɪldpru:f] *a* barnsäker [~ *locks*]
**children** ['tʃɪldr(ə)n] se *child*
**Chile** ['tʃɪlɪ]
**Chilean** ['tʃɪlɪən] **I** *s* chilen, chilenare **II** *a* chilensk
**chill** [tʃɪl] **I** *s* kyla, köld; ***catch a*** ~ förkyla sig; ***take the*** ~ ***off*** ljumma upp **II** *tr* kyla, kyla av
**chilli** ['tʃɪlɪ] *s* chili spansk peppar
**chilly** ['tʃɪlɪ] *a* kylig, kall; frusen
**chime** [tʃaɪm] **I** *s* klockspel **II** *itr tr* **1** ringa, klinga **2** ~ ***in*** inflika; instämma **3** ***the clock chimed twelve*** klockan slog tolv
**chimney** ['tʃɪmnɪ] *s* skorsten; rökgång
**chimney-pot** ['tʃɪmnɪpɒt] *s* skorsten, skorstenspipa ovanpå taket
**chimney-sweep** ['tʃɪmnɪswi:p] *s* o. **chimney-sweeper** ['tʃɪmnɪ,swi:pə] *s* skorstensfejare, sotare
**chimpanzee** [,tʃɪmpən'zi:] *s* schimpans
**chin** [tʃɪn] *s* haka
**China** ['tʃaɪnə] Kina
**china** ['tʃaɪnə] *s* porslin
**Chinaman** ['tʃaɪnəmən] (pl. *Chinamen* ['tʃaɪnəmən]) *s* neds. kinaman, kines
**Chinatown** ['tʃaɪnətaʊn] *s* kineskvarter
**Chinese** ['tʃaɪ'ni:z] **I** *a* kinesisk; ~ ***lantern*** kulört lykta **II** *s* **1** (pl. lika) kines **2** kinesiska språket
**1 chink** [tʃɪŋk] *s* **1** spricka; ***a*** ~ ***in one's armour*** bildl. en sårbar punkt **2** springa
**2 chink** [tʃɪŋk] *itr* om t.ex. mynt klirra, klinga
**chip** [tʃɪp] **I** *s* **1** flisa, spån; skärva **2** pl. ~*s* a) pommes frites b) amer. potatischips **3** hack i t.ex. porslinsyta **4** sl. spelmark **5** data. chip, halvledarbricka **II** *tr* **1** flisa; ***chipped potatoes*** pommes frites **2** slå en flisa ur; ***chipped*** kantstött
**chiropodist** [kɪ'rɒpədɪst] *s* fotvårdsspecialist
**chirp** [tʃɜ:p] **I** *itr tr* kvittra **II** *s* kvitter
**chisel** ['tʃɪzl] **I** *s* mejsel; stämjärn **II** *tr* mejsla
**chivalrous** ['ʃɪvəlrəs] *a* chevaleresk; ridderlig
**chivalry** ['ʃɪvəlrɪ] *s* **1** ridderlighet **2** ridderskap
**chives** [tʃaɪvz] *s pl* kok. gräslök
**chlorinate** ['klɔ:rɪneɪt] *tr* klorera
**chlorine** ['klɔ:ri:n] *s* klor, klorgas
**chloroform** ['klɒrəfɔ:m] *s* kloroform

**chock-full** [tʃɒk'fʊl] *a* fullpackad, proppfull
**chocolate** ['tʃɒklət] *s* choklad; *a* ~ en fylld chokladbit, en chokladpralin; ***a bar of*** ~ en chokladkaka
**choice** [tʃɔɪs] **I** *s* **1** val; ***I have no*** ~ ***in the matter*** el. ***I have no*** ~ jag har inget annat val **2** urval, sortiment **II** *a* utsökt, utvald
**choir** ['kwaɪə] *s* **1** kör **2** kor i kyrka
**choke** [tʃəʊk] **I** *tr itr* **1** kväva; strypa; kvävas; storkna **2** ~ ***off*** vard. avskräcka **II** *s* bil. choke
**cholera** ['kɒlərə] *s* kolera
**cholesterol** [kə'lestərɒl] *s* kolesterol
**choose** [tʃu:z] (*chose chosen*) *tr itr* **1** välja, välja ut, utkora **2** föredra **3** ha lust, vilja; gitta [*I don't* ~ *to work*]
**choosy** ['tʃu:zɪ] *a* kinkig, kräsen
**chop** [tʃɒp] **I** *tr* hugga, hacka, hacka sönder; ~ ***a ball*** sport. skära en boll **II** *s* **1** hugg **2** kotlett med ben
**chopper** ['tʃɒpə] *s* **1** huggare [*wood* ~] **2** köttyxa, hackkniv
**choppy** ['tʃɒpɪ] *a* sjö. krabb [*a* ~ *sea*]
**choral** ['kɔ:r(ə)l] *a* sjungen i kör, kör-
**chorus** ['kɔ:rəs] *s* korus, kör; refräng; balett i revy
**chorus-girl** ['kɔ:rəsgɜ:l] *s* balettflicka
**chose** [tʃəʊz] se *choose*
**chosen** ['tʃəʊzn] se *choose*
**Christ** [kraɪst] Kristus; ~*!* Herre Gud!
**christen** ['krɪsn] *tr* döpa, döpa till
**Christendom** ['krɪsndəm] *s* kristenhet, kristenheten
**christening** ['krɪsnɪŋ] *s* dop
**Christian** ['krɪstʃ(ə)n] **I** *a* kristen, kristlig; ~ ***name*** förnamn **II** *s* kristen
**Christianity** [ˌkrɪstɪ'ænətɪ] *s* kristendom, kristendomen
**Christmas** ['krɪsməs] *s* julen; juldagen; ~ ***Eve*** julaftonen; ~ ***carol*** julsång; ~ ***present*** julklapp; ~ ***pudding*** plumpudding
**Christmas-box** ['krɪsməsbɒks] *s* julpengar, julklapp till brevbärare m. fl.
**Christmas-tree** ['krɪsməstri:] *s* julgran
**chrome** [krəʊm] *s* krom
**chromium** ['krəʊmjəm] *s* krom metall
**chromium-plated** ['krəʊmjəm'pleɪtɪd] *a* förkromad
**chronic** ['krɒnɪk] *a* kronisk; inrotad
**chronicle** ['krɒnɪkl] **I** *s* krönika **II** *tr* uppteckna, skildra
**chronological** [ˌkrɒnə'lɒdʒɪk(ə)l] *a* kronologisk [*in* ~ *order*]
**chrysanthemum** [krɪ'sænθəməm] *s* krysantemum
**chubby** ['tʃʌbɪ] *a* knubbig; trind
**chuck** [tʃʌk] *tr* vard. slänga, kasta
**chuckle** ['tʃʌkl] **I** *itr* skrocka **II** *s* skrockande
**chum** [tʃʌm] *s* kamrat, kompis
**chunk** [tʃʌŋk] *s* tjockt stycke, stor bit
**church** [tʃɜ:tʃ] *s* kyrka
**churchgoer** ['tʃɜ:tʃˌgəʊə] *s* kyrkobesökare
**churchgoing** ['tʃɜ:tʃˌgəʊɪŋ] *s* kyrkobesök
**churchyard** ['tʃɜ:tʃjɑ:d] *s* kyrkogård kring kyrka
**churn** [tʃɜ:n] **I** *s* **1** smörkärna **2** mjölkkanna för transport av mjölk **II** *tr* **1** kärna **2** ~ ***out*** spotta fram (ur sig)
**chutney** ['tʃʌtnɪ] *s* chutney slags pickles
**CIA** ['si:aɪ'eɪ] (förk. för *Central Intelligence Agency*) CIA den federala underrättelsetjänsten i USA
**cider** ['saɪdə] *s* cider, äppelvin
**cigar** [sɪ'gɑ:] *s* cigarr
**cigarette** [ˌsɪgə'ret] *s* cigarett
**cigarette-case** [ˌsɪgə'retkeɪs] *s* cigarettetui
**cigarette-end** [ˌsɪgə'retend] *s* cigarettstump, fimp
**cigarette-holder** [ˌsɪgə'retˌhəʊldə] *s* cigarettmunstycke
**cigarette-lighter** [ˌsɪgə'retˌlaɪtə] *s* cigarettändare
**cinder** ['sɪndə] *s* **1** slagg; sinder **2** pl. ~*s* aska
**Cinderella** [ˌsɪndə'relə] Askungen
**cine-camera** ['sɪnɪˌkæmərə] *s* filmkamera
**cinema** ['sɪnəmə] *s* bio, biograflokal; ***go to the*** ~ gå på bio
**cinemagoer** ['sɪnəməˌgəʊə] *s* biobesökare
**cinnamon** ['sɪnəmən] *s* kanel
**cipher** ['saɪfə] *s* **1** siffra **2** chiffer, chifferskrift
**circle** ['sɜ:kl] **I** *s* **1** cirkel i olika betydelser; ring; krets **2** teat., ***the dress*** ~ första raden; ***the upper*** ~ andra raden **II** *tr* kretsa runt (över)
**circuit** ['sɜ:kɪt] *s* **1** kretsgång, omlopp; tur, runda **2** område; krets **3** elektr. krets; ***short*** ~ kortslutning **4** turnéväg, turnérutt **5** sport. racerbana
**circular** ['sɜ:kjʊlə] **I** *a* cirkelrund; kretsformig, cirkulär; ~ ***letter*** cirkulär; ~ ***road*** kringfartsled, ringväg; ~ ***tour*** rundresa **II** *s* cirkulär, rundskrivelse
**circularize** ['sɜ:kjʊləraɪz] *tr* skicka cirkulär till

**circulate** ['sɜ:kjʊleɪt] *tr itr* låta cirkulera, sätta i omlopp; skicka omkring; cirkulera, vara i omlopp
**circulation** [ˌsɜ:kjʊ'leɪʃ(ə)n] *s* **1** cirkulation; omlopp **2** upplaga av tidning
**circumcise** ['sɜ:kəmsaɪz] *tr* omskära
**circumference** [sə'kʌmfər(ə)ns] *s* omkrets
**circumstance** ['sɜ:kəmstəns] *s* omständighet; förhållande; ***in (under) the ~s*** under sådana omständigheter
**circus** ['sɜ:kəs] *s* **1** cirkus **2** runt torg, rund plan
**cistern** ['sɪstən] *s* cistern; behållare, tank
**citadel** ['sɪtədl] *s* citadell
**cite** [saɪt] *tr* åberopa; anföra, citera
**citizen** ['sɪtɪzn] *s* medborgare; invånare
**citizenship** ['sɪtɪznʃɪp] *s* medborgarskap
**city** ['sɪtɪ] *s* stor stad; ***the City*** City Londons affärskvarter; ~ ***centre*** centrum
**civil** ['sɪvl] *a* **1** medborgerlig; ~ ***war*** inbördeskrig **2** hövlig **3** civil; ~ ***aviation*** civilflyg; ***Civil Defence*** civilförsvar; ~ ***servant*** statstjänsteman, tjänsteman inom civilförvaltningen; ***the Civil Service*** civilförvaltningen statsförvaltningen utom den militära o. kyrkliga
**civilian** [sɪ'vɪljən] **I** *s* civil, civilperson **II** *a* civil [~ *life*]; ***in ~ life*** i det civila
**civilization** [ˌsɪvəlaɪ'zeɪʃ(ə)n] *s* civilisation
**civilize** ['sɪvəlaɪz] *tr* civilisera
**clad** [klæd] **I** poet. se *clothe* **II** *a* klädd
**claim** [kleɪm] **I** *tr* **1** fordra, kräva **2** göra anspråk på **3** göra gällande; hävda **II** *s* **1** fordran, krav; yrkande; anspråk; påstående; ***lay ~ to*** göra anspråk på **2** rätt [*to a th.* till ngt]
**clamber** ['klæmbə] *itr* klättra, kravla
**clammy** ['klæmɪ] *a* fuktig och klibbig
**clamour** ['klæmə] **I** *s* rop, skrik; larm **II** *itr* skrika, larma; protestera
**clamp** [klæmp] **I** *s* **1** krampa; klämma **2** skruvtving **II** *itr* vard., ~ ***down on*** klämma åt
**clan** [klæn] *s* klan äv. bildl., stam
**clandestine** [klæn'destɪn] *a* hemlig
**clang** [klæŋ] **I** *s* skarp metallisk klang **II** *itr tr* klinga, klämta; klämta med
**clank** [klæŋk] *itr tr* rassla, skramla; rassla (skramla) med
**clap** [klæp] **I** *tr itr* klappa [~ *one's hands*]; klappa händerna, applådera **II** *s* **1** knall [~ *of thunder*] **2** handklappning, applåd
**claret** ['klærət] *s* rödvin av bordeauxtyp
**clarify** ['klærɪfaɪ] *tr itr* klargöra, klarlägga; klarna
**clarinet** [ˌklærɪ'net] *s* klarinett
**clarinettist** [ˌklærɪ'netɪst] *s* klarinettist
**clarity** ['klærətɪ] *s* klarhet
**clash** [klæʃ] **I** *itr* **1** skrälla, skramla **2** råka i konflikt, inte stämma [*with* med]; skära sig; ***the two programmes ~*** de två programmen kolliderar **3** drabba samman **II** *s* **1** skräll, smäll **2** sammanstötning
**clasp** [klɑ:sp] **I** *s* **1** knäppe, spänne; lås på t.ex. väska **2** omfamning; handslag **II** *tr* omfamna, krama; ~ ***hands*** skaka hand
**clasp-knife** ['klɑ:spnaɪf] *s* fällkniv
**class** [klɑ:s] **I** *s* **1** klass i samhället o. skol. **2** ***evening classes*** kvällskurser **II** *tr itr* klassa; klassificera; räknas [*as* som]; ~ ***among*** räkna bland
**class-conscious** ['klɑ:s'kɒnʃəs] *a* klassmedveten
**class-distinction** ['klɑ:sdɪs'tɪŋkʃ(ə)n] *s* klasskillnad
**classic** ['klæsɪk] **I** *a* klassisk **II** *s* klassiker
**classical** ['klæsɪk(ə)l] *a* klassisk
**classified** ['klæsɪfaɪd] *a* **1** klassificerad **2** hemligstämplad [~ *information*]
**classify** ['klæsɪfaɪ] *tr* **1** klassificera; rubricera **2** hemligstämpla
**classmate** ['klɑ:smeɪt] *s* klasskamrat
**clatter** ['klætə] **I** *itr tr* slamra, klappra; slamra (klappra) med **II** *s* slammer [~ *of cutlery*], klapper [~ *of hoofs*]
**clause** [klɔ:z] *s* gram. sats; klausul
**claw** [klɔ:] **I** *s* klo **II** *tr* klösa
**clay** [kleɪ] *s* lera, lerjord
**clean** [kli:n] **I** *a* **1** ren; renlig **2** fullständig [*a ~ break with the past*]; ***make a ~ sweep*** göra rent hus **II** *adv* alldeles [*I ~ forgot*], rent, rakt, tvärt **III** *tr itr* **1** rengöra, göra ren; snygga upp; putsa; borsta [~ *shoes*]; tvätta, kemtvätta; städa, städa i; rensa; rensa upp **2** tömma, länsa [~ *one's plate*] □ ~ **out** rensa, tömma; städa; ~ **up** a) rensa upp i, städa undan i; göra rent i b) städa, göra rent efter sig; snygga till sig **IV** *s* vard. rengöring, städning, putsning, borstning, kemtvätt
**clean-cut** ['kli:n'kʌt] *a* skarpt skuren; klar, väl avgränsad
**cleaner** ['kli:nə] *s* **1** städerska, städare; tvättare; ***send one's clothes to the ~s (the dry ~s)*** skicka kläderna på kemtvätt **2** rensare [*pipe-cleaner*], renare
**cleanly** [adverb 'kli:nlɪ, adjektiv 'klenlɪ] **I** *adv* rent **II** *a* ren, renlig
**cleanse** [klenz] *tr* rengöra; rensa
**clean-shaven** ['kli:n'ʃeɪvn] *a* slätrakad

**clean-up** ['kli:nʌp] *s* **1** grundlig rengöring, uppröjning; sanering **2** utrensning
**clear** [klɪə] **I** *a* **1** klar; ren; tydlig **2** fri [*of* från; ~ *of snow*]; klar, öppen [~ *for traffic*]; ***all*** ~*!* faran över! **3** hel, full [*six* ~ *days*] **II** *tr itr* **1** klara; klarna, ljusna; ~ ***the air*** rensa luften; ~ ***one's throat*** klara strupen **2** frita från skuld **3** befria [*of* från]; göra (ta) loss; reda ut; rensa; skingra sig [*the clouds cleared*]; ~ ***the table*** duka av; ~ ***the way*** bana väg **4** klarera varor i tullen **5** betala; klara, täcka [~ *expenses*]; förtjäna netto **6** godkänna [*the article was cleared for publication*]; ~ ***a p.*** säkerhetskontrollera ngn □ ~ **away** röja undan, ta (rensa) bort; duka av; dra bort, skingra sig; ~ **off (out)** rensa ut (bort); vard. sticka, dunsta; ~ *off (out)!* stick!; ~ **up** a) ordna, städa, göra rent i b) klargöra, reda upp c) klarna
**clearance** ['klɪər(ə)ns] *s* **1** frigörande, befriande; undanröjande; sanering, rensning; ***slum*** ~ slumsanering **2** tullbehandling, tullklarering **3** ~ ***sale*** el. ~ utförsäljning **4** ***security*** ~ el. ~ intyg om verkställd säkerhetskontroll **5** spelrum; trafik. fri höjd
**clear-cut** ['klɪə'kʌt] *a* skarpt skuren, ren [~ *features*]; klar, entydig
**clear-sighted** ['klɪə'saɪtɪd] *a* klarsynt
**cleavage** ['kli:vɪdʒ] *s* **1** klyvning; spaltning; splittring **2** djup urringning
**1 cleave** [kli:v] *itr,* ~ *to* klibba fast vid; hänga fast vid
**2 cleave** [kli:v] (imperfekt *cleft, cleaved;* perfekt particip *cleft*) *tr* klyva sönder; bildl. splittra sönder
**cleft** [kleft] se *2 cleave*
**clemency** ['klemənsɪ] *s* mildhet; förbarmande, nåd
**clench** [klentʃ] *tr* bita ihop, pressa hårt samman; ~ ***one's fist*** knyta näven
**clergy** ['klɜ:dʒɪ] *s* prästerskap, präster
**clergyman** ['klɜ:dʒɪmən] (pl. *clergymen* ['klɜ:dʒɪmən]) *s* präst speciellt inom engelska statskyrkan
**clerical** ['klerɪkəl] *a* **1** prästerlig; ~ ***collar*** prästs rundkrage **2** ~ ***staff*** kontorspersonal
**clerk** [klɑ:k, amer. klɜ:k] *s* **1** kontorist; tjänsteman; bokhållare **2** amer. butiksbiträde
**clever** ['klevə] *a* **1** begåvad, intelligent **2** skicklig, duktig
**cliché** ['kli:ʃeɪ] *s* klyscha, kliché
**click** [klɪk] **I** *itr tr* **1** knäppa till; knäppa med; ~ ***one's heels*** slå ihop klackarna **2** vard. lyckas; klaffa **II** *s* knäppning
**client** ['klaɪənt] *s* klient; kund
**cliff** [klɪf] *s* klippa; bergvägg
**climate** ['klaɪmət] *s* klimat
**climax** ['klaɪmæks] *s* klimax, kulmen
**climb** [klaɪm] **I** *itr tr* klättra, klänga; kliva, stiga; klättra (klänga, kliva) uppför (upp på), bestiga **II** *s* klättring; stigning
**climber** ['klaɪmə] *s* **1** klättrare, bestigare [*mountain* ~] **2** streber
**clinch** [klɪntʃ] **I** *s* boxn. clinch **II** *itr tr* **1** boxn. gå i clinch **2** avgöra [~ *an argument*]; göra upp [~ *a sale*]
**cling** [klɪŋ] (*clung clung*) *itr* klänga sig fast, klamra sig fast [*to (on to)* vid]; hålla sig [*to* intill]; fastna, sitta fast [*to* i, vid]; ~ ***to*** hålla fast vid; ~ ***together*** hålla ihop
**clinic** ['klɪnɪk] *s* klinik
**clink** [klɪŋk] **I** *itr tr* klirra med **II** *s* klirr
**1 clip** [klɪp] **I** *tr* fästa (klämma) ihop med gem (klämma) **II** *s* gem, klämma
**2 clip** [klɪp] *tr* klippa [~ *tickets*]
**clique** [kli:k] *s* klick, kotteri
**clitoris** ['klɪtərɪs] *s* klitoris, kittlare
**cloak** [kləʊk] **I** *s* **1** slängkappa, mantel **2** bildl. täckmantel **II** *tr* svepa in
**cloakroom** ['kləʊkrʊm] *s* **1** a) kapprum, garderob b) effektförvaring; ~ ***attendant*** rockvaktmästare **2** toalett
**clock** [klɒk] **I** *s* **1** klocka, väggur, tornur; ***round the*** ~ dygnet runt **2** sl. fejs ansikte **II** *itr,* ~ ***in (on)*** stämpla in på stämpelur
**clocking-in** ['klɒkɪŋ'ɪn] *a,* ~ ***card*** stämpelkort
**clockwise** ['klɒkwaɪz] *adv* medurs
**clockwork** ['klɒkwɜ:k] *s* urverk; ~ ***train*** mekaniskt tåg
**clod** [klɒd] *s* **1** klump av t.ex. jord, lera **2** tölp
**clog** [klɒg] **I** *s* träsko **II** *tr itr* täppa (täppas) till
**cloister** ['klɔɪstə] *s* **1** kloster **2** klostergång
**1 close** [kləʊz] **I** *tr itr* **1** stänga; slå igen; sluta till (ihop); stänga av; lägga ner [~ *a factory*]; stängas, slutas till; sluta sig; gå att stänga; ~ ***one's eyes to*** bildl. blunda för; ~ ***down*** stänga, lägga ner **2** sluta, avsluta; avslutas □ ~ **down** om t.ex. affär stänga, stängas, slå igen, läggas ner; ~ **in** komma närmare, falla på; ~ ***in on*** omringa **II** *s* slut [*the* ~ *of day*]
**2 close** [kləʊs] **I** *a* **1** nära [*a* ~ *relative*]; intim; omedelbar; ***at*** ~ ***quarters (range)*** på nära håll; ***it was a*** ~ ***shave (thing)*** vard. det var nära ögat **2** tät **3** ingående, grundlig [~ *investigation*]; noggrann [~ *analysis*]; nära [*a* ~ *resemblance*] **4** strängt bevarad [*a* ~ *secret*]; ~ ***arrest*** rumsarrest **5** kvav,

kvalmig **6** mycket jämn [*a ~ contest (finish)*]; ***the ~ season*** olaga tid för jakt o. fiske **II** *adv* tätt, nära, strax [*by, to* intill; *on, upon* efter]; tätt ihop, nära tillsammans [ofta *~ together*]; *~* ***at hand*** strax intill; nära förestående; *~* ***on a p.'s heels*** tätt i hälarna på ngn; *~* ***on*** preposition inemot, uppemot [*~ on 100*]

**closed-circuit** ['kləʊzd,sɜ:kɪt] *a*, *~* ***television*** intern-TV

**close-fitting** ['kləʊs'fɪtɪŋ] *a* tätt åtsittande

**closely** ['kləʊslɪ] *adv* **1** nära [*~ related*], intimt **2** tätt [*~ packed*] **3** ingående, grundligt

**close-shaven** ['kləʊs'ʃeɪvn] *a* slätrakad

**closet** ['klɒzɪt] *s* **1** skåp **2** klosett, toalett

**close-up** ['kləʊsʌp] *s* film., bildl. närbild

**closing** ['kləʊzɪŋ] *a* stängnings- [*~ time*]

**clot** [klɒt] **I** *s* **1** klimp, klump **2** *~* ***of blood*** el. *~* blodpropp **II** *itr* bilda klimpar, levra sig; om sås m. m. stelna

**cloth** [klɒθ] *s* **1** tyg **2** trasa för t. ex. putsning **3** duk

**clothe** [kləʊð] (*clothed clothed,* poet. *clad clad*) *tr* klä, beklāda; täcka, hölja

**clothes** [kləʊðz] *s pl* kläder

**clothes-hanger** ['kləʊðz,hæŋə] *s* klädgalge

**clothes-line** ['kləʊðzlaɪn] *s* klädstreck

**clothing** ['kləʊðɪŋ] *s* beklädnad; kläder

**cloud** [klaʊd] **I** *s* moln; ***be (have one's head) in the ~s*** vara i det blå **II** *itr* höljas i moln [ofta *~ over*], mulna

**cloud-burst** ['klaʊdbɜ:st] *s* skyfall

**cloudy** ['klaʊdɪ] *a* molnig; mulen

**clove** [kləʊv] *s* kryddnejlika

**clover** ['kləʊvə] *s* klöver; ***be in ~*** vara på grön kvist

**clown** [klaʊn] **I** *s* clown, pajas **II** *itr*, *~* ***about*** el. *~* spela pajas, spexa

**club** [klʌb] **I** *s* **1** klubba; grov påk **2** kortsp. klöverkort; pl. *~s* klöver **3** klubb **II** *tr itr* klubba till (ned); *~* ***together*** dela kostnaderna lika

**cluck** [klʌk] **I** *itr* skrocka **II** *s* skrockande

**clue** [klu:] *s* ledtråd, spår; *~s* ***across (down)*** i korsord vågräta (lodräta) ord

**clumsy** ['klʌmzɪ] *a* klumpig; tafatt

**clung** [klʌŋ] se *cling*

**cluster** ['klʌstə] **I** *s* klunga, klase **II** *itr* klunga ihop sig

**clutch** [klʌtʃ] **I** *tr itr* gripa tag i (om), gripa om; gripa [*at* efter] **II** *s* **1** grepp, tag **2** tekn. koppling; bil. kopplingspedal; *~* ***plate*** kopplingslamell **3** pl. ***clutches*** bildl. klor [*get into a p.'s clutches*]

**clutter** ['klʌtə] *tr*, *~* ***up*** el. *~* belamra, skräpa ned i (på)

**cm.** (förk. för *centimetre, centimetres*) cm

**Co.** [kəʊ, 'kʌmpənɪ] förk. för *Company* Co. företag [*Smith & Co.*]

**c/o** (förk. för *care of*) på brev c/o, adress [*c/o Smith*]

**coach** [kəʊtʃ] **I** *s* **1** a) galavagn, kaross b) turistbuss, långfärdsbuss c) järnv. personvagn **2** a) privatlärare, handledare b) sport. tränare **II** *tr* ge privatlektioner, preparera [*for* till examen, *in* i ämne]; träna

**coal** [kəʊl] *s* kol, speciellt stenkol; ***carry ~s to Newcastle*** ge bagarbarn bröd

**coal-bin** ['kəʊlbɪn] *s* kolbox

**coal-field** ['kəʊlfi:ld] *s* kolfält

**coalition** [,kəʊə'lɪʃ(ə)n] *s* **1** sammansmältning, förening **2** koalition; *~* ***government*** samlingsregering

**coalmine** ['kəʊlmaɪn] *s* kolgruva

**coalmining** ['kəʊl,maɪnɪŋ] *s* kolbrytning

**coal-pit** ['kəʊlpɪt] *s* kolgruva

**coarse** [kɔ:s] *a* **1** grov [*~ sand*] **2** rå, ohyfsad

**coast** [kəʊst] **I** *s* kust **II** *itr* **1** segla längs kusten **2** på cykel: åka nedför utan att trampa; i bil: rulla (åka) nedför med kopplingen ur

**coaster** ['kəʊstə] *s* kustfartyg

**coastguard** ['kəʊstgɑ:d] *s* medlem av sjöräddningen (kustbevakningen)

**coat** [kəʊt] **I** *s* **1** a) rock; kappa b) kavaj; *~* ***of arms*** vapensköld, vapen **2** på djur päls **3** lager, skikt; ***apply a ~ of paint to*** stryka färg på **II** *tr* betäcka, belägga, bestryka

**coated** ['kəʊtɪd] *a* betäckt, belagd [*~ tongue*]

**coat-hanger** ['kəʊt,hæŋə] *s* rockhängare, galge

**coax** [kəʊks] *tr* lirka med; övertala

**cobbler** ['kɒblə] *s* skomakare

**cobble-stone** ['kɒblstəʊn] *s* kullersten

**cobra** ['kɒbrə] *s* kobra, glasögonorm

**cobweb** ['kɒbweb] *s* spindelnät, spindelväv

**coca-cola** ['kəʊkə'kəʊlə] *s* ® coca-cola

**cocaine** [kə'keɪn] *s* kokain

**cock** [kɒk] **I** *s* **1** tupp **2** speciellt i sammansättningar hanne av fåglar **3** kran, pip, tapp **4** hane på gevär; ***at half ~*** på halvspänn **5** vulg. kuk **II** *tr* **1** sticka rätt upp; *~* ***one's ears*** spetsa öronen **2** spänna hanen på, osäkra

**cock-eyed** ['kɒkaɪd] *a* skelögd, vindögd

**cockfighting** ['kɒk,faɪtɪŋ] *s* tuppfäktning

**cockle** ['kɒkl] *s* hjärtmussla

**cockney** [ˈkɒknɪ] *s* **1** cockney londonbo som talar londondialekten **2** cockney londondialekten
**cockpit** [ˈkɒkpɪt] *s* cockpit, förarkabin
**cockroach** [ˈkɒkrəʊtʃ] *s* kackerlacka
**cock-sparrow** [ˈkɒkˈspærəʊ] *s* sparvhane
**cocksure** [ˈkɒkˈʃʊə] *a* tvärsäker; självsäker, stöddig
**cocktail** [ˈkɒkteɪl] *s* cocktail; ~ ***cabinet*** barskåp; ~ ***lounge*** cocktailbar
**cocky** [ˈkɒkɪ] *a* vard. stöddig, mallig
**cocoa** [ˈkəʊkəʊ] *s* kakao; choklad som dryck
**cocoanut, coconut** [ˈkəʊkənʌt] *s* kokosnöt; ~ ***matting*** kokosmatta
**cod** [kɒd] *s* torsk; ***dried*** ~ kabeljo
**C.O.D.** [ˈsiːəʊˈdiː] förk. för *cash* (amer. *collect*) *on delivery* mot efterkrav (postförskott)
**code** [kəʊd] **I** *s* **1** kodex; lagsamling, balk **2** kod; chifferspråk **3** ***dialling*** (amer. ***area***) ~ riktnummer **II** *tr* koda, chiffrera
**codfish** [ˈkɒdfɪʃ] *s* torsk
**codify** [ˈkəʊdɪfaɪ] *tr* kodifiera
**cod-liver**, ~ ***oil*** [ˈkɒdlɪvərˈɔɪl] fisklever-olja
**coerce** [kəʊˈɜːs] *tr* betvinga
**coexist** [ˈkəʊɪgˈzɪst] *itr* finnas till samtidigt
**coexistence** [ˈkəʊɪgˈzɪst(ə)ns] *s* samtidig förekomst; samlevnad [*peaceful* ~]
**coffee** [ˈkɒfɪ] *s* kaffe
**coffee-bar** [ˈkɒfɪbɑː] *s* kaffebar, cafeteria
**coffee-break** [ˈkɒfɪbreɪk] *s* kaffepaus
**coffee-grinder** [ˈkɒfɪˌgraɪndə] *s* kaffekvarn
**coffee-pot** [ˈkɒfɪpɒt] *s* kaffekanna; kaffepanna
**coffin** [ˈkɒfɪn] *s* likkista
**cog** [kɒg] *s* kugge
**cogitate** [ˈkɒdʒɪteɪt] *itr tr* tänka, fundera; tänka (fundera) ut
**cognac** [ˈkɒnjæk] *s* cognac; konjak
**coherence** [kəˈhɪər(ə)ns] *s* sammanhang
**coherent** [kəˈhɪər(ə)nt] *a* sammanhängande; följdriktig
**cohesion** [kəˈhiːʒ(ə)n] *s* sammanhållande kraft; sammanhang
**coiffure** [kwɑːˈfjʊə] *s* frisyr
**coil** [kɔɪl] **I** *tr* rulla (ringla) ihop [ofta ~ *up*] **II** *s* rulle, rörspiral
**coin** [kɔɪn] **I** *s* slant, mynt, peng **II** *tr* **1** mynta, prägla **2** mynta, bilda, skapa [~ *a word*]
**coinage** [ˈkɔɪnɪdʒ] *s* myntsystem, myntsort
**coincide** [ˌkəʊɪnˈsaɪd] *itr* sammanfalla; stämma överens
**coincidence** [kəʊˈɪnsɪd(ə)ns] *s* sammanträffande, tillfällighet
**1 coke** [kəʊk] *s* koks
**2 coke** [kəʊk] *s* ® vard. coca-cola
**colander** [ˈkʌləndə] *s* durkslag grov sil
**cold** [kəʊld] **I** *a* kall, frusen; ***I feel (am)*** ~ jag fryser **II** *s* **1** köld, kyla **2** förkylning; ***catch (get) a*** ~ förkyla sig, bli förkyld
**cold-blooded** [ˈkəʊldˈblʌdɪd] *a* kallblodig
**cold-storage** [ˈkəʊldˈstɔːrɪdʒ] *s* kylrum
**colic** [ˈkɒlɪk] *s* kolik
**collaborate** [kəˈlæbəreɪt] *itr* samarbeta
**collaboration** [kəˌlæbəˈreɪʃ(ə)n] *s* samarbete
**collaborator** [kəˈlæbəreɪtə] *s* medarbetare
**collapse** [kəˈlæps] **I** *s* **1** kollaps; sammanbrott **2** sammanstörtande, ras **II** *itr* **1** kollapsa, klappa ihop **2** störta samman, rasa
**collapsible** [kəˈlæpsəbl] *a* hopfällbar
**collar** [ˈkɒlə] *s* **1** krage **2** halsband t. ex. på hund
**collar-bone** [ˈkɒləbəʊn] *s* nyckelben
**colleague** [ˈkɒliːg] *s* kollega, arbetskamrat
**collect** [kəˈlekt] *tr itr* **1** samla, samla in (ihop); samlas, samla sig; hopas **2** avhämta; ***a*** ~ ***call*** tele. ett ba-samtal
**collected** [kəˈlektɪd] *a* samlad
**collection** [kəˈlekʃ(ə)n] *s* **1** samlande, hopsamling **2** insamling; brevlådstömning; post. äv. tur [*2nd* ~] **3** samling
**collective** [kəˈlektɪv] *a* samlad, sammanlagd, kollektiv
**collector** [kəˈlektə] *s* samlare
**college** [ˈkɒlɪdʒ] *s* **1** college; internatskola **2** fack- högskola; ~ ***of education*** lärarhögskola **3** skola, institut
**collide** [kəˈlaɪd] *itr* kollidera, krocka
**collier** [ˈkɒlɪə] *s* kolgruvearbetare
**colliery** [ˈkɒljərɪ] *s* kolgruva
**collision** [kəˈlɪʒ(ə)n] *s* kollision; sammanstötning, krock
**colloquial** [kəˈləʊkwɪəl] *a* som tillhör talspråket, talspråksaktig
**Cologne** [kəˈləʊn] **I** Köln **II** *s*, ***cologne*** eau-de-cologne
**Colombia** [kəˈlɒmbɪə]
**Colombian** [kəˈlɒmbɪən] **I** *s* colombian **II** *a* colombiansk
**colon** [ˈkəʊlən] *s* **1** skiljetecken kolon **2** grovtarm, kolon

**colonel** ['kɜ:nl] *s* överste
**colonial** [kə'ləʊnjəl] *a* kolonial
**colonize** ['kɒlənaɪz] *tr* kolonisera
**colonizer** ['kɒlənaɪzə] *s* kolonisatör
**colony** ['kɒlənɪ] *s* koloni; nybygge
**color** amer. se *colour*
**colossal** [kə'lɒsl] *a* kolossal; väldig
**colossus** [kə'lɒsəs] *s* koloss
**colour** ['kʌlə] **I** *s* **1** färg, kulör **2** pl. *~s* **a)** ett lags färger; klubbdräkt **b)** flagga, fana; ***join the ~s*** ta värvning; ***come off with flying ~s*** klara sig med glans **c)** ***show one's true ~s*** visa sitt rätta ansikte; ***see a th. in its true ~s*** se ngt i dess rätta ljus **II** *tr itr* färga, måla, kolorera; få färg; rodna [äv. *~ up*]
**colour-bar** ['kʌləbɑ:] *s* rasdiskriminering på grund av hudfärg
**colourful** ['kʌləf(ʊ)l] *a* färgrik, färgstark
**colt** [kəʊlt] *s* föl, fåle
**column** ['kɒləm] *s* **1** kolonn; pelare **2** kolumn, spalt
**columnist** ['kɒləmnɪst] *s* kåsör, kolumnist
**coma** ['kəʊmə] *s* koma medvetslöshet
**comb** [kəʊm] **I** *s* kam **II** *tr* kamma; *~ out* el. *~* bildl. finkamma
**combat** ['kɒmbæt] **I** *s* kamp, strid **II** *tr* bekämpa
**combatant** ['kɒmbət(ə)nt] *s* stridande
**combination** [ˌkɒmbɪ'neɪʃ(ə)n] *s* **1** kombination; sammanställning **2** sammanslutning; förening
**combine** [verb kəm'baɪn, substantiv 'kɒmbaɪn] **I** *tr itr* ställa samman; förena; kombinera; förena sig; samverka **II** *s* sammanslutning
**combustion** [kəm'bʌstʃ(ə)n] *s* förbränning
**come** [kʌm] (*came come*) *itr tr* **1** komma **2** ***come, come!*** el. ***come now!*** a) se så!, så ja! b) försök inte!; *~* ***easy to a p.*** gå lätt för ngn.; *~* ***expensive*** ställa sig dyr; *~* ***loose*** lossna; *~* ***undone (untied)*** gå upp, lossna; *~* ***what may*** hända vad som hända vill; ***how ~?*** hur kommer det sig?; ***in days to ~*** under kommande dagar **3** *~* ***to*** + infinitiv a) komma för att [*he has ~ here to work*] b) komma att [*I've ~ to hate this*]; *~* ***to think of it*** när man tänker efter **4** vard. spela, agera; *~* ***the great lady*** spela fin dam; *~* ***it over*** spela herre över, topprida; ***don't ~ it with me!*** försök inte med mig! □ *~* **about** ske, hända, gå till; *~* **across** komma över; råka på; *~* **along a)** komma (gå) med; *~* ***along!*** kom nu! **b)** ta sig, arta sig; *~* **by** a) komma förbi b) få tag i, komma över; *~* **down a)** komma (gå) ner **b)** *~* ***down to*** kunna reduceras till [*it ~s down to this*] **c)** *~* ***down in favour of*** ta ställning för; *~* **forward** träda fram, stiga fram; erbjuda sig; *~* ***forward with a proposal*** lägga fram ett förslag; *~* **from a)** komma (vara) från; ***coming from you*** [***that's a compliment***] för att komma från dig... **b)** komma sig av [*that ~s from being so impatient*]; *~* **in a)** komma in; komma i mål **b)** *~* ***in handy (useful)*** komma väl till pass **c)** *~* ***in for*** få del av, få, få sig; *~* **into a)** få ärva [*~ into a fortune*] **b)** *~* ***into blossom*** gå i blom; *~* ***into fashion*** komma på modet; *~* ***into play*** träda i verksamhet; spela in; *~* ***into power*** komma till makten; *~* ***into the world*** komma till världen; *~* **of a)** komma sig av [*this ~s of carelessness*]; ***no good will ~ of it*** det kommer inte att leda till något gott; ***that's what ~s of your lying!*** där har du för att du ljuger! **b)** härstamma från; ***he ~s of a good family*** han är av god familj; *~* **off a)** gå ur, lossna från **b)** ramla av (ner) **c)** *~* ***off it!*** försök inte! **d)** äga rum, bli av **e)** lyckas; avlöpa, gå [*did everything ~ off all right?*] **f)** klara sig [*he came off best*]; *~* **on a)** komma, närma sig **b)** träda fram **c)** bryta in, falla på [*night came on*] **d)** ta sig, utveckla sig **e)** *~* ***on!*** kom nu!, skynda på!; *~* **out a)** komma ut **b)** *~* ***out on strike*** el. *~* ***out*** gå i strejk **c)** gå ur [*these stains won't ~ out*] **d)** komma i dagen, komma fram **e)** visa sig, visa sig vara [*~ out all right*] **f)** rycka ut [*~ out in defence of a p.*] **g)** *~* ***out at*** bli, uppgå till; *~* **over a)** komma över **b)** känna sig, bli [*she came over queer*] **c)** ***what had ~ over her?*** vad gick (kom) det åt henne?; *~* **round a)** komma över, titta in; *~* ***round and see a p.*** komma och hälsa på ngn **b)** kvickna till; *~* **to a)** komma till, nå **b)** kvickna till; ***whatever are we coming to?*** vad ska det bli av oss?, var ska det sluta?; ***he had it coming to him*** vard. han hade sig själv att skylla; ***no harm will ~ to you*** det ska inte hända dig något ont **c)** belöpa sig till, komma (gå) på; ***how much does it ~ to?*** hur mycket blir det? **d)** leda till; *~* ***to nothing*** gå om intet; ***it ~s to the same thing*** det kommer på ett ut **e)** gälla, bli tal om; ***when it ~s to it*** när det kommer till kritan **f)** betyda, innebära; *~* **up a)** komma upp; komma fram; dyka upp **b)** komma på tal **c)** *~* ***up against*** kollidera med; råka ut för **d)** *~* ***up to*** nå (räcka) upp till; uppgå till; motsvara, uppfylla **e)** *~* ***up with*** komma med [*~ up with a new suggestion*]

**come-back** ['kʌmbæk] *s* comeback
**comedian** [kə'mi:djən] *s* komiker
**comedienne** [kə,mi:dɪ'en] *s* komedienn
**come-down** ['kʌmdaʊn] *s* steg nedåt speciellt socialt
**comedy** ['kɒmədɪ] *s* komedi, lustspel
**comer** ['kʌmə] *s, all ~s* alla som ställer upp
**comet** ['kɒmɪt] *s* komet
**comfort** ['kʌmfət] **I** *s* **1** tröst; lättnad **2 a)** ~ el. pl. *~s* komfort, bekvämligheter **b)** komfort, välbefinnande **3** *~ station* amer. bekvämlighetsinrättning **II** *tr* trösta; ***be comforted*** låta trösta sig
**comfortable** ['kʌmfətəbl] *a* **1** bekväm, komfortabel **2** som har det bra; ***be in ~ circumstances*** ha det bra ställt **3** tillräcklig, trygg
**comforter** ['kʌmfətə] *s* **1** tröstare **2** yllehalsduk **3** tröstnapp
**comic** ['kɒmɪk] **I** *a* komisk; komedi-; *~ **opera*** operett; *~ **paper*** skämttidning, serietidning; *~ **strip*** skämtserie **II** *s* **1** skämttidning, serietidning; skämtserie **2** komiker på varieté
**comical** ['kɒmɪk(ə)l] *a* komisk, festlig
**coming** ['kʌmɪŋ] **I** *a* **1** kommande, förestående; annalkande **2** lovande; *~ **man*** framtidsman **II** *s* **1** ankomst; annalkande **2** pl. *~s **and goings*** spring ut och in, folk som kommer och går
**comma** ['kɒmə] *s* kommatecken; ***inverted ~s*** anföringstecken
**command** [kə'mɑ:nd] **I** *tr itr* **1** befalla **2** kommendera **3** förfoga över **4** erbjuda utsikt över **5** betinga ett pris **II** *s* **1** befallning; mil. order, kommando [*at his ~*] **2** herravälde; befäl [*under the ~ of*], kommendering; ***take ~ of*** ta befälet över; ***in ~*** kommenderande, befälhavande; ***be in ~*** föra befälet [*of* över]; ***have a good ~ of a language*** behärska ett språk bra
**commandant** [,kɒmən'dænt] *s* kommendant; befälhavare
**commander** [kə'mɑ:ndə] *s* befälhavare
**commander-in-chief** [kə'mɑ:ndərɪn'tʃi:f] (pl. *commanders-in-chief* [kə'mɑ:ndəzɪn'tʃi:f]) *s* överbefälhavare
**commanding** [kə'mɑ:ndɪŋ] *a* **1** befälhavande, kommenderande; *~ **officer*** mil. chef, befälhavare **2** imponerande [*~ appearance*]
**commandment** [kə'mɑ:ndmənt] *s* bud, budord; ***the ten ~s*** tio Guds bud
**commando** [kə'mɑ:ndəʊ] *s* kommandotrupp; kommandosoldat
**commemorate** [kə'meməreɪt] *tr* fira (bevara) minnet av
**commemoration** [kə,memə'reɪʃ(ə)n] *s* åminnelse, firande [*in* (till) *~ of*]
**commence** [kə'mens] *itr tr* börja, inleda
**commencement** [kə'mensmənt] *s* början, begynnelse, inledning
**commend** [kə'mend] *tr* **1** lovorda, prisa **2** anbefalla, rekommendera; ***it commended itself to him*** det tilltalade honom **3** anförtro
**commendable** [kə'mendəbl] *a* lovvärd
**comment** ['kɒment] **I** *s* kommentar, anmärkning; ***no ~!*** inga kommentarer! **II** *itr, ~ **on (about)*** kommentera; kritisera
**commentary** ['kɒməntrɪ] *s* **1** kommentar [*on* till] **2** referat, reportage
**commentator** ['kɒmenteɪtə] *s* kommentator
**commerce** ['kɒməs] *s* handeln
**commercial** [kə'mɜ:ʃ(ə)l] **I** *a* kommersiell; yrkesmässig trafik; *~ **traveller*** handelsresande **II** *s* i radio o. TV reklaminslag, annons
**commercialize** [kə'mɜ:ʃəlaɪz] *tr* kommersialisera
**commission** [kə'mɪʃ(ə)n] **I** *s* **1** uppdrag, order **2** kommission; utredning **3** speciellt mil. officersfullmakt **4** hand. provision **II** *tr* **1** bemyndiga; ge officersfullmakt; ***commissioned officer*** officer **2** a) uppdra åt [*~ an artist*] b) beställa [*~ a portrait*]
**commissionaire** [kə,mɪʃə'neə] *s* vaktmästare, dörrvakt på t. ex. biograf, varuhus
**commit** [kə'mɪt] *tr* **1** föröva [*~ a crime*], begå [*~ an error*] **2** anförtro [*to* åt]; *~ **to memory*** lägga på minnet, lära sig utantill; *~ **to paper*** skriva ned **3** *~ **oneself*** ta ställning; binda sig, engagera sig; förbinda sig, åta sig [*~ oneself to*]
**commitment** [kə'mɪtmənt] *s* **1** åtagande, förpliktelse **2** t. ex. polit. engagemang [*to* i]
**committee** [kə'mɪtɪ] *s* **1** kommitté, utredning; ***standing ~*** ständigt utskott **2** styrelse i t. ex. förening
**commodity** [kə'mɒdətɪ] *s* handelsvara
**common** ['kɒmən] **I** *a* **1** gemensam; ***the Common Market*** gemensamma marknaden, EG **2** vanlig, allmän, gängse; ***the ~ man*** den enkle medborgaren; *~ **sense*** sunt förnuft **3** vulgär, tarvlig **II** *s* allmänning; ***in ~*** gemensamt; ***interests in ~*** gemensamma intressen
**commonly** ['kɒmənlɪ] *adv* **1** vanligen, allmänt **2** vanligt

**commonplace** ['kɒmənpleɪs] **I** *s* banalitet **II** *a* vardaglig, banal
**common-room** ['kɒmənrʊm] *s* kollegierum, lärarrum
**commons** ['kɒmənz] *s, the House of Commons* el. *the Commons* underhuset
**commonsense** ['kɒmən'sens] *a* förnuftig
**commonwealth** ['kɒmənwelθ] *s, the British Commonwealth* el. *the Commonwealth* Brittiska samväldet
**commotion** [kə'məʊʃ(ə)n] *s* tumult, uppståndelse
**communicate** [kə'mju:nɪkeɪt] *tr itr* meddela; ~ *with* sätta sig i förbindelse med, kommunicera med
**communication** [kə,mju:nɪ'keɪʃ(ə)n] *s* **1** meddelande **2** kommunikation, kommunikationer, förbindelse, förbindelser; *means of* ~ kommunikationsmedel, samfärdsmedel
**communicative** [kə'mju:nɪkətɪv] *a* meddelsam, öppenhjärtig
**communiqué** [kə'mju:nɪkeɪ] *s* kommuniké
**Communism** ['kɒmjʊnɪz(ə)m] *s* kommunism
**Communist** ['kɒmjʊnɪst] **I** *s* kommunist **II** *a* kommunistisk [*the* ~ *Party*]
**community** [kə'mju:nətɪ] *s* **1** *the* ~ det allmänna, samhället **2** samhälle; samfund [*a religious* ~] **3** ~ *singing* allsång
**commute** [kə'mju:t] *itr* trafik. pendla
**commuter** [kə'mju:tə] *s* trafik. pendlare
**1 compact** [substantiv 'kɒmpækt, adjektiv kəm'pækt] **I** *s* liten puderdosa **II** *a* kompakt, tätt packad
**2 compact** ['kɒmpækt] *s* pakt, fördrag
**companion** [kəm'pænjən] *s* **1** följeslagare; kamrat **2** motstycke, make; ~ *volume* kompletterande band **3** handbok [*The Gardener's Companion*]
**companionship** [kəm'pænjənʃɪp] *s* kamratskap; sällskap
**company** ['kʌmpənɪ] *s* **1** sällskap; *part* ~ skiljas [*with* från] **2** främmande, besök [*expect* ~] **3** hand. bolag; företag, kompani **4** mil. kompani
**comparable** ['kɒmpərəbl] *a* jämförlig, jämförbar
**comparative** [kəm'pærətɪv] **I** *a* **1** komparativ äv. gram.; *the* ~ *degree* komparativen **2** relativ [*in* ~ *comfort*] **II** *s* gram. komparativ
**comparatively** [kəm'pærətɪvlɪ] *adv* jämförelsevis, relativt
**compare** [kəm'peə] **I** *tr itr* **1** jämföra; kunna jämföras (jämställas); ~ *to* jämföra med, likna vid **2** gram. komparera **II** *s, beyond* ~ utan jämförelse; makalöst
**comparison** [kəm'pærɪsn] *s* jämförelse; *there is no* ~ *between them* de går inte att jämföra
**compartment** [kəm'pɑ:tmənt] *s* **1** avdelning, fack, rum **2** järnv. kupé; *driver's* ~ förarhytt
**compass** ['kʌmpəs] *s* **1** kompass; *point of the* ~ kompasstreck, väderstreck; *take a* ~ *bearing* ta bäring **2** pl. *compasses* passare; *a pair of compasses* en passare
**compassion** [kəm'pæʃ(ə)n] *s* medlidande
**compassionate** [kəm'pæʃənət] *a* medlidsam
**compatible** [kəm'pætəbl] *a* förenlig, överensstämmande
**compatriot** [kəm'pætrɪət] *s* landsman
**compel** [kəm'pel] *tr* tvinga; framtvinga
**compensate** ['kɒmpenseɪt] *tr itr* **1** ~ *ap. for* kompensera (ersätta) ngn för **2** kompensera; uppväga **3** ~ *for* kompensera, uppväga
**compensation** [,kɒmpen'seɪʃ(ə)n] *s* kompensation; skadestånd
**compete** [kəm'pi:t] *itr* **1** tävla, konkurrera **2** delta [~ *in a race*]
**competent** ['kɒmpət(ə)nt] *a* kompetent; duglig
**competition** [,kɒmpə'tɪʃ(ə)n] *s* **1** konkurrens, tävlan **2** tävling
**competitive** [kəm'petətɪv] *a* **1** konkurrenskraftig [~ *prices*] **2** tävlings-, konkurrensbetonad
**competitor** [kəm'petɪtə] *s* tävlande; medtävlare; konkurrent
**complacent** [kəm'pleɪsnt] *a* självbelåten
**complain** [kəm'pleɪn] *itr* klaga, beklaga sig [*of, about* över]
**complaint** [kəm'pleɪnt] *s* **1** klagomål **2** åkomma, sjukdom
**complement** [substantiv 'kɒmplɪmənt, verb 'kɒmplɪment] **I** *s* **1** komplement **2** fullt antal **3** gram. predikatsfyllnad **II** *tr* komplettera
**complete** [kəm'pli:t] **I** *a* komplett, fullständig, fullkomlig [*a* ~ *stranger*]; avslutad **II** *tr* **1** avsluta, slutföra, fullborda **2** komplettera, fullständiga **3** fylla i [~ *a form*]
**complex** ['kɒmpleks] **I** *a* sammansatt; komplicerad, invecklad **II** *s* komplex
**complexion** [kəm'plekʃ(ə)n] *s* **1** hy, ansiktsfärg **2** bildl. utseende; prägel

**complexity** [kəm'pleksətɪ] *s* invecklad (komplicerad) beskaffenhet
**complicate** ['kɒmplɪkeɪt] *tr* komplicera
**complicated** ['kɒmplɪkeɪtɪd] *a* komplicerad, invecklad
**complication** [ˌkɒmplɪ'keɪʃ(ə)n] *s* komplikation; krånglighet
**compliment** [substantiv 'kɒmplɪmənt, verb 'kɒmplɪment] **I** *s* **1** komplimang **2** pl. *~s* hälsningar, hälsning; ***my ~s to your wife*** hälsa din fru; ***with the ~s of the season*** med önskan om en god jul och ett gott nytt år **II** *tr* komplimentera [*on* för]; gratulera
**complimentary** [ˌkɒmplɪ'mentrɪ] *a* **1** berömmande, smickrande **2** fri-, gratis- [*~ ticket*]
**comply** [kəm'plaɪ] *itr* ge efter, foga sig; *~ **with*** lyda, rätta sig efter
**component** [kəm'pəʊnənt] **I** *a, ~ **part*** beståndsdel **II** *s* komponent, beståndsdel
**compose** [kəm'pəʊz] *tr itr* **1** bilda, utgöra; ***be composed of*** bestå av **2** mus. komponera, tonsätta **3** utarbeta, sätta ihop [*~ a speech*], författa, dikta, skriva
**composed** [kəm'pəʊzd] *a* lugn, samlad
**composer** [kəm'pəʊzə] *s* kompositör, tonsättare
**composite** ['kɒmpəzɪt] *a* sammansatt
**composition** [ˌkɒmpə'zɪʃ(ə)n] *s* **1** sammansättning **2** mus. komposition **3** författande; litterärt arbete **4** skol. uppsats
**compost** ['kɒmpɒst] *s* kompost
**composure** [kəm'pəʊʒə] *s* fattning, lugn
**compound** [verb kəm'paʊnd, adjektiv o. substantiv 'kɒmpaʊnd] **I** *tr* blanda; sätta (ihop) **II** *a* sammansatt; *~ **interest*** ränta på ränta **III** *s* **1** sammansättning; sammansatt ämne; kem. förening **2** gram. sammansatt ord, sammansättning
**comprehend** [ˌkɒmprɪ'hend] *tr* **1** begripa, förstå **2** inbegripa, innefatta
**comprehensible** [ˌkɒmprɪ'hensəbl] *a* begriplig, förståelig
**comprehension** [ˌkɒmprɪ'henʃ(ə)n] *s* fattningsförmåga
**comprehensive** [ˌkɒmprɪ'hensɪv] *a* **1** omfattande; allsidig **2** *~ **school*** el. *~* ungefär grund- och gymnasieskola för elever över 11 år
**compress** [verb kəm'pres, substantiv 'kɒmpres] **I** *tr* pressa (trycka) ihop (samman); komprimera **II** *s* kompress; vått omslag
**comprise** [kəm'praɪz] *tr* omfatta, innefatta; inbegripa
**compromise** ['kɒmprəmaɪz] **I** *s* kompromiss **II** *itr tr* kompromissa; kompromettera
**compromising** ['kɒmprəmaɪzɪŋ] *a* kompromissvillig; komprometterande
**compulsion** [kəm'pʌlʃ(ə)n] *s* tvång
**compulsory** [kəm'pʌlsərɪ] *a* obligatorisk
**compute** [kəm'pju:t] *tr* beräkna, kalkylera
**computer** [kəm'pju:tə] *s, **electronic** ~* el. *~* dator
**computerization** [kəmˌpju:tərаɪ'zeɪʃ(ə)n] *s* datorisering; databehandling
**computerize** [kəm'pju:təraɪz] *tr* datorisera; databehandla
**comrade** ['kɒmreɪd] *s* kamrat
**concave** ['kɒn'keɪv] *a* konkav [*~ lens*]
**conceal** [kən'si:l] *tr* dölja [*from* för]; ***concealed lighting*** indirekt belysning
**concealment** [kən'si:lmənt] *s* döljande
**concede** [kən'si:d] *tr* medge, bevilja
**conceit** [kən'si:t] *s* inbilskhet, egenkärlek
**conceited** [kən'si:tɪd] *a* inbilsk, egenkär
**conceivable** [kən'si:vəbl] *a* fattbar; tänkbar, möjlig
**conceive** [kən'si:v] *tr itr* **1** tänka ut, hitta på **2** föreställa sig; fatta **3** *~ **of*** föreställa sig
**concentrate** ['kɒnsəntreɪt] *tr itr* koncentrera; inrikta [*~ one's attention on*]; koncentreras; koncentrera sig
**concentration** [ˌkɒnsən'treɪʃ(ə)n] *s* koncentration; *~ **camp*** koncentrationsläger
**concept** ['kɒnsept] *s* begrepp
**conception** [kən'sepʃ(ə)n] *s* föreställning, uppfattning; begrepp
**concern** [kən'sɜ:n] **I** *tr* **1** angå, röra **2** bekymra, oroa **II** *s* **1** angelägenhet, affär, sak; ***it is no ~ of mine*** det angår mig inte **2** hand. företag, firma **3** bekymmer, oro
**concerned** [kən'sɜ:nd] *pp* o. *a* **1** bekymrad, orolig [*about* över] **2** inblandad; ***be ~ with*** ha att göra med; ***as far as I am ~*** vad mig beträffar, för min del; ***the parties ~*** de berörda parterna
**concerning** [kən'sɜ:nɪŋ] *prep* angående, beträffande
**concert** ['kɒnsət] *s* **1** konsert; *~ **hall*** konsertsal **2** samförstånd [*in ~*]
**concertgoer** ['kɒnsətˌgəʊə] *s* konsertbesökare
**concert-grand** ['kɒnsət'grænd] *s* konsertflygel
**concerto** [kən'tʃɜ:təʊ] *s* konsert musikstycke för soloinstrument och orkester

**concession** [kən'seʃ(ə)n] *s* medgivande, eftergift; beviljande
**conciliate** [kən'sɪlɪeɪt] *tr* blidka, försona
**concise** [kən'saɪs] *a* koncis, kortfattad
**conclude** [kən'klu:d] *tr itr* **1** avsluta, slutföra; sluta; avslutas; *to* ~ till sist **2** dra slutsatsen [*that* att]
**conclusion** [kən'klu:ʒ(ə)n] *s* **1** slut, avslutning; *in* ~ slutligen; *bring to a* ~ slutföra **2** resultat, slutresultat; *come to the* ~ *that*... komma till den slutsatsen att...
**concoct** [kən'kɒkt] *tr* laga till, koka ihop
**concord** ['kɒŋkɔ:d] *s* endräkt; harmoni
**concrete** ['kɒnkri:t] **I** *a* **1** konkret **2** av betong, betong- **II** *s* betong
**concussion** [kən'kʌʃ(ə)n] *s* häftig stöt; med. hjärnskakning
**condemn** [kən'dem] *tr* **1** döma [*condemned to death*]; fördöma **2** kassera, utdöma
**condemnation** [ˌkɒndem'neɪʃ(ə)n] *s* **1** fördömelse **2** kasserande, utdömning
**condense** [kən'dens] *tr itr* kondensera; kondenseras
**condescend** [ˌkɒndɪ'send] *itr* nedlåta sig
**condescending** [ˌkɒndɪ'sendɪŋ] *a* nedlåtande
**condition** [kən'dɪʃ(ə)n] *s* **1** villkor, förutsättning; pl. ~*s* förhållanden; *on no* ~ på inga villkor **2** tillstånd, skick [*in good* ~]; speciellt sport. kondition
**conditional** [kən'dɪʃ(ə)nl] **I** *a* villkorlig; beroende [*on* av, på]; gram. konditional **II** *s* gram. konditionalis
**conditioned** [kən'dɪʃ(ə)nd] *a* betingad
**condolence** [kən'dəʊləns] *s* beklagande, deltagande, kondoleans
**condom** ['kɒndəm] *s* kondom
**condone** [kən'dəʊn] *tr* överse med
**conduct** [substantiv 'kɒndʌkt, verb kən'dʌkt] **I** *s* **1** uppförande, uppträdande **2** skötsel **II** *tr itr* **1** föra, leda; sköta; *conducted tour* sällskapsresa; guidad tour **2** anföra, leda, mus. dirigera
**conductor** [kən'dʌktə] *s* **1** ledare **2** mus. dirigent **3** konduktör på buss el. spårvagn, amer. äv. konduktör på tåg
**cone** [kəʊn] *s* kon; kotte; strut [*ice-cream* ~]
**confectioner** [kən'fekʃnə] *s*, *confectioner's shop* el. *confectioner's* godsaksaffär
**confectionery** [kən'fekʃnərɪ] *s* **1** sötsaker, konfekt **2** godsaksaffär
**confederate** [kən'fedərət] **I** *s* **1** förbundsmedlem **2** medbrottsling **II** *a* förbunden, förenad
**confederation** [kənˌfedə'reɪʃ(ə)n] *s* förbund, konfederation
**confer** [kən'fɜ:] *tr itr* **1** förläna, tilldela [*a th. on a p.* ngn ngt], skänka [~ *power on a p.*] **2** konferera, rådslå
**conference** ['kɒnfər(ə)ns] *s* konferens, överläggning; *be in* ~ sitta i sammanträde
**confess** [kən'fes] *tr itr* **1** bekänna, erkänna [~ *to a crime*] **2** bikta; bikta sig
**confession** [kən'feʃ(ə)n] *s* **1** bekännelse, erkännande **2** bikt
**confetti** [kən'fetɪ] *s* konfetti
**confide** [kən'faɪd] *itr*, ~ *in* lita på; ~ *in a p.* anförtro sig åt ngn
**confidence** ['kɒnfɪd(ə)ns] *s* **1** förtroende; tillit; *take a p. into one's* ~ göra ngn till sin förtrogne; *vote of* ~ förtroendevotum; *vote of no* ~ misstroendevotum; ~ *trick* bondfångarknep **2** självförtroende
**confident** ['kɒnfɪd(ə)nt] *a* tillitsfull; säker; självsäker
**confidential** [ˌkɒnfɪ'denʃ(ə)l] *a* förtrolig; konfidentiell
**confine** [substantiv 'kɒnfaɪn, verb kən'faɪn] **I** *s*, pl. ~*s* gräns, gränser **II** *tr* **1** spärra in; sätta in; *be confined to barracks* mil. ha kasernförbud; *be confined to bed* vara sängliggande **2** inskränka
**confirm** [kən'fɜ:m] *tr* **1** bekräfta; godkänna **2** befästa, styrka **3** kyrkl. konfirmera
**confirmation** [ˌkɒnfə'meɪʃ(ə)n] *s* **1** bekräftelse; godkännande **2** befästande, styrkande **3** kyrkl. konfirmation
**confirmed** [kən'fɜ:md] *a* inbiten [~ *bachelor*]
**confiscate** ['kɒnfɪskeɪt] *tr* konfiskera, beslagta
**confiscation** [ˌkɒnfɪs'keɪʃ(ə)n] *s* konfiskering, beslag
**conflict** [substantiv 'kɒnflɪkt, verb kən'flɪkt] **I** *s* konflikt **II** *itr* drabba samman
**conflicting** [kən'flɪktɪŋ] *a* motstridande, motsägande
**conform** [kən'fɔ:m] *tr itr* **1** anpassa [*to* till, efter], rätta sig [*to* efter] **2** överensstämma [*to, with* med]
**conformity** [kən'fɔ:mətɪ] *s* **1** överensstämmelse, likformighet **2** anpassning [*to* till, efter]
**confound** [kən'faʊnd] *tr* **1** förvirra; förväxla **2** vard., ~ *it!* jäklar!
**confront** [kən'frʌnt] *tr* konfrontera; *be confronted by (with)* ställas (bli ställd) inför
**confrontation** [ˌkɒnfrʌn'teɪʃ(ə)n] *s* konfrontation

**confuse** [kən'fju:z] *tr* förvirra, göra konfys; förväxla, blanda ihop
**confused** [kən'fju:zd] *a* förvirrad, förbryllad [*at* över]; konfys; virrig
**confusion** [kən'fju:ʒ(ə)n] *s* förvirring, oreda, förväxling
**congenial** [kən'dʒi:njəl] *a* sympatisk, tilltalande; behaglig; passande
**congratulate** [kən'grætjʊleɪt] *tr* gratulera, lyckönska
**congratulation** [kən,grætjʊ'leɪʃ(ə)n] *s* gratulation, lyckönskan; ***Congratulations!*** gratulerar!
**congregate** ['kɒŋgrɪgeɪt] *tr itr* samla ihop; församla; samlas
**congregation** [,kɒŋgrɪ'geɪʃ(ə)n] *s* **1** samling **2** församling **3** kyrkl. kongregation
**congress** ['kɒŋgres] *s* **1** kongress **2** ***the Congress*** el. ***Congress*** kongressen lagstiftande församlingen i USA
**Congressman** ['kɒŋgresmən] (pl. *Congressmen* ['kɒŋgresmən]) *s* amer. kongressledamot
**conjecture** [kən'dʒektʃə] **I** *s* gissning, förmodan **II** *tr* gissa sig till, förmoda
**conjugate** ['kɒndʒʊgeɪt] *tr* gram. konjugera, böja
**conjugation** [,kɒndʒʊ'geɪʃ(ə)n] *s* gram. konjugation, böjning
**conjunction** [kən'dʒʌŋkʃ(ə)n] *s* **1** förbindelse; ***in ~ with*** i samverkan med **2** gram. konjunktion
**conjurer** ['kʌndʒərə] *s* trollkarl
**conjuring** ['kʌndʒərɪŋ] *s*, ***~ tricks*** trollkonster
**connect** [kə'nekt] *tr* förbinda, förena, anknyta; koppla samman; förknippa [*with* med]; tekn. koppla ihop (in, om, till); ***be connected with*** ha förbindelse (stå i samband) med
**connected** [kə'nektɪd] *a* o. *pp* **1** sammanhängande **2** besläktad; förbunden
**connection** [kə'nekʃ(ə)n] *s* förbindelse, förening; sammanhang, anknytning, samband
**connoisseur** [,kɒnə'sɜ:] *s* kännare, förståsigpåare, konnässör
**conquer** ['kɒŋkə] *tr itr* erövra; besegra; segra
**conqueror** ['kɒŋkərə] *s* erövrare; segrare
**conquest** ['kɒŋkwest] *s* erövring; seger
**conscience** ['kɒnʃ(ə)ns] *s* samvete
**conscientious** [,kɒnʃɪ'enʃəs] *a* samvetsgrann
**conscious** ['kɒnʃəs] *a* **1** medveten [*of* om] **2** vid medvetande
**consecutive** [kən'sekjʊtɪv] *a* i rad, i följd [*~ days*]
**consent** [kən'sent] **I** *s* samtycke, bifall **II** *itr* samtycka, ge sitt samtycke; ***~ to*** gå med på...
**consequence** ['kɒnsɪkwəns] *s* **1** följd, konsekvens; slutsats; ***in ~*** följaktligen **2** vikt, betydelse [*a th. of ~*]; ***it is of no ~*** det betyder ingenting
**consequently** ['kɒnsɪkwəntlɪ] *adv* följaktligen
**conservation** [,kɒnsə'veɪʃ(ə)n] *s* bevarande; konservering; naturvård; miljövård
**conservatism** [kən'sɜ:vətɪz(ə)m] *s* konservatism
**conservative** [kən'sɜ:vətɪv] **I** *a* konservativ; ***at a ~ estimate*** vid en försiktig beräkning **II** *s* konservativ person; ***Conservative*** konservativ, högerman
**conservatory** [kən'sɜ:vətrɪ] *s* drivhus
**conserve** [kən'sɜ:v] **I** *tr* **1** bevara; vidmakthålla **2** koka in frukt **II** *s*, vanl. pl. *~s* inlagd frukt
**consider** [kən'sɪdə] *tr* **1** tänka (fundera) på, överväga, betrakta **2** ta hänsyn till, beakta; anse
**considerable** [kən'sɪdərəbl] *a* betydande; ***~ trouble*** åtskilligt besvär
**considerably** [kən'sɪdərəblɪ] *adv* betydligt
**considerate** [kən'sɪdərət] *a* hänsynsfull
**consideration** [kən,sɪdə'reɪʃ(ə)n] *s* **1** övervägande, betraktande; beaktande; ***give a th. ~*** ta ngt under övervägande; ***on further ~*** el. ***on ~*** vid närmare eftertanke **2** hänsyn, omtanke; ***take a th. into ~*** ta hänsyn till ngt
**considering** [kən'sɪdərɪŋ] **I** *prep* o. *konj* med tanke på, med hänsyn till **II** *adv* efter omständigheterna
**consignment** [kən'saɪnmənt] *s* varusändning
**consist** [kən'sɪst] *itr* bestå [*of* av]
**consistent** [kən'sɪst(ə)nt] *a* **1** överensstämmande, förenlig [*with* med] **2** konsekvent; följdriktig **3** jämn [*the team has been ~*]
**consolation** [,kɒnsə'leɪʃ(ə)n] *s* tröst
**console** [kən'səʊl] *tr* trösta
**consolidate** [kən'sɒlɪdeɪt] *tr itr* konsolidera, befästa; bli fast, konsolideras
**consommé** [kən'sɒmeɪ] *s* köttbuljong, consommé
**consonant** ['kɒnsənənt] *s* konsonant
**conspicuous** [kən'spɪkjʊəs] *a* iögonfallande, tydlig

**conspiracy** [kən'spɪrəsɪ] *s* sammansvärjning, komplott
**conspirator** [kən'spɪrətə] *s* konspiratör, sammansvuren
**conspire** [kən'spaɪə] *itr* konspirera, sammansvärja sig
**constable** ['kʌnstəbl, 'kɒnstəbl] *s* polis, polisman; ***Chief Constable*** polismästare
**constant** ['kɒnst(ə)nt] *a* ständig; beständig, konstant
**constantly** ['kɒnst(ə)ntlɪ] *adv* ständigt, stadigt, konstant
**consternation** [ˌkɒnstə'neɪʃ(ə)n] *s* bestörtning
**constipate** ['kɒnstɪpeɪt] *tr*, ***be constipated*** ha förstoppning, vara hård i magen
**constipation** [ˌkɒnstɪ'peɪʃ(ə)n] *s* förstoppning
**constituency** [kən'stɪtjʊənsɪ] *s* valkrets
**constitute** ['kɒnstɪtju:t] *tr* utgöra, bilda
**constitution** [ˌkɒnstɪ'tju:ʃ(ə)n] *s* **1** författning, konstitution **2** kroppskonstitution **3** sammansättning, beskaffenhet
**constitutional** [ˌkɒnstɪ'tju:ʃənl] *a* konstitutionell
**construct** [kən'strʌkt] *tr* konstruera; uppföra
**construction** [kən'strʌkʃ(ə)n] *s* konstruktion; uppförande; byggnad
**constructive** [kən'strʌktɪv] *a* konstruktiv
**constructor** [kən'strʌktə] *s* konstruktör
**consul** ['kɒns(ə)l] *s* konsul
**consulate** ['kɒnsjʊlət] *s* konsulat
**consult** [kən'sʌlt] *tr* rådfråga, konsultera; slå upp i [*~ a dictionary*]
**consultation** [ˌkɒnsəl'teɪʃ(ə)n] *s* överläggning; konsultation
**consume** [kən'sju:m] *tr* förtära, förbruka, konsumera
**consumer** [kən'sju:mə] *s* konsument; *~* ***goods*** konsumtionsvaror
**consumption** [kən'sʌmʃ(ə)n] *s* **1** förtäring; ***unfit for human*** *~* otjänlig som människoföda **2** konsumtion, förbrukning **3** lungsot
**contact** ['kɒntækt] **I** *s* kontakt, beröring, förbindelse [*come in (into) ~ with*]; *~* ***lenses*** kontaktlinser **II** *tr* komma i kontakt med, kontakta
**contagious** [kən'teɪdʒəs] *a* smittsam
**contain** [kən'teɪn] *tr* innehålla, rymma
**container** [kən'teɪnə] *s* behållare, kärl
**contaminate** [kən'tæmɪneɪt] *tr* förorena; smitta ner
**contamination** [kənˌtæmɪ'neɪʃ(ə)n] *s* förorening; nedsmittning
**contemplate** ['kɒntəmpleɪt] *tr* **1** betrakta **2** fundera på; ha planer på
**contemplation** [ˌkɒntəm'pleɪʃ(ə)n] *s* betraktande; begrundande
**contemporary** [kən'temprərɪ] **I** *a* samtidig; samtida; nutida **II** *s* samtida
**contempt** [kən'temt] *s* förakt; ***hold in*** *~* hysa förakt för
**contemptible** [kən'temtəbl] *a* föraktlig
**contemptuous** [kən'temtjʊəs] *a* föraktfull
**contend** [kən'tend] *itr tr* **1** strida, kämpa, sträva; tävla **2** hävda
**contender** [kən'tendə] *s* speciellt sport. tävlande, utmanare
**1 content** ['kɒntent] *s* innehåll
**2 content** [kən'tent] **I** *s* belåtenhet; ***to one's heart's*** *~* av hjärtans lust **II** *a* nöjd, belåten **III** *tr*, *~* ***oneself*** nöja sig [*with* med]
**contented** [kən'tentɪd] *a* nöjd, belåten
**contention** [kən'tenʃ(ə)n] *s* **1** strid **2** påstående; åsikt
**contentment** [kən'tentmənt] *s* belåtenhet
**contents** ['kɒntents] *s pl* innehåll [*the ~ of a book*]; ***table of*** *~* innehållsförteckning
**contest** [substantiv 'kɒntest, verb kən'test] **I** *s* strid, kamp; tävling [*a song ~*], match **II** *itr tr* strida, tävla [*for* om]; tävla om
**contestant** [kən'testənt] *s* stridande part; tävlande
**context** ['kɒntekst] *s* sammanhang; kontext
**continent** ['kɒntɪnənt] *s* **1** världsdel, kontinent **2** fastland; ***the Continent*** kontinenten Europas fastland
**continental** [ˌkɒntɪ'nentl] **I** *a* kontinental **II** *s* fastlandseuropé
**contingency** [kən'tɪndʒ(ə)nsɪ] *s* eventualitet
**continual** [kən'tɪnjʊəl] *a* ständig, oavbruten
**continuation** [kənˌtɪnjʊ'eɪʃ(ə)n] *s* fortsättning
**continue** [kən'tɪnjʊ] *tr itr* fortsätta
**continuity** [ˌkɒntɪ'nju:ətɪ] *s* kontinuitet
**continuous** [kən'tɪnjʊəs] *a* kontinuerlig; ständig; *~* ***performance*** nonstopföreställning; *~* ***tense*** gram. progressiv form
**contort** [kən'tɔ:t] *tr* förvrida; förvränga
**contour** ['kɒnˌtʊə] *s* kontur; gränslinje; *~* ***map*** höjdkarta
**contraception** [ˌkɒntrə'sepʃ(ə)n] *s* födelsekontroll, användning av preventivmedel

**contraceptive** [ˌkɒntrəˈseptɪv] *s* preventivmedel
**contract** [substantiv ˈkɒntrækt, verb kənˈtrækt] **I** *s* kontrakt **II** *tr* **1** avtala genom kontrakt **2** få, ådra sig [~ *a disease*] **3** dra samman (ihop)
**contraction** [kənˈtrækʃ(ə)n] *s* sammandragning, hopdragning
**contractor** [kənˈtræktə] *s* leverantör; entreprenör
**contradict** [ˌkɒntrəˈdɪkt] *tr itr* säga emot
**contradiction** [ˌkɒntrəˈdɪkʃ(ə)n] *s* motsägelse; ~ ***in terms*** självmotsägelse
**contradictory** [ˌkɒntrəˈdɪktərɪ] *a* motsägande, motstridig
**contralto** [kənˈtræltəʊ] *s* mus. **1** alt **2** kontraalt
**contraption** [kənˈtræpʃ(ə)n] *s* vard. apparat, anordning, manick
**contrary** [ˈkɒntrərɪ] **I** *a o. adv.* motsatt; stridande [*to* mot]; ~ ***to*** tvärtemot, i strid mot [~ *to the rules*] **II** *s*, ***on the*** ~ tvärtom
**contrast** [substantiv ˈkɒntrɑːst, verb kənˈtrɑːst] **I** *s* kontrast, motsättning, motsats; ***in ~ to (with)*** i motsats till (mot) **II** *tr* ställa upp som motsats **III** kontrastera, bilda en kontrast
**contribute** [kənˈtrɪbjuːt] *tr itr* bidra med, ge; ge (lämna) bidrag; bidra, medverka
**contribution** [ˌkɒntrɪˈbjuːʃ(ə)n] *s* bidrag; insats
**contributor** [kənˈtrɪbjʊtə] *s* bidragsgivare; medarbetare i t. ex. tidskrift [*to* i]
**contrivance** [kənˈtraɪv(ə)ns] *s* anordning; inrättning
**contrive** [kənˈtraɪv] *tr* **1** tänka ut, hitta på **2** finna utvägar (medel) till
**control** [kənˈtrəʊl] **I** *s* **1** kontroll; reglering [*import* ~]; behärskning; ***passport*** ~ passkontroll; ***circumstances beyond one's*** ~ omständigheter som man inte råder över; ***be in*** ~ ha ledning, bestämma; ***be in ~ of*** ha makten (tillsynen) över; ***the situation was getting out of*** ~ man började tappa kontrollen över situationen **2** pl. *~s* kontrollinstrument, reglage; ***at the ~s*** flyg. vid spakarna
**II** *tr* kontrollera, behärska; dirigera; reglera; bemästra; hålla ordning på [~ *a class*]; styra, tygla [~ *one's temper*]; ~ ***oneself*** behärska sig
**controller** [kənˈtrəʊlə] *s* kontrollant
**controversial** [ˌkɒntrəˈvɜːʃ(ə)l] *a* kontroversiell
**controversy** [kənˈtrɒvəsɪ, ˈkɒntrəvɜːsɪ] *s* kontrovers
**convalesce** [ˌkɒnvəˈles] *itr* tillfriskna
**convalescence** [ˌkɒnvəˈlesns] *s* tillfrisknande, konvalescens
**convalescent** [ˌkɒnvəˈlesnt] **I** *a*, ~ ***home*** konvalescenthem **II** *s* konvalescent
**convene** [kənˈviːn] *itr tr* sammanträda; sammankalla; inkalla
**convener** [kənˈviːnə] *s* sammankallande ledamot, sammankallande
**convenience** [kənˈviːnjəns] *s* **1** lämplighet; bekvämlighet; ***do it at your*** ~ gör det när det passar dig **2** ***public*** ~ bekvämlighetsinrättning, offentlig toalett
**convenient** [kənˈviːnjənt] *a* lämplig, läglig; bekväm; behändig; välbelägen, central; ***if it is*** ~ om det passar
**convent** [ˈkɒnv(ə)nt] *s* nunnekloster
**convention** [kənˈvenʃ(ə)n] *s* **1** konvent [*national* ~] **2** konvention, konventionen, vedertaget bruk
**conventional** [kənˈvenʃ(ə)nl] *a* konventionell; sedvanlig; vedertagen; traditionell
**converge** [kənˈvɜːdʒ] *itr* löpa (stråla) samman
**conversant** [kənˈvɜːs(ə)nt] *a*, ~ ***with*** insatt i, förtrogen med
**conversation** [ˌkɒnvəˈseɪʃ(ə)n] *s* konversation, samtal
**conversational** [ˌkɒnvəˈseɪʃ(ə)nl] *a* samtals-
**converse** [kənˈvɜːs] *itr* konversera, samtala
**conversion** [kənˈvɜːʃ(ə)n] *s* **1** omvandling, förvandling **2** relig. omvändelse **3** ekon. konvertering; omräkning
**convert** [substantiv ˈkɒnvɜːt, verb kənˈvɜːt] **I** *s* omvänd; konvertit; ***be a ~ to*** ha gått över till **II** *tr* **1** omvandla, förvandla, göra om [*into* till] **2** relig. omvända **3** ekon. konvertera, omsätta [~ *into cash*]
**convertible** [kənˈvɜːtəbl] **I** *a* **1** som kan omvandlas (omvändas); omsättlig **2** om bil med suflett **II** *s* cabriolet
**convey** [kənˈveɪ] *tr* **1** föra, befordra, forsla; framföra t. ex. hälsning **2** leda t. ex. vatten **3** meddela; uttrycka
**conveyance** [kənˈveɪəns] *s* **1** befordran, transport **2** fortskaffningsmedel
**conveyer, conveyor** [kənˈveɪə] *s* transportör, transportband [äv. ~ *band (belt)*]
**convict** [verb kənˈvɪkt, substantiv ˈkɒnvɪkt] **I** *tr* fälla [*of* för], förklara skyldig [*of* till] **II** *s* straffånge
**conviction** [kənˈvɪkʃ(ə)n] *s* **1** brottslings fällande; fällande dom [*of* mot]; ***he had three previous ~s*** han var straffad tre

gånger tidigare **2** övertygelse; ***carry*** ~ verka övertygande

**convince** [kən'vɪns] *tr* övertyga [*of* om]

**convivial** [kən'vɪvɪəl] *a* **1** festlig, glad **2** sällskaplig

**convoy** ['kɒnvɔɪ] **I** *tr* konvojera; eskortera **II** *s* konvoj

**convulsion** [kən'vʌlʃ(ə)n] *s,* mest pl. *~s* konvulsion, konvulsioner, krampanfall

**coo** [ku:] *itr tr* kuttra

**cook** [kʊk] **I** *s* kock; kokerska; ***she is a good*** ~ hon lagar god mat **II** *tr itr* **1** laga till, laga mat, koka, steka; laga mat; kokas, stekas; tillagas **2** vard., ~ ***up*** koka ihop, hitta på [~ *up a story*]

**cookbook** ['kʊkbʊk] *s* speciellt amer. kokbok

**cooker** ['kʊkə] *s* **1** spis **2** matäpple

**cookery** ['kʊkərɪ] *s* kokkonst, matlagning

**cookery-book** ['kʊkərɪbʊk] *s* kokbok

**cookie** ['kʊkɪ] *s* amer. småkaka; kex

**cooking** ['kʊkɪŋ] *s* tillagning, matlagning; kokning, stekning; ***do the*** ~ laga maten; ~ ***apple*** matäpple; ~ ***chocolate*** blockchoklad

**cool** [ku:l] **I** *a* **1** sval, kylig **2** kylig; kallsinnig **3** lugn; ***keep*** *~!* ta det lugnt!; ***a*** ~ ***customer*** en fräck en **II** *s* **1** svalka **2** vard., ***lose one's*** ~ tappa huvudet; ***keep one's*** ~ hålla huvudet kallt **III** *tr itr* göra sval (svalare); svala av, kyla; svalka; svalna, kylas av

**co-op** ['kəʊɒp] *s* vard. (kortform för *co-operative society* el. *shop* el. *store*) konsum

**co-operate** [kəʊ'ɒpəreɪt] *itr* samarbeta

**co-operation** [kəʊˌɒpə'reɪʃ(ə)n] *s* **1** samarbete; samverkan **2** kooperation

**co-operative** [kəʊ'ɒpərətɪv] *a* **1** samarbetsvillig **2** kooperativ [~ *society*]; ~ ***shop (store)*** äv. konsumbutik; ***the Co-operative Wholesale Society*** ungefär Kooperativa förbundet

**co-opt** [kəʊ'ɒpt] *tr* välja in [*on to* i]

**co-ordinate** [kəʊ'ɔ:dɪneɪt] *tr* koordinera, samordna

**co-ordination** [kəʊˌɔ:dɪ'neɪʃ(ə)n] *s* samordning, koordination

**cop** [kɒp] sl. **I** *s* **1** snut polis **2** kap; byte **II** *tr,* ~ ***it*** få på pälsen

**cope** [kəʊp] *itr* klara det, vard. stå pall

**Copenhagen** [ˌkəʊpn'heɪg(ə)n] Köpenhamn

**co-pilot** ['kəʊ'paɪlət] *s* flyg. andrepilot

**copious** ['kəʊpjəs] *a* riklig, kopiös

1 **copper** ['kɒpə] *s* sl. snut polis

2 **copper** ['kɒpə] *s* **1** koppar **2** kopparmynt

**copy** ['kɒpɪ] **I** *s* **1** kopia; avskrift; ***fair (clean)*** ~ renskrift; ***rough*** ~ koncept, kladd; ***top*** ~ original maskinskrivet huvudexemplar **2** exemplar, nummer av t.ex. bok, tidning **II** *tr* **1** kopiera; ~ ***down*** el. ~ skriva av; ~ ***out*** skriva ut **2** imitera; härma

**copyright** ['kɒpɪraɪt] **I** *s* copyright, upphovsrätt; ~ ***reserved*** eftertryck förbjudes **II** *tr* få copyright på

**coral** ['kɒr(ə)l] *s* korall

**cord** [kɔ:d] *s* **1** rep, snöre, snodd; amer. elektr. sladd **2** anat., ***spinal*** ~ ryggmärg; ***vocal*** *~s* stämband

**cordial** ['kɔ:djəl] **I** *a* hjärtlig [*a* ~ *smile*] **II** *s* **1** hjärtstärkande medel **2** fruktsaft

**cordiality** [ˌkɔ:dɪ'ælətɪ] *s* hjärtlighet

**cordon** ['kɔ:dn] **I** *s* kordong; ***police*** ~ poliskedja, polisspärr **II** *tr,* ~ ***off*** el. ~ spärra av med poliskedja

**corduroy** ['kɔ:dərɔɪ] *s* manchestersammet; pl. *~s* manchesterbyxor

**core** [kɔ:] *s* **1** kärnhus **2** bildl. kärna; kärnpunkt; ***to the*** ~ alltigenom, genom-

**cork** [kɔ:k] **I** *s* kork **II** *tr* korka

**cork-screw** ['kɔ:kskru:] *s* korkskruv

1 **corn** [kɔ:n] *s* **1** säd, spannmål **2** a) i större delen av Engl. speciellt vete b) Skottl., Irl. havre c) amer., ***Indian*** ~ el. ~ majs; ~ ***on the cob*** kokta majskolvar maträtt **3** frö korn

2 **corn** [kɔ:n] *s* liktorn

**corner** ['kɔ:nə] **I** *s* **1** hörn, hörna; ***turn the*** ~ vika om hörnet, bildl. klara det värsta; ***be in a tight*** ~ vara i knipa **2** sport. hörna **II** *tr itr* **1** tränga in i ett hörn; bildl. sätta i knipa **2** ta kurvor (kurvorna)

**corner-kick** ['kɔ:nəkɪk] *s* fotb. hörna

**cornet** ['kɔ:nɪt] *s* **1** mus. kornett **2** glasstrut

**cornflakes** ['kɔ:nfleɪks] *s pl* cornflakes

**cornflour** ['kɔ:nflaʊə] *s* **1** majsmjöl **2** finsiktat mjöl

**cornflower** ['kɔ:nflaʊə] *s* blåklint

**coronation** [ˌkɒrə'neɪʃ(ə)n] *s* kröning

**coroner** ['kɒrənə] *s* coroner, undersökningsdomare som utreder orsaken till dödsfall vid misstanke om mord; ***coroner's inquest*** förhör om dödsorsaken

1 **corporal** ['kɔ:pər(ə)l] *s* mil. korpral, högre furir

2 **corporal** ['kɔ:pər(ə)l] *a* kroppslig; ~ ***punishment*** kroppsaga

**corporation** [ˌkɔ:pə'reɪʃ(ə)n] *s* **1** korporation **2** statligt bolag [*British Broadcasting Corporation*]; amer. aktiebolag **3** styrelse **4** vard. kalaskula

**corps** [kɔ:] (pl. *corps* [kɔ:z]) *s* kår

**corpse** [kɔ:ps] *s* lik

**corpulent** ['kɔ:pjʊlənt] *a* korpulent, fet
**correct** [kə'rekt] **I** *tr* rätta; rätta till, korrigera, justera **II** *a* korrekt, rätt
**correction** [kə'rekʃ(ə)n] *s* rättelse; korrigering, justering
**correspond** [ˌkɒrɪs'pɒnd] *itr* **1** motsvara varandra; ~ *to (with)* motsvara **2** brevväxla
**correspondence** [ˌkɒrɪs'pɒndəns] *s* **1** motsvarighet [*to*]; överensstämmelse [*with*] **2** brevväxling; ~ *school* korrespondensinstitut, brevskola
**correspondent** [ˌkɒrɪs'pɒndənt] *s* **1** brevskrivare **2** tidnings- korrespondent; *our special* ~ vår utsände medarbetare
**corresponding** [ˌkɒrɪs'pɒndɪŋ] *a* motsvarande
**corridor** ['kɒrɪdɔ:] *s* korridor; ~ *train* genomgångståg
**corroborate** [kə'rɒbəreɪt] *tr* bestyrka, bekräfta
**corroboration** [kəˌrɒbə'reɪʃ(ə)n] *s* bestyrkande, bekräftelse, bekräftande
**corrode** [kə'rəʊd] *tr itr* fräta; fräta (frätas) sönder
**corrosion** [kə'rəʊʒ(ə)n] *s* korrosion; frätning
**corrugate** ['kɒrʊgeɪt] *tr* räffla; korrugera [*corrugated iron*]; *corrugated cardboard (paper)* wellpapp
**corrupt** [kə'rʌpt] **I** *a* fördärvad, depraverad; korrumperad **II** *tr* fördärva, göra depraverad; korrumpera
**corruption** [kə'rʌpʃ(ə)n] *s* sedefördärv; korruption
**corset** ['kɔ:sɪt] *s* korsett, snörliv
**cortisone** ['kɔ:tɪzəʊn] *s* cortison
**cosmetic** [kɒz'metɪk] **I** *a* kosmetisk **II** *s* skönhetsmedel; pl. ~*s* kosmetika
**cosmic** ['kɒzmɪk] *a* kosmisk [~ *rays*]
**cosmonaut** ['kɒzmənɔ:t] *s* kosmonaut
**cosmopolitan** [ˌkɒzmə'pɒlɪt(ə)n] *a* kosmopolitisk
**cost** [kɒst] **I** (*cost cost*) *itr tr* kosta; ~ *a p. dear (dearly)* stå ngn dyrt **II** *s* **1** kostnad; *the* ~ *of living* levnadskostnaderna; ~ *price* inköpspris, självkostnadspris; *at the* ~ *of* bildl. på bekostnad av; till priset av; *at all* ~*s* till varje pris; *as I know to my* ~ som jag vet av bitter erfarenhet **2** jur., pl. ~*s* rättegångskostnader
**costermonger** ['kɒstəˌmʌŋgə] *s* frukt- och grönsaksmånglare på gatan
**costly** ['kɒstlɪ] *a* dyrbar, kostbar; dyr
**costume** ['kɒstju:m] *s* **1** folkdräkt; promenaddräkt; ~ *ball* maskeradbal **2** teat. kostym
**cosy** ['kəʊzɪ] *a* hemtrevlig, trivsam, mysig
**cot** [kɒt] *s* barnsäng, spjälsäng
**cottage** ['kɒtɪdʒ] *s* **1** litet hus; stuga; *country* ~ litet landställe **2** attributivt, ~ *cheese* keso®; ~ *loaf* runt matbröd med liten topp på
**cotton** ['kɒtn] *s* bomull; bomullstråd
**cotton-wool** ['kɒtn'wʊl] *s* råbomull; bomull
**couch** [kaʊtʃ] *s* dyscha, schäslong, soffa; bänk för t. ex. massage
**couchette** [ku:'ʃet] *s* järnv. liggvagnsplats; ~ *car* el. ~ liggvagn
**cough** [kɒf] **I** *itr tr* hosta **II** *s* hosta; hostning
**cough-drop** ['kɒfdrɒp] *s* halstablett, hosttablett
**cough-mixture** ['kɒfˌmɪkstʃə] *s* hostmedicin
**could** [kʊd, obetonat kəd] *hjälpvb* (imperfekt av *can*) kunde; skulle kunna
**couldn't** ['kʊdnt] = *could not*
**council** ['kaʊnsl] *s* råd; rådsförsamling; *town (city)* ~ kommunfullmäktige, stadsfullmäktige
**councillor** ['kaʊnsɪlə] *s* rådsmedlem; *town* ~ el. ~ kommunfullmäktig, stadsfullmäktig
**counsel** ['kaʊns(ə)l] **I** *s* **1** rådplägning, överläggning **2** råd; *keep one's own* ~ behålla sina tankar för sig själv **3** (pl. lika) advokat som biträder part vid rättegång; ~ *for the defence* försvarsadvokat, försvarsadvokaten **II** *tr* råda ngn
**counsellor** ['kaʊnsələ] *s* rådgivare
**1 count** [kaʊnt] *s* icke-brittisk greve
**2 count** [kaʊnt] **I** *tr itr* **1** räkna [~ *up to* (ända till) *ten*]; räkna till [~ *three*], räkna in (ihop, upp) **2** *six, counting the driver* sex, föraren medräknad **3** anse som, hålla ngn för; ~ *oneself lucky* skatta sig lycklig **4** gälla för [*the ace* ~*s ten*] **5** räknas, betyda något; räknas med □ ~ **in** räkna med; ~ **on** räkna på (med); ~ **out** a) räkna upp t. ex. pengar b) boxn. räkna ut c) inte räkna med [~ *me out*]; ~ **up** räkna ihop **II** *s* **1** sammanräkning; *keep* ~ *of* hålla räkning på; *lose* ~ tappa räkningen **2** boxn. räkning; *take the* ~ gå ner för räkning **3** jur. anklagelsepunkt
**countable** ['kaʊntəbl] **I** *a* räknebar, gram. äv. pluralbildande **II** *s* gram. räknebart (pluralbildande) substantiv
**count-down** ['kaʊntdaʊn] *s* nedräkning vid t. ex. start

**countenance** ['kaʊntənəns] **I** *s* ansiktsuttryck; ansikte **II** *tr* tillåta
**1 counter** ['kaʊntə] *s* **1** räkneapparat **2** spelmark; bricka **3** i t. ex. butik disk [*sell under the* ~]; bardisk; kassa
**2 counter** ['kaʊntə] **I** *a, **be** ~ **to*** strida mot **II** *adv,* ~ ***to*** tvärt emot **III** *tr* motarbeta; bemöta
**counteract** [ˌkaʊntə'rækt] *tr* motverka
**counter-attack** ['kaʊntərəˌtæk] **I** *s* motanfall **II** *tr itr* göra motanfall mot; göra motanfall
**counter-offensive** ['kaʊntərəˌfensɪv] *s* motoffensiv
**counterpart** ['kaʊntəpɑ:t] *s* motstycke
**counter-revolution** ['kaʊntərevəˌlu:ʃ(ə)n] *s* kontrarevolution
**countess** ['kaʊntəs] *s* **1** icke-brittisk grevinna **2** countess earls maka el. änka
**countless** ['kaʊntləs] *a* otalig, oräknelig
**country** ['kʌntrɪ] *s* **1** land, rike; ***appeal (go) to the*** ~ utlysa val (nyval) **2** landsbygd; landsort; ***in the*** ~ a) på landet b) i landsorten **3** område; trakt
**country-house** ['kʌntrɪ'haʊs] *s* **1** herrgård, gods **2** landställe, hus på landet
**countryman** ['kʌntrɪmən] *s* **1** landsman **2** lantbo
**countryside** ['kʌntrɪsaɪd] *s* landsbygd; trakt, landskap; natur
**county** ['kaʊntɪ] *s* **1** grevskap; ***the Home Counties*** grevskapen närmast London; ~ ***council*** grevskapsråd, motsvarande landsting **2** amer. storkommun i vissa delstater
**coup** [ku:] *s* kupp
**coup d'état** ['ku:deɪ'tɑ:] *s* statskupp
**coupe** [ku:p] *s* glasscoupe
**couple** ['kʌpl] **I** *s* par **II** *tr* koppla; koppla ihop; para
**coupon** ['ku:pɒn] *s* kupong; ***pools*** ~ tipskupong
**courage** ['kʌrɪdʒ] *s* mod; tapperhet
**courageous** [kə'reɪdʒəs] *a* modig, tapper
**courier** ['kʊrɪə] *s* **1** kurir **2** reseledare
**course** [kɔ:s] *s* **1** bana **2** riktning, sjö., flyg. kurs **3** förlopp, gång [*the* ~ *of events*]; ***in the*** ~ ***of*** inom loppet av; ***in*** ~ ***of time*** med tiden; ***in due*** ~ i vederbörlig ordning **4** ***of*** ~ naturligtvis; ***it is a matter of*** ~ det är en självklar sak **5** sätt, förfaringssätt; ~ ***of action*** handlingssätt; ***your best*** ~ ***is to...*** det bästa är att... **6** serie; ~ ***of lectures*** förläsningsserie; ~ ***of study*** studieplan **7** kurs, studiegång **8** rätt vid en måltid; ***first*** ~ förrätt **9** med. kur **10** hand. kurs [~ *of exchange*] **11** kapplöpningsbana, golfbana
**court** [kɔ:t] **I** *s* **1** kringbyggd gård, gårdsplan **2** sport. plan, bana [*tennis* ~] **3** hov **4** jur. domstol, rätt; rättssal; ~ ***of appeal*** appellationsdomstol; ***in*** ~ inför rätten; ***go to*** ~ dra saken inför rätta **II** *tr* **1** göra ngn sin kur, fria till **2** utsätta sig för; ~ ***disaster*** utmana ödet
**courteous** ['kɜ:tjəs] *a* artig; hövisk
**courtesy** ['kɜ:təsɪ] *s* artighet; höviskhet; ***by the*** ~ ***of*** el. ***by*** ~ ***of*** med benäget tillstånd av; ~ ***title*** hövlighetstitel
**court-martial** ['kɔ:t'mɑ:ʃ(ə)l] *s* krigsrätt
**court-room** ['kɔ:trʊm] *s* rättssal
**courtship** ['kɔ:t-ʃɪp] *s* uppvaktning, kurtis
**courtyard** ['kɔ:tjɑ:d] *s* gård, gårdsplan
**cousin** ['kʌzn] *s* kusin; ***second*** ~ syssling
**cover** ['kʌvə] **I** *tr* **1** täcka, täcka över; översålla; klä; belägga **2** dölja, skyla **3** sträcka sig över, omfatta **4** tidn., radio. m. m. bevaka, täcka **5** tillryggalägga, avverka **6** ~ ***up*** hölja (täcka) över; dölja, skyla över **II** *s* **1** täcke, överdrag; hölje, omslag **2** lock **3** pärm, pärmar, omslag **4** kuvert; ***under plain*** ~ med diskret avsändare **5** skydd; ***under the*** ~ ***of*** el. ***under*** ~ ***of*** a) i skydd av b) under täckmantel av **6** hand. täckning **7** bordskuvert
**cover-charge** ['kʌvətʃɑ:dʒ] *s* kuvertavgift
**covet** ['kʌvət] *tr* åtrå
**covetous** ['kʌvətəs] *a* lysten, girig
**cow** [kaʊ] *s* **1** ko **2** neds., om kvinna apa; kossa
**coward** ['kaʊəd] *s* feg stackare, ynkrygg
**cowardice** ['kaʊədɪs] *s* feghet, rädsla
**cowardly** ['kaʊədlɪ] *a* feg
**cowboy** ['kaʊbɔɪ] *s* cowboy
**cower** ['kaʊə] *itr* krypa ihop; kuscha [*before* för]
**co-worker** ['kəʊ'wɜ:kə] *s* medarbetare
**cowshed** ['kaʊʃed] *s* ladugård
**cowslip** ['kaʊslɪp] *s* gullviva
**coy** [kɔɪ] *a* blyg, pryd, sipp; skälmsk
**crab** [kræb] *s* krabba; kräftdjur
**crack** [kræk] **I** *itr tr* **1** knaka; braka; knalla, smälla **2** spricka, brista; spräcka; knäcka [~ *nuts*] **3** kollapsa, knäckas [~ *under the strain*] **4** om röst brytas **5** ~ ***jokes*** vitsa, skämta □ ~ **down on** vard. slå ner på, klämma åt; ~ **up** vard. klappa ihop **II** *s* **1** brak, knall, smäll **2** spricka **3** ~ ***of dawn*** vard. gryning **4** vard., ***have a*** ~ ***at a th.*** försöka sig på ngt **III** *a* vard. mäster- [*a* ~ *shot*]; elit- [*a* ~ *team*]
**cracker** ['krækə] *s* **1** fyrv. smällare, svärmare **2** ***Christmas*** ~ el. ~ smällkaramell **3** tunt smörgåskex; amer. kex i allm.

**crackers** ['krækəz] *a* vard. knasig, knäpp
**crackle** ['krækl] **I** *itr* knastra **II** *s* knaster
**cradle** ['kreɪdl] *s* vagga
**craft** [krɑ:ft] *s* **1** skicklighet **2** hantverk, yrke, konst; ***arts and ~s*** pl. konsthantverk **3** listighet **4** (pl. lika) fartyg, båt, farkost, flygplan
**craftsman** ['krɑ:ftsmən] *s* hantverkare; skicklig yrkesman; konstnär
**craftsmanship** ['krɑ:ftsmənʃɪp] *s* hantverk; hantverksskicklighet
**crafty** ['krɑ:ftɪ] *a* listig, slug
**crag** [kræg] *s* brant klippa
**cram** [kræm] *tr itr* **1** proppa full, stuva (stoppa) in **2** proppa mat i, göda; proppa i sig mat **3** plugga [*for* på, till en examen]
**cramp** [kræmp] **I** *s* kramp **II** *tr* **1** förorsaka kramp i **2** hämma
**cramped** [kræmpt] *pp* o. *a* **1** alltför trång **2** hopträngd stil
**cranberry** ['krænbərɪ] *s* tranbär
**crane** [kreɪn] **I** *s* **1** fågel trana **2** lyftkran **II** *tr* sträcka på [*~ one's neck*]
**crank** [kræŋk] *s* **1** vev **2** vard. excentrisk individ, original
**crash** [kræʃ] **I** *itr tr* **1** a) braka, skrälla b) krossas, gå i kras **2** braka iväg, rusa med ett brak; ~ ***into*** smälla ihop med **3** flyg. störta **4** bildl. krascha, göra bankrutt **5** kasta med ett brak; kvadda, krascha **II** *s* **1** brak, krasch **2** olycka [*killed in* (vid) *a car ~*]; smäll, krock
**crash-helmet** ['kræʃˌhelmɪt] *s* störthjälm
**crash-land** ['kræʃlænd] *itr tr* kraschlanda; kraschlanda med
**crash-landing** ['kræʃˌlændɪŋ] *s* kraschlandning
**crate** [kreɪt] *s* spjällåda; öl- back
**crater** ['kreɪtə] *s* krater
**cravat** [krə'væt] *s* kravatt
**crave** [kreɪv] *tr itr* **1** be om **2** ~ ***for*** el. ~ längta efter
**craving** ['kreɪvɪŋ] *s* begär, åtrå [*for* efter]
**crawl** [krɔ:l] **I** *itr* **1** krypa; kravla, kräla; bildl. fjäska [*to* för] **2** myllra, krylla [*with* av] **3** simn. crawla **II** *s* **1** krypande etc., jfr *crawl I* **2** simn. crawl
**crayfish** ['kreɪfɪʃ] *s* zool. kräfta
**crayon** ['kreɪən] *s* färgkrita
**craze** [kreɪz] *s* mani, dille [*for* på]; modefluga; ***the latest ~*** sista skriket
**crazy** ['kreɪzɪ] *a* tokig, galen
**creak** [kri:k] **I** *itr* knarra, knaka **II** *s* knarr, knakande
**creaky** ['kri:kɪ] *a* knarrande
**cream** [kri:m] **I** *s* **1** grädde; ***double (single) ~*** tjock (tunn) grädde **2** kok. kräm; krämfylld chokladpralin **3** kräm för hud, skor m. m. **4** bildl. grädda [*the ~ of society*] **II** *a* krämfärgad **III** *tr* skumma grädden av
**cream-cheese** ['kri:m'tʃi:z] *s* mjuk gräddost; ***fresh ~*** el. ~ keso®; kvark
**crease** [kri:s] **I** *s* veck: a) rynka, skrynkla b) pressveck **II** *tr itr* pressa; skrynkla; skrynkla (rynka) sig
**create** [krɪ'eɪt] *tr* skapa; frambringa; upprätta [*~ new jobs*]; väcka [*~ a sensation*]
**creation** [krɪ'eɪʃ(ə)n] *s* **1** skapande; skapelse **2** modeskapelse
**creative** [krɪ'eɪtɪv] *a* skapande [*a ~ artist*]
**creator** [krɪ'eɪtə] *s* skapare; upphovsman
**creature** ['kri:tʃə] *s* **1** varelse; människa [*a lovely ~*]; typ [*that horrid ~*] **2** djur **3** skapelse
**credible** ['kredəbl] *a* trovärdig; trolig
**credit** ['kredɪt] **I** *s* **1** tilltro; ***give ~ to*** sätta tro till **2** ära, förtjänst; heder, beröm; ***be a ~ to*** vara en heder för; ***get ~ for*** få beröm för; ***take the ~*** ta åt sig äran **3** hand. **a)** kre'dit; ***on ~*** på kredit (räkning); ~ ***account*** kundkonto i varuhus; ~ ***card*** köpkort, kreditkort **b)** tillgodohavande; ~ ***note*** tillgodokvitto **II** *tr* **1** tro; ***~ a p. with a th.*** a) tro ngn om ngt b) tillskriva ngn ngt **2** hand. kreditera
**creditable** ['kredɪtəbl] *a* hedrande, aktningsvärd
**creditor** ['kredɪtə] *s* kreditor, fordringsägare
**credulous** ['kredjʊləs] *a* lättrogen
**creed** [kri:d] *s* trosbekännelse; troslära
**creek** [kri:k] *s* **1** liten vik (bukt) **2** amer. å, bäck; biflod
**creep** [kri:p] (*crept crept*) *itr* krypa; kräla; smyga, smyga sig
**creeper** ['kri:pə] *s* krypväxt, klätterväxt
**cremate** [krɪ'meɪt] *tr* kremera, bränna
**crepe** [kreɪp] *s* **1** tyg kräpp **2** ~ ***paper*** kräppapper; ~ ***rubber*** rågummi till skor
**crept** [krept] se *creep*
**crescent** ['kresnt] *s* **1** månskära; halvmåne **2** svängd husrad (gata)
**cress** [kres] *s* krasse
**crest** [krest] *s* **1** kam på tupp **2** ätts vapen [*family ~*] **3** krön, topp
**crestfallen** ['krestˌfɔ:l(ə)n] *a* nedslagen
**cretonne** ['kretɒn] *s* kretong
**crevice** ['krevɪs] *s* skreva, springa
**1 crew** [kru:] se *1 crow*
**2 crew** [kru:] *s* **1** sjö., flyg. besättning; ***ground ~*** markpersonal **2** neds. gäng
**crib** [krɪb] **I** *s* **1** krubba; babykorg; amer.

babysäng, spjälsäng **2** vard. plagiat **II** *tr itr* vard. knycka; planka; fuska
**1 cricket** ['krɪkɪt] *s* zool. syrsa
**2 cricket** ['krɪkɪt] *s* kricket spel
**cricketer** ['krɪkɪtə] *s* kricketspelare
**crime** [kraɪm] *s* brott; brottslighet
**criminal** ['krɪmɪnl] **I** *a* **1** brottslig, kriminell **2** kriminal-; ~ *case* brottmål; ~ *record* straffregister **II** *s* brottsling, förbrytare
**crimson** ['krɪmzn] **I** *s* karmosinrött **II** *a* karmosinröd, högröd
**crinkle** ['krɪŋkl] **I** *itr tr* rynka (skrynkla) sig; rynka, krusa **II** *s* veck, skrynkla
**cripple** ['krɪpl] **I** *s* krympling **II** *tr* **1** göra till krympling **2** lamslå
**crippled** ['krɪpld] *a* lam, lytt; lamslagen
**crippling** ['krɪplɪŋ] *a* förlamande
**crisis** ['kraɪsɪs] (pl. *crises* ['kraɪsi:z]) *s* kris
**crisp** [krɪsp] **I** *a* **1** krusig, krullig **2** knaprig, frasig, mör, spröd **II** *s, potato ~s* potatischips
**crispbread** ['krɪspbred] *s* knäckebröd
**crispy** ['krɪspɪ] *a* **1** krusig **2** frasig
**criterion** [kraɪ'tɪərɪən] (pl. *criteria* [kraɪ'tɪərɪə]) *s* kriterium
**critic** ['krɪtɪk] *s* kritiker
**critical** ['krɪtɪk(ə)l] *a* kritisk [*of* mot]
**criticism** ['krɪtɪsɪz(ə)m] *s* kritik [*of* av, över]
**criticize** ['krɪtɪsaɪz] *tr itr* kritisera
**croak** [krəʊk] **I** *itr* kraxa; om groda kväka **II** *s* kraxande; kväkande
**crochet** ['krəʊʃeɪ] **I** *s* virkning **II** *tr itr* virka
**crochet-needle** ['krəʊʃeɪˌni:dl] *s* virknål
**crockery** ['krɒkərɪ] *s* porslin; lergods
**crocodile** ['krɒkədaɪl] *s* krokodil
**crocus** ['krəʊkəs] *s* krokus
**crook** [krʊk] **I** *s* **1** krök, krökning, krok **2** vard. skojare, svindlare **II** *tr itr* kröka, böja; kröka (böja) sig
**crooked** ['krʊkɪd] *a* **1** krokig, krökt **2** sned [*a ~ smile*] **3** oärlig, skum
**croon** [kru:n] *tr itr* nynna, gnola
**crop** [krɒp] **I** *s* **1** skörd; gröda **2** kräva **II** *tr itr* skära (hugga) av; ~ ***up*** dyka upp
**croquet** ['krəʊkeɪ, 'krəʊkɪ] *s* krocketspel
**cross** [krɒs] **I** *s* **1** kors; kryss; ***make the sign of the ~*** göra korstecken **2** korsning; mellanting **II** *a* vard. ond, arg [*with* på] **III** *tr* **1** lägga i kors, korsa [*~ one's legs*]; ***keep one's fingers crossed*** bildl. hålla tummarna **2** stryka [*off the list* från listan]; ~ ***out*** korsa, (stryka) över **3** fara (gå) över **4** biol. korsa
**crossbar** ['krɒsbɑ:] *s* stång på herrcykel; sport. målribba
**cross-examination** ['krɒsɪgˌzæmɪ'neɪʃ(ə)n] *s* korsförhör
**cross-examine** ['krɒsɪg'zæmɪn] *tr* korsförhöra
**cross-eyed** ['krɒsaɪd] *a* vindögd, skelögd
**crossing** ['krɒsɪŋ] *s* **1** överresa **2** korsning; gatukorsning, vägkorsning; ***pedestrian*** (med ränder ***zebra***) ~ övergångsställe
**cross-question** ['krɒs'kwestʃ(ə)n] *tr* korsförhöra
**crossroad** ['krɒsrəʊd] *s, ~s* vägkorsning [*a ~s*]
**crosstalk** ['krɒstɔ:k] *s* **1** tele., radio. överhörning **2** vard. snabb replikväxling
**crosswind** ['krɒswɪnd] *s* sidvind
**crossword** ['krɒswɜ:d] *s,* ~ ***puzzle*** el. ~ korsord [*do a ~*]
**crotch** [krɒtʃ] *s* anat. skrev, gren
**crouch** [kraʊtʃ] *itr,* ~ ***down*** el. ~ huka sig
**1 crow** [krəʊ] (imperfekt *crowed* el. *crew*) *itr* gala [*the cock crew*]
**2 crow** [krəʊ] *s* kråka; ***as the ~ flies*** fågelvägen
**crowd** [kraʊd] **I** *s* folkmassa, folksamling; vard. gäng [*a nice ~*] **II** *itr tr* **1** trängas; tränga sig; strömma i skaror; trängas i (på) [*~ a hall*] **2** packa full [*~ a bus*]
**crowded** ['kraʊdɪd] *pp* o. *a* **1** fullpackad; full, fullsatt [*a ~ bus*] **2** späckad [*a ~ programme*]
**crown** [kraʊn] **I** *s* **1** krona **2** valuta krona [*a Swedish ~*] **II** *tr* kröna; ***to ~ it all*** till råga på allt
**crucial** ['kru:ʃ(ə)l] *a* avgörande; kritisk
**crucifix** ['kru:sɪfɪks] *s* krucifix
**crucify** ['kru:sɪfaɪ] *tr* korsfästa
**crude** [kru:d] *a* **1** rå; obearbetad **2** grov, plump [*~ jokes*]
**cruel** [krʊəl] *a* grym
**cruelty** ['krʊəltɪ] *s* grymhet
**cruet** ['kru:ɪt] *s* **1** flaska till bordställ **2** bordställ
**cruise** [kru:z] **I** *itr* **1** kryssa omkring **2** köra i lagom fart; ~ ***at*** ha en marschfart av (på) **II** *s* kryssning
**cruiser** ['kru:zə] *s* kryssare
**crumb** [krʌm] *s* smula av bröd m. m.
**crumble** ['krʌmbl] *itr* smula sig; förfalla
**crumpet** ['krʌmpɪt] *s* tekaka som rostas och ätes varm
**crumple** ['krʌmpl] *tr itr,* ~ ***up*** el. ~ skrynkla, knyckla till (ihop); skrynkla sig
**crunch** [krʌntʃ] **I** *tr itr* **1** knapra på; knapra **2** knastra **II** *s* knaprande; knastrande

**crusade** [kru:'seɪd] **I** *s* korståg, bildl. äv. kampanj **II** *itr* delta i ett korståg (bildl. äv. kampanj)
**crush** [krʌʃ] **I** *tr* krossa; klämma illa **II** *s* **1** vard., ***have a ~ on*** svärma för **2** fruktdryck
**crust** [krʌst] *s* skorpa, kant på t. ex. bröd
**crutch** [krʌtʃ] *s* **1** krycka **2** anat. skrev, gren
**crux** [krʌks] *s* krux, stötesten
**cry** [kraɪ] **I** *itr tr* **1** ropa, skrika **2** gråta; ***~ oneself to sleep*** gråta sig till sömns □ ~ **down** fördöma, göra ner; ~ **for** ropa på (efter); gråta efter; ~ **out** ropa högt, skrika till; ropa; ***~ out for*** ropa på, fordra; ~ **up** prisa, höja till skyarna **II** *s* **1** rop, skrik; ***in full ~*** i full fart **2** gråtstund; ***have a good ~*** vard. gråta ut
**crying** ['kraɪɪŋ] *a* skriande, trängande [*~ need*]; ***a ~ shame*** en evig skam
**cryptic** ['krɪptɪk] *a* kryptisk
**crystal** ['krɪstl] **I** *s* **1** kristall [*salt ~s*] **2** kristallglas **II** *a* kristallklar
**crystallize** ['krɪstəlaɪz] *tr itr* kristallisera
**cub** [kʌb] *s* **1** unge av varg, björn, lejon m. m. **2** vard. pojkvalp
**Cuba** ['kju:bə] Kuba
**Cuban** ['kju:bən] **I** *s* kuban **II** *a* kubansk
**cube** [kju:b] *s* **1** kub; tärning **2** mat. kub; ***~ root*** kubikrot
**cubic** ['kju:bɪk] *a* kubisk; ***~ metre*** kubikmeter
**cubicle** ['kju:bɪkl] *s* hytt, bås
**cuckoo** ['kʊku:] *s* gök; ***~ clock*** gökur
**cucumber** ['kju:kʌmbə] *s* gurka; ***cool as a ~*** vard. lugn som en filbunke
**cud** [kʌd] *s*, ***chew the ~*** idissla
**cuddle** ['kʌdl] **I** *tr itr* krama, kela med, kelas; ***~ up*** el. ~ krypa tätt tillsammans **II** *s* kramning
**cuddly** ['kʌdlɪ] *a* kelig, smeksam
**cudgel** ['kʌdʒ(ə)l] **I** *s* knölpåk **II** *tr* klå
**1 cue** [kju:] *s* **1** teat. stickreplik **2** signal; vink, antydning
**2 cue** [kju:] *s* biljardkö
**1 cuff** [kʌf] **I** *tr* örfila upp **II** *s* örfil
**2 cuff** [kʌf] *s* **1** ärmuppslag; amer. äv. byxuppslag **2** manschett
**cuff-link** ['kʌflɪŋk] *s* manschettknapp
**cul-de-sac** ['kʊldə'sæk] *s* återvändsgränd, återvändsgata
**culinary** ['kʌlɪnərɪ] *a* kulinarisk
**culminate** ['kʌlmɪneɪt] *itr* kulminera
**culmination** [ˌkʌlmɪ'neɪʃ(ə)n] *s* kulmen
**culprit** ['kʌlprɪt] *s*, ***the ~*** den skyldige
**cult** [kʌlt] *s* **1** kult; dyrkan **2** sekt
**cultivable** ['kʌltɪvəbl] *a* odlingsbar
**cultivate** ['kʌltɪveɪt] *tr* bruka, bearbeta jord; odla
**cultivated** ['kʌltɪveɪtɪd] *a* **1** kultiverad, bildad **2** uppodlad
**cultivation** [ˌkʌltɪ'veɪʃ(ə)n] *s* brukning, bearbetning av jord; kultur; odling
**cultural** ['kʌltʃər(ə)l] *a* kulturell, bildnings-
**culture** ['kʌltʃə] **I** *s* **1** kultur [*Greek ~*]; bildning **2** biol. odling; kultur [*~ of bacteria*]; ***~ pearls*** odlade pärlor **II** *tr* odla, bilda; ***cultured people*** kultiverade människor
**cunning** ['kʌnɪŋ] **I** *a* slug **II** *s* slughet
**cunt** [kʌnt] *s* vulg. fitta
**cup** [kʌp] **I** *s* **1** kopp **2** pokal, cup; ***challenge ~*** vandringspokal **II** *tr* kupa [*~ one's hand*]
**cupboard** ['kʌbəd] *s* skåp; skänk
**cupful** ['kʌpfʊl] *s*, ***a ~ of*** en kopp
**cup-tie** ['kʌptaɪ] *s* fotb. cupmatch
**cur** [kɜ:] *s* hundracka, byracka
**curate** ['kjʊərət] *s* kyrkoadjunkt
**curb** [kɜ:b] **I** *s* **1** kontroll bromsande effekt [*a ~ on* (över) *prices*]; ***put a ~ on*** lägga band på **2** amer. trottoarkant **II** *tr* tygla
**curd** [kɜ:d] *s*, vanl. pl. ***~s*** ostmassa; ***~ cheese*** el. ~ kvark
**curdle** ['kɜ:dl] *tr itr* ysta; löpna, ysta sig
**cure** [kjʊə] **I** *s* **1** botemedel [*for* mot] **2** kur [*of* mot, för]; bot [*of* för, mot] **II** *tr* **1** bota [*of* från] **2** konservera, salta, röka
**curfew** ['kɜ:fju:] *s* utegångsförbud
**curiosity** [ˌkjʊərɪ'ɒsətɪ] *s* **1** vetgirighet; nyfikenhet **2** kuriositet
**curious** ['kjʊərɪəs] *a* **1** vetgirig; nyfiken [*about* på] **2** egendomlig
**curl** [kɜ:l] **I** *tr itr* krulla, ringla, locka; locka sig; ***~ up*** rulla ihop sig; kura ihop sig **II** *s* hårlock
**curler** ['kɜ:lə] *s* papiljott; hårspole
**curly** ['kɜ:lɪ] *a* lockig, krullig
**currant** ['kʌr(ə)nt] *s* **1** korint **2** vinbär
**currency** ['kʌrənsɪ] *s* **1** a) utbredning, spridning [*give ~ to* (åt) *a report*] b) gångbarhet; omlopp, cirkulation **2** valuta
**current** ['kʌr(ə)nt] **I** *a* **1** gångbar; gängse, allmänt utbredd; aktuell [*~ fashions*], rådande [*the ~ crisis*] **2** innevarande, löpande **II** *s* **1** ström **2** elektrisk ström
**curriculum** [kə'rɪkjʊləm] *s* lärokurs; läroplan
**1 curry** ['kʌrɪ] *s* curry; curryrätt
**2 curry** ['kʌrɪ] *tr*, ***~ favour*** ställa sig in [*with* hos]
**curse** [kɜ:s] **I** *s* **1** förbannelse; svordom **2** gissel, plåga **II** *tr itr* förbanna; svära [*at* över]
**cursed** ['kɜ:sɪd] *a* förbannad, fördömd

**curt** [kɜ:t] *a* brysk, snäv, tvär
**curtail** [kɜ:'teɪl] *tr* förkorta, beskära; inskränka
**curtain** ['kɜ:tn] *s* **1** gardin; draperi, förhänge; ***draw the ~s*** dra för gardinerna **2** ridå; ***safety ~*** teat. järnridå
**curtain-call** ['kɜ:tnkɔ:l] *s* teat. inropning
**curtsey, curtsy** ['kɜ:tsɪ] **I** *s* nigning **II** *itr* niga
**curve** [kɜ:v] **I** *s* kurva, båge, krök **II** *tr itr* böja, kröka; böja (kröka) sig
**curved** [kɜ:vd] *a* böjd, krökt
**cushion** ['kʊʃ(ə)n] **I** *s* kudde, dyna **II** *tr* **1** madrassera, stoppa [*cushioned seats*] **2** dämpa, mildra
**cushy** ['kʊʃɪ] *a* vard. latmans- [*a ~ job*]
**cuss** [kʌs] *s* vard., ***I don't give a ~*** det skiter jag i; ***not worth a ~*** inte värd ett dugg
**cussed** ['kʌsɪd] *a* vard. envis, tvär
**custard** ['kʌstəd] *s* vaniljkräm; vaniljsås
**custody** ['kʌstədɪ] *s* **1** förmynderskap; vård **2** förvar; ***take into ~*** anhålla; ***in ~*** i häkte; ***in safe ~*** i säkert förvar
**custom** ['kʌstəm] *s* **1** sed, bruk; kutym **2** pl. ***~s*** tull, tullar, tullavgift, tullavgifter; ***the Customs*** tullverket, tullen; ***~s examination*** tullbehandling, tullvisitation
**customary** ['kʌstəmərɪ] *a* vanlig, bruklig
**customer** ['kʌstəmə] *s* **1** kund **2** vard. individ; ***queer (odd) ~*** konstig prick; ***ugly ~*** otrevlig typ
**cut** [kʌt] **I** (*cut cut*) *tr itr* **1** skära i (av, för); klippa av; skära, hugga, klippa; bryta; ***have one's hair ~*** klippa (låta klippa) håret **2** ***~ one's teeth*** få tänder **3** skära ner, minska; förkorta **4** bryta, klippa av t. ex. filmning, del av program; stryka [*~ a scene*]; stänga av [ofta *~ off*]; sluta med [*~ (~ out) that noise!*]; ***~ a p. short*** avbryta ngn tvärt; ***~ a th. short*** stoppa ngt **5** skära (hugga) till (ut); gravera; slipa; göra [*~ a key*] **6** kortsp. kupera [*~ the cards*] **7** vard., ***~ a p. dead*** el. ***~ a p.*** behandla ngn som luft □ ~ **down** a) hugga ner, fälla b) knappa in på, skära ner, minska; ~ **in** blanda sig i samtalet, avbryta; ~ **off** a) hugga (skära, kapa) av (bort) b) skära av, isolera, avstänga c) göra slut på, dra in [*~ off an allowance*] d) stänga av, avbryta; ~ **out a)** skära (hugga) ut, klippa ut; klippa (skära) till; ***be ~ out for*** vara som klippt och skuren för **b)** vard. skära bort, stryka, hoppa över; sluta upp med, låta bli; ***~ it out!*** lägg av!; ~ **up** a) skära sönder (upp), stycka; hugga sönder b) klippa (skära) till c) bedröva, uppröra

**II** *a*, ***~ flowers*** lösa blommor, snittblommor; ***~ glass*** slipat glas, kristall; ***at ~ price*** till underpris; ***~ and dried (dry)*** fix och färdig
**III** *s* **1** skärning; klippning; hugg, stick; skåra, snitt, rispa **2** nedsättning, reduktion [*~ in prices*], nedskärning **3** stycke; skiva, bit [*a ~ off the joint*] **4** strykning, klipp **5** snitt; ***short ~*** genväg **6** kupering av kort
**cute** [kju:t] *a* vard. **1** klipsk; fiffig **2** speciellt amer. söt, rar
**cuticle** ['kju:tɪkl] *s* nagelband
**cutlery** ['kʌtlərɪ] *s* matbestick
**cutlet** ['kʌtlət] *s* **1** kotlett; köttskiva **2** pannbiff
**cut-price** ['kʌtpraɪs] *a*, ***~ shop*** ungefär lågprisaffär
**cut-throat** ['kʌtθrəʊt] **I** *s* mördare, bandit **II** *a* bildl. mördande [*~ competition*]
**cutting** ['kʌtɪŋ] *a* skärande, vass; bitande
**cuttle-fish** ['kʌtlfɪʃ] *s* bläckfisk
**cyanide** ['saɪənaɪd] *s*, ***potassium ~*** cyankalium
**cycle** ['saɪkl] **I** *s* **1** cykel **2** kretslopp **3** cykel; period **II** *itr* **1** cykla **2** kretsa
**cyclist** ['saɪklɪst] *s* cyklist
**cyclone** ['saɪkləʊn] *s* cyklon
**cylinder** ['sɪlɪndə] *s* **1** cylinder, vals **2** lopp, rör i eldvapen
**cynic** ['sɪnɪk] *s* cyniker
**cynical** ['sɪnɪk(ə)l] *a* cynisk
**cynicism** ['sɪnɪsɪz(ə)m] *s* cynism
**cypress** ['saɪprəs] *s* cypress
**Cypriot** ['sɪprɪət] **I** *a* cypriotisk **II** *s* cypriot
**Cyprus** ['saɪprəs] Cypern
**czar** [zɑ:] *s* tsar
**Czech** [tʃek] **I** *s* tjeck **II** *a* tjeckisk
**Czechoslovakia** ['tʃekəslə'vækɪə] Tjeckoslovakien
**Czechoslovakian** ['tʃekəslə'vækɪən] **I** *a* tjeckoslovakisk **II** *s* tjeckoslovak

# D

**D, d** [di:] *s* D, d; ***D flat*** mus. dess; ***D sharp*** mus. diss
**'d** [d] = *had*; *would, should* [*he'd* = *he had, he would*]
**dab** [dæb] *tr itr* klappa lätt, badda
**dabbler** ['dæblə] *s* dilettant, klåpare
**dachshund** ['dækshʊnd] *s* tax
**Dacron** ['dækrɒn, 'deɪkrɒn] *s* ® dacron
**dad** [dæd] *s* vard. pappa, farsa
**daddy** ['dædɪ] *s* vard. pappa
**daddy-long-legs** ['dædɪ'lɒŋlegz] (pl. lika) *s* pappa långben harkrank
**daffodil** ['dæfədɪl] *s* påsklilja, gul narciss
**daft** [dɑ:ft] *a* vard. tokig, fånig
**dagger** ['dægə] *s* dolk
**dahlia** ['deɪljə, amer. vanl. 'dælɪə] *s* dahlia
**daily** ['deɪlɪ] **I** *a* daglig, om dagen **II** *adv* dagligen, om dagen **III** *s* **1** dagstidning **2** daghjälp [äv. ~ *help*]
**dainty** ['deɪntɪ] **I** *s* läckerbit, godbit **II** *a* **1** läcker **2** nätt, späd; skör
**dairy** ['deərɪ] *s* **1** mejeri **2** mjölkaffär
**dairy-cattle** ['deərɪˌkætl] *s pl* mjölkboskap
**dairy-farm** ['deərɪfɑ:m] *s* gård med mjölkdjur
**dairymaid** ['deərɪmeɪd] *s* mejerska
**daisy** ['deɪzɪ] *s* tusensköna, bellis
**dale** [deɪl] *s* poet. liten dal
**dam** [dæm] **I** *s* damm, fördämning **II** *tr*, ~ ***up*** el. ~ dämma av (upp)
**damage** ['dæmɪdʒ] **I** *s* **1** (utan pl.) skada, skadegörelse [*to* på] **2** pl. ~***s*** jur. skadestånd **II** *tr itr* skada; skadas
**dame** [deɪm] *s* **1** poet., ***Dame Fortune*** fru Fortuna **2** sl. fruntimmer
**damn** [dæm] **I** *tr* **1** vard. förbanna; ~ ***it!*** jäklar också!; ***well I'll be damned!*** det var som tusan! **2** bringa i fördärvet **II** *s* vard., ***I don't care (give) a ~ if...*** jag ger sjutton i om... **III** *a* vard. förbaskad [~ *fool!*] **IV** *interj* vard. jäklar, också!
**damnable** ['dæmnəbl] *a* fördömlig; vard. förbaskad
**damnation** [dæm'neɪʃ(ə)n] *s* fördömelse
**damned** [dæmd] *a* **1** fördömd **2** vard. förbaskad
**damp** [dæmp] **I** *s* fukt **II** *a* fuktig
**dampen** ['dæmp(ə)n] *tr itr* **1** fukta; bli fuktig **2** bildl. dämpa; dämpas
**damson** ['dæmz(ə)n] *s* krikon plommonsort
**dance** [dɑ:ns] **I** *itr tr* dansa **II** *s* dans; danstillställning
**dance-band** ['dɑ:nsbænd] *s* dansorkester
**dance-hall** ['dɑ:nshɔ:l] *s* danslokal
**dancer** ['dɑ:nsə] *s* dansande [*the* ~*s*]; dansare, dansör, dansös
**dandelion** ['dændɪlaɪən] *s* maskros
**dandruff** ['dændrʌf] *s* mjäll
**dandy** ['dændɪ] *s* dandy
**Dane** [deɪn] *s* **1** dansk **2** ***Great*** ~ grand danois hund
**danger** ['deɪndʒə] *s* fara, risk [*of* för]
**dangerous** ['deɪndʒərəs] *a* farlig [*for, to* för]; ~ ***driving*** vårdslös körning; ***play a ~ game*** spela ett högt spel
**dangle** ['dæŋgl] *itr tr* dingla; dingla med
**Danish** ['deɪnɪʃ] **I** *a* dansk; ~ ***pastry*** wienerbröd **II** *s* danska språket
**Danube** ['dænju:b] *s*, ***the*** ~ Donau
**dare** [deə] *itr tr* o. *hjälpvb* **1** våga, tordas [*he ~ not (he does not ~ to) come*]; våga sig på; ***I ~ you to do it!*** gör det om du törs! **2** ***I ~ say you know*** du vet nog; ***I ~ say*** kanske det
**dare-devil** ['deəˌdevl] *s* våghals
**daren't** [deənt] = *dare not*
**daresay** ['deə'seɪ] = *dare say*, se under *dare 2*
**daring** ['deərɪŋ] **I** *a* djärv; vågad **II** *s* djärvhet
**dark** [dɑ:k] **I** *a* **1** mörk **2** hemlig [*keep a th.* ~] **3** ~ ***horse*** om person dark horse, oskrivet blad **4** ***the Dark Ages*** medeltidens mörkaste århundraden **II** *s* mörker; ***be in the ~ about*** sväva i okunnighet om
**darken** ['dɑ:k(ə)n] *itr tr* bli mörk, mörkna; förmörka
**darkness** ['dɑ:knəs] *s* mörker; dunkel
**darling** ['dɑ:lɪŋ] *s* älskling, raring
**1 darn** [dɑ:n] *tr* sl., ~ ***it!*** förbaskat också!
**2 darn** [dɑ:n] *tr* stoppa [~ *socks*]
**darned** [dɑ:nd] *a* sl. förbaskad

**darning-needle** ['dɑ:nɪŋ,ni:dl] *s* stoppnål
**darning-wool** ['dɑ:nɪŋwʊl] *s* stoppgarn
**dart** [dɑ:t] *s* **1** pil **2** *~s* dart; *play ~s* kasta pil, spela dart
**dash** [dæʃ] **I** *tr itr* **1** slå, kasta [*down*]; stöta, köra ngt mot ngt, slå, törna [*against*] **2** sl., *~ it!* förbaskat också! **3** störta, rusa [*at*] **II** *s* **1** rusning [*for* för att nå] **2** sport. sprinterlopp **3** stänk; skvätt **4** tankstreck **5** käckhet, kläm
**dashboard** ['dæʃbɔ:d] *s* instrumentbräda, instrumentpanel på bil, flygplan
**dashing** ['dæʃɪŋ] *a* käck, hurtig; stilig
**data** ['deɪtə] *s* data, information
**1 date** [deɪt] *s* **1** dadel **2** dadelpalm
**2 date** [deɪt] **I** *s* **1** datum; *out of ~* omodern; *to ~* hittills; till (tills) dato; *up to ~* à jour; med sin tid; *bring up to ~* göra aktuell; modernisera; **2** vard. träff, avtalat möte **II** *tr itr* **1** datera; *~ from (back to)* datera sig från (till) **2** vard. stämma träff med **3** vara gammalmodig [*his books ~*]
**dated** ['deɪtɪd] *a* gammalmodig, föråldrad
**dative** ['deɪtɪv] *s* dativ
**daub** [dɔ:b] **I** *tr itr* bestryka; smeta; mål. kludda **II** *s* mål. kludd
**daughter** ['dɔ:tə] *s* dotter
**daughter-in-law** ['dɔ:tərɪnlɔ:] (pl. *daughters-in-law* ['dɔ:təzɪnlɔ:]) *s* svärdotter, sonhustru
**dawdle** ['dɔ:dl] *itr* söla
**dawn** [dɔ:n] **I** *itr* gry, dagas; *~ on* gry (dagas) över; bildl. gå upp för **II** *s* gryning, början; *at ~* i gryningen
**day** [deɪ] *s* **1** dag; *the ~ after tomorrow* i övermorgon; *the ~ before yesterday* i förrgår; *the other ~* häromdagen; *some ~* en dag; en vacker dag; *let's call it a ~* vard. nu räcker det för i dag; *~ off* ledig dag; *~ by ~* dag för dag; *by ~* om (på) dagen; *for ~s on end* flera dagar i rad **2** dygn [äv. *~ and night*] **3** ofta pl. *~s* tid; tidsålder; *it has had its ~* den har spelat ut sin roll; *those were the ~s!* det var tider det!; *at the present ~* i närvarande stund; *in the old ~s* förr i världen
**daybreak** ['deɪbreɪk] *s* gryning, dagning
**day-care** ['deɪkeə] *a*, *~ centre* daghem
**daydream** ['deɪdri:m] **I** *s* dagdröm **II** *itr* dagdrömma
**daydreamer** ['deɪ,dri:mə] *s* dagdrömmare
**daylight** ['deɪlaɪt] *s* dagsljus; gryning; *in broad ~* mitt på ljusa dagen
**day-nursery** ['deɪ,nɜ:sərɪ] *s* daghem
**day-return** ['deɪrɪ'tɜ:n] *a*, *~ ticket* endagsbiljett för återresa samma dag
**daytime** ['deɪtaɪm] *s* dag; *in (during) the ~* om (på) dagen
**daze** [deɪz] **I** *tr* förvirra; blända **II** *s*, *in a ~* omtumlad
**dazzle** ['dæzl] **I** *tr* blända; förblinda **II** *s* bländande skimmer
**DDT** ['dɪ:dɪ:'tɪ:] *s* DDT bekämpningsmedel
**deacon** ['di:k(ə)n] *s* diakon
**dead** [ded] **I** *a* **1** död; *~ end* återvändsgränd; slutpunkt **2** *~ heat* dött (oavgjort) lopp; *~ weight* livlös massa **3** *on a ~ level* precis på samma plan, jämsides **4** vard. tvär, plötslig; absolut, fullständig [*~ certainty*], ren [*~ loss*]; *he was in ~ earnest* han menade fullt allvar; *~ silence* dödstystnad **5** exakt; *hit the ~ centre of the target* träffa mitt i prick
**II** *s* **1** *the ~* de döda **2** *in the (at) ~ of night* mitt i natten; *in the ~ of winter* mitt i kallaste vintern
**III** *adv* **1** vard. död- [*~ certain, ~ drunk*], döds- [*~ tired*]; *~ slow* mycket sakta **2** *~ against* rakt emot
**deaden** ['dedn] *tr* bedöva; döva; dämpa
**deadlock** ['dedlɒk] *s* dödläge
**deadly** ['dedlɪ] *a* **1** dödlig, dödsbringande; *~ nightshade* bot. belladonna **2** döds- [*~ enemies*]
**deaf** [def] *a* döv; *~ and dumb* dövstum; *turn a ~ ear to* slå dövörat till för
**deaf-aid** ['defeɪd] *s* hörapparat
**deafen** ['defn] *tr* göra döv; *deafening* öronbedövande
**1 deal** [di:l] *s* **1** granplanka, furuplanka **2** virke gran, furu
**2 deal** [di:l] **I** *s* **1** *a great (good) ~* en hel del **2** vard. affär, affärstransaktion; uppgörelse; *that's a ~!* då säger vi det! **3** vard., *give a p. a fair (square) ~* behandla ngn rättvist **4** kortsp. giv; *whose ~ is it?* vem skall ge?
**II** (*dealt dealt*) *tr itr* **1** utdela [äv. *~ out*], kortsp. ge **2** handla, göra affärer **3** *~ with* ha att göra med; behandla; ta itu med [*~ with a problem*]; handlägga ärende; handla om
**dealer** ['di:lə] *s* handlande [*in* med], i sammansättningar -handlare
**dealing** ['di:lɪŋ] *s*, vanl. pl. *~s* affärer; förbindelse, förbindelser; umgänge; samröre
**dealt** [delt] se *2 deal II*
**dean** [di:n] *s* domprost
**dear** [dɪə] **I** *a* **1** kär [*to* för]; rar; hälsningsfras i brev äv. bäste [*Dear Mr. Brown*]; *Dear Sir (Madam)* i formella brev: utan motsvarighet i

sv. **2** dyr, kostsam **II** *s* **1** speciellt i tilltal, ***dearest*** kära du; ***my*** ~ kära du; [*carry this for me,*] ***there's a*** ~ vard. ... så är du snäll **2** raring [*she is a* ~] **III** *interj,* ~ ***me!*** uttryckande t. ex. förvåning kors!, nej men!; ***oh*** ~***!*** oj då!, aj,aj!
**dearly** ['dɪəlɪ] *adv* **1** innerligt, högt [*love* ~] **2** dyrt [*sell one's life* ~]
**dearth** [dɜ:θ] *s* brist, knapphet
**death** [deθ] *s* död; frånfälle; dödsfall; ***it will be the*** ~ ***of me*** det blir min död; ***be at death's door*** ligga för döden; ***frightened (scared) to*** ~ dörädd; ***sick (bored, tired) to*** ~ ***of a th. (a p.)*** utled på ngt (ngn); ***put to*** ~ avliva, avrätta
**deathbed** ['deθbed] *s* dödsbädd
**death-duties** ['deθˌdju:tɪz] *s pl* olika slags arvsskatt
**deathly** ['deθlɪ] *a* dödlig; dödslik
**death-rate** ['deθreɪt] *s* dödstal, dödlighet
**death-warrant** ['deθˌwɒr(ə)nt] *s* dödsdom
**debacle** [deɪ'bɑ:kl] *s* katastrof, sammanbrott, debacle; stort nederlag
**debar** [dɪ'bɑ:] *tr* **1** utesluta **2** förhindra
**debase** [dɪ'beɪs] *tr* **1** försämra **2** förnedra
**debatable** [dɪ'beɪtəbl] *a* diskutabel
**debate** [dɪ'beɪt] **I** *itr tr* diskutera, debattera **II** *s* diskussion, debatt
**debater** [dɪ'beɪtə] *s* debattör
**debauchery** [dɪ'bɔ:tʃərɪ] *s* utsvävningar
**debility** [dɪ'bɪlətɪ] *s* svaghet, kraftlöshet
**debit** ['debɪt] **I** *s* debet **II** *tr* debitera
**debonair** [ˌdebə'neə] *a* charmig; gladlynt
**debris** ['deibri:, 'debri:] *s* spillror; skräp
**debt** [det] *s* skuld; ***I owe you a*** ~ ***of gratitude*** jag står i tacksamhetsskuld till dig; ***be in a p.'s*** ~ stå i skuld hos ngn; ***be in*** ~ vara skuldsatt; ***run into*** ~ sätta sig i skuld; ***out of*** ~ skuldfri
**debtor** ['detə] *s* gäldenär
**debunk** [di:'bʌŋk] *tr* vard. avslöja
**debut** ['deɪbu:] *s* debut
**decade** ['dekeɪd] *s* decennium, årtionde
**decadent** ['dekəd(ə)nt] *a* dekadent, förfallen
**decanter** [dɪ'kæntə] *s* karaff
**decathlon** [dɪ'kæθlɒn] *s* sport. tiokamp
**decay** [dɪ'keɪ] **I** *itr tr* **1** förfalla; tära på **2** multna; vissna **3** vara angripen av karies; orsaka karies i **II** *s* **1** förfall **2** förmultning, förruttnelse **3** kariesangrepp
**decayed** [dɪ'keɪd] *a* **1** förfallen **2** skämd, murken; kariesangripen
**decease** [dɪ'si:s] *s* frånfälle, död
**deceased** [dɪ'si:st] **I** *a* avliden **II** *s, **the*** ~ den avlidne, de avlidna
**deceit** [dɪ'si:t] *s* **1** bedrägeri **2** bedräglighet
**deceitful** [dɪ'si:tf(ʊ)l] *a* bedräglig, svekfull
**deceive** [dɪ'si:v] *tr itr* bedra, vilseleda; lura
**deceiver** [dɪ'si:və] *s* bedragare
**December** [dɪ'sembə] *s* december
**decency** ['di:snsɪ] *s* **1** anständighet **2** hygglighet
**decent** ['di:snt] *a* **1** anständig **2** hygglig
**deception** [dɪ'sepʃ(ə)n] *s* bedrägeri
**deceptive** [dɪ'septɪv] *a* bedräglig
**decide** [dɪ'saɪd] *tr itr* avgöra, döma; bestämma sig för
**decided** [dɪ'saɪdɪd] *a* bestämd, avgjord
**deciding** [dɪ'saɪdɪŋ] *a* avgörande
**decimal** ['desɪm(ə)l] **I** *a* decimal- [~ *system*]; ~ ***fraction*** decimalbråk; ~ ***point*** decimalkomma i sv. [*0.26* läses vanl. *point two six*] **II** *s* decimal; decimalbråk
**decipher** [dɪ'saɪfə] *tr* dechiffrera; tyda
**decision** [dɪ'sɪʒ(ə)n] *s* avgörande; beslut; ***come to (arrive at) a*** ~ fatta ett beslut
**decisive** [dɪ'saɪsɪv] *a* avgörande; bestämd
**deck** [dek] *s* **1** sjö. däck **2** våning, plan i t. ex. buss **3** amer. kortlek
**deck-chair** ['dektʃeə] *s* däcksstol; fällstol
**declaration** [ˌdeklə'reɪʃ(ə)n] *s* **1** förklaring [~ *of war*], tillkännagivande **2** deklaration; ***customs*** ~ tulldeklaration
**declare** [dɪ'kleə] *tr itr* **1** förklara, tillkännage, deklarera; förklara (uttala) sig; ~ ***war on (against)*** förklara krig mot; ***well, I*** ~***!*** det må jag då säga! **2** deklarera; [*have you anything*] ***to*** ~***?*** tullv. ... att förtulla?
**declension** [dɪ'klenʃ(ə)n] *s* gram. deklination; böjning
**decline** [dɪ'klaɪn] **I** *itr tr* **1** slutta nedåt; böja ned, luta **2** bildl. gå utför, avta; förfalla **3** avböja, tacka nej **4** gram. böja **II** *s* **1** avtagande, nedgång; ***on the*** ~ i avtagande **2** nedgång, minskning
**decompose** [ˌdi:kəm'pəʊz] *itr* vittra; ruttna
**décor** ['deɪkɔ:] *s* teat. dekor, dekorationer
**decorate** ['dekəreɪt] *tr* **1** dekorera; pryda **2** måla och tapetsera; inreda
**decoration** [ˌdekə'reɪʃ(ə)n] *s* **1** dekorering, prydande; ***interior*** ~ heminredning **2** dekoration
**decorative** ['dekərətɪv] *a* dekorativ
**decorator** ['dekəreɪtə] *s* **1** dekoratör **2** ***painter and*** ~ el. ~ målare hantverkare; ***interior*** ~ inredningsarkitekt
**decorous** ['dekərəs] *a* anständig, korrekt

**decoy** ['di:kɔɪ] *s* lockfågel; lockbete
**decrease** [verb vanl. dɪ'kri:s, substantiv 'di:kri:s] **I** *itr tr* minskas, avta; minska **II** *s* minskning; *on the ~* i avtagande
**decree** [dɪ'kri:] **I** *s* dekret, påbud **II** *tr* påbjuda, bestämma
**decrepit** [dɪ'krepɪt] *a* skröplig; fallfärdig
**dedicate** ['dedɪkeɪt] *tr* **1** ägna; *~ oneself to* ägna sig åt **2** tillägna
**dedicated** ['dedɪkeɪtɪd] *a* o. *pp* hängiven, starkt engagerad
**dedication** [,dedɪ'keɪʃ(ə)n] *s* **1** hängivenhet [*to* för]; engagemang **2** tillägnan, dedikation
**deduce** [dɪ'dju:s] *tr* sluta sig till, härleda
**deduct** [dɪ'dʌkt] *tr* dra av (ifrån); *be deducted from* avgå från summa
**deduction** [dɪ'dʌkʃ(ə)n] *s* **1** avdrag, avräkning **2** härledning; slutledning
**deed** [di:d] *s* **1** handling; gärning **2** bragd, bedrift **3** dokument, handling
**deejay** [di:'dʒeɪ] *s* sl. disc-jockey
**deep** [di:p] **I** *a* djup; djupsinnig; *go off the ~ end* vard. bli rasande **II** *adv* djupt; *~ down in his heart* el. *~ down* innerst inne **III** *s, the ~* havet, djupet
**deepen** ['di:p(ə)n] *tr itr* fördjupa, fördjupas; göra (bli) djupare
**deep-freeze** ['di:p'fri:z] **I** (*deep-froze deep-frozen*) *tr* djupfrysa **II** *s* frys
**deep-froze** ['di:p'frəʊz] se *deep-freeze I*
**deep-frozen** ['di:p'frəʊzn] se *deep-freeze I*
**deer** [dɪə] (pl. lika) *s* hjort; rådjur
**deface** [dɪ'feɪs] *tr* vanställa, vanpryda
**defeat** [dɪ'fi:t] **I** *s* nederlag, sport. äv. förlust **II** *tr* besegra, slå; *be defeated* äv. förlora
**defeatist** [dɪ'fi:tɪst] *s* defaitist
**defect** [substantiv 'di:fekt, verb dɪ'fekt] **I** *s* brist; defekt; lyte; *speech ~* talfel **II** *itr* polit. hoppa av
**defection** [dɪ'fekʃ(ə)n] *s* polit. avhopp
**defective** [dɪ'fektɪv] *a* bristfällig; defekt; *mentally ~* efterbliven
**defector** [dɪ'fektə] *s* polit. avhoppare
**defence** [dɪ'fens] *s* **1** försvar; skydd **2** jur. försvarstalan; *the ~* svarandesidan
**defend** [dɪ'fend] *tr* försvara; skydda
**defendant** [dɪ'fendənt] *s* o. *a* jur. svarande
**defender** [dɪ'fendə] *s* försvarare; sport. försvarsspelare
**defense** [dɪ'fens] *s* amer. = *defence*
**defensive** [dɪ'fensɪv] *a* defensiv, försvars-
**1 defer** [dɪ'fɜ:] *tr itr* skjuta upp, dröja
**2 defer** [dɪ'fɜ:] *itr, ~ to* böja sig för
**deference** ['defər(ə)ns] *s* hänsyn; aktning
**defiance** [dɪ'faɪəns] *s* utmaning; trots
**defiant** [dɪ'faɪənt] *a* utmanande; trotsig
**deficiency** [dɪ'fɪʃ(ə)nsɪ] *s* bristfällighet; brist
**deficient** [dɪ'fɪʃ(ə)nt] *a* bristfällig; *mentally ~* efterbliven; *be ~ in* sakna
**deficit** ['defɪsɪt] *s* underskott, brist
**1 defile** [dɪ'faɪl] **I** *s* pass, trång passage **II** *itr* defilera
**2 defile** [dɪ'faɪl] *tr* förorena; besudla
**definable** [dɪ'faɪnəbl] *a* definierbar
**define** [dɪ'faɪn] *tr* bestämma, precisera, fastställa; definiera
**definite** ['defɪnət] *a* bestämd äv. gram. [*the ~ article*]; avgränsad; fastställd; avgjord; exakt, definitiv
**definitely** ['defɪnətlɪ] *adv* absolut, avgjort
**definition** [,defɪ'nɪʃ(ə)n] *s* **1** definition **2** skärpa på TV-bild el. foto
**deflate** [dɪ'fleɪt] *tr* **1** släppa luften ur **2** åstadkomma en deflation av
**deflation** [dɪ'fleɪʃ(ə)n] *s* deflation
**deflect** [dɪ'flekt] *tr itr* få att böja (vika) av; böja (vika) av
**deflection** [dɪ'flekʃ(ə)n] *s* böjning åt sidan, krökning; avvikelse
**deform** [dɪ'fɔ:m] *tr* deformera, vanställa
**deformed** [dɪ'fɔ:md] *a* vanställd; vanskapad, missbildad
**deformity** [dɪ'fɔ:mətɪ] *s* deformitet, missbildning, lyte
**defraud** [dɪ'frɔ:d] *tr* bedraga [*of* på]
**defray** [dɪ'freɪ] *tr* bestrida, bära [*~ the costs*]
**defrost** ['di:'frɒst] *tr* tina upp t.ex. fruset kött; frosta av t.ex. kylskåp, vindruta
**deft** [deft] *a* flink, händig, skicklig
**defy** [dɪ'faɪ] *tr* **1** trotsa [*~ the law*]; gäcka **2** utmana
**degenerate** [adjektiv dɪ'dʒenərət, verb dɪ'dʒenəreɪt] **I** *a* degenererad **II** *itr* degenerera, degenereras
**degradation** [,degrə'deɪʃ(ə)n] *s* degradering; förnedring
**degrade** [dɪ'greɪd] *tr* degradera; förnedra
**degree** [dɪ'gri:] *s* **1** grad; *by ~s* gradvis; *to a certain (to some) ~* i viss (någon) mån **2** rang **3** mat., univ. m.fl. grad, univ. äv. examen
**dehydrate** [di:'haɪdreɪt] *tr* torka; *dehydrated eggs* äggpulver
**deign** [deɪn] *itr, ~ to* nedlåta sig att
**deity** ['di:ətɪ] *s* gudom; gudomlighet

**deject** [dɪ'dʒekt] *tr* göra nedslagen
**delay** [dɪ'leɪ] **I** *tr itr* **1** dröja med; dröja **2** fördröja; ***delaying tactics*** förhalningstaktik **II** *s* fördröjning; dröjsmål; försening
**delegate** [substantiv 'delɪgət, verb 'delɪgeɪt] **I** *s* delegat, fullmäktig **II** *tr* delegera:, bemyndiga
**delegation** [ˌdelɪ'geɪʃ(ə)n] *s* **1** delegering; befullmäktigande **2** delegation
**delete** [dɪ'li:t] *tr* stryka, stryka ut
**deliberate** [adjektiv dɪ'lɪbərət, verb dɪ'lɪbəreɪt] **I** *a* avsiktlig **II** *itr* **1** överväga **2** överlägga [*on* om]
**deliberation** [dɪˌlɪbə'reɪʃ(ə)n] *s* **1** moget övervägande **2** överläggning
**delicacy** ['delɪkəsɪ] *s* **1** finhet; klenhet, ömtålighet; känslighet **2** delikatess, läckerhet
**delicate** ['delɪkət] *a* **1** fin, utsökt; klen; skör; delikat, ömtålig [*a ~ situation*] **2** läcker [*~ food*]
**delicatessen** [ˌdelɪkə'tesn] *s* delikatessaffär
**delicious** [dɪ'lɪʃəs] *a* läcker, utsökt; härlig
**delight** [dɪ'laɪt] **I** *s* nöje, glädje; förtjusning; ***take (take a) ~ in*** finna nöje i; njuta av **II** *tr itr* glädja; ***~ in*** finna nöje i, njuta av [*he ~s in teasing me*]
**delighted** [dɪ'laɪtɪd] *a* glad, förtjust [*at (with) a th.* över ngt]
**delightful** [dɪ'laɪtf(ʊ)l] *a* förtjusande, härlig
**delinquent** [dɪ'lɪŋkwənt] *s*, ***juvenile ~*** ungdomsbrottsling
**delirious** [dɪ'lɪrɪəs] *a* yrande; vild; yr
**deliver** [dɪ'lɪvə] *tr* **1** överlämna, hand. leverera; dela ut **2** befria [*from*]; frälsa [*~ us from evil*] **3** framföra, hålla [*~ a speech*]
**delivery** [dɪ'lɪvərɪ] *s* **1** överlämnande, leverans; utdelning, utbärning [*~ of letters*]; posttur; ***~ note*** följesedel; ***cash*** (amer. ***collect) on ~*** mot efterkrav, mot postförskott **2** framförande [*~ of a speech*] **3** förlossning
**delphinium** [del'fɪnɪəm] *s* riddarsporre
**delude** [dɪ'lu:d] *tr* lura, förleda [*into* till]
**deluge** ['delju:dʒ] **I** *s* översvämning, syndaflod; bildl. störtflod **II** *tr* översvämma, dränka
**delusion** [dɪ'lu:ʒ(ə)n] *s* illusion, inbillning
**de luxe** [də'lu:ks] *a* luxuös, lyx-
**demagogue** ['deməgɒg] *s* demagog
**demand** [dɪ'mɑ:nd] **I** *tr* begära, fordra, kräva **II** *s* **1** begäran [*for* om], fordran, krav [*for* på]; ***on ~*** vid anfordran **2** efterfrågan [*for* på]; ***~ and supply*** tillgång och efterfrågan; ***in ~*** efterfrågad
**demanding** [dɪ'mɑ:ndɪŋ] *a* fordrande, krävande
**demeanour** [dɪ'mi:nə] *s* uppträdande, hållning
**demented** [dɪ'mentɪd] *a* sinnessjuk
**demob** ['di:'mɒb] *tr* mil. vard. (kortform för *demobilize*), ***be (get) demobbed*** mucka
**demobilization** ['di:ˌməʊbɪlaɪ'zeɪʃ(ə)n] *s* demobilisering; hemförlovning
**demobilize** [di:'məʊbɪlaɪz] *tr* demobilisera; hemförlova
**democracy** [dɪ'mɒkrəsɪ] *s* demokrati
**democrat** ['deməkræt] *s* demokrat
**democratic** [ˌdemə'krætɪk] *a* demokratisk
**demolish** [dɪ'mɒlɪʃ] *tr* demolera, förstöra
**demolition** [ˌdemə'lɪʃ(ə)n] *s* demolering
**demon** ['di:mən] *s* **1** demon; djävul **2** vard. överdängare
**demonstrate** ['demənstreɪt] *tr itr* **1** bevisa; uppvisa **2** demonstrera
**demonstration** [ˌdeməns'treɪʃ(ə)n] *s* **1** bevisning; uppvisande **2** demonstration
**demonstrative** [dɪ'mɒnstrətɪv] *a* **1** demonstrativ, öppenhjärtig **2** gram. demonstrativ
**demonstrator** ['demənstreɪtə] *s* demonstrant
**demoralize** [dɪ'mɒrəlaɪz] *tr* demoralisera
**demure** [dɪ'mjʊə] *a* blyg
**den** [den] *s* **1** djurs håla, lya, kula **2** tillhåll, håla [*an opium ~*]; vard. lya, krypin
**denial** [dɪ'naɪ(ə)l] *s* **1** förnekande **2** dementi
**denim** ['denɪm] *s* **1** denim jeanstyg **2** pl. *~s* denimjeans
**Denmark** ['denmɑ:k] Danmark
**denomination** [dɪˌnɒmɪ'neɪʃ(ə)n] *s* **1** benämning **2** valör; myntenhet **3** kyrkosamfund
**denote** [dɪ'nəʊt] *tr* beteckna; ange; tyda på
**denounce** [dɪ'naʊns] *tr* **1** stämpla; brännmärka **2** ange brottsling
**dense** [dens] *a* **1** tät; kompakt **2** dum
**density** ['densətɪ] *s* täthet
**dent** [dent] **I** *s* buckla **II** *tr* buckla till
**dental** ['dentl] *a* tand-; tandläkar-; ***~ surgeon*** tandläkare
**dentist** ['dentɪst] *s* tandläkare
**denture** ['dentʃə] *s* tandprotes, tandgarnityr

**denunciation** [dɪˌnʌnsɪ'eɪʃ(ə)n] *s* fördömande, brännmärkning
**deny** [dɪ'naɪ] *tr* **1** neka till, bestrida; dementera **2** neka, vägra [*a p. a th.*] **3** ~ *oneself* neka sig, försaka
**depart** [dɪ'pɑ:t] *itr* **1** avresa; om t.ex. tåg avgå **2** ~ *from* frångå [~ *from routine*]
**departed** [dɪ'pɑ:tɪd] **I** *a* gången, svunnen **II** *s, the* ~ den avlidne, de avlidna
**department** [dɪ'pɑ:tmənt] *s* **1** avdelning; fack, gren; ~ *store* varuhus **2** regeringsdepartement; *the Department of State* el. *the State Department* i USA utrikesdepartementet
**departure** [dɪ'pɑ:tʃə] *s* avresa, avfärd, avgång
**depend** [dɪ'pend] *itr* **1** bero [*on* på]; *that (it all) ~s* vard. det beror 'på **2** lita [*on* på]
**dependable** [dɪ'pendəbl] *a* pålitlig
**dependence** [dɪ'pendəns] *s* beroende, avhängighet [*on* av]
**dependent** [dɪ'pendənt] *a* beroende [*on* av]; underordnad
**depict** [dɪ'pɪkt] *tr* avbilda; skildra
**deplorable** [dɪ'plɔ:rəbl] *a* beklagansvärd
**deplore** [dɪ'plɔ:] *tr* djupt beklaga
**deport** [dɪ'pɔ:t] *tr* deportera, förvisa
**depose** [dɪ'pəʊz] *tr* **1** avsätta t.ex. kung **2** jur. vittna om
**deposit** [dɪ'pɒzɪt] **I** *tr* **1** lägga ned **2** deponera; sätta in [~ *money in a bank*] **II** *s* **1** deposition; insättning [*savings-bank's ~s*] **2** pant; handpenning
**depot** ['depəʊ] *s* **1** depå, förråd; nederlag **2** bussgarage
**depraved** [dɪ'preɪvd] *a* depraverad
**depreciate** [dɪ'pri:ʃɪeɪt] *tr itr* minska (falla) i värde; falla
**depreciation** [dɪˌpri:ʃɪ'eɪʃ(ə)n] *s* värdeminskning
**depress** [dɪ'pres] *tr* **1** trycka ned **2** deprimera
**depressed** [dɪ'prest] *a* nedstämd, nere, deprimerad, deppig
**depressing** [dɪ'presɪŋ] *a* deprimerande
**depression** [dɪ'preʃ(ə)n] *s* depression; nedstämdhet, deppighet
**deprive** [dɪ'praɪv] *tr* beröva [*a p. of a th.* ngn ngt]
**depth** [depθ] *s* djup; djuphet; djupsinne; *in the ~ of winter* mitt i vintern; *be out of one's* ~ vara på djupet; bildl. vara ute på hal is
**deputy** ['depjʊtɪ] *s* **1** deputerad; ombud **2** ställföreträdare, vikarie; attributivt ställföreträdande
**derange** [dɪ'reɪndʒ] *tr* **1** rubba; störa **2** *mentally deranged* mentalsjuk
**Derby** ['dɑ:bɪ, amer. 'dɜ:bɪ] *s* **1** derby **2** *derby* amer. plommonstop, kubb
**derelict** ['derɪlɪkt] *a* övergiven, herrelös
**deride** [dɪ'raɪd] *tr* håna, förlöjliga
**derision** [dɪ'rɪʒ(ə)n] *s* hån, förlöjligande
**derive** [dɪ'raɪv] *tr itr* dra, få, erhålla; härleda, härstamma [from *från*]
**derogatory** [dɪ'rɒgətrɪ] *a* förklenande, förringande [~ *remarks*]
**descend** [dɪ'send] *itr tr* **1** gå (komma, stiga) ned, sänka sig [*on* över]; stiga (gå) nedför **2** slutta **3** gå i arv
**descendant** [dɪ'sendənt] *s* avkomling [*of* till]
**descent** [dɪ'sent] *s* **1** nedstigning; nedgång **2** sluttning, nedförsbacke
**describe** [dɪs'kraɪb] *tr* beskriva
**description** [dɪs'krɪpʃ(ə)n] *s* **1** beskrivning **2** slag, sort
**desecrate** ['desɪkreɪt] *tr* vanhelga
**1 desert** [dɪ'zɜ:t] *s, get one's deserts* få vad man förtjänar
**2 desert** [adjektiv o. substantiv 'dezət, verb dɪ'zɜ:t] **I** *a* öde, obebodd; öken- **II** *s* öken **III** *tr itr* överge; desertera från; desertera, rymma; perfekt particip *deserted* äv. öde
**deserter** [dɪ'zɜ:tə] *s* desertör
**desertion** [dɪ'zɜ:ʃ(ə)n] *s* **1** övergivande **2** desertering, rymning
**deserve** [dɪ'zɜ:v] *tr* förtjäna, vara värd
**deserving** [dɪ'zɜ:vɪŋ] *a* förtjänstfull, värdig, värd; *a ~ case* om person ett ömmande fall
**design** [dɪ'zaɪn] **I** *tr itr* **1** formge; teckna; göra utkast till, rita [~ *a building*]; skapa **2** planlägga **3** avse [*a room designed for children*] **II** *s* **1** formgivning, design; planläggning; ritning; utförande; modell **2** mönster **3** plan; avsikt, syfte
**designate** ['dezɪgneɪt] *tr* beteckna
**designer** [dɪ'zaɪnə] *s* formgivare, designer
**desirable** [dɪ'zaɪərəbl] *a* önskvärd
**desire** [dɪ'zaɪə] **I** *tr* **1** önska; *leave much (a great deal) to be desired* lämna mycket övrigt att önska **2** begära, be **II** *s* **1** önskan; längtan, begär [*for, of* efter, till] **2** önskemål
**desirous** [dɪ'zaɪərəs] *a* ivrig, lysten [*of* efter]
**desist** [dɪ'zɪst] *itr* avstå; upphöra
**desk** [desk] *s* **1** skrivbord; skolbank; *teacher's* ~ kateder **2** kassa i butik
**desolate** ['desələt] *a* **1** ödslig; enslig **2** ensam och övergiven

**desolation** [ˌdesəˈleɪʃ(ə)n] *s* **1** ödeläggelse **2** övergivenhet
**despair** [dɪsˈpeə] **I** *s* förtvivlan; *be in ~* vara förtvivlad **II** *itr* förtvivla
**desperate** [ˈdespərət] *a* desperat, förtvivlad
**desperation** [ˌdespəˈreɪʃ(ə)n] *s* förtvivlan; desperation
**despicable** [dɪsˈpɪkəbl] *a* föraktlig
**despise** [dɪsˈpaɪz] *tr* förakta
**despite** [dɪsˈpaɪt] *prep* trots, oaktat
**despondent** [dɪsˈpɒndənt] *a* förtvivlad, modfälld
**despot** [ˈdespɒt] *s* despot, tyrann
**despotic** [desˈpɒtɪk] *a* despotisk
**dessert** [dɪˈzɜːt] *s* dessert
**dessertspoon** [dɪˈzɜːtspuːn] *s* dessertsked
**destination** [ˌdestɪˈneɪʃ(ə)n] *s* destination; bestämmelseort
**destine** [ˈdestɪn] *tr* bestämma, ämna [*for* för, till]
**destiny** [ˈdestɪnɪ] *s* öde, livsöde
**destitute** [ˈdestɪtjuːt] *a* utblottad [*of* på]; utfattig
**destroy** [dɪsˈtrɔɪ] *tr* förstöra; tillintetgöra
**destroyer** [dɪsˈtrɔɪə] *s* förstörare; sjö. jagare
**destruction** [dɪsˈtrʌkʃ(ə)n] *s* förstörande, förintelse; ödeläggelse
**destructive** [dɪsˈtrʌktɪv] *a* destruktiv
**detach** [dɪˈtætʃ] *tr* **1** lösgöra, skilja **2** mil. detachera, avdela
**detachable** [dɪˈtætʃəbl] *a* löstagbar
**detached** [dɪˈtætʃt] *a* **1** avskild, enstaka **2** opartisk; likgiltig
**detachment** [dɪˈtætʃmənt] *s* **1** lösgörande, avskiljande **2** opartiskhet; likgiltighet **3** mil. detachering
**detail** [ˈdiːteɪl, dɪˈteɪl] **I** *tr* **1** utförligt relatera; specificera **2** mil. avdela, detachera [*for* till] **II** *s* detalj, detaljer
**detailed** [ˈdiːteɪld] *a* detaljerad
**detain** [dɪˈteɪn] *tr* **1** uppehålla, försena **2** hålla i häkte
**detect** [dɪˈtekt] *tr* upptäcka; spåra
**detection** [dɪˈtekʃ(ə)n] *s* upptäckt
**detective** [dɪˈtektɪv] **I** *a* detektiv-; *~ inspector* kriminalinspektör **II** *s* detektiv
**detector** [dɪˈtektə] *s* tekn., radio. detektor; *sound ~* lyssnarapparat
**détente** [deɪˈtɒnt] *s* polit. avspänning
**detention** [dɪˈtenʃ(ə)n] *s* **1** uppehållande **2** kvarhållande i häkte; *~ camp* mil. interneringsläger
**deter** [dɪˈtɜː] *tr* avskräcka, avhålla [*from*]
**detergent** [dɪˈtɜːdʒ(ə)nt] *s* tvättmedel, diskmedel, rengöringsmedel
**deteriorate** [dɪˈtɪərɪəreɪt] *tr itr* försämra; försämras
**deterioration** [dɪˌtɪərɪəˈreɪʃ(ə)n] *s* försämring
**determination** [dɪˌtɜːmɪˈneɪʃ(ə)n] *s* **1** beslutsamhet; fast föresats **2** fastställande
**determine** [dɪˈtɜːmɪn] *tr itr* **1** bestämma; fastställa **2** besluta; besluta sig
**deterrent** [dɪˈter(ə)nt] **I** *a* avskräckande **II** *s* avskräckningsmedel
**detest** [dɪˈtest] *tr* avsky
**detestable** [dɪˈtestəbl] *a* avskyvärd
**dethrone** [dɪˈθrəʊn] *tr* störta från tronen; detronisera
**detonate** [ˈdetəneɪt] *tr itr* få att detonera; detonera
**detour** [ˈdiːtʊə] *s* omväg; avstickare
**detract** [dɪˈtrækt] *itr*, *~ from* förringa
**detrimental** [ˌdetrɪˈmentl] *a* skadlig [*to* för]
**1 deuce** [djuːs] *s* spel. tvåa; i tennis fyrtio lika, deuce
**2 deuce** [djuːs] *s* vard., *what the ~?* vad tusan?; *the ~ of a row* ett fasligt uppträde (gräl)
**devaluation** [ˌdiːvæljʊˈeɪʃ(ə)n] *s* devalvering, nedskrivning av valuta
**devastate** [ˈdevəsteɪt] *tr* ödelägga
**devastation** [ˌdevəsˈteɪʃ(ə)n] *s* ödeläggelse
**develop** [dɪˈveləp] *tr itr* **1** utveckla; utnyttja, exploatera; utveckla sig, utvecklas [*into* till]; *developing country* utvecklingsland, u-land **2** foto. framkalla
**development** [dɪˈveləpmənt] *s* **1** utveckling; utnyttjande, exploatering **2** foto. framkallning
**deviate** [ˈdiːvɪeɪt] *itr* avvika
**deviation** [ˌdiːvɪˈeɪʃ(ə)n] *s* avvikelse
**device** [dɪˈvaɪs] *s* **1** plan; påhitt **2** anordning, apparat **3** emblem, märke på sköld, vapen **4** *leave a p. to his own ~s* låta ngn klara sig själv
**devil** [ˈdevl] *s* djävul, fan, sate; *what the ~...?* vad tusan (i helsike)...?; *run like the ~* springa som tusan; *go to the ~* dra åt helsike; *play the ~ with* ta kål på; *talk of the ~ and he will appear (talk of the ~)* ordspr. när man talar om trollen, så står de i farstun (när man talar om trollen); *between the ~ and the deep (the deep blue) sea* ordspr. i valet och kvalet
**devilish** [ˈdevlɪʃ] *a* djävulsk; vard. jäkla

**devious** ['di:vjəs] *a* **1** slingrande **2** bedräglig
**devise** [dɪ'vaɪz] *tr* hitta på, tänka ut
**devoid** [dɪ'vɔɪd] *a,* ~ *of* blottad på, utan
**devote** [dɪ'vəʊt] *tr* uppoffra; ~ ***oneself to*** ägna sig åt
**devoted** [dɪ'vəʊtɪd] *a* o. *pp* **1** hängiven; tillgiven **2** bestämd [*to* åt]
**devotion** [dɪ'vəʊʃ(ə)n] *s* **1** tillgivenhet [*to* för]; hängivenhet [*to* för]; ~ ***to duty*** plikttrohet **2** uppoffrande
**devour** [dɪ'vaʊə] *tr* sluka
**devout** [dɪ'vaʊt] *a* from; andäktig
**dew** [dju:] *s* dagg
**dexterity** [deks'terətɪ] *s* fingerfärdighet
**dexterous** ['dekstərəs] *a* fingerfärdig
**diabetes** [ˌdaɪə'bi:ti:z] *s* diabetes, sockersjuka
**diabetic** [ˌdaɪə'betɪk] *s* diabetiker, sockersjuk patient
**diabolical** [ˌdaɪə'bɒlɪk(ə)l] *a* diabolisk, djävulsk
**diagnose** ['daɪəgnəʊz] *tr* diagnostisera
**diagnosis** [ˌdaɪəg'nəʊsɪs] (pl. *diagnoses* [ˌdaɪəg'nəʊsi:z]) *s* diagnos
**diagonal** [daɪ'ægənl] *a* o. *s* diagonal
**diagram** ['daɪəgræm] *s* diagram
**dial** ['daɪ(ə)l] **I** *s* **1** urtavla **2** visartavla **3** radio. stationsskala **4** tele. fingerskiva **5** solur **II** *tr itr* ringa upp; slå telefonnummer; slå på fingerskivan
**dialect** ['daɪəlekt] *s* dialekt
**dialectal** [ˌdaɪə'lektl] *a* dialektal
**dialogue** ['daɪəlɒg] *s* dialog, samtal
**diameter** [daɪ'æmɪtə] *s* diameter
**diamond** ['daɪəmənd] *s* **1** diamant **2** kortsp. ruterkort; pl. ~*s* ruter
**diarrhoea** [ˌdaɪə'rɪə] *s* diarré
**diary** ['daɪərɪ] *s* dagbok; almanacka
**dice** [daɪs] *s pl* tärningar; tärningsspel
**dictate** [substantiv 'dɪkteɪt, verb dɪk'teɪt] **I** *s* diktat, påbud, föreskrift **II** *tr itr* diktera; föreskriva
**dictation** [dɪk'teɪʃ(ə)n] *s* diktamen
**dictator** [dɪk'teɪtə] *s* diktator
**dictatorial** [ˌdɪktə'tɔ:rɪəl] *a* diktatorisk
**dictatorship** [dɪk'teɪtəʃɪp] *s* diktatur
**dictionary** ['dɪkʃənrɪ] *s* ordbok, lexikon
**did** [dɪd] se *1 do*
**didn't** ['dɪdnt] = *did not*
**1 die** [daɪ] *s* **1** (pl. *dice* [daɪs]) tärning **2** (pl. ~*s*) präglingsstämpel, myntstämpel
**2 die** [daɪ] *itr* **1** dö, omkomma, avlida **2** dö ut, slockna **3** ***I'm dying to do it*** jag längtar efter att få göra det! **4** ~ ***down (away)*** dö bort
**diet** ['daɪət] **I** *s* diet; kost; ***be on a*** ~ hålla diet; banta **II** *itr* hålla diet; banta
**differ** ['dɪfə] *itr* **1** vara olik (olika); avvika [*from* från] **2** vara av olika mening
**difference** ['dɪfr(ə)ns] *s* **1** olikhet; skillnad; ***it makes no*** ~ ***to me*** det gör mig detsamma; ***it doesn't make much*** ~ det spelar inte så stor roll **2** meningsskiljaktighet
**different** ['dɪfr(ə)nt] *a* olik, olika, skild, annorlunda; helt annan
**difficult** ['dɪfɪk(ə)lt] *a* svår; besvärlig
**difficulty** ['dɪfɪkəltɪ] *s* svårighet, svårigheter
**diffuse** [adjektiv dɪ'fju:s, verb dɪ'fju:z] **I** *a* **1** spridd; diffus **2** omständlig **II** *tr itr* sprida (spridas) omkring
**dig** [dɪg] **I** (*dug dug*) *tr itr* **1** gräva [*for* efter]; gräva i; ~ ***out*** gräva fram **2** stöta, sticka **II** *s* vard. stöt, stick; bildl. pik, känga
**digest** [dɪ'dʒest] *tr* **1** smälta t. ex. mat, kunskaper **2** tänka över
**digestion** [dɪ'dʒestʃ(ə)n] *s* matsmältning; digestion
**digit** ['dɪdʒɪt] *s* ensiffrigt tal, siffra
**digital** ['dɪdʒɪtl] *a* digital [~ *recording* (inspelning)]
**dignified** ['dɪgnɪfaɪd] *a* värdig; förnäm
**dignify** ['dɪgnɪfaɪ] *tr* göra värdig
**dignitary** ['dɪgnɪtərɪ] *s* dignitär
**dignity** ['dɪgnətɪ] *s* värdighet; ***stand on one's*** ~ hålla på sin värdighet
**digs** [dɪgz] *s pl* vard. hyresrum, lya
**dilapidated** [dɪ'læpɪdeɪtɪd] *a* förfallen
**dilate** [daɪ'leɪt] *tr itr* vidga; vidga sig
**dilemma** [dɪ'lemə] *s* dilemma
**diligent** ['dɪlɪdʒ(ə)nt] *a* flitig, arbetsam
**dilute** [daɪ'lju:t] *tr* spä ut, blanda ut
**dim** [dɪm] *a* dunkel [~ *memories*]; oklar, vag
**dime** [daɪm] *s* amer. tiocentare; ~ ***store*** billighetsaffär
**dimension** [dɪ'menʃ(ə)n] *s* dimension
**diminish** [dɪ'mɪnɪʃ] *tr itr* förminska; förminskas
**diminutive** [dɪ'mɪnjʊtɪv] *a* diminutiv äv. gram., mycket liten
**dimple** ['dɪmpl] *s* smilgrop
**din** [dɪn] *s* dån, buller, larm
**dine** [daɪn] *itr* äta middag
**diner** ['daɪnə] *s* **1** middagsgäst **2** järnv. restaurangvagn **3** amer. matställe
**dinghy** ['dɪŋgɪ] *s* jolle
**dingy** ['dɪndʒɪ] *a* smutsig; sjaskig
**dining-car** ['daɪnɪŋkɑ:] *s* järnv. restaurangvagn
**dining-hall** ['daɪnɪŋhɔ:l] *s* större matsal

**dining-room** ['daɪnɪŋrʊm] *s* matsal, matrum
**dinner** ['dɪnə] *s* middag; ***sit down to ~*** sätta sig till bords
**dinner-jacket** ['dɪnə,dʒækɪt] *s* smoking
**dinner-party** ['dɪnə,pɑ:tɪ] *s* middagsbjudning
**dinner-plate** ['dɪnəpleɪt] *s* flat tallrik
**dip** [dɪp] **I** *tr itr* **1** doppa, sänka ned [*in; into*]; dyka, doppa sig **2** *~* ***into*** bläddra i [*~ into a book*] **II** *s* doppning, sänkning; vard. dopp, bad
**diphtheria** [dɪf'θɪərɪə] *s* difteri
**diphthong** ['dɪfθɒŋ] *s* diftong
**diploma** [dɪ'pləʊmə] *s* diplom
**diplomacy** [dɪ'pləʊməsɪ] *s* diplomati
**diplomat** ['dɪpləmæt] *s* diplomat
**diplomatic** [,dɪplə'mætɪk] *a* diplomatisk
**direct** [dɪ'rekt] **I** *tr itr* **1** rikta [*at, to, towards* mot] **2** leda, dirigera; regissera [*~ a film*] **3** visa vägen [*can you ~ me to the station?*] **4** adressera [*~ a letter to a p.*] **5** befalla, beordra, föreskriva; bestämma
**II** *a* **1** direkt; rak [*the ~ opposite*], rät; omedelbar; *~* ***current*** likström; *~* ***hit*** fullträff **2** rättfram
**III** *adv* direkt; rakt, rätt
**direction** [dɪ'rekʃ(ə)n] *s* **1** riktning; ***in every ~*** åt alla håll; ***in the ~ of*** mot, åt... till; ***sense of ~*** lokalsinne **2** ofta pl. *~s* anvisning, anvisningar; föreskrifter, föreskrift
**directly** [dɪ'rektlɪ] **I** *adv* **1** direkt; rakt **2** genast **II** *konj* så snart som
**director** [dɪ'rektə] *s* **1** direktör; chef; *~* ***of studies*** studierektor; ***board of ~s*** bolagsstyrelse **2** film., teat. regissör
**directory** [dɪ'rektərɪ] *s*, ***telephone ~*** telefonkatalog
**dirt-cheap** ['dɜ:t'tʃi:p] *a* o. *adv* jättebillig; jättebilligt
**dirty** ['dɜ:tɪ] **I** *a* **1** smutsig, oren **2** snuskig [*a ~ story*]; ***give a p. a ~ look*** ge ngn en mördande blick; ***a ~ mind*** en snuskig fantasi; *~* ***play*** sport. ojust spel; ***a ~ trick*** ett fult spratt; ***do the ~ work*** göra slavgörat **3** om väder ruskig **II** *tr* smutsa ner
**disability** [,dɪsə'bɪlətɪ] *s* **1** oduglighet **2** invaliditet
**disable** [dɪs'eɪbl] *tr* **1** göra odulig **2** göra till invalid
**disabled** [dɪs'eɪbld] *a* handikappad
**disadvantage** [,dɪsəd'vɑ:ntɪdʒ] *s* nackdel; ***at a ~*** i ett ofördelaktigt läge
**disadvantageous** [,dɪsædvɑ:n'teɪdʒəs] *a* ofördelaktig
**disagree** [,dɪsə'gri:] *itr* **1** inte samtycka, inte instämma; ***I ~*** det håller jag inte med om **2** inte komma (stämma) överens **3** om t.ex. mat, ***this food ~s with me*** jag tål inte den här maten
**disagreeable** [,dɪsə'grɪəbl] *a* obehaglig, otrevlig
**disagreement** [,dɪsə'gri:mənt] *s* meningsskiljaktighet; oenighet
**disallow** ['dɪsə'laʊ] *tr* underkänna, förklara ogiltig
**disappear** [,dɪsə'pɪə] *itr* försvinna
**disappearance** [,dɪsə'pɪər(ə)ns] *s* försvinnande
**disappoint** [,dɪsə'pɔɪnt] *tr* göra besviken [*with* på]
**disappointing** [,dɪsə'pɔɪntɪŋ] *a*, ***it was ~*** det var en besvikelse
**disappointment** [,dɪsə'pɔɪntmənt] *s* besvikelse, missräkning
**disapproval** [,dɪsə'pru:v(ə)l] *s* ogillande
**disapprove** ['dɪsə'pru:v] *tr itr*, *~* ***of*** el. *~* ogilla
**disarm** [dɪs'ɑ:m] *tr itr* avväpna; nedrusta
**disarmament** [dɪs'ɑ:məmənt] *s* nedrustning
**disarrange** ['dɪsə'reɪndʒ] *tr* ställa till oreda i
**disarray** ['dɪsə'reɪ] *s* oreda, oordning
**disaster** [dɪ'zɑ:stə] *s* olycka; katastrof
**disastrous** [dɪ'zɑ:strəs] *a* katastrofal
**disbelief** ['dɪsbɪ'li:f] *s* misstro [*in* till]
**disbelieve** ['dɪsbɪ'li:v] *tr itr*, *~* ***in*** el. *~* inte tro på, tvivla på
**disc** [dɪsk] *s* **1** rund skiva, platta; bricka **2** grammofonskiva **3** data. diskett
**discard** [dɪs'kɑ:d] *tr* kasta; förkasta; kassera
**discern** [dɪ'sɜ:n] *tr* urskilja, skönja
**discerning** [dɪ'sɜ:nɪŋ] *a* omdömesgill
**discharge** [dɪs'tʃɑ:dʒ] **I** *tr* **1** lasta av; lossa **2** avlossa, skjuta **3** elektr. ladda ur **4** med. avsöndra, utsöndra **5** frige [*~ a prisoner*]; skriva ut [*~ a patient*]; avskeda **6** betala [*~ a debt*]; fullgöra [*~ one's duties*]
**II** *s* **1** avlastning **2** elektr. urladdning **3** med. flytning; avsöndring, utsöndring **4** frigivning [*~ of a prisoner*]; utskrivning [*~ of a patient*]; avsked, avskedande; speciellt mil. hemförlovning **5** betalning [*~ of a debt*]; fullgörande [*~ of one's duties*]
**disciple** [dɪ'saɪpl] *s* lärjunge; anhängare
**disciplinary** ['dɪsɪplɪnərɪ] *a* disciplinär
**discipline** ['dɪsɪplɪn] **I** *s* disciplin **II** *tr* disciplinera

**disc-jockey** ['dɪskˌdʒɒkɪ] *s* vard. disc-jockey, skivpratare
**disclose** [dɪs'kləʊz] *tr* bringa i dagen; avslöja [~ *a secret to* (för) *a p.*]
**disco** ['dɪskəʊ] *s* vard. disco
**discolour** [dɪs'kʌlə] *tr* avfärga; missfärga
**discomfort** [dɪs'kʌmfət] **I** *s* obehag **II** *tr* orsaka obehag
**disconcert** [ˌdɪskən'sɜ:t] *tr* bringa ur fattningen; perfekt particip ***disconcerted*** förlägen
**disconnect** ['dɪskə'nekt] *tr* avbryta förbindelsen mellan; skilja; koppla av (ifrån), stänga av [~ *the telephone*]
**disconsolate** [dɪs'kɒnsələt] *a* otröstlig
**discontent** ['dɪskən'tent] *s* missnöje
**discontented** ['dɪskən'tentɪd] *a* missnöjd
**discontinue** ['dɪskən'tɪnjʊ] *tr* avbryta; sluta med; lägga ned [~ *the work*]; dra in [~ *a bus line*]
**discord** ['dɪskɔ:d] *s* **1** oenighet **2** mus. dissonans; mus., bildl. disharmoni
**discotheque** ['dɪskətek] *s* diskotek
**discount** ['dɪskaʊnt] **I** *s* rabatt **II** *tr* dra av; bortse ifrån
**discourage** [dɪs'kʌrɪdʒ] *tr* **1** göra modfälld **2** inte uppmuntra till; avskräcka [~ *a p. from doing a th.*]
**discouragement** [dɪs'kʌrɪdʒmənt] *s* **1** modfälldhet **2** avskräckande; motgång
**discouraging** [dɪs'kʌrɪdʒɪŋ] *a* nedslående [*a* ~ *result*]; avskräckande
**discourteous** [dɪs'kɜ:tjəs] *a* ohövlig
**discover** [dɪs'kʌvə] *tr* upptäcka; finna
**discovery** [dɪs'kʌvərɪ] *s* upptäckt
**discredit** [dɪs'kredɪt] **I** *s*, ***be a ~ to*** vara en skam för; ***bring (throw) ~ on*** bringa i vanrykte, misskreditera **II** *tr* misskreditera
**discreditable** [dɪs'kredɪtəbl] *a* vanhedrande
**discreet** [dɪs'kri:t] *a* diskret, taktfull
**discrepancy** [dɪs'krepənsɪ] *s* avvikelse; diskrepans
**discretion** [dɪs'kreʃ(ə)n] *s* **1** urskillningsförmåga, omdöme; diskretion, takt **2** ***at one's own ~*** el. ***at ~*** efter behag; ***use your ~*** gör som du själv finner för gott
**discriminate** [dɪs'krɪmɪneɪt] *tr itr* **1** skilja [*between* på, mellan]; urskilja **2** göra skillnad [*between* på, mellan]; ~ ***against*** diskriminera
**discriminating** [dɪs'krɪmɪneɪtɪŋ] *a* omdömesgill, skarpsinnig [~ *judgement*]
**discrimination** [dɪsˌkrɪmɪ'neɪʃ(ə)n] *s* **1** skiljande; diskriminering [*race* ~]; åtskillnad [*without* ~] **2** urskillning; skarpsinne
**discus** ['dɪskəs] *s* diskus
**discuss** [dɪs'kʌs] *tr* diskutera
**discussion** [dɪs'kʌʃ(ə)n] *s* diskussion
**disdain** [dɪs'deɪn] **I** *s* förakt **II** *tr* förakta
**disdainful** [dɪs'deɪnf(ʊ)l] *a* föraktfull
**disease** [dɪ'zi:z] *s* sjukdom, sjukdomar
**diseased** [dɪ'zi:zd] *a* sjuklig
**disembark** ['dɪsɪm'bɑ:k] *itr* landstiga, debarkera
**disengage** ['dɪsɪn'geɪdʒ] *tr* frigöra, lossa [*from*]; koppla loss
**disfigure** [dɪs'fɪgə] *tr* vanställa, vanpryda
**disgrace** [dɪs'greɪs] **I** *s* **1** vanära; skamfläck; ***this is a ~!*** detta är rena skandalen! **2** onåd **II** *tr* **1** vanhedra; skämma ut **2** bringa i onåd
**disgraceful** [dɪs'greɪsf(ʊ)l] *a* skamlig; skandalös
**disgruntled** [dɪs'grʌntld] *a* missnöjd; sur
**disguise** [dɪs'gaɪz] **I** *tr* **1** förkläda, klä ut, maskera **2** förställa [~ *one's voice*] **3** maskera **II** *s* **1** förklädnad; mask; ***in ~*** förklädd **2** förställning; maskering
**disgust** [dɪs'gʌst] **I** *s* avsky, avsmak [*at, with* för] **II** *tr* äckla
**disgusting** [dɪs'gʌstɪŋ] *a* äcklig; vidrig
**dish** [dɪʃ] **I** *s* **1** fat; karott; flat skål; assiett [*butter* ~]; ***dirty dishes*** el. ***dishes*** odiskad disk; ***wash (wash up) the dishes*** diska **2** maträtt **3** parabolantenn **II** *tr* **1** ~ ***up*** lägga upp [~ *up the food*]; sätta fram, servera; ~ ***out*** dela ut **2** vard. lura; knäcka besegra
**dishabille** [ˌdɪsæ'bi:l] *s*, ***in ~*** i negligé
**dishcloth** ['dɪʃklɒθ] *s* disktrasa; kökshandduk
**dishearten** [dɪs'hɑ:tn] *tr* göra modfälld; *disheartening* nedslående
**dishevelled** [dɪ'ʃev(ə)ld] *a* ovårdad [~ *hair*]
**dishonest** [dɪs'ɒnɪst] *a* oärlig, ohederlig
**dishonesty** [dɪs'ɒnɪstɪ] *s* oärlighet
**dishonour** [dɪs'ɒnə] *s* o. *tr* vanära
**dishonourable** [dɪs'ɒnərəbl] *a* **1** vanhedrande **2** ohederlig
**dishwasher** ['dɪʃˌwɒʃə] *s* **1** diskmaskin **2** diskare
**dishwater** ['dɪʃˌwɔ:tə] *s* diskvatten; vard. teblask
**disinfect** [ˌdɪsɪn'fekt] *tr* desinficera
**disinfectant** [ˌdɪsɪn'fektənt] *s* desinfektionsmedel
**disinherit** ['dɪsɪn'herɪt] *tr* göra arvlös
**disintegrate** [dɪs'ɪntɪgreɪt] *tr itr* sönderdela, sönderdelas
**disinterested** [dɪs'ɪntrəstɪd] *a* oegennyttig; opartisk

**dislike** [dɪs'laɪk] **I** *tr* tycka illa om, ogilla **II** *s* motvilja, aversion [*of* mot]
**dislocate** ['dɪsləkeɪt] *tr* med. vrida ur led, vricka
**dislodge** [dɪs'lɒdʒ] *tr* rycka loss, rubba
**disloyal** [dɪs'lɔɪəl] *a* illojal; otrogen
**disloyalty** [dɪs'lɔɪəltɪ] *s* illojalitet; otrohet
**dismal** ['dɪzm(ə)l] *a* dyster, trist
**dismantle** [dɪs'mæntl] *tr* demontera
**dismay** [dɪs'meɪ] *s* bestörtning
**dismiss** [dɪs'mɪs] *tr* **1** avskeda **2** upplösa församling etc. **3** slå ur tankarna; avfärda; avslå **4** jur. ogilla; ~ ***the case*** avskriva målet
**dismissal** [dɪs'mɪs(ə)l] *s* **1** avskedande **2** upplösning av församling etc. **3** avvisande; avslag
**dismount** ['dɪs'maʊnt] *itr* stiga av (ned, ur)
**disobedience** [ˌdɪsə'bi:djəns] *s* olydnad
**disobedient** [ˌdɪsə'bi:djənt] *a* olydig
**disobey** ['dɪsə'beɪ] *tr itr* inte lyda
**disorder** [dɪs'ɔ:də] *s* **1** oordning; ***throw into*** ~ ställa till oreda i **2** orolighet [*political ~s*] **3** med. rubbning
**disorderly** [dɪs'ɔ:dəlɪ] *a* **1** oordnad **2** bråkig, störande [~ *conduct*]
**disorganize** [dɪs'ɔ:gənaɪz] *tr* desorganisera; ställa till oreda i
**disown** [dɪs'əʊn] *tr* inte kännas vid
**disparage** [dɪs'pærɪdʒ] *tr* nedvärdera; tala nedsättande om
**dispassionate** [dɪs'pæʃənət] *a* lidelsefri; opartisk
**dispatch** [dɪs'pætʃ] **I** *tr* avsända, expediera **II** *s* **1** avsändning, expediering **2** rapport, depesch
**dispatch-box** [dɪs'pætʃbɒks] *s* dokumentskrin
**dispatch-rider** [dɪs'pætʃˌraɪdə] *s* mil. ordonnans
**dispel** [dɪs'pel] *tr* fördriva, skingra
**dispensary** [dɪs'pensərɪ] *s* apotek på sjukhus
**dispense** [dɪs'pens] *tr itr* **1** dela ut, fördela, ge; ***dispensing chemist*** apotekare **2** skipa [~ *justice*] **3** ~ ***with*** avvara, undvara
**disperse** [dɪs'pɜ:s] *tr itr* sprida; skingra; sprida (skingra) sig
**displace** [dɪs'pleɪs] *tr* **1** flytta på, rubba **2** tränga undan (ut); ***displaced person*** tvångsförflyttad, flykting
**display** [dɪs'pleɪ] **I** *tr* **1** visa fram; skylta med [~ *goods in the window*] **2** visa prov på [~ *courage*]; visa upp **II** *s* **1** förevisning, uppvisning [*a fashion* ~]; utställning; ***window*** ~ fönsterskyltning; ~ ***of colours*** färgprakt **2** uttryck [*of* för], prov [*a* ~ *of* (på) *courage*]; ***make a*** ~ ***of*** ståta med **3** data. bildskärm
**displease** [dɪs'pli:z] *tr* väcka missnöje hos; ***be displeased*** vara missnöjd
**displeasing** [dɪs'pli:zɪŋ] *a* misshaglig
**displeasure** [dɪs'pleʒə] *s* missnöje
**disposable** [dɪs'pəʊzəbl] *a* **1** disponibel, till förfogande **2** engångs- [~ *paper plates*]
**disposal** [dɪs'pəʊz(ə)l] *s* **1** bortskaffande, undanröjning **2** avyttrande, försäljning **3** anordning, disposition **4** ***be at a p.'s*** ~ stå till ngns förfogande
**dispose** [dɪs'pəʊz] *itr,* ~ ***of*** bli (göra sig ) av med; klara av; förfoga över, disponera
**disposed** [dɪs'pəʊzd] *a* benägen, upplagd, disponerad [*to, for* för]
**disposition** [ˌdɪspə'zɪʃ(ə)n] *s* **1** anordning; uppställning; disposition **2** sinnelag, lynne **3** benägenhet
**disproportionate** [ˌdɪsprə'pɔ:ʃənət] *a* oproportionerlig
**disprove** ['dɪs'pru:v] *tr* motbevisa
**dispute** [dɪs'pju:t] *itr tr* disputera, tvista [*about, on* om]; bestrida [~ *a claim*]
**disqualify** [dɪs'kwɒlɪfaɪ] *tr* diskvalificera
**disregard** ['dɪsrɪ'gɑ:d] **I** *tr* ignorera, nonchalera [~ *a warning*], åsidosätta [~ *a p.'s wishes*] **II** *s* ignorerande, nonchalerande
**disrepair** ['dɪsrɪ'peə] *s* dåligt skick, förfall
**disreputable** [dɪs'repjʊtəbl] *a* illa beryktad
**disrepute** ['dɪsrɪ'pju:t] *s* vanrykte
**disrespect** ['dɪsrɪ'spekt] *s* brist på respekt
**disrupt** [dɪs'rʌpt] *tr* splittra, söndra; störa
**dissatisfaction** ['dɪˌsætɪs'fækʃ(ə)n] *s* missnöje, missbelåtenhet
**dissatisfied** ['dɪ'sætɪsfaɪd] *a* missnöjd, missbelåten
**dissect** [dɪ'sekt] *tr* dissekera
**disseminate** [dɪ'semɪneɪt] *tr* sprida
**dissension** [dɪ'senʃ(ə)n] *s* meningsskiljaktighet; oenighet
**dissent** [dɪ'sent] **I** *itr* skilja sig i åsikter, avvika [*from* från]; reservera sig [*from* mot] **II** *s* meningsskiljaktighet
**dissenter** [dɪ'sentə] *s* **1** oliktänkande person **2** dissenter, frikyrklig
**dissertation** [ˌdɪsə'teɪʃ(ə)n] *s* doktorsavhandling [*on* om, över]

**disservice** ['dɪ'sɜ:vɪs] *s* otjänst, björntjänst [*do a p. a* ~]
**dissident** ['dɪsɪd(ə)nt] *s* oliktänkande
**dissimilar** ['dɪ'sɪmɪlə] *a* olik, olika; ~ *to a th.* olik ngt
**dissimilarity** [ˌdɪsɪmɪ'lærətɪ] *s* olikhet
**dissipate** ['dɪsɪpeɪt] *tr* förslösa
**dissolute** ['dɪsəlu:t] *a* **1** utsvävande **2** härjad [*look* ~]
**dissolve** [dɪ'zɒlv] *tr itr* upplösa [~ *a partnership*]; lösa; upplösa sig, upplösas; lösa sig
**dissuade** [dɪ'sweɪd] *tr* avråda
**distance** ['dɪst(ə)ns] **I** *s* avstånd; distans; sträcka; ***keep one's*** ~ el. ***keep at a*** ~ hålla sig på avstånd; ***in the*** ~ i fjärran **II** *tr* distansera
**distant** ['dɪst(ə)nt] *a* **1** avlägsen; långt bort **2** reserverad
**distaste** ['dɪs'teɪst] *s* avsmak; motvilja [*for* mot, för], olust
**distend** [dɪs'tend] *tr itr* utvidga, utvidgas, svälla
**distil** [dɪs'tɪl] *tr itr* destillera, bränna; destilleras
**distillery** [dɪs'tɪlərɪ] *s* bränneri; spritfabrik
**distinct** [dɪs'tɪŋkt] *a* **1** tydlig, klar, distinkt **2** olik, olika; skild [*two* ~ *groups*]
**distinction** [dɪs'tɪŋkʃən] *s* **1** skillnad; distinktion; ***draw a*** ~ göra skillnad [*between* på, mellan]; ***without*** ~ utan åtskillnad **2** betydelse, värde [*a novel of* ~]
**distinctive** [dɪs'tɪŋktɪv] *a* särskiljande, utmärkande
**distinguish** [dɪs'tɪŋgwɪʃ] *tr* **1** tydligt skilja, särskilja; urskilja **2** känneteckna, utmärka
**distinguished** [dɪs'tɪŋgwɪʃt] *a* **1** framstående; förnämlig, lysande [*a* ~ *career*] **2** distingerad
**distort** [dɪs'tɔ:t] *tr* **1** förvrida; ***distorting mirror*** skrattspegel **2** förvränga, förvanska [~ *facts*]
**distortion** [dɪs'tɔ:ʃ(ə)n] *s* **1** förvridning; förvrängning, förvanskning **2** vrångbild
**distract** [dɪs'trækt] *tr* distrahera; förvirra
**distracted** [dɪs'træktɪd] *a* **1** förvirrad, ifrån sig **2** vansinnig
**distraction** [dɪs'trækʃ(ə)n] *s* **1** förvirring, oreda **2** sinnesförvirring; ***to*** ~ till vanvett
**distress** [dɪs'tres] **I** *s* **1** trångmål; nödläge; nöd; sjönöd [*a ship in* ~]; ~ ***signal*** nödrop; nödsignal **2** smärta, sorg, bedrövelse **II** *tr* plåga, pina
**distressed** [dɪs'trest] *a* **1** nödställd, svårt betryckt **2** olycklig; bedrövad
**distressing** [dɪs'tresɪŋ] *a* plågsam, smärtsam; beklämmande
**distribute** [dɪs'trɪbju:t] *tr* dela ut; fördela; distribuera
**distribution** [ˌdɪstrɪ'bju:ʃ(ə)n] *s* utdelning [*prize* ~]; fördelning; distribution
**distributor** [dɪs'trɪbjʊtə] *s* utdelare, distributör; fördelare i bil
**district** ['dɪstrɪkt] *s* område, distrikt
**distrust** [dɪs'trʌst] *s* o. *tr* misstro
**distrustful** [dɪs'trʌstf(ʊ)l] *a* misstrogen
**disturb** [dɪs'tɜ:b] *tr* störa; oroa, ofreda
**disturbance** [dɪs'tɜ:b(ə)ns] *s* **1** oro; störning **2** oordning; bråk [*a political* ~]
**disuse** ['dɪs'ju:s] *s*, ***fall into*** ~ komma ur bruk
**disused** ['dɪs'ju:zd] *a* avlagd; nedlagd
**ditch** [dɪtʃ] *s* dike; grav
**ditch-water** ['dɪtʃˌwɔ:tə] *s*, ***as dull as*** ~ vard. dödtråkig
**dither** ['dɪðə] *itr* vackla, tveka
**ditto** ['dɪtəʊ] *adv* o. *s* hand., vard. dito
**ditty** ['dɪtɪ] *s* liten visa (sång)
**divan** [dɪ'væn] *s* divan soffa
**dive** [daɪv] **I** *itr* dyka [*for* efter]; ~ ***in*** hoppa i **II** *s* dykning; sport. simhopp
**diver** ['daɪvə] *s* dykare
**diverge** [daɪ'vɜ:dʒ] *itr* gå isär; avvika [*from*]
**diverse** [daɪ'vɜ:s] *a* olika; mångfaldig
**diversion** [daɪ'vɜ:ʃ(ə)n] *s* **1** avledande; omläggning [*traffic* ~] **2** tidsfördriv
**diversity** [daɪ'vɜ:sətɪ] *s* mångfald
**divert** [daɪ'vɜ:t] *tr* **1** avleda; dirigera (lägga) om [~ *the traffic*] **2** roa, underhålla
**divest** [daɪ'vest] *tr* beröva, frånta [*a p. of a th.* ngn ngt]
**divide** [dɪ'vaɪd] *tr itr* **1** dela upp; fördela [äv. ~ *up*]; dela upp sig [*into* i] **2** mat. dividera, dela **3** dela, splittra, göra oense
**dividend** ['dɪvɪdend] *s* utdelning på t.ex. aktier; återbäring
**divine** [dɪ'vaɪn] **I** *a* **1** gudomlig **2** vard. förtjusande, bedårande [*a* ~ *hat*] **II** *s* vard. teolog **III** *tr itr* **1** sia om, sia, spå **2** ana sig till
**diving-board** ['daɪvɪŋbɔ:d] *s* trampolin
**divinity** [dɪ'vɪnətɪ] *s* **1** gudomlighet **2** skol. religionskunskap
**division** [dɪ'vɪʒ(ə)n] *s* **1** delning; indelning [*into* i] **2** mat., mil., sport. division **3** avdelning **4** skiljelinje; gräns

**divorce** [dɪ'vɔ:s] **I** *s* jur. skilsmässa; äktenskapsskillnad **II** *tr itr* skilja sig från [~ *one's wife*]; skilja makar; skilja sig, skiljas
**divorcée** [dɪˌvɔ:'si:] *s* frånskild kvinna
**divulge** [daɪ'vʌldʒ] *tr* avslöja, röja
**dizzy** ['dɪzɪ] *a* **1** yr **2** svindlande [~ *heights*]
**1 do** [du:] (*did done; he/she/it does*) *vb* (se äv. *done, don't*) **I** *tr itr* **1** göra; utföra; ~ ***one's homework*** läsa (göra) sina läxor; ~ ***sums (arithmetic)*** räkna; ~ ***the rumba*** dansa rumba; ***what can I ~ for you?*** vad kan jag stå till tjänst med?; ***please ~!*** varsågod!, ja gärna! **2** syssla med [~ *painting*]; arbeta på (med) **3** klara (sköta) sig [*how is he doing?*]; må [*she is doing better now*]; ***how do you ~?*** hälsningsfras god dag! **4** vard. lura, snuva [*out of* på] **5** vard. vara lagom för, räcka för; passa [*this room will ~ me*]; gå an [*it doesn't ~ to offend him*]; räcka, vara lagom; ***that'll do*** det är bra, det räcker □ ~ **away with** avskaffa; ~ **in** sl. a) fixa mörda b) ta kål på; ~ **out a)** städa upp i; måla och tapetsera **b)** ~ ***a p. out of a th.*** lura ifrån ngn ngt; ~ **up a)** reparera, renovera, snygga upp **b)** slå (packa) in [~ *up a parcel*] **c)** knäppa [~ *up one's coat*]; knyta **d)** ***be done up*** vara slut (tröttkörd); ~ **with a)** ***it has (is) nothing to ~ with you*** det har ingenting med dig att göra **b)** ***I can ~ with two*** jag behöver två; ***I could ~ with a drink*** det skulle smaka bra med en drink **c)** ***be done with*** vara över (slut); ***let's have done with it*** låt oss få slut på det; [*buy it*] ***and have done with it*** ... så är det gjort; ***when you have done with the knife*** när du är färdig med kniven; ~ **without** klara sig utan
**II** *hjälpvb* **1** ersättningsverb göra; [*do you know him?*] ***yes, I ~*** ... ja, det gör jag; ***you saw it, didn't you?*** du såg det, eller hur? **2** betonat: ***I ~ wish I could help you*** jag önskar verkligen att jag kunde hjälpa dig; ~ ***come!*** kom för all del! **3** omskrivande: ~ ***you like it?*** tycker du om det?; ***doesn't he know it?*** vet han det inte?; ***I don't dance*** jag dansar inte
**2 do** [du:] *s* **1** fest, kalas **2** ***do's and dont's*** regler och förbud
**docile** ['dəʊsaɪl] *a* läraktig; foglig
**1 dock** [dɒk] *s* förhörsbås i rättssal; ***be in the ~*** sitta på de anklagades bänk
**2 dock** [dɒk] *s* **1** skeppsdocka; hamnbassäng **2** ofta pl. ~*s* hamn; varv; kaj
**docker** ['dɒkə] *s* hamnarbetare
**dockyard** ['dɒkjɑ:d] *s* skeppsvarv; ***naval ~*** örlogsvarv
**doctor** ['dɒktə] *s* **1** univ. doktor; ***Doctor of Philosophy*** filosofie doktor **2** läkare, doktor; ***family ~*** husläkare; ***doctor's certificate*** läkarintyg
**doctrine** ['dɒktrɪn] *s* doktrin, lära
**document** ['dɒkjʊmənt] *s* dokument, handling
**documentary** [ˌdɒkjʊ'mentrɪ] *s* reportage i TV o. radio; dokumentärfilm
**dodge** [dɒdʒ] *itr tr* vika undan, hoppa åt sidan, smita; slingra sig; slingra sig ifrån; smita från
**dodger** ['dɒdʒə] *s* filur, skojare; ***tax ~*** skattesmitare
**doe** [dəʊ] *s* **1** hind **2** harhona, kaninhona
**does** [dʌz, obetonat dəz] ***he/she/it does*** se vidare *1 do*
**doesn't** ['dʌznt] = *does not*
**dog** [dɒg] **I** *s* **1** hund; ***the ~s*** vard. hundkapplöpning; ***he is going to the ~s*** vard. det går utför med honom **2** vard., ***dirty ~*** fähund; ***lazy ~*** lathund; ***lucky ~*** lyckans ost **II** *tr* förfölja
**dog-eared** ['dɒgˌɪəd] *a* om bok med hundöron, skamfilad
**dogged** ['dɒgɪd] *a* envis, ihärdig, seg
**dog-kennel** ['dɒgˌkenl] *s* hundkoja
**dogma** ['dɒgmə] *s* dogm; trossats
**dogmatic** [dɒg'mætɪk] *a* dogmatisk
**dog-tired** ['dɒg'taɪəd] *a* dödstrött
**doing** ['du:ɪŋ] *s*, ***it will take some ~*** det är inte gjort utan vidare; pl. ~*s* förehavanden
**doldrums** ['dɒldrəmz] *s pl* stiltje; stiltjeområden
**dole** [dəʊl] **I** *s* **1** allmosa **2** vard. arbetslöshetsunderstöd; ***be (go) on the ~*** gå och stämpla **II** *tr*, ~ ***out*** dela ut
**doleful** ['dəʊlf(ʊ)l] *a* sorglig; sorgsen
**doll** [dɒl] **I** *s* docka leksak **II** *tr itr*, ~ ***up*** vard. klä (snofsa) upp; klä (snofsa) upp sig
**dollar** ['dɒlə] *s* dollar [*five ~s*]
**dolphin** ['dɒlfɪn] *s* delfin
**domain** [dəʊ'meɪn] *s* domän; område
**dome** [dəʊm] *s* kupol
**domestic** [də'mestɪk] **I** *a* **1** hus-, hushålls-; ~ ***duties*** hushållsgöromål; ~ ***help*** hemhjälp; ~ ***life*** hemliv; ~ ***science*** hushållslära, skol. hemkunskap **2** huslig, hemkär **3** inrikes [~ *policy*] **4** ~ ***animal*** husdjur **II** *s* hembiträde
**domesticate** [də'mestɪkeɪt] *tr* **1** ***she (he) is not domesticated*** hon (han) är inte huslig **2** tämja [*domesticated animals*]
**dominance** ['dɒmɪnəns] *s* herravälde; dominans
**dominant** ['dɒmɪnənt] *a* härskande; förhärskande; dominerande

**dominate** ['dɒmɪneɪt] *tr itr* behärska, dominera; härska över; härska
**domination** [ˌdɒmɪ'neɪʃ(ə)n] *s* herravälde
**domineer** [ˌdɒmɪ'nɪə] *itr* dominera, härska
**domino** ['dɒmɪnəʊ] *s, dominoes* dominospel
**donate** [dəʊ'neɪt] *tr* skänka; donera
**donation** [dəʊ'neɪʃ(ə)n] *s* bidragsgivande; gåva; donation
**done** [dʌn] *pp* o. *a* **1** gjort, gjord etc., jfr *1 do*; *it can't be ~* det går inte; *well ~!* bravo!, det gjorde du bra!; *have you ~ talking?* har du pratat färdigt? **2** vard. lurad **3** kok. färdigkokt, färdigstekt **4** *it isn't ~* det är inte passande
**donkey** ['dɒŋkɪ] *s* åsna äv. om person; *for donkey's years* vard. på (i) många herrans år
**donor** ['dəʊnə] *s* donator; givare [*blood ~*]
**don't** [dəʊnt] **I** *vb = do not*; *~!* låt bli! **II** *s* skämts. förbud
**doom** [du:m] **I** *s* **1** ont öde; undergång **2** *the day of ~* domens dag **II** *tr* döma, förutbestämma
**doomed** [du:md] *a* dömd [*~ to die*]; dödsdömd
**doomsday** ['du:mzdeɪ] *s* domedag
**door** [dɔ:] *s* dörr; port; ingång; lucka; *the car is at the ~* bilen är framkörd; *be at death's ~* ligga för döden; *out of ~s* utomhus; *within ~s* inomhus
**door-knob** ['dɔ:nɒb] *s* runt dörrhandtag
**door-knocker** ['dɔ:ˌnɒkə] *s* portklapp
**doorstep** ['dɔ:step] *s* **1** dörrtröskel **2** ofta pl. *~s* yttertrappa, farstutrappa
**door-to-door** ['dɔ:tə'dɔ:] *a, ~ salesman* dörrknackare
**doorway** ['dɔ:weɪ] *s* dörröppning; port
**dope** [dəʊp] *s* **1** vard. knark, narkotika; *~ fiend (addict)* knarkare, narkoman; *~ merchant (pedlar, pusher)* knarklangare, narkotikalangare **2** sl. dummer, fåntratt
**dormice** ['dɔ:maɪs] se *dormouse*
**dormitory** ['dɔ:mətrɪ] *s* sovsal
**dormouse** ['dɔ:maʊs] (pl. *dormice* ['dɔ:maɪs]) *s* sjusovare; hasselmus
**dosage** ['dəʊsɪdʒ] *s* dosering; dos
**dose** [dəʊs] **I** *s* dos, dosis **II** *tr* **1** ge medicin **2** dosera
**dossier** ['dɒsɪeɪ] *s* dossier
**dot** [dɒt] **I** *s* punkt, prick [*the ~ over an i*]; *on the ~* vard. punktligt, prick **II** *tr* **1** pricka, punktera [*~ a line*]; sätta prick över [*~ one's i's*] **2** ligga spridd över
**dote** [dəʊt] *itr, ~ on* avguda
**dotted** ['dɒtɪd] *a* o. *pp* **1** prickad [*~ line*]; prickig; *sign on the ~ line* skriva under **2** översållad [*with* med, av]
**double** ['dʌbl] **I** *a* dubbel; tvåfaldig; *~ cream* tjock grädde, vispgrädde; *~ figures* tvåsiffriga tal; *play a ~ game* bildl. spela dubbelspel; *~ standard* dubbelmoral
**II** *s* **1** exakt kopia; avbild; dubbelgångare **2** mil., *at (on) the ~* i språngmarsch **3** i tennis m. m., *~s* dubbel, dubbelmatch
**III** *tr itr* **1** fördubbla, dubblera; fördubblas, bli dubbel **2** vika; *~ up* böja (vika) ihop; vika sig dubbel, vrida sig [*~ up with laughter*]; *~ oneself up* krypa ihop **3** sjö. runda, dubblera [*~ a cape*] **4** mil. utföra språngmarsch
**double-bass** ['dʌbl'beɪs] *s* mus. kontrabas
**double-breasted** ['dʌbl'brestɪd] *a* om plagg dubbelknäppt, tvåradig
**double-cross** ['dʌbl'krɒs] vard. *tr* spela dubbelspel med, lura
**double-decker** ['dʌbl'dekə] *s* dubbeldäckare [om buss äv. *~ bus*]
**double-faced** ['dʌblfeɪst] *a* falsk
**double-glazed** ['dʌbl'gleɪzd] *a, ~ window* dubbelfönster
**doubt** [daʊt] **I** *s* tvivel; ovisshet; tvekan; *give a p. the benefit of the ~* hellre fria än fälla ngn; *beyond (past) ~* utom allt tvivel; *be in ~* tveka; *when in ~* i tveksamma fall **II** *itr tr* tvivla [*of* på], tveka; betvivla, tvivla på [*~ the truth of a th.*]; misstro
**doubtful** ['daʊtf(ʊ)l] *a* tvivelaktig [*a ~ case*]; oviss [*a ~ fight*]; om person tveksam
**dough** [dəʊ] *s* **1** deg **2** sl. kosing pengar
**doughnut** ['dəʊnʌt] *s* kok., slags munk
**dour** [dʊə] *a* sträng; envis; kärv, seg
**dove** [dʌv] *s* duva
**1 down** [daʊn] *s* högläntkuperat hedland
**2 down** [daʊn] *s* dun, ludd; fjun
**3 down** [daʊn] **I** *adv* o. *a* **1** ned, ner; nedåt; nere; i korsord lodrätt **2** kontant [*pay £10 ~*]; *cash ~* kontant **3** minus; *be one ~* sport. ligga under med ett mål **4** *note (write) ~* anteckna, skriva upp □ *~* **in** *the mouth* vard. nedslagen, moloken; *be ~* **on** *a p.* hacka på ngn; *~* **to** [*our time*] ända (fram) till . . . ; *~ to the last detail* in i minsta detalj; *be ~* **with** [*the flu*] ligga sjuk i . . .
**II** *a* **1** nedåtgående, avgående, från stan [*the ~ traffic*]; *~ platform* plattform för avgående tåg **2** kontant [*~ payment*]; *~ payment* äv. handpenning
**III** *prep* nedför, utför; i [*throw a th. ~ the sink*], nedåt; borta i [*~ the hall*], nere

i; längs med; ***walk ~ the street*** gå gatan fram; [***there's a pub***] ***~ the street*** ... längre ner på gatan
**downcast** ['daʊnkɑ:st] *a* nedslagen [~ *eyes*]
**downfall** ['daʊnfɔ:l] *s* **1** skyfall **2** fall, undergång
**downgrade** ['daʊngreɪd] *s*, ***on the ~*** på tillbakagång
**downhearted** ['daʊn'hɑ:tɪd] *a* nedstämd
**downhill** ['daʊn'hɪl] *adv* nedför, utför; ***go ~*** bildl. förfalla
**downpour** ['daʊnpɔ:] *s* störtregn
**downright** ['daʊnraɪt] **I** *a* ren, fullkomlig **II** *adv* riktigt; fullkomligt
**downstairs** ['daʊn'steəz] *adv* nedför trappan (trapporna), ner [*go ~*]; nere
**down-to-earth** ['daʊntʊ'ɜ:θ] *a* realistisk
**downtown** ['daʊn'taʊn, adjektiv '--] *adv* o. *a* speciellt amer. in till (ner mot) stan (centrum); i centrum
**downward** ['daʊnwəd] **I** *a* nedåtgående, sjunkande [*a ~ tendency*]; ***~ slope*** nedförsbacke **II** *adv* nedåt
**downwards** ['daʊnwədz] *adv* nedåt
**dowry** ['daʊərɪ] *s* hemgift
**doyen** ['dɔɪən] *s* **1** dipl. doyen **2** nestor
**doze** [dəʊz] **I** *itr* dåsa; ***~ off*** slumra till **II** *s* lätt slummer; tupplur
**dozen** ['dʌzn] *s* dussin [*two ~ knives*; *some ~s of knives*], dussintal; ***by the ~*** dussinvis; ***do one's daily ~*** vard. göra sin morgongymnastik
**dozenth** ['dʌznθ] *a* tolfte
**Dr** el. **Dr.** (förk. för. ***Doctor***) dr, d:r
**drab** [dræb] *a* **1** trist **2** gråbrun, smutsgul
**draft** [drɑ:ft] äv. amer. stavning för *draught*, se detta ord **I** *s* **1** speciellt mil. uttagning, detachering; amer. äv. inkallelse till militärtjänst **2** plan, utkast, koncept **II** *tr* **1** mil. detachera; amer. äv. kalla in **2** göra utkast till, skissera
**drag** [dræg] **I** *tr itr* **1** släpa, dra; röra sig långsamt [*the time seemed to ~*]; sacka efter **2** ***~ out (on)*** el. ***~*** dra ut på, förhala; ***~ on*** dra ut på tiden **II** *s* **1** hämsko, broms äv. bildl.; hinder **2** sl. **a)** tråkmåns **b)** ***it's a ~*** det är dötrist **3** sl. 'drag race' accelerationstävling för bilar
**drag-net** ['drægnet] *s* dragnät, släpnot
**dragon** ['dræg(ə)n] *s* drake
**drain** [dreɪn] **I** *tr itr* **1** ***~ off (away)*** el. ***~*** låta rinna av; rinna av (bort); tappa ut **2** dränera **3** tömma; dricka ur **II** *s* **1** dräneringsrör, avlopp; ***it has gone down the ~*** vard. det har gått åt pipan; ***throw (pour) money down the ~*** vard. kasta pengarna i sjön **2** ***it is a great ~ on his strength*** det tar (tär) på hans krafter
**drainage** ['dreɪnɪdʒ] *s* **1** dränering, avvattning, avtappning **2** en trakts vattenavlopp; avloppsledningar
**drain-pipe** ['dreɪnpaɪp] *s* avloppsrör
**drake** [dreɪk] *s* ankbonde, andrake
**drama** ['drɑ:mə] *s* drama, skådespel
**dramatic** [drə'mætɪk] *a* dramatisk; ***~ critic*** teaterkritiker
**dramatist** ['dræmətɪst] *s* dramatiker
**dramatization** [,dræmətaɪ'zeɪʃ(ə)n] *s* dramatisering
**dramatize** ['dræmətaɪz] *tr* dramatisera
**drank** [dræŋk] se *drink I*
**drape** [dreɪp] *tr* drapera
**draper** ['dreɪpə] *s* klädeshandlare, manufakturhandlare
**drapery** ['dreɪpərɪ] *s* **1** klädesvaror, manufakturvaror **2** klädeshandel **3** draperi
**drastic** ['dræstɪk] *a* drastisk
**draught** [drɑ:ft] *s* **1** klunk; dos **2** drag; ***there is a ~*** det drar **3** teckning, utkast **4** ***~s*** dam, damspel
**draught-beer** ['drɑ:ft'bɪə] *s* fatöl
**draughty** ['drɑ:ftɪ] *a* dragig [*a ~ room*]
**draw** [drɔ:] **I** (*drew drawn*) *tr itr* **1** dra **2** dra åt (till); ***~ a curtain*** dra för (undan) en gardin **3** rita, teckna **4** dra till sig, attrahera [*~ crowds*]; ***he drew my attention to*** han fäste min uppmärksamhet på **5** pumpa (dra) upp **6** sport. spela oavgjort **7** locka fram [*~ applause*], framkalla **8** tjäna, uppbära [*~ £1 000 a month*]; lyfta [*~ one's salary*] **9** hand. dra, trassera **10** ***~ near*** närma sig, nalkas **11** dra lott [*for* om] □ ~ **aside**: ***~ a p. aside*** ta någon avsides; ~ **away** dra sig tillbaka (undan); ~ **back** dra sig tillbaka (undan); ~ **on** nalkas, närma sig [*winter is drawing on*]; ***~ on a p.*** dra blankt mot ngn; ~ **out** dra (ta) ut; dra ut på [*~ out a meeting*]; ~ **to** dra för [*~ the curtain to*]; ***~ to a close (an end)*** närma sig slutet; ~ **up** dra upp (närmare); avfatta, utarbeta, sätta upp [*~ up a document*]; stanna
**II** *s* **1** drag, dragning; ***be quick on the ~*** dra t.ex. en revolver snabbt **2** vard. attraktion, dragplåster **3** lottdragning, dragning **4** oavgjord match; ***end in a ~*** sluta oavgjort
**drawback** ['drɔ:bæk] *s* nackdel, avigsida
**drawbridge** ['drɔ:brɪdʒ] *s* klaffbro; vindbrygga
**drawer** ['drɔ:ə] *s* byrålåda, bordslåda; ***chest of ~s*** byrå

**drawers** [drɔ:z] *s pl* underbyxor, kalsonger
**drawing** ['drɔ:ɪŋ] *s* ritning, teckning; ritkonst
**drawing-pin** ['drɔ:ɪŋpɪn] *s* häftstift
**drawing-room** ['drɔ:ɪŋrʊm] *s* salong, sällskapsrum
**drawl** [drɔ:l] **I** *itr tr* släpa på orden, tala släpigt; säga i en släpande ton **II** *s* släpigt tal
**drawn** [drɔ:n] se *draw I*
**dread** [dred] **I** *tr* frukta **II** *s* fruktan [*of* för]; fasa
**dreadful** ['dredf(ʊ)l] *a* förskräcklig, hemsk
**dream** [dri:m] **I** *s* dröm **II** (*dreamt dreamt* [dremt] el. *dreamed dreamed* [dremt el. dri:md]) *tr itr* drömma; ~ ***up*** fantisera ihop
**dreamer** ['dri:mə] *s* drömmare; svärmare
**dreamt** [dremt] se *dream II*
**dreamy** ['dri:mɪ] *a* drömmande, svärmisk
**dreary** ['drɪərɪ] *a* tråkig, trist
**dredge** [dredʒ] **I** *s* släpnät, mudderverk **II** *tr itr* **1** fiska upp **2** muddra t.ex. sjöbotten
**dregs** [dregz] *s pl* drägg, bottensats; bildl. äv. avskum
**drench** [drentʃ] *tr* genomdränka
**dress** [dres] **I** *tr itr* **1** klä; klä sig [~ *well*]; klä på sig; ***get dressed*** klä sig; ~ ***up*** klä ut; klä sig fin; klä ut sig **2** bearbeta, bereda [~ *furs*] **3** anrätta, tillaga [~ *a salad*] **4** förbinda, lägga om [~ *a wound*] **5** vard., ~ ***down*** skälla ut **II** *s* dräkt, klädsel, klänning; toalett; ~ ***rehearsal*** generalrepetition
**dresser** ['dresə] *s* köksskåp med öppna överhyllor, hyllskänk; amer. toalettbord
**dressing** ['dresɪŋ] *s* **1** påklädning **2** tillredning **3** salladssås, dressing [*salad* ~] **4** gödsel; ***top*** ~ övergödslingsmedel **5** omslag, förband
**dressing-gown** ['dresɪŋgaʊn] *s* morgonrock
**dressing-room** ['dresɪŋrʊm] *s* omklädningsrum
**dressing-table** ['dresɪŋˌteɪbl] *s* toalettbord
**dressmaker** ['dresˌmeɪkə] *s* sömmerska
**dress-shirt** ['dres'ʃɜ:t] *s* frackskjorta
**drew** [dru:] se *draw I*
**dribble** ['drɪbl] **I** *itr tr* **1** droppa, drypa **2** dregla **3** sport. dribbla **II** *s* **1** droppe **2** sport. dribbling
**drier** ['draɪə] *s* torkare; hårtork
**drift** [drɪft] **I** *s* **1** drivande, drift **2** driva [*a ~ of snow*] **3** tendens [*the general* ~]; tankegång **II** *itr* driva med strömmen, glida; ~ ***apart*** glida ifrån varandra
**drill** [drɪl] **I** *tr itr* **1** drilla, borra; borra sig [*into* in i] **2** exercera, drilla **II** *s* **1** drillborr; borrmaskin **2** exercis, drill
**drink** [drɪŋk] **I** (*drank drunk*) *tr itr* dricka; supa; ~ ***up*** dricka ur; ~ ***to a p.*** dricka ngn till; dricka ngns skål; ~ ***to a p.'s health*** dricka ngns skål **II** *s* **1** dryck [*food and* ~] **2** drickande, dryckenskap **3** klunk; glas, sup, drink
**drip** [drɪp] *itr tr* drypa; droppa
**drip-dry** ['drɪp'draɪ] *itr tr* dropptorkas; dropptorka
**dripping** ['drɪpɪŋ] *s* **1** droppande **2** stekflott, flottyr
**drive** [draɪv] **I** (*drove driven*) *tr itr* **1** driva; driva på (fram), drivas, drivas fram **2** köra [~ *a car*] **3** tvinga [*into, to* till]; ~ ***a p. mad (crazy)*** göra ngn galen **4** slå (driva, köra) in **5** ~ ***at*** syfta på; ***what are you driving at?*** vart vill du komma?
**II** *s* **1** åktur, färd; körning; ***go for a*** ~ ta en åktur **2** körväg; privat uppfartsväg **3** energi [*plenty of* ~]; kläm **4** kampanj, satsning, 'drive'; attack, offensiv
**driven** ['drɪvn] se *drive I*
**driver** ['draɪvə] *s* förare, chaufför; ***driver's licence*** körkort
**driving** ['draɪvɪŋ] *s* körning; ~ ***mirror*** backspegel; ~ ***school*** trafikskola, bilskola
**driving-licence** ['draɪvɪŋˌlaɪs(ə)ns] *s* körkort
**drizzle** ['drɪzl] **I** *itr* dugga **II** *s* duggregn
**drone** [drəʊn] **I** *s* **1** drönare, hanbi **2** surr; entonigt tal **II** *itr* surra; tala entonigt
**drool** [dru:l] *itr* dregla
**droop** [dru:p] *itr tr* sloka, hänga; sloka (hänga) med
**drop** [drɒp] **I** *s* **1** droppe **2** vard. tår, slurk [*a ~ of beer*] **3** fall, nedgång
**II** *itr tr* **1** droppa (falla, sjunka) ned, tappa, släppa; spilla; släppa ner; ~ ***a p. a hint*** ge ngn en vink; ~ ***me a postcard!*** skriv ett kort! **2** drypa, droppa **3** låta falla bort, utelämna **4** överge, upphöra med [~ *a bad habit*]; sluta umgås med **5** sätta (lämna) av [*I'll ~ you at the station*] □ ~ **behind** sacka (komma) efter; ~ **off** falla av; avta, minska; ~ **out** falla ur; dra sig ur, hoppa av; ~ **over** titta 'över, hälsa 'på
**drop-out** ['drɒpaʊt] *s* avhoppare från t. ex. studier; en socialt utslagen
**drought** [draʊt] *s* torka, regnbrist
**drove** [drəʊv] se *drive I*
**drown** [draʊn] *itr tr* drunkna, dränka; ***be drowned*** drunkna

**drowsy** ['draʊzɪ] *a* sömnig; dåsig
**drudgery** ['drʌdʒərɪ] *s* slavgöra, slit
**drug** [drʌg] **I** *s* drog, apoteksvara; läkemedel; pl. *~s* äv. narkotika; *~ pusher* narkotikalangare **II** *tr* **1** blanda sömnmedel (narkotika) i **2** droga; bedöva, söva
**drug-addict** ['drʌg,ædɪkt] *s* narkoman
**drugstore** ['drʌgstɔ:] *s* amer. drugstore, apotek och kemikalieaffär med bar m. m.
**drum** [drʌm] **I** *s* **1** trumma **2** tekn. trumma; vals, cylinder; *~ brake* trumbroms **3** i örat trumhinna **II** *itr tr* trumma; *~ a th. into a p.* slå i ngn ngt
**drummer** ['drʌmə] *s* trumslagare
**drunk** [drʌŋk] **I** se *drink I* **II** *a* drucken, berusad **III** *s* fyllo, fyllerist
**drunkard** ['drʌŋkəd] *s* fyllbult, drinkare
**drunken** ['drʌŋk(ə)n] *a* full, berusad; *~ driver* rattfyllerist; *~ driving* rattfylleri
**dry** [draɪ] **I** *a* torr **II** *tr itr* torka; torka ut; förtorka, förtorkas; *~ up* a) torka ut b) vard. tystna [*he dried up suddenly*]
**dry-clean** ['draɪ'kli:n] *tr* kemtvätta
**dry-cleaner** ['draɪ'kli:nə] *s*, *dry-cleaner's* kemtvätt
**dual** ['dju:əl] *a* tvåfaldig, dubbel
**dubious** ['dju:bjəs] *a* tvivelaktig, tveksam
**duchess** ['dʌtʃəs] *s* hertiginna
**duck** [dʌk] **I** *s* anka; and [*wild ~*] **II** *itr* **1** dyka ned o. snabbt komma upp igen, doppa sig **2** böja sig hastigt, ducka
**duckling** ['dʌklɪŋ] *s* ankunge
**dud** [dʌd] vard. **I** *s* **1** blindgångare **2** falskt mynt, falsk sedel **II** *a* oduglig, skräp-; falsk
**due** [dju:] **I** *a* **1** som skall betalas; *be (fall) ~* förfalla till betalning **2** tillbörlig [*with ~ respect*]; *in ~ course of time* el. *in ~ course* i vederbörlig ordning **3** *~ to* beroende på; på grund av; *be ~ to* bero på, ha sin grund i **4** väntad; *the train is ~ at 6* tåget beräknas ankomma kl. 6
**II** *adv* rakt, precis; *~ north* rätt (rakt) norrut
**III** *s* **1** *a p.'s ~* ngns rätt (del, andel) **2** pl. *~s* tull; avgift
**duel** ['dju:əl] *s* duell
**duet** [djʊ'et] *s* duett
**1 dug** [dʌg] *s* juver; spene
**2 dug** [dʌg] se *dig I*
**dug-out** ['dʌgaʊt] *s* underjordiskt skyddsrum
**duke** [dju:k] *s* hertig
**dull** [dʌl] *a* **1** matt, mulen **2** tråkig, trist **3** långsam, trög **4** dov [*~ ache*] **5** slö [*a ~ razor*]
**duly** ['dju:lɪ] *adv* vederbörligen, tillbörligt
**dumb** [dʌm] *a* **1** stum, mållös; *~ animals* oskäliga djur **2** vard. dum [*a ~ blonde*]
**dumbbell** ['dʌmbel] *s* hantel
**dumbfound** [dʌm'faʊnd] *tr* göra mållös
**dummy** ['dʌmɪ] **I** *s* **1** attrapp; skyltdocka; buktalares docka **2** barns napp, tröst **II** *a* falsk, sken-, blind-
**dump** [dʌmp] **I** *tr* stjälpa av, tippa [*~ the coal*], dumpa; slänga **II** *s* **1** avfallshög; avstjälpningsplats, soptipp **2** vard. håla, kyffe
**dumpling** ['dʌmplɪŋ] *s* kok. klimp som kokas i t. ex. soppa; *apple ~* äppelknyte
**dunce** [dʌns] *s* dumhuvud, dummerjöns
**dung** [dʌŋ] *s* dynga, gödsel
**dungeon** ['dʌndʒ(ə)n] *s* fängelsehåla
**dunghill** ['dʌŋhɪl] *s* gödselhög; sophög
**dupe** [dju:p] *tr* lura, dupera
**duplicate** [substantiv 'dju:plɪkət, verb 'dju:plɪkeɪt] **I** *s* **1** dubblett, kopia; *in ~* i två exemplar **2** pantkvitto **II** *tr* **1** fördubbla **2** duplicera
**durable** ['djʊərəbl] *a* varaktig; hållbar
**during** ['djʊərɪŋ] *prep* under [*~ the day*]
**dusk** [dʌsk] *s* skymning; dunkel
**dusky** ['dʌskɪ] *a* dunkel; svartaktig
**dust** [dʌst] **I** *s* **1** damm, stoft; *throw ~ in a p.'s eyes* slå blå dunster i ögonen på ngn **2** sopor **II** *tr* damma ner; damma av [äv. *~ off*]
**dustbin** ['dʌstbɪn] *s* soptunna, soplår
**dustcart** ['dʌstkɑ:t] *s* sopkärra, sopvagn
**dust-cover** ['dʌst,kʌvə] *s* skyddsomslag på bok
**duster** ['dʌstə] *s* dammtrasa; tavelsudd
**dust-jacket** ['dʌst,dʒækɪt] *s* skyddsomslag på bok
**dustman** ['dʌstmən] (pl. *dustmen* ['dʌstmən]) *s* sophämtare
**dusty** ['dʌstɪ] *a* dammig
**Dutch** [dʌtʃ] **I** *a* holländsk, nederländsk **II** *s* **1** nederländska språket; *double ~* rotvälska **2** *the Dutch* holländarna
**Dutchman** ['dʌtʃmən] (pl. *Dutchmen* ['dʌtʃmən]) *s* holländare
**dutiable** ['dju:tjəbl] *a* tullpliktig
**dutiful** ['dju:tɪf(ʊ)l] *a* plikttrogen
**duty** ['dju:tɪ] *s* **1** plikt, skyldighet **2** uppdrag; *off ~* tjänstledig; *on ~* a) i tjänst, tjänstgörande b) vakthavande, jourhavande c) på post; *the officer on ~* dagofficeren **3** hand. pålaga, avgift [*customs ~*], skatt, tull
**duty-free** ['dju:tɪ'fri:] *a* tullfri
**dwarf** [dwɔ:f] **I** *s* dvärg **II** *tr* hämma i växten, förkrympa; få att verka mindre

**dwell** [dwel] (*dwelt dwelt*) *itr* **1** litt. vistas, bo **2** ~ *on* dröja vid [~ *on a subject*]
**dwelling** ['dwelɪŋ] *s* boning; bostad
**dwelt** [dwelt] se *dwell*
**dwindle** ['dwɪndl] *itr* smälta (krympa) ihop; förminskas
**dye** [daɪ] **I** *s* färg; färgämne; färgmedel **II** *tr* färga
**dying** ['daɪɪŋ] **I** *s* döende; *to my ~ day* så länge jag lever **II** *a* döende
**dynamic** [daɪ'næmɪk] *a* dynamisk
**dynamite** ['daɪnəmaɪt] **I** *s* dynamit **II** *tr* spränga med dynamit
**dynamo** ['daɪnəməʊ] *s* generator
**dynasty** ['dɪnəstɪ, 'daɪnəstɪ] *s* dynasti

# E

**E, e** [iː] *s* E, e; ***E flat*** mus. ess; ***E sharp*** mus. eiss
**E.** (förk. för ***east***) O, Ö
**each** [iːtʃ] *pron* **1 a)** var för sig, varje särskild; självständigt var och en för sig **b)** vardera; [*they cost*] ***one pound ~*** ... ett pund styck **2** ~ ***other*** varandra
**eager** ['iːgə] *a* ivrig, angelägen
**eagle** ['iːgl] *s* örn
**1 ear** [ɪə] *s* sädesax
**2 ear** [ɪə] *s* öra; ***be all ~s*** vara idel öra; ***give (lend an) ~ to*** lyssna till; ***play by ~*** spela efter gehör
**earache** ['ɪəreɪk] *s* örsprång, öronvärk
**earl** [ɜːl] *s* brittisk greve
**early** ['ɜːlɪ] **I** *adv* tidigt; för tidigt; ***~ tomorrow morning*** i morgon bitti **II** *a* tidig; för tidig; snar; ***the ~ bird catches the worm*** ordspr. morgonstund har guld i mund; ***in the ~ forties*** i början av (på) fyrtiotalet
**earmark** ['ɪəmɑːk] *tr* anslå, reservera
**earn** [ɜːn] *tr* förtjäna, tjäna
**earnest** ['ɜːnɪst] **I** *a* allvarlig [*an ~ attempt*]; enträgen **II** *s, **in real ~*** på fullt allvar; ***are you in ~?*** menar du allvar?
**earnings** ['ɜːnɪŋz] *s pl* förtjänst, intäkt, intäkter, inkomst, inkomster
**earphone** ['ɪəfəʊn] *s* hörlur; öronmussla
**earring** ['ɪərɪŋ] *s* örhänge
**ear-splitting** ['ɪəˌsplɪtɪŋ] *a* öronbedövande
**earth** [ɜːθ] **I** *s* **1** jord; mull, mylla; mark [*fall to the ~*]; ***it costs the ~*** vard. det kostar en förmögenhet; ***how (what, why) on ~...?*** hur (vad, varför) i all världen...?; ***this place looks like nothing on ~*** vad här ser ut! **2** jakt. lya, kula; ***run (go) to***

~ om t. ex. räv gå under, gå i gryt **3** elektr. jord, jordledning **II** *tr* elektr. jorda
**earthen** ['ɜ:θ(ə)n] *a* jord-, ler- [*an ~ jar*]
**earthenware** ['ɜ:θ(ə)nweə] *s* lergods
**earthly** ['ɜ:θlɪ] *a* **1** jordisk, världslig **2** vard., ***not an ~ chance*** el. ***not an ~*** inte skuggan av en chans
**earthquake** ['ɜ:θkweɪk] *s* jordskalv, jordbävning
**earthworm** ['ɜ:θwɜ:m] *s* daggmask
**ease** [i:z] **I** *s* **1** välbefinnande; lugn, ro; ***at ~*** el. ***at one's ~*** a) i lugn och ro b) väl till mods; ***stand at ~!*** el. ***at ~!*** mil. manöver!; ***ill at ~*** illa till mods; ***put (set) a p. at ~*** få ngn att känna sig väl till mods **2** lätthet **II** *tr itr* **1** lindra [*~ the pain*] **2** lätta [*~ the pressure*] **3** lossa litet på [*~ the lid*], lätta på; ***~ off*** el. ~ lätta, minska; ***~ up*** ta det lugnare
**easel** ['i:zl] *s* staffli
**easily** ['i:zəlɪ] *adv* **1** lätt, med lätthet; mycket väl [*it may ~ happen*] **2** lugnt
**east** [i:st] **I** *s* **1** öster, öst, ost; ***to the ~ of*** öster om **2** ***the East*** Östern; ***the Far East*** Fjärran Östern; ***the Middle East*** Mellanöstern **II** *a* östlig, östra, öst- [*on the ~ coast*]; ***East Germany*** Östtyskland; ***the East Indies*** Ostindien **III** *adv* mot (åt) öster, österut; ***~ of*** öster om
**eastbound** ['i:stbaʊnd] *a* östgående
**Easter** ['i:stə] *s* påsk, påsken; ***~ Day (Sunday)*** påskdag, påskdagen; ***~ Monday*** annandag påsk
**easterly** ['i:stəlɪ] *a* östlig, ostlig
**eastern** ['i:stən] *a* **1** östlig, ostlig, östra, öst- **2** ***Eastern*** österländsk
**eastward** ['i:stwəd] **I** *a* ostlig **II** *adv* mot öster
**eastwards** ['i:stwədz] *adv* mot öster
**easy** ['i:zɪ] **I** *a* **1** lätt, enkel **2** bekymmerslös [*lead an ~ life*], lugn; ***at an ~ pace*** sakta och makligt **II** *adv* vard. lätt [*easier said than done*]; ***go ~!*** el. ***~!*** sakta!, försiktigt!; ***take it ~!*** ta det lugnt!
**easy-chair** ['i:zɪ'tʃeə] *s* fåtölj, länstol
**easy-going** ['i:zɪˌgəʊɪŋ] *a* bekväm
**eat** [i:t] (*ate* [et, speciellt amer. eit] *eaten* ['i:tn]) *tr itr* äta; ***~ away*** fräta bort; ***~ into*** fräta sig in i
**eatable** ['i:təbl] *a* ätbar njutbar
**eaten** ['i:tn] se *eat*
**eaves** [i:vz] *s pl* takfot, takskägg
**eavesdrop** ['i:vzdrɒp] *itr* tjuvlyssna
**eavesdropper** ['i:vzˌdrɒpə] *s* tjuvlyssnare
**ebb** [eb] *s* ebb; ***~ and flow*** ebb och flod; ***be at a low ~*** stå lågt
**ebony** ['ebənɪ] *s* ebenholts
**eccentric** [ɪk'sentrɪk] **I** *a* excentrisk **II** *s* original, underlig figur
**eccentricity** [ˌeksen'trɪsətɪ] *s* excentricitet
**echo** ['ekəʊ] **I** (pl. *echoes*) *s* eko, genklang **II** *itr* eka, genljuda
**eclipse** [ɪ'klɪps] **I** *s* förmörkelse, eklips **II** *tr* **1** förmörka **2** bildl. ställa i skuggan
**economic** [ˌi:kə'nɒmɪk] *a* ekonomisk, nationalekonomisk
**economical** [ˌi:kə'nɒmɪk(ə)l] *a* ekonomisk, sparsam
**economics** [ˌi:kə'nɒmɪks] *s* nationalekonomi; ekonomi
**economist** [ɪ'kɒnəmɪst] *s* ekonom; nationalekonom
**economize** [ɪ'kɒnəmaɪz] *itr* spara [*on* på], vara sparsam (ekonomisk) [*on* med]
**economy** [ɪ'kɒnəmɪ] *s* **1** sparsamhet, ekonomi; ***~ size*** ekonomiförpackning **2** ekonomi; ***political ~*** nationalekonomi
**ecstasy** ['ekstəsɪ] *s* extas, hänryckning; ***go into ecstasies over*** råka i extas över
**Ecuador** ['ekwədɔ:]
**Ecuadorian** [ˌekwə'dɔ:rɪən] **I** *s* ecuadorian **II** *a* ecuadoriansk
**eczema** ['eksəmə] *s* eksem
**eddy** ['edɪ] **I** *s* strömvirvel **II** *itr* virvla
**edge** [edʒ] **I** *s* **1** egg, kant; ***on ~*** på helspänn, nervös; ***it set my nerves on ~*** det gick mig på nerverna **2** kant [*the ~ of a table*], rand **II** *tr itr* **1** kanta **2** ***~ one's way*** tränga sig fram; ***~ out*** utmanövrera **3** maka (lirka) sig
**edible** ['edəbl] *a* ätlig, ätbar
**edict** ['i:dɪkt] *s* edikt, påbud
**edifice** ['edɪfɪs] *s* större el. ståtlig byggnad
**Edinburgh** ['edɪnbərə]
**edit** ['edɪt] *tr* redigera; vara redaktör för, ge ut
**edition** [ɪ'dɪʃ(ə)n] *s* upplaga, utgåva
**editor** ['edɪtə] *s* redaktör; utgivare
**editorial** [ˌedɪ'tɔ:rɪəl] **I** *a* redigerings-, redaktionell [*~ work*] **II** *s* ledare i tidning
**educate** ['edjʊkeɪt] *tr* utbilda, uppfostra
**education** [ˌedjʊ'keɪʃ(ə)n] *s* bildning [*classical ~*]; uppfostran; undervisning, utbildning
**educational** [ˌedjʊ'keɪʃənl] *a* undervisnings-, utbildnings-
**eel** [i:l] *s* ål
**efface** [ɪ'feɪs] *tr* utplåna, stryka
**effect** [ɪ'fekt] **I** *s* effekt, verkan [*cause and ~*], verkning [*the ~s of the war*], inverkan, påverkan, inflytande; ***in ~*** i själva verket; ***come into (take) ~*** träda i

kraft; ***words to that*** ~ ord i den stilen **II** *tr* åstadkomma [~ *changes*], verkställa
**effective** [ɪ'fektɪv] *a* effektiv, verksam
**effeminate** [ɪ'femɪnət] *a* feminin
**efficacious** [ˌefɪ'keɪʃəs] *a* effektiv
**efficiency** [ɪ'fɪʃənsɪ] *s* effektivitet
**efficient** [ɪ'fɪʃ(ə)nt] *a* effektiv, kompetent
**effort** ['efət] *s* ansträngning; prestation; ***make an ~ to*** anstränga sig för att; ***with ~*** med möda
**effusive** [ɪ'fju:sɪv] *a* översvallande
**e.g.** ['i:'dʒi:, fərɪg'zɑ:mpl] = *for example*, t. ex.
**1 egg** [eg] *tr*, ~ ***a p. on*** egga (driva på) ngn
**2 egg** [eg] *s* ägg; ***put (have) all one's ~s in one basket*** sätta allt på ett kort
**ego** ['egəʊ, i:gəʊ] *s* jag, ego
**egocentric** [ˌegə'sentrɪk] **I** *a* egocentrisk **II** *s* egocentriker
**egoism** ['egəʊɪz(ə)m] *s* egoism, egennytta
**egoist** ['egəʊɪst] *s* egoist
**egotism** ['egətɪz(ə)m] *s* självförhävelse, egotism; egenkärlek
**egotist** ['egətɪst] *s* egocentriker; egoist
**Egypt** ['i:dʒɪpt] Egypten
**Egyptian** [ɪ'dʒɪpʃ(ə)n] **I** *s* egyptier **II** *a* egyptisk
**eh** [eɪ] *interj*, ~*!* va för nåt?; eller hur?, va? [*nice*, ~*?*]
**eiderdown** ['aɪdədaʊn] *s* **1** ejderdun **2** duntäcke
**eight** [eɪt] *räkn* o. *s* åtta
**eighteen** ['eɪ'ti:n] *räkn* o. *s* arton
**eighteenth** ['eɪ'ti:nθ] *räkn* o. *s* artonde; artondel
**eighth** [eɪtθ] *räkn* o. *s* åttonde; åttondel
**eightieth** ['eɪtɪɪθ] *räkn* o. *s* åttionde; åttiondel
**eighty** ['eɪtɪ] **I** *räkn* åttio **II** *s* åttio; åttiotal; ***in the eighties*** på åttiotalet
**Eire** ['eərə]
**either** ['aɪðə, amer. 'i:ðə] **I** *indef pron* **1** a) endera, ettdera, vilken (vilket) som helst b) någon, någondera, något, någotdera **2** vardera, vartdera; båda, bägge **II** *adv* heller [*he won't come* ~] **III** *konj*, ~ *. . .* ***or*** a) antingen . . . eller [*he is* ~ *mad or drunk*] b) både . . . och [*he is taller than* ~ *you or me*] c) vare sig . . . eller
**ejaculate** [ɪ'dʒækjʊleɪt] *tr* **1** utropa, utstöta **2** fysiol. ejakulera
**ejaculation** [ɪˌdʒækjʊ'leɪʃ(ə)n] *s* **1** utrop **2** sädesuttömning, fysiol. ejakulation
**eject** [ɪ'dʒekt] *tr* kasta (driva, stöta) ut
**elaborate** [adjektiv ɪ'læbərət, verb ɪ'læbəreɪt] **I** *a* i detalj utarbetad; omständlig; komplicerad **II** *tr itr* i detalj utarbeta; uttala sig närmare [*on* om]
**elapse** [ɪ'læps] *itr* förflyta, förgå
**elastic** [ɪ'læstɪk] **I** *a* **1** elastisk; tänjbar **2** resår-, gummi- **II** *s* resår, gummiband
**elasticity** [ˌelæs'tɪsətɪ] *s* elasticitet; spänst
**elated** [ɪ'leɪtɪd] *a* upprymd, glad, hänförd
**elation** [ɪ'leɪʃ(ə)n] *s* upprymdhet, glädje
**elbow** ['elbəʊ] **I** *s* armbåge **II** *tr*, ~ ***oneself forward*** armbåga sig fram
**elder** ['eldə] *a* (komparativ av *old*) äldre speciellt om släktingar
**elderberry** ['eldəˌberɪ] *s* fläderbär
**elderly** ['eldəlɪ] *a* äldre [*an* ~ *gentleman*], rätt gammal
**eldest** ['eldɪst] *a* (superlativ av *old*) äldst speciellt om släktingar
**elect** [ɪ'lekt] *tr* välja genom röstning
**election** [ɪ'lekʃ(ə)n] *s* val speciellt genom röstning; ***a general*** ~ allmänna val
**elector** [ɪ'lektə] *s* väljare, valman
**electorate** [ɪ'lektərət] *s* valmanskår; ***the*** ~ valmanskåren, väljarna
**electric** [ɪ'lektrɪk] *a* elektrisk; ~ ***bulb*** glödlampa; ~ ***cooker*** elspis, elektrisk spis
**electrician** [ɪlek'trɪʃ(ə)n] *s* elektriker, elmontör
**electricity** [ɪlek'trɪsətɪ] *s* elektricitet, el
**electron** [ɪ'lektrɒn] *s* elektron
**electronic** [ɪlek'trɒnɪk] *a* elektronisk; ~ ***computer*** dator
**electronics** [ɪlek'trɒnɪks] *s* elektronik
**electrostatic** [ɪˌlektrə'stætɪk] *a* elektrostatisk
**elegance** ['elɪgəns] *s* elegans
**elegant** ['elɪgənt] *a* elegant
**element** ['elɪmənt] *s* **1** kem. grundämne **2** element; ***be in one's*** ~ vara i sitt rätta element (i sitt esse) **3** beståndsdel
**elementary** [ˌelɪ'mentrɪ] *a* elementär, enkel
**elephant** ['eləfənt] *s* elefant
**elevate** ['elɪveɪt] *tr* lyfta upp, höja
**elevation** [ˌelɪ'veɪʃ(ə)n] *s* **1** upphöjande, lyftande **2** upphöjning [*an* ~ *in the ground*] **3** upphöjelse [~ *to the throne*] **4** höjd över havsytan (marken)
**elevator** ['elɪveɪtə] *s* elevator; speciellt amer. hiss
**eleven** [ɪ'levn] *räkn* o. *s* elva
**eleventh** [ɪ'levnθ] *räkn* o. *s* elfte; elftedel; ***at the ~ hour*** i elfte timmen

**eligible** ['elɪdʒəbl] *a* valbar [*for* till]; berättigad [~ *for a pension*], kvalificerad [~ *for membership*]
**eliminate** [ɪ'lɪmɪneɪt] *tr* eliminera; utesluta [~ *a possibility*]; ***eliminated*** sport. utslagen
**élite** [eɪ'li:t, ɪ'li:t] *s* elit
**elixir** [ɪ'lɪksə] *s* elixir; universalmedel
**elk** [elk] *s* europeisk älg
**elliptical** [ɪ'lɪptɪk(ə)l] *a* **1** språkv. elliptisk, ellips- **2** geom. elliptisk
**elm** [elm] *s* alm
**elocution** [ˌelə'kju:ʃ(ə)n] *s* talarkonst, talteknik
**elongate** ['i:lɒŋgeɪt] *tr* förlänga, dra ut
**elope** [ɪ'ləʊp] *itr* rymma för att gifta sig
**eloquence** ['eləkw(ə)ns] *s* vältalighet
**eloquent** ['eləkw(ə)nt] *a* vältalig
**else** [els] *adv* **1** annars; ***or*** ~ eller också **2** annan, mer, fler [t.ex. *anybody* ~ *(else's)*], annat, mer [t.ex. *anything* ~], andra [*everybody* (alla) ~; *who* (vilka) ~?], annars [*who* (vem) ~?]; ***everywhere*** ~ på alla andra ställen; ***little*** ~ föga annat; ***nowhere*** ~ ingen annanstans
**elsewhere** ['els'weə] *adv* någon annanstans, på annat håll
**elucidate** [ɪ'lu:sɪdeɪt] *tr* klargöra, belysa
**elude** [ɪ'lu:d] *tr* undkomma, undgå; gäcka, trotsa
**elusive** [ɪ'lu:sɪv] *a* svårfångad, gäckande [~ *shadow*]
**emaciate** [ɪ'meɪʃɪeɪt] *tr* utmärgla
**emancipate** [ɪ'mænsɪpeɪt] *tr* frige [~ *the slaves*], frigöra, emancipera
**embalm** [ɪm'bɑ:m] *tr* balsamera
**embankment** [ɪm'bæŋkmənt] *s* **1** invallning **2** fördämning; vägbank
**embargo** [em'bɑ:gəʊ] (pl. *embargoes*) *s* embargo; handelsförbud
**embark** [ɪm'bɑ:k] *tr itr* embarkera, ta (gå) ombord; ~ ***on*** inlåta sig i; ge sig in på
**embarrass** [ɪm'bærəs] *tr* göra förlägen (generad)
**embarrassed** [ɪm'bærəst] *pp* o. *a* förlägen, generad [*at* över]
**embarrassing** [ɪm'bærəsɪŋ] *a* pinsam, genant
**embassy** ['embəsɪ] *s* ambassad
**embellish** [ɪm'belɪʃ] *tr* försköna, utsmycka
**ember** ['embə] *s* glödande kol
**embezzle** [ɪm'bezl] *tr* försnilla, förskingra
**embitter** [ɪm'bɪtə] *tr* förbittra
**emblem** ['embləm] *s* emblem, sinnebild
**embodiment** [ɪm'bɒdɪmənt] *s* förkroppsligande; inkarnation, personifikation
**embody** [ɪm'bɒdɪ] *tr* **1** förkroppsliga; ***be embodied in*** få uttryck i **2** inbegripa, innehålla
**embrace** [ɪm'breɪs] **I** *tr itr* **1** omfamna, krama; omfamna varandra, kramas **2** omfatta, innefatta **II** *s* omfamning, kram
**embroider** [ɪm'brɔɪdə] *tr* brodera
**embroidery** [ɪm'brɔɪdərɪ] *s* broderi
**embryo** ['embrɪəʊ] *s* embryo
**emend** [ɪ'mend] *tr* emendera, korrigera text
**emerald** ['emər(ə)ld] *s* smaragd
**emerge** [ɪ'mɜ:dʒ] *itr* dyka upp, uppstå
**emergency** [ɪ'mɜ:dʒənsɪ] *s* **1** nödläge, kris, kritiskt läge; ***in an*** ~ el. ***in case of*** ~ i ett nödläge; ***state of*** ~ undantagstillstånd **2** attributivt reserv-; nöd- [~ *landing*], kris- [~ *meeting*]; ~ ***brake*** nödbroms; ~ ***exit (door)*** reservutgång; ~ ***ward*** olycksfallsavdelning på sjukhus
**emery-paper** ['emərɪˌpeɪpə] *s* smärgelpapper
**emigrant** ['emɪgr(ə)nt] *s* utvandrare, emigrant
**emigrate** ['emɪgreɪt] *itr* utvandra, emigrera
**emigration** [ˌemɪ'greɪʃ(ə)n] *s* utvandring, emigration
**émigré** ['emɪgreɪ] *s* politisk emigrant
**eminence** ['emɪnəns] *s* **1** högt anseende **2** ***His (Your) Eminence*** Hans (Ers) Eminens
**eminent** ['emɪnənt] *a* framstående
**emissary** ['emɪsrɪ] *s* emissarie, sändebud
**emission** [ɪ'mɪʃ(ə)n] *s* utsändande; utstrålning [~ *of light*]
**emit** [ɪ'mɪt] *tr* sända ut, stråla ut, avge [~ *heat*], ge ifrån sig [~ *an odour*]
**emotion** [ɪ'məʊʃ(ə)n] *s* sinnesrörelse; stark känsla
**emotional** [ɪ'məʊʃənl] *a* känslo- [~ *life*], känslomässig, emotionell; känslosam
**emperor** ['empərə] *s* kejsare
**emphasis** ['emfəsɪs] (pl. *emphases* ['emfəsi:z]) *s* eftertryck; tonvikt, betoning
**emphasize** ['emfəsaɪz] *tr* betona, framhäva, poängtera
**emphatic** [ɪm'fætɪk] *a* eftertrycklig, kraftig, emfatisk
**empire** ['empaɪə] *s* kejsardöme, rike [*the Roman* ~]; imperium, välde
**employ** [ɪm'plɔɪ] **I** *tr* **1** sysselsätta, ge

arbete åt; anställa **2** använda **II** *s, in a p.'s* ~ anställd hos ngn
**employee** [ˌemplɔɪ'i:] *s* arbetstagare, anställd
**employer** [ɪm'plɔɪə] *s* arbetsgivare
**employment** [ɪm'plɔɪmənt] *s* **1** sysselsättning, arbete, anställning; ~ ***agency (bureau)*** arbetsförmedlingsbyrå **2** användning
**empress** ['emprɪs] *s* kejsarinna
**empty** ['emtɪ] **I** *a* tom **II** *tr itr* tömma, tömma ut; tömmas
**empty-handed** ['emtɪ'hændɪd] *a* tomhänt
**enable** [ɪ'neɪbl] *tr,* ~ ***a p. to*** sätta ngn i stånd att
**enamel** [ɪ'næm(ə)l] **I** *s* emalj; lackfärg; **II** *tr* emaljera; lackera
**enamoured** [ɪ'næməd] *a* betagen [*of* i]
**encampment** [ɪn'kæmpmənt] *s* lägerplats; läger
**encase** [ɪn'keɪs] *tr* innesluta; omge
**enchant** [ɪn'tʃɑ:nt] *tr* tjusa, hänföra
**enchanting** [ɪn'tʃɑ:ntɪŋ] *a* förtjusande
**enchantment** [ɪn'tʃɑ:ntmənt] *s* tjuskraft; förtjusning
**enchantress** [ɪn'tʃɑ:ntrəs] *s* tjuserska
**encircle** [ɪn'sɜ:kl] *tr* omge; omringa
**enclose** [ɪn'kləʊz] *tr* **1** inhägna; omge, omsluta **2** i t. ex. brev bifoga, bilägga; ***enclosed please find*** härmed bifogas
**encompass** [ɪn'kʌmpəs] *tr* omge; omfatta
**encore** [ɒŋ'kɔ:] **I** *interj* dakapo! **II** *s* **1** extranummer, dakapo **2** dakaporop
**encounter** [ɪn'kaʊntə] **I** *tr* möta, råka, träffa på **II** *s* möte
**encourage** [ɪn'kʌrɪdʒ] *tr* uppmuntra; stödja, befrämja
**encouragement** [ɪn'kʌrɪdʒmənt] *s* uppmuntran; främjande, understöd
**encroach** [ɪn'krəʊtʃ] *itr* inkräkta [*on* på]
**encumber** [ɪn'kʌmbə] *tr* **1** betunga, belasta **2** belamra [*a room encumbered with furniture*]
**encyclopaedia, encyclopedia** [enˌsaɪklə'pi:djə] *s* encyklopedi, uppslagsbok
**end** [end] **I** *s* **1** slut; avslutning; ände, ända □ **change** ~*s* byta sida i bollspel; **make *(make both)*** ~*s meet* få det att gå ihop; **put *an*** ~ ***to*** sätta stopp för; ***I liked the book* no** ~ vard. jag tyckte väldigt mycket om boken; ***there is (are) no*** ~ ***of...*** vard. det finns massor med...; ***be* at *an*** ~ vara slut (förbi); ***at the*** ~ vid (i, på) slutet; till sist, till slut; **in *the*** ~ till slut, till sist; **on** ~ a) på ända b) i sträck, i ett kör; **to *the very*** ~ ända till slutet; ***bring to an*** ~ avsluta, sluta; ***come to an*** ~ ta slut **2** mål [with this ~ in view], ändamål, syfte
**II** *tr itr* sluta, avsluta; göra slut på; upphöra, ta slut; ***all's well that*** ~***s well*** ordspr. slutet gott, allting gott; ~ ***up in*** sluta (hamna) i
**endanger** [ɪn'deɪndʒə] *tr* äventyra, riskera
**endear** [ɪn'dɪə] *tr* göra avhållen (omtyckt)
**endearing** [ɪn'dɪərɪŋ] *a* älskvärd
**endearment** [ɪn'dɪəmənt] *s* ömhetsbetygelse; ***term of*** ~ smeksamt uttryck
**endeavour** [ɪn'devə] **I** *itr* sträva [*to* efter att], försöka **II** *s* strävan, försök [*to do*]
**ending** ['endɪŋ] *s* **1** slut, avslutning; ***happy*** ~ lyckligt slut **2** gram. ändelse
**endive** ['endɪv] *s* chicorée frisée, frisésallad; amer. endiv
**endorse** [ɪn'dɔ:s] *tr* **1** skriva sitt namn på baksidan av, endossera [~ *a cheque*] **2** stödja [~ *a plan*], bekräfta, godkänna
**endow** [ɪn'daʊ] *tr* **1** donera pengar till **2** begåva, utrusta [*be endowed with great talent*]
**endowment** [ɪn'daʊmənt] *s* **1** donation **2** pl. ~*s* anlag, natur- gåvor
**endurance** [ɪn'djʊər(ə)ns] *s* uthållighet; ***beyond (past)*** ~ outhärdligt
**endure** [ɪn'djʊə] *tr itr* **1** uthärda [~ *pain*], utstå; stå ut med, tåla **2** räcka, vara; bestå [*his work will* ~] **3** hålla ut
**enduring** [ɪn'djʊərɪŋ] *a* varaktig, bestående [~ *value*]
**enema** ['enɪmə] *s* lavemang
**enemy** ['enəmɪ] *s* fiende
**energetic** [ˌenə'dʒetɪk] *a* energisk, kraftfull
**energy** ['enədʒɪ] *s* energi
**enervate** ['enɜ:veɪt] *tr* försvaga, förslappa
**enforce** [ɪn'fɔ:s] *tr* upprätthålla respekten för [~ *law and order*]; driva igenom [~ *one's principles*]
**enforcement** [ɪn'fɔ:smənt] *s* upprätthållande [~ *of law and order*], genomdrivande
**engage** [ɪn'geɪdʒ] *tr itr* **1** anställa, engagera, anlita **2** i passiv, ***be engaged*** förlova sig **3** uppta [*work* ~*s much of his time*] **4** ~ ***in*** engagera sig i, ägna sig åt [~ *in business*]
**engaged** [ɪn'geɪdʒd] *a* **1** upptagen [*he is* ~ *at the moment*]; engagerad; sysselsatt

[*in, on* med]; anställd; ~ på t. ex. toalettdörr upptaget; ~ ***tone*** tele. upptagetton; ***be*** ~ ***in*** delta i **2** förlovad
**engagement** [ɪn'geɪdʒmənt] *s* **1** åtagande, engagemang; avtalat möte **2** förlovning [*to* med] **3** anställning [~ *as secretary*]
**engaging** [ɪn'geɪdʒɪŋ] *a* vinnande, intagande [*an* ~ *smile*]
**engine** ['endʒɪn] *s* **1** motor; maskin **2** lok
**engineer** [ˌendʒɪ'nɪə] *s* **1** ingenjör; tekniker **2** sjö. maskinist
**engineering** [ˌendʒɪ'nɪərɪŋ] *s* ingenjörsvetenskap, ingenjörskonst; teknik
**engine-room** ['endʒɪnrʊm] *s* maskinrum
**England** ['ɪŋglənd]
**English** ['ɪŋglɪʃ] **I** *a* engelsk **II** *s* **1** engelska språket; ***the King's (Queen's)*** ~ ungefär riktig (korrekt) engelska **2** ***the*** ~ engelsmännen
**Englishman** ['ɪŋglɪʃmən] (pl. *Englishmen* ['ɪŋglɪʃmən]) *s* engelsman
**Englishwoman** ['ɪŋglɪʃˌwʊmən] (pl. *Englishwomen* ['ɪŋglɪʃˌwɪmɪn]) *s* engelska
**engrave** [ɪn'greɪv] *tr* rista in, ingravera
**engraving** [ɪn'greɪvɪŋ] *s* **1** ingravering **2** gravyr
**engross** [ɪn'grəʊs] *tr* uppta [*the work engrossed him*]; ***be engrossed in*** vara helt upptagen av; ***engrossing*** adjektiv fängslande
**enhance** [ɪn'hɑ:ns] *tr* höja, öka [~ *the value of a th.*]
**enigma** [ɪ'nɪgmə] *s* gåta; mysterium
**enigmatic** [ˌenɪg'mætɪk] *a* gåtfull, dunkel
**enjoy** [ɪn'dʒɔɪ] *tr* **1** njuta av; finna nöje i; ha roligt på [*did you* ~ *the party?*]; ***I am enjoying it here*** jag trivs här **2** ~ ***oneself*** ha trevligt, roa sig
**enjoyable** [ɪn'dʒɔɪəbl] *a* njutbar, trevlig
**enjoyment** [ɪn'dʒɔɪmənt] *s* njutning; nöje, glädje
**enlarge** [ɪn'lɑ:dʒ] *tr itr* förstora, förstora upp [~ *a photo*], vidga [~ *a hole*]; förstoras, vidgas; ~ ***on*** breda ut sig över
**enlargement** [ɪn'lɑ:dʒmənt] *s* förstorande, förstoring [*an* ~ *from a negative*]
**enlighten** [ɪn'laɪtn] *tr* upplysa, ge upplysningar [~ *a p. on a subject*]
**enlist** [ɪn'lɪst] *tr itr* **1** mil. värva [~ *recruits*]; ta värvning **2** söka få [~ *a p.'s help*]
**enlistment** [ɪn'lɪstmənt] *s* mil. värvning
**enliven** [ɪn'laɪvn] *tr* liva upp, ge liv åt
**enmity** ['enmətɪ] *s* fiendskap
**enormous** [ɪ'nɔ:məs] *a* enorm, väldig
**enough** [ɪ'nʌf] *a* o. *adv* nog, tillräckligt; ***it's*** ~ ***to drive one mad*** det är så man kan bli galen; ***will you be kind*** ~ ***to...*** vill du vara vänlig och...
**enquire** [ɪn'kwaɪə] se *inquire*
**enquiry** [ɪn'kwaɪərɪ] *s* se *inquiry*
**enrage** [ɪn'reɪdʒ] *tr* göra rasande (ursinnig)
**enraged** [ɪn'reɪdʒd] *a* rasande, ursinnig
**enrich** [ɪn'rɪtʃ] *tr* **1** göra rik; berika **2** anrika
**enrichment** [ɪn'rɪtʃmənt] *s* **1** berikande **2** anrikning
**enrol, enroll** [ɪn'rəʊl] *tr itr* speciellt mil. enrollera, sjö. mönstra på; värva; skriva in; ta upp [~ *a p. in (a p. as a member of) a society*]; enrollera sig; skriva in sig
**enrolment** [ɪn'rəʊlmənt] *s* enrollering; påmönstring; inskrivning; inregistrering
**ensemble** [ɑ:n'sɑ:mbl] *s* ensemble
**ensign** ['ensaɪn] *s* nationalflagga; fana; baner, standar
**enslave** [ɪn'sleɪv] *tr* förslava
**ensue** [ɪn'sju:] *itr* **1** följa; ***ensuing*** följande **2** bli följden; uppstå
**ensure** [ɪn'ʃʊə] *tr* **1** tillförsäkra, garantera; säkerställa; ~ ***that...*** se till att... **2** garantera **3** skydda [~ *oneself against loss*]
**entail** [ɪn'teɪl] *tr* medföra
**entangle** [ɪn'tæŋgl] *tr* trassla (snärja) in
**enter** ['entə] *itr tr* **1** gå (komma) in, stiga in (på); gå (komma, stiga) in i; stiga upp i (på), stiga på [~ *a bus (train)*]; gå in vid [~ *the army*]; ***it never entered my head (mind)*** det föll mig aldrig in **2** anmäla sig, ställa upp; inge, avge [~ *a protest*]; ~ ***oneself (one's name) for*** anmäla sig till **3** anteckna, notera □ ~ **into** a) gå (tränga) in i b) ge sig in i (på), inlåta sig i (på), öppna, inleda c) gå in på (i) [~ *into details*]; ~ **on (upon) a)** slå in på; ~ ***on (upon) one's duties*** tillträda tjänsten **b)** inlåta sig i (på); påbörja, börja
**enterprise** ['entəpraɪz] *s* **1** företag, vågstycke **2** affärsföretag **3** företagsamhet [*private* ~]
**enterprising** ['entəpraɪzɪŋ] *a* företagsam
**entertain** [ˌentə'teɪn] *tr itr* **1** bjuda; ha bjudningar; ~ ***some friends to dinner*** ha några vänner på middag **2** underhålla, roa **3** hysa [~ *hopes*]
**entertainer** [ˌentə'teɪnə] *s* entertainer, underhållare
**entertaining** [ˌentə'teɪnɪŋ] *a* underhållande, roande

**entertainment** [ˌentəˈteɪnmənt] *s* underhållning, nöje; tillställning
**enthral, enthrall** [ɪnˈθrɔ:l] *tr* hålla trollbunden [~ *one's audience*], fängsla
**enthralling** [ɪnˈθrɔ:lɪŋ] *a* fängslande
**enthuse** [ɪnˈθju:z] *itr tr* **1** bli entusiastisk **2** entusiasmera
**enthusiasm** [ɪnˈθju:zɪæz(ə)m] *s* entusiasm
**enthusiastic** [ɪnˌθju:zɪˈæstɪk] *a* entusiastisk
**entice** [ɪnˈtaɪs] *tr* locka, förleda, lura
**enticement** [ɪnˈtaɪsmənt] *s* lockelse, frestelse; lockmedel
**entire** [ɪnˈtaɪə] *a* **1** hel, fullständig, absolut; i sin helhet **2** hel, intakt
**entirely** [ɪnˈtaɪəlɪ] *adv* helt, fullständigt
**entirety** [ɪnˈtaɪərətɪ] *s* helhet [*in its* ~]
**entitle** [ɪnˈtaɪtl] *tr* **1** betitla, benämna; ***a book entitled...*** en bok med titeln... **2** berättiga; ***be entitled to*** vara berättigad till (att)
**entity** [ˈentətɪ] *s* **1** enhet **2** väsen
**entrails** [ˈentreɪlz] *s pl* inälvor
**1 entrance** [ˈentr(ə)ns] *s* **1** ingång, entré [*the main* ~]; uppgång; infart, infartsväg **2** inträde, inträdande; entré, inträde på scenen; intåg **3** inträde, tillträde [~ *into a club*]
**2 entrance** [ɪnˈtrɑ:ns] *tr* hänföra, hänrycka
**entrance-fee** [ˈentr(ə)nsfi:] *s* **1** inträdesavgift, entréavgift **2** anmälningsavgift
**entrance-hall** [ˈentr(ə)nshɔ:l] *s* hall, entré
**entreat** [ɪnˈtri:t] *tr* bönfalla
**entreaty** [ɪnˈtri:tɪ] *s* enträgen bön
**entrust** [ɪnˈtrʌst] *tr*, ~ ***a th. to a p.*** el. ~ ***a p. with a th.*** anförtro ngn ngt (ngt åt ngn)
**entry** [ˈentrɪ] *s* **1** inträde, inträdande; ~ ***permit*** inresetillstånd; ***make one's*** ~ träda in, göra sin entré **2** anteckning; post **3** uppslagsord; artikel i uppslagsverk
**enumerate** [ɪˈnju:məreɪt] *tr* räkna upp, nämna; räkna
**envelop** [ɪnˈveləp] *tr* svepa in; hölja
**envelope** [ˈenvələʊp] *s* kuvert
**enviable** [ˈenvɪəbl] *a* avundsvärd
**envious** [ˈenvɪəs] *a* avundsjuk
**environment** [ɪnˈvaɪər(ə)nmənt] *s* **1** miljö; förhållanden [*social* ~] **2** omgivning
**environs** [ɪnˈvaɪər(ə)nz] *s pl* omgivningar, omnejd
**envisage** [ɪnˈvɪzɪdʒ] *tr* föreställa sig; förutse
**envoy** [ˈenvɔɪ] *s* sändebud
**envy** [ˈenvɪ] **I** *s* avundsjuka **II** *tr* avundas
**epaulette** [ˈepəlet] *s* epålett
**epic** [ˈepɪk] **I** *a* episk **II** *s* episk dikt
**epidemic** [ˌepɪˈdemɪk] *s* epidemi
**epigram** [ˈepɪgræm] *s* epigram
**epilogue** [ˈepɪlɒg] *s* epilog
**episode** [ˈepɪsəʊd] *s* episod; avsnitt
**epistle** [ɪˈpɪsl] *s* epistel; brev
**epitaph** [ˈepɪtɑ:f] *s* gravskrift, inskrift
**epithet** [ˈepɪθet] *s* epitet
**epitomize** [ɪˈpɪtəmaɪz] *tr* vara typisk för
**epoch** [ˈi:pɒk] *s* epok
**equal** [ˈi:kw(ə)l] **I** *a* **1** lika, lika stor [*to* som]; samma [*of* ~ *size*]; jämställd; ***be on an*** ~ ***footing with*** stå på jämlik fot med **2** ***be*** ~ ***to*** bildl. klara av; vara lika bra som; ***be*** ~ ***to the occasion*** vara situationen vuxen **II** *s* like, make; jämlike **III** *tr* vara lik, vara jämlik med, mat. vara lika med [*two times two* ~*s four*]
**equality** [ɪˈkwɒlətɪ] *s* likhet; jämlikhet, likställdhet
**equalize** [ˈi:kwəlaɪz] *tr itr* utjämna; sport. kvittera
**equally** [ˈi:kwəlɪ] *adv* lika [~ *well*]; jämnt [*spread* ~]
**equate** [ɪˈkweɪt] *tr* jämställa, likställa
**equation** [ɪˈkweɪʒ(ə)n] *s* ekvation
**equator** [ɪˈkweɪtə] *s* ekvator
**equatorial** [ˌekwəˈtɔ:rɪəl] *a* ekvatorial
**equestrian** [ɪˈkwestrɪən] *a* rid- [~ *skill*]; ~ ***sports*** hästsport
**equilateral** [ˈi:kwɪˈlætər(ə)l] *a* liksidig
**equilibrium** [ˌi:kwɪˈlɪbrɪəm] *s* jämvikt
**equinox** [ˈi:kwɪnɒks] *s*, ***autumnal*** ~ höstdagjämning; ***vernal (spring)*** ~ vårdagjämning
**equip** [ɪˈkwɪp] *tr* utrusta, ekipera
**equipment** [ɪˈkwɪpmənt] *s* utrustning; ekipering, mil. mundering; materiel; artiklar [*sports* ~]
**equivalent** [ɪˈkwɪvələnt] **I** *a* likvärdig [*to* med]; motsvarande [*to this* detta] **II** *s* motsvarande värde; motsvarighet [*of, to* till]
**equivocal** [ɪˈkwɪvək(ə)l] *a* dubbeltydig
**era** [ˈɪərə] *s* era; tidevarv
**eradicate** [ɪˈrædɪkeɪt] *tr* utrota
**eradication** [ɪˌrædɪˈkeɪʃ(ə)n] *s* utrotning
**erase** [ɪˈreɪz] *tr* radera; radera (sudda) ut
**eraser** [ɪˈreɪzə] *s* radergummi, kautschuk
**ere** [eə] *prep* poet. före i tiden; ~ ***long*** inom kort
**erect** [ɪˈrekt] **I** *a* upprätt, rak **II** *tr* resa [~ *a statue*], uppföra [~ *a building*]

**erection** [ɪ'rekʃ(ə)n] *s* **1** uppförande, byggande; uppställande; uppresande **2** fysiol. erektion
**ermine** ['ɜ:mɪn] *s* hermelin
**erode** [ɪ'rəʊd] *tr itr* fräta bort; frätas bort
**erosion** [ɪ'rəʊʒ(ə)n] *s* frätning; bortfrätande
**erotic** [ɪ'rɒtɪk] *a* erotisk
**err** [ɜ:] *itr* missta sig, ta fel; fela
**errand** ['er(ə)nd] *s* ärende, uppdrag
**errand-boy** ['er(ə)ndbɔɪ] *s* springpojke
**erratic** [ɪ'rætɪk] *a* oregelbunden; oberäknelig
**erroneous** [ɪ'rəʊnjəs] *a* felaktig, oriktig
**error** ['erə] *s* fel, felaktighet
**erupt** [ɪ'rʌpt] *itr* ha utbrott [*the volcano erupted*]
**eruption** [ɪ'rʌpʃ(ə)n] *s* utbrott
**escalator** ['eskəleɪtə] *s* rulltrappa
**escapade** [ˌeskə'peɪd] *s* eskapad; upptåg
**escape** [ɪs'keɪp] **I** *itr tr* **1** fly, rymma; undkomma; undgå, slippa [*~ punishment*] **2** strömma (läcka) ut **II** *s* rymning, flykt; ***that was a narrow ~!*** det var nära ögat!
**escapism** [ɪs'keɪpɪz(ə)m] *s* eskapism, verklighetsflykt
**escort** [substantiv 'eskɔ:t, verb ɪs'kɔ:t] **I** *s* eskort; följe, skydd **II** *tr* eskortera, ledsaga
**Eskimo** ['eskɪməʊ] *s* eskimå
**especial** [ɪs'peʃ(ə)l] *a* särskild, speciell
**especially** [ɪs'peʃəlɪ] *adv* särskilt, speciellt
**espionage** [ˌespɪə'nɑ:ʒ] *s* spionage
**Esq.** [ɪs'kwaɪə] förk. för *Esquire* herr [i brevadress; *John Miller, ~*]
**esquire** [ɪs'kwaɪə] *s* herr se *Esq.*
**essay** ['eseɪ] *s* essä, uppsats [*on* om, över]
**essence** ['esns] *s* **1** innersta väsen (natur) **2** essens [*fruit ~*]
**essential** [ɪ'senʃ(ə)l] **I** *a* väsentlig, nödvändig [*to* för] **II** *s* väsentlighet [*concentrate on ~s*]; grunddrag [*of* i]; ***in all ~s*** i allt väsentligt
**essentially** [ɪ'senʃəlɪ] *adv* väsentligen; i huvudsak; väsentligt
**establish** [ɪs'tæblɪʃ] *tr* **1** upprätta, grunda, grundlägga **2** etablera; införa [*~ a rule*]; stadfästa [*~ a law*] **3** fastställa, fastslå [*~ a p.'s identity*], konstatera, påvisa
**establishment** [ɪs'tæblɪʃmənt] *s* **1** upprättande, grundande, grundläggande; tillkomst; etablerande; införande; upprättande; fastställande **2** mil., sjö. styrka, besättning **3** offentlig institution, inrättning, anstalt [*an educational ~*] **4** företag, etablissemang **5** ***the Establishment*** det etablerade samhället, etablissemanget
**estate** [ɪs'teɪt] *s* **1** gods, lantegendom; ~ ***agent*** a) fastighetsmäklare b) godsförvaltare; ~ ***car*** herrgårdsvagn, kombivagn **2** ***housing*** ~ bostadsområde **3** dödsbo, kvarlåtenskap; förmögenhet; ***wind up an*** ~ göra en boutredning; ~ ***duty (tax)*** arvskatt
**esteem** [ɪs'ti:m] **I** *tr* uppskatta, högakta **II** *s* högaktning
**estimable** ['estɪməbl] *a* aktningsvärd
**estimate** [verb 'estɪmeɪt, substantiv 'estɪmət] **I** *tr* uppskatta, värdera, beräkna [*at* till] **II** *s* **1** uppskattning, värdering, beräkning; kalkyl **2** uppfattning
**estimation** [ˌestɪ'meɪʃ(ə)n] *s* **1** uppskattning, värdering, beräkning **2** uppfattning
**Estonia** [es'təʊnjə] Estland
**Estonian** [es'təʊnjən] **I** *a* estnisk **II** *s* **1** est, estländare **2** estniska språket
**estrange** [ɪs'treɪndʒ] *tr* göra främmande, fjärma; stöta bort [*~ one's friends*]
**estuary** ['estjʊərɪ] *s* bred flodmynning
**etc.** [et'setrə] ibland skrivet *&c*, förk. för *et cetera* etc., osv..
**et cetera** [et'setrə] *adv* etcetera, och så vidare
**etch** [etʃ] *tr itr* etsa
**etching** ['etʃɪŋ] *s* etsning
**eternal** [ɪ'tɜ:nl] *a* evig; ständig [*these ~ strikes*]
**eternity** [ɪ'tɜ:nətɪ] *s* evighet
**ether** ['i:θə] *s* eter
**ethereal** [ɪ'θɪərɪəl] *a* eterisk, översinnlig
**ethical** ['eθɪk(ə)l] *a* etisk, moralisk, sedlig
**ethics** ['eθɪks] *s* etik
**ethnic** ['eθnɪk] *a* etnisk; ras-, folk- [*~ minorities*]
**etiquette** ['etɪket] *s* etikett, god ton
**etymology** [ˌetɪ'mɒlədʒɪ] *s* etymologi
**eucalyptus** [ju:kə'lɪptəs] *s* eukalyptus
**euphemism** ['ju:fəmɪz(ə)m] *s* eufemism, förskönande omskrivning
**Europe** ['jʊərəp] Europa
**European** [jʊərə'pi:ən] **I** *a* europeisk **II** *s* europé
**evacuate** [ɪ'vækjʊeɪt] *tr* **1** evakuera; utrymma **2** tömma
**evacuation** [ɪˌvækjʊ'eɪʃ(ə)n] *s* **1** evakuering; utrymning **2** uttömning
**evacuee** [ɪˌvækjʊ'i:] *s* evakuerad person
**evade** [ɪ'veɪd] *tr* undvika; slingra sig undan; smita från [*~ taxes*]
**evaluate** [ɪ'væljʊeɪt] *tr* bedöma, utvärdera

**evaluation** [ɪˌvæljʊ'eɪʃ(ə)n] *s* bedömning, utvärdering
**evaporate** [ɪ'væpəreɪt] *itr tr* dunsta bort; komma att dunsta bort
**evaporation** [ɪˌvæpə'reɪʃ(ə)n] *s* avdunstning
**evasion** [ɪ'veɪʒ(ə)n] *s* undvikande; undanflykt, undanflykter
**evasive** [ɪ'veɪsɪv] *a* undvikande; ***be ~*** slingra sig
**eve** [i:v] *s* **1** afton, kväll; ***Christmas Eve*** julafton **2** ***on the ~ of*** kvällen (dagen) före, tiden omedelbart före
**even** ['i:v(ə)n] **I** *a* **1** jämn; slät, plan; ***make ~*** jämna; ***~ with*** i jämnhöjd med; ***keep ~ with*** hålla jämna steg med **2** ***get ~ with a p.*** bli kvitt med ngn; ***get ~ with a p. for a th.*** ge ngn igen för ngt
**II** *adv* **1** även, också, till och med; ***not ~*** inte ens; ***~ as a child*** redan som barn; ***~ if*** även om, om också; ***~ so*** ändå, likväl; ***~ then*** redan då; ändå, likafullt **2** vid komparativ ännu, ändå [*~ better*]
**III** *tr,* ***~ out*** jämna ut (till)
**evening** ['i:vnɪŋ] *s* **1** kväll, afton; ***this ~*** i kväll (afton); ***in the ~*** på kvällen **2** attributivt kvälls-, afton- [*the ~ star*]; ***~ classes (school)*** aftonskola; ***~ dress*** aftonklänning; frack
**evenly** ['i:v(ə)nlɪ] *adv* jämnt; lika [*divide ~*]
**event** [ɪ'vent] *s* **1** händelse, tilldragelse; evenemang; ***the course of ~s*** händelseförloppet; ***at all ~s*** i alla händelser, i varje fall **2** sport. tävling, nummer på tävlingsprogram, tävlingsgren
**eventful** [ɪ'ventfʊl] *a* händelserik
**eventual** [ɪ'ventʃʊəl] *a* **1** slutlig **2** möjlig, eventuell
**eventuality** [ɪˌventʃʊ'ælətɪ] *s* möjlighet, eventualitet
**eventually** [ɪ'ventʃʊəlɪ] *adv* slutligen, till slut; så småningom
**ever** ['evə] *adv* **1** någonsin [*better than ~*]; ***hardly (scarcely) ~*** nästan aldrig; ***nothing ~ happens*** det händer aldrig någonting **2** ***as ~*** som alltid, som vanligt; ***for ~*** för alltid; jämt och ständigt [*for ~ grumbling*]; ***Scotland for ~!*** leve Skottland!; [***they lived happily***] ***~ after*** ... i alla sina dagar; ***~ since*** alltsedan, ända sedan; i brevslut, ***Yours ~*** Din (Er) tillgivne **3** vard., ***who (how, where) ~*** vem (hur, var) i all världen; ***~ so*** hemskt, jätte- [*I like it ~ so much*]; ***the greatest film ~*** alla tiders största film **4 a)** framför komparativ allt; ***an ~ greater amount*** en allt större mängd **b)** se sammansättningar med *ever-*
**evergreen** ['evəgri:n] **I** *a* vintergrön **II** *s* **1** vintergrön (ständigt grön) växt **2** evergreen, långlivad schlager
**everlasting** [ˌevə'lɑ:stɪŋ] **I** *a* evig; ständig; varaktig; idelig [*~ complaints*] **II** *s* **1** evighet **2** bot. eternell
**evermore** ['evə'mɔ:] *adv* evigt
**every** ['evrɪ] *indef pron* varje, var, varenda; ***~ reason to...*** allt (alla) skäl att...; ***~ other (second) day*** el. ***~ two days*** varannan dag; ***one child out of (in) ~ five*** vart femte barn; ***~ one of them (us)*** varenda en; ***~ now and then (again)*** då och då
**everybody** ['evrɪˌbɒdɪ] *indef pron* var och en; varje människa [*~ has a right to...*], alla [*has ~ seen it?*]; ***~ else*** alla andra
**everyday** ['evrɪdeɪ] *a* daglig; vardags- [*~ clothes*]; vardaglig
**everyone** ['evrɪwʌn] *indef pron* se *everybody*
**everything** ['evrɪθɪŋ] *indef pron* allt, allting; varenda sak; alltsammans
**everywhere** ['evrɪweə] *adv* överallt
**evict** [ɪ'vɪkt] *tr* vräka; fördriva
**evidence** ['evɪd(ə)ns] *s* **1** bevis, belägg, tecken [*of* på], vittnesmål; spår, märke [*of* av, efter] **2** ***be in ~*** synas; förekomma
**evident** ['evɪd(ə)nt] *a* tydlig, uppenbar
**evidently** ['evɪd(ə)ntlɪ] *adv* tydligen, uppenbarligen
**evil** ['i:vl] **I** *a* ond [*~ deeds*], ondskefull; fördärvlig **II** *s* ont [*a necessary ~*], det onda
**evoke** [ɪ'vəʊk] *tr* framkalla; frammana
**evolution** [ˌi:və'lu:ʃ(ə)n] *s* utveckling; evolution
**evolve** [ɪ'vɒlv] *tr itr* utveckla, frambringa, framställa; utvecklas
**ewe** [ju:] *s* tacka fårhona; ***~ lamb*** tacklamm
**ewer** ['ju:ə] *s* vattenkanna, handkanna
**ex-** [eks] *pref* f. d., ex- [*ex-husband*; *ex-president*]
**exact** [ɪg'zækt] **I** *a* exakt; noggrann **II** *tr* kräva, fordra
**exacting** [ɪg'zæktɪŋ] *a* fordrande, krävande
**exactly** [ɪg'zæktlɪ] *adv* **1** exakt, precis; egentligen [*what is your plan ~?*]; ***~!*** ja, just det! **2** noggrant
**exaggerate** [ɪg'zædʒəreɪt] *tr* överdriva
**exaggeration** [ɪgˌzædʒə'reɪʃ(ə)n] *s* överdrift
**exalt** [ɪg'zɔ:lt] *tr* upphöja; lyfta, stärka
**exaltation** [ˌegzɔ:l'teɪʃ(ə)n] *s* **1** upphöjelse **2** hänförelse

**exalted** [ɪg'zɔ:ltɪd] *a* o. *pp* **1** upphöjd, hög **2** hänförd, exalterad
**exam** [ɪg'zæm] *s* vard. (kortform för *examination*) examen, tenta
**examination** [ɪgˌzæmɪ'neɪʃ(ə)n] *s* **1** undersökning [*of, into* av]; granskning; ***customs'*** ~ tullvisitering **2** examen; tentamen, prov; ***fail in an*** ~ bli underkänd i ett prov (en tentamen); ***pass an (one's)*** ~ klara ett prov (en tentamen); ***sit for (take) an*** ~ gå upp i ett prov (en examen)
**examine** [ɪg'zæmɪn] *tr* **1** undersöka; pröva, granska **2** examinera
**example** [ɪg'zɑ:mpl] *s* exempel [*of* på]; ***set a good*** ~ föregå med gott exempel; ***for*** ~ till exempel
**exasperate** [ɪg'zæspəreɪt] *tr* göra förtvivlad, förarga
**exasperation** [ɪgˌzæspə'reɪʃ(ə)n] *s* förbittring; ursinne
**excavate** ['ekskəveɪt] *tr* gräva ut (upp)
**excavation** [ˌekskə'veɪʃ(ə)n] *s* grävning; utgrävning
**exceed** [ɪk'si:d] *tr* överskrida [~ *the speed limit*]; överstiga, överskjuta; överträffa
**excel** [ɪk'sel] *itr tr* vara främst; överträffa
**excellence** ['eksələns] *s* förträfflighet
**excellency** ['eksələnsɪ] *s* titel excellens
**excellent** ['eksələnt] *a* utmärkt
**except** [ɪk'sept] **I** *tr* undanta **II** *prep* utom; ~ ***for*** bortsett från, utan
**excepting** [ɪk'septɪŋ] *prep* utom
**exception** [ɪk'sepʃ(ə)n] *s* undantag; ***take*** ~ ***to*** ta illa upp
**exceptional** [ɪk'sepʃənl] *a* exceptionell
**excerpt** ['eksɜ:pt] *s* utdrag, excerpt
**excess** [ɪk'ses, attributivt 'ekses] *s* **1** omåttlighet; överdrift **2** attributivt, ~ ***luggage*** överviktsbagage; ~ ***postage*** tilläggsporto **3** ***in*** ~ ***of*** överstigande
**excessive** [ɪk'sesɪv] *a* överdriven; omåttlig
**exchange** [ɪks'tʃeɪndʒ] **I** *s* **1** byte; ~ ***of letters*** brevväxling; ~ ***of views*** meningsutbyte; ***in*** ~ ***for*** i utbyte mot **2** hand. **a)** växling av pengar; ***rate of*** ~ växelkurs **b)** växel [äv. *bill of* ~] **c)** börs [*the Stock Exchange*] **3** telefonstation, telefonväxel **II** *tr* byta, byta ut; växla [~ *words*], skifta
**exchequer** [ɪks'tʃekə] *s*, ***Chancellor of the Exchequer*** i Engl. finansminister
**excitable** [ɪk'saɪtəbl] *a* lättretlig, hetsig
**excite** [ɪk'saɪt] *tr* **1** hetsa upp **2** uppväcka; framkalla
**excited** [ɪk'saɪtɪd] *a* o. *pp* upphetsad, upprörd; spänd
**excitement** [ɪk'saɪtmənt] *s* sinnesrörelse, spänning; uppståndelse; upprördhet, upphetsning
**exciting** [ɪk'saɪtɪŋ] *a* spännande; upphetsande
**exclaim** [ɪks'kleɪm] *tr* utropa, skrika [*'what!' he exclaimed*]
**exclamation** [ˌekskləˈmeɪʃ(ə)n] *s* utrop; ~ ***mark (sign)*** utropstecken
**exclude** [ɪks'klu:d] *tr* utesluta, utestänga
**exclusion** [ɪks'klu:ʒ(ə)n] *s* uteslutning, utestängande
**exclusive** [ɪks'klu:sɪv] *a* **1** exklusiv **2** särskild, speciell [~ *privileges*]
**exclusively** [ɪks'klu:sɪvlɪ] *adv* uteslutande
**excrement** ['ekskrəmənt] *s* exkrement
**excursion** [ɪks'kɜ:ʃ(ə)n] *s* utflykt, utfärd
**excuse** [verb ɪks'kju:z, substantiv ɪks'kju:s] **I** *tr* **1** förlåta, ursäkta; ~ ***me*** förlåt, ursäkta **2** befria, frita **II** *s* ursäkt; bortförklaring; ***make an*** ~ ursäkta sig; ***make*** ~***s*** komma med bortförklaringar
**execute** ['eksɪkju:t] *tr* **1** utföra [~ *orders*], verkställa; uträtta, fullgöra **2** avrätta
**execution** [ˌeksɪ'kju:ʃ(ə)n] *s* **1** utförande, verkställande; fullgörande **2** avrättning
**executioner** [ˌeksɪ'kju:ʃənə] *s* bödel
**executive** [ɪg'zekjʊtɪv] **I** *a* utövande, verkställande **II** *s* **1** ***the*** ~ den verkställande myndigheten **2** företagsledare; chef
**exemplify** [ɪg'zemplɪfaɪ] *tr* exemplifiera
**exempt** [ɪg'zemt] **I** *a* fritagen, befriad [~ *from tax*] **II** *tr* frita, befria, ge dispens
**exemption** [ɪg'zemʃ(ə)n] *s* frikallande, befrielse [~ *from military service*]; dispens
**exercise** ['eksəsaɪz] **I** *s* **1** utövande [*the* ~ *of authority*], utövning **2** övning, träning; motion **3** övningsuppgift, övning **II** *tr* **1** öva, utöva [~ *power*] **2** öva, träna
**exercise-book** ['eksəsaɪzbʊk] *s* skrivbok, övningsbok
**exert** [ɪg'zɜ:t] *tr* **1** utöva [~ *influence*]; använda **2** ~ ***oneself*** anstränga sig
**exertion** [ɪg'zɜ:ʃ(ə)n] *s* **1** utövande [*the* ~ *of authority*] **2** ansträngning
**exhaust** [ɪg'zɔ:st] **I** *tr* **1** uttömma [~ *one's patience*] **2** utmatta **II** *s* avgas, avgaser
**exhausted** [ɪg'zɔ:stɪd] *a* o. *pp* **1** uttömd **2** utmattad
**exhaustion** [ɪg'zɔ:stʃ(ə)n] *s* **1** uttömmande **2** utmattning

**exhaustive** [ɪg'zɔ:stɪv] *a* uttömmande; ingående
**exhibit** [ɪg'zɪbɪt] *tr itr* förevisa [~ *a film*]; ställa ut; ha utställning
**exhibition** [ˌeksɪ'bɪʃ(ə)n] *s* utställning; förevisande
**exhibitionist** [ˌeksɪ'bɪʃənɪst] *s* exhibitionist
**exhilarate** [ɪg'zɪləreɪt] *tr* liva upp; göra upprymd
**exhort** [ɪg'zɔ:t] *tr* uppmana, mana
**exile** ['eksaɪl, 'egzaɪl] **I** *s* **1** landsflykt, exil **2** landsförvisad **II** *tr* landsförvisa
**exist** [ɪg'zɪst] *itr* finnas; existera; förekomma
**existence** [ɪg'zɪst(ə)ns] *s* tillvaro, existens; förekomst; ***in*** ~ existerande
**existing** [ɪg'zɪstɪŋ] *a* **1** existerande **2** nu (då) gällande
**exit** ['eksɪt, 'egzɪt] **I** *itr* gå ut **II** *s* **1** sorti [*make one's* ~] **2** utträde; ~ ***permit*** utresetillstånd **3** utgång, väg ut
**exonerate** [ɪg'zɒnəreɪt] *tr* frita, frikänna
**exorbitant** [ɪg'zɔ:bɪt(ə)nt] *a* omåttlig
**exotic** [ɪg'zɒtɪk] *a* exotisk, främmande
**expand** [ɪks'pænd] *tr itr* vidga, utvidga; utvidga sig, utvidgas, expandera
**expanse** [ɪks'pæns] *s* vidd, vid yta
**expansion** [ɪks'pænʃ(ə)n] *s* utbredande; expansion; utvidgning
**expect** [ɪks'pekt] *tr itr* **1** vänta, vänta sig, förvänta **2** vard. förmoda [*I* ~ *so* (det)] **3** vard., ***be expecting*** vänta barn
**expectant** [ɪks'pekt(ə)nt] *a*, ~ ***mothers*** blivande mödrar
**expectation** [ˌekspek'teɪʃ(ə)n] *s* **1** väntan, förväntan; ***arouse (raise)*** ~***s*** väcka förväntningar; ***in*** ~ ***of*** i avvaktan på **2** sannolikhet för ngt
**expedient** [ɪks'pi:djənt] **I** *a* ändamålsenlig; fördelaktig, opportun **II** *s* utväg, lösning
**expedition** [ˌekspɪ'dɪʃ(ə)n] *s* expedition, forskningsfärd
**expel** [ɪks'pel] *tr* **1** driva ut, fördriva **2** utvisa; relegera
**expend** [ɪks'pend] *tr* lägga ut, lägga ner, använda; förbruka
**expenditure** [ɪks'pendɪtʃə] *s* **1** förbrukning **2** utgifter
**expense** [ɪks'pens] *s* utgift; bekostnad; ***travelling*** ~***s*** resekostnader
**expensive** [ɪks'pensɪv] *a* dyr, kostsam
**experience** [ɪks'pɪərɪəns] **I** *s* **1** erfarenhet; rön **2** upplevelse, händelse **II** *tr* uppleva
**experienced** [ɪks'pɪərɪənst] *a* erfaren, rutinerad
**experiment** [substantiv ɪks'perɪmənt, verb ɪks'perɪment] **I** *s* försök, experiment **II** *itr* experimentera
**experimental** [eksˌperɪ'mentl] *a* **1** försöks-, experiment- **2** experimenterande
**expert** ['ekspɜ:t] **I** *a* **1** sakkunnig, expert- [~ *work*] **2** kunnig, skicklig, förfaren **II** *s* expert, specialist, sakkunnig
**expire** [ɪks'paɪə] *tr itr* **1** andas ut **2** löpa ut [*the period has expired*]; upphöra **3** dö
**explain** [ɪks'pleɪn] *tr* förklara, klargöra
**explanation** [ˌekspləʼneɪʃ(ə)n] *s* förklaring
**explanatory** [ɪks'plænətərɪ] *a* förklarande
**explicit** [ɪks'plɪsɪt] *a* tydlig; uttrycklig; ***be*** ~ uttrycka sig tydligt
**explode** [ɪks'pləʊd] *tr itr* få att explodera; explodera, spränga (springa) i luften
**1 exploit** ['eksplɔɪt] *s* bragd
**2 exploit** [ɪks'plɔɪt] *tr* exploatera; egennyttigt utnyttja
**exploitation** [ˌeksplɔɪ'teɪʃ(ə)n] *s* exploatering, utnyttjande
**exploration** [ˌeksplɔ:'reɪʃ(ə)n] *s* utforskning
**explore** [ɪks'plɔ:] *tr* utforska
**explorer** [ɪks'plɔ:rə] *s* forskningsresande, upptäcktsresande
**explosion** [ɪks'pləʊʒ(ə)n] *s* explosion
**explosive** [ɪks'pləʊsɪv] **I** *a* explosiv **II** *s* sprängämne
**export** [substantiv 'ekspɔ:t, verb eks'pɔ:t] **I** *tr* exportera **II** *s* exportvara; pl. ~*s* export, exporten
**expose** [ɪks'pəʊz] *tr* **1** utsätta [~ *to* (för) *danger*] **2** exponera, ställa ut **3** avslöja [~ *a swindler*] **4** foto. exponera
**exposition** [ˌekspə'zɪʃ(ə)n] *s* **1** framställning **2** utläggning, förklaring **3** utställning
**exposure** [ɪks'pəʊʒə] *s* **1** utsättande [~ *to* (för) *ridicule*]; att vara utsatt [~ *to* (för) *rain*] **2** exponering äv. foto. **3** utställande, exponerande **4** avslöjande
**expound** [ɪks'paʊnd] *tr* **1** förklara **2** utveckla, framställa [~ *a theory*]
**express** [ɪks'pres] **I** *a* **1** uttrycklig, tydlig [~ *command*], särskild, speciell **2** express-, snäll-; ~ ***letter*** expressbrev; ~ ***train*** expresståg; snälltåg **II** *adv* med ilbud, express [*send a th.* ~] **III** *s* **1** ***send a th. by (per)*** ~ skicka ngt express **2** expresståg; snälltåg **IV** *tr* uttrycka [~ *one's surprise*]

**expression** [ɪks'preʃ(ə)n] *s* **1** yttrande, uttryckande; ~ ***of sympathy*** sympatiyttring **2** uttryck; uttryckssätt **3** ansiktsuttryck; känsla [*play with ~*]
**expressive** [ɪks'presɪv] *a* **1** ~ *of* som uttrycker **2** uttrycksfull
**expressway** [ɪks'presweɪ] *s* amer. motorväg
**expropriate** [eks'prəʊprɪeɪt] *tr* expropriera
**expulsion** [ɪks'pʌlʃ(ə)n] *s* utdrivande; uteslutning, utstötande; utvisning
**exquisite** [eks'kwɪzɪt] *a* utsökt, fin
**extend** [ɪks'tend] *tr itr* **1** sträcka ut, räcka ut; sträcka sig [*a road that ~s for miles and miles*]; breda ut sig; räcka, vara **2** förlänga [*~ one's visit*]; utvidga; utsträckas; utvidgas; hand. prolongera [*~ a loan*] **3** ge, erbjuda [*~ aid*]
**extension** [ɪks'tenʃ(ə)n] *s* **1** utsträckande, utvidgande; sträckning; förlängning [*an ~ of my holiday*] **2** tillbyggnad; utbyggnad; förlängning; ~ ***flex (cord)*** förlängningssladd **3** tele. anknytning, anknytningsapparat
**extensive** [ɪks'tensɪv] *a* vidsträckt; omfattande; utförlig
**extent** [ɪks'tent] *s* **1** utsträckning, omfattning, omfång; ***to some (a certain)*** ~ i viss mån **2** sträcka, yta
**exterior** [eks'tɪərɪə] **I** *a* yttre, ytter-, utvändig **II** *s* yttre; utsida, exteriör [*the ~ of a building*]
**exterminate** [ɪks'tɜ:mɪneɪt] *tr* utrota
**extermination** [ɪksˌtɜ:mɪ'neɪʃ(ə)n] *s* utrotande, förintande
**external** [eks'tɜ:nl] *a* yttre [*~ factors*]; utvändig [*an ~ surface*]; ***for ~ use only*** endast för utvärtes bruk
**extinct** [ɪks'tɪŋkt] *a* **1** slocknad [*an ~ volcano*] **2** utdöd [*an ~ species*]; ***become ~*** dö ut
**extinction** [ɪks'tɪŋkʃ(ə)n] *s* **1** släckande **2** utdöende [*the ~ of a species*]
**extinguish** [ɪks'tɪŋgwɪʃ] *tr* **1** släcka **2** utrota
**extol** [ɪks'təʊl] *tr* lovprisa, berömma
**extortionate** [ɪks'tɔ:ʃənət] *a* orimlig, ocker- [*~ prices; ~ interest*]
**extra** ['ekstrə] **I** *adv* extra **II** *a* extra, ytterligare; ~ ***time*** sport. förlängning **III** *s* **1** extra sak; extraavgift **2** film. m. m. statist
**extract** [verb ɪks'trækt, substantiv 'ekstrækt] **I** *tr* **1** dra (ta) ut [*~ teeth*] **2** extrahera, pressa, pressa ut [*~ juice*] **3** tvinga fram [*~ money from a p.*] **II** *s* **1** extrakt [*meat ~*] **2** utdrag [*~ from* (ur) *a book*]
**extraction** [ɪks'trækʃ(ə)n] *s* **1** utdragning, uttagning **2** börd, härkomst
**extraordinary** [ɪks'trɔ:dənərɪ] *a* särskild; extraordinär; märklig
**extravagance** [ɪks'trævəgəns] *s* extravagans, överdåd, onödig lyx
**extravagant** [ɪks'trævəgənt] *a* extravagant, överdådig; omåttlig
**extreme** [ɪks'tri:m] **I** *a* **1** ytterst [*the ~ Left*] **2** extrem; drastisk **II** *s*, ***go to ~s*** gå till ytterligheter (överdrift); ***in the ~*** i högsta grad, ytterst
**extremely** [ɪks'tri:mlɪ] *adv* ytterst, oerhört
**extremist** [ɪks'tri:mɪst] *s* extremist
**extremity** [ɪks'tremətɪ] *s* **1** yttersta del (punkt) **2** anat., pl. ***extremities*** extremiteter **3** nödläge, tvångsläge
**extricate** ['ekstrɪkeɪt] *tr* lösgöra, frigöra
**exuberant** [ɪg'zju:bərənt] *a* **1** sprudlande, översvallande [*~ praise*], levnadsglad **2** överflödande; ymnig
**exult** [ɪg'zʌlt] *itr* jubla, triumfera
**exultation** [ˌegzʌl'teɪʃ(ə)n] *s* jubel, triumf
**eye** [aɪ] **I** *s* **1** öga; synförmåga; blick; ***the naked ~*** blotta ögat; ***close (shut) one's ~s to*** blunda för; ***have an ~ for*** ha blick (sinne, öga) för; ***have one's ~ on a th.*** vard. ha ett gott öga till något; ***keep one's ~s open*** vard. ha ögonen med sig; ***keep an ~ on*** hålla ett öga på; ***keep an ~ out for*** hålla utkik efter; ***make ~s at*** flörta med; ***before (under) the very ~s of a p.*** mitt för näsan (ögonen) på ngn; ***in the ~ (the ~s) of the law*** enligt lagen; ***be in the public ~*** vara föremål för offentlig uppmärksamhet; ***see ~ to ~ with a p.*** se på saken på samma sätt som ngn; ***be up to the (one's) ~s in work*** ha arbete upp över öronen; ***with an ~ to*** i avsikt att **2** nålsöga **II** *tr* betrakta, mönstra
**eyeball** ['aɪbɔ:l] *s* ögonglob, ögonsten
**eyebrow** ['aɪbraʊ] *s* ögonbryn
**eyeful** ['aɪfʊl] *s* vard. **1** ***get an ~ of this!*** ta en titt på det här! **2** ***she is an ~*** hon är en fröjd för ögat
**eyeglass** ['aɪglɑ:s] *s*, pl. ***eyeglasses*** glasögon
**eyelash** ['aɪlæʃ] *s* ögonfrans, ögonhår
**eyelid** ['aɪlɪd] *s* ögonlock
**eye-opener** ['aɪˌəʊpnə] *s* tankeställare
**eyeshadow** ['aɪˌʃædəʊ] *s* kosmetisk ögonskugga

**eyesight** ['aɪsaɪt] *s* syn [*have a good ~*]
**eyesore** ['aɪsɔː] *s* skönhetsfläck
**eyewash** ['aɪwɒʃ] *s* vard. humbug; bluff
**eyewitness** ['aɪ'wɪtnəs] **I** *s* ögonvittne **II** *tr* vara ögonvittne till

# F

**F, f** [ef] *s* F, f; ***F flat*** mus. fess; ***F sharp*** mus. fiss
**fable** ['feɪbl] *s* fabel; saga, myt
**fabric** ['fæbrɪk] *s* **1** tyg [*silk ~s*], väv **2** uppbyggnad; stomme **3** struktur, textur
**fabricate** ['fæbrɪkeɪt] *tr* **1** dikta ihop, fabricera [*~ a story*] **2** montera ihop
**fabulous** ['fæbjʊləs] *a* **1** fabel- [*~ animal*] **2** fabulös, sagolik; vard. fantastisk
**face** [feɪs] **I** *s* **1** ansikte; uppsyn, min; ***have the ~ to*** ha mage att; ***keep a straight ~*** hålla masken; ***make (pull) ~s*** göra grimaser; ***pull a long ~*** bli lång i ansiktet; ***on the ~ of it (things)*** vid första påseendet; ***to a p.'s ~*** mitt i ansiktet på ngn **2** urtavla **3** ***~ value*** nominellt värde; ***take a th. at (at its) ~ value*** bildl. ta ngt för vad det är
**II** *tr itr* **1** möta [*~ dangers*]; se i ögonen [*~ death*]; räkna med [*we will have to ~ that*]; inte blunda för [*~ reality*]; ***~ up to*** modigt möta; ta itu med **2** stå inför [*~ ruin*] **3** vända ansiktet mot; ligga (vetta) mot (åt); vara (stå) vänd, vända sig [*towards* mot]; vetta, ligga [*to, towards* mot]; ***the picture ~s page 10*** bilden står mot sidan 10 **4** mil., ***about ~!*** helt om!; ***right (left) ~!*** höger (vänster) om!
**face-cloth** ['feɪsklɒθ] *s* tvättlapp
**face-lift** ['feɪslɪft] *s* ansiktslyftning äv. bildl.
**face-lotion** ['feɪsˌləʊʃ(ə)n] *s* ansiktsvatten
**facet** ['fæsɪt] *s* **1** fasett **2** sida, aspekt
**facetious** [fə'siːʃəs] *a* skämtsam, lustig
**face-towel** ['feɪsˌtaʊ(ə)l] *s* toaletthanduk

**facial** ['feɪʃ(ə)l] **I** *a* ansikts- [~ *expression*] **II** *s* ansiktsbehandling
**facile** ['fæsaɪl, amer. 'fæsl] *a* lättsam, ledig
**facilitate** [fə'sɪlɪteɪt] *tr* underlätta, förenkla
**facility** [fə'sɪlətɪ] *s* **1** lätthet, ledighet **2** pl. *facilities* möjligheter, resurser; anordningar, faciliteter; ***bathing facilities*** badmöjligheter; ***modern facilities*** moderna bekvämligheter
**facsimile** [fæk'sɪməlɪ] *s* faksimile
**fact** [fækt] *s* faktum; ***a matter of ~*** ett faktum; ***as a matter of ~*** el. ***in (in actual) ~*** el. ***in point of ~*** i själva verket
**faction** ['fækʃ(ə)n] *s* polit. fraktion, klick, falang
**factor** ['fæktə] *s* faktor
**factory** ['fæktərɪ] *s* fabrik; verk; ~ ***hand (worker)*** fabriksarbetare
**factual** ['fæktʃʊəl] *a* saklig; verklig
**faculty** ['fækəltɪ] *s* **1** förmåga; ~ ***for*** förmåga till, fallenhet för, sinne för; ***be in possession of all one's faculties*** vara vid sina sinnens fulla bruk **2** univ. fakultet
**fad** [fæd] *s* modefluga; fluga, dille
**fade** [feɪd] *itr tr* **1** vissna **2** blekna; bli urblekt; mattas; bleka; ~ ***away (out)*** så småningom försvinna, dö bort; tona bort; tyna (vissna) bort **3** film. m. m., ~ ***out*** tona bort; ~ ***in*** tona in
**fag** [fæg] **I** *itr tr* slita, knoga; trötta ut, tröttköra **II** *s* **1** slit, knog; ***it's too much (much of a)*** ~ det är för jobbigt **2** vard. cig, tagg cigarrett
**faggot** ['fægət] *s* risknippe, knippe bränsle
**Fahrenheit** ['færənhaɪt] *s* Fahrenheit, Fahrenheits skala med fryspunkten vid 32° och kokpunkten vid 212°
**fail** [feɪl] *itr tr* **1** misslyckas; kuggas, bli kuggad; kugga; bli kuggad i [~ *an exam*] **2** strejka [*the engine failed*]; stanna [*his heart failed*] **3** tryta; inte räcka till [*if his strength ~s*]; avta, försämras [*his health is failing*] **4** svika, lämna i sticket; ***words ~ me*** jag saknar ord **5** ~ ***to*** a) försumma att b) vägra att, inte vilja [*the engine failed to start*] c) undgå att [*he failed to see it*] d) misslyckas med att; ~ ***to come*** utebli, inte komma
**failing** ['feɪlɪŋ] **I** *s* fel, brist, svaghet [*we all have our ~s*] **II** *a* avtagande [~ *eyesight*], vacklande [~ *health*] **III** *prep* i brist på; om det inte finns; ~ ***this (that)*** i annat fall
**failure** ['feɪljə] *s* **1** a) misslyckande, fiasko b) misslyckad person **2** underlåtenhet, försummelse; brist, avsaknad [*of* på] **3** fel; ***heart*** ~ hjärtförlamning
**faint** [feɪnt] **I** *a* **1** svag, matt [*a ~ voice*] **2** otydlig [~ *traces*]; ***I haven't the faintest (faintest idea)*** jag har inte den ringaste aning **II** *s* svimning **III** *itr* svimma; ***fainting fit*** svimningsanfall
**1 fair** [feə] *s* **1** marknad **2** hand. mässa
**2 fair** [feə] **I** *a* **1** rättvis, just [*to, on* mot]; skälig, rimlig; ~ ***and square*** öppen och ärlig; ~ ***play*** fair play, rent spel; ***give a th. a ~ trial*** pröva ngt ordentligt; ***give a p. a ~ warning*** varna ngn i tid **2** a) ganska stor (bra); ansenlig b) rimlig [~ *prices*] **3** ~ ***weather*** el. ~ uppehållsväder **4** gynnsam; ***have a ~ chance*** ha goda utsikter **5** ljuslagd, blond, ljus [*a ~ complexion*] **6** poet. fager; ***the ~ sex*** det täcka könet
**II** *adv* **1** rättvist, just, hederligt **2** ~ ***and square*** rätt, rakt; öppet, ärligt
**fairground** ['feəgraʊnd] *s* nöjesplats, marknadsplats
**fairly** ['feəlɪ] *adv* **1** rättvist; ärligt, hederligt **2** tämligen, rätt, ganska [~ *good*]
**fair-minded** ['feə'maɪndɪd] *a* rättsinnig
**fairness** ['feənəs] *s* **1** rättvisa; ärlighet; ***in all ~*** el. ***in ~*** i rättvisans namn **2** blondhet
**fair-sized** ['feəsaɪzd] *a* ganska stor, medelstor
**fairy** ['feərɪ] **I** *s* fe **II** *a* fe-, älv- [~ *queen*]; sago- [~ *prince*]; ~ ***godmother*** god fe
**fairyland** ['feərɪlænd] *s* sagoland
**fairy-story** ['feərɪˌstɔ:rɪ] *s* o. **fairy-tale** ['feərɪteɪl] *s* saga; historia
**faith** [feɪθ] *s* **1** tro [*in* på]; förtroende [*in* för] **2** troslära
**faithful** ['feɪθf(ʊ)l] *a* **1** trogen **2** exakt, noggrann
**faithfully** ['feɪθfəlɪ] *adv* **1** troget; ***promise ~*** vard. lova säkert; ***Yours ~*** i brevslut Högaktningsfullt **2** exakt
**faithless** ['feɪθləs] *a* trolös; vantrogen
**fake** [feɪk] **I** *tr itr* **1** fuska med; förfalska; dikta ihop **2** simulera [~ *illness*]; bluffa **II** *s* **1** förfalskning; uppdiktad historia; bluff **2** bluffmakare
**falcon** ['fɔ:lkən] *s* jaktfalk
**fall** [fɔ:l] **I** (*fell fallen*) *itr* **1** falla; falla omkull, ramla; sjunka [*the price fell*]; störtas [*the government fell*]; infalla, inträffa [*Easter Day ~s on a Sunday*]; ***his face fell*** han blev lång i ansiktet **2** ~ ***ill*** bli sjuk; ~ ***asleep*** somna □ ~ **away** a) falla ifrån, svika b) falla bort; vika undan; ~ **back**: ~ ***back on*** bildl. falla tillbaka på, ta till; ~ **behind** bli efter; ***have fallen behind with*** vara på efterkälken med; ~ **below**

understiga, inte gå upp till beräkning m. m.; ~ **down** falla (ramla) ned; ~ **for** a) falla för [~ *for a p.'s charm*] b) gå 'på, låta lura sig av; ~ **in** a) falla (ramla) in, falla ihop b) mil. falla in i ledet; ~ *in!* uppställning! c) ~ *in with* gå (vara) med på, foga sig efter; ~ **into** a) falla ned i; bildl. falla i [~ *into a deep sleep*]; råka i b) komma in i, förfalla till [~ *into bad habits*]; ~ **off** a) falla (ramla) av b) avta, minska, sjunka, mattas; ~ **on** a) falla på, åligga b) anfalla, överfalla; kasta sig över; ~ **out** a) falla (ramla) ut b) utfalla, avlöpa c) mil. gå ur ledet d) bli osams, råka i gräl; ~ **through** misslyckas; falla igenom; ~ **under** falla (komma, höra) under

**II** *s* **1** fall; fallande, sjunkande; nedgång **2** amer. höst, för ex. jfr *summer* **3** speciellt pl. ~*s* vattenfall [*the Niagara Falls*]

**fallacy** ['fæləsɪ] *s* vanföreställning

**fallen** ['fɔ:l(ə)n] se *fall I*

**fallible** ['fæləbl] *a* felbar

**falling-off** ['fɔ:lɪŋ'ɒf] *s* avtagande, nedgång

**false** [fɔ:ls] *a* falsk; felaktig; otrogen; lös- [~ *teeth (beard)*]

**falsehood** ['fɔ:lshʊd] *s* lögn, osanning

**falsify** ['fɔ:lsɪfaɪ] *tr* förfalska

**falsity** ['fɔ:lsətɪ] *s* oriktighet; falskhet

**falter** ['fɔ:ltə] *itr* **1** stappla, vackla **2** vara osäker

**fame** [feɪm] *s* ryktbarhet, berömmelse

**famed** [feɪmd] *a* ryktbar, berömd

**familiar** [fə'mɪljə] *a* **1** förtrolig, förtrogen; bekant **2** familjär, närgången

**familiarity** [fəˌmɪlɪ'ærətɪ] *s* **1** förtrogenhet [*with* med]; förtrolighet **2** närgångenhet

**familiarize** [fə'mɪljəraɪz] *tr* göra bekant (förtrogen)

**family** ['fæmlɪ] *s* **1** familj; *a wife and* ~ hustru och barn; *be in the* ~ *way* vard. vara med barn; ~ *allowance* barnbidrag, familjebidrag **2** släkt; *it runs in the* ~ det ligger i släkten

**famine** ['fæmɪn] *s* hungersnöd

**famished** ['fæmɪʃt] *a* utsvulten; *I'm* ~ vard. jag är döhungrig

**famous** ['feɪməs] *a* berömd, ryktbar

**1 fan** [fæn] **I** *s* solfjäder; tekn. fläkt **II** *tr* fläkta på; fläkta

**2 fan** [fæn] *s* vard. entusiast, fantast, supporter, fan

**fanatic** [fə'nætɪk] *s* fanatiker

**fanatical** [fə'nætɪk(ə)l] *a* fanatisk

**fanaticism** [fə'nætɪsɪz(ə)m] *s* fanatism

**fan-belt** ['fænbelt] *s* fläktrem

**fanciful** ['fænsɪf(ʊ)l] *a* nyckfull, fantasifull; fantastisk

**fancy** ['fænsɪ] **I** *s* **1** fantasi **2** inbillning; infall; nyck **3** tycke; *it caught (took) my* ~ det föll mig i smaken; *take a* ~ *to* bli förtjust i, fatta tycke för **II** *a* **1** fantasi-, lyx-; ~ *dress* maskeraddräkt **2** fantastisk, godtycklig; ~ *price* fantasipris **3** av högsta kvalitet [~ *crabs*] **III** *tr* **1** föreställa sig, tänka sig; tycka sig finna; inbilla sig **2** tycka om, gilla; vara pigg på [*I don't* ~ *doing it*]; fatta tycke för; önska sig, vilja ha; ~ *oneself* tro att man är något

**fancy-dress** ['fænsɪ'dres] *s* maskeraddräkt, fantasikostym; ~ *ball* maskeradbal

**fanfare** ['fænfeə] *s* fanfar

**fang** [fæŋ] *s* huggtand; orms gifttand

**fantastic** [fæn'tæstɪk] *a* fantastisk

**fantasy** ['fæntəsɪ] *s* fantasi; illusion

**far** [fɑ:] (*farther farthest* el. *further furthest*) **I** *a* **1** fjärran, avlägsen; *the Far East* Fjärran östern **2** bortre [*the* ~ *end* (del)]; *at the* ~ *end of* vid bortersta ändan av **II** *adv* **1** långt [*how* ~ *is it?*]; långt bort (borta); ~ *and wide* vitt och brett; *be* ~ *from* vara långtifrån; ~ *from it* långt därifrån; ~ *be it from me to*... jag vill ingalunda...; *as* ~ *as* a) preposition ända till b) konjunktion så vitt [*as* ~ *as I know*]; *so* ~ hittills; *in so* ~ *as* i den mån **2** vida, långt, mycket [~ *better*]; ~ *too much* alldeles för mycket; *by* ~ i hög grad, avgjort

**far-away** ['fɑ:rəweɪ] *a* avlägsen, fjärran

**farce** [fɑ:s] *s* fars

**fare** [feə] **I** *s* **1** passageraravgift, biljettpris [*pay one's* ~], taxa **2** en el. flera passagerare, resande [*he drove his* ~ *home*]; körning [*the taxi-driver got a* ~] **3** kost; *bill of* ~ matsedel **II** *itr* klara sig [~ *well (badly)*]

**farewell** ['feə'wel] *s* farväl

**far-fetched** ['fɑ:'fetʃt] *a* långsökt

**farm** [fɑ:m] **I** *s* lantgård, bondgård; för djuruppfödning farm **II** *tr itr* bruka [~ *land* (jorden)]; odla; driva jordbruk

**farmer** ['fɑ:mə] *s* **1** lantbrukare, bonde **2** djuruppfödare farmare [*fox-farmer*]

**farm-hand** ['fɑ:mhænd] *s* lantarbetare, jordbruksarbetare

**farmhouse** ['fɑ:mhaʊs] *s* bondgård

**farming** ['fɑ:mɪŋ] *s* **1** jordbruk, lantbruk **2** uppfödning [*pig-farming*], odling [*fish-farming*]

**farmstead** ['fɑ:msted] *s* bondgård

**farmyard** ['fɑ:mjɑ:d] *s* gård vid bondgård

**far-off** ['fɑ:r'ɒf] *a* avlägsen, fjärran

**far-reaching** ['fɑ:'ri:tʃɪŋ] *a* vittgående

**far-sighted** ['fɑ:'saɪtɪd] *a* **1** framsynt **2** långsynt
**fart** [fɑ:t] vulg. **I** *s* prutt **II** *itr* prutta
**farther** ['fɑ:ðə] (komparativ av *far;* för ex. se äv. *further*) **I** *a* bortre [*the ~ bank of the river*], avlägsnare **II** *adv* längre [*we can't go ~*], längre bort
**farthermost** ['fɑ:ðəməʊst] *a* borterst
**farthest** ['fɑ:ðɪst] (superlativ av *far*) **I** *a* borterst, avlägsnast **II** *adv* längst; längst bort
**fascinate** ['fæsɪneɪt] *tr* fascinera, fängsla
**fascinating** ['fæsɪneɪtɪŋ] *a* fascinerande
**fascination** [ˌfæsɪ'neɪʃ(ə)n] *s* tjusning
**fascism** ['fæʃɪz(ə)m] *s* fascism
**fascist** ['fæʃɪst] **I** *s* fascist **II** *a* fascistisk
**fashion** ['fæʃ(ə)n] **I** *s* **1** sätt, vis [*in* (på) *this ~*]; ***after a ~*** på sätt och vis **2** mod, mode; ***it is all the ~*** det är senaste modet (sista skriket); ***~ designer*** modetecknare; ***~ parade*** modevisning **3** fason, mönster **II** *tr* forma, fasonera; formge
**fashionable** ['fæʃənəbl] *a* **1** modern, på modet **2** förnäm, societets-; elegant
**1 fast** [fɑ:st] **I** *s* fasta **II** *itr* fasta
**2 fast** [fɑ:st] **I** *a* **1** snabb, hastig; snabbgående; ***~ lane*** trafik. omkörningsfil; ***~ train*** snälltåg; ***my watch is ~*** min klocka går före **2** fastsittande; hållbar, tvättäkta [*~ colours*]; ***make ~*** göra (binda) fast **3** utsvävande, lättsinnig **II** *adv* **1** fort [*run ~*]; snabbt **2** fast [*stand ~*]; stadigt, hårt, tätt; ***hold ~ to*** hålla stadigt (fast) i; bildl. hålla fast vid; ***be ~ asleep*** sova djupt
**fasten** ['fɑ:sn] *tr itr* **1** fästa [*to* vid, i, på]; göra fast, binda [*to* vid, på]; regla, säkra; knyta, knyta till; ***~ up*** fästa ihop; ***~ up one's coat*** knäppa igen sin rock **2** fastna; gå att stänga; fästas **3** ***~ on*** ta fasta på, fästa sig vid
**fastener** ['fɑ:snə] *s* knäppanordning; hållare; hake; spänne, lås
**fastidious** [fəs'tɪdɪəs] *a* kräsen, petnoga
**fat** [fæt] **I** *a* tjock, fet **II** *s* fett; ***cooking ~*** matfett; ***the ~ is in the fire*** vard. det osar hett
**fatal** ['feɪtl] *a* **1** dödlig, dödande; livsfarlig; ***~ accident*** dödsolycka **2** ödesdiger
**fate** [feɪt] *s* öde
**fateful** ['feɪtf(ʊ)l] *a* ödesdiger
**father** ['fɑ:ðə] *s* fader, far, pappa; ***~ Christmas*** jultomten
**father-in-law** ['fɑ:ðərɪnlɔ:] (pl. *fathers-in-law* ['fɑ:ðəzɪnlɔ:]) *s* svärfar
**fatherland** ['fɑ:ðəlænd] *s* fädernesland
**fatherly** ['fɑ:ðəlɪ] *a* faderlig
**fathom** ['fæðəm] **I** *s* famn mått (1,83 m) **II** *tr* fatta, komma underfund med
**fatigue** [fə'ti:g] **I** *s* trötthet, utmattning **II** *tr* trötta ut, utmatta
**fatness** ['fætnəs] *s* fetma
**fatten** ['fætn] *tr itr* göda; bli fet
**fattening** ['fætnɪŋ] *a* fettbildande
**fatuous** ['fætjʊəs] *a* dum, enfaldig
**faucet** ['fɔ:sɪt] *s* speciellt amer. kran på ledningsrör
**fault** [fɔ:lt] *s* **1** fel; brist, skavank; ***find ~ with*** klandra, kritisera **2** skuld, fel [*it is his ~*]; ***through no ~ of his (his own)*** utan egen förskyllan; ***be at ~*** vara skyldig **3** sport. felserve
**faultless** ['fɔ:ltləs] *a* felfri; oklanderlig
**faulty** ['fɔ:ltɪ] *a* felaktig; bristfällig
**favour** ['feɪvə] **I** *s* gunst, ynnest; tjänst [*do me a ~!*]; ***be out of ~*** a) vara i onåd [*with a p.* hos ngn] b) inte vara populär längre; ***in ~ of*** till förmån för; ***in our ~*** till vår förmån (favör) **II** *tr* **1** gilla; understödja; vara gynnsam för; perfekt particip *favoured* gynnad **2** favorisera, gynna
**favourable** ['feɪvərəbl] *a* **1** välvillig [*to* mot] **2** gynnsam, fördelaktig [*to* för]
**favourite** ['feɪvərɪt] *s* favorit
**1 fawn** [fɔ:n] *s* **1** hjortkalv, dovhjortskalv **2** ljust gulbrun färg
**2 fawn** [fɔ:n] *itr* bildl. svansa, krypa, fjäska [*on* för]
**fear** [fɪə] **I** *s* **1** fruktan, rädsla [*of* för]; ***be in ~ of*** vara rädd för **2** farhåga; ***be in ~ of one's life*** frukta för sitt liv; ***no ~!*** aldrig i livet! **II** *tr itr* frukta; vara rädd för; vara rädd
**fearful** ['fɪəf(ʊ)l] *a* **1** rädd [*of* för]; räddhågad **2** förskräcklig
**feasible** ['fi:zəbl] *a* genomförbar
**feast** [fi:st] **I** *s* **1** fest, högtid **2** festmåltid; kalas; njutning, fest, fröjd **II** *tr* traktera; festa, kalasa [*on* på]; ***~ one's eyes on*** låta ögat njuta av **III** *itr* festa, kalasa [*on* på]
**feat** [fi:t] *s* bragd, bedrift; prestation
**feather** ['feðə] **I** *s* fjäder; ***they are birds of a ~*** de är av samma skrot och korn; ***birds of a ~ flock together*** ordspr. lika barn leka bäst **II** *tr* fjädra; ***~ one's (one's own) nest*** sko sig, skaffa sig fördelar
**feature** ['fi:tʃə] **I** *s* **1** pl. *~s* anletsdrag **2** särdrag; kännetecken; inslag [*~s in the programme*]; huvudnummer **II** *tr* **1** känneteckna **2** visa, presentera som huvudsak, särskild attraktion
**February** ['februərɪ] *s* februari
**fed** [fed] se *feed I*

**federal** [ˈfedər(ə)l] *a* förbunds- [~ *republic*]
**federation** [ˌfedəˈreɪʃ(ə)n] *s* sammanslutning, förbund, federation
**fee** [fiː] *s* **1** honorar, arvode **2** avgift
**feeble** [ˈfiːbl] *a* svag; klen; matt
**feed** [fiːd] **I** (*fed fed*) *tr itr* **1** fodra, ge mat; bespisa; föda; mata **2** vard., ***be fed up with*** vara trött (utled) på **3** om djur äta, beta; om person äta, käka **4** ~ ***on*** livnära sig på, äta **II** *s* **1** utfodring; matande **2** foder; foderranson **3** vard. mål, kalas
**feel** [fiːl] (*felt felt*) *tr itr* **1** känna [~ *pain*], märka; ha en känsla av; känna på **2** sondera; ~ ***one's way*** treva sig fram **3** tycka, anse; inse **4** känna; känna sig, må [*how do you ~?*]; ***how do you ~ about that?*** vad tycker du om det?; ~ ***for*** känna för; ~ ***sorry for*** tycka synd om; ~ ***cold*** frysa; ha lust med [*do you ~ like a walk?*] **5** kännas [*your hands ~ cold*]
**feeler** [ˈfiːlə] *s* **1** zool. känselspröt, antenn **2** bildl. trevare
**feeling** [ˈfiːlɪŋ] *s* **1** känsel **2** känsla; medkänsla [*for* med]; ***bad*** ~ missämja; ***hurt ap.'s ~s*** såra ngn (ngns känslor); ~ ***(~s) ran high*** känslorna råkade i svallning
**feet** [fiːt] *s* se *foot I*
**feign** [feɪn] *tr* **1** hitta på, dikta upp **2** låtsa, låtsas; simulera
**feint** [feɪnt] *s* skenmanöver; fint; list
**1 fell** [fel] se *fall I*
**2 fell** [fel] *tr* fälla, hugga ner [~ *a tree*]
**fellow** [ˈfeləʊ] *s* **1** vard. karl, kille, grabb; ***a queer*** ~ en konstig prick **2** medlem, ledamot av ett lärt sällskap **3** attributivt (ofta) med- [~ *passenger*]; ~ ***actor*** medspelare, skådespelarkollega; ~ ***worker*** arbetskamrat
**fellow-countryman** [ˈfeləʊˈkʌntrɪmən] (pl. *fellow-countrymen* [ˈfeləʊˌkʌntrɪmən]) *s* landsman
**fellow-creature** [ˈfeləʊˈkriːtʃə] *s* medmänniska
**fellowman** [ˈfeləʊˈmæn] (pl. *fellowmen* [ˈfeləʊˈmen]) *s* medmänniska
**fellowship** [ˈfeləʃɪp] *s* kamratskap
**1 felt** [felt] se *feel*
**2 felt** [felt] *s* filt tyg; ~ ***pen*** tuschpenna
**female** [ˈfiːmeɪl] **I** *a* kvinno-, kvinnlig; av honkön; ~ ***elephant*** elefanthona; ~ ***sex*** kvinnokön **II** *s* fruntimmer
**feminine** [ˈfemɪnɪn] *a* kvinnlig, kvinno-; feminin äv. gram. [*the ~ gender*]
**femininity** [ˌfemɪˈnɪnətɪ] *s* kvinnlighet
**fen** [fen] *s* kärr, träsk, myr, sankmark
**fence** [fens] **I** *s* **1** stängsel, staket; ***sit (be) on the*** ~ vard. inta en avvaktande hållning **2** sl. hälare **II** *tr itr* **1** inhägna, omgärda [äv. ~ *in (up)*] **2** fäkta
**fencer** [ˈfensə] *s* fäktare
**fencing** [ˈfensɪŋ] *s* **1** fäktning, fäktkonst **2** stängsel **3** sl. häleri
**fend** [fend] *tr itr* **1** ~ ***off*** el. ~ avvärja, parera **2** vard., ~ ***for oneself*** sörja för sig själv
**fender** [ˈfendə] *s* **1** eldgaller framför eldstad **2** amer. flygel, stänkskärm
**ferment** [substantiv ˈfɜːment, verb fəˈment] **I** *s* jäsningsämne; jäsning **II** *itr* jäsa
**fern** [fɜːn] *s* ormbunke
**ferocious** [fəˈrəʊʃəs] *a* vildsint, vild, grym
**ferocity** [fəˈrɒsətɪ] *s* vildhet, grymhet
**ferret** [ˈferət] *s* zool. jaktiller, frett
**ferry** [ˈferɪ] **I** *s* färja; ~ ***service*** färjtrafik, färjförbindelse **II** *tr* färja, transportera
**ferry-boat** [ˈferɪbəʊt] *s* färja
**fertile** [ˈfɜːtaɪl, amer. ˈfɜːtl] *a* **1** bördig, fruktbar; fruktsam **2** bildl. produktiv [*a ~ author*]; ***a ~ imagination*** en rik fantasi
**fertility** [fəˈtɪlətɪ] *s* bördighet, fruktbarhet
**fertilize** [ˈfɜːtɪlaɪz] *tr* gödsla, göda
**fertilizer** [ˈfɜːtɪlaɪzə] *s* gödningsmedel
**fervent** [ˈfɜːv(ə)nt] *a* glödande [~ *zeal*], brinnande [~ *prayers*], ivrig
**fervour** [ˈfɜːvə] *s* glöd, brinnande iver
**fester** [ˈfestə] *itr* om sår m.m. bulna, vara sig, vara
**festival** [ˈfestəv(ə)l] *s* **1** relig. högtid, fest **2** festival, festspel
**festive** [ˈfestɪv] *a* festlig, fest-
**festivity** [fesˈtɪvətɪ] *s* **1** feststämning [äv. *air of ~*] **2** ofta pl. ***festivities*** festligheter, högtidligheter
**fetch** [fetʃ] *tr* **1** hämta, skaffa **2** inbringa [*it fetched £600*]; betinga [~ *a high price*]
**fetching** [ˈfetʃɪŋ] *a* tilltalande
**fête** [feɪt] *s* stor fest; välgörenhetsfest, basar
**fetish** [ˈfiːtɪʃ, ˈfetɪʃ] *s* fetisch
**fetter** [ˈfetə] **I** *s* boja **II** *tr* **1** fjättra **2** bildl. klavbinda, binda, hämma
**fettle** [ˈfetl] *s*, ***in fine*** ~ i fin form; på gott humör
**feud** [fjuːd] *s* fejd, strid, tvist
**feudal** [ˈfjuːdl] *a* läns-; feodal- [~ *system*]
**feudalism** [ˈfjuːdəlɪz(ə)m] *s* feodalism
**fever** [ˈfiːvə] *s* feber; febersjukdom; ***at ~ heat (pitch)*** bildl. vid kokpunkten
**feverish** [ˈfiːvərɪʃ] *a* **1** ***he is*** ~ han har feber **2** bildl. het, brinnande [~ *desire*], febril

**few** [fju:] *a* o. *s* få, lite, litet; *a* ~ några få, några, några stycken, lite, litet; *not a* ~ el. *quite a* ~ el. *a good* ~ inte så få (så litet); *the* ~ fåtalet, minoriteten; *the first (last)* ~ *days* de allra första (senaste ) dagarna
**fewer** ['fju:ə] *a* o. *s* (komparativ av *few*) färre; mindre
**fewest** ['fju:ɪst] *a* o. *s* (superlativ av *few*) fåtaligast, minst
**fiancé** [fɪ'ɑ:nseɪ] *s* fästman
**fiancée** [fɪ'ɑ:nseɪ] *s* fästmö
**fiasco** [fɪ'æskəʊ] *s* fiasko, misslyckande
**fib** [fɪb] vard. **I** *s* smålögn; *tell* ~*s* småljuga **II** *itr* småljuga
**fibre** ['faɪbə] *s* **1** fiber **2** bildl. virke [*of solid* (gott) ~]
**fibre-glass** ['faɪbəglɑ:s] *s* glasfiber
**fickle** ['fɪkl] *a* ombytlig, nyckfull
**fiction** ['fɪkʃ(ə)n] *s* **1** ren dikt, påhitt **2** skönlitteratur men vanligen endast på prosa
**fictitious** [fɪk'tɪʃəs] *a* uppdiktad; fingerad
**fiddle** ['fɪdl] **I** *s* **1** fiol; *fit (as fit) as a* ~ frisk som en nötkärna; *have a face as long as a* ~ vara lång i ansiktet **2** vard. fiffel **II** *itr* vard. **1** spela fiol **2 a)** ~ *about with* el. ~ *with* fingra (pilla) på; mixtra med **b)** fjanta [~ *about doing nothing*] **3** vard. fiffla
**fiddler** ['fɪdlə] *s* **1** fiolspelare, spelman **2** vard. fifflare
**fidelity** [fɪ'delətɪ] *s* trohet; naturtrogen återgivning av ljud m. m.
**fidget** ['fɪdʒɪt] *itr* inte kunna sitta (vara) stilla
**fidgety** ['fɪdʒətɪ] *a* nervös, orolig
**field** [fi:ld] *s* **1** fält; åker **2** bildl. område, fält, fack **3** fys. fält; *magnetic* ~ magnetfält **4** mil. slagfält; ~ *marshal* fältmarskalk **5** sport. **a)** plan [*football* ~]; *sports* ~ idrottsplats; ~ *events* tävlingar i hopp och kast **b)** kollektivt fält deltagare i t. ex. tävling, jakt
**field-glasses** ['fi:ldglɑ:sɪz] *s pl* fältkikare
**field-mouse** ['fi:ldmaʊs] (pl. *field-mice* [fi:ldmaɪs]) *s* sork
**fiend** [fi:nd] *s* **1** djävul; ond ande **2** vard. slav under last, entusiast; *dope* ~ narkoman; *fresh-air* ~ friluftsfantast
**fiendish** ['fi:ndɪʃ] *a* djävulsk, ondskefull
**fierce** [fɪəs] *a* **1** vild **2** våldsam, häftig
**fiery** ['faɪərɪ] *a* **1** brännande [~ *heat*], flammande **2** eldig, hetsig [*a* ~ *temper*]
**fifteen** ['fɪf'ti:n] *räkn* o. *s* femton
**fifteenth** ['fɪf'ti:nθ] *räkn* o. *s* femtonde; femtondel
**fifth** [fɪfθ] *räkn* o. *s* femte; femtedel
**fiftieth** ['fɪftɪɪθ] *räkn* o. *s* femtionde; femtiondel
**fifty** ['fɪftɪ] **I** *räkn* femtio **II** *s* femtio; femtiotal; *in the fifties* på femtiotalet av ett århundrade
**fifty-fifty** ['fɪftɪ'fɪftɪ] *a* o. *adv* fifty-fifty, jämn, jämnt; *on a* ~ *basis* på lika basis; *a* ~ *chance* femtioprocents chans; *go* ~ *with a p.* dela lika med ngn
**fig** [fɪg] *s* fikon; *I don't care a* ~ *for* jag struntar blankt i
**fight** [faɪt] **I** (*fought fought*) *itr tr* slåss, kämpa, boxas; bekämpa, kämpa mot, slåss med **II** *s* slagsmål, kamp, strid; boxningsmatch; *put up a good* ~ kämpa tappert
**fighter** ['faɪtə] *s* slagskämpe; boxare
**fighting** ['faɪtɪŋ] *s* strid, strider [*street* ~], kamp; slagsmål
**figment** ['fɪgmənt] *s* påfund, påhitt; ~ *of the imagination* fantasifoster
**figurative** ['fɪgjʊrətɪv] *a* bildlig
**figure** ['fɪgə] **I** *s* **1 a)** siffra; pl. ~*s* äv. uppgifter, statistik; *he is good at* ~*s* han räknar bra **b)** vard. belopp, pris **2** figur [*she has a good* (snygg) ~]; gestalt, person [*a public* (offentlig) ~]; *cut a poor (sorry)* ~ göra en slät figur **3** figur, illustration, bild **II** *tr itr* **1** beräkna; ~ *out* räkna ut; komma underfund med **2** amer. anta, förmoda **3** ~ *on* amer. räkna med; lita på; räkna (spekulera) på **4** framträda, figurera, förekomma
**figure-head** ['fɪgəhed] *s* galjonsfigur
**figure-skating** ['fɪgəˌskeɪtɪŋ] *s* konståkning på skridsko
**filament** ['fɪləmənt] *s* tråd i glödlampa
**1 file** [faɪl] **I** *s* fil verktyg **II** *tr* fila
**2 file** [faɪl] **I** *s* **1** samlingspärm, pärm; dokumentskåp **2** dokumentsamling, kortsystem; *on our* ~*s* i vårt register **II** *tr* sätta in, arkivera; registrera
**3 file** [faɪl] **I** *s* rad av personer el. saker efter varandra, led **II** *itr* gå i en lång rad
**filial** ['fɪljəl] *a* sonlig, dotterlig
**filings** ['faɪlɪŋz] *s pl* filspån
**fill** [fɪl] **I** *tr* **1** fylla **2** tillfredsställa; mätta **3** besätta, tillsätta en tjänst; ~ *a p.'s place* inta ngns plats **4** ~ *up* fylla upp, fylla i [~ *up a form* (blankett)]; fylla igen **II** *s* **1** lystmäte; *eat one's* ~ äta sig mätt **2** fyllning; *a* ~ *of tobacco* en stopp
**fillet** ['fɪlɪt] **I** *s* kok. filé; ~ *of sole* sjötungsfilé **II** *tr* filea; *filleted sole* sjötungsfilé
**filling** ['fɪlɪŋ] **I** *a* mättande; fyllande; fyllnads- **II** *s* **1** fyllande; ifyllning **2** fyllnad, fyllning, plomb [*a gold* ~]
**filling-station** ['fɪlɪŋˌsteɪʃ(ə)n] *s* bensinstation

**filly** ['fɪlɪ] *s* stoföl; ungsto
**film** [fɪlm] **I** *s* **1** hinna, tunt skikt, film [*a ~ of oil*] **2** film; filmrulle; *~ director* filmregissör; *~ producer* filmproducent; *~ star* filmstjärna; *~ strip* bildband **II** *tr* filma
**filmgoer** ['fɪlmˌgəʊə] *s* biobesökare
**filter** ['fɪltə] **I** *s* filter **II** *tr itr* filtrera, sila; filtreras, silas
**filth** [fɪlθ] *s* smuts, lort; vard. smörja, snusk
**filthy** ['fɪlθɪ] *a* smutsig, lortig; snuskig
**fin** [fɪn] *s* fena
**final** ['faɪnl] **I** *a* slutlig, sista, avgörande, slutgiltig [*the ~ result*] **II** *s* sport., *~* el. pl. *~s* final, sluttävlan
**finale** [fɪ'nɑ:lɪ] *s* final
**finalist** ['faɪnəlɪst] *s* finalist
**finally** ['faɪnəlɪ] *adv* slutligen, till sist
**finance** ['faɪnæns] **I** *s* **1** finans **2** pl. *~s* a) stats finanser b) enskilds ekonomi **II** *tr* finansiera
**financial** [faɪ'nænʃ(ə)l] *a* finansiell, ekonomisk [*~ aid*]
**financier** [faɪ'nænsɪə] *s* finansman
**finch** [fɪntʃ] *s* fink
**find** [faɪnd] **I** (*found found*) *tr* **1** finna; hitta, påträffa; se, upptäcka; *be found* finnas, påträffas **2** skaffa [*~ a p. work*]; *~ one's (the) way* leta sig fram, hitta vägen **3** anse, tycka ngn (ngt) vara; inse, märka [*I found that I was mistaken*] **4** jur., *~ guilty* förklara skyldig; *~ not guilty* frikänna **5** *~ out* ta (leta) reda på; söka upp; upptäcka; tänka ut, hitta (komma) på **II** *s* fynd
**1 fine** [faɪn] **I** *s* böter [*sentence a p. to a ~*] **II** *tr* bötfälla; *he was fined* han fick böta
**2 fine** [faɪn] **I** *a* **1** fin **2** utsökt [*a ~ taste*], förfinad; *the ~ arts* de sköna konsterna **3** om väder vacker **4** om t. ex. metaller ren [*~ gold*] **5** *I feel ~* jag mår riktigt bra; *one of these ~ days* en vacker dag, endera dagen; iron. *you're a ~ one!* du är just en fin (snygg) en! **II** *adv* fint; *that will suit me ~* vard. det passar mig utmärkt
**finery** ['faɪnərɪ] *s* finkläder, stass; prakt
**finesse** [fɪ'nes] *s* takt, finess
**finger** ['fɪŋgə] **I** *s* finger; *first ~* pekfinger; *little ~* lillfinger; *middle ~* långfinger; *he has it at his ~ (fingers') ends* han har (kan) det på sina fem fingrar; *have a ~ in the pie* ha ett finger med i spelet; *lay (put) a ~ on* röra, röra vid; *let a chance slip through one's ~s* låta en chans gå sig ur händerna **II** *tr* fingra på
**finger-mark** ['fɪŋgəmɑ:k] *s* märke efter ett smutsigt finger
**finger-nail** ['fɪŋgəneɪl] *s* fingernagel
**fingerprint** ['fɪŋgəprɪnt] *s* fingeravtryck
**finger-tip** ['fɪŋgətɪp] *s* fingerspets; *have a th. at one's ~* ha ngt på sina fem fingrar
**finish** ['fɪnɪʃ] **I** *tr itr* **1** sluta, avsluta, slutföra; bli färdig med; göra slut på; upphöra, bli färdig [äv. *~ off, ~ up*]; *~ eating* äta färdigt; *~ off* el. *~* vard. ta kål på; *we finished up at a pub* till slut hamnade vi på en pub **2** sport. sluta [*he finished third* (som trea)] **II** *s* **1** slut, avslutning; finish, upplopp; *bring to a ~* avsluta; *a fight to the ~* en kamp på liv och död **2** finish, polering
**finished** ['fɪnɪʃt] *a* **1** färdig; fulländad **2** vard. slut [*I'm ~, I can't go on*]
**finishing** ['fɪnɪʃɪŋ] *a*, *~ tape* sport. målsnöre; *give a th. the ~ touch* el. *give (put) the ~ touch to a th.* lägga sista handen vid ngt
**Finland** ['fɪnlənd]
**Finn** [fɪn] *s* finne, finländare
**finnan** ['fɪnən] *s*, *~ haddock* kok. rökt kolja
**Finnish** ['fɪnɪʃ] **I** *a* finsk, finländsk **II** *s* finska språket
**fir** [fɜ:] *s* gran, speciellt ädelgran
**fire** ['faɪə] **I** *s* **1** eld, elden i allm.; *catch ~* fatta eld; *set ~ to* el. *set on ~* sätta eld på, sätta i brand; *on ~* i brand; *be on ~* brinna, stå i lågor **2** eld i eldstad, brasa; låga; *electric ~* elkamin **3** eldsvåda, brand; *~!* elden är lös! **4** mil. eld, skottlossning; *be under ~* vara under beskjutning, bildl. vara i skottgluggen (elden) **II** *tr itr* **1** avskjuta, fyra av, avlossa, bränna av; ge eld, ge fyr [*at, on* mot, på]; *~ questions at a p.* bombardera ngn med frågor; *~ away* bildl. sätta igång **2** antända **3** vard. sparka avskeda **4** bildl. elda upp, egga, stimulera [*~ a p.'s imagination*]
**fire-alarm** ['faɪərəˌlɑ:m] *s* brandalarm
**firearms** ['faɪərɑ:mz] *s pl* skjutvapen, eldvapen
**fire-brigade** ['faɪəbrɪˌgeɪd] *s* brandkår
**fire-engine** ['faɪərˌendʒɪn] *s* brandbil
**fire-escape** ['faɪərɪsˌkeɪp] *s* **1** brandstege **2** reservutgång
**fire-extinguisher** ['faɪərɪksˌtɪŋgwɪʃə] *s* brandsläckare
**fireman** ['faɪəmən] (pl. *firemen* ['faɪəmən]) *s* brandman, brandsoldat
**fireplace** ['faɪəpleɪs] *s* eldstad, öppen spis
**fireproof** ['faɪəpru:f] *a* brandsäker; eldfast
**fireside** ['faɪəsaɪd] *s*, *by the ~* vid brasan

**fire-station** ['faɪəˌsteɪʃ(ə)n] *s* brandstation

**firewood** ['faɪəwʊd] *s* ved

**fireworks** ['faɪəwɜ:ks] *s pl* fyrverkeripjäser; fyrverkeri

**firing-squad** ['faɪərɪŋskwɒd] *s* exekutionspluton

**1 firm** [fɜ:m] *s* firma

**2 firm** [fɜ:m] **I** *a* fast; stadig **II** *adv* fast [*stand ~*]

**first** [fɜ:st] **I** *a* o. *räkn* första, förste; förnämsta; *~ aid* första hjälpen; *~ name* förnamn; *~ night* premiär; *in the ~ place* i första rummet; för det första; *at ~ sight* vid första anblicken (ögonkastet [*love at ~ sight*]); *you don't know the ~ thing about it* du vet inte ett dyft om det **II** *adv* **1** först; *~ of all* allra först; först och främst **2** i första klass [*travel ~*] **3** *come (finish) ~* komma (sluta) som etta **III** *s* **1** *at ~* först, i början **2** första, förste **3** sport. förstaplats; etta **4** motor. ettans växel

**first-aid** ['fɜ:st'eɪd] *a, ~ kit* förbandslåda

**first-class** ['fɜ:st'klɑ:s] *a* förstaklass-; förstklassig [*a ~ hotel*]; *a ~ row* vard. ett ordentligt gräl

**first-hand** ['fɜ:st'hænd] **I** *a* förstahands-, i första hand [*~ information*] **II** *adv* i första hand [*learn* (få veta) *a th. ~*]

**firstly** ['fə:stlɪ] *adv* för det första

**first-rate** ['fɜ:st'reɪt] *a* första klassens, förstklassig, utmärkt

**firth** [fɜ:θ] *s* fjord, fjärd, havsarm

**fish** [fɪʃ] **I** (pl. *fishes* el. kollektivt ~) *s* **1** fisk; *~ and chips* friterad fisk och pommes frites; *~ fingers (sticks)* kok. fiskpinnar; *he is like a ~ out of water* han är inte i sitt rätta element; *drink like a ~* dricka som en svamp **2** vard., *odd (queer) ~* lustig kurre **II** *tr itr* fiska, fånga, dra upp [*~ trout*]; *~ for* fiska [*~ for trout*]; *~ for compliments* vard. gå med håven; *~ out* fiska upp

**fish-cake** ['fɪʃkeɪk] *s* kok., slags fiskkrokett

**fisherman** ['fɪʃəmən] (pl. *fishermen* ['fɪʃəmən]) *s* yrkesfiskare

**fishery** ['fɪʃərɪ] *s* fiskeri; fiske

**fishing** ['fɪʃɪŋ] *s* fiskande; *~ village* fiskeläge

**fishing-line** ['fɪʃɪŋlaɪn] *s* metrev

**fishing-rod** ['fɪʃɪŋrɒd] *s* metspö

**fish-knife** ['fɪʃnaɪf] *s* fiskkniv

**fishmonger** ['fɪʃˌmʌŋgə] *s* fiskhandlare

**fishy** ['fɪʃɪ] *a* **1** fisklik, fisk- [*a ~ smell*] **2** vard. skum, misstänkt

**fission** ['fɪʃ(ə)n] *s, nuclear ~* fys. fission, kärnklyvning

**fist** [fɪst] *s* knytnäve, näve; *shake one's ~* hytta med näven

**1 fit** [fɪt] *s* anfall, attack av t.ex. sjukdom; krampanfall; *~ of apoplexy* slaganfall; *~ of laughter* skrattanfall; *fainting ~* svimningsanfall; *it gave me a ~* el. *I nearly had a ~* jag höll på att få slag; *by ~s and starts* ryckvis

**2 fit** [fɪt] **I** *a* **1** lämplig, duglig; passande, värdig [*you are not ~ to...*]; *think (see) ~ to* anse lämpligt att **2** spänstig; kry; *keep ~* hålla sig i form **II** *tr* **1** passa i (till); passa, om kläder äv. sitta; *~ in with* passa ihop med **2** göra lämplig, avpassa [*to* efter] **3** passa in, sätta på [*~ a tyre on to a wheel*]; prova in **4** utrusta, förse **III** *s* passform; [*these shoes*] *are your ~ ...* passar dig; *be a tight ~* sitta åt

**fitful** ['fɪtf(ʊ)l] *a* ryckig, ryckvis

**fitness** ['fɪtnəs] *s* **1** kondition [*physical ~*] **2** lämplighet

**fitting** ['fɪtɪŋ] **I** *a* **1** passande, lämplig **2** i sammansättningar -sittande [*badly-fitting*] **II** *s* **1** a) avpassning; utrustning b) provning [*go to the tailor's for a ~*] c) om kläder storlek, passform, om skor läst [*a broader ~*] **2** pl. *~s* tillbehör; beslag på t.ex. dörrar, fönster; armatur [*electric (electric light) ~s*]

**five** [faɪv] **I** *räkn* fem **II** *s* femma

**fiver** ['faɪvə] *s* vard. fempundssedel; amer. femdollarssedel

**five-year-old** [faɪvjərəʊld] **I** *a* femårig, fem års **II** *s* femåring

**fix** [fɪks] **I** *tr itr* **1** fästa, anbringa, montera, sätta fast [*to* vid, i, på]; sätta upp [*~ a shelf to* (på) *the wall*] **2** fästa, rikta [*he fixed his eyes* (blicken) *on me*] **3** fastställa, bestämma, fastslå; *~ on* bestämma sig (fastna) för **4** arrangera, placera, ställa [äv. *~ up*]; *~ a p. up with a th.* ordna (fixa) ngt åt ngn **5** vard. a) fixa, greja, göra klar; sätta ihop, laga [*~ a broken lock*], laga till [*~ lunch*] b) fixa, göra upp [*the match was fixed*] **II** *s* knipa [*in an awful ~*]

**fixed** [fɪkst] *a* **1** fix; fästad, fast **2** fastställd, bestämd [*~ price*]

**fixture** ['fɪkstʃə] *s* **1** fast tillbehör (inventarium) **2** sport. tävling, match; *~ list* lagens säsongprogram

**fizz** [fɪz] **I** *itr* om kolsyrad dryck brusa **II** *s* **1** brus **2** vard. skumpa speciellt champagne; brus kolsyrad dryck

**fizzle** ['fɪzl] *itr, ~ out* spraka till och slockna; vard. rinna ut i sanden, gå i stöpet

**flabby** ['flæbɪ] *a* slapp [~ *muscles*], sladdrig; plussig
**1 flag** [flæg] *s* flagga; fana
**2 flag** [flæg] *itr* mattas, sacka efter, börja gå trögt [*the conversation flagged*]
**flagon** ['flægən] *s* vinkanna, vinkrus
**flagpole** ['flægpəʊl] *s* flaggstång
**flagrant** ['fleɪgr(ə)nt] *a* flagrant; skriande
**flagstaff** ['flægstɑ:f] *s* flaggstång
**flair** [fleə] *s* väderkorn; näsa, känsla; stil
**flake** [fleɪk] **I** *s* flaga; flinga [~*s of snow*]; flak [~*s of ice*]; skiva **II** *tr itr* flisa, flaga, flaga (skiva) sig
**flamboyant** [flæm'bɔɪənt] *a* översvallande [~ *manner*]
**flame** [fleɪm] **I** *s* flamma, låga; ***be in ~s*** stå i lågor **II** *itr* flamma, låga
**flank** [flæŋk] **I** *s* flank; flygel **II** *tr* flankera
**flannel** ['flænl] *s* **1** flanell **2** flanelltrasa; tvättlapp **3** pl. ~*s* flanellbyxor
**flap** [flæp] **I** *tr itr* flaxa med; vifta med; flaxa **II** *s* **1** vingslag, flaxande **2** flik [*the ~ of an envelope*]; lock [*the ~ of a pocket*]
**flare** [fleə] **I** *itr* om låga fladdra; blossa; ***~ up*** flamma upp, bildl. brusa upp **II** *s* fladdrande låga; signalljus, lysraket
**flash** [flæʃ] **I** *itr tr* **1** lysa fram, blänka till; blixtra; låta lysa (blixtra) [~ *a light*]; lysa med [~ *a torch*]; blinka med [~ *headlights*]; ***~ by*** susa förbi **2** bildl. radiera, telegrafera **II** *s* plötsligt sken, stråle [~ *of light*]; blixt; blink från t.ex. fyr, signallampa; ***~ of lightning*** blixt; ***in a ~*** på ett ögonblick; som en blixt
**flashback** ['flæʃbæk] *s* tillbakablick, återblick i berättelse
**flashbulb** ['flæʃbʌlb] *s* foto. blixtljuslampa, fotoblixt
**flashcube** ['flæʃkju:b] *s* foto. blixtkub
**flashlamp** ['flæʃlæmp] *s* **1** ficklampa **2** foto. blixtljuslampa
**flashlight** ['flæʃlaɪt] *s* **1** blinkfyr **2** foto. blixtljus **3** ficklampa
**flashy** ['flæʃɪ] *a* skrikig; vräkig
**flask** [flɑ:sk] *s* flaska; fickflaska, plunta
**1 flat** [flæt] *s* lägenhet, våning; ***block of ~s*** hyreshus
**2 flat** [flæt] **I** *a* **1** plan, platt [~ *roof*]; ***~ plates*** flata tallrikar; ***~ race*** slätlopp; ***~ tyre*** (amer. ***tire***) punktering; ***~ rate*** enhetstaxa **2** fadd, duven, avslagen [~ *beer*] **3** mus. a) sänkt en halv ton; med b-förtecken b) falsk; ***A ~*** etc., se respektive bokstav **II** *adv* **1** exakt, blankt [*in* (på) *ten seconds ~*]; rent ut [*he told me ~ that* . . . ]; ***~ out*** för fullt, i full fart **2** plant, platt; ***sing ~*** sjunga falskt **III** *s* **1** flata av hand, svärd m.m. **2** mus. b-förtecken, b
**flatfooted** ['flæt'fʊtɪd] *a* plattfotad
**flat-iron** ['flæt,aɪən] *s* strykjärn
**flatly** ['flætlɪ] *adv*, ***~ refuse*** vägra blankt
**flatten** ['flætn] *tr itr* platta till; ***~ out*** el. ~ bli plan (platt)
**flatter** ['flætə] *tr* smickra
**flatterer** ['flætərə] *s* smickrare
**flattery** ['flætərɪ] *s* smicker
**flaunt** [flɔ:nt] *tr* **1** briljera med, skylta med [~ *one's knowledge*] **2** nonchalera
**flavour** ['fleɪvə] **I** *s* smak; arom, doft **II** *tr* smaksätta, krydda
**flaw** [flɔ:] *s* **1** spricka **2** fel, skavank
**flawless** ['flɔ:ləs] *a* felfri; fläckfri [*a ~ reputation*]; fulländad
**flax** [flæks] *s* lin
**flaxen** ['flæks(ə)n] *a* linartad; lingul
**flay** [fleɪ] *tr* flå; hudflänga
**flea** [fli:] *s* loppa
**fleck** [flek] *s* fläck, stänk; korn [~*s of dust*]
**fled** [fled] se *flee*
**flee** [fli:] (*fled fled*) *itr tr* fly, ta till flykten; fly från (ur)
**fleece** [fli:s] **I** *s* fårs ull, päls **II** *tr* **1** klippa får **2** vard. skinna, klå [*of* på]
**fleet** [fli:t] *s* flotta; eskader, flottilj
**Flemish** ['flemɪʃ] *a* flamländsk
**flesh** [fleʃ] *s* kött äv. bildl. [*my own ~ and blood*]; ***go the way of all ~*** gå all världens väg dö; ***put on ~*** lägga på hullet; ***in the ~*** livs levande, i egen person
**flesh-coloured** ['fleʃ,kʌləd] *a* hudfärgad
**flew** [flu:] se *1 fly I*
**flex** [fleks] **I** *s* elektr. sladd **II** *tr* böja [~ *one's arms*]; spänna muskel
**flexible** ['fleksəbl] *a* **1** böjlig, smidig, mjuk, elastisk **2** bildl. flexibel [*a ~ system*], smidig; ***~ working hours*** flextid
**flexitime** ['fleksɪtaɪm] *s* flextid
**flick** [flɪk] **I** *tr* snärta till, smälla, smälla till; ***~ away (off)*** slå (knäppa) bort **II** *s* lätt slag; knäpp, snärt; snabb vridning [*a ~ of the wrist*]
**flicker** ['flɪkə] **I** *itr* fladdra [*the candle flickered*], flimra **II** *s* fladdrande; glimt [*a ~ of hope*]
**1 flight** [flaɪt] *s* **1** a) flykt [*the ~ of a bird*] b) flygning [*a solo ~*], flygtur c) bana väg [*the ~ of an arrow*] **2** skur, regn [*a ~ of arrows*] **3** trappa [äv. *~ of stairs*]; ***two ~s up*** två trappor upp
**2 flight** [flaɪt] *s* flykt, flyende; ***put to ~*** jaga på flykten
**flighty** ['flaɪtɪ] *a* flyktig; lättsinnig

**flimsy** ['flɪmzɪ] *a* tunn [*a ~ wall*]; svag, bräcklig [*a ~ cardboard box*], klen
**flinch** [flɪntʃ] *itr* **1** rygga tillbaka **2** rycka till av smärta; ***without flinching*** utan att blinka
**fling** [flɪŋ] **I** (*flung flung*) *tr* kasta, slunga, slänga [*~ a stone*]; *~* ***open*** slå (slänga) upp **II** *s* **1** kast **2** ***have a ~ at*** a) ge sig i kast med b) ge ngn en gliring **3** ***have a ~*** slå runt, festa om
**flint** [flɪnt] *s* flinta; stift i tändare
**flip** [flɪp] *tr* **1** knäppa iväg [*~ a ball of paper*] **2** *~* ***through*** bläddra igenom
**flippant** ['flɪpənt] *a* nonchalant, lättvindig
**flirt** [flɜ:t] **I** *itr* flörta **II** *s* flört
**flirtation** [flɜ:'teɪʃ(ə)n] *s* flört, kurtis
**flirtatious** [flɜ:'teɪʃəs] *a* flörtig
**flit** [flɪt] *itr* **1** fladdra, flyga **2** flacka [*~ from place to place*]
**flitter** ['flɪtə] *itr* fladdra omkring, flaxa
**float** [fləʊt] **I** *itr tr* **1** flyta; hålla flytande **2** sväva [*dust floating in the air*] **3** flotta [*~ logs*] **4** starta, grunda [*~ a company*] **II** *s* **1** flotte **2** flöte; simdyna
**floating** ['fləʊtɪŋ] *a* flytande; svävande; *~* ***dock*** flytdocka; *~* ***kidney*** vandrande njure
**flock** [flɒk] **I** *s* **1** flock, skock [*~ of geese*]; hjord [*~ of sheep*] **2** om person skara **II** *itr* flockas, skocka sig
**flog** [flɒg] *tr* prygla, piska, aga [*~ with a cane*]
**flogging** ['flɒgɪŋ] *s* prygel, aga, smörj
**flood** [flʌd] **I** *s* högvatten, flod, ström; översvämning **II** *tr* översvämma; få att svämma över; ***flooded with light*** dränkt av ljus
**floodlight** ['flʌdlaɪt] *s* strålkastare; pl. *~s* strålkastarbelysning, strålkastarljus
**floor** [flɔ:] **I** *s* **1** golv; ***take the ~*** börja dansen **2** våning våningsplan; ***the first ~*** en trappa upp, amer. bottenvåningen **II** *tr* **1** lägga golv i **2** slå omkull, golva boxare; ***be floored by a problem*** gå bet på ett problem
**floor-show** ['flɔ:ʃəʊ] *s* kabaré, krogshow
**flop** [flɒp] **I** *itr* **1** flaxa, smälla, slå; *~* ***about*** a) om sko kippa, glappa b) om person gå och hänga **2** *~* ***down*** dimpa (dunsa) ner **3** vard. göra fiasko, spricka **II** *s* **1** flaxande; smäll, duns; plums **2** vard. fiasko, flopp
**floppy** ['flɒpɪ] *a* flaxande, slak; svajig
**florid** ['flɒrɪd] *a* rödblommig [*~ complexion*]
**florist** ['flɒrɪst] *s*, ***florist's shop*** el. ***florist's*** blomsteraffär

**1 flounce** [flaʊns] *s* volang, garnering
**2 flounce** [flaʊns] *itr* rusa, störta [*she flounced out of the room*]
**1 flounder** ['flaʊndə] *s* zool. flundra
**2 flounder** ['flaʊndə] *itr* **1** sprattla, tumla; *~* ***about*** irra omkring **2** stå och hacka
**flour** ['flaʊə] *s* mjöl
**flourish** ['flʌrɪʃ] **I** *itr tr* **1** blomstra; florera **2** svänga, svinga [*~ a sword*] **3** lysa med [*~ one's wealth*] **II** *s* **1** snirkel, släng **2** elegant sväng [*he took off his hat with a ~*]
**flourishing** ['flʌrɪʃɪŋ] *a* blomstrande
**flout** [flaʊt] *tr* trotsa [*~ the law*]; nonchalera
**flow** [fləʊ] **I** *itr* flyta, rinna, strömma; om t.ex. hår bölja, svalla **II** *s* **1** flöde, flod, ström **2** tidvattnets flod [*ebb and ~*]
**flower** ['flaʊə] **I** *s* **1** blomma **2** ***be in ~*** stå i blom, blomma **II** *itr* blomma, stå i blom
**flower-bed** ['flaʊəbed] *s* rabatt
**flowerpot** ['flaʊəpɒt] *s* blomkruka
**flowery** ['flaʊərɪ] *a* blomrik; blomsterprydd; blommig [*a ~ carpet*]
**flown** [fləʊn] se *1 fly I*
**flu** [flu:] *s* vard. influensa, flunsa
**fluctuate** ['flʌktjʊeɪt] *itr* variera, växla, skifta
**fluctuation** [ˌflʌktjʊ'eɪʃ(ə)n] *s* variation, växling, skiftning
**flue** [flu:] *s* rökgång, rökkanal
**fluent** ['flu:ənt] *a* flytande [*speak ~ French*]
**fluently** ['flu:əntlɪ] *adv* flytande [*speak French ~*]
**fluff** [flʌf] *s* ludd, ulldamm; dun
**fluffy** ['flʌfɪ] *a* luddig; luftig, fluffig
**fluid** ['flu:ɪd] **I** *a* flytande **II** *s* vätska
**fluke** [flu:k] *s* vard. lyckträff, tur, flax
**flung** [flʌŋ] se *fling I*
**fluorescent** [flʊə'resnt] *a*, *~* ***lamp*** lysrörslampa
**fluorine** ['flʊəri:n] *s* fluor
**flurry** ['flʌrɪ] **I** *s* nervös oro; jäkt **II** *tr* uppröra, förvirra
**1 flush** [flʌʃ] *tr* skrämma upp; jaga bort
**2 flush** [flʌʃ] **I** *itr tr* **1** blossa upp, rodna; göra röd, få att rodna **2** spola ren [*~ the pan (the lavatory pan)*] **II** *s* **1** renspolning **2** svall; rus, yra [*the first ~ of victory*] **3** häftig rodnad; glöd; feberhetta
**3 flush** [flʌʃ] *a* **1** vid kassa; rik **2** jämn, slät, grad, plan; *~* ***with*** i jämnhöjd med **3** om slag rak, direkt
**fluster** ['flʌstə] **I** *tr* förvirra, göra nervös **II** *s*, ***in a ~*** nervös och orolig

**flute** [flu:t] *s* flöjt
**flutter** ['flʌtə] **I** *itr* fladdra; vaja, sväva **II** *s* **1** fladdrande **2** uppståndelse; ***be in a ~*** vara uppjagad
**flux** [flʌks] *s*, ***in a state of ~*** stadd i omvandling
**1 fly** [flaɪ] **I** (*flew flown*) *itr tr* **1** flyga, köra [~ *an aeroplane*]; flyga över [~ *the Atlantic*]; ***the bird has flown*** bildl. fågeln är utflugen; ***~ high*** bildl. sikta högt **2** ila, flyga; ***~ into a rage*** bli rasande; ***send a p. flying*** slå omkull ngn **3** fladdra, vaja [*the flags were flying*] **II** *s*, ~ el. pl. ***flies*** gylf
**2 fly** [flaɪ] *s* fluga; ***he wouldn't hurt a ~*** han gör inte en fluga förnär; ***a ~ in the ointment*** bildl. smolk i bägaren
**flying** ['flaɪɪŋ] **I** *s* flygning **II** *a* o. attributivt *s* **1** flygande; ***~ fish*** flygfisk; ***~ range*** flygplans aktionsradie; ***~ saucer*** flygande tefat **2** ***~ visit*** blixtvisit; ***~ squad*** polispiket som sätts in vid t. ex. bankrån
**fly-leaf** ['flaɪli:f] *s* boktr. försättsblad
**foal** [fəʊl] *s* föl
**foam** [fəʊm] **I** *s* skum, fradga, lödder **II** *itr* skumma, fradga
**focus** ['fəʊkəs] **I** *s* fokus, brännpunkt; ***the picture is out of ~*** bilden är oskarp; ***the ~ of attention*** bildl. centrum för uppmärksamheten **II** *tr itr* **1** fokusera, samla; fokuseras, samlas; ***~ on*** bildl. fästa huvudvikten vid; ***~ one's attention on*** koncentrera sin uppmärksamhet på **2** ställa in; ställa in skärpan
**fodder** ['fɒdə] *s* torrfoder
**foe** [fəʊ] *s* poet. fiende, motståndare
**foetus** ['fi:təs] *s* foster i livmodern
**fog** [fɒg] *s* dimma
**fogey** ['fəʊgɪ] *s*, ***old ~*** vard. gammal stofil
**foggy** ['fɒgɪ] *a* dimmig; ***I haven't the foggiest (the foggiest idea)*** jag har inte den blekaste aning
**foible** ['fɔɪbl] *s* svaghet
**1 foil** [fɔɪl] *s* folie; foliepapper
**2 foil** [fɔɪl] *tr* omintetgöra, gäcka
**3 foil** [fɔɪl] *s* i fäktning florett
**1 fold** [fəʊld] *s* fålla, inhägnad
**2 fold** [fəʊld] **I** *tr itr* **1** vika, vika ihop; vecka; vikas, vika (vika ihop) sig; ***~ up*** lägga (vika) ihop **2** fälla ihop [äv. ~ *up*; ~ *up a chair*] **II** *s* **1** veck **2** vindling, slinga
**folder** ['fəʊldə] *s* **1** folder; broschyr **2** samlingspärm; mapp
**folding** ['fəʊldɪŋ] *a* hopvikbar, hopfällbar; ***~ bed*** fällsäng, tältsäng; ***~ doors*** vikdörrar; skjutdörrar
**foliage** ['fəʊlɪɪdʒ] *s* löv, lövverk
**folk** [fəʊk] *s* **1** folk, människor; ***my ~ (folks)*** mina anhöriga, min familj **2** attributivt folk-; ***~ song*** folkvisa
**follow** ['fɒləʊ] *tr itr* **1** följa, följa bakom (på, efter) i rum el. tid; komma efter; efterträda; ***as ~s*** på följande sätt; ***to ~*** efter, ovanpå; ***~ on*** (adverb) följa (fortsätta) efter **2** följa, lyda [~ *advice*] **3** ägna sig åt yrke **4** följa med, hänga med; ***do you ~?*** fattar du? **5** vara en följd [*from* av]
**follower** ['fɒləʊə] *s* följeslagare; anhängare
**following** ['fɒləʊɪŋ] **I** *a* följande; ***the ~ day*** följande dag **II** *s* följe, anhängare
**follow-up** ['fɒləʊ'ʌp] *s* uppföljning
**folly** ['fɒlɪ] *s* dårskap
**foment** [fə'ment] *tr* underblåsa [~ *rebellion*]
**fond** [fɒnd] *a* tillgiven, kärleksfull, öm; ***be ~ of*** tycka om, vara förtjust i
**fondle** ['fɒndl] *tr* kela med, smeka
**fondu, fondue** ['fɒ:ndju:] *s* kok. fondue
**food** [fu:d] *s* mat [~ *and drink*]; föda, näring; livsmedel; födoämne; ***~ poisoning*** matförgiftning
**foodstuff** ['fu:dstʌf] *s* födoämne
**fool** [fu:l] **I** *s* **1** dåre, dumbom; ***live in a fool's paradise*** leva i lycklig okunnighet **2** narr; ***All Fools' Day*** ['ɔ:l'fu:lzdeɪ] första april då man narras april; ***make a ~ of a p.*** göra ngn löjlig; ***play (act) the ~*** spela pajas **II** *tr itr* skoja (driva) med; lura; larva sig; ***~ about (around) with*** el. ***~ with*** leka (plocka) med, fingra på
**foolery** ['fu:lərɪ] *s* dårskap, narraktighet
**foolhardy** ['fu:l,hɑ:dɪ] *a* dumdristig
**foolish** ['fu:lɪʃ] *a* dåraktig, dum
**foolproof** ['fu:lpru:f] *a* idiotsäker
**foot** [fʊt] **I** (pl. *feet* [fi:t]) *s* **1** fot; ***my ~!*** vard. nonsens!; ***be on one's feet*** a) stå; resa sig b) vara på benen; ***go on ~*** gå till fots; ***put one's ~ down*** säga bestämt ifrån; ***put one's ~ in it*** vard. trampa i klaveret; ***rise to one's feet*** resa sig; ***rush a p. off his feet*** bringa ngn ur fattningen; ***by ~*** till fots; ***on ~*** till fots; i rörelse; i gång, i verket **2** fot [*at the ~ of the mountain*]; fotända [~ *of a bed*] **3** fot mått (= 12 *inches* ungefär = 30,5 cm); ***five ~ (feet) six*** 5 fot 6, 5 fot 6 tum **II** *tr*, ***~ the bill*** vard. betala räkningen (kalaset)
**foot-and-mouth disease** [,fʊtən'maʊθdɪ,zi:z] *s* mul- och klövsjuka
**football** ['fʊtbɔ:l] *s* fotboll
**footballer** ['fʊtbɔ:lə] *s* fotbollsspelare
**footfall** ['fʊtfɔ:l] *s* steg, ljud av steg
**foothold** ['fʊthəʊld] *s* fotfäste

**footing** ['fʊtɪŋ] *s* **1** fotfäste; ***put a business on a sound ~*** konsolidera ett företag **2** ***be on an equal (friendly) ~*** stå på jämlik (vänskaplig) fot med
**footlights** ['fʊtlaɪts] *s pl* teat. **1** ramp; rampljus **2** ***the ~*** scenen
**footman** ['fʊtmən] (pl. *footmen* ['fʊtmən]) *s* betjänt, lakej
**footpath** ['fʊtpɑ:θ] *s* gångstig
**footprint** ['fʊtprɪnt] *s* fotspår; fotavtryck
**footstep** ['fʊtstep] *s* **1** steg, fotsteg **2** fotspår
**footstool** ['fʊtstu:l] *s* pall
**footwear** ['fʊtweə] *s* fotbeklädnad, skodon
**fop** [fɒp] *s* snobb, sprätt
**foppish** ['fɒpɪʃ] *a* sprättig
**for** [fɔ:, obetonat fə] **I** *prep* **1** för; mot [*new lamps ~ old*]; till [*here's a letter ~ you*; *the train ~ London*]; åt [*I can hold it ~ you*]; efter [*ask ~ a p.*], om [*ask ~ help*]; på; till ett belopp av [*a bill ~ £100*]; av [*cry ~ joy*; *~ this reason*] **2** trots; ***he is kind ~ all that*** han är snäll trots allt **3** vad beträffar, i fråga om [*the worst year ever ~ accidents*]; ***~ all I care*** vad mig beträffar, gärna för mig; [***he is dead***] ***~ all I know ...*** vad jag vet; ***so much ~ that!*** det var det!, nog om den saken!; ***as ~*** vad beträffar; ***as ~ me*** för min del **4** såsom, för; som; ***~ instance (example)*** till exempel; ***I ~ one*** jag för min del; ***~ one thing*** för det första; ***I know it ~ certain (~ a fact)*** det vet jag säkert (bestämt) **5** för, för att vara [*not bad ~ a beginner*] **6** ***oh ~*** [***a cup of tea***]***!*** den som hade...!; ***what's this ~?*** vard. a) vad är det här till? b) vad är det här bra för? **7** i tidsuttryck: på [*I haven't seen him ~ a long time*]; [***be away***] ***~ a month*** ... en (... i en) månad; ***~ several months (months past)*** sedan flera månader tillbaka **8** i rumsuttryck: ***~ kilometres*** på (under) flera kilometer; ***it is not ~ me to judge*** det är inte min sak att döma **II** *konj* för, ty
**forage** ['fɒrɪdʒ] **I** *s* foder åt hästar o. boskap **II** *itr* **1** söka efter föda **2** leta, rota [äv. *~ about (round) for* efter]
**forbade** [fə'bæd, fə'beɪd] se *forbid*
**1 forbear** ['fɔ:beə] *s*, pl. ***~s*** förfäder
**2 forbear** [fɔ:'beə] (*forbore forborne*) *tr itr*, ***~ from*** avhålla sig från, låta bli
**forbearance** [fɔ:'beər(ə)ns] *s* fördragsamhet, tålamod
**forbid** [fə'bɪd] (*forbade forbidden*) *tr* **1** förbjuda **2** utesluta, hindra
**forbidden** [fə'bɪdn] se *forbid*
**forbidding** [fə'bɪdɪŋ] *a* frånstötande [*a ~ appearance* (yttre)]
**forbore** [fɔ:'bɔ:] se *2 forbear*
**forborne** [fɔ:'bɔ:n] se *2 forbear*
**force** [fɔ:s] **I** *s* **1** styrka, kraft; makt; ***~ of habit*** vanans makt; ***by ~ of*** i kraft av; ***in great ~*** el. ***in ~*** mil. i stort antal **2** styrka, trupp; ***the Force*** polisen; pl. ***~s*** stridskrafter [*naval ~s*]; ***air ~*** flygvapen; ***armed ~s*** väpnade styrkor; ***join ~s with*** förena (alliera) sig med **3** våld [*use ~*]; ***brute ~*** fysiskt våld; ***by ~*** med våld **4** laga kraft; ***come into ~*** träda i kraft
**II** *tr* **1** tvinga, nödga; forcera; ***~ the pace*** driva upp farten (tempot) **2** bryta upp, spränga [*~ a lock*] **3** tvinga fram, tvinga till sig [*from, out of* av], pressa fram [*from, out of* ur, från]
**forced** [fɔ:st] *a* o. *pp* **1** tvingad, nödgad; tvungen; påtvingad, tvångs- [*~ feeding, ~ labour*]; ***~ landing*** nödlandning **2** konstlad, ansträngd [*a ~ manner*]
**forceful** ['fɔ:sf(ʊ)l] *a* kraftfull, stark
**forceps** ['fɔ:seps] (pl. lika) *s* kirurgisk tång, pincett
**forcible** ['fɔ:səbl] *a* kraftig, eftertrycklig
**ford** [fɔ:d] **I** *s* vadställe **II** *tr* vada över
**fore** [fɔ:] *s*, ***come to the ~*** framträda; bli aktuell
**forearm** ['fɔ:rɑ:m] *s* underarm
**foreboding** [fɔ:'bəʊdɪŋ] *s* ond aning, föraning
**forecast** ['fɔ:kɑ:st] **I** (*forecast forecast* el. *forecasted forecasted*) *tr* förutse; förutsäga **II** *s* prognos; ***weather ~*** väderrapport
**forefather** ['fɔ:ˌfɑ:ðə] *s* förfader
**forefinger** ['fɔ:ˌfɪŋgə] *s* pekfinger
**forefront** ['fɔ:frʌnt] *s*, ***be in the ~*** bildl. vara högaktuell, stå i förgrunden
**foregone** ['fɔ:gɒn] *a*, ***a ~ conclusion*** en given sak
**foreground** ['fɔ:graʊnd] *s* förgrund
**forehead** ['fɒrɪd, 'fɔ:hed] *s* panna
**foreign** ['fɒrən] *a* **1** utländsk; utrikes- [*~ trade*]; ***the Foreign and Commonwealth Secretary*** i Engl. utrikesministern **2** främmande [*to* för]
**foreigner** ['fɒrənə] *s* utlänning
**foreleg** ['fɔ:leg] *s* framben
**foreman** ['fɔ:mən] (pl. *foremen* ['fɔ:mən]) *s* förman, verkmästare
**foremost** ['fɔ:məʊst] *a* o. *adv* främst [*the ~ representative; first and ~*]
**forenoon** ['fɔ:nu:n] *s* förmiddag
**forerunner** ['fɔ:ˌrʌnə] *s* förelöpare
**foresaw** [fɔ:'sɔ:] se *foresee*

**foresee** [fɔ:'si:] (*foresaw foreseen*) *tr* förutse
**foreseeable** [fɔ:'si:əbl] *a* förutsebar
**foreseen** [fɔ:'si:n] se *foresee*
**foreshadow** [fɔ:'ʃædəʊ] *tr* förebåda
**foresight** ['fɔ:saɪt] *s* förutseende
**forest** ['fɒrɪst] *s* stor skog
**forestall** [fɔ:'stɔ:l] *tr* förekomma
**foretaste** ['fɔ:teɪst] *s* försmak
**foretell** [fɔ:'tel] (*foretold foretold*) *tr* förutsäga
**forethought** ['fɔ:θɔ:t] *s* förtänksamhet
**foretold** [fɔ:'təʊld] se *foretell*
**forever** [fə'revə] *adv* för alltid; jämt
**forewarn** [fɔ:'wɔ:n] *tr* varsko, förvarna; ***forewarned is forearmed*** varnad är väpnad
**foreword** ['fɔ:wɜ:d] *s* förord, företal
**forfeit** ['fɔ:fɪt] **I** *s* **1** bötessumma **2** förverkande, förlust **II** *tr* förverka, gå miste om
**forgave** [fə'geɪv] se *forgive*
**1 forge** [fɔ:dʒ] *itr*, ~ ***ahead*** kämpa (pressa) sig fram (förbi)
**2 forge** [fɔ:dʒ] **I** *s* **1** smedja **2** smidesugn **II** *tr* **1** smida **2** förfalska
**forger** ['fɔ:dʒə] *s* förfalskare
**forgery** ['fɔ:dʒərɪ] *s* förfalskning, efterapning
**forget** [fə'get] (*forgot forgotten*) *tr itr* glömma; ~ ***about a th.*** glömma bort ngt
**forgetful** [fə'getf(ʊ)l] *a* glömsk
**forgetfulness** [fə'getf(ʊ)lnəs] *s* glömska
**forget-me-not** [fə'getmɪnɒt] *s* förgätmigej
**forgive** [fə'gɪv] (*forgave forgiven*) *tr itr* förlåta
**forgiven** [fə'gɪvn] se *forgive*
**forgiveness** [fə'gɪvnəs] *s* förlåtelse
**forgiving** [fə'gɪvɪŋ] *a* förlåtande, överseende
**forgo** [fɔ:'gəʊ] (*forwent forgone*) *tr* avstå från, försaka [~ *pleasures*]
**forgone** [fɔ:'gɒn] se *forgo*
**forgot** [fə'gɒt] se *forget*
**forgotten** [fə'gɒtn] se *forget*
**fork** [fɔ:k] **I** *s* **1** gaffel **2** grep **3** förgrening; vägskäl; korsväg **II** *tr itr* **1** vard., ~ ***out*** punga ut med, punga ut med stålarna **2** ~ ***left*** ta av till vänster
**forlorn** [fə'lɔ:n] *a* **1** ensam och övergiven **2** hopplös [*a* ~ *cause*; *a* ~ *hope* (företag)]
**form** [fɔ:m] **I** *s* **1** form; ***be in great*** ~ vara i högform **2** etikett, form; ***it is bad*** ~ det passar sig inte; ***it is good*** ~ det hör till god ton **3** formulär, blankett [*fill up a* ~] **4** bänk utan rygg **5** skol. klass; årskurs **6** gjutform **II** *tr itr* **1** bilda [~ *a Government*]; forma; gestalta; formas, ta form; bildas **2** utforma, göra upp [~ *a plan*]; bilda (göra) sig [~ *an opinion*] **3** utgöra [~ *part* (en del) *of*]
**formal** ['fɔ:m(ə)l] *a* formell; formlig, uttrycklig; stel; formalistisk
**formality** [fɔ:'mælətɪ] *s* formalism; formalitet [*customs formalities*]; formsak
**format** ['fɔ:mæt] *s* boks format
**formation** [fɔ:'meɪʃ(ə)n] *s* **1** formande, utformning; gestaltning **2** formering; gruppering
**former** ['fɔ:mə] *a* **1** föregående, tidigare **2** förra, förre, f. d. [*the* ~ *headmaster*] **3** ***the*** ~ den förre (förra), det (de) förra [*the* ~ ... *the latter* ...]
**formerly** ['fɔ:məlɪ] *adv* förut; förr; ~ ***ambassador in*** f. d. ambassadör i
**formidable** ['fɔ:mɪdəbl] *a* fruktansvärd; formidabel, överväldigande
**formula** ['fɔ:mjʊlə] *s* formel
**formulate** ['fɔ:mjʊleɪt] *tr* formulera
**forsake** [fə'seɪk] (*forsook forsaken*) *tr* överge, svika
**forsaken** [fə'seɪk(ə)n] se *forsake*
**forsook** [fə'sʊk] se *forsake*
**forswear** [fɔ:'sweə] (*forswore forsworn*) *tr* avsvärja sig; förneka
**forswore** [fɔ:'swɔ:] se *forswear*
**forsworn** [fɔ:'swɔ:n] se *forswear*
**fort** [fɔ:t] *s* fort, fäste
**forte** ['fɔ:teɪ] *s* stark sida [*singing is not my* ~]
**forth** [fɔ:θ] *adv* **1** framåt; vidare; ***and so*** ~ osv., o.s.v. **2** fram, ut [*bring (come)* ~]
**forthcoming** [fɔ:θ'kʌmɪŋ] *a* **1** förestående; stundande; ~ ***events*** kommande program t. ex. på bio **2** vard. tillmötesgående
**forthright** ['fɔ:θraɪt] *a* rättfram, öppen
**forthwith** ['fɔ:θ'wɪθ] *adv* genast
**fortieth** ['fɔ:tɪɪθ] *räkn* o. *s* fyrtionde; fyrtiondel
**fortification** [ˌfɔ:tɪfɪ'keɪʃ(ə)n] *s* **1** mil. befästande **2** befästning; speciellt pl. ~*s* befästningsverk
**fortify** ['fɔ:tɪfaɪ] *tr* **1** mil. befästa **2** förstärka; ***fortified wine*** starkvin
**fortitude** ['fɔ:tɪtju:d] *s* mod, själsstyrka
**fortnight** ['fɔ:tnaɪt] *s* fjorton dagar (dar); ***every*** el. ***once a*** ~ var fjortonde dag
**fortress** ['fɔ:trəs] *s* fästning
**fortunate** ['fɔ:tʃənət] *a* lycklig; lyckad; ***be*** ~ ha tur
**fortunately** ['fɔ:tʃənətlɪ] *adv* lyckligtvis
**fortune** ['fɔ:tʃu:n] *s* **1** lycka, öde, tur; ***tell a p. his*** ~ spå ngn; ***try one's*** ~ pröva lyckan **2** förmögenhet

**fortune-hunter** ['fɔ:tʃu:nˌhʌntə] *s* lycksökare
**fortune-teller** ['fɔ:tʃu:nˌtelə] *s* spåman; spåkvinna
**forty** ['fɔ:tɪ] *räkn* fyrtio; ~ *winks* vard. en liten tupplur
**forum** ['fɔ:rəm] *s* forum; domstol
**forward** ['fɔ:wəd] **I** *a* **1** främre; framåtriktad; framåt **2** framfusig **II** *s* sport. forward, anfallsspelare **III** *adv* framåt, fram **IV** *tr* **1** främja **2** vidarebefordra, eftersända; *please* ~ på brev eftersändes **3** sända; befordra, expediera
**forwards** ['fɔ:wədz] *adv* framåt; *backwards and* ~ fram och tillbaka
**forwent** [fɔ:'went] se *forgo*
**fossil** ['fɒsl] *s* fossil
**foster** ['fɒstə] *tr* utveckla [~ *ability*]; befordra, gynna
**fought** [fɔ:t] se *fight I*
**foul** [faʊl] **I** *a* **1** illaluktande; vidrig [~ *smell*]; äcklig [*a* ~ *taste*]; smutsig; ~ *air* förpestad luft; ~ *weather* ruskväder **2** *fall (run)* ~ *of* a) kollidera med b) komma i konflikt med [*fall* ~ *of the law*] **3** gemen, skamlig [*a* ~ *deed*]; rå, oanständig [~ *language*]; vard. otäck, ruskig **4** ojust, regelvidrig; ~ *play* a) ojust spel b) oredlighet; brott **II** *s* ojust spel, ruff; boxn. foul; *commit a* ~ ruffa **III** *itr tr* **1** sport. spela ojust; spela (vara) ojust mot, ruffa **2** smutsa ned, förorena
**1 found** [faʊnd] se *find I*
**2 found** [faʊnd] *tr* **1** grunda, lägga grunden till, grundlägga **2** grunda, basera [*on* på]
**foundation** [faʊn'deɪʃ(ə)n] *s* **1** grundande **2** stiftelse **3** grund; underlag
**founder** ['faʊndə] *s* grundare, grundläggare
**foundry** ['faʊndrɪ] *s* gjuteri; järnbruk
**fountain** ['faʊntən] *s* **1** fontän **2** bildl. källa
**fountain-pen** ['faʊntənpen] *s* reservoarpenna
**four** [fɔ:] **I** *räkn* fyra **II** *s* fyra; fyrtal; *on all* ~*s* på alla fyra
**four-cylinder** ['fɔ:ˌsɪlɪndə] *a* fyrcylindrig
**four-dimensional** ['fɔ:dɪ'menʃənl] *a* fyrdimensionell
**fourfold** ['fɔ:fəʊld] **I** *a* fyrdubbel, fyrfaldig **II** *adv* fyrdubbelt, fyrfaldigt
**four-footed** ['fɔ:'fʊtɪd] *a* fyrfota-, fyrfotad
**four-legged** ['fɔ:'legd, 'fɔ:'legɪd] *a* fyrbent
**four-letter** ['fɔ:'letə] *a*, ~ *words* runda ord sexord
**fourteen** ['fɔ:'ti:n] *räkn* o. *s* fjorton
**fourteenth** ['fɔ:'ti:nθ] *räkn* o. *s* fjortonde; fjortondel
**fourth** [fɔ:θ] *räkn* o. *s* fjärde; fjärdedel
**fowl** [faʊl] *s* hönsfågel; fjäderfä
**fox** [fɒks] **I** *s* räv **II** *tr* vard. lura; förbrylla
**foxhunting** ['fɒksˌhʌntɪŋ] *s* rävjakt till häst med hundar
**foyer** ['fɔɪeɪ] *s* foajé
**fraction** ['frækʃ(ə)n] *s* **1** bråkdel **2** mat. bråk
**fracture** ['fræktʃə] **I** *s* benbrott, fraktur **II** *tr itr* bryta; brytas
**fragile** ['frædʒaɪl, amer. 'frædʒ(ə)l] *a* bräcklig, ömtålig, skör, spröd
**fragment** ['frægmənt] *s* stycke, bit, fragment
**fragrance** ['freɪgr(ə)ns] *s* vällukt, doft
**fragrant** ['freɪgr(ə)nt] *a* välluktande, doftande
**frail** [freɪl] *a* bräcklig, klen
**frailty** ['freɪltɪ] *s* bräcklighet, klenhet
**frame** [freɪm] **I** *tr* **1** utforma; utarbeta **2** rama in **II** *s* **1** stomme; ram t.ex. på cykel **2** ram [~ *of a picture*], karm **3** kropp, kroppsbyggnad [*his powerful* ~] **4** ~ *of mind* sinnesstämning **5** bildruta på t.ex. filmremsa
**framework** ['freɪmwɜ:k] *s* stomme; skelett; ram, struktur [*the* ~ *of society*]
**France** [frɑ:ns] Frankrike
**frank** [fræŋk] *a* öppenhjärtig, rättfram, uppriktig [*with* mot]
**frantic** ['fræntɪk] *a* ursinnig; rasande
**fraternal** [frə'tɜ:nl] *a* broderlig, broders-
**fraternity** [frə'tɜ:nətɪ] *s* **1** broderskap, broderlighet **2** broderskap; samfund
**fraternize** ['frætənaɪz] *itr* fraternisera; förbrödra sig
**fraud** [frɔ:d] *s* **1** bedrägeri; svindel; bluff **2** bedragare, bluff
**fraudulent** ['frɔ:djʊlənt] *a* bedräglig
**fray** [freɪ] *tr* göra trådsliten; *frayed cuffs* trasiga manschetter
**freak** [fri:k] *s* **1** nyck, infall **2** missfoster; vidunder
**freckle** ['frekl] **I** *s* fräkne **II** *tr itr* göra (bli) fräknig
**freckled** ['frekld] *a* o. **freckly** ['freklɪ] *a* fräknig
**free** [fri:] **I** *a* **1** fri; frivillig; *he is* ~ *to* det står honom fritt att; *leave a p.* ~ *to* ge ngn fria händer att; *set* ~ frige; frigöra; ~ *kick* fotb. frispark **2** fri, ledig [*have a day* ~] **3** befriad, fritagen; ~ *from* utan **4** kostnads-

fri, gratis [äv. ~ *of charge*] **5** ~ ***and easy*** otvungen, naturlig **6** frikostig, generös **II** *tr* befria, frige, frigöra
**freedom** ['fri:dəm] *s* frihet, oberoende; frigjordhet
**freely** ['fri:lɪ] *adv* **1** fritt **2** frivilligt; villigt, gärna [~ *grant a th.*] **3** rikligt
**freemason** ['fri:ˌmeɪsn] *s* frimurare
**freeway** ['fri:weɪ] *s* amer. motorväg
**freeze** [fri:z] **I** (*froze frozen*) *itr tr* frysa; frysa till (fast) [*to* vid]; komma att frysa; frysa ned (in), djupfrysa [~ *meat*] **II** *s* köldknäpp; ***wage*** ~ el. ~ lönestopp
**freeze-dry** ['fri:z'draɪ] *tr* frystorka
**freezer** ['fri:zə] *s* frys
**freezing** ['fri:zɪŋ] *a* bitande kall, iskall
**freezing-compartment** ['fri:zɪŋkəmˌpɑ:tmənt] *s* frysfack
**freezing-point** ['fri:zɪŋpɔɪnt] *s* fryspunkt
**freight** [freɪt] *s* fraktgods; frakt
**French** [frentʃ] **I** *a* fransk; ~ ***bean*** skärböna; haricot vert; ~ ***fried*** el. ~ ***fried potatoes*** el. ~ ***fries*** pommes frites; ***take*** ~ ***leave*** vard. smita, avdunsta; ~ ***loaf*** pain riche **II** *s* **1** franska språket **2** ***the*** ~ fransmännen
**Frenchman** ['frentʃmən] (pl. *Frenchmen* ['frentʃmən]) *s* fransman
**frenzy** ['frenzɪ] *s* ursinne, raseri; vanvett
**frequency** ['fri:kwənsi] *s* frekvens
**frequent** [adjektiv 'fri:kwənt, verb frɪ'kwent] **I** *a* ofta förekommande, vanlig [*a* ~ *sight*]; tät [~ *visits*]; frekvent **II** *tr* ofta besöka, frekventera [~ *a café*]
**frequently** ['fri:kwəntlɪ] *adv* ofta
**fresh** [freʃ] *a* **1** ny [*a* ~ *paragraph*]; färsk [~ *bread*]; frisk, fräsch **2** vard. påflugen; ***don't get*** ~*!* var inte så fräck!
**freshen** ['freʃn] *tr,* ~ ***up*** el. ~ friska (fräscha) upp
**freshwater** ['freʃˌwɔ:tə] *a* sötvattens- [~ *fish*]
**fret** [fret] **I** *itr tr* **1** gräma sig; gräma **2** fräta, tära; fräta bort **II** *s,* ***be in a*** ~ vara på dåligt humör
**fretful** ['fretf(ʊ)l] *a* sur, grinig; retlig
**fretsaw** ['fretsɔ:] *s* lövsåg
**friar** ['fraɪə] *s* relig. munk; broder
**friction** ['frɪkʃ(ə)n] *s* friktion, bildl. äv. motsättningar
**Friday** ['fraɪdɪ, 'fraɪdeɪ] *s* fredag; ***last*** ~ i fredags; ***Good*** ~ långfredagen
**fridge** [frɪdʒ] *s* vard. kylskåp
**friend** [frend] *s* vän, väninna; kamrat; ***be*** ~***s with*** vara god vän med; ***be bad*** ~***s*** vara ovänner
**friendly** ['frendlɪ] **I** *a* vänlig, vänskaplig [*to, with* mot] **II** *s* sport. vänskapsmatch
**friendship** ['frendʃɪp] *s* vänskap
**frigate** ['frɪgət] *s* fregatt
**fright** [fraɪt] *s* **1** skräck, förskräckelse; ***get (have) a*** ~ bli skrämd; ***give a p. a*** ~ skrämma ngn **2** vard. fasa; [***her new hat***] ***is a*** ~ ... är förskräcklig
**frighten** ['fraɪtn] *tr* skrämma, förskräcka; ~ ***a p. to death*** skrämma livet ur ngn
**frightful** ['fraɪtf(ʊ)l] *a* förskräcklig, förfärlig
**frigid** ['frɪdʒɪd] *a* kall; bildl. kylig; frigid
**frill** [frɪl] *s* **1** krås **2** pl. ~***s*** vard. grannlåter, krusiduller
**frilly** ['frɪlɪ] *a* krusad, plisserad; snirklad
**fringe** [frɪndʒ] **I** *s* **1** frans; bård **2** marginal; ytterkant; ~ ***group*** polit. grupp på ytterkanten **3** lugg **II** *tr* fransa
**frisk** [frɪsk] *itr,* ~ ***about*** hoppa, skutta
**1 fritter** ['frɪtə] *s* kok. struva; ***apple*** ~***s*** friterade äppelringar
**2 fritter** ['frɪtə] *tr,* ~ ***away*** plottra (slösa) bort [~ *away one's time*]
**frivolity** [frɪ'vɒlətɪ] *s* flärd, lättsinne
**frivolous** ['frɪvələs] *a* lättsinnig; tramsig
**1 frizzle** ['frɪzl] *tr itr* steka, fräsa
**2 frizzle** ['frɪzl] *tr* krusa, krulla [~ *hair*]
**frizzly** ['frɪzlɪ] *a* o. **frizzy** ['frɪzɪ] *a* krusig, krullig [~ *hair*]
**fro** [frəʊ] *adv,* ***to and*** ~ fram och tillbaka, av och an
**frock** [frɒk] *s* klänning
**frock-coat** ['frɒk'kəʊt] *s* bonjour
**frog** [frɒg] *s* groda; ***have a*** ~ ***in the (one's) throat*** vara rostig i halsen, vara hes
**frolic** ['frɒlɪk] **I** *s* skoj, upptåg **II** *itr* leka, skutta
**from** [frɒm] *prep* **1** från; ur; ~ ***a child*** ända från barndomen **2** av [*steel is made* ~ *iron*] □ ~ **above** ovanifrån; ~ **among** ur, fram ur, från; ~ **behind** bakifrån; ~ **below** nedifrån; ~ **without** utifrån
**front** [frʌnt] **I** *s* **1** framsida, främre del; ***in*** ~ framtill, före [*walk in* ~]; ***in*** ~ ***of*** framför, inför; träda i förgrunden **2** mil., meteor. front [*cold* ~] **3** 'fasad'; täckmantel; ~ ***organization*** täckorganisation; **II** *a* fram-, främre, front-; ~ ***door*** ytterdörr, port; ~ ***page*** förstasida av tidning; ~ ***room*** rum åt gatan; ~ ***row*** teat. m. m. första bänk; ~ ***seat*** framsäte; plats framtill **III** *tr* **1** ligga emot **2** bekläda framsidan av [~ *a house with stone*]
**frontier** ['frʌntɪə] *s* politisk statsgräns, gräns

**frontispiece** ['frʌntɪspi:s] *s* titelplansch
**frost** [frɒst] **I** *s* **1** frost; ***ten degrees of*** ~ Celsius tio grader kallt **2** rimfrost **II** *tr itr* **1** göra frostbiten, frostskada **2** betäcka med rimfrost; ~ ***over (up)*** täckas av rimfrost **3** mattslipa, mattera [*frosted glass*]
**frost-bite** ['frɒstbaɪt] *s* köldskada
**frosty** ['frɒstɪ] *a* frost- [~ *nights*], frostig
**froth** [frɒθ] *s* fradga, skum [~ *on the beer*]
**frothy** ['frɒθɪ] *a* fradgande, skummande
**frown** [fraʊn] **I** *itr* **1** rynka pannan **2** ~ ***at (on)*** se ogillande på **II** *s* rynkad panna; bister uppsyn
**froze** [frəʊz] se *freeze I*
**frozen** ['frəʊzn] **I** se *freeze I* **II** *a* djupfryst [~ *food*], ofta om tillgångar fastfrusen, bunden [~ *credits*]; maximerad [~ *prices*]
**frugal** ['fru:g(ə)l] *a* sparsam; måttlig; enkel [*a* ~ *meal*]
**fruit** [fru:t] *s* frukt
**fruiterer** ['fru:tərə] *s* frukthandlare
**fruitful** ['fru:tf(ʊ)l] *a* fruktbar; givande
**fruitless** ['fru:tləs] *a* fruktlös, gagnlös
**fruit-machine** ['fru:tmə,ʃi:n] *s* enarmad bandit
**frustrate** [frʌs'treɪt] *tr* omintetgöra, motverka; frustrera
**frustration** [frʌs'treɪʃ(ə)n] *s* omintetgörande; frustrering
**fry** [fraɪ] *tr* steka i panna, bryna, fräsa
**frying-pan** ['fraɪɪŋpæn] *s* stekpanna; ***out of the*** ~ ***into the fire*** ordspr. ur askan i elden
**ft.** [fʊt, resp. fi:t] förk. för *foot* resp. *feet*
**fuchsia** ['fju:ʃə] *s* bot. fuchsia
**fuck** [fʌk] vulg. **I** *tr itr* **1** knulla, ha samlag med **2** ~ ***it (you)!*** fan också! **II** *s* knull samlag
**fucking** ['fʌkɪŋ] *a* vulg. jävla
**fudge** [fʌdʒ] *s* fudge slags mjuk kola
**fuel** [fjʊəl] **I** *s* bränsle, drivmedel **II** *tr itr* förse med bränsle, tanka; bunkra
**fug** [fʌg] *s* vard. instängdhet, kvalmighet
**fugitive** ['fju:dʒɪtɪv] *s* flykting; rymling
**fulfil** [fʊl'fɪl] *tr* **1** uppfylla, infria; fullgöra, utföra [~ *one's duties*] **2** fullborda [~ *a task*]
**full** [fʊl] **I** *a* **1** full, fylld [*of* av, med], fullsatt; ***I'm*** ~ ***up*** el. ***I'm*** ~ vard. jag är mätt; ~ ***house*** teat. utsålt hus **2** ~ ***moon*** fullmåne; ~ ***stop*** punkt i skrift; ***in*** ~ ***view of*** klart synlig för **3** mäktig, fyllig **II** *s*, ***in*** ~ fullständigt, till fullo; ***to the*** ~ fullständigt, till fullo
**full-bodied** ['fʊl'bɒdɪd] *a* fyllig, mustig
**full-fledged** ['fʊl'fledʒd] *a* fullfjädrad
**full-grown** ['fʊl'grəʊn] *a* fullväxt; fullvuxen
**full-length** ['fʊl'leŋθ] *a* hellång [*a* ~ *skirt*]; hel; ***a*** ~ ***film*** en långfilm; ***a*** ~ ***portrait*** en helbild
**full-scale** ['fʊlskeɪl] *a* **1** i naturlig skala [*a* ~ *drawing*] **2** omfattande, total
**full-time** ['fʊltaɪm] *a* heltids-
**fully** ['fʊlɪ] *adv* **1** fullt, fullständigt, till fullo **2** drygt, 'hela' [~ *two days*]
**fully-fashioned** ['fʊlɪ'fæʃ(ə)nd] *a* formstickad, fasonstickad
**fumble** ['fʌmbl] *itr tr* fumla; famla [*for* efter]; treva; fumla med; missa [~ *a chance*]
**fume** [fju:m] **I** *s*, oftast pl. ~*s* rök [~*s of a cigar*]; utdunstningar; ångor **II** *itr* vara rasande [*at* över]
**fumigate** ['fju:mɪgeɪt] *tr* desinficera genom rökning
**fun** [fʌn] *s* **1** nöje; skämt, upptåg, skoj; ***for*** ~ för skojs skull; ***in*** ~ på skämt; ***it was such*** ~ det var så roligt; ***make*** ~ ***of*** el. ***poke*** ~ ***at*** driva med; ~ ***and games*** vard. skoj **2** attributivt, vard. rolig, kul
**function** ['fʌŋkʃ(ə)n] **I** *s* **1** funktion **2** ceremoni; tillställning, högtidlighet **II** *itr* fungera; verka
**functionary** ['fʌŋkʃənərɪ] *s* funktionär
**fund** [fʌnd] *s* **1** fond, stor tillgång, förråd **2** vard., pl. ~*s* tillgångar, penning- medel
**fundamental** [,fʌndə'mentl] **I** *a* fundamental; grundläggande [*to* för] **II** *s*, vanl. pl. ~*s* grundprinciper
**funeral** ['fju:nər(ə)l] *s* begravning; ~ ***procession*** el. ~ begravningståg
**fun-fair** ['fʌnfeə] *s* vard. nöjesfält, tivoli
**fungus** ['fʌŋgəs] (pl. *fungi* ['fʌŋgaɪ]) *s* svamp, svampbildning
**funk** [fʌŋk] *s* vard., ***be in a blue*** ~ el. ***be in a*** ~ vara skraj (byxis)
**funnel** ['fʌnl] *s* **1** tratt **2** skorsten på båt el. lok, rökfång
**funny** ['fʌnɪ] *a* **1** rolig, lustig; komisk **2** konstig, egendomlig
**fur** [fɜ:] *s* **1** päls på vissa djur **2 a)** skinn av vissa djur **b)** ~ el. pl. ~*s* päls, pälsverk
**furious** ['fjʊərɪəs] *a* rasande, ursinnig
**furl** [fɜ:l] *tr* rulla ihop; fälla ihop [~ *an umbrella*]
**furnace** ['fɜ:nɪs] *s* masugn, smältugn
**furnish** ['fɜ:nɪʃ] *tr* **1** förse, utrusta **2** inreda, möblera
**furniture** ['fɜ:nɪtʃə] (utan pl.) *s* möbler; möblemang; ***a piece of*** ~ en möbel; ~ ***remover*** flyttkarl; ~ ***van*** flyttbil

**furrier** ['fʌrɪə] *s* körsnär

**furrow** ['fʌrəʊ] **I** *s* **1** plogfåra **2** t.ex. i ansiktet fåra; ränna, räffla **II** *tr* plöja; fåra

**further** ['fɜ:ðə] **I** *a* (komparativ av *far*) **1** bortre, avlägsnare, längre bort **2** ytterligare; ***without ~ consideration*** utan närmare övervägande; ***~ education*** vidareutbildning, fortbildning; ***until ~ notice (orders)*** tills vidare **II** *adv* (komparativ av *far*) **1** längre, längre bort; ***~ on*** längre fram; ***I'll see you ~ first*** vard. aldrig i livet!; ***wish a p. ~*** vard. önska ngn dit pepparn växer **2** vidare, ytterligare **III** *tr* främja, gynna

**furthermore** ['fɜ:ðə'mɔ:] *adv* vidare, dessutom

**furthermost** ['fɜ:ðəməʊst] *a* avlägsnast, borterst

**furthest** ['fɜ:ðɪst] (superlativ av *far*) **I** *a* borterst, avlägsnast **II** *adv* längst bort, ytterst

**furtive** ['fɜ:tɪv] *a* förstulen, hemlig

**fury** ['fjʊərɪ] *s* raseri, ursinne [*in a ~*]

**1 fuse** [fju:z] **I** *tr itr* **1** smälta; smälta samman **2** ***the bulb (lamp) had fused*** proppen hade gått **II** *s* säkring, propp

**2 fuse** [fju:z] *s* brandrör, tändrör; stubintråd

**fuselage** ['fju:zɪlɑ:ʒ] *s* flygkropp

**fusion** ['fju:ʒ(ə)n] *s* sammansmältning; fusion

**fuss** [fʌs] **I** *s* bråk, uppståndelse, ståhej; ***make a ~*** göra (föra) väsen, bråka; ***without any ~*** utan att göra stor affär av det **II** *itr* bråka, tjafsa; ***~ over the children*** pyssla om (pjoska med) barnen

**fussy** ['fʌsɪ] *a* fjäskig; petig, tjafsig

**fusty** ['fʌstɪ] *a* unken, mögelluktande

**futile** ['fju:taɪl, amer. 'fju:tl] *a* fåfäng, meningslös

**futility** [fjʊ'tɪlətɪ] *s* fåfänglighet, gagnlöshet

**future** ['fju:tʃə] **I** *a* framtida, kommande; senare [*a ~ chapter*]; ***the ~ tense*** gram. futurum **II** *s* **1** framtid; ***the immediate ~*** den närmaste framtiden; ***in ~*** i fortsättningen, framöver; ***in the ~*** i framtiden **2** gram., ***the ~*** futurum

**fuzzy** ['fʌzɪ] *a* **1** fjunig, luddig **2** krusig [*~ hair*]

# G

**G, g** [dʒi:] *s* G, g; ***G flat*** mus. gess; ***G sharp*** mus. giss

**g.** (förk. för *gramme, grammes, gram, grams*) gram, g

**gab** [gæb] *s* vard., ***have the gift of the ~*** ha gott munläder

**gabble** ['gæbl] **I** *itr* babbla **II** *s* babbel

**gaberdine** [ˌgæbə'di:n] *s* gabardin

**gable** ['geɪbl] *s* gavel

**gad** [gæd] *itr*, ***~ about*** stryka omkring

**gadget** ['gædʒɪt] *s* grej, tillbehör, finess

**gag** [gæg] **I** *tr itr* **1** lägga munkavle på **2** teat., film. improvisera; komma med gags **II** *s* **1** munkavle **2** gag, skämt

**gaiety** ['geɪətɪ] *s* glädje, munterhet

**gaily** ['geɪlɪ] *adv* glatt, muntert

**gain** [geɪn] **I** *s* **1** a) vinst i allm., förvärv; fördel b) vinning **2** pl. ***~s*** affärsvinst, inkomst **3** ökning [*a ~ in weight*] **II** *tr itr* **1** vinna, skaffa sig [*~ permission*], erhålla; öka, gå upp [*~ in weight*]; ***~ 2 kilos*** öka (gå upp) 2 kilo **2** tjäna [*~ one's living*] **3** nå [*~ one's ends* (mål)] **4** om klocka forta sig **5** ***~ on*** a) vinna (ta in) på [*~ on the others in a race*] b) dra ifrån [*~ on one's pursuers*]

**gait** [geɪt] *s* gång, sätt att gå [*limping ~*]

**gaiter** ['geɪtə] *s* damask

**gala** ['gɑ:lə, 'geɪlə] *s* stor fest; gala

**galaxy** ['gæləksɪ] *s* astron. galax

**gale** [geɪl] *s* hård vind, storm; sjö. kuling

**1 gall** [gɔ:l] *s* galla

**2 gall** [gɔ:l] *tr* **1** skava sönder **2** plåga, reta

**gallant** ['gælənt] *a* tapper, modig

**gallantry** ['gæləntrɪ] *s* **1** mod, hjältemod **2** artighet, galanteri

**gall-bladder** ['gɔ:lˌblædə] *s* gallblåsa
**gallery** ['gælərɪ] *s* **1** galleri; *art* ~ konstgalleri, konstsalong **2** läktare inomhus, teat. översta (tredje) rad **3** läktarpublik, galleripublik **4** täckt bana [*shooting-gallery*]
**galley** ['gælɪ] *s* sjö., hist. galär
**gallivant** [ˌgælɪ'vænt] *itr* gå och driva
**gallon** ['gælən] *s* gallon rymdmått för speciellt våta varor **a)** Engl., *imperial* ~ el. ~ = 4,5 liter **b)** i USA = 3,8 liter
**gallop** ['gæləp] **I** *itr* galoppera **II** *s* galopp; *ride at a (at full)* ~ rida i galopp
**gallows** ['gæləʊz] *s* galge
**gall-stone** ['gɔ:lstəʊn] *s* gallsten
**galore** [gə'lɔ:] *adv*, *whisky* ~ massor av whisky
**galosh** [gə'lɒʃ] *s* galosch
**galvanize** ['gælvənaɪz] *tr* **1** galvanisera **2** bildl. egga, entusiasmera
**gamble** ['gæmbl] **I** *itr* spela; ~ *on* vard. slå vad om, tippa **II** *s* spel
**gambler** ['gæmblə] *s* spelare
**gambling** ['gæmblɪŋ] *s* hasardspel
**gambling-den** ['gæmblɪŋden] *s* spelhåla
**gambling-house** ['gæmblɪŋhaʊs] *s* spelkasino
**gambol** ['gæmb(ə)l] **I** *s* hopp, skutt **II** *itr* göra glädjesprång
**1 game** [geɪm] **I** *s* **1** spel; lek [*children's* ~*s*]; pl. ~*s* äv. sport, idrott; *the* ~ *is up* spelet är förlorat; *give the* ~ *away* vard. avslöja alltihop; *play the* ~ spela (uppföra sig) just; *beat a p. at his own* ~ slå ngn med hans egna vapen **2** a) match [*let's play another* ~] b) parti; *a* ~ *of chess* ett parti schack **3** game i tennis; set i bordtennis o. badminton **4** knep, tricks; lek, skämt; *none of your* ~*s!* kom inte med några dumheter!; *what* ~ *is he up to?* vad har han för sig? **5** a) vilt, villebråd b) byte; mål; *big* ~ storvilt; *be easy* ~ *for a p.* vara ett lätt byte för ngn **II** *a* **1** jakt-, vilt- **2** hågad [*for a th.*]; *be* ~ *for anything* gå med på allting
**2 game** [geɪm] *a* ofärdig, lam [*a* ~ *leg*]
**game-keeper** ['geɪmˌki:pə] *s* skogvaktare
**gaming-table** ['geɪmɪŋˌteɪbl] *s* spelbord
**gammon** ['gæmən] *s* saltad o. rökt skinka
**gamut** ['gæmət] *s* skala, register
**gander** ['gændə] *s* gåskarl
**gang** [gæŋ] **I** *s* **1** arbetslag **2** liga; gäng **II** *itr*, ~ *up* gadda ihop sig [*on, against* mot]; ~ *up on* äv. mobba
**gang-plank** ['gæŋplæŋk] *s* landgång
**gangrene** ['gæŋgri:n] *s* kallbrand
**gangster** ['gæŋstə] *s* gangster
**gangway** ['gæŋweɪ] *s* **1** gång, passage speciellt mellan bänkrader **2** sjö. landgång; gångbord
**gaol** [dʒeɪl] **I** *s* fängelse **II** *tr* sätta i fängelse
**gaol-bird** ['dʒeɪlbɜ:d] *s* fängelsekund
**gaoler** ['dʒeɪlə] *s* fångvaktare
**gap** [gæp] *s* **1** öppning, hål, gap **2** lucka; mellanrum, tomrum; klyfta [*generation* ~]
**gape** [geɪp] *itr* gapa
**gaping** ['geɪpɪŋ] *a* gapande [*a* ~ *hole*]
**garage** ['gærɑ:dʒ, 'gærɑ:ʒ] *s* garage; bilverkstad, servicestation; ~ *mechanic* bilmekaniker
**garb** [gɑ:b] *s* dräkt, skrud, kostym
**garbage** ['gɑ:bɪdʒ] *s* **1** avfall; amer. äv. sopor; ~ *can* amer. soptunna **2** smörja, skräp
**garble** ['gɑ:bl] *tr* förvanska, vanställa
**garden** ['gɑ:dn] *s* trädgård; tomt; *everything in the* ~ *is lovely* vard. allt är frid och fröjd; *lead a p. up the* ~ *(up the* ~ *path)* vard. lura ngn
**gardener** ['gɑ:dnə] *s* trädgårdsmästare
**gardenia** [gɑ:'di:njə] *s* gardenia
**gardening** ['gɑ:dnɪŋ] *s* trädgårdsskötsel; trädgårdsarbete
**gargle** ['gɑ:gl] **I** *tr itr* gurgla sig i; gurgla, gurgla sig **II** *s* gurgelvatten
**garish** ['geərɪʃ] *a* prålig [~ *dress*], vräkig
**garland** ['gɑ:lənd] *s* krans, girland
**garlic** ['gɑ:lɪk] *s* vitlök
**garment** ['gɑ:mənt] *s* klädesplagg; pl. ~*s* kläder
**garnet** ['gɑ:nɪt] *s* miner. granat
**garnish** ['gɑ:nɪʃ] kok. **I** *tr* garnera **II** *s* garnering
**garret** ['gærət] *s* vindskupa
**garrison** ['gærɪsn] *s* garnison
**garrulous** ['gærʊləs] *a* pratsam, pratsjuk
**garter** ['gɑ:tə] *s* strumpeband
**gas** [gæs] **I** *s* **1** gas **2** amer. vard. (kortform för *gasoline*) bensin; ~ *station* bensinstation; *step on the* ~ trampa på gasen, gasa på, skynda på **II** *itr tr* **1** vard. snacka, babbla **2** gasa; gasförgifta
**gas-cooker** ['gæsˌkʊkə] *s* gasspis
**gas-fire** ['gæsˌfaɪə] *s* gaskamin
**gash** [gæʃ] *s* lång djup skåra, gapande skärsår
**gasoline** ['gæsəli:n] *s* amer. bensin
**gasometer** [gæ'sɒmɪtə] *s* gasklocka
**gasp** [gɑ:sp] **I** *itr* dra efter andan, flämta **II** *s* flämtning; *at one's last* ~ nära att ge upp andan, utpumpad
**gas-stove** ['gæsstəʊv] *s* gasspis, gaskök

**gastric** ['gæstrɪk] *a*, ~ ***ulcer*** magsår
**gastritis** [gæs'traɪtɪs] *s* magkatarr, gastrit
**gasworks** ['gæswɜ:ks] *s* gasverk
**gate** [geɪt] *s* **1** port [*a city* ~]; grind **2** sport. publiktillströmning [*a big* ~]
**gateau** ['gætəʊ] (pl. *gateaux* ['gætəʊz]) *s* tårta
**gatecrash** ['geɪtkræʃ] *itr tr* vard., ~ ***into*** el. ~ objuden dimpa ner på [~ (~ *into) a party*]; smita in på; ~ ***on a p.*** våldgästa ngn
**gatecrasher** ['geɪtˌkræʃə] *s* vard. snyltgäst
**gateway** ['geɪtweɪ] *s* **1** port **2** bildl. inkörsport
**gather** ['gæðə] *tr itr* **1** samla [~ *a crowd*] **2** samla ihop (in); plocka [~ *flowers*]; samlas; samla sig; ~ ***together*** samla (plocka) ihop **3** skaffa sig, inhämta [~ *information*]; ~ ***speed*** få fart **4** dra den slutsatsen, förstå
**gaudy** ['gɔ:dɪ] *a* prålig, brokig, skrikig
**gauge** [geɪdʒ] **I** *tr* **1** mäta; justera mått o. vikter; gradera **2** sondera, pejla [~ *people's reactions*] **II** *s* **1** standard- mått; kaliber; ***take the*** ~ ***of*** ta mått på **2** spårvidd **3** mätare
**gaunt** [gɔ:nt] *a* mager, avtärd
**gauze** [gɔ:z] *s* gas, flor; ~ ***bandage*** gasbinda
**gave** [geɪv] se *give I*
**gawky** ['gɔ:kɪ] *a* tafatt, klumpig
**gay** [geɪ] **I** *a* **1** glad, munter **2** glättig, livfull [~ *music*], prålig **3** homosexuell **II** *s* homofil bög
**gaze** [geɪz] **I** *itr* stirra [*at* på]; ***he gazed into her eyes*** han såg henne djupt i ögonen **II** *s* blick [*a steady* ~]
**gazelle** [gə'zel] *s* gasell
**gazette** [gə'zet] *s* officiell tidning
**G.B.** ['dʒi:'bi:] förk. för *Great Britain*
**gear** [gɪə] *s* **1** redskap, utrustning **2** bil. växel; ***change*** ~ ***(~s)*** växla; ***in top*** ~ på högsta växeln; ***drive in second*** ~ köra på tvåans växel; ***throw out of*** ~ bildl. bringa i olag **3** tillhörigheter, saker
**gear-box** ['gɪəbɒks] *s* växellåda
**gear-lever** ['gɪəˌli:və] *s* växelspak
**gearshift** ['gɪəʃɪft] *s* växelspak
**geese** [gi:s] se *goose*
**gelatine** [ˌdʒelə'ti:n] *s* gelatin
**gem** [dʒem] *s* **1** ädelsten, juvel **2** bildl. klenod, pärla
**Gemini** ['dʒemɪnaɪ, 'dʒemɪnɪ] *s* astrol. Tvillingarna
**gender** ['dʒendə] *s* gram. genus
**general** ['dʒenər(ə)l] **I** *a* **1** allmän; generell; ***in*** ~ el. ***as a*** ~ ***rule*** i allmänhet, på det hela taget; ***a*** ~ ***election*** allmänna val; ~ ***knowledge*** allmänbildning; ~ ***practitioner*** allmänpraktiserande läkare **2** general- [~ *agent*] **3** i titlar efterställt huvudordet general- [*consul-general*] **II** *s* mil. general
**generalization** [ˌdʒenərəlaɪ'zeɪʃ(ə)n] *s* generalisering; allmän slutsats
**generalize** ['dʒenərəlaɪz] *itr* generalisera
**generally** ['dʒenərəlɪ] *adv* **1** i allmänhet, i regel **2** allmänt [*the plan was* ~ *welcomed*]
**generate** ['dʒenəreɪt] *tr* alstra, frambringa, utveckla, generera [~ *electricity*], framkalla [~ *hatred*]
**generation** [ˌdʒenə'reɪʃ(ə)n] *s* **1** alstring, frambringande **2** generation
**generosity** [ˌdʒenə'rɒsətɪ] *s* generositet, givmildhet; storsinthet
**generous** ['dʒenərəs] *a* **1** storsint, generös, givmild **2** riklig, stor [*a* ~ *helping* (portion)]
**Geneva** [dʒə'ni:və] Genève
**genial** ['dʒi:njəl] *a* **1** mild, gynnsam [*a* ~ *climate*] **2** gemytlig
**genitals** ['dʒenɪtlz] *s pl* könsorgan, könsdelar
**genitive** ['dʒenətɪv] *s* genitiv
**genius** ['dʒi:njəs] *s* geni, snille
**genocide** ['dʒenəsaɪd] *s* folkmord
**gent** [dʒent] *s* vard. (kortform för *gentleman*) **1** herre **2** ~*s* herrtoalett
**genteel** [dʒen'ti:l] *a* förnäm av sig, struntförnäm
**gentile** ['dʒentaɪl] *s* icke-jude
**gentle** ['dʒentl] *a* mild, blid, vänlig; lätt, varsam; måttlig, lagom [~ *heat*]
**gentlefolk** ['dʒentlfəʊk] *s* herrskapsfolk, fint folk
**gentleman** ['dʒentlmən] (pl. *gentlemen* ['dʒentlmən]) *s* **1** herre; ***gentlemen's lavatory*** herrtoalett **2** gentleman [*a fine old* ~]
**gentlemanly** ['dʒentlmənlɪ] *a* gentlemannalik
**gently** ['dʒentlɪ] *adv* sakta, varsamt; milt, vänligt, mjukt
**genuine** ['dʒenjʊɪn] *a* äkta; genuin; verklig
**geographical** [dʒɪə'græfɪk(ə)l] *a* geografisk
**geography** [dʒɪ'ɒgrəfɪ] *s* geografi
**geologist** [dʒɪ'ɒlədʒɪst] *s* geolog
**geology** [dʒɪ'ɒlədʒɪ] *s* geologi
**geometry** [dʒɪ'ɒmətrɪ] *s* geometri
**geranium** [dʒə'reɪnjəm] *s* pelargonia
**germ** [dʒɜ:m] *s* bakterie; mikrob

**German** ['dʒɜ:mən] **I** *a* tysk; ~ ***measles*** med. röda hund; ~ ***sausage*** medvurst **II** *s* **1** tysk; tyska **2** tyska språket
**Germany** ['dʒɜ:mənɪ] Tyskland
**germicide** ['dʒɜ:mɪsaɪd] *s* bakteriedödande medel (ämne)
**germinate** ['dʒɜ:mɪneɪt] *itr* gro, spira
**gesticulate** [dʒes'tɪkjʊleɪt] *itr* gestikulera
**gesture** ['dʒestʃə] *s* gest
**get** [get] (*got got,* perfekt particip amer. ofta äv. *gotten*) *tr* **1** få; lyckas få, skaffa sig [~ *a job*] **2** fånga, få in; få tag i; vard. få fast [*they got the murderer*] **3** vard. fatta, haja [*do you ~ what I mean?*] **4** ***have got*** ha; ***have got to*** vara (bli) tvungen att **5** ~ ***a th. done*** se till att ngt blir gjort; få ngt gjort; ~ ***one's hair cut*** låta klippa sig, låta klippa håret **6** ~ ***a p. (a th.) to*** få (förmå) ngn (ngt) att **7** komma [~ *home*] **8** ~ ***to*** småningom komma att, lära sig att [*I got to like him*]; ~ ***to know*** få reda på, få veta, lära känna; ~ ***talking*** börja prata; ~ ***going*** komma i gång **9** bli [~ *better*]; ~ ***married*** gifta sig

□ ~ **about** a) resa omkring, komma ut b) komma ut, sprida sig om rykte; ~ **along a)** klara (reda) sig **b)** ***I must be getting along*** jag måste ge mig i väg; ~ **at a)** komma åt, nå **b)** syfta på, mena; ***what are you getting at?*** vart är det du vill komma?; ~ **away a)** komma i väg **b)** komma undan, rymma; ~ ***away with*** komma undan med; ~ ***away with it*** klara sig, slippa undan; ~ **back a)** få igen (tillbaka) **b)** återvända **c)** ~ ***one's own back*** ta revansch; ~ **by** a) komma förbi b) klara sig; ~ **down a)** få ned, få i sig **b)** ***don't let it ~ you down*** ta inte vid dig så hårt för det **c)** gå (komma) ned (av) **d)** ~ ***down to*** ta itu med; ~ **in** ta sig in, komma in; ~ **into** a) stiga (komma) in i (upp på) b) råka (komma) i [~ *into danger*], komma in i, få [~ *into bad habits*]; ~ **off a)** få (ta) av (upp, loss) **b)** slippa (klara sig) undan [*he got off lightly* (lindrigt)] **c)** ge sig av, komma i väg; ~ ***off to bed*** gå och lägga sig; ~ ***off to sleep*** somna in **d)** gå (stiga) av **e)** ~ ***off work*** bli ledig från arbetet; ~ **on a)** få (sätta) på, ta (få) på sig **b)** gå (stiga) på; sätta sig på; ~ ***on one's feet*** stiga (komma) upp; resa sig för att tala; bildl. komma på fötter; ***she ~s on my nerves*** hon går mig på nerverna **c)** lyckas, ha framgång; trivas; ***how is he getting on?*** hur har han det?; ***how is the work getting on?*** hur går det med arbetet?; ~ ***on with it!*** el. ~ ***on!*** skynda (raska) på! **d)** komma bra överens, trivas [*with a p.* med ngn]; ***he is easy to ~ on with*** han är lätt att umgås med **e)** ***he is getting on (getting on in years*** el. ***life)*** han börjar bli gammal; ***time is getting on*** tiden går; ***be getting on for*** närma sig, gå mot [*he is getting on for 70*] **f)** ~ ***on to*** komma upp på [~ *on to a bus*]; ~ **out a)** få fram [~ *out a few words*], ta (hämta) fram [*he got out a bottle of wine*]; få ut (ur), ta ut (ur) **b)** gå (komma, stiga, ta sig) ut [*of* ur], komma upp [*of* ur]; ~ ***out of*** komma ifrån [~ *out of a habit*]; ~ **over** a) få undangjord b) komma över [~ *over one's shyness*], hämta sig från [~ *over an illness*], glömma; ~ **round a)** kringgå [~ *round a law*]; komma ifrån **b)** lyckas övertala; ***she knows how to ~ round him*** hon vet hur hon ska ta honom **c)** ~ ***round to*** få tillfälle till; ~ **through** a) gå (komma, klara sig) igenom; bli färdig med b) komma fram äv. i telefon c) göra slut på; ~ **to a)** komma fram till, nå; ~ ***to bed*** komma i säng **b)** sätta i gång med **c)** ***where has it got to?*** vard. vart har det tagit vägen?; ~ **together** få ihop, samla, samla ihop; ~ **up a)** få upp **b)** gå (stiga) upp [~ *up early in the morning*]; resa sig; ~ ***up to*** komma till **c)** ställa till [~ *up to mischief*]
**getaway** ['getəweɪ] *s* vard. flykt; ***make a ~*** rymma, smita
**get-together** ['getə'geðə] *s* vard. träff, sammankomst
**get-up** ['getʌp] *s* vard. utstyrsel, klädsel
**geyser** ['gɪ:zə] *s* **1** gejser **2** varmvattenberedare
**ghastly** ['gɑ:stlɪ] *a* hemsk; vard. gräslig
**gherkin** ['gɜ:kɪn] *s* inläggningsgurka
**ghetto** ['getəʊ] *s* getto
**ghost** [gəʊst] *s* **1** spöke; döds ande, vålnad **2** ***the Holy Ghost*** den Helige Ande **3** skymt [*the ~ of a smile*]
**ghostly** ['gəʊstlɪ] *a* spöklik
**giant** ['dʒaɪənt] *s* jätte; gigant
**gibber** ['dʒɪbə] *itr* pladdra; sluddra
**gibberish** ['dʒɪbərɪʃ] *s* rotvälska
**gibe** [dʒaɪb] **I** *itr,* ~ ***at*** håna, pika **II** *s* glipring
**giddiness** ['gɪdɪnəs] *s* yrsel, svindel
**giddy** ['gɪdɪ] *a* yr i huvudet
**gift** [gɪft] **I** *s* gåva, skänk; talang, begåvning; ~ ***token (voucher)*** ungefär presentkort **II** *tr* begåva, förläna, utrusta
**gifted** ['gɪftɪd] *a* begåvad, talangfull
**gigantic** [dʒaɪ'gæntɪk] *a* gigantisk, enorm
**giggle** ['gɪgl] **I** *itr* fnittra **II** *s* fnitter
**gigolo** ['ʒɪgələʊ] *s* gigolo

**gild** [gɪld] *tr* förgylla
**gill** [gɪl] *s* gäl
**gilt** [gɪlt] **I** *a* förgylld **II** *s* förgyllning
**gimlet** ['gɪmlət] *s* handborr, vrickborr
**gimmick** ['gɪmɪk] *s* vard. gimmick, jippo
**gin** [dʒɪn] *s* gin
**ginger** ['dʒɪndʒə] **I** *s* ingefära **II** *a* vard. rödgul, rödblond [~ *hair*]
**ginger-ale** ['dʒɪndʒər'eɪl] *s* o. **ginger-beer** ['dʒɪndʒə'bɪə] *s* kolsyrat ingefärsdricka
**gingerbread** ['dʒɪndʒəbred] *s* pepparkaka
**gingerly** ['dʒɪndʒəlɪ] *adv* försiktigt
**gipsy** ['dʒɪpsɪ] **I** *s* zigenare, zigenerska **II** *a* zigenar-
**giraffe** [dʒɪ'ræf] *s* giraff
**girder** ['gɜ:də] *s* bärbjälke, balk
**girdle** ['gɜ:dl] **I** *s* gördel; bälte; höfthållare **II** *tr* omgjorda, omge
**girl** [gɜ:l] *s* **1** flicka äv. flickvän **2** tjänsteflicka **3** ~ *guide* (amer. *scout*) flickscout
**girl-friend** ['gɜ:lfrend] *s* flickvän fästmö, flickbekant, väninna
**girlhood** ['gɜ:lhʊd] *s* flicktid
**girlish** ['gɜ:lɪʃ] *a* flick-; flickaktig
**giro** ['dʒaɪrəʊ] *s* postgiro; ~ *account* postgirokonto
**gist** [dʒɪst] *s* kärnpunkt, huvudpunkt
**give** [gɪv] **I** (*gave given;* jfr *given*) *tr itr* **1** ge, skänka; ~ ***me... any day (every time)!*** el. ~ ***me...!*** tacka vet jag...!; ~ ***my compliments (love) to*** hälsa så mycket till **2** ~ ***way*** ge vika, brista [*the ice (rope) gave way*], svikta, vika undan [*to* för], lämna företräde [*to* åt; ~ *way to traffic from the right*]; hemfalla, hänge sig [*to* åt]; ge efter [*to* för] **3** offra t. ex. tid, kraft [*to* på]; ~ ***one's mind to*** ägna (hänge) sig åt **4** frambringa, ge som produkt, resultat [*a lamp ~s light*]; framkalla, väcka [~ *offence* (anstöt)], vålla, orsaka [~ *a p. pain*] **5** framföra, hålla [~ *a talk* (ett föredrag)], teat. ge [*they are giving Hamlet*]; utbringa [~ *a toast* (skål) *for*; ~ *three cheers for*] **6** ~ ***a cry (scream)*** skrika till, ge till ett skrik; ~ ***a start*** rycka till □ ~ **away** a) ge bort, skänka bort b) vard., oavsiktligt förråda, avslöja [~ *away a secret*]; ~ **in a)** lämna in **b)** ~ ***in one's name*** anmäla sig **c)** ge sig, ge vika, ge med sig, ge upp [*I ~ in*]; ~ **out** a) dela ut [~ *out tickets*] b) tillkännage c) avge [~ *out heat*] d) tryta, ta slut; svika [*his strength gave out*]; ~ **up a)** lämna ifrån sig, avlämna, överlämna, utlämna; ~ ***oneself up*** överlämna sig, anmäla sig för polisen **b)** ge upp [~ *up the attempt*] **c)** upphöra; ***he gave up smoking*** han slutade röka **II** *s,* ~ ***and take*** ömsesidiga eftergifter
**given** ['gɪvn] *a* o. *pp* (av *give*) **1** given, skänkt **2** ~ ***to*** begiven på; fallen för, lagd för; hemfallen åt **3** bestämd, given [*a ~ time*] **4** förutsatt
**glacier** ['glæsjə] *s* glaciär, jökel
**glad** [glæd] *a* glad [*about, at* över, åt], belåten [*about, at* med]; ***I'm ~ to hear that...*** det var roligt att höra att... ; ***I shall be ~ to come*** jag kommer gärna
**gladden** ['glædn] *tr* glädja, fröjda
**glade** [gleɪd] *s* glänta, glad
**gladiator** ['glædɪeɪtə] *s* gladiator
**gladiolus** [ˌglædɪ'əʊləs] (pl. *gladioli* [ˌglædɪ'əʊlaɪ] el. *gladioluses* [ˌglædɪ'ələsɪz]) *s* gladiolus
**gladly** ['glædlɪ] *adv* med glädje, gärna
**gladness** ['glædnəs] *s* glädje
**glamorous** ['glæmərəs] *a* glamorös
**glamour** ['glæmə] *s* glamour, tjuskraft; ~ ***boy*** charmgosse; ~ ***girl*** 'glamour girl', tjusig flicka
**glance** [glɑ:ns] **I** *itr* **1** titta hastigt (flyktigt), ögna [*at* i; *over, through* igenom] **2** blänka till, glänsa till **II** *s* hastig (flyktig) blick, titt [*at* på]; ögonkast [*at* (vid) *the first ~*]
**gland** [glænd] *s* körtel
**glare** [gleə] **I** *itr* **1** blänka, glänsa **2** glo, stirra [*at* på] **II** *s* **1** bländande ljus **2** stirrande blick, ilsken blick
**glaring** ['gleərɪŋ] *a* **1** bländande, skarp **2** stirrande [~ *eyes*] **3** bjärt, gräll [~ *colours*], iögonenfallande [~ *faults*]
**Glasgow** ['glɑ:sgəʊ, 'glɑ:zgəʊ]
**glass** [glɑ:s] *s* **1** glas [*made of ~*] **2 a)** dricksglas [*a ~ of wine*] **b)** spegel **c)** barometer [*the ~ is rising*] **d)** pl. ***glasses*** glasögon **3** kollektivt glassaker, glas
**glassful** ['glɑ:sfʊl] *s* glas mått
**glasshouse** ['glɑ:shaʊs] *s* växthus, drivhus
**glassware** ['glɑ:sweə] *s* glasvaror, glas
**glassy** ['glɑ:sɪ] *a* **1** glas-, glasaktig **2** bildl. glasartad [*a ~ look* (blick)]
**glaze** [gleɪz] **I** *tr itr* **1** sätta glas i [~ *a window*] **2** glasera [~ *cakes*]; ***glazed earthenware*** fajans; ***glazed tiles*** kakel **3** om blick bli glasartad, stelna **II** *s* **1** glasyr **2** glans
**glazier** ['gleɪzjə] *s* glasmästare
**gleam** [gli:m] **I** *s* glimt, stråle **II** *itr* glimma
**glean** [gli:n] *tr* **1** plocka [~ *ears* (ax)] **2** samla
**glee** [gli:] *s* uppsluppen glädje

**gleeful** ['gli:f(ʊ)l] *a* glad, munter
**glen** [glen] *s* trång dal, dalgång, däld
**glib** [glɪb] *a* talför, munvig; lättvindig
**glide** [glaɪd] **I** *itr* glida **II** *s* glidning
**glider** ['glaɪdə] *s* glidflygplan, segelflygplan
**gliding** ['glaɪdɪŋ] *s* glidning; segelflygning
**glimmer** ['glɪmə] **I** *itr* glimma, skimra **II** *s* **1** skimmer, glimrande **2** glimt, skymt [*a ~ of hope*]
**glimpse** [glɪmps] **I** *s* skymt [*of* av]; ***catch (get) a ~ of*** se en skymt av **II** *tr* se en skymt av
**glint** [glɪnt] **I** *itr* glittra, blänka **II** *s* glimt [*a ~ in his eye*]
**glisten** ['glɪsn] *itr* glittra, glimma, glänsa
**glitter** ['glɪtə] **I** *itr* glittra, blänka **II** *s* glitter, glimmer; prakt
**gloat** [gləʊt] *itr*, ***~ over*** vara skadeglad över [*~ over a p.'s misfortunes*]
**global** ['gləʊb(ə)l] *a* global, världsomspännande
**globe** [gləʊb] *s* **1** klot, kula **2** ***the ~*** jordklotet
**gloom** [glu:m] *s* **1** dunkel **2** dysterhet, förstämning
**gloomy** ['glu:mɪ] *a* **1** dunkel **2** dyster
**glorify** ['glɔ:rɪfaɪ] *tr* lovprisa; glorifiera
**glorious** ['glɔ:rɪəs] *a* strålande, underbar, härlig; lysande [*a ~ victory*]
**glory** ['glɔ:rɪ] **I** *s* **1** ära [*win ~*] **2** prydnad, stolthet **3** härlighet; ***in all one's ~*** el. ***in one's ~*** i sitt esse **II** *itr*, ***~ in*** vara stolt över
**1 gloss** [glɒs] **I** *s* glans, glänsande yta **II** *tr* göra glansig; ***~ over*** släta över
**2 gloss** [glɒs] **I** *s* glossa, not; kommentar **II** *tr* glossera; kommentera
**glossary** ['glɒsərɪ] *s* ordlista
**glossy** ['glɒsɪ] *a* glansig, glänsande
**glove** [glʌv] *s* handske, fingervante; ***~ locker*** handskfack i bil
**glow** [gləʊ] **I** *itr* glöda [*~ with* (av) *enthusiasm*], brinna [*with* av] **II** *s* glöd [*the ~ of sunset*], frisk rodnad
**glowing** ['gləʊɪŋ] *pres p* o. *a* glödande [*~ enthusiasm*], entusiastisk [*a ~ account* (skildring)]
**glow-worm** ['gləʊwɜ:m] *s* lysmask
**glucose** ['glu:kəʊs] *s* glykos, glukos
**glue** [glu:] **I** *s* lim [*fish ~*] **II** *tr* limma, limma fast, limma ihop
**glum** [glʌm] *a* trumpen, surmulen
**glut** [glʌt] **I** *tr* **1** översvämma [*~ the market with fruit*] **2** proppa full, mätta **II** *s* överflöd
**glutton** ['glʌtn] *s* matvrak, frossare
**glycerin, glycerine** [ˌglɪsə'ri:n] *s* glycerin
**G.M.T.** ['dʒi:'em'ti:] (förk. för *Greenwich Mean Time*) GMT
**gnarled** [nɑ:ld] *a* knotig, knölig
**gnash** [næʃ] *tr*, ***~ one's teeth*** gnissla med tänderna, skära tänder
**gnat** [næt] *s* mygga; knott
**gnaw** [nɔ:] (*gnawed gnawed*) *tr itr* gnaga på, gnaga [*gnawing hunger; at* på]; plåga [*gnawed with* (av) *anxiety*]
**gnome** [nəʊm] *s* gnom, bergtroll
**go** [gəʊ] **I** (*went gone; he/she/it goes;* se äv. *going, gone*) *itr* **1** fara, resa, åka, köra; ge sig av; ***look where you are going!*** se dig för!; ***~ fishing*** gå och fiska **2** om tid gå; ***to ~*** kvar [*only five minutes to go*] **3** utfalla, gå [*how did the voting ~?*] **4** bli [*~ bad (blind)*] **5** ha sin plats, bruka vara (stå, hänga, ligga) [*where do the cups ~?*]; få plats [*they will ~ in the bag*] **6** ljuda, lyda; ***how does the tune ~?*** hur låter (går) melodin?; ***the story goes that...*** det berättas (sägs) att... **7** räcka, förslå [*this sum won't ~ far*] **8** ***~ to*** tjäna till att; ***it goes to prove (show) that...*** det bevisar att...; ***the qualities that ~ to make a teacher*** de egenskaper som är nödvändiga för en lärare
□ ~ **about** a) gå (fara etc.) omkring b) ta itu med [*~ about one's work*]; ~ **against** strida (vara) emot, bjuda ngn emot; ~ **ahead** a) sätta i gång, börja; fortsätta b) gå framåt c) ta ledningen speciellt sport.; ~ **along a)** gå (fara) vidare, fortsätta **b)** ***~ along with*** följa med; hålla med [*I can't ~ along with you on* (i) *that*]; ~ **at** rusa på, gå lös på; ~ **back** a) gå (fara) tillbaka, återvända b) bryta [*~ back on one's word*], svika; ~ **beyond** gå utöver, överskrida; ~ **by a)** gå (fara) förbi; ***~ by air*** flyga; ***~ by car*** åka bil **b)** gå (rätta sig) efter [*nothing to ~ by*] **c)** ***~ by the name of...*** gå under namnet...; ~ **down a)** gå ner; falla, sjunka **b)** minska [*~ down in weight*], försämras **c)** sträcka sig fram till en tidpunkt; ***~ down to (in) history*** gå till historien **d)** slå an, gå in (hem) [*with* hos]; ~ **for a)** ***~ for a walk*** ta en promenad; ***~ for a swim*** gå och bada **b)** gå efter, hämta **c)** gå lös på, ge sig på **d)** gälla [*that goes for you too!*] **e)** vard. gilla [*I ~ for that!*]; ~ **in a)** gå in; gå i **b)** ***~ in for*** gå in för, satsa på, ägna sig åt [*~ in for farming*], slå sig på [*~ in for golf*]; gå upp i [*~ in for an examination*]; ~ **into** a) gå in i (på); gå med i, delta i b) gå in på [*~ into details*],

ge sig in på, undersöka; ~ **off a)** ge sig i väg **b)** om skott o. eldvapen gå av, brinna av, smälla **c)** bli skämd; bli sämre **d)** ~ ***off to sleep*** falla i sömn; ~ **on a)** gå (fara) vidare, fortsätta; ~ ***on about*** tjata om **b)** ~ ***on to*** gå över till **c)** pågå, hålla på **d)** försiggå, stå 'på [*what's going on here?*]; vara på (i) gång **e)** tändas, komma på [*the lights went on*] **f)** 'gå efter [*the only thing we have to ~ on*] **g)** göra, ge sig ut på [*~ on a journey*]; ~ **out a)** gå (fara) ut **b)** slockna [*my pipe has gone out*] **c)** ~ ***all out*** göra sitt yttersta, ta ut sig helt **d)** ~ ***out of*** gå ur, komma ur [*~ out of use*] **e)** ~ ***out with*** vard. sällskapa med; ~ **over** a) gå över b) stjälpa, välta c) vard. slå an, göra succé d) gå igenom, granska, se över; ~ **round a)** gå runt (omkring), fara runt (omkring) **b)** ~ ***round to*** gå över till, hälsa på; ~ **through a)** gå igenom **b)** göra av med, göra slut på [*~ through all one's money*] **c)** ~ ***through with*** genomföra, fullfölja; ~ **to** a) gå i [*~ to school (to church)*]; gå på [*~ to the theatre*]; gå till [*~ to bed*] b) ta på sig [*~ to a great deal of trouble*]; ~ **under a)** gå under **b)** ~ ***under the name of***... gå (vara känd) under namnet...; ~ **up** a) gå upp, stiga; resa [*~ up to town*] b) tändas, komma på [*the lights went up*] c) gå (fara) uppför; ~ **with** a) gå (fara) med, följa med b) höra till; höra ihop med c) passa (gå) till; ~ **without a)** bli (vara) utan **b)** ***it goes without saying*** det säger sig självt

**II** *s* **1** vard., ***be on the ~*** vara i farten (i gång) **2** vard. fart, ruter [*there's no ~ in him*] **3** (pl. *goes*) vard., ***have a ~ at it*** el. ***have a ~*** göra ett försök; ***it's your ~*** det är din tur; ***at one ~*** på en gång

**goad** [gəʊd] **I** *s* pikstav **II** *tr* **1** driva på med en pikstav **2** bildl., ~ ***a p. into doing a th.*** sporra ngn att göra ngt

**go-ahead** ['gəʊəhed] **I** *a* företagsam, energisk **II** *s* klarsignal

**goal** [gəʊl] *s* mål [*the ~ of his ambition*]; ***keep ~*** stå i mål; ***score a ~*** göra mål

**goalkeeper** ['gəʊlˌki:pə] *s* målvakt

**goalkick** ['gəʊlkɪk] *s* inspark

**goalless** ['gəʊlləs] *a* sport. mållös, utan mål

**goat** [gəʊt] *s* get

**1 gobble** ['gɒbl] *tr,* ~ ***up (down)*** el. ~ glufsa i sig, slafsa i sig

**go-between** ['gəʊbɪˌtwi:n] *s* mellanhand

**goblet** ['gɒblət] *s* glas på fot, remmare

**goblin** ['gɒblɪn] *s* elakt troll, nisse

**god** [gɒd] *s* gud

**godchild** ['gɒdtʃaɪld] (pl. *godchildren* ['gɒdtʃɪldrən]) *s* gudbarn, fadderbarn

**goddam, goddamn** ['gɒdæm] amer. vard. **I** *interj* fan också! **II** *a* djävla, förbannad

**goddess** ['gɒdɪs] *s* gudinna

**godfather** ['gɒdˌfɑ:ðə] *s* gudfar, manlig fadder

**godforsaken** ['gɒdfə'seɪkn] *a* gudsförgäten, eländig

**godmother** ['gɒdˌmʌðə] *s* gudmor, kvinnlig fadder

**godsend** ['gɒdsend] *s* gudagåva; evig lycka

**goggles** ['gɒglz] *s pl* **1** skyddsglasögon, bilglasögon **2** sl. brillor

**going** ['gəʊɪŋ] **I** *s* **1** gående, gång **2** före [*heavy ~*]; ***it's heavy ~*** bildl. det går trögt; ***go while the ~ is good*** gå medan det ännu finns en chans **II** *a* o. *pres p* **1 a)** väl inarbetad [*a ~ concern*] **b)** ***get ~*** komma i gång; sätta i gång [*get ~!*] **c)** ***get a th. ~*** få ngt i gång **2** som finns att få [*the best coffee ~*]; ***he ate anything ~*** han åt allt som fanns att få; ***are there any ~?*** finns det några att få? **3** ~, ~, ***gone!*** vid auktion första, andra, tredje! **4** ***be ~ on for*** närma sig [*she is ~ on for forty*] **5** ***be ~ to*** + infinitiv skola, tänka [*what are you ~ to do?*], ämna

**goitre** ['gɔɪtə] *s* med. struma

**gold** [gəʊld] *s* **1** guld; ***as good as ~*** förfärligt snäll **2** ~ ***plate*** gulddubblé

**golden** ['gəʊld(ə)n] *a* guld- [*~ earrings*], av guld; gyllene; ***a ~ opportunity*** ett utmärkt tillfälle

**goldfinch** ['gəʊldfɪntʃ] *s* fågel steglitsa, steglits

**goldfish** ['gəʊldfɪʃ] *s* guldfisk

**gold-leaf** ['gəʊld'li:f] *s* bladguld, bokguld

**gold-plated** ['gəʊldˌpleɪtɪd] *a* förgylld

**goldsmith** ['gəʊldsmɪθ] *s* guldsmed

**golf** [gɒlf] **I** *s* golf **II** *itr* spela golf

**golf-course** ['gɒlfkɔ:s] *s* golfbana

**golfer** ['gɒlfə] *s* golfspelare

**golf-links** ['gɒlflɪŋks] *s* golfbana

**Goliath** [gə'laɪəθ] Goliat

**golliwog** ['gɒlɪwɒg] *s* svart trasdocka

**golly** ['gɒlɪ] *interj,* ~! vard. kors!

**gondola** ['gɒndələ] *s* gondol

**gondolier** [ˌgɒndə'lɪə] *s* gondoljär

**gone** [gɒn] *a* o. *pp* (av *go*) **1** borta, försvunnen [*the book is ~*]; slut [*my money is ~*] **2** ***be far ~*** a) vara starkt utmattad (svårt sjuk) b) vara långt framskriden **3** förgången, gången; förbi; ***it is past and ~*** det tillhör det förflutna; ***it's just ~ four*** klockan är litet över fyra

**gong** [gɒŋ] *s* gonggong
**gonorrhoea** [ˌgɒnə'rɪə] *s* gonorré
**good** [gʊd] **I** (*better best*) *a* **1** god, bra [*a ~ knife*]; ***she has a ~ figure*** hon har en snygg figur **2 a)** nyttig, hälsosam; ***it is ~ for colds*** det är bra mot förkylningar **b)** färsk inte skämd **3** duktig, bra [*at* i] **4** vänlig, snäll **5** ordentlig, riktig **6** i hälsnings- och avskedsfraser: ~ ***afternoon*** god middag; god dag; adjö; ~ ***day*** god dag; adjö; ~ ***evening*** god afton; god dag; adjö; ~ ***morning*** god morgon; god dag; adjö; ~ ***night*** god natt; god afton; adjö **7** med substantiv: ***Good Friday*** långfredagen; ~ ***gracious!*** el. ~ ***Heavens!*** du milde!; ~ ***nature*** godmodighet; ***all in ~ time*** i lugn och ro; ***all in ~ time!*** ta det lugnt! **8** ***make ~*** a) gottgöra [*make ~ a loss*], ersätta, återställa b) hålla [*make ~ a promise*], vard. göra sin lycka **II** *adv*, ***as ~ as*** så gott som **III** *s* **1** gott [*~ and evil* (ont)]; det goda; nytta, gagn; ***it is for (all for) your own ~*** det är till (för) ditt eget bästa; ***it is no ~*** det tjänar ingenting till; ***what's the ~ of that?*** vad ska det vara bra för?; ***he is up to no ~*** han har något rackartyg i sikte **2** ***for ~*** för gott, för alltid
**goodbye** [gʊd'baɪ] *s* o. *interj* adjö, farväl
**good-for-nothing** ['gʊdfəˌnʌθɪŋ] *s* odåga
**good-humoured** ['gʊd'hju:məd] *a* godlynt, gladlynt
**good-looking** ['gʊd'lʊkɪŋ] *a* snygg, vacker
**goodly** ['gʊdlɪ] *a* betydande, ansenlig
**good-natured** ['gʊd'neɪtʃəd] *a* godmodig
**goodness** ['gʊdnəs] *s* godhet; ~ ***knows*** a) det vete gudarna b) Gud ska veta [*~ knows I've tried hard*]; ***thank ~!*** gudskelov!; ~ ***gracious!*** el. ***my ~!*** el. ***~!*** du milde!; ***for goodness' sake!*** för Guds skull!; ***I wish to ~ that...*** jag önskar verkligen att...
**goods** [gʊdz] *s pl* **1** lösören, tillhörigheter; ***worldly ~*** jordiska ägodelar **2** varor, artiklar, gods; frakt på järnväg, fraktgods
**good-tempered** ['gʊd'tempəd] *a* godlynt
**goodwill** ['gʊd'wɪl] *s* goodwill; samförstånd
**goose** [gu:s] (pl. *geese* [gi:s]) *s* gås
**gooseberry** ['gʊzbərɪ, gu:zbərɪ] *s* krusbär
**goose-flesh** ['gu:sfleʃ] *s* gåshud
**1 gore** [gɔ:] *s* mest litt. levrat blod
**2 gore** [gɔ:] *tr* stånga ihjäl; genomborra
**gorge** [gɔ:dʒ] **I** *s* trång klyfta, trångt pass **II** *itr tr* frossa; ~ ***oneself with*** proppa i sig, frossa på
**gorgeous** ['gɔ:dʒəs] *a* praktfull [*a ~ sunset*]; vard. härlig
**gorilla** [gə'rɪlə] *s* gorilla
**gorse** [gɔ:s] *s* ärttörne
**gory** ['gɔ:rɪ] *a* blodig, blodbesudlad
**gosh** [gɒʃ] *interj*, *~!* kors!, jösses!
**go-slow** ['gəʊ'sləʊ] *s* maskning vid arbetskonflikt
**gospel** ['gɒsp(ə)l] *s* evangelium
**gossip** ['gɒsɪp] **I** *s* **1** skvaller, sladder **2** skvallerbytta **II** *itr* skvallra, sladdra
**got** [gɒt] se *get*
**gotten** ['gɒtn] se *get*
**goulash** ['gu:læʃ] *s* kok. gulasch
**gourd** [gʊəd] *s* kurbits; kalebass
**gourmand** ['gʊəmənd] *s* gourmand
**gourmet** ['gʊəmeɪ] *s* gourmet, finsmakare
**gout** [gaʊt] *s* gikt
**govern** ['gʌv(ə)n] *tr itr* styra, regera; leda, bestämma
**governess** ['gʌvənəs] *s* guvernant
**governing** ['gʌvənɪŋ] *a* regerande; styrande; ledande
**government** ['gʌvnmənt] *s* **1** regering **2** attributivt regerings- [*in Government circles*]; stats- [*Government control*] **3** ***Government official*** ämbetsman
**governor** ['gʌvənə] *s* **1** ståthållare; guvernör **2 a)** direktör [*~ of a prison*]; chef **b)** styrelsemedlem; ***board of ~s*** el. ***~s*** styrelse
**governor-general** ['gʌvənə'dʒenər(ə)l] *s* generalguvernör
**gown** [gaʊn] *s* **1** finare klänning [*dinner ~*] **2** kappa ämbetsdräkt för akademiker, domare m. fl.
**grab** [græb] **I** *tr itr* hugga, gripa [*at* efter]; roffa åt sig **II** *s* hastigt grepp, hugg [*for (at)* efter]; ***make a ~ at*** försöka gripa tag i
**grace** [greɪs] **I** *s* **1** behag, grace, elegans **2** ***with (with a) good ~*** godvilligt; ***with (with a) bad ~*** motvilligt **3** ***be in a p.'s good ~s*** vara väl anskriven hos ngn; ***fall from ~*** råka i onåd; ***by the ~ of God*** med Guds nåde **4** bordsbön [*say ~*] **5** ***His (Her, Your) Grace*** Hans (Hennes, Ers) nåd **II** *tr* pryda, smycka
**graceful** ['greɪsf(ʊ)l] *a* behagfull, graciös
**graceless** ['greɪsləs] *a* charmlös, klumpig
**gracious** ['greɪʃəs] *a* **1** älskvärd **2** ***good ~!*** el. ***goodness ~!*** el. ***~ me!*** du milde!, herre Gud!
**gradation** [grə'deɪʃ(ə)n] *s* gradering; skala

**grade** [greɪd] **I** *s* **1** grad; steg, stadium; rang; nivå **2** amer. klass, årskurs **3** speciellt amer. betyg, poäng **4** kvalitet; sort; ***make the*** ~ bildl. vard. lyckas **II** *tr* gradera; sortera; dela in (upp) i kategorier; klassificera
**gradient** ['greɪdjənt] *s* t. ex. vägs stigning
**gradual** ['grædʒʊəl] *a* gradvis; successiv
**gradually** ['grædʒʊəlɪ] *adv* gradvis, successivt; så småningom
**graduate** [substantiv 'grædʒʊət, verb 'grædjʊeɪt] **I** *s* akademiker, person med akademisk examen **II** *itr tr* **1** ta akademisk examen; kvalificera sig [*as* till] **2** gradera [*graduated in inches*]
**graduation** [ˌgrædjʊ'eɪʃ(ə)n] *s* **1** akademisk examen; amer. skol. avgångsexamen **2** gradering [~ *of a thermometer*]
**1 graft** [grɑ:ft] *tr* ympa; ympa in [*in, into, on* i, på]
**2 graft** [grɑ:ft] *s* vard. korruption, mutor
**grain** [greɪn] *s* **1** sädeskorn, gryn [*a* ~ *of rice*], frö **2** säd, spannmål **3** korn [~*s of sand (salt)*], gryn; bildl. grand, gnutta [*not a* ~ *of truth*]; ***take a th. with a*** ~ ***of salt*** ta ngt med en nypa salt **4** gran minsta eng. vikt = 0,0648 g **5** ytas kornighet; ådring; textur; ***against the*** ~ a) mot luggen b) mot fibrernas längdriktning; ***it goes against the*** ~ ***for me to*** bildl. det strider mot min natur att
**gram** [græm] *s* speciellt amer. gram
**grammar** ['græmə] *s* grammatik
**grammarian** [grə'meərɪən] *s* grammatiker
**grammatical** [grə'mætɪk(ə)l] *a* grammatisk
**gramme** [græm] *s* gram
**gramophone** ['græməfəʊn] *s* grammofon
**granary** ['grænərɪ] *s* spannmålsmagasin
**grand** [grænd] **I** *a* **1** stor, pampig; storslagen [*a* ~ *view*]; förnäm, fin; ~ ***old man*** grand old man, nestor; ~ ***opera*** opera seriös o. utan talpartier; ~ ***piano*** flygel **2** stor, störst, förnämst **3** vard. utmärkt **II** *s* mus. flygel
**grandchild** ['græntʃaɪld] (pl. *grandchildren* ['græntʃɪldr(ə)n]) *s* barnbarn
**granddad** ['grændæd] *s* vard. farfar; morfar
**granddaughter** ['grænˌdɔ:tə] *s* sondotter; dotterdotter
**grandeur** ['grændʒə] *s* storslagenhet, prakt
**grandfather** ['grændˌfɑ:ðə] *s* farfar; morfar; ~ ***(grandfather's) clock*** golvur
**grandiose** ['grændɪəʊs] *a* storslagen
**grandma** ['grænmɑ:] *s* o. **grandmamma** ['grænməˌmɑ:] *s* vard. farmor; mormor
**grandmother** ['grændˌmʌðə] *s* farmor; mormor
**grandpa** ['grænpɑ:] *s* o. **grandpapa** ['grænpəˌpɑ:] *s* vard. farfar; morfar
**grandparents** ['grændˌpeər(ə)nts] *s* farföräldrar; morföräldrar
**grandson** ['grændsʌn] *s* sonson; dotterson
**grandstand** ['grændstænd] *s* huvudläktare, åskådarläktare vid tävlingar
**grange** [greɪndʒ] *s* lantgård; utgård
**granite** ['grænɪt] *s* granit
**granny** ['grænɪ] *s* vard. farmor; mormor
**grant** [grɑ:nt] **I** *tr* **1** bevilja; tillerkänna **2** anslå pengar [*towards* till]; skänka **3** medge; ***take a th. for granted*** ta ngt för givet **II** *s* **1** anslag, bidrag; stipendium; ***government*** ~ statsanslag, statsbidrag **2** beviljande, anslående
**granulate** ['grænjʊleɪt] *tr* göra kornig, granulera; ***granulated sugar*** strösocker
**grape** [greɪp] *s* vindruva; ~ ***hyacinth*** pärlhyacint
**grapefruit** ['greɪpfru:t] *s* grapefrukt
**graphite** ['græfaɪt] *s* grafit, blyerts
**grapple** ['græpl] *itr,* ~ ***with*** strida (slåss) med [~ *with the enemy*]; brottas med
**grasp** [grɑ:sp] **I** *tr* **1** fatta tag i, gripa; gripa om, hålla fast **2** fatta, begripa [~ *the point*] **II** *s* **1** grepp, tag; ***beyond (within) his*** ~ utom (inom) räckhåll för honom **2** uppfattning, förståelse; ***have a good*** ~ ***of the subject*** ha ett bra grepp om ämnet
**grass** [grɑ:s] *s* **1** gräs **2** sl. marijuana
**grasshopper** ['grɑ:sˌhɒpə] *s* gräshoppa
**grass-roots** ['grɑ:s'ru:ts] *s pl, **the*** ~ bildl. gräsrötterna, det enkla folket
**grass-widow** ['grɑ:s'wɪdəʊ] *s* gräsänka
**grass-widower** ['grɑ:s'wɪdəʊə] *s* gräsänkling
**1 grate** [greɪt] *tr itr* **1** riva [~ *cheese*]; smula sönder **2** gnissla, knarra; skorra illa; ~ ***one's teeth*** skära tänder
**2 grate** [greɪt] *s* rist, spisgaller; öppen spis
**grateful** ['greɪtf(ʊ)l] *a* tacksam [*to* mot]
**grater** ['greɪtə] *s* rivjärn; skrapare, rasp
**gratification** [ˌgrætɪfɪ'keɪʃ(ə)n] *s* tillfredsställelse; nöje, njutning
**gratify** ['grætɪfaɪ] *tr* tillfredsställa; göra belåten
**gratifying** ['grætɪfaɪɪŋ] *a* glädjande, angenäm
**1 grating** ['greɪtɪŋ] *a* gnisslande; skärande, skorrande [~ *voice*]

**2 grating** ['greɪtɪŋ] *s* galler, gallerverk
**gratitude** ['grætɪtju:d] *s* tacksamhet [*to* mot]
**gratuity** [grə'tju:ətɪ] *s* drickspengar
**1 grave** [greɪv] *a* allvarlig, grav
**2 grave** [greɪv] *s* grav; gravvård
**grave-digger** ['greɪvˌdɪgə] *s* dödgrävare
**gravel** ['græv(ə)l] *s* grus, grov sand
**graveyard** ['greɪvjɑ:d] *s* kyrkogård, begravningsplats
**gravitation** [ˌgrævɪ'teɪʃ(ə)n] *s* gravitation, tyngdkraft
**gravity** ['grævətɪ] *s* **1** allvar **2** tyngd, vikt; ***centre of*** ~ tyngdpunkt; ***specific*** ~ densitet **3** tyngdkraft; ***the law of*** ~ tyngdlagen, gravitationslagen
**gravy** ['greɪvɪ] *s* köttsaft; sky
**gray** [greɪ] *a* amer. = *grey* grå
**1 graze** [greɪz] **I** *tr itr* **1** snudda vid, tuscha **2** skrapa, skrubba [~ *one's knee*]; ~ ***against*** snudda vid, skrapa mot **II** *s* skrubbsår
**2 graze** [greɪz] *itr tr* beta; låta beta; valla [~ *sheep*]
**grease** [gri:s] **I** *s* fett, talg, flott; smörja **II** *tr* smörja, rundsmörja
**grease-paint** ['gri:speɪnt] *s* teat. smink
**greaseproof** ['gri:spru:f] *a*, ~ ***paper*** smörgåspapper, smörpapper
**greasy** ['gri:zɪ, 'gri:sɪ] *a* fet [~ *food*]; oljig; hal [*a* ~ *road*]; flottig
**great** [greɪt] *a* **1** stor; ***Great Britain*** Storbritannien; ***Great Dane*** grand danois; ***a*** ~ ***big man*** vard. en stor stark karl; ~ ***friends*** mycket goda vänner **2** stor, framstående **3** om tid lång [*a* ~ *interval*]; hög [*a* ~ *age*]; ***a*** ~ ***while*** en lång stund **4** vard. härlig, underbar [*a* ~ *sight*]; storartad; ***that's*** ~*!* el. ~*!* fint!, utmärkt!; ***we had a*** ~ ***time*** vi hade jättetrevligt
**greatcoat** ['greɪtkəʊt] *s* överrock
**great-grandchild** ['greɪt'græntʃaɪld] (pl. *great-grandchildren* ['greɪt'græn,tʃɪldr(ə)n]) *s* barnbarnsbarn
**great-granddaughter** ['greɪt'grænˌdɔ:tə] *s* sons (dotters) sondotter (dotterdotter)
**great-grandfather** ['greɪt'grændˌfɑ:ðə] *s* farfars (farmors) far; morfars (mormors) far
**great-grandmother** ['greɪt'grændˌmʌðə] *s* farfars (farmors) mor; morfars (mormors) mor
**great-grandson** ['greɪt'grændsʌn] *s* sons (dotters) sonson (dotterson)
**greatly** ['greɪtlɪ] *adv* mycket, i hög grad
**greatness** ['greɪtnəs] *s* **1** storlek i omfång, grad **2** storhet
**grebe** [gri:b] *s* zool. dopping
**Grecian** ['gri:ʃ(ə)n] *a* grekisk i stil [~ *nose*]
**Greece** [gri:s] Grekland
**greed** [gri:d] *s* glupskhet; girighet
**greedy** ['gri:dɪ] *a* glupsk; girig
**greedy-guts** ['gri:dɪgʌts] *s* sl. matvrak
**Greek** [gri:k] **I** *s* **1** grek; grekinna **2** grekiska språket **II** *a* grekisk
**green** [gri:n] **I** *a* **1** grön; ***keep a p.'s memory*** ~ hålla ngns minne levande **2** oerfaren, 'grön'; naiv **II** *s* **1** grönt **2** allmän gräsplan; plan, bana [speciellt i sammansättningar *bowling-green*]; ***the village*** ~ byallmänningen **3** grönska **4** pl. ~***s*** vard. grönsaker
**greenery** ['gri:nərɪ] *s* grönska
**greenfly** ['gri:nflaɪ] *s* bladlus
**greengage** ['gri:ngeɪdʒ] *s* renklo, reine claude slags plommon
**greengrocer** ['gri:nˌgrəʊsə] *s* frukt- och grönsakshandlare
**greengrocery** ['gri:nˌgrəʊsərɪ] *s* **1** frukt- och grönsaksaffär **2** frukt och grönsaker handelsvaror
**greenhorn** ['gri:nhɔ:n] *s* bildl. gröngöling
**greenhouse** ['gri:nhaʊs] *s* växthus
**Greenland** ['gri:nlənd] Grönland
**Greenwich** ['grɪnɪdʒ] egennamn; ~ ***Mean Time*** Greenwichtid standardtid
**greet** [gri:t] *tr* **1** hälsa [*he greeted me with a nod*] **2** välkomna, ta emot t. ex. gäst **3** om syn, ljud möta [*a surprising sight greeted us*]
**greeting** ['gri:tɪŋ] *s* hälsning; ~***s telegram*** lyckönskningstelegram, lyxtelegram
**grenade** [grɪ'neɪd] *s* mil. granat
**grenadier** [ˌgrenə'dɪə] *s* grenadjär
**grew** [gru:] se *grow*
**grey** [greɪ] **I** *a* grå **II** *s* grått **III** *itr* gråna
**greyhound** ['greɪhaʊnd] *s* vinthund; ~ ***racing*** hundkapplöpning
**grid** [grɪd] *s* **1** galler; rist **2** kraftledningsnät
**gridiron** ['grɪdˌaɪən] *s* halster; grill; rost
**grief** [gri:f] *s* sorg, bedrövelse [*for* över, *at* vid, över]; ***come to*** ~ råka illa ut; gå omkull, stranda
**grievance** ['gri:v(ə)ns] *s* missnöjesanledning; ***have a*** ~ ha något att klaga över
**grieve** [gri:v] *itr* sörja [*at, for* över]
**grievous** ['gri:vəs] *a* sorglig, smärtsam, pinsam, svår; allvarlig [*a* ~ *error*]
**grill** [grɪl] **I** *tr* **1** halstra, grilla, steka på halster **2** bildl. halstra, grilla i korsförhör **II** *s* **1** grillrätt **2** halster, grill

**grille** [grɪl] *s* **1** skyddsgaller **2** grill på bil
**grill-room** ['grɪlrʊm] *s* grill restaurang
**grim** [grɪm] *a* **1** hård, sträng [*~ determination*] **2** bister [*a ~ expression*]
**grimace** [grɪ'meɪs] **I** *s* grimas **II** *itr* grimasera
**grime** [graɪm] **I** *s* ingrodd smuts, sot **II** *tr* smutsa (sota) ned
**grimy** ['graɪmɪ] *a* smutsig, sotig
**grin** [grɪn] **I** *itr* flina, grina; ***~ and bear it*** hålla god min i elakt spel **II** *s* flin; grin
**grind** [graɪnd] **I** (*ground ground*) *tr itr* **1** mala **2** slipa; polera; ***ground glass*** matt (mattslipat) glas **3** skrapa, skrapa med, skava [*on, against* på, mot]; ***~ one's teeth*** skära tänder; ***~ to a halt*** stanna med ett gnissel, bildl. köra fast **4** vard., ***~ (~ away) at one's studies*** plugga **II** *s* vard. knog, slit, slitgöra
**grinder** ['graɪndə] *s* kvarn [*coffee-grinder*]; slipmaskin
**grindstone** ['graɪndstəʊn] *s* slipsten
**grip** [grɪp] **I** *s* **1** grepp, tag, fattning [*of* om] **2** handtag, grepp på väska m. m. **3** hårklämma **4** ***get (come) to ~s with*** bildl. komma inpå livet, ge sig i kast med **II** *tr* **1** gripa om, fatta tag i [*~ the railing*] **2** bildl. gripa, fängsla
**gripping** ['grɪpɪŋ] *a* gripande, fängslande
**grisly** ['grɪzlɪ] *a* hemsk, kuslig, gräslig
**gristle** ['grɪsl] *s* i kött brosk
**grit** [grɪt] **I** *s* **1** sandkorn; sand, grus **2** bildl. vard. gott gry, fasthet, kurage **II** *tr* gnissla med; ***~ one's teeth*** skära tänder
**gritty** ['grɪtɪ] *a* grusig, sandig, grynig
**grizzle** ['grɪzl] *itr* om barn grina, gnälla
**grizzled** ['grɪzld] *a* gråsprängd
**grizzly** ['grɪzlɪ] **I** *a* gråaktig; gråhårig; ***~ bear*** nordamerikansk gråbjörn **II** *s* gråbjörn
**groan** [grəʊn] **I** *itr* stöna [*~ with* av]; digna [*under, beneath* under börda], om t. ex. trä knaka **II** *s* stönande, jämmer
**grocer** ['grəʊsə] *s* specerihandlare; ***grocer's*** el. ***grocer's shop*** (speciellt amer. ***store***) speceriaffär
**grocery** ['grəʊsərɪ] *s* **1** mest pl. ***groceries*** specerier **2** speceriaffär [amer. äv. *~ store*]
**grog** [grɒg] *s* sjö. toddy på rom, whisky el. konjak
**groggy** ['grɒgɪ] *a* vard. ostadig; vacklande; speciellt sport. groggy
**groin** [grɔɪn] *s* ljumske, vard. skrev
**groom** [gru:m] **I** *s* **1** brudgum **2** stalldräng **II** *tr* **1** sköta, ansa hästar **2** göra snygg; ***badly groomed*** ovårdad **3** träna, trimma [*~ a political candidate*]
**groove** [gru:v] *s* **1** fåra, räffla, skåra; spår i t. ex. grammofonskiva; fals; gänga på skruv **2** bildl. hjulspår, slentrian
**groovy** ['gru:vɪ] *a* sl. toppenskön, mysig
**grope** [grəʊp] *itr tr* treva, famla [*for* efter]; ***~ one's way*** treva sig fram
**gross** [grəʊs] **I** *a* **1** grov, rå, krass [*~ materialism*]; skriande, flagrant [*~ injustice*]; ***~ negligence*** jur. grov oaktsamhet **2** fet, uppsvälld **3** total-, brutto-; ***~ national product*** bruttonationalprodukt **II** *s* gross 12 dussin [*two ~ pens*]
**grossly** ['grəʊslɪ] *adv* grovt, starkt [*~ exaggerated*]
**grotesque** [grəʊ'tesk] *a* grotesk; barock [*that is quite ~*]
**grotto** ['grɒtəʊ] *s* grotta
**1 ground** [graʊnd] se *grind I*
**2 ground** [graʊnd] **I** *s* **1** mark; jord; grund; ***~ crew (staff)*** flyg. markpersonal; ***it would suit me down to the ~*** vard. det skulle passa mig alldeles precis **2** terräng; plats [*parade ~*], plan [*football ~*]; anläggning, stadion; ***gain ~*** vinna terräng; ***hold (stand) one's ~*** hävda sin ställning, stå på sig; ***lose ~*** förlora terräng **3** pl. ***~s*** inhägnat område, stor tomt **4** pl. ***~s*** bottensats, sump [*coffee-grounds*] **5** speciellt amer. elektr. jordkontakt, jordledning **6** grund; underlag, botten [*on a white ~*] **7** anledning, grund, orsak; ***there is no ~ (are no ~s) for anxiety*** det finns ingen anledning till oro; ***on the ~ of*** el. ***on the ~s of*** med anledning (på grund) av **II** *tr* **1** grunda, bygga, basera [*on* på] **2** flyg. tvinga att landa; förbjuda (hindra) att flyga; ***all aircraft are grounded*** inga plan kan starta
**ground-floor** ['graʊnd'flɔ:] *s* bottenvåning, första våning, bottenplan
**groundless** ['graʊndləs] *a* grundlös, ogrundad
**group** [gru:p] **I** *s* grupp **II** *tr itr* gruppera; gruppera sig
**1 grouse** [graʊs] *s* zool. moripa
**2 grouse** [graʊs] vard. **I** *s* knot, knorrande **II** *itr* knota, knorra [*about* över]
**grove** [grəʊv] *s* skogsdunge; lund
**grovel** ['grɒvl] *itr* kräla i stoftet, krypa
**grovelling** ['grɒvlɪŋ] *a* krypande, inställsam
**grow** [grəʊ] (*grew grown*) *itr tr* **1** växa, växa upp; utvecklas; utvidgas; stiga, öka, ökas; låta växa; ***~ up*** växa upp, bli fullvuxen; ***be grown up*** vara vuxen (stor); ***~ a beard*** lägga sig till med skägg **2** småningom bli [*~ better*]; ***be growing*** börja bli [*be growing old*] **3** ***~ to*** + infinitiv mer och

mer börja, komma att [*I grew to like it*] **4** odla [~ *potatoes*]
**grower** ['grəʊə] *s* odlare, producent
**growl** [graʊl] **I** *itr* morra, brumma [*at* åt] **II** *s* morrande
**grown** [grəʊn] **I** se *grow* **II** *a* fullvuxen
**grown-up** ['grəʊnʌp] **I** *a* vuxen [*a ~ son*] **II** *s* vuxen
**growth** [grəʊθ] *s* **1** växt; tillväxt [*the ~ of the city*]; utveckling [*the ~ of trade*]; utvidgning **2** odling **3** växt, växtlighet, vegetation
**grub** [grʌb] **I** *itr* gräva, rota, böka **II** *s* **1** zool. larv, mask **2** vard. käk
**grubby** ['grʌbɪ] *a* smutsig; sjaskig
**grudge** [grʌdʒ] **I** *tr* **1** knorra över **2** missunna, avundas **II** *s* avund; ***have a ~ against a p.*** hysa agg till ngn
**grudging** ['grʌdʒɪŋ] *a* motvillig; missunnsam
**gruel** [grʊəl] *s* välling
**gruelling** ['grʊəlɪŋ] *a* vard. mycket ansträngande; sträng [*a ~ cross-examination*]
**gruesome** ['gru:səm] *a* hemsk, kuslig
**gruff** [grʌf] *a* grov; sträv, barsk
**grumble** ['grʌmbl] **I** *itr* knota, knorra [*about, at* över] **II** *s* morrande; knot
**grumpy** ['grʌmpɪ] *a* knarrig, butter
**grunt** [grʌnt] **I** *itr* grymta **II** *s* grymtning
**guarantee** [ˌgærən'ti:] **I** *s* **1** garanti; säkerhet **2** garant **II** *tr* garantera [~ *peace*]; gå i borgen för, gå i god för; ***this clock is guaranteed for one year*** det är ett års garanti på den här klockan
**guarantor** [ˌgærən'tɔ:] *s* garant; borgensman
**guard** [gɑ:d] **I** *tr itr* **1** bevaka, vakta; vara på sin vakt [*against* mot] **2** skydda, bevara; gardera **II** *s* **1** vakthållning, bevakning; ***~ of honour*** hedersvakt; ***keep ~*** hålla (stå på) vakt; ***be off one's ~*** inte vara på sin vakt; ***catch a p. off his ~*** överrumpla ngn **2** vakt, väktare **3** pl. ***~s*** garde [*Horse Guards*] **4** konduktör på tåg
**guarded** ['gɑ:dɪd] *a* **1** bevakad, vaktad **2** förbehållsam [*a ~ reply*]
**guardian** ['gɑ:djən] *s* **1** väktare; bevakare; attributivt skydds- [~ *angel*] **2** jur. förmyndare
**guardroom** ['gɑ:drʊm] *s* mil. vaktrum, vaktlokal; arrestrum
**guardsman** ['gɑ:dsmən] *s* gardesofficer; gardist
**guerrilla** [gə'rɪlə] *s* **1** ***~ warfare*** gerillakrigföring **2** gerillasoldat; pl. ***~s*** äv. gerillatrupper, gerilla
**guess** [ges] **I** *tr itr* **1** gissa **2** speciellt amer. vard. tro, förmoda; ***I ~ so*** jag tror det **II** *s* gissning, förmodan; ***at a ~*** gissningsvis
**guesswork** ['geswɜ:k] *s* gissning, gissningar
**guest** [gest] *s* gäst; främmande
**guest-house** ['gesthaʊs] *s* pensionat, gästhem
**guffaw** [gʌ'fɔ:] **I** *s* gapskratt, flabb **II** *itr* gapskratta, flabba
**guidance** ['gaɪd(ə)ns] *s* ledning; vägledning; rådgivning [*marriage ~*]
**guide** [gaɪd] **I** *tr* leda, vägleda, ledsaga **II** *s* **1** vägvisare; guide, reseledare; ledning [*serve as a ~*] **2** handbok, resehandbok, guide, katalog; ***railway ~*** tågtidtabell **3** ***girl ~*** flickscout
**guide-book** ['gaɪdbʊk] *s* resehandbok, guide
**guideline** ['gaɪdlaɪn] *s* riktlinje
**guild** [gɪld] *s* gille, skrå; sällskap
**guildhall** ['gɪld'hɔ:l] *s* gilleshus, rådhus
**guile** [gaɪl] *s* svek, förräderi; list
**guillotine** [ˌgɪlə'ti:n] **I** *s* giljotin **II** *tr* giljotinera
**guilt** [gɪlt] *s* skuld [*proof of his ~*]
**guilty** ['gɪltɪ] *a* **1** skyldig [~ *of* (till) *murder*]; ***find a p. ~*** förklara ngn skyldig; ***plead ~*** erkänna sig skyldig **2** skuldmedveten [*a ~ look*]; ***a ~ conscience*** dåligt samvete
**guinea-pig** ['gɪnɪpɪg] *s* **1** marsvin **2** försökskanin
**guise** [gaɪz] *s*, ***in the ~ of*** förklädd till; ***under the ~ of*** under sken av
**guitar** [gɪ'tɑ:] *s* gitarr
**guitarist** [gɪ'tɑ:rɪst] *s* gitarrist
**gulf** [gʌlf] *s* **1** golf, bukt; vik; ***the Gulf Stream*** Golfströmmen; ***the Gulf of Mexico*** Mexikanska golfen **2** bildl. klyfta
**gull** [gʌl] *s* mås; trut
**gullet** ['gʌlɪt] *s* matstrupe; strupe
**gullible** ['gʌləbl] *a* lättlurad, lättrogen
**gulp** [gʌlp] **I** *tr*, ***~ down*** el. ***~*** svälja, stjälpa i sig **II** *s* sväljning; klunk
**1 gum** [gʌm] *s*, mest pl. ***~s*** tandkött
**2 gum** [gʌm] **I** *s* **1** gummi; kåda **2** slags gelékaramell **3** ***~ boots*** gummistövlar **II** *tr* gummera; ***~ together*** klistra ihop
**gun** [gʌn] **I** *s* **1** kanon; bössa, gevär **2** vard. revolver; pistol **3** ***grease ~*** smörjspruta **4** ***big ~*** sl. stor kanon; pamp; ***stick to one's ~s*** bildl. stå på sig **II** *tr* vard., ***~ down*** skjuta ner
**gunboat** ['gʌnbəʊt] *s* kanonbåt
**gunfire** ['gʌnˌfaɪə] *s* artillerield

**gunman** ['gʌnmən] (pl. *gunmen* ['gʌnmən]) *s* gangster, revolverman, bandit
**gunner** ['gʌnə] *s* kanonjär; artillerist
**gunpowder** ['gʌnˌpaʊdə] *s* krut
**gunrunner** ['gʌnˌrʌnə] *s* vapensmugglare
**gunwale** ['gʌnl] *s* reling
**gurgle** ['gɜ:gl] **I** *itr* **1** klunka, klucka **2** gurgla **II** *s* porlande; gurglande ljud
**gush** [gʌʃ] **I** *itr* **1** välla fram, forsa, strömma **2** vard. vara översvallande **II** *s* **1** ström, stråle **2** vard. sentimentalt svammel
**gust** [gʌst] *s* häftig vindstöt, kastvind
**gusto** ['gʌstəʊ] *s*, ***with great ~*** med stort välbehag
**gusty** ['gʌstɪ] *a* byig, stormig
**gut** [gʌt] **I** *s* **1** tarm; tarmkanal **2** tarmsträng, kattgut **3** tafs till metrev, gut **II** *tr* **1** rensa fisk **2** tömma, rensa; ***gutted by fire*** utbränd av eld
**guts** [gʌts] *s pl* sl. **1** inälvor, tarmar **2** mage, buk **3** kurage; ***he has got no ~*** han är feg
**gutter** ['gʌtə] *s* **1** rännsten; ***~ press*** skandalpress **2** avloppsränna, avloppsrör **3** takränna
**guttersnipe** ['gʌtəsnaɪp] *s* **1** rännstensunge **2** vard. knöl, tölp
**guy** [gaɪ] *s* vard. karl, kille
**guzzle** ['gʌzl] *itr tr* supa, pimpla; vräka i sig
**guzzler** ['gʌzlə] *s* fylltratt; matvrak
**gym** [dʒɪm] *s* vard. kortform för *gymnasium, gymnastics*
**gymnasium** [dʒɪm'neɪzjəm] *s* gymnastiksal, idrottslokal
**gymnastic** [dʒɪm'næstɪk] **I** *a* gymnastisk **II** *s*, *~s* gymnastik
**gynaecologist** [ˌgaɪnɪ'kɒlədʒɪst] *s* gynekolog
**gypsy** ['dʒɪpsɪ] *s* o. *a* se *gipsy*
**gyrate** [ˌdʒaɪ'reɪt] *itr* rotera, virvla runt
**gyroscope** ['dʒaɪərəskəʊp] *s* gyroskop

# H

**H, h** [eɪtʃ] *s* H, h
**ha** [hɑ:] *interj* ha!, åh!; *~ ~!* ha, ha!
**habit** ['hæbɪt] *s* **1** vana; ***a bad ~*** en ovana, en dålig (ful) vana; ***be in the ~ of*** ha för vana att, bruka **2** litt. dräkt
**habitable** ['hæbɪtəbl] *a* beboelig
**habitation** [ˌhæbɪ'teɪʃ(ə)n] *s* **1** beboende **2** litt. boning, bostad
**habit-forming** ['hæbɪtˌfɔ:mɪŋ] *a* vanebildande
**habitual** [hə'bɪtjʊəl] *a* **1** invand, inrotad; vanemässig **2** inbiten, vane- [*a ~ drunkard*] **3** vanlig [*a ~ sight*]
**habitually** [hə'bɪtjʊəlɪ] *adv* jämt
**hack** [hæk] *tr* hacka; hacka sönder
**hackneyed** ['hæknɪd] *a* banal, utnött
**hacksaw** ['hæksɔ:] *s* bågfil metallsåg
**had** [hæd, obetonat həd] se *have*
**haddock** ['hædək] *s* kolja
**hadn't** ['hædnt] = *had not*
**haemorrhage** ['hemərɪdʒ] *s* blödning
**haemorrhoids** ['hemərɔɪdz] *s pl* hemorrojder
**haft** [hɑ:ft] *s* handtag, skaft på dolk, kniv
**hag** [hæg] *s* häxa; hagga
**haggard** ['hægəd] *a* utmärglad, tärd
**haggle** ['hægl] *itr* pruta; köpslå
**1 hail** [heɪl] **I** *s* hagel; bildl. skur [*a ~ of blows*] **II** *itr* hagla
**2 hail** [heɪl] **I** *tr itr* **1** hälsa, hylla [*~ ap. (~ ap. as) leader*] **2** kalla på; ropa till sig **3** *~* ***from*** vara från, höra hemma i [*he ~s from Boston*] **II** *interj* hell!
**hailstone** ['heɪlstəʊn] *s* hagel
**hailstorm** ['heɪlstɔ:m] *s* hagelby, hagelskur

**hair** [heə] *s* hår; hårstrå; ~ *clip (grip)* hårklämma; ~ *curler* hårspole; papiljott; *do one's* ~ kamma sig; *split ~s* ägna sig åt hårklyverier
**hairbrush** ['heəbrʌʃ] *s* hårborste
**haircut** ['heəkʌt] *s* hår- klippning; *have (get) a* ~ klippa sig
**hairdo** ['heədu:] *s* vard. frisyr
**hairdresser** ['heə,dresə] *s* frisör; hårfrisörska; *hairdresser's* frisersalong
**hair-drier** ['heə,draɪə] *s* hårtork
**hairpin** ['heəpɪn] *s* hårnål
**hair-raising** ['heə,reɪzɪŋ] *a* hårresande
**hair-splitting** ['heə,splɪtɪŋ] *s* hårklyveri, hårklyverier, spetsfundigheter
**hair-style** ['heəstaɪl] *s* frisyr
**hairy** ['heərɪ] *a* hårig; luden
**hake** [heɪk] *s* zool. kummel
**hale** [heɪl] *a,* ~ *and hearty* frisk och kry
**half** [hɑ:f] **I** (pl. *halves* [hɑ:vz]) *s* **1** halva, hälft; *too clever by* ~ väl (lite för) slipad; *cut in* ~ skära itu **2** sport. halvlek **II** *a* halv [~ *my time*]; ~ *an hour* en halvtimme **III** *adv* halvt, till hälften, halv- [~ *cooked*]; *at* ~ *past five* (vard. *at* ~ *five)* klockan halv sex
**half-caste** ['hɑ:fkɑ:st] *s* halvblod
**half-hearted** ['hɑ:f'hɑ:tɪd] *a* halvhjärtad
**half-mast** ['hɑ:f'mɑ:st] *s, at* ~ på halv stång
**halfpence** ['heɪp(ə)ns] *s* värdet av en halvpenny
**halfpenny** ['heɪpnɪ] *s* halvpenny mynt
**halfway** ['hɑ:f'weɪ] **I** *a* som ligger halvvägs **II** *adv* halvvägs
**halibut** ['hælɪbət] *s* helgeflundra
**hall** [hɔ:l] *s* **1** sal; hall; aula; *lecture* ~ föreläsningssal **2** *concert* ~ konserthus; *town (city)* ~ stadshus, rådhus **3** entré, hall, farstu
**hallelujah** [,hælɪ'lu:jə] *s* o. *interj* halleluja
**hallmark** ['hɔ:lmɑ:k] *s* **1** guldsmedsstämpel, kontrollstämpel **2** kännemärke
**hallo** [hə'ləʊ, 'hæ'ləʊ] *interj* hallå!, hej!
**hallow** ['hæləʊ] *tr* helga; *hallowed* ['hæləʊɪd] *be thy name* bibl. helgat varde ditt namn
**hallucination** [hə,lu:sɪ'neɪʃ(ə)n] *s* hallucination, synvilla
**halo** ['heɪləʊ] *s* gloria
**halt** [hɔ:lt] **I** *s* halt, rast, paus, uppehåll **II** *itr* stanna, göra halt
**halve** [hɑ:v] *tr* **1** halvera **2** minska till hälften
**halves** [hɑ:vz] *s* se *half I*
**ham** [hæm] *s* **1** skinka [*a slice of* ~] **2** pl. *~s* anat. skinkor, bakdel
**hamburger** ['hæmbɜ:gə] *s* kok. hamburgare
**hamlet** ['hæmlət] *s* liten by speciellt utan kyrka
**hammer** ['hæmə] **I** *s* **1** hammare; slägga äv. sport. **2** auktionsklubba **II** *tr itr* hamra på; spika fast (upp); hamra, slå, dunka
**hammock** ['hæmək] *s* hängmatta; *garden* ~ hammock
**1 hamper** ['hæmpə] *s* korg [*luncheon* ~]
**2 hamper** ['hæmpə] *tr* hindra, hämma
**hamster** ['hæmstə] *s* hamster
**hand** [hænd] **I** *s* **1** hand; *win ~s down* vinna med lätthet; *~s off!* bort med tassarna!; *~s up!* a) upp med händerna! b) räck upp en hand!; *wait on a p.* ~ *and foot* passa upp på ngn; *get (gain) the upper* ~ få (ta) övertaget; *change ~s* övergå i andra händer; *give (lend) a p. a* ~ ge ngn en hjälpande hand; *have a* ~ *in a th.* vara inblandad i ngt □ *close (near)* **at** ~ till hands; nära förestående; **by** ~ för hand [*done by* ~]; **in** ~ **a)** i hand (handen); till sitt förfogande [*money in* ~] **b)** i sin hand, under kontroll **c)** *one game in* ~ en match mindre spelad; *take in* ~ ta hand om; *play* **into** *a p.'s ~s* spela i händerna på ngn; **off** ~ på rak arm; *get a th. off one's ~s* slippa ifrån ngt; **on** ~ till hands; i sin ägo; **out of** ~ ur kontroll, oregerlig **2** visare på ur [*second-hand*] **3** *on one (on the one)* ~ . . . *on the other* ~ å ena sidan . . . å andra sidan; *learn a th. at first* ~ få veta ngt i första hand **4** person **a)** arbetare, man [*how many ~s are employed?*] **b)** *a bad (good)* ~ *at* dålig (duktig) i **5** handstil **6** vard. applåder; *give a p. a big* ~ ge ngn en stor applåd
**II** *tr* räcka, lämna, ge [*a th. to a p.*]; ~ *down* lämna i arv, låta gå i arv; ~ *in* lämna in, inge; ~ *on* skicka (låta gå) vidare; ~ *out* dela ut, lämna ifrån sig; ~ *over to* överlåta (överlämna) åt (till)
**handbag** ['hændbæg] *s* handväska
**handclap** ['hændklæp] *s* handklappning
**handcuff** ['hændkʌf] **I** *s* handklove, handboja **II** *tr* sätta handklovar (handbojor) på
**handful** ['hændfʊl] *s* handfull
**handicap** ['hændɪkæp] **I** *s* **1** sport. handicap **2** handikapp **II** *tr* **1** sport. ge handicap **2** handikappa
**handicraft** ['hændɪkrɑ:ft] *s* hantverk, slöjd
**handiwork** ['hændɪwɜ:k] *s* skapelse; verk
**handkerchief** ['hæŋkətʃɪf] *s* näsduk

**handle** ['hændl] **I** *tr* **1** ta i, beröra **2** hantera [~ *tools*]; handha, handskas (umgås) med **3** sköta; ta, behandla, handskas med; klara [~ *a situation*] **II** *s* handtag, skaft; vev
**handlebar** ['hændlbɑ:] *s*, pl. *~s* styrstång, styre på cykel
**handling** ['hændlɪŋ] *s* hantering, behandling; ***his ~ of...*** hans sätt att handskas med...
**handmade** ['hænd'meɪd] *a* handgjord, tillverkad för hand
**handout** ['hændaʊt] *s* vard. **1** stencil som delas ut **2** reklamlapp **3** allmosa, gåva
**handrail** ['hændreɪl] *s* ledstång, räcke
**handshake** ['hændʃeɪk] *s* handslag
**handsome** ['hænsəm] *a* **1** vacker, ståtlig, stilig **2** fin, storslagen, ansenlig
**hand-to-hand** ['hændtə'hænd] *a*, ***~ fighting*** strider man mot man, handgemäng
**handwriting** ['hænd,raɪtɪŋ] *s* handstil, skrift
**handy** ['hændɪ] *a* **1** händig, skicklig, praktisk **2** till hands [*have a th.* ~]
**hang** [hæŋ] **I** (*hung hung*, i betydelsen avliva genom hängning *hanged hanged*) *tr itr* hänga; ***~ it!*** vard. jäklar också!; ***well I'll be hanged!*** det var som tusan! □ **~ about (around)** gå och driva; hänga i (på); **~ behind** hålla sig bakom (efter); **~ on a)** hänga (bero) på **b)** hänga (hålla) fast, hänga (hålla) sig fast [*to* vid, i] **c)** ***~ on a moment (minute)!*** vard. dröj (vänta) ett ögonblick!; **~ up** a) fördröja [*the work was hung up by the strike*] b) ringa av, lägga på luren **II** *s* **1** fall [*the ~ of a gown*] **2** vard., ***get the ~ of*** komma underfund med, få grepp på **3** vard., ***I don't give (care) a ~*** det bryr jag mig inte ett dugg om
**hangar** ['hæŋə, 'hæŋgɑ:] *s* hangar
**hanger** ['hæŋə] *s* hängare, galge
**hanging** ['hæŋɪŋ] *s* **1** upphängning **2** hängning straff **3** oftast pl. *~s* förhängen, draperier
**hang-out** ['hæŋaʊt] *s* vard. tillhåll
**hangover** ['hæŋ,əʊvə] *s* vard. baksmälla
**hangup** ['hæŋʌp] *s* vard. komplex, fix idé
**hanker** ['hæŋkə] *itr*, ***~ after*** längta efter
**haphazard** ['hæp'hæzəd] *a* tillfällig, slumpmässig
**happen** ['hæp(ə)n] *itr* **1** hända [*to a p.* ngn], ske, inträffa; ***how did it ~?*** hur gick det till?; ***as it ~s (happened)*** händelsevis; ***as it ~s, I have...*** jag råkar ha... ; ***you don't ~ to have matches on you?*** du har väl händelsevis inte tändstickor på dig? **2** amer., ***~ in*** titta in
**happening** ['hæpənɪŋ] *s* händelse
**happily** ['hæpəlɪ] *adv* lyckligt; lyckligtvis
**happiness** ['hæpɪnəs] *s* lycka, glädje
**happy** ['hæpɪ] *a* lycklig, glad; lyckad; ***A Happy New Year!*** gott nytt år!
**harangue** [hə'ræŋ] *s* harang
**harass** ['hærəs] *tr* plåga; trakassera
**harbour** ['hɑ:bə] **I** *s* hamn **II** *tr* härbärgera, ge skydd åt, hysa
**hard** [hɑ:d] **I** *a* **1** hård, fast; ***~ cash (money)*** reda pengar, kontanter **2** hård, häftig [*a ~ fight*]; ***~ labour*** jur. straffarbete **3** svår [*a ~ question*]; ***be ~ of hearing*** höra dåligt **4** hård, känslolös; sträng; tung [*a ~ life*], tryckande; om klimat sträng, hård, svår; ***~ lines (luck)*** vard. otur; ***be ~ on a p.*** vara hård (sträng) mot ngn **II** *adv* **1** hårt, häftigt, kraftigt; strängt; flitigt **2** ***be ~ up*** vard. ha ont om pengar
**hard-and-fast** ['hɑ:dən'fɑ:st] *a* orubblig, benhård [~ *rules*]
**hard-boiled** ['hɑ:d'bɔɪld] *a* hårdkokt [~ *eggs*]
**harden** ['hɑ:dn] *tr itr* göra hård (hårdare); härda; förhärda; hårdna; härdas; förhärdas; ***hardened*** förhärdad [*a hardened criminal*], luttrad
**hard-hearted** ['hɑ:d'hɑ:tɪd] *a* hård
**hard-hit** ['hɑ:d'hɪt] *a* hårt drabbad
**hardly** ['hɑ:dlɪ] *adv* knappt, knappast [*that is ~ right*], inte gärna; ***~ ever*** nästan aldrig
**hardship** ['hɑ:dʃɪp] *s* vedermöda, prövning
**hardware** ['hɑ:dweə] *s* järnvaror; ***~ store*** amer. järnhandel
**hard-working** ['hɑ:d'wɜ:kɪŋ] *a* arbetsam
**hardy** ['hɑ:dɪ] *a* härdad, tålig, härdig
**hare** [heə] *s* hare
**haricot** ['hærɪkəʊ] *s*, ***~ bean*** el. ~ böna, speciellt trädgårdsböna
**hark** [hɑ:k] *itr* lyssna
**harm** [hɑ:m] **I** *s* skada, ont; ***there is no ~ in trying*** det skadar inte att försöka; ***do ~*** vålla skada; ***I meant no ~*** jag menade inget illa; ***out of harm's way*** i säkerhet; ***keep out of harm's way*** hålla sig undan, akta sig **II** *tr* skada, göra ngn ont (illa)
**harmful** ['hɑ:mf(ʊ)l] *a* skadlig, fördärvlig
**harmless** ['hɑ:mləs] *a* oskadlig, ofarlig
**harmonica** [hɑ:'mɒnɪkə] *s* munspel
**harmonious** [hɑ:'məʊnjəs] *a* harmonisk
**harmonize** ['hɑ:mənaɪz] *itr tr* harmoniera, stämma överens; harmonisera
**harmony** ['hɑ:mənɪ] *s* harmoni
**harness** ['hɑ:nɪs] **I** *s* sele, seldon **II** *tr* **1** sela; spänna för **2** utnyttja, exploatera

**harp** [hɑ:p] **I** *s* mus. harpa **II** *itr,* ~ *on* tjata om

**harpoon** [hɑ:'pu:n] **I** *s* harpun **II** *tr* harpunera

**harpsichord** ['hɑ:psɪkɔ:d] *s* mus. cembalo

**harrow** ['hærəʊ] **I** *s* harv **II** *tr* **1** harva **2** plåga, pina

**harry** ['hærɪ] *tr* härja, plundra

**harsh** [hɑ:ʃ] *a* hård, sträv, skorrande, sträng [~ *treatment*]

**hart** [hɑ:t] *s* hjort hanne

**harvest** ['hɑ:vɪst] **I** *s* skörd [*ripe for* ~]; ***reap the*** ~ skörda frukten **II** *tr* skörda

**harvester** ['hɑ:vɪstə] *s* **1** skördeman, skördearbetare **2** skördemaskin

**has** [hæz, obetonat həz] ***he/she/it*** ~ han/hon/den/det har; se vidare *have*

**has-been** ['hæzbɪn] *s* vard. fördetting

**hash** [hæʃ] **I** *tr* hacka sönder t. ex. kött **II** *s* kok. slags ragu; hachis; ***make a*** ~ ***of*** bildl. göra pannkaka av, röra till

**hashish** ['hæʃi:ʃ] *s* haschisch

**hasn't** ['hæznt] = *has not*

**hasp** [hɑ:sp] *s* hasp; klinka; spänne

**hassle** ['hæsl] vard. **I** *s* käbbel; krångel **II** *itr tr* käbbla; krångla; trakassera

**hassock** ['hæsək] *s* knäkudde, knäpall

**haste** [heɪst] *s* hast; brådska, jäkt; ***make*** ~ raska på, skynda sig

**hasten** ['heɪsn] *tr itr* påskynda, driva på; skynda, skynda sig

**hasty** ['heɪstɪ] *a* **1** brådskande, skyndsam, snabb, hastig [*a* ~ *glance*] **2** förhastad

**hat** [hæt] *s* hatt; ***top (high)*** ~ hög hatt; ***my*** ~*!* vard. du store!, kors!; ***talk through one's*** ~ vard. prata i nattmössan; ***keep a th. under one's*** ~ hålla tyst om ngt

**1 hatch** [hætʃ] *s* **1** lucka, öppning; **2** sjö. skeppslucka **3** ***down the*** ~*!* vard. skål!

**2 hatch** [hætʃ] *tr itr* kläcka, kläcka ut; kläckas, kläckas ut

**hatchback** ['hætʃbæk] *s* bil. halvkombi

**hatchet** ['hætʃɪt] *s* yxa; ***bury the*** ~ begrava stridsyxan

**hate** [heɪt] **I** *s* hat, avsky **II** *tr* hata

**hateful** ['heɪtf(ʊ)l] *a* förhatlig [*to* för]

**hat-rack** ['hætræk] *s* hatthylla

**hatred** ['heɪtrɪd] *s* hat, ovilja, avsky

**hatter** ['hætə] *s* hattmakare; ***as mad as a*** ~ spritt språngande galen

**hat-trick** ['hættrɪk] *s* hat trick i fotboll: tre mål av samma spelare i en match

**haughty** ['hɔ:tɪ] *a* högdragen, högmodig

**haul** [hɔ:l] **I** *tr* speciellt sjö. hala, dra, släpa **II** *s* **1** halning, drag **2** kap, byte

**haunch** [hɔ:ntʃ] *s* höft, länd; ***sit on one's haunches*** sitta på huk

**haunt** [hɔ:nt] **I** *tr* **1** ofta besöka, hålla till i **2** spöka i; ***haunted castle*** spökslott **3** om t. ex. tankar förfölja **II** *s* tillhåll

**haunting** ['hɔ:ntɪŋ] *a* oförglömlig [*its* ~ *beauty*]; efterhängsen [*a* ~ *melody*]

**have** [hæv, obetonat həv] (*had had; he/she/it has*) **I** tempusbildande *hjälpvb* ha [*I* ~ *(had) done it*]

**II** *tr itr* **1** ha, äga; ~ ***a cold*** vara förkyld **2** göra, få sig, ta [~ *a walk (a bath)*] **3** få [*I had a letter from him*]; äta [~ *dinner*], dricka **4** ~ ***it*** i speciella betydelser: ***rumour has it that*** ryktet går att; ***he's had it*** sl. det är slut med honom; ~ ***it your own way!*** gör som du vill!; ~ ***it in for*** vard. ha ett horn i sidan till; ~ ***it out with a p.*** göra upp (tala ut) med ngn **5** ~ ***to*** + infinitiv vara (bli) tvungen att; ***I*** ~ ***to go*** jag måste gå; ***that will*** ~ ***to do*** det får duga **6** ~ ***a th. done*** se till att ngt blir gjort; få ngt gjort; ~ ***one's hair cut*** klippa sig **7** ~ ***a p. do a th.*** låta ngn göra ngt [~ *your doctor examine her*]; ***I won't*** ~ ***you playing in my room!*** jag vill inte att ni leker i mitt rum! **8** itr., ***you had better ask him*** det är bäst att du frågar honom □ ~ **on** ha kläder på sig [*he had nothing on*]; ***I*** ~ ***nothing on this evening*** vard. jag har inget för mig i kväll; ~ ***a tooth*** **out** låta dra ut en tand

**haven** ['heɪvn] *s* hamn

**haven't** ['hævnt] = *have not*

**haversack** ['hævəsæk] *s* tornister, ryggsäck

**havoc** ['hævək] *s* ödeläggelse; ***make*** ~ anställa förödelse; ***make (play)*** ~ ***with*** gå illa åt

**hawk** [hɔ:k] *s* hök; falk

**hawthorn** ['hɔ:θɔ:n] *s* hagtorn

**hay** [heɪ] *s* hö; ***hit the*** ~ vard. knyta sig, krypa till kojs; ***make*** ~ bärga hö; ***make*** ~ ***of*** bildl. vända upp och ned på; göra kål (slut) på; ***make*** ~ ***while the sun shines*** smida medan järnet är varmt; ta tillfället i akt

**hay-fever** ['heɪˌfi:və] *s* höfeber

**haystack** ['heɪstæk] *s* höstack

**hazard** ['hæzəd] **I** *s* **1** slump, hasard **2** risk, fara **II** *tr* riskera; våga [~ *a guess*]

**hazardous** ['hæzədəs] *a* riskfylld

**haze** [heɪz] *s* dis, töcken

**hazel** ['heɪzl] **I** *s* hasselnöt **II** *a* ljusbrun, nötbrun [~ *eyes*]

**hazy** ['heɪzɪ] *a* **1** disig, dimmig **2** bildl. dunkel, suddig [*a* ~ *recollection*]

**he** [hi:, obetonat hɪ] **I** (objektsform *him*) *pron* **1** han **2** den om person i allmän betydelse [*~ who lives will see*] **II** (pl. *~s*) *s* hanne, han [*our dog is a ~*] **III** *a* i sammansättningar vid djurnamn han- [*he-dog*]; -hanne
**head** [hed] **I** *s* **1** huvud **a)** med annat substantiv: *~ over ears (heels) in debt (in love)* upp över öronen skuldsatt (förälskad); *from ~ to foot* från topp till tå, fullständigt; *turn ~ over heels* slå (göra) en kullerbytta (volt) **b)** som objekt: *keep one's ~* hålla huvudet kallt, bibehålla fattningen; *laugh one's ~ off* vard. skratta ihjäl sig; *if they lay (put) their ~s together* om de slår sina kloka huvuden ihop; *lose one's ~* bild. tappa huvudet, förlora fattningen **c)** med preposition o. adverb: *he is taller than Tom by a ~* han är huvudet längre än Tom; *win by a ~* vinna med en huvudlängd; *~ first (foremost)* huvudstupa; *whatever put that into your ~?* hur kunde du komma på den tanken (idén)?; *go to a p.'s ~* stiga ngn åt huvudet **2** chef, ledare, rektor; *~ of state* statschef **3 a)** *a (per) ~* per man (skaft) **b)** *twenty ~ of cattle* tjugo stycken nötkreatur **4 a)** topp, spets; *the ~ of the table* övre ändan av bordet, hedersplatsen **b)** huvud [*the ~ of a nail*]; *a ~ of cabbage* ett kålhuvud **c)** *~s or tails?* krona eller klave?; *I cannot make ~ or tail of it* vard. jag blir inte klok på det **d)** *bring matters to a ~* driva saken till sin spets; *come to a ~* komma till en kris
**II** *a* huvud- [*~ office*], över-; främsta, första; *~ teacher* rektor
**III** *tr itr* **1** anföra, leda [*~ a procession*]; stå i spetsen för; *~ the list* stå överst på listan **2** förse med huvud (rubrik) **3** vända, rikta, styra [*~ one's ship for* (mot) *the harbour*], sträva, sätta kurs; *headed for* på väg mot, destinerad till **4** fotb. nicka, skalla **5** bildl., *be heading for a th.* gå ngt till mötes
**headache** ['hedeɪk] *s* huvudvärk
**headdress** ['heddres] *s* huvudbonad
**header** ['hedə] *s* fotb. nick, skalle
**headgear** ['hedgɪə] *s* huvudbonad
**heading** ['hedɪŋ] *s* **1** rubrik, överskrift, titel **2** avdelning, stycke **3** fotb. nickning, skallning
**headlamp** ['hedlæmp] *s* bil. strålkastare
**headland** ['hedlənd] *s* hög udde
**headlight** ['hedlaɪt] *s* bil. strålkastare; *drive with ~s on* köra på helljus
**headline** ['hedlaɪn] *s* rubrik; *hit (make) the ~s* bli (vara) rubrikstoff
**headlong** ['hedlɒŋ] *adv* huvudstupa [*fall ~*]; besinningslöst [*rush ~ into danger*]
**headmaster** ['hed'mɑ:stə] *s* rektor
**headmistress** ['hed'mɪstrəs] *s* kvinnlig rektor
**head-on** ['hed'ɒn] *a* o. *adv* med huvudet före; *~ collision* frontalkrock
**headphone** ['hedfəʊn] *s*, vanl. pl. *~s* hörlurar; hörtelefon
**headquarters** ['hed'kwɔ:təz] (pl. lika) *s* högkvarter; högkvarteret
**headrest** ['hedrest] *s* huvudstöd, nackstöd
**headroom** ['hedrʊm] *s* trafik. fri höjd
**headstrong** ['hedstrɒŋ] *a* egensinnig
**head-waiter** ['hed'weɪtə] *s* hovmästare
**headway** ['hedweɪ] *s*, *make ~* komma framåt, göra framsteg
**headword** ['hedwɜ:d] *s* uppslagsord
**heal** [hi:l] *tr itr* bota, läka, läkas
**health** [helθ] *s* **1** hälsa, hälsotillstånd; *~ certificate* friskintyg; *~ food store* hälsokostbod; *~ insurance* sjukförsäkring; *~ service* hälsovård **2** *drink to a p.'s ~* el. *drink a p.'s ~* dricka ngns skål; *your ~!* el. *good ~!* skål!
**health-resort** ['helθrɪˌzɔ:t] *s* kurort
**healthy** ['helθɪ] *a* frisk; vid god hälsa [*be ~*]; sund, hälsosam
**heap** [hi:p] **I** *s* hög, hop **II** *tr*, *~ up (together)* el. *~* hopa, lägga i en hög, stapla; råga [*a heaped spoonful*]
**hear** [hɪə] (*heard heard*) *tr itr* **1** höra; lyssna på (till); få höra, få veta; *~! ~!* utrop av bifall ja!, ja!, instämmer!; *~ of* höra talas om; *I won't ~ of such a thing* jag vill inte veta 'av något sådant **2** jur. förhöra; [*~ a witness*]
**heard** [hɜ:d] se *hear*
**hearer** ['hɪərə] *s* åhörare
**hearing** ['hɪərɪŋ] *s* **1** hörsel; *be hard of ~* vara lomhörd, höra dåligt **2** *in a p.'s ~* i ngns närvaro, så att ngn hör; *within (out of) ~* inom (utom) hörhåll **3** åhörande; förhör; *gain a ~* vinna gehör; *give a p. a fair ~* ge ngn en chans att försvara sig
**hearing-aid** ['hɪərɪŋeɪd] *s* hörapparat
**hearsay** ['hɪəseɪ] *s* hörsägen, rykte, rykten
**hearse** [hɜ:s] *s* likvagn
**heart** [hɑ:t] *s* **1** hjärta; sinne [*a man after my (after my own) ~*]; *~ failure* hjärtslag; *change of ~* sinnesförändring; *~ and soul* adverb med liv och lust, med hela sin själ; *bless my ~ and soul!* el. *bless my ~!* vard. kors i all min dar!; *put one's ~ and soul into...* el. *put one's ~ into...* lägga ner hela sin själ i... ; *break a p.'s ~* krossa ngns hjärta; *it breaks my ~ to see...* det

skär mig i hjärtat att se... ; ***he had his ~ in his mouth*** han hade hjärtat i halsgropen; ***lose ~*** tappa modet; ***set one's ~ on a th.*** fästa sig vid ngt; ***at ~*** i själ och hjärta, i grund och botten; ***we have it very much at ~*** det ligger oss mycket varmt om hjärtat; ***at the bottom of one's ~*** innerst inne; ***by ~*** utantill, ur minnet; ***to one's heart's content*** av hjärtans lust; så mycket man vill **2** kortsp. hjärterkort; pl. *~s* hjärter

**heartache** ['hɑ:teɪk] *s* hjärtesorg

**heartbreaking** ['hɑ:tˌbreɪkɪŋ] *a* hjärtskärande

**heartbroken** ['hɑ:tˌbrəʊk(ə)n] *a* med krossat hjärta, tröstlös

**hearten** ['hɑ:tn] *tr* uppmuntra

**heartfelt** ['hɑ:tfelt] *a* djupt känd, hjärtlig

**hearth** [hɑ:θ] *s* härd; eldstad, spis

**heartily** ['hɑ:təlɪ] *adv* hjärtligt; friskt; innerligt, fullständigt

**heart-to-heart** ['hɑ:ttə'hɑ:t] *a* förtrolig [*a ~ talk*]

**hearty** ['hɑ:tɪ] *a* **1** hjärtlig [*a ~ welcome*]; uppriktig **2** kraftig [*a ~ blow*]; **3** riklig [*a ~ meal*]

**heat** [hi:t] **I** *s* **1** hetta; värme; ***in the ~ of the moment*** i ett ögonblick av upphetsning **2** sport. heat, lopp; ***dead ~*** dött lopp **3** brunst; ***in (on, at) ~*** brunstig **II** *tr, ~ **up*** upphetta, värma upp

**heated** ['hi:tɪd] *pp* o. *a* upphettad; het, animerad, livlig [*a ~ discussion*]

**heater** ['hi:tə] *s* värmeapparat; värmare [*car ~*]

**heath** [hi:θ] *s* hed

**heathen** ['hi:ð(ə)n] **I** *s* hedning, hedningarna **II** *a* hednisk

**heather** ['heðə] *s* ljung

**heating** ['hi:tɪŋ] *s* upphettning, uppvärmning, eldning; ***central ~*** centralvärme

**heat-stroke** ['hi:tstrəʊk] *s* värmeslag

**heat-wave** ['hi:tweɪv] *s* värmebölja

**heave** [hi:v] **I** *tr* lyfta, häva [ofta *~ up*]; kasta **II** *s* hävning, lyftning; tag [*a mighty ~*]

**heaven** ['hevn] *s* himmel; himmelriket; ***thank Heaven!*** Gud vare tack och lov!

**heavenly** ['hevnlɪ] *a* **1** himmelsk; ***~ bodies*** himlakroppar **2** vard. gudomlig, underbar

**heavily** ['hevəlɪ] *adv* tungt [*~ loaded*], hårt [*~ taxed* (beskattad)], strängt [*~ punished*]; kraftigt [*it rained ~*]; mödosamt

**heavy** ['hevɪ] *a* **1** tung; kraftig; ***~ traffic*** tung trafik; livlig trafik **2** stor [*~ expenses*], svår [*a ~ loss (defeat)*]; stark, livlig; våldsam, häftig; ***a ~ fine*** höga böter; ***a ~ smoker*** en storrökare **3** ansträngande, hård [*~ work*]

**heavy-handed** ['hevɪ'hændɪd] *a* hårdhänt

**heavy-hearted** ['hevɪ'hɑ:tɪd] *a* tungsint

**heavyweight** ['hevɪweɪt] *s* tungvikt; tungviktare

**Hebrew** ['hi:bru:] **I** *s* **1** hebré **2** hebreiska språket **II** *a* hebreisk

**heckle** ['hekl] *tr* häckla, avbryta

**hectic** ['hektɪk] *a* hektisk

**he'd** [hi:d] = *he had*; *he would*

**hedge** [hedʒ] **I** *s* häck **II** *tr* inhägna; omgärda, kringgärda

**hedgehog** ['hedʒhɒg] *s* igelkott

**hedgerow** ['hedʒrəʊ] *s* buskhäck, trädhäck

**heed** [hi:d] **I** *tr* bry sig om [*~ a warning*] **II** *s, **give (pay) ~ to*** ta hänsyn till; ***take ~*** ta sig i akt

**heedless** ['hi:dləs] *a, ~ **of*** obekymrad om

**heel** [hi:l] **I** *s* **1** häl; bakfot; klack; bakkappa på sko; ***kick (cool) one's ~s*** vänta, slå dank; ***turn on one's ~ (~s)*** svänga om på klacken; ***take to one's ~s*** lägga benen på ryggen **2** speciellt. amer. sl. knöl, kräk **II** *tr* klacka [*~ shoes*]

**hefty** ['heftɪ] *a* vard. bastant; kraftig [*a ~ push*]

**he-goat** ['hi:gəʊt] *s* bock

**heifer** ['hefə] *s* kviga

**height** [haɪt] *s* **1** höjd; längd, storlek; ***what is your ~?*** hur lång är du?; kulle; topp [*mountain ~s*] **2** höjdpunkt, topppunkt; ***the ~ of fashion*** högsta modet; ***at its ~*** på sin höjdpunkt

**heighten** ['haɪtn] *tr* **1** göra högre, höja **2** bildl. förhöja [*~ an effect*], öka

**heinous** ['heɪnəs] *a* skändlig, avskyvärd

**heir** [eə] *s* laglig arvinge, arvtagare

**heiress** ['eərɪs] *s* arvtagerska

**heirloom** ['eəlu:m] *s* släktklenod, arvegods

**held** [held] se *1 hold I*

**helicopter** ['helɪkɒptə] *s* helikopter

**helium** ['hi:ljəm] *s* helium

**hell** [hel] *s* helvete, helvetet; ***oh, ~!*** jäklar också!; ***a ~ of a noise*** ett jäkla oväsen; ***what the ~ [do you want]?*** vad i helvete...?, vad fan...?; ***go to ~!*** dra åt helvete!

**he'll** [hi:l] = *he will (shall)*

**hellish** ['helɪʃ] *a* helvetisk, infernalisk

**hello** [hə'ləʊ] *interj* hallå!; hej!

**helm** [helm] *s* roder
**helmet** ['helmɪt] *s* hjälm; kask
**help** [help] **I** *tr itr* **1** hjälpa; bistå; hjälpa till; ~ ***to*** hjälpa till att, bidra till att [*this ~s to explain*] **2** ~ ***a p. to a th.*** servera ngn ngt; ~ ***oneself*** ta för sig [*to* (av) *a th.*]; ~ ***yourself!*** var så god! **3** låta bli, hjälpa; ***I can't ~ laughing*** jag kan inte låta bli att skratta; [*I won't do it*] ***if I can ~ it***... om jag slipper; ***it can't be helped*** det kan inte hjälpas, det är ingenting att göra åt det **II** *s* hjälp; ***be of ~ to a p.*** vara ngn till hjälp; ***it wasn't much (of much) ~*** det var inte till stor hjälp
**helpful** ['helpf(ʊ)l] *a* hjälpsam, tjänstvillig
**helping** ['helpɪŋ] *s* portion [*a ~ of pie*]
**helpmate** ['helpmeɪt] *s* medhjälpare
**Helsinki** ['helsɪŋkɪ] Helsingfors
**hem** [hem] **I** *s* fåll; kant **II** *tr* **1** fålla; kanta **2** ~ ***in*** stänga inne
**he-man** ['hi:mæn] (pl. *he-men* ['hi:men]) *s* vard. he-man, karlakarl
**hemisphere** ['hemɪˌsfɪə] *s* halvklot
**hemp** [hemp] *s* hampa
**hen** [hen] *s* höna
**hence** [hens] *adv* **1** härav [~ *it follows that*... ] **2** följaktligen **3** härefter; ***five years ~*** äv. om fem år
**henceforth** ['hens'fɔ:θ] *adv* o. **henceforward** ['hens'fɔ:wəd] *adv* hädanefter
**henchman** ['hentʃmən] (pl. *henchmen* ['hentʃmən]) *s* hejduk, hantlangare
**henpecked** ['henpekt] *a* hunsad; ***a ~ husband*** en toffelhjälte
**her** [hɜ:] **I** *pers pron* (objektsform av *she*) **1** henne, om bil, land m. m. den, det **2** vard. hon [*it's ~*] **3** sig [*she took it with ~*] **II** *poss pron* hennes [*it is ~ hat*]; sin [*she sold ~ house*], dess
**herald** ['her(ə)ld] *tr* förebåda, inleda [~ *a new era*]
**herb** [hɜ:b] *s* ört; växt [*collect ~s*], kryddväxt
**herbal** ['hɜ:b(ə)l] *a* ört- [~ *medicine*]
**herd** [hɜ:d] **I** *s* hjord [*a ~ of cattle*], flock **II** *itr* gå i hjord (i flock); ~ ***together*** flockas, samlas
**here** [hɪə] *adv* här; hit; ***that's neither ~ nor there*** bildl. det hör inte till saken; ~ ***you are!*** här har du!, var så god!; se här!
**hereafter** [hɪər'ɑ:ftə] *adv* härefter, hädanefter
**hereby** ['hɪə'baɪ] *adv* härmed
**hereditary** [hɪ'redɪtrɪ] *a* ärftlig, arvs-
**heredity** [hɪ'redətɪ] *s* ärftlighet; arv
**heresy** ['herəsɪ] *s* kätteri; irrlära
**heretic** ['herətɪk] *s* kättare
**heretical** [hɪ'retɪk(ə)l] *a* kättersk
**herewith** ['hɪə'wɪð] *adv* härmed
**hermit** ['hɜ:mɪt] *s* eremit; enstöring
**hernia** ['hɜ:njə] *s* bråck
**hero** ['hɪərəʊ] (pl. *heroes*) *s* hjälte
**heroic** [hɪ'rəʊɪk] *a* heroisk; hjälte-; hjältemodig
**heroin** ['herəɪn] *s* heroin
**heroine** ['herəɪn] *s* hjältinna
**heroism** ['herəɪz(ə)m] *s* hjältemod
**heron** ['herən] *s* häger
**herring** ['herɪŋ] *s* sill
**hers** [hɜ:z] *poss pron* hennes [*is that book ~?*]; sin [*she must take ~*]; jfr *1 mine*
**herself** [hə'self] *refl* o. *pers pron* sig [*she brushed ~*], sig själv [*she helped ~*], själv [*she can do it ~*]
**he's** [hi:z, obetonat hɪz] = *he is*; *he has*
**hesitant** ['hezɪt(ə)nt] *a* tvekande, tveksam
**hesitate** ['hezɪteɪt] *itr* tveka; vackla
**hesitation** [ˌhezɪ'teɪʃ(ə)n] *s* tvekan, tveksamhet
**hew** [hju:] (*hewed hewed* el. *hewn*) *tr* hugga, hugga i något
**hewn** [hju:n] se *hew*
**hey** [heɪ] *interj* hej! för att påkalla uppmärksamhet, hallå!
**heyday** ['heɪdeɪ] *s* glanstid, glansdagar
**hibernate** ['haɪbəneɪt] *itr* övervintra; gå i ide
**hibernation** [ˌhaɪbə'neɪʃ(ə)n] *s* övervintring; djurs vinterdvala; ***go into ~*** gå i ide
**hiccough, hiccup** ['hɪkʌp] **I** *s* hickning, hicka; ***have the ~s*** ha hicka **II** *itr* hicka
**hid** [hɪd] se *2 hide*
**hidden** ['hɪdn] **I** se *2 hide* **II** *a* gömd; dold, hemlig [~ *motives*]
**1 hide** [haɪd] *s* djurhud; skinn
**2 hide** [haɪd] (*hid hidden* el. *hid*) *tr itr* gömma, dölja [*from* för; *for* åt]; gömma sig
**hide-and-seek** ['haɪdən'si:k] *s* kurragömma
**hideous** ['hɪdɪəs] *a* otäck, ohygglig, gräslig
**hide-out** ['haɪdaʊt] *s* vard. gömställe, tillhåll
**1 hiding** ['haɪdɪŋ] *s*, ***a good ~*** ett ordentligt kok stryk
**2 hiding** ['haɪdɪŋ] *s*, ***be in ~*** hålla sig gömd; ***go into ~*** gömma sig
**hiding-place** ['haɪdɪŋpleɪs] *s* gömställe
**hierarchy** ['haɪərɑ:kɪ] *s* hierarki

**hi-fi** ['haɪ'faɪ] (vard. för *high-fidelity*) *s* **1** hifi naturtrogen ljudåtergivning **2** hifi-anläggning
**high** [haɪ] **I** *a* **1** hög; högt belägen; högre [*a ~ official*]; *~ life* den förnäma världen; *~ mass* katolsk högmässa; *~ priest* överstepräst; *~ street* huvudgata, storgata [ofta i namn *the High Street*]; *the ~ season* högsäsongen; *be ~ and mighty* vard. vara dryg (överlägsen); *it is ~ time you went* det är på tiden (hög tid) att du går **2** stark; intensiv; *~ pressure* högtryck; *~ tension* elektr. högspänning **3** vard. full, på snusen; sl. hög, tänd narkotikaberusad **4** *~ school* a) i England: ungefär gymnasieskola [*~ school for girls*] b) i USA: *junior ~ school* ungefär grundskolans högstadium; *senior ~ school* ungefär gymnasieskola **II** *adv* högt **III** *s* **1** vard. topp, rekord, rekordsiffra **2** *on ~* i höjden (himmelen)
**high-and-mighty** ['haɪənd'maɪtɪ] *a* vard. högdragen, dryg
**highbrow** ['haɪbraʊ] vard. **I** *a* intellektuell; neds. kultursnobbig **II** *s* kultursnobb
**high-class** ['haɪ'klɑ:s] *a* högklassig; förstklassig [*a ~ hotel*], kvalitets- [*a ~ article*]
**high-fidelity** ['haɪfɪ'delətɪ] *a* high fidelity- med naturtrogen ljudåtergivning [*a ~ set* (anläggning)]
**highflown** ['haɪfləʊn] *a* högtravande
**high-handed** ['haɪ'hændɪd] *a* egenmäktig
**high-heeled** ['haɪhi:ld] *a* högklackad
**high-jump** ['haɪdʒʌmp] *s* sport. höjdhopp
**highland** ['haɪlənd] *s* högland; *the Highlands* Skotska högländerna
**Highlander** ['haɪləndə] *s* skotskhögländare
**highlight** ['haɪlaɪt] **I** *s* höjdpunkt; huvudattraktion **II** *tr* framhäva, accentuera
**highly** ['haɪlɪ] *adv* **1** högt [*~ esteemed*]; starkt [*~ seasoned*] **2** högst, ytterst [*~ interesting*]; *~ recommend* varmt rekommendera **3** *think ~ of a p.* ha höga tankar om ngn
**highly-strung** ['haɪlɪ'strʌŋ] *a* nervös; överspänd
**high-minded** ['haɪ'maɪndɪd] *a* högsint
**highness** ['haɪnəs] *s* **1** höjd, storlek **2** *His (Her, Your) Highness* Hans (Hennes, Ers) Höghet
**high-octane** ['haɪ'ɒkteɪn] *a* högoktanig
**high-pitched** ['haɪ'pɪtʃt] *a* hög, gäll
**high-ranking** ['haɪˌræŋkɪŋ] *a* högt uppsatt, med hög rang
**highroad** ['haɪrəʊd] *s* allmän landsväg; *the ~ to success* bildl. vägen till framgång
**highway** ['haɪweɪ] *s* allmän landsväg
**highwayman** ['haɪweɪmən] *s* stråtrövare
**hijack** ['haɪdʒæk] vard. **I** *tr* kapa t. ex. flygplan; preja och råna (plundra) **II** *s* kapning
**hijacker** ['haɪˌdʒækə] *s* vard. flygplanskapare; rånare
**hike** [haɪk] vard. **I** *s* fotvandring **II** *itr* fotvandra; promenera
**hiker** ['haɪkə] *s* fotvandrare
**hilarious** [hɪ'leərɪəs] *a* **1** uppsluppen; munter **2** festlig, dråplig
**hilarity** [hɪ'lærətɪ] *s* munterhet
**hill** [hɪl] *s* **1** kulle, berg; backe; *as old as the ~s* gammal som gatan, urgammal **2** hög, kupa av t. ex. jord, sand; stack [*ant-hill*]
**hillock** ['hɪlək] *s* mindre kulle; hög
**hillside** ['hɪlsaɪd] *s* bergssluttning, backsluttning, backe
**hilly** ['hɪlɪ] *a* bergig, kullig, backig
**hilt** [hɪlt] *s* fäste, handtag på t. ex. svärd, dolk; *to (up to) the ~* helt och hållet
**him** [hɪm] *pers pron* (objektsform av *he*) **1** honom **2** vard. han [*it's ~*] **3** sig [*he took it with ~*]
**himself** [hɪm'self] *refl* o. *pers pron* sig [*he brushed ~*], sig själv [*he helped ~*]; själv [*he can do it ~*]
**1 hind** [haɪnd] *s* zool. hind
**2 hind** [haɪnd] *a* bakre, bak- [*~ wheel*]; *get up on one's ~ legs* resa sig
**hinder** ['hɪndə] *tr* hindra [*from going* från att gå]; förhindra; avhålla
**hindquarter** ['haɪnd'kwɔ:tə] *s, pl. ~s* på djur länder, bakdel
**hindrance** ['hɪndr(ə)ns] *s* hinder [*to* för]
**Hindu** ['hɪn'du:] **I** *s* hindu **II** *a* hinduisk
**hinge** [hɪndʒ] **I** *s* gångjärn **II** *itr, ~ on* bildl. hänga (bero) på
**hint** [hɪnt] **I** *s* vink, antydan; tips **II** *tr itr* antyda; *~ at* antyda, anspela på
**hip** [hɪp] *s* höft; länd
**hippopotamus** [ˌhɪpə'pɒtəməs] *s* flodhäst
**hire** ['haɪə] **I** *s* hyra; hyrande; *for ~* att hyra, på taxibil ledig; *car ~ company* biluthyrningsfirma; *car ~ service* biluthyrning **II** *tr* **1** hyra **2** speciellt amer. anställa **3** leja [*~ a murderer*]
**hire-purchase** ['haɪə'pɜ:tʃəs] *s, buy (pay for) on ~* köpa på avbetalning
**his** [hɪz] *poss pron* hans [*it's ~ car*; *the car is ~*]; sin [*he sold ~ car*]
**hiss** [hɪs] **I** *itr tr* väsa, fräsa, vissla [*at* åt]; vissla åt **II** *s* väsning, fräsande
**historian** [hɪs'tɔ:rɪən] *s* historiker

**historic** [hɪs'tɒrɪk] *a* historisk, minnesvärd
**historical** [hɪs'tɒrɪk(ə)l] *a* historisk
**history** ['hɪstərɪ] *s* **1** historia; historien [*the first time in* ~]; *ancient (mediaeval, modern)* ~ forntidens (medeltidens, nyare tidens) historia **2** berättelse
**hit** [hɪt] **I** (*hit hit*) *tr itr* **1** slå till; träffa [*he did not* ~ *me*]; slå [*at mot*]; ~ *back* slå tillbaka; ~ *out* slå omkring sig **2** köra, stöta mot, köra på [*the car* ~ *a tree*]; träffa; stöta, slå [*against* mot]; ~ *and run* smita om bilförare; ~ *on (upon)* komma (hitta) på **3** drabba [*feel (feel oneself)* ~]; *be hard* ~ drabbas hårt **II** *s* **1** slag, stöt; *direct* ~ fullträff **2** succé; schlager
**hitch** [hɪtʃ] **I** *tr* **1** rycka, dra **2** göra (binda) fast [~ *a horse to* (vid) *a tree*] **II** *s* **1** ryck, knyck **2** hinder, hake, aber [*a* ~ *in our plans*]; *technical* ~ tekniskt missöde
**hitch-hike** ['hɪtʃhaɪk] **I** *itr* lifta **II** *s* lift
**hitch-hiker** ['hɪtʃˌhaɪkə] *s* liftare
**hither** ['hɪðə] *adv* litt. hit; ~ *and thither* hit och dit
**hitherto** ['hɪðə'tu:] *adv* hittills
**hive** [haɪv] *s* bikupa
**H.M.S.** ['eɪtʃem'es] förk. för *His (Her) Majesty's Ship*
**hoard** [hɔ:d] **I** *s* samlat förråd, lager **II** *tr itr* samla (skrapa) ihop, samla på hög, hamstra, lagra [~ *food*]
**hoarding** ['hɔ:dɪŋ] *s* affischplank
**hoarfrost** ['hɔ:'frɒst] *s* rimfrost
**hoarse** [hɔ:s] *a* hes
**hoary** ['hɔ:rɪ] *a* grå, grånad, vit av ålder
**hoax** [həʊks] **I** *tr* spela ngn ett spratt **II** *s* skämt, upptåg, skoj; bluff
**hobble** ['hɒbl] *itr* halta, linka, stappla
**hobby** ['hɒbɪ] *s* hobby
**hobby-horse** ['hɒbɪhɔ:s] *s* käpphäst
**hobnob** ['hɒbnɒb] *itr* umgås intimt [*with* med]
**hockey** ['hɒkɪ] *s* landhockey; ~ *rink* ishockeybana
**hoe** [həʊ] *s* verktyg hacka
**hog** [hɒg] **I** *s* svin **II** *tr* vard. hugga för sig
**hoist** [hɔɪst] *tr* hissa [~ *a flag*]; hissa (lyfta) upp [*on to* på]
**1 hold** [həʊld] **I** (*held held*) *tr itr* **1** hålla; hålla fast; bära (hålla) upp; hålla i sig, stå sig [*will the fine weather* ~?]; ~ *the line, please* tele. var god och vänta (dröj); ~ *one's own (ground)* stå på sig, hålla stånd **2** hålla [*the rope held*]; tåla; *he can* ~ *his liquor* han tål en hel del sprit; ~ *water* bildl. hålla, vara hållbar [*the theory doesn't* ~ *water*] **3** innehålla; rymma, ha plats för **4** inneha; inta [~ *a high position*] **5** behålla, hålla kvar; hålla fången, fängsla [~ *a p.'s attention*] **6** anordna, ställa till med; föra; hålla [~ *a meeting*] **7** anse; ha, hysa [~ *an opinion*]; ~ *a th. against a p.* lägga ngn ngt till last □ ~ **back** hålla tillbaka, hejda; hålla inne med [~ *back information*]; ~ **on** hålla fast, hålla sig fast, hålla på plats, hålla i sig [*to* i, vid; ~ *on to the rope*]; ~ *on !* vänta ett tag!; ~ **out** a) hålla (räcka) ut (fram) b) hålla ut, hålla stånd; räcka [*will the food* ~ *out?*]; ~ **together** hålla ihop (samman); binda; ~ **up a)** hålla (räcka, sträcka) upp; ~ *up to* utsätta för; ~ *up to ridicule* göra till ett åtlöje **b)** hålla uppe, stödja **c)** uppehålla, försena [*be held up by fog*], hejda, stanna [~ *up the traffic*]
**II** *s* **1** tag, grepp, fäste; *catch (take, lay, seize)* ~ *of* ta (fatta, gripa) tag i, gripa; *have a* ~ *on* ha en hållhake på **2** brottn. grepp, boxn. fasthållning; *no* ~*s barred* alla grepp är tillåtna
**2 hold** [həʊld] *s* sjö., flyg. lastrum
**holdall** ['həʊldɔ:l] *s* mjuk bag med bärrem
**holder** ['həʊldə] *s* **1** innehavare [~ *of a championship*], upprätthållare [~ *of a post*]; i sammansättningar -hållare [*record-holder*] **2** behållare; munstycke [*cigarette-holder*]
**hold-up** ['həʊldʌp] *s* **1** rånöverfall **2** avbrott, uppehåll; trafikstopp
**hole** [həʊl] *s* hål; vard. håla [*a wretched little* ~], djurs kula, lya
**holiday** ['hɒlədɪ, 'hɒlədeɪ] **I** *s* **1** helgdag; fridag; *bank* ~ allmän helgdag, bankfridag **2** ledighet, semester [*a week's* ~]; pl. ~*s* ferier **II** *itr* semestra
**holiday-maker** ['hɒlədɪˌmeɪkə] *s* semesterfirare
**Holland** ['hɒlənd]
**hollow** ['hɒləʊ] **I** *a* **1** ihålig **2** insjunken, infallen [~ *cheeks*] **3** tom; falsk; värdelös [~ *victory*] **II** *adv* vard. grundligt [*beat a p.* ~] **III** *s* **1** ihålighet **2** håla; grop; bäcken, dal **IV** *tr* göra ihålig; ~ *out* holka ur
**holly** ['hɒlɪ] *s* bot. järnek, kristtorn
**hollyhock** ['hɒlɪhɒk] *s* stockros
**holocaust** ['hɒləkɔ:st] *s* **1** brännoffer **2** stor förödelse **3** förintelse
**holster** ['həʊlstə] *s* pistolhölster
**holy** ['həʊlɪ] *a* helig
**homage** ['hɒmɪdʒ] *s*, *pay (do)* ~ *to* hylla, bringa sin hyllning
**home** [həʊm] **I** *s* hem äv. anstalt; bostad; hemort; *there is no place like* ~ el. *east or*

***west, ~ is best*** borta bra men hemma bäst; ***make one's ~*** bosätta sig □ **at ~ a)** hemma [*stay at ~*], i hemmet; i hemlandet **b)** ***feel at ~*** känna sig som hemma; ***make yourself at ~*** känn dig som hemma **c)** sport. hemma, på hemmaplan

**II** *a* **1** hem- [*~ life*]; hemma-; ***Home Guard*** a) hemvärn [*the Home Guard*] b) hemvärnsman **2** sport. hemma- [*~ match (team)*]; ~ ***ground*** hemmaplan **3** inhemsk [*~ products*], inländsk; ~ ***affairs*** inre angelägenheter; ***the Home Secretary*** Engl. inrikesministern; ***the ~ market*** hemmamarknaden; ***the Home Office*** Engl. inrikesdepartementet **4** ~ ***truths*** beska sanningar

**III** *adv* **1** hem [*come ~*], hemåt; ***it's nothing to write ~ about*** vard. det är ingenting att hurra för **2** hemma, hemkommen; framme; i (vid) mål **3** i (in) ordentligt [*drive a nail ~*]; ***bring a th. ~ to a p.*** fullt klargöra ngt för ngn; ***go ~*** gå hem (in) [*the remark went ~*]; ta skruv

**home-coming** ['həʊmˌkʌmɪŋ] *s* hemkomst

**home-grown** ['həʊm'grəʊn] *a* inhemsk [*~ tomatoes*]

**home-help** ['həʊm'help] *s* hemhjälp; hemsamarit

**homely** ['həʊmlɪ] *a* **1** enkel, anspråkslös; vardaglig **2** hemtrevlig [*a ~ atmosphere*] **3** amer. alldaglig, tämligen ful [*a ~ face*]

**homesick** ['həʊmsɪk] *a*, ***be (feel) ~*** längta hem, ha hemlängtan

**homeward** ['həʊmwəd] *adv* hemåt

**homewards** ['həʊmwədz] *adv* hemåt

**homework** ['həʊmwɜ:k] *s* hemarbete; hemläxor; ***some (a piece of) ~*** en läxa

**homicide** ['hɒmɪsaɪd] *s* dråp, mord; mordkommissionen [äv. *the ~ squad*]

**homo** ['həʊməʊ] *s* o. *a* vard. homofil

**homosexual** ['həʊmə'seksjʊəl] *a* o. *s* homosexuell

**homosexuality** ['həʊməseksjʊ'ælətɪ] *s* homosexualitet

**honest** ['ɒnɪst] *a* ärlig, hederlig, uppriktig [*~ opinion*]

**honestly** ['ɒnɪstlɪ] *adv* ärligt, hederligt

**honesty** ['ɒnɪstɪ] *s* ärlighet; hederlighet; ***~ is the best policy*** ärlighet varar längst

**honey** ['hʌnɪ] *s* **1** honung **2** vard. raring, sötnos

**honeycomb** ['hʌnɪkəʊm] *s* vaxkaka

**honeymoon** ['hʌnɪmu:n] **I** *s* smekmånad **II** *itr* fira smekmånad

**honeysuckle** ['hʌnɪˌsʌkl] *s* kaprifol

**honor, honorable** amer. se *honour, honourable*

**honorary** ['ɒnərərɪ] *a* heders- [*~ member*], honorär-, titulär- [*~ consul*]

**honour** ['ɒnə] **I** *s* ära; heder; ***in a p.'s ~*** till ngns ära; ***in ~ of*** för att hedra (fira); ***guard of ~*** hedersvakt; ***on my ~*** på hedersord, på min ära **II** *tr* hedra, ära

**honourable** ['ɒnərəbl] *a* hedervärd; ärofull [*~ peace*], hederlig; ärlig [*~ conduct*]

**hood** [hʊd] *s* **1** kapuschong; huva, hätta, luva **2** bil. sufflett; amer. motorhuv **3** vard. ligist, bov

**hoodlum** ['hu:dləm] *s* vard. ligist, bov

**hoodwink** ['hʊdwɪŋk] *tr* föra bakom ljuset

**hoof** [hu:f] *s* hov

**hook** [hʊk] **I** *s* hake, krok; metkrok; telefonklyka; ***by ~ or by crook*** på ett eller annat sätt; ***be off the ~*** vard. ha kommit ur knipan **II** *tr* **1** få på kroken [*~ a rich husband*] **2** ~ ***on*** haka (kroka) fast (på) [*to* vid, i]

**hooked** [hʊkt] *a* böjd, krökt, krokig

**hooker** ['hʊkə] *s* amer. sl. fnask

**hooky** ['hʊkɪ] *s* amer. vard., ***play ~*** skolka från skolan

**hooligan** ['hu:lɪgən] *s* ligist

**hooliganism** ['hu:lɪgənɪz(ə)m] *s* ligistfasoner

**hoop** [hu:p] *s* tunnband

**hooray** [hʊ'reɪ] *interj* hurra!

**hoot** [hu:t] **I** *itr* skrika, hoa om uggla; tjuta om t. ex. ångvissla, tuta om t. ex. signalhorn **II** *s* **1** ugglas skrik, hoande; ångvisslas tjut, signalhorns tut **2** vard., ***I don't care (give) a ~ (two ~s)*** det bryr jag mig inte ett dugg om

**hooter** ['hu:tə] *s* ångvissla; tuta, signalhorn

**1 hop** [hɒp] **I** *itr tr* **1** hoppa, skutta; hoppa över [*~ a ditch*] **2** sl., ~ ***it*** sticka, försvinna **II** *s* hopp; skutt

**2 hop** [hɒp] *s* humleplanta; pl. ***~s*** humle

**hope** [həʊp] **I** *s* hopp, förhoppning; förtröstan [*in* på, till]; ***you've got a ~ (some ~s)!*** och det trodde du! **II** *itr tr* hoppas [*for* på]; hoppas på

**hopeful** ['həʊpf(ʊ)l] *a* hoppfull, förhoppningsfull

**hopefully** ['həʊpfʊlɪ] *adv* **1** hoppfullt **2** förhoppningsvis

**hopeless** ['həʊpləs] *a* hopplös; ohjälplig, omöjlig

**hopscotch** ['hɒpskɒtʃ] *s* hoppa hage lek; ***play ~*** hoppa hage

**horde** [hɔ:d] *s* hord; svärm

**horizon** [hə'raɪzn] *s* horisont

**horizontal** [ˌhɒrɪ'zɒntl] *a* horisontal, horisontell

**hormone** ['hɔ:məʊn] *s* hormon
**horn** [hɔ:n] *s* **1** horn; ***French*** ~ mus. valthorn **2** signalhorn **3** kok. strut [*cream* ~]
**hornet** ['hɔ:nɪt] *s* bålgeting
**horrible** ['hɒrəbl] *a* fasansfull, ohygglig; hemsk
**horrid** ['hɒrɪd] *a* avskyvärd, hemsk
**horrify** ['hɒrɪfaɪ] *tr* slå med fasa, förfära
**horror** ['hɒrə] *s* fasa, skräck
**horror-stricken** ['hɒrə,strɪk(ə)n] *a* o. **horror-struck** ['hɒrəstrʌk] *a* skräckslagen
**hors-d'œuvre** [ɔ:'dɜ:vr] *s* hors d'œuvre; pl. ~*s* smårätter, assietter
**horse** [hɔ:s] *s* **1** häst; ***eat like a*** ~ äta som en häst; ***work like a*** ~ slita som ett djur **2** torkställning för kläder [äv. *clothes-horse*]; bock
**horseback** ['hɔ:sbæk] *s*, ***on*** ~ till häst
**horse-chestnut** ['hɔ:s'tʃesnʌt] *s* hästkastanj
**horseplay** ['hɔ:spleɪ] *s* skoj; spex
**horsepower** ['hɔ:s,paʊə] (pl. lika) *s* hästkraft
**horse-race** ['hɔ:sreɪs] *s* hästkapplöpning
**horse-radish** ['hɔ:s,rædɪʃ] *s* pepparrot
**horticulture** ['hɔ:tɪkʌltʃə] *s* trädgårdsodling, trädgårdsskötsel, trädgårdskonst
**hose** [həʊz] **I** *s* **1** slang för t.ex. bevattning, dammsugare **2** varuparti långstrumpor **II** *tr* vattna, spruta
**hose-pipe** ['həʊzpaɪp] *s* slang för bevattning
**hosiery** ['həʊzɪərɪ] *s* strumpor, trikåvaror
**hospitable** ['hɒspɪtəbl] *a* gästfri, gästvänlig
**hospital** ['hɒspɪtl] *s* sjukhus, lasarett
**hospitality** [,hɒspɪ'tælətɪ] *s* gästfrihet
**1 host** [həʊst] *s* massa, mängd [*a* ~ *of details*]
**2 host** [həʊst] *s* **1** värd **2** värdshusvärd
**hostage** ['hɒstɪdʒ] *s* gisslan
**hostel** ['hɒst(ə)l] *s* hospits, gästhem; ***youth*** ~ vandrarhem
**hostess** ['həʊstɪs] *s* värdinna
**hostile** ['hɒstaɪl, amer. 'hɒstl] *a* fiende-; fientlig
**hostility** [hɒs'tɪlətɪ] *s* fientlighet
**hot** [hɒt] *a* **1** het, varm; ***go (sell) like*** ~ ***cakes*** gå åt som smör (smör i solsken); ***get into*** ~ ***water*** vard. få det hett om öronen; ***make it*** ~ ***for ap.*** vard. göra livet surt för ngn **2** om krydda stark; om smak skarp **3** hetsig, häftig [*a* ~ *temper*] **4** vard. rykande färsk, het [~ *news*]
**hot-blooded** ['hɒt'blʌdɪd] *a* hetlevrad, hetsig; varmblodig
**hot-dog** ['hɒt'dɒg] *s* varm korv med bröd
**hotel** [həʊ'tel] *s* hotell
**hothead** ['hɒthed] *s* brushuvud
**hothouse** ['hɒthaʊs] *s* drivhus, växthus
**hot-plate** ['hɒtpleɪt] *s* kokplatta, värmeplatta
**hot-tempered** ['hɒt'tempəd] *a* hetlevrad
**hot-water-bottle** [hɒt'wɔ:tə,bɒtl] *s* sängvärmare, varmvattenflaska
**hound** [haʊnd] **I** *s* **1** jakthund **2** fähund **II** *tr* bildl. jaga, förfölja
**hour** ['aʊə] *s* **1** timme; tidpunkt; pl. ~*s* äv. arbetstid [*school* ~*s*]; ***a quarter of an*** ~ en kvart; ***keep early*** ~***s*** ha tidiga vanor; ***keep late*** ~***s*** ha sena vanor; ***after*** ~***s*** efter arbetstid; ***at an early*** ~ tidigt; ***at a late*** ~ sent; ***at this*** ~ så här dags; ***for*** ~***s and*** ~***s*** i timmar, timtals; [***he came***] ***on the*** ~ ... på slaget; [***buses run***] ***on the*** ~ ... varje hel timme **2** stund [*the* ~ *has come*]
**hourglass** ['aʊəglɑ:s] *s* timglas
**hour-hand** ['aʊəhænd] *s* timvisare
**hourly** ['aʊəlɪ] **I** *a* varje timme, i timmen **II** *adv* varje timme [*two doses* ~]
**house** [substantiv haʊs, pl. 'haʊzɪz; verb haʊz] **I** *s* **1** hus; vard. kåk; villa; bostad; hem; ***it's on the*** ~ vard. det är huset som bjuder; ***invite ap. to one's*** ~ bjuda hem ngn; ~ ***telephone*** porttelefon; ***set (put) one's*** ~ ***in order*** beställa om sitt hus; ***as safe as*** ~***s*** så säkert som aldrig det; ***like a*** ~ ***on fire*** vard. med rasande fart **2** ***the Houses of Parliament*** parlamentshuset i London; ***the House of Commons*** underhuset; ***the House of Lords*** överhuset; ***the House of Representatives*** representanthuset i kongressen i USA **3** teat. salong; ***there was a full*** ~ det var utsålt hus; ***bring down the*** ~ ***(the*** ~ ***down)*** ta publiken med storm **4** firma; ***publishing*** ~ förlag
**II** *tr* **1** härbärgera, hysa, ta emot; ***the club is housed there*** klubben har sina lokaler där **2** rymma, innehålla
**house-agent** ['haʊs,eɪdʒənt] *s* fastighetsmäklare
**housebreaking** ['haʊs,breɪkɪŋ] *s* inbrott i hus etc.
**household** ['haʊshəʊld] **I** *s* hushåll, hus **II** *a* hushålls-, hem-; ~ ***name*** känt namn, kändis
**householder** ['haʊs,həʊldə] *s* husinnehavare, lägenhetsinnehavare
**house-hunting** ['haʊs,hʌntɪŋ] *pres p*, ***go*** ~ gå på jakt efter hus
**housekeeper** ['haʊs,ki:pə] *s* hushållerska, husföreståndarinna

**housekeeping** ['haʊs,ki:pɪŋ] *s* hushållning; ~ *money* hushållspengar
**housemaid** ['haʊsmeɪd] *s* husa, husjungfru
**house-owner** ['haʊs,əʊnə] *s* villaägare
**house trailer** ['haʊs,treɪlə] *s* amer. husvagn
**housetrained** ['haʊstreɪnd] *a* rumsren
**house-warming** ['haʊs,wɔ:mɪŋ] *s* o. *a*, ~ el. ~ *party* inflyttningsfest i nytt hem
**housewife** ['haʊswaɪf] (pl. *housewives* ['haʊswaɪvz]) *s* hemmafru
**housework** ['haʊswɜ:k] *s* hushållsarbete
**housing** ['haʊzɪŋ] *s* **1** inhysande, härbärgering **2** bostäder [*modern* ~]; ~ *accommodation* bostad, bostäder; ~ *estate* bostadsområde; ~ *shortage* bostadsbrist
**hovel** ['hɒv(ə)l] *s* skjul; ruckel
**hover** ['hɒvə] *itr* om t.ex. fåglar, flygplan sväva, kretsa [*over* över]
**hovercraft** ['hɒvəkrɑ:ft] (pl. lika) *s* svävare, svävfarkost
**how** [haʊ] *adv* **1** hur; ~ *do you do?* god dag! vid presentation; ~ *are you?* hur står det till?, hur mår du?; ~ *ever* hur i all världen **2** så, vad, hur i utrop; ~ *kind you are!* vad du är snäll!
**however** [haʊ'evə] **I** *adv* hur... än [~ *rich he may be*] **II** *konj* emellertid
**howl** [haʊl] **I** *itr* tjuta, vina; yla; vråla; ~ *with laughter* tjuta av skratt **II** *s* tjut, vinande; ylande; vrål
**howler** ['haʊlə] *s* vard. groda; grovt fel
**hr.** (förk. för *hour*) tim.
**hrs.** (förk. för *hours*) tim.
**hub** [hʌb] *s* **1** nav, hjulnav **2** centrum [*a* ~ *of commerce*]
**hubbub** ['hʌbʌb] *s* larm, stoj; ståhej
**hubby** ['hʌbɪ] *s* vard., äkta man; *my* ~ min gubbe
**hub-cap** ['hʌbkæp] *s* navkapsel
**huddle** ['hʌdl] *tr itr* **1** *be huddled together* ligga tätt tryckta intill varandra; *huddled up* hopkrupen **2** ~ el. ~ *together* skocka ihop sig; trycka sig intill varandra, krypa ihop
**hue** [hju:] *s* färg [*the* ~*s of the rainbow*]; färgskiftning, nyans; bildl. schattering
**huff** [hʌf] **I** *itr*, ~ *and puff* blåsa och flåsa **II** *s*, *be in (get into) a* ~ vara (bli) förnärmad
**huffy** ['hʌfɪ] *a* butter, tjurig [*in a* ~ *mood*]
**hug** [hʌg] **I** *tr* omfamna, krama **II** *s* omfamning, kram
**huge** [hju:dʒ] *a* väldig, jättestor, enorm
**hulk** [hʌlk] *s* holk, hulk gammalt fartygsskrov
**hull** [hʌl] *s* fartygsskrov
**hullabaloo** [,hʌləbə'lu:] *s* ståhej, rabalder
**hullo** ['hʌ'ləʊ] *interj* hallå!, hej!
**hum** [hʌm] **I** *itr tr* **1** surra; brumma; om trafik brusa **2** gnola, nynna; gnola (nynna) på [~ *a song*] **II** *s* surrande; brum; sorl [*a* ~ *of voices*]
**human** ['hju:mən] **I** *a* mänsklig, människo- [*the* ~ *body*]; ~ *being* mänsklig varelse, människa; *the* ~ *race* människosläktet **II** *s* människa vanl. i motsats till djur
**humane** [hjʊ'meɪn] *a* human, människovänlig
**humanism** ['hju:mənɪz(ə)m] *s* **1** mänsklighet, humanitet **2** humanism
**humanitarian** [hjʊ,mænɪ'teərɪən] **I** *s* människovän **II** *a* humanitär; människovänlig
**humanity** [hjʊ'mænətɪ] *s* **1** mänskligheten, människosläktet **2** människokärlek
**humble** ['hʌmbl] **I** *a* **1** ödmjuk, underdånig; undergiven; *your* ~ *servant* Er ödmjuke tjänare, i skrivelser vördsammast **2** låg [*a* ~ *post*], blygsam, enkel [*a man of* ~ *origin*] **II** *tr* förödmjuka; ~ *oneself* ödmjuka sig
**humbug** ['hʌmbʌg] **I** *s* **1** humbug, skoj, bluff **2** humbug, skojare, bluffmakare **II** *interj*, ~*!* prat!, snack! **III** *tr* lura, dra vid näsan
**humdrum** ['hʌmdrʌm] *a* enformig [*a* ~ *life*], tråkig [*a* ~ *job*]
**humid** ['hju:mɪd] *a* fuktig [~ *air*]
**humidity** [hjʊ'mɪdətɪ] *s* fukt, fuktighet
**humiliate** [hjʊ'mɪlɪeɪt] *tr* förödmjuka
**humiliation** [hjʊ,mɪlɪ'eɪʃ(ə)n] *s* förödmjukelse, förödmjukande
**humility** [hjʊ'mɪlətɪ] *s* ödmjukhet
**humorist** ['hju:mərɪst] *s* humorist; skämtare
**humorous** ['hju:mərəs] *a* humoristisk; skämtsam
**humour** ['hju:mə] **I** *s* **1** humor, skämtlynne; *sense of* ~ sinne för humor **2** a) humör b) sinnelag; *in a bad (good)* ~ på dåligt (gott) humör **II** *tr* blidka
**hump** [hʌmp] *s* **1** puckel, knöl **2** vard., *he's got the* ~ han deppar
**hunch** [hʌntʃ] **I** *tr*, ~ *up* el. ~ kröka, dra upp [*sit with one's shoulders hunched up*] **II** *s* **1** puckel **2** vard., *I have a* ~ *that* jag har på känn att
**hunchback** ['hʌntʃbæk] *s* puckelrygg
**hunchbacked** ['hʌntʃbækt] *a* puckelryggig
**hundred** ['hʌndrəd] *räkn* o. *s* hundra; hundratal; *a* ~ *per cent* hundraprocentig,

fullständig; *~s of people* hundratals människor
**hundredfold** ['hʌndrədfəʊld] **I** *adv, a ~* hundrafalt, hundrafaldigt **II** *s, a ~* hundrafalt
**hundredth** ['hʌndrədθ] **I** *räkn* hundrade **II** *s* hundradel
**hundredweight** ['hʌndrədweɪt] *s* ungefär centner i Storbritannien = 50,8 kg, i USA 45,36 kg
**hung** [hʌŋ] se *hang I*
**Hungarian** [hʌŋ'geərɪən] **I** *a* ungersk **II** *s* **1** ungrare **2** ungerska språket
**Hungary** ['hʌŋgərɪ] Ungern
**hunger** ['hʌŋgə] **I** *s* hunger **II** *itr* svälta, hungra
**hungry** ['hʌŋgrɪ] *a* hungrig
**hunt** [hʌnt] **I** *itr tr* **1** jaga; ***be out (go) hunting*** vara på (gå på) jakt **2** jaga (leta) efter; leta; ***be hunting for*** vara på jakt efter **II** *s* jakt; ***be on the ~ for*** vara på jakt efter
**hunter** ['hʌntə] *s* jägare
**hunting** ['hʌntɪŋ] *s* jakt
**hunting-ground** ['hʌntɪŋgraʊnd] *s* jaktmark
**huntsman** ['hʌntsmən] *s* jägare
**hurdle** ['hɜ:dl] *s* **1** i häcklöpning häck, i hästsport hinder; *~s* häcklöpning, häck [*110 metres ~s*] **2** bildl. hinder, barriär
**hurdle-race** ['hɜ:dlreɪs] *s* sport. **1** häcklöpning **2** hinderlöpning för hästar
**hurdy-gurdy** ['hɜ:dɪ'gɜ:dɪ] *s* mus. positiv
**hurl** [hɜ:l] *tr* slunga, vräka
**hurrah** [hʊ'rɑ:] o. **hurray** [hʊ'reɪ] **I** *interj* hurra! **II** *s* hurra **III** *itr* hurra
**hurricane** ['hʌrɪkən] *s* orkan
**hurry** ['hʌrɪ] **I** *tr itr* skynda på, jäkta [*it's no use hurrying her*]; påskynda [ofta *~ on, ~ up*]; skynda sig; skynda, rusa [*~ away (off)*]; brådska; *~* ***on*** skynda vidare; *~* ***up*** skynda på **II** *s* brådska, jäkt; ***be in a ~*** ha bråttom [*to* att]
**hurt** [hɜ:t] (*hurt hurt*) *tr itr* **1** skada, skada sig i, göra sig illa i; göra ont [*it ~s terribly*]; *~* ***oneself*** göra sig illa; ***my foot ~s me*** jag har ont i foten **2** bildl. såra; ***feel ~*** känna sig sårad
**hurtle** ['hɜ:tl] *itr* rasa, störta, braka
**husband** ['hʌzbənd] **I** *s* man, make; *~* ***and wife*** man och hustru, äkta makar **II** *tr* hushålla med [*~ one's resources*]
**husbandry** ['hʌzbəndrɪ] *s* jordbruk
**hush** [hʌʃ, interjektion vanl. ʃ:] **I** *tr* **1** hyssja åt; tysta ner; ***hushed silence*** djup tystnad; ***in a hushed voice*** med dämpad röst **2** *~* ***up*** el. *~* tysta ner [*~ up a scandal*] **II** *s* tystnad **III** *interj, ~!* hyssj!, tyst!
**hush-hush** ['hʌʃ'hʌʃ] vard. **I** *a* topphemlig [*a ~ investigation*] **II** *s* hysch-hysch
**husk** [hʌsk] **I** *s* skal, hylsa, skida **II** *tr* skala
**husky** ['hʌskɪ] *a* **1** hes; beslöjad [*a ~ voice*] **2** vard. kraftig
**hussar** [hʊ'zɑ:] *s* husar
**hussy** ['hʌzɪ] *s* **1** jäntunge **2** slinka
**hustle** ['hʌsl] **I** *tr itr* **1** knuffa, stöta, knuffa (stöta) till; knuffas, trängas **2** vard. lura **II** *s* **1** knuffande **2** jäkt; *~* ***and bustle*** fart och fläng
**hut** [hʌt] *s* hydda, koja; hytt; barack
**hutch** [hʌtʃ] *s* bur [*rabbit-hutch*]
**hyacinth** ['haɪəsɪnθ] *s* hyacint
**hyaena** [haɪ'i:nə] *s* hyena
**hybrid** ['haɪbrɪd] *s* hybrid, korsning
**hydrangea** [haɪ'dreɪn(d)ʒə] *s* bot. hortensia
**hydraulic** [haɪ'drɔ:lɪk] *a* hydraulisk
**hydrogen** ['haɪdrədʒ(ə)n] *s* väte [*~ bomb*]; *~* ***peroxide*** vätesuperoxid
**hydroxide** [haɪ'drɒksaɪd] *s* hydroxid
**hyena** [haɪ'i:nə] *s* hyena
**hygiene** ['haɪdʒi:n] *s* hygien; hälsovård
**hygienic** [haɪ'dʒi:nɪk] *a* hygienisk
**hymen** ['haɪmən] *s* mödomshinna
**hymn** [hɪm] *s* **1** hymn, lovsång **2** psalm i psalmbok
**hypermarket** ['haɪpə,mɑ:kɪt] *s* stormarknad
**hypersensitive** ['haɪpə'sensɪtɪv] *a* överkänslig om person
**hyphen** ['haɪf(ə)n] *s* bindestreck
**hyphenate** ['haɪfəneɪt] *tr* skriva med bindestreck, sätta bindestreck mellan
**hypnosis** [hɪp'nəʊsɪs] *s* hypnos
**hypnotism** ['hɪpnətɪz(ə)m] *s* **1** hypnotism **2** hypnos
**hypnotist** ['hɪpnətɪst] *s* hypnotisör
**hypnotize** ['hɪpnətaɪz] *tr* hypnotisera
**hypochondriac** [,haɪpə'kɒndrɪæk] **I** *s* hypokonder, inbillningssjuk människa **II** *a* hypokondrisk, inbillningssjuk
**hypocrisy** [hɪ'pɒkrəsɪ] *s* hyckleri
**hypocrite** ['hɪpəkrɪt] *s* hycklare
**hypocritical** [,hɪpə'krɪtɪk(ə)l] *a* hycklande
**hypothesis** [haɪ'pɒθəsɪs] (pl. *hypotheses* [haɪ'pɒθəsi:z]) *s* hypotes; ***working ~*** arbetshypotes
**hypothetical** [,haɪpə'θetɪk(ə)l] *a* hypotetisk
**hysteria** [hɪs'tɪərɪə] *s* hysteri
**hysterical** [hɪs'terɪk(ə)l] *a* hysterisk
**hysterics** [hɪs'terɪks] *s* hysteri; ***go into ~*** få ett hysteriskt anfall

# I

**I, i** [aɪ] *s* I, i

**I** [aɪ] (objektsform *me*) *pers pron* jag

**ice** [aɪs] **I** *s* **1** is; ***cut no ~*** vard. inte göra något intryck [*with* på] **2** glass; ***an ~*** en glass **II** *tr itr* **1** lägga på is, iskyla, isa drycker **2** ***~ over*** el. ~ täcka (belägga) med is, isbelägga; frysa till [*the pond iced over*]; ***~ up*** bli nedisad; ***iced up*** överisad **3** glasera [*~ cakes*]

**iceberg** ['aɪsbɜːg] *s* isberg

**ice-bound** ['aɪsbaʊnd] *a* isblockerad, tillfrusen; fastfrusen

**icebox** ['aɪsbɒks] *s* isskåp, kylskåp

**ice-cream** ['aɪs'kriːm] *s* glass

**ice-cube** ['aɪskjuːb] *s* iskub, istärning

**ice-hockey** ['aɪsˌhɒkɪ] *s* ishockey

**Iceland** ['aɪslənd] Island

**Icelander** ['aɪsləndə] *s* isländning

**Icelandic** [aɪs'lændɪk] **I** *a* isländsk **II** *s* isländska språket

**ice-pack** ['aɪspæk] *s* **1** packisfält **2** isblåsa

**ice-rink** ['aɪsrɪŋk] *s* skridskobana, isbana

**ice-skate** ['aɪsskeɪt] *itr* åka skridskor

**icicle** ['aɪsɪkl] *s* istapp, ispigg

**icily** ['aɪsɪlɪ] *adv* isande, iskallt

**iciness** ['aɪsɪnəs] *s* iskyla, isande köld

**icing** ['aɪsɪŋ] *s* **1** nedisning speciellt flyg. **2** glasyr på bakverk **3** i ishockey icing

**icy** ['aɪsɪ] *a* **1** iskall, isig **2** bildl. iskall [*an ~ tone*]

**I'd** [aɪd] = *I had, I would, I should*

**idea** [aɪ'dɪə] *s* idé; begrepp; aning [*I have no ~ what happened*]; ***the very ~ makes me sick*** bara tanken äcklar mig; ***that's the ~!*** just det, ja!; ***what's the big ~?*** vad är meningen med det här?; ***it wouldn't be a bad ~*** det skulle inte vara så dumt; ***have an ~ that...*** ana att... ; ***I have no ~*** det har jag ingen aning om

**ideal** [aɪ'dɪəl] **I** *a* idealisk **II** *s* ideal

**idealist** [aɪ'dɪəlɪst] *s* idealist

**idealistic** [aɪˌdɪə'lɪstɪk] *a* idealistisk

**idealize** [aɪ'dɪəlaɪz] *tr* idealisera

**identical** [aɪ'dentɪk(ə)l] *a* identisk; likalydande [*two ~ copies*]; ***~ twins*** enäggstvillingar

**identification** [aɪˌdentɪfɪ'keɪʃ(ə)n] *s* identifiering, identifikation; ***~ papers*** legitimationspapper; ***~ parade*** konfrontation för att identifiera en misstänkt

**identify** [aɪ'dentɪfaɪ] *tr* identifiera; ***~ oneself*** legitimera sig

**identity** [aɪ'dentətɪ] *s* identitet; ***~ card*** identitetskort

**ideology** [ˌaɪdɪ'ɒlədʒɪ] *s* ideologi

**idiom** ['ɪdɪəm] *s* idiomatiskt uttryck

**idiomatic** [ˌɪdɪə'mætɪk] *a* idiomatisk

**idiot** ['ɪdɪət] *s* idiot; dumbom

**idiotic** [ˌɪdɪ'ɒtɪk] *a* idiotisk, dåraktig

**idle** ['aɪdl] **I** *a* **1** sysslolös; oanvänd **2** stillastående; ***be (lie) ~*** stå stilla, vara ur drift **3** lat, lättjefull **4** gagnlös, fruktlös [*~ speculations*]; ***~ gossip*** löst skvaller; ***an ~ threat*** ett tomt hot **II** *itr tr* **1** lata sig, slöa **2** tekn. gå på tomgång **3** ***~ away*** slösa bort [*~ away one's time*]

**idol** ['aɪdl] *s* avgud, idol

**idolatry** [aɪ'dɒlətrɪ] *s* avgudadyrkan

**idolize** ['aɪdəlaɪz] *tr* avguda; dyrka

**idyll** ['ɪdɪl] *s* idyll

**idyllic** [aɪ'dɪlɪk, ɪ'dɪlɪk] *a* idyllisk

**i.e.** ['aɪ'iː, 'ðæt'ɪz] = *that is* dvs.

**if** [ɪf] **I** *konj* **1** om, ifall, såvida; ***~ not*** a) om inte b) annars [*stop it, ~ not I'll...*]; ***~ anything*** snarare [*it had ~ anything got worse*]; ***~ only*** om bara; ***~ only to*** om inte annat så för att; ***~ so*** i så fall; ***well, ~ it isn't John!*** ser man på, är det inte John?; ***~ it had not been for him*** om inte han hade varit; ***~ that*** om ens det **2** om, ifall; ***I doubt ~ he will come*** jag tvivlar på att han kommer **II** *s*, ***~s and ands*** om och men

**ignite** [ɪg'naɪt] *tr itr* tända, sätta eld på; tändas, fatta eld

**ignition** [ɪg'nɪʃ(ə)n] *s* tändning, antändning; ***~ key*** tändningsnyckel, startnyckel

**ignoble** [ɪg'nəʊbl] *a* gemen, tarvlig

**ignominious** [ˌɪgnə'mɪnɪəs] *a* skymflig [*an ~ defeat*], nedrig

**ignominy** ['ɪgnəmɪnɪ] *s* vanära, skam

**ignoramus** [ˌɪgnə'reɪməs] *s* dumhuvud

**ignorance** ['ɪgn(ə)r(ə)ns] *s* okunnighet [*~ of* (om) *the facts*], ovetskap [*of* om]

**ignorant** ['ɪgnərənt] *a* okunnig, ovetande
**ignore** [ɪg'nɔ:] *tr* ignorera; inte bry sig om
**ill** [ɪl] **I** (*worse worst*) *a* **1** sjuk, dålig; ***fall (be taken)*** ~ bli sjuk **2** ~ ***fame (repute)*** dåligt rykte, vanrykte **3** om sak olycklig, ofördelaktig; dålig [*an* ~ *omen*]; ***have*** ~ ***luck*** ha otur **II** *s* **1** ont **2** skada; ***do*** ~ göra illa (orätt) **3** vanl. pl. ~*s* motgångar [*the* ~*s of life*], missförhållanden [*social* ~*s*] **III** (*worse worst*) *adv* illa; ***speak*** ~ ***of*** tala illa om
**I'll** [aɪl] = *I will, I shall*
**ill-advised** ['ɪləd'vaɪzd] *a* oklok, oförnuftig
**ill-behaved** ['ɪlbɪ'heɪvd] *a* ohyfsad
**ill-bred** ['ɪl'bred] *a* ouppfostrad, obelevad
**ill-concealed** ['ɪlkən'si:ld] *a* illa dold
**illegal** [ɪ'li:g(ə)l] *a* illegal, olaglig, lagstridig
**illegible** [ɪ'ledʒəbl] *a* oläslig, oläsbar
**illegitimate** [ˌɪlɪ'dʒɪtɪmət] *a* **1** illegitim, olaglig [*an* ~ *action*] **2** utomäktenskaplig [*an* ~ *child*]
**ill-feeling** ['ɪl'fi:lɪŋ] *s* agg, groll
**illicit** [ɪ'lɪsɪt] *a* olovlig, olaglig; lönn-
**illiteracy** [ɪ'lɪtərəsɪ] *s* analfabetism
**illiterate** [ɪ'lɪtərət] **I** *a* inte läs- och skrivkunnig; obildad; ~ ***person*** analfabet **II** *s* analfabet
**ill-luck** ['ɪl'lʌk] *s* olycka, otur
**ill-mannered** ['ɪl'mænəd] *a* ohyfsad
**ill-natured** ['ɪl'neɪtʃəd] *a* elak, ondskefull
**illness** ['ɪlnəs] *s* sjukdom
**illogical** [ɪ'lɒdʒɪk(ə)l] *a* ologisk
**ill-tempered** ['ɪl'tempəd] *a* elak; butter
**ill-treat** ['ɪl'tri:t] *tr* misshandla
**illuminate** [ɪ'lu:mɪneɪt] *tr* upplysa, belysa
**illumination** [ɪˌlu:mɪ'neɪʃ(ə)n] *s* belysning
**illusion** [ɪ'lu:ʒ(ə)n] *s* illusion, inbillning; ***optical*** ~ synvilla
**illusionist** [ɪ'lu:ʒənɪst] *s* illusionist, trollkonstnär
**illustrate** ['ɪləstreɪt] *tr* illustrera, belysa
**illustration** [ˌɪləs'treɪʃ(ə)n] *s* illustration, belysning genom exempel; bild
**illustrator** ['ɪləstreɪtə] *s* illustratör
**illustrious** [ɪ'lʌstrɪəs] *a* berömd, frejdad
**ill-will** ['ɪl'wɪl] *s* illvilja, agg
**I'm** [aɪm] = *I am*
**image** ['ɪmɪdʒ] *s* **1** bild; avbild; ***he is the very*** ~ ***of his father*** han är sin far upp i dagen **2** språklig bild, metafor **3** image, profil
**imagery** ['ɪmɪdʒərɪ] *s* bildspråk
**imaginable** [ɪ'mædʒɪnəbl] *a* tänkbar
**imaginary** [ɪ'mædʒɪnərɪ] *a* inbillad
**imagination** [ɪˌmædʒɪ'neɪʃ(ə)n] *s* fantasi; inbillning
**imaginative** [ɪ'mædʒɪnətɪv] *a* fantasifull
**imagine** [ɪ'mædʒɪn] *tr* föreställa sig, tro; ***just*** ~! el. ~! kan man tänka sig!
**imbecile** ['ɪmbəsi:l] *s* imbecill; idiot
**imitate** ['ɪmɪteɪt] *tr* efterlikna; härma, imitera
**imitation** [ˌɪmɪ'teɪʃ(ə)n] *s* **1** imitation, härmning **2** attributivt imiterad, oäkta [~ *pearls*], konst- [~ *leather*]
**imitator** ['ɪmɪteɪtə] *s* imitatör, härmare
**immaculate** [ɪ'mækjʊlət] *a* obefläckad, fläckfri, felfri, ren; oklanderlig
**immaterial** [ˌɪmə'tɪərɪəl] *a* oväsentlig
**immature** [ˌɪmə'tjʊə] *a* omogen
**immaturity** [ˌɪmə'tjʊərətɪ] *s* omogenhet
**immediate** [ɪ'mi:djət] *a* omedelbar, omgående; överhängande; ***in the*** ~ ***future*** inom den närmaste framtiden
**immediately** [ɪ'mi:djətlɪ] **I** *adv* **1** omedelbart, omgående **2** närmast, omedelbart [*the time* ~ *before the war*]; direkt [*be* ~ *affected*] **II** *konj* så snart
**immense** [ɪ'mens] *a* ofantlig, enorm
**immensity** [ɪ'mensətɪ] *s* väldig omfattning; ofantlighet
**immerse** [ɪ'mɜ:s] *tr* sänka ner; doppa ner
**immigrant** ['ɪmɪgr(ə)nt] *s* immigrant, invandrare
**immigrate** ['ɪmɪgreɪt] *itr* immigrera, invandra [*into* till]
**immigration** [ˌɪmɪ'greɪʃ(ə)n] *s* immigration, invandring
**imminent** ['ɪmɪnənt] *a* hotande, överhängande [*an* ~ *danger*], nära förestående
**immoderate** [ɪ'mɒdərət] *a* omåttlig
**immoral** [ɪ'mɒr(ə)l] *a* omoralisk; osedlig
**immorality** [ˌɪmə'rælətɪ] *s* omoral; osedlighet
**immortal** [ɪ'mɔ:tl] *a* odödlig, oförgänglig
**immortality** [ˌɪmɔ:'tælətɪ] *s* odödlighet
**immune** [ɪ'mju:n] *a* immun
**immunity** [ɪ'mju:nətɪ] *s* immunitet
**imp** [ɪmp] *s* **1** smådjävul **2** busfrö
**impact** ['ɪmpækt] *s* **1** sammanstötning **2** inverkan, verkan
**impair** [ɪm'peə] *tr* försämra; försvaga
**impart** [ɪm'pɑ:t] *tr* ge, skänka, förläna
**impartial** [ɪm'pɑ:ʃ(ə)l] *a* opartisk
**impartiality** ['ɪmˌpɑ:ʃɪ'ælətɪ] *s* opartiskhet
**impatience** [ɪm'peɪʃ(ə)ns] *s* otålighet
**impatient** [ɪm'peɪʃ(ə)nt] *a* otålig

**impede** [ɪm'pi:d] *tr* hindra, hämma, hejda
**impediment** [ɪm'pedɪmənt] *s* hinder; förhinder; ~ ***of (in one's) speech*** talfel
**impel** [ɪm'pel] *tr* driva, driva fram
**impending** [ɪm'pendɪŋ] *a* överhängande; annalkande
**impenetrable** [ɪm'penɪtrəbl] *a* ogenomtränglig, outgrundlig; otillgänglig
**imperative** [ɪm'perətɪv] *a* **1** absolut nödvändig [*it is ~ that he should come*] **2** gram. imperativ
**imperceptible** [ˌɪmpə'septəbl] *a* oförnimbar; omärklig
**imperfect** [ɪm'pɜ:fɪkt] *a* ofullkomlig, bristfällig
**imperial** [ɪm'pɪərɪəl] *a* kejserlig
**imperialism** [ɪm'pɪərɪəlɪz(ə)m] *s* imperialism
**impersonal** [ɪm'pɜ:sənl] *a* opersonlig
**impersonate** [ɪm'pɜ:səneɪt] *tr* imitera
**impersonation** [ɪmˌpɜ:sə'neɪʃ(ə)n] *s* imitation [*~s of famous people*]
**impersonator** [ɪm'pɜ:səneɪtə] *s* imitatör
**impertinent** [ɪm'pɜ:tɪnənt] *a* oförskämd
**imperturbable** [ˌɪmpə'tɜ:bəbl] *a* orubblig
**impetuous** [ɪm'petjʊəs] *a* häftig, våldsam
**impetus** ['ɪmpɪtəs] *s* rörelseenergi, fart
**implant** [ɪm'plɑ:nt] *tr* inplanta, inprägla, inskärpa [*in a p.* hos ngn]
**implausible** [ɪm'plɔ:zəbl] *a* osannolik
**implement** [substantiv 'ɪmplɪmənt, verb 'ɪmplɪment] **I** *s* verktyg, redskap **II** *tr* realisera, genomföra, förverkliga, uppfylla [*~ a promise*]
**implicate** ['ɪmplɪkeɪt] *tr* blanda in [*~ a p. in a crime*]; ***be implicated in*** äv. vara (bli) invecklad i
**implicit** [ɪm'plɪsɪt] *a* **1** underförstådd **2** obetingad, blind [*~ faith*]
**implore** [ɪm'plɔ:] *tr itr* bönfalla, tigga och be
**imply** [ɪm'plaɪ] *tr* **1** innebära, föra med sig; förutsätta **2** antyda
**impolite** [ˌɪmpə'laɪt] *a* oartig, ohövlig
**import** [substantiv 'ɪmpɔ:t, verb ɪm'pɔ:t] **I** *s* **1** import; *~s* importvaror **2** vikt, betydelse **II** *tr* importera
**importance** [ɪm'pɔ:t(ə)ns] *s* vikt, betydelse; ***attach ~ to*** lägga vikt vid
**important** [ɪm'pɔ:t(ə)nt] *a* viktig, betydande
**importer** [ɪm'pɔ:tə] *s* importör
**impose** [ɪm'pəʊz] *tr itr* **1** lägga på [*~ taxes*]; införa [*~ a speed-limit*]; ~ ***a fine on a p.*** döma ngn till böter **2** ~ ***on*** lura, narra
**imposing** [ɪm'pəʊzɪŋ] *a* imponerande
**impossibility** [ɪmˌpɒsə'bɪlətɪ] *s* omöjlighet
**impossible** [ɪm'pɒsəbl] *a* omöjlig
**impossibly** [ɪm'pɒsəblɪ] *adv* hopplöst [*~ lazy*]
**impostor** [ɪm'pɒstə] *s* bedragare, skojare
**impotent** ['ɪmpət(ə)nt] *a* **1** maktlös, vanmäktig **2** impotent
**impracticable** [ɪm'præktɪkəbl] *a* **1** ogenomförbar; oanvändbar **2** ofarbar
**impractical** [ɪm'præktɪk(ə)l] *a* opraktisk
**imprecise** [ˌɪmprɪ'saɪs] *a* inexakt
**impregnate** ['ɪmpregneɪt] *tr* impregnera
**impresario** [ˌɪmpre'sɑ:rɪəʊ] *s* impresario
**impress** [substantiv 'ɪmpres, verb ɪm'pres] **I** *s* märke, stämpel; ***bear the ~ of*** bära prägel av **II** *tr* **1** göra intryck på, imponera på; ***impressed by*** imponerad av **2** stämpla, prägla **3** inprägla, inskärpa t. ex. en idé [*on* hos]
**impression** [ɪm'preʃ(ə)n] *s* **1** verkan; intryck, känsla **2** märke, stämpel, prägel **3** tryckning, omtryckning
**impressive** [ɪm'presɪv] *a* imponerande, verkningsfull
**imprison** [ɪm'prɪzn] *tr* sätta i fängelse
**imprisonment** [ɪm'prɪznmənt] *s* fängslande; fångenskap; ~ ***for life*** livstids fängelse
**improbable** [ɪm'prɒbəbl] *a* osannolik
**impromptu** [ɪm'prɒmptju:] **I** *adv* oförberett [*speak ~*], improviserat **II** *a* oförberedd, improviserad
**improper** [ɪm'prɒpə] *a* opassande [*~ conduct*], oanständig
**improve** [ɪm'pru:v] *tr itr* förbättra, förbättras; ~ ***on a th.*** förbättra (bättra på) ngt
**improvement** [ɪm'pru:vmənt] *s* förbättring
**improvisation** ['ɪmprəvaɪ'zeɪʃ(ə)n] *s* improvisation
**improvise** ['ɪmprəvaɪz] *tr itr* improvisera
**imprudent** [ɪm'pru:d(ə)nt] *a* oklok
**impudence** ['ɪmpjʊd(ə)ns] *s* oförskämdhet, fräckhet
**impudent** ['ɪmpjʊd(ə)nt] *a* oförskämd, fräck
**impulse** ['ɪmpʌls] *s* **1** stöt; ***give an ~ to*** sätta fart på **2** impuls, ingivelse
**impulsive** [ɪm'pʌlsɪv] *a* impulsiv
**impunity** [ɪm'pju:nətɪ] *s*, ***with ~*** ostraffat
**impure** [ɪm'pjʊə] *a* oren

**impurity** [ɪm'pjʊərətɪ] *s* orenhet, förorening
**in** [ɪn] **I** *prep* i [~ *a box,* ~ *April, dressed* ~ *black*], på [~ *the street,* ~ *the morning,* ~ *the 18th century* (1700-talet), *I did it* ~ *five minutes,* ~ *this way*], om [*she will be back* ~ *a month*], med [*written* ~ *pencil,* ~ *a loud voice*], hos [~ *Shakespeare*], vid [~ *good health*]; ***she slipped*** ~ ***crossing the street*** hon halkade då hon gick över gatan; ~ ***memory of*** till minne av; ~ ***reply to*** [*your letter*] som (till) svar på... ; ~ ***my opinion*** enligt min mening
**II** *adv* in [*come* ~]; inne, hemma [*he wasn't* ~]; ***be*** ~ ***for*** få räkna med [*we're* ~ *for bad weather*]; ***be*** ~ ***for it*** vara illa ute; ***have it*** ~ ***for a p.*** vard. ha ett horn i sidan till ngn
**III** *a* vard. inne modern; ***it's the*** ~ ***thing to...*** det är inne att...
**in.** förk. för *inch, inches*
**inability** [ˌɪnə'bɪlətɪ] *s* oförmåga
**inaccessible** [ˌɪnæk'sesəbl] *a* otillgänglig
**inaccurate** [ɪn'ækjʊrət] *a* inte noggrann; felaktig, oriktig
**inactive** [ɪn'æktɪv] *a* inaktiv, overksam
**inadequate** [ɪn'ædɪkwət] *a* inadekvat; otillräcklig; bristfällig
**inadvisable** [ˌɪnəd'vaɪzəbl] *a* inte tillrådlig
**inane** [ɪ'neɪn] *a* idiotisk, fånig
**inanimate** [ɪn'ænɪmət] *a* livlös; utan liv
**inapplicable** [ɪn'æplɪkəbl] *a* inte tillämpbar
**inappropriate** [ˌɪnə'prəʊprɪət] *a* olämplig
**inasmuch** [ɪnəz'mʌtʃ] *adv,* ~ ***as*** konjunktion eftersom, emedan
**inattentive** [ˌɪnə'tentɪv] *a* ouppmärksam
**inaudible** [ɪn'ɔ:dəbl] *a* ohörbar
**inaugural** [ɪ'nɔ:gjʊr(ə)l] *a* invignings- [~ *speech*]; installations- [~ *lecture*]
**inaugurate** [ɪ'nɔ:gjʊreɪt] *tr* **1** inviga **2** installera [~ *a president*] **3** inleda [~ *a new era*]
**inbred** ['ɪn'bred] *a* medfödd
**incalculable** [ɪn'kælkjʊləbl] *a* **1** oöverskådlig [~ *consequences*] **2** oberäknelig
**incapable** [ɪn'keɪpəbl] *a* **1** oduglig; inkompetent **2** ~ ***of*** oförmögen till
**incapacity** [ˌɪnkə'pæsətɪ] *s* oförmåga
**incarnate** [ɪn'kɑ:nət] *a* förkroppsligad; vard. inbiten, inpiskad; ***he is evil*** ~ han är den personifierade ondskan
**incarnation** [ˌɪnkɑ:'neɪʃ(ə)n] *s* inkarnation, förkroppsligande
**incautious** [ɪn'kɔ:ʃəs] *a* oförsiktig
**incendiary** [ɪn'sendjərɪ] *a* mordbrands-; ~ ***bomb*** brandbomb
**1 incense** ['ɪnsens] *s* rökelse
**2 incense** [ɪn'sens] *tr* göra rasande; ***incensed*** förbittrad
**incentive** [ɪn'sentɪv] *s* drivfjäder, sporre
**incessant** [ɪn'sesnt] *a* oavbruten, ständig
**incest** ['ɪnsest] *s* incest, blodskam
**inch** [ɪntʃ] *s* tum 2,54 cm; ***every*** ~ ***a gentleman*** en gentleman ut i fingerspetsarna; ***give him an*** ~ ***and he'll take a mile*** ordspr. om man ger honom ett finger så tar han hela handen; ***I don't trust him an*** ~ jag litar inte ett dugg på honom; ***within an*** ~ ***of death*** mycket nära döden
**incident** ['ɪnsɪd(ə)nt] *s* händelse, incident; ***frontier*** ~***s*** gränsintermezzon
**incidental** [ˌɪnsɪ'dentl] *a* tillfällig; oväsentlig
**incidentally** [ˌɪnsɪ'dent(ə)lɪ] *adv* tillfälligtvis, i förbigående; förresten
**incinerator** [ɪn'sɪnəreɪtə] *s* förbränningsugn t. ex. för sopor
**incite** [ɪn'saɪt] *tr* egga, egga upp, sporra
**inclination** [ˌɪnklɪ'neɪʃ(ə)n] *s* **1** lutning; böjning **2** benägenhet, böjelse
**incline** [ɪn'klaɪn] *tr itr* **1** luta ned; böja; luta **2** göra benägen (böjd) [*to* för]; vara benägen (böjd) för
**inclined** [ɪn'klaɪnd] *a* **1** lutande, sluttande **2** benägen, böjd [*to* för]
**include** [ɪn'klu:d] *tr* omfatta, inbegripa
**included** [ɪn'klu:dɪd] *pp* o. *a* inberäknad, inklusive [*all expenses* ~]; ***be*** ~ ***in (on) the list*** komma med på listan
**including** [ɪn'klu:dɪŋ] *pres p* omfattande; inklusive [~ *all expenses*]
**inclusive** [ɪn'klu:sɪv] *a* **1** inberäknad, till och med; ~ ***of*** inklusive **2** allomfattande
**incoherence** [ˌɪnkə'hɪər(ə)ns] *s* brist på sammanhang
**incoherent** [ˌɪnkə'hɪər(ə)nt] *a* osammanhängande
**income** ['ɪnkʌm] *s* inkomst; ***a large*** ~ stora inkomster; förmögenhet [*a private* ~]; ***live over (beyond) one's*** ~ leva över sina tillgångar
**income-tax** ['ɪnkəmtæks] *s* inkomstskatt; ~ ***return*** självdeklaration
**incoming** ['ɪnˌkʌmɪŋ] *a* inkommande, ankommande [~ *trains*]
**incomparable** [ɪn'kɒmpərəbl] *a* makalös
**incompatible** [ˌɪnkəm'pætəbl] *a* oförenlig
**incompetence** [ɪn'kɒmpət(ə)ns] *s* inkompetens, oförmåga

**incompetent** [ɪn'kɒmpət(ə)nt] *a* inkompetent, oduglig
**incomplete** [ˌɪnkəm'pli:t] *a* ofullständig
**incomprehensible** [ɪn'kɒmprɪ'hensəbl] *a* obegriplig
**inconceivable** [ˌɪnkən'si:vəbl] *a* obegriplig, ofattbar [*to* för]
**inconclusive** [ˌɪnkən'klu:sɪv] *a* inte avgörande; ofullständig
**incongruous** [ɪn'kɒŋgrʊəs] *a* **1** oförenlig; omaka, som inte går ihop **2** orimlig, absurd
**inconsiderable** [ˌɪnkən'sɪdərəbl] *a* obetydlig, oansenlig
**inconsiderate** [ˌɪnkən'sɪdərət] *a* taktlös, tanklös
**inconsistent** [ˌɪnkən'sɪst(ə)nt] *a* **1** oförenlig; ***be ~ with*** äv. strida mot, inte stämma med **2** inkonsekvent
**inconspicuous** [ˌɪnkən'spɪkjʊəs] *a* föga iögonenfallande; oansenlig
**inconstant** [ɪn'kɒnst(ə)nt] *a* ombytlig
**inconvenience** [ˌɪnkən'vi:njəns] **I** *s* olägenhet [*to* för]; ***put a p. to ~*** vålla ngn besvär **II** *tr* besvära
**inconvenient** [ˌɪnkən'vi:njənt] *a* oläglig; olämplig; obekväm
**incorporate** [ɪn'kɔ:pəreɪt] *tr itr* införliva; införlivas
**incorrect** [ˌɪnkə'rekt] *a* oriktig, inkorrekt
**incorrigible** [ɪn'kɒrɪdʒəbl] *a* oförbätterlig
**incorruptible** [ˌɪnkə'rʌptəbl] *a* omutlig
**increase** [verb ɪn'kri:s, substantiv 'ɪnkri:s] **I** *itr tr* öka, ökas, stiga, tillta, öka på; höja **II** *s* ökning, utökning; höjning; ***on the ~*** i tilltagande
**increasing** [ɪn'kri:sɪŋ] *pres p* o. *a* ökande; ***to an ever ~ extent*** i allt större utsträckning
**increasingly** [ɪn'kri:sɪŋlɪ] *adv* alltmer
**incredible** [ɪn'kredəbl] *a* otrolig; ofattbar
**incredulous** [ɪn'kredjʊləs] *a* klentrogen
**incubator** ['ɪnkjʊbeɪtə] *s* **1** äggkläckningsmaskin **2** kuvös
**incur** [ɪn'kɜ:] *tr* ådra sig, åsamka sig
**incurable** [ɪn'kjʊərəbl] *a* obotlig
**indebted** [ɪn'detɪd] *a* **1** skuldsatt; ***be ~ to a p.*** vara skyldig ngn pengar **2** tack skyldig [*to a p.* ngn]
**indecency** [ɪn'di:snsɪ] *s* oanständighet
**indecent** [ɪn'di:snt] *a* oanständig
**indecision** [ˌɪndɪ'sɪʒ(ə)n] *s* obeslutsamhet
**indecisive** [ˌɪndɪ'saɪsɪv] *a* obeslutsam
**indeed** [ɪn'di:d] **I** *adv* verkligen, minsann; visserligen; ***yes, ~!*** ja visst! **II** *interj* verkligen!
**indefatigable** [ˌɪndɪ'fætɪgəbl] *a* outtröttlig
**indefensible** [ˌɪndɪ'fensəbl] *a* oförsvarlig
**indefinable** [ˌɪndɪ'faɪnəbl] *a* odefinierbar
**indefinite** [ɪn'defɪnət] *a* obestämd, vag
**indefinitely** [ɪn'defɪnətlɪ] *adv* obestämt; på obestämd tid
**indelible** [ɪn'deləbl] *a* outplånlig; ***~ pencil*** ungefär anilinpenna
**indelicate** [ɪn'delɪkət] *a* taktlös; plump
**indent** [ɪn'dent] *tr* göra indrag på, börja en bit in på [*~ each paragraph*]
**independence** [ˌɪndɪ'pendəns] *s* oberoende, självständighet; ***war of ~*** frihetskrig
**independent** [ˌɪndɪ'pendənt] **I** *a* oberoende [*of* av], oavhängig, självständig **II** *s* independent
**indescribable** [ˌɪndɪs'kraɪbəbl] *a* obeskrivlig, obeskrivbar
**indestructible** [ˌɪndɪs'trʌktəbl] *a* oförstörbar; outslitlig; outplånlig
**index** ['ɪndeks] *s* register; index; ***card ~*** kortregister; ***~ card*** kartotekskort
**index-finger** ['ɪndeksˌfɪŋgə] *s* pekfinger
**India** ['ɪndjə] Indien
**Indian** ['ɪndjən] **I** *a* indisk [*the ~ Ocean*]; indiansk; ***~ ink*** kinesisk tusch; ***~ summer*** brittsommar, indiansommar **II** *s* **1** indier **2** indian [äv. *Red (American) ~*]
**india-rubber** ['ɪndjə'rʌbə] *s* kautschuk; suddgummi
**indicate** ['ɪndɪkeɪt] *tr* ange, antyda, visa
**indication** [ˌɪndɪ'keɪʃ(ə)n] *s* angivande; tecken, kännetecken
**indicative** [ɪn'dɪkətɪv] *a* **1** ***be ~ of*** tyda på **2** gram. indikativ
**indicator** ['ɪndɪkeɪtə] *s* visare; körriktningsvisare, blinker
**indict** [ɪn'daɪt] *tr* åtala, väcka åtal mot
**indictment** [ɪn'daɪtmənt] *s* åtal
**indifference** [ɪn'dɪfr(ə)ns] *s* likgiltighet [*to* för]
**indifferent** [ɪn'dɪfr(ə)nt] *a* **1** likgiltig [*~ to* (för) *danger*] **2** medelmåttig
**indigestible** [ˌɪndɪ'dʒestəbl] *a* svårsmält
**indigestion** [ˌɪndɪ'dʒestʃ(ə)n] *s* magbesvär; ont i magen
**indignant** [ɪn'dɪgnənt] *a* indignerad, förnärmad
**indignation** [ˌɪndɪg'neɪʃ(ə)n] *s* indignation
**indignity** [ɪn'dɪgnətɪ] *s* kränkning, skymf
**indigo** ['ɪndɪgəʊ] *s* indigoblått
**indirect** [ˌɪndɪ'rekt] *a* indirekt

**indiscipline** [ɪn'dɪsɪplɪn] *s* brist på disciplin
**indiscreet** [ˌɪndɪs'kri:t] *a* indiskret, taktlös
**indiscretion** [ˌɪndɪs'kreʃ(ə)n] *s* indiskretion, taktlöshet
**indiscriminate** [ˌɪndɪs'krɪmɪnət] *a* godtycklig, slumpartad; urskillningslös, omdömeslös
**indispensable** [ˌɪndɪs'pensəbl] *a* oundgänglig, oumbärlig
**indisposed** [ˌɪndɪs'pəʊzd] *a* indisponerad
**indisputable** ['ɪndɪs'pju:təbl] *a* obestridlig
**indistinct** [ˌɪndɪs'tɪŋkt] *a* otydlig, oklar
**indistinguishable** [ˌɪndɪs'tɪŋgwɪʃəbl] *a* omöjlig att särskilja
**individual** [ˌɪndɪ'vɪdjʊəl] **I** *a* individuell; egenartad, särskild, personlig [~ *style*] **II** *s* individ
**individuality** ['ɪndɪˌvɪdjʊ'ælətɪ] *s* individualitet, egenart, särprägel
**indivisible** [ˌɪndɪ'vɪzəbl] *a* odelbar
**Indo-China** ['ɪndəʊ'tʃaɪnə] Indokina
**indoctrinate** [ɪn'dɒktrɪneɪt] *tr* indoktrinera
**indolent** ['ɪndələnt] *a* indolent, slö, loj
**indomitable** [ɪn'dɒmɪtəbl] *a* okuvlig
**Indonesia** [ˌɪndə'ni:zjə] Indonesien
**Indonesian** [ˌɪndə'ni:zjən] **I** *a* indonesisk **II** *s* indones
**indoor** ['ɪndɔ:] *a* inomhus- [~ *games*]
**indoors** ['ɪn'dɔ:z] *adv* inomhus, inne
**indubitable** [ɪn'dju:bɪtəbl] *a* otvivelaktig
**induce** [ɪn'dju:s] *tr* **1** förmå, föranleda **2** orsaka
**inducement** [ɪn'dju:smənt] *s* motivation; lockbete, sporre
**indulge** [ɪn'dʌldʒ] *itr*, ~ ***in*** hänge sig åt
**indulgent** [ɪn'dʌldʒ(ə)nt] *a* **1** överseende **2** släpphänt, klemig
**industrial** [ɪn'dʌstrɪəl] *a* industriell, industri-; ~ ***disease*** yrkessjukdom; ~ ***dispute*** arbetskonflikt
**industrialism** [ɪn'dʌstrɪəlɪz(ə)m] *s* industrialism
**industrialist** [ɪn'dʌstrɪəlɪst] *s* industriman
**industrialize** [ɪn'dʌstrɪəlaɪz] *tr* industrialisera
**industrious** [ɪn'dʌstrɪəs] *a* flitig, arbetsam
**industry** ['ɪndəstrɪ] *s* **1** flit **2** industri; näringsliv
**inebriate** [ɪ'ni:brɪeɪt] *tr* rusa, berusa
**inedible** [ɪn'edəbl] *a* oätlig, oätbar
**ineffective** [ˌɪnɪ'fektɪv] *a* ineffektiv; verkningslös
**ineffectual** [ɪnɪ'fektʃʊəl] *a* verkningslös, resultatlös
**inefficient** [ˌɪnɪ'fɪʃ(ə)nt] *a* ineffektiv
**inequality** [ˌɪnɪ'kwɒlətɪ] *s* olikhet; ***social*** ~ brist på social jämlikhet
**inert** [ɪ'nɜ:t] *a* trög, slö; overksam
**inertia** [ɪ'nɜ:ʃjə] *s* tröghet; slöhet
**inestimable** [ɪn'estɪməbl] *a* ovärderlig
**inevitable** [ɪn'evɪtəbl] *a* oundviklig, ofrånkomlig
**inexact** [ˌɪnɪg'zækt] *a* inexakt; felaktig
**inexcusable** [ˌɪnɪks'kju:zəbl] *a* oförlåtlig
**inexhaustible** [ˌɪnɪg'zɔ:stəbl] *a* outtömlig
**inexorable** [ɪn'eksərəbl] *a* obönhörlig
**inexpensive** [ˌɪnɪks'pensɪv] *a* billig
**inexperienced** [ˌɪnɪks'pɪərɪənst] *a* oerfaren
**inexplicable** [ˌɪneks'plɪkəbl] *a* oförklarlig
**infallible** [ɪn'fæləbl] *a* ofelbar; osviklig
**infamous** ['ɪnfəməs] *a* illa beryktad, ökänd; skamlig, infam
**infamy** ['ɪnfəmɪ] *s* vanära; skändlighet
**infancy** ['ɪnfənsɪ] *s* spädbarnsålder; tidiga barnaår; tidig barndom äv. bildl.
**infant** ['ɪnfənt] *s* spädbarn; småbarn
**infantry** ['ɪnfəntrɪ] *s* infanteri, fotfolk
**infantryman** ['ɪnfəntrɪmən] *s* infanterist
**infant-school** ['ɪnf(ə)ntsku:l] *s* ungefär förskola, lägsta stadiet av 'primary school' för barn mellan 5 och 7 år
**infatuated** [ɪn'fætjʊeɪtɪd] *pp* o. *a* besatt; blint förälskad
**infatuation** [ɪnˌfætjʊ'eɪʃ(ə)n] *s* blind förälskelse, passion
**infect** [ɪn'fekt] *tr* infektera, smitta
**infection** [ɪn'fekʃ(ə)n] *s* infektion, smitta
**infectious** [ɪn'fekʃəs] *a* smittosam
**infer** [ɪn'fɜ:] *tr* sluta sig till; ***he inferred that*** han drog den slutsatsen att
**inferior** [ɪn'fɪərɪə] **I** *a* lägre i t.ex. rang [*to* än], underordnad [*to a p.* ngn, *to a th.* ngt]; sämre [*to* än] **II** *s* underordnad
**inferiority** [ɪnˌfɪərɪ'ɒrətɪ] *s* underlägsenhet; ~ ***complex*** mindervärdeskomplex
**infernal** [ɪn'fɜ:nl] *a* infernalisk; vard. förbannad [*an* ~ *nuisance*]
**inferno** [ɪn'fɜ:nəʊ] *s* inferno, helvete
**infertile** [ɪn'fɜ:taɪl, amer. ɪn'fɜ:tl] *a* ofruktbar, ofruktsam, steril
**infest** [ɪn'fest] *tr* hemsöka, översvämma
**infidelity** [ˌɪnfɪ'delətɪ] *s* otro; otrohet

**infiltrate** ['ɪnfɪltreɪt] *tr itr* infiltrera; nästla sig (tränga) in i; nästla sig (tränga) in
**infiltration** [ˌɪnfɪl'treɪʃ(ə)n] *s* infiltration
**infiltrator** ['ɪnfɪltreɪtə] *s* infiltratör
**infinite** ['ɪnfɪnət, 'ɪnˌfaɪnaɪt] *a* oändlig, ändlös, omätlig [~ *number*]
**infinitive** [ɪn'fɪnɪtɪv] gram. **I** *a* infinitiv- **II** *s, **the** ~* infinitiv
**infinity** [ɪn'fɪnətɪ] *s* oändlighet, oändligheten
**infirm** [ɪn'fɜ:m] *a* klen, skröplig
**infirmity** [ɪn'fɜ:mətɪ] *s* skröplighet
**inflame** [ɪn'fleɪm] *tr* **1** hetsa, hetsa upp **2** inflammera [*an inflamed boil*] **3** underblåsa, förvärra
**inflammable** [ɪn'flæməbl] *a* lättantändlig
**inflammation** [ˌɪnflə'meɪʃ(ə)n] *s* **1** upphetsning, glöd **2** inflammation
**inflate** [ɪn'fleɪt] *tr* **1** blåsa upp, pumpa upp **2** göra uppblåst **3** driva upp [~ *prices*]
**inflated** [ɪn'fleɪtɪd] *pp* o. *a* **1** uppblåst; pumpad **2** svulstig **3** ekon. inflations- [~ *prices*]
**inflation** [ɪn'fleɪʃ(ə)n] *s* ekon. inflation
**inflationary** [ɪn'fleɪʃnərɪ] *a* inflationsdrivande, inflationsfrämjande; inflationistisk
**inflect** [ɪn'flekt] *tr* gram. böja, deklinera
**inflection** [ɪn'flekʃ(ə)n] *s* gram. böjning; böjd form
**inflexible** [ɪn'fleksəbl] *a* oböjlig; orubblig
**inflict** [ɪn'flɪkt] *tr* vålla, tillfoga [~ *suffering*], tilldela [~ *a blow*]
**influence** ['ɪnflʊəns] **I** *s* inflytande [*on, over* på, över; *with* hos]; inverkan, påverkan **II** *tr* ha inflytande på; influera, inverka på
**influential** [ˌɪnflʊ'enʃ(ə)l] *a* inflytelserik
**influenza** [ˌɪnflʊ'enzə] *s* influensa
**inform** [ɪn'fɔ:m] *tr itr* meddela, underrätta, informera; ~ ***against (on)*** uppträda som angivare mot
**informal** [ɪn'fɔ:ml] *a* informell
**information** [ˌɪnfə'meɪʃ(ə)n] *s* (utan pl.) meddelande, meddelanden; underrättelse, underrättelser, information, informationer; ***an interesting piece of*** ~ en intressant upplysning (nyhet)
**informed** [ɪn'fɔ:md] *a* välunderrättad; ***keep a p.*** ~ ***as to*** hålla ngn à jour med
**informer** [ɪn'fɔ:mə] *s* angivare
**infrequent** [ɪn'fri:kwənt] *a* ovanlig
**infrequently** [ɪn'fri:kwəntlɪ] *adv* sällan
**infringement** [ɪn'frɪndʒmənt] *s* brott [*of* mot], överträdelse, kränkning [*of* av]
**infuriate** [ɪn'fjʊərɪeɪt] *tr* göra rasande
**infuriating** [ɪn'fjʊərɪeɪtɪŋ] *a* fruktansvärt irriterande
**infuse** [ɪn'fju:z] *tr* ingjuta [*into* i], inge
**ingenious** [ɪn'dʒi:njəs] *a* fyndig; genial
**ingenuous** [ɪn'dʒenjʊəs] *a* öppen, frimodig
**ingratitude** [ɪn'grætɪtju:d] *s* otacksamhet
**ingredient** [ɪn'gri:djənt] *s* ingrediens
**inhabit** [ɪn'hæbɪt] *tr* bebo, befolka
**inhabitant** [ɪn'hæbɪt(ə)nt] *s* invånare
**inhale** [ɪn'heɪl] *tr itr* andas in, inhalera; dra halsbloss
**inherent** [ɪn'hɪər(ə)nt] *a* inneboende [*in* i]; naturlig, medfödd
**inherit** [ɪn'herɪt] *tr itr* ärva
**inheritance** [ɪn'herɪt(ə)ns] *s* arv
**inheritor** [ɪn'herɪtə] *s* arvinge, arvtagare
**inhibit** [ɪn'hɪbɪt] *tr* hämma; hindra
**inhibition** [ˌɪnhɪ'bɪʃ(ə)n] *s* psykol. hämning
**inhospitable** [ɪn'hɒspɪtəbl] *a* ogästvänlig
**inhuman** [ɪn'hju:mən] *a* omänsklig
**inimitable** [ɪ'nɪmɪtəbl] *a* oefterhärmlig
**initial** [ɪ'nɪʃ(ə)l] **I** *a* begynnelse- [~ *stage*], inledande **II** *s* begynnelsebokstav; initial **III** *tr* märka (underteckna) med initialer
**initially** [ɪ'nɪʃ(ə)lɪ] *adv* i början
**initiate** [ɪ'nɪʃɪeɪt] **I** *tr* **1** inleda, initiera, starta **2** inviga [~ *a p. into* (i) *a secret*] **II** *s* invigd person; nybörjare
**initiative** [ɪ'nɪʃɪətɪv] *s* initiativ, företagsamhet
**inject** [ɪn'dʒekt] *tr* spruta in, injicera [*into* i]
**injection** [ɪn'dʒekʃ(ə)n] *s* injektion; spruta
**injure** ['ɪndʒə] *tr* skada, såra
**injurious** [ɪn'dʒʊərɪəs] *a* skadlig [*to* för]
**injury** ['ɪndʒərɪ] *s* skada; men
**injustice** [ɪn'dʒʌstɪs] *s* orättvisa
**ink** [ɪŋk] *s* **1** bläck **2** trycksvärta, tryckfärg
**inkling** ['ɪŋklɪŋ] *s* aning, nys, hum [*of* om]
**inland** [adjektiv 'ɪnlənd, adverb ɪn'lænd] **I** *a* belägen inne i landet **II** *adv* inne i landet
**in-laws** ['ɪnlɔ:z] *s pl* släktingar genom giftermål t. ex. svärföräldrar, ingifta
**inlet** ['ɪnlet] *s* sund, havsarm; liten vik
**inmate** ['ɪnmeɪt] *s* intern, intagen på institution; pensionär; patient
**inmost** ['ɪnməʊst] *a* innerst; ***in the*** ~

*depths of the forest* djupast (längst) inne i skogen
**inn** [ɪn] *s* värdshus
**innate** ['ɪ'neɪt] *a* medfödd, naturlig
**inner** ['ɪnə] *a* inre; invändig; inner-
**innermost** ['ɪnəməʊst] *a* innerst
**innkeeper** ['ɪnˌki:pə] *s* värdshusvärd
**innocence** ['ɪnəsns] *s* oskuld
**innocent** ['ɪnəsnt] **I** *a* oskyldig [*of* till] **II** *s* oskyldig person
**innovation** [ˌɪnə'veɪʃ(ə)n] *s* **1** förnyelse, nyskapande **2** innovation, nyhet
**innumerable** [ɪ'nju:mərəbl] *a* otalig
**inoculate** [ɪ'nɒkjʊleɪt] *tr* med. ympa in smittämne, inokulera; *get inoculated* bli vaccinerad
**inoffensive** [ˌɪnə'fensɪv] *a* oförarglig
**in-patient** ['ɪnˌpeɪʃ(ə)nt] *s* sjukhuspatient
**input** ['ɪnpʊt] *s* **1** intag **2** elektr., radio. ineffekt **3** data. indata
**inquest** ['ɪnkwest] *s* rättslig undersökning
**inquire** [ɪn'kwaɪə] *itr tr* fråga, höra sig för, höra efter; fråga om
**inquiry** [ɪn'kwaɪərɪ] *s* förfrågan, förfrågning; undersökning, utredning; förhör; *judicial* ~ rättslig undersökning
**inquisitive** [ɪn'kwɪzɪtɪv] *a* frågvis, nyfiken
**insane** [ɪn'seɪn] *a* sinnessjuk; vansinnig
**insanitary** [ɪn'sænɪtrɪ] *a* hälsovådlig
**insanity** [ɪn'sænətɪ] *s* sinnessjukdom; vansinne, vanvett
**insatiable** [ɪn'seɪʃjəbl] *a* omättlig
**inscribe** [ɪn'skraɪb] *tr* skriva, rista; skriva (rista) in
**inscription** [ɪn'skrɪpʃ(ə)n] *s* inskrift
**inscrutable** [ɪn'skru:təbl] *a* outgrundlig
**insect** ['ɪnsekt] *s* insekt; neds. om person kryp
**insecure** [ˌɪnsɪ'kjʊə] *a* osäker, otrygg
**insecurity** [ˌɪnsɪ'kjʊərətɪ] *s* osäkerhet, otrygghet
**insensible** [ɪn'sensəbl] *a* **1** medvetslös **2** okänslig **3** omärklig
**insensitive** [ɪn'sensətɪv] *a* okänslig [*to* för]
**inseparable** [ɪn'sepərəbl] *a* oskiljaktig
**insert** [ɪn'sɜ:t] *tr* sätta (föra) in
**insertion** [ɪn'sɜ:ʃ(ə)n] *s* insättande, införande
**inside** ['ɪn'saɪd] **I** *s* insida; ~ *out* ut och in; med avigsidan ut; *know a th.* ~ *out* känna ngt utan och innan; *turn a th.* ~ *out* vända ut och in på ngt **II** *a* inre, invandig, inner- [~ *pocket*]; intern **III** *adv* inuti, invändigt; inåt; inne **IV** *prep* inne i, inom; in i; innanför
**insight** ['ɪnsaɪt] *s* insikt, inblick, insyn
**insignificant** [ˌɪnsɪg'nɪfɪkənt] *a* obetydlig
**insincere** [ˌɪnsɪn'sɪə] *a* inte uppriktig, falsk
**insincerity** [ˌɪnsɪn'serətɪ] *s* brist på uppriktighet, falskhet
**insinuate** [ɪn'sɪnjʊeɪt] *tr* insinuera, antyda
**insinuation** [ɪnˌsɪnjʊ'eɪʃ(ə)n] *s* insinuation, antydan
**insipid** [ɪn'sɪpɪd] *a* smaklös, fadd; urvattnad
**insist** [ɪn'sɪst] *itr tr* insistera; ~ *on* insistera på, yrka på
**insistence** [ɪn'sɪst(ə)ns] *s* hävdande [*on* av], fasthållande [*on* vid]
**insistent** [ɪn'sɪst(ə)nt] *a* envis, enträgen
**insolence** ['ɪnsələns] *s* oförskämdhet
**insolent** ['ɪnsələnt] *a* oförskämd
**insoluble** [ɪn'sɒljʊbl] *a* olöslig
**insomnia** [ɪn'sɒmnɪə] *s* med. sömnlöshet
**inspect** [ɪn'spekt] *tr* syna, granska; inspektera, besiktiga
**inspection** [ɪn'spekʃ(ə)n] *s* granskning, synande [*of* av]; inspektion, besiktning
**inspector** [ɪn'spektə] *s* **1** inspektör, inspektor; granskare; kontrollant; uppsyningsman **2** *police* ~ polisinspektör
**inspiration** [ˌɪnspə'reɪʃ(ə)n] *s* inspiration
**inspire** [ɪn'spaɪə] *tr* inspirera
**install** [ɪn'stɔ:l] *tr* installera; sätta upp; montera
**installation** [ˌɪnstə'leɪʃ(ə)n] *s* installation, installering; uppsättning; montering
**instalment** [ɪn'stɔ:lmənt] *s* **1** avbetalning; amortering; *by* ~*s* på avbetalning **2** portion, del; avsnitt
**instance** ['ɪnstəns] *s* exempel [*of* på]; *for* ~ till exempel; *in this* ~ i detta fall
**instant** ['ɪnstənt] **I** *a* ögonblicklig, omedelbar [~ *relief*]; ~ *coffee* snabbkaffe **II** *s* ögonblick; *this* ~ nu genast
**instantaneous** [ˌɪnstən'teɪnjəs] *a* ögonblicklig; momentan
**instantly** ['ɪnstəntlɪ] *adv* ögonblickligen
**instead** [ɪn'sted] *adv* i stället
**instep** ['ɪnstep] *s* vrist
**instigate** ['ɪnstɪgeɪt] *tr* uppvigla; anstifta
**instigator** ['ɪnstɪgeɪtə] *s* tillskyndare; anstiftare; upphovsman
**instil** [ɪn'stɪl] *tr* bildl. inge [*a th. into a p. (a p.'s mind)* ngn ngt]
**instinct** ['ɪnstɪŋkt] *s* instinkt, drift
**instinctive** [ɪn'stɪŋktɪv] *a* instinktiv
**institute** ['ɪnstɪtju:t] **I** *tr* upprätta; inleda, anställa, vidta [~ *legal proceedings*] **II** *s*

institut; ~ *of education* ungefär lärarhögskola
**institution** [ˌɪnstɪˈtjuːʃ(ə)n] *s* **1** inrättande **2** institution, stiftelse; institut; anstalt
**instruct** [ɪnˈstrʌkt] *tr* undervisa; instruera; informera, underrätta
**instruction** [ɪnˈstrʌkʃ(ə)n] *s* undervisning; pl. *~s* instruktioner, föreskrifter; *~s for use* bruksanvisningar
**instructive** [ɪnˈstrʌktɪv] *a* instruktiv, upplysande, lärorik
**instructor** [ɪnˈstrʌktə] *s* lärare, handledare
**instrument** [ˈɪnstrəmənt] *s* instrument, verktyg, redskap, hjälpmedel
**insubordinate** [ˌɪnsəˈbɔːdənət] *a* olydig
**insufferable** [ɪnˈsʌfərəbl] *a* odräglig, outhärdlig
**insufficient** [ˌɪnsəˈfɪʃ(ə)nt] *a* otillräcklig
**insular** [ˈɪnsjʊlə] *a* öbo- [*~ mentality*]; trångsynt
**insulate** [ˈɪnsjʊleɪt] *tr* isolera
**insult** [substantiv ˈɪnsʌlt, verb ɪnˈsʌlt] **I** *s* förolämpning **II** *tr* förolämpa
**insurance** [inˈʃʊərəns] *s* försäkring; *~ policy* försäkringsbrev
**insure** [ɪnˈʃʊə] *tr* försäkra
**insurmountable** [ˌɪnsəˈmaʊntəbl] *a* oöverstiglig, oövervinnelig [*~ difficulties*]
**insurrection** [ˌɪnsəˈrekʃ(ə)n] *s* uppror
**intact** [ɪnˈtækt] *a* orörd, intakt; oskadad
**integrate** [ˈɪntɪgreɪt] *tr* integrera
**integration** [ˌɪntɪˈgreɪʃ(ə)n] *s* samordning; integration
**integrity** [ɪnˈtegrətɪ] *s* integritet; hederlighet
**intellect** [ˈɪntəlekt] *s* intellekt, förstånd
**intellectual** [ˌɪntəˈlektjʊəl] *a* o. *s* intellektuell
**intelligence** [ɪnˈtelɪdʒ(ə)ns] *s* **1** intelligens **2** (utan pl.) upplysning, upplysningar; *~ service* el. *~* underrättelsetjänst
**intelligent** [ɪnˈtelɪdʒ(ə)nt] *a* intelligent
**intelligible** [ɪnˈtelɪdʒəbl] *a* begriplig [*to* för]
**intend** [ɪnˈtend] *tr* avse, ämna
**intense** [ɪnˈtens] *a* intensiv, häftig, sträng [*~ cold*]; livlig [*~ interest*]
**intensify** [ɪnˈtensɪfaɪ] *tr itr* intensifiera, skärpa, öka; intensifieras, skärpas
**intensity** [ɪnˈtensətɪ] *s* intensitet, styrka
**intensive** [ɪnˈtensɪv] *a* intensiv, koncentrerad; *~ care* med. intensivvård
**intent** [ɪnˈtent] **I** *a* spänd [*~ look*]; *~ on* helt inriktad på; ivrigt upptagen av **II** *s* syfte, avsikt
**intention** [ɪnˈtenʃən] *s* avsikt, syfte; mening; *with the ~ of* i avsikt att
**intentional** [ɪnˈtenʃ(ə)nl] *a* avsiktlig
**intercept** [ˌɪntəˈsept] *tr* snappa upp på vägen [*~ a letter*]; fånga upp
**intercourse** [ˈɪntəkɔːs] *s* umgänge [*with* med]; *sexual ~* sexuellt umgänge, samlag
**interest** [ˈɪntrəst] **I** *s* **1** intresse [*in* för] **2** egen fördel; *it is to his ~ to* det ligger i hans intresse att **3** andel; intresse [*American ~s in Asia*] **4** ränta, räntor; *compound ~* ränta på ränta; *simple ~* enkel ränta; *five per cent ~* fem procents ränta **II** *tr* intressera [*in* för]; göra intresserad [*in* av, för]
**interesting** [ˈɪntrəstɪŋ] *a* intressant [*to* för]
**interfere** [ˌɪntəˈfɪə] *itr* **1** om person ingripa [*in* i, *with* mot]; *~ with* lägga sig i; mixtra med **2** om saker komma i vägen (emellan)
**interference** [ˌɪntəˈfɪər(ə)ns] *s* **1** ingripande [*without ~ from the police*]; inblandning [*in* i] **2** störning, störningar
**interior** [ɪnˈtɪərɪə] **I** *a* **1** inre; invändig; inomhus-; *~ decoration* heminredning; *~ decorator* inredningsarkitekt **2** inlands-; inrikes **II** *s* **1** inre; insida; interiör **2** *the Department of the Interior* i USA o. vissa andra länder inrikesdepartementet; *Minister* (amer. *Secretary*) *of the Interior* inrikesminister
**interjection** [ˌɪntəˈdʒekʃ(ə)n] *s* gram. interjektion, utropsord
**interlude** [ˈɪntəluːd] *s* **1** mellanspel; uppehåll, paus; intervall **2** mus. mellanspel
**intermarry** [ˈɪntəˈmærɪ] *itr* förenas genom giftermål [*with* med t.ex. andra familjer], gifta sig med varandra
**intermediary** [ˌɪntəˈmiːdjərɪ] *s* mellanhand, mäklare; förmedlare
**intermediate** [ˌɪntəˈmiːdjət] *a* mellanliggande; mellan-; *~ stage* mellanstadium
**interment** [ɪnˈtɜːmənt] *s* begravning, gravsättning
**interminable** [ɪnˈtɜːmɪnəbl] *a* oändlig, ändlös
**intern** [ɪnˈtɜːn] *tr* internera, spärra in
**internal** [ɪnˈtɜːnl] *a* inre; invärtes, invändig; inner-; för invärtes bruk; inrikes-; intern; *~ combustion engine* förbränningsmotor
**international** [ˌɪntəˈnæʃ(ə)nl] **I** *a* internationell; världsomfattande; sport. lands- [*~*

*team*] **II** *s* sport. **1** landskamp **2** landslagsspelare
**internee** [ˌɪntɜːˈniː] *s* internerad person
**internment** [ɪnˈtɜːnmənt] *s* internering
**inter-office** [ˌɪntərˈɒfɪs] *a* mellan avdelningarna på kontor, intern [*an ~ memorandum*]; *~ telephone* lokaltelefon
**interplay** [ˈɪntəpleɪ] *s* samspel; växelverkan
**interpose** [ˌɪntəˈpəʊz] *tr* sätta emellan; inflicka [*~ a question*]
**interpret** [ɪnˈtɜːprɪt] *tr* tolka, tyda
**interpretation** [ɪnˌtɜːprɪˈteɪʃ(ə)n] *s* tolkning; tydning
**interpreter** [ɪnˈtɜːprɪtə] *s* tolk; tolkare
**interrogate** [ɪnˈterəgeɪt] *tr* förhöra [*~ a witness*]
**interrogation** [ɪnˌterəˈgeɪʃ(ə)n] *s* **1** utfrågning, förhör **2** *mark (note) of ~* frågetecken
**interrogative** [ˌɪntəˈrɒgətɪv] *s* gram. frågeord
**interrogator** [ɪnˈterəgeɪtə] *s* förhörsledare, utfrågare
**interrupt** [ˌɪntəˈrʌpt] *tr itr* avbryta
**interruption** [ˌɪntəˈrʌpʃ(ə)n] *s* avbrott
**intersect** [ˌɪntəˈsekt] *tr itr* skära, korsa; skära varandra, korsas
**interval** [ˈɪntəv(ə)l] *s* mellanrum, intervall; mellanakt; paus; *bright ~s* tidvis uppklarnande; *at ~s* a) med intervaller b) med mellanrum
**intervene** [ˌɪntəˈviːn] *itr* **1** komma emellan, tillstöta **2** intervenera, ingripa [*~ in the debate*]
**intervention** [ˌɪntəˈvenʃ(ə)n] *s* intervention, ingripande
**interview** [ˈɪntəvjuː] **I** *s* intervju **II** *tr* intervjua
**interviewer** [ˈɪntəvjuːə] *s* intervjuare
**intestines** [ɪnˈtestɪnz] *s pl* tarmar; inälvor
**intimacy** [ˈɪntɪməsɪ] *s* intimt förhållande
**intimate** [adjektiv o. substantiv ˈɪntɪmət, verb ˈɪntɪmeɪt] **I** *a* förtrolig, intim; ingående [*an ~ knowledge of*] **II** *s* förtrogen vän **III** *tr* antyda, låta förstå
**intimidate** [ɪnˈtɪmɪdeɪt] *tr* skrämma [*into doing a th.* att göra ngt]
**intimidation** [ɪnˌtɪmɪˈdeɪʃ(ə)n] *s* skrämsel
**into** [ˈɪntʊ, obetonat ˈɪntə] *prep* **1** in i [*come ~ the house*]; ut i [*come ~ the garden*]; i [*jump ~ the water; divide a th. ~ two parts, 2 ~ 10 is 5* (går 5 gånger)], till [*change ~*]; *translate ~ English* översätta till engelska **2** vard., *be ~ a th.* vara intresserad av ngt, syssla med ngt
**intolerable** [ɪnˈtɒlərəbl] *a* outhärdlig
**intolerance** [ɪnˈtɒlər(ə)ns] *s* intolerans
**intolerant** [ɪnˈtɒlər(ə)nt] *a* intolerant [*to* mot]
**intonation** [ˌɪntəˈneɪʃ(ə)n] *s* intonation
**intoxicate** [ɪnˈtɒksɪkeɪt] *tr* berusa
**intoxicating** [ɪnˈtɒksɪkeɪtɪŋ] *a* berusande
**intoxication** [ɪnˌtɒksɪˈkeɪʃ(ə)n] *s* berusning
**intransitive** [ɪnˈtrænsətɪv] *a* gram. intransitiv
**intrepid** [ɪnˈtrepɪd] *a* oförskräckt, orädd
**intricate** [ˈɪntrɪkət] *a* invecklad; tilltrasslad
**intrigue** [ɪnˈtriːg] **I** *s* intrig, intrigerande **II** *itr tr* **1** intrigera **2** väcka intresse (nyfikenhet) hos [*the news intrigued us*]
**intriguer** [ɪnˈtriːgə] *s* intrigmakare
**intriguing** [ɪnˈtriːgɪŋ] *a* fängslande, spännande; förbryllande
**intrinsic** [ɪnˈtrɪnsɪk] *a* inre, inneboende [*the ~ quality*]; egentlig, verklig
**introduce** [ˌɪntrəˈdjuːs] *tr* **1** införa, introducera [*into* i] **2** presentera, föreställa [*to* för]; introducera; *~ oneself* presentera sig; *allow me to ~ ...* får jag presentera (föreställa)...
**introduction** [ˌɪntrəˈdʌkʃ(ə)n] *s* **1** introduktion, införande [*the ~ of a new fashion*] **2** inledning [*to* till], handledning [*to* i] **3** presentation [*to* för]; *letter of ~* rekommendationsbrev
**introductory** [ˌɪntrəˈdʌktrɪ] *a* inledande
**introvert** [ˈɪntrəvɜːt] *s* inåtvänd person
**intrude** [ɪnˈtruːd] *itr* tränga sig på, inkräkta; *I hope I'm not intruding* jag hoppas jag inte stör
**intruder** [ɪnˈtruːdə] *s* inkräktare
**intrusion** [ɪnˈtruːʒ(ə)n] *s* inkräktning, intrång [*upon, on* på, i]
**intrusive** [ɪnˈtruːsɪv] *a* inkräktande
**intuition** [ˌɪntjʊˈɪʃ(ə)n] *s* intuition; ingivelse
**inundate** [ˈɪnʌndeɪt] *tr* översvämma
**invade** [ɪnˈveɪd] *tr itr* invadera, ockupera; göra invasion
**invader** [ɪnˈveɪdə] *s* inkräktare, angripare
**1 invalid** [substantiv ˈɪnvəlɪd, ˈɪnvəliːd, verb ˈɪnvəliːd] **I** *s* sjukling; invalid **II** *tr itr* invalidiseras
**2 invalid** [ɪnˈvælɪd] *a* ogiltig [*an ~ cheque*], utan laga kraft [*an ~ claim*]
**invaluable** [ɪnˈvæljʊəbl] *a* ovärderlig
**invariable** [ɪnˈveərɪəbl] *a* oföränderlig
**invariably** [ɪnˈveərɪəblɪ] *adv* oföränderligt, konstant; ständigt

**invasion** [ɪn'veɪʒ(ə)n] *s* invasion
**invent** [ɪn'vent] *tr* uppfinna; hitta på
**invention** [ɪn'venʃ(ə)n] *s* uppfinning; uppfinnande
**inventive** [ɪn'ventɪv] *a* uppfinningsrik
**inventor** [ɪn'ventə] *s* uppfinnare
**inventory** ['ɪnvəntrɪ] *s* inventarium
**invert** [ɪn'vɜ:t] *tr* vända upp och ned, kasta om
**inverted** [ɪn'vɜ:tɪd] *a* upp och nedvänd; omvänd; ~ ***commas*** anföringstecken, citationstecken
**invest** [ɪn'vest] *tr* **1** investera **2** ~ ***with*** förse med [~ *a p. with power*]
**investigate** [ɪn'vestɪgeɪt] *tr* utforska, undersöka; utreda [~ *a crime*]
**investigation** [ɪnˌvestɪ'geɪʃ(ə)n] *s* utredning; undersökning; utforskning
**investigator** [ɪn'vestɪgeɪtə] *s* utredare; undersökare; forskare
**investment** [ɪn'vestmənt] *s* investering, placering [~ *of* (av) *money in stocks*]
**investor** [ɪn'vestə] *s* investerare; aktieägare
**invigilate** [ɪn'vɪdʒɪleɪt] *itr* vakta, hålla vakt vid examensskrivning
**invigilator** [ɪn'vɪdʒɪleɪtə] *s* skrivvakt
**invigorate** [ɪn'vɪgəreɪt] *tr* styrka, liva upp; ***an invigorating climate*** ett stärkande klimat
**invincible** [ɪn'vɪnsəbl] *a* oövervinnlig
**invisible** [ɪn'vɪzəbl] *a* osynlig [*to* för]
**invitation** [ˌɪnvɪ'teɪʃ(ə)n] *s* **1** inbjudan; ~ ***card*** inbjudningskort **2** lockelse, invit
**invite** [ɪn'vaɪt] *tr* **1** inbjuda [~ *a p. to* (till, på) *dinner*] **2** be, anmoda; ~ ***criticism*** inbjuda till kritik
**inviting** [ɪn'vaɪtɪŋ] *a* lockande, frestande
**invoice** ['ɪnvɔɪs] **I** *s* faktura **II** *tr* fakturera
**involuntary** [ɪn'vɒləntərɪ] *a* ofrivillig, oavsiktlig
**involve** [ɪn'vɒlv] *tr* **1** inveckla, dra in; ***those involved*** de inblandade **2** medföra, involvera, innefatta **3** ***an involved sentence*** en invecklad mening
**involvement** [ɪn'vɒlvmənt] *s* inblandning
**invulnerable** [ɪn'vʌlnərəbl] *a* osårbar [*to* för]; oangriplig, oantastlig
**inward** ['ɪnwəd] **I** *a* inre; invändig, invärtes: inåtgående **II** *adv* inåt
**inwardly** ['ɪnwədlɪ] *adv* invärtes; i sitt inre
**inwards** ['ɪnwədz] *adv* inåt
**iodine** ['aɪədi:n, 'aɪədaɪn] *s* jod
**ion** ['aɪən, 'aɪɒn] *s* fys., kem. jon
**I O U** ['aɪəʊ'ju:] *s (= I owe you)* skuldsedel
**Iran** [ɪ'rɑ:n]
**Iranian** [ɪ'reɪnjən] **I** *a* iransk **II** *s* **1** iranier **2** iranska språket
**Iraq** [ɪ'rɑ:k] Irak
**Iraqi** [ɪ'rɑ:kɪ] **I** *a* irakisk **II** *s* iraker, irakier
**Ireland** ['aɪələnd] Irland
**iris** ['aɪərɪs] *s* anat., bot. iris
**Irish** ['aɪəriʃ] **I** *a* irländsk **II** *s* **1** irländska språket **2** ***the*** ~ irländarna
**Irishman** ['aɪrɪʃmən] (pl. *Irishmen* ['aɪrɪʃmən]) *s* irländare
**irksome** ['ɜ:ksəm] *a* tröttsam, irriterande
**iron** ['aɪən] **I** *s* **1** järn; ***strike while the ~ is hot*** smida medan järnet är varmt **2** strykjärn, pressjärn **II** *a* järn-; ~ ***constitution*** järnhälsa, järnfysik; ~ ***curtain*** järnridå **III** *tr* **1** stryka [~ *a shirt*], pressa **2** ~ ***out*** a) utjämna [~ *out difficulties*] b) släta ut [~ *out wrinkles*]
**ironic** [aɪ'rɒnɪk] *a* o. **ironical** [aɪ'rɒnɪkəl] *a* ironisk
**ironing** ['aɪənɪŋ] *s* **1** strykning med strykjärn, pressning **2** stryktvätt
**ironing-board** ['aɪənɪŋbɔ:d] *s* strykbräde
**ironmonger** ['aɪənˌmʌŋgə] *s* järnhandlare; ***ironmonger's shop*** el. ***ironmonger's*** järnaffär, järnhandel
**ironware** ['aɪənweə] *s* järnvaror
**irony** ['aɪərənɪ] *s* ironi
**irregular** [ɪ'regjʊlə] *a* **1** oregelbunden; ojämn [*an ~ surface*] **2** inkorrekt, oegentlig [~ *conduct (proceedings)*]; ogiltig **3** irreguljär [~ *troops*]
**irregularity** [ɪˌregjʊ'lærətɪ] *s* oregelbundenhet; oriktighet; ojämnhet
**irrelevant** [ɪ'reləvənt] *a* irrelevant, ovidkommande
**irreplaceable** [ˌɪrɪ'pleɪsəbl] *a* oersättlig
**irrepressible** [ˌɪrɪ'presəbl] *a* okuvlig
**irresistible** [ˌɪrɪ'zɪstəbl] *a* oemotståndlig
**irrespective** [ˌɪrɪs'pektɪv] *a,* ~ ***of*** utan hänsyn till, oavsett [~ *of the consequences*]
**irresponsible** [ˌɪrɪs'pɒnsəbl] *a* oansvarig; ansvarslös [~ *behaviour*]
**irreverent** [ɪ'revər(ə)nt] *a* vanvördig
**irrevocable** [ɪ'revəkəbl] *a* oåterkallelig
**irrigate** ['ɪrɪgeɪt] *tr* konstbevattna
**irritable** ['ɪrɪtəbl] *a* retlig, på dåligt humör
**irritate** ['ɪrɪteɪt] *tr* irritera, reta; reta upp
**irritating** ['ɪrɪˌteɪtɪŋ] *a* irriterande, retande
**irritation** [ˌɪrɪ'teɪʃ(ə)n] *s* irritation, retning

**is** [betonat ɪz, obetonat z, s] *he/she/it* ~ han/hon/den/det är; se vidare *be*
**island** ['aɪlənd] *s* **1** ö [*the Orkney Islands*] **2** refug [äv. *traffic* ~]
**isle** [aɪl] *s* poet. o. i vissa egennamn ö [*the Isle of Wight; the British Isles*]
**isn't** ['ɪznt] = *is not*
**isolate** ['aɪsəleɪt] *tr* isolera
**isolation** [ˌaɪsə'leɪʃ(ə)n] *s* isolering; ~ ***hospital*** epidemisjukhus
**Israel** ['ɪzreɪl]
**Israeli** [ɪz'reɪlɪ] **I** *a* israelisk **II** *s* israel
**issue** ['ɪʃu:] **I** *itr tr* **1** strömma ut **2** stamma, härröra **3** lämna (dela) ut [~ *rations*]; utfärda [~ *an order*]; sälja [~ *cheap tickets*]; släppa ut, ge ut [~ *new stamps*]; publicera
**II** *s* **1** utströmmande **2** fråga, spörsmål, stridsfråga [*political ~s*]; ***the point at*** ~ tvistefrågan, sakfrågan **3** utgivning [*the ~ of new stamps*]; utdelning [*the ~ of rations*]; utfärdande [*the ~ of orders*] **4** upplaga [*the ~ of a newspaper*], utgåva, nummer [*an ~ of a magazine*] **5** jur. avkomma, efterlevande [*die without male ~*] **6** mil. ranson, tilldelning; utrustning **7** följd, resultat
**isthmus** ['ɪsməs] *s* näs [*the Isthmus of Panama*]
**it** [ɪt] *pers pron* **1** den, det; sig; ***that's just 'it*** det är just det det är frågan om, just precis **2** utan motsvarighet i svenskan:, ***walk*** ~ gå till fots; ***confound ~!*** vard. jäklar!, tusan också!; ***I take ~ that...*** jag antar att...; ***run for*** ~ vard. sticka, kila; skynda sig; ***have a good time of*** ~ ha väldigt roligt
**Italian** [ɪ'tæljən] **I** *a* italiensk **II** *s* **1** italienare; italienska **2** italienska språket
**italic** [ɪ'tælɪk] *s*, pl. *~s* kursiv stil; ***in ~s*** med (i) kursiv
**italicize** [ɪ'tælɪsaɪz] *tr* kursivera
**Italy** ['ɪtəlɪ] Italien
**itch** [ɪtʃ] **I** *s* **1** klåda **2** starkt begär **II** *itr* **1** klia **2** bildl. känna längtan (lust); ***my fingers ~ (I am itching) to...*** det kliar i fingrarna på mig att få...
**itching** ['ɪtʃɪŋ] *s* klåda
**item** ['aɪtəm] *s* **1** punkt [*the first ~ on the agenda*]; moment; sak, artikel **2** ***news*** ~ notis, nyhet i tidning
**itinerary** [aɪ'tɪnərərɪ] *s* resväg, resplan
**its** [ɪts] *poss pron* dess; sin [*the dog obeys ~ master*]
**it's** [ɪts] = *it is*
**itself** [ɪt'self] *refl* o. *pers pron* sig [*the dog scratched ~*], sig själv [*the child dressed ~*]; själv [*the thing ~ is not valuable*]; ***he is honesty*** ~ han är hederligheten själv
**ITV** ['aɪti:'vi:] förk. för *Independent Television* kommersiellt TV-bolag i Engl.
**I've** [aɪv] = *I have*
**ivory** ['aɪvərɪ] *s* elfenben; ~ ***tower*** elfenbenstorn
**ivy** ['aɪvɪ] *s* murgröna

# J

**J, j** [dʒeɪ] *s* J, j

**jab** [dʒæb] **I** *tr itr* sticka [*~ a needle into* (i) *one's arm*], stöta; slå; stöta (slå) till; boxn. jabba [*at* mot] **II** *s* **1** stöt; slag; boxn. jabb **2** vard. stick injektion

**jabber** ['dʒæbə] **I** *itr* pladdra **II** *s* pladder

**jack** [dʒæk] **I** *s* **1** ***every man ~ of them*** el. ***every man ~*** vard. varenda kotte **2** kort. knekt **3** telef. jack **4** domkraft; vinsch **II** *tr,* *~* ***up*** el. *~* hissa med domkraft; *~* ***up*** vard. höja [*~ up prices*]

**jackal** ['dʒækɔ:l, 'dʒæk(ə)l] *s* sjakal

**jackass** ['dʒækæs, 'dʒækɑ:s] *s* vard. fårskalle

**jackdaw** ['dʒækdɔ:] *s* kaja

**jacket** ['dʒækɪt] *s* **1** jacka; kavaj, blazer, rock kavaj **2** omslag; skyddsomslag till bok **3** skal; ***baked ~ potatoes*** el. *~* ***potatoes*** ugnsbakad potatis

**jack-in-the-box** ['dʒækɪnðəbɒks] *s* gubben i lådan

**jack-knife** ['dʒæknaɪf] *s* stor fällkniv

**jackpot** ['dʒækpɒt] *s* spel. jackpott; storvinst; ***hit the ~*** vard. vinna potten

**1 jade** [dʒeɪd] **I** *s* **1** utsläpad hästkrake **2** slyna **II** *tr* trötta ut

**2 jade** [dʒeɪd] *s* miner. jade [*jade-green*]

**jaded** ['dʒeɪdɪd] *a* tröttkörd; blasé; avtrubbad [*~ taste*]

**jagged** ['dʒægɪd] *a* ojämn [*a ~ edge*], tandad [*a ~ knife*], spetsig [*~ rocks*]

**jaguar** ['dʒægjʊə] *s* zool. jaguar

**jail** [dʒeɪl] **I** *s* fängelse **II** *tr* sätta i fängelse

**jailbird** ['dʒeɪlbɜ:d] *s* fängelsekund; fånge

**1 jam** [dʒæm] *s* sylt, marmelad

**2 jam** [dʒæm] **I** *s* **1** kläm, press **2** trängsel; stockning [*traffic ~*] **3** sl., ***be in (get into) a ~*** vara i (råka i) knipa **II** *tr itr* **1** klämma, stoppa, pressa [*together* ihop, *into* in (ner) i]; *~* ***on the brakes*** bromsa hårt **2** ***jammed*** packad [*jammed with people*] **3** sätta ur funktion; radio. störa **4** fastna; blockeras **5** låsa sig [*the brakes jammed*]

**Jamaica** [dʒə'meɪkə]

**Jamaican** [dʒə'meɪkən] **I** *s* jamaican **II** *a* jamaicansk

**jam-pot** ['dʒæmpɒt] *s* syltburk

**jangle** ['dʒæŋgl] **I** *itr tr* rassla, skramla [*jangling keys*]; låta illa, skära; rassla med [*~ one's keys*] **II** *s* rassel, skrammel

**janitor** ['dʒænɪtə] *s* dörrvakt; amer. äv. portvakt, fastighetsskötare

**January** ['dʒænjʊərɪ] *s* januari

**Jap** [dʒæp] *s* vard. japp, japanes

**Japan** [dʒə'pæn] Japan

**Japanese** [ˌdʒæpə'ni:z] **I** *a* japansk **II** *s* **1** (pl. lika) japan; japanska **2** japanska språket

**japonica** [dʒə'pɒnɪkə] *s* bot. rosenkvitten

**1 jar** [dʒɑ:] *s* kruka; burk

**2 jar** [dʒɑ:] **I** *itr* **1** skorra, skära [*on* (i) *the ears*] **2** skaka, darra **3** bildl., *~* ***on*** stöta, irritera **II** *s* **1** knarr; skakning, stöt **2** chock [*a nasty ~*]

**jargon** ['dʒɑ:gən] *s* jargong [*medical ~*]

**jasmine** ['dʒæsmɪn] *s* jasmin

**jaundice** ['dʒɔ:ndɪs] *s* gulsot

**jaunt** [dʒɔ:nt] *s* utflykt, utfärd

**jaunty** ['dʒɔ:ntɪ] *a* hurtig, pigg; käck

**javelin** ['dʒævlɪn] *s* spjut

**jaw** [dʒɔ:] **I** *s* **1** käke; haka; ***lower ~*** underkäke; ***upper ~*** överkäke **2** pl. ***~s*** mun, gap; käft **3** vard. snack **II** *itr* vard. snacka

**jay** [dʒeɪ] *s* zool. nötskrika

**jazz** [dʒæz] **I** *s* jazz **II** *tr,* *~* ***up*** piffa upp

**jealous** ['dʒeləs] *a* svartsjuk; avundsjuk; *~* ***of*** mån (rädd) om

**jealousy** ['dʒeləsɪ] *s* svartsjuka; avundsjuka

**jeans** [dʒi:nz] *s* jeans

**jeep** [dʒi:p] *s* jeep

**jeer** [dʒɪə] *itr* driva, gyckla, skoja [*at* med]

**Jekyll** ['dʒekɪl] egennamn; *~* ***and Hyde*** [haɪd] doktor Jekyll och mister Hyde dubbelnatur

**jelly** ['dʒelɪ] *s* gelé

**jelly-fish** ['dʒelɪfɪʃ] *s* manet

**jeopardize** ['dʒepədaɪz] *tr* äventyra, sätta på spel, riskera, våga [*~ one's life*]

**jeopardy** ['dʒepədɪ] *s* fara [*be in ~*]

**jerk** [dʒɜ:k] **I** *s* **1** ryck, knyck; stöt; ***give a ~*** rycka till **2** ***physical ~s*** vard. bensprattel gymnastik **3** speciellt amer. sl. tölp; kräk, skit **II** *tr itr* rycka; stöta till, rycka till

**Jersey** ['dʒɜ:zɪ] **I** egennamn **II** *s, jersey* tröja, textil. jersey

**Jerusalem** [dʒə'ru:sələm] egennamn; ~ *artichoke* jordärtskocka

**jest** [dʒest] **I** *s* skämt; *in* ~ på skämt (skoj) **II** *itr* skämta, skoja

**jester** ['dʒestə] *s* **1** skämtare **2** hist. gycklare vid t. ex. hov, hovnarr

**jesting** ['dʒestɪŋ] *s* skämt, skoj; gyckel

**Jesus** ['dʒi:zəs] **I** egennamn **II** ~*!* vard. Herre Gud!

**1 jet** [dʒet] *s* **1** stråle [*a* ~ *of water*]; ström **2** jetplan; jetflyg [*go by* ~], jet- [~*plane*]

**2 jet** [dʒet] **I** *s* miner. jet **II** *a* jet-; jetsvart, kolsvart

**jet-black** ['dʒet'blæk] *a* jetsvart, kolsvart

**jet-lag** ['dʒetlæg] *s* 'jet-lag', rubbad dygnsrytm efter längre flygning

**jetliner** ['dʒet,laɪnə] *s* linjejetplan

**jettison** ['dʒetɪsn] **I** *tr* **1** kasta överbord [~ *goods to lighten a ship*]; göra sig av med [*the plane jettisoned its bombs*] **2** kullkasta [~ *a plan*] **II** *s* kastande överbord av last

**jetty** ['dʒetɪ] *s* **1** pir, vågbrytare **2** utskjutande brygga, kaj

**Jew** [dʒu:] *s* jude

**jewel** ['dʒu:əl] **I** *s* juvel, ädelsten; smycke; bildl. klenod, skatt, pärla; pl. ~*s* ofta smycken **II** *tr* besätta (pryda) med juveler

**jewel-case** ['dʒu:əlkeɪs] *s* juvelskrin

**jeweller** ['dʒu:ələ] *s* juvelerare, guldsmed

**jewellery** ['dʒu:əlrɪ] *s* smycken, juveler; *a piece of* ~ ett smycke

**Jewess** ['dʒu:ɪs, dʒu:'es] *s* judinna

**Jewish** ['dʒu:ɪʃ] *a* judisk

**jew's-harp** ['dʒu:z'hɑ:p] *s* mungiga

**jig** [dʒɪg] **I** *s* jigg slags dans **II** *itr* dansa jigg

**jigsaw** ['dʒɪgsɔ:] *s,* ~ *puzzle* el. ~ pussel

**jilt** [dʒɪlt] *tr* överge, ge på båten

**jingle** ['dʒɪŋgl] **I** *itr tr* klinga; skramla, rassla; rassla med **II** *s* klingande; skramlande, rassel

**jittery** ['dʒɪtərɪ] *a* vard. skakis, nervis

**Jnr., jnr.** ['dʒu:njə] (förk. för *junior*) jr, j:r

**job** [dʒɒb] *s* **1** arbete, vard. jobb; arbetsuppgift; ***a fine* ~ *of work*** ett fint arbete; ***make a good* ~ *of a th.*** göra ngt bra; ***be out of a* ~** vara arbetslös **2** vard. jobb, fasligt besvär, slit [*what a* ~*!*]; ***give a p. up as a bad* ~** anse ngn som ett hopplöst fall; ***and a good* ~*, too!*** och gudskelov för det!

**jobcentre** ['dʒɒb,sentə] *s* arbetsförmedling

**jockey** ['dʒɒkɪ] **I** *s* jockej **II** *tr itr* manövrera; lura [*a p. into doing a th.* ngn att göra ngt]; ~ ***for position*** bildl. försöka att manövrera sig in i en fördelaktig position

**jockstrap** ['dʒɒkstræp] *s* suspensoar

**jocular** ['dʒɒkjʊlə] *a* skämtsam; lustig

**jog** [dʒɒg] **I** *tr itr* **1** stöta (knuffa) till **2** ~ ***a p.'s memory*** friska upp ngns minne **3** skaka, ruska **4** lunka [*along* på, fram], sport. jogga **II** *s* **1** knuff, stöt **2** lunk

**john** [dʒɒn] *s* sl., ***the*** ~ toan, muggen

**join** [dʒɔɪn] **I** *tr itr* **1** förena; förbinda; knyta (föra, foga) samman, sätta ihop [~ *the pieces*]; ~ ***together (up)*** foga samman, sätta ihop; förena **2** förena sig med; följa med; gå in i (vid) [~ *a society*], ansluta sig till [~ *a party*]; ~ ***the army*** gå in i armén; ***won't you* ~ *us?*** vill du inte göra oss sällskap? **3** gränsa till **4** förenas; förena sig [*in* i; *with* med]; ~ ***in*** preposition delta i, blanda sig i [~ *in the conversation*], stämma in i [~ *in a song*]; ~ ***up*** vard. bli soldat, ta värvning **II** *s* skarv, fog, hopfogning

**joiner** ['dʒɔɪnə] *s* snickare

**joint** [dʒɔɪnt] **I** *s* **1** sammanfogning; tekn. fog, skarv **2** led [*finger* ~*s*]; ***out of*** ~ ur led, ur gängorna; i olag **3** kok. stek; ~ ***of lamb*** lammstek **4** sl. sylta, sämre kafé; krog; kyffe **5** sl. knarkpinne **II** *a* förenad, förbunden; ~ ***account*** gemensamt konto, gemensam räkning **III** *tr* foga ihop (samman), förbinda

**jointly** ['dʒɔɪntlɪ] *adv* gemensamt, samfällt

**joke** [dʒəʊk] **I** *s* **1** skämt; kvickhet, vits; ***practical*** ~ practical joke, spratt; ***it's no*** ~ det är minsann ingenting att skämta med (inte så roligt); ***crack*** ~***s*** dra vitsar; ***play a*** ~ ***on a p.*** spela ngn ett spratt; ***he can't take a*** ~ han tål inte skämt; ***it's getting beyond a*** ~ det börjar gå för långt **2** föremål för skämt [*a standing* ~], driftkucku **II** *itr* skämta, skoja [*about* om; *at, with* med; *on* över, med], driva [*at, with* med]

**joker** ['dʒəʊkə] *s* **1** skämtare **2** kortsp. joker

**joking** ['dʒəʊkɪŋ] *s* skämt, skoj; ***this is no*** ~ ***matter*** det här är inget att skämta om; ~ ***apart*** skämt åsido

**jollity** ['dʒɒlətɪ] *s* munterhet; skoj

**jolly** ['dʒɒlɪ] **I** *a* glad, trevlig, rolig, munter **II** *adv* vard., ***that's*** ~ ***good*** det var riktigt bra; ***take*** ~ ***good care not to*** akta sig väldigt noga för att; ***a*** ~ ***good fellow*** en hedersprick, en fin kille; ***he knows*** ~ ***well*** han vet nog

**jolt** [dʒəʊlt] **I** *itr tr* **1** om åkdon skaka till **2** t. ex. skaka om, ruska; ge en chock **II** *s* skakning, ryck; bildl. chock
**jostle** [ˈdʒɒsl] *tr itr* knuffa, skuffa; knuffas, skuffas
**jot** [dʒɒt] **I** *s* dugg, dyft **II** *tr*, ~ *down* krafsa ned, anteckna
**journal** [ˈdʒɜːnl] *s* **1** tidskrift speciellt teknisk el. vetenskaplig; tidning **2** journal, dagbok; liggare; sjö. loggbok
**journalese** [ˈdʒɜːnəˈliːz] *s* tidningsjargong
**journalism** [ˈdʒɜːnəlɪz(ə)m] *s* journalistik
**journalist** [ˈdʒɜːnəlɪst] *s* journalist
**journey** [ˈdʒɜːnɪ] *s* o. *itr* resa
**Jove** [dʒəʊv] myt. Jupiter; *by ~!* för tusan!
**jovial** [ˈdʒəʊvjəl] *a* jovialisk; gemytlig
**joy** [dʒɔɪ] *s* glädje, fröjd [*at* över]
**joyful** [ˈdʒɔɪf(ʊ)l] *a* glad; glädjande
**joyous** [ˈdʒɔɪəs] *a* glad, glädjande [~ *news*]
**joyride** [ˈdʒɔɪraɪd] *s* nöjestur
**joystick** [ˈdʒɔɪstɪk] *s* flyg. vard. styrspak
**Jr., jr.** [ˈdʒuːnjə] (förk. för *junior*) jr, j:r
**jubilant** [ˈdʒuːbɪlənt] *a* jublande, triumferande
**jubilee** [ˈdʒuːbɪliː] *s* jubileum; jubelfest
**Judas** [ˈdʒuːdəs] egennamn; bildl. judas, förrädare
**judge** [dʒʌdʒ] **I** *s* domare; bedömare, kännare [*a good ~ of horses*]; ***be a good ~ of*** förstå sig bra på **II** *tr itr* **1** döma; bedöma; ***it's for you to ~*** det får ni själv bedöma; ***to ~ from*** el. ***judging by (from)*** att döma av **2** anse [*I judged him to be about 50*]
**judgement** [ˈdʒʌdʒmənt] *s* **1** dom; ***give (pass) ~*** avkunna dom [*against, for* över] **2** ***the Last Judgement*** yttersta domen; ***the Day of Judgement*** el. ***Judgement Day*** domedagen **3** bedömning, omdöme, omdömesförmåga
**judicial** [dʒʊˈdɪʃ(ə)l] *a* rättslig, juridisk; ~ ***proceedings*** lagliga åtgärder, åtal
**judicious** [dʒʊˈdɪʃəs] *a* omdömesgill
**judo** [ˈdʒuːdəʊ] *s* judo
**Judy** [ˈdʒuːdɪ] egennamn; Punchs hustru i kasperteatern [*Punch and ~*]
**jug** [dʒʌg] *s* kanna, krus, tillbringare
**juggle** [ˈdʒʌgl] *itr* göra trollkonster, trolla
**juggler** [ˈdʒʌglə] *s* jonglör, trollkarl
**Jugoslav** [ˈjuːgəˈslɑːv] se *Yugoslav*
**Jugoslavia** [ˈjuːgəˈslɑːvjə] se *Yugoslavia*
**Jugoslavian** [ˈjuːgəˈslɑːvjən] se *Yugoslavian*
**juice** [dʒuːs] *s* saft; jos, juice
**juicy** [ˈdʒuːsɪ] *a* saftig
**ju-jitsu** [dʒuːˈdʒɪtsuː] *s* jiujitsu
**jukebox** [ˈdʒuːkbɒks] *s* juke-box
**July** [dʒʊˈlaɪ] *s* juli
**jumble** [ˈdʒʌmbl] **I** *tr*, ~ ***up*** el. ~ blanda (röra) ihop **II** *s* virrvarr, röra, mischmasch
**jumbo** [ˈdʒʌmbəʊ] *s* **1** vard. jumbo elefant **2** ~ ***jet*** el. ~ jumbojet
**jump** [dʒʌmp] **I** *itr tr* **1** hoppa; skutta; springa i höjden om t. ex. pris; ~ ***at a chance*** gripa en chans; ~ ***to conclusions*** dra förhastade slutsatser; ~ ***to one's feet*** springa (rusa) upp; ***it made him ~*** det kom (fick) honom att hoppa högt **2** hoppa över äv. bildl. [~ *a fence (chapter)*]; ~ ***the gun*** vard. tjuvstarta; ~ ***the lights (traffic lights)*** vard. köra mot rött ljus; ~ ***the queue*** vard. tränga sig före; ~ ***rope*** amer. hoppa rep
**II** *s* **1** hopp; skutt, språng; ***high ~*** höjdhopp; ***long ~*** längdhopp; ***pole ~*** stavhopp **2** stegring [*a ~ in prices*]
**jumper** [ˈdʒʌmpə] *s* **1** hoppare; ***high ~*** höjdhoppare **2** jumper plagg
**jumpy** [ˈdʒʌmpɪ] *a* hoppig; vard. darrig
**junction** [ˈdʒʌŋkʃ(ə)n] *s* **1** förenande; förbindelse; föreningspunkt **2** järnvägsknut; vägkorsning
**juncture** [ˈdʒʌŋktʃə] *s* kritiskt ögonblick, avgörande tidpunkt
**June** [dʒuːn] *s* juni
**jungle** [ˈdʒʌŋgl] *s* djungel
**junior** [ˈdʒuːnjə] **I** *a* yngre äv. i tjänsten [*to* än]; den yngre, junior [*John Smith, Junior*]; junior- [*a ~ team*]; lägre i rang, underordnad **II** *s* **1** yngre äv. i tjänsten, yngre medlem; ***he is six years my ~*** han är sex år yngre än jag **2** sport. junior **3** amer. vard. grabben [*take it easy, ~!*]
**juniper** [ˈdʒuːnɪpə] *s* bot. en; ~ ***berry*** enbär
**junk** [dʒʌŋk] *s* skräp [*an attic full of ~*], skrot, lump, smörja; ~ ***art*** skrotkonst; ~ ***food*** 'skräpmat', 'tomma kalorier' t. ex. popcorn, chips; ~ ***shop*** skrotaffär
**junkie** [ˈdʒʌŋkɪ] *s* sl. knarkare narkoman
**junta** [ˈdʒʌntə] *s* polit. junta
**Jupiter** [ˈdʒuːpɪtə] astron., myt. Jupiter
**jurisdiction** [ˌdʒʊərɪsˈdɪkʃ(ə)n] *s* jurisdiktion, rättskipning
**jury** [ˈdʒʊərɪ] *s* **1** jury; ***grand ~*** amer. åtalsjury; ***serve on a ~*** sitta i en jury **2** tävlingsjury, domarkommitté
**just** [dʒʌst] **I** *a* rättvis; välförtjänt [~ *reward*]; skälig, rimlig [*the payment is ~*]
**II** *adv* **1** just [*it is ~ what I want*]; alldeles, exakt, precis [*it's ~ two o'clock*]; ***it's ~ as well*** det är lika bra (gott); ~ ***by*** strax bredvid; ***that's ~ it*** just det ja; ***he is ~ the man*** [*for the post*] han är rätte mannen . . .

**2** just [*they have ~ left*], nyss; strax; ***it's ~ on six*** klockan är strax sex **3** nätt och jämnt; ***that's ~ possible*** det är ju möjligt **4** bara, endast [*she is ~ a child*]; ***~ fancy!*** tänk bara! **5** vard. fullkomligt, alldeles [*he's ~ crazy*]; ***not ~ yet*** inte riktigt ännu
**justice** ['dʒʌstɪs] *s* **1** rättvisa, rätt; ***administer (dispense) ~*** skipa rättvisa; ***do ~ to a p.*** göra ngn rättvisa; ***he did (did ample) ~ to*** [***the dinner***] han gjorde all heder åt...; ***court of ~*** domstol, rätt **2** rätt; berättigande; ***the ~ of*** det berättigade i **3** domare; ***Justice of the Peace*** fredsdomare
**justifiable** [ˌdʒʌstɪ'faɪəbl] *a* försvarlig, rättmätig
**justification** [ˌdʒʌstɪfɪ'keɪʃ(ə)n] *s* rättfärdigande; berättigande; urskuldande
**justify** ['dʒʌstɪfaɪ] *tr* rättfärdiga; urskulda; berättiga, försvara; ***the end justifies the means*** ändamålet helgar medlen
**jut** [dʒʌt] *itr*, ***~ out*** skjuta ut
**jute** [dʒu:t] *s* bot., textil. jute
**juvenile** ['dʒu:vənaɪl, amer. 'dʒu:vən(ə)l] **I** *s* ung människa; pl. ***~s*** minderåriga **II** *a* **1** ungdoms- [*~ books*], barn-; ***~ court*** ungdomsdomstol; ***~ delinquent (offender)*** ungdomsbrottsling **2** barnslig, omogen

# K

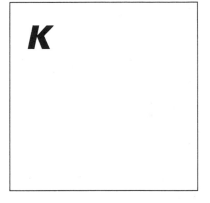

**K, k** [keɪ] *s* K, k
**kangaroo** [ˌkæŋgə'ru:] *s* känguru
**karate** [kə'rɑ:tɪ] *s* karate
**keel** [ki:l] **I** *s* köl; ***on an even ~*** på rätt köl **II** *itr*, ***~ over*** el. ***~*** kantra
**keen** [ki:n] *a* **1** skarp, vass **2** intensiv; häftig [*a ~ pain*]; stark [*a ~ sense of duty*]; levande [*a ~ interest*]; frisk [*a ~ appetite*]; hård [*~ competition*]; fin [*a ~ nose for*]; ivrig; entusiastisk; ***~ on*** pigg på, förtjust i
**keen-eyed** ['ki:n'aɪd] *a* skarpsynt
**keep** [ki:p] **I** (*kept kept*) *tr itr* **1** hålla, behålla, hålla kvar; ***~ alive*** hålla vid liv; ***~ a p. company*** hålla ngn sällskap; ***~ one's head*** behålla fattningen; ***I won't ~ you long*** jag ska inte uppehålla dig länge; ***~ a p. waiting*** låta ngn vänta **2** förvara; bevara [*~ a secret*]; ***~ goal*** stå i mål **3** äga, hålla sig med [*~ a car*]; underhålla, försörja **4** föra [*~ a diary*], sköta [*~ accounts*] **5** hålla sig [*~ awake, ~ silent*]; ***how are you keeping?*** hur står det till? **6** stå sig, hålla sig [*will the meat ~?*] **7** fortsätta [*~ straight on* (rakt fram)]; ***~ left!*** håll (kör, gå) till vänster! **8** ***~ doing (~ on doing) a th.*** fortsätta att göra ngt; ***~ moving!*** rör på er!; ***she ~s (~s on) talking*** hon bara pratar och pratar □ ~ **at** *it* ligga i, inte ge upp; ~ **from** avhålla från; dölja för; ***~ a p. from doing a th.*** hindra ngn från att göra ngt; ~ **off** hålla på avstånd; ***~ off the grass!*** beträd ej gräsmattan!; ~ **on** fortsätta med; inte ta av sig [*~ one's hat on*]; hålla i sig [*if the rain ~s on*]; ***~ on at*** vard. tjata på; ~ **out** hålla ute, stänga ute

[*of* från]; ~ ***out of a p.'s way*** undvika ngn; ~ **to** hålla sig till; hålla fast vid [~ *to one's plans*]; stå fast vid [~ *to one's promise*]; ~ ***a th. to oneself*** hålla ngt för sig själv, tiga med ngt; ~ ***oneself to oneself*** el. ~ ***to oneself*** hålla sig för sig själv; ~ ***to the right!*** håll till höger!; ~ **under** hålla nere, kuva; ~ **up** hålla uppe, uppehålla; fortsätta med; hålla vid liv [~ *up a conversation*]; ~ ***it up*** fortsätta, hänga i, inte ge tappt; ~ ***up with*** hålla jämna steg med
**II** *s* **1** underhåll; uppehälle [*earn one's* ~] **2** ***for*** ~***s*** vard. för alltid, för gott

**keeper** ['ki:pə] *s* **1** vakt, vaktare; djurskötare **2** a) i sammansättningar -innehavare [*shopkeeper*], -vakt [*goalkeeper*], -vaktare b) sport. målvakt

**keep-fit** ['ki:p'fɪt] *a,* ~ ***exercises*** motionsgymnastik

**keeping** ['ki:pɪŋ] *s* **1** förvar, vård; ***in safe*** ~ i säkert förvar **2** ***be in*** ~ ***with*** gå i stil med

**keepsake** ['ki:pseɪk] *s* minne, minnesgåva, souvenir

**keg** [keg] *s* kagge, kutting

**Kelvin** ['kelvɪn] **I** egennamn **II** *s* fys., ***kelvin*** kelvin enhet för temperatur

**kennel** ['kenl] *s* hundkoja

**kept** [kept] se *keep I*

**kerb** [kɜ:b] *s* trottoarkant

**kerbstone** ['kɜ:bstəʊn] *s* kantsten i trottoarkant

**kerchief** ['kɜ:tʃɪf] *s* sjalett, halsduk

**kernel** ['kɜ:nl] *s* kärna i nöt, fruktsten

**kerosene** ['kerəsi:n] *s* speciellt amer. fotogen

**ketchup** ['ketʃəp] *s* ketchup [*tomato* ~]

**kettle** ['ketl] *s* panna

**kettle-drum** ['ketldrʌm] *s* puka

**key** [ki:] *s* **1** nyckel; lösning, förklaring; ***master*** ~ huvudnyckel **2** facit **3** tangent på piano, skrivmaskin m. m.; nyckel på telegraf **4** mus. tonart

**keyboard** ['ki:bɔ:d] *s* klaviatur; tangentbord; ~ ***instrument*** klaverinstrument

**keynote** ['ki:nəʊt] *s* grundton; grundtanke

**keystone** ['ki:stəʊn] *s* bildl. grundval, kärna

**kg.** (förk. för *kilogram, kilograms, kilogramme, kilogrammes*) kg

**khaki** ['kɑ:kɪ] **I** *s* kaki **II** *a* kakifärgad

**kHz** (förk. för *kilohertz*) kHz

**kick** [kɪk] **I** *tr itr* **1** sparka, sparka till; sparkas; om häst slå bakut; ~ ***the bucket*** sl. kola dö **2** bildl. protestera [~ *against (at)* mot] **3** om skjutvapen rekylera □ ~ **against** *the pricks* spjärna mot udden; ~ **off** sparka i gång [~ *off a campaign*]; göra avspark i fotboll; ~ **out** sparka ut; kasta ut; ***be kicked out*** vard. få sparken; ~ **over** sparka omkull; ~ ***over the traces*** bildl. hoppa över skaklarna; ~ **up** sparka upp t. ex. damm; vard. ställa till; ~ ***up a row (fuss)*** ställa till bråk
**II** *s* **1** spark; ***free*** ~ frispark; ***penalty*** ~ straffspark **2** vard., ***get a big*** ~ ***out of*** tycka det är helskönt (kul) att; ***for*** ~***s*** för nöjes skull **3** vard. styrka, krut i dryck **4** rekyl av skjutvapen

**kick-off** ['kɪkɒf] *s* avspark i fotboll

**1 kid** [kɪd] *s* **1** killing, kid **2** getskinn; ~ ***gloves*** glacéhandskar; ***treat a p. with*** ~ ***gloves*** bildl. behandla ngn med silkesvantar **3** vard. barn, unge; ~ ***brother*** lillebror; ~ ***sister*** lillasyster

**2 kid** [kɪd] *tr itr* lura, narra; skoja (retas) med; skoja; retas; ***I'm not kidding!*** jag skämtar (skojar) inte!; ~ ***around*** skoja

**kidding** ['kɪdɪŋ] *s* skoj; ***no*** ~***!*** bergis!

**kiddy** ['kɪdɪ] *s* vard. litet barn, unge

**kidnap** ['kɪdnæp] **I** *tr* kidnappa **II** *s* kidnappning

**kidney** ['kɪdnɪ] *s* njure

**kidney-bean** ['kɪdnɪ'bi:n] *s* skärböna, brytböna; rosenböna

**kill** [kɪl] **I** *tr itr* döda, mörda, slå ihjäl; slakta; ***be killed*** dö, omkomma; ***be killed in action*** stupa i strid; ~ ***the time*** el. ~ ***time*** få tiden att gå; ~ ***two birds with one stone*** ordspr. slå två flugor i en smäll **II** *s* jakt., villebrådets dödande; byte

**killer** ['kɪlə] *s* mördare, dråpare

**kill-joy** ['kɪldʒɔɪ] *s* glädjedödare

**kiln** [kɪln] *s* brännugn för t. ex. kalk, tegel

**kilo** ['ki:ləʊ] *s* (förk. för *kilogram, kilogramme*) kilo

**kilo-** ['kɪləʊ] *pref* kilo- ett tusen

**kilocycle** ['kɪləˌsaɪkl] *s* kilocykel

**kilogram, kilogramme** ['kɪləgræm] *s* kilogram

**kilohertz** ['kɪləhɜ:ts] *s* kilohertz

**kilometre** ['kɪləˌmi:tə] *s* kilometer

**kiloton** ['kɪlətʌn] *s* kiloton

**kilowatt** ['kɪləwɒt] *s* kilowatt

**kilt** [kɪlt] *s* kilt

**kimono** [kɪ'məʊnəʊ] *s* kimono

**kin** [kɪn] *s* släkt, släktingar

**1 kind** [kaɪnd] *s* slag, sort; ***nothing of the*** ~ inte alls så; ***something of the*** ~ något ditåt; ***a*** ~ ***of*** ett slags; ***every*** ~ ***of*** el. ***all*** ~***s of*** alla slags, alla möjliga; ***that*** ~ ***of thing*** sådant där; ***what*** ~ ***of weather is it?*** vad är det för väder?

**2 kind** [kaɪnd] *a* vänlig, snäll; ~ ***regards*** hjärtliga hälsningar; ***would you be ~ enough to...?*** el. ***would you be so ~ as to...?*** vill du vara vänlig och...?
**kindergarten** ['kɪndəˌgɑ:tn] *s* lekskola, kindergarten
**kind-hearted** ['kaɪnd'hɑ:tɪd] *a* godhjärtad
**kindle** ['kɪndl] *tr* antända, tända
**kindly** ['kaɪndlɪ] **I** *a* vänlig, godhjärtad **II** *adv* vänligt, snällt; ~ ***shut the door!*** var snäll och stäng dörren!
**kindred** ['kɪndrəd] **I** *s* **1** släktskap genom födsel **2** (konstrueras med pl.) släkt, släktingar **II** *a* besläktad; liknande
**king** [kɪŋ] *s* **1** kung, konung **2** kung i kortlek, schack m.fl. spel; dam i damspel; ~ ***of hearts*** hjärter kung
**kingdom** ['kɪŋdəm] *s* **1** kungarike; kungadöme; ***the United Kingdom of Great Britain and Northern Ireland*** Förenade kungariket Storbritannien och Nordirland **2** bildl. rike; ***the ~ of heaven*** himmelriket **3** naturv., ***the animal (vegetable, mineral) ~*** djurriket (växtriket, mineralriket)
**kingfisher** ['kɪŋˌfɪʃə] *s* zool. kungsfiskare
**king-size** ['kɪŋsaɪz] *a* jättestor, extra stor
**kinsfolk** ['kɪnzfəʊk] *s* litt. släkt, släktingar [*my ~ live abroad*]
**kinship** ['kɪnʃɪp] *s* släktskap; frändskap
**kinsman** ['kɪnzmən] (pl. *kinsmen* ['kɪnzmən]) *s* litt. släkting, frände
**kiosk** ['ki:ɒsk] *s* kiosk
**kipper** ['kɪpə] *s* 'kipper' slags fläkt, saltad o. torkad fisk, speciellt sill
**kiss** [kɪs] **I** *tr itr* kyssa, pussa; kyssas, pussas **II** *s* kyss, puss; ***give a p. the ~ of life*** behandla ngn med mun-mot-mun-metoden
**kissproof** ['kɪspru:f] *a* kyssäkta
**kit** [kɪt] *s* **1** utrustning av kläder m.m.; persedlar; mundering, utstyrsel; byggsats; ***first-aid ~*** förbandslåda **2** kappsäck; mil. packning
**kit-bag** ['kɪtbæg] *s* **1** sportbag, sportväska **2** mil. ränsel, ryggsäck
**kitchen** ['kɪtʃ(ə)n, 'kɪtʃɪn] *s* kök
**kitchenette** [ˌkɪtʃɪ'net] *s* kokvrå, litet kök
**kitchen-range** ['kɪtʃɪnreɪndʒ] *s* köksspis
**kitchen-sink** ['kɪtʃɪn'sɪŋk] *s* diskbänk
**kite** [kaɪt] *s* **1** zool. glada **2** drake av t.ex. papper; ***fly a ~*** a) sända upp en drake b) bildl. släppa upp en försöksballong
**kitten** ['kɪtn] *s* kattunge
**kitty** ['kɪtɪ] *s* pott, insats
**kiwi** ['ki:wi:] *s* **1** fågel kivi **2** frukt kiwi
**kleenex** ['kli:neks] *s* ® ansiktsservett
**km.** (förk. för *kilometre, kilometres*) km
**knack** [næk] *s* gott handlag, grepp, förmåga; knep; ***get the ~ of a th.*** få kläm på ngt
**knapsack** ['næpsæk] *s* ryggsäck, ränsel
**knave** [neɪv] *s* **1** kanalje, skojare **2** knekt i kortlek; ~ ***of hearts*** hjärter knekt
**knavery** ['neɪvərɪ] *s* skurkstreck
**knavish** ['neɪvɪʃ] *a*, ~ ***trick*** skurkstreck
**knead** [ni:d] *tr* knåda; älta
**knee** [ni:] *s* knä; ***on one's bended ~s*** på sina bara knän; ***bring a p. to his ~s*** tvinga ngn på knä
**knee-cap** ['ni:kæp] *s* knäskål
**knee-deep** ['ni:'di:p] *a* ända till knäna
**kneel** [ni:l] (*knelt knelt* el. *kneeled kneeled*) *itr* knäböja, falla på knä; ~ ***down*** falla på knä
**knee-length** ['ni:'leŋθ] *a* knäkort
**knell** [nel] *s* själaringning; klämtning; bildl. dödsstöt
**knelt** [nelt] se *kneel*
**knew** [nju:] se *know I*
**knickerbocker** ['nɪkəbɒkə] *s* **1** pl. ~*s* knickerbockers, slags golfbyxor **2** ~ ***glory*** fruktvarvad glass
**knickers** ['nɪkəz] *s pl* knickers; underbyxor, benkläder
**knick-knacks** ['nɪknæks] *s* krimskrams
**knife** [naɪf] **I** (pl. *knives* [naɪvz]) *s* kniv; ***have (have got) one's ~ into a p.*** ha ett horn i sidan till ngn **II** *tr* knivhugga
**knight** [naɪt] **I** *s* **1** medeltida riddare **2** knight adelsman av lägsta rang **3** springare, häst i schack **II** *tr* dubba till riddare; utnämna till knight, adla
**knighthood** ['naɪthʊd] *s* riddarvärdighet, knightvärdighet
**knit** [nɪt] (*knitted knitted* el. *knit knit*) *tr itr* **1** sticka t.ex. strumpor **2** ~ ***one's brows*** rynka pannan (ögonbrynen) **3** ~ el. ofta ~ ***together*** förena, binda (knyta) samman **4** växa ihop; förenas
**knitting** ['nɪtɪŋ] *s* stickning
**knitting-needle** ['nɪtɪŋˌni:dl] *s* strumpsticka
**knitwear** ['nɪtweə] *s* trikåvaror
**knives** [naɪvz] se *knife I*
**knob** [nɒb] *s* **1** knopp, knapp; ratt på t.ex. radio; runt handtag, vred [*door-knob*] **2** liten bit [*a ~ of sugar (coal)*]; klick [*a ~ of butter*]
**knock** [nɒk] **I** *tr itr* **1** slå, slå till; bulta, knacka; [*~ at the door*] **2** kollidera, krocka [*into* med] □ ~ **about** a) slå hit och dit; misshandla b) vard. om saker ligga och skrä-

pa c) vard. driva (flacka) omkring (omkring i); ~ **down** slå ned, köra på; riva ned (omkull); ~ **off** a) slå av b) slå av på [~ *a pound off the price*] c) sluta [~ *off work at five*], sluta arbetet; ~ **on** slå mot (i); ~ **out** a) slå ut; knacka ur [~ *out one's pipe*]; b) knocka, slå ut boxare; ~ **over** slå (stöta) omkull; ~ **up** a) kasta upp b) vard. ställa till med, improvisera; rafsa ihop; skramla ihop

**II** *s* slag; knackning; smäll, stöt; ***there's a ~ at the door*** det knackar på dörren

**knocker** ['nɒkə] *s* portklapp

**knock-kneed** ['nɒk'ni:d] *a* kobent

**knock-out** ['nɒkaʊt] *s* knockout, knockoutslag i boxning

**knot** [nɒt] **I** *s* **1** knut; knop; rosett; ***undo (untie) a ~*** lösa (knyta) upp en knut **2** sjö. knop **II** *tr* knyta i knut

**knotty** ['nɒtɪ] *a* **1** knutig; knölig, knotig **2** kinkig [*a ~ problem*]

**know** [nəʊ] **I** (*knew known*) *tr itr* **1** veta; ha reda på, känna till; [***he's a bit stupid,***] ***you ~*** ... vet du, ... förstår du; ***you never ~*** man kan aldrig veta; ***as (so) far as I ~*** såvitt jag vet; [***he is dead***] ***for all I ~*** ... vad jag vet; ***before you ~ where you are*** innan man vet ordet av; ~ ***about*** känna till, veta om; ~ ***of*** känna till, veta; ***not that I ~ of*** inte såvitt (vad) jag vet **2** kunna, vara kunnig; ***he ~s all about cars*** han kan bilar; ***I ~ nothing about paintings*** jag förstår mig inte alls på tavlor; ~ ***a th. by heart*** kunna ngt utantill; ~ ***how to*** kunna, förstå sig på att; veta att; ~ ***how to read*** kunna läsa **3** känna, vara bekant med [*I don't ~ him*]; känna igen [*I knew him by his voice* (på rösten)]; ***get to ~*** lära känna; [***he will do it***] ***if I ~ him*** ... om jag känner honom rätt

**II** *s*, ***in the ~*** vard. initierad, invigd

**know-all** ['nəʊɔ:l] *s* vard. besserwisser

**know-how** ['nəʊhaʊ] *s* vard. know-how, kunnande, expertis

**knowing** ['nəʊɪŋ] **I** *a* **1** kunnig, insiktsfull **2** medveten; menande [*a ~ glance*] **II** *s*, ***there is no ~ where that will end*** man kan inte veta var det skall sluta

**knowledge** ['nɒlɪdʒ] (utan pl.) *s* kunskap, kunskaper [*of* om, i]; vetskap, kännedom [*of* om]; vetande, lärdom; ***to the best of my ~*** el. ***to my ~*** såvitt jag vet

**known** [nəʊn] *a* o. *pp* (av *know*) känd, bekant [*to a p.* för ngn]; ***make ~*** offentliggöra, göra bekant

**knuckle** ['nʌkl] **I** *s* knoge; led; ***rap a p. over the ~s*** slå (smälla) ngn på fingrarna **II** *itr*, ~ ***under (down)*** falla till föga, böja sig [*to* för]

**knuckle-duster** ['nʌklˌdʌstə] *s* knogjärn

**K.O.** ['keɪ'əʊ] *tr* o. *s* boxn. sl. = *knock out, knock-out*

**koala** [kəʊ'ɑ:lə] *s* koala, pungbjörn

**k.p.h.** (förk. för *kilometres per hour*) km/tim, km/h

**kW, kw.** (förk. för *kilowatt, kilowatts*) kw

# L

**L, l** [el] *s* L, l
**L** förk. för *Learner* övningsbil
**£** [paʊnd, pl. vanl. paʊndz] förk. för *pound (pounds)* o. *pound (pounds) sterling* pund, £
**l.** (förk. för *litre, litres*) l
**label** ['leɪbl] **I** *s* etikett; adresslapp **II** *tr* sätta etikett på; stämpla [*as* såsom]
**labor** ['leɪbə] amer. **I** *s* se *labour I* **II** *itr* se *labour II*
**laboratory** [lə'bɒrətrɪ] *s* laboratorium
**laborious** [lə'bɔ:rɪəs] *a* mödosam; arbetsam
**labour** ['leɪbə] **I** *s* **1** arbete, möda; ***hard ~*** straffarbete **2** polit., ***Labour*** el. ***the Labour Party*** arbetarpartiet; ***Labour Government*** arbetarregering **3** förlossningsarbete; värkar [äv. *~ pains*] **II** *itr* arbeta hårt [*~ at* (på, med) *a task*]; sträva [*to* efter att]; ***~ under*** ha att dras med [*~ under a difficulty*]; lida av
**laboured** ['leɪbəd] *a* **1** överarbetad **2** besvärad, tung [*~ breathing*]
**labourer** ['leɪbərə] *s* arbetare; ***agricultural (farm) ~*** lantarbetare
**labour-saving** ['leɪbəˌseɪvɪŋ] *a*, ***~ devices*** arbetsbesparande hjälpmedel
**laburnum** [lə'bɜ:nəm] *s* gullregn
**labyrinth** ['læbərɪnθ] *s* labyrint
**lace** [leɪs] **I** *s* **1** snöre; snodd **2** spets, spetsar **II** *tr itr* snöra [*up* till, åt]; ***~ up*** el. *~* snöras [*it ~s (it ~s up) at the side*]
**lack** [læk] **I** *s* brist [*of* på] **II** *tr itr* **1** sakna, vara utan; ***~ for*** sakna [*they lacked for nothing*] **2** ***be lacking*** fattas, saknas; ***be lacking in*** sakna
**lackey** ['lækɪ] *s* lakej
**lacquer** ['lækə] **I** *s* lack **II** *tr* lackera
**lad** [læd] *s* pojke, grabb; ***my ~*** i tilltal min vän
**ladder** ['lædə] **I** *s* **1** stege, trappstege **2** maska på t. ex. strumpa **II** *itr*, ***my stocking has laddered*** det har gått en maska på min strumpa
**ladderproof** ['lædəpru:f] *a* masksäker [*~ stockings*]
**lade** [leɪd] (*laded laden* el. *laded*) *tr* lasta varor på fartyg; ta ombord varor
**laden** ['leɪdn] *a* o. *pp* (av *lade*) **1** lastad **2** mättad; fylld [*~ with* (med, av)]
**ladle** ['leɪdl] **I** *s* slev [*soup ~*] **II** *tr* ösa med slev, sleva; ***~ out*** ösa upp, servera
**lady** ['leɪdɪ] *s* **1** dam; ***ladies and gentlemen*** mina damer och herrar **2 a)** ***ladies'*** dam- [*ladies' hairdresser*] **b)** ***ladies*** damtoalett [*where is the ~?*] **c)** ***~ friend*** väninna **3** ***Lady*** Lady adelstitel **4** ***Our Lady*** Vår Fru, Jungfru Maria
**ladybird** ['leɪdɪbɜ:d] *s* nyckelpiga
**ladybug** ['leɪdɪbʌg] *s* amer. nyckelpiga
**lady-killer** ['leɪdɪˌkɪlə] *s* kvinnotjusare
**ladylike** ['leɪdɪlaɪk] *a* som en lady, kultiverad
**ladyship** ['leɪdɪʃɪp] *s*, ***Her Ladyship*** Hennes nåd
**lag** [læg] *itr* bli (släpa) efter [äv. *~ behind*]
**lager** ['lɑ:gə] *s* lager, pilsner
**lagoon** [lə'gu:n] *s* lagun
**laid** [leɪd] se *3 lay*
**lain** [leɪn] se *2 lie I*
**lair** [leə] *s* vilda djurs läger, lya, kula
**lake** [leɪk] *s* sjö, insjö
**lamb** [læm] *s* lamm; ***roast ~*** lammstek
**lamb's-wool** ['læmzwʊl] *s* lammull
**lame** [leɪm] **I** *a* **1** halt; ofärdig **2** lam [*a ~ excuse*] **II** *tr* göra halt (ofärdig)
**lament** [lə'ment] **I** *itr* klaga, jämra, jämra sig **II** *s* klagosång
**lamp** [læmp] *s* lampa; lykta
**lampoon** [læm'pu:n] *s* pamflett, smädeskrift
**lamppost** ['læmppəʊst] *s* lyktstolpe
**lampshade** ['læmpʃeɪd] *s* lampskärm
**lance** [lɑ:ns] *s* lans
**lancer** ['lɑ:nsə] *s* lansiär
**land** [lænd] **I** *s* **1** land i motsats till hav, vatten; ***see how the ~ lies*** sondera terrängen **2** litt. land, rike **3** mark, jord
**II** *tr itr* **1** landsätta; landa, landstiga, gå i land [*we landed at Bombay*] **2** landa [*~ a fish*]; fånga, få tag i [*~ a job*]; vinna [*~ the prize*]; ***~ an aeroplane*** landa med ett flygplan **3** hamna [äv. *~ up*; *~ in the*

*mud*], råka in [*in* i]; sluta [*in* med, i]; ~ ***oneself in great trouble*** råka in i en mycket besvärlig situation; ***be landed with*** få på halsen **4** sl. pricka in, ge [~ *a punch*]; om slag träffa, gå in

**landing** ['lændɪŋ] *s* **1** landning; landstigning; ***emergency (forced)*** ~ nödlandning **2** trappavsats

**landing-strip** ['lændɪŋstrɪp] *s* bana, stråk på flygfält

**landlady** ['lændˌleɪdɪ] *s* värdinna, hyresvärdinna; husägare; värdshusvärdinna

**landlord** ['lændlɔ:d] *s* värd, hyresvärd; husägare; värdshusvärd

**landmark** ['lændmɑ:k] *s* **1** gränsmärke; landmärke; orienteringspunkt **2** bildl. milstolpe

**landmine** ['lændmaɪn] *s* landmina

**landowner** ['lændˌəʊnə] *s* jordägare

**landscape** ['lændskeɪp] *s* landskap, natur; ~ ***gardener*** trädgårdsarkitekt

**landslide** ['lændslaɪd] *s* jordskred

**lane** [leɪn] *s* **1** a) smal väg mellan t. ex. häckar b) trång gata, gränd, ofta bakgata **2** körfält, fil [äv. *traffic* ~] **3** farled för oceanfartyg; segelled; flyg. luftled **4** sport. bana

**language** ['læŋgwɪdʒ] *s* språk; ***bad*** ~ rått (grovt) språk

**languid** ['læŋgwɪd] *a* slapp, matt; slö, trög

**languish** ['læŋgwɪʃ] *itr* **1** avmattas; tyna bort **2** tråna, trängta

**lank** [læŋk] *a* om hår lång och rak, stripig

**lanky** ['læŋkɪ] *a* gänglig

**lantern** ['læntən] *s* lykta; lanterna; ***Chinese*** ~ kulört lykta, papperslykta

**1 lap** [læp] *s* knä; sköte

**2 lap** [læp] **I** *tr* linda (svepa) in **II** *s* sport. varv; etapp

**3 lap** [læp] *tr itr* **1** lapa, slicka upp (i sig) [äv. ~ *up*] **2** om vågor plaska

**lap-dog** ['læpdɒg] *s* knähund

**lapel** [lə'pel] *s* slag på t. ex. kavaj

**lapse** [læps] **I** *s* **1** lapsus, förbiseende, misstag; felsteg **2** ***a*** ~ ***of a hundred years*** hundra år el. en tidrymd av hundra år **II** *itr* **1 a)** sjunka ned, förfalla, återfalla [*into* till, i] **b)** ~ ***from*** avfalla (avvika) från **2** a) upphöra; förfalla, utlöpa b) återgå **3** om tid förflyta

**larch** [lɑ:tʃ] *s* lärkträd [äv. *larch-tree*]

**lard** [lɑ:d] **I** *s* isterflott, ister **II** *tr* späcka äv. bildl. [*larded with quotations*]

**larder** ['lɑ:də] *s* skafferi; visthus

**large** [lɑ:dʒ] **I** *a* stor; vidsträckt **II** *s*, *at* ~ fri, lös, på fri fot

**largely** ['lɑ:dʒlɪ] *adv* till stor del; i hög grad; i stor utsträckning

**large-scale** ['lɑ:dʒskeɪl] *a* i stor skala

**large-size** ['lɑ:dʒsaɪz] *a* o. **large-sized** ['lɑ:dʒsaɪzd] *a* stor; i stort nummer

**largish** ['lɑ:dʒɪʃ] *a* ganska stor

**1 lark** [lɑ:k] *s* lärka

**2 lark** [lɑ:k] **I** *s* vard. upptåg, skoj **II** *itr* skoja [äv. ~ *about*]

**larva** ['lɑ:və] (pl. *larvae* ['lɑ:vi:]) *s* zool. larv

**laryngitis** [ˌlærɪn'dʒaɪtɪs] *s* laryngit, strupkatarr

**larynx** ['lærɪŋks] *s* struphuvud

**lascivious** [lə'sɪvɪəs] *a* lysten, liderlig

**laser** ['leɪzə] *s* laser

**lash** [læʃ] **I** *tr itr* **1** piska; prygla; piska med [*the lion lashed its tail*] **2** ~ ***out*** slå vilt omkring sig **3** vard. slå på stort, spendera **II** *s* **1** snärt på piska **2** piskrapp, snärt **3** ögonfrans, ögonhår

**lass** [læs] *s* flicka, tös

**lasso** [læ'su:] **I** *s* lasso **II** *tr* fånga med lasso

**1 last** [lɑ:st] *s* skomakares läst

**2 last** [lɑ:st] **I** *a* sist; senast; ~ ***week*** förra veckan; ~ ***year*** i fjol, förra året; ~ ***Christmas*** i julas; ~ ***Monday*** i måndags; ***the*** ~ ***few years*** de senaste åren **II** *adv* **1** sist [*who came* ~?]; i sammansättningar sist- [*last-mentioned*]; ~ ***of all*** allra sist **2** senast [*when did you see him* ~?] **III** *s* sista; ***to (till) the*** ~ ***(the very*** ~***)*** ända in i det sista; ***from first to*** ~ från början till slut; ***at*** ~ till slut; ***at*** ~***!*** äntligen!

**3 last** [lɑ:st] *itr tr* **1** vara, hålla på [*how long did it* ~?], räcka **2** hålla; hålla sig, stå sig **3** räcka till för någon

**lastly** ['lɑ:stlɪ] *adv* till sist, slutligen

**latch** [lætʃ] **I** *s* dörrklinka; spärrhake; ***the door is on the*** ~ låset är uppställt **II** *tr* stänga med klinka; låsa

**latchkey** ['lætʃki:] *s* portnyckel

**late** [leɪt] **I** (komparativ *later* o. *latter*, superlativ *latest* o. *last*) *a* **1** sen; för sen; ***in the*** ~ ***forties*** i slutet av fyrtiotalet; ***he is in his*** ~ ***forties*** han är närmare femtio; ~ ***summer*** sensommar, sensommaren; ***be*** ~ vara sen (försenad), komma sent **2** endast attributivt a) avliden, framliden b) förre, förra; före detta (f. d.); ***my*** ~ ***husband*** min avlidne man; ***the*** ~ ***prime minister*** förre (framlidne) premiärministern **3** senaste tidens [*the* ~ *political troubles*]; ***of*** ~ på sista tiden; nyligen

**II** (komparativ *later*, superlativ *latest* o. *last*) *adv* sent; för sent; ***sit (be) up*** ~ sitta (vara)

uppe länge om kvällarna; *sleep* ~ sova länge
**latecomer** ['leɪtˌkʌmə] *s* senkomling, eftersläntrare
**lately** ['leɪtlɪ] *adv* på sista tiden, på sistone
**lateness** ['leɪtnəs] *s*, *the ~ of his arrival* hans sena ankomst
**latent** ['leɪt(ə)nt] *a* latent, dold [~ *talent*]
**later** ['leɪtə] **I** *a* senare **II** *adv* senare; efteråt; *sooner or ~* förr eller senare; ~ *on* senare, längre fram; *see you ~!* hej så länge!
**latest** ['leɪtɪst] *a* senast, sist [*the ~ fashion*]; *it's the ~* vard. det är sista modet; *at the ~* senast
**lathe** [leɪð] *s* **1** svarv; svarvstol **2** drejskiva
**lather** ['lɑːðə] **I** *s* lödder **II** *tr itr* tvåla in; löddra sig
**lathery** ['lɑːðərɪ] *a* löddrig
**Latin** ['lætɪn] **I** *a* latinsk; ~ *America* Latinamerika **II** *s* latin
**latitude** ['lætɪtjuːd] *s* **1** latitud, breddgrad [äv. *degree of ~*] **2** handlingsfrihet, rörelsefrihet; spelrum
**latter** ['lætə] *a*, *the ~* den (det, de) senare; denne [*my brother asked his boss but the ~...*], denna, dessa
**lattice** ['lætɪs] *s* galler, spjälverk
**Latvia** ['lætvɪə] Lettland
**Latvian** ['lætvɪən] **I** *a* lettisk **II** *s* **1** lett **2** lettiska språket
**laugh** [lɑːf] **I** *itr* skratta **II** *s* skratt
**laughable** ['lɑːfəbl] *a* skrattretande; löjlig
**laughing** ['lɑːfɪŋ] **I** *a* skrattande **II** *s* skratt, skrattande; *it is no ~ matter* det är ingenting att skratta åt
**laughing-gas** ['lɑːfɪŋgæs] *s* lustgas
**laughing-stock** ['lɑːfɪŋstɒk] *s* åtlöje; driftkucku
**laughter** ['lɑːftə] *s* skratt; *roars (peals) of ~* skallande skrattsalvor
**1 launch** [lɔːntʃ] *tr* **1** sjösätta fartyg **2** slunga, kasta [~ *a spear*], skjuta av, skjuta (sända) upp [~ *a rocket*] **3** lansera; starta [~ *a campaign*]
**2 launch** [lɔːntʃ] *s* större motorbåt
**launder** ['lɔːndə] *tr* tvätta
**launderette** [ˌlɔːndə'ret] *s* tvättomat ®
**laundress** ['lɔːndrəs] *s* tvätterska
**laundromat** ['lɔːndrəmæt] *s* speciellt amer. tvättomat
**laundry** ['lɔːndrɪ] *s* **1** tvättinrättning **2** tvätt; tvättkläder
**laurel** ['lɒr(ə)l] *s* lager; lagerträd; *rest on one's ~s* vila på sina lagrar
**lav** [læv] *s* (vard. kortform för *lavatory*) toa
**lava** ['lɑːvə] *s* lava
**lavatory** ['lævətrɪ] *s* toalett, W.C.
**lavatory-pan** ['lævətrɪpæn] *s* wc-skål
**lavender** ['lævəndə] *s* lavendel
**lavish** ['lævɪʃ] **I** *a* slösaktig, frikostig; slösande; påkostad **II** *tr* slösa, slösa med, vara frikostig med
**law** [lɔː] *s* **1** lag; *by ~* enligt lag (lagen); i lag **2** juridik; *court of ~* domstol, rätt
**law-abiding** ['lɔːəˌbaɪdɪŋ] *a* laglydig
**law-court** ['lɔːkɔːt] *s* domstol, tingsrätt
**lawful** ['lɔːf(ʊ)l] *a* laglig; ~ *game (prey)* lovligt byte; ~ *heir* rättmätig arvinge
**lawmaker** ['lɔːˌmeɪkə] *s* lagstiftare
**lawn** [lɔːn] *s* gräsmatta; ~ *tennis* tennis
**lawn-mower** ['lɔːnˌməʊə] *s* gräsklippare; *power (powered) ~* motorgräsklippare
**lawsuit** ['lɔːsuːt] *s* process, rättegång, mål
**lawyer** ['lɔːjə] *s* jurist; advokat, affärsjurist
**lax** [læks] *a* slapp [~ *discipline*]; släpphänt
**laxative** ['læksətɪv] *s* laxermedel, laxativ
**1 lay** [leɪ] *a* lekmanna- [~ *preacher*]
**2 lay** [leɪ] se *2 lie I*
**3 lay** [leɪ] (*laid laid*) *tr itr* **1** lägga; placera; lägga ner, dra [~ *a cable*]; duka [~ *the table*]; ~ *eggs* lägga ägg, värpa; ~ *waste* ödelägga **2** vid vadhållning sätta, hålla [~ *ten to* (mot) *one*] □ ~ **about** vard. slå vilt omkring sig; ~ **aside** a) lägga undan, spara b) lägga bort (ifrån sig) [~ *aside the book*]; ~ **down** a) lägga ner (ned) b) offra [~ *down one's life*] c) fastställa, fastslå, uppställa [~ *a th. down as a rule*]; hävda; ~ **out** a) lägga fram (ut) b) vard. slå ut (sanslös) c) planera, anlägga; ~ **up** a) lägga upp b) vard., *be laid up* ligga sjuk [*with the flu* i influensa]
**layabout** ['leɪəbaʊt] *s* sl. dagdrivare, odåga
**lay-by** ['leɪbaɪ] *s* parkeringsplats vid landsväg, rastplats
**layer** ['leɪə] *s* lager, skikt
**layman** ['leɪmən] (pl. *laymen* ['leɪmən]) *s* lekman; icke-fackman
**lay-off** ['leɪɒf] *s* friställning
**layout** ['leɪaʊt] *s* **1** planering, anläggning **2** layout; plan; uppställning
**laze** [leɪz] **I** *itr* lata sig, slöa; ~ *around* gå och slå dank **II** *s* latstund
**laziness** ['leɪzɪnəs] *s* lättja
**lazy** ['leɪzɪ] *a* lat, lättjefull
**lazy-bones** ['leɪzɪˌbəʊnz] (pl. lika) *s* vard. latmask, slöfock

**lb.** [paʊnd, pl. paʊndz] förk. för *pound, pounds* skålpund
**lbs.** [paʊndz] pl. av *lb.*
**1 lead** [led] *s* **1** bly **2** blyerts, grafit; blyertsstift
**2 lead** [li:d] **I** (*led led*) *tr itr* **1** leda, föra [*to* till, *into* in i]; vägleda; anföra; gå före, vara ledare; ~ ***the way*** gå före och visa vägen [*to* för]; ~ ***by the nose*** få vart man vill **2** föranleda [*this led him to believe that...*], få **3** föra [~ *a miserable existence* (tillvaro)], leva [~ *a quiet life*] **4** om t.ex. väg gå, föra, leda [*to* till] **5** leda [*this led to confusion*], resultera [*to* i] **6** kortsp. ha förhand, spela ut, dra [~ *the ace of trumps*] □ ~ **astray** föra vilse; ~ **away** föra bort; ***be led away by*** bildl. låta sig ryckas med av; ~ **up to** föra (leda) till, resultera i **II** *s* **1** a) ledning b) försprång; tät c) ledtråd; tips; ***follow (take) a p.'s*** ~ följa ngns exempel **2** teat. huvudroll **3** elektr. ledning **4** koppel rem
**leaden** ['ledn] *a* **1** bly-; blyaktig **2** tung
**leader** ['li:də] *s* ledare
**leadership** ['li:dəʃɪp] *s* ledarskap; ledning
**leading** ['li:dɪŋ] *a* ledande; förnämst; ~ ***actor (actress)*** manlig (kvinnlig) huvudrollsinnehavare; ~ ***article*** tidn. ledare
**lead-pencil** ['led'pensl] *s* blyertspenna
**leaf** [li:f] **I** (pl. *leaves* [li:vz]) *s* **1** löv, blad; lövverk **2** blad i bok; ***turn over a new*** ~ bildl. börja ett nytt liv **3** klaff, skiva till t.ex. bord **II** *itr*, ~ ***through*** bläddra i
**leaflet** ['li:flət] *s* flygblad, reklamlapp; folder, broschyr
**leafy** ['li:fɪ] *a* lövad, lövrik, lummig
**league** [li:g] *s* **1** förbund **2** sport. serie; ***the League*** engelska ligan
**leak** [li:k] **I** *s* läcka; läckage; ***a*** ~ ***of information*** en läcka **II** *itr tr* läcka äv. bildl. [~ *news to the press*]; vara otät; ~ ***out*** sippra (läcka) ut
**leakage** ['li:kɪdʒ] *s* läckage, läcka
**leaky** ['li:kɪ] *a* läckande, läck, otät
**1 lean** [li:n] *a* mager
**2 lean** [li:n] (*leaned leaned* [lent, li:nd] el. *leant leant* [lent]) *itr tr* luta sig, stödja sig; luta, stödja, ställa
**leaning** ['li:nɪŋ] *s* **1** lutning **2** böjelse, benägenhet [*towards* för]
**leant** [lent] se *2 lean*
**leap** [li:p] **I** (*leapt leapt* [lept]) *itr tr* hoppa; hoppa över **II** *s* hopp, språng; ***by*** ~***s and bounds*** med stormsteg
**leap-frog** ['li:pfrɒg] **I** *s* hoppa bock; ***play*** ~ hoppa bock **II** *itr* hoppa bock
**leapt** [lept] se *leap*
**leap-year** ['li:pjɜ:] *s* skottår
**learn** [lɜ:n] (*learnt learnt* [lɜ:nt] el. *learned learned* [lɜ:nt, lɜ:nd]) *tr itr* **1** lära sig [*from a p.* av ngn]; [*he* ~*s fast*], lära in; lära; ~ ***by heart*** lära sig utantill **2** få veta, höra [*from* av; *of* om]
**learned** [betydelse *I* lɜ:nt, lɜ:nd, betydelse *II* 'lɜ:nɪd] **I** se *learn* **II** *a* lärd
**learner** ['lɜ:nə] *s* lärjunge, elev; nybörjare; ~ ***car*** övningsbil
**learning** ['lɜ:nɪŋ] *s* **1** inlärande; inlärning **2** lärdom; ***a man of*** ~ en lärd man
**learnt** [lɜ:nt] se *learn*
**lease** [li:s] **I** *s* arrende, uthyrande; ***get (take on) a new*** ~ ***of life*** få nytt liv **II** *tr* **1** arrendera, hyra [*from* av] **2** arrendera ut, hyra ut [äv. ~ *out*]; leasa
**leasehold** ['li:səʊld] *s* arrende
**leaseholder** ['li:sˌəʊldə] *s* arrendator
**leash** [li:ʃ] **I** *s* koppel, rem; ***on a (the)*** ~ i koppel **II** *tr* koppla; föra i koppel
**least** [li:st] (superlativ av *little*) **I** *a* o. *adv* minst **II** *s*, ***the*** ~ det minsta; ***to say the*** ~ minst sagt, milt talat; ***at*** ~ a) åtminstone; i varje fall b) minst; ***not in the*** ~ el. ***not the*** ~ inte det minsta
**leather** ['leðə] *s* läder, skinn
**leather-bound** ['leðəbaʊnd] *a* i skinnband
**leatherette** [ˌleðə'ret] *s* konstläder
**leathery** ['leðərɪ] *a* läderartad, seg [~ *meat*]
**leave** [li:v] **I** (*left left*) *tr itr* **1** lämna; lämna kvar; efterlämna; glömma; ***three from seven*** ~***s four*** tre från sju är (blir) fyra; ~ ***hold (go)*** vard. släppa taget; ***it*** ~***s much (nothing) to be desired*** det lämnar mycket (ingenting) övrigt att önska; ***he*** ~***s a wife and two sons*** han efterlämnar hustru och två söner; ~ ***alone*** låta vara, låta bli; ***be left*** a) lämnas kvar b) finnas (bli) kvar **2** testamentera, efterlämna **3** lämna, gå (resa) ifrån, avgå ifrån; överge; avresa, avgå, ge sig av (i väg) [*for* till]; sluta, flytta; ~ ***school*** sluta (lämna) skolan **4** överlåta, överlämna [*to* åt]; ~ ***to chance*** lämna åt slumpen; ***I'll*** ~ ***it to you to...*** jag överlåter åt dig att... □ ~ **about** låta ligga framme; ~ **aside** lämna åsido, bortse ifrån; ~ **behind** lämna, lämna kvar, lämna efter sig, efterlämna; glömma kvar; ~ **off** sluta med, avbryta, upphöra med; sluta [*we left off at page 10*]; ~ **out** a) utelämna; förbigå b) låta ligga framme; ***feel left out of things*** känna sig utanför
**II** *s* **1** lov, tillåtelse, tillstånd; ***be on*** ~ ***of***

*absence* el. *be on* ~ ha permission; vara tjänstledig; *absent without* ~ frånvarande utan giltigt förfall **2** avsked, farväl; *take one's* ~ säga adjö, ta farväl; *take* ~ *of one's senses* bli galen
**leaven** ['levn] **I** *s* surdeg **II** *tr* jäsa med surdeg
**leaves** [li:vz] se *leaf I*
**leave-taking** ['li:vˌteɪkɪŋ] *s* avsked; avskedstagande
**leaving** ['li:vɪŋ] *s*, pl. *~s* matrester
**Lebanese** [ˌlebə'ni:z] **I** (pl. lika) *s* libanes **II** *a* libanesisk
**Lebanon** ['lebənən] Libanon
**lecherous** ['letʃərəs] *a* liderlig; vällustig
**lechery** ['letʃərɪ] *s* liderlighet, lusta
**lecture** ['lektʃə] **I** *s* **1** föreläsning, föredrag [*on* om, över]; ~ *hall (room)* föreläsningssal; *attend ~s* gå på föreläsningar; *deliver (give) a* ~ hålla en föreläsning **2** straffpredikan **II** *itr tr* **1** föreläsa [*on* om, över]; föreläsa för **2** läxa upp
**lecturer** ['lektʃərə] *s* **1** föreläsare **2** universitetslektor
**led** [led] se *2 lead I*
**ledge** [ledʒ] *s* list, hylla
**lee** [li:] *s* lä; läsida
**leech** [li:tʃ] *s* blodigel; igel [*hang on like a* ~]
**leek** [li:k] *s* purjolök
**leer** [lɪə] **I** *s* hånfull (lysten) blick **II** *itr* kasta lömska blickar [*at* på]
**lees** [li:z] *s pl* drägg, bottensats
**leeway** ['li:weɪ] *s* spelrum, andrum; *have a great deal of ~ to make up* ha mycket att ta igen
**1 left** [left] se *leave I*
**2 left** [left] **I** *a* vänster; ~ *turn* vänstersväng **II** *adv* till vänster [*of* om], åt vänster; ~ *turn!* mil. vänster om!; *turn* ~ svänga (gå) till vänster **III** *s* vänster sida (hand); *the Left* polit. vänstern; *on your* ~ till vänster om dig
**left-hand** ['lefthænd] *a* vänster-
**left-handed** ['left'hændid] *a* vänsterhänt
**left-hander** ['left'hændə] *s* **1** vänsterhänt person; sport. vänsterhandsspelare **2** vänsterslag
**leftist** ['leftɪst] *s* vänsteranhängare
**left-luggage** ['left'lʌgɪdʒ] *s*, ~ *office* el. ~ effektförvaring, resgodsinlämning
**left-off** ['leftɒf] *s* vard., pl. *~s* avlagda kläder
**left-over** ['leftˌəʊvə] *s* **1** pl. *~s* matrester **2** kvarleva
**leftwards** ['leftwədz] *adv* till (åt) vänster
**left-wing** ['leftwɪŋ] *a* på vänsterkanten; vänster-, vänsterorienterad
**left-winger** ['left'wɪŋə] *s* **1** vänsteranhängare, radikal **2** sport. vänsterytter
**leg** [leg] *s* **1** ben lem; *feel (find) one's ~s* a) lära sig stå (gå) b) känna sig hemmastadd, finna sig till rätta; *pull a p.'s* ~ vard. driva med ngn; *be on one's ~s* vara på benen igen efter sjukdom; *be on one's last ~s* vard. vara nära slutet **2** kok. lägg, lår; ~ *of mutton* fårstek, fårlår **3** byxben; skaft på strumpa el. stövel **4** ben, fot på t. ex. möbel **5** sport. omgång av t. ex. matcher [*first (second)* ~] **6** etapp av t. ex. distans, resa
**legacy** ['legəsɪ] *s* legat, testamentarisk gåva
**legal** ['li:g(ə)l] *a* laglig, lag-; lagenlig; rättslig, juridisk; *take ~ action* vidta laga åtgärder
**legality** [lɪ'gælətɪ] *s* laglighet, lagenlighet
**legalize** ['li:gəlaɪz] *tr* legalisera, göra laglig
**legation** [lɪ'geɪʃ(ə)n] *s* legation, beskickning
**legend** ['ledʒ(ə)nd] *s* legend; saga, sägen
**legendary** ['ledʒ(ə)ndrɪ] *a* legendarisk
**legible** ['ledʒəbl] *a* läslig, läsbar; tydlig
**legion** ['li:dʒ(ə)n] *s* legion; här; *the Foreign Legion* främlingslegionen
**legislate** ['ledʒɪsleɪt] *itr* lagstifta
**legislation** [ˌledʒɪs'leɪʃ(ə)n] *s* lagstiftning
**legislative** ['ledʒɪslətɪv] *a* lagstiftande
**legislator** ['ledʒɪsleɪtə] *s* lagstiftare
**legislature** ['ledʒɪslətʃə] *s* lagstiftande församling
**legitimate** [lɪ'dʒɪtɪmət] *a* legitim, laglig
**leg-pulling** ['legˌpʊlɪŋ] *s* vard. skämt
**leisure** ['leʒə, amer. vanl. 'li:ʒə] *s* ledighet, fritid; frihet; ~ *clothes (wear)* fritidskläder; *at* ~ ledig, i lugn och ro [*do a th. at* ~]
**leisurely** ['leʒəlɪ, amer. vanl. 'li:ʒəlɪ] *a* lugn, maklig; *at a ~ pace* i lugn (maklig) takt
**lemon** ['lemən] **I** *s* citron **II** *a* citronfärgad
**lemonade** [ˌlemə'neɪd] *s* lemonad, läskedryck; sockerdricka
**lemon-curd** ['lemənkɜ:d] *s* citronkräm
**lemon-sole** ['lemənsəʊl] *s* sjötunga; flundra
**lemon-squeezer** ['lemənˌskwi:zə] *s* citronpress
**lend** [lend] (*lent lent*) *tr* **1** låna, låna ut **2** ~ *oneself to* a) låna sig till, gå med på; förnedra sig till b) om sak lämpa sig för **3** ge, skänka [~ *enchantment*]; ~ *a hand with a th.* hjälpa till med ngt

**lender** ['lendə] *s* långivare
**lending-library** ['lendɪŋ,laɪbrɪ] *s* lånbibliotek
**length** [leŋθ] *s* **1** längd; *lie full* ~ ligga raklång; *at arm's* ~ a) på en arms avstånd b) bildl. på avstånd [*keep a p. at arm's* ~]; *win by three* ~*s* sport. vinna med tre längder; *ten metres in* ~ tio meter lång; *go to any* ~*s* inte sky något; *go to great* ~*s* bildl. gå (sträcka sig) mycket långt **2** *at* ~ slutligen, äntligen; utförligt; *at great* ~ mycket utförligt
**lengthen** ['leŋθ(ə)n] *tr* förlänga, göra längre; ~ *a skirt* lägga ned en kjol
**lengthiness** ['leŋθɪnəs] *s* långrandighet
**lengthwise** ['leŋθwaɪz] *adv* på längden
**lengthy** ['leŋθɪ] *a* lång, långvarig
**lenient** ['li:njənt] *a* mild, överseende
**lens** [lenz] *s* lins, objektiv
**Lent** [lent] *s* fasta, fastan, fastlag, fastlagen
**lent** [lent] se *lend*
**lentil** ['lentl] *s* bot. lins
**Leo** ['li:əʊ] astrol. Lejonet
**leopard** ['lepəd] *s* leopard
**leper** ['lepə] *s* spetälsk
**leprosy** ['leprəsɪ] *s* spetälska
**lesbian** ['lezbɪən] **I** *a* lesbisk **II** *s* lesbisk kvinna
**less** [les] **I** *a* o. *adv* o. *s* (komparativ av *little*) **1** mindre; *in* ~ *than no time* på nolltid **2** *no* ~ *than £100* inte mindre än 100 pund; *not* ~ *than £100* minst 100 pund; *it's no (nothing)* ~ *than a scandal* det är ingenting mindre än en skandal **II** *prep* minus [*5* ~ *2 is 3*], med avdrag av (för) [*£10 a week* ~ *rates and taxes*]
**lessen** ['lesn] *tr itr* minska, reducera; minskas
**lesson** ['lesn] *s* lektion; läxa; *I learnt a* ~ jag fick en läxa
**lest** [lest] *konj* **1** för (så) att inte [*I took it away* ~ *it should be stolen*], ifall något skulle hända **2** efter ord för t. ex. fruktan, oro för att [*we were afraid* ~ *he should come late*]
**1 let** [let] (*let let*) *tr itr* **1** (äv. hjälpverb) låta, tillåta; *let's have a drink!* ska vi ta en drink?; ~ *me introduce*... får jag presentera... ; *just* ~ *him try* el. ~ *him try!* vanl. han skulle bara våga! **2** släppa in [*my shoes* ~ *water*] **3** hyra ut [~ *rooms*]; *to* ~ att hyra
□ ~ **alone** a) låta vara, låta bli b) för att inte tala om, ännu mindre [*he can't look after himself,* ~ *alone others*]; ~ **be** låta vara, låta bli; ~ **down** a) släppa (sänka) ner b) lägga (släppa) ner [~ *down a dress*] c) bildl. lämna i sticket, svika [~ *down a friend*]; ~ **go** släppa [~ *me go!*], släppa lös (fri); släppa taget; låta gå; ~ *oneself go* slå (släppa) sig lös; ~ **in a)** släppa in [~ *in a p.*; ~ *in light*]; ~ *oneself in* låsa upp (öppna) och gå in **b)** ~ *in the clutch* släppa upp kopplingen **c)** ~ *oneself in for* inlåta sig på, ge sig in på; *you're letting yourself in for a lot of work* du får bara en massa arbete på halsen **d)** ~ *a p. in on* inviga ngn i; ~ **into a)** släppa in i; *be* ~ *into* släppas (slippa) in i **b)** inviga i, låta få veta [~ *a p. into a secret*]; ~ **off a)** avskjuta, bränna av [~ *off fireworks*] **b)** låta slippa undan [~ *off with a fine*]; *be* ~ *off* slippa undan **c)** släppa ut t. ex. ånga, tappa av **d)** släppa av [~ *me off at 12th Street!*] **e)** släppa sig fjärta; ~ **loose** släppa, släppa lös; ~ **on** vard. skvallra [*I won't* ~ *on*]; låtsas, låtsas om; ~ **out a)** släppa ut; släppa lös; *be* ~ *out* släppas (slippa) ut (lös) **b)** avslöja [~ *out a secret*] **c)** hyra ut
**2 let** [let] *s* sport. nätboll vid serve
**let-down** ['letdaʊn] *s* besvikelse
**lethal** ['li:θ(ə)l] *a* dödlig, dödande
**let's** [lets] = *let us*
**letter** ['letə] *s* **1** bokstav; *capital (small)* ~ stor (liten) bokstav **2** brev, skrivelse; ~ *of credit* kreditiv; ~ *to the paper (editor)* insändare
**letter-box** ['letəbɒks] *s* brevlåda; postlåda
**letter-card** ['letəkɑ:d] *s* postbrev
**lettuce** ['letɪs] *s* sallat, sallad; salladshuvud
**let-up** ['letʌp] *s* avbrott, uppehåll
**level** ['levl] **I** *s* **1** nivå, plan; höjd; yta; [*the lecture*] *was above my* ~ ... låg över min horisont (nivå); *on a* ~ *with* i nivå (höjd) med, i jämnhöjd med **2** vard., *on the* ~ ärligt sagt; *he's on the* ~ han är just **3** vattenpass
**II** *a* **1** jämn, slät, plan **2** vågrät; på samma plan [*with* som], i jämnhöjd, jämställd [*with* med]; jämn; ~ *crossing* plankorsning; järnvägskorsning i plan; *a* ~ *teaspoonful* en struken tesked; *do one's* ~ *best* göra sitt allra bästa; *draw* ~ komma jämsides med varandra; *keep* ~ *with* hålla jämna steg med **3** *keep a* ~ *head* hålla huvudet kallt
**III** *tr* **1** jämna, planera [~ *a road*]; göra vågrät; jämna ut; ~ *with (to) the ground* el. ~ jämna med marken, rasera **2** rikta [*at, against* mot]
**level-headed** ['levl'hedɪd] *a* sansad

**lever** ['li:və] **I** *s* hävstång; spak; handtag **II** *tr* lyfta med hävstång
**levy** ['levɪ] **I** *s* uttaxering **II** *tr* uttaxera, lägga på [~ *a tax*]
**lewd** [lju:d] *a* liderlig, oanständig
**lexicographer** [ˌleksɪ'kɒgrəfə] *s* lexikograf, ordboksförfattare
**lexicography** [ˌleksɪ'kɒgrəfɪ] *s* lexikografi
**liability** [ˌlaɪə'bɪlətɪ] *s* **1** ansvar; betalningsskyldighet **2** benägenhet, mottaglighet **3** pl. ***liabilities*** hand. skulder **4** belastning; olägenhet
**liable** ['laɪəbl] *a* **1** ansvarig **2** skyldig; ~ ***to*** belagd med t.ex. straff, skatt, underkastad; ~ ***to duty*** tullpliktig; ***make oneself ~ to*** utsätta sig för risken av **3** mottaglig [*to* för]; benägen [*to* för]; ***colours ~ to fade*** färger som gärna vill blekna; ***it is ~ to be misunderstood*** det kan så lätt missförstås
**liaison** [li:'eɪz(ə)n] *s* **1** kärleks- förhållande **2** mil., ~ ***officer*** sambandsofficer
**liar** ['laɪə] *s* lögnare, lögnerska, lögnhals
**libel** ['laɪb(ə)l] **I** *s* ärekränkning speciellt i skrift **II** *tr* ärekränka
**liberal** ['lɪbr(ə)l] **I** *a* **1** frikostig, generös **2** liberal, frisinnad **3** ***Liberal*** polit. liberal **II** *s*, ***Liberal*** polit. liberal
**liberate** ['lɪbəreɪt] *tr* befria; frige
**liberation** [ˌlɪbə'reɪʃ(ə)n] *s* befrielse; frigivning; frigörelse
**liberator** ['lɪbəreɪtə] *s* befriare
**liberty** ['lɪbətɪ] *s* frihet; ***the ~ of the press*** tryckfrihet, tryckfriheten; ~ ***of speech*** yttrandefrihet; ***take liberties*** ta sig friheter, vara närgången [*with* mot]; ***at ~*** på fri fot; ***you are at ~ to*** det står dig fritt att; ***set at ~*** frige
**Libra** ['laɪbrə] *s* astrol. Vågen
**librarian** [laɪ'breərɪən] *s* bibliotekarie
**library** ['laɪbrɪ] *s* bibliotek; film. arkiv
**librettist** [lɪ'bretɪst] *s* librettoförfattare
**libretto** [lɪ'bretəʊ] *s* libretto
**Libya** ['lɪbɪə] Libyen
**Libyan** ['lɪbɪən] **I** *a* libysk **II** *s* libyer
**lice** [laɪs] *s* se *louse 1*
**licence** ['laɪs(ə)ns] *s* **1** licens [*radio* ~]; ***dog ~*** ungefär hundskatt; ***driving (driver's) ~*** körkort; ***pilot's ~*** flygcertifikat **2** tygellöshet; lättsinne **3** handlingsfrihet; ***poetic ~*** poetisk frihet
**license** ['laɪs(ə)ns] **I** *tr* bevilja (ge) licens **II** *s* amer. = *licence*; ~ ***plate*** amer. nummerplåt, registreringsskylt
**licensed** ['laɪs(ə)nst] *a* med spriträttigheter; ~ ***premises (house)*** restaurang (hotell) med spriträttigheter
**lichen** ['laɪkən, 'lɪtʃən] *s* lav
**lick** [lɪk] **I** *tr* **1** slicka; slicka på; ~ ***a p.'s boots (shoes)*** vard. krypa (krusa) för ngn; ~ ***into shape*** sätta fason på **2** vard. ge stryk, slå [~ *a p. at tennis*] **II** *s* **1** slickning **2** saltsleke **3** sl., ***at a great (at full) ~*** i full fräs
**licorice** ['lɪkərɪs] *s* amer. lakrits
**lid** [lɪd] *s* **1** lock; ***put the ~ on*** vard. sätta stopp för; ***take the ~ off*** vard. avslöja **2** ögonlock [äv. *eyelid*]
**lido** ['li:dəʊ] *s* friluftsbad
**1 lie** [laɪ] **I** *s* lögn, osanning; ***a pack of ~s*** en massa lögner **II** *itr* ljuga [*to* för]
**2 lie** [laɪ] **I** (*lay lain*) *itr* ligga; ligga begraven; ***here ~s*** här vilar □ ~ **about** ligga och skräpa, ligga framme; ~ **back** luta (lägga) sig tillbaka; ~ **down a)** lägga sig och vila, lägga sig ner **b)** ***take an insult lying down*** finna sig i en förolämpning; ~ **in a)** ligga i, bestå i; ***everything that ~s in my power*** allt som står i min makt **b)** ligga kvar i sängen; ~ **with** åvila, ligga hos [*the fault ~s with the Government*]
**II** *s* läge, belägenhet; ***know the ~ of the land*** bildl. veta hur läget är
**lie-down** [laɪ'daʊn] *s*, ***go and have a ~*** lägga sig och vila
**lie-in** ['laɪɪn] *s*, ***have a nice ~*** ligga och dra sig i sängen
**lieutenant** [lef'tenənt, amer. lu:'tenənt] *s* **1** löjtnant inom armén; kapten inom flottan **2** i USA ungefär polisinspektör
**life** [laɪf] (pl. *lives* [laɪvz]) *s* **1** liv; livstid, livslängd; ***a ~ sentence*** livstidsfängelse; ***the ~ and soul of the party*** sällskapets medelpunkt; [*tell the children*] ***the facts of ~*** vard. ... hur ett barn kommer till; ***great loss of ~*** stora förluster i människoliv; ***at my time of ~*** vid min ålder; ***I had the time of my ~*** vard. jag hade jätteroligt; ***not for the ~ of me*** vard. inte för mitt liv (allt i världen); ***not on your ~*** aldrig i livet **2** levnadsteckning, biografi [*the lives of* (över) *great men*] **3** konst. natur, verklighet; ~ ***class*** krokiklass med elever som tecknar efter levande modell; ***larger than ~*** i övernaturlig storlek
**lifebelt** ['laɪfbelt] *s* livbälte; räddningsbälte
**lifeboat** ['laɪfbəʊt] *s* livbåt; livräddningsbåt
**lifebuoy** ['laɪfbɔɪ] *s* livboj, frälsarkrans
**life-guard** ['laɪfgɑ:d] *s* **1** livvakt **2** pl. ***~s*** livgarde **3** livräddare, strandvakt
**life-jacket** ['laɪfˌdʒækɪt] *s* flytväst
**lifeless** ['laɪfləs] *a* livlös, död, utan liv

**lifelike** ['laɪflaɪk] *a* livslevande, naturtrogen
**lifeline** ['laɪflaɪn] *s* livlina; räddningslina
**lifelong** ['laɪflɒŋ] *a* livslång [~ *friendship*]
**life-saving** ['laɪf,seɪvɪŋ] *s* livräddning
**life-size** ['laɪf'saɪz] *a* i kroppsstorlek, i naturlig storlek
**lifetime** ['laɪftaɪm] *s* livstid; ***a*** ~ ett helt liv; hela livet [*it'll last a* ~]; ***it is the chance of a*** ~ det är mitt (ditt etc.) livs chans
**lift** [lɪft] **I** *tr itr* **1** lyfta; lyfta på; höja sig **2** häva [~ *a blockade*], upphäva **3** lätta [*the fog lifted*], lyfta, skingras **II** *s* **1** lyft, lyftande **2** ***give ap. a*** ~ ge ngn lift (skjuts) **3** hiss; skidlift
**1 light** [laɪt] **I** *s* ljus, sken; belysning; dagsljus, dager; lampa; ***bring (come) to*** ~ bringa (komma) i dagen; ***may I have a*** ~*?* kan jag få lite eld?; ***put on (put out) the*** ~ tända (släcka) ljuset; ***shed (throw)*** ~ ***on (upon)*** bildl. sprida ljus över, bringa klarhet i; ***strike a*** ~ tända en tändsticka; ***in a false*** ~ i falsk dager; pl. ~*s* a) teat. rampljus b) trafikljus
**II** (*lit lit* el. *lighted lighted*) *tr* **1** tända [äv. ~ *up*] **2** lysa upp, belysa
**2 light** [laɪt] **I** *a* **1** lätt [*a* ~ *burden*]; ~ ***comedy*** lättare komedi, lustspel; ~ ***opera*** operett; ~ ***reading*** nöjesläsning; ~ ***sentence*** mild dom; ***he is a*** ~ ***sleeper*** han sover lätt **2** lindrig, lätt [*a* ~ *attack of flu*] **II** *adv* lätt [*sleep* ~]; ***get off*** ~ slippa lindrigt undan; ***travel*** ~ resa utan mycket bagage
**3 light** [laɪt] (*lit lit* el. *lighted lighted*) *itr,* ~ ***on (upon)*** råka (stöta) på
**light-bulb** ['laɪtbʌlb] *s* glödlampa
**1 lighten** ['laɪtn] *tr* lätta, göra lättare
**2 lighten** ['laɪtn] *tr itr* **1** lysa upp, upplysa **2** ljusna, klarna **3** blixtra
**1 lighter** ['laɪtə] *s* tändare
**2 lighter** ['laɪtə] *s* läktare, pråm
**light-headed** ['laɪt'hedɪd] *a* **1** yr i huvudet **2** tanklös, lättsinnig
**lighthouse** ['laɪthaʊs] *s* fyr, fyrtorn
**lighting** ['laɪtɪŋ] *s* lyse, belysning
**lightly** ['laɪtlɪ] *adv* lätt; ~ ***done*** lättstekt; ***get off*** ~ slippa lindrigt undan
**lightning** ['laɪtnɪŋ] *s* blixtar, blixt; ***a flash of*** ~ en blixt; ***forked*** ~ sicksackblixt, sicksackblixtar; ***sheet*** ~ ytblixt, ytblixtar
**lightning-conductor** ['laɪtnɪŋkən'dʌktə] *s* åskledare
**lightweight** ['laɪtweɪt] *s* **1** lättvikt; attributivt lättvikts- [~ *bicycle*], lätt **2** lättviktare
**likable** ['laɪkəbl] *a* sympatisk, trevlig
**1 like** [laɪk] **I** *a* lik; ***be*** ~ vara lik, likna [*she is* ~ *him*], se ut som; ***what's it*** ~*?* hur är den?; hur ser den ut?; ***I have one*** ~ ***this at home*** jag har en likadan hemma **II** *prep* som [*if I were* ~ *you*], såsom, liksom, likt; ~ ***this*** så här □ ~ **anything** vard. som bara den [*he ran* ~ *anything*]; **nothing** ~ vard. inte alls, inte på långt när [*nothing* ~ *as (so) old*]; **something** ~ omkring, ungefär; något i stil med **III** *konj* vard. som [*do it* ~ *I do*], såsom **IV** *s* **1** ***the*** ~ något liknande (dylikt) **2** vard., ***the*** ~***s of me*** såna som jag
**2 like** [laɪk] **I** *tr itr* tycka om, gilla; vilja [*do as you* ~], ha lust; ***well, I*** ~ ***that!*** iron. det må jag då säga!; ***I should*** ~ ***to know*** jag skulle gärna vilja veta; ***he can try if he*** ~***s*** han får gärna försöka **II** *s,* ~***s and dislikes*** sympatier och antipatier
**likelihood** ['laɪklɪhʊd] *s* sannolikhet
**likely** ['laɪklɪ] **I** *a* sannolik, trolig; ***it is*** ~ ***to be misunderstood*** det kan lätt missförstås; ***he is*** ~ ***to win*** han vinner säkert; ***not*** ~*!* vard. knappast!, och det trodde du! **II** *adv,* ***very (most)*** ~ sannolikt, troligen
**like-minded** ['laɪk'maɪndɪd] *a* likasinnad
**liken** ['laɪk(ə)n] *tr* likna [*to* vid]
**likeness** ['laɪknəs] *s* **1** likhet; ***family*** ~ släkttycke **2** skepnad; form **3** porträtt; [*the portrait*] ***is a good*** ~ ... är mycket likt
**likewise** ['laɪkwaɪz] *adv* likaledes; därtill, dessutom
**liking** ['laɪkɪŋ] *s,* ***take a*** ~ ***to*** fatta tycke för; ***to a p.'s*** ~ i ngns smak, till ngns belåtenhet
**lilac** ['laɪlək] **I** *s* **1** syren **2** lila **II** *a* lila
**lilt** [lɪlt] *s* rytm, schvung
**lily** ['lɪlɪ] *s* lilja
**lily-of-the-valley** ['lɪlɪəvðə'vælɪ] (pl. *lilies-of-the-valley*) *s* liljekonvalj
**limb** [lɪm] *s* lem, arm, ben
**limber** ['lɪmbə] *tr itr,* ~ ***up*** mjuka upp; mjuka upp sig
**1 lime** [laɪm] *s* lime, lime-frukt
**2 lime** [laɪm] *s* lind
**3 lime** [laɪm] **I** *s* kalk; ***slaked*** ~ släckt kalk **II** *tr* **1** kalka vägg **2** bestryka med fågellim; snärja
**limelight** ['laɪmlaɪt] *s* rampljus; ***be (appear) in the*** ~ stå (träda fram) i rampljuset
**limestone** ['laɪmstəʊn] *s* kalksten
**limit** ['lɪmɪt] **I** *s* gräns; ***that's the*** ~*!* vard. det slår alla rekord!, det var det värsta! **II** *tr* begränsa

**limitation** [ˌlɪmɪ'teɪʃ(ə)n] *s* begränsning
**limited** ['lɪmɪtɪd] *a* begränsad, inskränkt; ~ ***liability company*** el. ~ ***company*** aktiebolag med begränsad ansvarighet
**limousine** ['lɪmu:zi:n] *s* limousine; lyxbil
**1 limp** [lɪmp] *a* böjlig; slapp, sladdrig
**2 limp** [lɪmp] **I** *itr* linka, halta **II** *s* haltande gång; ***walk with a*** ~ halta
**limpid** ['lɪmpɪd] *a* genomskinlig, kristallklar
**1 line** [laɪn] **I** *s* **1** a) lina; metrev; klädstreck b) elektr., tele. ledning **2** linje **3** länga, räcka; fil **4** rad [*page 10* ~ *5*]; ***drop me a*** ~ skriv några rader **5** versrad **6** teat., vanl. pl. ~*s* replik [*the actor had forgotten his* ~*s*], roll [*he knew his* ~*s*] **7** släktgren, led; ätt **8** fack, bransch [*what* ~ *is he in?*]; ***saving is not in my*** ~ att spara ligger inte för mig **9** hand. vara, sortiment [*a cheap* ~ *in hats*] **10** diverse fraser och uttryck:, ~ ***of action*** förfaringssätt; ~ ***of business*** affärsgren, bransch; ~ ***of goods*** varuslag; ***be in*** ~ ***with*** ligga helt i linje med; ***are you still on the*** ~***?*** är du kvar i telefon?; ***bring a th. into*** ~ ***with*** bringa ngt i överensstämmelse med; ***draw the*** ~ bildl. dra gränsen [*at* vid], säga stopp [*at* när det gäller]; ***draw the*** ~ ***at*** inte vilja gå med på; ~ ***engaged*** (amer. ***busy)!*** tele. upptaget!; ***fall into*** ~ mil. falla in i ledet; ***hold the*** ~, ***please!*** tele. var god och vänta!; ***take a strong (hard)*** ~ uppträda bestämt
**II** *tr itr* **1** linjera **2** rada upp, mil. ställa upp på linje [äv. ~ *up*]; ~ ***up*** ställa upp sig; köa **3** stå utefter, kanta [*people lined the streets*] **4** göra rynkig, fåra t. ex. pannan
**2 line** [laɪn] *tr* fodra, beklä
**lined** [laɪnd] *a* **1** randig; strimmig; ~ ***paper*** linjerat papper **2** rynkad, rynkig
**linen** ['lɪnɪn] *s* **1** linne **2** kollektivt linne [*bed-linen*]; underkläder; ***dirty (soiled)*** ~ smutskläder
**liner** ['laɪnə] *s* linjefartyg, oceanfartyg; trafikflygplan
**linesman** ['laɪnzmən] *s* sport. linjedomare, linjeman
**line-up** ['laɪnʌp] *s* **1** uppställning äv. sport., bildl. gruppering [*a* ~ *of Afro-Asian powers*] **2** samling
**linger** ['lɪŋgə] *itr* **1** dröja sig kvar **2** ~ ***on*** leva vidare (kvar)
**lingerie** ['lɒnʒərɪ:] *s* damunderkläder
**linguist** ['lɪŋgwɪst] *s* **1** språkkunnig person **2** lingvist, språkforskare
**liniment** ['lɪnəmənt] *s* liniment
**lining** ['laɪnɪŋ] *s* foder
**link** [lɪŋk] **I** *s* **1** länk **2** manschettknapp **II** *tr itr* länka ihop, förena [äv. ~ *together (up)*]; ~ ***up*** el. ~ länkas ihop, förena sig
**links** [lɪŋks] *s* golfbana
**linnet** ['lɪnɪt] *s* zool. hämpling
**lino** ['laɪnəʊ] *s* vard. för *linoleum*
**linoleum** [lɪ'nəʊljəm] *s* linoleum; korkmatta
**linseed** ['lɪnsi:d] *s* linfrö
**linseed-oil** ['lɪnsi:d'ɔɪl] *s* linolja
**lint** [lɪnt] *s* charpi, linneskav
**lintel** ['lɪntl] *s* överstycke på dörr el. fönster
**lion** ['laɪən] *s* lejon
**lioness** ['laɪənəs] *s* lejoninna
**lionize** ['laɪənaɪz] *tr* fira, dyrka
**lip** [lɪp] *s* läpp; ***upper*** ~ överläpp
**lip-gloss** ['lɪpglɒs] *s* läppglans
**lip-reading** ['lɪpˌri:dɪŋ] *s* läppavläsning
**lipsalve** ['lɪpsælv] *s* cerat
**lip-service** ['lɪpˌsɜ:vɪs] *s* tomma ord, fagra löften, munväder
**lipstick** ['lɪpstɪk] *s* läppstift
**liquefy** ['lɪkwɪfaɪ] *tr itr* smälta; kondensera; anta vätskeform
**liqueur** [lɪ'kjʊə] *s* likör
**liquid** ['lɪkwɪd] **I** *a* **1** flytande, i vätskeform **2** klar, genomskinlig; ~ ***eyes*** blanka ögon **3** hand. likvid [~ *assets* (tillgångar)] **II** *s* vätska
**liquidate** ['lɪkwɪdeɪt] *tr* likvidera
**liquor** ['lɪkə] *s* spritdryck, dryck
**liquorice** ['lɪkərɪs] *s* lakrits
**lisp** [lɪsp] **I** *itr tr* läspa; läspa fram **II** *s* läspning; ***have a*** ~ läspa
**1 list** [lɪst] **I** *s* lista, förteckning [*of* på]; ***shopping*** ~ inköpslista, minneslista **II** *tr* ta upp på en lista
**2 list** [lɪst] sjö. **I** *itr* ha (få) slagsida **II** *s* slagsida
**listen** ['lɪsn] *itr* lyssna, höra på; ~ ***in on*** avlyssna; ~ ***in to*** a) lyssna på i radio b) avlyssna [~ *in to a telephone conversation*]
**listener** ['lɪsnə] *s* åhörare; lyssnare
**listless** ['lɪstləs] *a* håglös, apatisk; slö
**lit** [lɪt] se *1 light II* o. *3 light*
**liter** ['li:tə] *s* amer. liter
**literacy** ['lɪtərəsɪ] *s* läs- och skrivkunnighet
**literal** ['lɪtər(ə)l] *a* ordagrann; bokstavlig, egentlig [*in the* ~ *sense*]
**literally** ['lɪtərəlɪ] *adv* ordagrant; bokstavligt; bokstavligt talat
**literary** ['lɪtərərɪ] *a* litterär; litteratur-
**literate** ['lɪtərət] *a* läs- och skrivkunnig
**literature** ['lɪtrətʃə] *s* litteratur
**lithe** [laɪð] *a* smidig, vig; böjlig

**lithograph** ['lɪθəgrɑ:f, 'lɪθəgræf] *s* litografi [*a* ~]
**lithography** [lɪ'θɒgrəfɪ] *s* litografi
**Lithuania** [ˌlɪθjʊ'eɪnjə] Litauen
**Lithuanian** [ˌlɪθjʊ'eɪnjən] **I** *a* litauisk **II** *s* **1** litauer **2** litauiska språket
**litmus** ['lɪtməs] *s* lackmus [~ *paper*]
**litre** ['li:tə] *s* liter [*two ~s of milk*]
**litter** ['lɪtə] **I** *s* **1** skräp, avfall **2** bår **3** kull [*a ~ of pigs (puppies)*] **II** *tr*, ~ ***up*** el. ~ skräpa ner
**litter-bag** ['lɪtəbæg] *s* skräppåse t. ex. i bil
**litter-bin** ['lɪtəbɪn] *s* papperskorg på allmän plats
**litterbug** ['lɪtəbʌg] *s* amer. vard. person som skräpar ner på allmän plats
**litter-lout** ['lɪtəlaʊt] *s* vard. person som skräpar ner på allmän plats
**little** ['lɪtl] (komparativ *less*, superlativ *least*) **I** *a* liten, pl. små; lill- [~ *finger*] **II** *a* o. *adv* o. *s* **1** lite, litet; föga [*of ~ value*], ringa [*of ~ importance*], obetydlig [~ *damage*]; ***make ~ of*** bagatellisera; ***the*** ~ det lilla [*the ~ I have seen*] **2** ***a*** ~ **a)** lite, litet [*he had a ~ money left*] **b)** ***not a*** ~ inte så litet, ganska mycket; ***only a*** ~ bara lite
**1 live** [laɪv] **I** *a* **1** levande **2** inte avbränd, oanvänd [*a ~ match*]; laddad [*a ~ cartridge*]; skarp [~ *ammunition*]; ~ ***wire*** a) strömförande ledning b) bildl. energiknippe; ***a*** ~ ***coal*** ett glödande kol **3** radio., TV. direktsänd; ~ ***broadcast*** direktsändning **II** *adv* radio., TV. direkt
**2 live** [lɪv] *itr tr* **1** leva [~ *a double life*]; leva kvar [*his memory will always ~*]; ***we ~ and learn*** man lär så länge man lever; ~ ***down*** rehabilitera sig efter; hämta sig efter; ~ ***through*** genomleva, uppleva; ~ ***to see*** få uppleva; ~ ***together*** leva ihop, sammanbo; ~ ***up to*** a) leva ända till b) leva upp till, göra skäl för **2** bo, vara bosatt; vistas
**live-in** ['lɪvɪn] *s* sambo
**livelihood** ['laɪvlɪhʊd] *s* uppehälle, levebröd; ***means of*** ~ födkrok
**lively** ['laɪvlɪ] *a* livlig, pigg [~ *eyes*]; ***look ~!*** raska på!
**liven** ['laɪvn] *tr itr*, ~ ***up*** liva (pigga) upp; bli livlig (livligare), livas (piggas) upp
**liver** ['lɪvə] *s* lever; ~ ***disease*** leversjukdom; ~ ***paste*** leverpastej
**livery** ['lɪvərɪ] *s* livré
**lives** [laɪvz] *s* se *life*
**livestock** ['laɪvstɒk] *s* kreatursbesättning; boskap, husdjur
**livid** ['lɪvɪd] *a* **1** blåblek; likblek **2** vard. rasande
**living** ['lɪvɪŋ] **I** *a* levande; i livet [*are your parents ~?*]; ***within (in)*** ~ ***memory*** i mannaminne **II** *s* **1** liv, att leva [~ *is expensive these days*]; ***standard of*** ~ levnadsstandard **2** levebröd; ***earn (make) a (one's)*** ~ förtjäna sitt uppehälle [*by* på]; ***what does he do for a ~?*** vad sysslar han med (lever han av)? **3** kyrkl. pastorat **4** attributivt livs-, levnads- [~ *conditions*]; ~ ***quarters*** bostad; ***a*** ~ ***wage*** en lön som man kan leva på
**living-room** ['lɪvɪŋrʊm] *s* vardagsrum
**lizard** ['lɪzəd] *s* ödla
**'ll** [l] = *will, shall* [*I'll = I will, I shall*]
**llama** ['lɑ:mə] *s* lamadjur
**lo** [ləʊ] *interj*, ~ ***and behold!*** har man sett!
**load** [ləʊd] **I** *s* **1** last; börda **2** tekn. belastning **3** vard., pl. ~***s*** massor; ~***s of*** massor av, en massa **II** *tr itr* **1** lasta [~ *a ship*]; fylla [~ *the washing machine*] **2** belasta [~ *one's memory with*]; lasta; ~ ***one's stomach*** överlasta magen **3** ladda **4** ~ ***dice*** förfalska tärningar
**loaded** ['ləʊdɪd] *pp* o. *a* **1** lastad; ~ ***dice*** falska tärningar **2** sl. tät rik
**1 loaf** [ləʊf] (pl. *loaves* [ləʊvz]) *s* **1 a)** limpa, bröd [äv. ~ *of bread*]; ***tin*** ~ formbröd **b)** ***meat*** ~ köttfärslimpa **2** ~ ***sugar*** toppsocker
**2 loaf** [ləʊf] *itr*, ~ ***about*** slå dank, stå och hänga
**loam** [ləʊm] *s* lerjord
**loan** [ləʊn] **I** *s* lån; ***on*** ~ utlånad; till låns **II** *tr* låna ut
**loath** [ləʊθ] *a* obenägen [*to* att]
**loathe** [ləʊð] *tr* avsky
**loathing** ['ləʊðɪŋ] *s* avsky; äckel
**loathsome** ['ləʊðsəm] *a* vidrig, äcklig
**loaves** [ləʊvz] *s* se *1 loaf*
**lob** [lɒb] sport. **I** *s* lobb **II** *tr* lobba
**lobby** ['lɒbɪ] *s* hall, vestibul, entréhall i t. ex. hotell
**lobe** [ləʊb] *s*, ~ ***of the ear*** örsnibb
**lobelia** [lə'bi:ljə] *s* lobelia
**lobster** ['lɒbstə] *s* hummer
**lobster-pot** ['lɒbstəpɒt] *s* hummertina
**local** ['ləʊk(ə)l] **I** *a* lokal, orts-, på orten [~ *population*]; ***the*** ~ ***authorities*** de lokala (kommunala) myndigheterna; ~ ***government*** kommunal självstyrelse **II** *s* **1** ortsbo; ***he is a*** ~ han är härifrån **2** vard., ***the*** ~ kvarterspuben
**locality** [lə'kælətɪ] *s* **1** lokalitet, plats, ställe; trakt, ort **2** läge, belägenhet
**locate** [ləʊ'keɪt] *tr* lokalisera; ***be located*** vara belägen; spåra

**location** [ləʊ'keɪʃ(ə)n] *s* **1** lokalisering, spårande **2** läge, plats **3** film., *shoot films on* ~ filma på platsen
**loch** [lɒk] *s* Skottl. insjö; fjord
**1 lock** [lɒk] *s* lock, länk av hår
**2 lock** [lɒk] **I** *s* **1** lås; *under ~ and key* inom lås och bom; *put a th. under ~ and key* låsa in ngt **2** ~, *stock and barrel* rubb och stubb **3** sluss **II** *tr itr* **1** låsa, stänga med lås; ~ *out* a) låsa ut (ute) b) lockouta; ~ *up* a) låsa (stänga) till [~ *up a room*] b) låsa in (undan); spärra in [~ *up a prisoner*] **2** gå i lås, låsas, gå att låsa; ~ *up* låsa efter sig **3** låsa sig
**locker** ['lɒkə] *s* låsbart skåp (fack)
**locket** ['lɒkɪt] *s* medaljong
**lock-out** ['lɒkaʊt] *s* lockout
**locksmith** ['lɒksmɪθ] *s* låssmed, klensmed
**lock-up** ['lɒkʌp] *s* arrest, finka
**locomotive** [ˌləʊkə'məʊtɪv] *s* lokomotiv, lok
**locust** ['ləʊkəst] *s* gräshoppa från Asien o. Afrika
**lodge** [lɒdʒ] **I** *s* **1** jakthydda, jaktstuga **2** portvaktsrum **II** *tr itr* **1** inkvartera, hysa, logera, ta in **2** framföra [~ *a complaint* (klagomål)] **3** deponera [~ *money in the bank*] **4** hyra rum, bo [*with* hos]
**lodger** ['lɒdʒə] *s* inneboende, hyresgäst
**lodging** ['lɒdʒɪŋ] *s* **1** husrum, ~ *for the night* nattlogi **2** pl. ~*s* hyresrum
**lodging-house** ['lɒdʒɪŋhaʊs] *s* enklare hotell; *common* ~ ungkarlshotell
**loft** [lɒft] *s* vind, loft
**lofty** ['lɒftɪ] *a* litt. **1** hög, imponerande [*a ~ tower*], ståtlig; om rum hög i taket **2** bildl. hög [~ *ideals*]
**log** [lɒg] *s* **1** stock; vedträ; *sleep like a* ~ sova som en stock **2** sjö. logg
**loganberry** ['ləʊgənbərɪ] *s* loganbär en korsning mellan hallon och björnbär
**log-book** ['lɒgbʊk] *s* sjö., flyg. loggbok
**log-cabin** ['lɒgˌkæbɪn] *s* timmerstuga
**loggerhead** ['lɒgəhed] *s, be at ~s* vara osams
**logic** ['lɒdʒɪk] *s* logik
**logical** ['lɒdʒɪk(ə)l] *a* logisk, följdriktig
**loin** [lɔɪn] *s* **1** pl. ~*s* länder **2** kok. njurstek, fransyska
**loin-cloth** ['lɔɪnklɒθ] *s* höftskynke
**loiter** ['lɔɪtə] *itr* söla; stå och hänga; ~ *about* el. ~ dra omkring
**loll** [lɒl] *itr* **1** ligga och dra sig [~ *in bed*]; sitta och hänga **2** ~ *out* hänga ut ur munnen [*the dog's tongue was lolling out*]
**lollipop** ['lɒlɪpɒp] *s* klubba, slickepinne
**lolly** ['lɒlɪ] *s* vard. klubba, slickepinne; *ice* ~ isglass pinne
**London** ['lʌndən]
**Londoner** ['lʌndənə] *s* Londonbo
**lone** [ləʊn] *a* litt. ensam, enslig
**lonely** ['ləʊnlɪ] *a* ensam; öde, ödslig
**lonesome** ['ləʊnsəm] *a* ensam
**1 long** [lɒŋ] *itr* längta [*for* efter]
**2 long** [lɒŋ] **I** *a* lång; längd- [~ *jump*]
**II** *s* **1** *the ~ and short of it* summan av kardemumman, kontentan **2** lång i morsealfabetet
**III** *adv* **1** länge; ~ *live the King!* leve kungen!; *he had not ~ eaten* han hade nyss ätit **2** hel; *an hour* ~ en hel timme; *all day (night)* ~ hela dagen (natten)
**IV** *a* o. *s* o. *adv* i diverse förbindelser:, *I shan't (won't) be* ~ jag är strax tillbaka; *be ~ about a th.* hålla på länge (dröja) med ngt; *he was not ~ coming (in coming)* han lät inte vänta på sig; *it was not ~ before he came* det dröjde inte länge förrän han kom; *take* ~ ta lång tid; ~ *ago* för länge sedan; *as* ~ så lång tid [*three times as* ~]; *as (so) ~ as* a) så länge, så länge som [*stay (stay for) as ~ as you like*], lika länge som b) om... bara [*you may borrow the book so ~ as you keep it clean*]; *as ~ as... ago* redan för... sedan; *before* ~ inom kort, snart; *for* ~ länge; på länge; *so ~!* vard. hej så länge!
**long-distance** ['lɒŋ'dɪst(ə)ns] *a* långdistans- [~ *flight*]; ~ *call* rikssamtal
**longing** ['lɒŋɪŋ] **I** *a* längtansfull **II** *s* längtan
**longish** ['lɒŋɪʃ] *a* rätt så lång, längre
**longitude** ['lɒndʒɪtju:d] *s* longitud, längd
**long-lived** ['lɒŋ'lɪvd] *a* långlivad; långvarig
**long-play** ['lɒŋpleɪ] *a* o. **long-playing** ['lɒŋˌpleɪɪŋ] *a, ~ record (disc)* långspelande skiva, LP
**long-range** ['lɒŋ'reɪndʒ] *a* långdistans- [~ *flight*]; långtids- [~ *forecast* (prognos)]
**long-standing** ['lɒŋˌstændɪŋ] *a* gammal, långvarig
**long-term** ['lɒŋtɜ:m] *a* lång, långfristig [~ *loans*]; på lång sikt, långsiktig [~ *policy*]
**long-winded** ['lɒŋ'wɪndɪd] *a* mångordig, omständlig, långrandig
**loo** [lu:] *s* vard., *the* ~ toa, dass
**look** [lʊk] **I** *itr tr* **1** se, titta **2** leta, söka **3** verka, förefalla, synas; ~ *like* se ut som, likna; *what does he ~ like?* hur ser han ut?; *it ~s like rain* det ser ut att bli regn;

*she ~s 50* hon ser ut som 50; *make a p. ~ a fool* göra ngn till ett åtlöje □ ~ **about** se sig om; ~ **after** se efter; sköta om, ha (ta) hand om; sköta; bevaka [*~ after one's interests*]; ~ *after oneself* klara sig själv, sköta om sig; ~ **at** se (titta) på; *it isn't much to ~ at* det ser ingenting ut; ~ **back a)** se sig om **b)** se (tänka) tillbaka **c)** *from then on he never looked back* från och med då gick det stadigt framåt för honom; ~ **down** se ned; ~ *down on a p.* bildl. se ned på ngn; ~ **for** a) leta efter b) vänta sig; ~ **forward** se framåt; ~ *forward to* se fram emot; ~ **in** titta in [*on a p.* till ngn], hälsa på [*on a p.* ngn]; ~ **into** a) se (titta) in i b) undersöka [*I'll ~ into the matter*]; ~ **on** a) se (titta) 'på b) betrakta [*~ on a p. with distrust*]; ~ **out a)** se (titta) ut [*~ out of* (genom) *the window*] **b)** se sig för; ~ *out!* se upp!, akta dig! **c)** ~ *out on (over)* ha utsikt över; ~ **over** a) se över b) se igenom, granska; ~ **round** a) se sig om [*~ round the town* (i staden)] b) se sig om [*for* efter]; ~ **to a)** se på (till) **b)** ~ *to a p. for a th.* vänta sig ngt av ngn; ~ **up a)** se (titta) upp; ~ *up to a p.* se upp till ngn **b)** *things are looking up* bildl. det börjar ljusna **c)** ta reda på, slå upp [*~ up a word in a dictionary*]; vard. söka upp, hälsa på; ~ **upon** betrakta [*~ upon a p. with distrust*]
**II** *s* **1** blick; titt; *let me have a ~* får jag se (titta); *have (take) a ~ at* ta en titt på **2** a) utseende b) uttryck [*an ugly ~ on* (i) *his face*] c) min [*angry ~s*], uppsyn d); pl. *~s* persons utseende [*she has her mother's ~s*]; *I don't like the ~ of it* jag tycker inte om det; det verkar oroande

**look-alike** ['lʊkəlaɪk] *s* dubbelgångare

**looker-on** ['lʊkər'ɒn] (pl. *lookers-on* ['lʊkəz'ɒn]) *s* åskådare

**look-in** ['lʊkɪn] *s* vard. **1** titt, påhälsning **2** chans [*I didn't even get a ~*]

**looking-glass** ['lʊkɪŋglɑːs] *s* spegel

**look-out** ['lʊkaʊt] *s*, *keep a good ~* hålla skarp utkik [*for* efter]; *that's my (his) ~* det är min (hans) sak (ensak); *be on the ~ for* hålla utkik efter

**1 loom** [luːm] *s* vävstol

**2 loom** [luːm] *itr*, *~ up* el. ~ dyka fram (upp); ~ *ahead* bildl. hota, vara i annalkande [*dangers looming ahead*]

**loop** [luːp] **I** *s* **1** ögla; slinga; ring; hängare **2** spiral livmoderinlägg **II** *tr* **1** lägga i en ögla; göra en ögla på **2** flyg., ~ *the loop* göra en loping

**loophole** ['luːphəʊl] *s* kryphål [*a ~ in the law*]

**loose** [luːs] *a* **1** lös; slapp [*~ skin*]; glapp; *be at a ~ end* vard. vara sysslolös, inte ha något för sig; *come ~* lossna; *set ~* släppa lös (fri) **2** lösaktig; ~ *morals* lättfärdighet

**loose-fitting** ['luːsˌfɪtɪŋ] *a* löst sittande; ledig, vid

**loose-leaf** ['luːsliːf] *a* lösblads- [*~ book*]

**loosen** ['luːsn] *tr* **1** lossa [*~ a screw*], lösa upp [*~ a knot*] **2** göra lösare, luckra upp; ~ *up* mjuka upp [*~ up one's muscles*]

**loot** [luːt] **I** *s* byte, rov **II** *tr itr* plundra

**looter** ['luːtə] *s* plundrare; tjuv

**lop-sided** ['lɒp'saɪdɪd] *a* sned, skev

**lord** [lɔːd] **I** *s* **1** herre, härskare [*of* över]; *Our Lord* Vår Herre och Frälsare; *in the year of our Lord 1500* år 1500 efter Kristi födelse; *the Lord's Prayer* fadervår; *good Lord!* Herre Gud!; *Lord knows who (how)!* vard. Gud vet vem (hur)! **2** lord; *live like a ~* leva furstligt; *as drunk as a ~* full som en alika; *swear like a ~* svära som en borstbindare **3** *the House of Lords* el. *the Lords* överhuset; *Lord* Lord adelstitel före namn **II** *tr*, ~ *it over* spela herre över

**lordship** ['lɔːdʃɪp] *s* **1** herravälde [*over* över] **2** *Your Lordship* Ers nåd

**lore** [lɔː] *s* kultur [*Irish ~*]

**lorgnette** [lɔː'njet] *s* lornjett

**lorry** ['lɒrɪ] *s* lastbil [äv. *motor-lorry*]

**lorry-driver** ['lɒrɪˌdraɪvə] *s* lastbilschaufför, lastbilsförare

**lose** [luːz] (*lost lost*) *tr* **1** förlora, mista; tappa, tappa bort; ~ *sight of* förlora ur sikte; bortse från, glömma; ~ *one's (the) way* råka (gå, köra) vilse; ~ *weight* gå ned i vikt **2** förspilla, ödsla [*~ time*]

**loser** ['luːzə] *s* förlorare

**loss** [lɒs] *s* **1** förlust; ~ *of appetite* bristande aptit; *no ~ of life* inga förluster i människoliv; ~ *of sleep* brist på sömn; ~ *of time* tidsförlust; *sell at a ~* sälja med förlust **2** *be at a ~* vara villrådig; *he is never at a ~ (at a ~ what to do)* han vet alltid råd; *be at a ~ for words* sakna ord

**lost** [lɒst] **I** imperfekt av *lose* **II** *a* o. *pp* (av *lose*) **1** förlorad; borttappad; försvunnen; *get ~* komma bort, försvinna; ~ *property office* hittegodsexpedition **2** vilsekommen [*a ~ child*]; bortkommen, vilsen [*I felt ~*]; hjälplös [*I'm ~ without my glasses*] **3** förtappad, fördömd [*a ~ soul*] **4** försummad [*~ opportunities*]; *be ~ on* bildl. vara bortkastad på, gå ngn förbi

**lot** [lɒt] *s* **1** lott **2** tomt [*building ~*], plats [*burial ~*] **3** vard. massa, mängd; *a ~* mycket [*he is a ~ better*]; *~s* massor; *quite a ~* en hel del, rätt mycket; *that's a fat ~!*

det är minsann inte mycket!; *the* ~ allt, alltihop
**lotion** ['ləʊʃ(ə)n] *s* vätska, lösning; vatten [*hair* ~]; *setting* ~ läggningsvätska; *suntan* ~ solmjölk, sololja
**lottery** ['lɒtərɪ] *s* lotteri; ~ *ticket* lottsedel
**lotto** ['lɒtəʊ] *s* lotto, lottospel
**lotus** ['ləʊtəs] *s* lotus, lotusblomma
**loud** [laʊd] **I** *a* **1** hög [~ *voice*], stark [~ *sound*]; högljudd; *the* ~ *pedal* mus. vard. fortepedalen **2** bildl. skrikig [*a* ~ *tie*]; vulgär **II** *adv* högt [*don't speak so* ~!]
**louden** ['laʊdn] *itr tr* bli (göra) högre
**loud-hailer** ['laʊd'heɪlə] *s* megafon
**loudmouth** ['laʊdmaʊθ] *s* gaphals
**loud-mouthed** ['laʊdmaʊθt] *a* högljudd; skränig
**loudspeaker** ['laʊd'spi:kə] *s* högtalare
**lounge** [laʊndʒ] **I** *itr tr,* ~ *about* el. ~ gå och driva; stå (sitta) och hänga; lata sig; ~ *away* slöa bort [~ *away an hour*] **II** *s* **1** vestibul, foajé, hall [*the hotel* ~] **2** salong; *cocktail* ~ cocktailbar; *the* ~ *bar* i pub den 'finaste' avdelningen
**lounger** ['laʊndʒə] *s* dagdrivare, lätting
**lounge-suit** ['laʊndʒ'su:t] *s* kavajkostym
**louse** [laʊs] *s* **1** (pl. *lice* [laɪs]) lus **2** sl., person äckel, knöl
**lousy** ['laʊzɪ] *a* **1** lusig **2** vard., ~ *with* nedlusad med [~ *with money*] **3** vard. urdålig, urusel [*a* ~ *dinner*; *feel* ~], jäkla [*you* ~ *swine*]
**lout** [laʊt] *s* slyngel; drummel, tölp
**loutish** ['laʊtɪʃ] *a* slyngelaktig; drumlig
**lovable** ['lʌvəbl] *a* älsklig, förtjusande
**love** [lʌv] **I** *s* **1** kärlek [*for (of) a p.* till ngn, *of a th.* till ngt]; förälskelse [*for* i]; *make* ~ älska, ligga med varandra; *make* ~ *to* älska (ligga) med; ~ *of mankind* människokärlek; *it is not to be had for* ~ *or money* det går inte att få för pengar; *in* ~ förälskad, kär [*with* i]; *fall in* ~ *with* förälska sig i, bli kär i **2** hälsning, hälsningar; *my* ~ *(give my* ~*) to him* hälsa honom så mycket; *send a p. one's* ~ hälsa till ngn; *lots of* ~ el. ~ i brevslut hjärtliga hälsningar **3** älskling, raring; lilla vän **4** i tennis noll; ~ *game* blankt game
**II** *tr itr* älska; tycka mycket om, vara förtjust i; *yes, I'd* ~ *to!* ja, mycket gärna!
**love-affair** ['lʌvə,feə] *s* kärleksaffär
**lovely** ['lʌvlɪ] **I** *a* förtjusande, vacker, söt; härlig, underbar **II** *s* skönhet om showflicka
**love-making** ['lʌv,meɪkɪŋ] *s* erotik, älskog, älskande
**love-match** ['lʌvmætʃ] *s* inklinationsparti
**love-play** ['lʌvpleɪ] *s* förspel
**lover** ['lʌvə] *s* **1** älskare; *the* ~*s* de älskande **2** vän, älskare; *be a* ~ *of* älska, tycka om
**lovesick** ['lʌvsɪk] *a* kärlekskrank
**loving** ['lʌvɪŋ] *a* kärleksfull, öm; *a* ~ *couple* ett älskande par
**1 low** [ləʊ] *itr* råma, böla
**2 low** [ləʊ] **I** *a* **1** låg; *the Low Countries* Nederländerna, Belgien och Luxemburg; ~ *pressure* lågtryck; *the tide is* ~ det är ebb **2** ringa, obetydlig [~ *rainfall* (nederbörd)]; ~ *in protein* fattig på protein **3** simpel, låg, vulgär; gemen **4** nere, deppig
**II** *adv* **1** lågt; djupt [*bow* ~]; lågmält; ~ *down on (in) the list* långt ner på listan **2** knappt **3** *as* ~ *as* ända ner till □ **lay** ~ a) kasta omkull, döda b) tvinga att ligga till sängs [*influenza has laid him* ~]; **lie** ~ a) ligga kullslagen b) hålla sig gömd c) vard. ligga lågt
**III** *s* botten, bottennotering [*a new* ~ *in tastelessness*]
**lowbrow** ['ləʊbraʊ] vard. **I** *a* ointellektuell, obildad **II** *s* ointellektuell person
**low-class** ['ləʊ'klɑ:s] *a* enklare, sämre, andra klassens [*a* ~ *pub*]
**low-cut** ['ləʊkʌt] *a* urringad
**low-down** ['ləʊdaʊn] *a* **1** nedrig, gemen **2** förfallen, eländig
**lower** ['ləʊə] **I** *a* lägre; obetydligare; undre [~ *limit*]; nedre; *the* ~ *class (classes)* de lägre klasserna, underklassen **II** *adv* lägre; ~ *down* längre ner **III** *tr* sänka; sätta (sänka) ned; göra lägre; dämpa; skruva ned [~ *the radio*], minska; hala (ta) ned [~ *a flag*]; fälla ned; ~ *oneself* a) sänka sig ned b) nedlåta sig
**lowermost** ['ləʊəməʊst] *a* lägst; underst
**lowest** ['ləʊɪst] **I** *a* o. *adv* lägst **II** *s, at the* ~ lägst [*ten at the* ~]
**low-grade** ['ləʊgreɪd] *a* lågvärdig
**lowland** ['ləʊlənd] **I** *s* lågland; *the Lowlands* Skotska lågländerna **II** *a* låglands-
**low-lying** ['ləʊ'laɪɪŋ] *a* låglänt
**low-minded** ['ləʊ'maɪndɪd] *a* lågsinnad
**low-necked** ['ləʊ'nekt] *a* låghalsad, urringad
**low-paid** ['ləʊ'peɪd] *a* lågavlönad
**low-pitched** ['ləʊ'pɪtʃt] *a* låg; lågmäld [*a* ~ *voice*]
**low-powered** ['ləʊ'paʊəd] *a* svag, med liten effekt [*a* ~ *engine*]
**low-rise** ['ləʊraɪz] *a,* ~ *building* låghus
**low-tar** ['ləʊ'tɑ:] *a* med låg tjärhalt
**low-voltage** ['ləʊ'vəʊltɪdʒ] *a* svagströms- [~ *motor*], lågspännings-

**loyal** ['lɔɪ(ə)l] *a* lojal, solidarisk [*to* mot, med], trofast, pålitlig [*a ~ friend*]
**loyalty** ['lɔɪəltɪ] *s* lojalitet; trofasthet
**lozenge** ['lɒzɪndʒ] *s* pastill, tablett [*throat ~*]
**LP** ['el'pi:] *s* (förk. för *long-playing*) LP
**LSD** ['eles'di:] *s* LSD narkotiskt medel
**Ltd.** ['lɪmɪtɪd] (förk. för *Limited*) AB
**lubricant** ['lu:brɪkənt] *s* smörjmedel
**lubricate** ['lu:brɪkeɪt] *tr* smörja; olja; smörja (olja) in
**lubricating** ['lu:brɪkeɪtɪŋ] *a* smörj- [*~ oil*]
**lubrication** [ˌlu:brɪ'keɪʃ(ə)n] *s* smörjning; insmörjning
**lucid** ['lu:sɪd] *a* klar, redig
**luck** [lʌk] *s* lycka, tur; ***any ~?*** lyckades det?; ***bad ~*** otur; motgång; ***good ~*** lycka, tur; ***good ~ to you!*** el. ***good ~!*** lycka till!; ***hard (rotten, tough) ~*** vard. otur [*on a p.* för ngn]; ***just my ~!*** iron. det är min vanliga tur!; ***the best of ~!*** lycka till!
**luckily** ['lʌkəlɪ] *adv* lyckligtvis, som tur var
**lucky** ['lʌkɪ] *a* som har tur, med tur [*a ~ man*]; lyckosam, lycklig, tursam; lyckobringande [*a ~ charm* (amulett)]; lycko- [*it's my ~ day (number)*]; ***be ~*** a) ha tur b) vara tur [*it's ~ for him*]; ***a ~ dog (beggar, devil)*** en lyckans ost; ***third time ~!*** tredje gången gillt!; ***strike ~*** ha tur
**lucrative** ['lu:krətɪv] *a* lukrativ, lönande
**ludicrous** ['lu:dɪkrəs] *a* löjlig
**lug** [lʌg] *tr* släpa, kånka; släpa (kånka) på
**luggage** ['lʌgɪdʒ] *s* resgods, bagage; ***a piece of ~*** ett kolli
**luggage-label** ['lʌgɪdʒˌleɪbl] *s* adresslapp
**luggage-office** ['lʌgɪdʒˌɒfɪs] *s* resgodsexpedition
**luggage-rack** ['lʌgɪdʒræk] *s* bagagehylla
**luggage-van** ['lʌgɪdʒvæn] *s* resgodsvagn
**lukewarm** ['lu:kwɔ:m] *a* **1** ljum [*~ tea*] **2** bildl. halvhjärtad [*~ support*]
**lull** [lʌl] **I** *tr* **1** vyssja, lulla [*to sleep* till sömns] **2** bildl. lugna, stilla [*~ a p.'s fears*] **II** *s* paus, uppehåll [*a ~ in the conversation*]
**lullaby** ['lʌləbaɪ] *s* vaggvisa, vaggsång
**lumbago** [lʌm'beɪgəʊ] *s* ryggskott
**lumber** ['lʌmbə] **I** *s* **1** skräp, bråte **2** speciellt amer. timmer, virke **II** *tr*, ***~ up*** el. ***~*** belamra
**lumberjack** ['lʌmbədʒæk] *s* skogshuggare
**lumberyard** ['lʌmbəjɑ:d] *s* brädgård
**luminous** ['lu:mɪnəs] *a* självlysande [*~ paint*]; ***~ tape*** reflexband
**lump** [lʌmp] **I** *s* **1** klump; stycke; klimp, bit; ***~ sugar*** bitsocker; ***a ~ of sugar*** en sockerbit **2** bula, knöl **II** *tr*, ***~ together*** slå ihop i klump, bunta ihop; bildl. behandla i klump
**lumpy** ['lʌmpɪ] *a* full av klumpar, klimpig
**lunacy** ['lu:nəsɪ] *s* vansinne, vanvett
**lunatic** ['lu:nətɪk] *s* galning, dåre
**lunch** [lʌntʃ] **I** *s* lunch; sen frukost; ***~ packet*** el. ***packed ~*** lunchmatsäck, lunchkorg **II** *itr* äta lunch
**luncheon** ['lʌntʃ(ə)n] (formellt för *lunch*) **I** *s* lunch **II** *itr* äta lunch
**lunch-hour** ['lʌntʃˌaʊə] *s* lunchrast
**lunchtime** ['lʌntʃtaɪm] *s* lunchdags
**lung** [lʌŋ] *s* lunga; attributivt lung- [*~ cancer*]
**lunge** [lʌndʒ] **I** *s* utfall; häftig rörelse **II** *itr tr* göra utfall [äv. *~ out; at* mot]; stöta, sticka t. ex. vapen [*into* i]
**lupin** ['lu:pɪn] *s* lupin
**1 lurch** [lɜ:tʃ] **I** *s* krängning; raglande, vinglande **II** *itr* kränga; ragla, vingla
**2 lurch** [lɜ:tʃ] *s*, ***leave in the ~*** lämna i sticket
**lure** [ljʊə] **I** *s* lockelse, dragningskraft [*the ~ of the sea*] **II** *tr* locka, lura
**lurid** ['ljʊərɪd] *a* **1** brandröd, flammande [*a ~ sunset*]; skrikig, gräll **2** makaber [*~ details*]
**lurk** [lɜ:k] *itr* stå (ligga) på lur
**luscious** ['lʌʃəs] *a* **1** läcker, delikat [*~ peaches*] **2** vard. yppig [*a ~ blonde*]
**lush** [lʌʃ] *a* frodig, yppig; grönskande
**lust** [lʌst] **I** *s* lusta; kättja; åtrå, begär [*for* efter] **II** *itr*, ***~ for*** åtrå; törsta efter
**lustful** ['lʌstf(ʊ)l] *a* lysten [*~ eyes*], vällustig
**lustre** ['lʌstə] *s* glans; lyster
**lustrous** ['lʌstrəs] *a* glänsande; skimrande
**lusty** ['lʌstɪ] *a* kraftfull, livskraftig; kraftig [*a ~ kick*]
**Luxembourg** ['lʌksəmbɜ:g] Luxemburg
**luxuriant** [lʌg'zjʊərɪənt] *a* frodig, yppig, ymnig; yvig [*~ hair*]
**luxurious** [lʌg'zjʊərɪəs] *a* luxuös [*a ~ hotel*], lyxig, flott
**luxury** ['lʌkʃərɪ] *s* **1** lyx, överflöd, överdåd; lyx- [*a ~ hotel*] **2** lyxartikel, lyxvara
**1 lying** ['laɪɪŋ] **I** presens particip av *1 lie II* **II** *a* lögnaktig **III** *s* ljugande
**2 lying** ['laɪɪŋ] presens particip av *2 lie I*
**lynch** [lɪntʃ] *tr* lyncha
**lynx** [lɪŋks] *s* lo, lodjur

**lyric** ['lɪrɪk] **I** *a* lyrisk; ~ ***poetry (verse)*** lyrik **II** *s* lyrisk dikt; pl. ~*s* a) lyrik b) sångtext
**lyrical** ['lɪrɪk(ə)l] *a* lyrisk

# M

**M, m** [em] *s* M, m
**M** förk. för *motorway* [*the M1*]
**m.** förk. för *metre*[*s*] o. *mile*[*s*] o. *minute*[*s*]
**'m** = *am* [*I'm*]
**ma** [mɑː] *s* vard. mamma
**M.A.** ['em'eɪ] förk. för *Master of Arts* ungefär fil. kand.
**ma'am** [məm] *s* frun i tilltal av tjänstefolk
**mac** [mæk] *s* vard. regnrock, regnkappa
**macabre** [mə'kɑːbr] *a* makaber, kuslig
**macadam** [mə'kædəm] *s* makadam
**macaroni** [ˌmækə'rəʊnɪ] *s* makaroner
**macaroon** [ˌmækə'ruːn] *s* mandelkaka, polyné
**machine** [mə'ʃiːn] *s* maskin
**machine-gun** [mə'ʃiːngʌn] **I** *s* kulspruta, maskingevär **II** *itr tr* skjuta med kulspruta
**machine-gunner** [mə'ʃiːnˌgʌnə] *s* kulspruteskytt
**machinery** [mə'ʃiːnərɪ] *s* maskiner; maskineri
**macho** ['mætʃəʊ] *s* macho, karlakarl
**mackerel** ['mækr(ə)l] (pl. lika) *s* makrill
**mackintosh** ['mækɪntɒʃ] *s* regnrock, regnkappa
**mad** [mæd] *a* **1** vansinnig; galen, tokig; rasande; ***it's enough to drive one*** ~ det är så man kan bli vansinnig; ***like*** ~ som besatt, vilt; ***raving*** ~ el. ***as*** ~ ***as a hatter*** spritt galen **2** ilsken [*a* ~ *bull*]; galen [*a* ~ *dog*]
**madam** ['mædəm] *s* i tilltal: ***Madam*** frun, fröken; ***can I help you,*** ~***?*** kan jag hjälpa er (damen)?; ***Dear Madam*** el. ***Madam*** tilltalsord i formella brev, utan motsvarighet i svenskan
**madcap** ['mædkæp] *s* vildhjärna, yrhätta

**madden** ['mædn] *tr* göra galen (ursinnig)
**maddening** ['mædnɪŋ] *a* irriterande, outhärdlig [~ *delays*]
**made** [meɪd] **I** imperfekt av *make* **II** *a* o. *pp* (av *make*) **1** gjord, tillverkad **2** konstruerad, uppbyggd [*the plot is well* ~] **3** som lyckats [*a* ~ *man*]; ***he's* ~ *for life*** el. ***he's*** ~ vard. hans lycka är gjord
**made-to-measure** ['meɪdtə'meʒə] *a* måttbeställd, måttsydd
**made-up** ['meɪd'ʌp] *a* **1** uppdiktad **2** sminkad, målad
**madhouse** ['mædhaʊs] *s* vard. dårhus
**madman** ['mædmən] (pl. *madmen* ['mædmən]) *s* dåre, galning
**madness** ['mædnəs] *s* vansinne, galenskap
**magazine** [ˌmægə'zi:n] *s* **1** illustrerad tidning; veckotidning **2** magasin i gevär
**maggot** ['mægət] *s* larv; mask i ost o. kött
**magic** ['mædʒɪk] **I** *a* magisk [~ *rites*], troll- [~ *flute*], förtrollad; ~ ***wand*** trollspö, trollstav **II** *s* magi [*black* ~], trolldom; trollkonster; magik; tjuskraft; ***like*** ~ som genom ett trollslag
**magical** ['mædʒɪk(ə)l] *a* magisk [~ *effect*], förtrollande
**magician** [mə'dʒɪʃ(ə)n] *s* trollkarl; magiker
**magistrate** ['mædʒɪstreɪt] *s* fredsdomare; domare; ***magistrates' court*** ungefär motsvarande tingsrätt
**magnanimity** [ˌmægnə'nɪmətɪ] *s* storsinthet, ädelmod
**magnanimous** [mæg'nænɪməs] *a* storsint
**magnate** ['mægneɪt] *s* magnat
**magnet** ['mægnət] *s* magnet
**magnetic** [mæg'netɪk] *a* **1** magnetisk; ~ ***tape*** magnetband **2** tilldragande [*a* ~ *personality*]
**magnetism** ['mægnətɪz(ə)m] *s* **1** magnetism **2** dragningskraft [*his* ~]
**magnetize** ['mægnətaɪz] *tr* magnetisera
**magnificence** [məg'nɪfɪsns] *s* storslagenhet, prakt
**magnificent** [məg'nɪfɪsnt] *a* storslagen, magnifik; praktfull
**magnify** ['mægnɪfaɪ] *tr* förstora; ***magnifying glass*** förstoringsglas
**magnitude** ['mægnɪtju:d] *s* storlek; omfattning; betydelse, vikt; storleksordning
**magpie** ['mægpaɪ] *s* zool. skata
**mahogany** [mə'hɒgənɪ] *s* mahogny
**maid** [meɪd] *s* **1** hembiträde, tjänsteflicka **2** poet. mö **3** ungmö; ***old*** ~ gammal ungmö (nucka)
**maiden** ['meɪdn] **I** *s* poet. mö **II** *a* **1** ogift [*my* ~ *aunt*]; ~ ***name*** flicknamn som ogift **2** jungfru- [~ *speech (voyage)*]
**maidenhead** ['meɪdnhed] *s* mödomshinna
**maidservant** ['meɪdˌsɜ:v(ə)nt] *s* hembiträde, tjänsteflicka
**1 mail** [meɪl] *s*, ***coat of*** ~ brynja
**2 mail** [meɪl] **I** *s* post försändelser; ~ ***order*** postorder; ***send by*** ~ sända med posten **II** *tr* sända med posten; posta, lägga på [~ *a letter*]
**mail-bag** ['meɪlbæg] *s* postsäck; postväska
**mailbox** ['meɪlbɒks] *s* amer. brevlåda
**mailman** ['meɪlmən] *s* amer. brevbärare
**mail-order** ['meɪlˌɔ:də] *a* postorder-
**maim** [meɪm] *tr* lemlästa; skadskjuta
**main** [meɪn] **I** *a* huvudsaklig, väsentlig; störst; huvud- [~ *building*, ~ *road*] **II** *s* **1** ***in the*** ~ i huvudsak **2** ***with might and*** ~ av alla krafter **3** huvudledning för vatten, gas, elektricitet; pl. ~***s*** elektr. nät; ~***s set*** radio. nätansluten apparat
**mainland** ['meɪnlənd] *s* fastland
**mainly** ['meɪnlɪ] *adv* huvudsakligen, mest
**mainstay** ['meɪnsteɪ] *s* stöttepelare
**maintain** [meɪn'teɪn] *tr* **1** upprätthålla, vidmakthålla [~ *law and order*] **2** underhålla, hålla i gott skick **3** hålla på, hävda [~ *one's rights*] **4** vidhålla, hävda
**maintenance** ['meɪntənəns] *s* **1** upprätthållande, vidmakthållande **2** underhåll, skötsel **3** vidhållande, hävdande
**maize** [meɪz] *s* majs
**majestic** [mə'dʒestɪk] *a* majestätisk
**majesty** ['mædʒɪstɪ] *s* **1** storslagenhet [*the* ~ *of Rome*] **2** ***Your (His, Her) Majesty*** Ers (Hans, Hennes) Majestät
**major** ['meɪdʒə] **I** *a* **1** större [*a* ~ *operation*], stor- [*a* ~ *war*], mera betydande [*the* ~ *cities*]; ***the*** ~ ***part*** större delen, huvudparten; ~ ***road*** huvudled **2** mus. dur- [~ *scale*]; ~ ***key*** durtonart; *A* ~ a-dur **II** *s* mil. major
**major-general** ['meɪdʒə'dʒenər(ə)l] *s* generalmajor
**majority** [mə'dʒɒrətɪ] *s* **1** majoritet; flertal; ***the*** ~ ***of people*** de flesta människor; ***absolute*** ~ absolut majoritet **2** myndig ålder; ***attain (reach) one's*** ~ bli myndig
**make** [meɪk] **I** (*made made*) *tr itr* **1 a)** göra [*of, out of* av; *from* av, på]; tillverka, framställa; ~ ***into*** göra till, förvandla till **b)** göra i ordning, laga till [~ *lunch*], koka [~ *coffee (tea)*]; baka [~ *bread*]; sy [~ *a*

*dress*] **c)** hålla [~ *a speech*]; komma med [~ *excuses*]; ~ ***the bed*** bädda; ~ ***a phone call*** ringa ett samtal **2** utnämna (utse) till [*they made him chairman*] **3** få (komma) att [*he made me cry*], förmå att, tvinga att [*he made me do it*]; ***it's enough to ~ one cry*** det är så man kan gråta; ***what made the car stop?*** vad var det som gjorde att bilen stannade?; ~ ***believe that one is*** låtsas att man är; ~ ***do*** klara sig **4** tjäna [~ *£9,000 a year*]; göra sig, skapa sig [~ *a fortune*]; skaffa sig [~ *many friends*] **5** bilda, utgöra; ***3 times 3 ~ (makes) 9*** 3 gånger 3 är (blir) 9; ***100 pence ~ a pound*** det går 100 pence på ett pund **6 a)** uppskatta till [*I ~ the distance 5 miles*]; ***I don't know what to ~ of it*** jag vet inte vad jag ska tro om det **b)** bestämma (fastställa) till [~ *the price 10 dollars*]; ***let's ~ it 6 o'clock!*** ska vi säga klockan 6! **7** komma fram till, lyckas nå [~ *the summit*]; angöra, få i sikte [~ *land*]; hinna med (till) [*we made the bus*] **8** styra kurs, fara [*for* mot, till; *towards* mot]; skynda, rusa [*for* mot, till; *towards* mot] **9** ~ ***for*** främja, bidra till [~ *for better understanding*] **10** ~ ***as if (as though)*** låtsas som om □ ~ **away with** försvinna med; ~ **off** ge sig i väg, sjappa; ~ **out** a) skriva ut [~ *out a cheque*], utfärda [~ *out a passport*], göra upp, upprätta [~ *out a list*]; fylla i [~ *out a form*] b) tyda, urskilja, skönja c) förstå, begripa [*as far as I can ~ out*] d) påstå, göra gällande [*he made out that I was there*]; ~ **up a)** bilda; ***be made up of*** bestå (utgöras) av **b)** göra upp, upprätta [~ *up a list*] **c)** hitta på, dikta ihop **d)** sminka; ~ ***oneself up*** el. ~ ***up*** sminka (måla) sig, göra make up **e)** göra upp [~ *up a quarrel*]; ~ ***it up*** bli sams igen **f)** ~ ***up for*** ersätta, gottgöra; ta igen, hämta in [~ *up for lost time*]; ~ ***it up to a p. for a th.*** gottgöra ngn för ngt

**II** *s* **1** fabrikat; tillverkning; märke [*cars of all ~s*] **2** utförande, snitt **3** vard., ***on the ~*** vinningslysten

**make-believe** ['meɪkbɪˌliːv] **I** *s* låtsaslek **II** *a* låtsad, spelad

**maker** ['meɪkə] *s* **1** tillverkare, fabrikant **2** skapare; ***the (our) Maker*** Skaparen

**makeshift** ['meɪkʃɪft] **I** *s* provisorium, nödlösning **II** *a* provisorisk; nöd- [*a ~ solution*]

**make-up** ['meɪkʌp] *s* **1** make up; sminkning; smink, kosmetika **2** beskaffenhet, natur

**makeweight** ['meɪkweɪt] *s* fyllnadsgods

**making** ['meɪkɪŋ] *s* **1** tillverkning; tillagning; ***that was the ~ of him*** det gjorde folk av honom **2** ***have the ~s of...*** ha goda förutsättningar att bli...

**maladjusted** ['mæləˈdʒʌstɪd] *a* **1** feljusterad **2** missanpassad; miljöskadad

**malady** ['mælədɪ] *s* sjukdom; sjuka, ont

**malaria** [məˈleərɪə] *s* malaria

**male** [meɪl] **I** *a* manlig [~ *heir*], av mankön; han- [~ *animal*], av hankön; ~ ***child*** gossebarn; ~ ***elephant*** elefanthane **II** *s* **1** mansperson **2** zool. hane, hanne

**malevolent** [məˈlevələnt] *a* elak, illvillig

**malice** ['mælɪs] *s* illvilja, elakhet

**malicious** [məˈlɪʃəs] *a* illvillig, elak

**malignant** [məˈlɪgnənt] *a* **1** ondskefull, hätsk **2** med. elakartad [~ *tumour*]

**mallet** ['mælɪt] *s* mindre klubba, trähammare; sport. klubba för krocket och polo

**malnutrition** ['mælnjʊˈtrɪʃ(ə)n] *s* undernäring

**malt** [mɔːlt] *s* malt

**maltreat** [mælˈtriːt] *tr* misshandla

**mamma** [məˈmɑː, amer. ˈmɑːmə] *s* mamma

**mammal** ['mæm(ə)l] *s* däggdjur

**mammon** ['mæmən] *s* mammon

**mammoth** ['mæməθ] *a* jättelik, mammut-

**man** [mæn] **I** (pl. *men* [men]) *s* **1** man, karl; vard., i tilltal gosse! [*hurry up, ~!*], du, hörru; ***men's clothes*** herrkläder; ***every ~ for himself*** rädda sig den som kan; ~ ***for*** ~ individuellt, en för en; ~ ***to*** ~ man mot man; man och man emellan **2** människa [*all men must die*; *feel a new ~*], vanl. ***Man*** människan i allmän betydelse **3** arbetare [*the men were locked out*] **4** vanl. pl. ***men*** mil. meniga [*officers and men*] **5** människo-, man-, karl- [*man-hater*]; ***men friends*** manliga vänner **6** pjäs i schack, bricka i t. ex. brädspel

**II** *tr* sjö., mil. bemanna [~ *a ship*]; besätta med manskap [~ *the barricades*]

**manage** ['mænɪdʒ] *tr itr* **1** hantera; sköta, ha hand om, leda [~ *a business*] **2** klara, orka med; lyckas med; sköta, ordna; ***she managed to do it*** hon lyckades göra det **3** klara sig (det) [*we can't ~ without his help*]

**manageable** ['mænɪdʒəbl] *a* hanterlig; lättskött; medgörlig, foglig

**management** ['mænɪdʒmənt] *s* **1** a) skötsel, ledning b) företagsledning, direktion; ***under new ~*** på skylt ny regim **2** behandling; hanterande

**manager** ['mænɪdʒə] *s* **1** direktör, chef; föreståndare; kamrer för banks avdelningskontor **2** manager; sport. äv. lagledare, förbundskapten
**manageress** ['mænɪdʒə'res] *s* direktris; föreståndarinna
**managing** ['mænɪdʒɪŋ] *a*, ~ ***director*** verkställande direktör
**mandarin** ['mændərɪn] *s* **1** mandarin kinesisk ämbetsman **2** byråkrat, pamp **3** mandarin frukt
**mandarine** [ˌmændə'ri:n] *s* mandarin frukt
**mandate** ['mændeɪt] *s* mandat; fullmakt, bemyndigande
**mandolin, mandoline** [ˌmændəlɪn] *s* mandolin
**mane** [meɪn] *s* man på djur, äv. vard. för långt tjockt hår
**man-eating** ['mænˌi:tɪŋ] *a* människoätande [~ *tiger*]
**maneuver** [mə'nu:və] amer., se *manœuvre*
**manful** ['mænf(ʊ)l] *a* manlig
**manganese** [ˌmæŋgə'ni:z] *s* kem. mangan
**manger** ['meɪndʒə] *s* krubba
**1 mangle** ['mæŋgl] **I** *s* **1** mangel **2** vridmaskin **II** *tr itr* **1** mangla **2** vrida
**2 mangle** ['mæŋgl] *tr* **1** hacka sönder **2** illa tilltyga
**mangy** ['meɪndʒɪ] *a* skabbig [*a* ~ *dog*]
**manhandle** ['mænˌhændl] *tr* misshandla
**manhood** ['mænhʊd] *s* **1** mannaålder [*reach* ~] **2** manlighet; mandom
**mania** ['meɪnjə] *s* mani; fluga, vurm
**maniac** ['meɪnɪæk] *s* galning, dåre
**manicure** ['mænɪkjʊə] **I** *s* manikyr **II** *tr* manikyrera
**manicurist** ['mænɪkjʊərɪst] *s* manikyrist
**manifest** ['mænɪfest] **I** *a* uppenbar **II** *tr* manifestera, visa; tydligt visa, röja [~ *one's feelings*]; ~ ***oneself*** a) visa sig [*the ghost manifested itself at midnight*] b) yttra (visa) sig
**manifesto** [ˌmænɪ'festəʊ] *s* manifest
**manifold** ['mænɪfəʊld] *a* mångfaldig, mångahanda [~ *duties*]
**manipulate** [mə'nɪpjʊleɪt] *tr* hantera, manövrera [~ *a lever*]; manipulera
**manipulation** [məˌnɪpjʊ'leɪʃ(ə)n] *s* hanterande, manövrerande, manipulation
**mankind** [mæn'kaɪnd] *s* mänskligheten, människosläktet
**manly** ['mænlɪ] *a* manlig, manhaftig
**manner** ['mænə] *s* **1** sätt, vis; sort, slag **2** sätt, hållning, uppträdande **3** pl. ~*s* maner, uppförande; ***good*** ~*s* god ton, fint sätt; ***he has no*** ~*s* han förstår inte att uppföra sig **4** pl. ~*s* seder, vanor; ~***s and customs*** seder och bruk
**mannerism** ['mænərɪz(ə)m] *s* maner
**manœuvre** [mə'nu:və] **I** *s* manöver **II** *tr itr* manövrera; leda, föra, styra
**man-of-war** ['mænəv'wɔ:] (pl. *men-of-war*) *s* örlogsfartyg; krigsfartyg
**manor** ['mænə] *s* herrgård; gods
**manor-house** ['mænəhaʊs] *s* herrgård; herresäte; slott
**manpower** ['mænˌpaʊə] *s* arbetskraft
**manservant** ['mænˌsɜ:v(ə)nt] (pl. *menservants*) *s* tjänare, betjänt
**mansion** ['mænʃ(ə)n] *s* **1** herrgård, förnäm bostad **2** pl. ~*s* hyreshus
**manslaughter** ['mænˌslɔ:tə] *s* dråp
**mantelpiece** ['mæntlpi:s] *s* spiselkrans
**mantle** ['mæntl] *s* **1** mantel, cape **2** bildl. täcke [*a* ~ *of snow*]
**man-to-man** ['mæntə'mæn] *a* ... man mot man [*a* ~ *fight*]; ~ ***marking*** sport. punktmarkering
**manual** ['mænjʊəl] **I** *a* manuell, hand- **II** *s* handbok, lärobok
**manufacture** [ˌmænjʊ'fæktʃə] **I** *s* **1** tillverkning, fabrikation **2** produkt, fabriksvara; tillverkning, fabrikat **II** *tr* tillverka
**manufacturer** [ˌmænjʊ'fæktʃərə] *s* fabrikant, tillverkare; fabrikör
**manufacturing** [ˌmænjʊ'fæktʃərɪŋ] **I** *s* tillverkning, produktion **II** *a* fabriks- [~ *district*]
**manure** [mə'njʊə] *s* gödsel
**manuscript** ['mænjʊskrɪpt] *s* manuskript
**many** ['menɪ] *a* o. *s* många; mycket [~ *people* (folk)]; ***a good*** ~ ganska (rätt) många; ~ ***a man*** mången, mången man; [*I've been here*] ~ ***a time*** ... många gånger
**map** [mæp] **I** *s* karta; sjökort **II** *tr*, ~ ***out*** kartlägga
**maple** ['meɪpl] *s* **1** lönn **2** lönnträ
**mar** [mɑ:] *tr* fördärva; skämma, störa
**marathon** ['mærəθ(ə)n] *s* maraton
**marble** ['mɑ:bl] *s* **1** marmor **2** kula till kulspel; ***play*** ~*s* spela kula
**March** [mɑ:tʃ] *s* månaden mars
**march** [mɑ:tʃ] **I** *itr tr* marschera, låta marschera; ~ ***off*** marschera i väg; föra bort; ~ ***past*** defilera förbi; ***quick*** ~*!* framåt marsch! **II** *s* marsch
**mare** [meə] *s* sto, märr
**margarine** [ˌmɑ:dʒə'ri:n] *s* margarin
**margin** ['mɑ:dʒɪn] *s* marginal; kant
**marginal** ['mɑ:dʒɪn(ə)l] *a* marginal-; kant-, rand-; marginell

**marguerite** [ˌmɑːgəˈriːt] *s* bot. prästkrage
**marigold** [ˈmærɪgəʊld] *s* ringblomma; *French* (större *African*) ~ tagetes
**marijuana** [ˌmærɪˈjwɑːnə] *s* marijuana
**marine** [məˈriːn] **I** *a* marin-, marin; havs-, sjö- **II** *s* **1** marin, flotta; *the mercantile (merchant)* ~ handelsflottan **2** marinsoldat
**mariner** [ˈmærɪnə] *s* sjöman, sjöfarande
**marionette** [ˌmærɪəˈnet] *s* marionett
**marital** [ˈmærɪtl] *a* äktenskaplig
**maritime** [ˈmærɪtaɪm] *a* maritim, sjö-; sjöfarts-
**marjoram** [ˈmɑːdʒərəm] *s* mejram
**mark** [mɑːk] **I** *s* **1** märke, fläck; spår; *make one's ~ in the world* el. *make one's ~* göra sig ett namn **2** kännetecken, kännemärke [*of* på]; *a ~ of gratitude* ett bevis på tacksamhet **3** märke, tecken; *exclamation ~* utropstecken **4** streck på en skala; *overstep the ~* överskrida gränsen, gå för långt; *pass the million ~* passera miljonstrecket; *be up to (below) the ~* hålla (inte hålla) måttet; *keep a p. up to the ~* bildl. ta ngn i örat **5** betyg [*get good ~s*], poäng **6** mål, prick, skottavla; *hit the ~* träffa prick; slå huvudet på spiken; *miss the ~* missa; *beside the ~* vid sidan av; inte på sin plats **7** sport. startlinje; *on your ~s, get set, go!* på era platser (klara), färdiga, gå! **II** *tr* **1** sätta märke (märken) på, märka **2** markera; utmärka, känneteckna; *~ time* göra på stället marsch; bildl. stå och stampa på samma fläck; *~ the time* slå takten **3** sport. markera **4** betygsätta, rätta **5** *~ off* pricka för; *~ out* staka ut **6** lägga märke till; *~ my words* märk (sanna) mina ord; sport. markera **7** märka, se upp
**marked** [mɑːkt] *a* märkt; markerad, tydlig, påfallande, markant
**market** [ˈmɑːkɪt] *s* **1** torg, marknad; torgdag **2** marknad [*the labour ~*]; efterfrågan [*for* på]; *~ research* marknadsundersökning, marknadsundersökningar; *the black ~* svarta börsen; *put on the ~* släppa ut i marknaden (handeln)
**market-garden** [ˈmɑːkɪtˌgɑːdn] *s* handelsträdgård
**market-place** [ˈmɑːkɪtpleɪs] *s* torg
**market-square** [ˈmɑːkɪtˈskweə] *s, the ~* stortorget
**market-town** [ˈmɑːkɪttaʊn] *s* ungefär köping, landsortsstad med torgdag
**marksman** [ˈmɑːksmən] *s* skicklig skytt
**marmalade** [ˈmɑːməleɪd] *s* apelsinmarmelad
**marmot** [ˈmɑːmət] *s* murmeldjur

**1 maroon** [məˈruːn] **I** *s* rödbrun färg, rödbrunt **II** *a* rödbrun
**2 maroon** [məˈruːn] *tr* landsätta (lämna kvar) på en obebodd (öde) ö (kust)
**marquee** [mɑːˈkiː] *s* **1** tält **2** amer. tak, baldakin över entré
**marquess** [ˈmɑːkwɪs] *s* markis titel
**marquis** [ˈmɑːkwɪs] *s* markis titel
**marriage** [ˈmærɪdʒ] *s* **1** äktenskap, giftermål; *~ guidance* äktenskapsrådgivning **2** vigsel, bröllop; *~ certificate* vigselattest
**marriageable** [ˈmærɪdʒəbl] *a* giftasvuxen
**married** [ˈmærɪd] *a* o. *pp* gift [*to* med]; vigd; *the newly ~ couple* de nygifta; *~ life* äktenskap; *be ~* vara gift; gifta sig; *get ~* gifta sig; *engaged to be ~* förlovad
**marrow** [ˈmærəʊ] *s* **1** märg **2** *vegetable ~* el. *~* pumpa, kurbits
**marry** [ˈmærɪ] *tr itr* **1** gifta sig med; gifta sig **2** *~ off* el. *~* gifta bort [*to* med] **3** viga [*to* med]
**Mars** [mɑːz] astron., myt. Mars
**marsh** [mɑːʃ] *s* sumpmark, kärr, träsk
**marshal** [ˈmɑːʃ(ə)l] *s* mil. marskalk
**marshy** [ˈmɑːʃɪ] *a* sumpig, träskartad
**marten** [ˈmɑːtɪn] *s* mård; mårdskinn
**martial** [ˈmɑːʃ(ə)l] *a* krigisk; militär- [*~ music*]; *~ law* krigsrätt
**martin** [ˈmɑːtɪn] *s* zool. svala
**martinet** [ˌmɑːtɪˈnet] *s* disciplintyrann
**martyr** [ˈmɑːtə] *s* martyr
**marvel** [ˈmɑːv(ə)l] **I** *s* underverk, under **II** *itr* förundra sig [*at* över]
**marvellous** [ˈmɑːvələs] *a* underbar
**marzipan** [ˈmɑːzɪpæn] *s* marsipan
**mascara** [mæsˈkɑːrə] *s* mascara
**mascot** [ˈmæskət] *s* maskot
**masculine** [ˈmæskjʊlɪn] *a* manlig; maskulin äv. gram. [*the ~ gender*]
**masculinity** [ˌmæskjʊˈlɪnətɪ] *s* manlighet
**mash** [mæʃ] **I** *s* mos; vard. potatismos **II** *tr* mosa; *mashed potatoes* potatismos
**mask** [mɑːsk] **I** *s* **1** mask; munskydd **2** bildl. mask; täckmantel **II** *tr* maskera
**masked** [mɑːskt] *a, ~ ball* maskeradbal
**masochist** [ˈmæsəkɪst] *s* masochist
**mason** [ˈmeɪsn] *s* murare; stenhuggare
**masonic** [məˈsɒnɪk] *a* frimurar- [*~ lodge* (loge)]
**masquerade** [ˌmæskəˈreɪd] **I** *s* maskerad **II** *itr* **1** vara maskerad (utklädd) **2** bildl. uppträda; *~ as* ge sig sken av att vara
**1 mass** [mæs] *s* (ofta *Mass*) kyrkl., mus. mässa; *attend ~* gå i mässan; *say ~* läsa mässan

**2 mass** [mæs] **I** *s* massa; mängd, hop; ***the masses*** massan, de breda lagren; ***the ~ media*** el. ***~ media*** massmedierna, massmedia; ***~ meeting*** massmöte **II** *tr* mil. koncentrera, dra samman [*~ troops*]; ***massed attack*** massanfall
**massacre** ['mæsəkə] **I** *s* massaker [*of* på], slakt **II** *tr* massakrera, slakta
**massage** ['mæsɑ:ʒ] **I** *s* massage **II** *tr* massera
**masseur** [mæ'sɜ:] *s* massör
**masseuse** [mæ'sɜ:z] *s* massös
**massive** ['mæsɪv] *a* massiv, stadig
**mass-produce** ['mæsprə'dju:s] *tr* massproducera, masstillverka
**mast** [mɑ:st] *s* mast; ***at half ~*** på halv stång
**master** ['mɑ:stə] **I** *s* **1** herre, härskare [*of* över]; överman [*find one's ~*]; mästare; husbonde; djurs husse; ***be ~ of the situation*** behärska situationen **2** skol. lärare; ***Master of Arts*** univ. ungefär filosofie kandidat **3** mästare [*a painting by an old ~*] **4** ***Master of Ceremonies*** ceremonimästare, klubbmästare **5** ***Master*** före pojknamn unge herr [*Master Henry*] **II** *tr* göra sig till (bli) herre över; övervinna; behärska [*~ a language*], bemästra [*~ the situation*]
**masterful** ['mɑ:stəf(ʊ)l] *a* egenmäktig, dominerande
**master-key** ['mɑ:stəki:] *s* huvudnyckel
**masterly** ['mɑ:stəlɪ] *a* mästerlig, skicklig
**mastermind** ['mɑ:stəmaɪnd] **I** *tr* leda, dirigera, vara hjärnan bakom **II** *s*, ***be the ~ behind a th.*** vara hjärnan bakom ngt
**masterpiece** ['mɑ:stəpi:s] *s* mästerverk
**master-stroke** ['mɑ:stəstrəʊk] *s* mästerdrag
**mastery** ['mɑ:stərɪ] *s* **1** herravälde; övertag [*over, of* över] **2** mästerskap, skicklighet; ***have a thorough ~ of a th.*** grundligt behärska ngt
**masticate** ['mæstɪkeɪt] *tr* tugga
**mastiff** ['mæstɪf] *s* mastiff stor dogg
**masturbate** ['mæstəbeɪt] *itr* onanera
**masturbation** [,mæstə'beɪʃ(ə)n] *s* onani
**mat** [mæt] *s* **1** matta; ***be on the ~*** vard. få en skrapa **2** underlägg för t. ex. karrot, tablett
**matador** ['mætədɔ:] *s* matador
**1 match** [mætʃ] *s* tändsticka; ***strike a ~*** tända en tändsticka
**2 match** [mætʃ] **I** *s* **1** sport. match, tävling **2** jämlike; ***be no ~ for*** inte kunna mäta sig med; ***meet one's ~*** möta sin överman **3** motstycke, make, pendang; [***these colours***] ***are a good ~*** ... går bra ihop (matchar varandra bra) **4** giftermål; parti **II** *tr itr* **1** gå bra ihop med, gå i stil med, passa till, matcha **2** finna (vara) en värdig motståndare till **3** para ihop; avpassa [*to* efter]; finna ett motstycke (en pendang) till; ***be well matched*** passa bra ihop **4** passa ihop; passa [*with* till], matcha; [***these two colours***] ***don't ~ very well*** ... går inte bra ihop; ***to ~*** som matchar
**matchbook** ['mætʃbʊk] *s* tändsticksplån med avrivningständstickor
**matchbox** ['mætʃbɒks] *s* tändsticksask
**matchless** ['mætʃləs] *a* makalös
**match-point** ['mætʃpɔɪnt] *s* matchboll i tennis
**maté** ['mæteɪ] *s* maté, paraguayte
**1 mate** [meɪt] schack. **I** *s* matt **II** *tr* göra matt
**2 mate** [meɪt] **I** *s* **1** vard. kompis, polare, i tilltal äv. du [*hallo, ~!*] **2** sjö. styrman; ***chief ~*** överstyrman **3** make, maka **II** *tr itr* para, para sig
**material** [mə'tɪərɪəl] **I** *a* materiell; väsentlig **II** *s* material, ämne, stoff; tyg; ***raw ~*** el. ***raw ~s*** råmaterial, råvaror
**materialistic** [mə,tɪərɪə'lɪstɪk] *a* materialistisk
**materialize** [mə'tɪərɪəlaɪz] *itr* förverkligas
**maternal** [mə'tɜ:nl] *a* **1** moderlig **2** på mödernet; ***~ grandfather*** morfar
**maternally** [mə'tɜ:nəlɪ] *adv* moderligt
**maternity** [mə'tɜ:nətɪ] *s* moderskap; ***~ benefit*** moderskapshjälp; ***~ dress*** mammaklänning; ***~ hospital*** BB barnbördshus
**math** [mæθ] *s* (amer. vard. kortform för *mathematics*) matte
**mathematical** [,mæθə'mætɪk(ə)l] *a* matematisk
**mathematician** [,mæθəmə'tɪʃ(ə)n] *s* matematiker
**mathematics** [,mæθə'mætɪks] *s* matematik
**maths** [mæθs] *s* (vard. kortform för *mathematics*) matte
**matin** ['mætɪn] *s*, pl. *~s* kyrk. morgonbön
**matinée** ['mætɪneɪ] *s* matiné
**mating** ['meɪtɪŋ] *s* parning; ***~ season*** parningstid; brunsttid
**matrimonial** [,mætrɪ'məʊnjəl] *a* äktenskaplig, äktenskaps- [*~ problems*]
**matrimony** ['mætrɪmənɪ] *s* äktenskap, äktenskapet; giftermål
**matron** ['meɪtr(ə)n] *s* **1** föreståndare; husmor i t. ex. skola **2** matrona
**matt** [mæt] *a* matt [*~ finish* (yta)]
**matter** ['mætə] **I** *s* **1** materia; stoff; ämne [*solid ~*] **2** ämne; innehåll **3 a)** sak [*a ~ I*

*know little about*], angelägenhet, affär; fråga, spörsmål [*legal ~s*] **b)**; pl. *~s* förhållanden, förhållandena; ***it's no laughing ~*** det är ingenting att skratta åt; ***as a ~ of course*** självfallet, självklart; ***a ~ of fact*** ett faktum; ***as a ~ of fact*** i själva verket; ***it is only a ~ of time*** det är bara en tidsfråga; ***make ~s worse*** förvärra saken (situationen); ***for that ~*** vad det beträffar **4** ***no ~*** det gör ingenting, det spelar ingen roll; ***no ~ how I try*** hur jag än försöker; ***no ~ where it is*** var den än må vara; ***what is the ~?*** vad står på?, vad har hänt?; ***what is the ~ with him?*** vad är det med honom? **5** med. var

**II** *itr* betyda, vara av betydelse; ***it doesn't ~*** det gör ingenting, det spelar ingen roll; ***it doesn't ~ to me*** det gör mig detsamma

**matter-of-fact** [ˈmætərəvˈfækt] *a* saklig

**mattress** [ˈmætrəs] *s* madrass

**mature** [məˈtjʊə] **I** *a* mogen **II** *tr itr* få att mogna; mogna

**maturity** [məˈtjʊərətɪ] *s* **1** mognad, mogenhet **2** mogen ålder

**maul** [mɔ:l] *tr* mörbulta; illa tilltyga

**Maundy** [ˈmɔ:ndɪ] *s, ~ **Thursday*** skärtorsdag, skärtorsdagen

**mausoleum** [ˌmɔ:səˈli:əm] *s* mausoleum

**mauve** [məʊv] **I** *a* malvafärgad, ljuslila **II** *s* malvafärg, ljuslila

**maximum** [ˈmæksɪməm] **I** *s* maximum, höjdpunkt **II** *a* högst, störst; maximi- [*~ temperature*]; maximal

**May** [meɪ] *s* månaden maj; *~ **Day*** första maj

**may** [meɪ] (imperfekt *might*) *hjälpvb* presens **1** kan, kan kanske [*he ~ have said so*] **2** får, får lov att [*~ I interrupt you?*]; kan få; ***you ~ be sure that...*** du kan vara säker på att... **3** må, måtte; ***however that ~ be*** hur det än förhåller sig (må vara) med den saken; ***come what ~*** hända vad som hända vill

**maybe** [ˈmeɪbi:] *adv* kanske, kanhända

**mayn't** [meɪnt] = *may not*

**mayonnaise** [ˌmeɪəˈneɪz] *s* majonnäs

**mayor** [meə] *s* borgmästare, mayor, ordförande i kommunfullmäktige; ***Lord Mayor*** överborgmästare

**maze** [meɪz] *s* labyrint; virrvarr

**mazurka** [məˈzɜ:kə] *s* masurka

**M.D.** [ˈemˈdɪ:] = *Doctor of Medicine* med. dr

**me** [mi:, obetonat mɪ] *pers pron* (objektsform av *I*) **1** mig; jag [*he's younger than ~*]; ***dear ~!*** bevare mig! **2** vard. för *my*; ***she likes ~ singing*** [*to her*] hon tycker om att jag sjunger...

**mead** [mi:d] *s* mjöd

**meadow** [ˈmedəʊ] *s* äng

**meagre** [ˈmi:gə] *a* mager [*a ~ result*]; knapp [*a ~ income*]; klen; torftig

**1 meal** [mi:l] *s* mål, måltid; ***a hot ~*** lagad mat

**2 meal** [mi:l] *s* grovt mjöl

**mealtime** [ˈmi:ltaɪm] *s* mattid; matdags

**1 mean** [mi:n] **I** *s* **1** ***the golden (happy) ~*** den gyllene medelvägen **2** mat. medelvärde, medeltal; genomsnitt **II** *a* medel- [*~ distance*]

**2 mean** [mi:n] *a* **1** snål **2** lumpen, gemen **3** oansenlig; ***he is no ~ pianist*** han är ingen dålig pianist **4** amer. vard. elak

**3 mean** [mi:n] (*meant meant*) *tr* **1** betyda; innebära **2** mena [*he ~s no harm* (illa)], ämna; ha för avsikt; ***I meant to tell you*** jag tänkte tala om det för dig **3** avse, mena; ***that bullet was meant for me*** den kulan var avsedd för mig; ***what is this meant to be?*** vad skall det här föreställa?

**meander** [mɪˈændə] *itr* irra omkring

**meaning** [ˈmi:nɪŋ] **I** *a* menande, talande [*a ~ look*] **II** *s* mening; betydelse, innebörd; ***what is the ~ of...?*** vad betyder...?

**meaningful** [ˈmi:nɪŋf(ʊ)l] *a* meningsfull, meningsfylld [*~ work*]; betydelsefull

**meaningless** [ˈmi:nɪŋləs] *a* meningslös; betydelselös

**means** [mi:nz] *s* **1** (konstrueras ofta med sg.; pl. *means*) medel, hjälpmedel, sätt [*a ~, this ~*]; ***a ~ to an end*** ett medel att nå målet; ***by ~ of*** medelst, genom; ***by all ~*** a) så gärna b) på alla sätt; ***by any ~*** på något sätt; ***by no ~*** el. ***not by any ~*** på intet sätt, ingalunda **2** pl. ***means*** medel, tillgångar; ***live beyond one's ~*** leva över sina tillgångar

**means-test** [ˈmi:nztest] *s* behovsprövning, inkomstprövning

**meant** [ment] se *3 mean*

**meantime** [ˈmi:ntaɪm] o. **meanwhile** [ˈmi:nwaɪl] **I** *s* mellantid; ***in the ~*** under tiden **II** *adv* under tiden

**measles** [ˈmi:zlz] *s* mässling; ***German ~*** röda hund

**measly** [ˈmi:zlɪ] *a* vard. ynklig, futtig

**measure** [ˈmeʒə] **I** *s* **1** mått; måttredskap, mätredskap; ***weights and ~s*** mått och vikt; ***in some ~*** i viss (någon) mån **2** åtgärd; ***take ~s*** vidta mått och steg; ***take strong ~s*** vidta stränga åtgärder **II** *tr* mäta; ta mått på; ***get (be) measured for a suit*** ta mått till en kostym

**measurement** ['meʒəmənt] *s* mätning; pl. *~s* mått, dimensioner
**meat** [mi:t] *s* kött
**meat-ball** ['mi:tbɔ:l] *s* köttbulle
**meat-pie** ['mi:t'paɪ] *s* köttpastej, köttpaj
**meaty** ['mi:tɪ] *a* köttig; kött-
**mechanic** [mə'kænɪk] *s* mekaniker, reparatör; verkstadsarbetare
**mechanical** [mə'kænɪk(ə)l] *a* mekanisk
**mechanics** [mɪ'kænɪks] *s* mekanik
**mechanism** ['mekənɪz(ə)m] *s* mekanism; mekanik
**mechanize** ['mekənaɪz] *tr* mekanisera
**medal** ['medl] *s* medalj
**medallion** [mɪ'dæljən] *s* medaljong
**medallist** ['medəlɪst] *s* medaljör; ***gold ~*** guldmedaljör
**meddle** ['medl] *itr* blanda sig 'i allting; ***~ with*** a) blanda sig 'i b) fingra på
**media** ['mi:djə] *s* se *medium I*
**mediaeval** [ˌmedɪ'i:v(ə)l] *a* = *medieval*
**mediate** ['mɪ:dɪeɪt] *itr tr* medla
**mediator** ['mi:dɪeɪtə] *s* medlare; fredsmäklare; förlikningsman
**Medicaid** ['medɪkeɪd] *s* amer. statlig sjukhjälp åt låginkomsttagare
**medical** ['medɪk(ə)l] **I** *a* medicinsk; medicinal- [*~ herb*]; ***~ certificate*** friskintyg, läkarintyg; ***~ examination (inspection)*** läkarundersökning; ***~ practitioner*** praktiserande läkare, legitimerad läkare **II** *s* vard. läkarundersökning
**medicinal** [me'dɪsɪnl] *a* **1** läkande, botande [*~ properties* (egenskaper)] **2** medicinsk; medicinal- [*~ herb*]
**medicine** ['medsɪn] *s* **1** medicin; läkekonst; ***Doctor of Medicine*** medicine doktor **2** medicin, läkemedel
**medieval** [ˌmedɪ'i:v(ə)l] *a* medeltida, medeltids-; ***in ~ times*** under medeltiden
**mediocre** [ˌmi:dɪ'əʊkə] *a* medelmåttig
**meditate** ['medɪteɪt] *itr* meditera, fundera, grubbla
**meditation** [ˌmedɪ'teɪʃ(ə)n] *s* meditation; funderande, grubbel
**Mediterranean** [ˌmedɪtə'reɪnjən] *a* o. *s*, ***the ~ Sea*** el. ***the ~*** Medelhavet
**medium** ['mi:djəm] **I** (pl. *media* ['mi;djə] el. *mediums*) *s* **1** medium; ***the media*** massmedierna, massmedia **2** (pl. *~s*) spiritistiskt medium **3** medelväg [*a happy* (gyllene) *~*] **II** *a* medelstor, medelgod; ***~ size*** mellanstorlek; ***~ wave*** radio. mellanvåg
**medley** ['medlɪ] *s* **1** blandning **2** mus. potpurri
**meek** [mi:k] *a* ödmjuk; foglig
**meerschaum** ['mɪəʃəm] *s* sjöskumspipa

**1 meet** [mi:t] (*met met*) *tr itr* **1** mäta; träffa; mötas; ses; träffas, sammanträda; samlas; ***make both ends ~*** få det att gå ihop ekonomiskt **2** motsvara [*~ expectations*]; tillmötesgå [*~ demands*] **3** ***~ with*** träffa på, stöta på; möta, röna; ***~ with an accident*** råka ut för en olyckshändelse; ***~ with approval*** vinna gillande; ***~ with difficulties*** stöta på svårigheter
**2 meet** [mi:t] *a*, ***as you think ~*** som du finner lämpligt
**meeting** ['mi:tɪŋ] *s* **1** möte; sammanträffande; sammanträde **2** sport. tävling
**mega-** ['megə] *pref* mega- en miljon
**megacycle** ['megəˌsaɪkl] *s* megacykel
**megahertz** ['megəhɜ:ts] *s* megahertz
**megalomania** ['megələ'meɪnjə] *s* storhetsvansinne, megalomani
**megaphone** ['megəfəʊn] *s* megafon
**megaton** ['megətʌn] *s* megaton
**megawatt** ['megəwɒt] *s* megawatt
**melancholic** [ˌmelən'kɒlɪk] *a* melankolisk
**melancholy** ['melənkəlɪ] **I** *s* melankoli **II** *a* melankolisk; sorglig
**mellow** ['meləʊ] **I** *a* mogen **II** *tr itr* göra mogen; mogna
**melodic** [mɪ'lɒdɪk] *a* melodisk, melodi-
**melodious** [mɪ'ləʊdjəs] *a* melodisk
**melodrama** ['meləˌdrɑ:mə] *s* melodram
**melodramatic** [ˌmelədrə'mætɪk] *a* melodramatisk; teatralisk
**melody** ['melədɪ] *s* melodi
**melon** ['melən] *s* melon
**melt** [melt] *itr tr* smälta
**melting-point** ['meltɪŋpɔɪnt] *s* fys. smältpunkt
**member** ['membə] *s* medlem; deltagare [*conference ~*]; ***Member of Parliament*** parlamentsledamot, riksdagsman
**membership** ['membəʃɪp] *s* **1** medlemskap **2** medlemsantal
**membrane** ['membreɪn] *s* membran
**memo** ['meməʊ] *s* (förk. för *memorandum*) PM, P.M.
**memoir** ['memwɑ:] *s*, pl. *~s* memoarer
**memorable** ['memərəbl] *a* minnesvärd
**memorandum** [ˌmemə'rændəm] (pl. *memoranda* [ˌmemə'rændə] el. *memorandums*) *s* **1** minnesanteckning **2** dipl. memorandum
**memorial** [mɪ'mɔ:rɪəl] **I** *a* minnes- [*~ service*] **II** *s* minnesmärke [*to* över]; ***war ~*** krigsmonument
**memorize** ['meməraɪz] *tr* memorera, lära sig utantill

**memory** ['memərɪ] *s* minne; ***from*** ~ ur minnet; ***to the best of my*** ~ såvitt jag kan minnas; ***commit to*** ~ lägga på minnet; ***memories of childhood*** barndomsminnen; ***in (to the)*** ~ ***of*** till minne av; ***within living*** ~ i mannaminne
**men** [men] *s* se *man I*
**menace** ['menəs] **I** *s* hot [*to* mot]; ***he's a*** ~ vard. han är en plåga **II** *tr* hota
**menagerie** [mɪ'nædʒərɪ] *s* menageri
**mend** [mend] *tr* laga, reparera
**menial** ['mi:njəl] **I** *a* tarvlig, enkel [~ *task*] **II** *s* föraktligt betjänt
**meningitis** [ˌmenɪn'dʒaɪtɪs] *s* hjärnhinneinflammation, meningit
**men-of-war** ['menəv'wɔ:] *s* se *man-of-war*
**menstruation** [ˌmenstrʊ'eɪʃ(ə)n] *s* menstruation
**mental** ['mentl] *a* mental, psykisk, själslig, andlig; ~ ***age*** intelligensålder; ~ ***arithmetic*** huvudräkning; ~ ***work*** intellektuellt arbete
**mentality** [men'tælətɪ] *s* mentalitet
**mentally** ['mentəlɪ] *adv* **1** mentalt, psykiskt, själsligt; andligt **2** i tankarna, i huvudet
**menthol** ['menθɒl] *s* mentol
**mention** ['menʃ(ə)n] **I** *s* omnämnande; ***make*** ~ ***of*** omnämna **II** *tr* nämna, tala om [*to* för]; ***not to*** ~ för att inte tala om; ***don't*** ~ ***it!*** svar på tack för all del!, ingen orsak!; ***no harm worth mentioning*** ingen nämnvärd skada
**menu** ['menju:] *s* matsedel, meny
**mercantile** ['mɜ:kəntaɪl] *a* merkantil; ~ ***marine*** handelsflotta
**mercantilism** ['mɜ:kəntɪlɪz(ə)m] *s* merkantilism
**mercenary** ['mɜ:sɪnərɪ] **I** *a* **1** vinningslysten **2** om soldat lejd, lego- **II** *s* legosoldat, legoknekt
**merchandise** ['mɜ:tʃəndaɪz] *s* kollektivt varor
**merchant** ['mɜ:tʃ(ə)nt] **I** *s* köpman, grosshandlare **II** *a* handels-; ~ ***fleet (navy)*** handelsflotta; ~ ***ship (vessel)*** handelsfartyg
**merciful** ['mɜ:sɪf(ʊ)l] *a* barmhärtig, nådig
**merciless** ['mɜ:sɪləs] *a* obarmhärtig
**Mercury** ['mɜ:kjʊrɪ] astron., myt. Merkurius
**mercury** ['mɜ:kjʊrɪ] *s* kvicksilver
**mercy** ['mɜ:sɪ] *s* **1** barmhärtighet; nåd; ***have*** ~ ***on a p.*** förbarma sig över ngn; vara ngn nådig; ***for mercy's sake*** för Guds skull **2** ***be at the*** ~ ***of a p. (a th.)*** vara i ngns (ngts) våld
**mere** [mɪə] *a* blott, ren, bara
**merely** ['mɪəlɪ] *adv* endast, bara
**merge** [mɜ:dʒ] **1** *tr itr* slå ihop (samman) [~ *two companies*] **2** gå ihop (samman); smälta ihop
**meringue** [mə'ræŋ] *s* maräng
**merit** ['merɪt] **I** *s* förtjänst, merit [*the book has its* ~*s*]; värde; ***a work of great*** ~ ett mycket förtjänstfullt arbete **II** *tr* förtjäna, vara värd
**merited** ['merɪtɪd] *a* välförtjänt
**mermaid** ['mɜ:meɪd] *s* sjöjungfru
**merriment** ['merɪmənt] *s* munterhet
**merry** ['merɪ] *a* munter, uppsluppen; glad; ***A Merry Christmas!*** God Jul!; ***make*** ~ roa sig
**merry-go-round** ['merɪgəʊˌraʊnd] *s* karusell
**merry-maker** ['merɪˌmeɪkə] *s* festare
**merry-making** ['merɪˌmeɪkɪŋ] *s* uppsluppenhet; festglädje
**mesh** [meʃ] *s* maska i t. ex. nät
**mesmerize** ['mezməraɪz] *tr* magnetisera; hypnotisera
**mess** [mes] **I** *s* **1** röra, oreda, oordning, virrvarr; skräp; klämma, knipa; ***make a*** ~ smutsa ner, stöka till; ***make a*** ~ ***of*** fördärva; trassla till; ***make a*** ~ ***of things*** trassla till allting **2** mil., sjö. mäss **3** hopkok, mischmasch **II** *tr itr* **1** ~ ***up*** el. ~ förfuska, fördärva; smutsa ner, stöka till **2** ~ ***about*** pillra, plottra; traska (larva) omkring
**message** ['mesɪdʒ] *s* **1** meddelande; budskap äv. politiskt, bud; ***can I give (leave) a*** ~***?*** i t. ex. telefon är det något jag kan framföra? **2** telegram
**messenger** ['mesɪndʒə] *s* **1** bud; budbärare, sändebud; ~ ***boy*** expressbud; springpojke **2** kurir
**Messiah** [mɪ'saɪə] *s* Messias
**Messrs.** ['mesəz] *s* **1** herrar, herrarna **2** Firma, Herrar [~ *Jones & Co.*]
**messy** ['mesɪ] *a* **1** rörig **2** smutsig; kladdig
**met** [met] se *I meet*
**metabolism** [me'tæbəlɪz(ə)m] *s* ämnesomsättning, metabolism
**metal** ['metl] *s* metall
**metallic** [mɪ'tælɪk] *a* metallisk; metall-
**metaphor** ['metəfə] *s* metafor, bild
**meteor** ['mi:tjə] *s* meteor
**meteorite** ['mi:tjəraɪt] *s* meteorit
**meteorological** [ˌmi:tjərə'lɒdʒɪk(ə)l] *a* meteorologisk; ~ ***office*** vädertjänst

**meteorologist** [ˌmi:tjə'rɒlədʒɪst] *s* meteorolog
**1 meter** ['mi:tə] *s* mätare; taxameter; ~ ***maid*** vard. lapplisa
**2 meter** ['mi:tə] *s* amer. meter
**method** ['meθəd] *s* metod
**methodical** [mɪ'θɒdɪk(ə)l] *a* metodisk
**meths** [meθs] *s pl* vard. denaturerad sprit
**methylated** ['meθɪleɪtɪd] *a,* ~ ***spirit (spirits)*** denaturerad sprit
**meticulous** [mə'tɪkjʊləs] *a* noggrann
**metre** ['mi:tə] *s* meter
**metric** ['metrɪk] *a* meter- [*the* ~ *system*]; ~ ***ton*** ton 1.000 kg
**metronome** ['metrənəʊm] *s* mus. metronom
**metropolis** [mə'trɒpəlɪs] *s* metropol, huvudstad; storstad
**metropolitan** [ˌmetrə'pɒlɪt(ə)n] *a* huvudstads-, storstads-; ofta London- [*the Metropolitan Police*]
**mettle** ['metl] *s* mod, kurage; ***put a p. on his*** ~ sätta ngn på prov
**mew** [mju:] **I** *itr* jama **II** *s* jamande
**Mexican** ['meksɪkən] **I** *a* mexikansk **II** *s* mexikan
**Mexico** ['meksɪkəʊ]
**mg.** (förk. för *milligram, milligrams, milligramme, milligrammes*) mg
**MHz** (förk. för *megahertz*) MHz
**mica** ['maɪkə] *s* glimmer
**mice** [maɪs] *s* se *mouse*
**microbe** ['maɪkrəʊb] *s* mikrob
**microgroove** ['maɪkrəgru:v] *s* mikrospår på grammofonskiva
**microphone** ['maɪkrəfəʊn] *s* mikrofon
**microscope** ['maɪkrəskəʊp] *s* mikroskop
**mid** [mɪd] *a* mitt-, mellan-; mitten av
**mid-air** [ˌmɪd'eə] *a* i luften
**midday** ['mɪddeɪ] *s* middagstid, middag
**middle** ['mɪdl] **I** *a* mellersta, mittersta; ***the Middle Ages*** medeltiden; ***the*** ~ ***class (classes)*** medelklassen; ***the Middle East*** Mellersta östern; ~ ***finger*** långfinger; ***the Middle West*** Mellanvästern i USA **II** *s* **1** ***in the*** ~ ***of*** i mitten av (på), mitt i (på) **2** midja
**middle-aged** ['mɪdl'eɪdʒd] *a* medelålders
**middle-class** ['mɪdl'klɑ:s] *a* medelklass-
**middleman** ['mɪdlmæn] (pl. *middlemen* ['mɪdlmen]) *s* hand. mellanhand
**middling** ['mɪdlɪŋ] *a* vard. medelgod; medelmåttig
**midfielder** ['mɪdˌfi:ldə] *s* sport. mittfältare
**midge** [mɪdʒ] *s* zool. mygga
**midget** ['mɪdʒɪt] **I** *s* dvärg; kryp, plutt, lilleputt **II** *a* mini- [~ *golf*], dvärg-
**midland** ['mɪdlənd] *s,* ***the Midlands*** Midlands, mellersta England
**midnight** ['mɪdnaɪt] *s* midnatt; ***the*** ~ ***sun*** midnattssolen; ***burn the*** ~ ***oil*** arbeta till långt in på natten
**midst** [mɪdst] litt. **I** *s* mitt; ***in the*** ~ ***of*** mitt i, mitt ibland (under) **II** *prep* mitt i
**midsummer** ['mɪdˌsʌmə] *s* midsommar; *Midsummer Eve* midsommarafton
**midway** ['mɪd'weɪ] *adv* halvvägs
**Midwest** ['mɪd'west] *s* amer., ***the*** ~ Mellanvästern
**midwife** ['mɪdwaɪf] (pl. *midwives* ['mɪdwaɪvz]) *s* barnmorska
**1 might** [maɪt] *hjälpvb* (imperfekt av *may*) kunde; fick, kunde få; ~ ***I ask a question?*** skulle jag kunna (kunde jag) få ställa en fråga?; ***he asked if he*** ~ ***come in*** han frågade om han fick komma in
**2 might** [maɪt] *s* makt; kraft; ***with all one's*** ~ med all makt, av alla krafter
**mighty** ['maɪtɪ] **I** *a* mäktig, väldig **II** *adv* vard. väldigt
**mignonette** [ˌmɪnjə'net] *s* bot. reseda
**migraine** ['mi:greɪn] *s* migrän
**migrate** [maɪ'greɪt] *itr* flytta; vandra; utvandra
**migration** [maɪ'greɪʃ(ə)n] *s* flyttning; vandring
**mike** [maɪk] *s* vard. mick mikrofon
**mild** [maɪld] *a* mild; blid; svag [*a* ~ *protest*]; lindrig
**mildew** ['mɪldju:] *s* mjöldagg; mögel
**mildly** ['maɪldlɪ] *adv* milt; blitt; svagt
**mile** [maɪl] *s* engelsk mil, 'mile' (= 1760 ***yards*** = 1609 m); ***nautical*** ~ nautisk mil, distansminut; ***it was*** ~***s better*** vard. det var ofantligt mycket bättre (lättare); ***for*** ~***s and*** ~***s*** mil efter mil
**mileage** ['maɪlɪdʒ] *s* antal 'miles' (mil)
**mileometer** [maɪ'lɒmɪtə] *s* vägmätare
**milestone** ['maɪlstəʊn] *s* milstolpe
**milieu** ['mi:ljɜ:] *s* miljö, omgivning
**militant** ['mɪlɪt(ə)nt] **I** *a* militant, stridbar **II** *s* militant person
**militarism** ['mɪlɪtərɪz(ə)m] *s* militarism
**militarist** ['mɪlɪtərɪst] *s* militarist
**militarize** ['mɪlɪtəraɪz] *tr* militarisera
**military** ['mɪlɪtərɪ] *a* militärisk, krigs-; ~ ***academy*** militärhögskola; ~ ***court*** krigsrätt; ~ ***service*** militärtjänst; ***compulsory*** ~ ***service*** allmän värnplikt
**militate** ['mɪlɪteɪt] *itr,* ~ ***against*** motverka
**militia** [mɪ'lɪʃə] *s* milis, lantvärn

**militiaman** [mɪˈlɪʃəmən] *s* milissoldat
**milk** [mɪlk] **I** *s* mjölk **II** *tr itr* mjölka
**milk-bar** [ˈmɪlkbɑː] *s* ungefär glassbar där äv. mjölkdrinkar o. smörgåsar serveras
**milkmaid** [ˈmɪlkmeɪd] *s* mjölkerska; mejerska
**milkman** [ˈmɪlkmən] *s* mjölkutkörare, mjölkbud, mjölkförsäljare
**milksop** [ˈmɪlksɒp] *s* mes, mähä
**milky** [ˈmɪlkɪ] *a* **1** mjölkaktig, mjölklik; mjölkig **2** *the Milky Way* Vintergatan
**mill** [mɪl] *s* **1** kvarn; *he has been (gone) through the* ~ han har fått slita ont; *put a p. through the* ~ sätta ngn på prov **2** fabrik; verk, bruk; *cotton* ~ bomullsspinneri
**millennium** [mɪˈlenɪəm] *s* **1** årtusende **2** *the* ~ det tusenåriga riket
**millepede** [ˈmɪlɪpiːd] *s* tusenfoting
**miller** [ˈmɪlə] *s* mjölnare
**millet** [ˈmɪlɪt] *s* bot. hirs
**milliard** [ˈmɪljɑːd] *s* miljard tusen miljoner
**millibar** [ˈmɪlɪbɑː] *s* meteor. millibar
**milligram, milligramme** [ˈmɪlɪgræm] *s* milligram
**millilitre** [ˈmɪlɪˌliːtə] *s* milliliter
**millimetre** [ˈmɪlɪˌmiːtə] *s* millimeter
**milliner** [ˈmɪlɪnə] *s* modist
**millinery** [ˈmɪlɪnərɪ] *s* **1** modevaror inom hattbranschen **2** modistyrket; hattsömnad
**million** [ˈmɪljən] *räkn* o. *s* miljon; *~s of people* miljontals människor
**millionaire** [ˌmɪljəˈneə] *s* miljonär
**millionairess** [ˌmɪljəˈneərɪs] *s* miljonärska
**millionth** [ˈmɪljənθ] *räkn* o. *s* miljonte; ~ *part* miljondel
**millstone** [ˈmɪlstəʊn] *s* kvarnsten
**mime** [maɪm] **I** *s* mim **II** *itr* spela pantomim, mima
**mimic** [ˈmɪmɪk] **I** *s* imitatör; mimiker **II** *tr* härma, imitera
**mimosa** [mɪˈməʊzə] *s* mimosa
**mince** [mɪns] **I** *tr* **1** hacka; *minced meat* köttfärs **2** välja [~ *one's words*]; *not* ~ *matters (one's words)* inte skräda orden **II** *s* köttfärs
**mincemeat** [ˈmɪnsmiːt] *s* blandning av russin, mandel, kryddor m. m. som fyllning i paj; *make* ~ *of* vard. göra slarvsylta av
**mince-pie** [ˈmɪnsˈpaɪ] *s* paj med *mincemeat*
**mincer** [ˈmɪnsə] *s* köttkvarn
**mincing** [ˈmɪnsɪŋ] *a* tillgjord; trippande
**mind** [maɪnd] **I** *s* **1** sinne; själ; förstånd; *have an open* ~ vara öppen för nya idéer; *presence of* ~ sinnesnärvaro; *keep one's* ~ *on* koncentrera sig på; *in* ~ *and body* till kropp och själ; *in one's right* ~ el. *of a sound* ~ vid sina sinnens fulla bruk; *in one's mind's eye* för sitt inre öga; *that was a weight (load) off my* ~ en sten föll från mitt bröst; *get a th. off one's* ~ få ngt ur tankarna; *have a th. on one's* ~ ha ngt på hjärtat; *be out of one's* ~ vara från sina sinnen **2** *change one's* ~ ändra mening (åsikt); *give a p. a piece of one's* ~ säga ngn sin mening rent ut; *read a p.'s* ~ läsa ngns tankar; *to my* ~ enligt min mening **3** lust, böjelse; *have a good (great)* ~ *to* ha god lust att; *have half a* ~ *to* nästan ha lust att; *know one's own* ~ veta vad man vill; *make up one's* ~ besluta sig; *be in two ~s* vara villrådig **4** minne; *bear (have) in* ~ komma ihåg, ha i minnet; *it must be borne in* ~ *that* man får inte glömma att; *he puts me in* ~ *of* han påminner mig om
**II** *tr itr* **1** ge akt på; ~ *you are in time!* se till att du kommer i tid!; ~ *you don't fall!* akta dig så att du inte faller!; ~ *your head!* akta huvudet!; ~ *what you are doing!* se dig för! **2** se efter, sköta om, passa [~ *children*]; ~ *your own business!* vard. sköt du ditt! **3** bry sig om, tänka på; *I don't* ~ ... jag bryr mig inte om ...; jag har inget emot ... ; *do you* ~ *if I smoke* el. *do you* ~ *my smoking?* har du något emot att jag röker?; *I don't* ~ gärna för mig, det har jag inget emot; *would you* ~ *shutting the window?* vill du vara snäll och stänga fönstret?
**minded** [ˈmaɪndɪd] *a* i sammansättningar -sinnad, -sint [*high-minded*]; -medveten; *socially* ~ socialt inriktad
**mindful** [ˈmaɪndf(ʊ)l] *a*, *be* ~ *of* vara uppmärksam på
**mind-reader** [ˈmaɪndˌriːdə] *s* tankeläsare
**1 mine** [maɪn] *poss pron* min; *a book of* ~ en av mina böcker; *a friend of* ~ en vän till mig; *it's a habit of* ~ det är en vana jag har
**2 mine** [maɪn] **I** *s* **1** gruva; *a* ~ *of information* bildl. en rik informationskälla **2** mil. mina; ~ *detector* minsökare **II** *tr itr* **1** bryta [~ *ore*]; bearbeta; arbeta i en gruva **2** gräva [~ *tunnels*]; ~ *for gold* gräva efter guld **3** mil. minera, lägga ut minor
**minefield** [ˈmaɪnfiːld] *s* **1** mil. minfält **2** gruvfält
**miner** [ˈmaɪnə] *s* gruvarbetare
**mineral** [ˈmɪnər(ə)l] **I** *s* **1** mineral **2** pl. *~s* kollektivt mineralvatten; läskedrycker **II** *a* mineral-; ~ *waters* kollektivt mineralvatten; läskedrycker

**mineralogist** [ˌmɪnəˈrælədʒɪst] *s* mineralog
**mingle** [ˈmɪŋgl] *tr itr* blanda, blandas, blanda sig
**mingy** [ˈmɪndʒɪ] *a* vard. snål, knusslig
**miniature** [ˈmɪnjətʃə] **I** *s* miniatyr **II** *a* miniatyr-, i miniatyr; ~ ***camera*** småbildskamera
**minimal** [ˈmɪnɪm(ə)l] *a* minimal
**minimize** [ˈmɪnɪmaɪz] *tr* **1** reducera till ett minimum **2** bagatellisera
**minimum** [ˈmɪnɪməm] **I** *s* minimum **II** *a* minsta; minimi- [~ *wage*]; minimal
**mining** [ˈmaɪnɪŋ] *s* **1** gruvdrift; gruvarbete; brytning **2** mil., sjö. minering
**minister** [ˈmɪnɪstə] *s* **1** minister **2** präst [äv. ~ *of religion*]
**ministry** [ˈmɪnɪstrɪ] *s* **1** ministär, regering **2** departement
**mink** [mɪŋk] *s* flodiller; mink
**minor** [ˈmaɪnə] **I** *a* **1** mindre [*a* ~ *operation*], smärre, mindre viktig; små- [~ *planets*]; lägre i rang; ***Asia Minor*** Mindre Asien **2** mus. moll- [~ *scale*]; ~ ***key*** molltonart; ***A*** ~ a-moll **II** *s* jur. omyndig person, minderårig
**minority** [maɪˈnɒrətɪ] *s* minoritet
**minstrel** [ˈmɪnstr(ə)l] *s* **1** medeltida trubadur **2** sångare, entertainer vanl. negersminkad
**1 mint** [mɪnt] *s* bot. mynta
**2 mint** [mɪnt] **I** *s* myntverk, mynt **II** *tr* mynta, prägla
**minuet** [ˌmɪnjʊˈet] *s* menuett
**minus** [ˈmaɪnəs] **I** *prep* **1** minus **2** vard. utan [~ *her clothes*] **II** *a* minus- [~ *sign*]
**1 minute** [maɪˈnjuːt] *a* ytterst liten, minimal; ***in*** ~ ***detail*** in i minsta detalj
**2 minute** [ˈmɪnɪt] *s* **1** minut; ***ten*** ~***s to two (past two)*** tio minuter i två (över två); ***I won't be a*** ~ jag kommer strax; ***wait a*** ~*!* vänta ett ögonblick!; låt mig se!; ***just a*** ~*!* ett ögonblick bara!; ***this*** ~ genast; ***in a*** ~ om ett ögonblick **2** pl. ~***s*** protokoll [*of* över; från]; ***keep (take) the*** ~***s*** föra protokoll
**minute-hand** [ˈmɪnɪthænd] *s* minutvisare
**minx** [mɪŋks] *s* slyna, markatta
**miracle** [ˈmɪrəkl] *s* mirakel, underverk
**miraculous** [mɪˈrækjʊləs] *a* mirakulös
**mirage** [ˈmɪrɑːʒ, mɪˈrɑːʒ] *s* hägring
**mire** [ˈmaɪə] *s* träsk, myr; dy
**mirror** [ˈmɪrə] **I** *s* spegel; ***driving*** ~ backspegel **II** *tr* spegla
**mirth** [mɜːθ] *s* munterhet; uppsluppenhet
**misapprehension** [ˈmɪsˌæprɪˈhenʃ(ə)n] *s* missuppfattning; ***be under a*** ~ missta sig
**misbehave** [ˈmɪsbɪˈheɪv] *itr* o. *refl,* ~ el. ~ ***oneself*** bära sig illa åt, uppföra sig illa
**misbehaviour** [ˈmɪsbɪˈheɪvjə] *s* dåligt uppförande
**miscalculate** [ˈmɪsˈkælkjʊleɪt] *tr itr* felberäkna; räkna fel; missräkna sig
**miscarriage** [ˌmɪsˈkærɪdʒ] *s* missfall
**miscellaneous** [ˌmɪsəˈleɪnjəs] *a* blandad, brokig; varjehanda
**mischief** [ˈmɪstʃɪf] *s* **1** ont, skada **2** ***up to all kinds of*** ~ full av rackartyg; ***get into*** ~ hitta på rackartyg **3** skälmskhet
**mischief-maker** [ˈmɪstʃɪfˌmeɪkə] *s* orosstiftare; intrigmakare
**mischievous** [ˈmɪstʃɪvəs] *a* okynnig, rackar-; skälmsk
**misconception** [ˈmɪskənˈsepʃ(ə)n] *s* missuppfattning
**misconduct** [mɪsˈkɒndʌkt] *s* dåligt uppförande
**misdeed** [ˈmɪsˈdiːd] *s* missgärning, missdåd
**miser** [ˈmaɪzə] *s* gnidare, girigbuk
**miserable** [ˈmɪzər(ə)bl] *a* **1** olycklig, förtvivlad **2** bedrövlig; ynklig, usel; trist
**miserly** [ˈmaɪzəlɪ] *a* girig, gnidig
**misery** [ˈmɪzərɪ] *s* elände; misär, nöd
**misfire** [ˈmɪsˈfaɪə] *itr* **1** om skjutvapen klicka; om motor misstända **2** slå slint [*my plans misfired*]
**misfit** [ˈmɪsfɪt] *s* **1** ***the coat is a*** ~ rocken passar inte **2** missanpassad person
**misfortune** [mɪsˈfɔːtʃ(ə)n] *s* olycka; motgång; otur [*have the* ~ *to*]
**misgiving** [mɪsˈgɪvɪŋ] *s*, pl. ~***s*** farhågor
**misgovern** [ˈmɪsˈgʌvən] *tr* vanstyra
**misguided** [ˈmɪsˈgaɪdɪd] *a* missriktad
**mishandle** [ˈmɪsˈhændl] *tr* misshandla
**mishap** [ˈmɪshæp] *s* missöde, malör
**misinform** [ˈmɪsɪnˈfɔːm] *tr* felunderrätta
**misinterpret** [ˈmɪsɪnˈtɜːprɪt] *tr* misstolka
**misjudge** [ˈmɪsˈdʒʌdʒ] *tr* felbedöma
**mislaid** [mɪsˈleɪd] se *mislay*
**mislay** [mɪsˈleɪ] (*mislaid mislaid*) *tr* förlägga [*I have mislaid my gloves*]
**mislead** [mɪsˈliːd] (*misled misled*) *tr* föra vilse; vilseleda
**misled** [mɪsˈled] se *mislead*
**mismanage** [ˈmɪsˈmænɪdʒ] *tr* missköta
**misplace** [ˈmɪsˈpleɪs] *tr* felplacera; perfekt particip ***misplaced*** äv. malplacerad; bortkastad [*misplaced generosity*]
**misprint** [ˈmɪsprɪnt] *s* tryckfel
**mispronounce** [ˈmɪsprəˈnaʊns] *tr* uttala fel

**mispronunciation** ['mɪsprəˌnʌnsɪ'eɪʃ(ə)n] *s* feluttal; uttalsfel
**misquote** ['mɪs'kwəʊt] *tr* felcitera
**misread** ['mɪs'ri:d] (*misread misread* ['misred]) *tr* läsa fel på; feltolka, missuppfatta
**misrepresent** ['mɪsˌreprɪ'zent] *tr* ge en felaktig bild av; förvränga
**misrule** ['mɪs'ru:l] *s* vanstyre
**1 miss** [mɪs] *s* fröken [*Miss Jones*]
**2 miss** [mɪs] **I** *tr* **1** missa; inte hinna med; inte träffa mål **2** gå miste om, bli utan **3** sakna [~ *a friend*] **II** *s* miss; ***give a th. a ~*** strunta i ngt; ***a ~ is as good as a mile*** ordspr. nära skjuter ingen hare
**missile** ['mɪsaɪl, amer. 'mɪsl] *s* projektil; robot, robotvapen, missil; raket
**missing** ['mɪsɪŋ] *a* försvunnen; frånvarande; borta; felande; ***be ~*** saknas, fattas
**mission** ['mɪʃ(ə)n] *s* **1** delegation **2** mil. uppdrag **3** mission
**missionary** ['mɪʃənərɪ] *s* missionär
**missis** ['mɪsɪz] *s* vard., ***the (my) ~*** frugan
**misspell** ['mɪs'spel] (*misspelt misspelt*) *tr itr* stava fel
**misspelling** ['mɪs'spelɪŋ] *s* felstavning; stavfel
**misspelt** ['mɪs'spelt] se *misspell*
**missus** ['mɪsɪz] *s* se *missis*
**mist** [mɪst] **I** *s* dimma, dis; imma **II** *tr itr* hölja i dimma, bli (vara) dimmig; ***~ over*** bli immig
**mistake** [mɪs'teɪk] **I** (*mistook mistaken*) *tr* ta miste på, ta fel på; missta sig på; ***~ a p. (a th.) for*** förväxla ngn (ngt) med **II** *s* misstag; missförstånd; fel
**mistaken** [mɪs'teɪkən] se *mistake I*
**mistakenly** [mɪs'teɪk(ə)nlɪ] *adv* av misstag
**mister** ['mɪstə] *s* herr; barnspr. i tilltal farbror
**mistimed** ['mɪs'taɪmd] *a* oläglig; malplacerad
**mistletoe** ['mɪsltəʊ] *s* mistel
**mistook** [mɪs'tʊk] se *mistake I*
**mistranslate** ['mɪstræns'leɪt] *tr* översätta fel
**mistress** ['mɪstrəs] *s* **1** husmor; djurs matte; ***the ~ of the house*** frun i huset **2** älskarinna, mätress **3** härskarinna [*of* över]
**mistrust** ['mɪs'trʌst] *tr* o. *s* misstro
**misty** ['mɪstɪ] *a* dimmig, disig, immig
**misunderstand** ['mɪsʌndə'stænd] (*misunderstood misunderstood*) *tr* missförstå
**misunderstanding** ['mɪsʌndə'stændɪŋ] *s* missförstånd; misshällighet
**misunderstood** ['mɪsʌndə'stʊd] se *misunderstand*
**1 mite** [maɪt] *s* pyre, parvel
**2 mite** [maɪt] *s* zool. kvalster; or
**mitre** ['maɪtə] *s* mitra, biskopsmössa
**mitten** ['mɪtn] *s* tumvante; halvvante
**mix** [mɪks] **I** *tr itr* **1** blanda; blanda till; blanda sig; gå ihop [*with* med]; ***~ up*** förväxla; ***be (get) mixed up*** a) vara (bli) inblandad [*in* i] b) vara (bli) förvirrad **2** umgås [~ *in certain circles*] **II** *s* mix [*cake ~*]
**mixed** [mɪkst] *a* blandad; ***~ bathing*** gemensamhetsbad; ***~ breed*** blandras; ***~ school*** samskola
**mixed-up** [mɪkst'ʌp] *a* vard. förvirrad
**mixer** ['mɪksə] *s* blandare [*concrete ~*]; mixer, matberedningsmaskin
**mixture** ['mɪkstʃə] *s* blandning; ***smoking ~*** el. ~ tobaksblandning
**mix-up** ['mɪksʌp] *s* vard. **1** röra; sammanblandning; förväxling **2** kalabalik
**ml.** (förk. för *millilitre, millilitres*) ml
**mm.** (förk. för *millimetre, millimetres*) mm
**moan** [məʊn] **I** *itr* **1** jämra sig, stöna **2** vard. knota; ***~ and groan*** gnöla och gnälla **II** *s* jämmer, stönande
**moat** [məʊt] *s* vallgrav, slottsgrav
**mob** [mɒb] **I** *s* pöbel, mobb; hop, sl. liga **II** *tr* omringa; ***be mobbed*** äv. förföljas
**mobile** ['məʊbaɪl] **I** *a* rörlig; mobil; ***~ hospital*** fältsjukhus; ***~ library*** bokbuss **II** *s* konst. mobil
**mobility** [məʊ'bɪlətɪ] *s* rörlighet
**mobilization** [ˌməʊbɪlaɪ'zeɪʃ(ə)n] *s* mobilisering, mobiliserande
**mobilize** ['məʊbɪlaɪz] *tr itr* mobilisera; uppbjuda [~ *one's energy*]
**mobster** ['mɒbstə] *s* sl. ligamedlem, gangster
**moccasin** ['mɒkəsɪn] *s* mockasin
**mock** [mɒk] **I** *tr itr* **1** driva med; driva [*at* med] **2** härma **II** *a* oäkta, falsk; fingerad, sken-; låtsad
**mockery** ['mɒkərɪ] *s* **1** gyckel, drift **2** parodi [*a ~ of justice*]
**mock-turtle** ['mɒk'tɜ:tl] *s*, ***~ soup*** falsk sköldpaddssoppa
**mode** [məʊd] *s* **1** sätt; metod **2** bruk; mode
**model** ['mɒdl] **I** *s* **1** modell; fotomodell; mannekäng **2** mönster, förebild **II** *a* **1** modell- [*a ~ train*] **2** mönstergill, exemplarisk **III** *tr itr* **1** modellera [~ *in clay*]; forma **2** planera; ***~ oneself after (on) a p.*** försöka efterlikna ngn

**moderate** [adjektiv o. substantiv 'mɒdərət, verb 'mɒdəreɪt] **I** *a* måttlig, moderat, måttfull; medelmåttig **II** *s* moderat **III** *tr* moderera; mildra
**moderately** ['mɒdərətlɪ] *adv* **1** måttligt; lagom **2** medelmåttigt; någorlunda
**moderate-sized** ['mɒdərətsaɪzd] *a* medelstor, lagom stor
**moderation** [ˌmɒdə'reɪʃ(ə)n] *s* måttlighet, återhållsamhet; *in* ~ med måtta, måttligt
**modern** ['mɒd(ə)n] *a* modern, nutida
**modernize** ['mɒdənaɪz] *tr* modernisera
**modest** ['mɒdɪst] *a* blygsam [*a ~ income*]; anspråkslös
**modesty** ['mɒdɪstɪ] *s* blygsamhet; anspråkslöshet
**modify** ['mɒdɪfaɪ] *tr* modifiera; ändra
**module** ['mɒdju:l] *s* modul
**Mohammedan** [mə'hæmɪd(ə)n] **I** *a* muslimsk **II** *s* muslim
**moist** [mɔɪst] *a* fuktig [~ *climate*; ~ *lips*]
**moisten** ['mɔɪsn] *tr itr* fukta; bli fuktig
**moisture** ['mɔɪstʃə] *s* fukt, fuktighet
**1 mole** [məʊl] *s* födelsemärke, hudfläck
**2 mole** [məʊl] *s* zool. mullvad
**molecule** ['mɒlɪkju:l] *s* molekyl
**molehill** ['məʊlhɪl] *s* mullvadshög; ***make a mountain out of a*** ~ göra en höna av en fjäder, förstora upp allting
**molest** [mə'lest] *tr* ofreda, antasta, störa
**molten** ['məʊlt(ə)n] *a* smält, flytande [~ *lava*]; ~ ***metal*** gjutmetall
**mom** [mɒm] *s* amer. vard. mamma
**moment** ['məʊmənt] *s* **1** stund; tidpunkt; ***one*** ~ el. ***just a*** ~ ett ögonblick, vänta litet; ***this*** ~ a) på ögonblicket, genast b) för ett ögonblick sedan; ***leisure (spare)*** ~***s*** lediga stunder; ***at the*** ~ för ögonblicket, för tillfället; ***at a moment's notice*** med detsamma; ***in a*** ~ ***of*** [*anger*] i ett anfall av...; ***the man of the*** ~ mannen för dagen **2** betydelse, vikt [*an affair of great* ~]
**momentary** ['məʊməntrɪ] *a* momentan
**momentous** [mə'mentəs] *a* viktig, betydelsefull
**momentum** [mə'mentəm] *s* fart, styrka, kraft [*gain* (vinna i) ~]
**momma** ['mɒmə] *s* amer. vard. mamma
**monarch** ['mɒnək] *s* monark; härskare
**monarchy** ['mɒnəkɪ] *s* monarki
**monastery** ['mɒnəstrɪ] *s* munkkloster
**Monday** ['mʌndɪ, 'mʌndeɪ] *s* måndag; ***Easter*** ~ annandag påsk; ***last*** ~ i måndags
**monetary** ['mʌnɪtrɪ] *a* monetär, mynt-, penning-
**money** ['mʌnɪ] *s* (utan pl.) pengar; penning-; ~ ***matters*** penningangelägenheter; ***be in the*** ~ sl. vara tät, tjäna grova pengar; ***be short of*** ~ ha ont om pengar
**money-box** ['mʌnɪbɒks] *s* sparbössa
**money-lender** ['mʌnɪˌlendə] *s* procentare, ockrare
**money-order** ['mʌnɪˌɔ:də] *s* **1** postremissväxel **2** ungefär postanvisning
**mongrel** ['mʌŋgr(ə)l] **I** *s* byracka, bondhund; bastard **II** *a* av blandras
**monitor** ['mɒnɪtə] **I** *s* **1** skol. ordningsman **2** radio., TV. kontrollmottagare; monitor; ~ ***screen*** el. ~ bildskärm **II** *tr* övervaka, kontrollera
**monk** [mʌŋk] *s* munk person
**monkey** ['mʌŋkɪ] **I** *s* zool. apa; ~ ***tricks*** vard. rackartyg; ***you little*** ~! din lilla rackarunge! **II** *itr*, ~ ***about with*** el. ~ ***with*** vard. mixtra (greja) med
**monkey-nut** ['mʌŋkɪnʌt] *s* vard. jordnöt
**monocle** ['mɒnəkl] *s* monokel
**monogamy** [mɒ'nɒgəmɪ] *s* engifte, monogami
**monogram** ['mɒnəgræm] *s* monogram
**monologue** ['mɒnəlɒg] *s* monolog
**monopolize** [mə'nɒpəlaɪz] *tr* **1** monopolisera **2** bildl. lägga beslag på
**monopoly** [mə'nɒpəlɪ] *s* monopol, ensamrätt
**monosyllable** ['mɒnəˌsɪləbl] *s* enstavigt ord
**monotone** ['mɒnətəʊn] *s* enformig ton
**monotonous** [mə'nɒtənəs] *a* monoton, enformig
**monotony** [mə'nɒtənɪ] *s* monotoni, enformighet
**monoxide** [mɒ'nɒksaɪd] *s*, ***carbon*** ~ koloxid
**monsoon** [mɒn'su:n] *s* monsun
**monster** ['mɒnstə] *s* monster, vidunder
**monstrous** ['mɒnstrəs] *a* monstruös
**month** [mʌnθ] *s* månad; ***for*** ~***s*** i månader
**monthly** ['mʌnθlɪ] **I** *a* månatlig, månads- **II** *adv* månatligen, en gång i månaden
**monument** ['mɒnjʊmənt] *s* monument; minnesmärke; ***ancient*** ~ fornminne
**monumental** [ˌmɒnjʊ'mentl] *a* monumental, storslagen
**moo** [mu:] **I** *itr* råma **II** *s* mu; råmande
**mooch** [mu:tʃ] *itr* vard., ~ ***about*** gå och drälla, driva omkring
**1 mood** [mu:d] *s* gram. modus; ***the subjunctive*** ~ konjunktiven
**2 mood** [mu:d] *s* lynne, stämning; humör; ***be in the*** ~ vara upplagd [*for a th.* för ngt]

**moody** ['mu:dɪ] *a* **1** lynnig, nyckfull **2** på dåligt humör, sur
**moon** [mu:n] **I** *s* måne **II** *itr* vard., ~ ***about (around)*** gå omkring och drömma
**moonbeam** ['mu:nbi:m] *s* månstråle
**moonlight** ['mu:nlaɪt] *s* månsken
**moonlighting** ['mu:nˌlaɪtɪŋ] *s* vard. extraknäck
**moonlit** ['mu:nlɪt] *a* månljus, månbelyst
**moonscape** ['mu:nskeɪp] *s* månlandskap
**moonshine** ['mu:nʃaɪn] *s* **1** månsken **2** vilda fantasier, nonsens
**moonstone** ['mu:nstəʊn] *s* månsten
**1 moor** [mʊə] *s* hed
**2 moor** [mʊə] *tr itr* sjö. förtöja
**moorhen** ['mʊəhen] *s* moripa
**mooring** ['mʊərɪŋ] *s* sjö. förtöjning
**moose** [mu:s] *s* amerikansk älg
**mop** [mɒp] **I** *s* **1** mopp **2** vard. kalufs **II** *tr* torka, moppa [~ *the floor*]; ~ ***up*** a) torka upp b) vard. suga upp [~ *up surplus credit*] c) mil. rensa, rensa upp
**mope** [məʊp] *itr* grubbla, tjura
**moped** ['məʊped] *s* moped
**mopping-up** ['mɒpɪŋ'ʌp] *a*, ~ ***operations*** mil. rensningsaktioner
**moral** ['mɒr(ə)l] **I** *a* moralisk, sedelärande; sedlig **II** *s* sensmoral; pl. ~*s* moral, seder
**morale** [mɒ'rɑ:l] *s* stridsmoral, kampanda
**morality** [mə'rælətɪ] *s* **1** moral; sedelära; moralitet **2** sedlighet
**moralize** ['mɒrəlaɪz] *itr* moralisera
**morbid** ['mɔ:bɪd] *a* sjuklig, morbid
**more** [mɔ:] *a* o. *s* o. *adv* (komparativ till *much* o. *many*) **1** mer, mera; ~ ***and*** ~ ***difficult*** allt svårare; ~ ***or less*** a) mer eller mindre b) cirka [*fifty* ~ *or less*]; ***all the*** ~ desto mera, så mycket mera; ***the*** ~ ***he gets, the*** ~ ***he wants*** ju mer han får, dess mer vill han ha **2** fler, flera [*than* än]; ***the*** ~ ***the merrier*** ju fler desto roligare **3** ytterligare, mer; vidare; ***once*** ~ en gång till **4** komparativbildande adverb mer; -are; ofta (vid jämförelse mellan två) mest; -st, -ste; ~ ***complicated*** mera komplicerad; ~ ***easily*** lättare □ **no** ~ inte mer (fler); aldrig mer; lika litet [*he knows very little about it, and no* ~ *do I*]; ***we saw no*** ~ ***of him*** vi såg aldrig mer till honom; ***no*** ~ ***than*** knappast mer än
**morello** [mə'reləʊ] *s* bot., ~ ***cherry*** el. ~ morell
**moreover** [mɔ:'rəʊvə] *adv* dessutom
**morgue** [mɔ:g] *s* bårhus
**Mormon** ['mɔ:mən] *s* mormon
**morn** [mɔ:n] *s* poet. morgon
**morning** ['mɔ:nɪŋ] *s* morgon, förmiddag; ***this*** ~ i morse; ***yesterday*** ~ i går morse (förmiddag); ~ ***coat*** jackett
**Moroccan** [mə'rɒkən] **I** *a* marockansk **II** *s* marockan
**Morocco** [mə'rɒkəʊ] **I** Marocko **II** *s* marokäng
**moron** ['mɔ:rɒn] *s* vard. idiot
**morose** [mə'rəʊs] *a* surmulen, butter
**morphine** ['mɔ:fi:n] *s* morfin; ~ ***addict*** morfinist
**morrow** ['mɒrəʊ] *s* litt., ***the*** ~ morgondagen
**Morse** [mɔ:s] *s*, ***the*** ~ ***code*** el. ~ morsealfabetet
**morsel** ['mɔ:s(ə)l] *s* munsbit; bit, smula
**mortal** ['mɔ:tl] **I** *a* **1** dödlig; döds- [~ *sin*]; ***his*** ~ ***remains*** hans jordiska kvarlevor **2** vard., ***not a*** ~ ***soul*** inte en själ, inte en enda kotte; ***they wouldn't do a*** ~ ***thing*** de ville inte göra ett jäkla dugg **II** *s* dödlig; ***ordinary*** ~***s*** vanliga dödliga
**mortality** [mɔ:'tælətɪ] *s* dödlighet
**mortally** ['mɔ:təlɪ] *adv* dödligt
**1 mortar** ['mɔ:tə] *s* **1** mortel **2** mil. granatkastare **3** raketapparat
**2 mortar** ['mɔ:tə] *s* murbruk
**mortgage** ['mɔ:gɪdʒ] **I** *s* inteckning; hypotek; ***first*** ~ ***loan*** bottenlån **II** *tr* inteckna [*mortgaged up to the hilt*], belåna
**mortician** [mɔ:'tɪʃ(ə)n] *s* amer. begravningsentreprenör
**mortuary** ['mɔ:tjʊərɪ] *s* bårhus
**mosaic** [mə'zeɪɪk] *s* mosaik; mosaikarbete
**Moscow** ['mɒskəʊ, amer. 'mɒskaʊ] Moskva
**Moslem** ['mɒzlem] **I** *s* muslim **II** *a* muslimsk
**mosque** [mɒsk] *s* moské
**mosquito** [məs'ki:təʊ] *s* zool. moskit, stickmygga; pl. *mosquitoes* äv. mygg
**moss** [mɒs] *s* mossa; attributivt moss-
**mossy** ['mɒsɪ] *a* mossig; moss- [~ *green*]
**most** [məʊst] **I** *a* o. *s* mest, flest, den (det) mesta; ~ ***boys*** de flesta pojkar; ***for the*** ~ ***part*** mest, till största delen; för det mesta; ***make the*** ~ ***of*** göra det mesta möjliga av, ta vara på; ***at the*** ~ el. ***at*** ~ högst, på sin höjd; i bästa fall
**II** *adv* **1** mest [*what pleased me* ~]; ***the one he values*** ~ ***(the*** ~***)*** den som han värderar högst (mest) **2** superlativbildande mest; -st, -ste; ***the*** ~ ***beautiful of all*** den allra vackraste; ~ ***easily*** lättast **3** högst, ytterst [~ *interesting*]; ~ ***certainly*** alldeles säkert; ~ ***probably (likely)*** högst sannolikt

**mostly** ['məʊstlɪ] *adv* **1** mest, mestadels **2** vanligen, för det mesta
**M.O.T.** [ˌeməʊ'tiː] förk. för *Ministry of Transport*; ~ **test** el. vard. ~ årlig besiktning av motorfordon äldre än 3 år
**motel** [məʊ'tel] *s* motell
**moth** [mɒθ] *s* **1** mal **2** nattfjäril
**moth-ball** ['mɒθbɔːl] *s* malkula, malmedel
**moth-eaten** ['mɒθˌiːtn] *a* maläten
**mother** ['mʌðə] **I** *s* **1** moder, mor, mamma; *queen* ~ änkedrottning; *play ~s and fathers* leka mamma, pappa, barn **2** ~ *country* fosterland; hemland; ~ *tongue (language)* modersmål **II** *tr* **1** sätta till världen; ge upphov till **2** vara som en mor för
**motherhood** ['mʌðəhʊd] *s* moderskap
**mother-in-law** ['mʌðərɪnlɔː] (pl. *mothers-in-law* ['mʌðəzɪnlɔː]) *s* svärmor
**motherly** ['mʌðəlɪ] *a* moderlig
**mother-of-pearl** ['mʌðərəv'pɜːl] *s* pärlemor
**mothproof** ['mɒθpruːf] **I** *a* malsäker **II** *tr* malsäkra
**motion** ['məʊʃ(ə)n] **I** *s* **1** rörelse; gest, åtbörd, tecken; ~ *picture* film; *make a ~ to leave* göra en ansats att ge sig i väg **2** motion; *submit (make) a* ~ väcka ett förslag; framställa ett yrkande **3** vanl. pl. *~s* avföring **II** *itr tr* vinka, göra tecken; vinka (göra tecken) åt (till)
**motionless** ['məʊʃ(ə)nləs] *a* orörlig; i vila
**motivate** ['məʊtɪveɪt] *tr* motivera
**motivation** [ˌməʊtɪ'veɪʃ(ə)n] *s* motivering; motivation
**motive** ['məʊtɪv] *s* motiv
**motor** ['məʊtə] **I** *s* motor; ~ *show* bilsalong; ~ *works* bilfabrik **II** *itr* bila
**motor-bicycle** ['məʊtəˌbaɪsɪkl] *s* motorcykel
**motor-bike** ['məʊtəbaɪk] *s* vard. motorcykel
**motorboat** ['məʊtəbəʊt] *s* motorbåt
**motorcade** ['məʊtəkeɪd] *s* bilkortege
**motor-car** ['məʊtəkɑː] *s* bil
**motor-coach** ['məʊtəkəʊtʃ] *s* buss, turistbuss
**motor-cycle** ['məʊtəˌsaɪkl] *s* motorcykel; ~ *combination* motorcykel med sidvagn
**motor-cyclist** ['məʊtəˌsaɪklɪst] *s* motorcyklist
**motoring** ['məʊtərɪŋ] *s* **1** bilande, bilåkning **2** motorsport
**motorist** ['məʊtərɪst] *s* bilist, bilförare
**motor-launch** ['məʊtəlɔːntʃ] *s* större motorbåt; motorbarkass
**motor-lorry** ['məʊtəˌlɒrɪ] *s* lastbil
**motor-race** ['məʊtəreɪs] *s* motortävling
**motor-scooter** ['məʊtəˌskuːtə] *s* skoter
**motorway** ['məʊtəweɪ] *s* motorväg
**mottled** ['mɒtld] *a* spräcklig; marmorerad
**motto** ['mɒtəʊ] *s* motto, valspråk, devis
**1 mould** [məʊld] *s* jord, mylla; mull
**2 mould** [məʊld] *s* mögel; mögelsvamp
**3 mould** [məʊld] **I** *s* **1** form, gjutform; matris **2** kok. form **3** bildl. typ, karaktär **II** *tr* gjuta, forma, bilda; gestalta
**mouldy** ['məʊldɪ] *a* **1** möglig **2** sl. vissen, urusel
**mound** [maʊnd] *s* hög, kulle; vall
**1 mount** [maʊnt] *s* i namn berg; *Mount Etna* Etna
**2 mount** [maʊnt] **I** *tr* **1** gå upp på (uppför); stiga upp på; bestiga [~ *the throne*] **2** placera [*on* på] **3** montera; sätta upp; infatta; rama in **4** mil. sätta i gång [~ *an offensive*] **II** *s* häst
**mountain** ['maʊntɪn] *s* berg, fjäll; ~ *ash* rönn
**mountaineer** [ˌmaʊntɪ'nɪə] **I** *s* bergbestigare, alpinist **II** *itr* klättra i bergen
**mountaineering** [ˌmaʊntɪ'nɪərɪŋ] *s* bergbestigning, alpinism
**mountainous** ['maʊntɪnəs] *a* bergig
**mounted** ['maʊntɪd] *a* **1** ridande [~ *police*]; fordonsburen **2** monterad; uppsatt; inramad, infattad
**mourn** [mɔːn] *itr tr* sörja [*for* över]; sörja över; ~ *for a p.* sörja ngn
**mourner** ['mɔːnə] *s* sörjande; *the ~s* de sörjande; *the chief* ~ den närmast sörjande
**mournful** ['mɔːnf(ʊ)l] *a* sorglig, dyster
**mourning** ['mɔːnɪŋ] **I** *a* sörjande **II** *s* sorg; sorgdräkt; *in* ~ sorgklädd; *go into* ~ anlägga sorg; *go out of* ~ lägga av sorgen
**mouse** [maʊs] (pl. *mice* [maɪs]) *s* mus, råtta
**mousetrap** ['maʊstræp] *s* råttfälla
**moustache** [məs'tɑːʃ, amer. 'mʌstæʃ] *s* mustascher; *grow a* ~ anlägga mustasch
**mouth** [substantiv maʊθ, pl. maʊðz, verb maʊð] **I** *s* **1** mun; *by word of* ~ muntligen; *be down in the* ~ vara deppig; *have one's heart in one's* ~ ha hjärtat i halsgropen; *shut your ~!* håll käft! **2** mynning **II** *tr itr* 'deklamera'; uttala tillgjort, tala tillgjort
**mouthful** ['maʊθfʊl] *s* munfull; munsbit
**mouth-organ** ['maʊθˌɔːgən] *s* munspel

**mouthpiece** ['maʊθpi:s] *s* **1** munstycke **2** mikrofon på telefon **3** bildl. språkrör
**mouth-wash** ['maʊθwɒʃ] *s* munvatten
**movable** ['mu:vəbl] *a* rörlig, flyttbar
**move** [mu:v] **I** *tr itr* **1** flytta, flytta på; rubba; förflytta [~ *troops*]; röra sig; förflytta sig, flytta sig **2** röra på [~ *one's lips*]; ~ *on* gå på, cirkulera; ~ *out* a) gå ut b) flytta; ~ *up* stiga (gå) fram **3** röra; *be moved* bli rörd, röras, gripas [*he was deeply moved*]
**II** *s* flyttning; i schack etc. drag; bildl. drag [*a clever* ~], utspel; *what's the next* ~? vard. vad ska vi göra nu?; *get a* ~ *on!* vard. raska på!; *be on the* ~ vara i rörelse (i farten)
**movement** ['mu:vmənt] *s* **1** rörelse **2** mus. sats [*the first* ~ *of a symphony*] **3** t. ex. politisk, religiös rörelse [*the Labour* ~]
**movie** ['mu:vɪ] *s* vard. film; *the* ~*s* bio; ~ *star* filmstjärna; ~ *house (theater)* amer. bio; *go to the* ~*s* gå på bio
**moviegoer** ['mu:vɪˌgəʊə] *s* biobesökare
**moving** ['mu:vɪŋ] **I** *a* o. *pres p* **1** rörlig; ~ *picture* vard. film; ~ *staircase (stairway)* rulltrappa **2** rörande; gripande [*a* ~ *ceremony*] **II** *s* förflyttning; ~ *van* amer. flyttbil
**mow** [məʊ] (*mowed mown*) *tr* meja; klippa [~ *a lawn*]
**mower** ['məʊə] *s* gräsklippare
**mown** [məʊn] se *mow*
**Mozambique** [ˌməʊzəm'bi:k] Moçambique
**M.P.** ['em'pi:] förk. för *Member of Parliament* o. *Military Police*
**m.p.h.** förk. för *miles per hour*
**Mr.** el. **Mr** ['mɪstə] (pl. *Messrs.* ['mesəz]) förk. för *mister* hr, herr framför namn
**Mrs.** el. **Mrs** ['mɪsɪz] förk. för *missis* fru framför namn
**MS** ['em'es, 'mænjʊskrɪpt] (pl. *MSS* ['emes'es]) förk. för *manuscript*
**Ms.** [mɪz] (pl. *Mses* ['mɪzɪz]) *s* gemensam titel för gift el. ogift kvinna i stället för *Miss* el. *Mrs*
**Mt.** förk. för *Mount, mountain*
**much** [mʌtʃ] **I** (*more most*) *a* o. *adv* **1** mycket [~ *older*]; *very* ~ *older* betydligt äldre; *without* ~ *difficulty* utan större svårighet; *he doesn't look* ~ *like a clergyman* han ser knappast ut som en präst; *it looks very* ~ *like it* det ser nästan så ut; *thank you very* ~ tack så mycket; ~ *to my delight* till min stora förtjusning; ~ *too low* alldeles för låg **2** *pretty* ~ *alike* ungefär lika; *it is* ~ *the same to me* det gör mig ungefär detsamma
**II** *s* **1** mycket; *he is not* ~ *of a writer* han är inte någon vidare författare; *make* ~ *of* göra stor affär av; *I don't think* ~ *of* jag ger inte mycket för; [*his work*] *is not up to* ~ det är inte mycket bevänt med... **2 a)** *as* ~ lika (så) mycket [*as* som]; *I thought as* ~ var det inte det jag trodde; *it was as* ~ *as he could do to keep calm* det var knappt han kunde hålla sig lugn **b)** *how* ~ *is this?* vad kostar den här?; *how* ~ *does it all come to?* hur mycket blir det? **c)** *so* ~ så mycket; *so* ~ *the better (the worse)* så mycket (desto) bättre (värre); *so* ~ *for that* så var det med det (den saken)
**much-advertised** ['mʌtʃ'ædvətaɪzd] *a* uppreklamerad
**much-needed** ['mʌtʃ'ni:dɪd] *a* välbehövlig
**muck** [mʌk] **I** *s* gödsel, dynga; vard. skit, smörja **II** *tr itr* **1** ~ *a th. up* vard. göra pannkaka av ngt **2** ~ *about* vard. larva omkring; tjafsa; ~ *about with* pillra med
**muck-up** ['mʌkʌp] *s* vard., *make a* ~ *of a th.* göra pannkaka av ngt
**mucky** ['mʌkɪ] *a* vard. skitig; lerig
**mud** [mʌd] *s* gyttja, dy; smuts, lera
**muddle** ['mʌdl] **I** *tr* trassla till; ~ *up (together)* röra ihop [*he has muddled things up*]; blanda ihop, förväxla **II** *s* röra, oreda, virrvarr; *make a* ~ *of* trassla till
**muddled** ['mʌdld] *a* rörig, virrig
**muddle-headed** ['mʌdlˌhedɪd] *a* virrig
**muddy** ['mʌdɪ] *a* smutsig, lerig [~ *roads*]
**mudflap** ['mʌdflæp] *s* stänkskydd på bil
**mudguard** ['mʌdgɑ:d] *s* stänkskärm
**mud-pack** ['mʌdpæk] *s* kosmetisk ansiktsmask
**1 muff** [mʌf] *s* muff; öron- skydd
**2 muff** [mʌf] *tr* missa, sumpa [~ *an opportunity*]
**muffin** ['mʌfɪn] *s* **1** slags tebröd som äts varma med smör på **2** amer. muffin; *English* ~ slags tebröd som äts varma med smör på
**muffle** ['mʌfl] *tr* **1** linda om [~ *one's throat*]; ~ *up* el. ~ pälsa på [~ *oneself up well*], svepa in **2** linda om för att dämpa ljud; dämpa; perfekt particip *muffled* dämpad, dov [*muffled sounds*]
**muffler** ['mʌflə] *s* **1** halsduk **2** speciellt amer. ljuddämpare
**mug** [mʌg] **I** *s* **1** mugg [*a* ~ *of tea*], sejdel **2** sl., ansikte tryne, fejs **3** sl. lättlurad stackare **II** *tr* sl. överfalla och råna
**mugger** ['mʌgə] *s* sl. rånare, ligist
**mugging** ['mʌgɪŋ] *s* sl. överfall och rån
**muggy** ['mʌgɪ] *a* kvav, tryckande [~ *day*]
**mulatto** [mjʊ'lætəʊ] *s* mulatt

**mulberry** ['mʌlbərɪ] *s* mullbär
**mule** [mju:l] *s* mula; mulåsna; ***as stubborn (obstinate) as a*** ~ envis som synden
**mulligatawny** [ˌmʌlɪgə'tɔ:nɪ] *s,* ~ ***soup*** indisk currykryddad soppa med höns och ris
**multimillionaire** ['mʌltɪmɪljə'neə] *s* mångmiljonär
**multiple** ['mʌltɪpl] *a* mångfaldig; flerdubbel; ~ ***fracture*** komplicerat benbrott; ~ ***stores*** butikskedja
**multiplication** [ˌmʌltɪplɪ'keɪʃ(ə)n] *s* **1** multiplikation **2** mångfaldigande
**multiply** ['mʌltɪplaɪ] *tr itr* **1** multiplicera [*by* med] **2** öka; ökas; flerdubblas **3** föröka sig
**multi-racial** ['mʌltɪ'reɪʃ(ə)l] *a* som omfattar (representerar) många raser
**multi-storey** ['mʌltɪ'stɔ:rɪ] *a* flervånings- [~ *hotel*]; ~ ***car park*** parkeringshus
**multitude** ['mʌltɪtju:d] *s* **1** mängd, massa; mångfald **2** folkmassa
**mum** [mʌm] *s* mamma; vard. morsa
**mumble** ['mʌmbl] **I** *itr tr* mumla, mumla fram **II** *s* mummel
**mumbo jumbo** ['mʌmbəʊ'dʒʌmbəʊ] *s* hokuspokus; fikonspråk, jargong
**1 mummy** ['mʌmɪ] *s* mumie
**2 mummy** ['mʌmɪ] *s* barnspr. mamma; ***mummy's darling*** mammagris, morsgris
**mumps** [mʌmps] *s* påssjuka
**munch** [mʌntʃ] *itr tr* mumsa; mumsa på
**mundane** ['mʌndeɪn] *a* jordisk, världslig
**Munich** ['mju:nɪk] München
**municipal** [mjʊ'nɪsɪp(ə)l] *a* kommunal [~ *buildings*]; kommun-, stads- [~ *libraries*]; ~ ***council*** kommunfullmäktige
**municipality** [mjʊˌnɪsɪ'pælətɪ] *s* **1** kommun **2** kommunstyrelse
**munition** [mjʊ'nɪʃ(ə)n] *s,* ~*s* krigsmateriel, vapen och ammunition
**murder** ['mɜ:də] **I** *s* mord [*of* på]; ***attempted*** ~ mordförsök; ***scream blue*** ~ vard. gallhojta **II** *tr* **1** mörda **2** bildl. misshandla [~ *a song*], rådbråka [~ *the language*]
**murderer** ['mɜ:dərə] *s* mördare
**murderess** ['mɜ:dərəs] *s* mörderska
**murderous** ['mɜ:dərəs] *a* mordisk
**murmur** ['mɜ:mə] **I** *s* sorl, sus; mummel; ***without a*** ~ utan knot **II** *itr* sorla, susa; mumla
**muscle** ['mʌsl] *s* muskel, muskler; muskelstyrka
**muscular** ['mʌskjʊlə] *a* muskulös
**1 muse** [mju:z] *s* myt. musa
**2 muse** [mju:z] *itr* fundera, grubbla
**museum** [mjʊ'zɪəm] *s* museum
**mushroom** ['mʌʃrʊm] *s* svamp; champinjon
**mushy** ['mʌʃɪ] *a* mosig, grötig, slafsig
**music** ['mju:zɪk] *s* **1** musik **2** noter [*read* ~], nothäften [*printed* ~] **3** ***face the*** ~ vard. ta konsekvenserna
**musical** ['mju:zɪk(ə)l] **I** *a* **1** musikalisk; musikintresserad [*a* ~ *person*]; ***have a*** ~ ***ear*** ha bra musiköra **2** musik- [~ *instruments*]; ~ ***comedy*** musikal **3** ~ ***box*** speldosa; ~ ***chairs*** sällskapslek hela havet stormar **II** *s* musikal
**musicassette** ['mju:zɪkəˌset] *s* inspelad kassett för kassettbandspelare
**music-hall** ['mju:zɪkhɔ:l] *s* **1** varietéteater; ~ ***song*** kuplett **2** amer. konsertsal
**musician** [mjʊ'zɪʃ(ə)n] *s* musiker
**music-stand** ['mju:zɪkstænd] *s* notställ
**musk** [mʌsk] *s* mysk
**musket** ['mʌskɪt] *s* hist. musköt
**musketeer** [ˌmʌskɪ'tɪə] *s* hist. musketerare; musketör
**Muslim** ['mʊslɪm] **I** *s* muslim **II** *a* muslimsk
**muslin** ['mʌzlɪn] *s* muslin
**musquash** ['mʌskwɒʃ] *s* **1** bisamråtta **2** ~ ***fur*** el. ~ bisam pälsverk; ~ ***coat*** el. ~ bisampäls plagg
**mussel** ['mʌsl] *s* zool. mussla
**must** [mʌst, verb obetonat məst] **I** *hjälpvb* presens **1** måste, får **2** med negation får [*you* ~ *never ask*]; ~ ***not*** el. ***mustn't*** får inte [*you* ~ *not go*], skall inte [*you mustn't be surprised*] **II** *s* vard., ***a*** ~ ett måste [*that book is a* ~]
**mustang** ['mʌstæŋ] *s* mustang häst
**mustard** ['mʌstəd] *s* senap
**muster** ['mʌstə] **I** *s,* ***pass*** ~ hålla måttet; duga [*as, for* till] **II** *tr,* ~ ***up*** uppbjuda [~ *up all one's strength*]
**mustn't** ['mʌsnt] = *must not*
**musty** ['mʌstɪ] *a* unken [~ *smell*], instängd [~ *air*], ovädrad [~ *room*], möglig
**mute** [mju:t] **I** *a* stum; mållös; tyst **II** *s* **1** stum person, teat. statist **2** mus. sordin; dämmare **III** *tr* dämpa, mus. sätta sordin på; ***in muted tones*** med dämpad röst
**mutilate** ['mju:tɪleɪt] *tr* stympa, lemlästa; vanställa, förvanska
**mutineer** [ˌmju:tɪ'nɪə] **I** *s* myterist **II** *itr* göra myteri
**mutinous** ['mju:tɪnəs] *a* upprorisk; som gör myteri
**mutiny** ['mju:tɪnɪ] **I** *s* myteri **II** *itr* göra myteri
**mutter** ['mʌtə] **I** *itr* mumla, muttra [*to*

*oneself* för sig själv] **II** *s* mumlande, mummel
**mutton** ['mʌtn] *s* fårkött; ***roast*** ~ fårstek
**mutual** ['mju:tʃʊəl] *a* **1** ömsesidig; ~ ***admiration society*** sällskap för inbördes beundran; ***they are*** ~ ***enemies*** de är fiender till varandra **2** gemensam [*a* ~ *friend*]; ~ ***efforts*** förenade ansträngningar
**muzzle** ['mʌzl] **I** *s* **1** nos, tryne **2** munkorg **3** mynning på skjutvapen **II** *tr* **1** sätta munkorg på **2** trycka nosen mot
**my** [maɪ, mɪ] **I** *poss pron* min; ***I broke*** ~ ***arm*** jag bröt armen; ***I cut*** ~ ***finger*** jag skar mig i fingret; ***without*** ~ ***knowing it*** utan att jag vet (visste) om det; ***yes,*** ~ ***dear!*** ja, kära du! **II** *interj,* ~*!* oh!, tänk!, oj då!
**myrtle** ['mɜ:tl] *s* myrten
**myself** [maɪ'self] *refl* o. *pers pron* mig [*I have hurt* ~], mig själv [*I can help* ~]; jag själv [*nobody but* ~], själv [*I saw it* ~]; ***all by*** ~ a) alldeles ensam (för mig själv) [*I live all by* ~] b) alldeles själv, helt på egen hand
**mysterious** [mɪs'tɪərɪəs] *a* mystisk; gåtfull
**mystery** ['mɪstərɪ] *s* mysterium, gåta; mystik; hemlighetsfullhet, hemlighetsmakeri
**mystic** ['mɪstɪk] *s* mystiker
**mysticism** ['mɪstɪsɪz(ə)m] *s* mystik; mysticism
**mystify** ['mɪstɪfaɪ] *tr* mystifiera; förbrylla
**myth** [mɪθ] *s* myt; saga, sägen, legend
**mythology** [mɪ'θɒlədʒɪ] *s* mytologi

# N

**N, n** [en] *s* N, n
**N.** (förk. för *north, northern*) N
**nag** [næg] *tr itr* tjata på; tjata [*at* på]
**nail** [neɪl] **I** *s* **1** nagel; klo **2** spik; ***as hard as*** ~***s*** vard. stenhård, obeveklig **II** *tr* **1** spika, spika fast; ~ ***down*** spika igen (till) **2** ~ ***ap. down*** ställa ngn mot väggen **3** vard. sätta fast [~ *a thief*]
**nail-file** ['neɪlfaɪl] *s* nagelfil
**nail-polish** ['neɪl,pɒlɪʃ] *s* nagellack
**nail-scissors** ['neɪl,sɪzəz] *s pl* nagelsax
**nail-varnish** ['neɪl,vɑ:nɪʃ] *s* nagellack
**naïve** [nɑ:'i:v] *a* naiv
**naïveté** [nɑ:'i:vteɪ] *s* naivitet
**naked** ['neɪkɪd] *a* naken; bar; ***the*** ~ ***eye*** blotta ögat
**namby-pamby** ['næmbɪ'pæmbɪ] *a* mjäkig, klemig
**name** [neɪm] **I** *s* **1** namn; benämning [*of, for* på, för]; ***call ap.*** ~***s*** skälla på ngn **2** rykte, namn; ***a bad*** ~ ett dåligt rykte **II** *tr* **1** ge namn åt; kalla; ***be named*** äv. heta, kallas; ~ ***after*** uppkalla efter **2** namnge [*three persons were named*]; säga namnet på [*can you* ~ *this flower?*]; benämna **3** säga, ange [~ *your price*] **4** sätta namn på, märka
**namely** ['neɪmlɪ] *adv* nämligen [*only one boy was there,* ~ *John*]; det vill säga
**namesake** ['neɪmseɪk] *s* namne
**Namibia** [nə'mɪbɪə]
**Namibian** [nə'mɪbɪən] **I** *a* namibisk **II** *s* namibier
**nanny** ['nænɪ] *s* barnspr. **1** dadda barnsköterska **2** mormor, farmor
**1 nap** [næp] **I** *s* tupplur **II** *itr* ta sig en

tupplur; ***catch a p. napping*** ta ngn på sängen

**2 nap** [næp] *s* lugg, ludd på t. ex. kläde

**napalm** ['neɪpɑ:m, 'næpɑ:m] *s* napalm

**nape** [neɪp] *s*, ***~ of the neck*** nacke

**napkin** ['næpkɪn] *s* **1** ***table ~*** el. ~ servett **2** blöja; ***disposable ~*** blöja **3** amer., ***sanitary ~*** dambinda

**Naples** ['neɪplz] Neapel

**nappy** ['næpɪ] *s* (förk. för *napkin*) vard. blöja

**narcissus** [nɑ:'sɪsəs] *s* narciss, pingstlilja

**narcomaniac** [ˌnɑ:kə'meɪnɪæk] *s* narkoman

**narcotic** [nɑ:'kɒtɪk] **I** *s* narkotiskt medel; pl. *~s* narkotika **II** *a*, ***~ drugs*** narkotika

**narrate** [næ'reɪt] *tr* berätta

**narrative** ['nærətɪv] *s* berättelse

**narrator** [næ'reɪtə] *s* berättare

**narrow** ['nærəʊ] *a* **1** smal, trång **2** knapp [*~ majority*]; ***have a ~ escape*** komma undan med knapp nöd; ***that was a ~ escape (shave)!*** det var nära ögat! **3** trångsynt, trång [*~ views*]

**narrowly** ['nærəʊlɪ] *adv* **1** smalt, trångt **2** med knapp nöd [*he ~ escaped*]

**narrow-minded** ['nærəʊ'maɪndɪd] *a* trångsynt, inskränkt

**nasal** ['neɪz(ə)l] *a* o. *s* nasal

**nasalize** ['neɪzəlaɪz] *tr itr* uttala nasalt; tala nasalt

**nasturtium** [nəs'tɜ:ʃ(ə)m] *s* krasse

**nasty** ['nɑ:stɪ] *a* otäck; äcklig; elak, stygg, dum [*to* mot]; ruskig [*~ weather*]

**nation** ['neɪʃ(ə)n] *s* nation; folk; folkslag

**national** ['næʃənl] **I** *a* nationell; national- [*~ income*], lands-, landsomfattande [*a ~ campaign*]; folk- [*a ~ hero*]; ***~ anthem*** nationalsång **II** *s* undersåte

**nationalism** ['næʃənəlɪz(ə)m] *s* nationalism

**nationalistic** [ˌnæʃənə'lɪstɪk] *a* nationalistisk

**nationality** [ˌnæʃə'nælətɪ] *s* nationalitet

**nationalization** [ˌnæʃənəlaɪ'zeɪʃ(ə)n] *s* nationalisering, socialisering

**nationalize** ['næʃənəlaɪz] *tr* nationalisera, socialisera

**nationwide** ['neɪʃ(ə)nwaɪd] *a* landsomfattande

**native** ['neɪtɪv] **I** *a* **1** födelse- [*my ~ town*]; ***~ country*** fosterland, hemland; ***~ language*** modersmål **2** infödd [*a ~ Welshman*] **II** *s* inföding; infödd

**NATO** ['neɪtəʊ] *s* (förk. för *North Atlantic Treaty Organization*) NATO atlantpaktsorganisationen

**natural** ['nætʃr(ə)l] *a* **1** naturlig; natur- [*~ product*]; naturtrogen; ***~ science*** naturvetenskap; ***~ state*** naturtillstånd **2** naturlig; ***it comes ~ to him*** det faller sig naturligt för honom

**naturalize** ['nætʃrəlaɪz] *tr* naturalisera

**naturally** ['nætʃrəlɪ] *adv* **1** naturligt **2** naturligtvis, givetvis **3** av naturen [*she is ~ musical*] **4** av sig själv [*it grows ~*]; ***it comes ~ to me*** det faller sig naturligt för mig

**nature** ['neɪtʃə] *s* **1** natur; naturen; väsen, karaktär, art, sort [*things of this ~*]; ***human ~*** människonaturen; ***by ~*** till sin natur; av naturen; ***something in the ~ of*** något i stil med **2** attributivt natur-; ***~ conservation*** naturvård; ***~ reserve*** naturreservat

**naturist** ['neɪtʃərɪst] *s* naturist, nudist

**naught** [nɔ:t] *s* ingenting; ***come to ~*** gå om intet

**naughty** ['nɔ:tɪ] *a* stygg, elak, oanständig

**nausea** ['nɔ:sjə] *s* kväljningar, illamående; äckel, vämjelse

**nauseate** ['nɔ:sɪeɪt] *tr* kvälja; äckla

**nauseating** ['nɔ:sɪeɪtɪŋ] *a* kväljande; äcklig

**nautical** ['nɔ:tɪk(ə)l] *a* nautisk [*~ mile*], sjö- [*~ term*]

**naval** ['neɪv(ə)l] *a* sjömilitär; sjö- [*~ battle*], marin-, flott-, örlogs- [*~ base*]

**nave** [neɪv] *s* mittskepp i kyrka

**navel** ['neɪv(ə)l] *s* navel

**navigate** ['nævɪgeɪt] *tr itr* navigera, segla på (över); segla

**navigation** [ˌnævɪ'geɪʃ(ə)n] *s* navigation, navigering

**navigator** ['nævɪgeɪtə] *s* **1** navigatör **2** sjöfarare

**navvy** ['nævɪ] *s* vägarbetare; rallare

**navy** ['neɪvɪ] *s* örlogsflotta, marin; ***the British (Royal) Navy*** brittiska flottan

**navy-blue** ['neɪvɪ'blu:] *a* marinblå

**N.E.** (förk. för *north-east, north-eastern*) NO, NÖ

**near** [nɪə] **I** *a* o. *adv* o. *prep* nära; ***the Near East*** Främre Orienten; ***in the ~ future*** i en nära framtid; ***come (get, draw) ~*** närma sig; ***~ at hand*** till hands, i närheten; ***~ by*** i närheten **II** *tr itr* närma sig [*the ship neared land*]

**nearby** [adjektiv 'nɪəbaɪ, adverb nɪə'baɪ] **I** *a* närbelägen [*a ~ pub*] **II** *adv* i närheten

**nearer** ['nɪərə] *a* o. *adv* o. *prep* (komparativ av *near*) närmare

**nearest** ['nɪərɪst] *a* o. *adv* o. *prep* (superlativ

av *near)* närmast; ~ ***to*** närmast; ***those*** ~ (~ ***and dearest) to me*** mina närmaste
**nearly** ['nɪəlɪ] *adv* **1** nästan; närmare [~ *2 o'clock*]; ***not*** ~ långt ifrån [*not* ~ *so bad*] **2** nära; ~ ***related*** nära släkt
**nearside** ['nɪəsaɪd] *a* o. *s* vid vänstertrafik vänster sida, vid högertrafik höger sida
**near-sighted** ['nɪə'saɪtɪd] *a* närsynt
**neat** [ni:t] *a* **1** ordentlig; snygg [~ *work*]; vårdad [*a* ~ *appearance*], prydlig [~ *writing*] **2** elegant, smidig [*a* ~ *solution*] **3** ren, outspädd [*drink whisky* ~]
**necessary** ['nesəsərɪ] **I** *a* nödvändig; behövlig; ***when*** ~ vid behov, när så behövs **II** *s*, ***the*** ~ vard. pengarna som behövs
**necessitate** [nə'sesɪteɪt] *tr* nödvändiggöra
**necessity** [nə'sesɪtɪ] *s* **1** nödvändighet; ***of*** ~ med nödvändighet; ***in case of*** ~ i nödfall **2** nödvändigt ting [*food and warmth are necessities*]; ***the necessities of life*** livets nödtorft
**neck** [nek] **I** *s* hals; ***have a stiff*** ~ vara stel i nacken; ***stick one's*** ~ ***out*** vard. sticka ut hakan; ~ ***and*** ~ vid kappridning jämsides, i bredd; ***win by a*** ~ vinna med en halslängd; ***get it in the*** ~ vard. få på huden; ***be up to one's*** ~ ***in debt*** vara skuldsatt upp över öronen **II** *itr* sl. hångla, grovflörta
**neckerchief** ['nekətʃɪf] *s* halsduk
**necklace** ['nekləs] *s* halsband, collier
**neckline** ['neklaɪn] *s* urringning
**necktie** ['nektaɪ] *s* slips, halsduk
**nectarine** ['nektərɪn] *s* nektarin
**née** [neɪ] *a* om gift kvinna född [~ *Sharp*]
**need** [ni:d] **I** *s* **1** behov [*of, for* av]; ***if*** ~ ***be*** om så behövs; ***you have no*** ~ ***to go*** du behöver inte gå; ***meet a*** ~ täcka ett behov **2** nöd, trångmål; ***be in*** ~ vara i nöd; ***a friend in*** ~ ***is a friend indeed*** i nöden prövas vännen **II** *tr* behöva; kräva, behövas, krävas; ***be needed*** behövas, krävas
**needful** ['ni:df(ʊ)l] *a* behövlig, nödvändig
**needle** ['ni:dl] *s* **1** nål; visare på instrument; ***sewing*** ~ synål **2** med., ***hypodermic*** ~ kanyl **3** barr på gran el. fura
**needlecraft** ['ni:dlkrɑ:ft] *s* handarbete, sömnad
**needless** ['ni:dləs] *a* onödig; ~ ***to say, he did it*** självfallet gjorde han det
**needlework** ['ni:dlwɜ:k] *s* handarbete; sömnad, syarbete; ***do*** ~ sy, handarbeta
**needn't** ['ni:dnt] = *need not*
**needs** [ni:dz] *adv* (före el. efter *must*) nödvändigtvis, ovillkorligen
**needy** ['ni:dɪ] *a* behövande, nödlidande

**negative** ['negətɪv] **I** *a* negativ; nekande, avvisande [*a* ~ *answer*] **II** *s* **1** nekande; ***answer in the*** ~ svara nekande **2** nekande ord **3** foto. negativ
**neglect** [nɪ'glekt] **I** *tr* försumma; nonchalera, negligera **II** *s* **1** försummelse; nonchalerande; ~ ***of duty*** tjänsteförsummelse **2** vanskötsel; ***be in a state of*** ~ vara vanskött
**neglectful** [nɪ'glektf(ʊ)l] *a* försumlig
**négligé, negligee** ['neglɪʒeɪ] *s* negligé
**negligence** ['neglɪdʒ(ə)ns] *s* försumlighet
**negligent** ['neglɪdʒ(ə)nt] *a* försumlig
**negotiate** [nɪ'gəʊʃɪeɪt] *itr tr* förhandla; förhandla om
**negotiation** [nɪˌgəʊʃɪ'eɪʃ(ə)n] *s* förhandling
**negotiator** [nɪ'gəʊʃɪeɪtə] *s* förhandlare
**negress** ['ni:grəs] *s* negress, negerkvinna
**negro** ['ni:grəʊ] (pl. *negroes*) *s* neger
**neigh** [neɪ] **I** *itr* gnägga **II** *s* gnäggning
**neighbour** ['neɪbə] *s* granne
**neighbourhood** ['neɪbəhʊd] *s* grannskap; omgivning, trakt [*a lovely* ~]; ***in the*** ~ ***of*** a) i närheten av b) bildl. ungefär [*in the* ~ *of £500*]
**neighbouring** ['neɪbərɪŋ] *a* grann- [~ *country (village)*]; närbelägen; angränsande
**neither** ['naɪðə, amer. 'ni:ðə] **I** *pron* ingen av två, ingendera; ***in*** ~ ***case*** i ingetdera fallet **II** *konj* o. *adv* **1** ~ ... ***nor*** varken ... eller **2** med föregående negation inte heller; ~ ***can I*** och inte jag heller
**neon** ['ni:ən, 'ni:ɒn] *s* neon
**nephew** ['nevjʊ] *s* brorson, systerson
**nepotism** ['nepətɪz(ə)m] *s* nepotism, svågerpolitik
**Neptune** ['neptju:n] astron., myt. Neptunus
**nerve** [nɜ:v] *s* **1** nerv; ***it gets on my*** ~***s*** det går mig på nerverna **2** vard. fräckhet; ***he's got a*** ~***!*** han är inte lite fräck!
**nerve-racking** ['nɜ:vˌrækɪŋ] *a* nervpåfrestande; enerverande
**nervous** ['nɜ:vəs] *a* **1** nerv- [~ *system*], nervös; ***a*** ~ ***breakdown*** ett nervsammanbrott **2** ängslig, orolig
**nest** [nest] **I** *s* rede; bo [*a wasp's* ~], näste **II** *itr* bygga bo; ***go nesting*** leta fågelbon
**nestle** ['nesl] *itr* krypa ihop; ~ ***up*** trycka sig, smyga sig [*against* intill]
**1 net** [net] **I** *s* nät; håv [*butterfly* ~], garn **II** *tr* fånga med (i) nät
**2 net** [net] **I** *a* netto; netto- [~ *weight*] **II** *tr* göra en nettovinst på, inbringa netto

**Netherlands** ['neðələndz] **I** *s, the* ~ Nederländerna **II** *a* nederländsk
**netting** ['netɪŋ] *s* nätverk; *wire* ~ metalltrådsnät
**nettle** ['netl] **I** *s* nässla; *stinging* ~ brännnässla **II** *tr* reta; såra; perfekt particip *nettled* äv. förnärmad
**network** ['netwɜ:k] *s* **1** nät äv. bildl. [*a* ~ *of railways*], nätverk **2** radio., TV. sändarnät; radiobolag, TV-bolag
**neurosis** [ˌnjʊə'rəʊsɪs] *s* neuros
**neurotic** [ˌnjʊə'rɒtɪk] **I** *a* neurotisk, nervös **II** *s* neurotiker
**neuter** ['nju:tə] gram. **I** *a* neutral [*the* ~ *gender*], neutrum- [*a* ~ *ending*] **II** *s* neutrum
**neutral** ['nju:tr(ə)l] **I** *a* neutral **II** *s* **1** neutral person (stat m. m.) **2** motor., ***put the gear into*** ~ lägga växeln i friläge (neutralläge)
**neutrality** [njʊ'trælətɪ] *s* neutralitet
**neutralize** ['nju:trəlaɪz] *tr* neutralisera
**neutron** ['nju:trɒn] *s* neutron [~ *bomb*]
**never** ['nevə] *adv* aldrig; ~*!* vard. nej, vad säger du!, det menar du inte!; ***well, I*** ~*!* jag har aldrig hört (sett) på maken!
**never-ceasing** ['nevəˌsi:sɪŋ] *a* o. **never-ending** ['nevərˌendɪŋ] *a* oupphörlig
**nevertheless** [ˌnevəðə'les] *adv* inte desto mindre; likväl, ändå
**new** [nju:] *a* ny, ny- [~ *election*]; ~ ***moon*** nymåne; ~ ***year*** nytt år, nyår; ~ ***potatoes*** färsk potatis, nypotatis
**newcomer** ['nju:ˌkʌmə] *s* nykomling
**new-laid** ['nju:'leɪd] *a* färsk [~ *eggs*]
**newly** ['nju:lɪ] *adv* nyligen [~ *arrived*], ny- [*a newly-married couple*]
**newly-weds** ['nju:lɪwedz] *s pl* vard., ***the*** ~ de nygifta
**new-mown** ['nju:məʊn] *a* nyslagen
**news** [nju:z] (konstrueras med sg.) *s* nyheter, nyhet, underrättelse, underrättelser; ***an interesting piece (item, bit) of*** ~ en intressant nyhet; ***it's very much in the*** ~ det är mycket aktuellt; ***it was on the*** ~ det sas (visades) i nyheterna; ~ ***broadcast*** nyhetssändning; ~ ***bulletin*** nyheter i radio m. m.; ~ ***cinema (theatre)*** kortfilmsbiograf; ~ ***headlines*** nyhetsrubriker; ***a*** ~ ***summary*** el. ***a summary of the*** ~ nyhetssammandrag, nyheterna i sammandrag
**newsagency** ['nju:zˌeɪdʒ(ə)nsɪ] *s* nyhetsbyrå, telegrambyrå
**newsagent** ['nju:zˌeɪdʒ(ə)nt] *s* innehavare av tidningskiosk (tobaksaffär); tidningskiosk, tobaksaffär
**newsflash** ['nju:zflæʃ] *s* brådskande nyhetstelegram; kort extrameddelande i radio el. TV
**news-item** ['nju:zˌaɪtəm] *s* tidningsnotis
**newspaper** ['nju:sˌpeɪpə] *s* tidning
**newsreader** ['nju:zˌri:də] *s* radio., TV. nyhetsuppläsare
**newsreel** ['nju:zri:l] *s* journalfilm
**newsstand** ['nju:zstænd] *s* tidningskiosk
**newt** [nju:t] *s* vattenödla
**New Year** ['nju:'jɪə] *s* nyår; ***New Year's Eve*** nyårsafton
**New York** ['nju:'jɔ:k]
**New Zealand** [ˌnju:'zi:lənd] **I** Nya Zeeland **II** *a* nyzeeländsk
**New Zealander** [ˌnju:'zi:ləndə] *s* nyzeeländare
**next** [nekst] **I** *a* o. *s* **1** nästa, närmast [*during the* ~ *two days*]; ***to be continued in our*** ~ fortsättning följer i nästa nummer; ***he lives*** ~ ***door to me*** han bor alldeles bredvid mig **2** näst [*the* ~ *greatest*] **II** *adv* **1** därefter, därpå [~ *came a tall man*], sedan **2** näst; ~ ***to*** **a)** intill, bredvid, näst efter **b)** ~ ***to nothing*** nästan ingenting
**next-door** ['neks'dɔ:] *a* närmast [*my* ~ *neighbours*]
**next-of-kin** ['nekstəv'kɪn] *s* närmaste anhörig (anhöriga)
**nib** [nɪb] *s* stålpenna; stift på reservoarpenna
**nibble** ['nɪbl] **I** *tr itr* knapra på; nafsa efter; knapra; nafsa **II** *s* napp; knaprande
**nice** [naɪs] *a* trevlig; sympatisk; hygglig; snäll [*to* mot]; vacker [*a* ~ *day*], snygg [*a* ~ *dress*]; behaglig, skön; iron. snygg, fin, skön [*a* ~ *mess* (röra)]; ~ ***and soft*** mjuk och skön; ~ ***and clean*** ren och fin
**nice-looking** ['naɪs'lʊkɪŋ] *a* snygg
**niche** [nɪtʃ, ni:ʃ] *s* nisch; plats
**nick** [nɪk] **I** *s* **1** hack, skåra **2** ***in the*** ~ ***of time*** i grevens tid **3** sl., fängelse kåk [*in the* ~] **II** *tr* **1** göra ett hack i **2** sl. knycka stjäla
**nickel** ['nɪkl] **I** *s* nickel; amer. femcentare **II** *tr* förnickla
**nickel-silver** ['nɪkl'sɪlvə] *s, **electroplated*** ~ el. ~ alpacka
**nickname** ['nɪkneɪm] **I** *s* öknamn; smeknamn **II** *tr* ge ngn öknamnet [*they nicknamed him Skinny*]
**nicotine** ['nɪkəti:n] *s* nikotin
**niece** [ni:s] *s* brorsdotter, systerdotter
**Nigeria** [naɪ'dʒɪərɪə]
**Nigerian** [naɪ'dʒɪərɪən] **I** *s* nigerian **II** *a* nigeriansk
**nigger** ['nɪgə] *s* neds. nigger; ***work like a*** ~ arbeta som en slav
**night** [naɪt] *s* natt; kväll, afton; ***first*** ~ premiär; ***last*** ~ a) i går kväll b) i natt,

natten till i dag; ***stop the*** ~ övernatta; ~*s* adverb om nätterna; ***at*** ~ a) på kvällen b) på (om) natten (nätterna); ***by*** ~ på (om) natten
**nightcap** ['naɪtkæp] *s* **1** nattmössa **2** vard. sängfösare
**night-club** ['naɪtklʌb] *s* nattklubb
**nightdress** ['naɪtdres] *s* nattlinne
**nightfall** ['naɪtfɔ:l] *s* nattens inbrott
**nightgown** ['naɪtgaʊn] *s* nattlinne
**nightie** ['naɪtɪ] *s* vard. nattlinne
**nightingale** ['naɪtɪŋgeɪl] *s* näktergal
**night-light** ['naɪtlaɪt] *s* nattljus; nattlampa t.ex. i sovrum
**nightly** ['naɪtlɪ] **I** *a* nattlig **II** *adv* på (om) natten, varje natt
**nightmare** ['naɪtmeə] *s* mardröm
**night-porter** ['naɪtˌpɔ:tə] *s* nattportier
**night-safe** ['naɪtseɪf] *s* nattfack på bank
**night-service** ['naɪtˌsɜ:vɪs] *s*, pl. ~*s* natttrafik
**nightshade** ['naɪt-ʃeɪd] *s* bot., ***deadly*** ~ belladonna
**night-time** ['naɪttaɪm] *s*, ***in the*** ~ el. ***at*** ~ nattetid
**night-watchman** ['naɪt'wɒtʃmən] *s* nattvakt
**nightwear** ['naɪtweə] *s* nattdräkt
**nil** [nɪl] *s* noll; ***win two*** ~ vinna med två noll
**nimble** ['nɪmbl] *a* kvick, flink, snabb
**nincompoop** ['nɪnkəmpu:p] *s* vard. dumhuvud
**nine** [naɪn] **I** *räkn* nio **II** *s* nia
**nineteen** ['naɪn'ti:n] *räkn* o. *s* nitton
**nineteenth** ['naɪn'ti:nθ] *räkn* o. *s* nittonde; nittondel
**ninetieth** ['naɪntɪɪθ] *räkn* o. *s* **1** nittionde **2** nittiondel
**ninety** ['naɪntɪ] **I** *räkn* nittio **II** *s* nittio; nittiotal; ***in the nineties*** på nittiotalet
**ninth** [naɪnθ] *räkn* o. *s* nionde; niondel
**nip** [nɪp] **I** *tr itr* **1** nypa, klämma; bita **2** vard. kila; ~ ***along (off, round)*** kila i väg (bort, över) **II** *s* nyp, nypning
**nipple** ['nɪpl] *s* **1** bröstvårta **2** tekn. nippel
**nitrate** ['naɪtreɪt] *s* nitrat
**nitre** ['naɪtə] *s* salpeter
**nitrogen** ['naɪtrədʒən] *s* kväve
**nitwit** ['nɪtwɪt] *s* sl. dumbom, fårskalle
**no** [nəʊ] **I** *a* ingen; ~ ***one*** ingen; ***she's*** ~ ***angel*** hon är inte någon ängel precis; ***there is*** ~ ***knowing when...*** man kan inte (aldrig) veta när...; ~ ***parking (smoking)*** parkering (rökning) förbjuden **II** *adv* nej, inte **III** (pl. *noes*) *s* nej; nejröst; ***the noes have it*** nejrösterna är i majoritet
**no.** ['nʌmbə] nr, n:r
**nob** [nɒb] *s* sl. knopp, nöt huvud
**nobility** [nə'bɪlətɪ] *s* **1** adel; ***the*** ~ i Storbritannien högadeln **2** adelskap **3** ädelhet
**noble** ['nəʊbl] **I** *a* adlig, högadlig; ädel, förnäm, nobel **II** *s* adelsman
**nobleman** ['nəʊblmən] (pl. *noblemen* ['nəʊblmən]) *s* adelsman
**noble-minded** ['nəʊbl'maɪndɪd] *a* ädel, högsint
**nobody** ['nəʊbədɪ] **I** *indef pron* ingen **II** *s* nolla obetydlig person
**nod** [nɒd] **I** *itr tr* nicka; sitta och halvsova; nicka med [~ *one's head*]; nicka till [~ *approval* (bifall)] **II** *s* nick
**noise** [nɔɪz] *s* buller, starkt ljud, oväsen; ***make a*** ~ bullra, föra oväsen
**noiseless** ['nɔɪzləs] *a* ljudlös; tystgående
**noisy** ['nɔɪzɪ] *a* bullersam, bullrande
**no-man's-land** ['nəʊmænzlænd] *s* ingenmansland
**nominate** ['nɒmɪneɪt] *tr* nominera; utnämna, utse
**nomination** [ˌnɒmɪ'neɪʃ(ə)n] *s* nominering; utnämning
**nominative** ['nɒmɪnətɪv] *s* nominativ
**non** [nɒn] *adv* inte; i sammansättningar: a) icke- [*non-smoker*] b) o- [*non-essential* (oväsentlig)] c) -fri [*non-iron; non-skid*]
**non-alcoholic** ['nɒnˌælkə'hɒlɪk] *a* alkoholfri
**nonchalant** ['nɒnʃələnt] *a* nonchalant
**non-commissioned** ['nɒnkə'mɪʃ(ə)nd] *a*, ~ ***officer*** mil. underofficer; underbefäl
**nondescript** ['nɒndɪskrɪpt] *a* obestämbar
**non-drip** ['nɒn'drɪp] *a* droppfri
**none** [nʌn] **I** *indef pron* ingen, inget, inga **II** *adv* ingalunda; ***I was*** ~ ***the wiser for it*** det blev jag inte klokare av
**nonentity** [nɒ'nentətɪ] *s* nolla, obetydlig person
**non-existent** ['nɒnɪg'zɪst(ə)nt] *a* obefintlig
**non-fiction** ['nɒn'fɪkʃ(ə)n] *s* icke skönlitteratur; facklitteratur; sakprosa
**non-iron** ['nɒn'aɪən] *a* strykfri [*a* ~ *shirt*]
**non-resident** ['nɒn'rezɪd(ə)nt] *s* tillfällig gäst [*the hotel restaurant is open to* ~*s*]
**nonsense** ['nɒns(ə)ns] *s* nonsens, prat, strunt, dumheter
**non-skid** ['nɒn'skɪd] *a* slirfri [~ *tyres*]
**non-smoker** ['nɒn'sməʊkə] *s* **1** icke-rökare **2** kupé för icke-rökare
**non-smoking** ['nɒn'sməʊkɪŋ] *s*, ~ ***compartment*** kupé för icke-rökare

**non-stop** ['nɒn'stɒp] *a* o. *adv* nonstop; utan att stanna, utan uppehåll
**non-violence** ['nɒn'vaɪələns] *s* icke-våld
**noodle** ['nu:dl] *s* nudel slags makaroner
**nook** [nʊk] *s* vrå, skrymsle
**noon** [nu:n] *s* middag, klockan tolv på dagen [*before* ~]
**noose** [nu:s] *s* snara; löpknut
**nor** [nɔ:] *konj, neither*... ~ varken... eller; ~ *had I* och inte jag heller
**normal** ['nɔ:m(ə)l] **I** *a* normal **II** *s* det normala [*above* ~]
**Norman** ['nɔ:mən] **I** *s* normand **II** *a* **1** normandisk **2** arkit. romansk [~ *style*]
**Normandy** ['nɔ:məndɪ] Normandie
**north** [nɔ:θ] **I** *s* **1** norr, nord; *to the* ~ *of* norr om **2** *the North* nordliga länder; norra delen **II** *a* nordlig, norra, nordan-; *North America* Nordamerika; *the North Atlantic Treaty Organization* Atlantpaktsorganisationen; *the North Pole* nordpolen; *the North Sea* Nordsjön **III** *adv* mot (åt) norr, norrut; ~ *of* norr om
**northbound** ['nɔ:θbaʊnd] *a* nordgående
**north-east** ['nɔ:θ'i:st] **I** *s* nordost, nordöst **II** *a* nordöstlig, nordostlig, nordöstra **III** *adv* mot (i) nordost; ~ *of* nordost om
**north-easterly** ['nɔ:θ'i:stəlɪ] *a* nordostlig
**north-eastern** ['nɔ:θ'i:stən] *a* nordostlig
**northerly** ['nɔ:ðəlɪ] *a* nordlig
**northern** ['nɔ:ð(ə)n] *a* **1** nordlig; norra, nord- [*Northern Ireland*]; ~ *lights* norrsken **2** nordisk
**northerner** ['nɔ:ðənə] *s* person från norra delen av landet (ett land); nordbo
**northernmost** ['nɔ:ð(ə)nməʊst] *a* nordligast
**northward** ['nɔ:θwəd] **I** *a* nordlig **II** *adv* mot norr
**northwards** ['nɔ:θwədz] *adv* mot norr
**north-west** ['nɔ:θ'west] **I** *s* nordväst **II** *a* nordvästlig, nordvästra **III** *adv* mot (i) nordväst; ~ *of* nordväst om
**north-western** ['nɔ:θ'westən] *a* nordvästlig, nordvästra
**Norway** ['nɔ:weɪ] Norge
**Norwegian** [nɔ:'wi:dʒ(ə)n] **I** *a* norsk **II** *s* **1** norrman **2** norska språket
**nose** [nəʊz] *s* näsa; nos; *blow one's* ~ snyta sig; *stick (poke) one's* ~ *into other people's business* lägga näsan i blöt; *pay through the* ~ vard. bli uppskörtad
**nosey** ['nəʊzɪ] *a* vard. nyfiken i en strut
**nostalgia** [nɒ'stældʒɪə] *s* nostalgi; hemlängtan
**nostalgic** [nɒ'stældʒɪk] *a* nostalgisk
**nostril** ['nɒstr(ə)l] *s* näsborre
**nosy** ['nəʊzɪ] *a* vard. nyfiken i en strut
**not** [nɒt] *adv* (efter hjälpverb ofta *n't* [*haven't, couldn't*]) inte, icke, ej; ~ *that* inte för (så) att [~ *that I fear him*]; *doesn't (hasn't, can't) he (she, it, one)?* vanl. ... eller hur?, ... inte sant?
**notable** ['nəʊtəbl] *a* märklig; framstående, betydande
**notably** ['nəʊtəblɪ] *adv* märkbart; särskilt, i synnerhet
**notch** [nɒtʃ] *s* hack, jack, skåra
**note** [nəʊt] **I** *s* **1** anteckning; not; ~*s* kommentar, kommentarer **2** kort brev (meddelande) **3** sedel **4** mus. a) ton b) not c) tangent **5** ton, stämning **6** *a man of* ~ en framstående man; *take* ~ *of* lägga märke till; *nothing of* ~ ingenting av betydelse **II** *tr* **1** märka, notera, observera **2** anteckna, skriva upp (ned)
**notebook** ['nəʊtbʊk] *s* anteckningsbok
**noted** ['nəʊtɪd] *a* bekant, känd [*for* för]
**notepaper** ['nəʊt,peɪpə] *s* brevpapper
**noteworthy** ['nəʊt,wɜ:ðɪ] *a* anmärkningsvärd, beaktansvärd
**nothing** ['nʌθɪŋ] **I** *indef pron* ingenting, inget; ~ *but* ingenting annat än; ~ *else than (but)* blott □ *there is* ~ **for** *it but to* + infinitiv det är inget annat att göra än att...; *for* ~ a) gratis [*he did it for* ~] b) förgäves [*suffer for* ~]; *not for* ~ inte för inte; *there is* ~ **in** *it* a) det ligger ingenting ingen sanning i det b) det är ingen konst; *make* ~ **of** inte få ut något av; *I can make* ~ *of it* jag förstår mig inte på det; *to say* ~ *of* för att inte tala om; *there's* ~ *to it* a) det är ingen konst b) det ligger ingenting ingen sanning i det; **with** ~ *on* utan någonting på sig
**II** *adv* inte alls, ingalunda; ~ *like* inte på långt när
**notice** ['nəʊtɪs] **I** *s* **1** notis, meddelande **2** varsel; uppsägning; *give* ~ underrätta, varsko [*of* om]; *give* ~ *to quit* el. *give* ~ säga upp sig; *give* ~ *of a strike* varsla om strejk; *receive (get) a month's* ~ bli uppsagd med en månads varsel; *until (till) further* ~ tills vidare **3** kännedom [*bring a th. to a p.'s* ~]; *attract* ~ väcka uppmärksamhet; *pay no* ~ *to* el. *take no* ~ *of* inte bry sig om **II** *tr* märka, lägga märke till, iaktta
**noticeable** ['nəʊtɪsəbl] *a* märkbar; påfallande
**notice-board** ['nəʊtɪsbɔ:d] *s* anslagstavla
**notification** [,nəʊtɪfɪ'keɪʃ(ə)n] *s* underrättelse

**notify** ['nəʊtɪfaɪ] *tr* underrätta, varsko
**notion** ['nəʊʃ(ə)n] *s* föreställning, begrepp; idé, infall [*a stupid* ~]
**notorious** [nə'tɔ:rɪəs] *a* ökänd
**notwithstanding** [ˌnɒtwɪθ'stændɪŋ] *prep* o. *konj* trots; trots att
**nougat** ['nu:gɑ:] *s* fransk nougat
**nought** [nɔ:t] *s* noll, nolla; *~s and crosses* ungefär luffarschack
**noun** [naʊn] *s* substantiv
**nourish** ['nʌrɪʃ] *tr* ge näring åt, nära
**nourishing** ['nʌrɪʃɪŋ] *a* närande [~ *food*]
**nourishment** ['nʌrɪʃmənt] *s* näring, föda
**novel** ['nɒv(ə)l] **I** *a* ny, nymodig; ovanlig **II** *s* roman
**novelist** ['nɒvəlɪst] *s* romanförfattare
**novelty** ['nɒvəltɪ] *s* nyhet, nymodighet
**November** [nə'vembə] *s* november
**novice** ['nɒvɪs] *s* novis, nybörjare
**now** [naʊ] **I** *adv* **1** nu; ~ ***(every ~) and then (again)*** då och då; ***before*** ~ förut; före detta; ***by*** ~ vid det här laget; ***from*** ~ ***on*** från och med nu **2** ~ ***then*** a) nå b) aj, aj [~ *then, don't touch it!*]; ***what was your name,*** ~? vad var det du hette nu igen? **II** *konj* nu då [~ *you mention it*]
**nowadays** ['naʊədeɪz] *adv* nuförtiden
**nowhere** ['nəʊweə] *adv* ingenstans; ingen vart; ~ ***else (else but)*** ingen annanstans (annanstans än); ~ ***near*** inte på långt när; ***we are getting*** ~ vi kommer ingen vart
**nozzle** ['nɒzl] *s* munstycke, pip
**n't** [nt] = *not* [*hasn't; needn't*]
**nuclear** ['nju:klɪə] *a* kärn-; nukleär; kärnvapen- [~ *strike* (anfall)]; ~ ***energy*** atomenergi; ~ ***power*** kärnkraft
**nuclear-powered** ['nju:klɪə'paʊəd] *a* kärnenergidriven, atom- [~ *submarine*]
**nude** [nju:d] **I** *a* naken; bar **II** *s* naken figur; konst. naketstudie, akt; ***in the*** ~ naken
**nudge** [nʌdʒ] **I** *tr,* ~ ***a p.*** knuffa ngn med armbågen för att påkalla uppmärksamhet **II** *s* puff
**nudism** ['nju:dɪz(ə)m] *s* nudism
**nudist** ['nju:dɪst] *s* nudist
**nudity** ['nju:dətɪ] *s* nakenhet
**nugget** ['nʌgɪt] *s* klump, klimp av ädel metall
**nuisance** ['nju:sns] *s* otyg, oskick; olägenhet, besvär; plåga; ***what a*** ~*!* så tråkigt!
**numb** [nʌm] **I** *a* domnad; ~ ***with cold*** stel av köld **II** *tr* göra stel (stelfrusen)
**number** ['nʌmbə] **I** *s* **1** antal, mängd; ***few in*** ~ ***(in*** ~***s)*** få till antalet; ***superior in*** ~ ***(in*** ~***s)*** numerärt överlägsen **2** nummer [*telephone* ~]; tal [*odd* ~]; ***cardinal*** ~ grundtal **3** nummer av tidskrift **4** teat. m.m. nummer [*a solo* ~] **5** numerus **II** *tr* **1** numrera; paginera **2** omfatta, uppgå till **3** räkna [*I* ~ *myself among his friends*] **4** räkna antalet av; ***his days are numbered*** hans dagar är räknade
**numeral** ['nju:mər(ə)l] *s* **1** gram. räkneord **2** siffra [*Roman* ~*s*]
**numerical** [njʊ'merɪk(ə)l] *a* numerisk, numerär [~ *superiority*]; siffer- [~ *system*]; ***in*** ~ ***order*** i nummerordning
**numerous** ['nju:mərəs] *a* talrik
**nun** [nʌn] *s* nunna
**nunnery** ['nʌnərɪ] *s* nunnekloster
**nurse** [nɜ:s] **I** *s* **1** sjuksköterska, syster; ***male*** ~ sjukskötare **2** barnsköterska **II** *tr* **1** sköta barn el. sjuka, vårda **2** sköta om [~ *a cold*]
**nursemaid** ['nɜ:smeɪd] *s* barnflicka
**nursery** ['nɜ:sərɪ] *s* **1** barnkammare; ~ ***rhyme*** barnkammarrim, barnvisa; ~ ***school*** lekskola; förskola **2** plantskola, trädskola
**nursing** ['nɜ:sɪŋ] *s* **1** sjukvård **2** amning
**nursing-home** ['nɜ:sɪŋhəʊm] *s* sjukhem, vårdhem, privatklinik
**nurture** ['nɜ:tʃə] *tr* föda, föda upp, nära
**nut** [nʌt] *s* **1** nöt; kärna i en nöt **2** mutter **3** vard. tokstolle
**nutcracker** ['nʌtˌkrækə] *s,* vanl. pl. ~*s* nötknäppare; ***a pair of*** ~*s* en nötknäppare
**nuthatch** ['nʌthætʃ] *s* zool. nötväcka
**nutmeg** ['nʌtmeg] *s* krydda muskot
**nutrition** [njʊ'trɪʃ(ə)n] *s* näring
**nutritious** [njʊ'trɪʃəs] *a* näringsrik
**nuts** [nʌts] *a* sl. knasig, knäpp
**nutshell** ['nʌt-ʃel] *s* nötskal; ***to put it in a*** ~ kort sagt
**nutty** ['nʌtɪ] *a* **1** med nötsmak; full med nötter **2** sl. knasig, knäpp
**nuzzle** ['nʌzl] *tr itr* trycka nosen mot [*the horse nuzzled my shoulder*]; ~ ***against (up against)*** trycka nosen mot
**N.W.** (förk. för *north-west, north-western*) NV
**nylon** ['naɪlən] *s* nylon; pl. ~*s* nylonstrumpor

# O

**O, o** [əʊ] *s* **1** O, o **2** nolla; i sifferkombinationer noll; ***please dial 5060*** ['faɪvəʊ'sɪksəʊ] var god slå (ta) 5060
**oaf** [əʊf] *s* dummerjöns, idiot; drummel
**oak** [əʊk] *s* **1** ek träd **2** ek, ekvirke
**oaken** ['əʊk(ə)n] *a* av ek, ek-
**oar** [ɔ:] *s* åra
**oasis** [əʊ'eɪsɪs] (pl. *oases* [əʊ'eɪsi:z]) *s* oas
**oath** [əʊθ] *s* **1** ed; ***take the ~*** jur. avlägga eden **2** svordom
**oatmeal** ['əʊtmi:l] *s* havremjöl; ***~ porridge*** havregrynsgröt
**oats** [əʊts] *s pl* havre
**obedience** [ə'bi:djəns] *s* lydnad, åtlydnad
**obedient** [ə'bi:djənt] *a* lydig
**obelisk** ['ɒbəlɪsk] *s* obelisk
**obese** [ə'bi:s] *a* mycket (sjukligt) fet
**obesity** [ə'bi:sətɪ] *s* stark (sjuklig) fetma
**obey** [ə'beɪ] *tr itr* lyda, hörsamma
**obituary** [ə'bɪtjʊərɪ] *s,* ***~ notice*** el. *~* dödsruna, dödsannons; rubrik dödsfall
**object** [substantiv 'ɒbdʒɪkt, verb əb'dʒekt] **I** *s* **1** föremål, sak, ting **2** syfte, ändamål, avsikt; ***money is no ~*** det får kosta vad det vill **3** gram. objekt **II** *tr itr* invända [*that* att]; protestera [*to* mot]; ***~ to*** ogilla, inte tåla; ***if you don't ~*** om du inte har något emot det
**objection** [əb'dʒekʃ(ə)n] *s* invändning, protest [*to, against* mot]; ***I have no ~ to it*** det har jag ingenting emot
**objectionable** [əb'dʒekʃənəbl] *a* förkastlig; anstötlig; obehaglig
**objective** [əb'dʒektɪv] **I** *a* objektiv; saklig **II** *s* mål
**obligation** [ˌɒblɪ'geɪʃ(ə)n] *s* **1** förpliktelse, åtagande; åliggande, skyldighet; ***be (feel) under an ~*** vara (känna sig) förpliktad **2** ***be under an ~*** stå i tacksamhetsskuld
**obligatory** [ə'blɪgətrɪ] *a* obligatorisk
**oblige** [ə'blaɪdʒ] *tr* **1** förpliktiga; ***be obliged to*** vara förpliktad (tvungen) att **2** tillmötesgå [*I do my best to ~ him*]; stå ngn till tjänst; ***I'm much obliged*** jag är mycket tacksam; ***much obliged!*** tack så mycket!
**obliging** [ə'blaɪdʒɪŋ] *a* förekommande, tillmötesgående
**oblique** [əʊ'bli:k] *a* sned, skev
**obliterate** [ə'blɪtəreɪt] *tr* utplåna, stryka ut
**oblivion** [ə'blɪvɪən] *s* glömska
**oblivious** [ə'blɪvɪəs] *a* glömsk [*of* av]
**oblong** ['ɒblɒŋ] *a* avlång, rektangulär
**obnoxious** [əb'nɒkʃəs] *a* vidrig; förhatlig
**oboe** ['əʊbəʊ] *s* oboe
**obscene** [əb'si:n] *a* oanständig
**obscenity** [əb'senətɪ] *s* oanständighet
**obscure** [əb'skjʊə] **I** *a* **1** dunkel, mörk **2** svårfattlig, oklar **II** *tr* fördunkla; skymma [*mist obscured the view*]
**obscurity** [əb'skjʊərətɪ] *s* **1** dunkel, mörker **2** svårfattlighet
**obsequious** [əb'si:kwɪəs] *a* inställsam
**observance** [əb'zɜ:v(ə)ns] *s* iakttagande, efterlevnad; fullgörande; firande
**observant** [əb'zɜ:v(ə)nt] *a* uppmärksam
**observation** [ˌɒbzə'veɪʃ(ə)n] *s* observation, iakttagelse
**observatory** [əb'zɜ:vətrɪ] *s* observatorium
**observe** [əb'zɜ:v] *tr itr* observera, iaktta
**observer** [əb'zɜ:və] *s* iakttagare; observatör
**obsess** [əb'ses] *tr,* ***be obsessed by*** vara besatt av
**obsession** [əb'seʃ(ə)n] *s* fix idé; besatthet
**obsolete** ['ɒbsəli:t] *a* föråldrad [*~ words*]; omodern [*an ~ battleship*]; förlegad
**obstacle** ['ɒbstəkl] *s* hinder [*to* för]
**obstacle-race** ['ɒbstəklreɪs] *s* hindertävling slags sällskapslek
**obstinacy** ['ɒbstɪnəsɪ] *s* envishet
**obstinate** ['ɒbstɪnət] *a* envis
**obstruct** [əb'strʌkt] *tr* täppa till, blockera [*~ a passage*]; hindra [*~ the traffic*]
**obstruction** [əb'strʌkʃ(ə)n] *s* tilltäppning, hindrande; polit., sport. obstruktion
**obtain** [əb'teɪn] *tr* få, skaffa sig, erhålla

**obtainable** [əb'teɪnəbl] *a* anskaffbar
**obtuse** [əb'tju:s] *a* slö, trögtänkt
**obvious** ['ɒbvɪəs] *a* tydlig, uppenbar
**obviously** ['ɒbvɪəslɪ] *adv* tydligen, uppenbarligen
**occasion** [ə'keɪʒ(ə)n] *s* **1** a) tillfälle [*on* (vid) *several ~s*] b) tilldragelse, händelse; ***on ~*** då och då; ***rise (be equal) to the ~*** vara situationen vuxen **2** anledning
**occasional** [ə'keɪʒənl] *a* tillfällig; enstaka [*~ showers*]; ***an ~ job*** ett ströjobb
**occasionally** [ə'keɪʒnəlɪ] *adv* då och då
**occidental** [ˌɒksɪ'dentl] *a* västerländsk
**occult** [ɒ'kʌlt] **I** *a* ockult **II** *s*, ***the ~*** det ockulta
**occupant** ['ɒkjʊpənt] *s* invånare [*the ~s of the house*]; ***the ~s of the car were...*** de som befann sig i bilen var...
**occupation** [ˌɒkjʊ'peɪʃ(ə)n] *s* **1** mil. ockupation; ***~ forces*** ockupationsstyrkor **2** sysselsättning [*my favourite ~*], syssla [*my daily ~s*]; yrke [*state name and ~*]
**occupational** [ˌɒkjʊ'peɪʃənl] *a* arbets- [*~ therapy*], yrkes- [*~ disease*]
**occupier** ['ɒkjʊpaɪə] *s* innehavare [*the ~ of the flat*]; ***the ~s of the flat*** [***had left***] äv. de som bodde i lägenheten...
**occupy** ['ɒkjʊpaɪ] *tr* **1** mil. ockupera, inta **2** inneha [*~ an important position*], vara innehavare av **3** bo i (på) [*~ a house*] **4** uppta [*~ a p.'s time*]; ***the seat is occupied*** platsen är upptagen
**occur** [ə'kɜ:] *itr* **1** inträffa, hända, ske; förekomma **2** ***~ to a p.*** falla ngn in [*to* att]
**occurrence** [ə'kʌr(ə)ns] *s* händelse, tilldragelse; förekomst
**ocean** ['əʊʃ(ə)n] *s* ocean, världshav, hav
**ochre** ['əʊkə] *s* miner. ockra
**o'clock** [ə'klɒk] *adv*, ***it is ten ~*** klockan är tio; ***at one ~*** klockan ett
**octagon** ['ɒktəgən] *s* åttahörning
**octane** ['ɒkteɪn] *s* oktan
**octave** ['ɒktɪv] *s* oktav
**October** [ɒk'təʊbə] *s* oktober
**octopus** ['ɒktəpəs] *s* bläckfisk
**ocular** ['ɒkjʊlə] *a* okulär; ögon-; synlig
**oculist** ['ɒkjʊlɪst] *s* ögonläkare
**odd** [ɒd] *a* **1** udda, ojämn [*an ~ number*]; omaka [*an ~ glove*]; ***~ pair*** restpar; ***keep the ~ change!*** det är jämna pengar!; ***at fifty ~*** vid några och femtio års ålder; ***a hundred ~ kilometres*** drygt hundra kilometer **2** tillfällig, extra; ***~ jobs*** ströjobb; ***at ~ moments*** på lediga stunder **3** underlig, besynnerlig, konstig
**oddity** ['ɒdətɪ] *s* underlighet
**odd-job man** ['ɒd'dʒɒbmæn] *s* diversearbetare
**odd-looking** ['ɒdˌlʊkɪŋ] *a* med underligt utseende
**oddment** ['ɒdmənt] *s*, pl. *~s* småsaker
**odds** [ɒdz] *s* **1** utsikter, odds, chanser; ***the ~ are against him*** han har alla odds emot sig; ***the ~ are in his favour*** han har goda utsikter; ***fight against ~ (heavy ~)*** kämpa mot övermakten **2** spel. odds; ***long ~*** höga odds; små chanser; ***short ~*** låga odds **3** ***at ~*** oense, osams **4** ***~ and ends*** småsaker
**odds-on** ['ɒdzɒn] *a*, ***be an ~ favourite*** vara klar favorit
**ode** [əʊd] *s* ode [*on* över]
**odious** ['əʊdjəs] *a* förhatlig, avskyvärd
**odour** ['əʊdə] *s* lukt; odör; doft
**of** [ɔv, obetonat əv] *prep* om [*north ~ York*]; av [*born ~ poor parents*]; från [*a writer ~ the 18th century; Professor Smith ~ Cambridge*]; i [*die ~ cancer*]; på [*a class ~ 30 pupils; a boy ~ ten*]; med [*a man ~ foreign appearance; the advantage ~ this system*]; ***five minutes ~ twelve*** amer. fem minuter i tolv; ***a cup ~ tea*** en kopp te; ***a number ~ people*** ett antal människor; ***the town ~ Brighton*** staden Brighton; ***on the fifth ~ May*** den femte maj; ***a novel ~ Stevenson's*** en roman av Stevenson; ***the works ~ Milton*** Miltons verk; ***the University ~ London*** Londons universitet, universitetet i London
**off** [ɒf] **I** *adv* o. *a* **1** bort, i väg [*~ with you!*]; av [*get* (stiga) *~*]; på t. ex. instrumenttavla frånkopplad, från; ***~ we go!*** nu går vi!; ***far ~*** långt bort; ***Christmas is only a week ~*** det är bara en vecka till jul; ***time ~*** ledighet; ***take time ~*** ta ledigt □ **be ~** i speciella betydelser: **a)** vara av [*the lid is ~*]; vara ur, ha lossnat [*the button is ~*] **b)** ge sig av, kila; ***it's time we were ~*** det är på tiden vi kommer i väg; ***where are you ~ to?*** vart ska du ta vägen? **c)** vara ledig **d)** på restaurang vara slut [*this dish is ~ today*]; vara frånkopplad; vara inställd [*the party is ~*]; ***the wedding is ~*** det blir inget bröllop **e)** vard. inte vara färsk [*the meat was a bit ~*] **f)** ***how are you ~ for money?*** hur har du det med pengar? **2** ***~ season*** lågsäsong, dödsäsong
**II** *prep* **1** ner från [*he fell ~ the ladder*], av [*he fell ~ the bicycle*] **2** vid, nära [*~ the coast*] **3** vard., ***I'm ~ smoking*** jag har lagt av med att röka **4** på [*3% discount ~ the price*]
**offal** ['ɒf(ə)l] *s* slaktavfall; inälvor

**off-chance** ['ɒftʃɑːns] *s* liten chans [*there is an ~ that*... ]; ***we called on the ~ of finding you at home*** vi chansade på att du skulle vara hemma
**off-colour** ['ɒf'kʌlə] *a* lite krasslig
**off-day** ['ɒfdeɪ] *s* ledig dag; dålig dag [*one of my ~s*]
**offence** [ə'fens] *s* **1** lagöverträdelse, förseelse; försyndelse; ***punishable ~*** straffbar handling; ***it is an ~ to*** det är straffbart att; ***commit an ~*** bryta mot lagen **2** ***give (cause) ~ to*** väcka anstöt hos, stöta; ***take ~*** ta illa upp; ***quick to take ~*** lättstött
**offend** [ə'fend] *tr itr* väcka anstöt hos; väcka anstöt; ***be offended*** bli stött [*by a p.* på ngn, *by a th.* över ngt]; ***don't be offended*** ta inte illa upp; ***~ against*** bryta (synda) mot
**offender** [ə'fendə] *s* lagöverträdare; syndare; ***~s will be prosecuted*** överträdelse beivras
**offense** [ə'fens] *s* amer. = *offence*
**offensive** [ə'fensɪv] **I** *a* **1** offensiv, anfalls- [*~ weapons*] **2** anstötlig, stötande **3** vidrig, motbjudande [*an ~ smell*] **II** *s* offensiv
**offer** ['ɒfə] **I** *tr itr* **1** erbjuda; bjuda [*I offered him £15,000 for the house*]; ***~ for sale*** bjuda ut till försäljning; ***I offered him a cigarette*** jag bjöd honom på en cigarett **2** utlova; ***~ a reward*** utfästa en belöning **3** framföra [*~ an apology*] **4** ***~ to*** + infinitiv erbjuda sig att [*he offered to help me*] **II** *s* erbjudande [*of* om], anbud, bud, hand. offert
**offering** ['ɒfərɪŋ] *s* offergåva
**off-hand** ['ɒf'hænd] *adv* o. *a* **1** på rak arm **2** nonchalant
**office** ['ɒfɪs] *s* **1** kontor; byrå; expedition; tjänsterum; kansli; ***~ block*** kontorsbyggnad **2** ***Office*** a) departement [*the Home Office*] b) ämbetsverk [*the Patent Office*] **3** ämbete, tjänst, befattning; ***the Government in ~*** den sittande regeringen
**office-boy** ['ɒfɪsbɔɪ] *s* kontorspojke
**officer** ['ɒfɪsə] *s* **1** officer; pl. ***~s*** äv. befäl **2** ***police ~*** (vid tilltal vanl. *~*) polis, polisman
**official** [ə'fɪʃ(ə)l] **I** *s* **1** ämbetsman, tjänsteman **2** sport. funktionär **II** *a* officiell [*in ~ circles*]; ämbets-; tjänste- [*~ letter*]
**officially** [ə'fɪʃəlɪ] *adv* officiellt
**officiate** [ə'fɪʃɪeɪt] *itr* fungera [*~ as chairman*], tjänstgöra; officiera
**offing** ['ɒfɪŋ] *s*, ***in the ~*** under uppsegling [*a quarrel in the ~*]; i kikarn [*I have a job in the ~*]
**off-licence** ['ɒf,laɪs(ə)ns] *s* spritbutik
**offset** ['ɒfset] (*offset offset*) *tr* uppväga [*the gains ~ the losses*]
**offshoot** ['ɒfʃuːt] *s* bot. sidoskott
**offshore** ['ɒf'ʃɔː] *a* o. *adv* **1** frånlands- [*~ wind*] **2** utanför kusten [*~ fisheries*]
**offside** ['ɒf'saɪd] *a* o. *s* **1** sport. offside **2** vid vänstertrafik höger sida, vid högertrafik vänster sida
**offspring** ['ɒfsprɪŋ] *s* avkomma, avföda
**oft** [ɒft] *adv* poet. ofta
**often** ['ɒfn] *adv* ofta; ***as ~ as not*** ganska ofta; ***more ~ than not*** oftast; ***every so ~*** då och då
**ogre** ['əʊgə] *s* i folksagor jätte; odjur äv. bildl.
**oh** [əʊ] *interj*, *~!* å!, äsch!; oj!, aj!
**oil** [ɔɪl] **I** *s* **1** olja; ***pour ~ on troubled waters*** bildl. gjuta olja på vågorna **2** mest pl. ***~s*** **a)** oljemålningar **b)** ***paint in ~s*** måla i olja **II** *tr* olja in
**oilcloth** ['ɔɪlklɒθ] *s* vaxduk; oljeduk
**oil-gauge** ['ɔɪlgeɪdʒ] *s* oljemätare
**oil-painting** ['ɔɪl,peɪntɪŋ] *s* oljemålning
**oil-slick** ['ɔɪlslɪk] *s* oljefläck t. ex. på vattnet
**oilstove** ['ɔɪlstəʊv] *s* **1** fotogenkök **2** fotogenkamin
**oily** ['ɔɪlɪ] *a* oljig, oljeaktig; fet, flottig
**ointment** ['ɔɪntmənt] *s* salva; smörjelse
**O.K.** ['əʊ'keɪ] vard. **I** *a* o. *adv* OK; ***it's ~ by (with) me*** det är OK för min del, gärna för mig **II** *s*, ***the ~*** okay, klarsignal **III** *tr* godkänna [*the report was O.K.'d*]
**okay** ['əʊ'keɪ] speciellt amer. = *O.K.*
**old** [əʊld] **I** (komparativ o. superlativ *older, oldest;* ibland *elder, eldest* se dessa ord) *a* **1** gammal; tidigare, f. d.; ***~ boy*** a) gammal elev [*the school's ~ boys*] b) vard. gammal farbror, gamling c) sport. oldboy; ***~ boy (chap, fellow, man)!*** vard. gamle vän!, gamle gosse!; ***~ girl!*** vard. flicka lilla!, lilla gumman!; ***he's an ~ hand*** vard. han är gammal i gamet; ***any ~ thing*** vard. vad katten som helst; ***the Old World*** Gamla världen; ***good ~ John!*** vard. gamle John! **2** forn- [*Old English* engelska språket före 1100] **II** *s*, ***in days (times) of ~*** el. ***of ~*** fordom, i gamla tider; [***I know him***] ***of ~*** ... sedan gammalt
**old-age** ['əʊld'eɪdʒ] *a*, ***~ pension*** förr ålderspension, folkpension
**olden** ['əʊld(ə)n] *a*, ***in ~ times (days)*** i gamla tider
**old-fashioned** ['əʊld'fæʃ(ə)nd] *a* **1** gammalmodig, gammaldags **2** lillgammal
**oldish** ['əʊldɪʃ] *a* äldre, rätt gammal
**old-time** ['əʊldtaɪm] *a* gammaldags
**old-timer** ['əʊld'taɪmə] *s* vard. **1** ***an ~*** en som är gammal i gamet **2** gamling

**old-world** ['əʊldwɜ:ld] *a* gammaldags
**olive** ['ɒlɪv] **I** *s* oliv **II** *a* olivgrön
**ombudsman** ['ɒmbʊdzmən] *s* i Engl. justitieombudsman
**omelet, omelette** ['ɒmlət] *s* omelett
**omen** ['əʊmen] *s* omen, förebud
**ominous** ['ɒmɪnəs] *a* olycksbådande
**omission** [ə'mɪʃ(ə)n] *s* **1** utelämnande **2** underlåtenhet, försummelse
**omit** [ə'mɪt] *tr* **1** utelämna **2** underlåta, försumma
**omnibus** ['ɒmnɪbəs] *s* **1** buss **2** ~ ***book (volume)*** samlingsband, samlingsverk
**omnipotent** [ɒm'nɪpət(ə)nt] *a* allsmäktig
**omnivorous** [ɒm'nɪvərəs] *a* allätande
**on** [ɒn] **I** *prep* på [*~ the radio (TV);* amer. *~ 19th Street*]; i [*~ the ceiling; the look ~ his face; talk ~ the telephone*]; vid [*a town ~ the Channel; Newcastle is situated ~ the Tyne*]; mot [*they made an attack ~ the town*]; till [*~ land and sea; ~ foot*]; om, kring, över [*a book (lecture) ~ a subject*]; ~ ***May 1st*** den 1 maj; ~ ***the morning of May 1st*** den 1 maj på morgonen, på morgonen den 1 maj; ~ ***my arrival at Hull (in London), I went...*** vid ankomsten till Hull (London), gick jag...; ~ ***hearing this*** [*he...*] då han fick veta detta...; ~ ***second thoughts*** vid närmare eftertanke; ***this is ~ me*** vard. det är jag som bjuder; ***it's ~ the house*** vard. det är huset som bjuder; ~ ***to*** ner (upp) på
**II** *adv* o. *a* på [*a pot with the lid ~*]; på sig [*he drew his boots ~*]; vidare [*pass it ~!*]; ***walk right ~*** gå rakt fram; ***a little further ~*** lite längre fram; ***from that day ~*** från och med den dagen; ***the light is ~*** ljuset är tänt; ***the radio is ~*** radion är på; ***what's ~ tonight?*** vad är det för program i kväll?; vad är planerna för i kväll?; ***it's just not ~*** vard. det går bara inte; ***what's he ~ about?*** vad bråkar (snackar) han om?; ~ ***and*** ~ utan avbrott, i ett kör
**once** [wʌns] **I** *adv* **1** en gång [*~ is enough*]; ~ ***or twice*** ett par gånger; ~ ***bitten (bit) twice shy*** ordspr. bränt barn skyr elden; ~ ***again (more)*** en gång till, ännu en gång; ~ ***and for all*** el. ~ ***for all*** en gång för alla; ~ ***in a while*** en och annan gång; ***for ~*** för en gångs skull; ***at ~*** a) med detsamma, genast b) på samma gång; ***all at ~*** a) plötsligt, med ens b) alla på en gång **2** en gång, förr; ~ ***(~ upon a time) there was a king*** det var en gång en kung **II** *konj*, ~ ***he had done it*** när han väl hade gjort det
**oncoming** ['ɒn,kʌmɪŋ] **I** *a* annalkande [*an ~ storm*]; mötande [*~ traffic, an ~ car*] **II** *s* ankomst [*the ~ of winter*], annalkande
**one** [wʌn] **I** *räkn* o. *a* en, ett; ena [*blind in* (på) *~ eye*]; ***for ~ thing*** för det första; ***not ~*** inte en enda en; ***it's all ~ to me*** det gör mig detsamma; ~ ***(the ~)... the other*** den ena... den andra; ~ ***or two*** ett par stycken; ~ ***after another (the other) went out*** den ena efter den andra gick ut; ~ ***at a (the) time*** en och en, en i taget; ~ ***by*** ~ en och en, en åt gången, en i taget; ***I for ~*** jag för min del
**II** *pron* **1** man, reflexivt sig [*pull after ~*]; ***one's*** ens [*one's own children*]; sin [*~ must always be on one's guard*]; en, en viss [*~ John Smith*]; ~ ***another*** varandra [*they like ~ another*] **2** stödjeord en [*I lose a friend and you gain ~*]; någon, något [*where is my umbrella? - you didn't bring ~*]; ***take the red box, not the black ~*** ta den röda asken, inte den svarta; ***my dear ~s*** mina kära; ***the little ~s*** småttingarna; ***this (that) ~ will do*** den här (den där) duger; ***which ~ do you like?*** vilken tycker du om?
**III** *s* **1** etta [*three ~s*] **2** vard., ***you are a ~!*** du är en rolig en!
**one-act** ['wʌnækt] *a*, ~ ***play*** enaktare
**one-armed** ['wʌn'ɑ:md] *a*, ~ ***bandit*** vard. enarmad bandit spelautomat
**one-handed** ['wʌn'hændɪd] *a* enhänt
**onerous** ['ɒnərəs] *a* betungande, tyngande
**oneself** [wʌn'self] *rfl* o. *pers pron* sig [*wash ~*]; sig själv [*proud of ~*]; själv [*one had to do it ~*]
**one-sided** ['wʌn'saɪdɪd] *a* ensidig
**one-storey** ['wʌn,stɔ:rɪ] *a* envånings-, enplans- [*a ~ house*]
**one-track** ['wʌntræk] *a* vard., ***have a ~ mind*** vara enkelspårig
**one-way** ['wʌnweɪ] *a* enkelriktad [*a ~ street*]
**onion** ['ʌnjən] *s* lök, rödlök
**onlooker** ['ɒn,lʊkə] *s* åskådare
**only** ['əʊnlɪ] **I** *a* enda; ***my one and ~ chance*** min absolut enda chans; ***the only man [for the position]*** den ende rätte... **II** *adv* **1** bara, blott, endast; ~ ***once*** bara en gång; ***if ~ to*** om inte för annat så (om så bara) för att [*if ~ to spite him*]; ***not ~... but*** inte bara... utan även; ***when he was ~ three he could read*** redan vid tre års ålder kunde han läsa **2** a) först, inte förrän [*I met him ~ yesterday*] b) senast, så sent som [*he can't be away, I saw him ~ yesterday*] **3** ~ ***just*** just nu, alldeles nyss [*I have ~ just got it*] **III** *konj* men; [*I would*

*lend you the book,*] ~ *I don't know where it is* ... men jag vet bara inte var den är; ~ *that* utom att
**onrush** ['ɒnrʌʃ] *s* anstormning
**onset** ['ɒnset] *s* **1** anfall **2** inträde
**onshore** ['ɒn'ʃɔ:] *a* o. *adv* **1** pålands- [~ *wind*] **2** på kusten **3** i land
**onslaught** ['ɒnslɔ:t] *s* våldsamt angrepp
**onstage** ['ɒn'steɪdʒ] *adv* på scenen, in på scenen
**on-the-spot** ['ɒnðə'spɒt] *a* på ort och ställe; ~ *fine* ungefär ordningsbot
**onto** ['ɒntʊ] *prep* = *on to*
**onus** ['əʊnəs] *s* börda; skyldighet
**onward** ['ɒnwəd] *a* framåtriktad; ~ *march* frammarsch
**onwards** ['ɒnwədz] *adv* framåt, vidare; *from page 10* ~ från och med sidan 10
**onyx** ['ɒnɪks] *s* miner. onyx
**oodles** ['u:dlz] *s pl* vard. massor [~ *of money*]
**ooh** [u:] *interj* oj!, åh!; usch!
**ooze** [u:z] *itr*, ~ *out* sippra ut, sippra fram
**opal** ['əʊp(ə)l] *s* opal
**opaque** [ə'peɪk] *a* ogenomskinlig; dunkel; oklar
**open** ['əʊp(ə)n] **I** *a* öppen; *fling* ~ kasta (slänga) upp; *in the* ~ *air* i fria luften, i det fria; *the* ~ *season* lovlig tid för jakt o. fiske; ~ *secret* offentlig hemlighet; ~ *shop* företag med både organiserad och oorganiserad arbetskraft; ~ *to* tillgänglig för, öppen för; mottaglig för [~ *to argument*]; ~ *to doubt* underkastad tvivel; *this is* ~ *to question* detta kan ifrågasättas
**II** *s* **1** öppet, offentligt; *come (come out) into the* ~ komma ut, bli offentlig **2** sport. open tävling öppen för proffs o. amatörer
**III** *tr itr* **1** öppna; inviga [~ *a new railway*]; öppnas; öppna sig; ~ *an account with* öppna konto hos; ~ *fire* mil. öppna eld [*on* mot] **2** vetta, ha utsikt [*the window opened on to* (mot, åt) *the garden*]; leda, föra [*into, on to* in (ut) till, ut i]; *the room* ~*s on (on to) the garden* rummet har förbindelse med trädgården **3** ~ *up* öppna sig, bli meddelsam; ~ *up!* öppna dörren!
**open-air** ['əʊpən'eə] *a* frilufts- [~ *life*], utomhus- [*an* ~ *dance-floor*]
**opener** ['əʊpənə] *s* **1** *tin (can)* ~ konservöppnare **2** inledare [~ *of a discussion*]
**open-handed** ['əʊpən'hændɪd] *a* frikostig
**open-hearted** ['əʊpən'hɑ:tɪd] *a* **1** öppenhjärtig, uppriktig **2** varmhjärtad
**open-house** ['əʊpən'haʊs] *a*, *he is giving an* ~ *party tomorrow* det är öppet hus hos honom i morgon
**opening** ['əʊpənɪŋ] **I** *pres p* o. *a* begynnelse-; ~ *chapter* inledningskapitel; *his* ~ *remarks* hans inledande anmärkningar **II** *s* **1** öppnande; början, inledning [*the* ~ *of the session*]; ~ *night* premiär; ~ *time* speciellt öppningsdags för pubar **2** öppning äv. bildl.; tillfälle, chans [*for* till]
**open-minded** ['əʊpən'maɪndɪd] *a* fördomsfri
**opera** ['ɒpərə] *s* opera
**opera-glasses** ['ɒpərə,glɑ:sɪz] *s pl* teaterkikare
**opera-hat** ['ɒpərəhæt] *s* chapeau-claque
**operate** ['ɒpəreɪt] *itr tr* **1** verka, göra verkan [*on, upon* på], om t.ex. maskin arbeta, fungera **2** med. operera [*on a p.* ngn, *for a th.* för ngt] **3** mil. operera **4** sätta (hålla) i gång, manövrera, sköta [~ *a machine*]; leda, driva [~ *a company*]
**operatic** [,ɒpə'rætɪk] *a* opera- [~ *music*]
**operating-theatre** ['ɒpəreɪtɪŋ,θɪətə] *s* operationssal
**operation** [,ɒpə'reɪʃ(ə)n] *s* **1** *be in* ~ vara i gång (verksamhet); *come into* ~ a) träda i verksamhet b) om t.ex. lag träda i kraft; *put into* ~ sätta i verket [*put a plan into* ~] **2** med. operation, ingrepp [äv. *surgical* ~]; *have an* ~ *for*... bli opererad för... **3** skötsel, hantering [*the* ~ *of a machine*]
**operator** ['ɒpəreɪtə] *s* **1** ~*!* på t.ex. hotell a) hallå!; fröken! b) växeln!; *telephone* ~ telefonist; *wireless* ~ radiotelegrafist **2** med. kirurg, operatör
**operetta** [,ɒpə'retə] *s* operett
**opinion** [ə'pɪnjən] *s* **1** mening, åsikt, omdöme [*of, about* om]; ~ *poll* opinionsundersökning; *public* ~ den allmänna opinionen; *have a high* ~ *of* ha en hög tanke om; *in my* ~ enligt min mening (åsikt); *a matter of* ~ en fråga om tycke och smak **2** betänkande, utlåtande [*on* om, över, i]
**opinionated** [ə'pɪnjəneɪtɪd] *a* egensinnig
**opium** ['əʊpjəm] *s* opium; ~ *addict* opiummissbrukare; ~ *den* opiumhåla
**opossum** [ə'pɒsəm] *s* opossum, pungråtta
**opponent** [ə'pəʊnənt] *s* motståndare
**opportune** ['ɒpətju:n] *a* opportun, läglig
**opportunist** [,ɒpə'tju:nɪst] *s* opportunist
**opportunity** [,ɒpə'tju:nətɪ] *s* gynnsamt tillfälle, möjlighet, chans; *at the first* ~ vid första tillfälle
**oppose** [ə'pəʊz] *tr* motsätta sig
**opposed** [ə'pəʊzd] *a* motsatt [~ *views*];

*be* ~ stå i motsats [*to* till, mot]; *as* ~ *to* i motsats till
**opposite** ['ɒpəzɪt] **I** *a* o. *prep* o. *adv* mitt emot [*the* ~ *house*], motsatt **II** *s* motsats [*black and white are* ~*s*]; *I mean the* ~ jag menar tvärtom
**opposition** [ˌɒpə'zɪʃ(ə)n] *s* motsättning, motstånd; opposition
**oppress** [ə'pres] *tr* **1** trycka, tynga, trycka (tynga) ned **2** förtrycka [~ *the people*]
**oppression** [ə'preʃ(ə)n] *s* **1** nedtryckande; förtryck [*the* ~ *of the people*] **2** betrycktheit **3** tryck, tyngd
**oppressive** [ə'presɪv] *a* tyngande; tryckande, pressande [~ *heat*]
**oppressor** [ə'presə] *s* förtryckare
**opt** [ɒpt] *itr* välja; ~ *for a th.* välja ngt, uttala sig för ngt
**optical** ['ɒptɪk(ə)l] *a* optisk, syn-; ~ *illusion* synvilla
**optician** [ɒp'tɪʃ(ə)n] *s* optiker
**optimism** ['ɒptɪmɪz(ə)m] *s* optimism
**optimist** ['ɒptɪmɪst] *s* optimist
**optimistic** [ˌɒptɪ'mɪstɪk] *a* optimistisk
**option** ['ɒpʃ(ə)n] *s* val [*I had no* ~], fritt val; valfrihet; valmöjlighet
**optional** ['ɒpʃənl] *a* valfri
**opulent** ['ɒpjʊlənt] *a* välmående; frodig
**opus** ['əʊpəs] *s* opus, verk
**or** [ɔ:] *konj* eller; annars; ~ *else* annars, eller också
**oracle** ['ɒrəkl] *s* orakel
**oral** ['ɔ:r(ə)l] *a* muntlig [*an* ~ *examination*]
**orally** ['ɔ:rəlɪ] *adv* muntligen, muntligt
**orange** ['ɒrɪndʒ] **I** *s* **1** apelsin **2** orange färg **II** *a* orange färgad
**orangeade** [ˌɒrɪndʒ'eɪd] *s* apelsindryck; läskedryck med apelsinsmak
**orang-outang** [ə'ræŋʊ'tæŋ] *s* orangutang
**orate** [ɔ:'reɪt] *itr* hålla tal; orera
**oration** [ɔ:'reɪʃ(ə)n] *s* oration, högtidligt tal
**orator** ['ɒrətə] *s* talare, orator
**oratorio** [ˌɒrə'tɔ:rɪəʊ] *s* mus. oratorium
**oratory** ['ɒrətrɪ] *s* talarkonst, vältalighet, retorik
**orb** [ɔ:b] *s* klot, sfär, glob
**orbit** ['ɔ:bɪt] **I** *s* t.ex. planets, satellits bana; himlakropps kretslopp; *send into* ~ sända upp i bana **II** *tr* röra sig i en bana kring, kretsa kring
**orchard** ['ɔ:tʃəd] *s* fruktträdgård
**orchestra** ['ɔ:kɪstrə] *s* orkester; ~ *stalls* främre parkett
**orchestral** [ɔ:'kestr(ə)l] *a* orkester-
**orchestrate** ['ɔ:kɪstreɪt] *tr* orkestrera
**orchid** ['ɔ:kɪd] *s* orkidé
**ordain** [ɔ:'deɪn] *tr* **1** prästviga, ordinera **2** föreskriva
**ordeal** [ɔ:'di:l] *s* svårt prov, eldprov; *a terrible* ~ en svår pärs
**order** ['ɔ:də] **I** *s* **1** ordning; ordningsföljd; system; reda; *in (in good) working* ~ i gott skick, funktionsduglig; *out of* ~ i oordning; i olag, ur funktion **2 a)** order, befallning, tillsägelse, bud; ~ *of the day* mil. dagorder **b)** jur., domstols beslut, utslag; ~ *of the Court* domstolsutslag **3 a)** hand. order, beställning [*for* på]; *it's a tall (large)* ~ det är för mycket begärt; *be on* ~ vara beställd; *made to* ~ tillverkad på beställning; skräddarsydd **b)** på restaurang beställning **4** bank. anvisning; utbetalningsorder **5** samhällsklass; *the lower* ~*s* de lägre klasserna (stånden) **6** orden; ordenssällskap **7** *holy* ~*s* det andliga ståndet; *take (enter)* ~*s (holy* ~*s)* låta prästviga sig **8** *in* ~ *to* + infinitiv i avsikt att; *in* ~ *for you to* [*see clearly*] för (så) att du skall . . . ; *in* ~ *that* för att, så att [*I did it in* ~ *that he shouldn't worry*] **9** slag, sort; *of (in) the* ~ *of* av (i) storleksordningen
**II** *tr* **1** beordra, befalla, säga till [*a p. to do a th.*]; ~ *a p. about* bildl. kommendera ngn, köra med ngn **2** beställa [~ *a taxi*], rekvirera **3** med. ordinera, föreskriva
**orderly** ['ɔ:dəlɪ] **I** *a* **1** välordnad; metodisk **2** om person ordentlig **3** stillsam, lugn [*an* ~ *crowd*] **II** *s* **1** mil. ordonnans; *officer's* ~ kalfaktor **2** *hospital* ~ sjukvårdsbiträde; *medical* ~ mil. sjukvårdare
**ordinal** ['ɔ:dɪnl] *a*, ~ *number* ordningstal
**ordinarily** ['ɔ:dɪnərəlɪ] *adv* vanligen
**ordinary** ['ɔ:dnrɪ] **I** *a* **1** vanlig; vardaglig, ordinär, alldaglig **2** ordinarie [*the* ~ *train*] **II** *s*, *something out of the* ~ någonting utöver det vanliga
**ore** [ɔ:] *s* **1** malm **2** metall, ädelmetall
**oregano** [ə'regənəʊ] *s* oregano
**organ** ['ɔ:gən] *s* **1** biol. organ; *male* ~ manslem **2** mus. orgel; positiv
**organdie** ['ɔ:gəndɪ] *s* organdi tyg
**organ-grinder** ['ɔ:gənˌgraɪndə] *s* positivhalare, positivspelare
**organic** [ɔ:'gænɪk] *a* organisk
**organism** ['ɔ:gənɪz(ə)m] *s* organism
**organist** ['ɔ:gənɪst] *s* organist
**organization** [ˌɔ:gənaɪ'zeɪʃ(ə)n] *s* organisation, organisering
**organize** ['ɔ:gənaɪz] *tr* organisera, lägga upp, anordna, arrangera, ställa till
**organizer** ['ɔ:gənaɪzə] *s* organisatör; arrangör

**orgasm** ['ɔ:gæz(ə)m] *s* orgasm, utlösning
**orgy** ['ɔ:dʒɪ] *s* orgie
**orient** ['ɔ:rɪənt] *s, **the Orient*** Orienten
**Oriental** [,ɔ:rɪ'entl] **I** *a* orientalisk, österländsk **II** *s* oriental, österlänning
**orientate** ['ɔ:rɪenteɪt] *tr* orientera
**orientation** [,ɔ:rɪen'teɪʃ(ə)n] *s* orientering
**orienteering** [,ɔ:rɪən'tɪərɪŋ] *s* sport. orientering
**origin** ['ɒrɪdʒɪn] *s* ursprung, tillkomst; upphov; ***country of ~*** ursprungsland
**original** [ə'rɪdʒənl] **I** *a* **1** ursprunglig, original- **2** originell, nyskapande **II** *s* original
**originality** [ə,rɪdʒə'nælətɪ] *s* originalitet
**originally** [ə'rɪdʒənəlɪ] *adv* **1** ursprungligen **2** originellt [*write ~*]
**originate** [ə'rɪdʒəneɪt] *tr itr* ge (vara) upphov till; härröra, härstamma
**originator** [ə'rɪdʒəneɪtə] *s* upphovsman
**Orlon** ['ɔ:lɒn] *s* ® textil. orlon
**ornament** [substantiv 'ɔ:nəmənt, verb 'ɔ:nəment] **I** *s* ornament; utsmyckning **II** *tr* ornamentera; smycka
**ornamental** [,ɔ:nə'mentl] *a* ornamental, dekorativ
**ornamentation** [,ɔ:nəmen'teɪʃ(ə)n] *s* ornamentering, utsmyckning; ornament
**ornate** [ɔ:'neɪt] *a* utsirad; överlastad
**ornithologist** [,ɔ:nɪ'θɒlədʒɪst] *s* ornitolog, fågelkännare
**orphan** ['ɔ:f(ə)n] *s* föräldralöst barn
**orphanage** ['ɔ:fənɪdʒ] *s* barnhem, hem för föräldralösa barn
**orris-root** ['ɒrɪsru:t] *s* violrot
**orthodox** ['ɔ:θədɒks] *a* ortodox; renlärig
**orthodoxy** ['ɔ:θədɒksɪ] *s* ortodoxi; renlärighet
**orthography** [ɔ:'θɒgrəfɪ] *s* ortografi, rättstavning
**orthopaedic, orthopedic** [,ɔ:θə'pi:dɪk] *a* ortopedisk
**oscillate** ['ɒsɪleɪt] *itr* svänga; pendla; oscillera; vibrera
**oscillator** ['ɒsɪleɪtə] *s* oscillator
**Oslo** ['ɒzləʊ]
**ossify** ['ɒsɪfaɪ] *itr* ossifieras, förvandlas till ben; förbenas
**ostensible** [ɒs'tensəbl] *a* skenbar
**ostentation** [,ɒsten'teɪʃ(ə)n] *s* ståt, prål
**ostentatious** [,ɒsten'teɪʃəs] *a* grann, prålig [*~ jewellery*]; prålsjuk
**osteopath** ['ɒstɪəpæθ] *s* osteopat, kiropraktor
**ostracize** ['ɒstrəsaɪz] *tr* frysa ut, bojkotta
**ostrich** ['ɒstrɪtʃ, 'ɒstrɪdʒ] *s* struts
**other** ['ʌðə] *indef pron* annan, annat, andra; ytterligare; ***the ~ day*** häromdagen; ***every ~ week*** varannan vecka; ***it was no (none) ~ than the King*** det var ingen annan än kungen; ***someone or ~ has broken it*** någon har haft sönder den; ***somehow or ~*** på ett eller annat sätt; ***among ~s*** bland andra, bl. a.; ***among ~ things*** bland annat, bl. a.
**otherwise** ['ʌðəwaɪz] *adv* annorlunda, annat, på annat sätt; annars, i annat fall; för (i) övrigt
**otherworldly** ['ʌðə'wɜ:ldlɪ] *a* världsfrämmande
**otter** ['ɒtə] *s* utter
**ouch** [aʊtʃ] *interj* aj!, oj!
**ought** [ɔ:t] *hjälpvb* (presens o. imperfekt med *to* + infinitiv) bör, borde, skall, skulle; ***I ~ to know*** det måtte jag väl veta
**ouija-board** ['wi:dʒəbɔ:d] *s* psykograf använd i spiritism
**1 ounce** [aʊns] *s* **1** uns (vanl. = 1/16 *pound* 28,35 gram) **2** bildl. uns, gnutta
**2 ounce** [aʊns] *s* snöleopard
**our** ['aʊə] *poss pron* vår
**ours** ['aʊəz] *poss pron* vår [*the house is ~*]; ***~ is a large family*** vi är en stor familj
**ourselves** [,aʊə'selvz] *refl* o. *pers pron* oss [*we amused ~*], oss själva [*we can take care of ~*]; själva [*we made that mistake ~*]
**oust** [aʊst] *tr* driva bort; tränga undan
**out** [aʊt] *adv* o. *a* ute, utanför, borta; ut, bort; ***take ~*** ta fram ur t. ex. fickan; ***the fire is ~*** brasan har slocknat; ***the light is ~*** ljuset är släckt; ***the tide is ~*** det är ebb; ***before the year is ~*** innan året är slut; ***I was ~ in my calculations*** jag hade räknat fel; ***you are not far ~*** vard. det är inte så illa gissat; ***be ~ and about*** vara uppe, vara på benen; ***the nicest man ~*** den hyggligaste karl som går i ett par skor; ***it was her Sunday ~*** det var hennes lediga söndag
□ ~ **of a)** ut från, ut ur [*come ~ of the house*], upp ur; ut genom; ur [*drink ~ of a cup*]; från; ute ur, borta från, utanför; utom [*~ of sight*]; ***~ of doors*** utomhus; ***times ~ of number*** otaliga gånger; ***in two cases ~ of ten*** i två fall av tio; ***get ~ of here!*** ut härifrån!; ***be ~ of training*** ha dålig kondition, vara otränad; ***feel ~ of it*** känna sig utanför **b)** utan [*~ of tea*] **c)** av, utav [*~ of curiosity; it is made ~ of wood*]; ***~ with it!*** fram med det!, ut med språket!
**out-and-out** ['aʊtn'aʊt] *a* vard. tvättäkta

[*an ~ Londoner*], renodlad [*an ~ swindler*]

**outbalance** [aʊt'bæləns] *tr* uppväga

**outbid** [aʊt'bɪd] (*outbid outbid*) *tr* bjuda över

**outboard** ['aʊtbɔ:d] *a* utombords- [*an ~ motor*]

**outbreak** ['aʊtbreɪk] *s* utbrott [*an ~ of hostilities*]; ***an ~ of fire*** en eldsvåda

**outbuilding** ['aʊtˌbɪldɪŋ] *s* uthus

**outburst** ['aʊtbɜ:st] *s* utbrott [*an ~ of rage*], anfall

**outcast** ['aʊtkɑ:st] *s* utstött (utslagen) människa, paria

**outclass** [aʊt'klɑ:s] *tr* utklassa

**outcome** ['aʊtkʌm] *s* resultat, utgång

**outcry** ['aʊtkraɪ] *s* rop, skri; larm

**outdated** [aʊt'deɪtɪd] *a* omodern, gammalmodig, föråldrad, förlegad

**outdid** [aʊt'dɪd] se *outdo*

**outdistance** [aʊt'dɪstəns] *tr* distansera

**outdo** [aʊt'du:] (*outdid outdone*) *tr* överträffa, överglänsa, övertrumfa

**outdone** [aʊt'dʌn] se *outdo*

**outdoor** ['aʊtdɔ:] *a* utomhus- [*~ games*]; ***~ clothes*** ytterkläder; ***~ life*** friluftsliv

**outdoors** ['aʊt'dɔ:z] *adv* utomhus, ute

**outer** ['aʊtə] *a* yttre, ytter-; utvändig; ***~ space*** yttre rymden

**outermost** ['aʊtəməʊst] *a* ytterst

**outfit** ['aʊtfɪt] **I** *s* **1** utrustning [*an explorer's ~*]; utstyrsel, ekipering [*a new spring ~*], mundering; tillbehör; ***repair ~*** reparationslåda **2** vard. grupp, gäng **II** *tr* utrusta, ekipera

**outfitter** ['aʊtfɪtə] *s*, ***gentlemen's outfitter's*** el. ***outfitter's*** herrekipering

**outgoing** ['aʊtˌgəʊɪŋ] *a* utgående; avgående

**outgrew** [aʊt'gru:] se *outgrow*

**outgrow** [aʊt'grəʊ] (*outgrew outgrown*) *tr* växa om; växa ifrån; växa ur kläder

**outgrown** [aʊt'grəʊn] se *outgrow*

**outing** ['aʊtɪŋ] *s* utflykt

**outlandish** [aʊt'lændɪʃ] *a* sällsam, besynnerlig; avlägsen

**outlast** [aʊt'lɑ:st] *tr* räcka (vara) längre än

**outlaw** ['aʊtlɔ:] **I** *s* fredlös; bandit **II** *tr* **1** ställa utom lagen, förklara fredlös **2** kriminalisera [*~ war*], förbjuda

**outlay** ['aʊtleɪ] *s* utlägg, utgifter

**outlet** ['aʊtlet] *s* **1** utlopp [*an ~ for one's energy*], avlopp **2** marknad, avsättning [*an ~ for one's products*]

**outline** ['aʊtlaɪn] **I** *s* **1** kontur; skiss, utkast [*for* till]; översikt, sammandrag [*of* över, av]; ***rough ~*** skiss, utkast; ***in broad (general) ~*** i stora (grova) drag **2** pl. ***~s*** grunddrag, huvuddrag **II** *tr* skissera

**outlive** [aʊt'lɪv] *tr* överleva [*~ one's wife*]

**outlook** ['aʊtlʊk] *s* **1** utsikt; ***~ on life*** livsinställning **2** framtids- utsikter; ***further ~*** väder- utsikterna för de närmaste dagarna **3** utkik; ***on the ~*** på utkik

**outlying** ['aʊtˌlaɪɪŋ] *a* avsides belägen

**outmoded** [aʊt'məʊdɪd] *a* urmodig, omodern

**outnumber** [aʊt'nʌmbə] *tr* överträffa i antal, vara fler än

**out-of-date** ['aʊtəv'deɪt] *a* omodern, gammalmodig, föråldrad

**out-of-print** ['aʊtəv'prɪnt] *a* utgången på förlaget, utsåld från förlaget

**out-of-the-way** ['aʊtəvðə'weɪ] *a* **1** avsides belägen, avlägsen **2** ovanlig

**out-of-work** ['aʊtəv'wɜ:k] *a* o. *s* arbetslös

**out-patient** ['aʊtˌpeɪʃ(ə)nt] *s* poliklinikpatient; ***out-patient's department (clinic)*** poliklinik

**outpost** ['aʊtpəʊst] *s* mil., bildl. utpost

**output** ['aʊtpʊt] *s* **1** produktion; utbyte, avkastning **2** elektr., radio. uteffekt **3** data. utmatning

**outrage** ['aʊtreɪdʒ] **I** *s* våldshandling, attentat; skymf, skandal **II** *tr* uppröra, chockera

**outrageous** [aʊt'reɪdʒəs] *a* skandalös, upprörande, skändlig [*~ treatment*]

**outran** [aʊt'ræn] se *outrun*

**outrider** ['aʊtˌraɪdə] *s* **1** förridare **2** föråkare, eskort

**outright** [adverb aʊt'raɪt, adjektiv 'aʊtraɪt] **I** *adv* **1** helt och hållet; på fläcken [*he was killed ~*] **2** rent ut [*ask him ~*] **II** *a* fullständig, total; avgjord, bestridlig

**outrun** [aʊt'rʌn] (*outran outrun*) *tr* springa om (förbi); löpa fortare än

**outset** ['aʊtset] *s* början, inledning; inträde; ***at the ~*** i (vid) början

**outshine** [aʊt'ʃaɪn] (*outshone outshone*) *tr* överglänsa

**outshone** [aʊt'ʃɒn] se *outshine*

**outside** ['aʊt'saɪd] **I** *s* **1** utsida, yttersida; yta; ngts (ngns) yttre **2** ***at the ~*** på sin höjd **II** *a* **1** utvändig; ute-, utomhus-; ***the ~ world*** yttervärlden **2** ytterst liten [*an ~ chance*] **III** *adv* o. *prep* ute; ut [*come ~!*]; utanför; utanpå

**outsider** ['aʊt'saɪdə] *s* outsider, utomstående; oinvigd

**outsize** ['aʊtsaɪz] **I** *s* om t.ex. kläder extra stor storlek **II** *a* extra stor

**outskirts** ['aʊtskɜ:ts] *s pl* utkanter; ytterområden
**outspoken** [aʊt'spəʊk(ə)n] *a* rättfram
**outstanding** [aʊt'stændɪŋ] *a* framstående, enastående
**outstay** [aʊt'steɪ] *tr* stanna längre än [*~ the other guests*]
**outstrip** [aʊt'strɪp] *tr* distansera; överträffa; överstiga
**outvote** [aʊt'vəʊt] *tr* rösta omkull
**outward** ['aʊtwəd] **I** *a* **1** utgående; ***the ~ journey (voyage)*** utresan **2** yttre; utvändig; ***his ~ appearance*** hans yttre **II** *adv* utåt, ut
**outward-bound** ['aʊtwəd'baʊnd] *a* om fartyg utgående, på utgående
**outwardly** ['aʊtwədlɪ] *adv* **1** utåt; utvändigt, utanpå **2** till det yttre
**outwards** ['aʊtwədz] *adv* utåt, ut
**outweigh** [aʊt'weɪ] *tr* uppväga; väga mer än
**outwit** [aʊt'wɪt] *tr* överlista
**oval** ['əʊv(ə)l] **I** *a* oval; äggformig **II** *s* oval
**ovary** ['əʊvərɪ] *s* äggstock
**ovation** [ə'veɪʃ(ə)n] *s* ovation, bifallsstorm
**oven** ['ʌvn] *s* ugn
**ovenware** ['ʌvnweə] *s* ugnseldfast gods
**over** ['əʊvə] *prep* o. *adv* över; ovanför; utanpå, ovanpå; under, i [*~ several days*]; om [*fight ~ a th.*]; ***~ and above*** förutom, utöver; ***~ the years*** under årens lopp, med åren; ***hear a th. ~ the radio*** höra ngt i radio; ***be ~ there*** vara där borta; ***go ~ there*** gå dit bort; ***there are two apples ~ (left ~)*** det finns två äpplen kvar; ***ten times ~*** tio gånger om; ***~ and ~ again*** el. ***~ and ~*** om och om igen, gång på gång; ***~ again*** en gång till, om igen; ***begin all ~ again*** börja om från början; ***all ~*** överallt, helt och hållet; ***that's him all ~*** det är typiskt han (så likt honom); ***get it ~ (~ and done with)*** få det gjort (ur världen); ***it's all ~ with him*** det är ute med honom
**overabundance** ['əʊvərə'bʌndəns] *s* överflöd, övermått
**overact** ['əʊvər'ækt] *itr tr* teat. spela över
**over-age** ['əʊvər'eɪdʒ] *a* överårig
**overall** ['əʊvərɔ:l] **I** *s* **1** skyddsrock, städrock **2** pl. ***~s*** blåställ, överdragskläder, overall **II** *a* helhets- [*an ~ impression*]; samlad [*the ~ production*]; generell [*an ~ wage increase*]
**over-anxious** ['əʊvər'æŋʃəs] *a* alltför ängslig (ivrig)
**overarm** [adjektiv 'əʊvərɑ:m, adverb əʊvər'ɑ:m] sport. **I** *a* överarms-, överhands- [*an ~ ball*] **II** *adv*, ***bowl ~*** göra ett överarmskast
**overate** ['əʊvəret] se *overeat*
**overawe** [,əʊvər'ɔ:] *tr* injaga fruktan hos; imponera på
**overbalance** [,əʊvə'bæləns] *itr* tappa balansen [*he overbalanced and fell*]
**overbearing** [,əʊvə'beərɪŋ] *a* högdragen
**overboard** ['əʊvəbɔ:d] *adv* sjö. överbord
**overcame** [,əʊvə'keɪm] se *overcome*
**overcast** [,əʊvə'kɑ:st] *a* mulen, molntäckt [*an ~ sky*]
**overcharge** ['əʊvə'tʃɑ:dʒ] *tr itr* ta för höga priser; ta överpris
**overcloud** [,əʊvə'klaʊd] *tr itr* täcka med moln; bli molntäckt
**overcoat** ['əʊvəkəʊt] *s* överrock, ytterrock
**overcome** [,əʊvə'kʌm] **I** (*overcame overcome*) *tr itr* besegra [*~ an enemy*], övervinna; segra [*we shall ~*] **II** *pp* o. *a* överväldigad; utmattad [*by* av]
**over-confident** ['əʊvə'kɒnfɪd(ə)nt] *a* självsäker
**overcook** ['əʊvə'kʊk] *tr* koka för länge
**overcrowded** [,əʊvə'kraʊdɪd] *a* överbefolkad; överfull [*an ~ bus*]; trångbodd [*~ families*]
**overdid** [,əʊvə'dɪd] se *overdo*
**overdo** [,əʊvə'du:] (*overdid overdone*) *tr* **1** överdriva, göra för mycket av **2** steka (koka) mat för länge **3** ***~ it*** förta (överanstränga) sig
**overdone** [,əʊvə'dʌn] **I** se *overdo* **II** *a* för länge stekt (kokt)
**overdose** ['əʊvədəʊs] *s* överdos, för stor dos
**overdraft** ['əʊvədrɑ:ft] *s* bank. överdrag; överdragning, övertrassering
**overdrive** ['əʊvədraɪv] *s* bil. överväxel
**overdue** ['əʊvə'dju:] *a* **1** hand. förfallen **2** försenad [*the post is ~*] **3** länge emotsedd
**overeat** ['əʊvər'i:t] (*overate overeaten*) *itr* äta för mycket, föräta sig
**overeaten** ['əʊvər'i:tn] se *overeat*
**overestimate** [verb 'əʊvər'estɪmeɪt, substantiv 'əʊvər'estɪmət] **I** *tr* överskatta, övervärdera; beräkna för högt **II** *s* överskattning; alltför hög beräkning
**overexertion** ['əʊvərɪg'zɜ:ʃ(ə)n] *s* överansträngning
**overfed** ['əʊvə'fed] se *overfeed*
**overfeed** ['əʊvə'fi:d] (*overfed overfed*) *tr* övergöda, övermätta
**overflow** [,əʊvə'fləʊ] *tr* svämma över
**overgrown** ['əʊvə'grəʊn] *a* övervuxen, igenvuxen [*a garden ~ with weeds*]

**overhang** ['əʊvə'hæŋ] (*overhung overhung*) *tr* bildl. sväva (hänga) över ngns huvud, hota
**overhanging** ['əʊvə'hæŋɪŋ] *a* framskjutande, utskjutande [*an ~ cliff*]
**overhaul** [verb ˌəʊvə'hɔ:l, substantiv 'əʊvəhɔ:l] **I** *tr* **1** undersöka; se över; ***have one's car overhauled*** få sin bil genomgången **2** köra (segla) om [*~ another ship*] **II** *s* undersökning; översyn
**overhead** [adverb 'əʊvə'hed, adjektiv 'əʊvəhed] **I** *adv* över huvudet; uppe i luften (skyn) [*the clouds ~*]; ovanpå **II** *a*, *~ **projector*** arbetsprojektor, overheadprojektor
**overheads** ['əʊvəhedz] *s pl* allmänna (generella) omkostnader, fasta utgifter
**overhear** [ˌəʊvə'hɪə] (*overheard overheard*) *tr* få höra, råka avlyssna
**overheard** [ˌəʊvə'hɜ:d] se *overhear*
**overheat** ['əʊvə'hi:t] *tr* överhetta
**overhung** ['əʊvə'hʌŋ] se *overhang*
**overjoyed** [ˌəʊvə'dʒɔɪd] *a* överlycklig
**overkill** ['əʊvəkɪl] *s* mil. överdödande-kapacitet totalförstöringskapacitet med kärnvapen
**overladen** ['əʊvə'leɪdn] *a* överbelastad
**overland** [ˌəʊvə'lænd] *adv* på land; landvägen, till lands [*travel ~*]
**overlap** [ˌəʊvə'læp] *tr itr* skjuta ut över, skjuta ut över varandra, delvis sammanfalla med, delvis sammanfalla
**overleaf** ['əʊvə'li:f] *adv* på nästa sida
**overload** ['əʊvə'ləʊd] *tr* överlasta
**overlook** [ˌəʊvə'lʊk] *tr* **1** se (skåda) ut över; ***a house overlooking the sea*** ett hus med utsikt över havet; ***my window ~s the park*** mitt fönster vetter mot parken **2** förbise, inte märka **3** överse med [*~ a fault*]
**overnight** ['əʊvə'naɪt] *adv* **1** ***stay ~*** stanna över natt, övernatta **2** över en natt, på en enda natt [*it changed ~*]
**overpower** [ˌəʊvə'paʊə] *tr* överväldiga
**overpowering** [ˌəʊvə'paʊərɪŋ] *a* överväldigande; oemotståndlig; kraftig
**overran** [ˌəʊvə'ræn] se *overrun*
**overrate** [ˌəʊvə'reɪt] *tr* övervärdera, överskatta; ***an overrated film*** en överreklamerad film
**overreach** [ˌəʊvə'ri:tʃ] *tr* sträcka sig över; *~ **the mark*** skjuta över målet
**overridden** [ˌəʊvə'rɪdn] se *override*
**override** [ˌəʊvə'raɪd] (*overrode overridden*) *tr* **1** sätta sig över, åsidosätta **2** överskugga; ***overriding*** allt överskuggande
**overrode** [ˌəʊvə'rəʊd] se *override*
**overrule** [ˌəʊvə'ru:l] *tr* **1** avvisa, åsidosätta [*~ a claim*]; jur. ogilla **2** rösta ned [*overruled by the majority*]; ***overruling*** allt behärskande
**overrun** [ˌəʊvə'rʌn] (*overran overrun*) *tr* översvämma [*overrun with rats*]; härja; ***overrun with weeds*** övervuxen med ogräs
**overseas** [adjektiv 'əʊvəsi:z, adverb ˌəʊvə'si:z] **I** *a* utländsk, från (till) utlandet; *~ **trade*** utrikeshandel **II** *adv* på (från, till) andra sidan havet; utomlands
**overseer** ['əʊvəˌsɪə] *s* förman, verkmästare; uppsyningsman
**oversexed** [ˌəʊvə'sekst] *a* övererotisk
**overshadow** [ˌəʊvə'ʃædəʊ] *tr* överskugga, kasta sin skugga över
**overshoe** ['əʊvəʃu:] *s* galosch
**overshoot** ['əʊvə'ʃu:t] (*overshot overshot*) *tr*, *~ **the mark*** skjuta över målet
**overshot** ['əʊvə'ʃɒt] se *overshoot*
**oversight** ['əʊvəsaɪt] *s* förbiseende [*by* (genom) *an ~*]
**oversimplify** ['əʊvə'sɪmplɪfaɪ] *tr* förenkla alltför mycket [*~ a problem*]
**oversize** ['əʊvəsaɪz] *a* o. **oversized** ['əʊvəsaɪzd] *a* över medelstorlek
**oversleep** ['əʊvə'sli:p] (*overslept overslept*) *itr* försova sig
**overslept** ['əʊvə'slept] se *oversleep*
**overstaffed** ['əʊvə'stɑ:ft] *a* överbemannad
**overstate** ['əʊvə'steɪt] *tr* överdriva t.ex. påstående, uppgift; ange för högt
**overstatement** ['əʊvə'steɪtmənt] *s* överdrift
**overstep** ['əʊvə'step] *tr*, *~ **the mark*** gå för långt
**overt** ['əʊvɜ:t, əʊ'vɜ:t] *a* öppen, uppenbar
**overtake** [ˌəʊvə'teɪk] (*overtook overtaken*) *tr* hinna upp (ifatt); köra (gå) om
**overtaken** [ˌəʊvə'teɪkn] se *overtake*
**overtaking** [ˌəʊvə'teɪkɪŋ] *s* omkörning
**overthrew** [ˌəʊvə'θru:] se *overthrow I*
**overthrow** [verb ˌəʊvə'θrəʊ, substantiv 'əʊvəθrəʊ] **I** (*overthrew overthrown*) *tr* störta, fälla [*~ the government*]; omstörta **II** *s* störtande, fällande [*the ~ of a government*]; omstörtning
**overthrown** [ˌəʊvə'θrəʊn] se *overthrow I*
**overtime** ['əʊvətaɪm] **I** *s* övertid; övertidsarbete; övertidsersättning; ***be on ~*** arbeta över **II** *a* övertids- [*~ work*] **III** *adv* på övertid; ***work ~*** äv. arbeta över
**overtook** [ˌəʊvə'tʊk] se *overtake*
**overture** ['əʊvətjʊə] *s* **1** mus. uvertyr **2** ofta pl. *~s* närmanden, trevare

**overturn** [ˌəʊvə'tɜ:n] *tr itr* välta omkull, stjälpa omkull; välta, stjälpa
**overweight** ['əʊvəweɪt] *s* övervikt
**overwhelm** [ˌəʊvə'welm] *tr* tynga ned [*overwhelmed with grief*], överväldiga
**overwhelming** [ˌəʊvə'welmɪŋ] *a* överväldigande [*an ~ victory*]
**overwork** ['əʊvə'wɜ:k] **I** *s* för mycket arbete, överansträngning **II** *tr itr* överanstränga [*~ oneself*]; överanstränga sig, arbeta för mycket
**owe** [əʊ] *tr itr* vara skyldig [*~ money*]
**owing** ['əʊɪŋ] *a* **1** som skall betalas; ***the amount ~*** skuldbeloppet **2** ***~ to*** på grund av, genom [*~ to a mistake*]; ***be ~ to*** bero på, ha sin orsak i
**owl** [aʊl] *s* uggla
**own** [əʊn] **I** *tr itr* äga [*I ~ this house*]; ***~ up*** vard. erkänna **II** *a* **1** egen [*this is my ~ house*]; ***she cooks her ~ meals*** hon lagar sin mat själv; ***he has a house of his ~*** han har eget hus; ***on one's ~*** a) ensam, för sig själv [*he lives on his ~*] b) på egen hand [*he is able to work on his ~*] **2** ***an ~ goal*** sport. ett självmål
**owner** ['əʊnə] *s* ägare
**owner-driver** ['əʊnəˌdraɪvə] *s* privatbilist
**owner-occupied** ['əʊnər'ɒkjʊpaɪd] *a* som bebos av ägaren själv; ***~ houses*** äv. egnahem
**ownership** ['əʊnəʃɪp] *s* äganderätt, egendomsrätt
**ox** [ɒks] (pl. *oxen* ['ɒks(ə)n]) *s* oxe; stut
**oxeye** ['ɒksaɪ] *s*, ***~ daisy*** bot. prästkrage
**oxide** ['ɒksaɪd] *s* oxid
**oxidization** [ˌɒksɪdaɪ'zeɪʃ(ə)n] *s* oxidering
**oxidize** ['ɒksɪdaɪz] *tr itr* oxidera; oxideras
**oxygen** ['ɒksɪdʒən] *s* syre; syrgas
**oyster** ['ɔɪstə] *s* ostron
**oz.** [aʊns, pl. 'aʊnsɪz] förk. för *ounce, ounces*
**ozone** ['əʊzəʊn] *s* ozon
**ozs.** ['aʊnsɪz] förk. för *ounces*

# P

**P, p** [pi:] *s* P, p
**p** [pi:] **1** [pl. pi:] förk. för *penny* o. *pence* [*40~*] **2** förk. för *piano*
**p.** (förk. för *page*) s., sid.
**pa** [pɑ:] *s* vard. pappa
**pace** [peɪs] **I** *s* **1** steg mått [*ten ~s away*] **2** hastighet, fart, tempo, takt; ***keep ~ with*** hålla jämna steg med; ***quicken (slacken) one's ~*** öka (sakta) farten; ***set (make) the ~*** bestämma farten, dra vid löpning; ***at a slow ~*** långsamt; ***put ap. through his ~s*** låta ngn visa vad han går för **II** *tr* gå av och an på (i) [äv. *~ up and down a room*]
**pacemaker** ['peɪsˌmeɪkə] *s* sport., med. pacemaker, sport. äv. farthållare
**pacific** [pə'sɪfɪk] **I** *a* **1** fredlig **2** ***the Pacific Ocean*** Stilla havet **II** *s*, ***the Pacific*** Stilla havet
**pacifier** ['pæsɪfaɪə] *s* amer., tröst- napp
**pacifism** ['pæsɪfɪz(ə)m] *s* pacifism
**pacifist** ['pæsɪfɪst] *s* pacifist, fredsivrare
**pacify** ['pæsɪfaɪ] *tr* **1** pacificera, återställa freden (lugnet) i [*~ a country*] **2** lugna
**pack** [pæk] **I** *s* **1** packe, knyte, bylte **2** amer. paket, ask [*a ~ of cigarettes*] **3** samling [*a ~ of liars*], massa [*a ~ of lies*]; pack **4** kortlek; ***a ~ of cards*** en kortlek **5** släpp, koppel [*a ~ of dogs*], flock, skock [*a ~ of wolves*] **6** kosmetisk mask [*a beauty ~*]
**II** *itr tr* **1** packa **2** ***~ up*** vard. a) lägga av [*~ up for the day*] b) paja, säcka ihop **3** packa (tränga) ihop [*~ people into a bus*]; ***~ up*** packa ner (in); ***~ it up (in)!*** sl. lägg av!; ***packed with people*** fullpackad med

folk **4 a)** emballera, packa in; ***packed lunch (meal)*** lunchpaket, matsäck **b)** konservera på burk [~ *meat*] **5** ~ ***off*** skicka i väg
**package** ['pækɪdʒ] *s* **1** packe, bunt; större paket, kolli; förpackning; ~ ***tour*** paketresa **2** förpackning, emballage
**packet** ['pækɪt] *s* mindre paket
**packhorse** ['pækhɔ:s] *s* packhäst, klövjehäst
**packing** ['pækɪŋ] *s* **1** packning, förpackning **2** emballage
**packing-case** ['pækɪŋkeɪs] *s* packlåda, packlår
**packthread** ['pækθred] *s* segelgarn
**pact** [pækt] *s* pakt, fördrag
**1 pad** [pæd] **I** *s* **1** dyna; flat kudde **2** sport. benskydd **3** vaddering; ***shoulder*** ~ axelvadd **4** skriv- block; ***writing*** ~ skrivunderlägg **5** färgdyna, stämpeldyna **6** sl. kvart bostad **II** *tr* **1** madrassera [*a padded cell*]; vaddera **2** ~ ***out*** fylla ut med fyllnadsgods [~ *out an essay*]
**2 pad** [pæd] *itr* traska; tassa
**padding** ['pædɪŋ] *s* vaddering, stoppning, bildl. fyllnadsgods i t. ex. uppsats
**1 paddle** ['pædl] **I** *s* paddel, paddling, paddeltur, skovel på hjul **II** *tr itr* paddla
**2 paddle** ['pædl] *itr* plaska, plaska omkring
**paddle-steamer** ['pædlˌsti:mə] *s* hjulångare
**paddle-wheel** ['pædlwi:l] *s* skovelhjul
**paddock** ['pædək] *s* **1** paddock **2** sadelplats
**padlock** ['pædlɒk] **I** *s* hänglås **II** *tr* sätta hänglås för
**padre** ['pɑ:drɪ] *s* fältpräst; vard. präst
**pagan** ['peɪgən] **I** *s* hedning **II** *a* hednisk
**1 page** [peɪdʒ] *s* sida
**2 page** [peɪdʒ] **I** *s* hist. page, hovsven **II** *tr* kalla på, söka hotellgäst
**pageant** ['pædʒ(ə)nt] *s* festtåg, parad
**pageantry** ['pædʒəntrɪ] *s* pomp och ståt
**page-boy** ['peɪdʒbɔɪ] *s* pickolo, springpojke
**pagoda** [pə'gəʊdə] *s* pagod
**pah** [pɑ:] *interj* asch!, pytt!; usch!
**paid** [peɪd] se *pay I*
**pail** [peɪl] *s* spann, hink
**pain** [peɪn] **I** *s* **1** smärta, värk; pina, plåga; ***he's a ~ in the neck (ass)*** vard. han är en riktig plåga; ***be in*** ~ känna smärta **2** pl. ~*s* möda; ***take (go to) great ~s about (over, with) a th.*** göra sig stort (mycket) besvär med ngt **II** *tr* smärta, pina
**painful** ['peɪnf(ʊ)l] *a* smärtsam; pinsam
**pain-killer** ['peɪnˌkɪlə] *s* smärtstillande medel
**painless** ['peɪnləs] *a* smärtfri, utan plågor
**painstaking** ['peɪnzˌteɪkɪŋ] *a* noggrann
**paint** [peɪnt] **I** *s* **1** målarfärg; ***wet ~!*** nymålat!; ***a box of ~s*** en färglåda **2** smink **II** *tr* **1** måla, stryka med målarfärg **2** sminka
**paint-box** ['peɪntbɒks] *s* färglåda
**paint-brush** ['peɪntbrʌʃ] *s* målarpensel
**painter** ['peɪntə] *s* målare
**painting** ['peɪntɪŋ] *s* **1** målning, tavla **2** målning; måleri
**paintwork** ['peɪntwɜ:k] *s*, ***the*** ~ målningen, färgen; bil. lackeringen
**pair** [peə] **I** *s* par; ***a ~ of scissors*** en sax; ***in ~s*** parvis **II** *tr itr* **1** para (ihop) samman **2** ~ ***off*** ordna sig parvis
**pajamas** [pə'dʒɑ:məz, amer. pə'dʒæməz] *s* speciellt amer. pyjamas
**Pakistan** [ˌpɑ:kɪs'tɑ:n]
**Pakistani** [ˌpɑ:kɪs'tɑ:nɪ] **I** *a* pakistansk **II** *s* pakistanare
**pal** [pæl] *s* vard. kamrat, kompis
**palace** ['pælɪs] *s* palats, slott
**palatable** ['pælətəbl] *a* välsmakande
**palate** ['pælət] *s* gom; bildl. äv. smak
**palatial** [pə'leɪʃ(ə)l] *a* palatslik
**palaver** [pə'lɑ:və] *s* överläggning, palaver; prat
**pale** [peɪl] **I** *a* blek; ~ ***ale*** ljust öl **II** *itr* blekna, bli blek
**Palestine** ['pæləstaɪn] Palestina
**Palestinian** [ˌpæləs'tɪnɪən] **I** *a* palestinsk **II** *s* palestinier
**palette** ['pælət] *s* palett
**paling** ['peɪlɪŋ] *s* staket, plank, inhägnad
**palisade** [ˌpælɪ'seɪd] *s* palissad, pålverk
**pall** [pɔ:l] *s* **1** bårtäcke **2** ***a ~ of smoke*** en mörk rökridå
**pall-bearer** ['pɔ:lˌbeərə] *s* kistbärare
**palliasse** ['pælɪæs] *s* halmmadrass
**palliate** ['pælɪeɪt] *tr* lindra [~ *a pain*]
**pallid** ['pælɪd] *a* blek
**pallor** ['pælə] *s* blekhet
**pally** ['pælɪ] *a* vard. vänlig, kamratlig
**1 palm** [pɑ:m] **I** *s* handflata **II** *tr*, ~ ***off a th. on a p.*** pracka (lura) på ngn ngt
**2 palm** [pɑ:m] *s* palm; palmkvist, palmblad
**palmist** ['pɑ:mɪst] *s* spåkvinna, kiromant
**palmistry** ['pɑ:mɪstrɪ] *s* konsten att spå i händerna, kiromanti
**palmy** ['pɑ:mɪ] *a*, ~ ***days*** storhetstid
**palpitate** ['pælpɪteɪt] *itr* klappa, slå [*his heart palpitated wildly*]
**palpitation** [ˌpælpɪ'teɪʃ(ə)n] *s* hjärtklappning

**palsy** ['pɔ:lzɪ] *s* förlamning; skakningar
**paltry** ['pɔ:ltrɪ] *a* usel, futtig [*a ~ sum*]
**pamper** ['pæmpə] *tr* klema bort (med)
**pamphlet** ['pæmflət] *s* broschyr
**1 pan** [pæn] *s* **1** kok. panna [*frying-pan*] **2** säng- bäcken **3** wc-skål [äv. *lavatory-pan*]
**2 pan** [pæn] *itr tr* film. panorera
**panacea** [ˌpænə'sɪə] *s* universalmedel; patentlösning
**Panama** [ˌpænə'mɑ:] **I** egennamn; ***panama hat*** panamahatt **II** *s*, ***panama*** panamahatt
**pancake** ['pænkeɪk] *s* pannkaka; ***Pancake Day*** fettisdag, fettisdagen då man äter pannkakor
**panda** ['pændə] *s* **1** zool. panda **2** ***~ crossing*** övergångsställe med manuellt påverkade signaler
**pandemonium** [ˌpændɪ'məʊnjəm] *s* tumult, kaos, pandemonium
**pander** ['pændə] *itr*, ***~ to*** uppmuntra, underblåsa, vädja till [*~ to low tastes*]
**pane** [peɪn] *s* glasruta
**panel** ['pænl] *s* panel
**panelling** ['pænəlɪŋ] *s* träpanel
**pang** [pæŋ] *s* häftig smärta (plåga); kval; ***~s of conscience*** samvetskval
**panic** ['pænɪk] **I** *s* panik **II** *itr* gripas av panik; ***don't ~!*** ingen panik!
**panicky** ['pænɪkɪ] *a* vard. panikslagen
**panic-monger** ['pænɪkˌmʌŋgə] *s* panikmakare
**panic-stricken** ['pænɪkˌstrɪk(ə)n] *a* o. **panic-struck** ['pænɪkstrʌk] *a* panikslagen
**panoply** ['pænəplɪ] *s* **1** pompa **2** stort uppbåd
**panorama** [ˌpænə'rɑ:mə] *s* panorama
**pan-pipe** ['pænpaɪp] *s* panflöjt
**pansy** ['pænzɪ] *s* **1** bot. pensé; ***wild ~*** styvmorsviol **2** sl. fikus, homofil; mes
**pant** [pænt] *itr* flämta, flåsa
**pantalettes** [ˌpæntə'lets] *s pl* mamelucker
**panther** ['pænθə] *s* panter
**pantie** ['pæntɪ] *s* vard., pl. ***~s*** trosor
**pantihose** ['pæntɪhəʊz] *s* strumpbyxor
**pantomime** ['pæntəmaɪm] *s* **1** pantomim **2** julshow med musik o. dans
**pantry** ['pæntrɪ] *s* skafferi, serveringsrum
**pants** [pænts] *s pl* **1** kalsonger; trosor **2** amer. vard. långbyxor
**pantskirt** ['pæntskɜ:t] *s* byxkjol
**pantyhose** ['pæntɪhəʊz] *s* strumpbyxor
**papa** [pə'pɑ:, amer. 'pɑ:pə] *s* pappa
**papacy** ['peɪpəsɪ] *s* påvedöme
**papal** ['peɪp(ə)l] *a* påvlig
**paper** ['peɪpə] **I** *s* **1** papper **2** tidning **3** skriftligt prov, skrivning **4** tapet, tapeter **II** *tr* tapetsera, sätta upp tapeter i (på) [*~ a room (wall)*]
**paperback** ['peɪpəbæk] *s* paperback; pocketbok
**paperbag** ['peɪpəbæg] *a*, ***~ cookery*** stekning i smörat papper
**paper-chain** ['peɪpətʃeɪn] *s* pappersgirland
**paper-chase** ['peɪpətʃeɪs] *s* snitseljakt
**paper-clip** ['peɪpəklɪp] *s* pappersklämma, gem
**paperhanger** ['peɪpəˌhæŋə] *s* tapetuppsättare, ungefär motsvarande målare
**paper-hanging** ['peɪpəˌhæŋɪŋ] *s* o. **papering** ['peɪpərɪŋ] *s* tapetsering
**paperweight** ['peɪpəweɪt] *s* brevpress
**paper-work** ['peɪpəwɜ:k] *s* skrivbordsarbete
**paprika** ['pæprɪkə] *s* paprika
**par** [pɑ:] *s*, ***not up to ~*** vard. lite vissen (dålig); ***be on a ~*** vara likställd
**parable** ['pærəbl] *s* bibl. liknelse
**parachute** ['pærəʃu:t] *s* fallskärm
**parachutist** ['pærəʃu:tɪst] *s* fallskärmshoppare; fallskärmsjägare
**parade** [pə'reɪd] **I** *s* parad; mönstring; ***fashion ~*** modevisning **II** *itr tr* **1** paradera; låta paradera; mönstra **2** tåga; tåga igenom, promenera fram och tillbaka på **3** skylta med [*~ one's knowledge*]
**parade-ground** [pə'reɪdgraʊnd] *s* mil. exercisplats, paradplats
**paradise** ['pærədaɪs] *s* paradis; ***live in a fool's ~*** leva i lycklig okunnighet; ***bird of ~*** paradisfågel
**paradox** ['pærədɒks] *s* paradox
**paradoxical** [ˌpærə'dɒksɪk(ə)l] *a* paradoxal
**paraffin** ['pærəfɪn] *s* paraffin; fotogen; ***~ oil*** a) fotogen b) amer. paraffinolja
**paragon** ['pærəgən] *s* mönster, förebild
**paragraph** ['pærəgrɑ:f] *s* nytt stycke, avsnitt, moment
**Paraguay** ['pærəgwaɪ]
**Paraguayan** [ˌpærə'gwaɪən] **I** *s* paraguayare **II** *a* paraguaysk
**parakeet** ['pærəki:t] *s* slags liten papegoja
**parallel** ['pærəlel] **I** *a* parallell **II** *s* **1** parallell **2** geogr. breddgrad
**paralyse** ['pærəlaɪz] *tr* paralysera, förlama
**paralysis** [pə'rælɪsɪs] *s* förlamning
**paralytic** [ˌpærə'lɪtɪk] **I** *a* paralytisk, förlamad **II** *s* paralytiker
**paramilitary** ['pærə'mɪlɪtrɪ] *a* paramilitär

**paramount** ['pærəmaʊnt] *a* högst [*the ~ chiefs*], störst [*of ~ interest*]
**paranoiac** [ˌpærə'nɔɪæk] *s* paranoiker
**paranoid** ['pærənɔɪd] *a* paranoid
**parapet** ['pærəpɪt] *s* bröstvärn, balustrad, räcke, parapet
**paraphernalia** [ˌpærəfə'neɪljə] *s* tillbehör, utrustning, attiraljer
**paraphrase** ['pærəfreɪz] *s* parafras, omskrivning
**parasite** ['pærəsaɪt] *s* parasit äv. bildl.
**parasitic** [ˌpærə'sɪtɪk] *a* parasitisk
**parasol** ['pærəsɒl] *s* parasoll
**paratrooper** ['pærəˌtru:pə] *s* fallskärmsjägare
**paratroops** ['pærətru:ps] *s pl* fallskärmstrupper
**paratyphoid** ['pærə'taɪfɔɪd] *s* paratyfus
**parboil** ['pɑ:bɔɪl] *tr* **1** förvälla **2** överhetta
**parcel** ['pɑ:sl] *s* paket, packe, kolli
**parch** [pɑ:tʃ] *tr* sveda, bränna, förtorka [*parched deserts* (öknar)]
**parchment** ['pɑ:tʃmənt] *s* **1** pergament **2** pergamentmanuskript, pergamentdokument
**pardon** ['pɑ:dn] **I** *s* **1** förlåtelse; ***beg your~!*** el. ***~!*** förlåt!, ursäkta!, hur sa? **2** benådning **II** *tr* **1** förlåta, ursäkta **2** benåda
**pardonable** ['pɑ:dnəbl] *a* förlåtlig
**pare** [peə] *tr* skala [*~ an apple*]; klippa [*~ one's nails*]
**parent** ['peər(ə)nt] *s* förälder; målsman; ***~ company*** moderbolag
**parentage** ['peər(ə)ntɪdʒ] *s* **1** härkomst, härstamning, börd **2** föräldraskap
**parental** [pə'rentl] *a* föräldra- [*~ authority*]; faderlig, moderlig [*~ care* (omsorg)]
**parenthesis** [pə'renθɪsɪs] (pl. *parentheses* [pə'renθɪsi:z]) *s* parentes; parentestecken
**parenthetic** [ˌpærən'θetɪk] *a* o. **parenthetical** [ˌpærən'θetɪk(ə)l] *a* parentetisk, inom parentes
**parenthood** ['peər(ə)nthʊd] *s* föräldraskap
**parents-in-law** ['peər(ə)ntsɪnlɔ:] *s pl* svärföräldrar
**parfait** [pɑ:'feɪ] *s* parfait slags glass
**pariah** ['pærɪə,pə'raɪə] *s* paria
**parish** ['pærɪʃ] *s* socken, församling
**parishioner** [pə'rɪʃənə] *s* församlingsbo
**Parisian** [pə'rɪzjən] **I** *a* parisisk, pariser- **II** *s* parisare, parisiska
**parity** ['pærətɪ] *s* paritet, likhet
**park** [pɑ:k] **I** *s* park **II** *tr itr* parkera
**park-and-ride** ['pɑ:kənd'raɪd] *a*, ***the ~ system*** infartsparkering
**parking** ['pɑ:kɪŋ] *s* parkering; ***No Parking*** Parkering förbjuden; ***~ ticket*** parkeringslapp om parkeringsöverträdelse
**parky** ['pɑ:kɪ] *a* vard. kylig [*~ air (weather)*]
**parlance** ['pɑ:ləns] *s*, ***in common (ordinary) ~*** i dagligt tal
**parley** ['pɑ:lɪ] *s* förhandling, överläggning
**parliament** ['pɑ:ləmənt] *s* parlament; riksdag
**parliamentary** [ˌpɑ:lə'mentrɪ] *a* parlamentarisk
**parlour** ['pɑ:lə] *s* **1** a) sällskapsrum på t.ex. värdshus, mottagningsrum b) amer. vardagsrum **2** salong [*beauty ~*]; bar [*ice-cream ~*]
**parlour-game** ['pɑ:ləgeɪm] *s* sällskapsspel
**parlour-maid** ['pɑ:ləmeɪd] *s* husa
**Parmesan** [ˌpɑ:mɪ'zæn] *s* parmesanost
**parody** ['pærədɪ] **I** *s* parodi **II** *tr* parodiera
**parole** [pə'rəʊl] *s* amer. jur. villkorlig frigivning (benådning)
**paroxysm** ['pærəksɪz(ə)m] *s* paroxysm, häftigt anfall [*a ~ of laughter (rage)*]
**parquet** ['pɑ:keɪ, 'pɑ:kɪ] *s* **1** parkett, parkettgolv [äv. *~ flooring*] **2** amer. parkett på t.ex. teater
**parrot** ['pærət] *s* papegoja
**parry** ['pærɪ] *tr* parera, avvärja [*~ a blow*]
**parse** [pɑ:z] *tr* ta ut satsdelarna i [*~ a sentence*]
**parsimonious** [ˌpɑ:sɪ'məʊnjəs] *a* gnidig
**parsley** ['pɑ:slɪ] *s* persilja
**parsnip** ['pɑ:snɪp] *s* palsternacka
**parson** ['pɑ:sn] *s* kyrkoherde
**parsonage** ['pɑ:sənɪdʒ] *s* prästgård
**part** [pɑ:t] **I** *s* **1** del, avdelning, stycke; reservdel; ***in ~*** delvis, till en del; ***take in good ~*** ta väl upp; ***take ~*** deltaga, medverka; ***take a p.'s ~*** ta ngns parti; ***for my ~*** för min del; ***on his ~*** från hans sida **2** pl. ***~s*** trakter, ort **3** teat. m. m. roll; ***play (act) a ~*** spela en roll
**II** *tr itr* **1** skilja, skilja åt [*we tried to ~ them*]; skiljas [*from a p.* från ngn], skiljas åt; gå åt olika håll; ***~ company*** skiljas **2** dela; bena [*~ one's hair*]
**partake** [pɑ:'teɪk] (*partook partaken*) *itr* delta; ***~ of*** inta, förtära
**partaken** [pɑ:'teɪkn] se *partake*
**part-exchange** ['pɑ:tɪks'tʃeɪndʒ] *s* dellikvid [*take a th. in* (som) *~*]
**partial** ['pɑ:ʃ(ə)l] *a* **1** partiell, del- [*~ payment*] **2** partisk **3** ***be ~ to*** vara förtjust i

**partiality** [ˌpɑːʃɪ'ælətɪ] *s* **1** partiskhet **2** smak, förkärlek
**partially** ['pɑːʃəlɪ] *adv* delvis
**participant** [pɑː'tɪsɪpənt] *s* deltagare
**participate** [pɑː'tɪsɪpeɪt] *itr* delta
**participation** [pɑːˌtɪsɪ'peɪʃ(ə)n] *s* deltagande [~ *in a meeting*], medverkan
**participator** [pɑː'tɪsɪpeɪtə] *s* deltagare, medverkande
**participle** ['pɑːtɪsɪpl] *s* gram. particip; ***the past*** ~ perfekt particip; ***the present*** ~ presens particip
**particle** ['pɑːtɪkl] *s* partikel äv. gram.
**particular** [pə'tɪkjʊlə] **I** *a* **1** särskild, speciell [*in this* ~ *case*] **2** om person noggrann, kinkig [*about, as to, in* i fråga om, med] **3** utförlig, detaljerad **II** *s* **1** pl. ~*s* speciellt närmare omständigheter (detaljer); närmare upplysningar **2** ***in*** ~ i synnerhet, särskilt
**particularly** [pə'tɪkjʊləlɪ] *adv* särskilt, speciellt; synnerligen [*be* ~ *glad*]
**parting** ['pɑːtɪŋ] *s* **1** avsked **2** bena; ***make a*** ~ kamma bena
**partisan** [ˌpɑːtɪ'zæn] *s* mil. partisan
**partition** [pɑː'tɪʃ(ə)n] **I** *s* **1** delning **2** del, avdelning **3** mur, skiljevägg **II** *tr* **1** dela **2** ~ *off* avdela
**partly** ['pɑːtlɪ] *adv* delvis, dels [~ *stupidity,* ~ *laziness*]
**partner** ['pɑːtnə] *s* **1** deltagare **2** kompanjon; ***sleeping*** ~ passiv delägare **3** kavaljer, dam **4** i spel partner [*tennis* ~], medspelare
**partnership** ['pɑːtnəʃɪp] *s* kompanjonskap
**partook** [pɑː'tʊk] se *partake*
**part-owner** ['pɑːtˌəʊnə] *s* delägare
**partridge** ['pɑːtrɪdʒ] *s* rapphöna
**part-time** ['pɑːt'taɪm] **I** *a* deltids-, halvtids- [~ *work*] **II** *adv* på deltid (halvtid); ***work*** ~ ha (arbeta) deltid
**part-timer** ['pɑːtˌtaɪmə] *s* deltidsarbetande, deltidsanställd
**party** ['pɑːtɪ] *s* **1** parti **2** sällskap [*a* ~ *of tourists*]; ***search*** ~ spaningspatrull **3** bjudning [*tea* ~], fest, party; ***birthday*** ~ födelsedagskalas
**party-game** ['pɑːtɪgeɪm] *s* sällskapslek
**party-line** ['pɑːtɪlaɪn] *s* polit. partilinje
**party-political** ['pɑːtɪpə'lɪtɪk(ə)l] *a* partipolitisk
**pass** [pɑːs] **I** *itr tr* **1** passera, gå (köra) förbi (om, igenom) **2** om t. ex. tid gå [*time passed quickly*] **3** gå över, upphöra, försvinna [*the pain soon passed*] **4** gälla, gå, passera **5** parl. m. m. antas **6** sport., kortsp. passa **7** tillbringa [~ *a pleasant evening*], fördriva [~ *the time*] **8** räcka, skicka [~ (~ *me*) *the salt, please!*] **9** anta, godkänna [*passed by the censor*]; ~ ***the Customs*** gå igenom (passera) tullen **10** klara sig i examen, bli godkänd; bli godkänd i, klara [~ *an (one's) examination*] **11** föra, dra, låta fara [*over* över] □ ~ **away a)** gå bort, försvinna **b)** dö, gå bort **c)** ~ ***away the time*** fördriva tiden; ~ **off a)** gå över, försvinna [*her anger will soon* ~ *off*] **b)** ***he tried to*** ~ ***himself off as a count*** han försökte ge sig ut för att vara greve **c)** ~ ***a th. off on a p.*** pracka på ngn ngt; ~ **on** a) gå vidare, fortsätta [~ *on to* (till) *another subject*] b) låta gå vidare [*read this and* ~ *it on*]; ~ **out** vard. tuppa av, svimma; ~ **over** a) gå över b) bildl. förbigå c) räcka, överlämna [*to a p.* till (åt) ngn]; ~ **round** skicka omkring (runt), låta gå runt
**II** *s* **1** godkännande i examen; ***a*** ~ godkänt **2** passerkort, passersedel **3** sport. passning **4** bergspass; trång passage
**passable** ['pɑːsəbl] *a* **1** farbar, framkomlig **2** hjälplig, skaplig
**passage** ['pæsɪdʒ] *s* **1** a) färd, resa med båt o. flyg b) genomresa; ***work one's*** ~ [*to America*] arbeta sig över... **2** passage, genomgång, väg, gång **3** ställe i t. ex. text, avsnitt
**passage-way** ['pæsɪdʒweɪ] *s* passage
**passbook** ['pɑːsbʊk] *s* bankbok, motbok
**passenger** ['pæsɪndʒə] *s* passagerare
**passer-by** ['pɑːsə'baɪ] (pl. *passers-by* ['pɑːsəz'baɪ]) *s* förbipasserande
**passing** ['pɑːsɪŋ] **I** *a* **1** i förbigående [*a* ~ *remark*] **2** ~ ***showers*** övergående regn (skurar); ***a*** ~ ***whim*** en tillfällig nyck **II** *s*, ***the*** ~ ***of time*** tidens gång; ***in*** ~ i förbigående (förbifarten)
**passion** ['pæʃ(ə)n] *s* **1** passion, lidelse, kärlek **2** ***fly (get) into a*** ~ bli ursinnig
**passionate** ['pæʃənət] *a* passionerad
**passive** ['pæsɪv] **I** *a* passiv **II** *s* gram., ***the*** ~ passiv
**passivity** [pæ'sɪvətɪ] *s* passivitet
**passkey** ['pɑːskiː] *s* huvudnyckel
**Passover** ['pɑːsˌəʊvə] *s* judarnas påskhögtid
**passport** ['pɑːspɔːt] *s* pass
**password** ['pɑːswɜːd] *s* lösenord
**past** [pɑːst] **I** *a* gången, förfluten; ***the*** ~ ***few days*** de sista dagarna; ***for some years (time)*** ~ sedan några år (någon tid) tillbaka **II** *s* **1** ***the*** ~ det förflutna (förgångna); ***in the distant*** ~ i en avlägsen forntid; ***it is a thing of the*** ~ det tillhör det

förflutna; ***he has a shady*** ~ han har ett tvivelaktigt förflutet **2** gram., ***the*** ~ imperfekt, preteritum **III** *prep* förbi, bortom; ~ ***danger*** utom fara; ***at half*** ~ ***one*** klockan halv två; ***a quarter*** ~ ***two*** en kvart över två **IV** *adv* förbi [*go (run)* ~]
**paste** [peɪst] **I** *s* **1** deg; massa [*almond* ~] **2** pasta [*tomato* ~]; bredbar pastej [*anchovy* ~] **3** klister, fotolim **4** oäkta ädelstenar, strass **II** *tr,* ~ ***up*** el. ~ klistra upp
**pasteboard** ['peɪstbɔ:d] *s* papp, kartong
**pastel** ['pæst(ə)l] *s* pastellfärg
**pastern** ['pæstɜ:n] *s* karled på häst
**pasteurize** ['pæstəraɪz, 'pɑ:stəraɪz] *tr* pastörisera
**pastille** ['pæst(ə)l] *s* pastill, tablett
**pastime** ['pɑ:staɪm] *s* tidsfördriv, nöje
**pasting** ['peɪstɪŋ] *s* vard., ***give a p. a*** ~ ge ngn stryk
**pastmaster** ['pɑ:st'mɑ:stə] *s* mästare [*a* ~ *at* (i) *chess*]
**pastor** ['pɑ:stə] *s* präst, pastor
**pastoral** ['pɑ:stər(ə)l] *a* herde-, pastoral-, pastoral
**pastry** ['peɪstrɪ] *s* **1** bakverk, bakelser, kakor **2** smördeg
**pastry-board** ['peɪstrɪbɔ:d] *s* bakbord
**pastrycook** ['peɪstrɪkʊk] *s* konditor
**pasture** ['pɑ:stʃə] *s* bete t. ex. gräs; betesmark
**pasture-land** ['pɑ:stʃəlænd] *s* betesmark
**pasty** [substantiv 'pæstɪ, adjektiv 'peɪstɪ] **I** *s* pirog vanl. med köttfyllning **II** *a* degig, blekfet [*a* ~ *complexion*]
**pasty-faced** ['peɪstɪfeɪst] *a* blekfet
**pat** [pæt] **I** *s* **1** lätt slag; ***a*** ~ ***on the back*** bildl. en klapp på axeln **2** klick [*a* ~ *of butter*] **II** *tr itr* **1** klappa; ~ ***a p. on the back*** bildl. ge ngn en klapp på axeln **2** slå lätt [*rain patting on the roof*]
**patch** [pætʃ] **I** *s* **1** a) lapp [*a coat with patches on the elbows*] b) lapp för öga **2** fläck, ställe, stycke **3** jordbit; täppa [*a cabbage* ~] **II** *tr* lappa, laga; sätta en lapp på; ~ ***up*** lappa ihop äv. bildl.
**patch-pocket** ['pætʃ,pɒkɪt] *s* påsydd ficka
**patchwork** ['pætʃwɜ:k] *s,* ~ ***quilt*** lapptäcke
**patchy** ['pætʃɪ] *a* vard. ojämn, växlande
**pate** [peɪt] *s* vard., skämts. skult, skalle
**pâté** ['pæteɪ] *s* pastej
**patent** ['peɪt(ə)nt] **I** *a* **1** klar, tydlig, uppenbar **2** patenterad, patent- [~ *medicine*], privilegierad **II** *s* **1** patent; patentbrev; patenträtt **2** privilegiebrev **III** *tr* patentera
**patent-leather** ['peɪt(ə)nt'leðə] *s* blankskinn, lackskinn, i sammansättningar lack- [~ *shoes*]
**paternal** [pə'tɜ:nl] *a* **1** faderlig **2** på fädernet; ~ ***grandfather*** farfar
**paternity** [pə'tɜ:nətɪ] *s* faderskap
**path** [pɑ:θ, pl. pɑ:ðz] *s* **1** stig, gångstig; gång [*garden* ~] **2** bana [*the moon's* ~]
**pathetic** [pə'θetɪk] *a* patetisk, gripande
**pathfinder** ['pɑ:θ,faɪndə] *s* **1** stigfinnare **2** mil. vägledare flygplan el. person
**pathological** [,pæθə'lɒdʒɪk(ə)l] *a* patologisk, sjuklig
**pathologist** [pə'θɒlədʒɪst] *s* **1** patolog **2** obducent
**pathology** [pə'θɒlədʒɪ] *s* patologi
**pathos** ['peɪθɒs] *s* patos
**pathway** ['pɑ:θweɪ] *s* stig, gångstig; väg
**patience** ['peɪʃ(ə)ns] *s* **1** tålamod **2** kortsp. patiens
**patient** ['peɪʃ(ə)nt] **I** *a* tålig, tålmodig **II** *s* patient; sjukling
**patio** ['pætɪəʊ] *s* **1** patio **2** uteplats vid villa
**patisserie** [pə'tɪsərɪ] *s* **1** konditori **2** bakelser
**patriarch** ['peɪtrɪɑ:k] *s* patriark
**patriarchal** [,peɪtrɪ'ɑ:k(ə)l] *a* patriarkalisk
**patriot** ['pætrɪət] *s* patriot
**patriotic** [,pætrɪ'ɒtɪk] *a* patriotisk
**patriotism** ['pætrɪətɪz(ə)m] *s* patriotism
**patrol** [pə'trəʊl] **I** *s* patrullering; patrull; ~ ***car*** polisbil, radiobil **II** *itr tr* patrullera
**patrolman** [pə'trəʊlmæn] *s* amer. **1** patrullerande polis **2** vakt
**patron** ['peɪtr(ə)n] *s* **1 a)** beskyddare, gynnare **b)** ~ ***saint*** skyddshelgon **2** stamkund, stamgäst
**patronage** ['pætrənɪdʒ] *s* **1** beskydd **2** kundkrets, kunder
**patronize** ['pætrənaɪz] *tr* **1** beskydda, gynna **2** behandla nedlåtande **3** vara kund (stamgäst) hos
**patronizing** ['pætrənaɪzɪŋ] *a* nedlåtande
**1 patter** ['pætə] **I** *itr* **1** om t. ex. regn smattra [*on* mot] **2** om fotsteg tassa **II** *s* smattrande (trippande) ljud
**2 patter** ['pætə] **I** *itr* pladdra **II** *s* pladder
**pattern** ['pætən] *s* **1** modell, mönster [*a* ~ *for a dress*]; schablon **2** varuprov, prov av tyg m. m., provbit **3** dekorativt mönster
**patty** ['pætɪ] *s* pastej
**paunch** [pɔ:ntʃ] *s* buk; vard. kalaskula
**pauper** ['pɔ:pə] *s* fattighjon
**pause** [pɔ:z] **I** *s* paus, avbrott, uppehåll **II** *itr* göra en paus

**pave** [peɪv] *tr* stenlägga; ~ *the way for* bildl. bana väg för
**pavement** ['peɪvmənt] *s* trottoar
**pavilion** [pə'vɪljən] *s* **1** stort tält; prakttält **2** paviljong **3** sport., ungefär klubbhus
**paving-stone** ['peɪvɪŋstəʊn] *s* gatsten
**paw** [pɔ:] *s* djurs tass
**1 pawn** [pɔ:n] *s* **1** schack. bonde **2** bildl. bricka; verktyg
**2 pawn** [pɔ:n] **I** *s* pant; *be in* ~ vara pantsatt **II** *tr* pantsätta
**pawnbroker** ['pɔ:nˌbrəʊkə] *s* pantlånare; *pawnbroker's shop* el. *pawnbroker's* pantbank
**pawnshop** ['pɔ:nʃɒp] *s* pantbank
**pawn-ticket** ['pɔ:nˌtɪkɪt] *s* pantkvitto
**pay** [peɪ] **I** (*paid paid*) *tr itr* **1** betala; *put paid to a th.* vard. sätta stopp för ngt **2** löna sig [ofta ~ *off*; *honesty* ~*s*], vara lönande □ ~ **back** a) betala igen (tillbaka) b) bildl. ge betalt (igen); ~ **for** betala, betala för, bekosta; ~ **off (up)** betala till fullo **II** *s* betalning, avlöning; lön
**pay-as-you-earn** ['peɪəzjʊ'ɜ:n] *s* källskatt
**pay-claim** ['peɪkleɪm] *s* lönekrav
**pay-day** ['peɪdeɪ] *s* avlöningsdag
**pay-desk** ['peɪdesk] *s* kassa i butik
**payee** [peɪ'i:] *s* betalningsmottagare
**paying** ['peɪɪŋ] *a* lönande; betalande
**pay-load** ['peɪləʊd] *s* nyttolast
**payment** ['peɪmənt] *s* betalning
**pay-packet** ['peɪˌpækɪt] *s* lönekuvert
**pay-roll** ['peɪrəʊl] *s* avlöningslista
**pay station** ['peɪˌsteɪʃ(ə)n] *s* amer. telefonkiosk, telefonhytt
**pay-telephone** ['peɪˌtelɪfəʊn] *s* telefonautomat; telefonkiosk
**pay-television** ['peɪˌtelɪvɪʒ(ə)n] *s* o. **pay-TV** ['peɪˌti:vi:] *s* betal-TV; mynt-TV
**P.C.** ['pi:'si:] förk. för *Police Constable*
**pea** [pi:] *s* ärt, ärta; *as like as two* ~*s (two* ~*s in a pod)* så lika som två bär
**peace** [pi:s] *s* fred; fredsslut; frid, lugn, ro; ~ *and quiet* lugn och ro; ~ *feeler* fredstrevare; *on a* ~ *footing* på fredsfot; ~ *negotiations* fredsförhandlingar; *make (conclude)* ~ sluta fred [*with* med]; *I want to have my meal in* ~ jag vill äta i lugn och ro; *leave in* ~ lämna (låta vara) i fred; *may he rest in* ~*!* må han vila i frid!
**peaceful** ['pi:sf(ʊ)l] *a* fridfull, stilla; fredlig
**peace-loving** ['pi:sˌlʌvɪŋ] *a* fredsälskande
**peacemaker** ['pi:sˌmeɪkə] *s* fredsstiftare
**peach** [pi:tʃ] *s* **1** persika **2** vard. goding, söt flicka
**peacock** ['pi:kɒk] *s* påfågel
**peahen** ['pi:'hen] *s* påfågel, påfågelshöna
**peak** [pi:k] *s* **1** spets; bergstopp **2** skärm, mösskärm **3** topp, höjdpunkt; *at* ~ *hours of traffic* el. *at* ~ *hours* vid högtrafik; *in the* ~ *of condition* i toppform
**peaked** [pi:kt] *a,* ~ *cap* skärmmössa
**peal** [pi:l] **I** *s* **1** klockringning; klockklang **2** klockspel **3** skräll; ~ *of laughter* skallande skratt; ~ *of thunder* åskdunder **II** *itr* ringa
**peanut** ['pi:nʌt] *s* **1** jordnöt [~ *butter*] **2** sl., pl. ~*s* 'småpotatis'
**pear** [peə] *s* päron
**pearl** [pɜ:l] *s* pärla
**pearl-diver** ['pɜ:lˌdaɪvə] *s* pärlfiskare
**pearly** ['pɜ:lɪ] *a* pärlliknande, pärlskimrande
**peasant** ['pez(ə)nt] *s* **1** bonde speciellt på den europeiska kontinenten, småbrukare; attributivt bond- [~ *girl*] **2** vard. lantis; bondtölp
**peasantry** ['pezəntrɪ] *s* bönder
**pease-pudding** ['pi:zˌpʊdɪŋ] *s* slags kokt rätt av mosade gula ärter, ägg o. smör
**pea-shooter** ['pi:ˌʃu:tə] *s* ärtbössa, ärtrör
**pea-soup** ['pi:'su:p] *s* gul ärtsoppa
**peat** [pi:t] *s* torv
**pebble** ['pebl] *s* kiselsten, småsten
**peck** [pek] *tr itr* picka (hacka) på (i), om fåglar picka; ~ *at* a) hacka (picka) på (i) b) vard. peta i [~ *at one's food*]
**peckish** ['pekɪʃ] *a* vard. sugen, hungrig
**peculiar** [pɪ'kju:ljə] *a* egendomlig; särskild, speciell
**peculiarity** [pɪˌkju:lɪ'ærətɪ] *s* egenhet
**peculiarly** [pɪ'kju:ljəlɪ] *adv* särskilt; besynnerligt
**pedagogical** [ˌpedə'gɒdʒɪkəl] *a* pedagogisk
**pedagogue** ['pedəgɒg] *s* pedagog
**pedagogy** ['pedəgɒdʒɪ] *s* pedagogik
**pedal** ['pedl] **I** *s* pedal, på t. ex. piano: *loud* ~ vard. högerpedal; *soft* ~ vard. vänsterpedal **II** *a* pedal-; tramp- [~ *cycle*] **III** *itr* trampa; använda pedal
**pedant** ['ped(ə)nt] *s* pedant; formalist
**pedantic** [pɪ'dæntɪk] *a* pedantisk
**pedantry** ['pedəntrɪ] *s* pedanteri
**peddle** ['pedl] *tr* gå omkring och sälja; ~ *narcotics* langa narkotika
**pedestal** ['pedɪstl] *s* piedestal, sockel
**pedestrian** [pɪ'destrɪən] *s* fotgängare
**pedicure** ['pedɪkjʊə] *s* pedikyr; fotvård
**pedigree** ['pedɪgri:] *s* stamträd, stamtavla; ~ *dog* rashund

**pedlar** ['pedlə] *s* gatuförsäljare; langare
**pee** [pi:] sl. **I** *s, have a ~* kissa **II** *itr* kissa
**peek** [pi:k] **I** *itr* kika, titta [*at* på] **II** *s, have (take) a ~ at* ta en titt på
**peek-a-boo** ['pi:kə'bu:] *interj* tittut!
**peel** [pi:l] **I** *s* skal på t. ex. frukt **II** *tr itr* **1** skala t. ex. frukt, barka träd **2** vard., *~ off* ta av sig kläderna **3** flagna, fjälla
**1 peep** [pi:p] **I** *itr* om t. ex. fågelunge, råtta pipa **II** *s* pip
**2 peep** [pi:p] **I** *itr* **1** kika, titta [*at* på]; *peeping Tom* fönstertittare **2** titta (skymta) fram **II** *s* titt
**peep-show** ['pi:pʃəʊ] *s* tittskåp
**1 peer** [pɪə] *itr* kisa, plira, kika
**2 peer** [pɪə] *s* **1** like, jämlike **2** pär medlem av högadeln i Storbritannien, ungefär adelsman
**peerage** ['pɪərɪdʒ] *s* **1** *the ~* pärerna, högadeln **2** pärsvärdighet, adelskap
**peerless** ['pɪələs] *a* makalös, oförliknelig
**peeve** [pi:v] *tr, peeved at* irriterad över
**peevish** ['pi:vɪʃ] *a* retlig, vresig
**peg** [peg] *s* **1** pinne; sprint, stift, bult; tapp, plugg **2** klädnypa **3** hängare [*hat-peg*]; *off the ~* vard. konfektionssydd
**pegtop** ['pegtɒp] *s* snurra med metallspets
**peke** [pi:k] *s* vard. pekines hund
**Pekinese** [,pi:kɪ'ni:z] *s* (pl. lika) pekines
**pelican** ['pelɪkən] *s* pelikan
**pellet** ['pelɪt] *s* liten kula av trä, papper
**pell-mell** ['pel'mel] *adv* huller om buller
**pelmet** ['pelmɪt] *s* gardinkappa; kornisch
**pelt** [pelt] *tr itr* **1** kasta [*~ stones*] **2** om regn, snö vräka **3** kuta i väg
**pelvis** ['pelvɪs] *s* anat. bäcken
**1 pen** [pen] *s* fålla; hönsbur; hage
**2 pen** [pen] **I** *s* penna **II** *tr* skriva, avfatta
**penal** ['pi:nl] *a, ~ law (code)* strafflag
**penalize** ['pi:nəlaɪz] *tr* straffa
**penalty** ['penltɪ] *s* **1** straff, påföljd; vite, bötesstraff, böter **2** fotb., *~ kick* el. *~* straffspark; *~ area (box)* straffområde
**penance** ['penəns] *s* penitens, bot
**pence** [pens] *s* se *penny*
**penchant** ['pɑ:ŋʃɑ:ŋ] *s* förkärlek [*for* för]
**pencil** ['pensl] *s* **1** blyertspenna **2** stift med. [*styptic ~*]; penna, pensel [*eyebrow ~*]
**pencil-sharpener** ['pensl,ʃɑ:pənə] *s* pennvässare
**pendant** ['pendənt] *s* hängsmycke
**pending** ['pendɪŋ] *prep* i avvaktan på [*~ his return*]; under loppet av
**pendulum** ['pendjʊləm] *s* pendel
**penetrate** ['penɪtreɪt] *tr* tränga igenom, bryta igenom [*~ the enemy's lines*], tränga in i, penetrera
**penetrating** ['penɪtreɪtɪŋ] *a* genomträngande, skarp; skarpsinnig [*~ analysis*]
**penetration** [,penɪ'treɪʃ(ə)n] *s* genomträngande, inträngande
**pen-friend** ['penfrend] *s* brevvän
**penguin** ['peŋgwɪn] *s* pingvin
**penicillin** [,penɪ'sɪlɪn] *s* penicillin
**peninsula** [pə'nɪnsjʊlə] *s* halvö
**peninsular** [pə'nɪnsjʊlə] *a* halvöliknande
**penis** ['pi:nɪs] *s* penis
**penitence** ['penɪt(ə)ns] *s* botfärdighet, ånger
**penitent** ['penɪt(ə)nt] *a* botfärdig, ångerfull
**penitentiary** [,penɪ'tenʃərɪ] *s* amer. fängelse
**penknife** ['pennaɪf] (pl. *penknives* ['pennaɪvz]) *s* pennkniv
**pen-name** ['penneɪm] *s* pseudonym
**pennant** ['penənt] *s* vimpel, flagga som t. ex. mästerskapstecken
**penniless** ['penɪləs] *a* utan ett öre, utfattig
**penny** ['penɪ] (pl. *pennies* när mynten avses, *pence* när värdet avses) *s* penny eng. mynt = 1/100 pund, amer. vard. encentslant; *a pretty ~* en nätt summa; *they are ten (two) a ~* det går tretton på dussinet; *spend a ~* vard. gå på toa
**penny-wise** ['penɪwaɪz] *a, be ~ and pound-foolish* låta snålheten bedra visheten
**pen-pal** ['penpæl] *s* brevvän
**pen-pusher** ['pen,pʊʃə] *s* vard. kontorsslav
**pension** ['penʃ(ə)n] **I** *s* pension **II** *tr* pensionera; *~ off* ge pension
**pensioner** ['penʃənə] *s* pensionär
**pensive** ['pensɪv] *a* tankfull, fundersam
**pentagon** ['pentəgən] *s* femhörning
**pentathlon** [pen'tæθlɒn] *s* femkamp
**penthouse** ['penthaʊs] *s* takvåning
**pent-up** ['pentʌp] *a* undertryckt, återhållen [*~ emotions*], förträngd
**penultimate** [pə'nʌltɪmət] *a* näst sista
**peony** ['pɪənɪ] *s* pion
**people** ['pi:pl] **I** (konstrueras i betydelserna 2-4 med pl.) *s* **1** folk [*the English ~*], nation, folkslag [*primitive ~s*] **2** folk; menighet; *the ~* de breda lagren, den stora massan; *people's democracy* folkdemokrati **3** människor, personer [*fifty ~*] **4** vard. familj, anhöriga **II** *tr* befolka, bebo
**pep** [pep] vard. **I** *s* fart, fräs, kläm **II** *tr, ~ up* pigga upp, sätta fart på

**pepper** ['pepə] **I** *s* **1** peppar **2** paprika [*green (red)* ~] **II** *tr* peppra, peppra på
**peppermint** ['pepəmənt] *s* smakämne pepparmint; växt pepparmynta
**peppery** ['pepərɪ] *a* pepprig, bildl. hetsig
**pep-pill** ['peppɪl] *s* vard. uppiggande piller
**peppy** ['pepɪ] *a* vard. ärtig, pigg, klämmig
**pep-talk** ['peptɔ:k] *s* vard. kort uppmuntrande tal; peptalk, taktiksnack före tävling
**per** [pə] *prep* per, genom; ~ ***annum*** [pər'ænəm] per år; ~ ***cent*** [pə'sent] procent
**perambulate** [pə'ræmbjʊleɪt] *tr itr* vandra (ströva) omkring i; vandra (ströva) omkring
**perambulator** [pə'ræmbjʊleɪtə] *s* barnvagn
**perceive** [pə'si:v] *tr* märka, uppfatta
**percentage** [pə'sentɪdʒ] *s* procent
**perceptible** [pə'septəbl] *a* märkbar
**perception** [pə'sepʃ(ə)n] *s* iakttagelseförmåga
**perceptive** [pə'septɪv] *a* insiktsfull
**1 perch** [pɜ:tʃ] (pl. vanl. lika) *s* abborre
**2 perch** [pɜ:tʃ] **I** *s* sittpinne, pinne för t. ex. höns **II** *itr* flyga upp och sätta sig
**percolator** ['pɜ:kəleɪtə] *s* **1** kaffebryggare **2** filtreringsapparat, perkolator
**percussion** [pə'kʌʃ(ə)n] *s* slag, stöt; ~ ***instruments*** slagverk, slaginstrument
**percussionist** [pə'kʌʃənɪst] *s* mus. batterist
**peremptory** [pə'remptrɪ] *a* diktatorisk
**perennial** [pə'renjəl] **I** *a* om växt perenn, flerårig **II** *s* perenn
**perfect** [adjektiv o. substantiv 'pɜ:fɪkt, verb pə'fekt] **I** *a* **1** perfekt, fulländad; ***practice makes*** ~ övning ger färdighet **2** fullständig, riktig, verklig [*he is a* ~ *nuisance* (plåga)] **3** vard. perfekt, härlig [*a* ~ *day*] **4** gram., ***the*** ~ ***tense*** perfekt **II** *s* gram., ***the present*** ~ el. ***the*** ~ perfekt **III** *tr* göra perfekt, fulländа
**perfectible** [pə'fektəbl] *a* utvecklingsbar
**perfection** [pə'fekʃ(ə)n] *s* fulländning, perfektion; ***to*** ~ perfekt, på ett fulländat sätt
**perfectionist** [pə'fekʃənɪst] *s* perfektionist
**perforate** ['pɜ:fəreɪt] *tr* perforera
**perforation** [,pɜ:fə'reɪʃ(ə)n] *s* perforering; tandning, tand på frimärke
**perform** [pə'fɔ:m] *tr* **1** utföra [~ *a task*], uträtta **2** framföra, spela [~ *a piece of music*; ~ *a part* (en roll)], uppföra, ge [~ *a play*]
**performance** [pə'fɔ:məns] *s* **1** utförande, verkställande **2** prestation **3** föreställning [*a theatrical* ~], uppförande av t. ex. pjäs, uppträdande
**performer** [pə'fɔ:mə] *s* uppträdande om person el. djur; spelare; aktör
**performing** [pə'fɔ:mɪŋ] *a* dresserad
**perfume** [substantiv 'pɜ:fju:m, verb pə'fju:m] **I** *s* doft; parfym **II** *tr* parfymera
**perfumer** [pə'fju:mə] *s* parfymtillverkare
**perfunctory** [pə'fʌŋktərɪ] *a* slentrianmässig, mekanisk; nonchalant
**perhaps** [pə'hæps] *adv* kanske
**peril** ['perəl] *s* fara; ***at one's*** ~ på egen risk
**perilous** ['perɪləs] *a* farlig, riskabel
**perimeter** [pə'rɪmɪtə] *s* omkrets
**period** ['pɪərɪəd] *s* **1** period; tidsperiod; ***for a*** ~ ***of two years*** under två års tid **2** lektion, lektionstimme **3** menstruation, mens
**periodic** [,pɪərɪ'ɒdɪk] *a* periodisk
**periodical** [,pɪərɪ'ɒdɪk(ə)l] *s* tidskrift
**peripheral** [pə'rɪfər(ə)l] *a* perifer, yttre
**periscope** ['perɪskəʊp] *s* periskop
**perish** ['perɪʃ] *itr* **1** omkomma; ***be perishing with cold*** frysa ihjäl **2** förstöras
**peritonitis** [,perɪtə'naɪtɪs] *s* bukhinneinflammation, peritonit
**perjury** ['pɜ:dʒərɪ] *s*, ***commit*** ~ begå mened
**1 perk** [pɜ:k] *itr*, ~ ***up*** piggna till, repa sig
**2 perk** [pɜ:k] *s* vard., pl. ~***s*** extraförmåner
**perky** ['pɜ:kɪ] *a* käck; pigg
**1 perm** [pɜ:m] **I** *s* **1** permanent; ***have a*** ~ permanenta sig **2** permanentat hår **II** *tr* permanenta; ~ ***one's hair*** permanenta sig
**2 perm** [pɜ:m] *s* vard. system vid tippning, systemtips
**permanence** ['pɜ:mənəns] *s* beständighet
**permanent** ['pɜ:mənənt] *a* permanent, bestående [*of* ~ *value*]; varaktig, ordinarie [~ *position*]; ~ ***wave*** permanent
**permanently** ['pɜ:mənəntlɪ] *adv* permanent, varaktigt, beständigt
**permeate** ['pɜ:mɪeɪt] *tr* tränga igenom
**permissible** [pə'mɪsəbl] *a* tillåtlig
**permission** [pə'mɪʃ(ə)n] *s* tillåtelse, lov; ***by*** ~ ***of***... med tillstånd av...
**permissive** [pə'mɪsɪv] *a* frigjord; ***the*** ~ ***society*** det kravlösa samhället
**permit** [verb pə'mɪt, substantiv 'pɜ:mɪt] **I** *tr* medge; ***weather permitting*** om vädret tillåter; ***be permitted to*** ha tillåtelse att **II** *s* tillstånd; licens; passersedel; ***fishing*** ~ fiskekort; ***work*** ~ arbetstillstånd

**permutation** [ˌpɜːmjʊˈteɪʃ(ə)n] *s* systemtips
**pernicious** [pəˈnɪʃəs] *a* skadlig [*to* för]; perniciös [~ *anaemia*]
**peroxide** [pəˈrɒksaɪd] *s* peroxid; ~ *of hydrogen* el. ~ vätesuperoxid
**perpendicular** [ˌpɜːpənˈdɪkjʊlə] *a* lodrät, vertikal; vinkelrät
**perpetrate** [ˈpɜːpətreɪt] *tr* föröva, begå
**perpetrator** [ˈpɜːpətreɪtə] *s* gärningsman
**perpetual** [pəˈpetʃʊəl] *a* ständig, oavbruten [~ *chatter*], oupphörlig; evig
**perpetuate** [pəˈpetʃʊeɪt] *tr* föreviga
**perplex** [pəˈpleks] *tr* förvirra, förbrylla
**perplexed** [pəˈplekst] *a* förbryllad
**perplexity** [pəˈpleksətɪ] *s* förvirring
**perquisite** [ˈpɜːkwɪzɪt] *s* extra förmån
**persecute** [ˈpɜːsɪkjuːt] *tr* förfölja
**persecution** [ˌpɜːsɪˈkjuːʃ(ə)n] *s* förföljelse; ~ *mania* förföljelsemani
**persecutor** [ˈpɜːsɪkjuːtə] *s* förföljare
**perseverance** [ˌpɜːsɪˈvɪər(ə)ns] *s* ihärdighet
**persevere** [ˌpɜːsɪˈvɪə] *itr* framhärda
**persevering** [ˌpɜːsɪˈvɪərɪŋ] *a* ihärdig, trägen
**Persia** [ˈpɜːʃə] Persien
**Persian** [ˈpɜːʃ(ə)n] **I** *a* persisk; ~ ***blinds*** utvändiga persienner, spjälluckor; ~ ***cat*** perser katt; ~ ***lamb*** persian skinn; ***the Persian Gulf*** Persiska viken **II** *s* **1** perser **2** persiska språket **3** perser katt
**persist** [pəˈsɪst] *itr*, ~ ***in*** framhärda i
**persistence** [pəˈsɪst(ə)ns] *s* framhärdande; envishet; fortlevande, fortbestånd
**persistent** [pəˈsɪst(ə)nt] *a* ihärdig; ständig
**person** [ˈpɜːsn] *s* person; ***in*** ~ personligen
**personage** [ˈpɜːsənɪdʒ] *s* betydande personlighet; person
**personal** [ˈpɜːsənl] *a* personlig, privat; individuell; ***from*** ~ ***experience*** av egen erfarenhet; ***a*** ~ ***matter*** en privatsak
**personality** [ˌpɜːsəˈnælətɪ] *s* personlighet
**personally** [ˈpɜːsnəlɪ] *adv* personligen, för egen del; i egen person
**personification** [pɜːˌsɒnɪfɪˈkeɪʃ(ə)n] *s* personifikation; förkroppsligande
**personify** [pɜːˈsɒnɪfaɪ] *tr* personifiera; förkroppsliga
**personnel** [ˌpɜːsəˈnel] *s* personal; ~ ***manager*** personalchef
**perspective** [pəˈspektɪv] *s* perspektiv, syn
**Perspex** [ˈpɜːspeks] *s* ® plexiglas
**perspicacious** [ˌpɜːspɪˈkeɪʃəs] *a* klarsynt
**perspiration** [ˌpɜːspəˈreɪʃ(ə)n] *s* svett
**perspire** [pəsˈpaɪə] *itr* svettas
**persuade** [pəˈsweɪd] *tr* övertala, förmå
**persuasion** [pəˈsweɪʒ(ə)n] *s* övertalning
**persuasive** [pəˈsweɪsɪv] *a* övertalande
**pert** [pɜːt] *a* näsvis
**pertain** [pɜːˈteɪn] *itr*, ~ ***to*** hänföra sig till
**pertinent** [ˈpɜːtɪnənt] *a* relevant [*to* för]
**perturb** [pəˈtɜːb] *tr* oroa, störa
**Peru** [pəˈruː]
**perusal** [pəˈruːz(ə)l] *s* genomläsning
**peruse** [pəˈruːz] *tr* läsa igenom
**Peruvian** [pəˈruːvjən] **I** *a* peruansk **II** *s* peruan
**pervade** [pəˈveɪd] *tr* gå (tränga) igenom; genomsyra; prägla
**pervasive** [pəˈveɪsɪv] *a* genomträngande
**perverse** [pəˈvɜːs] *a* motsträvig, tvär
**perversion** [pəˈvɜːʃ(ə)n] *s* **1** förvrängning **2** perversitet, sexuell perversion
**pervert** [verb pəˈvɜːt, substantiv ˈpɜːvɜːt] **I** *tr* förvränga [~ *the truth*] **II** *s* pervers individ
**perverted** [pəˈvɜːtɪd] *pp* o. *a* **1** förvrängd **2** pervers; abnorm
**pessary** [ˈpesərɪ] *s* pessar
**pessimism** [ˈpesɪmɪz(ə)m] *s* pessimism
**pessimist** [ˈpesɪmɪst] *s* pessimist
**pessimistic** [ˌpesɪˈmɪstɪk] *a* pessimistisk
**pest** [pest] *s* **1** plågoris **2** skadedjur
**pester** [ˈpestə] *tr* plåga, trakassera
**pesticide** [ˈpestɪsaɪd] *s* pesticid bekämpningsmedel
**pestilence** [ˈpestɪləns] *s* pest, farsot
**pestle** [ˈpesl] *s* mortelstöt
**pest-ridden** [ˈpestˌrɪdn] *a* pesthärjad
**pet** [pet] **I** *s* **1** sällskapsdjur **2** kelgris; älskling **3** attributivt älsklings- [~ *phrase*]; sällskaps- [~ *dog*]; ~ ***name*** smeknamn; ~ ***shop*** zoologisk affär **II** *tr* kela med; skämma bort
**petal** [ˈpetl] *s* kronblad
**peter** [ˈpiːtə] *itr* vard., ~ ***out*** ebba ut, sina
**petite** [pəˈtiːt] *a* liten och nätt om kvinna
**petition** [pəˈtɪʃ(ə)n] **I** *s* begäran, anhållan; ansökan **II** *tr* anhålla om
**petitioner** [pəˈtɪʃənə] *s* supplikant
**petrel** [ˈpetr(ə)l] *s* stormfågel; ***storm (stormy)*** ~ stormsvala
**petrify** [ˈpetrɪfaɪ] *tr*, ***petrified with terror*** förstenad av skräck
**petrochemical** [ˌpetrəʊˈkemɪkl] *a* petrokemisk
**petrol** [ˈpetr(ə)l] *s* bensin

**petroleum** [pə'trəʊljəm] *s* petroleum; ~ *jelly* vaselin
**petticoat** ['petɪkəʊt] *s* underkjol
**pettifogging** ['petɪfɒgɪŋ] *s* lagvrängning
**petting** ['petɪŋ] *s* vard. petting, hångel
**petty** ['petɪ] *a* **1** liten, obetydlig; trivial; ~ *bourgeois* småborgare; ~ *cash* handkassa **2** småsint
**petunia** [pɪ'tju:njə] *s* petunia
**pew** [pju:] *s* kyrkbänk
**pewter** ['pju:tə] *s* tenn; tennkärl, tennsaker
**pH** ['pi:'eɪtʃ], ~ *value* pH-värde
**phallic** ['fælɪk] *a* fallos-
**phantom** ['fæntəm] *s* spöke; vålnad
**pharmaceutic** [ˌfɑ:mə'sju:tɪk] *a* farmaceutisk; *the* ~ *industry* läkemedelsindustrin
**pharmacist** ['fɑ:məsɪst] *s* apotekare, farmaceut
**pharmacologist** [ˌfɑ:mə'kɒlədʒɪst] *s* farmakolog
**pharmacology** [ˌfɑ:mə'kɒlədʒɪ] *s* farmakologi
**pharmacy** ['fɑ:məsɪ] *s* **1** apotek **2** farmaci
**phase** [feɪz] *s* fas; skede; stadium
**Ph. D.** ['pi:eɪtʃ'di:] (förk. för *Doctor of Philosophy*) ungefär fil.dr., FD
**pheasant** ['feznt] *s* fasan
**phenomenal** [fɪ'nɒmɪnl] *a* vard. fenomenal
**phenomenon** [fɪ'nɒmɪnən] (pl. *phenomena* [fɪ'nɒmɪnə]) *s* fenomen
**phew** [fju:] *interj* uttryckande utmattning el. lättnad puh!; usch!, äsch!
**phial** ['faɪ(ə)l] *s* liten medicinflaska
**philanderer** [fɪ'lændərə] *s* flört person
**philanthropic** [ˌfɪlən'θrɒpɪk] *a* o. **philanthropical** [ˌfɪlən'θrɑpɪk(ə)l] *a* filantropisk, människovänlig
**philanthropist** [fɪ'lænθrəpɪst] *s* filantrop, människovän
**philanthropy** [fɪ'lænθrəpɪ] *s* filantropi
**philatelist** [fɪ'lætəlɪst] *s* filatelist, frimärkssamlare
**philistine** ['fɪlɪstaɪn] *s* **1** bracka, kälkborgare **2** *Philistine* bibl. filisté
**philological** [ˌfɪlə'lɒdʒɪk(ə)l] *a* filologisk
**philologist** [fɪ'lɒlədʒɪst] *s* filolog
**philology** [fɪ'lɒlədʒɪ] *s* filologi, språkvetenskap
**philosopher** [fɪ'lɒsəfə] *s* filosof
**philosophical** [ˌfɪlə'sɒfɪkəl] *a* filosofisk
**philosophize** [fɪ'lɒsəfaɪz] *itr* filosofera
**philosophy** [fɪ'lɒsəfɪ] *s* filosofi
**phlegm** [flem] *s* **1** slem **2** flegma, tröghet
**phlegmatic** [fleg'mætɪk] *a* flegmatisk, trög
**phlox** [flɒks] *s* bot. flox
**phobia** ['fəʊbɪə] *s* fobi, skräck
**Phoenix** ['fi:nɪks] *s* myt. fågel Fenix
**phone** [fəʊn] vard. (för ex. se *telephone*) **I** *s* telefon **II** *tr itr* ringa, telefonera
**phone-booth** ['fəʊnbu:ð] *s* telefonkiosk
**phone-in** ['fəʊnɪn] *s* radio., TV. telefonprogram, program som lyssnare (tittare) kan ringa till
**phonetic** [fə'netɪk] *a* fonetisk
**phonetician** [ˌfəʊnɪ'tɪʃ(ə)n] *s* fonetiker
**phonetics** [fə'netɪks] *s* fonetik, ljudlära
**phoney** ['fəʊnɪ] vard. **I** *a* falsk, bluff-, humbug- **II** *s* bluff, humbug; bluffmakare
**phonograph** ['fəʊnəgræf] *s* amer. grammofon
**phosphate** ['fɒsfeɪt] *s* fosfat
**phosphorus** ['fɒsfərəs] *s* fosfor
**photo** ['fəʊtəʊ] *s* vard. foto, kort, bild
**photocell** ['fəʊtəˌsel] *s* fotocell
**photocopy** ['fəʊtəˌkɒpɪ] **I** *s* fotokopia **II** *tr* fotokopiera
**photoelectric** ['fəʊtəɪ'lektrɪk] *a* fotoelektrisk; ~ *cell* fotocell
**photogenic** [ˌfəʊtə'dʒenɪk] *a* fotogenisk
**photograph** ['fəʊtəgrɑ:f] **I** *s* fotografi, foto, kort; *have one's* ~ *taken* fotografera sig **II** *tr itr* fotografera
**photographer** [fə'tɒgrəfə] *s* fotograf
**photographic** [ˌfəʊtə'græfɪk] *a* fotografisk
**photography** [fə'tɒgrəfɪ] *s* fotografering, fotografi som konst
**photometer** [fəʊ'tɒmɪtə] *s* ljusmätare
**photostat** ['fəʊtəstæt] **I** *s* **1** ® fotostat fotokopieringsapparat **2** ~ *copy* el. ~ fotostatkopia **II** *tr itr* fotostatkopiera
**phrase** [freɪz] *s* fras, uttryck
**phrase-book** ['freɪzbʊk] *s* parlör
**phrasemonger** ['freɪzˌmʌŋgə] *s* frasmakare
**phraseology** [ˌfreɪzɪ'ɒlədʒɪ] *s* fraseologi
**physical** ['fɪzɪk(ə)l] *a* **1** fysisk, materiell; ~ *violence* yttre våld **2** fysikalisk **3** fysisk, kroppslig [~ *beauty*], kropps- [~ *exercise*]; ~ *jerks* vard. bensprattel, gymnastik; ~ *training* gymnastik
**physician** [fɪ'zɪʃ(ə)n] *s* läkare
**physicist** ['fɪzɪsɪst] *s* fysiker
**physics** ['fɪzɪks] *s* fysik som vetenskap
**physiognomy** [ˌfɪzɪ'ɒnəmɪ] *s* fysionomi
**physiological** [ˌfɪzɪə'lɒdʒɪk(ə)l] *a* fysiologisk
**physiologist** [ˌfɪzɪ'ɒlədʒɪst] *s* fysiolog
**physiology** [ˌfɪzɪ'ɒlədʒɪ] *s* fysiologi

**physiotherapist** [ˌfɪzɪə'θerəpɪst] *s* sjukgymnast
**physiotherapy** [ˌfɪzɪə'θerəpɪ] *s* fysioterapi; sjukgymnastik
**physique** [fɪ'zi:k] *s* fysik [*a man of strong* ~], kroppsbyggnad
**pianist** ['pjænɪst] *s* pianist
**piano** [pɪ'ænəʊ] *s* piano; ***grand*** ~ flygel; ***upright*** ~ större piano; ~ ***accordion*** pianodragspel; ***play a*** ~ ***duet*** spela fyrhändigt
**pianoforte** [ˌpjænə'fɔ:tɪ] *s* piano
**piano-player** [pɪ'ænəʊˌpleɪə] *s* **1** pianist **2** pianola
**piano-tuner** [pɪ'ænəʊˌtju:nə] *s* pianostämmare
**piccolo** ['pɪkələʊ] *s* pickolaflöjt
**1 pick** [pɪk] **I** *tr itr* **1** plocka [~ *flowers*] **2** peta [~ *one's teeth*], pilla (peta) på (i); ~ ***a lock*** dyrka upp ett lås; ~ ***one's nose*** peta sig i näsan; ~ ***a p.'s pocket*** stjäla ur ngns ficka **3** plocka sönder, riva sönder [äv. ~ *apart*, ~ *to pieces*] **4** hacka hål i (på); ***they always*** ~ ***(are always picking) on (at) him*** vard. de hackar alltid på honom **5** välja (plocka) ut; ~ ***and choose*** välja och vraka; ~ ***a quarrel*** söka (mucka) gräl; ~ ***sides*** välja lag; ~ ***the winner*** satsa på rätt häst □ ~ **out** välja, plocka (ut); ~ **up a)** plocka (ta) upp **b)** lägga sig till med [~ *up a bad habit*] **c)** krya på sig, repa sig; ~ ***up courage*** repa mod **d)** fånga upp; ta (få) in [~ *up a radio station*]
**II** *s* val något utvalt; ***the*** ~ det bästa, eliten
**2 pick** [pɪk] *s* spetshacka, korp
**pickaback** ['pɪkəbæk] *s*, ***give a child a*** ~ låta ett barn rida på ryggen
**pickaxe** ['pɪkæks] *s* spetshacka, korp
**picked** [pɪkt] *a* utvald, handplockad
**picket** ['pɪkɪt] **I** *s* **1** mil. postering, förpost; vakt; piket **2** strejkvakter **II** *tr* sätta ut postering (strejkvakter) vid
**picking** ['pɪkɪŋ] *s*, pl. ~*s* rester, smulor
**pickle** ['pɪkl] *s* lag för inläggning; pl. ~*s* pickles
**pickled** ['pɪkld] *a* marinerad; ~ ***herring*** inlagd sill; ~ ***onions*** syltlök
**pick-me-up** ['pɪkmɪʌp] *s* styrketår
**pickpocket** ['pɪkˌpɒkɪt] *s* ficktjuv
**pick-up** ['pɪkʌp] *s* **1** på skivspelare pickup; ~ ***arm*** tonarm **2** pickup liten, öppen varubil
**picnic** ['pɪknɪk] **I** *s* picknick, utflykt; ~ ***hamper*** picknickkorg **II** *itr* göra en picknick
**picnicker** ['pɪknɪkə] *s* picknickdeltagare
**pictorial** [pɪk'tɔ:rɪəl] *a* illustrerad
**picture** ['pɪktʃə] **I** *s* **1** bild, illustration; tavla, målning; porträtt; kort, foto; ~ ***postcard*** vykort **2** beskrivning, framställning **3** film [äv. *motion* ~]; ***the*** ~*s* vard. bio; ***go to the*** ~*s* gå på bio **II** *tr* **1** avbilda; beskriva **2** föreställa sig [ofta ~ *to oneself*]
**picture-book** ['pɪktʃəbʊk] *s* bilderbok
**picture-card** ['pɪktʃəkɑ:d] *s* kortsp. klätt kort, målare
**picture-gallery** ['pɪktʃəˌgælərɪ] *s* konstgalleri
**picturegoer** ['pɪktʃəˌgəʊə] *s* biobesökare
**picturesque** [ˌpɪktʃə'resk] *a* pittoresk
**piddle** ['pɪdl] ngt vulg. **I** *itr* pinka **II** *s* pink
**pidgin** ['pɪdʒɪn] *s*, ~ ***English*** pidginengelska starkt förenklat halvengelskt blandspråk
**pie** [paɪ] *s* **1** paj; pastej **2** bildl., ***have a finger in the*** ~ ha ett finger med i spelet; ***it's as easy as*** ~ vard. det är en enkel match
**piebald** ['paɪbɔ:ld] *a* fläckig, skäckig häst
**piece** [pi:s] **I** *s* **1** stycke, bit [*a* ~ *of bread*]; ***a*** ~ ***of advice*** ett råd; ***a*** ~ ***of furniture*** en enstaka möbel; ***a*** ~ ***of information*** en upplysning; ***a*** ~ ***of news*** en nyhet; ***a (the, per)*** ~ per styck, stycket; ***break to*** ~*s* slå i bitar; ***fall (tear) to*** ~*s* falla (slita) i stycken (i bitar); ***go to*** ~*s* gå sönder, falla i bitar **2** stycke, verk; ***a*** ~ ***of music*** ett musikstycke **3** mynt [*a fifty-cent* ~, *a five-penny* ~] **4** pjäs i schackspel **II** *tr*, ~ ***together*** sy ihop; sätta ihop
**piecemeal** ['pi:smi:l] *adv* styckevis; i stycken
**piece-work** ['pi:swɜ:k] *s* ackordsarbete
**piecrust** ['paɪkrʌst] *s* pajdegshölje
**pied** [paɪd] *a* fläckig, skäckig [~ *horse*]
**pier** [pɪə] *s* pir, vågbrytare; brygga
**pierce** [pɪəs] *tr* genomborra; borra hål i
**piercing** ['pɪəsɪŋ] *a* genomträngande [~ *cry*]
**piety** ['paɪətɪ] *s* fromhet
**piffle** ['pɪfl] *s* vard. trams, strunt
**piffling** ['pɪflɪŋ] *a* fjantig; strunt-
**pig** [pɪg] *s* gris
**pigeon** ['pɪdʒɪn] *s* duva
**pigeon-breasted** ['pɪdʒɪnˌbrestɪd] *a* o. **pigeon-chested** ['pɪdʒɪnˌtʃestɪd] *a*, ***be*** ~ ha hönsbröst
**pigeon-hole** ['pɪdʒɪnhəʊl] *s* fack i hylla
**piggy** ['pɪgɪ] *s* vard. griskulting; barnspr. nasse
**piggyback** ['pɪgɪbæk] *s*, ***give a child a*** ~ låta ett barn rida på ryggen
**pigheaded** ['pɪg'hedɪd] *a* tjurskallig, envis
**piglet** ['pɪglət] *s* spädgris
**pigment** ['pɪgmənt] *s* pigment, färgämne

**pigmentation** [ˌpɪgmən'teɪʃ(ə)n] *s* pigmentering; färg
**pigskin** ['pɪgskɪn] *s* svinläder
**pigsty** ['pɪgstaɪ] *s* svinstia
**pigtail** ['pɪgteɪl] *s* grissvans; råttsvans hårfläta
**pike** [paɪk] *s* gädda
**pike-perch** ['paɪkpɜːtʃ] *s* gös
**pikestaff** ['paɪkstɑːf] *s*, ***as plain as a ~*** solklart
**pilchard** ['pɪltʃəd] *s* större sardin, pilchard
**1 pile** [paɪl] **I** *s* **1** hög, stapel, trave [*a ~ of books*] **2** ***atomic ~*** atomreaktor, kärnreaktor **II** *tr* [ofta *~ up*] stapla, trava, samla
**2 pile** [paɪl] *s* lugg på t. ex. tyg, flor på sammet
**piles** [paɪlz] *s pl* hemorrojder
**pilfer** ['pɪlfə] *tr itr* snatta
**pilgrim** ['pɪlgrɪm] *s* pilgrim
**pilgrimage** ['pɪlgrɪmɪdʒ] *s* pilgrimsfärd
**pill** [pɪl] *s* piller; ***take (be on, go on) the ~*** ta (gå på) P-piller (preventivpiller)
**pillar** ['pɪlə] *s* pelare, stolpe; bildl. stöttepelare
**pillar-box** ['pɪləbɒks] *s* brevlåda
**pillbox** ['pɪlbɒks] *s* pillerask, pillerdosa, pillerburk
**pillion** ['pɪljən] *s* på t. ex. motorcykel baksits
**pillory** ['pɪlərɪ] **I** *s* skampåle **II** *tr* ställa vid skampålen
**pillow** ['pɪləʊ] *s* huvudkudde; dyna
**pillow-case** ['pɪləʊkeɪs] *s* o. **pillow-slip** ['pɪləʊslɪp] *s* örngott
**pilot** ['paɪlət] **I** *s* **1** sjö. lots **2** pilot, flygförare, flygare; ***pilot's licence*** flygcertifikat **II** *tr* **1** lotsa **2** föra, vara pilot på flygplan
**pilot-boat** ['paɪlətbəʊt] *s* lotsbåt
**pilot-lamp** ['paɪlətlæmp] *s* kontrollampa
**pilot-light** ['paɪlətlaɪt] *s* **1** tändlåga på t. ex. gasspis **2** kontrollampa, röd lampa
**pimp** [pɪmp] *s* hallick, sutenör
**pimple** ['pɪmpl] *s* finne, blemma
**pimply** ['pɪmplɪ] *a* finnig
**pin** [pɪn] **I** *s* **1** knappnål; ***be on ~s and needles*** sitta som på nålar **2** sport. kägla; ***~ alley*** kägelbana **II** *tr* **1** nåla fast, fästa med knappnål el. stift [*to* vid]; ***~ up a notice*** sätta upp ett anslag **2** ***~ a p. down*** klämma fast ngn, bildl. få ngn att ge klart besked
**pinafore** ['pɪnəfɔː] *s* förkläde
**pin-ball** ['pɪnbɔːl] *s*, ***~ machine*** flipperautomat
**pince-nez** ['pænsneɪ] *s* pincené
**pincers** ['pɪnsəz] *s pl* kniptång, tång
**pinch** [pɪntʃ] **I** *tr* **1** nypa, knipa ihop; klämma **2** vard. knycka, stjäla **3** sl. haffa arrestera **II** *s* **1** nyp, nypning, klämning **2** nypa [*a ~ of salt* äv. bildl.]; ***a ~ of snuff*** en pris snus **3** ***at a ~*** i nödfall
**pincushion** ['pɪnˌkʊʃ(ə)n] *s* nåldyna
**1 pine** [paɪn] *itr* **1** tyna bort **2** tråna, trängta [*for* efter]
**2 pine** [paɪn] *s* **1** tall, fura; pinje **2** furu
**pineapple** ['paɪnˌæpl] *s* ananas
**pine-clad** ['paɪnklæd] *a* tallklädd, furuklädd, pinjeklädd
**pine-cone** ['paɪnkəʊn] *s* tallkotte
**ping** [pɪŋ] *itr* vina, vissla
**ping-pong** ['pɪŋpɒŋ] *s* pingpong
**pinhead** ['pɪnhed] *s* knappnålshuvud
**1 pinion** ['pɪnjən] *tr* bakbinda, binda fast armarna på
**2 pinion** ['pɪnjən] *s* drev, litet kugghjul
**pink** [pɪŋk] **I** *s* **1** mindre nejlika **2** skärt, rosa **II** *a* skär, rosa
**pinky** ['pɪŋkɪ] *s* amer. vard. lillfinger
**pinnacle** ['pɪnəkl] *s* **1** spetsig bergstopp **2** bildl. höjdpunkt
**pin-point** ['pɪnpɔɪnt] *tr* precisera [*~ the problem*]
**pin-prick** ['pɪnprɪk] *s* nålstick, nålsting
**pin-stripe** ['pɪnstraɪp] **I** *s* kritstreck **II** *a* kritstrecksrandig
**pint** [paɪnt] *s* ungefär halvliter, mått för våta varor = 1/8 *gallon* = 0,57 l, i USA = 0,47 l
**pin-table** ['pɪnˌteɪbl] *s*, ***~ machine*** flipperautomat
**pin-up** ['pɪnʌp] *s* vard. pinuppa [äv. *~ girl*]
**pioneer** [ˌpaɪə'nɪə] *s* pionjär, banbrytare
**pious** ['paɪəs] *a* from, gudfruktig
**1 pip** [pɪp] *s* sl., ***he's got the ~*** han deppar; ***he gives me the ~*** han gör mig galen
**2 pip** [pɪp] *s* kärna i t. ex. apelsin, äpple
**pipe** [paɪp] *s* **1** rör **2** tobakspipa **3** mus. pipa; orgelpipa; pl. *~s* säckpipa
**pipe-cleaner** ['paɪpˌkliːnə] *s* piprensare
**pipedream** ['paɪpdriːm] *s* önskedröm
**pipeline** ['paɪplaɪn] *s* rörledning; oljeledning
**piper** ['paɪpə] *s* pipblåsare
**pipe-rack** ['paɪpræk] *s* pipställ
**piping** ['paɪpɪŋ] *adv*, ***~ hot*** rykande varm
**pippin** ['pɪpɪn] *s* pippin äppelsort
**piquant** ['piːkənt] *a* pikant; skarp
**pique** [piːk] **I** *s* förtrytelse **II** *tr* såra [*~ a p.'s pride*]
**piracy** ['paɪərəsɪ] *s* sjöröveri
**piranha** [pɪ'rɑːnjə] *s* piraya sydamerikansk fisk
**pirate** ['paɪərɪt] *s* pirat, sjörövare
**piraya** [pɪ'reɪjə] *s* piraya sydamerikansk fisk
**pirouette** [ˌpɪrʊ'et] **I** *s* piruett **II** *itr* piruettera
**Pisces** ['paɪsiːz] astrol. Fiskarna

**piss** [pɪs] vulg. **I** *s* piss **II** *itr* **1** pissa **2** ~ *off!* stick åt helvete!
**pissed** [pɪst] *a* vulg. asfull
**pissed-off** [ˈpɪstˈɒf] *a* vulg. dödförbannad
**pistil** [ˈpɪstɪl] *s* bot. pistill
**pistol** [ˈpɪstl] *s* pistol
**piston** [ˈpɪstən] *s* pistong, kolv
**1 pit** [pɪt] **I** *s* **1** a) grop, hål i marken b) fallgrop **2** gruvhål, gruvschakt; gruva **3** teat. **a)** bortre parkett **b)** *orchestra* ~ orkesterdike **II** *tr,* ~ *oneself (one's strength) against* mäta sina krafter med
**2 pit** [pɪt] amer. **I** *s* kärna **II** *tr* kärna ur
**pit-a-pat** [ˈpɪtəˈpæt] *s* hjärtas dunkande; regns smatter
**1 pitch** [pɪtʃ] *s* **1** beck **2** kåda
**2 pitch** [pɪtʃ] **I** *tr itr* **1** sätta (ställa) upp i fast läge, slå upp, resa [~ *a tent*]; ~ *a camp* slå läger **2** kasta, slänga **3** mus. stämma [*pitched too high*] **4** *pitched battle* fältslag **5** om fartyg stampa; om flygplan tippa, kränga **II** *s* **1** grad [*a high ~ of efficiency*], topp; *at its highest* ~ på höjdpunkten; *he was roused to a ~ of frenzy* han blev utom sig av raseri **2** tonhöjd, tonläge; *absolute* ~ absolut gehör; *standard* ~ normalton **3** kast **4** fotbollsplan, plan
**pitch-black** [ˈpɪtʃˈblæk] *a* kolsvart, becksvart
**pitch-dark** [ˈpɪtʃˈdɑːk] *a* kolmörk, beckmörk
**1 pitcher** [ˈpɪtʃə] *s* kanna, amer. äv. tillbringare; kruka, krus för t.ex. vatten
**2 pitcher** [ˈpɪtʃə] *s* i baseball kastare
**pitchfork** [ˈpɪtʃfɔːk] **I** *s* högaffel **II** *tr* **1** lyfta (lassa) med högaffel **2** bildl. kasta
**piteous** [ˈpɪtɪəs] *a* ömklig, ömkansvärd
**pitfall** [ˈpɪtfɔːl] *s* fallgrop, bildl. äv. fälla
**pith** [pɪθ] *s* bot. märg
**pithead** [ˈpɪthed] *s* gruvöppning
**pith-helmet** [ˈpɪθˌhelmɪt] *s* tropikhjälm
**pithy** [ˈpɪθɪ] *a* bildl. kärnfull [~ *sayings*]
**pitiable** [ˈpɪtɪəbl] *a* ömklig, sorglig
**pitiful** [ˈpɪtɪf(ʊ)l] *a* **1** ömklig, sorglig, patetisk [*a ~ spectacle*] **2** ynklig, usel
**pitiless** [ˈpɪtɪləs] *a* skoningslös
**pittance** [ˈpɪt(ə)ns] *s* knapp lön; ringa penning
**pitter-patter** [ˈpɪtəˈpætə] **I** *s* smatter [*the ~ of the rain*]; trippande, tassande **II** *itr* trippa; tassa
**pity** [ˈpɪtɪ] **I** *s* medlidande; *feel ~ for* tycka synd om, känna medlidande med; *have (take) ~ on* ha (hysa) medlidande med; *for pity's sake* för Guds skull; *what a ~!* vad synd! **II** *tr* tycka synd om
**pivot** [ˈpɪvət] *s* **1** pivå, svängtapp, axeltapp **2** bildl. medelpunkt
**pixie** [ˈpɪksɪ] *s* tomtenisse
**pizza** [ˈpiːtsə] *s* pizza
**pizzeria** [ˌpiːtsəˈriːə] *s* pizzeria
**placard** [ˈplækɑːd] *s* plakat, affisch; löpsedel
**placate** [pləˈkeɪt] *tr* blidka, försona
**placatory** [pləˈkeɪtərɪ] *a* blidkande
**place** [pleɪs] **I** *s* ställe, plats; utrymme, sittplats; *any (some) ~* amer. någonstans; *put yourself in my ~* sätt dig i min situation; *in ~ of* i stället för; *out of ~* inte på sin plats, olämplig; *feel out of ~* känna sig bortkommen; *the chair looks out of ~ there* stolen passar inte där; *all over the ~* överallt, huller om buller; *change ~s* byta plats; *take ~* äga rum **II** *tr* placera, sätta, ställa, lägga
**place-name** [ˈpleɪsneɪm] *s* ortnamn
**placenta** [pləˈsentə] *s* moderkaka
**placid** [ˈplæsɪd] *a* lugn, mild; fridfull
**plagiarize** [ˈpleɪdʒjəraɪz] *tr itr* plagiera
**plague** [pleɪg] **I** *s* plåga; pest; farsot **II** *tr* vard. plåga
**plague-ridden** [ˈpleɪgˌrɪdn] *a* pesthärjad
**plague-stricken** [ˈpleɪgˌstrɪkən] *a* pestsmittad, pestdrabbad
**plaice** [pleɪs] *s* rödspätta
**plaid** [plæd] *s* **1** pläd, schal buren till skotsk dräkt **2** skotskrutigt tyg (mönster)
**plain** [pleɪn] **I** *a* **1** klar, tydlig; *the ~ truth* den enkla sanningen **2** ärlig, uppriktig [*with* mot]; ~ *dealing* rent spel; ~ *speaking* rent språk; *in ~ terms* rent ut **3** osmyckad; enfärgad [~ *blue dress*]; ~ *bread and butter* smörgås utan pålägg, smör och bröd; ~ *chocolate* mörk ren choklad; ~ *clothes* civila kläder; ~ *cooking* enklare matlagning; husmanskost **4** vanlig; om utseende alldaglig, ful **5** slät, jämn, plan **6** kortsp., ~ *card* hacka inte trumfkort eller klätt kort **II** *adv* rent ut sagt [*he is ~ stupid*] **III** *s* slätt; jämn mark
**plain-clothes** [ˈpleɪnkləʊðz] *s* civila kläder; ~ *detective (officer)* civilklädd polis, detektiv
**plain-looking** [ˈpleɪnˌlʊkɪŋ] *a, she is ~* hon har ett alldagligt utseende
**plainness** [ˈpleɪnnəs] *s* **1** tydlighet **2** enkelhet; alldaglighet
**plaintiff** [ˈpleɪntɪf] *s* jur. kärande i civilmål
**plaintive** [ˈpleɪntɪv] *a* klagande
**plait** [plæt] **I** *s* fläta av hår **II** *tr* fläta
**plan** [plæn] **I** *s* plan; ~ *of campaign* bildl. krigsplan **II** *tr* planera, planlägga; *planned economy* planhushållning

**1 plane** [pleɪn] *s* platan träd
**2 plane** [pleɪn] **I** *s* **1** plan yta, plan; bildl. nivå **2** flygplan **II** *a* plan, slät
**3 plane** [pleɪn] **I** *s* hyvel **II** *tr itr* hyvla
**planet** ['plænɪt] *s* planet
**planetarium** [ˌplænɪ'teərɪəm] *s* planetarium
**planetary** ['plænɪtrɪ] *a* planetarisk, planet- [~ *system*]
**plane-tree** ['pleɪntri:] *s* platan
**plank** [plæŋk] *s* planka, bräda
**planner** ['plænə] *s* planerare [*town* ~]
**plant** [plɑ:nt] **I** *s* **1** planta, växt; ört **2** anläggning; fabrik **II** *tr* sätta, plantera [~ *a tree*], så [~ *wheat*]
**plantation** [plæn'teɪʃən] *s* plantage
**plaque** [plɑ:k] *s* platta, minnestavla
**plash** [plæʃ] *s* plask, plaskande
**plaster** ['plɑ:stə] **I** *s* **1** murbruk, puts; gips **2** plåster **II** *tr* **1** putsa, rappa; gipsa **2** plåstra om **3** smeta på (över), täcka
**plasterer** ['plɑ:stərə] *s* murare för putsarbete
**plastic** ['plæstɪk] **I** *a* **1** plast-, av plast **2** plastisk, formbar **II** *s* plast
**plasticine** ['plæstɪsi:n] *s* modellermassa
**plasticity** [plæs'tɪsətɪ] *s* plasticitet
**plastics** ['plæstɪks] *s* plast; plastteknik
**plate** [pleɪt] **I** *s* **1** tallrik, fat; ***small*** ~ assiett; ***have too much on one's*** ~ vard. ha alldeles för mycket att göra **2** kollekttallrik i kyrkan **3** platta, plåt [*steel* ~*s*]; lamell [*clutch* ~]; namnplåt [äv. *name* ~], skylt **II** *tr* plätera; försilvra, förgylla
**plateau** ['plætəʊ] *s* platå, högslätt
**plateful** ['pleɪtfʊl] *s* tallrik mått
**plate-glass** ['pleɪt'glɑ:s] *s* spegelglas
**plate-rack** ['pleɪtræk] *s* diskställ, torkställ
**platform** ['plætfɔ:m] *s* **1** plattform, perrong **2** estrad
**platinum** ['plætɪnəm] *s* platina
**platitude** ['plætɪtju:d] *s* plattityd
**platitudinous** [ˌplætɪ'tju:dɪnəs] *a* banal
**platoon** [plə'tu:n] *s* pluton
**plausible** ['plɔ:zəbl] *a* plausibel, rimlig; bestickande [~ *argument*]
**play** [pleɪ] **I** *itr tr* leka; spela; spela mot [*England played Brazil*]; ~ ***a joke (a prank) on a p.*** spela ngn ett spratt; ~ ***for time*** försöka vinna tid; maska; ~ ***in goal*** stå i mål □ ~ **about (around)** springa omkring och leka; ***stop playing about (around)!*** sluta upp och larva dig (bråka)!; ~ ***about (around) with*** leka med, fingra på; ~ **back**: ~ ***back a recorded tape*** spela av ett inspelat band; ~ **down** tona ner, avdramatisera; ~ **over** spela igenom [~ *over a tape*]; ~ **up** a) vard. bråka, ställa till besvär b) förstora upp
**II** *s* **1** lek; spel **2** skådespel, teaterstycke, pjäs **3** ***be at*** ~ vara i gång; ***be in full*** ~ vara i full gång; ***bring (call) into*** ~ sätta i gång (i rörelse) **4** fritt spelrum; ***have free (full)*** ~ ha fritt spelrum
**playable** ['pleɪəbl] *a* spelbar
**play-act** ['pleɪækt] *itr* spela teater, låtsas
**playback** ['pleɪbæk] *s* **1** avspelning, uppspelning **2** TV. repris i slow-motion
**playbill** ['pleɪbɪl] *s* teateraffisch
**playboy** ['pleɪbɔɪ] *s* playboy
**player** ['pleɪə] *s* spelare
**player-piano** ['pleɪəpɪ'ænəʊ] *s* pianola
**playfellow** ['pleɪˌfeləʊ] *s* lekkamrat
**playful** ['pleɪf(ʊ)l] *a* lekfull, skämtsam
**playgoer** ['pleɪˌgəʊə] *s* teaterbesökare
**playgoing** ['pleɪˌgəʊɪŋ] *a* teaterbesökande
**playground** ['pleɪgraʊnd] *s* skolgård; lekplats
**playhouse** ['pleɪhaʊs] *s* teater
**playing-card** ['pleɪɪŋkɑ:d] *s* spelkort
**playing-field** ['pleɪɪŋfi:ld] *s* idrottsplan
**playmate** ['pleɪmeɪt] *s* lekkamrat
**play-off** ['pleɪɒf] *s* sport. **1** omspel **2** slutspel
**play-pen** ['pleɪpen] *s* lekhage
**play-suit** ['pleɪsju:t] *s* lekdräkt
**plaything** ['pleɪθɪŋ] *s* leksak
**playtime** ['pleɪtaɪm] *s* lektid, lekstund
**playwright** ['pleɪraɪt] *s* dramatiker, skådespelsförfattare
**plaza** ['plɑ:zə] *s* torg, öppen plats
**plea** [pli:] *s* **1** försvar, ursäkt; ***on (under) the*** ~ ***of ill health*** med åberopande av dålig hälsa **2** vädjan [~ *for* (om) *mercy*] **3** jur. a) parts påstående b) svaromål; ~ ***of guilty*** erkännande; ~ ***of not guilty*** nekande; ***put in a*** ~ ***of not guilty*** neka till brottet
**plead** [pli:d] jur. o. allm. *itr* **1** plädera, tala; ~ ***with a p.*** vädja till ngn **2** ~ ***guilty*** erkänna; ~ ***not guilty*** neka till brottet
**pleasant** ['pleznt] *a* behaglig, angenäm
**pleasantry** ['plezntrɪ] *s* skämt, lustighet
**please** [pli:z] *itr tr* **1** finna lämpligt; behaga, tilltala, glädja; ***as you*** ~ som du vill (behagar); ***do it just to*** ~ ***me!*** gör det för min skull!; ***hard to*** ~ svår att göra till lags; ~ ***yourself!*** som du vill! **2** ***coffee,*** ~ kan jag få kaffe, tack; ~ ***daddy!*** åh, snälla pappa!; ***yes*** ~ el. ~ a) ja tack b) ja, varsågod; ***come in,*** ~***!*** var så god och stig in!; ~ ***give it to me*** var snäll och ge mig den

**pleased** [pli:zd] *a* nöjd, belåten, glad [*at, about* över, åt]; ~ ***to meet you!*** roligt att träffas!
**pleasing** ['pli:zɪŋ] *a* behaglig, angenäm
**pleasurable** ['pleʒərəbl] *a* behaglig
**pleasure** ['pleʒə] *s* välbehag, glädje [*to* för]; lust; ***give*** ~ ***to ap.*** bereda ngn nöje (glädje); ***with*** ~ med nöje, gärna; ***at*** ~ efter behag
**pleasure-boat** ['pleʒəbəʊt] *s* fritidsbåt
**pleasure-loving** ['pleʒəˌlʌvɪŋ] *a* nöjeslysten, njutningslysten
**pleasure-seeker** ['pleʒəˌsi:kə] *s* nöjeslysten person
**pleasure-trip** ['pleʒətrɪp] *s* nöjesresa
**pleat** [pli:t] *s* veck; plissé
**plebiscite** ['plebɪsɪt] *s* folkomröstning
**pledge** [pledʒ] **I** *s* löfte, utfästelse [~ *of* (om) *aid*] **II** *tr* **1** förbinda, förplikta **2** lova, göra utfästelser om
**plenipotentiary** [ˌplenɪpə'tenʃərɪ] *s* befullmäktigad envoyé [*to* hos]
**plentiful** ['plentɪf(ʊ)l] *a* riklig, ymnig
**plenty** ['plentɪ] *s* överflöd; ~ ***of*** massor av; ***there's*** ~ ***of time*** det är gott om tid
**plethora** ['pleθərə] *s* övermått, överflöd
**pleurisy** ['plʊərɪsɪ] *s* lungsäcksinflammation
**plexus** ['pleksəs] *s*, ***solar*** ~ solarplexus
**pliable** ['plaɪəbl] *a* böjlig, smidig, mjuk
**pliers** ['plaɪəz] *s pl* plattång; kniptång, avbitare; ***a pair of*** ~ en plattång (kniptång)
**plight** [plaɪt] *s* tillstånd, belägenhet
**plimsolls** ['plɪmsəlz] *s pl* gymnastikskor
**plinth** [plɪnθ] *s* plint under pelare, fot, sockel
**plod** [plɒd] *itr tr* **1** lunka; ~ ***one's way*** lunka sin väg fram **2** knoga; ~ ***away*** knoga 'på [*at a th.* med ngt]
**plodder** ['plɒdə] *s* plikttrogen arbetsmyra
**plodding** ['plɒdɪŋ] *a* trög; trägen
**1 plonk** [plɒŋk] **I** *tr*, ~ el. ~ ***down*** släppa med en duns **II** *adv* med en duns
**2 plonk** [plɒŋk] *s* vard. bludder, enklare vin
**1 plot** [plɒt] **I** *s* jordbit; täppa; tomt **II** *tr* kartlägga; lägga ut [~ *a ship's course*]
**2 plot** [plɒt] **I** *s* **1** komplott **2** intrig, handling i t.ex. roman **II** *itr* konspirera, sammansvärja sig [*against* mot]
**plotter** ['plɒtə] *s* konspiratör, ränksmidare
**plough** [plaʊ] **I** *s* plog **II** *tr* plöja
**ploughman** ['plaʊmən] *s* plöjare
**ploughshare** ['plaʊʃeə] *s* plogbill
**plover** ['plʌvə] *s* brockfågel; ***golden*** ~ ljungpipare; ***ringed*** ~ större strandpipare
**plow** [plaʊ] amer. se *plough* samt sammansättningar
**ploy** [plɔɪ] *s* vard. ploj; påhitt, knep
**pluck** [plʌk] **I** *tr* **1** plocka [~ *a flower*; ~ *a chicken*]; ~ ***up courage*** ta mod till sig **2** rycka, dra **II** *s* vard. mod
**plucky** ['plʌkɪ] *a* vard. modig, djärv
**plug** [plʌg] **I** *s* **1** propp, tapp, plugg **2** tekn. stickpropp **II** *tr itr* **1** plugga igen **2** ~ ***in*** elektr. koppla in [~ *in the radio*] **3** ~ ***away at*** vard. knoga 'på med
**plum** [plʌm] *s* plommon
**plumage** ['plu:mɪdʒ] *s* fjäderdräkt, fjädrar
**plumb** [plʌm] *tr* loda, sondera, gå till botten med
**plumber** ['plʌmə] *a* rörmontör, rörmokare, rörläggare
**plumbing** ['plʌmɪŋ] *s* rörsystem; rörarbete
**plum-cake** ['plʌmkeɪk] *s* russinkaka
**plume** [plu:m] **I** *s* plym; ***borrowed*** ~***s*** lånta fjädrar; ***a*** ~ ***of smoke*** ett rökmoln **II** *tr* **1** pryda med fjädrar (plymer) **2** om fågel putsa [~ *itself*] **3** ~ ***oneself*** bildl. stoltsera [*on* med]
**plummy** ['plʌmɪ] *a* **1** plommonlik **2** vard. finfin, toppen- [*a* ~ *job*]; fyllig [*a* ~ *voice*]
**1 plump** [plʌmp] *a* fyllig, knubbig, trind; välgödd [~ *chicken*]
**2 plump** [plʌmp] *itr*, ~ ***for*** rösta på, fastna för [~ *for one alternative*]
**plunder** ['plʌndə] *tr itr* plundra, skövla
**plunderer** ['plʌndərə] *s* plundrare, rövare
**plunge** [plʌndʒ] **I** *itr tr* störta sig, rusa, dyka ner; störta, kasta, stöta [*into* in (ner) i], doppa ner **II** *s* språng, dykning; ***take the*** ~ bildl. ta steget fullt ut
**pluperfect** ['plu:'pɜ:fɪkt] *s* gram., ***the*** ~ pluskvamperfekt
**plural** ['plʊər(ə)l] gram. **I** *a* plural **II** *s*, ~ el. *the* ~ plural
**plus** [plʌs] **I** *s* plus, plustecken **II** *prep* plus [*one* ~ *one*]
**plus-fours** ['plʌs'fɔ:z] *s pl* plusfours, golfbyxor
**plush** [plʌʃ] *s* plysch
**Pluto** ['plu:təʊ] astron., myt. Pluto
**plutocracy** [plu:'tɒkrəsɪ] *s* plutokrati, penningvälde
**plutocrat** ['plu:təkræt] *s* plutokrat
**plutonium** [plu:'təʊnjəm] *s* kem. plutonium
**1 ply** [plaɪ] *s* i sammansättningar -dubbel, -skiktad [*three-ply wood*], -trådig [*three-ply wool*]

**2 ply** [plaɪ] *tr itr* **1** ~ *a p. with food and drink* rikligt traktera ngn; ~ *a p. with drink* truga i ngn sprit **2** göra regelbundna turer, gå mellan två platser
**plywood** ['plaɪwʊd] *s* plywood, kryssfaner
**p.m.** ['pi:'em] förk. e.m., på eftermiddagen (kvällen)
**pneumatic** [njʊ'mætɪk] *a* pneumatisk, tryckluft- [~ *drill*], luft-, luftfylld; ~ *tyre* innerslang på t. ex. cykel
**pneumonia** [njʊ'məʊnjə] *s* lunginflammation
**po** [pəʊ] *s* vard. potta
**1 poach** [pəʊtʃ] *tr* pochera [*poached eggs*]
**2 poach** [pəʊtʃ] *itr tr* tjuvjaga, tjuvfiska
**poacher** ['pəʊtʃə] *s* tjuvskytt; tjuvfiskare
**poaching** ['pəʊtʃɪŋ] *s* tjuvskytte; tjuvfiske
**pocked** [pɒkt] *a* koppärrig
**pocket** ['pɒkɪt] **I** *s* **1** ficka; fick-, i fickformat; *I'm £1 out of* ~ jag har förlorat ett pund [*by, over* på] **2** bilj. hål **3** flyg. luftgrop [äv. *air-pocket*] **II** *tr* **1** stoppa i fickan; tjäna [*he pocketed a large sum*] **2** bildl. svälja [~ *one's pride*], finna sig i [~ *an insult*]
**pocket-book** ['pɒkɪtbʊk] *s* plånbok
**pocketful** ['pɒkɪtfʊl] *s, a* ~ *of* en ficka (fickan) full med
**pocket-handkerchief** [ˌpɒkɪt'hæŋkətʃɪf] *s* näsduk
**pocket-knife** ['pɒkɪtnaɪf] *s* fickkniv
**pocket-money** ['pɒkɪtˌmʌnɪ] *s* fickpengar, veckopeng
**pocket-size** ['pɒkɪtsaɪz] *a* o. **pocket--sized** ['pɒkɪtsaɪzd] *a* i fickformat
**pock-mark** ['pɒkmɑ:k] *s* koppärr
**pock-marked** ['pɒkmɑ:kt] *a* koppärrig
**pod** [pɒd] *s* fröskida, balja, kapsel
**podgy** ['pɒdʒɪ] *a* vard. knubbig, rultig
**poem** ['pəʊɪm] *s* dikt, vers
**poet** ['pəʊɪt] *s* diktare, skald; poet
**poetic** [pəʊ'etɪk] *a* o. **poetical** [pəʊ'etɪkəl] *a* poetisk; diktar-, skalde- [~ *talent*]; *in poetic form* i versform; *poetical works* dikter
**poetry** ['pəʊətrɪ] *s* poesi, diktning
**pogo-stick** ['pəʊgəʊstɪk] *s* kängurustylta
**pogrom** ['pɒgrəm, pə'grɒm] *s* pogrom
**poignant** ['pɔɪnənt] *a* gripande; bitter
**poinsettia** [pɔɪn'setjə] *s* bot. julstjärna
**point** [pɔɪnt] **I** *s* **1** punkt, prick; *the fine (finer)* ~*s of the game* spelets finesser; ~ *of contact* beröringspunkt; *up to a* ~ till en viss grad; *when it came to the* ~ när det kom till kritan; *I was on the* ~ *of leaving* jag skulle just gå **2 a)** grad, punkt; *decimal* ~ decimalkomma; *one* ~ *five (1.5)* ett komma fem (1,5); *boiling* ~ kokpunkt **b)** streck på kompass **3** poäng i sport m. m. **4** kärnpunkt, huvudsak; poäng [*the* ~ *of the story*]; *the* ~ *is that...* saken är den att... ; *the* ~ *was to* huvudsaken var att; *that's not the* ~ det är inte det saken gäller; *make a* ~ *of* vara noga med, hålla styvt på; *it's quite beside the* ~ det har inte alls med saken att göra; *come to the* ~ komma (hålla sig) till saken **5** mening, nytta; *there's no* ~ *in doing that* det är ingen mening med att göra det; *is there any* ~ *in it?* är det någon idé?
**II** *tr itr* **1** peka med; rikta, sikta med [*at, towards* mot, på] **2** ~ *out* peka ut, peka på **3** peka [*at* mot; *towards* i riktning mot]; ~ *to* peka (tyda) på
**point-blank** ['pɔɪnt'blæŋk] *adv* rakt; bildl. direkt, rakt på sak [*tell a p.* ~]; *he refused* ~ han vägrade blankt
**point-duty** ['pɔɪntˌdju:tɪ] *s* tjänstgöring som trafikpolis; *be on* ~ ha trafiktjänst
**pointed** ['pɔɪntɪd] *a* **1** spetsig **2** bildl. skarp [*a* ~ *remark*]; tydlig
**pointer** ['pɔɪntə] *s* **1** pekpinne **2** visare på t. ex. klocka, våg **3** pointer, slags fågelhund **4** tips, förslag
**pointless** ['pɔɪntləs] *a* **1** utan spets (udd) **2** meningslös **3** utan poäng
**poise** [pɔɪz] **I** *s* **1** jämvikt, balans **2** hållning; värdighet **II** *tr* bringa i jämvikt, balansera
**poised** [pɔɪzd] *pp* o. *a* **1** samlad, värdig, i jämvikt **2** balanserande [*a ball* ~ *on the nose of a seal*], svävande
**poison** ['pɔɪzn] **I** *s* gift; ~ *pen* anonym brevskrivare av smädebrev; *hate like* ~ avsky som pesten **II** *tr* förgifta
**poisoner** ['pɔɪzənə] *s* giftmördare
**poisonous** ['pɔɪzənəs] *a* giftig
**poison-pen** ['pɔɪznpen] *a,* ~ *letter* anonymt smädebrev
**1 poke** [pəʊk] *s, buy a pig in a* ~ köpa grisen i säcken
**2 poke** [pəʊk] **I** *tr itr* **1** stöta (knuffa) till, peta på **2** röra om i t. ex. eld **3** ~ *fun at* driva med; ~ *one's nose into other people's affairs (business)* lägga näsan i blöt **4** peta; sticka fram **II** *s* stöt, knuff; *give the fire a* ~ röra om i brasan
**poke-bonnet** ['pəʊk'bɒnɪt] *s* bahytt
**1 poker** ['pəʊkə] *s* kortsp. poker
**2 poker** ['pəʊkə] *s* eldgaffel

**poker-faced** ['pəukəfeɪst] *a* med poker-ansikte
**poky** ['pəukɪ] *a* trång [*a ~ room*]
**Poland** ['pəulənd] Polen
**polar** ['pəulə] *a* polar; ~ ***bear*** isbjörn; ~ ***circle*** polcirkel
**polarize** ['pəuləraɪz] *tr itr* polarisera
**Pole** [pəul] *s* polack
**1 pole** [pəul] *s* påle, stolpe, stång, stake; sport. stav
**2 pole** [pəul] *s* pol
**pole-axe** ['pəulæks] **I** *s* slaktyxa **II** *tr* klubba ner
**polecat** ['pəulkæt] *s* iller; amer. äv. skunk
**polemic** [pə'lemɪk] *s*, *~s* polemik
**polemical** [pə'lemɪk(ə)l] *a* polemisk
**polenta** [pə'lentə] *s* polenta, majsgröt
**pole-vault** ['pəulvɔ:lt] *s* sport. stavhopp
**police** [pə'li:s] **I** *s* polis myndighet [*the ~ have caught him*], poliser [*several hundred ~*]; ~ ***constable*** polisman; ~ ***court*** polisdomstol; ~ ***force*** poliskår; ~ ***officer*** polisman **II** *tr* bevaka, kontrollera; förse med polis
**policeman** [pə'li:smən] (pl. *policemen* [pə'li:smən]) *s* polis; ***policeman's badge*** polisbricka
**policewoman** [pə'li:swumən] (pl. *policewomen* [pə'li:swɪmɪn]) *s* kvinnlig polis
**1 policy** ['pɒlɪsɪ] *s* politik [*foreign ~*]; policy [*a new company ~*]; linje, hållning; ***honesty is the best ~*** ärlighet varar längst; ***pursue a ~*** föra en politik
**2 policy** ['pɒlɪsɪ] *s* försäkringsbrev [äv. *insurance ~*]
**polio** ['pəulɪəu] *s* vard. polio
**poliomyelitis** ['pəulɪəmaɪə'laɪtɪs] *s* poliomyelit, polio
**Polish** ['pəulɪʃ] **I** *a* polsk **II** *s* polska språket
**polish** ['pɒlɪʃ] **I** *s* **1** polering, putsning **2** glans, polityr; bildl. förfining, stil **3** polermedel, putsmedel; polish; ***nail ~*** nagellack; ***shoe ~*** skokräm **II** *tr* **1** polera; putsa äv. bildl.; slipa **2** vard., ~ ***up*** bättra på [*~ up one's French*]; ~ ***off*** klara av [*~ off a job*], expediera [*~ off an opponent*]; svepa, sätta i sig [*~ off a bottle of wine*]
**polished** ['pɒlɪʃt] *a* **1** polerad **2** bildl. kultiverad
**polishing** ['pɒlɪʃɪŋ] *a* poler-, puts- [*~ cloth*]
**politburo** ['pɒlɪt,bjuərəu] *s* politbyrå
**polite** [pə'laɪt] *a* artig, hövlig [*to* mot]
**politic** ['pɒlɪtɪk] *a* klok, försiktig
**political** [pə'lɪtɪkəl] *a* politisk; ~ ***economy*** nationalekonomi
**politician** [,pɒlɪ'tɪʃ(ə)n] *s* politiker
**politics** ['pɒlɪtɪks] *s* politik; politisk åsikt
**polka** ['pɒlkə] *s* polka dans el. melodi
**poll** [pəul] **I** *s* **1** röstetal, röstsiffror, röstning; ***heavy ~*** livligt (stort) valdeltagande; ***go to the ~s*** gå till val **2** undersökning [*Gallup ~*]; ***public opinion ~*** opinionsundersökning **II** *tr* få antal röster vid val [*he polled 3,000 votes*]
**pollen** ['pɒlɪn] *s* pollen; ~ ***count*** pollenrapport för allergiker
**pollinate** ['pɒlɪneɪt] *tr* pollinera
**polling-booth** ['pəulɪŋbu:ð] *s* valbås
**polling-day** ['pəulɪŋdeɪ] *s* valdag
**polling-station** ['pəulɪŋ,steɪʃ(ə)n] *s* vallokal
**pollster** ['pəulstə] *s* opinionsundersökare
**pollutant** [pə'lu:tənt] *s* förorenande ämne
**pollute** [pə'lu:t] *tr* förorena, smutsa ned
**pollution** [pə'lu:ʃ(ə)n] *s* förorenande, förorening, miljöförstöring
**polo** ['pəuləu] *s* sport. polo [*water ~*]
**polonaise** [,pɒlə'neɪz] *s* mus. polonäs
**polo-neck** ['pəuləunek] *s* polokrage
**polony** [pə'ləunɪ] *s* slags rökt korv
**polyclinic** [,pɒlɪ'klɪnɪk] *s* allmänt sjukhus
**polyester** [,pɒlɪ'estə] *s* polyester
**polygamist** [pə'lɪgəmɪst] *s* polygamist
**polygamous** [pə'lɪgəməs] *a* polygam
**polygamy** [pə'lɪgəmɪ] *s* polygami
**Polynesia** [,pɒlɪ'ni:zjə] Polynesien
**polysyllable** ['pɒlɪ,sɪləbl] *s* flerstavigt ord
**polytechnic** [,pɒlɪ'teknɪk] högskola för teknisk yrkesutbildning
**polythene** ['pɒlɪθi:n] *s* polyeten, etenplast
**polyunsaturated** ['pɒlɪʌn'sætjureɪtɪd] *a* fleromättad
**pomade** [pə'mɑ:d] *s* pomada
**pomegranate** ['pɒmɪ,grænɪt] *s* granatäpple
**Pomeranian** [,pɒmə'reɪnjən] *s* hund dvärgspets
**pommel** ['pʌml] *s* sadelknapp
**pomp** [pɒmp] *s* pomp, ståt, prakt
**pompon** ['pɒmpɒn] *s* rund tofs
**pomposity** [pɒm'pɒsətɪ] *s* uppblåsthet
**pompous** ['pɒmpəs] *a* uppblåst, pompös
**ponce** [pɒns] *s* sl. hallick, sutenör
**poncho** ['pɒntʃəu] *s* poncho slags cape
**pond** [pɒnd] *s* damm; tjärn, liten sjö
**ponder** ['pɒndə] *itr* grubbla, fundera [*on, over* på, över]
**ponderous** ['pɒndərəs] *a* tung, klumpig

**pone** [pəʊn] *s*, ***corn*** ~ el. ~ slags amer. majsbröd
**pontiff** ['pɒntɪf] *s* påve
**pontificate** [pɒn'tɪfɪkət] *s* påves regeringstid
**1 pontoon** [pɒn'tu:n] *s* ponton
**2 pontoon** [pɒn'tu:n] *s* kortsp. tjugoett
**pony** ['pəʊnɪ] *s* ponny; liten häst
**pony-tail** ['pəʊnɪteɪl] *s* hästsvans frisyr
**pooch** [pu:tʃ] *s* sl. jycke hund
**poodle** ['pu:dl] *s* pudel
**pooh** [pu:] *interj* uttryckande förakt asch!, pytt!
**pooh-pooh** ['pu:'pu:] *tr* rynka på näsan åt, bagatellisera, avfärda [*he pooh-poohed the idea*]
**1 pool** [pu:l] *s* pöl, damm; bassäng
**2 pool** [pu:l] **I** *s* **1** reserv, förråd; ***typing (typists')*** ~ skrivcentral **2** ***the football*** ~***s*** ungefär tipstjänst; ~***s coupon*** tipskupong; ***do (play) the*** ~***s*** tippa; ***win on the*** ~***s*** vinna på tipset **3** slags biljard **II** *tr* slå samman, förena [~ *one's resources*]
**poor** [pʊə] *a* **1** fattig [*in* på]; ***the*** ~ de fattiga **2** klen, ringa [*a* ~ *consolation*]; knapp, dålig **3** stackars, ynklig, usel; ~ ***me!*** stackars mig (jag)!
**poorly** ['pʊəlɪ] **I** *a* krasslig **II** *adv* fattigt, klent, dåligt
**1 pop** [pɒp] **I** *interj* o. *adv* pang, paff **II** *s* **1** knall, smäll **2** vard. läskedryck **III** *itr tr* **1** smälla, knalla **2** ***I'll*** ~ ***along (round) to see you*** jag skall kila över till dig; ~ ***in*** titta in; ~ ***off*** kila i väg; ~ ***out*** titta fram (ut); ***his eyes were popping out of his head*** ögonen stod på skaft på honom; ~ ***up*** dyka upp **3** stoppa; ~ ***one's head out of the window*** sticka ut huvudet genom fönstret
**2 pop** [pɒp] vard. **I** *a* pop- [~ *art*]; populär [*a* ~ *concert*] **II** *s* pop
**3 pop** [pɒp] *s* speciellt amer. vard. pappa
**popcorn** ['pɒpkɔ:n] *s* **1** popcorn, rostad majs **2** puffmajs, smällmajs art som kan rostas
**pope** [pəʊp] *s* påve
**popgun** ['pɒpgʌn] *s* barns luftbössa, korkbössa
**poplar** ['pɒplə] *s* poppel
**poplin** ['pɒplɪn] *s* poplin
**poppa** ['pɒpə] *s* amer. vard. pappa
**poppy** ['pɒpɪ] *s* vallmo
**poppycock** ['pɒpɪkɒk] *s* vard. struntprat
**pop-top** ['pɒptɒp] **I** *a* med rivöppnare [*a* ~ *beer can*] **II** *s* rivöppnare
**popular** ['pɒpjʊlə] *a* **1** folk-, allmän; ~ ***opinion*** folkopinionen **2** populär [*a* ~ *song*], omtyckt; lättfattlig, enkel
**popularity** [,pɒpjʊ'lærətɪ] *s* popularitet
**popularize** ['pɒpjʊləraɪz] *tr* popularisera
**popularly** ['pɒpjʊləlɪ] *adv* **1** allmänt, bland folket **2** populärt
**populate** ['pɒpjʊleɪt] *tr* befolka
**population** [,pɒpjʊ'leɪʃ(ə)n] *s* befolkning
**populous** ['pɒpjʊləs] *a* folkrik, tätbefolkad
**porcelain** ['pɔ:slɪn] *s* finare porslin
**porch** [pɔ:tʃ] *s* överbyggd entré, förstukvist; amer. veranda
**porcupine** ['pɔ:kjʊpaɪn] *s* piggsvin
**1 pore** [pɔ:] *s* por
**2 pore** [pɔ:] *itr* stirra; ~ ***over*** studera noga
**pork** [pɔ:k] *s* griskött, fläsk speciellt osaltat
**pork-chop** ['pɔ:k'tʃɒp] *s* griskotlett, fläskkotlett
**porker** ['pɔ:kə] *s* gödsvin
**pork-pie** ['pɔ:k'paɪ] *s* **1** fläskpastej **2** ~ ***hat*** el. ~ flatkullig herrhatt
**porky** ['pɔ:kɪ] *a* vard. fläskig, fet
**porn** [pɔ:n] *s* o. **porno** ['pɔ:nəʊ] *s* sl. porr
**pornographic** [,pɔ:nə'græfɪk] *a* pornografisk
**pornography** [pɔ:'nɒgrəfɪ] *s* pornografi
**porous** ['pɔ:rəs] *a* porös, full av porer
**porpoise** ['pɔ:pəs] *s* zool. tumlare
**porridge** ['pɒrɪdʒ] *s* havregröt
**1 port** [pɔ:t] *s* portvin
**2 port** [pɔ:t] *s* hamn, hamnstad
**3 port** [pɔ:t] *s* sjö. babord
**portable** ['pɔ:təbl] *a* bärbar, portabel; ~ ***typewriter*** reseskrivmaskin
**portal** ['pɔ:tl] *s* portal, valvport
**porter** ['pɔ:tə] *s* **1** bärare, stadsbud vid järnvägsstation **2** portvakt, dörrvakt; vaktmästare; portier **3** porter slags öl
**porterhouse** ['pɔ:təhaʊs] *s*, ~ ***steak*** tjock skiva av rostbiff
**portfolio** [,pɔ:t'fəʊljəʊ] *s* portfölj
**porthole** ['pɔ:thəʊl] *s* sjö. hyttventil; port
**portion** ['pɔ:ʃən] *s* del, stycke; andel, lott; portion
**portly** ['pɔ:tlɪ] *a* korpulent, fetlagd
**portmanteau** [pɔ:t'mæntəʊ] *s* kappsäck
**portrait** ['pɔ:trət] *s* porträtt; bild
**portray** [pɔ:'treɪ] *tr* porträttera, avbilda
**portrayal** [pɔ:'treɪəl] *s* porträtt, bild
**Portugal** ['pɔ:tjʊg(ə)l]
**Portuguese** ['pɔ:tjʊ'gi:z] **I** *a* portugisisk **II** *s* **1** (pl. lika) portugis **2** portugisiska språket
**port-wine** ['pɔ:t'waɪn] *s* portvin
**pose** [pəʊz] **I** *s* pose, attityd; posering **II** *tr itr* **1** lägga fram [~ *a question*]; ~ ***a threat*** utgöra ett hot **2** posera; göra sig till; ~ ***as*** ge sig ut för

**poseur** [pəʊ'zɜː] *s* posör
**posh** [pɒʃ] *a* vard. flott [*a ~ hotel*]
**position** [pə'zɪʃən] **I** *s* position, ställning; läge, plats **II** *tr* placera
**positive** ['pɒzətɪv] *a* **1** positiv **2** riktig, verklig [*he is a ~ nuisance*] **3** säker [*of* på], övertygad [*of* om]
**positively** ['pɒzətɪvlɪ] *adv* **1** positivt **2** säkert **3** verkligen, faktiskt
**posse** ['pɒsɪ] *s* polisstyrka, polisuppbåd i USA
**possess** [pə'zes] *tr* äga, ha
**possessed** [pə'zest] *pp* o. *a* besatt; ***like one ~*** som en besatt
**possession** [pə'zeʃən] *s* **1** besittning, innehav; ägo; ***take ~ of*** ta i besittning **2** egendom; pl. *~s* ägodelar
**possessive** [pə'zesɪv] **I** *a* **1** hagalen; härsklysten **2** gram. possessiv; ***the ~ case*** genitiv **II** *s* gram., ***the ~*** genitiv
**possessor** [pə'zesə] *s* ägare
**possibility** [ˌpɒsə'bɪlətɪ] *s* möjlighet [*of* av, till]
**possible** ['pɒsəbl] *a* möjlig; eventuell; ***if ~*** om möjligt; ***as far as ~*** så vitt (långt som) möjligt
**possibly** ['pɒsəblɪ] *adv* **1** möjligen; eventuellt; ***I cannot ~ do it*** jag kan omöjligen göra det, det finns ingen chans att jag kan göra det **2** kanske; mycket möjligt
**1 post** [pəʊst] *s* post vid t.ex. dörr, stolpe; ***the finishing (winning) ~*** sport. mållinjen
**2 post** [pəʊst] **I** *s* befattning, post, plats, tjänst **II** *tr* postera; kommendera [*to* till]
**3 post** [pəʊst] **I** *s* post t.ex. brev; ***by ~*** med posten, per post **II** *tr* posta, skicka
**post-** [pəʊst] *pref* efter-, post- [*post-Victorian*]
**postage** ['pəʊstɪdʒ] *s* porto; ***~ rate*** posttaxa; ***~ stamp*** frimärke
**postal** ['pəʊst(ə)l] *a* post-, postal; ***~ giro service*** postgiro; ***~ order*** postanvisning i kuvert översänd anvisning på lägre belopp
**postcard** ['pəʊstkɑːd] *s* frankerat postkort; ***picture ~*** vykort
**postcode** ['pəʊstkəʊd] *s* postnummer
**postdate** ['pəʊst'deɪt] *tr* postdatera, efterdatera
**poster** ['pəʊstə] *s* anslag; affisch
**poste restante** ['pəʊst'restɑːnt] *s* o. *adv* poste restante
**posterity** [pɒs'terətɪ] *s* efterkommande; eftervärlden
**post-graduate** ['pəʊst'grædjʊət] **I** *a* efter avlagd första examen vid universitet; ***~ studies*** forskarutbildning **II** *s* forskarstuderande
**post-haste** ['pəʊst'heɪst] *adv* i ilfart
**posthumous** ['pɒstjʊməs] *a* postum
**postiche** [pɒs'tiːʃ] *s* postisch, peruk
**postman** ['pəʊstmən] (pl. *postmen* ['pəʊstmən]) *s* brevbärare, postiljon
**postmark** ['pəʊstmɑːk] *s* poststämpel
**postmarked** ['pəʊstmɑːkt] *a* stämplad, poststämplad
**postmaster** ['pəʊstˌmɑːstə] *s* postmästare; postföreståndare
**postmistress** ['pəʊstˌmɪstrəs] *s* kvinnlig postmästare (postföreståndare)
**post-mortem** ['pəʊst'mɔːtəm] *s* obduktion
**post-office** ['pəʊstˌɒfɪs] *s* postkontor; ***the ~*** postverket
**postpone** [pəʊst'pəʊn] *tr* skjuta upp, senarelägga
**postponement** [pəʊst'pəʊnmənt] *s* uppskjutande, bordläggning
**postscript** ['pəʊsskrɪpt] *s* postskriptum
**posture** ['pɒstʃə] *s* kroppsställning, hållning
**post-war** ['pəʊst'wɔː] *a* efterkrigs-
**posy** ['pəʊzɪ] *s* liten bukett
**pot** [pɒt] **I** *s* **1** a) kruka [*flower-pot*], burk [*a ~ of jam*], pyts [*paint-pot*] b) gryta c) kanna [*a tea-pot*] d) potta, nattkärl; ***go to ~*** vard. gå åt pipan **2** bildl. a) vard. massa [*make a ~ of money*] b) kortsp. pott **3** sl. hasch, knark **II** *tr* lägga in, konservera [*potted shrimps*]
**potash** ['pɒtæʃ] *s* **1** pottaska **2** kali
**potassium** [pə'tæsjəm] *s* kalium; ***~ cyanide*** cyankalium
**potato** [pə'teɪtəʊ] (pl. *potatoes*) *s* potatis
**pot-bellied** ['pɒtˌbelɪd] *a*, ***be ~*** ha kalaskula
**pot-belly** ['pɒtˌbelɪ] *s* kalaskula; isterbuk
**pot-boiler** ['pɒtˌbɔɪlə] *s* vard. dussinroman
**potent** ['pəʊt(ə)nt] *a* **1** mäktig; kraftig [*a ~ remedy*] **2** fysiol. potent
**potentate** ['pəʊtənteɪt] *s* potentat
**potential** [pə'tenʃ(ə)l] **I** *a* potentiell **II** *s* potential
**pother** ['pɒðə] *s* bråk, ståhej
**pot-herb** ['pɒthɜːb] *s* köksväxt
**pot-holder** ['pɒtˌhəʊldə] *s* grytlapp
**pot-hole** ['pɒthəʊl] *s* potthål, grop
**potion** ['pəʊʃ(ə)n] *s* dryck med giftiga el. magiska egenskaper [*love-potion*]
**pot-luck** ['pɒt'lʌk] *s*, ***take ~*** hålla tillgodo med vad huset förmår
**potpourri** [pəʊpə'riː] *s* mus. potpurri
**pot-roast** ['pɒtrəʊst] *s* grytstek
**pot-shot** ['pɒtʃɒt] *s* vard. slängskott

**potted** ['pɒtɪd] *pp* o. *a* sammandragen, förkortad [*a ~ version of the film*]
**1 potter** ['pɒtə] *itr*, ~ ***about*** knåpa, pyssla, pilla [*at* med]
**2 potter** ['pɒtə] *s* krukmakare; ***potter's wheel*** drejskiva
**pottery** ['pɒtərɪ] *s* **1** porslinsfabrik; krukmakeri **2** porslin; lergods
**potty** ['pɒtɪ] *a* vard. **1** futtig **2** knasig
**pouch** [paʊtʃ] *s* **1** liten påse, pung [*tobacco-pouch*] **2** biol.: t. ex. pungdjurs pung
**pouffe** [pu:f] *s* puff möbel
**poulterer** ['pəʊltərə] *s* fågelhandlare
**poultice** ['pəʊltɪs] *s* grötomslag
**poultry** ['pəʊltrɪ] *s* fjäderfä, fågel, höns
**poultry-farm** ['pəʊltrɪfɑ:m] *s* hönsfarm
**pounce** [paʊns] *itr*, ~ ***on (at)*** slå ner på, kasta sig över
**1 pound** [paʊnd] *s* **1** skålpund (vanl. = 16 ***ounces*** 454 gram) **2** pund (= 100 pence)
**2 pound** [paʊnd] *s* fålla, inhägnad
**3 pound** [paʊnd] *tr itr* dunka, banka, hamra, bulta [*at, on* på, i]
**pour** [pɔ:] *tr itr* **1** hälla, ösa; ~ ***out*** hälla ut (upp), servera [~ *a cup of tea*] **2** strömma, forsa; välla; ***it is pouring (pouring down)*** det regnet öser ner; ***pouring rain*** hällande regn
**pout** [paʊt] *itr* truta (puta) med munnen
**poverty** ['pɒvətɪ] *s* fattigdom
**poverty-stricken** ['pɒvətɪˌstrɪkn] *a* utfattig, utarmad; torftig
**P.O.W.** ['pi:əʊ'dʌbljʊ] (förk. för *prisoner of war*) krigsfånge
**powder** ['paʊdə] **I** *s* pulver; puder **II** *tr* **1** pudra; beströ **2** pulvrisera; ***powdered milk*** torrmjölk
**powder-compact** ['paʊdəˌkɒmpækt] *s* puderdosa
**powder-puff** ['paʊdəpʌf] *s* pudervippa
**powder-room** ['paʊdərʊm] *s* damrum
**power** ['paʊə] *s* **1** förmåga; ***I will do everything in my*** ~ jag skall göra allt som står i min makt **2** makt; ***naval*** ~ sjömakt; ~ ***politics*** maktpolitik; ***be in a p.'s*** ~ vara i ngns våld; ***come (get) into*** ~ komma till makten **3** kraft, styrka [*the ~ of a lens*]; ~ ***failure*** strömavbrott; ~ ***mower*** motorgräsklippare
**power-assisted** ['paʊərə'sɪstɪd] *a* servo- [~ *brakes*]
**power-brake** ['paʊəbreɪk] *s* servobroms
**power-cut** ['paʊəkʌt] *s* strömavbrott
**power-drill** ['paʊədrɪl] *s* elektrisk borr; motorborr
**power-driven** ['paʊəˌdrɪvn] *a* maskindriven, motordriven; eldriven
**powerful** ['paʊəf(ʊ)l] *a* mäktig [*a ~ nation*]; kraftig [*a ~ blow*], stark [*a ~ engine*]
**powerless** ['paʊələs] *a* maktlös, kraftlös
**power-mains** ['paʊəmeɪnz] *s pl* elnät
**power-pack** ['paʊəpæk] *s* nätdel, nätanslutningsaggregat
**power-plant** ['paʊəplɑ:nt] *s* elverk, kraftanläggning, kraftverk
**power-seeking** ['paʊəˌsi:kɪŋ] *a* maktlysten
**power-shovel** ['paʊəˌʃʌvl] *s* grävmaskin
**power-station** ['paʊəˌsteɪʃən] *s* elverk; kraftanläggning, kraftstation, kraftverk
**pox** [pɒks] *s*, ***the*** ~ vard. syffe syfilis
**pp.** (förk. för *pages*) sidor
**P.R.** ['pi:'ɑ:] (förk. för *public relations*) PR
**practicable** ['præktɪkəbl] *a* genomförbar
**practical** ['præktɪkəl] *a* praktisk; genomförbar [*a ~ scheme*]
**practically** ['præktɪkəlɪ] *adv* **1** praktiskt, i praktiken **2** praktiskt taget
**practice** ['præktɪs] *s* **1** praktik [*theory and ~*]; ***put a th. into*** ~ tillämpa ngt i praktiken **2** praxis; bruk; sed, vana, kutym; ***make a ~ of*** ta för vana att **3** träning; ~ ***makes perfect*** övning ger färdighet; ***I am out of*** ~ jag är otränad **4** läkares o. advokats praktik **5** pl. ~*s* tricks, knep, tvivelaktiga metoder
**practise** ['præktɪs] *tr itr* **1** öva sig i, öva [~ *music*]; öva sig [*in* i]; öva, träna **2** praktisera, tillämpa; utöva [~ *a profession*]; ~ ***what one preaches*** leva som man lär
**practised** ['præktɪst] *a* **1** skicklig; erfaren, rutinerad **2** inövad
**practising** ['præktɪsɪŋ] *a* praktiserande; ortodox [*a ~ Jew*]
**practitioner** [præk'tɪʃənə] *s* praktiserande läkare; jfr *general I 1, medical I*
**pragmatic** [præg'mætɪk] *a* pragmatisk
**prairie** ['preərɪ] *s* prärie
**praise** [preɪz] **I** *tr* berömma, prisa, lovorda **II** *s* beröm, lovord
**praiseworthy** ['preɪzˌwɜ:ðɪ] *a* lovvärd
**pram** [præm] *s* barnvagn
**prance** [prɑ:ns] *itr* om häst dansa på bakbenen; om person kråma sig
**prank** [præŋk] *s* spratt, upptåg
**prate** [preɪt] *itr* prata, snacka, pladdra
**prattle** ['prætl] **I** *itr* pladdra **II** *s* pladder
**prattler** ['prætlə] *s* pratmakare, pladdrare
**prawn** [prɔ:n] **I** *s* räka **II** *itr* fiska räkor
**pray** [preɪ] *tr itr* be, bönfalla; ~ [*don't speak so loud!*] var vänlig och...
**prayer** [preə] *s* bön

**preach** [pri:tʃ] *itr tr* predika
**preacher** ['pri:tʃə] *s* predikant, predikare
**preamble** [pri:'æmbl] *s* inledning, företal
**preamplifier** ['pri:'æmplɪfaɪə] *s* elektr. förförstärkare
**prearrange** ['pri:ə'reɪndʒ] *tr* ordna (avtala) på förhand
**precarious** [prɪ'keərɪəs] *a* osäker; prekär
**precaution** [prɪ'kɔ:ʃ(ə)n] *s* försiktighet; ***take ~s*** vidta försiktighetsåtgärder
**precautionary** [prɪ'kɔ:ʃnərɪ] *a* försiktighets- [~ *measures* (åtgärder)]
**precede** [prɪ'si:d] *tr* föregå; gå före
**precedence** ['presɪdəns, prɪ'sɪ:d(ə)ns] *s* företräde; företrädesrätt
**precedent** ['presɪd(ə)nt] *s* tidigare fall; speciellt jur. prejudikat; ***it is without ~*** det saknar motstycke
**preceding** [prɪ'si:dɪŋ] *a* föregående
**precept** ['pri:sept] *s* föreskrift, regel
**precinct** ['pri:sɪŋkt] *s* **1** område; ***pedestrian ~*** gågata **2** amer. polisdistrikt
**precious** ['preʃəs] *a* dyrbar, kostbar, värdefull; ***~ stone*** ädelsten
**precipice** ['presɪpɪs] *s* brant, stup
**precipitate** [prɪ'sɪpɪtət] *a* brådstörtad
**precipitous** [prɪ'sɪpɪtəs] *a* tvärbrant
**précis** ['preɪsi:] *s* sammandrag, resumé
**precise** [prɪ'saɪs] *a* exakt, precis
**precisely** [prɪ'saɪslɪ] *adv* exakt, precis
**precision** [prɪ'sɪʒən] *s* precision
**precocious** [prɪ'kəʊʃəs] *a* brådmogen
**precocity** [prɪ'kɒsətɪ] *s* brådmogenhet
**preconceive** ['pri:kən'si:v] *tr, **preconceived opinions (ideas)*** förutfattade meningar
**precondition** ['pri:kən'dɪʃ(ə)n] *s* förhandsvillkor
**predecessor** ['pri:dɪsesə] *s* företrädare
**predestine** [prɪ'destɪn] *tr* förutbestämma
**predetermine** ['pri:dɪ'tɜ:mɪn] *tr* förutbestämma
**predicament** [prɪ'dɪkəmənt] *s* obehaglig situation; läge, tillstånd
**predicate** ['predɪkət] *s* gram. predikat, predikatsdel
**predict** [prɪ'dɪkt] *tr* förutsäga, spå
**predictable** [prɪ'dɪktəbl] *a* förutsägbar
**prediction** [prɪ'dɪkʃən] *s* förutsägelse
**predilection** [ˌpri:dɪ'lekʃ(ə)n] *s* förkärlek
**predispose** ['pri:dɪs'pəʊz] *tr, **be predisposed to*** vara mottaglig (benägen) för
**predisposition** ['pri:ˌdɪspə'zɪʃ(ə)n] *s* mottaglighet, benägenhet, anlag [*to* för]
**predominance** [prɪ'dɒmɪnəns] *s* övermakt, övervikt
**predominant** [prɪ'dɒmɪnənt] *a* dominerande, övervägande, förhärskande
**predominate** [prɪ'dɒmɪneɪt] *itr* dominera; vara förhärskande
**pre-eminent** [prɪ'emɪnənt] *a* utomordentligt framstående; överlägsen
**preen** [pri:n] *tr* om fågel putsa [~ *its feathers*]; ***~ oneself*** om person snygga till sig
**prefabricate** ['pri:'fæbrɪkeɪt] *tr, **prefabricated house*** monteringshus, elementhus
**preface** ['prefəs] **I** *s* förord, inledning **II** *tr* inleda; föregå
**prefatory** ['prefətrɪ] *a* inledande
**prefect** ['pri:fekt] *s* i vissa brittiska skolor (ungefär) ordningsman
**prefer** [prɪ'fɜ:] *tr* föredra [*to* framför]
**preferable** ['prefərəbl] *a* som är att föredra
**preferably** ['prefərəblɪ] *adv* företrädesvis, helst [~ *today*]
**preference** ['prefərəns] *s* förkärlek [*have a ~ for Italian food*]; företräde [*over* framför]; ***in ~ to*** framför [*in ~ to all others*]
**prefix** ['pri:fɪks] *s* förstavelse, prefix
**pregnancy** ['pregnənsɪ] *s* havandeskap; om djur dräktighet
**pregnant** ['pregnənt] *a* **1** havande; om djur dräktig **2** ***~ with*** rik på
**prehistoric** ['pri:hɪs'tɒrɪk] *a* o. **prehistorical** ['pri:hɪs'tɒrɪk(ə)l] *a* förhistorisk, urtids- [~ *animals*]
**prejudice** ['predʒʊdɪs] **I** *s* fördomar **II** *tr* inge ngn fördomar; ***~ a p.'s case*** skada ngns sak
**prejudiced** ['predʒʊdɪst] *a* fördomsfull
**prelate** ['prelət] *s* prelat
**preliminary** [prɪ'lɪmɪnərɪ] **I** *a* preliminär; inledande **II** *s*, pl. ***preliminaries*** förberedelser
**prelude** ['prelju:d] *s* förspel, upptakt
**premarital** [prɪ'mærɪtl] *a* föräktenskaplig
**premature** [ˌpremə'tjʊə] *a* **1** för tidig [~ *death*] **2** förhastad [*a ~ conclusion*]
**prematurely** [ˌpremə'tjʊəlɪ] *adv* **1** för tidigt, i förtid; i otid **2** förhastat
**premeditated** [prɪ'medɪteɪtɪd] *a* överlagd
**premeditation** [prɪˌmedɪ'teɪʃən] *s* uppsåt, berått mod
**premier** ['premjə] **I** *a* första [~ *place*]; främsta, förnämst **II** *s* premiärminister
**première** ['premɪeə] *s* premiär
**premise** ['premɪs] *s*, pl. ***~s*** fastigheter; lokaler

**premium** [ˈpri:mjəm] *s* försäkringspremie
**premonition** [ˌpri:məˈnɪʃən] *s* föraning
**preoccupation** [prɪˌɒkjʊˈpeɪʃən] *s* **1** självupptagenhet **2** främsta intresse
**preoccupied** [prɪˈɒkjʊpaɪd] *a* helt upptagen [*with* av], djupt försjunken [*with* i]
**preparation** [ˌprepəˈreɪʃ(ə)n] *s* **1** förberedelse [*make ~s*]; färdigställande **2** tillagning, tillredning [*~ of food*]; framställning [*the ~ of a vaccine*]
**preparatory** [prɪˈpærətəri] *a* **1** förberedande; för- [*~ work*]; *~ school* a) privatförberedande skola för inträde i 'public schools' b) i USA högre internatskola för inträde i college **2** *~ to* som en förberedelse för, inför
**prepare** [prɪˈpeə] *tr itr* **1** förbereda; preparera, göra i ordning; laga [*~ food*] **2** förbereda sig, göra sig i ordning (beredd); *~ for an exam* läsa på en examen
**prepared** [prɪˈpeəd] *a* förberedd; beredd, inställd [*for* på; *to do a th.* på att göra ngt]; villig [*I'm not ~ to...* ]
**preparedness** [prɪˈpeədnəs, prɪˈpeərɪdnəs] *s* beredskap
**prepay** [ˈpri:ˈpeɪ] *tr* betala i förväg
**preponderance** [prɪˈpɒndər(ə)ns] *s* övervikt; överskott [*of* på]
**preposition** [ˌprepəˈzɪʃ(ə)n] *s* preposition
**preposterous** [prɪˈpɒstərəs] *a* orimlig
**prepuce** [ˈpri:pju:s] *s* förhud på penis
**prerequisite** [ˈpri:ˈrekwɪzɪt] *s* förutsättning
**prerogative** [prɪˈrɒgətɪv] *s* prerogativ [*royal ~*], privilegium, företrädesrätt
**prescribe** [prɪsˈkraɪb] *tr* föreskriva; med. ordinera
**prescription** [prɪsˈkrɪpʃ(ə)n] *s* med. recept [*make up* (expediera) *a ~*]
**presence** [ˈprezns] *s* närvaro; närhet; *~ of mind* sinnesnärvaro; *your ~ is requested* ni anmodas närvara
**1 present** [ˈpreznt] **I** *a* **1** närvarande [*at* vid]; *those (the people) ~* de närvarande **2** nuvarande, innevarande [*the ~ month*], nu pågående, aktuell [*the ~ boom*] **3** gram., *the ~ tense* presens **II** *s* **1** *the ~* nuet; *at ~* för närvarande; *for the ~* för närvarande, tills vidare **2** gram., *the ~* presens; *~ continuous* progressiv presensform
**2 present** [substantiv ˈpreznt, verb prɪˈzent] **I** *s* present, gåva **II** *tr* **1** föreställa, presentera speciellt formellt **2** lägga fram [*~ a bill* (lagförslag)]; presentera, lämna in; framställa [*as* som] **3** överlämna [*to* åt, till], räcka fram [*to* till] **4** teat. uppföra, framföra [*~ a new play*]
**presentable** [prɪˈzentəbl] *a* som kan läggas fram; presentabel
**presentation** [ˌprezənˈteɪʃ(ə)n] *s* **1** presentation av ngn [*to* för] **2** framläggande; framställning, utformning **3** överlämnande **4** teat. uppförande, framförande [*the ~ of a new play*]
**present-day** [ˈprezntdeɪ] *a* nutidens
**presentiment** [prɪˈzentɪmənt] *s* föraning
**presently** [ˈprezntlɪ] *adv* **1** snart, inom kort; kort därefter **2** för närvarande
**preservation** [ˌprezəˈveɪʃ(ə)n] *s* **1** bevarande, bibehållande; konservering **2** vård, fridlysning
**preservative** [prɪˈzɜ:vətɪv] *s* konserveringsmedel
**preserve** [prɪˈzɜ:v] **I** *tr* **1** bevara, skydda [*from* för] **2** konservera [*~ fruit*], lägga in, sylta **II** *s* **1** ofta pl. *~s* sylt; marmelad; konserverad frukt **2** *nature ~* naturreservat **3** bildl. privilegium; reservat
**preset** [ˈpri:ˈset] *a* förinställd
**pre-shrunk** [ˈpri:ˈʃrʌŋk] *a* krympfri
**preside** [prɪˈzaɪd] *itr* presidera, sitta som ordförande [*at, over* vid]
**presidency** [ˈprezɪdənsɪ] *s* presidentskap, presidentämbete, presidentperiod
**president** [ˈprezɪd(ə)nt] *s* **1** president **2** amer. verkställande direktör
**presidential** [ˌprezɪˈdenʃ(ə)l] *a* president-
**press** [pres] **I** *s* **1** a) tryckning [*the ~ of* (på) *a button*] b) press, tryck **2** a) press [*a hydraulic ~*] b) pressande, pressning äv. av kläder **3** tryckpress; tryckeri, tidningspress
**II** *tr itr* **1** pressa [*~ one's trousers*]; trycka [*~ a p.'s hand*]; krama, klämma; *~ the button* trycka på knappen äv. bildl. **2** pressa, försöka tvinga [*~ a p. to do a th.*] **3** ansätta [*be hard pressed*]; *be pressed for* ha ont om [*be pressed for time*] **4** pressa, trycka [*on* på] **5** *~ for* yrka på [*~ for higher wages*] **6** *~ on (forward)* pressa på, tränga sig fram, skynda framåt
**press-agency** [ˈpresˌeɪdʒənsɪ] *s* pressbyrå
**press-box** [ˈpresbɒks] *s* pressbås
**press-clipping** [ˈpresˌklɪpɪŋ] *s* o. **press-cutting** [ˈpresˌkʌtɪŋ] *s* tidningsurklipp, pressklipp
**press-gallery** [ˈpresˌgælərɪ] *s* pressläktare
**pressing** [ˈpresɪŋ] *a* brådskande [*~ business*]; trängande [*~ need*]

**press-stud** ['presstʌd] *s* tryckknapp
**press-up** ['presʌp] *s* gymn., liggande armhävning
**pressure** ['preʃə] *s* **1** tryck, tryckning [~ *of the hand*]; press [*work under* ~]; ***high*** ~ högtryck **2** ~ ***group*** påtryckningsgrupp; ***put*** ~ ***(bring*** ~ ***to bear) on a p.*** utöva påtryckningar på ngn
**pressure-cooker** ['preʃəˌkʊkə] *s* tryckkokare
**pressure-gauge** ['preʃəgeɪdʒ] *s* manometer, tryckmätare
**prestige** [pres'ti:ʒ] *s* prestige; anseende
**presumably** [prɪ'zju:məblɪ] *adv* förmodligen, troligen
**presume** [prɪ'zju:m] *tr itr* **1** förmoda **2** tillåta sig, ta sig friheter
**presumption** [prɪ'zʌmpʃ(ə)n] *s* **1** förmodan **2** övermod, arrogans
**presumptuous** [prɪ'zʌmptjʊəs] *a* självsäker, övermodig, arrogant
**presuppose** [ˌpri:sə'pəʊz] *tr* förutsätta
**pretence** [prɪ'tens] *s* **1** förevändning, svepskäl; falskt sken [*a* ~ *of friendship*]; ***false*** ~***s*** falska förespeglingar **2** pretentioner
**pretend** [prɪ'tend] *tr* **1** låtsas **2** göra anspråk på, göra gällande
**pretense** [prɪ'tens] *s* amer. = *pretence*
**pretension** [prɪ'tenʃ(ə)n] *s* anspråk [*to* på]; pretention
**pretentious** [prɪ'tenʃəs] *a* pretentiös
**pretext** ['pri:tekst] *s* förevändning
**pretty** ['prɪtɪ] **I** *a* söt [*a* ~ *girl*], näpen; ***a*** ~ ***mess*** iron. en skön röra; ***a*** ~ ***sum (penny)*** en nätt summa, en vacker slant **II** *adv* vard. rätt, ganska
**pretty-pretty** ['prɪtɪˌprɪtɪ] *a* vard. snutfager; kysstäck; om färg sötsliskig
**pretzel** ['pretsl] *s* saltkringla
**prevail** [prɪ'veɪl] *itr* **1** råda, vara förhärskande (allmänt utbredd) **2** ~ ***on*** förmå, övertala
**prevailing** [prɪ'veɪlɪŋ] *a* rådande [~ *winds*], förhärskande [*the* ~ *opinion*]
**prevalence** ['prevələns] *s* allmän förekomst, utbredning
**prevalent** ['prevələnt] *a* rådande, förhärskande
**prevent** [prɪ'vent] *tr* hindra, förebygga
**preventable** [prɪ'ventəbl] *a* som kan hindras (förebyggas)
**prevention** [prɪ'venʃ(ə)n] *s* förhindrande, förebyggande; ~ ***is better than cure*** ordspr. bättre förekomma än förekommas; ***the*** ~ ***of cruelty to animals*** ungefär djurskydd
**preventive** [prɪ'ventɪv] *a* preventiv, hindrande, förebyggande [~ *measures*]
**preview** ['pri:vju:] *s* förhandsvisning
**previous** ['pri:vjəs] *a* föregående, tidigare
**previously** ['pri:vjəslɪ] *adv* förut, tidigare
**pre-war** ['pri:'wɔ:] *a* förkrigs-, före kriget
**prey** [preɪ] **I** *s* rov, byte; ***be a*** ~ ***to*** vara ett offer för; ***bird of*** ~ rovfågel **II** *itr,* ~ ***on*** **a)** jaga, leva på **b)** ~ ***on a p.'s mind*** tynga på ngn
**price** [praɪs] *s* pris; ***at any*** ~ till varje pris; ***at reduced*** ~***s*** till nedsatta priser
**price-freeze** ['praɪsfri:z] *s* prisstopp
**priceless** ['praɪsləs] *a* ovärderlig; vard. obetalbar
**pricey** ['praɪsɪ] *a* vard. dyrbar, dyr
**prick** [prɪk] **I** *s* **1** stick, styng; sting; ~***s of conscience*** samvetskval **2** vulg. kuk **II** *tr* **1** sticka; sticka hål i [~ *a balloon*]; ~ ***one's finger*** sticka sig i fingret **2** ~ (~ ***up) one's ears*** spetsa öronen
**prickle** ['prɪkl] *tr itr* sticka; stickas
**prickly** ['prɪklɪ] *a* **1** taggig **2** stickande känsla; ~ ***heat*** med. hetblemmor
**pride** [praɪd] **I** *s* stolthet [*in* över]; ***take*** ~ ***(a*** ~***) in*** känna stolthet över, sätta sin ära i **II** *refl,* ~ ***oneself on (upon)*** vara stolt över
**priest** [pri:st] *s* präst
**priestess** ['pri:stəs] *s* prästinna
**priesthood** ['pri:sthʊd] *s* prästerskap
**prig** [prɪg] *s* självgod pedant, petimäter
**priggish** ['prɪgɪʃ] *a* självgod, petig
**prim** [prɪm] *a* prydlig [*a* ~ *garden*]; sipp, pryd
**prima donna** ['pri:mə'dɒnə] *s* primadonna
**primarily** ['praɪmərəlɪ] *adv* **1** primärt, ursprungligen **2** huvudsakligen
**primary** ['praɪmərɪ] *a* **1** primär, ursprunglig; ~ ***school*** primärskola, lågstadieskola: a) i Engl. motsvarande 6-årig grundskola för åldrarna 5-11 b) i USA motsvarande 3- (4-)årig grundskola **2** huvudsaklig
**prime** [praɪm] **I** *a* **1** främsta; ~ ***minister*** premiärminister, statsminister **2** prima, förstklassig **3** primär, ursprunglig **II** *s, **in one's*** ~ el. ***in the*** ~ ***of life*** i sin krafts dagar, i sina bästa år; ***he is past his*** ~ han har sina bästa år bakom sig **III** *tr* **1** instruera [~ *a witness*] **2** vard. proppa full med mat m. m. **3** grundmåla
**primer** ['praɪmə] *s* nybörjarbok
**primitive** ['prɪmɪtɪv] *a* primitiv
**primp** [prɪmp] *itr* snofsa (fiffa) upp sig
**primrose** ['prɪmrəʊs] *s* primula, viva

**prince** [prɪns] *s* prins; furste; ~ ***consort*** prinsgemål
**princely** ['prɪnslɪ] *a* furstlig
**princess** [prɪn'ses] *s* prinsessa; furstinna
**principal** ['prɪnsəp(ə)l] **I** *a* huvudsaklig, främsta, förnämst; ~ ***parts of a verb*** ett verbs tema **II** *s* chef; skol. rektor
**principality** [,prɪnsɪ'pælətɪ] *s* furstendöme; ***the Principality*** benämning på Wales
**principally** ['prɪnsəplɪ] *adv* huvudsakligen, i främsta rummet
**principle** ['prɪnsəpl] *s* princip [*on* (av) ~]
**prink** [prɪŋk] *itr* snofsa (fiffa) upp sig
**print** [prɪnt] **I** *s* **1** tryck; ***large (small)*** ~ stor (liten, fin) stil; ***get into*** ~ gå i tryck; ***out of*** ~ utsåld **2** avtryck [~ *of a finger (foot)*], märke, spår **3** konst. avtryck, tryck; foto. kopia **II** *tr* **1** trycka bok; publicera; ***printed matter*** trycksaker **2** skriva med tryckstil, texta **3** foto. kopiera
**printable** ['prɪntəbl] *a* tryckbar
**printer** ['prɪntə] *s* boktryckare, tryckeriarbetare; ***printer's error*** tryckfel
**printing** ['prɪntɪŋ] *s* tryckning [*second* ~], tryck; kopiering
**printing-house** ['prɪntɪŋhaʊs] *s* tryckeri
**printing-ink** ['prɪntɪŋɪŋk] *s* trycksvärta
**printing-press** ['prɪntɪŋpres] *s* tryckpress
**prior** ['praɪə] **I** *a* föregående; tidigare [*to* än] **II** *adv*, ~ ***to*** före [~ *to his marriage*]; ~ ***to leaving he...*** innan han gav sig i väg... **III** *s* prior
**priority** [praɪ'ɒrətɪ] *s* prioritet, företräde, förtur [*over* framför]; ***give*** ~ ***to*** prioritera; ***take*** ~ ***over*** gå före
**priory** ['praɪərɪ] *s* priorskloster
**prism** ['prɪz(ə)m] *s* prisma
**prison** ['prɪzn] *s* fängelse, fångvårdsanstalt
**prison-camp** ['prɪznkæmp] *s* krigsfångeläger
**prisoner** ['prɪznə] *s* fånge; ~ ***of war*** krigsfånge
**privacy** ['prɪvəsɪ, 'praɪvəsɪ] *s* avskildhet, privatliv; ***in*** ~ i enrum
**private** ['praɪvət] **I** *a* **1** privat, personlig [*my* ~ *opinion*]; enskild; ~ ***bar*** finare avdelning på en pub **2** avskild; ~ ***number*** tele. hemligt nummer; ~ ***parts*** könsdelar; ***keep*** ~ hemlighålla **II** *s* **1** mil. menig **2** ***in*** ~ privat, enskilt
**privately** ['praɪvətlɪ] *adv* privat, personligt; enskilt; ~ ***owned*** privatägd
**privation** [praɪ'veɪʃ(ə)n] *s* umbäranden
**privet** ['prɪvɪt] *s* bot. liguster
**privilege** ['prɪvəlɪdʒ] **I** *s* privilegium **II** *tr* privilegiera
**privileged** ['prɪvəlɪdʒd] *a* privilegierad
**privy** ['prɪvɪ] **I** *a*, ~ ***to*** medveten om, invigd **II** *s* toalett, utedass
**1 prize** [praɪz] **I** *s* **1** pris; premie **2** lotterivinst; ***the first*** ~ högsta vinsten **II** *tr* värdera högt
**2 prize** [praɪz] *tr*, ~ ***up (open)*** bända upp
**prize-fight** ['praɪzfaɪt] *s* proboxningsmatch
**prize-fighter** ['praɪz,faɪtə] *s* proboxare
**prize-giving** ['praɪz,gɪvɪŋ] *s* premieutdelning; prisutdelning
**prize-money** ['praɪz,mʌnɪ] *s* prissumma
**prize-winner** ['praɪz,wɪnə] *s* pristagare
**1 pro** [prəʊ] **I** *pref* **1** pro-, -vänlig [*pro-British*] **2** pro- [*proconsul*] **II** *s*, ***the ~s and cons*** skälen för och emot
**2 pro** [prəʊ] *s* vard. proffs [*a golf* ~]; sl. fnask
**probability** [,prɒbə'bɪlətɪ] *s* sannolikhet
**probable** ['prɒbəbl] *a* sannolik, trolig
**probably** ['prɒbəblɪ] *adv* troligen
**probation** [prəʊ'beɪʃ(ə)n] *s* **1** prov [*two years on* ~] **2** jur., ***be put on*** ~ dömas till skyddstillsyn, få villkorlig dom
**probationer** [prəʊ'beɪʃnə] *s* elev; novis; ~ ***nurse*** el. ~ sjuksköterskeelev
**probe** [prəʊb] **I** *s* **1** sond **2** undersökning **II** *tr itr* **1** sondera **2** tränga in [*into* i]
**problem** ['prɒbləm] *s* problem
**procedure** [prə'si:dʒə] *s* procedur, förfarande, förfaringssätt
**proceed** [prə'si:d] *itr* **1** fortsätta **2** ~ ***to*** + infinitiv börja [*he proceeded to get angry*], övergå till att
**proceeding** [prə'si:dɪŋ] *s* **1** förfarande, förfaringssätt, procedur **2** pl. ***~s*** **a)** förehavanden **b)** i t. ex. domstol, sällskap förhandlingar **c)** ***take legal ~s against*** vidta lagliga åtgärder mot
**proceeds** ['prəʊsi:dz] *s pl* intäkter
**process** ['prəʊses] **I** *s* **1** förlopp; ***in*** ~ ***of construction*** under byggnad **2** process [*chemical processes*], tekn. äv. metod [*the Bessemer* ~] **II** *tr* tekn. behandla äv. data., bearbeta
**procession** [prə'seʃ(ə)n] *s* procession
**proclaim** [prə'kleɪm] *tr* proklamera, tillkännage, kungöra
**proclamation** [,prɒklə'meɪʃ(ə)n] *s* proklamation, tillkännagivande
**procure** [prə'kjʊə] *tr* skaffa, skaffa fram
**prod** [prɒd] **I** *tr itr*, ~ ***at*** el. ~ stöta till **II** *s* stöt

**prodigal** ['prɒdɪg(ə)l] **I** *a* slösaktig [*of* med] **II** *s* slösare
**prodigious** [prə'dɪdʒəs] *a* fenomenal
**prodigy** ['prɒdɪdʒɪ] *s, **infant*** ~ el. ~ underbarn
**produce** [verb prə'dju:s, substantiv 'prɒdju:s] **I** *tr* **1** producera, framställa, tillverka; åstadkomma, framkalla [~ *a reaction*] **2** skaffa fram [~ *a witness*]; lägga fram **3** teat. regissera, iscensätta; uppföra; film. producera **II** *s* produkter av jordbruk [*garden* ~], varor
**producer** [prə'dju:sə] *s* **1** producent **2** teat. regissör; film., radio., TV. producent
**product** ['prɒdʌkt] *s* produkt; vara
**production** [prə'dʌkʃ(ə)n] *s* **1** produktion, framställning, tillverkning **2** produkt, alster **3** framskaffande; framläggande **4** teat. regi, uppsättning; uppförande; film. inspelning
**productive** [prə'dʌktɪv] *a* produktiv
**productivity** [,prɒdʌk'tɪvətɪ] *s* produktivitet [*increase* ~]; produktionsförmåga
**prof** [prɒf] *s* vard. profet professor
**profane** [prə'feɪn] **I** *a* **1** profan, världslig **2** vanvördig; ~ ***language*** svordomar **II** *tr* vanhelga
**profess** [prə'fes] *tr* **1** tillkännage, förklara sig ha [*he professed interest in my welfare*] **2** göra anspråk på, ge sig ut för [~ *to be an authority on . . .* ] **3** bekänna sig till [~ *Christianity*]
**profession** [prə'feʃ(ə)n] *s* yrke med högre utbildning; ***by*** ~ till yrket
**professional** [prə'feʃ(ə)nl] **I** *a* yrkes- [*a* ~ *politician*], förvärvs- [~ *life*], yrkesmässig; professionell **II** *s* professionell, proffs; yrkesman, fackman
**professor** [prə'fesə] *s* professor [*of* i]
**professorship** [prə'fesəʃɪp] *s* professur
**proffer** ['prɒfə] *tr* räcka fram, erbjuda
**proficiency** [prə'fɪʃənsɪ] *s* färdighet, skicklighet; ***certificate of*** ~ kompetensbevis
**proficient** [prə'fɪʃ(ə)nt] *a* skicklig, kunnig
**profile** ['prəʊfaɪl] *s* profil
**profit** ['prɒfɪt] **I** *s* **1** vinst, förtjänst **2** ***derive (gain)*** ~ ***from*** dra nytta (fördel) av **II** *itr,* ~ ***by (from)*** dra (ha) nytta (fördel) av, utnyttja; vinna på, tjäna på
**profitable** ['prɒfɪtəbl] *a* nyttig, givande; vinstgivande, lönsam, lönande
**profiteer** [,prɒfɪ'tɪə] **I** *s* profitör **II** *itr* skaffa sig oskälig profit, ockra
**profiteering** [,prɒfɪ'tɪərɪŋ] *s* svartabörsaffärer, jobberi, ocker
**profit-monger** ['prɒfɪt,mʌŋgə] *s* profitör
**profit-sharing** ['prɒfɪt,ʃeərɪŋ] *s* vinstdelning; vinstandelssystem
**profligate** ['prɒflɪgət] *a* utsvävande
**profound** [prə'faʊnd] *a* **1** djup [~ *anxiety*]; djupsinnig; grundlig, djupgående **2** outgrundlig [~ *mysteries*]
**profundity** [prə'fʌndətɪ] *s* djup; djupsinnighet; grundlighet
**profuse** [prə'fju:s] *a* ymnig, riklig
**profusion** [prə'fju:ʒ(ə)n] *s* överflöd; rikedom, riklig mängd
**progeny** ['prɒdʒənɪ] *s* avkomma
**prognosis** [prəg'nəʊsɪs] (pl. *prognoses* [prəg'nəʊsi:z]) *s* prognos
**program** ['prəʊgræm] **I** *s* **1** data. program **2** speciellt amer., se *programme I* **II** *tr* **1** data. programmera **2** speciellt amer., se *programme II*
**programme** ['prəʊgræm] **I** *s* program **II** *tr* göra upp program för, planlägga
**progress** [substantiv 'prəʊgres, speciellt amer. 'prɒgres; verb prə'gres] **I** (utan pl.) *s* framsteg, framåtskridande, utveckling; ***in*** ~ på (i) gång, under utförande; under arbete **II** *itr* göra framsteg, utvecklas; skrida framåt
**progression** [prə'greʃ(ə)n] *s* **1** fortgång; ***in*** ~ i följd **2** progression
**progressive** [prə'gresɪv] **I** *a* **1** progressiv, framstegsvänlig [~ *policy*] **2** gradvis tilltagande; ***on a*** ~ ***scale*** i stigande skala **3** gram., ~ ***tense*** progressiv (pågående) form **II** *s* framstegsvän
**prohibit** [prə'hɪbɪt] *tr* förbjuda; förhindra
**prohibition** [,prəʊhɪ'bɪʃ(ə)n] *s* förbud
**project** [verb prə'dʒekt, substantiv 'prɒdʒekt] **I** *tr itr* **1** projicera; slunga (skjuta) ut [~ *missiles*] **2** skjuta fram (ut); ***projecting*** framskjutande **II** *s* projekt, plan
**projectile** [prə'dʒektaɪl, amer. prə'dʒektl] *s* projektil
**projection** [prə'dʒekʃ(ə)n] *s* **1** projektion **2** utslungande, utskjutande
**projector** [prə'dʒektə] *s* projektor
**proletarian** [,prəʊlɪ'teərɪən] *s* proletär
**proletariat** [,prəʊlɪ'teərɪət] *s* proletariat
**proliferate** [prə'lɪfəreɪt] *itr* föröka (sprida) sig
**prolific** [prə'lɪfɪk] *a* produktiv
**prologue** ['prəʊlɒg] *s* prolog, förspel
**prolong** [prə'lɒŋ] *tr* förlänga, dra ut, dra ut på
**promenade** [,prɒmə'nɑ:d] **I** *s* promenad **II** *itr tr* promenera; promenera på [~ *the streets*]

**prominence** ['prɒmɪnəns] *s* **1** framträdande plats; bemärkthet **2** utsprång
**prominent** ['prɒmɪnənt] *a* **1** utstående [~ *eyes*], utskjutande **2** framstående, prominent, bemärkt; framträdande
**promiscuity** [,prɒmɪs'kju:ətɪ] *s* promiskuitet
**promiscuous** [prə'mɪskjʊəs] *a* som lever i promiskuitet; ~ ***sexual relations*** tillfälliga sexuella förbindelser
**promise** ['prɒmɪs] **I** *s* löfte [*of* om]; ***of great*** ~ el. ***full of*** ~ mycket lovande **II** *tr itr* lova; utlova; ***be promised a th.*** ha fått (få) löfte om ngt
**promising** ['prɒmɪsɪŋ] *a* lovande
**promontory** ['prɒməntrɪ] *s* hög udde
**promote** [prə'məʊt] *tr* **1** befordra; sport. flytta upp **2** främja, gynna
**promoter** [prə'məʊtə] *s* **1** främjare; upphovsman [*of* till] **2** sport. promotor
**promotion** [prə'məʊʃ(ə)n] *s* **1** befordran, avancemang; sport. uppflyttning **2** främjande, befordran; ~ ***campaign*** säljkampanj
**prompt** [prɒmpt] **I** *a* snabb, omgående, prompt; ***take*** ~ ***action*** vidta snabba åtgärder **II** *tr* **1** driva [*he was prompted by patriotism*], förmå **2** teat. sufflera; lägga orden i munnen på, påverka [~ *a witness*] **3** föranleda [*what prompted his resignation?*], framkalla, diktera
**prompter** ['prɒmptə] *s* **1** sufflör **2** tillskyndare
**promulgate** ['prɒməlgeɪt] *tr* utfärda, kungöra, promulgera
**prone** [prəʊn] *a* **1** framåtlutad; utsträckt; ***in a*** ~ ***position*** liggande på magen **2** fallen, benägen [*to* för]
**prong** [prɒŋ] *s* på t. ex. gaffel klo, spets, udd
**pronoun** ['prəʊnaʊn] *s* pronomen
**pronounce** [prə'naʊns] *tr* **1** uttala **2** avkunna, fälla [~ *judgement*] **3** förklara [*I now* ~ *you man and wife* (för äkta makar)], deklarera
**pronounceable** [prə'naʊnsəbl] *a* möjlig att uttala
**pronounced** [prə'naʊnst] *a* **1** uttalad **2** tydlig, avgjord [*a* ~ *difference*]
**pronouncement** [prə'naʊnsmənt] *s* uttalande, förklaring
**pronouncing** [prə'naʊnsɪŋ] *s,* ~ ***dictionary*** uttalsordbok
**pronunciation** [prə,nʌnsɪ'eɪʃ(ə)n] *s* uttal
**proof** [pru:f] **I** *s* **1** bevis [*of* på, för] **2** korrektur **II** *a* **1** motståndskraftig [*against* mot] **2** i sammansättningar -tät [*waterproof*], -säker [*bombproof*]

**proof-read** ['pru:fri:d] (*proof-read proof-read* [båda 'pru:fred]) *tr itr* korrekturläsa
**prop** [prɒp] **I** *s* stötta, stöd äv. bildl. **II** *tr,* ~ ***up*** el. ~ stötta (palla) upp (under)
**propaganda** [,prɒpə'gændə] *s* propaganda
**propagandist** [,prɒpə'gændɪst] *s* propagandist
**propagate** ['prɒpəgeɪt] *tr* föröka; propagera för
**propagation** [,prɒpə'geɪʃ(ə)n] *s* **1** fortplantning, förökning **2** spridning
**propel** [prəʊ'pel] *tr* driva; ***propelling pencil*** stiftpenna, skruvpenna
**propellant** [prə'pelənt] *s* drivmedel
**propeller** [prə'pelə] *s* propeller
**propensity** [prə'pensətɪ] *s* benägenhet
**proper** ['prɒpə] *a* **1** rätt [*in the* ~ *way*], riktig; lämplig; tillbörlig, vederbörlig **2** anständig, passande, korrekt **3** egentlig; ***London*** ~ det egentliga London **4** gram., ~ ***noun (name)*** egennamn **5** vard. riktig [*a* ~ *idiot*]
**properly** ['prɒpəlɪ] *adv* **1** riktigt; ordentligt; lämpligt [~ *dressed*] **2** vard. riktigt, ordentligt
**propertied** ['prɒpətɪd] *a* besutten [*the* ~ *classes*]
**property** ['prɒpətɪ] *s* **1** egendom, ägodelar; fastighet, ägor, lösöre; ***a man of*** ~ en förmögen man **2** teat., mest pl. ***properties*** rekvisita
**property-owner** ['prɒpətɪ,əʊnə] *s* fastighetsägare
**prophecy** ['prɒfɪsɪ] *s* profetia; spådom
**prophesy** ['prɒfɪsaɪ] *tr itr* profetera, spå
**prophet** ['prɒfɪt] *s* profet; spåman
**prophetic** [prə'fetɪk] *a* profetisk
**prop-jet** ['prɒpdʒet] *a* turboprop- [~ *engine*]
**proportion** [prə'pɔ:ʃ(ə)n] *s* **1** proportion; ***be out of all*** ~ ***to*** inte stå i rimlig proportion till **2** del [*a large* ~ *of the population*], andel
**proportional** [prə'pɔ:ʃənl] *a* proportionell
**proportionate** [prə'pɔ:ʃənət] *a* proportionerlig, proportionell [*to* mot, till]
**proposal** [prə'pəʊz(ə)l] *s* **1** förslag **2** frieri, giftermålsanbud
**propose** [prə'pəʊz] *tr itr* **1** föreslå **2** lägga fram **3** ämna, tänka [*I* ~ *to start early*] **4** fria [*to* till]
**proposition** [,prɒpə'zɪʃ(ə)n] *s* **1** påstående **2** förslag **3** vard. affär [*a paying* ~]
**propound** [prə'paʊnd] *tr* lägga fram, föreslå [~ *a scheme*]

**proprietor** [prəˈpraɪətə] *s* ägare, innehavare
**propriety** [prəˈpraɪətɪ] *s* anständighet
**props** [prɒps] *s pl* teat. sl. rekvisita
**propulsion** [prəˈpʌlʃ(ə)n] *s* framdrivning; *jet* ~ jetdrift
**prosaic** [prəˈzeɪɪk] *a* prosaisk; enformig
**prose** [prəʊz] *s* prosa
**prosecute** [ˈprɒsɪkju:t] *tr itr* **1** åtala; ***offenders will be prosecuted*** överträdelse beivras **2** väcka åtal
**prosecution** [ˌprɒsɪˈkju:ʃ(ə)n] *s* **1** fullföljande, slutförande **2** åtal; ***director of public ~s*** allmän åklagare; ***the ~*** åklagarsidan
**prosecutor** [ˈprɒsɪkju:tə] *s* åklagare; ***public ~*** allmän åklagare
**prosody** [ˈprɒsədɪ] *s* prosodi, metrik
**prospect** [substantiv ˈprɒspekt, verb prəsˈpekt, ˈprɒspekt] **I** *s* utsikt; pl. ~*s* framtidsutsikter **II** *itr* prospektera [*for* efter], leta
**prospective** [prəsˈpektɪv] *a* framtida [~ *profits*]; blivande [~ *son-in-law*]; ***~ buyer*** eventuell köpare
**prospector** [prəsˈpektə] *s* prospektor, guldgrävare
**prospectus** [prəsˈpektəs] *s* prospekt, broschyr; program för kurs
**prosper** [ˈprɒspə] *itr* ha framgång, blomstra
**prosperity** [prɒsˈperətɪ] *s* välstånd [*live in ~*], välmåga; blomstring [*time of ~*]
**prosperous** [ˈprɒspərəs] *a* blomstrande; välmående, välbärgad
**prostate** [ˈprɒsteɪt] *s*, ***~ gland*** prostata
**prostitute** [ˈprɒstɪtju:t] **I** *s* prostituerad, fnask **II** *tr* prostituera [~ *oneself*]
**prostitution** [ˌprɒstɪˈtju:ʃ(ə)n] *s* prostitution
**prostrate** [ˈprɒstreɪt] *a* framstupa [*fall ~*], utsträckt [*lie ~*], liggande; bildl. slagen; nedbruten
**protagonist** [prəˈtægənɪst] *s* huvudperson i ett drama
**protect** [prəˈtekt] *tr* skydda [*from, against* för, mot], beskydda
**protection** [prəˈtekʃ(ə)n] *s* skydd, beskydd
**protective** [prəˈtektɪv] *a* skyddande; beskyddande [*towards* emot]
**protector** [prəˈtektə] *s* beskyddare
**protectorate** [prəˈtektərət] *s* protektorat
**protégé** [ˈprəʊteʒeɪ] *s* skyddsling, protegé
**protein** [ˈprəʊti:n] *s* protein
**protest** [substantiv ˈprəʊtest, verb prəˈtest] **I** *s* protest **II** *itr* protestera
**Protestant** [ˈprɒtɪst(ə)nt] *s* protestant
**protocol** [ˈprəʊtəkɒl] *s* protokoll
**prototype** [ˈprəʊtətaɪp] *s* prototyp
**protract** [prəˈtrækt] *tr* dra ut på [~ *a visit*]
**protracted** [prəˈtræktɪd] *a* utdragen
**protractor** [prəˈtræktə] *s* gradskiva
**protrude** [prəˈtru:d] *tr itr* sticka (skjuta) fram (ut)
**protruding** [prəˈtru:dɪŋ] *a* framskjutande, utstående [~ *ears (eyes)*]
**proud** [praʊd] **I** *a* stolt [*of* över] **II** *adv* vard., ***do a p. ~*** hedra ngn
**prove** [pru:v] *tr itr* **1** bevisa, styrka; ***the exception ~s the rule*** undantaget bekräftar regeln **2** ***~ to be*** el. ~ visa sig vara
**proverb** [ˈprɒvɜ:b] *s* ordspråk
**proverbial** [prəˈvɜ:bjəl] *a* ordspråksmässig; legendarisk
**provide** [prəˈvaɪd] *tr itr* **1** skaffa, sörja för, stå för; ***~ oneself with*** förse sig med, skaffa sig **2** ge [*the tree ~s shade*], utgöra **3** ***~ against*** vidta åtgärder mot; ***~ for*** vidta åtgärder för; försörja [~ *for a large family*], sörja för [*he ~s for his son's education*]; ***~ for oneself*** försörja sig
**provided** [prəˈvaɪdɪd] *konj*, ***~ that*** el. ~ förutsatt att, om bara, såvida
**providence** [ˈprɒvɪd(ə)ns] *s* försynen
**providing** [prəˈvaɪdɪŋ] *konj*, ***~ that*** el. ~ förutsatt att, såvida
**province** [ˈprɒvɪns] *s* **1** provins; landskap **2** pl. ***the ~s*** landsorten
**provincial** [prəˈvɪnʃ(ə)l] **I** *a* regional; provinsiell, lantlig **II** *s* landsortsbo
**provision** [prəˈvɪʒ(ə)n] *s* **1** tillhandahållande; pl. ~*s* livsmedel, matvaror, proviant **2** bestämmelse, stadga
**provisional** [prəˈvɪʒənl] *a* provisorisk
**provocation** [ˌprɒvəˈkeɪʃ(ə)n] *s* provokation; ***at (on) the slightest ~*** vid minsta anledning
**provocative** [prəˈvɒkətɪv] *a* utmanande
**provoke** [prəˈvəʊk] *tr* **1** reta upp **2** framkalla; väcka [~ *indignation*] **3** provocera
**provoking** [prəˈvəʊkɪŋ] *a* retsam; ***how ~!*** så förargligt!
**prow** [praʊ] *s* förstäv, framstam
**prowess** [ˈpraʊɪs] *s* tapperhet; skicklighet
**prowl** [praʊl] **I** *itr tr* stryka omkring; stryka omkring i (på) **II** *s*, ***be (go) on the ~*** stryka omkring [*for* efter]
**prowler** [ˈpraʊlə] *s* person (djur) som stryker omkring
**proximity** [prɒkˈsɪmətɪ] *s* närhet
**proxy** [ˈprɒksɪ] *s*, ***by ~*** genom fullmakt (ombud)

**prude** [pru:d] *s* pryd (sipp) människa
**prudence** ['pru:d(ə)ns] *s* klokhet
**prudent** ['pru:d(ə)nt] *a* klok, försiktig
**prudery** ['pru:dərɪ] *s* pryderi; prydhet
**prudish** ['pru:dɪʃ] *a* pryd, sipp
**1 prune** [pru:n] *s* sviskon; torkat katrinplommon
**2 prune** [pru:n] *tr* **1** beskära, tukta t. ex. träd [ofta ~ *down*]; klippa [~ *a hedge*] **2** bildl. skära ner [~ *an essay*]; rensa [*of* från]
**Prussia** ['prʌʃə] Preussen
**Prussian** ['prʌʃ(ə)n] **I** *a* preussisk **II** *s* preussare
**prussic** ['prʌsɪk] *a* kem., ~ ***acid*** blåsyra
**1 pry** [praɪ] *tr* **1** ~ ***open*** bända upp **2** bildl., ~ ***a secret out of a p.*** lirka ur ngn en hemlighet
**2 pry** [praɪ] *itr* snoka [*about* omkring, runt; ~ ***into*** (i) ***a p.'s affairs***]
**prying** ['praɪɪŋ] *a* snokande, nyfiken
**P.S.** ['pi:'es] (förk. för *postscript*) PS, P.S.
**psalm** [sɑ:m] *s* psalm i Psaltaren
**pseudo** ['sju:dəʊ] **I** *pref* pseudo- [*pseudo-classic*], falsk, oäkta **II** *s* vard. bluff, humbug, posör
**pseudonym** ['sju:dənɪm] *s* pseudonym
**pshaw** [pʃɔ:] *interj* äh!, äsch!
**psyche** ['saɪkɪ] *s* psyke
**psychedelic** [ˌsaɪkə'delɪk] *a* psykedelisk
**psychiatrist** [saɪ'kaɪətrɪst] *s* psykiater
**psychiatry** [saɪ'kaɪətrɪ] *s* psykiatri
**psychic** ['saɪkɪk] *a* psykisk; själslig
**psychoanalyse** [ˌsaɪkəʊ'ænəlaɪz] *tr* psykoanalysera
**psychoanalysis** [ˌsaɪkəʊə'næləsɪs] *s* psykoanalys
**psychoanalyst** [ˌsaɪkəʊ'ænəlɪst] *s* psykoanalytiker
**psychological** [ˌsaɪkə'lɒdʒɪk(ə)l] *a* psykologisk
**psychologist** [saɪ'kɒlədʒɪst] *s* psykolog
**psychology** [saɪ'kɒlədʒɪ] *s* psykologi
**psychopath** ['saɪkəpæθ] *s* psykopat
**psychopathic** [ˌsaɪkə'pæθɪk] *a* psykopatisk
**pt.** förk. för *pint*
**P.T.** förk. för *physical training*
**ptarmigan** ['tɑ:mɪgən] *s* snöripa; fjällripa
**P.T.O.** ['pi:ti:'əʊ] (förk. för *please turn over*) v.g.v., var god vänd!
**ptomaine** ['təʊmeɪn] *s* ptomain; ~ ***poisoning*** matförgiftning
**pub** [pʌb] *s* vard. (kortform för *public-house*) pub
**pub-crawl** ['pʌbkrɔ:l] **I** *s* pubrond [*go on* (göra) *a* ~] **II** *itr, **go pub-crawling*** gå pubrond
**puberty** ['pju:bətɪ] *s* pubertet
**pubic** ['pju:bɪk] *a* blygd- [~ *hairs*]
**public** ['pʌblɪk] **I** *a* offentlig [~ *building*], allmän [~ *holiday*]; stats- [~ *finances*]; publik; ***make*** ~ offentliggöra; ~ ***address system*** högtalaranläggning, högtalare t. ex. på flygplats; ~ ***bar*** enklare avdelning på en pub; ~ ***enemy*** samhällsfiende; ~ ***library*** offentligt bibliotek, folkbibliotek; ~ ***opinion*** allmänna opinionen, folkopinionen; ~ ***opinion poll*** opinionsundersökning; ~ ***relations*** PR, public relations; ~ ***relations officer*** PR-man; ~ ***school*** a) Engl. 'public school' exklusivt privatinternat b) i USA allmän (kommunal) skola **II** *s* allmänhet [*the general* (stora) ~], publik; ***in*** ~ offentligt; ***open to the*** ~ öppen för allmänheten
**publican** ['pʌblɪkən] *s* pubinnehavare
**publication** [ˌpʌblɪ'keɪʃ(ə)n] *s* **1** publicering, utgivning **2** tryckalster, skrift **3** offentliggörande
**public-house** ['pʌblɪk'haʊs] *s* pub
**publicity** [pʌb'lɪsətɪ] *s* publicitet, offentlighet; reklam; ~ ***agent*** manager för artist
**publicize** ['pʌblɪsaɪz] *tr* offentliggöra, ge publicitet åt
**publicly** ['pʌblɪklɪ] *adv* offentligt
**publish** ['pʌblɪʃ] *tr* **1** publicera; ge ut **2** offentliggöra
**publisher** ['pʌblɪʃə] *s* förläggare; utgivare [*newspaper* ~]
**publishing** ['pʌblɪʃɪŋ] *s* förlagsverksamhet; ~ ***house (firm)*** förlag
**1 puck** [pʌk] *s* ungefär tomtenisse
**2 puck** [pʌk] *s* puck i ishockey
**pucker** ['pʌkə] *tr itr,* ~ ***up*** el. ~ rynka (vecka); rynka (vecka) sig
**pudding** ['pʊdɪŋ] *s* pudding; efterrätt; ***black*** ~ blodkorv; ***rice*** ~ risgrynsgröt
**puddle** ['pʌdl] *s* pöl, vattenpuss
**pudenda** [pju:'dendə] *s pl* yttre könsorgan speciellt kvinnans
**pudgy** ['pʌdʒɪ] *a* knubbig, rultig
**puerile** ['pjʊəraɪl, amer. 'pjʊərl] *a* barnslig
**puerility** [pjʊə'rɪlətɪ] *s* barnslighet
**puff** [pʌf] **I** *s* **1** pust; puff; bloss [*a* ~ *at a pipe*] **2** sömnad puff **3** kok. **a)** ***jam*** ~ smörbakelse med sylt i; ~ ***pastry*** smördeg **b)** ***cream*** ~ petit-chou **II** *itr tr* **1** pusta, flåsa, flämta **2** blåsa i stötar; blåsa [~ *out a candle*] **3** bolma; bolma på [~ *a cigar*]; ~ ***at (away at) a cigar*** bolma på en cigarr **4** ~ ***up*** svälla upp, svullna **5 a)** ~ ***out*** blåsa upp [~ *out one's cheeks*] **b)** ~ ***up*** blåsa upp; ***puffed up*** uppblåst, pösig

**puffin** ['pʌfɪn] *s* lunnefågel
**puff-puff** ['pʌf'pʌf] *s* barnspr. tuff-tufftåg
**puffy** ['pʌfɪ] *a* uppsvälld, svullen; påsig, pösig
**pugilist** ['pju:dʒɪlɪst] *s* proffsboxare
**pugnacious** [pʌg'neɪʃəs] *a* stridslysten
**pug-nose** ['pʌgnəʊz] *s* trubbnäsa
**puke** [pju:k] *tr itr* vard. spy, kräkas
**pukka** ['pʌkə] *a* vard. riktig; prima
**pull** [pʊl] **I** *tr itr* **1** dra, rycka; hala; dra ut [~ *a tooth*] **2** sträcka [~ *a muscle*] □ ~ **apart** rycka (plocka) isär; ~ **down** riva (dra) ned; ~ **in** dra in; bromsa in; ~ ***in at*** stanna till i (hos); ~ **off** a) dra (ta) av sig b) vard. klara av [*he'll ~ it off*]; ~ **out a)** dra ut [~ *out a tooth*]; ta ur; dra (hala) fram (upp) **b)** dra sig tillbaka [*the troops pulled out of the country*] **c)** köra ut [*the train pulled out of the station*]; svänga ut; ~ **through** klara sig; ~ **together**: ~ ***oneself together*** ta sig samman; ta sig i kragen; ~ **up** a) dra (rycka) upp b) stanna [*he pulled up the car*]
**II** *s* **1** drag, ryckning; tag **2 a)** klunk **b)** drag, bloss; ***take a ~ at one's pipe*** dra ett bloss på pipan
**pullet** ['pʊlɪt] *s* unghöna, unghöns
**pulley** ['pʊlɪ] *s* block, trissa
**pull-out** ['pʊlaʊt] **I** *s* **1** utvikningssida **2** tillbakadragande [~ *of troops*] **II** *a* utdrags- [~ *bed*]
**pullover** ['pʊl,əʊvə] *s* pullover
**pull-up** ['pʊlʌp] *s* rastställe, kafé vid bilväg
**pulp** [pʌlp] **I** *s* **1** mos, massa, gröt **2** fruktkött **3** pappersmassa **II** *tr* mosa
**pulpit** ['pʊlpɪt] *s* predikstol
**pulsate** [pʌl'seɪt] *itr* pulsera, vibrera
**pulse** [pʌls] *s* puls; pulsslag
**pulse-jet** ['pʌlsdʒet] *a* flyg., ~ ***engine*** pulsmotor
**pulverize** ['pʌlvəraɪz] *tr* pulvrisera, krossa
**puma** ['pju:mə] *s* puma
**pumice-stone** ['pʌmɪsstəʊn] *s* pimpsten
**pummel** ['pʌml] *tr* puckla på, mörbulta
**1 pump** [pʌmp] *s*, pl. ~*s* herrpumps; amer. dampumps
**2 pump** [pʌmp] **I** *s* pump **II** *tr* pumpa
**pumpkin** ['pʌmpkɪn] *s* bot. pumpa
**pun** [pʌn] **I** *s* ordlek, vits **II** *itr* vitsa
**Punch** [pʌntʃ], ~ ***and Judy show*** motsvarande kasperteater; ***as pleased as*** ~ vard. storbelåten; ***as proud as*** ~ vard. jättestolt
**1 punch** [pʌntʃ] **I** *s* puns, stans; hålslag; biljettång **II** *tr* stansa [~ *holes*], klippa [~ *tickets*]
**2 punch** [pʌntʃ] **I** *s* **1** knytnävsslag; boxn. punch **2** vard. snärt, sting **II** *tr* puckla på, slå till; ***I punched him on the nose*** jag klippte till honom
**3 punch** [pʌntʃ] *s* bål; toddy; ***Swedish*** ~ punsch
**punch-bag** ['pʌntʃbæg] *s* boxn. sandsäck
**punch-ball** ['pʌntʃbɔ:l] *s* boxn. boxboll
**punch-bowl** ['pʌntʃbəʊl] *s* bål skål
**punch-card** ['pʌntʃkɑ:d] *s* hålkort
**punch-drunk** ['pʌntʃ'drʌnk] *a* boxn. punch-drunk; omtöcknad
**punch-up** ['pʌntʃʌp] *s* sl. råkurr, slagsmål
**punctual** ['pʌŋktjʊəl] *a* punktlig
**punctuality** [,pʌŋktjʊ'ælətɪ] *s* punktlighet
**punctuate** ['pʌŋktjʊeɪt] *tr* interpunktera, kommatera
**punctuation** [,pʌŋktjʊ'eɪʃ(ə)n] *s* interpunktion, kommatering; ~ ***mark*** skiljetecken
**puncture** ['pʌŋktʃə] **I** *s* punktering **II** *tr* punktera; få punktering på
**pundit** ['pʌndɪt] *s* skämts. förståsigpåare
**pungent** ['pʌndʒ(ə)nt] *a* skarp, besk, frän
**punish** ['pʌnɪʃ] *tr* straffa, bestraffa
**punishment** ['pʌnɪʃmənt] *s* **1** straff, bestraffning **2** vard. stryk
**punnet** ['pʌnɪt] *s* spånkorg, kartong för bär
**punt** [pʌnt] **I** *s* punt, stakbåt **II** *tr itr* staka, 'punta'
**1 punter** ['pʌntə] *s* 'puntare', båtstakare
**2 punter** ['pʌntə] *s* **1** satsare, spelare i hasardspel **2** vadhållare, tippare
**puny** ['pju:nɪ] *a* ynklig, liten, klen
**pup** [pʌp] *s* hundvalp
**1 pupil** ['pju:pl] *s* elev, lärjunge
**2 pupil** ['pju:pl] *s* anat. pupill
**puppet** ['pʌpɪt] *s* marionett, docka
**puppet-theatre** ['pʌpɪt,θɪətə] *s* dockteater, marionetteater
**puppy** ['pʌpɪ] *s* hundvalp
**purchase** ['pɜ:tʃəs] **I** *s* köp; inköp **II** *tr* köpa; ***purchasing power*** köpkraft
**purchaser** ['pɜ:tʃəsə] *s* köpare
**pure** [pjʊə] *a* **1** ren, oblandad; hel- [~ *silk*] **2** ren, idel, bara [*it's ~ envy*]
**purée** ['pjʊəreɪ] *s* kok. puré
**purely** ['pjʊəlɪ] *adv* rent; bara; ~ ***by accident*** av en ren händelse
**purgative** ['pɜ:gətɪv] **I** *s* laxermedel **II** *a* laxerande
**purgatory** ['pɜ:gətərɪ] *s* skärseld, prövning
**purge** [pɜ:dʒ] **I** *tr* **1** rena [*of* från]; polit. rensa upp i [~ *a party*] **2** laxera **II** *s* rening; polit. utrensning

**purification** [ˌpjʊərɪfɪ'keɪʃ(ə)n] *s* rening, renande
**purify** ['pjʊərɪfaɪ] *tr itr* rena; renas
**puritan** ['pjʊərɪt(ə)n] **I** *s* puritan **II** *a* puritansk
**puritanical** [ˌpjʊərɪ'tænɪkəl] *a* puritansk
**purity** ['pjʊərətɪ] *s* renhet
**purl** [pɜ:l] *s* avig maska i stickning
**purloin** [pɜ:'lɔɪn] *tr* stjäla, snatta
**purple** ['pɜ:pl] **I** *s* purpur **II** *a* purpurfärgad; mörklila; purpurröd
**purport** [pə'pɔ:t] *tr* påstå sig [*to be* vara]
**purpose** ['pɜ:pəs] *s* **1** syfte, avsikt, mening; ***for cooking ~s*** till matlagning; ***for all practical ~s*** i praktiken; ***on ~*** med avsikt (flit) **2** mål [*a ~ in life*]
**purposeful** ['pɜ:pəsf(ʊ)l] *a* målmedveten
**purposely** ['pɜ:pəslɪ] *adv* med avsikt (flit)
**purr** [pɜ:] **I** *itr* spinna [*a cat ~s*] **II** *s* spinnande
**purse** [pɜ:s] **I** *s* **1** portmonnä, börs **2** amer. handväska **II** *tr* rynka, dra ihop [*~ one's brows*]
**purser** ['pɜ:sə] *s* sjö., flyg. purser
**purse-strings** ['pɜ:sstrɪŋz] *s pl* bildl., ***hold the ~*** ha hand om kassan
**pursue** [pə'sju:] *tr* förfölja, jaga; fullfölja
**pursuer** [pə'sju:ə] *s* förföljare
**pursuit** [pɜ:'sju:t] *s* **1** förföljelse [*of* av], jakt [*of* på]; ***be in ~ of*** vara på jakt efter **2** sysselsättning; syssla
**pus** [pʌs] *s* med. var
**push** [pʊʃ] **I** *tr itr* **1** a) skjuta; skjuta 'på, leda [*~ a bike*], dra [*~ a pram*] b) knuffa (stöta) till, driva; knuffas [*don't ~!*] c) trycka på [*~ a button*] d) tränga sig [*he pushed past me*]; ***~ one's way*** tränga sig fram; ***~ along*** vard. kila; ***~ off*** a) skjuta ut b) vard. kila, sticka; ***~ on*** köra (gå) vidare [*to* till]; skynda på [*~ on with one's work*]; ***~ over*** knuffa omkull **2** pressa, tvinga; ***be pushed for time*** ha ont om tid **3** sl. langa [*~ drugs*] **II** *s* **1** knuff, puff, stöt **2** vard. framåtanda
**push-bike** ['pʊʃbaɪk] *s* trampcykel
**push-button** ['pʊʃˌbʌtn] *s* tryckknapp; tryckknapps- [*~ tuning* (inställning)]
**push-cart** ['pʊʃkɑ:t] *s* kärra; kundvagn; barnstol på hjul
**push-chair** ['pʊʃ-tʃeə] *s* sittvagn
**pusher** ['pʊʃə] *s* **1** gåpåare **2** sl. langare; ***drug (dope) ~*** knarklangare
**pushover** ['pʊʃˌəʊvə] *s* vard. **1** smal (enkel) sak **2** lätt byte
**puss** [pʊs] *s* kisse; ***~, ~!*** kiss! kiss!
**1 pussy** ['pʊsɪ] *s* kissekatt, kissemiss
**2 pussy** ['pʊsɪ] *s* vulg. fitta, mus
**pussy-cat** ['pʊsɪkæt] *s* kissekatt, kissemisse
**pussy-willow** ['pʊsɪˌwɪləʊ] *s* sälg; kisse
**put** [pʊt] (*put put*) *tr itr* **1** lägga, sätta, ställa; stoppa, sticka [*~ a th. into one's pocket*]; hälla, slå [*~ milk in the tea*]; ***~ a p. to*** förorsaka ngn [*~ a p. to expense*]; ***~ oneself to*** göra (skaffa) sig, dra på sig [*~ oneself to a lot of trouble (expense)*] **2** uppskatta, beräkna [*~ the value at* (till)*...*], värdera [*at* till] **3** uttrycka, säga [*it can be ~ in a few words*], framställa [*~ the matter clearly*]; ställa, rikta [*~ a question to a p.*] **4** hålla, satsa, sätta [*~ money on a horse*] **5** sjö., ***~ into port*** söka hamn; ***~ to sea*** löpa ut, sticka till sjöss
□ ~ **across** vard. föra (få) fram [*he has plenty to say but he can't ~ it across*]; ~ **aside** a) lägga bort (ifrån sig) b) lägga undan [*~ aside a bit of money*]; ~ **away** a) lägga undan (bort, ifrån sig) b) vard. avliva [*my dog had to be ~ away*]; ~ **back** a) lägga tillbaka b) vrida (ställa) tillbaka [*~ the clock back*]; ~ **by** lägga undan; spara [*~ money by*]; ~ **down a)** lägga ned (ifrån sig); sätta (släppa) av [*~ me down at the corner*] **b)** slå ned, kuva [*~ down a rebellion*] **c)** anteckna, skriva upp **d)** ***~ down to*** tillskriva, skylla på [*he ~s it down to nerves*]; ~ **forward** a) lägga fram, framställa; föreslå b) vrida (ställa) fram [*~ the clock forward*]; ~ **in a)** lägga in, installera [*~ in central heating*], sticka in; lägga ner [*~ in a lot of work*] **b)** skjuta in **c)** lämna (ge) in; ***~ in for*** ansöka om [*he ~ in for the job*] **d)** sjö. löpa (gå) in [*~ in to* (i) *harbour*]; ~ **off** a) lägga bort (av); sätta (släppa) av [*he ~ me off at the station*] b) skjuta upp, vänta (dröja) med c) vard. förvirra, distrahera; stöta [*his manners ~ me off*]; få att tappa lusten; ~ **on a)** lägga (sätta) på [*~ the lid on*]; sätta (ta) på [*~ on one's hat*] **b)** öka, sätta upp [*~ on speed*]; ***~ on weight*** öka i vikt; ***~ on the clock*** ställa (vrida) fram klockan **c)** sätta på [*~ on the radio*], sätta i gång; ***~ on the light*** tända ljuset **d)** ***~ on to*** tele. koppla till; ***please ~ me on to...*** kan jag få...; ~ **out a)** lägga ut (fram); räcka (sträcka) fram [*~ out one's hand*], räcka ut [*~ out one's tongue*]; hänga ut [*~ out flags*] **b)** köra (kasta) ut; ***~ a p. out of his misery*** göra slut på ngns lidanden; ***~ a p. out of the way*** röja ngn ur vägen **c)** släcka [*~ out the fire (light)*] **d)** göra ngn stött; störa [*the interruptions ~ me out*] **e)** ***~ oneself out*** göra

sig besvär **f)** sticka ut [*to sea* till sjöss]; ~ **together** lägga ihop (samman); sätta ihop, montera [~ *together a machine*]; ~ **up a)** sätta upp; slå upp, resa [~ *up a tent*]; ställa upp [~ *up a team*] **b)** räcka (sträcka) upp [~ *up one's hand*]; slå (fälla) upp [~ *up one's umbrella*], hissa [~ *up a flag*] **c)** höja, driva upp [~ *up the price*] **d)** utbjuda [~ *up for* (till) *sale*] **e)** hysa, ta emot [~ *a p. up for the night*]; ~ ***up at a hotel (with a p.)*** ta in (bo) på ett hotell (hos ngn) **f)** ~ ***up with*** stå ut med, finna sig i, tåla, tolerera

**putrefy** ['pju:trɪfaɪ] *itr tr* bli (göra) rutten

**putrid** ['pju:trɪd] *a* rutten; vard. urusel

**putt** [pʌt] golf. **I** *tr itr* putta **II** *s* putt

**putting-green** ['pʌtɪŋgri:n] *s* golf. **1** inslagsplats **2** minigolfbana

**putty** ['pʌtɪ] *s* kitt; spackel

**put-up** ['pʊtʌp] *a*, ***it's a ~ job*** det var fixat i förväg, det ligger en komplott bakom

**put-you-up** ['pʊtjʊʌp] *s* bäddsoffa

**puzzle** ['pʌzl] **I** *tr itr* förbrylla; bry sin hjärna [*over, about* med] **II** *s* **1** gåta **2** pussel, läggspel

**puzzling** ['pʌzlɪŋ] *a* förbryllande, gåtfull

**pygmy** ['pɪgmɪ] *s* pygmé, dvärg

**pyjamas** [pə'dʒɑ:məz] *s pl* pyjamas; ***a pair of ~*** en pyjamas

**pylon** ['paɪlən] *s* kraftledningsstolpe; ***radio ~*** radiomast

**pyramid** ['pɪrəmɪd] *s* pyramid

**pyre** ['paɪə] *s* bål speciellt för likbränning

**pyromaniac** [,paɪrə'meɪnɪæk] *s* pyroman

**python** ['paɪθ(ə)n] *s* pytonorm

# Q

**Q, q** [kju:] *s* Q, q

**1 quack** [kwæk] **I** *itr* om ankor snattra **II** *s* snatter

**2 quack** [kwæk] *s* kvacksalvare; charlatan

**quad** [kwɒd] *s* gård i college

**quadrangle** ['kwɒdræŋgl] *s* **1** geom. fyrhörning **2** gård i college

**quadrilateral** [,kwɒdrɪ'lætr(ə)l] *s* fyrsiding

**quadruped** ['kwɒdrʊped] *s* fyrfotadjur

**quadruple** ['kwɒdrʊpl] *a* fyrdubbel, fyrfaldig

**quagmire** ['kwægmaɪə] *s* gungfly, moras

**quail** [kweɪl] *s* zool. vaktel

**quaint** [kweɪnt] *a* pittoresk; pikant

**quake** [kweɪk] *itr* skaka, skälva, darra

**Quaker** ['kweɪkə] *s* kväkare

**qualification** [,kwɒlɪfɪ'keɪʃ(ə)n] *s* **1** kvalifikation, merit **2** villkor, krav [*~s for membership*]

**qualified** ['kwɒlɪfaɪd] *a* kvalificerad, kompetent, meriterad [*for* för], behörig; berättigad

**qualify** ['kwɒlɪfaɪ] *tr itr* o. *refl* kvalificera, meritera, berättiga [*for* till; *to* infinitiv att], kvalificera sig, meritera sig; ***qualifying match*** sport. kvalificeringsmatch [*for* för], kvalmatch

**qualitative** ['kwɒlɪtətɪv] *a* kvalitativ

**quality** ['kwɒlətɪ] *s* **1** kvalitet; beskaffenhet **2** egenskap [*he has many good qualities*]

**qualm** [kwɑ:m] *s*, ***~s*** el. ***~s of conscience*** samvetskval

**quandary** ['kwɒndərɪ] *s* bryderi; dilemma

**quantitative** ['kwɒntɪtətɪv] *a* kvantitativ
**quantity** ['kwɒntətɪ] *s* kvantitet, mängd; ***an unknown*** ~ ett oskrivet blad
**quarantine** ['kwɒrənti:n] *s* karantän
**quarrel** ['kwɒr(ə)l] **I** *s* gräl; ***pick a*** ~ mucka gräl **II** *itr* gräla
**quarrelsome** ['kwɒr(ə)lsəm] *a* grälsjuk
**1 quarry** ['kwɒrɪ] *s* villebråd
**2 quarry** ['kwɒrɪ] **I** *s* stenbrott; ***slate*** ~ skifferbrott **II** *tr* bryta [~ *stone*]
**quart** [kwɔ:t] *s* quart rymdmått för våta varor = ***2 pints*** = 1,136 liter (i USA = 0,946 liter)
**quarter** ['kwɔ:tə] **I** *s* **1** fjärdedel; ***a*** ~ ***of a century*** ett kvartssekel **2** ~ ***of an hour*** kvart, kvarts timme; ***a*** ~ ***past*** (amer. ***after***) ***ten*** kvart över tio; ***a*** ~ ***to*** (amer. ***of***) ***ten*** kvart i tio **3** kvartal **4** mått, ungefär ett hekto [*a* ~ *of sweets*] **5** amer. 25 cent **6** kvarter [*a slum* ~] **7** håll; [***hear a th.***] ***from a reliable*** ~ ... från säkert håll; ***in high*** ~***s*** på högre (högsta) ort **8** pl. ~***s*** logi, bostad, speciellt mil. kvarter, förläggning; ***take up one's*** ~***s*** inkvartera sig **II** *tr* **1** dela i fyra delar **2** mil. inkvartera [*on (with) a p.* hos ngn]
**quarter-final** ['kwɔ:tə'faɪnl] *s* sport. kvartsfinal
**quarterly** ['kwɔ:təlɪ] **I** *a* kvartals- **II** *adv* kvartalsvis
**quartet** [kwɔ:'tet] *s* kvartett äv. mus.
**quarto** ['kwɔ:təʊ] *s* kvartsformat
**quartz** [kwɔ:ts] *s* miner. kvarts; ~ ***clock (watch)*** kvartsur; ~ ***crystal*** kvartskristall
**quasi** ['kwɑ:zɪ] *pref* halv- [*quasi-official*], halvt; kvasi-
**quay** [ki:] *s* kaj
**quayside** ['ki:saɪd] *s* kajområde
**queen** [kwi:n] *s* **1** drottning **2 a)** schack. drottning, dam **b)** kortsp. dam; ~ ***of hearts*** hjärterdam
**queer** [kwɪə] **I** *a* **1** konstig, underlig; skum **2** sl. homofil **II** *s* sl. fikus homofil
**quell** [kwel] *tr* kuva [~ *a rebellion*]
**quench** [kwentʃ] *tr* **1** släcka [~ *a fire*]; ~ ***one's thirst*** släcka törsten **2** dämpa
**query** ['kwɪərɪ] **I** *s* **1** fråga [*raise* (väcka) *a* ~], förfrågan **2** frågetecken som sätts i marginal **II** *tr* fråga om, ifrågasätta
**quest** [kwest] *s* sökande [*for* efter]; ***in*** ~ ***of*** på jakt efter
**question** ['kwestʃ(ə)n] **I** *s* fråga, spörsmål; ***there is no*** ~ ***about it*** det råder inget tvivel om det; ***it is out of the*** ~ det kommer aldrig i fråga; ***without*** ~ utan tvekan **II** *tr* fråga, ställa frågor till; förhöra [*he was questioned by the police*]; ifrågasätta
**questionable** ['kwestʃənəbl] *a* tvivelaktig, diskutabel, oviss
**questioning** ['kwestʃənɪŋ] *s* förhör
**question-mark** ['kwestʃənmɑ:k] *s* frågetecken
**questionnaire** [ˌkwestʃə'neə] *s* frågeformulär
**queue** [kju:] **I** *s* kö; ***jump the*** ~ vard. tränga sig före i kön **II** *itr*, ~ ***up*** el. ~ köa
**quibble** ['kwɪbl] **I** *s* spetsfundighet **II** *itr*, ~ ***about (over)*** käbbla om
**quick** [kwɪk] **I** *a* snabb, hastig; kvick **II** *adv* vard. fort, kvickt [*come* ~*!*], snabbt
**quicken** ['kwɪk(ə)n] *tr itr* **1** påskynda, öka [~ *one's pace*] **2** bli hastigare
**quick-freeze** ['kwɪk'fri:z] (*quick-froze quick-frozen*) *tr* snabbfrysa, djupfrysa
**quick-froze** ['kwɪk'frəʊz] se *quick-freeze*
**quick-frozen** ['kwɪk'frəʊzn] se *quick-freeze*
**quickie** ['kwɪkɪ] *s* vard. snabbis
**quickly** ['kwɪklɪ] *adv* snabbt, hastigt, fort
**quicksand** ['kwɪksænd] *s* kvicksand
**quid** [kwɪd] (pl. lika) *s* sl. pund [*ten* ~]
**quiet** ['kwaɪət] **I** *a* **1** lugn, stilla, tyst; stillsam, tystlåten; ***be*** ~***!*** var tyst!; ***keep a th.*** ~ hålla tyst med ngt; ***on the*** ~ vard. i hemlighet (smyg) **2** lugn, diskret [~ *colours*] **II** *s* stillhet, lugn; tystnad; ***in peace and*** ~ i lugn och ro **III** *tr itr* se *quieten*
**quieten** ['kwaɪətn] *tr itr* lugna [~ *a baby*], stilla, få tyst på; ~ ***down*** lugna sig; tystna
**quilt** [kwɪlt] *s* täcke; ~ ***cover (case)*** påslakan; ***down (continental)*** ~ duntäcke
**quince** [kwɪns] *s* bot. kvitten
**quinine** [kwɪ'ni:n] *s* kem. kinin, kina
**quintet** [kwɪn'tet] *s* kvintett äv. mus.
**quisling** ['kwɪzlɪŋ] *s* quisling, landsförrädare
**quit** [kwɪt] **I** *a* fri, befriad [*of* från] **II** (*quitted quitted* el. *quit quit*) *tr itr* **1** lämna [~ *the country*], sluta på [~ *one's job*] **2** sluta upp med, lägga av [*doing a th.* att göra ngt], flytta om hyresgäst; sluta [~ *because of poor pay*], vard. sticka; ***give a p. notice to*** ~ säga upp ngn; ***get notice to*** ~ bli uppsagd
**quite** [kwaɪt] *adv* **1** a) alldeles, helt, absolut [~ *impossible*], precis, helt [*she is* ~ *young*], mycket [~ *possible*] b) ganska, rätt, nog så; ***that I can*** ~ ***believe*** det tror jag gärna; ***I don't*** ~ ***know*** jag vet inte riktigt; ***not*** ~ [***six weeks***] knappt ...; ~ ***another thing*** en helt annan sak; ***she is*** ~ ***a child*** hon är bara barnet; ***when*** ~ ***a child*** redan som barn; ~ ***the best*** det allra bästa **2** ~ ***so!*** el. ~***!*** alldeles riktigt!

**quits** [kwɪts] *a* kvitt [*we are ~ now*]
**quiver** ['kwɪvə] **I** *itr* darra, skälva [*with* av] **II** *s* darrning, skalv
**quiz** [kwɪz] *s* frågesport, frågelek
**quizmaster** ['kwɪzˌmɑːstə] *s* frågesportsledare
**quoit** [kɔɪt] *s* sport., *~s* ringkastning, quoits
**quota** ['kwəʊtə] *s* kvot; fördelningskvot
**quotation** [kwəʊ'teɪʃ(ə)n] *s* **1** citat, citerande; ~ ***mark*** citationstecken, anföringstecken **2** hand. kurs [*for* på]; notering
**quote** [kwəʊt] **I** *tr itr* **1** citera, anföra **2** hand. notera **II** *s* vard. **1** citat **2** pl. *~s* citationstecken, anföringstecken

# R

**R, r** [ɑː] *s* R, r
**rabbi** ['ræbaɪ] *s* rabbin
**rabbit** ['ræbɪt] *s* kanin, amer. äv. hare
**rabbit-hutch** ['ræbɪthʌtʃ] *s* kaninbur
**rabble** ['ræbl] *s*, ***the*** ~ pöbeln, patrasket
**rabid** ['ræbɪd] *a* rabiat, fanatisk
**rabies** ['reɪbiːz] *s* rabies, vattuskräck
**raccoon** [rə'kuːn] *s* sjubb, tvättbjörn
**1 race** [reɪs] *s* ras [*the white ~*]; stam, släkte; ***the human*** ~ människosläktet
**2 race** [reɪs] **I** *s* kapplöpning, kappkörning; ***the*** *~s* kapplöpningarna; ***flat*** ~ slätlopp; ***a ~ against time*** en kapplöpning med tiden; ***run a*** ~ springa (löpa) i kapp **II** *itr tr* **1** springa (löpa, rida) i kapp, delta i kapplöpningar; springa (löpa, köra) i kapp med **2** rusa [*~ home*]
**race-course** ['reɪskɔːs] *s* kapplöpningsbana
**race-horse** ['reɪshɔːs] *s* kapplöpningshäst
**race-track** ['reɪstræk] *s* **1** kapplöpningsbana **2** löparbana **3** racerbana
**racial** ['reɪʃ(ə)l] *a* ras- [*~ discrimination*]
**racialist** ['reɪʃəlɪst] *s* rasist
**racing** ['reɪsɪŋ] *s* kapplöpning, hastighetstävling; tävlings-, racer- [*a ~ motorist* (förare)]
**racism** ['reɪsɪz(ə)m] *s* rasism
**racist** ['reɪsɪst] *s* rasist
**rack** [ræk] **I** *s* **1** ställ [*pipe-rack*], ställning, räcke; hållare; hylla [*hat-rack*]; bagagehylla **2** ***be (put) on the*** ~ ligga (lägga) på sträckbänken **II** *tr* bildl. pina, plåga; ~ ***one's brains*** bry sin hjärna
**1 racket** ['rækɪt] *s* sport. racket

**2 racket** ['rækɪt] *s* **1** oväsen, larm; ***kick up (make) a ~*** vard. föra ett förfärligt oväsen **2** vard. skoj, bluff; skumraskaffär; ***it's a proper ~*** det är rena rama bluffen
**racketeer** [ˌrækɪ'tɪə] *s* vard. svindlare, skojare, bluffmakare; utpressare
**racketeering** [ˌrækɪ'tɪərɪŋ] *s* vard. skoj, fiffel, bluff; organiserad utpressning
**racy** ['reɪsɪ] *a* kärnfull [*a ~ style*]; pikant [*a ~ story*]
**radar** ['reɪdɑ:] *s* radar; radarsystem
**radial** ['reɪdjəl] **I** *a* radial [*~ tyre*] **II** *s* radialdäck
**radiance** ['reɪdjəns] *s* strålglans
**radiant** ['reɪdjənt] *a* utstrålande; strålande [*a ~ smile*]
**radiate** ['reɪdɪeɪt] *tr itr* **1** utstråla, radiera **2** stråla, stråla ut [*roads radiating from Oxford*; *~ with* (av) *happiness*]
**radiation** [ˌreɪdɪ'eɪʃ(ə)n] *s* strålning; radioaktivitet
**radiator** ['reɪdɪeɪtə] *s* **1** värmeelement, radiator **2** kylare på bil
**radical** ['rædɪk(ə)l] **I** *a* radikal, genomgripande [*~ changes*] **II** *s* polit. radikal
**radii** ['reɪdɪaɪ] se *radius*
**radio** ['reɪdɪəʊ] **I** *s* radio; radioapparat, radiomottagare; ***~ patrol car*** radiobil hos polisen; ***~ set*** radio **II** *tr itr* radiotelegrafera till; radiotelegrafera
**radioactive** ['reɪdɪəʊ'æktɪv] *a* radioaktiv
**radioactivity** ['reɪdɪəʊæk'tɪvətɪ] *s* radioaktivitet
**radiocardiogram** ['reɪdɪəʊ'kɑ:dɪəʊgræm] *s* radiokardiogram
**radio-operator** ['reɪdɪəʊ'ɒpəreɪtə] *s* radiotelegrafist
**radish** ['rædɪʃ] *s* rädisa; ***black ~*** rättika
**radium** ['reɪdjəm] *s* radium
**radius** ['reɪdjəs] (pl. *radii* ['reɪdɪaɪ]) *s* radie
**R.A.F.** ['ɑ:reɪ'ef] förk. för *Royal Air Force*
**raffia** ['ræfɪə] *s* rafiabast
**raffle** ['ræfl] **I** *s* tombola **II** *tr* lotta ut genom tombola, lotta bort
**raft** [rɑ:ft] *s* flotte [*a rubber ~*]; timmerflotte
**rag** [ræg] *s* **1** trasa **2** vard. tidningsblaska
**ragamuffin** ['rægəˌmʌfɪn] *s* rännstensunge, trashank
**rage** [reɪdʒ] **I** *s* **1** raseri; ***be in (fly into) a ~*** vara (bli) rasande **2** ***be the (all the) ~*** vard. vara sista skriket **II** *itr* rasa
**ragged** ['rægɪd] *a* **1** trasig, sönderslitn **2** ruggig, raggig; fransig; ovårdad
**raglan** ['ræglən] *s* raglan
**ragout** ['rægu:] *s* ragu
**raid** [reɪd] **I** *s* räd, plundringståg; kupp [*on* mot]; razzia [*on* mot, i] **II** *tr* göra en räd (razzia) mot (i); plundra
**raider** ['reɪdə] *s* deltagare i räd (razzia)
**rail** [reɪl] *s* **1** stång i t.ex. räcke; ledstång; räcke; ***towel ~*** handduksstång **2** sjö. reling **3** skena, räls; ***by ~*** med järnväg; ***go off the ~s*** bildl. spåra ur
**railing** ['reɪlɪŋ] *s*, pl. *~s* järnstaket, räcke
**railroad** ['reɪlrəʊd] *s* amer. se *railway*
**railway** ['reɪlweɪ] *s* järnväg; järnvägsbolag; attributivt vanl. järnvägs- [*~ station*]; ***~ yard*** bangård; ***by ~*** med (på) järnväg
**rain** [reɪn] **I** *s* regn; regnväder; ***right as ~*** vard. prima; **II** *itr tr* regna; hagla [*the blows rained (rained down) on him*]; strömma [*tears rained down her cheeks*]; ösa, låta hagla [*~ blows on* (över) *a person*]; ***it never ~s but it pours*** ordspr. en olycka kommer sällan ensam; ***it's raining cats and dogs*** regnet står som spön i backen
**rainbow** ['reɪnbəʊ] *s* regnbåge
**raincoat** ['reɪnkəʊt] *s* regnrock
**rainfall** ['reɪnfɔ:l] *s* **1** regn, regnskur **2** regnmängd, nederbörd
**rainproof** ['reɪnpru:f] *a* regntät, vattentät
**rainy** ['reɪnɪ] *a* regnig, regn- [*~ season*]
**raise** [reɪz] **I** *tr* **1** resa, lyfta, resa (lyfta) upp, ta upp; hissa (dra) upp; ***~ one's hand against a p.*** lyfta sin hand mot ngn hota ngn; ***~ one's eyebrows*** höja på ögonbrynen; ***~ one's glass to a p.*** höja sitt glas för ngn, dricka ngn till; ***~ one's hat to a p.*** lyfta på hatten för ngn **2** höja [*~ prices*] **3** uppföra, resa [*~ a monument*] **4** föda upp [*~ cattle*], odla, amer. äv. uppfostra [*~ children*]; ***~ a family*** amer. bilda familj, skaffa barn **5** befordra [*~ a captain to the rank of major*] **6** uppväcka [*~ from the dead*]; frammana [*~ spirits*]; ***~ hell (the devil)*** vard. föra ett helvetes liv **7** orsaka, väcka [*~ a p.'s hopes*]; ***~ the alarm*** slå larm; ***~ a laugh*** framkalla skratt **8** lägga (dra) fram, framställa [*~ a claim*], väcka, ta upp [*~ a question*] **9** samla, samla ihop, skaffa [*~ money*]; ta [*~ a loan*] **10** häva [*~ an embargo*]
**II** *s* amer. lönelyft
**raisin** ['reɪzn] *s* russin
**1 rake** [reɪk] **I** *s* räfsa, kratta; ***thin as a ~*** smal som en sticka **II** *tr* räfsa, kratta; ***~ in*** [***a lot of money***] håva in . . .; ***~ together (up)*** räfsa ihop; skrapa ihop; ***~ up*** [***the past***] riva upp . . .
**2 rake** [reɪk] *s* rumlare, rucklare

**rally** ['rælɪ] **I** *tr itr* **1** samla, samla ihop; samlas, samla sig; ~ ***to a p.'s defence*** komma till ngns försvar; ***rallying point*** samlingspunkt **2** samla nya krafter **II** *s* **1** samling **2** möte [*a peace* ~]; massmöte **3** rally [*a motor* ~] **4** bildl. återhämtning **5** sport. slagväxling, lång boll

**ram** [ræm] **I** *s* **1** bagge; om person bock [*he is an old* ~] **2** murbräcka [äv. *battering--ram*] **II** *tr* **1** slå (stöta, stampa) ned (in, mot); ~ ***a th. into a p.'s head*** bildl. slå in ngt i huvudet på ngn **2** vard. stoppa, proppa [~ *clothes into a bag*] **3** ramma [~ *a submarine*]

**ramble** ['ræmbl] **I** *itr* ströva (vandra) omkring [*about* (i) *the country*]; ~ ***on*** pladdra på **II** *s* strövtåg, vandring utan mål

**ramp** [ræmp] *s* ramp; uppfart, nerfart

**rampant** ['ræmpənt] *a* otyglad; grasserande; ***be*** ~ sprida sig, frodas

**rampart** ['ræmpɑ:t] *s* fästningsvall

**ramshackle** ['ræm,ʃækl] *a* fallfärdig

**ran** [ræn] se *run I*

**ranch** [rɑ:ntʃ, ræntʃ] *s* i USA ranch, farm

**rancher** ['rɑ:ntʃə, 'ræntʃə] *s* ranchägare; rancharbetare

**rancid** ['rænsɪd] *a* härsken

**rancour** ['ræŋkə] *s* hätskhet; agg

**random** ['rændəm] **I** *s*, ***at*** ~ på måfå, på en höft **II** *a* på måfå; ~ ***sample*** stickprov

**randy** ['rændɪ] *a* vard. kåt

**rang** [ræŋ] se *1 ring I*

**range** [reɪndʒ] **I** *s* **1** rad, räcka; ~ ***of mountains*** bergskedja **2** skjutbana [äv. *rifle-range*] **3** räckvidd, omfång; avstånd; ***frequency*** ~ frekvensområde; ***at long (short)*** ~ på långt (nära) håll; ***medium*** ~ medeldistans; ***price*** ~ prisklass; ***a wide*** ~ ***of colours*** en vidsträckt färgskala; ett stort urval av färger; ***a wide*** ~ ***of topics*** ett brett ämnesurval **4** ***out of (beyond)*** ~ ***of*** utom skotthåll för; ***within*** ~ ***of*** inom skotthåll för **5** spis **6** amer. betesmark

**II** *tr itr* **1** ställa i (på) rad **2** klassificera; inordna **3** ströva (vandra) i (igenom) **4** sträcka sig, löpa **5** ha sin plats, ligga [*with* bland, jämte], inrangeras **6** variera inom vissa gränser; ***children ranging in age from two to twelve*** barn i åldrar mellan två och tolv **7** ströva (vandra) omkring [~ *over the hills*] **8** nå, ha en räckvidd av

**range-finder** ['reɪndʒ,faɪndə] *s* mil., foto. avståndsmätare

**1 rank** [ræŋk] **I** *s* **1** rad, räcka **2** mil. o. bildl. led; ***the*** ~***s*** el. ***the*** ~ ***and file*** de meniga, manskapet; bildl. gemene man, de djupa leden; ***close the*** ~***s*** sluta leden; ***rise from the*** ~***s*** arbeta sig upp **3** rang; mil. grad [*military* ~*s*] **II** *tr itr* **1** ställa upp i (på) led; ordna **2** placera, sätta, inordna [*among, with* bland, jämte]; klassificera; ha en plats [*among, with* bland], ha rang [*as, with* som, av]; räknas [*among, with* bland] **3** sport. ranka; rankas

**2 rank** [ræŋk] *a* **1** yppig, tät **2** grov [~ *injustice*] **3** fullkomlig [*a* ~ *outsider*]

**ransack** ['rænsæk] *tr* **1** leta igenom, undersöka **2** plundra

**ransom** ['rænsəm] **I** *s* lösen **II** *tr* frige mot lösen

**rant** [rænt] *itr* orera; gorma

**rap** [ræp] **I** *s* rapp, smäll, slag; knackning **II** *tr itr* slå, smälla; knacka, knacka på [~ *at (on) the door*]

**rape** [reɪp] **I** *tr* våldta **II** *s* våldtäkt

**rapid** ['ræpɪd] **I** *a* hastig, snabb, rask **II** *s*, pl. ~*s* fors

**rapidity** [rə'pɪdətɪ] *s* hastighet, snabbhet

**rapier** ['reɪpjə] *s* värja

**rapist** ['reɪpɪst] *s* våldtäktsman

**rapt** [ræpt] *a* hänryckt

**rapture** ['ræptʃə] *s* hänryckning, extas

**1 rare** [reə] *a* sällsynt

**2 rare** [reə] *a* lätt stekt, blodig

**rarely** ['reəlɪ] *adv* sällan; sällsynt

**rarity** ['reərətɪ] *s* sällsynthet, raritet

**rascal** ['rɑ:sk(ə)l] *s* lymmel; skämts. rackare

**1 rash** [ræʃ] *s* med. hudutslag

**2 rash** [ræʃ] *a* obetänksam, förhastad

**rasher** ['ræʃə] *s* tunn baconskiva

**rasp** [rɑ:sp] **I** *s* **1** rasp, grov fil **2** raspande **II** *tr itr* skorra, skorra i; ***a rasping voice*** en skrovlig röst

**raspberry** ['rɑ:zbərɪ] *s* **1** hallon **2** sl. föraktfull fnysning; ***blow a p. a*** ~ el. ***give a p. the (a)*** ~ fnysa föraktfullt åt ngn, bua ut ngn

**rat** [ræt] *s* råtta; ***he's a*** ~ vard. han är en skitstövel; ***smell a*** ~ vard. ana oråd

**rate** [reɪt] **I** *s* **1** hastighet, fart; ***at a great (high)*** ~ i full fart; i snabb takt; ***at any*** ~ bildl. i alla (varje) fall; ***at that*** ~ vard. i så fall **2** taxa; kurs; ~ ***of exchange*** växelkurs; ~ ***of interest*** räntefot, räntesats; ***letter postage*** ~ brevporto **3** pl. ~*s* ungefär kommunalskatt [~*s and taxes*]

**II** *tr itr* **1** uppskatta, värdera, taxera [*at* till] **2** räkna [*I* ~ *him among my friends*]; räknas [*as* för, som]

**rate-payer** ['reɪt,peɪə] *s* kommunal skattebetalare

**rather** ['rɑ:ðə] *adv* **1** hellre, helst; snarare; ***I'd*** ~ ***not*** helst inte **2** rätt, ganska [~

*pretty*]; *I* ~ ***like it*** jag tycker faktiskt rätt bra om det **3** vard., som svar ja (jo) visst; om!
**ratify** ['rætıfaı] *tr* ratificera
**ratio** ['reıʃıəʊ] *s* förhållande, proportion
**ration** ['ræʃ(ə)n] **I** *s* ranson, tilldelning **II** *tr* ransonera; sätta på ranson
**rational** ['ræʃənl] *a* rationell; förnufts-
**rationalize** ['ræʃnəlaız] *tr itr* rationalisera
**rat-race** ['rætreıs] *s* vard. karriärjakt
**rattle** ['rætl] **I** *s* **1** skallra [*a baby's* ~], harskramla **2** skrammel **3** rossling **II** *itr tr* **1** skramla; rassla, smattra [*the gunfire rattled*] **2** ~ ***on (away)*** pladdra 'på **3** skramla med; skaka [*the wind rattled the windows*] **4** rabbla; ~ ***off (out)*** rabbla upp **5** perfekt particip ***rattled*** något skakad, nervös
**rattlesnake** ['rætlsneık] *s* skallerorm
**ravage** ['rævıdʒ] **I** *tr* härja, ödelägga, förhärja, hemsöka [*a country ravaged by war*]; plundra **II** *s* ödeläggelse; pl. ~*s* härjning, härjningar
**rave** [reıv] **I** *itr* **1** yra **2** rasa [*against, at* mot] **3** tala med hänförelse [*about, over* om] **II** *s* vard. entusiastiskt beröm; begeistring
**ravel** ['ræv(ə)l] *tr* riva (repa) upp
**raven** ['reıvn] *s* zool. korp
**ravenous** ['rævənəs] *a* glupsk [*for* efter, på], utsvulten; vard. hungrig som en varg
**ravine** [rə'vi:n] *s* ravin, bergsklyfta
**raving** ['reıvıŋ] **I** *a* yrande; ***a*** ~ ***lunatic*** en blådåre **II** *adv* vard. spritt språngande [~ *mad*] **III** *s*, pl. ~*s* yrande
**ravish** ['rævıʃ] *tr*, ***ravished by*** hänförd av
**ravishing** ['rævıʃıŋ] *a* hänförande, förtjusande
**raw** [rɔ:] *a* **1** rå; obearbetad **2** grön, otränad **3** hudlös; öm; oläkt **4** ruggig [~ *weather*]
**1 ray** [reı] *s* zool. rocka
**2 ray** [reı] *s* stråle; ***a*** ~ ***of hope*** en strimma av hopp; ***a*** ~ ***of sunshine*** en solstråle
**raze** [reız] *tr* rasera, jämna med marken [äv. ~ *to the ground*]
**razor** ['reızə] *s* rakkniv; rakhyvel; rakapparat
**razor-blade** ['reızəbleıd] *s* rakblad
**Rd.** förk. för *Road*
**'re** [ə] = *are* [*they're*; *we're*]
**reach** [ri:tʃ] **I** *tr itr* **1** sträcka; ~ ***out for*** el. ~ ***for*** sträcka sig efter **2** räcka, ge [~ *me that book*] **3** nå, räcka; nå upp till; komma (nå) fram till; ~ ***a decision*** nå (träffa) ett avgörande; ***as far as the eye can*** ~ så långt ögat når **II** *s* räckhåll; räckvidd t. ex. boxares; ***out of (within)*** ~ utom (inom) räckhåll [*of a p.* för ngn]; ***within easy*** ~ ***of the station*** på bekvämt avstånd från stationen
**react** [rı'ækt] *itr* reagera [*to* för, på]
**reaction** [rı'ækʃ(ə)n] *s* reaktion
**reactionary** [rı'ækʃənərı] *a* o. *s* reaktionär
**reactor** [rı'æktə] *s*, ***nuclear*** ~ kärnreaktor
**read** [infinitiv o. substantiv ri:d; imperfekt, perfekt particip o. adjektiv red] **I** *tr itr* **1** läsa [*in* i; *of, about* om], läsa upp, läsa högt [*to a p.* för ngn]; läsa av; studera; ~ ***a p.'s hand*** läsa i ngns hand, spå ngn i handen; ~ ***aloud*** läsa högt; ~ ***out*** läsa upp; läsa högt; ~ ***out aloud*** läsa högt **2** läsa, studera [~ *law* (juridik)] **3** stå; lyda, låta [*it* ~*s better now*] **4** visa [*the thermometer* ~*s 10°*] **II** *a* o. *pp*, ***be well*** ~ vara beläst **III** *s* lässtund [*a quiet* ~]
**readable** ['ri:dəbl] *a* **1** läslig **2** läsvärd
**reader** ['ri:də] *s* **1** läsare; uppläsare **2** läsebok **3** univ., ungefär docent **4** korrekturläsare
**readily** ['redəlı] *adv* **1** villigt, gärna **2** raskt; med lätthet [~ *recognize a th.*]
**readiness** ['redınəs] *s* **1** villighet **2** beredskap; ***in*** ~ i beredskap, redo
**reading** ['ri:dıŋ] *s* **1** läsning, läsande; ***a man of wide*** ~ en mycket beläst man **2** lektyr; läsmaterial **3** avläsning på instrument; ***barometer*** ~ barometerstånd **4** uppläsning [~*s from* (ur) *Shakespeare*], recitation
**reading-lamp** ['ri:dıŋlæmp] *s* läslampa
**reading-room** ['ri:dıŋrʊm] *s* läsesal, läsrum
**readjust** ['ri:ə'dʒʌst] *tr* rätta (ordna) till; ställa om [~ *one's watch*]
**ready** ['redı] **I** *a* **1** färdig, klar, redo, beredd [*for* på, för, till]; villig [~ *to forgive*]; ~ ***money*** reda pengar; ~ ***reckoner*** snabbräknare, räknetabell; ***get*** ~ el. ***get (make) oneself*** ~ göra sig i ordning (klar); bereda sig [*for* på, för]; ***get*** ~, ***get set, go!*** el. ~, ***steady, go!*** på era platser (klara), färdiga, gå! **2** snar, benägen [*don't be so* ~ *to find fault*] **II** *adv* färdig- [~ *cooked* (lagad)]
**ready-cooked** ['redı'kʊkt] *a* färdiglagad
**ready-made** ['redı'meıd] **I** *a* färdigsydd, färdiggjord, konfektionssydd **II** *s* konfektionskostym; konfektionssytt plagg
**real** [rıəl] **I** *a* verklig, faktisk, reell; äkta [~ *pearls*]; ***in*** ~ ***earnest*** på fullt allvar **II**

*adv* vard. riktigt, verkligt [*have a ~ good time*]
**realist** ['rɪəlɪst] *s* realist
**realistic** [rɪə'lɪstɪk] *a* realistisk
**reality** [rɪ'æləti] *s* verklighet; ***in ~*** i verkligheten (realiteten)
**realize** ['rɪəlaɪz] *tr* **1** inse, fatta **2** förverkliga, genomföra **3** tjäna
**really** ['rɪəlɪ] *adv* **1** verkligen, faktiskt **2** riktigt, verkligt [*~ bad (good)*]
**realm** [relm] *s* litt. konungarike; ***the ~ of the imagination*** fantasins värld
**reap** [ri:p] *tr* bärga [*~ the harvest*], skörda
**reaper** ['ri:pə] *s* skördearbetare; skördemaskin
**reappear** ['ri:ə'pɪə] *itr* visa sig igen
**1 rear** [rɪə] *tr* **1** föda upp [*~ cattle*]; uppfostra [*~ a child*] **2** lyfta på [*the snake reared its head*]
**2 rear** [rɪə] *s* **1** bakre del, bakdel; baksida; ***in (at) the ~ of*** på baksidan av, bakom **2** attributivt bak- [*~ axle*]
**rear-admiral** ['rɪər'ædmər(ə)l] *s* sjö. konteramiral
**rear-light** ['rɪəlaɪt] *s* baklykta
**rearm** ['ri:'ɑ:m] *tr itr* återupprusta
**rearmament** [rɪ'ɑ:məmənt] *s* återupprustning
**rearrange** ['ri:ə'reɪndʒ] *tr* ordna om
**rear-view** ['rɪəvju:] *a*, ***~ mirror*** backspegel
**reason** ['ri:zn] **I** *s* **1** skäl, anledning, grund **2** förnuft; ***there is ~ (some ~) in that*** det är reson i det; ***it stands to ~*** det är självklart; [***he complains,*** ] ***and with ~*** ... och det med rätta; ***prices are within ~*** priserna är rimliga **II** *itr tr* resonera, resonera som så
**reasonable** ['ri:zənəbl] *a* **1** förnuftig, förståndig, resonlig, resonabel **2** rimlig, skälig [*a ~ price*]
**reasoning** ['ri:zənɪŋ] *s* resonemang
**reassurance** [ˌri:ə'ʃʊər(ə)ns] *s* ny (lugnande) försäkran; uppmuntran
**reassure** [ˌri:ə'ʃʊə] *tr* lugna; uppmuntra
**reassuring** [ˌri:ə'ʃʊərɪŋ] *a* lugnande
**rebel** [substantiv 'rebl, verb rɪ'bel] **I** *s* rebell, upprorsman; upprors-, rebell- [*the ~ forces*] **II** *itr* göra uppror
**rebellion** [rɪ'beljən] *s* uppror [*against* mot]; ***rise in ~*** göra uppror
**rebellious** [rɪ'beljəs] *a* upprorisk, rebellisk
**rebirth** ['ri:'bɜ:θ] *s* pånyttfödelse
**rebound** [verb rɪ'baʊnd, substantiv 'ri:baʊnd] **I** *itr* återstudsa, studsa tillbaka **II** *s* återstudsning, studs
**rebuff** [rɪ'bʌf] **I** *s* bakslag; bakläxa **II** *tr* avvisa; snäsa av
**rebuild** ['ri:'bɪld] (*rebuilt rebuilt*) *tr* återbygga upp; bygga om
**rebuilt** ['ri:'bɪlt] se *rebuild*
**rebuke** [rɪ'bju:k] **I** *tr* tillrättavisa **II** *s* tillrättavisning, skrapa
**recall** [rɪ'kɔ:l] **I** *tr* **1** kalla tillbaka, kalla hem, återkalla **2** erinra sig, minnas **3** upphäva [*~ a decision*] **II** *s* **1** tillbakakallande, hemkallande **2** återkallande, upphävande; ***past (beyond) ~*** oåterkallelig, oåterkalleligt
**recapture** ['ri:'kæptʃə] **I** *tr* återta, återerövra **II** *s* återtagande, återerövring
**recede** [rɪ'si:d] *itr* gå (träda, dra sig) tillbaka; ***a receding forehead*** en sluttande panna
**receipt** [rɪ'si:t] *s* **1** kvitto [*for* på] **2** pl. *~s* intäkter **3** mottagande
**receive** [rɪ'si:v] *tr* ta emot, motta, erhålla
**receiver** [rɪ'si:və] *s* **1** mottagare **2** ***~ of stolen goods*** el. ~ hälare **3** mottagare, mottagningsapparat; telefonlur
**recent** ['ri:snt] *a* ny; färsk [*~ news*]; ***in (during) ~ years*** under senare år
**recently** ['ri:sntlɪ] *adv* nyligen
**receptacle** [rɪ'septəkl] *s* behållare
**reception** [rɪ'sepʃ(ə)n] *s* **1** mottagande, mottagning i olika betydelser; ***~ desk*** reception på hotell **2** radio. mottagningsförhållanden
**receptionist** [rɪ'sepʃənɪst] *s* receptionist; portier
**receptive** [rɪ'septɪv] *a* receptiv, mottaglig
**recess** [rɪ'ses] *s* vrå, skrymsle; nisch, alkov; insänkning
**recession** [rɪ'seʃ(ə)n] *s* konjunkturnedgång
**recharge** ['ri:'tʃɑ:dʒ] *tr* elektr. ladda om
**recipe** ['resɪpɪ] *s* kok. recept äv. bildl.
**recipient** [rɪ'sɪpɪənt] *s* mottagare
**reciprocal** [rɪ'sɪprək(ə)l] *a* ömsesidig
**reciprocate** [rɪ'sɪprəkeɪt] *itr tr* göra en gentjänst; gengälda, återgälda
**recital** [rɪ'saɪtl] *s* recitation, uppläsning; mus. solistuppförande
**recitation** [ˌresɪ'teɪʃ(ə)n] *s* recitation, uppläsning
**recite** [rɪ'saɪt] *tr* recitera, läsa upp
**reciter** [rɪ'saɪtə] *s* recitatör, uppläsare
**reckless** ['rekləs] *a* hänsynslös; obetänksam [*~ conduct*], vårdslös [*~ driving*]
**reckon** ['rek(ə)n] *tr itr* **1** räkna; ***~ up*** räkna ihop (samman, upp); ***~ with*** räkna med, ta med i beräkningen **2** beräkna,

uppskatta, bedöma **3** räkna, anse [*as* som]; räknas [*he ~s among* (bland, till) *the best*] **4** vard. tycka; [***he is pretty good,*** ] ***I ~...*** tycker jag **5** anta, förmoda; *~ **on*** räkna (lita) på; räkna med
**reckoning** ['rekənɪŋ] *s* **1** räkning, uppräkning, beräkning; uppskattning **2** räkenskap; ***the day of ~*** räkenskapens dag
**reclaim** [rɪ'kleɪm] *tr* återvinna, odla upp [*~ land*]
**recline** [rɪ'klaɪn] *tr itr* vila, lägga ned, luta tillbaka; luta sig tillbaka, lägga sig, ligga (sitta) tillbakalutad
**recognition** [ˌrekəg'nɪʃ(ə)n] *s* **1** erkännande; ***receive (meet with) due ~*** röna vederbörligt erkännande **2** igenkännande; ***beyond (out of all, past) ~*** oigenkännlig
**recognizable** ['rekəgnaɪzəbl] *a* igenkännlig [*by a th.* på ngt]
**recognize** ['rekəgnaɪz] *tr* **1** känna igen [*by a th.* på ngt] **2** erkänna [*~ a new government*] **3** inse [*he recognized the danger*]
**recoil** [rɪ'kɔɪl] **I** *itr* **1** rygga tillbaka [*from* för] **2** studsa tillbaka, mil. rekylera **II** *s* återstuds, mil. rekyl
**recollect** [ˌrekə'lekt] *tr* erinra sig, minnas
**recollection** [ˌrekə'lekʃ(ə)n] *s* hågkomst, minne, erinring; pl. *~s* minnen; ***not to my ~*** inte såvitt jag kan minnas
**recommence** ['ri:kə'mens] *itr tr* börja på nytt
**recommend** [ˌrekə'mend] *tr* rekommendera; råda
**recommendation** [ˌrekəmen'deɪʃ(ə)n] *s* rekommendation; tillrådan
**recompense** ['rekəmpens] **I** *tr* gottgöra, ersätta **II** *s* gottgörelse, ersättning
**reconcile** ['rekənsaɪl] *tr* försona
**reconciliation** [ˌrekənsɪlɪ'eɪʃ(ə)n] *s* försoning
**reconnaissance** [rɪ'kɒnɪs(ə)ns] *s* speciellt mil. spaning, rekognoscering
**reconnoitre** [ˌrekə'nɔɪtə] *tr itr* speciellt mil. spana, rekognoscera; sondera
**reconsider** ['ri:kən'sɪdə] *tr* på nytt överväga
**reconstruct** ['ri:kəns'trʌkt] *tr* rekonstruera [*~ a crime*]; bygga om; ombilda
**record** [substantiv 'rekɔ:d, verb rɪ'kɔ:d] **I** *s* **1** förteckning, register; protokoll [*of* för]; urkund, dokument; ***it is the worst on ~*** det är det värsta som någonsin funnits **2** vitsord, meritlista; rykte; ***a clean ~*** ett fläckfritt förflutet **3** sport. rekord; ***beat (break) the ~*** slå rekord **4** grammofonskiva [*gramophone ~*]; *~ **library*** skivsamling **II** *tr* **1** a) protokollföra; registrera b) förtälja, återge **2** spela (sjunga, tala) in på grammofonskiva (band) **3** om termometer m. m. registrera, visa
**recorder** [rɪ'kɔ:də] *s* **1** inspelningsapparat, registreringsapparat **2** blockflöjt
**recording** [rɪ'kɔ:dɪŋ] *s* registrering, protokollförande; radio., film. m. m. inspelning
**record-player** ['rekɔ:dˌpleɪə] *s* enklare skivspelare vanl. med högtalare; grammofon
**recount** [betydelse *I 1* rɪ'kaʊnt, betydelse *I 2* 'ri:'kaʊnt, betydelse *II* 'ri:kaʊnt] **I** *tr* **1** berätta **2** räkna om [*~ the votes*] **II** *s* omräkning
**recourse** [rɪ'kɔ:s] *s, **have ~ to*** tillgripa
**recover** [rɪ'kʌvə] *tr itr* återvinna, återfå [*~ one's health*]; hämta (repa) sig; tillfriskna; ***he has recovered*** han är återställd
**re-cover** ['ri:'kʌvə] *tr* **1** åter täcka **2** klä om, förse med nytt överdrag
**recovery** [rɪ'kʌvərɪ] *s* **1** återvinnande **2** återställande, tillfrisknande, återhämtning; ***make a quick ~*** återhämta sig snabbt
**re-create** ['ri:krɪ'eɪt] *tr* skapa på nytt
**recreation** [ˌrekrɪ'eɪʃ(ə)n] *s* rekreation, förströelse; *~ **ground*** rekreationsområde, fritidsområde; idrottsplats; *~ **room*** gillestuga; hobbyrum
**recruit** [rɪ'kru:t] **I** *s* rekryt **II** *tr itr* **1** rekrytera, värva; värva rekryter; ***recruiting office*** värvningsbyrå; inskrivningslokal, mönstringslokal; ***recruiting officer*** rekryteringsofficer **2** förnya; friska upp
**rectangle** ['rekˌtæŋgl] *s* rektangel
**rectangular** [rek'tæŋgjʊlə] *a* rektangulär
**rectify** ['rektɪfaɪ] *tr* rätta till, korrigera
**rector** ['rektə] *s* kyrkoherde
**rectory** ['rektərɪ] *s* prästgård
**rectum** ['rektəm] *s* ändtarm
**recuperate** [rɪ'kju:pəreɪt] *itr* hämta sig, repa sig
**recur** [rɪ'kɜ:] *itr* återkomma, upprepas
**recurrent** [rɪ'kʌr(ə)nt] *a* återkommande
**red** [red] **I** *a* röd; ***Red Indian*** indian; *~ **tape*** byråkrati **II** *s* rött
**redbreast** ['redbrest] *s, **robin** ~* el. *~* rödhake
**redden** ['redn] *tr itr* färga (bli) röd; rodna
**reddish** ['redɪʃ] *a* rödaktig
**redecorate** ['ri:'dekəreɪt] *tr itr* måla och tapetsera om; nyinreda
**redeem** [rɪ'di:m] *tr* lösa ut [*~ pawned rings*]
**red-handed** ['red'hændɪd] *a, **take (catch) a p. ~*** ta (gripa) ngn på bar gärning
**redhead** ['redhed] *s* vard. rödhårig person
**red-hot** ['red'hɒt] *a* glödhet

**redid** ['ri:dɪd] se *redo*
**redirect** ['ri:dɪ'rekt] *tr* eftersända [~ *letters*]; dirigera om [~ *a cargo*]
**rediscover** ['ri:dɪs'kʌvə] *tr* återupptäcka
**redistribute** ['ri:dɪs'trɪbjʊt] *tr* dela ut (distribuera) på nytt; omfördela
**redo** ['ri:'du:] (*redid redone*) *tr* göra om
**redone** ['rɪ:dʌn] se *redo*
**redouble** [rɪ'dʌbl] *tr itr* fördubbla, fördubblas
**redress** [rɪ'dres] *tr* **1** återställa [~ *the balance*]; avhjälpa **2** gottgöra [~ *a wrong*]
**reduce** [rɪ'dju:s] *tr itr* **1** reducera, minska, sätta ned, sänka [~ *the price*]; förminska; reduceras, minskas; banta, gå ned; ~ ***one's weight*** gå ned i vikt, banta **2** försätta [*to* i ett tillstånd]; bringa [*to* till]; ~ ***to ashes*** lägga i aska; ***be reduced to beggary (begging)*** vara hänvisad till tiggeri; ~ ***to the ranks*** degradera till menig
**reduction** [rɪ'dʌkʃ(ə)n] *s* reduktion, reducering, minskning, inskränkning; förminskning; nedsättning, rabatt; ***sell at a*** ~ sälja till nedsatt pris
**redundant** [rɪ'dʌndənt] *a* överflödig, övertalig [~ *workers*]; friställd
**reduplicate** [rɪ'dju:plɪkeɪt] *tr* fördubbla
**reed** [ri:d] *s* vasstrå, vassrör; vass
**re-educate** ['ri:'edjʊkeɪt] *tr* uppfostra på nytt; omskola
**reef** [ri:f] *s* rev
**reek** [ri:k] *itr* lukta illa, stinka
**reel** [ri:l] **I** *s* rulle, spole [~ *of film*]; ~ ***of cotton*** trådrulle; ***off the*** ~ vard. i ett svep **II** *tr itr* **1** rulla (spola) upp på rulle; ~ ***off*** bildl. rabbla upp **2** virvla, snurra runt; ***my brain (head)*** ~***s*** det går runt i huvudet på mig **3** ragla, vackla
**re-elect** ['ri:ɪ'lekt] *tr* välja om, återvälja
**re-election** ['ri:ɪ'lekʃ(ə)n] *s* omval, återval
**re-enter** ['ri:'entə] *itr tr* gå (komma, stiga) in igen; åter gå (komma, stiga) in i
**re-examine** ['ri:ɪg'zæmɪn] *tr* på nytt undersöka (granska, förhöra, examinera)
**ref** [ref] vard., sport. (kortform av *referee*) **I** *s* domare **II** *itr tr* döma
**refectory** [rɪ'fektərɪ] *s* matsal i t. ex. skola
**refer** [rɪ'fɜ:] *tr itr* hänskjuta, hänvisa [*to* till]; ~ ***to*** a) hänvisa till, referera till, åberopa; vända sig till b) syfta på, hänföra sig till
**referee** [ˌrefə'ri:] **I** *s* **1** sport. domare **2** referens person **II** *itr tr* sport. döma
**reference** ['refər(ə)ns] *s* **1** hänvisning [*to* till]; åberopande **2** anspelning, syftning; ***make*** ~ ***to*** omnämna **3** hänvändelse [*to* till]; ~ ***book*** uppslagsbok, uppslagsverk; ~ ***library*** referensbibliotek **4** referens äv. person, tjänstgöringsbetyg
**refill** [verb 'ri:'fɪl, substantiv 'ri:fɪl] **I** *tr* återfylla; tanka **II** *s* påfyllning; patron till kulpenna
**refine** [rɪ'faɪn] *tr* **1** raffinera [~ *sugar (oil)*], förädla, rena **2** förfina
**refinement** [rɪ'faɪnmənt] *s* **1** raffinering, rening **2** förfining, elegans; raffinemang
**refinery** [rɪ'faɪnərɪ] *s* raffinaderi [*oil* ~]
**reflect** [rɪ'flekt] *tr itr* **1** reflektera, återspegla **2** reflektera, fundera, tänka efter
**reflection** [rɪ'flekʃ(ə)n] *s* **1** reflektering, återkastning **2** spegelbild, bild **3** reflexion; eftertanke, begrundan
**reflector** [rɪ'flektə] *s* reflektor
**reflex** ['ri:fleks] **I** *s* reflex, reflexrörelse **II** *a* reflekterad; reflex- [~ *action*]
**reflexive** [rɪ'fleksɪv] gram. **I** *a* reflexiv **II** *s* reflexivpronomen; reflexivt verb
**reform** [ri'fɔ:m] **I** *tr itr* **1** reformera, förbättra; bättra sig **2** omvända [~ *a sinner*] **II** *s* reform, förbättring
**reformation** [ˌrefə'meɪʃ(ə)n] *s* reformation; förbättring, reform
**reformer** [rɪ'fɔ:mə] *s* reformator; reformvän, reformivrare
**1 refrain** [rɪ'freɪn] *s* refräng; omkväde
**2 refrain** [rɪ'freɪn] *itr* avhålla sig, avstå [~ *from hostile action*]; ***please*** ~ ***from smoking*** rökning undanbedes
**refresh** [rɪ'freʃ] *tr* friska upp; liva (pigga) upp; ~ ***oneself*** styrka sig, pigga upp sig; förfriska sig, läska sig; ~ ***one's memory*** friska upp minnet
**refreshing** [rɪ'freʃɪŋ] *a* **1** uppfriskande, styrkande, uppiggande [*a* ~ *sleep*]; läskande [*a* ~ *drink*] **2** välgörande
**refreshment** [rɪ'freʃmənt] *s*, vanl. pl. ~*s* förfriskningar; ~ ***car*** byffévagn
**refrigerate** [rɪ'frɪdʒəreɪt] *tr* kyla, kyla av; frysa, frysa in
**refrigeration** [rɪˌfrɪdʒə'reɪʃ(ə)n] *s* kylning, avkylning; frysning, infrysning
**refrigerator** [rɪ'frɪdʒəreɪtə] *s* kylskåp
**refuel** ['ri:'fjʊəl] *tr itr* tanka, fylla på
**refuge** ['refju:dʒ] *s* **1** skydd; ***take*** ~ ta sin tillflykt **2** refug
**refugee** [ˌrefjʊ'dʒi:] *s* flykting
**refund** [verb ri:'fʌnd, substantiv 'ri:fʌnd] **I** *tr* återbetala; ersätta ngn för förlust m. m. **II** *s* återbetalning; ersättning
**refusal** [rɪ'fju:z(ə)l] *s* vägran; avslag
**refuse** [verb rɪ'fju:z, substantiv 'refju:s] **I** *tr itr* vägra, neka, refusera **II** *s* skräp, avfall,

sopor; ~ *collector* sophämtare, renhållningsarbetare
**refute** [rɪ'fju:t] *tr* vederlägga, motbevisa
**regain** [rɪ'geɪn] *tr* återfå, återvinna
**regal** ['ri:g(ə)l] *a* kunglig, konungslig
**regalia** [rɪ'geɪljə] *s pl* regalier, insignier
**regard** [rɪ'gɑ:d] **I** *tr* anse, betrakta; *as ~s* vad... beträffar, beträffande **II** *s* **1** *in this ~* i detta hänseende (avseende); *with ~ to* med avseende på, angående **2** hänsyn; *have ~ for* hysa aktning för; *pay ~ to* ta hänsyn till; *out of ~ for* av hänsyn till **3** pl. *~s* hälsningar; *kind ~s* hjärtliga hälsningar; *give him my best ~s* hälsa honom så mycket från mig
**regarding** [rɪ'gɑ:dɪŋ] *prep* beträffande
**regardless** [rɪ'gɑ:dləs] *a* utan hänsyn [*~ of* (till) *expense*], obekymrad [*of* om]
**regatta** [rɪ'gætə] *s* regatta, kappsegling
**regency** ['ri:dʒənsɪ] *s* regentskap
**regent** ['ri:dʒ(ə)nt] *s* regent
**reggae** ['regeɪ] *s* reggae västindisk popmusik
**regime** [reɪ'ʒi:m] *s* regim, styrelse
**regiment** [substantiv 'redʒɪmənt, verb 'redʒɪment] **I** *s* mil. regemente **II** *tr* disciplinera; likrikta
**region** ['ri:dʒ(ə)n] *s* region, område, trakt
**regional** ['ri:dʒənl] *a* regional
**register** ['redʒɪstə] **I** *s* **1** register, förteckning; *class ~* skol. klassbok; *hotel ~* resandebok; *parish ~* kyrkobok **2** registreringsapparat; mätare; *cash ~* kassaapparat
**II** *tr itr* **1** registrera; anteckna; skriva in; skriva in sig [*~ at a hotel*], anmäla sig [*~ for* (till) *a course*]; registrera sig; *registered nurse* legitimerad sjuksköterska; *registered trade mark* inregistrerat varumärke **2** post. rekommendera; *registered letter* rekommenderat brev
**registrar** ['redʒɪstrɑ:] *s* **1** registrator **2** borgerlig vigselförrättare; *get married before the ~* gifta sig borgerligt
**registration** [ˌredʒɪs'treɪʃ(ə)n] *s* **1** registrering; inskrivning **2** post. rekommendation
**regret** [rɪ'gret] **I** *tr* beklaga; ångra; *we ~ to inform you* vi måste tyvärr meddela **II** *s* ledsnad, sorg [*for, at* över], beklagande; ånger [*at* över]; *much to my ~* till min stora sorg
**regrettable** [rɪ'gretəbl] *a* beklaglig
**regular** ['regjʊlə] **I** *a* **1** regelbunden, regelmässig, reguljär; fast, stadig [*~ work*]; jämn [*~ breathing*]; *~ customer* stamkund, stadig (fast) kund; *at ~ intervals* med jämna mellanrum **2** vard. riktig [*a ~ hero*] **3** normal, normal-; medelstor **II** *s* **1** vanl. pl. *~s* reguljära trupper **2** vard. stamkund
**regularity** [ˌregjʊ'lærətɪ] *s* regelbundenhet
**regulate** ['regjʊleɪt] *tr* reglera; rucka [*~ a watch*], justera, ställa in
**regulation** [ˌregjʊ'leɪʃ(ə)n] *s* **1** reglering **2 a)** regel, föreskrift, bestämmelse; pl. *~s* äv. ordningsstadga, reglemente, förordning [*traffic ~s*] **b)** attributivt reglementsenlig, föreskriven
**rehabilitate** [ˌri:ə'bɪlɪteɪt] *tr* rehabilitera
**rehearsal** [rɪ'hɜ:s(ə)l] *s* repetition, instudering; *dress ~* generalrepetition
**rehearse** [rɪ'hɜ:s] *tr itr* repetera, studera in [*~ a part (play)*]; öva
**reign** [reɪn] **I** *s* regering, regeringstid; *~ of terror* skräckvälde **II** *itr* regera, härska [*over* över], råda; *reigning champion* regerande mästare
**rein** [reɪn] **I** *s* **1** tygel; *give a horse the ~ (~s)* el. *give a horse a free ~* ge en häst lösa tyglar **2** pl. *~s* sele för barn **II** *tr* tygla
**reindeer** ['reɪnˌdɪə] (pl. lika) *s* zool. ren
**reinforce** [ˌri:ɪn'fɔ:s] *tr* förstärka; underbygga; *reinforced concrete* armerad betong
**reinforcement** [ˌri:ɪn'fɔ:smənt] *s* **1** förstärkning **2** tekn. armering
**reintroduce** ['ri:ˌɪntrə'dju:s] *tr* återinföra
**reject** [verb rɪ'dʒekt, substantiv 'ri:dʒekt] **I** *tr* förkasta, avslå, avvisa; kassera **II** *s* utskottsvara, defekt vara
**rejection** [rɪ'dʒekʃ(ə)n] *s* förkastande, förkastelse, avvisande; kassering; avslag
**rejoice** [rɪ'dʒɔɪs] *itr* glädjas, fröjdas
**rejoicing** [rɪ'dʒɔɪsɪŋ] *s* glädje, fröjd, jubel
**rejoin** ['ri:'dʒɔɪn] *tr* **1** åter sammanfoga **2** återförena sig med
**relapse** [rɪ'læps] **I** *itr* **1** återfalla; åter försjunka **2** med. få återfall **II** *s* återfall
**relate** [rɪ'leɪt] *tr itr* berätta; relatera; *~ to* hänföra sig till; *relating to* angående
**related** [rɪ'leɪtɪd] *a* besläktad, släkt
**relation** [rɪ'leɪʃ(ə)n] *s* **1** relation, förhållande **2** vanl. pl. *~s* **a)** förhållande, relationer **b)** förbindelse, förbindelser; *break off diplomatic ~s* avbryta de diplomatiska förbindelserna **3** släkting
**relationship** [rɪ'leɪʃ(ə)nʃɪp] *s* **1** förhållande, relation, samband [*to* med] **2** släktskap
**relative** ['relətɪv] **I** *a* **1** relativ **2** *~ to* som hänför sig till, som står i samband med **II** *s* **1** släkting **2** gram. relativ

**relax** [rɪ'læks] *tr itr* **1** slappa [~ *one's muscles*]; lossa, lossa på [~ *one's hold (grip)*]; koppla (slappna) av; ***feel relaxed*** känna sig avspänd; ~*!* ta det lugnt! **2** släppa efter på [~ *discipline*]; lätta på [~ *restrictions*]; slappas, slappna **3** minska [~ *one's efforts*]
**relaxation** [ˌri:læk'seɪʃ(ə)n] *s* **1** avkoppling **2** slappnande; lindring; mildrande
**relaxing** [rɪ'læksɪŋ] *a* avslappnande; ~ ***climate*** förslappande klimat
**relay** [rɪ'leɪ:, i betydelse I 2 'ri:leɪ] **I** *s* **1** skift [*work in ~s*], arbetslag, omgång; ombyte **2** sport., ~ ***race*** el. ~ stafettlopp **II** *tr* radio. reläa, återutsända
**release** [rɪ'li:s] **I** *s* **1** frigivning, frisläppande; befrielse **2** släppande, lossande; frigörande **3** utsläppande **II** *tr* **1** frige, släppa, befria **2** släppa [~ *one's hold*], lossa på [~ *the handbrake*]; frigöra; ~ ***a bomb*** fälla en bomb **3** befria, lösa [~ *a p. from an obligation*], frigöra **4** släppa ut [~ *a film*]
**relegate** ['reləgeɪt] *tr* degradera; sport. flytta ned
**relegation** [ˌrelə'geɪʃ(ə)n] *s* degradering; sport. nedflyttning
**relent** [rɪ'lent] *itr* vekna, ge efter
**relevant** ['reləvənt] *a* relevant [*to* för, i]
**reliability** [rɪˌlaɪə'bɪlətɪ] *s* pålitlighet
**reliable** [rɪ'laɪəbl] *a* pålitlig
**reliance** [rɪ'laɪəns] *s* tillit, förtröstan
**reliant** [rɪ'laɪənt] *a* **1** tillitsfull **2** beroende [*on* av]
**relic** ['relɪk] *s* **1** relik **2** kvarleva, minne [*of* från] **3** pl. ~*s* kvarlevor, stoft
**relief** [rɪ'li:f] *s* **1** lättnad, lindring **2** understöd; bistånd, hjälp; amer. socialhjälp; ~ ***work*** beredskapsarbete, beredskapsarbeten **3** lättnad [*tax* ~] **4** undsättning; befrielse **5** avlösning, vaktombyte; ***run a ~ train*** sätta in ett extratåg **6** omväxling; ***by way of*** ~ som omväxling **7** ~ ***map*** reliefkarta; ***stand out in bold (sharp) ~ against*** avteckna sig skarpt mot; ***bring (throw) into strong*** ~ starkt framhäva
**relieve** [rɪ'li:v] *tr* **1** lätta, lugna; lindra, avhjälpa [~ *suffering*], mildra; ~ ***one's feelings*** ge luft åt sina känslor, avreagera sig **2** understödja, bistå, hjälpa **3** undsätta; befria **4** avlösa [~ *the guard*] **5** ge omväxling åt, variera **6** ~ ***oneself*** förrätta sina behov **7** ~ ***a p. of a th.*** a) avbörda ngn ngt, lasta av ngn ngt b) befria ngn från ngt [~ *a p. of his duties*]; frånta ngn ngt [~ *a p. of his command*]
**religion** [rɪ'lɪdʒ(ə)n] *s* religion, skol. religionskunskap; ***minister of*** ~ präst
**religious** [rɪ'lɪdʒəs] *a* religiös
**relinquish** [rɪ'lɪŋkwɪʃ] *tr* **1** lämna ifrån sig; överge [~ *a plan*] **2** släppa [~ *one's hold*]
**relish** ['relɪʃ] **I** *s* **1** krydda, piff **2** smak, tycke; aptit **3** kok. smaktillsats; kryddad sås **II** *tr* njuta av, uppskatta
**reload** ['ri:'ləʊd] *tr* **1** lasta om **2** ladda om
**reluctance** [rɪ'lʌktəns] *s* motvillighet
**reluctant** [rɪ'lʌktənt] *a* motvillig
**rely** [rɪ'laɪ] *itr,* ~ ***on*** lita på
**remade** ['ri:meɪd] se *remake*
**remain** [rɪ'meɪn] *itr* **1** finnas (vara, bli, stå) kvar; ***it ~s to be seen*** det återstår att se **2** förbli
**remainder** [rɪ'meɪndə] *s* återstod, rest
**remains** [rɪ'meɪnz] *s pl* kvarlevor, rester
**remake** ['ri:'meɪk] (*remade remade*) *tr* göra om
**remark** [rɪ'mɑ:k] **I** *s* anmärkning, yttrande; ***pass ~s on*** kommentera **II** *tr itr* anmärka, yttra; ~ ***on*** kommentera
**remarkable** [rɪ'mɑ:kəbl] *a* märklig
**remarry** ['ri:'mærɪ] *itr* gifta om sig
**remedial** [rɪ'mi:djəl] *a* hjälp-, stöd- [~ *measures*]; ~ ***class*** specialklass
**remedy** ['remɪdɪ] **I** *s* botemedel, läkemedel [*for* för, mot]; hjälpmedel, bot **II** *tr* bota; råda bot på, avhjälpa
**remember** [rɪ'membə] *tr itr* minnas, komma ihåg; ~ ***me to them*** hälsa dem från mig
**remembrance** [rɪ'membr(ə)ns] *s* minne, hågkomst; ***in ~ of*** till minne av
**remind** [rɪ'maɪnd] *tr* påminna, erinra [*of* om]; ***which ~s me*** apropå det, förresten
**reminder** [rɪ'maɪndə] *s* påminnelse; påstötning
**reminiscence** [ˌremɪ'nɪsns] *s* minne, hågkomst
**reminiscent** [ˌremɪ'nɪsnt] *a,* ~ ***of*** som påminner (erinrar) om
**remnant** ['remnənt] *s* lämning, rest; stuvbit
**remodel** ['ri:'mɒdl] *tr* omforma, ombilda
**remorse** [rɪ'mɔ:s] *s* samvetskval, ånger
**remote** [rɪ'məʊt] *a* **1** avlägsen i tid, i rum o. bildl., fjärran; avsides belägen; ~ ***control*** fjärrstyrning, fjärrkontroll; ***a ~ possibility*** en ytterst liten möjlighet **2** otillgänglig
**remote-controlled** [rɪ'məʊtkən'trəʊld] *a* fjärrstyrd, fjärrmanövrerad [~ *aircraft*]
**remotely** [rɪ'məʊtlɪ] *adv* avlägset, fjärran
**removal** [rɪ'mu:v(ə)l] *s* **1** flyttande; flyttning; ~ ***van*** flyttbil; ***furniture*** ~ mö-

belflyttning **2** avlägsnande; bortförande; urtagning
**remove** [rɪ'mu:v] *tr* flytta, flytta bort (undan); förflytta; föra bort; avlägsna, ta bort (ur) [~ *stains*]; ta av [~ *one's coat*]; ~ ***furniture*** flytta möbler
**remover** [rɪ'mu:və] *s* **1** ***furniture*** ~ flyttkarl **2** borttagningsmedel
**remunerate** [rɪ'mju:nəreɪt] *tr* ersätta; belöna
**remuneration** [rɪˌmju:nə'reɪʃ(ə)n] *s* ersättning; belöning
**renaissance** [rə'neɪs(ə)ns] *s* renässans
**rename** ['ri:'neɪm] *tr* ge nytt namn, döpa om
**render** ['rendə] *tr* **1** återge t. ex. roll, tolka, framställa **2** överlämna; ~ ***an account of*** lämna redovisning (redogörelse) för; ~ ***assistance (help)*** lämna (ge) hjälp
**rendezvous** ['rɒndɪvu:] *s* rendezvous, möte, träff
**renegade** ['renɪgeɪd] *s* avfälling
**renew** [rɪ'nju:] *tr* förnya
**renewal** [rɪ'nju:əl] *s* förnyande
**rennet** ['renɪt] *s* löpe
**renounce** [rɪ'naʊns] *tr* avsäga sig, ge upp
**renovate** ['renəveɪt] *tr* renovera; förnya
**renovation** [ˌrenə'veɪʃ(ə)n] *s* renovering; förnyelse
**renown** [rɪ'naʊn] *s* rykte, ryktbarhet
**renowned** [rɪ'naʊnd] *a* ryktbar
**rent** [rent] **I** *s* hyra **II** *tr* hyra; hyra ut
**rental** ['rentl] *s* hyra; avgift
**renunciation** [rɪˌnʌnsɪ'eɪʃ(ə)n] *s* **1** avsägelse **2** förnekande
**reopen** ['ri:'əʊp(ə)n] *tr itr* åter öppna; åter börja; återuppta; åter öppnas; återupptas
**reorganize** ['ri:'ɔ:gənaɪz] *tr* omorganisera
**repaid** [ri:'peɪd] se *repay*
**repair** [rɪ'peə] **I** *tr* reparera, laga; rätta till **II** *s* **1** reparation, lagning; ~ ***kit (outfit)*** reparationslåda; ~ ***shop*** reparationsverkstad; ~ ***yard*** reparationsvarv; ***beyond*** ~ omöjlig att reparera, ohjälpligt förfallen, obotlig **2** skick; ***in a good state of*** ~ i gott stånd (skick)
**reparation** [ˌrepə'reɪʃ(ə)n] *s* gottgörelse, ersättning; speciellt pl. ~*s* skadestånd
**repartee** [ˌrepɑ:'ti:] *s* snabb replik; slagfärdighet
**repast** [rɪ'pɑ:st] *s* litt. måltid
**repatriate** [verb ri:'pætrɪeɪt, substantiv ri:'pætrɪət] **I** *tr* repatriera **II** *s, a* ~ en repatrierad
**repatriation** ['ri:pætrɪ'eɪʃ(ə)n] *s* repatriering, hemsändning
**repay** [ri:'peɪ] (*repaid repaid*) *tr* **1** återbetala **2** återgälda; löna, gottgöra [*for* för]
**repayment** [ri:'peɪmənt] *s* **1** återbetalning **2** återgäldande; lön, ersättning
**repeal** [rɪ'pi:l] **I** *tr* återkalla, upphäva **II** *s* återkallelse, upphävande
**repeat** [rɪ'pi:t] **I** *tr itr* **1** upprepa; göra (säga m. m.) om; föra vidare **2** radio., TV. ge i repris **3** upprepas, återkomma; ***onions*** ~ man får uppstötningar av lök **II** *s* **1** upprepning **2** radio., TV. repris
**repeatedly** [rɪ'pi:tɪdlɪ] *adv* upprepade gånger, gång på gång
**repel** [rɪ'pel] *tr* **1** driva tillbaka [~ *an invader*], slå tillbaka **2** stå emot, avvisa [~ *moisture*] **3** verka frånstötande på, stöta bort
**repellent** [rɪ'pelənt] *a* **1** tillbakadrivande; avvisande **2** frånstötande, motbjudande
**repent** [rɪ'pent] *tr itr* ångra; ångra sig
**repentance** [rɪ'pentəns] *s* ånger
**repentant** [rɪ'pentənt] *a* ångerfull
**repercussion** [ˌri:pə'kʌʃ(ə)n] *s*, pl. ~*s* återverkningar; efterverkningar
**repertoire** ['repətwɑ:] *s* repertoar
**repetition** [ˌrepə'tɪʃ(ə)n] *s* upprepning
**repetitive** [rɪ'petətɪv] *a* **1** upprepande **2** enformig, tjatig
**rephrase** ['ri:'freɪz] *tr* formulera om
**replace** [rɪ'pleɪs] *tr* sätta (ställa, lägga) tillbaka; återställa, ersätta
**replacement** [rɪ'pleɪsmənt] *s* **1** återinsättande; återställande; ersättning **2** ersättare
**replay** [verb 'ri:'pleɪ, substantiv 'ri:pleɪ] **I** *tr* spela om **II** *s* sport. omspel; TV. repris i slow-motion
**replenish** [rɪ'plenɪʃ] *tr* åter fylla, fylla på
**replica** ['replɪkə] *s* konst. replik; exakt kopia
**reply** [rɪ'plaɪ] **I** *tr itr* svara; ~ ***to*** svara på, besvara **II** *s* svar, genmäle, replik; ~ ***paid*** på brev svar betalt
**report** [rɪ'pɔ:t] **I** *tr itr* rapportera; meddela; anmäla; berätta; anmäla sig [*to* hos]; ***it is reported that*** det berättas (heter) att; ~ ***a p. sick*** sjukanmäla ngn; ~ ***sick*** sjukanmäla sig; ~ ***for duty*** inställa sig till tjänstgöring **II** *s* **1** rapport, redogörelse [*on, about* om, över] **2** referat, reportage [*on, of* av, över, om] **3** skol. terminsbetyg **4** knall, smäll
**reportage** [ˌrepɔ:'tɑ:ʒ] *s* reportage; reportagestil
**reporter** [rɪ'pɔ:tə] *s* reporter, referent
**repose** [rɪ'pəʊz] *tr itr* o. *s* vila

**represent** [ˌreprɪˈzent] *tr* representera; föreställa
**representation** [ˌreprɪzenˈteɪʃ(ə)n] *s* framställande; framställning
**representative** [ˌreprɪˈzentətɪv] **I** *a* representativ, typisk [*of* för] **II** *s* representant
**repress** [rɪˈpres] *tr* undertrycka [~ *a revolt*], kväva
**repression** [rɪˈpreʃ(ə)n] *s* undertryckande; förtryck
**reprieve** [rɪˈpriːv] **I** *tr* ge anstånd (uppskov) **II** *s* **1** anstånd; uppskov **2** benådning
**reprimand** [ˈreprɪmɑːnd] **I** *s* tillrättavisning **II** *tr* tillrättavisa
**reprint** [verb ˈriːˈprɪnt, substantiv ˈriːprɪnt] **I** *tr* trycka om **II** *s* omtryck, nytryck
**reprisal** [rɪˈpraɪz(ə)l] *s* vedergällning; repressalieåtgärd; pl. ~*s* repressalier
**reproach** [rɪˈprəʊtʃ] **I** *s* **1** förebråelse; klander **2** ***beyond*** ~ oklanderlig **II** *tr* förebrå [*for, with* för]
**reproachful** [rɪˈprəʊtʃf(ʊ)l] *a* förebrående
**reproduce** [ˌriːprəˈdjuːs] *tr* **1** reproducera [~ *a picture*], återge [~ *a sound*] **2** biol. fortplanta; reproducera
**reproduction** [ˌriːprəˈdʌkʃ(ə)n] *s* **1** reproducering, återgivning; reproduktion **2** biol. fortplantning
**reproductive** [ˌriːprəˈdʌktɪv] *a* reproducerande; fortplantnings- [~ *organs*]
**reptile** [ˈreptaɪl] *s* reptil, kräldjur
**republic** [rɪˈpʌblɪk] *s* republik
**republican** [rɪˈpʌblɪkən] **I** *a* republikansk **II** *s* republikan
**repudiate** [rɪˈpjuːdɪeɪt] *tr* tillbakavisa
**repugnance** [rɪˈpʌgnəns] *s* motvilja, ovilja
**repugnant** [rɪˈpʌgnənt] *a* motbjudande
**repulse** [rɪˈpʌls] *tr* slå (driva) tillbaka
**repulsion** [rɪˈpʌlʃ(ə)n] *s* **1** tillbakaslående, tillbakadrivande **2** motvilja
**repulsive** [rɪˈpʌlsɪv] *a* motbjudande
**reputable** [ˈrepjʊtəbl] *a* ansedd [*a* ~ *firm*]
**reputation** [ˌrepjʊˈteɪʃ(ə)n] *s* rykte, anseende; ***have the ~ of being...*** ha rykte om sig att vara... ; ***make a ~ for oneself*** göra sig ett namn
**repute** [rɪˈpjuːt] **I** *tr*, ***be reputed as (to be)*** anses vara **II** *s* rykte, anseende, renommé
**request** [rɪˈkwest] **I** *s* anhållan, begäran; anmodan; ***by*** ~ på begäran **II** *tr* anhålla om; begära; anmoda, be
**requiem** [ˈrekwɪem] *s* rekviem, själamässa
**require** [rɪˈkwaɪə] *tr itr* behöva, fordra; kräva, begära [*do as he ~s*]
**requirement** [rɪˈkwaɪəmənt] *s* **1** behov **2** krav, anspråk; pl. ~*s* äv. fordringar [*for* för]
**requisite** [ˈrekwɪzɪt] **I** *a* erforderlig **II** *s* nödvändig sak; ***toilet ~s*** toalettartiklar
**reread** [ˈriːˈriːd] (*reread reread* [båda ˈriːˈred]) *tr* läsa ˈom
**rescue** [ˈreskjuː] **I** *tr* rädda, undsätta **II** *s* räddning, undsättning; ~ ***party*** räddningspatrull
**research** [rɪˈsɜːtʃ] **I** *s* forskning, undersökning; ***do*** ~ forska **II** *itr* forska
**researcher** [rɪˈsɜːtʃə] *s* o. **research-worker** [rɪˈsɜːtʃˌwɜːkə] *s* forskare
**resell** [ˈriːˈsel] (*resold resold*) *tr* återförsälja
**resemblance** [rɪˈzembləns] *s* likhet [*to* med]; ***bear a ~ to*** påminna om
**resemble** [rɪˈzembl] *tr* likna, påminna om
**resent** [rɪˈzent] *tr* bli förbittrad över
**resentful** [rɪˈzentf(ʊ)l] *a* förbittrad, stött
**resentment** [rɪˈzentmənt] *s* förbittring
**reservation** [ˌrezəˈveɪʃ(ə)n] *s* **1** reservation, förbehåll **2** beställning, bokning
**reserve** [rɪˈzɜːv] **I** *tr* **1** reservera, spara; förbehålla; ~ ***a seat for a p.*** hålla en plats åt ngn **2** reservera, boka [~ *seats on a train*] **II** *s* **1** reserv **2** sport. reserv; ~ ***team*** B-lag **3** viltreservat **4** tillbakadragenhet
**reserved** [rɪˈzɜːvd] *pp* o. *a* **1** reserverad, tillbakadragen **2** reserverad [*a* ~ *seat*]
**reservoir** [ˈrezəvwɑː] *s* reservoar; behållare
**reshuffle** [ˈriːˈʃʌfl] **I** *tr* **1** blanda om kort **2** polit. m. m. möblera om (om i), ombilda **II** *s* **1** omblandning av kort **2** polit. m. m. ommöblering, ombildning [*a Cabinet* ~]
**reside** [rɪˈzaɪd] *itr* vistas, bo
**residence** [ˈrezɪd(ə)ns] *s* **1** vistelse, uppehåll; ~ ***permit*** uppehållstillstånd; ***take up one's ~ in a place*** bosätta sig på en plats **2** ***place of*** ~ hemvist **3** bostad; residens
**resident** [ˈrezɪd(ə)nt] *s* **1** bofast, invånare **2** gäst på hotell
**residue** [ˈrezɪdjuː] *s* återstod, rest
**resign** [rɪˈzaɪn] *tr itr* **1** avsäga sig, avgå från; avgå, ta avsked [*from* från] **2** resignera [*to* inför]
**resignation** [ˌrezɪgˈneɪʃ(ə)n] *s* **1** avsägelse; avgång; ***send in (give in) one's*** ~ lämna in sin avskedsansökan **2** resignation [*to* inför]
**resigned** [rɪˈzaɪnd] *a* **1** resignerad; ***be ~ to*** finna sig i **2** avgången ur tjänst

**resilient** [rɪ'zɪlɪənt] *a* elastisk, spänstig
**resin** ['rezɪn] *s* kåda, harts
**resist** [rɪ'zɪst] *tr itr* stå emot; göra motstånd; tåla [~ *heat*]; göra motstånd mot
**resistance** [rɪ'zɪst(ə)ns] *s* motstånd [*to* mot]
**resistant** [rɪ'zɪst(ə)nt] *a* motståndskraftig [*to* mot]
**resold** ['ri:'səʊld] se *resell*
**resolute** ['rezəlu:t] *a* resolut, beslutsam
**resolution** [ˌrezə'lu:ʃ(ə)n] *s* **1** beslutsamhet **2** föresats; *New Year's (Year)* ~ nyårslöfte; ***pass (adopt) a*** ~ anta en resolution
**resolve** [rɪ'zɒlv] **I** *tr itr* **1** besluta, besluta sig för; besluta sig [*on* för] **2** lösa [~ *a problem*] **3** lösa upp; analysera; lösas upp **II** *s* beslut, föresats
**resonance** ['rezənəns] *s* resonans
**resonant** ['rezənənt] *a* genljudande; resonansrik, klangfull; ljudlig; ekande
**resort** [rɪ'zɔ:t] **I** *itr,* ~ ***to*** ta sin tillflykt till; tillgripa [~ *to force*] **II** *s* **1** ***have*** ~ ***to*** ta sin tillflykt till; tillgripa; ***in the last*** ~ som en sista utväg, i nödfall **2** tillhåll [*a* ~ *of* (för) *thieves*]; tillflyktsort; rekreationsort; ***health*** ~ kurort, rekreationsort; ***seaside*** ~ badort
**resound** [rɪ'zaʊnd] *itr* genljuda; ***resounding*** rungande; dunder- [*a resounding success*]
**resource** [rɪ'sɔ:s] *s* **1** pl. ~*s* resurser, tillgångar; ***natural*** ~***s*** naturtillgångar **2** fyndighet; ***leave ap. to his own*** ~***s*** låta ngn sköta sig själv
**respect** [rɪs'pekt] **I** *s* **1** respekt, aktning, vördnad [*for* för] **2** hänsyn; ***pay*** ~ ***to*** ta hänsyn till **3** avseende; ***in many*** ~***s*** i många avseenden; ***with*** ~ ***to*** med avseende på **4** pl. ~*s* vördnadsbetygelser; ***pay one's*** ~***s to ap.*** betyga ngn sin aktning **II** *tr* respektera; akta; ta hänsyn till
**respectability** [rɪsˌpektə'bɪlətɪ] *s* anständighet, aktningsvärdhet
**respectable** [rɪs'pektəbl] *a* **1** respektabel, väl ansedd [*a* ~ *firm*]; anständig [*a* ~ *girl*] **2** ansenlig [*a* ~ *sum of money*]; hygglig, hyfsad
**respectful** [rɪs'pektf(ʊ)l] *a* aktningsfull, vördsam
**respective** [rɪs'pektɪv] *a* respektive
**respectively** [rɪs'pektɪvlɪ] *adv* var för sig; ***they got £5 and £10*** ~ de fick 5 respektive 10 pund
**respiratory** [rɪs'paɪərətrɪ] *a* andnings-, respirations- [~ *organs*]
**resplendent** [rɪs'plendənt] *a* glänsande; praktfull
**respond** [rɪs'pɒnd] *itr* svara [*to* på]
**response** [rɪs'pɒns] *s* **1** svar; genmäle; ***in*** ~ ***to*** som svar på **2** gensvar, respons; ***meet with (with a)*** ~ väcka genklang
**responsibility** [rɪsˌpɒnsə'bɪlətɪ] *s* ansvar [*to* inför; *for* för], ansvarighet; ***on one's own*** ~ på eget ansvar
**responsible** [rɪs'pɒnsəbl] *a* **1** ansvarig [*for* för; *to* inför]; ansvarsfull; ***make oneself*** ~ ***for*** ta på sig ansvaret för **2** vederhäftig, solid
**responsive** [rɪs'pɒnsɪv] *a* mottaglig
**1 rest** [rest] **I** *s* **1** vila; lugn, ro, frid; vilopaus; ***have (take) a*** ~ vila sig; ***set ap.'s mind (fears) at*** ~ lugna ngns farhågor **2** mus. paus **II** *itr tr* **1** vila, vila sig [*from* efter] **2** ~ ***with*** ligga hos ngn (i ngns händer) **3** ***God*** ~ ***his soul!*** må han vila i frid! **4** perfekt particip ***rested*** utvilad **5** vila, stödja [~ *one's elbows on the table*]
**2 rest** [rest] *s,* ***the*** ~ resten, återstoden; ***as to (for) the*** ~ vad det övriga beträffar
**restaurant** ['restrənt] *s* restaurang
**restaurant-car** ['restrəntkɑ:] *s* restaurangvagn
**rest-cure** ['restˌkjʊə] *s* vilokur, liggkur
**restful** ['restf(ʊ)l] *a* lugn, vilsam, fridfull
**resting-place** ['restɪŋpleɪs] *s* rastplats; viloplats; ***last*** ~ sista vilorum grav
**restless** ['restləs] *a* rastlös, nervös, otålig
**restoration** [ˌrestə'reɪʃ(ə)n] *s* **1** återställande; återupprättande; återlämnande; återinsättande **2** restaurering, renovering
**restore** [rɪs'tɔ:] *tr* **1** återställa; återlämna [~ *stolen property*]; återupprätta; ~ ***to life*** återkalla till livet **2** restaurera, renovera **3** återinsätta [*to* i]; ~ ***ap. to power*** återföra ngn till makten
**restrain** [rɪs'treɪn] *tr* hindra, avhålla [*from* från]; ~ ***oneself*** behärska sig
**restraint** [rɪs'treɪnt] *s* **1** tvång; band [*on* på]; hinder; ***throw off all*** ~ kasta alla hämningar; ***without*** ~ ohämmat, fritt **2** ***exercise (show)*** ~ visa återhållsamhet
**restrict** [rɪs'trɪkt] *tr* inskränka, begränsa
**restriction** [rɪs'trɪkʃ(ə)n] *s* inskränkning, begränsning; restriktion
**rest-room** ['restrʊm] *s* amer. toalett
**result** [rɪ'zʌlt] **I** *itr* **1** vara (bli) resultatet [*from* av]; ***the resulting war*** det krig som blev följden **2** ~ ***in*** resultera i **II** *s* resultat; ***as a (the)*** ~ ***of*** till följd av
**resume** [rɪ'zju:m] *tr itr* återuppta; återupptas
**résumé** ['rezjʊmeɪ] *s* resumé, sammanfattning

**resumption** [rɪ'zʌmpʃ(ə)n] *s* återupptagande
**resurrect** [ˌrezə'rekt] *tr* uppväcka från de döda, återkalla till livet
**resurrection** [ˌrezə'rekʃ(ə)n] *s* uppståndelse från de döda
**retail** [substantiv, adjektiv o. adverb 'ri:teɪl, verb ri:'teɪl] **I** *s* detaljhandel, minuthandel **II** *a* detalj-, minut- [~ *trade*] **III** *adv*, ***buy (sell)*** ~ köpa (sälja) i minut **IV** *tr itr* **1** sälja (säljas) i minut **2** berätta i detalj [~ *a story*], återge
**retailer** [ri:'teɪlə] *s* detaljist, detaljhandlare, minuthandlare
**retain** [rɪ'teɪn] *tr* hålla kvar, behålla; bevara
**retake** [verb 'ri:'teɪk, substantiv 'ri:teɪk] **I** (*retook retaken*) *tr* **1** återta, återerövra **2** ta om film **II** *s* omtagning av film
**retaken** ['ri:'teɪkn] se *retake I*
**retaliate** [rɪ'tælɪeɪt] *itr* öva vedergällning, vidta motåtgärder, ge igen
**retaliation** [rɪˌtælɪ'eɪʃ(ə)n] *s* vedergällning
**retard** [rɪ'tɑ:d] *tr* försena, fördröja; ***mentally retarded*** psykiskt utvecklingsstörd
**retell** ['ri:'tel] (*retold retold*) *tr* återberätta
**reticent** ['retɪs(ə)nt] *a* tystlåten, förtegen
**retina** ['retɪnə] *s* ögats näthinna, retina
**retinue** ['retɪnju:] *s* följe, svit
**retire** [rɪ'taɪə] *itr* **1** dra sig tillbaka (undan) [*to, into* till] **2** gå till sängs **3** mil. retirera
**retired** [rɪ'taɪəd] *a* **1** tillbakadragen [*lead a ~ life*] **2** avgången, pensionerad
**retirement** [rɪ'taɪəmənt] *s* **1** avskildhet; ***live in*** ~ leva tillbakadraget **2** avgång; ~ ***age*** pensionsålder; ~ ***pension*** ålderspension
**retiring** [rɪ'taɪərɪŋ] *a* tillbakadragen
**retold** ['ri:'təʊld] se *retell*
**retook** ['ri:'tʊk] se *retake I*
**retort** [rɪ'tɔ:t] **I** *tr* svara, replikera **II** *s* svar, genmäle
**retouch** ['ri:'tʌtʃ] *tr* retuschera
**retrace** [rɪ'treɪs] *tr* följa tillbaka spår m. m.; ~ ***one's steps*** gå samma väg tillbaka
**retract** [rɪ'trækt] *tr* **1** dra tillbaka, dra in [*the cat retracted its claws*], fälla in **2** ta tillbaka [~ *a statement*]; dementera
**retread** ['ri:'tred] *tr* regummera [~ *a tyre*]
**retreat** [rɪ'tri:t] **I** *s* **1** reträtt, återtåg; ***beat a hasty*** ~ hastigt slå till reträtt; ***sound (blow) the*** ~ blåsa till reträtt **2** tillflykt **II** *itr* retirera, slå till reträtt
**retribution** [ˌretrɪ'bju:ʃ(ə)n] *s* vedergällning; straff
**retrieve** [rɪ'tri:v] *tr* **1** återvinna, återfå, få tillbaka **2** jakt., om hundar apportera
**retriever** [rɪ'tri:və] *s* **1** om hund apportör **2** retriever hundras
**return** [rɪ'tɜ:n] **I** *itr tr* **1** återvända, återkomma, återgå **2** ställa (lägga, sätta) tillbaka **3** returnera; återlämna **4** besvara, återgälda
**II** *s* **1** återkomst, hemkomst, återvändande; ~ ***ticket*** turochreturbiljett; ***day*** ~ endagsbiljett; ***many happy ~s of the day!*** el. ***many happy ~s!*** har den äran att gratulera!; ***by ~ of post*** per omgående **2** återsändande, återlämnande [*the ~ of a book*] **3** besvarande; ~ ***match (game)*** returmatch, revanschmatch, revanschparti; ~ ***service*** gentjänst; ~ ***visit*** svarsvisit; ***in*** ~ i gengäld **4** ***income-tax*** ~ självdeklaration
**returnable** [rɪ'tɜ:nəbl] *a* som kan lämnas tillbaka; retur- [~ *bottles*]
**reunification** ['ri:ju:nɪfɪ'keɪʃ(ə)n] *s* återförening
**reunion** ['ri:'ju:njən] *s* **1** återförening **2** sammankomst, samkväm
**reunite** ['ri:ju:'naɪt] *tr itr* återförena; återförenas
**re-use** ['ri:'ju:z] *tr* använda på nytt (igen)
**Rev.** förk. för *Reverend*
**rev** [rev] vard. **I** *tr itr*, ~ ***(~up) an engine*** rusa en motor; ~ ***up*** el. ~ om motor rusa **II** *s* varv; ~ ***counter*** varvräknare
**revaluation** ['ri:væljʊ'eɪʃ(ə)n] *s* **1** revalvering av valuta **2** omvärdering
**revalue** ['ri:'vælju:] *tr* **1** revalvera valuta **2** omvärdera
**reveal** [rɪ'vi:l] *tr* avslöja, röja, yppa
**revel** ['revl] **I** *itr* festa, rumla, festa (rumla) om; ~ ***in*** frossa i, gotta sig åt (i) **II** *s*, pl. ~*s* fest; rummel
**revelation** [ˌrevə'leɪʃ(ə)n] *s* avslöjande; yppande, uppdagande
**reveller** ['revələ] *s* rumlare, festare
**revelry** ['revlrɪ] *s* festande, rummel
**revenge** [rɪ'vendʒ] **I** *tr*, ~ ***oneself (be revenged) on a p.*** hämnas på ngn **II** *s* hämnd [*on, upon* på; *for* för]; revansch; ***take (have) one's*** ~ ta hämnd; ***take ~ on a p.*** hämnas på ngn
**revengeful** [rɪ'vendʒf(ʊ)l] *a* hämndlysten
**revenue** ['revənju:] *s* statsinkomster, inkomster
**reverberate** [rɪ'vɜ:bəreɪt] *itr* genljuda
**reverence** ['revər(ə)ns] *s* vördnad
**reverend** ['revər(ə)nd] *a* i kyrkliga titlar (ofta förkortat *Rev.*), ***Reverend (the Reverend) J. Smith*** pastor (kyrkoherde) J. Smith

**reverie** ['revərɪ] *s* drömmeri; dagdröm
**reversal** [rɪ'vɜ:s(ə)l] *s* omkastning, omsvängning [*a ~ of public opinion*]
**reverse** [rɪ'vɜ:s] **I** *a* motsatt [*~ direction*], omvänd, bakvänd [*in ~ order*], omkastad; *~ **gear*** backväxel; ***the ~ side*** baksidan
**II** *s* **1** motsats; ***just (quite) the ~*** alldeles tvärtom; ***the exact (very) ~*** raka motsatsen [*of* till, mot] **2** baksida, avigsida **3** ***suffer a ~*** röna motgång; lida ett nederlag **4** bil. back; ***put the car in ~*** lägga i backen
**III** *tr itr* **1** vända, vända på (om); backa [*~ one's car*]; *~ **the charges*** tele. låta mottagaren betala samtalet **2** ändra, kasta om [*~ the order*] **3** vända, slå om [*the trend has reversed*]
**revert** [rɪ'vɜ:t] *itr* återgå, gå tillbaka [*~ to an earlier stage*]; återkomma [*to* till]
**review** [rɪ'vju:] **I** *s* **1** granskning; ***in the period under ~*** under den aktuella perioden; ***come under ~*** tas upp till granskning **2** översikt [*of* över, av]; återblick [*of* på] **3** mil. revy, mönstring **4** recension, anmälan av bok **II** *tr* **1** granska på nytt **2** överblicka; låta passera revy **3** mil. mönstra, inspektera [*~ the troops*] **4** recensera, anmäla bok
**reviewer** [rɪ'vju:ə] *s* recensent, anmälare
**revile** [rɪ'vaɪl] *tr* smäda, skymfa
**revise** [rɪ'vaɪz] *tr* **1** revidera; omarbeta, bearbeta **2** skol. repetera
**revision** [rɪ'vɪʒ(ə)n] *s* **1** revidering; omarbetning, bearbetning **2** skol. repetition
**revisit** ['ri:'vɪzɪt] *tr* besöka igen (på nytt)
**revitalize** ['ri:'vaɪtəlaɪz] *tr* återuppliva; vitalisera, liva upp
**revival** [rɪ'vaɪv(ə)l] *s* **1** återupplivande; återuppvaknande till sans, liv **2** repris, återupptagande [*~ of a play*] **3** *~ **meeting*** väckelsemöte
**revive** [rɪ'vaɪv] *tr itr* **1** återuppliva, åter få liv i; vakna till liv igen, kvickna till **2** ge i repris [*~ a play*]
**revoke** [rɪ'vəʊk] *tr* återkalla, upphäva
**revolt** [rɪ'vəʊlt] **I** *itr tr* **1** revoltera, göra uppror (revolt) **2** uppröra; ***be revolted*** känna avsky [*by* vid, över] **II** *s* revolt, uppror, resning [*against* mot]
**revolting** [rɪ'vəʊltɪŋ] *a* **1** upprorisk **2** motbjudande, äcklig
**revolution** [ˌrevə'lu:ʃ(ə)n] *s* **1** rotation kring en axel; varv **2** revolution [*the French Revolution*]
**revolutionary** [ˌrevə'lu:ʃənərɪ] **I** *a* revolutionär **II** *s* revolutionär
**revolutionize** [ˌrevə'lu:ʃənaɪz] *tr* revolutionera
**revolve** [rɪ'vɒlv] *itr* vrida sig, rotera
**revolver** [rɪ'vɒlvə] *s* revolver
**revolving** [rɪ'vɒlvɪŋ] *a* roterande; *~ **chair*** kontorsstol, svängstol; *~ **door*** svängdörr
**revue** [rɪ'vju:] *s* teat. revy
**revulsion** [rɪ'vʌlʃ(ə)n] *s* motvilja [*against* mot]
**reward** [rɪ'wɔ:d] **I** *s* belöning; hittelön; ***offer a ~ of £100*** utfästa en belöning på hundra pund **II** *tr* belöna
**rewarding** [rɪ'wɔ:dɪŋ] *a* givande, tacksam, lönande
**rewind** ['ri:waɪnd] **I** (*rewound rewound*) *tr* spola om (tillbaka) film, band m. m. **II** *s* återspolning av t. ex. ljudband
**reword** ['ri:'wɜ:d] *tr* formulera om
**rewound** ['ri:waʊnd] se *rewind I*
**rewrite** ['ri:'raɪt] (*rewrote rewritten*) *tr* skriva om
**rewritten** ['ri:'rɪtn] se *rewrite*
**rewrote** ['ri:'rəʊt] se *rewrite*
**rhapsody** ['ræpsədɪ] *s* **1** rapsodi **2** ***go into rhapsodies over*** råka i extas över
**rhetoric** ['retərɪk] *s* retorik, vältalighet
**rhetorical** [rɪ'tɒrɪk(ə)l] *a* retorisk
**rheumatic** [rʊ'mætɪk] *a* reumatisk
**rheumatism** ['ru:mətɪz(ə)m] *s* reumatism
**rheumatoid** ['ru:mətɔɪd] *a* reumatoid; *~ **arthritis*** ledgångsreumatism
**Rhine** [raɪn] *s*, ***the ~*** Rhen
**rhino** ['raɪnəʊ] *s* vard. kortform för *rhinoceros*
**rhinoceros** [raɪ'nɒsərəs] *s* noshörning
**Rhodes** [rəʊdz] Rhodos
**rhododendron** [ˌrəʊdə'dendr(ə)n] *s* rhododendron
**rhubarb** ['ru:bɑ:b] *s* rabarber
**rhyme** [raɪm] **I** *s* rim; ***nursery ~*** barnramsa, barnkammarrim **II** *itr* rimma
**rhythm** ['rɪð(ə)m] *s* rytm, takt
**rhythmic** ['rɪðmɪk] *a* o. **rhythmical** ['rɪðmɪk(ə)l] *a* rytmisk
**rib** [rɪb] *s* anat. revben; slakt. högrev av nötkött, rygg av kalv, lamm; ***~s of pork*** kok. revbensspjäll; ***poke (dig) a p. in the ~s*** puffa (stöta) till ngn i sidan
**ribbon** ['rɪbən] *s* band, remsa, strimla; ***typewriter ~*** färgband; ***torn to ~s*** i trasor
**rice** [raɪs] *s* bot. ris; risgryn
**rich** [rɪtʃ] *a* **1** rik [*in* på]; förmögen **2** riklig, stor [*~ vocabulary*], rikhaltig [*~ supply* (förråd)] **3** fet, kraftig [*~ food*], mäktig [*~ cake*]

**riches** ['rɪtʃɪz] *s pl* rikedom, rikedomar
**richly** ['rɪtʃlɪ] *adv* rikt; rikligt, rikligen
**rickets** ['rɪkɪts] *s* engelska sjukan, rakitis
**rickety** ['rɪkətɪ] *a* rankig [~ *chair*], ranglig
**ricochet** ['rɪkəʃeɪ, 'rɪkəʃet] *itr* rikoschettera
**rid** [rɪd] (*rid rid*) *tr* befria, göra fri, rensa [*of* från]; ~ ***oneself of*** bli fri från, göra sig kvitt; ***get ~ of*** bli av med, göra sig av med
**ridden** ['rɪdn] perfekt particip av *ride;* i sammansättningar -härjad [*crisis-ridden*], ansatt (plågad, hemsökt) av [*fear-ridden*]
**1 riddle** ['rɪdl] *s* gåta
**2 riddle** ['rɪdl] *tr* genomborra
**ride** [raɪd] **I** (*rode ridden*) *itr tr* **1** rida, rida på **2** åka [~ *a (on a) bicycle*], köra [~ *a (on a) motorcycle*] **II** *s* ritt, ridtur; åktur, tur [*bus-ride*], resa, färd; ***go for (have) a ~*** rida (åka) ut, göra en ridtur (åktur)
**rider** ['raɪdə] *s* **1** ryttare **2** i sammansättningar -åkare [*cycle ~*]
**ridge** [rɪdʒ] *s* rygg, kam; upphöjd rand; ~ ***of high pressure*** meteor. högtrycksrygg
**ridicule** ['rɪdɪkju:l] **I** *s* åtlöje, löje; ***hold up (expose) to ~*** göra till ett åtlöje **II** *tr* förlöjliga
**ridiculous** [rɪ'dɪkjʊləs] *a* löjlig; absurd
**riding** ['raɪdɪŋ] *s* ridning; ridsport; ***Little Red Riding Hood*** Rödluvan
**rife** [raɪf] *a* **1** mycket vanlig, utbredd, förhärskande **2** ~ ***with*** full av
**riff-raff** ['rɪfræf] *s* slödder, pack, patrask
**1 rifle** ['raɪfl] *tr* rota igenom för att stjäla
**2 rifle** ['raɪfl] *s* gevär, bössa
**rifle-range** ['raɪflreɪndʒ] *s* skjutbana
**rift** [rɪft] *s* spricka; klyfta, brytning
**1 rig** [rɪg] *tr* fixa; ~ ***an election*** bedriva valfusk
**2 rig** [rɪg] *tr* **1** sjö. rigga, tackla **2** ~ ***out*** utrusta, ekipera
**1 right** [raɪt] **I** *a* **1** rätt, riktig; rättmätig; ~***?*** va?, eller hur?; ***the ~ change*** jämna pengar; ***get on the ~ side of a p.*** komma på god fot med ngn; ***do the ~ thing by a p.*** handla rätt mot ngn; ***is this ~ for...?*** är det här rätt väg till...?; ***that's ~!*** just det!, det var rätt!, det stämmer!; ~ ***you are!*** el. ~ ***oh!*** O.K.!, kör för det!; ***put (set) ~*** ställa till rätta; ställa i ordning; reparera; rätta till, avhjälpa fel **2** om vinkel rät; ***at ~ angles with*** i rät vinkel mot
**II** *adv* **1** rätt, rakt; ~ ***ahead*** rakt fram **2** just, precis [~ *here*]; genast, strax [*I'll be ~ back*]; ~ ***away*** genast, strax; utan vidare, direkt; ~ ***now*** just nu; ögonblickligen **3** alldeles, helt; ända [~ *to the bottom*] **4** rätt, riktigt
**III** *s* **1** rätt [~ *and wrong* (orätt)]; ***by ~s*** rätteligen **2** rättighet, rätt [*to* till]; ***fishing ~s*** fiskerätt; ***all ~s reserved*** med ensamrätt; ***human ~s*** de mänskliga rättigheterna; ~ ***of way*** a) förkörsrätt b) allemansrätt till väg; ***by ~ of*** i kraft av, på grund av; ***he is quite within his ~s*** han är i sin fulla rätt **3** ***the ~s and wrongs of the case*** de olika sidorna av saken
**IV** *tr* räta upp [~ *a car*], få på rätt köl [~ *a boat*]; ***things will ~ themselves*** det kommer att rätta till sig
**2 right** [raɪt] **I** *a* höger; ~ ***hand*** höger hand; bildl. högra hand [*he is my ~ hand*]; ~ ***turn*** högersväng **II** *adv* till höger [*of* om], åt höger; ~ ***and left*** till höger och vänster, från alla håll; ~ ***turn!*** mil. höger om!; ***turn ~*** svänga (gå) till höger **III** *s* höger sida (hand); ***the Right*** polit. högern; ***on your ~*** till höger om dig
**right-about** ['raɪtəbaʊt] *adv,* ~ ***turn (face)!*** helt höger om!
**right-angled** ['raɪt,æŋgld] *a* rätvinklig
**righteous** ['raɪtʃəs] *a* **1** rättfärdig, rättskaffens **2** rättmätig [~ *indignation*]
**rightful** ['raɪtf(ʊ)l] *a* rättmätig, rätt
**right-hand** ['raɪthænd] *a* höger-; ***his ~ man*** bildl. hans högra hand
**right-handed** ['raɪt'hændɪd] *a* högerhänt
**right-hander** ['raɪt'hændə] *s* **1** högerhänt person; sport. högerhandsspelare **2** högerslag
**rightly** ['raɪtlɪ] *adv* **1** rätt; riktigt [*I don't ~ know*]; ~ ***or wrongly*** med rätt eller orätt **2** med rätta [~ *proud of his work*]
**right-minded** ['raɪt'maɪndɪd] *a* rättsinnad
**righto** ['raɪt'əʊ] *interj* vard. O.K.!, kör för det!
**rightwards** ['raɪtwədz] *adv* till (åt) höger
**right-wing** ['raɪtwɪŋ] *a* på högerkanten; höger-, högerorienterad
**right-winger** ['raɪt'wɪŋə] *s* **1** högeranhängare **2** sport. högerytter
**rigid** ['rɪdʒɪd] *a* **1** styv **2** sträng, strikt
**rigidity** [rɪ'dʒɪdətɪ] *s* **1** styvhet **2** stränghet
**rigmarole** ['rɪgmərəʊl] *s* **1** svammel; harang **2** procedur
**rigorous** ['rɪgərəs] *a* **1** rigorös, sträng **2** bister, hård [~ *climate*]
**rigour** ['rɪgə] *s* stränghet, hårdhet; pl. ~***s*** strapatser; ***the ~s of winter*** den stränga vinterkylan
**rile** [raɪl] *tr* vard. reta, reta upp, irritera

**rim** [rɪm] *s* **1** kant, fals, rand **2** fälg
**rime** [raɪm] *s* rimfrost
**rimless** ['rɪmləs] *a*, ~ ***spectacles*** glasögon utan bågar
**rind** [raɪnd] *s* skal [~ *of a melon*]; svål [*bacon* ~]; kant, skalk [*cheese* ~]
**1 ring** [rɪŋ] **I** (*rang rung*) *itr tr* **1** ringa, klinga; ringa med (i, på) klocka m. m.; ringa till, ringa upp [ofta ~ *up*]; ~ ***false*** klinga falskt; [***his story***] ~***s true*** ... låter sann; ~ ***off*** tele. ringa av, lägga på luren **2** genljuda [~ *in a p.'s ears*] **3** slå [*the bell* ~*s the hours*] **II** *s* ringning, signal; klingande; ***there's a ~ at the door (phone)*** det ringer på dörren (i telefonen); ***give me a ~ sometime*** slå en signal någon gång
**2 ring** [rɪŋ] **I** *s* **1** ring äv. boxn.; ***make (run) ~s round a p.*** vard. slå (besegra) ngn hur lätt som helst **2** liga [*spy* ~] **II** *tr* ringa, ringmärka
**ringleader** ['rɪŋˌli:də] *s* upprorsledare
**ringmaster** ['rɪŋˌmɑ:stə] *s* cirkusdirektör
**ring-ouzel** ['rɪŋˌu:zl] *s* zool. ringtrast
**ringworm** ['rɪŋwɜ:m] *s* med. revorm
**rink** [rɪŋk] *s* bana för ishockey, skridskoåkning
**rinse** [rɪns] **I** *tr* skölja, skölja av; ~ ***out*** el. ~ skölja ur (ren) **II** *s* **1** sköljning; ***give a th. a ~*** skölja av ngt **2** sköljmedel; ***hair ~*** toningsvätska
**riot** ['raɪət] **I** *s* upplopp, tumult; pl. ~***s*** kravaller; ***run ~*** härja; bildl. skena iväg [*his imagination runs* ~]; växa ohejdat **II** *itr* ställa till (deltaga i) upplopp (kravaller)
**rioter** ['raɪətə] *s* upprorsmakare; deltagare i upplopp (kravaller)
**rip** [rɪp] *tr* riva, slita, fläka, skära [*open, up* upp; *off* av, loss]
**rip-cord** ['rɪpkɔ:d] *s* utlösningslina på fallskärm
**ripe** [raɪp] *a* mogen
**ripen** ['raɪp(ə)n] *itr tr* mogna; få att mogna
**ripple** ['rɪpl] **I** *itr* **1** om t. ex. vattenyta krusa sig **2** porla **II** *s* **1** krusning på vattnet **2** porlande; ***a ~ of laughter*** ett porlande skratt; en skrattsalva
**rise** [raɪz] **I** (*rose risen*) *itr* **1** resa sig, resa sig upp; stiga upp, gå upp **2** stiga; höja sig; ***the glass is rising*** barometern stiger; ~ ***to the occasion*** vara situationen vuxen **3** resa sig, göra uppror **4** stiga i graderna, avancera [~ *to be* (till) *a general*]; ~ ***in the world*** komma sig upp här i världen **5** uppkomma, uppstå [*from* av] **6** kok. jäsa om bröd
**II** *s* **1** stigning [*a* ~ *in the ground*], upphöjning **2** stigande, tillväxt, tilltagande, stegring, ökning; förhöjning, löneförhöjning **3** uppgång, uppkomst; ***give ~ to*** ge upphov till; ***the ~ of industrialism*** industrialismens genombrott
**risen** ['rɪzn] se *rise I*
**riser** ['raɪzə] *s*, ***be an early ~*** vara morgontidig; ***be a late ~*** ligga länge på morgnarna
**rising** ['raɪzɪŋ] **I** *a* stigande; ***the ~ generation*** det uppväxande släktet; ***a ~ young politician*** en kommande ung politiker **II** *s* **1** resning, uppror **2** uppstigning; stigande
**risk** [rɪsk] **I** *s* risk, fara; ***run a ~*** löpa en risk; ***be at ~*** stå på spel **II** *tr* riskera; våga
**risky** ['rɪskɪ] *a* riskabel
**risotto** [rɪ'zɒtəʊ] *s* kok. risotto
**rissole** ['rɪsəʊl] *s* kok. krokett; flottyrkokt risoll
**rite** [raɪt] *s* rit; kyrkobruk, ceremoni
**ritual** ['rɪtʃʊəl] **I** *a* rituell **II** *s* ritual
**rival** ['raɪv(ə)l] **I** *s* rival, konkurrent, medtävlare **II** *a* rivaliserande, konkurrerande **III** *tr itr* tävla (rivalisera) med; tävla, rivalisera
**rivalry** ['raɪvəlrɪ] *s* rivalitet, konkurrens
**river** ['rɪvə] *s* flod
**rivet** ['rɪvɪt] **I** *s* nit **II** *tr* nita; nita fast; ~ ***one's eyes on*** fästa blicken på
**R.N.** förk. för *Royal Navy*
**roach** [rəʊtʃ] *s* zool. mört
**road** [rəʊd] *s* väg; landsväg; körbana; ***Road Up*** på skylt vägarbete; ***one for the ~*** vard. en färdknäpp
**road-block** ['rəʊdblɒk] *s* vägspärr
**road-holding** ['rəʊdˌhəʊldɪŋ] *a*, ~ ***ability*** väghållning
**roadhouse** ['rəʊdhaʊs] *s* finare värdshus (hotell) vid landsvägen
**road-map** ['rəʊdmæp] *s* vägkarta
**roadside** ['rəʊdsaɪd] *s* **1** vägkant, vägens sida **2** attributivt vid vägen [*a* ~ *inn*]
**road-sign** ['rəʊdsaɪn] *s* **1** vägmärke; trafikskylt **2** vägvisare
**roadster** ['rəʊdstə] *s* öppen tvåsitsig sportbil
**roadway** ['rəʊdweɪ] *s* körbana; vägbana
**roam** [rəʊm] *itr tr* ströva omkring; ströva igenom
**roar** [rɔ:] **I** *s* **1** rytande, vrål; ~ ***of laughter*** skrattsalva **2** dån, larm, brus [*the* ~ *of the traffic*] **II** *itr* **1** ryta; vråla [~ *with pain*]; tjuta, gallskrika; ~ ***with laughter*** gapskratta **2** dåna, larma, brusa
**roast** [rəʊst] **I** *tr itr* steka, ugnsteka; rosta; stekas **II** *s* stek **III** *a* stekt; rostad; ~ ***beef*** rostbiff; oxstek; ~ ***potatoes*** ugnstekt potatis
**rob** [rɒb] *tr* plundra, råna, bestjäla [*of* på]
**robber** ['rɒbə] *s* rånare, rövare

**robbery** ['rɒbərɪ] *s* rån; röveri

**robe** [rəʊb] *s* **1** pl. *~s* ämbetsdräkt **2** galaklänning **3** badrock; amer. morgonrock

**robin** ['rɒbɪn] *s* rödhake [äv. *~ redbreast*]

**robot** ['rəʊbɒt] *s* robot; *~ **pilot*** autopilot

**robust** [rə'bʌst] *a* robust; kraftig; härdig [*~ plant*]; ***have a ~ appetite*** ha frisk aptit

**1 rock** [rɒk] *s* **1** klippa äv. bildl., skär; ***be on the ~s*** vard. vara pank; ***whisky on the ~s*** whisky med is **2** stenblock, klippblock; amer. sten i allm. [*throw ~s*] **3** berg, berggrund [*a house built on ~*] **4** bergart **5** ungefär polkagrisstång

**2 rock** [rɒk] **I** *tr* vagga, gunga, vyssja; skaka; *~ **with laughter*** skaka av skratt **II** *s* gungning, vaggande; skakning

**rock-bottom** ['rɒk'bɒtəm] *s* bildl., vard. absoluta botten

**rock-cake** ['rɒkkeɪk] *s* hastbulle med russin

**rock-climbing** ['rɒk,klaɪmɪŋ] *s* bergbestigning, alpinism

**rock-crystal** ['rɒk'krɪstl] *s* bergkristall

**rockery** ['rɒkərɪ] *s* stenparti

**rocket** ['rɒkɪt] **I** *s* raket; *~ **missile*** raketvapen; *~ **propulsion*** raketdrift **II** *itr* flyga som en raket; bildl. skjuta i höjden [*prices rocketed*]

**rocket-assisted** ['rɒkɪtə,sɪstɪd] *a, ~ **take-off*** raketstart

**rock-garden** ['rɒk,gɑːdn] *s* stenparti

**Rockies** ['rɒkɪz] *s pl, **the** ~* Klippiga bergen

**rocking-chair** ['rɒkɪŋtʃeə] *s* gungstol

**rocking-horse** ['rɒkɪŋhɔːs] *s* gunghäst

**rock-salmon** ['rɒk'sæmən] *s* nordsjöål, havsål handelsnamn för pigghaj

**rocky** ['rɒkɪ] *a* klippig; stenig; ***the Rocky Mountains*** Klippiga bergen

**rod** [rɒd] *s* **1** käpp; stång **2** metspö **3** spö, ris

**rode** [rəʊd] se *ride I*

**rodent** ['rəʊd(ə)nt] *s* zool. gnagare

**rodeo** [rə'deɪəʊ] *s* rodeo riduppvisning

**1 roe** [rəʊ] *s* rom, fiskrom; ***soft** ~* mjölke

**2 roe** [rəʊ] *s* rådjur

**rogue** [rəʊg] *s* skurk, lymmel; skojare

**roguish** ['rəʊgɪʃ] *a* **1** skurkaktig **2** skälmsk

**role** [rəʊl] *s* roll; uppgift, funktion

**roll** [rəʊl] **I** *s* **1** rulle **2** valk [*~s of fat*] **3** småfranska **4** rulla, lista, förteckning, register **5** rullande, rullning
**II** *tr itr* **1** rulla [*~ a cigarette*]; rulla sig, vältra sig; *~ **in luxury*** vard. vältra sig i lyx; ***he's rolling in money (in it)*** vard. han har pengar som gräs; *~ **along*** a) rulla vägen fram b) vard. rulla på gå stadigt framåt; *~ **in*** rulla in; strömma in [*offers of help were rolling in*], strömma till; *~ **up*** rulla ihop sig; komma tågande; ***Roll up! Roll up!*** på t. ex. tivoli välkomna hit mina damer och herrar! **2** kavla, valsa, kavla (valsa) ut [äv. *~ out*]; ***rolled gold*** gulddoublé **3** om t. ex. åska mullra **4** sjö. rulla

**roll-call** ['rəʊlkɔːl] *s* upprop

**roller-coaster** ['rəʊlə,kəʊstə] *s* berg-och--dalbana

**roller-skate** ['rəʊlə,skeɪt] **I** *s* rullskridsko **II** *itr* åka rullskridsko

**rolling** ['rəʊlɪŋ] *a* rullande; vågig; *~ **country*** ett böljande landskap

**rolling-pin** ['rəʊlɪŋpɪn] *s* brödkavel

**roll-neck** ['rəʊlnek] *s, ~ **sweater*** polotröja

**roll-on** ['rəʊlɒn] *s* **1** resårgördel **2** roll-on

**roll-top** ['rəʊltɒp] *s, ~ **desk*** jalusiskrivbord

**Roman** ['rəʊmən] **I** *a* romersk; romar- [*the ~ Empire*]; *~ **(roman) numerals*** romerska siffror **II** *s* romare

**romance** [rə'mæns] **I** *s* **1** romantik **2** romans kärlekshistoria **3** äventyrsroman **II** *itr* **1** fabulera **2** svärma

**Romania** [rəʊ'meɪnjə, ruː'meɪnjə] Rumänien

**Romanian** [rəʊ'meɪnjən, ruː'meɪnjən] **I** *a* rumänsk **II** *s* **1** rumän **2** rumänska språket

**romantic** [rə'mæntɪk] **I** *a* romantisk **II** *s* romantiker

**romanticism** [rə'mæntɪsɪz(ə)m] *s* romantik

**romanticize** [rə'mæntɪsaɪz] *tr itr* romantisera; vara romantisk; svärma

**Rome** [rəʊm] Rom; ***the Church of** ~* romersk-katolska kyrkan; ***when in ~ do as the Romans do*** ungefär man får ta seden dit man kommer

**romp** [rɒmp] *itr* **1** stoja, leka vilt, tumla om **2** vard., *~ **in (home)*** kapplöpn. vinna lätt

**romper** ['rɒmpə] *s*, pl. *~s* sparkbyxor, lekbyxor

**roof** [ruːf] **I** *s* tak, yttertak, hustak; ***the ~ of the mouth*** gommen **II** *tr* **1** lägga tak på, taklägga **2** ge husrum åt, hysa

**roofing** ['ruːfɪŋ] *s* takläggning; taktäckningsmaterial

**roof-rack** ['ruːfræk] *s* takräcke på bil

**1 rook** [rʊk] **I** *s* zool. råka **II** *tr* vard. skinna, ta ockerpriser av

**2 rook** [rʊk] *s* schack. torn

**room** [ruːm, rʊm] *s* **1** rum i hus; pl. *~s* äv. hyresrum; ***ladies'** ~* damrum, damtoalett; ***men's** ~* herrtoalett; ***set of** ~s* våning **2**

plats, rum, utrymme; ***standing*** ~ ståplats, ståplatser; ***there's no ~ for the table*** bordet får inte plats; ***there's plenty of*** ~ det är gott om plats; ***make ~ for*** lämna plats för

**room-mate** ['ru:mmeɪt] *s* rumskamrat

**roomy** ['ru:mɪ] *a* rymlig

**roost** [ru:st] **I** *s* hönspinne; ***rule the*** ~ vard. vara herre på täppan **II** *itr* om fågel slå sig ner

**rooster** ['ru:stə] *s* tupp

**root** [ru:t] **I** *s* **1** rot; ~ ***beer*** läskedryck smaksatt med växtextrakt; ***the ~ cause*** grundorsaken; ~ ***filling*** rotfyllning; ***take (strike)*** ~ slå rot, få rotfäste; ***be at the ~ of*** vara roten och upphovet till; ***pull (pluck, tear) up by the ~s*** rycka upp med roten (rötterna) **2** mat. rot; ***square*** ~ kvadratrot **II** *tr* **1** rotfästa; ***deeply rooted*** djupt rotad; inrotad; ***be rooted in*** ha sin grund (rot) i **2** ~ ***out*** utrota

**rope** [rəʊp] **I** *s* **1** rep, lina, tåg; ***know the ~s*** vard. känna till knepen; ***give a p. plenty of*** ~ ge ngn fria tyglar; ge ngn fritt spelrum; ***be at the end of one's*** ~ amer. inte orka mer **2** ~ ***of pearls*** pärlband, pärlhalsband **II** *tr* **1** binda med rep **2** ~ ***in*** inhägna med rep; ~ ***off (out)*** spärra av med rep **3** vard., ~ ***a p. in*** förmå ngn att hjälpa till (vara med)

**rope-walker** ['rəʊpˌwɔ:kə] *s* lindansare

**rosary** ['rəʊzərɪ] *s* radband

**1 rose** [rəʊz] se *rise I*

**2 rose** [rəʊz] **I** *s* **1** bot. ros; ~ ***hip*** nypon frukt **2** rosa, rosenrött **II** *a* **1** i sammansättningar ros-, rosen- [*rose-bush*] **2** rosa, rosenröd

**rosebud** ['rəʊzbʌd] *s* rosenknopp

**rosemary** ['rəʊzmərɪ] *s* rosmarin

**rosette** [rə'zet] *s* rosett

**rostrum** ['rɒstrəm] *s* **1** talarstol; podium **2** prispall

**rosy** ['rəʊzɪ] *a* **1** rosig, rödblommig **2** rosenfärgad, rosenröd; ljus [*a ~ future*]; ***take a ~ view of*** se ljust på **3** i sammansättningar rosen- [*rosy-cheeked*]

**rot** [rɒt] **I** *itr tr* ruttna; få att ruttna **II** *s* **1** röta, ruttenhet; förruttnelse **2** vard. strunt, smörja

**rota** ['rəʊtə] *s* tjänstgöringslista

**rotate** [rəʊ'teɪt] *itr tr* **1** rotera, svänga [~ *round* (kring) *an axis*]; låta rotera **2** växla; gå runt; låta växla; ~ ***crops*** bedriva växelbruk

**rotation** [rəʊ'teɪʃ(ə)n] *s* **1** rotation; varv **2** turordning; ***in (by)*** ~ i tur och ordning, växelvis **3** jordbr., ***crop*** ~ växelbruk

**rote** [rəʊt] *s*, ***by*** ~ utantill [*know by ~*]

**rotten** ['rɒtn] *a* **1** rutten; skämd **2** vard. urusel [~ *weather*], vissen [*feel ~*]; ***what ~ luck!*** en sån förbaskad otur!

**rotter** ['rɒtə] *s* sl. odåga, rötägg, kräk

**rouble** ['ru:bl] *s* rubel

**rouge** [ru:ʒ] **I** *s* **1** rouge **2** putspulver för metall **II** *tr itr* sminka sig med rouge, lägga på rouge

**rough** [rʌf] **I** *a* **1** grov, ojämn, sträv **2** gropig [*a ~ sea*] **3** hårdhänt, omild [~ *handling*]; ~ ***play*** sport. ojust spel, ruff; ***have a ~ time (a ~ time of it)*** vard. ha det svårt **4** ohyfsad, råbarkad; ***a ~ customer*** en rå typ **5** rå, oslipad [*a ~ diamond*] **6** grov; ~ ***copy*** kladd, koncept; ~ ***outline*** skiss, utkast; ***in ~ outlines*** i grova drag **7** ungefärlig [*a ~ estimate* (beräkning)]; ***a ~ guess*** en lös gissning **II** *adv* grovt; rått; hårt; ***play*** ~ spela ojust, ruffa **III** *tr*, ~ ***it*** slita ont; leva primitivt

**roughage** ['rʌfɪdʒ] *s* fiberrik kost; kostfiber

**rough-and-ready** ['rʌfnd'redɪ] *a* **1** grov, ungefärlig [*a ~ estimate* (beräkning)] **2** om person rättfram

**roughen** ['rʌf(ə)n] *tr itr* göra (bli) grov

**roughly** ['rʌflɪ] *adv* **1** grovt; ***treat*** ~ behandla omilt (hårt) **2** cirka, ungefär; ~ ***speaking*** i stort sett

**roughneck** ['rʌfnek] *s* sl. ligist, hårding

**roulette** [rʊ'let] *s* rulett

**round** [raʊnd] **I** *a* rund, jämn, avrundad [*a ~ sum*]; ungefärlig [*a ~ estimate*]

**II** *s* **1** ring, krets **2** skiva av bröd; ***a ~ of beef*** a) ett lårstycke av oxkött b) en smörgås med oxkött **3** kretslopp; rond, runda, tur; ***the postman's*** ~ brevbärarens utbärningstur; ***go the ~s*** a) göra sin inspektionsrunda b) gå runt, cirkulera; grassera, härja; ***go the ~ of*** a) gå runt i b) gå laget runt bland; ***make one's ~s*** gå ronden **4** omgång, varv; ~ ***of ammunition*** mil. a) skottsalva b) skott [*he had three ~s of ammunition left*]; ***a ~ of applause*** en applåd; ***stand a ~ of drinks*** bjuda på en omgång drinkar **5** sport. rond, omgång; ***a ~ of golf*** en golfrunda

**III** *adv* **1** runt [*show a p. ~*], omkring, runtom; om tillbaka [*don't turn ~!*]; ~ ***about*** runtomkring, runtom; ***all*** ~ runtom; överallt; överlag, laget runt; ***all the year*** ~ hela året, året runt (om) **2** hit, över [*he came ~ one evening*]; ***ask a p.*** ~ be ngn hem till sig **3** ~ ***about*** omkring [~ *about lunchtime*]

**IV** *prep* om [*he had a scarf ~ his neck*],

runt, omkring, kring [*sit ~ the table*]; runtom; ~ ***the clock*** dygnet runt
**V** *tr itr* **1** göra rund; runda [~ *the lips*]; ~ ***off*** a) runda t. ex. hörn b) runda av summa c) avrunda, avsluta [~ *off an evening*] **2** runda, svänga om (runt) [~ *a street corner*], gå (fara, segla) runt, sjö. äv. dubblera [~ *a cape*] **3** ~ ***up*** samla (driva) ihop [~ *up the cattle*], mobilisera, samla [~ *up volunteers*] **4** ~ ***out*** bli fylligare (rundare) [*her figure is beginning to ~ out*] **5** ~ ***on a p.*** fara ut mot ngn
**roundabout** ['raʊndəbaʊt] **I** *a* omständlig; ***use ~ methods*** gå omvägar; ~ ***way (route)*** omväg; ***in a ~ way*** indirekt, på omvägar **II** *s* **1** karusell **2** trafik. rondell
**round-table** ['raʊnd'teɪbl] *a* rundabords-
**round-the-clock** ['raʊndðəklɒk] *a* dygnslång; ~ ***service*** dygnetruntservice
**round-trip** ['raʊndtrɪp] *a* amer. turochretur- [*a ~ ticket*]
**round-up** ['raʊndʌp] *s* **1** mobiliserande **2** razzia [*of* bland] **3** sammandrag [*a news ~*]; ***Sports*** ~ radio., TV. sportronden, sportextra
**rouse** [raʊz] *tr* väcka; rycka upp [*from* ur]; egga, elda upp [~ *the masses*]; reta upp [~ *a p. to anger*]; ~ ***oneself*** rycka upp sig, vakna upp; [***he is terrible***] ***when roused*** ... när han är uppretad
**rousing** ['raʊzɪŋ] *a* väckande, eldande [*a ~ speech*], medryckande; översvallande [*a ~ welcome*]
**rout** [raʊt] **I** *s* vild flykt; sammanbrott, nederlag; ***put to ~*** driva på flykten **II** *tr* driva på flykten; fullständigt besegra
**route** [ru:t] **I** *s* rutt, väg, led; marschrutt; ***on ~ number 50*** på linje 50 **II** *tr* sända viss väg, dirigera
**routine** [ru:'ti:n] **I** *s* **1** rutin; slentrian; ***office ~*** kontorsrutiner **2** teat. nummer på repertoaren [*a dance ~*] **II** *a* rutinmässig, slentrianmässig
**rove** [rəʊv] *itr tr* ströva omkring, vandra; ströva omkring i
**rover** ['rəʊvə] *s* vandrare; rastlös person
**roving** ['rəʊvɪŋ] *a* kringströvande, irrande; ~ ***ambassador*** resande ambassadör; ~ ***reporter*** flygande reporter
**1 row** [rəʊ] *s* **1** rad, räcka, länga [*a ~ of houses*]; led **2** bänkrad **3** i stickning varv
**2 row** [rəʊ] **I** *tr itr* ro **II** *s* roddtur
**3 row** [raʊ] **I** *s* **1** oväsen, bråk; ***stop that ~!*** för inte ett sånt liv! **2** gräl, bråk; ***have a ~*** bråka, gräla **II** *itr* **1** väsnas, bråka **2** gräla
**rowanberry** ['rəʊən,bərɪ] *s* rönnbär
**rowdy** ['raʊdɪ] **I** *s* bråkmakare, råskinn **II** *a* bråkig, våldsam [~ *scenes*]
**rower** ['rəʊə] *s* roddare
**rowing** ['rəʊɪŋ] *s* rodd; ~ ***match*** kapprodd
**rowing-boat** ['rəʊɪŋbəʊt] *s* roddbåt
**royal** ['rɔɪ(ə)l] *a* kunglig; statlig; ***the ~ speech*** trontalet
**royalistic** [,rɔɪə'lɪstɪk] *a* rojalistisk
**royalty** ['rɔɪəltɪ] *s* **1** kunglighet **2** royalty
**rub** [rʌb] **I** *tr itr* gnida, gno, gnugga; ~ ***shoulders (elbows) with*** umgås med, neds. frottera sig med; ~ ***a p.*** (~ ***a p. up***) ***the wrong (right) way*** bildl. stryka ngn mothårs (medhårs) □ ~ **down** gnida ren; slipa av, putsa av; frottera; ~ **in** gnida in; ***don't ~ it in!*** bildl. du behöver inte tjata om (påminna mig om) det!; ~ **off** gnida (putsa) av (bort), sudda ut (bort); sudda ren; ~ **out** sudda (stryka) ut (bort), gnida av (bort); ~ **up** putsa, polera
**II** *s* **1** gnidning, frottering; ***give the silver a ~!*** putsa upp silvret! **2** ***there's the ~*** det är där problemet ligger
**1 rubber** ['rʌbə] *s* kortsp. robbert; spel
**2 rubber** ['rʌbə] *s* **1** kautschuk, gummi [äv. *India ~*]; radergummi; ~ ***goods*** gummivaror, sanitetsvaror **2** amer. sl. gummi kondom
**rubber-band** ['rʌbə'bænd] *s* gummisnodd
**rubber-stamp** ['rʌbə'stæmp] **I** *s* gummistämpel **II** *tr* stämpla; vard. godkänna utan vidare
**rubbish** ['rʌbɪʃ] *s* **1** avfall; sopor; skräp **2** bildl. skräp, smörja; struntprat
**rubbish-heap** ['rʌbɪʃhi:p] *s* skräphög
**rubbishy** ['rʌbɪʃɪ] *a* skräpig
**rubble** ['rʌbl] *s* **1** stenskärv; packsten **2** spillror; ***a heap of ~*** en grushög
**rub-down** ['rʌbdaʊn] *s* gnidning, putsning; ***a cold ~*** en kall avrivning
**ruby** ['ru:bɪ] **I** *s* rubin; rubinrött **II** *a* rubinröd; ~ ***lips*** purpurröda läppar
**rucksack** ['rʊksæk] *s* ryggsäck
**rudder** ['rʌdə] *s* roder; flyg. sidoroder
**ruddy** ['rʌdɪ] *a* rödblommig [*a ~ complexion*]; rödaktig
**rude** [ru:d] *a* ohövlig, ohyfsad, rå, ful
**rudiment** ['ru:dɪmənt] *s* **1** rudiment, ansats [*of* till] **2** pl. ~*s* första grunder
**rudimentary** [,ru:dɪ'mentərɪ] *a* rudimentär; elementär
**ruff** [rʌf] *s* pipkrage; krås, krus
**ruffian** ['rʌfjən] *s* råskinn, buse, bandit
**ruffianly** ['rʌfjənlɪ] *a* skurkaktig, rå
**ruffle** ['rʌfl] *tr* **1** rufsa till [~ *a p.'s hair*]; burra upp [*the bird ruffled its feathers*];

röra upp, krusa **2** ~ ***a p.'s temper*** förarga ngn; ***be ruffled*** bli stött **3** rynka, vecka
**rug** [rʌg] *s* **1** matta **2** filt; pläd
**Rugby** ['rʌgbɪ] *s* rugby [äv. ~ *football*]
**rugged** ['rʌgɪd] *a* **1** ojämn, skrovlig; oländig, kuperad [~ *country*] **2** fårad, grov [*a* ~ *face*] **3** sträv, kärv, barsk [*a* ~ *old peasant*] **4** kraftig, robust [~ *physique*]
**rugger** ['rʌgə] *s* vard. rugby
**ruin** ['rʊɪn] **I** *s* **1** ruin, ruiner **2** ruin, undergång, förfall; ödeläggande **II** *tr* **1** ödelägga, förstöra **2** ruinera, störta i fördärvet **3** fördärva, förstöra [~ *one's health*]
**ruination** [rʊɪ'neɪʃ(ə)n] *s* **1** ruinering; ödeläggelse **2** ruin, fördärv
**ruined** ['rʊɪnd] *a* **1** förfallen; i ruiner **2** ruinerad **3** fördärvad, förstörd, ödelagd
**rule** [ru:l] **I** *s* **1** regel; bestämmelse, föreskrift **2** styre, välde [*under British* ~]; regering **3** tumstock, måttstock **II** *tr itr* **1** regera över, styra, härska över; regera, härska [*over* över]; råda **2** fastställa, förordna; bestämma; ~ ***out*** [***the possibility***] utesluta... **3** linjera; ***ruled paper*** linjerat papper **4** hand. (om t. ex. pris) gälla, råda [*ruling prices*] **5** jur. meddela utslag
**ruler** ['ru:lə] *s* **1** härskare [*of* över] **2** linjal
**1 rum** [rʌm] *s* rom dryck
**2 rum** [rʌm] *a* vard. konstig, underlig; ***a ~ customer*** en konstig prick
**Rumania** [rʊ'meɪnjə] se *Romania*
**Rumanian** [rʊ'meɪnjən] se *Romanian*
**rumba** ['rʌmbə] **I** *s* rumba **II** *itr* dansa rumba
**rumble** ['rʌmbl] **I** *itr* mullra; om mage kurra **II** *s* mullrande
**ruminate** ['ru:mɪneɪt] *itr* **1** idissla **2** grubbla, fundera [*about* på, över]
**rummage** ['rʌmɪdʒ] *tr itr* leta (rota) igenom; leta, rota
**rummy** ['rʌmɪ] *s* rummy slags kortspel
**rumour** ['ru:mə] **I** *s* rykte [*a false* ~] **II** *tr*, ***it is rumoured that*** det ryktas att
**rumour-monger** ['ru:məˌmʌŋgə] *s* ryktesspridare
**rump** [rʌmp] *s* bakdel, rumpa
**rumple** ['rʌmpl] *tr* skrynkla ned
**rumpsteak** ['rʌmp'steɪk] *s* rumpstek
**run** [rʌn] **I** (*ran run*) *itr tr* **1** springa, löpa; ~ ***errands (messages)*** springa ärenden [*for* åt, för] **2** polit. m. m. ställa upp, kandidera [*for* till] **3** glida, löpa, rulla, köra **4 a)** om t. ex. maskin gå, vara i gång, vara på; ***leave the engine running*** låta motorn gå på tomgång **b)** gå, köra [*the buses ~ every five minutes*] **5** om t. ex. färg fälla [*these colours won't* ~]; flyta ut (omkring) **6** rinna, droppa [*your nose is running*], flyta, flöda; om sår vätska (vara) sig **7** ~ ***dry*** torka ut, sina ut; ~ ***high*** a) om tidvatten, pris m. m. stiga högt b) om t. ex. känslor svalla; ~ ***low*** ta slut, tryta [*supplies are running low*] **8 a)** löpa, gälla [*the contract ~s (~s for) three years*] **b)** pågå, gå; ***the play ran for six months*** pjäsen gick i sex månader **9** lyda, låta; ***it ~s as follows*** det lyder som följer **10** ***my stocking has*** ~ det har gått en maska på min strumpa **11** springa i kapp med [*I ran him to the corner*] **12** driva [~ *a business*]; leda, styra [*Communist-run countries*]; sköta, förestå; ~ ***a course*** leda (hålla) en kurs **13** a) köra, skjutsa [*I'll ~ you home in my car*] b) låta glida (löpa), dra, fara med, köra [~ *one's fingers through one's hair*] **14 a)** hålla (sätta) i gång; ~ ***a film*** köra (visa) en film; ~ ***a tape*** spela (spela av) ett band **b)** köra med; sätta in (i trafik) [~ *extra buses*] **15** låta rinna, tappa [~ *water into a bath-tub*]; strömma av **16** ***a car that is expensive to ~*** en bil som är dyr i drift; ~ ***a temperature*** vard. ha feber □ ~ **about** springa (löpa, fara) omkring; ~ **across** a) löpa (gå) tvärs över b) stöta (råka, träffa) 'på; ~ **against** a) stöta (råka, träffa) 'på, stöta ihop med; rusa emot b) sport. m. m. tävla (springa) mot; ställa upp (kandidera) mot; ~ **aground** gå (segla, ränna) på grund; ~ **along!** vard. i väg med dig!; ~ **away** springa i väg (bort); rymma; ~ **down a)** springa (löpa, fara, rinna) ner (nedför, nedåt) **b)** ***be (feel) ~ down*** vara (känna sig) trött och nere **c)** ta slut; köra slut på; ***the battery has ~ down*** batteriet är slut **d)** köra över (ner) **e)** tala illa om, racka ner på; ~ **for a)** springa till (efter) **b)** ~ ***for it*** vard. skynda sig, springa fort; ~ ***for one's life*** springa för livet **c)** polit. m. m. ställa upp som, kandidera till [~ *for president*]; ~ **in a)** rusa in **b)** ***it ~s in the family*** det ligger (går) i släkten **c)** köra in [~ *in a new car (an engine)*]; ***running in*** om bil under inkörning; ~ **into** a) köra (rusa) 'på (in i, emot), ränna in i (emot) b) stöta (råka, träffa) 'på c) råka in i, stöta på; försätta i [~ *into difficulties*; ~ *into debt*]; ~ **off** a) springa sin väg b) trycka; köra, dra [~ *off fifty copies of a stencil*] c) spela av (upp), köra [~ *off a tape*] d) sport. avgöra; ~ **on** a) gå 'på, springa (köra) vidare b) fortsätta, löpa vidare c) gå på, drivas med [~ *on petrol*]; ~ **out** a) springa (löpa) ut b) löpa (gå) ut; hålla på att ta slut, börja sina (tryta); ~ **over a)** rinna (flöda) över **b)**

köra över; ***he was ~ over*** han blev överkörd; ~ **through** a) gå (löpa) igenom b) genomborra [~ *a p. through with a sword*]; ~ **to** a) skynda till [~ *to his help*] b) uppgå till c) omfatta [*the story ~s to 5,000 words*], komma upp till (i) d) vard. ha råd med (till); ~ **up a)** springa (löpa) uppför **b)** skjuta (rusa) i höjden; ~ ***up a debt*** skaffa sig skulder **c)** om pris, ~ ***up to*** uppgå till **d)** ~ ***up against*** stöta på [~ *up against difficulties*], råka 'på (in i)

**II** *s* **1** löpning, lopp; ***on the ~*** vard. på flykt, på rymmen **2** sport. (i kricket) 'run', poäng **3** kort färd; ***a ~ in the car*** en biltur **4** rutt, väg, runda **5** serie, följd, räcka [*a ~ of misfortunes*]; ***have a good ~*** ha framgång, gå bra; ***a ~ of good (bad) luck*** ständig tur (otur); ***in the long ~*** i längden, på lång sikt **6** plötslig (stegrad) efterfrågan; ***there was a ~ on the bank*** det blev rusning till banken för att få ut innestående pengar **7** vard. fritt tillträde, tillgång [*of* till] **8** maska på t. ex. strumpa

**run-down** ['rʌndaʊn] *a* **1** slutkörd; nedgången; medtagen **2** förfallen

**1 rung** [rʌŋ] se *1 ring I*

**2 rung** [rʌŋ] *s* pinne på stege, steg

**runner** ['rʌnə] *s* **1** sport. m. m. löpare **2** smugglare ofta i sammansättningar **3** bordlöpare **4** med på släde; skridskoskena **5** bot., ***scarlet*** ~ el. ~ ***bean*** rosenböna **6** tekn. löpring, löprulle; glidstång

**runner-up** ['rʌnər'ʌp] (pl. *runners-up* ['rʌnəz'ʌp]) *s*, ***be ~*** komma på andra plats

**running** ['rʌnɪŋ] **I** *pres p* o. *a* **1** löpande, springande; rinnande [~ *water*], flytande; ***take a ~ jump*** hoppa med ansats; ~ ***mate*** a) kapplöpn. draghjälp b) amer. 'parhäst', vicepresidentkandidat; ***in good ~ order*** körklar och i gott skick; ~ ***time*** körtid; films speltid **2** löpande; i rad (sträck) [*three times ~*]; ~ ***commentary*** fortlöpande kommentar, direktreferat i radio el. TV; ~ ***expenses*** löpande utgifter, driftskostnader

**II** *s* **1** a) springande, löpande; lopp b) gång [*the smooth ~ of an engine*]; ***make the ~*** a) vid löpning bestämma farten b) bildl. ha initiativet; ***be in the ~*** vara med i leken (tävlingen); ***be out of the ~*** vara ur leken (spelet) **2** körförhållanden, löpningsförhållanden, bana [*the ~ is good*]; före **3** rinnande **4** drivande, drift; skötsel

**running-board** ['rʌnɪŋbɔ:d] *s* fotsteg på bil

**running-in** ['rʌnɪŋ'ɪn] *s* inkörning av bil

**run-up** ['rʌnʌp] *s* **1** sport. sats, ansats **2** bildl. inledning, upptakt

**runway** ['rʌnweɪ] *s* flyg. startbana, landningsbana

**rupture** ['rʌptʃə] **I** *s* **1** bristning i muskel m. m.; brytande; brytning **2** med. bråck **II** *itr tr* **1** brista **2** spräcka, spränga

**rural** ['rʊər(ə)l] *a* lantlig; lantbruks-; ~ ***district*** landskommun; ~ ***life*** lantliv, lantlivet; ***in ~ districts*** på landsbygden

**ruse** [ru:z] *s* list, knep, fint

**1 rush** [rʌʃ] *s* bot. säv; tåg

**2 rush** [rʌʃ] **I** *itr tr* **1** rusa, störta [*into* in i, i]; ~ ***and tear*** jäkta; ~ ***at*** rusa 'på (mot) **2** forsa, rusa, brusa **3** störta, driva; rusa i väg med, föra i all hast [*he was rushed to hospital*]; forcera, driva (skynda, jäkta) 'på [äv. ~ *on (up)*]; ~ ***a p. off his feet*** bringa ngn ur fattningen; ***don't ~ me!*** jäkta mig inte! **4** storma; kasta sig över, angripa **5** sl. skörta upp; skinna

**II** *s* **1** rusning, rush, tillströmning [*on, to, into* till]; ***the Christmas ~*** julrushen, julbrådskan; ***gold ~*** guldrush, guldfeber; ***the ~ hour*** rusningstid, rusningstiden **2** jäkt, jäktande [äv. ~ *and tear*]; brådska

**rush-hour** ['rʌʃˌaʊə] *s* rusningstid; ~ ***traffic*** rusningstrafik

**rusk** [rʌsk] *s* skorpa bakverk

**russet** ['rʌsɪt] **I** *a* rödbrun; gulbrun **II** *s* rödbrunt; gulbrunt

**Russia** ['rʌʃə] Ryssland

**Russian** ['rʌʃ(ə)n] **I** *a* rysk; ~ ***salad*** legymsallad **II** *s* **1** ryss; ryska **2** ryska språket

**rust** [rʌst] **I** *s* rost **II** *itr tr* rosta; göra rostig

**rustic** ['rʌstɪk] **I** *a* lantlig, bonde-; rustik **II** *s* lantbo

**rustle** ['rʌsl] **I** *itr tr* **1** prassla, rassla; prassla (rassla) med **2** amer. vard. stjäla boskap; stjäla [~ *cattle*] **3** vard. fixa [~ *up some food*] **II** *s* prassel, rassel; sus

**rustler** ['rʌslə] *s* amer. boskapstjuv

**rustproof** ['rʌstpru:f] *a* rostbeständig, rostfri

**rusty** ['rʌstɪ] *a* **1** rostig **2** a) om person otränad [*a bit ~ at tennis*] b) försummad; ***get ~*** komma ur form, bli 'rostig'

**1 rut** [rʌt] *s* brunst

**2 rut** [rʌt] *s* hjulspår; ***get into a ~*** fastna i slentrian

**ruthless** ['ru:θləs] *a* skoningslös, hänsynslös

**rye** [raɪ] *s* **1** råg **2** i USA o. Canada: ~ el. ~ ***whiskey*** whisky gjord på råg **3** rågbröd

**rye-bread** ['raɪbred] *s* rågbröd; grovt bröd

**Ryvita** [raɪ'vi:tə] *s* ® slags knäckebröd

# S

**S, s** [es] *s* S, s
**S.** (förk. för *south, southern*) S
**$** = *dollar, dollars*
**'s** = *has* [*what's he done?*]; *is* [*it's*]; *does* [*what's he want?*]; *us* [*let's see*]
**Sabbath** ['sæbəθ] *s* sabbat
**sable** ['seɪbl] *s* **1** zool. sobel **2** sobelpäls
**sabotage** ['sæbətɑ:ʒ] **I** *s* sabotage **II** *tr* sabotera
**saboteur** [ˌsæbə'tɜ:] *s* sabotör
**sabre** ['seɪbə] *s* sabel
**sabre-rattling** ['seɪbəˌrætlɪŋ] *s* bildl. vapenskrammel
**sac** [sæk] *s* zool., bot. säck
**saccharin** ['sækərɪn, 'sækəri:n] *s* sackarin
**sachet** ['sæʃeɪ] *s* **1** luktpåse **2** plastkudde med t. ex. schampo **3** portionspåse för t. ex. te
**1 sack** [sæk] **I** *s* **1** säck **2** vard., *get the* ~ få sparken **II** *tr* vard. ge sparken
**2 sack** [sæk] **I** *s* plundring **II** *tr* plundra
**sackcloth** ['sækklɒθ] *s* säckväv, säckduk
**sacking** ['sækɪŋ] *s* säckväv
**sacrament** ['sækrəmənt] *s* kyrkl. sakrament; ***administer the last ~s to*** ge nattvarden åt
**sacred** ['seɪkrɪd] *a* helig; andlig [~ *songs*], kyrko- [~ *music*]
**sacrifice** ['sækrɪfaɪs] **I** *s* offer; uppoffring [*make ~s*]; uppoffrande **II** *itr tr* offra
**sacrilege** ['sækrɪlɪdʒ] *s* helgerån, vanhelgande
**sad** [sæd] *a* **1** ledsen, sorgsen **2** sorglig
**sadden** ['sædn] *tr* göra ledsen (sorgsen)
**saddle** ['sædl] **I** *s* sadel **II** *tr* sadla
**saddlebag** ['sædlbæg] *s* **1** sadelficka, sadelpåse **2** verktygsväska på cykel; cykelväska
**sadism** ['seɪdɪz(ə)m] *s* sadism
**sadist** ['seɪdɪst] *s* sadist
**sadistic** [sə'dɪstɪk] *a* sadistisk
**sadly** ['sædlɪ] *adv* **1** sorgset **2** illa, svårt **3** ***be ~ in need of*** vara i stort behov av
**safe** [seɪf] **I** *a* säker, trygg, utom fara; riskfri, ofarlig; ***at a ~ distance*** på behörigt avstånd; ***to be on the ~ side*** för att vara på den säkra sidan, för säkerhets skull; ***~ and sound*** välbehållen, oskadd; i gott behåll **II** *s* kassaskåp
**safe-conduct** ['seɪf'kɒndʌkt] *s* fri lejd
**safe-deposit** ['seɪfdɪˌpɒzɪt] *s* kassavalv; *~ box* förvaringsfack i bank, bankfack
**safeguard** ['seɪfgɑ:d] **I** *s* garanti, säkerhet, skydd **II** *tr* garantera, säkra, trygga
**safely** ['seɪflɪ] *adv* säkert, tryggt
**safety** ['seɪftɪ] *s* säkerhet, trygghet; ***Safety First*** säkerheten framför allt
**safety-belt** ['seɪftɪbelt] *s* säkerhetsbälte
**safety-catch** ['seɪftɪkætʃ] *s* säkring på vapen; ***release the ~*** osäkra t. ex. vapnet
**safety-curtain** ['seɪftɪˌkɜ:tn] *s* teat. järnridå
**safety-pin** ['seɪftɪpɪn] *s* säkerhetsnål
**safety-razor** ['seɪftɪˌreɪzə] *s* rakhyvel
**safety-valve** ['seɪftɪvælv] *s* säkerhetsventil
**saffron** ['sæfr(ə)n] *s* saffran; saffransgult
**sag** [sæg] *itr* svikta, ge efter; sjunka, sätta sig
**1 sage** [seɪdʒ] *s* bot. salvia
**2 sage** [seɪdʒ] *s* vis man
**Sagittarius** [ˌsædʒɪ'teərɪəs] astrol. Skytten
**sago** ['seɪgəʊ] *s* sago; sagogryn
**Sahara** [sə'hɑ:rə] *s*, ***the ~*** Sahara
**said** [sed] **I** se *say I* **II** *a* jur. sagd, nämnd [*the ~ Mr. Smith*]
**sail** [seɪl] **I** *s* segel; ***make (set) ~ for*** avsegla till **II** *itr tr* segla, segla på
**sailing** ['seɪlɪŋ] *s* segling; avsegling; ***list of ~s*** båtturlista
**sailing-boat** ['seɪlɪŋbəʊt] *s* segelbåt
**sailing-ship** ['seɪlɪŋʃɪp] *s* o. **sailing-vessel** ['seɪlɪŋˌvesl] *s* segelfartyg
**sailor** ['seɪlə] *s* sjöman; matros; ***be a bad ~*** ha lätt för att bli sjösjuk
**saint** [seɪnt, obetonat snt] **I** *a*, ***Saint*** framför namn (förk. *St.*) Sankt, Sankta, Helige, Heliga **II** *s* helgon; ***saint's day*** kyrkl. helgondag; helgons namnsdag
**sake** [seɪk] *s*, ***for a p.'s (a th.'s) ~*** för ngns

(ngts) skull; ***die for the ~ of one's country*** dö för sitt fosterland
**salad** ['sæləd] *s* sallad; grönsallad
**salami** [sə'lɑ:mɪ] *s* salami
**salary** ['sælərɪ] *s* månadslön
**sale** [seɪl] *s* **1** försäljning; ***~s manager*** försäljningschef; ***for (on) ~*** till salu; ***put up (offer) for ~*** salubjuda **2** realisation, rea; ***bargain ~*** utförsäljning till vrakpriser; ***clearance ~*** utförsäljning, lagerrensning
**salesclerk** ['seɪlzklɜ:k] *s* amer. se *salesman 2*
**salesman** ['seɪlzmən] (pl. *salesmen* ['seilzmən]) *s* **1** representant, försäljare för firma **2** speciellt amer. försäljare, expedit, affärsbiträde
**salient** ['seɪljənt] *a* framträdande [*~ features*]
**saliva** [sə'laɪvə] *s* saliv
**1 sallow** ['sæləʊ] *s* bot. sälg
**2 sallow** ['sæləʊ] *a* speciellt om hy gulblek
**salmon** ['sæmən] *s* lax
**salmon-trout** ['sæməntraʊt] *s* laxöring
**salon** ['sælɔn] *s* salong [*beauty ~*]
**saloon** [sə'lu:n] *s* **1** salong [*shaving ~*]; ***the ~ bar*** i pub den 'finaste' avdelningen **2** amer. krog, bar
**saloon-car** [sə'lu:nkɑ:] *s* bil. sedan
**salt** [sɔ:lt] **I** *s* salt; ***be worth (not be worth) one's ~*** göra skäl (inte göra skäl) för sig; ***take a th. with a grain (a pinch) of ~*** ta ngt med en nypa salt **II** *a* salt-; saltad **III** *tr* salta
**salt-cellar** ['sɔ:ltˌselə] *s* saltkar
**salty** ['sɔ:ltɪ] *a* salt, saltaktig, salthaltig
**salute** [sə'lu:t] **I** *s* **1** hälsning med gest **2** mil. honnör; salut **II** *tr itr* **1** hälsa **2** mil. göra honnör för; göra honnör, salutera
**salvage** ['sælvɪdʒ] **I** *s* bärgning, räddning från skeppsbrott **II** *tr* bärga, rädda från skeppsbrott
**salvation** [sæl'veɪʃ(ə)n] *s* räddning [*tourism was their ~*], frälsning; ***the Salvation Army*** Frälsningsarmén
**salve** [sælv] *s* sårsalva
**salver** ['sælvə] *s* serveringsbricka
**sal volatile** [ˌsælvə'lætəlɪ] *s* luktsalt
**Samaritan** [sə'mærɪtn] *s* samarit
**same** [seɪm] *a* o. *adv* o. *pron, the ~* samma; densamma, detsamma, desamma; samma sak [*it is the ~ with me*]; likadan [*they all look the ~*]; lika, likadant; ***the ~ to you!*** tack detsamma; ***he is the ~ as ever*** han är sig lik; ***all the ~*** i alla fall [*thank you all the ~*], ändå; ***it's all the ~ to me*** det gör mig detsamma
**sample** ['sɑ:mpl] **I** *s* prov; varuprov, provbit; provexemplar; smakprov; exempel [*of* på] **II** *tr* ta prov (stickprov) av; provsmaka
**Samson** ['sæmsn] bibl. Simson
**sanatorium** [ˌsænə'tɔ:rɪəm] *s* sanatorium; konvalescenthem; vårdhem
**sanction** ['sæŋkʃ(ə)n] **I** *s* **1** bifall, godkännande, tillstånd av myndighet **2** straffpåföljd; sanktion [*economic ~s*] **II** *tr* **1** bifalla, godkänna, ge tillstånd till **2** sanktionera, stadfästa
**sanctity** ['sæŋktətɪ] *s* fromhet, renhet, helighet; okränkbarhet
**sanctuary** ['sæŋktjʊərɪ] *s* **1** helgedom, helig plats **2** asyl, fristad; ***take ~*** söka sin tillflykt
**sand** [sænd] **I** *s* **1** sand; grus; ***bury one's head in the ~*** sticka huvudet i busken **2** pl. *~s* sandstrand; sandrev **II** *tr* sanda
**sandal** ['sændl] *s* sandal
**sandbag** ['sændbæg] *s* sandsäck, sandpåse
**sandcastle** ['sændˌkɑ:sl] *s* barns sandslott
**sand-dune** ['sændju:n] *s* sanddyn
**sandglass** ['sændglɑ:s] *s* timglas
**sandpaper** ['sændˌpeɪpə] **I** *s* sandpapper **II** *tr* sandpappra, slipa
**sandpit** ['sændpɪt] *s* **1** sandlåda för barn **2** sandtag, sandgrop
**sandwich** ['sænwɪdʒ] *s* dubbelsmörgås med pålägg mellan; ***open ~*** enkel smörgås med pålägg
**sandy** ['sændɪ] *a* **1** sandig, sand- **2** sandfärgad, om hår rödblond
**sane** [seɪn] *a* vid sina sinnens fulla bruk; sund, förnuftig
**sang** [sæŋ] se *sing*
**sanitarium** [ˌsænɪ'teərɪəm] *s* amer. sanatorium; konvalescenthem; vårdhem
**sanitary** ['sænɪtərɪ] *a* sanitär, hälsovårds-, sundhets-; hygienisk; ***~ towel (napkin)*** dambinda
**sanitation** [ˌsænɪ'teɪʃ(ə)n] *s* sanitär utrustning, sanitära anläggningar
**sanity** ['sænətɪ] *s* mental hälsa; sunt förstånd (omdöme)
**sank** [sæŋk] se *sink I*
**Santa Claus** ['sæntəklɔ:z] *s* jultomten
**sap** [sæp] **I** *s* sav, växtsaft **II** *tr* bildl. försvaga [*~ a p.'s energy*]
**sapphire** ['sæfaɪə] **I** *s* safir **II** *a* safirblå
**sarcasm** ['sɑ:kæz(ə)m] *s* sarkasm, spydighet
**sarcastic** [sɑ:'kæstɪk] *a* sarkastisk, spydig

**sardine** [sɑ:'di:n] *s* sardin; *be packed like ~s* stå (sitta) som packade sillar
**Sardinia** [sɑ:'dɪnjə] Sardinien
**sash** [sæʃ] *s* skärp; gehäng
**sat** [sæt] se *sit*
**Satan** ['seɪt(ə)n]
**satanic** [sə'tænɪk] *a* satanisk, djävulsk
**satchel** ['sætʃ(ə)l] *s* skolväska med axelrem
**satellite** ['sætəlaɪt] *s* satellit
**satin** ['sætɪn] *s* satäng, satin
**satire** ['sætaɪə] *s* satir [*on, over* över]
**satirical** [sə'tɪrɪk(ə)l] *a* satirisk
**satirist** ['sætərɪst] *s* satiriker
**satirize** ['sætəraɪz] *tr* satirisera över
**satisfaction** [ˌsætɪs'fækʃ(ə)n] *s* tillfredsställelse, belåtenhet; tillfredsställande
**satisfactory** [ˌsætɪs'fæktərɪ] *a* tillfredsställande [*to* för], nöjaktig
**satisfied** ['sætɪsfaɪd] *pp* o. *a* **1** tillfredsställd, nöjd, belåten **2** övertygad [*about, as to* om; *that* om att]
**satisfy** ['sætɪsfaɪ] *tr* **1** tillfredsställa, tillgodose; mätta [*~ a p.*] **2** övertyga [*that* om att]
**satisfying** ['sætɪsfaɪɪŋ] *a* tillfredsställande; tillräcklig; mättande
**saturate** ['sætʃəreɪt] *tr* **1** genomdränka, göra genomblöt **2** mätta
**saturation** [ˌsætʃə'reɪʃ(ə)n] *s* mättande, mättning
**Saturday** ['sætədɪ, 'sætədeɪ] *s* lördag; *last ~* i lördags
**Saturn** ['sætən] astron., myt. Saturnus
**sauce** [sɔ:s] *s* **1** sås **2** vard., ***none of your ~!*** var lagom fräck!
**saucepan** ['sɔ:spən] *s* kastrull
**saucer** ['sɔ:sə] *s* tefat
**saucy** ['sɔ:sɪ] *a* vard. **1** uppkäftig **2** käck [*a ~ hat*]
**Saudi Arabia** ['saʊdɪə'reɪbɪə] Saudi-Arabien
**sauna** ['sɔ:nə, 'saʊnə] *s* bastu
**saunter** ['sɔ:ntə] *itr* flanera; släntra
**sausage** ['sɒsɪdʒ] *s* **1** korv **2** vard., ***not a ~*** inte ett enda dugg (ett korvöre)
**sauté** ['səʊteɪ] kok. **I** *s* sauté **II** *tr* sautera, bryna **III** *a* sauterad, brynt
**savage** ['sævɪdʒ] **I** *a* vild [*~ beast*], barbarisk **II** *s* vilde
**savagery** ['sævɪdʒərɪ] *s* vildhet; barbari
**save** [seɪv] **I** *tr itr* **1** rädda; skydda; ***God ~ the King!*** Gud bevare konungen! **2** relig. frälsa **3** spara; spara pengar [äv. *~ up*] **4** sport. rädda **II** *s* sport. räddning **III** *prep* o. *konj* litt. utom, så när som på [*all ~ him (he)*]; ***~ for*** så när som på
**saving** ['seɪvɪŋ] **I** *a* **1** räddande; ***~ grace (feature)*** försonande drag **2** sparsam, ekonomisk; i sammansättningar -besparande [*labour-saving*] **II** *s* sparande; besparing; pl. *~s* besparingar, sparmedel
**savings-account** ['seɪvɪŋzəˌkaʊnt] *s* sparkasseräkning; sparkonto
**savings-bank** ['seɪvɪŋzbæŋk] *s* sparbank
**saviour** ['seɪvjə] *s* frälsare; räddare
**savour** ['seɪvə] **I** *s* smak **II** *tr* njuta av
**savoury** ['seɪvərɪ] **I** *a* välsmakande; kryddad, pikant **II** *s* aptitretare; smårätt
**1 saw** [sɔ:] se *2 see*
**2 saw** [sɔ:] **I** *s* såg **II** (*sawed sawn*) *tr itr* såga
**sawdust** ['sɔ:dʌst] *s* sågspån
**sawn** [sɔ:n] se *2 saw II*
**saxophone** ['sæksəfəʊn] *s* saxofon
**saxophonist** ['sæksəfəʊnɪst] *s* saxofonist
**say** [seɪ] **I** (*said said*) *tr itr* **1** säga; *I ~* a) hör du, säg mig [*I ~, do you want this?*] b) uttryckande överraskning jag måste säga att, vet du vad [*I ~, that's a pretty dress!*]; ***I should ~ so!*** det tror 'jag det!; ***you don't ~ (~ so)!*** vad 'säger du!; ***it ~s in the paper*** det står i tidningen; ***he is said to be (they ~ he is) the only one who...*** han skall (lär) vara den ende som...; ***no sooner said than done*** sagt och gjort; ***when (after) all is said and done*** när allt kommer omkring **2** läsa, be [*~ a prayer*]
**II** *s, **have (say) one's ~*** säga sin mening; ***he has no (a great deal of) ~*** han har ingenting (en hel del) att säga till om
**saying** ['seɪɪŋ] *pres p* o. *s* **1** ***that is ~ too much*** det är för mycket sagt; ***that goes without ~*** det säger sig självt **2** ordstäv, ordspråk
**says** [sez, obetonat səz] *vb, he/she/it ~* han/hon/den säger; se vidare *say I*
**scab** [skæb] *s* **1** sårskorpa **2** vard. strejkbrytare
**scabbard** ['skæbəd] *s* skida, slida för svärd
**scabies** ['skeɪbi:z, 'skeɪbɪi:z] *s* med. skabb
**scaffold** ['skæf(ə)ld] *s* **1** byggnadsställning **2** schavott
**scaffolding** ['skæfəldɪŋ] *s* byggnadsställning
**scald** [skɔ:ld] *tr* skålla; bränna
**1 scale** [skeɪl] *s* vågskål; ~ el. pl. *~s* våg; ***a pair of ~s*** en våg
**2 scale** [skeɪl] *s* skala; gradindelning; ***on a large ~*** i stor skala
**3 scale** [skeɪl] *s* fjäll

**scallop** ['skɒləp] *s* zool. kammussla
**scalp** [skælp] **I** *s* hårbotten; skalp **II** *tr* skalpera
**scamper** ['skæmpə] *itr* kila (kuta) i väg
**scan** [skæn] *tr* **1** granska, studera **2** skumma [~ *a newspaper*] **3** radar. o. TV. avsöka
**scandal** ['skændl] *s* **1** skandal **2** skvaller
**scandalmonger** ['skændlˌmʌŋgə] *s* skandalspridare; skvallerkärring
**scandalous** ['skændələs] *a* skandalös; skamlig
**Scandinavia** [ˌskændɪ'neɪvjə] Skandinavien, Norden
**Scandinavian** [ˌskændɪ'neɪvjən] **I** *a* skandinavisk, nordisk **II** *s* skandinav; nordbo
**scant** [skænt] *a* knapp; ringa [*a* ~ *amount*]; ***pay ~ attention to*** ta föga notis om
**scanty** ['skæntɪ] *a* knapp [~ *supply*]; ringa; klen, torftig; knapphändig
**scapegoat** ['skeɪpgəʊt] *s* syndabock
**scar** [skɑ:] **I** *s* ärr **II** *tr* tillfoga ärr
**scarce** [skeəs] *a* **1** otillräcklig; ***money is ~*** det är ont om pengar; ***make oneself ~*** vard. försvinna, smita, dunsta **2** sällsynt [*such stamps are ~*]
**scarcely** ['skeəslɪ] *adv* knappt [*she is ~ twenty*]; knappast; ~ ***ever*** nästan aldrig
**scarcity** ['skeəsətɪ] *s* **1** brist, knapphet **2** sällsynthet
**scare** [skeə] **I** *tr* skrämma **II** *s* skräck; ***get a ~*** bli skrämd (rädd); ***give ap. a ~*** skrämma ngn
**scarecrow** ['skeəkrəʊ] *s* fågelskrämma
**scarf** [skɑ:f] *s* scarf, halsduk; sjal
**scarlatina** [ˌskɑ:lə'ti:nə] *s* scharlakansfeber
**scarlet** ['skɑ:lət] **I** *s* scharlakansrött **II** *a* scharlakansröd; ~ ***fever*** scharlakansfeber; ~ ***runner bean*** el. ~ ***runner*** bot. rosenböna
**scarred** [skɑ:d] *a* ärrig; märkt
**scatter** ['skætə] *tr* **1** sprida; strö ut [~ *seeds*], strö omkring **2** skingra [~ *a crowd*] **3** beströ [~ *a road with gravel*]
**scattered** ['skætəd] *a* spridd, strödd
**scavenger** ['skævɪndʒə] *s* renhållningsarbetare, gatsopare
**scavenging** ['skævɪndʒɪŋ] *s* gatsopning; ~ ***department*** renhållningsverk
**scenario** [sɪ'nɑ:rɪəʊ] *s* film. scenario
**scene** [si:n] *s* **1** scen; ***behind the ~s*** bakom kulisserna (scenen) **2** skådeplats; ***the ~ of the crime*** brottsplatsen **3** uppträde; ***make (create) a ~*** ställa till en scen (en skandal)
**scenery** ['si:nərɪ] *s* **1** teat. sceneri, scenbilder **2** vacker natur [*admire the ~*]; landskap; scenerier
**scent** [sent] **I** *tr* **1** vädra [~ *a hare*, ~ *trouble*] **2** parfymera; uppfylla med doft **II** *s* **1** doft, lukt; parfym **2** väderkorn; ***get ~ of*** få väderkorn på; ***put ap. on the wrong ~*** leda ngn på villospår
**scented** ['sentɪd] *a* parfymerad; doftande
**sceptical** ['skeptɪk(ə)l] *a* skeptisk
**scepticism** ['skeptɪsɪz(ə)m] *s* skepsis
**schedule** ['ʃedju:l, amer. 'skedʒ(ʊ)l] **I** *s* schema, tidtabell; ***be behind ~*** vara försenad; ligga efter **II** *tr* planera; ***it is scheduled for tomorrow*** det skall enligt planerna ske i morgon; ***scheduled flights*** reguljära flygturer
**scheme** [ski:m] **I** *s* **1** plan, projekt **2** intrig **II** *itr* intrigera
**schemer** ['ski:mə] *s* intrigmakare
**scheming** ['ski:mɪŋ] *a* beräknande, intrigant
**schizophrenia** [ˌskɪtsə'fri:njə] *s* schizofreni
**schnorkel** ['ʃnɔ:kl] *s* snorkel
**scholar** ['skɒlə] *s* vetenskapsman; forskare
**scholarly** ['skɒləlɪ] *a* lärd; vetenskaplig
**scholarship** ['skɒləʃɪp] *s* **1** lärdom; vetenskaplig noggrannhet **2** skol., univ. stipendium
**1 school** [sku:l] *s* **1** skola; ***leave ~*** sluta skolan; attributivt skol- [~ *meals*] **2** univ. fakultet
**2 school** [sku:l] *s* stim, flock
**schoolboy** ['sku:lbɔɪ] *s* skolpojke
**schoolfellow** ['sku:lˌfeləʊ] *s* skolkamrat
**schoolgirl** ['sku:lgɜ:l] *s* skolflicka
**schoolmaster** ['sku:lˌmɑ:stə] *s* manlig lärare
**schoolmate** ['sku:lmeɪt] *s* skolkamrat
**schoolmistress** ['sku:lˌmɪstrɪs] *s* lärarinna, lärare
**schoolroom** ['sku:lrʊm] *s* skolrum, skolsal
**schoolteacher** ['sku:lˌti:tʃə] *s* lärare
**schooner** ['sku:nə] *s* sjö. skonert, skonare
**sciatica** [saɪ'ætɪkə] *s* ischias
**science** ['saɪəns] *s* vetenskap; naturvetenskap
**scientific** [ˌsaɪən'tɪfɪk] *a* vetenskaplig; naturvetenskaplig
**scientist** ['saɪəntɪst] *s* vetenskapsman, naturvetenskapsman; forskare

**scissors** [ˈsɪzəz] *s* sax; ***a pair of*** ~ (ibland ***a*** ~) en sax
**1 scoff** [skɒf] *tr* vard. sätta (glufsa) i sig
**2 scoff** [skɒf] *itr,* ~ ***at*** driva med, håna
**scold** [skəʊld] *tr* skälla på (ut)
**scolding** [ˈskəʊldɪŋ] *s* ovett, utskällning
**scone** [skɒn, skəʊn] *s* kok. scone, scones
**scoop** [sku:p] **I** *s* skopa; skyffel **II** *tr* ösa, skopa [~ *up*], skyffla
**scooter** [ˈsku:tə] *s* **1** sparkcykel **2** skoter
**scope** [skəʊp] *s* **1** vidd, omfattning, omfång **2** spelrum, utrymme
**scorch** [skɔ:tʃ] *tr* sveda, bränna, förbränna
**scorching** [ˈskɔ:tʃɪŋ] *a* stekhet, brännhet [*a* ~ *day*]; ***the sun is*** ~ solen steker
**score** [skɔ:] **I** *s* **1** sport. m. m. **a)** ställning [*the* ~ *was 2-1*]; ***what's the*** ~? hur är ställningen?, hur står det?; ***the final*** ~ slutställningen, slutresultatet **b)** poängräkning; målsiffra **2** tjog; ***a*** ~ ***of people*** ett tjugotal människor; ~***s of*** tjogtals (massvis) med **3** mus. partitur **II** *tr* **1** föra räkning över **2** vinna, kunna notera [~ *a success* (framgång)]; ~ ***a goal*** göra mål
**score-board** [ˈskɔ:bɔ:d] *s* sport. poängtavla, resultattavla, matchtavla
**scorn** [skɔ:n] **I** *s* förakt; hån; ***be put to*** ~ bli hånad **II** *tr* förakta; håna
**scornful** [ˈskɔ:nf(ʊ)l] *a* föraktfull; hånfull
**Scorpio** [ˈskɔ:pɪəʊ] astrol. Skorpionen
**scorpion** [ˈskɔ:pjən] *s* skorpion
**Scot** [skɒt] *s* skotte; ***the*** ~***s*** skottarna
**Scotch** [skɒtʃ] **I** *a* skotsk **II** *s* **1** ***the*** ~ skottarna **2** skotska språket **3** skotsk whisky
**Scotchman** [ˈskɒtʃmən] (pl. *Scotchmen* [ˈskɒtʃmən]) *s* skotte
**Scotchwoman** [ˈskɒtʃˌwʊmən] (pl. *Scotchwomen* [ˈskɒtʃˌwɪmɪn]) *s* skotska
**Scotland** [ˈskɒtlənd] Skottland; ~ ***Yard*** ***(New*** ~ ***Yard)*** Londonpolisens högkvarter
**Scots** [skɒts] mera vårdat o. speciellt i Skottland **I** *a* skotsk **II** *s* **1** skotska språket **2** pl. av *Scot*
**Scotsman** [ˈskɒtsmən] (pl. *Scotsmen* [ˈskɒtsmən]) *s* mera vårdat o. speciellt i Skottland skotte
**Scotswoman** [ˈskɒtsˌwʊmən] (pl. *Scotswomen* [ˈskɒtsˌwɪmɪn]) *s* mera vårdat o. speciellt i Skottland skotska
**Scottish** [ˈskɒtɪʃ] mera vårdat o. speciellt i Skottland **I** *a* skotsk **II** *s* skotska språket
**scoundrel** [ˈskaʊndr(ə)l] *s* skurk, bov
**1 scour** [ˈskaʊə] **I** *tr* skura [~ *a saucepan*] **II** *s* skurning; ***give a th. a good*** ~ skura av ngt ordentligt
**2 scour** [ˈskaʊə] *tr* leta igenom; genomströva [~ *the woods*]
**scourge** [skɜ:dʒ] **I** *s* gissel, hemsökelse, plågoris **II** *tr* gissla, hemsöka
**scout** [skaʊt] **I** *s* **1** scout, pojkscout; amer. ***girl*** ~ flickscout **2** ***talent*** ~ talangscout **II** *itr,* ~ ***about (around) for*** spana (söka) efter
**scoutmaster** [ˈskaʊtˌmɑ:stə] *s* scoutledare
**scowl** [skaʊl] **I** *itr* se bister ut; ~ ***at*** blänga på **II** *s* bister uppsyn (blick)
**Scrabble** [ˈskræbl] *s* ® alfapet slags bokstavsspel
**scraggy** [ˈskrægɪ] *a* mager, tanig
**scramble** [ˈskræmbl] **I** *itr tr* **1** klättra **2** rusa [*they scrambled for* (till) *the door*]; slåss, kivas [*for* om] **3** hafsa; ~ ***to one's feet*** resa sig hastigt **4** blanda; ***scrambled eggs*** äggröra **II** *s* **1** klättring **2** rusning; kiv, slit **3** virrvarr
**1 scrap** [skræp] **I** *s* **1** bit, stycke, smula; ***not a*** ~ inte ett dugg; ***a*** ~ ***of paper*** en papperslapp **2** pl. ~***s*** matrester, smulor **3** skrot **II** *tr* **1** skrota [~ *a ship*] **2** vard. kassera, slopa
**2 scrap** [skræp] vard. **I** *s* slagsmål **II** *itr* slåss
**scrapbook** [ˈskræpbʊk] *s* urklippsalbum
**scrape** [skreɪp] **I** *tr itr* **1** skrapa; skrapa mot; ~ ***together*** skrapa (rafsa) ihop **2** skrapa med [~ *one's feet*] **3** ~ ***through*** vard. klara sig med nöd och näppe **4** ***bow and*** ~ krusa och buga [*to a p.* för ngn] **II** *s* **1** skrapning, skrapande **2** knipa, klämma [*get into a* ~]
**scrap-heap** [ˈskræphi:p] *s* skrothög
**scrap-iron** [ˈskræpˌaɪən] *s* järnskrot
**scrappy** [ˈskræpɪ] *a* hoprafsad; osammanhängande, planlös
**scratch** [skrætʃ] **I** *tr itr* **1** klösa, riva; rispa, repa; göra repor i; klösas, rivas **2** klia, riva; klia (riva) på; klia (riva) sig **3** rista in [~ *one's name on glass*] **4** krafsa, skrapa [~ *at the door*] **II** *s* **1** skråma, rispa; repa **2** klösning
**scrawl** [skrɔ:l] **I** *itr tr* klottra **II** *s* klotter
**scream** [skri:m] **I** *itr* skrika; tjuta **II** *s* skrik; tjut
**screech** [skri:tʃ] **I** *itr* gallskrika, gnissla [*the brakes screeched*] **II** *s* gallskrik
**screen** [skri:n] **I** *s* **1** skärm, fasad **2** duk [*cinema* ~]; ***television*** ~ TV-ruta; ***viewing*** ~ bildskärm **3** film. **a)** ***on the*** ~ på filmduken, på vita duken **b)** attributivt film- [~ *actor*]; ***the*** ~ ***version*** filmversionen **II** *tr* **1**

skydda, skyla, dölja [*from* för, mot] **2** skärma av **3** film. filmatisera
**screw** [skru:] **I** *s* skruv **II** *tr* skruva; ~ *down* skruva igen
**screwdriver** ['skru:ˌdraɪvə] *s* skruvmejsel
**screw-top** ['skru:tɒp] *s* skruvlock
**scribble** ['skrɪbl] **I** *tr itr* klottra **II** *s* klotter
**scribbling-block** ['skrɪblɪŋblɒk] *s* o. **scribbling-pad** ['skrɪblɪŋpæd] *s* kladdblock, anteckningsblock
**script** [skrɪpt] *s* film., radio. manus
**scripture** ['skrɪptʃə] *s*, ***the Holy Scriptures*** el. ***the Scriptures*** den heliga skrift, Bibeln
**scriptwriter** ['skrɪptˌraɪtə] *s* film., radio. manusförfattare
**scroll** [skrəʊl] *s* skriftrulle
**scrounge** [skraʊndʒ] *tr* vard. snylta sig till
**scrounger** ['skraʊndʒə] *s* vard. snyltare
**1 scrub** [skrʌb] **I** *tr itr* skura, skrubba **II** *s*, ***it needs a good*** ~ den behöver skuras (skrubbas) ordentligt
**2 scrub** [skrʌb] *s* buskskog, busksnår
**scrubbing-brush** ['skrʌbɪŋbrʌʃ] *s* skurborste
**scruff** [skrʌf] *s*, ***the ~ of the neck*** nackskinnet
**scruffy** ['skrʌfɪ] *a* vard. sjaskig, sjabbig
**scruple** ['skru:pl] *s*, pl. *~s* skrupler; ***have ~s about*** ha samvetsbetänkligheter mot
**scrupulous** ['skru:pjʊləs] *a* **1** nogräknad, noga **2** samvetsgrann, noggrann
**scrutinize** ['skru:tənaɪz] *tr* fingranska
**scrutiny** ['skru:tənɪ] *s* fingranskning
**scuffle** ['skʌfl] *s* slagsmål, handgemäng
**scullery** ['skʌlərɪ] *s* diskrum, grovkök
**sculptor** ['skʌlptə] *s* skulptör, bildhuggare
**sculptress** ['skʌlptrəs] *s* skulptris
**sculpture** ['skʌlptʃə] **I** *s* skulptur **II** *tr itr* skulptera
**scum** [skʌm] **I** *s* **1** skum vid kokning **2** hinna på stillastående vatten **3** bildl. avskum **II** *tr* skumma, skumma av
**scurf** [skɜ:f] *s* skorv, mjäll
**scurry** ['skʌrɪ] *itr* kila, rusa; jäkta
**scuttle** ['skʌtl] **I** *s* lucka; sjö. ventil; ventillucka **II** *tr* sjö. borra i sank
**scythe** [saɪð] **I** *s* lie **II** *tr* slå med lie, meja
**S.E.** (förk. för *south-east, south-eastern*) SO, SÖ
**sea** [si:] *s* **1** hav [*the Caspian Sea*], sjö [*the North Sea*]; ***there is a heavy (high)*** ~ det är hög sjö; ***at*** ~ till sjöss (havs), på havet (sjön); ***I'm all at*** ~ vard. bildl. jag förstår inte ett dugg; ***by*** ~ sjöledes, sjövägen [*go by ~*]; ***go to*** ~ gå till sjöss, bli sjöman; ge sig ut på en sjöresa; ***put to*** ~ om fartyg löpa ut, avsegla; sjösätta **2** attributivt sjö- [*~ scout*]
**sea-anemone** ['si:əˌnemənɪ] *s* havsanemon
**sea-bathing** ['si:ˌbeɪðɪŋ] *s* havsbad
**sea-borne** ['si:bɔ:n] *a* sjöburen [*~ goods*]
**seafarer** ['si:ˌfeərə] *s* sjöfarare
**seafaring** ['si:ˌfeərɪŋ] *a* sjöfarande
**seafood** ['si:fu:d] *s* fisk och skaldjur
**sea-front** ['si:frʌnt] *s* sjösida av ort, strand
**sea-gull** ['si:gʌl] *s* fiskmås
**1 seal** [si:l] *s* zool. säl
**2 seal** [si:l] **I** *s* sigill; lack; försegling, plombering, plomb; ***put the ~ of one's approval on a th.*** bildl. sanktionera ngt **II** *tr* **1** sätta sigill på (under) [*~ a document*]; ~ ***down*** el. ~ försegla, klistra (lacka) igen [*~ a letter*] **2** besegla [*his fate is sealed*]; avgöra [*this sealed his fate*] **3** tillsluta, försluta; täta; klistra igen [*~ up a window*]; ~ ***off*** spärra av
**sea-level** ['si:ˌlevl] *s* vattenstånd i havet; *above~* över havet (havsytan)
**sealing-wax** ['si:lɪŋwæks] *s* sigillack, lack; ***stick of*** ~ lackstång
**sea-lion** ['si:ˌlaɪən] *s* sjölejon
**sealskin** ['si:lskɪn] *s* sälskinn
**seam** [si:m] **I** *s* **1** söm; ***burst at the ~s*** spricka (gå upp) i sömmarna; ***split at the*** ~ spricka (gå upp) i sömmen **2** fog, skarv **II** *tr* **1** förse med en söm **2** ***seamed*** fårad [*a face seamed with* (av) *care*]
**seaman** ['si:mən] (pl. *seamen* ['si:mən]) *s* sjöman
**seamanlike** ['si:mənlaɪk] *a* sjömansmässig; sjömans-
**seamanship** ['si:mənʃɪp] *s* sjömanskap
**sea-mark** ['si:mɑ:k] *s* **1** sjömärke **2** högvattenlinje
**sea-mile** ['si:maɪl] *s* sjömil, nautisk mil
**seamstress** ['semstrəs] *s* sömmerska
**seamy** ['si:mɪ] *a*, ~ ***side*** avigsida av plagg, bildl. skuggsida [*the ~ side of life*]
**seance** ['seɪɑ:ns] *s* seans
**sea-nymph** ['si:nɪmf] *s* havsnymf
**seaplane** ['si:pleɪn] *s* sjöflygplan
**seaport** ['si:pɔ:t] *s* hamnstad, sjöstad
**search** [sɜ:tʃ] **I** *tr itr* **1** söka (leta) igenom; leta (söka) i [*for* efter]; visitera [*~ a ship*], kroppsvisitera **2** söka, leta, spana [*for* efter] **II** *s* sökande, letande, spaning [*for, after* efter], genomsökning; kroppsvisitation; ***people in ~ of adventure*** folk som söker äventyr

**searching** ['sɜ:tʃɪŋ] **I** *a* **1** forskande, spanande [*a ~ look*] **2** ingående [*a ~ test*] **II** *s* sökande, letande
**searchlight** ['sɜ:tʃlaɪt] *s* strålkastare, strålkastarljus, sökarljus
**search-party** ['sɜ:tʃˌpɑ:tɪ] *s* spaningspatrull
**search-warrant** ['sɜ:tʃˌwɒr(ə)nt] *s* husrannsakningsorder
**seashell** ['si:ʃel] *s* snäckskal, musselskal
**seashore** ['si:ʃɔ:] *s* havsstrand
**seasick** ['si:sɪk] *a* sjösjuk
**seasickness** ['si:ˌsɪknəs] *s* sjösjuka
**seaside** ['si:saɪd] *s* **1** kust; ***go to the ~ for one's holidays*** fara till kusten (en badort) på semestern **2** attributivt kust- [*~ town*]; strand-; *~ **place (resort)*** badort
**season** ['si:zn] **I** *s* **1** årstid [*the four ~s*]; ***the rainy ~*** regntiden i tropikerna **2** säsong; ***oysters are in (out of) ~*** det är (är inte) säsong för ostron, det är (är inte) ostrontid **3** ***Christmas ~*** julhelgen, jultiden; ***season's greetings*** jul- och nyårshälsningar **II** *tr* **1** låta mogna; ***a seasoned pipe*** en inrökt pipa **2** krydda [*~food*]; smaksätta, salta och peppra; ***highly seasoned*** starkt kryddad
**seasonal** ['si:z(ə)nl] *a* säsong- [*~ work*], säsongbetonad [*~ trade*]
**seasoning** ['si:zənɪŋ] *s* krydda, smaktillsats; kryddning, smaksättning
**season-ticket** ['si:znˌtɪkɪt] *s* abonnemangskort; ***monthly ~*** månadskort
**seat** [si:t] **I** *s* **1** sittplats; stol, bänk; säte; plats; biljett [*book four ~s for* (till) *'Hamlet'*]; *~ **reservation*** sittplatsbeställning; sittplats; ***keep one's ~*** sitta kvar; ***take a ~*** sätta sig, sitta ned; ***take one's ~*** inta sin plats; ***this ~ is taken*** den här platsen är upptagen **2** sits på möbel **3** bak, stuss; ***the ~ of the trousers (pants)*** byxbaken **4** plats, mandat
**II** *tr* **1** sätta, placera, låta sitta; ta plats, sätta sig [*please be seated!*] **2** ha plats för, rymma
**seat-belt** ['si:tbelt] *s* säkerhetsbälte, bilbälte
**seated** ['si:tɪd] *pp* o. *a* **1** sittande [*~ on a chair*] **2** belägen **3** i sammansättningar -sitsig [*a two-seated plane*]
**seater** ['si:tə] *s* i sammansättningar -sitsigt fordon [*two-seater*]
**seaward** ['si:wəd] *adv* o. **seawards** ['si:wədz] *adv* mot havet
**seaweed** ['si:wi:d] *s* alg, alger, tång
**seaworthy** ['si:ˌwɜ:ðɪ] *a* sjöduglig, sjövärdig
**secluded** [sɪ'klu:dɪd] *a* avskild, avsides belägen
**seclusion** [sɪ'klu:ʒ(ə)n] *s* avskildhet, tillbakadragenhet
**1 second** ['sek(ə)nd] **I** *a* o. *räkn* andra, andre; andra-; ***in the ~ place*** i andra rummet (hand), för det andra; ***be ~ in command*** ha näst högsta befälet; ***be ~ to none*** inte stå någon efter **II** *adv* **1** näst [*the ~ largest thing*] **2** andra klass [*travel ~*] **3** ***come (finish) ~*** komma (bli) tvåa **III** *s* **1** sport. tvåa; andraplacering **2** sekundant [*~ in a duel*]; boxn. sekond **IV** *tr* **1** understödja, ansluta sig till [*~ a proposal*] **2** vara sekundant (boxn. sekond) åt
**2 second** ['sek(ə)nd] *s* sekund; ögonblick; för ex. jfr *2 minute 1*
**secondary** ['sekəndrɪ] *a* sekundär; underordnad [*of ~ importance*]; *~ **school*** sekundärskola mellan- och högstadieskola samt gymnasieskola för åldrarna 11-18; *~ **grammar school*** el. *~ **grammar*** mest förr sekundärskola med teoretisk inriktning; *~ **modern school*** mest förr sekundärskola med praktisk inriktning
**second-best** ['sek(ə)nd'best] **I** *a* näst bäst [*my ~ suit*] **II** *adv* näst bäst; ***come off ~*** dra det kortaste strået
**second-class** ['sek(ə)nd'klɑ:s] *a* andraklass-; andra klassens [*a ~ hotel*]
**1 second-hand** ['sek(ə)nd'hænd] **I** *a* begagnad [*~ clothes*]; andrahands- [*~ information*]; *~ **bookshop*** antikvariat **II** *adv* i andra hand [*get news ~*]
**2 second-hand** ['sek(ə)ndhænd] *s* sekundvisare
**secondly** ['sek(ə)ndlɪ] *adv* för det andra
**second-rate** ['sek(ə)nd'reɪt] *a* andra klassens, medelmåttig
**secrecy** ['si:krəsɪ] *s* **1** sekretess **2** hemlighetsfullhet; ***in ~*** i hemlighet (tysthet)
**secret** ['si:krət] **I** *a* hemlig; lönn- [*~ door*]; dold [*a ~ place*]; *~ **service*** polit. underrättelsetjänst, hemligt underrättelseväsen **II** *s* hemlighet; ***keep a th. a ~ from a p.*** hålla ngt hemligt för ngn; ***let a p. into a ~*** inviga ngn i en hemlighet
**secretarial** [ˌsekrə'teərɪəl] *a* sekreterar- [*~ work*]
**secretariat** [ˌsekrə'teərɪət] *s* sekretariat
**secretary** ['sekrətrɪ] *s* **1** sekreterare **2** polit. minister
**secretary-general** ['sekrətrɪ'dʒenər(ə)l] (pl. *secretaries-general*) *s* generalsekreterare
**secrete** [sɪ'kri:t] *tr* avsöndra, utsöndra

**secretion** [sɪ'kri:ʃ(ə)n] *s* avsöndring, utsöndring, sekretion; sekret
**secretive** ['si:krətɪv] *a* hemlighetsfull
**secretly** ['si:krɪtlɪ] *adv* hemligt, i hemlighet, i tysthet
**sect** [sekt] *s* relig. m. m. sekt
**section** ['sekʃ(ə)n] *s* **1** del, avdelning; avsnitt; paragraf; sektion, stycke, bit; ***the sports ~ of*** [***a newspaper***] sportsidorna i... **2** område, sektor [*the industrial ~ of a country*]
**sector** ['sektə] *s* sektor
**secular** ['sekjʊlə] *a* världslig; utomkyrklig
**secularism** ['sekjʊlərɪz(ə)m] *s* sekularism
**secure** [sɪ'kjʊə] **I** *a* **1** säker, trygg, skyddad [*from, against* för, emot]; tryggad, säkrad [*a ~ future*] **2** i säkert förvar, i säkerhet **II** *tr* **1** befästa; säkra, säkerställa, trygga, skydda **2** säkra, göra fast [*~ the doors*]; binda, binda fast [*~ a prisoner*]; fästa **3** försäkra sig om, skaffa, lyckas skaffa sig
**security** [sɪ'kjʊərətɪ] *s* **1 a)** trygghet [*the child lacks ~*]; säkerhet **b)** attributivt säkerhets- [*~ risk*]; ***the Security Council*** säkerhetsrådet i FN; ***~ precautions*** säkerhetsanordningar, säkerhetsåtgärder **2** hand. säkerhet, borgen [*lend money on* (mot) *~*] **3** värdepapper; ***government ~*** statsobligation
**sedate** [sɪ'deɪt] *a* stillsam, sansad; stadig
**sedative** ['sedətɪv] *s* lugnande medel
**sediment** ['sedɪmənt] *s* sediment, avlagring, fällning, bottensats
**seduce** [sɪ'dju:s] *tr* förföra
**seducer** [sɪ'dju:sə] *s* förförare
**seductive** [sɪ'dʌktɪv] *a* förförisk
**1 see** [si:] *s* stift; biskopssäte
**2 see** [si:] (*saw seen*) *tr itr* **1** se; se (titta) på; se (titta) efter [*I'll ~ who it is*], kolla; se till, ordna; ***we'll ~*** vi får väl se; ***~ you don't fall!*** se till (akta dig så) att du inte faller!; ***nobody was to be seen*** ingen syntes till □ ~ **about** sköta om, ta hand om; ***we'll ~ about that*** det sköter vi om; det får vi allt se, det ska vi nog bli två om; ~ **from** se i (av, på) [*I ~ from the letter that...*]; ~ **into** titta närmare på, undersöka; ~ **over** se på, inspektera; ~ **through** a) genomskåda b) slutföra; ***this will ~ you through*** på det här klarar du dig; ~ **to** ta hand om, sköta, ordna; ***~ to it that...*** se till att... **2** förstå, inse, se [*I can't ~ the use of it*]; ***oh, I ~*** å, jag förstår, jaså; ***I was there, you ~*** jag var där förstår (ser) du **3** hälsa på, besöka; gå till, söka [*you must ~ a doctor about* (för) *it*]; ***I'm seeing him tonight*** jag ska träffa honom i kväll; ***I'll be seeing you!*** el. ***~ you later!*** vard. vi ses!, hej så länge! **4** följa [*he saw me home*]; ***~ a p. off*** vinka (följa) av ngn
**seed** [si:d] **I** *s* **1** frö; pl. *~s* frö, utsäde, säd [*a packet of ~s*] **2** kärna [*raisin ~s*] **3** sport. seedad spelare; ***he is No. 1 ~*** han är seedad som etta **II** *tr* **1** beså, så **2** kärna ur [*~ raisins*] **3** sport. seeda
**seedcake** ['si:dkeɪk] *s* sockerkaka med kummin
**seedless** ['si:dləs] *a* kärnfri [*~ raisins*]
**seedy** ['si:dɪ] *a* **1** vard. sjaskig, sjabbig **2** vard. krasslig
**seeing** ['si:ɪŋ] **I** *s* **1** seende; ***~ is believing*** att se är att tro **2** syn **II** *a* o. *pres p* seende; ***worth ~*** värd att se, sevärd **III** *konj*, ***~ that*** el. ***~*** eftersom, med tanke på att
**seek** [si:k] (*sought sought*) *tr itr* **1** söka [*~ one's fortune*]; sträva efter [*~ fame*]; ***~ a p.'s advice*** söka råd hos ngn; ***~ out a p.*** söka upp ngn; ***~ for*** söka, söka efter; ***be sought after*** vara eftersökt **2** söka sig till, uppsöka [*~ the shade*] **3** ***~ to do a th.*** försöka göra ngt
**seem** [si:m] *itr* verka, tyckas, förefalla, se ut [*it isn't as easy as it ~s*]; verka vara; ***~ to*** tyckas [*he ~s to know everybody*], verka, förefalla; ***it ~s that no one knew*** ingen tycktes veta; ***it would ~ that*** det kunde tyckas att; ***it ~s to me that*** jag tycker nog att; ***so it ~s*** det verkar så, det ser så ut
**seeming** ['si:mɪŋ] *a* skenbar, låtsad
**seemingly** ['si:mɪŋlɪ] *adv* till synes; tydligen
**seemly** ['si:mlɪ] *a* passande, tillbörlig
**seen** [si:n] se *2 see*
**seesaw** ['si:sɔ:] **I** *s* gungbräde **II** *a* vacklande [*~ policy*] **III** *itr* **1** gunga gungbräde; gunga upp och ned **2** bildl. svänga fram och tillbaka
**seethe** [si:ð] *itr* sjuda, koka
**see-through** ['si:θru:] *a* genomskinlig [*a ~ blouse*]
**segment** ['segmənt] *s* segment [*~ of a circle*]; klyfta [*orange ~*]; del
**segregate** ['segrɪgeɪt] *tr* skilja åt, segregera; genomföra rassegregation mellan
**segregation** [ˌsegrɪ'geɪʃ(ə)n] *s* åtskiljande, segregation; ***racial ~*** rassegregation, rasåtskillnad
**seismograph** ['saɪzməgrɑ:f] *s* seismograf

**seismological** [ˌsaɪzmə'lɒdʒɪk(ə)l] *a* seismologisk
**seize** [si:z] *tr itr* **1** gripa, fatta [~ *a p.'s hand*], ta tag i; ta fast, fånga; ***be seized with apoplexy*** drabbas av ett slaganfall **2** bemäktiga sig [~ *the throne*], inta, erövra [~ *a fortress*] **3** ta i beslag, beslagta [~ *smuggled goods*] **4** ~ ***on*** gripa tag i; nappa på [~ *on an offer*] **5** ~ ***up*** el. ~ om motor skära ihop
**seizure** ['si:ʒə] *s* **1** gripande **2** beslagtagande
**seldom** ['seldəm] *adv* sällan
**select** [sɪ'lekt] **I** *a* vald [~ *passages from Milton*]; utvald; utsökt, exklusiv [*a* ~ *club*] **II** *tr* välja, välja ut; ***selected poems*** valda dikter
**selection** [sɪ'lekʃ(ə)n] *s* **1** utväljande, val; uttagning **2** urval; sortiment **3** ~*s* ***from Shakespeare*** Shakespeare i urval
**self** [self] (pl. *selves* [selvz]) *s* o. *pron* **1** jag [*he showed his true* ~] **2** hand., ***pay*** ~ betala till mig själv; ***cheque drawn to*** ~ check ställd till egen order
**self-adhesive** ['selfəd'hi:sɪv] *a* självhäftande
**self-assured** ['selfə'ʃʊəd] *a* självsäker
**self-centred** ['self'sentəd] *a* självupptagen, egocentrisk
**self-confidence** ['self'kɒnfɪdəns] *s* självförtroende, självtillit
**self-confident** ['self'kɒnfɪd(ə)nt] *a* full av självförtroende; självsäker
**self-conscious** ['self'kɒnʃəs] *a* generad, förlägen, osäker
**self-contained** ['selfkən'teɪnd] *a* komplett; självständig
**self-control** ['selfkən'trəʊl] *s* självbehärskning
**self-defence** ['selfdɪ'fens] *s* självförsvar
**self-drive** ['self'draɪv] *a*, ~ ***car hire*** biluthyrning
**self-evident** ['self'evɪd(ə)nt] *a* självklar
**self-explanatory** ['selfɪks'plænətrɪ] *a* självförklarande, självklar
**self-important** ['selfɪm'pɔ:t(ə)nt] *a* viktig, dryg
**self-indulgent** ['selfɪn'dʌldʒ(ə)nt] *a* njutningslysten
**self-inflicted** ['selfɪn'flɪktɪd] *a* självförvållad
**self-interest** ['self'ɪntrəst] *s* egennytta
**selfish** ['selfɪʃ] *a* självisk, egoistisk
**self-preservation** ['selfˌprezə'veɪʃ(ə)n] *s*, ***instinct of*** ~ självbevarelsedrift
**self-raising** ['self'reɪzɪŋ] *a* självjäsande; ~ ***flour*** mjöl blandat med bakpulver
**self-respect** ['selfrɪs'pekt] *s* självaktning
**self-respecting** ['selfrɪsˌpektɪŋ] *a* med självaktning [*no* ~ *man*]
**self-righteous** ['self'raɪtʃəs] *a* självgod
**self-rule** ['self'ru:l] *s* självstyre
**self-sacrifice** ['self'sækrɪfaɪs] *s* självuppoffring
**selfsame** ['selfseɪm] *a*, ***the*** ~ precis samma
**self-satisfied** ['self'sætɪsfaɪd] *a* självbelåten
**self-service** ['self'sɜ:vɪs] *s* självbetjäning, självservering; ~ ***store*** el. ~ snabbköp, självbetjäningsaffär
**self-supporting** ['selfsə'pɔ:tɪŋ] *a* självförsörjande
**sell** [sel] (*sold sold*) *tr itr* **1** sälja; föra, ha [*this shop* ~*s my favourite brand*] **2** säljas, gå [*at, for* för]; ~ ***like hot cakes*** gå åt som smör i solsken □ ~ **off** realisera bort, slumpa bort; ~ **out**: ***the book is sold out*** boken är utsåld (slutsåld)
**seller** ['selə] *s* säljare; i sammansättningar -handlare [*bookseller*]
**selves** [selvz] *s* se *self*
**semantic** [sɪ'mæntɪk] *a* semantisk
**semaphore** ['seməfɔ:] **I** *s* **1** semafor **2** semaforering **II** *tr itr* semaforera
**semen** ['si:men] *s* sädesvätska, säd
**semester** [sə'mestə] *s* univ., skol. (i USA) termin
**semicircle** ['semɪˌsɜ:kl] *s* halvcirkel
**semicircular** ['semɪ'sɜ:kjʊlə] *a* halvcirkelformig
**semicolon** ['semɪ'kəʊlən] *s* semikolon
**semidetached** ['semɪdɪ'tætʃt] *a* om hus sammanbyggd på en sida; *a* ~ ***house*** ena hälften av ett parhus, en parvilla
**semifinal** ['semɪ'faɪnl] *s* semifinal
**semifinalist** ['semɪ'faɪnəlɪst] *s* semifinalist
**seminar** ['semɪnɑ:] *s* seminarium
**Semitic** [sɪ'mɪtɪk] *a* semitisk
**semitropical** ['semɪ'trɒpɪk(ə)l] *a* subtropisk
**semolina** [ˌsemə'li:nə] *s* semolinagryn; mannagryn
**senate** ['senət] *s* senat
**senator** ['senətə] *s* senator
**send** [send] (*sent sent*) *tr itr* **1** sända, skicka; ***the rain sent them hurrying home*** regnet fick (tvingade) dem att skynda sig hem; ~ ***word*** låta meddela; ~ ***for*** skicka efter [~ *for a doctor*], hämta; rekvirera **2** göra [~ *a p. mad*] □ ~ **off a)** avsända [~ *off a letter*], expediera **b)** sport. utvisa [~ *a player off*] **c)** ~ ***a p. off*** ta farväl av (vinka

av) ngn; ~ **on** sända (skicka) vidare, eftersända; ~ **round** *to a p.* skicka över till ngn; ~ **up** a) sända (skicka) upp (ut) [~ *up a rocket*] b) driva (pressa) upp [~ *prices up*]
**sender** ['sendə] *s* avsändare
**senile** ['si:naɪl] *a* senil, ålderdomssvag
**senility** [sɪ'nɪlətɪ] *s* senilitet, ålderdomssvaghet
**senior** ['si:njə] **I** *a* äldre äv. i t. ex. tjänsten [*to* än]; den äldre, senior [*John Smith, Senior*]; högre i rang, överordnad; ~ *citizen* pensionär **II** *s* äldre i tjänsten; äldre medlem
**seniority** [ˌsi:nɪ'ɒrətɪ] *s* anciennitet, tjänsteålder [*by* (efter) ~]
**senna** ['senə] *s* senna, sennablad
**sensation** [sen'seɪʃ(ə)n] *s* **1** förnimmelse, känsla [*a* ~ *of cold*] **2** *cause (create) a great* ~ väcka stort uppseende
**sensational** [sen'seɪʃ(ə)nl] *a* sensationell, uppseendeväckande
**sensationalism** [sen'seɪʃənəlɪz(ə)m] *s* sensationsmakeri, sensationalism
**sense** [sens] **I** *s* **1** sinne [*the five* ~*s*]; *the* ~ *of hearing* hörselsinnet; *a sixth* ~ ett sjätte sinne; *no man in his (nobody in their)* ~*s* ingen vettig människa; *are you out of your* ~*s?* är du från vettet?; *come to one's* ~*s* komma till besinning; återfå medvetandet **2** känsla [*of* av, för]; ~ *of humour* sinne för humor **3** vett, förstånd; *common* ~ sunt förnuft; [*he ought to have had*] *more* ~ ... bättre förstånd; *there is no* ~ *in waiting* det är ingen mening att vänta **4** betydelse, bemärkelse; *it does not make* ~ jag fattar det inte; det stämmer inte; *in a (the) strict (proper)* ~ i egentlig mening (betydelse) **II** *tr* känna, ha på känn
**senseless** ['sensləs] *a* **1** meningslös **2** sanslös, medvetslös
**sensibility** [ˌsensə'bɪlətɪ] *s* känslighet [*to* för], sensibilitet
**sensible** ['sensəbl] *a* **1** förståndig, förnuftig, klok, vettig [~ *shoes*] **2** medveten [*of* om; *that* om att]
**sensitive** ['sensətɪv] *a* känslig [*to* för]; ömtålig [*a* ~ *skin*]; sensibel
**sensitivity** [ˌsensə'tɪvətɪ] *s* känslighet, sensibilitet; ~ *training* sensitivitetsträning
**sensual** ['sensjʊəl] *a* sensuell [~ *lips*]
**sensuality** [ˌsensjʊ'ælətɪ] *s* sensualitet
**sensuous** ['sensjʊəs] *a* sinnes- [~ *impressions*], känslig
**sent** [sent] se *send*
**sentence** ['sentəns] **I** *s* **1** jur. dom; *serve one's* ~ avtjäna sitt straff; *under* ~ *of death* dödsdömd **2** gram. mening; sats **II** *tr* döma [*to* till]
**sentiment** ['sentɪmənt] *s* **1** känsla; känslosamhet **2** pl. ~*s* uppfattning, mening
**sentimental** [ˌsentɪ'mentl] *a* sentimental, känslosam; ~ *value* affektionsvärde
**sentimentalist** [ˌsentɪ'mentəlɪst] *s* sentimentalist
**sentimentality** [ˌsentɪmen'tælətɪ] *s* sentimentalitet
**sentinel** ['sentɪnl] *s* vaktpost
**sentry** ['sentrɪ] *s* vaktpost; *stand (be on)* ~ stå på vakt
**sentry-box** ['sentrɪbɒks] *s* vaktkur
**separate** [adjektiv 'seprət, verb 'sepəreɪt] **I** *a* skild [*from* från], avskild, enskild, särskild [*each* ~ *case*], separat **II** *tr itr* skilja, skilja åt; avskilja, särskilja; separera; sära på; skiljas, skiljas åt
**separately** ['seprətlɪ] *adv* separat; var för sig
**separation** [ˌsepə'reɪʃ(ə)n] *s* **1** skiljande [*from* från], frånskiljande, särskiljande, separering **2** *judicial (legal)* ~ el. ~ av domstol ådömd hemskillnad
**September** [sep'tembə] *s* september
**septic** ['septɪk] *a* septisk, infekterad
**sequel** ['si:kw(ə)l] *s* **1** följd, resultat [*to* av] **2** fortsättning [*to* på]
**sequence** ['si:kwəns] *s* ordningsföljd, ordning, följd [*in rapid* ~], räcka, serie
**sequin** ['si:kwɪn] *s* paljett
**serenade** [ˌserə'neɪd] **I** *s* serenad **II** *tr itr* ge serenad för; ge serenad
**serene** [sɪ'ri:n] *a* lugn [~ *look*], fridfull
**serenity** [sɪ'renətɪ] *s* lugn, fridfullhet
**serf** [sɜ:f] *s* livegen, träl
**serfdom** ['sɜ:fdəm] *s* livegenskap, träldom
**serge** [sɜ:dʒ] *s* cheviot [*blue* ~]
**sergeant** ['sɑ:dʒ(ə)nt] *s* **1** mil. sergeant inom armén o. flyget; amer. furir inom armén, korpral inom flyget; ~ *major* fanjunkare; *flight* ~ fanjunkare inom flyget **2** *police* ~ ungefär polisassistent
**serial** ['sɪərɪəl] **I** *a* **1** i serie; ~ *number* serienummer **2** serie-; som publiceras häftesvis; ~ *story* följetong **II** *s* följetong; serie i t. ex. radio
**serialize** ['sɪərɪəlaɪz] *tr* publicera som följetong; sända (ge) som en serie
**series** ['sɪəri:z] (pl. lika) *s* serie, rad, räcka
**serious** ['sɪərɪəs] *a* allvarlig [*a* ~ *attempt*], allvarsam; seriös; verklig; *are you* ~*?* menar du allvar?
**seriously** ['sɪərɪəslɪ] *adv* allvarligt; *quite* ~ på fullt allvar; *take* ~ ta på allvar

**serious-minded** ['sɪərɪəs,maɪndɪd] *a* allvarligt sinnad
**seriousness** ['sɪərɪəsnəs] *s* allvar, allvarlighet; ***in all*** ~ på fullt allvar
**sermon** ['sɜ:mən] *s* predikan
**serpent** ['sɜ:p(ə)nt] *s* orm
**serrated** [se'reɪtɪd] *a* sågtandad [~ *edge*]
**servant** ['sɜ:v(ə)nt] *s* **1** tjänare; pl. ~*s* äv. tjänstefolk; ***domestic*** ~ hembiträde, tjänsteflicka; betjänt **2** ***civil*** ~ statstjänsteman, tjänsteman inom civilförvaltningen
**servant-girl** ['sɜ:v(ə)ntgɜ:l] *s* tjänsteflicka, hembiträde
**serve** [sɜ:v] **I** *tr itr* **1** tjäna **2** servera; ***dinner is served*** middagen är serverad; [***refreshments***] ***were served*** det bjöds på...; ***are you being served?*** på restaurang är det beställt?; ~ ***at table*** servera; ***serving hatch*** serveringslucka **3** expediera; vara expedit; ***are you being served?*** är det tillsagt? **4** förse, försörja **5** duga till (åt), passa; ~ ***(it*** ~***s) you right!*** rätt åt dig!, där fick du! **6** ~ ***one's sentence*** el. ~ ***time*** avtjäna sitt straff, sitta i fängelse **7** sport. serva **8** tjänstgöra, tjäna, göra tjänst; ~ ***on*** [***a committee (jury)***] vara medlem i (av)..., sitta i... **9** fungera, duga, passa, tjäna [*as, for* som, till] **II** *s* sport. serve
**service** ['sɜ:vɪs] **I** *s* **1** tjänst, tjänstgöring; ***On His (Her) Majesty's Service*** påskrift tjänste; ***military*** ~ militärtjänst **2** ***health*** ~ hälsovård; ***the postal*** ~***s*** postväsendet; ***social*** ~***s*** socialvård, socialvården **3** regelbunden översyn, service [*take the car in for* ~] **4 a)** servering, betjäning, service [*the* ~ *was poor*]; ~ ***charge*** el. ~ serveringsavgift, betjäningsavgift **b)** servis [*dinner-service*] **5** tjänst [*you have done me a* ~]; hjälp; nytta [*it may be of* (till) *great* ~ *to you*] **6** trafik. förbindelse, linje; ***air*** ~***s*** trafikflyg; ***postal*** ~ postförbindelse **7** kyrkl. gudstjänst, mässa [äv. *divine* ~]; förrättning, akt **8** sport. serve **II** *tr* ta in för service [~ *a car*]
**serviceable** ['sɜ:vɪsəbl] *a* **1** användbar, brukbar **2** slitstark, hållbar
**serviceman** ['sɜ:vɪsmæn] (pl. *servicemen* ['sɜ:vɪsmən]) *s* militär
**serviette** [,sɜ:vɪ'et] *s* servett
**servile** ['sɜ:vaɪl] *a* **1** servil, krypande **2** slavisk
**servitude** ['sɜ:vɪtju:d] *s* **1** träldom, slaveri **2** ***penal*** ~ straffarbete; fängelse
**servo-assisted** ['sɜ:vəʊə'sɪstɪd] *a,* ~ ***brake*** servobroms
**session** ['seʃ(ə)n] *s* session, sammanträde; sammankomst
**set** [set] **I** (*set set*) *tr itr* **1** sätta, ställa, lägga; infatta [~ *in gold*]; bestämma, fastställa; förelägga, ge [~ *a p. a task*] **2** teat. m.m., ***the scene is*** ~ ***in France*** scenen är förlagd i Frankrike **3** mus., ~ ***a th. to music*** sätta musik till ngt, tonsätta ngt **4** med. återföra i rätt läge [~ *a broken bone*] **5** om himlakropp gå ner [*the sun* ~*s at 8*] **6** stelna [*the jelly has not* ~ *yet*], hårdna □ ~ **about** a) ta itu med [~ *about a task*] b) vard. gå lös på; ~ **aside** a) lägga undan, sätta av, anslå [*for* till, för] b) bortse från; ***setting aside...*** bortsett från...; ~ **down** a) sätta ner b) skriva upp (ner); ~ **in** börja, inträda, falla på [*darkness* ~ *in*]; ~ **off** a) ge sig i väg (ut) [~ *off on a journey*], starta, avresa [*for* till] b) framkalla [*the explosion was* ~ *off by...* ] c) sätta i gång, starta, utlösa [~ *off a chain reaction*] d) framhäva [*the white dress* ~ *off her suntan*]; ~ **out** ge sig av (ut, i väg) [~ *out on a journey*], starta, avresa [*for* till]; ~ **to** hugga i; ~ ***to work*** sätta i gång; ~ **up** a) sätta (ställa) upp, resa [~ *up a ladder*]; slå upp [~ *up a tent*] b) upprätta [~ *up an institution*], anlägga [~ *up a factory*], grunda, inrätta; införa [~ *up a new system*]; tillsätta [~ *up a committee*] c) etablera sig
**II** *pp* o. *a* **1** fast, fastställd [~ *price*]; bestämd [~ *rules*]; ***a*** ~ ***phrase*** en stående fras, ett talesätt **2** belägen [*a town* ~ *on a hill*] **3** ***be*** ~ ***on*** vara fast besluten; ha slagit in på [*he is* ~ *on a dangerous course*] **4** vard. klar, färdig; ***all*** ~ allt klart; ***get*** ~***!*** sport. färdiga! [*on your marks! get* ~*! go!*]
**III** *s* **1** uppsättning [*a* ~ *of golf-clubs*], sats; uppsats, saker [*toilet-set*]; omgång, sätt [*a* ~ *of underwear*]; servis [*tea-set*]; serie [*a* ~ *of lectures*]; ***a chess*** ~ ett schackspel **2** grupp; krets, kotteri, klick **3** apparat [*radio (TV)* ~] **4** i tennis set
**setback** ['setbæk] *s* bakslag, motgång
**set-point** ['setpɔɪnt] *s* setboll i tennis
**settee** [se'ti:] *s* soffa
**setting** ['setɪŋ] *s* **1** sättande, sättning, ställande **2** infattning för t. ex. ädelstenar **3** a) iscensättning, uppsättning b) bildl. ram, inramning [*a beautiful* ~ *for the procession*]; miljö, omgivning **4** mus. tonsättning **5** himlakropps nedgång [*the* ~ *of the sun*]
**setting-lotion** ['setɪŋ,ləʊʃ(ə)n] *s* läggningsvätska
**settle** ['setl] *tr itr* **1** sätta (lägga) till rätta; installera **2** kolonisera, slå sig ner i **3** avgöra [*that* ~*s the matter*]; göra slut på [~ *a quarrel*]; ordna, klara upp; ~ ***a conflict*** lösa en konflikt; ~ ***a dispute*** avgöra

en tvist **4** betala, göra upp **5** fastställa, avtala, bestämma [~ *a date (day)*]; bestämma sig [*on* för] **6** bosätta sig, slå sig ner, sätta sig till rätta [ofta ~ *down*]; ***marry and ~ down*** gifta sig och slå sig till ro; ***he is settling down to his new job*** han börjar komma in i sitt nya arbete **7** om väder stabilisera sig

**settled** ['setld] *a* **1** avgjord, bestämd, uppgjord; på räkning betalt **2** fast, stadgad, stadig; om väder lugn och vacker **3** bebodd, bebyggd [*a thinly* (glest) ~ *area*]

**settlement** ['setlmənt] *s* **1** avgörande, uppgörelse; lösning av en konflikt, biläggande av en tvist, förlikning **2** fastställande; överenskommelse, avtal **3** betalning **4** bosättning, bebyggelse, kolonisering

**settler** ['setlə] *s* nybyggare, kolonist

**set-up** ['setʌp] *s* uppbyggnad, struktur, organisation; situation

**seven** ['sevn] **I** *räkn* sju **II** *s* sjua

**seventeen** ['sevn'ti:n] *räkn* o. *s* sjutton

**seventeenth** ['sevn'ti:nθ] *räkn* o. *s* sjuttonde; sjuttondel

**seventh** ['sevnθ] *räkn* o. *s* sjunde; sjundedel

**seventieth** ['sevntɪɪθ] *räkn* o. *s* sjuttionde; sjuttiondel

**seventy** ['sevntɪ] **I** *räkn* sjuttio **II** *s* sjuttio; sjuttiotal; ***in the seventies*** på sjuttiotalet

**sever** ['sevə] *tr* avskilja; hugga (rycka, bryta) av

**several** ['sevr(ə)l] *a* o. *pron* flera, åtskilliga

**severe** [sɪ'vɪə] *a* sträng; hård, svår; bister

**severely** [sɪ'vɪəlɪ] *adv* strängt, hårt; ~ ***wounded*** svårt sårad

**severity** [sə'verətɪ] *s* stränghet, hårdhet; ***the ~ of the winter*** [***in Canada***] den stränga vintern...

**sew** [səʊ] (imperfekt *sewed;* perfekt particip *sewn* el. *sewed*) *tr itr* sy; ~ ***on*** sy fast (i); ~ ***up*** sy till; sy ihop (igen)

**sewer** ['sjʊə] *s* kloak, avloppsledning

**sewing** ['səʊɪŋ] *s* sömnad, sömnadsarbete

**sewing-machine** ['səʊɪŋməˌʃi:n] *s* symaskin

**sewing-needle** ['səʊɪŋˌni:dl] *s* synål

**sewn** [səʊn] se *sew*

**sex** [seks] *s* **1** kön; ***the fair*** ~ det täcka könet **2** sex, erotik; ***have*** ~ älska, ligga med varandra **3** attributivt köns- [~ *hormone*], sexuell, sex-

**sex-starved** ['seksstɑ:vd] *a* sexuellt utsvulten, sexhungrig

**sexual** ['seksjʊəl] *a* sexuell; ~ ***desire*** könsdrift; ~ ***intercourse*** samlag; ~ ***organs*** könsorgan

**sexuality** [ˌseksjʊ'ælətɪ] *s* sexualitet

**sexy** ['seksɪ] *a* vard. sexig

**sh** [ʃ:] *interj* sch!, hysch!

**shabby** ['ʃæbɪ] *a* sjabbig, sjaskig; tarvlig

**shack** [ʃæk] *s* timmerkoja, hydda

**shackle** ['ʃækl] *s*, pl. ~*s* bojor, fjättrar

**shade** [ʃeɪd] **I** *s* **1** skugga [*30° in the* ~]; ***throw (put) into the*** ~ bildl. ställa i skuggan **2** nyans; färgton **3** aning, smula [*I am a* ~ *better today*] **4** skärm [*lamp-shade*] **II** *tr* skugga, skugga för

**shadow** ['ʃædəʊ] **I** *s* skugga [*the* ~ *of a man against* (på) *the wall*]; ~ ***boxing*** skuggboxning; ~ ***cabinet*** oppositionens skuggkabinett, skuggregering; ***without (beyond) a ~ of doubt*** utan skuggan av ett tvivel **II** *tr* skugga [*the detective shadowed him*]

**shady** ['ʃeɪdɪ] *a* **1** skuggig; skuggande [*a* ~ *tree*] **2** vard. skum [*a* ~ *customer* (figur)]

**shaft** [ʃɑ:ft] *s* **1** skaft på spjut, vissa verktyg m. m. **2** schakt i gruva m. m.; trumma [*lift* ~]; ~ el. ***ventilating*** ~ lufttrumma

**shaggy** ['ʃægɪ] *a* raggig, lurvig; buskig

**shah** [ʃɑ:] *s* shah, schah

**shake** [ʃeɪk] **I** (*shook shaken*) *tr itr* **1** skaka, skaka ur (ner); ~ ***oneself*** skaka på sig; ~ ***hands*** skaka hand; ~ ***hands on a th.*** ta varandra i hand på ngt; ~ ***one's head*** skaka på huvudet [*over, at* åt] **2** skaka, göra upprörd; ***he was shaken by the news*** han blev skakad av nyheten **3** komma att skaka (skälva, darra) **4** skaka, skälva, darra [*with* av]

**II** *s* skakning; skälvning, darrning; ***give it a good ~!*** skaka av (om, på) det ordentligt!

**shaken** ['ʃeɪk(ə)n] se *shake I*

**shaky** ['ʃeɪkɪ] *a* skakig, darrande; ostadig, ranglig [*a* ~ *old table*]; vacklande [*a* ~ *government*]

**shall** [ʃæl, obetonat ʃəl] (imperfekt *should,* jfr detta uppslagsord) *hjälpvb* presens skall; ***I ~ meet him tomorrow*** jag träffar (skall träffa) honom i morgon

**shallot** [ʃə'lɒt] *s* schalottenlök

**shallow** ['ʃæləʊ] *a* grund [~ *water*]; flat [*a* ~ *dish*]

**sham** [ʃæm] **I** *tr itr* simulera, hyckla, låtsas **II** *s* **1** hyckleri, humbug, bluff **2** imitation [*these pearls are* ~*s*] **3** bluffmakare, humbug **III** *a* låtsad, fingerad, sken- [*a* ~ *attack*], oäkta [~ *pearls*]

**shame** [ʃeɪm] **I** *s* skam, blygsel; vanära; ~ *on you!* fy skam (skäms)!; *what a* ~! så tråkigt (synd)!; *put ap. to* ~ a) skämma ut ngn b) ställa ngn i skuggan; *be put to* ~ få stå där med skammen **II** *tr* få att skämmas; skämma ut, dra vanära över
**shamefaced** ['ʃeɪmfeɪst] *a* skamsen
**shamefacedly** ['ʃeɪm'feɪstlɪ, 'ʃeɪmfeɪsɪdlɪ] *adv* skamset
**shameful** ['ʃeɪmf(ʊ)l] *a* skamlig, neslig
**shameless** ['ʃeɪmləs] *a* skamlös, fräck
**shammy** ['ʃæmɪ] *s*, ~ *leather* el. ~ sämskskinn
**shampoo** [ʃæm'puː] **I** *tr* schamponera **II** *s* **1** schamponering; *give a p. a* ~ schamponera ngn; *a* ~ *and set* tvättning och läggning **2** schampo, schamponeringsmedel
**shamrock** ['ʃæmrɒk] *s* treklöver
**shandy** ['ʃændɪ] *s* en blandning av öl och sockerdricka
**shan't** [ʃɑːnt] = *shall not*
**shape** [ʃeɪp] **I** *s* **1** form, fason; *in any* ~ *or form* i någon form; *get out of* ~ förlora formen (fasonen) **2** tillstånd, skick; *his finances are in good* ~ hans ekonomi är bra; *he is in good* ~ han är i god form (har bra kondis) **II** *tr* forma; skapa, gestalta; *shaped like a pear* päronformig
**shapeless** ['ʃeɪpləs] *a* formlös, oformlig
**shapeliness** ['ʃeɪplɪnəs] *s* vacker form
**shapely** ['ʃeɪplɪ] *a* välformad, välskapad; ~ *legs* välsvarvade ben
**share** [ʃeə] **I** *s* **1** del, andel; *have a* ~ *in* a) vara medansvarig i b) få del av **2** aktie; andel **II** *tr itr* **1** dela [*with a p.* med ngn]; ha del i **2** ~ *out* el. ~ dela ut, fördela **3** ~ *in* dela; delta i, ha del i, vara delaktig i
**shareholder** ['ʃeəˌhəʊldə] *s* aktieägare; *shareholder's meeting* bolagsstämma
**1 shark** [ʃɑːk] *s* zool. haj
**2 shark** [ʃɑːk] *s* vard. börshaj, bondfångare
**sharp** [ʃɑːp] **I** *a* **1** skarp, vass **2** markant, klar **3** stark [*a* ~ *rise*; *a* ~ *taste*], syrlig [*a* ~ *flavour*] **4** vaken, intelligent, pigg **5** mus. **a)** höjd en halv ton; med ♯-förtecken; *A* ~ m. fl. se under resp. bokstav **b)** en halv ton för hög
**II** *s* mus. kors, ♯-förtecken, ♯; ~*s and flats* svarta tangenter på t. ex. piano
**III** *adv* **1** på slaget, prick [*at six (at six o'clock)* ~] **2** skarpt; tvärt [*turn* (ta av) ~ *left*]; *look* ~! sno (raska) på!
**sharpen** ['ʃɑːp(ə)n] *tr itr* göra skarp (vass); göra vassare (skarpare); skärpa, vässa, slipa; bli skarp (vass), skärpas, vässas, slipas
**sharpener** ['ʃɑːpnə] *s* pennvässare
**sharpness** ['ʃɑːpnəs] *s* skärpa
**sharp-shooter** ['ʃɑːpˌʃuːtə] *s* prickskytt
**sharp-sighted** ['ʃɑːp'saɪtɪd] *a* skarpsynt
**sharp-witted** ['ʃɑːp'wɪtɪd] *a* skarpsinnig
**shatter** ['ʃætə] *tr itr* splittra, bryta sönder, krossa; splittras, brytas sönder, krossas
**shattering** ['ʃætərɪŋ] *a* förödande [*a* ~ *defeat*]; öronbedövande [*a* ~ *noise*]
**shave** [ʃeɪv] **I** *tr itr* (imperfekt *shaved;* perfekt particip *shaved* el. speciellt som adjektiv *shaven*) **1** raka [~ *one's beard*; ~ *a p.*]; *be (get) shaved* raka sig, bli rakad **2** ~ *off* el. ~ skrapa (hyvla, raka) av **3** snudda vid **4** raka sig **II** *s* **1** rakning; *have (get) a* ~ raka sig **2** vard., *it was a close (narrow, near)* ~ det var nära ögat; *he had a close (narrow, near)* ~ han hann undan med knapp nöd
**shaven** ['ʃeɪvn] **I** se *shave I* **II** *a* rakad [*clean-shaven*]
**shaver** ['ʃeɪvə] *s* rakapparat [*electric* ~]
**shaving** ['ʃeɪvɪŋ] *s* **1** rakning; attributivt rak- [~ *brush* , ~ *cream*]; ~ *stick* raktvål **2** pl. ~*s* hyvelspån
**shawl** [ʃɔːl] *s* sjal, schal
**she** [ʃiː, obetonat ʃɪ] **I** (objektsform *her*) *pers pron* hon; om fartyg, bil, land m. m. den, det **II** (pl. ~*s*) *s* kvinna, flicka; hona; hon [*the child is a* ~] **III** *a* i sammansättningar vid djurnamn hon-, -hona [*she-fox*]
**sheaf** [ʃiːf] (pl. *sheaves* [ʃiːvz]) *s* bunt [*a* ~ *of papers*]
**shear** [ʃɪə] (imperfekt *sheared;* perfekt particip *shorn* el. *sheared*) *tr* klippa [~ *sheep*]; klippa av; skära
**shears** [ʃɪəz] *s pl* sax trädgårdssax etc.; *a pair of* ~ en sax
**sheath** [ʃiːθ, pl. ʃiːðz] *s* slida, skida, balja; fodral
**sheath-knife** ['ʃiːθnaɪf] *s* slidkniv
**sheaves** [ʃiːvz] se *sheaf*
**1 shed** [ʃed] *s* skjul; stall [*engine* ~]
**2 shed** [ʃed] (*shed shed*) *tr* **1** utgjuta [~ *blood*]; *blood will be* ~ blod kommer att flyta; ~ *tears* fälla tårar **2** fälla [~ *leaves*], tappa **3** sprida [~ *warmth*]; ~ *light on* sprida ljus över, belysa
**she'd** [ʃiːd] = *she had*; *she would*
**she-devil** ['ʃiːˌdevl] *s* djävulsk kvinna
**sheen** [ʃiːn] *s* glans [*the* ~ *of silk*], lyster
**sheep** [ʃiːp] (pl. lika) *s* får
**sheepdog** ['ʃiːpdɒg] *s* fårhund
**sheepfaced** ['ʃiːpfeɪst] *a* förlägen, generad

**sheep-farmer** [ˈʃiːpˌfɑːmə] *s* fåruppfödare
**sheepfold** [ˈʃiːpfəʊld] *s* fårfålla
**sheepish** [ˈʃiːpɪʃ] *a* förlägen, generad
**1 sheer** [ʃɪə] *a* **1** ren [~ *nonsense (waste)*] **2** mycket tunn, skir [~ *material* (tyg)] **3** tvärbrant [*a* ~ *rock*]
**2 sheer** [ʃɪə] *itr,* ~ ***off (away)*** bege sig i väg
**sheet** [ʃiːt] *s* **1** lakan **2** tunn plåt [~ *of metal*], tunn skiva [~ *of glass*]; ~ ***metal*** plåt **3** blad [*map-sheet*]; ***some ~s of paper*** några papper (pappersark); ~ ***music*** notblad **4** ~ ***lightning*** ytblixt, ytblixtar; ~ ***of water*** vidsträckt vattenyta
**sheik, sheikh** [ʃeɪk, ʃiːk] *s* shejk, schejk
**shelf** [ʃelf] (pl. *shelves* [ʃelvz]) *s* hylla; avsats
**shell** [ʃel] **I** *s* **1** a) hårt skal; snäcka b) ärtskida **2** mil. a) granat b) patron **II** *tr* **1** skala [~ *shrimps*], sprita [~ *peas*] **2** mil. bombardera, beskjuta med granater
**she'll** [ʃiːl] = *she will (shall)*
**shellac** [ʃəˈlæk] *s* schellack
**shellfish** [ˈʃelfɪʃ] *s* skaldjur
**shelter** [ˈʃeltə] **I** *s* skydd; lä; tillflykt; ***air-raid*** ~ el. ~ skyddsrum; ***bus*** ~ regnskydd vid busshållplats **II** *tr itr* skydda, ge skydd; ta skydd
**shelve** [ʃelv] *tr* bordlägga, skrinlägga
**shelves** [ʃelvz] se *shelf*
**shepherd** [ˈʃepəd] *s* fåraherde
**shepherd-boy** [ˈʃepədbɔɪ] *s* vallpojke
**shepherd-dog** [ˈʃepəddɒg] *s* vallhund
**shepherdess** [ˈʃepədɪs] *s* herdinna
**sherbet** [ˈʃɜːbət] *s* **1** ~ ***powder*** el. ~ tomtebrus **2** kok. sorbet
**sheriff** [ˈʃerɪf] *s* sheriff
**sherry** [ˈʃerɪ] *s* sherry
**she's** [ʃiːz, ʃɪz] = *she is*; *she has*
**Shetland** [ˈʃetlənd] **I** geogr., ~ el. ***the ~s*** el. ***the ~ Islands*** Shetlandsöarna **II** *a* shetlands- [~ *pony,* ~ *wool*]
**shield** [ʃiːld] **I** *s* sköld **II** *tr* skydda [*from* mot]
**shift** [ʃɪft] **I** *tr itr* skifta; flytta, flytta om, växla, ändra sig; ändra ställning [*he shifted in his seat*]; ~ ***gears*** bil. växla; ***he shifted into second gear*** han lade in tvåans växel **II** *s* **1** förändring, ombyte, skifte; växling **2** arbetsskift **3** växelspak
**shilling** [ˈʃɪlɪŋ] *s* shilling förr eng. mynt = 1/20 pund
**shimmer** [ˈʃɪmə] **I** *itr* skimra **II** *s* skimmer
**shin** [ʃɪn] **I** *s* skenben, smalben **II** *itr,* ~ ***up a tree*** klättra uppför ett träd
**shin-bone** [ˈʃɪnbəʊn] *s* skenben
**shine** [ʃaɪn] **I** (*shone shone*) *itr* skina; lysa; glänsa; stråla; blänka; ***a shining example*** ett lysande exempel **II** *s* glans, sken, blankhet
**shingle** [ˈʃɪŋgl] *s* klappersten på sjöstrand
**shingles** [ˈʃɪŋglz] *s* med. bältros
**shinguard** [ˈʃɪngɑːd] *s* o. **shinpad** [ˈʃɪnpæd] *s* sport. benskydd
**shiny** [ˈʃaɪnɪ] *a* skinande, glänsande; blankputsad [~ *shoes*]; klar, blank [*a* ~ *nose*]; blanksliten
**ship** [ʃɪp] **I** *s* skepp, fartyg **II** *tr* **1** skeppa in, ta (föra) ombord [~ *goods*; ~ *passengers*] **2** sända, transportera [~ *goods by boat (rail)*], avlasta, skeppa
**shipbuilder** [ˈʃɪpˌbɪldə] *s* skeppsbyggare
**shipload** [ˈʃɪpləʊd] *s* skeppslast, fartygslast
**shipmate** [ˈʃɪpmeɪt] *s* skeppskamrat
**shipment** [ˈʃɪpmənt] *s* **1** inskeppning **2** sändning, transport, skeppslast
**shipowner** [ˈʃɪpˌəʊnə] *s* skeppsredare
**shipping** [ˈʃɪpɪŋ] *s* **1** tonnage **2** sjöfart; skeppning, sändande; ~ ***company*** rederi; ~ ***route*** trad
**shipshape** [ˈʃɪpʃeɪp] *a* o. *adv* snygg och prydlig; snyggt och prydligt
**shipwreck** [ˈʃɪprek] **I** *s* skeppsbrott, förlisning **II** *tr* komma att förlisa; perfekt particip ***shipwrecked*** skeppsbruten, förlist; ***be shipwrecked*** lida skeppsbrott, förlisa
**shipwright** [ˈʃɪpraɪt] *s* skeppsbyggare
**shipyard** [ˈʃɪpjɑːd] *s* skeppsvarv
**shirk** [ʃɜːk] *tr itr* dra sig undan, smita från; smita
**shirt** [ʃɜːt] *s* skjorta; sport. tröja
**shirt-blouse** [ˈʃɜːtblaʊz] *s* skjortblus
**shirt-front** [ˈʃɜːtfrʌnt] *s* skjortbröst
**shirting** [ˈʃɜːtɪŋ] *s* skjorttyg
**shirt-sleeve** [ˈʃɜːtsliːv] *s* skjortärm
**shirt-waist** [ˈʃɜːtweɪst] *s* skjortblus
**shish kebab** [ˈʃɪʃkɪˈbæb] *s* kok. grillspett
**shit** [ʃɪt] vulg. **I** *s* skit **II** (*shit shit* el. *shitted shitted*) *itr* skita **III** *interj* fan också!, jävlar!
**shiver** [ˈʃɪvə] **I** *itr* darra, skälva, huttra, rysa [~ *with* (av) *cold*] **II** *s* darrning, skälvning, rysning; ***it gives me the ~s*** vard. det kommer mig att rysa
**shivery** [ˈʃɪvərɪ] *a* darrig; rysande
**shoal** [ʃəʊl] *s* **1** stim [*a* ~ *of herring*] **2** massa, mängd; ***in ~s*** i massor
**1 shock** [ʃɒk] *s,* ***a ~ of hair*** en kalufs
**2 shock** [ʃɒk] **I** *s* **1** våldsam stöt; ~ ***wave*** stötvåg, chockvåg, tryckvåg **2** chock **II** *tr* uppröra, chockera

**shock-absorber** [ˈʃɒkəbˌsɔ:bə] *s* stötdämpare
**shocking** [ˈʃɒkɪŋ] *a* upprörande, chockerande; vard. förskräcklig [*a ~ blunder*]
**shockproof** [ˈʃɒkpru:f] *a* stötsäker
**shod** [ʃɒd] se *shoe II*
**shoddy** [ˈʃɒdɪ] *a* sjabbig, sjaskig; tarvlig
**shoe** [ʃu:] **I** *s* sko, speciellt lågsko **II** (*shod shod*) *tr* sko [*~ horse*]
**shoehorn** [ˈʃu:hɔ:n] *s* skohorn
**shoelace** [ˈʃu:leɪs] *s* skosnöre, skorem
**shoemaker** [ˈʃu:ˌmeɪkə] *s* skomakare
**shone** [ʃɒn] se *shine I*
**shook** [ʃʊk] se *shake I*
**shoot** [ʃu:t] **I** (*shot shot*) *itr tr* **1** skjuta [*at* på, mot] **2** jaga; ***be (go) out shooting*** vara ute på jakt **3** rusa, susa [*he shot past me*]; ***~ up*** skjuta upp; rusa i höjden [*prices shot up*] **4** fotografera, filma; spela in [*~ a film*] **5** *~!* vard. kör på!, sätt igång! **6** kasta [*~ a glance at a p.*] **II** *s* bot. skott
**shooting** [ˈʃu:tɪŋ] *s* **1** skjutande; attributivt skjut- [*~ practice*]; ***~ incident*** skottintermezzo **2** jakt **3** filmning, skjutning
**shooting-brake** [ˈʃu:tɪŋbreɪk] *s* kombivagn, stationsvagn
**shooting-gallery** [ˈʃu:tɪŋˌgælərɪ] *s* täckt skjutbana
**shooting-range** [ˈʃu:tɪŋreɪndʒ] *s* skjutbana
**shooting-star** [ˈʃu:tɪŋstɑ:] *s* stjärnskott, stjärnfall
**shop** [ʃɒp] **I** *s* **1** affär, butik, bod, shop; ***set up ~*** öppna affär, öppna eget; ***shut up ~*** vard. slå igen butiken sluta; ***all over the ~*** vard. i en enda röra, åt alla håll **2** verkstad, fabrik **3** vard., ***talk ~*** prata jobb **II** *itr* göra sina inköp, handla, shoppa; ***go shopping*** gå ut och handla (shoppa)
**shop-assistant** [ˈʃɒpəˌsɪstənt] *s* affärsbiträde, expedit
**shop-front** [ˈʃɒpfrʌnt] *s* skyltfönster
**shopkeeper** [ˈʃɒpˌki:pə] *s* butiksinnehavare, affärsinnehavare, handlande
**shop-lifter** [ˈʃɒpˌlɪftə] *s* butikssnattare
**shop-lifting** [ˈʃɒpˌlɪftɪŋ] *s* butikssnatteri
**shopper** [ˈʃɒpə] *s* person som är ute och handlar (shoppar)
**shopping** [ˈʃɒpɪŋ] *s* inköp, shopping; ***do some ~*** göra några inköp, handla (shoppa) lite; ***~ bag*** shoppingväska, shoppingbag
**shop-soiled** [ˈʃɒpsɔɪld] *a* butiksskadad
**shop-steward** [ˈʃɒpˌstjʊəd] *s* arbetares förtroendeman; fackligt ombud
**shop-walker** [ˈʃɒpˌwɔ:kə] *s* butikskontrollant; varuhusvärd, varuhusvärdinna
**shop-window** [ˈʃɒpˈwɪndəʊ] *s* skyltfönster, butiksfönster
**shore** [ʃɔ:] *s* strand; kust [*a rocky ~*]; ***~ leave*** sjö. landpermission
**shorn** [ʃɔ:n] se *shear*
**short** [ʃɔ:t] **I** *a* **1** kort, kortvarig, kortvuxen [*a ~ man*]; ***~ for*** förkortning för; ***~ cut*** genväg; ***~ sight*** närsynthet; ***~ story*** novell; ***cut a p. (a th.) ~*** avbryta ngn (ngt); ***we are £5 ~*** det fattas 5 pund för oss; ***fuel is in ~ supply*** det är knapp tillgång på bränsle □ ~ **of** a) otillräckligt försedd med b) så när som på, utom; ***~ of breath*** andfådd; ***little ~ of*** närapå, snudd på [*little ~ of a scandal*]; **be ~ of** ha ont om, ha brist på **2** kort, tvär, brysk [*with* mot]
**II** *adv* **1** tvärt, plötsligt **2** ***fall ~ of*** inte gå upp mot; inte motsvara; ***go ~*** bli utan [*of a th.* ngt]; ***run ~*** lida brist [*of* på]
**III** *s* **1** pl. *~s* shorts, kortbyxor **2** ***for ~*** för korthetens skull; kort och gott; ***in ~*** kort sagt
**shortage** [ˈʃɔ:tɪdʒ] *s* brist, knapphet
**shortbread** [ˈʃɔ:tbred] *s* o. **shortcake** [ˈʃɔ:tkeɪk] *s* mördegskaka
**short-circuit** [ˈʃɔ:tˈsɜ:kɪt] *s* kortslutning
**shortcoming** [ˈʃɔ:tˌkʌmɪŋ] *s* brist, fel
**shorten** [ˈʃɔ:tn] *tr itr* förkorta, göra kortare, korta av, ta av; sömn. lägga upp; bli kortare
**shorthand** [ˈʃɔ:thænd] *s* stenografi; ***~ typist*** stenograf och maskinskriverska; ***take a th. down in ~*** stenografera ngt
**short-lived** [ˈʃɔ:tˈlɪvd] *a* kortlivad, kortvarig
**shortly** [ˈʃɔ:tlɪ] *adv* kort [*~ after*], strax [*~ before noon*]; inom kort
**short-range** [ˈʃɔ:tˈreɪndʒ] *a* kortdistans-; kortsiktig [*~ plans*]
**short-sighted** [ˈʃɔ:tˈsaɪtɪd] *a* **1** närsynt **2** kortsynt
**short-tempered** [ˈʃɔ:tˈtempəd] *a* obehärskad, häftig, lättretad
**shortwave** [ˈʃɔ:tweɪv] *s* radio. kortvåg
**1 shot** [ʃɒt] **I** se *shoot I* **II** *a* **1** vattrad [*~ silk*] **2** ***get ~ of a th.*** vard. bli kvitt ngt
**2 shot** [ʃɒt] *s* **1** skott [*at* mot, på, efter]; ***blank ~*** löst skott; ***he was off like a ~*** vard. han for i väg som ett skott (en pil); ***he did it like a ~*** vard. han gjorde det på stubben **2** (pl. lika) kula **3** skytt **4** foto, kort **5** vard., ***have a ~ at it!*** gör ett försök!; ***not by a long ~*** inte på långt när **6** sport. skott, boll; kula; ***put the ~*** stöta kula; ***putting the ~*** kulstötning, kula
**shotgun** [ˈʃɒtgʌn] *s* hagelgevär, hagelbössa

**should** [ʃʊd, obetonat ʃəd] *hjälpvb* (imperfekt av *shall*) skulle; borde, bör [*you ~ see a doctor*]; skall [*it is surprising that he ~ be so foolish*]
**shoulder** ['ʃəʊldə] **I** *s* **1** skuldra, axel; *~ of mutton* fårbog **2** vägkant **II** *tr* **1** lägga på (över) axeln [*~ a burden*], axla; *~ arms!* mil. på axel gevär! **2** ta på sig [*~ the blame*]
**shoulder-bag** ['ʃəʊldəbæg] *s* axelväska
**shoulder-belt** ['ʃəʊldəbelt] *s* axelgehäng
**shoulder-blade** ['ʃəʊldəbleɪd] *s* skulderblad
**shouldered** ['ʃəʊldəd] *pp* o. *a* i sammansättningar -axlad [*broad-shouldered*]
**shoulder-strap** ['ʃəʊldəstræp] *s* **1** mil. axelklaff **2** axelrem **3** axelband på damplagg
**shouldn't** ['ʃʊdnt] = *should not*
**shout** [ʃaʊt] **I** *itr tr* skrika; ropa, gapa och skrika; *~ out* ropa (skrika) högt; skrika (ropa) ut [*~ out one's orders*] **II** *s* skrik, rop
**shouting** ['ʃaʊtɪŋ] *s* skrik, skrikande
**shove** [ʃʌv] **I** *tr itr* skjuta, knuffa; skjutas, knuffas **II** *s* knuff, stöt, skjuts
**shovel** ['ʃʌvl] **I** *s* skovel; skyffel **II** *itr tr* skovla, skyffla, skotta
**show** [ʃəʊ] **I** (*showed shown*) *tr itr* **1** visa, visa fram, visa upp [*~ one's passport*]; visa sig, synas, vara (bli) synlig; *~ one's hand (cards)* bildl. bekänna färg (kort); *that just ~s you!* vard. där ser du!; *that'll ~ them!* vard. då ska dom få se!; *~ off* visa upp, vilja briljera (skryta) med; vilja briljera, göra sig till; *~ up* a) visa upp b) avslöja [*~ up a fraud*] c) synas tydligt, framträda d) vard. visa sig, dyka upp **2** visa; följa [*~ a p. to the door*]; *~ a p. the door* visa ngn på dörren **3** påvisa, bevisa [*we have shown that the story is false*] **4** visas, spelas, gå [*the film is showing at the Grand*]
**II** *s* **1** utställning [*flower-show*]; uppvisning [*fashion ~*]; teaterföreställning, revy, show; *good ~!* bravo!, fint!; *put up a good ~* göra mycket bra ifrån sig; *be on ~* vara utställd, kunna beses; *run the ~* basa för det hela **2** ståt, prål
**show-biz** ['ʃəʊbɪz] *s* vard. showbusiness, nöjesbranschen
**show-business** ['ʃəʊˌbɪznəs] *s* showbusiness, nöjesbranschen
**show-case** ['ʃəʊkeɪs] *s* monter; utställningsskåp
**showdown** ['ʃəʊdaʊn] *s* uppgörelse; kraftmätning
**shower** ['ʃaʊə] **I** *s* **1** skur **2** dusch **II** *itr tr* **1** falla i skurar, strömma ned [ofta *~ down*]; låta regna ned; bildl. överhopa; *~ gifts upon a p.* överhopa ngn med gåvor **2** duscha, duscha över
**shower-bath** ['ʃaʊəbɑːθ] *s* dusch
**showerproof** ['ʃaʊəpruːf] *a* regntät
**showery** ['ʃaʊərɪ] *a* regnig, regn-
**show-girl** ['ʃəʊgɜːl] *s* balettflicka
**show-jumping** ['ʃəʊˌdʒʌmpɪŋ] *s* ridn. hoppning
**shown** [ʃəʊn] se *show I*
**showpiece** ['ʃəʊpiːs] *s* turistattraktion; paradnummer
**showroom** ['ʃəʊrʊm] *s* utställningslokal
**show-window** ['ʃəʊˌwɪndəʊ] *s* skyltfönster
**showy** ['ʃəʊɪ] *a* grann, prålig; flärdfull
**shrank** [ʃræŋk] se *shrink*
**shred** [ʃred] **I** *s* remsa, strimla; *not a ~ of evidence* inte en tillstymmelse till bevis; *in ~s* i trasor, söndertrasad **II** *tr* skära (klippa, riva) i remsor (strimlor), strimla; *shredded tobacco* finskuren tobak; *shredded wheat* slags vetekudde som äts med mjölk till frukost
**shrew** [ʃruː] *s* **1** argbigga **2** näbbmus
**shrewd** [ʃruːd] *a* skarpsinnig, klipsk [*a ~ remark*], klok; slug, smart
**shriek** [ʃriːk] **I** *itr* gallskrika; tjuta [*~ with* (av) *laughter*] **II** *s* gallskrik
**shrill** [ʃrɪl] *a* gäll, genomträngande [*a ~ cry*]
**shrimp** [ʃrɪmp] *s* **1** räka, tångräka **2** bildl. puttefnask, plutt
**shrine** [ʃraɪn] *s* **1** relikskrin, helgonskrin; helgonaltare **2** helgedom
**shrink** [ʃrɪŋk] (*shrank shrunk*) *itr tr* **1** krympa [*the shirt will not ~*], krympa ihop; komma att krympa **2** *~ back* el. *~* rygga tillbaka [*at* vid, för]; *~ from doing a th.* dra sig för att göra ngt
**shrinkage** ['ʃrɪŋkɪdʒ] *s* krympning; *allow for ~* beräkna krympmån
**shrinkproof** ['ʃrɪŋkpruːf] *a* krympfri
**shrivel** ['ʃrɪvl] *itr tr, ~ up* el. *~* skrumpna; skrynkla ihop sig, komma att skrumpna (skrynkla ihop sig)
**shroud** [ʃraʊd] **I** *s* **1** svepning **2** bildl. hölje, slöja [*a ~ of mystery*] **II** *tr* **1** svepa lik **2** hölja, dölja [*shrouded in fog*]; *shrouded in mystery* höljd i dunkel
**Shrove** [ʃrəʊv] *s, ~ Sunday* fastlagssöndag, fastlagssöndagen; *~ Tuesday* fettisdag, fettisdagen
**shrub** [ʃrʌb] *s* buske
**shrubbery** ['ʃrʌbərɪ] *s* buskage

**shrug** [ʃrʌg] **I** *tr,* ~ ***one's shoulders*** rycka på axlarna [*at* åt] **II** *s,* ***a*** ~ ***of the shoulders*** el. ***a*** ~ en axelryckning
**shrunk** [ʃrʌŋk] se *shrink*
**shrunken** ['ʃrʌŋk(ə)n] *a* hopfallen, insjunken [~ *cheeks*]
**shudder** ['ʃʌdə] **I** *itr* rysa, bäva; skälva, huttra **II** *s* rysning; skälvning; ***give a*** ~ rysa till
**shuffle** ['ʃʌfl] **I** *itr tr* **1** gå släpande, hasa, lunka, lufsa; ~ ***one's feet*** släpa med fötterna **2** kortsp. blanda **II** *s* **1** släpande; hasande **2** kortsp. blandande; ***it's your*** ~ det är din tur att blanda
**shun** [ʃʌn] *tr* undvika
**shunt** [ʃʌnt] *tr* **1** järnv. växla [~ *a train on to* (över på) *a side-track*] **2** elektr. shunta
**shut** [ʃʌt] (*shut shut*) *tr itr* stänga [~ *a door*]; stänga av; fälla ned (igen) [~ *a lid*]; slå ihop (igen) [~ *a book*], stängas, slutas till; gå att stänga [*the door ~s easily*]; ~ ***one's eyes*** blunda; ~ ***one's eyes to*** bildl. blunda för □ ~ **down** slå igen, stänga, stängas [~ *down a lid*; *the factory has* ~ *down*], bildl. äv. lägga ned [~ *down a factory*]; ~ **in** stänga inne; innesluta; ~ **off** stänga av; bildl. utestänga, utesluta; ~ **out** stänga ute; utesluta [*from* ur]; ***the trees*** ~ ***out the view*** träden skymmer utsikten; ~ **to** stänga till [~ *a door to*]; ~ **up a)** stänga (bomma) till (igen) [~ *up a house*]; stänga, stängas, stängas till **b)** låsa in **c)** ~ ***a p. up*** vard. tysta ned ngn **d)** vard. hålla käften; ~ ***up!*** håll käft!
**shutdown** ['ʃʌtdaʊn] *s* stängning [~ *of a factory*]
**shutter** ['ʃʌtə] *s* **1** fönsterlucka; rulljalusi; ***put up the ~s*** stänga fönsterluckorna **2** foto. slutare; ~ ***release*** utlösare
**shuttle** ['ʃʌtl] *s* **1** skyttel, skottspole **2 a)** ~ ***service*** skytteltrafik, pendeltrafik **b)** pendelbuss, pendeltåg; matarbuss
**shuttlecock** ['ʃʌtlkɒk] *s* badmintonboll
**shy** [ʃaɪ] *a* skygg, blyg [*of* för]; ***fight*** ~ ***of*** dra sig för, gå ur vägen för [*fight* ~ *of a p.*]
**Siamese** [ˌsaɪə'mi:z] **I** *a* **1** hist. siamesisk **2** ~ el. ~ ***cat*** siames, siameskatt; ~ ***twins*** siamesiska tvillingar **II** *s* **1** hist. (pl. lika) siames **2** siamesiska språket **3** (pl. lika) siameskatt
**Siberia** [saɪ'bɪərɪə] Sibirien
**Siberian** [saɪ'bɪərɪən] **I** *a* sibirisk **II** *s* sibirier
**Sicilian** [sɪ'sɪljən] **I** *a* siciliansk **II** *s* sicilianare
**Sicily** ['sɪsəlɪ] Sicilien
**sick** [sɪk] **I** *a* **1 a)** sjuk [*her* ~ *husband*; *he has been* ~ *for a week* amer.]; ***go (report)*** ~ speciellt mil. sjukanmäla sig **b)** illamående; ***be*** ~ kräkas, spy [*he was* ~ *three times*]; ***be*** ~ ***at (to, in) one's stomach*** amer. vara (bli) illamående; ***feel*** ~ känna sig illamående, må illa **2** sjuklig; makaber [*a* ~ *joke*]; ~ ***humour*** sjuk humor **3** ~ ***and tired of*** grundligt led på (åt) **II** *s,* ***the*** ~ de sjuka **III** *tr itr,* ~ ***up*** vard. spy, spy upp
**sick-benefit** ['sɪkˌbenɪfɪt] *s* sjukpenning
**sicken** ['sɪk(ə)n] *itr tr* **1** insjukna, börja bli sjuk [*the child is sickening for* (i) *something*] **2** göra illamående; äckla
**sickening** ['sɪkənɪŋ] *a* vidrig, beklämmande [*a* ~ *sight*], äcklig
**sickle** ['sɪkl] *s* skära skörderedskap
**sick-leave** ['sɪkli:v] *s* sjukledighet, sjukpermission
**sick-list** ['sɪklɪst] *s,* ***be on the*** ~ vara sjukskriven
**sickly** ['sɪklɪ] **I** *adv* sjukligt **II** *a* **1** sjuklig [*a* ~ *child*] **2** matt, blek **3** äcklig [*a* ~ *taste*]; sötsliskig [~ *sentimentality*]
**sickness** ['sɪknəs] *s* **1** sjukdom; i sammansättningar -sjuka [*air* ~]; ~ ***benefit*** sjukpenning **2** kväljningar, illamående; kräkningar
**sick-pay** ['sɪkpeɪ] *s* sjuklön
**side** [saɪd] **I** *s* a) sida b) håll, kant c) sport. lag d) attributivt sido- [*a* ~ *door*], sid-; ***take ~s*** ta parti (ställning) [*with a p.* för ngn] □ **at** ***the*** ~ ***of*** bredvid, vid sidan av; ***at a p.'s*** ~ vid ngns sida; ~ **by** ~ sida vid sida, bredvid varandra; **on** ***all ~s*** på (från) alla sidor, på alla håll och kanter; ***on one*** ~ a) på en sida b) avsides [*take a p. on one* ~]; ***on the*** ~ vid sidan 'om [*earn money on the* ~]; ***look on the bright*** ~ ***of life*** se livet från den ljusa sidan; ***on the large (small)*** ~ i största (minsta) laget; stort (smått) tilltagen; ***he's a bit on the old*** ~ han är rätt gammal; [***put a th.***] **to** ***one*** ~ ... åt sidan (undan)
**II** *itr,* ~ ***against (with) a p.*** ta parti mot (för) ngn
**sideboard** ['saɪdbɔ:d] *s* **1** byffé, skänk, sideboard **2** pl. ~*s* vard. polisonger
**sideburns** ['saɪdbɜ:nz] *s pl* speciellt amer. vard. polisonger
**side-car** ['saɪdkɑ:] *s* sidvagn till motorcykel
**side-effect** ['saɪdɪˌfekt] *s* med., bildl. biverkan; pl. ~*s* biverkningar
**side-glance** ['saɪdglɑ:ns] *s* sidoblick
**sidelight** ['saɪdlaɪt] *s* **1** sidoljus, sidobelysning **2** ***throw interesting ~s on a th.*** ge intressanta glimtar av ngt

**side-line** ['saɪdlaɪn] *s* **1** sport. sidlinje; ***from the ~s*** från åskådarplats **2** bisyssla
**sidelong** ['saɪdlɒŋ] *a* sido- [*a ~ glance*]
**side-plate** ['saɪdpleɪt] *s* assiett
**side-show** ['saɪdʃəʊ] *s* stånd, bod på t. ex. nöjesfält
**side-splitting** ['saɪdˌsplɪtɪŋ] *a* hejdlöst rolig [*a ~ farce*]; hejdlös
**sidestep** ['saɪdstep] *tr* bildl. förbigå, undvika, kringgå
**side-track** ['saɪdtræk] **I** *s* sidospår **II** *tr* bildl. leda in på ett sidospår
**sidewalk** ['saɪdwɔ:k] *s* amer. trottoar
**sideward** ['saɪdwəd] *a* åt sidan
**sidewards** ['saɪdwədz] *adv* åt sidan
**sideways** ['saɪdweɪz] **I** *adv* från sidan [*viewed ~*]; åt sidan, i sidled [*jump ~*]; på snedden **II** *a* åt sidan [*a ~ movement*], sido- [*a ~ glance*]
**sidewhiskers** ['saɪdˌwɪskəz] *s pl* polisonger
**siding** ['saɪdɪŋ] *s* järnv. sidospår, växelspår
**siege** [si:dʒ] *s* belägring; ***state of ~*** belägringstillstånd
**siesta** [sɪ'estə] *s*, ***take a ~*** ta siesta, sova middag
**sieve** [sɪv] **I** *s* såll, sikt; ***he has a memory like a ~*** han har ett hönsminne **II** *tr* sålla, sikta
**sift** [sɪft] *tr* sålla; sikta [*~ flour*]; sovra
**sifter** ['sɪftə] *s* sikt [*flour-sifter*]; ströare
**sigh** [saɪ] **I** *itr* sucka [*for* efter] **II** *s* suck
**sight** [saɪt] **I** *s* **1** syn, synförmåga **2** åsyn, anblick; ***catch (get) ~ of*** få syn på; ***lose ~ of*** förlora ur sikte; ***at (on) ~*** på fläcken [*shoot ap. at (on) ~*]; ***play at ~*** mus. spela från bladet; ***at first ~*** vid första anblicken; ***love at first ~*** kärlek vid första ögonkastet **3** synhåll; sikte; ***be in (within) ~ of a th.*** ha ngt i sikte (inom synhåll), sikta ngt [*we were in (within) ~ of land*]; [***the end of the war***] ***was in ~*** man började skönja... ; ***be out of ~*** vara utom synhåll [*of ap.* för ngn]; ***out of ~, out of mind*** ur syn ur sinn; ***keep out of ~*** hålla sig gömd, inte visa sig **4** syn [*a sad ~*], skådespel; sevärdhet [*see the ~s of the town*] **5** sikte, siktinrättning **6** vard. massa, mängd; ***a damned ~ better*** bra mycket bättre **II** *tr* **1** speciellt sjö. sikta [*~ land*] **2** rikta in [*~ a gun at* (mot)]
**sight-read** ['saɪtri:d] (*sight-read sight-read* ['saɪtred]) *tr itr* spela (sjunga) från bladet
**sight-reader** ['saɪtˌri:də] *s*, ***be a good ~*** vara skicklig i att spela (sjunga) från bladet
**sightseeing** ['saɪtˌsi:ɪŋ] **I** *pres p*, ***go ~*** gå (åka) på sightseeing **II** *s* sightseeing; ***~ tour*** sightseeingtur, rundtur
**sightseer** ['saɪtˌsi:ə] *s* person på sightseeing, turist
**sign** [saɪn] **I** *s* **1** tecken; symbol; ***there is every ~ that*** allt tyder på att; ***bear ~s of*** bära spår av (märken efter); ***make the ~ of the cross*** göra korstecknet; ***make no ~*** inte ge något tecken ifrån sig **2** skylt [*street ~s*], märke [*warning ~s*]
**II** *tr itr* **1** underteckna, skriva under (på), skriva sitt namn **2** engagera, värva [*~ a new footballer*] **3** ge tecken åt [*~ ap. to stop*]; ***~ for*** kvittera ut □ ***~ off*** radio. sluta sändningen; ***~ on*** a) anställa [*~ on workers*], engagera [*~ on actors*], värva, äv. mil. ta anställning b) anmäla sig, skriva in sig
**signal** ['sɪgn(ə)l] **I** *s* signal; tecken **II** *tr itr* signalera; ***~ to ap.*** el. ***~ ap.*** signalera till ngn, ge tecken åt ngn
**signal-box** ['sɪgn(ə)lbɒks] *s* järnv. ställverk
**signature** ['sɪgnətʃə] *s* signatur, namnteckning; underskrift
**signboard** ['saɪnbɔ:d] *s* skylt; anslagstavla
**significance** [sɪg'nɪfɪkəns] *s* mening, innebörd; vikt, betydelse
**significant** [sɪg'nɪfɪkənt] *a* menande [*a ~ look*]; betecknande [*of* för]; betydelsefull
**signify** ['sɪgnɪfaɪ] *tr* antyda, beteckna, betyda
**signpost** ['saɪnpəʊst] **I** *s* vägvisare, vägskylt **II** *tr*, ***the roads are well signposted*** vägarna är väl skyltade
**silence** ['saɪləns] **I** *s* tystnad, tysthet; ***~!*** tyst!, tysta! **II** *tr* tysta, tysta ned, få tyst, få tyst på
**silencer** ['saɪlənsə] *s* tekn. ljuddämpare
**silent** ['saɪlənt] **I** *a* tyst [*~ footsteps*], tystlåten; ***be ~*** äv. tiga; ***become ~*** äv. tystna; ***~ film*** stumfilm **II** *s* stumfilm
**silhouette** [ˌsɪlʊ'et] *s* siluett, skuggbild
**silicone** ['sɪlɪkəʊn] *s* silikon
**silk** [sɪlk] *s* silke; siden, sidentyg; ***artificial ~*** konstsilke; konstsiden; ***pure ~*** helsilke; helsiden
**silken** ['sɪlk(ə)n] *a* silkeslen
**silkworm** ['sɪlkwɜ:m] *s* silkesmask
**silky** ['sɪlkɪ] *a* silkeslen, silkesmjuk
**sill** [sɪl] *s* **1** fönsterbräde **2** tröskel t. ex. i bil
**silly** ['sɪlɪ] *a* dum, enfaldig

**silver** ['sılvə] *s* silver; bordssilver; ~ ***anniversary*** 25-årsdag, 25-årsjubileum; ~ ***birch*** björk; ~ ***fir*** silvergran; ~ ***jubilee*** 25-årsjubileum; ~ ***paper*** stanniolpapper; ~ ***plate*** a) bordssilver b) nysilver, pläter
**silver-plated** ['sılvə'pleıtıd] *a* försilvrad, pläterad
**silversmith** ['sılvəsmıθ] *s* silversmed
**silvery** ['sılvərı] *a* silverliknande, silver-
**similar** ['sımılə] *a* lik [*to a p.* ngn, *to a th.* ngt], liknande; likadan; dylik
**similarity** [ˌsımı'lærətı] *s* likhet
**similarly** ['sımıləlı] *adv* på liknande sätt
**simile** ['sımılı] *s* liknelse
**simmer** ['sımə] *itr* småkoka, puttra; sjuda
**simple** ['sımpl] *a* **1** enkel; anspråkslös; okonstlad **2** enfaldig, godtrogen
**simple-minded** ['sımpl'maındıd] *a* godtrogen, enfaldig, naiv
**simpleton** ['sımplt(ə)n] *s* dummerjöns, dumbom
**simplicity** [sım'plısətı] *s* **1** enkelhet; anspråkslöshet **2** lätthet, enkelhet [*the ~ of a problem*]
**simplification** [ˌsımplıfı'keıʃ(ə)n] *s* förenkling
**simplify** ['sımplıfaı] *tr* förenkla
**simply** ['sımplı] *adv* **1** enkelt; anspråkslöst; okonstlat **2** helt enkelt, rent av [*~ impossible*]; bara [*he is ~ a workman*]
**simultaneous** [ˌsıməl'teınjəs] *a* samtidig
**sin** [sın] **I** *s* synd, försyndelse **II** *itr* synda
**since** [sıns] **I** *adv* **1** sedan dess [*I have not been there ~*]; ***ever*** ~ alltsedan dess **2** sedan [*how long ~ is it?*] **II** *prep* alltsedan, alltifrån **III** *konj* **1** sedan; ***ever*** ~ alltsedan, ända sedan [*ever ~ I left*] **2** eftersom, då [*~ you are here*], emedan
**sincere** [sın'sıə] *a* uppriktig
**sincerely** [sın'sıəlı] *adv* uppriktigt; ***Yours ~*** i brevslut Din (Er) tillgivne
**sincerity** [sın'serətı] *s* uppriktighet
**sinful** ['sınf(ʊ)l] *a* syndfull, syndig
**sing** [sıŋ] (*sang sung*) *itr tr* sjunga
**singe** [sındʒ] *tr* sveda, bränna [*~ cloth with an iron* (strykjärn)]
**singer** ['sıŋə] *s* sångare; sångerska
**single** ['sıŋgl] **I** *a* **1** enda [*not a ~ man*] **2** enkel, odelad; ~ ***bed*** enkelsäng, enmanssäng; ~ ***room*** enkelrum; ~ ***ticket*** enkelbiljett **3** ogift [*a ~ man (woman)*] **II** *s* **1** sport., *~s* singel, singelmatch; ***men's ~s*** herrsingel **2** enkel **3** grammofonskiva singel **III** *tr*, ~ ***out*** välja (peka) ut; skilja ut
**single-breasted** ['sıŋgl'brestıd] *a* enkelknäppt, enradig [*a ~ suit*]
**single-handed** ['sıŋgl'hændıd] *adv* på egen hand, ensam
**single-minded** ['sıŋgl'maındıd] *a* målmedveten
**singsong** ['sıŋsɒŋ] **I** *s* **1** sångstund; ***a ~*** äv. allsång **2** ***in a ~*** i en enformig ton **II** *a* halvsjungande [*in a* (med) *~ voice*]
**singular** ['sıŋgjʊlə] **I** *a* **1** gram. singular **2** enastående **3** egendomlig, besynnerlig **II** *s* gram., ~ el. ***the ~*** singular
**singularity** [ˌsıŋgjʊ'lærətı] *s* **1** sällsynthet, egendomlighet **2** egenhet
**sinister** ['sınıstə] *a* **1** olycksbådande **2** elak; ond, fördärvlig
**sink** [sıŋk] **I** (*sank sunk*) *itr tr* **1** sjunka; sänka sig, sänka sig ned; sänka [*~ a ship*], få att sjunka; låta sjunka **2** avta, minska, minskas; falla, dala [*prices have sunk*] **II** *s* **1** diskbänk **2** a) avloppsrör b) avloppsbrunn
**sinusitis** [ˌsaınə'saıtıs] *s* bihåleinflammation
**sip** [sıp] **I** *tr itr* läppja (smutta) på, läppja (smutta) **II** *s* smutt
**siphon** ['saıf(ə)n] **I** *s* **1** hävert **2** ~ ***bottle*** el. ~ sifon **II** *tr*, ~ ***off*** suga upp, tappa upp
**sir** [sɜ:, obetonat sə] *s* **1** i tilltal: min herre, sir; skol. magistern; ***can I help you, ~?*** kan jag hjälpa er?; ***Dear Sir (Sirs)*** el. ***Sir (Sirs)*** inledning i formella brev: utan motsvarighet i sv. **2** ***Sir*** före förnamnet som titel åt *baronet* el. *knight* sir [*Sir John (Sir John Moore)*]
**sire** ['saıə] *s* om djur, speciellt hästar fader
**siren** ['saıərən] *s* **1** myt. siren **2** siren signalapparat
**sirloin** ['sɜ:lɔın] *s* kok. ländstycke; ~ ***of beef*** dubbelbiff; ~ ***steak*** utskuren biff
**sirocco** [sı'rɒkəʊ] *s* scirocko, sirocko
**sis** [sıs] *s* vard. (kortform för *sister*) syrra, syrran
**sister** ['sıstə] *s* **1** syster **2** syster sjuksköterska el. nunna; avdelningssköterska
**sisterhood** ['sıstəhʊd] *s* systerskap
**sister-in-law** ['sıstərınlɔ:] (pl. *sisters-in-law* ['sıstəzınlɔ:]) *s* svägerska
**sisterly** ['sıstəlı] *a* systerlig
**sit** [sıt] (*sat sat*) *itr* **1** sitta; sätta sig; ***be sitting pretty*** vard. a) ha det bra b) ligga bra till; ~ ***at table*** sitta till bords; ~ ***for an examination*** gå upp i en examen; ~ ***on the bench*** bildl. sitta som (vara) domare □ ~ **back** a) sätta sig till rätta; vila sig, koppla av b) sitta med armarna i kors; ~ **down** sätta sig, slå sig ned; ~ ***down to dinner*** sätta sig till bords; ~ **in** a) närvara [*on* vid], deltaga [*~ in on* (i, vid) *a meeting*] b) sittstrejka; ~ **through** sitta (stanna) kvar

till slutet; ~ **up** a) sitta upprätt b) sitta uppe [~ *up late*] c) sätta sig upp [~ *up in bed*] **2** om t. ex. parlament, domstol hålla sammanträde, sammanträda
**sit-down** ['sɪtdaʊn] *a* **1** ~ ***strike*** sittstrejk **2** sittande [*a ~ supper*]
**site** [saɪt] **I** *s* **1** tomt; byggplats [äv. *building ~*] **2** plats; ***the ~ of the murder*** mordplatsen **II** *tr* placera, förlägga
**sit-in** ['sɪtɪn] *s* sittstrejk; ockupation
**sitting** ['sɪtɪŋ] *s* **1** sittande; sittning, posering [~ *for a painter*] **2** sammanträde, session **3** ***at one (a single)*** ~ i ett sträck (tag, svep); på en gång, vid en sittning
**sitting-room** ['sɪtɪŋrʊm] *s* **1** vardagsrum **2** sittplats, sittplatser, sittutrymme
**situated** ['sɪtjʊeɪtɪd] *a* **1** belägen **2** bildl. ställd [*be badly ~*]; ***comfortably*** ~ välsituerad
**situation** [ˌsɪtjʊ'eɪʃ(ə)n] *s* **1** läge, belägenhet; bildl. äv. situation, läge [*the political ~*] **2** plats, anställning; ~***s vacant*** rubrik lediga platser
**six** [sɪks] **I** *räkn* sex **II** *s* sexa; ***at sixes and sevens*** a) i en enda röra b) villrådig
**six-footer** ['sɪks'fʊtə] *s* vard. sex fot (ungefär 180 cm) lång person
**sixteen** ['sɪks'ti:n] *räkn* o. *s* sexton
**sixteenth** ['sɪks'ti:nθ] *räkn* o. *s* sextonde; sextondel
**sixth** [sɪksθ] *räkn* o. *s* sjätte; sjättedel
**sixtieth** ['sɪkstɪɪθ] *räkn* o. *s* sextionde; sextiondel
**sixty** ['sɪkstɪ] **I** *räkn* sextio **II** *s* sextio; sextiotal; ***in the sixties*** på sextiotalet
**size** [saɪz] **I** *s* storlek, mått, format; nummer **II** *tr*, ~ ***up*** mäta, värdera, bedöma [~ *up one's chances*]
**sizzle** ['sɪzl] **I** *itr* fräsa [*sausages sizzling in the pan*] **II** *s* fräsande
**1 skate** [skeɪt] **I** *s* skridsko; rullskridsko [äv. *roller-skate*] **II** *itr* åka skridsko; åka rullskridsko [äv. *roller-skate*]
**2 skate** [skeɪt] *s* zool. slätrocka
**skater** ['skeɪtə] *s* skridskoåkare; rullskridskoåkare [äv. *roller-skater*]
**skating** ['skeɪtɪŋ] *s* skridskoåkning; rullskridskoåkning [äv. *roller-skating*]
**skein** [skeɪn] *s* härva [*a ~ of wool*]
**skeleton** ['skelɪtn] *s* skelett
**sketch** [sketʃ] **I** *s* **1** skiss; utkast **2** teat. sketch **II** *tr* skissera, göra utkast till
**sketchy** ['sketʃɪ] *a* skissartad; knapphändig
**skewer** [skjʊə] **I** *s* steknål; stekspett, grillspett **II** *tr* fästa med steknål (stekspett, grillspett); trä upp på spett
**ski** [ski:] **I** *s* skida; ~ ***boots*** skidpjäxor; ~ ***stick*** (amer. ***pole***) skidstav **II** *itr* åka skidor
**skid** [skɪd] **I** *s* slirning, sladd, sladdning **II** *itr* slira, sladda
**skier** ['ski:ə] *s* skidåkare, skidlöpare
**skiff** [skɪf] *s* eka; jolle
**skiing** ['ski:ɪŋ] *s* skidåkning, skidsport
**ski-jumping** ['ski:ˌdʒʌmpɪŋ] *s* backhoppning
**skilful** ['skɪlf(ʊ)l] *a* skicklig, duktig
**skill** [skɪl] *s* skicklighet, händighet
**skilled** [skɪld] *a* **1** skicklig, duktig **2** yrkesskicklig; ~ ***worker*** yrkesarbetare
**skim** [skɪm] *tr itr* **1** skumma [~ *milk*] **2** glida fram över; glida fram **3** ögna igenom, skumma [~ *a book*]; ~ ***through the newspaper*** ögna igenom (skumma) tidningen
**skimpy** ['skɪmpɪ] *a* knapp; för liten (trång)
**skin** [skɪn] **I** *s* **1** hud; skinn; ***next to the ~*** närmast kroppen; ***get under a p.'s ~*** vard. irritera ngn **2** skal [*banana ~*] **II** *tr* flå, dra av huden (skinnet) på [~ *a rabbit*]; skala [~ *a banana*]; ***keep one's eyes skinned*** vard. hålla ögonen öppna
**skindiver** ['skɪnˌdaɪvə] *s* sportdykare
**skindiving** ['skɪnˌdaɪvɪŋ] *s* sportdykning
**skinflint** ['skɪnflɪnt] *s* gnidare, snåljåp
**skinny** ['skɪnɪ] *a* skinntorr, mager
**skip** [skɪp] **I** *itr tr* **1** hoppa [~ *from one subject to another*], skutta; ~ ***over*** hoppa (skutta) över; ~ ***it!*** vard. strunt i det! **2** hoppa rep **II** *s* hopp, skutt
**skipper** ['skɪpə] **I** *s* **1** skeppare **2** sport. lagkapten; lagledare **II** *tr* **1** vara skeppare på [~ *a boat*] **2** vara lagkapten för [~ *a team*]
**skipping-rope** ['skɪpɪŋrəʊp] *s* hopprep
**skirt** [skɜ:t] **I** *s* **1** kjol **2** vard. fruntimmer **3** skört [*the ~s of a coat*] **II** *tr* kanta; löpa längs utmed
**skirting-board** ['skɜ:tɪŋbɔ:d] *s* golvlist
**ski-run** ['ski:rʌn] *s* skidbacke; skidspår
**skit** [skɪt] *s* sketch; satir, parodi
**skittle** ['skɪtl] *s* **1** kägla **2** ~***s*** kägelspel
**skull** [skʌl] *s* skalle; ~ ***and crossbones*** dödskalle med två korslagda benknotor dödssymbol
**skull-cap** ['skʌlkæp] *s* kalott
**skunk** [skʌŋk] *s* **1** zool. skunk **2** vard. kräk
**sky** [skaɪ] *s*, ~ el. pl. ***skies*** himmel
**sky-blue** ['skaɪ'blu:] *a* himmelsblå
**sky-borne** ['skaɪ'bɔ:n] *a* luftburen, flygburen
**sky-high** ['skaɪ'haɪ] *a* o. *adv* vard. skyhög, skyhögt

**skyjack** ['skaɪdʒæk] *tr* kapa flygplan
**skyjacker** ['skaɪˌdʒækə] *s* flygplanskapare
**skylark** ['skaɪlɑ:k] *s* sånglärka
**skylight** ['skaɪlaɪt] *s* takfönster
**skyline** ['skaɪlaɪn] *s* **1** horisont **2** kontur, silhuett [*the ~ of New York*]
**skyscraper** ['skaɪˌskreɪpə] *s* skyskrapa
**sky-sign** ['skaɪsaɪn] *s* ljusreklamskylt
**skywards** ['skaɪwədz] *adv* mot himlen
**sky-writing** ['skaɪˌraɪtɪŋ] *s* rökskrift från flygplan
**slab** [slæb] *s* platta [*~ of stone*], häll; tjock skiva [*~ of cheese*]
**slack** [slæk] **I** *a* **1** slö, loj **2** slapp [*~ discipline*], slak **3** stilla, död [*~ season*]; trög [*trade is ~*] **II** *s*, pl. *~s* slacks, fritidsbyxor
**slacken** ['slæk(ə)n] *tr* **1** minska [*~ one's efforts*], sakta [*~ the speed*] **2** släppa (lossa) på
**slacker** ['slækə] *s* vard. slöfock, latmask
**slain** [sleɪn] se *slay*
**slalom** ['slɑ:ləm] *s* sport. slalom; ***giant ~*** storslalom
**slam** [slæm] **I** *tr itr* slå (smälla) igen; slås (smällas) igen [äv. *~ to*] **II** *s* smäll
**slander** ['slɑ:ndə] **I** *s* förtal, skvaller **II** *tr* förtala, baktala
**slanderer** ['slɑ:ndərə] *s* förtalare, baktalare, bakdantare
**slanderous** ['slɑ:ndərəs] *a* bakdantar-; skvalleraktig [*~ tongue*]
**slang** [slæŋ] *s* slang
**slangy** ['slæŋɪ] *a* slangartad, full av slang
**slant** [slɑ:nt] *itr tr* **1** slutta, luta **2** göra lutande (sned) **3** vinkla [*~ the news*]
**slap** [slæp] **I** *tr* smälla (daska) 'till; ***~ a p. on the back*** dunka ngn i ryggen; ***~ a p.'s face*** el. ***~ a p. on the face*** slå ngn i ansiktet **II** *s* smäll, slag; ***a ~ on the back*** en dunk i ryggen **III** *adv* vard. bums, pladask [äv. *bang ~*]
**slapdash** ['slæpdæʃ] *adv* o. *a* vard. hafsigt; hafsig
**slapstick** ['slæpstɪk] *s* buskteater, buskis
**slap-up** ['slæpʌp] *a* vard. flott [*~ dinner*]
**slash** [slæʃ] **I** *tr itr* **1** rista upp, skära sönder **2** vard. sänka kraftigt [*~ prices*] **3** ***~ at*** slå (piska) på (mot) **II** *s* **1** hugg, slag **2** djup skåra
**slate** [sleɪt] *s* **1** skiffer **2** skifferplatta, takskiffer **3** griffeltavla
**slaughter** ['slɔ:tə] **I** *s* slakt, slaktande; massaker **II** *tr* slakta; massakrera
**slaughter-house** ['slɔ:təhaʊs] *s* slakteri, slakthus
**Slav** [slɑ:v] *s* slav medlem av ett folkslag
**slave** [sleɪv] **I** *s* slav, slavinna **II** *itr* slava, träla [*at* med, på]
**slave-driver** ['sleɪvˌdraɪvə] *s* slavdrivare
**slavery** ['sleɪvərɪ] *s* slaveri
**slave-trade** ['sleɪvtreɪd] *s* slavhandel
**slave-traffic** ['sleɪvˌtræfɪk] *s* slavhandel
**slavish** ['sleɪvɪʃ] *a* slavisk
**Slavonic** [slə'vɒnɪk] **I** *a* slavisk **II** *s* slaviska språk
**slay** [sleɪ] (*slew slain*) *tr* litt. dräpa, slå ihjäl
**slayer** ['sleɪə] *s* vard. mördare, baneman
**sled** [sled] *s* släde; kälke
**sledge** [sledʒ] *s* släde; kälke
**sledge-hammer** ['sledʒˌhæmə] *s* smedslägga
**sleek** [sli:k] *a* om hår o. skinn slät, glatt
**sleep** [sli:p] **I** (*slept slept*) *itr* sova **II** *s* sömn; ***I have had a good ~*** jag har sovit gott; ***drop off to ~*** somna (lura) 'till; ***go to ~*** somna
**sleeping** ['sli:pɪŋ] *a* o. *s* sovande, sömn-; ***~ accommodation*** sovplats, sovplatser, sängplats, sängplatser; nattlogi
**sleeping-bag** ['sli:pɪŋbæg] *s* **1** sovsäck; ***sheet ~*** reselakan, lakanspåse **2** sovpåse
**sleeping-car** ['sli:pɪŋkɑ:] *s* o. **sleeping--carriage** ['sli:pɪŋˌkærɪdʒ] *s* järnv. sovvagn
**sleeping-compartment** ['sli:pɪŋkəmˌpɑ:tmənt] *s* järnv. sovkupé
**sleeping-draught** ['sli:pɪŋdrɑ:ft] *s* sömndryck, sömnmedel
**sleeping-pill** ['sli:pɪŋpɪl] *s* sömntablett, sömnpiller
**sleepless** ['sli:pləs] *a* sömnlös, vaken
**sleep-walker** ['sli:pˌwɔ:kə] *s* sömngångare
**sleep-walking** ['sli:pˌwɔ:kɪŋ] *s* att gå i sömnen
**sleepy** ['sli:pɪ] *a* sömnig; sömnaktig
**sleet** [sli:t] *s* snöblandat regn, snöslask
**sleeve** [sli:v] *s* **1** ärm; ***laugh up one's ~*** skratta i mjugg; ***have a th. up one's ~*** ha ngt i bakfickan **2** grammofon skivfodral, skivomslag
**sleeve-board** ['sli:vbɔ:d] *s* ärmbräda
**sleigh** [sleɪ] *s* släde; kälke
**slender** ['slendə] *a* smärt, smal, slank
**slept** [slept] se *sleep I*
**sleuth** [slu:θ] *s* vard. deckare, blodhund
**sleuth-hound** ['slu:θhaʊnd] *s* blodhund; spårhund
**slew** [slu:] se *slay*
**slice** [slaɪs] **I** *s* **1** skiva [*a ~ of bread*]; ***~ of bread and butter*** smörgås **2** del, andel [*a*

~ *of the profits*], stycke **3** stekspade; fiskspade; tårtspade **II** *tr* **1** skära upp i skivor, skiva [äv. ~ *up*] **2** sport., ~ ***a ball*** 'slica' (skruva) en boll
**slick** [slɪk] *a* **1** glättad, driven [~ *style*] **2** smart [~ *salesman*]
**slid** [slɪd] se *slide I*
**slide** [slaɪd] **I** (*slid slid*) *itr tr* **1** glida; halka; rutscha, kana; låta glida, skjuta, skjuta fram (in); ***let things*** ~ bildl. strunta i allting **2** sticka [*he slid a coin into my hand*] **II** *s* **1** glidning; glidande **2** isbana, kana; glidbana, rutschbana, rutschkana **3** diapositiv, diabild; ~ ***projector*** småbildsprojektor; ***colour*** ~ färgdia **4** hårspänne
**slide-rule** ['slaɪdru:l] *s* räknesticka
**sliding** ['slaɪdɪŋ] *a* glidande; skjut- [~ *door*]; ~ ***roof*** soltak, skjutbart tak
**slight** [slaɪt] **I** *a* **1** spenslig, späd **2** klen, bräcklig [~ *foundation*] **3** lätt [~ *cold*], lindrig; ringa; ***not the slightest doubt*** inte det minsta tvivel; ***not in the slightest*** inte på minsta sätt **II** *tr* ringakta, nonchalera; skymfa **III** *s* ringaktning
**slightly** ['slaɪtlɪ] *adv* lätt [~ *wounded*; *touch a th.* ~], svagt, något [~ *better*]
**slim** [slɪm] **I** *a* smal, slank, smärt, spenslig **II** *itr tr* banta; göra smal (slank)
**slime** [slaɪm] *s* slem; dy, gyttja
**slimming** ['slɪmɪŋ] *s* bantning
**slim-waisted** ['slɪm,weɪstɪd] *a* smal om midjan
**slimy** ['slaɪmɪ] *a* slemmig; dyig, gyttjig
**sling** [slɪŋ] **I** (*slung slung*) *tr* slunga, slänga, kasta **II** *s* **1** slunga; slangbåge **2** med. bindel; ***carry (have) one's arm in a*** ~ bära (ha) armen i band
**slink** [slɪŋk] (*slunk slunk*) *itr* smyga, smyga sig, slinka [~ *away (off, in)*]
**slip** [slɪp] **I** *itr tr* **1** glida; halka, halka omkull; ~ ***up*** halka; ***the name has slipped my mind (memory)*** namnet har fallit mig ur minnet **2** smyga, smyga sig, slinka [~ *away (out, past)*]; ~ ***along (across, round, over) to*** vard. kila i väg (över) till **3** göra fel; ~ ***up*** vard. dabba sig, göra en tabbe **4** låta glida, smyga, sätta [~ *a ring on to a finger*], sticka [~ *a coin into a p.'s hand*]; ~ ***one's clothes off (on)*** slänga (dra) av (på) sig kläderna **5** undkomma, undslippa [~ *one's captors*]
**II** *s* **1** glidning; halkning **2** fel, lapsus; ~ ***of the pen*** skrivfel; ~ ***of the tongue*** felsägning **3** örngott **4** underklänning; midjekjol, underkjol; gymnastikdräkt **5** bit, stycke; ~ ***of paper*** pappersremsa, papperslapp
**slipper** ['slɪpə] *s* toffel, slipper
**slippery** ['slɪpərɪ] *a* hal, glatt
**slipshod** ['slɪpʃɒd] *a* slarvig, hafsig
**slit** [slɪt] **I** (*slit slit*) *tr* skära (sprätta, fläka) upp **II** *s* **1** reva, skåra, snitt **2** sprund **3** springa, öppning
**slither** ['slɪðə] *itr* hasa, halka; glida
**sloe** [sləʊ] *s* slånbuske; slånbär
**slog** [slɒg] *itr tr* **1** sport. slugga; dänga 'till **2** knoga; ~ ***away*** knoga 'på, knega vidare
**slogan** ['sləʊgən] *s* slogan, slagord
**sloop** [slu:p] *s* sjö. slup enmastat segelfartyg
**slop** [slɒp] **I** *s* **1** pl. ~*s* slaskvatten, diskvatten **2** sentimental smörja **II** *itr* spillas ut, skvalpa över [äv. ~ *over*]
**slope** [sləʊp] **I** *s* lutning; sluttning **II** *itr* slutta, luta
**sloping** ['sləʊpɪŋ] *a* sluttande, lutande
**sloppy** ['slɒpɪ] *a* **1** slaskig **2** vard. hafsig; slafsig **3** vard. sentimental, pjollrig
**slosh** [slɒʃ] *tr* kladda 'på [~ *paint*]; skvätta; skvalpa omkring med
**slot** [slɒt] *s* **1** springa; myntinkast; brevinkast **2** spår, fals
**slot-machine** ['slɒtmə,ʃi:n] *s* varuautomat; spelautomat
**slouch** [slaʊtʃ] *itr* gå (stå, sitta) hopsjunken; ~ ***about*** stå och hänga
**slouch-hat** ['slaʊtʃ'hæt] *s* slokhatt
**slovenly** ['slʌvnlɪ] *a* slarvig, hafsig
**slow** [sləʊ] **I** *a* långsam, sakta; ***be*** ~ gå efter (för sakta) [*be ten minutes* ~]; ***in*** ~ ***motion*** i slow-motion (ultrarapid) **II** *adv* långsamt, sakta; ***go*** ~ a) gå (springa, köra) sakta (långsamt) b) maska vid arbetskonflikt c) om klocka gå efter **III** *itr tr* **1** ~ ***down (off, up)*** sakta farten, sakta in; sakta [~ *down a car*] **2** försena, fördröja
**slowcoach** ['sləʊkəʊtʃ] *s* vard. slöfock
**slowly** ['sləʊlɪ] *adv* långsamt, sakta
**slow-motion** ['sləʊ'məʊʃ(ə)n] *a*, ***a*** ~ ***film*** en film i slow-motion (ultrarapid)
**sluggish** ['slʌgɪʃ] *a* **1** lat, långsam, trög **2** trögflytande; trög [~ *market*]
**slum** [slʌm] *s* **1** slumkvarter; ~ ***landlord*** slumhusägare; ***turn into (become) a*** ~ förslummas **2** ***the*** ~*s* slummen
**slumber** ['slʌmbə] **I** *itr* slumra **II** *s* slummer
**slummy** ['slʌmɪ] *a* förslummad, slum-
**slump** [slʌmp] **I** *s* prisfall, lågkonjunktur **II** *itr* **1** rasa [*prices slumped*] **2** sjunka ner (ihop)
**slung** [slʌŋ] se *sling I*
**slunk** [slʌŋk] se *slink*
**slurp** [slɜ:p] **I** *tr itr* sörpla i sig; sörpla **II** *s* sörplande

**slush** [slʌʃ] *s* snösörja, snöslask
**slushy** ['slʌʃɪ] *a* slaskig
**slut** [slʌt] *s* slarva; slampa
**sluttish** ['slʌtɪʃ] *a* slarvig; slampig
**sly** [slaɪ] *a* **1** slug, listig; ***a ~ dog*** vard. en filur; ***on the ~*** i smyg **2** skälmsk
**1 smack** [smæk] **I** *s* **1** smack, smackning [~ *of* (med) *the lips*] **2** smäll, slag; ***a ~ in the eye (face)*** vard. bildl. ett slag i ansiktet **II** *tr* **1** smälla, smälla till, daska, daska till, smiska, slå **2** smacka med [~ *one's lips*] **III** *adv* vard. rakt, tvärt; bums
**2 smack** [smæk] **I** *s* bismak **II** *itr*, ~ ***of*** smaka
**small** [smɔ:l] **I** *a* liten, pl. små; ~ ***change*** småpengar, växel; ~ ***talk*** småprat, kallprat **II** *s* **1** ***the ~ of the back*** korsryggen **2** pl. ~***s*** underkläder; småtvätt
**smallish** ['smɔ:lɪʃ] *a* ganska (rätt så) liten
**small-minded** ['smɔ:lˌmaɪndɪd] *a* småaktig, småsint
**smallpox** ['smɔ:lpɒks] *s* smittkoppor
**smart** [smɑ:t] **I** *a* **1** skarp, svidande [~ *blow*] **2** rask, snabb [*at a ~ pace*] **3** skärpt, duktig; pigg, vaken [~ *lad*] **4** smart, skicklig [~ *politics*] **5** stilig, flott, snofsig **6** fashionabel, fin **II** *itr* göra ont, svida; ha ont, plågas; ~ ***under*** lida (plågas) av
**smarten** ['smɑ:tn] *tr itr* snygga upp; ~ ***up*** göra sig fin (snygg)
**smash** [smæʃ] **I** *tr itr* **1** slå sönder (i kras), krossa [äv. ~ *up*]; gå sönder (i kras), krossas [äv. ~ *to pieces*], krascha **2** ~ ***into*** krocka (smälla ihop) med **3** sport. smasha **II** *s* **1** slag, smäll; brak, skräll [*fall with a ~*] **2** krock, kollision; krasch; krossande **3** sport. smash
**smasher** ['smæʃə] *s* vard. **1** panggrej, toppgrunka **2** toppenkille; toppentjej
**smash-hit** ['smæʃhɪt] *s* vard. jättesuccé, dundersuccé; succémelodi
**smashing** ['smæʃɪŋ] *a* **1** krossande; förkrossande **2** vard. jättefin, fantastisk
**smear** [smɪə] **I** *s* fläck, fettfläck **II** *tr* smeta, smeta ner; fläcka
**smell** [smel] **I** (*smelt smelt*) *tr* känna lukten av; lukta på [~ *a rose*] **II** *s* lukt; ***I noticed a ~ of gas*** jag kände lukten av gas
**smelling-bottle** ['smelɪŋˌbɒtl] *s* luktflaska
**smelling-salts** ['smelɪŋsɔ:lts] *s pl* luktsalt
**smelly** ['smelɪ] *a* vard. illaluktande, stinkande
**smelt** [smelt] se *smell I*
**smile** [smaɪl] **I** *itr* le, småle [*at* åt] **II** *s* leende; ***he was all ~s*** han var idel leende
**smith** [smɪθ] *s* smed
**smithy** ['smɪðɪ] *s* smedja
**smock** [smɒk] *s* skyddsrock
**smog** [smɒg] *s* smog, rökblandad dimma
**smoke** [sməʊk] **I** *s* **1** rök **2** vard. rök, bloss [*long for a ~*] **II** *itr tr* **1** ryka [*the chimney ~s*], osa [*the lamp ~s*] **2** röka [*may I ~?*]; ***smoked ham*** rökt skinka
**smoker** ['sməʊkə] *s* **1** rökare; ***a heavy ~*** en storrökare **2** vard. rökkupé
**smoke-screen** ['sməʊkskri:n] *s* mil. rökslöja; rökridå äv. bildl.
**smoking** ['sməʊkɪŋ] **I** *a* rökande; rykande **II** *s* rökande; ***no ~ allowed*** el. ***no ~*** rökning förbjuden
**smoking-compartment** ['sməʊkɪŋkəmˌpɑ:tmənt] *s* rökkupé
**smoking-room** ['sməʊkɪŋrʊm] *s* rökrum
**smoky** ['sməʊkɪ] *a* **1** rykande [~ *chimney*] **2** rökig [~ *room*], rökfylld; röklik, rök- [~ *taste*]
**smooth** [smu:ð] **I** *a* **1** slät, jämn [~ *surface*]; blank [~ *paper*] **2** len, fin, slät [~ *skin*] **3** lugn, stilla [~ *sea*, ~ *crossing*] **4** välblandad, slät, jämn **5** mild, mjuk [~ *wine*; ~ *voice*] **II** *tr* **1** göra jämn (slät), jämna **2** släta till [äv. ~ *down*]; ~ ***out*** släta (jämna) ut; ~ ***over*** släta över
**smother** ['smʌðə] *tr* **1** kväva **2** täcka; ***smothered with sauce*** dränkt i sås
**smoulder** ['sməʊldə] *itr* ryka; pyra
**smudge** [smʌdʒ] **I** *s* smutsfläck, suddigt märke **II** *tr* sudda ner (till), kladda ner (till)
**smug** [smʌg] *a* självbelåten; trångsynt
**smuggle** ['smʌgl] *tr itr* smuggla
**smuggler** ['smʌglə] *s* smugglare
**smuggling** ['smʌglɪŋ] *s* smuggling
**snack** [snæk] *s* matbit, lätt mål
**snack-bar** ['snækbɑ:] *s* snackbar, lunchbar
**snag** [snæg] *s* stötesten; ***there's a ~ in it somewhere*** det finns en hake någonstans
**snail** [sneɪl] *s* snigel med skal
**snake** [sneɪk] *s* orm
**snake-bite** ['sneɪkbaɪt] *s* ormbett
**snap** [snæp] **I** *itr tr* **1** nafsa, snappa, hugga [*at* efter]; ~ ***up*** nafsa (nappa) åt sig, snappa upp **2** fräsa, fara ut [*she snapped at him*] **3** gå av (itu), brytas av (itu), bryta av (itu) [äv. ~ *off*]; slita av [~ *a thread*] **4** knäppa, knäppa till; knäppa med [~ *one's fingers*], smälla med [~ *a whip*] **5** vard., ~ ***into it*** raskt ta itu med saken; ***try to ~ out of it!*** försök att komma över det!

**II** *s* **1** a) knäpp, knäppande [*a ~ with one's fingers*] b) knäck; smäll [*the oar broke with a ~*] **2** tryckknäppe, lås [*the ~ of a bracelet*]; tryckknapp
**snapdragon** ['snæp,dræg(ə)n] *s* bot. lejongap
**snap-fastener** ['snæp,fɑ:snə] *s* tryckknapp; tryckknäppe
**snappy** ['snæpɪ] *a* kvick; ***make it (look) ~!*** vard. raska på!
**snapshot** ['snæpʃɒt] *s* foto. kort, snapshot
**snare** [sneə] **I** *s* snara **II** *tr* snara, snärja
**snarl** [snɑ:l] **I** *itr* morra **II** *s* morrande
**snatch** [snætʃ] **I** *tr* rycka till sig, rafsa åt sig, gripa **II** *s* hugg, grepp
**sneak** [sni:k] **I** *itr* **1** smyga, smyga sig **2** skol. sl. skvallra **II** *s,* skol. sl. skvallerbytta **III** *a* överrasknings- [*~ raid*], smyg-
**sneakers** ['sni:kəz] *s pl* amer. gymnastikskor, tennisskor
**sneer** [snɪə] **I** *itr* **1** hånle [*at* åt] **2** *~ at* håna **II** *s* **1** hånleende **2** hån
**sneering** ['snɪərɪŋ] *a* hånfull
**sneeze** [sni:z] **I** *itr* nysa **II** *s* nysning
**sniff** [snɪf] **I** *itr tr* **1** vädra, lukta [*at* på], sniffa; snörvla **2** fnysa, rynka på näsan [*at* åt] **3** andas in; sniffa på; lukta på **II** *s* **1** inandning; snörvling **2** andetag; sniff
**snigger** ['snɪgə] **I** *itr* fnissa **II** *s* fnissande
**snip** [snɪp] *tr* klippa (knipsa) 'av
**snipe** [snaɪp] **I** *s* zool. beckasin; snäppa **II** *itr tr* mil. skjuta (döda) från bakhåll
**sniper** ['snaɪpə] *s* mil. prickskytt; krypskytt
**snivel** ['snɪvl] *itr* gnälla, lipa, snyfta
**snob** [snɒb] *s* snobb
**snobbery** ['snɒbərɪ] *s* snobberi
**snobbish** ['snɒbɪʃ] *a* snobbig
**snooker** ['snu:kə] *s* slags biljard
**snoop** [snu:p] *itr* vard. snoka, spionera
**snooper** ['snu:pə] *s* vard. snokare, spion
**snooty** ['snu:tɪ] *a* vard. snorkig, mallig
**snooze** [snu:z] vard. **I** *itr* ta sig en lur **II** *s* tupplur
**snore** [snɔ:] **I** *itr* snarka **II** *s* snarkning
**snort** [snɔ:t] **I** *itr* fnysa; frusta **II** *s* fnysning
**snot** [snɒt] *s* vard. snor
**snotty** ['snɒtɪ] *a* **1** vard. snorig **2** vard. snorkig
**snout** [snaʊt] *s* nos, tryne
**snow** [snəʊ] **I** *s* snö; snöfall **II** *itr* snöa
**snowball** ['snəʊbɔ:l] **I** *s* snöboll **II** *itr tr* kasta snöboll; kasta snöboll på
**snow-bound** ['snəʊbaʊnd] *a* insnöad
**snow-capped** ['snəʊkæpt] *a* snötäckt [*~ mountains*]
**snowdrop** ['snəʊdrɒp] *s* snödroppe
**snowfall** ['snəʊfɔ:l] *s* snöfall
**snowflake** ['snəʊfleɪk] *s* snöflinga
**snowman** ['snəʊmæn] *s* snögubbe
**snowstorm** ['snəʊstɔ:m] *s* snöstorm
**snow-tyre** ['snəʊ,taɪə] *s* vinterdäck
**snowy** ['snəʊɪ] *a* snöig, snötäckt
**Snr., snr.** ['si:njə] (förk. för *senior*) sr, s:r
**snub** [snʌb] **I** *tr* snäsa av **II** *s* avsnäsning **III** *a, ~ nose* trubbnäsa
**snub-nosed** ['snʌbnəʊzd] *a* trubbnosig
**1 snuff** [snʌf] *s* snus; ***a pinch of ~*** en pris snus
**2 snuff** [snʌf] *tr* snoppa, putsa [*~ a candle*]; *~ **out*** släcka med t. ex. ljussläckare
**snuff-box** ['snʌfbɒks] *s* snusdosa
**snug** [snʌg] *a* **1** ***be ~ in bed*** ha det varmt och skönt i sängen **2** trivsam, mysig
**so** [səʊ] **I** *adv* så; sålunda, på detta sätt; därför, följaktligen [*she's ill ~ she can't come*]; ***it's ~ kind of you*** det var mycket vänligt av dig; ***is that ~?*** jaså?, säger du det?; ***if ~*** i så fall; ***I'm afraid ~*** jag är rädd för det; ***I believe ~*** jag tror det; ***I told you ~!*** vad var det jag sa!; [***It was cold yesterday.***] ***So it was.*** ... Ja,det var det; ***he's hungry and ~ am I*** han är hungrig och det är jag också (med)
**II** *konj* **1** så, och därför, varför [*she asked me to go, ~ I went*] **2** i utrop så, jaså, alltså [*~ you're back again!*]; *~ **there!*** så det så!; *~ **what?*** än sen då?
**soak** [səʊk] **I** *tr* **1** blöta, lägga i blöt **2** göra genomvåt; ***soaked through*** genomvåt, genomblöt **II** *s* genomblötning; blötläggning; ***give a ~*** el. ***put in ~*** lägga i blöt
**soaking** ['səʊkɪŋ] **I** *s* uppblötning; blötläggning **II** *a* genomvåt **III** *adv, ~ **wet*** genomvåt
**so-and-so** ['səʊənsəʊ] *s* **1** den och den, det eller det **2** neds. typ, fårskalle [*that old ~*]
**soap** [səʊp] **I** *s* tvål; såpa; ***a ~*** en tvålsort; ***a cake (piece, tablet) of ~*** en tvål; *~ **opera*** vard. 'tvålopera' kommersiell ofta sentimental radio- el. TV-serie **II** *tr* tvåla, tvåla in
**soap-dish** ['səʊpdɪʃ] *s* tvålkopp, tvålfat
**soapsuds** ['səʊpsʌdz] *s pl* tvållödder, såplödder
**soar** [sɔ:] *itr* flyga (sväva) högt, stiga
**soaring** ['sɔ:rɪŋ] *a* ständigt stigande, skyhög
**sob** [sɒb] **I** *itr* **1** snyfta **2** flämta **II** *s* snyftning, snyftande
**sober** ['səʊbə] **I** *a* **1** nykter; ***become ~*** nyktra till **2** måttfull, sansad; sober, dämpad, diskret [*~ colours*] **II** *tr itr* **1** få (göra)

nykter [äv. ~ *up (down)*] **2** ~ *up (down)* nyktra till, bli nykter
**so-called** ['səʊ'kɔ:ld] *a* s. k., så kallad
**soccer** ['sɒkə] *s* vard. (kortform för *Association football*) vanlig fotboll ej rugby
**sociable** ['səʊʃəbl] *a* sällskaplig; gemytlig
**social** ['səʊʃ(ə)l] *a* **1** social, social-; samhällelig, samhälls-; ~ ***climber*** streber; ~ ***welfare*** socialvård; ~ ***worker*** el. ~ ***welfare worker*** socialarbetare **2** sällskaplig; sällskaps- [~ *talents*]
**socialism** ['səʊʃəlɪz(ə)m] *s* socialism
**socialist** ['səʊʃəlɪst] **I** *s* socialist; ofta ***Socialist*** socialdemokrat **II** *a* socialistisk, socialist-; ofta ***Socialist*** socialdemokratisk
**society** [sə'saɪətɪ] *s* **1** samhälle, samhället **2** samfund, sällskap, förening **3** ~ el. ***high*** ~ societet, societeten, sällskapslivet
**sociologist** [ˌsəʊʃɪ'ɒlədʒɪst] *s* sociolog
**sociology** [ˌsəʊʃɪ'ɒlədʒɪ] *s* sociologi
**1 sock** [sɒk] *s* kortstrumpa, socka; ***pull one's ~s up*** vard. skärpa sig
**2 sock** [sɒk] sl. **I** *s*, ***a ~ on the jaw*** en snyting **II** *tr* slå, dänga till; ~ ***a p. on the jaw*** ge ngn en snyting
**socket** ['sɒkɪt] *s* **1** ***eye*** ~ ögonhåla **2** hållare, sockel, fattning [*lamp* ~]; uttag
**soda** ['səʊdə] *s* **1** soda; ***bicarbonate of*** ~ bikarbonat **2** sodavatten; ***a whisky and*** ~ en whiskygrogg
**soda-fountain** ['səʊdəˌfaʊntən] *s* ungefär glassbar; sodabar, läskedrycksbar
**sodium** ['səʊdjəm] *s* natrium
**sofa** ['səʊfə] *s* soffa
**soft** [sɒft] *a* **1** mjuk; lös; ***have a ~ spot for*** vara svag för **2** dämpad [~ *light*; ~ *music*], mild; ~ ***pedal*** mus. vard. vänsterpedal **3** ~ ***drink*** läskedryck **4** lätt, lindrig [~ *job*]
**soft-boiled** ['sɒft'bɔɪld] *a* löskokt [~ *eggs*]
**soften** ['sɒfn] *tr* **1** mjuka upp, göra mjuk [bildl. ofta ~ *up*] **2** dämpa, mildra, lindra
**soft-hearted** ['sɒft'hɑ:tɪd] *a* godhjärtad
**soggy** ['sɒgɪ] *a* blöt, uppblött
**1 soil** [sɔɪl] *s* **1** jord, jordmån, mull, mylla **2** mark [*on foreign* ~]
**2 soil** [sɔɪl] *tr* smutsa, smutsa ner, solka, solka ner; ***soiled linen*** smutskläder, smutstvätt
**solar** ['səʊlə] *a* **1** sol- [~ *system*] **2** ~ ***plexus*** ['səʊlə'pleksəs] anat., boxn. solarplexus
**solarium** [sə'leərɪəm] *s* solarium
**sold** [səʊld] se *sell*
**solder** ['sɒldə] *tr* löda
**soldier** ['səʊldʒə] *s* **1** soldat; ***tin (toy)*** ~ tennsoldat **2** militär, krigare [*a great* ~]
**1 sole** [səʊl] **I** *s* **1** skosula; fotsula **2** zool. sjötunga **II** *tr* sula, halvsula
**2 sole** [səʊl] *a* enda; ensam i sitt slag; ~ ***agent (distributor)*** ensamförsäljare
**solecism** ['sɒlɪsɪz(ə)m] *s* språkfel, groda
**solely** ['səʊllɪ] *adv* **1** ensam [~ *responsible*] **2** endast, uteslutande, blott
**solemn** ['sɒləm] *a* högtidlig, allvarlig
**solemnity** [sə'lemnətɪ] *s* högtidlighet
**solicit** [sə'lɪsɪt] *tr* enträget be, hemställa hos
**solicitor** [sə'lɪsɪtə] *s* underrätts- advokat som ger råd i juridiska frågor
**solicitude** [sə'lɪsɪtju:d] *s* **1** överdriven omsorg **2** oro, ängslan [*for* för]
**solid** ['sɒlɪd] **I** *a* **1** fast [~ *fuel*]; ~ ***food*** fast föda; ***frozen*** ~ hårdfrusen **2** solid; ~ ***gold*** massivt guld **3** bastant, stadig [*a* ~ *meal*]; stark, kraftig **4** obruten, sammanhängande; ***two ~ hours*** två timmar i sträck, två hela timmar; ***a ~ day's work*** en hel dags arbete **II** *s* **1** fys. fast kropp **2** pl. ~*s* fast föda
**solidarity** [ˌsɒlɪ'dærətɪ] *s* solidaritet, samhörighetskänsla
**solidify** [sə'lɪdɪfaɪ] *tr itr* göra fast (solid); övergå till fast form; bli fast (solid)
**solidity** [sə'lɪdətɪ] *s* fasthet; soliditet
**soliloquy** [sə'lɪləkwɪ] *s* speciellt teat. monolog
**solitary** ['sɒlɪtrɪ] *a* **1** ensam [*a* ~ *traveller*]; enslig; ~ ***confinement*** placering i ensamcell (isoleringscell) **2** enda [*not a* ~ *instance (one)*]
**solitude** ['sɒlɪtju:d] *s* ensamhet, avskildhet
**solo** ['səʊləʊ] **I** *s* **1** mus. solo **2** solouppträdande, solonummer **II** *a* solo-, ensam- [~ *flight* (flygning)] **III** *adv* solo, ensam [*fly* ~]
**soloist** ['səʊləʊɪst] *s* solist
**soluble** ['sɒljʊbl] *a* **1** upplösbar, löslig [~ *in water*] **2** lösbar [*a* ~ *problem*]
**solution** [sə'lu:ʃ(ə)n] *s* lösande, lösning [*the* ~ *of a problem*]; upplösning; kem. lösning
**solve** [sɒlv] *tr* lösa [~ *a problem*], tyda
**sombre** ['sɒmbə] *a* mörk, dyster
**sombrero** [sɒm'breərəʊ] *s* sombrero
**some** [sʌm, obetonat səm] **I** *indef pron* **1** a) någon, något, några b) viss [*it is open on* ~ *days*] c) en del [~ *of it was spoilt*], somlig d) litet [*would you like* ~ *more?*]; ~ ***day*** någon (en) dag; ~ ***people*** somliga, en del **2** åtskillig, en hel del [*that will take*

~ *courage*]; ***for ~ time yet*** än på ett bra tag **3** vard., ***that was ~ party!*** det kan man verkligen kalla en fest! **II** *adv* framför räkneord etc. ungefär, omkring, en [~ *twenty minutes*]; ~ ***dozen people*** ett dussintal människor

**somebody** ['sʌmbədɪ] **I** *indef pron* någon; ~ ***or other*** någon, någon vem det nu är (var) **II** *s*, ***he thinks he is ~*** han tror att han 'är något

**somehow** ['sʌmhaʊ] *adv* på något (ett eller annat) sätt [äv. ~ *or other*]; av någon anledning [*she never liked me, ~*]

**someone** ['sʌmwʌn] *indef pron = somebody I*

**somersault** ['sʌməsɔ:lt] *s*, ***turn (do) a ~*** slå en kullerbytta (volt, saltomortal)

**something** ['sʌmθɪŋ] *indef pron* o. *s* något, någonting; ~ ***or other*** någonting, någonting vad det nu är (var); ~ ***of the kind (sort)*** någonting ditåt (åt det hållet); ***you've got ~ there!*** där sa du någonting!

**sometime** ['sʌmtaɪm] **I** *adv* någon gång; ~ ***or other*** någon gång, någon gång i framtiden **II** *a* förra [~ *(the ~) chairman*]

**sometimes** ['sʌmtaɪmz] *adv* ibland

**somewhat** ['sʌmwɒt] *adv* något, rätt, ganska

**somewhere** ['sʌmweə] *adv* någonstans; ~ ***else*** någon annanstans; ~ ***or other*** någonstans; ~ ***about (round) Christmas*** vid jultiden; ~ ***about (round) ten pounds*** ungefär 10 pund

**somnolent** ['sɒmnələnt] *a* sömnig, dåsig

**son** [sʌn] *s* **1** son; ~ ***of a bitch*** speciellt amer. sl. jävel, knöl **2** i tilltal min gosse

**sonata** [sə'nɑ:tə] *s* mus. sonat

**song** [sɒŋ] *s* sång; visa; ***buy (sell) a th. for a ~*** köpa (sälja) ngt för en spottstyver

**song-hit** ['sɒŋhɪt] *s* schlager

**son-in-law** ['sʌnɪnlɔ:] (pl. *sons-in-law* ['sʌnzɪnlɔ:]) *s* svärson, måg

**sonnet** ['sɒnɪt] *s* sonett

**sonny** ['sʌnɪ] *s* vard., tilltal lille gosse, min lille gosse

**sonorous** ['sɒnərəs] *a* ljudande, ljudlig; sonor, klangfull

**soon** [su:n] *adv* **1** snart, strax; ***as (so) ~ as*** så snart (fort) som; ***too ~*** för tidigt; ~ ***after*** a) kort därefter b) kort efter att **2** ***just as ~*** el. ***as ~*** lika gärna; ***I would just as ~ not go there*** jag skulle helst vilja slippa gå dit

**sooner** ['su:nə] *adv* **1** tidigare; ~ ***or later*** förr eller senare; ***the ~ the better*** ju förr dess bättre; ***no ~ did we sit down than*** vi hade knappt satt oss förrän; ***no ~ said than done*** sagt och gjort **2** hellre, snarare

**soot** [sʊt] **I** *s* sot **II** *tr* sota, sota ner

**soothe** [su:ð] *tr* lugna; lindra

**soothing** ['su:ðɪŋ] *a* lugnande, lindrande

**sooty** ['sʊtɪ] *a* sotig

**sop** [sɒp] *tr*, ~ ***up*** suga upp, torka upp [~ *up water with a towel*]

**sophisticated** [sə'fɪstɪkeɪtɪd] *a* sofistikerad, raffinerad; sinnrik, avancerad

**sophistication** [səˌfɪstɪ'keɪʃ(ə)n] *s* raffinemang; förfining, finesser

**sopping** ['sɒpɪŋ] *adv*, ~ ***wet*** genomblöt

**soppy** ['sɒpɪ] *a* bildl. vard. fånig; blödig

**soprano** [sə'prɑ:nəʊ] **I** *s* sopran **II** *a* sopran-

**sorbet** ['sɔ:bət] *s* sorbet

**sordid** ['sɔ:dɪd] *a* eländig; simpel, tarvlig

**sore** [sɔ:] **I** *a* **1** öm [~ *feet*]; inflammerad; ***a sight for ~ eyes*** en fröjd för ögat; ***have a ~ throat*** ha ont i halsen **2** bildl. känslig, ömtålig **3** speciellt amer. vard. irriterad, förargad **II** *s* ont (ömt) ställe; varsår, varböld

**sorrow** ['sɒrəʊ] **I** *s* sorg, bedrövelse **II** *itr* sörja

**sorrowful** ['sɒrəf(ʊ)l] *a* sorgsen; sorglig

**sorry** ['sɒrɪ] *a* **1** ledsen; ***so ~!*** el. ***~!*** förlåt!, ursäkta mig!, ursäkta!; ***I'm very ~ to hear it*** det var tråkigt att höra; ***I feel ~ for you*** jag tycker synd om dig; ***you'll be ~ for this!*** det här kommer du att få ångra! **2** ynklig [*a ~ sight*], eländig [*a ~ performance*], dålig

**sort** [sɔ:t] **I** *s* sort, slag; typ; ***he is a good (decent) ~*** vard. han är bussig; ~ ***of*** vard. liksom, på något vis; ***all ~s of things*** alla möjliga saker; ***that ~ of thing*** sådant där; ***what ~ of*** vad för slags (sorts); hurdan; ***nothing of the ~*** inte alls så; som svar visst inte!, inte alls!; ***something of the ~*** något sådant; ***out of ~s*** a) krasslig, vissen b) ur gängorna, nere

**II** *tr* sortera, ordna; ~ ***out*** sortera, sortera ut; vard. ordna (reda) upp [~ *out one's problems*]; ***things will ~ themselves out*** vard. det ordnar sig; ***get oneself sorted out*** vard. komma i ordning; ***sorting office*** post. sorteringskontor

**sorter** ['sɔ:tə] *s* speciellt post. sorterare

**SOS** ['esəʊ'es] *s* **1** SOS; ~ ***signal*** el. ~ nödsignal **2** radio. personligt meddelande

**so-so** ['səʊsəʊ] *a* o. *adv* vard. skaplig, skapligt, sådär

**sot** [sɒt] *s* fyllbult

**soufflé** ['su:fleɪ] *s* kok. sufflé

**sought** [sɔ:t] se *seek*

**soul** [səʊl] *s* själ; *poor* ~ stackars människa
**soul-stirring** ['səʊlˌstɜ:rɪŋ] *a* gripande
**1 sound** [saʊnd] **I** *a* **1** frisk [~ *teeth*], sund **2** klok; sund, riktig **3** säker, solid [*a* ~ *investment*] **4** grundlig; *a* ~ *thrashing* ett ordentligt kok stryk **II** *adv* sunt; *be* ~ *asleep* sova djupt (gott)
**2 sound** [saʊnd] **I** *s* **1** ljud; *within (out of)* ~ inom (utom) hörhåll [*of* för] **2** ton, klang; *I don't like the* ~ *of it* det låter inte bra, det låter oroande **II** *itr tr* **1** ljuda, tona, klinga **2** låta [*the music* ~*s beautiful*] **3** låta ljuda, blåsa, blåsa i [~ *a trumpet*]; ~ *the alarm* slå larm; ~ *the all-clear* ge 'faran över' **4** speciellt mil. blåsa till, beordra; ~ *an (the) alarm* slå (blåsa) alarm
**3 sound** [saʊnd] *tr* sondera, pejla
**4 sound** [saʊnd] *s* sund
**sound-barrier** ['saʊndˌbærɪə] *s* ljudvall; *break the* ~ spränga ljudvallen
**sound-effects** ['saʊndɪ'fekts] *s pl* ljudeffekter, radio. äv. ljudkulisser
**sounding** ['saʊndɪŋ] *s* sondering, pejling
**soundproof** ['saʊndpru:f] **I** *a* ljudtät, ljudisolerande **II** *tr* ljudisolera
**sound-wave** ['saʊndweɪv] *s* ljudvåg
**soup** [su:p] *s* kok. soppa; *thick* ~ redd soppa; *be in the* ~ vard. ha råkat i klistret
**soup-plate** ['su:ppleɪt] *s* sopptallrik, djup tallrik
**sour** ['saʊə] **I** *a* sur, syrlig; *go* ~ surna **II** *tr* göra sur, komma att surna; bildl. förbittra
**source** [sɔ:s] *s* källa; ~ *of energy* energikälla; *from a reliable* ~ ur säker källa
**souse** [saʊs] *tr* lägga i saltlake (marinad); *soused herring* ungefär inkokt strömming
**south** [saʊθ] **I** *s* **1** söder, syd; *to the* ~ *of* söder om **2** *the South* södern, sydliga länder; södra delen; *the South* i USA Södern, sydstaterna **II** *a* sydlig, södra, söder-; *South America* Sydamerika; *the South Pole* sydpolen **III** *adv* mot (åt) söder, söderut; ~ *of* söder om
**southbound** ['saʊθbaʊnd] *a* sydgående
**south-east** ['saʊθ'i:st] **I** *s* sydost, sydöst **II** *a* sydöstlig, sydostlig, sydöstra **III** *adv* mot (i) sydost; ~ *of* sydost om
**south-easterly** ['saʊθ'i:stəlɪ] *a* sydostlig
**south-eastern** ['saʊθ'i:stən] *a* sydostlig
**southerly** ['sʌðəlɪ] *a* sydlig
**southern** ['sʌðən] *a* **1** sydlig; södra, söder- **2** sydländsk
**southerner** ['sʌðənə] *s* person från södra delen av landet (ett land); sydlänning
**southernmost** ['sʌðənməʊst] *a* sydligast
**southward** ['saʊθwəd] **I** *a* sydlig **II** *adv* mot söder
**southwards** ['saʊθwədz] *adv* mot söder
**south-west** ['saʊθ'west] **I** *s* sydväst **II** *a* sydvästlig, sydvästra **III** *adv* mot (i) sydväst; ~ *of* sydväst om
**south-western** ['saʊθ'westən] *a* sydvästlig, sydvästra
**souvenir** [ˌsu:və'nɪə] *s* souvenir, minne, minnesgåva
**sou'-wester** [saʊ'westə] *s* sydväst huvudbonad
**sovereign** ['sɒvrən] **I** *a* **1** högst, högsta [~ *power*] **2** suverän [*a* ~ *state*] **II** *s* **1** monark, regent **2** sovereign tidigare eng. guldmynt = *£1*
**sovereignty** ['sɒvrəntɪ] *s* **1** suveränitet, högsta makt **2** överhöghet
**Soviet** ['səʊvɪət] **I** *s*, *soviet* sovjet; *the Supreme* ~ Högsta Sovjet **II** *a* sovjet-; sovjetisk; *the* ~ *Union* el. *the Union of* ~ *Socialist Republics* Sovjetunionen, Sovjet
**1 sow** [səʊ] (imperfekt *sowed;* perfekt particip *sown* el. *sowed*) *itr tr* **1** så; *as a man* ~*s, so shall he reap* ordspr. som man sår får man skörda **2** beså [~ *a field with wheat*]
**2 sow** [saʊ] *s* sugga
**sown** [səʊn] se *1 sow*
**soy** [sɔɪ] *s* **1** soja, sojasås; ~ *sauce* soja, sojasås **2** sojaböna
**soya** ['sɔɪə] *s* **1** sojaböna **2** ~ *sauce* soja, sojasås
**soya-bean** ['sɔɪəbi:n] *s* o. **soybean** ['sɔɪbi:n] *s* sojaböna
**spa** [spɑ:] *s* **1** brunnsort **2** hälsobrunn
**space** [speɪs] **I** *s* **1** rymd, rymden; *outer* ~ yttre rymden; ~ *trip* rymdfärd **2** utrymme, plats; avstånd, mellanrum; *blank* ~ tomrum, lucka; *living* ~ livsrum; *the wide open* ~*s* de stora vidderna; *it takes up too much* ~ det tar för mycket plats **3** tidrymd [äv. ~ *of time*], period; *for (in) the* ~ *of a month* under en månad **II** *tr* göra mellanrum mellan; ~ *out* placera ut; sprida, sprida ut
**spacecraft** ['speɪskrɑ:ft] (pl. lika) *s* rymdfarkost, rymdskepp
**spaceman** ['speɪsmæn] (pl. *spacemen* ['speɪsmən]) *s* rymdfarare, astronaut, kosmonaut
**spaceprobe** ['speɪsprəʊb] *s* rymdsond
**space-saving** ['speɪsˌseɪvɪŋ] *a* utrymmessparande, utrymmessnål
**spaceship** ['speɪsʃɪp] *s* rymdskepp
**spacesuit** ['speɪssu:t, 'speɪssju:t] *s* rymddräkt

**space-travel** ['speɪsˌtrævl] *s* rymdfärder
**spacious** ['speɪʃəs] *a* rymlig; spatiös
**1 spade** [speɪd] *s* kortsp. spaderkort; pl. *~s* spader
**2 spade** [speɪd] *s* spade; ***call a ~ a ~*** nämna en sak vid dess rätta namn
**spadeful** ['speɪdf(ʊ)l] *s* spade mått
**spade-work** ['speɪdwɜːk] *s* förarbete, grovarbete
**spaghetti** [spə'getɪ] *s* spaghetti
**Spain** [speɪn] Spanien
**span** [spæn] **I** *s* **1** avstånd mellan tumme och lillfinger utspärrade **2** brospann, valv **3** spännvidd, räckvidd, omfång; flyg. äv. vingbredd **4** tidrymd **II** *tr* om t. ex. bro spänna (leda) över [*~ a river*]; omspänna, spänna (nå) över
**spangle** ['spæŋgl] *s* paljett; pl. *~s* äv. glitter
**Spaniard** ['spænjəd] *s* spanjor; spanjorska
**spaniel** ['spænjəl] *s* spaniel hundras
**Spanish** ['spænɪʃ] **I** *a* spansk; *~* ***chestnut*** äkta (ätlig) kastanj; *~* ***onion*** stor gul steklök, spansk lök **II** *s* **1** spanska språket **2** ***the*** *~* spanjorerna **3** vard. lakrits
**spank** [spæŋk] **I** *tr* ge smäll (smisk); daska till; ***be spanked*** få smäll (smisk) **II** *s* smäll, dask
**spanking** ['spæŋkɪŋ] *s* smäll, dask; ***give a*** *~* ge smäll (smisk)
**spanner** ['spænə] *s* skruvnyckel; ***adjustable*** *~* skiftnyckel; ***throw a ~ into the works*** bildl. sätta en käpp i hjulet
**spar** [spɑː] **I** *itr* sparra; träningsboxas **II** *s* sparring; träningsboxning
**spare** [speə] **I** *a* ledig; extra, reserv- [*a ~ key, ~ parts*]; *~* ***bed*** extrasäng; *~* ***cash*** pengar som blir över, pengar över; *~* ***room (bedroom)*** gästrum; *~* ***time*** fritid
**II** *tr* **1** avvara, undvara [*can you ~ a pound?*]; ***can you ~ me a few minutes?*** har du några minuter över?; [***he caught the train***] ***with a few minutes to ~*** ... med några minuters marginal **2** a) skona [*~ a p.'s life (feelings)*] b) bespara [*a p. a th.* ngn ngt], förskona [*a p. a th.* ngn från (för) ngt] **3** spara på; *~* ***no pains (expense)*** inte sky (spara) någon möda (utgift)
**III** *s* reservdel, lös del
**spare-ribs** ['speərɪbs] *s* revbensspjäll som maträtt
**spark** [spɑːk] **I** *s* gnista [*a ~ of hope*] **II** *itr tr* gnistra; *~* ***off*** el. *~* utlösa, vara den tändande gnistan till
**sparking-plug** ['spɑːkɪŋplʌg] *s* tändstift
**sparkle** ['spɑːkl] **I** *itr* **1** gnistra, spraka; briljera; ***sparkling eyes*** strålande ögon **2** om vin moussera, pärla **II** *s* **1** gnistrande, sprakande; bildl. briljans **2** pärlande
**sparkler** ['spɑːklə] *s* tomtebloss
**spark-plug** ['spɑːkplʌg] *s* tändstift
**sparring-partner** ['spɑːrɪŋˌpɑːtnə] *s* sparringpartner
**sparrow** ['spærəʊ] *s* sparv
**sparse** [spɑːs] *a* gles [*a ~ population*]
**Spartan** ['spɑːt(ə)n] **I** *a* spartansk **II** *s* spartan
**spasm** ['spæz(ə)m] *s* **1** spasm, kramp **2** anfall [*a ~ of coughing*]
**spasmodic** [spæz'mɒdɪk] *a* spasmodisk; bildl. stötvis
**spastic** ['spæstɪk] **I** *a* spastisk **II** *s* spastiker
**1 spat** [spæt] se *2 spit I*
**2 spat** [spæt] *s*, vanl. pl. *~s* korta damasker
**spate** [speɪt] *s* ström [*a ~ of letters*]
**spatter** ['spætə] **I** *tr* stänka ned; stänka **II** *s* stänkande; stänk; skur [*a ~ of rain*]
**spawn** [spɔːn] **I** *tr itr* lägga rom, ägg (om t. ex. fiskar); yngla, leka, lägga rom; yngla av sig **II** *s* rom; ägg av vissa skaldjur
**speak** [spiːk] (*spoke spoken*) *itr tr* **1** tala; ***so to*** *~* så att säga; ***speaking!*** i telefon det är jag som talar; ***Smith speaking!*** i telefon det här är Smith!; ***seriously speaking*** allvarligt talat; ***strictly speaking*** strängt taget, egentligen; ***speaking of*** på tal om, apropå; ***not to*** *~* ***of*** för att nu inte tala om (nämna); *~* ***to*** a) tilltala, tala till b) säga 'åt, säga 'till, tala allvar med [*you had better ~ to the boy*] **2** säga, yttra; *~* ***the truth*** säga sanningen; tala sanning
**speaker** ['spiːkə] *s* **1** talare [*a fine ~*]; ***Speaker*** parl. talman **2** högtalare
**speaking** ['spiːkɪŋ] *a* o. *s* talande; tal- [*a ~ part* (roll)], i sammansättningar -talande [*English-speaking*]; ***they are not on ~ terms*** de är osams
**speaking-tube** ['spiːkɪŋtjuːb] *s* talrör
**spear** [spɪə] **I** *s* spjut **II** *tr* genomborra med spjut
**spearmint** ['spɪəmɪnt] *s* tuggummi med mintsmak
**special** ['speʃ(ə)l] **I** *a* speciell, särskild [*~ reasons*]; special-, extra-; *~* ***delivery*** express; *~* ***edition*** extraupplaga, extranummer **II** *s*, ***today's*** *~* dagens rätt på matsedel
**specialist** ['speʃəlɪst] *s* specialist
**speciality** [ˌspeʃɪ'ælətɪ] *s* **1** utmärkande drag, egendomlighet **2** specialitet
**specialize** ['speʃəlaɪz] *tr itr* specialisera; specialisera sig [*in, on* på, inom]

**specially** ['speʃəlɪ] *adv* särskilt, speciellt
**species** ['spi:ʃi:z] (pl. lika) *s* **1** art, species; *the* ~ el. *the human* ~ människosläktet; *the origin of* ~ arternas uppkomst **2** slag, sort, typ
**specific** [spə'sɪfɪk] *a* **1** bestämd, specificerad, speciell [*a* ~ *purpose*] **2** specifik, speciell
**specification** [ˌspesɪfɪ'keɪʃ(ə)n] *s* **1** specificering **2** ~ el. pl. ~*s* specifikation
**specify** ['spesɪfaɪ] *tr* specificera [*the sum specified*], i detalj ange, noga uppge
**specimen** ['spesɪmən] *s* prov, provexemplar, provbit [*of* på, av]; exemplar
**speck** [spek] *s* liten fläck, prick; korn [*a* ~ *of dust*]
**speckled** ['spekld] *a* fläckig, spräcklig
**specs** [speks] *s pl* vard. (kortform av *spectacles*) brillor
**spectacle** ['spektəkl] *s* **1** syn, anblick [*a charming* ~]; *make a* ~ *of oneself* göra sig löjlig (till ett spektakel) **2** pl. ~*s* glasögon [*a pair of* ~*s*]
**spectacular** [spek'tækjʊlə] *a* effektfull; praktfull; spektakulär
**spectator** [spek'teɪtə] *s* åskådare
**spectre** ['spektə] *s* spöke
**speculate** ['spekjʊleɪt] *itr* spekulera
**speculation** [ˌspekjʊ'leɪʃ(ə)n] *s* spekulation
**speculator** ['spekjʊleɪtə] *s* spekulant
**sped** [sped] se *speed II*
**speech** [spi:tʃ] *s* **1** tal; talförmåga; ~ *impediment* talfel; *freedom (liberty) of* ~ yttrandefrihet **2** tal; *after-dinner* ~ middagstal; *make (deliver, give) a* ~ hålla tal (ett anförande) [*on, about* om, över] **3** teat. replik
**speechless** ['spi:tʃləs] *a* mållös, stum
**speech-training** ['spi:tʃˌtreɪnɪŋ] *s* talträning, talteknik
**speed** [spi:d] **I** *s* **1** fart, hastighet, tempo; *at full (top)* ~ i (med) full fart; med full fräs **2** på cykel etc. växel [*a three-speed bicycle*] **II** (*sped sped*, i betydelse *2* o. *3 speeded speeded*) *itr tr* **1** rusa, rusa iväg, ila **2 a)** köra för fort **b)** ~ *up* öka farten (takten) **3** skynda på, sätta fart på [äv. ~ *up*; ~ *up production*]
**speedboat** ['spi:dbəʊt] *s* snabb motorbåt, racerbåt
**speed-indicator** ['spi:dˌɪndɪkeɪtə] *s* hastighetsmätare
**speeding** ['spi:dɪŋ] *s* fortkörning
**speed-limit** ['spi:dˌlɪmɪt] *s* fartgräns, maximihastighet; hastighetsbegränsning
**speedometer** [spɪ'dɒmɪtə] *s* hastighetsmätare
**speedway** ['spi:dweɪ] *s* **1** speedwaybana; ~ *racing* speedway **2** amer. motorväg
**speedy** ['spi:dɪ] *a* hastig; snabb, rask; snar [*a* ~ *recovery*]
**1 spell** [spel] (*spelt spelt*) *tr itr* **1** stava, stava till; bokstavera; ~ *out* tyda **2** innebära, betyda [*it* ~*s ruin*]
**2 spell** [spel] *s* **1** trollformel **2** förtrollning; *be under the* ~ *of a p.* vara förtrollad av ngn; vara i ngns våld
**3 spell** [spel] *s* **1** skift [~ *of work*], omgång **2** kort period, tid [*a cold* ~]
**spellbound** ['spelbaʊnd] *a* trollbunden
**spelling** ['spelɪŋ] *s* stavning
**spelling-bee** ['spelɪŋbi:] *s* stavningslek, stavningstävling
**spelt** [spelt] se *1 spell*
**spend** [spend] (*spent spent*) *tr itr* **1 a)** ge (lägga) ut pengar, göra av med, spendera; ~ *freely* strö pengar omkring sig **b)** använda tid, krafter m. m. lägga ned, offra [*on, in* på] **2** tillbringa [~ *a whole evening over a job*], fördriva
**spender** ['spendə] *s* slösare
**spending** ['spendɪŋ] *s* utgifter; ~ *money* fickpengar; ~ *power* köpkraft
**spendthrift** ['spendθrɪft] **I** *s* slösare **II** *a* slösaktig
**spent** [spent] **I** imperfekt av *spend* **II** *pp* o. *a* förbrukad; förbi, slut; *time well* ~ väl använd tid
**sperm** [spɜ:m] *s* **1** sperma, sädesvätska **2** spermie, sädescell
**spew** [spju:] *itr tr* spy, spy upp (ut)
**sphere** [sfɪə] *s* **1** sfär, klot; glob, kula **2** bildl. sfär; gebit; ~ *of activity* verksamhetsområde; ~ *of influence* intressesfär
**spherical** ['sferɪk(ə)l] *a* sfärisk; klotrund
**sphinx** [sfɪŋks] *s* sfinx
**spice** [spaɪs] **I** *s* krydda, kollektivt kryddor; *variety is the* ~ *of life* ombyte förnöjer **II** *tr* krydda
**spicy** ['spaɪsɪ] *a* kryddad, aromatisk; bildl. pikant, mustig [*a* ~ *story*]
**spider** ['spaɪdə] *s* spindel; *spider's web* spindelväv, spindelnät
**spike** [spaɪk] *s* pigg, spets; spik, brodd under sko; dubb
**spill** [spɪl] (*spilt spilt*) *tr* spilla (stjälpa) ut; utgjuta [~ *blood*]
**spilt** [spɪlt] se *spill*
**spin** [spɪn] **I** (*spun spun*) *tr itr* **1** spinna **2** ~ *a yarn* vard. dra en historia; ~ *out* dra ut på [~ *out a discussion*] **3** snurra runt,

snurra med [~ *a top*]; skruva boll; ~ ***a coin*** singla slant **4** ~ ***along*** glida (flyta, susa) fram **II** *s* **1** snurrande; skruv på boll; flyg. spinn; ***flat*** ~ flyg. flatspinn; ***give (give a)*** ~ ***to a ball*** skruva en boll **2** vard. liten åktur [*go for a* ~ *in a car*]

**spinach** ['spɪnɪdʒ] *s* spenat

**spinal** ['spaɪnl] *a* ryggrads-; ~ ***column*** ryggrad; ~ ***cord*** ryggmärg

**spindle** ['spɪndl] *s* **1** textil. spindel; rulle, spole **2** tekn. axel; axeltapp

**spin-drier** ['spɪnˌdraɪə] *s* centrifug för tvätt

**spin-dry** ['spɪn'draɪ] *tr* centrifugera tvätt

**spine** [spaɪn] *s* **1** ryggrad **2** tagg **3** bokrygg

**spineless** ['spaɪnləs] *a* ryggradslös

**spinning-wheel** ['spɪnɪŋwi:l] *s* spinnrock

**spin-off** ['spɪnɒf] *s* biprodukt, sidoeffekt

**spinster** ['spɪnstə] *s* **1** jur. ogift kvinna **2** gammal fröken; ***old*** ~ äv. nucka

**spiral** ['spaɪər(ə)l] **I** *a* spiralformig, spiral- [~ *spring*]; ~ ***staircase*** spiraltrappa **II** *s* spiral

**spire** ['spaɪə] *s* tornspira; spira

**spirit** ['spɪrɪt] **I** *s* **1** ande äv. om person, själ, kraft [*the leading* ~*s*]; ***evil*** ~ ond ande; ***the Holy Spirit*** den Helige Ande; ***the*** ~ ***is willing but the flesh is weak*** ordspr. anden är villig, men köttet är svagt **2** ande; spöke **3** anda, stämning; sinnelag; ***that's the*** ~! så ska det låta! **4** pl. ~*s* humör, sinnesstämning; ***good*** ~*s* gott humör; ***high*** ~*s* gott humör, hög stämning; ***keep up one's*** ~*s* hålla modet (humöret) uppe **5** andemening; ***the*** ~ ***of the law*** lagens anda **6** pl. ~*s* sprit, spritvaror **II** *tr*, ~ ***away*** smussla (trolla) bort

**spirited** ['spɪrɪtɪd] *a* livlig, livfull

**spiritual** ['spɪrɪtjʊəl] **I** *a* andlig, själslig **II** *s* spiritual, andlig negersång [äv. *Negro* ~]

**spiritualism** ['spɪrɪtjʊəlɪz(ə)m] *s* spiritualism, spiritism

**spiritualist** ['spɪrɪtjʊəlɪst] *s* spiritualist, spiritist

**1 spit** [spɪt] **I** *s* stekspett **II** *tr* sätta på spett

**2 spit** [spɪt] **I** (*spat spat*) *itr tr* **1** spotta [~ *on the floor*]; ~ ***at (upon)*** spotta på (åt) **2** stänka och fräsa i stekpanna **3** vard. stänka, småregna **4** ~ ***out*** spotta ut; ~ ***it out!*** kläm fram med det! **5** ***he's the spitting image of his dad*** han är sin pappa upp i dagen **II** *s* spott

**spite** [spaɪt] **I** *s* ondska, illvilja; agg; ***in*** ~ ***of*** trots; ***in*** ~ ***of myself*** mot min vilja **II** *tr* bemöta med illvilja; reta

**spiteful** ['spaɪtf(ʊ)l] *a* ondskefull, elak

**spittle** ['spɪtl] *s* spott, saliv

**spittoon** [spɪ'tu:n] *s* spottkopp, spottlåda

**splash** [splæʃ] **I** *tr itr* **1** stänka ned [~ *with mud*]; stänka, skvätta [~ *paint all over one's clothes*], slaska; skvätta ut **2** plaska; skvalpa **3** ~ ***one's money about*** vard. strö pengar omkring sig **II** *s* **1** plaskande; skvalpande; plask; skvalp; ***make a*** ~ bildl. vard. väcka uppseende **2** skvätt, stänk **3** färgstänk; ~ ***of colour*** bildl. färgklick **III** *interj* o. *adv* plask!; pladask, plums

**splendid** ['splendɪd] *a* praktfull, härlig, präktig; vard. finfin, utmärkt

**splendour** ['splendə] *s* glans, prakt, ståt

**splice** [splaɪs] **I** *tr* splitsa rep; skarva, skarva ihop film, band m. m. **II** *s* splits; skarv

**splint** [splɪnt] *s* kir. spjäla, skena

**splinter** ['splɪntə] *s* flisa, skärva [~ *of glass (bone)*], sticka; splitter

**splinter-bomb** ['splɪntəbɒm] *s* mil. sprängbomb

**splinterproof** ['splɪntəpru:f] *a* splitterfri

**split** [splɪt] **I** (*split split*) *tr itr* **1** splittra; klyva, spränga; splittras, klyvas [*into* i], spricka, spricka upp, gå sönder; ~ ***hairs*** ägna sig åt hårklyverier; ***my head is splitting*** det sprängvärker i huvudet på mig; ~ ***up*** a) klyva sig, dela sig b) vard. skiljas, separera **2** dela [*with* med]; vard. dela på bytet (vinsten); dela upp, dela på **II** *s* **1** splittring, spricka båda äv. bildl., klyvning **2** ***do the*** ~*s* gå ned i spagat

**split-second** ['splɪt'sek(ə)nd] **I** *a* på sekunden [~ *timing*] **II** *s* bråkdel av en sekund

**splitting** ['splɪtɪŋ] *a*, ***a*** ~ ***headache*** en brinnande huvudvärk

**splutter** ['splʌtə] *itr* **1** snubbla på orden **2** spotta och fräsa

**spoil** [spɔɪl] **I** *s*, pl. ~*s* rov, byte **II** (*spoilt spoilt* el. *spoiled spoiled*) *tr* **1** förstöra, fördärva **2** skämma bort [~ *a child*]

**spoilsport** ['spɔɪlspɔ:t] *s* glädjedödare

**spoilt** [spɔɪlt] se *spoil II*

**1 spoke** [spəʊk] se *speak*

**2 spoke** [spəʊk] *s* eker i hjul

**spoken** ['spəʊk(ə)n] **I** se *speak* **II** *a* talad; muntlig; ~ ***English*** engelskt talspråk

**spokesman** ['spəʊksmən] (pl. *spokesmen* ['spəʊksmən]) *s* talesman [*of, for* för]

**sponge** [spʌndʒ] **I** *s* tvättsvamp **II** *itr tr* **1** vard. snylta [*on a p.* på ngn] **2** tvätta (torka) av med svamp [äv. ~ *down (over)*]; ~ ***up*** suga upp med svamp

**sponge-bag** ['spʌndʒbæg] *s* necessär

**sponge-cake** ['spʌndʒ'keɪk] *s* lätt sockerkaka
**sponger** ['spʌndʒə] *s* vard. snyltgäst
**spongy** ['spʌndʒɪ] *a* svampig; svampaktig
**sponsor** ['spɒnsə] **I** *s* **1** sponsor; garant **2** fadder vid dop **3** radio., TV. sponsor, annonsör **II** *tr* vara sponsor (garant) för; stå bakom
**spontaneity** [ˌspɒntə'ni:ətɪ] *s* spontanitet
**spontaneous** [spɒn'teɪnjəs] *a* spontan
**spook** [spu:k] *s* vard. spöke
**spooky** ['spu:kɪ] *a* vard. spöklik, kuslig
**spool** [spu:l] **I** *s* spole; filmrulle **II** *tr* spola
**spoon** [spu:n] *s* sked; skopa
**spoonfed** ['spu:nfed] se *spoonfeed*
**spoonfeed** ['spu:nfi:d] (*spoonfed spoonfed*) *tr* mata med sked; bildl. servera allt på fat, mata som småbarn [~ *the students*]
**spoonful** ['spu:nf(ʊ)l] *s* sked mått; ***a ~ of*** en sked, en sked med
**sporadic** [spə'rædɪk] *a* sporadisk, spridd
**sport** [spɔ:t] **I** *s* sport; idrott, idrottsgren; pl. *~s* äv. a) kollektivt sport; idrott b) idrottstävling, idrottstävlingar [*school ~s*]; ***athletic ~s*** friidrott; ***~s car*** sportbil; ***~s ground*** idrottsplats; ***~s jacket*** blazer, kavaj; sportjacka; ***in ~*** på skoj (skämt) **II** *tr* vard. ståta med, skylta med [~ *a rose in one's buttonhole*]
**sporting** ['spɔ:tɪŋ] *a* sportig; sport-, idrotts- [*a ~ event*]; sportsmannamässig
**sportsman** ['spɔ:tsmən] (pl. *sportsmen* ['spɔ:tsmən]) *s* sportsman; idrottsman; jägare, fiskare
**sportsmanlike** ['spɔ:tsmənlaɪk] *a* sportsmannamässig
**sportsmanship** ['spɔ:tsmənʃɪp] *s* sportsmannaanda; renhårighet
**sportswear** ['spɔ:tsweə] *s* sportkläder
**sporty** ['spɔ:tɪ] *a* vard. sportig; hurtig
**spot** [spɒt] **I** *s* **1** fläck; prick på tärning, kort m. m.; finne, blemma; ***~ remover*** fläckurtagningsmedel **2** plats, ställe [*a lovely ~*]; punkt; ***tender ~*** öm punkt; ***~ fine*** ungefär ordningsbot; ***be in a ~*** vard. vara i klämma (knipa); ***on the ~*** på platsen (ort och ställe); på stället (fläcken) [*act on the ~*] **3** droppe, stänk [*~s of rain*]; ***a ~ of bother*** lite trassel; ***a ~ of lunch*** lite lunch **4** ***~ cash*** kontant betalning vid leverans
**II** *tr* **1** fläcka ned [~ *one's fingers with ink*]; sätta prickar på **2** få syn på, känna igen; ***~ the winner*** tippa vem som vinner
**spot-check** ['spɒttʃek] *s* stickprov; flygande kontroll
**spotless** ['spɒtləs] *a* fläckfri, skinande ren
**spotlight** ['spɒtlaɪt] *s* spotlight; strålkastarljus; strålkastare; sökarljus; ***be in the ~*** bildl. stå i rampljuset
**spotted** ['spɒtɪd] *a* fläckig, prickig; fläckad
**spotty** ['spɒtɪ] *a* fläckig, prickig; finnig
**spouse** [spaʊs, spaʊz] *s* jur. äkta make (maka)
**spout** [spaʊt] **I** *itr tr* spruta, spruta ut **II** *s* pip [*the ~ of a teapot*]
**sprain** [spreɪn] **I** *tr* vricka, stuka [~ *one's ankle*] **II** *s* vrickning, stukning
**sprang** [spræŋ] se *1 spring I*
**sprat** [spræt] *s* skarpsill; ***tinned ~s*** ansjovis i burk
**sprawl** [sprɔ:l] *itr tr* **1** sträcka (breda) ut sig, vräka sig **2** breda ut sig, sprida ut sig; om handstil m. m. spreta åt alla håll **3** spreta med [~ *one's legs*]
**sprawling** ['sprɔ:lɪŋ] *a* **1** spretig, ojämn [*a ~ hand* (handstil)] **2** utspridd [~ *suburbs*]
**1 spray** [spreɪ] *s* blomklase; liten bukett
**2 spray** [spreɪ] **I** *s* **1** stänk [*the ~ of a waterfall*], yrande skum [*sea ~*]; stråle, dusch **2** sprej; sprejflaska; rafräschissör; spruta, spridare **II** *tr* spreja; bespruta; spruta [*a p. with a th.* ngt på ngn]
**spread** [spred] **I** (*spread spread*) *tr itr* **1** breda (sprida) ut, lägga ut; spänna ut [*the bird ~ its wings*]; sträcka ut **2** stryka, breda [*on* på]; täcka [*with* med] **3** sprida [~ *disease*; ~ *knowledge*] **4** breda ut sig [äv. ~ *out*]; sprida sig; sträcka sig [*a desert spreading for hundreds of miles*] **5** vara lätt att breda på [*butter ~s easily*]
**II** *s* **1** utbredning, spridning **2** utsträckning, sträcka; vidd, omfång [*the ~ of an arch*] **3** vard. kalas **4** ***middle-age (middle-aged) ~*** vard. gubbfläsk; gumfläsk **5** pasta, bredbart pålägg
**spreadeagle** ['spred'i:gl] *tr* sträcka ut
**spree** [spri:] *s* vard. **1** fest, rummel; ***go (go out) on the ~*** gå ut och festa **2** ***go on a buying ~*** gripas av köpraseri
**sprig** [sprɪg] *s* kvist [*a ~ of parsley*]
**sprightly** ['spraɪtlɪ] *a* livlig, pigg, glad
**1 spring** [sprɪŋ] **I** (*sprang sprung*) *itr tr* **1** hoppa [~ *out of bed*, ~ *over a gate*], rusa [*at a p.* på ngn], fara, flyga [~ *up from one's chair*]; ***the doors sprang open*** dörrarna flög upp **2** rinna, spruta; ***tears sprang to her eyes*** hennes ögon fylldes av tårar **3** ~ el. ***~ up*** **a)** om växter spira, skjuta upp **b)** bildl. dyka upp; ***industries sprang up***

[*in the suburbs*] industrier växte snabbt upp... **4** spränga [~ *a mine*], utlösa; ~ ***a trap*** få en fälla att smälla (slå) igen [*upon* om] **5** plötsligt komma med [~ *a surprise on* (åt) *a p.*]; ~ ***a th. on a p.*** överraska ngn med ngt
**II** *s* **1** språng, hopp **2** källa [*hot (mineral)* ~]; ***medicinal*** ~ hälsobrunn **3** fjäder [*the ~ of a watch*]; resår; pl. ~*s* äv. fjädring; ~ ***mattress (bed)*** resårmadrass
**2 spring** [sprɪŋ] *s* vår, för ex. jfr *summer*
**spring-balance** ['sprɪŋ'bæləns] *s* fjädervåg
**spring-board** ['sprɪŋbɔ:d] *s* **1** språngbräda **2** trampolin, svikt
**spring-clean** ['sprɪŋkli:n] *tr* vårstäda, storstäda
**spring-cleaning** ['sprɪŋˌkli:nɪŋ] *s* vårstädning, storstädning
**springtime** ['sprɪŋtaɪm] *s* vår
**springy** ['sprɪŋɪ] *a* fjädrande; spänstig
**sprinkle** ['sprɪŋkl] **I** *tr* **1** strö, strö ut, stänka **2** beströ, bestänka, bespruta **II** *s* stänk [~ *of rain*]
**sprinkler** ['sprɪŋklə] *s* **1** vattenspridare; sprinkler; stril; stänkflaska **2** vattenvagn
**sprinkling** ['sprɪŋklɪŋ] *s* **1** bestänkande, utströende, besprutande **2** bildl. inslag [*a ~ of Irishmen among them*], fåtal
**sprint** [sprɪnt] sport. **I** *itr* sprinta, spurta **II** *s* **1** sprinterlopp **2** spurt, slutspurt
**sprinter** ['sprɪntə] *s* sport. sprinterlöpare
**sprite** [spraɪt] *s* fe; älva; tomte
**sprout** [spraʊt] **I** *itr tr* **1** gro, spira, spira upp (fram), skjuta skott **2** anlägga, lägga sig till med **II** *s* skott; grodd
**1 spruce** [spru:s] *a* prydlig, fin, nätt
**2 spruce** [spru:s] *s* bot. gran
**sprung** [sprʌŋ] **I** se *1 spring I* **II** *a*, ~ ***bed*** resårsäng
**spry** [spraɪ] *a* rask; hurtig; pigg
**spun** [spʌn] **I** se *spin I* **II** *a* spunnen; ~ ***glass*** glasfibrer
**spur** [spɜ:] **I** *s* sporre, eggelse; ***on the ~ of the moment*** utan närmare eftertanke, spontant **II** *tr*, ~ ***on*** sporra, egga [*into, to* till], driva på
**spurn** [spɜ:n] *tr* försmå, förakta
**1 spurt** [spɜ:t] **I** *itr* spurta **II** *s* spurt
**2 spurt** [spɜ:t] **I** *itr tr* spruta, spruta ut **II** *s* stråle
**sputter** ['spʌtə] **I** *itr* spotta när man talar; ~ ***out*** fräsa till och slockna [*the candle sputtered out*] **II** *s* spottande; sprättande; fräsande
**spy** [spaɪ] **I** *itr tr* spionera; få syn på; iaktta **II** *s* spion; spejare
**spy-glass** ['spaɪglɑ:s] *s* liten kikare
**spy-hole** ['spaɪhəʊl] *s* titthål, kikhål
**spy-ring** ['spaɪrɪŋ] *s* spionliga
**sq. ft.** förk. för *square foot (feet)*
**sq. in.** förk. för *square inch (inches)*
**sq. m.** förk. för *square metre (metres)* o. *square mile (miles)*
**squabble** ['skwɒbl] **I** *s* käbbel **II** *itr* käbbla
**squad** [skwɒd] *s* **1** mil. grupp **2** trupp, skara; patrull; ***fraud*** ~ bedrägerirotel; ~ ***car*** polisbil
**squadron** ['skwɒdr(ə)n] *s* mil. skvadron inom kavalleriet, eskader inom flottan, division inom flyget; ~ ***leader*** major vid flyget
**squalid** ['skwɒlɪd] *a* snuskig, eländig
**squall** [skwɔ:l] *itr* skrika, gasta
**squalor** ['skwɒlə] *s* snusk, elände
**squander** ['skwɒndə] *tr* slösa (ödsla) bort
**square** [skweə] **I** *s* **1** fyrkant, ruta; kvadrat **2** torg, fyrkantig öppen plats; kvarter; ***barrack*** ~ mil. kaserngård
**II** *a* **1** fyrkantig; ***a room four metres*** ~ ett rum som mäter fyra meter i kvadrat; ~ ***dance*** kontradans av 4 par; ~ ***foot*** kvadratfot; ~ ***root*** kvadratrot **2** reglerad, balanserad [*get one's accounts* ~]; jämn, kvitt; ***get*** ~ ***with*** vard. göra upp med [*get ~ with one's creditors*] **3** renhårig, ärlig; ***get a ~ deal*** bli rättvist behandlad **4** ~ ***meal*** stadig (rejäl) måltid
**III** *tr itr* **1** ruta; ***squared paper*** rutpapper **2** mat. upphöja i kvadrat [~ *a number*] **3** reglera, göra upp, betala [äv. ~ *up*; *it's time I squared up with you*] **4** passa ihop, stämma överens [*with* med]
**1 squash** [skwɒʃ] **I** *tr* krama (klämma) sönder; platta till [*sit on a hat and ~ it*]; ~ ***one's finger*** [*in a door*] klämma fingret... **II** *s* **1** mosande; mos **2** squash dryck [*lemon* ~] **3** sport. squash
**2 squash** [skwɒʃ] *s* squash slags pumpa
**squat** [skwɒt] **I** *itr* **1** sitta på huk; huka sig, huka sig ned [äv. ~ *down*] **2** ockupera ett hus som står tomt **II** *a* kort och tjock, satt
**squatter** ['skwɒtə] *s* husockupant
**squatting** ['skwɒtɪŋ] *s* husockupation
**squaw** [skwɔ:] *s* squaw indiankvinna
**squawk** [skwɔ:k] **I** *itr* speciellt om fåglar skria **II** *s* skri, gällt skrik
**squeak** [skwi:k] **I** *itr* pipa om t. ex. råttor; skrika gällt; gnissla, gnälla om t. ex. gångjärn, knarra om t. ex. skor **II** *s* **1** pip; gällt skrik; gnissel, gnisslande, gnäll, knarr **2** vard., ***it was a narrow*** ~ det var nära ögat

**squeaky** ['skwi:kɪ] *a* pipig, gäll; gnisslig, gnällig; knarrig
**squeal** [skwi:l] **I** *itr* **1** skrika gällt o. utdraget, skria; ***squealing brakes*** gnisslande (skrikande) bromsar **2** sl. tjalla **II** *s* skrik, skri; gnissel
**squeamish** ['skwi:mɪʃ] *a* **1** överkänslig; pryd, sipp **2** kräsen, kinkig
**squeeze** [skwi:z] **I** *tr* **1** krama, klämma, klämma på, pressa, trycka hårt [*~ ap.'s hand*]; *~* ***one's finger*** klämma sig i fingret **2** klämma, pressa in (ned) [*~ things into a box*] **II** *s* **1** kram, kramning, tryck, press; hopklämning; ***it was a tight*** *~* det var väldigt trångt; ***it was a narrow (tight)*** *~* vard. det var nära ögat **2** ekon. åtstramning [*credit ~*]
**squeezer** ['skwi:zə] *s* fruktpress
**squelch** [skweltʃ] **I** *itr* klafsa, slafsa; skvätta ut **II** *s* klafs, smask
**squint** [skwɪnt] **I** *s* **1** vindögdhet; ***have a*** *~* vara vindögd **2** vard., ***have a*** *~* ***at*** ta en titt på **II** *itr* **1** vara vindögd **2** vard. skela, snegla [*at* på]
**squint-eyed** ['skwɪntaɪd] *a* vindögd
**squire** ['skwaɪə] *s* godsägare
**squirm** [skwɜ:m] **I** *itr* vrida sig, skruva på sig; bildl. våndas, pinas **II** *s* skruvande
**squirrel** ['skwɪr(ə)l] *s* ekorre
**squirt** [skwɜ:t] **I** *tr itr* spruta ut med tunn stråle **II** *s* tunn stråle [*~ of water*]
**sq. yd.** förk. för *square yard*
**Sr., sr.** (förk. för *senior*) sr, s:r
**Sri Lanka** [ˌsrɪ'læŋkə]
**S.S., S/S** förk. för *steamship*
**1 St.** [snt] (förk. för *saint*) S:t, S:ta
**2 St.** förk. för *street*
**stab** [stæb] **I** *tr* sticka ned, genomborra; sticka, köra [*~ a weapon into*]; *~* ***ap. in the back*** bildl. falla ngn i ryggen **II** *s* **1** stick, sting; ***a*** *~* ***in the back*** bildl. en dolkstöt i ryggen **2** plötslig smärta; sting [*a ~ of pain*]
**stability** [stə'bɪlətɪ] *s* stabilitet, stadga
**stabilization** [ˌsteɪbɪlaɪ'zeɪʃ(ə)n] *s* stabilisering
**stabilize** ['steɪbɪlaɪz] *tr* stabilisera
**stabilizer** ['steɪbɪlaɪzə] *s* flyg., sjö. stabilisator
**1 stable** ['steɪbl] *a* stabil; stadig, fast
**2 stable** ['steɪbl] *s* **1** stall äv. om uppsättning hästar; pl. *~s* stall, stallbyggnad **2** stall grupp racerförare med gemensam manager
**staccato** [stə'kɑ:təʊ] **I** *adv* stackato äv. mus.; stötvis **II** *s* mus. stackato
**stack** [stæk] **I** *s* **1** stack av t. ex. hö **2** trave [*a ~ of books*], stapel [*a ~ of boards*], hög [*a ~ of papers*] **3** skorstensgrupp av sammanbyggda pipor, skorsten på ångbåt, ånglok m. m. **II** *tr* stacka; trava (stapla), trava (stapla) upp
**stadium** ['steɪdjəm] *s* stadion, idrottsarena
**staff** [stɑ:f] **I** *s* **1** stav; ***the*** *~* ***of life*** brödet **2** flaggstång **3** personal [*office ~*], stab; *~* ***room*** lärarrum, kollegierum; ***temporary*** *~* extrapersonal **4** mil. stab **II** *tr* skaffa (anställa) personal till, bemanna
**stag** [stæg] *s* kronhjort hanne
**stage** [steɪdʒ] **I** *s* **1** teat. scen; estrad; teater [*the French ~*], skådeplats; *~* ***direction*** scenanvisning; *~* ***management*** regi **2** stadium, skede [*at an early ~*]; ***rocket*** *~* raketsteg **3** etapp; ***by easy*** *~**s*** i korta etapper; bildl. i små portioner
**II** *tr* **1** sätta upp, iscensätta [*~ a play*]; uppföra **2** bildl. arrangera, organisera; *~* ***a comeback*** göra comeback
**stage-coach** ['steɪdʒkəʊtʃ] *s* diligens, postvagn
**stage-door** ['steɪdʒ'dɔ:] *s* sceningång
**stage-effect** ['steɪdʒɪˌfekt] *s* teatereffekt
**stage-fright** ['steɪdʒfraɪt] *s* rampfeber
**stage-hand** ['steɪdʒhænd] *s* scenarbetare
**stage-manager** ['steɪdʒˌmænɪdʒə] *s* inspicient, regiassistent; TV. studioman
**stage-name** ['steɪdʒneɪm] *s* artistnamn
**stage-struck** ['steɪdʒstrʌk] *a* teaterbiten
**stage-whisper** ['steɪdʒ'wɪspə] *s* teaterviskning
**stagger** ['stægə] **I** *itr tr* **1** vackla, ragla, stappla **2** få att vackla, förbluffa, skaka **3** sprida [*~ lunch hours*] **II** *s* vacklande, ragling, stapplande; vacklande gång
**staggering** ['stægərɪŋ] *a* **1** vacklande, raglande **2** *~* ***blow*** dråpslag **3** häpnadsväckande
**stagnant** ['stægnənt] *a* **1** stillastående [*~ water*] **2** bildl. stagnerande; ***become*** *~* stagnera
**stagnate** [stæg'neɪt] *itr* stå stilla; stagnera
**stagnation** [stæg'neɪʃ(ə)n] *s* stagnation; stillastående; stockning
**stag-party** ['stægˌpɑ:tɪ] *s* vard. svensexa
**staid** [steɪd] *a* stadig, stadgad
**stain** [steɪn] **I** *tr itr* **1** fläcka, fläcka ned, bildl. äv. befläcka [*~ one's reputation*]; missfärga **2** färga [*~ cloth*]; betsa [*~ wood*]; ***stained glass*** målat glas ofta med inbrända färger **3** få fläckar; missfärgas **4** sätta en fläck (fläckar) **II** *s* **1** fläck; *~* ***remover*** fläckurtagningsmedel **2** färgämne; bets

**stained-glass** ['steɪndglɑ:s] *a*, ~ ***window*** fönster med målat glas ofta med inbrända färger
**stainless** ['steɪnləs] *a* **1** fläckfri, obefläckad [*a* ~ *reputation*] **2** rostfri [~ *steel*]
**stair** [steə] *s* **1** trappsteg **2** vanl. ~*s* trappa speciellt inomhus [*winding* ~*s*], trappuppgång; ***a flight of*** ~***s*** en trappa
**staircase** ['steəkeɪs] *s* trappa; trappuppgång; ***corkscrew (spiral)*** ~ spiraltrappa
**stairhead** ['steəhed] *s* översta trappavsats
**stake** [steɪk] **I** *s* **1** stake **2** hist., ***be burnt at the*** ~ brännas på bål **3** ~ el. pl. ~*s* insats vid t. ex. vad; ***my honour is at*** ~ min heder står på spel; ***play for high*** ~***s*** spela högt **4** del, andel [*have a* ~ *in an undertaking*] **II** *tr* **1** fästa vid (stödja med) en stake **2** ~ ***out*** a) staka ut [~ *out an area*] b) sätta av; reservera; ~ ***out a claim*** resa anspråk **3** sätta på spel, riskera [~ *one's future*], satsa
**stale** [steɪl] **I** *a* **1** gammal [~ *bread*], unken [~ *air*], duven, avslagen, fadd **2** förlegad, gammal [~ *news*], sliten [~ *jokes*] **3** övertränad, speltrött **II** *itr* bli gammal (unken, duven)
**stalemate** ['steɪlmeɪt] **I** *s* **1** schack. pattställning **2** dödläge **II** *tr* **1** schack. göra patt **2** stoppa; få att gå i baklås (köra fast)
**1 stalk** [stɔ:k] *s* bot. stjälk; stängel, skaft
**2 stalk** [stɔ:k] *itr tr* **1** skrida, skrida fram; skrida fram genom (på) **2** smyga sig; sprida sig långsamt [*famine stalked through the country*]; smyga sig på (efter) [~ *an enemy*]; sprida sig långsamt genom
**1 stall** [stɔ:l] *itr* vard. slingra sig, komma med undanflykter; maska
**2 stall** [stɔ:l] **I** *s* **1** spilta, bås **2** stånd; kiosk, bod; bord, disk för varor **3** teat. parkettplats; ***orchestra*** ~***s*** främre parkett; ***in the*** ~***s*** på parkett **4** kyrkl. korstol **5** fingertuta **6** motor. tjuvstopp **II** *itr* om t. ex. motor tjuvstanna
**stallion** ['stæljən] *s* hingst
**stalwart** ['stɔ:lwət] **I** *a* ståndaktig, trogen **II** *s* speciellt polit. ståndaktig (trogen) anhängare
**stamina** ['stæmɪnə] *s* uthållighet
**stammer** ['stæmə] **I** *itr tr* stamma; ~ el. ~ ***out*** stamma fram **II** *s* stamning
**stamp** [stæmp] **I** *itr tr* **1** stampa [~ *on the floor*]; trampa, klampa **2** stampa med [~ *one's foot*] **3** ~ ***out*** a) trampa ut [~ *out a fire*] b) utrota [~ *out a disease*] c) krossa, slå ned [~ *out a rebellion*] **4** stämpla [~ *a p. as a liar*], trycka [~ *patterns on cloth*] **5** frankera, sätta frimärke på [~ *a letter*] **6** bildl. prägla, inprägla [~ *on* (i) *one's memory*]
**II** *s* **1** stampande, stamp **2** stämpel **3** frimärke; ***book of*** ~***s*** frimärkshäfte **4** slag, sort, kaliber [*men of his* ~]
**stamp-collector** ['stæmpkəˌlektə] *s* frimärkssamlare
**stamp-duty** ['stæmpˌdju:tɪ] *s* stämpelavgift
**stampede** [stæm'pi:d] **I** *s* vild flykt; panik **II** *itr tr* **1** råka i vild flykt, fly i panik **2** störta, rusa **3** hetsa [~ *a p. into a th.*]
**stamping-ground** ['stæmpɪŋgraʊnd] *s* vard. tillhåll, ställe [*my favourite* ~]
**stamp-pad** ['stæmppæd] *s* stämpeldyna
**stance** [stæns, stɑ:ns] *s* stance, slagställning i golf m. m.; ställning
**stand** [stænd] **I** (*stood stood*) *itr* **1** stå; ~ ***to lose*** riskera att förlora; ~ ***to win (gain)*** ha utsikt att (kunna) vinna; ***as it now*** ~***s, the text is ambiguous*** som texten nu lyder är den tvetydig; ***I want to know where I*** ~ jag vill ha klart besked **2** stiga (stå) upp [*we stood, to see better*] **3** ligga, vara belägen **4** a) stå kvar, stå fast, stå [*let the words* ~] b) stå sig, fortfarande gälla **5** stå, förhålla sig; ***as affairs (matters) now*** ~ som saken (det) nu förhåller sig **6** mäta, vara [*he* ~*s six feet in his socks*] **7** ställa, ställa upp, resa, resa upp [~ *a ladder against a wall*] **8** tåla, stå ut med **9** bjuda på [~ *a dinner*; ~ *a p. to dinner*] □ ~ **at** uppgå till [*the number* ~*s at 50*]; ~ **back a)** dra sig bakåt, stiga tillbaka **b)** ***the house*** ~***s back from the road*** huset ligger en bit från vägen; ~ **by a)** stå bredvid, bara stå och se på **b)** hålla sig i närheten, stå redo; ~ ***by for further news*** avvakta ytterligare nyheter **c)** bistå [~ *by one's friends*], stödja **d)** stå fast vid [~ *by one's promise*]; ~ **for** a) stå för [*what do these initials* ~ *for?*], betyda b) kämpa för [~ *for liberty*] c) kandidera för, ställa upp som kandidat till d) vard. finna sig i [*I won't* ~ *for that*]; ~ **on** hålla på [~ *on one's dignity (rights)*]; ~ **out a)** stiga (träda) fram; stå ut, skjuta fram; framträda, avteckna sig, sticka av; vara framstående; ***it*** ~***s out a mile*** det syns (märks) lång väg; ~ ***out in a crowd*** skilja sig från mängden **b)** ~ ***out for*** hålla fast vid [~ *out for a demand*], hålla på [~ *out for one's rights*]; kräva, yrka på [~ *out for more pay*]; ~ **to** stå fast vid, hålla [~ *to one's promise*]; ~ **up** stiga (stå, ställa sig) upp; ~ ***up for*** försvara [~ *up for one's rights*]; hålla på; ta parti för;

~ *up for yourself!* stå 'på dig!; ~ *up to* trotsa, sätta sig upp mot

**II** *s* **1** stannande, halt; *come to a* ~ stanna, stanna av **2** motstånd, försök till motstånd [*his last* ~]; *make a* ~ hålla stånd, kämpa **3** ställning; *take a* ~ el. *take up a* ~ ta ställning, ta ståndpunkt [*on* i] **4** stånd; kiosk; åskådarläktare **5** amer. vittnesbås; *take the* ~ avlägga vittnesmål

**standard** ['stændəd] **I** *s* **1** standar [*the royal* ~], fana **2** standardmått; standard; norm, måttstock, nivå; ~ *of living* levnadsstandard; *below* ~ under det normala, undermålig; *come (be) up to* ~ hålla måttet **3** ~ *lamp* golvlampa **II** *a* standard-, normal- [~ *time*; ~ *weights*], normal; *Standard English* engelskt riksspråk; ~ *price* normalpris; enhetspris

**standard-bearer** ['stændəd,beərə] *s* fanbärare, banerförare

**standardization** [,stændədaɪ'zeɪʃ(ə)n] *s* standardisering; normalisering

**standardize** ['stændədaɪz] *tr* standardisera; normalisera

**standby** ['stændbaɪ] *s* **1** larmberedskap **2** gammal favorit, säkert kort **3** reserv, ersättare; ersättning

**stand-in** ['stændɪn] *s* stand-in; ersättare, vikarie

**standing** ['stændɪŋ] **I** *a* **1** stående; upprättstående; stillastående **2** bildl. stående [*a* ~ *army*; *a* ~ *joke*] **II** *s* **1** stående; ~ *room* ståplats, ståplatser **2** ställning, status, anseende; *a man of* ~ (*of high* ~) en ansedd man **3** *of long* ~ av gammalt datum, långvarig

**stand-offish** ['stænd'ɒfɪʃ] *a* om person reserverad

**standpoint** ['stændpɔɪnt] *s* ståndpunkt

**standstill** ['stændstɪl] *s* stillastående, stopp; *be at a* ~ stå stilla; *bring to a* ~ stanna, få att stanna; *come to a* ~ stanna, stanna av

**stank** [stæŋk] se *stink I*

**stanza** ['stænzə] *s* metr. strof

**1 staple** ['steɪpl] **I** *s* häftklammer **II** *tr* häfta, häfta samman

**2 staple** ['steɪpl] *a* huvudsaklig [~ *food*]; ~ *commodity* stapelvara

**star** [stɑ:] **I** *s* **1** stjärna; *the Stars and Stripes* stjärnbaneret USA:s flagga; *thank one's lucky* ~*s that* tacka sin lyckliga stjärna att **2** film., sport. m.m. stjärna; ~ *turn* huvudnummer, paradnummer **II** *tr itr* teat., film. presentera i huvudrollen, spela huvudrollen; *a film starring...* en film med... i huvudrollen

**starboard** ['stɑ:bəd] *s* sjö. styrbord

**starch** [stɑ:tʃ] **I** *s* stärkelse **II** *tr* stärka med stärkelse

**starched** [stɑ:tʃt] *a* stärkt med stärkelse

**starchy** ['stɑ:tʃɪ] *a* stärkelsehaltig [~ *food*]

**stare** [steə] **I** *itr tr* stirra, stirra på **II** *s* stirrande blick; stirrande

**starfish** ['stɑ:fɪʃ] *s* sjöstjärna

**stark** [stɑ:k] **I** *a* **1** skarp [~ *outlines*] **2** ren, fullständig [~ *nonsense*] **II** *adv*, ~ *naked* spritt naken

**starlight** ['stɑ:laɪt] *s* stjärnljus [*by* (i) ~]

**star-spangled** ['stɑ:,spæŋgld] *a*, *the Star-Spangled Banner* stjärnbaneret USA:s flagga

**start** [stɑ:t] **I** *itr tr* **1** börja, starta; *to* ~ *with* **a)** för det första **b)** till att börja med; *starting May 1...* med början den 1 maj... **2** starta, ge sig iväg, sätta igång; *let's get started!* nu sätter vi igång!; *I can't get the engine started* jag kan inte få igång (starta) motorn **3** rycka till, haja till **4** *the tears started to her eyes* hon fick tårar i ögonen; ~ *a fire* tända en eld; ~ *a p. in life* hjälpa fram ngn; *his uncle started him in business* hans farbror hjälpte honom att etablera sig

**II** *s* **1** början, start; avfärd; *make a fresh* ~ börja om från början; *for a* ~ vard. för det första **2** försprång [*a few metres'* ~] **3** startplats, start **4** *give a* ~ rycka (haja) till; *by fits and* ~*s* ryckvis, stötvis

**starter** ['stɑ:tə] *s* **1** sport. starter startledare; *a* ~ en av de startande **2** bil. startkontakt; startknapp **3** *as a* ~ el. *for* ~*s* vard. som en början; *have oysters as a* ~ (*for* ~*s*) ha ostron som förrätt

**starting** ['stɑ:tɪŋ] *a* startande; begynnelse- [~ *pay* (lön)]; utgångs- [~ *position*]

**starting-point** ['stɑ:tɪŋpɔɪnt] *s* utgångspunkt

**starting-post** ['stɑ:tɪŋpəʊst] *s* kapplöpn. startstolpe; startlinje

**startle** ['stɑ:tl] *tr* **1** komma att hoppa till, skrämma; *be startled* bli förskräckt [*by* över] **2** skrämma upp [~ *a deer*]

**startling** ['stɑ:tlɪŋ] *a* häpnadsväckande, alarmerande [~ *news*]

**starvation** [stɑ:'veɪʃ(ə)n] *s* svält

**starve** [stɑ:v] *itr tr* **1** svälta, hungra; ~ *to death* svälta ihjäl; *I'm simply starving* vard. jag håller på att svälta ihjäl; ~ *for* hungra efter **2** låta svälta [~ *a p. to death* (ihjäl)]

**starved** [stɑ:vd] *a* utsvulten; ~ *to death* ihjälsvulten; *be* ~ *of* vara svältfödd på

**starving** ['stɑ:vɪŋ] *a* svältande, utsvulten

**state** [steɪt] **I** *s* **1** tillstånd; skick [*in a bad ~*]; situation; ~ ***of alarm*** a) larmberedskap b) oro, ängslan; ~ ***of health*** hälsotillstånd; ~ ***of mind*** sinnestillstånd; ~ ***of readiness*** stridsberedskap; ***the ~ of things (affairs)*** förhållandena; ***what a ~ you are in!*** vard. vad du ser ut!; ***get into a ~*** vard. hetsa upp sig **2** stat, i USA m. fl. äv. delstat; ***the State*** Staten; ***the States*** Staterna Förenta staterna; ***the welfare ~*** välfärdssamhället; ***the State Department*** i USA utrikesdepartementet; ~ ***visit*** statsbesök **3** stånd, ställning; ***married ~*** gift stånd
**II** *tr* uppge, påstå; framlägga [*~ one's case (opinion)*], framföra; konstatera
**stated** ['steɪtɪd] *pp* o. *a* påstådd, angiven
**stately** ['steɪtlɪ] *a* ståtlig, storslagen
**statement** ['steɪtmənt] *s* **1** uttalande; påstående; ***a ~ to the Press*** ett pressmeddelande; ***make a ~*** göra ett uttalande **2** rapport, redovisning
**stateroom** ['steɪtrʊm] *s* sjö. lyxhytt
**statesman** ['steɪtsmən] *s* statsman
**statesmanship** ['steɪtsmənʃɪp] *s* statskonst; statsmannaskicklighet
**static** ['stætɪk] *a* statisk
**station** ['steɪʃ(ə)n] **I** *s* **1** station **2** stånd, rang; ***a low (humble) ~ in life*** en ringa ställning i livet **3** mil. bas; ***naval ~*** flottbas
**II** *tr* stationera, förlägga [*~ a regiment*]; postera
**stationary** ['steɪʃənərɪ] *a* stillastående [*~ train*]; stationär
**stationer** ['steɪʃənə] *s* pappershandlare; ***stationer's*** pappershandel
**stationery** ['steɪʃənərɪ] *s* skrivmaterial, kontorsmateriel; skrivpapper
**station-hall** ['steɪʃ(ə)nhɔ:l] *s* banhall
**station-master** ['steɪʃ(ə)nˌmɑ:stə] *s* stationsinspektor, stationschef, stins
**station-wagon** ['steɪʃ(ə)nˌwægən] *s* speciellt amer. herrgårdsvagn, kombivagn
**statistic** [stə'tɪstɪk] *a* o. **statistical** [stə'tɪstɪk(ə)l] *a* statistisk
**statistics** [stə'tɪstɪks] *s* statistik, statistiken
**statue** ['stætʃu:] *s* staty; ***the Statue of Liberty*** frihetsstatyn i New Yorks hamn
**statuette** [ˌstætjʊ'et] *s* statyett
**stature** ['stætʃə] *s* längd; ***short in (of) ~*** liten till växten
**status** ['steɪtəs] *s* ställning, status, rang
**statute** ['stætju:t] *s* skriven lag stiftad av parlament; författning
**staunch** [stɔ:ntʃ] *a* trofast, pålitlig
**stave** [steɪv] *tr*, ~ ***off*** avvärja [*~ off defeat (ruin)*]
**stay** [steɪ] **I** *itr tr* **1** stanna, stanna kvar; ~ ***in bed late in the morning*** ligga länge på morgonen; ~ ***on*** stanna kvar; ~ ***out*** stanna ute; utebli, hålla sig borta; ~ ***up*** stanna (vara, sitta) uppe inte lägga sig **2** tillfälligt vistas, bo [*~ at a hotel; ~ with* (hos) *a friend*], stanna **3** förbli, hålla sig [*~ calm*]; ***if the weather ~s fine*** om det vackra vädret håller i sig; ***staying power*** uthållighet **4** hejda [*~ the progress of a disease*] **II** *s* uppehåll; vistelse
**stay-in** ['steɪɪn] *a*, ~ ***strike*** sittstrejk
**steadfast** ['stedfɑ:st] *a* stadig, ståndaktig
**steady** ['stedɪ] **I** *a* **1** stadig [*a ~ table*], fast, solid, stabil [*~ foundation*]; stadgad **2** jämn [*a ~ speed*], stadig [*a ~ improvement*] **II** *adv* stadigt [*stand ~*]; ***go ~*** vard. kila stadigt **III** *interj*, *~!* ta det lugnt! **IV** *tr* göra stadig; lugna [*~ one's nerves*]; stabilisera [*~ prices*]
**steady-going** ['stedɪˌgəʊɪŋ] *a* stadgad
**steak** [steɪk] *s* biff; stekt köttskiva
**steal** [sti:l] (*stole stolen*) *tr itr* **1** stjäla; ~ ***a glance at*** kasta en förstulen blick på **2** smyga, smyga sig [*away* undan, bort]
**stealing** ['sti:lɪŋ] *s* stöld, tjuveri
**stealth** [stelθ] *s*, ***by ~*** i smyg
**stealthy** ['stelθɪ] *a* förstulen [*~ glance*]
**steam** [sti:m] **I** *s* **1** ånga; ***full ~ ahead!*** full fart framåt!; ***at full ~*** el. ***full ~*** för full maskin; ***let off ~*** a) släppa ut ånga b) avreagera sig **2** imma [*~ on the windows*]
**II** *itr tr* **1** ~ ***up*** bli immig **2** ånga; ångkoka
**steamboat** ['sti:mbəʊt] *s* ångbåt
**steam-boiler** ['sti:mˌbɔɪlə] *s* ångpanna
**steam-engine** ['sti:mˌendʒɪn] *s* **1** ångmaskin **2** ånglok
**steamer** ['sti:mə] *s* ångare, ångfartyg
**steam-hammer** ['sti:mˌhæmə] *s* ånghammare
**steam-roller** ['sti:mˌrəʊlə] *s* ångvält
**steamship** ['sti:mʃɪp] *s* ångfartyg
**steel** [sti:l] *s* stål
**steelworks** ['sti:lwɜ:ks] *s* stålverk
**1 steep** [sti:p] *tr* lägga i blöt; genomdränka; ~ ***in vinegar*** lägga i ättika
**2 steep** [sti:p] *a* **1** brant [*~ hill*] **2** vard. otrolig, orimlig [*~ price*]
**steeple** ['sti:pl] *s* spetsigt kyrktorn; tornspira
**steeplechase** ['sti:pltʃeɪs] *s* sport. **1** steeplechase **2** hinderlöpning
**steer** [stɪə] *tr itr* styra [*~ a car; for* till, mot], manövrera [*~ a ship*]; bildl. lotsa [*~ a bill through Parliament*]; ~ ***clear of*** bildl. undvika

**steerage** ['stɪərɪdʒ] *s* sjö. **1** styrning **2** mellandäck, tredje klass [~ *passenger*]
**steering-column** ['stɪərɪŋ,kɒləm] *s* bil. rattstång; ~ ***gear-change (gearshift)*** rattväxel
**steering-wheel** ['stɪərɪŋwi:l] *s* bil. ratt
**stellar** ['stelə] *a* stjärn- [~ *light*], stellar-
**1 stem** [stem] **I** *s* **1** stam; stängel, stjälk **2** skaft äv. på pipa; hög fot på glas **3** sjö. stäv, för, förstäv; ***from ~ to stern*** från för till akter **II** *itr*, ~ ***from*** härröra från
**2 stem** [stem] *tr* stämma, stoppa, hejda
**stench** [stentʃ] *s* stank
**stencil** ['stensl] **I** *s* stencil **II** *tr* stencilera
**stenographer** [ste'nɒgrəfə] *s* amer. stenograf och maskinskriverska
**stenography** [ste'nɒgrəfɪ] *s* stenografi
**step** [step] **I** *s* **1** steg [*walk with slow ~s*]; danssteg; ***a ~ in the right direction*** bildl. ett steg i rätt riktning; ***keep ~*** hålla takten, gå i takt; ***keep in ~ with*** el. ***keep ~ with*** hålla jämna steg (gå i takt) med; ***watch (mind) one's ~*** se sig för; bildl. se sig noga för, se upp; ~ ***by ~*** steg för steg, gradvis; ***in ~*** i takt; ***out of ~*** i otakt **2** åtgärd; ***take ~s*** vidta åtgärder **3** trappsteg; trappa; stegpinne; fotsteg; pl. ***~s*** yttertrappa; trappstege; ***a flight of ~s*** en trappa
**II** *itr tr* stiga, kliva, gå; träda; trampa [~ *on the brake*]; ~ ***this way!*** var så god, den här vägen!; ~ ***into a car*** kliva in i en bil; ~ ***on it*** vard. gasa på; skynda på; ~ ***aside*** stiga (kliva) åt sidan; ~ ***down*** a) stiga ner b) bildl. träda tillbaka c) gradvis minska, sänka [~ *down production*]; ~ ***forward*** stiga (träda) fram; ~ ***in*** stiga in (på); ingripa; ~ ***inside*** stiga (kliva, gå) in; ~ ***off (out)*** stega upp (ut); ~ ***up*** driva upp, öka; intensifiera
**stepbrother** ['step,brʌðə] *s* styvbror
**stepchild** ['steptʃaɪld] (pl. *stepchildren* ['step,tʃɪldr(ə)n]) *s* styvbarn
**step-dance** ['stepdɑ:ns] *s* stepp, steppdans
**stepdaughter** ['step,dɔ:tə] *s* styvdotter
**stepfather** ['step,fɑ:ðə] *s* styvfar
**stepladder** ['step,lædə] *s* trappstege
**stepmother** ['step,mʌðə] *s* styvmor
**steppe** [step] *s* stäpp, grässlätt
**stepping-stone** ['stepɪŋstəʊn] *s* **1** klivsten över t.ex. vatten **2** bildl. trappsteg, språngbräde [~ *to promotion*]
**stepsister** ['step,sɪstə] *s* styvsyster
**stepson** ['stepsʌn] *s* styvson
**stereo** ['sterɪəʊ, 'stɪərɪəʊ] **I** *a* stereo-; stereofonisk **II** *s* stereo; stereoanläggning
**stereophonic** [,sterɪə'fɒnɪk, ,stɪərɪə'fɒnɪk] *a* stereofonisk, stereo-
**stereoscope** ['sterɪəskəʊp, 'stɪərɪəskəʊp] *s* stereoskop
**stereotype** ['sterɪətaɪp, 'stɪərɪətaɪp] **I** *s* stereotyp **II** *tr* stereotypera; ***stereotyped*** bildl. stereotyp
**sterile** ['steraɪl, amer. 'ster(ə)l] *a* steril; ofruktbar, ofruktsam
**sterility** [ste'rɪlətɪ] *s* sterilitet; ofruktbarhet, ofruktsamhet
**sterilization** [,sterəlaɪ'zeɪʃ(ə)n] *s* sterilisering
**sterilize** ['sterəlaɪz] *tr* sterilisera
**sterling** ['stɜ:lɪŋ] **I** *s* sterling eng. myntvärde, myntenhet [*five pounds ~*] **II** *a* **1** sterling- [~ *silver*] **2** bildl. äkta, gedigen
**1 stern** [stɜ:n] *a* sträng [*a ~ father, a ~ look*], barsk, bister
**2 stern** [stɜ:n] *s* sjö. akter, akterspegel
**stethoscope** ['steθəskəʊp] *s* med. stetoskop
**stevedore** ['sti:vədɔ:] *s* stuvare, stuveriarbetare, hamnarbetare
**stew** [stju:] **I** *tr* småkoka **II** *s* ragu, gryta; stuvning; ***Irish ~*** irländsk fårgryta
**steward** [stjʊəd] *s* **1** hovmästare i finare hus **2** sjö., flyg. m.m. steward, uppassare **3** funktionär vid t.ex. tävling
**stewardess** [,stjʊə'des] *s* sjö., flyg. m.m. kvinnlig steward, stewardess; flygvärdinna, bussvärdinna osv..
**stewed** [stju:d] *a* kokt; ~ ***beef*** ungefär köttgryta; kalops; ~ ***fruit*** kompott t.ex. kokta katrinplommon
**1 stick** [stɪk] *s* **1** pinne, kvist **2** käpp [*walk with a* (med) *~*], stav [*ski ~*]; klubba [*hockey ~*]; ***get hold of the wrong end of the ~*** vard. få alltsammans om bakfoten; ***get a lot of ~*** få en massa stryk; ***give a p. ~*** vard. ge ngn på nöten **3** stång, bit; stift [*lipstick*]; ~ ***of celery*** selleristjälk; ***a ~ of chalk*** en krita; ***a ~ of chewing-gum*** ett tuggummi
**2 stick** [stɪk] (*stuck stuck*) *tr itr* **1** sticka, köra [~ *a fork into a potato*]; stoppa [~ *one's hands into one's pockets*]; sätta, ställa, lägga [*you can ~ it anywhere you like*] **2** klistra; fästa, limma fast; klistra upp; ~ ***no bills!*** affischering förbjuden!; ~ ***a stamp on a letter*** sätta ett frimärke på ett brev **3** vard. stå ut med, tåla [*I can't ~ that fellow!*] **4** ***I got stuck*** vard. jag blev ställd, jag körde fast; ***be stuck for*** sakna, plötsligt stå där utan; ***be stuck with*** vard. få på halsen; få dras med **5** klibba (hänga, sitta) fast; fastna [*the key stuck in the lock*],

sätta sig fast [*the door has stuck*], kärva; ~ ***at nothing*** bildl. inte sky några medel **6** ~ ***at*** vard. hålla på med, ligga i med [~ *at one's work*]; ~ ***by a p.*** vard. vara lojal mot ngn; ~ ***to*** hålla sig till [~ *to the point (the truth)*]; ~ ***to one's promise (word)*** hålla sitt löfte; ~ ***together*** vard. hålla ihop □ ~ **out** a) räcka ut [~ *one's tongue out*], sticka ut (fram); skjuta ut (fram); puta ut b) hålla ut, härda ut; ***it ~s out a mile*** vard. det syns (märks) lång väg; ~ ***out for higher wages*** envist hålla fast vid sina krav på högre lön; ~ **up** sticka upp, skjuta upp; ~ ***up for*** vard. försvara; ta i försvar, stödja [~ *up for a friend*]

**sticker** ['stɪkə] *s* gummerad etikett, märke att klistra på; dekal

**sticking-plaster** ['stɪkɪŋ,plɑ:stə] *s* häftplåster

**stickleback** ['stɪklbæk] *s* fisk spigg

**stickler** ['stɪklə] *s* pedant; ***be a ~ for etiquette*** hålla strängt på etiketten

**stick-on** ['stɪkɒn] *a* gummerad, självhäftande [~ *labels*]

**stick-up** ['stɪkʌp] *s* sl. rånöverfall, rånkupp

**sticky** ['stɪkɪ] *a* **1** klibbig, kladdig **2** om väder tryckande, klibbig **3** besvärlig, kinkig [*a ~ problem*]

**stiff** [stɪf] **I** *a* **1** styv [~ *collar*], stel [~ *legs*]; ~ ***brush*** hård borste; ***keep a ~ upper lip*** bita ihop tänderna, inte förändra en min **2** stram, stel [*a ~ manner*]; ***a ~ whisky*** en stor (stadig) whisky **3** hård [~ *competition*], skarp [*a ~ protest*] **4** vard. styv, dryg, jobbig [*a ~ walk*], svår, besvärlig [*a ~ climb (task)*], seg **II** *adv*, ***bore a p.*** ~ tråka ut (ihjäl) ngn

**stiffen** ['stɪfn] *tr* göra styv (stel); styvna, stelna, hårdna

**stifle** ['staɪfl] *tr* kväva

**stifling** ['staɪflɪŋ] *a* kvävande [~ *heat*]

**stigmatize** ['stɪgmətaɪz] *tr* bildl. brännmärka, stämpla [~ *a p. as a traitor*]

**stile** [staɪl] *s* klivstätta

**stiletto** [stɪ'letəʊ] *s* stilett

**1 still** [stɪl] **I** *a* stilla; tyst; ***keep*** ~ hålla sig stilla **II** *s* stillbild **III** *adv* **1** tyst och stilla [*sit* ~] **2** ännu, fortfarande [*he is ~ busy*]; ***when (while) ~ a child*** redan som barn **3** vid komparativ ännu [~ *better*] **IV** *konj* likväl, ändå, dock

**2 still** [stɪl] *s* **1** destillationsapparat **2** bränneri

**still-birth** ['stɪlbɜ:θ] *s* **1** dödfödsel **2** dödfött barn

**still-born** ['stɪlbɔ:n] *a* dödfödd

**still-life** ['stɪl'laɪf] (pl. ~*s*) *s* stilleben

**stilt** [stɪlt] *s* stylta

**stilted** ['stɪltɪd] *a* om t. ex. stil uppstyltad

**stimulant** ['stɪmjʊlənt] *s* stimulerande medel; stimulans

**stimulate** ['stɪmjʊleɪt] *tr* stimulera, egga

**stimulation** [,stɪmjʊ'leɪʃ(ə)n] *s* stimulering

**stimulus** ['stɪmjʊləs] (pl. *stimuli* ['stɪmjʊli:]) *s* stimulans; drivfjäder

**sting** [stɪŋ] **I** *s* **1** gadd **2** stick, sting, styng, bett av t. ex. insekt; ***take the ~ out of*** bildl. bryta udden av **II** (*stung stung*) *tr itr* **1** sticka, stinga [*stung by a bee*]; stickas; om nässla bränna; brännas **2** bildl. såra

**stinging-nettle** ['stɪŋɪŋ,netl] *s* brännnässla

**stingy** ['stɪndʒɪ] *a* snål, knusslig

**stink** [stɪŋk] **I** (*stank stunk*) *itr tr* stinka; ~ ***of*** stinka av, lukta; ~ ***out*** förpesta luften i, förpesta **II** *s* **1** stank, dålig lukt **2** vard. ramaskri

**stinker** ['stɪŋkə] *s* vard. **1** äckel, kräk **2** hård nöt att knäcka, något ursvårt

**stinking** ['stɪŋkɪŋ] *a* stinkande

**stint** [stɪnt] *tr* snåla med; vara snål mot; ~ ***oneself*** snåla

**stipulate** ['stɪpjʊleɪt] *tr* stipulera, fastställa [~ *a price*]; avtala

**stipulation** [,stɪpjʊ'leɪʃ(ə)n] *s* stipulation, stipulering, bestämmelse i t. ex. kontrakt

**stir** [stɜ:] **I** *tr itr* **1** röra, sätta i rörelse; ~ ***the imagination*** sätta fantasin i rörelse; [*a breeze*] ***stirred the lake*** ... krusade sjön; ~ ***oneself*** sätta i gång, rycka upp sig; ~ ***up*** hetsa upp; väcka [~ *up interest*]; sätta i gång, ställa till [~ *up trouble* (bråk)] **2** röra, röra i, röra om i [~ *the fire (porridge)*] **3** röra sig [*not a leaf stirred*], börja röra på sig; ***he never stirred out of the house*** han gick aldrig ut

**II** *s*, ***make (create) a great*** ~ åstadkomma stor uppståndelse

**stirring** ['stɜ:rɪŋ] *a* rörande, gripande, spännande [~ *events*]

**stirrup** ['stɪrəp] *s* stigbygel

**stitch** [stɪtʃ] **I** *s* **1** stygn; ***a ~ in time saves nine*** ordspr. bättre stämma i bäcken än i ån **2** maska i t. ex. stickning [*drop* (tappa) *a* ~] **3** ***have not a ~ on*** vara naken, inte ha en tråd på sig **4** håll i sidan; ***I was in stitches*** jag skrattade så jag höll på att dö **II** *tr itr* sy, sticka söm; brodera; ~ ***together*** el. ~ sy ihop; ~ ***on*** sy fast (på); ~ ***up*** sy ihop

**stoat** [stəʊt] *s* vessla

**stock** [stɒk] **I** *s* **1** stock, stubbe **2** stam av t. ex. träd **3** underlag för ympning, grundstam **4** block, stock, kloss **5** härstamning, släkt [*of Dutch* ~] **6** bot. lövkoja **7** buljong, spad **8** lager [~ *of butter*], förråd; ***take*** ~ göra en inventering; bildl. granska läget; ***have (keep) in*** ~ lagerföra, ha på (i) lager; ***be out of*** ~ vara slut [på lagret] **9** ekon. aktier; ~***s and shares*** el. ~***s*** börspapper, fondpapper
**II** *a* **1** stereotyp, klichéartad [~ *situations*]; ~ ***example*** typexempel; ~ ***sizes*** standardstorlekar **2** ~ ***exchange*** fondbörs
**III** *tr* **1** fylla med lager [~ *the shelves*]; ***well stocked with*** välförsedd med, välsorterad i (med) **2** lagerföra, ha på lager; ~ ***up*** fylla på lagret av
**stockade** [stɒ'keɪd] *s* palissad, pålverk
**stockbroker** ['stɒkˌbrəʊkə] *s* fondmäklare, börsmäklare
**stockfish** ['stɒkfɪʃ] *s* stockfisk, lutfisk
**Stockholm** ['stɒkhəʊm]
**stockinet** [ˌstɒkɪ'net] *s* slät trikå
**stocking** ['stɒkɪŋ] *s* lång strumpa
**stock-still** ['stɒk'stɪl] *a* alldeles stilla
**stock-taking** ['stɒkˌteɪkɪŋ] *s* hand. m. m. lagerinventering
**stocky** ['stɒkɪ] *a* undersätsig, satt
**stodgy** ['stɒdʒɪ] *a* **1** om mat tung, mastig [*a* ~ *pudding*] **2** bildl. tråkig
**stoke** [stəʊk] *tr* elda, sköta elden i [~ *a furnace*]; ~ ***the fire*** sköta elden; ~ ***up*** förse med bränsle
**stoker** ['stəʊkə] *s* eldare
**stole** [stəʊl] se *steal*
**stolen** ['stəʊl(ə)n] se *steal*
**stolid** ['stɒlɪd] *a* trög, slö
**stomach** ['stʌmək] **I** *s* magsäck; mage; buk; ***on an empty*** ~ på fastande mage; ~ ***trouble*** magbesvär **II** *tr* **1** kunna äta, tåla **2** bildl. tåla, smälta [~ *an insult*]
**stomach-ache** ['stʌməkeɪk] *s* magvärk; ***I have got*** ~ ***(a*** ~***)*** jag har ont i magen
**stomach-pump** ['stʌməkpʌmp] *s* magpump
**stone** [stəʊn] **I** *s* **1** sten; ***precious*** ~ ädelsten; ***the Stone Age*** stenåldern; ***leave no*** ~ ***unturned*** pröva alla medel (vägar) **2** kärna i stenfrukt **3** (pl. vanl. *stone*) viktenhet = 14 ***pounds*** (6,36 kg) [*he weighs 11* ~ (~*s*)] **II** *tr* **1** stena; kasta sten på **2** kärna ur stenfrukt
**stone-cold** ['stəʊn'kəʊld] *a* iskall
**stone-dead** ['stəʊn'ded] *a* stendöd
**stone-deaf** ['stəʊn'def] *a* stendöv
**stoneware** ['stəʊnweə] *s* stengods
**stony** ['stəʊnɪ] *a* **1** stenig [~ *road*] **2** stenhård, isande [~ *silence*]
**stony-broke** ['stəʊnɪ'brəʊk] *a* sl. luspank
**stood** [stʊd] se *stand I*
**stooge** [stu:dʒ] *s* **1** ungefär 'skottavla' hjälpaktör till komiker **2** vard. underhuggare, strykpojke
**stool** [stu:l] *s* **1** stol utan ryggstöd, pall; ***fall between two*** ~***s*** bildl. sätta sig mellan två stolar **2** med. avföring
**stool-pigeon** ['stu:lˌpɪdʒən] *s* **1** lockfågel **2** vard. tjallare
**1 stoop** [stu:p] **I** *itr* **1** luta (böja) sig, luta (böja) sig ned [ofta ~ *down*] **2** bildl. nedlåta sig **II** *s* kutryggighet; ***with a*** ~ kutryggig
**2 stoop** [stu:p] *s* amer. öppen veranda
**stop** [stɒp] **I** *tr itr* **1** stoppa, stanna; hindra; ~ ***thief!*** ta fast tjuven!; ~ ***at nothing*** inte sky några medel; ~ ***by for a chat*** titta in för en pratstund; ~ ***dead (short)*** tvärstanna; ~ ***over*** stanna över [*at* i, vid] **2** sluta, sluta med [~ *that nonsense!*]; ~ ***it!*** sluta!, låt bli!; ~ ***work*** sluta arbeta; lägga ner arbetet **3** stoppa (proppa) igen, täppa till (igen) [ofta ~ *up*; ~ *a leak*]; ~ ***one's ears*** hålla för öronen; ***my nose is stopped up*** jag är täppt i näsan; ***the pipe is stopped up*** röret är igentäppt **4** om ljud m. m. sluta, upphöra **5** vard. **a)** stanna [~ *at home*], bo [~ *at a hotel*]; ~ ***for*** stanna kvar till [*won't you* ~ *for dinner?*]; ***he is stopping here for a week*** han bor här en vecka; ~ ***up late*** stanna uppe länge **b)** ~ ***the night*** stanna över, ligga över
**II** *s* **1** stopp; uppehåll, avbrott; ***come to a full*** ~ ***(a*** ~***)*** avstanna helt; göra halt; ***put a*** ~ ***to*** sätta stopp (p) för **2** hållplats [*bus-stop*] **3** skiljetecken; stop punkt; ***full*** ~ punkt
**stopgap** ['stɒpgæp] *s* **1** tillfällig ersättning (åtgärd); nödfallsutväg **2** ersättare
**stop-light** ['stɒplaɪt] *s* trafik. **1** stoppljus, rött ljus **2** bromsljus
**stoppage** ['stɒpɪdʒ] *s* **1** tilltäppning **2** a) avbrytande; stopp; stockning b) avbrott c) driftstörning, driftstopp d) arbetsnedläggelse
**stopper** ['stɒpə] *s* propp i t. ex. flaska, plugg
**stop-press** ['stɒppres] *s,* ~ ***news*** el. ~ press-stopp-nyheter, pressläggningsnytt
**stop-watch** ['stɒpwɒtʃ] *s* stoppur, tidtagarur
**storage** ['stɔ:rɪdʒ] *s* **1** lagring, magasinering; ~ ***battery (cell)*** elektr. ackumulator; batteri **2** magasinsutrymme, lagerutrymme; lagringskapacitet
**store** [stɔ:] **I** *s* **1** förråd, lager; pl. ~*s* förråd [*military* ~*s*]; ***be in*** ~ ***for a p.*** vänta ngn **2** magasin, förrådshus **3 a)** vanl., ~*s*

varuhus [äv. *department ~s (~)*], storbutik [*co-operative ~s*]; ***general ~s*** lanthandel, diversehandel **b)** speciellt amer. butik, affär **II** *tr* lägga upp lager av, samla på lager, lagra; förvara, magasinera [*~ furniture*]; elektr. m. m. ackumulera

**storehouse** ['stɔ:haʊs] *s* magasin, förrådshus

**storekeeper** ['stɔ:ˌki:pə] *s* amer. butiksinnehavare

**store-room** ['stɔ:rʊm] *s* **1** förrådsrum; skräpkammare; vindskontor **2** lagerlokal

**storey** ['stɔ:rɪ] *s* våning, våningsplan, etage; ***on the first ~*** en trappa upp, amer. på nedre botten

**storeyed** ['stɔ:rɪd] *a* i sammansättningar med... våningar, -vånings- [*a three-storeyed house*]

**stork** [stɔ:k] *s* stork

**storm** [stɔ:m] **I** *s* **1** oväder, svår storm; ***a ~ of applause*** en bifallsstorm; ***a ~ in a teacup*** en storm i ett vattenglas **2** störtskur, skur **3** speciellt mil. stormning; ***take by ~*** ta med storm **II** *itr tr* bildl. rasa [*at* över, mot]; rusa häftigt (i raseri) [*~ out of a room*]

**stormy** ['stɔ:mɪ] *a* stormig

**story** ['stɔ:rɪ] *s* **1** historia, berättelse **2** ***short ~*** novell; handling i t. ex. bok, film **3** osanning speciellt barns; ***tell stories*** tala osanning

**story-book** ['stɔ:rɪbʊk] *s* sagobok

**story-teller** ['stɔ:rɪˌtelə] *s* **1** historieberättare; sagoberättare **2** vard. lögnare

**story-writer** ['stɔ:rɪˌraɪtə] *s* novellförfattare; sagoförfattare

**stout** [staʊt] **I** *a* stark, kraftig; robust; om person bastant, tjock **II** *s* ungefär porter

**stove** [stəʊv] *s* ugn; kamin; spis

**stow** [stəʊ] *tr itr* stuva, stuva in, packa; ***~ away*** a) stuva undan b) gömma sig ombord, fara som fripassagerare

**stowaway** ['stəʊəweɪ] *s* fripassagerare

**straddle** ['strædl] *itr tr* skreva; sitta grensle; sitta grensle på

**straggle** ['strægl] *itr* sacka efter; vara (ligga) spridd; spreta, bre ut sig

**straggler** ['stræglə] *s* eftersläntrare

**straggling** ['stræglɪŋ] *a* eftersläntrande; som sprider (grenar ut) sig åt olika håll; spretig

**straight** [streɪt] **I** *a* **1** rak [*a ~ line*], rät; ***is my hat on ~?*** sitter min hatt rätt?; ***put ~*** rätta till **2** i följd, rak [*ten ~ wins*] **3** ***get (put) ~*** få ordning (rätsida) på, ordna upp [*get one's affairs ~*] **4** uppriktig, ärlig, öppenhjärtig [*a ~ answer*] **5** ärlig, hederlig **II** *adv* **1 a)** rakt, rätt [*~ up (through)*], mitt, tvärs [*~ across the street*]; rak, rakt, upprätt [*sit (stand, walk) ~*]; ***~ on*** rakt fram; ***sit up ~*** sitta rak **b)** rätt, riktigt; logiskt [*think ~*] **2** direkt, raka vägen [*go ~ to London*], rakt [*he went ~ into...*]; genast [*I went ~ home*] **3** bildl. hederligt [*live ~*]; ***go ~*** vard. föra ett hederligt liv **4** ***~ away (off)*** genast, på ögonblicket; tvärt **5** ***~ out*** el. ~ direkt, rent ut [*I told him ~ (~ out) that...*] **III** *s* rakstäcka

**straightaway** ['streɪtə'weɪ] *adv* genast

**straighten** ['streɪtn] *tr* räta, räta ut, rikta; räta på [*~ one's back*]; rätta till [*~ one's tie*]; ***~ out*** räta ut; ***it will ~ itself out*** det ordnar sig

**straightforward** ['streɪt'fɔ:wəd] *a* **1** uppriktig, ärlig, rättfram **2** enkel, okomplicerad [*a ~ problem*]; normal

**strain** [streɪn] **I** *tr itr* **1** spänna, sträcka **2** slita på; överanstränga; ***~ one's ears*** lyssna spänt; ***~ every nerve*** anstränga sig till det yttersta; ***~ oneself*** överanstränga sig **3** med. sträcka [*~ a muscle*] **4** sila, filtrera; passera **5** ***~ at*** streta (slita) med **II** *s* **1** spänning, påfrestning, tryck **2** ansträngning, påfrestning [*on* för]; press, stress [*the ~ of modern life*]; överansträngning; ***mental ~*** psykisk påfrestning; ***nervous ~*** nervpress, stress; ***be a ~ on a th.*** fresta på ngt; ***it's a ~ on the eyes*** det är ansträngande för ögonen; ***it's a ~ on my nerves*** det sliter på nerverna; ***put a great ~ on*** hårt anstränga **3** vanl. pl. *~s* toner, musik

**strained** [streɪnd] *a* spänd; ansträngd

**strainer** ['streɪnə] *s* sil; filter

**strait** [streɪt] *s* **1** ~ el. *~s* sund **2** pl. *~s* trångmål; ***in financial ~s*** i penningknipa

**straiten** ['streɪtn] *tr*, ***in straitened circumstances*** i knappa omständigheter

**strait-jacket** ['streɪtˌdʒækɪt] *s* tvångströja

**strait-laced** ['streɪt'leɪst] *a* trångbröstad, bigott; pryd

**1 strand** [strænd] *s* repsträng; tråd

**2 strand** [strænd] *tr* sätta på grund [*~ a ship*]; ***be stranded*** stranda, sitta fast; ***be left stranded*** el. ***be stranded*** bildl. vara strandsatt

**strange** [streɪndʒ] *a* främmande; egendomlig, underlig; ***~ to say*** egendomligt (underligt)

**strange-looking** ['streɪndʒˌlʊkɪŋ] *a* med ett egendomligt utseende

**stranger** ['streɪndʒə] *s* främling; pl. *~s* äv. främmande människor, obekanta

**strangle** ['stræŋgl] *tr* strypa; förkväva
**stranglehold** ['stræŋglhəʊld] *s* sport. strupgrepp; bildl. järngrepp; ***put a ~ on*** strypa åt
**strangulate** ['stræŋgjʊleɪt] *tr* strypa
**strangulation** [ˌstræŋgjʊ'leɪʃ(ə)n] *s* strypning
**strap** [stræp] **I** *s* **1** rem; band; packrem; ***watch ~*** klockarmband **2** stropp **3** byxhälla **4** strigel **II** *tr* fästa (spänna fast) med rem (remmar)
**strapping** ['stræpɪŋ] *a* vard. stor och kraftig
**strata** ['strɑːtə, 'streɪtə] *s* se *stratum*
**stratagem** ['strætədʒəm] *s* list, fint, knep
**strategic** [strə'tiːdʒɪk] *a* o. **strategical** [strə'tiːdʒɪkəl] *a* strategisk
**strategist** ['strætədʒɪst] *s* strateg
**strategy** ['strætədʒɪ] *s* strategi, taktik
**stratosphere** ['strætəˌsfɪə] *s* stratosfär
**stratum** ['strɑːtəm, 'streɪtəm] (pl. *strata* ['strɑːtə, 'streɪtə]) *s* geol., bildl. skikt, lager
**straw** [strɔː] **I** *s* **1** strå, halmstrå; ***that was the last ~*** ordspr. det var droppen som kom bägaren att rinna över, det var droppen... ; ***catch (clutch, grasp) at a ~*** bildl. gripa efter ett halmstrå **2** halm; strå **3** sugrör **II** *a* halm- [*~ hat*]
**strawberry** ['strɔːbərɪ] *s* jordgubbe; ***wild ~*** skogssmultron, smultron
**stray** [streɪ] **I** *itr* **1** gå vilse **2** glida, vandra [*his hand strayed towards his pocket*] **II** *s* vilsekommet djur **III** *a* **1** kringdrivande, vilsekommen [*~ cattle*], herrelös [*a ~ cat (dog)*] **2** tillfällig, strö- [*a ~ customer*]; förlupen [*a ~ bullet*]
**streak** [striːk] **I** *s* **1** strimma, rand; streck; ***~ of lightning*** blixt; ***like a ~ of lightning*** el. ***like a ~*** bildl. som en oljad blixt **2** drag, inslag [*a ~ of cruelty*] **II** *itr* vard. susa, svepa [*the car streaked along*]
**stream** [striːm] **I** *s* ström; vattendrag, å, bäck; ***a constant (continuous) ~*** bildl. en jämn ström **II** *itr* **1** strömma; rinna, flöda [*sweat was streaming down his face*] **2** ***~ with*** rinna (drypa) av
**streamer** ['striːmə] *s* **1** vimpel **2** serpentin; remsa
**streamline** ['striːmlaɪn] **I** *s* strömlinje; strömlinjeform **II** *tr* strömlinjeforma; ***streamlined*** strömlinjeformad [*streamlined cars*]
**street** [striːt] *s* gata; ***~ cleaner*** gatsopare; ***~ musician*** gatumusikant; ***they are not in the same ~*** vard. de står inte i samma klass; ***walk (be, go) on the ~s*** el. ***walk the ~s*** om prostituerad gå på gatan; ***it's just up (amer. down) my street*** vard. det passar mig precis; ***be streets ahead of a p.*** vard. ligga långt före ngn
**streetcar** ['striːtkɑː] *s* amer. spårvagn
**street-door** ['striːtdɔː] *s* port, ytterdörr
**street-lamp** ['striːtlæmp] *s* gatlykta
**street-lighting** ['striːtˌlaɪtɪŋ] *s* gatubelysning
**street-sweeper** ['striːtˌswiːpə] *s* gatsopare
**street-walker** ['striːtˌwɔːkə] *s* gatflicka
**strength** [streŋθ] *s* **1** styrka; kraft, krafter; bildl. stark sida [*one of his ~s is...*]; ***armed ~*** väpnad styrka; ett lands krigsmakt; ***go from ~ to ~*** gå från klarhet till klarhet; ***on the ~ of*** på grund av, på [*on the ~ of his recommendation*] **2** styrka, numerär [*the ~ of the enemy*]; ***be below ~*** vara underbemannad; ***in great ~*** el. ***in ~*** i stort antal; ***be in full ~*** el. ***be up to ~*** vara fulltalig
**strengthen** ['streŋθ(ə)n] *tr itr* stärka, styrka; förstärka; förstärkas
**strenuous** ['strenjʊəs] *a* **1** ansträngande, påfrestande [*~ work*] **2** ihärdig [*make ~ efforts*]
**stress** [stres] **I** *s* **1** tryck; psykol. stress; ***be suffering from ~*** vara stressad **2** vikt; ***lay ~ on*** framhålla, betona; lägga vikt vid **3** betoning, tonvikt, tryck, accent; huvudton, ton [*the ~ is on the first syllable*] **4** mek. spänning; tryck, belastning **II** *tr* betona, framhålla, understryka
**stress-mark** ['stresmɑːk] *s* accenttecken
**stretch** [stretʃ] **I** *tr itr* **1** spänna [*~ a rope*], sträcka; tänja ut; sträcka ut; sträcka på [*~ one's neck*]; ***~ one's legs*** sträcka på benen **2** sträcka på sig [*~ and yawn*], sträcka på benen **3** sträcka sig [*the wood stretches for miles*] **4** tänja sig, töja ut sig; gå att töja ut [*rubber stretches easily*] **II** *s* sträcka; trakt, område [*a ~ of meadow*]; avsnitt, stycke [*for long stretches the story is dull*]; ***at a ~*** i ett sträck **III** *a*, ***~ nylon*** crepénylon; ***~ tights*** strumpbyxor
**stretchable** ['stretʃəbl] *a* tänjbar, töjbar
**stretcher** ['stretʃə] *s* sjukbår
**stretcher-bearer** ['stretʃəˌbeərə] *s* sjukbärare, bårbärare
**strew** [struː] *tr* strö, strö ut; beströ
**stricken** ['strɪk(ə)n] *a* olycksdrabbad [*a ~ area*]; ***~ with panic*** gripen av panik
**strict** [strɪkt] *a* sträng [*with* mot]; strikt; ***in a ~ sense*** i egentlig mening
**strictly** ['strɪktlɪ] *adv* strängt [*~ forbid-*

*den*]; strikt; i egentlig mening; ~ ***speaking*** strängt taget
**stridden** ['strɪdn] se *stride I*
**stride** [straɪd] **I** (*strode stridden*) *itr* gå med långa steg [~ *off (away)*], stega, kliva **II** *s* långt steg, kliv; ***make great (rapid)*** ~*s* bildl. göra stora (snabba) framsteg; ***get into one's*** ~ börja komma i gång; ***take a th. in one's*** ~ klara ngt; ***throw a p. off (out of) his*** ~ få ngn att förlora fattningen
**strife** [straɪf] *s* stridighet, missämja; strid; ***industrial*** ~ konflikter på arbetsmarknaden; ***political*** ~ politiska strider
**strike** [straɪk] **I** (*struck struck*) *tr itr* **1** slå; slå till; slå på; ~ ***dumb*** göra stum **2** träffa [*the blow struck him on the chin*]; drabba, hemsöka **3** slå (stöta, köra) emot [*the car struck a tree*], sjö. gå (stöta) på [*the ship struck a mine*]; ~ ***bottom*** få bottenkänning **4** träffa på, upptäcka [~ *gold*] **5** a) slå, frappera [*what struck me was* . . . ] b) förefalla, tyckas [*it* ~*s me as (as being) the best*] **6** stryka [~ *a name from the list*; ~ *a p. off* (från, ur) *the register*] **7** sjö. stryka [~ *sail*] **8** avsluta, göra upp, träffa [~ *a bargain with a p.*] **9** slå, stöta [*against a th.* emot ngt]; ~ ***at*** slå efter; bildl. angripa; ~ ***lucky*** ha tur **10** om klocka slå [*the clock struck four*] **11** mil. anfalla **12** strejka **13** slå ned [*the lightning struck*] □ ~ **back** slå igen (tillbaka); ~ **off** a) hugga (slå) av b) stryka [~ *off a name from the list*]; ~ **out** stryka, stryka ut (över) [~ *out a name (word)*]; ~ **up** a) inleda, knyta [~ *up a friendship*] b) stämma (spela) upp [*the band struck up a waltz*]
**II** *s* **1** strejk; ~ ***benefit (pay)*** strejkunderstöd; ~ ***fund*** strejkkassa; ***general*** ~ storstrejk, generalstrejk; ***sympathetic*** ~ sympatistrejk; ***call a*** ~ utlysa strejk; ***be out on*** ~ el. ***be on*** ~ strejka; ***go (come) out on*** ~ gå i strejk, lägga ner arbetet **2** mil., ***nuclear*** ~ kärnvapenanfall
**strike-breaker** ['straɪkˌbreɪkə] *s* strejkbrytare
**striker** ['straɪkə] *s* **1** strejkare, strejkande **2** fotb. anfallsspelare
**striking** ['straɪkɪŋ] *a* **1** slående, påfallande, markant [*a* ~ *likeness*] **2** ***within*** ~ ***distance*** inom skotthåll (bildl. räckhåll)
**strikingly** ['straɪkɪŋlɪ] *adv* slående, påfallande [~ *beautiful*]; markant
**string** [strɪŋ] **I** *s* **1** snöre; band, snodd; ***piece of*** ~ snöre **2 a)** sträng [*the* ~*s of a violin*], sena [*the* ~*s of a tennis racket*] **b** pl. ~*s* stråkinstrument, stråkar **c)** attributivt stråk- [~ *orchestra (quartet)*], sträng- [~ *instruments*] **3** bildl. uttryck:, ***pull the*** ~***s*** hålla (dra) i trådarna; ***pull*** ~***s*** använda sitt inflytande, mygla; ***without*** ~***s*** vard. utan några förbehåll **4** ~ ***of pearls*** pärlhalsband; ***a*** ~ ***of onions*** en lökfläta **5** serie, följd [*a* ~ *of events*]; kedja [*a* ~ *of hotels*] **II** (*strung strung*) *tr* **1** stränga [~ *a racket (violin)*] **2** ~ ***up*** el. ~ hänga upp på t. ex. snöre **3** behänga [*a room strung with festoons* (girlander)] **4** trä upp på band (snöre) [~ *pearls*]; ~ ***together*** sätta (länka) ihop [~ *words together*] **5** snoppa, rensa [~ *beans*] **6** ***be all strung up*** bildl. vara på helspänn **7** ~ ***along with*** vard. hålla ihop med; ~ ***together*** hänga ihop
**string-bag** ['strɪŋbæg] *s* nätkasse
**string-bean** ['strɪŋbi:n] *s* speciellt amer. skärböna
**stringed** [strɪŋd] *a*, ~ ***instrument*** stränginstrument
**stringent** ['strɪndʒ(ə)nt] *a* **1** sträng [~ *rules*]; ekon., polit. stram [~ *policy*] **2** strängt logisk, stringent
**stringy** ['strɪŋɪ] *a* trådig, senig [~ *meat*]
**1 strip** [strɪp] *tr itr* **1 a)** skrapa av (bort), skala av (bort); ~ ***off*** ta av sig [~ *off one's shirt*] **b)** klä av; skrapa (plocka) ren [*of* från, på]; ~ ***a p. of a th.*** beröva ngn ngt **2** klä av sig; strippa
**2 strip** [strɪp] *s* **1** remsa [*a* ~ *of cloth*], list, skena [*a* ~ *of metal*], stycke **2** serie; ***comic*** ~ skämtserie, tecknad serie; ***film*** ~ bildband **3** sport. vard. lagdräkt
**stripe** [straɪp] **I** *s* **1** rand; strimma **2** mil. streck i gradbeteckning **II** *tr* göra randig
**striped** [straɪpt] *a* randig; strimmig
**strip-lighting** ['strɪpˌlaɪtɪŋ] *s* lysrörsbelysning
**stripper** ['strɪpə] *s* vard. striptease-artist, strippa
**strip-poker** [ˌstrɪp'pəʊkə] *s* klädpoker
**strip-tease** ['strɪpti:z] **I** *s* striptease **II** *itr* göra striptease, strippa
**strive** [straɪv] (*strove striven*) *itr* sträva, bemöda sig
**striven** ['strɪvn] se *strive*
**strode** [strəʊd] se *stride I*
**1 stroke** [strəʊk] *s* **1** slag [*the* ~ *of a hammer*]; klockslag **2** med. slaganfall **3** tekn. a) kolvslag b) slaglängd c) takt [*four-stroke engine*] **4** i bollspel slag; simn. simtag; ***do the butterfly*** ~ simma fjärilsim **5** streck [*thin* ~*s*]; ***with a*** ~ ***of the pen*** med ett penndrag **6** bildl. drag, grepp [*a masterly* ~]; ***do a*** ~ ***(a good*** ~***) of business*** göra en bra affär; ***that was a*** ~ ***of genius*** det var ett snilledrag; ***what a*** ~ ***of luck!*** en

sådan tur!; ***he doesn't do a ~ (a ~ of work)*** han gör inte ett handtag
**2 stroke** [strəʊk] **I** *tr* stryka, smeka [~ *a cat*]; ~ ***one's beard*** stryka sig om skägget; ~ ***ap. the wrong way*** bildl. stryka ngn mothårs **II** *s* strykning
**stroll** [strəʊl] **I** *itr tr* promenera, flanera; promenera (flanera) på **II** *s* promenad; ***be out for a ~*** vara ute och promenera
**strong** [strɒŋ] **I** *a* stark; kraftig; stor [*there is a ~ likelihood that...* ]; ivrig, varm [~ *supporters*] **II** *adv* starkt, kraftigt [*smell ~*]; ***be still going ~*** vard. ännu vara i sin fulla kraft; vara i full gång
**stronghold** ['strɒŋhəʊld] *s* fäste, borg
**strongly** ['strɒŋlɪ] *adv* starkt, kraftigt; på det bestämdaste [*I ~ advise you to go*]
**strong-room** ['strɒŋrʊm] *s* kassavalv
**strong-willed** ['strɒŋ'wɪld] *a* viljestark
**strove** [strəʊv] se *strive*
**struck** [strʌk] se *strike I*
**structure** ['strʌktʃə] *s* struktur; byggnadsverk
**struggle** ['strʌgl] **I** *itr* **1** kämpa, strida, brottas **2** streta, knoga [~ *up a hill*], kämpa (arbeta) sig [~ *through a book*]; ~ ***along*** knaggla sig fram **II** *s* kamp, strid; kämpande; ***they put up a ~*** de bjöd motstånd
**strum** [strʌm] *itr* klinka [~ *on the piano*], knäppa [~ *on the banjo*]
**strung** [strʌŋ] se *string II*
**strut** [strʌt] *itr* stoltsera; kråma sig
**stub** [stʌb] **I** *s* **1** stump; ***cigar*** ~ cigarrstump, cigarrfimp **2** stubbe **3** talong, stam på t.ex. biljetthäfte **II** *tr* **1** ~ ***one's toe*** stöta tån **2** ~ ***out*** el. ~ fimpa [~ *a cigarette*]
**stubble** ['stʌbl] *s* stubb; skäggstubb
**stubborn** ['stʌbən] *a* envis [*a ~ illness*], hårdnackad [~ *resistance*]
**stubby** ['stʌbɪ] *a* **1** stubbig **2** kort och bred; knubbig [~ *fingers*], satt
**stuck** [stʌk] se *2 stick*
**stuck-up** ['stʌk'ʌp] *a* vard. mallig, uppblåst
**1 stud** [stʌd] *s* **1** stall uppsättning hästar [*racing ~*] **2** stuteri **3** avelshingst
**2 stud** [stʌd] **I** *s* **1** lös kragknapp; ***shirt (dress)*** ~ el. ~ skjortknapp, bröstknapp **2** a) stift, spik b) dobb, på t.ex. däck dubb **II** *tr* **1** a) besätta (beslå) med stift b) dubba [*studded tyres*] **2** späcka [*studded with quotations*]; ***studded with jewels*** juvelbesatt
**student** ['stju:d(ə)nt] *s* studerande [*medical ~*]; student [*university ~s*], amer. äv. elev
**studied** ['stʌdɪd] *a* medveten, överlagd, avsiktlig [~ *insult*], utstuderad
**studio** ['stju:dɪəʊ] *s* ateljé; studio; pl. *~s* filmstad; ***film*** ~ filmateljé, filmstudio
**studious** ['stju:djəs] *a* flitig, flitig i sina studier
**study** ['stʌdɪ] **I** *s* **1** studier [*fond of ~*], studerande; studium, undersökning; ~ ***circle*** studiecirkel; ***make a ~ of a th.*** studera ngt, bemöda sig om ngt **2** arbetsrum, läsrum; ***headmaster's*** ~ rektorsexpedition **3** mus. etyd
**II** *tr itr* studera, läsa [~ *medicine*], lära sig; studera (lära) in [~ *a part*]; undersöka, granska; vara mån om
**stuff** [stʌf] **I** *s* **1** material, ämne; materia; ***the same old*** ~ det gamla vanliga; ***it's poor*** ~ det är ingenting att ha; ***some sticky*** ~ något klibbigt **2** vard. **a)** saker, grejor [*I've packed my ~*] **b)** ***do your ~!*** visa vad du kan!; ***he knows his*** ~ han kan sin sak; ~ ***and nonsense*** struntprat
**II** *tr* **1** stoppa [~ *a cushion*], stoppa (proppa) full [*with* med]; ~ ***oneself with food*** proppa i sig mat **2** ~ ***up*** el. ~ täppa till; ***my nose is stuffed up*** jag är täppt i näsan **3** stoppa upp [~ *a bird*] **4** kok. fylla, färsera
**stuffed** [stʌft] *a* **1** stoppad; fullstoppad, fullproppad [~ *with facts*] **2** kok. fylld [~ *turkey*], färserad **3** uppstoppad [~ *birds*]
**stuffing** ['stʌfɪŋ] *s* stoppning; uppstoppning; kok. fyllning [*turkey ~*], färs; inkråm
**stuffy** ['stʌfɪ] *a* **1** instängd, kvav **2** täppt [~ *nose*]
**stumble** ['stʌmbl] *itr* **1** snava, snubbla; ~ ***across*** stöta (råka) på **2** stappla; stamma
**stumbling-block** ['stʌmblɪŋblɒk] *s* stötesten [*to a p.* för ngn]
**stump** [stʌmp] **I** *s* stubbe **II** *tr*, ***the question stumped him*** vard. han gick bet på frågan
**stun** [stʌn] *tr* **1** bedöva [~ *a p. with a blow*] **2** överväldiga, förbluffa; chocka
**stung** [stʌŋ] se *sting II*
**stunk** [stʌŋk] se *stink I*
**stunning** ['stʌnɪŋ] *a* **1** bedövande [*a ~ blow*]; chockande **2** vard. fantastisk [*a ~ performance*]; jättesnygg
**stunt** [stʌnt] *s* vard. **1** konstnummer, trick; ***acrobatic*** *~s* akrobatkonster **2** jippo
**stunted** ['stʌntɪd] *a* förkrympt; ***be*** ~ vara hämmad i växten
**stupefy** ['stju:pɪfaɪ] *tr* bedöva; göra omtöcknad [*stupefied with* (av) *drink*]; göra häpen (bestört)

**stupendous** [stjʊ'pendəs] *a* häpnadsväckande, förbluffande; kolossal
**stupid** ['stju:pɪd] *a* dum, enfaldig
**stupidity** [stjʊ'pɪdətɪ] *s* dumhet, enfald
**stupor** ['stju:pə] *s* dvala, omtöcknat tillstånd; ***in a drunken*** ~ redlöst berusad
**sturdy** ['stɜ:dɪ] *a* robust, kraftig
**sturgeon** ['stɜ:dʒ(ə)n] *s* fisk stör
**stutter** ['stʌtə] **I** *itr* stamma **II** *s* stamning
**1 sty** [staɪ] *s* svinstia
**2 sty, stye** [staɪ] *s* med. vagel
**style** [staɪl] **I** *s* a) stil; stilart b) mode [*dressed in* (efter) *the latest* ~]; ***do things (it) in*** ~ slå på stort, leva på stor fot; ***live in great (grand)*** ~ el. ***live in*** ~ leva flott **II** *tr* **1** titulera [*he is styled 'Colonel'*] **2** formge, designa [~ *cars (dresses)*]; ~ ***a p.'s hair*** lägga frisyr på ngn
**stylish** ['staɪlɪʃ] *a* stilfull, stilig; moderiktig
**stylize** ['staɪlaɪz] *tr* stilisera
**stylus** ['staɪləs] *s* pickupnål
**styptic** ['stɪptɪk] **I** *a* blodstillande; ~ ***pencil*** alunstift **II** *s* blodstillande medel
**suave** [swɑ:v] *a* förbindlig, älskvärd
**subcommittee** ['sʌbkəˌmɪtɪ] *s* underutskott, underkommitté
**subconscious** ['sʌb'kɒnʃəs] **I** *a* undermedveten **II** *s* undermedvetande; ***the*** ~ det undermedvetna
**subcontinent** [ˌsʌb'kɒntɪnənt] *s* subkontinent [*the Indian* ~]
**subdivision** ['sʌbdɪˌvɪʒ(ə)n] *s* underavdelning
**subdue** [səb'dju:] *tr* underkuva [~ *a country*], kuva
**subdued** [səb'dju:d] *a* **1** underkuvad **2** dämpad [~ *light*], diskret [~ *colours*]; återhållsam
**subheading** ['sʌbˌhedɪŋ] *s* underrubrik
**subject** [substantiv, adjektiv o. adverb 'sʌbdʒɪkt, verb səb'dʒekt] **I** *s* **1** undersåte; ***he is a British*** ~ han är engelsk medborgare **2** ämne i t.ex. skola, för samtal; ***change the*** ~ byta samtalsämne; ***on the*** ~ ***of*** angående, om; ~ ***of (for)*** föremål för **3** gram. subjekt
**II** *a*, ~ ***to*** underkastad [~ *to changes*]; ***be*** ~ ***to*** utsättas för; ha anlag för, lida av [*be* ~ *to headaches*]; ***be*** ~ ***to duty*** vara tullpliktig
**III** *adv*, ~ ***to*** under förutsättning av [~ *to your approval* (godkännande)]; med förbehåll för [~ *to alterations*]
**IV** *tr* utsätta [*to* för]; ***be subjected to*** äv. vara föremål för, drabbas av
**subjection** [səb'dʒekʃ(ə)n] *s* underkuvande; underkastelse [*to* under]; beroende [*to* av]
**subjective** [səb'dʒektɪv] *a* subjektiv
**subject-matter** ['sʌbdʒɪktˌmætə] *s* innehåll, stoff [*the* ~ *of the book*]; ämne
**subjugate** ['sʌbdʒʊgeɪt] *tr* underkuva
**subjunctive** [səb'dʒʌŋktɪv] *a* gram. konjunktivisk; ***the*** ~ ***mood*** konjunktiven
**sublet** ['sʌb'let] (*sublet sublet*) *tr* hyra ut i andra hand
**sublime** [sə'blaɪm] **I** *a* storslagen **II** *s* storslagenhet
**sub-machine-gun** ['sʌbmə'ʃi:ngʌn] *s* kulsprutepistol, kpist
**submarine** [ˌsʌbmə'ri:n] *s* ubåt, undervattensbåt
**submerge** [səb'mɜ:dʒ] *tr* doppa (sänka) ner i vatten; översvämma
**submerged** [səb'mɜ:dʒd] *a*, ***be*** ~ vara (stå) under vatten
**submersion** [səb'mɜ:ʃ(ə)n] *s* nedsänkning; översvämning
**submission** [səb'mɪʃ(ə)n] *s* **1** underkastelse [*to* under] **2** framläggande, föredragning; presentation; föreläggande
**submissive** [səb'mɪsɪv] *a* undergiven, foglig
**submit** [səb'mɪt] *tr itr* **1** ~ ***to*** utsätta för; ~ ***oneself to*** underkasta sig **2** framlägga, föredra, presentera [~ *one's plans*]; avge [~ *a report to a p.*] **3** ge vika
**subnormal** [ˌsʌb'nɔ:m(ə)l] *a* som är under det normala [~ *temperatures*]
**subordinate** [adjektiv o. substantiv sə'bɔ:dənət, verb sə'bɔ:dɪneɪt] **I** *a* **1** underordnad [*a* ~ *position*]; lägre [*a* ~ *officer*], underlydande; bi- [*a* ~ *role*] **2** ~ ***clause*** gram. bisats **II** *s* underordnad [*his* ~*s*] **III** *tr* underordna [*to* under]; sätta i andra hand [~ *one's private interests*]
**subplot** ['sʌbplɒt] *s* sidohandling i roman
**subscribe** [səb'skraɪb] *tr itr* **1** teckna sig för, teckna **2** prenumerera, abonnera [~ *to* (på) *a newspaper*] **3** ge bidrag **4** ~ ***to*** skriva under [~ *to an agreement*], bildl. ansluta sig till, dela [~ *to a p.'s views*]
**subscriber** [səb'skraɪbə] *s* **1** prenumerant [~ *to* (på) *a newspaper*]; telefonabonnent; ~ ***trunk dialling*** tele. automatkoppling **2** bidragsgivare
**subscription** [səb'skrɪpʃ(ə)n] *s* **1 a)** teckning [~ *for* (av) *shares*]; insamling [*to* till]; ***start (raise) a*** ~ sätta i gång en insamling **b)** bidrag **2 a)** prenumeration [*to* på]; abonnemang; ***take out a*** ~ ***for*** prenu-

merera för **b)** prenumerationsavgift; medlemsavgift; undertecknande
**subsequent** ['sʌbsɪkwənt] *a* följande, efterföljande
**subsequently** ['sʌbsɪkwəntlɪ] *adv* därefter, sedan, efteråt
**subside** [səb'saɪd] *itr* **1** sjunka undan [*the flood has subsided*]; sjunka, sätta sig [*the house will* ~] **2** avta, lägga sig [*the wind began to* ~]
**subsidiary** [səb'sɪdjərɪ] **I** *a* **1** sido- [~ *theme*]; ~ ***character*** bifigur; ~ ***company*** dotterbolag **2** underordnad [*to a th.* ngt] **II** *s* dotterbolag, dotterföretag
**subsidize** ['sʌbsɪdaɪz] *tr* subventionera, understödja; perfekt particip ***subsidized*** subventionerad
**subsidy** ['sʌbsɪdɪ] *s* subvention, statsunderstöd, bidrag, anslag
**subsistence** [səb'sɪst(ə)ns] *s* uppehälle, utkomst; ***means of*** ~ existensmedel; ~ ***allowance*** traktamente
**substance** ['sʌbst(ə)ns] *s* **1** ämne, materia, stoff; substans [*a chalky* ~] **2** innehåll; huvudinnehåll, innebörd, andemening [*the* ~ *of a speech*]
**substandard** ['sʌb'stændəd] *a* undermålig; om språk ovårdad
**substantial** [səb'stænʃ(ə)l] *a* **1** verklig, reell, påtaglig **2** avsevärd, betydande [~ *improvement*], omfattande **3** stabil, gedigen; stadig, bastant [*a* ~ *meal*]
**substantiate** [səb'stænʃɪeɪt] *tr* bestyrka
**substantive** ['sʌbstəntɪv] *s* gram. substantiv
**substitute** ['sʌbstɪtju:t] **I** *s* **1** ställföreträdare, ersättare, vikarie; sport. reserv; ***the substitute's bench*** sport. avbytarbänken **2** ersättning, surrogat **II** *tr* **1** sätta i stället [*for* för]; ~ ***beer for wine*** ersätta vin med öl **2** vikariera, vara ersättare (avbytare) [*for* för]
**substitution** [ˌsʌbstɪ'tju:ʃ(ə)n] *s* utbyte; ersättande; ersättning
**subtenant** ['sʌb'tenənt] *s* hyresgäst i andra hand; ***be a*** ~ hyra i andra hand
**subterranean** [ˌsʌbtə'reɪnjən] *a* underjordisk
**subtitle** ['sʌbˌtaɪtl] **I** *s* **1** undertitel **2** film., pl. ~*s* text [*an English film with Swedish* ~*s*] **II** *tr* **1** förse med en undertitel **2** film. texta
**subtle** ['sʌtl] *a* **1** subtil, hårfin [*a* ~ *difference*]; obestämbar [*a* ~ *charm*], diskret [*a* ~ *perfume*] **2** utstuderad, raffinerad [~ *methods*] **3** vaken [*a* ~ *observer*]
**subtlety** ['sʌtltɪ] *s* subtilitet, hårfinhet; skärpa, skarpsinne
**subtract** [səb'trækt] *tr itr* subtrahera, dra ifrån [~ *6 from 9*], dra av
**subtraction** [səb'trækʃ(ə)n] *s* subtraktion
**subtropical** [ˌsʌb'trɒpɪk(ə)l] *a* subtropisk
**suburb** ['sʌbɜ:b] *s* förort, förstad; ***garden*** ~ villaförort, villastad, trädgårdsstad
**suburban** [sə'bɜ:b(ə)n] *a* **1** förorts-, förstads-; ~ ***area*** ytterområde **2** neds. småstadsaktig
**suburbanite** [sə'bɜ:bənaɪt] *s* förortsbo
**subversion** [səb'vɜ:ʃ(ə)n] *s* omstörtning
**subversive** [səb'vɜ:sɪv] *a* omstörtande [~ *activity* (verksamhet)]
**subway** ['sʌbweɪ] *s* gångtunnel; amer. tunnelbana
**succeed** [sək'si:d] *itr tr* **1** lyckas [*the attack succeeded*], ha framgång; ***nothing*** ~***s like success*** ordspr. den ena framgången drar den andra med sig **2** ~ ***to*** överta, ärva [~ *to an estate*]; ~ ***to the throne*** el. ~ överta tronen; efterträda, komma efter
**success** [sək'ses] *s* framgång, lycka [*with varying* ~], medgång; succé; ~ ***story*** framgångssaga; ***make a*** ~ ***of*** lyckas med; ***meet with*** ~ ha framgång, göra succé
**successful** [sək'sesf(ʊ)l] *a* framgångsrik [*in* i], lyckosam; lyckad [~ *experiments*]; succé- [~ *play*]; godkänd [~ *candidates*]
**succession** [sək'seʃ(ə)n] *s* **1** följd [*a* ~ *of years*], serie, rad; ordning, ordningsföljd **2** arvföljd; tronföljd
**successive** [sək'sesɪv] *a* på varandra följande; successiv [~ *changes*]; ***three*** ~ ***days*** tre dagar i rad
**successor** [sək'sesə] *s* efterträdare, efterföljare [*to a p.* till ngn]; ~ ***to the throne*** tronföljare
**succumb** [sə'kʌm] *itr* duka under [*to* för], ge efter, falla [~ *to* (för) *flattery*]
**such** [sʌtʃ] *a* o. *pron* **1** a) sådan [~ *books*], dylik; liknande [*tea, coffee, and* ~ *drinks*] b) så [~ *big books*; ~ *long hair*]; ***we had*** ~ ***fun*** vi hade verkligen roligt; ***there is*** ~ ***a draught*** det drar så; ***I've never heard of*** ~ ***a thing!*** jag har aldrig hört på maken!; ***I shall do no*** ~ ***thing*** det gör jag definitivt inte; ***some*** ~ ***thing*** något sådant (liknande); ~ ***and*** ~ den och den [~ *and* ~ *a day*]; ***as*** ~ som sådan, i sig [*I like the work as* ~] **2** ~ ***as*** sådan som; som t. ex., som, såsom [*vehicles* ~ *as cars*]; ~ ***books as these*** sådana här böcker; ***have you*** ~ ***a thing as a stamp?*** har du möjligen ett fri-

märke?; ***there are no ~ things as ghosts*** det finns inga spöken; ***~ as it is*** sådan den nu är

**suchlike** ['sʌtʃlaɪk] *a* o. *pron* sådan, liknande, dylik; ***and ~ things*** el. ***and ~*** och dylikt, o. d.

**suck** [sʌk] **I** *tr itr* suga [~ *at* (på) *one's pipe*], suga upp; dia; suga ur [~ *an orange*]; suga på [~ *a sweet*] **II** *s* **1** sugning, sug [*at* på]; ***have a ~ at a th.*** suga på ngt **2** ***give ~ to*** amma

**sucking-pig** ['sʌkɪŋpɪg] *s* spädgris, digris

**suckle** ['sʌkl] *tr* dia, ge di, amma

**suction** ['sʌkʃ(ə)n] *s* insugning; sug

**Sudan** [sʊ'dɑ:n, sʊ'dæn] geogr., ***the ~*** Sudan

**sudden** ['sʌdn] **I** *a* plötslig, oväntad **II** *s*, ***all of a ~*** helt plötsligt

**suddenly** ['sʌdnlɪ] *adv* plötsligt, med ens

**sue** [su:, sju:] *tr itr* jur. **1** stämma, åtala **2** processa [*for* om, för att få]; väcka åtal [*threaten to ~*]; ***~ for a divorce*** begära skilsmässa

**suede** [sweɪd] *s* mockaskinn

**suet** ['sʊɪt] *s* njurtalg

**suffer** ['sʌfə] *tr itr* **1** lida, få utstå, utstå [~ *punishment*], genomlida; drabbas av; plågas; ta skada, fara illa [*from* av]; ***~ damage*** lida (ta) skada; ***~ for*** få umgälla, få plikta (sota) för, lida för **2** undergå, genomgå [~ *change*] **3** tåla

**sufferer** ['sʌfərə] *s* lidande person; ***hay-fever ~s*** de som lider av hösnuva; ***he will be the ~*** det blir han som blir lidande

**suffering** ['sʌfərɪŋ] *s* o. *a* lidande

**suffice** [sə'faɪs] *itr tr* vara nog, räcka, räcka till; vara tillräcklig för

**sufficiency** [sə'fɪʃənsɪ] *s* tillräcklig mängd [*of* av]; tillräcklighet

**sufficient** [sə'fɪʃ(ə)nt] **I** *a* tillräcklig; ***be ~*** räcka [*for* till, för] **II** *s*, ***be ~ of an expert to...*** vara tillräckligt mycket expert för att...

**suffix** ['sʌfɪks] *s* gram. suffix, ändelse

**suffocate** ['sʌfəkeɪt] *tr itr* kväva; kvävas

**suffocating** ['sʌfəkeɪtɪŋ] *a* kvävande, kvalmig, kvav

**suffocation** [ˌsʌfə'keɪʃ(ə)n] *s* kvävning

**sugar** ['ʃʊgə] **I** *s* **1** socker; ***brown ~*** farinsocker **2** vard. sötnos, älskling **II** *tr* sockra, sockra i (på); ***~ the pill*** sockra det beska pillret

**sugar-basin** ['ʃʊgəˌbeɪsn] *s* sockerskål

**sugar-beet** ['ʃʊgəbi:t] *s* sockerbeta

**sugar-candy** ['ʃʊgəˌkændɪ] *s* kandisocker

**sugar-cane** ['ʃʊgəkeɪn] *s* sockerrör

**sugar-daddy** ['ʃʊgəˌdædɪ] *s* vard. äldre rik beundrare (älskare) till ung flicka

**sugary** ['ʃʊgərɪ] *a* sockrad, sockrig; sockerhaltig; sötsliskig

**suggest** [sə'dʒest] *tr* **1** föreslå [~ *a p. for* (till) *a post*] **2** antyda; påminna om, väcka tanken på

**suggestible** [sə'dʒestəbl] *a* lättpåverkad; lättsuggererad, suggestibel

**suggestion** [sə'dʒestʃ(ə)n] *s* **1** förslag [~*s for* (till) *improvement*] **2** antydan, vink; uppslag

**suggestive** [sə'dʒestɪv] *a* tankeväckande, uppslagsrik; suggestiv; ***be ~ of*** väcka tanken på; tyda på, vittna om

**suicidal** [sʊɪ'saɪdl] *a* självmords- [~ *tendencies*]

**suicide** ['sʊɪsaɪd] *s* självmord [*commit* (begå) ~]

**suit** [su:t, sju:t] **I** *s* **1** dräkt [*spacesuit*]; ***man's ~*** el. ***~*** herrkostym, kostym; ***woman's ~*** damdräkt, dräkt; ***a ~ of armour*** en rustning; ***a ~ of clothes*** en hel kostym; ***dress ~*** högtidsdräkt, frack; ***two-piece ~*** a) herrkostym b) tvådelad dräkt **2** kortsp. färg; ***follow ~*** bekänna (följa) färg, bildl. följa exemplet, göra likadant

**II** *tr* **1** a) passa [*which day ~s you best?*] b) klä [*white ~s her*] c) vara (göra) till lags [*you can't ~ everybody*] d) vara lämplig för e) passa ihop med [*that will ~ my plans*]; ***will tomorrow ~ you?*** passar det i morgon?; ***~ yourself!*** gör som du vill! **2** anpassa, avpassa [*to* efter]

**suitability** [ˌsu:tə'bɪlətɪ, ˌsju:tə'bɪlətɪ] *s* lämplighet

**suitable** ['su:təbl, 'sju:təbl] *a* passande, lämplig [*to, for* för, till]; ***be ~*** äv. passa, duga

**suitably** ['su:təblɪ, 'sju:təblɪ] *adv* lämpligt, passande; riktigt, rätt

**suitcase** ['su:tkeɪs, 'sju:tkeɪs] *s* resväska

**suite** [swi:t] *s* **1** svit, följe, uppvaktning **2 a)** ***a ~ of furniture*** el. ***a ~*** ett möblemang, en möbel **b)** soffgrupp; ***a three-piece ~*** en soffgrupp i tre delar **3** svit [*a ~ at a hotel*] **4** uppsättning; serie, räcka

**suited** ['su:tɪd, 'sju:tɪd] *a* lämplig, passande, lämpad [*for, to* för]; anpassad, avpassad [*to* efter]; ***they are well ~ to each other*** de passar bra ihop

**sulk** [sʌlk] *itr* tjura, vara sur

**sulky** ['sʌlkɪ] *a* sur, tjurig

**sullen** ['sʌlən] *a* surmulen, butter

**sulphate** ['sʌlfeɪt] *s* sulfat

**sulphur** ['sʌlfə] *s* svavel

**sulphuric** [sʌl'fjʊərɪk] *a*, ~ ***acid*** svavelsyra
**sultan** ['sʌlt(ə)n] *s* sultan
**sultana** [sʌl'tɑ:nə] *s* **1** sultaninna **2** sultanrussin
**sultry** ['sʌltrɪ] *a* kvav, kvalmig
**sum** [sʌm] **I** *s* **1** summa **2** penningsumma, belopp **3** matematikexempel, matematikuppgift; pl. ~***s*** äv. matematik; ***do ~s*** lösa räkneuppgifter **II** *tr* summera, addera [*up* ihop]; ~ ***up*** a) sammanfatta; göra en sammanfattning b) bedöma, bilda sig en uppfattning om; ***to ~ up*** sammanfattningsvis
**summarize** ['sʌməraɪz] *tr* sammanfatta, göra (vara) en sammanfattning av
**summary** ['sʌmərɪ] *s* sammanfattning, sammandrag
**summer** ['sʌmə] *s* sommar; ***last ~*** förra sommaren, i somras; ***this ~*** den här sommaren, i sommar; ***in the ~*** el. ***in ~*** på sommaren; ***in the ~ of 1984*** sommaren 1984; ***in the early (late) ~*** el. ***in early (late) ~*** på försommaren (sensommaren), tidigt (sent) på sommaren; ***children's ~ camp*** el. ~ ***camp*** barnkoloni
**summer-house** ['sʌməhaʊs] *s* **1** lusthus, paviljong **2** sommarhus, sommarställe
**summertime** ['sʌmətaɪm] *s* sommar, sommartid; ***in the ~*** el. ***in ~*** på (under) sommaren
**summery** ['sʌmərɪ] *a* sommarlik
**summit** ['sʌmɪt] *s* **1** topp, spets [*the ~ of a mountain*] **2** topp- [*~ conference (meeting)*]
**summon** ['sʌmən] *tr* **1** kalla, kalla på, tillkalla; kalla in [*~ Parliament*]; ~ ***a meeting*** sammankalla ett möte **2** jur. instämma, kalla, kalla in [*~ a p. as a witness*]; ~ ***a p. before court*** el. ~ ***a p.*** stämma ngn inför rätta **3** ~ ***up*** el. ~ samla [*~ (~ up) one's courage*]
**summons** ['sʌmənz] *s* **1** kallelse, inkallelse; jur. stämning; ***serve a ~ on a p.*** delge ngn stämning **2** maning, signal
**sumptuous** ['sʌmptjʊəs] *a* överdådig
**sum-total** ['sʌm'təʊtl] *s* slutsumma
**sun** [sʌn] **I** *s* sol; solsken; ***everything under the ~*** allt mellan himmel och jord **II** *tr* sola; ~ ***oneself*** sola sig
**sunbath** ['sʌnbɑ:θ] *s* solbad
**sunbathe** ['sʌnbeɪð] *itr* solbada
**sunbeam** ['sʌnbi:m] *s* solstråle
**sun-blind** ['sʌnblaɪnd] *s* markis; jalusi
**sunburn** ['sʌnbɜ:n] *s* solbränna
**sunburned** ['sʌnbɜ:nd] *a* o. **sunburnt** ['sʌnbɜ:nt] *a* solbränd
**sundae** ['sʌndeɪ, 'sʌndɪ] *s* glasscoupe med garnering
**Sunday** ['sʌndɪ, 'sʌndeɪ] *s* söndag; ***last ~*** i söndags
**sundeck** ['sʌndek] *s* soldäck
**sundial** ['sʌndaɪ(ə)l] *s* solur, solvisare
**sundown** ['sʌndaʊn] *s*, ***at ~*** i (vid) solnedgången
**sundry** ['sʌndrɪ] *a* diverse [*~ items*], varjehanda; ***all and ~*** alla och envar
**sunflower** ['sʌnˌflaʊə] *s* solros
**sung** [sʌŋ] se *sing*
**sunglasses** ['sʌnˌglɑ:sɪz] *s pl* solglasögon
**sun-helmet** ['sʌnˌhelmɪt] *s* tropikhjälm
**sunk** [sʌŋk] *a* o. *pp* (av *sink*) nedsänkt, sänkt; sjunken; ***we are ~*** [*if that happens*] vard. vi är sålda ...
**sunken** ['sʌŋk(ə)n] *a* sjunken; nedsänkt; insjunken [*~ eyes*], infallen [*~ cheeks*]
**sunlamp** ['sʌnlæmp] *s* sollampa, kvartslampa
**sunlight** ['sʌnlaɪt] *s* solljus
**sunlit** ['sʌnlɪt] *a* solbelyst; solig
**sunny** ['sʌnɪ] *a* solig; sol- [*~ beam (day)*]; ***look on the ~ side of things*** el. ***look on the ~ side*** se allt från den ljusa sidan
**sunray** ['sʌnreɪ] *s* **1** solstråle **2** ~ ***treatment*** ultraviolett strålning
**sunrise** ['sʌnraɪz] *s*, ***at ~*** i (vid) soluppgången
**sun-roof** ['sʌnru:f] *s* soltak på bil
**sunset** ['sʌnset] *s* solnedgång; ***at ~*** i (vid) solnedgången
**sunshade** ['sʌnʃeɪd] *s* **1** parasoll **2** markis **3** solskärm
**sunshield** ['sʌnʃi:ld] *s* solskydd i bil
**sunshine** ['sʌnʃaɪn] *s* solsken
**sunspot** ['sʌnspɒt] *s* astron. solfläck
**sunstroke** ['sʌnstrəʊk] *s* solsting
**sun-suit** ['sʌnsu:t, 'sʌnsju:t] *s* soldräkt
**suntan** ['sʌntæn] **I** *s* solbränna; ~ ***lotion*** solmjölk, sololja **II** *itr* bli solbränd
**super** ['su:pə, 'sju:pə] *a* vard. toppen, jättefin
**superabundance** [ˌsu:pərə'bʌndəns, ˌsju:-] *s* överflöd, riklighet [*of* på, av]
**superb** [sʊ'pɜ:b, sjʊ-] *a* storartad, enastående [*a ~ view*], ypperlig, utmärkt
**supercilious** [ˌsu:pə'sɪlɪəs, ˌsju:-] *a* högdragen, överlägsen, övermodig
**superficial** [ˌsu:pə'fɪʃ(ə)l, ˌsju:-] *a* ytlig
**superficiality** [ˌsu:pəˌfɪʃɪ'ælətɪ, ˌsju:-] *s* ytlighet
**superfluous** [sʊ'pɜ:flʊəs, sjʊ-] *a* överflödig, onödig; ~ ***hair (hairs)*** generande hårväxt

**superhuman** [ˌsu:pəˈhju:mən, ˌsju:-] *a* övermänsklig
**superintend** [ˌsu:pərɪnˈtend, ˌsju:-] *tr* övervaka, tillse, ha (hålla) uppsikt över
**superintendence** [ˌsu:pərɪnˈtendəns, ˌsju:-] *s* överinseende, tillsyn, uppsikt
**superintendent** [ˌsu:pərɪnˈtendənt, ˌsju:-] *s* överintendent; ledare, direktör för ämbetsverk; ***police ~*** el. ***~*** poliskommissarie, kommissarie
**superior** [su:ˈpɪərɪə, sju:-] **I** *a* **1** högre i rang osv.. [*to* än]; överlägsen [*to a p.* ngn] **2** extra prima [*~ quality*] **3** överlägsen, högdragen [*a ~ air (attitude)*] **II** *s* överordnad [*my ~s*]
**superiority** [sʊˌpɪərɪˈɒrətɪ, sjʊ-] *s* överlägsenhet [*to* över]; ***his ~ in rank*** hans överordnade ställning
**superjet** [ˈsu:pədʒet, ˈsju:-] *s* överljudsjetplan
**superlative** [sʊˈpɜ:lətɪv, sjʊ-] **I** *a* **1** förträfflig; enastående **2** gram. superlativ; ***the ~ degree*** superlativen **II** *s* superlativ äv. gram.
**superman** [ˈsu:pəmæn, ˈsju:-] (pl. *supermen* [-men]) *s* **1** övermänniska **2** vard. stålman; ***Superman*** Stålmannen seriefigur
**supermarket** [ˈsu:pəˌmɑ:kɪt, ˈsju:-] *s* stort snabbköp
**supernatural** [ˌsu:pəˈnætʃr(ə)l, ˌsju:-] *a* övernaturlig
**superpower** [ˈsu:pəˌpaʊə, ˈsju:-] *s* supermakt
**supersede** [ˌsu:pəˈsi:d, ˌsju:-] *tr* **1** ersätta [*buses have superseded trams*], avlösa **2** efterträda [*~ a p. as chairman*]
**supersensitive** [ˌsu:pəˈsensətɪv, ˌsju:-] *a* överkänslig
**supersonic** [ˈsu:pəˈsɒnɪk, ˈsju:-] *a* överljuds- [*~ aircraft (bang)*]
**superstition** [ˌsu:pəˈstɪʃ(ə)n, ˌsju:-] *s* vidskepelse, vidskeplighet
**superstitious** [ˌsu:pəˈstɪʃəs, ˌsju:-] *a* vidskeplig
**supervise** [ˈsu:pəvaɪz, ˈsju:-] *tr* övervaka, tillse, ha tillsyn över
**supervision** [ˌsu:pəˈvɪʒ(ə)n, ˌsju:-] *s* överinseende, övervakning, tillsyn
**supervisor** [ˈsu:pəvaɪzə, ˈsju:-] *s* **1** övervakare; tillsyningsman; arbetsledare; föreståndare i t. ex. varuhus; kontrollant **2** skol. handledare, studieledare
**supervisory** [ˌsu:pəˈvaɪzərɪ, ˌsju:-] *a* övervakande, övervaknings- [*~ duties*]
**supper** [ˈsʌpə] *s* kvällsmat [*have cold meat for* (till) *~*], kvällsmål, supé
**supper-time** [ˈsʌpətaɪm] *s* dags för kvällsmat
**supplant** [səˈplɑ:nt] *tr* ersätta [*trams have been supplanted by buses*], avlösa
**supple** [ˈsʌpl] *a* böjlig, mjuk, smidig
**supplement** [substantiv ˈsʌplɪmənt, verb ˈsʌplɪment] **I** *s* supplement, tillägg; bilaga, bihang **II** *tr* öka, öka ut [*~ one's income*]; supplera; komplettera
**supplementary** [ˌsʌplɪˈmentərɪ] *a* tilllagd; supplement- [*~ volume*], tilläggs-; kompletterande
**supply** [səˈplaɪ] **I** *tr* **1** skaffa [*~ proof*]; speciellt hand. leverera [*~ a th. to a p.*] **2** fylla, fylla ut, täcka [*~ a want*], ersätta [*~ a deficiency*]; ***~ a demand*** tillfredsställa ett behov
**II** *s* tillförsel, anskaffning, leverans [*~ of goods*]; tillgång [*~ of* (på) *food*], förråd, lager [*a large ~ of shoes*]; pl. ***supplies*** mil. proviant; ***~ and demand*** ekon. tillgång och efterfrågan; ***medical supplies*** medicinska förnödenheter
**support** [səˈpɔ:t] **I** *tr* **1** stötta, stödja; uppehålla [*too little food to ~ life*]; försörja [*can he ~ himself?*]; [***the bridge is not strong enough to***] ***~ heavy vehicles*** ... bära tung trafik **2** stödja, understödja, backa upp [*~ a party*], främja, gynna; hålla på [*~ Arsenal*]
**II** *s* **1** stöd; ***arch ~*** hålfotsinlägg **2** understöd, hjälp äv. ekonomisk; ***in ~ of*** till (som) stöd för **3** underhåll, försörjning; ***means of ~*** utkomstmöjlighet, utkomstmöjligheter
**supporter** [səˈpɔ:tə] *s* anhängare, supporter; understödjare; försörjare
**suppose** [səˈpəʊz] *tr* anta; förmoda; ***~ he comes?*** tänk om han kommer?; ***~ we went for a walk?*** hur skulle det vara om vi tog en promenad?; ***I ~ so*** jag förmodar (antar) det; ***I ~ not*** el. ***I don't ~ so*** jag tror inte det; ***he is ill, I ~*** han är sjuk, antar jag; han är nog (väl) sjuk; ***he is supposed to be rich*** han lär (skall) vara rik; ***I am supposed to be there at five*** jag skall vara där klockan fem
**supposing** [səˈpəʊzɪŋ] *konj* antag att; ***~ it rains*** tänk om det skulle regna
**supposition** [ˌsʌpəˈzɪʃ(ə)n] *s* antagande; förmodan, tro
**suppository** [səˈpɒzɪtərɪ] *s* med. stolpiller
**suppress** [səˈpres] *tr* **1** undertrycka, kuva, kväva [*~ a rebellion*] **2** dra in [*~ a publication*]; förbjuda, bannlysa [*~ a party*] **3** förtiga [*~ the truth*]

**suppression** [sə'preʃ(ə)n] *s* **1** undertryckande, kuvande **2** förbjudande, bannlysning av t. ex. parti **3** förtigande; psykol. bortträngning
**supremacy** [sʊ'preməsɪ, sjʊ-] *s* **1** överhöghet **2** ledarställning; överlägsenhet
**supreme** [sʊ'pri:m, sjʊ-] *a* **1** högst; över-; suverän; ~ ***command*** högsta kommando (befäl); ~ ***commander*** överbefälhavare **2** enastående, oförliknelig
**surcharge** ['sɜ:tʃɑ:dʒ] *s* tilläggsavgift, extraavgift
**sure** [ʃʊə] **I** *a* säker; ***be ~ of oneself*** vara självsäker; ***he is ~ to succeed*** han kommer säkert att lyckas; ***be ~ to (be ~ you) come*** se till att du kommer; ***to be ~*** naturligtvis; ***I don't know, I'm ~*** det vet jag faktiskt inte; ***make ~*** förvissa (försäkra) sig [*of* om; *that* om att], se till, kontrollera; ***to make ~*** för säkerhets skull; ***know for ~*** vard. veta säkert
**II** *adv* **1** ~ ***enough*** alldeles säkert, mycket riktigt [~ *enough, there he was*] **2** ***as ~ as*** så säkert som **3** speciellt amer. vard. verkligen, minsann [*he ~ can play football*]; *~!* visst!
**surely** ['ʃʊəlɪ] *adv* **1** säkert [*slowly but ~*], säkerligen [*he will ~ fail*] **2** verkligen, minsann [*you are ~ right*] **3** väl, nog; ~ ***that's impossible*** det är väl inte möjligt
**surety** ['ʃʊərətɪ] *s* säkerhet, borgen; borgensman
**surf** [sɜ:f] **I** *s* bränning, bränningar, vågsvall **II** *itr* sport. surfa
**surface** ['sɜ:fɪs] **I** *s* yta; utsida; ***on the ~*** på ytan, ytligt sett **II** *a* yt- [~ *soil*]; dag- [~ *mining*]; ~ ***mail*** ytpost; ~ ***noise*** nålbrus från grammofonskiva **III** *itr* stiga (dyka) upp till ytan
**surfboard** ['sɜ:fbɔ:d] *s* surfingbräda
**surfeit** ['sɜ:fɪt] *s* övermått, överflöd [*of* på]
**surfing** ['sɜ:fɪŋ] *s* surfing
**surf-riding** ['sɜ:fˌraɪdɪŋ] *s* surfing
**surge** [sɜ:dʒ] **I** *itr* svalla, bölja; forsa [*water surged into the boat*], strömma, strömma till, välla, välla fram **II** *s* brottsjö, svallvåg; vågsvall, bränningar [*the ~ of the sea*]
**surgeon** ['sɜ:dʒ(ə)n] *s* kirurg; ***dental ~*** tandläkare
**surgery** ['sɜ:dʒərɪ] *s* **1** kirurgi **2** mottagning; ~ ***hours*** mottagningstid
**surgical** ['sɜ:dʒɪk(ə)l] *a* kirurgisk; ~ ***appliances*** a) kirurgiska instrument b) stödbandage; ~ ***boot (shoe)*** ortopedisk sko; ~ ***spirit*** desinfektionssprit
**surly** ['sɜ:lɪ] *a* butter, vresig, sur, surmulen
**surmise** [verb sɜ:'maɪz, substantiv 'sɜ:maɪz] **I** *tr itr* gissa, förmoda, anta **II** *s* gissning, förmodan, antagande
**surmount** [sə'maʊnt] *tr* **1** övervinna [~ *a difficulty*] **2** bestiga [~ *a hill*]; ***surmounted by (with)*** krönt med, täckt av, med... ovanpå
**surname** ['sɜ:neɪm] *s* efternamn, familjenamn
**surpass** [sə'pɑ:s] *tr* överträffa
**surplus** ['sɜ:pləs] *s* överskott
**surprise** [sə'praɪz] **I** *s* överraskning; förvåning [*at* över]; ***take by ~*** överrumpla, överraska; ***much to my ~*** till min stora förvåning **II** *tr* överraska; förvåna; överrumpla [~ *the enemy*]
**surprising** [sə'praɪzɪŋ] *a* överraskande
**surprisingly** [sə'praɪzɪŋlɪ] *adv* överraskande, förvånansvärt [~ *good*]
**surrender** [sə'rendə] **I** *itr* ge sig, överlämna sig [~ *to* (åt) *the enemy*], kapitulera [*to* inför] **II** *s* överlämnande, utlämnande; kapitulation
**surreptitious** [ˌsʌrəp'tɪʃəs] *a* förstulen
**surround** [sə'raʊnd] *tr* omge, innesluta, omsluta; omringa
**surrounding** [sə'raʊndɪŋ] *a* omgivande, kringliggande
**surroundings** [sə'raʊndɪŋz] *s pl* omgivning, omgivningar; miljö
**surveillance** [sɜ:'veɪləns] *s* bevakning [*of* över, av], uppsikt [*of* över]
**survey** [verb sə'veɪ, substantiv 'sɜ:veɪ] **I** *tr* överblicka; granska, syna **II** *s* **1** överblick [*of* över], översikt [*of* över, av] **2** granskning, besiktning **3** uppmätning, kartläggning; lantmätning **4** undersökning [*a statistical ~*]
**surveyor** [sə'veɪə] *s* lantmätare
**survival** [sə'vaɪv(ə)l] *s* **1** överlevande **2** kvarleva
**survive** [sə'vaɪv] *tr itr* överleva
**surviving** [sə'vaɪvɪŋ] *a* överlevande; fortlevande; ***the ~ relatives*** de efterlevande
**survivor** [sə'vaɪvə] *s* överlevande; ***the ~s*** äv. de kvarlevande
**susceptibility** [səˌseptə'bɪlətɪ] *s* känslighet, mottaglighet
**susceptible** [sə'septəbl] *a* känslig, mottaglig
**suspect** [verb səs'pekt, substantiv 'sʌspekt] **I** *tr* misstänka [*of* för]; misstro; ***I suspected as much*** jag anade (misstänkte) det **II** *s* misstänkt

**suspend** [səs'pend] *tr* **1** hänga, hänga upp [~ *a th. by* (i, på) *a thread*; ~ *a th. from* (i, från) *the ceiling*]; ***be suspended*** vara upphängd **2 a)** suspendera, tills vidare avstänga, utesluta [~ *a member from* (ur) *a club*] **b)** inställa; ~ ***a p.'s driving licence*** dra in ngns körkort tills vidare; ~ ***hostilities*** inställa fientligheterna
**suspender** [səs'pendə] *s* **1** strumpeband; ~ ***belt*** strumpebandshållare **2** pl. ~*s* amer. hängslen [*a pair of* ~*s*]
**suspense** [səs'pens] *s* spänning, spänd väntan [*keep (hold) a p. in* ~]
**suspension** [səs'penʃ(ə)n] *s* **1** upphängning; ~ ***bridge*** hängbro **2** a) suspendering, tillfällig avstängning från t. ex. tjänstgöring, äv. sport. b) tillfälligt upphävande (avskaffande); indragning; uppskov; ~ ***of hostilities*** inställande av fientligheterna
**suspicion** [səs'pɪʃ(ə)n] *s* **1** misstanke; misstro [*of* till, mot], misstänksamhet; aning [*of (about) a th.* om ngt]; ***be above*** ~ vara höjd över alla misstankar **2** antydan, skymt [*a* ~ *of irony*]
**suspicious** [səs'pɪʃəs] *a* **1** misstänksam, misstrogen [*about (of)* mot] **2** misstänkt, tvivelaktig, suspekt, skum [*a* ~ *affair*]
**sustain** [səs'teɪn] *tr* **1** ~ ***life (oneself)*** uppehålla livet **2** utstå, lida [~ *damage*]; ådra sig [~ *severe injuries*] **3** mus. hålla ut [~ *a note*] **4** jur. godta, godkänna [~ *a claim; objection sustained!*]
**sustained** [səs'teɪnd] *a* ihållande, oavbruten [~ *applause*]; mus. uthållen [*a* ~ *note*]
**sustenance** ['sʌstənəns] *s* näring, föda
**S.W.** (förk. för *south-west, south-western*) SV
**swab** [swɒb] **I** *s* svabb; skurtrasa **II** *tr* svabba; torka med våt trasa
**swagger** ['swægə] **I** *itr* **1** stoltsera, kråma sig **2** skrävla **II** *s* **1** stoltserande; mallighet **2** skrävel
**swaggering** ['swægərɪŋ] *a* **1** stoltserande; mallig **2** skrytsam
**1 swallow** ['swɒləʊ] *s* svala, speciellt ladusvala; ~ ***dive*** sport. svanhopp; ***one*** ~ ***does not make a summer*** ordspr. en svala gör ingen sommar
**2 swallow** ['swɒləʊ] **I** *tr itr* svälja [itr. *he swallowed hard*]; bildl. äv. tro på, gå 'på [*he will* ~ *anything you tell him*]; ~ ***up*** el. ~ a) svälja, äta upp b) sluka, äta upp [*the expenses* ~ *up the earnings*] c) uppsluka [*as if swallowed up by the earth*] **II** *s* sväljning; klunk; [***empty a glass***] ***at one*** ~ ... i en enda klunk
**swam** [swæm] se *swim I*
**swamp** [swɒmp] **I** *s* träsk, kärr **II** *tr* **1** a) översvämma, sätta under vatten b) fylla med vatten, sänka [*a wave swamped the boat*] **2** bildl. a) översvämma [*foreign goods* ~ *the market*] b) överhopa [*with* med]
**swampy** ['swɒmpɪ] *a* sumpig, träskartad
**swan** [swɒn] *s* svan
**swank** [swæŋk] vard. **I** *s* **1** mallighet; snobberi **2** skrytmåns **II** *itr* snobba; malla sig
**swanky** ['swæŋkɪ] *a* vard. **1** mallig **2** flott, vräkig [*a* ~ *car*]
**swan-song** ['swɒnsɒŋ] *s* svanesång
**swap** [swɒp] vard. **I** *tr itr* byta [*for* mot; ~ *stamps*]; utbyta [~ *ideas*]; ~ ***places*** byta plats **II** *s* byte [*for* mot]
**swarm** [swɔ:m] **I** *s* svärm **II** *itr* svärma; skocka sig, trängas [*they swarmed round him*]; strömma; vimla [~ *with* (av) *people*]
**swarthy** ['swɔ:ðɪ] *a* svartmuskig, mörk
**swastika** ['swɒstɪkə] *s* hakkors, svastika
**swat** [swɒt] *tr* smälla, smälla till [~ *flies*]
**swathe** [sweɪð] *tr* linda om; svepa, hölja, svepa (hölja) in [*swathed in furs (fog)*]
**sway** [sweɪ] *itr tr* **1** svänga [~ *to and fro*], svaja; vackla till **2** härska **3** få att svänga (gunga), komma att svaja (vaja) [*the wind swayed the tops of the trees*]; ~ ***one's hips*** svänga på höfterna **4** bildl. påverka, inverka på; ***be swayed*** [***by one's feelings***] låta sig ledas ...
**swear** [sweə] (*swore sworn*) *tr itr* **1** svära [*to* på]; bedyra [*he swore he was innocent*], försäkra; ~ ***the oath*** avlägga ed (eden); ~ ***by*** tro blint på **2** ~ ***in*** låta avlägga ed [~ *in a witness*] **3** svära begagna svordomar [*at* över, åt]
**swear-word** ['sweəwɜ:d] *s* svärord, svordom
**sweat** [swet] **I** *s* **1** svett; ***by the*** ~ ***of one's brow*** i sitt anletes svett; ***it was a bit of a*** ~ det var svettigt **2** svettning; ***be in (all of) a*** ~ bada i svett; vara mycket nervös; ***be in a cold*** ~ kallsvettas **II** *itr tr* svettas; ***sweated labour*** hårt arbete till svältlöner
**sweat-band** ['swetbænd] *s* **1** svettrem i hatt **2** svettband, pannband för t. ex. tennisspelare
**sweater** ['swetə] *s* sweater, ylletröja
**sweat-suit** ['swetsu:t, 'swetsju:t] *s* träningsoverall
**sweaty** ['swetɪ] *a* **1** svettig **2** jobbig
**Swede** [swi:d] *s* **1** svensk **2** ***swede*** kålrot
**Sweden** ['swi:dn] Sverige

**Swedish** ['swi:dɪʃ] **I** *a* svensk **II** *s* svenska språket
**sweep** [swi:p] **I** (*swept swept*) *itr tr* **1** sopa, feja; ~ ***clean*** sopa ren; ~ ***out*** sopa rent i (på); ~ ***the chimney*** sota skorstenen **2** svepa, fara, komma susande (farande) [*along* fram; *over* fram, över], sträcka (utbreda) sig **3** ~ ***along*** rycka med sig; ~ ***aside*** fösa (dra) åt sidan; ~ ***away (off)*** sopa bort (undan), rycka bort (undan); ***be swept off one's feet*** a) bildl. ryckas med; tas med storm b) kastas omkull **4** svepa fram över, dra fram över (genom) **5** dragga
**II** *s* **1** sopning; sotning; ***give the room a good*** ~ sopa ordentligt i rummet; ***make a clean*** ~ bildl. göra rent hus [*of* med] **2** ***at one*** ~ el. ***in one*** ~ i ett svep (drag) **3** sotare
**sweeper** ['swi:pə] *s* **1** sopare person [*street ~s*] **2** sotare **3** sopmaskin; mattsopare **4** fotb. sopkvast, libero
**sweeping** ['swi:pɪŋ] **I** *s* sopning, sopande; sotning; draggning **II** *a* **1** vittgående [~ *reforms*], kraftig [~ *reductions in prices*]; förkrossande [*a ~ victory*]; ~ ***statements*** generaliseringar **2** svepande [*a ~ gesture*]
**sweet** [swi:t] **I** *a* **1** söt; ~ ***stuff*** sötsaker, godsaker, snask **2** färsk, frisk; behaglig, ljuvlig, härlig **3 a)** söt [*a ~ dress*], näpen [*a ~ baby*] **b)** rar, älskvärd; ***it was ~ of you*** det var väldigt snällt av dig **4** ***be ~ on*** vard. vara kär (förtjust) i **II** *s* **1** karamell, sötsak, godsak; pl. ~*s* äv. snask, godis **2** söt efterrätt, dessert
**sweetbread** ['swi:tbred] *s* kok. kalvbräss
**sweeten** ['swi:tn] *tr* göra söt, söta
**sweetener** ['swi:tnə] *s* sötningsmedel
**sweetheart** ['swi:thɑ:t] *s* pojkvän, flickvän; älskling; ~*!* älskling!, sötnos!
**sweetie** ['swi:tɪ] *s* **1** vanl. pl. ~*s* godis, snask **2** vard., ~ ***pie*** el. ~ sötnos, älskling
**sweetmeat** ['swi:tmi:t] *s* sötsak; karamell; pl. ~*s* äv. konfekt, godis
**sweet-pea** ['swi:t'pi:] *s* luktärt
**sweetshop** ['swi:tʃɒp] *s* gottaffär
**sweet-tempered** ['swi:t'tempəd] *a* älskvärd, godmodig
**sweet-toothed** ['swi:t'tu:θt] *a* svag för sötsaker
**sweet-william** ['swi:t'wɪljəm] *s* borstnejlika
**swell** [swel] **I** (*swelled swollen*) *itr* **1** svälla; svullna, svullna upp, bulna **2** bildl. svälla [*his heart swelled with* (av) *pride*] **3** bildl. stegras, öka **II** *a* vard. flott; förnäm; alla tiders, toppen
**swelling** ['swelɪŋ] *s* svällande, svullnande, svullnad
**swelter** ['sweltə] *itr* förgås av värme
**sweltering** ['sweltərɪŋ] *a* tryckande, kvävande [~ *heat*]; stekhet [*a ~ day*]
**swept** [swept] se *sweep I*
**swerve** [swɜ:v] **I** *itr* vika (böja) av från sin kurs, gira, svänga åt sidan **II** *s* vridning, sväng (kast) åt sidan
**swift** [swɪft] **I** *a* snabb, hastig **II** *s* tornsvala
**swig** [swɪg] vard. **I** *tr itr* stjälpa i sig, halsa [~ *beer*] **II** *s* klunk, slurk
**swill** [swɪl] *tr* skölja, spola, skölja (spola) ur (av, över); ~ ***down*** skölja ned
**swim** [swɪm] **I** (*swam swum*) *itr tr* **1** simma; simma över [~ *the English Channel*]; ***go swimming*** gå och bada **2** snurra; ***everything swam before his eyes*** allt gick runt för honom **II** *s* **1** simning; simtur, bad; ***go for a*** ~ gå och bada **2** bildl., ***be in the*** ~ vara med i svängen
**swimmer** ['swɪmə] *s* simmare
**swimming** ['swɪmɪŋ] *s* simning
**swimming-bath** ['swɪmɪŋbɑ:θ] *s* simbassäng; pl. ~*s* äv. simhall, simbad
**swimming-costume** ['swɪmɪŋˌkɒstju:m] *s* baddräkt, simdräkt
**swimmingly** ['swɪmɪŋlɪ] *adv* bildl. lekande lätt, som smort [*everything went ~*]
**swimming-pool** ['swɪmɪŋpu:l] *s* simbassäng, swimmingpool
**swimsuit** ['swɪmsu:t, -sju:t] *s* baddräkt, simdräkt
**swindle** ['swɪndl] **I** *tr* bedra, lura **II** *s* svindel, skoj, bluff
**swindler** ['swɪndlə] *s* svindlare, skojare
**swine** [swaɪn] (pl. lika) *s* svin
**swing** [swɪŋ] **I** (*swung swung*) *itr tr* **1** svänga; pendla; vagga, vicka, vippa, gunga [~ *ap. in a hammock*]; dingla **2** mus. vard. swinga, spela (dansa) swing; ~ ***it*** spela swing, spela med swing **3** svänga om (runt); få att svänga; svinga [~ *a golf-club*]; ~ ***one's hips*** vagga med höfterna
**II** *s* **1** svängning, sväng; gungning; omsvängning **2** fart, kläm, schvung; rytm; ***be in full*** ~ vara i full gång (fart); ***get into the ~ of things*** komma in i det hela (i gång); ***it's going with a*** ~ det går med full fart **3** gunga; ***make up on the ~s what is lost on the roundabouts*** ordspr. ta igen på gungorna vad man förlorar på karusellen **4** mus. swing
**swing-door** ['swɪŋdɔ:] *s* svängdörr

**swipe** [swaɪp] **I** *itr tr* **1** ~ ***at*** slå (klippa) till hårt [~ *at a ball*] **2** slå (klippa, drämma) till [*he swiped the ball*] **II** *s* vard. hårt slag, rökare

**swirl** [swɜːl] **I** *itr* virvla runt (omkring) **II** *s* virvel [*a ~ of dust*]

**swish** [swɪʃ] **I** *tr itr* **1** vifta till med [*the horse swished its tail*] **2** svepa (susa) fram; susa, vina [*the bullet (car) swished past*]; prassla, rassla **II** *s* svep; sus, vinande; fras

**Swiss** [swɪs] **I** (pl. lika) *s* schweizare; schweiziska **II** *a* schweizisk; schweizer- [~ *cheese*]; ***chocolate ~ roll*** drömtårta; ***jam ~ roll*** rulltårta

**switch** [swɪtʃ] **I** *s* **1** strömbrytare, kontakt; omkopplare **2** spö [*riding ~*], smal käpp **3** omställning, övergång; omsvängning; byte

**II** *tr itr* **1** koppla; ~ ***off*** koppla av (ur), bryta [~ *off the current*]; släcka [~ *off the light*]; släcka ljuset; stänga (slå) av [~ *off the radio*]; ~ ***on*** koppla på, koppla in [~ *on the current*]; knäppa på, tända [~ *on the light*]; slå på strömmen, tända ljuset; sätta (slå) på [~ *on the radio*] **2** ändra [~ *methods*]; byta; leda (föra) över [~ *the talk to another subject*]; ~ ***over*** ställa om [~ *over production to the manufacture of cars*]; ~ ***over*** el. ~ gå över, byta

**switchback** [ˈswɪtʃbæk] *s* berg- och dalbana

**switchboard** [ˈswɪtʃbɔːd] *s* tele. växel-, växelbord

**Switzerland** [ˈswɪtsələnd] Schweiz

**swivel** [ˈswɪvl] **I** *s* tekn. svivel; pivå **II** *tr itr* svänga, snurra, snurra på

**swivel-chair** [ˈswɪvltʃeə] *s* snurrstol, svängbar skrivbordsstol (kontorsstol)

**swollen** [ˈswəʊl(ə)n] **I** se *swell I* **II** *a* **1** uppsvälld, svullen [*a ~ ankle*] **2** vard., ***he has a ~ head*** han är uppblåst

**swollen-headed** [ˈswəʊl(ə)nˈhedɪd] *a* vard. om person uppblåst

**swoon** [swuːn] **I** *itr* svimma; ~ ***away*** svimma av **II** *s* svimningsanfall

**swoop** [swuːp] **I** *itr* slå ned [äv. ~ *down*; *the eagle swooped down on its prey*] **II** *s* plötsligt angrepp, överfall; räd, razzia

**sword** [sɔːd] *s* svärd; ***cross ~s with*** växla hugg med; ***draw one's ~*** dra blankt [*on a p.* mot ngn]

**swordfish** [ˈsɔːdfɪʃ] *s* svärdfisk

**swore** [swɔː] se *swear*

**sworn** [swɔːn] **I** se *swear* **II** *a* svuren äv. bildl. [*a ~ enemy*]; edsvuren

**swot** [swɒt] skol., vard. **I** *itr tr* plugga **II** *s* plugghäst

**swum** [swʌm] se *swim I*

**swung** [swʌŋ] se *swing I*

**sycamore** [ˈsɪkəmɔː] *s* **1** ~ el. ~ ***fig*** sykomor **2** ~ el. ~ ***maple*** tysk lönn, sykomorlönn

**syllable** [ˈsɪləbl] *s* stavelse

**syllabus** [ˈsɪləbəs] *s* kursplan för visst ämne, studieplan

**symbol** [ˈsɪmb(ə)l] *s* symbol [*of* för], tecken

**symbolic** [sɪmˈbɒlɪk] *a* symbolisk

**symbolism** [ˈsɪmbəlɪz(ə)m] *s* symbolism; symbolik

**symbolize** [ˈsɪmbəlaɪz] *tr* symbolisera

**symmetric** [sɪˈmetrɪk] *a* o. **symmetrical** [sɪˈmetrɪk(ə)l] *a* symmetrisk

**symmetry** [ˈsɪmətrɪ] *s* symmetri; harmoni

**sympathetic** [ˌsɪmpəˈθetɪk] *a* **1** full av medkänsla (förståelse) [*to, towards* för], förstående, deltagande [~ *words*]; ~ ***strike*** sympatistrejk **2** sympatisk [*a ~ face*], tilltalande [*to* för]

**sympathize** [ˈsɪmpəθaɪz] *itr* sympatisera, hysa (ha) medkänsla [*with* med, för]; vara välvilligt inställd [~ *with* (till) *a proposal*]

**sympathizer** [ˈsɪmpəθaɪzə] *s* sympatisör

**sympathy** [ˈsɪmpəθɪ] *s* sympati [*for, with* för], medkänsla, medlidande [*for, with* med], förståelse [*for, with* för], deltagande [*for, with* med, för]

**symphonic** [sɪmˈfɒnɪk] *a* symfonisk

**symphony** [ˈsɪmfənɪ] *s* symfoni

**symptom** [ˈsɪmptəm] *s* symtom [*of* på]

**symptomatic** [ˌsɪmptəˈmætɪk] *a* symtomatisk [*of* för]; kännetecknande [*of* för]

**synagogue** [ˈsɪnəgɒg] *s* synagoga

**synchronization** [ˌsɪŋkrənaɪˈzeɪʃ(ə)n] *s* synkronisering

**synchronize** [ˈsɪŋkrənaɪz] *tr itr* synkronisera, samordna; sammanfalla

**syncopate** [ˈsɪŋkəpeɪt] *tr* mus. synkopera [*syncopated rhythm*]

**syncopation** [ˌsɪŋkəˈpeɪʃ(ə)n] *s* mus. synkopering

**syndicate** [ˈsɪndɪkət] *s* syndikat; konsortium

**synonym** [ˈsɪnənɪm] *s* synonym

**synonymous** [sɪˈnɒnɪməs] *a* synonym

**syntax** [ˈsɪntæks] *s* syntax, satslära

**synthesis** [ˈsɪnθəsɪs] (pl. *syntheses* [ˈsɪnθəsiːz]) *s* syntes, sammanställning

**synthesize** [ˈsɪnθəsaɪz] *tr* syntetisera

**synthesizer** ['sɪnθəsaɪzə] *s* mus. synthesizer
**synthetic** [sɪn'θetɪk] *a* syntetisk; ~ ***fibre*** syntetfiber, konstfiber
**syphilis** ['sɪfɪlɪs] *s* syfilis
**Syria** ['sɪrɪə] Syrien
**Syrian** ['sɪrɪən] **I** *a* syrisk **II** *s* syrier
**syringe** ['sɪrɪndʒ] **I** *s* spruta; injektionsspruta **II** *tr* spruta in [*into* i]
**syrup** ['sɪrəp] *s* **1** sockerlag; saft kokt med socker **2** sirap
**system** ['sɪstəm] *s* system; ***postal*** ~ postväsen; ***prison*** ~ fängelseväsen; ***solar*** ~ solsystem; ***make a ~ of*** sätta i system; ***get a th. out of one's*** ~ bildl. komma över något
**systematic** [ˌsɪstə'mætɪk] *a* systematisk
**systematize** ['sɪstəmətaɪz] *tr* systematisera

# *T*

**T, t** [ti:] *s* T, t; ***to a T*** alldeles precis, utmärkt [*that would suit me to a T*], på pricken
**ta** [tɑ:] *interj* vard. tack!
**tab** [tæb] *s* **1** lapp, flik **2** etikett, liten skylt
**tabby** ['tæbɪ] *s* spräcklig (strimmig) katt
**table** ['teɪbl] *s* **1** bord; ***lay (set) the*** ~ duka bordet; ***wait at*** (amer. ***wait*** el. ***wait on)*** ~ passa upp vid bordet **2** tabell [*multiplication* ~]; register; ~ ***of contents*** innehållsförteckning **3** ***turn the ~s on a p.*** få övertaget igen över ngn; ***the ~s are turned*** rollerna är ombytta
**tablecloth** ['teɪblklɒθ] *s* bordduk
**tableknife** ['teɪblnaɪf] *s* bordskniv, matkniv
**tableland** ['teɪbllænd] *s* högplatå
**table-linen** ['teɪblˌlɪnɪn] *s* bordslinne
**table-manners** ['teɪblˌmænəz] *s pl* bordsskick
**tablemat** ['teɪblmæt] *s* tablett; liten duk; karottunderlägg
**tablespoon** ['teɪblspu:n] *s* matsked äv. mått
**tablespoonful** ['teɪblspu:nˌfʊl] *s* matsked mått
**tablet** ['tæblət] *s* **1** minnestavla **2** liten platta **3** a) tablett [*throat ~s*] b) kaka [*a ~ of chocolate*]; ***a ~ of soap*** en tvålbit
**table-tennis** ['teɪblˌtenɪs] *s* bordtennis
**table-top** ['teɪbltɒp] *s* bordsskiva
**taboo** [tə'bu:] **I** *s* tabu **II** *tr* tabuförklara, bannlysa
**tabulator** ['tæbjʊleɪtə] *s* tabulator
**taciturn** ['tæsɪtɜ:n] *a* tystlåten, fåordig

**tack** [tæk] **I** *s* nubb, stift, spik **II** *tr* spika, nubba, fästa med stift; ~ ***a th. to (on to)*** tråckla fast ngt vid; bildl. lägga till ngt till
**tackle** ['tækl] **I** *s* **1** redskap, grejor; ***shaving*** ~ rakgrejor **2** fotb. tackling **II** *tr* **1** angripa, ge sig på, tackla [~ *a problem*] **2** sport. tackla
**tact** [tækt] *s* takt, finkänslighet
**tactful** ['tæktf(ʊ)l] *a* taktfull, finkänslig
**tactical** ['tæktɪk(ə)l] *a* taktisk
**tactician** [tæk'tɪʃ(ə)n] *s* taktiker
**tactics** ['tæktɪks] *s* taktik
**tactless** ['tæktləs] *a* taktlös
**tadpole** ['tædpəʊl] *s* grodlarv, grodyngel
**taffeta** ['tæfɪtə] *s* taft
**tag** [tæg] **I** *s* **1** lapp, märke, etikett; ***price*** ~ el. ~ prislapp **2** remsa, flik, stump **II** *tr*, ~ ***a th. to (on to)*** fästa ngt vid (i), lägga till ngt till
**tail** [teɪl] **I** *s* **1** svans, stjärt; ända, bakre del [*the* ~ *of a cart*]; ***turn*** ~ vända sig bort; ta till flykten **2** skört [*the* ~ *of a coat*]; pl. ~***s*** vard. frack; ***in*** ~***s*** vard. klädd i frack **3** baksida av mynt **4** fläta **II** *tr itr* **1** ***top and*** ~ el. ~ snoppa bär **2** skugga [~ *a suspect*]; komma sist i [~ *a procession*] **3** ~ ***away (off)*** avta, dö bort [*her voice tailed away*]
**tail-board** ['teɪlbɔ:d] *s* bakbräde på lastvagn
**tail-coat** ['teɪl'kəʊt] *s* frack
**tail-end** ['teɪl'end] *s* slut, sista del [*the* ~ *of a speech*], sluttamp
**tail-gate** ['teɪlgeɪt] *s* bil. bakdörr på halvkombi
**tail-light** ['teɪllaɪt] *s* bil. baklykta
**tailor** ['teɪlə] **I** *s* skräddare; ***tailor's dummy*** provdocka; klädsnobb **II** *tr* skräddarsy; ***tailored costume*** promenaddräkt
**tailoring** ['teɪlərɪŋ] *s* skrädderi
**tailor-made** ['teɪləmeɪd] *a* skräddarsydd
**tailpiece** ['teɪlpi:s] *s* slutstycke; slutkläm
**tailspin** ['teɪlspɪn] *s* flyg. spinn
**taint** [teɪnt] **I** *s* förorening; besmittelse, fördärv **II** *tr* **1** fläcka, besudla [~ *a p.'s name*] **2** göra skämd; ***tainted meat*** skämt kött
**take** [teɪk] (*took taken*) *tr itr* **1** ta; fatta, gripa; ta tag i; ~ ***a p.'s arm*** ta ngn under armen; ~ ***a p.'s hand*** ta ngn i handen **2** ta med sig, bära, flytta; föra; leda **3 a)** ta sig [~ *a liberty*]; ~ ***a bath*** ta sig ett bad **b)** göra sig [~ *a lot of trouble*] **4** anteckna, skriva upp [~ *a p.'s name*] **5** ta, resa, åka, slå in på [~ *another road*]; ~ ***the road to the right*** gå (köra) åt höger **6** ta emot [~ *a gift*]; ~ ***it or leave it!*** passar det inte så får det vara!; ~ ***that!*** där fick du så du teg! **7** behövas, fordras, krävas [*it took six men to* (för att) *do it*]; dra [*the car* ~*s a lot of petrol*]; ***it*** ~***s so little to make her happy*** det behövs så lite för att hon ska bli glad; ***it*** ~***s a lot to make her cry*** det ska mycket till för att hon ska gråta; ***it will*** ~ ***some doing*** det inte gjort utan vidare; ***it took some finding*** den var svår att hitta; ***she has got what it*** ~***s*** vard. hon har allt som behövs **8** ta på sig [~ *the blame*], överta, åta sig [~ *the responsibility*] **9** ***be taken ill*** bli sjuk; ***be taken with*** få, drabbas av **10** tåla; ***he can't*** ~ ***a joke*** han tål inte skämt **11 a)** uppfatta, förstå [*he took the hint*]; ***this must be taken to mean that*** det måste uppfattas så att **b)** följa, ta [~ *my advice*] **12** tro, anse; ***I*** ~ ***it that*** jag antar att; ***do you*** ~ ***me for a fool?*** tror du jag är en idiot?; ***you may*** ~ ***my word for it (may*** ~ ***it from me) that*** du kan tro mig på mitt ord när jag säger att **13** vinna, ta [*he took the first set 6-3*]; kortsp. få, ta hem [~ *a trick*] **14** fatta, få [~ *a liking to*], finna, ha [~ *a pleasure in*] **15** a) läsa [~ *English at the university*]; gå igenom [~ *a course*] b) undervisa i [~ *a class*] c) gå upp i [~ *one's exam*] **16** gram. konstrueras med [*the verb* ~*s the accusative*] **17** ta [*the vaccination didn't* ~] **18** om växt slå rot, ta sig **19** ta, ta av [~ *to the right*]; fly [~ *to the woods*]; ~ ***to the lifeboats*** gå i livbåtarna

□ ~ **after** brås på [*he* ~*s after his father*]; ~ **along** ta med sig, ta med; ~ **away** a) ta bort (undan) b) dra ifrån [~ *away six from nine*]; ~ **back** a) ta tillbaka, återta b) föra tillbaka i tiden; ~ **down a)** ta ned **b)** riva ned, riva [~ *down a house*] **c)** skriva ned (upp), ta diktamen på [~ *down a letter*] **d)** ~ ***a p. down a peg or two*** sätta ngn på plats; ~ **in a)** ta in **b)** föra in; ~ ***a lady in to dinner*** föra en dam till bordet **c)** ta emot, ha [~ *in boarders*] **d)** omfatta [*the map* ~*s in the whole of London*] **e)** vard. besöka, gå på; ~ ***in a cinema*** gå på bio **f)** förstå, fatta [*I didn't* ~ *in a word*]; överblicka; uppfånga [*she took in every detail*] **g)** ***he*** ~***s it all in*** vard. han går på allting; ***be taken in*** låta lura sig; ~ **off a)** ta bort (loss); ta av sig, ta av [~ *off one's shoes*] **b)** föra bort [*be taken off to prison*] **c)** ~ ***a day off*** ta sig ledigt en dag **d)** imitera, härma; parodiera **e)** ge sig i väg; flyg. starta, lyfta, lätta; ~ **on** a) åta sig, ta på sig [~ *on extra work*] b) ta in, anställa [~ *on new workers*] c) anta, få [~ *on a new meaning*] d) ställa upp mot, ta sig an [~ *a p. on at* (i) *golf*]; ~ **out**

a) ta fram (upp, ut) [*from, of* ur]; dra ut tand b) ta med ut, bjuda ut [*~ a p. out to* (på) *dinner*]; ~ **over** ta över, överta ledningen (makten, ansvaret); ~ ***over from*** avlösa; ~ **to a)** börja ägna sig åt [*~ to gardening*]; hemfalla åt; ~ ***to doing a th.*** lägga sig till med att göra ngt; ~ ***to drink (drinking)*** börja dricka **b)** bli förtjust i, börja tycka om, tycka om [*the children took to her at once*]; ~ **up a)** ta upp (fram); ~ ***up arms*** gripa till vapen **b)** fylla upp, fylla [*it ~s up the whole page*]; uppta, ta i anspråk, lägga beslag på [*~ up a p.'s time*] **c)** inta [*~ up an attitude*] **d)** anta [*~ up a challenge*], gå med på; ta sig an, åta sig [*~ up a p.'s cause*]; börja ägna sig åt, börja lära sig, börja spela **e)** fortsätta, ta vid [*we took up where we left off*]

**take-away** ['teɪkəweɪ] *s* o. *a* restaurang med mat för avhämtning [äv. *~ restaurant*]; måltid för avhämtning [äv. *~ meal*]

**take-home** ['teɪkhəʊm] *a*, ~ ***pay (wages)*** lön efter skatt, nettolön

**taken** ['teɪk(ə)n] se *take*

**take-off** ['teɪkɒf] *s* **1** flyg. start [*a smooth ~*]; startplats **2** härmning; karikatyr

**take-over** ['teɪkˌəʊvə] *s* övertagande; ***State*** ~ statligt övertagande; ~ ***bid*** anbud att överta aktiemajoriteten i ett företag

**taking** ['teɪkɪŋ] *s* **1** tagande **2** pl. *~s* intäkter, inkomst, inkomster

**talcum** ['tælkəm] *s* talk

**tale** [teɪl] *s* **1** berättelse, historia, saga; ***nursery*** ~ barnsaga; amsaga **2** lögn, lögnhistoria; ***tell*** *~s* skvallra, springa med skvaller

**talent** ['tælənt] *s* talang, begåvning

**talented** ['tæləntɪd] *a* talangfull, begåvad

**talk** [tɔ:k] **I** *itr tr* tala, prata, vard. snacka; skvallra; ***now you're talking!*** vard. så ska det låta!; ~ ***big*** vard. vara stor i orden (mun) □ ~ **about** tala (prata) om; ~ **down** ***to*** använda en nedlåtande ton till; ~ ***a p.*** **into** ***doing a th.*** övertala ngn att göra ngt; ~ **of** tala (prata) om; ***talking of*** på tal om, apropå; ~ **on** tala (hålla föredrag) om (över); ~ ***a p.*** **out** ***of doing a th.*** övertala ngn att inte göra ngt; ~ **over** diskutera, resonera om [*let's ~ the matter over*]; ~ **round** övertala, få att ändra sig; ~ **to** a) tala (prata) med; tala till b) säga till på skarpen; ~ **with** tala (prata, samtala) med **II** *s* **1** samtal; pratstund; pl. *~s* äv. förhandlingar [*peace ~s*]; ***small*** ~ småprat, kallprat **2** a) prat [*we want action, not ~*] b) tal [*there can be no ~ of* (om) *that*]; ***there has been ~ of that*** det har varit tal om det; ***the ~ of the town*** det allmänna samtalsämnet **3** föredrag [*a ~ on* (i) *the radio*]

**talkative** ['tɔ:kətɪv] *a* talför, pratsam

**talker** ['tɔ:kə] *s* pratmakare; ***he's a good ~*** han talar bra; ***he's a great talker*** han kan hålla låda

**talking** ['tɔ:kɪŋ] **I** *s* prat [*no ~!*]; ***he did all the ~*** det var han som pratade **II** *a* talande

**talking-to** ['tɔ:kɪŋtu:] *s* utskällning [*get a ~*]

**tall** [tɔ:l] *a* **1** lång [*a ~ man*], storväxt, reslig; hög [*a ~ building*] **2** vard. otrolig [*a ~ story*]

**tallboy** ['tɔ:lbɔɪ] *s* byrå med höga ben

**tallow** ['tæləʊ] *s* talg

**tally** ['tælɪ] **I** *s* poängsumma, totalsumma **II** *itr* stämma överens [*the lists ~*]

**talon** ['tælən] *s* rovfågelsklo

**tame** [teɪm] **I** *a* tam **II** *tr* tämja; kuva

**tamer** ['teɪmə] *s* djurtämjare

**tamper** ['tæmpə] *itr*, ~ ***with*** mixtra med; fiffla med

**tampon** ['tæmpən] *s* tampong

**tan** [tæn] **I** *tr* **1** garva, barka **2** göra brunbränd; ***tanned*** solbränd **II** *s* **1** mellanbrunt **2** solbränna

**tandem** ['tændəm] *s* tandem, tandemcykel

**tangent** ['tændʒ(ə)nt] *s* geom. tangent; ***fly off at a ~*** bildl. plötsligt avvika från ämnet

**tangerine** [ˌtændʒə'ri:n] *s* tangerin, slags mandarin

**tangible** ['tændʒəbl] *a* påtaglig [*~ proofs*]; konkret [*~ proposals*]

**tangle** ['tæŋgl] **I** *tr* trassla till, göra trasslig; ***get tangled up*** el. ***get tangled*** trassla ihop sig **II** *s* trassel, oreda; virrvarr

**tangled** ['tæŋgld] *a* tilltrasslad, trasslig

**tango** ['tæŋgəʊ] **I** *s* tango **II** *itr* dansa tango

**tank** [tæŋk] **I** *s* **1** a) tank; cistern, behållare b) reservoar [*rain-water ~*] **2** mil. stridsvagn, tank; ~ ***regiment*** pansarregemente **II** *itr*, ~ ***up*** tanka fullt

**tankard** ['tæŋkəd] *s* kanna, stop; sejdel, krus

**tanker** ['tæŋkə] *s* tanker, tankfartyg

**tank-top** ['tæŋktɒp] *s* ärmlös T-shirt

**tannic** ['tænɪk] *a* garv-; ~ ***acid*** garvsyra

**tannin** ['tænɪn] *s* tannin garvämne, garvsyra

**tantalize** ['tæntəlaɪz] *tr* fresta; reta; gäcka

**tantalizing** ['tæntəlaɪzɪŋ] *a* lockande; retsam, gäckande [*a ~ smile*]

**tantamount** ['tæntəmaʊnt] *a*, ***be ~ to*** vara liktydig med, vara detsamma som

**tantrum** ['tæntrəm] *s* raserianfall; *fly into a ~* få ett raserianfall
**Tanzania** [ˌtænzə'nɪə, ˌtæn'zeɪnɪə]
**Tanzanian** [ˌtænzə'nɪən, ˌtæn'zeɪnɪən] **I** *s* tanzanier **II** *a* tanzanisk
**1 tap** [tæp] **I** *s* **1** kran på ledningsrör **2** plugg, tapp i tunna **II** *tr* **1** tappa ur, tappa av **2** utnyttja, exploatera [*~ sources of energy*]; *~ a p. for money* vigga (tigga) pengar av ngn **3** tele. avlyssna [*~ a telephone conversation*]; *~ the wires* göra telefonavlyssning
**2 tap** [tæp] **I** *tr itr* knacka i (på); slå lätt, klappa lätt [*~ a p. on the shoulder*]; knacka [*~ at (on) the door*] **II** *s* knackning, lätt slag; *there was a ~ at the door* det knackade på dörren
**tap-dance** ['tæpdɑ:ns] **I** *s* steppdans **II** *itr* steppa
**tap-dancing** ['tæpˌdɑ:nsɪŋ] *s* steppdans
**tape** [teɪp] **I** *s* **1** band [*cotton ~*] **2** *adhesive (sticky) ~* el. *~* tejp, klisterremsa; *insulating ~* isoleringsband **3 a)** ljudband; *magnetic ~* inspelningsband; *~ library* bandarkiv; *record on ~* spela in på band, banda **b)** vard. bandinspelning **4** sport. målsnöre; *breast the ~* spränga målsnöret **5** måttband **6** telegrafremsa
**II** *tr* **1** binda om (fast) med band **2** linda med tejp (isoleringsband); *~ up* tejpa ihop **3** ta upp på band, banda **4** vard., *I've got him taped* jag vet vad han går för
**tape-deck** ['teɪpdek] *s* bandspelardäck
**tape-measure** ['teɪpˌmeʒə] *s* måttband
**taper** ['teɪpə] **I** *s* **1** smalt vaxljus **2** avsmalnande form **II** *itr, ~ off* el. *~* smalna av
**tape-record** ['teɪprɪˌkɔ:d] *tr itr* spela in på band, banda; göra bandinspelningar
**tape-recorder** ['teɪprɪˌkɔ:də] *s* bandspelare
**tape-recording** ['teɪprɪˌkɔ:dɪŋ] *s* bandinspelning
**tapering** ['teɪpərɪŋ] *a* spetsig; avsmalnande; långsmal
**tapestry** ['tæpəstrɪ] *s* gobeläng, gobelänger
**tapeworm** ['teɪpwɜ:m] *s* binnikemask
**tar** [tɑ:] **I** *s* tjära **II** *tr* tjära; asfaltera
**target** ['tɑ:gɪt] *s* måltavla, skottavla; *be on ~* träffa prick; *be off ~* missa målet; *~ practice* målskjutning; skjutövning
**tariff** ['tærɪf] *s* **1** tull **2** taxa, tariff; prislista
**tarnish** ['tɑ:nɪʃ] *tr itr* **1** göra matt (glanslös), missfärga; bli matt (glanslös), mista sin glans **2** bildl. skamfila [*his reputation is tarnished*]
**tarpaulin** [tɑ:'pɔ:lɪn] *s* presenning
**tarragon** ['tærəgən] *s* krydda dragon
**tart** [tɑ:t] *s* **1** mördegstårta med frukt; *jam ~* mördegsform med sylt **2** sl. fnask
**tartan** ['tɑ:t(ə)n] *s* **1** tartan, skotskrutigt tyg (mönster) **2** pläd
**tartar** ['tɑ:tə] *s* **1** tandsten **2** kem. vinsten
**tartare** ['tɑ:tɑ:] *a, ~ sauce* tartarsås
**task** [tɑ:sk] *s* arbetsuppgift, uppdrag; *set a p. a ~* ge ngn en uppgift; *take (call) a p. to ~* läxa upp ngn
**task-force** ['tɑ:skfɔ:s] *s* mil. specialtrupp
**tassel** ['tæs(ə)l] *s* tofs
**taste** [teɪst] **I** *s* smaksinne; smak; bismak; försmak [*of* av]; smakprov; *it is a matter of ~* det är en smaksak; *it would be bad ~ to refuse* det skulle vara ofint att tacka nej; *there is no accounting for ~s* om tycke och smak skall man inte diskutera (disputera); *in bad ~* smaklös, smaklöst; *in good ~* smakfull, smakfullt **II** *tr itr* smaka; smaka (på)
**tasteless** ['teɪstləs] *a* smaklös; osmaklig
**tasty** ['teɪstɪ] *a* välsmakande; smakfull
**tatter** ['tætə] *s*, mest pl. *~s* trasor
**tattered** ['tætəd] *a* trasig, söndersliten
**1 tattoo** [tə'tu:] *s* **1** mil. tapto; *beat (sound) the ~* blåsa tapto **2** militärparad, militäruppvisning
**2 tattoo** [tə'tu:] **I** *tr* tatuera **II** *s* tatuering
**taught** [tɔ:t] se *teach*
**taunt** [tɔ:nt] **I** *tr* håna **II** *s* glåpord, gliring
**Taurus** ['tɔ:rəs] astrol. Oxen
**taut** [tɔ:t] *a* **1** spänd [*~ muscles*], styv; stram **2** fast, vältrimmad
**tavern** ['tævən] *s* värdshus; ölkrog
**tawny** ['tɔ:nɪ] *a* gulbrun
**tax** [tæks] **I** *s* **1** statlig skatt; pålaga; *~ arrears* kvarstående skatt; *~ evader (dodger)* skattesmitare, skattefuskare; *~ evasion (dodging)* skattesmitning, skattefusk; *~ exile* skatteflykting; *~ haven* skatteparadis lågskatteland; *~ relief* skattelättnad **2** bildl. påfrestning [*~ on a p.'s health*] **II** *tr* **1** beskatta; taxera [*at* till, *by* efter] **2** betunga, sätta på hårt prov
**taxable** ['tæksəbl] *a* beskattningsbar
**taxation** [tæk'seɪʃ(ə)n] *s* **1** beskattning; taxering **2** skatter [*reduce ~*]
**tax-collector** ['tækskəˌlektə] *s* uppbördsman, skattmas
**tax-free** ['tæks'fri:] *a* skattefri
**taxi** ['tæksɪ] **I** *s* taxi, bil; *air ~* taxiflyg **II** *itr* flyg. taxa, köra på marken t. ex. före start
**taxicab** ['tæksɪkæb] *s* taxi, bil

**taxi-driver** ['tæksɪˌdraɪvə] *s* taxichaufför
**taximeter** ['tæksɪˌmi:tə] *s* taxameter
**taxiplane** ['tæksɪpleɪn] *s* taxiflyg, taxiplan
**taxi-rank** ['tæksɪræŋk] *s* taxihållplats; rad väntande taxibilar
**taxpayer** ['tæksˌpeɪə] *s* skattebetalare
**T.B.** ['ti:'bi:] *s* (vard. för *tuberculosis*) tbc
**tea** [ti:] *s* te dryck, måltid; tebjudning; ***afternoon (five o'clock)*** ~ eftermiddagste; ***high*** ~ lätt kvällsmåltid med te, tidig tesupé vanl. vid 6-tiden; ***have*** ~ dricka te; ***not for all the ~ in China*** ungefär inte för allt smör i Småland; ***that's just my cup of*** ~ det är just min likör; ***she is not my cup of*** ~ hon är inte min typ
**tea-bag** ['ti:bæg] *s* tepåse
**tea-break** ['ti:breɪk] *s* tepaus
**tea-caddy** ['ti:ˌkædɪ] *s* o. **tea-canister** ['ti:ˌkænɪstə] *s* teburk
**teach** [ti:tʃ] (*taught taught*) *tr itr* undervisa, undervisa i, lära [*he teaches us French*]; vara lärare; ***I'll ~ you to lie!*** jag ska lära dig att ljuga, jag!
**teacher** ['ti:tʃə] *s* lärare
**teaching** ['ti:tʃɪŋ] **I** *s* **1** undervisning; ***go in for*** ~ ägna sig åt (slå sig på) lärarbanan **2** vanl. pl. ~*s* lära, läror [*the ~s of the Church*] **II** *a* undervisnings- [*a ~ hospital*]; lärar- [*the ~ profession*]
**teaching-aid** ['ti:tʃɪŋeɪd] *s* hjälpmedel i undervisningen
**tea-cloth** ['ti:klɒθ] *s* **1** teduk **2** torkhandduk
**tea-cosy** ['ti:ˌkəʊzɪ] *s* tehuv, tevärmare
**teacup** ['ti:kʌp] *s* tekopp; ***a storm in a*** ~ en storm i ett vattenglas
**teak** [ti:k] *s* teak, teakträ
**tea-kettle** ['ti:ˌketl] *s* tepanna, tekittel med pip
**teal** [ti:l] *s* fågel kricka, krickand
**tea-leaf** ['ti:li:f] (pl. *tea-leaves* ['ti:li:vz]) *s* teblad
**team** [ti:m] **I** *s* team, gäng, lag [*football ~*]; trupp **II** *itr*, ~ ***up*** vard. slå sig ihop, arbeta i team
**team-mate** ['ti:mmeɪt] *s* lagkamrat
**team-spirit** ['ti:mˌspɪrɪt] *s* laganda
**teamster** ['ti:mstə] *s* amer. långtradarchaufför
**teamwork** ['ti:mwɜ:k] *s* teamwork, lagarbete, grupparbete
**tea-party** ['ti:ˌpɑ:tɪ] *s* tebjudning
**tea-plant** ['ti:plɑ:nt] *s* tebuske
**teapot** ['ti:pɒt] *s* tekanna
**1 tear** [tɪə] *s* tår [*flood of ~s*]; ***shed ~s*** fälla tårar; ***burst into ~s*** brista i gråt
**2 tear** [teə] **I** (*tore torn*) *tr itr* **1** slita, riva, riva och slita [*at* i], rycka; slita (riva, rycka) sönder; ~ ***open*** slita (riva) upp [~ *open a letter*]; ~ ***to pieces*** slita sönder (i bitar, i stycken); ***that's torn it*** vard. nu är det klippt; ***it ~s easily*** den slits sönder lätt **2** rusa, flänga [~ *down the road (into a room)*] □ ~ **about** rusa omkring; ~ **along** rusa fram; ~ **away** slita (riva) bort; rusa i väg; ~ ***oneself away*** slita sig lös [*I can't ~ myself away from this place (book)*]; ~ **down** riva (plocka) ned; ~ **off** a) slita bort, riva av (loss) b) rusa i väg; ~ **out** a) riva ut [~ *out a page*] b) rusa ut; ~ **up** slita (riva) sönder; riva upp **II** *s* reva, rispa, rivet hål
**tear-duct** ['tɪədʌkt] *s* tårkanal
**tearful** ['tɪəf(ʊ)l] *a* **1** tårfylld **2** gråtmild
**tear-gas** ['tɪəgæs] *s* tårgas
**tearing** ['teərɪŋ] *a*, ***at a ~ pace*** i rasande fart
**tea-room** ['ti:rʊm] *s* teservering, konditori
**tease** [ti:z] **I** *tr itr* reta, retas med, retas **II** *s* retsticka
**tea-shop** ['ti:ʃɒp] *s* teservering, konditori
**teaspoon** ['ti:spu:n] *s* tesked äv. mått
**teaspoonful** ['ti:spu:nˌfʊl] *s* tesked mått
**tea-strainer** ['ti:ˌstreɪnə] *s* tesil
**teat** [ti:t] *s* **1** spene **2** napp på flaska
**tea-time** ['ti:taɪm] *s* tedags
**tea-towel** ['ti:ˌtaʊ(ə)l] *s* torkhandduk
**tea-tray** ['ti:treɪ] *s* tebricka
**tea-trolley** ['ti:ˌtrɒlɪ] *s* tevagn, rullbord
**tec** [tek] *s* (kortform för *detective*) sl. deckare, snut
**technical** ['teknɪk(ə)l] *a* teknisk; fackinriktad, yrkesinriktad [*a ~ school*]; ~ ***knock-out*** boxn. teknisk knockout
**technicality** [ˌteknɪ'kælətɪ] *s* teknik; formalitet, teknisk detalj [*it's just a ~*]
**technician** [tek'nɪʃ(ə)n] *s* tekniker; teknisk expert
**technique** [tek'ni:k] *s* teknik
**technocrat** ['teknəkræt] *s* teknokrat
**technological** [ˌteknə'lɒdʒɪk(ə)l] *a* teknologisk
**technologist** [tek'nɒlədʒɪst] *s* teknolog
**technology** [tek'nɒlədʒɪ] *s* teknologi, teknik, tekniken; ***school of*** ~ teknisk skola
**teddy** ['tedɪ] *s*, ~ ***bear*** teddybjörn, leksaksbjörn
**tedious** ['ti:djəs] *a* långtråkig, ledsam
**tedium** ['ti:djəm] *s* långtråkighet; leda
**tee** [ti:] *s* golf. utslagsplats, tee pinne på vilken bollen placeras vid slag
**1 teem** [ti:m] *itr* vimla, myllra, krylla

**2 teem** [tiːm] *itr, it was teeming with rain* el. *it was teeming* regnet vräkte ned
**teenage** ['tiːneɪdʒ] *s* attributivt tonårs-
**teenager** ['tiːnˌeɪdʒə] *s* tonåring
**teens** [tiːnz] *s pl* tonår
**teeny** ['tiːnɪ] *a* vard. pytteliten
**teeth** [tiːθ] se *tooth*
**teethe** [tiːð] *itr* få tänder
**teething** ['tiːðɪŋ] *s* tandsprickning; ~ *ring* bitring; ~ *troubles* a) tandsprickningsbesvär b) bildl. barnsjukdomar, initialsvårigheter [äv. ~ *problems*]
**teeth-ridge** ['tiːθrɪdʒ] *s* tandvall
**teetotaller** [tiː'təʊtələ] *s* helnykterist, absolutist
**telecast** ['telɪkɑːst] **I** (*telecast telecast* el. *telecasted telecasted*) *tr* sända (visa) i TV, televisera **II** *s* TV-sändning
**telegram** ['telɪgræm] *s* telegram
**telegraph** ['telɪgrɑːf] **I** *s* telegraf; telegram **II** *tr itr* telegrafera [*for* efter]
**telegraphese** ['telɪgrə'fiːz] *s* vard. telegramspråk, telegramstil
**telegraphic** [ˌtelɪ'græfɪk] *a* telegrafisk, telegraf-; ~ *address* telegramadress
**telegraphist** [tə'legrəfɪst] *s* o. **telegraph-operator** ['telɪgrɑːfˌɒpəreɪtə] *s* telegrafist
**telegraph-pole** ['telɪgrɑːfpəʊl] *s* o. **telegraph-post** ['telɪgrɑːfpəʊst] *s* telegrafstolpe, telefonstolpe
**telegraphy** [tə'legrəfɪ] *s* telegrafi; telegrafering
**telepathic** [ˌtelɪ'pæθɪk] *a* telepatisk
**telepathy** [tə'lepəθɪ] *s* telepati
**telephone** ['telɪfəʊn] **I** *s* telefon; ~ *box (booth)* telefonkiosk, telefonhytt; ~ *directory (book)* telefonkatalog; ~ *exchange* telefonväxel; telefonstation; ~ *operator* telefonist; *by (over the)* ~ per telefon; *be on the* ~ vara i telefon; ha inneha telefon **II** *tr* telefonera till, ringa, ringa upp
**telephonist** [tə'lefənɪst] *s* telefonist
**telephoto** ['telɪ'fəʊtəʊ] *a* foto., ~ *lens* teleobjektiv
**teleprinter** ['telɪˌprɪntə] *s* teleprinter
**telescope** ['telɪskəʊp] **I** *s* teleskop, kikare **II** *tr* skjuta ihop, skjuta in i varandra, skjuta in
**telescopic** [ˌtelɪs'kɒpɪk] *a* teleskopisk; ~ *lens* teleobjektiv; ~ *aerial (antenna)* teleskopantenn
**televiewer** ['telɪvjuːə] *s* TV-tittare
**televise** ['telɪvaɪz] *tr* sända (visa) i TV, televisera
**television** ['telɪˌvɪʒ(ə)n] *s* television, TV; ~ *broadcast* TV-sändning; ~ *receiver (set)* TV-apparat; ~ *screen* TV-ruta, bildruta; ~ *viewer* TV-tittare
**telex** ['teleks] **I** *s* ® telex **II** *tr* telexa
**tell** [tel] (*told told*) *tr itr* **1** tala 'om, berätta, tala [*of* om], säga; ~ *a p. about a th.* berätta om ngt för ngn; *something* ~*s me* [*he is not coming*] jag känner på mig att... ; *you're telling me!* vard. som om jag inte skulle veta det!; det kan du skriva upp!; *I told you so!* el. *what did I* ~ *you?* vad var det jag sa?; *I (I'll)* ~ *you what...* el. ~ *you what...* vard. vet du vad... **2** säga 'till ('åt), be [~ *him to sit down*]; *do as you are told* gör som man säger **3** skilja [*from* från]; känna igen [*by* på], urskilja; *I can't* ~ *them apart* jag kan inte skilja dem åt; ~ *the difference between* skilja mellan (på); *who can* ~*?* vem vet?; *you never can* ~ man kan aldrig så noga veta **4** vard., ~ *off* läxa upp, skälla ut; *be (get) told off* få på pälsen (huden) **5** skvallra [*on* på] **6** vard., ~ *on* ta (fresta) på [*it* ~*s on my nerves*]
**telling** ['telɪŋ] *a* träffande [*a* ~ *remark*]
**telling-off** ['telɪŋ'ɒf] *s* utskällning
**telltale** ['telteɪl] **I** *s* skvallerbytta **II** *a* avslöjande, skvallrande [*a* ~ *blush*]; ~ *tit!* skvallerbytta bingbong!
**telly** ['telɪ] *s* vard. TV
**temper** ['tempə] *s* humör, lynne [*be in* (på, vid) *a good (bad)* ~]; fattning; *control (keep) one's* ~ bibehålla sitt lugn; *lose one's* ~ tappa humöret (besinningen); *in a* ~ på dåligt humör; i ett anfall av vrede; *get (fly) into a* ~ fatta humör
**temperament** ['tempərəmənt] *s* temperament, humör [*a cheerful* ~]
**temperamental** [ˌtempərə'mentl] *a* temperamentsfull
**temperamentally** [ˌtempərə'mentəlɪ] *adv* till temperamentet
**temperance** ['tempər(ə)ns] *s* **1** måttlighet, återhållsamhet **2** helnykterhet
**temperate** ['tempərət] *a* **1** måttlig, återhållsam **2** tempererad [*a* ~ *climate*]
**temperature** ['tempərətʃə] *s* temperatur; feber; *have (run) a* ~ ha feber
**tempest** ['tempɪst] *s* storm, oväder; *a* ~ *in a teapot* amer. en storm i ett vattenglas
**tempestuous** [tem'pestjʊəs] *a* stormig, våldsam
**tempi** ['tempiː] se *tempo*
**1 temple** ['templ] *s* tempel; helgedom
**2 temple** ['templ] *s* anat. tinning
**tempo** ['tempəʊ] (pl. *tempos*, i betydelse *1* vanl. *tempi* ['tempiː]) *s* **1** mus. tempo **2** tempo, fart

**temporary** ['tempərərɪ] *a* **1** temporär, tillfällig; provisorisk [*a ~ bridge*]; kortvarig **2** tillförordnad, extraordinarie
**tempt** [temt] *tr* fresta, förleda, locka; *~ fate* utmana ödet
**temptation** [tem'teɪʃ(ə)n] *s* frestelse; lockelse; *yield (give way) to ~* falla för frestelser
**tempter** ['temtə] *s* frestare
**temptress** ['temtrəs] *s* fresterska
**ten** [ten] **I** *räkn* tio **II** *s* tia; tiotal
**tenable** ['tenəbl] *a* hållbar [*a ~ theory*]
**tenacity** [tə'næsətɪ] *s* seghet; orubblighet; *~ of purpose* målmedvetenhet; ihärdighet
**tenancy** ['tenənsɪ] *s* **1** förhyrning, hyrande **2** hyrestid
**tenant** ['tenənt] **I** *s* hyresgäst **II** *tr* hyra; arrendera; bebo
**tench** [tentʃ] *s* sutare fisk
**1 tend** [tend] *tr* vårda, sköta [*~ the wounded*], passa [*~ a machine*]; vakta
**2 tend** [tend] *itr* tendera
**tendency** ['tendənsɪ] *s* tendens; *he has a ~ to exaggerate* han har en benägenhet att överdriva
**1 tender** ['tendə] *a* **1** mör [*a ~ steak*]; öm [*a ~ spot; a ~ age*] **2** ömsint
**2 tender** ['tendə] **I** *tr* erbjuda [*~ one's services*]; lämna in [*~ one's resignation*] **II** *s* anbud
**tendon** ['tendən] *s* anat. sena
**tenement** ['tenəmənt] *s* bostadshus, hyreshus
**tenfold** ['tenfəʊld] **I** *a* tiodubbel, tiofaldig **II** *adv* tiodubbelt, tiofaldigt, tiofalt
**tenner** ['tenə] *s* vard. tiopundssedel; amer. tiodollarssedel
**tennis** ['tenɪs] *s* tennis; *~ court* tennisbana
**tenor** ['tenə] *s* mus. tenor; tenorstämma
**tenpence** ['tenpəns] *s* tio pence
**tenpenny** ['tenpənɪ] *a* tiopence-; *a ~ piece* en tiopenny
**1 tense** [tens] *s* gram. tempus, tidsform
**2 tense** [tens] **I** *a* spänd; stram, sträckt **II** *tr itr* spänna, strama åt; spännas, stramas åt
**tension** ['tenʃ(ə)n] *s* spänning äv. elektr. [*high (low) ~*]; spändhet
**tent** [tent] *s* tält; *pitch one's ~* slå upp sitt tält
**tentacle** ['tentəkl] *s* tentakel
**tentative** ['tentətɪv] *a* preliminär; trevande
**tenterhook** ['tentəhʊk] *s, be on ~s* bildl. sitta som på nålar
**tenth** [tenθ] *räkn* o. *s* tionde; tiondel
**tenure** ['tenjʊə] *s* besittning, besittningsrätt; innehav; *permanent ~* fast anställning; *security of ~* anställningstrygghet
**tepid** ['tepɪd] *a* ljum
**term** [tɜ:m] **I** *s* **1** tid, period [*a ~ of five years*]; skol., univ. termin **2** pl. *~s* villkor; bestämmelse, bestämmelser; pris, priser [*the ~s are reasonable*]; betalningsvillkor; *come to ~s with a p.* träffa en uppgörelse med ngn **3** pl. *~s* förhållande; *be on good ~s with* stå på god fot med; *be on bad ~s with* vara ovän med; *meet on equal (level) ~s* mötas som jämlikar; *we parted on the best of ~s* vi skildes som de bästa vänner **4** term [*a scientific ~*], uttryck; pl. *~s* ord, ordalag [*in general ~s*] **II** *tr* benämna, kalla
**terminal** ['tɜ:mɪnl] *s* **1** slutstation; terminal **2** elektr. klämma, kabelfäste; pol [*battery ~s*] **3** data. terminal
**terminate** ['tɜ:mɪneɪt] *tr itr* avsluta, göra slut på; sluta [*the word ~s in* (på) *a vowel*]
**termination** [ˌtɜ:mɪ'neɪʃ(ə)n] *s* slut, avslutning
**terminology** [ˌtɜ:mɪ'nɒlədʒɪ] *s* terminologi
**terminus** ['tɜ:mɪnəs] *s* slutstation, ändstation; terminal
**termite** ['tɜ:maɪt] *s* termit, vit myra
**terrace** ['terəs] **I** *s* terrass; avsats; uteplats; *~ house* radhus **II** *tr* terrassera
**terraced** ['terəst] *a* **1** terrasserad, i terrasser **2** *~ house* radhus
**terracotta** ['terə'kɒtə] *s* terrakotta
**terrestrial** [tə'restrɪəl] *a* jordisk, jord-; land- [*~ animals*]
**terrible** ['terəbl] *a* förfärlig, förskräcklig
**terrier** ['terɪə] *s* terrier hundras
**terrific** [tə'rɪfɪk] *a* fruktansvärd, förfärlig; enorm, oerhörd [*~ speed*]; vard. jättebra
**terrify** ['terɪfaɪ] *tr* förskräcka; *terrified of* livrädd för
**territorial** [ˌterɪ'tɔ:rɪəl] *a* territoriell; land-, jord- [*~ claims*]; *~ waters* territorialvatten
**territory** ['terɪtərɪ] *s* **1** territorium; land; mark **2** besittning [*overseas territories*] **3** djurs revir
**terror** ['terə] *s* **1** skräck, fasa; *strike ~ into* sätta skräck i; *be in ~ of one's life* frukta för sitt liv **2** vard., om person plåga, satunge **3** terror; *reign of ~* skräckvälde
**terrorism** ['terərɪz(ə)m] *s* terrorism
**terrorist** ['terərɪst] *s* terrorist

**terrorize** ['terəraɪz] *tr itr* terrorisera; ~ *over* terrorisera
**terror-stricken** ['terə,strɪk(ə)n] *a* o. **terror-struck** ['terəstrʌk] *a* skräckslagen
**terry** ['terɪ] *s* frotté [äv. ~ *cloth*]; ~ ***towel*** frottéhandduk
**terylene** ['terəli:n] *s* ® textil. terylene
**test** [test] **I** *s* prov, provning, prövning, försök; test; förhör [*an oral* ~]; ***driving*** ~ körkortsprov; ***nuclear*** ~ kärnvapenprov; ***written*** ~ skrivning, skriftligt prov; ~ ***ban*** polit. provstopp; ~ ***case*** jur. prejudicerande rättsfall; ~ ***run*** provkörning, testkörning; ***put to the*** ~ sätta på prov; ***stand the*** ~ bestå provet **II** *tr* prova, pröva; sätta på prov; testa; förhöra; prova ut; ***have one's eyesight tested*** kontrollera synen
**testament** ['testəmənt] *s* **1** jur., ***last will and*** ~ testamente **2** bibl., ***the Old (New) Testament*** Gamla (Nya) testamentet
**testicle** ['testɪkl] *s* testikel
**testify** ['testɪfaɪ] *itr tr* vittna [*to* om, *against* mot, *in favour of* till förmån för], avlägga vittnesmål; intyga; vittna om
**testimonial** [,testɪ'məʊnjəl] *s* **1** intyg, vitsord **2** rekommendation **3** sport. recettmatch
**testimony** ['testɪmənɪ] *s* vittnesmål, vittnesbörd [*to, of* om]; bevis [*of, to* på]; bevismaterial; ***bear*** ~ ***to*** vittna om
**test-paper** ['test,peɪpə] *s* skrivning
**test-tube** ['testtju:b] *s* provrör
**tetanus** ['tetənəs] *s* med. stelkramp
**tête-à-tête** ['teɪtɑ:'teɪt] *s* tätatät, samtal mellan fyra ögon
**tether** ['teðə] *s*, ***be at the end of one's*** ~ bildl. inte orka mer
**text** [tekst] *s* text; ordalydelse
**textbook** ['tekstbʊk] *s* lärobok
**textile** ['tekstaɪl] **I** *a* textil-, vävnads- **II** *s* vävnad; textilmaterial; pl. ~***s*** äv. textilier
**textual** ['tekstjʊəl] *a* text- [~ *criticism*]
**texture** ['tekstʃə] *s* struktur; konsistens
**Thai** [taɪ] **I** *a* thailändsk, thai- **II** *s* **1** thailändare **2** thailändska språket
**Thailand** ['taɪlænd]
**thalidomide** [θə'lɪdəmaɪd] *s* farm. neurosedyn®
**Thames** [temz] *s*, ***the*** ~ Themsen; ***he will never set the*** ~ ***on fire*** ungefär han kommer aldrig att gå långt
**than** [ðæn, obetonat ðən, ðn] *konj* o. *prep* än, än vad som [*more* ~ *is good for him*]; ***no sooner had we sat down*** ~... knappt hade vi satt oss förrän...
**thank** [θæŋk] **I** *tr* tacka [*a p. for a th.* ngn för ngt]; ~ ***goodness (God)!*** gudskelov!; ~ ***Heaven!*** Gud vare tack och lov!; ~ ***you!*** tack!, jo tack!; ***no,*** ~ ***you!*** nej tack!; jag betackar mig! **II** *s*, pl. ~***s*** tack; ~***s awfully (a lot)!*** vard. tack så väldigt mycket!; ***give*** ~***s*** tacka [*to God* Gud]; ***speech of*** ~***s*** tacktal; ***received with*** ~***s*** el. ***with*** ~***s*** på kvitto vilket tacksamt erkännes; ~***s to*** preposition tack vare
**thankful** ['θæŋkf(ʊ)l] *a* mycket tacksam
**thankless** ['θæŋkləs] *a* otacksam [*a* ~ *task*]
**thanksgiving** ['θæŋks,gɪvɪŋ] *s* kyrkl. tacksägelse; ***Thanksgiving Day*** el. ***Thanksgiving*** i USA tacksägelsedagen allmän fridag 4:e torsdagen i november
**that** [ðæt, obetonat ðət] **I** *pron* **1** (pl. *those*) den där, det där; denne, denna, detta; den, det [~ *happened long ago*]; så [~ *is not the case*]; ***those*** (pl.) de där, dessa; de; ~ ***is to say*** el. ~ ***is*** det vill säga, dvs., alltså; ***and that's*** ~***!*** och därmed basta!; och hör sen!; så var det med den saken!; [***carry this for me***] ***that's a good boy (girl)*** vard. ... så är du snäll; ***he is not so stupid as all*** ~ så dum är han inte; ***what of*** ~***?*** än sen då?; [***the rapidity of light is greater***] ***than*** ~ ***of sound*** ... än ljudets; ***my car and*** ~ ***of my friend (friend's)*** min och min väns bil; [***he has one merit,***] ~ ***of being honest*** ... den att vara ärlig **2** som [*the only thing (person)* ~ *I can see*], vilken, vilket, vilka; ***all*** ~ ***I heard*** allt vad (allt det, allt som) jag hörde **3** såvitt, vad [*he has never been here* ~ *I know of*]
**II** *konj* **1** att [*she said* ~ *she would come*] **2** a) som [*it was there* ~ *I first saw him*] b) när, då [*now* ~ *I think of it, he was there*] **3** eftersom [*what have I done* ~ *he should insult me?*] **4** om; ***I don't know*** ~ ***I do*** jag vet inte om jag gör det
**III** *adv* vard. så pass [~ *far (much)*]; ***he's not*** ~ ***(all*** ~***) good*** så bra är han inte; han är inte så värst bra
**thatch** [θætʃ] **I** *s* halmtak, vasstak **II** *tr* täcka med halm; ***a thatched cottage*** en stuga med halmtak
**thaw** [θɔ:] **I** *itr tr* töa [*it is thawing*]; ~ ***out*** el. ~ tina upp, tina; ~ ***out the refrigerator*** frosta av kylskåpet **II** *s* tö, upptinande; polit. töväder
**the** [obetonat: ðə framför konsonantljud, ðɪ framför vokalljud; betonat: ði: (så alltid i betydelse I3)] **I** *best art* **1** ~ ***book*** boken; ~ ***old man*** den gamle mannen; ***he is*** ~ ***captain of a ship*** han är kapten på en båt; ~ ***London of our days*** våra dagars London; ~ ***following story*** följande historia; ***on*** ~ ***left hand*** på

vänster hand; ***speak ~ truth*** tala sanning; [***I'm going to***] ***~ Dixons*** ... Dixons (familjen Dixon) **2** en, ett; ***to ~ amount of*** till ett belopp av; ***at ~ price of*** till ett pris av **3** emfatiskt, ***is he ~ Dr. Smith?*** är han den kände (berömde) dr Smith? **II** *pron* den, det, de; ~ ***wretch!*** den uslingen!; ~ ***idiots!*** vilka (såna) idioter! **III** *adv*, ~... ~ ju... desto (dess, ju); ~ ***sooner ~ better*** ju förr dess hellre (bättre)

**theater** ['θɪətə] *s* amer. = *theatre*

**theatre** ['θɪətə] *s* **1** teater [*go to* (på) *the ~*] **2** hörsal (sal); ***operating ~*** operationssal

**theatregoer** ['θɪətə,gəʊə] *s* teaterbesökare; pl. ***~s*** äv. teaterpubliken

**theatregoing** ['θɪətə,gəʊɪŋ] **I** *s* teaterbesök; ***I like ~*** jag tycker om att gå på teatern **II** *a*, ***the ~ public*** teaterpubliken

**theatrical** [θɪ'ætrɪk(ə)l] **I** *a* **1** teater-; ~ ***company*** teatersällskap **2** teatralisk **II** *s*, pl. ***~s*** el. ***amateur (private) ~s*** amatörteater

**theft** [θeft] *s* stöld, tillgrepp

**their** [ðeə] *poss pron* deras, dess [*the Government and ~ remedy for unemployment*]; sin [*they sold ~ car*]

**theirs** [ðeəz] *poss pron* deras [*is that house ~?*]; sin [*they must take ~*]; ***a friend of ~*** en vän till dem

**them** [ðem, obetonat ðəm] *pers pron* (objektsform av *they*) **1** dem; vard. de, dom [*it wasn't ~*] **2** sig [*they took it with ~*]

**theme** [θi:m] *s* tema; ~ ***song*** a) signaturmelodi b) refräng

**themselves** [ðəm'selvz] *refl* o. *pers pron* sig [*they amused ~*], sig själva [*they can take care of ~*]; själva [*they made that mistake ~*]

**then** [ðen] **I** *adv* **1** a) då, på den tiden b) sedan, så; ***there and ~*** på fläcken, genast **2** alltså [*the journey, ~, could begin*]; då, i så fall [*~ it is no use*] **II** *s*, ***before ~*** innan dess, dessförinnan, förut; ***by ~*** vid det laget, då, till dess [*by ~ I shall be back*]; ***since ~*** sedan dess; ***until (till) ~*** till dess **III** *a* dåvarande [*the ~ prime minister*]

**thence** [ðens] *adv* litt., ***from ~*** därifrån; därav [*~ it follows that...*]

**theologian** [θɪə'ləʊdʒjən] *s* teolog

**theological** [θɪə'lɒdʒɪk(ə)l] *a* teologisk

**theology** [θɪ'ɒlədʒɪ] *s* teologi

**theorem** ['θɪərəm] *s* teorem; sats

**theoretical** [θɪə'retɪk(ə)l] *a* teoretisk

**theorist** ['θɪərɪst] *s* teoretiker

**theorize** ['θɪəraɪz] *itr* teoretisera

**theory** ['θɪərɪ] *s* teori; ***in ~*** i teorin

**therapeutic** [,θerə'pju:tɪk] *a* terapeutisk; ~ ***baths*** medicinska bad

**therapist** ['θerəpɪst] *s* terapeut

**therapy** ['θerəpɪ] *s* terapi behandling

**there** [ðeə] **I** *adv* **1** a) där; framme [*we'll soon be ~*] b) dit [*I hope to go ~*]; fram [*we'll soon get ~*]; ~ ***and back*** fram och tillbaka; ***down (in, out*** m.fl.***)*** ~ a) därnere, därinne, därute m.fl. b) dit ner (in, ut m.fl.), ner (in, ut m.fl.) dit; ~ ***you are!*** a) där (här) har du! b) jaså, där är du! c) där ser du!; [***carry this for me***] ***there's a dear (a good girl)*** vard. ... så är du snäll! **2** det formellt subjekt [*~ were* (var, fanns) *only two left*]; ~ ***is no knowing when...*** man kan inte (aldrig) veta när...

**II** *interj* så där! [*~, that will do*], så där ja! [*~! you've smashed it*]; ~, ~***!*** lugnande el. tröstande såja!, seså! [*~, ~! don't cry*]; ~ ***now!*** så där ja! nu är det klart

**thereabouts** ['ðeərəbaʊts] *adv* däromkring

**thereafter** [,ðeər'ɑ:ftə] *adv* litt. därefter

**thereby** [,ðeə'baɪ] *adv* litt. därvid

**therefore** ['ðeəfɔ:] *adv* därför, således, följaktligen

**there's** [ðeəz] = *there is, there has*

**thereupon** [,ðeərə'pɒn] *adv* därpå

**thermometer** [θə'mɒmɪtə] *s* termometer

**thermos** ['θɜ:mɒs] *s* ®, ~ ***flask*** el. ~ termos, termosflaska

**thermostat** ['θɜ:məstæt] *s* termostat

**these** [ði:z] *demonstr pron* se *this*

**thesis** ['θi:sɪs] (pl. *theses* ['θi:si:z]) *s* **1** tes, sats; teori **2** doktorsavhandling

**they** [ðeɪ] (objektsform *them*) *pron* **1** de [*~ are here*] **2** den, det **3** man; ~ ***say*** [***that he is rich***] man säger..., det sägs...

**they'd** [ðeɪd] = *they had; they would*

**they'll** [ðeɪl] = *they will (shall)*

**they're** ['ðeɪə, ðeə] = *they are*

**they've** [ðeɪv] = *they have*

**thick** [θɪk] **I** *a* **1** tjock [*a ~ book*]; ***I'll give you a ~ ear*** [***if you do that***] jag ska ge dig på moppe... **2** tjock [*~ hair*; *~ fog*] **3** ***that's a bit ~*** det är lite väl magstarkt, nu går det för långt **II** *s*, ***in the ~ of the crowd*** mitt i trängseln; ***in the ~ of the fight*** mitt i striden; ***stick to a p. through ~ and thin*** följa ngn i alla väder

**thicken** ['θɪk(ə)n] *tr* göra tjock (tät), göra tjockare (tätare)

**thicket** ['θɪkɪt] *s* busksnår, buskage

**thickness** ['θɪknəs] *s* tjocklek, grovlek

**thickset** ['θɪk'set] *a* undersätsig, satt

**thick-skinned** ['θɪk'skɪnd] *a* tjockhudad

**thief** [θi:f] (pl. *thieves* [θi:vz]) *s* tjuv; ***stop ~!*** ta fast tjuven!
**thiefproof** ['θi:fpru:f] *a* stöldsäker
**thieve** [θi:v] *itr tr* stjäla
**thievery** ['θi:vərɪ] *s* stöld, tjuveri
**thieves** [θi:vz] *s* se *thief*
**thievish** ['θi:vɪʃ] *a* tjuvaktig
**thigh** [θaɪ] *s* anat. lår
**thimble** ['θɪmbl] *s* fingerborg
**thimbleful** ['θɪmblfʊl] *s* fingerborg mått
**thin** [θɪn] **I** *a* **1** tunn; mager **2** gles, tunn [*~ hair*] **II** *adv* tunt [*spread the butter on ~*] **III** *tr itr*, *~ **down*** el. *~* göra tunn (tunnare), förtunna; *~ **out*** el. *~* gallra, glesa, glesa ur, tunna ut (ur) [*~ the hair*]; bli tunn (tunnare), förtunnas, tunna (tunnas) av, bli gles (glesare), glesna, magra
**thing** [θɪŋ] *s* **1** sak, ting, grej; pl. *~s* äv. saker och ting; ***these ~s happen (will happen)*** sånt händer; ***it's just one of those ~s*** sånt händer tyvärr **2** speciellt vard. varelse [*a sweet little ~*]; ***poor little ~!*** stackars liten!; ***you poor ~!*** stackars du (dig)! **3** ***this is a fine ~!*** jo, det var just snyggt!; ***the great ~ about it*** det fina med (i) det; ***the last ~*** vard. (adverb) allra sist [*last ~ at night*]; ***the only ~ you can do*** det enda du kan göra; ***it is a strange ~ that...*** det är egendomligt att...; ***what a stupid ~ to do!*** vad dumt att göra så! **4** pl. *~s* i speciella betydelser **a)** tillhörigheter, saker [*pack up your ~s*]; bagage [*take off your ~s!*] **b)** redskap, grejor, saker, servis [*tea ~s*] **c)** det, saken, läget, ställningen; ***~s are in a bad way*** det går dåligt; ***as (the way) ~s are*** som det nu är, som saken ligger till; ***how are*** (vard. ***how's***) ***~s?*** hur går det?, hur är läget?; ***you know how ~s are*** du vet hur läget (det) är; ***~s look bad for him*** det ser illa ut för honom **5** ***make a ~ of*** göra affär av; ***taking one ~ with another*** när allt kommer omkring; ***the ~ is*** saken är den; ***the ~ to do is to...*** vad man ska göra är att...; ***quite the ~*** el. ***the ~*** på modet, inne; ***that's just the ~ for you*** det är precis vad du behöver; ***for one ~,...*** för det första,...
**think** [θɪŋk] (*thought thought*) *tr itr* **1** tänka; tänka sig för; betänka; fundera på **2** tro [*do you ~ it will rain?*]; tycka [*do you ~ we should go on?*]; *~ **fit (proper)*** anse lämpligt; ***I should ~ so!*** jo, det vill jag lova!; jo, jag menar det!; ***I should jolly (damn) well ~ so!*** tacka sjutton för det!; [***he's a bit lazy,***] ***don't you ~?*** ... eller vad tycker du?, ... eller hur? **3** tänka (föreställa) sig [*I can't ~ how the story will end*]; ana, tro [*you can't ~ how glad I am*]; förstå [*I can't ~ where she's gone*]; ***to ~ that she*** [***is so rich***] tänk att hon...
□ *~* **about a)** fundera på, tänka på **b)** ***what do you ~ about...?*** vad tycker du om...?; *~* **of a)** tänka på; fundera på **b)** komma på [*can you ~ of his name?*] **c)** tänka sig, föreställa sig; ***just ~ of that (of it)!*** tänk bara!, kan du tänka dig! **d)** ***what do you ~ of...?*** vad tycker (säger, anser) du om...?; *~ **a lot of*** sätta stort värde på; ***he ~s a lot of himself*** han har höga tankar om sig själv; *~* **out** tänka (fundera) ut [*~ out a new method*]; *~* **over** tänka igenom, tänka över
**thinkable** ['θɪŋkəbl] *a* tänkbar
**thinker** ['θɪŋkə] *s* tänkare; ***he is a slow ~*** han tänker långsamt
**thinking** ['θɪŋkɪŋ] *s* tänkande; tänkesätt; ***I am of his way of ~*** jag tycker som han
**thinking-cap** ['θɪŋkɪŋkæp] *s* vard., ***put on one's ~*** ta sig en ordentlig funderare på saken
**think-tank** ['θɪŋktæŋk] *s* vard. hjärntrust, idébank
**thinner** ['θɪnə] *s* thinner
**thin-skinned** ['θɪn'skɪnd] *a* bildl. överkänslig, känslig
**third** [θɜ:d] **I** *räkn* tredje; *~ **class*** tredje klass **II** *adv* **1** ***the ~ largest town*** den tredje staden i storlek **2** i tredje klass [*travel ~*] **3** ***come (finish) ~*** komma (sluta som) trea **III** *s* **1** tredjedel **2** sport. trea, tredje man; tredjeplacering **3** mus. ters
**third-class** ['θɜ:d'klɑ:s] *a* tredjeklass-; tredje klassens [*a ~ hotel*]
**thirdly** ['θɜ:dlɪ] *adv* för det tredje
**third-rate** ['θɜ:d'reɪt] *a* tredje klassens, undermålig
**thirst** [θɜ:st] **I** *s* törst; *~ **for knowledge*** kunskapstörst **II** *itr* törsta [*for* efter]
**thirsty** ['θɜ:stɪ] *a* törstig
**thirteen** ['θɜ:'ti:n] *räkn* o. *s* tretton
**thirteenth** ['θɜ:'ti:nθ] *räkn* o. *s* trettonde; trettondel
**thirtieth** ['θɜ:tɪɪθ] *räkn* o. *s* trettionde, trettiondel
**thirty** ['θɜ:tɪ] **I** *räkn* trettio **II** *s* **1** trettio, trettiotal; ***in the thirties*** på trettiotalet **2** i sammansättningar: ***five-thirty*** halv sex, fem och trettio
**this** [ðɪs] **I** (pl. *these*) *pron* den här, det här; denne, denna, detta [*at ~ moment*]; det; ***these*** de här, dessa; *~ **afternoon*** adverb i eftermiddag, i eftermiddags; ***these days*** nuförtiden; ***to ~ day*** hittills; [***I have been waiting***] ***these three weeks*** ... nu i tre vec-

kor; ***do it like*** ~ gör så här; ~ ***one... that one*** den här... den där **II** *adv* vard. så här [*not* ~ *late*]
**thistle** ['θɪsl] *s* tistel
**thistle-down** ['θɪsldaʊn] *s* tistelfjun
**thither** ['ðɪðə] *adv* litt. dit
**thong** [θɒŋ] *s* läderrem; pisksnärt
**thorn** [θɔ:n] *s* tagg, törne, torn; ***a ~ in the (one's) flesh (side)*** en påle i köttet, en nagel i ögat
**thorny** ['θɔ:nɪ] *a* **1** törnig, taggig **2** bildl. kvistig [*a* ~ *problem*]
**thorough** ['θʌrə] *a* grundlig, ingående, genomgripande; riktig [*a* ~ *nuisance* (plåga)], fullkomlig
**thoroughbred** ['θʌrəbred] **I** *a* fullblods-, rasren [*a* ~ *horse*] **II** *s* fullblod, rasdjur; fullblodshäst, rashäst
**thoroughfare** ['θʌrəfeə] *s* **1** genomfart; ***no thoroughfare*** trafik. genomfart förbjuden **2** genomfartsgata
**thoroughgoing** ['θʌrəˌgəʊɪŋ] *a* grundlig [*he is* ~]; genomgripande, omfattande
**thoroughly** ['θʌrəlɪ] *adv* grundligt, genomgripande; i grund och botten; helt, alldeles; ***I ~ enjoyed it*** jag tyckte det var väldigt roligt
**those** [ðəʊz] *pron* se *that I*
**though** [ðəʊ] *konj* **1** fast, fastän; ***even*** ~ el. ~ även om **2** ***as*** ~ som, som om [*he looks as* ~ *he were ill*]
**thought** [θɔ:t] **I** *s* tanke [*of* på]; tänkande, tänkesätt; ***train (line) of*** ~ tankegång; ***I didn't give it a second*** ~ jag tänkte inte närmare på det; ***lost (deep, wrapped up) in*** ~ försjunken i sina tankar; ***after much (mature)*** ~ efter moget övervägande; ***on second ~s*** [*I will...*] vid närmare eftertanke... **II** se *think*
**thoughtful** ['θɔ:tf(ʊ)l] *a* tankfull, fundersam; omtänksam
**thoughtless** ['θɔ:tləs] *a* tanklös
**thousand** ['θaʊz(ə)nd] *räkn* o. *s* tusen; tusental, tusende [*in* ~*s*]; ~***s of people*** tusentals människor
**thousandth** ['θaʊz(ə)nθ] **I** *räkn* tusende; ~ ***part*** tusendel **II** *s* tusendel
**thrash** [θræʃ] *tr itr* **1** ge stryk; vard. klå, besegra; ***be thrashed*** få stryk **2** ~ ***out*** diskutera igenom [~ *out a problem*] **3** ~ ***about*** slå vilt omkring sig
**thrashing** ['θræʃɪŋ] *s* smörj, stryk
**thread** [θred] **I** *s* **1** tråd; garn; fiber **2** skruvgänga **II** *tr* **1** trä; ~ ***a needle*** trä på en nål; ~ ***beads (pearls)*** trä upp pärlor **2** ~ el. ~ ***one's way through*** slingra sig fram genom **3** gänga
**threadbare** ['θredbeə] *a* **1** luggsliten **2** bildl. utnött, utsliten [~ *jokes*]; torftig [~ *arguments*]
**threat** [θret] *s* hot [*to* mot]; fara [*to* för]; ***be under the ~ of*** hotas av
**threaten** ['θretn] *tr itr* hota; hota med [~ *revenge*]; ***a threatening letter*** ett hotelsebrev; ***the threatened strike*** [*did not take place*] den hotande strejken...; ~ ***a p.'s life*** hota ngn till livet
**three** [θri:] **I** *räkn* tre **II** *s* trea
**three-dimensional** ['θri:dɪ'menʃənl] *a* tredimensionell [~ *film*]
**threefold** ['θri:fəʊld] **I** *a* tredubbel, trefaldig **II** *adv* tredubbelt, trefaldigt
**three-four** ['θri:'fɔ:] *a* o. *s*, ~ ***time*** el. ~ trefjärdedelstakt
**three-piece** ['θri:pi:s] *a* tredelad
**thresh** [θreʃ] *tr itr* tröska
**thresher** ['θreʃə] *s* **1** tröskare **2** tröskverk
**threshold** ['θreʃhəʊld] *s* dörrtröskel; bildl. tröskel [*on the* ~ *of a revolution*]
**threw** [θru:] se *throw I*
**thrice** [θraɪs] *adv* tre gånger, trefalt
**thrift** [θrɪft] *s* sparsamhet
**thriftiness** ['θrɪftɪnəs] *s* sparsamhet
**thrifty** ['θrɪftɪ] *a* sparsam, ekonomisk
**thrill** [θrɪl] **I** *tr* få att rysa av spänning [*the film thrilled the audience*] **II** *s* spänning; ***it gave me a*** ~ jag tyckte det var spännande
**thriller** ['θrɪlə] *s* rysare, thriller
**thrilling** ['θrɪlɪŋ] *a* spännande, rafflande
**thrive** [θraɪv] *itr* **1** om växter o. djur växa och frodas, trivas; om barn växa och bli frisk och stark **2** blomstra, ha framgång
**thriving** ['θraɪvɪŋ] *a* **1** om växter o. djur som frodas, frodig **2** blomstrande [*a* ~ *business*], framgångsrik
**throat** [θrəʊt] *s* strupe, hals; svalg; ***clear one's*** ~ klara strupen, harkla sig; ***cut a p.'s*** ~ skära halsen av ngn; ***have a sore*** ~ ha ont i halsen; ***take (seize) a p. by the*** ~ ta struptag på ngn; ***jump down a p.'s*** ~ vard. fara ut mot ngn; ***thrust (ram, force) a th. down a p.'s*** ~ pracka (tvinga) på ngn ngt
**throb** [θrɒb] **I** *itr* **1** banka, bulta; dunka **2** skälva, darra [~ *with* (av) *excitement*] **II** *s* bankande, bultande, dunkande
**throe** [θrəʊ] *s*, mest pl. ~***s*** plågor, kval; ~***s*** el. ~***s of death*** dödskamp
**thrombosis** [θrɒm'bəʊsɪs] (pl. *thromboses* [θrɒm'bəʊsi:z]) *s* blodpropp, trombos
**throne** [θrəʊn] *s* tron; ***come to the*** ~ komma på tronen
**throng** [θrɒŋ] **I** *s* **1** trängsel, vimmel **2** massa, mängd **II** *itr tr* trängas; strömma

till i stora skaror; fylla till trängsel, trängas på (i) [*people thronged the streets*]

**throttle** ['θrɒtl] **I** *s* spjäll; strypventil; ***at full ~*** el. ***with the ~ full open*** med öppet spjäll **II** *tr* strypa, kväva

**through** [θru:] **I** *prep* **1** genom, igenom; in (ut) genom [*climb ~ a window*]; över [*a path ~ the fields*]; ***he has been ~ a good deal*** han har varit med om en hel del **2** genom, på grund av [*absent ~ illness*]; tack vare **3** om tid **a)** [***he worked all ~ the night*** . . . hela natten **b)** amer. till och med [*Monday ~ Friday*]

**II** *adv* **1** igenom; genom- [*wet ~*]; till slut, till slutet [*he heard the speech ~*]; ***~ and ~*** el. ***wet ~ and ~*** våt helt igenom **2** tele., ***be ~*** ha kommit fram; ***get ~*** komma fram; ***put ~*** koppla [*I will put you ~ to* . . .]; ***you're ~ to Rome*** klart Rom **3** ***be ~*** vard. i speciella betydelser **a)** vara klar (färdig) [*he is ~ with his studies*]; ***are you ~?*** äv. har du slutat? **b)** vara slut [*he is ~ as a tennis player*] **c)** ha fått nog [*with* av; *I'm ~ with this job*]; ***we're ~*** det är slut mellan oss

**III** *a* genomgående, direkt [*a ~ train*]; ***~ traffic*** genomfartstrafik; ***no through traffic*** genomfart förbjuden

**through-carriage** ['θru:ˌkærɪdʒ] *s* direktvagn

**throughout** [θrʊ'aʊt] **I** *adv* **1** alltigenom, genom- [*rotten ~*]; överallt **2** hela tiden, från början till slut **II** *prep* **1** överallt i, genom hela, över hela [*~ the U.S.*] **2** om tid, ***~ the year*** under hela året

**throw** [θrəʊ] **I** (*threw thrown*) *tr itr* **1** kasta, slunga, slänga; störta [*~ oneself into*]; kasta av [*the horse threw its rider*]; kasta omkull [*he threw his opponent*]; ***~ oneself on a p.*** kasta sig över ngn; ***~ one's arms round a p.*** slå armarna om ngn **2** bygga, slå [*~ a bridge across a river*] **3** vard. ställa till, ha [*~ a party for a p.*] □ ~ **away** kasta (hälla) bort; ***it is labour thrown away*** det är bortkastad möda; ~ **in a)** kasta in **b)** ***you get that thrown in*** man får det på köpet **c)** fotb. göra inkast; ~ **off** a) kasta av (bort); kasta av sig [*he threw off his coat*] b) bli av med, bli kvitt [*I can't ~ off this cold*]; ~ **out a)** kasta ut; köra ut (bort); ***~ a p. out of work*** göra ngn arbetslös **b)** sända ut [*~ out light*], utstråla [*~ out heat*] **c)** kasta fram, komma med [*~ out a remark*]; ~ **over** a) avvisa, överge, ge upp [*~ over a plan*] b) göra slut med, ge på båten [*she threw over her boy-friend*]; ~ **up** a) kasta (slänga) upp b) lyfta, höja [*she threw up her head*] c) kräkas (kasta) upp; kräkas d) ge upp, sluta [*~ up one's job*]

**II** *s* kast; ***stake everything on one ~*** sätta allt på ett kort (bräde)

**throwaway** ['θrəʊəweɪ] **I** *s* engångsartikel **II** *a* engångs- [*~ container*], slit-och-släng-; ***at ~ prices*** till vrakpriser

**throw-in** ['θrəʊɪn] *s* fotb. inkast

**thrown** [θrəʊn] se *throw I*

**thrum** [θrʌm] *tr itr* **1** knäppa, knäppa på [*~ (~ on) a guitar*] **2** trumma, trumma på [*~ on the table*]

**thrush** [θrʌʃ] *s* trast

**thrust** [θrʌst] **I** (*thrust thrust*) *tr itr* **1** sticka, stoppa [*he ~ his hands into his pockets*], köra, stöta [*~ a dagger into a p.'s back*] **2** ***~ one's way through the crowd*** tränga sig fram genom folkmassan; ***~ a th. upon a p.*** pracka på ngn ngt; ***~ oneself upon a p.*** tvinga sig på ngn **3** knuffa, skjuta [*~ aside*], tränga sig [*she ~ past me*] **II** *s* **1** stöt, knuff **2** framstöt; utfall, anfall, angrepp [*at* mot] **3** fäktning stöt

**thud** [θʌd] **I** *s* duns [*it fell with a ~*] **II** *itr* dunsa, dunsa ner; dunka

**thug** [θʌg] *s* bandit, mördare, gangster

**thumb** [θʌm] **I** *s* tumme; ***she is all ~s*** hon är fumlig (valhänt); ***have a p. under one's ~*** hålla ngn i ledband **II** *tr* **1** tumma, använda flitigt [*this dictionary will be much thumbed*]; ~ el. ***~ through*** bläddra igenom **2** ***~ a lift (ride)*** vard. få lift, lifta

**thumb-mark** ['θʌmmɑ:k] *s* märke efter tummen i t. ex. en bok

**thumb-nail** ['θʌmneɪl] *s* tumnagel

**thumbtack** ['θʌmtæk] *s* amer. häftstift

**thump** [θʌmp] **I** *tr itr* dunka, bulta, banka; dunka (bulta, banka) på **II** *s* dunk [*a ~ on the back*], smäll, duns

**thunder** ['θʌndə] **I** *s* åska; dunder, dån; ***a crash (peal) of ~*** en åskskräll; ***steal a p.'s ~*** stjäla ngns idéer; förekomma ngn **II** *itr* **1** åska [*it was thundering and lightening*]; dåna **2** bildl. dundra [*he thundered against the new law*]

**thunderbolt** ['θʌndəbəʊlt] *s* åskvigg, blixt; ***like a ~*** som ett åskslag

**thunderclap** ['θʌndəklæp] *s* åskskräll

**thundering** ['θʌndərɪŋ] **I** *a* **1** dundrande **2** vard. väldig; grov [*a ~ lie*] **II** *adv* vard. väldigt, förfärligt

**thunderous** ['θʌndərəs] *a* dånande, rungande [*~ applause*]

**thunderstorm** ['θʌndəstɔ:m] *s* åskväder, åska

**thundery** ['θʌndərɪ] *a* åsk- [*~ rain*], åskig

**Thursday** ['θɜ:zdɪ, 'θɜ:zdeɪ] *s* torsdag; *last* ~ i torsdags
**thus** [ðʌs] *adv* **1** sålunda, så, så här [*do it* ~] **2** alltså, således **3** ~ *far* så långt; ~ *much* så mycket
**thwart** [θwɔ:t] *tr* korsa, gäcka [~ *a p.'s plans*]; ~ *a p.* motarbeta ngn
**thyme** [taɪm] *s* timjan
**thyroid** ['θaɪrɔɪd] **I** *a,* ~ *gland* sköldkörtel **II** *s* sköldkörtel
**tiara** [tɪ'ɑ:rə] *s* tiara; diadem
**Tibet** [tɪ'bet]
**Tibetan** [tɪ'bet(ə)n] **I** *a* tibetansk **II** *s* **1** tibetanska språket **2** tibetan
**tick** [tɪk] **I** *itr tr* **1** ticka **2** ~ *over* gå på tomgång **3** ~ *away* ticka fram [*the clock ticked away the minutes*] **4** ~ *off* el. ~ pricka (bocka) av [~ *off names*] **5** vard., ~ *off* läxa upp **II** *s* **1** tickande; *in two ~s* vard. på momangen; *half a ~!* vard. ett ögonblick! **2** bock, kråka vid kollationering; *put a ~ against* pricka (bocka) för
**ticker-tape** ['tɪkəteɪp] *s* telegrafremsa, teleprinterremsa
**ticket** ['tɪkɪt] *s* **1** biljett **2** lapp [*price* ~, *parking* ~]; kvitto, sedel [*pawn-ticket*]; etikett; *lottery* ~ lottsedel **3** vard., *the* ~ det enda riktiga (rätta); *that's the* ~ äv. det är så det skall vara
**ticket-barrier** ['tɪkɪtˌbærɪə] *s* biljettspärr
**ticket-collector** ['tɪkɪtkəˌlektə] *s* biljettmottagare; spärrvakt; konduktör
**ticket-office** ['tɪkɪtˌɒfɪs] *s* biljettkontor
**ticking** ['tɪkɪŋ] *s* bolstervarstyg, kuddvarstyg
**ticking-off** ['tɪkɪŋ'ɒf] *s* vard. läxa, uppsträckning, skrapa [*give a p. a good* ~]
**tickle** ['tɪkl] **I** *tr itr* **1** kittla, klia; *my nose ~s* det kittlar i näsan **2** roa [*the story tickled me*], glädja [*the news will* ~ *you*]; smickra, kittla [~ *a p.'s vanity*]; *be tickled to death* el. *be tickled no end* vard. skratta ihjäl sig [*at, by* åt]; bli jätteglad [*at, by* över] **3** kittlas **II** *s* kittling; *he gave my foot a* ~ han kittlade mig under foten
**ticklish** ['tɪklɪʃ] *a* **1** kittlig **2** kinkig, knepig
**tick-tock** ['tɪk'tɒk] **I** *s* ticktack, tickande **II** *adv* o. *interj* ticktack
**tidal** ['taɪdl] *a,* ~ *wave* a) tidvattensvåg b) jättevåg c) bildl. stark våg [*a* ~ *wave of enthusiasm*]
**tidbit** ['tɪdbɪt] *s* godbit, läckerbit
**tiddler** ['tɪdlə] *s* vard. liten fisk, speciellt spigg
**tiddley, tiddly** ['tɪdlɪ] *a* vard. **1** packad berusad **2** liten, futtig
**tiddlywinks** ['tɪdlɪwɪŋks] *s* loppspel
**tide** [taɪd] **I** *s* **1** tidvatten, ebb och flod; flod; *high* ~ högvatten, flod [*at* (vid) *high* ~]; *low* ~ lågvatten, ebb [*at* (vid) *low* ~]; *the* ~ *is in (up)* det är flod (högvatten) **2** bildl. strömning, tendens; *the* ~ *has turned* en strömkantring har skett; *stem the* ~ gå mot strömmen **II** *tr,* ~ *over* hjälpa ngn över (igenom) [~ *a p. over a crisis*]
**tidings** ['taɪdɪŋz] *s* litt., *glad (sad)* ~ glada (sorgliga) nyheter
**tidy** ['taɪdɪ] **I** *a* **1** snygg, välvårdad; städad [*a* ~ *room*] **2** vard. nätt, vacker, rundlig [*a* ~ *sum*] **II** *tr itr,* ~ *up* el. ~ städa, snygga upp
**tie** [taɪ] **I** *tr itr* **1 a)** binda [~ *a horse to* (vid) *a tree*], knyta fast; ~ *a p. hand and foot* binda ngn till händer och fötter **b)** knyta [~ *one's shoe-laces*] **2** bildl. binda; klavbinda, hämma **3** knytas [*the sash ~s in front*], knytas fast (ihop) **4** sport. stå (komma) på samma poäng, få (nå) samma placering [*with* som] □ ~ **down** binda äv. bildl. [*to* vid, till; ~ *a p. down to a contract*], binda fast; *be tied down by children* vara bunden av barn; ~ **on** binda på, knyta (binda) fast [~ *on a label*]; ~ **up** binda upp; binda fast; binda ihop (samman); bildl. binda [*I am too tied up with* (av) *other things*]; låsa [~ *up one's capital*]
**II** *s* **1** band, länk; *business* ~ affärsförbindelse **2** slips; fluga, kravatt, rosett **3** sport. **a)** lika poängtal; oavgjort resultat; *it ended in a* ~ det slutade oavgjort **b)** match i cuptävling; *play off a* ~ spela 'om matchen för att avgöra en tävling
**tie-break** ['taɪbreɪk] *s* o. **tie-breaker** ['taɪˌbreɪkə] *s* i tennis tie-break
**tie-clip** ['taɪklɪp] *s* slipshållare
**tie-on** ['taɪɒn] *a* som går att binda på (knyta fast) [*a* ~ *label*]
**tie-pin** ['taɪpɪn] *s* kråsnål
**tiff** [tɪf] **I** *s* litet gräl, gnabb **II** *itr* gräla
**tiger** ['taɪgə] *s* tiger; ~ *cub* tigerunge; *paper* ~ bildl. papperstiger
**tigerish** ['taɪgərɪʃ] *a* tigerlik, tigeraktig
**tiger-lily** ['taɪgəˌlɪlɪ] *s* tigerlilja
**tight** [taɪt] **I** *a* **1** åtsittande, åtsmitande, tajt, snäv [~ *trousers*], trång [~ *shoes*]; spänd [*a* ~ *rope*]; *be (find oneself) in a* ~ *corner* vara i knipa **2** fast, hård [*a* ~ *knot*]; *a* ~ *hold* ett fast (hårt) grepp; *keep a* ~ *hand (hold) over a p.* hålla ngn kort (i schack) **3** snål, njugg; knapp; stram [*a* ~ *money-market*] **4** vard. packad berusad **II** *adv* tätt, fast, hårt [*hug* (krama) *a p.* ~]; *sleep ~!* vard. sov gott!

**tighten** ['taɪtn] *tr itr* **1** spänna; ~ *one's belt* bildl. dra åt svångremmen; ~ *up* el. ~ dra åt [~ *the screws* el. ~ *up the screws*]; skärpa [~ *up the regulations*] **2** spännas; ~ *up* el. ~ dras åt; skärpas [*the regulations have tightened up*]; ~ *up on crime* intensifiera kampen mot brottsligheten
**tight-fisted** ['taɪt'fɪstɪd] *a* vard. snål
**tight-fitting** ['taɪt'fɪtɪŋ] *a* åtsittande
**tightrope** ['taɪtrəʊp] *s* spänd lina; ~ *walker* lindansare; *walk on the (a)* ~ gå (dansa) på lina; *walk a* ~ bildl. gå balansgång
**tights** [taɪts] *s pl* **1** ~ el. *stretch* ~ strumpbyxor **2** trikåer artistplagg, trikåbyxor
**tigress** ['taɪgrəs] *s* tigrinna, tigerhona
**tile** [taɪl] **I** *s* tegelpanna, tegelplatta; tegel; kakelplatta; *be on (out on) the* ~*s* vard. vara ute och svira **II** *tr* täcka (belägga) med tegel; klä med kakel
**tileworks** ['taɪlwɜːks] *s* tegelbruk
**1 till** [tɪl] **I** *prep* till, tills; ~ *then* till dess, dittills; *not* ~ inte förrän, först **II** *konj* till, tills, till dess att [*wait* ~ *the rain stops*]
**2 till** [tɪl] *s* **1** kassalåda; kassaapparat **2** kassa pengar
**3 till** [tɪl] *tr* odla, odla upp, bruka [~ *the soil*]; *tilled land* odlad jord (mark)
**tillage** ['tɪlɪdʒ] *s* odling [*the* ~ *of soil*]
**tilt** [tɪlt] **I** *tr itr* luta, vippa på [*he tilted his chair back*]; fälla [~ *back* (upp) *a seat*]; vippa; välta, tippa; ~ *over* välta (vicka) omkull **II** *s* **1** lutning; vippande **2** *at full* ~ el. *full* ~ i (med) full fart
**timber** ['tɪmbə] *s* **1** timmer, trä, virke **2** speciellt amer. timmerskog; ~ *line* trädgräns
**timber-merchant** ['tɪmbəˌmɜːtʃ(ə)nt] *s* virkeshandlare, trävaruhandlare
**timber-yard** ['tɪmbəjɑːd] *s* brädgård
**time** [taɪm] **I** *s* **1 a)** tid; tiden [~ *will show who is right*]; ~*s* tider [*hard* ~*s*], tid [*the good old* (gamla goda) ~*s*]; ~*!* tiden är ute!; stängningsdags! [t.ex. på en pub: ~ *gentlemen, please!*] **b)** *what a long* ~ *you have been!* så (vad) länge du har varit!; *it will be a long* ~ *before...* det dröjer länge innan...; [*I have not been there*] *for a long* ~ ... på länge; *for a long* ~ *past* el. *for a long* ~ sedan länge **c)** *time's up!* tiden är ute!; *it's* ~ *for lunch* det är lunchdags; *there is a* ~ *and place for everything* allting har sin tid; *there are* ~*s when I wonder...* ibland undrar jag...; *what is the* ~*?* vad (hur mycket) är klockan?

□ **about** ~ *too!* det var minsann på tiden!; **against** ~ i kapp med tiden; *a race against* ~ en kapplöpning med tiden; [*they were laughing*] **all** *the* ~ ... hela tiden; *at all* ~*s* alltid; **any** ~ när som helst; vard. alla gånger; **at** *one* ~ a) en gång i tiden b) på en (samma) gång; *at the* ~ vid det tillfället, vid den tiden [*he was only a boy at the* ~]; *at* ~*s* tidvis, emellanåt; *at my* ~ *of life* vid min ålder; *at different* ~*s* vid olika tidpunkter; **by** *the* ~ när, då, vid den tid då; **every** ~*!* vard. så klart!; alla gånger!; **find (get)** ~ *to do a th.* hinna med ngt; **for** *the* ~ *being* för närvarande, tills vidare; **from** ~ *to* ~ då och då, emellanåt; **have** *the* ~ el. *have* ~ ha tid, hinna; *have a good (nice)* ~ ha roligt, ha det trevligt; *have* ~ *on one's hands* ha gott om tid; **in** ~ med tiden [*in* ~ *he'll understand*]; *just in* ~ el. *in* ~ precis lagom (i tid) [*come in* ~ *for dinner*]; *in a week's* ~ om en vecka; **keep** ~ a) hålla tider (tiderna, tiden), vara punktlig b) ta tid med stoppur c) hålla takten; *keep good* ~ el. *keep* ~ om ur gå rätt; *keep bad* ~ om ur gå fel; *I've got* **no** ~ *for* vard. jag har ingenting till övers för; *at no* ~ inte någon gång; *in less than no* ~ el. *in no* ~ på nolltid; *all* **of** *the* ~ hela tiden; *for the sake of old* ~*s* för gammal vänskaps skull; ~ **off** fritid; ledigt; **on** ~ i tid, precis, punktlig, punktligt; *at the* **same** ~ a) vid samma tidpunkt, samtidigt b) å andra sidan, samtidigt; *for* **some** ~ en längre tid; *for some* ~ *yet* än på ett bra tag; **take** ~ ta tid; *take one's* ~ ta god tid på sig [*about (over) a th.* till (för) ngt]; *take your* ~*!* ta god tid på dig!, ingen brådska!; **tell** *the* ~ kunna klockan; *can you tell me the right* ~*?* kan du säga mig vad klockan är?; *by* **that** ~ vid det laget, då; till dess; **this** ~ *last year* i fjol vid den här tiden; *by this* ~ vid det här laget; *you don't* **waste** *much* ~, *do you?* du är snabb, du!; **what** ~ *is it?* el. *what's the* ~*?* vad (hur mycket) är klockan?; *once* **upon** *a* ~ *there was...* det var en gång...

**2** gång [*the first* ~ *I saw her; five* ~*s four is twenty*]; ~ *after* ~ el. ~ *and again* gång på gång; *many a* ~ mången gång, många gånger; *one more* ~ vard. en gång till; *two or three* ~*s* ett par tre (några) gånger; *one at a* ~ en åt gången, en i sänder

**3** mus. takt, tempo; taktart; ~ *signature* taktbeteckning; *beat* ~ slå takt (takten); *beat* ~ *with one's foot (feet)* stampa takten; *keep* ~ hålla takten

**II** *tr* **1** välja tiden för, tajma, avpassa **2** ta tid på [~ *a runner*], ta tid vid [~ *a race*], tajma

**time-bomb** ['taɪmbɒm] *s* tidsinställd bomb
**time-consuming** ['taɪmkən,sju:mɪŋ] *a* tidsödande, tidskrävande
**time-honoured** ['taɪm,ɒnəd] *a* ärevördig, hävdvunnen [~ *customs*]
**timekeeper** ['taɪm,ki:pə] *s* tidmätare; tidkontrollör; tidtagare
**timekeeping** ['taɪm,ki:pɪŋ] *s* tidtagning; tidkontroll på arbetsplats
**time-killer** ['taɪm,kɪlə] *s* vard. tidsfördriv
**time-lag** ['taɪmlæg] *s* tidsfördröjning
**time-limit** ['taɪm,lɪmɪt] *s* tidsgräns; tidsfrist [*exceed the* ~]; ***impose a ~ on*** tidsbegränsa
**timely** ['taɪmlɪ] *a* läglig, lämplig; i rätt tid
**timepiece** ['taɪmpi:s] *s* ur, tidmätare
**timer** ['taɪmə] *s* **1** tidtagare **2** tidur; timer
**time-saving** ['taɪm,seɪvɪŋ] *a* tidsbesparande [*a* ~ *device*]
**time-signal** ['taɪm,sɪgn(ə)l] *s* tidssignal
**timetable** ['taɪm,teɪbl] *s* **1** tågtidtabell; tidsschema **2** schema
**time-wasting** ['taɪm,weɪstɪŋ] *a* tidsödande
**timid** ['tɪmɪd] *a* skygg; blyg, timid
**timidity** [tɪ'mɪdətɪ] *s* skygghet; blyghet
**timing** ['taɪmɪŋ] *s* **1** val av tidpunkt [*the President's* ~ *was excellent*], tajming äv. sport.; ***the ~ was perfect*** a) tidpunkten var utmärkt vald b) allting klaffade perfekt **2** tidtagning
**timorous** ['tɪmərəs] *a* räddhågad
**timothy** ['tɪməθɪ] *s*, ~ ***grass*** timotej
**tin** [tɪn] **I** *s* **1** tenn [~ *soldier*] **2** bleck; plåt **3** konservburk, burk [*a* ~ *of peaches*], bleckburk, plåtburk, dosa **4** form, plåt för bakning **II** *tr* **1** förtenna **2** lägga in, konservera
**tin-can** ['tɪn'kæn] *s* bleckburk, plåtburk
**tincture** ['tɪŋktʃə] *s* kem., med. tinktur
**tinder** ['tɪndə] *s* fnöske
**tinfoil** ['tɪn'fɔɪl] *s* stanniol; foliepapper
**tinge** [tɪndʒ] **I** *tr* färga lätt; prägla; ***be tinged with red*** skifta i rött **II** *s* lätt skiftning, nyans, färgton
**tingle** ['tɪŋgl] **I** *itr* **1** sticka, svida; klia **2** pingla, plinga **II** *s* **1** stickande känsla, stickning **2** pinglande
**tinker** ['tɪŋkə] *itr* knåpa, pilla, joxa
**tinkle** ['tɪŋkl] **I** *itr tr* klinga, pingla; klirra; klinka [~ *on the piano*]; ringa (pingla) med [~ *a bell*]; klinka på [~ *the keys of a piano*] **II** *s* pinglande, plingande [*the* ~ *of tiny bells*]; ***I'll give you a ~*** vard. jag slår en signal på telefon
**tin-loaf** ['tɪn'ləʊf] (pl. *tin-loaves* ['tɪn'ləʊvz]) *s* formbröd
**tin-mine** ['tɪnmaɪn] *s* tenngruva
**tinned** [tɪnd] *a* **1** förtent, förtennad **2** konserverad [~ *fruit*], på burk [~ *peas*]; ~ ***food*** burkmat; ~ ***goods*** konserver
**tinny** ['tɪnɪ] *a* **1** tennhaltig; tenn- **2** metallisk; ***a ~ piano*** ett piano med spröd klang
**tin-opener** ['tɪn,əʊpənə] *s* konservöppnare
**tin-pot** ['tɪnpɒt] *a* vard. skruttig [*a* ~ *firm*]; tredjeklassens [*a* ~ *actor*]
**tinsel** ['tɪns(ə)l] *s* glitter [*a Christmas tree with* ~]
**tint** [tɪnt] **I** *s* **1** färgton, skiftning, nyans **2** toningsvätska **II** *tr* färga lätt, tona [~ *one's hair*]
**tin-tack** ['tɪntæk] *s* nubb, stift
**tiny** ['taɪnɪ] *a* mycket liten; ~ ***little*** pytteliten; ~ ***tot*** småtting
**1 tip** [tɪp] **I** *s* **1** spets, tipp, topp; ända; ***I have it at the ~s of my fingers*** jag har det på mina fem fingrar; ***walk on the ~s of one's toes*** gå på tå; ***the ~ of one's tongue*** tungspetsen; ***have a th. on the ~ of one's tongue*** bildl. ha ngt på tungan **2** munstycke på cigarett [*filter-tip*] **II** *tr* förse med en spets, sätta en spets på; ***tipped cigarette*** cigarett med munstycke
**2 tip** [tɪp] **I** *tr itr* **1** tippa; tippa (stjälpa) omkull [äv. ~ *over*, ~ *up*] **2** ~ ***one's hat*** lyfta på hatten [*to* för] **3** stjälpa av (ur), tippa ut [äv. ~ *out*] **4** vippa, stjälpa (välta, tippa) över ända, vicka omkull [äv. ~ *over*] **II** *s* tipp, avstjälpningsplats
**3 tip** [tɪp] **I** *tr itr* vard. **1** ge dricks till, ge dricks **2** tippa [~ *the winner*] **3** ge en vink, tipsa; ~ ***a p. off*** tipsa ngn **II** *s* **1** dricks **2** vard. vink; tips; ***take my ~!*** lyd mitt råd!
**tip-cart** ['tɪpkɑ:t] *s* tippkärra, tippvagn
**tipping** ['tɪpɪŋ] *s* vard., ~ [*has been abolished*] systemet att ge dricks . . .
**tipple** ['tɪpl] *itr* pimpla, småsupa
**tippler** ['tɪplə] *s* småsupare, fyllbult
**tipsy** ['tɪpsɪ] *a* lätt berusad
**tiptoe** ['tɪptəʊ] **I** *s*, ***walk on ~*** gå på tå **II** *adv* på tå **III** *itr* gå på tå
**tiptop** ['tɪp'tɒp] *a* o. *adv* perfekt, prima [*a* ~ *hotel*], tiptop
**tip-up** ['tɪpʌp] *a* uppfällbar [~ *seat*]
**tirade** [taɪ'reɪd] *s* tirad, lång harang
**1 tire** ['taɪə] *tr itr* trötta; tröttna; ledsna, bli trött (led) [*of* på]
**2 tire** ['taɪə] *s* amer. se *tyre*
**tired** ['taɪəd] *a* trött [*of* på, *with* av]; led,

utledsen [*of* på]; ~ *out* uttröttad, utmattad; ~ *to death* dödstrött
**tireless** ['taɪələs] *a* outtröttlig
**tiresome** ['taɪəsəm] *a* **1** tröttsam; långtråkig **2** förarglig, besvärlig
**tiring** ['taɪərɪŋ] *a* tröttande, tröttsam
**tissue** ['tɪʃu:] *s* **1** vävnad, äv. biol., anat. [*muscular* ~], väv **2** bildl. väv, nät, härva [*a* ~ *of lies*] **3** mjukt papper; cellstoff; *face (facial)* ~ ansiktsservett; *toilet* ~ mjukt toalettpapper
**tissue-paper** ['tɪʃu:ˌpeɪpə] *s* silkespapper
**1 tit** [tɪt] *s* zool. mes; *blue* ~ blåmes; *coal* ~ svartmes; *great* ~ talgoxe
**2 tit** [tɪt] *s*, ~ *for tat* lika för lika; *give* ~ *for tat* ge svar på tal
**3 tit** [tɪt] *s* **1** vard. bröstvårta **2** vulg. tutte bröst
**titanic** [taɪ'tænɪk] *a* titanisk; jättelik
**titbit** ['tɪtbɪt] *s* godbit, läckerbit
**title** ['taɪtl] *s* titel
**titled** ['taɪtld] *a* betitlad; adlig [*a* ~ *lady*]
**title-holder** ['taɪtlˌhəʊldə] *s* speciellt sport. titelhållare, titelinnehavare
**title-page** ['taɪtlpeɪdʒ] *s* titelsida, titelblad
**title-role** ['taɪtlrəʊl] *s* titelroll
**titmouse** ['tɪtmaʊs] (pl. *titmice* ['tɪtmaɪs]) *s* zool. mes; *blue* ~ blåmes; *coal* ~ svartmes; *great* ~ talgoxe
**titter** ['tɪtə] **I** *itr* fnittra **II** *s* fnitter
**tittle-tattle** ['tɪtlˌtætl] **I** *s* skvaller **II** *itr* skvallra
**titty** ['tɪtɪ] *s* **1** vard. bröstvårta; ~ *bottle* diflaska **2** vulg. tutte bröst
**T-junction** ['ti:ˌdʒʌŋkʃ(ə)n] *s* T-korsning av vägar, T-knut
**to** [tu:, obetonat tʊ, tə] **I** *prep* **1** till **2** för; *open* ~ *the public* öppen för allmänheten; ~ *me it was*... för mig var det...; *what is that* ~ *you?* vad angår det dig?; [*we had the compartment*] *all* ~ *ourselves* ... helt för oss själva **3** uttryckande riktning i [*a visit* ~ *England*]; på [*go* ~ *a concert*] **4** mot, emot **a)** uttryckande riktning el. placering mot [*with his back* ~ *the fire*]; *hold a th.* ~ *the light* hålla ngt mot ljuset **b)** efter ord uttryckande t.ex. bemötande [*good (polite)* ~ *a p.*] **c)** i jämförelse med [*he's quite rich now*] ~ *what he used to be* ... mot vad han varit förut **5** hos; *I have been* ~ *his house* jag har varit hemma hos honom; *be on a visit* ~ *a p.* vara på besök hos ngn **6** betecknande proportion:, *thirteen* ~ *a dozen* tretton på dussinet; [*his pulse was 140*] ~ *the minute* ... i minuten **7** andra uttryck:, *freeze* ~ *death* frysa ihjäl; *tell a p. a th.* ~ *his face* säga ngn ngt mitt upp i ansiktet; *would* ~ *God that*... Gud give att...; *here's* ~ *you!* skål!
**II** infinitivmärke **1** att **2** med syftning på en föreg. infinitiv:, [*we didn't want to go*] *but we had* ~ ... men vi måste **3** för att [*he struggled* ~ *get free*] **4** *he wants us* ~ *try* han vill att vi ska försöka; *I'm waiting for Bob* ~ *come* jag väntar på att Bob ska komma; *he was the last* ~ *arrive* han var den siste som kom; ~ *hear him speak you would believe that*... när man hör honom skulle man tro att...; *he lived* ~ *be ninety* han levde tills han blev nittio
**III** *adv* **1** igen, till [*push the door* ~] **2** ~ *and fro* av och an, fram och tillbaka
**toad** [təʊd] *s* padda
**toadstool** ['təʊdstu:l] *s* svamp, speciellt giftsvamp
**toast** [təʊst] **I** *s* **1** rostat bröd **2** skål; *drink a* ~ *to the bride and bridegroom* skåla för brudparet; *propose a* ~ föreslå (utbringa) en skål [*to* för] **II** *tr* **1** rosta [~ *bread*] **2** utbringa (dricka) en skål för; skåla med
**toaster** ['təʊstə] *s* brödrost; grillgaffel
**toasting-fork** ['təʊstɪŋfɔ:k] *s* grillgaffel, rostningsgaffel
**toastmaster** ['təʊstˌmɑ:stə] *s* toastmaster, ceremonimästare vid större middag
**toast-rack** ['təʊstræk] *s* ställ för rostat bröd
**tobacco** [tə'bækəʊ] *s* tobak
**tobacconist** [tə'bækənɪst] *s* tobakshandlare; *tobacconist's shop* tobaksaffär
**tobacco-pouch** [tə'bækəʊpaʊtʃ] *s* tobakspung
**to-be** [tə'bi:] *a* blivande [*the bride* ~], framtida, kommande
**toboggan** [tə'bɒg(ə)n] **I** *s* toboggan, kälke **II** *itr* åka kälke
**today** [tə'deɪ] **I** *adv* **1** i dag; ~ *week* el. *a week* ~ i dag om en vecka **2** nu för tiden **II** *s*, *a year from* ~ i dag om ett år; *the England of* ~ dagens England
**toddle** ['tɒdl] *itr* **1** tulta, tulta omkring; ~ *along* tulta omkring **2** vard., ~ *along (off)* knalla i väg
**toddler** ['tɒdlə] *s* liten knatte (tulta)
**toddy** ['tɒdɪ] *s* **1** whisky toddy **2** palmvin
**to-do** [tə'du:] *s* vard. ståhej, uppståndelse
**toe** [təʊ] **I** *s* tå; *on one's* ~*s* på sin vakt (alerten); *step (tread) on a p.'s* ~*s* trampa ngn på tårna **II** *tr* ställa sig (stå) vid [~ *the starting line*]; ~ *the line (mark)* äv. a) ställa upp sig b) bildl. följa partilinjerna; hålla sig på mattan

**toecap** ['təʊkæp] *s* tåhätta
**toe-in** ['təʊɪn] *s* bil. toe-in
**toenail** ['təʊneɪl] *s* tånagel
**toffee** ['tɒfɪ] *s* knäck, hård kola, kolakaramell; ***he can't act for*** ~ (~ ***nuts)*** sl. han kan inte spela för fem öre
**toffee-apple** ['tɒfɪˌæpl] *s* äppelklubba äpple överdraget med knäck
**together** [tə'geðə] *adv* **1** tillsammans; ihop; samman; gemensamt **2** efter varandra, i sträck (rad); ***for days*** ~ flera dagar i sträck; ***for hours*** ~ i timmar
**togs** [tɒgz] *s pl* vard. kläder, rigg, stass
**toil** [tɔɪl] **I** *itr* arbeta hårt, slita **II** *s* hårt arbete, slit
**toilet** ['tɔɪlət] *s* **1** toalett t. ex. klädsel, påklädning **2** toalett, WC
**toilet-paper** ['tɔɪlətˌpeɪpə] *s* toalettpapper
**toilet-roll** ['tɔɪlətrəʊl] *s* toalettrulle
**toilet-soap** ['tɔɪlətsəʊp] *s* toalettvål
**toilet-water** ['tɔɪlətˌwɔ:tə] *s* eau-de--toilette, toalettvatten
**token** ['təʊk(ə)n] **I** *s* **1** tecken, bevis [*of* på]; kännetecken; symbol [*of* för] **2** ***book*** ~ presentkort på böcker (en bok) **3** minne, minnesgåva **II** *a* symbolisk [~ *payment,* ~ *strike*]
**told** [təʊld] se äv. *tell*; ***all*** ~ inalles
**tolerable** ['tɒlərəbl] *a* dräglig, uthärdlig, tolerabel
**tolerably** ['tɒlərəblɪ] *adv* någorlunda, tämligen
**tolerance** ['tɒlər(ə)ns] *s* tolerans
**tolerant** ['tɒlər(ə)nt] *a* tolerant [*to* mot]
**tolerate** ['tɒləreɪt] *tr* tolerera, tåla, finna sig i; vara tolerant mot
**toleration** [ˌtɒlə'reɪʃ(ə)n] *s* tolerans
**1 toll** [təʊl] *s* **1** avgift, tull **2** bildl., ***the death*** ~ antalet dödsoffer; ***the war took a heavy*** ~ ***of the enemy*** kriget krävde många offer bland fienden
**2 toll** [təʊl] *tr itr* **1** ringa i, klämta i **2** slå klockslag [*Big Ben tolled five*]; med långsamma slag ringa, klämta
**toll-call** ['təʊlkɔ:l] *s* amer. rikssamtal
**tomahawk** ['tɒməhɔ:k] *s* tomahawk
**tomato** [tə'mɑ:təʊ, amer. tə'meɪtəʊ] (pl. *tomatoes*) *s* tomat
**tomb** [tu:m] *s* grav; gravvalv; gravvård
**tombola** [tɒm'bəʊlə] *s* **1** slags bingo **2** tombola
**tomboy** ['tɒmbɔɪ] *s* pojkflicka, yrhätta
**tombstone** ['tu:mstəʊn] *s* gravsten
**tomcat** ['tɒmkæt] *s* hankatt
**tome** [təʊm] *s* lunta, volym
**tomfoolery** [tɒm'fu:lərɪ] *s* tokigheter; skoj
**tommy-gun** ['tɒmɪgʌn] *s* kulsprutepistol
**tommy-rot** ['tɒmɪ'rɒt] *s* vard. dumheter
**tomorrow** [tə'mɒrəʊ] **I** *adv* i morgon; i morgon dag; ~ ***week*** i morgon om åtta dagar, en vecka i morgon **II** *s* morgondagen; ***the day after*** ~ i övermorgon
**tomtit** ['tɒm'tɪt] *s* blåmes
**tomtom** ['tɒmtɒm] *s* tamtamtrumma
**ton** [tʌn] *s* **1** ton: a) Engl. = 2 240 lbs. = 1 016 kg b) i USA = 2 000 lbs. = 907,2 kg c) ***metric*** ~ ton 1 000 kg **2** vard., ~*s* ***of*** massor av, tonvis med [~*s of money*]
**tone** [təʊn] **I** *s* **1** ton, tonfall [*speak in* (med) *an angry* ~]; röst [*in a low* ~ (~ *of voice)*]; klang [*the* ~ *of a piano*]; ~ ***control*** tonkontroll, klangfärgskontroll; ***set the*** ~ bildl. ange tonen **2** färgton, nyans **3** stil, atmosfär, ton **II** *tr,* ~ ***down*** tona ner, dämpa
**tone-arm** ['təʊnɑ:m] *s* tonarm, pickuparm
**tongs** [tɒŋz] *s pl* tång; ***a pair of*** ~ en tång
**tongue** [tʌŋ] *s* **1** tunga; mål; ***be on everybody's*** ~ vara på allas läppar; ***has the cat got your*** ~? vard. har du tappat talförmågan?; ***have a ready*** ~ vara rapp i munnen; ***hold one's*** ~ hålla mun, tiga [*about a th.* med ngt]; ***keep one's*** ~ hålla mun; ***stick (put) one's*** ~ ***out*** räcka ut tungan; [***he said***] ***with his*** ~ ***in his cheek*** ... smått ironiskt, ... med glimten i ögat **2** språk; tungomål; ***confusion of*** ~*s* språkförbistring **3** plös
**tongue-tied** ['tʌŋtaɪd] *a* som lider av tunghäfta; mållös; tystlåten
**tongue-twister** ['tʌŋˌtwɪstə] *s* tungvrickare
**tonic** ['tɒnɪk] **I** *a* stärkande, uppfriskande; ~ ***water*** tonic **II** *s* **1** med. tonikum, stärkande medel (medicin) **2 a)** tonic [*a gin and* ~] **b)** ***skin*** ~ ansiktsvatten
**tonight** [tə'naɪt] **I** *adv* i kväll; i natt **II** *s* denna kväll, kvällen, natten [*tonight's show*]
**tonnage** ['tʌnɪdʒ] *s* tonnage
**tonne** [tʌn] *s* metriskt ton
**tonsil** ['tɒnsl] *s* halsmandel, tonsill
**tonsillitis** [ˌtɒnsɪ'laɪtɪs] *s* inflammation i tonsillerna, tonsillit, halsfluss
**too** [tu:] *adv* **1** alltför, för; ***that's*** ~ ***bad!*** vad tråkigt (synd)!; ***a little*** ~ [***clever***] litet för...; ***I'm none (not, not any)*** ~ ***good at it*** jag är inte så värst bra på det **2** också, med [*me* ~], även
**took** [tʊk] se *take*
**tool** [tu:l] *s* redskap, verktyg

**tool-bag** ['tu:lbæg] *s* verktygsväska på cykel
**tool-box** ['tu:lbɒks] *s* o. **tool-chest** ['tu:ltʃest] *s* verktygslåda
**tool-shed** ['tu:lʃed] *s* redskapsskjul, redskapsbod
**toot** [tu:t] **I** *itr* tuta **II** *s* tutning
**tooth** [tu:θ] (pl. *teeth* [ti:θ]) *s* tand; ***false (artificial)*** ~ löstand; ***cut one's teeth*** få tänder; ***dig (get) one's teeth into*** sätta tänderna i; ***escape by (with) the skin of one's teeth*** klara sig undan med knapp nöd; ***fight ~ and nail*** kämpa med näbbar och klor; ***have a ~ out*** (amer. ***pulled***) dra (låta dra) ut en tand; ***set one's teeth*** bita ihop tänderna; ***it sets my teeth on edge*** det får mig att rysa; ***have a sweet ~*** vara en gottgris
**toothache** ['tu:θeɪk] *s* tandvärk
**toothbrush** ['tu:θbrʌʃ] *s* tandborste
**toothcomb** ['tu:θkəʊm] *s*, ***go over (through) with a ~*** bildl. finkamma; fingranska
**toothless** ['tu:θləs] *a* tandlös
**tooth-mug** ['tu:θmʌg] *s* tandborstmugg
**toothpaste** ['tu:θpeɪst] *s* tandkräm
**toothpick** ['tu:θpɪk] *s* tandpetare
**tooth-wheel** ['tu:θwi:l] *s* kugghjul
**toothy** ['tu:θɪ] *a* med en massa tänder; ***a ~ smile*** ett stomatolleende
**1 top** [tɒp] *s* snurra; ***sleep like a ~*** sova som en stock
**2 top** [tɒp] **I** *s* **1** topp, spets; övre del; krön; ***blow one's ~*** vard. explodera av ilska; ***at the ~*** överst, högst upp, ovanpå; ***at the ~ of one's voice*** så högt man kan; av (för) full hals; ***from ~ to bottom*** uppifrån och ner; ***on ~*** ovanpå, på toppen; ***be on ~*** ha övertaget; ***come out on ~*** bli etta, vara bäst; ***on ~ of*** a) utöver b) ovanpå, omedelbart på (efter); ***on ~ of that (this)*** ovanpå det, dessutom; till råga på allt; ***I feel on ~ of the world*** jag känner mig absolut i toppform; ***get on ~ of*** ta överhanden över [*don't let the work get on ~ of you*] **2** topp klädesplagg, överdel **3** bordskiva; yta
**II** *a* **1** översta, högsta, över- [*the ~ floor* (våning)]; topp- [*~ prices*]; ***~ C*** mus. höga C; ***~ copy*** maskinskrivet original; ***in ~ gear*** på högsta växeln; ***~ hat*** hög hatt **2** främsta, bästa, topp-
**III** *tr* **1** vara överst på, toppa [*~ the list*], höja sig över, överträffa attraktionen; ***to ~ it all*** till råga på allt **2** ***~ up*** fylla på [*~ up a car battery*; *let me ~ up your glass*]; ***~ off*** avsluta, avrunda **3** toppa, beskära
**topaz** ['təʊpæz] *s* miner. topas
**top-boot** ['tɒp'bu:t] *s* kragstövel
**top-heavy** ['tɒp'hevɪ] *a* för tung upptill
**topic** ['tɒpɪk] *s* samtalsämne
**topical** ['tɒpɪk(ə)l] *a* aktuell; ***~ allusion*** anspelning på samtida händelser; ***make ~*** aktualisera
**topicality** [ˌtɒpɪ'kælətɪ] *s* aktualitet
**topknot** ['tɒpnɒt] *s* hårknut på hjässan
**topless** ['tɒpləs] *a* topless, utan överdel
**top-level** ['tɒp'levl] *a*, ***~ conference*** konferens på toppnivå, toppkonferens
**topmost** ['tɒpməʊst] *a* överst, högst
**topnotch** ['tɒp'nɒtʃ] *a* vard. jättebra
**topography** [tə'pɒgrəfɪ] *s* topografi
**topper** ['tɒpə] *s* vard. hög hatt
**topping** ['tɒpɪŋ] *s* kok. garnering, toppskikt; ***a ~ of ice-cream on the pie*** ett lager av glass ovanpå pajen
**topple** ['tɒpl] *itr tr* ramla [äv. *~ over (down)*]; störtas; stjälpa; störta
**top-ranking** ['tɒpˌræŋkɪŋ] *a* topprankad
**top-secret** ['tɒp'si:krɪt] *a* hemligstämplad; topphemlig
**topspin** ['tɒpspɪn] *s* i t.ex. tennis överskruv
**topsy-turvy** ['tɒpsɪ'tɜ:vɪ] **I** *adv* upp och ner **II** *a* uppochnervänd; bakvänd
**torch** [tɔ:tʃ] *s* **1** bloss; fackla **2** ***electric ~*** el. ~ ficklampa **3** amer. blåslampa
**torchlight** ['tɔ:tʃlaɪt] *s* fackelsken; ***~ procession*** fackeltåg
**tore** [tɔ:] se *2 tear I*
**toreador** ['tɒrɪədɔ:] *s* toreador, tjurfäktare
**torment** [substantiv 'tɔ:ment, verb tɔ:'ment] **I** *s* plåga, pina, kval, tortyr; ***be in ~*** lida kval **II** *tr* plåga, pina
**tormentor** [tɔ:'mentə] *s* plågoande
**torn** [tɔ:n] se *2 tear I*
**tornado** [tɔ:'neɪdəʊ] (pl. *tornadoes*) *s* tromb, virvelstorm, tornado
**torpedo** [tɔ:'pi:dəʊ] **I** (pl. *torpedoes*) *s* torped **II** *tr* torpedera
**torpedo-boat** [tɔ:'pi:dəʊbəʊt] *s* torpedbåt; ***~ destroyer*** torpedjagare
**torpid** ['tɔ:pɪd] *a* slö, overksam
**torpor** ['tɔ:pə] *s* dvala; slöhetstillstånd
**torque** [tɔ:k] *s* tekn. vridmoment
**torrent** ['tɒr(ə)nt] *s* **1** ström, störtflod; ***a ~ of abuse*** en störtflod av okvädinsord **2** störtregn
**torrential** [tə'renʃ(ə)l] *a* forsande; ***~ rain*** skyfallsliknande regn
**torrid** ['tɒrɪd] *a* bränd; solstekt; het [*the ~ zone*]
**torso** ['tɔ:səʊ] *s* torso; bål
**tortoise** ['tɔ:təs] *s* sköldpadda
**torture** ['tɔ:tʃə] **I** *s* tortyr; kval, pina **II** *tr* tortera; pina, plåga

**torturer** ['tɔ:tʃərə] *s* bödel; plågoande
**Tory** ['tɔ:rɪ] *s* tory, konservativ
**toss** [tɒs] **I** *tr itr* **1** kasta, slänga; kasta upp (av); kasta hit och dit [*the waves tossed the boat*]; ***tossed salad*** grönsallad med dressing **2** singla, singla slant med; singla slant; ~ ***up*** el. ~ ***for it*** singla slant om det (saken); ~ ***a coin*** singla slant **3** om t. ex. fartyg rulla, gunga **4** ~ ***about*** el. ~ kasta sig av och an; ~ ***and turn*** vända och vrida sig □ ~ **back** el. ~ **down** kasta (stjälpa) i sig; ~ **off** a) kasta av sig b) kasta (stjälpa) i sig [~ *off a few drinks*]; ~ **up** kasta (slänga) upp; ~ ***up a coin*** el. ~ ***up*** singla slant
**II** *s* **1** kastande; kast; ***a ~ of the head*** ett kast med huvudet **2** slantsingling [*lose (win) the* ~]; ***argue the*** ~ vard. diskutera fram och tillbaka
**toss-up** ['tɒsʌp] *s* slantsingling; lottning; ***it is a*** ~ det är rena lotteriet
**1 tot** [tɒt] *s* **1** pyre, tulta [*a tiny* ~] **2** vard. hutt, litet glas konjak m. m.
**2 tot** [tɒt] *tr*, ~ ***up*** addera, summera, lägga ihop, räkna ihop
**total** ['təʊtl] **I** *a* fullständig, total, hel, slut- [*the* ~ *amount*]; ~ ***abstainer*** absolutist, helnykterist **II** *s* slutsumma, totalsumma **III** *tr* **1** räkna samman, lägga ihop [äv. ~ *up*] **2** uppgå till
**totalitarian** [ˌtəʊtælɪ'teərɪən] *a* totalitär, diktatur- [~ *State*]
**totalitarianism** [ˌtəʊtælɪ'teərɪənɪz(ə)m] *s* totalitarism; diktatur
**totalizator** ['təʊtəlaɪzeɪtə] *s* totalisator
**tote** [təʊt] *s* (vard. för *totalizator*) toto
**totem** ['təʊtəm] *s*, ~ ***pole*** totempåle
**totter** ['tɒtə] *itr* vackla; stappla; svikta
**tottering** ['tɒtərɪŋ] *a* o. **tottery** ['tɒtərɪ] *a* vacklande, stapplande; osäker, ostadig
**touch** [tʌtʃ] **I** *tr itr* (se äv. *touched*) **1** röra, röra vid, toucha; nudda; ta i (på); röra (snurra) vid varandra **2** gränsa till [*the two estates* ~ *each other*]; gränsa till varandra **3** nå, nå fram till; stiga (sjunka) till [*the temperature touched 35°*]; ~ ***bottom*** a) nå botten b) sjö. få bottenkänning; ***there's no one to ~ him*** det finns ingen som går upp mot honom **4** smaka [*he never touches wine*], röra [*he didn't even* ~ *the food*] **5** röra, göra ett djupt intryck på □ ~ **down** flyg. ta mark, landa; ~ **off** avlossa, avfyra [~ *off a cannon*]; bildl. utlösa [~ *off a crisis*]; ~ **on** beröra, komma in på [~ *on a subject*]; ~ **up** retuschera, bättra på [~ *up a painting*]; snygga (fiffa) upp; finputsa
**II** *s* **1** beröring, vidröring, snudd **2** kontakt; ***keep ~ with*** hålla kontakten med; ***lose ~ with*** tappa kontakten med; ***be (keep) in ~ with*** hålla (vara i, stå i) kontakt med; ***keep in ~!*** hör av dig!; ***get in (into) ~ with*** få (komma i) kontakt med; sätta sig i förbindelse med; ***put in ~ with*** sätta i förbindelse med **3** känsel, beröringssinne [äv. *sense of* ~]; ***you can tell it's silk by the ~*** det känns att det är siden när man tar på det **4** aning, antydan, spår; stänk [*a* ~ *of irony (bitterness)*]; släng [*a* ~ *of flu*] **5** drag, prägel, anstrykning **6** mus. o. i t. ex. maskinskrivning a) anslag b) grepp; ***have a light ~*** a) ha ett lätt anslag b) om t. ex. piano vara lättspelad **7** grepp; hand, handlag; ***with a light ~*** med lätt hand; ***the ~ of a master*** en mästares hand; ***he has a very sure ~*** han har ett mycket säkert handlag; ***lose one's ~*** tappa greppet **8** fotb. område utanför sidlinjen; ***be in ~*** vara utanför sidlinjen, vara död; ***kick the ball into ~*** sparka bollen över sidlinjen
**touch-and-go** ['tʌtʃənd'gəʊ] *a* osäker, riskabel; ***it was ~*** det hängde på ett hår
**touchdown** ['tʌtʃdaʊn] *s* flyg. landning
**touched** [tʌtʃt] *a* **1** rörd **2** vard. vrickad
**touching** ['tʌtʃɪŋ] **I** *a* rörande, gripande **II** *prep* rörande, angående
**touch-line** ['tʌtʃlaɪn] *s* fotb. sidlinje
**touchstone** ['tʌtʃstəʊn] *s* probersten; bildl. äv. prövosten; kriterium
**touch-typing** ['tʌtʃˌtaɪpɪŋ] *s* maskinskrivning enligt touchmetoden
**touch-up** ['tʌtʃʌp] *s* retusch, retuschering
**touchy** ['tʌtʃɪ] *a* retlig, snarstucken
**tough** [tʌf] **I** *a* **1** seg [~ *meat*] **2** jobbig, kämpig, slitig [*a* ~ *job*]; seg [~ *negotiations*]; ~ ***luck*** vard. otur **3** tuff; kallhamrad; ***a ~ guy (customer)*** vard. en hårding, en tuffing **4** hård, seg [*a* ~ *defence*]; ***get ~ with*** ta i med hårdhandskarna mot **II** *s* buse; råskinn
**toughen** ['tʌfn] *tr itr* göra seg (hård); bli seg (hård)
**toupee** ['tu:peɪ] *s* tupé
**tour** [tʊə] **I** *s* rundresa; rundtur; rundvandring; teat. m. m. turné [*on* ~]; ~ ***of inspection*** inspektionsresa, inspektionsrunda; ***conducted (guided) ~*** sällskapsresa, guidad tur; ***make a ~ of*** resa runt i, göra en rundtur i **II** *itr tr* **1** göra en rundresa; turista, resa [*through, about* genom, i]; resa runt (omkring) i, besöka [~ *a country*]; göra en rundtur genom, bese [~

*the factory*] **2** teat. m. m. turnera; turnera i [~ *the provinces*]
**tourism** ['tʊərɪz(ə)m] *s* turism, turistväsen
**tourist** ['tʊərɪst] *s* turist; ~ ***agency*** resebyrå, turistbyrå
**tournament** ['tʊənəmənt] *s* sport. turnering, tävlingar
**tousle** ['taʊzl] *tr* rufsa (tufsa) till t. ex. hår
**tout** [taʊt] **I** *tr* försöka pracka på folk; tipsa om, sälja stalltips om **II** *s* svartabörshaj, biljettjobbare [äv. *ticket* ~]
**tow** [təʊ] **I** *tr* bogsera; släpa; bärga bil; ***ask for the car to be towed*** begära bärgning av bilen **II** *s* bogsering; ***take in*** ~ bogsera
**towards** [tə'wɔ:dz] *prep* **1** mot, i riktning mot; till; vänd mot [*with his back ~ us*] **2** gentemot, mot [*his feelings ~ us*] **3** för [*they are working ~ peace*], till [*save money ~ a new house*] **4** om tid inemot, mot [~ *evening*]
**towel** ['taʊ(ə)l] *s* handduk; ***sanitary*** ~ dambinda; ***Turkish*** ~ frottéhandduk; ***throw in the*** ~ boxn., vard. kasta in handduken
**towel-rail** ['taʊ(ə)lreɪl] *s* handduksstång
**tower** ['taʊə] **I** *s* **1** torn; ~ ***block*** punkthus, höghus **2** borg; fästning; fängelsetorn **3** ~ ***of strength*** stöttepelare, kraftkälla **II** *itr* torna upp sig, höja (resa) sig; ~ ***above (over)*** höja sig över
**towering** ['taʊərɪŋ] *a* **1** jättehög, reslig **2** våldsam [*a ~ rage*]
**towing** ['təʊɪŋ] *s* bogsering; bärgning av bil
**tow-line** ['təʊlaɪn] *s* bogserlina, draglina
**town** [taʊn] *s* stad; ***the talk of the*** ~ det allmänna samtalsämnet; ***go to (up to)*** ~ åka (fara, köra) till stan
**town-dweller** ['taʊn,dwelə] *s* stadsbo
**townsfolk** ['taʊnzfəʊk] *s* stadsbor
**tow-rope** ['təʊrəʊp] *s* bogserlina
**toxic** ['tɒksɪk] *a* toxisk, giftig, förgiftnings- [~ *symptoms*]
**toy** [tɔɪ] **I** *s* leksak; ~ ***poodle*** dvärgpudel **II** *itr* sitta och leka, leka [~ *with a pencil*]; ~ ***with the idea of buying a car*** leka med tanken på att köpa en bil
**toyshop** ['tɔɪʃɒp] *s* leksaksaffär
**trace** [treɪs] **I** *tr* **1** spåra; följa spåren av; spåra upp; upptäcka, finna spår av **2** kalkera **II** *s* spår; märke; ***a ~ of arsenic*** ett spår av arsenik; ***a ~ of garlic in the food*** en aning vitlök i maten
**tracing-paper** ['treɪsɪŋ,peɪpə] *s* kalkerpapper
**track** [træk] **I** *s* **1** spår på marken, på magnetband m. m.; fotspår; järnvägsspår, bana; ***cover (cover up) one's ~s*** sopa igen spåren efter sig; ***keep ~ of*** bildl. hålla reda på; ***lose ~ of*** bildl. tappa kontakten med; tappa bort, tappa räkningen på; ***throw a p. off the*** ~ leda ngn på villospår; ***on one's*** ~ efter sig, i hälarna **2** stig, väg; kurs **3** sport. löparbana [äv. *running* ~]; ~ ***events*** tävlingar i löpning på bana **II** *tr* spåra, följa spåren av; ~ ***down*** försöka spåra upp, spåra
**track-and-field** ['trækənd'fi:ld] *a* amer., ~ ***sports*** friidrott
**track-shoe** ['trækʃu:] *s* spiksko
**track-suit** ['træksu:t, 'træksju:t] *s* träningsoverall
**1 tract** [trækt] *s* område, sträcka; pl. ~*s* äv. vidder
**2 tract** [trækt] *s* religiös, politisk skrift, broschyr, traktat
**tractable** ['træktəbl] *a* medgörlig, foglig
**tractor** ['træktə] *s* **1** traktor **2** lokomobil
**trade** [treɪd] **I** *s* **1** a) handel, affärer [*in a th.* med ngt]; kommers; handelsutbyte b) affärsgren, bransch [*in the book ~*]; ~ ***discount*** handelsrabatt, varurabatt; ~ ***name*** handelsnamn, firmanamn; ***foreign*** ~ utrikeshandel, utrikeshandeln **2** yrke, hantverk, fack; ~ ***dispute*** arbetstvist, arbetskonflikt; ~ ***union*** fackförening; ***The Trades Union Congress*** Brittiska Landsorganisationen; ***by*** ~ till yrket (facket)
**II** *itr tr* **1** handla, driva (idka) handel [*in a th.* med ngt] **2** spekulera, jobba [*in a th.* med (i) ngt]; ~ ***on*** utnyttja [~ *on a p.'s sympathy*] **3** vard. handla [*at* hos] **4** handla med ngt, byta, byta ut (bort) [*for* mot]; ~ ***in a th. for*** a) ta ngt i inbyte mot b) lämna ngt i utbyte mot
**trade-in** ['treɪdɪn] *s* vard. inbyte, inbytesvara; ~ ***car*** inbytesbil
**trademark** ['treɪdmɑ:k] *s* varumärke, firmamärke, fabriksmärke
**trader** ['treɪdə] *s* affärsman, köpman
**tradesman** ['treɪdzmən] (pl. *tradesmen* ['treɪdzmən]) *s* detaljhandlare, handelsman; ***tradesmen's entrance*** köksingång
**trade-union** ['treɪd'ju:njən] *s* fackförening
**trade-unionism** ['treɪd'ju:njənɪz(ə)m] *s* fackföreningsrörelsen
**trade-unionist** ['treɪd'ju:njənɪst] *s* fackföreningsmedlem; fackföreningsman
**trade-wind** ['treɪdwɪnd] *s* passadvind
**trading** ['treɪdɪŋ] *s* handel; byteshandel
**tradition** [trə'dɪʃ(ə)n] *s* tradition; hävd

**traditional** [trəˈdɪʃənl] *a* traditionell
**traditionalist** [trəˈdɪʃənəlɪst] *s* traditionalist
**tradition-bound** [trəˈdɪʃ(ə)nˈbaʊnd] *a* traditionsbunden
**traffic** [ˈtræfɪk] **I** *itr* handla, driva handel [*in a th.* med ngt; *with a p.* med ngn]; driva olaga handel [*in a th.* med ngt] **II** *s* **1** trafik; ~ ***island*** refug; trafikdelare; ~ ***jam*** trafikstockning; ~ ***lane*** körfält, fil; ~ ***offender*** trafiksyndare; ~ ***regulations*** trafikförordning; ~ ***sign*** vägmärke, trafikmärke; ~ ***warden*** trafikvakt, lapplisa; ***one-way*** ~ enkelriktad trafik **2** handel, neds. trafik [~ *in* (med) *narcotics*]
**trafficker** [ˈtræfɪkə] *s* handlande; ***drug*** ~ narkotikahaj, narkotikalangare
**traffic-light** [ˈtræfɪklaɪt] *s* trafikljus
**tragedy** [ˈtrædʒədɪ] *s* tragedi
**tragic** [ˈtrædʒɪk] *a* tragisk
**tragi-comedy** [ˈtrædʒɪˈkɒmɪdɪ] *s* tragikomedi
**trail** [treɪl] **I** *s* **1** strimma, slinga [*a ~ of smoke*] **2** spår; ***leave in one's*** ~ ha i släptåg, medföra [*war left misery in its ~*]; ***be hot on the ~ of a p.*** vara tätt i hälarna på ngn
**II** *tr itr* **1** släpa, släpa i marken [*her dress trailed across the floor*], dra efter sig; släpa sig, släpa sig fram; driva [*smoke was trailing from the chimneys*]; ~ ***away (off)*** bildl. dö bort **2** spåra, spåra upp **3** krypa, slingra sig om t. ex. växt, orm **4** vard. komma (sacka) efter [äv. ~ *behind*]; ~ ***by one goal*** sport. ligga under med ett mål
**trailer** [ˈtreɪlə] *s* **1** släpvagn, släp, trailer; amer. husvagn **2** film. trailer
**train** [treɪn] **I** *tr itr* **1** öva, öva in (upp), träna upp; utbilda, skola; utbilda sig; dressera [~ *animals*]; sport. träna, träna sig; mil. exercera; ~ ***as (to be, to become) a nurse*** utbilda sig till sjuksköterska **2** rikta in kanon, kikare m. m. [*on, upon* på, mot]
**II** *s* **1** järnv. tåg [*for, to* till]; ***fast*** ~ snälltåg; ***special*** ~ extratåg; ***change*** ~*s* byta tåg; ***go by*** ~ åka tåg, ta tåg (tåget) **2** följe, svit; tåg, procession; rad, räcka, följd [*a whole ~ of events*], serie; ~ ***of thought*** tankegång; ***bring in one's*** ~ ha i släptåg, medföra [*war brings famine in its ~*] **3** klänningssläp **4** tekn. hjulverk, löpverk [äv. ~ *of gears (wheels)*]
**trained** [treɪnd] *a* tränad; utbildad, utexaminerad [*a ~ nurse*]; dresserad
**trainee** [treɪˈniː] *s* praktikant, lärling, elev, aspirant
**trainer** [ˈtreɪnə] *s* **1** tränare; instruktör; lagledare; handledare **2** dressör
**train-ferry** [ˈtreɪnˌferɪ] *s* tågfärja
**training** [ˈtreɪnɪŋ] *s* utbildning; träning, övning; fostran, skolning; dressyr; mil. exercis, drill; ***in*** ~ i god kondition, tränad; ***be out of*** ~ ha dålig kondition, vara otränad; ***go into*** ~ lägga sig i träning
**training-camp** [ˈtreɪnɪŋkæmp] *s* träningsläger
**training-centre** [ˈtreɪnɪŋˌsentə] *s* ungefär yrkesskola, utbildningscentrum
**training-cycle** [ˈtreɪnɪŋˌsaɪkl] *s* motionscykel
**training-school** [ˈtreɪnɪŋskuːl] *s* fackskola, yrkesskola, seminarium
**trait** [treɪt] *s* drag, karakteristiskt (kännetecknande) drag; karaktärsdrag, egenskap
**traitor** [ˈtreɪtə] *s* förrädare [*to* mot]
**tram** [træm] *s* spårvagn
**tram-car** [ˈtræmkɑː] *s* spårvagn
**tram-line** [ˈtræmlaɪn] *s* **1** spårvagnslinje **2** spårvägsskena; pl. ~*s* äv. spårvagnsspår
**tramp** [træmp] **I** *itr* **1** trampa; klampa; stampa **2** traska **II** *s* **1** tramp, trampande **2** luffare; landstrykare **3** trampbåt **4** speciellt amer. vard. slampa, luder, fnask
**trample** [ˈtræmpl] *tr itr* trampa [*on* på, i], trampa ned, trampa på; ~ ***to death*** trampa ihjäl
**tramway** [ˈtræmweɪ] *s* spårväg
**trance** [trɑːns] *s* trans; ***send a p. (fall, go) into a*** ~ försätta ngn (falla) i trans
**tranquil** [ˈtræŋkwɪl] *a* lugn, stilla, stillsam
**tranquillity** [træŋˈkwɪlətɪ] *s* lugn, ro
**tranquillize** [ˈtræŋkwəlaɪz] *tr* lugna, stilla
**tranquillizer** [ˈtræŋkwəlaɪzə] *s* lugnande medel
**transact** [trænˈzækt] *tr* bedriva [~ *business*], föra [~ *negotiations*]
**transaction** [trænˈzækʃ(ə)n] *s* transaktion, affär [*the ~s of a firm*]; affärsuppgörelse
**transatlantic** [ˈtrænzətˈlæntɪk] *a* transatlantisk
**transcend** [trænˈsend] *tr* överstiga, överskrida; överträffa, överglänsa
**transcribe** [trænsˈkraɪb] *tr* **1** skriva av, kopiera **2** transkribera
**transcript** [ˈtrænskrɪpt] *s* avskrift, kopia; utskrift
**transcription** [trænsˈkrɪpʃ(ə)n] *s* **1** avskrivning; utskrivning **2** avskrift, kopia; utskrift **3** transkription

**transfer** [verb træns'fɜː, substantiv 'trænsfə] **I** *tr* **1** flytta, förflytta; flytta över, föra över; ***in a transferred sense*** i överförd bemärkelse **2** överlåta [*to a p.* på ngn] **3** girera; ekon. transferera, överföra **4** sport. sälja, transferera spelare **II** *s* **1** flyttning, förflyttning; överflyttning; omplacering; transfer; ~ ***fee*** sport. transfersumma, övergångssumma för spelare; ~ ***list*** sport. transferlista **2** avtryck av mönster m.m.; kopia; dekal, överföringsbild, gnuggbild [äv. ~ *picture*] **3** girering; ekon. transferering, överföring

**transferable** [træns'fɜːrəbl] *a* överflyttbar, överförbar; ***not*** ~ får ej överlåtas

**transfix** [træns'fɪks] *tr* **1** genomborra **2** perfekt particip ***transfixed*** förstenad, lamslagen

**transform** [træns'fɔːm] *tr* förvandla; omvandla; omskapa; förändra; transformera

**transformation** [ˌtrænsfə'meɪʃ(ə)n] *s* förvandling; omvandling; förändring; transformation

**transformer** [træns'fɔːmə] *s* **1** omskapare **2** elektr. transformator

**transfusion** [træns'fjuːʒ(ə)n] *s* transfusion [*blood* ~]

**transgressor** [træns'gresə] *s* överträdare, lagbrytare; syndare

**transient** ['trænzɪənt] *a* övergående, förgänglig; flyktig

**transistor** [træn'zɪstə] *s* **1** transistor **2** vard. transistorradio

**transistorize** [træn'zɪstəraɪz] *tr* transistorisera

**transit** ['trænzɪt] *s* **1** genomresa, överresa, färd; ~ ***visa*** genomresevisum, transitvisum; ***in*** ~ på genomresa **2** hand. transport, befordran av varor, passagerare, [***goods lost***] ***in*** ~ ... under transporten

**transition** [træn'sɪʒ(ə)n] *s* övergång; ~ ***stage*** övergångsstadium

**transitional** [træn'sɪʒənl] *a* övergångs-, mellan- [*a* ~ *period*]

**transitive** ['trænsɪtɪv] *a* gram. transitiv

**transitory** ['trænsɪtrɪ] *a* övergående, kortvarig; obeständig

**translate** [træns'leɪt] *tr* översätta [*into* till; *by* med]

**translation** [træns'leɪʃ(ə)n] *s* översättning [*into* till]

**translator** [træns'leɪtə] *s* översättare, translator

**transmission** [trænz'mɪʃ(ə)n] *s* **1** vidarebefordran; översändande; överföring **2** mek. transmission; kraftöverföring **3** radio. sändning

**transmit** [trænz'mɪt] *tr* **1** vidarebefordra [~ *news*]; överlämna, överlåta [*to* till, på]; ~ ***a disease*** överföra en sjukdom **2** mek. överföra **3** radio. sända; ***transmitting station*** sändarstation

**transmitter** [trænz'mɪtə] *s* **1** vidarebefordrare **2** radiosändare

**transparency** [træns'pærənsɪ] *s* **1** genomsynlighet, genomskinlighet **2** diapositiv, diabild, ljusbild

**transparent** [træns'pær(ə)nt] *a* genomsynlig; genomskinlig

**transpire** [træns'paɪə] *itr* läcka ut; komma fram; vard. hända, inträffa

**transplant** [verb træns'plɑːnt, substantiv 'trænsplɑːnt] **I** *tr* **1** plantera om **2** förflytta, flytta över **3** kir. transplantera **II** *s* kir. **1** transplantation [*a heart* ~] **2** transplantat

**transplantation** [ˌtrænsplɑːn'teɪʃ(ə)n] *s* **1** omplantering **2** förflyttning, överflyttning **3** kir. transplantation [*heart* ~]

**transport** [verb træns'pɔːt, substantiv 'trænspɔːt] **I** *tr* **1** transportera, förflytta, forsla **2** ***be transported*** hänryckas; ***transported with joy*** utom sig av glädje **II** *s* **1** transport, förflyttning **2 a)** transportmedel [äv. *means of* ~] **b)** ~ ***service (services)*** el. ~ transportväsen, transportväsendet; ***public*** ~ allmänna kommunikationer, kollektivtrafik

**transportation** [ˌtrænspɔː'teɪʃ(ə)n] *s* transport, transportering, förflyttning

**transpose** [træns'pəʊz] *tr* flytta om, kasta om ordning, ord m. m.

**transposition** [ˌtrænspə'zɪʃ(ə)n] *s* omkastning, omflyttning

**trap** [træp] **I** *s* **1** fälla, snara; ***fall into the*** ~ gå i fällan; ***set (lay) a*** ~ ***for*** gillra en fälla för **2** fallucka, falldörr, lucka i golvet el. taket **II** *tr* **1** snara, fånga, snärja; ***trapped in*** [***a burning building***] instängd i ...; ~ ***a p. into doing a th.*** lura ngn att göra ngt **2** sätta ut fällor (snaror) på (i) **3** ~ ***a ball*** fotb. dämpa en boll

**trap-door** ['træp'dɔː] *s* fallucka, falldörr

**trapeze** [trə'piːz] *s* trapets

**trappings** ['træpɪŋz] *s pl* grannlåt, ståt; utsmyckning (utsmyckningar)

**trash** [træʃ] *s* **1** skräp, smörja **2** amer. skräp, sopor; ~ ***can*** soptunna **3** vard. slödder, pack

**trashy** ['træʃɪ] *a* usel, skräp- [~ *novels*]

**travel** ['trævl] **I** *itr tr* **1** resa, färdas, åka, fara; om t.ex. ljus, ljud gå, röra sig **2** resa omkring i **3** tillryggalägga [~ *great distances*] **II** *s* resande, att resa, resor [*enrich one's mind by* ~]; pl. ~*s* resor [*in* *(during) my ~s*]; ***book of ~*** reseskildring; ***~ agency (bureau)*** resebyrå, turistbyrå; ***~ agent*** resebyråman; ***~ sickness*** åksjuka

**traveller** ['træv(ə)lə] *s* resande, resenär; ***commercial ~*** handelsresande; ***traveller's cheque*** (amer. ***check***) resecheck

**travelling** ['træv(ə)lɪŋ] **I** *s* resande, att resa, resor; ***~ companion*** reskamrat; ***~ expenses*** resekostnader **II** *a* resande, kringresande [*~ circus*]; ***~ library*** a) vandringsbibliotek b) bokbuss; ***~ salesman*** handelsresande, representant

**travesty** ['trævəstɪ] **I** *tr* travestera, parodiera **II** *s* travesti, karikatyr; parodi på

**trawler** ['trɔ:lə] *s* **1** trålare **2** trålfiskare

**tray** [treɪ] *s* **1** bricka; brevkorg, låda **2** löst lådfack i skrivbord m. m.

**treacherous** ['tretʃərəs] *a* förrädisk; svekfull; lömsk [*a ~ attack*]

**treachery** ['tretʃərɪ] *s* förräderi; svek

**treacle** ['tri:kl] *s* sirap; melass

**tread** [tred] **I** (*trod trodden*) *itr tr* **1** trampa, träda, stiga; trampa till; ***~ on a p.'s corns*** a) trampa på ngns liktornar b) bildl. trampa ngn på tårna; ***~ on a p.'s toes*** bildl. trampa ngn på tårna; ***~ down*** trampa ner **2** gå [*~ a path*], vandra på **II** *s* **1** steg; gång; tramp **2** trampyta på fot el. sko **3** slitbana; slitbanemönster, däckmönster [äv. *~ pattern*]

**treadmill** ['tredmɪl] *s* trampkvarn

**treason** ['tri:zn] *s* förräderi; landsförräderi; ***high ~*** högförräderi; ***an act of ~*** ett förräderi

**treasure** ['treʒə] **I** *s* skatt, klenod, bildl. äv. pärla [*she's a ~*]; kollektivt skatter, klenoder **II** *tr* skatta, värdera

**treasurer** ['treʒərə] *s* skattmästare; kassör i t. ex. förening

**treasury** ['treʒərɪ] *s* skattkammare; bildl. äv. guldgruva; antologi

**treat** [tri:t] **I** *tr* **1** behandla [*he was treated for his illness*]; ***how is the world treating you?*** hur är läget?, hur har du det? **2** betrakta, ta [*he ~s it as a joke*] **3** bjuda [*to på*], traktera; ***~ oneself to a th.*** kosta på sig ngt, unna sig ngt **II** *s* **1** traktering, förplägnad; barnkalas, bjudning **2** nöje, njutning, upplevelse

**treatise** ['tri:tɪz] *s* avhandling [*on* om]

**treatment** ['tri:tmənt] *s* behandling

**treaty** ['tri:tɪ] *s* fördrag, avtal [*peace ~*]

**treble** ['trebl] **I** *a* tredubbel, trefaldig **II** *s* mus. diskant, sopran **III** *tr* tredubbla

**tree** [tri:] *s* **1** träd; ***Christmas ~*** julgran **2** skoblock, läst

**trellis** ['trelɪs] *s* galler; spaljé

**tremble** ['trembl] **I** *itr* darra, skälva; ***I ~ to think what might have happened*** jag bävar vid tanken på vad som kunde ha hänt **II** *s* skälvning, darrning; ***be all of (in) a ~*** darra i hela kroppen

**tremendous** [trə'mendəs] *a* vard. kolossal, väldig; våldsam [*a ~ explosion*]

**tremor** ['tremə] *s* **1** skälvning, darrning **2** jordskalv [äv. *earth ~*]

**trench** [trentʃ] *s* dike; mil. skyttegrav, löpgrav; ***~ warfare*** skyttegravskrig, ställningskrig

**trend** [trend] **I** *s* riktning, tendens; strömning; trend; ***set the ~*** skapa ett mode (en trend) **II** *itr* tendera, röra sig [*prices have trended upwards*]

**trendy** ['trendɪ] *a* vard. toppmodern; inne-

**trepidation** [ˌtrepɪ'deɪʃ(ə)n] *s* bestörtning; bävan

**trespass** ['trespəs] **I** *itr tr* **1** inkräkta, göra intrång [*~ on a p.'s property*] **2** bildl., ***~ on*** inkräkta på, göra intrång i [*~ on a p.'s rights*] **3** bibl. synda; ***... as we forgive them that ~ against us*** bibl. ... såsom ock vi förlåta dem oss skyldiga äro **4** bildl. överskrida [*~ the bounds of good taste*] **II** *s* lagöverträdelse; intrång; bibl. synd

**trespasser** ['trespəsə] *s* **1** inkräktare **2** lagbrytare; ***~s will be prosecuted*** överträdelse beivras

**trespassing** ['trespəsɪŋ] *s* intrång, inkräktande; ***no ~!*** tillträde förbjudet!

**trestle** ['tresl] *s* bock stöd

**trestle-table** ['tresl͵teɪbl] *s* bord med lösa bockar, bockbord

**trial** ['traɪ(ə)l] *s* **1** prov, försök, experiment; ***~ offer*** hand. introduktionserbjudande; ***~ period*** prövotid, försöksperiod; ***~ run*** provkörning av bil m. m., provtur; ***~ of strength*** kraftprov; ***give a th. a ~*** pröva ngt; ***stand the ~*** bestå provet; ***the boy was on ~*** pojken var anställd på prov; ***put to the ~*** sätta på prov **2** jur. rättegång; process; mål; ***stand ~*** stå inför rätta; ***~ by jury*** rättegång inför jury; ***be on ~*** vara åtalad, stå inför rätta **3** sport. försök, i motorsport o. kapplöpn. vanl. trial; ***~ heat*** försöksheat

**triangle** ['traɪæŋgl] *s* triangel

**triangular** [traɪ'æŋgjʊlə] *a* triangelformig

**tribal** ['traɪb(ə)l] *a* stam- [*~ feuds*], släkt-

**tribe** [traɪb] *s* folkstam

**tribunal** [traɪ'bju:nl] *s* domstol, rätt, tribunal; ***rent ~*** hyresnämnd

**tributary** ['trɪbjʊtrɪ] *a* o. *s*, ***~ river*** el. ***~*** biflod

**tribute** ['trɪbju:t] *s* tribut [*a ~ to his bravery*]; ***floral ~s*** blomsterhyllning, blomsterhyllningar; ***pay ~ to a p.*** ge (bringa) ngn sin hyllning; ***a ~ to*** ett bevis på

**trick** [trɪk] **I** *s* **1** a) knep, list b) konst, konster, konstgrepp; trick; ***a dirty (mean, shabby) ~*** ett fult (nedrigt) spratt; ***how's ~s?*** vard. hur är läget?; ***that will do the ~*** vard. det kommer att göra susen; ***play a ~ (play ~s) on a p.*** spela ngn ett spratt; ***he has been at his old ~s again*** nu har han varit i farten igen; ***the whole bag of ~s*** vard. hela klabbet; ***box of ~s*** trollerilåda; ***be up to every ~*** kunna alla knep; ***he's up to some ~ (some ~s)*** han har något fuffens för sig **2** egenhet, ovana [*he has a ~ of repeating himself*] **3** kortsp. trick, stick **II** *tr* lura [*~ a p. into doing* (*att göra*) *a th.*]; ***~ a p. out of a th.*** lura av ngn ngt

**trickery** ['trɪkərɪ] *s* knep; skoj, bluff

**trickle** ['trɪkl] **I** *itr* droppa, drypa [*with* av], sippra, trilla, rinna sakta [*the tears trickled down her cheeks*]; ***~ out*** bildl. a) sippra ut [*the news trickled out*] b) droppa ut (av) [*people began to ~ out of the theatre*] **II** *s* droppande; droppe

**trickster** ['trɪkstə] *s* skojare, bluffmakare

**tricky** ['trɪkɪ] *a* **1** listig, slug **2** kinkig, knepig

**tricycle** ['traɪsɪkl] *s* trehjulig cykel

**tried** [traɪd] *a* beprövad

**trifle** ['traɪfl] **I** *s* **1** bagatell, småsak [*stick at ~s*]; struntsak **2** ***a ~*** som adverb en smula (aning) [*a ~ too short*] **3** 'trifle' slags sockerkaksdessert täckt med vaniljkräm el. vispgrädde **II** *itr tr* **1** ***~ with*** leka med; ***he is not to be trifled with*** han är inte att leka med **2** leka [*with* med] **3** ***~ away*** förslösa, spilla [*~ away one's time*]

**trifling** ['traɪflɪŋ] **I** *a* obetydlig [*a ~ error*], ringa; ***it's no ~ matter*** det är ingen bagatell, det är inget att leka med **II** *s* lek, skämt

**trigger** ['trɪgə] **I** *s* avtryckare på skjutvapen; ***cock the ~*** spänna hanen, osäkra vapnet (geväret m. m.); ***pull (draw) the ~*** trycka av **II** *tr*, ~ el. ***~ off*** starta, utlösa [*~ off a rebellion*]

**trigger-man** ['trɪgəmæn] (pl. *triggermen* ['trɪgəmen]) *s* sl. mördare, lejd mördare

**trigonometry** [ˌtrɪgə'nɒmətrɪ] *s* geom. trigonometri

**trilby** ['trɪlbɪ] *s* vard., ~ el. ***~ hat*** trilbyhatt mjuk filthatt

**trill** [trɪl] mus. **I** *s* drill **II** *tr itr* drilla

**trilogy** ['trɪlədʒɪ] *s* trilogi

**trim** [trɪm] **I** *a* **1** välordnad, välskött **2** snygg, nätt, prydlig, vårdad [*~ clothes*; *a ~ figure*]

**II** *tr* **1** klippa, jämna av, putsa, trimma, tukta [*~ a hedge*; *~ one's beard*]; ***~ one's nails*** klippa (putsa) naglarna; ***~ a wick*** putsa en veke **2** dekorera, smycka (pynta); garnera **3** sjö. trimma, kantsätta [*~ the sails*]

**III** *s* **1** skick, form [*be in good ~*]; ***be in ~*** a) vara i ordning b) speciellt sport. vara i form; ***get into ~*** a) sätta i skick b) sport. få (komma) i form **2** sjö. trimning, om segel äv. kantsättning **3** klippning, putsning [*the ~ of one's beard (hair)*], trimning

**trimmer** ['trɪmə] *s* klippningsmaskin; trimningsmaskin; trimningssax; ***nail ~*** nagelklippare

**trimming** ['trɪmɪŋ] *s* **1** klippning, putsning, trimning **2** speciellt pl. ***~s*** a) dekoration, dekorationer, pynt; utsmyckning, utsmyckningar äv. bildl., garnering, garneringar b) speciellt kok. extra tillbehör, garnityr **3** sjö. trimmning

**trinket** ['trɪŋkɪt] *s* billigt smycke; billig prydnadssak; pl. ***~s*** äv. grannlåt, nipper

**trio** ['tri:əʊ] *s* trio

**trip** [trɪp] **I** *itr tr* **1** trippa **2** a) snubbla [äv. *~ up; over* på, över], snava b) begå ett felsteg; ~ el. ***~ up*** få att snubbla, sätta krokben för **II** *s* **1** tripp, resa [*a ~ to Paris*], tur, utflykt [*a ~ to the seaside*] **2** snubblande, snavande; krokben **3** sl. tripp narkotikarus

**tripe** [traɪp] *s* **1** kok. komage **2** sl., pl. ***~s*** tarmar; buk **3** sl. skit, smörja [*talk ~*]

**triple** ['trɪpl] **I** *a* trefaldig, tredubbel; trippel- [*~ alliance*]; ***~ jump*** sport. trestegshopp **II** *tr* tredubbla

**triplet** ['trɪplət] *s* trilling

**triplicate** ['trɪplɪkət] **I** *a* om avskrift i tre exemplar **II** *s* tredje exemplar (avskrift); ***in ~*** i tre exemplar

**tripod** ['traɪpɒd] *s* stativ

**tripper** ['trɪpə] *s* nöjesresenär; söndagsfirare

**tripping** ['trɪpɪŋ] **I** *s* sport. tripping, fällning **II** *a* trippande, lätt [*a ~ gait*]

**trip-recorder** ['trɪprɪˌkɔ:də] *s* bil. trippmätare

**trip-wire** ['trɪpˌwaɪə] *s* mil. snubbeltråd

**trite** [traɪt] *a* nött, banal, trivial

**triumph** ['traɪəmf] **I** *s* triumf **II** *itr* triumfera; segra; jubla

**triumphal** [traɪ'ʌmf(ə)l] *a*, ***~ arch*** triumfbåge; ***~ procession*** triumftåg

**triumphant** [traɪ'ʌmfənt] *a* triumferande; *be* ~ triumfera
**trivial** ['trɪvɪəl] *a* obetydlig, trivial
**triviality** [ˌtrɪvɪ'ælətɪ] *s* **1** obetydlighet; bagatell, struntsak **2** banalitet, trivialitet
**trod** [trɒd] se *tread I*
**trodden** ['trɒdn] se *tread I*
**trolley** ['trɒlɪ] *s* **1** dragkärra **2** lastvagn, truck; tralla **3** rullbord, tevagn; serveringsvagn **4** amer. spårvagn
**trolleybus** ['trɒlɪbʌs] *s* trådbuss, trolleybuss
**trolley-car** ['trɒlɪkɑ:] *s* amer. spårvagn
**trombone** [trɒm'bəʊn] *s* trombon, basun; *slide* ~ dragbasun
**troop** [tru:p] **I** *s* **1** skara, skock **2** mil. trupp **II** *itr* **1** ~ *in (out)* myllra (strömma) in (ut) **2** marschera, tåga
**troop-carrier** ['tru:pˌkærɪə] *s* trupptransportplan, trupptransportfartyg, trupptransportfordon
**troopship** ['tru:pʃɪp] *s* trupptransportfartyg
**trophy** ['trəʊfɪ] *s* trofé; sport. äv. pris
**tropic** ['trɒpɪk] **I** *s* **1** tropik, vändkrets [*the Tropic of Cancer (Capricorn)*] **2** *the ~s (Tropics)* tropikerna **II** *a* tropisk [*the ~ zone*]
**tropical** ['trɒpɪk(ə)l] *a* tropisk [*~ climate*]
**trot** [trɒt] **I** *itr tr* **1** trava; rida i trav; ~ *along* trava på (i väg) **2** lunka, trava **3** ~ *out* a) rida fram med [*~ out a horse*] b) vard. komma körande med [*~ out one's knowledge*] **II** *s* trav; lunk, lunkande, travande; *be on the* ~ vard. vara i farten
**trotter** ['trɒtə] *s* **1** travare, travhäst **2** kok., *pigs' ~s* grisfötter
**trotting** ['trɒtɪŋ] *s* trav, travande; travsport; ~ *race* travtävling
**troubadour** ['tru:bəˌdʊə] *s* trubadur
**trouble** ['trʌbl] **I** *tr itr* **1** oroa, bekymra, besvära; ~ *oneself* a) oroa sig b) göra sig besvär; ~ *one's head about a th.* bry sin hjärna med ngt **2** besvära; *sorry to ~ you!* förlåt att jag besvärar! **3** besvära sig [*about a th.* med ngt] **4** oroa sig [*about (over) a th.* för ngt]
**II** *s* **1** a) oro, bekymmer b) besvär, möda [*take* (göra sig) *the ~ to write*] c) svårighet, svårigheter, trassel; *the ~ is that...* svårigheten (det tråkiga) är att...; *what's the ~?* hur är det fatt?; vad gäller saken?; *no ~ at all!* ingen orsak!; *it's no ~* det är (var) inget besvär alls; *my car has been giving me ~ lately* min bil har krånglat på sista tiden; *make ~* ställa till bråk; *be in ~* vara i knipa (svårigheter); *get into ~* råka i knipa, råka illa ut; *I don't want to put you to any ~* jag vill inte ställa till besvär för dig **2** åkomma, ont, besvär [*stomach ~*] **3** oro [*political ~*]; speciellt pl. *~s* oroligheter **4** tekn. fel, krångel [*engine ~*]
**troubled** ['trʌbld] *a* **1** orolig [*~ times*]; *fish in ~ waters* fiska i grumligt vatten **2** orolig, bekymrad [*about* över, för]
**troublemaker** ['trʌblˌmeɪkə] *s* orosstiftare, bråkmakare, bråkstake
**troubleshooter** ['trʌblˌʃu:tə] *s* konfliktlösare; tekn. felsökare
**troublesome** ['trʌblsəm] *a* besvärlig, plågsam; bråkig [*a ~ child*]
**trouble-spot** ['trʌblspɒt] *s* oroscentrum plats där bråk ofta förekommer
**trough** [trɒf] *s* **1** tråg, ho **2** meteor., ~ *of low pressure* lågtryck, lågtrycksområde
**trounce** [traʊns] *tr* slå, klå; *be trounced* få smörj
**troupe** [tru:p] *s* skådespelartrupp, teatersällskap; cirkustrupp
**trousers** ['traʊzəz] *s pl* långbyxor [*a pair of ~*]; ~ *pocket* byxficka
**trouser-suit** ['traʊzəsu:t, 'traʊzəsju:t] *s* byxdress
**trousseau** ['tru:səʊ] *s* brudutstyrsel
**trout** [traʊt] *s* forell; *salmon* ~ laxöring
**trowel** ['traʊ(ə)l] *s* **1** murslev; *lay it on with a* ~ bildl. bre på, smickra grovt **2** trädgårdsspade
**truant** ['tru:ənt] *s* skolkare; *play* ~ skolka från skolan
**truce** [tru:s] *s* stillestånd, vapenvila
**truck** [trʌk] *s* **1** öppen godsvagn **2** lastbil; *long distance* ~ långtradare **3** a) truck b) transportvagn; skottkärra
**truck-driver** ['trʌkˌdraɪvə] *s* **1** lastbilschaufför **2** truckförare
**truculent** ['trʌkjʊlənt] *a* stridslysten
**trudge** [trʌdʒ] *itr* traska, lunka, gå tungt
**true** [tru:] *a* **1** a) sann, sanningsenlig b) riktig, rätt c) egentlig [*the frog is not a ~ reptile*]; äkta [*a ~ Londoner*], verklig, sann [*a ~ friend*] d) rättmätig [*the ~ heir, the ~ owner*]; *come* ~ slå in, besannas [*his words came ~*]; *hold (be)* ~ hålla streck, gälla, äga giltighet **2** trogen, trofast [*to* mot]; *be (run) ~ to form (type)* vara typisk (normal); ~ *to life* verklighetstrogen
**truffle** ['trʌfl] *s* tryffel
**truly** ['tru:lɪ] *adv* **1** sant, sanningsenligt; verkligt [*a ~ beautiful picture*] **2** i brev:, *Yours* ~ Högaktningsfullt
**trump** [trʌmp] **I** *s* kortsp. trumf äv. bildl.;

trumfkort; ~ ***card*** trumfkort äv. bildl. **II** *tr* kortsp. ta (sticka) med trumf
**trumped-up** ['trʌmpt'ʌp] *a* vard. konstruerad, falsk [*a ~ charge* (anklagelse)]
**trumpet** ['trʌmpɪt] *s* **1** trumpet; ***blow one's own*** ~ slå på trumman för sig själv **2** hörlur för lomhörd **3** trumpet, trumpetare i orkester
**trumpeter** ['trʌmpɪtə] *s* trumpetare
**truncheon** ['trʌntʃ(ə)n] *s* batong
**trunk** [trʌŋk] *s* **1** trädstam **2** bål kroppsdel **3** koffert, trunk; amer. äv. bagageutrymme, bagagelucka i bil **4** zool. snabel **5** pl. *~s* a) idrottsbyxor, badbyxor b) kortkalsonger
**trunk-call** ['trʌŋkkɔ:l] *s* rikssamtal
**trunk-road** ['trʌŋkrəʊd] *s* riksväg, huvudväg
**truss** [trʌs] **I** *tr*, ~ el. ~ ***up*** a) binda [*~ hay*] b) kok. binda upp före tillredning [*~ up a chicken*] **II** *s* med. bråckband
**trust** [trʌst] **I** *s* **1** förtroende [*in* för], tilltro, tillit [*in* till], tro [*in* till, på]; ***put (place) one's*** ~ ***in*** sätta sin lit till; ***take a th. on*** ~ ta ngt för gott **2** ***hold a th. in*** ~ ***for a p.*** förvalta ngt åt ngn; ***be held in*** ~ el. ***be under*** ~ stå under förvaltning **3** hand. trust [*steel ~*]; stiftelse
**II** *tr* **1** lita på; sätta tro till, tro på **2** a) tro fullt och fast [*a p. to do a th.* att ngn gör ngt] b) hoppas uppriktigt (innerligt); ~ ***him to try to [get it cheaper]!*** iron. typiskt för honom att han skulle försöka...! **3** ~ ***a p. with a th.*** anförtro ngn ngt (ngt åt ngn)
**trustee** ['trʌs'ti:] *s* jur. förtroendeman; förvaltare; förmyndare
**trusthouse** ['trʌsthaʊs] *s* trusthotell trustägt hotell
**trustworthy** ['trʌst,wɜ:ðɪ] *a* pålitlig, trovärdig [*a ~ person*], tillförlitlig
**truth** [tru:θ; pl. tru:ðz] *s* sanning; ~ ***is stranger than fiction*** verkligheten är underbarare än dikten; ***the*** ~ ***of the matter*** det verkliga förhållandet, sanningen; ***to tell the*** ~ sanningen att säga; ***tell a p. some home ~s*** säga ngn några beska sanningar
**truthful** ['tru:θf(ʊ)l] *a* **1** sannfärdig, uppriktig [*a ~ person*] **2** sann, sanningsenlig
**try** [traɪ] **I** *tr itr* **1** försöka [*at* med]; försöka sig [*at* på] **2** a) försöka med [*~ knocking* (att knacka) *at the door*], prova, pröva [*have you tried this new recipe?*] b) göra försök med, prova; ***he tried his best [to beat me]*** han gjorde sitt bästa (yttersta)...; ~ ***one's hand at a th.*** försöka (ge) sig på ngt **3** sätta på prov [*~ a p.'s patience*] **4** jur. a) behandla, handlägga; döma i b) anklaga, åtala [*be tried for murder*] □ ~ **on a)** prova [*~ on a new suit*] **b)** vard., ***don't*** ~ ***it on with me!*** försök inte med mig!; ~ **out** grundligt pröva, prova
**II** *s* försök; ***have a*** ~ ***at a th.*** göra ett försök med ngt, pröva ngt
**trying** ['traɪɪŋ] *a* ansträngande, påfrestande [*to* för; *a ~ day*], besvärlig [*a ~ boy*]
**tsar** [zɑ:] *s* tsar
**T-shirt** ['ti:ʃɜ:t] *s* T-shirt, T-tröja
**T-square** ['ti:skweə] *s* vinkellinjal
**tub** [tʌb] *s* **1** balja, bytta [*a ~ of butter*], tunna [*a rain-water ~*]; tråg **2** vard. badkar **3** glassbägare
**tuba** ['tju:bə] *s* mus. tuba
**tubby** ['tʌbɪ] *a* rund, knubbig
**tube** [tju:b] *s* **1** rör [*steel ~*]; slang [*rubber ~*]; ***inner*** ~ innerslang **2** tub [*a ~ of toothpaste*] **3** vard. T-bana, tunnelbana [*go by ~*] **4** radio., TV. **a)** amer. rör **b)** ~ el. ***picture*** ~ bildrör, amer. vard., ***the*** ~ teve, TV
**tubeless** ['tju:bləs] *a* slanglös [*a ~ tyre*]
**tubercular** [tjʊ'bɜ:kjʊlə] *a* tuberkulös
**tuberculosis** [tjʊ,bɜ:kjʊ'ləʊsɪs] *s* tuberkulos
**tubing** ['tju:bɪŋ] *s* rör [*a piece of copper ~*], slang [*a piece of rubber ~*]
**tubular** ['tju:bjʊlə] *a* rörformig, tubformig
**T.U.C.** ['ti:ju:'si:] (förk. för *Trades Union Congress*) *s*, ***the*** ~ Brittiska LO
**tuck** [tʌk] **I** *tr itr* **1** stoppa, stoppa in (ner) [*~ the money into your wallet*]; ~ ***away*** stoppa (gömma) undan; ~ ***in*** stoppa in (ner) [*~ in your shirt*], vika in; ~ ***the children into (up in) bed*** stoppa om barnen **2** ~ ***up*** kavla upp [*~ up your sleeves*] **3** vard., ~ el. ~ ***away (in)*** glufsa (stoppa) i sig; ~ ***in*** vard. hugga för sig; ~ ***into*** hugga in på [*he tucked into the ham*] **II** *s* **1** sömn. m.m. veck, invikning, uppslag **2** skol., vard. snask, godis
**tuck-shop** ['tʌkʃɒp] *s* vard. kondis, gottaffär i el. nära en skola
**Tuesday** ['tju:zdɪ, 'tju:zdeɪ] *s* tisdag; ***last*** ~ i tisdags
**tuft** [tʌft] *s* **1** tofs; tott, test **2** tuva [*a ~ of grass*]
**tug** [tʌg] **I** *tr itr* dra, streta med; hala; rycka i; rycka, slita **II** *s* **1** ryck, ryckning, tag, drag; ~ ***of war*** dragkamp **2** bogserare, bogserbåt
**tugboat** ['tʌgbəʊt] *s* bogserbåt
**tuition** [tjʊ'ɪʃ(ə)n] *s* undervisning [*private ~*], handledning
**tulip** ['tju:lɪp] *s* tulpan

**tumble** ['tʌmbl] **I** *itr* **1 a)** ramla, falla, trilla, störta **b)** om t. ex. byggnad, ~ el. ~ *down* störta samman, rasa **2** ~ *into bed* stupa (ramla) i säng **3** vard., ~ *to a th.* komma underfund med ngt **II** *s* fall äv. bildl., störtning, nedstörtande

**tumbledown** ['tʌmbldaʊn] *a* fallfärdig, förfallen

**tumble-drier** ['tʌmbl,draɪə] *s* torktumlare

**tumbler** ['tʌmblə] *s* **1** glas utan fot, tumlare **2** tillhållare i lås **3** torktumlare

**tummy** ['tʌmɪ] *s* vard., barnspr. mage

**tumour** ['tju:mə] *s* tumör, svulst, växt

**tumult** ['tju:mʌlt] *s* **1** tumult, upplopp **2** bildl. förvirring; *be in a* ~ vara i uppror

**tumultuous** [tjʊ'mʌltjʊəs] *a* tumultartad [*a* ~ *reception*]; stormande [~ *applause*]

**tuna** ['tu:nə] *s* stor tonfisk, tuna [äv. ~ *fish*]

**tundra** ['tʌndrə] *s* tundra

**tune** [tju:n] **I** *s* **1** melodi; låt; *call the* ~ bildl. ange tonen, bestämma; *change one's* ~ bildl. ändra ton, stämma ner tonen **2** [*the piano*] *is in* ~ *(out of* ~*)* ... är stämt (ostämt); [*the piano and the violin*] *are not in* ~ ... är inte samstämda; hålla tonen; *sing in* ~ *(out of* ~*)* sjunga rent (orent, falskt) **3** bildl., *be in* ~ *(out of* ~*) with* stå i (inte stå i) samklang med **4** *to the* ~ *of* till ett belopp av

**II** *tr itr* **1** stämma [~ *a piano*] **2** radio. avstämma; ställa in; ~ *in* ställa in radion [~ *in to* (på) *the BBC*]; ~ *in to another station* ta in en annan station **3** ~ *up* a) finjustera, trimma t. ex. motor b) stämma, stämma instrumenten [*the orchestra is tuning up*]

**tuneful** ['tju:nf(ʊ)l] *a* melodisk

**tuner** ['tju:nə] *s* **1** stämmare [*piano-tuner*] **2** radio. tuner mottagare utan effektförstärkare

**tungsten** ['tʌŋstən] *s* volfram

**tunic** ['tju:nɪk] *s* **1** vapenrock, för t. ex. polis uniformskavaj **2** tunika

**tuning-fork** ['tju:nɪŋfɔ:k] *s* mus. stämgaffel

**tuning-knob** ['tju:nɪŋnɒb] *s* radio. inställningsknapp

**Tunisia** [tjʊ'nɪzɪə] Tunisien

**Tunisian** [tjʊ'nɪzɪən] **I** *a* tunisisk **II** *s* tunisier

**tunnel** ['tʌnl] *s* tunnel; underjordisk gång

**tunny** ['tʌnɪ] *s* o. **tunny-fish** ['tʌnɪfɪʃ] *s* tonfisk

**tuppence** ['tʌp(ə)ns] *s* vard. = *twopence*; *not worth* ~ inte värd ett rött öre

**tuppenny** ['tʌpnɪ] *a* vard. = *twopenny*

**turban** ['tɜ:bən] *s* turban

**turbine** ['tɜ:baɪn] *s* turbin

**turbo-jet** ['tɜ:bəʊ'dʒet] **I** *s* **1** turbojetmotor **2** turbojetplan **II** *a* turbojet- [~ *engine*]

**turbot** ['tɜ:bət] *s* piggvar

**turbulent** ['tɜ:bjʊlənt] *a* orolig, stormig, upprörd [~ *waves*, ~ *feelings*], våldsam

**tureen** [tə'ri:n] *s* soppskål, terrin

**turf** [tɜ:f] *s* **1** torv; grästorva **2** *the* ~ a) kapplöpningsbanan b) hästsporten

**Turk** [tɜ:k] *s* turk

**Turkey** ['tɜ:kɪ] Turkiet

**turkey** ['tɜ:kɪ] *s* kalkon

**Turkish** ['tɜ:kɪʃ] **I** *a* turkisk; ~ *towel* frottéhandduk **II** *s* turkiska språket

**turmoil** ['tɜ:mɔɪl] *s* vild oordning [*the town was in a* ~], kaos, tumult, villervalla

**turn** [tɜ:n] **I** *tr itr* **1** vända, vända på [~ *one's head*]; vända sig; ~ *one's back on a p.* bildl. vända ngn ryggen; ~ *the other cheek* vända andra kinden till; ~ *a (one's) hand to* ägna sig åt; [*the very thought of food*] ~*s my stomach* ... kommer det att vända sig i magen på mig; *it makes my stomach* ~ det vänder sig i magen på mig; *left (right)* ~*!* vänster (höger) om! **2 a)** vrida, vrida på (om) [~ *the key in the lock*]; skruva, snurra, skruva (snurra) på, veva; ~ *a p.'s head* bildl. stiga ngn åt huvudet **b)** svänga, snurra, svänga (snurra) runt; ~ *on one's heel (heels)* svänga om på klacken **3** vika (vända) om, svänga runt [~ *a corner*]; ~ *to the right* el. ~ *right* ta (vika) av till höger, svänga åt höger **4 a)** ~ *into* förvandla (göra om) till; ~ *into (to)* bli till [*the water had turned into (to) ice*], förvandlas till, övergå till (i) **b)** komma att surna [*hot weather* ~*s milk*]; bli sur, surna [*the milk has turned*] **c)** fylla år; *he has turned fifty* han har fyllt femtio; *it has just turned three* klockan är lite över tre **d)** bli [~ *pale*, ~ *sour*] **5** visa (köra) bort [~ *a p. from one's door*]; ~ *loose* släppa loss (ut) [~ *the cattle loose*] □ **about** ~*!* helt om!; *right (left) about* ~*!* höger (vänster) om!; ~ **against** vända sig mot; ~ **aside** gå (stiga, dra sig) åt sidan, vika undan; vända sig bort; ~ **away** a) vända sig bort; vända (vrida) bort [~ *one's head away*] b) avvisa [*many spectators were turned away*]; ~ **back** vända tillbaka, vända om, återvända, komma tillbaka; *there is no turning back* det finns ingen återvändo; ~ **down a)** vika ner **b)** skruva ner [~ *down the radio*] **c)** avvisa, förkasta [~ *down an offer*], avslå; ~ **off a)** vrida (skruva, stänga) av [~ *off the light (radio)*]; ~ ***off the light*** äv. släcka **b)** vika (ta) av [~ *off to the left*] **c)** vard. stöta, beröra illa [*his manner ~s me off*], avskräcka; ~ ***ap. off ath.*** få ngn att tappa lusten för ngt; ~ **on a)** vrida (skruva, sätta) på [~ *on the radio*]; ~ ***on the light*** tända **b)** vända sig mot, gå lös på [*the dog turned on his master*]; ge sig på **c)** vard., ***it (he) ~s me on*** jag tänder på det (honom); ~ **out a)** vika (vända) utåt, vara vänd utåt **b)** släcka [~ *out the light*] **c)** framställa, tillverka [*the factory ~s out 5,000 cars a week*] **d)** köra (kasta) ut; köra bort; ~ ***out one's pockets*** tömma fickorna **e)** möta (ställa) upp, gå (rycka) ut [*everybody turned out to greet him*]; ~ ***out to a man*** gå man ur huse **f)** utfalla, sluta [*I don't know how it will ~ out*]; ~ ***out well (badly)*** äv. slå väl (illa) ut; ***he turned out to be*** el. ***it turned out that he was*** han visade sig vara; ~ **over a)** vända; vända sig **b)** ~ ***over the page*** vända bladet; ***please ~ over!*** var god vänd! **c)** välta (stjälpa) omkull, få omkull **d)** hand. omsätta [*they ~ over £9,000 a week*]; ~ **round a)** vända; vända (vrida) på; vända sig om **b)** svänga (vrida) runt; ***his head turned round*** det snurrade i huvudet på honom; ~ **to a)** vända sig mot; vända sig till [~ *to ap. for* (för att få) *help*]; ~ ***to page 10*** slå upp sidan 10 **b)** ***the conversation turned to politics*** samtalet kom in på politik; ~ **up a)** vika (slå, fälla, vända) upp; vika (vända, böja) sig uppåt **b)** skruva upp [~ *up the radio*] **c)** dyka upp [*he has not turned up yet; I expect something to ~ up*], komma till rätta, infinna sig

**II** *s* **1** vändning, vridning; svängning, sväng [*left ~*]; varv; ***done to a ~*** lagom stekt (kokt) **2** vägkrök, sväng [*a ~ to the left*], krok; ***at every ~*** vid varje steg, vart man vänder sig **3 a)** förändring; ***a ~ for the worse (better)*** en vändning till det sämre (bättre); ***his health took a ~ for the worse*** hans hälsa försämrades **b)** ***the ~ of the century*** sekelskiftet **4 a)** tur; ***it's my ~*** det är min tur; ***take ~s in (at) doing ath.*** el. ***take it in ~ (turns) to do ath.*** turas om att göra ngt; ***in ~*** a) i tur och ordning; växelvis b) i sin tur, återigen [*and this, in ~, means ...*]; ***speak out of ~*** a) tala när man inte står i tur b) uttala sig taktlöst **b)** ***take a ~ at*** hjälpa till ett tag vid (med) **5** tjänst; ***one good ~ deserves another*** ordspr. den ena tjänsten är den andra värd; ***do ap. a good ~*** göra ngn en stor tjänst; ***a bad ~*** en otjänst, en björntjänst **6** läggning; ~ ***of mind*** sinnelag; tänkesätt **7** liten tur; ***take a ~*** [***round the garden***] ta en sväng... **8** nummer på t.ex. varieté **9** vard. chock; ***it gave me a terrible ~*** äv. jag blev alldeles chockad

**turncoat** ['tɜ:nkəʊt] *s* överlöpare, avhoppare; ***be a ~*** vända kappan efter vinden

**turn-down** ['tɜ:ndaʊn] *a* nedvikbar, dubbelvikt [*a ~ collar*]

**turned-up** ['tɜ:ndʌp] *a*, ~ ***nose*** uppnäsa

**turning** ['tɜ:nɪŋ] *s* **1** vändning; ~ ***circle*** vändradie; ~ ***space*** vändplats **2** avtagsväg, tvärgata [*the first ~ to (on) the right*] **3** bildl. vändpunkt

**turning-point** ['tɜ:nɪŋpɔɪnt] *s* vändpunkt, kritisk punkt

**turnip** ['tɜ:nɪp] *s* bot. rova; ***Swedish ~*** kålrot

**turnover** ['tɜ:nˌəʊvə] *s* hand. m.m. omsättning

**turnstile** ['tɜ:nstaɪl] *s* vändkors; spärr i t.ex. T-banestation

**turntable** ['tɜ:nˌteɪbl] *s* skivtallrik på skivspelare; ***transcription ~*** skivspelare av avancerad typ

**turn-up** ['tɜ:nʌp] *s* **1** uppslag på t.ex. byxa **2** sport. m.m. skräll, överraskning

**turpentine** ['tɜ:pəntaɪn] *s* terpentin

**turps** [tɜ:ps] *s* vard. terpentin

**turquoise** ['tɜ:kwɔɪz] *s* **1** miner. turkos **2** turkos

**turtle** ['tɜ:tl] *s* havssköldpadda

**turtle-dove** ['tɜ:tldʌv] *s* turturduva

**turtle-neck** ['tɜ:tlnek] *s* halvpolokrage, polokrage

**turtle-soup** ['tɜ:tlsu:p] *s* sköldpaddsoppa

**tusk** [tʌsk] *s* bete; ***elephant's ~*** elefantbete

**tussle** ['tʌsl] **I** *s* strid, kamp, slagsmål **II** *itr* strida, kämpa, slåss [*with* med, *for* om]

**tutor** ['tju:tə] *s* **1** ***private ~*** el. ~ privatlärare [*to* åt, för] **2** univ. handledare

**tuxedo** [tʌk'si:dəʊ] *s* amer. smoking

**TV** ['ti:'vi:] *s* TV; för ex. se *television*

**twaddle** ['twɒdl] **I** *itr* svamla **II** *s* svammel

**twang** [twæŋ] **I** *itr* **1** om t.ex. sträng sjunga, dallra **2** knäppa [~ *at a banjo*] **3** tala i näsan **II** *s* sjungande (dallrande) ton; klang; ***have a nasal ~*** tala i näsan

**tweed** [twi:d] *s* tweed; pl. *~s* tweedkläder

**tweet** [twi:t] **I** *s* kvitter; pip **II** *itr* kvittra; pipa

**tweeter** ['twi:tə] *s* diskanthögtalare

**tweezers** ['twi:zəz] *s pl* pincett; ***a pair of ~*** en pincett

**twelfth** [twelfθ] *räkn* o. *s* tolfte; tolftedel; ***Twelfth Night*** trettondagsafton
**twelve** [twelv] **I** *räkn* tolv **II** *s* tolv, tolva
**twentieth** [ˈtwentɪɪθ] *räkn* o. *s* tjugonde; tjugondel
**twenty** [ˈtwentɪ] **I** *räkn* tjugo **II** *s* tjugo; tjugotal; ***in the twenties*** på tjugotalet
**twice** [twaɪs] *adv* två gånger [*I've been there* ~; ~ *3 is 6*]; ~ ***a day (week)*** två gånger om dagen (i veckan); ~ ***as many*** el. ~ ***the number*** dubbelt så många; ***think*** ~ ***about (before) doing a th.*** tänka sig för innan man gör ngt
**twiddle** [ˈtwɪdl] **I** *tr* **1** sno, snurra på **2** ~ ***one's thumbs*** rulla tummarna, sitta med armarna i kors **II** *s* **1** snurrande **2** krumelur i t. ex. skrift
**twig** [twɪg] *s* kvist, liten gren; spö
**twilight** [ˈtwaɪlaɪt] *s* skymning
**twill** [twɪl] vävn. **I** *s* **1** ~ ***weave*** el. ~ kypert **2** twills, tvills **II** *tr* kypra
**twin** [twɪn] **I** *s* tvilling **II** *a* tvilling- [~ *brother (sister)*]; ~ ***beds*** två enmanssängar; ~ ***set*** jumperset; ~ ***towns*** vänorter **III** *tr* para ihop
**twin-cylinder** [ˈtwɪnˌsɪlɪndə] *a* tvåcylindrig
**twine** [twaɪn] **I** *s* segelgarn; tråd; snöre **II** *tr* **1** tvinna; fläta samman **2** vira, linda, fläta [*about, round* om]
**twin-engine** [ˈtwɪnˌendʒɪn] *a* o. **twin-engined** [ˈtwɪnˌendʒɪnd] *a* tvåmotorig
**twinge** [twɪndʒ] **I** *itr* sticka, göra ont, svida **II** *s* stickande smärta, hugg, stick, sting; ***a*** ~ ***of conscience*** samvetsagg
**twinkle** [ˈtwɪŋkl] **I** *itr* tindra, blinka [*stars that* ~ *in the sky*], blänka; gnistra; fladdra **II** *s* tindrande [*the* ~ *of the stars*], blinkande; glimt i ögat; ***in a*** ~ el. ***in the*** ~ ***of an eye*** på ett litet kick
**twinkling** [ˈtwɪŋklɪŋ] *s* tindrande, blinkande; ***in a*** ~ el. ***in the*** ~ ***of an eye*** på ett litet kick
**twin-lens** [ˈtwɪnlens] *a,* ~ ***reflex camera*** tvåögd spegelreflexkamera
**twirl** [twɜːl] **I** *itr tr* snurra runt; snurra, sno [~ *one's moustaches*] **II** *s* **1** snurr, snurrande **2** släng, snirkel
**twist** [twɪst] **I** *s* **1** vridning; ***he gave my arm a*** ~ han vred om armen på mig **2** krök [*a* ~ *in the road*] **3** vrickning
**II** *tr* **1 a)** sno, vrida; vrida ur [~ *a wet cloth*]; ~ ***a p.'s arm*** vrida om armen på ngn; ~ ***and turn*** vrida och vränga på **b)** tvinna, fläta ihop (samman) [*into* till] **c)** vira, linda [*round* kring] **d)** sno (slingra) sig, vrida sig; ~ ***and turn*** el. ~ slingra sig fram **2** vrida ur led, vricka; förvrida; ***I have twisted my ankle*** jag har vrickat foten **3** förvränga, förvanska, vantolka, snedvrida **4** twista, dansa twist
**twisted** [ˈtwɪstɪd] *a* snodd; vriden; snedvriden; ***get*** ~ sno sig, trassla ihop sig
**twister** [ˈtwɪstə] *s* vard. fixare, svindlare
**twitch** [twɪtʃ] **I** *tr itr* **1** ~ ***one's ears*** klippa med öronen; ~ ***one's eyelids (mouth)*** ha ryckningar i ögonlocken (kring munnen) **2** rycka till; ***his face twitches*** han har ryckningar i ansiktet **3** rycka, dra **II** *s* **1** krampryckning, muskelsammandragning **2** ryck [*I felt a* ~ *at my sleeve*]
**twitter** [ˈtwɪtə] **I** *itr* kvittra **II** *s* kvitter; snatter
**two** [tuː] **I** *räkn* två; båda, bägge; ***a day or*** ~ ett par dagar; ~ ***or three days*** ett par tre dagar; ***the*** ~ ***of you*** ni båda (bägge, två) **II** *s* tvåa
**two-dimensional** [ˈtuːdɪˈmenʃənl, ˈtuːdaɪˈmenʃənl] *a* tvådimensionell
**two-faced** [ˈtuːˈfeɪst] *a* om person falsk, hycklande
**twofold** [ˈtuːfəʊld] **I** *a* dubbel, tvåfaldig **II** *adv* dubbelt, tvåfaldigt
**two-legged** [ˈtuːˈlegd, ˈtuːˈlegɪd] *a* tvåbent
**twopence** [ˈtʌp(ə)ns] *s* två pence
**twopenny** [ˈtʌpnɪ] *a* tvåpence- [*a* ~ *stamp*]
**two-piece** [ˈtuːpiːs] *a* tudelad, tvådelad [*a* ~ *bathing-suit*]
**two-seater** [ˈtuːˈsiːtə] *s* tvåsitsig bil; tvåsitsigt flygplan
**two-sided** [ˈtuːˈsaɪdɪd] *a* tvåsidig
**tycoon** [taɪˈkuːn] *s* vard. magnat [*oil* ~*s*], pamp
**type** [taɪp] **I** *s* **1** typ, art, slag, sort **2** vard. individ, typ **3** boktr. typ; stilsort; ***printed in large (small)*** ~ tryckt med stor (liten) stil **II** *tr itr* skriva på maskin; skriva maskin; ***a typed letter*** ett maskinskrivet brev; ~ ***out*** skriva ut
**typescript** [ˈtaɪpskrɪpt] *s* maskinskrivet manuskript
**typewrite** [ˈtaɪpraɪt] (*typewrote typewritten*) *tr itr* skriva maskin; ***a typewritten letter*** ett maskinskrivet brev
**typewriter** [ˈtaɪpˌraɪtə] *s* skrivmaskin; ~ ***ribbon*** färgband
**typewriting** [ˈtaɪpˌraɪtɪŋ] *s* maskinskrivning
**typewritten** [ˈtaɪprɪtn] se *typewrite*
**typewrote** [ˈtaɪprəʊt] se *typewrite*
**typhoid** [ˈtaɪfɔɪd] *a* o. *s,* ~ ***fever*** el. ~ tyfus
**typhoon** [taɪˈfuːn] *s* tyfon

**typical** ['tɪpɪk(ə)l] *a* typisk [*of* för]
**typify** ['tɪpɪfaɪ] *tr* vara ett typiskt exempel på, exemplifiera
**typing** ['taɪpɪŋ] *s* maskinskrivning; ~ ***bureau*** skrivbyrå, maskinskrivningsbyrå; ~ ***paper*** skrivmaskinspapper
**typist** ['taɪpɪst] *s* maskinskrivare, maskinskriverska
**typographer** [taɪ'pɒgrəfə] *s* typograf
**typographic** [ˌtaɪpə'græfɪk] *a* o. **typographical** [ˌtaɪpə'græfɪk(ə)l] *a* typografisk; tryck- [*a ~ error*]
**typography** [taɪ'pɒgrəfɪ] *s* typografi
**tyrannical** [tɪ'rænɪk(ə)l] *a* tyrannisk
**tyrannize** ['tɪrənaɪz] *itr tr* **1** ~ ***over*** tyrannisera **2** tyrannisera
**tyrannous** ['tɪrənəs] *a* tyrannisk
**tyranny** ['tɪrənɪ] *s* tyranni
**tyrant** ['taɪər(ə)nt] *s* tyrann
**tyre** ['taɪə] *s* däck, ring till t. ex. bil, cykel; ~ ***pressure*** ringtryck
**Tyrol** [tɪ'rəʊl] *s*, ***the*** ~ Tyrolen
**Tyrolese** [ˌtɪrə'li:z] **I** *a* tyrolsk, tyroler- [*~ hat*] **II** (pl. lika) *s* tyrolare
**tzar** [zɑ:] *s* tsar

# U

**U, u** [ju:] *s* U, u
**udder** ['ʌdə] *s* juver
**Uganda** [jʊ'gændə]
**Ugandan** [jʊ'gændən] **I** *a* ugandisk **II** *s* ugandier
**ugly** ['ʌglɪ] *a* **1** ful; elak [*an ~ rumour*]; ***an ~ customer*** vard. en otrevlig typ; ***the ~ duckling*** den fula ankungen **2** otrevlig, pinsam [*an ~ situation*]
**UK, U.K.** ['ju:'keɪ] (förk. för *United Kingdom*) *s*, ***the*** ~ Förenade kungariket Storbritannien och Nordirland
**Ukraine** [jʊ'kreɪn, jʊ'kraɪn] Ukraina
**Ukrainian** [jʊ'kreɪnjən] **I** *s* ukrainare **II** *a* ukrainsk
**ukulele** [ˌju:kə'leɪlɪ] *s* ukulele
**ulcer** ['ʌlsə] *s*, ***gastric*** ~ magsår
**ulcerate** ['ʌlsəreɪt] *itr* bli sårig, få sår
**ulterior** [ʌl'tɪərɪə] *a* dold [*~ motives*]; ~ ***motive*** baktanke
**ultimate** ['ʌltɪmət] *a* slutlig, slut- [*the ~ aim*], sista; yttersta [*the ~ consequences*]
**ultimately** ['ʌltɪmətlɪ] *adv* till sist (slut), slutligen; i sista hand
**ultimatum** [ˌʌltɪ'meɪtəm] *s* ultimatum
**ultramarine** [ˌʌltrəmə'ri:n] *s* o. *a* ultramarin
**ultra-short** ['ʌltrə'ʃɔ:t] *a* radio., ~ ***wave*** ultrakortvåg
**ultraviolet** ['ʌltrə'vaɪələt] *a* ultraviolett [*~ rays*]; ~ ***lamp*** kvartslampa
**umbrella** [ʌm'brelə] *s* paraply
**umpire** ['ʌmpaɪə] sport. **I** *s* domare **II** *tr itr* döma
**umpteen** ['ʌmti:n] *a* vard. femtielva; ~ ***times*** äv. otaliga gånger

**umpteenth** [ˈʌmtiːnθ] *a* o. **umptieth** [ˈʌmtɪɪθ] *a* bägge vard. femtielfte [*for the ~ time*]
**UN, U.N.** [ˈjuːˈen] (förk. för *United Nations*) *s*, ***the*** ~ FN Förenta nationerna
**unable** [ˌʌnˈeɪbl] *a*, ***be ~ to do a th.*** inte kunna göra ngt, vara ur stånd att göra ngt
**unacceptable** [ˌʌnəkˈseptəbl] *a* oacceptabel, oantagbar
**unaccompanied** [ˌʌnəˈkʌmpənɪd] *a* **1** utan sällskap; ~ ***by*** utan **2** mus. oackompanjerad
**unaccountable** [ˌʌnəˈkaʊntəbl] *a* oförklarlig [*to* för; *for* (av) *some ~ reason*]
**unaccustomed** [ˌʌnəˈkʌstəmd] *a* **1** ovan [*to* vid] **2** ovanlig [*his ~ silence*]
**unacquainted** [ˌʌnəˈkweɪntɪd] *a* obekant [*with* med]; ovan [*with* vid]; ***be ~ with*** äv. inte känna till
**unadaptable** [ˌʌnəˈdæptəbl] *a* oanpassbar
**unadulterated** [ˌʌnəˈdʌltəreɪtɪd] *a* oförfalskad, oblandad, äkta, ren
**1 unaffected** [ˌʌnəˈfektɪd] *a* **1** opåverkad, oberörd [*by* av] **2** med. inte angripen
**2 unaffected** [ˌʌnəˈfektɪd] *a* okonstlad, otvungen, naturlig [*~ manners (style)*]
**unaided** [ˌʌnˈeɪdɪd] *a* utan hjälp [*by* av]; på egen hand [*he did it ~*]
**unaltered** [ˌʌnˈɔːltəd] *a* oförändrad
**unambiguous** [ˌʌnæmˈbɪgjʊəs] *a* entydig, otvetydig
**unanimity** [ˌjuːnəˈnɪmətɪ] *s* enhällighet, enstämmighet, enighet
**unanimous** [jʊˈnænɪməs] *a* enhällig, enstämmig, enig [*a ~ opinion*]
**unarmed** [ˌʌnˈɑːmd] *a* avväpnad; obeväpnad
**unashamed** [ˌʌnəˈʃeɪmd] *a* **1** oblyg; utan skamkänsla **2** ohöljd, ogenerad
**unasked** [ˌʌnˈɑːskt] *a* oombedd; objuden
**unassuming** [ˌʌnəˈsjuːmɪŋ] *a* anspråkslös, blygsam; försynt [*a quiet, ~ person*]
**unattended** [ˌʌnəˈtendɪd] *a* utan tillsyn, obevakad, utan uppsikt; obemannad
**unattractive** [ˌʌnəˈtræktɪv] *a* föga tilldragande; osympatisk
**unauthorized** [ˌʌnˈɔːθəraɪzd] *a* inte auktoriserad, obemyndigad; obehörig
**unavailable** [ˌʌnəˈveɪləbl] *a* inte tillgänglig; oanträffbar
**unavoidable** [ˌʌnəˈvɔɪdəbl] *a* oundviklig
**unaware** [ˌʌnəˈweə] *a* omedveten, ovetande, okunnig [*of* om; *that* om att]
**unawares** [ˌʌnəˈweəz] *adv* omedvetet; oavsiktligt; ***take (catch) a p.*** ~ överrumpla (överraska) ngn
**unbalanced** [ˌʌnˈbælənst] *a* **1** obalanserad, överspänd; sinnesförvirrad; ***have an ~ mind*** vara sinnesförvirrad **2** hand. inte balanserad [*an ~ budget*]
**unbearable** [ˌʌnˈbeərəbl] *a* outhärdlig
**unbeatable** [ˌʌnˈbiːtəbl] *a* oöverträffbar, överlägsen; oslagbar
**unbeaten** [ˌʌnˈbiːtn] *a* obesegrad; oslagen [*an ~ record*], oöverträffad
**unbecoming** [ˌʌnbɪˈkʌmɪŋ] *a* misskläd-sam
**unbelievable** [ˌʌnbəˈliːvəbl] *a* otrolig
**unbend** [ˌʌnˈbend] (*unbent unbent*) *tr itr* **1** böja (räta) ut [*~ a wire*]; rätas ut **2** bildl. bli mera tillgänglig, tina upp
**unbent** [ˌʌnˈbent] se *unbend*
**unbiased, unbiassed** [ˌʌnˈbaɪəst] *a* fördomsfri; opartisk
**unbidden** [ˌʌnˈbɪdn] *a* **1** objuden [*~ guests*] **2** oombedd
**unbleached** [ˌʌnˈbliːtʃt] *a* oblekt
**unbolt** [ˌʌnˈbəʊlt] *tr* regla upp, öppna
**unbosom** [ˌʌnˈbʊzəm] *itr* o. *refl*, ~ el. ~ ***oneself*** anförtro sig [*to* åt]
**unbreakable** [ˌʌnˈbreɪkəbl] *a* obrytbar; okrossbar, oförstörbar
**unbroken** [ˌʌnˈbrəʊk(ə)n] *a* **1** obruten **2** oavbruten [*~ silence*]
**unbuckle** [ˌʌnˈbʌkl] *tr* **1** spänna (knäppa) upp **2** spänna av sig [*~ one's skis*]
**unburden** [ˌʌnˈbɜːdn] *tr* avbörda, avlasta, lätta [*~ one's conscience*]; befria [*of* från]; ~ ***oneself (one's mind)*** lätta sitt hjärta
**unbusinesslike** [ˌʌnˈbɪznɪslaɪk] *a* föga affärsmässig
**unbutton** [ˌʌnˈbʌtn] *tr* knäppa upp; ***come unbuttoned*** gå upp
**uncalled-for** [ˌʌnˈkɔːldfɔː] *a* **1** opåkallad, omotiverad [*~ measures*], obefogad **2** taktlös [*an ~ remark*]
**uncanny** [ˌʌnˈkænɪ] *a* **1** kuslig, spöklik [*~ sounds*] **2** förunderlig [*an ~ power*]
**unceasing** [ˌʌnˈsiːsɪŋ] *a* oavbruten, oupphörlig
**uncertain** [ˌʌnˈsɜːtn] *a* **1** osäker, inte säker [*of, about* på], oviss [*of, about* om] **2** obestämd; ***in no ~ terms*** i otvetydiga ordalag
**uncertainty** [ˌʌnˈsɜːtntɪ] *s* **1** osäkerhet; obestämdhet **2** ***the ~ of*** det osäkra (ovissa) i
**unchallenged** [ˌʌnˈtʃæləndʒd] *a* obestridd, oemotsagd; opåtald
**unchanging** [ˌʌnˈtʃeɪndʒɪŋ] *a* oföränderlig, konstant

**uncharitable** [ˌʌn'tʃærɪtəbl] *a* kärlekslös, obarmhärtig [*to* mot]
**unchecked** [ˌʌn'tʃekt] *a* **1** inte kontrollerad [~ *figures*] **2** ohämmad
**uncivilized** [ˌʌn'sɪvɪlaɪzd] *a* ociviliserad, barbarisk; okultiverad
**unclassified** [ˌʌn'klæsɪfaɪd] *a* **1** oklassificerad **2** inte hemligstämplad
**uncle** ['ʌŋkl] *s* farbror; morbror; ***Uncle Sam*** Onkel Sam personifikation av USA; ***Uncle Tom*** neds. underdånig neger; [***my watch is***] ***at my uncle's*** vard. ... på stampen
**unclean** [ˌʌn'kli:n] *a* oren
**unclench** [ˌʌn'klentʃ] *tr itr* öppna [*he unclenched his hand (fist)*]; öppnas, öppna sig
**uncock** [ˌʌn'kɒk] *tr* säkra [~ *a gun*]
**uncoil** [ˌʌn'kɔɪl] *tr itr* rulla upp [~ *a rope*]; rulla av; rulla upp sig; räta ut sig
**uncomfortable** [ˌʌn'kʌmfətəbl] *a* obekväm; otrivsam; obehaglig
**uncommitted** [ˌʌnkə'mɪtɪd] *a* oengagerad [~ *writers*]; alliansfri [*the* ~ *countries*]; opartisk
**uncommon** [ˌʌn'kɒmən] *a* ovanlig
**uncommonly** [ˌʌn'kɒmənlɪ] *adv* ovanligt
**uncomplimentary** ['ʌnˌkɒmplɪ'mentrɪ] *a* mindre (föga) smickrande [*to* för]
**uncompromising** [ˌʌn'kɒmprəmaɪzɪŋ] *a* principfast, obeveklig, ståndaktig, oböjlig; kompromisslös [*an* ~ *attitude*]
**unconcerned** [ˌʌnkən'sɜ:nd] *a* **1** obekymrad [~ *about* (om) *the future*], oberörd **2** inte inblandad (delaktig) [~ *in the plot*]
**unconditional** [ˌʌnkən'dɪʃ(ə)nl] *a* **1** villkorslös, ovillkorlig; ~ ***surrender*** kapitulation utan villkor **2** obetingad; kategorisk [*an* ~ *refusal*]
**unconditioned** [ˌʌnkən'dɪʃ(ə)nd] *a* psykol. obetingad [~ *reflex*]
**unconfirmed** [ˌʌnkən'fɜ:md] *a* obekräftad, obestyrkt
**uncongenial** [ˌʌnkən'dʒi:njəl] *a* **1** motbjudande [*to* för] **2** olämplig [*to* för]
**unconnected** [ˌʌnkə'nektɪd] *a* osammanhörande; utan samband (förbindelse)
**unconquerable** [ˌʌn'kɒŋkərəbl] *a* oövervinnlig, obetvinglig; okuvlig
**unconscious** [ˌʌn'kɒnʃəs] **I** *a* **1** omedveten **2** medvetslös **II** *s*, ***the*** ~ det undermedvetna
**unconstitutional** ['ʌnˌkɒnstɪ'tju:ʃənl] *a* grundlagsstridig, författningsstridig
**uncontrollable** [ˌʌnkən'trəʊləbl] *a* **1** okontrollerbar **2** som man inte kan behärska, våldsam [~ *rage*]
**unconventional** [ˌʌnkən'venʃ(ə)nl] *a* okonventionell, fördomsfri; icke-konventionell [~ *weapons*]
**unconvincing** [ˌʌnkən'vɪnsɪŋ] *a* föga övertygande; osannolik [*an* ~ *explanation*]
**uncooked** [ˌʌn'kʊkt] *a* inte färdigkokt
**uncooperative** [ˌʌnkəʊ'ɒpərətɪv] *a* samarbetsovillig; föga tillmötesgående
**uncork** [ˌʌn'kɔ:k] *tr* dra korken ur, korka (dra) upp [~ *a bottle*]
**uncountable** [ˌʌn'kaʊntəbl] **I** *a* **1** oräknelig, otalig **2** oräknebar, gram. äv. inte pluralbildande **II** *s* gram. oräknebart (inte pluralbildande) substantiv
**uncouple** [ˌʌn'kʌpl] *tr* koppla av (från) [~ *the locomotive*]; koppla lös
**uncouth** [ˌʌn'ku:θ] *a* **1** ohyfsad [~ *behaviour*], grov, ofin **2** otymplig [~ *appearance*]
**uncover** [ˌʌn'kʌvə] *tr* **1** täcka av, avtäcka; blotta [~ *one's head*]; ta av täcket (höljet, locket) på (från) **2** bildl. avslöja [~ *a plot*]
**uncovered** [ˌʌn'kʌvəd] *a* **1** avtäckt, blottad **2** otäckt, inte övertäckt [*an* ~ *shed*]; obetäckt [*an* ~ *head*] **3** hand. inte täckt [~ *by insurance*]
**uncultivated** [ˌʌn'kʌltɪveɪtɪd] *a* **1** ouppodlad [~ *land*] **2** okultiverad, obildad
**uncut** [ˌʌn'kʌt] *a* oskuren, oklippt, ohuggen; om bok a) oskuren b) ouppskuren; om ädelsten oslipad [*an* ~ *diamond*]; om text m. m. oavkortad
**undecided** [ˌʌndɪ'saɪdɪd] *a* **1** oavgjord, obestämd, inte bestämd **2** obeslutsam
**undecipherable** [ˌʌndɪ'saɪfərəbl] *a* odechiffrerbar, otydbar
**undefeated** [ˌʌndɪ'fi:tɪd] *a* obesegrad
**undefended** [ˌʌndɪ'fendɪd] *a* oförsvarad
**undefinable** [ˌʌndɪ'faɪnəbl] *a* odefinierbar, obestämbar
**undelivered** [ˌʌndɪ'lɪvəd] *a* inte avlämnad, olevererad; kvarliggande
**undemanding** [ˌʌndɪ'mɑ:ndɪŋ] *a* anspråkslös, förnöjsam
**undemocratic** ['ʌnˌdemə'krætɪk] *a* odemokratisk
**undemonstrative** [ˌʌndɪ'mɒnstrətɪv] *a* reserverad, behärskad
**undeniable** [ˌʌndɪ'naɪəbl] *a* obestridlig, oförneklig, oneklig
**undeniably** [ˌʌndɪ'naɪəblɪ] *adv* obestridligen, onekligen
**undependable** [ˌʌndɪ'pendəbl] *a* opålitlig

**under** ['ʌndə] **I** *prep* **1** a) under b) mindre än [*I can do it in ~ a week*] **2** enligt, i enlighet med [*~ the terms of the treaty*] **II** *adv* **1** under [*one on top and one ~*], nedanför; därunder [*children of seven and ~*] **2** under; nere
**under-age** ['ʌndər'eɪdʒ] *a* omyndig, minderårig; underårig
**underarm** [adjektiv 'ʌndərɑ:m, adverb ʌndər'ɑ:m] sport. **I** *a* underhands- [*an ~ ball*] **II** *adv* underifrån [*serve ~*]
**underbid** [ˌʌndə'bɪd] (*underbid underbid*) *tr itr* bjuda under
**undercarriage** ['ʌndəˌkærɪdʒ] *s* **1** flyg. landningsställ **2** underrede på fordon
**undercharge** ['ʌndə'tʃɑ:dʒ] *tr* ta för lite betalt av
**underclothes** ['ʌndəkləʊðz] *s pl* o. **underclothing** ['ʌndəˌkləʊðɪŋ] *s* underkläder
**undercover** ['ʌndəˌkʌvə] *a* hemlig; *~ agent* hemlig agent, spion
**undercurrent** ['ʌndəˌkʌr(ə)nt] *s* underström
**underdeveloped** ['ʌndədɪ'veləpt] *a* underutvecklad [*~ muscles*]
**underdog** ['ʌndədɒg] *s*, *the ~* den svagare, den som är i underläge
**underdone** [ˌʌndə'dʌn, attributivt 'ʌndədʌn] *a* kok. för litet stekt (kokt); lättstekt, blodig
**underdose** ['ʌndədəʊs] *s* för liten (svag) dos
**underestimate** [verb 'ʌndər'estɪmeɪt, substantiv 'ʌndər'estɪmət] **I** *tr* underskatta, undervärdera; beräkna för lågt **II** *s* underskattning, undervärdering; alltför låg beräkning
**underexpose** ['ʌndərɪks'pəʊz] *tr* foto. underexponera
**underexposure** ['ʌndərɪks'pəʊʒə] *s* foto. underexponering
**underfed** ['ʌndə'fed] **I** se *underfeed* **II** *a* undernärd, svältfödd
**underfeed** ['ʌndə'fi:d] (*underfed underfed*) *tr* ge för litet att äta, ge för litet mat
**underfoot** [ˌʌndə'fʊt] *adv* under fötterna (foten); *it is dry ~* det är torrt på marken
**undergarment** ['ʌndəˌgɑ:mənt] *s* underplagg
**undergo** [ˌʌndə'gəʊ] (*underwent undergone*) *tr* undergå, genomgå [*~ a change*]; underkasta sig; få utstå [*~ hardships*]
**undergone** [ˌʌndə'gɒn] se *undergo*
**undergraduate** [ˌʌndə'grædjʊət] *s* univ. student, studerande
**underground** [adverb ˌʌndə'graʊnd, adjektiv o. substantiv 'ʌndəgraʊnd] **I** *adv* under jorden [*go ~*] **II** *a* **1** a) underjordisk, underjords- b) tunnelbane-, T-bane- [*~ station*]; *~ railway* tunnelbana **2** bildl. underjordisk, hemlig; *~ movement* polit. underjordisk motståndsrörelse **III** *s* **1** tunnelbana, T-bana **2** polit. underjordisk motståndsrörelse
**undergrowth** ['ʌndəgrəʊθ] *s* undervegetation; småskog, underskog
**underhand** [adjektiv 'ʌndəhænd, adverb ʌndə'hænd] **I** *a* lömsk, bedräglig [*~ methods*]; hemlig, under bordet [*an ~ deal*]; *use ~ means (methods)* gå smygvägar **II** *adv* a) lömskt, bakslugt; bedrägligt b) i hemlighet, i smyg
**underlaid** [ˌʌndə'leɪd] se *1 underlay*
**underlain** [ˌʌndə'leɪn] se *underlie*
**1 underlay** [ˌʌndə'leɪ] (*underlaid underlaid*) *tr* förse med underlag; stötta
**2 underlay** [ˌʌndə'leɪ] se *underlie*
**underlie** [ˌʌndə'laɪ] (*underlay underlain*) *tr* ligga under; bildl. ligga bakom (under)
**underline** [ˌʌndə'laɪn] *tr* stryka under; bildl. understryka, betona; framhäva
**underlinen** ['ʌndəˌlɪnɪn] *s* underkläder
**underlip** ['ʌndəlɪp] *s* underläpp
**underlying** [ˌʌndə'laɪɪŋ] *a* **1** underliggande **2** bildl. bakomliggande, som ligger bakom [*the ~ causes*]
**undermanned** ['ʌndə'mænd] *a* underbemannad
**undermentioned** ['ʌndə'menʃ(ə)nd] *a* nedan nämnd
**undermine** [ˌʌndə'maɪn] *tr* underminera, bildl. äv. undergräva [*~ a p.'s authority*]
**underneath** [ˌʌndə'ni:θ] **I** *prep* under, inunder; nedanför **II** *adv* under, inunder [*wear wool ~*]; på undersidan, nertill **III** *s* undersida; underdel
**undernourished** [ˌʌndə'nʌrɪʃt] *a* undernärd, svältfödd
**undernourishment** [ˌʌndə'nʌrɪʃmənt] *s* undernäring
**underpaid** ['ʌndə'peɪd] se *underpay*
**underpants** ['ʌndəpænts] *s pl* speciellt amer. underbyxor; kalsonger
**underpass** ['ʌndəpɑ:s] *s* **1** a) planskild korsning b) vägtunnel **2** amer. gångtunnel
**underpay** ['ʌndə'peɪ] (*underpaid underpaid*) *tr* underbetala [*~ a p.*]
**underprivileged** ['ʌndə'prɪvɪlɪdʒd] *a* missgynnad, tillbakasatt [*~ minorities*], sämre lottad, underprivilegierad [*~ classes*]

**underrate** [ˌʌndəˈreɪt] *tr* undervärdera, underskatta; värdera för lågt
**underseal** [ˈʌndəsiːl] bil. m. m. **I** *tr* underredsbehandla **II** *s* underredsbehandling
**undersell** [ˈʌndəˈsel] (*undersold undersold*) *tr* **1** sälja billigare än, underbjuda [~ *a p.*] **2** sälja till underpris
**undershirt** [ˈʌndəʃɜːt] *s* speciellt amer. undertröja
**undersigned** [ˈʌndəsaɪnd] (pl. lika) *s* undertecknad; ***we, the ~ hereby certify*** undertecknade intygar härmed
**undersize** [ˈʌndəsaɪz] *a* o. **undersized** [ˈʌndəsaɪzd] *a* under medelstorlek (medellängd)
**undersold** [ˈʌndəˈsəʊld] se *undersell*
**underspin** [ˈʌndəspɪn] *s* i t. ex. tennis underskruv
**understaffed** [ˈʌndəˈstɑːft] *a* underbemannad; ***be ~*** äv. ha för liten personal
**understand** [ˌʌndəˈstænd] (*understood understood*) *tr itr* **1** förstå, begripa; fatta; ***give a p. to ~ that...*** låta ngn förstå att...; ***I quite ~*** jag förstår precis **2** förstå sig på [~ *children*]
**understandable** [ˌʌndəˈstændəbl] *a* förståelig, begriplig
**understanding** [ˌʌndəˈstændɪŋ] **I** *s* **1** förstånd; fattningsförmåga; insikt [*of* i], kännedom [*of* om] **2** förståelse [*the ~ between the nations*] **3** överenskommelse; ***come to (reach) an ~*** nå samförstånd, komma överens **4** ***on the ~ that*** på det villkoret att **II** *a* **1** förstående **2** förståndig
**understatement** [ˈʌndəˈsteɪtmənt] *s* underdrift, understatement
**understood** [ˌʌndəˈstʊd] **I** imperfekt av *understand* **II** *a* o. *pp* (av *understand*) **1** förstådd; *~?* uppfattat? **2** självklar, given [*that's an ~ thing*]; ***that is ~*** det säger (förstås av) sig självt
**understudy** [substantiv ˈʌndəˌstʌdɪ, verb ˌʌndəˈstʌdɪ] **I** *s* **1** teat. ersättare, inhoppare **2** ställföreträdare, vikarie **II** *tr* **1** teat., ***~ a part*** lära in en roll för att kunna hoppa in som ersättare **2** a) assistera b) vikariera för
**undertake** [ˌʌndəˈteɪk] (*undertook undertaken*) *tr* **1** företa [~ *a journey*] **2** a) åta sig [~ *a task*; ~ *to do a th.*], förbinda sig [~ *to do a th.*] b) garantera
**undertaken** [ˌʌndəˈteɪk(ə)n] se *undertake*
**undertaker** [ˈʌndəˌteɪkə] *s* begravningsentreprenör
**undertaking** [ˌʌndəˈteɪkɪŋ] *s* **1** företag; arbete **2** a) åtagande b) garanti
**under-the-counter** [ˈʌndəðəˈkaʊntə] *a* vard. som säljs under disken (svart)
**under-the-table** [ˈʌndəðəˈteɪbl] *a* vard. under bordet; svart [~ *dealings*]
**underthings** [ˈʌndəθɪŋz] *s pl* vard. underkläder
**undertone** [ˈʌndətəʊn] *s* **1** ***in an ~*** el. ***in ~s*** med dämpad röst, lågmält **2** bildl. underton
**undertook** [ˌʌndəˈtʊk] se *undertake*
**undervalue** [ˈʌndəˈvæljuː] *tr* undervärdera, underskatta; värdera för lågt
**undervest** [ˈʌndəvest] *s* undertröja
**underwater** [adjektiv ˈʌndəwɔːtə, adverb ˌʌndəˈwɔːtə] **I** *a* undervattens- [~ *explosion*] **II** *adv* under vattnet
**underwear** [ˈʌndəweə] *s* underkläder
**underweight** [ˈʌndəweɪt] **I** *s* undervikt **II** *a* underviktig, under normalvikt
**underwent** [ˌʌndəˈwent] se *undergo*
**underworld** [ˈʌndəwɜːld] *s* **1** undre värld **2** dödsrike; ***the ~*** äv. underjorden
**undeserved** [ˌʌndɪˈzɜːvd] *a* oförtjänt
**undeserving** [ˌʌndɪˈzɜːvɪŋ] *a* ovärdig; ***be ~ of*** inte förtjäna (vara värd)
**undesirable** [ˌʌndɪˈzaɪərəbl] *a* icke önskvärd [~ *effects*]; ovälkommen [~ *visitors*]
**undesired** [ˌʌndɪˈzaɪəd] *a* icke önskad (önskvärd)
**undetected** [ˌʌndɪˈtektɪd] *a* oupptäckt
**undeveloped** [ˌʌndɪˈveləpt] *a* **1** outvecklad; outnyttjad [~ *natural resources*], oexploaterad **2** foto. oframkallad
**undid** [ˌʌnˈdɪd] se *undo*
**undies** [ˈʌndɪz] *s pl* vard. damunderkläder
**undignified** [ˌʌnˈdɪgnɪfaɪd] *a* föga värdig [*in an ~ manner*], ovärdig
**undiluted** [ˌʌndaɪˈljuːtɪd] *a* outspädd
**undiminished** [ˌʌndɪˈmɪnɪʃt] *a* oförminskad, oförsvagad [~ *energy*]
**undiscovered** [ˌʌndɪsˈkʌvəd] *a* oupptäckt
**undiscriminating** [ˌʌndɪsˈkrɪmɪneɪtɪŋ] *a* urskillningslös, okritisk
**undisposed** [ˌʌndɪsˈpəʊzd] *a* obenägen
**undisputed** [ˌʌndɪsˈpjuːtɪd] *a* obestridd
**undistinguished** [ˌʌndɪsˈtɪŋgwɪʃt] *a* slätstruken [*an ~ performance*]
**undisturbed** [ˌʌndɪsˈtɜːbd] *a* ostörd, lugn; orörd
**undivided** [ˌʌndɪˈvaɪdɪd] *a* odelad [~ *attention*]; enad, obruten [~ *front*]
**undo** [ˌʌnˈduː] (*undid undone*) *tr* **1** knäppa upp [~ *the buttons (one's coat)*], lösa (knyta) upp [~ *a knot*], få upp; spänna loss [~ *straps*]; ta av [~ *the wrapping*]; ta

(packa) upp, öppna [~ *a parcel*]; ***come undone*** gå upp [*my shoelace has come undone*]; lossna **2** a) göra ogjord [*what is done can't be undone*] b) göra om intet
**undoing** [ˌʌn'du:ɪŋ] *s* fördärv, undergång [*it will be his* ~]
**undomesticated** [ˌʌndə'mestɪkeɪtɪd] *a* **1** föga huslig **2** otämjd
**undone** [ˌʌn'dʌn] **I** se *undo* **II** *a* **1** uppknäppt, upplöst; oknäppt, oknuten **2** ogjord
**undoubted** [ˌʌn'daʊtɪd] *a* otvivelaktig, obestridlig; avgjord, klar [*an* ~ *victory*]
**undoubtedly** [ˌʌn'daʊtɪdlɪ] *adv* otvivelaktigt, utan tvivel
**undress** [ˌʌn'dres] **I** *tr itr* klä av; klä av sig **II** *s, **in a state of*** ~ oklädd
**undressed** [ˌʌn'drest] *a* **1** a) avklädd b) oklädd **2** lätt klädd, halvklädd **3** obehandlad, obearbetad [~ *leather*]
**undrinkable** [ˌʌn'drɪŋkəbl] *a* odrickbar
**undue** [ˌʌn'dju:] *a* onödig [~ *haste*], opåkallad; otillbörlig
**unduly** [ˌʌn'dju:lɪ] *adv* oskäligt; överdrivet, orimligt; otillbörlig
**unearned** [ˌʌn'ɜ:nd] *a* **1** ~ ***income*** inkomst av kapital **2** oförtjänt [~ *praise*]
**unearth** [ˌʌn'ɜ:θ] *tr* gräva upp (fram)
**unearthly** [ˌʌn'ɜ:θlɪ] *a* **1** övernaturlig; kuslig **2** vard., ***at an*** ~ ***hour*** okristligt tidigt
**uneasiness** [ˌʌn'i:zɪnəs] *s* oro, ängslan [*about* för]; obehag, olust
**uneasy** [ˌʌn'i:zɪ] *a* orolig, ängslig [*about* för]; olustig, illa till mods; ~ ***feeling*** obehaglig känsla
**uneatable** [ˌʌn'i:təbl] *a* oätbar, oätlig
**uneaten** [ˌʌn'i:tn] *a* inte uppäten; orörd
**uneconomical** ['ʌnˌi:kə'nɒmɪk(ə)l] *a* slösaktig, oekonomisk; odryg
**uneducated** [ˌʌn'edjʊkeɪtɪd] *a* obildad
**unemotional** [ˌʌnɪ'məʊʃənl] *a* känslolös, kall, oberörd
**unemployed** [ˌʌnɪm'plɔɪd] *a* arbetslös, sysslolös; ***the*** ~ de arbetslösa
**unemployment** [ˌʌnɪm'plɔɪmənt] *s* arbetslöshet; ~ ***benefit*** (amer. ***compensation***) arbetslöshetsunderstöd
**unending** [ˌʌn'endɪŋ] *a* **1** ändlös **2** vard. evig
**un-English** [ˌʌn'ɪŋglɪʃ] *a* oengelsk
**unenterprising** [ˌʌn'entəpraɪzɪŋ] *a* oföretagsam
**unentertaining** ['ʌnˌentə'teɪnɪŋ] *a* föga (allt annat än) underhållande
**unenviable** [ˌʌn'envɪəbl] *a* föga (inte) avundsvärd [*an* ~ *task*]
**unequal** [ˌʌn'i:kw(ə)l] *a* olika, olika stor (lång); inte likvärdig (jämlik, jämställd); omaka; ojämn [*an* ~ *contest*]; ***be*** ~ ***to the task*** inte vara vuxen uppgiften
**unequalled** [ˌʌn'i:kw(ə)ld] *a* ouppnådd, oöverträffad, makalös, enastående
**unessential** [ˌʌnɪ'senʃ(ə)l] **I** *a* oväsentlig, oviktig **II** *s* oväsentlighet, bisak
**uneven** [ˌʌn'i:v(ə)n] *a* **1** ojämn **2** udda [~ *number*] **3** olika, olika lång
**uneventful** [ˌʌnɪ'ventf(ʊ)l] *a* händelsefattig
**unexpected** [ˌʌnɪks'pektɪd] *a* oväntad
**unexpectedly** [ˌʌnɪks'pektɪdlɪ] *adv* oväntat; ~ ***good*** bättre än väntat
**unexplained** [ˌʌnɪks'pleɪnd] *a* oförklarad, ouppklarad
**unexplored** [ˌʌnɪks'plɔ:d] *a* outforskad
**unfailing** [ˌʌn'feɪlɪŋ] *a* **1** osviklig [~ *accuracy*], ofelbar [*an* ~ *remedy*], säker **2** outtömlig, outsinlig
**unfair** [ˌʌn'feə] *a* orättvis, ojust
**unfaithful** [ˌʌn'feɪθf(ʊ)l] *a* **1** otrogen [*to* mot], trolös [*an* ~ *lover*] **2** otillförlitlig
**unfamiliar** [ˌʌnfə'mɪljə] *a* **1** inte förtrogen [*with* med], ovan [*with* vid], främmande [*with* för] **2** obekant, främmande [*to a p.* för ngn]
**unfamiliarity** ['ʌnfəˌmɪlɪ'ærətɪ] *s* obekantskap, bristande förtrogenhet [*with* med]
**unfashionable** [ˌʌn'fæʃənəbl] *a* omodern
**unfasten** [ˌʌn'fɑ:sn] *tr* lossa, lösgöra; lösa (knyta) upp; låsa upp, öppna
**unfavourable** [ˌʌn'feɪvərəbl] *a* ogynnsam, ofördelaktig [*to (for)* för]
**unfeeling** [ˌʌn'fi:lɪŋ] *a* okänslig [*to* för]; känslolös; hjärtlös
**unfinished** [ˌʌn'fɪnɪʃt] *a* oavslutad, ofullbordad, inte färdig
**unfit** [ˌʌn'fɪt] *a* olämplig, oduglig [*for* till, som; *to* att], oförmögen [*for* till; *to* att]; ovärdig [*for a th.* ngt]; i dålig kondition; ~ ***for human consumption*** otjänlig som människoföda
**unfitted** [ˌʌn'fɪtɪd] *a* olämplig, oduglig
**unflagging** [ˌʌn'flægɪŋ] *a* outtröttlig
**unflinching** [ˌʌn'flɪntʃɪŋ] *a* ståndaktig, orubblig
**unfold** [ˌʌn'fəʊld] *tr* **1** veckla ut (upp) [~ *a newspaper*], vika ut (upp) **2** utveckla, framställa, lägga fram [*she unfolded her plans*]
**unforeseeable** [ˌʌnfɔ:'si:əbl] *a* oförutsebar, omöjlig att förutse, oviss

**unforgettable** [ˌʌnfəˈgetəbl] *a* oförglömlig
**unforgivable** [ˌʌnfəˈgɪvəbl] *a* oförlåtlig
**unfortunate** [ˌʌnˈfɔːtʃənət] *a* olycklig; olycksdrabbad; ***be*** ~ ha otur
**unfortunately** [ˌʌnˈfɔːtʃənətlɪ] *adv* tyvärr, olyckligtvis
**unfounded** [ˌʌnˈfaʊndɪd] *a* ogrundad [~ *suspicion*], grundlös, lös [~ *rumour*]
**unfriendly** [ˌʌnˈfrendlɪ] *a* ovänlig [*to* mot]
**unfurl** [ˌʌnˈfɜːl] *tr* om t. ex. flagga veckla ut
**ungainly** [ˌʌnˈgeɪnlɪ] *a* klumpig, otymplig
**ungenerous** [ˌʌnˈdʒenərəs] *a* **1** snål, knusslig **2** föga generös
**ungodly** [ˌʌnˈgɒdlɪ] *a* gudlös, ogudaktig; ***at an ~ hour*** vard. okristligt tidigt
**ungovernable** [ˌʌnˈgʌvənəbl] *a* oregerlig; obändig [~ *temper*]
**ungrateful** [ˌʌnˈgreɪtf(ʊ)l] *a* otacksam
**ungratified** [ˌʌnˈgrætɪfaɪd] *a* otillfredsställd, ouppfylld [~ *desire*]
**unguarded** [ˌʌnˈgɑːdɪd] *a* **1** obevakad **2** ovarsam, tanklös [*an ~ remark*]
**unhampered** [ˌʌnˈhæmpəd] *a* obunden, obehindrad, inte hämmad [*by* av]
**unhappily** [ˌʌnˈhæpəlɪ] *adv* **1** olyckligt **2** olyckligtvis
**unhappiness** [ˌʌnˈhæpɪnəs] *s* olycka, brist på lycka
**unhappy** [ˌʌnˈhæpɪ] *a* olycklig; olycksalig; misslyckad, olämplig
**unharmed** [ˌʌnˈhɑːmd] *a* oskadd
**unhealthy** [ˌʌnˈhelθɪ] *a* **1** sjuklig, klen **2** ohälsosam, osund, skadlig [~ *ideas*]
**unheard-of** [ˌʌnˈhɜːdɒv] *a* **1** förut okänd **2** exempellös; utan motstycke
**unheeded** [ˌʌnˈhiːdɪd] *a* obeaktad, ouppmärksammad
**unhesitating** [ˌʌnˈhezɪteɪtɪŋ] *a* tveklös
**unhinge** [ˌʌnˈhɪndʒ] *tr* **1** haka av [~ *a door*] **2** förrycka; ***his mind is unhinged*** han är sinnesrubbad
**unholy** [ˌʌnˈhəʊlɪ] *a* ohelig
**unhook** [ˌʌnˈhʊk] *tr* häkta (haka) av
**unhospitable** [ˌʌnˈhɒspɪtəbl] *a* ogästvänlig
**unhurt** [ˌʌnˈhɜːt] *a* oskadad, oskadd
**unicorn** [ˈjuːnɪkɔːn] *s* enhörning
**unidentified** [ˌʌnaɪˈdentɪfaɪd] *a* oidentifierad [~ *flying object*], icke identifierad
**unification** [ˌjuːnɪfɪˈkeɪʃ(ə)n] *s* enande
**uniform** [ˈjuːnɪfɔːm] **I** *a* **1** likformig, enhetlig **2** jämn, konstant [~ *speed*] **II** *s* uniform
**uniformity** [ˌjuːnɪˈfɔːmətɪ] *s* likformighet, uniformitet, enhetlighet
**unify** [ˈjuːnɪfaɪ] *tr* ena, förena
**unilateral** [ˈjuːnɪˈlætər(ə)l] *a* ensidig, unilateral [~ *agreement*]
**unimaginable** [ˌʌnɪˈmædʒɪnəbl] *a* otänkbar; ofattbar
**unimaginative** [ˌʌnɪˈmædʒɪnətɪv] *a* fantasilös
**unimpaired** [ˌʌnɪmˈpeəd] *a* oförminskad, oförsvagad, obruten [~ *health*]
**unimportant** [ˌʌnɪmˈpɔːt(ə)nt] *a* obetydlig, oviktig, betydelselös, oväsentlig
**unimposing** [ˌʌnɪmˈpəʊzɪŋ] *a* föga imponerande
**uninformed** [ˌʌnɪnˈfɔːmd] *a* inte underrättad (informerad), oupplyst
**uninhabitable** [ˌʌnɪnˈhæbɪtebl] *a* obeboelig
**uninhabited** [ˌʌnɪnˈhæbɪtɪd] *a* obebodd
**uninhibited** [ˌʌnɪnˈhɪbɪtɪd] *a* hämningslös, ohämmad
**unintelligible** [ˌʌnɪnˈtelɪdʒəbl] *a* obegriplig, oförståelig
**unintentional** [ˌʌnɪnˈtenʃənl] *a* oavsiktlig
**uninterrupted** [ˈʌnˌɪntəˈrʌptɪd] *a* oavbruten, ostörd
**uninviting** [ˌʌnɪnˈvaɪtɪŋ] *a* föga inbjudande
**union** [ˈjuːnjən] *s* **1** förening, enande, sammanslutning, sammanförande **2** union [*postal ~*], förbund, förening; ***students'*** ~ studentkår; ***the Union of Soviet Socialist Republics*** Sovjetunionen; ***the Union Jack*** Union Jack Storbritanniens flagga **3** ***the*** ~ facket; ***trade*** ~ el. ~ fackförening; ***national trade*** ~ el. ***national*** ~ fackförbund
**unique** [juːˈniːk] *a* unik, enastående
**unisex** [ˈjuːnɪseks] *a* ungefär gemensam för båda könen, unisex- [~ *fashions*]
**unison** [ˈjuːnɪsn] *s* mus. samklang, harmoni; ***in*** ~ unisont
**unit** [ˈjuːnɪt] *s* **1** enhet **2** avdelning, enhet [*production ~*], mil. förband
**unite** [juːˈnaɪt] *tr itr* **1** förena, föra samman [*with, to* med], samla, ena **2** förena sig, förenas, slå sig samman
**united** [juːˈnaɪtɪd] *a* förenad; samlad [~ *action*]; enig, enad [*present a ~ front*]; ***the United Kingdom*** Förenade kungariket Storbritannien och Nordirland; ***the United Nations Organization*** el. ***the United Nations*** Förenta nationerna; ***the United States of America*** el. ***the United States*** Förenta staterna
**unity** [ˈjuːnətɪ] *s* **1** enhet **2** endräkt, harmoni, enighet, sammanhållning

**universal** [ˌjuːnɪ'vɜːs(ə)l] *a* allmän, allmänt utbredd [~ *belief*]; allomfattande; universell
**universally** [ˌjuːnɪ'vɜːsəlɪ] *adv* allmänt, universellt, överallt
**universe** ['juːnɪvɜːs] *s* universum
**university** [ˌjuːnɪ'vɜːsətɪ] *s* universitet, högskola; ~ ***education*** akademisk utbildning (bildning)
**unjust** [ˌʌn'dʒʌst] *a* orättfärdig, orättvis
**unjustifiable** ['ʌnˌdʒʌstɪ'faɪəbl] *a* oförsvarlig; otillbörlig; orättvis
**unjustified** [ˌʌn'dʒʌstɪfaɪd] *a* oberättigad, obefogad
**unjustly** [ˌʌn'dʒʌstlɪ] *adv* orättfärdigt, orättvist
**unkempt** [ˌʌn'kemt] *a* **1** okammad **2** ovårdad, vansköttt
**unkind** [ˌʌn'kaɪnd] *a* ovänlig; omild, inte skonsam [~ *to* (mot) *the skin*]
**unknown** [ˌʌn'nəʊn] **I** *a* okänd, obekant [*to* för, i, bland] **II** *adv*, ~ ***to us*** oss ovetande, utan vår vetskap
**unlawful** [ˌʌn'lɔːf(ʊ)l] *a* olaglig; orättmätig; olovlig
**unleash** [ˌʌn'liːʃ] *tr* koppla lös (loss), släppa lös (loss) [~ *a dog*; *he unleashed his fury*]
**unleavened** [ˌʌn'levnd] *a* osyrad [~ *bread*]
**unless** [ən'les] *konj* om inte; med mindre än att; annat än, utom
**unlike** [ˌʌn'laɪk] **I** *a* olik **II** *prep* olikt; olika mot; i olikhet med, i motsats till [~ *most other people, he is . . .* ]
**unlikely** [ˌʌn'laɪklɪ] *a* osannolik, otrolig; ***he is ~ to come*** han kommer troligen inte
**unlimited** [ˌʌn'lɪmɪtɪd] *a* **1** obegränsad, oinskränkt [~ *power*] **2** gränslös
**unload** [ˌʌn'ləʊd] *tr itr* **1** lasta av, lossa [~ *a cargo*]; lossas [*the ship is unloading*] **2** ta ut patronen ur [~ *the gun*]
**unlock** [ˌʌn'lɒk] *tr itr* låsa upp, låsas upp
**unlocked** [ˌʌn'lɒkt] *a* upplåst; olåst
**unlooked-for** [ˌʌn'lʊktfɔː] *a* oväntad
**unloose** [ˌʌn'luːs] *tr* o. **unloosen** [ˌʌn'luːsn] *tr* lossa, lösa; släppa lös; knyta upp
**unluckily** [ˌʌn'lʌkəlɪ] *adv* **1** olyckligtvis **2** olyckligt
**unlucky** [ˌʌn'lʌkɪ] *a* olycklig; olycksdiger; ***be*** ~ ha otur [*at* i]
**unmanageable** [ˌʌn'mænɪdʒəbl] *a* ohanterlig, svårhanterlig; oregerlig
**unmanly** [ˌʌn'mænlɪ] *a* omanlig
**unmanned** [ˌʌn'mænd] *a* obemannad
**unmannerly** [ˌʌn'mænəlɪ] *a* obelevad, okultiverad, ohyfsad
**unmarried** [ˌʌn'mærɪd] *a* ogift
**unmask** [ˌʌn'mɑːsk] *tr* demaskera, avslöja
**unmerited** [ˌʌn'merɪtɪd] *a* oförtjänt
**unmistakable** [ˌʌnmɪs'teɪkəbl] *a* omisskännlig; otvetydig, ofelbar [*an* ~ *sign*]
**unmitigated** [ˌʌn'mɪtɪgeɪtɪd] *a* oförminskad; ~ ***by*** utan några förmildrande drag av; ***an*** ~ ***scoundrel*** en ärkeskurk
**unmoved** [ˌʌn'muːvd] *a* **1** oberörd, lugn, kall **2** orörd
**unnecessarily** [ˌʌn'nesəsərəlɪ] *adv* onödigt; i onödan
**unnecessary** [ˌʌn'nesəsərɪ] *a* onödig
**unnerve** [ˌʌn'nɜːv] *tr* göra nervös
**unnoticeable** [ˌʌn'nəʊtɪsəbl] *a* omärklig
**unnoticed** [ˌʌn'nəʊtɪst] *a* obemärkt
**UNO** ['juːnəʊ] (förk. för ***United Nations Organization***) FN
**unobserved** [ˌʌnəb'zɜːvd] *a* obemärkt
**unobstructed** [ˌʌnəb'strʌktɪd] *a* obehindrad, fri [~ *view*]
**unobtainable** [ˌʌnəb'teɪnəbl] *a* oåtkomlig, oanskaffbar, oöverkomlig
**unobtrusive** [ˌʌnəb'truːsɪv] *a* inte påträngande, diskret
**unoccupied** [ˌʌn'ɒkjʊpaɪd] *a* **1** inte ockuperad; obebodd [~ *territory*] **2** ledig [~ *seat*], inte upptagen **3** sysslolös
**unofficial** [ˌʌnə'fɪʃ(ə)l] *a* inofficiell [~ *statement*], inte officiell; ~ ***strike*** vild strejk
**unorthodox** [ˌʌn'ɔːθədɒks] *a* oortodox
**unpack** [ˌʌn'pæk] *tr itr* packa upp (ur)
**unpaid** [ˌʌn'peɪd] *a* obetald; ofrankerad [~ *letter*]; oavlönad
**unpalatable** [ˌʌn'pælətəbl] *a* oaptitlig
**unparalleled** [ˌʌn'pærəleld] *a* makalös
**unpardonable** [ˌʌn'pɑːdnəbl] *a* oförlåtlig
**unplanned** [ˌʌn'plænd] *a* inte planerad
**unplayable** [ˌʌn'pleɪəbl] *a* **1** ospelbar **2** om t. ex. boll omöjlig, otagbar
**unpleasant** [ˌʌn'pleznt] *a* otrevlig; obehaglig [~ *taste*; ~ *truth*]
**unpleasantness** [ˌʌn'plezntnəs] *s* obehag; tråkigheter; bråk [*try to avoid* ~]
**unplug** [ˌʌn'plʌg] *tr* dra ur proppen ur [~ *the sink*]; dra ur sladden till [~ *the TV*]
**unpolished** [ˌʌn'pɒlɪʃt] *a* opolerad; oputsad; oslipad [~ *diamond*; ~ *style*]
**unpopular** [ˌʌn'pɒpjʊlə] *a* impopulär, illa omtyckt
**unprecedented** [ˌʌn'presɪdəntɪd] *a* exempellös, utan motstycke, makalös

**unprejudiced** [ˌʌn'predʒʊdɪst] *a* fördomsfri, opartisk
**unprepossessing** ['ʌnˌpri:pə'zesɪŋ] *a* föga intagande, osympatisk
**unpretentious** [ˌʌnprɪ'tenʃəs] *a* anspråkslös, blygsam, opretentiös
**unprincipled** [ˌʌn'prɪnsəpld] *a* principlös; samvetslös [~ *scoundrel*]
**unprintable** [ˌʌn'prɪntəbl] *a* otryckbar
**unproductive** [ˌʌnprə'dʌktɪv] *a* improduktiv; ofruktbar; föga lönande
**unprofessional** [ˌʌnprə'feʃənl] *a* inte professionell; oprofessionell
**unprofitable** [ˌʌn'prɒfɪtəbl] *a* onyttig, föga givande; olönsam
**unpromising** [ˌʌn'prɒmɪsɪŋ] *a* föga lovande, ogynnsam
**unprotected** [ˌʌnprə'tektɪd] *a* oskyddad
**unprovided** [ˌʌnprə'vaɪdɪd] *a* **1** inte försedd (utrustad) [*with* med] **2** ~ ***for*** oförsörjd
**unpublished** [ˌʌn'pʌblɪʃt] *a* opublicerad
**unpunctual** [ˌʌn'pʌŋktjʊəl] *a* inte punktlig
**unpunished** [ˌʌn'pʌnɪʃt] *a* ostraffad
**unqualified** [ˌʌn'kwɒlɪfaɪd] *a* **1** okvalificerad, inkompetent [*as* som; *for* till, för; *to do a th.* att göra ngt]; inte behörig, utan kompetens **2** oförbehållsam, odelad [~ *approval*]
**unquestionable** [ˌʌn'kwestʃənəbl] *a* obestridlig, odiskutabel
**unquestioned** [ˌʌn'kwestʃ(ə)nd] *a* obestridd, oemotsagd; obestridlig
**unquestioning** [ˌʌn'kwestʃənɪŋ] *a* obetingad, blind [~ *obedience*]
**unquote** [ˌʌn'kwəʊt] *itr*, ... ~ ... slut på citatet, ... slut citat, jfr *quote II*
**unravel** [ˌʌn'ræv(ə)l] *tr* **1** riva upp, repa upp [~ *knitting*]; reda ut **2** bildl. reda ut, klara upp, lösa [~ *a mystery*]
**unreadable** [ˌʌn'ri:dəbl] *a* oläsbar; oläslig
**unreal** [ˌʌn'rɪəl] *a* overklig; inbillad
**unreasonable** [ˌʌn'ri:zənəbl] *a* oresonlig; omedgörlig; oskälig
**unreasoning** [ˌʌn'ri:zənɪŋ] *a* oförnuftig; okritisk; oreflekterad; ~ ***hate*** blint hat
**unrecognizable** [ˌʌn'rekəgnaɪzəbl] *a* oigenkännlig
**unrelated** [ˌʌnrɪ'leɪtɪd] *a* obesläktad [*to* med], inte relaterad [*to* till]; ***be*** ~ ***to*** inte ha något samband med
**unrelenting** [ˌʌnrɪ'lentɪŋ] *a* **1** oböjlig; obeveklig **2** ständig [~ *pressure*]
**unreliable** [ˌʌnrɪ'laɪəbl] *a* opålitlig [*an* ~ *witness*]; ovederhäftig, otillförlitlig
**unrepair** [ˌʌnrɪ'peə] *s*, ***in a state of*** ~ i dåligt skick, illa underhållen
**unrepeatable** [ˌʌnrɪ'pi:təbl] *a* **1** som inte kan återges [~ *remarks*] **2** unik; som inte återkommer [*an* ~ *offer* (erbjudande)]
**unrepentant** [ˌʌnrɪ'pentənt] *a* o. **unrepenting** [ˌʌnrɪ'pentɪŋ] *a* obotfärdig
**unrequited** [ˌʌnrɪ'kwaɪtɪd] *a* obesvarad [~ *love*]
**unresolved** [ˌʌnrɪ'zɒlvd] *a* **1** olöst [~ *problem (conflict)*] **2** obeslutsam, tveksam
**unrest** [ˌʌn'rest] *s* oro, jäsning
**unrestrained** [ˌʌnrɪs'treɪnd] *a* **1** ohämmad, otyglad; obehärskad **2** otvungen, fri
**unrestricted** [ˌʌnrɪs'trɪktɪd] *a* **1** oinskränkt [~ *power*] **2** med fri fart, utan fartgräns
**unrewarding** [ˌʌnrɪ'wɔ:dɪŋ] *a* föga givande; otacksam [*an* ~ *part* (roll)]
**unripe** [ˌʌn'raɪp] *a* omogen
**unrivalled** [ˌʌn'raɪv(ə)ld] *a* makalös, oöverträffad, utan like
**unroll** [ˌʌn'rəʊl] *tr itr* rulla (veckla) upp; rulla (veckla) upp sig
**unruffled** [ˌʌn'rʌfld] *a* oberörd, lugn
**unruly** [ˌʌn'ru:lɪ] *a* besvärlig, oregerlig
**unsaddle** [ˌʌn'sædl] *tr* **1** sadla av [~ *a horse*] **2** kasta av [~ *a rider*]
**unsafe** [ˌʌn'seɪf] *a* osäker
**unsatisfactory** ['ʌnˌsætɪs'fæktərɪ] *a* otillfredsställande; otillräcklig
**unsatisfied** [ˌʌn'sætɪsfaɪd] *a* otillfredsställd, inte tillfredsställd
**unsavoury** [ˌʌn'seɪvərɪ] *a* oaptitlig; motbjudande, osmaklig [*an* ~ *affair*]
**unscathed** [ˌʌn'skeɪðd] *a* oskadd; helskinnad
**unscrew** [ˌʌn'skru:] *tr itr* skruva av (loss); skruvas av (loss)
**unscrupulous** [ˌʌn'skru:pjʊləs] *a* samvetslös, skrupelfri, hänsynslös
**unseeded** [ˌʌn'si:dɪd] *a* sport. oseedad
**unseemly** [ˌʌn'si:mlɪ] *a* opassande
**unseen** [ˌʌn'si:n] *a* osynlig, dold; osedd
**unselfish** [ˌʌn'selfɪʃ] *a* osjälvisk
**unsettle** [ˌʌn'setl] *tr* bringa ur balans, störa; göra osäker (nervös)
**unsettled** [ˌʌn'setld] *a* **1** orolig, osäker, ostadig [~ *weather*], instabil; som inte stadgat sig **2** ouppklarad, olöst, oavgjord [~ *questions*]; obetald, inte avvecklad [~ *debts*]
**unshakable** [ˌʌn'ʃeɪkəbl] *a* orubblig
**unshaved** [ˌʌn'ʃeɪvd] *a* o. **unshaven** [ˌʌn'ʃeɪvn] *a* orakad
**unshrinkable** [ˌʌn'ʃrɪŋkəbl] *a* krympfri

**unsightly** [ˌʌn'saɪtlɪ] *a* ful, anskrämlig
**unsigned** [ˌʌn'saɪnd] *a* inte undertecknad, utan underskrift; osignerad
**unskilled** [ˌʌn'skɪld] *a* oerfaren, okunnig; ~ ***labour*** a) outbildad arbetskraft b) grovarbete; ~ ***labourer*** grovarbetare; ~ ***worker*** inte yrkeskunnig arbetare
**unsociable** [ˌʌn'səʊʃəbl] *a* osällskaplig
**unsolicited** [ˌʌnsə'lɪsɪtɪd] *a* oombedd
**unsolved** [ˌʌn'sɒlvd] *a* olöst, ouppklarad
**unsound** [ˌʌn'saʊnd] *a* **1** osund; oklok **2** ekonomiskt osäker, dålig [~ *finances*]
**unsparing** [ˌʌn'speərɪŋ] *a* outtröttlig [*with* ~ *energy*]; ***be*** ~ ***in one's efforts*** inte spara någon möda
**unspeakable** [ˌʌn'spi:kəbl] *a* **1** outsäglig [~ *joy*], obeskrivlig [~ *wickedness*] **2** avskyvärd [*an* ~ *scoundrel*]
**unspoken** [ˌʌn'spəʊk(ə)n] *a* outtalad; osagd
**unsporting** [ˌʌn'spɔ:tɪŋ] *a* o. **unsportsmanlike** [ˌʌn'spɔ:tsmənlaɪk] *a* osportslig
**unstable** [ˌʌn'steɪbl] *a* instabil, ostadig, vacklande [*an* ~ *foundation*], labil
**unsteady** [ˌʌn'stedɪ] *a* ostadig, osäker, vacklande [*an* ~ *walk*]; ojämn
**unstick** [ˌʌn'stɪk] (*unstuck unstuck*) *tr*, ***come unstuck*** a) lossna, gå upp b) vard. gå i stöpet; råka illa ut [*he'll come unstuck one day*]
**unstressed** [ˌʌn'strest] *a* obetonad
**unstuck** [ˌʌn'stʌk] se *unstick*
**unsuccessful** [ˌʌnsək'sesf(ʊ)l] *a* misslyckad; ***be*** ~ äv. misslyckas
**unsuited** [ˌʌn'sju:tɪd] *a* olämplig; opassande [*to* för]; ***be*** ~ ***for (to)*** äv. inte passa (lämpa sig) för
**unsure** [ˌʌn'ʃʊə] *a* osäker [*of, about* på, om]; oviss [*of* om]
**unsurmountable** [ˌʌnsə'maʊntəbl] *a* oöverstiglig [~ *obstacles*]; oövervinnlig
**unsurpassed** [ˌʌnsə'pɑ:st] *a* oöverträffad
**unsuspecting** [ˌʌnsəs'pektɪŋ] *a* omisstänksam; intet ont anande
**unsympathetic** ['ʌnˌsɪmpə'θetɪk] *a* **1** oförstående, likgiltig; negativt inställd **2** osympatisk, motbjudande
**untamed** [ˌʌn'teɪmd] *a* otämd, okuvad
**untarnished** [ˌʌn'tɑ:nɪʃt] *a* **1** fläckfri, obesudlad [*an* ~ *reputation*] **2** glänsande, blank [~ *silver*]
**unthinkable** [ˌʌn'θɪŋkəbl] *a* otänkbar
**unthought-of** [ˌʌn'θɔ:tɒv] *a* oanad, som man inte kunnat tänka sig; inte påtänkt
**untidy** [ˌʌn'taɪdɪ] *a* ovårdad; ostädad
**untie** [ˌʌn'taɪ] *tr* knyta upp, lösa upp, få upp; ***come (get) untied*** gå upp
**until** [ən'tɪl] *prep* o. *konj* till, tills etc., se *I till I, II*
**untimely** [ˌʌn'taɪmlɪ] *a* **1** förtidig [*an* ~ *death*] **2** malplacerad [~ *remarks*]; oläglig [*at an* ~ *hour*]
**untiring** [ˌʌn'taɪərɪŋ] *a* outtröttlig
**untold** [ˌʌn'təʊld] *a* omätlig [~ *wealth*]
**untouchable** [ˌʌn'tʌtʃəbl] *a* o. *s* i Indien kastlös
**untried** [ˌʌn'traɪd] *a* oprövad, obeprövad
**untrue** [ˌʌn'tru:] *a* osann, falsk, oriktig
**untruth** [ˌʌn'tru:θ, pl. ˌʌn'tru:ðz] *s* lögn; ***tell an*** ~ tala osanning
**untruthful** [ˌʌn'tru:θf(ʊ)l] *a* osann, falsk; lögnaktig
**untuned** [ˌʌn'tju:nd] *a* mus. ostämd
**untutored** [ˌʌn'tju:təd] *a* obildad, okunnig; otränad [*an* ~ *ear*]
**unused** [betydelse *1* ˌʌn'ju:zd, betydelse *2* ˌʌn'ju:st] *a* **1** obegagnad, oanvänd; ~ ***stamp*** ostämplat frimärke **2** ovan [*he is* ~ *to* (vid) *city life*]
**unusual** [ˌʌn'ju:ʒʊəl] *a* ovanlig; sällsynt
**unvarnished** [ˌʌn'vɑ:nɪʃt] *a* **1** osminkad [*the* ~ *truth*] **2** ofernissad
**unveil** [ˌʌn'veɪl] *tr* ta slöjan från [~ *one's face*]; avtäcka [~ *a statue*]; bildl. avslöja [~ *a secret*]
**unverified** [ˌʌn'verɪfaɪd] *a* obekräftad, obestyrkt; okontrollerad
**unvoiced** [ˌʌn'vɔɪst] *a* fonet. tonlös
**unwanted** [ˌʌn'wɒntɪd] *a* inte önskad (önskvärd), oönskad, ovälkommen
**unwarranted** [ˌʌn'wɒrəntɪd] *a* obefogad, oberättigad; omotiverad
**unwavering** [ˌʌn'weɪvərɪŋ] *a* orubblig
**unwell** [ˌʌn'wel] *a* dålig, sjuk
**unwieldy** [ˌʌn'wi:ldɪ] *a* klumpig, otymplig
**unwilling** [ˌʌn'wɪlɪŋ] *a* ovillig; motvillig
**unwillingly** [ˌʌn'wɪlɪŋlɪ] *adv* ogärna, motvilligt, mot sin vilja
**unwind** [ˌʌn'waɪnd] (*unwound unwound*) *tr itr* nysta (linda, rulla) upp; nystas (lindas, rullas) upp
**unwise** [ˌʌn'waɪz] *a* oklok, oförståndig
**unwittingly** [ˌʌn'wɪtɪŋlɪ] *adv* **1** oavsiktligt, ofrivilligt **2** ovetande, ovetandes
**unworkable** [ˌʌn'wɜ:kəbl] *a* outförbar, ogenomförbar [*an* ~ *plan*]; svårarbetad
**unworldly** [ˌʌn'wɜ:ldlɪ] *a* ovärldslig; världsfrämmande
**unworthy** [ˌʌn'wɜ:ðɪ] *a* ovärdig
**unwound** [ˌʌn'waʊnd] **I** se *unwind* **II** *a* ouppdragen [*an* ~ *clock*]

**unwrap** [ˌʌn'ræp] *tr* veckla upp (ut); öppna, ta upp, packa upp [*~ a parcel*]
**unwritten** [ˌʌn'rɪtn] *a* oskriven [*an ~ page*]; ***an ~ law*** en oskriven lag
**unyielding** [ˌʌn'ji:ldɪŋ] *a* oböjlig, fast
**unzip** [ˌʌn'zɪp] *tr itr* dra ner (öppna, dra upp) blixtlåset på; öppnas med blixtlås
**up** [ʌp] **I** *adv* o. *a* **1** a) upp; uppåt b) fram [*he came ~ to me*]; ***~ the Arsenal!*** heja Arsenal!; ***~ the Republic!*** leve republiken!; ***~ and down*** fram och tillbaka, av och an; upp och ner [*jump ~ and down*]; ***~ north*** norrut; uppe i norr; ***~ there*** dit upp; däruppe; ***~ to town*** in (upp, ned) till stan (London); ***children from six years ~*** barn från sex år och uppåt **2** uppe [*stay ~ all night*]; ***be ~ and about*** vara uppe och i full gång **3** över, slut [*my leave was nearly ~*]; ***the game is ~*** spelet är förlorat; ***time's ~!*** tiden är ute!; ***it's all ~ with me*** det är ute med mig **4** sport. m. m. plus; ***be one (one goal) ~*** leda med ett mål; ***he's always trying to be one ~ (one ~ on you)*** han skall alltid vara värst **5** ***be ~*** **a)** vara uppe (uppstigen) **b)** ha stigit (gått upp) [*the price of meat is ~*] **c)** vara uppe i luften; flyga på viss höjd [*five thousand feet ~*] **d)** vara uppriven (uppgrävd) [*the street is ~*] **e)** ***what's ~?*** vad står på?; ***there's something ~*** det är något på gång □ ***be ~*** **against** stå (ställas) inför, kämpa med (mot); ***be ~ against it*** vara illa ute, ligga illa till; ***be ~*** **before** vara uppe till behandling i [*be ~ before Congress*]; ***be ~*** **for** vara uppe till [*be ~ for debate*]; ***~*** **to a)** upp till [*count from one ~ to ten*], fram till, tills; ***~ to now*** tills nu, hittills **b)** i nivå med; ***he (it) isn't ~ to much*** det är inte mycket bevänt med honom (det) **c)** ***he isn't ~ to*** [*the job*] han duger inte till (klarar inte)...; ***I don't feel ~ to working (to work)*** jag känner inte för att arbeta; ***I don't feel (I'm not) ~ to it*** jag känner mig inte i form: jag tror inte jag klarar det; jag känner inte för det **d)** efter, i enlighet med [*act ~ to one's principles*] **e)** ***be ~ to ap.*** vara ngns sak [*it's ~ to you to tell her*]; ***it's ~ to you*** det är din sak, det är upp till dig **f)** ***be ~ to something*** ha något fuffens för sig; ***be ~ to mischief*** ha något rackartyg för sig; ***what is he ~ to?*** vad har han för sig?
**II** *prep* uppför [*~ the hill*]; uppe på (i) [*~ the tree*]; uppåt; längs [*~ the street*]; ***~ and down the street*** fram och tillbaka på gatan; ***travel ~ and down the country*** resa kors och tvärs i landet
**III** *s*, ***~s and downs*** växlingar, svängningar; med- och motgång; ***he has his ~s and downs*** det går upp och ned för honom
**up-and-coming** ['ʌpən'kʌmɪŋ] *a* lovande [*an ~ author*], uppåtgående
**upbringing** ['ʌpˌbrɪŋɪŋ] *s* uppfostran
**update** [ʌp'deɪt] *tr* uppdatera; modernisera
**upgrade** [substantiv 'ʌpgreɪd, verb ʌp'greɪd] **I** *s* stigning; ***be on the ~*** bildl. vara på uppåtgående **II** *tr* **1** befordra **2** uppvärdera
**upheaval** [ʌp'hi:v(ə)l] *s* bildl. omvälvning [*social (political) ~s*]
**upheld** [ʌp'held] se *uphold*
**uphill** ['ʌp'hɪl, adjektiv 'ʌphɪl] **I** *adv* uppåt, uppför backen **II** *s* stigning, uppförsbacke **III** *a* **1** stigande, brant; uppförs- [*an ~ slope*]; ***be ~*** bära uppför **2** bildl. mödosam
**uphold** [ʌp'həʊld] (*upheld upheld*) *tr* **1** upprätthålla, vidmakthålla [*~ discipline*] **2** godkänna, gilla [*~ a verdict*]
**upholder** [ʌp'həʊldə] *s* upprätthållare
**upholster** [ʌp'həʊlstə] *tr* stoppa, klä [*~ a sofa*], madrassera
**upholsterer** [ʌp'həʊlstərə] *s* tapetserare
**upholstery** [ʌp'həʊlstərɪ] *s* **1** möbelstoppning **2** a) möbeltyg, gardintyg, draperityg b) klädsel konkret **3** tapetseraryrke, tapetserararbete
**upkeep** ['ʌpki:p] *s* underhåll; underhållskostnader
**upland** ['ʌplənd] **I** *s*, vanl. pl. *~s* högland **II** *a* högländ; höglands-
**uplift** [verb ʌp'lɪft, substantiv o. adjektiv 'ʌplɪft] **I** *tr* lyfta, höja; bildl. äv. upplyfta **II** *s* **1** höjning **2** vard. uppryckning **III** *a*, ***~ bra*** stöd-bh
**upon** [ə'pɒn] *prep* på etc., jfr *on I*; ***once ~ a time there was*** i sagor det var en gång; [***the forest stretched***] ***for mile ~ mile*** ... mile efter mile
**upper** ['ʌpə] **I** *a* övre, högre; över- [*the ~ jaw (lip)*]; överst; ***the ~ class (classes)*** de högre klasserna, överklassen **II** *s*, pl. *~s* ovanläder
**upper-class** ['ʌpə'klɑ:s] *a* överklass-; överklassig; ***be ~*** vara överklass
**uppercut** ['ʌpəkʌt] *s* boxn. uppercut
**uppermost** ['ʌpəməʊst] **I** *a* allra överst; allra högst; främst, förnämst; ***the thoughts that were ~ in his mind*** vad han mest tänkte på **II** *adv* allra överst; allra högst
**upright** ['ʌpraɪt] **I** *a* **1** upprätt; ***put (set) ~*** resa upp, ställa upp; ***stand ~*** stå rak (upprätt) **2** hederlig **II** *s* **1** stolpe, stötta, pela-

re, post **2** ~ ***piano*** el. ~ piano, pianino **III** *adv* upprätt, rakt upp, lodrätt
**uprising** [ˌʌp'raɪzɪŋ] *s* resning, uppror
**uproar** ['ʌprɔ:] *s* tumult, kalabalik [*the meeting ended in an ~ (in ~)*]
**uproarious** [ʌp'rɔ:rɪəs] *a* **1** tumultartad **2** larmande, vild, uppsluppen **3** vard. helfestlig [*an ~ comedy*]
**uproot** [ʌp'ru:t] *tr* rycka (dra) upp med rötterna
**upset** [verb o. adjektiv ʌp'set, substantiv 'ʌpset] **I** (*upset upset*) *tr* **1** stjälpa, välta [*~ a table*], slå omkull; komma att kantra [*~ the boat*] **2** a) kullkasta, rubba [*~ a p.'s plans*] b) göra upprörd [*the incident ~ her*]; bringa ur fattningen, förarga c) göra illamående; ***the food ~ his stomach*** han tålde inte maten
**II** *s* **1** fysisk el. psykisk rubbning, störning; ***have a stomach ~*** ha krångel med magen **2** sport. skräll
**III** *pp* o. *a* i oordning; kullkastad; upprörd; ***be (feel) ~*** äv. ta illa vid sig [*about* av, över]; ***be emotionally ~*** vara upprörd; ***my stomach is ~*** min mage krånglar
**upsetting** [ʌp'setɪŋ] *a* upprörande
**upshot** ['ʌpʃɒt] *s* resultat, utgång; slut; ***the ~ of the matter was...*** slutet på alltsammans blev...
**upside-down** ['ʌpsaɪ'daʊn] **I** *adv* upp och ned; huller om buller **II** *a* uppochnedvänd
**upstairs** ['ʌp'steəz] *adv* uppför trappan (trapporna), upp [*go ~*]; i övervåningen
**upstanding** [ʌp'stændɪŋ] *a* uppstående [*an ~ collar*]; välväxt [*a fine ~ boy*]
**upstart** ['ʌpstɑ:t] *s* uppkomling, parveny
**upstream** ['ʌp'stri:m] *adv* o. *a* uppför (mot) strömmen; uppåt floden
**upswing** ['ʌpswɪŋ] *s* uppsving; uppåtgående trend
**uptake** ['ʌpteɪk] *s*, ***be quick (slow) on the ~*** ha lätt (svårt) för att fatta
**uptight** ['ʌptaɪt] *a* vard. spänd; nervös [*about* för], skärrad, på helspänn
**up-to-date** ['ʌptə'deɪt] *a* à jour; med sin tid
**up-to-the-minute** ['ʌptəðə'mɪnɪt] *a* fullt modern, toppmodern; helt aktuell; det senaste
**uptown** ['ʌp'taʊn, adjektiv 'ʌptaʊn] *adv* o. *a* amer. till (i, från) norra (övre) delen av stan (stans utkanter)
**upturn** [ʌp'tɜ:n] *tr* vända; vända upp och ned på
**upturned** ['ʌp'tɜ:nd] *a* **1** uppåtvänd; ~ ***nose*** uppnäsa **2** uppochnedvänd
**upward** ['ʌpwəd] *a* uppåtriktad, uppåtvänd [*an ~ glance*]; uppåtgående, stigande
**upwards** ['ʌpwədz] *adv* uppåt, upp; uppför; ***from childhood ~*** alltifrån (ända från) barndomen; ***and ~*** och mer, och däröver
**uranium** [jʊ'reɪnjəm] *s* uran
**Uranus** [jʊ(ə)'reɪnəs] astron., myt. Uranus
**urban** ['ɜ:bən] *a* stads- [*~ population*], tätorts-; stadsmässig
**urbane** [ɜ:'beɪn] *a* belevad, världsvan
**urbanity** [ɜ:'bænətɪ] *s* belevenhet, världsvana
**urbanization** [ˌɜ:bənaɪ'zeɪʃ(ə)n] *s* urbanisering
**urbanize** ['ɜ:bənaɪz] *tr* urbanisera
**urchin** ['ɜ:tʃɪn] *s* rackarunge; gatpojke, gatunge [äv. *street ~*]
**urge** [ɜ:dʒ] **I** *tr* **1** ~ ***on (onward)*** driva på, påskynda **2** försöka övertala, enträget be, anmoda **II** *s* stark längtan [*feel an ~ to travel*]; begär, drift
**urgency** ['ɜ:dʒənsɪ] *s* brådskande natur; ***a matter of great ~*** ett mycket brådskande ärende
**urgent** ['ɜ:dʒ(ə)nt] *a* brådskande, angelägen; ***the matter is ~*** äv. saken brådskar; ~ ***telegram*** iltelegram; ***be in ~ need of*** vara i trängande behov av
**urgently** ['ɜ:dʒ(ə)ntlɪ] *adv*, ***food is ~ needed (required)*** det finns ett trängande behov av mat
**urinal** [jʊə'raɪnl, amer. 'jʊrənl] *s* **1** ***bed ~*** uringlas **2** ***public ~*** el. ~ pissoar
**urinate** ['jʊərɪneɪt] *itr* kasta vatten, urinera
**urine** ['jʊərɪn] *s* urin
**urn** [ɜ:n] *s* urna; gravurna
**Uruguay** ['jʊərʊgwaɪ]
**Uruguayan** [jʊərə'gwaɪən] **I** *s* uruguayare **II** *a* uruguaysk
**US, U.S.** ['ju:'es] **I** (förk. för *United States*) *s* **1** ***the ~*** USA **2** attributivt Förenta Staternas, USA:s, amerikansk **II** förk. för *Uncle Sam*
**us** [ʌs, obetonat əs, s] *pers pron* (objektsform av *we*) **1** oss **2** vi, oss [*they are younger than ~*] **3** vard. för *our*; ***she likes ~ singing*** [***her to sleep***] hon tycker om att vi sjunger... **4** vard. mig [*give ~ a piece*]
**USA, U.S.A.** ['ju:es'eɪ] (förk. för *United States of America*) *s*, ***the ~*** USA
**usable** ['ju:zəbl] *a* användbar, brukbar
**usage** ['ju:zɪdʒ, 'ju:sɪdʒ] *s* **1** behandling, hantering [*rough ~*] **2** språkbruk **3** vedertaget bruk **4** användning

**use** [substantiv ju:s, verb: betydelse *1* o. *2* ju:z, betydelse *3* ju:s] **I** *s* **1** användning, begagnande, bruk; nytta; ***make ~ of*** använda, begagna sig av, utnyttja; ***directions for ~*** bruksanvisning; ***be in ~*** vara i bruk; ***be (go) out of ~*** vara (komma) ur bruk **2** nytta, gagn, fördel; ***what's the ~?*** vad tjänar det till?; ***be of ~*** vara (komma) till nytta; ***be of no ~*** el. ***be no ~*** inte gå att använda, vara till ingen nytta; ***he is no ~*** han duger ingenting till, han är värdelös; ***it is (there is) no ~ trying*** det tjänar ingenting till (det är ingen idé) att försöka **3 a)** ***lose the ~ of one eye*** bli blind på ena ögat; ***lose the ~ of one's legs*** förlora rörelseförmågan i benen **b)** ***room with ~ of kitchen*** rum med tillgång till (del i) kök

**II** *tr itr* **1** använda, begagna, bruka, nyttja [*as* som; *for* till, för; som, i stället för; *to* + infinitiv till (för) att + infinitiv]; utnyttja [*he ~s people*]; ***~ force*** bruka våld; ***may I ~ your telephone?*** får jag låna din telefon? **2** ***~ up*** el. ~ förbruka, göra slut på, uttömma **3 a)** ***used to*** ['ju:stə, 'ju:stʊ] brukade [*he used to say*]; ***there used to be...*** förr fanns det...; ***he used to smoke a pipe*** han brukade röka pipa; ***things are not what they used to be*** det är inte längre som förr **b)** i nekande satser: ***he used not (usen't, didn't ~) to be like that*** han brukade inte vara sådan

**used** [betydelse *1* ju:zd, betydelse *2* ju:st] *a* o. *pp* **1** använd, begagnad [*~ cars*]; ***hardly ~*** nästan som ny **2** ***~ to*** van vid [*he is ~ to hard work*]; ***you'll soon be (get) ~ to it*** du blir snart van vid det, du vänjer dig snart

**useful** ['ju:sf(ʊ)l] *a* **1** nyttig [*to a p.* för ngn; *for a th.* till ngt]; användbar, lämplig, bra [*to a p.* för ngn; *for a th.* till ngt]; ***come in ~*** komma väl (bra) till pass, komma till nytta **2** vard. skaplig [*he's a ~ goalkeeper*]

**usefulness** ['ju:sf(ʊ)lnəs] *s* nytta, gagn; nyttighet; användbarhet, lämplighet

**useless** ['ju:sləs] *a* **1** onyttig, oduglig; oanvändbar, obrukbar; värdelös **2** lönlös, gagnlös, fruktlös [*~ attempts*]

**user** ['ju:zə] *s* förbrukare, konsument; ***road ~*** vägtrafikant; ***telephone ~*** telefonabonnent

**usher** ['ʌʃə] **I** *s* vaktmästare, platsanvisare på t. ex. bio, teater; rättstjänare i rättslokal **II** *tr* **1** föra, ledsaga, visa [*in; into, to*] **2** ***~ in*** bildl. inleda, inviga

**usherette** [ˌʌʃə'ret] *s* platsanviserska på t. ex. bio, teater

**USSR, U.S.S.R.** ['ju:eses'ɑ:] (förk. för *Union of Soviet Socialist Republics*) *s*, ***the ~*** Sovjet

**usual** ['ju:ʒʊəl] *a* vanlig, bruklig; [***he came late,***] ***as ~...*** som vanligt; ***as is ~*** [***in our family***] som det brukas..., som vanligt...

**usually** ['ju:ʒʊəlɪ] *adv* vanligtvis, vanligen; ***more than ~ hot*** varmare än vanligt

**usurer** ['ju:ʒərə] *s* ockrare, procentare

**usurp** [ju:'zɜ:p] *tr* tillskansa sig, bemäktiga sig, tillvälla sig [*~ power*]

**usurper** [ju:'zɜ:pə] *s* troninkräktare; inkräktare

**usury** ['ju:ʒərɪ] *s* ocker

**utensil** [ju:'tensl] *s* redskap, verktyg; pl. *~s* äv. utensilier; ***cooking ~s*** kokkärl; ***household (kitchen) ~s*** hushållsredskap, köksredskap

**uterus** ['ju:tərəs] *s* livmoder, uterus

**utilitarian** [ˌju:tɪlɪ'teərɪən] *a* nytto- [*~ morality*], nyttighets- [*~ principle*]

**utility** [ju:'tɪlətɪ] *s* **1** praktisk nytta, användbarhet; nyttighet **2** ***public ~*** el. ~ a) affärsdrivande verk, statligt (kommunalt) affärsverk b) samhällsservice, allmän nyttighet; ***public ~ company*** allmännyttigt företag **3** nyttig, praktisk, funktionell

**utilization** [ˌju:tɪlaɪ'zeɪʃ(ə)n] *s* utnyttjande

**utilize** ['ju:tɪlaɪz] *tr* utnyttja, dra nytta av

**utmost** ['ʌtməʊst] **I** *a* ytterst, störst [*with the ~ care*] **II** *s*, ***the ~*** det yttersta; ***do one's ~*** göra sitt yttersta

**Utopia** [ju:'təʊpjə] *s* utopi

**Utopian** [ju:'təʊpjən] *a* utopisk, verklighetsfrämmande

**1 utter** ['ʌtə] *a* fullständig [*an ~ denial*], fullkomlig, total [*~ darkness*], yttersta [*~ misery*]

**2 utter** ['ʌtə] *tr* **1** ge ifrån sig, utstöta [*~ a cry*]; få fram; uttala, artikulera [*~ sounds*] **2** yttra, uttala [*the last words he uttered*]; uttrycka

**utterance** ['ʌtər(ə)ns] *s* uttalande, yttrande; ***give ~ to*** ge uttryck åt

**utterly** ['ʌtəlɪ] *adv* fullständigt, fullkomligt

**U-turn** ['ju:tɜ:n] *s* **1** U-sväng **2** bildl. helomvändning

# V

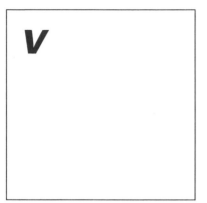

**V, v** [vi:] *s* V, v; *V sign* V-tecken
**vac** [væk] *s* vard. kortform för *vacation*
**vacancy** ['veɪkənsɪ] *s* vakans; ledig plats
**vacant** ['veɪk(ə)nt] *a* **1** tom [~ *seat*], ledig [~ *room*; ~ *situation* (plats)], vakant **2** frånvarande, uttryckslös [~ *smile*]
**vacantly** ['veɪk(ə)ntlɪ] *adv*, *stare* ~ stirra frånvarande
**vacate** [və'keɪt] *tr* flytta ifrån (ur), utrymma, lämna
**vacation** [və'keɪʃ(ə)n] *s* **1** ferier, lov [*the Christmas* ~]; *the long (summer)* ~ sommarlovet; *be on* ~ ha ferier (lov); speciellt amer. ha semester **2** utrymning av t. ex. bostad, utflyttning
**vaccinate** ['væksɪneɪt] *tr* vaccinera
**vaccination** [ˌvæksɪ'neɪʃ(ə)n] *s* vaccinering
**vaccine** ['væksi:n] *s* vaccin
**vacillate** ['væsɪleɪt] *itr* vackla, tveka
**vacillation** [ˌvæsɪ'leɪʃ(ə)n] *s* vacklan, vacklande; vankelmod
**vacuum** ['vækjʊəm] **I** *s* vakuum, tomrum; lufttomt rum; ~ *cleaner* dammsugare; ~ *flask* termosflaska **II** *tr itr* vard. dammsuga
**vacuum-clean** ['vækjʊəmkli:n] *tr itr* dammsuga
**vacuum-packed** ['vækjʊəmpækt] *a* vakuumförpackad
**vagabond** ['vægəbɒnd] **I** *a* kringflackande [~ *life*], vagabond- **II** *s* vagabond; landstrykare, lösdrivare; odåga
**vagina** [və'dʒaɪnə] *s* anat. slida, vagina
**vague** [veɪg] *a* vag, oklar, obestämd [~ *outlines*]; *I haven't the vaguest (the vaguest idea)* jag har inte den ringaste aning; *a* ~ *recollection* ett dunkelt (svagt) minne
**vaguely** ['veɪglɪ] *adv* vagt, oklart, obestämt; *the name is* ~ *familiar* namnet förefaller bekant
**vain** [veɪn] *a* **1** gagnlös, fåfäng; *in* ~ förgäves **2** fåfäng, flärdfull
**vainglorious** [ˌveɪn'glɔ:rɪəs] *a* inbilsk, högfärdig, skrytsam
**vainglory** [veɪn'glɔ:rɪ] *s* inbilskhet, högfärd, skrytsamhet
**vainness** ['veɪnnəs] *s* **1** fåfänglighet; *the* ~ *of the attempt* det fruktlösa i försöket **2** fåfänga, egenkärlek
**Valentine** ['væləntaɪn] **I** egennamn; *St. Valentine's Day* Sankt Valentins dag 14 febr., alla hjärtans dag **II** *s*, *valentine* a) valentin, valentinfästmö, valentinfästman utkorad på Valentindagen b) valentinbrev
**valerian** [və'lɪərɪən] *s* bot. valeriana
**valet** ['vælɪt] **I** *s* **1** kammartjänare, betjänt **2** klädserviceman på hotell **3** ~ *stand* el. ~ herrbetjänt möbel **II** *tr* **1** passa upp **2** sköta om kläderna åt
**valiant** ['væljənt] *a* tapper, modig
**valid** ['vælɪd] *a* giltig; *be* ~ äv. gälla; *become* ~ vinna laga kraft; ~ *reasons* vägande skäl
**validity** [və'lɪdətɪ] *s* giltighet
**valise** [və'li:z] *s* liten resväska
**valium** ['vælɪəm] *s* ® farm. Valium
**valley** ['vælɪ] *s* dal, dalgång
**valorous** ['vælərəs] *a* tapper, dristig
**valour** ['vælə] *s* tapperhet, dristighet
**valuable** ['væljʊəbl] **I** *a* värdefull, dyrbar [*to* för]; värderad **II** *s*, vanl. pl. ~*s* värdesaker
**valuation** [ˌvæljʊ'eɪʃ(ə)n] *s* **1** värdering [~ *of a property*], uppskattning **2** värde, värderingsbelopp
**value** ['vælju:] **I** *s* **1** värde; valör; *exchange* ~ bytesvärde; *have a sentimental* ~ ha affektionsvärde; *at its full* ~ till sitt (dess) fulla värde; *of (to) the* ~ *of* till ett värde (belopp) av; *good* ~ *for money* bra valuta för pengarna **2** valör, innebörd **3** pl. ~*s* värderingar [*moral* ~*s*] **II** *tr* värdera, uppskatta, taxera [*at* till]; bildl. äv. sätta värde på; ~ *highly (dearly)* sätta stort värde på
**value-added** ['væljʊˌædɪd] *a*, ~ *tax* mervärdesskatt, moms
**valued** ['vælju:d] *a* värderad, högt skattad, aktad, ärad
**valueless** ['væljʊləs] *a* värdelös
**valve** [vælv] *s* **1** tekn. ventil, klaff; *over-*

*head* ~ toppventil **2** anat. hjärtklaff **3** *radio* ~ el. ~ radiorör
**1 vamp** [væmp] *tr itr* improvisera; mus. improvisera ett ackompanjemang
**2 vamp** [væmp] *s* vard., kvinna vamp
**vampire** ['væmpaɪə] *s* vampyr, blodsugare
**1 van** [væn] *s* **1** täckt transportbil, skåpbil, varubil [äv. *delivery* ~]; flyttbil [äv. *furniture* ~] **2** järnv. resgodsvagn [äv. *luggage* ~]; godsvagn; *guard's* ~ konduktörskupé **3** *police* ~ transitbuss, piket; *recording* ~ film., TV. inspelningsbuss, radio. reportagebil
**2 van** [væn] *s* se *vanguard*
**3 van** [væn] *s* vard., i tennis fördel; ~ *in* fördel in (servaren); ~ *out* fördel ut (mottagaren)
**vandal** ['vænd(ə)l] *s* vandal
**vandalism** ['vændəlɪz(ə)m] *s* vandalism
**vandalize** ['vændəlaɪz] *tr* vandalisera
**vane** [veɪn] *s* vindflöjel; kvarnvinge; blad på t. ex. propeller
**vanguard** ['vængɑ:d] *s* mil. förtrupp, tät; *be in the* ~ *of* gå i spetsen (täten) för
**vanilla** [və'nɪlə] *s* vanilj; ~ *custard* vaniljkräm; vaniljsås; ~ *ice (ice-cream)* vaniljglass
**vanish** ['vænɪʃ] *itr* försvinna [*into* i]; *vanishing cream* dagkräm, puderunderlag
**vanishing** ['vænɪʃɪŋ] *s* försvinnande; ~ *act* borttrollningsnummer; ~ *trick* borttrollningstrick
**vanity** ['vænətɪ] *s* **1** fåfänga [*injure (wound) a p.'s* ~] **2** fåfänglighet, fåfänga **3** ~ *bag (case)* a) sminkväska, necessär b) aftonväska
**vanquish** ['væŋkwɪʃ] *tr* övervinna, besegra
**vapid** ['væpɪd] *a* fadd, smaklös; duven; bildl. andefattig, platt [*a* ~ *conversation*]
**vaporize** ['veɪpəraɪz] *tr itr* förvandla till ånga; vaporisera; avdunsta
**vaporizer** ['veɪpəraɪzə] *s* avdunstningsapparat; sprej apparat, spridare
**vapour** ['veɪpə] *s* ånga; imma; dunst
**variable** ['veərɪəbl] *a* växlande [~ *winds*], varierande [~ *standards*], föränderlig; ombytlig [~ *mood*], ostadig [~ *weather*]
**variance** ['veərɪəns] *s*, *be at* ~ a) om personer vara oense b) om t. ex. åsikter gå isär
**variant** ['veərɪənt] *s* variant; variantform
**variation** [ˌveərɪ'eɪʃ(ə)n] *s* variation, förändring
**varicose** ['værɪkəs] *a* med. varikös; pl. ~ *veins* åderbråck kollektivt
**varied** ['veərɪd] *a* växlande, varierande, skiftande
**variety** [və'raɪətɪ] *s* **1** omväxling, ombyte, variation; ~ *is the spice of life* ombyte förnöjer; *by way of* ~ som omväxling **2** mångfald, rikedom; *for a* ~ *of reasons* av en mängd olika skäl **3** sort, slag, form, typ **4** ~ *entertainment* el. ~ *show* varieté, revy; ~ *turn* varieténummer
**various** ['veərɪəs] *a* **1** olika [~ *types*], olikartad, olikartade **2** åtskilliga, diverse, flera [*for* ~ *reasons*]
**varnish** ['vɑ:nɪʃ] **I** *s* fernissa; lack [*nail-varnish*]; lackering **II** *tr* fernissa [äv. ~ *over*]; lacka, lackera [~ *one's nails*]
**vary** ['veərɪ] *tr itr* **1** variera, ändra; växla, skifta [*his mood varies from day to day*] **2** vara olik [*from a th.* ngt]; skilja sig
**varying** ['veərɪɪŋ] *a* växlande, varierande, skiftande, olika
**vase** [vɑ:z, amer. veɪs, veɪz] *s* vas
**vaseline** ['væsəli:n] *s* ® vaselin
**vast** [vɑ:st] *a* vidsträckt, omfattande, väldig, oerhörd; *the* ~ *majority* det överväldigande flertalet
**vastly** ['vɑ:stlɪ] *adv* oerhört, oändligt, vard. kolossalt, väldigt
**vastness** ['vɑ:stnəs] *s* vidsträckthet, väldighet, vidd, stor omfattning
**VAT** ['vi:eɪ'ti:, væt] *s* (förk. för *value-added tax*) moms
**vat** [væt] *s* stort fat [*a wine* ~]; kar
**Vatican** ['vætɪkən] *s*, *the* ~ Vatikanen
**vaudeville** ['vəʊdəvɪl] *s* speciellt amer., ~ *show* el. ~ varieté, revy
**1 vault** [vɔ:lt] **I** *s* valv; källarvalv; gravvalv; kassavalv **II** *tr* välva; perfekt particip *vaulted* välvd [*a vaulted roof*]; med välvt tak [*a vaulted chamber*]
**2 vault** [vɔ:lt] **I** *itr* hoppa upp, svinga sig upp [~ *into* (upp i) *the saddle*]; hoppa (svinga sig) över **II** *s* språng, stavhopp
**vaulting-horse** ['vɔ:ltɪŋhɔ:s] *s* gymn. bygelhäst
**vaulting-pole** ['vɔ:ltɪŋpəʊl] *s* stav till stavhopp
**V.D.** ['vi:'di:] (förk. för *venereal disease*) VS
**'ve** [v] = *have* [*I've, they've, we've; you've*]
**veal** [vi:l] *s* kalvkött; *roast* ~ kalvstek; ~ *cutlet* kalvschnitzel; kalvkotlett
**veer** [vɪə] *itr tr* **1** om vind ändra riktning, svänga om speciellt medsols [äv. ~ *round*] **2** om fartyg ändra kurs, gira **3** bildl. svänga, slå om **4** vända [~ *a ship*]
**veg** [vedʒ] vard. för *vegetable, vegetables*

**vegetable** ['vedʒətəbl] **I** *a* vegetabilisk [~ *food*]; grönsaks- [*a* ~ *diet*]; växt- [~ *fibre*]; ***the*** ~ ***kingdom*** växtriket; ~ ***marrow*** pumpa, kurbits; ~ ***oil*** vegetabilisk olja **II** *s* **1** grönsak; köksväxt; ~ ***garden*** köksträdgård; ~ ***market*** grönsakstorg **2** vard., om person hjälplöst kolli, paket
**vegetarian** [ˌvedʒɪ'teərɪən] **I** *s* vegetarian **II** *a* vegetarisk
**vegetate** ['vedʒɪteɪt] *itr* **1** om växt växa, utveckla sig **2** föra ett enformigt liv
**vegetation** [ˌvedʒɪ'teɪʃ(ə)n] *s* vegetation; växtlighet
**vehemence** ['vi:əməns] *s* häftighet
**vehement** ['vi:əmənt] *a* häftig, våldsam
**vehicle** ['vi:ɪkl] *s* **1** fordon; åkdon, vagn; farkost [*space* ~] **2** bildl. uttrycksmedel; medium, språkrör
**veil** [veɪl] **I** *s* **1** slöja, flor; ***take the*** ~ ta doket, bli nunna **2** bildl. täckmantel **II** *tr* beslöja, skyla, dölja; perfekt particip ***veiled*** äv. dold, förstucken [*a veiled threat*]
**vein** [veɪn] *s* **1** anat. ven, blodåder **2** åder, ådra äv. bildl. [*a* ~ *of coal (water)*]; geol. malmgång; malmåder **3** nerv i t.ex. blad; ådra i t.ex. trä, sten **4** stämning, humör; ***be in the (the right)*** ~ vara upplagd, vara i den rätta stämningen; ***in a jocular (humorous)*** ~ a) på skämthumör b) på skämt **5** stil [*remarks in the same* ~]
**velocity** [və'lɒsətɪ] *s* hastighet [*the* ~ *of light*]
**velour, velours** [və'lʊə] *s* velour, velur; plysch; bomullssammet
**velvet** ['velvət] *s* sammet
**velvety** ['velvətɪ] *a* sammetslen
**vendetta** [ven'detə] *s* vendetta, blodshämnd
**veneer** [və'nɪə] **I** *tr* snickeri fanera **II** *s* **1** snickeri faner; fanerskiva **2** bildl. fasad, yttre sken [*a* ~ *of respectability*]
**venerable** ['venərəbl] *a* vördnadsvärd, ärevördig
**venerate** ['venəreɪt] *tr* ära, vörda
**veneration** [ˌvenə'reɪʃ(ə)n] *s* vördnad [*of* för]; ***hold (have) in*** ~ hålla i ära, vörda
**venereal** [vɪ'nɪərɪəl] *a* venerisk, köns- [~ *disease*]
**Venetian** [və'ni:ʃ(ə)n] **I** *a* venetiansk [~ *glass*]; ~ ***blind*** persienn **II** *s* venetianare
**Venezuela** [ˌvene'zweɪlə]
**Venezuelan** [ˌvene'zweɪlən] **I** *s* venezuelan **II** *a* venezuelansk
**vengeance** ['vendʒ(ə)ns] *s* **1** hämnd; ***take*** ~ ***on a p.*** ta hämnd på ngn **2** ***with a*** ~ vard. så det förslår (förslog)
**Venice** ['venɪs] Venedig
**venison** ['venɪsn] *s* kok. rådjurskött, hjortkött, älgkött; rådjursstek, hjortstek, älgstek
**venom** ['venəm] *s* gift
**venomous** ['venəməs] *a* giftig
**vent** [vent] **I** *s* **1** a) lufthål, springa b) rökgång **2** bildl. utlopp, fritt lopp [*give* ~ *(free* ~*) to one's feelings*] **II** *tr* ge fritt lopp åt [~ *one's bad temper*]; ösa ut [~ *one's anger on* (över) *a p.*]; vädra, lufta [*she vented her grievance*]
**vent-hole** ['venthəʊl] *s* lufthål, ventilationsöppning; rökhål
**ventilate** ['ventɪleɪt] *tr* ventilera, vädra; ge uttryck åt [~ *one's feelings*]
**ventilating** ['ventɪleɪtɪŋ] *a* ventilations-; ~ ***shaft*** lufttrumma
**ventilation** [ˌventɪ'leɪʃ(ə)n] *s* ventilation, luftväxling
**ventilator** ['ventɪleɪtə] *s* rumsventil; ventilationsanordning, fläkt
**ventriloquism** [ven'trɪləkwɪz(ə)m] *s* buktaleri, buktalarkonst
**ventriloquist** [ven'trɪləkwɪst] *s* buktalare; ***ventriloquist's dummy*** buktalardocka
**ventriloquy** [ven'trɪləkwɪ] *s* buktaleri, buktalarkonst
**venture** ['ventʃə] **I** *s* **1** vågstycke, vågspel; satsning **2** hand. spekulation **3** försök [*at* till] **II** *tr itr* **1** våga, satsa [~ *one's life*]; riskera, sätta på spel; ***nothing*** ~, ***nothing gain (have, win)*** den intet vågar han intet vinner **2** våga, försöka [~ *a guess*]; ta risker, våga sig [*I won't* ~ *a step further*; ~ *too far out*]; ~ ***to*** våga, ta sig friheten att [*I* ~ *to suggest*]
**venue** ['venju:] *s* mötesplats; sport. tävlingsplats; fotb. m. m. spelplats
**Venus** ['vi:nəs] astron., myt. Venus
**veracity** [və'ræsətɪ] *s* sannfärdighet
**veranda, verandah** [və'rændə] *s* veranda
**verb** [vɜ:b] *s* verb
**verbal** ['vɜ:b(ə)l] *a* **1** ord-; i ord; verbal [~ *ability*]; språklig [~ *error*] **2** muntlig [*a* ~ *agreement*]
**verbally** ['vɜ:bəlɪ] *adv* muntligt; ordagrant
**verbiage** ['vɜ:bɪɪdʒ] *s* ordflöde, svada
**verbose** [vɜ:'bəʊs] *a* mångordig
**verbosity** [vɜ:'bɒsətɪ] *s* mångordighet
**verdict** ['vɜ:dɪkt] *s* jurys utslag; ~ ***of acquittal*** friande dom; ***bring in (return) a*** ~ fälla utslag, avge dom; ***the jury brought in a*** ~ ***of guilty*** juryns utslag lydde på skyldig
**verdigris** ['vɜ:dɪgrɪs] *s* ärg

**1 verge** [vɜːdʒ] **I** *s* **1** kant, rand [*the ~ of a cliff*], brädd **2** bildl. brant [*on the ~ of ruin*], rand; ***be on the ~ of doing a th.*** vara på vippen att göra ngt; ***on the ~ of tears*** gråtfärdig **3** gräskant; vägkant, vägren **II** *itr*, *~* ***on*** gränsa till
**2 verge** [vɜːdʒ] *itr* luta; böja sig, vrida
**verger** [ˈvɜːdʒə] *s* kyrkvaktmästare
**verifiable** [verɪˈfaɪəbl] *a* bevislig; möjlig att verifiera; kontrollerbar
**verification** [ˌverɪfɪˈkeɪʃ(ə)n] *s* bekräftande, bestyrkande, verifikation; bekräftelse [*of* av]; kontroll
**verify** [ˈverɪfaɪ] *tr* bekräfta, bestyrka; verifiera; kontrollera
**veritable** [ˈverɪtəbl] *a* formlig, veritabel
**vermicelli** [ˌvɜːmɪˈselɪ] *s* vermiceller slags tunna spaghetti
**vermin** [ˈvɜːmɪn] (pl. lika) *s* skadeinsekt, ohyra; bildl. pack, ohyra
**vermouth** [ˈvɜːməθ] *s* vermut, vermouth
**vernacular** [vəˈnækjʊlə] *s*, ***in the ~*** på vanligt vardagsspråk
**versatile** [ˈvɜːsətaɪl, amer. ˈvɜːsətl] *a* mångsidig [*a ~ writer*], mångkunnig, allsidig
**versatility** [ˌvɜːsəˈtɪlətɪ] *s* mångsidighet, allsidighet
**verse** [vɜːs] *s* **1** vers, poesi [*prose and ~*]; ***a volume of ~*** en diktsamling **2** strof, vers **3** versrad
**versed** [vɜːst] *a*, *~* ***in*** bevandrad i
**versify** [ˈvɜːsɪfaɪ] *itr* skriva vers, dikta
**version** [ˈvɜːʃ(ə)n] *s* version, framställning, tolkning; ***screen ~*** filmatisering; ***stage ~*** scenbearbetning
**versus** [ˈvɜːsəs] *prep* sport. mot [*Arsenal ~ (v.) Spurs*]
**vertebra** [ˈvɜːtɪbrə] (pl. *vertebrae* [ˈvɜːtɪbriː]) *s* ryggkota
**vertebrate** [ˈvɜːtɪbrət] *s* ryggradsdjur
**vertical** [ˈvɜːtɪk(ə)l] *a* vertikal, lodrät
**vertigo** [ˈvɜːtɪgəʊ] *s* svindel, yrsel, vertigo
**verve** [vɜːv] *s* schvung, fart, kläm
**very** [ˈverɪ] **I** *adv* **1** mycket; ***not ~*** inte så värst, inte så vidare [*not ~ interesting*]; ***~ much more*** betydligt mer **2** ***the ~ next day*** redan nästa dag; ***the ~ same place*** precis samma plats; ***it is my ~ own*** den är helt min egen **3** framför superlativ allra [*the ~ first day*]; ***at the ~ least*** allra minst
**II** *a* **1** efter ***the (this, that, his osv..)***: **a)** själva, själv; ***in the ~ act*** på bar gärning; ***in the ~ centre*** i själva centrum; ***the ~ idea of it*** blotta tanken på det **b)** just den (det) rätta, precis [*he is the ~ man I want*], alldeles; ***before our ~ eyes*** mitt för ögonen på oss; ***the ~ opposite*** raka motsatsen **c)** till och med [*his ~ children bully him*] **d)** redan [*at the ~ beginning*]; just [*at that ~ moment*]; ända [*from the ~ beginning*] **2** allra [*I did my ~ utmost*]
**vessel** [ˈvesl] *s* **1** kärl äv. anat. [*blood-vessel*]; ***empty ~s make the greatest noise*** tomma tunnor skramlar mest **2** fartyg
**vest** [vest] *s* undertröja; amer. väst
**vested** [ˈvestɪd] *a*, *~* ***interest*** ekon. kapitalintresse; ***they have a ~ interest in it*** bildl. det ligger i deras intresse
**vestibule** [ˈvestɪbjuːl] *s* vestibul, farstu, hall, entré
**vestige** [ˈvestɪdʒ] *s* spår [*of* av, efter]
**vestment** [ˈvestmənt] *s* kyrkl. skrud; mässhake
**vestry** [ˈvestrɪ] *s* sakristia
**vet** [vet] vard. **I** *s* (kortform för *veterinary, veterinary surgeon*) veterinär, djurläkare **II** *tr* undersöka, kolla [*~ a report*], kritiskt granska
**veteran** [ˈvetər(ə)n] *s* veteran
**veterinarian** [ˌvetərɪˈneərɪən] *s* veterinär
**veterinary** [ˈvetərɪnərɪ] **I** *a* veterinär- [*~ science*]; *~* ***surgeon*** veterinär **II** *s* veterinär
**veto** [ˈviːtəʊ] **I** (pl. *vetoes*) *s* veto; ***right of ~*** vetorätt **II** *tr* inlägga veto mot
**vex** [veks] *tr* förarga; besvära
**vexation** [vekˈseɪʃ(ə)n] *s* förargelse
**vexatious** [vekˈseɪʃəs] *a* förarglig
**vexed** [vekst] *a* **1** förargad **2** omtvistad, omstridd [*a ~ question*]
**via** [ˈvaɪə] *prep* via, över
**viaduct** [ˈvaɪədʌkt] *s* viadukt
**vibrant** [ˈvaɪbr(ə)nt] *a* vibrerande
**vibraphone** [ˈvaɪbrəfəʊn] *s* vibrafon
**vibrate** [vaɪˈbreɪt] *itr* vibrera; skälva; skaka; speciellt fys. svänga
**vibration** [vaɪˈbreɪʃ(ə)n] *s* vibration
**vibrator** [vaɪˈbreɪtə] *s* vibrator, massageapparat, äv. massagestav
**vicar** [ˈvɪkə] *s* kyrkoherde
**vicarage** [ˈvɪkərɪdʒ] *s* prästgård
**1 vice** [vaɪs] *s* last [*virtues and ~s*]; ***the ~ squad*** sedlighetsroteln
**2 vice** [vaɪs] *s* skruvstäd
**vice-chairman** [ˌvaɪsˈtʃeəmən] *s* vice ordförande
**vice-president** [ˌvaɪsˈprezɪd(ə)nt] *s* **1** a) vicepresident b) vice ordförande **2** amer. vice verkställande direktör
**vice versa** [ˌvaɪsɪˈvɜːsə] *adv* vice versa

**vicinity** [vɪ'sɪnətɪ] *s* grannskap, omgivning, trakt; ***in the ~ of*** i trakten (närheten) av
**vicious** ['vɪʃəs] *a* illvillig [*~ gossip, a ~ blow*]; elak, ond, arg; ilsken [*a ~ temper*]; argsint [*a ~ dog*]; ***~ circle*** ond cirkel
**vicissitude** [vɪ'sɪsɪtju:d] *s* växling, förändring; ***the ~s of life*** livets skiften
**victim** ['vɪktɪm] *s* offer; ***be the (a) ~ of*** vara (falla) offer för
**victimization** [ˌvɪktɪmaɪ'zeɪʃ(ə)n] *s* diskriminering; trakasserande; mobbning
**victimize** ['vɪktɪmaɪz] *tr* **1** göra till offer, offra **2** trakassera; mobba
**victor** ['vɪktə] *s* segrare, segerherre
**Victorian** [vɪk'tɔ:rɪən] **I** *a* viktoriansk från (karakteristisk för) drottning Viktorias tid 1837-1901 [*the ~ age (period)*] **II** *s* viktorian
**victorious** [vɪk'tɔ:rɪəs] *a* segrande, segerrik; ***be ~*** segra
**victory** ['vɪktərɪ] *s* seger; ***gain (win) a ~ over*** äv. segra över
**victual** ['vɪtl] *s*, pl. ***~s*** livsmedel, proviant
**video** ['vɪdɪəʊ] **I** *s* video **II** *a* video- [*~ cartridge (tape-recorder)*]
**videocassette** [ˌvɪdɪəʊkə'set] *s* videokassett
**videoplayer** ['vɪdɪəʊˌpleɪə] *s* videobandspelare
**videotape** ['vɪdɪəʊteɪp] **I** *s* videoband **II** *tr* videobanda
**Vienna** [vɪ'enə] **I** Wien **II** *a* wiener-
**Viennese** [ˌvɪə'ni:z] **I** *a* wiensk, wien-; ***~ waltz*** wienervals **II** (pl. lika) *s* wienare
**Vietnam** [ˌvjet'næm]
**Vietnamese** [ˌvjetnə'mi:z] **I** *a* vietnamesisk **II** *s* **1** (pl. lika) vietnames **2** vietnamesiska språket
**view** [vju:] **I** *s* **1** syn, anblick; synhåll; sikte; sikt [*block* (skymma) *the ~*]; ***take a long ~ of the matter*** betrakta saken på lång sikt **2** utsikt, vy **3 a)** synpunkt [*on, of* på], uppfattning, åsikt [*on, of* om]; syn [*on, of* på] **b)** ***point of ~*** synpunkt, synvinkel; ståndpunkt □ **in** ~ i sikte; ***in my ~*** a) i min åsyn b) enligt min uppfattning (mening); ***in ~ of*** a) inom synhåll för b) i betraktande av, med hänsyn till [*in ~ of the financial situation*]; ***in full ~ of*** fullt synlig för, mitt framför; ***come* into ~** komma inom synhåll (i sikte); ***be* on ~** vara till beskådande, vara utställd; **out of** ~ utom synhåll, ur sikte; **with *a ~ to*** med sikte på, med ... i sikte; ***with a ~ to doing a th.*** i avsikt (syfte) att göra ngt
**II** *tr* bese; betrakta, se på, se [*~ the matter in the right light*]; ***~ TV*** se (titta) på TV
**viewer** ['vju:ə] *s* åskådare; TV-tittare
**view-finder** ['vju:ˌfaɪndə] *s* foto. sökare
**viewing** ['vju:ɪŋ] *s* tittande; TV-tittande; ***~ hours (time)*** TV. sändningstid
**viewpoint** ['vju:pɔɪnt] *s* **1** synpunkt; synvinkel [*from* (ur) *this ~*]; ståndpunkt **2** utsiktspunkt
**vigil** ['vɪdʒɪl] *s* vaka; ***keep (keep a) ~ over*** vaka hos
**vigilance** ['vɪdʒɪləns] *s* vaksamhet
**vigilant** ['vɪdʒɪlənt] *a* vaksam
**vigilante** [ˌvɪdʒɪ'læntɪ] *s* speciellt i USA medlem av ett medborgargarde
**vigorous** ['vɪgərəs] *a* kraftig, kraftfull; energisk; spänstig
**vigour** ['vɪgə] *s* kraft, styrka, kraftfullhet; spänstighet, vigör; energi
**Viking** ['vaɪkɪŋ] *s* viking
**vile** [vaɪl] *a* usel; lumpen; avskyvärd; vidrig
**villa** ['vɪlə] *s* villa speciellt i förort el. på kontinenten, sommarvilla
**village** ['vɪlɪdʒ] *s* by
**villager** ['vɪlɪdʒə] *s* bybo, byinvånare
**villain** ['vɪlən] *s* **1** bov, skurk **2** vard. rackare, busunge [*you* (din) *little ~!*]
**villainous** ['vɪlənəs] *a* skurkaktig, bovaktig
**villainy** ['vɪlənɪ] *s* skurkaktighet; ondska
**vim** [vɪm] *s* vard. kraft, energi; kläm
**vindicate** ['vɪndɪkeɪt] *tr* **1** försvara, rättfärdiga **2** frita, fria **3** hävda, förfäkta [*~ a right*]
**vindictive** [vɪn'dɪktɪv] *a* hämndlysten
**vindictiveness** [vɪn'dɪktɪvnəs] *s* hämndlystnad
**vine** [vaɪn] *s* **1** vin växt; vinranka, vinstock **2** ranka [*hop-vine*]; slingerväxt
**vinegar** ['vɪnɪgə] *s* ättika
**vinegary** ['vɪnɪgərɪ] *a* sur som ättika; vresig
**vine-grower** ['vaɪnˌgrəʊə] *s* vinodlare
**vineyard** ['vɪnjəd] *s* vingård
**vintage** ['vɪntɪdʒ] **I** *s* årgång av vin [*rare old ~s*] **II** *a* av gammal fin årgång, gammal fin [*~ brandy*]
**vinyl** ['vaɪnɪl] *s* kem. vinyl; ***~ acetate*** vinylacetat; ***~ chloride*** vinylklorid
**1 viola** [vɪ'əʊlə] *s* mus. altfiol, viola
**2 viola** ['vaɪələ, vaɪ'əʊlə] *s* odlad viol
**violate** ['vaɪəleɪt] *tr* **1** kränka [*~ a treaty*], bryta mot [*~ a principle*], överträda [*~ the law*] **2** inkräkta på [*~ a p.'s privacy*] **3** vanhelga, skända; våldta

**violation** [ˌvaɪəˈleɪʃ(ə)n] *s* **1** kränkning, överträdelse **2** störande intrång [~ *of* (i) *a p.'s privacy*] **3** vanhelgande, skändning; våldtäkt
**violence** [ˈvaɪələns] *s* **1** våldsamhet, häftighet **2** våld [*I had to use* ~]; yttre våld [*no marks* (spår) *of* ~]; våldsamheter, oroligheter; ***act of*** ~ våldsdåd; ***robbery with*** ~ våldsrån
**violent** [ˈvaɪələnt] *a* våldsam, häftig, stark, svår [*a* ~ *headache*], kraftig [~ *noise*]
**violet** [ˈvaɪələt] **I** *s* **1** viol **2** violett [*dressed in* ~] **II** *a* violett
**violin** [ˌvaɪəˈlɪn] *s* fiol, violin
**violin-bow** [ˌvaɪəˈlɪnbəʊ] *s* fiolstråke
**violin-case** [ˌvaɪəˈlɪnkeɪs] *s* fiollåda
**violinist** [ˈvaɪəlɪnɪst] *s* violinist
**violoncellist** [ˌvaɪələnˈtʃelɪst] *s* violoncellist
**violoncello** [ˌvaɪələnˈtʃeləʊ] *s* violoncell
**V.I.P.** [ˌviːaɪˈpiː] *s* (förk. för *Very Important Person*) VIP, högdjur, höjdare
**viper** [ˈvaɪpə] *s* huggorm; bildl. orm, skurk
**virgin** [ˈvɜːdʒɪn] **I** *s* jungfru, oskuld; ***the Blessed Virgin Mary*** jungfru Maria; ***the Blessed (Holy) Virgin*** den heliga jungfrun **II** *a* jungfrulig; jungfru- [*a* ~ *speech (voyage)*]; obefläckad, kysk; orörd, obeträdd; ~ ***soil*** jungfrulig (orörd) mark
**virginity** [vəˈdʒɪnətɪ] *s* jungfrulighet, jungfrudom, mödom, oskuld
**Virgo** [ˈvɜːgəʊ] astrol. Virgo, Jungfrun
**virile** [ˈvɪraɪl, amer. ˈvɪr(ə)l] *a* manlig, viril
**virility** [vɪˈrɪlətɪ] *s* manlighet, virilitet
**virtual** [ˈvɜːtʃʊəl] *a* verklig, faktisk
**virtually** [ˈvɜːtʃʊəlɪ] *adv* faktiskt, i realiteten; så gott som [*he is* ~ *unknown*]
**virtue** [ˈvɜːtjuː] *s* dygd; ***a woman of easy*** ~ en lättfärdig kvinna
**virtuosity** [ˌvɜːtjʊˈɒsətɪ] *s* virtuositet
**virtuoso** [ˌvɜːtjʊˈəʊzəʊ] *s* virtuos
**virtuous** [ˈvɜːtʃʊəs] *a* dygdig
**virulent** [ˈvɪrʊlənt] *a* giftig; elakartad
**virus** [ˈvaɪərəs] *s* virus; smittämne
**visa** [ˈviːzə] **I** *s* visum; ***entrance (entry)***~ inresevisum; ***exit*** ~ utresevisum **II** *tr* visera [*get one's passport visaed*]
**viscount** [ˈvaɪkaʊnt] *s* viscount näst lägsta rangen inom engelska högadeln
**viscous** [ˈvɪskəs] *a* viskös, trögflytande
**visibility** [ˌvɪzɪˈbɪlətɪ] *s* **1** synlighet **2** meteor. sikt [*poor* (dålig) ~]; ***improved*** ~ siktförbättring; ***reduced*** ~ siktförsämring
**visible** [ˈvɪzəbl] *a* synlig [*to* för]; tydlig
**vision** [ˈvɪʒ(ə)n] *s* **1** syn [*it has improved his* ~]; synförmåga **2** syn, vision, drömbild; uppenbarelse **3** ***a man of*** ~ en klarsynt man
**visionary** [ˈvɪʒənərɪ] *s* visionär; drömmare
**visit** [ˈvɪzɪt] **I** *tr itr* besöka; göra besök (visit) hos, hälsa ˈpå; vara på besök i (på); gå på, frekventera [~ *pubs*]; vara på (avlägga) besök **II** *s* besök, visit [*to a p.* hos ngn; *to* (i) *a town*]; ***pay (make) a*** ~ ***to a p.*** göra (avlägga) besök hos ngn; ***be on a*** ~ vara på besök [*to a p.* hos ngn; *to* (i) *Italy*]
**visitation** [ˌvɪzɪˈteɪʃ(ə)n] *s* hemsökelse
**visiting** [ˈvɪzɪtɪŋ] **I** *s* besök, besökande; visit, visiter; ~ ***hours*** besökstid **II** *a* besökande; främmande, gästande [*a* ~ *team*]; ~ ***lecturer*** gästföreläsare; ~ ***nurse*** distriktssköterska
**visiting-card** [ˈvɪzɪtɪŋkɑːd] *s* visitkort
**visitor** [ˈvɪzɪtə] *s* besökare, besökande; gäst [*summer* ~*s*]; resande; pl. ~***s*** äv. främmande [*have* ~*s*]; ***visitors' book*** gästbok
**visor** [ˈvaɪzə] *s* **1** mösskärm, skärm **2** solskydd i bil
**vista** [ˈvɪstə] *s* **1** utsikt, fri sikt, perspektiv, panorama **2** framtidsperspektiv
**visual** [ˈvɪzjʊəl] *a* **1** syn- [*the* ~ *nerve*]; visuell [~ *aids* (hjälpmedel) *in teaching*]; ~ ***impression*** synintryck; ~ ***inspection (examination)*** okulärbesiktning **2** synlig [~ *objects*]
**visualization** [ˌvɪzjʊəlaɪˈzeɪʃ(ə)n] *s* åskådliggörande, visualisering
**visualize** [ˈvɪzjʊəlaɪz] *tr* åskådliggöra [~ *a scheme*], frammana en klar bild av [~ *a scene*]; tydligt föreställa sig
**vital** [ˈvaɪtl] **I** *a* **1** livsviktig, vital [~ *organs*]; livskraftig; ~ ***force*** livskraft; ~ ***statistics*** a) befolkningsstatistik b) skämts. byst-, midje- och höftmått på t.ex. skönhetsdrottning, former **2** väsentlig, absolut nödvändig; trängande [*a* ~ *necessity*] **II** *s*, pl. ~***s*** ädlare delar, vitala delar
**vitality** [vaɪˈtælətɪ] *s* vitalitet, livskraft, liv
**vitalize** [ˈvaɪtəlaɪz] *tr* vitalisera, ge liv åt
**vitamin** [ˈvɪtəmɪn] *s* vitamin
**vitaminize** [ˈvɪtəmɪnaɪz] *tr* vitaminisera
**vivacious** [vɪˈveɪʃəs] *a* livlig; pigg
**vivacity** [vɪˈvæsətɪ] *s* livlighet, livfullhet
**vivid** [ˈvɪvɪd] *a* livlig [*a* ~ *imagination*], levande [*a* ~ *personality*], om färg äv. ljus, glad, klar; intensiv
**vivisect** [ˌvɪvɪˈsekt] *tr* företa vivisektion på, vivisekera
**vivisection** [ˌvɪvɪˈsekʃ(ə)n] *s* **1** vivisektion **2** bildl. dissekering, minutiös analys

**vixen** ['vɪksn] *s* **1** rävhona **2** ragata, häxa
**V-neck** ['vi:nek] *s* V-ringning, V-skärning
**vocabulary** [və'kæbjʊlərɪ] *s* ordförråd, vokabulär; ordlista, gloslista, glosbok
**vocal** ['vəʊkl] *a* **1** röst- [~ *organ*]; sång- [~ *exercise*]; mus. vokal- [~ *music*] **2** högljudd [~ *protests*]
**vocalist** ['vəʊkəlɪst] *s* vokalist
**vocalize** ['vəʊkəlaɪz] *tr itr* artikulera, uttala; sjunga
**vocation** [və'keɪʃ(ə)n] *s* kallelse [*follow one's* ~]; kall; ***he mistook his*** ~ han valde fel bana
**vocational** [və'keɪʃ(ə)nl] *a* yrkesmässig; yrkes- [*a* ~ *school*]; ~ ***guidance*** yrkesvägledning; ~ ***training school*** fackskola, yrkesskola
**vociferous** [və'sɪfərəs] *a* högljudd
**vodka** ['vɒdkə] *s* vodka
**vogue** [vəʊg] *s* mode; ***it's all the*** ~ det är högsta mode
**voice** [vɔɪs] **I** *s* **1** röst, stämma; sångröst; talan; ***give*** ~ ***to*** ge uttryck åt; ***raise one's*** ~ höja rösten (tonen); ***have a*** ~ ***in the matter*** ha (få) ett ord med i laget; ***I have no*** ~ ***in this matter*** jag har ingen talan i den här saken **2** gram., verbs huvudform; ***in the active (passive)*** ~ i aktiv (passiv) form **II** *tr* **1** uttala; uttrycka **2** fonet. uttala (göra) tonande
**voiced** [vɔɪst] *a* fonet. tonande [~ *consonants*]
**voiceless** ['vɔɪsləs] *a* fonet. tonlös [~ *consonants*]
**void** [vɔɪd] **I** *a* **1** tom **2** ~ ***of*** blottad på, utan [~ *of interest*] **3** speciellt jur. ogiltig **II** *s* tomrum; vakuum
**volatile** ['vɒlətaɪl, amer. 'vɒlətl] *a* **1** fys. flyktig [~ *oil*] **2** bildl. flyktig, ombytlig, labil
**volcanic** [vɒl'kænɪk] *a* vulkanisk
**volcano** [vɒl'keɪnəʊ] *s* vulkan
**vole** [vəʊl] *s* sork; åkersork
**volition** [və'lɪʃ(ə)n] *s* vilja; viljekraft; ***of one's own*** ~ av fri vilja
**volley** ['vɒlɪ] **I** *s* **1** mil., bildl. salva, skur [*a* ~ *of arrows*]; ***a*** ~ ***of applause*** en applådåska **2** sport. volley; volleyretur **II** *tr* **1** avlossa en salva (skur) **2** sport. slå på volley [~ *a ball*]
**volleyball** ['vɒlɪbɔ:l] *s* volleyboll
**volt** [vəʊlt] *s* elektr. volt
**voltage** ['vəʊltɪdʒ] *s* elektr. spänning i volt
**volte-face** ['vɒlt'fɑ:s] *s* helomvändning
**voluble** ['vɒljʊbl] *a* talför, munvig
**volume** ['vɒlju:m] *s* **1** volym, band, del [*in five* ~*s*]; ***speak (express)*** ~***s*** bildl. tala sitt tydliga språk **2** volym; kubikinnehåll; omfång **3** radio., mus. volym, ljudstyrka
**voluminous** [və'lju:mɪnəs] *a* omfångsrik; omfattande, vidlyftig
**voluntary** ['vɒləntrɪ] *a* frivillig
**volunteer** [ˌvɒlən'tɪə] **I** *s* frivillig [*an army of* ~*s*]; volontär **II** *itr tr* **1** frivilligt anmäla sig [*for* till] **2** frivilligt erbjuda [~ *one's services*], frivilligt lämna [~ *information*]
**voluptuous** [və'lʌptjʊəs] *a* vällustig; fyllig [*a* ~ *figure*], yppig
**vomit** ['vɒmɪt] **I** *tr itr* kräkas upp, kasta upp, spy; kräkas **II** *s* kräkning, kräkningsanfall; spyor
**voracious** [və'reɪʃəs] *a* glupsk, rovgirig
**voracity** [vɒ'ræsətɪ] *s* glupskhet, rovgirighet
**votary** ['vəʊtərɪ] *s* anhängare [*of* av]
**vote** [vəʊt] **I** *s* **1** röst vid t. ex. votering; ***cast (give, record) one's*** ~ avge (avlämna) sin röst; ***casting*** ~ utslagsröst; ***he won by 20*** ~***s*** han vann med 20 rösters övervikt (marginal) **2** röster [*the women's* ~]; röstetal, röstsiffra **3** omröstning, votering, röstning; ***popular*** ~ folkomröstning; ***have the*** ~ ha rösträtt; ***put a th. to the*** ~ låta ngt gå till votering; ***take a*** ~ rösta [*on* om]; ~ ***of censure (of no confidence)*** misstroendevotum [*on* mot]; ***pass (move) a*** ~ ***of censure*** ställa misstroendevotum; ***he proposed a*** ~ ***of thanks to...*** han föreslog att man skulle uttala sitt tack till...
**II** *itr tr* **1** rösta [*old enough to* ~]; rösta för **2** bevilja [~ *a grant* (anslag)], anslå [~ *an amount for* (för, till) *a th.*] **3** ~ ***Liberal*** rösta med (på) liberalerna **4** ***they voted the trip a success*** de var eniga om att resan hade varit lyckad
**vote-catching** ['vəʊtˌkætʃɪŋ] *s* röstfiske
**voter** ['vəʊtə] *s* röstande, röstberättigad; väljare
**voting** ['vəʊtɪŋ] *s* röstning, votering, val; ~ ***by ballot*** sluten omröstning
**voting-paper** ['vəʊtɪŋˌpeɪpə] *s* valsedel
**vouch** [vaʊtʃ] *itr*, ~ ***for*** garantera, ansvara för, gå i god (borgen) för
**voucher** ['vaʊtʃə] *s* **1** kupong [*luncheon* ~], turistkupong; rabattkupong; ***gift*** ~ el. ~ presentkort **2** kvitto; bong
**vow** [vaʊ] **I** *s* högtidligt löfte; ~ ***of chastity*** kyskhetslöfte; ***make a*** ~ avlägga ett löfte; ***take*** ~***s (the*** ~***s)*** avlägga klosterlöfte **II** *tr* lova högtidligt, svära, svära på
**vowel** ['vaʊ(ə)l] *s* vokal
**voyage** ['vɔɪɪdʒ] **I** *s* sjöresa; färd genom

luften el. i rymden **II** *itr tr* resa till sjöss, färdas genom t. ex. luften, resa (färdas) på (över)
**voyager** ['vɔɪədʒə] *s* resande, sjöfarare
**voyeur** [vwɑ:'jɜ:] *s* voyeur, fönstertittare
**V-sign** ['vi:saɪn] *s* förk. för *victory-sign* v-tecken segertecken
**VSOP** förk. för *Very Superior Old Pale* beteckning för finare cognac
**vulcanize** ['vʌlkənaɪz] *tr* vulkanisera, vulka
**vulgar** ['vʌlgə] *a* **1** vulgär; tarvlig; oanständig **2** vanlig, allmän **3** mat., ~ ***fraction*** allmänt (vanligt) bråk
**vulgarity** [vʌl'gærətɪ] *s* vulgaritet
**vulnerability** [,vʌlnərə'bɪlətɪ] *s* sårbarhet
**vulnerable** ['vʌlnərəbl] *a* sårbar [*to* för], ömtålig, känslig [*a* ~ *spot*]; utsatt [*a* ~ *position*]
**vulture** ['vʌltʃə] *s* zool. gam

# W

**W, w** ['dʌblju:] *s* W, w
**W.** (förk. för *west, western*) V
**wad** [wɒd] **I** *s* bunt, packe; sedelbunt [äv. ~ *of banknotes*] **II** *tr* vaddera, stoppa; ***wadded quilt*** vadderat täcke
**wadding** ['wɒdɪŋ] *s* **1** vaddering, vaddstoppning **2** vadd; cellstoff
**waddle** ['wɒdl] *itr* vagga, rulta
**wade** [weɪd] *itr* **1** vada; pulsa (traska) fram [~ *through the mud*] **2** vard., ~ ***in*** sätta i gång, hugga i; ~ ***into*** a) ta itu med, hugga i med b) gå lös på, kasta sig över; ~ ***through*** plöja igenom
**wafer** ['weɪfə] *s* **1** rån **2** oblat, hostia
**1 waffle** ['wɒfl] *s* våffla
**2 waffle** ['wɒfl] *itr* vard. svamla, dilla
**wag** [wæg] **I** *tr itr* vifta på (med) [*the dog wagged its tail*], vippa på (med), vicka på (med) [~ *one's foot*], höta med [~ *one's finger at* (åt) *ap.*]; vifta [*the dog's tail wagged*], vippa, vagga; ~ ***one's tongue*** bildl. pladdra; ***set tongues wagging*** bildl. sätta fart på skvallret **II** *s* **1** viftning [*a* ~ *of* (på) *the tail*], vippande, vaggande **2** skämtare
**wage** [weɪdʒ] **I** *s*, vanl. pl. ~***s*** lön, avlöning speciellt veckolön för arbetare; ***weekly*** ~***s*** veckolön; ~ ***bracket*** lönenivå, lönegrupp, löneklass; ~ ***demand*** lönekrav; ~ ***dispute*** lönekonflikt; ~ ***drift*** löneglidning; ~ ***freeze*** lönestopp; ~ ***packet*** lönekuvert; ~ ***restraint*** löneåterhållsamhet; ~ ***talks*** löneförhandlingar **II** *tr* utkämpa [~ *a battle; against (on)* mot]; ~ ***war*** föra krig
**wage-earner** ['weɪdʒ,ɜ:nə] *s* löntagare

**wager** ['weɪdʒə] **I** *s* vad; insats; ***lay (make) a*** ~ hålla (slå) vad [*on* om, *that* om att] **II** *tr* slå (hålla) vad om; satsa, sätta [~ *10 pounds*]
**waggle** ['wægl] **I** *tr* vifta (vippa, vicka) på (med) **II** *s* viftning, vippande, vickande [*with a ~ of the hips*]
**waggon** ['wægən] *s* se *wagon*
**wagon** ['wægən] *s* **1** lastvagn, transportvagn; höskrinda; järnv. öppen godsvagn; ***covered*** ~ a) täckt godsvagn b) prärievagn **2** amer. vard. polispiket; ***the*** ~ äv. Svarta Maja fångtransportvagn **3** vard., ***go on the*** ~ spola kröken sluta med spriten
**wagon-lit** [ˌvægn'li:] (pl. *wagons-lit* [uttal = sing.] el. *wagon-lits* [ˌvægn'li:z]) *s* sovvagn; sovkupé
**wagtail** ['wægteɪl] *s* sädesärla
**waif** [weɪf] *s* föräldralöst (hemlöst) barn
**wail** [weɪl] **I** *itr* **1** klaga, jämra sig **2** om t.ex. vind tjuta, vina **II** *s* högljudd klagan, jämmer
**wainscot** ['weɪnskət] **I** *s* panel, panelning, boasering **II** *tr* panela, boasera
**waist** [weɪst] *s* midja, liv
**waist-band** ['weɪstbænd] *s* **1** linning; kjollinning, byxlinning; midjeband **2** gördel, skärp
**waistcoat** ['weɪstkəʊt] *s* väst
**waist-deep** ['weɪst'di:p] *a* o. *adv* upp (ända) till midjan [*he stood ~ in the water*]
**waist-high** ['weɪst'haɪ] *a* o. *adv* till midjan
**waistline** ['weɪstlaɪn] *s* midja [*a neat ~*]
**wait** [weɪt] **I** *itr tr* **1** vänta; dröja; stanna; ***you ~!*** vänta du bara! hotelse; ***keep a p. waiting*** el. ***make a p.*** ~ låta ngn vänta; ***everything comes to those who*** ~ ungefär den som väntar på något gott väntar aldrig för länge; ***that can*** ~ det är inte så bråttom med det; ~ ***to*** + infinitiv a) vänta för att [*we waited to see what would happen*] b) vänta på att; ***he couldn't ~ to get there*** han kunde inte komma dit snabbt nog **2** passa upp, servera **3** vänta på; ~ ***one's opportunity*** avvakta (vänta på) ett lämpligt tillfälle; ***you must ~ your turn*** du får vänta tills det blir din tur **4** vänta med; ***don't ~ dinner for me*** vänta inte på mig med middagen □ ~ **at** *table* passa upp vid bordet, servera; ~ **for** vänta på, avvakta; ~ **on** passa upp, servera; betjäna, expediera [~ *on a customer*]
**II** *s* **1** väntan [*for* på], väntetid, paus; ***we had a long ~ for the bus*** vi fick vänta länge på bussen **2** ***lie in ~ for*** ligga i bakhåll för
**wait-and-see** ['weɪtən'si:] *a*, ***pursue a ~ policy*** inta en avvaktande hållning
**waiter** ['weɪtə] *s* kypare, uppassare, servitör; *~!* vaktmästarn!
**waiting** ['weɪtɪŋ] *s* **1** väntan; ***play a ~ game*** inta en avvaktande hållning **2** trafik., ***No Waiting!*** Förbud att stanna fordon stoppförbud
**waiting-list** ['weɪtɪŋlɪst] *s* väntelista
**waiting-room** ['weɪtɪŋrʊm] *s* väntrum, väntsal
**waitress** ['weɪtrəs] *s* servitris, uppasserska; *~!* fröken!
**waive** [weɪv] *tr* avstå från [~ *one's right*], uppge [~ *one's claim*]; ~ ***aside*** vifta bort
**1 wake** [weɪk] (*woke woken*) *itr tr*, ~ ***up*** el. ~ vakna, vakna upp; väcka [*the noise woke me (woke me up)*], väcka upp; bildl. väcka, sätta liv i; ~ ***up to*** bildl. väcka till insikt om
**2 wake** [weɪk] *s*, ***in the ~ of a p.*** el. ***in a p.'s*** ~ i ngns kölvatten; ***bring in one's*** ~ medföra, dra med sig
**wakeful** ['weɪkf(ʊ)l] *a* **1** vaken; sömnlös **2** vaksam
**waken** ['weɪk(ə)n] *tr itr*, ~ ***up*** el. ~ väcka
**Wales** [weɪlz] egennamn, ***the Prince of*** ~ prinsen av Wales titel för den brittiske tronföljaren
**walk** [wɔ:k] **I** *itr tr* **1** gå; promenera, vandra, flanera; ~ ***on all fours*** gå på alla fyra **2** om t.ex. spöken gå igen, spöka **3** gå (promenera, vandra, flanera) på (i); gå av och an (fram och tillbaka) i (på) [~ *the deck*]; ~ ***it*** vard. gå till fots; ~ ***the streets*** a) gå (promenera) på gatorna b) om prostituerad gå på gatan **4** vard. följa, gå med [~ *a girl home*] □ ~ **about** gå (promenera etc.) omkring i (på); ~ **away a)** gå sin väg, avlägsna sig **b)** ~ ***away with*** vard. knycka stjäla [~ *away with the silver*]; vinna [*he walked away with the first prize*]; ~ **in** gå (träda) in, stiga in (på); ~ **into** gå in (ner, upp) i; ~ **off** gå sin väg; ~ **on** gå 'på, gå (vandra) vidare; ~ **out a)** gå ut; gå ut och gå **b)** gå i strejk **c)** ~ ***out on*** vard. gå ifrån, lämna [*they walked out on the meeting*], ge på båten [*he has walked out on her*], lämna i sticket; ~ **up** a) gå (stiga) upp (uppför) b) gå (stiga) fram [*to* till]
**II** *s* **1** promenad; fotvandring; ***it is only ten minutes'*** ~ det tar bara tio minuter att gå; ***go out for (take) a*** ~ el. ***go for a*** ~ gå ut och gå (promenera); ***take (take out) the dog for a*** ~ gå ut med hunden, valla hunden **2** sport. gångtävling; ***20 km.*** ~ 20 km gång **3** [*I know him*] ***by his*** ~ ... på hans sätt att

gå **4** promenadtakt; ***at a*** ~ i skritt; gående **5** promenadväg, gångväg, allé **6** ~ ***of life*** samhällsställning, samhällsgrupp, samhällsklass
**walkie-talkie** [ˌwɔ:kɪ'tɔ:kɪ] *s* walkie-talkie
**walking** ['wɔ:kɪŋ] **I** *s* **1** gående; fotvandringar, promenader; ~ ***is good exercise*** att gå är bra motion; ~ ***distance*** gångavstånd; ***at a*** ~ ***pace*** i skritt; gående **2** sport. gång **II** *a* gående, gång-; ***a*** ~ ***dictionary (encyclopedia)*** ett levande lexikon
**walking-shoe** ['wɔ:kɪŋʃu:] *s* promenadsko
**walking-stick** ['wɔ:kɪŋstɪk] *s* promenadkäpp
**walk-on** ['wɔ:kɒn] *a* teat. statist- [*a ~ part*]
**walkout** ['wɔ:kaʊt] *s* **1** strejk **2** uttåg i protest från t. ex. sammanträde
**walkover** ['wɔ:kˌəʊvə] *s* **1** sport. walkover; promenadseger **2** bildl. enkel match (sak)
**wall** [wɔ:l] **I** *s* mur; vägg; befästningsmur; ~ ***bars*** gymn. ribbstol; ***come (be) up against a brick (stone, blank)*** ~ bildl. köra (ha kört) fast; ***drive (send) up the*** ~ sl. driva till vansinne, göra galen; ***have one's back to the*** ~ bildl. vara ställd mot väggen; ***put (stand) a p. up against a*** ~ bildl. ställa ngn mot väggen; ***run (bang) one's head against a brick (stone)*** ~ bildl. köra huvudet i väggen **II** *tr,* ~ ***in*** omge (förse) med en mur
**wallet** ['wɒlɪt] *s* plånbok
**wallflower** ['wɔ:lˌflaʊə] *s* **1** bot. lackviol **2** vard. panelhöna
**wallop** ['wɒləp] **I** *tr* vard. klå upp, ge stryk; slå till [*~ a ball*] **II** *s* vard. slag, smocka **III** *adv* med en duns
**wallow** ['wɒləʊ] *itr* **1** vältra (rulla) sig [*pigs wallowing in the mire*] **2** bildl., ~ ***in*** vältra (vräka) sig i [*~ in luxury*], frossa i
**wall-painting** ['wɔ:lˌpeɪntɪŋ] *s* väggmålning, fresk
**wallpaper** ['wɔ:lˌpeɪpə] **I** *s* tapet, tapeter **II** *tr* tapetsera
**wall-plug** ['wɔ:lplʌg] *s* elektr. stickpropp
**wall-socket** ['wɔ:lˌsɒkɪt] *s* elektr. vägguttag
**Wall Street** ['wɔ:lstri:t] gata i New York, där börsen är belägen; ***on*** ~ äv. på den amerikanska börsen
**wall-to-wall** ['wɔ:ltʊ'wɔ:l] *a,* ~ ***carpet*** heltäckningsmatta
**walnut** ['wɔ:lnʌt] *s* valnöt
**walrus** ['wɔ:lrəs] *s* valross
**waltz** [wɔ:ls] **I** *s* vals dans, valsmelodi **II** *itr* **1** dansa vals, valsa **2** vard. dansa [*she waltzed into the room*]; ***he waltzed off with the first prize*** han tog lätt hem första priset
**wan** [wɒn] *a* glåmig; matt, blek
**wand** [wɒnd] *s* trollstav, trollspö
**wander** ['wɒndə] *itr* **1** ~ el. ~ ***about*** vandra (ströva) omkring; om t. ex. blick, hand glida, fara, gå [*over* över]; ***his attention wandered*** hans tankar började vandra **2** ~ ***away (off)*** gå vilse; ~ ***from the subject (point)*** gå (komma) ifrån ämnet; ***his mind is wandering*** han yrar
**wanderer** ['wɒndərə] *s* vandrare
**wandering** ['wɒndərɪŋ] **I** *s* vandring; pl. ~***s*** vandringar; kringflackande **II** *a* kringvandrande; kringflackande [*lead a ~ life*]
**wane** [weɪn] **I** *itr* **1** avta [*his strength is waning*], minska, minskas, försvagas **2** om t. ex. månen avta, vara i avtagande **II** *s,* ***on the*** ~ i avtagande, på tillbakagång; ***the moon is on the*** ~ månen är i nedan (i avtagande)
**wangle** ['wæŋgl] vard. **I** *tr itr* fiffla med; mygla till sig [*~ an invitation to a party*]; fiffla, tricksa; mygla **II** *s,* ***a*** ~ fiffel, mygel
**want** [wɒnt] **I** *s* **1** brist, avsaknad; ~ ***of*** brist på **2** speciellt pl. ~***s*** behov; önskningar; ***supply (meet) a long-felt*** ~ fylla ett länge känt behov **3** nöd [*freedom from ~*]; ***be in*** ~ lida nöd
**II** *tr itr* **1** vilja [*we can stay at home if you ~*]; vilja ha [*do you ~ some bread?*], önska sig [*what do you ~ for Christmas?*]; sökes [*cook wanted*]; ***I don't ~ it said that...*** jag vill inte att man ska säga att...; ***how much do you ~ for...?*** hur mycket begär du för...?; ***what do you ~ from (of) me?*** vad begär du av mig?, vad vill du mig? **2** behöva; ***it ~s doing*** det behöver göras; ***it ~s some doing*** det är ingen lätt sak; ***it ~s doing*** [***with great care***] det måste (bör) göras... **3** böra [*you ~ to be more careful*] **4** sakna, inte ha [*he ~s the will to do it*] **5** opersonligt, ***it ~s very little*** det fattas mycket litet **6** vilja tala med [*tell Bob I ~ him*]; ***you are wanted on the phone*** det är telefon till dig; ***wanted by the police*** efterlyst av polisen
**wanting** ['wɒntɪŋ] *a* o. *pres p,* ***be*** ~ saknas, fattas; ***be*** ~ ***in*** sakna [*be ~ in intelligence*], brista i [*be ~ in respect*]
**wanton** ['wɒntən] **I** *a* godtycklig; meningslös [*~ destruction*]; hänsynslös [*a ~ attack*] **II** *s* lättfärdig kvinna, slinka
**war** [wɔ:] **I** *s* krig; kamp [*the ~ against disease*]; ***civil*** ~ inbördeskrig; ~ ***crimes***

krigsförbrytelser; ~ ***criminal*** krigsförbrytare; ~ ***memorial*** krigsmonument; ~ ***of nerves*** nervkrig; ***declare*** ~ förklara krig [*on, against* mot]; ***make (wage)*** ~ föra krig [*on* mot]; ***go to*** ~ börja krig [*against, with* mot, med] **II** *itr* kriga, föra krig [*against* mot]

**warble** ['wɔ:bl] **I** *tr itr* speciellt om fåglar kvittra, drilla **II** *s* fågels sång, kvitter, drill

**war-cloud** ['wɔ:klaʊd] *s* bildl. krigsmoln

**war-cry** ['wɔ:kraɪ] *s* **1** stridsrop **2** bildl. slagord, paroll

**ward** [wɔ:d] **I** *s* avdelning, sal, rum på t. ex. sjukhus; ***casualty*** ~ olycksfallsavdelning på sjukhus; ***maternity*** ~ BB-avdelning, förlossningsavdelning; ***private*** ~ enskilt rum **II** *tr,* ~ ***off*** avvärja, parera [~ *off a blow*]; avvända [~ *off a danger*], avstyra

**war-dance** ['wɔ:dɑ:ns] *s* krigsdans

**warden** ['wɔ:dn] *s* föreståndare; uppsyningsman; ***air-raid*** ~ ungefär ordningsman vid civilförsvaret; ***traffic*** ~ trafikvakt, kvinnlig äv. lapplisa

**warder** ['wɔ:də] *s* fangvaktare

**wardrobe** ['wɔ:drəʊb] *s* **1** a) garderob [äv. *built-in* ~], klädkammare b) klädskåp **2** samling kläder garderob [*renew one's* ~]

**ware** [weə] *s,* pl. ~*s* varor [*advertise one's* ~*s*], småartiklar

**warehouse** ['weəhaʊs] *s* lager, varuupplag, magasin, nederlag

**warfare** ['wɔ:feə] *s* krig, krigföring; krigstillstånd

**warhead** ['wɔ:hed] *s* stridsdel, stridsspets i robot [*nuclear* ~], stridsladdning

**war-horse** ['wɔ:hɔ:s] *s* vard. **1** veteran **2** om teaterpjäs gammalt slagnummer

**warily** ['weərəlɪ] *adv* varsamt, försiktigt

**wariness** ['weərɪnəs] *s* varsamhet, försiktighet

**warlike** ['wɔ:laɪk] *a* **1** krigisk, stridslysten, stridbar **2** krigs- [~ *preparations*]

**warm** [wɔ:m] **I** *a* **1** varm **2** obehaglig, otrevlig; besvärlig; [***he left***] ***when things started to get*** ~ ... när det började osa katt **3** i lek, ***you're getting*** ~ det bränns

**II** *tr itr* **1** värma, värma upp [~ *the milk*]; ~ ***up*** värma upp äv. sport. **2** bli varm (varmare); värmas, värmas upp; värma sig; ~ ***to (towards) a p.*** bli vänligare stämd mot ngn; ~ ***to one's subject*** gå upp i sitt ämne, tala sig varm för sin sak; ~ ***up*** a) värmas upp, bli varm [*the engine is warming up*] b) bildl. bli varm i kläderna; tala sig varm c) sport. värma upp sig

**warm-blooded** [ˌwɔ:m'blʌdɪd] *a* varmblodig

**warmonger** ['wɔ:ˌmʌŋgə] *s* krigshetsare

**warmth** [wɔ:mθ] *s* värme

**warm-up** ['wɔ:mʌp] *s* sport. uppvärmning

**warn** [wɔ:n] *tr itr* **1** varna [*a p. of (about) a th.* ngn för ngt; *a p. against a p. (a th.)* ngn för ngn (ngt)]; ***he warned me against going*** el. ***he warned me not to go*** han varnade mig för att gå; ~ ***against (about, of)*** varna för, slå larm om **2** varsla, varsko, förvarna [*of* om; *that* om att]; ~ ***a p. off a th.*** avvisa ngn från ngt

**warning** ['wɔ:nɪŋ] *s* **1** varning **2** förvarning, varsel [*of* om]; ***give a p. a fair*** ~ varna (varsko) ngn i tid

**warp** [wɔ:p] *tr itr* göra skev (vind); snedvrida; bli skev (vind)

**war-paint** ['wɔ:peɪnt] *s* krigsmålning

**war-path** ['wɔ:pɑ:θ] *s,* ***on the*** ~ på krigsstigen, på stridshumör

**warped** [wɔ:pt] *a* **1** skev, vind **2** bildl. depraverad [*a* ~ *mind*]

**war-plane** ['wɔ:pleɪn] *s* krigsflygplan

**warrant** ['wɒr(ə)nt] **I** *s* **1** speciellt jur. a) fullmakt, befogenhet, bemyndigande b) skriven order; ~ ***of arrest*** el. ~ häktningsorder; ***a*** ~ ***is out against him*** han är efterlyst av polisen **2** grund [*he had no* ~ *for saying so*], stöd **3** garanti [*of* för]; bevis [*of* på] **II** *tr* **1** berättiga, rättfärdiga [*nothing can* ~ *such insolence*]; motivera **2** garantera [*warranted 22 carat gold*]; ansvara (stå) för, gå i god för

**warranty** ['wɒrəntɪ] *s* garanti

**warren** ['wɒr(ə)n] *s* kaningård

**warrior** ['wɒrɪə] *s* krigare; ***the Unknown Warrior*** den okände soldaten

**Warsaw** ['wɔ:sɔ:] Warszawa

**warship** ['wɔ:ʃɪp] *s* krigsfartyg, örlogsfartyg

**wart** [wɔ:t] *s* vårta; utväxt

**wart-hog** ['wɔ:thɒg] *s* vårtsvin

**wartime** ['wɔ:taɪm] *s* krigstid

**wary** ['weərɪ] *a* varsam, försiktig; på sin vakt; ***be*** ~ ***of*** akta sig för

**was** [wɒz, obetonat wəz] ***I*** ~, ***he/she/it*** ~ jag var, han/hon/den/det var; se vidare *be*

**wash** [wɒʃ] **I** *tr itr* **1** tvätta; skölja, spola; ~ ***the dishes*** diska; ~ ***oneself*** tvätta sig; ~ ***one's hands of*** bildl. ta sin hand ifrån, inte vilja ha något att göra med; ***I*** ~ ***my hands of it*** bildl. jag tvår mina händer; ~ ***one's dirty linen in public*** bildl. tvätta sin smutsiga byk offentligt **2** om t. ex. vågor a) skölja mot, spola in över b) spola, skölja [~ *overboard*] **3** tvätta sig; tvätta av sig **4** om t. ex. tyg gå att tvätta, tåla tvätt [*a material that will* ~] **5** vard., ***it won't*** ~ det håller inte; den gubben går inte **6** om vatten m. m. skölja □ ~ **ashore** spola (spolas) i land; ~ **away** a) tvätta (spola, skölja) bort b) urholka, urgröpa [*the cliffs had been washed away by the sea*]; ~ **down** a) tvätta, spola av [~ *down a car*] b) skölja ned [~ *down the food with beer*]; ~ **off** a) tvätta bort (av) [~ *off stains*] b) gå bort i tvätten c) sköljas (spolas) bort; ~ **out** tvätta (skölja) ur; tvätta (skölja) upp [~ *out clothes*]; ***feel washed out*** vard. känna sig urlakad; ~ **up a)** diska; diska av **b)** om vågor skölja (spola) upp **c)** vard., ***washed up*** slut, färdig

**II** *s* **1** tvättning, tvagning; ***give the car a good*** ~ tvätta (spola) av bilen ordentligt; ***have a*** ~ tvätta av sig; ***have a*** ~ ***and brush up*** snygga till sig **2** a) tvättning av kläder b) tvättkläder c) tvättinrättning; ***it will come out in the*** ~ a) det går bort i tvätten b) bildl. det kommer att ordna upp sig **3** svallvåg speciellt efter båt, skvalp; kölvatten

**washable** ['wɒʃəbl] *a* tvättbar, tvättäkta

**wash-and-wear** ['wɒʃənd'weə] *a* som går att tvätta (dropptorka) och ta på

**wash-basin** ['wɒʃ,beɪsn] *s* handfat, tvättfat

**wash-board** ['wɒʃbɔ:d] *s* tvättbräde

**washbowl** ['wɒʃbəʊl] *s* handfat, tvättfat

**washcloth** ['wɒʃklɒθ] *s* disktrasa; speciellt amer. tvättlapp

**wash-down** ['wɒʃdaʊn] *s* **1** översköljning, avtvättning, avspolning; ***give the car a*** ~ tvätta (spola) av bilen **2** kall avrivning

**washed-out** ['wɒʃtaʊt] *a* vard., ***feel*** ~ känna sig urlakad

**washed-up** ['wɒʃtʌp] *a* vard., ***all*** ~ el. ~ slut, färdig [*he was* ~ *as a boxer*]

**washer** ['wɒʃə] *s* tekn. a) packning till t. ex. kran b) underläggsbricka

**wash-house** ['wɒʃhaʊs] *s* tvättstuga uthus

**washing** ['wɒʃɪŋ] *s* **1** tvätt, tvättning, tvagning, diskning, sköljning, spolning **2** tvättkläder

**washing-day** ['wɒʃɪŋdeɪ] *s* tvättdag

**washing-machine** ['wɒʃɪŋmə,ʃi:n] *s* tvättmaskin

**washing-powder** ['wɒʃɪŋ,paʊdə] *s* tvättpulver, tvättmedel

**washing-soda** ['wɒʃɪŋ,səʊdə] *s* kristallsoda, tvättsoda

**Washington** ['wɒʃɪŋtən]

**washing-up** ['wɒʃɪŋ'ʌp] *s* disk, diskning; rengöring; ~ ***bowl*** diskbalja; ~ ***liquid*** flytande diskmedel; ***do the*** ~ diska

**wash-leather** ['wɒʃ,leðə] *s* tvättskinn

**wash-out** ['wɒʃaʊt] *s* vard. fiasko; om person odugling, nolla

**wash-proof** ['wɒʃpru:f] *a* tvättäkta

**washroom** ['wɒʃrʊm] *s* toalettrum, tvättrum

**wash-stand** ['wɒʃstænd] *s* tvättställ; kommod

**wash-tub** ['wɒʃtʌb] *s* tvättbalja

**wasn't** ['wɒznt] = *was not*

**wasp** [wɒsp] *s* geting

**waste** [weɪst] **I** *a* **1** öde, ödslig; ***lay*** ~ ödelägga, skövla; ***lie*** ~ ligga öde **2** avfalls- [~ *products*]; ~ ***paper*** pappersavfall

**II** *tr itr* **1** slösa, ödsla bort, förslösa, förspilla [*in (over) a th.* på (med) ngt]; slösa med; förslösas, gå till spillo; ~ ***one's breath*** tala för döva öron; ~ ***time*** speciellt sport. maska; ~ ***a p.'s time*** uppta ngns tid; ~ ***not, want not*** den som spar han har **2** försumma, försitta [~ *an opportunity*] **3** ödelägga, föröda, skövla **4** tära på, förtära [äv. ~ *away*]; ~ ***away*** om person tyna av, avtäras; [*a body*] ***wasted by disease*** ... tärd (härjad) av sjukdom

**III** *s* **1** slöseri, slösande [*of* med]; ***it's a*** ~ ***of breath*** det är att tala för döva öron; ***a*** ~ ***of time*** bortkastad tid, slöseri med tid; ***go (run) to*** ~ gå till spillo **2** avfall; ***cotton*** ~ trassel **3** ödemark, ödevidd

**wastebasket** ['weɪst,bɑ:skɪt] *s* amer. papperskorg

**waste-bin** ['weɪstbɪn] *s* soplår, soptunna

**waste-disposal** ['weɪstdɪs,pəʊz(ə)l] *s* avfallshantering

**waste-disposer** ['weɪstdɪs,pəʊzə] *s* avfallskvarn

**wasteful** ['weɪstf(ʊ)l] *a* slösaktig

**wasteland** ['weɪstlænd] *s* ödejord; ofruktbar mark, ödemark; öken

**waste-paper** [,weɪst'peɪpə] *a*, ~ ***basket*** papperskorg

**waste-pipe** ['weɪstpaɪp] *s* avloppsrör

**waster** ['weɪstə] *s* **1** slösare **2** odåga

**watch** [wɒtʃ] **I** *s* **1** vakt, vakthållning, bevakning; uppsikt; utkik; ***keep (keep a)*** ~ ***for*** hålla utkik efter; ***keep (keep a)*** ~ ***on (over)*** hålla uppsikt (vakt) över **2** om person vakt, utkik; kollektivt nattvakt **3** sjö. vakt: a) vaktmanskap b) vakthållning c) vaktpass **4** klocka, ur, fickur, armbandsur; ***set one's*** ~ ställa klockan (sin klocka) [*by* efter]; ***what time is it by your*** ~***?*** hur mycket (vad) är din klocka? **5** vaka, vakande; likvaka

**II** *itr tr* **1** se 'på, titta 'på, titta; ~ ***for*** a) hålla utkik efter; vänta (vakta) på [~ *for a signal*] b) avvakta, passa [~ *for an oppor-*

*tunity*]; ~ ***out*** se upp [~ *out when you cross the road*]; ~ ***out for*** hålla utkik efter; ge akt på; ~ ***over*** vakta, ha uppsikt över; vaka över **2** vakta, hålla vakt, stå (gå) på vakt **3** vaka [*over* över; *by (with) a p.* hos ngn] **4** se på, titta på [~ *television*]; ge akt på, iaktta, betrakta; vara noga (se upp) med [~ *one's weight*]; ~ ***it (yourself)!*** akta dig!; ~ ***what you do!*** ge akt på vad du gör! **5** bevaka [~ *one's interests*]; vaka över, hålla ett öga på, passa, vakta, valla [~ *one's sheep*]

**watchdog** ['wɒtʃdɒg] *s* vakthund, bandhund

**watcher** ['wɒtʃə] *s* bevakare, observatör; iakttagare; ***bird*** ~ fågelskådare

**watchful** ['wɒtʃf(ʊ)l] *a* vaksam, på sin vakt [*against, of* mot], uppmärksam [*for* på]; ***keep a*** ~ ***eye on*** hålla ett vakande öga på

**watchmaker** ['wɒtʃˌmeɪkə] *s* urmakare

**watchman** ['wɒtʃmən] (pl. *watchmen* ['wɒtʃmən]) *s* nattvakt, väktare

**watchout** ['wɒtʃaʊt] *s*, ***keep a*** ~ hålla utkik

**watch-strap** ['wɒtʃstræp] *s* klockarmband

**watchtower** ['wɒtʃˌtaʊə] *s* vakttorn, utkikstorn

**watchword** ['wɒtʃwɜ:d] *s* paroll, slagord, lösen, motto

**water** ['wɔ:tə] **I** *s* vatten; pl. ~*s* a) vatten, vattenmassor b) farvatten [*in British* ~*s*]; ***body of*** ~ vattenmassa; ***table*** ~ bordsvatten; ~ ***on the knee*** med. vatten i knät; ***spend money like*** ~ ösa ut pengar; ***drink (take) the*** ~*s* dricka brunn; ***pass*** ~ kasta vatten, urinera; ***take in*** ~ ta in vatten, läcka; ***keep one's head (oneself) above*** ~ bildl. hålla sig flytande; ***of the first (purest)*** ~ av renaste vatten; bildl. av högsta klass

**II** *tr itr* **1** vattna; bevattna **2** ~ ***down*** spä, spä ut; bildl. göra urvattnad; ***watered down*** äv. urvattnad **3** vattra [*watered silk*] **4** vattna sig, vattnas; ***it made his mouth*** ~ det vattnades i munnen på honom **5** rinna, tåras [*the smoke made my eyes* ~]

**water-bottle** ['wɔ:təˌbɒtl] *s* **1** vattenkaraff **2** fältflaska, vattenflaska

**water-can** ['wɔ:təkæn] *s* vattenkanna

**water-cart** ['wɔ:təkɑ:t] *s* vattenvagn, bevattningsvagn

**water-chute** ['wɔ:təʃu:t] *s* vattenrutschbana

**water-closet** ['wɔ:təˌklɒzɪt] *s* vattenklosett, wc

**water-colour** ['wɔ:təˌkʌlə] *s* **1** vattenfärg, akvarellfärg; ***in*** ~*s* i akvarell **2** akvarellmålning, målning i vattenfärg

**water-cooled** ['wɔ:təku:ld] *a* vattenkyld

**watercress** ['wɔ:təkres] *s* vattenkrasse

**water-diviner** ['wɔ:tədɪˌvaɪnə] *s* slagruteman

**waterfall** ['wɔ:təfɔ:l] *s* vattenfall, fors

**waterfowl** ['wɔ:təfaʊl] *s* vanl. kollektivt vattenfågel, sjöfågel

**waterfront** ['wɔ:təfrʌnt] *s* strand; sjösida av stad; ***along the*** ~ längs (vid) vattnet

**water-gauge** ['wɔ:təgeɪdʒ] *s* tekn. vattenmätare; vattenståndsmätare

**water-heater** ['wɔ:təˌhi:tə] *s* varmvattenberedare

**water-hose** ['wɔ:təhəʊz] *s* vattenslang

**water-ice** ['wɔ:təraɪs] *s* isglass, vattenglass

**watering** ['wɔ:tərɪŋ] *s* vattning, vattnande

**watering-can** ['wɔ:tərɪŋkæn] *s* vattenkanna för vattning

**watering-cart** ['wɔ:tərɪŋkɑ:t] *s* vattenvagn, bevattningsvagn

**watering-place** ['wɔ:tərɪŋpleɪs] *s* **1** vattningsställe **2** hälsobrunn, brunnsort

**water-jug** ['wɔ:tədʒʌg] *s* vattentillbringare, vattenkanna

**water-jump** ['wɔ:tədʒʌmp] *s* sport. vattengrav

**water-level** ['wɔ:təˌlevl] *s* **1** vattenstånd, vattennivå **2** sjö. vattenlinje **3** tekn. vattenpass

**water-lily** ['wɔ:təˌlɪlɪ] *s* näckros

**waterlogged** ['wɔ:təlɒgd] *a* **1** vattenfylld, full av vatten **2** vattensjuk

**watermark** ['wɔ:təmɑ:k] **I** *s* **1** vattenmärke; vattenstämpel **2** vattenståndsmärke, vattenståndslinje **II** *tr* vattenstämpla

**water-melon** ['wɔ:təˌmelən] *s* vattenmelon

**water-pipe** ['wɔ:təpaɪp] *s* **1** vattenledning, vattenledningsrör **2** vattenpipa

**water-polo** ['wɔ:təˌpəʊləʊ] *s* vattenpolo

**water-power** ['wɔ:təˌpaʊə] *s* vattenkraft

**waterproof** ['wɔ:təpru:f] **I** *a* vattentät; impregnerad [~ *material*]; ~ ***hat*** regnhatt **II** *s* regnplagg; vattentätt tyg **III** *tr* göra vattentät; impregnera

**waterproofing** ['wɔ:təˌpru:fɪŋ] *s* impregnering

**water-rate** ['wɔ:təreɪt] *s* vattenavgift, vattentaxa

**water-resistant** ['wɔ:tərɪ'zɪst(ə)nt] *a* vattenbeständig, vattenfast; vattentät

**water-ski** ['wɔ:təski:] **I** *itr* åka vattenskidor **II** *s* vattenskida

**water-softener** ['wɔ:təˌsɒfnə] *s* vattenavhärdare

**water-supply** ['wɔ:təsəˌplaɪ] *s* **1** vattenförsörjning; vattentillförsel **2** vattentillgång, vattenförråd

**water-tap** ['wɔ:tətæp] *s* vattenkran

**watertight** ['wɔ:tətaɪt] *a* vattentät [~ *compartments*; *a* ~ *alibi*], tät

**waterway** ['wɔ:təweɪ] *s* **1** farled, segelled, farvatten; kanal **2** vattenväg, vattenled

**water-wings** ['wɔ:təwɪŋz] *s pl* slags simdyna

**waterworks** ['wɔ:təwɜ:ks] *s* vattenverk

**watery** ['wɔ:tərɪ] *a* **1** vattnig, sur, blöt; vatten- [~ *vapour*] **2** vattnig [~ *soup*]; tunn; urvattnad

**watt** [wɒt] *s* elektr. watt

**wave** [weɪv] **I** *s* **1** våg; bölja; ~ ***of strikes*** strejkvåg; ***heat*** ~ värmebölja **2** vågighet, våglinje **3** vinkning; vink; viftning **4** våg i hår; ondulering [*permanent* ~]; permanent [*cold* ~]
**II** *itr tr* **1** bölja, gå i vågor (böljor); vaja, fladdra **2** våga sig, falla [*her hair* ~*s naturally*]; våga, ondulera [~ *one's hair*] **3** vinka [*to* till; ~ *goodbye*]; vifta; vinka med [~ *one's hand*], vifta med [*he waved his handkerchief*]; ~ ***aside*** a) vinka bort [~ *a p. aside*]; vinka avsides b) bildl. vifta bort, avvisa, avfärda

**wavelength** ['weɪvleŋθ] *s* radio. våglängd

**waver** ['weɪvə] *itr* **1** fladdra [*the candle wavered*]; skälva [*her voice wavered*]; **2** vackla [*his courage wavered*]; ge vika **3** växla, skifta, vackla [~ *between two opinions*]; tveka

**wavy** ['weɪvɪ] *a* vågig, vågformig

**1 wax** [wæks] *itr* speciellt om månen tillta, växa; ~ ***and wane*** bildl. tillta och avta i styrka

**2 wax** [wæks] **I** *s* vax; bivax; öronvax **II** *tr* vaxa; bona [~ *floors*]; polera

**waxen** ['wæks(ə)n] *a* **1** av vax, vax- [~ *image*] **2** vaxlik, vaxartad; vaxblek

**waxwork** ['wækswɜ:k] *s* **1** a) vaxfigur b) vaxarbeten, vaxfigurer **2** ~*s* vaxkabinett

**waxy** ['wæksɪ] *a* vaxartad, vaxlik

**way** [weɪ] **I** *s* **1** väg [*they went the same* ~], håll, riktning; sträcka, stycke **2** väg, stig [*a* ~ *across the field*]; gång **3** sätt [*the right* ~ *of doing (to do) a th.*]; utväg **4** ~*s* ***and means*** möjligheter, medel; ~ ***of life*** livsföring, livsstil **5** med 'the' el. pronomen ***that is always the*** ~ så är det alltid; ***that's the*** ~ ***it is*** så är det, sånt är livet; ***that's the*** ~ ***to do it*** så skall det göras (gå till); [***he ought to be promoted***] ***after the*** ~ ***he has worked*** ... som han arbetat; ***do it any*** ~ ***you like*** gör precis som du själv vill; ***you can't have it both*** ~*s* man kan inte både äta kakan och ha den kvar, man kan inte få bådadera; ***each*** ~ varje väg; i vardera riktningen; ***put ten pounds on a horse each*** ~ kapplöpn. satsa tio pund både på vinnare och på plats; ***it is not his*** ~ ***to be mean*** snålhet ligger inte för honom; ***no*** ~*!* vard. aldrig i livet!, sällan!
□ ~ **about (round)** omväg [*go* (göra, ta) *a long* ~ *about (round)*]; ***the other*** ~ ***round (about)*** precis tvärtom; **across** ***the*** ~ på andra sidan vägen (gatan); **ask** ***the (one's)*** ~ fråga efter vägen; **by** ***the*** ~ för övrigt; ***by the*** ~, ***do you know...?*** förresten vet du...?; ***not by a long*** ~ inte på långa vägar; ***by*** ~ ***of*** a) via, över b) som [*by* ~ *of an explanation*]; **clear** ***the*** ~ bana väg, gå ur vägen; **feel** ***one's*** ~ känna sig fram; bildl. känna sig för; **go** ***a long*** ~ gå långt; räcka långt, vara dryg; ***go a long (great)*** ~ ***to (towards)*** bidra starkt till; ***go the right*** ~ ***about it*** angripa det från rätt sida, börja i rätt ände; ***are you going my*** ~*?* skall du åt mitt håll?; ***everything was going my*** ~ allt gick vägen för mig; **have** ***(have it all) one's own*** ~ få sin vilja fram; ***have it your own*** ~*!* gör som du vill!; ***let a p. have his own*** ~ låta ngn få som han vill; ***if I had my*** ~... om jag fick bestämma...; ***she has a*** ~ ***with children*** hon har god hand med barn; **in** ***a*** ~ på sätt och vis; ***he is in a bad*** ~ det är illa ställt med honom; ***in a small*** ~ i liten skala; ***in the*** ~ i vägen [*of* för]; ***in any*** ~ på något sätt; ***in no*** ~ på intet sätt, ingalunda [*in no* ~ *inferior*]; ~ **in** ingång, väg in, infart; **know** ***the (one's)*** ~ ***about*** a) vara hemmastadd på platsen b) ha reda på saker och ting; **lead** ***the*** ~ gå före och visa vägen, gå före; bildl. gå i spetsen, visa vägen; **lose** ***one's (the)*** ~ råka (gå, köra etc.) vilse; **make** ~ bereda (lämna) plats [*for* åt, för], gå undan (ur vägen) [*for* för]; ***make one's*** ~ el. ***make one's*** ~ ***in the world (in life)*** arbeta sig upp, slå sig fram; ~ **off** långt borta; **on** ***the (his)*** ~ ***to*** på väg (på vägen) till; ***be on the*** ~ vara på väg; ***be well on one's*** ~ ha kommit en bra bit på väg; bildl. vara på god väg; ~ **out** a) utgång, väg ut, utfart b) bildl. utväg, råd; **out of** ***the*** ~ a) ur vägen [*be out of the* ~], undan, borta b) avsides, avsides belägen c) ovanlig, originell; ***go out of one's*** ~ a) ta (göra,

köra etc.) en omväg, göra en avstickare b) göra sig extra besvär [*he went out of his ~ to help me*]; ***put a p. out of the ~*** röja ngn ur vägen; *be* **under** ~ ha kommit i gång; ***get under ~*** komma i gång

**II** *adv* vard. långt, högt; ~ ***back in the seventies*** redan på 70-talet; ***it's ~ over my head*** det går långt över min horisont

**wayfarer** [ˈweɪˌfeərə] *s* vägfarande

**waylaid** [weɪˈleɪd] se *waylay*

**waylay** [weɪˈleɪ] (*waylaid waylaid*) *tr* **1** ligga i bakhåll för, lurpassa på **2** hejda [*he waylaid me and asked for a loan*]

**way-out** [ˈweɪˈaʊt] *a* vard. extrem; excentrisk, mysko

**wayside** [ˈweɪsaɪd] *s* vägkant; ~ ***inn*** värdshus vid vägen; ***by the ~*** vid vägen

**wayward** [ˈweɪwəd] *a* egensinnig; nyckfull

**W.C.** [ˈdʌbljuːˈsiː] (förk. för *water-closet*) wc

**we** [wiː, obetonat wɪ] (objektsform *us*) *pers pron* **1** vi **2** man [~ *say 'please' in English*]

**weak** [wiːk] *a* svag; klen, bräcklig; dålig; ***the weaker sex*** det svaga (svagare) könet; ***have a ~ stomach*** ha dålig mage

**weaken** [ˈwiːk(ə)n] *tr itr* försvaga, göra svagare, förslappa, matta; försvagas, bli svagare, förslappas, mattas

**weak-kneed** [ˈwiːkˈniːd] *a* **1** knäsvag **2** vek, eftergiven, velig

**weakling** [ˈwiːklɪŋ] *s* vekling, stackare

**weakness** [ˈwiːknəs] *s* svaghet [*of, in* i; *for* för]; klenhet, svag sida, brist; ***have a ~ for*** vara svag för, ha en svaghet för [*Vincent has a ~ for chocolate*]; ***in a moment of ~*** i ett svagt ögonblick

**weak-willed** [ˈwiːkˈwɪld] *a* viljelös

**weal** [wiːl] *s* strimma, rand märke på huden efter slag

**wealth** [welθ] *s* rikedom, rikedomar, förmögenhet; välstånd; tillgångar; ***a man of ~*** en förmögen man; ***a ~ of*** bildl. en rikedom på

**wealthiness** [ˈwelθɪnəs] *s* rikedom

**wealthy** [ˈwelθɪ] *a* rik, förmögen

**wean** [wiːn] *tr* **1** avvänja [~ *a baby*]; ~ ***a baby on...*** föda upp ett spädbarn på... **2** ~ ***from*** avvänja från

**weapon** [ˈwepən] *s* vapen; tillhygge

**weaponry** [ˈwepənrɪ] *s* vapen kollektivt [*nuclear* ~]

**wear** [weə] **I** (*wore worn*) *tr itr* **1** ha på sig, vara klädd i, ha, bära [~ *a ring*], klä sig i, gå klädd i [*she always ~s blue*], använda [~ *spectacles*]; ~ ***a beard*** ha skägg; ~ ***one's hair long (short)*** ha långt (kort) hår; ~ ***lipstick*** använda läppstift; ~ ***one's years (age) well*** bära sina år med heder; ***this coat has not been worn*** den här rocken är inte använd **2** nöta (slita) på [*hard use has worn the gloves*]; nöta (trampa, köra) upp [~ *a path across the field*]; ~ ***a hole in*** nöta (slita) hål på (i) **3 a)** nötas, slitas, bli nött; ~ ***thin*** bli tunnsliten; bildl. börja bli genomskinlig [*his excuses are wearing thin*]; börja ta slut [*my patience wore thin*] **b)** ~ ***on a p.*** gå ngn på nerverna **4 a)** hålla [*this material will ~ for years*]; stå sig; ~ ***well*** hålla bra; vara väl bibehållen [*she ~s well*] **b)** vard. hålla streck; ***the argument won't ~*** argumentet håller inte □ ~ **down a)** nöta (slita) ned (ut), nötas (slitas) ned (ut); ***worn down*** nedsliten, utnött **b)** trötta ut [*he ~s me down*] **c)** bryta ned, övervinna [~ *down the enemy's resistance*]; ~ **off a)** nöta av (bort), nötas av (bort) **b)** gå över (bort) [*his fatigue had worn off*]; minska, avta [*the effect wore off*]; ~ **on** om t.ex. tid lida, framskrida [*as the winter wore on*]; ~ **out** slita (nöta) ut, slitas (nötas) ut; göra slut på; förslitas; ***be worn out*** äv. vara utarbetad (slut)

**II** *s* **1** bruk [*clothes for everyday ~*] **2** kläder [*travel ~*]; ***men's ~*** herrkläder, herrkonfektion **3** nötning, slitning; ~ el. ~ ***and tear*** slitage, förslitning, bildl. påfrestningar; ***fair ~ and tear*** normalt slitage; ***show signs of ~*** börja se sliten ut; ***stand any amount of ~*** tåla omild behandling; ***be the worse for ~*** vara sliten (illa medfaren)

**wearisome** [ˈwɪərɪs(ə)m] *a* **1** tröttsam, långtråkig **2** tröttande, besvärlig

**weary** [ˈwɪərɪ] **I** *a* trött, uttröttad [*with* av] **II** *tr itr* trötta ut; tröttna [*of* på]

**weasel** [ˈwiːzl] *s* zool. vessla

**weather** [ˈweðə] **I** *s* väder, väderlek; ***wet ~*** regnväder; ***make heavy ~ of*** [*the simplest task*] bildl. göra mycket väsen (ett berg) av...; ***under the ~*** vard. vissen, krasslig; ~ ***bulletin*** väderrapport; ~ ***bureau*** meteorologisk byrå, vädertjänst; ~ ***forecast*** väderrapport, väderprognos **II** *tr* sjö., bildl. rida ut [~ *a storm*], bildl. äv. klara, överleva [~ *a crisis*]

**weather-beaten** [ˈweðəˌbiːtn] *a* väderbiten, barkad [*a ~ face*]

**weatherboard** [ˈweðəbɔːd] *s* byggn. fjällpanelbräda; pl. ~***s*** äv. fjällpanel

**weatherbound** [ˈweðəbaʊnd] *a* hindrad (försenad) på grund av vädret

**weathercock** ['weðəkɒk] *s* vindflöjel, väderflöjel, kyrktupp
**weather-glass** ['weðəglɑ:s] *s* barometer
**weatherproof** ['weðəpru:f] **I** *a* väderbeständig; ~ *jacket* vindtygsjacka **II** *tr* göra väderbeständig, impregnera
**weathervane** ['weðəveɪn] *s* vindflöjel
**weave** [wi:v] **I** (*wove woven*) *tr itr* **1** väva [~ *cloth*] **2** fläta [~ *a basket*], binda [~ *a garland of flowers*]; fläta in [*into* i] **II** *s* väv, vävning
**weaver** ['wi:və] *s* vävare, väverska
**weaving** ['wi:vɪŋ] *s* vävning, vävnad
**web** [web] *s* **1** väv **2** ***spider's*** ~ el. ~ spindelväv, spindelnät
**wed** [wed] (*wedded wedded* el. *wed wed*) *tr itr* gifta sig med; gifta bort; viga; gifta sig
**we'd** [wi:d] = *we had*; *we would* el. *we should*
**wedded** ['wedɪd] *a* o. *pp* gift [*to* med], vigd [*to* vid]; äkta [*the* ~ *couple*]; ***his lawful*** ~ ***wife*** hans äkta maka
**wedding** ['wedɪŋ] *s* bröllop; vigsel; ~ ***anniversary*** bröllopsdag årsdag; ~ ***breakfast*** bröllopslunch; ~ ***day*** bröllopsdag; ~ ***dress*** brudklänning
**wedding-cake** ['wedɪŋkeɪk] *s* bröllopstårta fruktkaka i våningar täckt med marsipan och glasyr
**wedding-ring** ['wedɪŋrɪŋ] *s* vigselring
**wedge** [wedʒ] **I** *s* kil; bit [*a* ~ *of a cake*] **II** *tr* kila; kila fast; ***be wedged in*** el. ***be wedged*** vara inkilad (inklämd); ~ ***together*** tränga ihop
**wedge-shaped** ['wedʒʃeɪpt] *a* kilformig, kilformad
**wedlock** ['wedlɒk] *s* jur. äktenskap; ***holy*** ~ det heliga äkta ståndet
**Wednesday** ['wenzdɪ, 'wenzdeɪ] *s* onsdag; ***last*** ~ i onsdags
**wee** [wi:] *a* mycket liten, liten liten [*just a* ~ *drop*]; ~ ***little*** pytteliten; ***a*** ~ ***bit*** en liten aning (smula)
**weed** [wi:d] **I** *s* ogräs **II** *tr* **1** rensa, rensa i [~ *the garden*]; bildl. gallra, gallra i **2** ~ ***out*** rensa bort [~ *out a plant*], gallra ut
**weed-killer** ['wi:dˌkɪlə] *s* ogräsmedel
**weeds** [wi:dz] *s pl*, ***widow's*** ~ el. ~ änkedräkt, sorgdräkt
**week** [wi:k] *s* vecka; ***last*** ~ förra veckan; ***last Sunday*** ~ i söndags för en vecka sedan; ***this*** ~ i veckan, den här veckan; ***today (this day)*** ~ el. ***a*** ~ ***today (from now)*** i dag om en vecka; ***a*** ~ ***ago today*** i dag för en vecka sedan; ~ ***by*** ~ vecka för vecka; ***be paid by the*** ~ få betalt per vecka; [***it went on***] ***for*** ~***s*** ... i veckor; ***never (not once) in a*** ~ ***of Sundays*** vard. aldrig någonsin, aldrig i livet
**weekday** ['wi:kdeɪ] *s* vardag, veckodag
**weekend** ['wi:k'end] *s* helg, veckoslut, weekend
**weekly** ['wi:klɪ] **I** *a* vecko- [*a* ~ *publication*]; varje vecka [~ *visits*] **II** *adv* en gång i veckan; varje vecka; per vecka **III** *s* veckotidning, veckotidskrift
**weeny** ['wi:nɪ] *a* vard. pytteliten
**weep** [wi:p] **I** (*wept wept*) *itr tr* gråta **II** *s* gråtanfall; ***have a good*** ~ gråta ut
**weeping** ['wi:pɪŋ] **I** *s* gråt, gråtande; ~ ***fit*** gråtattack **II** *a* **1** gråtande **2** bot., ~ ***willow*** tårpil
**wee-wee** ['wi:wi:] barnspr. el. vard. **I** *s* kiss; ***do a*** ~ kissa **II** *itr* kissa
**weigh** [weɪ] *tr itr* **1** väga [*it* ~*s a ton*]; ~ ***one's words*** väga sina ord; ~ ***on*** bildl. trycka, tynga; ***it*** ~***s on me (my mind)*** det trycker (plågar) mig **2** sjö. lyfta (dra) upp [~ *the anchor*]; ~ ***anchor*** lätta ankar □ ~ **down** tynga (trycka) ned; ***weighed down with cares*** tyngd av bekymmer; ~ **in** a) sport. väga (vägas) in b) vard. hoppa in, ingripa; ~ **together** bildl. väga mot varandra; ~ **up** bedöma [~ *up one's chances*], beräkna, avväga; ~ ***a p. up*** bedöma vad ngn går för
**weigh-in** ['weɪɪn] *s* sport. invägning
**weighing-machine** ['weɪɪŋməˌʃi:n] *s* större våg; personvåg
**weight** [weɪt] *s* **1** vikt; tyngd [*the pillars support the* ~ *of the roof*]; ~***s and measures*** mått och vikt; ***loss of*** ~ viktförlust; ***he is twice my*** ~ han väger dubbelt så mycket som jag; ***be worth one's*** ~ ***in gold*** bildl. vara värd sin vikt i guld; ***give short*** ~ väga knappt (snålt); ***lose*** ~ gå ned i vikt, magra; ***pull one's*** ~ göra sin del (insats); ***put on*** ~ gå upp (öka) i vikt **2** tyngd, börda [*the* ~ *of his responsibility*]; tryck [*a* ~ *on* (över) *the chest*]; ***that was a*** ~ ***off my mind (heart)*** en sten föll från mitt bröst; ***attach*** ~ ***to*** fästa vikt vid; [***his words***] ***carry (have) no*** ~ ... har ingen inverkan; ***give (lend)*** ~ ***to*** [*one's words*] ge eftertryck (kraft, tyngd) åt...; ***throw (chuck) one's*** ~ ***about*** vard. göra sig märkvärdig, flyta ovanpå **3** sport.: **a)** kula; ***put the*** ~ stöta kula; ***putting the*** ~ kulstötning **b)** boxn. viktklass **c)** kapplöpn. handikappvikt
**weight-lifter** ['weɪtˌlɪftə] *s* sport. tyngdlyftare

**weight-lifting** ['weɪtˌlɪftɪŋ] *s* sport. tyngdlyftning
**weight-reducing** ['weɪtrɪˌdju:sɪŋ] *s* bantning
**weight-watcher** ['weɪtˌwɒtʃə] *s* viktväktare
**weighty** ['weɪtɪ] *a* tung; tyngande [~ *cares*]; tungt vägande [~ *arguments*]
**weir** [wɪə] *s* damm, fördämning
**weird** [wɪəd] *a* **1** spöklik, kuslig [~ *sounds*] **2** vard. mysko, kufisk [*he is a bit* ~]
**welcome** ['welkəm] **I** *a* **1** välkommen [*a* ~ *opportunity*]; glädjande [*a* ~ *sign*]; ***bid a p.*** ~ hälsa ngn välkommen; ***make a p.*** ~ få ngn att känna sig välkommen **2** ***you're*** ~! svar på tack, speciellt amer. ingen orsak!, för all del!; ***you're*** ~ (~ ***to it***)! håll till godo!, väl bekomme! äv. iron.
**II** *s* välkomnande, mottagande [*a hearty* ~]; välkomsthälsning; ***give a p. a hearty*** ~ önska ngn hjärtligt välkommen; ***give a p. a warm*** ~ a) önska ngn varmt välkommen b) iron. ta emot ngn med varma servetter; ***outstay (overstay) one's*** ~ stanna kvar för länge
**III** (*welcomed welcomed*) *tr* välkomna [~ *a p.* (*a change*)], hälsa välkommen; hälsa med glädje [~ *the return of a p.*]
**welcoming** ['welkəmɪŋ] *a* välkomnande [*a* ~ *smile*]; välkomst- [*a* ~ *party*]
**weld** [weld] **I** *tr* svetsa; svetsa fast (ihop, samman) **II** *s* svets, svetsning; svetsfog, svetsställe
**welder** ['weldə] *s* **1** svetsare **2** svetsmaskin
**welding** ['weldɪŋ] *s* svetsning; svets-, svetsnings- [~ *unit* (aggregat)]; ~ ***blowpipe (torch)*** svetsbrännare
**welfare** ['welfeə] *s* **1** välfärd, väl, välgång; ***the Welfare State*** välfärdsstaten, välfärdssamhället; ***the public*** ~ den allmänna välfärden **2** ***social*** ~ socialvård; ***child*** ~ barnomsorg; ***industrial*** ~ arbetarskydd; ***social*** ~ ***worker*** el. ~ ***worker*** socialarbetare, socialvårdare **3** amer., ***be on*** ~ leva på understöd
**1 well** [wel] **I** *s* **1** brunn; källa [*oil-well*] **2** mineralkälla **3** hisschakt, hisstrumma **4** fördjupning, hål **II** *itr,* ~ el. ~ ***forth (out, up)*** välla (strömma) [*from* ur, från]; ***tears welled up in her eyes*** hennes ögon fylldes av tårar
**2 well** [wel] **I** (*better best*) *adv* **1** väl, bra; noga, noggrant; mycket väl, gott, med rätta [*it may* ~ *be said that...* ]; ~ ***and truly*** ordentligt, med besked [*he was* ~ *and truly beaten*]; ***not very*** ~ inte så bra; ***you can very*** ~ ***do that*** det kan du gott (mycket väl) göra; ***he couldn't very*** ~ ***refuse*** han kunde inte gärna vägra; ***it may*** ~ ***be that...*** det kan mycket väl hända att...; ***carry one's years*** ~ bära sina år med heder; ***be*** ~ ***off*** ha det bra ställt; ***I'm very*** ~ ***off for clothes*** jag har gott om kläder; ***you're*** ~ ***out of it*** du kan vara glad att du slipper det (har sluppit undan det) **2** betydligt, ett bra stycke; ~ ***away*** på god väg; ~ ***on (advanced) in years*** till åren; ~ ***past (over) sixty*** en bra bit över sextio år **3** ***as*** ~ a) också, dessutom [*he gave me clothes as* ~] b) lika gärna [*you may as* ~ *stay*]; ***just as*** ~ lika gärna; ***as*** ~ ***as*** a) såväl...som, både...och [*he gave me clothes as* ~ *as food*] b) lika bra som [*he plays as* ~ *as me*]; ***as*** ~ ***as I can*** så gott jag kan
**II** (*better best*) *a* **1** frisk, kry, bra; ***I don't feel quite*** ~ ***today*** jag mår inte riktigt bra i dag **2** bra, gott, väl [*all is* ~ *with us*]; ***all's*** ~ mil., sjö. allt väl; ***all's*** ~ ***that ends well*** slutet gott, allting gott; ***that's all very*** ~ för all del; ***it's all very*** ~ ***but...*** det är gott och väl men...; ***it's all very*** ~ ***for you to say*** det är lätt för dig att säga; ***it's (it's just) as well*** [***I didn't go***] det är lika så bra att...; ***be*** ~ ***in with*** ligga bra till hos [*he's* ~ *in with the boss*]
**III** *interj* nå!, nåväl!, nåja!; seså!; så!, så där ja! [~, *here we are at last!*]; ~ ***I never!*** jag har aldrig hört (sett) på maken; ~ ***then!*** nå!, alltså!; ***very*** ~! ja då!, jo!, gärna!; ***very*** ~ ***then!*** nåväl!, som du vill då!; ~, ~! nå!, nåväl!; ja ja!, jo jo!; ser man på!
**we'll** [wi:l] = *we will, we shall*
**well-adjusted** ['welə'dʒʌstɪd] *a* **1** välanpassad [*a* ~ *child*] **2** väl inställd
**well-advised** ['weləd'vaɪzd] *a* välbetänkt
**well-attended** ['welə'tendɪd] *a* talrikt (livligt) besökt, välbesökt [*a* ~ *meeting*]
**well-balanced** ['wel'bælənst] *a* välbalanserad; allsidig [*a* ~ *diet* (kost)]
**well-behaved** ['welbɪ'heɪvd] *a* väluppfostrad, välartad
**well-being** ['wel'bi:ɪŋ] *s* välbefinnande
**well-chosen** ['wel'tʃəʊzn] *a* väl vald, träffande [*a few* ~ *words*]
**well-cooked** ['wel'kʊkt] *a* välkokt, välstekt, vällagad
**well-deserved** ['weldɪ'zɜ:vd] *a* välförtjänt

**well-disposed** ['weldɪs'pəʊzd] *a* välvilligt inställd, vänligt sinnad
**well-done** ['wel'dʌn] *a* **1** välgjord **2** genomstekt [*a ~ steak*], genomkokt
**well-earned** ['wel'ɜ:nd] *a* välförtjänt
**well-established** ['welɪs'tæblɪʃt] *a* väletablerad, väl inarbetad
**well-hung** ['wel'hʌŋ] *a* kok. välhängd
**well-informed** ['welɪn'fɔ:md] *a* **1** allmänbildad **2** välinformerad, välunderrättad
**Wellington** ['welɪŋtən] **I** egennamn **II** *s, wellington* el. ***wellington boot*** a) gummistövel b) kragstövel, ridstövel
**well-intentioned** ['welɪn'tenʃ(ə)nd] *a* **1** välmenande **2** välment
**well-kept** ['wel'kept] *a* välskött, välvårdad
**well-knit** ['wel'nɪt] *a* välbyggd
**well-known** ['welnəʊn] *a* känd, välkänd, välbekant
**well-made** ['wel'meɪd] *a* **1** välgjord, välkonstruerad **2** välskapad
**well-mannered** ['wel'mænəd] *a* väluppfostrad, belevad, hyfsad
**well-meaning** ['wel'mi:nɪŋ] *a* **1** välmenande **2** välment
**well-meant** ['wel'ment] *a* välment
**well-off** ['wel'ɒf] *a* välbärgad; ***be ~*** äv. ha det bra ställt
**well-read** ['wel'red] *a* beläst [*in* i], allmänbildad
**well-spoken** ['wel'spəʊk(ə)n] *a* vältalig; kultiverad, belevad
**well-stocked** ['wel'stɒkt] *a* välutrustad, välsorterad, välfylld [*a ~ cupboard*]
**well-timed** ['wel'taɪmd] *a* läglig, lämplig; väl beräknad, vältajmad; väl vald
**well-to-do** ['weltə'du:] *a* välbärgad
**well-upholstered** ['welʌp'həʊlstəd] *a* **1** välstoppad **2** vard. mullig, rund
**well-wisher** ['wel,wɪʃə] *s* sympatisör; välgångsönskande person
**well-worn** ['wel'wɔ:n] *a* sliten, utnött
**Welsh** [welʃ] **I** *a* walesisk **II** *s* **1** ***the ~*** walesarna **2** walesiska språket
**Welshman** ['welʃmən] (pl. *Welshmen* ['welʃmən]) *s* walesare
**Welshwoman** ['welʃ,wʊmən] (pl. *Welshwomen* ['welʃ,wɪmɪn]) *s* walesiska
**welt** [welt] **I** *s* **1** skomakeri rand **2** strimma, rand märke på huden efter slag **II** *tr* skomakeri randsy
**welter** ['weltə] **I** *itr* rulla, svalla; vältra sig **II** *s* virrvarr; förvirrad massa
**welterweight** ['weltəweɪt] *s* sport. weltervikt; welterviktare
**wench** [wentʃ] *s* vard. tjej, brud; dial. bondtös
**wend** [wend] *tr, **~ one's way*** bege sig [*to* mot, till]
**went** [went] se *go I*
**wept** [wept] se *weep I*
**were** [wɜ:, weə, obetonat wə] (se äv. *be*) **1** ***they/we/you ~*** de/vi/du/ni var **2** imperfekt konjunktiv, ***if I ~ you I should...*** om jag vore du skulle jag...
**we're** [wɪə] = *we are*
**weren't** [wɜ:nt] = *were not*
**werewolf** ['wɪəwʊlf] (pl. *werewolves* ['wɪəwʊlvz]) *s* myt. varulv
**west** [west] **I** *s* **1** väster, väst; ***to the ~ of*** väster om **2** ***the West*** a) Västerlandet b) i USA Västern, väststaterna c) västra delen av landet; ***the Middle West*** Mellanvästern i USA **II** *a* västlig, västra, väst- [*on the ~ coast*]; ***West Germany*** Västtyskland; ***the West Indies*** pl. Västindien **III** *adv* mot (åt) väster, västerut; ***~ of*** väster om; ***go ~*** sl. a) kola vippen dö b) gå åt helsike; ***out (way out) West*** borta i Västern i USA
**westbound** ['westbaʊnd] *a* västgående
**westerly** ['westəlɪ] *a* västlig
**western** ['westən] **I** *a* **1** västlig, västra, väst- **2** ***Western*** västerländsk **II** *s, **Western*** vildavästernfilm
**westward** ['westwəd] **I** *a* västlig **II** *adv* mot väster
**westwards** ['westwədz] *adv* mot väster
**wet** [wet] **I** *a* **1** våt, blöt, fuktig [*with* av], sur; regnig [*a ~ day*]; ***~ blanket*** glädjedödare; ***~ dream*** erotisk dröm med sädesuttömning, pollution; ***Wet Paint!*** Nymålat!; ***~ behind the ears*** vard. inte torr bakom öronen; ***~ through*** genomvåt; ***~ to the skin*** våt in på bara kroppen; ***make ~*** blöta ner **2** sl. knasig; fjompig
**II** *s* **1** regn [*don't go out in the ~*] **2** sl. fjomp
**III** (*wet wet* el. *wetted wetted*) *tr* **1** väta, fukta [*~ one's lips*]; blöta; ***~ one's whistle*** fukta strupen, ta sig ett glas; ***~ through*** göra genomblöt **2** väta (kissa) i (på) [*~ the bed*]; ***~ one's pants*** el. ***~ oneself*** kissa i byxorna (på sig)
**wet-nurse** ['wetnɜ:s] *s* amma
**we've** [wi:v] = *we have*
**whack** [wæk] vard. **I** *tr* smälla (slå) på (i); klå upp; ***be whacked*** vara slutkörd **II** *s* **1** slag, smäll **2** del, andel
**whacking** ['wækɪŋ] **I** *s* kok stryk **II** *a* vard. väldig, kolossal; ***a ~ lie*** en grov lögn **III** *adv* vard. väldigt, jätte- [*~ big (great)*]

**whale** [weɪl] **I** *s* zool. val, valfisk **II** *itr* bedriva valfångst
**whalebone** ['weɪlbəʊn] *s* valbard, fiskben
**whale-fishing** ['weɪlˌfɪʃɪŋ] *s* valfångst
**whaler** ['weɪlə] *s* **1** valfångare **2** valfångstfartyg; valfångstbåt
**whaling** ['weɪlɪŋ] *s* valfångst, valjakt
**wham** [wæm] *s* dunk, dunkande, smäll, slag
**wharf** [wɔ:f] *s* kaj, lastkaj, lastageplats, hamnplats
**what** [wɒt] **I** *fråg pron* **1** vad [~ *do you mean?*], vilken, vilket, vilka [~ *is your reason?*]; ~ ***ever can it mean?*** vard. vad i all världen kan det betyda?; ~ ***for?*** varför?; vad då till?; ***I gave him ~ for*** vard. jag gav honom så han teg; ~ ***if...?*** tänk om...?; ~ ***of it?*** än sen då?; ***what's yours?*** vad vill du ha att dricka?; ***what's up?*** vad står på?; ***so ~?*** än sen då?; ***do you know ~?*** vet du vad?; ***know what's ~*** vard. ha väl reda på sig; ***I'll show you what's ~!*** vard. jag ska minsann visa dig!; ~ ***age is he?*** hur gammal är han?; ~ ***sort (kind) of fellow (a fellow) is he?*** vad är han för en? **2** i utrop, ~ ***weather!*** vilket väder!; ~ ***fools!*** vilka (sådana) idioter!; ~ ***a question!*** det var också en fråga!; ~ ***a pity!*** så synd!, vad tråkigt! **3** relativ pronomen **a)** vad, det [*I'll do ~ I can*]; vad (det) som [~ *followed was unpleasant*] **b)** ~ ***is interesting about this is...*** det intressanta med det här är...; ***and ~ is more*** och dessutom, och vad mer är; ***come ~ may*** hända vad som hända vill; ***the food, ~ there was of it*** [***was rotten***] den lilla mat som fanns kvar...
**II** *adv*, ~ ***with...and*** dels på grund av... och dels på grund av [~ *with hard work and tiredness, he could not...*]; ~ ***with one thing and another I was obliged to...*** och det ena med det andra gjorde att jag måste...
**what-do-you-call-it** ['wɒtdjuˌkɔ:lɪt] *s* vard. vad är det den (det) heter nu igen
**whatever** [wɒt'evə] **I** *rel pron* vad... än [~ *you do, do not forget...*], vad som... än; allt vad [~ *I have is yours*], allt som [*do ~ is necessary*]; ~ ***his faults*** [, ***he is honest***] vilka (hur stora) fel han än må ha...; ~ ***you like (say)*** som du vill; ***do ~ you like*** gör som (vad) du vill; ***no doubt ~*** inte något som helst tvivel **II** *fråg pron*, ~ ***can it mean?*** vad i all världen kan det betyda?
**what-for** [wɒt'fɔ:] *s* vard., ***I gave him ~*** jag gav honom så han teg
**what's-his-name** ['wɒtsɪzneɪm] *s* vard. vad är det han heter nu igen
**whatsoever** [ˌwɒtsəʊ'evə] *pron* se *whatever I*
**wheat** [wi:t] *s* vete
**wheatear** ['wi:tˌɪə] *s* stenskvätta
**wheedling** ['wi:dlɪŋ] **I** *s* lämpor **II** *a* inställsam [~ *voice*]
**wheel** [wi:l] **I** *s* **1** hjul **2** ratt, styrratt; ***take the ~*** ta över ratten **3** skiva, trissa; ***potter's ~*** drejskiva **II** *tr itr* **1** rulla, köra, skjuta, dra [~ *a bath-chair*]; ~ ***a cycle*** leda (dra) en cykel **2** svänga, svänga runt, snurra, snurra på **3** ~ ***round*** svänga, snurra, svänga (snurra) runt; vända sig om
**wheelbarrow** ['wi:lˌbærəʊ] *s* skottkärra
**wheelbase** ['wi:lbeɪs] *s* hjulbas
**wheelchair** ['wi:ltʃeə] *s* rullstol
**wheeze** [wi:z] **I** *itr* andas med ett pipande ljud; pipa, rossla **II** *s* **1** pipande, rosslande **2** vard. trick, knep
**wheezy** ['wi:zɪ] *a* pipande, rosslig
**whelk** [welk] *s* zool. valthornssnäcka
**whelp** [welp] *s* valp
**when** [wen] **I** *fråg adv* när, hur dags; ~ ***ever...?*** vard. när i all världen...?; ***say ~!*** säg stopp! speciellt vid påfyllning av glas **II** *konj* o. *rel adv* då, när; som [~ *young*]; förrän [*scarcely (hardly)... ~*]; ***it was only ~ I had seen it that...*** det var först sedan jag hade sett den som...
**whence** [wens] *adv* litt. varifrån; varav, hur; varför; därav [~ *his surprise*]; ***from ~*** varifrån
**whenever** [wen'evə] **I** *konj* när... än, närhelst, varje gång, så ofta [~ *I see him*]; ~ ***you like*** när du vill, när som helst **II** ***fråg adv***, ~ ***...?*** när i all världen...?
**where** [weə] **I** ***fråg adv*** **1** var; på vilket sätt [~ *does this affect us?*]; ~ ***ever?*** var i all världen?; ~ ***would we be, if...?*** hur skulle det gå (bli) med oss om...?; ~ ***to?*** vart? **2** vart [~ *are you going?*]; ~ ***ever?*** vard. vart i all världen? **II** ***rel adv*** **1** där [*a country ~ it never snows*]; var [*sit ~ you like*] **2** dit [*the place ~ I went next was Highbury*]; vart [*go ~ you like*]
**whereabouts** [adverb ˌweərə'baʊts, substantiv 'weərəbaʊts] **I** *adv* var ungefär, var någonstans [~ *did you find it?*] **II** *s* tillhåll; [***nobody knows***] ***his ~*** ... var han befinner sig
**whereas** [weər'æz] *konj* då (medan), däremot
**whereby** [weə'baɪ] *rel adv* varigenom, varmed
**whereupon** [ˌweərə'pɒn] *rel adv* varpå

**wherever** [weər'evə] *adv* **1** varhelst; varthelst; överallt där; överallt dit; ~ ***he comes from*** varifrån han än kommer **2** ~...? var i all världen...?
**whet** [wet] *tr* **1** bryna, slipa, vässa **2** bildl. skärpa, reta [~ *one's appetite*]
**whether** ['weðə] *konj* om [*I don't know ~ he is here or not*], huruvida; ***the question ~...*** frågan om...; ***I doubt ~ he will come*** jag tvivlar på att han kommer; ***you must, ~ you want to or not*** du måste, antingen du vill eller inte
**whetstone** ['wetstəʊn] *s* bryne, brynsten
**whew** [hju:] *interj* puh! [~, *it's hot in here!*]; usch!
**whey** [weɪ] *s* vassla
**which** [wɪtʃ] **I** *fråg pron* vilken, vilket, vilka, vem [~ *of you did it?*]; vilkendera; vilken (vilket, vilka, vem) som [*I don't know ~ of them came first*]; ~ ***ever...?*** vard. vilken (vem) i all världen...?
**II** (genitiv vars = *whose*) *rel pron* som [*was the book ~ you were reading a novel?*]; vilken, vilka; något (en sak) som, vilket [*he is very old, ~ ought to be remembered*]; [***he told me to leave,***] ~ ***I did*** ... vilket jag också gjorde, ... och det gjorde jag också; ***among ~*** bland vilka; ***the house, the roof of ~*** [***could be seen above the trees***] huset vars tak...; [***we saw ten cars,***] ***three of ~ were vans*** ... varav (av vilka) tre var skåpbilar
**whichever** [wɪtʃ'evə] **I** *rel pron* vilken... än [~ *road you take, you will go wrong*], vilkendera... än; vilken... som än; den, den som [*take ~ you like best*] **II** *fråg pron,* ~...? vilken (vem) i all världen...?
**whiff** [wɪf] **I** *s* **1** pust [~ *of wind*], fläkt, puff; ***a ~ of fresh air*** en nypa frisk luft **2** bloss; inandning **3** vard. cigarill **II** *itr* blossa [~ *at* (på) *one's pipe*]
**whiffleball** ['wɪflbɔ:l] *s* golf. m.m. träningsboll med hål i
**while** [waɪl] **I** *s* **1** stund [*a good (short)* ~]; tid; ***it will be a long ~ before...*** det kommer att dröja länge innan...; ***all the*** ~ hela tiden; ***for a*** ~ en stund, ett slag; ***in a*** ~ om en stund; ***every once in a*** ~ någon enstaka gång; ***for once in a*** ~ för en gångs skull; ***quite a*** ~ ganska länge **2** ***it is not worth*** ~ det är inte mödan värt; ***I will make it worth your*** ~ jag ska se till att det blir värt besväret för dig
**II** *konj* **1** medan, under det att; så länge [*I'll stay ~ my money lasts*] **2** medan (då) däremot [*Jane was dressed in brown, ~ Mary was dressed in blue*]; samtidigt som [~ *I admit his good points, I can see his bad*]
**III** *tr,* ~ ***away the time*** fördriva tiden [*with* med], få tiden att gå
**whilst** [waɪlst] *konj* se *while II 2*
**whim** [wɪm] *s* nyck, infall
**whimper** ['wɪmpə] **I** *itr* gnälla, gny **II** *s* gnäll, gnällande, gny, gnyende
**whimsical** ['wɪmzɪk(ə)l] *a* nyckfull; excentrisk
**whimsicality** [ˌwɪmzɪ'kælətɪ] *s* nyckfullhet
**whinchat** ['wɪn-tʃæt] *s* buskskvätta
**whine** [waɪn] **I** *itr* gnälla; yla; vina [*the bullets whined through the air*] **II** *s* gnäll, gnällande; ylande; vinande
**whining** ['waɪnɪŋ] *a* gnällande, gnällig; vinande
**whinny** ['wɪnɪ] **I** *itr* gnägga **II** *s* gnäggning
**whip** [wɪp] **I** *tr itr* **1** piska [~ *a horse*]; spöa, ge stryk **2** vispa [~ *cream*] **3** rusa, kila [*he whipped upstairs*] □ ~ **across** kila över [~ *across the road*]; ~ **down** rusa (kila) ner; ~ **in** rusa (kila) in; slänga (stoppa) in; ~ **into** rusa (kila) in i; slänga (kasta) in (ner) i [*he whipped the packet into the drawer*]; ~ ***into shape*** få fason (hyfs) på [~ *the team into shape*]; ~ **off** rusa bort, sticka i väg; ~ **out** rusa (störta, kila) ut (fram); kvickt rycka (dra) upp [*the policeman whipped out his notebook*]; ~ **round** sticka (kila) runt [*he whipped round the corner*]; ~ ***round to a p.'s place*** kila över till ngn; ~ ***round*** sätta i gång en insamling; ~ **up** rusa (flänga, kila) upp (uppför); vispa upp; fixa ihop (till) [~ *up a meal*]; piska upp [~ *up excitement* (stämningen)]; väcka [~ *up enthusiasm*]
**II** *s* **1** piska; piskrapp; gissel **2** stålvisp **3** kok., slags mousse **4** parl. inpiskare
**whipcord** ['wɪpkɔ:d] *s* textil. whipcord
**whip-hand** ['wɪp'hænd] *s,* ***have the*** ~ ha övertaget (makt) [*over a p.* över ngn]
**whiplash** ['wɪplæʃ] *s* pisksnärt
**whipped** [wɪpt] *a* **1** piskad, pryglad **2** vispad; ~ ***cream*** vispgrädde
**whippersnapper** ['wɪpəˌsnæpə] *s* spoling, snorvalp
**whipping** ['wɪpɪŋ] *s* **1 a)** piskning, piskande **b)** ***get a*** ~ få stryk **2** vispning, vispande; ~ ***cream*** vispgrädde
**whip-round** ['wɪpraʊnd] *s* vard. insamling
**whip-top** ['wɪptɒp] *s* pisksnurra
**whirl** [wɜ:l] **I** *itr tr* **1** virvla [*the leaves whirled in the air*]; snurra; virvla upp [*the wind whirled the dead leaves*]; ***they were***

*whirled away in the car* bilen susade iväg med dem; ~ *round* svänga runt med **2** rusa, susa, virvla [*she came whirling into the room*] **3** *his head (brain) whirled* det gick runt för honom **4** slunga, slänga
**II** *s* **1** virvel; virvlande; snurr, snurrande; *a ~ of dust* ett virvlande dammoln; *his brain was in a ~* det gick runt för honom **2** bildl. virvel [*a ~ of meetings*]; *a ~ of excitement* ett tillstånd av upphetsning
**whirling** ['wɜ:lɪŋ] *a* virvlande, virvel-, snurrande, svängande; dansande
**whirlpool** ['wɜ:lpu:l] *s* strömvirvel
**whirlwind** ['wɜ:lwɪnd] *s* virvelvind; bildl. virvel [*a ~ of meetings*]; *sow the wind and reap the ~* bildl. så vind och skörda storm; *a ~ tour* en blixtsnabb turné
**whirr** [wɜ:] *itr* surra, vina
**whirring** ['wɜ:rɪŋ] *s* surr, surrande, vin, vinande
**whisk** [wɪsk] **I** *s* **1** viska, dammvippa; *fly ~* flugviska, flugsmälla **2** visp **3** viftning [*a ~ of* (med) *the tail*]; svep [*a ~ of* (med) *the broom*] **II** *tr* **1** vifta [*~ the flies away*] **2** svänga (vifta) med [*the cow whisked her tail*] **3** föra i flygande fläng **4** vispa [*~ eggs*]
**whisker** ['wɪskə] *s* **1** vanl. pl. *~s* polisonger; [*that joke*] *has got ~s* vard. ... är urgammalt **2** morrhår
**whiskey** ['wɪskɪ] *s* amer., Irl. whisky
**whisky** ['wɪskɪ] *s* whisky
**whisper** ['wɪspə] **I** *itr* viska **II** *s* viskning; rykte; *talk in a ~ (in ~s)* viska
**whispering** ['wɪspərɪŋ] **I** *s* viskande; *~ campaign* viskningskampanj **II** *a* viskande
**whispering-gallery** ['wɪspərɪŋ'gælərɪ] *s* viskgalleri
**whist** [wɪst] *s* kortsp. whist, vist; *a game of ~* ett parti whist; *~ drive* whistturnering
**whistle** ['wɪsl] **I** *itr tr* vissla [*for* på, efter; *to* på; *~ a tune*]; vissla på (till); vina, susa; drilla [*the birds were whistling*]; om t. ex. ångbåt blåsa; *~ in the dark* försöka spela modig; *you can ~ for it* vard. det får du titta i månen efter
**II** *s* **1** vissling, vinande, susande, susning, drill, visselsignal **2** visselpipa; vissla [*factory (steam) ~*]; *penny (tin) ~* leksaksflöjt; *as clean as a ~* hur ren (fin) som helst **3** *wet one's ~* vard. fukta strupen, ta sig ett glas
**whistling** ['wɪslɪŋ] *s* visslande; vinande; drillande
**whit** [wɪt] *s* uns [*not a ~ of truth in it*]
**white** [waɪt] **I** *a* vit; vitblek, blek; *~ coffee* kaffe med mjölk (grädde); *~ flag* vit flagga, parlamentärflagga; *~ frost* rimfrost; *~ heat* vitvärme; *at a ~ heat* vitglödgad; *her anger was at ~ heat* hon var vit (kokade) av vrede; *work at ~ heat* arbeta för högtryck; *the White House* Vita huset den amerikanske presidentens residens i Washington; *~ lie* vit lögn, from lögn; *the ~ man's burden* den vite mannens börda den vita rasens självpåtagna ansvar gentemot de färgade folken; *~ noise* vitt brus i t. ex. radio; *White Russia* Vitryssland; *~ slavery* vit slavhandel; *~ tie* a) vit rosett (fluga) b) frack [*come in a ~ tie*]; *~ wine* vitt vin, vitvin
**II** *s* **1** vitt **2** vit; *the ~s* de vita, den vita rasen **3** vita: **a)** *~ of egg* äggvita; *the ~ of an egg* en äggvita **b)** *the ~ of the eye* ögonvitan, vitögat **4** med., *the ~s* flytningar
**whitebait** ['waɪtbeɪt] *s* småsill, skarpsill
**whitecaps** ['waɪtkæps] *s pl* vita gäss på sjön
**white-collar** ['waɪt'kɒlə] *a*, *~ job* manschettyrke; *~ worker* manschettarbetare
**whitefish** ['waɪtfɪʃ] *s* **1** sik **2** fisk med vitt kött t. ex. torsk, kolja, vitling
**white-haired** ['waɪtˌheəd] *a* **1** a) vithårig b) linhårig **2** vard., *~ boy* gullgosse, kelgris
**Whitehall** ['waɪt'hɔ:l] **1** gata i London med flera departement **2** bildl. brittiska regeringen
**white-hot** ['waɪt'hɒt] *a* vitglödgad; bildl. glödande
**white-livered** ['waɪtˌlɪvəd] *a* feg, harhjärtad, rädd
**whiten** ['waɪtn] *tr* göra vit, vitfärga, krita [*~ a pair of shoes*]; bleka
**whitener** ['waɪtnə] *s* vitmedel; blekmedel
**white-slave** ['waɪt'sleɪv] *a*, *~ traffic (trade)* vit slavhandel
**white-tie** ['waɪt'taɪ] *a* frack-; *~ affair* fracktillställning
**whitewash** ['waɪtwɒʃ] **I** *s* **1** limfärg, kalkfärg **2** rentvående; bortförklaring **II** *tr* **1** limstryka, vitlimma, vitmena, kalka **2** rentvå [*~ a p.*]; bortförklara
**whitewood** ['waɪtwʊd] **I** *s* **1** träd med vitt virke, speciellt tulpanträd **2** hand. granvirke **3** trävitt **II** *a* trävit
**whitey** ['waɪtɪ] *s* neds. vit man
**whither** ['wɪðə] **I** *fråg adv* varthän, vart **II** *rel adv* dit; vart, vartän
**whiting** ['waɪtɪŋ] *s* **1** krita; kritpulver **2** fisk vitling
**whitlow** ['wɪtləʊ] *s* med. nagelböld, fulslag
**Whit Monday** ['wɪt'mʌndɪ] *s* annandag pingst

**Whitsun** ['wɪtsn] **I** *a* pingst- [~ *week*] **II** *s* pingst, pingsten
**Whit Sunday, Whitsunday** ['wɪt'sʌndɪ] *s* pingstdag, pingstdagen
**Whitsuntide** ['wɪtsntaɪd] *s* pingst, pingsten, pingsthelg, pingsthelgen
**whittle** ['wɪtl] *tr* tälja på [~ *a stick*]; vässa; tälja till; ~ ***down*** bildl. reducera, skära ner
**whiz** [wɪz] *itr* vina, vissla, svischa [*the bullet whizzed past him*]
**whiz-kid** ['wɪzkɪd] *s* vard. underbarn, fenomen; expert
**who** [hu:, obetonat hʊ] (genitiv *whose;* objektsform *whom,* informellt *who*) *pron* **1** frågande vem, vilka [~ *is he?;* objektsform: ~ *(whom) do you mean?*; *he asked* ~ *I live with*]; ~ ***ever...?*** vem i all världen...?; ***Who's Who?*** uppslagsbok Vem är det? **2** relativ som; vilken, vilka [*there's somebody* ~ (någon som) *wants you on the telephone;* objektsform: *the man whom we met,* informellt *the man* ~ *we met*]; ***all of whom*** vilka alla; ***many of whom*** av vilka många
**who'd** [hu:d] = *who had*; *who would*
**whodunit, whodunnit** [ˌhu:'dʌnɪt] *s* (av *who has done it?* el. *who done it?*) vard. deckare detektivroman
**whoever** [hu:'evə] **I** *rel pron* vem som än [~ *did it, I didn't* (så inte var det jag)], vem (vilka)... än [~ *he (they) may be*]; vem (vilka) som helst som, var och en som, den som [~ *says that is wrong*], alla (de) som [~ *does that will be punished*]; vem [*she can choose* ~ *she wants*] **II** *fråg pron,* ~ ***...?*** vem i all världen...?
**whole** [həʊl] **I** *a* hel; [***it went on***] ***for five*** ~ ***days*** ... i fem hela dagar **II** *s* helhet; ***a*** ~ ett helt, en helhet; en hel; ***the*** ~ ***of*** hela [*the* ~ *of Europe*]; alla; ***taken as a*** ~ som helhet betraktad; ***on the*** ~ på det hela taget
**whole-hearted** ['həʊl'hɑ:tɪd] *a* helhjärtad
**wholemeal** ['həʊlmi:l] *s* osiktat mjöl; grahamsmjöl; ~ ***bread*** fullkornsbröd
**wholesale** ['həʊlseɪl] **I** *a* engros-, parti- [~ *price*]; bildl. mass- [~ *arrests*]; ~ ***dealer (merchant)*** grosshandlare, grossist; ~ ***destruction*** massförstörelse **II** *adv* en gros, i parti [*sell* ~]; bildl. i massor; i stor skala
**wholesaler** ['həʊlˌseɪlə] *s* grosshandlare, grossist
**wholesome** ['həʊls(ə)m] *a* hälsosam [~ *food*]; sund; nyttig [~ *exercise*]
**whole-time** ['həʊl'taɪm] *a* heltids- [~ *job*]
**wholly** ['həʊllɪ] *adv* helt och hållet, helt [*I* ~ *agree with you*], fullt; fullständigt
**whom** [hu:m, obetonat hʊm] *pron* se *who*
**whoop** [hu:p] **I** *itr* ropa, tjuta, skrika [~ *with* (av) *joy*], heja **II** *s* rop, tjut, skrik [~*s of joy*], hejarop
**whoopee** ['wʊpi:] **I** *s, **make*** ~ vard. festa, slå runt **II** *interj* hurra!; tjohej!
**whooping-cough** ['hu:pɪŋkɒf] *s* kikhosta
**whoops** [hu:ps] *interj* hoppsan!
**whoopsadaisy** ['hu:psəˌdeɪzɪ] *interj* hoppsan!
**whopper** ['wɒpə] *s* vard. **1** baddare, bjässe, hejare **2** jättelögn
**whopping** ['wɒpɪŋ] vard. **I** *a* jättestor; ***a*** ~ ***lie*** en jättelögn **II** *adv* jätte- [*a* ~ *big fish*]
**whore** [hɔ:] **I** *s* hora, sköka, luder **II** *itr* hora; bedriva hor (otukt)
**whorehouse** ['hɔ:haʊs] *s* bordell, horhus
**whortleberry** ['wɜ:tlˌberɪ] *s* blåbär; ***red*** ~ lingon
**who's** [hu:z] = *who is*; ***who has***
**whose** [hu:z] (se äv. *who, which*) **I** *fråg pron* vems [~ *book is it?*], vilkens, vilkas **II** *rel pron* vars [*is that the boy* ~ *father died?*], vilkens, vilkets, vilkas
**whosoever** [ˌhu:səʊ'evə] *rel pron* litt. se *whoever I*
**why** [waɪ] **I** *adv* **1** frågande varför; ~ ***don't I come and pick you up?*** ska jag inte komma och hämta dig?; ~ ***ever*** [***did he***]***?*** varför i all världen...?; ~ ***is it that...?*** hur kommer det sig att...? **2** relativt varför [~ *I mention this is because...* ]; därför [*that is* ~ *I like him*]; till att, varför [*the reason* ~ *he did it*]; ***so that is*** ~ jaså, det är därför **II** *interj* **1** t. ex. förvånat, indignerat, protesterande men... ju [*don't you know?* ~, *it's in today's paper*], nej men [~, *I believe I've been asleep*], ja men [~, *it's quite easy* (lätt gjort)] **2** t. ex. bedyrande, bekräftande ja, jo [~, *of course!*]; ~, ***no!*** nej då!, nej visst inte!; ~, ***yes (sure)!*** oh ja!, ja (jo) visst!; ja då [*if that won't do,* ~ *(*~ *then), we must try something else*]
**wick** [wɪk] *s* veke
**wicked** ['wɪkɪd] *a* **1** ond [~ *thoughts*], elak [*a* ~ *tongue*]; syndig; ***no peace (rest) for the*** ~ skämts. aldrig får man någon ro **2** vard. hemsk [*the weather is* ~], usel; ***it's a*** ~ ***shame*** det är både synd och skam
**wicker** ['wɪkə] **I** *s* **1** vidja **2** flätverk, korgarbete **3** videkorg **II** *a* korg- [~ *chair*], vide- [~ *basket*]; ~ ***bottle*** korgflätad flaska

**wickerwork** ['wɪkəwɜ:k] *s* korgarbete, flätverk; attributivt korg- [~ *furniture*]
**wicket** ['wɪkɪt] *s* **1** sidogrind; liten sidodörr **2** i kricket: a) grind b) plan mellan grindarna
**wide** [waɪd] **I** *a* **1** vid; vidsträckt, vittomfattande [~ *interests*]; stor [~ *experience*], rik, omfattande; ~ ***screen*** vidfilmsduk; ***the*** ~ ***world*** stora vida världen **2** bred [*a* ~ *river*] **II** *adv* vida omkring; vitt; långt [*of* från]; långt bredvid (förbi); ***fall (go)*** ~ ***of the mark*** a) falla (gå) långt vid sidan, gå fel, missa [*the shot went* ~] b) vara (bli) ett slag i luften; ~ ***apart*** vitt skilda, långt ifrån varandra; utbredda [*arms* ~ *apart*]; ~ ***awake*** klarvaken; ~ ***open*** vidöppen, på vid gavel; uppspärrad [*with eyes* ~ *open*]; ***he left himself*** ~ ***open*** han gav en blotta på sig
**wide-angle** ['waɪd,æŋgl] *a*, ~ ***lens*** vidvinkelobjektiv
**wide-awake** [,waɪdə'weɪk] *a* vaken; skärpt
**widely** ['waɪdlɪ] *adv* vitt [~ *different*], vida; vitt och brett; vitt omkring [~ *scattered*]; ~ ***known*** allmänt känd, vittbekant
**widen** ['waɪdn] *tr itr* vidga, bredda [~ *the road*]; vidgas, bli vidare (bredare); ~ ***the breach (gulf)*** vidga klyftan
**wide-ranging** ['waɪd,reɪndʒɪŋ] *a* omfattande, vittomspännande
**wide-screen** ['waɪdskri:n] *a*, ~ ***film*** vidfilm
**widespread** ['waɪdspred] *a* vidsträckt [~ *floods*]; omfattande [~ *search*]; allmänt utbrett (spritt)
**widgeon** ['wɪdʒən] *s* bläsand
**widow** ['wɪdəʊ] **I** *s* änka [*of* efter]; ***widow's weeds*** änkedräkt **II** *tr* göra till änka; ***he has a widowed sister*** han har en syster som är änka
**widower** ['wɪdəʊə] *s* änkling, änkeman
**width** [wɪdθ] *s* **1** bredd; vidd [~ *round the waist*] **2** ~ ***of cloth*** tygvåd
**wield** [wi:ld] *tr* hantera [~ *an axe*], sköta, använda, svinga [~ *a weapon*]
**wife** [waɪf] (pl. *wives* [waɪvz]) *s* fru, hustru, maka; ***the*** ~ vard. min fru, frugan
**wig** [wɪg] *s* peruk
**wiggle** ['wɪgl] **I** *itr tr* vrida sig [~ *like a worm*], slingra sig [~ *through a crowd*]; vicka; vicka med [~ *one's toes*]; vifta med [~ *one's ears*] **II** *s* vridning; vickning
**wigwam** ['wɪgwæm] *s* vigvam indianhydda
**wild** [waɪld] **I** *a* **1** vild; förvildad; ~ ***beast*** vilddjur; ~ ***duck*** vildand; gräsand; ***sow one's*** ~ ***oats*** så sin vildhavre, rasa ut **2** ursinnig, rasande **3** vild; uppsluppen [*a* ~ *party*] **4** vettlös [~ *talk*], vanvettig [*a* ~ *idea*]; vild [~ *schemes*] **II** *adv* o. *a* med verb vilt [*grow* ~]; ***make (drive) a p.*** ~ göra ngn ursinnig (rasande); ***run*** ~ a) växa vilt; förvildas; leva i vilt tillstånd b) springa omkring vind för våg [*the children are allowed to run* ~] c) skena **III** *s*, pl. ~***s*** vildmark, obygd, ödemark
**wildcat** ['waɪldkæt] **I** *s* **1** zool. vildkatt **2** om kvinna vildkatta; markatta **II** *a* vard., ***a*** ~ ***strike*** en vild strejk
**wilderness** ['wɪldənəs] *s* vildmark, ödemark; ödslig trakt; öken
**wildfire** ['waɪld,faɪə] *s*, ***run (spread) like*** ~ sprida sig som en löpeld
**wild-goose** ['waɪldgu:s] **I** (pl. *wild-geese* ['waɪldgi:s]) *s* vildgås **II** *a*, ***a*** ~ ***chase*** ett lönlöst (hopplöst) företag; ***go (be sent) on a*** ~ ***chase*** gå (skickas) förgäves
**wildlife** ['waɪldlaɪf] *s* vilda djur; naturliv, djurliv, djurlivet
**wile** [waɪl] *s*, vanl. pl. ~***s*** list, knep
**wilful** ['wɪlf(ʊ)l] *a* **1** egensinnig [*a* ~ *child*], envis **2** uppsåtlig, överlagd [~ *murder*]
**will** [wɪl, hjälpverb obetonat wəl, əl] **I** (imperfekt *would*) *hjälpvb* presens (ofta hopdraget till *'ll*, nekande äv. *won't*) **1** kommer att [*you* ~ *never manage it*]; skall [*how* ~ *it end?*]; ***if that*** ~ ***suit you*** om det passar; ***you*** ~ ***write, won't you?*** du skriver väl? **2** skall t.ex. ämnar [*I'll do it at once*]; ***I'll soon be back*** jag är snart tillbaka **3** vill [*he* ~ *not (won't) do as he is told*]; ***won't you sit down?*** var så god och sitt!; ***the door won't shut*** dörren går inte att stänga; ***shut that door,*** ~ ***you?*** stäng dörren är du snäll! **4** skall (vill) absolut; ***boys*** ~ ***be boys*** pojkar är nu en gång pojkar; ***such things*** ~ ***happen*** sånt händer **5** brukar, kan [*she* ~ *sit for hours doing nothing*]; ***meat won't keep*** [***in hot weather***] kött brukar inte hålla sig... **6** torde [*you* ~ *understand that*... ]; ***this'll be the book*** [***you are looking for***] det är nog den här boken...; ***that*** ~ ***do*** det får räcka (duga)
**II** *tr* **1** vilja [*God has willed it so*]; ***God willing*** om Gud vill **2** förmå (få)
**III** *s* **1** vilja; ***good*** ~ god vilja, välvilja; ***ill*** ~ illvilja; ***thy*** ~ ***be done*** bibl. ske din vilja; ***where there's a*** ~ ***there's a way*** man kan bara man vill; ***have (get) one's*** ~ få sin vilja fram; ***at*** ~ efter behag, fritt; [***you may come and go***] ***at*** ~ ... som du vill, ... som det passar dig; ***of one's own free*** ~ av

egen fri vilja **2** testamente; ***my last ~ and testament*** min sista vilja, mitt testamente

**willing** ['wɪlɪŋ] **I** *a* villig; beredvillig, tjänstvillig; ***I am quite ~*** det vill (gör) jag gärna **II** *s*, ***show ~*** visa god vilja

**willingly** ['wɪlɪŋlɪ] *adv* **1** gärna, villigt, beredvilligt, med nöje **2** frivilligt

**will-o'-the-wisp** [ˌwɪləðə'wɪsp] *s* **1** irrbloss, lyktgubbe **2** spelevink

**willow** ['wɪləʊ] *s* bot. pil, vide; ***weeping ~*** tårpil

**willowy** ['wɪləʊɪ] *a* smärt, slank

**will-power** ['wɪlˌpaʊə] *s* viljekraft, viljestyrka

**willy-nilly** [ˌwɪlɪ'nɪlɪ] *adv* med eller mot sin vilja; ***he will have to do it ~*** vare sig (antingen) han vill eller inte

**wilt** [wɪlt] *itr tr* **1** vissna, torka, sloka; börja mattas **2** komma att vissna

**Wilton** ['wɪlt(ə)n] **I** egennamn **II** *s*, ***~ carpet (rug)*** wiltonmatta

**wily** ['waɪlɪ] *a* knipslug; förslagen

**win** [wɪn] **I** (*won won*) *tr itr* **1** vinna, vinna i (vid) [*~ the election*]; segra; ta hem äv. kortsp. [*~ a trick*]; tillvinna sig, erövra; ***~ the day*** vinna slaget, hemföra segern **2** ***~ a p. over*** vinna ngn för sin sak, få ngn med sig [*he soon won the audience over*]; ***~ a p. over*** få ngn över på sin sida; ***~ a p. round*** få ngn med sig **II** *s* vard. **1** sport. seger **2** vinst [*a ~ on the pools*]

**wince** [wɪns] **I** *itr* rycka till [*~ at* (vid) *an insult*; *~ with* (av) *pain*]; rygga tillbaka [*at* inför], krypa ihop [*she winced under the blow*] **II** *s* ryckning; ***without a ~*** utan att röra en min

**winch** [wɪntʃ] **I** *s* **1** vinsch, vindspel **2** vev, vevsläng **II** *tr* vinscha upp

**1 wind** [wɪnd] **I** *s* **1** vind [*warm ~s*], blåst; ***gust of ~*** kastby, vindstöt; ***there is a strong wind*** det blåser hårt (hård vind); ***take the ~ out of a p.'s sails*** bildl. ta loven av ngn; förekomma ngn; ***go (keep, sail) close to the ~*** a) segla dikt bidevind b) bildl. leva indraget (knappt); tangera gränsen för det otillåtna; ***there is something in the ~*** bildl. det är något under uppsegling; ***throw to the ~s*** bildl. kasta överbord [*throw caution* (all försiktighet) *to the ~s*] **2** ***get one's second ~*** börja andas igen, hämta andan; bildl. hämta sig; ***out of ~*** andfådd **3** väderkorn; ***get ~ of*** få nys om, få korn på **4** väderspänningar, gaser från magen; ***break ~*** a) rapa b) släppa väder; ***get (have) the ~ up*** vard. bli (vara) skraj **5** mus., ***the wind*** blåsarna; ***~ instrument*** blåsinstrument **6** vard., ***raise the ~*** skaffa pengar **II** *tr* göra andfådd [*the race winded him*]; ***be (get) winded*** vara (bli) andfådd

**2 wind** [waɪnd] (*winded winded* el. *wound wound*) *tr* blåsa [*~ a trumpet*], stöta i [*~ a horn*]

**3 wind** [waɪnd] **I** (*wound wound*) *tr itr* **1** linda, vira, sno **2** nysta [*~ yarn*]; spola [*~ thread*; *~ a film on to* (på) *a spool*]; ***~ (~ up) wool into a ball*** nysta garn till ett nystan **3 a)** veva [*~ back* (tillbaka) *a film*; *~ down (up) a window*]; veva (vrida) på [*~ a handle* (vev)] **b)** ***~ up*** vinda (veva, hissa) upp **4** ***~ up*** vrida (dra) upp [*~ up a watch* el. *~ a watch*] □ ***~ up*** bildl. **a)** sluta [*he wound up by saying*], avsluta [*~ up a meeting*]; hamna [*~ up in hospital*]; ***we wound up at a restaurant*** vi gick på restaurang efteråt som avslutning; ***he will ~ up being*** [*the boss*] han kommer att sluta som . . . **b)** hand. avveckla [*~ up a company*]; avsluta [*~ up the accounts*]; ***~ up an estate*** jur. utreda ett dödsbo

**II** *s* vridning; varv; ***give a clock one more ~*** vrida upp en klocka ett varv till

**windbag** ['wɪndbæg] *s* vard. pratkvarn

**windbreaker** ['wɪndˌbreɪkə] *s* amer. vindtygsjacka

**windcheater** ['wɪndˌtʃi:tə] *s* vindtygsjacka

**windfall** ['wɪndfɔ:l] *s* **1** fallfrukt **2** bildl. skänk från ovan, glad överraskning

**wind-flower** ['wɪndˌflaʊə] *s* vitsippa

**wind-force** ['wɪndfɔ:s] *s* vindstyrka

**wind-gauge** ['wɪndgeɪdʒ] *s* meteor. vindmätare

**winding** ['waɪndɪŋ] *a* slingrande, krokig [*a ~ path*]; ***~ staircase*** spiraltrappa

**winding-sheet** ['waɪndɪŋʃi:t] *s* liksvepning, sveplakan

**windlass** ['wɪndləs] *s* tekn. vindspel, vinsch; sjö. ankarspel

**windmill** ['wɪndmɪl] *s* väderkvarn

**window** ['wɪndəʊ] *s* fönster äv. på kuvert, skyltfönster

**window-box** ['wɪndəʊbɒks] *s* fönsterlåda, balkonglåda för växter

**window-cleaner** ['wɪndəʊˌkli:nə] *s* fönsterputsare

**window-display** ['wɪndəʊdɪsˌpleɪ] *s* fönsterskyltning

**window-dressing** ['wɪndəʊˌdresɪŋ] *s* **1** fönsterskyltning, fönsterdekorering **2** bildl. skyltande, briljerande, uppvisning

**window-envelope** ['wɪndəʊˌenvələʊp] *s* fönsterkuvert

**window-frame** ['wɪndəʊfreɪm] *s* fönsterkarm

**window-ledge** ['wɪndəʊledʒ] *s* fönsterbleck
**window-pane** ['wɪndəʊpeɪn] *s* fönsterruta
**window-sash** ['wɪndəʊsæʃ] *s* fönsterbåge
**window-shop** ['wɪndəʊʃɒp] *itr* titta i skyltfönster, fönstershoppa
**window-sill** ['wɪndəʊsɪl] *s* fönsterbräde
**windpipe** ['wɪndpaɪp] *s* luftstrupe
**windscreen** ['wɪndskri:n] *s* vindruta på bil; ~ *washer* vindrutespolare; ~ *wiper* vindrutetorkare
**windshield** ['wɪndʃi:ld] *s* amer. se *windscreen*
**windswept** ['wɪndswept] *a* vindpinad
**wind-up** ['wɪnd'ʌp] *s* vard., *get (have) the* ~ bli (vara) skraj
**windy** ['wɪndɪ] *a* **1** blåsig **2** vard. skraj
**wine** [waɪn] **I** *s* vin **II** *itr tr,* ~ *and dine* äta och dricka, festa; ~ *and dine a p.* bjuda ngn på en god middag
**wine-bottle** ['waɪnˌbɒtl] *s* vinbutelj, vinflaska
**wine-cellar** ['waɪnˌselə] *s* vinkällare
**wineglass** ['waɪnglɑ:s] *s* vinglas
**wine-grower** ['waɪnˌgrəʊə] *s* vinodlare
**wine-merchant** ['waɪnˌmɜ:tʃ(ə)nt] *s* vinhandlare
**wine-taster** ['waɪnˌteɪstə] *s* vinprovare
**wine-vinegar** ['waɪnˌvɪnɪgə] *s* vinättika, vinäger
**wing** [wɪŋ] **I** *s* **1** vinge; *clip a p.'s* ~*s* bildl. vingklippa ngn; stäcka ngn; *take* ~ a) flyga upp, lyfta b) bildl. ge sig av; flyga sin kos; *on the* ~ i flykten [*shoot a bird on the* ~]; *take a p. under one's* ~ bildl. ta ngn under sina vingars skugga **2** flygel äv. mil., polit.; flygelbyggnad **3** flygel på bil; ~ *mirror* backspegel **4** kragsnibb **5** sport. ytterkant **6** teat., speciellt pl. ~*s* kulisser; *be waiting in the* ~*s* vänta i kulisserna, bildl. vara redo **7** mil. flygflottilj; amer. flygeskader; ~ *commander* överstelöjtnant vid flygvapnet **II** *tr* vingskjuta [~ *a bird*]
**winger** ['wɪŋə] *s* sport. ytter
**wing-nut** ['wɪŋnʌt] *s* vingmutter
**wing-span** ['wɪŋspæn] *s* flyg., zool. vingbredd
**wink** [wɪŋk] **I** *itr tr* blinka; blinka med; ~ *at a p.* blinka åt ngn; ögonflörta med ngn; ~ *at a th.* bildl. blunda för ngt, se genom fingrarna med ngt **II** *s* **1** blink; blinkning **2** blund [*I didn't sleep a* ~ *last night*]; *I couldn't get a* ~ *of sleep* ~~jag fick~~ inte en blund i ögonen; *forty* ~*s* vard. en liten tupplur
**winking** ['wɪŋkɪŋ] *s* blinkning; *as easy as* ~ lekande lätt
**winkle** ['wɪŋkl] *s* ätbar strandsnäcka
**winner** ['wɪnə] *s* **1** vinnare, segrare **2** vard. succé, fullträff
**Winnie** ['wɪnɪ] egennamn, ~*-the-Pooh* ['wɪnɪðə'pu:] Nalle Puh
**winning** ['wɪnɪŋ] **I** *a* **1** vinnande [*the* ~ *horse*], segrande; vinnar- [*he is a* ~ *type*]; vinst- [*a* ~ *number*] **2** bildl. vinnande [*a* ~ *smile*], intagande **II** *s* **1** vinnande; erövring; utvinning **2** pl. ~*s* vinst, vinster
**winning-post** ['wɪnɪŋpəʊst] *s* kapplöpn. målstolpe, mållinje, mål
**winsome** ['wɪnsəm] *a* behaglig, vinnande, sympatisk, charmerande [*a* ~ *smile*]
**winter** ['wɪntə] **I** *s* (för ex. jfr äv. *summer*) vinter; attributivt vinter- [~ *sports*]; *in the dead (depth) of* ~ mitt i smällkalla vintern **II** *itr* övervintra; tillbringa vintern [~ *in the south*]
**wintry** ['wɪntrɪ] *a* vintrig, vinterlik, vinter-
**wipe** [waɪp] **I** *tr itr* torka, torka av [~ *the dishes (floor)*]; torka bort, stryka (sudda) ut [~ *a th. off* (från) *the blackboard*]; gnida; ~ *one's eyes* torka tårarna; ~ *one's face* torka sig i ansiktet; ~ *one's feet* torka sig om fötterna; ~ *the floor with a p.* vard. sopa golvet med ngn; ~ *one's shoes* torka av skorna □ ~ **away** torka bort; ~ **down** torka ren (av); ~ **off a)** torka av; stryka (sudda) ut [~ *off a th. from the blackboard*] **b)** utplåna; ~ *off a debt* göra sig kvitt en skuld; ~ *a th. off the face of the earth (off the map)* totalförstöra ngt; ~ **out a)** torka ur; torka bort, gnida ur [~ *out a stain*], stryka (sudda) ut **b)** utplåna, rentvå sig från [~ *out an insult*]; ~ *out a debt* göra sig kvitt en skuld **c)** tillintetgöra, förinta [*the whole army was wiped out*], utplåna; utrota [~ *out crime*]; ~ **up** torka upp; torka [~ *up the dishes*] **II** *s* avtorkning; *give a* ~ torka av
**wiper** ['waɪpə] *s* **1** torkare [*windscreen* ~] **2** torktrasa
**wire** ['waɪə] **I** *s* **1** tråd av metall, ledning; kabel; lina; vajer; *barbed* ~ taggtråd; *pull* ~*s* använda sitt inflytande, mygla **2** vard. telegram; telegraf; *by* ~ per telegram **II** *tr itr* **1** linda om med ståltråd **2** förse med ledningar, dra in ledningar i **3** vard. telegrafera till; telegrafera [*for* efter], skicka telegram
**wire-brush** ['waɪəbrʌʃ] *s* stålborste
**wire-cutter** ['waɪəˌkʌtə] *s* slags avbitartång

**wire-fence** ['waɪəfens] *s* o. **wire-fencing** ['waɪəˌfensɪŋ] *s* ståltrådsstängsel
**wire-haired** ['waɪəheəd] *a* strävhårig [*a ~ terrier*]
**wireless** ['waɪələs] **I** *a* trådlös; *~ **telegraphy*** trådlös telegrafi, radiotelegrafi **II** *s* åld. radioapparat; *~ **operator*** radiotelegrafist
**wire-netting** ['waɪə'netɪŋ] *s* metalltrådsnät, ståltrådsnät; ståltrådsstängsel
**wirepulling** ['waɪəˌpʊlɪŋ] *s* spel bakom kulisserna; intrigerande; mygel
**wire-tapping** ['waɪəˌtæpɪŋ] *s* telefonavlyssning
**wire-wool** ['waɪəwʊl] *s* stålull
**wiring** ['waɪərɪŋ] *s* elinstallation; ledningsnät, ledningar
**wiry** ['waɪərɪ] *a* **1** lik ståltråd; stripig [*~ hair*] **2** seg; senig
**wisdom** ['wɪzd(ə)m] *s* visdom, vishet, klokhet; förstånd
**wisdom-tooth** ['wɪzdəmtu:θ] (pl. *wisdom-teeth* ['wɪzdəmti:θ]) *s* visdomstand
**wise** [waɪz] *a* vis, klok, förståndig; *~ **guy*** amer. vard. a) stöddig kille b) förståsigpåare, besserwisser; ***be ~ after the event*** vara efterklok; [***if you take it***] ***nobody will be any the wiser*** ... kommer ingen att märka något; ***we were none the wiser*** vi blev inte ett dugg klokare för det; ***get ~ to a th.*** vard. komma på det klara med ngt
**wiseacre** ['waɪzˌeɪkə] *s* snusförnuftig människa; besserwisser; politisk kannstöpare
**wisecrack** ['waɪzkræk] vard. **I** *s* kvickhet; spydighet **II** *itr* vara kvick; vara spydig
**wish** [wɪʃ] **I** *tr itr* **1** önska; vilja ha; önska sig något [*close your eyes and ~ !*]; ***I ~ to*** [***say a few words***] jag skulle vilja...; *~ **a p. further*** vard. önska ngn dit pepparn växer; ***I ~ you would be quiet*** om du ändå ville vara tyst; ***I ~ to God (Heaven) that...*** jag önskar vid Gud att...; ***as you ~*** som du vill; *~ **for*** önska sig [*she has everything a woman can ~ for*]; *~ **on (upon) a star*** önska ngt, då en stjärna faller **2** tillönska, önska [*~ a p. a Happy New Year*]; *~ **a p. joy*** lyckönska ngn; ***I ~ you well!*** lycka till! **II** *s* önskan, önskemål [*for* om]; längtan [*for* efter, till]; pl. ***wishes*** a) önskningar, önskemål [*for* om] b) hälsningar [*best wishes from Mary*]; ***my best (good) wishes*** mina varmaste lyckönskningar; ***make a ~*** önska, önska sig något; ***against (contrary to) a p.'s wishes*** mot ngns önskan (vilja)
**wishbone** ['wɪʃbəʊn] *s* gaffelben på fågel, önskeben ben i form av en klyka som dras itu av två personer varvid den som fått den längsta delen får önska sig något
**wished-for** ['wɪʃtfɔ:] *a* efterlängtad, önskad
**wishful** ['wɪʃf(ʊ)l] *a* längtansfull; *~ **thinking*** önsketänkande
**wishing-well** ['wɪʃɪŋwel] *s* önskebrunn
**wishy-washy** ['wɪʃɪˌwɒʃɪ] *a* blaskig [*~ tea*], vattnig [*~ colours*], matt, blek; slafsig
**wisp** [wɪsp] *s* tapp [*a ~ of hay*], knippa, bunt; strimma, remsa, slinga; stycke, bit; *~ **of hair*** hårtest, hårtott
**wispy** ['wɪspɪ] *a* tovig [*a ~ beard*], stripig
**wistaria** [wɪs'teərɪə] *s* o. **wisteria** [wɪs'tɪərɪə] *s* bot. blåregn
**wistful** ['wɪstf(ʊ)l] *a* längtansfull, trånande, trånsjuk; grubblande, tankfull
**wit** [wɪt] *s* **1** pl. *~s* vett, förstånd; slagfärdighet; ***have a ready ~*** vara slagfärdig; ***collect one's ~s*** samla sig; ***she has got her ~s about her*** hon har huvudet på skaft; ***he kept his ~s about him*** han höll huvudet kallt; ***I am at my wit's (wits') end*** jag vet varken ut eller in; ***live by one's ~s*** leva på sin intelligens och fiffighet; ***be out of one's ~s*** a) vara från vettet b) vara ifrån sig; ***frighten a p. out of his ~s*** skrämma ngn från vettet **2** kvickhet; espri, spiritualitet **3** kvickhuvud
**witch** [wɪtʃ] *s* **1** häxa; trollkäring **2** vard. häxa, käring [*an ugly old ~*]
**witchcraft** ['wɪtʃkrɑ:ft] *s* trolldom, häxeri
**witch-doctor** ['wɪtʃˌdɒktə] *s* medicinman
**witch-hunt** ['wɪtʃhʌnt] *s* häxjakt
**witching** ['wɪtʃɪŋ] *a* förhäxande, troll-, häx-; ***the ~ hour of night*** den tid på natten då häxorna är ute, spöktimmen
**with** [wɪð] *prep* **1** med; för [*I bought it ~ my own money*]; till, i [*take sugar ~ one's coffee*]; hos [*he is staying* (bor) *~ the Browns*]; bland [*popular ~*]; av [*stiff ~ cold, tremble ~ fear*]; mot [*be frank (honest) ~ a p.*]; på [*be angry ~ a p.*] **2** ***you can never tell ~ him*** när det gäller honom (med honom) kan man aldrig så noga veta; ***it's OK ~ me*** vard. gärna för mig; ***be laid up ~ influenza*** ligga till sängs i influensa; ***what does he want ~ me?*** vad vill han mig?; ***be ~ it*** vard. vara inne modern, hänga med
**withdraw** [wɪð'drɔ:] (*withdrew withdrawn*) *tr itr* **1** dra tillbaka [*~ troops from a position*], dra bort (undan); avlägsna, ta bort [*from* från, ur], ta ut [*~ money from*

(från, på) *the bank*]; återkalla [~ *an accusation*] **2** dra sig tillbaka, avlägsna sig, gå avsides, gå ut [*he withdrew for a moment*]; dra sig undan (ur); träda tillbaka [~ *in favour of a younger candidate*]

**withdrawal** [wɪð'drɔ:(ə)l] *s* **1** tillbakadragande, avlägsnande; uttag **2** återkallande **3** utträde, tillbakaträdande, avgång; mil. återtåg

**withdrawn** [wɪð'drɔ:n] **I** se *withdraw* **II** *a* bildl. tillbakadragen, inåtvänd, reserverad; ***a ~ life*** ett tillbakadraget liv

**withdrew** [wɪð'dru:] se *withdraw*

**wither** ['wɪðə] *tr itr* förtorka, göra vissen, komma att vissna; ~ el. ~ ***away*** vissna, förtorka, tyna bort

**withheld** [wɪð'held] se *withhold*

**withhold** [wɪð'həʊld] (*withheld withheld*) *tr* hålla inne [~ *a p.'s wages*]; vägra att ge [~ *one's consent*]; ***~ a th. from a p.*** undanhålla ngn ngt

**within** [wɪ'ðɪn] **I** *prep* **1** i rumsuttryck o. bildl. inom [~ *the city*], inuti, inne i, i, innanför; ***be ~ doors*** vara inomhus (inne); ***from ~*** inifrån... **2** i tidsuttryck: ***~ the space of*** inom loppet av; ***~ the last half hour*** för mindre än en halvtimme sedan **II** *adv* **1** inuti, innanför; inne; ***from ~*** inifrån **2** bildl. inom sig

**with-it** ['wɪðɪt] *a* vard. inne, inne- modern [~ *clothes*]

**without** [wɪ'ðaʊt] **I** *prep* utan **II** *adv* **1** utanför, utvändigt, på utsidan; ***from ~*** utifrån **2** [***there's no bread,***] ***so you'll have to do ~...*** så du får klara dig utan

**withstand** [wɪð'stænd] (*withstood withstood*) *tr* motstå, stå emot [~ *an attack*], tåla [~ *hard wear*], uthärda [~ *heat (pain)*]

**withstood** [wɪð'stʊd] se *withstand*

**witness** ['wɪtnəs] **I** *s* **1** vittne äv. jur., ***be ~ (a ~) of (to)*** vara vittne till, bevittna **2** bevittnare [~ *of a signature*] **II** *tr itr* **1** vara vittne till, bevittna [~ *an accident*], uppleva, vara med om; närvara vid [~ *a transaction*] **2** bevittna [~ *a document (signature)*]; vittna, betyga, intyga [*that* att] **3** vittna, vara vittne

**witness-box** ['wɪtnəsbɒks] *s* vittnesbås

**witness-stand** ['wɪtnəsstænd] *s* amer. vittnesbås

**witticism** ['wɪtɪsɪz(ə)m] *s* kvickhet; vits

**witty** ['wɪtɪ] *a* kvick, spirituell; vitsig

**wives** [waɪvz] *s* se *wife*

**wizard** ['wɪzəd] **I** *s* **1** trollkarl; häxmästare **2** vard. mästare, trollkarl [*a financial* ~], geni **II** *a* vard. fantastisk, toppen

**wizardry** ['wɪzədrɪ] *s* **1** trolldom **2** otrolig skicklighet; genialitet

**wizened** ['wɪznd] *a* skrynklig, rynkig

**wobble** ['wɒbl] **I** *itr tr* **1** vackla, kränga (vingla) 'till; gunga, vicka [*the table ~s*] **2** få att vackla, (kränga, vingla); gunga (vagga) på, vicka på [*don't ~ the table!*] **II** *s* krängning, vinglande

**wobbly** ['wɒblɪ] *a* vacklande, osäker [*a ~ gait*], vinglig [*a ~ table*]; ostadig

**woe** [wəʊ] *s* poet., skämts. ve, sorg; ***tale of ~*** a) tragisk historia b) klagolåt

**woebegone** ['wəʊbɪˌgɒn] *a* bedrövad

**woeful** ['wəʊf(ʊ)l] *a* **1** bedrövad, sorgsen **2** dyster, trist, eländig **3** bedrövlig

**woke** [wəʊk] se *1 wake*

**woken** ['wəʊk(ə)n] se *1 wake*

**wolf** [wʊlf] **I** (pl. *wolves* [wʊlvz]) *s* varg, ulv; ***a ~ in sheep's clothing*** en ulv i fårakläder; ***a lone ~*** en ensamvarg; ***the ~ is at the door*** nöden står för dörren; ***cry ~ too often*** ge falskt alarm; ***keep the ~ from the door*** hålla nöden (svälten) från dörren; ***who is afraid of the big bad ~?*** ingen rädder för vargen här!; ***throw to the wolves*** kasta åt vargarna **II** *tr*, ~ el. ***~ down*** glufsa i sig

**wolf-cub** ['wʊlfkʌb] *s* vargunge

**wolf-hound** ['wʊlfhaʊnd] *s* varghund

**wolf-pack** ['wʊlfpæk] *s* vargflock, vargskock

**wolfram** ['wʊlfrəm] *s* **1** wolfram **2** wolframit

**wolverine** ['wʊlvəri:n] *s* järv

**wolves** [wʊlvz] *s* se *wolf I*

**woman** ['wʊmən] (pl. *women* ['wɪmɪn]) *s* kvinna; dam; fruntimmer; ***~ of the world*** dam av värld, världsdam; ***~ author (writer)*** författarinna, kvinnlig författare; ***~ friend*** kvinnlig vän, väninna vanl. till kvinna; ***women's lib*** vard. kvinnosaken; ***women's libber*** vard. a) kvinnosakskvinna b) gynnare av kvinnosaken; ***women's liberation movement*** kvinnornas frihetsrörelse; ***women's suffrage*** kvinnlig rösträtt

**womanhood** ['wʊmənhʊd] *s* **1** kvinnor, kvinnosläktet **2** vuxen ålder [*reach* ~]

**womanizer** ['wʊmənaɪzə] *s* kvinnojägare

**womankind** ['wʊmənkaɪnd] *s* kvinnosläktet, kvinnor, kvinnfolk

**womanly** ['wʊmənlɪ] *a* kvinnlig

**womb** [wu:m] *s* anat. livmoder

**women** ['wɪmɪn] *s* se *woman*

**womenfolk** ['wɪmɪnfəʊk] *s*, ~ el. ~*s* kvinnfolk, kvinnor

**won** [wʌn] se *win I*

**wonder** ['wʌndə] **I** *s* **1** under, underverk [*the seven ~s of the world*]; ***the ~ is that...*** det märkliga är att...; ***is it any ~ that...?*** är det att undra på att...?; ***it is no (little, small) ~*** det är inte att undra på [*he refused, and no ~*]; ***~s (~s will) never cease*** (ofta iron.) ungefär undrens tid är inte förbi **2** undran [*at* över, *that* över att] **II** *itr tr* **1** förundra (förvåna) sig, förvånas [*at, over* över] **2** undra [*I was just wondering*]; ***I ~!*** det undrar jag!; ***I ~ if I could speak to...*** skulle jag kunna få tala med...

**wonderful** ['wʌndəf(ʊ)l] *a* underbar [*~ weather*], fantastisk

**wonderland** ['wʌndəlænd] *s* underland, sagoland; ***Wonderland*** underlandet [*Alice in Wonderland*]

**wonky** ['wɒŋkɪ] *a* vard. ostadig [*~ on one's legs*], vinglig, skranglig [*a ~ chair*]

**wont** [wəʊnt] *a* van; ***he was ~ to say*** han hade för vana att säga

**won't** [wəʊnt] = *will not*

**woo** [wu:] *tr itr* litt. fria till; uppvakta; fria; ***go wooing*** gå på friarstråt

**wood** [wʊd] *s* **1** trä; ved; virke, timmer; träslag [*teak is a hard ~*]; ***touch*** (amer. ***knock on***) ***~!*** ta i trä!; peppar, peppar! **2** ~ el. pl. ***~s*** liten skog [*go for a walk in the ~ (~s)*]; ***one (you) cannot see the ~ for the trees*** man ser inte skogen för bara trän; ***be out of the ~*** (amer. ***~s***) bildl. vara ur knipan, ha klarat krisen

**wood-anemone** ['wʊdə'nemənɪ] *s* vitsippa

**woodbine** ['wʊdbaɪn] *s* vildkaprifol

**wood-carver** ['wʊdˌkɑ:və] *s* träsnidare

**wood-carving** ['wʊdˌkɑ:vɪŋ] *s* träsnideri

**woodcock** ['wʊdkɒk] *s* morkulla

**woodcut** ['wʊdkʌt] *s* träsnitt

**wood-cutter** ['wʊdˌkʌtə] *s* **1** skogshuggare, timmerhuggare; vedhuggare **2** träsnidare

**wooded** ['wʊdɪd] *a* skogig, skogrik [*a ~ landscape*], skogbevuxen

**wooden** ['wʊdn] *a* **1** av trä, trä- [*a ~ leg (spoon)*] **2** bildl. a) träaktig [*~ manners*], träig; stel [*a ~ smile*] b) torr [*a ~ style*]

**woodland** ['wʊdlənd] *s* skogsbygd, skogsland

**wood-louse** ['wʊdlaʊs] (pl. *wood-lice* ['wʊdlaɪs]) *s* gråsugga

**woodpecker** ['wʊdˌpekə] *s* hackspett

**wood-pigeon** ['wʊdˌpɪdʒɪn] *s* skogsduva; ringduva

**woodshed** ['wʊdʃed] *s* vedbod, vedskjul

**woodwind** ['wʊdwɪnd] *s* mus., ***the ~ (the ~s)*** träblåsarna; ~ el. ***~ instrument*** träblåsinstrument

**woodwork** ['wʊdwɜ:k] *s* **1** a) byggn. träverk, timmerverk b) snickerier, träarbeten **2** snickeri, speciellt skol. träslöjd

**wood-yard** ['wʊdjɑ:d] *s* **1** virkesupplag, timmerupplag; brädgård **2** vedgård

1 **woof** [wu:f] *s* vävn. väft; inslag; väv

2 **woof** [wu:f] **I** *itr* brumma; om hund morra **II** *s* brumning; om hund morrning

**woofer** ['wu:fə] *s* radio. bashögtalare

**wooing** ['wu:ɪŋ] *s* frieri

**wool** [wʊl] *s* **1** a) ull b) ullgarn; ***draw (pull) the ~ over a p.'s eyes*** bildl. slå blå dunster i ögonen på ngn **2** ylle, ylletyg, yllekläder; ***all (pure) ~*** helylle

**woollen** ['wʊlən] **I** *a* **1** ull- [*~ yarn*], av ull **2** ylle- [*a ~ blanket*], av ylle **II** *s* ylle; vanl. pl. ***~s*** ylletyger, yllevaror; ylleplagg

**wool-lined** ['wʊllaɪnd] *a* yllefodrad

**woolly** ['wʊlɪ] *a* **1** ullig; ullbeklädd; ullik **2** ylle- [*~ clothes*] **3** bildl. vag, luddig [*~ ideas*]

**word** [wɜ:d] **I** *s* **1** ord; pl. ***~s*** äv. ordalag [*in well chosen ~s*]; ***a ~ of advice*** ett råd; ***~ of honour*** hedersord; ***put in a good ~ for a p.*** lägga ett gott ord för ngn; ***it's the last ~*** det är det allra senaste (sista skriket) [*in* i fråga om]; ***have the last ~*** a) ha (få) sista ordet b) ha avgörandet i sin hand; ***~s fail me!*** jag saknar ord!; ***have a ~ with a p.*** tala ett par ord med ngn; ***have ~s*** vard. gräla; ***I'd like a ~ with you*** a) jag skulle vilja tala lite med dig b) jag har ett par ord att säga dig; ***put in a ~*** a) få ett ord med i laget b) lägga ett gott ord [*for* för]; ***take the ~s right out of a p.'s mouth*** ta ordet ur munnen på ngn **2** pl. ***~s*** ord, text; sångtext **3** lösenord [*give the ~*]; paroll, motto **4** hedersord, löfte [*break (give, keep) one's ~*]; ***my ~!*** vard. minsann!, ser man på!; ***take my ~ for it!*** tro mig!, sanna mina ord!; ***be as good as one's ~*** kunna stå vid sitt ord **5** meddelande, besked; ***the ~ got (went) round that...*** det ryktades att...; ***have (get, receive) ~*** få bud (meddelande) [*that* om att] **6** order; ***give the ~ to do a th.*** ge order om att göra ngt; ***pass the ~*** ge order, säga 'till; ***say the ~*** säga 'till [*just say the ~ and I'll do it*] □ **at** ***the (the given) ~*** på givet kommando; ***take a p. at his ~*** a) ta ngn på orden b) ta ngns ord för gott; **beyond** ***~s*** mer än ord kan uttrycka, obeskrivligt; **by** ***~ of mouth*** muntligen; ***stand by one's ~*** stå vid sitt ord; ***it's too funny for ~s*** det är så roligt så man kan

dö; ***he is too stupid for ~s*** han är otroligt dum; **in** ***other ~s*** med andra ord; ***in so many ~s*** klart och tydligt, rent ut [*he told me in so many ~s that...* ]; ***put*** **into** ***~s*** uttrycka i ord; ***a man*** **of** ***few ~s*** en fåordig man; ***go back*** **on** ***one's ~*** ta tillbaka sitt ord, bryta sitt löfte; ***play on ~s*** lek med ord, ordlek; **upon** ***my ~!*** förvånat minsann!, ser man på!
**II** *tr* uttrycka, formulera [*a sharply-worded protest*], avfatta [*a carefully-worded letter*]
**word-blind** ['wɜ:dblaɪnd] *a* ordblind
**word-for-word** ['wɜ:dfə'wɜ:d] *a* ordagrann [*a ~ translation*]
**wording** ['wɜ:dɪŋ] *s* formulering; lydelse
**word-order** ['wɜ:dˌɔ:də] *s* ordföljd
**word-perfect** ['wɜ:d'pɜ:fɪkt] *a*, ***be ~ in a th.*** kunna ngt perfekt (utantill)
**word-play** ['wɜ:dpleɪ] *s* ordlek
**wordy** ['wɜ:dɪ] *a* ordrik, mångordig; vidlyftig [*~ style*]; långrandig
**wore** [wɔ:] se *wear I*
**work** [wɜ:k] **I** *s* **1** arbete, jobb; verk, uppgift [*his life's ~*]; ***all ~ and no play makes Jack a dull boy*** bara arbete gör ingen glad; ***good (nice) ~!*** fint!, bra gjort!; ***it was hard ~ getting there*** det var jobbigt att komma dit; ***that was quick ~*** det gick undan; ***a job of ~*** ett arbete [*he always does a fine job of ~*]; ***a piece of ~*** **a)** ett arbete, en prestation **b)** ***he is a nasty piece of ~*** vard. han är en ful fisk; ***I had my ~ cut out to*** [***keep the place in order***] jag hade fullt sjå med att...; ***he has done great ~ for*** [***his country***] han har gjort stora insatser för...; ***many hands make light ~*** ordspr. ju fler som hjälper till, dess lättare går det; ***make quick ~ of*** klara av kvickt; ***make short ~ of*** göra processen kort med; ***stop ~*** sluta arbeta; lägga ner arbetet; ***at ~*** a) på arbetet (jobbet) [*don't phone him at ~*] b) i arbete, i verksamhet, i drift, i gång [*we saw the machine at ~*]; ***be at ~ at (on)*** arbeta på, hålla på med; ***off ~*** inte i arbete, ledig; ***out of ~*** utan arbete, arbetslös; ***be thrown out of ~*** bli arbetslös; ***set (get) to ~ at (on) a th. (to do a th.)*** ta itu (sätta i gång) med ngt (med att göra ngt) **2** verk [*the ~s of Shakespeare*], arbete [*a new ~ on* (om) *modern art*], opus, alster; arbeten [*the villagers sell their ~ to tourists*]; handarbete; ***a ~ of art*** ett konstverk **3** *~s* fabrik [*a new ~s*], bruk, verk **4** pl. *~s* verk [*the ~s of a clock*], mekanism **5** ***public ~s*** offentliga arbeten
**II** (*worked worked*, i betydelserna *4, 6 wrought wrought*) *itr tr* **1** arbeta, jobba, verka; ***music while you ~*** radio. musik under arbetet **2** fungera, funka [*the pump ~s*], arbeta, gå [*it ~s smoothly*], drivas [*this machine ~s by electricity*]; vara i funktion, vara i gång **3** lyckas, fungera [*will this new plan ~?*], klaffa, funka **4** bearbeta [*~ silver*]; bereda, behandla **5** manövrera, hantera; driva [*this machine is worked by electricity*]; ***~ a p. to death*** låta ngn arbeta ihjäl sig; ***~ oneself to death*** slita ihjäl sig **6** åstadkomma [*time had wrought great changes*], vålla, orsaka; vard. ordna, fixa [*how did you ~ it?*] **7** ***~ one's way*** arbeta sig fram; ***~ one's way (way up)*** bildl. arbeta sig upp □ ~ **against** arbeta emot, motarbeta; ***we are working against time*** det är en kapplöpning med tiden; ~ **at** arbeta på (med); ~ **away** arbeta vidare [*at, on* på], arbeta (jobba) undan (på); ~ **for** arbeta för (åt) [*~ for a p.*]; ***~ for one's exam*** arbeta på sin examen; ~ **free** slita sig loss, lossna; ~ **loose** lossna, släppa [*the screw (tooth) has worked loose*]; ~ **on** a) arbeta på (med) b) påverka; bearbeta, spela på [*~ on a p.'s feelings*]; ~ **out a)** utarbeta [*~ out a plan (a scheme)*], utforma; arbeta fram **b)** räkna ut (fram); lösa [*~ out a problem*], tyda **c)** utvecklas, gå [*let us see how it ~s out*]; lyckas [*he hoped the plan would ~ out*]; ***it may ~ out all right*** det kommer nog att gå bra; ***these things ~ themselves out*** sådant brukar ordna sig **d)** ***~ out at (to)*** uppgå till, gå på [*the total ~s out at (to) £10*]; ~ **towards** arbeta för [*~ towards a peaceful settlement*]; ~ **up a)** arbeta (driva) upp [*~ up a business*] **b)** bearbeta, förädla; arbeta upp; ***~ oneself up*** hetsa (jaga) upp sig; perfekt particip ***worked up*** upphetsad, upprörd; ***get all worked up over nothing*** hetsa upp sig för ingenting
**workable** ['wɜ:kəbl] *a* **1** möjlig att bearbeta **2** genomförbar [*a ~ plan*], praktisk, användbar [*a ~ method*]
**work-addict** ['wɜ:kˌædɪkt] *s* o. **workaholic** [ˌwɜ:kə'hɒlɪk] *s* vard. arbetsnarkoman
**work-bench** ['wɜ:kbentʃ] *s* arbetsbänk
**worker** ['wɜ:kə] *s* **1** arbetare, jobbare; arbetstagare; ***Workers' Educational Association*** motsvarande ungefär Arbetarnas bildningsförbund; ***~s of the world, unite!*** proletärer i alla länder, förenen eder!; ***he is a hard ~*** han arbetar hårt **2** zool. arbetare:

a) arbetsbi [äv. ~ *bee*] b) arbetsmyra [äv. ~ *ant*]

**work-force** ['wɜ:kfɔ:s] *s* arbetsstyrka

**working** ['wɜ:kɪŋ] **I** *s* **1** arbete; verksamhet; ***the ~s of a p.'s mind*** vad som rör sig inom ngn **2** bearbetande, bearbetning; exploatering, drift [*the ~ of a mine*]; skötsel

**II** *a* o. attributivt *s* **1** arbetande [*the ~ masses*], arbetar-; arbets- [*~ conditions*]; drifts-; ~ ***capital*** rörelsekapital, driftskapital; ~ ***clothes*** arbetskläder; ~ ***hours*** arbetstid **2** funktionsduglig, användbar; praktisk; ***he has a ~ knowledge of French*** han kan franska till husbehov; ***a ~ majority*** parl. en regeringsduglig (arbetsduglig) majoritet; ***in ~ order*** i användbart skick, funktionsduglig

**working-class** ['wɜ:kɪŋ'klɑ:s] *s* arbetarklass; ***the working-classes*** arbetarklassen

**working-man** ['wɜ:kɪŋmæn] (pl. *working-men* ['wɜ:kɪŋmen]) *s* kropps- arbetare

**workless** ['wɜ:kləs] *a* arbetslös

**work-load** ['wɜ:kləʊd] *s* arbetsbörda

**workman** ['wɜ:kmən] (pl. *workmen* ['wɜ:kmən]) *s* arbetare; hantverkare

**workmanlike** ['wɜ:kmənlaɪk] *a* o. **workmanly** ['wɜ:kmənlɪ] *a* väl utförd, gedigen

**workmanship** ['wɜ:kmənʃɪp] *s* **1** yrkesskicklighet, kunnande **2** utförande [*articles of* (i) *excellent ~*]; ***a piece of solid ~*** ett gediget arbete

**work-mate** ['wɜ:kmeɪt] *s* arbetskamrat

**work-out** ['wɜ:kaʊt] *s* **1** träningspass; ***he went there for a ~*** han gick dit för att träna **2** genomgång, prov, test **3** gymnastik, gymping

**worksheet** ['wɜ:kʃi:t] *s* arbetssedel

**workshop** ['wɜ:kʃɒp] *s* verkstad

**work-top** ['wɜ:ktɒp] *s* arbetsbänk, arbetsyta

**world** [wɜ:ld] *s* **1** värld; jord [*a journey round the ~*]; ~ ***champion*** världsmästare; ***the First (Second) World War***, speciellt amer. ***World War I (II)*** första (andra) världskriget; ***experience of the ~*** världserfarenhet; ***the fashionable ~*** den fina världen; ***the New (Old) World*** Nya (Gamla) världen; ***what's the ~ coming to?*** såna tider vi lever i!; ***the ~ to come (be)*** livet efter detta; ***how goes the ~ with you?*** el. ***how is the ~ using you?*** vard. hur lever världen (hur står det till) med dig?; ***I would give the ~ (give ~s) to know*** jag skulle ge vad som helst för att få veta; ***see the ~*** se sig om i världen; ***not for the ~*** inte för allt (något) i världen; ***for all the ~ as if*** precis som om; ***for all the ~ like*** på pricken lik, precis som; ***how (what, where) in the ~?*** hur (vad, var) i all världen?; ***all the difference in the ~*** en himmelsvid skillnad; ***bring a child into the ~*** sätta ett barn till världen; ***make the best of both ~s*** finna en kompromiss; ***the food is out of this ~*** vard. maten är inte av denna världen; ***all over the ~*** över (i) hela världen; ***sail round the ~*** segla jorden runt; ***dead to the ~*** död för världen

**2** massa, mängd; ***a ~ of*** en massa (mängd) [*a ~ of trouble*]; ***there is a ~ of difference between...*** det är en himmelsvid skillnad mellan...; ***it will do you a (the) ~ of good*** det kommer att göra dig oändligt gott; [*the two books*] ***are ~s apart*** det är en enorm skillnad mellan...; ***think the ~ of a p.*** uppskatta ngn enormt; avguda ngn

**world-beater** ['wɜ:ld,bi:tə] *s*, ***be a ~*** vara i världsklass

**world-famous** ['wɜ:ld'feɪməs] *a* världsberömd

**worldliness** ['wɜ:ldlɪnəs] *s* världslighet

**worldly** ['wɜ:ldlɪ] *a* världslig, jordisk; världsligt sinnad; ~ ***goods*** världsliga ägodelar; ~ ***wisdom*** världserfarenhet

**world-shaking** ['wɜ:ld,ʃeɪkɪŋ] *a* som skakar (skakade) hela världen [*a ~ crisis*]

**worldwide** ['wɜ:ld'waɪd] *a* världsomfattande, världsomspännande

**worm** [wɜ:m] **I** *s* **1** mask; småkryp; bildl. stackare; ***can of ~s*** bildl. trasslig härva; ***even a ~ will turn*** ungefär även den tålmodigaste reser sig till slut **2** inälvsmask **II** *tr*, ~ ***oneself (~ one's way) in (into)*** orma (åla, slingra) sig in (in i); ~ ***oneself into a p.'s favour*** nästla (ställa) sig in hos ngn; ~ ***a th. out of a p.*** locka (lirka) ur ngn ngt

**worm-eaten** ['wɜ:m,i:tn] *a* masksäten

**wormwood** ['wɜ:mwʊd] *s* malört

**worn** [wɔ:n] *a* o. *pp* (av *wear*) nött, sliten, bildl. äv. tärd, medtagen, trött [*with* av], avfallen; avlagd, begagnad [*~ clothes*]

**worried** ['wʌrɪd] *a* orolig, ängslig [*about, over* för, över; *at* över]

**worry** ['wʌrɪ] **I** *tr itr* **1** oroa, bekymra, plåga, pina; ~ ***the life out of a p.*** el. ~ ***a p. to death*** plåga (pina) livet ur ngn; ~ ***oneself*** oroa (bekymra) sig [*about* för, över]; ***don't let it ~ you*** oroa dig inte för det **2** oroa sig, ängslas, vara orolig [*about, over* över, för]; ***I should ~!*** vard. det struntar jag blankt i, det rör mig inte i ryggen; ***I'll (we'll) ~ when the time comes*** den tiden, den sorgen; ***don't you ~!*** oroa dig inte!;

***not to ~!*** vard. ingenting att bry sig om!, ta det lugnt! **II** *s* oro, bekymmer, sorg; besvär, besvärlighet

**worrying** ['wʌrɪɪŋ] *a* plågsam, enerverande

**worse** [wɜ:s] **I** *a* o. *adv* (komparativ av *bad, badly, ill*) värre, sämre; ***be ~ off*** ha det sämre ställt, vara sämre; ***get (grow, become) ~*** bli värre (sämre), förvärras, försämras; ***to make matters ~*** till råga på eländet; ***so much the ~ for him*** desto värre för honom; ***be the ~ for drink (liquor)*** vara berusad; ***he is none the ~ for it*** han har inte tagit skada av det **II** *s* värre saker, något ännu värre [*I have ~ to tell*]

**worsen** ['wɜ:sn] *tr itr* förvärra, försämra; förvärras, försämras

**worship** ['wɜ:ʃɪp] **I** *s* **1** dyrkan, tillbedjan; gudstjänst; andaktsövning; ***religious ~*** religionsutövning; ***place of ~*** gudstjänstlokal **2** ***Your Worship*** Ers nåd, herr domare **II** *tr* dyrka, tillbe; avguda

**worshipper** ['wɜ:ʃɪpə] *s* dyrkare, tillbedjare

**worst** [wɜ:st] **I** *a* o. *adv* (superlativ av *bad, badly, ill*) värst, sämst; ***be ~ off*** ha det sämst; ***come off ~*** klara sig sämst, dra det kortaste strået

**II** *s, **the ~*** den (det, de) värsta [*the ~ is yet to come* (återstår)], den (det, de) sämsta; ***the ~ of it is that...*** det värsta (sämsta) av allt är att...; ***that's the ~ of being alone*** det är det värsta med att vara ensam; ***have (get) the ~ of it*** dra det kortaste strået, råka värst ut; ***I want to know the ~*** jag vill veta sanningen även om den är obehaglig; ***think the ~ of a p.*** tro ngn om det värsta; ***at the ~*** el. ***at ~*** i värsta fall; ***if the ~ comes to the ~*** i värsta (sämsta) fall

**III** *tr* besegra, övervinna

**worsted** ['wʊstɪd] **I** *s* **1** kamgarn **2** kamgarnstyg **II** *a* kamgarns- [*~ suit*]

**worth** [wɜ:θ] **I** *a* värd [*it's ~ £5*]; ***it is ~ noticing*** det förtjänar anmärkas; ***~ reading*** värd att läsa (läsas), läsvärd; ***be ~ seeing*** vara värd att se (ses), vara sevärd; ***for all one is ~*** av alla krafter, för glatta livet; [***I'll give you a tip***] ***for what it is ~...*** vad det nu kan vara värt **II** *s* **1** värde; ***know one's ~*** känna sitt eget värde **2** ***a hundred pounds' ~ of goods*** varor för hundra pund; ***get (have) one's money's ~*** få valuta för pengarna

**worthless** ['wɜ:θləs] *a* värdelös

**worthwhile** ['wɜ:θwaɪl] *a* som är värd att göra [*a ~ experiment*], värd besväret; givande, värdefull [*~ discussions*]; lönande

**worthy** ['wɜ:ðɪ] *a* värdig [*a ~ successor*]; värd; ***~ of*** värd [*an attempt ~ of a better fate*]; ***be ~ of*** vara värd, förtjäna [*be ~ of praise*]; ***I am not ~ of her*** jag är henne inte värdig

**would** [wʊd, obetonat wəd, əd] *hjälpvb* (imperfekt av *will*) **1** skulle [*I (you, he) ~ do it if I (you, he) could*; *he was afraid something ~ happen*]; ***that ~ be nice*** det vore trevligt; ***~ you believe it?*** kan man tänka sig!; ***I wouldn't know*** inte vet jag; ***how ~ I know?*** hur skulle jag kunna veta det?; ***if that ~ suit you*** om det passar **2** ville [*he wouldn't do it; I could if I ~*]; ***I wish you ~ stay*** jag önskar du ville stanna, jag skulle vilja att du stannade; ***if it ~ only stop raining*** om det bara ville sluta regna **3** skulle absolut; ***of course it ~ rain*** naturligtvis måste (skulle) det regna **4** skulle vilja [*~ you do me a favour?*]; ***shut the door, ~ you?*** stäng dörren är du snäll! **5** brukade, kunde [*he ~ sit for hours doing nothing*] **6** torde; ***he ~ be your uncle, I suppose*** han är väl din farbror?; ***it ~ seem (appear) that...*** det vill synas som om...

**would-be** ['wʊdbi:] *a* **1** tilltänkt [*the ~ victim*]; ***~ buyers*** eventuella köpare **2** så kallad, s. k. [*a ~ philosopher*]

**wouldn't** ['wʊdnt] = *would not*

**1 wound** [waʊnd] se *2 wind, 3 wind I*

**2 wound** [wu:nd] **I** *s* sår; ***a bullet ~*** ett sår efter en kula; ***inflict a ~ upon a p.*** såra ngn; ***lick one's ~s*** slicka sina sår äv. bildl.; ***reopen old ~s*** bildl. riva upp gamla sår **II** *tr* såra, bildl. äv. kränka; ***badly wounded*** svårt sårad

**wove** [wəʊv] se *weave I*

**woven** ['wəʊv(ə)n] se äv. *weave I*; ***~ fabric*** vävt tyg, väv, vävnad

**wow** [waʊ] *interj* oj då!; oj, oj! [*~! what a dress!*], det var som tusan!, nej men!

**wrangle** ['ræŋgl] *itr* gräla, käbbla

**wrap** [ræp] **I** *tr* **1 a)** ***~ up*** el. ***~*** svepa, svepa in [*in* i]; svepa om [*in* med]; linda (veckla, vira) in, slå in, packa in [*in* i; *~ a th. (a th. up) in paper*]; hölja, täcka; ***~ (~ up) a parcel*** slå in ett paket; ***~ oneself up well*** klä på sig ordentligt **b)** ***~ a th. round*** svepa (linda, vira) ngt kring (runt, om), slå ngt kring (runt, om) [*~ paper round it*] **2** ***wrapped up in*** a) fördjupad i, helt absorberad av [*wrapped up in one's studies (work)*] b) nära (intimt) förknippad med; ***be wrapped up in oneself*** vara

självupptagen; ***wrapped (wrapped up) in mystery*** höljd i dunkel
**II** *s* sjal; resfilt; pl. *~s* ytterplagg, ytterkläder, badkappa; ***evening ~*** aftonkappa; ***morning ~*** morgonrock

**wrapper** ['ræpə] *s* omslag, hölje; skyddsomslag på bok, tidningsbanderoll

**wrapping** ['ræpɪŋ] *s* **1** ofta pl. *~s* omslag, hölje; emballage **2** omslagspapper

**wrapping-paper** ['ræpɪŋ,peɪpə] *s* omslagspapper

**wrath** [rɒθ, amer. ræθ] *s* vrede [*the day of ~*]

**wreak** [ri:k] *tr* utkräva, ta [*~ vengeance on a p.*]; ***~ havoc on*** anställa förödelse på

**wreath** [ri:θ, pl. ri:ðz el. ri:θs] *s* **1** krans av blommor m. m., girland **2** vindling, virvel, slinga [*a ~ of smoke*], spiral

**wreathe** [ri:ð] *tr* **1** bekransa [*wreathed with flowers*], omge; ***be wreathed in*** bekransas (omges) av; ***his face was wreathed in smiles*** han var idel solsken **2** vira, linda, fläta, binda [*round, about* kring, runt]

**wreck** [rek] **I** *s* **1** skeppsbrott, förlisning, haveri **2** ödeläggelse, förstöring; **3** vrak, skeppsvrak, bilvrak; pl. *~s* vrakspillror **4** bildl. vrak, ruin; spillror; ***he is a ~ of his former self*** han är blott en skugga av sitt forna jag **II** *tr* **1** komma att förlisa (stranda, haverera); kvadda; ***be wrecked*** lida skeppsbrott, stranda, haverera äv. bildl., förlisa [*the ship was wrecked*]; bli kvaddad **2** ödelägga, förstöra, undergräva

**wreckage** ['rekɪdʒ] *s* **1** vrakspillror, vrakdelar **2** skeppsbrott; haveri

**wrecker** ['rekə] *s* **1** vrakbärgare **2** vrakplundrare **3** skadegörare

**wrecking** ['rekɪŋ] *a* amer. bärgnings-; ***~ car (truck)*** bärgningsbil; ***~ train*** hjälptåg

**wren** [ren] *s* zool. gärdsmyg

**wrench** [rentʃ] **I** *s* **1** häftigt ryck; ***give a ~ at*** vrida om (till) **2** vrickning, stukning **3** bildl. hårt slag, svår förlust **4** skiftnyckel **II** *tr* **1** rycka loss (av) [*~ a gun from a p.*], slita loss (av) [*~ the door off* (från) *its hinges*], vrida; ***~ oneself from...*** slita (vrida) sig ur... **2** vricka, stuka [*~ one's ankle* (foten)]

**wrest** [rest] *tr* rycka, slita [*from* från, *out of a p.'s hands* ur händerna på ngn]; ***~ a th. from a p.*** äv. pressa (tvinga) av ngn ngt [*~ a secret from a p.*]

**wrestle** ['resl] **I** *itr tr* brottas, kämpa [*with* med]; brottas med **II** *s* brottning; brottningsmatch

**wrestler** ['reslə] *s* brottare

**wrestling** ['reslɪŋ] *s* brottning

**wrestling-match** ['reslɪŋmætʃ] *s* brottningsmatch; brottartävling

**wretch** [retʃ] *s* **1** stackare **2** usling

**wretched** ['retʃɪd] *a* **1** djupt olycklig, eländig [*feel ~*], hopplös [*a ~ existence*]; stackars [*the ~ woman*] **2** usel, futtig **3** bedrövlig, urusel [*~ weather*]; vard. förbaskad [*a ~ cold*]

**wretchedness** ['retʃɪdnəs] *s* **1** förtvivlan; elände, misär **2** uselhet

**wriggle** ['rɪgl] **I** *itr tr* slingra sig, vrida sig, åla sig; vrida på, vicka på [*~ one's hips*]; ***~ out of*** åla sig ur; slingra sig ur (från) [*he tried to ~ out of his promise*]; ***~ one's way*** slingra sig fram, åla sig **II** *s* **1** slingrande (ålande) rörelse, slingring; vickning **2** snirkel

**wring** [rɪŋ] **I** (*wrung wrung*) *tr* vrida [*~ one's hands in despair*]; vrida (krama) ur [*~ the water from wet clothes*]; krama, trycka [*he wrung my hand hard*]; ***~ a p.'s neck*** vrida halsen (nacken) av ngn; ***~ a th. out of (from) a p.*** pressa (tvinga) av ngn ngt [*~ money (a confession) out of (from) a p.*], pressa ur ngn ngt; ***~ out*** vrida (krama) ur [*~ out the water from* (ur) *wet clothes*] **II** *s* vridning, kramning; ***give the washing a ~*** vrida (krama) ur tvätten

**wringer** ['rɪŋə] *s* vridmaskin

**wringing** ['rɪŋɪŋ] *adv*, ***~ wet*** drypande våt, dyblöt

**wrinkle** ['rɪŋkl] **I** *s* rynka, skrynkla, veck; rynkning [*a ~ of* (på) *the nose*] **II** *tr itr* rynka, rynka på [*she wrinkled her nose*]; skrynkla, skrynkla till (ned), vecka [äv. *~ up*]; bli rynkig (skrynklig), rynka sig, skrynklas

**wrinkled** ['rɪŋkld] *a* o. **wrinkly** ['rɪŋklɪ] *a* rynkig, skrynklig

**wrist** [rɪst] *s* handled, handlov

**wristband** ['rɪstbænd] *s* **1** handlinning, manschett **2** armband

**wrist-watch** ['rɪstwɒtʃ] *s* armbandsur

**writ** [rɪt] *s* jur. skrivelse, handling

**write** [raɪt] (*wrote written*) *tr itr* **1** skriva, skriva ner (ut), författa; vara författare; ***~ for*** a) skriva för (i) [*~ for a newspaper*] b) skriva efter; ***~ for a living*** leva på att skriva **2** gå att skriva med □ ***~ back*** svara; ***~ down*** skriva upp (ner), anteckna; ***~ off*** **a)** avskriva [*~ off a debt*], avfärda [*it was written off as a failure*] **b)** ***~ off for*** skriva efter, rekvirera, beställa; ***~ off to*** skriva till; ***~ out*** skriva ut [*~ out a cheque*]

**writer** ['raɪtə] *s* författare, skribent; ***writer's cramp*** skrivkramp; ***the present ~*** undertecknad
**write-up** ['raɪtʌp] *s* vard. recension, kritik; ***a bad ~*** en dålig recension
**writhe** [raɪð] *itr* vrida sig [*~ with* el. *under* (av, i) *pain*], bildl. våndas, pinas
**writing** ['raɪtɪŋ] **I** *s* **1** skrift; ***in ~*** äv. skriftlig; skriftligt, skriftligen; ***put (put down) in ~*** el. ***take down in ~*** skriva ner, avfatta skriftligt **2** skrivning; skrivkonst; ***~ is difficult*** det är svårt att skriva **3** författarverksamhet, författarskap; ***he turned to ~*** [***at an early age***] han började skriva... **4** handstil **5** inskrift, inskription; skrift; ***the ~ on the wall*** skriften på väggen, ett dåligt omen **6** skrift, arbete, verk [*his collected ~s*]
**II** *a* skriv-; ***~ materials*** skrivmaterial, skrivdon
**writing-desk** ['raɪtɪŋdesk] *s* skrivbord
**writing-pad** ['raɪtɪŋpæd] *s* **1** skrivunderlägg **2** skrivblock
**writing-paper** ['raɪtɪŋˌpeɪpə] *s* skrivpapper, brevpapper
**writing-table** ['raɪtɪŋˌteɪbl] *s* skrivbord
**written** ['rɪtn] *a* o. *pp* (av *write*) skriven; skriftlig [*~ test*]; ***~ language*** skriftspråk
**wrong** [rɒŋ] **I** *a* **1** orätt [*it is ~ to steal*], orättfärdig; orättvis **2** fel [*he got into the ~ train*], felaktig, galen; ***sorry, ~ number!*** förlåt, jag (ni) har kommit fel!; ***be on the ~ side of fifty*** vara över femtio år; ***get on the ~ side of a p.*** komma på kant med ngn; ***get out of bed (get up) on the ~ side*** vard. vakna på fel sida; ***the ~ way round*** bakvänd; bakvänt, bakfram; ***go the ~ way about it*** börja i galen (fel) ända; ***go the ~ way to work*** gå felaktigt till väga; ***the food went (went down) the ~ way*** maten fastnade i vrångstrupen; ***be ~*** ha fel, ta fel (miste); ***you're ~ there!*** där tar (har) du fel!; ***be ~ in the (one's) head*** vard. vara dum i huvudet; ***what's ~ with...?*** a) vad är det för fel med (på)...? b) vad har du emot...? c) hur skulle det vara med...?
**II** *adv* orätt, oriktigt [*act ~*]; fel, galet [*guess ~*]; vilse; ***do ~*** handla (göra) orätt (fel); ***you've got it all ~*** du har fått alltsammans om bakfoten; ***don't get me ~!*** förstå mig rätt!; ***go ~*** a) gå (komma) fel (vilse); göra fel b) misslyckas, gå snett c) vard. gå sönder, paja
**III** *s* orätt [*right and ~*]; orättfärdighet; oförrätt, orättvisa, ont; missförhållande; ***do a p. ~*** a) göra orätt mot ngn; förorätta ngn b) bedöma ngn orätt; ***I had done no ~*** jag hade inget ont gjort; ***be in the ~*** a) ha orätt (fel) b) vara skyldig; ***put a p. in the ~*** lägga skulden på ngn
**IV** *tr* förorätta, förfördela, kränka [*she was deeply wronged*]
**wrongdoer** ['rɒŋ'dʊə] *s* **1** syndare **2** ogärningsman, lagbrytare
**wrongdoing** ['rɒŋ'du:ɪŋ] *s* ond gärning, missgärning; oförrätt; synd, förseelse
**wrongful** ['rɒŋf(ʊ)l] *a* **1** orättvis, orättfärdig **2** olaglig, orättmätig
**wrongly** ['rɒŋlɪ] *adv* **1** fel, felaktigt, fel- [*~ spelt*], orätt **2** orättvist [*~ accused*]
**wrote** [rəʊt] se *write*
**wrought** [rɔ:t] **I** se *work II* **II** *a* **1** formad, arbetad, bearbetad; smidd, hamrad [*~ copper*]; ***~ iron*** smidesjärn **2** prydd, dekorerad, utsirad
**wrung** [rʌŋ] se *wring I*
**wry** [raɪ] (adverb *wryly*) *a* **1** sned, skev **2** spydig; ***make (pull) a ~ face*** göra en grimas (sur min); ***~ humour*** torr (besk) humor; ***~ smile*** tvunget leende

# X

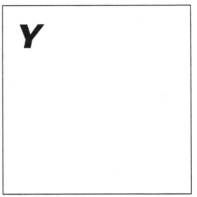

**X, x** [eks] *s* **1** X, x **2** X, x beteckning för okänd faktor, person m. m. [*x = y; Mr. X*] **3** kryss; äv. symbol för kyss i t. ex. brev

**Xmas** ['krɪsməs] *s* kortform för *Christmas*

**X-ray** ['eksreɪ] **I** *s* röntgenstråle, X-stråle; röntgen **II** *tr* röntga; röntgenbehandla

**xylophone** ['zaɪləfəʊn] *s* mus. xylofon

# Y

**Y, y** [waɪ] *s* **1** Y, y **2** mat. Y, y beteckning för bl. a. okänd faktor

**yacht** [jɒt] *s* lustjakt, yacht, segelbåt

**yacht-club** ['jɒtklʌb] *s* segelsällskap, yachtklubb

**yachting** ['jɒtɪŋ] **I** *s* segling, segelsport **II** *a* o. attributivt *s* lustjakt-, segel-, båt- [*~ trip*], seglar- [*~ cap*]

**yachtsman** ['jɒtsmən] (pl. *yachtsmen* ['jɒtsmən]) *s* seglare, kappseglare

**Yank** [jæŋk] *s* o. *a* vard. för *Yankee*

**yank** [jæŋk] vard. **I** *tr itr* rycka (dra, hugga tag) i **II** *s* ryck, knyck

**Yankee** ['jæŋkɪ] *s* vard. yankee, jänkare

**yap** [jæp] **I** *itr* gläfsa, bjäbba; vard. tjafsa; snacka **II** *s* gläfsande, bjäbbande; vard. tjat, tjafs; snack

**yappy** ['jæpɪ] *a* gläfsande, bjäbbande

**1 yard** [jɑ:d] *s* yard (= *3 feet* = 0,91 m)

**2 yard** [jɑ:d] *s* **1** a) inhägnad gård, gårdsplan b) amer. trädgård **2** område, inhägnad; ***railway ~*** bangård **3** ***the Yard*** vard. för *Scotland Yard (New Scotland Yard)*

**yardstick** ['jɑ:dstɪk] *s* bildl. måttstock

**yarn** [jɑ:n] *s* **1** garn; tråd **2** vard. skepparhistoria; ***spin a ~*** dra en skepparhistoria

**yawn** [jɔ:n] **I** *itr tr* gäspa; ***~ one's head off*** gäspa käkarna ur led **II** *s* gäspning

**yawning** ['jɔ:nɪŋ] *a* **1** gäspande **2** gapande [*a ~ abyss*]

**yd., yds.** förk. för *yard, yards* se *1 yard*

**yeah** [jeə] *adv* vard. ja; ***oh ~?*** jaså?

**year** [jɪə] *s* år; årtal; årgång; ***~ of birth*** födelseår; ***~s and ~s*** många herrans år; ***last ~*** i fjol, förra året; ***this ~*** i år; ***a ~ or two ago*** för ett par år sedan; ***~s ago*** för

flera (många) år sedan; ~ ***by (after)*** ~ år för (efter) år; ***by next*** ~ till (senast) nästa år; ***for*** (speciellt amer. ***in)*** ~***s*** i (på) åratal (många år); ***in the*** ~ ***2000*** år 2000; ***in two*** ~***s*** på (om) två år; ***of late (recent)*** ~***s*** på (under) senare år
**yearbook** ['jɪəbʊk] *s* årsbok; årskalender
**yearly** ['jɪəlɪ] **I** *a* årlig, års- **II** *adv* årligen
**yearn** [jɜ:n] *itr* längta, trängta [*for (after) a th.* efter ngt; *to do* efter att göra], tråna
**yearning** ['jɜ:nɪŋ] *s* stark åtrå, trängtan
**yeast** [ji:st] *s* jäst
**yell** [jel] **I** *itr tr* gallskrika, tjuta, vråla; skrika ut **II** *s* skrik, tjut, vrål; anskri
**yellow** ['jeləʊ] **I** *a* **1** gul; ~ ***fever*** gula febern **2** vard. feg **II** *s* **1** gult; **2** äggula
**yellow-belly** ['jeləʊˌbelɪ] *s* sl. fegis
**yelp** [jelp] **I** *itr* gläfsa, skälla, tjuta; skrika **II** *s* gläfs, skarpt skall, tjut; skrik
**yes** [jes] **I** *adv* ja; jo; ~***?*** verkligen?, och sedan?; ~***, sir!*** vard. jajamen!, jadå!, jodå! **II** *s* ja; ***say*** ~ äv. samtycka
**yes-man** ['jesmæn] (pl. *yes-men* ['jesmen]) *s* jasägare, eftersägare, medlöpare
**yesterday** ['jestədɪ, 'jestədeɪ] **I** *adv* i går; ***I was not born*** ~ jag är inte född i går **II** *s* gårdagen; ~ ***morning (evening)*** i går morse (kväll); ~ ***night*** i går kväll; i natt; ***the day before*** ~ i förrgår
**yet** [jet] **I** *adv* **1** ännu, än; ***as*** ~ än så länge, hittills; ***the most serious incident*** ~ den hittills allvarligaste incidenten; ***while there is*** ~ ***time*** medan det ännu är tid; ***you will win*** ~ du kommer att vinna till sist; ***have you done*** ~***?*** har du slutat nu?; ***I have*** ~ ***to see*** [***the man who can beat me at tennis***] ännu har jag inte sett... **2** förstärkande ännu [*more important* ~]; ytterligare [~ *others*]; ~ ***again*** el. ~ ***once more*** ännu en gång; ~ ***another*** ännu en **II** *adv* o. *konj* ändå, likväl, dock [*strange and* ~ *true*], i alla fall; men
**yew** [ju:] *s* idegran [äv. *yew-tree*]
**yid** [jɪd] *s* sl. (neds.) jude
**Yiddish** ['jɪdɪʃ] *s* jiddisch
**yield** [ji:ld] **I** *tr itr* **1** ge, avkasta, ge i avkastning (vinst), inbringa **2** lämna ifrån sig, överlämna, avstå, överge **3** ge efter (vika) [*to* för; ~ *to threats*], ge sig; svikta; falla undan, ge med sig, vika, ge upp; ~ ***ground*** falla undan [*to* för]; ~ ***to temptation*** falla för frestelsen **4** lämna företräde i trafiken [*to* åt] **II** *s* avkastning; behållning, vinst; produktion; skörd
**yielding** ['ji:ldɪŋ] *a* **1** foglig, eftergiven **2** böjlig, elastisk, tänjbar
**yodel** ['jəʊdl] *tr itr* joddla
**Yoga, yoga** ['jəʊgə] *s* yoga indisk religionsfilosofisk lära
**yoghourt, yogurt** ['jɒgət, 'jəʊgət] *s* yoghurt
**yoke** [jəʊk] **I** *s* ok äv. bildl.; ***shake (throw) off the*** ~ kasta av oket **II** *tr* oka, lägga oket på; spänna [~ *oxen to* (för) *a plough*]; oka ihop
**yokel** ['jəʊk(ə)l] *s* lantis, tölp
**yolk** [jəʊk] *s* äggula, gula
**yon** [jɒn] *pron* o. *adv* se *yonder*
**yonder** ['jɒndə] litt. **I** *pron* den där; ~ ***group of trees*** trädgruppen där borta **II** *adv* där borta; dit bort
**yore** [jɔ:] *s* litt., ***of*** ~ fordom; ***in days (times) of*** ~ i forna tider
**Yorkshire** ['jɔ:kʃɪə], ~ ***pudding*** yorkshirepudding slags ugnspannkaka gräddad med steksky
**you** [ju:, obetonat jʊ] *pers pron* **1 a)** du; ni; som objekt etc. dig; er, Eder; ~ ***fool!*** din dumbom! **b)** man [~ *get a good meal there*]; speciellt som objekt en; reflexivt sig **2** utan motsvarighet i sv.:, ***don't*** ~ ***do that again!*** gör inte om det där!; ***there's a fine apple for*** ~***!*** vard. se ett sånt fint äpple!; ***there's friendship for*** ~***!*** vard. det kan man kalla vänskap!, iron. och det skall kallas vänskap!
**you'd** [ju:d] = *you had*; *you would*
**you'll** [ju:l] = *you will, you shall*
**young** [jʌŋ] **I** *a* **1** ung; liten [*a* ~ *child*]; ~ ***bird*** fågelunge; ***my*** ~ ***brother*** min lillebror; ~ ***lady!*** unga dam!, min unga fröken!; ***his*** ~ ***lady*** vard. hans flickvän (flicka); ***her*** ~ ***man*** hennes pojkvän (pojke); ~ ***ones*** ungar; ***the evening (night) is still*** ~ kvällen har bara börjat; ***the*** ~ de unga, ungdomen **2** ungdomlig **II** *s pl* ungar; ***bring forth*** ~ få (föda) ungar; ***with*** ~ dräktig
**younger** ['jʌŋgə] *a* (komparativ av *young*) yngre etc., jfr *young I*; ***which is the*** ~***?*** vilken är yngst?
**youngest** ['jʌŋgɪst] *a* superlativ av *young*
**youngish** ['jʌŋgɪʃ] *a* rätt så ung, yngre [*a* ~ *man*]
**youngster** ['jʌŋstə] *s* **1** unge, pojke, grabb **2** yngling, tonåring
**your** [jɔ:, obetonat jə] *poss pron* din; er, Eder; ***Your Excellency*** Ers Excellens; ***Your Majesty*** Ers Majestät; motsvarande *you* i betydelsen 'man' sin [*you* (man) *cannot alter* ~ *nature*]; ens [~ *arms get tired sometimes*]
**you're** [jʊə, jɔ:] = *you are*

**yours** [jɔ:z] *poss pron* din; er, Eder; ***what's ~?*** vard. vad ska du ha?
**yourself** [jɔ:'self, obetonat jə'self] (pl. *yourselves* [jɔ:'selvz, jə'selvz]) *refl* o. *pers pron* dig, er, sig [*you* (du, ni, man) *may hurt ~*], dig (er, sig) själv [*you are not ~ today*]; du (ni, man) själv [*nobody but ~*], själv [*do it ~*]; ***your father and ~*** din (er) far och du (ni) själv
**youth** [ju:θ, i pl. ju:ðz] *s* **1** abstrakt ungdom, ungdomen, ungdomstid, ungdomstiden; ***a friend of my ~*** en ungdomsvän till mig; ***in my ~*** i min ungdom; ***~ centre*** ungefär ungdomsgård; ***~ hostel*** vandrarhem **2** yngling, ung man; ***as a ~*** som yngling, som ung **3** ungdomlighet
**youthful** ['ju:θf(ʊ)l] *a* ungdomlig, ung
**you've** [ju:v, obetonat jʊv, jəv] = *you have*
**yo-yo** ['jəʊjəʊ] **I** *s* jojo leksak **II** *a* jojo- [*a ~ effect*], hastigt svängande **III** *itr* åka jojo, svänga fram och tillbaka, pendla
**Yugoslav** ['ju:gə'slɑ:v] **I** *s* jugoslav **II** *a* jugoslavisk
**Yugoslavia** ['ju:gə'slɑ:vjə] Jugoslavien
**Yugoslavian** ['ju:gə'slɑ:vjən] **I** *s* jugoslav **II** *a* jugoslavisk
**Yule** [ju:l] *s* dial. el. litt. jul, julen
**yum-yum** ['jʌm'jʌm] *interj* vard. namnam!, mums!, härligt!

# Z

**Z, z** [zed, amer. vanl. zi:] *s* Z, z
**Zaire** [zɑ:'ɪə]
**Zairean, Zairian** [zɑ:'ɪərɪən] **I** *a* zairisk **II** *s* zairier
**Zambia** ['zæmbɪə]
**Zambian** ['zæmbɪən] **I** *a* zambisk **II** *s* zambier
**zeal** [zi:l] *s* iver, nit, entusiasm
**zealot** ['zelət] *s* fanatiker; trosivrare
**zealous** ['zeləs] *a* ivrig, nitisk
**zebra** ['zi:brə, 'zebrə] *s* **1** zool. sebra **2** ***~ crossing*** med vita ränder markerat övergångsställe för fotgängare
**zenith** ['zenɪθ] *s* zenit
**zero** ['zɪərəʊ] *s* **1** noll; ***~ growth*** nolltillväxt **2** nollpunkt; fryspunkt; ***absolute ~*** absoluta nollpunkten; ***be at ~*** stå på noll; ***10 degrees below ~*** äv. 10 minusgrader; ***it is below ~*** äv. det är minusgrader
**zest** [zest] *s* iver, entusiasm [*with ~*]; aptit [*for* på]; ***~ for life*** livsglädje, livslust; ***add (give, lend) a ~ to*** ge en extra krydda åt, sätta piff på
**zigzag** ['zɪgzæg] **I** *a* sicksackformig, sicksack- [*a ~ line*] **II** *s* sicksack, sicksacklinje **III** *adv* i sicksack **IV** *itr* gå (löpa) i sicksack
**Zimbabwe** [zɪm'bɑ:bwɪ]
**Zimbabwean** [zɪmbɑ:bwɪən] **I** *a* zimbabwisk **II** *s* zimbabwier
**zinc** [zɪŋk] *s* zink; ***~ ointment*** zinksalva
**Zionist** ['zaɪənɪst] *s* sionist
**zip** [zɪp] **I** *s* **1** vinande, visslande [*the ~ of a bullet*] **2** vard. kläm, fart, energi [*full of ~*] **3** blixtlås **II** *tr*, ~ el. ***~ open*** öppna blixtlåset på; ~ el. ***~ up*** dra igen blixtlåset

på, stänga; ***will you ~ me up (~ up my dress)?*** vill du dra igen blixtlåset på min klänning?
**zip code** ['zɪpkəʊd] *s* amer. postnummer
**zip-fastener** ['zɪp,fɑːsnə] *s* blixtlås
**zipper** ['zɪpə] *s* blixtlås
**zippy** ['zɪpɪ] *a* vard. klämmig
**zither** ['zɪðə] *s* cittra
**zodiac** ['zəʊdɪæk] *s* astrol., ***the*** ~ zodiaken [*the signs of the* ~], djurkretsen
**zombie** ['zɒmbɪ] *s* vard. dönick
**zone** [zəʊn] *s* zon; bälte; ***the danger*** ~ riskzonen, farozonen; ***postal delivery*** ~ amer. postdistrikt; ***the temperate*** ~***s*** de tempererade zonerna; ***the torrid*** ~ den tropiska (heta) zonen
**Zoo** [zuː] *s* vard. zoo
**zoological** [,zəʊə'lɒdʒɪk(ə)l, i 'zoological gardens': zʊ'lɒdʒɪk(ə)l] *a* zoologisk, djur-; ~ ***gardens*** zoologisk trädgård, djurpark
**zoologist** [zəʊ'ɒlədʒɪst] *s* zoolog
**zoology** [zəʊ'ɒlədʒɪ] *s* zoologi
**zoom** [zuːm] **I** *s* **1** flyg. brant stigning; bildl. brant uppgång **2** ~ ***lens*** zoomlins, zoomobjektiv **3** brummande, surrande **II** *itr* **1** flyg. stiga brant; bildl. stiga hastigt, skjuta i höjden [*prices zoomed*] **2** film., TV. zooma [~ *in (out)*], om bildmotiv zoomas in (ut)
**Zulu** ['zuːluː] *s* **1** zulu **2** zuluspråket

# English Irregular Verbs

| INFINITIV | IMPERFEKT | PERFEKT PARTICIP |
|---|---|---|
| arise | arose | arisen |
| awake | awoke | awoken |
| be | was | been |
| (Presens indikativ: sg. I am, you are, he/she/it is; pl.: they/we are) | (Pl.:were) | |
| bear | bore | borne; born ('född') |
| beat | beat | beaten |
| become | became | become |
| begin | began | begun |
| behold | beheld | beheld |
| bend | bent | bent |
| bereave | bereft, bereaved | bereft, bereaved |
| beseech | besought | besought |
| bet | bet, betted | bet, betted |
| bid ('bjuda', 'befalla') | bade | bidden, bid |
| bid ('bjuda på auktion') | bid | bid |
| bind | bound | bound |
| bite | bit | bitten |
| bleed | bled | bled |
| blow | blew | blown |
| break | broke | broken |
| breed | bred | bred |
| bring | brought | brought |
| broadcast | broadcast, broad-casted | broadcast, broad-casted |
| build | built | built |
| burn | burnt | burnt |
| burst | burst | burst |
| buy | bought | bought |
| cast | cast | cast |
| catch | caught | caught |
| choose | chose | chosen |
| cleave | cleft, cleaved | cleft |
| cling | clung | clung |
| clothe | clothed, (poet.) clad | clothed, (poet.) clad |

| *INFINITIV* | *IMPERFEKT* | *PERFEKT PARTICIP* |
|---|---|---|
| come | came | come |
| cost | cost | cost |
| creep | crept | crept |
| crow | crowed, crew | crowed |
| cut | cut | cut |
| deal | dealt | dealt |
| dig | dug | dug |
| do (he/she/it does) | did | done |
| draw | drew | drawn |
| dream | dreamt, dreamed | dreamt, dreamed |
| drink | drank | drunk |
| drive | drove | driven |
| dwell | dwelt | dwelt |
| eat | ate | eaten |
| fall | fell | fallen |
| feed | fed | fed |
| feel | felt | felt |
| fight | fought | fought |
| find | found | found |
| flee | fled | fled |
| fling | flung | flung |
| fly | flew | flown |
| forbear | forbore | forborne |
| forbid | forbade | forbidden |
| forecast | forecast, forecasted | forecast, forecasted |
| forget | forgot | forgotten |
| forgive | forgave | forgiven |
| forsake | forsook | forsaken |
| freeze | froze | frozen |
| get | got | got, amer. äv. gotten (i vissa bet., t. ex. 'fått', 'kommit') |
| give | gave | given |
| go (he/she/it goes) | went | gone |
| grind | ground | ground |
| grow | grew | grown |
| hang | hung | hung |

(I bet. 'avliva genom hängning' vanl. regelbundet)

| INFINITIV | IMPERFEKT | PERFEKT PARTICIP |
|---|---|---|
| have (he/she/it has) | had | had |
| hear | heard | heard |
| hew | hewed | hewed, hewn |
| hide | hid | hidden, hid |
| hit | hit | hit |
| hold | held | held |
| hurt | hurt | hurt |
| keep | kept | kept |
| kneel | knelt, kneeled | knelt, kneeled |
| knit | knitted, knit | knitted, knit |
| know | knew | known |
| lade | laded | laden, laded |
| lay | laid | laid |
| lead | led | led |
| lean | leaned, leant | leaned, leant |
| leap | leapt | leapt |
| learn | learnt, learned | learnt, learned |
| leave | left | left |
| lend | lent | lent |
| let | let | let |
| lie ligga | lay | lain |
| light | lit, lighted | lit, lighted |
| lose | lost | lost |
| make | made | made |
| mean | meant | meant |
| meet | met | met |
| mow | mowed | mown |
| pay | paid | paid |
| put | put | put |
| quit | quitted, quit | quitted, quit |
| read | read | read |
| rid | rid | rid |
| ride | rode | ridden |
| ring | rang | rung |
| rise | rose | risen |
| run | ran | run |
| saw | sawed | sawn |
| say | said | said |
| see | saw | seen |
| seek | sought | sought |

| *INFINITIV* | *IMPERFEKT* | *PERFEKT PARTICIP* |
|---|---|---|
| sell | sold | sold |
| send | sent | sent |
| set | set | set |
| sew | sewed | sewn, sewed |
| shake | shook | shaken |
| shear | sheared | shorn, sheared |
| shed | shed | shed |
| shine | shone | shone |
| shoe | shod | shod |
| shoot | shot | shot |
| show | showed | shown |
| shrink | shrank | shrunk |
| shut | shut | shut |
| sing | sang | sung |
| sink | sank | sunk |
| sit | sat | sat |
| slay | slew | slain |
| sleep | slept | slept |
| slide | slid | slid |
| sling | slung | slung |
| slink | slunk | slunk |
| slit | slit | slit |
| smell | smelt | smelt |
| smite | smote | smitten |
| sow | sowed | sown, sowed |
| speak | spoke | spoken |
| speed ('skynda', 'ila') | sped | sped |
| spell | spelt | spelt |
| spend | spent | spent |
| spill | spilt | spilt |
| spin | spun | spun |
| spit | spat | spat |
| split | split | split |
| spoil | spoilt, spoiled | spoilt, spoiled |
| spread | spread | spread |
| spring | sprang | sprung |
| stand | stood | stood |
| steal | stole | stolen |
| stick | stuck | stuck |
| sting | stung | stung |
| stink | stank | stunk |

| *INFINITIV* | *IMPERFEKT* | *PERFEKT PARTICIP* |
|---|---|---|
| stride | strode | stridden |
| strike | struck | struck |
| string | strung | strung |
| strive | strove | striven |
| swear | swore | sworn |
| sweep | swept | swept |
| swell | swelled | swollen |
| swim | swam | swum |
| swing | swung | swung |
| take | took | taken |
| teach | taught | taught |
| tear | tore | torn |
| tell | told | told |
| think | thought | thought |
| throw | threw | thrown |
| thrust | thrust | thrust |
| tread | trod | trodden |
| underbid | underbid | underbid |
| wake | woke | woken |
| wear | wore | worn |
| weave | wove | woven |
| wed | wedded, wed | wedded, wed |
| weep | wept | wept |
| win | won | won |
| wind | wound | wound |
| wring | wrung | wrung |
| write | wrote | written |

# Weights and Measures

## Length

| | | |
|---|---|---|
| inch (in.) | 0.083 foot | 2,54 cm |
| foot (ft.) | 12 inches | 30,48 cm |
| yard (yd.) | 3 feet | 0,914 m |
| mile (m.) | 1 760 yards | 1 609 m |

## Area

| | | |
|---|---|---|
| square inch (sq. in.) | | 6,45 $cm^2$ |
| square foot (sq. ft.) | 144 sq. inches | 9,29 $dm^2$ |
| square yard (sq. yd.) | 9 sq. feet | 0,84 $m^2$ |
| acre | 4 840 sq. yards | 40,47 a |
| square mile (sq. m.) | 640 acres | 259 ha (2,6 $km^2$) |

## Volume

| | | |
|---|---|---|
| cubic inch (cu. in.) | | 16,387 $cm^3$ |
| cubic foot (cu. ft.) | 1 728 cu. inches | 0,028 $m^3$ |
| cubic yard (cu. yd.) | 27 cu. feet | 0,765 $m^3$ |
| register ton (tonnagemått) | 100 cu. feet | 2,83 $m^3$ |

### For liquids

| | | |
|---|---|---|
| pint (pt.) | | 0,568 l (amer. 0,473 l) |
| quart (qt.) | 2 pints | 1,136 l (amer. 0,946 l) |
| gallon (gal.) | 4 quarts | 4,546 l (amer. 3,785 l) |

### For cooking

| | |
|---|---|
| 1 teaspoonful 6 ml (amer. 5 ml) | 1 tesked 5 ml |
| 1 tablespoonful 18 ml (amer. 15 ml) | 1 matsked 15 ml |
| 1 cupful 284 ml (amer. 237 ml) | 1 kopp (Obs! 1 kaffekopp 150 ml) |

## Weight

| | | |
|---|---|---|
| ounce (oz.) | | 28,35 g |
| pound (lb.) | 16 ounces | 0,454 kg |
| stone (st.) | 14 pounds | 6,35 kg |
| quarter (qr.) | 28 pounds (amer. 25 pounds) | 12,7 kg (amer. 11,3 kg) |
| hundredweight (cwt.) | 112 pounds (amer. 100 pounds) | 50,8 kg (amer. 45,4 kg) |
| ton (short, amer.) | 2 000 pounds | 907,2 kg |
| ton (long) | 2 240 pounds | 1 016 kg |

## Equivalent weights and measures

| | | |
|---|---|---|
| 1 cm=0.394 inch | 1 $cm^2$=0.155 square inch | 1 $cm^3$=0.061 cubic inch |
| 1 m=1.094 yards | 1 $m^2$=1.196 square yards | 1 $m^3$=1.308 cubic yards |
| 1 km=0.621 mile | 1 a=119.6 square yards | |
| 1 mil=6.21 miles | 1 ha=2.471 acres | |
| | 1 $km^2$=0.386 square mile | |

| | |
|---|---|
| 1 l=1.76 pints | 1 g=0.035 ounce |
| 1 dl=0.176 pints | 1 hg=3.5 ounces |
| | 1 kg=2.2 pounds |
| | 1 ton=1.1 short tons (0.984 long ton) |

## Clothing Sizes

| SWEDEN | BRITAIN | USA |
|---|---|---|
| ***Ladies' coats and jackets*** | | |
| 36 | 8/30 | 6 |
| 38 | 10/32 | 8 |
| 40 | 12/34 | 10 |
| 42 | 14/36 | 12 |
| 44 | 16/38 | 14 |
| 46 | 18/40 | 16 |
| ***Men's Suits and Overcoats*** | | |
| 46 | 36 | 36 |
| 48 | 38 | 38 |
| 50 | 40 | 40 |
| 52 | 42 | 42 |
| 54 | 44 | 44 |
| 56 | 46 | 46 |
| ***Men's Shirts*** | | |
| 36 | 14 | 14 |
| 37 | 14 1/2 | 14 1/2 |
| 38 | 15 | 15 |
| 39 | 15 1/2 | 15 1/2 |
| 40 | 15 1/2 | 15 1/2 |
| 41 | 16 | 16 |
| 42 | 16 1/2 | 16 1/2 |
| 43 | 17 | 17 |
| ***Ladies' Shoes*** | | |
| 36 | 3 | 4 1/2 |
| 37 | 4 | 5 1/2 |
| 38 | 5 | 6 1/2 |
| 39 | 6 | 7 1/2 |
| 40 | 7 | 8 1/2 |
| ***Men's Shoes*** | | |
| 40 | 6 | 6 1/2 |
| 41 | 7 | 7 1/2 |
| 42 | 8 | 8 1/2 |
| 43 | 9 | 9 1/2 |
| 44 | 10 | 10 1/2 |

## Temperature

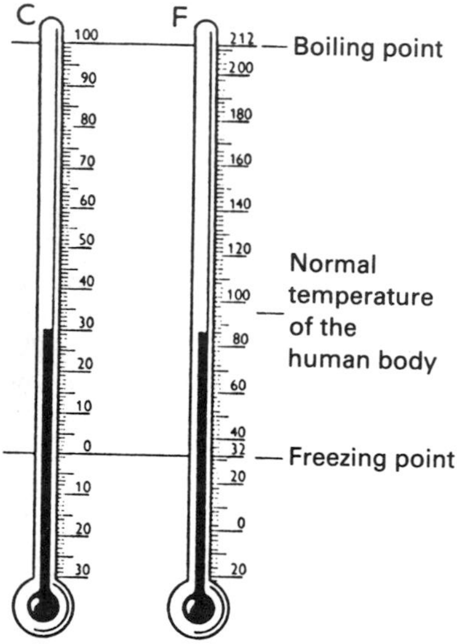

# Lilla engelska ordboken
# Svensk-engelsk

# A

**a** *s* mus. A
**à** *prep*, ~ ***fem kronor*** at five kronor; ***5 ~ 6 gånger*** 5 or 6 times
**AB** bolag Ltd., amer. Inc.
**abborre** *s* perch
**abdikation** *s* abdication
**abdikera** *itr* abdicate
**aber** *s*, ***ett ~*** a snag (drawback)
**abessinier** *s* kattras Abyssinian
**abnorm** *a* abnormal
**abnormitet** *s* abnormity
**abonnemang** *s* subscription [*på* to, for]
**abonnemangsavgift** *s* subscription charges pl., tele. telephone rental
**abonnent** *s* subscriber, teat. season-ticket holder
**abonnera** *itr tr* subscribe [*på* to, for]; ***~d*** om buss etc. hired
**abort** *s* abortion; missfall miscarriage; ***göra ~*** have an abortion
**abracadabra** *s* abracadabra
**abrupt** *a* abrupt
**absolut I** *a* absolute, definite **II** *adv* absolutely, helt utterly, säkert certainly, definitely
**absolutist** *s* helnykterist teetotaller, total abstainer
**absorbera** *tr* absorb
**abstrakt** *a* abstract
**absurd** *a* absurd
**absurditet** *s* absurdity
**acceleration** *s* acceleration
**accelerera** *tr itr* accelerate
**accent** *s* accent, tonvikt stress
**accenttecken** *s* accent, stress-mark
**accentuera** *tr* accentuate, stress
**acceptabel** *a* acceptable, nöjaktig passable
**acceptera** *tr* accept
**accessoarer** *s pl* accessories
**accis** *s*, ***~ på bilar*** purchase tax on cars
**aceton** *s* acetone
**acetylsalicylsyra** *s* acetylsalicylic acid
**ack** *itj* oh dear!, i högre stil alas!
**acklamation** *s*, ***med ~*** by acclamation
**acklimatisera I** *tr* acclimatize **II** *refl*, ***~ sig*** become acclimatized
**ackompanjatör** *s* accompanist
**ackompanjemang** *s* accompaniment
**ackompanjera** *tr* accompany
**ackord** *s* **1** mus. chord **2** överenskommelse contract [*på* for]; ***arbeta på ~*** do piecework
**ackordsarbete** *s* piecework (end. sg.)
**ackordslön** *s* piece wages pl.
**ackumulator** *s* accumulator
**ackumulera** *tr* accumulate
**ackusativ** *s* accusative; ***i ~*** in the accusative
**acne** *s* acne
**a conto** *s* on account
**ADB** (förk. för *automatisk databehandling*), ADP (förk. för automatic data processing)
**addera** *tr* add, lägga ihop add up (together)
**addition** *s* addition
**adekvat** *a* adequate, träffande apt
**adel** *s*, ***~n*** the nobility
**adelsman** *s* nobleman
**aderton** *räkn* se *arton*
**adjektiv** *s* adjective
**adjunkt** *s* ung. assistant master (kvinnlig mistress) [at a secondary school]
**adjutant** *s* mil. aide-de-camp, aide
**adjö I** *itj* goodbye, vard. bye-bye! **II** *s* goodbye; ***säga ~ åt ngn*** say goodbye to a p.
**adla** *tr* raise . . . to the nobility
**adlig** *a* noble, aristocratic
**administration** *s* administration
**administrativ** *a* administrative
**administratör** *s* administrator
**administrera** *tr* administer, manage
**adoptera** *tr* adopt
**adoption** *s* adoption
**adoptivbarn** *s* adopted child
**adoptivföräldrar** *s pl* adoptive parents
**adrenalin** *s* adrenaline
**adress** *s* address
**adressat** *s* addressee
**adressera** *tr* address
**adresslapp** *s* address-label, luggage-label
**adressändring** *s* change of address
**Adriatiska havet** the Adriatic [Sea]

**advent** *s* Advent
**adverb** *s* adverb
**adverbial** *s* adverbial modifier
**advokat** *s* lawyer; juridiskt ombud solicitor, sakförare vid domstol barrister, amer. vanl. attorney
**advokatbyrå** *s* kontor lawyer's office, firma firm of lawyers
**aerodynamisk** *a* aerodynamic
**aerogram** *s* air letter, aerogram
**aerosol** *s* aerosol
**affekterad** *a* affected
**affektionsvärde** *s* sentimental value
**affisch** *s* bill, större placard, poster
**affischering** *s* placarding; ~ *förbjuden!* post (stick) no bills!
**affär** *s* **1** business; butik shop, speciellt amer. store; *hur går ~erna?* how's business?; *göra en god ~* do a good piece of business, make a good bargain; *ha ~er med* do business with **2** angelägenhet affair; *sköt dina egna ~er!* mind your own business!; *göra stor ~ av ngt (ngn)* make a great fuss about a th. (of a p.)
**affärsbiträde** *s* shop assistant, amer. salesclerk, clerk
**affärsbrev** *s* business letter
**affärsgata** *s* shopping street
**affärsinnehavare** *s* shopkeeper, amer. storekeeper
**affärsman** *s* businessman
**affärsmässig** *a* businesslike
**affärsresa** *s* business trip
**affärstid** *s* business hours pl.
**afghan** *s* Afghan äv. hund
**Afghanistan** Afghanistan
**afghansk** *a* Afghan
**Afrika** Africa
**afrikan** *s* African
**afrikansk** *a* African
**afroasiatisk** *a* Afro-Asian
**afton** *s* evening, senare night; *god ~!* good evening!
**aftonbön** *s* evening prayers pl.
**aftondräkt** *s* evening dress
**aftonklänning** *s* evening gown
**aga** *s* corporal punishment
**agent** *s* agent
**agentur** *s* agency
**agera** *tr itr* act; ~ *förmyndare* act as guardian; *de ~nde* those involved
**agg** *s, hysa ~ mot ngn* bear a p. ill-feeling (a grudge)
**aggregat** *s* aggregate, tekn. unit
**aggression** *s* aggression
**aggressiv** *a* aggressive
**aggressivitet** *s* aggressiveness
**agitation** *s* agitation, campaign
**agitator** *s* agitator
**agitera** *itr* agitate
**agn** *s* vid fiske bait
**aids** o. **AIDS** *s* med. AIDS (förk. för acquired immune deficiency syndrome)
**aiss** *s* mus. A sharp
**aj** *itj* oh!, ouch!; ~, ~*!* varnande now! now!
**à jour** *s, hålla sig ~* keep up to date; *hålla ngn ~* keep a p. informed (up to date)
**ajournera** *tr* adjourn
**akademi** *s* academy
**akademiker** *s* med examen university graduate
**akademisk** *a* academic
**akilleshäl** *s* Achilles' heel
**akrobat** *s* acrobat
**akrobatik** *s* acrobatics pl.
**akryl** *s* acrylic, acrylic resin
**1 akt** *s* **1** ceremoni ceremony **2** teat. act **3** urkund document
**2 akt** *s, giv ~!* attention!; *ge ~ på* observe, notice, pay attention to; *ta tillfället i ~* take the opportunity
**akta I** *tr* be careful with, vårda take care of; ~ *huvudet!* mind your head! **II** *refl,* ~ *sig* take care, be careful [*för att göra det* not to do that]; vara på sin vakt be on one's guard [*för* against]; se upp look out [*för* for]; ~ *dig, du!* watch your step!
**aktad** *a* respected
**akter** *s* sjö. stern
**akterdäck** *s* after-deck
**akterlanterna** *s* stern light, flyg. tail light
**akterskepp** *s* stern
**aktersnurra** *s* outboard motor; båt outboard motor-boat
**aktie** *s* share; *~r* koll. stock sg.
**aktiebolag** *s* limited company; *~et* (förk. *AB) S. & Co.* Messrs S. & Co. Limited (Ltd.), amer. S. & Co. Incorporated (Inc.)
**aktiekurs** *s* share price (quotation)
**aktieägare** *s* shareholder, speciellt amer. stockholder
**aktion** *s* action
**aktiv I** *a* active **II** *s* gram. the active, the active voice
**aktivera** *tr* activate
**aktivist** *s* activist
**aktivitet** *s* activity
**aktning** *s* respect
**aktningsvärd** *a* ... worthy of respect, betydlig considerable
**aktsam** *a* careful
**aktsamhet** *s* care
**aktualisera** *tr* bring ... to the fore, åter

bring up ... again; *frågan har ~ts* the question has arisen (come up)
**aktualitet** *s* current (immediate) interest, topicality
**aktuell** *a* ... of current interest, topical; current, nu rådande present; ifrågavarande ... in question; *bli ~* arise, come up, come to the fore; *Aktuellt* i TV the News sg.
**akupunktur** *s* acupuncture
**akupunktör** *s* acupuncturist
**akustik** *s* ljudförhållanden acoustics pl.
**akustisk** *a* acoustic
**akut I** *a* acute **II** *s, ~en* the emergency ward
**akutmottagning** *s* emergency ward
**akvarell** *s* water-colour
**akvarium** *s* aquarium
**akvavit** *s* aquavit, snaps
**al** *s* alder; för sammansättningar jfr *björk*
**alabaster** *s* alabaster
**à la carte** *adv* à la carte
**A-lag** *s* **1** sport. first team, bildl. first-raters **2** vard. *A-laget* ung. the social dropouts pl.
**alarm** *s* signal alarm; *falskt ~* false alarm; *slå ~* sound the (an) alarm
**alarmberedskap** *s* state of alert
**alarmera** *tr* alarm; *~ brandkåren* call the fire-brigade
**alban** *s* Albanian
**Albanien** Albania
**albansk** *a* Albanian
**albatross** *s* albatross
**albino** *s* albino (pl. -s)
**album** *s* album, urklipps~ scrap-book
**aldrig** *adv* never; *~ mer* never again; *~ i livet!* not on your life!, no way!
**alert I** *a* alert **II** *s, vara på ~en* be alert
**alfabet** *s* alphabet
**alfabetisk** *a* alphabetical
**Alfapet**® *s* Scrabble slags sällskapsspel
**alg** *s* alga (pl. algae)
**algebra** *s* algebra
**Alger** Algiers
**algerier** *s* Algerian
**Algeriet** Algeria
**algerisk** *a* Algerian
**alias** *adv* alias
**alibi** *s* alibi
**alkali** *s* alkali
**alkalisk** *a* alkaline
**alkohol** *s* alcohol
**alkoholfri** *a* non-alcoholic; *~ dryck* soft drink
**alkoholhalt** *s* alcoholic content
**alkoholhaltig** *a* alcoholic
**alkoholiserad** *a, vara ~* be an (a) habitual drunkard
**alkoholism** *s* alcoholism
**alkoholist** *s* alcoholic
**alkoholmissbruk** *s* addiction to alcohol
**alkoholpåverkad** *a* ... under the influence of drink
**alkotest** *s* breathalyser test
**alkotestapparat** *s* breathalyser
**alkov** *s* alcove, recess
**all** *pron* all, varje every; *ha ~ anledning att* have every reason to; *~t annat* everything else; *~t annat än* anything but; *~a människor* everybody; *~t möjligt* all sorts of things
**alla** *pron* fristående all; varenda en everybody, everyone (båda sg.); *en gång för ~* once and for all
**alldaglig** *a* everyday (end. attr.); vanlig ordinary
**alldeles** *adv* quite, absolut absolutely, fullkomligt perfectly, grundligt thoroughly, fullständigt completely, helt och hållet entirely, totalt utterly; *~ för många* far too many; *~ nyss* just now
**allé** *s* avenue
**allehanda** *a* ... of all sorts (kinds)
**allemansrätt** *s* ung. legal right of access to private land
**allergi** *s* allergy
**allergiker** *s* allergic person, allergy sufferer
**allergisk** *a* allergic [*mot* to]
**allesammans** *pron* all of us (you etc.); *adjö ~!* goodbye everybody!
**allhelgonadag** *s, ~en* All Saints' Day
**allians** *s* alliance
**alliansfri** *a* non-aligned
**alliansring** *s* eternity ring
**alliera** *refl, ~ sig* ally oneself [*med* to]
**allierad I** *a* allied [*med* to] **II** *a* ally; *de ~e* the allies
**alligator** *s* alligator
**allihop** *pron* all of us resp. you etc.
**allmosa** *s* alms (pl. lika)
**allmän** *a* vanlig common, för alla general; *på ~ bekostnad* at public expense; *det ~na* the community
**allmänbildad** *a* well-informed
**allmänbildning** *s* all-round education, general knowledge
**allmängiltig** *a* generally applicable
**allmänhet** *s* **1** *i ~* in general, generally, as a rule **2** *~en* el. *den stora ~en* the public, the public at large
**allmänmänsklig** *a* ... common to all mankind, human
**allmänning** *s* common

**allmännyttig** *a* ... for the benefit of everyone
**allmänpraktiserande** *a*, ~ ***läkare*** general practitioner (förk. G.P.)
**allmänt** *adv* commonly, generally; ~ ***känd*** widely known; ~ ***utbredd*** widespread
**allmäntillstånd** *s* general condition
**allra** *adv*, ***den*** ~ ***bästa*** the very best; ***de*** ~ ***flesta (flesta bilar)*** the great majority (great majority of cars); ~ ***mest (minst)*** most (least) of all
**alls** *adv*, ***inte*** ~ not at all, by no means; ***inget besvär*** ~ no trouble at all
**allsidig** *a* all-round; ***en*** ~ ***kost*** a balanced diet
**allsmäktig** *a* almighty
**allströmsmottagare** *s* all-mains receiver
**allsvensk** *a*, ***allsvenskan*** the Premier Division of the Swedish Football League
**allsång** *s* community singing
**allt I** *pron* fristående all, everything; ~ ***eller intet*** all or nothing; ***när*** ~ ***kommer omkring*** after all; when all is said and done; ***bara tio*** ~ ***som*** ~ only ten all told (all in all); ***spring*** ~ ***vad du kan*** run as fast as you can; ***inte för*** ~ ***i världen*** not for anything in the world **II** *adv*, ~ ***bättre*** better and better; ~ ***intressantare*** more and more interesting; ~ ***sämre*** worse and worse
**alltefter** *prep* according to
**alltefter som** *konj* as
**alltemellanåt** *adv* from time to time
**alltför** *adv* far (much) too
**alltid** *adv* always; ***för*** ~ for ever
**alltifrån** *prep* om tid ever since
**alltihop** se *alltsammans*
**allting** *pron* everything
**alltjämt** *adv* fortfarande still, ständigt constantly
**alltmer** *adv* more and more
**alltsammans** *pron* all [of it resp. them], the whole lot (thing)
**alltsedan** *prep*, *adv* o. *konj* ever since
**alltså** *adv* accordingly, thus, consequently, det vill säga in other words
**allvar** *s* seriousness, starkare gravity; ***mena*** ~ be serious; ***på*** ~ ***(fullt*** ~***)*** in earnest (real earnest); ***ta*** ... ***på*** ~ take ... seriously
**allvarlig** *a* serious, starkare grave
**allvetare** *s* walking encyclopedia, neds. know-all
**alm** *s* elm; för sammansättningar jfr *björk*
**almanacka** *s* vägg~ calendar, fick~ diary
**alp** *s* alp; ***Alperna*** the Alps
**alpin** *a* alpine
**alster** *s* product, production
**alstra** *tr* produce, generate
**alt** *s* mus. alto (pl. -s)
**altan** *s* terrace, balkong balcony
**altare** *s* altar
**alternativ** *s* o. *a* alternative
**alternera** *itr* alternate [*med* with]
**altfiol** *s* viola
**aluminium** *s* aluminium, amer. aluminum
**aluminiumfolie** *s* aluminium foil
**alun** *s* alum
**amalgam** *s* amalgam
**amatör** *s* amateur [*på* to]
**ambassad** *s* embassy
**ambassadör** *s* ambassador
**ambition** *s* framåtanda ambition, pliktkänsla conscientiousness
**ambitiös** *a* ambitious, conscientious
**ambulans** *s* ambulance
**ambulera** *itr* move from place to place
**amen** *itj* amen
**Amerika** America; ~***s förenta stater*** the United States of America
**amerikan** o. **amerikanare** *s* American
**amerikansk** *a* American, jfr *svensk*
**amerikanska** *s* **1** kvinna American woman **2** språk American English; jfr *svenska*
**ametist** *s* amethyst
**amfetamin** *s* amphetamine
**amiral** *s* admiral
**amma** *tr* breast-feed, nurse
**ammoniak** *s* ammonia
**ammonium** *s* ammonium
**ammunition** *s* ammunition
**amnesti** *s* amnesty
**amok** *s*, ***löpa*** ~ run amuck (amok)
**amortera** *tr* lån pay off ... by instalments
**amortering** *s* amorterande repayment by instalments, belopp instalment
**ampel** *s* för växter hanging flower-pot
**ampere** *s* ampere
**ampull** *s* ampoule, liten flaska phial
**amputation** *s* amputation
**amputera** *tr* amputate
**amulett** *s* amulet, talisman
**an** *adv*, ***av och*** ~ up and down
**ana** *tr* have a feeling, have an idea [*att* that], misstänka suspect, föreställa sig think, imagine; ~ ***oråd*** suspect mischief, vard. smell a rat
**analfabet** *s*, ***vara*** ~ be illiterate (an illiterate)
**analfabetism** *s* illiteracy
**analogi** *s* analogy
**analys** *s* analysis (pl. analyses)
**analysera** *tr* analyse

**analöppning** *s* anus
**anamma** *itj, fan ~!* damn it!, hell!
**ananas** *s* pineapple
**anarki** *s* anarchy
**anarkist** *s* anarchist
**anatomi** *s* anatomy
**anatomisk** *a* anatomical
**anbefalla** *tr* rekommendera recommend
**anbelanga** *tr, vad det ~r* as far as that's concerned
**anblick** *s* sight; *vid första ~en* at first sight
**anbringa** *tr* fästa fix, applicera apply
**anbud** *s* offer, bid
**and** *s* wild duck
**anda** *s* **1** andedräkt breath; *dra ~n* draw breath; *hålla (tappa) ~n* hold (lose) one's breath **2** stämning, andemening spirit; *i vänskaplig ~* in a friendly atmosphere
**andas** *tr itr* breathe; *~ in (ut)* breathe in (out), känna sig lättad breathe freely
**ande** *s* **1** själ spirit, mind; *~n är villig, men köttet är svagt* the spirit is willing, but the flesh is weak **2** okroppsligt väsen spirit, ghost; *den Helige Ande* the Holy Ghost
**andedrag** *s* breath; *i ett ~* in one breath
**andedräkt** *s* breath; *dålig ~* bad breath
**andel** *s* share
**andetag** *s* breath; *i ett ~* in one breath
**andfådd** *a* breathless, ... out of breath
**andlig** *a* spiritual; *~a sånger* religious songs
**andning** *s* breathing; *konstgjord ~* artificial respiration
**andningsorgan** *s* respiratory organ
**andnöd** *s* shortness of breath
**andra** *(andre)* **I** *räkn* second (förk. 2nd); *den ~ från slutet* the last but one; *för det ~* in the second place, vid uppräkning secondly; *i ~ hand* se *hand; ~ klassens (rangens)* second-rate; jfr *femte* o. sammansättningar **II** *pron* se *annan*
**andraga** *tr* put forward, present
**andrahandsvärde** *s* second-hand value
**andraklassbiljett** *s* second-class ticket
**andre I** *räkn* se *andra* **II** *pron* se *annan*
**andrum** *s* breathing-space
**anekdot** *s* anecdote
**anemi** *s* anaemia
**anemon** *s* anemone
**anfall** *s* attack [*mot* against, on]; *gå till ~ mot ngn* attack a p.
**anfalla** *tr* attack
**anfallsspelare** *s* striker, forward
**anfordran** *s, vid ~* on demand
**anföra** *tr* **1** föra befäl över be in command of **2** yttra, andraga state, say; *~ till sitt försvar* plead in one's defence
**anförande** *s* yttrande statement, tal speech
**anföringstecken** *s* quotation
**anförtro** *tr, ~ ngn ngt* entrust a th. to a p.; *~ ngn* t. ex. en hemlighet confide ... to a p.
**anförvant** *s* relation
**ange** *tr* **1** uppge state, mention, utvisa indicate, på karta mark; *närmare ~* specify **2** anmäla report; *~ ngn* t. ex. till polisen inform against a p.; *~ sig själv* give oneself up
**angelägen** *a* **1** brådskande urgent **2** *~ om ngt* hågad för keen on a th.; *jag är ~ om att det här inte sprids* I am anxious that this should not be spread about
**angelägenhet** *s* ärende affair, sak matter
**angenäm** *a* pleasant, agreeable
**angina** *s* med. angina
**angiva** se *ange*
**angivare** *s* informer
**Angola** Angola
**angolan** *s* Angolan
**angolansk** *a* Angolan
**angrepp** *s* attack [*mot, på* against, on]
**angripa** *tr* attack, inverka skadligt på affect
**angripare** *s* attacker; polit. aggressor
**angripen** *a* skadad, sjuk affected; om tänder decayed; *~ av rost* rusty
**angränsande** *a* adjacent [*till* to]
**angå** *tr* concern; *vad mig ~r* as far as I am concerned
**angående** *prep* concerning, regarding
**anhålla I** *tr* arrestera arrest, take ... into custody **II** *itr, ~ om* request, t. ex. stipendium apply for
**anhållan** *s* request, application [*om* for]
**anhållande** *s* arrestering arrest
**anhängare** *s* follower, supporter
**anhörig** *subst a* relative, relation; *närmaste ~a* next of kin
**aning** *s* **1** förkänsla feeling, idea [*om att* that]; *onda ~ar* misgivings **2** begrepp notion, conception [*om* of], [*om att* that]; *jag har ingen ~!* I have no idea! **3** *en ~ vitlök* a touch of (a little) garlic; *en ~ trött* a bit tired
**anka** *s* duck
**ankare** *s* anchor; *kasta (lyfta, lätta) ~* cast (weigh) anchor; *ligga för ankar* ride (lie) at anchor
**ankel** *s* ankle
**anklaga** *tr* accuse [*för* of]
**anklagelse** *s* accusation
**anknyta I** *tr* attach [*till* to]; connect, [*till* with, on to] **II** *itr, ~ till* link up with
**anknytning** *s* connection, attachment, tele. extension

**ankomma** *itr* **1** arrive [*till* at, in] **2** ~ ***på*** bero depend on
**ankommande** *a* om post, trafik incoming
**ankomst** *s* arrival [*till* at, in]
**ankomsthall** *s* arrival hall (lounge)
**ankra** *itr* anchor
**ankunge** *s* duckling
**anlag** *s* natural ability, aptitude, begåvning gift [*för* for], disposition tendency [*för* towards]
**anledning** *s* skäl reason [*till* for]; ***ge ~ till*** cause, medföra lead to; ***med ~ av*** on account of, owing to; ***med ~ av Ert brev*** with reference to your letter
**anlita** *tr* vända sig till turn to, engage, tillkalla call in
**anlägga** *tr* uppföra build, erect, bygga construct, grunda found
**anläggning** *s* erection, construction; foundation; byggnad structure, fabrik etc. works (pl. lika); parkanläggningar park grounds pl.
**anlända** *itr* arrive [*till* at, in]
**anmana** *tr* request
**anmoda** *tr* request, call upon, beordra instruct
**anmodan** *s* request
**anmäla** **I** *tr* **1** rapportera report, förlust, sjukdomsfall etc. notify **2** recensera review **II** *refl,* ***~ sig*** report [*för, hos* to]; ***~ sig som sökande till*** ... apply for ...; ***~ sig till*** examen, tävling enter (enter one's name) for
**anmälan** *s* **1** report, om förlust, sjukdomsfall notification [*om* of]; till examen, tävling application, entry [*till* for] **2** recension review
**anmälningsavgift** *s* entry (application) fee
**anmälningsblankett** *s* application form
**anmärka** **I** *tr* yttra remark **II** *itr* kritisera m. m. criticize [*på ngn, ngt* a p., a th.]; find fault [*på* with]
**anmärkning** *s* yttrande remark, observation, förklaring note, comment; ***en ~*** kritik criticism
**anmärkningsvärd** *a* remarkable
**annalkande** **I** *s,* ***vara i ~*** be approaching **II** *a* approaching
**annan** *(annat, andre, andra) pron* **1** other, jfr *3 en III;* ***en ~*** another, another one, någon annan somebody else; ***annat*** other things, något annat something (anything) else; ***andra*** others, other people; ***någon ~*** om person anybody (en viss somebody) else; ***vilken ~*** who else; ***alla andra*** all the others, everybody else; ***någon ~ än*** a) förenat any other ... but, en viss some other ... than b) självständigt anybody but, en viss somebody other than; ***hon gör inte (ingenting) annat än gråter*** she does nothing but cry; det var ***något helt annat än*** ... something quite different from **2** vard. 'riktig' regular, proper; ***som en ~ tjuv*** just like a common thief
**annandag** *s,* ***~ jul*** Boxing Day; ***~ pingst*** Whit Monday; ***~ påsk*** Easter Monday
**annanstans** *adv,* ***någon ~*** elsewhere, somewhere (anywhere) else
**annars** *adv* otherwise; or, or else
**annat** *pron* se *annan*
**annektera** *tr* annex
**annex** *s* annexe
**annons** *s* advertisement (förk. advt.); vard. ad, advert; döds~ etc. announcement
**annonsbyrå** *s* advertising agency
**annonsera** *itr tr* i tidning advertise [*efter* for], tillkännage announce
**annonskampanj** *s* advertising campaign
**annonsör** *s* advertiser
**annorlunda** **I** *adv* otherwise; ***~ än*** differently from **II** *a* different [*än* from]
**annullera** *tr* cancel
**anonym** *a* anonymous
**anonymitet** *s* anonymity
**anor** *s pl* ancestry sg.; ***ha gamla ~*** have a long history, om tradition be a time-honoured tradition
**anorak** *s* anorak
**anordna** *tr* get up, organize, arrange
**anordning** *s* arrangement, mekanism device
**anpassa** **I** *tr* suit, adjust, adapt [*efter, för, till* to] **II** *refl,* ***~ sig*** adjust (adapt) oneself [*efter* to]
**anpassning** *s* adaptation, adjustment, [*efter, till* to]
**anropa** *tr* call [*ngn om ngt* upon a p. for a th.]; tele. call up
**anrätta** *tr* prepare, laga cook
**anrättning** *s* **1** tillredning preparation, tillagning cooking **2** maträtt dish
**ansa** *tr* tend; t. ex. rosor prune
**ansats** *s* **1** sport. run; ***hopp med ~*** running jump; ***hopp utan ~*** standing jump **2** ansträngning attempt, effort [*till* at], början start
**anse** *tr* **1** think, consider, be of the opinion; ***man ~r att*** it is believed (held) that **2** betrakta, hålla för regard, look upon [*som* as]
**ansedd** *a* respected; distinguished; ***en ~ firma*** a firm of high standing; ***han är väl (illa) ~*** he has a good (bad) reputation
**anseende** *s* reputation; standing
**ansenlig** *a* considerable; large

**ansikte** *s* face; *kända ~n* personer well-known personalities; *visa sitt rätta ~* show one's true colours; *skratta ngn mitt i (upp i) ~t* laugh in a p.'s face; *säga ngn ngt mitt i ~t* tell a p. a th. straight to his face; *tvätta sig i ~t* wash one's face; *stå ~ mot ~ med* stand face to face with
**ansiktsbehandling** *s* facial treatment
**ansiktsdrag** *s pl* features
**ansiktskräm** *s* face-cream
**ansiktslyftning** *s, en ~* a face-lift äv. bildl.
**ansiktsservett** *s* face (facial) tissue
**ansiktsuttryck** *s* facial expression, expression
**ansiktsvatten** *s* face-lotion
**ansjovis** *s* skarpsill sprat
**anskaffa** *tr* obtain, acquire; tillhandahålla provide, supply [*ngt åt ngn* a p. with a th.]
**anslag** *s* **1** meddelande notice **2** penningmedel grant, allowance; *bevilja ngn ett ~* make a p. a grant **3** på tangent touch
**anslagstavla** *s* notice-board, amer. bulletin board
**ansluta I** *tr* connect [*till* with, to] **II** *itr* o. *refl, ~ sig* stå i förbindelse connect [*till* with, to]; *~ sig till* personer join
**ansluten** *a* connected, associated [*till* with]
**anslutning** *s* connection, association [*till* with]; *färjorna har ~ till* tågen the ferry-boats run in connection with ...; mötet *fick en storartad ~* ... was very well supported by the public; *i ~ till detta* in this connection; en tomt *i ~ till havet* ... connecting (adjacent) with the sea
**anslå** *tr* anvisa allow, allot; *~* tid *till* devote ... to
**anspela** *itr* allude [*på* to], hint [*på* at]
**anspelning** *s* allusion [*på* to]
**anspråk** *s* claim; *göra ~ på ngt* lay claim to a th.; *göra ~ på att* claim to; *ställa stora ~ på* make great demands on; *ta i ~* a) erfordra require, take b) lägga beslag på requisition c) begagna make use of d) uppta, t. ex. ngns tid make demands on, take up
**anspråksfull** *a* fordrande exacting
**anspråkslös** *a* unassuming; om t. ex. måltid simple; om t. ex. fordringar moderate
**anstalt** *s* institution institution, establishment
**anstifta** *tr* cause, t. ex. myteri stir up, om brott commit
**anstrykning** *s* aning, spår touch, trace
**anstränga I** *tr* strain, trötta tire, bemöda sig exert **II** *refl, ~ sig* exert oneself, make an effort
**ansträngande** *a* strenuous, trying [*för* to]
**ansträngd** *a* strained, om leende, sätt forced; *personalen är hårt ~* the staff is (are) overworked
**ansträngning** *s* effort, exertion, påfrestning strain
**anstå** *itr* **1** *låta saken ~* let the matter wait; *låta ~ med* t. ex. betalning let ... stand over **2** passa become
**anstånd** *s* respite
**anställa** *tr* **1** ge arbete åt employ, engage, amer. hire **2** åstadkomma bring about; *~ skada på* cause damage to
**anställd** *a, vara ~* be employed [*hos ngn* by a p., *vid* at, in]; *en ~* an employee
**anställning** *s* tjänst employment, tillfällig engagement, post, position
**anställningsvillkor** *s pl* terms of employment
**anständig** *a* aktningsvärd respectable, passande, proper decent
**anständighet** *s* respectability; decency
**anständighetskänsla** *s* sense of propriety, decency
**anstöt** *s, ta ~ av* take offence at; *väcka ~* give offence [*hos* to]
**anstötlig** *a* offensive [*för* to], oanständig indecent
**ansvar** *s* responsibility; *ställa ngn till ~* hold a p. responsible
**ansvara** *itr* be responsible [*för* for]
**ansvarig** *a* responsible [*inför* to]
**ansvarighet** *s* responsibility
**ansvarighetsförsäkring** *s* third party insurance (liability insurance)
**ansvarsfull** *a* responsible
**ansvarskänsla** *s* sense of responsibility
**ansvarslös** *a* irresponsible
**ansvarslöshet** *s* irresponsibility
**ansätta** *tr, ~s (vara ansatt) av fienden* be beset by the enemy; *hårt ansatt* hard pressed
**ansöka** *itr, ~ om* apply for; *en ~nde* an applicant [*till* for]
**ansökan** *s* application [*om* for]; *skriftlig ~* application in writing
**ansökningsblankett** *s* application form
**ansökningstid** *s, ~en utgår den 15* applications must be sent in before the 15th
**anta** o. **antaga** *tr* **1** ta emot, t. ex. plats take, säga ja till accept **2** intaga som elev etc. admit **3** godkänna accept, agree to, adopt, approve, lagförslag pass **4** förmoda assume, suppose **5** göra till sin adopt; *~ namnet...* ... take

(assume) the name of . . . **6** få assume; ~ *fast konsistens* set, harden
**antagande** *s* mottagande acceptance, som elev admission, godkännande acceptance, adoption, approval, lagförslag passing; förmodan assumption, supposition
**antagbar** *a* acceptable
**antagligen** *adv* presumably; probably
**antagning** *s* admission
**antagonist** *s* antagonist, adversary
**antal** *s* number; *tio till ~et* ten in number
**Antarktis** the Antarctic
**antasta** *tr* vara närgången mot accost, molest
**antecipera** *tr* anticipate, forestall
**anteckna I** *tr* note down, make a note of **II** *refl*, ~ *sig* put one's name down [*för* for, *som* as]
**anteckning** *s* note
**anteckningsbok** *s* notebook
**antenn** *s* **1** zool. antenna (pl. antennae), feeler **2** radio. aerial, amer. antenna; radar scanner
**antibiotikum** *s* antibiotic
**antik** *a* antique
**antikhandel** se *antikvitetsaffär*
**antiklimax** *s* anticlimax
**antikropp** *s* antibody
**antikvariat** *s* second-hand bookshop
**antikvitet** *s* antikt föremål antique
**antikvitetsaffär** *s* antique shop; second-hand furniture-shop
**antilop** *s* antelope
**antimilitarism** *s* anti-militarism
**antingen** *konj* either; vare sig whether; ~ *du vill eller inte* whether you want to or not
**antipati** *s* antipathy; *ha (hysa)* ~ feel an antipathy [*för* towards, *mot* to]
**antisemit** *s* anti-Semite
**antisemitism** *s*, ~ o. *~en* anti-Semitism
**antiseptisk** *a* antiseptic; *~t medel* antiseptic
**antologi** *s* anthology
**antropolog** *s* anthropologist
**antropologi** *s* anthropology
**anträffa** *tr* find, meet with
**anträffbar** *a* available
**antyda** *tr* hint, suggest
**antydan** *s* vink hint [*om* of]; tecken indication [*om* of]; ansats, skymt suggestion, trace [*till* of]
**antydning** *s* insinuation insinuation, innuendo
**antända** *tr* set fire to, t. ex. bensin ignite
**anvisa** *tr* tilldela etc. allot, assign; ~ *ngn en sittplats* show a p. to a seat
**anvisning** *s*, ~ el. *~ar* upplysning, föreskrift directions pl., instructions pl.
**anvisningsläkare** *s* ung. panel doctor
**använda** *tr* **1** use, employ; göra bruk av make use of; bära, t. ex. kläder, glasögon wear [*till, för* i samtliga fall for] **2** tillämpa, t. ex. regel apply, metod adopt **3** lägga ned, t. ex. tid, pengar spend [*på* on, in]; ägna devote **4** förbruka use up [*till* on]
**användbar** *a* usable, . . . of use, om t. ex. metod practicable; *i ~t skick* in working order
**användning** *s* use, employment; tillämpning application; *komma till* ~ be of use, prove (be) useful
**användningsområde** *s* field of application
**apa I** *s* zool. monkey, svanslös ape **II** *tr itr*, ~ *efter ngn* ape a p.
**apartheidpolitik** *s* apartheid policy
**apati** *s* apathy
**apatisk** *a* apathetic
**apelsin** *s* orange
**apelsinjuice** *s* orange juice
**apelsinklyfta** *s* orange segment, ofta piece of orange
**apelsinmarmelad** *s* marmalade, orange marmalade
**apelsinsaft** *s* orange juice, sockrad, för spädning orange squash
**Apenninerna** *pl* the Apennines
**aperitif** *s* aperitif
**apostel** *s* apostle
**apostrof** *s* apostrophe
**apotek** *s* pharmacy; i Engl. chemist's [shop], amer. äv. drugstore
**apotekare** *s* pharmacist; i Engl. ofta dispensing chemist
**apparat** *s* instrument apparatus [*för* for]; anordning, t. ex. elektronisk device, appliance, radio~, TV~ set
**apparatur** *s* equipment end. sg.; apparatus
**appell** *s* appeal
**appellationsdomstol** *s* court of appeal
**applicera** *tr* apply [*på* to]
**applåd** *s*, ~ el. *~er* applause sg., handklappningar clapping sg.; *stormande ~er* tremendous applause
**applådera** *tr itr* applaud, clap
**approximativ** *a* approximate
**aprikos** *s* apricot
**april** *s* April (förk. Apr.); ~, *~!* April fool!; *i ~ (~ månad)* in April (the month of April); *idag är det den femte ~* today it is the fifth of April, jfr *femte;* [*den*] *sista ~* som adverbial on the last day of April; *i början av ~* at the beginning of April,

early in April; ***i mitten av*** ~ in the middle of April, in mid-April; ***i slutet av*** ~ at the end of April
**aprilskämt** *s*, ***ett*** ~ an April fools' joke
**apropå I** *prep*, ~ ***det*** talking of that, by the way **II** *adv* by the by (way); ***helt*** ~ incidentally, casually
**aptit** *s* appetite [*på* for]
**aptitlig** *a* appetizing, savoury
**aptitretande** *adv* appetizing; ***den verkar*** ~ it whets the appetite
**aptitretare** *s* appetizer
**arab** *s* Arab, Arabian
**Arabien** Arabia
**arabisk** *a* om t. ex. folk Arab, om språk Arabic; ***Arabiska öknen*** the Arabian desert
**arabiska** *s* **1** kvinna Arabian woman **2** språk Arabic
**arabvärlden** *s* the Arab world
**arbeta** *itr tr* work, vara sysselsatt be at work; tungt labour □ ~ **bort** get rid of; ~ **sig fram** work one's way along, make one's way; ~ **ihjäl sig** work oneself to death; ~ **in** ***förlorad arbetstid*** make up for lost time, jfr äv. *inarbetad;* ~ **om** bok etc. revise; ~ **sig upp** work one's way up (along) ~ **över** på övertid work overtime
**arbetare** *s* worker, jordbruks~ o. grov~ labourer, fabriks~ hand; verkstads~ mechanic; i motsats till arbetsgivare employee
**arbetarfamilj** *s* working-class family
**arbetarklass** *s* working-class; ~***en*** vanl. the working classes pl.
**arbetarrörelse** *s*, ~***n*** the Labour movement
**arbetarskydd** *s* 'välfärdsanordningar' industrial welfare (safety)
**arbetarskyddslag** *s* occupational safety and health act
**arbete** *s* work (end. sg.), labour; sysselsättning employment, plats job; ***ett*** ~ a) abstr. a piece of work, a job b) konstnärligt el. litterärt a work, handarbete, slöjd etc. a piece of work; ***det var ett ansträngande*** ~ ***att komma dit*** it was hard work (a tough job) getting there; ***tillfälliga (smärre)*** ~***n*** odd jobs; ***ha*** ~ ***hos*** . . . be in the employ of . . .; ***nedlägga (lägga ned)*** ~***t*** cease (stop) work; ***söka*** ~ look out for a job (for work); ***sätta ngn i*** ~ få att arbeta put a p. to work; ***vara i*** ~ be at work; ***gå (vara) utan*** ~ be out of work
**arbetsam** *a* hard-working
**arbetsavtal** *s* labour agreement
**arbetsbesparande** *a* labour-saving
**arbetsbänk** *s* workbench; i kök worktop
**arbetsbörda** *s* burden of work; ***hans*** ~ the amount of work he has to do
**arbetsdag** *s* working-day; vardag workday
**arbetsfred** *s* industrial peace
**arbetsför** *a* . . . fit for work; ***den*** ~***a befolkningen*** the working population
**arbetsförhållanden** *s pl* working conditions
**arbetsförmedling** *s* byrå employment exchange, jobcentre
**arbetsgivaravgift** *s* employer's contribution
**arbetsgivare** *s* employer
**arbetsgrupp** *s* working team, kommitté working party
**arbetsinkomst** *s* wage (resp. salary) earnings pl.
**arbetskamrat** *s* fellow-worker
**arbetskonflikt** *s* labour dispute
**arbetskraft** *s* folk labour, manpower
**arbetsliv** *s*, ***komma (gå) ut i*** ~***et*** go out to work
**arbetslös** *a* unemployed; ***en*** ~ a man (resp. woman) who is out of work; ***de*** ~***a*** the unemployed
**arbetslöshet** *s* unemployment
**arbetslöshetsförsäkring** *s* unemployment insurance
**arbetslöshetsunderstöd** *s* unemployment benefit
**arbetsmarknad** *s* labour-market
**arbetsmarknadsstyrelse** *s*, ~***n*** the Labour Market Board
**arbetsmiljö** *s* working environment
**arbetsnedläggelse** *s* stoppage of work
**arbetsplats** *s* place of work
**arbetsprojektor** *s* overhead projector
**arbetsskada** *s* industrial injury
**arbetssökande** *a* . . . in search of work
**arbetstagare** *s* employee
**arbetstakt** *s* working pace (speed)
**arbetsterapeut** *s* occupational therapist
**arbetsterapi** *s* occupational therapy
**arbetstid** *s* working-hours pl.
**arbetstillfälle** *s* vacant job
**arbetstillstånd** *s* labour (work) permit
**arbetstvist** *s* labour dispute
**arbetsvecka** *s* working week
**areal** *s* area
**arena** *s* arena
**arg** *a* angry, amer. äv. mad [*på ngn* with a p., *på ngt* at a th.]
**Argentina** the Argentine, Argentina
**argentinare** *s* Argentine
**argentinsk** *a* Argentine
**argsint** *a* ill-tempered
**argument** *s* argument

**argumentera** *itr* argue [*för* in favour of]
**aria** *s* aria
**aristokrat** *s* aristocrat
**aristokrati** *s* aristocracy
**aristokratisk** *a* aristocratic
**1 ark** *s*, *Noaks* ~ Noah's Ark
**2 ark** *s* pappersark sheet
**arkebusera** *tr* shoot, execute by a firing squad
**arkebusering** *s* execution by a firing squad
**arkeolog** *s* archaeologist
**arkeologi** *s* archaeology
**arkipelag** *s* archipelago (pl. -s)
**arkitekt** *s* architect
**arkitektur** *s* architecture
**arkiv** *s* archives pl.; dokumentsamling records pl.; bild~, film~ library
**arkivera** *tr* file
**arktisk** *a* arctic
**1 arm** *a* usel wretched, stackars poor
**2 arm** *s* arm
**armatur** *s* belysnings~ electric fittings pl.
**armband** *s* bracelet
**armbandsur** *s* wrist-watch
**armbindel** *s* armlet, armband
**armbrytning** *s* arm (Indian) wrestling
**armbåge** *s* elbow
**armé** *s* army
**Armenien** Armenia
**armenier** *s* Armenian
**armenisk** *a* Armenian
**armera** *tr* **1** mil. arm **2** *~d betong* reinforced concrete
**armhåla** *s* armpit
**armhävning** *s* press-up, från golvet push-up
**arom** *s* aroma
**aromatisk** *a* aromatic
**aromglas** *s* balloon glass, amer. snifter
**arrak** *s* arrack
**arrangemang** *s* arrangement äv. mus.
**arrangera** *tr* arrange äv. mus., organize
**arrangör** *s* arranger äv. mus., organizer
**arrendator** *s* leaseholder, tenant
**arrende** *s* tenancy, leasehold
**arrendera** *tr* lease, rent
**arrest** *s* arrest; lokal cell; *sitta i* ~ be under arrest (in custody)
**arrestera** *tr* arrest
**arrestering** *s* arrest
**arrogans** *s* arrogance
**arrogant** *a* arrogant
**arsenal** *s* arsenal
**arsenik** *s* arsenic
**arsle** *s* vulg. arse, amer. ass
**art** *s* slag kind, vetensk. species (pl. lika), natur nature
**arta** *refl*, ~ *sig* turn out, develop; *det ~r sig till* lovar it promises (hotar it threatens) to be, ser ut att bli it looks like
**arterioskleros** *s* arteriosclerosis
**artificiell** *a* artificial
**artig** *a* polite, formellare courteous
**artighet** *s* politeness, courtesy; *en* ~ an act of politeness (courtesy)
**artikel** *s* article
**artikulation** *s* articulation
**artikulera** *tr* articulate
**artilleri** *s* artillery
**artist** *s* artist; teat. artiste
**artistisk** *a* artistic
**arton** *räkn* eighteen; jfr *fem* o. sammansättningar
**artonde** *räkn* eighteenth (förk. 18th)
**artonhundratalet** *s*, *på* ~ in the nineteenth century
**artär** *s* artery
**arv** *s* inheritance; andligt heritage; testamentarisk gåva legacy; *få i* ~ inherit [*efter* from]; *gå i* ~ a) om egendom be handed down b) vara ärftlig be hereditary
**arvfiende** *s* hereditary (friare sworn) enemy
**arvinge** *s* heir, kvinnlig heiress
**arvlös** *a*, *göra ngn* ~ disinherit a p.
**arvode** *s* remuneration; läkares etc. fee
**arvsanlag** *s* biol. gene; allmännare hereditary character (disposition)
**arvslott** *s* part (share) of an (resp. the) inheritance
**arvsskatt** *s* inheritance tax, death duty
**arvtagare** *s* heir
**arvtagerska** *s* heiress
**as** *s* kadaver [animal] carcass, carrion
**asbest** *s* asbestos
**asfalt** *s* asphalt
**asfaltera** *tr* asphalt
**asiat** *s* Asiatic, Asian
**asiatisk** *a* Asiatic, Asian
**Asien** Asia; *Mindre* ~ Asia Minor
**1 ask** *s* bot. ash; för sammansättningar jfr *björk-*
**2 ask** *s* box; ~ *tändstickor* box of matches; ~ *cigaretter* packet of cigarettes
**aska I** *s* ashes pl.; cigarraska ash **II** *tr itr*, ~ *av* vid rökning knock the ash off
**A-skatt** *s* tax deducted from income at source
**askfat** o. **askkopp** *s* ash-tray
**Askungen** *s* sagan Cinderella
**asocial** *a* asocial, antisocial
**asp** *s* bot. aspen; för sammansättningar jfr *björk-*

**aspekt** *s* aspect
**aspirant** *s* sökande applicant, candidate; under utbildning trainee
**1 ass** *s* brev insured letter
**2 ass** *s* mus. A flat
**assiett** *s* small plate; maträtt hors-d'œuvre
**assistera** *tr itr* assist [*vid* in]
**association** *s* association
**associera** *tr* associate
**assurans** *s* insurance
**assurera** *tr* insure
**Assyrien** Assyria
**assyrier** *s* Assyrian
**assyrisk** *a* Assyrian
**aster** *s* aster
**asterisk** *s* asterisk
**astigmatisk** *a* astigmatic
**astma** *s* asthma
**astmatisk** *a* asthmatic
**astrolog** *s* astrologer
**astrologi** *s* astrology
**astrologisk** *a* astrological
**astronaut** *s* astronaut
**astronom** *s* astronomer
**astronomi** *s* astronomy
**astronomisk** *a* astronomical; *~a tal* astronomical figures
**asyl** *s* asylum; *begära politisk ~* seek political asylum
**ateism** *s, ~* o. *~en* atheism
**ateist** *s* atheist
**ateljé** *s* studio; t. ex. sy~ work-room
**Aten** Athens
**Atlanten** the Atlantic [Ocean]
**atlantisk** *a* Atlantic
**Atlantpaktsorganisationen** the North Atlantic Treaty Organization (förk. NATO)
**atlas** *s* kartbok atlas [*över* of]
**atlet** *s* stark karl strong man
**atletisk** *a* om kroppsbyggnad athletic
**atmosfär** *s* atmosphere äv. bildl.
**atmosfärisk** *a* atmospheric; *~a störningar* radio. atmospherics pl.
**atom** *s* atom; för sammansättningar jfr äv. *kärn-*
**atombomb** *s* atom bomb
**atomdriven** *a* nuclear-powered
**atomubåt** *s* nuclear-powered submarine
**ATP** allmän tilläggspension supplementary pension
**att I** infinitivmärke to; *han lovade ~ inte göra det* he promised not to do that; *undvika ~ göra ngt* avoid doing a th.; *boken är värd ~ läsa* the book is worth reading; *efter ~ ha ätit frukost gick han* after having (having had) breakfast he went; *konsten ~ sjunga* the art of singing **II** *konj* that; *jag är säker på ~ han* ... I'm sure he (that he) ...; *frånsett ~ han* ... apart from the fact that he ...; *du kan lita på ~ jag gör det* you may depend on it that I will do it (on me to do it); *vad vill du ~ jag ska göra?* what do you want me to do?; *jag väntar på ~ han skall komma* I am waiting for (expecting) him to come; *ursäkta ~ jag stör!* excuse my (me) disturbing you!
**attaché** *s* attaché
**attack** *s* attack [*mot* on]
**attackera** *tr* attack
**attackflygplan** *s* fighter-bomber
**attentat** *s* mordförsök attempted assassination [*mot* of]; våldsdåd outrage, attempted outrage [*mot* against]; *ett ~ mot ngn* an attempt on a p.'s life
**attentatsman** *s* would-be assassin; perpetrator of an (resp. the) outrage
**attest** *s* bemyndigande authorization; intyg certificate
**attestera** *tr* belopp authorize ... for payment; handling certify
**attiraljer** *s pl* gear sg.; grejor paraphernalia pl.
**attityd** *s* attitude, pose pose
**attrahera** *tr* attract
**attraktion** *s* attraction
**attraktiv** *a* attractive
**audiens** *s* audience
**auditorium** *s* åhörare audience
**audivisuell** *a* audio-visual; *~a hjälpmedel* audio-visual (AV) aids
**augusti** *s* August (förk. Aug.); jfr *april* o. *femte*
**auktion** *s* auction [*på* of]; *köpa (sälja) ngt på ~* buy a th. at an (sell a th. by) auction
**auktionera** *tr, ~ bort* auction, auction off, dispose of ... by auction
**auktionsförrättare** *s* auctioneer
**auktorisera** *tr* authorize; *~d revisor* chartered accountant
**auktoritativ** *a* authoritative
**auktoritet** *s* authority
**auktoritär** *a* authoritarian
**aula** *s* assembly-hall; univ. lecture hall
**au pair** *s, en ~* an au pair
**Australien** Australia
**australier** *s* Australian
**australisk** *a* Australian
**autenticitet** *s* authenticity
**autentisk** *a* authentic
**autograf** *s* autograph
**autografjägare** *s* autograph hunter
**automat** *s* automatic machine, med myntinkast slot-machine

**automatgevär** *s* automatic rifle
**automation** *s* automation
**automatisera** *tr* automatize
**automatisk** *a* automatic
**automatpilot** *s* automatic pilot
**automattelefon** *s* dial (automatic) telephone
**automatvapen** *s* automatic weapon
**automatväxel** *s* på bil automatic gear-change; tele. automatic exchange
**av I** *prep* **1** of; ***en del ~ tiden*** part of the time; ***i nio fall ~ tio*** in nine cases out of ten; ***ett bord ~ ek*** an oak table **2** agent: by; huset ***är byggt ~ A.*** ... was built by A.; ***vad snällt ~ dig*** how kind of you **3** orsak: ***gråta ~ glädje*** cry for joy; ***han gjorde det ~ nyfikenhet*** he did it out of curiosity; ***~ brist på*** for want (lack) of; ***~ fruktan för*** for fear of; ***~ ett eller annat skäl*** for some reason or other **4** av sig själv: ***han gjorde det ~ sig själv*** he did it by himself (självmant of his own accord); ***det går ~ sig själv (självt)*** it runs (works) by itself **5** från: ***en gåva ~ min fru*** a present from my wife; ***jag ser ~ ditt brev att*** ... I see from (by) your letter that ... **II** *adv* bort, i väg, ned m. m. vanl. off; itu in two, avbruten broken
**avancera** *itr* advance
**avancerad** *a* advanced
**avbeställa** *tr* cancel
**avbeställning** *s* cancellation
**avbetala** *tr*, ***~ på en skuld (en vara)*** pay a debt (pay for an article) by (in) instalments
**avbetalning** *s* belopp instalment; system the hire-purchase system; ***göra en ~*** pay an instalment; ***på ~*** by instalments
**avbetalningskontrakt** *s* hire-purchase contract (agreement)
**avbild** *s* representation, kopia copy; ***sin fars ~*** the very image of his (her etc) father
**avbilda** *tr* reproduce; depict
**avbildning** *s* reproduction
**avbitare** o. **avbitartång** *s* cutting nippers (pliers) pl.
**avblåsa** *tr* se *blåsa av* under *2 blåsa*
**avbrott** *s* uppehåll: störning interruption, tillfälligt break, paus pause, stoppage; ***ett ~ i trafiken*** a traffic hold-up; ***utan ~*** without stopping (a break)
**avbryta I** *tr* interrupt; göra slut på break off; resa break; förbindelser etc. sever; tillfälligt avbryta, t. ex. ett arbete leave off **II** *refl*, ***~ sig*** break off, stop speaking
**avbräck** *s* bakslag setback; skada harm, materiell damage båda end. sg., finansiellt financial loss; ***vålla*** ... ~ be harmful (damaging) to ...
**avbytare** *s* substitute, reserve båda äv. sport.
**avböja** *tr* avvisa decline, refuse
**avböjande** *a*, ***~ svar*** refusal, negative answer [*på* to]
**avdankad** *a* avskedad discharged, uttjänt superannuated
**avdelning** *s* i ämbetsverk, varuhus etc. department; på sjukhus äv. ward, del part; avsnitt section
**avdelningssköterska** *s* ward sister
**avdrag** *s* deduction; beviljat allowance
**avdragsgill** *a* deductible
**avdunsta** *itr tr* evaporate
**avdunstning** *s* evaporation
**avel** *s* ras stock, breed
**aveny** *s* avenue
**avfall** *s* sopor refuse, rubbish; köksavfall garbage
**avfart** *s* exit
**avfolka** *tr* depopulate
**avfolkning** *s* depopulation
**avfyra** *tr* fire, let off, discharge
**avfälling** *s* polit. defector; vard. backslider
**avfärd** *s* departure, going away
**avfärda** *tr* avvisa dismiss, brush aside
**avföring** *s* motion, exkrementer excrement; ***ha ~*** pass a motion
**avgaser** *s pl* exhaust, exhaust-gas sg.
**avgasrenare** *s* exhaust emission control device
**avgasrening** *s* exhaust emission control
**avgasrör** *s* exhaust-pipe, exhaust
**avge** *tr* avsöndra emit, give off, ge, lämna give; bekännelse, löfte make
**avgift** *s* charge; t. ex. inträdes~, parkerings~ fee; färd~, taxa fare
**avgiftsfri** *a* free, free of charge
**avgiftsfritt** *adv* free, free of charge
**avgjord** *a* decided etc., jfr *avgöra;* tydligt distinct; ***därmed var saken ~*** that settled the matter
**avgrund** *s* abyss, klyfta chasm
**avgränsa** *tr* demarcate; ***skarpt ~d*** clearly defined
**avguda** *tr* idolize, adore
**avgå** *itr* **1** om tåg etc. leave, start, depart, [*till* i samtl. fall for] **2** dra sig tillbaka retire, withdraw, ta avsked resign; ***~ med seger*** be victorious, be the winner
**avgång** *s* **1** departure [*till* for, to] **2** persons retirement, resignation
**avgångshall** *s* departure hall (lounge)
**avgöra** *tr* decide; ordna settle; vara avgörande för determine

**avgörande I** *a* om t.ex. seger decisive; om faktor determining; ***det ~ för mig var*** what decided me was **II** *s* beslut decision, settlement
**avhandling** *s* skrift treatise; akademisk thesis (pl. theses), dissertation [*över* i samtl. fall on]
**avhjälpa** *tr* t.ex. fel, brist remedy
**AV-hjälpmedel** *s pl* AV (audio-visual) aids
**avhopp** *s* polit. defection äv. friare
**avhoppare** *s* polit. defector äv. friare
**avhålla** *refl*, ***~ sig från*** abstain from
**avhållsam** *a* abstinent, sexuellt continent
**avhållsamhet** *s* abstinence, sexuell continence
**avhämta** *tr* fetch, call for, collect
**avi** *s* hand. advice; ***~ om försändelse*** dispatch note
**avigsida** *s* wrong side, reverse; bildl. unpleasant side, disadvantage
**avisera** *tr* announce, notify
**avkall** *s*, ***göra (ge) ~ på kvaliteten*** lower one's standards of quality; ***göra (ge) ~ på sina principer*** renounce (abandon) one's principles
**avkastning** *s* yield, proceeds pl.; vinst profit
**avklädningshytt** *s* vid strand bathing-hut, inomhus cubicle
**avkomling** *s* descendant
**avkomma** *s* offspring
**avkoppling** *s* vila relaxation
**avkunna** *tr*, ***~ dom*** pronounce (pass) sentence
**avla** *tr* bildl. breed, engender; ***~ barn*** get children
**avlagd** *a* kasserad, *~a kläder* cast-off clothes
**avlasta** *tr* unload; bildl. relieve
**avlastning** *s* unloading; bildl. relief
**avleda** *tr* leda bort divert
**avlida** *itr* die, pass away
**avliden** *a* deceased; ***den avlidne*** the deceased
**avliva** *tr* put ... to death; sjuka djur destroy, put away; ***~ ett rykte*** put an end to a rumour
**avlopp** *s* drain, i handfat etc. plug-hole
**avloppsledning** *s* kloak sewer
**avloppsrör** *s* sewage pipe
**avloppsvatten** *s* sewage
**avlossa** *tr* avskjuta fire, discharge
**avlyssna** *tr* ofrivilligt overhear, avsiktligt listen in to; i spioneringssyfte intercept
**avlång** *a* oblong; oval oval
**avlägga** *tr* bekännelse make; ***~ vittnesmål*** give evidence; jfr *besök, rapport*
**avlägsen** *a* distant, remote, out-of-the-way; långt bort far-off
**avlägsna I** *tr* remove **II** *refl*, ***~ sig*** go away, leave; dra sig tillbaka withdraw, retire
**avlämna** *tr* t.ex. rapport hand in, present
**avläsa** *tr* mätare etc. read
**avlöna** *tr* pay
**avlönad** *a* salaried; ***väl ~*** well-paid
**avlöning** *s* pay; ämbetsmans salary; veckolön wages pl.
**avlöningsdag** *s* pay-day
**avlöningskuvert** *s* pay packet
**avlöpa** *itr* pass off; sluta end; utfalla turn out
**avlösa** *tr* vakt, i arbete relieve; följa på succeed; ersätta replace
**avmagringsmedel** *s* reducing (slimming) preparation
**avmatta** *itr dep* se *mattas*
**avnjuta** *tr* enjoy
**avocado** *s* avocado
**avogt** *adv*, ***vara ~ sinnad (stämd) mot*** be unfavourably disposed towards, have an aversion to
**avpassa** *tr* fit, match; anpassa adapt, adjust, suit [*efter* to i samtl. fall]
**avreagera** *refl*, ***~ sig*** relieve one's feelings, vard. let off steam
**avresa I** *itr* depart, leave [*till* for] **II** *s* departure
**avrunda** *tr* round off; ***~d summa*** round sum
**avråda** *tr*, ***~ ngn från*** advise (warn) a p. against
**avrätta** *tr* execute, put ... to death [*genom* by]
**avrättning** *s* execution, putting to death
**avsaknad** *s* loss, want; ***vara i ~ av*** be without, lack
**avsats** *s* på mur, klippa ledge; i trappa landing
**avse** *tr* **1** syfta på concern, refer to **2** ha i sikte aim at, be directed towards; ämna mean, intend; ***vara avsedd för*** be intended (designed) for; ***ha avsedd verkan*** have the intended effect
**avseende** *s* **1** reference; ***ha ~ på*** relate (refer) to **2** hänseende respect; beaktande etc. consideration; ***fästa ~ vid*** pay attention to; ***i detta ~*** from this point of view, in this respect; ***med ~ på*** with respect to, as regards; ***lämna ngt utan ~*** disregard a th.
**avsevärd** *a* considerable; märkbar appreciable
**avsides** *adv* aside; ***ligga ~*** lie apart; ***~ liggande*** remote, out-of-the-way
**avsigkommen** *a* down at heel, shabby

**avsikt** *s* intention; syfte purpose, aim, motiv, uppsåt design, motive; ***ha för ~ att gå*** intend to go; ***med ~*** on purpose, deliberately
**avsiktlig** *a* intentional, deliberate
**avskaffa** *tr* abolish, do away with
**avskaffande** *s* abolishing, doing away with; ***slaveriets ~*** the abolition of slavery
**avsked** *s* **1** ur tjänst dismissal; ***anhålla om (begära) ~*** hand in one's resignation **2** ***ta ~*** say goodbye [*av* to]; take leave [*av* of]
**avskeda** *tr* dismiss, discharge
**avskedande** *s* dismissal, discharge
**avskedsansökan** *s* resignation; ***lämna in sin ~*** hand in one's resignation
**avskild** *a* secluded; isolerad isolated
**avskildhet** *s* seclusion; isolering isolation
**avskilja** *tr* separate, lösgöra detach
**avskjutningsramp** *s* för raketer launching pad (platform)
**avskrift** *s* copy, transcript
**avskriven** *a*, ***rätt avskrivet intygas*** ... true (correct) copy certified by ...
**avskräcka** *tr* scare; förhindra deter, discourage
**avskräckande I** *a* om t.ex. verkan deterrent; ***ett ~ exempel*** an example of what one should not do **II** *adv*, ***verka ~*** act as a deterrent
**avsky I** *tr* detest, loathe **II** *s* loathing [*för* for]
**avskyvärd** *a* abominable, loathsome
**avslag** *s* på förslag rejection [*på* of]; ***få ~ på ngt*** have one's ... turned down
**avslagen** *a* om dryck flat, stale
**avsluta** *tr* **1** finish, finish off, complete, finalize, bilda avslutning på finish off, terminate; ***den avslutande tävlingen*** the closing competition **2** göra upp, t.ex. köp, fördrag conclude, avtal enter into
**avslutad** *a* finished, completed; ***förklara sammanträdet avslutat*** declare the meeting closed
**avslutning** *s* avslutande del conclusion, finish; slut end, termination; skol. breaking-up, amer. commencement; ***~en*** i skolan ***äger rum 6 juni*** school breaks up on June 6th
**avslå** *tr* t.ex. begäran, förslag reject
**avslöja** *tr* reveal, disclose; person expose
**avslöjande** *s* revelation, disclosure; om person exposure
**avsmak** *s*, ***få ~ för*** take a dislike to; ***känna ~*** feel disgusted
**avsnitt** *s* sector; av bok etc. part; av t.ex. följetong instalment; av TV-serie episode
**avspark** *s* kick-off
**avspegla I** *tr* reflect **II** *refl*, ***~ sig*** be reflected
**avspisa** *tr*, ***~ ngn*** put a p. off
**avspänd** *a* om person o. t. ex. atmosfär relaxed
**avspänning** *s* avslappning relaxation; polit. détente
**avstava** *tr* divide ... into syllables
**avstavning** *s* division into syllables
**avstickare** *s* utflykt detour
**avstjälpningsplats** *s* tip, dump
**avstyrka** *tr*, ***~ ngt*** object to a th.; ***avstyrkes*** authority withheld, sanction refused
**avstå** *itr*, ***~ från*** give up [*att gå* going]; uppge abandon, försaka forgo, deny oneself; avsäga sig renounce; låta bli refrain from; undvara dispense with
**avstånd** *s* distance; vid t.ex. målskjutning range; ***ta ~ från*** dissociate oneself from; ***på ~*** at a (i fjärran in the, från långt håll from a) distance
**avståndsmätare** *s* foto. range-finder
**avstämpla** *tr* stamp, brev etc. postmark
**avstänga** *tr* se *stänga av* under *stänga*
**avsäga** *refl*, ***~ sig*** t.ex. befattning resign, give up; ***~ sig tronen*** abdicate
**avsändare** *s* sender; på brevs baksida from
**avsätta** *tr* **1** avskeda dismiss **2** sälja sell
**avsättning** *s* **1** avskedande dismissal **2** av varor sale; ***finna (få) ~ för*** dispose of
**avta** *itr* minska decrease, diminish
**avtagande** *s*, ***vara i ~*** be on the decrease
**avtagbar** *a* detachable
**avtagsväg** *s* turning; sidoväg side-road
**avtal** *s* agreement, settlement, kontrakt contract; ***träffa ~*** come to an agreement [*om* about]
**avtala I** *itr* agree [*om* about] **II** *tr* agree on, settle, fix
**avtalsenlig** *a* ... according to agreement
**avtalsförhandlingar** *s pl* wage negotiations
**avtalsrörelse** *s* förhandlingar round of wage negotiations pl.
**avteckna** *refl*, ***~ sig mot*** stand out against
**avtjäna** *tr*, ***~ ett straff*** serve a sentence, vard. do time
**avtryck** *s* imprint, impression
**avtryckare** *s* på gevär trigger; på kamera shutter release
**avtvinga** *tr*, ***~ ngn ngt*** t.ex. pengar, bekännelse extort a th. from a p.
**avtåg** *s* departure, marching off
**avtåga** *itr* march off (out)
**avtäcka** *tr* uncover; konstverk etc. unveil
**avund** *s* envy
**avundas** *tr*, ***~ ngn ngt*** envy a p. a th.

**avundsjuk** *a* envious [*på, över* of]
**avundsjuka** *s* envy
**avvakta** *tr* ankomst, svar await; händelsernas gång wait and see; vänta (lura) på wait (watch) for
**avvaktan** *s, i ~ på* while awaiting
**avvaktande** *a, **inta en ~ hållning*** play a waiting game, pursue a wait-and-see policy
**avvara** *tr* spare
**avveckla** *tr* speciellt affärsrörelse wind up, settle
**avveckling** *s* winding up, settlement
**avverka** *tr* **1** träd fell **2** tillryggalägga cover, do [*på* in]
**avvika** *itr* skilja sig differ; från t. ex. ämne digress; från t. ex. kurs (om fartyg), sanningen deviate
**avvikande** *a* differing; *~ **beteende*** deviant (abnormal) behaviour; ***en*** *~* a deviant
**avvikelse** *s* divergence, deviation
**avvisa** *tr* **1** person turn away, put ... off **2** t. ex. förslag reject; t. ex. beskyllning repudiate; t. ex. anfall repel
**avvisande** *a* negative; unsympathetic
**avväga** *tr* avpassa adjust [*efter* to]; ***väl avvägd*** well-balanced
**avvägning** *s* adjustment, balance
**avvända** *tr* **1** leda bort divert **2** avvärja avert
**avvänja** *tr* spädbarn wean; t. ex. rökare cure
**avvänjningskur** *s* cure, aversion treatment (end. sg.)
**avväpna** *tr* disarm
**avvärja** *tr* t. ex. slag ward off; t. ex. fara äv. avert
**avyttra** *tr* dispose of
**ax** *s* sädesax ear
**1 axel** *s* geogr. o. polit. axis (pl. axes); hjulaxel axle
**2 axel** *s* skuldra shoulder; ***rycka på axlarna*** shrug one's shoulders; ***se ngn över ~n*** look down on a p.
**axelband** *s* på kläder shoulder strap
**axelklaff** *s* shoulder-strap
**axelremsväska** *s* shoulder-bag
**axelryckning** *s* shrug, shrug of the shoulders
**axeltryck** *s* axle load
**axla** *tr, ~ **en börda*** bildl. shoulder a burden
**azalea** *s* azalea

# B

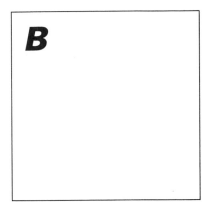

**b** *s* mus. **1** ton B flat **2** sänkningstecken flat
**babbel** *s* babble, babblande babbling
**babbla** *itr* babble
**babian** *s* baboon
**babord** *s* port
**baby** *s* baby
**babylift** *s* carrycot
**babysäng** *s* cot, amer. crib
**bacill** *s* germ, med. bacillus (pl. bacilli)
**1 back** *s* låda tray; ölback crate
**2 back I** *s* **1** sport. back **2** backväxel reverse gear **II** *adv* back; ***gå*** *~* gå med förlust run at a loss
**backa** *tr itr* back, reverse; *~ **upp*** understödja back, back up
**backe** *s* höjd hill; sluttning hillside, slope
**backhand** *s* tennis etc. backhand äv. slag
**backhoppare** *s* ski-jumper
**backhoppning** *s* ski-jumping
**backig** *a* hilly
**backkrön** *s* top of a (resp. the) hill
**backljus** *s* på bil reversing (back-up) light
**backspegel** *s* driving (rear-view) mirror
**backväxel** *s* reverse gear
**bacon** *s* bacon
**bad** *s* badning: a) karbad bath b) utebad bathe; ***ta [sig] ett varmt*** *~* have a hot bath; ***härliga*** *~* splendid bathing sg.
**bada I** *tr* bath, give ... a bath, amer. bathe **II** *itr* simbad bathe; karbad have a bath; ***gå [ut] och*** *~* go for a bathe (a swim); ***~nde i sol (svett)*** bathed in sunshine (perspiration); ***en ~nde*** a bather
**badanstalt** *s* public baths (pl. lika)
**badborste** *s* bath-brush
**badbyxor** *s pl* bathing-trunks, trunks

**badda** *tr* fukta bathe
**baddare** *s* överdängare ace; ***en ~ i tennis*** a crack tennis player
**baddräkt** *s* bathing-costume, swimsuit
**badhandduk** *s* bath-towel, för strand bathing (beach) towel
**badhytt** *s* vid strand bathing-hut, inomhus cubicle
**badkappa** *s* bathrobe, för strand bathing-wrap
**badkar** *s* bathtub, bath
**badminton** *s* badminton
**badmintonboll** *s* shuttlecock
**badmössa** *s* bathing-cap
**badort** *s* seaside resort (town)
**badrock** *s* bathrobe, för strand bathing--wrap
**badrum** *s* bathroom
**badrumsvåg** *s* bathroom scales pl.
**badsemester** *s* holiday by the sea
**badstrand** *s* beach, bathing beach
**badställe** *s* bathing-place, strand bathing beach
**badtvål** *s* bath-soap
**badvakt** *s* swimming-pool attendant, vid badstrand lifeguard
**bag** *s* bag
**bagage** *s* luggage, baggage
**bagagehylla** *s* luggage (baggage) rack
**bagagelucka** *s* utrymme boot, amer. trunk; dörr boot (amer. trunk) lid
**bagageutrymme** *s* i bil boot, amer. trunk
**bagare** *s* baker
**bagatell** *s* trifle, bagatelle
**bagatellisera** *tr* make light of, minimize
**bageri** *s* bakery; butik baker's [shop]
**bagge** *s* ram
**bajonett** *s* bayonet
**bajs** *s* barnspr. poo-poo, number two
**bajsa** *itr* barnspr. do a poo-poo (number two)
**bak** *s* **I** vard. säte behind, bottom; byxbak seat **II** *adv* behind, at the back; ***för långt ~*** too far back; ***~ och fram*** se *bakfram*
**baka** *tr itr* bake
**bakaxel** *s* rear axle
**bakben** *s* hind leg
**bakbinda** *tr* pinion
**bakdel** *s* människas buttocks pl., vard. behind, bottom; djurs hind quarters pl., rump
**bakdörr** *s* back door, på bil rear door
**bakelse** *s* pastry, fancy cake; med frukt, sylt tart; ***~r*** pastry sg.
**bakficka** *s* på byxor hip-pocket; ***ha ngt i ~n*** have a th. up one's sleeve
**bakfot** *s* hind foot; ***få saken (det) om ~en*** get hold of the wrong end of the stick
**bakfram** *adv* back to front; the wrong way round
**bakfull** *a*, ***vara ~*** have a hangover
**bakgata** *s* back street, lane
**bakgrund** *s* background
**bakgård** *s* backyard
**bakhjul** *s* rear wheel
**bakhjulsdriven** *a* bil. rear-wheel driven
**bakhåll** *s* ambush
**bakifrån** *prep* o. *adv* from behind
**baklucka** se *bagagelucka*
**baklykta** o. **baklyse** *s* rear (tail) light (lamp)
**baklås** *s*, ***dörren har gått i ~*** the lock has jammed; hela saken ***har gått i ~*** ... has reached a deadlock
**baklänges** *adv* backward, backwards
**bakläxa** *s*, ***få ~*** avslag meet with a rebuff
**bakom** *prep* o. *adv* behind; jag undrar ***vad som ligger ~*** ... what is at the bottom of it; ***~*** el. ***~ flötet*** vard. stupid, daft
**bakplåt** *s* baking-tray
**bakpulver** *s* baking-powder
**bakre** *a* t. ex. bänk back; t. ex. ben hind
**bakruta** *s* på bil rear window
**baksida** *s* back; på mynt etc. reverse; bildl. unpleasant side
**bakslag** *s* motgång reverse, setback
**baksmälla** *s* vard. hangover
**baksäte** *s* back (rear) seat
**baktala** *tr* slander, backbite
**baktalare** *s* slanderer, backbiter
**baktanke** *s* ulterior (secret) motive
**bakterie** *s* germ, microbe
**bakteriologisk** *a* bacteriological
**baktill** *adv* behind, at the back
**baktung** *a* ... heavy at the back
**baktända** *itr* bil. backfire
**bakugn** *s* oven
**bakut** *adv* backward, backwards, behind
**bakvagn** *s* bils rear part of a (resp. the) car
**bakvatten** *s* backwater
**bakverk** *s* pastry; jfr *bakelse, kaka*
**bakväg** *s* back way; ***gå ~ar*** bildl. use underhand means (methods)
**bakvänd** *a* ... the wrong (other) way round; tafatt awkward
**bakvänt** *adv* the wrong way, awkwardly
**bakåt** *adv* backward, backwards; tillbaka back
**bakåtlutad** *a* reclining
**bakåtlutande** *a* ... that slopes backwards
**bakåtsträvare** *s* reactionary
**bal** *s* ball, mindre dance
**balans** *s* balance; kassabrist deficit
**balansera** *tr itr* balance

**balansgång** *s, gå ~* balance oneself, bildl. strike (try to strike) a balance
**balett** *s* ballet
**balettdansör** *s* ballet-dancer
**balettdansös** *s* ballet-dancer
**balettflicka** *s* chorus-girl
**balja** *s* kärl tub, mindre bowl
**balk** *s* träbalk beam, järnbalk girder
**Balkan** halvön the Balkan Peninsula; staterna the Balkans pl.
**balkong** *s* balcony
**ballong** *s* balloon
**balsam** *s* balsam; bildl. balm
**balsamera** *tr* embalm
**balt** *s* Balt
**Balticum** the Baltic States pl.
**baltisk** *a* Baltic
**bambu** *s* bamboo
**bana I** *s* **1** väg path, track; lopp course; planets, satellits orbit; levnadsbana career **2** sport. track, löparbana running track; tennisbana court **3** järnv. line, spår track **II** *tr*, *~ väg* clear (pave) the way [*för* for]
**banal** *a* commonplace, banal
**banan** *s* banana
**banbrytande** *a* pioneering; epokgörande epoch-making
**band** *s* **1** remsa, knytband **a)** band; smalt o. i bandspelare tape; prydnadsband ribbon **b)** *löpande ~* conveyor belt, assembly line; han skriver *romaner på löpande ~* ... one novel after the other **c)** bildl. tie; bond; *lägga ~ på sig* check (restrain) oneself **2** bokband binding; volym volume **3** trupp, följe band, gang; jazzband etc. band
**banda** *tr* ta upp på band tape
**bandage** *s* bandage
**bandinspelning** *s* tape recording
**bandit** *s* bandit
**bandspelare** *s* tape recorder
**bandupptagning** *s* på bandspelare tape recording
**bandy** *s* bandy
**bandyklubba** *s* bandy stick
**baner** *s* banner, standard
**bangård** *s* railway (amer. railroad) yard (station station)
**banjo** *s* banjo (pl. -s el. -es)
**bank** *s* penningbank bank; *gå på ~en* go to the bank; *ha pengar på ~en* have money in (at) the bank
**banka** *itr* bulta knock loudly, bang
**bankbok** *s* bankbook
**bankdirektör** *s* bank director
**bankett** *s* banquet
**bankfack** *s* safe-deposit box
**bankgiro** *s* bank giro service (konto account)
**bankir** *s* banker, private banker
**bankkamrer** *s* vid bankfilial bank manager
**bankkassör** *s* bank cashier
**bankkonto** *s* bank account
**banklån** *s* bank loan
**bankomat®** *s* cash-dispenser
**bankrutt I** *s* bankruptcy; *göra ~* go bankrupt **II** *a* bankrupt
**bankrån** *s* bank robbery
**banktjänsteman** *s* bank clerk
**bannlysa** *tr* förbjuda ban
**banta** *itr* slim, reduce; *~ ned ngt* reduce (cut down) a th.
**bantamvikt** *s* bantam weight
**bantning** *s* slimming, reducing
**bantningskur** *s* slimming (reducing) cure
**1 bar** *a* bare; naked; *stå på ~ backe* be penniless; *tagen på ~ gärning* caught red-handed; *under ~ himmel* under the open sky
**2 bar** *s* cocktailbar etc. bar; matställe snack-bar, cafeteria
**bara I** *adv* only; merely; *han är ~ barnet* he is just (only) a child, he is a mere child; *vänta ~!* just you wait! **II** *konj* om blott if only; såvida provided
**barack** *s* barracks (pl. lika)
**barbar** *s* barbarian
**barbari** *s* barbarism
**barbarisk** *a* barbarous
**barbent** *a* bare-legged
**barberare** *s* barber, hairdresser
**barbröstad** *a* bare-chested, om kvinna äv. bare-breasted
**bardisk** *s* bar, bar counter
**barfota** *a* o. *adv* barefoot, barefooted
**barhuvad** *a* bare-headed
**bark** *s* bot. bark
**barka** *tr*, *~* el. *~ av* träd bark, strip
**barlast** *s* ballast (end. sg.)
**barm** *s* bosom, breast
**barmark** *s*, *det är ~* there is no snow on the ground
**barmhärtig** *a* nådig merciful, medlidsam compassionate
**barmhärtighet** *s* nåd mercy; medlidande compassion, charity
**barn** *s* child (pl. children), vard. kid; spädbarn baby; *lika ~ leka bäst* birds of a feather flock together; *vara med (vänta) ~* be pregnant
**barnadödlighet** *s* infant mortality [rate]
**barnarov** *s* kidnapping, bildl. baby-snatching

**barnasinne** *s, han har ~t kvar* he is still a child at heart
**barnavård** *s* child (baby) care; samhällets child welfare
**barnavårdscentral** *s* child welfare centre (clinic), amer. child-health station
**barnavårdsnämnd** *s* child welfare committee
**barnbarn** *s* grandchild
**barnbarnsbarn** *s* great grandchild
**barnbegränsning** *s* birth control
**barnbidrag** *s* family allowance
**barnbok** *s* children's book
**barndaghem** *s* day-nursery, day-care centre
**barndom** *s, ~* el. *~en* childhood, späd infancy, babyhood
**barndomsvän** *s, vi är ~ner* we knew each other as children
**barndop** *s* christening
**barnfamilj** *s* family, family with children
**barnflicka** *s* nursemaid
**barnförbjuden** *a* om film ... for adults only, adult ...
**barnhem** *s* children's home, för föräldralösa orphanage
**barnkammare** *s* nursery
**barnkoloni** *s* children's holiday camp
**barnläkare** *s* specialist in children's diseases, pediatrician
**barnlös** *a* childless, ... without a family
**barnmat** *s* baby food
**barnmisshandel** *s* child abuse
**barnmorska** *s* midwife
**barnomsorg** *s* child welfare
**barnpassning** *s* looking after children
**barnprogram** *s* children's programme
**barnsjukdom** *s* children's disease; *~ar* t. ex. hos en ny bilmodell teething troubles
**barnslig** *a* childlike; neds. childish
**barnslighet** *s* childishness (end. sg.)
**barnsäker** *a* childproof
**barnsäng** *s* säng för barn cot, amer. crib
**barntillsyn** *s* childminding
**barntillåten** *a* om film universal ... (förk. U)
**barnunge** *s* child, kid
**barnvagn** *s* perambulator, pram; amer. baby carriage
**barnvakt** *s* baby-sitter; *sitta ~* baby-sit
**barnvårdare** *s* child-care worker
**barometer** *s* barometer
**barr** *s* bot. needle
**barra** *itr,* granen *~r* ... is shedding its needles
**barrikad** *s* barricade
**barrikadera** *tr* barricade; *~ sig* barricade oneself
**barriär** *s* barrier
**barrskog** *s* pine-forest, fir-forest
**barrträd** *s* coniferous tree, conifer
**barservering** *s* cafeteria
**barsk** *a* harsh, stern; om leende grim
**barvinter** *s* snowless winter
**baryton** *s* baritone
**1 bas** *s* grund, underlag base; utgångspunkt basis (pl. bases)
**2 bas** *s* mus. bass
**3 bas** *s* förman foreman, boss
**basa** *itr* vara förman be the boss
**ba-samtal** *s* tele. collect call
**basar** *s* bazaar
**basbelopp** *s* basic amount
**basera** *tr* base; förslaget *~r sig (är ~t) på* ... is based (founded) on
**basfiol** *s* double-bass
**basilika** *s* krydda basil
**basis** *s* basis; *på bred ~* on a broad basis
**basker** o. **baskermössa** *s* beret
**basket** o. **basketboll** *s* basket-ball
**basröst** *s* bass, bass voice
**bassäng** *s* basin; sim~ swimming-bath, swimming-pool
**bast** *s* bast, rafia~ raffia
**basta** *adv, och därmed ~!* and that's that!
**bastant** *a* stadig substantial, solid
**bastu** *s* sauna
**basun** *s* trombone
**batalj** *s* battle
**bataljon** *s* battalion
**batik** *s* batik
**batong** *s* truncheon, baton
**batteri** *s* t. ex. i bil, radio battery
**batteridriven** *a* battery-operated
**batterist** *s* drummer
**Bayern** Bavaria
**bayersk** *a* Bavarian
**BB** maternity hospital (avdelning ward)
**be** *tr itr* **1** relig. se *bedja 1* **2** ask, starkare beg, hövligt request; *~ ngn om (att få) ngt* ask (beg) a p. for a th.; *~ ngn om en tjänst* ask a p. a favour; i hövlighetsfraser, *får jag ~ om...?, jag ska ~ att få...* can (could) I have ..., please!; *får jag ~ om notan?* the bill, please! **3** bjuda ask, invite; *~ ngn vara välkommen* bid a p. welcome
**beakta** *tr* uppmärksamma pay attention to, notice; fästa avseende vid pay regard to
**beaktande** *s* consideration
**bearbeta** *tr* t. ex. gruva work, jord cultivate, söka inverka på try to influence, work on; *~ för* t. ex. radio adapt for

**bearbetning** *s* gruva working, jord cultivation, t. ex. radio adaptation
**bebo** *tr* inhabit, hus occupy, live in
**beboelig** *a* inhabitable, ...fit to live in
**bebygga** *tr* med hus build on; kolonisera colonize; ***bebyggt område*** built-up area; ***glest bebyggt område*** thinly-populated area
**bebyggelse** *s* hus houses pl., buildings pl.
**beck** *s* pitch
**beckasin** *s* snipe
**bedarra** *itr* calm down, lull
**bedja** *tr itr* **1** relig. pray; ~ ***en bön*** say a prayer **2** se *be 2-3*
**bedra** el. **bedraga I** *tr* deceive; cheat, swindle [*ngn på ngt* a p. out of a th.]; vara otrogen mot be unfaithful to **II** *refl*, ~ ***sig*** be mistaken [*på ngn* in a p., *på ngt* about a th.]
**bedragare** *s* deceiver, swindler
**bedrift** *s* bragd exploit, feat
**bedriva** *tr* carry on; t. ex. studier pursue
**bedrägeri** *s* deceit, cheating; brott fraud; skoj swindle
**bedrövad** *a* distressed, grieved [*över* about]
**bedrövlig** *a* deplorable; usel miserable
**bedårande** *a* fascinating, charming
**bedöma** *tr* judge [*efter* by]; form an opinion of; uppskatta, värdera estimate
**bedömning** *s* judgement; uppskattning estimate
**bedöva** *tr* med. give ... an anaesthetic; med injection give an injection to; ~***nde*** anaesthetic
**bedövning** *s* med. anaesthesia; ***få*** ~ have an anaesthetic
**bedövningsmedel** *s* anaesthetic
**befalla** *tr* order, command [*att ngt skall göras* a th. to be done]
**befallande** *a* commanding, overbearing
**befallning** *s* order, command
**befara** *tr* frukta fear
**befatta** *refl*, ~ ***sig med*** concern oneself with
**befattning** *s* syssla post, position; ämbete office
**befinna I** *tr*, ~***s vara*** turn out (prove) to be, be found to be **II** *refl*, ~ ***sig*** be, feel; mor och barn ***befinner sig väl*** ... are doing well
**befintlig** *a* existing; tillgänglig available
**befogad** *a* om sak justified, legitimate
**befogenhet** *s* persons authority (end. sg.), right
**befolka** *tr* populate; bebo inhabit; ***glest*** ~***d*** sparsely populated
**befolkning** *s* population
**befordra** *tr* **1** skicka forward, send **2** främja promote, further **3** upphöja promote
**befordran** *s* **1** sändande forwarding; conveyance, transport **2** främjande, avancemang promotion
**befria** *tr* free, liberate; rädda rescue
**befriare** *s* liberator; räddare rescuer
**befrielse** *s* liberation, release; lättnad relief
**befrielserörelse** *s* liberation movement
**befrukta** *tr* fertilize
**befruktning** *s* fertilization; ***konstgjord*** ~ artificial insemination
**befäl** *s*, ***ha (föra)*** ~ el. ~***et över*** be in command of; befälspersoner officers pl.
**befälhavare** *s* commander [*över* of]; ***högste*** ~ commander-in-chief
**befängd** *a* absurd
**befästa** *tr* bildl. strengthen, confirm
**befästning** *s* fortification
**begagna I** *tr* use **II** *refl*, ~ ***sig av*** use, profit by, take advantage of
**begagnad** *a* used; inte ny second-hand
**bege** *refl*, ~ ***sig*** make one's way; ~ ***sig av (i väg) till*** leave for, set off (out) for
**begeistrad** *a* enthusiastic [*för* about]
**begonia** *s* begonia
**begrava** *tr* bury
**begravning** *s* burial; sorgehögtid funeral
**begravningsbyrå** *s* undertakers pl., amer. morticians pl.
**begravningsentreprenör** *s* undertaker
**begravningsplats** *s* burial-ground
**begravningståg** *s* funeral procession
**begrepp** *s* **1** föreställning m. m. conception, notion [*om* of]; ***jag har inget*** ~ ***om hur*** ... I have no idea how ... **2** ***stå (vara) i*** ~ ***att gå*** be about to go
**begripa** *tr* understand, comprehend
**begriplig** *a* intelligible, comprehensible [*för* to]
**begrunda** *tr* ponder over
**begränsa I** *tr* kanta border; inskränka limit, restrict, hejda check; sätta en gräns för set limits to; hålla inom en viss gräns confine [*till* to] **II** *refl*, ~ ***sig*** inskränka sig limit (restrict) oneself
**begränsning** *s* limitation, restriction; ofullkomlighet limitations pl.
**begynnelse** *s* beginning
**begynnelselön** *s* commencing salary, starting pay (end. sg.)
**begå** *tr* t. ex. ett brott commit; t. ex. ett misstag make
**begåvad** *a* gifted, talented, clever
**begåvning** *s* **1** talent, gift **2** person gifted (talented) person

**begär** *s* desire, craving, longing, åtrå lust [*efter* i samtliga fall for]
**begära** *tr* ask for; anhålla om äv. request; ansöka om apply for; fordra require, starkare demand; göra anspråk på claim; vänta sig expect; önska sig wish for, desire
**begäran** *s* anhållan request [*om* for]; *på* ~ by request; *på allmän* ~ by general request; *på egen* ~ at his (her etc.) own request
**begärlig** *a* ... in great demand
**behag** *s* **1** välbehag pleasure; *efter* ~ as one wishes, as you etc. wish, ad lib, alltefter smak according to taste **2** tjusning charm; *kvinnliga* ~ feminine charms
**behaga** *tr* **1** tilltala please, appeal to; verka tilldragande attract **2** önska wish; *gör som ni* ~*r* do just as you like
**behaglig** *a* angenäm pleasant, agreeable
**behandla** *tr* treat äv. med., deal with; hantera handle; dryfta discuss, ansökan etc. consider
**behandling** *s* treatment äv. med.; hantering handling; dryftande discussion, consideration
**behov** *s* need, brist want; nödvändighet necessity; vad som behövs requirements pl. [*av* for]; *för eget* ~ for one's own use; *vid* ~ when necessary
**behovsprövning** *s* means test
**behå** *s* brassière, vard. bra
**behåll** *s, ha ngt i* ~ have a th. left; *undkomma med livet i* ~ escape with one's life
**behålla** *tr* keep, retain; ~ *för sig själv* för egen del keep for oneself, tiga med keep to oneself
**behållare** *s* container, receptacle, holder; vätske~ reservoir, större tank
**behållning** *s* återstod remainder, saldo balance, balance in hand; vinst, utbyte profit; *ha* ~ utbyte *av ngt* profit (benefit) by a th.
**behändig** *a* bekväm handy, convenient
**behärska I** *tr* control, rule; kunna master; ~ *engelska bra* have a good command of English; ~ *ämnet* have a good grasp of the subject **II** *refl*, ~ *sig* control oneself
**behärskad** *a* self-controlled; måttfull moderate
**behärskning** *s* control; själv~ self-command
**behörig** *a* **1** kompetent qualified **2** *på* ~*t avstånd* at a safe distance
**behöva** *tr* need, want, require; vara tvungen have (have got) to; *radion behöver lagas* the radio needs repairing
**behövas** *itr dep* be needed (wanted); *det behövs pengar för att göra det* it takes money to do that; *när så behövs* when necessary
**behövlig** *a* necessary, ... needed
**beige** *a* beige
**beivra** *tr, överträdelse* ~*s* offenders (trespassers) will be prosecuted
**bekant I** *a* known [*för ngn* to a p.]; välkänd well-known; *som* ~ as we (you) know; *vara (bli)* ~ *med* be (become) acquainted (förtrogen familiar) with **II** *subst a* acquaintance, friend; *en* ~ *till mig* a friend of mine
**bekanta** *refl*, ~ *sig med ngt* acquaint oneself with a th.; ~ *sig med varandra* get to know each other
**bekantskap** *s* kännedom knowledge; *göra (stifta)* ~ *med* become (get) acquainted with, get to know
**beklaga** *tr* vara ledsen över regret, be sorry about; *jag ber att få* ~ *sorgen* please accept my condolences (sympathy)
**beklagande** *s* regret, expression of regret
**beklaglig** *a* regrettable, pinsam deplorable
**beklädnad** *s* klädsel clothing, wear; överdrag cover
**beklämmande** *a* depressing, pinsam deplorable
**bekosta** *tr* pay (find the money) for
**bekostnad** *s, på ngns* ~ at a p.'s expense
**bekräfta** *tr* confirm; erkänna acknowledge
**bekräftelse** *s* confirmation [*på* of]
**bekväm** *a* **1** comfortable; behändig convenient, handy **2** om person, ~ el. ~ *av sig* easy-going
**bekvämlig** *a* comfortable; behändig convenient
**bekvämlighet** *s* convenience; trevnad comfort; *alla moderna* ~*er* every modern convenience, vard. mod cons
**bekvämlighetsinrättning** *s* public convenience
**bekvämt** *adv* comfortably; behändigt conveniently; *ha det* ~ be comfortable
**bekymmer** *s* worry, anxiety; omsorg care; *göra (vålla) ngn* ~ give a p. a lot of worry; *göra sig* ~ *för ngt* worry about a th.; *ha* ~ *för ngn* be worried (anxious) about a p.
**bekymra** *refl*, ~ *sig* trouble (worry) oneself [*för, över, om* about]
**bekymrad** *a* worried, anxious [*för, över* i samtliga fall about]
**bekämpa** *tr* fight, fight against, combat
**bekämpning** *s* combating [*av* of]; fight [*av* against]
**bekämpningsmedel** *s* biocide, mot skadeinsekter etc. insecticide, pesticide

**bekänna** *tr,* ~ el. ~ ***sig skyldig*** confess; ~ ***färg*** kortsp. follow suit, bildl. show one's hand
**bekännelse** *s* confession
**belasta** *tr* load, charge; ~ ***sitt minne med*** burden (load) one's memory with
**belastning** *s* load, charge, bildl. nackdel disadvantage, handicap
**belevad** *a* well-bred, artig courteous
**belgare** *s* Belgian
**Belgien** Belgium
**belgisk** *a* Belgian
**Belgrad** Belgrade
**belopp** *s* amount, sum
**belysa** *tr* t.ex. ett rum light up, illuminate; ***fallet belyser riskerna*** this case illustrates the risks
**belysande** *a* åskådlig illuminating; betecknande illustrative, characteristic [*för* of]
**belysning** *s* lighting, illumination
**belåna** *tr* **1** inteckna mortgage; uppta lån på raise a loan on **2** ge lån på grant a loan on
**belåten** *a* satisfied, pleased; förnöjd contented; ***är ni ~?*** mätt have you had enough to eat?
**belåtenhet** *s* satisfaction [*över* at]; contentment; ***vara till allmän*** ~ be satisfactory to everybody
**belägen** *a* situated [*vid* near, by]
**belägg** *s* instance, example [*för, på* of]; bevis evidence, proof [*för* of]
**belägga** *tr* betäcka cover
**beläggning** *s* cover, covering; på gata paving; på tunga fur, coating; på tänder film
**belägra** *tr* besiege
**belägring** *s* siege
**belägringstillstånd** *s* state of siege; ***proklamera*** ~ proclaim martial law
**belöna** *tr* reward; med pengar remunerate
**belöning** *s* reward
**bemanna** *tr* man; ~***d*** manned
**bemyndiga** *tr* authorize
**bemyndigande** *s* authorization; befogenhet authority
**bemärkelse** *s* sense; ***i bildlig*** ~ in a figurative sense
**bemärkelsedag** *s* red-letter day; högtidsdag great occasion
**bemärkt** *a* noted; framstående prominent; ***göra sig*** ~ make a name for oneself
**bemästra** *tr* master, overcome
**bemöda** *refl,* ~ ***sig*** take pains, try hard [*om att* inf. to inf.]
**bemödande** *s* effort, exertion
**bemöta** *tr* behandla treat; motta receive; besvara answer, meet
**ben** *s* **1** ämne o. t.ex. fiskben bone **2** lem, äv. på strumpa, stol etc. leg; ***dra ~en efter sig*** gå långsamt go shuffling along, söla hang about; ***lägga ~en på ryggen*** step on it; ***hjälpa ngn på ~en*** att resa sig help a p. to his (her etc.) feet; ***stå på egna*** ~ stand on one's own feet; ***vara på ~en*** be up and about
**1 bena** *tr* fisk bone
**2 bena I** *tr,* ~ ***håret*** part one's hair **II** *s* parting
**benbrott** *s* fractured (broken) leg, fracture
**benfri** *a* boneless, om fisk boned
**Bengalen** Bengal
**benhård** *a* bildl. rigid, strict
**benig** *a* bony
**benkläder** *s pl* under~: mans pants, speciellt amer. underpants; dams knickers, panties
**bensin** *s* motorbränsle petrol, amer. gasoline, gas; kem. benzine
**bensindunk** *s* petrol (amer. gasoline) can
**bensinmack** se *bensinstation*
**bensinmätare** *s* fuel gauge
**bensinstation** *s* petrol (amer. gas) station
**bensintank** *s* petrol (fuel, amer. gasoline) tank
**benskydd** *s pl* sport. shin-guards, shin-pads
**benvit** *a* ivory-coloured
**benåda** *tr* pardon; dödsdömd reprieve
**benådning** *s* pardon, av dödsdömd reprieve, amnesti amnesty
**benägen** *a* inclined, apt; villig willing
**benägenhet** *s* fallenhet tendency [*för* to]; disposition inclination [*för* to], disposition [*för* to]
**benämna** *tr* call, name; beteckna designate
**benämning** *s* name [*på* for]; beteckning designation
**beordra** *tr* order
**beprövad** *a* well-tried, tested, reliable
**bereda I** *tr* prepare; förorsaka cause; skänka give, afford; ~ ***plats för*** make room for; ~ ***väg för*** make way for; ~ ***ngn tillfälle att*** inf. give a p. an opportunity of ing-form **II** *refl,* ~ ***sig*** göra sig beredd prepare, prepare oneself [*på, till* for]; ~ ***sig på det värsta*** prepare for (expect) the worst
**beredd** *a* prepared, ready; ***göra sig ~ på*** prepare oneself (be prepared) for
**beredskap** *s* preparedness; ***ha i*** ~ have in readiness, have ready
**beredskapsarbete** *s* relief work (end. sg.)
**beredvillig** *a* ready and willing
**berest** *a,* ***vara mycket*** ~ have travelled a great deal

**berg** *s* mountain; mindre hill; klippa rock
**bergart** *s* kind of rock
**bergbestigare** *s* mountaineer, mountain climber
**bergbestigning** *s* mountain-climbing, mountaineering; *en* ~ a mountain climb
**berggrund** *s* bed-rock
**bergig** *a* mountainous; mindre hilly; klippig rocky
**bergkristall** *s* rock-crystal
**berg-och-dalbana** *s* roller coaster, switchback
**bergskedja** *s* mountain chain
**bergsklyfta** *s* gorge, ravine
**bergskred** *s* landslide
**bergspass** *s* mountain pass
**bergstopp** *s* mountain peak
**bergstrakt** *s* mountain (mountainous) district
**bergsäker** *a* dead certain
**berguv** *s* eagle owl, amer. great horned owl
**berika** *tr* enrich
**berlock** *s* charm
**Bermudasöarna** *s pl* the Bermudas
**bero** *itr* **1** ~ ***på*** ha till orsak be due (owing) to; komma an på depend on; ***det ~r på dig, om*** ... it depends on (is up to) you whether ...; ***det ~r på, det!*** it all depends! **2** ***låta saken*** ~ let the matter rest
**beroende I** *a* **1** avhängig dependent [*av (på)* on]; ***vara ~ av (på)*** äv. depend on; ~ ***på*** prep. a) på grund av owing to [*att* the fact that] b) avhängigt av depending on [*om* whether] **2** ***vara*** ~ om missbrukare be addicted **II** *s* **1** avhängighet dependence [*av* on], beroendeställning position of dependence **2** missbrukares addiction
**berså** *s* arbour, bower
**berusa** *tr* intoxicate
**berusad** *a* intoxicated, drunk
**beryktad** *a* notorious
**beråtť** *a*, ***med ~ mod*** deliberately
**beräkna** *tr* calculate; uppskatta estimate [*till* at]; ***tiden var för knappt ~d*** the time allotted was too short
**beräknande** *a* calculating
**beräkning** *s* calculation; uppskattning estimate; ***ta ... med i ~en*** bildl. allow for ...
**berätta** *tr* tell [*ngt för ngn* a p. a th., a th. to a p.]; ~ ***ngt*** skildra relate (narrate) a th.; ~ ***historier*** tell stories; ***man har ~t för mig att*** ... I have been told that ...; ***det ~s att*** ... it is said that ...
**berättande** *a* narrative
**berättare** *s* story-teller; narrator
**berättelse** *s* historia tale, novell short story, skildring narrative; redogörelse report, statement, account
**berättiga** *tr* entitle
**berättigad** *a* om person entitled, authorized [*att* inf. to inf.]; justified [*att* inf. in ing-form]; rättmätig just, legitimate
**berättigande** *s* justification; rättmätighet justice, legitimacy; rätt right
**beröm** *s* praise; ***ge ngn*** ~ praise a p.
**berömd** *a* famous; ***vida*** ~ renowned
**berömdhet** *s* celebrity
**berömma** *tr* praise
**berömmelse** *s* fame, renown
**berömvärd** *a* praiseworthy
**beröra** *tr* **1** touch; snudda vid graze **2** omnämna touch on **3** påverka affect; ***bli illa berörd av ngt*** be unpleasantly affected by a th.
**beröring** *s* contact, touch
**beröva** *tr*, ~ ***ngn ngt*** deprive a p. of a th.
**besatt** *a* **1** occupied, filled **2** ~ ***av en idé*** obsessed by an idea; ***som en*** ~ like a madman (one possessed)
**besatthet** *s* obsession
**besegra** *tr* defeat, conquer
**besegrare** *s* conqueror
**besiktiga** *tr* inspect, examine
**besiktning** *s* inspection, examination, survey
**besiktningsman** *s* inspector
**besinning** *s* sinnesnärvaro presence of mind; behärskning self-control; ***förlora ~en*** lose one's head; ***komma till*** ~ come to one's senses
**besitta** *tr* possess
**besittning** *s* possession äv. landområde; ***ta ... i*** ~ take possession of ..., besätta occupy ...
**besk** *a* bitter
**beskaffad** *a* skapad constituted; konstruerad constructed
**beskaffenhet** *s* nature; om vara quality; tillstånd state
**beskatta** *tr* tax
**beskattning** *s* taxation
**beskattningsbar** *a* taxable
**besked** *s* **1** svar answer; upplysning information [*om* about]; ***jag skall ge (lämna) dig ~ i morgon*** I will let you know tomorrow **2** ***med*** ~ properly, with a vengeance
**beskedlig** *a* mild, good-tempered, meek
**beskickning** *s* ambassad embassy, legation legation
**beskjuta** *tr* fire at; bombardera shell
**beskjutning** *s* firing; bombardemang shelling; ***under*** ~ under fire

**beskriva** *tr* describe
**beskrivande** *a* descriptive
**beskrivning** *s* **1** description **2** anvisning directions pl.; kok. recipe
**beskydd** *s* protection
**beskydda** *tr* protect, shield
**beskylla** *tr* accuse [*för* of]
**beskyllning** *s* accusation [*för* of]
**beskåda** *tr* look at, regard
**beskådan** *s* inspection; *till allmän ~* on view
**beskäftig** *a* fussy, officious
**beskära** *tr* trädg. prune; reducera cut down
**beslag** *s* **1** metallskydd mounting **2** kvarstad confiscation; *lägga ~ på* requisition, vard. take, lay hands on; *ta i ~* konfiskera confiscate
**beslagta** *tr* commandeer
**beslut** *s* decision; *fatta ett ~* come to a decision
**besluta I** *tr itr* decide [*ngt, om ngt* on a th.] **II** *refl, ~ sig* make up one's mind, decide
**besluten** *a* determined
**beslutsam** *a* resolute, determined
**beslutsamhet** *s* resolution, determination
**besläktad** *a* related [*med* to]
**besmitta** *tr* infect
**bespara** *tr* skona spare, spara save; *~ ngn besvär* save a p. trouble
**besparing** *s* saving; *göra ~ar* effect economies
**bespisning** *s* feeding; skolmatsal dining-hall
**bespruta** *tr* syringe, spray
**besprutningsmedel** *s* spray
**besserwisser** *s* know-all
**bestialisk** *a* bestial
**bestick** *s* [set of] knife, fork, and spoon
**besticka** *tr* bribe
**bestickning** *s* bribery, corruption
**bestiga** *tr* berg climb; tron ascend; häst mount
**bestigning** *s* berg~ climbing, ascent; *en ~* a climb
**bestjäla** *tr* rob [*ngn på ngt* a p. of a th.]
**bestraffa** *tr* punish
**bestraffning** *s* punishment
**bestrida** *tr* **1** förneka deny; opponera sig emot contest, dispute **2** betala, *~ kostnaderna* bear (pay) the cost (costs)
**bestseller** *s* best seller
**bestyr** *s pl* göromål work sg., things to do
**bestyrka** *tr* confirm; intyga certify; bevisa prove
**bestå I** *tr* genomgå go (pass) through; *~ provet* stand the test **II** *itr* **1** fortfara last, endure, friare äv. go on, remain **2** *~ av (i)* consist of, be made up of
**beståndsdel** *s* constituent (component) part
**beställa** *tr itr* rekvirera order, boka book; *har ni beställt?* på restaurang etc. have you ordered (given your order)?; *hovmästarn, får jag ~!* waiter, I should like to give my order!; *~ tid hos* make an appointment with
**beställning** *s* order; bokning booking; *gjord på ~* made to order
**bestämd** *a* fixed, settled; tydlig clear, distinct; definitiv definite; fast, orubblig determined, firm; *~ artikel* gram. definite article
**bestämma I** *tr* fastställa fix, settle; besluta, avgöra decide, determine; definiera define; gram. modify, qualify; *det får du ~ själv* that's for you to decide **II** *refl, ~ sig* decide, make up one's mind
**bestämmelse** *s* regel regulation; villkor condition
**bestämt** *adv* definitivt definitely; eftertryckligt firmly; säkerligen certainly; *veta ~* know for certain; *det har ~ hänt något* something must have happened
**beständig** *a* constant
**bestörtning** *s* dismay
**besvara** *tr* answer, reply to, återgälda return
**besvikelse** *s* disappointment [*över* at]
**besviken** *a* disappointed [*på* in, *över* at]
**besvär** *s* **1** trouble, inconvenience, bother; möda hard work; *tack för ~et!* thanks very much for all the trouble you have taken; *bli (vara) till ~* be a bother (nuisance); *det är värt (inte värt) ~et* it is worth (not worth) while **2** jur. appeal [*över* about]
**besvära I** *tr* trouble, bother; *förlåt att jag ~r* excuse my troubling you; *får jag ~ dig med att komma hit?* would you mind coming here?; *får jag ~ om saltet?* may I trouble you for the salt? **II** *refl, ~ sig* trouble (bother) oneself, put oneself out
**besvärad** *a* generad embarrassed
**besvärlig** *a* troublesome, svår hard, difficult; ansträngande trying; mödosam laborious; *det är ~t att behöva* inf. it is a nuisance having to inf.
**besvärlighet** *s* difficulty
**besynnerlig** *a* strange, peculiar, odd
**beså** *tr* sow

**besätta** *tr* fylla fill äv. tjänst; mil. occupy; ***salongen var glest (väl) besatt*** the theatre was sparsely (well) filled
**besättning** *s* sjö., flyg. crew
**besök** *s* visit; kortare call; ***avlägga (göra) ~ hos ngn*** pay a visit to (a call on) a p.; ***få (ha) ~*** have (have got) a caller el. visitor (resp. callers el. visitors); ***få ~ av*** ... be called upon by ...
**besöka** *tr* hälsa på el. bese visit, pay a visit to, go to see; bevista attend; ofta ~ frequent; ~ ***ngn*** visit (call on) a p., pay a p. a visit
**besökare** *s* visitor [*av, i, vid* to]; på kortare besök caller
**besökstid** *s* visiting-hours pl.
**bet** *a, **bli (gå)*** ~ i spel lose the game; ***han gick ~ på uppgiften*** the task was too much for him
**1 beta** *tr itr,* ~ el. ~ ***av*** om gräsätare graze
**2 beta** *s* bot. beet
**betagande** *a* charming, captivating
**betagen** *a* overcome [*av* with]; ~ ***i*** ... charmed by ...
**betala I** *tr itr* pay; varor, arbete pay for; ***får jag ~!*** på restaurang can I have the bill, please!; ***det ska du få betalt för!*** sona, ge tillbaka I'll pay you out (back) for that!; ***han tar ordentligt (bra) betalt*** he charges a lot; ***betalt svar*** answer (reply) prepaid; ~ ***av*** se *avbetala;* ~ ***in (ut)*** pay in (out); ~ ***in ett belopp på*** ett konto etc. pay an amount into ... **II** *refl*, ~ ***sig*** pay
**betalbar** *a* payable
**betalning** *s* payment; ***inställa ~arna*** suspend payment (payments); ***göra ngt mot ~*** ... for a consideration; ***utan*** ~ free of charge
**betalningsbalans** *s* balance of payments
**betalningsskyldig** *a*, ***vara*** ~ be liable for payment
**betalningsvillkor** *s pl* terms, terms of payment
**betal-TV** *s* pay-TV
**1 bete** *s* boskaps~ pasturage; ***gå på ~*** be grazing (feeding)
**2 bete** *s* fiske. bait
**3 bete** *s* huggtand tusk
**4 bete** *refl*, ~ ***sig*** uppföra sig behave, act
**beteckna** *tr* betyda denote, signify; ange indicate, känneteckna characterize
**betecknande** *a* characteristic, typical [*för* of]
**beteckning** *s* designation
**beteende** *s* behaviour, conduct (båda end. sg.)
**beteendemönster** *s* pattern of behaviour
**betesmark** *s* pasture, pasture-land
**beting** *s, **arbeta på ~*** work by the piece (by contract)
**betinga** *tr* **1** ***~s (vara ~d) av*** **a)** vara beroende av be dependent (conditional) on **b)** ha sin grund i be conditioned by; ***~d reflex*** conditioned reflex **2** ~ ***ett högt pris*** fetch a high price
**betingelse** *s* förutsättning condition
**betjäna** *tr* serve; uppassa attend, attend on; vid bordet wait on; sköta work
**betjäning** *s* **1** uppassning service, på hotell attendance **2** personal staff
**betjäningsavgift** *s* service charge
**betjänt** *s* manservant (pl. menservants), valet
**betona** *s* stress äv. fonet., emphasize
**betong** *s* concrete
**betongblandare** *s* concrete mixer
**betoning** *s* stress, accent
**betrakta** *tr* **1** se på look at, observe; bese view **2** anse consider, regard
**betraktande** *s, **ta i ~*** take into consideration
**betraktelse** *s* meditation reflection, meditation [*över* on]
**betrodd** *a* pålitlig trusted
**betryggande** *a* tillfredsställande satisfactory; ***på ~ avstånd*** at a safe distance
**beträda** *tr* set foot on; ***Beträd ej gräsmattan!*** Keep off the Grass!
**beträffa** *tr*, ***vad mig (det) ~r*** as far as I am (that is) concerned
**beträffande** *prep* concerning, regarding
**bets** *s* färg stain
**betsa** *tr* stain
**betsel** *s* bit; remtyg bridle
**betsocker** *s* beet-sugar
**bett** *s* **1** hugg, tandställning, tugga bite; ***vara på ~et*** be in great form (in the mood) **2** tandgård set of teeth **3** på betsel bit
**bettleri** *s* begging
**betunga** *tr* burden; ***vara ~d av*** be oppressed (weighed down) by
**betungande** *a* heavy; ***vara ~*** be a heavy burden [*för* to]
**betvinga** *tr* subdue, subjugate
**betvivla** *tr* doubt
**betyda** *tr* mean, signify; imply; beteckna denote; ***det betyder ingenting*** gör ingenting it doesn't matter, it is of no importance
**betydande** *a* important; stor considerable
**betydelse** *s* meaning, sense; vikt significance, importance; ***det har ingen ~*** spelar ingen roll it doesn't matter

**betydelsefull** *a* significant; viktig important
**betydelselös** *a* meaningless, insignificant; oviktig unimportant
**betydlig** *a* considerable
**betyg** *s* **1** intyg o. examens~ certificate; arbetsgivares reference, termins~ report **2** betygsgrad mark, amer. grade
**betyga** *tr* intyga certify
**betygsätta** *tr* mark, amer. o. friare grade
**betänka** *tr* consider; ***man måste ~ att...*** one must bear in mind that...
**betänkande** *s* **1** utlåtande report **2** ***efter mycket ~*** after a good deal of thought; ***utan ~*** without hesitation; ***en dags ~*** a day to think the matter over
**betänketid** *s* time to think the matter over
**betänklig** *a* allvarlig serious, oroväckande disquieting
**betänklighet** *s*, ***~er*** apprehensions [*mot* about]
**betänksam** *a* försiktig cautious, tveksam hesitant
**betänksamhet** *s* försiktighet caution; tveksamhet hesitation
**beundra** *tr* admire
**beundran** *s* admiration
**beundransvärd** *a* admirable
**beundrare** *s* admirer
**bevaka** *tr* **1** hålla vakt vid guard **2** tillvarata look after **3** nyhet, händelse cover
**bevakad** *a*, ***~ järnvägsövergång*** controlled level-crossing
**bevakning** *s* guard; ***stå under ~ (sträng ~)*** be in custody (close custody)
**bevandrad** *a*, ***~ i*** familiar with, versed in
**bevara** *tr* **1** bibehålla preserve; upprätthålla maintain; förvara keep **2** skydda protect; ***bevare mig väl!*** dear me!; ***Gud bevare konungen!*** God save the King!
**bevilja** *tr* grant
**bevis** *s* proof [*på* of]; vittnesbörd evidence
**bevisa** *tr* prove
**bevisbörda** o. **bevismaterial** *s* body of evidence
**bevista** *tr* attend; närvara vid be present at
**bevittna** *tr* **1** bestyrka attest, testify **2** vara vittne till witness
**bevuxen** *a* overgrown
**bevåg** *s*, ***på eget ~*** on one's own responsibility
**bevänt** *a*, ***det är inte mycket ~ med det (honom)*** it (he) is not up to much
**beväpna** *tr* arm
**beväpnad** *a* armed; ***~ med*** försedd med equipped with

**bh** se *behå*
**bi** *s* bee
**bibehålla** *tr* ha i behåll retain; bevara keep, preserve; upprätthålla maintain
**bibel** *s* bible; ***Bibeln*** the Bible, the Holy Bible
**bibliografi** *s* bibliography
**bibliotek** *s* library
**bibliotekarie** *s* librarian
**biblisk** *a* biblical
**biceps** *s pl* biceps (pl. lika)
**bidé** *s* bidet
**bidra** se *bidraga*
**bidrag** *s* contribution; understöd allowance, stats~ grant, subsidy
**bidraga** *itr* contribute, make a contribution [*till* to]; ***~ med*** pengar, idéer contribute; ***en ~nde orsak*** a contributory cause
**bidrottning** *s* queen bee
**bifall** *s* **1** samtycke assent, consent; ***röna (vinna) ~*** meet with approval **2** applåder applause sg.; rop cheers pl.; ***väcka stormande ~*** call forth a volley of applause
**biff** *s* beefsteak, steak; ***vi klarade ~en!*** vard. we made it!
**biffko** *s* beef cow
**biffstek** *s* beefsteak, steak
**bifigur** *s* minor character
**biflod** *s* tributary, tributary river
**bifoga** *tr* enclose, vidfästa attach
**bigami** *s* bigamy
**bigamist** *s* bigamist
**bigarrå** *s* whiteheart cherry, whiteheart
**bigata** *s* side-street
**bigott** *a* bigoted
**bihåla** *s* sinus
**bihåleinflammation** *s* sinusitis
**bijouterier** *s pl* jewellery sg.
**bikarbonat** *s* bicarbonate
**bikini** *s* baddräkt bikini
**bikt** *s* confession
**bikta** *tr* o. *refl*, ***~ sig*** confess, confess one's sins
**biktfader** *s* confessor, father confessor
**bikupa** *s* beehive, hive
**bil** car, motor-car, speciellt amer. automobile; taxibil taxi, taxi-cab; ***köra ~*** drive, drive a car; ***åka ~*** go by car
**bila** *itr* go (travel) by car
**bilaga** *s* till t.ex. brev enclosure; tidnings~ supplement; till bok appendix
**bilateral** *a* bilateral
**bilbesiktning** se *kontrollbesiktning*
**bilbälte** *s* säkerhetsbälte seat belt, safety belt
**bild** *s* picture, illustration illustration, porträtt portrait; inre bild, föreställning image; bildligt

uttryck metaphor, image; ***komma in i ~en*** come into the picture (into it)
**bilda I** *tr* åstadkomma form, grunda found; *~s* uppstå form, be formed, fostra educate; cultivate **II 1** *refl*, ~ ***sig*** skaffa sig bildning educate oneself **2** ~ ***sig en uppfattning om*** form an opinion of
**bildad** *a* educated; kultiverad cultivated
**bildband** *s* filmstrip
**bilderbok** *s* picture-book
**bildlig** *a* figurative
**bildligt** *adv*, ~ ***talat*** figuratively speaking
**bildning** *s* **1** skol~ o. d. education; kultur culture **2** åstadkommande formation
**bildrulle** *s* vårdslös bilist road hog
**bildruta** *s* TV. screen, viewing screen
**bildrör** *s* TV. picture tube
**bildskärm** *s* TV. viewing screen, data. display, display screen
**bildskön** *a* strikingly beautiful
**bildtext** *s* caption
**bildtidning** *s* pictorial
**bildäck** *s* **1** på hjul tyre, amer. tire **2** sjö. car deck
**bilfabrik** *s* car factory, motor works (pl. lika)
**bilfärja** *s* car ferry
**bilförare** *s* car driver
**bilförsäkring** *s* motor-car insurance
**bilhandske** *s* driving-glove
**bilindustri** *s* motor industry
**bilism** *s*, ~ o. *~en* motoring
**bilist** *s* motorist, driver
**biljard** *s* spel billiards sg.
**biljardkö** *s* cue
**biljett** *s* ticket
**biljettautomat** *s* ticket-machine
**biljettförsäljning** *s* sale of tickets
**biljetthäfte** *s* book of tickets
**biljettkontor** o. **biljettlucka** *s* booking-office, amer. ticket office
**biljettpris** *s* admission, price of admission; för resa fare
**biljon** *s* billion, speciellt amer. trillion
**bilkarta** *s* road map
**bilkrock** *s* car crash
**bilkö** *s* line (queue) of cars, speciellt efter olycka tailback
**billig** *a* **1** cheap äv. bildl.; ej alltför dyr inexpensive; ***för en ~ penning*** cheap **2** rimlig fair, reasonable
**billighetsresa** *s* cheap trip
**billighetsupplaga** *s* cheap edition
**billykta** *s* car headlight
**bilmekaniker** *s* motor mechanic
**bilmärke** *s* make of car
**bilnummer** *s* car (registration) number
**bilolycka** *s* car accident
**bilparkering** *s* plats car park
**bilradio** *s* car radio
**bilreparatör** *s* car repairer, bilmekaniker motor mechanic
**bilresa** *s* car journey
**bilring** *s* däck tyre, amer. tire
**bilsjuk** *a* car-sick
**bilskatt** *s* car (motor) tax
**bilskattekvitto** *s* ung. motor-vehicle tax receipt
**bilskola** *s* driving school
**bilsport** *s* motor sport
**bilstöld** *s* car theft
**biltjuv** *s* car thief
**biltrafik** *s* [motor] traffic
**biltur** *s* drive, ride
**biluthyrning** *s* car hire (rental) service
**bilverkstad** *s* garage
**bilväg** *s* motor road
**bilägare** *s* car owner
**bilägga** *tr* **1** tvist etc. settle; gräl make up **2** bifoga enclose
**binda I** *s* bandage; dambinda sanitary towel (amer. napkin) **II** *tr itr* bind, knyta tie; ~ ***ngn till händer och fötter*** bind a p. hand and foot; ***bundet kapital*** tied-up capital; ***bunden vid sjuksängen*** confined to bed **III** *refl*, ~ ***sig*** bind (commit) oneself □ ~ **fast** tie ... on [*vid* to]; ~ **för**: ~ ***för ögonen på ngn*** blindfold a p.; ~ **ihop** tie ... together; ~ **om** paket etc. tie up; sår bind up
**bindande** *a* förpliktande binding [*för ngn* on a p.]; ~ ***bevis*** conclusive evidence
**bindel** *s* ögon~ bandage; ~ ***om armen*** t. ex. som igenkänningstecken armlet
**bindestreck** *s* hyphen
**bindning** *s* **1** av böcker binding **2** skid~ binding, fastening
**bingo** *s* bingo
**binnikemask** *s* tapeworm
**bio** *s* cinema; ***gå på*** ~ go to the cinema (the pictures, speciellt amer. the movies)
**biobesökare** *s* filmgoer
**biobiljett** *s* cinema ticket
**biocid** *s* biocide
**biodlare** *s* bee-keeper
**biodynamisk** *a*, *~a* livsmedel organically grown...
**bioföreställning** *s* cinema performance
**biograf** *s* bio cinema, speciellt amer. vard. movie, movie theater
**biografi** *s* biography
**biografisk** *a* biographical
**biolog** *s* biologist
**biologi** *s* biology
**biologisk** *a* biological

**biopublik** *s* cinema (speciellt amer. movie) audience, biobesökare filmgoers pl., cinemagoers pl.
**biprodukt** *s* by-product
**biroll** *s* minor part (role)
**bisam** *s* pälsverk musquash (amer. muskrat) fur
**bisamråtta** *s* muskrat, musquash
**bisarr** *a* bizarre, odd
**bisats** *s* gram. subordinate clause
**biskop** *s* bishop
**biskvi** *s* bakverk macaroon
**bismak** *s* slight flavour
**bison** o. **bisonoxe** *s* bison
**bister** *a* om min etc. grim, forbidding; om klimat severe; ***bistra tider*** hard times
**bistå** *tr* aid, assist, help
**bistånd** *s* aid, assistance; ***med benäget ~ av*** . . . kindly assisted by . . .
**bisvärm** *s* swarm of bees
**bisyssla** *s* sideline
**bit** *s* stycke piece, bit, del part, brottstycke fragment, av socker, kol lump, knob; munsbit mouthful; vard., musikstycke piece of music, låt tune; ***äta en ~ mat*** have a snack (a bite); ***inte en ~ mat*** i huset not a scrap of food . . .; ***gå en bra ~*** walk quite a long way; ***det är bara en liten ~ att gå*** it is only a short distance; ***gå i ~ar*** go (fall) to pieces
**bita I** *tr* bite **II** *itr* bite; om kniv cut; om köld, blåst bite, cut; ***något att ~ i*** bildl. something to get one's teeth into; ***~ i gräset*** stupa bite the dust □ ~ **av** bort bite off, itu bite . . . in two; ~ **sig fast vid** bildl. stick (cling) to; ~ **ihop tänderna** clench one's teeth
**bitande** *a* biting, cutting äv. om köld, blåst
**bitas** *itr* bite
**bitring** *s* för barn teething ring
**biträda** *tr* assistera assist [*vid* in]
**biträdande** *a* assistant
**biträde** *s* **1** bistånd assistance, aid, support **2** medhjälpare assistant
**bitsk** *a* fierce
**bitsocker** *s* lump sugar, cube sugar
**bitter** *a* bitter
**bitterhet** *s* bitterness
**bittermandel** *s* bitter almond
**bitti** *adv*, ***i morgon ~*** early tomorrow morning
**biverkningar** *s pl* side-effects
**bjuda** *tr itr* **1** erbjuda, räcka fram offer; servera serve **2** inbjuda ask, invite [*ngn på middag* a p. to dinner] **3** betala treat [*ngn på ngt* a p. to a th.]; ***det är jag som bjuder*** it is on me **4** påbjuda, befalla bid, order **5** göra anbud offer; på auktion bid [*på ngt* for a th.] □ ~ **hem ngn** invite (ask) a p. to one's home; ~ **igen** ask (invite) . . . in return; ~ **upp ngn** till dans ask a p. for a dance; ~ **ut** till salu offer for sale; ~ ***ut ngn*** på restaurang etc. take a p. out
**bjudning** *s* kalas party; middags~ dinner, dinner-party; ***ha ~*** give (vard. throw) a party
**bjudningskort** *s* invitation-card
**bjälke** *s* beam
**bjällra** *s* little bell
**bjärt** *a* gaudy; ***stå i ~ kontrast mot*** be in glaring contrast to
**bjässe** *s* stor karl big strapping fellow, hefty chap; ***en ~ till ek*** a huge oak
**björk** *s* birch äv. virke
**björkdunge** *s* birch grove, clump of birches
**björkkvist** *s* birch twig
**björklöv** *s* birch leaf
**björkmöbel** *s* möblemang birch suite; ***björkmöbler*** bohag birch furniture sg.
**björkris** *s* birch twigs pl.
**björkskog** *s* birchwood, större birch forest
**björkstam** *s* birch trunk
**björkved** *s* birchwood
**björn** *s* zool. bear; ***väck inte den ~ som sover!*** ung. let sleeping dogs lie!; ***Stora (Lilla) ~*** astron. the Great (Little) Bear
**björnbär** *s* blackberry
**björntjänst** *s*, ***göra ngn en ~*** do a p. a disservice
**björntråd** *s* bear cotton thread
**bl. a.** se *bland*
**blackout** *s*, ***få en ~*** have a blackout
**blad** *s* **1** bot. leaf (pl. leaves) **2** pappers- sheet, i bok leaf (pl. leaves); ***han är ett oskrivet ~*** he is an unknown quantity **3** på kniv, åra etc. blade
**bladlus** *s* plant-louse, green fly
**bland** *prep* among, amongst; ***~ andra*** (förk. *bl. a.*) among others; ***~ annat*** (förk. *bl. a.*) among other things; han blev utvald ***~ tio sökande*** . . . from among ten applicants; ***~ det bästa*** jag sett one of the best things . . .
**blanda** *tr* mix; mingle, olika kvaliteter av t. ex. te, tobak blend; spelkort shuffle □ ~ **bort korten** confuse the issue; ~ **i ngt i** . . . mix a th. in . . ., add a th. to . . .; ~ **ihop** förväxla mix up, confuse; ~ **in ngn** mix a p. up, involve a p. [*i* in]; ~ **till** tillreda mix
**blandad** *a* mixed, mingled, blended; ***~e karameller*** assorted sweets; ***~e känslor*** mingled (mixed) feelings; ***blandat sällskap*** mixed company
**blandare** *s* mixer

**blandekonomi** *s* mixed economy
**blandning** *s* mixture; av olika kvaliteter av t. ex. te, tobak blend; av konfekt etc. assortment; kem. compound
**blandras** *s* mixed breed; *vara av* ~ äv. be a mongrel
**blank** *a* bright, shining, glossy; oskriven, tom blank; *ett ~t avslag (nej)* a flat refusal; *~t game* i tennis love game
**blanka** *tr* polish
**blankett** *s* form
**blankpolera** *tr* polish
**blanksliten** *a* om tyg shiny, threadbare
**blankt** *adv* brightly; *neka ~ till ngt* flatly deny a th.; *rösta* ~ return a blank ballot--paper; *det struntar jag ~ i!* I don't care a damn!; han sprang *på 10 sekunder* ~ . . . in 10 seconds flat
**blasé** *a* blasé
**blask** *s* **1** om dryck dish-water **2** slaskväder slush
**blast** *s* tops pl., potatisblast haulm
**blazer** *s* sports-jacket; klubbjacka blazer
**bleck** *s* tin-plate, tin
**bleckblåsare** *s* brass player
**bleckslagare** *s* tin-smith
**blek** *a* pale
**bleka** *tr* kem. bleach, färger fade; *~s* fade
**blekmedel** *s* pulver bleaching-powder, vätska bleaching solution
**blekna** *itr* om person turn pale; om färg etc., samt bildl. fade
**blekselleri** *s* [blanched] celery
**blessyr** *s* wound
**bli I** *hjälpvb* passivbildande be, vard. get; uttr. gradvist skeende become **II** *itr* **1** uttr. förändring become, get, långsamt grow; uttr. plötslig övergång turn; med vissa adj. go; i bet. 'vara' el. 'komma att vara' (i futurum) be; visa sig vara turn out, prove; *tre och två ~r fem* three and two make five; *hur mycket ~r det?* how much will that be (does it come to)?; *hur ~r det med* den saken*?* what about . . .?; *det blev märken på mattan efter skorna* the shoes left (made) marks on the carpet; *det ~r regn* it is going to rain; *det blev regn* there was rain; *när det ~r sommar* when summer comes; *han blev kapten* förra året he was made captain . . .; ~ *kär* fall in love; ~ *sjuk* fall (be taken, get) ill **2** *låta* ~ ngn (ngt) leave (let) . . . alone; *låta ~ att* sluta med leave off ing-form; *jag kan inte låta ~ (låta ~ att göra det)* I can't help it (help doing it); gör det då *om du inte kan låta ~* . . . if you must; *det är svårt att låta ~* it is difficult not to; *låt ~ det där!* don't do that!, don't!, stop it (that)! □ ~ **av** komma till stånd take place, come off; *vad ska det ~ av honom?* what is going to become of him?; ~ **av med** förlora lose; bli kvitt get rid of; ~ **borta** stay (be) away; ~ **ifrån sig** be beside oneself, starkare go frantic [*av* with]; ~ **kvar** stanna remain (stay) behind; bli över be over; ~ **till** come into existence (being); ~ **utan** go without, have to go without; ~ **över** be left over
**blick** *s* ögonkast look, hastig glance, glimpse; *fästa ~en på* fix one's eyes on; *ha (sakna) ~ för* have an (have no) eye for; *kasta en ~ på* have (take) a look (glance) at
**blickfång** *s* **1** som fångar blicken eye-catcher **2** blickfält field of vision
**blickfält** *s* field of vision
**blickpunkt** *s, i ~en* in the limelight
**blickstilla** *a* om person stock-still, om t. ex. vattenyta dead calm
**blid** *a* om t. ex. röst soft, om t. ex. väder mild
**blidka** *tr* appease, placate
**blidväder** *s, det är (har blivit)* ~ a thaw has set in
**blind** *a* blind; *en* ~ a blind person
**blindbock** *s, leka* ~ play blindman's-buff
**blindhund** *s* guide dog
**blindskrift** *s* braille
**blindtarm** *s* appendix
**blindtarmsinflammation** *s* appendicitis
**blink** *s* blinkande av ljus twinkling; ljusglimt twinkle; blinkning wink
**blinka** *itr* om ljus twinkle; med ögonen blink, som tecken wink
**blinker** *s* bil. indicator, flashing indicator
**bliva** se *bli*
**blivande** *a* framtida future; ~ *mödrar* expectant mothers
**blixt** *s* **1** åskslag lightning (end. sg.); *en* ~ a flash of lightning; *~en slog ned i huset* the house was struck by lightning; *som en ~ från en klar himmel* like a bolt from the blue **2** konstgjord flash
**blixtkub** *s* flashcube
**blixtkär** *a* . . . madly in love
**blixtlampa** *s* flash bulb
**blixtljus** *s* foto. flashlight
**blixtlås** *s* zip, zip-fastener, vard. zipper
**blixtra** *itr* **1** *det ~r (~r till)* there's lightning (a flash of lightning) **2** om t. ex. ögon flash
**blixtsnabb** *a* . . . as quick as lightning
**blixtsnabbt** *adv* at lightning speed
**block** *s* **1** massivt stycke, äv. husblock block; för skor tree, shoe-tree **2** skrivblock pad, block
**blockad** *s* blockade

**blockera** *tr* block, block up, jam
**blockflöjt** *s* recorder
**blod** *s* blood; *väcka ont (ond)* ~ stir up bad blood; *med kallt* ~ in cold blood
**bloda** *tr*, ~ *ned* fläcka stain with blood, fullständigt make ... all bloody
**blodapelsin** *s* blood orange
**blodbad** *s* blood-bath
**blodbank** *s* blood bank
**blodbrist** *s* anaemia
**blodcirkulation** *s* circulation of the blood, blood circulation
**bloddroppe** *s*, *till sista ~n* to the last drop of blood
**blodfattig** *a* anaemic
**blodfläck** *s* blood-stain
**blodförgiftning** *s* blood-poisoning
**blodförlust** *s* loss of blood
**blodgivarcentral** *s* blood donor (transfusion) centre
**blodgivare** *s* blood-donor
**blodgivning** *s* blood donation
**blodgrupp** *s* blood group
**blodhund** *s* bloodhound
**blodig** *a* blodfläckad blood-stained; nedblodad ... all bloody; som kostar mångas liv bloody; lätt stekt underdone
**blodigel** *s* leech
**blodkropp** *s* blood-corpuscle
**blodkärl** *s* blood-vessel
**blodomlopp** *s* circulation of the blood
**blodpropp** *s* sjukdom thrombosis
**blodprov** *s*, *ta ett* ~ take a blood test
**blodpudding** *s* black pudding
**blodsband** *s* blood-relationship
**blodsocker** *s* blood sugar
**blodsprängd** *a* bloodshot
**blodstänkt** *a* blood-stained
**blodsugare** *s* blood-sucker
**blodsutgjutelse** *s* bloodshed
**blodsänka** se *sänka I 2*
**blodtest** *s* blood test
**blodtransfusion** *s* blood transfusion
**blodtryck** *s* blood-pressure
**blodtörstig** *a* bloodthirsty
**blodvärde** *s* blood count
**blodåder** *s* vein, blood vein
**blom** *s*, *stå i* ~ be in bloom
**blomblad** *s* petal
**blombukett** *s* bouquet, bunch of flowers
**blomkruka** *s* flower-pot
**blomkål** *s* cauliflower
**blomkålshuvud** *s* head of cauliflower
**blomma I** *s* flower **II** *itr* flower, bloom, speciellt om fruktträd blossom; ... *har blommat ut (är utblommad)* ... has ceased flowering
**blommig** *a* flowery
**blommografera** *itr* send flowers by Interflora
**blommogram** *s* flowers pl. sent by Interflora
**blomningstid** *s* flowering-season
**blomster** *s* flower
**blomsteraffär** *s* flower-shop, florist's [shop]; som skylt florist
**blomsterförmedling** *s*, *Blomsterförmedlingen* Interflora
**blomsterhandlare** *s* florist
**blomsterhyllning** *s* floral tribute
**blomsterlök** *s* bulb, flower-bulb
**blomsterrabatt** *s* flower-bed
**blomsterutställning** *s* flower-show
**blomstra** *itr* blossom, bloom, frodas flourish, prosper
**blomstrande** *a* flourishing, prospering
**blond** *a* om person fair, fair-haired, blond (om kvinna blonde); om hår fair, light, blond
**blondera** *tr* bleach, dye ... blond
**blondin** *s* blonde
**bloss** *s* **1** fackla torch **2** vid rökning, *ta (dra) ett ~ på pipan* take a puff at one's pipe
**blossa** *itr* **1** ~ *upp* flare (blaze) up **2** röka puff [*på* at]
**blott I** *a* mere; bare; *~a tanken på* the mere (very) thought of; *med ~a ögat* with the naked eye **II** *adv* only, but; merely; ~ *och bart* simply and solely
**blotta I** *s* gap in one's defence, weak spot **II** *tr* expose, uncover, bare **III** *refl*, ~ *sig* förråda sig betray oneself, give oneself away; visa könsorgan expose oneself indecently, vard. flash
**blottad** *a* avtäckt bare, uncovered
**blottare** *s* vard. flasher
**blottställa** *tr* expose [*för* to]
**bluff** *s* humbug bluff, humbug
**bluffa** *tr itr* bluff
**bluffmakare** *s* bluffer
**blund** *s*, *inte få en ~ i ögonen* not get a wink of sleep
**blunda** *itr* sluta ögonen samt bildl. shut one's eyes [*för* to]; hålla ögonen slutna keep one's eyes shut
**blunder** *s* blunder
**blus** *s* blouse; skjortblus shirt
**bly** *s* lead
**blyertspenna** *s* pencil, lead-pencil
**blyfri** *a*, ~ *bensin* unleaded (leadfree) petrol (amer. gasoline)
**blyg** *a* shy [*för* of]; försagd timid
**blygdläppar** *s pl* labia
**blygsam** *a* modest
**blygsamhet** *s* modesty

**blygsel** *s* shame; ***rodna av*** ~ blush with shame
**blyhaltig** *a* ... containing lead; ***vara*** ~ contain lead
**blå** *a* (jfr *blått*) blue, om druvor black; ***få ett ~tt öga*** get a black eye
**blåaktig** *a* bluish
**blåbär** *s* bilberry, blueberry
**blådåre** *s* madman
**blåklint** *s* cornflower
**blåklocka** *s* harebell, i Skottl. bluebell
**blåklädd** *a* ... dressed in blue
**blåkopia** *s* blueprint
**blålackerad** *a* ... lacquered (painted) blue
**blåmes** *s* blue tit
**blåmussla** *s* sea mussel
**blåmåla** *tr* paint ... blue; ***~d*** ... painted blue
**blåmärke** o. **blånad** *s* bruise
**blåprickig** *a* blue-spotted, ... spotted blue; ***den är*** ~ vanl. it has blue spots
**blårandig** *a* blue-striped, ... striped blue
**blårutig** *a* blue-chequered; ***den är*** ~ vanl. it has blue checks
**1 blåsa** *s* **1** urinblåsa bladder **2** i huden o. glas blister
**2 blåsa** *itr tr* blow; ***det blåser*** it is windy; ~ ***nytt liv i*** breathe fresh life into; ~ ***på elden*** blow up the fire □ ~ **av** blow off; avsluta bring ... to an end; ~ ***av matchen*** blow the final whistle; ~ **bort** blow away; ~ **ned (omkull)** blow down (over); ~ **upp** blow up; öppnas blow open
**blåsare** *s* mus. wind player
**blåsig** *a* om väder windy
**blåsinstrument** *s* wind-instrument
**blåsippa** *s* hepatica
**blåskatarr** *s* inflammation of the bladder
**blåsning** *s* vard., ***åka på en*** ~ be swindled (cheated)
**blåsorkester** *s* brass band
**blåst** *s* wind, starkare gale
**blåställ** *s* dungarees, overalls (båda pl.); ***ett*** ~ a pair of dungarees (overalls)
**blåsväder** *s* windy (stormy) weather; ***vara ute i*** ~ bildl. be under fire
**blåsyra** *s* prussic acid
**blåtira** *s* vard., ***få en*** ~ get a black eye
**blått** *s* blue; ***målad i*** ~ painted blue; ***det går i*** ~ it has a shade of blue in it
**blåögd** *a* blue-eyed äv. bildl.
**bläck** *s* ink; skrivet ***med*** ~ ... in ink
**bläckfisk** *s* cuttle-fish, åttaarmad octopus
**bläckpenna** *s* pen
**bläddra** *itr* turn over the leaves (pages); ~ ***igenom*** look through
**blända** *tr* **1** göra blind blind, tillfälligt o. bildl. dazzle **2** bil. ~ ***av*** vid möte dip (dim) the headlights ...
**bländande** *a* dazzling äv. bildl.
**bländare** *s* foto. diaphragm, öppning aperture, inställning stop
**blänga** *itr* glare [*på* at]
**blänka** *itr* shine, gleam
**blöda** *itr* bleed; ***du blöder i ansiktet*** your face is bleeding
**blödig** *a* sensitive, soft, weak
**blödning** *s* bleeding
**blöja** *s* napkin, vard. nappy, speciellt amer. diaper; cellstoff~ disposable napkin
**blöjbyxor** *s pl* baby pants
**blöt I** *a* våt wet **II** *s*, ***ligga i*** ~ be in soak; ***lägga*** ngt ***i*** ~ put ... in soak; ***lägga sin näsa i*** ~ poke one's nose into other people's business
**blöta** *tr* soak; göra våt wet; ~ ***ned*** ... wet ...; ~ ***ned sig*** get (get oneself) all wet
**blötsnö** *s* watery (wet) snow
**BNP** (förk. för *bruttonationalprodukt*) GNP
**bo I** *itr* live; tillfälligt stay; som inneboende lodge; ha sin hemvist reside; ~ ***på hotell*** stay at a hotel; ~ ***gratis (billigt)*** pay no (a low) rent; ~ ***kvar*** live there still, tillfälligt stay on **II** *s* **1** fågels nest; däggdjurs lair, den **2** egendom, kvarlåtenskap personal estate (property); ***sätta*** ~ settle, set up house
**boaorm** *s* boa-constrictor, boa
**1 bock** *s* **1** get he-goat; ***han är en gammal*** ~ he is an old goat (lecher) **2** stöd trestle, stand, tekn. horse **3** gymn. buck; ***hoppa*** ~ play leap-frog **4** tecknet tick; ***sätta*** ~ ***för*** ngt mark ... as wrong
**2 bock** *s* bugning bow
**1 bocka** *itr* o. *refl*, ~ ***sig*** buga bow [*för* to]; ~ ***djupt*** make a low bow
**2 bocka** *tr*, ~ ***av*** pricka för tick off
**bod** *s* butik shop; marknadsstånd booth, stall; uthus shed
**bodelning** *s* division of the joint property of husband and wife
**Bodensjön** Lake (the Lake of) Constance
**bodybuilding** *s* body-building
**boett** *s* watch-case
**bofast** *a* resident, domiciled
**bofink** *s* chaffinch
**bog** *s* **1** shoulder **2** sjö. bow, bows pl.
**bogsera** *tr* tow, ta på släp take ... in tow
**bogserbåt** *s* tow-boat, tug
**bogsering** *s* towage, towing
**bogserlina** *s* tow-line
**bohag** *s* household goods pl., furniture
**bohem** *s* Bohemian

**bohemisk** *a* Bohemian
**boj** *s* sjö. buoy
**bojkott** *s* boycott
**bojkotta** *tr* boycott
**1 bok** *s* bot. beech; för sammansättningar jfr *björk-*
**2 bok** *s* book
**boka** *tr* beställa book, amer. reserve
**bokband** *s* binding, cover
**bokbindare** *s* bookbinder
**bokbuss** *s* mobile library
**bokcirkel** *s* book club
**bokföra** *tr* enter, enter ... in the books
**bokföring** *s* redovisning bookkeeping
**bokförlag** *s* publishing house, publishers pl.
**bokförläggare** *s* publisher
**bokhandel** *s* butik bookshop, bookstore
**bokhandlare** *s* bookseller
**bokhylla** *s* skåp bookcase; enstaka hylla bookshelf
**bokhållare** *s* bookkeeper
**bokklubb** *s* book circle
**bokmärke** *s* book-marker
**bokomslag** *s* cover, book-cover
**bokslut** *s*, *göra* ~ close (make up) the books
**bokstav** *s* letter; *liten (stor)* ~ small (capital) letter
**bokstavsordning** *s* alphabetical order
**bolag** *s* company; *bilda (starta)* ~ form a company
**bolagsstämma** *s* shareholders' meeting, general meeting
**Bolivia** Bolivia
**bolivian** *s* Bolivian
**boliviansk** *a* Bolivian
**boll** *s* ball; slag i tennis etc. stroke; skott i fotboll shot, passning pass; *lång* ~ i tennis rally
**bolla** *itr* play ball; träningsslå knock up
**bollsinne** *s* ball sense (control)
**bollspel** *s* ball game
**bolma** *itr* belch out smoke; ~ *på en cigarr* puff away at a cigar
**bolmört** *s* henbane
**bolsjevik** *s* Bolshevik
**bolster** *s* feather bed
**1 bom** *s* stång bar; järnv. level crossing gate; gymn. horizontal bar
**2 bom** *s* felskott miss
**bomb** *s* bomb
**bomba** *tr* bomb
**bombanfall** *s* bombing (bomb) attack
**bombardemang** *s* bombardment äv. med t.ex. frågor, bombing
**bombardera** *tr* bombard äv. med t.ex. frågor, från luften bomb
**bombastisk** *a* bombastik
**bombattentat** *s* bomb outrage
**bombflyg** *s* bombers pl.
**bombplan** *s* bomber
**bombsäker** *a* bombproof
**1 bomma** *tr*, ~ *för (igen)* bar; ~ *igen* stänga shut ... up
**2 bomma** *itr* missa miss [*på ngt* a th.]
**bomull** *s* cotton; rå~, vadd cotton wool
**bomullsgarn** *s* cotton
**bomullssammet** *s* velveteen
**bomullstråd** *s* cotton-thread
**bomullstyg** *s* cotton cloth (fabric)
**bona** *tr* vaxa wax, polish
**bondböna** *s* broad bean
**bonde** *s* farmer; lantbo, speciellt i europeiska länder utom Engl. peasant; i schack pawn
**bondflicka** *s* peasant (country) girl
**bondfångare** *s* confidence trickster, vard. con man
**bondförstånd** *s* common sense
**bondgård** *s* farm
**bondkomik** *s* slapstick, custard-pie comedy
**bondpermission** *s* French leave
**bondstuga** *s* peasant's cottage
**bondtur** *s* the luck of the devil
**bondtölp** *s* neds. country bumpkin, boor
**boning** *s* dwelling
**bonus** *s* bonus
**bonusklass** *s* försäkr. bonus class
**bonvax** *s* floor-polish
**bookmaker** *s* bookmaker
**bord** *s* table; skrivbord desk; *föra ngn till ~et* take a p. in to dinner; *sitta till ~s* sit at table; *sätta sig till ~s* sit down to dinner (lunch etc.)
**borda** *tr* board
**bordduk** *s* table-cloth
**borde** se *böra*
**bordeaux** *s* Bordeaux wine, röd claret
**bordell** *s* brothel
**bordlägga** *tr* uppskjuta postpone
**bordsben** *s* table leg
**bordsbön** *s* grace
**bordsdam** *s* dinner partner, lady (woman) partner at table
**bordsgranne** *s* neighbour at table, partner
**bordskavaljer** *s* dinner partner, partner at table
**bordsskick** *s* table manners pl.
**bordsskiva** *s* table-top, lös table-leaf
**bordsvatten** *s* table water
**bordsvisa** *s* drinking song
**bordsända** *s*, *vid övre (nedre) ~n* at the head (foot) of the table
**bordtennis** *s* table-tennis, vard. ping-pong

**borg** *s* slott castle, fäste stronghold
**borga** *itr*, ~ ***för ngt*** vouch for a th.
**borgare** *s* medelklassare bourgeois (pl. lika); icke-socialist non-Socialist
**borgarklass** *s* middle class, bourgeoisie
**borgen** *s* säkerhet security; guarantee; ***gå i ~ för ngn*** stand surety for a p.; vouch for a p.; ***frige mot ~*** release on bail
**borgenslån** *s* loan against a personal guarantee
**borgensman** *s* guarantor, surety
**borgenär** *s* creditor
**borgerlig** *a* av medelklass middle class, neds. bourgeois, icke-socialistisk non-Socialist
**borgerligt** *adv*, ***gifta sig ~*** marry before the registrar
**borgmästare** *s* utanför Sverige mayor
**borr** *s* drill; liten handborr gimlet; tandläkarborr drill, burr
**borra** *tr itr* bore [*efter* for], t. ex. metall drill
**borrmaskin** *s* drilling-machine
**borrsväng** *s* brace
**borst** *s* bristle; koll. bristles pl.; ***resa ~*** bristle, bristle up
**borsta** *tr* brush; ~ ***skorna (tänderna)*** brush one's shoes (teeth); ~ ***av*** rocken brush ...
**borste** *s* brush
**1 bort** se *böra*
**2 bort** *adv* away; ***vi ska ~*** är bortbjudna we are invited out; ***hit (dit) ~*** over here (there); ***långt ~*** a long way off, far away (off); ~ ***med fingrarna (tassarna)!*** hands off!
**borta** *adv* away; för alltid gone; borttappad missing, lost; bortbjuden out; förvirrad confused; ***där ~*** over there; ***här ~*** over here; ~ ***bra men hemma bäst*** East, West, home is best
**bortaplan** *s* sport. away ground; ***spela på ~*** play away
**bortbjuden** *a* invited out [*på middag* to dinner]
**bortblåst** *a*, ***vara som ~*** be completely vanished
**bortersta** *a* farthest, farthermost
**bortfall** *s* falling off, decline; inkomst~ reduction
**bortförklaring** *s* excuse
**bortgång** *s* död decease
**bortgången** *a*, ***den bortgångne*** the deceased
**bortifrån I** *prep* from **II** *adv*, ***långt ~*** from a long way off
**bortkastad** *a* se *kasta bort* under *kasta*
**bortkommen** *a* förvirrad confused, lost, försagd timid
**bortom** *prep* beyond
**bortre** *a* further, farther; ***i ~ delen av*** at the far end of
**bortrest** *a*, ***han är ~*** he has gone away
**bortse** *itr*, ~ ***från*** disregard, leave ... out of account; ***bortsett från*** apart from
**bortskämd** *a* spoilt
**bortåt** *prep* **1** om rum towards **2** nästan nearly
**bosatt** *a* resident; ***vara ~ i*** live in
**boskap** *s* cattle pl., livestock
**bostad** *s* privat hus house; våning flat, apartment; högt. residence; ***han saknar ~*** he has not got a place (anywhere) to live; ***han träffas i ~en*** som svar i telefon you can get hold of him at home
**bostadsadress** *s* permanent (home) address
**bostadsbidrag** *s* accommodation (housing) allowance
**bostadsbrist** *s* housing shortage
**bostadsbyggande** *s* house building
**bostadsförmedling** *s* myndighet local housing authority
**bostadshus** *s* dwelling-house, större residential block
**bostadskvarter** *s* residential quarter
**bostadskö** *s* housing queue
**bostadsrätt** *a* lägenhet ung. co-operative building-society flat (apartment)
**bostadsrättsförening** *s* ung. co-operative (tenant-owners') building society
**bostadssökande** *subst a* person house-hunter, flat-hunter, person looking for somewhere to live
**bosätta** *refl*, ~ ***sig*** settle down, settle
**bosättningslån** *s* loan for setting up a home
**bot** *s* botemedel remedy, cure; ***råda ~ på (för)*** remedy
**bota** *tr* läka cure [*från* of]; avhjälpa remedy
**botanik** *s* botany
**botanisk** *a* botanical
**botanist** *s* botanist
**botemedel** *s* remedy, cure [*mot* for]
**botten** *s* **1** bottom; ***nå ~*** touch bottom; ***dricka glaset i ~*** drain (empty) one's glass; ~ ***opp!*** vard. bottoms up!; ***gå till ~*** go (bildl. get) to the bottom [*med* en sak of ... ] **2** våning, ***på nedre ~*** on the ground (amer. first) floor **3** på tapet, flagga ground
**Bottenhavet** [the southern part of] the Gulf of Bothnia
**bottenlån** *s* first mortgage loan
**bottenrekord** *s*, ***det här är ~*** this is a new low

**bottensats** *s* sediment; i vin etc. lees pl., dregs pl.
**Bottenviken** the Gulf of Bothnia
**bottenvåning** *s* ground (amer. first) floor
**bottna** *itr* touch bottom; *det ~r i ...* ... is the cause (origin) of it
**Bottniska viken** the Gulf of Bothnia
**bouppteckning** *s* lista estate inventory
**bourgogne** *s* vin burgundy
**boutredning** *s* winding up of the estate of a (the) deceased person
**bov** *s* villain, scoundrel; förbrytare criminal
**bovaktig** *a* villainous; rascally
**bowling** *s* bowling
**bowlingbana** *s* bowling-alley
**box** *s* låda box
**boxa I** *tr, ~ ut bollen* sport. punch the ball away **II** *itr* boxas box
**boxare** *s* boxer
**boxas** *itr dep* box
**boxer** *s* boxer
**boxhandske** *s* boxing-glove
**boxkalv** *s* box-calf
**boxning** *s* idrottsgren boxing
**boxningsmatch** *s* boxing-match
**boyta** *s* living space
**bra** (jfr *bättre, bäst*) **I** *a* **1** good; fine; *det var ~ att du kom* it's a good thing you came; *det är ~ så!* tillräckligt that's enough, thank you; *vad skall det vara ~ för?* what's the good (the use) of that?; *vara ~ att ha* come in handy **2** frisk well, all right **II** *adv* **1** well; *tack, ~ (mycket ~)* fine (very well), thanks; *hon dansar ~* she is a good dancer; *ha det ~* skönt etc. be comfortable, ekonomiskt be well off; *ha det så ~!* have a good time!; *se ~ ut* om person be good-looking **2** mycket, riktigt quite, very; *jag skulle ~ gärna vilja veta ...* I should very much like to know ...
**bragd** *s* bedrift exploit, feat
**brak** *s* crash
**braka** *itr* crash; *~ ihop* kollidera crash; *~ lös* break out; *~ ned* collapse
**brakmiddag** *s* slap-up dinner
**brakseger** *s* overwhelming victory
**brallor** *s pl* vard. trousers, amer. pants
**brand** *s* eldsvåda fire; *råka i ~* take (catch) fire; *stå i ~* be on fire; *sätta ... i ~* eg. set fire to ..., känslor inflame
**brandalarm** *s* fire-alarm
**brandbil** *s* fire-engine
**brandbomb** *s* incendiary bomb
**brandfackla** *s* bildl. bombshell; *bli en ~* äv. arouse very heated discussion
**brandfara** *s* danger of fire; *vid ~* in case of fire
**brandförsäkring** *s* fire-insurance
**brandgul** *a* orange, reddish yellow
**brandkår** *s* fire-brigade
**brandlukt** *s* smell of fire (burning)
**brandman** *s* fireman
**brandredskap** *s* fire appliance
**brandrisk** *s* risk of fire
**brandsegel** *s* jumping sheet (net)
**brandskada** *s* fire damage
**brandsläckare** *s* apparat fire-extinguisher
**brandspruta** *s* pyts stirrup-pump; motor~ fire-engine
**brandstation** *s* fire-station
**brandstege** *s* fire-ladder
**brandsäker** *a* fireproof
**brandvarnare** *s* automatic fire alarm
**bransch** *s* line of business (trade), line, trade
**brant I** *a* steep **II** *s* **1** stup precipice **2** rand verge äv. bildl.; *på ruinens ~* on the verge of ruin
**brasa** *s* fire, log-fire; *vid (kring) ~n* at (round) the fireside
**brasilianare** *s* Brazilian
**brasiliansk** *a* Brazilian
**Brasilien** Brazil
**brasklapp** *s* ung. reservation, saving clause
**brassa** *itr, ~ på* a) elda stoke up the fire b) skjuta fire (blaze) away
**bravad** *s* exploit, achievement
**bravo** *itj* bravo!, well done!
**bravorop** *s* cheer
**braxen** *s* bream
**bre** *se* **breda**
**bred** *a* broad; vidöppen samt vid måttuppgifter wide; om mun wide
**breda** *tr* spread; *~ en smörgås* butter a slice of bread □ *~* **på** a) lägga på spread b) överdriva vard. lay it on thick; *~* **ut** spread out (about); *~* **ut sig** spread, sträcka ut sig stretch out
**bredaxlad** *a* broad-shouldered
**bredbar** *a* easy-to-spread; *~ ost* cheese spread
**bredd** *s* **1** breadth, width; *i ~* abreast; en meter *på ~en* ... broad (in breadth); *mäta ngt på ~en* measure the breadth of a th. **2** geogr. latitude, degree of latitude
**bredda** *tr* broaden, widen
**breddgrad** *s* degree of latitude; *49:e ~en* the 49th parallel
**bredsida** *s* broadside
**bredvid I** *prep* beside, at (by) the side of; gränsande intill adjacent (next) to; om hus etc. next (next door) to; vid sidan om alongside, alongside of **II** *adv* intill close by; *här ~*

close by here; ***i huset*** ~ in the next house, next door
**Bretagne** Brittany
**bretagnisk** o. **bretonsk** *a* Breton
**brev** *s* letter
**brevbärare** *s* postman, amer. mailman
**brevbäring** *s* postal (mail) delivery
**brevduva** *s* carrier pigeon
**brevinkast** *s* letter slit, amer. mail drop
**brevkorg** *s* letter-tray
**brevkort** *s* frankerat postcard
**brevledes** *adv* by letter
**brevlåda** *s* letter-box, amer. mailbox
**brevpapper** *s* notepaper, papper o. kuvert stationery
**brevporto** *s* letter-postage
**brevpress** *s* paper-weight
**brevskola** *s* correspondence school
**brevskrivare** *s* letter-writer, correspondent
**brevtelegram** *s* letter telegram
**brevvåg** *s* letter-balance
**brevvän** *s* pen-friend, pen-pal
**brevväxla** *itr* correspond
**brevväxling** *s* correspondence
**bricka** *s* **1** serverings~ tray **2** tekn. washer **3** identitets~ disc, polis~ badge **4** spel~ counter, piece
**bridge** *s* bridge
**bridgeparti** *s* game of bridge
**brigad** *s* brigade
**briljans** *s* brilliance
**briljant** *a* o. *s* brilliant
**briljera** *itr* show off, shine
**brillor** *s pl* vard. glasses, specs, goggles
**1 bringa** *s* breast, speciellt kok. brisket
**2 bringa** *tr* bring; ~ ***ned*** minska reduce
**brinna** *itr* burn, flamma blaze; ***det brinner*** i spisen there is a fire ...; ***det brinner*** lyser ***i hallen*** the light is on in the hall □ ~ **av** om t.ex. skott go off; ~ **ned** om hus etc. be burnt down; ~ **upp** be destroyed by fire; ~ **ut** burn itself out, om brasa go out
**brinnande** *a* burning äv. bildl., i lågor ... in flames; om passion ardent; ***ett*** ~ ***ljus*** a lighted candle
**bris** *s* breeze
**brisera** *itr* burst, explode
**brist** *s* **1** avsaknad lack; knapphet scarcity, shortage [*på* i samtliga fall of]; ***lida*** ~ ***på*** be short (in want) of; ***i*** ~ ***på bättre*** for want of something better **2** bristfällighet deficiency, skavank defect **3** underskott deficit
**brista** *itr* **1** sprängas burst; slitas (brytas) av break äv. om hjärta, ge vika give way; ~ ***i gråt*** burst into tears; ~ ***itu*** break (snap) in two; ~ ***ut i skratt*** burst out laughing **2** fattas fall short
**bristande** *a* otillräcklig deficient, insufficient; bristfällig defective, faulty
**bristfällig** *a* defective, faulty; otillräcklig insufficient
**bristningsgräns** *s* breaking-point; fylld ***till*** ~***en*** ... to the limit
**bristsjukdom** *s* deficiency disease
**brits** *s* bunk
**britt** *s* Briton; ~***erna*** som nation, lag etc. the British
**brittisk** *a* British; ***Brittiska öarna*** the British Isles
**brittsommar** *s* Indian summer
**bro** *s* bridge
**broavgift** *s* bridge-toll
**broccoli** *s* broccoli
**brodd** *s* pigg spike
**broder** *s* brother; ***Bröderna Ek*** firmanamn Ek Brothers
**brodera** *tr itr* embroider; ~ ***ut*** bildl. embroider
**broderfolk** *s* sister nation
**broderi** *s* embroidery; ***ett*** ~ a piece of embroidery
**broderlig** *a* brotherly, fraternal
**broderskap** *s* brotherhood, fraternity
**broderskärlek** *s* brotherly love
**broiler** *s* broiler
**brokad** *s* brocade
**brokig** *a* mångfärgad many-coloured, motley; grann gay, neds. gaudy; om t.ex. blandning, samling miscellaneous
**1 broms** *s* zool. horse-fly
**2 broms** *s* tekn. brake; bildl. check [*på* on]
**bromsa** *tr itr* **1** tekn. brake **2** bildl. check
**bromsband** *s* brake-lining
**bromskloss** *s* brake-block
**bromsljus** *s* bil. brake (stop) light
**bromsolja** *s* brake fluid
**bromspedal** *s* brake pedal
**bromsskiva** *s* brake-disc
**bromssträcka** *s* braking distance
**bromsvätska** *s* brake fluid
**bronkit** *s* bronchitis
**brons** *s* bronze
**bronsera** *tr* bronze
**bronsfärgad** *a* bronze-coloured
**bronsåldern** *s* the Bronze Age
**bror** o. vard. **brorsa** *s* brother
**brorsdotter** *s* niece
**brorson** *s* nephew
**brosch** *s* brooch
**broschyr** *s* pamphlet; reklam~ leaflet
**brosk** *s* cartilage; ämne gristle

**brott** *s* **1** brutet ställe break, benbrott fracture **2** förbrytelse crime, lindrigare offence [*mot* i båda fallen against] **3** kränkning av t. ex. lag violation, av kontrakt etc. breach [*mot* i båda fallen of]
**brottare** *s* wrestler
**brottas** *itr* wrestle
**brottmål** *s* criminal case
**brottning** *s* wrestling
**brottningsmatch** *s* wrestling-match
**brottsbalk** *s* criminal (penal) code
**brottslig** *a* criminal
**brottslighet** *s* criminality; *~en ökar* crime is on the increase
**brottsling** *s* criminal
**brottsplats** *s* scene of the (a) crime
**brottstycke** *s* fragment
**brud** *s* bride
**brudbukett** *s* wedding-bouquet
**brudgum** *s* bridegroom
**brudklänning** *s* wedding-dress
**brudnäbb** *s* pojke page, flicka bridesmaid
**brudpar** *s* bridal couple
**brudslöja** *s* bridal veil
**brudtärna** *s* bridesmaid
**bruk** *s* **1** användning use; av ord usage; sed practice; *för eget ~* for one's own (personal) use; kutym custom; *komma ur ~* come (go) out of use (ur modet fashion) **2** av jorden cultivation **3** fabrik factory; järnbruk works (pl. lika); pappersbruk mill
**bruka** *tr* **1** begagna sig av use **2** odla cultivate **3** 'ha för vana' usually, om person äv. be in the habit of ing-form; *han ~r komma* vid 3-tiden he usually (generally) comes ...; *han ~de läsa* i timmar he used to (would) read ...; *det ~r vara svårt* it is often (is apt to be) difficult
**bruklig** *a* customary, usual
**bruksanvisning** *s* directions pl. for use
**brum** *s* från insekt samt radio hum
**brumma** *itr* om björn o. bildl. growl; om insekt samt radio hum
**brun** *a* brown, solbränd äv. tanned; *~a bönor* maträtt brown beans; för sammansättningar jfr äv. *blå-*
**brunett** *s* brunette
**brunn** *s* well; hälsobrunn mineral spring; *dricka ~* drink (take) the waters
**brunnsort** *s* health resort, spa
**brunst** *s* honas heat, hanes rut
**brunstig** *a* om hona ... on (in) heat; om hane rutting
**brunsttid** *s* mating-season
**brunt** *s* brown; jfr *blått*
**brunögd** *a* brown-eyed
**brus** *s* havets roar; radio. noise; i öronen buzzing
**brusa** *itr* om havet roar, i öronen buzz; om kolsyrad dryck fizz; *~ upp* om person flare up, lose one's temper
**brushuvud** *s* hothead
**brutal** *a* brutal
**brutalitet** *s* brutality
**brutto** *adv* gross
**bruttolön** *s* gross salary (veckolön wages)
**bruttonationalprodukt** *s* gross national product (förk. GNP)
**bruttopris** *s* gross price
**bry I** *tr*, *~ sin hjärna (sitt huvud) med ngt* rack one's brains over a th. **II** *refl*, *~ sig om* a) ta notis om pay attention to b) tycka om care for; *jag ~r mig inte om vad* folk säger I don't care what ...; *~ dig inte om det!* don't bother (worry) about it!; *~ dig inte om att* don't trouble to
**brygd** *s* konkret brew
**1 brygga** *s* landnings~ landing-stage, jetty; på båt o. konstgjord tandrad bridge
**2 brygga** *tr* brew; kaffe make
**bryggare** *s* brewer
**bryggeri** *s* brewery
**bryggmalen** *a*, *bryggmalet kaffe* fine-grind coffee
**1 bryna** *tr* kok. fry ... till browned
**2 bryna** *tr* vässa whet, sharpen
**brysk** *a* brusque, abrupt
**Bryssel** Brussels
**brysselkål** *s* Brussels sprouts pl.
**bryta** *tr itr* break; kol, malm mine, sten quarry; förlovning break off; *~ ett samtal* tele. disconnect a call; *~ mot* lag etc. break, violate; *~ på tyska* speak with a German accent □ *~* **av** break, break off; *~ av mot* be in contrast to; *~* **fram** break out; *~* **sig igenom** break (force) one's way through; *~* **sig in** *i ett hus* break into a house; *~* **lös** loss break off (away); *~* **ned** break down; *~* **samman** break down, collapse; *~* **upp a)** *~ upp ett lås* break open a lock **b)** *~ upp* från sällskap break upp, ge sig iväg leave, depart; *~* **ut** break out; *~ sig ut ur fängelset* break out of (escape from) prison
**brytning** *s* gruv. etc. breaking, mining, sten quarrying; skiftning i färg tinge; i uttal accent; oenighet breach, rupture
**bråck** *s* rupture
**bråd** *a* brådskande busy; plötslig sudden, hasty; *en ~ död* a sudden death
**brådmogen** *a* om person precocious
**brådmogenhet** *s* precocity
**brådska I** *s* hurry, haste; *det är ingen ~ med det* there's no hurry; *han gör sig (har)*

*ingen* ~ he is in no hurry; *i ~n* glömde han ... in his hurry (haste) ... **II** *itr* behöva utföras fort be urgent; skynda sig hurry; *det ~r inte* there is no hurry about it
**brådskande** *a* urgent, pressing; på brev etc. urgent; hastig hasty, hurried
**1 bråk** *s* mat. fraction; *allmänt* ~ vulgar fraction
**2 bråk** *s* buller noise, row; gräl row, quarrel; krångel trouble, fuss; *ställa till ~ om ngt* make (kick up) a row (fuss) about a th.
**bråka** *itr* väsnas be noisy; gräla have a row (quarrel); krångla make (kick up) a fuss (row); *låt bli att ~!* skoja don't play about!
**bråkdel** *s* fraction; *~en av en sekund* a split second
**bråkig** *a* bullersam noisy; oregerlig disorderly, unruly
**bråkmakare** o. **bråkstake** *s* som stör noisy person; orosstiftare troublemaker; om barn pest, nuisance
**brås** *itr dep,* ~ *på ngn* take after a p.
**bråte** *s* skräp rubbish, lumber
**bråttom** *adv, ha ~ (mycket ~)* be in a hurry (a great hurry) [*med* about]; *det är* ~ it can't wait, there's no time to lose; *det är inte ~ med det* there's no hurry
**1 bräcka** *tr* **1** bryta break; knäcka crack; *~s* break, knäckas crack **2** övertrumfa, ~ *ngn* outdo a p.
**2 bräcka** *tr* steka fry
**bräcklig** *a* fragile, brittle; bildl. frail
**bräcklighet** *s* fragility, brittleness; bildl. frailty
**bräda** *s* board
**brädd** *s* edge, brim
**bräde** *s* **1** broad **2** spel backgammon **3** *sätta allt på ett ~* stake everything on one throw
**brädgård** *s* timber-yard, amer. lumberyard
**brädsegling** *s* windsurfing, sailboarding
**bräka** *itr* bleat
**bränna** *tr itr* burn; sveda scorch, singe; *~nde hetta* scorching heat; *bli bränd* bildl. get one's fingers burnt; ~ *vid såsen* burn the sauce
**brännare** *s* burner
**brännas** *itr* burn; om nässlor sting
**brännbar** *a* combustible, inflammable
**brännblåsa** *s* blister
**brännboll** *s* ung. rounders
**bränneri** *s* distillery
**brännmärka** *tr* brand
**brännpunkt** *s* focus, focal point båda äv. bildl.
**brännskada** o. **brännsår** *s* burn
**brännvidd** *s* focal distance
**brännvin** *s* snaps, kryddat aquavit
**brännässla** *s* stinging nettle
**bränsle** *s* fuel
**bränslesnål** *a* fuel-efficient; *bilen är ~* the car has a low fuel consumption
**bräsera** *tr* braise
**brätte** *s* brim
**bröd** *s* bread end. sg.; kaffebröd cakes pl.; bullar buns pl.; *hårt* ~ knäckebröd crispbread
**brödbit** *s* piece of bread
**brödburk** *s* bread bin
**brödkaka** *s* round loaf; hårt bröd round of crispbread
**brödkant** *s* crust, crust of bread
**brödkavel** *s* rolling-pin
**brödkniv** *s* bread-knife
**brödraskap** *s* brotherhood, fraternity
**brödrost** *s* toaster
**brödskiva** *s* slice of bread
**brödsmulor** *s pl* breadcrumbs, crumbs
**bröllop** *s* wedding
**bröllopsdag** *s* wedding day; årsdag wedding anniversary
**bröllopsresa** *s* honeymoon, honeymoon trip
**bröst** *s* breast; barm bosom, byst bust; *ha ont i ~et* have a pain in one's chest
**bröstarvinge** *s* direct heir
**bröstcancer** *s* breast cancer
**bröstficka** *s* breast-pocket
**bröstkorg** *s* chest
**bröstsim** *s* breast stroke
**bröstvårta** *s* nipple
**B-skatt** *s* tax not deducted from income at source
**bua** *itr* boo [*åt* at]
**bubbla** *s* o. *itr* bubble
**buckla** *s* o. *tr* dent
**bucklig** *a* dented
**bud** *s* **1** anbud offer, på auktion bid, i kortspel bid, call **2** budskap message; budbärare messenger; *skicka ~ att* ... send word that ...; *skicka ~ efter ngn* send for a p. **3** befallning command, bibl. commandment
**budbärare** *s* messenger
**buddism** *s,* ~ o. *~en* Buddhism
**buddist** *s* Buddhist
**budget** *s* budget
**budord** *s* commandment
**budskap** *s* message
**buffé** *s* **1** bord el. disk med förfriskningar buffet, cafeteria cafeteria, refreshment room **2** möbel sideboard
**buffel** *s* buffalo; drulle boor, lout
**buffert** *s* buffer
**buga** *itr* o. *refl,* ~ *sig* bow
**bugning** *s* bow

**buk** *s* belly, abdomen, stor mage paunch
**bukett** *s* bouquet, nosegay
**bukhinneinflammation** *s* peritonitis
**bukt** *s* på kust bay, större gulf; ***få ~ med*** manage, master
**bukta** *itr* o. *refl,* ***~ sig*** wind, curve, bend; ***~ ut*** bulge
**buktalare** *s* ventriloquist
**bula** *s* knöl bump, swelling
**bulevard** *s* boulevard
**bulgar** *s* Bulgarian
**Bulgarien** Bulgaria
**bulgarisk** *a* Bulgarian
**bulgariska** *s* **1** kvinna Bulgarian woman **2** språk Bulgarian
**buljong** *s* clear soup, broth
**buljongtärning** *s* beef cube
**bulldogg** *s* bulldog
**bulle** *s* bun, frukostbröd roll
**buller** *s* noise, din; stoj racket
**bullersam** *a* noisy
**bulletin** *s* bulletin
**bullra** *itr* make a noise; mullra rumble
**bullrig** *a* noisy
**bult** *s* bolt, pin; gängad screw-bolt
**bulta I** *tr* bearbeta beat; kött pound **II** *itr* knacka knock; dunka pound; om puls throb
**bulvan** *s* front, dummy
**bumerang** *s* boomerang
**bums** *adv* right away, on the spot
**bunden** *a* bound etc., se *binda*
**bundsförvant** *s* ally
**bunke** *s* av metall pan; av porslin bowl
**bunker** *s* bunker, betongfort pillbox
**bunt** *s* t. ex. kort packet, sedlar bundle, papper sheaf (pl. sheaves); rädisor etc. bunch; ***hela ~en*** the whole bunch (lot)
**bunta** *tr*, ***~ ihop*** make . . . up into (tie up . . . in) bundles
**bur** *s* cage; för höns coop
**burdus** *a* abrupt, brusque, blunt
**burk** *s* pot; kruka, glasburk äv. jar; bleckburk tin, speciellt amer. can; ärter ***på ~*** tinned (canned) . . .; öl ***på ~*** canned . . .
**burköl** *s* canned beer
**burköppnare** *s* tin-opener, can-opener
**burlesk** *s* o. *a* burlesque
**burspråk** *s* bay
**busa** *itr* be up to mischief
**buse** *s* rå sälle rough, ruffian, hooligan, bråkstake pest, nuisance
**busfrö** *s* vard. little devil (rascal)
**busig** *a* mischievous, bråkig rowdy
**buskage** *s* shrubbery
**buske** *s* bush; större shrub
**buskig** *a* bushy
**buskis** *s* vard. slapstick; ***rena ~en*** a sheer farce
**1 buss** *s* tugg~ plug, quid
**2 buss** *s* trafik~ bus; turist~ coach; ***åka ~*** go by bus
**busschaufför** *s* bus driver, turist~ coach driver
**bussförbindelse** *s* bus connection
**busshållplats** *s* bus stop
**bussig** *a* hygglig nice, decent
**busslinje** *s* bus service (line)
**busvissla** *itr* whistle, catcall
**busvissling** *s* shrill whistle, ogillande catcall
**busväder** *s* awful weather
**butelj** *s* bottle
**butik** *s* shop, speciellt amer. store
**butiksbiträde** *s* shop assistant, amer. salesclerk, clerk
**butiksfönster** *s* shop window
**butikskedja** *s* multiple (chain) stores pl.
**butikskontrollant** *s* shop-walker
**butter** *a* sullen, morose [*mot* to, towards]
**buxbom** *s* boxwood
**by** *s* village
**byalag** *s* local residents' association
**bybo** *s* villager
**byffé** *s* se *buffé*
**bygd** *s* district, countryside
**bygel** *s* ögla loop, ring hoop
**bygga** *tr itr* build; ***det bygger*** grundar sig ***på*** . . . it is founded on . . .; ***kraftigt byggd*** om person powerfully built, sturdy □ ~ **in** med väggar wall in; ~ **om** rebuild, alter; ~ **på** öka add to; ~ **till** utvidga enlarge; ~ **ut** enlarge, extend, develop
**bygge** *s* building under construction
**byggkloss** *s* building (toy) brick
**bygglåda** *s* box of bricks
**byggmästare** *s* builder; entreprenör building contractor
**byggnad** *s* hus building; huset är ***under ~*** . . . under construction, . . . being built
**byggnadsarbetare** *s* building worker
**byggnadsentreprenör** *s* building contractor
**byggnadsfirma** *s* building firm
**byggnadstillstånd** *s* building permit
**byggsats** *s* construction kit, do-it--yourself kit
**byig** *a* squally, gusty
**bylte** *s* bundle, pack
**byrå** *s* **1** möbel chest of drawers **2** kontor office
**byråkrati** *s* bureaucracy
**byråkratisk** *a* bureaucratic
**byrålåda** *s* drawer

**byst** *s* bust
**bysthållare** *s* brassiere
**byta** *tr* skifta change; ömsesidigt exchange; ~ *kläder* change one's clothes; ~ *plats* flytta sig move; ömsesidigt change places (seats) □ ~ **om** change; ~ **till sig ngt** get a th. in exchange; ~ **ut** exchange [*mot* for]
**byte** *s* **1** utbyte exchange; vid byteshandel barter **2** rov booty; jakt. quarry; rovdjurs prey; tjuvs haul; *bli ett lätt ~ för ngn* fall an easy prey to a p.
**bytesbalans** *s* hand. balance on current account
**byteshandel** *s* barter; *idka ~* barter
**bytesrätt** *s*, *med full ~* goods exchanged if customer not satisfied
**byxben** *s* trouser-leg
**byxficka** *s* trouser pocket
**byxgördel** *s* pantie girdle
**byxkjol** *s* divided skirt
**byxor** *s pl* ytter~, lång~ trousers, amer. äv. pants; fritids~ slacks
**båda** *pron* both; ~ *(~ två) är* ... both (both of them) are ...; ~ *bröderna* both (both the) brothers; ~ *delarna* both; *de ~ andra* the two others, the other two; *vi ~ är* ... we two are ...; *vi är ~* ... we are both ...
**bådadera** *pron* both
**både** *konj*, ~ ... *och* both ... and
**båg** *s* vard. humbug, bluff
**båge** *s* kroklinje curve; mat., elektr. arc; pilbåge bow; byggn. arch; sybåge, glasögonbåge frame
**bågfil** *s* hacksaw
**bågformig** *a* curved, arched
**bågskytt** *s* archer
**bågskytte** *s* archery
**1 bål** *s* anat. trunk, body
**2 bål** *s* dryck punch
**3 bål** *s* eld bonfire; likbål funeral pyre; *brännas på ~* be burnt at the stake
**bålgeting** *s* hornet
**bår** *s* sjukbår stretcher, litter; likbår bier
**bård** *s* border, speciellt på tyg edging
**bårhus** *s* mortuary, morgue
**bås** *s* stall; friare compartment
**båt** *s* boat; *åka ~* go by boat; *ge ngn på ~en* throw a p. over
**båtresa** *s* sea voyage; kryssning cruise
**bäck** *s* brook
**bäcken** *s* **1** anat. pelvis **2** skål o. geogr. basin; säng~ bed-pan **3** mus. cymbals pl.
**bädd** *s* bed
**bädda** *tr itr*, ~ el. ~ *sin säng* make one's bed; ~ *ned* put ... to bed
**bäddsoffa** *s* bed-settee
**bägare** *s* cup, pokal goblet
**bägge** *pron* se *båda*
**bälg** *s* bellows (pl. lika)
**bälta** *s* armadillo (pl. -s)
**bälte** *s* belt, geogr. zone
**bältros** *s* shingles sg.
**bända** *tr itr* bryta prize; ~ *loss (upp)* prize ... loose (open)
**bänk** *s* bench, seat; kyrkbänk pew; skolbänk desk; på teater etc. row; *sista ~en* the back row
**bänkrad** *s* row
**bär** *s* berry, för ätbara bär används namnet på resp. bär
**bära I** *tr* carry; vara klädd i wear; ~ *frukt* äv. bildl. bear fruit; ~ *ett namn* bear a name; ~ *uniform* wear a uniform **II** *refl*, ~ *sig* löna sig pay; *företaget bär sig* the business pays its way □ ~ **hem** carry (bring, take) home; ~ **på sig** carry ... about (have ... on) one; ~ **undan** remove; ~ **ut** carry (bring, take) out; ~ *ut post* deliver the post; ~ **sig åt** bete sig behave; gå till väga set about it; *hur bär man sig åt för att* inf.*?* how does one set about ing-form?, what do you have to do to inf.?; *hur jag än bär mig åt* whatever I do
**bärare** *s* carrier; av namn, bår m. m. bearer; stadsbud porter
**bärbar** *a* portable
**bärga** *tr* person save, rescue; ~ el. ~ *in* skörd gather in ...
**bärgningsbil** *s* breakdown lorry (van), amer. wrecking car
**bärkasse** *s* carrier bag
**bärnsten** *s* amber
**bärsärkagång** *s*, *go ~* go berserk, run amok
**bäst I** *a* best; *~e vän!* my dear friend!; *det är ~ att du går* you had better go; *det kan hända den ~e* that can happen to anybody **II** *adv* best; *ni gjorde ~ om ni gick (i att gå)* it would be best for you to go; *hålla på som ~ med ngt* be just in the thick (midst) of a th.
**bästa** *s*, *göra sitt ~ (allra ~)* do one's best (very best); *för (till) ngns eget ~* for a p.'s own good
**bästis** *s* vard. pal, best friend
**bättra I** *tr* improve, improve on; ~ *på* t. ex. målningen touch up **II** *refl*, ~ *sig* improve
**bättre** *a* better; *en ~* fin, god *middag* a good dinner; *ett ~* bra *hotell* a decent hotel; *komma på ~ tankar* think better of it; *så mycket ~* so much the better, all the better

**bättring** *s* improvement, om hälsa äv. recovery
**bättringsvägen** *s*, *vara på* ~ be on the road to recovery
**bäva** *itr* tremble, shake
**bävan** *s* dread, fear
**bäver** *s* beaver
**böckling** *s* smoked Baltic herring, buckling
**bödel** *s* executioner
**bög** *s* vard. homofil gay, queer
**Böhmen** Bohemia
**böja I** *tr* **1** kröka bend, bågformigt curve; ~ *knä inför* bow (bend) the knee to **2** gram. inflect **II** *refl*, ~ *sig* bend down; om saker, krökas bend; ~ *sig över ngn* bend over a p.; ~ *sig ut genom* fönstret lean out of . . .
**böjelse** *s* inclination, fancy [*för* for]
**böjning** *s* **1** bend, curve **2** gram. inflection
**böka** *itr* root, grub
**böla** *itr* råma low, moo; ilsket bellow
**böld** *s* boil; svårare abscess
**böldpest** *s* bubonic plague
**bölja I** *s* billow, wave **II** *itr* om hav billow; om folkhop etc. surge; om hår flow
**böljande** *a* billowy, om hår wavy
**bömisk** *a* Bohemian
**bön** *s* **1** anhållan request, enträgen appeal **2** relig. prayer
**böna** *s* bean
**bönfalla** *tr itr* plead
**bönhöra** *tr*, ~ *ngn* grant (hear) a p.'s prayer; *han blev bönhörd* he had his request granted
**bönpall** *s* kneeling-desk
**böra** *(borde bort) hjälpvb* **1** ought to, should; *man bör inte prata* med munnen full you should not (ought not to) talk . . . **2** uttr. förmodan, *hon bör (borde) vara 17 år* she must be 17; *han bör vara framme nu* he should be there by now
**börd** *s* birth; *till* ~*en* by birth
**börda** *s* burden, load båda äv. bildl.
**bördig** *a* fruktbar fertile
**börja** *tr itr* begin, start; *det* ~*r bli mörkt (kallt)* it is getting dark (cold); *till att* ~ *med* to begin (start) with, at first; ~ *om* begin (start) all over again
**början** *s* beginning, start; *ta sin* ~ begin; *i* ~, *till en* ~ at (in) the beginning, at first; *i* ~ *av sextiotalet* in the early sixties; *med* ~ den 1 maj starting . . .
**börs** *s* **1** portmonnä purse **2** hand., *på* ~*en* on the Exchange
**börsnotering** *s* stock exchange quotation
**bössa** *s* **1** gevär gun; hagelbössa shotgun; räfflad rifle **2** sparbössa money-box
**bösspipa** *s* gun-barrel
**böta I** *itr* pay a fine, be fined; ~ *för ngt* lida pay (suffer) for a th. **II** *tr*, *få* ~ *800 kronor* be fined 800 kronor
**böter** *s pl* fine sg.; *döma ngn till 800 kronors* ~ fine a p. 800 kronor, impose a fine of 800 kronor on a p.; *han slapp undan med* ~ he was let off with a fine
**bötesbelopp** *s* fine
**böteslapp** *s* för felparkering parking ticket
**bötesstraff** *s* fine
**bötfälla** *tr*, ~ *ngn* fine a p.

# C

**c** *s* mus. C
**ca** (förk. för *cirka*) ca., approx.
**cabriolet** *s* convertible
**cafeteria** *s* cafeteria
**camouflage** *s* camouflage
**camouflera** *tr* camouflage
**campa** *itr* camp out, go camping
**campare** *s* camper
**camping** *s* camping
**campingplats** *s* camping ground
**cancer** *s* cancer
**cancerframkallande** *a*... that causes cancer, med. carcinogenic
**cancertumor** *s* cancer tumour
**cannabis** *s* cannabis
**cape** *s* cape
**cardigan** *s* cardigan
**CD-skiva** *s* compact disc
**ceder** *s* cedar
**celeber** *a* distinguished, celebrated
**celebritet** *s* celebrity
**celibat** *s* celibacy; ***leva i*** ~ be a celibate
**cell** *s* cell
**cellist** *s* cellist
**cello** *s* cello (pl. -s)
**cellofan** *s* cellophane
**cellskräck** *s* claustrophobia
**cellstoff** *s* wadding, cellu-cotton
**celluloid** *s* celluloid
**cellulosa** *s* cellulose; pappersmassa wood--pulp
**Celsius,** ***30 grader*** ~ ***(30g C)*** 30 degrees centigrade (30° C.)
**celsiustermometer** *s* centigrade thermometer
**cembalo** *s* harpsichord
**cement** *s* cement
**cendré** *a* ash-blond
**censor** *s* censor
**censur** *s* censorship
**censurera** *tr* censor
**center** *s* centre
**centerpartiet** *s* polit. the Centre Party
**centigram** *s* centigram, centigramme
**centiliter** *s* centilitre
**centimeter** *s* centimetre
**central I** *s* centre, huvudbangård central station **II** *a* central; ***det ~a*** väsentliga ***i***... the essential thing about...
**centralantenn** *s* communal aerial (amer. antenna)
**centralförvaltning** *s* central administration
**centralisera** *tr* centralize
**centralstation** *s* central station
**centralt** *adv*, ***det är*** ~ ***beläget*** it is centrally situated
**centralvärme** *s* central heating
**centrifug** *s* centrifuge; för tvätt spin-drier
**centrifugalkraft** *s* centrifugal force
**centrifugera** *tr* tvätt spin-dry
**centrum** *s* centre
**cerat** *s* lipsalve
**ceremoni** *s* ceremony
**ceremoniell** *a* ceremonious
**ceris** *a* cerise
**certifikat** *s* certificate
**champagne** *s* champagne
**champinjon** *s* mushroom
**champion** *s* champion
**chans** *s* chance, opportunity
**chansa** *itr* take a chance, chance it
**chansartad** *a* hazardous, chancy
**charad** *s* charade; ***levande ~er*** lek charades sg.
**charkuteriaffär** *s* pork-butcher's [shop (amer. store)], provision dealer's, delicatessen
**charkuterivaror** *s pl* cured (cooked) meats and provisions
**charlatan** *s* charlatan, quack
**charm** *s* charm
**charma** *tr* charm
**charmant** *a* delightful, charming; utmärkt excellent
**charmfull** o. **charmig** *a* charming
**charmlös** *a* charmless
**charmör** *s* charmer
**charterflyg** *s* trafik charter flight
**charterresa** *s* charter trip
**chartra** *tr* charter
**chassi** *s* chassis (pl. lika)
**chaufför** *s* driver; privat~ chauffeur
**chauvinism** *s*, ~ o. ***~en*** chauvinism

**chauvinist** *s* chauvinist
**check** *s* cheque, amer. check [*på* belopp for]; *betala med* ~ pay by cheque
**checka** *tr itr* check; ~ *in (ut)* check in (out)
**checkhäfte** *s* cheque-book
**checklön** *s* salary paid into one's cheque account
**chef** *s* head [*för* of]; firmas äv. principal, direktör manager; vard. boss
**chefredaktör** *s* chief editor
**chevaleresk** *a* chivalrous
**cheviot** *s* serge
**chic** *a* chic, stylish
**chiffer** *s* cipher, code
**Chile** Chile
**chilen** o. **chilenare** *s* Chilean
**chilensk** *a* Chilean
**chips** *s pl* potato crisps (amer. chips)
**chock** *s* stöt, nervchock shock
**chocka** *tr* shock
**chockera** *tr* shock
**chockskadad** *a, bli* ~ get a shock
**choke** *s* choke
**choklad** *s* chocolate, dryck äv. cocoa; *en ask* ~ praliner a box of chocolates
**chokladbit** *s* pralin chocolate
**chokladkaka** *s* kaka choklad bar of chocolate
**chokladpralin** *s* chocolate
**chosefri** *a* natural, unaffected
**ciceron** *s* guide
**cider** *s* cider
**cigarett** *s* cigarette, vard. fag, cig
**cigarettetui** *s* cigarette-case
**cigarettfodral** *s* cigarette-case
**cigarettmunstycke** *s* löst cigarette-holder
**cigarettpaket** *s* med innehåll packet of cigarettes
**cigarettpapper** *s* cigarette paper
**cigarettstump** *s* cigarette-end
**cigarettändare** *s* lighter
**cigarr** *s* cigar
**cigarrcigarett** *s* cheroot
**cigarrlåda** *s* låda cigarrer box of cigars
**cigarrsnoppare** *s* cigar-cutter
**cigarrstump** *s* cigar-end
**cigarrök** *s* cigar-smoke
**cigarrökare** *s* cigar-smoker
**cikoria** *s* chicory
**cirka** *adv* about, roughly
**cirkapris** *s* hand. recommended retail price
**cirkel** *s* circle
**cirkelformig** o. **cirkelrund** *a* circular
**cirkelsåg** *s* circular saw
**cirkla** *itr* kretsa circle
**cirkulation** *s* circulation
**cirkulera** *itr* circulate; *låta* ~ circulate, send round
**cirkulär** *s* circular
**cirkus** *s* circus
**cirkusartist** *s* circus-performer
**cirkusdirektör** *s* circus-manager
**ciss** *s* mus. C sharp
**cistern** *s* tank; för vatten cistern
**citadell** *s* citadel
**citat** *s* quotation; ~, *slut på* ~ quote, unquote
**citationstecken** *s* quotation mark, pl. äv. inverted commas
**citera** *tr* quote
**citron** *s* lemon
**citronklyfta** *s* wedge of lemon, friare piece of lemon
**citronpress** *s* lemon-squeezer
**citronsaft** *s* lemon juice (sockrad, för spädning squash)
**city** *s* affärscentrum centre, business and shopping centre, amer. downtown
**civil** *a* civil, motsats militär civilian; *en* ~ a civilian; *i det* ~*a* in civilian life
**civilbefolkning** *s* civilian population
**civildepartement** *s* ministry of public administration
**civilekonom** *s* graduate from a School of Economics
**civilförsvar** *s* civil defence
**civilförvaltning** *s* civil service
**civilingenjör** *s* Master of Engineering
**civilisation** *s* civilization
**civilisera** *tr* civilize
**civilist** *s* civilian
**civilklädd** *a* ... in plain (civilian) clothes
**civilminister** *s* minister of public administration
**civilmål** *s* civil case (suit)
**civilrätt** *s* civil law
**civilstånd** *s* civil status
**clementin** *s* clementine
**clinch** *s* boxn. clinch; *gå i* ~ go into a clinch äv. friare
**clips** *s pl* öronclips ear-clip
**clown** *s* clown
**cockerspaniel** *s* cocker spaniel
**cocktailbar** *s* cocktail lounge
**cognac** *s* brandy, finare cognac
**collie** *s* hund collie
**Colombia** Colombia
**colombian** *s* Colombian
**colombiansk** *a* Colombian
**comeback** *s* reappearance; *göra* ~ make a comeback

**commandosoldat** *s* commando (pl. -s el. -es)
**container** *s* container
**copyright** *s* copyright
**cornflakes** *s pl* cornflakes
**cortison** *s* cortisone
**crawl** *s* crawl
**crawla** *itr* do the crawl
**crescendo** *s* o. *adv* crescendo
**cupfinal** *s* cup final
**curling** *s* curling
**curry** *s* curry
**cyankalium** *s* potassium cyanide
**cykel** *s* **1** serie cycle **2** fordon bicycle, cycle, vard. bike
**cykelbana** *s* väg cycle track
**cykelklämma** *s* byx~ cycle clip
**cykelställ** *s* cycle stand
**cykeltur** *s* längre cycling tour, kortare cycle ride
**cykeltävling** *s* cycle race
**cykelverkstad** *s* cycle repair shop
**cykla** *itr* cycle, vard. bike; göra en cykeltur go cycling
**cyklamen** *s* cyclamen
**cyklist** *s* cyclist
**cyklon** *s* cyclone, lågtryck äv. depression
**cyklopöga** *s* för dykare skin-diver's mask
**cylinder** *s* tekn. cylinder
**cylindrisk** *a* cylindrical
**cymbal** *s* mus., bäcken cymbal
**cynisk** *a* cynical, rå coarse
**cynism** *s* cynicism
**Cypern** Cyprus
**cypress** *s* cypress
**cypriot** *s* Cypriot
**cypriotisk** *a* Cypriot
**cysta** *s* cyst

# D

**d** *s* mus. D
**dabba** *refl*, *~ sig* make a blunder, trampa i klaveret put one's foot in it
**dadel** *s* date
**dadelpalm** *s* date-palm
**dag** *s* **1** day; *en ~* el. *en vacker ~* one day, avseende framtid äv. some day, one of these days (fine days); *god ~!* good morning (resp. afternoon, evening)!, vid presentation how do you do?; *vara ~en efter* have a hangover; *~ för ~* day by day, every day; *mannen för ~en* the man of the moment; *leva för ~en* live for the moment; *i ~* today; *i ~ om ett år* a year from today; *nu (just) i ~arna* a) gångna during the last few days b) kommande during the next few days; *i forna (gamla) ~ar* in days of old; *i våra ~ar* in our day, nowadays; *om (på) ~en (~arna)* in the daytime, by day; *mitt på ljusa ~en* in broad daylight; *på gamla ~ar var han* . . . as an old man he was . . . **2** dagsljus daylight; *se ~ens ljus* first see the light (light of day); *bringa (komma) i ~en* bring (come) to light; *han är sin far upp i ~en* he's just like (he's the spitting image of) his father
**dagbarn** *s* child in the care of a childminder; *ha ~* be a childminder
**dagbarnvårdare** *s* childminder
**dagbok** *s* diary; *föra ~* keep a diary
**dagdrivare** *s* idler, loafer
**dagdrömma** *itr* daydream
**dagdrömmar** *s pl* daydreams
**dagdrömmare** *s* daydreamer
**dagg** *s* dew
**daggdroppe** *s* dew-drop
**daggmask** *s* earthworm

**daghem** o. vard. **dagis** *s* day-nursery, day-care centre
**daglig** *a* daily; ***i ~t bruk (tal)*** in everyday use (speech)
**dagligen** *adv* daily, every day
**dagmamma** *s* childminder
**dagordning** *s* föredragningslista agenda
**dags** *adv*, ***hur ~?*** at what time?, what time?, when?; ***det är ~ att gå nu*** it is time to go now; ***det är så ~*** för sent ***nu!*** it is a bit late now!
**dagsbot** *s* o. **dagsböter** *s pl* fine sg. [proportional to one's daily income]
**dagsljus** *s* daylight; ***vid ~*** by daylight
**dagsmeja** *s* midday thaw
**dagsnyheter** *s pl* radio. news sg.
**dagspress** *s* daily press
**dagstidning** *s* daily paper, daily
**dagtid** *s* daytime; ***studera på ~*** study in the daytime
**dahlia** *s* dahlia
**dakapo I** *s* encore **II** *adv* once more, mus. da capo
**dal** *s* valley
**dala** *itr* sink, go down, fall
**Dalarna** Dalarna, Dalecarlia
**dalgång** *s* long valley
**dalkarl** *s* Dalecarlian
**dalkulla** *s* Dalecarlian woman (girl)
**dallra** *itr* quiver, tremble
**dallring** *s* quiver, tremble
**dalta** *itr*, ***~ med ngn*** pamper a p.
**1 dam** *s* **1** lady; höjdhopp ***för ~er*** ... for women **2** bordsdam [lady] partner **3** kortsp. o. schack. queen
**2 dam** *s* spel, *spela ~* play draughts (amer. checkers)
**damasker** *s pl* gaiters; herr~ vanl. spats
**damast** *s* damask
**dambinda** *s* sanitary towel (amer. napkin)
**dambyxor** *s pl* under~ knickers, panties, trosor briefs
**damcykel** *s* lady's bicycle (cycle)
**damfrisering** *s* lokal ladies' hairdressing saloon
**damfrisör** *s* ladies' hairdresser
**damfrisörska** *s* ladies' hairdresser
**damkonfektion** *s* women's wear
**1 damm** *s* fördämning dam; vattensamling pond, vid kraftverk etc. pool, reservoir
**2 damm** *s* dust
**damma I** *tr* dust; ***~ av i ett rum*** dust a room; ***~ ned*** make ... dusty **II** *itr* ryka make a lot of dust; ***vad det ~r!*** what a lot of dust there is!
**dammig** *a* dusty
**dammkorn** *s* speck of dust
**dammoln** *s* dust-cloud, cloud of dust
**dammsuga** *tr* vacuum-clean
**dammsugare** *s* vacuum cleaner
**dammtrasa** *s* duster
**damrum** *s* ladies' cloakroom (amer. rest room)
**damsadel** *s* side-saddle
**damsingel** *s* tennis women's singles (pl. lika)
**damsko** *s* lady's shoe
**damskräddare** *s* ladies' tailor
**damtidning** *s* ladies' magazine
**damtoalett** *s* lokal ladies' lavatory (cloakroom); ***var är ~en?*** ofta where is the ladies?
**damunderkläder** *s pl* ladies' underwear sg., lingerie sg.
**damväska** *s* handbag, lady's handbag
**dank** *s*, ***slå ~*** idle, loaf about
**Danmark** Denmark
**dans** *s* dance, dansande, danskonst dancing; bal ball; efter supén ***blev det ~*** ... they (we etc.) had some dancing; ***en ~ på rosor*** a bed of roses
**dansa** *itr tr* dance, skutta trip; ***~ bra (dåligt)*** be a good (poor) dancer; ***~ vals*** dance (do) the waltz, waltz
**dansare** *s* dancer
**dansbana** *s* [open air] dance-floor
**dansband** *s* dance-band
**dansgolv** *s* dance-floor
**dansk I** *a* Danish **II** *s* Dane
**danska** *s* **1** kvinna Danish woman **2** språk Danish; för ex. jfr *svenska*
**danskfödd** *a* Danish-born; för andra sammansättningar jfr *svensk-*
**danslektion** *s* dancing-lesson
**danslokal** *s* dance-hall
**dansmusik** *s* dance-music
**dansorkester** *s* dance-band
**dansör** *s* dancer
**dansös** *s* [female] dancer
**darra** *itr* tremble, huttra shiver, skaka shake
**darrig** *a* svag, dålig shaky
**dass** *s* vard., ***gå på ~*** go to the lav (loo, amer. john)
**1 data** *s pl* **1** årtal dates **2** fakta data, facts
**2 data** *s* computer; ***ligga på ~*** be on computer; ***lägga på ~*** put on computer
**databehandla** *tr* computerize
**databehandling** *s* data processing, computerization
**dataregister** *s* computer file
**dataterminal** *s* data (computer) terminal
**datera** *tr refl*, ***~ sig*** date
**dativ** *s* dative; ***i ~*** in the dative
**dator** *s* computer

**datorisera** *tr* computerize
**datorisering** *s* computerization
**datum** *s* date
**datumparkering** *s* ung. night parking on alternate sides of the street
**datumstämpel** *s* date stamp
**DDT** *s* bekämpningsmedel DDT
**de** se *den*
**debarkera** *itr* disembark, land
**debarkering** *s* disembarkation, landing
**debatt** *s* debate, diskussion discussion
**debattera** *tr itr* debate, diskutera discuss
**debattinlägg** *s*, *i ett ~ om* ... in an article (a speech etc.) on ...
**debattör** *s* debater
**debetsedel** *s* income-tax demand-note
**debitera** *tr* debit
**debut** *s* debut, first appearance
**debutera** *itr* make one's debut
**december** *s* December (förk. Dec.); för ex. jfr *april* o. *femte*
**decennium** *s* decade
**decentralisera** *tr* decentralize
**dechiffrera** *tr* decipher, kod decode
**decibel** *s* decibel
**deciliter** *s* decilitre
**decimal** *s* decimal
**decimalbråk** *s* decimal, decimal fraction
**decimeter** *s* decimetre
**deckare** *s* vard. **1** roman detective story **2** detektiv tec, amer. dick
**dedikation** *s* dedication
**defekt I** *s* defect **II** *a* defective
**defensiv** *s* o. *a* defensive
**defilera** *itr*, ~ el. *~ förbi* march (file) past
**definiera** *tr* define
**definierbar** *a* definable
**definition** *s* definition
**definitiv** *a* bestämd definite, oåterkallelig definitive, final
**deformera** *tr* deform
**deg** *s* dough, smördeg paste
**degenerera** *itr* degenerate
**degenererad** *a* degenerate
**degig** *a* degartad doughy
**degradera** *tr* degrade
**degradering** *s* degradation
**dekal** *s* sticker
**deklarant** *s* som deklarerar inkomst person making an income-tax return
**deklaration** *s* **1** declaration, statement **2** på varuförpackning ingredients, constituents **3** själv~ income-tax return
**deklarationsblankett** *s* income-tax return form
**deklarera** *tr itr* **1** declare, state **2** själv~ make one's return of income; tull~ declare; *~ för* 90 000 kronor return one's income at ...
**dekolletage** *s* décolletage
**dekor** *s* teat. décor
**dekoration** *s* decoration, föremål ornament
**dekorativ** *a* decorative
**dekoratör** *s* decorator
**dekorera** *tr* decorate
**dekret** *s* decree
**del** *s* **1** part, portion; avdelning section; band volume; *en ~ av befolkningen* part of the population; *en ~ (en hel ~) brev förstördes* some (a great many) letters were destroyed; *en hel ~* tror det a great many people ...; *för all ~!* ingen orsak! don't mention it!, that's quite all right!; *för den ~en* as far as that goes, for that matter; *till en ~* delvis in part, några some of them; *till stor ~* to a large extent **2** andel share, beskärd del lot; rum *med ~ i kök* ... with use of kitchen; *ta ~ i ngt* take part in a th.; *jag för min ~ tror* ... for my part (as for me), I think ... **3** kännedom, *få ~ av* be informed of (about); *ta ~ av innehållet i* study (acquaint oneself with) the contents of
**dela I** *tr* **1** särdela divide [*i* into]; *~ med 5* divide by 5 **2** dela i lika delar, dela sinsemellan share; *~ ngns åsikt* share a p.'s view **II** *refl*, *~ sig* divide □ ~ **av** avskilja partition off; ~ **upp** indela divide (split) up, break up [*i* into]; sinsemellan share [*mellan* among], om två between; ~ **ut** distribute, deal (give) out
**delad** *a*, *det råder ~e meningar* opinions differ
**delaktig** *a*, *vara ~ i* a) medverka i beslut etc. participate in b) i brott etc. be implicated (mixed up) in
**delaktighet** *s* medverkan participation, i brott etc. implication [*i* in]
**delegat** *s* delegate
**delegation** *s* delegation, mission
**delegera** *tr* delegate
**delfin** *s* dolphin
**delge** *tr*, *~ ngn ngt* inform a p. of a th.
**delikat** *a* delicate, om mat etc. delicious
**delikatess** *s* delicacy
**delikatessaffär** *s* delicatessen
**delning** *s* division, partition, delande äv. sharing
**delpension** *s* partial pension
**dels** *konj*, ~ ... ~ ... partly ... partly ...; å ena sidan ... å andra sidan ... on one hand ..., on the other ...
**delstat** *s* federal (constituent) state

**delta** o. **deltaga** *itr* **1** take part, som medarbetare collaborate; närvara be present [*i* at] **2** ~ *i ngns sorg* sympathize with a p. in his sorrow
**deltagande** *s* **I** *subst a* medverkande, *de* ~ those taking part **II** *s* taking part; participation; medverkan co-operation; anslutning turn-out; medkänsla sympathy
**deltagare** *s* participator; i t. ex. kurs member; *deltagarna* ofta those taking part, i tävling the competitors
**deltid** *s, arbeta* ~ have a part-time job
**deltidsanställd** *a, vara* ~ work part-time
**delvis** *adv* partially, partly
**delägare** *s* i firma partner
**dem** *pron* se *den*
**demagog** *s* demagogue
**demagogisk** *a* demagogic
**dementera** *tr* deny
**dementi** *s* denial
**demilitarisera** *tr* demilitarize
**demobilisera** *tr itr* demobilize
**demobilisering** *s* demobilization
**demokrat** *s* democrat
**demokrati** *s* democracy
**demokratisk** *a* democratic
**demolera** *tr* demolish
**demon** *s* demon, fiend
**demonstrant** *s* demonstrator
**demonstration** *s* demonstration
**demonstrationståg** *s* procession of demonstrators
**demonstrativ** *a* demonstrative äv. gram.
**demonstrera** *tr itr* demonstrate
**demontera** *tr* fabrik, maskin dismantle
**demoralisera** *tr* demoralize
**demoralisering** *s* demoralization
**den** *(det; de; dem,* vard. *dom; dens; deras)* **I** *best art* the; ~ *allmänna opinionen* public opinion; *de närvarande* those present **II** *pron* **1** den, det it; de they; dem them; *pengarna? de ligger på bordet* the money? it is on the table; *det regnar* it's raining; *vem är det som knackar?* who is [it] knocking?; *det var mycket folk där* there were many people there; kommer han? *jag hoppas (tror) det* ... I hope (think) so; *det var det, det!* that's that!; *varför frågar du det?* why do you ask? **2** demonstrativt: den, det that; *den (det) där* that, *den (det) här* this; *de där, dem* those; *de här* these; ~ *dåren!* that (the) fool!; *är det här mina handskar? - ja, det är det* are these my gloves? - yes, they are; *se på* ~ mannen*!* look at him! **3** determinativt: den som the person (one) who, sak the one that, vem som helst som anyone that, i ordspråk he who; *saken är* ~ *att* ... the fact is that ...; han har en förtjänst, ~ *att vara ärlig* ... that of being honest; *han är inte* ~ *som klagar* he is not one to complain; *allt det som* ... everything that ...
**denim** *s* tyg denim
**denimjeans** *s pl* denims
**denne** *(denna, detta, dessa) pron* den här this (pl. these); den där that (pl. those); syftande på förut nämnd person (nämnda personer) he, she, they; den (de) senare the latter; *jag frågade värden, men* ~ ... I asked the landlord, but he (the latter) ...
**densamme** *(densamma, detsamma, desamma) pron* the same; den, det it, de they; *tack, detsamma!* the same to you!; *det gör detsamma* it doesn't matter; *med detsamma* genast at once
**deodorant** *s* deodorant
**departement** *s* ministry, department
**depeschbyrå** *s* ung. news-office and ticket agency
**deponens** *s* deponent, deponent verb
**deponera** *tr* deposit [*hos* with]
**deportera** *tr* deport
**deportering** *s* deportation
**deppa** *itr* vard. feel low, have the blues
**deppig** *a, vara* ~ feel low, have the blues
**depraverad** *a* depraved
**depression** *s* depression äv. ekon.
**deprimera** *tr* depress
**deprimerande** *a* depressing
**deputation** *s* deputation
**depå** *s* depot
**deras** *poss pron* förenat their; självständigt theirs
**desamma** se *densamme*
**desertera** *itr* desert
**desertering** *s* desertion
**desertör** *s* deserter
**design** *s* design
**designer** *s* designer, industrial designer
**desillusionerad** *a* disillusioned
**desinfektion** *s* disinfection
**desinfektionsmedel** *s* disinfectant
**desinficera** *tr* disinfect
**desorienterad** *a* confused, bewildered
**desperado** *s* desperado (pl. -s)
**desperat** *a* desperate
**desperation** *s* desperation
**despot** *s* despot
**despotisk** *a* despotic
**1 dess** *s* mus. D flat
**2 dess I** *poss pron* its **II** *adv, innan* ~ before then; *sedan* ~ since then; *till* ~ el. *tills* ~ till then, until then; *till* ~ *att* till, until; ~ *bättre* all (so much) the better,

lyckligtvis fortunately; *ju förr ~ bättre* the earlier (sooner) the better
**dessa** se *denne*
**dessbättre** *adv* fortunately
**dessemellan** *adv* in between; om tid at times
**dessert** *s* sweet, dessert, vard. afters
**dessertsked** *s* dessert-spoon
**dessförinnan** *adv* before then, förut beforehand
**dessutom** *adv* besides, vidare furthermore
**dessvärre** *adv* unfortunately
**destillation** *s* distillation
**destillera** *tr* distil
**destination** *s* destination
**desto** *adv*, *~ bättre* all (so much) the better, lyckligtvis fortunately
**destruktiv** *a* destructive
**det** se *den*
**detalj** *s* detail; *sälja i ~* hand. sell retail
**detaljerad** *a* detailed
**detaljhandel** *s* retail trade
**detaljhandlare** *s* retailer
**detektiv** *s* detective
**detektivroman** *s* detective story
**determinativ** *a* determinative
**detonation** *s* detonation
**detonera** *itr tr* detonate
**detronisera** *tr* dethrone
**detsamma** se *densamme*
**detta** se *denne*
**devalvera** *tr* devalue
**devalvering** *s* devaluation
**dia** *tr itr* om djur, barn suck; ge di suckle
**diabetes** *s* diabetes
**diabetiker** *s* diabetic
**diabild** *s* transparency, ramad slide
**diabolisk** *a* diabolical
**diagnos** *s* diagnosis (pl. diagnoses); *ställa ~* make a diagnosis [*på* of]
**diagnostisera** *tr* diagnose
**diagnostisk** *a*, *~t prov* diagnostic test
**diagonal** *s* o. *a* diagonal
**diagram** *s* diagram, med siffror chart
**dialekt** *s* dialect
**dialektal** *a* dialectal
**dialog** *s* dialogue
**diamant** *s* diamond
**diameter** *s* diameter
**diapositiv** *s* transparency, ramat slide
**diarré** *s* diarrhoea
**dieselmotor** *s* Diesel engine
**diet** *s* diet; *hålla ~* be on a diet
**differens** *s* difference
**differentiera** *tr* differentiate
**diffus** *a* diffuse, oskarp blurred
**difteri** *s* diphtheria
**diftong** *s* diphthong
**dig** *pron* se *du*
**diger** *a* thick, bulky
**digital** *a* digital
**digna** *itr* tyngas ned be weighed down
**dike** *s* ditch, trench
**dikt** *s* poem; *rena ~en* påhitt pure fiction
**dikta** *tr itr* författa write, skriva vers write poetry
**diktamen** *s* dictation; *ta ~ på* ett brev take down ...
**diktare** *s* writer, poet poet
**diktator** *s* dictator
**diktatur** *s* dictatorship
**diktera** *tr* dictate [*för* to]
**diktning** *s* diktande writing; poesi poetry; produktion literary production
**diktsamling** *s* collection of poems
**dilemma** *s* dilemma
**dilettant** *s* amateur, dilettante
**diligens** *s* stage-coach
**dill** *s* dill
**dilla** *itr* vard. drivel, talk nonsense
**dimension** *s* dimension
**diminutiv** *s* o. *a* diminutive
**dimljus** *s* fog-light
**dimma** *s* fog, lättare mist
**dimmig** *a* foggy, lättare misty
**dimpa** *itr*, *~ ner* drop down
**dimridå** *s* smoke screen
**din** *(ditt, dina) poss pron* your; självständigt yours; *~ dumbom!* you fool (idiot)!; *D~ tillgivne E.* i brev Yours ever (sincerely), E.; *du har gjort ditt* you've done your part (bit)
**diné** *s* dinner
**dinera** *itr* dine
**dingla** *itr* dangle; *~ med benen* dangle one's legs
**diplom** *s* diploma
**diplomat** *s* diplomat
**diplomati** *s* diplomacy
**diplomatisk** *a* diplomatic
**direkt** **I** *a* direct; omedelbar immediate **II** *adv* directly; omedelbart immediately; raka vägen direct; *inte ~ rik, men* ... not exactly rich, but ...
**direktion** *s* styrelse board of directors
**direktiv** *s* instructions pl.
**direktreferat** *s* i radio running commentary
**direktsändning** *s* i radio live broadcast
**direktör** *s* director; *verkställande ~* managing director, amer. president [*för* of]
**dirigent** *s* conductor
**dirigera** *tr itr* direct; mus. conduct; *~ om* trafiken redirect, re-route, divert

**dis** *s* haze
**disciplin** *s* discipline
**discjockey** *s* disc-jockey
**disco** *s* vard. disco
**disharmoni** *s* discord, disharmony
**disharmonisk** *a* disharmonious
**disig** *a* hazy
**1 disk** *s* butiksdisk etc. counter; bardisk bar
**2 disk** *s* washing-up äv. konkret
**diska** *tr itr*, ~ el. ~ ***av*** wash up, do the washing-up (dishes), ett enda föremål wash
**diskant** *s* treble
**diskare** *s* washer-up
**diskborste** *s* washing-up (dish) brush
**diskbråck** *s*, ***ha*** ~ have a slipped disc
**diskbänk** *s* kitchen sink, sink
**diskho** *s* washing-up sink
**diskmaskin** *s* dish-washer
**diskmedel** *s* flytande washing-up liquid (i pulverform powder)
**diskonto** *s* bank~ minimum lending rate
**diskotek** *s* lokal discotheque, vard. disco
**diskplockare** *s* table clearer, waiter's assistant, amer. bus boy (girl)
**diskrepans** *s* discrepancy
**diskret** *a* discreet
**diskretion** *s* discretion
**diskriminera** *tr* discriminate; ~ ***ngn*** discriminate aganst a p.
**diskriminering** *s* discrimination [*av* against]
**diskställ** *s* i kök plate rack
**disktrasa** *s* dish-cloth
**diskus** *s* discus; kastning discus-throwing
**diskuskastare** *s* discus-thrower
**diskussion** *s* discussion [*om* about]
**diskussionsämne** *s* subject (topic) of (for) discussion
**diskutabel** *a* tvivelaktig questionable
**diskutera** *tr itr* discuss
**diskvalificera** *tr* disqualify
**diskvalificering** *s* disqualification
**diskvatten** *s* dishwater
**dispens** *s*, ***få*** ~ be granted an exemption
**disponent** *s* företagsledare managing director, amer. president; souschef manager
**disponera** *tr itr* **1** ~ el. ~ ***över*** ha till förfogande have ... at one's disposal; ha tillgång till have access to **2** planera arrange
**disponerad** *a*, ***vara*** ~ ***för*** be disposed (inclined) to, ha anlag för have a predisposition (tendency) towards
**disponibel** *a* available, disposable
**disposition** *s* **1** ***stå (ställa ngt) till ngns*** ~ be (place a th.) at a p.'s disposal **2** av en uppsats etc. plan, outline; av stoffet disposition, arrangement **3** ~***er*** åtgärder arrangements
**dispyt** *s* dispute; ***råka (komma) i*** ~ get involved in a dispute
**diss** *s* mus. D sharp
**distans** *s* distance
**distansundervisning** *s* distance tuition
**distingerad** *a* distinguished
**distinkt** *a* distinct
**distinktion** *s* distinction
**distrahera** *tr*, ~ ***ngn*** distract a p.
**distribuera** *tr* distribute
**distribution** *s* distribution
**distributör** *s* distributor
**distrikt** *s* district
**distriktssköterska** *s* district nurse
**disträ** *a* absent-minded
**dit** *adv* **1** demonstrativt there; ~ ***bort (ned)*** away (down) there; ***det är långt*** ~ it is a long way there, om tid that's a long time ahead **2** relativt where; ***den plats*** ~ ***han kom*** the place he came to
**dithörande** *a* ... belonging to it (resp. them), hörande till saken relevant
**ditkomst** *s*, ***vid*** ~***en*** on my (his etc.) arrival there
**dito** *a adv* ditto (förk. do.)
**ditresa** *s*, ***på*** ~***n*** on the journey there
**1 ditt** *pron* se *din*
**2 ditt** *s*, ~ ***och datt*** this and that, all sorts of things
**dittills** *adv* till (up to) then, så här långt so far
**ditvägen** *s*, ***på*** ~ on the (my etc.) way there
**ditåt** *adv* in that direction, that way; ***någonting*** ~ something like that
**diva** *s* diva
**divan** *s* couch, divan
**diverse** *a* various; ~ ***saker*** äv. odds and ends
**diversearbetare** *s* casual labourer, odd-job man
**dividera** *tr* divide [*med* by]
**division** *s* mat. o. mil. division
**djungel** *s* jungle
**djup I** *a* deep; ***i de*** ~***a leden*** among the rank and file; ~ ***sorg*** profound grief, deep sorrow; ***i*** ~ ***sorg (sorgdräkt)*** in deep mourning; ~ ***tallrik*** soup plate **II** *s* depth; ***försvinna i*** ~***et*** go to the bottom; ***gå på*** ~***et med*** go to the bottom of; ***komma ut på*** ~***et*** get out into deep water
**djupdykning** *s* deep-sea diving
**djupfrysa** *tr* deep-freeze
**djupfryst** *a*, ~***a livsmedel*** deep-frozen (frozen) foods

**djupsinne** *s* profundity, depth of thought
**djupsinnig** *a* profound, deep
**djupt** *adv* deep; mest bildl. deeply, profoundly; ~ *allvarlig* very serious; ~ *urringad* om klänning low-cut; *andas* ~ draw a deep breath; *buga sig* ~ make a low bow; *sova* ~ sleep deeply; *han sov* ~ he was fast asleep
**djur** *s* animal; större beast; *arbeta som ett* ~ work like a horse
**djurpark** *s* zoo
**djurplågeri** *s* cruelty to animals
**djurriket** *s* the animal kingdom
**djurskyddsförening** *s* society for the prevention of cruelty to animals
**djurskötare** *s* på zoo keeper, zoo keeper
**djurvän** *s* lover of animals
**djäkla** etc. se *jäkla* etc.
**djärv** *a* bold, dristig daring
**djärvhet** *s* boldness, daring
**djävel** *s* devil; *djävlar!* bugger!, damn!
**djävla** *a* o. *adv* bloody; damned, amer. goddam; *din* ~ *drulle!* you bloody (damned) fool!
**djävlas** *itr dep* be bloody-minded
**djävlig** *a* om person bloody nasty, damned nasty [*mot* to]; om sak bloody rotten (awful), damned rotten (awful)
**djävligt** *adv* svordom bloody, damned
**djävul** *s* devil
**djävulsk** *a* devilish; diabolisk diabolical
**docent** *s* univ. reader, senior lecturer
**dock** *adv konj* yet, still; emellertid however
**1 docka** *s* o. *tr itr* sjö. dock äv. om rymdraket
**2 docka** *s* leksak doll, barnspr. dolly; marionett puppet; skyltdocka dummy
**dockskåp** *s* doll's house
**dockvagn** *s* doll's pram
**doft** *s* scent, odour
**dofta** *itr* smell; *det* ~*r* (~*r av*) *rosor* there is a scent (smell) of roses
**dogmatisk** *a* dogmatic
**doktor** *s* doctor (förk. Dr.)
**doktorsavhandling** *s* doctor's thesis (pl. theses)
**doktrin** *s* doctrine
**dokument** *s* document
**dokumentation** *s* documentation
**dokumentera I** *tr* document; bevisa give evidence of **II** *refl,* ~ *sig som* ... establish oneself as ...
**dokumentskåp** *s* filing-cabinet
**dokumentärfilm** *s* documentary, documentary film
**dold** *a* hidden, concealed
**dolk** *s* dagger
**dolkstöt** *s* stab, dagger-thrust
**dollar** *s* dollar, amer. vard. buck
**dollarsedel** *s* dollar note (amer. bill)
**1 dom** *pron* o. *best. art* se *den*
**2 dom** *s* judgement; i brottmål sentence; jurys utslag verdict; *fällande (friande)* ~ verdict of guilty (not guilty); ~*en över honom löd på* ... he was sentenced to ...
**domare** *s* **1** judge, vid högre rätt justice **2** sport., allmän idrott m.m. judge, tennis m.m. umpire; fotboll, boxn. referee
**domdera** *itr* go on, shout and swear, boss about
**domedag** *s* doomsday, judgement day
**domherre** *s* bullfinch
**dominans** *s* dominance
**dominera** *tr itr* dominate; spela herre domineer; vara mest framträdande predominate
**domino** *s* spel dominoes sg.
**domkraft** *s* jack
**domkyrka** *s* cathedral
**domna** *itr,* ~ el. ~ *av (bort)* go numb; min fot *har* ~*t* ... has gone to sleep
**domprost** *s* dean
**domptör** *s* tamer
**domslut** *s* judgement
**domstol** *s* law-court
**domän** *s* domain, province
**donation** *s* donation
**donator** *s* donor
**Donau** the Danube
**donera** *tr* donate, give
**dop** *s* baptism; barndop christening
**dopa** *tr* sport. dope
**doping** *s* sport. drug-taking, doping
**dopingprov** *s, ett* ~ a drug test
**dopklänning** *s* christening robe
**dopp** *s, ta sig ett* ~ have a dip (plunge)
**doppa** *tr* dip, hastigt plunge
**dos** *s* dose; *en för stor* ~ an overdose
**dosa** *s* box; av bleck tin
**dossier** *s* dossier
**dotter** *s* daughter
**dotterbolag** *s* subsidiary company, subsidiary
**dotterdotter** *s* granddaughter
**dotterson** *s* grandson
**dov** *a* om smärta dull, aching
**doyen** *s* doyen
**dra I** *tr itr* **1** draw; kraftigare pull; hala haul; släpa drag; i schack etc. move; ~ *ngn inför rätta* bring a p. up before court; ~ ... *ur led* put ... out of joint **2** locka attract; *ett stycke som* ~*r folk* a play that draws people **3** om te m. m. draw; *låta teet stå och* ~ let the tea draw **4** tåga march; gå go, pass; ~ *åt skogen* go to blazes; *gå och* ~ sysslolöst lounge (hang) about; *det* ~*r* there is a

draught **5** ***bilen ~r mycket bensin*** the car takes a lot of petrol **II** *refl,* ~ ***sig*** **1** flytta sig move; ***klockan ~r sig*** the clock is slow **2** ***ligga och ~ sig*** på soffan be lounging ... **3** ***~ sig för ngt (för att)*** be afraid of a th. (of ing-form); ***inte ~ sig för ngt (för att)*** not be afraid of a th. (of ing-form), not hesitate to □ ~ **av** a) klä av take (pull) off b) dra ifrån deduct; ~ **av sig** take off; ~ **bort** go away; ~ **fram** draw (pull) out, bildl. bring up, produce; ~ ***fram stolen*** till fönstret draw up the chair ...; ~ **för** gardin draw ..., pull ... across; ~ **förbi** go past, pass by; ~ **ifrån** a) gardin etc. draw (pull) aside; ta bort take away b) ta (räkna) ifrån deduct c) sport. draw away; ~ **igen** dörr etc. shut, close; ~ **igenom** läsa igenom go (run) through, start a th.; ~ **igång** get ... going; ~ **ihop** trupper concentrate; ~ **ihop sig** contract, sluta sig close; ***det ~r ihop sig till regn*** it looks like rain; ~ **in** a) dra tillbaka, återkalla withdraw, på viss tid suspend; körkort take away (på kort tid suspend) b) inskränka cut down; ~ **med sig** innebära mean, involve; ~ **på sig** a) t. ex. strumpor put (pull) on b) t. ex. skulder incur; ~ **till** t. ex. dörr pull (draw) ... to, dra åt hårdare pull ... tighter, tighten; ~ ***till bromsen*** apply the brake; ~ **till med** a) en svordom, lögn come out with ... b) gissa på make a guess at; ~ **till sig** attrahera attract; ~ ***till sig uppmärksamhet*** attract attention; ~ **tillbaka** withdraw; ~ **sig tillbaka** retirera retreat, bildl. retire; ~ **upp** draw (pull) up, klocka wind up; ~ **sig ur spelet (leken)** quit the game, back out; ~ **ut** a) t. ex. tand extract b) förlänga draw out, prolong, tänja ut stretch out; strejken ***~r ut på tiden*** ... is dragging on; ***det ~r ut på tiden*** it's taking a long time, blir sent it's getting rather late; ~ **över tiden** run over the time

**drabba I** *tr* träffa hit, strike; beröra affect; ***~s av*** ... råka ut för meet with ... **II** *itr,* ~ ***samman (ihop)*** meet

**drabbning** *s* slag battle, stridshandling action; friare encounter

**drag** *s* **1** ryck pull, tug; med stråke, penna etc. stroke; i spel o. bildl. move; ***i korta ~*** in brief; ***i stora ~*** in broad outline **2** särdrag, ansiktsdrag feature **3** luftdrag draught, amer. draft; han tömde glaset ***i ett ~*** ... at a (one) draught (gulp)

**draga** se *dra*

**dragga** *itr* drag [*efter ngt* for a th.]

**dragig** *a* draughty, amer. drafty

**dragkamp** *s* tug-of-war

**dragkedja** *s* zip-fastener, vard. zipper

**dragkärra** *s* hand-cart, barrow

**dragning** *s* **1** lotteri- draw **2** attraktion attraction

**dragningskraft** *s* power of attraction, attraction

**dragningslista** *s* lottery prize-list

**dragon** *s* krydda tarragon

**dragplåster** *s* bildl. drawing-card, draw

**dragspel** *s* accordion; concertina concertina

**drake** *s* dragon; leksak kite; ***släppa upp en ~*** fly a kite

**drama** *s* drama, bildl. tragedy

**dramatik** *s* drama

**dramatisera** *tr* dramatize

**dramatisk** *a* dramatic

**drapera** *tr* drape

**draperi** *s* piece of drapery, drapery

**dras** *itr,* ~ ***(få ~) med*** sjukdom, bekymmer be afflicted with

**drastisk** *a* drastic

**dregla** *itr* dribble

**dressera** *tr* train

**dribbla** *itr* dribble

**dribbling** *s* dribbling; ***en ~*** dribble

**dricka** *tr itr* drink; ~ ***te med citron*** have (take) lemon in one's tea; ***ska vi ~ något?*** shall we have something to drink?

**dricks** *s* tip sg.; ***hur mycket skall jag ge i ~?*** what tip should I give?

**dricksglas** *s* glass, drinking-glass, tumbler

**drickspengar** *s pl* se *dricks*

**dricksvatten** *s* drinking-water

**drift** *s* **1** begär, böjelse urge, instinct **2** verksamhet operation, working; igånghållande running, skötsel management; ***ta i ~*** put into operation (service); ***vara billig i ~*** be economical, be cheap to run

**driftsäker** *a* dependable, reliable

**1 drill** *s* mus. trill; om fågel warble

**2 drill** *s* mil. drill

**1 drilla** *itr* mus. trill; om fågel warble

**2 drilla** *tr* mil. drill

**drink** *s* drink

**driva I** *s* snow-drift **II** *tr itr* drive; om moln, båt drift, maskin operate; bedriva, idka carry on, affär, fabrik run; ***gå och ~*** ströva loaf about, flanera roam about; ~ ***med ngn*** skoja pull a p.'s leg; göra narr av make fun of a p. □ ~ **igenom** bildl. force (carry) through; ~ ***sin vilja igenom*** have (get) one's own way; ~ **omkring** drift about; ~ **på** press (urge, push) on; ~ **upp** pris etc. force up

**drivbänk** *s* hotbed, forcing-bed

**driven** *a* skicklig clever, skilled

**drivhus** *s* hothouse

**drivkraft** *s* motive force (power), bildl. driving force
**drivmedel** *s* fuel
**drog** *s* drug
**dromedar** *s* dromedary
**dropp** *s* droppande drip, dripping; med. drip
**droppa I** *itr* drip; *det ~r från kranen* the tap is dripping (leaking) **II** *tr* drop [*i* into]
**droppe** *s* drop; *det var ~n som kom bägaren att rinna över* it was the last straw
**dropptorka** *itr* drip-dry
**droska** *s* cab
**droskägare** *s* taxi (cab) owner
**drottning** *s* queen äv. bildl. o. schack.
**drucken** *a* drunk; *en ~ man* a drunk, a drunken man
**drulle** *s* clumsy fool
**drummel** *s* lout; lymmel rascal
**drunkna** *itr* be (get) drowned; *~ i . . .* bildl. be snowed under (swamped) with . . .; *han ~r!* he's drowning!
**drunkningsolycka** *s* fatal drowning-accident
**druva** *s* grape
**druvklase** *s* bunch of grapes, på vinranka cluster of grapes
**druvsocker** *s* grape-sugar
**dryck** *s* drink; tillagad, t. ex. kaffe beverage
**dryckesvisa** *s* drinking-song
**dryfta** *tr* discuss, talk over
**dryg** *a* **1** om person: högfärdig stuck-up **2** om sak: som räcker länge lasting; väl tilltagen ample, rågad heaped; mödosam hard, heavy; *en ~ timme* a good (full) hour
**drygt** *adv*, *~ 300* fully 300; *~ hälften av . . .* a good half of . . .
**drypa** *itr* drip; *~ av svett* drip with sweat
**dråp** *s* manslaughter, homicide
**dråplig** *a* really funny; *vara ~* äv. be a real scream
**dråpslag** *s* death-blow
**dråsa** *itr*, *~* el. *~ ned* come tumbling down; *~ i vattnet (golvet)* tumble into the water (on to the floor)
**dräglig** *a* tolerable
**dräkt** *s* **1** dress (end. sg.); national~ costume **2** jacka, kjol suit, costume
**drälla I** *tr* spill **II** *itr* **1** *gå och ~* slå dank loaf about **2** *det dräller av folk på gatorna* the streets are teeming with people
**dränera** *tr* drain
**dränering** *s* drainage
**dräng** *s* farm-hand, hantlangare henchman; *sådan herre sådan ~* like master, like man
**dränka** *tr* drown äv. bildl.; översvämma flood; *~ in med olja* steep . . . in oil
**dräpa** *tr* kill
**dräpande** *a* slående telling; förintande crushing
**dröja** *itr* **1** be late [*med att komma* in coming]; söla dawdle; *~ med ngt* delay (put off) a th.; *svaret har dröjt länge* the answer has been a long time coming **2** vänta wait; stanna stop, stay; *var god och dröj!* i telefon äv. hold on (hold the line), please!; *dröj lite (ett tag)!* hang on!, wait a moment!; *dröj inte länge!* don't be long!; *det dröjer länge, innan . . .* it will be a long time before. . .; *det dröjde inte länge förrän (innan)* han bad mig . . . it was not long before . . .
**dröjsmål** *s* delay
**dröm** *s* dream
**drömma** *itr tr* dream
**drömmande** *a* dreamy
**drömmare** *s* dreamer
**du** *pers pron* you; *dig* you
**dubb** *s* stud äv. bildubb, knob
**1 dubba** *tr* film dub
**2 dubba** *tr* däck provide . . . with studs
**dubbdäck** *s* studded tyre
**dubbel I** *a* double; *dubbla antalet* double (twice) the number; *priserna har stigit till det dubbla* prices have doubled **II** *s* tennis etc. doubles (pl. lika), match doubles match
**dubbelarbetande** *a*, *~ kvinnor* women who work outside the home
**dubbelarbete** *s* som görs två gånger duplication of work; två arbeten two jobs
**dubbelfönster** *s* double-glazed window
**dubbelgångare** *s* double, vard. look-alike
**dubbelhaka** *s* double chin
**dubbelknäppt** *a* double-breasted
**dubbelliv** *s* double life
**dubbelmatch** *s* tennis etc. doubles match
**dubbelmoral** *s* double standard
**dubbelnamn** *s* double-barrelled name
**dubbelnatur** *s* dual (split) personality
**dubbelriktad** *a*, *~ trafik* two-way traffic
**dubbelrum** *s* double room
**dubbelspel** *s* bedrägeri double-dealing, double-crossing; *spela ~* play a double game
**dubbelsäng** *s* double bed
**dubbelt** *adv* i dubbelt mått doubly, två gånger twice; *~ så gammal som* twice as old as; *betala (se) ~* pay (see) double
**dubblera** *tr* double; *~ ett tåg* run a relief train
**dubblett** *s* duplicate
**ducka** *itr tr* duck
**duell** *s* duel
**duett** *s* duet

**duga** *itr* do, vara lämplig be suitable (fit), vara god nog be good enough [*till, åt, för* i samtliga fall for]; ***det duger inte!*** that won't do!, that's no good!; ***visa vad man duger till*** show what one can do
**dugg** *s* **1** regn drizzle **2** dyft, ***inte ett ~*** not a thing (bit); ***inte ett ~ blyg*** not a bit shy
**dugga** *itr* drizzle
**duggregn** *s* drizzle
**duglig** *a* capable, competent
**duk** *s* cloth; segelduk, målarduk canvas; ***på vita ~en*** on the screen
**1 duka** *tr itr*, ~ el. ***~ bordet*** lay the table; ***ett ~t bord*** a table ready laid; ***~ av*** el. ***~ av bordet*** clear the table; ***~ fram (upp)*** put ... on the table
**2 duka** *itr*, ***~ under*** succumb [*för* to]
**duktig** *a* good, skicklig clever, capable [*i* at]; stor etc. big, large; ansenlig considerable
**dum** *a* stupid, foolish; barnspr., 'elak' nasty [*mot* to]; ***inte så ~*** ganska bra not bad
**dumbom** *s* fool, idiot; ***din ~!*** you fool (idiot)!
**dumhet** *s* stupidity, foolishness; handling act of folly, blunder; ***~er!*** nonsense!; ***prata ~er*** talk nonsense; ***vad är det här för ~er?*** what's all this nonsense?
**dumhuvud** *s* blockhead
**dumma** *refl*, ***~ sig*** make a fool of oneself, begå en dumhet make a blunder
**dumpa** *tr* priser, avfall dump
**dumskalle** *s* vard. blockhead, nitwit
**dun** *s* down
**dunder** *s* ljud rumble, thunder; ***med ~ och brak*** with a crash
**dundra** *itr* thunder, om åska rumble
**dunge** *s* group of trees, lund grove
**1 dunk** *s* behållare can
**2 dunk** *s* bankande thumping, om puls, maskin etc. throb, throbbing; slag, knuff thump
**dunka** *itr tr* thump äv. om hjärtat; om puls, maskin etc. throb; ***~ på pianot*** pound on the piano; ***~ ngn i ryggen*** slap (thump) a p. on the back
**dunkel** *a* rätt mörk dusky, mörk, dyster gloomy; svårfattlig, oklar obscure; hemlighetsfull mysterious
**dunkudde** *s* down pillow
**duns** *s* thud
**dunsa** *itr* thud
**dunsta** *itr*, ~ el. ***~ av (bort)*** evaporate
**duntäcke** *s* down quilt, duvet
**dupera** *tr* take in
**duplicera** *tr* duplicate
**duplicering** *s* duplication
**dur** *s* mus. major; ***gå i ~*** be in the major key
**durk** *s* golv floor; ammunitionsdurk magazine
**durkslag** *s* colander
**dusch** *s* shower
**duscha I** *itr* have a shower **II** *tr* give ... a shower
**dussin** *s* dozen (förk. doz.); 100 kr ***~et (per ~)*** ... a dozen
**dussintals** *a* dozens
**dussinvis** *adv* per dussin by the dozen
**dust** *s* kamp fight, tussle
**duva** *s* pigeon, mindre dove; bildl. o. polit. dove
**dvala** *s*, ***ligga i ~*** zool. hibernate
**dvs.** (förk. för *det vill säga*) that is to say, that is, i.e.
**dvärg** *s* dwarf; på cirkus etc. midget
**dy** *s* mud, sludge
**dyblöt** *a* soaking wet
**dyft** *s*, ***inte ett ~*** not a bit (thing)
**dygd** *s* virtue
**dygdig** *a* virtuous
**dygn** *s* day, day and night; ***ett (två) ~*** twenty-four (forty-eight) hours; ***arbeta ~et om*** work day and night; ***~et runt*** round the clock, day and night
**dyka** *itr* dive; kortvarigt duck; ***~ ned i*** dive into; ***~ upp*** emerge [*ur* out of]
**dykare** *s* diver
**dykning** *s* diving; enstaka dive
**dylik** *a* ... of that (the) sort, ... like that; ***eller (och) ~t*** or (and) the like
**dyna** *s* cushion
**dynamisk** *a* dynamic
**dynamit** *s* dynamite
**dynamo** *s* dynamo
**dynasti** *s* dynasty
**dynga** *s* dung
**dyr** *a* expensive, som kostar mer än det är värt, vanl. dear
**dyrbar** *a* dyr costly; dear, expensive; värdefull valuable
**dyrgrip** *s* article of great value
**dyrk** *s* skeleton key, picklock
**1 dyrka** *tr*, ***~ upp*** lås pick
**2 dyrka** *tr* tillbedja worship; beundra äv. adore, avguda äv. idolize
**dyrkan** *s* worship, adoration
**dyrort** *s* dyr ort locality with a high cost of living
**dysenteri** *s* dysentery
**dyster** *a* gloomy, dismal
**dysterhet** *s* gloom; gloominess
**då I** *adv* then, at that time, in those days, i så fall in that case, om så är if so; ***~ och ~*** now and then; ***~ så!*** då är det ju bra well, it's all right then!; ***vad nu ~?*** what's up now?; ***det var ~ det!*** times have changed since then!; ***när (vem) ~?*** when (who)? **II** *konj* **1**

om tid when; just som as, just as; medan while; ***nu*** ~ now that; ~ ***jag var barn*** when I was a child **2** eftersom as, seeing that; ~ ***ju*** since
**dåd** *s* illdåd outrage; bragd deed, feat
**dåförtiden** *adv* at that time
**dålig** *a* **1** bad, poor; sämre sorts inferior; svag, klen weak; ~ ***sikt*** poor visibility; ~ ***smak*** bad taste; ***tala*** ~ ***svenska*** speak poor Swedish; ~***a tänder*** bad teeth; ~***a varor*** inferior goods; ***det var inte*** ~***t det!*** that's not bad!; ~ ***i engelska*** poor at English; ***det är*** ~***t med potatis i år*** there's a shortage of potatoes this year **2** krasslig unwell, inte riktigt kry out of sorts; illamående sick; ***bli*** ~ be taken ill; ***jag känner mig*** ~ I don't feel well, I feel rotten
**dåligt** *adv* badly, poorly; ***affärerna går*** ~ business is bad
**dån** *s* roar, roaring, åskmuller roll, rolling
**dåna** *itr* dundra roar, om åska roll
**dåraktig** *a* foolish, silly, idiotic
**dåre** *s* fool, idiot
**dårhus** *s* madhouse
**dårskap** *s* folly
**dåsa** *itr* doze, drowse; ~ ***till*** doze off
**dåsig** *a* drowsy
**dåvarande** *a*, ~ ***ägaren*** till huset the then owner . . .; ***under*** ~ ***förhållanden*** as things were then
**däck** *s* **1** på båt deck **2** på hjul tyre, amer. tire
**däggdjur** *s* mammal
**dämma** *tr*, ~ el. ~ ***av (för, upp)*** dam, dam up
**dämpa** *tr* moderate, subdue, check; ~ ***en boll*** fotb. trap a ball
**dämpad** *a* subdued; ~ ***musik*** soft music
**dänga** *tr*, ~ ***till ngn*** punch a p., wallop a p.
**där** *adv* there; ~ ***bak*** at the back; ~ ***bakom mig*** there behind me; ~ ***i huset*** in that house; ***han*** ~ that fellow; ~ ***har vi det!***, ~ ***ser du!*** there you are!; ***det var*** ~ ***som*** . . . that was where . . .; hon är så söt ~ ***hon sitter*** . . . sitting there
**däran** *adv*, ***vara illa*** ~ be in a bad way (in a fix)
**därav** *adv* of that (it, those, them etc.); ***på grund*** ~ for that reason; ~ ***följer att*** . . . from that it follows that . . .; ***men*** ~ ***blev ingenting*** but nothing came of it
**därbak** *adv* at the back there
**därborta** *adv* over there
**därefter** *adv* efter detta after that, sedan then, afterwards; i enlighet därmed accordingly; ***det blev också*** ~ the result was as might be expected
**däremot** *adv* emellertid however, å andra sidan on the other hand, tvärtom on the contrary
**därframme** *adv* därborta over there
**därför** *adv* fördenskull so, therefore, av den orsaken for that (this) reason; ~ ***att*** because; ***det är just*** ~ ***som*** . . . that's just the reason why. . .
**därhemma** *adv* at home
**däri** *adv* in that; ~ ***ligger svårigheten*** that is where the difficulty comes in
**däribland** *adv* among them
**därifrån** *adv* from there; från denna etc. from that (it, them etc.); ***långt*** ~ far from it; ***ut*** ~ out of it, ut ur rummet etc. out of that room etc.; ***gå (resa)*** ~ leave there
**därigenom** *adv* på så sätt in that way, tack vare detta thanks to that; ~ genom att göra det ***kunde han*** . . . by doing so he could . . .
**därinne** *adv* in there
**därjämte** *adv* in addition, besides
**därmed** *adv* med detta with that, därigenom thereby; ~ ***var saken avgjord*** that settled the matter; ***i samband*** ~ in that connection
**därnere** *adv* down (below) there
**därom** *adv* about that; ***norr*** ~ north, to the north of it
**därpå** *adv* om tid after that, then; på denna (detta, dessa) on it (that, them)
**därtill** *adv* to it (that, them); ***med hänsyn*** ~ in view of that; ***orsaken*** ~ the reason for that; ~ ***kommer att han*** . . . moreover (besides), he . . .
**därunder** *adv* under it (that, them, there); ***och*** ~ mindre än detta and less (under, below)
**däruppe** *adv* up there
**därute** *adv* out there
**därutöver** *adv* ytterligare in addition, mer more; 100 kronor ***och*** ~ . . . and upwards
**därvid** *adv* at that; i det sammanhanget in that connection
**därvidlag** *adv* i detta avseende in that respect
**dö** *itr* die; ***jag är så hungrig så jag kan*** ~ I'm dying of hunger; ~ ***i (av) cancer*** die of cancer; ***en döende*** a dying person; ~ ***bort*** die away (down); ~ ***ut*** die out
**död I** *a* dead; ***den*** ~***e*** the dead man, den avlidne the deceased; ***de*** ~***a*** the dead **II** *s* death; ***ta*** ~ ***på*** kill, slå ihjäl put . . . to death, utrota exterminate; ***ligga för*** ~***en*** be dying; ***vara nära*** ~***en*** be at death's door; misshandla ngn ***till*** ~***s*** . . . to death
**döda** *tr* kill
**dödande** *s* o. *a* killing

**dödfull** *a* dead drunk
**dödfödd** *a* stillborn
**dödlig** *a* mortal; ***en ~ dos*** a lethal dose; ***ett ~t gift*** a deadly poison; ***en ~ sjukdom*** a fatal illness; ***en vanlig ~*** an ordinary mortal
**dödlighet** *s* mortality, dödstal death-rate
**dödläge** *s* deadlock, stalemate
**dödsannons** *s* i tidning obituary notice; ***hans ~*** the announcement of his death
**dödsattest** o. **dödsbevis** *s* death certificate
**dödsbo** *s*, ***~et*** the estate of the deceased
**dödsbädd** *s* deathbed
**dödsdag** *s*, ***hans ~*** the day (årsdagen anniversary) of his death
**dödsdom** *s* death sentence
**dödsdömd** *a* ... sentenced (condemned) to death; ***försöket är dödsdömt*** the attempt is doomed to failure
**dödsfall** *s* death
**dödsfara** *s*, ***han var i ~*** he was in danger of his life
**dödsfiende** *s* mortal enemy
**dödsfälla** *s* death-trap
**dödshjälp** *s* euthanasia
**dödskalle** *s* death's-head, skull
**dödskamp** *s* death-struggle
**dödsoffer** *s* vid olycka victim
**dödsolycka** *s* fatal accident
**dödsorsak** *s* cause of death
**dödsruna** *s* obituary, obituary notice
**dödsstraff** *s* capital punishment
**dödsstöt** *s* death-blow
**dödssynd** *s* bildl. crime; ***de sju ~erna*** the Seven Deadly Sins
**dödstrött** *a* dead tired
**dödstyst** *a* dead silent
**dödstystnad** *a* dead silence
**dölja** *tr* conceal, hide, maskera disguise [*för* i samtliga fall from]; ***jag har inget att ~*** I have nothing to hide; ***hålla sig dold*** be hiding, be in hiding
**döma** *tr itr* **1** judge [*av, efter* by, from]; i brottmål sentence, condemn; ***att ~ av*** ... judging from (by) ...; ***av allt att ~*** to all appearances; ***~ ngn till 500 kronors böter*** fine a p. 500 kronor; ***~ ngn till döden*** sentence a p. to death; ***planen är dömd att misslyckas*** the scheme is doomed to failure **2** sport. act as judge, tennis m.m. umpire, fotboll, boxn. referee
**döpa** *tr* baptize, ge namn christen, fartyg name
**dörr** *s* door; ***stå för ~en*** bildl. be at hand; ***visa ngn på ~en*** show a p. the door
**dörrhandtag** *s* door-handle, runt door-knob
**dörrklocka** *s* door-bell
**dörrknackare** *s* hawker, pedlar, tiggare beggar
**dörrmatta** *s* door-mat
**dörrnyckel** *s* door-key
**dörrvakt** *s* door-keeper, porter
**döv** *a* deaf
**dövstum** *a* deaf and dumb; ***en ~*** a deaf mute
**dövörat** *s*, ***han slog ~ till*** he just wouldn't listen [*för* to]

# E

**e** *s* mus. E
**eau-de-cologne** *s* eau-de-Cologne
**ebb** *s* ebb-tide, low tide; ~ ***och flod*** the tides pl.; ***det är*** ~ the tide is out
**ebenholts** *s* ebony
**Ecuador** Ecuador
**ecuadorian** *s* Ecuadorian
**ecuadoriansk** *a* Ecuadorian
**ed** *s* oath; ***gå*** ~ ***på det*** take an oath on it, swear to it
**eder** *pron* se *er*
**effekt** *s* effect; tekn. o. fys. power
**effektfull** *a* striking, effective
**effektförvaring** *s* left-luggage office, cloakroom
**effektiv** *a* om sak effective, om person o. sak efficient
**effektivitet** *s* effectiveness; efficiency
**efter I** *prep* **1** after, bakom behind, i riktning mot at; ***längs*** ~ along; ***närmast (näst)*** ~ next to **2** för att få tag i for; ***gå*** ~ läkare etc. go and fetch ... ; ***springa*** ~ ***flickor*** run after girls **3** enligt according to, after; segla ~ ***kompass*** ... by the compass; ~ ***min mening*** in my opinion; ~ ***vad han säger*** according to him; ~ ***vad jag vet*** as far as I know **4** från from; ***ögonen har han*** ~ ***sin far*** he has got his father's eyes; ***spåret*** ~ ***en räv*** the track of (left by) a fox **5** om tid after; alltsedan since; inom in; ~ ***en stund*** in (after) a little while; ~ ***hand*** småningom gradually, bit by bit **II** *adv* **1** om tid after; ***kort*** ~ shortly after (afterwards) **2** bakom, kvar behind; jag gick före och ***hon kom*** ~ ... she came after (behind) me; ***vara*** ~ på efterkälken ***med*** be behind with **III** *konj*, ~ el. ~ ***det att*** after
**efterapa** *tr* imitate, copy
**efterbliven** *a* i utvecklingen backward
**efterdyningar** *s pl* repercussions, consequences, efterverkningar aftermath sg., after--effects
**efterforska** *tr* inquire into, investigate
**efterforskning** *s* undersökning investigation, inquiry
**efterfråga** *tr*, den är ***~d (mycket ~d)*** ... in demand (in great demand)
**efterfrågan** *s* förfrågan inquiry; hand. demand [*på* for]
**efterföljande** *a* following, sedermera följande subsequent
**eftergift** *s* concession
**eftergiven** *a* indulgent, yielding, compliant [*mot* to, towards]
**eftergymnasial** *a* post-gymnasium, jfr *gymnasium*
**efterhand** *s*, ***i*** ~ efter de andra last, after the others; efteråt afterwards
**efterhängsen** *a* persistent
**efterklok** *a* ... wise after the event
**efterkrigstiden** *s* the post-war period
**efterkälke** *s*, ***komma (hamna) på ~en*** get behindhand; fall (get left) behind
**efterlevande I** *a* surviving **II** *s*, ***de*** ~ the survivors
**efterlevnad** *s*, ***lagarnas*** ~ the observance of the laws
**efterlikna** *tr* imitate
**efterlysa** *tr* sända ut signalement på issue a description of; något förkommet advertise the loss of; ***vi efterlyser*** mera konsekvens i we would like to see (have) ... ; ***han är efterlyst (efterlyst av polisen)*** he is wanted (wanted by the police)
**efterlysning** *s* som rubrik Wanted el. Wanted by the Police; i radio police message
**efterlämna** *tr* leave
**efterlängtad** *a* much longed-for ...
**eftermiddag** *s* afternoon; ***kl. 3 ~en*** (förk. *e.m.*) at 3 o'clock in the afternoon (förk. at 3 p.m.); ***i ~s*** this afternoon; ***på ~en*** in the afternoon
**eftermiddagskaffe** *s* afternoon coffee
**efternamn** *s* surname
**efterräkning** *s*, ***~ar*** obehagliga påföljder unpleasant consequences
**efterrätt** *s* sweet, dessert, vard. afters
**eftersatt** *a* försummad neglected
**efterskott** *s*, ***i*** ~ in arrears, efter leverans after delivery
**efterskrift** *s* postscript
**efterskänka** *tr*, ~ ***ngn skulden*** remit a p.'s debt

**eftersläntrare** *s* straggler, senkomling latecomer
**eftersläpning** *s* lag, falling behind
**eftersmak** *s* after-taste; ***en obehaglig*** ~ a bad taste (bad taste in the mouth)
**eftersom** *konj* då ju since, då as, seeing that; ***allt*** ~ efter hand som as
**efterspana** *tr* search for; ***han är ~d av polisen*** he is wanted (wanted by the police)
**efterspaning** *s*, ~ el. ~***ar*** pl. search sg.
**eftersträva** *tr* söka åstadkomma aim (try to aim) at; söka skaffa sig try to obtain, strive after
**eftersända** *tr* vidarebefordra forward, send on; ***eftersändes*** på brev please forward
**eftersändning** *s* av brev forwarding
**eftersökt** *a*, ***den är mycket*** ~ it is in great demand
**eftertanke** *s* reflection, övervägande consideration; ***utan*** ~ without due reflection; ***vid närmare*** ~ on second thoughts
**eftertrakta** *tr* covet
**eftertryck** *s*, ***ge*** ~ ***åt*** emphasize, stress; ***med*** ~ emphatically
**eftertrycklig** *a* emphatic, forcible
**efterträda** *tr* succeed
**efterträdare** *s* successor
**eftertänksam** *a* thoughtful, pensive, meditative
**efterverkning** *s* after-effect
**eftervård** *s* aftercare
**eftervärlden** *s* posterity; ***gå till*** ~ go down to posterity
**efteråt** *adv* afterwards, senare later
**EG** (förk. för *Europeiska gemenskapen*) EC (förk. för the European Community)
**egen** *a* own; ***för*** ~ ***del*** kan jag for my part (own part) ... ; ***med*** mina ***egna ögon*** with my own eyes; ***har han egna barn?*** has he any children of his own?; ***med*** ~ ***ingång*** with a private (separate) entrance
**egenart** *s* distinctive character, individuality
**egenartad** *a* peculiar, singular
**egendom** *s* tillhörigheter property; ***fast (lös)*** ~ real (personal) property (estate)
**egendomlig** *a* strange, peculiar, odd
**egendomlighet** *s* strangeness, peculiarity, oddity
**egenhet** *s* peculiarity
**egenhändig** *a* ~t skriven ... in one's own hand (handwriting); ~ ***namnteckning*** signature
**egenkär** *a* conceited
**egenkärlek** *s* conceit
**egenmäktig** *a*, ~***t förfarande*** taking the law into one's own hands
**egennamn** *s* proper noun (name)
**egennytta** *s* self-interest
**egensinnig** *a* self-willed; envis obstinate
**egenskap** *s* quality; utmärkande characteristic; ställning, roll capacity; ***järnets*** ~***er*** the properties of iron
**egentlig** *a* real, actual, true; riktig, äkta proper; ***i*** ~ ***mening*** in a strict sense
**egentligen** *adv* really; strängt taget strictly speaking
**egg** *s* edge, cutting edge
**egga** *tr*, ~ el. ~ ***upp*** incite, driva på egg ... on; ~ ***upp*** en folkmassa stir up ...
**eggande** *a* stimulating; ~ ***musik*** exciting music
**egnahem** *s* private (owner-occupied) house
**egocentriker** *s* egocentric
**egocentrisk** *a* egocentric
**egoism** *s* egoism, selfishness
**egoist** *s* egoist
**egoistisk** *a* egoistic, selfish
**Egypten** Egypt
**egyptier** *s* Egyptian
**egyptisk** *a* Egyptian
**egyptiska** *s* **1** kvinna Egyptian woman **2** språk Egyptian
**ehuru** *konj* although, om också even if
**eiss** *s* mus. E sharp
**ej** *adv* not
**ejder** *s* eider, eider duck
**ejderdun** *s* eider, eiderdown
**ek** *s* oak; för sammansättningar jfr äv. *björk-*
**1 eka** *s* flat-bottomed rowing-boat
**2 eka** *itr* echo; ***det*** ~***r här*** there is an echo here
**eker** *s* spoke
**EKG** se *elektrokardiogram*
**ekipage** *s* horse and carriage; häst med ryttare horse, horse and rider, bil med förare car, car and driver
**ekipera** *tr* equip, fit out
**ekipering** *s* utrustning equipment, outfit
**eko** *s* echo (pl. -es); ***ge*** ~ echo, bildl. resound; ***dagens*** ~ radio. Radio Newsreel
**ekollon** *s* acorn
**ekologi** *s* ecology
**ekonom** *s* economist
**ekonomi** *s* economy; som läroämne economics sg.; ekonomisk ställning, finanser finances pl.
**ekonomiförpackning** *s* paket, påse etc. economy-size packet (bag etc.)
**ekonomisk** *a* economic, financial; sparsam, besparande economical

**ekorre** *s* squirrel
**e.Kr.** (förk. för *efter Kristus*) A.D., (förk. för Anno Domini latin)
**eksem** *s* eczema
**ekvation** *s* equation
**ekvator** *s*, *~n* the equator
**elaffär** *s* electric outfitter's [shop]
**elak** *a* speciellt om barn naughty; nasty [*mot* to]; ondskefull evil, wicked, illvillig spiteful, malicious
**elakartad** *a* om sjukdom etc. malignant
**elaking** *s* nasty (spiteful) person; *din ~!* you naughty (nasty) boy (girl etc.)!
**elasticitet** *s* elasticity
**elastisk** *a* elastic
**elavbrott** *s* power failure
**eld** *s* fire; *fatta (ta) ~* catch fire; *ge ~* fire; *sätta (tända) ~ på* set fire to, set ... on fire; *leka med ~en* bildl. play with fire; *jag får inte ~ på veden* the wood won't light; *har du ~?* have you got a light?
**elda I** *itr* heat; tända en eld make a fire; *~ med ved (olja)* use wood (oil) for heating **II** *tr* **1** ~ el. *~ upp* a) värma upp t.ex. rum heat b) bränna upp burn up c) egga rouse, stir; *~ upp sig* get excited **2** *~ en brasa* tända light (ha have) a fire
**eldare** *s* på båt stoker, fireman
**eldbegängelse** *s* cremation
**eldfara** *s* danger (risk) of fire; *vid ~* in case of fire
**eldfarlig** *a* inflammable
**eldfast** *a* fireproof
**eldgaffel** *s* poker
**eldig** *a* ardent, passionate
**eldning** *s* heating; tändning av eld [the] lighting of fires
**eldningsolja** *s* fuel (heating) oil
**eldsläckare** *s* apparat fire-extinguisher
**eldstad** *s* fireplace
**eldsvåda** *s* fire; *vid ~* in case of fire
**eldupphör** *s* cease-fire
**eldvapen** *s* firearm
**elefant** *s* elephant
**elefantbete** *s* elephant's tusk
**elegans** *s* elegance, smartness
**elegant** *a* elegant, smart; *en ~ lösning* a neat solution
**elektricitet** *s* electricity
**elektrifiera** *tr* electrify
**elektriker** *s* electrician
**elektrisk** *a* electric
**elektrod** *s* electrode
**elektrokardiogram** *s* (förk. *EKG*) electrocardiogram (förk. E.C.G.)
**elektron** *s* electron
**elektronblixt** *s* electronic flash
**elektronik** *s* electronics sg.
**elektronisk** *a* electronic
**element** *s* **1** element **2** värmelednings~ radiator; *elektriskt ~* electric heater
**elementär** *a* elementary
**elev** *s* pupil; vid högre läroanstalter student; i butik, lärling apprentice
**elevråd** *s* pupils' (resp. students') council
**elfenben** *s* ivory
**elfirma** *s* firm of electricians
**elfte** *räkn* eleventh (förk. 11th); *i ~ timmen* at the eleventh hour; jfr *femte*
**elftedel** *s* eleventh [part]
**elförbrukning** *s* consumption of electricity
**elgitarr** *s* electric guitar
**eliminera** *tr* eliminate
**elit** *s* élite; *~en av ...* the pick of ...
**eljest** *adv* otherwise; annars så or, or else; i motsatt fall if not
**elkraft** *s* electric power
**eller** *konj* or; *varken... ~* neither... nor; *hon röker inte, ~ hur?* she doesn't smoke, does she?; *han röker, ~ hur?* he smokes, doesn't he?; *den är bra, ~ hur?* it's good, isn't it (don't you think)?
**ellips** *s* **1** geom. ellipse **2** språkv. ellipsis (pl. ellipses)
**elliptisk** *a* geom. o. språkv. elliptical
**elmontör** *s* electrician
**elmätare** *s* electricity meter
**elpanna** *s* electric boiler
**elreparatör** *s* electrician
**elräkning** *s* electricity bill
**elspis** *s* electric cooker
**elva I** *räkn* eleven; jfr *fem* o. sammansättningar **II** *s* eleven äv. sport.; jfr *femma*
**elverk** *s* electricity board; för produktion power station
**elvisp** *s* electric mixer
**elvärme** *s* electric heating
**elände** *s* misery; otur, besvär nuisance; *till råga på ~t (allt ~)* to make matters worse
**eländig** *a* wretched, miserable, urusel vard. lousy
**e.m.** (förk. för *eftermiddag*) p.m.
**emalj** *s* enamel
**emballage** *s* packing, omslag wrapping
**embargo** *s* embargo (pl. -es)
**embarkera** *itr* embark
**embryo** *s* embryo (pl. -es)
**emedan** *konj* because; eftersom as, since
**emellan** *prep* o. *adv* between
**emellanåt** *adv* occasionally, sometimes
**emellertid** *adv* however
**emfatisk** *a* emphatic
**emigrant** *s* emigrant

**emigration** *s* emigration
**emigrera** *itr* emigrate
**emot I** *prep* against, riktning towards; *mitt* ~ opposite **II** *adv*, *mitt* ~ opposite; *inte mig* ~ I don't mind
**emotionell** *a* emotional
**emotse** se *motse*
**1 en** *s* bot. juniper
**2 en** *adv* omkring some, about
**3 en** *(ett)* **I** *räkn* one; ~ *och* ~ *halv timme* an (one) hour and a half; ~ *till* another, one more; jfr *fem* o. sammansättningar, *två-* o. *tre-* **II** *obest art* a, framför vokalljud an; ~ *sax* a pair of scissors **III** *pron* one; *min* ~*a syster* one of my sisters; *den* ~*a ... den andra* one ... the other; *från det* ~*a till det andra* from one thing to another; *den* ~*a dagen efter den andra* one day after the other; vi talade om *ett och annat* ... one thing and another; ~ *eller annan bok* some book or other; *på ett eller annat sätt* somehow, somehow or other; *vad är du för* ~*?* who are you?, what sort of person are you?
**ena I** *tr* unite; göra till enhet unify **II** *refl*, ~ *sig* agree [*om* on, about]
**enaktare** *s* one-act play
**enarmad** *a*, ~ *bandit* vard. spelautomat one-armed bandit
**enas** *itr dep* agree; förenas become united
**enastående** *a* unique
**enbart** *adv* uteslutande solely
**enbär** *s* juniper berry
**encyklopedi** *s* encyclopedia
**enda** *(ende) pron* only; *hon är* ~ *barnet* she is an only child; *den* ~ the only (one) thing; *med ett* ~ *slag* at a single blow; *inte en* ~ *gång* not once; *inte en* ~ *människa* not a single person; *hans* ~ *talang* his one talent
**endast** *adv* only
**endera** *(ettdera) pron* av två, ~ (~ *av dem)* one (one or other) of the two; du måste göra ~ *delen* ... one thing or the other; ~ *dagen* one of these days
**endiv** *s* chicory, amer. endive
**energi** *s* energy
**energibesparande** *a* energy-saving
**energiförbrukning** *s* energy consumption
**energikälla** *s* energy source
**energisk** *a* energetic
**enfaldig** *a* silly, foolish
**enformig** *a* monotonous, trist drab
**engagemang** *s* **1** anställning engagement **2** intresse commitment
**engagera** *tr* **1** anställa engage **2** ~ *sig i* become involved in, delta i engage in, take an active part in
**engagerad** *a* invecklad involved [*i* in]; känslomässigt committed, dedicated [*i* to i båda fallen]
**engelsk** *a* English, brittisk ofta British; *Engelska kanalen* the Channel el. the English Channel; ~ *mil* mile; ~*a pund* pounds sterling
**engelska** *s* **1** kvinna Englishwoman (pl. Englishwomen) **2** språk English; jfr *svenska 2*
**engelskfientlig** *a* anti-English, Anglophobe
**engelskfödd** *a* English-born; för andra sammansättningar jfr äv. *svensk-*
**engelsk-svensk** *a* English-Swedish, Anglo-Swedish
**engelsman** *s* Englishman (pl. Englishmen); *engelsmännen* som nation, lag etc. the English
**England** England, Storbritannien ofta Britain, Great Britain
**engångsbelopp** *s* single payment, lump sum
**engångsföreteelse** *s* isolated case (phenomenon)
**engångsförpackning** *s* disposable (throwaway) package
**engångsglas** *s* non-returnable bottle
**enhet** *s* **1** odelat helt, samhörighet unity **2** mat., sjö. unit
**enhetlig** *a* uniform
**enhetlighet** *s* uniformity
**enhetstaxa** *s* standard rate
**enhällig** *a* unanimous
**enig** *a* unanimous; enad united; *bli (vara)* ~ agree [*om* about, on]
**enighet** *s* unity; samförstånd agreement
**enkel** *a* **1** simple, lätt äv. easy; *bara en vanlig* ~ *människa* just an ordinary person **2** inte dubbel single; *en* ~ *biljett* a single (amer. one-way) ticket
**enkelhet** *s* simplicity
**enkelknäppt** *a* single-breasted
**enkelriktad** *a*, ~ *trafik* one-way traffic
**enkelrum** *s* single room
**enkelt** *adv* simply; *helt* ~ simply
**enkrona** *s* one-krona piece
**enkät** *s* inquiry, poll, frågeformulär questionnaire
**enlighet** *s*, *i* ~ *med* in accordance with
**enligt** *prep* according; ~ *lag* by law
**enmansteater** *s* one-man show äv. friare
**enorm** *a* enormous, immense
**enplansvilla** *s* one-storeyed house (villa), bungalow

**enrum** *s*, *tala i* ~ speak privately (in private)
**ens** *adv*, *inte* ~ not even; *med* ~ all at once
**ensak** *s*, *det är min* ~ that's my business
**ensam** *a* alone; enstaka solitary; ensamstående single; enda sole; övergiven lonely
**ensamhet** *s* solitude; övergivenhet loneliness
**ensamstående** *a* single
**ense** *a*, *bli (vara)* ~ agree
**ensemble** *s* mus. ensemble; teat. cast
**ensidig** *a* one-sided; *en* ~ *kost* an unbalanced diet
**enskild** *a* privat private, personlig personal; särskild individual; *den ~e* the individual
**enslig** *a* solitary, lonely
**enstaka** *a* enskild separate, sporadisk occasional; ensam solitary; *någon* ~ *gång* once in a while
**enstämmig** *a* unanimous
**entlediga** *tr* dismiss
**entledigande** *s* dismissal
**entonig** *a* monotonous
**entré** *s* **1** ingång entrance, förrum entrance-hall **2** inträde admission; avgift entrance-fee **3** *göra sin* ~ make one's entry (appearance)
**entréavgift** *s* entrance-fee
**entrecôte** *s* kok. entrecôte
**entreprenör** *s* contractor
**enträgen** *a* urgent; ihärdig insistent
**enträget** *adv* urgently, insistently
**entusiasm** *s* enthusiasm
**entusiasmera** *tr* fill ... with enthusiasm
**entusiast** *s* enthusiast
**entusiastisk** *a* enthusiastic [*över* about]; ~ *för* keen on
**entydig** *a* unambiguous, unequivocal
**envar** *pron* var man everybody; *alla och* ~ each and everyone
**enveten** *a* obstinate, stubborn
**envis** *a* obstinate, stubborn; ~ *som synden* stubborn as a mule
**envisas** *itr dep* be obstinate, persist [*med att* inf. in ing-form]
**envishet** *s* obstinacy, stubbornness
**envåldshärskare** *s* autocrat, diktator dictator
**enväldig** *a* autocratic
**epidemi** *s* epidemic
**epidemisjukhus** *s* isolation hospital
**epidemisk** *a* epidemic
**epilepsi** *s* epilepsy
**epileptiker** *s* epileptic
**episod** *s* episode, intermezzo incident
**epok** *s* epoch
**epokgörande** *a* epoch-making
**EP-skiva** *s* EP (pl. EPs)
**er** *pron* **1** personligt, se *ni* **2** possessivt your, självständigt yours; *Ers Majestät* Your Majesty; för ex. jfr äv. *1 min*
**erbjuda I** *tr* offer; ~ *ngn att* inf. offer a p. a chance to inf.; medföra present **II** *refl*, ~ *sig* med inf. offer; yppa sig present itself, arise
**erbjudande** *s* offer; *få* ~ *att* inf. be offered a chance to inf.
**erektion** *s* erection
**erfara** *tr* få veta learn; röna experience
**erfaren** *a* experienced, practised; *en gammal* ~ ... a veteran ...
**erfarenhet** *s* experience; *jag har gjort den ~en att* ... I have found by experience that ...
**erforderlig** *a* requisite, necessary
**erfordra** *tr* require
**erfordras** *itr dep* be required
**erhålla** *tr* receive; skaffa sig obtain
**erhållande** *s* mottagande receipt
**erinra** *tr* remind; ~ *sig* remember, recall
**erinran** *s* påminnelse reminder [*om* of]
**erkänna** *tr* acknowledge, confess, medge admit; ~ *ett brott* confess to a crime; ~ *ett misstag* acknowledge a mistake; ~ *mottagandet av* acknowledge the receipt of
**erkännande** *s* acknowledgement, confession, medgivande admission
**erlägga** *tr* pay; ~ *betalning* make payment
**erläggande** *s*, *mot* ~ *av* on payment of
**erotik** *s* sex
**erotisk** *a* sexual, erotic
**ersätta** *tr* **1** ~ *ngn* compensate a p. [*för* for]; ~ *ngn för hans arbete* remunerate a p. for his work; ~ *skadan* repair the damage **2** vara i stället för, byta ut replace [*med* by]
**ersättande** *s* utbytande replacement [*med* by]
**ersättare** *s* substitute
**ersättning** *s* **1** gottgörelse compensation, för arbete remuneration; skadestånd damages pl.; *ge ngn* ~ *för ngt* compensate a p. for a th. **2** utbyte replacement
**ertappa** *tr* catch; ~ *ngn med att* inf. catch a p. ing-form
**erövra** *tr* conquer, inta capture; vinna win
**erövrare** *s* conqueror
**erövring** *s* conquest, intagande capture
**eskimå** *s* Eskimo (pl. vanl. -s)
**eskort** *s* escort
**eskortera** *tr* escort
**espresso** *s* kaffe espresso coffee
**1 ess** *s* kortsp. ace

**2 ess** *s* mus. E flat
**esse** *s, vara i sitt* ~ be in one's element
**essens** *s* essence
**essä** *s* essay
**est** *s* Estonian
**estet** *s* aesthete
**estetisk** *a* aesthetic
**Estland** Estonia
**estländare** *s* Estonian
**estländsk** o. **estnisk** *a* Estonian
**estniska** *s* **1** kvinna Estonian woman **2** språk Estonian
**estrad** *s* platform, musik- bandstand
**etablera I** *tr* inrätta, grunda establish **II** *refl,* ~ *sig* slå sig ned settle down; ~ *sig som affärsman* set up in business
**etablissemang** *s* establishment
**etapp** *s* stage; sport. lap
**etc.** (förk. för *etcetera*) etc.
**etikett** *s* **1** umgängesformer etiquette **2** lapp label
**Etiopien** Ethiopia
**etiopier** *s* Ethiopian
**etiopisk** *a* Ethiopian
**etisk** *a* ethical
**etnisk** *a* ethnic
**etsa** *tr* etch; *det har ~t sig fast i mitt minne* it has engraved itself on my memory
**etsning** *s* etching
**ett** se *3 en*
**etta** *s* **1** one; *~n* el. *~ns växel* first gear; *komma in som* ~ sport. come in first; jfr *femma* **2** vard. one-room flat (apartment)
**ettdera** se *endera*
**etthundra** se *hundra, femhundra* o. sammansättningar
**ettrig** *a* hetsig fiery
**ettårig** *a* one-year-old . . . , växt annual
**ettåring** *s* om barn one-year-old child; för andra sammansättningar jfr äv. *fem-*
**etui** *s* case
**etymologi** *s* etymology
**etymologisk** *a* etymological
**eukalyptus** *s* eucalyptus
**Europa** Europe
**Europamarknaden** *s* the European Economic Community (förk. EEC)
**europamästare** *s* European champion
**Europaväg** *s* European highway
**europé** *s* European
**europeisk** *a* European
**eurovision** *s* TV Eurovision
**evakuera** *tr* evacuate
**evakuering** *s* evacuation
**evangelisk** *a* evangelical
**evangelium** *s* gospel
**evenemang** *s* great event (occasion), event
**eventualitet** *s* eventuality, möjlighet possibility; *för alla ~er* in order to provide against emergencies
**eventuell** *a* possible; *~a fel* any faults that may occur; *våra ~a förluster* our possible losses; our losses, if any; *~a kostnader* any costs that may arise
**eventuellt** *adv* possibly; *jag kan ~ hjälpa dig* I may be able to help you; *om han ~ skulle komma* if he should come
**evig** *a* eternal, everlasting; *den ~a staden* Rom the Eternal City; *det var en ~ tid sedan* . . . it is ages since . . .
**evighet** *s* eternity; *det är en ~ (~er) sedan* . . . it is ages since . . .
**evigt** *adv* eternally, everlastingly; *för ~* for ever
**evolution** *s* evolution
**exakt** *a* exact
**exalterad** *a* uppjagad over-excited
**examen** *s* **1** själva prövningen examination, exam; *ta (kuggas i)* ~ pass (fail) an examination **2** utbildningsbetyg degree; lärar- etc. certificate
**examinator** *s* examiner
**examinera** *tr* förhöra examine
**excellens** *s, Ers* ~ Your Excellency
**excentrisk** *a* eccentric
**exceptionell** *a* exceptional
**exekution** *s* execution
**exekutionspluton** *s* firing-squad
**exempel** *s* example, instance [*på* of]; *till* ~ (förk. *t. ex.*) for example (instance)
**exempelvis** *adv* for (by way of) example
**exemplar** *s* av bok etc. copy; av en art specimen
**exemplarisk** *a* exemplary
**exemplifiera** *tr* exemplify
**exil** *s* exile
**existens** *s* tillvaro existence; utkomst livelihood
**existera** *itr* exist
**exklusiv** *a* exclusive
**exklusive** *prep* excluding, exclusive of
**exkrementer** *s pl* excrement sg.
**exotisk** *a* exotic
**expandera** *itr* expand
**expansion** *s* expansion
**expediera** *tr* **1** sända send, send off, dispatch; beställning carry out; telefonsamtal put through **2** betjäna serve, attend to
**expediering** *s* **1** sändning sending, sending off, dispatch; av beställning carrying out; av telefonsamtal putting through **2** ~ *av kunder* serving customers

**expedit** *s* shop assistant, amer. clerk, salesclerk
**expedition** *s* **1** lokal office **2** resa, trupp etc. expedition
**experiment** *s* experiment
**experimentell** *a* experimental
**experimentera** *itr* experiment
**expert** *s* expert [*på* on, in]
**exploatera** *tr* exploit
**exploatering** *s* exploitation
**explodera** *itr* explode, blow up; om något uppumpat burst
**explosion** *s* explosion
**explosiv** *a* explosive
**expo** *s* exhibition, vard. expo (pl. -s)
**exponera** *tr* expose äv. foto.
**exponering** *s* exposure äv. foto.
**exponeringsmätare** *s* exposure meter
**exponeringstid** *s* time of exposure, exposure time
**export** *s* utförsel export; varor exports pl.
**exportera** *tr* export
**exportvara** *s* export commodity
**exportör** *s* exporter
**express** *adv* express
**expressbrev** *s* express (special delivery) letter
**expressbyrå** *s* removal firm, transport agency, amer. express company, i annonser ofta removals
**expresståg** *s* express, express train
**expropriation** *s* compulsory acquisition, expropriation
**expropriera** *tr* compulsorily acquire, expropriate
**extas** *s* ecstasy; ***råka i ~*** go into ecstasies
**extatisk** *a* ecstatic
**extensiv** *a* extensive
**exteriör** *s* exterior
**extern** *a* external
**extra I** *a* tilläggs- extra, additional; ovanlig special **II** *adv* extra; ovanligt exceptionally
**extrahera** *tr* extract [*ur* from]
**extraknäck** *s* vard., bisyssla job on the side, extraknäckande moonlighting
**extraknäcka** *itr* earn money (do a job) on the side, moonlight
**extrakt** *s* extract [*ur* from]
**extratåg** *s* special (dubblerat relief) train
**extravagans** *s* extravagance
**extravagant** *a* extravagant
**extrem** *a* extreme
**extremism** *s* extremism
**extremist** *s* extremist
**extremitet** *s* extremity

# F

**f** *s* mus. F
**fabel** *s* fable
**fabricera** *tr* manufacture; hitta på, t. ex. historia make up, fabricate
**fabrik** *s* factory, bruk, verk works pl. lika, textil~ mill
**fabrikant** *s* tillverkare manufacturer
**fabrikat** *s* **1** vara manufacture, product **2** tillverkning make
**fabrikationsfel** *s* manufacturing defect
**fabriksarbetare** *s* factory hand (worker)
**fabriksny** *a* . . . fresh from the factory
**fabrikstillverkad** *a* factory-made
**fabriksvara** *s* factory-made article; ***fabriksvaror*** manufactured goods
**facit** *s* svar key; slutresultat final result
**fack** *s* **1** i hylla etc. compartment, pigeon-hole **2** gren inom industri branch, trade; fackförening trade union
**fackeltåg** *s* torchlight procession
**fackförbund** *s* av fackföreningar vanl. national trade (amer. labor) union
**fackförening** *s* trade union
**fackföreningsrörelse** *s* trade-union movement
**fackidiot** *s* narrow specialist
**fackla** *s* torch
**facklig** *a*, ***~a frågor*** trade-union questions
**fackligt** *adv*, ***han är ~ organiserad*** he belongs to a trade union
**facklitteratur** *s* specialist (technical) literature, motsats skönlitteratur non-fiction
**fackman** *s* professional; sakkunnig expert
**fackspråk** *s* technical language (jargon)
**fackterm** *s* technical term

**fadd** *a* flat, stale
**fadder** *s* godfather, godmother; friare sponsor
**fader** *s* father; jfr *far*
**faderlig** *a* fatherly, paternal
**fadersfixerad** *a, vara* ~ have a father fixation
**faderskap** *s* fatherhood, jur. paternity
**fadervår** *s* bönen the Lord's Prayer (katolsk Our Father)
**fadäs** *s, göra en* ~ commit a faux pas, put one's foot in it
**fager** *a* fair
**faggorna** *s pl, vara i* ~ be coming (approaching)
**fagott** *s* bassoon
**faktisk** *a* actual, real
**faktiskt** *adv* as a matter of fact, really
**faktor** *s* factor
**faktum** *s* fact
**faktura** *s* invoice
**fakturera** *tr* invoice
**fakultet** *s* faculty
**falang** *s* polit. wing
**falk** *s* falcon, hawk
**fall** *s* **1** fall **2** förhållande, rättsfall case; *i alla* ~ a) i alla händelser in any case, anyhow b) trots det nevertheless, all the same; *i annat* ~ otherwise; *i bästa* ~ at best; *i så* ~ in that case, if so; *i värsta* ~ if the worst comes to the worst
**falla I** *itr* fall; *låta förslaget* ~ drop the proposal; *dom (utslag) faller idag* judgement will be pronounced (a decision will be reached) today; *det faller av sig självt* it goes without saying; *fallande tendens* downward tendency **II** *refl, det faller sig naturligt [för mig] att* ... it comes natural [to me] to ... □ ~ **av** fall off; ~ **bort** drop (fall) off; ~ **igenom** om t.ex. lagförslag be defeated; ~ **ihop** fall in (down), bryta samman break down, collapse; ~ **in**: *det föll mig in* it occurred to (struck) me; *det skulle aldrig* ~ *mig in!* I wouldn't dream of it!; ~ **ned** fall (drop) down; ~ **omkull** fall over (down); ~ **undan** yield, give away [*för* to]
**fallenhet** *s* begåvning aptitude [*för* for]
**fallfrukt** *s* koll. windfalls pl.
**fallfärdig** *a* ramshackle, tumbledown
**fallgrop** *s* pitfall
**fallskärm** *s* parachute; *hoppa med (ut i)* ~ make a parachute jump
**fallskärmshoppare** *s* parachute jumper
**fallucka** *s* trapdoor
**falsett** *s* mus. falsetto
**falsk** *a* false; om check, sedel etc. forged; *~a förhoppningar* vain hopes; *~t pass* forged passport
**falskdeklaration** *s* falskdeklarerande tax evasion; falsk självdeklaration fraudulent income-tax return
**falskt** *adv* falsely; mus. out of tune; *spela* ~ kortsp. cheat
**familj** *s* family; *~en Brown* the Brown family, the Browns pl.; *bilda* ~ marry and settle down
**familjebidrag** *s* family allowance
**familjedaghem** *s* day nursery in a private home
**familjefar** *s* father (head) of a family
**familjeförhållanden** *s pl* family circumstances
**familjeförsörjare** *s* breadwinner
**familjehotell** *s* kollektivhus block of service flats, amer. apartment hotel
**familjekrets** *s* family circle
**familjemedlem** *s* member of a family
**familjeplanering** *s* family planning
**familjerådgivare** *s* family guidance counsellor
**familjerådgivning** *s* family guidance (counselling)
**familjär** *a* familiar [*mot* with]
**famla** *itr* grope [*efter* for, after]
**famn** *s* **1** armar arms pl.; fång armful; *stora ~en* a big hug; *ta ngn i* ~ embrace, hug **2** mått fathom
**famntag** *s* embrace, hug
**1 fan** *s* den Onde the Devil; *fy ~!* hell!; *springa som (av bara)* ~ run like hell; *det var som ~!* well, I'll be damned!; *vad (var, vem)* ~ ...? what (where, who) the devil ...?; *det ger jag* ~ *i* I don't care a damn about that; *tacka* ~ *för det!* I should bloody (svag. damn) well think so!
**2 fan** *s* entusiast fan
**fana** *s* flag, banner
**fanatiker** *s* fanatic
**fanatisk** *a* fanatical
**fanatism** *s* fanaticism
**fanfar** *s* fanfare, flourish
**fantasi** *s* inbillningsförmåga imagination; inbillning, infall fancy; *rena ~er* påhitt pure inventions
**fantasifoster** *s* figment of the imagination
**fantasifull** *a* imaginative
**fantasilös** *a* unimaginative
**fantasipris** *s* fancy price
**fantasivärld** *s* world of make-believe (of the imagination)
**fantastisk** *a* fantastic

**fantisera** *itr* fantasize [*om* about], dream [*om* of]; ~ *ihop* invent
**fantom** *s* phantom
**far** *s* father, vard. dad, pa, barnspr. daddy, amer. papa; *~s dag* Father's Day; *han är ~ till A.* he is the father of A.
**1 fara** *s* danger, risk risk; *det är ~ för krig* there is a danger of war; *det är ingen ~ för det!* there is no fear (danger) of that!; *det är ingen ~ med honom* he's all right, don't worry about him; *vara utom ~* be out of danger; *vid ~* in case of danger; *signalen 'faran över'* the all-clear signal
**2 fara** *itr* go [*till* to]; avresa leave, set out [*till* for]; resa, färdas travel; *han lät blicken ~ över* ... he ran his eye over ...; *han far illa av att* inf. it is bad for him to inf. □ ~ **fram** husera carry (go) on, härja ravage; ~ *hårt fram med ngn* give a p. a rough time of it; ~ **ifrån** t. ex. sin väska leave ... behind; ~ **in i** enter, go into; ~ **i väg** go off, set out; rusa go (rush) off; ~ **omkring (hit och dit)** resa go (travel, köra drive) about; ~ **upp** a) rusa upp jump up (to one's feet) b) öppna sig fly open; ~ *upp ur sängen* jump out of bed; ~ **ut mot ngn** let fly at a p.
**farbror** *s* uncle, paternal uncle; friare [nice old] gentleman; ~ *Johansson* Mr. Johansson; *kan ~ säga* ...? can you please tell me ...?
**farfar** *s* grandfather, paternal grandfather, vard. grandpa, granddad; *~s far (mor)* great-grandfather (great-grandmother)
**farföräldrar** *s pl*, *mina ~* my grandparents [on my father's side]
**farhåga** *s* fear, apprehension [*för* about]
**farinsocker** *s* brown sugar
**farkost** *s* boat, craft (pl. craft)
**farled** *s* [navigable] channel, fairway
**farlig** *a* dangerous [*för* for]; riskfylld risky; *den ~a åldern* the critical years; *det är inte så ~t* it is not so bad, det gör ingenting it doesn't matter
**farlighet** *s* danger
**farm** *s* farm
**farmaceut** *s* dispensing chemist's assistant
**farmakologi** *s* pharmacology
**farmare** *s* farmer
**farmor** *s* grandmother, paternal grandmother, vard. grandma, granny; *~s far (mor)* great-grandfather (great-grandmother)
**farozon** *s* danger zone
**fars** *s* farce
**farsa** *s* vard. dad, old man, amer. poppa
**farsartad** *a* farcical
**farsot** *s* epidemic äv. bildl.
**farstu** *s* entrance hall, vestibule, trappavsats landing
**fart** *s* speed, takt, tempo pace; *få ~* gather speed; *minska ~en* slow down, reduce speed; *sätta ~* skynda på hurry up, vard. step on it; *av bara ~en* automatically, i hastigheten unintentionally; *i full ~* at full speed; *med en ~ av* 100 km at the rate (speed) of ...; hon är jämt *i ~en* ... on the go; tjuvar har varit *i ~en* ... at work; *det är ingen ~ i honom* he's without any go; *sätta ~ i (på) ngn* put some pep into a p., skynda på make a p. hurry up
**fartbegränsning** *s* speed limit
**farthållare** *s* sport. pacemaker
**fartkontroll** *s* trafik. speed check
**fartsyndare** *s* speeder
**fartyg** *s* vessel, ship
**farvatten** *s* område waters pl.
**farväl** *itj* o. *s* farewell
**fas** *s* skede phase
**fasa I** *s* horror, skräck terror; *krigets fasor* the horrors of war **II** *itr* frukta shudder [*för* at]; ~ *för att* inf. dread ing-form
**fasad** *s* front, facade
**fasadbelysa** *tr* floodlight
**fasadbelysning** *s* floodlighting, strålkastare floodlights pl.
**fasan** *s* pheasant
**fasanhöna** *s* hen pheasant
**fasansfull** *a* förfärlig horrible, terrible
**fasantupp** *s* cock pheasant
**fascinera** *tr* fascinate
**fascism** *s*, ~ o. *~en* Fascism
**fascist** *s* Fascist
**fascistisk** *a* Fascist
**fasett** *s* facet
**fashionabel** *a* fashionable
**faslig** *a* dreadful; *ett ~t besvär* an awful bother
**fason** *s* form shape, form; *förlora ~en* om sak lose its shape; *få ~ på ngn* lick a p. into shape; *sätta (få) ~ på ngt* put a th. into shape; *vad är det för ~er?* what do you mean by behaving like that?
**1 fast I** *a* **1** firm; fastsatt fixed, ej flyttbar stationary; motsats flytande solid; stadigvarande fixed, permanent; ~ *anställning* permanent appointment (job); ~ *egendom* real property (estate); *ta ~ form* assume a definite shape; *med ~ hand* with a firm hand; *på ~a land* on dry land; ~ *lön* fixed salary; *ha ~ mark under fötterna* äv. bildl. be on firm ground; ~ *pris* fixed price **2** *bli ~* fasttagen get caught; *ta (få) ~* get (catch)

hold of **II** *adv* firmly; ***vara ~ anställd*** be permanently employed; ***~ besluten*** firmly resolved, determined

**2 fast** *konj* though, although

**1 fasta** *s*, ***ta ~ på*** ngns ord make a mental note of, komma ihåg bear ... in mind, ta som utgångspunkt take as one's starting point

**2 fasta I** *s* **1** fastande fasting; ***tre dagars ~*** a fast of three days **2** ***~n*** fastlagen Lent **II** *itr* fast; ***på ~nde mage*** on an empty stomach

**faster** *s* aunt, paternal aunt

**fastighet** *s* house (jordagods landed) property; fast egendom real estate

**fastighetsmäklare** *s* estate (house) agent

**fastighetsskatt** *s* tax on real estate

**fastighetsskötare** *s* caretaker

**fastighetsägare** *s* house-owner

**fastlagen** *s* Lent

**fastlagsbulle** se *semla*

**fastlagsris** *s* twigs pl. with coloured feathers [used as a decoration during Lent]

**fastland** *s* mainland; världsdel continent

**fastna** *itr* get caught, catch; klibba stick, get stuck; komma i kläm jam, get wedged; ***jag ~de*** bestämde mig ***för*** ... I decided on ...; ***~ i minnet*** stick in the (one's) memory; ***han ~de med rocken på en spik*** his coat caught on a nail; ***min blick ~de på*** ... my eye was caught by ...

**fastslå** *tr* konstatera establish [*att* the fact that]; bestämma settle, fix

**fastställa** *tr* bestämma appoint, fix; konstatera establish

**fastställande** *s* bestämmande appointment, fixing; konstaterande establishment

**fastvuxen** *a* firmly (fast) rooted [*vid* to]

**fastän** *konj* though, although

**fat** *s* för mat dish; tefat saucer; tunna barrel, mindre cask, kar vat; ***öl från ~*** draught beer

**fatal** *a* ödesdiger fatal, disastrous

**fatalist** *s* fatalist

**1 fatt** *a*, ***hur är det ~?*** what's the matter?, vard. what's up?

**2 fatt** *s*, ***få ~ i (på)*** get hold of; ***ta ~ i*** catch hold of

**fatta I** *tr itr* **1** gripa catch, grasp, hugga tag i seize, take hold of **2** hysa m.m. conceive, form; ***~ ett beslut*** come to a decision, vid möte pass a resolution; ***~ misstankar mot ngn*** conceive a suspicion of a p.; ***~ mod*** take courage; ***~ tycke för*** take a fancy to **3** begripa understand, grasp; ***ha lätt (svårt) att ~*** be quick (slow) on the uptake **II** *refl*, ***~ sig kort*** be brief

**fattas** *itr dep* be wanting (lacking), saknas be missing; behövas be needed; ***det ~ 80 kronor*** i kassan there is 80 kronor short; ***klockan ~ tio minuter i sex*** it's ten minutes to six; ***det ~ (fattades) bara, att jag skulle ...!*** I wouldn't dream of ing-form!; ***det ~ bara (skulle bara ~)!*** I should jolly well think so!

**fattig** *a* poor, behövande needy; ***de ~a*** the poor; ***en ~ stackare*** a poor wretch

**fattigdom** *s* poverty

**fattiglapp** *s* vard., ***en ~*** a down-and-out

**fattning** *s* **1** grepp grip, hold **2** för glödlampa socket, lamp holder; för t.ex. ädelsten setting, mounting **3** behärskning composure; ***behålla (förlora) ~en*** keep (lose) one's head (vard. cool); ***bringa ngn ur ~en*** disconcert a p.

**fatöl** *s* draught beer

**favorisera** *tr* favour

**favorit** *s* favourite

**favoriträtt** *s* favourite dish

**favorituttryck** *s* favourite expression, pet phrase

**favör** *s* favour; fördel advantage

**f. d.** (förk. för *före detta*) se *före*

**fe** *s* fairy

**feber** *s* fever, bildl. äv. excitement; ***hög ~*** a high temperature (fever); ***få ~*** run a temperature

**feberaktig** *a* feverish äv. bildl.

**feberfri** *a* ... free from fever

**febertermometer** *s* clinical thermometer

**febrig** *a* feverish

**febril** *a* feverish

**februari** *s* February (förk. Feb.); jfr *april* o. *femte*

**federal** *a* federal

**federation** *s* federation

**feg** *a* cowardly; ***en ~ stackare*** a coward

**feghet** *s* cowardice

**fejd** *s* feud

**fel I** *s* fault; defekt defect; misstag mistake, error; ***ett ~ i glaset*** a flaw in the glass; ***hela ~et är att*** ... the whole trouble is that ...; ***det är ~ (något ~) på*** ... there is something wrong with ...; ***vara utan ~*** äv. be faultless; ***begå (göra) ett ~*** make a mistake (mindre slip), commit a fault (an error, 'tabbe' a blunder); ***vems är ~et?*** whose fault is it (that)? **II** *a* wrong; ***uppge ~ adress*** give the wrong address **III** *adv* wrong; ***gå ~*** go the wrong way, lose one's way; ***min klocka går ~*** my watch is wrong; ***ha ~*** be wrong; ***jag har kommit ~*** I've gone wrong, tele. I've got the wrong number; ***slå ~*** ej träffa miss, fail; ***ta ~*** make a mistake, get it wrong; ***jag tog ~ på***

*honom och A.* I mistook him for A.; *ta ~ på tiden* make a mistake about the time
**fela** *itr* **1** fattas be wanting [*i* in] **2** begå fel err; handla orätt do wrong
**feladresserad** *a* wrongly addressed
**felaktig** *a* oriktig incorrect; behäftad med fel faulty, defective; osann false; *~ användning* misapplication
**felaktighet** *s* fel error, fault, mistake
**felande** *a* som fattas missing, wanting
**felfri** *a* faultless, flawless
**felparkerad** *a, stå ~* be wrongly parked
**felparkering** *s* förseelse parking offence
**felräkning** *s* miscalculation
**felskrivning** *s, en ~* a slip of the pen, med skrivmaskin a typing error
**felstavad** *a* wrongly spelt, misspelt
**felstavning** *s* misspelling
**felsteg** *s* slip, false step
**felsägning** *s, en ~* a slip of the tongue
**feltryck** *s* misprint
**felunderrättad** *a* misinformed
**felöversatt** *a* mistranslated
**fem** *räkn* fem; *vi ~* the five of us; *vi var ~* there were five of us; *~ och ~* fem åt gången five at a time; *vinna med 5-3* win by (win) 5-3; *kunna ngt på sina ~ fingrar* have a th. at one's finger-tips; *en ~ sex gånger* some five or six times; *~ hundra (tusen)* five hundred (thousand); *tåget går 5.20* the train leaves at five twenty; han kom *klockan halv ~ ...* at half past four; *han bor på Storgatan 5* he lives at 5 (No. 5) Storgatan
**femcylindrig** *a* five-cylinder ...; *den är ~* it has five cylinders
**femdagarsvecka** *s* five-day week
**femföreställning** *s* five-o'clock performance
**femhundra** *räkn* five hundred; jfr *hundra*
**femhundrade** *räkn* five hundredth
**femhundradel** *s* five hundredth [part]
**femhundratal** *s, ~et* århundrade the sixth century; *på ~et* in the sixth century
**femhundraårsminne** *s* jubileum five-hundredth anniversary
**femhörning** *s* pentagon
**feminin** *a* feminine äv. om man
**femininum** *s* genus the feminine gender
**feminism** *s, ~* o. *~en* feminism
**feminist** *s* feminist
**femkamp** *s* pentathlon
**femkampare** *s* pentathlete
**femkronorsmynt** *s* five-krona piece
**femma** *s* five; *en ~* belopp five kronor; *~n* a) om hus, buss etc. No. 5, number 5 b) skol. the fifth class (form); *~n i hjärter* the five of hearts; *han kom in som (ligger) ~* he came in (he is) fifth; *det var en annan ~* vard. that's quite another matter
**femrummare** o. **femrumslägenhet** *s* five-room flat (apartment)
**femsidig** *a* five-sided
**femsiffrig** *a* five-figure ...
**femsitsig** *a, bilen är ~* the car seats five
**femslaget** *s, vid ~* on the stroke of five; vid femtiden at about five
**femtal** *s* five; *ett ~* some (about) five
**femte** *räkn* fifth (förk. 5th); *Gustaf den ~* Gustaf (Gustavus) the Fifth; *den (det) ~ från slutet* the last but four; *för det ~* in the fifth place, vid uppräkning fifthly; *den ~ (5) april* adverbial on the fifth of April, on April 5th, i brevdatering April 5th el. 5th April; *idag är det den ~* today it is the fifth; *vart ~ år* every fifth year (five years)
**femtedel** *s* fifth [part]; *två ~ar* two fifths; *en ~s sekund* a fifth of a second
**femteplacering** *s, få en ~* come fifth
**femti** se *femtio*
**femtiden** *s, vid ~* at about five (five o'clock)
**femtielfte** *a, för ~ gången* for the umpteenth (umptieth) time
**femtilapp** *s* fifty-krona note
**femtio** *räkn* fifty; jfr *fem* o. sammansättningar
**femtiofem** *räkn* fifty-five
**femtiofemte** *räkn* fifty-fifth
**femtionde** *räkn* fiftieth
**femtiotal** *s* fifty; *~et* åren 50-59 the fifties; *på ~et* 1950-talet in the fifties (nineteen-fifties), in the 50's (1950's); *i början (i slutet) på ~et* in the early (late) fifties
**femtioårig** *a* fifty-year-old
**femtioåring** *s* fifty-year-old
**femtioårsdag** *s* fiftieth anniversary (födelsedag birthday)
**femtioårsjubileum** *s* fiftieth anniversary
**femtioårsminne** *s* fiftieth anniversary
**femtioårsåldern** *s, en man i ~* a man aged about fifty; *vara i ~* be about fifty
**femtioöring** *s* fifty-öre piece
**femton** *räkn* fifteen; *klockan 15* at 3 o'clock in the afternoon, at 3 p.m.; jfr *fem* o. sammansättningar
**femtonde** *räkn* fifteenth (förk. 15th); jfr *femte*
**femtondedel** o. **femtondel** *s* fifteenth [part]; jfr *femtedel*
**femtonhundra** *räkn* fifteen hundred
**femtonhundrafemtio** *räkn* fifteen hundred and fifty

**femtonhundrameterslopp** *s* fifteen--hundred-metre (1500-metre) race
**femtonhundratalet** *s* the sixteenth century; *på* ~ in the sixteenth century
**femtonåring** *s* fifteen-year-old
**femtusen** *räkn* five thousand
**femtusende** *räkn* five thousandth
**femtåget** *s* the five-o'clock train
**femvåningshus** *s* i fem plan five--storeyed house
**femväxlad** *a* om växellåda five-speed ...; *den är* ~ it has five forward speeds
**femårig** *a* **1** fem år gammal five-year--old... **2** som varar (varat) i fem år five--year...; avtalet *är ~t* ... is for five years
**femåring** *s* five-year-old
**femårsdag** *s* fifth anniversary (födelsedag birthday)
**femårsjubileum** *s* fifth anniversary
**femårsminne** *s* fifth anniversary
**femårsperiod** *s* five-year period
**femårsplan** *s* five-year plan
**femårsåldern** *s*, *en pojke i* ~ a boy aged about five; *vara i* ~ be about five
**fena** *s* fin; *utan att röra en* ~ without moving a limb
**fenomen** *s* phenomenon (pl. phenomena)
**fenomenal** *a* phenomenal, extraordinary
**ferier** *s pl* holidays; speciellt univ. o. amer. vacation
**ferieskola** *s* summer school
**fernissa** *s* o. *tr* varnish
**fertil** *a* fertile
**fest** *s* festival, firande celebration; festlighet festivity; högtidlighet ceremony; festmåltid banquet, feast; bjudning party; *gå på* ~ go (go out) to a party
**festa** *itr* **1** kalasa feast [*på* on] **2** ~ el. ~ *om* roa sig have a good time; dricka booze
**festföreställning** *s* gala performance
**festival** *s* festival
**festklädd** *a* festively-dressed ...; i aftondräkt ... in evening dress
**festlig** *a* fest- festival ...; storartad grand; komisk comical
**festlighet** *s* festivity
**festmiddag** *s* banquet, feast
**festmåltid** *s* banquet, feast
**festspel** *s pl* festival sg.
**festtåg** *s* procession
**festvåning** *s* assembly (banqueting) rooms pl.
**fet** *a* fat, om person äv. stout; *~t hår* greasy hair; ~ *mat (mjölk)* rich food (milk)
**fetisch** *s* fetish
**fetlagd** *a* stout
**fetma** *s* fatness, hos person vanl. stoutness
**fett** *s* fat; smörjfett grease; flott lard
**fettbildande** *a* fattening
**fetthalt** *s* fat content, fettprocent percentage of fat
**fetthaltig** *a* fatty
**fettisdag** *s*, *~en* tisdagen efter fastlagssöndagen Shrove Tuesday
**fiasko** *s* fiasco (pl. -s el. -es); *göra* ~ be a fiasco
**fiber** *s* fibre
**fiberoptik** *s* fibre optics sg.
**fiberrik** *a*, ~ *kost* a diet that is rich in fibre
**ficka** *s* pocket; *stoppa ngt i ~n* put a th. in one's pocket
**fickformat** *s*, *en* kamera *i* ~ a pocket--size ...
**fickkniv** *s* pocket-knife
**ficklampa** *s* [electric] torch, flashlight
**fickpengar** *s pl* pocket-money sg.
**fickstöld** *s*, *en* ~ a case of pocket-picking
**ficktjuv** *s* pickpocket
**fickur** *s* pocket watch
**fiende** *s* enemy [*till* of]
**fiendskap** *s* enmity; *leva i* ~ be at enmity
**fientlig** *a* hostile [*mot* to]; mil. enemy ...
**fientlighet** *s* hostility
**fiffa** *tr* vard., ~ *upp* smarten up
**fiffel** *s* crooked dealings pl., cheating
**fiffig** *a* fyndig clever, ingenious, smart
**fiffla** *itr* vard. cheat, wangle, fiddle
**figur** *s* figure; individ individual; *göra en slät (ömklig)* ~ cut a poor figure
**figurera** *itr* appear, figure
**figuråkning** *s* figure-skating
**fik** *s* vard. café
**fika** *s* vard. **I** *s* kaffe coffee **II** *itr* dricka kaffe have some coffee
**fikon** *s* fig
**fikonlöv** *s* fig-leaf
**fiktion** *s* fiction
**fiktiv** *a* fictitious
**1 fil** *s* rad row; körfält lane
**2 fil** *s* filmjölk sour milk
**3 fil** *s* verktyg file
**fila** *tr itr* file
**filé** *s* kok. fillet
**filial** *s* branch
**filialkontor** *s* branch office
**Filippinerna** *pl* the Philippines, the Philippine Islands
**filkörning** *s* traffic-lane driving
**film** *s* film; på bio äv. picture, movie; *en tecknad* ~ a (an animated) cartoon
**filma I** *tr itr* göra film, göra film av film [*ngt* a th.] **II 1** *itr* medverka i film act in films **2** vard. låtsas sham, fake, pretend

**filmateljé** *s* film studio
**filmatisera** *tr* adapt ... for the screen
**filmatisering** *s* screen version
**filmcensur** *s* film censorship
**filmduk** *s* screen
**filmfotograf** *s* camera-man
**filmföreställning** *s* film (cinema) performance
**filminspelning** *s* filming, shooting
**filmjölk** *s* sour milk
**filmkamera** *s* film camera
**filmproducent** *s* film producer
**filmregissör** *s* film director
**filmroll** *s* film role
**filmrulle** *s* foto. roll of film
**filmskådespelare** *s* film actor
**filmstjärna** *s* film (movie) star
**filosof** *s* philosopher
**filosofera** *itr* philosophize [*över* about]
**filosofi** *s* philosophy
**filosofie** *a*, ~ ***doktor (fil.dr)*** Doctor of Philosophy (Ph.D. efter namnet); ~ ***kandidat*** (förk. ***fil. kand.***), eng. motsv. ung. Bachelor of Arts (naturvetenskap of Science; förk. B.A. resp. B.Sc. samtliga efter namnet)
**filosofisk** *a* philosophic, philosophical
**filt** *s* **1** sängfilt blanket **2** tyg felt, felting
**filter** *s* filter; på cigarett filter tip
**filtercigarett** *s* filter-tipped cigarette
**filtpenna** *s* felt pen, marker
**filtrera** *tr* filter
**filur** *s*, ***en riktig liten*** ~ a cunning little devil
**fimp** *s* fag-end
**fimpa** *tr* stub out
**fin** *a* fine; elegant smart; bra äv. very good; ~***a betyg*** high marks; ***en*** ~ ***middag*** äv. a first-rate dinner; ***på ett*** ~***t sätt*** tactfully; ~***t!*** fine!, good!; ***göra*** ~***t i rummet*** tidy up (make things look nice) in the room; ***klä sig*** ~ dress up; ***han är*** ~ ***på att*** inf. he is very good at ing-form
**final** *s* **1** sport. final; ***gå (komma) till*** ~***en*** go (get) to the final (finals) **2** mus. finale
**finalist** *s* finalist
**finansdepartement** *s* ministry of finance
**finanser** *s pl* finances
**finansiell** *a* financial
**finansiera** *tr* finance
**finansman** *s* financier
**finansminister** *s* minister of finance
**finanspolitik** *s* financial policy
**finess** *s* **1** förfining refinement **2** ~***er*** fiffiga detaljer exclusive features
**finfin** *a* tip-top, splendid; first-rate
**finfördela** *tr* pulverisera grind into fine particles, atomize, pulverize
**finger** *s* finger; ***ge honom ett*** ~ ***och han tar hela handen*** give him an inch, and he will take a mile; ***ha ett*** ~ ***med i spelet*** have a finger in it (in the pie); ***han lägger inte fingrarna emellan då det gäller*** ... he doesn't handle ... with kid gloves; ***se genom fingrarna med ngt*** shut one's eyes to a th.; ***slå ngn på fingrarna*** bildl. catch a p. out
**fingerad** *a* fictitious; ***fingerat namn*** assumed name
**fingeravtryck** *s* fingerprint
**fingerborg** *s* thimble
**fingerfärdig** *a* dexterous, deft
**fingerfärdighet** *s* dexterity, deftness
**fingerspets** o. **fingertopp** *s* finger-tip; ***ut i*** ~***arna*** to the (his etc.) finger-tips
**fingervante** *s* woollen glove
**fingervisning** *s* hint, pointer
**fingra** *itr*, ~ ***på*** finger; tanklöst fiddle about with
**finhackad** *a* finely chopped
**finish** *s* sport. o. tekn. finish
**fink** *s* finch
**finka** *s* vard., arrest clink, quod
**finkamma** *tr* bildl. comb out, go over ... with a fine-tooth comb
**finklädd** *a* ... dressed up
**finkänslig** *a* taktfull tactful, discreet
**finkänslighet** *s* tact, discretion
**Finland** Finland
**finlandssvensk I** *a* Finland-Swedish, Finno-Swedish **II** *s* Finland-Swede
**finländare** *s* Finlander, Finn
**finländsk** *a* Finnish
**finländska** *s* kvinna Finnish woman
**finmalen** *a* finely ground, om kött finely minced
**finna I** *tr* find; inse, märka see; anse think, consider; röna meet with; ~ ***för gott*** att think fit ... **II** *refl*, ~ ***sig vara*** find oneself; ~ ***sig i*** a) tåla stand, put up with b) foga sig i submit to
**finnas** *itr dep* vara be; existera exist; påträffas be found; ***det finns*** there is (resp. are); ***finns det*** har ni ...? have you got ...?; ***den finns att få*** it is to be had; ~ ***kvar*** a) vara över be left b) inte vara borttagen be still there; ~ ***till*** exist
**1 finne** *s* Finn
**2 finne** *s* kvissla pimple
**finnig** *a* pimply
**finsk** *a* Finnish; ***Finska viken*** the Gulf of Finland

**finska** *s* **1** kvinna Finnish woman **2** språk Finnish; jfr *svenska*
**finskfödd** *a* Finnish-born; för andra sammansättningar jfr *svensk-*
**finskuren** *a* finely cut
**finsmakare** *s* gourmet
**fint** *s* feint, bildl. trick, dodge
**finta** *itr* sport. feint, fotb. äv. sell the dummy; ~ ***bort ngn*** sell a p. the dummy
**fintvätt** *s* tvättande the washing of delicate fabrics; tvättgods delicate fabrics pl.
**finurlig** *a* slug shrewd; sinnrik clever, ingenious
**fiol** *s* violin; ***stå för ~erna*** bildl. pay the piper
**fiolspelare** *s* violinist
**1 fira** *tr* sänka, ~ el. ~ *ned* let down, lower
**2 fira** *tr* högtidlighålla celebrate; tillbringa spend; ~ ***minnet av*** commemorate
**firma** *s* firm
**firmafest** *s* office (staff) party
**firmamärke** *s* trade mark
**firmanamn** *s* style, firm name
**fisk** *s* **1** fish (pl. fish el. fishes); koll. fish sg. el. pl. **2** ***Fiskarna*** astrol. Pisces
**fiska** *tr itr* fish
**fiskaffär** *s* fishmonger's
**fiskare** *s* fisherman
**fiskbulle** *s* fishball
**fiske** *s* fishing [*av* of]; som näring fishery
**fiskebåt** *s* fishing-boat
**fiskeflotta** *s* fishing-fleet
**fiskegräns** *s* fishing-limits pl.
**fiskekort** *s* fishing licence (permit)
**fiskeläge** *s* fishing village
**fiskerätt** *s* fishing rights pl.
**fiskevatten** *s* fishing-grounds pl.
**fiskfilé** *s* fillet of fish
**fiskmås** *s* gull, sea-gull
**fisknät** *s* fishing-net
**fiskpinnar** *s pl* kok. fish fingers (sticks)
**fiskredskap** *s* koll. fishing-tackle
**fiss** *s* mus. F sharp
**fitta** *s* vulg. cunt, pussy
**fix** *a* **1** fixed; ~ ***idé*** fixed idea **2** ~ ***och färdig*** all ready
**fixa** *tr* vard. fix
**fixare** *s* vard. fixer
**fixera** *tr* fix; betrakta look fixedly at
**fixering** *s* psykol. fixation
**fixstjärna** *s* fixed star
**fjant** *s* fjäskig person busybody; narr silly fool
**fjantig** *a* fånig silly, löjlig ridiculous
**fjol** *s*, ***i*** ~ last year; ***i ~ sommar*** last summer
**fjolla** *s* silly woman (resp. girl)
**fjollig** *a* silly, foolish
**fjompig** *a* larvig silly; sjåpig namby-pamby
**fjord** *s* speciellt i Norge fiord, i Skottland firth
**fjorton** *räkn* fourteen; ~ ***dagar*** a fortnight; jfr *fem* o. sammansättningar
**fjortonde** *räkn* fourteenth (förk. 14th); ***var ~ dag*** once a fortnight; jfr *femte*
**fjun** *s* koll. down (end. sg.)
**fjäder** *s* **1** feather, prydnads~ plume **2** tekn. spring
**fjäderdräkt** *s* plumage
**fjäderfä** *s* poultry koll.
**fjädervikt** *s* sport. featherweight
**fjädrande** *a* springy, elastic
**fjädring** *s* spring system; upphängning suspension
**1 fjäll** *s* mountain; högfjäll alp, high mountain; för sammansättningar jfr *berg* el. *bergs-*
**2 fjäll** *s* på fisk etc. scale
**fjälla I** *tr* fisk scale **II** *itr* om person peel
**fjärde** *räkn* fourth (förk. 4th); jfr *femte*
**fjärdedel** *s* quarter, fourth [part]; jfr *femtedel*
**fjäril** *s* butterfly; natt~ moth
**fjärilsim** *s* butterfly stroke
**fjärran I** *a* distant, far-off; ***F~ Östern*** the Far East **II** *adv* far; ***när och*** ~ far and near **III** *s*, ***i*** ~ in the distance
**fjärrkontroll** *s* remote control
**fjärrstyrd** *a* remote-controlled; ~ ***robot*** guided missile
**fjärrstyrning** *s* remote control
**fjärrvärme** *s* district heating
**fjäsk** *s* krypen fawning [*för* on]
**fjäska** *itr*, ~ ***för*** krypa för fawn on, crawl to
**f.Kr.** (förk. för *före Kristus*) B.C.
**flabb** *s* vard. guffaw, cackle
**flabba** *itr* vard. guffaw, cackle [*åt* at]
**flack** *a* flat äv. om kulbana
**flacka** *itr* rove; ~ ***och fara*** be on the move; ~ ***omkring (omkring i)*** roam about
**fladdermus** *s* bat
**fladdra** *itr* flutter
**flaga I** *s* flake; hudflaga scale **II** *itr* o. *refl*, ~ ***sig*** flake, flake off, scale (peel) off
**flagg** *s* flag
**flagga I** *s* flag **II** *itr*, ~ ***på halv stång*** fly the flag at half-mast
**flaggskepp** *s* flagship
**flaggstång** *s* flagstaff, flagpole
**flagig** *a* flaky, scaly
**flagna** *itr* flake [*av* off], scale (peel) off
**flagrant** *a* flagrant, friare obvious
**flak** *s* **1** isflak floe **2** lastbilsflak platform [body]
**flamingo** *s* flamingo (pl. -s el. -es)
**flamländsk** *a* Flemish

**flamma I** *s* flame äv. om ngns älskade **II** *itr* blaze; ~ *upp* äv. bildl. flame up
**flammig** *a* om färg patchy
**Flandern** Flanders
**flanell** *s* flannel
**flanera** *itr*, *vara ute och* ~ be out for a stroll
**flanör** *s* stroller, man-about-town
**flaska** *s* bottle
**flaskhals** *s* bottle-neck äv. bildl.
**flat** *a* flat; ~ *tallrik* flat (ordinary) plate
**flatskratt** *s* guffaw
**flax** *s* vard. luck; *ha* ~ be lucky
**flaxa** *itr* flutter; om vingar flap
**flegmatisk** *a* phlegmatic
**flera I** *a* (äv. *fler)* more **II** *pron* åtskilliga several; flera olika various, different; ~ *människor* several people; *vi är* ~ (~ *stycken)* there are several of us
**flerfaldig** *a*, ~*a* pl. many, numerous; *han är* ~ *mästare* he has been a champion many times over
**flerfamiljshus** *s* block of flats, amer. apartment block
**flermotorig** *a* multi-engined
**fleromättad** *a* polyunsaturated
**flersiffrig** *a*, ~*t tal* number running into several figures
**flerstegsraket** *s* multi-stage rocket
**flertal** *s* **1** ~*et* the majority; ~*et människor* most people; *ett* ~ flera ... a number of ... **2** gram. plural
**flesta** *a*, *de* ~ *pojkar* most boys; *de* ~ *tycker att* ... the majority think that ...
**flexa** *itr* vard. be on flexitime
**flexibel** *a* flexible
**flextid** *s* flexitime
**flicka** *s* girl, flickvän girl-friend
**flickaktig** *a* girlish
**flicknamn** *s* girl's name; tillnamn som ogift maiden name
**flickscout** *s* girl guide (amer. scout)
**flicktycke** *s*, *ha* ~ be popular with the girls
**flickvän** *s* girl-friend
**flik** *s* på kuvert flap; hörn av plagg corner
**flimmer** *s* flicker
**flimra** *itr* flicker; *det* ~*r för ögonen på mig* everything is swimming before my eyes
**flin** *s* grin
**flina** *itr* grin [*åt* at]
**flinga** *s* flake; *flingor* majsflingor cornflakes
**flink** *a*, *vara* ~ *i fingrarna* have deft fingers
**flinta** *s* flint
**flintskalle** *s* bald head
**flintskallig** *a* bald
**flipperspel** *s* flipper (pinball) machine
**flisa** *s* skärva chip; sticka splinter
**flit** *s* **1** diligence **2** *med* ~ avsiktligt on purpose
**flitig** *a* diligent; arbetsam hard-working, om t.ex. biobesökare regular; ofta upprepad frequent
**flock** *s* flock; t.ex. av vargar pack
**flockas** *itr dep* flock, flock together [*kring* round]
**flod** *s* **1** river; bildl. flood **2** högvatten high tide; *det är* ~ the tide is in
**flodhäst** *s* hippopotamus
**flodvåg** *s* tidal wave
**flopp** *s* vard. flop
**1 flor** *s* tyg gauze; slöja veil
**2 flor** *s*, *stå i* ~ blomma be in bloom, blomstra be flourishing
**flora** *s* flora
**florera** *itr* be prevalent; blomstra flourish
**florett** *s* foil
**florsocker** *s* icing sugar
**floskler** *s pl* tomt prat empty phrases
**1 flott** *a* stilig smart, vard. posh; frikostig generous
**2 flott** *s* grease; stekflott dripping; isterflott lard; fett fat
**1 flotta** *s* **1** ett lands navy **2** samling fartyg fleet
**2 flotta** *tr*, ~ *ned* med flott make ... greasy
**flottbas** *s* naval base
**flotte** *s* raft
**flottfläck** *s* grease spot
**flottig** *a* greasy
**flottyr** *s* deep (deep-frying) fat
**flottyrkoka** *tr* deep-fry, fry ... in deep fat
**fluga** *s* **1** fly **2** mani craze, mania **3** kravatt bow-tie
**flugfiske** *s* fly-fishing
**flugsmälla** *s* fly-swatter
**flugsnappare** *s* fly-catcher
**flugsvamp** *s*, *vanlig* ~ fly agaric
**flugvikt** *s* sport. flyweight
**fluktuera** *itr* fluctuate, vary
**flundra** *s* flat-fish
**fluor** *s* grundämne fluorine; *tandkräm med* ~ toothpaste with fluoride
**fly** *itr* fly, flee [*för* before]; ta till flykten run away; ~ *ur landet* flee the country
**flyg** *s* **1** flygväsen aviation, flying **2** flygplan plane, koll. planes pl.; *med* ~ by air **3** flygvapen air force
**flyga** *itr tr* fly; *jag har aldrig flugit* I have never been up in the air (up in a plane); ~ *i luften* explodera blow up, explode □ ~ **av** blåsa av fly off; lossna come off suddenly; ~

**på** rusa på fly at, attack; ~ **upp** rusa upp spring up; öppnas fly open
**flygambulans** *s* ambulance plane
**flyganfall** *s* air raid
**flygare** *s* aviator, pilot pilot, mil. äv. airman
**flygbas** *s* air base
**flygbiljett** *s* air ticket
**flygblad** *s* leaflet
**flygbolag** *s* airline, airline company
**flygel** *s* **1** wing; stänkskärm wing, amer. fender **2** mus. grand, grand piano
**flygfält** *s* airfield
**flygförbindelse** *s* plane connection; flygtrafik air service
**flygkapten** *s* pilot
**flyglarm** *s* air-raid warning (alarm)
**flyglinje** *s* airline, airway
**flygmekaniker** *s* air mechanic
**flygning** *s* **1** flygande flying; *under* ~ while flying **2** flygfärd flight
**flygolycka** *s* air crash; mindre flying accident
**flygpassagerare** *s* air passenger
**flygplan** *s* aeroplane, amer. airplane; aircraft (pl. lika); vard. plane; stort trafikplan airliner
**flygplanskapare** *s* hijacker, skyjacker
**flygplats** *s* airport
**flygpost** *s* airmail
**flygsjuka** *s* air-sickness
**flygspaning** *s* air reconnaissance
**flygtid** *s* flying (flight) time
**flygtrafik** *s* air traffic (service)
**flygvapen** *s* air force
**flygvärdinna** *s* air-hostess
**1 flykt** *s* flygande flight
**2 flykt** *s* flyende flight; rymning escape; *vild* ~ headlong flight, speciellt mil. rout; *driva på ~en* put to flight, speciellt mil. rout
**flyktförsök** *s* attempted escape; *göra ett* ~ make an attempt to escape
**flyktig** *a* **1** kortvarig fleeting; övergående passing **2** kem. volatile
**flykting** *s* refugee; flyende fugitive
**flyktingläger** *s* refugee camp
**flyktingström** *s* stream of refugees
**flyta** *itr* float; rinna flow; *det kommer att* ~ *blod* blood will be shed □ ~ **ihop** a) om floder meet b) bli suddig become blurred; ~ **in** om t.ex. pengar come in; ~ **upp** come (rise) to the surface
**flytande I** *a* **1** på ytan floating; *hålla det hela* ~ keep things going; *hålla sig* ~ keep oneself afloat äv. bildl. **2** rinnande flowing; *tala* ~ *engelska* speak fluent English **3** i vätskeform liquid, ej fast fluid **4** vag vague; *gränserna är* ~ the limits are fluid **II** *adv* fluently
**flytning** *s* med. discharge; *~ar* från underlivet the whites
**flytta I** *tr* **1** flytta på move **2** förlägga till annan plats transfer, flytta bort remove **3** i spel move **II** *itr* byta bostad move; lämna en ort (anställning) leave; om flyttfågel migrate; ~ *från (ur)* lämna leave; ~ *på* move **III** *refl*, ~ *sig* el. ~ *på sig* move; maka åt sig make way (room) □ ~ **bort** bära bort carry (take) away; ~ **fram** move ... forward (up); ~ *fram ngt* uppskjuta put off a th.; ~ *fram klockan en timme* put the clock on (forward) an hour; ~ **ihop** put (move) ... together, för att bo ihop go to live together; *de har ~t ihop* they live together; ~ **in** move in; ~ **om** omplacera move (shift) ... about, rearrange; ~ **ut** move ... out
**flyttbar** *a* movable; bärbar portable
**flyttbil** *s* furniture (removal) van
**flyttfirma** *s* removal firm
**flyttfågel** *s* bird of passage, migratory bird
**flyttning** *s* byte av bostad removal
**flyttningsbetyg** *s* för folkbokföringen certificate of change of address
**flytväst** *s* life-jacket, buoyancy jacket
**flå** *tr* skin
**flåsa** *itr* puff and blow, flämta pant
**fläck** *s* spot, av blod, bläck etc. stain äv. bildl.; *på ~en* genast on the spot; *jag får det inte ur ~en* I can't move it
**fläcka** *tr* stain; ~ *ned* stain ... all over
**fläckfri** *a* spotless, stainless äv. bildl.
**fläckig** *a* smutsig spotted, soiled
**fläckurtagningsmedel** *s* spot (stain) remover
**fläderbär** *s* elderberry
**fläddermus** *s* bat
**fläkt** *s* **1** vindpust breeze; *en frisk* ~ a breath of fresh air **2** fläktapparat fan
**fläktrem** *s* fan belt
**flämta** *itr* andas häftigt pant, puff
**flärd** *s* fåfänga vanity; ytlighet frivolity
**flärdfull** *a* fåfäng vain
**fläsk** *s* griskött pork; bacon bacon
**fläskfilé** *s* fillet of pork
**fläskig** *a* flabby, fat, fleshy
**fläskkotlett** *s* pork chop
**flässkläpp** *s*, *ha (få)* ~ have (get) a thick lip
**fläskpannkaka** *s* pancake with diced pork
**fläta I** *s* plait, braid **II** *tr* plait, braid
**flöda** *itr* flow; ymnigt stream, pour; ~ *av* ... abound with ...

**flöde** *s* flow
**flöjt** *s* flute
**flört** *s* **1** flirtation **2** person flirt
**flörta** *itr* flirt äv. bildl.
**flörtig** *a* flirtatious
**flöte** *s* float; ***bakom ~t*** vard. stupid, daft
**f.m.** (förk. för *förmiddag*) a.m.
**FN** (förk. för *Förenta Nationerna*) U.N.
**fnask** *s* vard. prostitute, tart, amer. äv. hooker
**fniss** *s* giggle
**fnissa** *itr* giggle [*åt* at]
**fnitter** *s*, ***ett ~*** a giggle; ***massa ~*** lots of giggling (tittering)
**fnittra** *itr* giggle, titter [*åt* at]
**fnysa** *itr* snort; ***~ åt*** föraktfullt sniff at
**fnysning** *s* snort
**fnöske** *s* tinder, touchwood
**foajé** *s* foyer, lobby
**fobi** *s* phobia
**1 foder** *s* i kläder lining; ***sätta ~ i*** line
**2 foder** *s* fodermedel feedstuff; torrt fodder
**1 fodra** *tr* sätta foder i line
**2 fodra** *tr* mata feed
**fodral** *s* case; av tyg etc. cover
**1 fog** *s*, ***ha*** [***fullt***] ***~ för ngt*** have every reason for a th.; ***det har ~ för sig*** it is reasonable
**2 fog** *s* joint, seam
**foga I** *tr* förena med fog join [*i, vid* to]; friare, bildl. add, attach [*till* to] **II** *refl*, ***~ sig*** give in [*efter ngn* to a p.]; ***~ sig efter bestämmelserna*** comply with the regulations
**fokus** *s* focus
**fokusera** *tr itr* focus
**folder** *s* folder [*över* on, about]
**folie** *s* foil; plastfolie film
**foliepapper** *s* foil
**folk** *s* **1** people; ***hela ~et*** the entire population, the whole nation **2** människor people pl.; ***mycket ~*** many people; ***~ säger att ...*** äv. they say that ...
**folkbokföring** *s* national registration
**folkdans** *s* folk-dance, dansande folk-dancing
**folkdemokrati** *s* people's democracy
**folkdräkt** *s* national (peasant) costume
**folkgrupp** *s* ethnic group
**folkhjälte** *s* national hero
**folkhälsa** *s* public health
**folkhögskola** *s* folk high-school
**folkkär** *a* very popular, ... loved by the people
**folklig** *a* nationell national; populär popular; folkvänlig affable
**folkmassa** *s* crowd of people, crowd
**folkmord** *s* genocide
**folkmängd** *s* antal invånare population
**folknöje** *s* popular entertainment (amusement)
**folkomröstning** *s* popular vote, referendum
**folkpark** *s* people's amusement park
**folkpartiet** *s* ung. the Liberal Party
**folkpension** *s* state retirement pension
**folkpensionär** *s* retirement pensioner, senior citizen
**folkräkning** *s* census of population
**folkrörelse** *s* popular (national) movement
**folksaga** *s* folk-tale, legend
**folksamling** *s*, ***det blev en ~*** a crowd of people collected
**folksjukdom** *s* national (widespread) disease
**folkskygg** *a* unsociable, shy
**folkslag** *s* nation, people
**folktandvård** *s* national dental service
**folktom** *a* deserted
**folktro** *s* popular belief
**folkvald** *a* popularly elected
**folkvandring** *s* migration
**folkvisa** *s* folk-song, ballad
**folkvälde** *s* democracy
**f.o.m.** se *från och med* under *från*
**1 fond** *s* bakgrund background
**2 fond** *s* kapital fund
**fondbörs** *s* stock exchange
**fondkuliss** *s* teat. backcloth
**fonetik** *s* phonetics sg.
**fonetisk** *a* phonetic
**fontän** *s* fountain
**forcera** *tr* force; påskynda speed up
**fordon** *s* vehicle
**fordra** *tr* begära, kräva demand; yrka på insist on; göra anspråk på claim; ***det ~r mycket tid*** it requires (demands) a lot of time
**fordran** *s* demand [*på ngn* on a p.; *på* el. *på att få* for]; penning~ claim
**fordrande** *a* exacting, demanding
**fordras** *itr dep* behövas be needed etc., jfr *behövas*
**fordringar** *s pl* **1** demands; anspråk claims; vad som erfordras requirements; ***ha stora (för stora) ~ på livet*** ask a lot (too much) of life **2** penning~ claims, debts
**fordringsägare** *s* creditor
**forehand** *s* tennis etc. forehand äv. slag
**forell** *s* trout (pl. lika)
**form** *s* **1** form; ***förlora ~en*** lose its shape; ***ta ~*** take shape; ***vara ur (inte vara i) ~*** be out of (not be in) form **2** gjutform mould; kok.: porslinsform dish, basin, eldfast casserole, bakform baking tin

**forma** *tr* form, shape; ~ *sig* form (shape, mould) itself (resp. themselves) [*till* into]
**formalitet** *s* formality; *en ren* ~ only a matter of form (a formality)
**format** *s* size, om bok format
**formation** *s* formation
**formbröd** *s* tin loaf
**formel** *s* formula (pl. formulae)
**formell** *a* formal
**formgivare** *s* designer
**formgivning** *s* designing; modell, mönster design
**formlära** *s* språkv. accidence
**formsak** *s* matter of form, formality
**formulera** *tr* formulate; avfatta äv. frame
**formulering** *s* formulation; framing; wording
**formulär** *s* blankett form
**forn** *a* former, earlier; forntida ancient
**fornminne** *s* relic (monument) of antiquity (of the past)
**forntid** *s* förhistorisk tid prehistoric times pl.
**forntida** *a* ancient
**fors** *s* rapids pl.
**forsa** *itr* rush; *regnet ~r ned* the rain is coming down in torrents
**forska** *itr* search [*efter* for]; vetenskapa do research (research-work); ~ *i* investigate
**forskare** *s* lärd scholar, naturvetenskapsman scientist; med speciell uppgift research-worker
**forskning** *s* vetenskaplig research, research-work; undersökning investigation
**forsla** *tr* transport, convey; ~ *bort* carry away, remove
**fort** *adv* fast; på kort tid quickly, snabbt rapidly; snart soon; *det gick* ~ it was quick work; *gå för* ~ om klocka be fast; *så* ~ el. *så* ~ *som* as soon as
**forta** *refl*, ~ *sig* om klocka gain
**fortbilda** *refl*, ~ *sig* continue one's education (training)
**fortbildning** *s* further education (training)
**fortbildningskurs** *s* continuation course
**fortfarande** *adv* still
**fortgå** *itr* go on
**fortgående** *a* continuing
**fortkörning** *s*, *få böta för* ~ be fined for speeding
**fortplanta** *refl*, ~ *sig* breed, propagate; sprida sig spread
**fortplantning** *s* breeding, propagation; spridning spread
**fortsatt** *a*, *få* ~ *hjälp* continue to receive help, get further help
**fortskaffningsmedel** *s* means of conveyance, conveyance
**fortskrida** *itr* proceed; framskrida advance
**fortsätta** *tr itr* continue, go (keep) on; ~ *rakt fram* keep straight on; *han fortsatte sin väg* he went on his way
**fortsättning** *s* continuation; ~ *följer i nästa nummer* to be continued in our next; *god* ~ el. *god* ~ *på det nya året!* ung. A Happy New Year!; *i ~en* in future
**fortunaspel** *s* bagatelle
**forward** *s* forward
**fosfat** *s* phosphate
**fosfor** *s* phosphorus
**fossil** *s* o. *a* fossil
**foster** *s* foetus
**fosterbarn** *s* foster-child
**fosterfördrivning** *s* abortion
**fosterhem** *s* foster-home
**fosterland** *s* native country
**fosterländsk** *a* patriotic
**fosterskada** *s* damage to the foetus
**fostra** *tr* uppfostra bring up, rear
**fostran** *s* bringing up
**fostrare** *s* fosterer
**fot** *s* foot (pl. feet); på bord, lampa etc. stand; *sätta sin* ~ set foot [*hos ngn* in a p.'s house]; *komma på fötter* ekonomiskt get on to one's feet; *försätta på fri* ~ set free; *vara på fri* ~ be at liberty (at large); *stå på god* ~ *med ngn* be on an excellent footing with a p.; *på resande* ~ on the move; *till ~s* on foot
**fotbad** *s* foot-bath
**fotboll** *s* football; spelet, vard., äv. soccer
**fotbollsmatch** *s* football match
**fotbollsplan** *s* football ground (spelplanen field, pitch); *~en* vard. the park
**fotbollsspelare** *s* footballer
**fotbroms** *s* foot-brake
**fotfäste** *s* foothold, footing
**fotgängare** *s* pedestrian
**fotknöl** *s* ankle
**fotled** *s* ankle joint
**foto** *s* photo (pl. -s)
**fotoaffär** *s* camera shop, photographic dealer's
**fotoalbum** *s* photograph (photo) album
**fotoateljé** *s* photographer's studio
**fotoblixt** *s* flash-light, photoflash
**fotocell** *s* photo-electric cell, photocell
**fotogen** *s* paraffin, amer. Kerosene
**fotogenisk** *a* photogenic
**fotogenlampa** *s* paraffin (amer. Kerosene) lamp
**fotograf** *s* photographer

**fotografera** *tr* photograph; *låta ~ sig* have one's photograph taken
**fotografi** *s* **1** photograph **2** som konst photography
**fotografisk** *a* photographic
**fotokopia** *s* photocopy
**fotokopiera** *tr* photocopy
**fotostatkopia** *s* photocopy
**fotpall** *s* footstool
**fotspår** *s* footprint; *gå i ngns ~* follow in a p.'s footsteps
**fotsteg** *s* steg step; *höra ~* hear footsteps
**fotstöd** *s* foot-rest
**fotsula** *s* sole of a (the) foot
**fotsvett** *s, ha ~* have sweaty feet pl.
**fotvandrare** *s* walker, vard. hiker
**fotvandring** *s* utflykt walking-tour, vard. hike
**fotvård** *s* pedikyr pedicure; med. chiropody
**fotvårdsspecialist** *s* chiropodist
**foxterrier** *s* fox-terrier
**foxtrot** *s* foxtrot
**frack** *s* rock tail-coat, frackkostym dress-suit; vard. tails pl.; *klädd i ~* in evening dress
**frackskjorta** *s* dress shirt
**fradga** *s* o. *itr* froth, foam
**fragment** *s* fragment
**frakt** *s* **1** last sjö. freight, cargo; järnvägs~, bil~, flygfrakt goods pl. **2** avgift: sjö. o. flyg. freight; järnvägs~, bilfrakt carriage
**frakta** *tr* sjö. freight, med järnväg, bil, flyg carry, convey
**fraktgods** *s* koll., *som ~* järnv. by goods train
**fraktur** *s* med. fracture
**fram** *adv* **1 a)** om rörelse: framåt, vidare on, along, forward; till platsen (målet) there; *jag måste ~!* I must get through!; *kom ~!* a) ur gömställe, led m. m. come out! b) hit come here!; *ta ~* take out; *ända ~* dit all the way there; *ända ~ till ...* as far as ...; *~ och tillbaka* there and back, av och an to and fro **b)** om läge: framtill forward, in front **2** tid, *längre ~* later on; *~ på hösten* later on in the autumn; *långt ~ på dagen* late in the day; *till långt ~ på natten* until well into the night
**framaxel** *s* front axel
**framben** *s* foreleg
**framdel** *s* front part, front
**framdeles** *adv* längre fram later on; i framtiden in the future
**framemot** *prep, ~ kvällen* towards evening
**framfusig** *a* pushing, aggressive
**framför I** *prep* before, in front of; över above, ahead of; *~ allt* above all; *föredra te ~ kaffe* prefer tea to coffee **II** *adv* in front
**framföra** *tr* **1** överbringa convey; deliver äv. uttala; lyckönskan, tack proffer; ärende state; *framför min hälsning till ...!* give my kind regards to ...! **2** uppföra, förevisa present, produce, musik perform
**framförallt** *adv* above all
**framgå** *itr* be clear (evident) [*av* from]
**framgång** *s* success; *ha ~* be successful
**framgångsrik** *a* successful
**framhjul** *s* front wheel
**framhjulsdrift** *s* front-wheel drive
**framhjulsdriven** *a* bil. front-wheel driven
**framhålla** *tr* påpeka point out; betona emphasize, stress
**framhärda** *itr* persist, persevere
**framhäva** *tr* låta framträda bring out, set off; betona emphasize
**framifrån** *adv* from the front
**framkalla** *tr* **1** call (draw) forth, produce; åstadkomma bring about; förorsaka cause **2** foto. develop
**framkallning** *s* foto. development, developing
**framkomlig** *a* om väg passable, trafficable; bildl. practicable
**framkomma** *itr* bli känt come out
**framkomst** *s* ankomst arrival; *vid ~en* on arrival
**framliden** *a, framlidne ...* the late ...
**framlägga** *tr* t. ex. teori put forward
**framlänges** *adv* forward, forwards; på tåg facing the engine
**frammarsch** *s* advance; *vara på ~* bildl. be gaining ground
**framme** *adv* **1** i förgrunden in front; vid målet there; *han står här ~* he is standing here; *långt ~ i salen* well to the front of the hall; *när är vi ~?* when do we get there? **2** synlig, 'ute' out; till hands ready; *låta* ngt *ligga ~* leave ... about
**framryckning** *s* advance
**framsida** *s* front
**framskriden** *a* advanced; *tiden är långt ~* it is getting late
**framsteg** *s* progress (end. sg.); *göra ~* make progress; *stora ~* great progress
**framstupa** *adv, ramla ~* fall flat (flat on one's face)
**framstå** *itr* visa sig vara stand (come) out [*som* as]
**framstående** *a* prominent, högt ansedd eminent, distinguished

**framställa** *tr* **1** skildra describe, relate **2** tillverka produce, make
**framställning** *s* **1** beskrivning description, representation **2** förslag proposal [*om* for] **3** tillverkning production
**framstöt** *s* thrust, drive; bildl. energetic move
**framsynt** *a* far-seeing, far-sighted
**framsynthet** *s* foresight
**framsäte** *s* front seat
**framtand** *s* front tooth
**framtid** *s* future; *för (i) all* ~ for all time
**framtida** *a* future
**framtidsutsikter** *s pl* future prospects
**framtill** *adv* in front, at the front, i främre delen in the front part
**framtoning** *s* image
**framträda** *itr* **1** uppträda, visa sig appear; ~ *i radio* broadcast on the radio **2** avteckna sig stand out
**framträdande I** *s* uppträdande appearance **II** *a* viktig prominent, outstanding
**framtung** *a* . . . heavy at the front
**framvagn** *s* bils front part of a (resp. the) car
**framåt I** *adv* ahead; along; vidare onwards; *fortsätt* ~*!* keep straight on!; *luta sig* ~ lean forward **II** *prep* fram emot towards **III** *a, vara* ~ [*av sig*] be very go-ahead
**framåtanda** *s, ha stor* ~ be very go-ahead
**framåtskridande** *s* framsteg progress
**framåtsträvande** *a* go-ahead
**framöver** *adv, en lång tid* ~ for a long time ahead (to come)
**franc** *s* franc
**frank** *a* frank, open, straightforward
**frankera** *tr* sätta frimärke på stamp
**Frankrike** France
**frans** *s* fringe
**fransig** *a* trasig frayed
**fransk** *a* French
**franska** *s* **1** French; jfr *svenska 2* **2** se *franskbröd*
**franskbröd** *s* vitt bröd white bread; småfranska roll; långfranska French loaf
**fransman** *s* Frenchman (pl. Frenchmen); *fransmännen* som nation, lag etc. the French
**fransyska** *s* kvinna Frenchwoman (pl. Frenchwomen); jfr *svenska 1*
**frapperande** *a* striking, förvånande astonishing
**fras** *s* phrase äv. mus.
**fraseologi** *s* phraseology
**frasera** *tr* phrase äv. mus.
**frasig** *a* crisp
**fraternisera** *itr* fraternize
**fred** *s* peace; *jag får aldrig vara i* ~ I never get (have) any peace; *låt mig vara i* ~*!* leave me alone (in peace)!
**fredag** *s* Friday; ~*en den 8 maj* adverbiellt on Friday, May 8th; *förra* ~*en* last Friday; *i* ~*s* last Friday; *i* ~*s för en vecka sedan* a week ago last Friday; *i* ~*s i förra veckan* on Friday last week; vi träffas *om (på)* ~ . . . next Friday; *om (på)* ~*arna* on Fridays; *på* ~ *om åtta dar (om en vecka)* Friday week
**fredagskväll** *s* Friday evening (senare night); *på* ~*arna* on Friday evenings (nights)
**fredlig** *a* peaceful
**fredlös** *a* outlawed; *en* ~ an outlaw
**fredsfördrag** *s* peace treaty
**fredsförhandlingar** *s pl* peace negotiations (talks)
**fredsmäklare** *s* mediator
**fredspipa** *s* pipe of peace
**fredspris** *s,* ~*et* Nobels the Nobel Peace Prize
**fredsrörelse** *s* peace movement
**fredstrevare** *s* peace-feeler
**fredsvillkor** *s pl* peace terms
**fredsälskande** *a* peace-loving
**freestyle** *s* kassettbandspelare walkman ®
**fregatt** *s* frigate
**frekvens** *s* frequency äv. radio.
**frekvent** *a* frequent, common
**frekventera** *tr* t. ex. nöjeslokal frequent, patronize
**frenetisk** *a* frenzied, frantic
**freon** *s* ®Freon
**fresia** *s* freesia
**fresk** *s* fresco (pl. -es el. -s)
**fresta** *tr itr* **1** tempt **2** ~ *på* vara påfrestande be a strain on
**frestelse** *s* temptation; *falla för en frestelse (för* ~*r)* yield to temptation
**fri** *a* free; öppen, oskymd open; ~ *idrott* athletics; *det står dig* ~*tt att* inf. you are free (at liberty) to inf.; *vara* ~ *från misstankar* be clear of (be above) suspicion; *i det* ~*a* in the open (open air)
**1 fria I** *tr* frikänna acquit [*från* of]; ~*nde dom* verdict of acquittal (of not guilty) **II** *refl,* ~ *sig från misstankar* clear oneself of suspicion
**2 fria** *itr* propose [*till ngn* to a p.]
**friare** *s* suitor
**fribrottning** *s* all-in wrestling
**frid** *s* peace; lugn tranquillity; *allt är* ~ *och fröjd* everything in the garden is lovely

**fridfull** *a* peaceful, serene
**fridlysa** *tr* djur, växt etc. place ... under protection, preserve; ***fridlyst område*** naturskyddsområde nature reserve
**fridsam** *a* peaceable, placid
**frieri** *s* proposal, offer of marriage
**frige** *tr* släppa lös free, set ... free, release
**frigid** *a* frigid
**frigiditet** *s* frigidity
**frigivning** *s* setting free, release
**frigjord** *a* fördomsfri open-minded; emanciperad emancipated
**frigöra I** *tr* liberate, set ... free **II** *refl*, ~ ***sig*** free oneself, emancipate oneself
**frigörelse** *s* befrielse liberation; emancipation emancipation
**frihandel** *s* free trade
**frihet** *s* freedom, liberty; ***i ~*** at liberty; ***ta sig ~en att göra ngt*** take the liberty of doing a th.; ***ta sig ~er mot ngn (med ngt)*** take liberties with a p. (a th.)
**frihetskamp** *s* struggle for liberty
**frihetsstraff** *s* imprisonment
**frihetsälskande** *a* freedom-loving
**friidrott** *s* athletics sg.
**frikallad** *a*, ~ ***från värnplikt*** exempt from military service
**frikostig** *a* generous, liberal
**frikostighet** *s* generosity, liberality
**friktion** *s* friction
**friktionsfri** *a* frictionless
**frikyrklig** *a* Free Church ...
**frikänna** *tr* acquit [*från* of]
**frikännande** *s* acquittal
**friluftsbad** *s* open-air baths (pl. lika)
**friluftsdag** *s* ung. sports day
**friluftsliv** *s* outdoor life
**friluftsområde** *s* open-air recreation area
**friluftsteater** *s* open-air theatre
**frimurare** *s* freemason, mason
**frimärke** *s* stamp
**frimärksalbum** *s* stamp-album
**frimärksautomat** *s* stamp-machine
**fripassagerare** *s* stowaway
**frireligiös** *a* nonconformist
**frisersalong** *s* hairdresser's (barber's) [shop]
**frisim** *s* free style swimming
**frisinnad** *a* liberal, broad-minded
**frisk** *a* ej sjuk well, end. predikativt healthy, återställd recovered; ~ ***och kry*** hale and hearty; ***~a tänder*** sound teeth; ~ ***aptit*** a keen appetite; ~ ***luft*** fresh air
**friska** *tr*, ~ ***upp*** freshen up; ~ ***upp sina kunskaper*** brush up one's knowledge
**friskintyg** *s* certificate of health
**friskna** *itr*, ~ ***till*** recover
**friskskriva** *tr* declare ... fit
**frisksportare** *s* keep-fit type, health freak
**frisläppa** *tr* set ... free, release
**frispark** *s* sport. free kick
**frispråkig** *a* outspoken
**frissa** *s* vard. [ladies'] hairdresser
**frist** *s* anstånd respite, grace
**fristad** *s* skyddad ort sanctuary, refuge
**fristående** *a* ... that stands by itself, detached
**friställd** *a* arbetslös redundant
**frisyr** *s* hair style
**frisör** o. **frisörska** *s* hairdresser, barber
**frita** *tr* från skyldighet release, exempt; från ansvar relieve [*från* of]
**fritera** *tr* fry
**fritid** *s* spare time, leisure; ledig tid time off
**fritidsbåt** *s* pleasure-boat
**fritidsgård** *s* youth recreation centre
**fritidshem** *s* play centre
**fritidshus** *s* holiday cottage, summer house
**fritidskläder** *s pl* leisure (casual) wear sg.
**fritidsområde** *s* recreation area (ground)
**fritidssysselsättning** *s* spare-time occupation
**fritis** *s* vard. play centre
**frivillig I** *a* voluntary **II** *subst a* mil. volunteer
**frivilligt** *adv* voluntarily, of one's own free will
**frivolt** *s* gymn. somersault
**frodas** *itr dep* thrive, flourish
**frodig** *a* luxuriant; om person fat, plump, om kvinna äv. buxom
**from** *a* gudfruktig pious
**fr. o. m.** se *från och med* under *från*
**fromage** *s* ung. [cold] mousse
**fromhet** *s* piety
**front** *s* front
**frontalkrock** *s* head-on collision
**1 frossa** *s*, ***ha ~*** have the shivers
**2 frossa** *itr* gormandize; guzzle; ~ ***i*** ... wallow (revel) in ...
**frossare** *s* glutton, gormandizer, guzzler
**frossbrytning** *s* fit of shivering
**frosseri** *s* gluttony, gormandizing, guzzling
**frost** *s* frost; rimfrost hoar-frost
**frosta** *tr*, ~ ***av*** defrost
**frostbiten** *a* frost-bitten
**frostnatt** *s* frosty night
**frostskadad** *a* ... damaged by frost
**frotté** *s* terry cloth

**frottéhandduk** *s* terry (Turkish) towel
**frottera** *tr* rub
**fru** *s* gift kvinna married woman (lady), hustru wife; ~ *Ek* Mrs. Ek; *hur mår ~ Ek?* tilltal how are you, Mrs. Ek?
**frukost** *s* morgonmål breakfast; lunch lunch; för ex. jfr *middag 2*
**frukostbord** *s, vid ~et* vid frukosten at breakfast
**frukostflingor** *s pl* breakfast cereal sg.
**frukostmiddag** *s* early dinner
**frukostrast** *s* lunch-hour
**frukt** *s* fruit
**frukta** *tr itr* fear, be afraid [*ngt* of a th., *att* that]; ~ *för ngns liv* fear for a p.'s life
**fruktaffär** *s* fruit shop, fruiterer's
**fruktan** *s* rädsla fear, dread [*för* of]
**fruktansvärd** *a* terrible, dreadful
**fruktbar** *a* fertile; givande fruitful
**fruktkniv** *s* fruit-knife
**fruktlös** *a* futile, fruitless
**fruktodling** *s* fruit-growing; *en* ~ a fruit farm
**fruktsallad** *s* fruit salad
**fruktsam** *a* om kvinna fertile
**fruktträd** *s* fruit-tree
**fruktträdgård** *s* orchard
**fruntimmer** *s* female, speciellt amer. dame
**frusen** *a* frozen
**frustrerad** *a* frustrated
**frys** *s* freezer
**frysa** *itr* **1** till is freeze; bli frostskadad get frost-bitten **2** om person feel cold, be freezing; *jag ~er om händerna* my hands are cold □ ~ **fast** freeze; ~ **in,** ~ **ned** matvaror freeze, refrigerate; *rören har frusit* **sönder** the frost has burst the pipes; ~ **till (igen)** freeze, freeze over
**frysbox** *s* freezer, chest freezer
**frysdisk** *s* frozen-food display counter (cabinet)
**frysfack** *s* freezing-compartment
**fryspunkt** *s* freezing-point
**frysskåp** *s* freezer, cabinet freezer
**frystorka** *tr* freeze-dry
**fråga I** *s* question; *vad är det ~ om?* a) vad gäller saken? what's it all about? b) vad står på? what's the matter?; *mannen i ~* the man in question; *han kan komma i ~* som chef he is a possible choice ...; *det (han) kan inte komma i ~* it (he) is out of the question; *sätta i ~* betvivla question, call ... in question; *i ~ om* beträffande concerning, with regard to **II** *tr itr* ask; söka svar i (hos) question; ~ *efter ngn* ask for a p.; ~ *efter en bok* i bokhandeln inquire for a book; ~ *ngn om vägen* ask a p. the way **III** *refl,* ~ *sig* ask oneself, wonder
**frågeformulär** *s* questionnaire
**frågesport** *s* quiz
**frågetecken** *s* question-mark
**frågvis** *a* inquisitive
**från** *prep* from; *bort ~ (ned ~)* off; ~ *och med* (förk. *fr. o. m.* el. *f.o.m.*) *den 1 maj* as from May 1st; ~ *och med den dagen* var han ... from that very day ...; ~ *och med nu* skall jag from now on ...; ~ *och med sid. 10* from page 10 on; *börja ~ början* begin at the beginning; *gå ~ bordet* leave the table; *hr A. ~ Stockholm* Mr A. of Stockholm
**frånskild** *a* om makar divorced; *en* ~ a divorcee
**frånta** *tr,* ~ *ngn* take ... away from a p., beröva deprive a p. of
**frånvarande** *a* absent; *de* ~ those absent; tankspridd absent-minded, upptagen av sina tankar preoccupied
**frånvaro** *s* absence [*av* of, *från* from]
**fräck** *a* impudent, vard. cheeky, amer. fresh [*mot* to]; *det var det ~aste!* vard. what cheek (a nerve)!
**fräckhet** *s* impudence, insolence, vard. cheek, nerve (samtliga end. sg.); *hans ~er* yttranden his impudent (cheeky) remarks
**fräknar** *s pl* freckles
**fräknig** *a* freckled
**frälsa** *tr* save, redeem
**frälsare** *s* saviour
**frälsning** *s* salvation
**Frälsningsarmén** *s* the Salvation Army
**främja** *tr* promote, further
**främjande** *s* promotion, furtherance
**främling** *s* strange [*för* to]; utlänning foreigner
**främlingslegion** *s, ~en* the Foreign Legion
**främlingspass** *s* alien's passport
**främmande I** *a* obekant strange, unknown, unfamiliar [*för* to]; utländsk foreign **II** *s* gäster guests pl., visitors pl., company
**främre** *a* front, fore
**främst** *adv* först first, längst fram in front; om rang foremost; huvudsakligen chiefly; *gå* ~ go first, walk in front; *ligga* ~ i tävling lead
**främsta** *(främste) a* förnämsta foremost, viktigaste chief; första first, front
**frän** *a* om lukt, smak pungent, acrid; ~ *kritik* biting criticism
**fräsa I** *itr* väsa hiss, brusa fizz; vid stekning sizzle, om katt spit [*åt* at] **II** *tr* hastigt steka fry, frizzle; ~ *smör* heat butter
**fräsch** *a* fresh, fresh-looking; ren clean

**fräscha** *tr,* ~ *upp* freshen up, bildl. refresh, brush up
**fräta** *tr itr,* ~ el. ~ *på (sönder)* ngt om syra etc. corrode; *~nde ämne* corrosive
**frö** *s* seed
**fröhandel** *s* butik seed-dealer's
**fröjd** *s* glädje joy, lust delight
**fröken** *s* ogift kvinna unmarried woman; ung dam young lady; lärarinna teacher; som titel Miss; *F~!* till uppasserska Waitress!, vard. Miss!; *kan* ~ *säga mig* ... could you please tell me ..., Miss; *lilla* ~ vard. young lady; *F~ Ur* the speaking clock; *F~ Väder* the telephone weather service, i Engl. the Weather Phone
**frömjöl** *s* pollen
**fuchsia** *s* fuchsia
**fuffens** *s, ha något* ~ *för sig* be up to mischief
**fukt** *s* damp, väta moisture
**fukta** *tr* moisten, wet
**fuktig** *a* damp, t.ex. om klimat moist; råkall damp; *~a läppar* moist lips
**fuktighet** *s* dampness; moistness; humidity
**ful** *a* ugly; alldaglig plain; amer. äv. homely; ~ *fisk* ugly customer; ~ *gubbe* dirty old man; *~a ord* bad language sg.; ~ *vana* nasty habit; ~ *i mun* foul-mouthed
**fuling** *s* nasty customer
**full** *a* **1** full [*av, med* of], fylld filled [*av* with]; *det är ~t* fullsatt we are full up; *hälla (slå) glaset ~t* fill the glass; *på ~t allvar* quite seriously; *njuta av ngt i ~a drag* enjoy a th. to the full; *~t förtroende* complete confidence; *med ~ rätt* quite rightly; *ha ~ tjänst* i skola be a full-time teacher; *månen är* ~ the moon is full **2** onykter ... drunk, drunken ..., vard. tipsy, ... tight; *supa sig* ~ get drunk
**fullastad** *a* fully loaded
**fullbelagd** *a* full, ... full up
**fullblod** *s* thoroughbred
**fullbokad** *a* fully booked, ... booked up
**fullborda** *tr* slutföra complete, finish; *ett ~t faktum* an accomplished fact
**fullfjädrad** *a* bildl. full-fledged, accomplished
**fullfölja** *tr* slutföra complete, finish; genomföra follow (carry) out
**fullgod** *a* perfectly satisfactory, utmärkt perfect
**fullgöra** *tr* perform, discharge, fulfil, carry out, execute
**fullkomlig** *a* **1** felfri perfect **2** fullständig complete, entire
**fullkomlighet** *s* perfection
**fullkomligt** *adv* perfectly, completely; helt entirely, utterly
**fullkornsbröd** *s* wholemeal bread
**fullmakt** *s* bemyndigande authorization; *ge ngn* ~ *att* inf. authorize a p. to inf.
**fullmåne** *s* full moon
**fullo** *s, till* ~ to the full, fully
**fullpackad** o. **fullproppad** *a* crammed, packed [*med* with]
**fullsatt** *a* full, crowded, packed
**fullständig** *a* komplett etc. complete, entire, full; total etc. perfect, total
**fullt** *adv* completely, fully, alldeles quite; *ha* ~ *upp med arbete* have plenty of work; *arbeta för* ~ work like mad; *med radion på för* ~ with the radio on at full blast; *inte* ~ ett år not quite ...
**fulltalig** *a* complete; *en* ~ *publik* a full audience
**fullträff** *s* direct hit; pjäsen blev *en verklig* ~ ... a real (smash) hit
**fullvuxen** *a* full-grown; *bli* ~ grow up
**fullvärdig** *a,* ~ *kost* a balanced diet
**fullända** *tr* **1** complete, finish **2** fullkomna perfect; *~d skönhet* perfect beauty
**fulländning** *s* perfection
**fumla** *itr* fumble [*med* with, at]
**fumlig** *a* fumbling
**fundament** *s* foundation, foundations pl.
**fundamental** *a* fundamental, basic
**fundera** *itr* tänka think [*på, över* of, about]; grubbla ponder [*på, över* over]; ~ *på* överväga *att* inf. think of (consider) ing-form; *jag skall* ~ *på saken* I will think the matter over; *jag har ofta ~t över* undrat *varför han* ... I have often wondered why he ...; ~ *ut* think (work) out
**fundering** *s, ~ar* tankar thoughts, idéer ideas
**fundersam** *a* tankfull thoughtful, meditative
**fungera** *itr* **1** gå riktigt work, function; hissen *~r inte* ... is out of order, ... is not working **2** tjänstgöra act, serve [*som* as]
**funka** *itr* vard. work, function; act [*som* as]; jfr äv. *fungera*
**funktion** *s* function; *fylla en* ~ serve a purpose; *ur* ~ out of order
**funktionär** *s* official; vid tävling steward
**furir** *s* corporal, inom flottan leading seaman
**furste** *s* prince
**furstendöme** *s* principality
**furstlig** *a* princely
**furu** *s* virke pine, pinewood; ett bord *av* ~ a deal table
**fusk** *s* **1** skol. o. i spel cheating **2** slarvigt arbete botched (bungled, hafsverk scamped) work

**fuska** *itr* skol. o. i spel cheat
**fusklapp** *s* crib
**fuskverk** *s, ett* ~ a botched piece of work
**futtig** *a* ynklig paltry; lumpen mean
**futurum** *s* the future tense
**fux** *s* häst bay, bay horse
**fy** *itj* oh!; ~ *fan!* hell!; ~ *skäms!* shame on you!, till barn naughty, naughty!
**fylla** *tr* **1** fill; stoppa full stuff äv. kok.; *det fyller sitt ändamål* it serves its purpose; ~ *bensintanken* fill up the tank, fill up; ~ *vin i* glasen pour wine into ...; *hennes ögon fylldes av tårar* her eyes filled with tears **2** *när fyller du år?* when is your birthday?; *han fyllde femtio i går* he was fifty yesterday □ ~ **i** *en blankett* fill in (up) a form; ~ **igen** t. ex. hål fill up, stop up; ~ **på** a) kärl fill el. fill up b) vätska pour el. pour in; ~ *på bensin* tanka fill up
**fyllbult** *s* vard. boozer, amer. äv. wino
**fylleri** *s* drunkenness
**fyllerist** *s* drunk
**fyllig** *a* **1** om person plump, speciellt om kvinna buxom; om figur, kroppsdel ample, full **2** bildl., om t. ex. framställning full, detailed; om urval etc. rich; om vin full-bodied; om ton, röst rich, mellow
**fyllnadsgods** *s* bildl. padding
**fyllning** *s* filling äv. tand~; kok. stuffing, i pralin etc. centre
**fyllo** *s* vard. drunk
**fylltratt** *s* drunkard, vard. boozer
**fynd** *s* det funna find, upptäckt discovery; *göra ett* ~ gott köp make a bargain
**fyndig** *a* påhittig, om person inventive, rådig resourceful, slagfärdig witty; om sak ingenious
**fyndpris** *s* bargain price
**fyr** *s* fyrtorn lighthouse
**1 fyra** *itr*, ~ *av* fire, let off, discharge
**2 fyra I** *räkn* four; *mellan* ~ *ögon* in private, privately; *på alla* ~ on all fours; jfr *fem* o. sammansättningar **II** *s* four; ~*ns växel* fourth gear; jfr *femma*
**fyrbent** *a* four-legged
**fyrcylindrig** *a* four-cylinder ...
**fyrdubbel** *a* fourfold, quadruple
**fyrdubbla** *tr* multiply... by four, quadruple
**fyrfaldig** *a* fourfold; *ett* ~*t leve för* ... four (eng. motsv. three) cheers for ...
**fyrfotadjur** *s* quadruped, four-footed animal
**fyrhändigt** *adv* mus., *spela* ~ play a duet (resp. duets)
**fyrkant** *s* kvadrat square, speciellt geom. quadrangle
**fyrkantig** *a* square, quadrangular
**fyrklöver** *s* four-leaf clover, bildl. quartet
**fyrling** *s* quadruplet, vard. quad
**fyrop** *s pl* cries of 'shame!'
**fyrsidig** *a* quadrilateral
**fyrskepp** *s* lightship
**fyrspann** *s* four-in-hand
**fyrtaktsmotor** *s* four-stroke engine
**fyrtio** *räkn* forty; jfr *femtio* o. sammansättningar
**fyrtionde** *räkn* fortieth
**fyrtorn** *s* lighthouse
**fyrvaktare** *s* lighthouse-keeper
**fyrverkeri** *s*, ~ el. ~*er* fireworks pl.; *ett* ~ a firework display
**fyrverkeripjäs** *s* firework
**fysik** *s* **1** vetenskap physics sg. **2** kroppskonstitution physique, constitution
**fysikalisk** *a* physical
**fysiker** *s* physicist
**fysiolog** *s* physiologist
**fysionomi** *s* physiognomy
**fysioterapi** *s* physiotherapy
**fysioterapist** *s* physiotherapist
**fysisk** *a* physical
**1 få I** *hjälpvb* **1** få tillåtelse att be allowed (permitted) to; ~*r jag gå nu?* may (can) I go now?; *jag* ~*r inte glömma det* I must not forget it **2** ha tillfälle el. möjlighet att be able to, have an opportunity (a chance) to; *vi* ~*r tala om det senare* äv. we can talk about that later; *vi* ~*r väl se* we'll see about that; ~ *höra,* ~ *se,* ~ *veta* etc., se resp. verb **3** vara tvungen att have to, have got to; *du* ~*r ta (lov att ta)* en större väska you want ..., you need ..., you must have ... **II** *tr* erhålla etc. get, obtain, receive, have; *kan jag få* lite te? can I have ... please?; *jag ska be att* ~ *lite frukt* i butik I should like some fruit; *vem har du* ~*tt den av?* who gave you that?; *vad* ~*r vi till middag?* what's for dinner?; *det ska du* ~ *för!* I'll pay you out for that!; *där fick han!* det var rätt åt honom! serves him right!; ~ förmå *ngn att göra ngt* make a p. do a th., get a p. to do a th.; ~ *ngn i säng* get a p. to bed □ ~ **av (av sig)** get ... off; ~ **bort** avlägsna remove; ~ **ngn fast** catch a p.; ~ **fram** ta fram get ... out [*ur* of]; ~ **för sig** sätta sig i sinnet get into one's head ..., inbilla sig imagine ...; ~ **i** *ngt* **i** ... get a th. into ...; ~ **i sig** tvinga i sig get ... down; *det skall du* ~ **igen!** I'll pay you back for that!; ~ **ihop** samla get ... together, collect; ~ **in** get ... in; ~ *in* ihop *pengar* collect money; ~ **loss** get ... off, få ur get ... out; ~ **på (på sig)** get ... on; ~ **tillbaka** get ... back; ~ **upp**

**a)** öppna open, lyckas öppna manage to open, t. ex. lock get ... off **b)** kunna lyfta raise, lift, få uppburen get ... up; ~ *upp farten* komma i gång get up speed; ~ **ut** get ... out [*ur* of]; t. ex. lön, arv obtain; lösa solve; ~ *ut det mesta möjliga av* ... utnyttja make the most of ...; ~ **över** få kvar have (have got) ... left (to spare)

**2 få** *pron* few; *blott* ~ only a few; *inte så* ~ quite a few; *några* ~ a few; *ytterst* ~ very few

**fåfäng** *a* **1** flärdfull vain **2** resultatlös vain, ... in vain

**fåfänga** *s* flärd vanity

**fågel** *s* bird; tamfågel kok. poultry koll.; *varken* ~ *eller fisk* neither fish, flesh nor fowl

**fågelbo** *s* bird's nest

**fågelbord** *s* bird-table

**fågelbur** *s* bird-cage

**fågelfrö** *s* bird-seed

**fågelholk** *s* nesting box

**fågelskrämma** *s* scarecrow

**fågelskådare** *s* birdwatcher

**fågelvägen** *s*, det är en mil ~ ... as the crow flies

**fåll** *s* sömn. hem

**1 fålla** *tr* sömn. hem

**2 fålla** *s* inhägnad pen, fold

**fåne** *s* fool, idiot

**fånga I** *s*, *ta ngn till* ~ take a p. prisoner, capture a p.; *ta sitt förnuft till* ~ be sensible (reasonable) **II** *tr* catch, take

**fånge** *s* prisoner, straffånge convict

**fången** *a* fängslad captured, imprisoned, captive; *hålla* ~ keep ... in captivity, hold ... prisoner

**fångenskap** *s* captivity; befria ngn *ur* ~*en* ... from captivity

**fångläger** *s* prison camp, mil. prisoner of war camp

**fångst** *s* byte catch

**fångvaktare** *s* warder

**fånig** *a* silly, stupid; löjlig ridiculous

**fåntratt** *s* vard. fool, idiot

**fåordig** *a* taciturn

**får** *s* sheep (pl. lika); kött mutton

**fåra** *s* o. *tr* furrow

**fårkött** *s* mutton

**fårskalle** *s* vard. blockhead

**fårskinn** *s* sheepskin

**fårstek** *s* roast mutton

**fårull** *s* sheep's wool

**fåtal** *s* minority; *endast ett* ~ only a small number

**fåtalig** *a*, *de är* ~*a* they are few (few in number); *den* ~*a publiken* the small audience

**fåtölj** *s* armchair, easy chair

**fäderneslan d** *s* native country

**fägring** *s* poet. beauty

**fähund** *s* lymmel blackguard, rotter

**fäkta** *itr* fence; ~ *med armarna* gesticulate violently

**fäktare** *s* fencer

**fäktning** *s* fencing

**fälg** *s* på hjul rim

**fälla I** *s* trap; *lägga ut en* ~ *för* set a trap for **II** *tr* **1** få att falla fell, speciellt jakt. bring down; låta falla drop; sänka, t. ex. bom lower; ~ *ett förslag* defeat a proposal; ~ *tårar* shed tears **2** förlora, t. ex. blad, hår shed, cast **3** avge, ~ *ett yttrande* make a remark **4** förklara skyldig convict [*för* of] **III** *itr* om tyg etc. lose its colour, fade; *färgen fäller* the colour runs □ ~ **ihop** t. ex. fällstol fold up; ~ **ned** lock shut; bom, sufflett lower; krage turn down; paraply put down; ~ **upp** lock open; krage turn up; paraply put up

**fällkniv** *s* clasp-knife, jack-knife

**fällstol** *s* folding chair, utan ryggstöd camp-stool, vilstol deck-chair

**fält** *s* field

**fältherre** *s* commander, general

**fältkikare** *s* field-glasses pl.

**fältkök** *s* field kitchen

**fältmarskalk** *s* field marshal

**fältslag** *s* pitched battle

**fälttåg** *s* campaign

**fältuniform** *s* field uniform, battle dress

**fängelse** *s* prison, gaol, speciellt amer. jail; *få livtids* ~ get a life sentence, be imprisoned for life; *sitta (sätta ngn) i* ~ be (put a p.) in prison (gaol)

**fängelsecell** *s* prison cell

**fängelsedirektör** *s* prison governor (amer. warden)

**fängelsestraff** *s* imprisonment, term of imprisonment; *avtjäna ett* ~ serve a prison sentence

**fängsla** *tr* **1** sätta i fängelse imprison; arrestera arrest **2** tjusa captivate, fascinate; ~*nde* spännande, intressant absorbing, thrilling

**fängslig** *a*, *hålla (ta) i* ~*t förvar* keep in (take into) custody

**fänkål** *s* fennel; krydda fennel-seed

**fänrik** *s* inom armén second lieutenant, inom flyget pilot officer; amer., inom armén o. flyget second lieutenant

**färd** *s* resa journey; till sjöss voyage; *vara i full* ~ *med att* inf. be busy ing-form

**färdas** *itr dep* travel

**färdig** *a* avslutad finished, completed, done; klar, beredd ready, prepared [*till* for];

~ *att användas* ready for use; *få (göra) ngt ~t* a) avsluta finish a th. b) iordningställa get a th. ready [*till* for]; *skriva brevet ~t* finish writing the letter; *är du ~ (~ med arbetet)?* have you finished (finished your work)?; *han är alldeles ~* slut he is done for; *vara ~* nära *att* inf. be on the point of ing-form
**färdigförpackad** *a* pre-packed
**färdighet** *s* skicklighet skill, proficiency
**färdigklädd** *a* dressed
**färdiglagad** *a*, ~ *mat* ready-cooked food
**färdigställa** *tr* prepare, get ... ready
**färdigsydd** *a* konfektionssydd ready-made
**färdigt** *adv*, *äta (läsa)* ~ finish eating (reading)
**färdledare** *s* guide, leader
**färdskrivare** *s* bil. tachograph; flyg. flight recorder, vard. black box
**färdtjänst** *s* mobility service, transportation service for old (disabled) persons
**färdväg** *s* route
**färg** *s* colour; målarfärg paint; till färgning dye; nyans shade, tint; kortsp. suit; *få ~* om ansikte get a colour; *vad är det för ~ på (vilken ~ har) bilen?* what colour is the car?
**färga** *tr* colour; tyg, hår dye; *duken har ~t av sig* the dye has come off the cloth
**färgad** *a* coloured, målad painted, med färgning dyed; *de ~e* som grupp the coloured people
**färgband** *s* för skrivmaskin typewriter ribbon
**färgbild** *s* colour picture
**färgblind** *a* colour-blind
**färgfilm** *s* colour film
**färgfoto** *s* bild colour photo
**färgglad** *a* richly coloured
**färggrann** *a* richly coloured, full of colour, neds. gaudy
**färghandel** *s* paint dealer and chemist
**färgklick** *s* bildl. splash of colour
**färglåda** *s* paint-box
**färglägga** *tr* colour; foto. tint
**färglös** *a* colourless
**färgpenna** *s* coloured pencil
**färgskala** *s* range of colours
**färgstark** *a* colourful
**färg-TV** *s* colour television (TV)
**färgäkta** *a* colour-fast; tvättäkta wash-proof
**färja** *s* ferry, speciellt mindre ferry-boat
**färjförbindelse** *s* ferry-service
**färre** *komp* fewer
**färs** *s* minced meat; t. ex. på fisk mousse
**färsk** *a* frisk, ej konserverad fresh; *~t bröd* fresh (new) bread; ~ *frukt* fresh fruit; ~ *potatis* new potatoes
**färskvaror** *s pl* perishables
**Färöarna** *pl* the Faroe Islands, the Faroes
**fästa I** *tr* fasten, fix, attach; ~ *blicken på* fix one's eyes on; *vara mycket fäst vid* be very much attached to **II** ~ *sig vid ngn* become attached to a p.; ~ *sig vid ngt* pay attention to a th.
**fäste** *s* **1** stöd, tag hold, fotfäste foothold, footing; *få ~* get a hold (grip) **2** befästning stronghold äv. bildl.
**fästing** *s* tick
**fästman** *s* fiancé
**fästmö** *s* fiancée
**fästning** *s* fort, fortress
**föda I** *s* food, näring nourishment; uppehälle living; *fast ~* solid food; *flytande ~* liquid food **II** *tr* **1** give birth to; *han föddes* den 1 mars he was born ... **2** alstra breed **3** ge föda åt feed, försörja support, maintain; ~ *upp* djur breed, rear
**född** *a* born; *Födda* rubrik Births; *hon är ~ B.* her maiden name was B.; *när är du ~?* when were you born?; *han är ~ svensk* he is a Swede by birth
**födelse** *s* birth; *efter (före) Kristi ~*, se *Kristus*
**födelseannons** *s* announcement in the births column
**födelseattest** *s* birth certificate
**födelsedag** *s* birthday
**födelsedatum** *s* date of birth
**födelsekontroll** *s* birth-control
**födelsemärke** *s* birthmark
**födelsenummer** *s* birth registration number
**födelseort** *s* birthplace; i formulär place of birth
**födoämne** *s* food (end. sg.); food-stuff
**födsel** *s* förlossning delivery; födelse birth; *från ~n* from birth
**1 föga** *a adv* very little; ~ *trolig* not very likely, improbable
**2 föga** *s*, *falla till ~* yield, submit [*för* to]
**fögderi** *s* tax collection district
**föl** *s* foal; unghäst colt, ungsto filly
**följa** *tr* **1** follow; efterträda succeed **2** ledsaga accompany; ~ *ngn till tåget (båten* etc.*)* see a p. off; *jag följer dig en bit på väg* I will come with you part of the way □ ~ **av ngn** see a p. off; ~ **efter** follow; ~ **med** a) komma med come (dit go) along [*ngn* with a p.]; ~ *med ngn* äv. accompany a p.; hänga med, han talar så fort att jag inte kan ~ *med* ... follow him; *han kan inte ~ med i klassen*

he cannot keep up with the rest of the class; ~ *upp* follow up
**följaktligen** *adv* consequently, accordingly
**följande** *a* following; *den ~ diskussionen* blev ... the discussion that followed ...; *på ~ sätt* in the following way
**följas** *itr dep*, ~ *åt* go together
**följd** *s* **1** succession, sequence; *en ~ av olyckor* a series of accidents; fem år *i ~* ... in succession **2** konsekvens consequence; *ha (få) till ~* result in; *ha till ~ att* ... have the result that ...
**följesedel** *s* delivery note
**följeslagare** *s* companion, follower
**följetong** *s* serial story, serial
**föna** *tr* håret blow-wave, blow-dry
**fönster** *s* window
**fönsterbleck** *s* window-ledge
**fönsterbräde** *s* window-sill
**fönsterkarm** *s* window-frame
**fönsterlucka** *s* shutter
**fönsterputsare** *s* window-cleaner
**fönsterruta** *s* window-pane
**fönstertittare** *s* peeping Tom, voyeur
**1 för** *s* på båt stem, prow
**2 för I** *prep* **1** for; *ha användning ~* have use for; *det blir inte bättre ~ det* that won't make it any better; *han är lång ~ sin ålder* he is tall for his age; *jag får inte ~ pappa* father won't let me; han får göra vad han vill ~ *mig* ... as far as I'm concerned **2** to; *visa ngt ~ ngn* show a th. to a p.; ~ *mig* i mina ögon to me; *blommorna dör ~ mig* my flowers keep dying **3** vid genitivförhållande of; *chef ~* head of; *priset ~* varan the price of ...; *tidningen ~ i går* yesterday's paper **4** i tidsuttryck, ~ *fem dagar framåt* for the next five days; få men ~ *livet* ... for life; ~ ... *sedan* ... ago; ~ *ett år sedan* a year ago; ~ *länge sedan* long ago, se äv. ex. under *länge* **5** i andra förb., *dölja (gömma)* ... ~ *ngn* hide ... from a p.; *oroa sig ~ ngn (ngt)* worry about a p. (a th.); *skriva ~ hand* ... write by hand; jag har köpt det ~ *egna pengar* ... with my own money; *ta lektioner ~ ngn* have lessons with a p.; köpa tyg ~ *100 kronor metern* ... at 100 kronor a metre; bli sämre ~ *varje dag* el. ~ *varje dag som går* ... every day; var och en ~ *sig* ... separately; *hålla handen ~ munnen* hold one's hand before one's mouth; ha en hel våning ~ *sig själv* ... to oneself; *vara ~ sig själv* ensam be alone **II** *konj* ty for; ~ *att* därför att because; *inte ~ att jag* hört något not that I ...; ~ *att* på det att so (in order) that; ~ *att produktionen skall kunna ökas måste vi* ... for production to be increased we must ...; vägen var *för (alltför) smal ~ att två bilar skulle kunna mötas* ... too narrow for two cars to pass; han talar bra ~ *att vara utlänning* ... for a foreigner **III** *adv* **1** alltför too; ~ *litet* too little **2** gardinen *är ~* fördragen ... is drawn; luckan (regeln) *är ~* ... is to
**föra I** *tr* **1** convey, bära carry, forsla transport; ta med sig: hit bring, dit take; ~ *ngn till sjukhus* take a p. to hospital; ~ *handen över* ... pass one's hand over ... **2** leda lead, guide, ledsaga conduct, dit take, hit bring; ~ *ett flygplan* fly a plane; ~ *förhandlingar* conduct (carry on) negotiations; ~ *en politik* pursue a policy **II** *itr* lead; *det skulle ~* oss *för långt* it would carry (take) us too far □ ~ **bort** take (lead, carry) ... away (undan off), remove; ~ **fram** idé etc. bring up; ~ **in** introduce, take (hitåt bring) ... in, lead (conduct) ...; ~ **med sig** carry (take) ... along with one; ~ **samman** bring ... together; ~ **upp** skriva upp enter [*på* on]; *för upp det på mitt konto* put it down to my account; ~ **ut** varor export; ~ **vidare** skvaller etc. pass on
**förakt** *s* contempt; *hysa ~ för ngn* feel contempt for a p.
**förakta** *tr* ringakta despise, scorn
**föraktfull** *a* contemptuous, scornful
**föraktlig** *a* värd förakt contemptible; futtig paltry
**föraning** *s* premonition, presentiment [*om att* that]
**förankra** *tr* anchor [*vid* to]; *fast ~d* djupt rotad deeply rooted
**förankring** *s* anchorage äv. bildl.
**föranleda** *tr* **1** förorsaka bring about, cause, ge upphov till give rise to **2** förmå, ~ *ngn att* inf. cause (lead) a p. to inf., make a p. inf. utan 'to'
**föranlåten** *a*, *känna (se) sig ~ att* feel called upon to
**förarbete** *s* preparatory work (end. sg.)
**förare** *s* av bil etc. driver, av motorcykel etc. rider, av flygplan pilot
**förarga** *tr* annoy, provoke
**förargelse** *s* **1** förtret vexation, annoyance **2** anstöt offence; *väcka ~* cause offence
**förargelseväckande** *a* offensive; scandalous; ~ *beteende* disorderly conduct
**förarglig** *a* förtretlig annoying, retsam irritating, tantalizing
**förarhytt** *s* driver's cab, på tåg driver's compartment, på flygplan cockpit
**förarplats** *s* driver's seat
**förband** *s* **1** bandage, kompress etc. dress-

ing; ***första*** ~ first-aid bandage **2** mil. unit; flyg. formation
**förbandslåda** *s* first-aid kit
**förbanna** *tr* curse, damn
**förbannad** *a* cursed; svordom vanl. bloody, damned, confounded, amer. goddamn; ***bli*** ~ vard. get furious [*på* with]
**förbannat** *adv* vard. bloody, damned, svagare confounded
**förbannelse** *s* curse
**förbarma** *refl*, ~ ***sig*** take pity, speciellt relig. have mercy [*över* on]
**förbarmande** *s* mercy, pity
**förbaskad** *a* vard. confounded, damned
**förbehåll** *s* reserve, reservation, inskränkning restriction, villkor condition; ***med (under)*** ~ ***att*** ... provided that ...
**förbehålla** *tr*, ~ ***ngn ngt*** reserve a th. for a p.; ~ ***sig rätten att*** inf. reserve the right to inf.
**förbehållen** *a* reserved [*för* for]
**förbereda I** *tr* prepare [*för, på* for] **II** *refl*, ~ ***sig*** prepare oneself [*för, på ngt* for a th.]; göra sig i ordning get ready, get oneself ready [*för, till* for]
**förberedande** *a* preparatory, preliminary
**förberedelse** *s* preparation
**förbi** *prep adv* past, by
**förbifart** *s*, ***i*** ~***en*** in passing
**förbigå** *tr* pass ... over; strunta i ignore
**förbigående** *s*, ***i*** ~ in passing
**förbigången** *a* passed over; ***känna sig*** ~ feel left out
**förbinda I** *tr* **1** sår bandage, dress **2** förena join, attach [*med* to]; connect [*med* with, to], combine, associate [*med* with]; ***det är förbundet med stor risk*** it involves a considerable risk **II** *refl*, ~ ***sig*** förplikta sig bind (pledge) oneself
**förbindelse** *s* connection, mellan personer o. mellan stater relations pl.; kärleks~ love-affair; ***daglig (direkt)*** ~ daily (direct) service; ***diplomatiska*** ~***r*** diplomatic relations; ***kulturella*** ~***r*** äv. cultural intercourse sg.; ***stå i*** ~ ***med*** a) ha kontakt be in touch (contact) with b) vara förenad med be connected with; ***sätta ngt i*** ~ ***med*** connect a th. with; ***sätta sig (ngn) i*** ~ ***med*** get in (put a p. in) touch with
**förbise** *tr* overlook, avsiktligt disregard
**förbiseende** *s*, ***av (genom ett)*** ~ through an oversight
**förbistring** *s* confusion
**förbittrad** *a* bitter; ursinning furious [*över* about, at; *på* with]
**förbittring** *s* bitterness; ursinne fury
**förbjuda** *tr* forbid; om myndighet prohibit
**förbjuden** *a* forbidden; prohibited; ***Rökning*** ~ No Smoking
**förbli** *itr* remain
**förblinda** *tr* blind
**förbluffa** *tr* amaze, astound
**förblöda** *itr* bleed to death
**förbruka** *tr* consume, use; göra slut på use up, krafter exhaust, pengar spend
**förbrukare** *s* consumer, user
**förbrukning** *s* consumption
**förbrukningsartikel** *s* article of consumption
**förbrylla** *tr* bewilder, confuse
**förbrytare** *s* criminal, grövre felon
**förbrytelse** *s* crime
**förbränna** *tr* burn up
**förbränning** *s* burning; fys. combustion
**förbränningsmotor** *s* internal-combustion engine
**förbrödra** *refl*, ~ ***sig*** fraternize
**förbud** *s* prohibition [*mot* of], ban [*mot* on]
**förbund** *s* mellan stater alliance, union, förening etc. äv. federation
**förbundskapten** *s* sport. manager
**förbundsrepublik** *s* federal republic
**förbättra** *tr* improve
**förbättring** *s* improvement
**fördel** *s* **1** advantage [*framför* over, *för* to, *med* of]; ***dra (ha)*** ~ ***av*** benefit (profit) by **2** tennis advantage, vard. van
**fördela** *tr* distribute; uppdela divide
**fördelaktig** *a* advantageous [*för* to]
**fördelardosa** *s* bil. distributor
**fördelare** *s* bil. distributor
**fördelarlock** *s* bil. distributor cap
**fördelning** *s* distribution; division
**fördjupa I** *tr* deepen **II** *refl*, ~ ***sig i*** studier etc. become absorbed in ...
**fördom** *s*, ~ o. ~***ar*** prejudice sg.
**fördomsfri** *a* unprejudiced
**fördomsfull** *a* prejudiced
**fördrag** *s* avtal treaty
**fördriva** *tr*, ~ ***tiden*** pass (kill) time
**fördröja** *tr* delay, retard
**fördubbla** *tr* double, öka redouble
**fördubblas** *itr dep* double, redouble
**fördäck** *s* foredeck
**fördärv** *s* ruin, undergång destruction
**fördärva** *tr* ruin, destroy, moraliskt corrupt, deprave
**fördärvad** *a* ruined; depraved
**fördöma** *tr* condemn
**fördömd** *a* damned, svordom äv. confounded

**fördömlig** *a* reprehensible, ... to be condemned
**1 före** *s* se *skidföre*
**2 före I** *prep* **1** before, ahead of; *inte* ~ kl. 7 not before (earlier than) ... **2** ~ *detta* (förk. *f. d.*): ~ *detta ambassadör i* ... formerly ambassador in ...; ~ *detta rektorn vid* ... the late headmaster at ...; ~ *detta världsmästare* ex-champion **II** *adv* before; *dagen* ~ the day before; *med fötterna (huvudet)* ~ feet (head) foremost (first); *vara (ligga)* ~ be ahead; *min klocka går* ~ my watch is too fast
**förebild** *s* prototype [*för, till* of]; mönster pattern, model
**förebrå** *tr* reproach [*för* with], klandra blame [*för* for]
**förebråelse** *s* reproach; *få* ~*r* be reproached (blamed)
**förebud** *s* omen, portent [*till* of]
**förebygga** *tr* förhindra prevent, förekomma forestall
**förebyggande** *a* preventive
**förebåda** *tr* varsla om promise, något ont portend, forebode
**föredra** *tr* prefer [*framför* to]
**föredrag** *s* anförande talk, föreläsning lecture [*över* on]; *hålla* ~ el. *ett* ~ give (deliver) a talk (resp. lecture)
**föredöme** *s* example
**förefalla** *itr* seem, appear [*ngn* to a p.]
**föregripa** *tr* forestall, anticipate
**föregå** *tr* **1** komma före precede **2** ~ *ngn med gott exempel* set a p. a good example
**föregående** *a* previous, preceding
**föregångare** *s* företrädare predecessor
**förehavande** *s*, *hans* ~*n* his doings
**förekomma I** *tr* hinna före forestall; anticipate, förebygga prevent; *bättre* ~ *än* ~*s* prevention is better than cure **II** *itr* occur, be met with
**förekommande** *a* **1** *i* ~ *fall* där så är lämpligt where appropriate **2** obliging, artig courteous
**förekomst** *s* occurrence, presence
**föreligga** *itr* exist; finnas tillgänglig be available
**föreläsa** *itr* lecture [*i, över* on]
**föreläsare** *s* lecturer
**föreläsning** *s* lecture; *gå på* ~ go to (attend) a lecture; *hålla* ~ *(föreläsningar)* lecture
**föremål** *s* object
**förena** *tr* unite [*med* to]; sammanföra bring ... together; förbinda join, connect; kombinera combine
**förening** *s* **1** sällskap association, society **2** förbindelse association, union, combination; kem. compound
**föreningslokal** *s* club (society) premises pl.
**förenkla** *tr* simplify
**förenlig** *a* consistent, compatible [*med* with]
**förent** *a*, *Förenta nationerna* (förk. *FN*) the United Nations (förk. U.N.) sg.; *Förenta Staterna* the United States (förk. U.S.) sg. el. the United States of America (förk. U.S.A.) sg.
**föresats** *s* intention
**föreskrift** *s*, ~ o. ~*er* directions, instructions
**föreskriva** *tr* prescribe
**föreslå** *tr* propose, suggest
**förespråkare** *s* advocate [*för* for]
**förespå** *tr* förutsäga predict, profetera prophesy
**förestå I** *tr* be the head of, be in charge of **II** *itr* be near (överhängande imminent)
**förestående** *a* stundande approaching, speciellt om något hotande imminent
**föreståndare** *s* manager, director, för institution superintendent, head [*för* i samtliga fall of]
**föreställa I** *tr* **1** återge represent **2** presentera introduce **II** *refl*, ~ *sig* tänka sig imagine, visualize, picture
**föreställning** *s* **1** begrepp idea, conception [*om* of] **2** teater~ etc. performance
**föresätta** *refl*, ~ *sig* besluta make up one's mind; sätta sig i sinnet set one's mind [*att* on ing-form]
**företag** *s* undertaking; affärs~ etc. enterprise, business, company, firm
**företagare** *s* industrialist, owner of a business enterprise, arbetsgivare employer
**företagsam** *a* enterprising
**företagsamhet** *s* enterprising spirit, initiative; *fri* ~ free enterprise
**företagsledare** *s* executive, business executive
**företeelse** *s* phenomenon (pl. phenomena), friare fact
**företräda** *tr* representera represent
**företrädare** *s* **1** föregångare predecessor **2** för idé etc. advocate, upholder **3** ombud representative
**företräde** *s* **1** förmånsställning preference, priority [*framför* over]; *lämna* ~ *åt trafik från höger* give way to traffic coming from the right **2** förtjänst advantage [*framför* over]
**företrädesrätt** *s* precedence, priority
**förevändning** *s* pretext, ursäkt excuse

[*för* for]; ***under*** ~ ***av*** on the pretext of; ***under*** ~ ***att*** on the pretext that
**förfader** *s* ancestor, forefather
**förfall** *s* **1** decline, decay **2** förhinder, ***laga*** ~ valid excuse; ***utan giltigt*** ~ without a valid reason
**förfalla** *itr* **1** fördärvas fall into decay (om byggnad etc. disrepair), om person go downhill **2** bli ogiltig become invalid **3** ~ el. ~ ***till betalning*** be (fall) due
**förfallen** *a* fördärvad, vanvårdad decayed, dilapidated
**förfallodag** *s* date of payment, due date
**förfalska** *tr* falsify, t. ex. tavla fake, namn, sedlar etc. forge
**förfalskare** *s* forger
**förfalskning** *s* förfalskande faking, forgery; om sak fake, forgery
**förfara** *itr* gå till väga proceed [*vid* in], handla act
**förfarande** *s* procedure
**författa** *tr* write, compose
**författare** *s* author, writer [*av, till* of]
**författarinna** *s* authoress, author, woman writer
**författning** *s* statsskick constitution
**författningsenlig** *a* constitutional
**förfluten** *a* past, förra last; ***ett förflutet som*** sjöman a past as a ...
**förflytta I** *tr* move, omplacera transfer **II** *refl*, ~ ***sig*** move
**förfoga** *itr*, ~ ***över*** have ... at one's disposal
**förfogande** *s*, ***ställa ngt till ngns*** ~ place a thing at a p.'s disposal
**förfriskning** *s* refreshment
**förfrusen** *a* frost-bitten
**förfrågan** *s* inquiry [*om* about]
**förfärlig** *a* terrible, frightful, dreadful
**förfölja** *tr* pursue, chase, t. ex. folkgrupp persecute
**förföljare** *s* pursuer
**förföljelse** *s* pursuit; om t. ex. folkgrupp persecution [*mot* of]
**förföljelsemani** *s* persecution mania
**förföra** *tr* seduce
**förförare** *s* seducer
**förförelse** *s* seduction
**förförisk** *a* seductive
**förgasare** *s* carburettor
**förgifta** *tr* poison
**förgiftning** *s* poisoning
**förgjord** *a*, ***det är som förgjort!*** everything seems to be going wrong!, it's maddening!
**förgrund** *s* foreground; ***stå (träda) i ~en*** be (come to) the forefront
**förgrymmad** *a* ursinnig enraged, incensed; svagare indignant [*på* with, *över* at]
**förgylla** *tr* gild äv. bildl.
**förgången** *a* past, ... gone by
**förgätmigej** *s* forget-me-not
**förgäves** *adv* in vain
**förhala** *tr* dra ut på delay; ~ ***tiden*** play for time
**förhand** *s*, t. ex. veta ***på*** ~ beforehand; t. ex. betala, tacka ***på*** ~ in advance
**förhandla** *itr* negotiate [*om* about]
**förhandlare** *s* negotiator
**förhandling** *s* negotiation
**förhandsvisning** *s* preview
**förhastad** *a* premature; ***dra ~e slutsatser*** jump to conclusions
**förhinder** *s*, ***få*** ~ vara förhindrad att gå (komma etc.) be prevented from going (coming etc.)
**förhindra** *tr* prevent [*från att* inf. from ing-form]
**förhoppning** *s* hope, förväntning expectation; ***ha (hysa) ~ar om*** have hopes of
**förhoppningsfull** *a* hopeful; lovande promising
**förhoppningsvis** *adv* hopefully
**förhud** *s* foreskin, prepuce
**förhålla** *refl*, ~ ***sig*** förbli keep, remain; ***så förhåller det sig med den saken*** that is how matters stand
**förhållande** *s* **1** state of things, conditions pl.; ~***n*** omständigheter circumstances; ***under alla ~n*** in any case **2** relationer relations pl., inbördes ~ relationship; kärleks~ affair **3** proportion proportion; ***i*** ~ ***till*** in proportion to, i jämförelse med in relation to
**förhårdnad** *s* callus, callosity
**förhänge** *s* curtain
**förhöja** *tr* heighten, enhance; ***förhöjt pris*** increased price
**förhör** *s* examination, rättsligt inquiry, skol. test
**förhöra** *tr* examine; ~ ***ngn på läxan*** test a p. on the homework
**förinta** *tr* annihilate, destroy
**förintelse** *s* annihilation, destruction
**förivra** *refl*, ~ ***sig*** get carried away
**förkasta** *tr* reject
**förkastlig** *a* reprehensible, ... to be condemned
**förklara 1** *tr* explain [*för* to]; ***det ~r saken*** that accounts for it; ~ ***bort ngt*** make excuses for a th. **2** tillkännage declare, uppge state; ~ ***krig mot*** declare war on; ~***s skyldig*** be found guilty [*till* of]
**förklaring** *s* **1** förtydligande explanation **2** uttalande declaration, statement

**förklarlig** *a* explicable, explainable; begriplig understandable
**förkläda** *tr* disguise [*till* prins as a . . . ]
**förkläde** *s* **1** plagg apron **2** person chaperon
**förklädnad** *s* disguise
**förknippa** *tr* associate
**förkommen** *a* missing, lost
**förkorta** *tr* shorten, t. ex. ord abbreviate
**förkortning** *s* shortening (end. sg.), t. ex. ord abbreviation
**förkroma** *tr* chromium-plate
**förkrossande** *a* t. ex. nederlag crushing, t. ex. majoritet overwhelming
**förkyld** *a*, *bli* ~ catch cold (a cold)
**förkylning** *s* cold
**förkämpe** *s* advocate, champion [*för* of]
**förkärlek** *s* predilection, partiality [*för* for]
**förköp** *s* advance booking
**förkörsrätt** *s* right of way [*framför* over]
**förlag** *s* bok~ publishing firm, publisher
**förlaga** *s* original
**förlama** *tr* paralyse
**förlamning** *s* paralysis
**förleda** *tr* lura entice [*till* into]; *~s att tro att* . . . be deluded into believing that . . .
**förlegad** *a* antiquated, obsolete
**förlika** *refl*, ~ *sig* become reconciled, reconcile oneself [*med* to]; fördra put up [*med* with]
**förlikning** *s* försoning reconciliation, i arbetstvist conciliation, uppgörelse settlement
**förlisa** *itr* be lost (shipwrecked)
**förlisning** *s* shipwreck
**förlita** *refl*, ~ *sig på ngn* trust in a p.
**förljugen** *a* dishonest, false
**förlopp** *s* händelse~ course of events
**förlora** *tr itr* lose; ~ *i styrka (värde)* lose force (value); ~ *på affären* lose on the bargain
**förlorad** *a* lost; *~e ägg* poached eggs; *ge* . . . ~ give . . . up for lost; *gå* ~ be lost [*för* to]
**förlossning** *s* delivery, childbirth
**förlova** *refl*, ~ *sig* become engaged [*med* to]
**förlovad** *a* engaged [*med* to]; *Förlovade* rubrik Engagements; *de ~e* the engaged couple
**förlovning** *s* engagement
**förlust** *s* loss; *lida stora (svåra) ~er* sustain heavy losses
**förlåta** *tr* forgive; *förlåt!* för något som man gjort sorry!; *förlåt* inledning till fråga excuse (pardon) me
**förlåtelse** *s* forgiveness; *be om* ~ ask a p.'s forgiveness
**förlägen** *a* generad embarrassed, blyg shy
**förlägga** *tr* **1** placera locate, place **2** slarva bort mislay **3** böcker publish
**förläggare** *s* bok~ publisher
**förläggning** *s* mil. station, camp
**förlänga** *tr* lengthen, prolong; utsträcka extend
**förlängning** *s* prolongation; utsträckning extension
**förlängningssladd** *s* extension flex (amer. cord)
**förlöjliga** *tr* ridicule
**förlösa** *tr* deliver
**förman** *s* arbetsledare foreman, supervisor
**förmaning** *s* mild warning
**förmedla** *tr* mediate, bring about; ~ *ett lån* negotiate a loan; ~ *nyheter* supply news
**förmedling** *s* mediation; agency äv. byrå
**förmenande** *s*, *enligt mitt* ~ in my opinion
**förmera** *adv*, *vara* ~ *än* be superior to
**förmiddag** *s* morning; *kl. 11 på ~en* (förk. *f.m.*) at 11 o'clock in the morning (förk. at 11 a.m.); *i ~s* this morning; *på ~en* during the morning
**förmildra** *tr*, *~nde omständigheter* extenuating circumstances
**förminska** se *minska*
**förminskning** *s* reduction, decrease [*av*, *i* on, in]; nedskärning cut [*av* in]
**förmoda** *tr* anta suppose
**förmodan** *s* supposition; *mot* ~ contrary to expectation
**förmodligen** *adv* presumably
**förmyndare** *s* guardian [*för* of]
**förmå I** *tr itr* **1** kunna, orka be able to, be capable of ing-form **2** ~ *ngn att (till att)* induce (bring) a p. to **II** *refl*, ~ *sig till att* bring (induce) oneself to
**förmåga** *s* ability, capability; *ha (sakna)* ~ *att* koncentrera sig be able (unable) to . . .; *över min* ~ beyond my powers
**förmån** *s* fördel advantage; *sociala ~er* social benefits; *till* ~ *för* for the benefit of
**förmånlig** *a* advantageous [*för* to]
**förmögen** *a* **1** wealthy **2** i stånd capable [*till* of, *att* inf. of ing-form]
**förmögenhet** *s* rikedom fortune; kapital capital
**förmögenhetsskatt** *s* capital (wealth) tax
**förnamn** *s* first name; dopnamn Christian name
**förnedra** *tr* degrade; ~ *sig* degrade oneself
**förnedring** *s* degradation

**förneka** *tr* ej erkänna deny
**förnimma** *tr* uppfatta perceive; känna feel
**förnimmelse** *s* sensation
**förnuft** *s* reason; ***sunt*** ~ common sense
**förnuftig** *a* sensible, reasonable
**förnya** *tr* renew; upprepa repeat
**förnyelse** *s* renewal; repetition
**förnäm** *a* distinguished, noble; högdragen superior; förnämlig excellent, fine
**förnämlig** *a* excellent, fine
**förnämst** *a* främst foremost; ypperligast finest; viktigast principal, chief
**förnärma** *tr* offend
**förnödenheter** *s pl* necessities
**förolyckas** *itr dep* omkomma lose one's life, försvinna be lost; haverera be wrecked; ***de förolyckade*** the victims of the accident, the casualties
**förolämpa** *tr* insult
**förolämpning** *s* insult [*mot* to]
**förord** *s* företal preface, foreword
**förorda** *tr* recommend [*hos* to, *till* for]
**förordna** *tr* **1** utse appoint **2** bestämma ordain, decree
**förordnande** *s* tjänste~ appointment; ***få ~ som rektor*** be appointed headmaster
**förordning** *s* stadga regulation
**förorena** *tr* contaminate, pollute
**förorening** *s* förorenande contamination, pollution; ämne pollutant
**förorsaka** *tr* cause
**förort** *s* suburb
**förorätta** *tr* wrong, injure; ***~d*** injured
**förpacka** *tr* pack
**förpackning** *s* package; det att förpacka packaging
**förpassa** *tr*, ~ ***ngn ur landet*** order a p. to leave the country
**förpesta** *tr* poison äv. bildl.
**förplikta** *tr*, ~ ***ngn till att*** bind a p. to; ***känna sig ~d*** feel bound
**förpliktelse** *s* åtagande obligation; skyldighet duty
**förpliktiga** *tr* se *förplikta*
**förr** *adv* **1** förut before **2** formerly; ~ ***i tiden (världen)*** formerly, in former times **3** tidigare sooner, earlier **4** hellre rather, sooner
**förra** *a* förutvarande former, earlier; ***den förre ... den senare*** the former ... the latter; ***i ~ veckan*** last week
**förresten** *adv* för övrigt besides, furthermore, vad det anbelangar for that matter
**förrgår** *s*, ***i*** ~ the day before yesterday
**förrycka** *tr* rubba upset; snedvrida disturb
**förryckt** *a* tokig crazy, mad
**förrymd** *a* om t. ex. fånge escaped
**förråd** *s* store, stock, supply; lokal store-room
**förråda** *tr* betray [*för* to]; ~ ***sig*** give oneself away
**förrädare** *s* traitor [*mot* to]
**förräderi** *s* treachery [*mot* to]; lands~ treason; ***ett*** ~ an act of treachery (treason)
**förrädisk** *a* treacherous [*mot* to]
**förrän** *konj* before; ***inte*** ~ först not until (till); ***det dröjde inte länge*** ~ it was not long before
**förrätt** *s* first course; ***som (till)*** ~ as a first course (a starter), for starters
**förrätta** *tr* t. ex. dop officiate at; t. ex. auktion conduct; vigseln ***~des av*** ... was conducted by
**förrättning** *s* tjänste~ function, official duty, office
**försagd** *a* timid, diffident
**försaka** *tr* go without, deny oneself
**församlas** *itr dep* assemble, gather
**församling** *s* **1** assembly **2** kyrkl. congregation; socken parish
**förse I** *tr* provide, furnish; ***~dd med*** om sak vanl. equipped (fitted) with **II** *refl*, ~ ***sig*** skaffa sig provide oneself [*med* with]
**förseelse** *s* offence
**försena** *tr* delay; ***vara ~d*** be late
**försening** *s* delay
**försiggå** *itr* take place; pågå go (be going) on
**försigkommen** *a* advanced, tidigt utvecklad precocious
**försiktig** *a* aktsam careful; förtänksam cautious
**försiktighet** *s* carefulness; caution
**försitta** *tr* miss
**försjunken** *a*, ~ ***i tankar*** lost (absorbed) in thought
**förskingra** *tr* embezzle, misappropriate
**förskingrare** *s* embezzler
**förskingring** *s* embezzlement
**förskola** *s* nursery school, pre-school
**förskoleålder** *s* pre-school age
**förskollärare** *s* nursery-school (pre-school) teacher
**förskott** *s* advance
**förskottsbetalning** *s* payment in advance
**förskräcka** *tr* frighten, scare
**förskräckelse** *s* fright, alarm; ***komma undan med blotta ~n*** escape very lightly
**förskräcklig** *a* frightful, dreadful, awful
**förskärare** *s* carving-knife
**försköna** *tr* beautify
**förslag** *s* proposal; råd suggestion; plan scheme, project [*till* for]

**förslummas** *itr dep* become (turn into) a slum
**försmak** *s* foretaste [*av* of]
**försmå** *tr* avvisa reject; förakta despise
**försmädlig** *a* **1** hånfull sneering **2** annoying
**försnilla** *tr* embezzle
**försommar** *s* early summer
**försona** *tr* förlika reconcile [*med ngn* with a p.]; ***ett ~nde drag*** a redeeming feature
**försoning** *s* förlikning reconciliation
**försonlig** *a* conciliatory
**försorg** *s*, ***genom ngns ~*** through the agency of a p.
**försova** *refl*, ***~ sig*** oversleep
**förspel** *s* mus. o. bildl. prelude; film. short film; vid samlag foreplay
**försprång** *s* start; försteg lead; ***få ~ före ngn*** get the start of a p.
**först** *adv* **1** först ... och sedan first; först ... men at first; ***allra ~*** first of all; ***~ och främst*** first of all, framför allt above all **2** inte förrän not until, only; ***~ efter en stund*** only after a while; ***han kommer ~ om en vecka*** he won't come for another week
**första** *(förste) räkn* o. *a* first (förk. 1st); begynnelse- initial; speciellt i titlar principal, chief, head; ***på ~ bänk*** i sal etc. in the front row; ***från ~ början*** from the very start (beginning); ***de ~ dagarna*** var ... the first few days ...; ***i ~ hand*** in the first place, first; upplysningar ***i ~ hand*** ... at first hand, first hand ...; ***~ hjälpen*** first aid; ***~ klassens*** first-class, first-rate; ***~ sidan*** i tidning the front page; ***vid ~ bästa tillfälle*** at the first opportunity; ***på ~ våningen*** bottenvåningen on the ground (amer. first) floor, en trappa upp on the first (amer. second) floor; ***förste bäste*** the first that comes (resp. came) along; ***för det ~*** in the first place, for one thing, vid uppräkning firstly; jfr *femte* o. *andra*
**förstad** *s* suburb
**förstaklassbiljett** *s* first-class ticket
**förstamajdemonstration** *s* May-Day demonstration
**förstatliga** *tr* nationalize
**förstatligande** *s* nationalization
**försteg** *s*, ***ha ett ~ framför ngn*** have an advantage over a p.
**förstklassig** *a* first-rate; tip-top
**förstnämnd** *a* first-mentioned
**förstoppning** *s* constipation
**förstora** *tr*, ***~*** el. ***~ upp*** enlarge äv. foto.; optiskt, bildl. magnify
**förstoring** *s* foto. enlargement
**förstoringsglas** *s* magnifying glass
**förströ** *tr* roa entertain; ***~ sig*** amuse oneself
**förströdd** *a* absent-minded
**förströelse** *s* diversion; nöje äv. amusement
**förstummas** *itr dep* become silent, av häpnad be struck dumb
**förstå I** *tr* understand; ***låta ngn ~ att*** ... give a p. to understand that ...; ***å, jag ~r!*** oh, I see!; ***~ att*** kunna konsten know how to; ***~ mig rätt!*** don't get me wrong!; ***såvitt jag ~r*** as (so) far as I understand (can see); ***det ~r jag väl!*** of course!; ***göra sig ~dd*** make oneself understood **II** *refl*, ***~ sig på att*** know (understand) how to; ***~ sig på*** ngt understand ..., kunna know about ...; ***jag ~r mig inte på henne*** I can't make her out
**förståelig** *a* understandable
**förståelse** *s* understanding; sympati sympathy
**förstående** *a* understanding, sympathetic
**förstånd** *s* intelligence, vett sense; fattningsförmåga understanding; ***tala ~ med ngn*** make a p. see reason; ***det går över mitt ~*** it is beyond me; jag gjorde ***efter bästa ~*** ... to the best of my judgement
**förståndig** *a* intelligent, förnuftig sensible; klok wise
**förstås** *adv* of course
**förståsigpåare** *s* expert [*på* on, in], skämts. pundit
**förstärka** *tr* strengthen; utöka reinforce; radio etc. amplify
**förstärkare** *s* ljud~ amplifier
**förstärkning** *s* strengthening; reinforcement äv. mil.
**förstöra** *tr* destroy; tillintetgöra annihilate; fördärva ruin; ***~ nöjet för ngn*** spoil (ruin) a p.'s pleasure; ***~ ögonen genom*** läsning ruin one's eyes by ...
**förstöras** *itr dep* be destroyed (ruined)
**förstörelse** *s* destruction
**försumlig** *a* negligent, neglectful [*mot* of]
**försumma** *tr* vansköta neglect; underlåta leave ... undone, missa miss; ***~ att*** fail (omit) to
**försummelse** *s* neglect; underlåtenhet omission
**försupen** *a*, ***han är ~*** he is a (an) habitual drunkard
**försurning** *s* acidification
**försvaga** *tr* weaken
**försvagas** *itr dep* grow weak, weaken
**försvar** *s* defence äv. sport. [*av, för* of]; ***det svenska ~et*** stridskrafterna the Swedish armed forces pl., försvarsanordningarna the

Swedish defences pl.; *ta ... i* ~ defend (stand up for) ...
**försvara I** *tr* defend, ta i försvar äv. stand up for **II** *refl*, ~ *sig* defend oneself
**försvarare** *s* defender äv. sport; försvarsadvokat counsel for the defence
**försvarlig** *a* **1** försvarbar defensible, justifiable **2** ansenlig considerable
**försvarsadvokat** *s* counsel for the defence
**försvarsdepartement** *s* ministry of defence
**försvarslös** *a* defenceless
**försvarsminister** *s* minister of defence
**försvinna** *itr* disappear; plötsligt vanish; gradvis fade [away]; *försvinn!* go away!, gå ut! get out!; *värken försvann* the pain passed [off]
**försvinnande** *s* disappearance
**försvunnen** *a* lost, missing; *den försvunne* the missing person
**försvåra** *tr* make ... difficult (more difficult); lägga hinder i vägen för obstruct
**försynt** *a* considerate, tactful, discreet
**försåtlig** *a* treacherous
**försäga** *refl*, ~ *sig* give oneself away, say too much
**försäkra I** *tr* **1** assure [*ngn om ngt* a p. of a th.]; *han ~de att* ... he assured me (her etc.) that ... **2** ta en försäkring insure [*hos* with] **II** *refl*, ~ *sig om* ngt make sure of ...; *låta* ~ *sig* insure oneself
**försäkran** *s* assurance
**försäkring** *s* liv-, hem- etc. insurance; *teckna* ta *en* ~ take out an insurance policy
**försäkringsbesked** *s* från allmän försäkringskassa social insurance card
**försäkringsbolag** *s* insurance company
**försäkringsbrev** *s* insurance policy
**försäkringskassa** *s*, *allmän* ~ expedition ung. regional social insurance office
**försäkringspremie** *s* insurance premium
**försäkringsvillkor** *s pl* terms of insurance
**försäljare** *s* salesman, seller
**försäljning** *s* sale, sales pl.
**försämra** *tr* deteriorate
**försämras** *itr dep* deteriorate, get worse
**försämring** *s* deterioration, change for the worse
**försändelse** *s* varu~ consignment; post~ item of mail
**försätta** *tr* i visst tillstånd put; ~ *i frihet* set free (at liberty)
**försök** *s* ansats attempt; experiment experiment; prov trial
**försöka** *tr itr* try, attempt, endeavour; *försök inte!* don't try that on me!, don't give me that!
**försöksheat** *s* trial heat
**försökskanin** *s* guinea-pig
**försörja I** *tr* sörja för provide for, underhålla support, keep; förse supply **II** *refl*, ~ *sig* earn one's living [*genom* by]
**försörjning** *s* support, maintenance; provision; ~ *med livsmedel* food supply
**förtal** *s* slander
**förtala** *tr* slander
**förteckning** *s* list [*på, över* of]
**förtid** *s*, *i* ~ prematurely
**förtidig** *a* premature; ~ *död* untimely death
**förtidspension** *s* early retirement pension, för invalider disablement pension
**förtiga** *tr* keep ... secret, conceal [*för ngn* i båda fallen from a p.]
**förtjusande** *a* charming; härlig delightful; vacker lovely
**förtjusning** *s* glädje delight [*över* at]
**förtjust** *a* glad delighted [*över* at, *i* with]; *bli* ~ betagen *i* become fond of; *vara* ~ *i* kär i be in love with, tycka om, t. ex. barn, mat be fond of
**förtjäna I** *tr* vara värd deserve **II** *tr itr* tjäna earn, make
**förtjänst** *s* **1** inkomst earnings pl.; *gå med* ~ run at a profit **2** merit merit; *~er* goda sidor good points; *det är din* ~ *att* ... it is thanks to you that ...
**förtjänstfull** *a* meritorious, creditable
**förtjänt** *a*, *göra sig* ~ *av* deserve
**förtret** *s* förargelse annoyance, vexation
**förtretlig** *a* annoying, irritating
**förtroende** *s* confidence [*för* in]
**förtroendeingivande** *a*, *vara* ~ inspire confidence
**förtroendeman** *s* representative
**förtroendepost** *s* position of trust
**förtroendevotum** *s* vote of confidence
**förtrogen** *a*, *vara* ~ *med* känna till be familiar with
**förtrogenhet** *s* familiarity
**förtrolig** *a* confidential; intim intimate
**förtrolla** *tr* enchant; tjusa fascinate
**förtrollning** *s* enchantment; fascination
**förtryck** *s* oppression; tyranny
**förtrycka** *tr* oppress
**förtryckare** *s* oppressor
**förträfflig** *a* excellent
**förtröstan** *s* trust [*på* in]; tillförsikt confidence

**förtulla** *tr* låta tullbehandla clear . . . through the Customs; betala tull för pay duty on; har ni något *att ~?* . . . to declare?
**förtur** o. **förtursrätt** *s* priority [*framför* over]
**förtvivlad** *a* olycklig extremely unhappy; utom sig . . . in despair
**förtvivlan** *s* despair; desperation [*över* i båda fallen at]
**förtydligande** *s* elucidation, clarification
**förtäckt** *a* veiled; *i ~a ordalag* in a roundabout way
**förtära** *tr* consume äv. bildl.; äta eat; dricka drink; *han har inte förtärt någonting* på tre dagar he hasn't had anything to eat or drink . . .; *farligt att ~!* på flaska etc. vanl. poison!
**förtäring** *s* mat och dryck food and drink, refreshments pl.
**förtöja** *tr itr* moor [*vid* to]
**förtöjning** *s* mooring
**förunderlig** *a, en ~ förmåga* an uncanny ability
**förut** *adv* om tid before; förr formerly; tidigare previously
**förutfattad** *a, ~ mening* prejudice
**förutom** *prep* besides, apart from
**förutsatt** *a, ~ att* provided, provided that
**förutse** *tr* foresee, anticipate, vänta expect
**förutseende I** *a* far-sighted, far-seeing **II** *s* foresight
**förutspå** *tr* förutsäga predict
**förutsäga** *tr* predict; speciellt meteor. forecast; förespå prophesy
**förutsägelse** *s* prediction; speciellt meteor. forecast; spådom prophecy
**förutsätta** *tr* presuppose; anta presume, assume
**förutsättning** *s* villkor condition, prerequisite [*för* i båda fallen of]; *under ~ att* . . . på villkor att on condition that . . .
**förutvarande** *a* förre former
**förvalta** *tr* t.ex. kassa administer; förestå manage
**förvaltare** *s* administrator, jordbr. steward
**förvaltning** *s* administration; management; stats~ public administration
**förvandla** *tr* transform, convert [*till* i båda fallen into]; till något sämre reduce [*till* to]
**förvandlas** *itr dep, ~ till* övergå till turn (change) into
**förvandling** *s* transformation
**förvanska** *tr* distort
**förvar** *s, i gott (säkert) ~* in safe keeping
**förvara** *tr* keep
**förvaring** *s* keeping
**förvaringsbox** *s* locker
**förvaringsutrymme** *s* storage space
**förvarna** *tr* forewarn
**förvarning** *s, utan ~* without notice (previous warning)
**förveckling** *s* complication
**förverka** *tr* forfeit
**förverkliga** *tr* realize, t.ex. plan carry . . . into effect
**förverkligande** *s* realization
**förvildas** *itr dep* become uncivilized; run wild
**förvilla** *tr* vilseleda mislead; förvirra confuse, bewilder
**förvirra** *tr* confuse, bewilder; *göra ngn ~d* confuse a p.
**förvirring** *s* confusion; oreda disorder
**förvisa** *tr* expel; *~ ngn ur riket* deport a p.
**förvissa** *refl, ~ sig om ngt* make sure of a th.; *~ sig om att* . . . make sure that . . .
**förvissad** *a* övertygad convinced [*om ngt* of a th., *om att* . . . that . . . ]
**förvissning** *s* assurance
**förvisso** *adv* certainly
**förvränga** *tr* distort
**förvuxen** *a* overgrown; missbildad deformed
**förvållande** *s, utan eget ~* through no fault of his (hers etc.)
**förvåna I** *tr* surprise, astonish; starkare amaze **II** *refl, ~ sig* be surprised (astonished, starkare amazed); *det är ingenting att ~ sig över* it is not to be wondered at
**förvånande** *a* surprising, astonishing; starkare amazing
**förvånansvärd** *a* surprising, astonishing; starkare amazing
**förvåning** *s* surprise, astonishment; starkare amazement
**förväg** *s, i ~* in advance, beforehand
**förvänta** *tr* o. *refl, ~ sig* expect
**förväntan** *s* expectation [*på* of]; *lyckas över ~* succeed beyond expectation
**förväntansfull** *a* expectant
**förväntning** *s* expectation; *ställa stora ~ar på* expect great things from
**förvärra** *tr* make . . . worse, aggravate
**förvärras** *itr dep* grow worse
**förvärv** *s* acquisition
**förvärva** *tr* acquire
**förvärvsarbetande** *a* gainfully employed
**förvärvsarbete** *s* gainful employment; *hon har ~* she has a paid job outside the home
**förväxla** *tr* mix up, confuse
**förväxling** *s* confusion
**föråldrad** *a* antiquated; om ord obsolete; gammalmodig out-of-date

**förädla** *tr* **1** ennoble **2** tekn. work up, speciellt metaller refine [*till* i båda fallen into]
**föräktenskaplig** *a* premarital
**förälder** *s* parent
**föräldraförening** *s* parents' association
**föräldrahem** *s* parental home, home
**föräldraledighet** *s* parental leave
**föräldralös** *a* orphan; hon är ~ ... an orphan
**föräldramöte** *s* skol. parent-teacher (med enbart föräldrar parents') meeting
**föräldrar** *s pl* parents
**föräldraskap** *s* parenthood
**förälska** *refl*, ~ ***sig*** fall in love [*i* with]
**förälskad** *a* ... in love; ***~e blickar*** amorous glances
**förälskelse** *s* kärlek love [*i* for]; svärmeri love-affair
**förändra** *tr* change [*till* into]; ändra på alter
**förändras** *itr dep* change [*till det bättre* for the better]; delvis alter
**förändring** *s* change; alteration
**förödande** *a* devastating
**förödelse** *s* devastation; ***anställa stor ~*** make great havoc
**förödmjuka** *tr* humiliate
**förödmjukelse** *s* humiliation
**föröka** *refl*, ~ ***sig*** fortplanta sig breed, propagate, multiply
**förökning** *s* fortplantning propagation
**föröva** *tr* commit
**förövare** *s* perpetrator, committer
**fösa** *tr* driva drive; skjuta shove, push

# G

**g** *s* mus. G
**gabardin** *s* gaberdine
**gadd** *s* sting
**gadda** *refl*, ~ ***ihop sig*** gang up [*mot* on]
**gaffel** *s* fork
**gage** *s* fee
**gaggig** *a*, ***vara*** ~ be senile (gaga)
**gagn** *s* nytta use; fördel advantage, benefit
**gagna** *tr itr*, ~ ***ngn (ngt)*** be of use (advantage) to a p. (a th.); ~ ***ngns intressen*** serve a p.'s interests
**gagnlös** *a* useless, ... of no use
**gala** *itr* crow; om gök call
**galaföreställning** *s* gala performance
**galant** *adv* förträffligt splendidly; ***det gick ~*** it went off fine
**galauniform** *s* full-dress uniform
**galax** *s* galaxy
**galen** *a* **1** mad, crazy [*i* about]; ***bli*** ~ go mad **2** felaktig wrong
**galenskap** *s* vansinne madness; tokighet folly; ***göra ~er*** do crazy things
**galet** *adv* felaktigt wrong
**galge** *s* **1** för avrättning gallows (pl. lika) **2** klädhängare clothes-hanger
**galghumor** *s* gallows (macabre) humour
**galjonsfigur** *s* figure-head
**galla** *s* vätska bile, gall båda äv. bildl.
**gallblåsa** *s* gall-bladder
**galler** *s* skydds~ grating, i bur, cell m. m. bars pl.
**galleri** *s* gallery
**gallfeber** *s*, ***reta ~ på ngn*** drive a p. mad
**gallra** *tr* plantor, träd thin out; ~ ***bort*** sort out
**gallring** *s* thinning out; sorting out

**gallskrik** *s* yell
**gallskrika** *itr* yell
**gallsten** *s* gall-stone; *ha* ~ have gall-stones
**gallupundersökning** *s* Gallup poll
**galning** *s* madman
**galopp** *s* ridn. gallop
**galoppbana** *s* race-course
**galoppera** *itr* gallop
**galosch** *s* galosh, overshoe; *om inte ~erna passar* bildl. if you don't like it
**galvanisera** *tr* galvanize
**gam** *s* vulture
**game** *s* **1** i tennis game; *blankt* ~ love game **2** *vara gammal i ~t* be an old hand
**gamling** *s* old man (person); *~ar* old folks, vard. oldies
**gammal** (jfr *äldre; äldst*) *a* old; forntida ancient; ej längre färsk stale; *en fem år ~ pojke* a five-year-old boy, a boy of five; *den gamla goda tiden* the good old times (days) pl.
**gammaldags** *a* old-fashioned
**gammaldans** *s* old-time dance (dansande dancing)
**gammalmodig** *a* old-fashioned, ... out of fashion
**gammalvals** *s* old-time waltz
**gangster** *s* gangster, mobster
**gangsterliga** *s* gang, mob
**ganska** *adv* tämligen fairly i förb. med något positivt; riktigt very, quite; 'rätt så' rather, vard. pretty
**gap** *s* mouth; hål gap äv. bildl. klyfta
**gapa** *itr* öppna munnen open one's mouth; glo gape; skrika bawl, shout, yell
**gaphals** *s* vard. loudmouth
**gapskratt** *s* roar of laughter, guffaw
**gapskratta** *itr* roar with laughter, guffaw
**garage** *s* garage
**garantera** *tr itr* guarantee
**garanti** *s* guarantee [*för att* that]
**gardera I** *tr* guard; vid tippning ~ *med* etta cover oneself with ... **II** *refl*, ~ *sig* guard oneself, mot förlusten cover oneself
**garderob** *s* **1** wardrobe, amer. closet; kapprum cloakroom **2** kläder wardrobe
**gardin** *s* curtain
**gardinstång** *s* curtain-rod
**garn** *s* **1** tråd yarn; ullgarn wool; bomullsgarn cotton **2** nät net
**garnera** *tr* **1** kläder etc. trim **2** kok. garnish, decorate
**garnering** *s* **1** på kläder trimming **2** kok. garnish, decoration, topping
**garnison** *s* garrison
**garnnystan** *s* ball of yarn (wool)
**1 garva** *tr* tan
**2 garva** *itr* vard. laugh, högljutt guffaw
**garvad** *a* tanned; bildl. hardened, erfaren experienced
**garvsyra** *s* tannic acid, tannin
**1 gas** *s* gas; *ge mer* ~ bil. step on the gas
**2 gas** *s* tyg gauze
**gasbinda** *s* gauze bandage
**gasell** *s* gazelle
**gaskök** *s* gas-ring
**gasmask** *s* gas-mask
**gasol** *s* LGP (liquefied petroleum gas); ® Calor gas
**gasolkök** *s* ® calor gas stove
**gaspedal** *s* accelerator, accelerator (throttle) pedal
**gass** *s* heat
**gassa I** *itr* be broiling (broiling hot) **II** *refl*, ~ *sig i solen* bask (starkare broil) in the sun
**gassig** *a* broiling, broiling hot
**gasspis** *s* gas-cooker
**gastkramande** *a* hair-raising
**gasugn** *s* gas-oven
**gasverk** *s* gasworks (pl. lika)
**gata** *s* street; *gammal som ~n* as old as the hills
**gatflicka** *s* street-walker, prostitute
**gathörn** *s* street corner
**gatlykta** *s* street lamp
**gatsten** *s* paving-stone
**gatuarbetare** *s* street repairer
**gatuarbete** *s*, ~ el. *~n* road-work sg.; reparation street repairs pl.
**gatukorsning** *s* crossing
**gatukök** *s* 'street kitchen', hamburger and hot-dog stand
**gatuplan** *s* street level, ground (amer. first) floor
**1 gavel** *s*, *på vid* ~ wide open
**2 gavel** *s* på hus gable
**ge I** *tr* **1** give; bevilja grant; räcka hand, vid bordet pass; avkasta yield **2** kortsp. deal; *du ~r!* it's your deal! **II** *refl*, ~ *sig* kapitulera surrender, yield, ge tappt give in □ ~ **sig av** be (set) off; sjappa make off; ~ **bort** som present give; göra sig av med give away; ~ **efter för** yield to, give in to; ~ **ifrån sig** a) lukt etc. emit, give off b) lämna ifrån sig give up, surrender; ~ **igen** a) give back, return b) hämnas retaliate; ~ **sig in på** ett företag embark upon, en diskussion etc. enter into; ~ **sig i väg** leave, set off; ~ **med sig** yield, give in; ~ **sig på** ngn set about ... ; ~ **till** ett skrik give ... ; ~ **tillbaka** lämna give back, return; vid växling give a p. change [*på* for]; ~ **upp** give up; ~ *upp ett skrik* give a cry;

~ **ut** pengar spend; böcker etc. publish, issue; ~ ***sig ut för att vara*** ... pretend to be ...
**gebit** *s* field, province
**gedigen** *a* solid; ***gedigna kunskaper*** sound knowledge sg.
**gehör** *s*, ***efter*** ~ by ear; ***vinna*** ~ meet with sympathy
**gejser** *s* geyser
**gelatin** *s* gelatine
**gelé** *s* jelly äv. bildl.
**gem** *s* pappersklämma paper-clip, clip
**gemen** *a* **1** nedrig mean, dirty, low **2** ***~e man*** ordinary people pl.; ***i*** ~ in general
**gemenhet** *s* egenskap meanness, baseness
**gemensam** *a* common; förenad joint; ***inte ha något ~t*** have nothing in common; ***med ~ma krafter*** by united efforts
**gemensamt** *adv* jointly
**gemenskap** *s* samhörighet solidarity; gemensamhet community
**gemytlig** *a* genial, good-humoured
**gemytlighet** *s* geniality, good humour
**gemål** *s* consort
**gen** *s* arvsanlag gene, factor
**genant** *a* embarrassing, awkward [*för* for]
**genast** *adv* at once, immediately
**genera** *tr* besvära trouble, bother
**generad** *a* embarrassed [*över* at]
**general** *s* general
**generaldirektör** *s* director-general
**generalförsamling** *s* general assembly
**generalguvernör** *s* governor-general
**generalisera** *tr* generalize
**generalkonsul** *s* consul-general
**generalmajor** *s* major-general
**generalrepetition** *s* dress rehearsal [*på* of]
**generalsekreterare** *s* secretary-general
**generalstab** *s* general staff
**generation** *s* generation
**generationsklyfta** *s* generation gap
**generator** *s* generator
**generell** *a* general
**generositet** *s* generosity, liberality
**generös** *a* generous, liberal
**Genève** Geneva
**gengångare** *s* ghost, spectre
**gengäld** *s*, ***i*** ~ in return
**geni** *s* genius
**genial** o. **genialisk** *a* lysande brilliant, om saker ingenious
**genialitet** *s* snille genius
**genitiv** *s* genitive; ***i*** ~ in the genitive
**genklang** *s* echo; bildl. response, sympathy
**genom** *prep* through; via via, by way of, medelst by, by means of; på grund av through, owing to, thanks to; ***kasta ut ngt*** ~ ***fönstret*** throw a th. out of (through) the window; ~ ***hans hjälp*** by (thanks to) his assistance; ~ ***en olyckshändelse*** through (owing to) an accident
**genomarbeta** *tr* go through ... thoroughly
**genomblöt** *a* wet through, soaking wet
**genombrott** *s* breakthrough; ***industrialismens*** ~ the industrial revolution; ***få sitt*** ~ som författare make one's name
**genomdriva** *tr* bildl. force (carry) through
**genomdränka** *tr* saturate
**genomfart** *s* thoroughfare, passage; ~ ***förbjuden*** no thoroughfare
**genomfartsled** *s* through route
**genomfrusen** *a* ... chilled to the bone
**genomföra** *tr* carry through (out)
**genomgripande** *a* sweeping, radical
**genomgå** *tr* go through
**genomgående** **I** *a* om drag common, general **II** *adv* throughout
**genomgång** *s* **1** ***vid ~en av läxan*** sade läraren on going through the homework ... **2** väg igenom passage
**genomleva** *tr* live (go) through, experience
**genomlida** *tr* endure, suffer, go through
**genomresa** *s*, ~ ***genom Europa*** journey through Europe
**genomresevisum** *s* transit visa
**genomskinlig** *a* transparent
**genomskinlighet** *s* transparency
**genomskåda** *tr* see through
**genomskärning** *s* tvärsnitt cross-section; två cm ***i*** ~ ... in thickness (diameter)
**genomslagskraft** *s* penetration, ability to penetrate
**genomsnitt** *s* average; ***i*** ~ on average, on an (the) average
**genomstekt** *a* well-done
**genomträngande** *a* piercing; om lukt penetrating
**genomtänkt** *a*, ~ el. ***väl*** ~ well thought-out
**genomvåt** *a* ... wet through, soaking wet, drenched [*av* with]
**genre** *s* genre
**genrep** *s* vard. dress rehearsal
**gensvar** *s* genklang response
**gentemot** *prep* emot towards, to; i förhållande till in relation to; i jämförelse med in comparison with
**gentil** *a* frikostig generous; elegant stylish
**gentleman** *s* gentleman
**genuin** *a* äkta genuine; verklig real
**genus** *s* gram. gender
**genväg** *s*, ***gå (ta) en*** ~ take a short cut
**geografi** *s* geography

**geografisk** *a* geographical
**geolog** *s* geologist
**geologi** *s* geology
**geometri** *s* geometry
**gepard** *s* cheetah
**gerilla** *s* guerrillas pl.
**gerillakrig** *s* guerrilla war (krigföring warfare)
**gerillasoldat** *s* guerrilla
**geschäft** *s* business; jobberi racket
**gess** *s* mus. G flat
**gest** *s* gesture
**gestalt** *s* figure; i roman character; form shape, form
**gestalta** *tr* shape, form
**gestikulera** *itr* gesticulate
**get** *s* goat
**geting** *s* wasp
**getingbo** *s* wasp's nest
**getingstick** *s* wasp sting
**getost** *s* goat's milk cheese
**getto** *s* ghetto
**gevär** *s* rifle, jaktgevär gun
**giffel** *s* croissant
**1 gift** *s* poison; hos ormar etc. venom
**2 gift** *a* married [*med* to]
**gifta I** *tr*, ~ ***bort*** marry off **II** *refl*, ~ ***sig*** marry [*med ngn* a p.]; ~ ***om sig*** get married again
**gifte** *s* marriage
**giftermål** *s* marriage
**giftfri** *a* non-poisonous
**giftgas** *s* poison gas
**giftig** *a* poisonous; venomous äv. 'spydig'
**giftighet** *s*, ~***er*** i ord spiteful remarks
**gigantisk** *a* giant . . . , gigantic
**gigolo** *s* gigolo (pl. -s)
**gikt** *s* gout
**giljotin** *s* guillotine
**gilla** *tr* approve of; tycka bra om like
**gillande** *s* approval
**gillestuga** *s* ung. recreation room
**gillra** *tr*, ~ ***en fälla*** set a trap
**giltig** *a* valid
**giltighet** *s* validity
**gin** *s* spritdryck gin
**ginst** *s* broom
**gips** *s* plaster
**gipsa** *tr* med. put . . . in plaster
**gir** *s* om bil etc. turn, swerve; sjö. yaw, sheer
**gira** *itr* om bil etc. turn, swerve; sjö. yaw, sheer
**giraff** *s* giraffe
**girera** *tr* överföra transfer
**girig** *a* snål avaricious, miserly
**girigbuk** *s* miser
**girland** *s* festoon, garland
**giro** *s* se *bankgiro* el. *postgiro*
**giss** *s* mus. G sharp
**gissa I** *tr itr* guess **II** *refl*, ~ ***sig till*** guess
**gissel** *s* scourge
**gisslan** *s* hostage, om flera personer hostages; ***de tre i*** ~ the three hostages
**gissning** *s* guess, conjecture
**gitarr** *s* guitar
**gitarrist** *s* guitarist
**gitta** *itr*, ***jag gitter inte*** höra på längre I can't be bothered to . . .
**giv** *s* kortsp. o. bildl. deal
**giva** *tr* se *ge*
**givakt** *s*, ***stå i*** ~ stand at attention
**givande** *a* profitable, lönande paying
**given** *a* given; avgjord clear, evident; ***det är givet!*** of course!; ***det är en*** ~ ***sak*** it's a matter of course (a foregone conclusion); ***ta för givet att*** . . . take it for granted that . . .
**givetvis** *adv* of course, naturally
**givmild** *a* generous, open-handed
**gjuta** *tr* tekn. cast; hälla pour
**gjuteri** *s* foundry
**gjutjärn** *s* cast iron
**glacéhandskar** *s pl* kid gloves
**glaciär** *s* glacier
**glad** *a* happy, nöjd pleased [*över* about, with], förtjust delighted [*över* with]; ~ ***påsk!*** Happy Easter!; ***en*** ~ ***överraskning*** a pleasant surprise; ***jag är*** ~ ***att*** du kom I'm glad (starkare delighted) that . . .
**gladeligen** *adv* gärna willingly; lätt easily
**gladiolus** *s* gladiolus (pl. gladioli)
**gladlynt** *a* cheerful; good-humoured
**glamorös** *a* glamorous
**glans** *s* **1** lustre, siden~ etc. gloss, guld~ glitter, pålagd polish **2** sken brilliance **3** prakt splendour, magnificence; ***klara ngt med*** ~ come out of a th. with flying colours
**glansfull** *a* brilliant
**glansig** *a* glossy; glänsande lustrous
**glansis** *s* ung. glassy ice
**glanslös** *a* lustreless, dull
**glansnummer** *s* star turn
**glansperiod** *s* heyday (end. sg.); ***dramats*** ~ the golden age of drama
**glapp** *a* loose
**glappa** *itr* be loose
**glas** *s* glass; dricksglas utan fot tumbler; glasruta pane, pane of glass
**glasbruk** *s* glassworks (pl. lika)
**glasera** *tr* glaze; maträtt ice, frost
**glasfiber** *s* fibre-glass
**glasklar** *a* . . . as clear as glass, limpid
**glasmästare** *s* glazier

**glasruta** *s* pane, pane of glass
**glass** *s* ice-cream
**glassförsäljare** *s* ice-cream vendor (seller)
**glasspinne** *s* ice lolly
**glasstrut** *s* ice-cream cornet (större cone)
**glasull** *s* glass-wool
**glasyr** *s* glazing; kok. icing, frosting
**glasögon** *s pl* spectacles, glasses, skydds~ goggles
**glasögonfodral** *s* spectacle (glasses) case
**glasögonorm** *s* cobra
**1 glatt** *adv* cheerfully, joyfully
**2 glatt** *a* smooth; glänsande glossy, shiny; hal slippery
**gles** *a* thin; om befolkning sparse; ***han har ~t mellan tänderna*** he is gap-toothed
**glesbygd** *s* thinly-populated area
**glesna** *itr* thin out, get thin (thinner)
**glida** *itr* glide, slide; halka slip
**glimma** *itr* gleam, glittra glitter
**glimmer** *s* miner. mica
**glimt** *s* gleam, flash; skymt glimpse
**gliring** *s* gibe, sneer, taunt
**glitter** *s* glitter, lustre; julgrans~ tinsel
**glittra** *itr* glitter, tindra sparkle
**glo** *itr* stare, dumt gape [*på* at]
**glob** *s* globe
**global** *a* global
**gloria** *s* halo (pl. -s el. -es)
**glorifiera** *tr* glorify
**glosa** *s* ord word
**glosbok** *s* vocabulary
**glugg** *s* hole, aperture
**glupsk** *a* greedy; om storätare gluttonous
**glupskhet** *s* greed; gluttony
**glycerin** *s* glycerin, glycerine
**glykol** *s* glycol
**glåmig** *a* pale and washed out
**glåpord** *s* taunt, jeer
**glädja I** *tr* give . . . pleasure [*med att* inf. by ing-form]; delight; ***det gläder mig*** I am glad (starkare delighted) **II** *refl,* ~ ***sig*** be glad [*åt* el. *över* about]
**glädjande** *a* trevlig pleasant; tillfredsställande gratifying
**glädje** *s* joy; delight [*över* at]; lycka happiness; ***han antog*** mitt förslag ***med*** ~ he gladly accepted . . .
**glädjedag** *s* day of rejoicing
**glädjedödare** *s* kill-joy, vard. wet blanket
**glädjeflicka** *s* prostitute, vard. pro (pl. -s), amer. äv. hooker
**glädjelös** *a* joyless; cheerless
**glädjespridare** *s* cheerful soul, 'solstråle' ray of sunshine
**glädjeämne** *s* subject for (of) rejoicing
**gläfsa** *itr* yelp, yap [*på* at]
**glänsa** *itr* shine, glitter, om t. ex. tårar glisten
**glänsande** *a* **1** shining, glittering; om t. ex. ögon lustrous **2** utmärkt brilliant, splendid
**glänt** *s*, dörren ***står på*** ~ . . . is slightly open (is ajar)
**glänta** *itr,* ~ ***på dörren*** open the door slightly
**glätta** *tr* smooth; polera polish
**glöd** *s* **1** glödande kol live coal, embers pl. **2** sken glow; hetta heat; stark känsla ardour, lidelse passion
**glöda** *itr* glow
**glödande** *a* glowing, om metall red-hot; om känslor ardent, lidelsefull passionate
**glödga** *tr* make . . . red-hot
**glödhet** *a* om metall red-hot; friare glowing hot
**glödlampa** *s* electric bulb, bulb
**glögg** *s* vinglögg glogg, mulled wine served with raisins and almonds
**glömma** *tr* forget; ~ ***kvar*** leave . . . behind
**glömsk** *a* forgetful; disträ absent-minded
**glömska** *s* egenskap forgetfulness; ***falla i*** ~ be forgotten, fall into oblivion
**gnabb** *s* bickering
**gnabbas** *itr dep* bicker
**gnaga** *itr* gnaw; smågnaga nibble [*på ngt* a th., at a th.]
**gnagare** *s* rodent
**gnata** *itr* nag [*på* at, *över* about]
**gnida I** *tr itr* rub **II** *itr* snåla be stingy [*på* with]
**gnidare** *s* miser, skinflint
**gnidig** *a* stingy, miserly
**gnissel** *s* squeak, squeaking, om dörr creak
**gnissla** *itr* squeak, om dörr etc. creak
**gnista** *s* spark, av hopp äv. ray
**gnistra** *itr* sparkle [*av* with]
**gno I** *tr* gnugga rub; med borste scrub **II** *itr* knoga toil, work hard; springa scurry, hurry
**gnola** *tr itr* hum [*på ngt* a th.]
**gnugga** *tr* rub; ~ ***sig i ögonen*** rub one's eyes
**gnutta** *s* tiny bit; droppe drop; nypa pinch
**gny** *itr* dåna roar; gnälla grumble
**gnägga** *itr* neigh, lågt whinny
**gnäll** *s* jämmer etc. whining, whimpering; knotande grumbling; klagande complaining
**gnälla** *itr* **1** jämra sig whine; yttra missnöje grumble, klaga complain **2** om dörr creak
**gnällig** *a* gäll shrill; missnöjd whining
**gobeläng** *s* tapestry

**god** (jfr *gott*) **I** *a* (jfr *bra*) **1** good, angenäm nice, pleasant; *en ~ vän* a great friend; *en ~* obetonat *vän (vän till mig)* a friend of mine; *var så ~!* a) här har ni here you are, ta för er help yourself, please b) ja gärna you are welcome!, naturligtvis by all means!, skämts. be my guest!; *var så ~ och sitt!* sit down, won't you?; *var ~ och stäng dörren!* shut the door, please! **2** ansenlig considerable; *här finns ~ plats* there is plenty of room here **II** *s*, det blir *för mycket av det ~a* ... too much of a good thing; *gå i ~ för* guarantee; *gott* **a)** *det gjorde gott!* kändes skönt that was good!; kom ska du få *något gott att äta* ... something nice to eat; *allt gott* för framtiden all the best **b)** *ha gott om* tid (äpplen) have plenty of ... ; *det är (finns) gott om* ... tillräckligt med there is (are) plenty of ... , med subst. i sg. there is a great deal of ...
**godartad** *a* om sjukdom etc. non-malignant, benign
**godbit** *s* titbit, amer. tidbit
**goddag** *itj* good morning (resp. afternoon, evening)
**godhet** *s* goodness, vänlighet kindness
**godhjärtad** *a* kind-hearted
**godis** *s* vard. sweets pl., amer. candy
**godkänna** *tr* **1** gå med på approve, agree to; om myndighet etc. pass **2** *~ ngn* i examen pass a p.; *ej ~* reject; *bli godkänd* pass
**godkännande** *s* approval
**godmodig** *a* good-natured
**godmorgon** *itj* good morning
**godnatt** *itj* good night
**godo** *s*, göra upp saken *i ~* ... amicably; *jag har* 100 kr *till ~ hos dig* you owe me ... ; *hålla till ~ med* put up with; *håll till ~!* tag för er! help yourself!
**gods** *s* **1** koll., varor etc. goods pl.; last, amer. freight; material material **2** lantgods estate
**godsaker** *s pl* sweets, amer. candy sg.
**godsexpedition** *s* goods (parcels) office
**godståg** *s* goods train
**godsvagn** *s* goods waggon (wagon)
**godsägare** *s* landed proprietor, landowner
**godta** o. **godtaga** *tr* approve of, approve, accept, förslag agree to
**godtagbar** *a* acceptable
**godtrogen** *a* gullible, credulous
**godtycke** *s* **1** *efter eget ~* at one's own discretion **2** egenmäktighet, *rena ~t* pure arbitrariness
**godtycklig** *a* arbitrary
**1 golf** *s* bukt gulf
**2 golf** *s* spel golf
**golfbana** *s* golf-course
**Golfströmmen** the Gulf Stream
**Goliat** Goliath
**golv** *s* floor; golvbeläggning flooring
**golvbrunn** *s* drain
**golvlampa** *s* standard lamp, floor-lamp
**golvur** *s* grandfather clock
**gom** *s* palate
**gomsegel** *s* soft palate
**gondol** *s* båt gondola
**gondoljär** *s* gondolier
**gonggong** *s* gong
**gonorré** *s* gonorrhoea
**gorilla** *s* gorilla
**gorma** *itr* brawl, shout and scream
**gosse** *s* boy, lad, kille chap, guy
**gott I** *s* se *god II 3* **II** *adv* **1** well; *~ och väl 50 personer* a good 50 people; *lukta ~* smell nice (good); *sova ~* sleep well (soundly); *göra så ~ man kan* do one's best; *så ~ som ingenting* practically nothing **2** lätt, *det kan jag ~ förstå* I can very well understand that **3** gärna, *det kan du ~ göra* you can very well do that (so)
**gotta** *refl*, *~ sig* have a good time; *~ sig åt ngt* revel in a th.
**gottfinnande** *s*, *efter eget ~* as you think best
**gottgris** *s* vard., *han är en ~* he loves sweets (amer. candy), he has a sweet tooth
**gottgöra** *tr* **1** *~* ngt: sona, avhjälpa make up for; en förlust make good ... **2** ersätta, *~ ngn för ngt* recompense (betala remunerate) a p. for a th.
**gottgörelse** *s* ersättning recompense, betalning remuneration, skadestånd indemnity
**gourmand** *s* gourmand
**grabb** *s* pojke boy, kille chap, guy
**graciös** *a* graceful
**grad** *s* **1** degree; utsträckning extent; *i hög ~* to a great degree (extent); *i högsta ~* in the highest degree, extremely; *till den ~ blyg att* ... shy to such a degree that ... **2** måttsenhet degree; *10 ~er kallt (varmt)* 10 degrees centigrade below (above) zero **3** rang rank, grade; *stiga i ~erna* rise in the ranks
**gradera** *tr* klassificera grade; tekn. graduate
**gradskiva** *s* protractor
**gradvis I** *adv* by degrees **II** *a* gradual
**grafik** *s* konst~ graphic art; gravyr engraving
**grafit** *s* graphite
**grahamsmjöl** *s* wholemeal (graham) flour
**gram** *s* gram, gramme
**grammatik** *s* grammar

**grammatikalisk** *a* grammatical
**grammatisk** *a* grammatical
**grammofon** *s* gramophone, amer. phonograph
**grammofonskiva** *s* gramophone record (disc), amer. phonograph record (disc)
**gran** *s* spruce; fir; julgran Christmas tree, för sammansättningar jfr äv. *björk*
1 **granat** *s* miner. garnet
2 **granat** *s* mil. shell
**granateld** *s* shell fire
**granatäpple** *s* pomegranate
**granbarr** *s* spruce-needle, friare vanl. fir-needle
**grand** *s, lite ~ (grann)* just a little (bit)
**granit** *s* granite
**grankotte** *s* spruce-cone, fir-cone
**grann** *a* vacker fine-looking, t. ex. om väder magnificent; brokig gaudy, lysande brilliant
**granne** *s* neighbour
**grannland** *s* neighbouring (adjacent) country
**grannlåt** *s* showy decoration sg.; kläder etc. finery sg.; granna saker showy ornaments pl.
**grannskap** *s* neighbourhood
**granska** *tr* undersöka examine; syna scrutinize; kontrollera t. ex. siffror check
**granskare** *s* examiner, inspector
**granskning** *s* undersökning examination; synande scrutiny; kontroll check-up
**grapefrukt** *s* grapefruit
**grassera** *itr* om sjukdom etc. be rife (prevalent), starkare rage
**gratifikation** *s* bonus, gratuity
**gratinera** *tr* bake ... in a gratin-dish; *~d* fisk ... au gratin
**gratis** *adv* for nothing, free
**gratiserbjudande** *s* free offer
**grattis** *s* vard., *~!* congratulations!
**gratulation** *s* congratulation; *hjärtliga ~er på födelsedagen!* Many Happy Returns of the Day!
**gratulera** *tr* congratulate [*till* on]
**gratäng** *s* gratin
1 **grav** *a* svår, allvarlig serious
2 **grav** *s* **1** för död grave; murad tomb **2** dike trench
**gravad** *a, ~ lax* raw spiced salmon
**gravera** *tr* rista in engrave [*i, på* on]
**graverande** *a, ~ omständigheter* aggravating circumstances
**gravid** *a* pregnant
**graviditet** *s* pregnancy
**gravlax** *s* raw spiced salmon
**gravplats** *s* begravningsplats burial-ground; grav grave, burial-place
**gravsten** *s* gravestone, tombstone
**gravsättning** *s* interment
**gravyr** *s* engraving; etsning etching
**gravör** *s* engraver
**grej** *s* vard., sak thing, manick gadget
**greja** *tr* vard. fix, manage
**grek** *s* Greek
**grekisk** *a* Greek
**grekiska** *s* **1** språk Greek **2** kvinna Greek woman; jfr *svenska*
**grekisk-ortodox** *a, ~a kyrkan* the Greek (Eastern) Orthodox Church
**Grekland** Greece
**gren** *s* **1** branch; med kvistar bough; mindre twig; förgrening ramification; del av tävling event **2** skrev crutch
**grena** *refl, ~ sig* el. *~ ut sig* branch out, fork
**grensle** *adv* astride [*över* of]
**grep** o. **grepe** *s* pitchfork, gödselgrep manure-fork
**grepp** *s* grasp [*i, om* of]; hårdare grip; tag hold äv. brottn.; handgrepp manipulation; metod method
**greve** *s* count; i Engl. earl
**grevinna** *s* countess
**griffeltavla** *s* slate
**grill** *s* grill; kylargrill grille
**grilla** *tr* grill
**grillbar** *s* grill bar
**grillkorv** *s* sausage for grilling
**grillspett** *s* skewer, med kött kebab, shish kebab
**grimas** *s* grimace, wry face
**grimasera** *itr* make (pull) faces, grimace
**grin** *s* **1** flin grin **2** gråt crying; grimas grimace
**grina** *itr* **1** flina grin; skratta laugh **2** gråta cry; *~ illa* se *grimasera*
**grind** *s* gate
**grinig** *a* **1** gnällig whining; kinkig, om barn fretful **2** knarrig grumpy; kritisk fault-finding
**gripa I** *tr* **1** seize [*i* armen by ... ]; t. ex. tjuv capture, catch; *~* el. *~ om* grasp (clutch, grip) a th.; *~ tag i* catch hold of **2** röra touch, move, affect **II** *itr, ~ efter ngt* snatch at a th. □ *~* **sig an** ngt set about...; *~* **in** ingripa intervene, hjälpande step in
**gripande** *a* rörande touching, moving
**griptång** *s* pincers pl.
**gris** *s* pig äv. om person; kok. pork; *köpa ~en i säcken* buy a pig in a poke; *min lilla ~* my little sweetie
**grisa** *itr, ~ ner* make the place in a mess
**griskött** *s* pork
**gro** *itr* sprout; växa grow
**groda** *s* **1** zool. frog **2** fel blunder, howler

**grodd** *s* germ, sprout
**grodfötter** *s pl* sport. frogman (diving) flippers
**grodman** *s* frogman
**grodyngel** *s* tadpole
**grogg** *s* whisky (konjaksgrogg brandy) and soda, amer., vard. highball
**grogglas** *s* tomt whisky-tumbler
**grogrund** *s* bildl. breeding ground
**grop** *s* pit, större hollow; i väg hole; i kind, haka dimple
**gropig** *a* . . . full of holes; om sjö rough, om väg, luft bumpy
**grosshandel** *s* wholesale trade (handlande trading)
**grosshandlare** o. **grossist** *s* wholesale dealer, wholesaler
**grotesk** *a* grotesque
**grotta** *s* cave, större cavern
**grottekvarn** *s* treadmill
**grov** *a* coarse; obearbetad, ungefärlig rough; tjock thick; ohyfsad äv. rude [*mot* to]; ***vara ~ i munnen*** be foul-mouthed; ***ett ~t brott*** a serious crime; ***~a*** ansikts***drag*** coarse features; ***i ~a drag*** in rough outline el. outlines; ***ett ~t fel*** a gross (grave) blunder; ***en ~ lögn*** a big (whopping) lie; ***~ röst*** gruff (rough) voice; ***~ sjö*** heavy sea; ***~t smicker*** fulsome flattery; ***~t tyg*** rough (coarse) cloth
**grovarbetare** *s* unskilled labourer
**grovarbete** *s* heavy work, spadework; grovarbetares unskilled work (labour)
**grovgöra** *s* heavy work, spadework
**grovkornig** *a* **1** oanständig coarse **2** foto. coarse-grain
**grovlek** *s* degree of coarseness (tjocklek thickness); storlek size
**grovmalen** *a* coarsely ground, om kött coarsely minced
**grovtarm** *s* colon
**grubbel** *s* brooding
**grubbla** *itr* fundera ponder, brood; bry sin hjärna puzzle one's head [*på, över* about]
**grumlig** *a* muddy; om vätska cloudy
**1 grund** *s* **1** foundation [*till* of]; basis (pl. bases); ***lägga ~en till*** lay the foundation (foundations) of; brinna ner ***till ~en*** . . to the ground **2** ***i ~*** fullständigt entirely; ***i ~*** [illegible], ***i ~ och botten*** i själ och hjärta at heart (bottom) **3** mark ground **4** skäl reason, grounds pl. [*till* for]; ***på ~ av*** on account of, till följd av as a result of
**2 grund I** *a* shallow **II** *s*, ***gå (stå) på ~*** run (be) aground
**grunda I** *tr* **1** found, affär, tidning äv. establish **2** stödja base **3** grundmåla ground, prime **II** *refl*, ***~ sig*** rest [*på* on]
**grundad** *a* om t. ex. farhåga well-founded
**grundare** *s* skapare founder
**grunddrag** *s* fundamental (essential) feature; ***~en av Europas historia*** the main outlines of European history
**grundfärg** *s* **1** fys. primary colour **2** mål. first coat, priming
**grundlag** *s* författning constitution
**grundlig** *a* thorough, ingående close; noggrann careful; genomgripande thorough-going
**grundlägga** *tr* lay the foundation of
**grundläggande** *a* fundamental; basic
**grundläggare** *s* skapare founder
**grundorsak** *s* primary (original) cause
**grundregel** *s* fundamental (basic) rule
**grundskola** *s* 'grundskola', nine-year compulsory school
**grundtal** *s* cardinal number
**grundtanke** *s* fundamental idea
**grundval** *s* foundation, basis (pl. bases)
**grundvatten** *s* groundwater
**grundämne** *s* element
**grunka** *s* vard., sak thing, manick gadget
**grupp** *s* group; klunga cluster
**grupparbete** *s* team-work
**gruppera I** *tr* group, group . . . together [*i* into] **II** *refl*, ***~ sig*** group oneself
**grupplivförsäkring** *s* group life insurance
**gruppresa** *s* conducted tour
**gruppterapi** *s* group therapy
**grus** *s* gravel
**grusa** *tr* gravel; t. ex. ngns förhoppningar dash, gäcka frustrate
**grusväg** *s* gravelled road
**1 gruva** *refl*, ***~ sig för ngt*** dread (be dreading) a th.
**2 gruva** *s* mine; kolgruva äv. pit
**gruvarbetare** *s* miner; kol~ äv. collier
**gruvdistrikt** *s* mining district
**gruvdrift** *s* mining
**gruvlig** *a* dreadful, horrible; vard. awful
**gry** *itr* dawn äv. bildl.
**grym** *a* cruel [*mot* to]
**grymhet** *s* cruelty [*mot* to]; ***en ~*** an act of cruelty
**grymta** *itr* grunt
**grymtning** *s* grunting; ***en ~*** a grunt
**gryn** *s* korn grain
**gryning** *s* dawn, daybreak
**gryta** *s* pot; av lergods casserole äv. maträtt
**grytlapp** *s* pot-holder, kettle-holder
**grytlock** *s* pot-lid
**grå** *a* grey, amer. gray; för sammansättningar jfr äv. *blå-*

**gråaktig** *a* greyish
**gråhårig** *a* grey-haired
**gråkall** *a* bleak, chill
**gråna** *itr* turn (go) grey; *~d* åldrad grey-headed; om hår grey
**gråsej** *s* coalfish
**gråsparv** *s* house-sparrow
**gråsprängd** *a* grizzled
**gråt** *s* gråtande crying, tyst äv. weeping; tårar tears pl.
**gråta** *tr itr* cry [*efter* for, *för* about]; tyst äv. weep; ~ ***av glädje*** weep (cry) for joy; ~ ***ut*** have a good cry
**gråtfärdig** *a*, ***vara*** ~ be on the verge of tears
**gråtmild** *a* tearful, sentimental sentimental
**grått** *s* grey, amer. gray; jfr *blått*
**grädda** *tr* i ugn bake; plättar fry, make
**gräddbakelse** *s* cream cake
**grädde** *s* cream
**gräddfil** *s* sour cream
**gräddglass** *s* full-cream ice
**gräddkanna** *s* cream jug
**gräddtårta** *s* cream gâteau (pl. gâteaux), cream cake
**gräl** *s* quarrel; ***råka i ~ med ngn*** fall out with a p. [*om* over]
**gräla** *itr* tvista quarrel; ~ ***på ngn*** scold a p.
**gräll** *a* glaring
**grälsjuk** *a* quarrelsome
**gräma I** *tr*, ***det grämer mig att*** I can't get over the fact that **II** *refl*, ~ ***sig*** fret [*över* over]
**gränd** *s* alley, lane
**gräns** *s* geogr. o. ägogräns boundary; statsgräns frontier; gränsområde border, borders pl.; yttersta gräns limit; ***allting har en*** ~ there is a limit to everything; ***sätta en ~ för*** begränsa set bounds (limits) to; ... ***ligger vid ~en*** ... lies on the border
**gränsa** *itr*, ~ ***till*** border on
**gränsfall** *s* borderline case
**gränsle** *adv* astride [*över* of]
**gränslös** *a* boundless, limitless
**gränsområde** *s* border district
**gräs** *s* grass
**gräsand** *s* mallard, wild duck
**gräsbevuxen** *a* grass-covered, grassy
**gräshoppa** *s* grasshopper
**gräsklippare** *s* lawn-mower
**gräslig** *a* shocking, terrible, awful
**gräslök** *s* chives pl.; växt chive
**gräsmatta** *s* lawn; vild grassy space
**gräsplan** *s* matta lawn; t. ex. fotb. grass pitch
**gräsrotsnivå** *s* bildl., ***på*** ~ at grass-roots level
**gräsrötter** *s pl* bildl. grass-roots
**gräsänka** *s* grass widow
**gräsänkling** *s* grass widower
**gräva I** *tr itr* dig [*efter* for]; speciellt om djur burrow **II** ~ ***fram*** dig out äv. bildl.; ~ ***ned*** gömma bury; ~ ***ut*** excavate
**grävling** *s* badger
**grävmaskin** *s* excavator, power-shovel
**grävskopa** *s* bucket, grävmaskin excavator
**gröda** *s* crops pl.; skörd crop
**grön** *a* green äv. oerfaren; för sammansättningar jfr äv. *blå-*
**grönaktig** *a* greenish
**grönfoder** *s* green fodder
**gröngöling** *s* green woodpecker; person greenhorn
**grönkål** *s* kale, borecole
**Grönland** Greenland
**grönområde** *s* green open space
**grönsak** *s* vegetable
**grönsaksaffär** *s* greengrocer's
**grönsaksland** *s* plot of vegetables
**grönsallad** *s* växt lettuce; rätt green salad
**grönska I** *s* gräs green; lövverk greenery; grönhet greenness **II** *itr* vara grön be green; bli grön turn green
**grönt** *s* **1** grön färg green; jfr *blått* **2** grönsaker green-stuff **3** till prydnad greenery
**gröpa** *tr* ~ ***ur*** hollow (scoop) out
**gröt** *s* porridge, av t. ex. ris pudding
**grötig** *a* thick äv. om röst, mushy; oredig muddled
**gubbaktig** *a* ... like an old man, senil senile
**gubbe** *s* person old man; ***grön (röd)*** ~ trafik. green (red) man; ***min lilla ~!*** till barn my boy!
**gubbstrutt** *s* vard. old buffer
**gud** *s* god; ***gode Gud!*** Good Lord!, Good Heavens!; ***för Guds skull!*** for goodness' (God's, Heaven's) sake!
**gudabenådad** *a* inspired, supremely gifted
**gudagåva** *s* divine gift, friare godsend
**gudbarn** *s* godchild
**gudfar** *s* godfather
**gudfruktig** *a* godfearing, pious
**gudinna** *s* goddess
**gudmor** *s* godmother
**gudomlig** *a* divine
**gudsfruktan** *s* fromhet godliness, piety
**gudskelov** *itj*, ~ ***att du kom!*** thank goodness (Heaven) you came!
**gudstjänst** *s* divine service; allmännare worship
**guida** *tr* guide
**guide** *s* guide

**gul** *a* yellow; *~t ljus* trafik. amber light; *~a ärter* split peas; för sammansättningar jfr äv. *blå-*
**gula** *s* yolk
**gulaktig** *a* yellowish
**gulasch** *s* kok. goulash
**gulblek** *a* sallow
**guld** *s* gold
**guldarmband** *s* gold bracelet
**guldbröllop** *s* golden wedding
**guldfisk** *s* goldfish
**guldgruva** *s* gold-mine äv. inkomstkälla
**guldgrävare** *s* gold-digger; guldletare prospector
**guldklimp** *s* gold nugget
**guldkrog** *s* first-class (posh) restaurant
**guldmedalj** *s* gold medal
**guldplomb** *s* gold filling
**guldsmed** *s* goldsmith; juvelerare vanl. jeweller
**guldstämpel** *s* gold mark
**guldtacka** *s* gold bar (ingot)
**guldålder** *s* golden age
**gulhyad** *a* yellow-skinned
**gullig** *a* vard. sweet, nice, amer. äv. cute
**gullregn** *s* bot. laburnum
**gullstol** *s*, *bära ngn i ~* chair a p., carry a p. in triumph
**gullviva** *s* cowslip
**gulna** *itr* turn yellow
**gulsot** *s* jaundice
**gult** *s* yellow; jfr *blått*
**gumma** *s* old woman; *min lilla ~!* till barn ... little (young) lady!
**gummera** *tr* gum; *~d* gummed
**gummi** *s* **1** ämne rubber; klibbig substans gum **2** radergummi india-rubber, speciellt amer. eraser **3** kondom French letter, amer. rubber, safe
**gummiplantage** *s* rubber plantation
**gummislang** *s* rubber tube (till cykel etc. rubber tyre)
**gummisnodd** *s* elastic (rubber) band
**gummistövel** *s* rubber (gum) boot
**gummisula** *s* rubber sole
**gunga I** *s* swing **II** *itr* i gunga etc. swing; på gungbräde seesaw; vagga rock; om t.ex. mark totter äv. bildl.; svaja under ngns steg rock
**gungbräde** *s* seesaw
**gunghäst** *s* rocking-horse
**gungning** *s* swinging, vaggning rocking
**gungstol** *s* rocking-chair
**gunst** *s* favour; *stå högt i ~ hos ngn* be in high favour with a p.
**gunstling** *s* favourite
**gupp** *s* bump, grop pit, hole
**guppa** *itr* på väg jolt, jog; på vatten bob, bob up and down
**guppig** *a* om väg bumpy
**gurgelvatten** *s* gargle
**gurgla I** *tr itr* gargle **II** *refl*, *~ sig* gargle
**gurgling** *s* gargling, gargle
**gurka** *s* cucumber; liten gherkin
**guvernant** *s* governess
**guvernör** *s* governor
**gyckel** *s* skämt fun; upptåg joking, jesting, larking
**gyckla** *itr* skoja joke, jest; *~ med ngn* make fun of (poke fun at) a p.
**gycklare** *s* joker, yrkesmässig o. hist. jester
**gylf** *s* fly
**gyllene** *a* golden; av guld vanl. gold
**gym** *s* workout gymnasium (pl. gymnasia)
**gymnasial** *a* **1** eg., attr. 'gymnasium', jfr *gymnasium* **2** omogen puerile
**gymnasieelev** *s* pupil at a 'gymnasieskola' ('gymnasium'); jfr *gymnasium*
**gymnasieskola** *s* continuation school [on the 'gymnasium' level], jfr *gymnasium*
**gymnasist** *s* se *gymnasieelev*
**gymnasium** *s* 'gymnasium', i Engl. ung. motsv. sixth form [of a grammar school], i Amer. ung. motsv. senior high school
**gymnast** *s* gymnast
**gymnastik** *s* övningar etc. gymnastics sg.; skol. äv. physical education (training), vard. PE (PT), gym; morgon~ etc. exercises pl.
**gymnastikdirektör** *s* ung. certified gymnastics instructor
**gymnastikdräkt** *s* gym suit (dams tunic)
**gymnastiklärare** *s* physical training (vard. gym) master, i idrott games master
**gymnastiksal** *s* gymnasium, vard. gym
**gymnastisera** *itr* do gymnastics
**gymnastisk** *a* gymnastic
**gympa I** *s* vard., gymnastik gym, PE (PT) jfr *gymnastik*; gymping aerobics sg. **II** *itr* gymnastisera do gymnastics; göra gymping do an aerobics workout
**gymping** *s* aerobics sg.
**gynekolog** *s* gynaecologist
**gynekologisk** *a* gynaecological
**gynna** *tr* favour; beskydda patronize; främja further, promote
**gynnare** *s* **1** benefactor; beskyddare patron **2** skämts. fellow, customer
**gynnsam** *a* favourable [*för* to]
**gyrokompass** *s* gyro-compass
**gyroskop** *s* gyroscope
**gyttja** *s* mud
**gyttjig** *a* muddy
**gyttra** *tr*, *~ ihop* cluster ... together

**gå I** *itr* **1** ta sig fram till fots, promenera walk; med avmätta steg pace, med långa steg stride; *jag har varit ute och ~tt* I have been out for a walk; ~ *till fots* walk, go on foot; ~ *till* besöka go and see, visit **2** fara, leda vanl. go; färdas travel; bege sig av leave; om t. ex. vagn o. maskin run; om väg, dörr lead; *bilen har ~tt* 5 000 mil the car has done ...; klockan *~r rätt (fel)* ... is right (wrong); *det ~r ett rykte (en sjukdom)* there is a rumour (illness) about; *tiden ~r* time passes (is passing); ~ *i (ur) vägen för ngn* get into (out of) a p.'s way; ~ *med* glasögon wear...; ~ *i* el. ~ *omkring i* t. ex. trasor, tofflor go about in ...; ~ *på* föreläsningar attend (go to) ... **3** avlöpa go off, pass off, turn out; låta sig göra be possible; lyckas succeed; *det ~r nog* that will be all right; klockan *~r inte att laga* it is impossible to repair ...; *~r det att laga?* can it be repaired?; *det gick i alla fall!* I (you etc.) managed it, anyhow!; *det gick bra för honom* i prov etc. he got on (did) well; *hur det än ~r* whatever happens; *hur ~r det med* festen*?* what about...? **4** säljas: gå åt sell, t. ex. på auktion be sold **5** bära sig pay **6** sträcka sig go, extend, nå reach **7** ~ *på* el. *till* belöpa sig till amount (come) to, kosta cost **II** *tr*, ~ *ed* take an oath; ~ *ärenden* have some jobs to do, för inköp go shopping

□ ~ **an** passa, gå för sig do; vara tillåten be allowed; vara möjlig be possible; *det ~r inte an* it won't do; ~ **av** stiga av get off; brista break; om skott go off; ~ **bort** på bjudning go out [*på middag* to dinner]; dö die, försvinna om t. ex. fläck disappear; ~ **efter** om klocka be slow; hämta go and fetch; ~ **emot** stöta emot go (resp. run) against ... ; ~ rösta *emot förslaget* vote against the proposal; *allt ~r mig emot* nothing seems to go right for me; ~ **fram till** go up to; ~ **förbi** passera förbi go past (by); gå om overtake; hoppa över pass over; ~ **före** i ordningsföljd precede; om klocka be fast; ha företräde framför go (rank) before; ~ **ifrån** lämna leave; avlägsna sig get away; glömma kvar leave ... behind; ~ **igenom** go through; ~ **ihop** sluta sig close up; förena sig join, passa ihop agree; *få det att ~ ihop* ekonomiskt make both ends meet; ~ **in**: ~ *in för* go in for; ~ *in i* klubb etc. join, enter; ~ *in på* t. ex. ämne enter upon; ~ **isär** come apart; om åsikter etc. diverge; ~ **med** göra sällskap go (komma come) along too; ~ *med i* klubb etc. join; ~ *med på* samtycka till agree to, medge agree; ~ **ned** *(ner)* go down, fall; ~ **om** passera pass, go past; ~ **omkull** om firma become (go) bankrupt; ~ **på a)** stiga upp på get on **b)** fortsätta go on; gå framåt go ahead, skynda på make haste **c)** om kläder go on; ~ **samman** go together, join; ~ **till** försiggå come about; hända happen; ordnas be arranged (done); ~ **tillbaka** avta decrease; försämras, gå utför deteriorate; ~ **under** om person be ruined, om fartyg go down; ~ **upp a)** go up, ur säng get up; om himlakropp rise; om pris etc. go up, rise; *det gick upp för mig, att* ... it dawned upon me that ... ; ~ *upp i rök* go up in smoke **b)** öppna sig open; om plagg tear; om knut come undone; ~ *upp i* införlivas med become merged in; ~ *upp mot* el. *emot* kunna mäta sig med come up to; *ingenting ~r upp mot* ... there is nothing like ...; ~ *upp till* belöpa sig till amount to; ~ **ur** stiga av get out of...; lämna leave; om fläck come out, försvinna disappear; ~ **ut och gå** go out for a walk, take a walk; ~ *ut skolan* leave (genomgå finish) school; gå till ända come to an end, run out; *vad det ~r ut på* what it amounts to; hans tal *gick ut på att* ... the drift of his speech was that ...; ~ *ut ur rummet* leave the room; *låta* sin vrede etc. ~ *ut över* vent ... upon; ~ **vidare** fortsätta [*i*, *med* go on with]; ~ **åt** behövas be needed; ta slut be used up; säljas sell; ~ **över** go (run, rise, be) above; överstiga surpass, upphöra pass, cease; granska go (look) over; ~ *över till* go over to, pass to; byta till change to

**gående** *a*, *en* ~ a pedestrian; ~ *bord* buffet

**gågata** *s* pedestrian street

**gång** *s* **1** sätt att gå walk; *känna igen ngn på ~en* recognize a p. by his way of walking **2** färd (om fartyg) run, passage; rörelse, verksamhet, om maskin etc. working, running; motorn *har en jämn ~* ... runs smoothly **3** i o. mellan hus passage; i kyrka o. teat. aisle; i buss gangway, amer. aisle **4** tillfälle, omgång m. m. time; *en ~* once, om framtid one (some) day; ens even; *en ~ i tiden (världen)* förr at one time; *en ~ om året (vart tredje år)* once a year (every three years); *en ~ till* once more; *det var en ~* i saga once upon a time there was; *en annan ~* another time, om framtid some other time; *en och annan ~* every now and then; *någon ~* ibland once now and then; *någon ~* i maj some time...; *för en ~s skull* for once; *med en ~* all at once; *på en ~* samtidigt at a (the same) time, plötsligt all at once; *två ~er* twice; *tre ~er* three times; *två ~er två är fyra* twice (two times) two is four

**gångare** *s* sport. walker

**gångbana** *s* pavement, amer. sidewalk

**gångjärn** *s* hinge
**gångsport** *s* walking
**gångstig** *s* path, footpath
**gångtrafikant** *s* pedestrian
**gångtunnel** *s* subway, amer. underpass
**gångväg** *s* public footpath
**gåpåare** *s* pusher, go-getter
**går** *s*, *i* ~ se *igår*
**gård** *s* **1** yard; bakgård backyard, courtyard; *ett rum åt ~en* a back room **2** bondgård farm, herrgård estate
**gårdag** *s*, *~en* yesterday
**gårdsplan** *s* courtyard
**gås** *s* goose (pl. geese); *det är som att slå vatten på en ~* it's like water off a duck's back; *det går vita gäss* there are white-caps
**gåshud** *s* goose-flesh
**gåsleverpastej** *s* pâté de foie gras
**gåsmarsch** *s*, *gå i ~* walk in single file
**gåta** *s* riddle, mystery, puzzle
**gåtfull** *a* mysterious, puzzling
**gåva** *s* gift, present; donation donation
**gåvoskatt** *s* gift tax
**gäcka** *tr* frustrate, svika baffle
**gäckas** *itr dep*, *~ med* håna mock (scoff) at
**gädda** *s* pike (pl. äv. lika)
**gäl** *s* gill
**gäldenär** *s* debtor
**gäll** *a* shrill; om färg crude
**gälla** *itr tr* **1** *~ för* räknas som count, vara värd be worth **2** vara giltig be valid; *detta gäller* el. *gäller för* samtliga fall this holds good for ... **3** angå concern; *vad gäller saken?* what is it about?; *det gäller liv eller död* it is a matter of life and death; *när det gäller* when it really matters (comes to it)
**gällande** *a* giltig valid [*för* for]; om lag etc. ... in force; rådande current; *göra ~* hävda maintain; *göra sig ~* **a)** hävda sig assert oneself **b)** vara framträdande be in evidence
**gäng** *s* gang; kotteri set
**gänga** **I** *s* thread; *vara ur gängorna* om person be off colour **II** *tr* thread
**gängse** *a* current, vanlig usual
**gärde** *s* åker field
**gärdsgård** *s* av trä wooden fence
**gärdsmyg** *s* fågel wren
**gärna** *adv* villigt willingly, med nöje gladly, with pleasure; i regel often; *~ det!* by all means!; *inte ~* knappast hardly; *jag skulle bra ~ vilja veta* ... I should very much like to know ...
**gärning** *s* **1** handling deed, action; *tagen på bar ~* caught red-handed **2** verksamhet work
**gärningsman** *s* perpetrator, svagare culprit
**gäspa** *itr* yawn
**gäspning** *s* yawn
**gäst** *s* guest [*i (vid)* at]; på hotel vanl. resident
**gästa** *tr* besöka visit
**gästartist** *s* guest artist (star)
**gästfri** *a* hospitable [*mot* towards, to]
**gästfrihet** *s* hospitality
**gästgivargård** *s* inn
**gästrum** *s* spare bedroom, guest-room
**gästspel** *s* teat. special (guest) performance
**göda** *tr* fatten, fatten up
**gödkyckling** *s* spring chicken, broiler
**gödningsmedel** *s* fertilizer
**gödsel** *s* manure, konstgödsel fertilizer
**gödsla** *tr* manure, konstgödsla fertilize
**gödsling** *s* manuring, fertilizing
**gök** *s* fågel cuckoo
**gömma** **I** *s* hiding-place **II** *tr* dölja hide, hide ... away, conceal [*för* from] **III** *refl*, *~ sig* hide el. hide oneself [*för* from]
**gömställe** *s* hiding-place
**göra** **I** *tr itr* **1** do; tillverka, skapa make, do; *~ affärer* do business; *~ ett försök* make an attempt; *~ ett mål* score a goal; *~ en paus* pause, have a break; *~ en resa* make a journey; *det gör ingenting!* it doesn't matter!; *gör det något, om ... ?* will it be all right if ... ?; *~ sitt bästa* do one's best; *vad gör det?* what does it matter?; *ha att ~ med* have to do with, deal with; *då får du med mig att ~!* then you will catch it from me (will have me to deal with)!; *du har ingenting här att ~!* you have no business to be here!; *det har ingenting med dig att ~!* it's none of your business (nothing to do with you)!; *det är ingenting att ~ åt det* it can't be helped; *~ ngn galen* drive a p. mad; *~ ngn olycklig* make a p. unhappy; *~ saken värre* make matters worse; *~ ngn till kapten* make a p. captain **2** med att-sats: förorsaka make, cause; *det gjorde att bilen stannade* that made the car (caused the car to) stop **3** i stället för förut nämnt verb do; han reste sig *och det gjorde jag också* ... and so did I; har du läst läxorna? *- Nej, det har jag inte gjort* ... No, I haven't; *regnar det? - Ja, det gör det* is it raining? - Yes, it is **4** utgöra make; två gånger två *gör fyra* ... make el. makes four **II** *refl*, *~ sig förstådd* make oneself understood; *~ sig besvär att* take the trouble to; *~ sig en förmögenhet* make a fortune □ *~* **av med a)** pengar spend **b)** ta livet av kill; *~ sig av med* get rid of; *~* **om** på nytt do (make) ... over again, upprepa do ... again; *~* **sig till** göra sig viktig show off,

sjåpa sig be affected; ***det gör varken till eller från*** it makes no difference (no difference either way); ~ **undan** ngt get . . . done; ~ **upp** eld etc. make; klara upp, hämnas settle; förslag etc. draw up
**gördel** *s* girdle
**görlig** *a* practicable, feasible; ***för att i ~aste mån*** inf. in order as far as possible to inf.
**görningen** *s*, ***det är något i ~*** there is something brewing
**göromål** *s* business, work (båda end. sg.)
**gös** *s* fisk pike-perch

# H

**h** *s* mus. B
**1 ha I** *hjälpvb* tempusbildande have; ***du ~r snart glömt det*** you will soon have forgotten it; ***det ~de jag aldrig trott*** I should (would) never have thought it **II** *tr* **1** have, have got; t. ex. kläder wear; ***vilken färg ~r den?*** what colour is it?; ***~ rätt (fel)*** be right (wrong); ***det kan vara bra att ~*** it will come in handy; ***vad ~r du här att göra?*** what are you doing here?; ***vad ska man ~ det till?*** what's it for?; ***nu ~r jag det!*** now I've got it! **2** få, erhålla have; ***vad vill du ~?*** what do you want?, om förtäring what will you have?; ***jag skulle vilja ~*** . . . I want . . ., please; I should like . . .; ***här ~r du pengarna*** here's the money **3** ***~ det bra*** gott ställt be well off; ***~ det så bra!*** have a good time!; ***~ det trevligt*** have a nice time; ***hur ~r du det?*** how's things?; ***~ ledigt*** be free, be off duty; ***~ lätt att*** find it easy to □ ~ **ngt emot**: ***jag ~r inget emot*** . . . I have nothing against . . .; ***~r ni något emot att jag röker?*** do you mind my smoking?; ~ **för sig** tro, mena think, föreställa sig have an idea, inbilla sig imagine; ***vad ~r du för dig*** vad gör du? what are you doing?; ~ **kvar** ha över have . . . left, ännu ha still have; ~ **med** el. ~ **med sig** have with one, bring, bring along; ~ **på sig** vara klädd i have . . . on, wear; ***~r du en penna på dig?*** have you got a pencil on you?; ***vi ~r bara en dag på oss*** we have only one day left; ~ **sönder** t. ex. en vas break, t. ex. klänning tear
**2 ha** *itj* ha!
**Haag** the Hague
**habegär** *s* acquisitiveness; ***~et*** the possessive instinct

**1 hack** *s, följa ngn ~ i häl* follow hard (close) on a p.'s heels
**2 hack** *s* skåra notch, cut, mark
**1 hacka** *s* vard., *tjäna en ~* earn a bit of cash
**2 hacka I** *s* spetsig pick, pickaxe **II** *tr* i bitar chop, fint mince **III** *itr, ~ i (på)* hack at, om fågel pick (peck) at; *~ på* kritisera pick on □ *~* **loss** hack (chop) away; *~* **sönder** cut (break) up
**hackhosta** *s* hacking cough
**hackkyckling** *s, han är allas ~* they are always picking on him
**hackspett** *s* woodpecker
**haffa** *tr* nab, cop
**hafs** *s* slarv slovenliness
**hafsig** *a* slovenly, om arbete etc. slipshod
**hage** *s* **1** beteshage enclosed pasture **2** barnhage play pen **3** *hoppa ~* play hopscotch
**hagel** *s* **1** hail **2** blyhagel shot, small shot
**hagelbössa** *s* shotgun
**hagelskur** *s* shower of hail, hailstorm
**hagla** *itr* hail
**hagtorn** *s* hawthorn
**haj** *s* shark äv. om person
**1 haja** *itr, ~ till* be startled, start
**2 haja** *tr* vard., *~r du?* do you get it?; *jag ~r inte varför* ... it beats me why ...
**1 haka** *s* chin; *tappa ~n* be taken aback
**2 haka** *tr, ~ sig fast* cling [*vid* to]; *~ upp sig* get stuck; *~ upp sig på småsaker* worry about (get hung up on) trifles
**hake** *s* hook; t.ex. fönsterhake catch; *det finns en ~ någonstans* there is a snag (catch) somewhere
**hakkors** *s* swastika
**haklapp** *s* bib
**hakrem** *s* chin-strap
**hal** *a* slippery
**hala** *tr itr, ~ ned* haul down; lower äv. flagga
**halka I** *s* slipperiness; kör försiktigt *i ~n* ... on the slippery roads **II** *itr* slip; slira skid; *~ omkull* slip
**halkig** *a* slippery
**hall** *s* hall
**hallick** *s* vard. pimp, ponce
**hallon** *s* raspberry
**hallucination** *s* hallucination
**hallå** *itj* hallo!, hullo!, hello!; *~, ~!* i högtalare attention, please!
**hallåman** *s* radio. o. TV announcer
**halm** *s* straw
**halmhatt** *s* straw hat
**halmstack** *s* straw-stack
**halmstrå** *s* straw
**halmtak** *s* thatched roof
**hals** *s* neck; strupe throat; *~ över huvud* headlong; *han fick ett ben i ~en* he got a bone stuck in his throat; *hög i ~en* high at the neck; *ha ont i ~en* have a sore throat; *falla ngn om ~en* fall on a p.'s neck; *få ngn (ngt) på ~en* be saddled with a p. (a th.)
**halsa** *tr, ~ en öl* vard. swig a bottle of beer
**halsband** *s* necklace; för hund collar
**halsbloss** *s, dra ~* inhale
**halsbrytande** *a* breakneck ...
**halsbränna** *s* heartburn
**halsduk** *s* scarf, stickad muffler
**halsfluss** *s* tonsillitis
**halsgrop** *s,* jag kom *med hjärtat i ~en* ... with my heart in my mouth
**halshugga** *tr* behead
**halstablett** *s* throat lozenge (pastille)
**halster** *s* gridiron, grill
**halstra** *tr* grill
**1 halt** *s* t.ex. sockerhalt, metallhalt content
**2 halt** *s* uppehåll halt
**3 halt** *a* lame
**halta** *itr* limp
**halv** *a* half; *en och en ~ timme* an hour and a half, one and a half hours; *möta ngn på ~a vägen* meet a p. half-way; *klockan ~ fem* at half past four, at four-thirty, vard. half four
**halva** *s* **1** hälft half (pl. halves) **2** halvbutelj half-bottle, half a bottle **3** *~n* andra snapsen ung. the second glass
**halvautomatisk** *a* semi-automatic
**halvbesatt** *a* half filled
**halvblod** *s* människa half-breed
**halvbror** *s* half-brother
**halvbutelj** *s* half-bottle, half a bottle
**halvdan** *a* medelmåttig mediocre
**halvdöd** *a* half dead [*av* with]
**halvera** *tr* halve, divide ... into halves
**halvfabrikat** *s* semi-manufactured article
**halvfemtiden** *s, vid ~* at about half past four (four-thirty)
**halvlek** *s* sport. half
**halvljus** *s, köra på ~* drive with dipped (amer. dimmed) headlights
**halvmesyr** *s* half-measure
**halvmåne** *s* half-moon
**halvofficiell** *a* semi-official
**halvpension** *s* på t.ex. hotell partial board
**halvsova** *itr* be half asleep
**halvstor** *a* medium-sized, medium
**halvstrumpa** *s* short sock, sock
**halvsula** *tr* halfsole
**halvsyster** *s* half-sister
**halvsöt** *a* om vin medium sweet

**halvt** *adv* half
**halvtid** *s* **1** sport. half-time **2** *arbeta ~ (på ~)* have a half-time job, be on half-time
**halvtidsanställd** *a, vara ~* be a half--timer
**halvtimme** *s, en ~* half an hour
**halvtorr** *a* om vin medium dry
**halvvägs** *adv* half-way, midway
**halvår** *s, ett ~* six months
**halvädelsten** *s* semiprecious stone
**halvö** *s* peninsula
**halvöppen** *a* half open, på glänt . . . ajar
**hambo** *s* Hambo polka; *dansa ~* do (dance) the Hambo
**hamburgare** *s* hamburger
**hammare** *s* hammer
**hammock** *s* garden hammock
**hamn** *s* hamnstad port; anläggningen harbour
**hamna** *itr* land up, land; sluta end up, end
**hamnarbetare** *s* dock worker, docker
**hamnkvarter** *s* dock district
**hamnstad** *s* port
**hampa** *s* hemp
**hampfrö** *s* hempseed
**hamra** *tr itr* hammer, beat
**hamster** *s* hamster
**hamstra** *tr itr* hoard
**hamstrare** *s* hoarder
**han** *pers pron* he; *honom* him; *~, honom* om djur it
**hand** *s* hand; *~en på hjärtat,* tyckte du om det? honestly, . . .?; *ge ngn en hjälpande ~* lend a p. a hand; *ha fria händer* have a free hand; *ha ~ om* be in charge of; *skaka ~* shake hands [*med ngn* with a p.]; *ta ~ om* take care (charge) of; *gjord för ~* handmade, made by hand; *i andra ~* in the second place; *hyra ut i andra ~* sublet; *det får komma i andra ~* it will have to come second (later), we'll (I'll) wait with that; *köpa i andra ~* buy second-hand; *i första ~* in the first place, first; upplysningar *i första ~* . . . at first hand, first-hand . . .; *hålla ngn i ~ (handen)* hold a p.'s hand; *ta ngn i ~* hälsa shake hands with a p.; *bort (upp) med händerna!* hands off (up)!; *på egen ~* alone; *ha till ~s* have handy; denna förklaring *ligger nära till ~s* . . . is a very likely one; *ge vid ~en* visa indicate, show
**handarbete** *s* sömnad needlework, broderi embroidery; stickning knitting; *ett ~* a piece of needlework (embroidery)
**handbagage** *s* hand-luggage, hand-baggage
**handbojor** *s pl* handcuffs
**handbok** *s* handbook [*i* of]; manual
**handboll** *s* handball
**handbroms** *s* handbrake
**handduk** *s* towel; *kasta in ~en* boxn. o. vard. throw in the towel
**handel** *s* varuhandel trade; handlande trading; i stort commerce; affärer business; speciellt olovlig traffic; *driva (idka) ~ med* land, person trade with, vara trade (deal) in; *vara (finnas) i ~n* be on the market
**handelsbalans** *s* balance of trade
**handelsbolag** *s* trading company
**handelsdepartement** *s* ministry of commerce
**handelsfartyg** *s* merchant vessel
**handelsförbindelse** *s, ~r* trade (commercial) relations
**handelsminister** *s* minister of commerce
**handelsresande** *s* commercial traveller
**handelsträdgård** *s* market garden
**handelsvara** *s* commodity
**handfallen** *a* nonplussed, perplexed, . . . at a loss
**handfast** *a* om person, bestämd firm; *~a regler* definite rules
**handfat** *s* wash-basin, hand-basin
**handflata** *s* palm, palm of the hand
**handfull** *s, en ~* jord a handful of . . .
**handgemäng** *s* scuffle
**handgjord** *a* hand-made
**handgranat** *s* hand-grenade
**handgrepp** *s* manipulation
**handgriplig** *a* påtaglig palpable, tydlig obvious
**handgripligheter** *s pl, gå till ~* come to blows
**handha** *tr* sköta manage, ha hand om be in charge of
**handikapp** *s* handicap
**handikappa** *tr* handicap
**handikappad** *a* handicapped, invalidiserad äv. disabled
**handla** *itr* **1** göra affärer **a)** driva handel trade, deal, do business [*med* vara in . . ., *med ngn* with a p.] **b)** göra uppköp do one's shopping [*hos A.* at A.'s]; *gå ut och ~* go out shopping; *~ mat* buy food **2** bete sig act; göra äv. do; *~ rätt* do right, act rightly **3** *~ om* **a)** röra sig om be about **b)** gälla be a question of
**handlag** *s, ha gott ~ med* barn have a good hand with . . ., know how to handle . . .
**handlande** *s* handelsman dealer, handelsidkare tradesman, butiksägare shopkeeper
**handled** *s* wrist
**handleda** *tr* instruct, vägleda guide, i studier etc. supervise

**handledare** *s* instructor, studie~ etc. supervisor
**handledning** *s* instruction; vägledning guidance; i studier etc. supervision
**handling** *s* **1** agerande action **2** i bok, pjäs etc. story, action, intrig plot [*i* of] **3** urkund document; *lägga ngt till ~arna* put a th. aside
**handlingsfrihet** *s* freedom of action
**handlägga** *tr* behandla, bereda deal with, handle
**handlöst** *adv* headlong
**handpenning** *s* deposit
**handplocka** *tr* hand-pick äv. bildl.
**handskas** *itr dep*, *~ med* hantera handle; behandla treat
**handske** *s* glove
**handskfack** *s* i bil glove locker (compartment)
**handsknummer** *s* size in gloves
**handskriven** *a* hand-written, ... written by hand; *ett handskrivet papper* a page of handwriting
**handslag** *s* handshake
**handstil** *s* handwriting
**handsydd** *a* hand-sewn
**handtag** *s* **1** på dörr, väska etc. handle, runt knob **2** *ge ngn ett ~* hjälp lend a p. a hand
**handvändning** *s*, det är gjort *i en ~* ... in no time
**handväska** *s* handbag
**hane** *s* **1** hanne male; fågelhane ofta cock **2** *spänna ~n* på gevär cock the trigger
**hangar** *s* hangar
**hangarfartyg** *s* aircraft carrier
**hankatt** *s* male cat, tomcat
**hanne** *s* male; fågelhanne ofta cock
**hans** *poss pron* his; om djur o. sak vanl. its; för ex. jfr *1 min*
**hantel** *s* dumbbell
**hantera** *tr* handle; sköta manage
**hantlangare** *s* helper, mate; neds. henchman
**hantverk** *s* handicraft
**hantverkare** *s* craftsman, artisan
**hare** *s* hare; ynkrygg coward
**harem** *s* harem
**haricots verts** *s pl* French (string) beans
**harjakt** *s* hare-hunt, jagande hare-hunting
**harkla** *itr*, *~ sig* clear one's throat
**harkrank** *s* zool. crane-fly
**harm** *s* indignation [*över* at]
**harmoni** *s* harmony äv. mus.
**harmoniera** *itr* harmonize
**harmonisk** *a* harmonious; mus. harmonic
**harmynt** *a* harelipped
**harpa** *s* **1** mus. harp **2** käring old hag
**harts** *s* resin
**harv** *s* harrow
**harva** *tr* harrow
**hasa** *itr tr* glida slide, dra fötterna efter sig shuffle; *~ ned* slip down
**hasard** *s* gamble; hasardspelande gambling; *det är rena ~en* it is all a matter of chance
**hasardspel** *s* gamble, game of chance; hasardspelande gambling
**hasch** *s* vard. hash
**hasselnöt** *s* hazel-nut
**hast** *s* hurry, haste; *i största ~* in great haste
**hastig** *a* snabb rapid, quick, skyndsam hurried
**hastighet** *s* **1** fart speed; snabbhet rapidity; *högsta tillåtna ~* the speed limit, the maximum speed **2** brådska, *i ~en* glömde han ... in his hurry ...
**hastighetsbegränsning** *s* speed limit
**hastighetsmätare** *s* speedometer
**hastigt** *adv* rapidly, quickly, hurriedly; *helt ~* plötsligt all of a sudden
**hat** *s* hatred [*mot* of]; speciellt i motsats till kärlek hate
**hata** *tr* hate
**hatfull** o. **hatisk** *a* spiteful
**hatt** *s* hat; på tub cap; *hög ~* top (silk) hat
**hattask** *s* hatbox
**hattnummer** *s* size in hats
**hausse** *s* boom, rise in prices
**hav** *s* sea; världshav ocean
**havande** *a* gravid pregnant
**havandeskap** *s* pregnancy
**haverera** *itr* sjö. be wrecked äv. friare; om flygplan, bil etc. crash
**haveri** *s* sjö. shipwreck; flyg~, bil~ etc. crash
**havre** *s* oats pl.
**havregryn** *s* koll. porridge oats pl.
**havregrynsgröt** *s* porridge, oatmeal porridge
**havsband** *s*, *i ~et* i yttersta skärgården on the outskirts of the archipelago
**havsbotten** *s* sea (ocean) bed; *på ~* at the bottom of the sea
**havskräfta** *s* Norway lobster, Dublin prawn; *flottyrkokta havskräftor* scampi
**heat** *s* sport. heat
**hebreisk** *a* Hebrew
**hebreiska** *s* språk Hebrew
**hed** *s* moor, ljunghed heath
**heder** *s* honour
**hederlig** *a* ärlig honest, decent; hedrande honourable
**hederlighet** *s* ärlighet, redbarhet honesty
**hedersbetygelse** *s* mark of honour (re-

spect); ***under militära ~r*** with military honours
**hedersgäst** *s* guest of honour
**hedersord** *s*, ***på ~!*** honestly!, word of honour!
**hederspris** *s* special prize
**hederssak** *s*, ***det är en ~ för honom*** he makes it (regards it as) a point of honour
**hedning** *s* heathen
**hednisk** *a* heathen
**hedra** *tr* honour; ***det ~r honom att*** han ... it does him credit that ...
**hej** *itj* hälsning hallo!, amer. hi!, hi there!; ***~ då!*** adjö bye-bye!; ***~ så länge!*** so long!
**heja I** *itj* sport. come on ... !, up ... ! **II** *itr*, ***~ på*** **a)** lag cheer, cheer on **b)** säga hej åt say hallo to
**hejaklack** *s* cheering section (supporters pl.)
**hejarop** *s* cheer
**hejda** *tr* stop; få under kontroll check
**hejdlös** *a* uncontrollable; våldsam violent; ofantlig tremendous
**hektar** *s* hectare; ***ett (en) ~*** eng. motsv. 2.471 acres
**hektisk** *a* hectic
**hekto** o. **hektogram** *s* hectogram, hectogramme
**hektoliter** *s* hectolitre
**hel** *a* **1** whole, full, complete; ***~a dagen*** all day, all the day, the whole (entire) day; ***~a tiden*** all the time, the whole time; ***~a året*** throughout the year; vad tycker du om ***det ~a?*** ... it all?; ***på det ~a taget*** i stort sett on the whole **2** ej sönder whole, om glas etc. unbroken
**hela** *s* **1** helbutelj large (full-size) bottle **2** ***~n går!*** ung. now for the first! **3** ***Helan och Halvan*** komikerpar Laurel Halvan and Hardy Helan
**helautomatisk** *a* fully automatic
**helbutelj** *s* large (full-size) bottle
**helförsäkring** *s*, ***~ för motorfordon*** comprehensive car insurance
**helg** *s* ledighet holiday, holidays pl.
**helgdag** *s* holiday
**helgerån** *s* sacrilege
**helgon** *s* saint
**helhet** *s* whole; ***i sin ~*** ... in full, ... in its entirety
**helhetsintryck** *s* overall (total) impression
**helhjärtad** *a* whole-hearted
**helig** *a* holy, sacred; ***Erik den ~e*** St. Eric
**helikopter** *s* helicopter
**helinackorderad** *a*, ***vara ~*** have full board and lodging
**heller** *adv* efter negation either; jag hade ingen biljett ***och inte han ~*** ... and he hadn't either, ... nor had he
**hellinne** *s* pure linen
**helljus** *s*, ***köra på ~*** drive with one's headlights on
**hellre** *adv*, ***jag vill ~*** I would rather (sooner); ***~ det än*** inget rather that than ...; ***ju förr dess ~*** the sooner the better
**hellång** *a* full-length
**helnykterist** *s* teetotaller, total abstainer
**helomvändning** *s*, ***göra en ~*** do an about-turn (a U-turn), bildl. do a turn-around, perform a volte-face
**helpension** *s* full board (board and lodging)
**helsida** *s* full page
**helsiden** *s* pure silk
**helsike** *s* vard. se *helvete*
**Helsingfors** Helsinki
**helskinnad** *a*, ***komma (slippa) ~ undan*** escape unhurt
**helspänn** *s*, ***på ~*** om person tense, vard. uptight
**helst** *adv*, ***jag vill (skulle) ~*** I would rather; ***jag vill allra ~*** I want most of all to; ***hur som ~*** anyhow; ***hur mycket (länge) som ~*** hur mycket (länge) ni vill as much (as long) as you like; jag betalar ***hur mycket (vad) som ~*** ... any amount; ***ingen som ~ anledning*** no reason whatever; ***när som ~*** any time, när ni vill whenever you like; ***vad som ~*** anything, vad ni vill anything you like; ***var (vart) som ~*** anywhere, var (vart) ni vill wherever you like; ***vem som ~*** anybody, vem ni vill whoever you like; ***vilken som ~*** a) av två either b) vilken ni vill whichever you like
**helt** *adv* äv. ***~ och hållet*** entirely, completely; alldeles quite; ***~ enkelt omöjligt*** simply impossible; ***~ nyligen*** quite recently; ***inte förrän ~ nyligen*** only recently; ***~ om!*** about turn (speciellt amer. face)!
**heltid** *s*, ***arbeta på ~*** work full-time
**heltidsanställd** *a*, ***vara ~*** be employed full-time
**heltäckande** *a*, ***~ matta*** wall-to-wall carpet
**heltäckningsmatta** *s* wall-to-wall carpet
**helvete** *s* hell; ***ett ~s*** oväsen a hell (svagare the very deuce) of a ...; ***dra åt ~*** go to hell
**helvetisk** *a* hellish, infernal
**helylle** *s* all (pure) wool
**hem** *s* home
**hembageri** *s* local baker's [shop]

**hembakad** o. **hembakt** *a* home-made
**hembiträde** *s* servant, maid
**hembränning** *s* illicit distilling
**hembygd** *s*, *~en* one's native home (district)
**hembygdskunskap** *s* skol., ung. local geography, history and folklore
**hemdator** *s* home computer
**hemfärd** *s* home (homeward) journey
**hemförlova** *tr* mil. disband, demobilize
**hemförsäkring** *s* householders' comprehensive insurance
**hemförsäljning** *s* door-to-door selling
**hemgift** *s* dowry
**hemgjord** *a* home-made
**hemhjälp** *s* home (domestic) help
**hemifrån** *adv* from home; *gå (resa) ~* leave home
**heminredning** *s* interior decoration
**hemkomst** *s* home-coming, return
**hemkonsulent** *s* domestic (home) adviser
**hemkunskap** *s* skol. domestic science, home economics sg.
**hemlagad** *a*, *~ mat* home-made food, home cooking
**hemland** *s* native country
**hemlig** *a* secret [*för* from]; dold äv. concealed, hidden; *~t* telefon*nummer* private number
**hemlighet** *s* secret; *i ~* secretly, in secret
**hemlighetsfull** *a* mysterious, förtegen secretive
**hemlighålla** *tr* keep ... secret [*för ngn* from a p.]
**hemligstämplad** *a* top-secret, classified
**hemlängtan** *s* homesickness; *känna ~* feel homesick
**hemläxa** *s* homework end. sg.
**hemlös** *a* homeless
**hemma** *adv* at home; du kan bo *~ hos oss* ... at our place, ... with us; *~ hos Eks* at the Eks'
**hemmafru** *s* housewife (pl. housewives)
**hemmagjord** *a* home-made
**hemmaman** *s* house-husband
**hemmaplan** *s* sport. home ground; *spela på ~* play at home
**hemmastadd** *a* ... at home
**hemmavarande** *a* ... living at home
**hemorrojder** *s pl* haemorrhoids, piles
**hemort** *s* home district, jur. domicile
**hemresa** *s* home (homeward) journey (till sjöss voyage)
**hemsamarit** *s* home help
**hemsk** *a* ghastly, terrible, vard. awful
**hemskillnad** *s* judicial separation
**hemskt** *adv* vard., väldigt awfully, frightfully
**hemslöjd** *s* handicraft
**hemspråk** *s* home language
**hemspråkslärare** *s* home-language teacher
**hemstad** *s* home town
**hemställa** *tr itr*, *~ hos ngn om ngt* anhålla request a th. from a p.
**hemställan** *s* request
**hemsöka** *tr* härja: om t. ex. fiende invade, om t. ex. sjukdom afflict, om t. ex. naturkatastrof devastate
**hemtjänst** *s* home-help service
**hemtrakt** *s* home district
**hemtrevlig** *a* ombonad cosy, snug
**hemvårdare** *s* trained home help
**hemväg** *s* way home; *på ~en* blev jag ... on my (the) way home ...
**hemvärn** *s* home defence; *~et* the Home Guard
**hemåt** *adv* homeward, homewards
**henne** *pron* se *hon*
**hennes** *poss pron* her, om djur o. sak vanl. its; självständigt hers; för ex. jfr *1 min*
**herde** *s* shepherd
**hermelin** *s* ermine
**heroin** *s* heroin
**heroisk** *a* heroic
**herr** se *herre 2*
**herravälde** *s* makt domination, styrelse rule [*över* over]; behärskning mastery, kontroll control [*över* of]
**herrbetjänt** *s* valet stand
**herrcykel** *s* man's cycle (bicycle)
**herrdubbel** *s* tennis men's doubles (pl. lika)
**herre** *s* **1** gentleman (pl. gentlemen), man (pl. men); *vill min ~ vänta?* would you mind waiting, sir?; *mina herrar!* gentlemen! **2** *herr* titel Mr.; *tycker herr A. det?* i tilltal do you think so, Mr. A.?; *herrarna A. och B.* Mr. A. and Mr. B.; *herr ordförande!* Mr. Chairman!; t. ex. på brev *Herr Bo Ek* Mr. Bo Ek **3** härskare, husbonde master; *herrn i huset* the master of the house; *vara sin egen ~* be one's own master (om kvinna mistress); *vara ~ över situationen* be master of the situation **4** *Herren* the Lord; *~ gud!* vard. Good Heavens (God)!; *i (på) många herrans år* for ages, for donkey's years
**herrekipering** *s* affär men's outfitter's
**herrelös** *a* ownerless
**herrfrisering** *s* [men's] hairdresser, barber
**herrfrisör** *s* [men's] hairdresser, barber

**herrgård** *s* byggnad country-house; gods country estate
**herrgårdsvagn** *s* bil estate car, station-wagon
**herrkonfektion** *s* kläder men's ready-made clothing
**herrkostym** *s* suit, man's suit
**herrsingel** *s* tennis men's singles (pl. lika)
**herrskap** *s* **1** äkta makar, *~et Ek* Mr. and Mrs. Ek **2** i tilltal till sällskap av båda könen, *när skall ~et resa?* when are you leaving?; *mitt ~!* ladies and gentlemen!
**herrsko** *s* man's shoe; *~r* men's shoes
**herrskräddare** *s* men's tailor
**herrstrumpa** *s* man's sock
**herrtidning** *s* men's paper (magazine), med halvnakna (nakna) flickor girlie magazine
**herrtoalett** *s* men's lavatory; *var är ~en?* ofta where's the gents?
**hertig** *s* duke
**hertiginna** *s* duchess
**hes** *a* hoarse
**heshet** *s* hoarseness
**het** *a* hot; *få det ~t om öronen* get into hot water
**heta** *itr* **1** be called (named); *vad heter han?* what is his name?; *allt vad* bröd *heter* everything in the way of . . .; *vad heter det* ordet etc. *på engelska?* what is that in English? **2** opers., *det heter i lagen* . . . the law says . . .; *det heter att han är son till* . . . he is said to be the son of . . .
**heterogen** *a* heterogeneous
**hets** *s* förföljelse persecution [*mot* of]; uppviglande agitation [*mot* against]; jäkt bustle, rush and tear
**hetsa** *tr* jäkta rush; egga bait; ~ *upp* egga excite, work up; ~ *upp sig* get excited
**hetsig** *a* häftig, om t.ex. lynne hot, om t.ex. dispyt heated; hetlevrad hot-tempered, lättretad hot-headed
**hetsjakt** *s* jakt. hunt, jagande hunting; ~ *på* agitation against, förföljelse av baiting (persecution) of
**hett** *adv* hotly; *solen brände* ~ the sun burnt hot; *det gick* ~ *till* man slogs things got pretty rough
**hetta I** *s* heat **II** *itr* vara het be hot, alstra hetta give heat
**hibiskus** *s* hibiscus
**hicka** *s* o. *itr* hiccup, hiccough
**hierarki** *s* hierarchy
**hi-fi** (förk. för *high-fidelity*) *s* hi-fi
**himla** vard. **I** *a* awful, terrific **II** *adv* awfully, terrifically
**himlakropp** *s* celestial (heavenly) body
**himmel** *s* sky; himmelrike heaven; *röra upp ~ och jord* move heaven and earth; solen *stod högt på himlen* . . . was high in the sky; *under Italiens* ~ under Italian skies
**himmelrike** *s* heaven, paradise
**himmelsk** *a* heavenly, bildl. äv. divine
**hinder** *s* obstacle [*för* to]; sport.: häck fence, hurdle; *det möter inget* ~ there is nothing against it (no objection to that)
**hinderlöpning** *s* steeplechase
**hindra** *tr* **1** förhindra prevent, avhålla keep, restrain; *det är ingenting som ~r att du* . . . there is nothing to prevent you from ing-form **2** vara till hinders för hinder, obstruct, impede; ~ *trafiken* impede (obstruct) the traffic
**hindu** *s* Hindu
**hingst** *s* stallion
**hink** *s* bucket, pail
**1 hinna** *tr itr* nå, komma reach, get; ha tid have (få tid find, get) time (the time); komma i tid manage to be in time □ ~ **fram** arrive [in time]; ~ **med** ett arbete finish (manage to finish) . . .; ~ *med tåget* catch (manage to catch) the train; ~ *med att äta* have time to eat; ~ **upp** ifatt catch . . . up
**2 hinna** *s* tunn film; zool. membrane
**hipp** *adv*, *det är* ~ *som happ* it comes to the same thing
**1 hiss** *s* lift, amer. elevator
**2 hiss** *s* mus. B sharp
**hissa** *tr* hoist, hoist up
**hisskorg** *s* lift (amer. elevator) cage
**hissna** *itr* feel dizzy (giddy); *~nde* höjd, belopp dizzy
**hisstrumma** *s* lift (amer. elevator) shaft (well)
**historia** *s* **1** skildring el. vetenskap history; *gå till historien* go down in history **2** berättelse story, skepparhistoria äv. yarn; *berätta en* ~ tell a story **3** sak thing, affair
**historieberättare** *s* story-teller
**historiebok** *s* history book
**historik** *s* history [*över* of]
**historiker** *s* historian
**historisk** *a* **1** historical **2** märklig historic
**hit** *adv* here; *kom* ~ *med* boken*!* bring . . . here!; ~ *och dit* here and there, to and fro; *ända* ~ as far as this (here); *han kom* ~ i går he arrived here . . .
**hithörande** *a* . . . belonging to it (resp. them); *alla* ~ frågor all the relevant . . .
**hitom** *prep* on this side of
**hitresa** *s*, *på ~n* on the journey here

**hitta I** *tr* find; t.ex. guld, olja strike; ~ *på* a) tänka ut think of, hit on b) dikta ihop make up **II** *itr* finna vägen find the way; känna vägen know the way
**hittebarn** *s* foundling
**hittegods** *s* lost property
**hittelön** *s* reward
**hittills** *adv* up to (till) now, hitherto; så här långt so far
**hitåt** *adv* in this direction, this way
**hjord** *s* herd, fårhjord o. relig. flock
**hjort** *s* deer (pl. lika); kronhjortshanne stag
**hjortron** *s* cloudberry, dwarf mulberry
**hjul** *s* wheel
**hjula** *itr* turn cartwheels
**hjulaxel** *s* på vagn axle-tree
**hjulbent** *a* bandy-legged, bow-legged
**hjulnav** *s* hub
**hjulspår** *s* wheel track
**hjälm** *s* helmet
**hjälp** *s* help, assistance, understöd support; botemedel remedy [*mot, för* for]; ***ge första ~en*** vid olycksfall give first aid; ***tack för ~en!*** thanks for the help!; ***komma ngn till ~*** come to a p.'s assistance (aid)
**hjälpa** *tr itr* help, assist, aid; avhjälpa remedy; be of use; om botemedel be effective (good) [*mot (för)* for]; ***det hjälper inte att göra så*** it's no use doing that; ***det kan inte ~s*** it can't be helped; ***~ ngn av med rocken (kappan)*** help a p. off with his (her) coat; ~ ***till*** help
**hjälpas** *itr dep,* ~ ***åt*** help one another
**hjälplös** *a* helpless
**hjälpmedel** *s* aid; botemedel remedy
**hjälpsam** *a* helpful [*mot* to]
**hjälpstation** *s* first-aid station
**hjälpsökande** *a* ... seeking relief; ***en ~*** an applicant for relief
**hjälpverb** *s* auxiliary verb
**hjälte** *s* hero (pl. -es)
**hjältebragd** o. **hjältedåd** *s* heroic deed
**hjältinna** *s* heroine
**hjärna** *s* brain; förstånd o. hjärnsubstans brains pl.
**hjärnblödning** *s* cerebral haemorrhage
**hjärndöd I** *a,* ***han är ~*** he is brain dead **II** *s* brain death
**hjärnhinneinflammation** *s* meningitis
**hjärntrust** *s* brains trust, think-tank
**hjärntvätt** *s* brainwashing; *en ~* a brainwash
**hjärntvätta** *tr* brainwash
**hjärta** *s* heart; saken ***ligger mig varmt om ~t*** I have ... very much at heart; ***ha ngt på ~t*** have a th. on one's mind; ***Alla Hjärtans Dag*** St Valentine's Day
**hjärtattack** *s* heart attack
**hjärter** *s* kortsp. hearts pl.; ***en ~*** a heart
**hjärterdam** *s* the queen of hearts
**hjärterfem** *s* the five of hearts
**hjärtesak** *s,* ***det är en ~ för mig*** I have it very much at heart
**hjärtesorg** *s* deep-felt grief; ***dö av ~*** die of a broken heart
**hjärtinfarkt** *s* heart attack, med. infarct of the heart
**hjärtklappning** *s* palpitation
**hjärtlig** *a* cordial, starkare hearty; ***~a gratulationer på födelsedagen!*** Many Happy Returns of the Day!; ***~t tack!*** thanks very much!
**hjärtlös** *a* heartless
**hjärtsjuk** *a* ... suffering from heart-disease
**hjärttransplantation** *s* heart transplant (transplantering transplantation)
**hjässa** *s* crown, top of the head
**ho** *s* trough, tvättho laundry sink
**hobby** *s* hobby
**hobbyrum** *s* recreation room, hobby-room
**hockey** *s* hockey
**hockeyklubba** *s* hockey stick
**hojta** *itr* shout, yell
**holk** *s* fågelholk nesting box
**holka** *tr,* ~ ***ur*** hollow, hollow out; bildl. undermine
**Holland** Holland
**holländare** *s* Dutchman; ***holländarna*** som nation, lag etc. the Dutch
**holländsk** *a* Dutch
**holländska** *s* **1** kvinna Dutchwoman **2** språk Dutch; jfr *svenska*
**homofil** *s* man homo, gay, kvinna Lesbian
**homogen** *a* homogeneous
**homosexuell** *a* homosexual; ***en ~*** a homosexual
**hon** *pers pron* she; ***henne*** her; ***~, henne*** om djur it
**hona** *s* female
**honkatt** *s* female cat, she-cat
**honkön** *s* female sex
**honnör** *s* hälsning salute
**honom** *pron* se *han*
**honorar** *s* fee
**honung** *s* honey
**honungskaka** *s* i bikupa honeycomb
**hop** *s* skara crowd; hög heap
**hopa I** *tr* heap (pile) up, accumulate **II** *refl,* ~ ***sig*** accumulate; ökas increase
**hopfällbar** *a* folding ..., collapsible
**hopfälld** *a* shut-up, om paraply closed
**hopkok** *s* concoction, mishmash

**1 hopp** *s* hope; ***ha*** ~ ***(ha gott*** ~***) om att*** inf. have hopes of ing-form
**2 hopp** *s* **1** jump, leap; dykning dive **2** sport. jumping, över bock etc. vaulting
**hoppa** *itr* jump, leap, dive; mest om fågel hop □ ~ **av** jump off; bildl. back out, defect, polit. seek political asylum; ~ **in** som ersättare step in [*för ngn* in a p.'s place]; ~ **på ngn** fly at a p.; ~ **till** give a jump, start; ~ **över** utelämna skip, leave (miss) out
**hoppas** *itr* o. *tr dep* hope [*på* for]
**hoppbacke** *s* ski jump
**hoppfull** *a* hopeful
**hoppingivande** *a* hopeful
**hopplös** *a* hopeless; desperate
**hopprep** *s* skipping-rope, amer. jump rope; ***hoppa*** ~ skip, amer. jump rope
**hopslagen** *a* om bok closed, om bord etc. folded-up
**hora** *s* whore
**horisont** *s* horizon; ***det går över min*** ~ it is beyond me
**horisontal** *a* horizontal
**hormon** *s* hormone
**horn** *s* horn
**hornhinna** *s* cornea
**horoskop** *s* horoscope
**horribel** *a* horrible, awful
**hortensia** *s* hydrangea
**hos** *prep*, ***arbeta*** ~ ***ngn*** work for a p.; han bor ~ ***sin farbror (***~ ***oss)*** ... at his uncle's (at our) place; jag har varit ~ ***doktorn*** ... to the doctor; ~ ***oss*** i vårt land in this (our) country; ***jag satt*** ~ ***honom*** i soffan I sat by him ...; ***det finns något*** ~ ***henne*** ... there is something about her ...; uttrycket finns ~ ***Shakespeare*** ... in Shakespeare
**hospitaliserad** *a* institutionalized
**hosta I** *s* cough **II** *itr* cough
**hostmedicin** *s* cough-mixture
**hot** *s* threat [*mot* against, *om* of]
**hota** *tr itr* threaten
**hotande** *a* threatening
**hotell** *s* hotel; ~ ***Svea*** the Svea Hotel
**hotelldirektör** *s* hotel manager
**hotellrum** *s* hotel room
**hotelse** *s* threat [*mot* against]
**hotfull** *a* threatening
**1 hov** *s* på djur hoof
**2 hov** *s* court; ***vid*** ~***et*** at court
**hovleverantör** *s*, ***kunglig*** ~ purveyor to His Majesty the King (to Her Majesty the Queen el. to the court)
**hovmästare** *s* på restaurang head waiter
**hud** *s* skin; djurhud hide; ***få på*** ~***en*** vard. get it in the neck, få stryk get a hiding
**hudfärgad** *a* flesh-coloured
**hudkräm** *s* skin cream
**hudvård** *s* skin care
**hugg** *s* **1** cut, med kniv stab; slag blow, stroke, med tänder bite; ***vara på*** ~***et*** vard. be in great form (in the mood) **2** smärta stab of pain
**hugga** *tr itr* **1** cut, strike; med kniv stab; klyva i små stycken chop; ~ ***sten*** cut stone; ~ ***ved*** chop wood **2** med tänderna bite; ~ ***tänderna i ngt*** sink one's teeth into a th. **3** gripa catch (seize) hold of [*i* t. ex. armen by]; ***det är hugget som stucket*** it comes to the same thing □ ~ **av** cut off; i två bitar chop (cut) ... in two; ~ **i** ta i av alla krafter make a real effort; ~ **ned** träd fell (cut down)
**huggorm** *s* viper, adder
**huk** *s*, ***sitta på*** ~ squat, sit on one's heels
**huka** *refl*, ~ ***sig*** crouch, crouch down
**hull** *s* flesh; ***lägga på*** ~***et*** put on flesh; ***ha gott*** ~ be well filled out, om djur be fat
**huller om buller** *adv* in a mess
**human** *a* humane, hygglig kind; om pris reasonable
**humanistisk** *a* humanistic; ~***a fakulteten*** the Faculty of Arts
**humanitär** *a* humanitarian
**humbug** *s* humbug
**humla** *s* bumble-bee
**humle** *s* hops pl.
**hummer** *s* lobster
**humor** *s* humour, sinne för ~ sense of humour
**humorist** *s* humorist
**humoristisk** *a* humorous
**humör** *s* lynne temper, temperament; sinnesstämning humour; ***tappa*** ~***et*** bli ond lose one's temper; ***på dåligt*** ~ in a bad temper (mood); ***på gott*** ~ in a cheerful (good) mood
**hund** *s* dog, jakthund äv. hound
**hundbett** *s* dog-bite
**hundkex** *s* dog-biscuit
**hundkoja** *s* kennel
**hundra** *räkn* hundred; ***ett*** ~ a (one) hundred; ***ett tusen ett*** ~ a (one) thousand one hundred; ***flera*** ~ several hundred; ***några*** ~ a few hundred
**hundrade I** *s* hundred **II** *räkn* hundredth
**hundradel** *s* hundredth [part]; ***två*** ~***ar*** two hundredths; ***en*** ~***s sekund*** a hundredth of a second
**hundrafem** *räkn* a (one) hundred and five
**hundrafemte** *räkn* hundred and fifth
**hundralapp** *s* one-hundred-krona note
**hundraprocentig** *a* one-hundred-percent ...

**hundras** *s* breed of dog
**hundratal** *s* hundred; *ett ~ människor* some hundred people; räkna ... *i ~* ... by the hundred
**hundratals** *adv*, *~ människor* hundreds of people
**hundratusen** *räkn* a (one) hundred thousand
**hundraårig** *a* hundred-year-old ..., ... a (one) hundred years old
**hundraåring** *s* centenarian
**hundraårsjubileum** *s* centenary
**hundraårsminne** *s* centenary
**hundskatt** *s* dog-tax, i Engl. motsv. dog-licence
**hundutställning** *s* dog show
**hundvalp** *s* pup, puppy
**hunger** *s* hunger [*efter* for]; svält starvation
**hungersnöd** *s* famine
**hungerstrejk** *s* hunger-strike
**hungerstrejka** *itr* hunger-strike
**hungra** *itr* be hungry (starving) [*efter* for]
**hungrig** *a* hungry, utsvulten starving [*på* for]
**hunsa** *tr itr*, *~* el. *~ med* bully
**hur** *adv* how; *~ då?* how?; *~ så?* varför why?, på vilket sätt in what way?; *~ gammal är han?* how old is he?; *~ sa?* what did you say?; *~ skicklig han än är* however clever he may be; *~ jag än gör* whatever I do
**hurdan** *a* whatever; *~ är han?* what's he like?
**hurra I** *itj* hurrah!, hurray! **II** *s* cheer, hurrah **III** *itr* hurrah, hurray, cheer; *~ för ngn* give a p. a cheer; *ingenting att ~ för* vard. nothing to write home about
**hurrarop** *s* cheer
**hurtbulle** *s* vard. hearty type, hearty
**hurtig** *a* rask brisk, pigg lively
**hurts** *s* pedestal
**huruvida** *konj* whether
**hus** *s* **1** house, större building; *gå för fulla ~* draw crowded houses; *göra rent ~ med* make a clean sweep of; *var har du hållit ~?* wherever have you been? **2** snigels shell **3** tekn., lagerhus housing
**husbehov** *s*, *till ~* for household requirements; någotsånär passably
**husbonde** *s* master
**husdjur** *s* domestic animal
**husesyn** *s*, *gå ~* make a tour of inspection [*i* of]
**husgeråd** *s* household utensils pl.
**hushåll** *s* household; husligt arbete housekeeping; *10 personers ~* a household of 10
**hushålla** *itr* **1** keep house **2** vara sparsam economize [*med* on]
**hushållerska** *s* housekeeper
**hushållning** *s* **1** housekeeping **2** sparsamhet economizing; economy
**hushållsarbete** *s* housework (end. sg.)
**hushållsmaskin** *s* electrical domestic appliance
**hushållspapper** *s* crepe (kitchen roll) paper
**hushållspengar** *s pl* housekeeping money (allowance) sg.
**hushållsrulle** *s* kitchen roll
**huskur** *s* household remedy
**huslig** *a* domestic, intresserad av hushållsarbete domesticated
**husläkare** *s* family doctor
**husmanskost** *s* plain food
**husmor** *s* housewife (pl. housewives)
**husockupant** *s* squatter
**husockupation** *s* squatting
**husrum** *s* accommodation
**husse** *s* vard. master
**hustru** *s* wife
**hustrumisshandel** *s* wife-battering
**husundersökning** *s* search
**husvagn** *s* caravan, amer. trailer, house-trailer
**husvill** *a* homeless
**hut I** *itj*, *vet ~!* watch it!, none of your cheek! **II** *s*, *lära ngn veta ~* teach a p. manners
**huttra** *itr* shiver [*av* with]
**huv** *s* hood; för skrivmaskin etc. cover; på penna cap
**huva** *s* hood
**huvud** *s* head; *han har ~et på skaft* he has got a good head on his shoulders; *hålla ~et kallt* keep cool, vard. keep one's cool; *dum i ~et* stupid; *framgången (vinet) steg honom åt ~et* success (the wine) went to his head
**huvudansvar** *s* chief (main) responsibility
**huvudbonad** *s* headgear
**huvudbry** *s*, *vålla ngn ~* cause a p. a lot of trouble, give a p. a lot of problems
**huvudbyggnad** *s* main building
**huvuddel** *s* main (greater) part
**huvuddrag** *s* essential feature; *svensk historia i dess ~* the main outlines of Swedish history
**huvudgata** *s* main street
**huvudingång** *s* main entrance
**huvudkontor** *s* head office
**huvudkudde** *s* pillow
**huvudled** *s* major road

**huvudman** *s* **1** för ätt head [*för* of] **2** jur. o. hand. principal
**huvudperson** *s* litt. chief character
**huvudpunkt** *s* main (chief) point
**huvudroll** *s* principal (leading) part
**huvudräkning** *s* mental arithmetic (calculation)
**huvudrätt** *s* main course
**huvudsak** *s* main thing, main question; *i ~* on the whole
**huvudsakligen** *adv* mainly, mostly
**huvudsats** *s* gram. main clause
**huvudstad** *s* capital [*i* of]
**huvudstupa** *adv* med huvudet före head first; headlong äv. bildl.
**huvudvikt** *s*, ***lägga ~en på (vid) ngt*** lay particular (the main) stress on a th.
**huvudväg** *s* main road
**huvudvärk** *s* headache; ***det är inte min ~*** vard. it's not my headache
**hux flux** *adv* all of a sudden
**hy** *s* complexion, hud skin
**hyacint** *s* hyacinth
**hyckla I** *tr* pretend, feign **II** *itr* be hypocritical [*inför, för* to]
**hycklande** *a* hypocritical
**hycklare** *s* hypocrite
**hyckleri** *s* hypocrisy
**hydda** *s* hut; stuga cabin, cottage
**hydraulisk** *a* hydraulic
**hyena** *s* hyena
**hyfs** *s* good manners pl.
**hyfsa** *tr*, ~ el. ~ ***till*** snygga upp trim (tidy) up
**hyfsad** *a* om person well-mannered; om sak decent
**hygglig** *a* **1** decent, nice **2** skaplig decent; om pris fair, reasonable
**hygien** *s* hygiene
**hygienisk** *a* hygienic
**1 hylla** *s* shelf; bagagehylla rack
**2 hylla** *tr* gratulera congratulate; hedra pay tribute to
**hyllning** *s* congratulations pl., tribute [*för* to]
**hylsa** *s* case, huv, kapsyl cap
**hylsnyckel** *s* box spanner
**hynda** *s* bitch
**hypermodern** *a* ultra-modern
**hypernervös** *a* extremely nervous
**hypnos** *s* hypnosis
**hypnotisera** *tr* hypnotize
**hypnotisk** *a* hypnotic
**hypnotisör** *s* hypnotist
**hypotes** *s* hypothesis (pl. hypotheses)
**hyra I** *s* för bostad rent, för tillfällig lokal, bil, TV etc. hire **II** *tr itr* rent, tillfälligt hire; ***att ~*** rubrik a) rum to let b) lösöre, båt etc. for hire; ***~ ut*** a) hus etc. let, för lång tid lease b) lösöre, båt etc. hire out
**hyrbil** *s* rental car
**hyresbidrag** *s* housing (rent) allowance
**hyresgäst** *s* tenant
**hyreshus** *s* block of flats, amer. apartment house
**hyreslägenhet** *s* rented flat (apartment)
**hyresnämnd** *s* rent tribunal
**hyresreglering** *s* rent control
**hyresvärd** *s* landlord
**hysa** *tr* house, accommodate, ge skydd åt shelter
**hysch** *itj* hush!, shsh!
**hyss** *s*, ***ha en massa ~ för sig*** be up to a lot of mischief
**hysteri** *s* hysteria, anfall hysterics pl.
**hysterisk** *a* hysterical
**hytt** *s* på båt cabin; i badhus cubicle
**hyttplats** *s* berth
**hyvel** *s* plane
**hyvelbänk** *s* carpenter's bench
**hyvelspån** *s* koll. shavings pl.
**hyvla** *tr* plane; ~ ***av*** plane . . . smooth
**håg** *s*, ***glad i ~en*** in a happy mood; ***slå ngt ur ~en*** dismiss a th. from one's mind
**hågad** *a* inclined
**hål** *s* hole [*på* in]; i tand cavity; öppning aperture; lucka gap
**håla** *s* **1** grotta cave, cavern; större djurs o. bildl. den **2** avkrok hole
**hålfot** *s* arch
**hålfotsinlägg** *s* arch support
**hålig** *a* insjunken hollow
**hålkort** *s* punched (punch) card
**håll** *s* **1** riktning direction; ***på alla ~*** everywhere, bildl. on all sides; ***på annat ~*** elsewhere; han gick ***åt mitt ~*** . . . my way; de gick ***åt var sitt ~*** . . . separate ways; ha ngt ***på nära ~*** . . . close at hand **2** smärta stitch
**hålla I** *tr itr* **1** hold äv. (om mått) rymma; innehålla contain; bibehålla keep; ~ ***sitt löfte*** keep (stick to) one's promise; ~ ***farten*** keep up the speed; ~ ***ett föredrag*** give a lecture; ~ ***ett tal*** make a speech; ~ ***tiden*** vara punktlig be punctual; affärerna ***håller stängt*** . . . are closed; ~ ***till höger*** keep to the right **2** vara slitstark last äv. bildl.; om t. ex. rep, spik hold; inte spricka not break; om is bear **3** ~ ***på*** en häst bet on . . ., back . . .; ~ ***på*** ett lag support . . . **II** *refl*, ~ ***sig*** **1** i viss ställning hold oneself; förbli, vara keep, keep oneself; förhålla sig keep, förbli remain, stay; ~ ***sig väl med*** ngn keep in with . . . **2** behärska sig restrain oneself **3** stå sig: om t. ex. matvaror keep, om väderlek hold, last **4** kosta på sig, ~ ***sig med bil*** keep a car **5** ~ ***sig till***

inte lämna keep (stick) to □ ~ **av** tycka om be fond of; ~ **efter** övervaka *ngn* keep a close check on a p.; ~ **fast** hold ... fast; ~ ***fast vid*** stick (hold) to; ~ **för öronen** hold one's hands over one's ears; ~ **i** fast **ngt** hold a th.; ~ ***i sig*** fortfara continue; ~ **ihop** a) keep ... together b) inte gå sönder hold together c) 'sällskapa' be together; ~ **sig inne** keep indoors; ~ **kvar** få att stanna kvar keep; fasthålla hold; ~ ***sig kvar*** remain, manage to remain; ~ **med ngn** instämma agree with a p.; ~ **på a)** vara i färd med, ~ ***på att skriva*** be (sysselsatt med be busy) writing; ~ ***på med*** ngt be busy with ... **b)** fortsätta go (keep) on; vara last; vara i gång be going on **c)** vara nära att, ~ ***på att*** inf. be on the point of ing-form; ~ **till** bo live, vara, hållas be; ***var håller den till*** where is it to be found?; ~ **undan** väja keep out of the way [*för* of]; ~ ***sig undan*** gömd keep in hiding [*för* from]; ~ **upp**: ~ ***upp dörren för ngn*** open the door to a p.; ~ ***upp med*** upphöra stop, cease [*att röka* smoking]; ~ **ut** uthärda hold out

**hållare** *s* holder

**hållbar** *a* **1** slitstark etc. durable; om matvara non-perishable **2** som kan försvaras tenable

**hållfast** *a* strong, firm

**hållfasthet** *s* strength, firmness

**hållhake** *s*, ***ha en ~ på*** have a hold on

**hålligång** *s* vard. fun and games, whoopee

**hållning** *s* kropps~ carriage; uppträdande bearing; inställning attitude [*mot* to, towards]

**hållplats** *s* för buss etc. stop; järnv. halt

**hålremsa** *s* punched tape

**håltimme** *s* skol. gap

**hån** *s* scorn; ***ett ~ mot*** an insult to

**håna** *tr* make fun of

**hånfull** *a* scornful

**hångla** *itr* neck [*med ngn* a p.]

**hånle** *itr* smile scornfully

**hånleende** *s* scornful smile

**hår** *s* hair

**hårband** *s* hair-ribbon

**hårborste** *s* hairbrush

**hårborttagningsmedel** *s* hair-remover

**hård** *a* hard äv. bildl.; sträng severe [*mot* on, towards]; ~ ***konkurrens*** keen competition; ***hårt väder*** rough weather; ***han satte, hårt mot hårt*** he gave as good as he got, he took a tough line

**hårdhandskar** *s pl*, ***ta i med ~na*** take a tough line [*med* against]

**hårdhet** *s* hardness; stränghet severity

**hårdhjärtad** *a* hard-hearted

**hårdhudad** *a* thick-skinned

**hårdhänt** *a* omild rough; sträng heavy-handed [*mot* with]

**hårding** *s* vard. tough guy (customer)

**hårdkokt** *a* om ägg o. bildl. hard-boiled

**hårdna** *itr* harden, become hard (harder)

**hårdnackad** *a* stubborn

**hårdsmält** *a* indigestible äv. bildl.

**hårdstekt** *a* för mycket stekt ... roasted (i stekpanna fried) too much

**hårdvaluta** *s* hard currency

**hårfrisör** *s* hairdresser

**hårfrisörska** *s* hairdresser

**hårfäste** *s* edge of the scalp

**hårig** *a* hairy

**hårklippning** *s* hair-cutting

**hårklämma** *s* hair clip (grip)

**hårnål** *s* hairpin

**hårresande** *a* hair-raising

**hårspänne** *s* hair-slide

**hårstrå** *s* hair

**hårt** *adv* hard, strängt severely; stadigt tight; fast, tätt firmly; ***arbeta ~*** work hard; ***dra åt ~*** tighten very much; ***det känns ~*** bittert it feels bitter; ***ta*** ngt ~ bildl. take ... very much to heart

**hårtork** *s* hair-drier

**hårvatten** *s* hair-lotion

**hårväxt** *s*, ***klen ~*** a poor growth of hair; ***generande ~*** superfluous hair

**håv** *s* bag net; ***gå med ~en*** bildl. fish for compliments

**håva** *tr*, ~ ***in*** bildl. rake in

**häck** *s* **1** hedge **2** vid häcklöpning hurdle

**häcklöpare** *s* hurdler

**häcklöpning** *s* hurdle-race, häcklöpande hurdle-racing

**häda** *itr* blaspheme

**hädelse** *s* blasphemy

**häfta** *tr*, ~ ***fast ... vid*** fasten ... on to

**häftapparat** *s* stapler

**häfte** *s* liten bok booklet; frimärks~ etc. book

**häftig** *a* **1** om sak violent; hetsig hot; intensiv intense; om person, hetlevrad hot-headed, lättretad quick-tempered **2** vard., jättebra super, smashing

**häftklammer** *s* staple

**häftstift** *s* drawing-pin, amer. thumbtack

**häger** *s* heron

**hägg** *s* bird-cherry

**hägring** *s* mirage

**häkta** *tr* jur. take ... into custody, detain

**häkte** *s* custody; fängelse gaol, jail

**häl** *s* på fot o. strumpa heel; ***följa ngn tätt i ~arna*** follow close on a p.'s heels

**hälare** *s* receiver of stolen goods, fence

**häleri** *s* receiving stolen goods

**hälft** *s* half (pl. halves); ***betala ~en var*** pay half each, go halves; ***~en så stor som*** half as large as
**häll** *s* berghäll flat rock; stenplatta slab; kokplatta top
**hälla** *tr* pour; ***~ ngt i (på)*** ett kärl pour a th. into ... ***~ i vin (te) i*** pour out wine (tea) into; ***~ ut*** pour out, spilla spill
**hälleflundra** *s* halibut
**hällregn** *s* pouring rain
**1 hälsa** *s* health
**2 hälsa** *tr itr* **1** välkomna greet; ***~ ngn välkommen*** welcome a p. **2** säga goddag etc. vid personligt möte, ***~ på ngn*** say how do you do (mindre formellt say hallo) to a p. **3** skicka hälsning, ***~ till ngn*** send a p. one's compliments (regards, till närmare bekant love); ***~ dem så hjärtligt från mig!*** give them my kindest (best) regards (my love)!; ***~ din fru!*** please remember me (send my love) to your wife!; ***han ~r att*** ... he sends word that ...; ***vem får jag ~ ifrån?*** a) anmäla what name, please? b) i telefon what name am I to give? □ ***~ på ngn*** besöka call round on a p.; ***~ på (komma och ~ på) ngn*** come round and see a p.
**hälsena** *s* Achilles' tendon
**hälsning** *s* greeting; ***~ar*** som man sänder äv. compliments, regards, till närmare bekant love sg.; ***hjärtliga ~ar från*** ... i brevslut love from ...
**hälsobrunn** *s* spa
**hälsokontroll** *s* individuell health check-up
**hälsokost** *s* health foods pl.
**hälsosam** *a* sund healthy; nyttig, t. ex. om föda wholesome
**hälsoskäl** *s*, ***av ~*** for reasons of health
**hälsotillstånd** *s*, ***hans ~*** the state of his health
**hälsovård** *s* organisation health service
**hälsovårdsnämnd** *s* public health committee
**hämma** *tr* hejda check; psykol. inhibit; ***~ blodflödet*** stop the bleeding
**hämnas** *itr dep* avenge (revenge) oneself [*på ngn för ngt* on a p. for a th.]
**hämnd** *s* revenge, vengeance
**hämning** *s* psykol. inhibition
**hämningslös** *a* uninhibited; ohämmad unrestrained
**hämta I** *tr* fetch [*ngt åt ngn* a p. a th.]; avhämta collect, take away; t. ex. upplysningar get; ***komma och ~*** call (come) for; ***~ litet luft*** get some air; ***~ in*** ta in bring in **II** *refl*, ***~ sig*** recover [*efter, från* from]
**hända** *itr* happen, förekomma occur; äga rum take place; ***~*** drabba ***ngn*** happen to a p.; ***det har hänt*** en olycka there has been ...; ***det (sådant) händer så lätt*** such things happen; ***det kan nog ~ att jag går*** I may perhaps go; ***det må vara hänt!*** all right, then!, kanske maybe!
**händelse** *s* occurrence; viktigare event; obetydligare incident; ***av en ren ~*** by mere accident (chance); ***jag såg ... av en ~*** I happened to see ...; ***för den ~ att*** in case; ***i ~ av eldsvåda*** in the event of a fire
**händelseförlopp** *s* course of events; handling story
**händelselös** *a* uneventful
**händelserik** *a* eventful
**händig** *a* handy
**hänföra I** *tr* **1** ***~ till*** assign to **2** fascinera captivate, fascinate **II** *refl*, ***~ sig till*** avse have reference to; räknas till belong to
**hänförelse** *s* rapture, enthusiasm
**hänga** *tr itr* **1** hang; ***stå och ~*** hang about **2** ***det hänger*** beror ***på*** ... it depends on ... □ ***~*** **av sig** ytterkläderna hang up one's things; ***~*** **efter ngn** be running after a p.; ***~*** **sig fast vid** hang on (cling) to; ***~*** **för** ett skynke hang ... in front; ***~*** **ihop a)** sitta ihop stick together; ha samband hang together **b)** ***~ ihop med*** be bound up with; ***~*** **med** förstå follow, följa (gå) med go along with; ***~ med de andra*** keep up with the rest; ***~ med*** i svängen be with it, keep up with things; ***~*** **samman med** be bound up with; ***~*** **upp** hang up; ***~ upp sig på*** fästa sig vid fasten on, bekymra sig över worry (make a fuss) about
**hängare** *s* i kläder samt galge hanger
**hängbro** *s* suspension-bridge
**hänge** *refl*, ***~ sig åt*** give oneself up to, devote oneself to
**hängig** *a* krasslig ... out of sorts
**hängiven** *a* devoted, tillgiven äv. affectionate
**hänglås** *s* padlock
**hängmatta** *s* hammock
**hängslen** *s pl* braces, amer. suspenders
**hängsmycke** *s* pendant
**hängväxt** *s* hanging plant
**hänseende** *s* respect; ***i tekniskt ~*** as regards technique
**hänsyn** *s* consideration; regard, hänseende äv. respect; ***ta ~ till*** a) beakta take ... into consideration b) bry sig om pay attention to; ***av ~ till*** av omtanke out of consideration for; ***med ~ till*** beträffande with regard to, i betraktande av in view of
**hänsynsfull** *a* considerate
**hänsynslös** *a* ruthless; ansvarslös reckless

**hänsynslöshet** *s* ruthlessness; ansvarslöshet recklessness
**hänvisa** *tr* refer [*till* to]
**hänvisning** *s* reference
**häpen** *a* astonished, starkare amazed [*över* at]
**häpna** *itr* be astonished (starkare amazed)
**häpnad** *s* astonishment, starkare amazement
**häpnadsväckande** *a* amazing, astounding
**här** *adv* here; där there; ~ ***bakom mig*** here behind me; ~ ***i huset (landet)*** in this house (country); ***damen*** ~ this lady; ~ ***bor jag*** this is where I live; ~ ***har du!*** var så god! here you are!; ~ ***har du boken!*** here's the book for you!; ~ ***och där (var)*** here and there
**härav** *adv* of (by) this (it, these, them etc.); ***på grund*** ~ for this reason; ~ ***följer att*** ... from this it follows that ...
**härbak** *adv* at the back here
**härborta** *adv* over here
**härbärge** *s* husrum shelter, lodging
**härd** *s* hearth; bildl. centre, seat, speciellt för något dåligt hotbed [*för* i samtliga fall of]
**härda** *tr* harden [*mot* to]; ~***d*** motståndskraftig hardy, okänslig hardened
**härdig** *a* hardy
**härefter** *adv* in future; efter detta after this (that), från denna tid from now, efteråt afterwards, härpå then
**härframme** *adv* härborta over here
**härhemma** *adv* at home, hos mig (oss) in this house; här i landet in this country
**häri** *adv* in this; ~ ***ligger svårigheten*** this is where the difficulty comes in
**häribland** *adv* among these
**härifrån** *adv* from here; från denna (detta) from this (it, them); ***ut*** ~ out of it, ut ur rummet etc. out of this room etc.; ***ut*** ~***!*** försvinn get out of here!; ***gå (resa)*** ~ leave here
**härigenom** *adv* på så sätt in this way; tack vare detta thanks to this; lokalt, genom denna (detta) through this (it, there)
**härinne** *adv* in here (där there)
**härja I** *tr* ravage, ödelägga devastate, lay waste; ***se*** ~***d ut*** look worn and haggard **II** *itr*, ~ ***i (på, bland)*** ravage, väsnas play about, run riot, grassera be prevalent
**härkomst** *s* börd extraction, birth; härstamning descent; ursprung origin
**härlig** *a* glorious, wonderful; förtjusande lovely; skön delightful; läcker delicious; ~***t!*** bra fine!
**härma** *tr* imitate; förlöjliga mimic; ~ ***efter*** imitate
**härmed** *adv* med detta with this; härigenom thereby; ~ med dessa ord with these words; ~ ***bifogas*** enclosed please find; ~ ***får jag meddela att*** ... I hereby wish to inform you that ...; ***i samband*** ~ in this connection
**härnere** *adv* down (below) here (där there)
**härom** *adv* om det about it; staden ligger ***norr*** ~ ... to the north from here
**häromdagen** *adv* the other day
**häromnatten** *adv* the other night
**häromåret** *adv* a year or two ago
**härovan** *adv* up here, above
**härpå** *adv* om tid after this, then; på denna (detta, dessa) on it (this, them)
**härröra** *itr*, ~ ***från*** ha sitt ursprung i originate from, härstamma från derive from
**härs** *adv*, ~ ***och tvärs*** in all directions; ~ ***och tvärs genom (över)*** ... all over ...
**härska** *itr* rule; regera reign, råda prevail, be prevalent; ***det*** ~***r*** är, råder ... there is (are) ...
**härskande** *a* ruling; gängse prevalent
**härskare** *s* ruler; herre master [*över* of]
**härsken** *a* ej färsk rancid
**härstamma** *itr*, ~ ***från*** vara ättling till be descended from, komma från originate from
**härstamning** *s* descent; ursprung origin
**härtappad** *a* i Sverige ... bottled in Sweden
**härunder** *adv* under it (this, them, here)
**häruppe** *adv* up here (där there)
**härute** *adv* out here
**härva** *s* skein; virrvarr tangle
**härvid** *adv* at this; i detta sammanhang in this connection
**härvidlag** *adv* i detta avseende in this respect
**häst** *s* **1** horse; ***sitta till*** ~ be on horseback **2** gymn. horse, vaulting-horse **3** schack. knight **4** ~***ar*** vard. se ex. under *hästkraft*
**hästhov** *s* **1** horse's hoof **2** blomma coltsfoot (pl. -s)
**hästkapplöpning** *s* horse-race, löpande horse-racing
**hästkastanj** *s* horse-chestnut
**hästkraft** *s* horse-power (pl. lika), förk. h.p.; ***en motor på 50*** ~***er*** a fifty horse-power engine
**hästkur** *s* drastic cure
**hästlängd** *s* sport. length
**hästsko** *s* horseshoe
**hästsport** *s* equestrian sports pl.
**hästsvans** *s* horse's tail; frisyr pony-tail
**hätsk** *a* hatisk spiteful [*mot* towards]

**häva I** *tr* **1** lyfta heave **2** upphäva t. ex. blockad raise; annullera annul **II** *refl*, ~ *sig* **1** lyfta sig raise oneself **2** höja och sänka sig heave
**hävd** *s* tradition custom
**hävda I** *tr* påstå assert, maintain; göra gällande claim **II** *refl*, ~ *sig* hold one's own; göra sig gällande assert oneself
**häxa** *s* witch
**häxjakt** *s* witch-hunt
**häxmästare** *s* wizard
**hö** *s* hay
**1 höft** *s*, *på en* ~ på måfå at random; på ett ungefär roughly
**2 höft** *s* hip
**höfthållare** *s* girdle
**höftled** *s* hip-joint
**1 hög** *s* samling heap, staplad pile [*med, av* of]; *samla pengar på* ~ accumulate money
**2 hög** *a* **1** high; lång, t. ex. om träd, person tall; stor large, t. ex. om anspråk great; högt uppsatt om person o. rang eminent; om officer high-ranking; *det är* ~ *tid att jag går* it is high time for me to go (that I went); *vid* ~ *ålder* at an advanced age **2** högljudd loud; mus. high
**högaktning** *s* deep respect
**högaktningsfullt** *adv* respectfully; *H~* i brev Yours faithfully
**högavlönad** *a* highly-paid
**högdragen** *a* haughty; överlägsen supercilious
**höger I** *a, subst a* o. *adv* right; *på* ~ *hand (till* ~*) ser man* ... on your (the) right you see ...; *han är min högra hand* he is my right-hand man; *på* ~ *sida (högra sidan) om* on the right-hand side of; *gå på* ~ *sida!* keep to the right!; komma *från* ~ ... from the right; sitta *till* ~ *om* ... to the right of **II** *s* **1** polit., ~*n* the Right, som parti the Conservatives pl. **2** boxn., *en rak* ~ a straight right
**högerback** *s* right back
**högerhandske** *s* right-hand glove
**högerhänt** *a* right-handed
**högerkurva** *s* right-hand bend
**högerorienterad** *a*, *vara* ~ be right-wing
**högerparti** *s* Conservative (right-wing) party
**högerregel** *s*, *tillämpa* ~*n* give right-of-way to traffic coming from the right
**högerstyrd** *a* right-hand driven
**högertrafik** *s* right-hand traffic
**högervriden** *a*, *vara* ~ be right-wing; *en* ~ a right-winger
**högform** *s*, *vara i* ~ be in great form
**högfrekvens** *s* high frequency
**högfrekvent** *a*, *ordet är* ~ the word is very frequent
**högfärd** *s* pride [*över* in]; fåfänga vanity; inbilskhet conceit
**högfärdig** *a* proud [*över* of]; vain; conceited; mallig stuck-up
**högförräderi** *s* high treason
**höghus** *s* high-rise (multi-storey) block (building), high-rise
**höghusbebyggelse** *s* high-rise (multi-storey) blocks (buildings)
**höginkomsttagare** *s* high-income earner
**högintressant** *a* highly interesting
**högklackad** *a* high-heeled
**högklassig** *a* high-class
**högkonjunktur** *s* boom, prosperity
**högkvarter** *s* headquarters sg. el. pl.
**högljudd** *a* ljudlig loud; högröstad loud-voiced, loud-mouthed
**högmod** *s* pride; arrogance
**högmodern** *a* ultramodern
**högmodig** *a* proud [*över* of]; arrogant
**högmässa** *s* protestantisk morning service, katolsk high mass
**högoktanig** *a*, ~ *bensin* high-octane petrol (amer. gasoline)
**högre I** *a* higher etc., jfr *2 hög;* rang etc. superior [*än* to]; övre upper **II** *adv* higher, more highly; *tala* ~*!* speak louder!, speak up!
**högrest** *a* reslig tall
**högröstad** *a* loud, loud-voiced
**högskola** *s* college; universitet university
**högskoleutbildning** *s* university (college) education
**högsommar** *s* high summer; *på* ~*en* in the height of the summer
**högspänn** *s*, *på* ~ in a state of high tension
**högspänning** *s* high voltage
**högst I** *a* highest etc., jfr *2 hög;* ~*a domstolen* the Supreme Court [of Judicature]; *på* ~*a växeln* in top gear; *min* ~*a önskan* my greatest wish; *det* ~*a* jag kan betala the most... **II** *adv* **1** highest, most highly; mest most; när aktierna *står som* ~ ... are at their highest; *allra* ~ *upp* at the very top [*på, i* of] **2** mycket, synnerligen very, most **3** ej mer än, ~ *(allra* ~*) 5 personer* 5 people at most (at the very most); det varar ~ *en timme* ... not more than an hour at the most
**högstadium** *s*, *högstadiet* i grundskolan the senior level (department) of the 'grundskola', se *grundskola*

**högstbjudande** *a*, *den* ~ the highest bidder
**högsäsong** *s*, *~en* the height of the season
**högt** *adv* **1** high; i hög grad, mycket highly; högt upp high up; *älska ngn* ~ love a p. dearly **2** om ljud loud, högljutt loudly; ej tyst, ej för sig själv aloud; mus., om ton high
**högtalare** *s* loud-speaker
**högtid** *s* festival, feast
**högtidlig** *a* allvarlig solemn; ceremoniell grand
**högtidsstund** *s* really enjoyable occasion, real treat
**högtrafik** *s*, *vid* ~ at peak hours
**högtravande** *a* high-flown
**högtryck** *s* meteor. high pressure; område area of high pressure
**höja I** *tr* raise; öka äv. increase; förbättra improve; främja promote **II** *refl*, ~ *sig* rise; ~ *sig över* be superior to
**höjd** *s* height, kulle äv. hill; abstrakt: speciellt geogr. äv. altitude; nivå level; mus. pitch; *bergets högsta* ~ the summit (top) of the mountain; *det är ~en!* that's the limit!; *på sin* ~ *tio år* ten years at the most
**höjdhopp** *s* high jump (hoppning jumping)
**höjdhoppare** *s* high jumper
**höjdpunkt** *s* climax; huvudattraktion highlight; kulmen height, culmination, acme
**höjning** *s* höjande raising, increasing; increase; improvement; ökning rise (amer. raise)
**hök** *s* hawk äv. polit.
**hölja** *tr* täcka cover; insvepa wrap up; *höljd i dimma (dunkel)* shrouded in fog (mystery)
**hölje** *s* omhölje envelope; täcke cover, covering; av lådtyp etc. case
**hölster** *s* pistol~ holster
**höna** *s* hen; kok. chicken
**höns** *s* fowl, koll. poultry sg., fowls pl., chickens pl.; kok. chicken
**hönsbuljong** *s* chicken broth
**hönsbur** *s* hen-coop
**höra I** *tr itr*, ~ el. *få* ~ hear, få veta äv. learn, be told; uppfatta ofta catch; ta reda på find out; ~ *av ngn att* ... learn from (be told by) a p. that ...; ~ *på ngn (ngt)* listen to a p. (a th.); *det hörs på honom att* ... you can tell by (from) his voice that ...; *hör du,* är det sant att ... I say ..., look here ... **II** *itr* **1** ~ *till* belong to, vara en av be one of, vara bland be among, vara tillbehör till go with; *vart hör det här?* var brukar det ligga (stå)? where does this go (belong)? **2** ~ *under* en rubrik etc. come under □ ~ **av ngn** hear from a p.; *jag låter* ~ *av mig* nästa vecka you will hear from me ...; ~ **efter** ta reda på find out; fråga inquire [*hos* of]; ~ **hemma i** belong to; ~ **hit** höra hemma här belong here; *det hör inte hit* till saken that's got nothing to do with it; ~ **ihop** *(samman)* belong (bruka följas åt go) together; ~ *ihop (samman) med* be connected with, bruka åtfölja go with; ~ **på** listen [*ngn* to a p.; *ngt* to a th.]; *det hör till* anses korrekt it is the proper thing
**hörapparat** *s* hearing aid
**hörbar** *a* audible
**hörglasögon** *s pl* hearing-aid glasses
**hörhåll** *s*, *inom (utom)* ~ within (out of) earshot
**hörlurar** *s pl* headphones, earphones
**hörn** *s* corner
**hörna** *s* corner äv. sport.
**hörntand** *s* canine tooth
**hörsal** *s* lecture hall
**hörsel** *s* hearing
**hörselskadad** *a*, *vara* ~ have impaired hearing
**hösnuva** *s* hay-fever
**höst** *s* autumn, amer. fall; *~en* autumn; *~en 1984* the (adv. in the) autumn of 1984; *[nu] i* ~ this autumn; *i* ~ nästa höst next autumn; *i ~as* last autumn; *om (på) ~en (~arna)* in the autumn
**höstack** *s* haystack, hayrick
**höstdag** *s* autumn (höstlik autumnal) day
**höstdagjämning** *s* autumnal equinox
**höstlik** *a* autumnal, autumn-like
**hösttermin** *s* autumn term, amer. fall semester
**hötorgskonst** *s* trashy (third-rate) art, kitsch
**hövding** *s* chief
**hövlig** *a* artig polite, belevad courteous [*mot* to]

# I

**i I** *prep* **1** om rum o. friare **a)** 'inuti', 'inne i', 'inom' in, 'vid' at; ***betala ~ kassan*** i butik pay at the cash-desk; ***promenera ~*** hit och dit i ***stan*** walk about the town; ***sitta ~ soffan*** sit on the sofa; höra ngt ~ ***högtalaren*** ... over the loudspeaker; ***titta ~*** kikaren look through ...; ***göra ett besök ~*** resa till ... pay a visit to; ***falla ~ vattnet*** fall into the water; ***knacka ~ väggen*** knock on the wall; ***slå ~ stycken*** smash to bits **b)** lokal betydelse m. m., ***biskopen ~ A.*** the Bishop of A; ***den största staden ~ landet*** the biggest town in the country **c)** med adjektiv, ***hon är fin ~ håret*** her hair is nice; ***jag är trött ~ armen*** my arm is tired **d)** friare, ***5 ~ 15 går 3 gånger*** 5 into 15 goes 3 times **2** om tid **a)** 'under' in, 'vid' at; 'sista' last; ***~ april*** in April; ***fem minuter ~ fem*** five minutes to five; ***~ påsk*** at Easter; ***~ höst*** this (nästkommande next) autumn; ***~ natt*** som är el. som kommer tonight, som var last night **b)** hur länge? for; ***~ månader*** for months; ***nu ~ tio år*** for the last (om framtid next) ten years **c)** 'per', ***med en fart av 90 km ~ timmen*** at the rate of ... an (per) hour **3** 'gjord av', ***en staty ~ brons*** a statue in bronze; ett bord ~ ***ek*** an oak ..., ... made of oak **4** på grund av, ***~ brist på*** for want of; ***dö ~*** cancer die of ...; ***ligga sjuk ~*** influensa be down with ... **5** i form av, ***hur mycket har du ~ fickpengar?*** how much pocket-money do you get?; ***ha*** 90 000 ***~ lön*** have a salary of ...; ***~ regel*** as a rule **6** i vissa uttryck: ***~ och för sig*** säger uttrycket föga in itself ...; ***~ och för sig*** utgör åldern inget hinder taken by itself ...; jag kan göra det ***~ och för sig*** as a matter of fact ...; ***~ och med detta nederlag*** var allt förlorat with this defeat ...; ***~ och med att*** så snart som as soon as; ***du gjorde rätt ~ att hjälpa honom*** you were right in helping him **II** *adv*, ***en vas med blommor ~*** a vase with flowers in it; ***vill du hälla (slå) ~ åt mig?*** please pour out some for me!

**iakttagare** *s* observer

**iakttagelse** *s* observation

**iakttagelseförmåga** *s* powers pl. of observation

**ibland** *adv* sometimes, now and then

**icing** *s* ishockey icing

**icke** *adv* not; för ex. se *inte*

**icke-angreppspakt** *s* non-aggression pact

**idag** o. **i dag** *adv* today; ***~ om ett år*** a year from today

**ide** *s*, ***gå i ~*** om djur go into hibernation; ***ligga i ~*** hibernate

**idé** *s* idea, föreställning äv. notion; ***det är ingen ~!*** there is no point!, it's no use!; ***det är ingen ~ att göra*** ... it is no good doing ...; ***hur har du kommit på den ~n?*** what put that idea into your head?

**ideal** *s* o. *a* ideal

**idealisera** *tr* idealize

**idealisk** *a* ideal, perfect

**idealism** *s* idealism

**idealist** *s* idealist

**idealistisk** *a* idealistic

**idegran** *s* yew, yew tree

**idel** *a* sheer, pure; ***hon var ~ öra*** she was all ears

**ideligen** *adv* continually, perpetually

**identifiera** *tr* identify

**identifiering** *s* identification

**identisk** *a* identical

**identitet** *s* identity

**identitetsbricka** *s* identity disc

**identitetshandlingar** *s pl* identification papers

**identitetskort** *s* identity card

**ideologi** *s* ideology

**idiomatisk** *a* idiomatic

**idiot** *s* idiot

**idiotisk** *a* idiotic

**idiotsäker** *a* vard. foolproof

**idissla** *itr* ruminate, chew the cud

**idisslare** *s* ruminant

**idka** *tr* carry on, utöva practise, go in for

**ID-kort** *s* ID card

**idol** *s* idol, favorit great favourite

**idrott** *s* koll. sports pl., sport; fotboll, tennis etc. games pl.; ***allmän (fri) ~*** athletics

**idrotta** *itr* go in for sport (games)

**idrottsdag** *s* sports day, games day

**idrottsförening** *s* athletic association
**idrottsgren** *s* branch of athletics, sport, type of game
**idrottsledare** *s* sports leader; arrangör sports (för fri idrott athletics) organizer
**idrottsman** *s* sportsman, friidrottsman athlete
**idrottsplats** *s* sports ground (field)
**idrottstävling** *s* athletic contest
**idyll** *s* idyll; plats idyllic spot
**idyllisk** *a* idyllic
**ifall** *konj* **1** såvida if, in case; antag att supposing **2** huruvida if, whether
**ifatt** *adv*, ***hinna (köra)*** ~ ***ngn*** catch a p. up
**ifjol** o. **i fjol** *adv* last year
**ifrågasätta** *tr* question, call ... in question
**ifrågavarande** *a*, ~ ***fall*** the case in question
**ifrån I** *prep*, se *från;* ***köra*** etc. ~ ngn (ngt) bort ifrån drive etc. away from ...; ***vara*** ~ utom ***sig*** be beside oneself [*av* with] **II** *adv* borta away; ***kan du gå*** ~ en stund? can you get away ...?
**igelkott** *s* hedgehog
**igen** *adv* **1** ånyo again; ***om*** ~ en gång till once more **2** tillbaka, åter back **3** tillsluten shut, closed
**igenkännlig** *a* recognizable [*för* to]
**igenom I** *prep* through, se äv. *genom;* ***hela dagen*** ~ throughout the day **II** *adv* through
**ignorera** *tr* ignore, take no notice of
**igång** *adv*, se *gång I*
**igångsättning** *s* start, starting up
**igår** o. **i går** *adv* yesterday; ~ ***kväll*** yesterday evening; ~ ***morse*** yesterday morning
**ihop** *adv* tillsammans together, se vid. förb. som *fälla (krympa)* ~ etc.
**ihåg** *adv*, ***komma*** ~ remember, recollect; lägga på minnet bear ... in mind
**ihålig** *a* hollow, empty
**ihållande** *a* om t.ex. applåder prolonged, om t.ex. regn continuous
**ihärdig** *a* om person persevering
**ikapp** *adv* **1** i tävlan, ***cykla (segla*** m.fl.) ~ have a cycling (sailing m.fl.) race; ***springa*** ~ ***med ngn*** race a p. **2** ***hinna (köra)*** ~ ***ngn*** komma närmare catch a p. up
**ikväll** *adv* this evening, tonight
**i-land** *s* industrialized country
**ilgods** *s* koll. express goods pl.; ***som*** ~ by express
**ilgodsexpedition** *s* express office
**illa** *adv* badly; ***inte*** ~! not bad!; ***det kan gå*** ~ ***för dig*** you may get into trouble; ***göra*** ~ do wrong; ***göra ngn*** ~ hurt a p.; ***det luktar (smakar)*** ~ it smells (tastes) nasty (bad); ***må*** ~ ha kväljningar feel (be) sick; ***det ser*** ~ ***ut*** it looks bad; ***hon ser inte*** ~ ***ut*** she is not bad-looking; ***ta*** ~ ***upp*** take offence; ***ta inte*** ~ ***upp!*** don't be offended!; ***tala*** ~ ***om ngn*** run down a p.; ***om det vill sig*** ~ blir du ... if things are against you ...
**illaluktande** *a* nasty-smelling
**illamående I** *s* indisposition; feeling of sickness **II** *a*, ***känna sig*** ~ känna kväljningar feel sick, amer. feel sick at (to, in) one's stomach
**illasinnad** *a* om person ill-disposed; om handling malicious
**illavarslande** *a* ominous, sinister
**illdåd** *s* outrage
**illegal** *a* illegal
**illegitim** *a* illegitimate
**illojal** *a* disloyal; ~ ***konkurrens*** unfair competition
**illusion** *s* illusion, villfarelse delusion
**illustration** *s* illustration
**illustratör** *s* illustrator
**illustrera** *tr* illustrate
**illvilja** *s* spite
**illvillig** *a* spiteful, nasty
**ilmarsch** *s* forced march
**ilsamtal** *s* i telefon priority (express) call
**ilska** *s* anger, rage
**ilsken** *a* angry, speciellt amer. mad; om djur savage, fierce
**ilskna** *itr*, ~ ***till*** fly into a temper (rage)
**imitation** *s* imitation
**imitatör** *s* imitator; varietéartist etc. mimic
**imitera** *tr* imitate
**imma** *s* mist, steam
**immig** *a* misty, steamy
**immigrant** *s* immigrant
**immigration** *s* immigration
**immigrera** *itr* immigrate [*till* into]
**immun** *a* immune
**immunitet** *s* immunity
**imorgon** o. **i morgon** *adv* tomorrow
**imorse** o. **i morse** *adv* this morning
**imperativ** *s* gram., ~ el. ~***en*** the imperative
**imperfekt** *s* the past tense
**imperialism** *s*, ~ o. ~***en*** imperialism
**imperium** *s* empire
**imponera** *itr* impress [*på ngn* a p.]
**imponerande** *a* impressive, striking
**impopulär** *a* unpopular [*hos, bland* with]
**import** *s* import, varor imports pl.
**importera** *tr* import [*till* into]
**importör** *s* importer
**impotens** *s* impotence

**impotent** *a* impotent
**impregnera** *tr* impregnate; göra vattentät waterproof; *~d* waterproof
**impressario** *s* impresario (pl. -s)
**improduktiv** *a* unproductive
**improvisation** *s* improvisation, vard. ad-libbing
**improvisera** *itr tr* improvise, vard. ad-lib; *ett ~t tal* an off-the-cuff speech
**impuls** *s* impulse
**impulsiv** *a* impulsive
**impulsköp** *s, ett ~* an impulse buy; *göra ett ~* buy on the impulse
**in** *adv* in; in i huset etc. inside, indoors; *~ i* into
**inackordera** *tr* board and lodge
**inackordering** *s* board and lodging
**inaktiv** *a* inactive
**inaktuell** *a* förlegad out of date; ej aktuell just nu ... no longer in question
**inalles** *adv*, ~ 500 kr ... in all, ... altogether
**inandas** *tr dep* breathe in, inhale
**inandning** *s* breathing in, inhalation; *en djup ~* a deep breath
**inarbetad** *a, en ~ firma* an established firm; *~ tid* compensatory leave for overtime
**inbegripa** *tr* innefatta comprise, include
**inberäkna** *tr* include
**inbetala** *tr* pay in; *~ ett belopp på* ett konto etc. pay an amount into ...
**inbetalning** *s* payment; avbetalning part payment, instalment
**inbetalningskort** *s* paying-in form
**inbilla** *refl*, *~ sig* imagine, fancy
**inbillad** *a* imagined; om t. ex. sjukdom imaginary
**inbillning** *s* imagination
**inbillningsförmåga** *s* imagination, imaginative power (faculty)
**inbiten** *a* t. ex. om ungkarl confirmed, t. ex. om vana inveterate
**inbjuda** *tr* invite
**inbjudan** *s* invitation
**inbjudande** *a* inviting, lockande tempting
**inbjudning** *s* invitation
**inbjudningskort** *s* invitation card
**inblandad** *a, bli ~* get mixed up, get involved [*i* in]
**inblandning** *s* interference
**inblick** *s* insight [*i* into]
**inbringa** *tr* yield, bring in
**inbringande** *a* profitable
**inbrott** *s* **1** burglary; *göra ~ i* burgle, speciellt på dagen break into **2** *vid dagens ~* at daybreak
**inbrottstjuv** *s* burglar, speciellt på dagen housebreaker
**inbunden** *a* **1** om bok bound **2** om person reserved, vard. uptight
**inbyggd** *a* om högtalare, badkar built-in
**inbytesbil** *s* trade-in car
**inbördes I** *a* ömsesidig mutual; *~ testamente* joint will **II** *adv* mutually
**inbördeskrig** *s* civil war
**incest** *s* incest
**incitament** *s* incentive
**indela** *tr* divide, divide up; klassificera classify [*i* into]
**indelning** *s* division, classification
**index** *s* index [*över* of]
**indexreglera** *tr* tie ... to the cost-of-living index
**indexreglerad** *a* index-tied, index-bound
**indian** *s* American Indian, Indian
**Indien** India
**indier** *s* Indian
**indignation** *s* indignation
**indignerad** *a* indignant [*över* at]
**indikation** *s* indication [*om, på* of]
**indikativ** *s, ~* o. *~en* the indicative
**indirekt I** *a* indirect **II** *adv* indirectly
**indisk** *a* Indian; *Indiska oceanen* the Indian Ocean
**indiskret** *a* indiscreet
**individ** *s* individual, vard., 'kurre' äv. specimen
**individuell** *a* individual
**Indokina** Indo-China
**indoktrinera** *tr* indoctrinate
**indoktrinering** *s* indoctrination
**indones** *s* Indonesian
**Indonesien** Indonesia
**indonesisk** *a* Indonesian
**industri** *s* industry
**industrialisera** *tr* industrialize
**industrialism** *s, ~* o. *~en* industrialism
**industriarbetare** *s* industrial worker
**industriland** *s* industrialized country
**industriområde** *s* industrial area (district)
**industrisemester** *s* general industrial holiday
**ineffektiv** *a* om person o. sak inefficient, mest om sak ineffective
**inemot** *prep* framemot towards; nästan close on, nearly, almost
**inexakt** *a* inexact, inaccurate
**infall** *s* påhitt, idé idea, nyck fancy
**infalla** *itr* inträffa fall [*på* en tisdag on ... ]
**infanteri** *s* infantry
**infanterist** *s* infantryman

**infektera** *tr* infect
**infektion** *s* infection
**infernalisk** *a* infernal
**inferno** *s* inferno (pl. -s)
**infiltrera** *tr* infiltrate
**infinitiv** *s*, ~ el. *~en* the infinitive
**infinna** *refl*, ~ ***sig*** visa sig appear; ~ ***sig vid*** attend
**inflammation** *s* inflammation
**inflammera** *tr* inflame
**inflation** *s* inflation
**inflationistisk** *a* inflationary
**influensa** *s* influenza, vard. the flu el. flu
**influera** *tr* influence
**inflytande** *s* influence [*på* on]
**inflytelserik** *a* influential
**inflyttning** *s* moving in
**information** *s* information (end. sg.)
**informell** *a* informal
**informera** *tr* inform [*om* of]
**infraröd** *a* infra-red
**infravärme** *s* infra-red heat
**infria** *tr* förhoppning, löfte fulfil
**infånga** *tr* catch, rymling etc. äv. capture
**infödd** *a* native
**inföding** *s* native
**inför** *prep* **1** i rumsbetydelse o. friare before, i närvaro av in the presence of; ***stå*** ~ ett svårt problem be brought up against . . . **2** i tidsbetydelse o. friare: omedelbart före on the eve of [*vid* at]; full av förväntningar ~ ***julen*** . . . at the prospect of Xmas
**införa** *tr* introduce; importera import
**införstådd** *a*, ***vara*** ~ ***med*** be in agreement with, accept
**ingalunda** *adv* by no means; inte alls not at all
**inge** *tr* ingjuta inspire; ~ ***ngn*** mod, förtroende inspire a p. with . . .
**ingefära** *s* ginger
**ingen** (*intet* el. *inget*, *inga*) *pron* **1** no; ***det kom inga brev i dag*** there were no (weren't any) letters today; ~ ***dum idé!*** not a bad idea! **2** självständigt om person, ***ingen, inga*** nobody, no one (båda sg.); neutralt, ***intet, inget*** nothing; jag sökte men ***hittade inga*** . . . found none, . . . did not find any (one); ~ ***av dem har*** kommit tillbaka none of them have (has) . . ., av två neither of them has . . . **3** ~ ***annan*** ~ annan människa nobody (no one) else; ~ ***annan*** bok no other . . .
**ingendera** (*ingetdera*) *pron* a) av två neither b) av flera än två none
**ingenjör** *s* engineer
**ingenmansland** *s* no-man's land
**ingenstans** *adv* nowhere
**ingenting** *pron* nothing; ~ ***nytt*** nothing new, inga nyheter no news; ~ ***av detta*** none of this; ***det är*** ~ ***att ha*** it is not worth having
**ingravera** *tr* engrave
**ingrediens** *s* ingredient
**ingrepp** *s* **1** med. operation **2** intrång encroachment, ingripande interference
**ingripa** *itr* intervene [*i* in]; hjälpande step in
**ingripande** *s* inskridande intervention, inblandning interference
**ingå** *itr* höra till, ~ ***i*** be (form) part of, inbegripas i be included in
**ingående** *a* grundlig thorough, detailed
**ingång** *s* entrance
**inhalera** *tr* inhale
**inhemsk** *a* domestic, home . . .
**inhämta** *tr* få veta, lära pick up, learn; ~ ***kunskaper i*** acquire knowledge of
**inifrån** *prep adv* from inside (within)
**initial** *s* initial
**initiativ** *s* initiative
**initierad** *a* well-informed [*i* on]; initiated [*i* in, into]
**injektion** *s* injection
**injicera** *tr* inject
**inkalla** *tr* mil. call up, amer. draft
**inkallelse** *s* summons; mil., inkallande calling up, amer. drafting
**inkallelseorder** *s* calling-up (amer. induction) papers pl.
**inkassera** *tr* collect; få receive; lösa in cash
**inkast** *s* **1** i bollspel throw-in; ***göra ett*** ~ take a throw-in **2** för mynt etc. slot
**inkludera** *tr* include, comprise
**inklusive** *prep* including, inclusive of
**inkommande** *a* om brev, fartyg incoming
**inkompetens** *s* oduglighet incompetence, obehörighet lack of qualifications
**inkompetent** *a* oduglig incompetent; ej kvalificerad unqualified
**inkomst** *s* **1** persons regelbundna income [*av*, *på* from]; ***jag har höga*** ***~er*** I have a high income **2** ~ el. ***~er*** intäkter receipts [*av* from], takings [*av* from], proceeds [*av* of], samtliga pl.
**inkomstskatt** *s* income-tax
**inkomsttagare** *s* wage-earner
**inkonsekvent** *a* inconsistent
**inkorporera** *tr* incorporate [*i*, *med* in el. into]
**inkräkta** *itr* trespass, intrude [*på* on]
**inkräktare** *s* trespasser, intruder; i ett land invader [*i* of]
**inkvartera** *tr* accommodate [*hos* with]
**inkvartering** *s* accommodation

**inköp** *s* purchase; ***det kostar*** 500 kr ***i*** ~ the cost price is . . .
**inköpa** *tr* köpa purchase, buy
**inköpspris** *s* cost (purchase) price
**inkörning** *s* av bil, motor running-in
**inlagd** *a* **1** kok. pickled; ~ ***sill*** pickled herring **2** ~ ***på sjukhus*** admitted (sent) to hospital; jfr *lägga in* under *lägga*
**inland** *s* **1** motsats kustland interior **2** ***i in- och utlandet*** at home and abroad
**inleda** *tr* börja begin, t. ex. debatt, samtal open
**inledande** *a* introductory, opening, preliminary, initial
**inledning** *s* början beginning, opening; förord introduction
**inlåta** *refl*, ~ ***sig i (på)*** a) t. ex. diskussion enter into . . . b) t. ex. affärer embark on . . . c) t. ex. samtal, politik engage in . . .
**inlägg** *s* **1** något inlagt insertion **2** i diskussion etc. contribution [*av ngn* from a p., *i* to]
**inlärning** *s* learning, utantill memorizing
**innan I** *konj prep* before; ~ ***dess*** before that (this) **II** *adv* dessforinnan before
**innanför** *prep* inside, within; bakom t. ex. disken behind
**inne I** *adv* **1** om rum in, inomhus indoors; ~ ***i*** t. ex. huset inside, in; ***längst*** ~ ***i*** garderoben at the back of . . . **2** om tid, ***nu är tiden*** ~ ***att*** inf. now the time has come to inf. **II** *a*, ***det är*** ~ vard., på modet it's with it, it's the in-thing
**innebära** *tr* betyda imply, mean; föra med sig involve
**innebörd** *s* meaning [*av*, *i* of]
**innefatta** *tr* innesluta i sig contain, inbegripa include, bestå av consist of
**inneha** *tr* hold, possess
**innehavare** *s* holder; ägare owner, t. ex. av rörelse proprietor
**innehåll** *s* contents pl.; innebörd content
**innehålla** *tr* contain
**innerst** *adv*, ~ ***inne*** a) farthest in b) i grund och botten at heart, deep down
**innersta** *a* innermost; ***hans*** ~ ***tankar*** his inmost thoughts
**innerstad** *s* inner city; ***i*** ~***en*** in the centre
**innersula** *s* insole
**innesluta** *tr* enclose
**innestående** *a* insatt på bankkonto on deposit
**innevarande** *a* om tid present
**innovation** *s* innovation
**inofficiell** *a* unofficial
**inom** *prep* within; inside; ~ ***ett år*** in (within) a year; ~ ***kort*** in a short time, shortly
**inomhus** *adv* indoors
**inomhusantenn** *s* indoor aerial (amer. antenna)
**inomhusbana** *s* för tennis covered court, för ishockey indoor rink
**inordna** *tr* inrangera arrange, range
**inpå** *prep* close to; ***till långt*** ~ natten until far into . . .
**inre** *a* inner; invärtes, intern internal; invändig interior; om mått inside; ett lands ~ ***angelägenheter*** internal affairs
**inreda** *tr* fit up, equip [*till* as]; decorate, med möbler furnish
**inredning** *s* **1** inredande fitting-up, equipment, decoration, furnishing **2** konkret fittings pl., väggfast fixtures pl.
**inredningsarkitekt** *s* interior designer (decorator)
**inregistrerad** *a*, ***inregistrerat varumärke*** registered trademark
**inresetillstånd** *s* entry permit
**inrikes I** *a* inländsk domestic, home, inland **II** *adv* in (within) the country
**inrikesdepartement** *s* ministry (amer. department) of the interior; ~***et*** i Engl. the Home Office
**inrikesflyg** *s*, ~***et*** the domestic airlines pl.
**inrikesminister** *s* minister (amer. secretary) of the interior; ~***n*** i Engl. the Home Secretary
**inrikespolitik** *s* domestic politics pl. (resp. policy)
**inrikespolitisk** *a*, ***en*** ~ ***debatt*** a debate on domestic policy; ~***a frågor*** questions relating to domestic policy
**inriktad** *a*, ***vara*** ~ ***på att*** inf. a) sikta mot aim at ing-form b) koncentrera sig på concentrate on ing-form
**inrotad** *a* deep-rooted
**inrätta** *tr* **1** grunda establish, set up **2** anordna arrange
**insamling** *s* collection; penning~ subscription
**insats** *s* **1** i spel etc. stakes pl.; kontant~ deposit **2** prestation achievement, bidrag contribution; idrotts~ performance
**insatslägenhet** *s* ung. cooperative [building society] flat (apartment)
**inse** *tr* see, realize
**insekt** *s* insect
**insektsmedel** *s* insecticide
**insida** *s* inside, inner side; 'inre' interior
**insikt** *s* **1** inblick insight; kännedom knowledge [*i*, *om* of] **2** ~***er*** kunskaper knowledge sg. [*i* of]
**insinuera** *tr itr* insinuate
**insistera** *itr* insist

**insjukna** *itr* fall ill, be taken ill [*i* with]
**insjö** *s* lake
**inskrida** *itr* step in, intervene
**inskrivning** *s* i skola, kår etc. enrolment, registration
**inskränka I** *tr* begränsa restrict, limit, minska reduce, cut down (back), cut **II** *refl*, ~ *sig till* nöja sig med confine (restrict) oneself to
**inskränkning** *s* restriction, limitation, reduction
**inskränkt** *a* restricted, limited, om person narrow, limited
**inslag** *s* element; del, 'nummer' äv. feature; tillsats contribution
**inspark** *s* fotb. goal-kick
**inspektera** *tr* inspect
**inspektion** *s* inspection
**inspektör** *s* inspector, kontrollör supervisor
**inspelning** *s* recording; film~ production
**inspelningsband** *s* recording (magnetic) tape
**inspiration** *s* inspiration
**inspirera** *tr* inspire
**insprutning** *s* injection
**installation** *s* installation
**installera I** *tr* install **II** *refl*, ~ *sig* install oneself
**instans** *s* jur. instance; myndighet authority
**instinkt** *s* instinct
**instinktiv** *a* instinctive
**institut** *s* institute; t. ex. bank~ institution
**institution** *s* institution äv. samhällsinstitution; *engelska ~en* vid univ. the English Department
**instruera** *tr*, ~ *ngn i ngt* teach a p. a th.; ~ *ngn* ge föreskrifter *att* inf. instruct a p. to inf.
**instruktion** *s* instruction; ~ el. *~er* instructions, anvisning directions (båda pl.)
**instruktionsbok** *s* instruction book, manual
**instruktiv** *a* instructive
**instruktör** *s* instructor
**instrument** *s* instrument
**instrumentbräda** *s* på bil facia, facia panel, dashboard
**inställa I** *tr* upphöra med stop, discontinue, suspend; inhibera cancel **II** *refl*, ~ *sig* speciellt vid domstol appear
**inställbar** *a* adjustable
**inställd** *a*, *vara* ~ beredd *på ngt* be prepared for a th.
**inställning** *s* **1** reglering adjustment **2** attityd attitude, outlook
**inställsam** *a* ingratiating, krypande cringing
**instämma** *itr* agree
**instängd** *a* **1** ... shut (inlåst locked) up, shut-in **2** om luft stuffy, close
**insyltad** *a* vard., ~ *i* mixed up in
**insändare** *s* debattinlägg letter to the press (till viss tidning editor)
**insättning** *s* i bank insatt belopp deposit
**inta** o. **intaga** *tr* **1** plats m. m. take a) försätta sig i, t. ex. liggande ställning place oneself in b) ha, t. ex. en ledande ställning occupy, hold, have c) t. ex. ståndpunkt take up **2** erövra take, capture **3** måltid etc. have, eat **4** betaga, fängsla captivate
**intagande** *a* captivating, attractive, engaging
**intagen** *s* se *ta in* under *ta*
**intagning** *s* taking in, på t. ex. sjukhus admission
**intakt** *a* intact
**inte** *adv* not; ~ *det?* verkligen! no?, really?; ~ *en enda gång* not once; *jag har ~ tid* I have no time; *jag vet ~* I don't know; hon är förtjusande, ~ *sant?* ... isn't she?; ~ *bättre (sämre) för det* no better (worse) for that
**integrera** *tr* integrate
**integritet** *s* integrity
**intellekt** *s* intellect
**intellektuell** *a* intellectual
**intelligens** *s* egenskap intelligence
**intelligent** *a* intelligent, clever
**intensifiera** *tr* intensify
**intensitet** *s* intensity
**intensiv** *a* intense; koncentrerad intensive
**intensivvård** *s* intensive care
**intention** *s* intention
**interiör** *s* det inre interior
**interjektion** *s* interjection
**intermezzo** *s* intermezzo, t. ex. vid en gräns incident
**intern I** *a* internal; ~ *TV* closed-circuit TV **II** *s* på anstalt inmate, i fångläger internee
**internationell** *a* international
**internatskola** *s* boarding school
**internera** *tr* i fångläger intern, på anstalt detain [*i, på* in]
**internering** *s* internment; på anstalt detention
**interrogativ** *a* interrogative
**interurbansamtal** *s* trunk call, speciellt amer. long-distance call
**intervall** *s* interval
**intervenera** *itr* intervene
**intervention** *s* intervention
**intervju** *s* interview

**intervjua** *tr* interview
**intet** *obest pron* litt. nothing
**intetsägande** *a* om fraser etc.; tom empty, meningslös meaningless
**intill I** *prep* **1** om rum: fram till up to; *alldeles ~* rummet quite close to . . . **2** om tid until **3** om mått etc. up to **II** *adv*, *i rummet ~* in the adjoining room; vi bor *alldeles ~* . . . next door
**intim** *a* intimate
**intimitet** *s* intimacy
**intolerans** *s* intolerance
**intolerant** *a* intolerant
**intonation** *s* intonation
**intransitiv** *a* intransitive
**intressant** *a* interesting
**intresse** *s* interest
**intressera I** *tr* interest [*ngn för ngt* a p. in a th.]; *det ~r mig mycket (inte)* äv. it is of great (no) interest to me **II** *refl*, *~ sig för* take an interest in, be interested in
**intresserad** *a* interested [*av* in]
**intressesfär** *s* sphere of interest
**intrig** *s* intrigue; plot äv. i roman, drama
**intrigera** *itr* intrigue
**intrikat** *a* intricate
**introducera** *tr* introduce [*hos* to]
**introduktion** *s* introduction
**introduktionserbjudande** *s* trial offer
**intryck** *s* impression
**intrång** *s* encroachment, trespass; *göra ~ på (i)* encroach (trespass) on (in)
**inträda** *itr* inträffa set in, börja commence, begin, uppstå arise
**inträde** *s* **1** entrance, friare entry; tillträde admission; *göra sitt ~ i* enter **2** avgift entrance-fee
**inträdesavgift** *s* entrance-fee
**inträdesbiljett** *s* admission ticket
**inträffa** *itr* hända happen; infalla occur, fall
**intuition** *s* intuition
**intuitiv** *a* intuitive
**intyg** *s* certificate; av privatperson, utförligare testimonial
**intyga** *tr*, *härmed ~s att* . . . this is to certify that . . .
**intåg** *s* entry
**intäkt** *s*, *~er* proceeds, takings, receipts
**inunder** *adv prep* underneath, beneath, below
**inuti** *adv prep* inside
**invadera** *tr* invade
**invalid** *s* disabled person
**invalidiserad** *a* disabled
**invaliditet** *s* disablement, disability
**invandra** *itr* immigrera immigrate [*i, till* into, to]
**invandrare** *s* immigrant
**invandrarverk** *s*, *Statens ~* the Swedish Immigration Board
**invandring** *s* immigration
**invasion** *s* invasion
**inveckla** *tr*, *~s (bli ~d) i ngt* get involved (mixed up) in a th.
**invecklad** *a* komplicerad complicated
**inventarier** *s pl* effects, movables
**inventering** *s* inventory, lager~ stock--taking
**inverka** *itr* have an effect (influence) [*på ngt* on a th.]
**inverkan** *s* effect, influence
**investera** *tr* invest
**investering** *s* investment
**invid I** *prep* by; utefter alongside; nära close to **II** *adv* close (near) by
**inviga** *tr* **1** byggnad etc. inaugurate **2** *~ ngn i ngt* göra förtrogen med ngt initiate a p. into a th.; *~ ngn i en hemlighet* let (take) a p. into a secret
**invigning** *s* inauguration
**invit** *s* inbjudan invitation; vink hint
**invånare** *s* inhabitant
**invända** *tr*, *jag invände att* . . . I objected that . . .; *jag har inget att ~ mot det* I have no objections to it
**invändig** *a* internal; om ficka etc. inside
**invändigt** *adv* internally; i det inre in the interior; på insidan on the inside
**invändning** *s* objection [*mot* to, against]; *göra ~ar mot* raise objections to
**invärtes** *a* om sjukdom, bruk etc. internal
**inåt I** *prep* towards, the interior of **II** *adv* inwards; gå *längre ~* . . . further in
**inåtvänd** *a* . . . turned inwards; om person introvert; *en ~ person* an introvert
**inälvor** *s pl* bowels; djurs entrails
**Irak** Iraq
**irakier** *s* Iraqi
**irakisk** *a* Iraqi
**Iran** Iran
**iranier** *s* Iranian
**iransk** *a* Iranian
**iris** *s* anat. o. bot. iris
**Irland** Ireland
**irländare** *s* Irishman (pl. Irishmen); *irländarna* som nation, lag etc. the Irish
**irländsk** *a* Irish
**irländska** *s* **1** kvinna Irishwoman (pl. Irishwomen) **2** språk Irish
**ironi** *s* irony, hån sarcasm
**ironisera** *itr*, *~ över* speak ironically of, make ironical remarks about

**ironisk** *a* ironic, ironical, hånfull sarcastic
**irra** *itr,* ~ el. ~ *omkring* wander about
**irrationell** *a* irrational
**irritation** *s* irritation
**irritera** *tr* irritate, annoy
**is** *s* ice; ***ha ~ i magen*** keep a cool head; ***lägga ngt på ~*** äv. bildl. put a th. on ice; ***whisky med ~*** whisky on the rocks
**isande** *a* icy
**isbelagd** *a* icy, ice-covered
**isberg** *s* iceberg
**isbergssallad** *s* iceberg lettuce
**isbit** *s* piece (lump, bit) of ice
**isbjörn** *s* polar bear
**isblåsa** *s* ice-pack
**isbrytare** *s* ice-breaker
**ischias** *s* sciatica
**isdubb** *s* ice-prod
**isflak** *s* ice-floe
**isfri** *a* ice-free
**isglass** *s* pinne ice-lolly
**ishall** *s* ice-skating hall (rink)
**ishav** *s,* ***Norra (Södra) ~et*** the Arctic (Antarctic) Ocean
**ishockey** *s* ice-hockey
**ishockeyklubba** *s* ice-hockey stick
**isig** *a* icy
**iskall** *a* . . . as cold as ice, ice-cold; isande icy
**iskub** *s* ice-cube
**islam** *s* Islam
**islamisk** *a* Islamic
**Island** Iceland
**islossning** *s* break-up of the ice, bildl. thaw
**isländsk** *a* Icelandic
**isländska** *s* **1** kvinna Icelandic woman **2** språk Icelandic
**isländning** *s* Icelander
**isolera** *tr* **1** isolate **2** tekn. insulate
**isolering** *s* **1** isolation **2** tekn. insulation
**Israel** Israel
**israel** *s* person Israeli
**israelier** *s* Israeli
**israelisk** *a* Israeli
**istapp** *s* icicle
**ister** *s* lard
**isterbuk** *s* pot-belly
**isär** *adv* apart
**Italien** Italy
**italienare** *s* Italian
**italiensk** *a* Italian
**italienska** *s* **1** kvinna Italian woman **2** språk Italian; jfr *svenska*
**italienskfödd** *a* Italian-born; för andra sammansättningar jfr äv. *svensk-*
**itu** *adv* i två delar in two, in half; sönder, ***gå (vara) ~*** go to (be in) pieces
**iver** *s* eagerness
**ivrig** *a* eager, keen
**iväg** *adv* off, away
**iögonenfallande** *a* conspicuous; slående striking

# J

**ja** *itj* yes; ~ ***då!*** oh yes!; ~ ~ ***mänsan!*** you bet!, not half!, amer. sure thing!
**jack** *s* tele. socket, jack
**jacka** *s* jacket
**jackett** *s* morning-coat, cut-away
**jag** *pers pron* I; ***mig*** me; ***det är*** ~ it's me, i telefon speaking; ***han tog mig i armen*** he took my arm; ***en vän till mig*** a friend of mine; ***kom hem till mig!*** come round to my place!; ***jag var utom mig*** I was beside myself
**jaga** *tr* hunt; med gevär shoot, 'förfölja' chase; ***vara ute och*** ~ be out hunting; ~ ***efter*** lyckan run after (pursue)...; ~ ***bort*** drive away
**jagare** *s* krigsfartyg destroyer
**jaguar** *s* jaguar
**jaha** *itj* well; bekräftande yes; jaså oh I see
**jaka** *itr* say 'yes' [*till* to]
**jakande I** *a* affirmative **II** *adv* affirmatively; ***svara*** ~ reply in the affirmative
**1 jakt** *s* båt yacht
**2 jakt** *s* jagande hunting, shooting; jaktparti hunt, resp. shoot; ~***en efter*** mördaren the hunt for ...; ***vara på*** ~ ***efter*** be hunting for, be on the hunt for
**jaktflygplan** *s* fighter
**jaktgevär** *s* sporting gun; hagelgevär shotgun
**jaktplan** *s* fighter
**jalusi** *s* spjälgardin Venetian blind
**jama** *itr* miaow, mew
**Jamaica** Jamaica
**jamaican** *s* Jamaican
**jamaicansk** *a* Jamaican
**januari** *s* January (förk. Jan.); jfr *april* o. *femte*
**Japan** Japan
**japan** *s* Japanese (pl. lika)
**japansk** *a* Japanese
**japanska** *s* **1** kvinna Japanese woman **2** språk Japanese; jfr *svenska*
**jargong** *s* jargon; snack, svada jabber
**jaröst** *s* vote in favour, aye
**jasmin** *s* jasmine
**jaså** *itj* oh!, indeed!, is that so?, really?
**javisst** *itj* certainly, of course
**jazz** *s* jazz; ***dansa*** ~ dance to jazz
**jazzbalett** *s* jazz ballet
**jazzband** *s* jazz band
**jeans** *s pl* jeans
**jeep** *s* jeep
**jersey** *s* tyg jersey
**Jesusbarnet** *s* the Infant (the Child) Jesus
**jetdrift** *s* jet propulsion
**jetmotor** *s* jet engine
**jetplan** *s* jet plane, jet
**jfr** (förk. för *jämför*) compare (förk. cf.)
**jippo** *s* reklamjippo publicity stunt; allsköns ~***n*** ballyhoo sg.
**jiujitsu** *s* jiu-jitsu
**JO** se *justitieombudsman*
**jo** *itj* svar på nekande fråga why, yes; yes; ~ ***då!*** oh yes!
**jobb** *s* job, work (end. sg.); ***jag har haft mycket*** ~ ***med (med att*** inf.) I've had a lot of work with (it was quite a job to inf.)
**jobba** *itr* **1** arbeta work, be on the job **2** spekulera speculate
**jobbare** *s* **1** vard. worker **2** speculator
**jobberi** *s* börs speculation
**jobbig** *a*, ***det är*** ~***t*** it's tough (hard) work; ***han är*** ~ he's trying (tiresome)
**jockej** o. **jockey** *s* jockey
**jod** *s* iodine
**joddla** *itr* yodel
**jogga** *itr* jog
**joggare** *s* jogger
**joggning** *s* jogging
**Johan** kunganamn John
**Johannes** påvenamn John; ***Johannes döparen*** St. John the Baptist
**joker** *s* joker
**jolle** *s* liten roddbåt el. segeljolle dinghy
**joller** *s* babble, jollrande babbling
**jollra** *itr* babble
**jonglera** *itr* juggle
**jonglör** *s* juggler
**jord** *s* **1** jordklot earth; ***resa runt*** ~***en*** go round the world **2** mark ground; jordmån soil; mylla earth; stoft dust; ***gå under*** ~***en***

bildl. go underground **3** område land; ***ett stycke*** ~ a piece of land
**jorda** *tr* **1** begrava bury **2** elektr. earth, amer. ground
**Jordanien** Jordan
**jordanier** *s* Jordanian
**jordansk** *a* Jordanian
**jordbruk** *s* agriculture, farming
**jordbrukare** *s* farmer
**jordbruksdepartement** *s* ministry of agriculture
**jordbruksminister** *s* minister of agriculture
**jordbunden** *a* earth-bound
**jordbävning** *s* earthquake
**jordfästning** *s* funeral service
**jordglob** *s* globe
**jordgubbe** *s* strawberry
**jordgubbssylt** *s* strawberry jam
**jordisk** *a* earthly, terrestrial, världslig worldly
**jordklot** *s* earth; ***~et*** äv. the globe
**jordledning** *s* radio. earth (amer. ground) lead
**jordmån** *s* soil äv. bildl.
**jordnära** *a* earthy
**jordnöt** *s* peanut
**jordskalv** *s* earthquake
**jordskred** *s* landslide äv. polit.
**jordskredseger** *s* landslide victory
**jordyta** *s* markyta surface of the ground; ***på ~n*** jordens yta on the earth's surface
**jordärtskocka** *s* Jerusalem artichoke
**jour** *s*, ***ha*** ~ el. ***~en*** be on duty
**jourhavande** *a* ... on duty, ... in charge; om besökande läkare doctor on call
**journal** *s* **1** dagbok, tidning journal **2** film. news-reel
**journalist** *s* journalist
**journalistik** *s* journalism
**jourtjänst** *s* läkares emergency (on-call) duty; t. ex. låssmeds emergency (round-the-clock) service
**jovial** o. **jovialisk** *a* jovial, genial
**jox** *s* vard. stuff, rubbish
**ju** *adv* **1** naturligtvis of course, visserligen it is true, som bekant as we know; ***där är han ~!*** why, there he is!; ***jag har ~ sagt det*** flera gånger I have said so ..., haven't I?; I told you so ..., didn't I? **2** konj., ***~ förr dess (desto) bättre*** the sooner the better
**jubel** *s* hänförelse enthusiasm, glädjerop shouts pl. of joy [*över* at]
**jubilar** *s* person celebrating a special anniversary
**jubileum** *s* anniversary
**jubla** *itr* högljutt shout with joy, inom sig rejoice
**jude** *s* Jew
**judehat** *s* hatred of the Jews
**judekvarter** *s* Jewish quarter
**judendom** *s*, ~ el. ***~en*** Judaism
**judinna** *s* Jewess
**judisk** *a* Jewish
**judo** *s* judo
**jugoslav** *s* Yugoslav
**Jugoslavien** Yugoslavia
**jugoslavisk** *a* Yugoslav, Yugoslavian
**juice** *s* fruit juice
**jul** *s* Christmas (förk. Xmas); ***god ~!*** A Merry Christmas!; ***i ~as*** last Christmas; ***om (på) ~en*** at Christmas (Christmas-time); få ngt färdigt ***till*** ~ ... by Christmas
**jula** *itr* tillbringa julen spend Christmas
**julafton** *s* Christmas Eve
**juldag** *s*, ~ el. ***~en*** Christmas Day
**julgran** *s* Christmas tree
**julhelg** *s* Christmas; ***under ~en*** during Christmas (ledigheten the Christmas holidays)
**juli** *s* July; jfr *april* o. *femte*
**julklapp** *s* Christmas present; vad gav du honom ***i ~?*** ... for Christmas?
**jullov** *s* Christmas holidays pl.
**julotta** *s* early service on Christmas Day
**julskinka** *s* Christmas ham
**julstjärna** *s* bot. poinsettia
**julsång** *s* Christmas carol
**jultomte** *s*, ~ el. ***~n*** Father Christmas, Santa Claus
**jumbo** *s*, ***komma (bli)*** ~ come (be) last
**jumbojet** *s* jumbo jet
**jumbopris** *s* booby prize
**jumper** *s* jumper
**jungfru** *s* ungmö maid, maiden; kysk kvinna virgin; ***Jungfrun*** astrol. Virgo; ***J~ Maria*** the Virgin Mary
**jungfruresa** *s* maiden voyage
**juni** *s* June; jfr *april* o. *femte*
**junior** *a* o. *s* junior
**junta** *s* polit. junta
**Jupiter** astron. o. myt. Jupiter
**juridik** *s* law
**juridisk** *a* legal
**jurist** *s* **1** praktiserande lawyer; rättslärd jurist **2** juris studerande law student
**jury** *s* jury
**1 just** *adv* just; precis exactly; ***ja, ~ han!*** yes, him!, the very man!; varför välja ***~ honom?*** ... him of all people?; ***~ det!*** that's right!
**2 just I** *a* rättvis fair; korrekt correct; i sin

ordning all right, in order **II** *adv* fairly; correctly
**justera** *tr* **1** adjust, regulate, set ... right **2** sport. injure
**justering** *s* **1** adjusting, regulating **2** sport. injury
**justitiedepartement** *s* ministry of justice
**justitieminister** *s* minister of justice
**justitieombudsman** *s*, *~nen* (förk. *JO*) the Ombudsman, the [Swedish] Parliamentary Commissioner for the Judiciary and Civil Administration
**juvel** *s* jewel äv. bildl.; ädelsten gem
**juvelerare** *s* jeweller
**juvelskrin** *s* jewel-case
**juver** *s* udder
**jycke** *s* hund dog, vard. pooch
**Jylland** Jutland
**jägare** *s* hunter
**jäkel** *s* devil; *jäklar!* damn!, damn it!, confound it!
**jäkla I** *a* blasted, darned, starkare damned **II** *adv* damned, confoundedly
**jäklig** *a* om person damn (damned) nasty [*mot* to]; om sak vanl. damn (damned) rotten
**jäkt** *s* brådska hurry; fläng bustle, hustle; *storstadens ~* the rush and tear of the city
**jäkta I** *itr* be always on the move (go); *~ inte!* don't rush!, ta det lugnt take it easy! **II** *tr*, *~ mig inte!* don't rush me!
**jäktig** *a* terribly busy, hectic
**jäktigt** *adv*, *ha det ~* have a terribly busy time of it
**jämbördig** *a* **1** jämgod ... equal in merit [*med* to], ... in the same class [*med* as] **2** av lika god börd ... equal in birth; bli behandlad *som ~ (en ~)* ... as an equal
**jämföra** *tr* compare [*med* vid jämförelse with, vid liknelse to]; *jämför* (förk. *jfr*) ... compare (förk. cf.) ...
**jämförbar** *a* comparable
**jämförelse** *s* comparison
**jämförelsevis** *adv* comparatively
**jämförlig** *a* comparable
**jämgammal** *a* ... of the same age
**jämgod** *a* se *jämngod*
**jämka** *tr itr* **1** ~ el. ~ *på* flytta move, shift; ~ *på* justera adjust **2 a)** avpassa adapt [*efter* to]; modifiera modify **b)** slå av på, ~ *något på* priset knock something off ... **c)** medla etc., ~ *mellan* två parter mediate between ...
**jämlik** *a* equal
**jämlike** *s* equal
**jämlikhet** *s* equality
**jämmer** *s* jämrande groaning, moaning; elände misery
**jämmerrop** *s* wailing; *ett ~* a wail
**jämn** *a* **1** utan ojämnheter even, plan level, slät smooth **2** regelbunden even, regular; likformig uniform; konstant constant; kontinuerlig continuous; *hålla ~a steg med* keep in step with, bildl. keep pace (level, up) with **3** *ha ~a pengar* have the exact change; *det är ~t!* t.ex. till en kypare never mind the change!
**jämna** *tr* level, make ... level (even, smooth); klippa jämn, 'putsa' trim; bildl., t.ex. vägen för ngn smooth; ~ *till (ut)* level, make ... level; jfr *utjämna*
**jämnan** *s*, *för ~* all the time
**jämngod** *a*, *vara ~a* be equal to one another; *vara ~ med* be just as good as
**jämnhög** *a* equally high (resp. tall); lika hög överallt of a uniform height
**jämnhöjd** *s*, *i ~ med* on a level with
**jämnmod** *s* equanimity
**jämnstor** *a* lika stor överallt ... of a uniform size; *vara ~a* be equal in size
**jämnstruken** *a* medelmåttig mediocre; om betyg uniformly low
**jämnt** *adv* **1** even, evenly, level, smoothly, regularly etc. (jfr *jämn*); *dela ~* divide equally; *inte dra ~* vara oense not get on well together **2** precis exactly
**jämnårig** *a* ... of the same age [*med* as]; *mina ~a* persons of my own age
**jämra** *refl*, *~ sig* kvida wail, moan; stöna groan; gnälla whine; klaga complain [*över* i samtliga fall about]
**jämsides** *adv* side by side, sport. neck and neck [*med* with]; abreast [*med* of]
**jämspelt** *a* evenly matched
**jämstor** se *jämnstor*
**jämställa** *tr* place ... side by side (on a level, on an equality) [*med* with]
**jämställd** *a*, *vara ~ med* be on an equal footing (a par) with
**jämställdhet** *s* **1** mellan könen sex equality **2** parity; *det råder ~ mellan dem* they are on an equal footing
**jämt** *adv* alltid always; ~ el. *~ och ständigt* for ever, oupphörligt incessantly, gång på gång constantly
**jämte** *prep* tillika med in addition to, together with; inklusive including
**jämvikt** *s* balance; *vara i ~* äv. bildl. be balanced (well-balanced)
**jämväl** *adv* likewise; även also
**jänta** *s* dial. lass
**järn** *s* iron

**järnaffär** *s* ironmonger's, amer. hardware store
**järnek** *s* holly
**järngrepp** *s* iron grip
**järnhandel** *s* ironmonger's, amer. hardware store
**järnhård** *a* . . . as hard as iron
**järnmalm** *s* iron ore
**järnnätter** *s pl* frosty nights
**järnridå** *s* teat. safety curtain; polit. iron curtain
**järnvilja** *s* iron will
**järnväg** *s* railway, amer. vanl. railroad; ***resa med*** ~ go by rail
**järnvägslinje** *s* railway line
**järnvägsolycka** *s* railway accident
**järnvägsspår** *s* railway track
**järnvägsstation** *s* railway station, amer. railroad station
**järnvägsvagn** *s* railway-carriage, amer. railroad car; godsvagn railway truck (waggon)
**järnvägsövergång** *s* railway crossing; plankorsning level (amer. grade) crossing
**jäsa** *itr* ferment; ***låta*** degen ~ allow . . . to rise
**jäsning** *s* fermentation, bildl. ferment
**jäst** *s* yeast
**jästsvamp** *s* yeast fungus
**jätte** *s* giant
**jättebillig** *a* dirt-cheap, terrifically cheap
**jättebra** *a* terrific
**jättefin** *a* first-rate, smashing
**jättegod** *a* terrifically good
**jättehög** *a* enormously high (om t. ex. träd tall)
**jättelik** *a* gigantic, colossal, immense
**jättesteg** *s* giant stride
**jättestor** *a* gigantic, colossal
**jävig** *a* om vittne etc. challengeable; ej behörig disqualified
**jävla** etc., se *djävla* etc.
**jökel** *s* glacier
**jösses** *itj*, *~!* well, I'm blowed!, Good God!

# K

**kabaré** *s* underhållning cabaret
**kabel** *s* cable
**kabeljo** *s* dried cod, långa dried ling
**kabeltelegram** *s* cablegram
**kabel-TV** *s* cable television (TV)
**kabin** *s* passagerares cabin
**kabinett** *s* skåp, regering cabinet
**kackerlacka** *s* cockroach, black-beetle
**kackla** *itr* cackle
**kadaver** *s* carcass; ruttnande as carrion
**kadett** *s* cadet
**kadmium** *s* cadmium
**kafé** *s* café; på hotell etc. coffee-room
**kaffe** *s* coffee; ***två*** *~!* two coffees, please!; ~ ***utan grädde*** black coffee
**kaffebryggare** *s* coffee percolator (machine)
**kaffebröd** *s* koll. buns and cakes pl.
**kaffeböna** *s* coffee-bean
**kaffegrädde** *s* coffee cream
**kaffekanna** *s* coffee-pot
**kaffekopp** *s* coffee-cup; kopp kaffe cup of coffee
**kaffepanna** *s* coffee kettle
**kaffepaus** o. **kafferast** *s* coffee break
**kafferep** *s* coffee party
**kaffeservis** *s* coffee service
**kaj** *s* quay; lossningsplats wharf
**kaja** *s* jackdaw
**kajuta** *s* cabin
**kaka** *s* cake äv. tårta, sockerkaka etc.; småkaka biscuit, amer. cookie; finare bakverk pastry
**kakao** *s* pulver, dryck cocoa
**kakaoböna** *s* cocoa bean
**kakel** *s* platta tile; koll. tiles pl.
**kakelugn** *s* tiled stove
**kakfat** *s* cake-dish

**kaki** *s* färg o. tyg khaki
**kaktus** *s* cactus
**kal** *a* bare; skallig bald
**kalabalik** *s* uproar, tumult, rörig situation mix-up
**kalas** *s* fest party; måltid feast; ***betala ~et*** bildl. pay for the whole show, foot the bill
**kalasa** *itr* feast [*på* on]
**kalaskula** *s* vard. pot-belly, paunch
**kalcium** *s* calcium
**kalender** *s* calendar, almanacka diary
**kalhygge** *s* clear-felled (clear-cut) area
**kaliber** *s* calibre
**Kalifornien** California
**kalifornisk** *a* Californian
**kalium** *s* potassium
**kalk** *s* kem. lime; bergart limestone; ***släckt ~*** slaked lime
**kalkera** *tr* trace
**kalkerpapper** *s* tracing-paper
**kalkon** *s* turkey
**kalksten** *s* bergart limestone
**kalkyl** *s* calculation
**kalkylator** *s* räkneapparat calculator
**kalkylera** *tr itr* calculate, estimate
**1 kall** *a* cold, sval cool, kylig chilly; ***jag är ~ om fötterna*** my feet are cold
**2 kall** *s* levnadskall vocation, calling; livsuppgift mission in life
**kalla I** *tr* benämna call; ***~ ngn för lögnare*** call a p. a liar **II** *tr itr*, *~* el. ***~ på*** tillkalla send for, call, officiellt summon; ***~ in*** a) inbeordra summon b) mil. call up, draft
**kallbad** *s* ute bathe
**kallblodig** *a* cold-blooded; lugn cool, oberörd indifferent; ***ett ~t mord*** a murder in cold blood
**kallbrand** *s* gangrene
**kalldusch** *s* eg. cold shower; ***det kom som en ~*** bildl. it was like a dash of cold water
**Kalle Anka** seriefigur Donald Duck
**kallelse** *s*, ***~ till*** möte notice (summons) to attend . . .
**kallfront** *s* meteor. cold front
**kallna** *itr* get cold; cool
**kallprat** *s* small talk
**kallsinnig** *a* cold, likgiltig indifferent
**kallskuren** *a*, ***kallskuret*** ung. cold buffet dishes pl.
**kallskänka** *s* cold-buffet manageress
**kallsup** *s*, ***jag fick en ~*** I swallowed a lot of cold water
**kallsvett** *s* cold sweat (perspiration)
**kallt** *adv* coldly; oberört coolly
**kalops** *s* ung. Swedish beef stew
**kalori** *s* calorie
**kalsonger** *s pl* underpants, pants
**kalufs** *s* forelock, tjock mane
**kalv** *s* **1** djur calf (pl. calves) **2** kött veal **3** läder calf-leather
**kalva** *itr* calve
**kalvbräss** *s* sweetbread
**kalvfilé** *s* fillet of veal
**kalvkotlett** *s* veal chop (benfri cutlet)
**kalvkött** *s* veal
**kalvskinn** *s* calf-leather
**kalvstek** *s* maträtt roast veal
**kam** *s* comb; på tupp crest
**kamaxel** *s* bil., ***överliggande ~*** overhead camshaft
**kamé** *s* cameo (pl. -s)
**kamel** *s* camel; enpucklig dromedary
**kameleont** *s* chameleon äv. bildl.
**kamelia** *s* camellia
**kamera** *s* camera
**kamgarnstyg** *s* worsted
**kamin** *s* stove; el~, fotogen~ heater
**kamma** *tr*, ***~ sig (håret)*** comb one's hair
**kammare** *s* rum chamber
**kammarmusik** *s* chamber music
**kamomill** *s* camomile
**kamomillte** *s* camomile tea
**kamp** *s* strid fight, battle; möda struggle [*om, för* for]
**kampanj** *s* campaign
**kamrat** *s* companion; comrade; arbets~ fellow-worker; vän friend
**kamratanda** *s*, ***god ~*** a spirit of comradeship
**kamratlig** *a* friendly
**kamratskap** *s* comradeship
**kamrer** *s* räkenskapsförare [i chefsställning senior] accountant; chef för bankavdelning bank manager
**kan** se *kunna*
**kana I** *s* slide; ***åka ~*** slide **II** *itr* slide
**Kanada** Canada
**kanadensare** *s* Canadian
**kanadensisk** *a* Canadian
**kanal** *s* geogr., TV o. bildl. channel; konstgjord canal; ***Engelska ~en*** the Channel
**kanalisera** *tr* canalize
**kanalje** *s* rascal; skurk scoundrel
**kanariefågel** *s* canary
**Kanarieöarna** *pl* the Canary Islands, the Canaries
**kandelaber** *s* candelabra
**kanderad** *a* candied
**kandidat** *s* sökande candidate [*till* for], uppsatt nominee
**kanel** *s* cinnamon
**kanfas** *s* canvas
**kanhända** *adv* perhaps, maybe

**kanin** *s* rabbit; barnspr. bunny
**kanna** *s* kaffe~, te~ pot; grädd~ jug; trädgårds~ etc. can
**kannibal** *s* cannibal
**kannibalism** *s* cannibalism
**1 kanon** *s* mil. gun; åld. cannon
**2 kanon** *s* mus. canon, round
**kanot** *s* canoe
**kanske** *adv* perhaps, maybe; ***jag ~ träffar*** honom i kväll I may (might) meet . . .
**kansler** *s* chancellor
**kant** *s* edge; bård etc. border; ***hålla sig på sin ~*** keep oneself to oneself; ***komma på ~ med ngn*** fall out with a p.
**kantarell** *s* chanterelle
**kantra** *itr* **1** sjö. capsize **2** om vind veer
**kantstött** *a* om porslin, glas chipped
**kanvas** *s* canvas
**kanyl** *s* injektionsnål injection needle
**kaos** *s* chaos
**kaotisk** *a* chaotic
**1 kap** *s* udde cape
**2 kap** *s* fångst capture
**1 kapa** *tr* ta capture, t. ex. flygplan hijack
**2 kapa** *tr* hugga, skära av cut away, lina cut
**kapabel** *a* able [*till* to]; capable [*till* of]
**kapacitet** *s* capacity; ***han är en stor ~*** he is a person of great ability
**kapare** *s* flyg. hijacker
**kapell** *s* **1** kyrka, sido~ chapel **2** mus. orchestra **3** överdrag cover
**kapellmästare** *s* conductor
**kapital** *s* o. *a* capital
**kapitalism** *s*, *~* o. *~en* capitalism
**kapitalist** *s* capitalist
**kapitalvaror** *s pl* capital goods
**kapitel** *s* chapter; ämne topic, subject
**kapitulation** *s* surrender, capitulation
**kapitulera** *itr* surrender, capitulate
**kapning** *s* hijacking; ***en ~*** a hijack
**kappa** *s* **1** coat; ***vända ~n efter vinden*** be a turn-coat (a time-server) **2** på gardin pelmet
**kapplöpning** *s* race, kapplöpande racing [*efter* for]; häst~ horse-race, löpande horse-racing; ***en ~ med tiden*** a race against time
**kapplöpningsbana** *s* race-track; häst~ race-course
**kapplöpningshäst** *s* race-horse
**kapprum** *s* cloakroom
**kapprustning** *s* arms race
**kappsegling** *s* sailing-race, kappseglande sailing-boat racing, yacht-racing
**kaprifol** *s* honeysuckle
**kapris** *s* krydda capers pl.
**kapsejsa** *itr* capsize; välta turn over
**kapsel** *s* capsule
**kapsyl** *s* på t. ex. vinbutelj cap, på t. ex. ölflaska top, skruv~ screw cap
**kapsylöppnare** *s* bottle opener
**kapten** *s* sjö., mil. o. sport. captain
**kapuschong** *s* hood
**kar** *s* tub, större vat; badkar bath tub, bath
**karaff** *s* decanter
**karakterisera** *tr* characterize; vara betecknande för be characteristic of
**karakteristik** *s* characterization
**karakteristisk** *a* characteristic, typical [*för* of]
**karaktär** *s* character; beskaffenhet nature, quality; läggning disposition; viljestyrka will-power
**karaktärsdrag** *s* characteristic, trait of character
**karaktärslös** *a* . . . lacking in character
**karamell** *s* sweet, amer. candy
**karantän** *s* quarantine
**karat** *s* carat; ***18 ~s guld*** 18-carat gold
**karate** *s* sport. karate
**karavan** *s* caravan; bil~ motorcade
**karbad** *s* bath, varmt hot bath
**karbonpapper** *s* carbon-paper, carbon
**karda I** *s* card, för ull äv. carding-comb **II** *tr* card **III** *itr* om katt knead
**kardanaxel** *s* propeller (drive) shaft
**kardborre** *s* bot. burr
**kardborrknäppning** *s* velcro ® fastening
**kardemumma** *s* cardamom
**kardinal** *s* cardinal
**kardinalfel** *s* cardinal error
**kardiogram** *s* cardiogram
**karenstid** *s* qualifying (waiting) period
**karg** *a* om jord, landskap barren, bare; ***~ på ord*** sparing of words
**Karibiska havet** the Caribbean Sea el. the Caribbean
**karies** *s* caries, decay
**karikatyr** *s* caricature; politisk skämtteckning cartoon
**karikatyrtecknare** *s* caricaturist; politisk skämttecknare cartoonist
**Karl** Charles; ***~ den store*** Charlemagne
**karl** *s* man (pl. men), fellow, chap
**karlakarl** *s*, ***en ~*** a real man
**karlaktig** *a* manly, om kvinna mannish
**Karl Alfred** seriefigur Popeye
**Karlavagnen** the Plough, Charles's Wain, amer. äv. the Big Dipper
**karlgöra** *s*, ***ett ~*** a man's job
**karljohanssvamp** *s* cep
**karm** *s* **1** armstöd arm **2** dörr-, fönsterkarm frame
**karmstol** *s* armchair

**karneval** *s* carnival
**kaross** *s* vagn coach
**karosseri** *s* body, coachwork
**karott** *s* fat deep dish
**karp** *s* carp (pl. lika)
**Karpaterna** *pl* the Carpathians
**karriär** *s* career
**kart** *s* unripe fruit
**karta** *s* geogr. map [*över* of]
**kartblad** *s* map-sheet
**kartbok** *s* atlas
**kartell** *s* cartel
**kartlägga** *tr* map; bildl. map out
**kartläsning** *s* map-reading
**kartong** *s* papp cardboard; pappask carton
**kartotek** *s* kortregister card index (register)
**karusell** *s* merry-go-round, roundabout
**karva** *tr itr* tälja whittle [*i, på* at]; skära carve, cut
**kasern** *s* barracks (pl. lika)
**kasino** *s* casino (pl. -s)
**kask** *s* hjälm helmet
**kaskad** *s* cascade
**kaskoförsäkring** *s* bil. insurance against material damage to a (resp. one's) motor vehicle
**kasperteater** *s* ung. Punch and Judy show
**Kaspiska havet** the Caspian Sea
**kass** *a* vard. useless, worthless, no good
**kassa** *s* **1** pengar money, funds pl. **2** kontor cashier's office; i varuhus cash-desk; på postkontor counter; biljettkassa box-office
**kassaapparat** *s* cash register
**kassabehållning** *s* cash in hand
**kassabok** *s* cash-book
**kassafack** *s* safe-deposit box
**kassakvitto** *s* cash receipt, receipt
**kassarabatt** *s* cash discount
**kassaskåp** *s* safe
**kassavalv** *s* strong-room
**kasse** *s* **1** av plast el. papper carrier (amer. carry) bag, av nät string bag **2** vard. målbur goal
**1 kassera** *tr* scrap; underkänna reject
**2 kassera** *tr*, ~ *in* collect; lösa in cash
**kassett** *s* musik, TV- etc. cassette
**kassettbandspelare** *s* cassette tape-recorder
**kassettdäck** *s* cassette deck
**kassör** *s* cashier; i förening etc. treasurer
**kassörska** *s* cashier
**1 kast** *s* throw; med metspö etc. cast; ***stå sitt ~*** take the consequences; ***ge sig i ~ med*** tackle
**2 kast** *s* klass i t. ex. Indien caste

**kasta I** *tr* throw; häftigt fling; lätt toss; vräka hurl; speciellt bildl. samt vid fiske cast **II** *refl*, ~ ***sig*** throw oneself; ~ ***sig i*** en bil jump into...; ~ ***sig i*** vattnet plunge into ... □ ~ **av** throw (vårdslöst fling) off; ~ ***av sig*** throw off; ~ **bort** throw away; tid waste; det skulle vara ***bortkastad tid (bortkastat arbete) att*** ... time (work) thrown away to; ~ **ned *några rader*** jot down a few words; ~ **om** ändra riktning (ordningen på): om vinden veer round, t. ex. två rader transpose; ~ **omkull** throw (knock) down (over); ~ **på sig *kläderna*** fling one's clothes on; ~ **upp** kräkas vomit; ~ **ut** throw (fling) ... out [*genom* t. ex. fönster of]; ~ **ut *pengar på*** waste one's money on; ~ **sig över** ngn, ngt fall upon ...
**kastanj** *s* äkta chestnut; häst~ horse-chestnut
**kastanjett** *s* castanet
**kastrera** *tr* castrate
**kastrull** *s* saucepan
**kastspö** *s* casting rod
**kasus** *s* gram. case
**katalog** *s* catalogue [*över* of]; telefon~ directory
**katalogisera** *tr* catalogue
**katapult** *s* catapult
**katapultstol** *s* ejection seat
**katarakt** *s* cataract
**katarr** *s* catarrh
**katastrof** *s* catastrophe; t. ex. tåg~, flyg~ disaster
**katastrofal** *a* catastrophic, disastrous
**kateder** *s* lärares teacher's desk
**katedral** *s* cathedral
**kategori** *s* category; klass class
**kategorisk** *a* categorical; tvärsäker dogmatic
**katod** *s* cathode
**katolicism** *s*, ~ o. ~***en*** Catholicism
**katolik** *s* Catholic
**katolsk** *a* Catholic
**katrinplommon** *s* prune
**katt** *s* cat, vard. puss, pussy-cat; ***leka ~ och råtta med ngn*** play a cat-and-mouse game with a p.; ***det vete ~en*** blowed if I know; ***det ger jag ~en i*** I don't care a damn about that; ***du kan ge dig ~en på det*** you bet your life
**Kattegatt** the Cattegat, the Kattegat
**kattlik** *a* cat-like, feline
**kattunge** *s* kitten
**kattutställning** *s* cat show
**kaukasisk** *a* Caucasian
**Kaukasus** the Caucasus
**kautschuk** *s* radergummi india-rubber, rubber; speciellt amer. eraser

**kavaj** *s* jacket
**kavajkostym** *s* lounge suit
**kavaljer** *s* bords~, dans~ partner
**kavalkad** *s* cavalcade
**kavalleri** *s* cavalry
**kavallerist** *s* cavalryman
**kavat** *a* käck plucky; morsk cocky
**kaviar** *s* caviare
**kavla** *tr* roll □ ~ **ned** strumpa roll down, ärm unroll; ~ **upp** roll up; ~ **ut** deg roll out
**kavle** *s* brödkavle rolling-pin
**kavring** *s* dark rye bread
**kaxig** *a* morsk cocky; kavat plucky
**kedja I** *s* chain äv. bildl.; i sport forward-line **II** *tr* chain [*vid* to]
**kedjebrev** *s* chain-letter
**kedjehus** *s* 'chain' house, terrace house linked by a garage to the adjacent houses
**kedjeröka** *itr* chain-smoke
**kedjerökare** *s* chain-smoker
**kejsardöme** *s* empire
**kejsare** *s* emperor
**kejsarinna** *s* empress
**kejsarsnitt** *s* med. Caesarean section
**kela** *itr*, ~ ***med*** smeka pet, fondle
**kelgris** *s* pet; favorit favourite
**kelig** *a* cuddly, affectionate
**kelt** *s* Celt
**keltisk** *a* Celtic
**keltiska** *s* språk Celtic
**kemi** *s* chemistry
**kemikalier** *s pl* chemicals
**kemisk** *a* chemical; ~ ***tvätt*** dry-cleaning
**kemist** *s* chemist
**kemtvätt** *s* dry-cleaning, tvätteri dry--cleaner's
**kemtvätta** *tr* dry-clean
**kennel** *s* kennels pl.
**keps** *s* peaked cap, cap
**keramik** *s* ceramics sg.; alster pottery
**keramisk** *a* ceramic
**kerub** *s* änglabarn cherub
**keso** *s* cottage cheese
**ketchup** *s* ketchup
**kex** *s* biscuit, amer. cracker
**KFUK** the Y.W.C.A. (Young Women's Christian Association)
**KFUM** the Y.M.C.A. (Young Men's Christian Association)
**kidnappa** *tr* kidnap
**kika** *itr* peep [*på* at]
**kikare** *s* binoculars pl.; tubkikare telescope
**kikhosta** *s* whooping-cough
**kikna** *itr* choke with coughing; ~ ***av skratt*** choke with laughter
**kil** *s* wedge; sömn. gusset
**1 kila** *tr* med kil wedge; ~ ***fast*** wedge
**2 kila** *itr* skynda hurry; ***nu ~r jag!*** now I'll be off!; ~ ***hem*** be off home; ~ ***över*** gatan pop over . . .
**kille** *s* pojke boy, karl fellow; amer. guy
**killing** *s* kid
**kilo** *s* kilo (pl. -s); ***ett*** ~ eng. motsv. ung. 2.2 pounds (förk. lb el. lbs)
**kilogram** *s* kilogram, kilogramme
**kilometer** *s* kilometre; ***en*** ~ eng. motsv. ung. 0.62 miles
**kilowatt** *s* kilowatt
**kilt** *s* kilt
**kimono** *s* kimono (pl. -s)
**Kina** China
**kina** *s* farm. quinine
**kinaschack** *s* sällskapsspel Chinese chequers (amer. checkers) sg.
**kind** *s* cheek
**kindben** o. **kindkota** *s* cheek-bone
**kindtand** *s* molar
**kines** *s* Chinese (pl. lika)
**kinesisk** *a* Chinese
**kinesiska** *s* **1** kvinna Chinese woman **2** språk Chinese; jfr *svenska*
**kinin** *s* quinine
**kinkig** *a* **1** om person: fordrande exacting; petnoga particular **2** om sak: besvärlig difficult, brydsam awkward; ömtålig ticklish, delicate
**kiosk** *s* kiosk; tidnings~ newsstand
**kippa** *itr*, ~ ***efter andan*** gasp for breath
**kiropraktor** *s* chiropractor
**kirurg** *s* surgeon
**kirurgi** *s* surgery
**kirurgisk** *a* surgical
**kisa** *itr* med ögonen peer
**kiss** *s* vard. wee-wee, vulg. pee
**kissa** *itr* vard. wee-wee, do a wee-wee, vulg. have (do) a pee
**kisse** o. **kissekatt** o. **kissemiss** *s* pussy, pussy-cat
**kissnödig** *a* vard., ***jag är*** ~ I've got to do a wee-wee (vulg. pee)
**kista** *s* möbel chest; likkista coffin
**kitslig** *a* småaktig petty; överdrivet kritisk censorious
**kitt** *s* cement; fönsterkitt putty
**kitta** *tr* cement; med fönsterkitt putty
**kittel** *s* stewpan, större cauldron; grytliknande pot; speciellt te~ kettle
**kittla** *tr itr* tickle
**kittlare** *s* klitoris clitoris, vard. clit
**kittlig** *a* ticklish
**kiv** *s* quarrel; kivande quarrelling [*om* about]; ***på pin*** ~ just to tease
**kivas** *itr dep* gräla quarrel
**kiwi** o. **kiwifrukt** *s* kiwi fruit

**kjol** *s* skirt
**kjollinning** *s* waist-band
**klabb** *s*, ***hela ~et*** the whole lot
**klack** *s* på sko heel
**klacka** *tr* heel
**klackning** *s* heeling
**klackring** *s* signet-ring
**klackspark** *s* fotb. back-heel; ***ta ngt (det hela) med en ~*** take a th. as it comes (things as they come)
**1 kladd** *s* utkast rough copy (koncept draft)
**2 kladd** *s* kludd daub, klotter scribble
**kladda** *itr* **1** kludda, måla daub; klottra scribble; ***~ ner*** soil, med bläck smudge ... all over; ***~ ner sig*** make a mess all over oneself **2** tafsa, ***~ på ngn*** paw (grope) a p.
**kladdig** *a* klibbig sticky; nedkladdad smeary; ~t skriven scribbly
**klaff** *s* flap; på bord äv. leaf (pl. leaves)
**klaffa** *itr* stämma tally, fungera work
**klaffbord** *s* folding table
**klaga** *itr* **1** beklaga sig complain [*över* about, of, *för, hos* to]; knota grumble [*över* at, over]; högljutt lament **2** inkomma med klagomål lodge a complaint
**klagan** *s* klagomål complaint [*över* about]; knot grumbling, veklagan lament, högljudd wail, wailing
**klagomål** *s* complaint; ***anföra (framföra) ~ hos ngn mot ngt*** lodge a complaint about a th. with a p.
**klagosång** *s* lament
**klammer** *s* **1** hakparentes square bracket **2** häft~ staple
**klampa** *itr* gå tungt tramp
**klamra** *refl*, ***~ sig fast vid*** cling firmly to
**klan** *s* clan
**klander** *s* blame, kritik criticism
**klandra** *tr* blame, censure, criticize
**klang** *s* ring; ljud sound; av glas clink; av klockor ringing
**klantig** *a* vard. clumsy, dum stupid
**klantskalle** *s* vard. blockhead, clumsy fool
**klapp** *s* smeksam pat, lätt slag tap
**klappa** *tr itr* ge en klapp pat, tap; smeka stroke; knacka knock; om hjärta beat; ***~ i händerna*** clap one's hands
**klappra** *itr* clatter; om tänder chatter
**klar** *a* **1** clear; om t.ex. färg, solsken bright; tydlig plain; märkbar distinct; ***få ~t för sig, hur*** ... realize how ...; ***ha ~t för sig,*** vad ... be clear about (as to) ...; ***komma (vara) på det ~a med*** ngt realize ... **2** färdig ready; ***~t*** ... tele. you are through to ...; ***~a, färdiga, gå!*** ready, steady, go!; ***det är ~t*** fixat ***nu*** it's O.K. now; ***är du ~ med arbetet?*** have you finished your work?
**klara I** *tr* **1** göra klar clarify; strupen clear **2** reda upp settle, arrange; lyckas med cope with; lösa, t.ex. problem solve; få ... gjord get ... done; gå i land med manage; ***~ sin examen*** pass one's exam; ***~ av*** ordna clear off, skuld, räkning äv. settle; bli kvitt get rid of; ***~ upp*** reda upp clear up **II** *refl*, ***~ sig*** manage, get on (by); bli godkänd i examen pass; rädda sig get off, escape; vid sjukdom pull through; ***~ sig bra i skolan*** do well at school; ***~ sig själv*** manage by oneself, ekonomiskt fend for oneself
**klargöra** *tr* förklara etc. make ... clear, demonstrate [*för ngn* to a p.]; ***~ för ngn att*** ... make it clear to a p. that ...
**klarhet** *s* clarity; ***bringa ~ i ngt*** throw (shed) light on a th.; ***få ~ i*** ngt get a clear idea of ...
**klarinett** *s* clarinet
**klarinettist** *s* clarinettist
**klarlägga** *tr* make ... clear, demonstrate
**klarna** *itr* om himlen clear, om vädret clear up, ljusna brighten up äv. bildl.; bli klarare, om läge become clearer
**klarsignal** *s*, ***få ~*** get the green light (the go-ahead)
**klarsynt** *a* clear-sighted
**klart** *adv* clearly, brightly, plainly; avgjort decidedly, t.ex. fientlig openly
**klartecken** *s* bildl., ***få (ge ngn) ~*** get (give a p.) the green light (the O.K)
**klarvaken** *a* wide awake
**klase** *s* fastsittande cluster; lös bunch
**klass** *s* class; skol., avdelning class, form, amer. (i båda fallen) grade; klassrum classroom; rang grade, order; ***ett första ~ens hotell*** a first-class hotel
**klassamhälle** *s* class society
**klassföreståndare** *s* form master
**klassicism** *s*, ~ o. ***~en*** classicism
**klassificera** *tr* classify
**klassiker** *s* classic
**klassisk** *a* antik o. om t.ex. musik classical; tidlös classic
**klasskamp** *s* class struggle
**klasskamrat** *s* classmate
**klasskillnad** *s* class-distinction
**klassmedveten** *a* class-conscious
**klassrum** *s* classroom
**klatschig** *a* effektful striking, flott smart
**klausul** *s* clause
**klaver** *s*, ***trampa i ~et*** put one's foot in it, drop a brick

**klen** *a* sjuklig etc. feeble, ömtålig delicate, bräcklig frail [*till hälsan* in health]; underhaltig, skral poor
**klenod** *s* dyrgrip priceless article, treasure
**kleptoman** *s* kleptomaniac
**kleptomani** *s* kleptomania
**kleta I** *itr* mess about, make a mess **II** *tr*, ~ ***ner*** mess up
**kletig** *a* gooey, mucky, sticky
**kli** *s* bran
**klia I** *itr* itch **II** *tr* scratch **III** *refl*, ~ ***sig*** scratch oneself; ~ ***sig i huvudet*** scratch one's head
**klibba** *itr* vara klibbig be sticky; fastna stick, cling [*på, vid* to]
**klibbig** *a* sticky
**kliché** *s* sliten fras cliché
**1 klick** *s* lump; mindre smörklick knob
**2 klick** *s* kotteri clique, set
**klicka** *itr* 'strejka' go wrong, misslyckas fail; om skjutvapen misfire
**klient** *s* client
**klientel** *s* kundkrets clientele, clients pl.
**klimakterium** *s* climacteric
**klimat** *s* climate
**klimatförhållanden** *s pl* climatic conditions
**klimax** *s* climax
**klimp** *s* lump; guldklimp nugget; kok., ung. dumpling
**1 klinga** *s* blade
**2 klinga** *itr* ring; ljuda, låta sound; om mynt jingle; om glas tinkle, vid skålande clink
**klinik** *s* clinic
**klipp** *s* **1** med sax snip, filmklipp cut; tidningsklipp cutting, clipping **2** smart affär smart deal
**1 klippa I** *tr* cut; gräs mow; biljett clip; putsa, t.ex. skägg, häck trim; ~ ***till*** mönster etc. cut out; ~ ***till ngn*** land (give) a p. one **II** *refl*, ~ ***sig*** få håret klippt have one's hair cut
**2 klippa** *s* berg rock; brant havsklippa cliff
**klippig** *a* rocky; ***Klippiga bergen*** the Rocky Mountains
**klippning** *s* klippande cutting etc. (jfr *1 klippa*); av håret hair-cutting
**klipsk** *a* snarfyndig quick-witted; förslagen crafty
**klirra** *itr* jingle; om glas clink; om metall ring
**klister** *s* paste; ***råka i klistret*** get into trouble (a mess)
**klistra** *tr* paste, stick; ~ ***fast ngt på ngt*** paste (stick) a th. on to a th.; ***sitta som fastklistrad (~d) vid*** TV:n be glued to ...; ~ ***igen*** stick down
**klitoris** *s* clitoris, vard. clit
**kliva** *itr* med långa steg stride; stiga step; klättra climb; trampa tread; ~ ***i*** bil climb (båt step) into
**klo** *s* claw; på gaffel, grep prong
**kloak** *s* sewer
**klocka** *s* **1** att ringa med bell **2** fick~, armbands~ watch; vägg~ etc. clock; ***hur mycket (vad) är ~n?*** what's the time?; ***~n är ett (halv ett)*** it is one o'clock (half past twelve); ***~n är fem minuter över ett (i ett)*** it is five minutes past one (to one); ***~n är (börjar bli) mycket*** it is (is getting) late
**klockarmband** *s* av läder watch-strap, av metall watch bracelet
**klockradio** *s* clock-radio
**klok** *a* förståndig wise; förnuftig sensible; intelligent intelligent; ***jag blir inte ~ på honom (detta)*** I cannot make him (it) out; ***han är inte riktigt*** ~ 'galen' vard. he's not all there, he's nuts (crackers)
**klokhet** *s* förstånd wisdom; förnuft sense; intelligens intelligence
**klor** *s* chlorine
**kloroform** *s* chloroform
**klorofyll** *s* chlorophyll
**klosett** *s* toilet
**kloss** *s* träklump block
**kloster** *s* monastery; nunne~ convent, nunnery
**klosterkyrka** *s* abbey
**klot** *s* kula ball; glob globe
**klotter** *s* scrawl, scribble
**klottra** *itr tr* scrawl, scribble
**klubb** *s* club
**klubba** *s* club; slickepinne lolly, lollipop
**klucka** *itr* **1** om höns etc. cluck **2** om vätska gurgle; om vågor lap
**kludda** *itr tr* ~ el. ~ ***i*** daub; ~ ***ner*** smudge
**klump** *s* lump; jord~ clod; klunga clump
**klumpig** *a* clumsy, tafatt äv. awkward
**klunga** *s* grupp group; skock bunch
**klunk** *s* gulp, draught; ***en*** ~ kaffe a drink of...
**kluven** *a* split, cloven
**klyfta** *s* **1** bergs~ cleft, bred o. djup chasm, gap äv. bildl. **2** apelsin~ segment, i dagligt tal piece; ägg~, äpple~ etc. slice; vitlöks~ clove
**klyftig** *a* clever, smart, shrewd
**klyka** *s* grenklyka fork; årklyka rowlock
**klyscha** *s* fras hackneyed phrase, cliché
**klyva I** *tr* split, cleave; skära itu cut ... in two, dela divide up **II** *refl*, ~ ***sig*** split
**klå** *tr* **1** ge stryk thrash, beat **2** pungslå fleece, cheat
**klåda** *s* itching, retning irritation
**klåfingrig** *a*, ***vara*** ~ be unable to let things alone

**klåpare** *s* bungler, botcher [*i* at]
**klä** *(kläda)* **I** *tr* **1** dress, förse med kläder clothe; ~ *julgranen* decorate the Christmas tree **2** passa suit; *det ~r dig* äv. it becomes you **II** *refl,* ~ *sig* dress; ~ *sig själv* dress oneself; ~ *sig fin* dress up □ ~ **av ngn** undress a p.; ~ *av sig* undress; ~ **om** möbler re-cover; ~ *om (om sig)* change; ~ **på sig** dress; ~ **ut sig** dress oneself up [*till* as]; ~ **över** möbler etc. cover
**kläcka** *tr* hatch; ~ *ur sig* come out with
**klädborste** *s* clothes-brush
**klädd** *a* dressed; *hur ska jag vara ~?* what am I to wear?
**klädedräkt** *s* costume, klädsel dress (end. sg.)
**kläder** *s pl* clothes; klädsel clothing, dress (båda end. sg.); *jag skulle inte vilja vara i hans ~* I wouldn't like to be in his shoes
**klädesplagg** *s* article of clothing
**klädhängare** *s* galge clothes-hanger, hanger; krok coat-peg, peg
**klädnypa** *s* clothes-peg, amer. clothespin
**klädsam** *a* becoming [*för* to]
**klädsel** *s* sätt att klä sig dress; överdrag covering, i bil upholstery
**klädskåp** *s* wardrobe
**klädstreck** *s* clothes-line
**kläm** *s* **1** *få fingret i ~* get one's finger caught; *komma i ~* get jammed; *råka i ~* get into a mess (fix) **2** kraft, energi force, vigour; fart etc. go, dash
**klämma I** *s* **1** för papper etc. clip **2** *råka i ~* get into a mess (fix) **II** *tr itr* squeeze; om sko pinch; *jag har klämt mig i fingret* I have squeezed my finger □ ~ **fast** fästa fix, fasten; ~ **ut** *ngt ur* ... squeeze a th. out of...; ~ **åt** clamp down on
**klämmig** *a* om person ... full of go (fun)
**klämta** *itr* toll [*i klockan* the bell]
**klänga I** *itr* klättra climb **II** *refl,* ~ *sig fast vid* cling tight on to
**klängros** *s* climbing rose, rambler
**klängväxt** *s* climber, climbing plant
**klänning** *s* dress, för kvällsbruk gown
**kläpp** *s* i ringklocka tongue, clapper
**klättra** *itr* climb; ~ *ned* climb down; ~ *upp i trädet* climb (climb up) the tree
**klösa** *tr* scratch
**klöver** *s* **1** bot. clover **2** kortsp. clubs pl.; *en ~* a club
**klöverdam** *s* the queen of clubs
**klöverfem** *s* the five of clubs
**knacka** *tr itr* knock, hårt rap, lätt tap; om motor knock; på skrivmaskin tap; ~ *på* dörren knock etc. at ...; *det ~r* there's a knock; ~ *sönder* break ... to pieces
**knagglig** *a* om väg etc. rough, bumpy; *på ~ engelska* in broken English
**knaka** *itr* creak
**knall** *s* bang; åskknall crash; korks pop
**1 knalla** *itr* smälla bang; crash; om kork pop
**2 knalla** *itr, det ~r och går* I am (he is etc.) jogging along
**knalleffekt** *s* sensation, sensational effect
**knallhatt** *s* tänd- percussion cap
**knallröd** *a* vivid red
**1 knapp** *s* **1** button **2** knopp knob
**2 knapp** *a* scanty; om t.ex. seger narrow; kortfattad brief; *med ~ nöd räddade han sig från att drunkna* he narrowly escaped drowning; *han kom (hann, slapp) undan med ~ nöd* he had a narrow escape, he escaped by the skin of his teeth; *om en ~ timme* in less than an (one) hour
**knappa** *tr,* ~ *in på* skära ned reduce, cut down
**knappast** *adv* se *knappt 2*
**knapphet** *s* scantiness, briefness; om seger narrowness; brist shortage [*på* of]
**knapphål** *s* buttonhole
**knapphändig** *a* scanty; kortfattad brief
**knappnål** *s* pin
**knappnålshuvud** *s* pin-head
**knappt** *adv* **1** otillräckligt scantily; om t.ex. seger narrowly; kortfattat briefly; snålt sparingly; *vinna ~* win by a narrow margin **2** knappast hardly, scarcely; nätt och jämnt barely; ~ ... *förrän* hardly (scarcely) ... when, no sooner ... than
**knapptelefon** *s* press-button telephone, key phone
**knapra** *itr* nibble [*på ngt* at a th. el. a th.]
**knaprig** *a* crisp
**knark** *s* dope
**knarka** *itr* take drugs (dope), be a drug addict
**knarkare** *s* drug addict, vard. junkie
**knarra** *itr* om t.ex. trappa creak, om skor äv. squeak; om snö crunch
**knasig** *a* vard. daft, potty; *han är ~* äv. he's nuts
**knastra** *itr* crackle; om grus crunch
**knatte** *s* little fellow (lad)
**knattra** *itr* rattle, om t.ex. skrivmaskin clatter
**knega** *itr* sträva, slita toil, slava drudge
**knekt** *s* kortsp. jack, knave
**knep** *s* trick; list stratagem, ruse
**knepig** *a* slug artful; besvärlig tricky
**knipa I** *s* straits pl.; *råka i ~* get into a fix (jam) **II** *tr* nypa pinch; ~ *ihop läpparna* compress one's lips; ~ *ihop ögonen* screw

up one's eyes **III** *itr*, ***om det kniper*** bildl. at a pinch
**knippa** o. **knippe** *s* rädisor, blommor etc. bunch
**knipsa** *tr*, ~ ***av*** clip (snip) off
**knipslug** *a* shrewd; listig crafty, sly
**kniptång** *s* pincers, nippers (båda pl.)
**kniv** *s* knife; rakkniv razor
**knivblad** *s* blade of a (resp. the) knife
**knivhugg** *s* stab
**knivig** *a* tricky, listig crafty
**knivskaft** *s* handle of a (resp. the) knife
**knivskarp** *a* ... sharp as a razor
**knocka** *tr* knock out
**knockout** *s* knock-out
**knoga** *itr* arbeta plod, med studier grind away
**knoge** *s* knuckle
**knogjärn** *s* knuckle-duster
**knop** *s* sjö. knot
**knopp** *s* **1** bot. bud; ***skjuta*** ~ bud **2** knapp, kula knob **3** vard., huvud nob, nut
**knorra** *itr* grumble [*över* at]
**knot** *s* grumbling [*över* at]
**1 knota** *itr* grumble [*över* at]
**2 knota** *s* ben bone
**knotig** *a* bony, scraggy; om träd knotty
**knott** *s* gnat; koll. gnats
**knottrig** *a* om hud rough
**knubbig** *a* plump, om barn äv. chubby
**knuff** *s* push, shove; med armbågen nudge
**knuffa** *tr* push, shove; med armbågen nudge; ~ ***sig fram*** elbow one's way along; ~ ***till*** push (knock, bump) into
**knuffas** *itr dep*, ~ ***inte!*** don't push (shove)!
**knull** *s* vulg. fuck
**knulla** *tr itr* vulg. fuck
**knussla** *itr* be stingy
**knusslig** *a* stingy, mean
**knut** *s* **1** knot **2** husknut corner
**knutpunkt** *s* centre; järnv. junction
**knyck** *s* ryck jerk, svagare twitch
**knycka I** *itr* rycka jerk, svagare twitch **II** *tr* stjäla pinch
**knyckla** *tr*, ~ ***ihop*** crumple up
**knyst** *s*, ***inte säga ett*** ~ not breathe a word [*om* about]
**knysta** *itr*, ***utan att*** ~ without breathing a word, without murmuring
**knyta** *tr* **1** tie **2** ~ ***näven*** clench (hotfullt shake) one's fist [*åt, mot* at] **3** bildl., ~ ***förbindelser*** establish connections; ~ ***fast*** tie, fasten [*vid, på* to]; ~ ***till*** säck etc. tie up; ~ ***upp*** lossa untie
**knyte** *s* bundle [*med* of]
**knytkalas** *s* Dutch treat
**knytnäve** *s* fist
**knåda** *tr* knead äv. massera
**knåpa** *itr* pyssla potter about [*med* at]
**knä** *s* knee; sköte lap; sitta ***i ~t på ngn*** ... on a p.'s knee, ... on (in) a p.'s lap; ***falla (kasta sig) på ~ för*** ... fall on one's knees before ...; ***ligga på*** ~ be kneeling
**knäbyxor** *s pl* short trousers; till folkdräkt etc. breeches
**knäböja** *itr* bend the knee, kneel
**knäck** *s* **1** spricka crack; hårt slag blow; ***den tog ~en på mig*** it nearly killed me **2** karamell toffee, amer. taffy
**knäcka** *tr* **1** spräcka crack; bryta av break **2** person break, ruin
**knäckebröd** *s* crispbread
**knähund** *s* lap-dog
**knäled** *s* knee-joint
**1 knäpp** *s* **1** ljud click, knyst sound, smäll snap; med fingrarna flick **2** köldknäpp spell
**2 knäpp** *a* vard. tokig nuts, screwy, freaky
**1 knäppa** *itr*, ~ ***med fingrarna*** hörbart snap one's fingers; ~ ***på*** sträng pluck, twang
**2 knäppa** *tr* **1** med knapp button; ~ ***igen (ihop, till)*** t.ex. rocken button up; ~ ***upp*** t.ex. rocken unbutton, knappen undo **2** ~ el. ~ ***ihop händerna*** clasp one's hands **3** ~ ***av (på)*** t.ex. ljuset, radion switch off (on) ...
**knäskydd** *s* knee-pad, knee-protector
**knäskål** *s* knee-cap
**knäsvag** *a* darrig shaky, ... weak in the knees
**knäveck** *s* hollow of the knee
**knöl** *s* **1** ojämnhet bump; upphöjning boss, knob; svulst tumour; på träd knob, på rot tuber **2** vard. bastard, speciellt amer. son-of-a-bitch, svagare swine
**knölaktig** *a* swinish; ***en ~ karl*** a bastard
**knölig** *a* ojämn: om t.ex. väg bumpy; om madrass etc. lumpy; om t.ex. finger, träd knobby, knotty; bot. tuberous
**ko** *s* cow
**koagulera** *itr* coagulate, clot
**koalition** *s* coalition
**kobent** *a* knock-kneed
**kobra** *s* cobra
**kock** *s* cook
**kod** *s* code; ***knäcka en*** ~ break a code
**koda** *tr* code
**kodein** *s* codeine
**koffein** *s* caffeine
**koffert** *s* resväska trunk
**kofot** *s* bräckjärn crowbar; inbrottsverktyg jemmy, amer. jimmy
**kofta** *s* stickad cardigan, grövre jacket
**kofångare** *s* på bil bumper
**kohandel** *s* polit. horse-trading

**koj** *s* sjö. hammock; *gå (krypa) till ~s* turn in
**koja** *s* cabin, hut, usel hovel
**kok** *s*, *ett ~ stryk* a hiding (thrashing)
**koka I** *tr* ngt i vätska boil, i kort spad stew; laga till, t.ex. kaffe, soppa make **II** *itr* boil □ ~ **ihop** t.ex. en historia concoct; ~ **över** boil over
**kokain** *s* cocaine
**kokbok** *s* cookery-book, speciellt amer. cookbook
**kokerska** *s* cook, female (woman) cook
**kokett** *a* coquettish
**kokettera** *itr* coquet
**kokhet** *a* boiling (piping) hot
**kokkonst** *s* cookery, culinary art
**kokkärl** *s* cooking-utensil
**kokmalen** *a*, *kokmalet kaffe* coarse-grind coffee
**kokosfett** *s* coconut butter (oil)
**kokosflingor** *s pl* desiccated coconut sg.
**kokosnöt** *s* coconut
**kokospalm** *s* coconut palm, coco-palm
**kokplatta** *s* hot-plate
**kokpunkt** *s*, *på ~en* at the boiling-point; *nå ~en* reach boiling-point äv. bildl.
**koks** *s* coke
**koksalt** *s* common salt
**kokvrå** *s* kitchenette
**kol** *s* **1** bränsle: stenkol coal; träkol charcoal **2** kem. carbon
**kola** *s* hård toffee, mjuk caramel
**koldioxid** *s* carbon dioxide
**kolera** *s* cholera
**kolesterol** *s* cholesterol
**kolgruva** *s* coal-mine, stor colliery
**kolgruvearbetare** *s* collier, coal-miner
**kolhydrat** *s* carbohydrate
**kolibri** *s* humming-bird
**kolik** *s* colic
**kolja** *s* haddock
**koll** *s* check; *göra en extra ~* check specially, double-check
**kolla** *tr* vard. check; ~ el. ~ *in* sl. titta på look at
**kollaps** *s* collapse
**kollapsa** *itr* collapse
**kollationera** *tr* motläsa collate, jämföra compare; räkenskaper check
**kollega** *s* yrkesbroder colleague; *mina kolleger* på kontoret my fellow-workers
**kollegium** *s* **1** lärarkår teaching-staff **2** sammanträde staff (teachers') meeting
**kollekt** *s* collection
**kollektion** *s* collection äv. om modekläder
**kollektiv** *a* o. *s* collective äv. gram.
**kollektivansluta** *tr* grupp affiliate ... as a body
**kollektivavtal** *s* collective agreement
**kollektivhus** *s* block of service flats
**kollektivtrafik** *s* public transport
**kolli** *s* package
**kollidera** *itr* collide, om t.ex. TV-program clash
**kollision** *s* collision, om t.ex. TV-program clash
**kolmörk** *a* pitch-dark
**kolon** *s* skiljetecken colon
**koloni** *s* colony
**kolonial** *a* colonial
**kolonisera** *tr* colonize
**koloniträdgård** *s* allotment garden
**kolonn** *s* column
**koloratur** *s* coloratura
**koloss** *s* colossus
**kolossal** *a* colossal, enormous, tremendous
**koloxid** *s* carbon monoxide
**koloxidförgiftning** *s* carbon monoxide poisoning
**kolsvart** *a* coal-black, jet-black
**kolsyra** *s* **1** syra carbonic acid **2** gas carbon dioxide
**kolsyrad** *a*, *kolsyrat vatten* aerated water
**koltrast** *s* blackbird
**kolumn** *s* column
**kolv** *s* **1** i motor etc. piston **2** på gevär butt **3** i lås bolt
**koma** *s* med. coma
**kombi** *s* estate car, speciellt amer. station wagon
**kombination** *s* combination
**kombinera** *tr* combine
**komedi** *s* comedy
**komedienn** *s* comedienne
**komet** *s* comet
**komfort** *s* comfort
**komfortabel** *a* comfortable
**komik** *s* comedy
**komiker** *s* comedian, skådespelare comic actor
**komisk** *a* rolig comic; skrattretande comical
**1 komma** *s* skiljetecken comma; i decimalbråk point
**2 komma I** *tr* få, föranleda, ~ *ngn att göra ngt* make a p. do a th. **II** *itr* **1 a)** come, hinna, hamna get; *jag kommer inte på festen* I'm not going to the party; *hur långt kom vi* i läseboken *sist?* how far did we get ... last time?; *när hans tur kom* when it came to (was) his turn; *vart vill du ~?* vad syftar du på? what are you driving at?; *kom inte och säg, att* ... don't say that ...; ~ *springande* come running along **b)** med obe-

tonad prep., ~ *av* bero på be due to; ~ *från* en fin familj come of ...; ~ *i säng* get to bed; ~ *i tid* be (hit come, dit get there) in time; ~ *med* a) ha med sig bring b) lögner come out with, tell c) ursäkter make; *vad har du att ~ med?* säga what have you got to say (erbjuda offer)?; *det kommer på ett ut* it comes to the same thing; *när jag kommer till* Lund when I get (till dig come) to ..., avseende slutmål when I reach ...; *jag kommer kanske till* London inom kort I may be coming (reser be going) to ...; ~ *till* uppgörelse come to **2** ~ *att* inf. **a)** uttr. framtid: *kommer att* inf. will (ibl. i första person shall), småningom come to inf. **b)** råka happen to inf.: *jag kom att tänka på* att jag ... it occurred to me ... **III** *refl*, ~ *sig* hända etc. come about, happen; *hur kom det sig att* han ...? how is it (did it come about) that ...?

□ ~ **av sig** stop short, tappa tråden lose the thread; ~ **bort** gå förlorad get (be) lost; ~ **efter** följa efter follow, komma senare come afterwards; bli efter fall behind; ~ **emellan a)** *fingrarna kom emellan* my etc. fingers got caught **b)** bildl. intervene; ~ **emot** stöta emot go (snabbare run, häftigare knock) against (into) ...; ~ **fram a)** stiga fram: hit come (dit go) up, ur gömställe come out [*ur* of] **b)** ~ vidare get on (igenom through, förbi past), på telefon get through **c)** hinna (nå) fram get there (hit here); anlända arrive **d)** bli känd, komma ut come out; ~ **före ngn** get there (hit here) before a p.; ~ **ifrån** get away, bli ledig get off; ~ **in** come in, enter, lyckas ~ in get in; ~ *in i* come (hamna get) into; ~ *in på* **a)** sjukhus etc. be admitted to **b)** samtalsämne get on to; ~ **iväg** get off (away, started); ~ **loss** get away; ~ **med a)** följa, ~ *med ngn* come (dit go) along with a p. **b)** deltaga join in; ~ *med i* klubb etc. join; hinna med tåg (båt) catch ...; *när allt kommer* **omkring** after all; ~ **på a)** stiga på get (resp. come) on **b)** erinra sig think of **c)** upptäcka find out, discover **d)** hitta på hit on, think of; ~ **till a)** besöka, ~ *till ngn* come (dit go) and see a p. **b)** tilläggas be added; *dessutom kommer* moms *till* in addition there will be ... **c)** uppstå arise, come about; grundas be established; ~ **tillbaka** return, come (go resp. get) back; *jag kommer snart tillbaka!* I'll soon be back!; ~ **undan** undkomma escape; ~ **upp** come up, dit upp go up, stiga upp get up; ~ *upp i en hastighet av* ... reach a speed of ...; ~ **ut a)** come (dit go) out [*ur* of] **b)** om bok etc. come out, be published; ~ **åt** nå reach; röra vid touch; ~ **över a)** come (dit go, lyckas ~ get) over (tvärs över, t.ex. flod across) **b)** få tag i get hold of, hitta find **c)** övervinna, t.ex. förlust get over

**kommande** *a* coming, ... to come

**kommando** *s* command; *ta ~t över* take command of

**kommandosoldat** *s* commando (pl. -s el. -es)

**kommendera** *tr* command

**kommentar** *s* **1** *~er* skriftliga notes pl., muntliga comments pl. [*till* on]; *inga ~er!* el. *ingen ~!* no comment! **2** utläggning commentary [*till* on]

**kommentator** *s* commentator

**kommentera** *tr* comment on; förse med noter annotate

**kommers** *s* business; *det var livlig ~* på torget there was a brisk trade ...

**kommersialisera** *tr* commercialize

**kommersiell** *a* commercial

**komminister** *s* ung. assistant vicar

**kommissarie** *s* polis~ superintendent, lägre inspector, amer. captain, lägre lieutenant

**kommission** *s* commission

**kommitté** *s* committee

**kommun** *s* stads~ municipality, lands~ rural district; myndigheterna local authority

**kommunal** *a* local government ...; ~ *vuxenutbildning* adult education; *åka ~t* go by public transport

**kommunalskatt** *s* ung. local taxes pl.

**kommunalval** *s* local government election

**kommunfullmäktig** *s* ung. local government councillor

**kommunfullmäktige** *s* ung. local government council

**kommunicera** *tr itr* communicate

**kommunikation** *s* communication

**kommunikationsdepartement** *s* ministry of transport and communications

**kommunikationsmedel** *s* means (pl. lika) of communication

**kommunikationsminister** *s* minister of transport and communications

**kommuniké** *s* communiqué, bulletin

**kommunism** *s*, ~ o. *~en* Communism

**kommunist** *s* Communist

**kommunistisk** *a* Communist

**komp** *s* vard. accompaniment

**kompa** *tr* vard. accompany

**kompakt** *a* compact

**kompani** *s* company

**kompanjon** *s* partner

**kompanjonskap** *s* partnership

**komparation** *s* comparison

**komparativ I** *s* gram. the comparative; *i ~* in the comparative **II** *a* comparative
**komparera** *tr* compare
**kompass** *s* compass
**kompassnål** *s* compass needle
**kompendium** *s* compendium
**kompensation** *s* compensation
**kompensera** *tr* compensate; uppväga compensate for
**kompetens** *s* competence; kvalifikationer qualifications pl.
**kompetent** *a* competent
**kompis** *s* vard. pal, mate, amer. buddy
**komplement** *s* complement
**komplett I** *a* complete **II** *adv* alldeles completely, absolutely
**komplettera** *tr* complete; göra fullständigare äv. supplement; *~nde* tilläggs- supplementary
**komplettering** *s* kompletterande completion; tillägg complementary addition; utvidgning amplification
**komplex** *s* **1** psykol. complex **2** hus block
**komplicera** *tr* complicate
**komplikation** *s* complication
**komplimang** *s* compliment
**komplimentera** *tr* compliment [*för* on]
**komplott** *s* plot; ***vara i ~ med ngn*** be in conspiracy with a p.
**komponent** *s* component
**komponera** *tr* mus. compose; friare put together
**komposition** *s* composition
**kompositör** *s* composer
**kompost** *s* compost
**kompott** *s* compote [*på* of]; frukt~ stewed fruit
**kompress** *s* compress
**komprimera** *tr* compress
**kompromettera** *tr* compromise
**kompromiss** *s* compromise
**kompromissa** *itr* compromise [*om* about]
**kon** *s* cone
**koncentrat** *s* concentrate
**koncentration** *s* concentration
**koncentrationsförmåga** *s* power of concentration
**koncentrationsläger** *s* concentration camp
**koncentrera I** *tr* concentrate [*på* on] **II** *refl*, ***~ sig*** concentrate [*på* on]
**koncept** *s* draft [*till* of]; ***tappa ~erna*** fattningen lose one's head
**koncern** *s* combine, group of companies
**koncis** *a* concise
**kondensera** *tr* condense
**kondensvatten** *s* condensation water
**1 kondis** *s* vard. se *konditori*
**2 kondis** *s* vard. se *kondition*
**kondition** *s* kropps~ condition, fitness; *jag har bra ~* I'm in good shape, I'm very fit; *jag har dålig ~* I'm in bad shape, I'm not very fit
**konditionalis** *s* the conditional
**konditor** *s* pastry-cook, confectioner
**konditori** *s* servering café; butik confectioner's
**kondoleans** *s* condolences pl.
**kondom** *s* sheath, condom, vard. French letter, amer. safe, rubber
**konduktör** *s* buss~ conductor; järnvägs~ guard, amer. conductor
**konfekt** *s* choklad~ chocolates pl., karameller sweets pl.; amer. candy, candies pl.; blandad chocolates and sweets pl.
**konfektion** *s* kläder ready-made clothing
**konfektionssydd** *a* ready-made
**konferencié** o. **konferencier** *s* compère, speciellt amer. master of ceremonies (förk. M.C.)
**konferens** *s* conference; sammanträde meeting
**konferera** *itr* confer [*om* about, as to]; diskutera äv. discuss the matter
**konfetti** *s* confetti
**konfidentiell** *a* confidential
**konfirmand** *s* candidate for confirmation
**konfirmation** *s* confirmation
**konfirmera** *tr* confirm
**konfiskation** o. *s* confiscation
**konfiskera** *tr* confiscate
**konfiskering** *s* confiscation
**konflikt** *s* conflict
**konfrontation** *s* confrontation
**konfrontera** *tr*, ***~ ngn med*** ... confront a p. with ...
**konfundera** *tr* confuse
**konfys** *a* confused, bewildered
**Kongo** floden the Congo
**Kongoles** *s* Congolese (pl. lika)
**kongolesisk** *a* Congolese
**kongress** *s* conference, större congress; ***~en*** i USA Congress
**konjak** *s* brandy, äkta cognac
**konjugation** *s* conjugation
**konjugera** *tr* conjugate
**konjunktion** *s* conjunction
**konjunktiv** *s*, *~* el. ***~en*** the subjunctive
**konjunktur** *s* ~läge state of the market, ~utsikter trade outlook
**konkav** *a* concave
**konkret** *a* concrete
**konkretisera** *tr* make ... concrete

**konkurrens** *s* competition
**konkurrenskraftig** *a* competitive
**konkurrent** *s* competitor [*om* for]
**konkurrera** *itr* compete [*om* for]
**konkurs** *s* bankruptcy; ***gå i (göra) ~*** go (become) bankrupt
**konnässör** *s* connoisseur [*på* of, in]
**konsekutiv** *a* consecutive
**konsekvens** *s* överensstämmelse consistency; påföljd consequence
**konsekvent I** *a* consistent **II** *adv* consistently; genomgående throughout
**konselj** *s* cabinet meeting; ***~en*** statsrådsmedlemmarna the Cabinet
**konsert** *s* **1** concert; av solist recital **2** musikstycke concerto (pl. -s)
**konsertera** *itr* give a concert (resp. concerts)
**konsertflygel** *s* concert-grand
**konsertförening** *s* concert society
**konserthus** *s* concert hall
**konsertmästare** *s* leader of an (resp. the) orchestra
**konserv** *s*, ***~er*** tinned (speciellt amer. canned) goods
**konservatism** *s*, ~ o. ***~en*** conservatism
**konservativ** *a* conservative
**konservburk** *s* tin, can
**konservera** *tr* preserve äv. kok.
**konservering** *s* preservation
**konserveringsmedel** *s* preservative
**konservöppnare** *s* tin-opener, can--opener
**konsistens** *s* consistency
**konsol** *s* bracket
**konsolidera** *tr* consolidate
**konsonant** *s* consonant
**konspiration** *s* conspiracy, plot
**konspiratör** *s* conspirator, plotter
**konspirera** *itr* conspire, plot
**konst** *s* **1** art; konstverk (koll.) art, works pl. of art; ***~en att*** inf. the art of ing-form; ***det är ingen ~!*** that's easy!; ***han kan ~en att*** inf. he knows how to inf. **2** ***göra ~er*** konststycken do tricks (om akrobat stunts)
**konstant** *a* constant
**konstatera** *tr* fastställa establish, bekräfta certify; iakttaga notice, lägga märke till note, see, utröna find, påvisa show
**konstbevattna** *tr* irrigate
**konstellation** *s* constellation
**konstfiber** *s* synthetic (artificial) fibre
**konstföremål** *s* object of art
**konstgalleri** *s* art gallery
**konstgjord** *a* artificial
**konsthantverk** *s* handicraft
**konstig** *a* odd, strange, queer
**konstis** *s* artificial ice
**konstitution** *s* constitution
**konstlad** *a* affekterad affected; onaturlig laboured
**konstläder** *s* artificial (imitation) leather, leatherette
**konstnär** *s* artist
**konstnärlig** *a* artistic
**konstra** *itr* **1** krångla be awkward; ***~ med*** tamper with **2** göra invecklad, ***~ till allting*** make a big business of everything (of things)
**konstruera** *tr* construct; verbet ***~s med ackusativ*** . . . takes the accusative
**konstruktion** *s* construction; uppfinning invention
**konstruktiv** *a* constructive
**konstsamlare** *s* art collector
**konstsamling** *s* art collection
**konstsiden** o. **konstsilke** *s* rayon, artificial silk
**konststycke** *s* trick; ***något av ett ~*** something of a feat
**konstutställning** *s* art exhibition
**konstverk** *s* work of art
**konståkare** *s* figure-skater
**konståkning** *s* figure-skating
**konstälskare** *s* art-lover
**konsul** *s* consul
**konsulat** *s* consulate
**konsulent** *s* consultant, adviser
**konsult** *s* consultant, adviser
**konsultation** *s* consultation
**konsultera** *tr* consult
**konsum** *s* förening co-operative society, förening o. butik co-op
**konsumbutik** *s* co-operative store (shop), vard. co-op
**konsument** *s* consumer
**konsumentprisindex** *s* consumer price index
**konsumentupplysning** *s* consumer guidance
**konsumera** *tr* consume
**konsumtion** *s* consumption
**konsumtionsvaror** *s pl* consumer goods
**kontakt** *s* **1** contact; ***komma i ~ med*** get into contact (touch) with **2** strömbrytare switch; stickpropp plug; vägguttag point
**kontakta** *tr* contact
**kontaktlinser** *s pl* contact lenses
**kontaktsvårigheter** *s pl* difficulty sg. in making contacts
**kontant I** *a* cash; ***~ betalning*** cash payment; ***mot ~ betalning*** for cash **II** *adv*, ***betala*** bilen ~ pay cash for . . .

**kontanter** *s pl* ready money sg.; *i* ~ cash in hand
**kontemplativ** *a* contemplative
**kontenta** *s*, *~n av* . . . the gist of . . .
**kontinent** *s* continent
**kontinental** *a* continental
**kontinuerlig** *a* continuous
**kontinuitet** *s* continuity
**konto** *s* account; löpande räkning current account; *skriv (sätt) upp det på mitt ~!* put it down to my account!
**kontokort** *s* credit card
**kontor** *s* office
**kontorist** *s* clerk; *hon (han) är* ~ she (he) works in an office
**kontorsanställd** *subst a* office employee
**kontorsmateriel** *s* office supplies pl.
**kontorspersonal** *s* office (clerical) staff
**kontorstid** *s* office hours pl.
**kontoutdrag** *s* statement of account
**kontrabas** *s* contrabass, basfiol double-bass
**kontrahent** *s* contracting party
**kontrakt** *s* contract, överenskommelse agreement
**kontrast** *s* contrast [*mot, till* to]
**kontrastera** *itr* contrast [*mot* with]
**kontrastverkan** *s* contrasting effect
**kontring** *s* sport. breakaway
**kontroll** *s* check, check-up [*av, över* on]; full behärskning, tillsyn control [*över* of]
**kontrollampa** *s* pilot (warning) lamp
**kontrollant** *s* supervisor, inspector
**kontrollbesiktning** *s* av fordon vehicle test, motsvaras i Engl. av MOT (förk. för Ministry of Transport) test
**kontrollera** *tr* **1** granska check; pröva, undersöka test; övervaka supervise **2** behärska control
**kontrollstämpel** *s* på silver etc. hallmark
**kontrollör** *s* controller
**kontrovers** *s* controversy
**kontroversiell** *a* controversial
**kontur** *s* outline, contour
**konung** *s* king
**konvalescens** *s* convalescence
**konvalescent** *s* convalescent, convalescent patient
**konvalescenthem** *s* convalescent home
**konvalje** *s* lily of the valley
**konvenans** *s*, *~en* convention; *bryta mot ~en* commit a breach of etiquette
**konvention** *s* convention
**konventionell** *a* conventional
**konversation** *s* conversation
**konversera** *itr tr* converse [*om* about, on]
**konvex** *a* convex
**konvoj** *s* convoy
**kooperation** *s* co-operation
**kooperativ** *a* co-operative
**koordination** *s* co-ordination
**koordinera** *tr* co-ordinate
**kopia** *s* copy; avskrift transcript; foto. print
**kopiera** *tr* copy; skriva av transcribe; foto. print
**kopieringsapparat** *s* photocopier
**kopp** *s* cup; som mått äv. cupful
**koppar** *s* copper
**koppel** *s* hund~ leash; grupp hundar pack of hounds
**koppla** *tr* couple, couple up; radio., tele. connect □ ~ **av a)** radio. etc. switch (turn) off **b)** vila relax; ~ **in a)** apparat plug in **b)** anlita call in; ~ **på** elektr., radio. etc. switch (turn) on; ~ **ur** elektr. disconnect; bil. de-clutch
**koppleri** *s* procuring, pimping
**koppling** *s* kopplande coupling, connecting; förbindelse connection; bil. clutch
**kopplingspedal** *s* clutch pedal
**kopplingsschema** *s* wiring-diagram
**kora** *tr* choose, select [*till* as]
**korall** *s* coral
**koran** *s*, *Koranen* the Koran
**korean** *s* Korean
**koreansk** *a* Korean
**koreograf** *s* choreographer
**koreografi** *s* choreography
**korg** *s* basket
**korgboll** *s* basket-ball
**korgmöbler** *s pl* wicker furniture sg.
**korgosse** *s* choir-boy
**korint** *s* currant
**kork** *s* cork; *dra ~en ur* flaskan uncork . . .
**korka** *tr* cork; ~ *igen (till)* cork
**korkad** *a* vard., dum stupid
**korkmatta** *s* linoleum
**korkskruv** *s* corkscrew
**korn** *s* **1** sädeskorn grain; *ett ~ av sanning* a grain of truth **2** sädesslag barley
**kornblixt** *s* flash of summer (heat) lightning
**kornett** *s* cornet
**korp** *s* fågel raven
**korpidrott** *s* inter-company athletics (sport)
**korporation** *s* corporate body
**korpral** *s* corporal
**korpulent** *a* stout, corpulent
**korrekt** *a* correct; felfri faultless
**korrektur** *s* proofs pl.

**korrekturläsa** *tr* proof-read
**korrespondensinstitut** *s* correspondence school
**korrespondensundervisning** *s* postal tuition
**korrespondent** *s* correspondent
**korrespondera** *itr* correspond
**korridor** *s* corridor
**korrigera** *tr* correct; revidera revise
**korrosion** *s* corrosion
**korrugerad** *a*, ~ ***plåt*** corrugated sheet
**korrumpera** *tr* corrupt
**korruption** *s* corruption, graft
**kors I** *s* cross; mus. sharp; ***lägga armarna (benen) i*** ~ cross one's arms (legs); ***sitta med armarna (händerna) i*** ~ bildl. twiddle one's thumbs, sit doing nothing **II** *adv*, ~ ***och tvärs*** åt alla håll in all directions
**korsa** *tr* cross; två arter äv. cross-breed; skära intersect; ~ ***gatan*** cross the street; ~ ***ngns planer*** cross (thwart) a p.'s plans; ~ ***över*** cross out, strike through
**korsband** *s*, sända ***som*** ~ trycksaker ... as printed matter
**korsdrag** *s* draught, amer. draft
**korseld** *s* cross-fire
**korsett** *s* corset
**korsfästa** *tr* crucify
**korsfästelse** *s* crucifixion
**korsförhör** *s* cross-examination
**korsikan** o. **korsikanare** *s* Corsican
**korsikansk** *a* Corsican
**korslagd** *a* crossed; ***med*** ~***a armar*** with folded arms; sitta ***med*** ~***a ben*** ... cross-legged
**korsning** *s* crossing; av två arter äv. cross-breeding, hybrid crossbreed
**korsord** *s* crossword, crossword puzzle
**korsrygg** *s*, ~***en*** the small of the back
**korsstygn** *s* cross-stitch
**korstecken** *s*, ***göra korstecknet*** make the sign of the cross
**korståg** *s* crusade
**korsvirke** *s* half-timber work
**1 kort** *s* **1** spelkort, vykort etc. card; ***sköta (spela) sina*** ~ ***väl*** play one's cards well **2** foto photo (pl. -s), picture
**2 kort I** *a* short; ***med*** ~***a mellanrum*** at short (brief) intervals; stanna bara ***en*** ~ ***stund*** ... for a little while; ***en*** ~ ***tid därefter*** shortly afterwards; ***göra*** ~***are*** shorten, förkorta abbreviate **II** *adv* shortly, briefly; ***för att fatta mig*** ~ to be brief; ~ ***sagt*** in short, in brief
**korta** *tr* shorten
**kortbrev** *s* letter-card
**kortbyxor** *s pl* shorts
**kortdistanslöpare** *s* short-distance runner, sprinter
**kortfattad** *a* brief, short
**korthet** *s* shortness; ***i*** ~ briefly
**korthårig** *a* short-haired
**kortklippt** *a* om person, ***vara*** ~ have one's hair cut short
**kortlek** *s* pack of cards
**kortlivad** *a* short-lived
**kortregister** *s* card index [*över* of]
**kortsida** *s* short side
**kortsiktig** *a* short-term ...
**kortslutning** *s* short circuit
**kortspel** *s* **1** spelande playing cards **2** enstaka spel card-game
**kortspelare** *s* card-player
**kortsynt** *a* short-sighted
**kortvarig** *a* ... of short duration, short
**kortvåg** *s* short wave
**kortväxt** *a* short
**kortärmad** *a* short-sleeved
**korv** *s* sausage; ***varm*** ~ hot dog (koll. dogs pl.)
**korvgubbe** *s* hot-dog man
**korvstånd** *s* hot-dog stand
**kos** *s*, ***gå (springa) sin*** ~ go (run) away
**kosack** *s* Cossack
**kosing** *s* vard. dough sg., bread sg.
**kosmetika** *s pl* cosmetics, make-up sg.
**kosmetisk** *a* cosmetic
**kosmonaut** *s* cosmonaut
**kosmos** *s* världsalltet the cosmos
**kossa** *s* **1** barnspr. moo-cow **2** neds. om kvinna cow, bitch
**kost** *s* fare; ~ ***och logi*** board and lodging
**kosta** *tr itr* cost; ~ ***vad det*** ~ ***vill*** no matter what the cost, money is no object; ~ ***på*** lägga ut, offra spend [*på ngn (ngt)* on a p. (a th.)]; ~ ***på sig ngt*** treat oneself to a th.
**kostbar** *a* dyrbar costly; värdefull precious
**kostnad** *s*, ~ el. ~***er*** cost sg., utgifter expense el. expenses pl.
**kostnadsfri** *a* ... free of cost (avgiftsfri of charge)
**kostsam** *a* costly, expensive, dear
**kostvanor** *s pl* eating habits
**kostym** *s* **1** suit **2** teater~ costume, maskerad~ fancy dress
**kostymbal** *s* fancy-dress (costume) ball
**kota** *s* ryggkota vertebra (pl. vertebrae)
**kotlett** *s* chop, benfri cutlet
**kotte** *s* **1** cone **2** ***inte en*** ~ not a soul
**kotteri** *s* coterie, set, neds. clique
**kovändning** *s*, ***göra en*** ~ do a turnabout, perform a volte-face, volte-face
**koögd** *a* cow-eyed
**kpist** *s* sub-machine-gun

**krabat** *s*, *din lilla ~!* you little beggar (monkey, rascal)!
**krabba** *s* crab
**krafs** *s* skräp trash, krimskrams knick-knacks pl.
**krafsa** *tr itr* scratch; ~ *ned* jot (scribble) down
**kraft** *s* **1** force; drivkraft etc.; äv. elektr. power; *~erna svek honom, hans ~er avtog* his strength failed; *pröva sina ~er på* try one's strength on, ge sig i kast med grapple with; *av alla ~er* så mycket man orkar with all one's might, for all one is worth **2** man man, kvinna woman; arbetare worker; *vara den drivande ~en* be the driving force; firman har förvärvat *nya ~er* ... new people **3** *träda i ~* come into force (effect); *i ~ av* by virtue of
**kraftanläggning** *s* power plant (station)
**kraftansträngning** *s*, *göra en ~* make a real effort
**kraftig** *a* **1** kraftfull powerful, våldsam violent, hard; *en ~ dos* a strong dose **2** stor, avsevärd great, considerable **3** stor till växten big; stadigt byggd sturdy, robust; tjock, tung heavy äv. t. ex. om tyg
**kraftledning** *s* power (transmission) line
**kraftlös** *a* svag, klen weak, feeble
**kraftmätning** *s* trial of strength, friare showdown, tävlan contest
**kraftverk** *s* power station
**krage** *s* collar
**kragstövel** *s* top-boot
**krake** *s* stackare wretch, ynkrygg coward
**kram** *s* hug, smeksam cuddle
**krama** *tr* **1** trycka, pressa squeeze **2** omfamna hug, embrace, smeksamt cuddle
**kramgo** *a* cuddly
**kramp** *s* i ben, fot etc. cramp
**krampaktig** *a* spasmodic; *~t försök* desperate attempt
**krampanfall** *s* attack of cramp, spasm
**kramsnö** *s* wet (packed) snow
**kran** *s* vattenkran tap, speciellt amer. faucet; lyft~ crane
**krans** *s* blomster~, äv. vid begravning wreath, ring, krets ring äv. bakverk
**kras** *s*, *gå i ~* go to (starkare fly into) pieces
**krasch** *s* crash, smash
**krascha** *tr itr* crash, smash; itr. bildl. go to pieces
**kraschlanda** *itr* crash-land
**kraschlandning** *s* crash-landing
**krass** *a* materialistic, self-interested; *den ~a verkligheten* harsh reality
**krasse** *s* blomster~ nasturtium, Indian cress; krydd~ garden cress
**krasslig** *a* seedy, out of sorts
**krater** *s* crater
**kratta I** *s* redskap rake **II** *tr* rake
**krav** *s* demand; anspråk claim
**kravaller** *s pl* riots, disturbances
**kravatt** *s* necktie, tie
**kravbrev** *s* demand note; påminnelse reminder
**kravla** *itr* crawl; ~ *sig upp på* crawl up on to
**kraxa** *itr* croak
**kreativ** *a* creative
**kreatur** *s* farm animal; ~ pl. cattle
**kredit** *s* credit; *köpa på ~* buy on credit
**kreditera** *tr* credit
**kreditkort** *s* credit card
**kreditåtstramning** *s* credit squeeze
**krematorium** *s* crematorium
**kremera** *tr* cremate
**Kreml** the Kremlin
**kremla** *s* Russula lat.
**kreti och pleti** *s* every Tom, Dick and Harry sg.
**kretong** *s* cretonne
**krets** *s* circle; ring ring; strömkrets circuit; *känd i vida ~ar* widely known
**kretsa** *itr* circle
**kretslopp** *s* t. ex. blodets circulation; t. ex. jordens revolution
**krevera** *itr* explode, burst
**kricket** *s* cricket
**kricketspelare** *s* cricketer
**krig** *s* war, krigföring warfare; *föra ~ mot* make (wage) war on
**kriga** *itr* war, make war [*mot* on, against]
**krigare** *s* soldier, litt. el. åld. warrior
**krigförande** *a* belligerent
**krigföring** *s* warfare
**krigisk** *a* warlike, martial
**krigsfara** *s* danger of war
**krigsfartyg** *s* warship, man-of-war (pl. men-of-war)
**krigsfånge** *s* prisoner of war (förk. P.O.W.)
**krigsförklaring** *s* declaration of war
**krigskorrespondent** *s* war correspondent
**krigsmakt** *s*, *~en* the armed (fighting) forces pl.
**krigsrisk** *s* danger (risk) of war
**krigsrätt** *s* domstol court-martial (pl. äv. courts-martial); *ställas inför ~* be court-martialled
**krigsskådeplats** *s* theatre of war
**krigsstig** *s*, *på ~en* on the war-path äv. bildl.
**krigstid** *s*, *i ~* in wartime

**krigstillstånd** *s* state of war
**krigsutbrott** *s* outbreak of war
**Krim** the Crimea
**kriminal** *s*, *~en* the criminal police
**kriminalare** *s* detective
**kriminalitet** *s* crime
**kriminalkommissarie** *s* detective superintendent (lägre inspector)
**kriminalpolis** *s*, *~en* the criminal police
**kriminalvård** *s* treatment of offenders
**kriminell** *a* criminal
**krimskrams** *s* knick-knacks pl.
**kring** *prep* **1** runt om round, speciellt amer. around; omkring, i fråga om tid about, round about; ***mystiken ~*** försvinnandet the mystery surrounding ... **2** om, angående about, concerning
**kringgå** *tr* lagen, reglerna evade, circumvent, get round
**kringla** *s* kok. pretzel; vete~ twist bun
**kringliggande** *a* omgivande surrounding
**kringresande** *a* travelling, touring
**kringspridd** o. **kringströdd** *a* ... scattered about
**krinolin** *s* crinoline
**kris** *s* crisis (pl. crises)
**kristall** *s* crystal, glas äv. cut glass
**kristallisera** *tr itr* crystallize [*till* into]
**kristallklar** *a* crystal-clear
**kristallkrona** *s* cut-glass chandelier
**kristen** *a* o. *subst a* Christian
**kristendom** *s*, *~* o. *~en* Christianity
**kristendomskunskap** *s* skol. religion, bibelkunskap scripture
**kristenhet** *s*, *~* o. *~en* Christendom
**kristid** *s* time of crisis
**Kristi Himmelsfärdsdag** Ascension Day
**kristlig** *a* kristen Christian
**Kristus** Christ; ***efter ~*** (förk. *e.Kr.*) A.D.; ***före ~*** (förk. *f.Kr.*) B.C.
**krita** *s* **1** chalk, färgkrita crayon **2** ***ta på ~*** buy on tick; ***när det kommer till ~n*** when it comes to it
**kriterium** *s* criterion (pl. criteria) [*på* of]
**kritik** *s* bedömning, klander criticism; recension review, kort notice; ***~en*** kritikerna the critics, the reviewers (båda pl.); ***under all ~*** beneath contempt
**kritiker** *s* critic, recensent reviewer
**kritisera** *tr* klandra criticize, find fault with
**kritisk** *a* critical [*mot* of]
**kritvit** *a* ... white as chalk
**kroat** *s* Croat
**Kroatien** Croatia
**kroatisk** *a* Croatian
**krock** *s* bilkrock etc. collision, crash
**krocka** *itr* om bil etc., ***~ med ngt*** collide with a th., crash into a th.
**krocket** *s* croquet
**krocketklubba** *s* croquet mallet
**krog** *s* restaurant; värdshus inn
**krok** *s* hook; ***nappa på ~en*** swallow the bait
**krokben** *s*, ***sätta ~ för ngn*** trip a p. up
**krokig** *a* crooked; i båge curved, böjd bent
**krokodil** *s* crocodile
**krokryggig** *a*, ***gå (vara) ~*** walk with (have) a stoop
**krokus** *s* crocus
**krom** *s* chromium
**kromosom** *s* chromosome
**krona** *s* **1** crown; ***~ eller klave*** heads or tails; ***sätta ~n på verket*** supply the finishing touch **2** svenskt mynt [Swedish] krona (pl. kronor) (förk. SKr)
**kronblad** *s* petal
**kronhjort** *s* red deer
**kronisk** *a* chronic
**kronologisk** *a* chronological
**kronprins** *s* crown prince
**kronprinsessa** *s* crown princess
**kronärtskocka** *s* artichoke, globe artichoke
**kropp** *s* body
**kroppkaka** *s* potato dumpling stuffed with chopped pork
**kroppsarbete** *s* manual labour (work)
**kroppsbyggnad** *s* build
**kroppsdel** *s* part of the body
**kroppslig** *a* bodily, physical
**kroppsställning** *s* posture
**kroppstemperatur** *s* body temperature
**kroppsvisitation** *s* [personal] search, vard. frisk; visitering frisking
**kroppsvisitera** *tr* search, vard. frisk
**kroppsvärme** *s* heat of the body
**kroppsövningar** *s pl* physical exercises
**krossa** *tr* crush; slå sönder break, shatter
**krubba** *s* manger, crib; jul~ crib
**krucifix** *s* crucifix
**kruka** *s* blomkruka pot; vard. om person coward
**krukväxt** *s* potted plant
**krullig** *a* curly, tätare frizzy
**krumbukt** *s*, ***utan ~er*** straight out
**krumelur** *s* snirkel flourish
**krupp** *s* croup
**krus** *s* kärl jar, med handtag jug, pitcher
**krusa** **I** *tr*, ***~ sig*** curl, crisp; om vattenyta ripple **II** *tr itr* stand on ceremony; ***~ ngn*** el. ***~ för ngn*** make a fuss of a p., ställa sig in hos make up to a p., chat up a p.
**krusbär** *s* gooseberry

**krusiduller** *s pl* i skrift flourishes; mera allmänt frills
**krusig** *a* curly; speciellt bot. curled; om vattenyta rippled
**kruskål** *s* kale
**krustad** *s* croustade
**krut** *s* gun powder
**krutdurk** *s* powder-magazine
**krutgubbe** *s* tough old boy
**krux** *s* crux
**kry** *a* ... well, fit
**krya** *refl,* ~ ***på sig*** get better, recover; ~ ***på dig!*** try to get better!
**krycka** *s* crutch; handtag på käpp etc. handle, crook
**krydda I** *s* spice äv. bildl.; t. ex. peppar, salt seasoning, flavouring, bords~ condiment **II** *tr* speciellt med salt o. peppar season, speciellt med andra kryddor spice äv. bildl.
**kryddhylla** *s* spice-rack
**kryddnejlika** *s* clove
**kryddost** *s* seed-spiced cheese
**kryddpeppar** *s* allspice
**kryddväxt** *s* aromatic plant, speciellt exotisk spice
**krylla** *itr,* ***det ~de av myror*** the place was crawling with ants; ***det ~de av folk*** the place was swarming with people
**krympa** *tr itr* shrink; ~ ***ihop*** shrink
**krympfri** *a* unshrinkable; krympfribehandlad pre-shrunk
**krympling** *s* cripple
**krympmån** *s,* ***beräkna*** ~ allow for shrinkage
**kryp** *s* creepy (crawly) thing (creature); smeksamt mite
**krypa** *itr* crawl, speciellt tyst creep; ~ ***för ngn*** bildl. cringe to a p.; ~ ***i säng (till kojs)*** go to bed; ~ ***ihop*** t. ex. i soffan huddle up; ***sitta hopkrupen*** sit huddled up
**krypbyxor** *s pl* crawlers, amer. creepers
**krypfil** *s* slow-traffic (amer. creeper) lane
**kryphål** *s* bildl. loophole
**krypin** *s* gömställe, hål nest; lya den
**krypköra** *itr* edge along
**krypskytt** *s* mil. sniper
**kryptisk** *a* cryptic
**krysantemum** *s* chrysanthemum
**kryss** *s* kors cross; på tipskupong draw
**kryssa** *itr* **1** sjö., gå mot vinden sail to windward; segla omkring cruise **2** ~ ***för*** markera mark with a cross
**kryssare** *s* cruiser
**kryssning** *s* långfärd cruise
**krysta** *itr* vid avföring strain; vid förlossning bear down
**krystad** *a* sökt strained, laboured

**kråka** *s* **1** fågel crow **2** märke tick
**kråkfötter** *s pl* bildl. scrawl sg.
**kråkslott** *s* old dilapidated mansion
**krångel** *s* trouble, fuss; ***det är något ~ med motorn*** there is something wrong with the engine
**krångla** *itr* **1** ställa till krångel make a fuss (difficulties); förorsaka besvär give trouble; ~ ***till*** röra till make a mess of, göra invecklad complicate **2** 'klicka' go wrong; magen (motorn) ~***r*** there is something wrong with ...
**krånglig** *a* svår difficult, invecklad complicated; besvärlig troublesome; kinkig awkward; dålig, t. ex. om mage weak
**kräfta** *s* **1** zool. crayfish **2** ***Kräftan*** astrol. Cancer
**kräftskiva** *s* crayfish party
**kräk** *s* stackare poor thing, wretch; knöl brute
**kräkas I** *itr dep* vomit, be sick **II** *tr,* ~ ***blod*** vomit blood
**kräla** *itr* krypa crawl; ~ ***i stoftet*** bildl. grovel [*för* to]
**kräldjur** *s* reptile
**kräm** *s* cream
**krämpa** *s* ailment
**kränga I** *tr* dra, t. ex. tröja över huvudet force; ~ ***av sig*** pull off **II** *itr* sjö. heel over; slänga, om bil, flygplan etc. sway
**krängning** *s* heeling, swaying
**kränka** *tr* bryta mot violate; inkräkta på infringe; förolämpa offend; såra injure
**kränkande** *a* förolämpande insulting
**kränkning** *s* violation, av t. ex. rättigheter infringement; förolämpning offence
**kräpp** *s* crepe
**kräppnylon** *s* stretch nylon
**kräsen** *a* fastidious, particular
**kräva** *tr* demand, call for; ta i anspråk, t. ex. tid take; ~ ***ngn på betalning*** demand payment from a p.; ***olyckan krävde tre liv*** the accident claimed the lives of three people
**krävande** *a* om arbete etc. exacting, svår arduous, heavy; påfrestande, t. ex. om tid trying
**krögare** *s* källarmästare restaurant-keeper, restaurateur
**krök** *s* bend; av väg äv. curve
**kröka I** *tr* bend, i båge äv. curve, t. ex. ryggen bend **II** *itr* bend
**kröken** *s* vard. booze, liquor; ***spola*** ~ go on the wagon
**krön** *s* bergskrön etc. crest; högsta del top
**kröna** *tr* crown
**krönika** *s* chronicle; artikel över visst ämne column
**kröning** *s* kunga~ etc. coronation
**kub** *s* cube

**Kuba** Cuba
**kuban** *s* Cuban
**kubansk** *a* Cuban
**kubik** *s*, *5 i ~* the cube of 5
**kubikmeter** *s* cubic metre
**kuckeliku** *itj* cock-a-doodle-doo!
**kudde** *s* cushion, huvudkudde pillow
**kugga** *tr* vard., i tentamen plough, amer. flunk
**kugge** *s* cog äv. bildl.
**kuggfråga** *s* catch (tricky) question
**kugghjul** *s* gear-wheel, cog-wheel, tooth-wheel
**kuk** *s* vulg. prick, cock
**kukeliku** *itj* cock-a-doodle-doo!
**kul** *a* vard., trevlig nice, roande amusing
**kula** *s* **1** ball; gevärs~ bullet; bröd~, pappers~ etc. pellet; leksak marble; ***spela ~*** play marbles **2** sport., ***stöta ~*** put the shot **3** ***börja på ny ~*** start afresh
**kulen** *a* om dag raw and chilly, bleak
**kulinarisk** *a* culinary
**kuling** *s* gale; ***frisk ~*** strong breeze
**kuliss** *s* teat., vägg side-scene, sättstycke set-piece; bildl. front; ***bakom ~erna*** behind the scenes; ***i ~en (~erna)*** in the wings
**kull** *s* av däggdjur litter, av fåglar brood; friare batch
**kullager** *s* ball bearing
**kulle** *s* hill; liten hillock, mound
**kullerbytta** *s* somersault; fall fall
**kullersten** *s* cobble-stone, cobble
**kullkasta** *tr* t. ex. ngns planer upset
**kulmen** *s* culmination; höjdpunkt climax
**kulminera** *itr* culminate [*i* in]; reach one's climax (statistiskt peak)
**kulpenna** o. **kulspetspenna** *s* ball (ball-point) pen, ball-point
**kulspruta** *s* machine-gun
**kulsprutepistol** *s* sub-machine-gun
**kulstötning** *s* putting the shot
**kult** *s* cult
**kultiverad** *a* t. ex. om smak, språk cultured, refined, cultivated
**kultur** *s* civilisation civilization, bildning culture; jordbruk cultivation; bakterie~ culture
**kulturell** *a* cultural
**kultursida** *s* i tidning cultural page
**kulör** *s* colour; schattering shade
**kulört** *a* coloured; ***~ lykta*** papperslykta Chinese lantern
**kummin** *s* caraway
**kumpan** *s* kamrat companion; medbrottsling accomplice
**kund** *s* customer; mera formellt client
**kunde** se *kunna*
**kundkrets** *s* customers pl., clientele
**kung** *s* king
**kungafamilj** *s* royal family
**kungapar** *s* King and Queen, royal couple
**kunglig** *a* royal
**kunglighet** *s* royalty; person royal personage
**kungsörn** *s* golden eagle
**kungöra** *tr* announce, proclaim
**kungörelse** *s* announcement, proclamation
**kunna I** *hjälpvb*, ***kan*** resp. ***kunde*** **1** can (resp. could); ***jag skall göra så gott jag kan*** I will do my best; ***han kan köra bil*** förstår sig på att he knows how to drive a car, är i stånd att he is capable of driving a car; ***det kan inte vara sant*** that can't be true; ***jag kan inte komma i morgon*** I can't (shan't be able to) come tomorrow **2** may (resp. might) **a)** 'kan kanske', ***du kunde ha förkylt dig*** you might have caught a cold; ***det kan (kunde)*** tänkas ***vara sant*** it may (might) be true; ***det är så man kan bli galen*** it's enough to make one go mad **b)** uttr. tillåtelse etc., 'får', ***kan (kunde) jag få*** lite mera te? may (can, might, could) I have ..., please? **c)** 'må' samt i förbindelse med 'gärna', ***du kan lika gärna*** göra det själv you may as well ... **d)** i avsiktsbisatser, hon låste dörren ***så att ingen kunde komma in*** ... so that no one might (could) come in **3** speciella fall, ***vem kan det vara?*** who can it be?; ***vad kan klockan vara?*** I wonder what the time is?; ***hur kan det komma sig att ...?*** how is (comes) it that ...?; brukar, ***sådant kan ofta hända*** such things will often happen...; ***barn kan vara mycket prövande*** children can be very trying **II** *tr* know; ***~ läxan*** skol. know one's homework; ***han kan bilar*** he knows all about cars
**kunnande** *s* knowledge; skicklighet skill
**kunnig** *a* well-informed [*i* on]; skicklig clever, skilled [*i* at]
**kunnighet** *s* kunskaper knowledge [*i* of]; skicklighet skill [*i* at]
**kunskap** *s* knowledge (end. sg.) [*i, om* of]; ***~er i*** knowledge of ...
**kunskapstörst** *s* thirst for knowledge
**kupa** *s* shade
**kupé** *s* **1** järnv. compartment **2** fordon coupé
**kupera** *tr* stubba dock; kortsp. cut
**kuperad** *a* kullig hilly
**kuplett** *s* revue (comic) song
**kupol** *s* dome
**kupong** *s* coupon
**kupp** *s* polit. coup; stöld robbery, haul, raid; ***göra en ~*** stage a coup; förkyla sig ***på ~en*** ... as a result, till råga på allt ... on top of it

**kuppförsök** *s* attempted coup (rån robbery)
**kur** *s* med. cure äv. bildl.
**kura** *itr*, ~ ***ihop sig*** huddle oneself up; ***sitta och*** ~ ha tråkigt mope
**kurator** *s* social~ welfare officer; skol~ school welfare officer; sjukhus~ almoner
**kurera** *tr* cure [*från* of]
**kuriositet** *s* curiosity
**kurir** *s* courier
**kurort** *s* health resort, brunnsort spa
**kurra** *itr*, ***det ~r i magen på mig*** my stomach is rumbling
**kurragömma** *s*, ***leka*** ~ play hide-and--seek
**kurre** *s* om person fellow, chap, speciellt amer. guy
**kurs** *s* **1** course; ***hålla ~ på (mot)*** steer (head) for **2** hand. rate [*på* for]; ***stå högt i ~*** be at a premium (bildl. in great favour) [*hos* with] **3** skol., univ. course
**kursfall** *s* hand. fall (decline) in prices (rates)
**kursiv** *s* italics pl.
**kursivera** *tr* italicize
**kursivläsning** *s* oförberedd reading without preparation; flyktig rapid reading
**kursivt** *adv*, ***läsa*** ~ read without preparation (flyktigt rapidly)
**kurva** *s* curve, vägkrök äv. bend; diagram graph
**kurvig** *a* om kvinna curvy, curvaceous; om väg curved
**kusin** *s* cousin
**kusk** *s* driver
**kuslig** *a* uncanny, awful
**kust** *s* coast; strand shore
**kustartilleri** *s* coast artillery
**kustbevakning** *s*, ***~en*** the coast guard
**kuta** *itr* vard. ~ ***i väg*** trot (dart) away
**kutryggig** *a*, ***vara*** ~ have a stoop
**kutter** *s* segel~ cutter, fiske~ vessel
**kuttra** *itr* coo äv. bildl.
**kutym** *s* usage, custom, practice; ***det är ~ att*** it is customary to
**kuva** *tr* subdue; undertrycka repress
**kuvert** *s* **1** brev~ envelope **2** bords~ cover
**kuvertavgift** *s* cover-charge
**kuvertbröd** *s* roll, French roll
**kuvös** *s* incubator
**kvacksalvare** *s* quack, quack doctor; fuskare dabbler
**kvadda** *tr* krossa smash
**kvadrat** *s* square; ***2 meter i ~*** 2 metres square
**kvadratmeter** *s* square metre
**1 kval** *s* lidande suffering, pina torment
**2 kval** *s* sport., omgång qualifying round; match qualifying match
**kvala** *itr* sport. qualify; ~ ***in till*** qualify for
**kvalificera** *tr refl*, ~ ***sig*** qualify [*till, för* for]
**kvalificerad** *a* qualified; om arbetskraft skilled
**kvalificering** *s* qualifying, qualification
**kvalifikation** *s* qualification
**kvalitativ** *a* qualitative
**kvalitet** *s* quality
**kvalitetsvara** *s* quality product
**kvalmatch** *s* qualifying match
**kvalmig** *a* kvav close, stifling
**kvantitativ** *a* quantitative
**kvantitet** *s* quantity
**kvar** *adv* på samma plats som förut still there (resp. here); lämnad left, left behind; ***bli (finnas, stanna, vara)*** ~ äv. remain; ***ha*** ~ behålla keep; ***har vi långt ~?*** av vägen are we far off?; ***låta*** ngt ***ligga (stå) ~ där*** leave ... there
**kvarbliven** *a*, ***kvarblivna*** biljetter ... remaining (left) over
**kvarglömd** *a* ... left behind; ***~a effekter*** lost property
**kvark** *s* surmjölksost curd cheese, cottage cheese
**kvarleva** *s* remnant, från det förflutna relic; ***hans jordiska kvarlevor*** his mortal remains
**kvarlevande** *a* surviving; ***de*** ~ the survivors
**kvarliggande** *a* ... left about (around), ej avhämtad unclaimed
**kvarlåtenskap** *s*, ***hans*** ~ uppgår till ... the property left behind him ...
**kvarn** *s* mill
**kvarnsten** *s* millstone
**kvarskatt** *s* tax arrears pl., back tax
**kvarstå** *itr* remain
**kvart** *s* **1** fjärdedel quarter; ***en (ett) ~s*** ... a quarter of a (an)... **2** kvarts timme quarter of an hour; ***klockan är en ~ över (i) två*** it's a quarter past (to) two
**kvartal** *s* quarter
**kvarter** *s* **1** hus~ block; område district; konstnärs~ etc. quarter **2** mån~ quarter
**kvartett** *s* quartet äv. mus.
**kvarts** *s* miner. quartz
**kvartsfinal** *s* sport. quarter-final
**kvartslampa** *s* ultraviolet lamp, sunlamp
**kvartssekel** *s* quarter of a century
**kvartsur** *s* quartz watch (på vägg clock)
**kvast** *s* broom; ***nya ~ar sopar bäst*** new brooms sweep clean
**kvav** *a* close; instängd stuffy; tryckande oppressive, sultry

**kverulant** *s* grumbler
**kverulera** *itr* make a fuss, grumble
**kvick** *a* **1** snabb quick **2** vitsig witty; smart
**kvickhet** *s* **1** snabbhet quickness **2** spiritualitet wit **3** kvickt uttryck witticism, joke
**kvickna** *itr*, ~ *till* revive, come to (round)
**kvicksilver** *s* mercury
**kvicktänkt** *a* quick-witted, ready-witted
**kviga** *s* heifer
**kvinna** *s* woman (pl. women)
**kvinnlig** *a* av ~t kön female; typisk för en kvinna feminine, ~ av sig womanly; ~ *läkare* woman doctor; ~ *rösträtt* women's suffrage
**kvinnoklinik** *s* women's clinic
**kvinnoläkare** *s* specialist in women's diseases, gynaecologist
**kvinnosakskvinna** *s* feminist, vard. women's libber
**kvinnosjukdom** *s* woman's disease (pl. women's diseases)
**kvinnotjusare** *s* lady-killer
**kvintett** *s* quintet äv. mus.
**kvist** *s* på träd etc. twig
**kvitt** *a* **1** *vara* ~ be quits **2** *bli* ~ *ngn (ngt)* bli fri från get rid (quit) of a p. (a th.)
**kvitta** *tr* set off [*med, mot* against]; *det* ~*r* it's all one (the same)
**kvitten** *s* bot. quince
**kvittens** *s* receipt
**kvitter** *s* chirp; kvittrande chirping
**kvittera** *tr itr* räkning receipt, skriva under sign; sport. equalize; ~*s* på räkning received with thanks; ~ *ut* sign for; på posten collect
**kvitto** *s* receipt [*på* for]
**kvittra** *itr* chirp
**kvot** *s* quota; vid division quotient
**kvotera** *tr* fördela i kvoter allocate ... by quotas
**kväkare** *s* Quaker
**kvälja** *tr*, *det kväljer mig* it makes me feel sick
**kväljande** *a* sickening
**kväll** *s* afton evening; senare night; *god* ~*!* good evening (vid avsked äv. night)!; *i* ~ this evening, tonight; *om* el. *på* ~*en* (~*arna*) in the evening (evenings); *kl. 10 på* ~*en* at 10 o'clock in the evening (at night)
**kvällsmat** *s* supper
**kvällsnyheter** *s pl* i radio late news
**kvällstidning** *s* evening paper
**kvällsöppen** *a*, *ha kvällsöppet* be open in the evening
**kväva** *tr* choke; av syrebrist el. rök vanl. suffocate, med t. ex. kudde smother; bildl., opposition suppress, revolt quell; *vara nära att* ~*s* be almost choking [*av* with]
**kväve** *s* nitrogen
**kyckling** *s* chicken
**kyffe** *s* poky hole, ruckel hovel
**kyl** *s* kylskåp fridge
**kyla I** *s* **1** cold; svalka chilliness **2** bildl. coldness **II** *tr*, ~ *av* cool down, chill
**kylare** *s* på bil radiator
**kylarvätska** *s* antifreeze, antifreeze mixture
**kyldisk** *s* refrigerated display counter (cabinet)
**kylhus** *s* cold store
**kylig** *a* cool, starkare cold
**kylknöl** *s* chilblain
**kylskada** *s* frost-bite
**kylskåp** *s* refrigerator, vard. fridge
**kylväska** *s* cool bag (box)
**kypare** *s* waiter
**kyrka** *s* church; *gå i* ~*n* go to (attend) church
**kyrkbröllop** *s* church wedding
**kyrkbänk** *s* pew
**kyrkklocka** *s* **1** church bell **2** ur church clock
**kyrklig** *a*, ~ *begravning* Christian burial; ~ *vigsel* church wedding
**kyrkoadjunkt** *s* curate
**kyrkobesökare** *s* regelbunden churchgoer
**kyrkobok** *s* parish register
**kyrkobokföring** *s* parish registration
**kyrkogård** *s* cemetery; kring kyrka churchyard
**kyrkoherde** *s* vicar, rector, katol. parish priest
**kyrkvaktmästare** *s* verger
**kysk** *a* chaste äv. bildl.
**kyskhet** *s* chastity
**kyss** *s* kiss
**kyssa** *tr* kiss
**kyssas** *itr dep* kiss
**kåda** *s* resin
**kåk** *s* ruckel ramshackle house, vard. house, building
**kål** *s* **1** cabbage **2** bildl., *göra (ta)* ~ *på* nearly kill
**kåldolma** *s* ung. stuffed cabbage roll
**kålhuvud** *s* head of cabbage, cabbage
**kålrot** *s* swede, Swedish turnip
**kånka** *itr*, ~ *på ngt* lug a th.
**kåpa** *s* **1** munkkåpa cowl **2** tekn., skyddskåpa cover; rökhuv hood
**kår** *s* body; mil. o. dipl. corps (pl. lika)
**kåre** *s* vindil breeze; *det går kalla kårar efter ryggen på mig* a cold shiver runs down my back
**kåsera** *itr* muntligt ung. give a talk, skriftligt write a light article [*om, över* on]

**kåseri** *s* causerie
**kåsör** *s* i tidning columnist
**kåt** *a* vard. randy, horny
**käbbel** *s* bickering, nagging
**käbbla** *itr* bicker, gnata nag; ~ *emot* answer back
**käck** *a* ... full of go, om klädesplagg smart
**käft** *s*, ~ el. *~ar* jaws pl.; *håll ~ (~en)!* shut up!; *slå ngn på ~en* give a p. one on the jaw
**käfta** *itr*, ~ *emot* answer back
**kägelbana** *s* skittle-alley
**kägla** *s* **1** cone **2** i kägelspel skittle
**käk** *s* vard., mat grub, nosh
**käka** vard. **I** *itr* have some grub **II** *tr*, ~ *middag* have dinner
**käkben** *s* jaw-bone
**käke** *s* jaw
**kälkbacke** *s* toboggan-run
**kälke** *s* toboggan, sledge
**kälkåkning** *s* tobogganing, sledging
**källa** *s* flods source; *varma källor* hot springs; *från säker* ~ from a reliable source
**källare** *s* förvaringslokal cellar; källarvåning basement
**källarmästare** *s* restaurant-keeper, restaurateur
**källarvalv** *s* cellar-vault
**källarvåning** *s* basement
**källskatt** *s* tax at the source
**källvatten** *s* spring water
**kämpa** *itr* slåss fight; brottas struggle; ~ *emot* bjuda motstånd offer resistance
**kämpe** *s* **1** stridsman warrior **2** förkämpe champion [*för* of]
**kämpig** *a*, *ha det ~t* have a tough time
**känd** *a* known; väl~ well known, ryktbar famous; välbekant familiar [*för ngn* to a p.]; det är *en allmänt ~ sak* äv. ... a fact familiar to all
**kändis** *s* vard. celebrity
**känga** *s* boot, amer. shoe
**känguru** *s* kangaroo
**känn** *s*, *ha* ngt *på* ~ feel ... instinctively
**känna I** *tr itr* **1** feel; pröva try and see; ~ *avund (besvikelse)* be el. feel envious (disappointed); ~ *en svag doft* notice a faint scent; ~ *gaslukt* smell gas; *känn efter om* kniven är vass see whether ... **2** känna till, vara bekant med know; ~ *ngn till namnet (utseendet)* know a p. by name (sight); *lära ~ ngn* get to know a p. **II** *refl*, ~ *sig* feel; ~ *sig kry (trött)* feel well (tired) □ ~ **av** märka feel; ~ **efter** *i sina fickor* search (feel) one's pockets; ~ *efter om* dörren är låst see if ...; ~ **igen** recognize; ~ **på sig** att ... have a (the) feeling ...; ~ **till** know (have heard) of
**kännare** *s* konst~ etc. connoisseur; expert expert
**kännas** *itr dep* **1** feel; *det känns inte* I (you etc.) don't feel it; *hur känns det?* how do you feel?; *det känns på lukten* att ... you can tell by the smell ... **2** ~ *vid* erkänna, t.ex. misstag, barn acknowledge
**kännbar** *a* ...that makes (resp. made) itself felt; förnimbar perceptible; märkbar noticeable; avsevärd considerable; svår severe
**kännedom** *s* kunskap knowledge [*om* of]; bekantskap acquaintance [*om* with]; *få ~ om (om att)* receive information about (that)
**kännemärke** o. **kännetecken** *s* igenkänningstecken mark, distinctive mark, utmärkande egenskap characteristic [*på* of]
**känneteckna** *tr* characterize, mark
**känning** *s* **1** kontakt touch **2** smärtsam förnimmelse sensation of pain; *få ~ av inflationen* be affected by the inflation **3** förkänsla presentiment
**känsel** *s* sinne feeling
**känsla** *s* feeling; sinnesförnimmelse sensation; sinne sense; stark (djup) ~ emotion
**känslig** *a* sensitive [*för* to]; mottaglig susceptible; lättrörd emotional; ömtålig delicate
**känsloladdad** *a* emotionally charged
**känsloliv** *s* emotional life
**känslomässig** *a* emotional
**känslosam** *a* emotional, sentimental sentimental
**käpp** *s* stick; tunn, äv. rotting cane; stång rod; *sätta en ~ i hjulet* throw a spanner into the works
**käpphäst** *s* hobby-horse
**kär** *a* **1** avhållen dear [*för* to]; älskad beloved [*för* by]; *Käre Herr Ek!* i brev Dear Mr. Ek; *~a vänner!* my dear friends! **2** förälskad in love [*i* with]; *bli ~ i* fall in love with
**kärande** *s* plaintiff; i brottmål prosecutor
**käring** *s* old woman
**kärkommen** *a* welcome
**kärl** *s* vessel; förvaringskärl container
**kärlek** *s* love [*till* of el. for]
**kärleksaffär** *s* love-affair, romance
**kärleksfull** *a* älskande loving, affectionate
**kärleksförhållande** *s* love-affair
**kärleksförklaring** *s* declaration of love
**kärlekshistoria** *s* **1** berättelse love-story **2** kärleksaffär love-affair
**kärleksliv** *s* love life
**kärna** *s* fruktkärna i äpple, citrusfrukt pip; i melon, druva seed; i stenfrukt stone; i nöt kernel; *~n* det väsentliga the essence [*i* of]

**kärnbränsle** *s* nuclear fuel
**kärnfrisk** *a* om person thoroughly healthy
**kärnfysik** *s* nuclear physics sg.
**kärnklyvning** *s* nuclear fission
**kärnkraft** *s* nuclear power
**kärnkraftverk** *s* nuclear power station (plant)
**kärnladdning** *s* nuclear charge
**kärnmjölk** *s* buttermilk
**kärnreaktor** *s* nuclear reactor
**kärnvapen** *s* nuclear weapon
**kärnvapenförbud** *s* ban on nuclear weapons, nuclear ban
**kärnvapenprov** *s* nuclear test
**kärr** *s* marsh, myr swamp, fen
**kärra** *s* cart; skottkärra barrow
**kärv** *a* harsh; *~a tider* hard times
**kärva** *itr* om motor bind
**kärve** *s* sheaf (pl. sheaves)
**kätting** *s* chain; ankar~ äv. cable
**kö** *s* **1** queue, file; *bilda* ~ form a queue **2** biljard~ cue
**köa** *itr* queue, queue up
**köbricka** *s* queue number (check)
**kök** *s* **1** kitchen **2** kokkonst cuisine
**köksa** *s* assistant female cook
**köksavfall** *s* kitchen-refuse, garbage
**köksfläkt** *s* kitchen fan
**köksingång** *s* kitchen (back) entrance
**köksmästare** *s* chef
**köksträdgård** *s* kitchen garden
**köksväxt** *s*, *~er* grönsaker vegetables, kryddväxter pot-herbs, sweet herbs
**köl** *s* keel
**kölapp** *s* queue ticket
**köld** *s* cold; frost frost; kall väderlek cold weather
**köldgrad** *s* degree of frost
**köldknäpp** *s* cold spell
**Köln** Cologne
**kön** *s* sex
**könsdelar** *s pl*, *yttre* ~ genitals, private parts
**könsdiskriminering** *s* sex diserimination, sexism
**könsdrift** *s* sex (sexual) instinct
**könsmogen** *a* sexually mature
**könsorgan** *s* sexual organ
**könsrollsdebatt** *s* debate on the role of the sexes
**könssjukdom** *s* venereal disease
**könsumgänge** *s* sexual intercourse
**köp** *s* purchase; *göra ett gott* ~ make a good bargain; ta varor *på öppet* ~ ... on a sale-or-return basis; *till på ~et* dessutom ... in addition
**köpa** *tr* buy, purchase [*av ngn* from a p.] □ ~ **in** buy in; ~ **in sig i** buy one's way into; ~ **upp** buy up; ~ *upp sina pengar* spend all one's money
**köpare** *s* buyer, purchaser
**köpeavtal** o. **köpekontrakt** *s* contract of sale
**Köpenhamn** Copenhagen
**köpeskilling** o. **köpesumma** *s* purchase sum
**köping** *s* market town
**köpkort** *s* credit card
**köpkraft** *s* purchasing (spending) power
**köpman** *s* handlande tradesman, grosshandlare merchant
**köpslå** *itr* bargain; kompromissa compromise
**köptvång** *s*, *utan* ~ with no obligation to purchase
**1 kör** *s* sångkör choir, t. ex. i opera chorus
**2 kör** *s*, *i ett* ~ without stopping
**köra I** *tr* **1** drive, motorcykel ride; forsla take, tyngre gods carry, transport **2** stöta, sticka, stoppa run, thrust **3** ~ visa *en film* show a film; filmen *har körts tre veckor* ... has run three weeks **4** data run **5** jaga, mota ~ *ngn på dörren* turn a p. out **II** *itr* **1** drive, på cykel (motorcykel) ride; åka go, ride, färdas travel; om bil, tåg etc. run, go; *bilen körde rakt på* ... the car ran straight into ...; ~ *mot rött (rött ljus)* jump the traffic lights **2** kuggas i tentamen be ploughed (amer. flunked) □ ~ **bort** drive away; forsla undan take away; driva bort drive (send) ... away (off), pack ... off; ~ **fast** get stuck äv. bildl.; ~ **fram** *bilen* **till** dörren drive the car up to ...; *bilen körde* **fram till** trappan the car drove up to ...; ~ **ifatt** catch up with; ~ **ihjäl ngn** run over a p. and kill him (her); ~ **ihop** kollidera run into one another; ~ *ihop med* run into, collide with; ~ **in** en ny bil run in; ~ **om** passera overtake, pass; ~ **omkring** itr. drive (resp. ride) round; ~ **omkull ngn** knock a p. down; ~ **på ngn** kollidera med run into a p.; **kör till!** all right! O.K!; ~ **upp** för körkort take one's driving test; ~ kasta **ut ngn** turn a p. out; ~ **över ngn** run over a p.; vard. ej ta hänsyn till steamroller
**körbana** *s* på gata road, roadway
**körfält** *s* lane, traffic lane
**körhastighet** *s* speed
**körkort** *s* driving (driver's) licence
**körriktningsvisare** *s* indicator
**körsbär** *s* cherry
**körsbärslikör** *s* cherry brandy
**körsbärsträd** *s* cherry-tree, cherry

**körskola** *s* driving school
**körsnär** *s* furrier
**körtel** *s* gland
**körvel** *s* bot. chervil
**kött** *s* flesh äv. bildl.; slaktat meat; ***mitt eget ~ och blod*** my own flesh and blood
**köttaffär** *s* butik butcher's
**köttbit** *s* piece of meat
**köttbulle** *s* meat-ball
**köttfärs** *s* råvara minced meat; rätt meat loaf
**köttgryta** *s* kärl stew-pot; rätt hotpot, steak casserole
**köttig** *a* fleshy
**köttkvarn** *s* mincer, meat-mincer
**köttskiva** *s* slice of meat
**köttsoppa** *s* broth, meat-broth
**köttspad** *s* stock, gravy

# L

**labb** *s* vard., hand paw, näve fist
**labil** *a* unstable
**laboratorium** *s* laboratory
**laborera** *itr*, ***~ med*** t.ex. en teori work (go) on, experimentera med experiment with
**labyrint** *s* labyrinth, maze
**lack** *s* **1** sigillack sealing-wax; lacksigill seal **2** fernissa lacquer, varnish **3** lackläder patent leather
**lacka** *tr* seal ... with sealing-wax
**lackera** *tr* lacquer; naglar samt trä etc. varnish
**lackering** *s* det att lackera varnishing, lacquering; den lackerade ytan varnish, lacquer; bil~, konkret paintwork
**lackfärg** *s* enamel paint, lacquer
**lackmus** *s* litmus
**lacknafta** *s* white spirit
**lada** *s* barn
**ladda** *tr* fylla load, skjutvapen äv. charge; elektr. charge; ***~ om*** reload, elektr. recharge
**laddning** *s* charge; det att ladda loading, charging
**ladugård** *s* cow-house
**1 lag** *s* **1** sport. o. arbetslag team; ***ha ett ord med i ~et*** have a voice (a say) in the matter; ***över ~*** genomgående without exception, all along the line **2** ***i kortaste ~et*** rather (a bit) short; 100 kronor ***är i mesta (minsta) ~et*** ... is pretty much (precious little); ***i senaste ~et*** only just in time; ***vid det här ~et*** by now
**2 lag** *s* law; antagen av statsmakterna act; det är ***i ~ förbjudet*** ... prohibited by law
**1 laga** *a* lagenlig legal; ***vinna ~ kraft*** gain legal force

**2 laga I** *tr* **1** ~ el. ~ ***till*** make, genom stekning etc. äv. cook; t. ex. måltid prepare; ~ ***mat*** cook; ~ ***maten*** do the cooking; ***äta ~d mat*** eat cooked food **2** reparera repair, mend; stoppa darn; lappa patch, patch up; tänder fill **II** *itr*, ~ ***(~ så) att*** . . . se till see (see to it) that . . ., ställa om arrange (manage) it so that . . .
**lagarbete** *s* teamwork
**lagbrott** *s* breach of the law
**lagbrytare** *s* law-breaker
**lagenlig** *a* . . . according to law
**1 lager** *s* **1** förråd stock [*av, i* of]; lokal warehouse; ***ha . . . på ~*** have . . . in stock (on hand) **2** skikt layer, av färg äv. coat
**2 lager** *s* bot. laurel; ***vila på sina lagrar*** rest on one's laurels
**lagerblad** o. **lagerbärsblad** *s* bay leaf
**lagerkrans** *s* som utmärkelsetecken laurel wreath
**lagförslag** *s* bill, proposed bill
**lagkamrat** *s* team-mate
**lagledare** *s* sport. manager of a (resp. the) team
**laglig** *a* laga legal; erkänd av lagen, t. ex. regering lawful
**laglydig** *a* law-abiding
**lagning** *s* **1** kok. making, genom stekning etc. cooking **2** reparation repair, mend; stoppning darn; av tänder filling
**lagom I** *adv* nog just enough; det är ***alldeles (just) ~ saltad*** . . . salted just right; ***komma precis ~*** i tid be just in time, lägligt come at the right moment **II** *a*, ***på ~ avstånd*** at just the right distance; ***är det här ~?*** is this enough (about right)?, räcker det? will this do?; skon ***är ~ (precis ~) åt mig*** . . . fits me (fits me exactly) **III** *s*, ***~ är bäst*** everything in moderation
**lagra** *tr* förvara store; för förbättring: om t. ex. vin leave . . . to mature, om t. ex. ost leave . . . to ripen
**lagrad** *a* om t. ex. vin matured, om t. ex. ost ripe
**lagstadgad** *a* statutory, . . . fixed by law
**lagstiftande** *a* legislative
**lagstiftning** *s* konkret legislation
**lagtävling** *s* team competition
**lagun** *s* lagoon
**lagård** *s* cow-house
**lakan** *s* sheet
**lake** *s* burbot
**lakej** *s* lackey äv. bildl.
**lakrits** *s* liquorice, speciellt amer. licorice
**lam** *a* paralysed; föga övertygande lame, svag feeble
**lamm** *s* lamb
**lammkött** *s* kok. lamb
**lammstek** *s* roast lamb
**lampa** *s* lamp; glödlampa bulb
**lampskärm** *s* lamp-shade
**lamslå** *tr* paralyse; ***lamslagen av skräck*** paralysed with fear
**land** *s* **1** country; i högre stil land **2** fastland land, strand shore; ***se (veta) hur ~et ligger*** bildl. see how the land lies; ***i ~*** t. ex. gå, vara ashore, on shore, på landbacken on land; ***gå (stiga) i ~*** go ashore; ***gå i ~ med*** bildl. manage, cope with; ***till ~s och till sjöss*** t. ex. färdas by sea and land **3** jord land, trädgårdsland plot, med t. ex. grönsaker patch **4** landsbygd, ***bo (fara ut) på ~et*** live in (go into) the country
**landa** *itr* land
**landbacke** *s*, ***på ~n*** on land (shore)
**landgång** *s* **1** sjö. gangway, gang-plank **2** smörgås long open sandwich
**landkrabba** *s* vard. landlubber
**landning** *s* flyg. landing, touchdown
**landningsbana** *s* runway
**landremsa** *s* strip of land
**landsbygd** *s* country, countryside
**landsflykt** *s* exile
**landsflyktig** *a* . . . in exile
**landsflykting** *s* exile
**landsförvisa** *tr* exile, expatriate
**landshövding** *s* ung. county governor [*i* of]
**landskamp** *s* international, international match
**landskap** *s* **1** provins province **2** natur o. tavla landscape, sceneri scenery
**landslag** *s* sport. international team
**landsman** *s* fellow-countryman; ***vad är han för ~?*** what is his nationality?
**landsmål** *s* dialect
**landsomfattande** *a* nationwide
**Landsorganisationen**, ~ ***i Sverige*** (förk. *LO*) the Swedish Confederation of Trade Unions
**landsort** *s*, ***~en*** the provinces pl.
**landsortsbo** *s* provincial
**landssorg** *s* national mourning
**landstiga** *itr* land
**landstigning** *s* landing
**landsting** *s* ung. county council
**landstingsman** *s* ung. county councillor
**landställe** *s* country house, place in the country
**landsväg** *s* main road
**landsända** *s* part of a (resp. the) country
**landsätta** *tr* land, från fartyg äv. disembark
**landsättning** *s* landing, disembarkation

**langa I** *tr* räcka från hand till hand pass ... from hand to hand; skicka hand; kasta chuck **II** *tr itr*, ~ el. ~ ***sprit*** bootleg, bootleg liquor; ~ ***narkotika*** push drugs
**langare** *s* sprit~ bootlegger; knark~ drug (dope) pusher
**lanolin** *s* lanolin
**lans** *s* lance
**lansera** *tr* introduce; t. ex. mode, idé start, launch
**lantarbetare** *s* farm worker, agricultural labourer
**lantbo** *s* rustic; ~***r*** vanl. country-people
**lantbruk** *s* **1** agriculture, arbete farming **2** ställe farm
**lantbrukare** *s* farmer
**lantegendom** *s* estate
**lanterna** *s* sjö. light; flyg. navigation (position) light
**lantgård** *s* farm
**lantis** *s* vard. country bumpkin, yokel
**lantlig** *a* rural; landsortsmässig provincial
**lantmätare** *s* surveyor, land-surveyor
**lantställe** *s* country house, place in the country
**lapa** *tr itr* om djur lap
**1 lapp** *s* same Lapp, Laplander
**2 lapp** *s* till lagning patch; papperslapp piece (slip) of paper
**lappa** *tr* patch; laga mend; ~ ***ihop*** patch up, repair
**Lappland** Lapland
**lapplisa** *s* [female] traffic warden, vard. meter maid
**lappländsk** *a* Lapland ..., Laplandish
**lapsus** *s* lapse, slip
**larm** *s* **1** oväsen noise **2** alarm alarm; larmsignal alert; ***slå*** ~ sound the alarm, varna warn, protestera raise an outcry
**larma I** *itr* make a noise (din) **II** *tr* alarmera call
**1 larv** *s* zool. larva (pl. larvae), av t. ex. mal caterpillar, av t. ex. skalbagge grub, av fluga maggot
**2 larv** *s* vard. rubbish, nonsense, dumt uppträdande silliness
**larva** *refl*, ~ ***sig*** vard., prata dumheter talk rubbish; vara dum be silly; bråka play about
**larvfötter** *s pl* caterpillars, caterpillar treads
**larvig** *a* vard. silly
**lasarett** *s* hospital, general hospital
**laserstråle** *s* laser beam
**lass** *s* last load; lastad vagn loaded cart; ***ett*** ~ billass ***kol*** a lorry-load (truck-load) of coal
**lassa** *tr* load; ~ allt arbetet ***på ngn*** load ... on to a p.
**lasso** *s*, ***kasta*** ~ throw the (a) lasso
**1 last** *s* **1** skeppslast cargo (pl. -es el. -s), freight; börda load; ***med full*** ~ with a full load **2** ***lägga ngn ngt till*** ~ lay a th. to a p.'s charge
**2 last** *s* fel etc. vice
**1 lasta** *tr itr* load; ta ombord take in; ta in last take in cargo; ~ ***av*** unload; ~ ***på*** load [*på* on, to]; ~ ***ur*** unload
**2 lasta** *tr* klandra blame [*för* for]
**lastbar** *a* vicious, depraved
**lastbil** *s* lorry, tyngre truck, amer. truck
**lastgammal** *a* extremely old, ancient
**lastning** *s* loading
**lat** *a* lazy
**lata** *refl*, ~ ***sig*** be lazy, slöa laze, idle
**latin** *s* Latin; jfr *svenska 2*
**Latinamerika** Latin America
**latinsk** *a* Latin
**latitud** *s* latitude äv. bildl.
**latmask** *s* lätting lazy-bones (pl. lika)
**latsida** *s*, ***ligga på ~n*** be idle
**lava** *s* lava
**lavemang** *s* enema
**lavendel** *s* lavender
**lavin** *s* avalanche
**lavinartad** *a* ... like an avalanche, ... like wildfire
**lax** *s* salmon (pl. lika)
**laxera** *itr* take a laxative
**laxermedel** *s* laxative
**laxöring** *s* salmon-trout (pl. lika)
**le** *itr* smile [*åt* at]; ~ ***mot*** smile at (bildl. on)
**leasa** *tr* lease
**leasing** *s* leasing
**1 led** *s* way; rutt route; riktning direction, way
**2 led** *s* **1** anat., tekn. joint; ***ur*** ~ out of joint **2** länk link; stadium stage **3** mil. o. gymn.: personer bakom varandra file; rad line, row **4** släktled generation
**3 led** *a* **1** trött, ***vara*** ~ ***på*** be tired (weary, sick) of **2** stygg nasty [*mot* to]
**1 leda** *s* weariness [*vid* of]; trötthet boredom; avsmak disgust, loathing; höra ngt ***till*** ~ ... till one is sick of it
**2 leda I** *tr* lead; t. ex. undersökning, förhör conduct; förestå manage; ha hand om be in charge of; vägleda guide; rikta, t. ex. tankar direct; fys. o. elektr. conduct; transportera, t. ex. vatten convey **II** *itr* lead äv. sport.
**ledamot** *s* member
**ledande** *a* leading; om t. ex. princip guiding; ***de*** ~ those in a leading position
**ledare** *s* **1** leader, head **2** i tidning leader, editorial **3** fys. conductor
**ledarskap** *s* leadership

**ledband** *s*, *gå i ~* be in leading-strings
**ledgångsreumatism** *s* rheumatoid arthritis
**ledig** *a* **1** free; sysslolös unoccupied; om tid free; *på ~a stunder* in my (his etc.) spare (leisure) time; *bli ~ från arbetet* get off work (duty); *göra sig ~* take time off; *ha (få) ~t från skolan* have (be given) a holiday from school; *hon är ~ (har ~t) i dag* she has today off, har sin lediga dag she has her day off today **2** obesatt vacant, om t. ex. sittplats vanl. unoccupied; ej upptagen om t. ex. taxi ... not engaged; disponibel spare; att tillgå available; som skylt på taxi for hire, på t. ex. toalett vacant; *~a platser* tjänster vacancies; *är bilen ~?* till taxichauffören are you engaged (free)?; *är den här platsen ~?*, *är det ~t här?* is this seat taken? **3** otvungen easy; bekväm, om t. ex. kläder comfortable, loose-fitting; *~a!* mil. stand easy!
**ledigförklara** *tr* announce ... as vacant
**ledighet** *s* ledig tid leisure, time off; semester holiday
**ledigt** *adv* **1** *ha (få) ~* se ex. under *ledig 1* **2** med lätthet easily; obehindrat, t. ex. röra sig ~ freely; *röra sig ~* otvunget move with ease; *sitta ~* om kläder fit comfortably
**ledning** *s* **1** skötsel etc. management; ledarskap leadership; väg~ guidance; *ta ~en* take the lead, ta befälet take over command; *under ~ av* a) under the guidance of b) mus. conducted by **2** om person, *~en* inom företag the management **3** elektr., tråd wire, grövre cable; kraft~ o. tele. line; rör pipe
**ledsaga** *tr* accompany; beskyddande escort
**ledsam** *a* sorglig sad, boring, tedious, tråkig dull
**ledsen** *a* sorgsen sad; besviken disappointed [*över* at]; sårad hurt [*över* about]; *jag är ~ att jag gjorde det* I am sorry I did it; *jag blir inte ~ om* I don't mind if ...; *var inte ~* bekymrad *för det!* don't worry about that!
**ledsna** *itr* grow (get) tired [*på* of]
**ledstång** *s* handrail
**ledtråd** *s* clue [*till* to]
**leende I** *a* smiling **II** *s* smile
**legal** *a* legal
**legalisera** *tr* legalize
**legation** *s* legation
**legend** *s* legend
**legendarisk** *a* legendary
**legera** *tr* alloy
**legering** *s* alloy
**legitim** *a* legitimate
**legitimation** *s* styrkande av identitet identification; kort identity card
**legitimationskort** *s* identity card
**legitimera I** *tr* **1** göra laglig legitimate **2** *~d* läkare registered (fully qualified) ... **II** *refl*, *~ sig* prove one's identity
**legymer** *s pl* vegetables
**leja** *tr* hire; anställa take on
**lejd** *s*, *ge ngn fri ~* grant a p. safe-conduct
**lejon** *s* **1** lion **2** *Lejonet* astrol. Leo
**lejongap** *s* snapdragon
**lejoninna** *s* lioness
**lejonkula** *s* lion's den
**lejonunge** *s* young lion, lion cub
**lek** *s* **1** ordnad game; lekande play; *på ~* for fun; *vara ur ~en* be out of the running **2** fiskars spawning; fåglars pairing, mating **3** kortlek pack
**leka** *tr itr* play; *han (det) är inte att ~ med* he (it) is not to be trifled with
**lekande** *adv*, *det går (är) ~ lätt* it's as easy as anything (as pie)
**lekfull** *a* playful
**lekis** *s* vard. nursery school, kindergarten
**lekkamrat** *s* playmate, playfellow
**lekman** *s* layman
**lekplats** *s* playground
**leksak** *s* toy, plaything
**leksaksaffär** *s* toyshop
**lekskola** *s* nursery school, kindergarten
**lekstuga** *s* barns playhouse
**lektion** *s* lesson äv. bildl.
**lektor** *s* 'lektor', lecturer [*i* in]; skol. ung. senior master (kvinnlig mistress)
**lektyr** *s* reading; konkret reading matter
**lem** *s* limb; manslem male organ
**lemlästa** *tr* maim, göra till invalid cripple
**len** *a* mjuk soft, slät smooth
**leopard** *s* leopard
**lera** *s* clay, sandblandad loam
**lergods** *s* earthenware, pottery
**lerig** *a* muddy
**lerjord** *s* clay soil
**lesbisk** *a* lesbian
**leta** *itr* look; ihärdigt search [*efter* i båda fallen for] □ *~* **fram** hunt out [*ur* from]; *~ sig* **fram** find one's way; *~* **igenom** t. ex. rum search, search through; *~* **reda (rätt) på** try (lyckas manage to) find
**lett** *s* Latvian
**lettisk** *a* Latvian
**lettiska** *s* **1** kvinna Latvian woman **2** språk Latvian
**Lettland** Latvia
**leukemi** *s* leukaemia
**leva** *itr tr* live; vara i livet be alive; *leve Konungen!* long live the King!; *~* tillbringa *sitt liv* spend one's life; *~ ett* anständigt *liv* lead (live) a ... life; *~ av (på)* ngt live

on . . .; ~ *sig in i* ngns känslor enter into . . .; ~ *kvar* live on, survive
**levande** *a* living; som motsats till död (äv. bildl.): predikativt alive, attributivt living; livfull lively, vivid; ~ *blommor* natural (real) flowers; *i ~ livet* in real (actual) life; ~ *ljus* pl. candles
**leve** *s* cheer; *utbringa ett [fyrfaldigt] ~ för* give (föreslå call for) four (eng. motsv. three) cheers for
**levebröd** *s* livelihood, living; yrke job
**lever** *s* liver
**leverans** *s* delivery
**leverantör** *s* supplier, stor~ contractor
**leverera** *tr* tillhandahålla supply, provide [*ngt till ngn* a p. with a th.]; sända deliver
**leverfläck** *s* mole
**leverne** *s* liv life; *bättra sitt ~* mend one's ways
**leverop** *s* cheer
**leverpastej** *s* liver paste
**levnad** *s* life
**levnadsbana** *s* career
**levnadsglad** *a* . . . full of vitality (zest)
**levnadskostnader** *s pl* cost sg. of living
**levnadsstandard** *s* standard of living
**lexikon** *s* dictionary
**libanes** *s* Lebanese (pl. lika)
**libanesisk** *a* Lebanese
**Libanon** Lebanon
**liberal** *a* liberal
**liberalism** *s*, ~ o. *~en* liberalism
**libretto** *s* libretto (pl. libretti el. librettos)
**Libyen** Libya
**libyer** *s* Libyan
**libysk** *a* Libyan
**licens** *s* licence
**licensavgift** *s* licence fee
**lida I** *itr* suffer [*av* from]; ~ *av* ha anlag för (t. ex. svindel) be subject to; *jag lider* pinas *av det* it makes me suffer; *få ~ för ngt* have to suffer (pay) for a th. **II** *tr* plågas av suffer
**lidande I** *a* suffering [*av* from]; *bli ~ på ngt* om person be the sufferer (loser) by a th. **II** *s* suffering
**lidelse** *s* passion
**lidelsefull** *a* passionate
**liderlig** *a* om person lecherous, lewd
**lie** *s* scythe
**liera** *refl*, ~ *sig* ally oneself [*med* with]
**lierad** *a* connected
**lift** *s* **1** skidlift etc. lift **2** *få ~* get a lift
**lifta** *itr* hitch-hike
**liftare** *s* hitch-hiker
**liga** *s* tjuvliga etc. gang; fotbollsliga etc. league
**ligament** *s* ligament
**ligga** *itr* **1** lie; vila be lying down; vara sängliggande be in bed; sova, ha sin sovplats sleep; vara, befinna sig be; vara belägen be, be situated (located), stand; vistas stay; ~ *sjuk* be ill in bed; huset *ligger nära stationen* . . . is close to the station; *var ska* knivarna *~?* where do . . . go?; ~ *och läsa* lie reading, i sängen read in bed; ~ *och sova* be sleeping; *det ligger i släkten* it runs in the family; ~ ha samlag *med* sleep with; *huset ligger mellan* två sjöar the house lies (is situated) between . . .; ~ vetta *mot* . . . face . . .; ~ *på sjukhus* be in hospital; staden *ligger vid floden (kusten)* . . . stands on the river (is on the coast); rummet *ligger åt (mot) gatan* . . . overlooks the street **2** om fågelhona, ~ *på ägg* sit on her eggs; ~ *och ruva* be brooding □ ~ **efter** be behind with; *låt inte* pengarna ~ **framme** don't leave . . . lying about; ~ **kvar** *i sängen* remain in bed; ~ *kvar [över natten]* stay the night; ~ **nere** om t. ex. arbete be at a standstill; ~ *bra (illa)* **till** om t. ex. hus be well (badly) situated, i t. ex. tävling be well (badly) placed; ~ *bra till för* . . . passa suit . . . well; ta reda på *hur saken ligger till* . . . how matters stand; *som det nu ligger till* as (the way) things are now; ~ **under** *med ett mål* trail by one goal; ~ **ute med** ha lånat ut *pengar* have money owing to one; ~ **över** övernatta stay overnight (the night)
**liggande** *a* lying; vågrät horizontal; *bli ~* om sak, ligga kvar remain, bli kvarlämnad be left, inte göras färdig remain undone
**liggare** *s* bok register [*för* of]
**liggsår** *s* bedsore
**liggvagn** *s* järnv. couchette car
**ligist** *s* hooligan, amer. äv. hoodlum
**liguster** *s* privet
**1 lik** *s* corpse, dead body
**2 lik** *a* like; de är *mycket ~a (~a varandra)* . . . very much alike; *hon är ~ honom till utseendet* she is like him in appearance (looks); *här är allt sig ~t* everything is just the same as ever here; *det är just ~t honom!* it is just like him!
**lika I** *a* av samma värde etc. equal; om t. ex. antal even; samma, likadan the same; 2 plus 2 *är ~ med 4* . . . make (makes) 4; *fem ~* i spel five all **II** *adv* **1** vid verb likadant in the same way (manner), i lika delar equally **2** vid adj. o. adv.: as, just as; i lika grad equally; ~ *bra som jag* as good as me; *han är ~ gammal som jag* he is my age, he is as old as me; *vi är ~ gamla* we are the same age (just as old)
**likaberättigad** *a*, *vara ~* have equal rights [*med* with]

**likadan** *a* similar [*som* to], . . . of the same kind [*som* as]; alldeles lika the same
**likadant** *adv* in the same way; *göra* ~ do the same
**likartad** *a* liknande similar [*med* to]
**likasinnad** *a* like-minded
**likaså** *adv* likaledes likewise; också also
**like** *s* equal; *en* prakt *utan* ~ an unparalleled . . .
**likgiltig** *a* indifferent [*för ngt* to a th.]; *det är mig* ~*t* vad du gör it is all the same to me . . .
**likhet** *s* speciellt till utseende resemblance, till art similarity [*med* to]; jämlikhet equality; *i* ~ *med* liksom like, i överensstämmelse med in conformity with
**likhetstecken** *s* equals sign, equal-sign
**likkista** *s* coffin
**likna I** *itr* vara lik be like, resemble [*ngn* a p., *ngn till utseendet* a p. in looks], se ut som look like **II** *tr*, ~ *vid* compare to
**liknande** *a* likartad similar; dylik . . . like that (this)
**liknelse** *s* jämförelse simile; bibl. parable
**liksom I** *konj*, *han är målare* ~ *jag* he is a painter, like me (just as I am) **II** *adv* så att säga so to speak, somehow, sort of
**likström** *s* direct current, D.C.
**likställd** *a*, *vara* ~ *med* be on an equality (a par) with
**liktorn** *s* corn
**liktydig** *a* synonym synonymous; *vara* ~ *med* be tantamount to
**liktåg** *s* funeral procession
**likvagn** *s* hearse
**likvid I** *s* payment **II** *a* tillgänglig, *--a medel* liquid capital sg.
**likvidera** *tr* liquidate
**likvidering** *s* liquidation
**likväl** *adv* ändå yet, still, nevertheless
**likvärdig** *a* equivalent [*med* to]
**likör** *s* liqueur
**lila** *s* o. *a* lilac, mauve; mörklila purple; violett violet; jfr *blått;* för sammansättningar jfr *blå-*
**lilja** *s* lily
**liljekonvalje** *s* lily of the valley (pl. lilies of the valley)
**lilla** *a* se *liten*
**lillasyster** *s* little (young, kid) sister
**lillebror** *s* little (young, kid) brother
**lilleputt** *s* Lilliputian, friare miniature
**lillfinger** *s* little finger, amer. äv. pinkie
**lillgammal** *a* brådmogen precocious; *ett* ~*t barn* äv. an old-fashioned child
**lilltå** *s* little toe
**lim** *s* glue
**limma** *tr* glue
**limousine** *s* limousine
**limpa** *s* **1** avlång bulle loaf (pl. loaves), brödsort av rågmjöl rye bread **2** *en* ~ cigaretter a carton of . . .
**lin** *s* flax
**lina** *s* rope, smäckrare cord; stållina wire; *visa sig på styva* ~*n* show one's paces, briljera show off
**linbana** *s* häng~ aerial ropeway; skidlift ski-lift
**lind** *s* lime-tree
**linda** *tr* vira wind; svepa wrap; binda tie □ ~ **in** wrap up; ~ **om** halsen muffle . . .; ~ svepa *om sig ngt* wrap oneself up in a th.
**lindansare** *s* tight-rope walker
**lindra** *tr* nöd, smärta relieve; verka lugnande soothe
**lindrig** *a* mild mild äv. om sjukdom; lätt light; obetydlig slight
**lindring** *s* av smärta, nöd etc. relief; av straff reduction [*i* of]
**lingon** *s* lingonberry, red whortleberry; *inte värt ett ruttet* ~ vard. not worth a bean (damn)
**lingonsylt** *s* lingonberry (red whortleberry) jam
**lingvistik** *s* linguistics sg.
**liniment** *s* liniment, embrocation, rubbing lotion
**linjal** *s* ruler, tekn. rule
**linje** *s* line; ~ *5* trafik. number 5; bussarna *på* ~ *5* . . . on route number 5; *över hela* ~*n* bildl. all along the line, throughout
**linjedomare** *s* linesman
**linjera** *tr* rule
**linka** *itr* limp, hobble
**linne** *s* **1** tyg o. linneförråd linen **2** plagg vest, nightdress
**linning** *s* band
**linoleum** *s* linoleum
**linolja** *s* linseed oil
**lins** *s* **1** optisk o. i öga lens **2** bot. lentil
**lintott** *s* vard. person towhead
**lipa** *itr* vard. **1** gråta blubber **2** ~ *åt ngn* räcka ut tungan stick one's tongue out at a p.
**lir** *s* vard. spel play
**lira** *tr itr* vard. spela play
**lirka** *itr*, ~ *med ngn* coax a p.
**lismare** *s* fawner
**Lissabon** Lisbon
**1 list** *s* listighet cunning; knep trick
**2 list** *s* **1** kantlist strip **2** bård border, edging
**1 lista** *s* förteckning list [*på, över* of]
**2 lista** *tr*, ~ *ur ngn ngt* worm a th. out of a p.; ~ fundera *ut* find out
**listig** *a* cunning, sly, förslagen smart

**lita** *itr*, ~ *på* förlita sig på depend on, ha förtroende för trust
**Litauen** Lithuania
**litauer** *s* Lithuanian
**litauisk** *a* Lithuanian
**litauiska** *s* **1** kvinna Lithuanian woman **2** språk Lithuanian
**lite** se *litet II*
**liten** *(litet, lille, lilla, små)* **I** *a* small; little, ytterst liten tiny, minute; kort short; tacksam för *minsta lilla bidrag* ... the least little contribution; *lilla du!* my dear!; *din lilla (lille) dumbom!* you little fool!; *ett litet sött (sött litet) hus* a pretty little house **II** *subst a*, *stackars ~!* poor little thing!; *redan som ~* even as a child
**liter** *s* litre
**litet** **I** *a* se *liten I* **II** *(lite) subst a* o. *adv* **1** föga little; få few; *inte så ~* få *fel* not a few faults; *rätt ~ folk* rather few people; *det vill inte säga så ~!* that's saying a great deal! **2** något, en smula a little; *~ bröd* some (a little) bread; vill du ha *~ jordgubbar?* ... some (a few) strawberries?; *~ upplysningar* some (a little) information; *~ av varje* a little (a bit) of everything
**litografi** *s* metod lithography; *en ~* a lithograph
**litteratur** *s* literature
**litteraturhistoria** *s* [vanl. the] history of literature
**litterär** *a* literary
**liv** *s* **1** life; livstid lifetime; *ge ~ åt* t.ex. rummet give life to; *ta ~et av ngn (sig)* take a p.'s (one's) life; *springa för ~et (brinnande* el. *glatta ~et)* run for all one's worth; *för mitt ~ kan jag inte* begripa I can't for the life of me ...; *i hela mitt ~* all my life; *är (har du) dina föräldrar i ~et?* are your parents living (alive)?; *trött på ~et* tired of living (life); *vara vid ~* be alive **2** *komma ngn inpå ~et* lära känna ngn get to know a p. intimately **3** midja waist äv. på plagg; *vara smal om ~et* have a small (slender) waist **4** klänningsliv etc. bodice **5** oväsen row, noise, bråk fuss
**liva** *tr*, *~ upp* liven up
**livad** *a* munter merry, uppsluppen hilarious
**livboj** *s* lifebuoy
**livbåt** *s* lifeboat
**livbälte** *s* lifebelt
**livfull** *a* ... full of life, livlig lively; om skildring vivid
**livförsäkring** *s* life insurance
**livlig** *a* lively; om skildring etc. vivid; om efterfrågan keen; om intresse great, keen; om trafik heavy
**livlös** *a* lifeless; uttryckslös expressionless
**livmoder** *s* womb, uterus (pl. uteri)
**livrem** *s* belt, waist-belt
**livräddning** *s* life-saving
**livränta** *s* life annuity
**livsfara** *s* danger of life; *han svävar i ~* his life is in danger
**livsfarlig** *a* highly dangerous; dödlig fatal
**livsföring** *s* way of life
**livshotande** *a* skada etc. grave, dödlig fatal
**livslängd** *s* om person length of life; om sak life
**livsmedel** *s pl* provisions
**livsmedelsaffär** *s* provision shop
**livstecken** *s* sign of life
**livstid** *s* life, lifetime
**livsvillkor** *s* vital necessity
**livsåskådning** *s* outlook on life
**livvakt** *s* bodyguard
**ljud** *s* sound; klang (om instrument) tone
**ljuda** *itr* låta sound; höras be heard
**ljudband** *s* tape
**ljudbildband** *s* sound film-strip
**ljuddämpare** *s* silencer, amer. muffler
**ljudförstärkare** *s* amplifier
**ljudisolera** *tr* soundproof
**ljudisolerad** *a* soundproof
**ljudlös** *a* soundless
**ljudradio** *s* sound broadcasting
**ljudskrift** *s* sound notation, phonetic transcription
**ljudstyrka** *s* volume of sound
**ljudvåg** *s* sound-wave
**ljuga** *itr* lie [*för ngn* to a p.]; tell a lie (lies)
**ljum** *a* lukewarm, tepid
**ljumske** *s* groin
**ljung** *s* heather
**ljungpipare** *s* fågel golden plover
**ljus** **I** *s* light; stearinljus candle; *föra ngn bakom ~et* take a p. in; *leta efter ngt med ~ och lykta* search high and low for a th. **II** *a* light; om dag, klangfärg clear; om hy, hår fair; om öl pale; *mitt på ~a dagen* in broad daylight
**ljusblå** *a* light (pale) blue
**ljusglimt** *s* gleam of light, bildl. ray of hope
**ljushuvud** *s*, *han är inget ~* he's not very bright
**ljushårig** *a* fair, fair-haired, blond (om kvinna blonde)
**ljuskrona** *s* chandelier
**ljusmanschett** *s* candle-ring
**ljusna** *itr* get (grow) light; om utsikter get brighter
**ljusning** *s* förbättring change for the better
**ljuspunkt** *s* bildl. bright spot

**ljusstake** *s* candlestick
**ljusår** *s* light-year
**ljusäkta** *a* ... that will not fade, ... resistant to light
**ljuv** *a* sweet, förtjusande delightful
**ljuvlig** *a* delightful, lovely; utsökt exquisite
**LO** se *Landsorganisationen*
**lobelia** *s* bot. lobelia
1 **lock** *s* hårlock curl, längre lock, lock of hair
2 **lock** *s* på kokkärl, låda etc. lid
**locka** *tr itr*, ~ förleda ***ngn till att*** inf. entice a p. into ing-form; kalla etc. call; fresta tempt; ***det låter inte vidare ~nde*** it doesn't sound very tempting; ***~ till sig ngn*** entice a p. to come to one; ***~ ur ngn ngt*** draw a th. out of a p.
**lockbete** *s* bait äv. bildl.
**lockelse** *s* enticement [*för* to]; frestelse lure; temptation [*till* to]
**lockig** *a* curly
**lockout** *s* lockout
**lockouta** *tr* lock out
**lockpris** *s* specially reduced price
**lodjur** *s* lynx
**lodrät** *a* vertical; ***~a ord*** i korsord clues down
1 **loge** *s* i lada barn
2 **loge** *s* teat. box; klädloge dressing-room
**loggbok** *s* log-book
**logi** *s* accommodation, lodging
**logik** *s* logic
**logisk** *a* logical
**loj** *a* om person indolent; slö apathetic
**lojal** *a* loyal [*mot* to]
**lojalitet** *s* loyalty
**lok** *s* engine
**lokal I** *s* premises pl.; rum room **II** *a* local
**lokalbedövning** *s* local anaesthesia
**lokalisera** *tr* locate [*i, till* in], begränsa localize
**lokalkännedom** *s*, ***ha god ~*** know a place (locality) well
**lokalradio** *s* local radio
**lokalsamtal** *s* tele. local call
**lokalsinne** *s*, ***ha dåligt ~*** have no sense of direction
**lokaltrafik** *s* järnv. suburban services pl.
**lokaltåg** *s* local (suburban) train
**lokalvårdare** *s* cleaner
**lokförare** *s* engine-driver
**lokomotiv** *s* engine, railway engine
**londonbo** *s* Londoner
**longitud** *s* longitude
**lopp** *s* löpning run; tävling race; ***dött ~*** dead heat; ***i det långa ~et*** in the long run; ***inom ~et av*** within; ***under dagens ~*** during the day
**loppa** *s* flea
**loppmarknad** *s* second-hand market
**loppspel** *s* tiddlywinks pl.
**lort** *s* smuts dirt, starkare filth
**lortig** *a* dirty, starkare filthy
**loss** *adv* loose; ***riva ~*** tear off; ***skruva ~*** unscrew
**lossa** *tr* **1** lösgöra loose; ***~ på*** band (knut) untie, undo, göra lösare loosen **2** urlasta unload **3** avlossa (skott) fire
**lossna** *itr* come loose; come off, om t. ex. knut come undone (om ngt limmat unstuck); om tänder get loose
**lots** *s* pilot
**lotsa** *tr* pilot; vägleda guide
**lott** *s* del, öde lot; andel share; jordlott allotment, plot; lottsedel lottery ticket; ***dra ~ om ngt*** draw (cast) lots for a th.; ***falla (komma) på ngns ~*** fall to a p.'s lot
1 **lotta** *s* member of the Women's Services
2 **lotta** *itr*, ***~ om ngt*** draw lots for a th.
**lottad** *a*, ***de sämst ~e*** those who are worst off
**lottdragning** *s* [vanl. the] drawing of lots
**lotteri** *s* lottery
**lottlös** *a*, ***bli ~*** be left without any share
**lottning** *s*, ***avgöra ngt genom ~*** decide a th. by drawing lots
**lottsedel** *s* lottery ticket
**lov** *s* **1** ledighet holiday, ferier holidays pl.; ***få ~*** get a day etc. off **2** tillåtelse permission; ***får jag ~?*** may I?, vid uppbjudning may I have the pleasure (the pleasure of this dance)?; ***får det ~ att vara*** en cigarr***?*** may I offer you ...?; ***be ngn om ~ att få göra ngt*** ask a p.'s permission to do a th. **3** ***få ~*** vara tvungen ***att*** have to, must **4** beröm praise; ***Gud ske ~!*** thank God!
**lova** *tr* promise; ***jo, det vill jag ~!*** vard. I'll say!
**lovande** *a* promising
**lovdag** *s* holiday
**lovlig** *a* tillåten permissible; ***~ tid*** jakt. the open season
**lovord** *s* praise
**lovorda** o. **lovprisa** *tr* praise
**LP-skiva** *s* LP (pl. LPs)
**lucka** *s* **1** ugnslucka etc. door; fönsterlucka shutter; taklucka o. sjö. hatch **2** öppning hole, opening; expeditionslucka counter **3** tomrum gap
**luckra** *tr* loosen, break up
**ludd** *s* fjun fluff; dun down; på tyg nap

**luddig** *a* fjunig fluffy, dunig downy; bildl., oklar woolly
**luden** *a* hairy, shaggy; bot. downy
**luffa** *itr* vara på luffen tramp
**luffare** *s* tramp
**luffarschack** *s* noughts and crosses sg.
**luft** *s* air; ***behandla ngn som*** ~ treat a p. as if he (she etc.) did not exist; ***det ligger i ~en*** it's in the air
**lufta** *tr* air
**luftbevakning** *s* aircraft warning service
**luftbro** *s* air-lift
**luftdrag** *s* draught, amer. draft
**luftfart** *s* air traffic
**luftfuktighet** *s* humidity
**luftförorening** *s* air pollution (ämne pollutant)
**luftförsvar** *s* air defence
**luftgrop** *s* air-pocket
**luftig** *a* airy; lätt, porös light
**luftkonditionering** *s* air-conditioning
**luftmadrass** *s* air bed (mattress)
**luftombyte** *s* change of air (climate)
**luftpost** *s* airmail
**luftrör** *s* anat. bronchus (pl. bronchi)
**luftrörskatarr** *s* bronchitis
**luftstrupe** *s* windpipe
**luftström** *s* air current
**lufttrumma** *s* ventilating (air) shaft
**lufttryck** *s* meteor. atmospheric (air) pressure
**lufttät** *a* airtight
**luftvärn** *s* anti-aircraft (förk. A.A.) defence (defences pl.)
**lugg** *s* hår fringe
**lugga** *tr*, ~ ***ngn*** pull a p.'s hair
**luggsliten** *a* threadbare
**lugn I** *s* calm; ro peace; ordning order; fattning composure; ***i ~ och ro*** in peace and quiet **II** *a* calm; stilla quiet; fridfull peaceful; ej orolig easy in one's mind; ej upprörd calm; fattad composed; ***du kan vara ~ för att han klarar det*** don't worry, he'll manage it; ***med ~t samvete*** with an easy conscience
**lugna I** *tr* calm, quiet; småbarn soothe; inge tillförsikt reassure **II** *refl*, ~ ***sig*** calm down; ~ ***dig!*** äv. don't get excited!, take it easy!
**lugnande** *a* om nyhet etc. reassuring; om verkan etc. soothing; ~ ***medel*** sedative, tranquillizer
**lugnt** *adv* calmly, quietly, peacefully; ***ta det ~!*** take it easy!
**lukt** *s* smell, odour; behaglig scent
**lukta** *tr itr* smell [*på ngt* at a th.]
**luktfri** *a* odourless
**luktsalt** *s* smelling salts pl.
**luktsinne** *s* sense of smell
**luktärt** *s* sweet pea
**lummig** *a* woody; lövrik leafy; skuggande shady
**lump** *s* **1** trasor rags pl.; skräp junk **2** ***ligga i ~en*** vard. do one's military service
**lumpbod** *s* junk-shop
**lumpen** *a* småsint mean, tarvlig shabby
**lunch** *s* lunch, formellt luncheon; ***äta*** fisk ***till*** ~ have ... for lunch
**lunchrast** *s* lunch-hour
**lunchrum** *s* dining-room, lunchroom; självservering canteen
**lund** *s* grove
**lunga** *s* lung äv. bildl.
**lungcancer** *s* lung cancer
**lunginflammation** *s* pneumonia
**lungsäcksinflammation** *s* pleurisy
**lunka** *itr* jog (trot) along
**lupin** *s* bot. lupin
**1 lur** *s* **1** horn horn **2** tele. receiver, radio. earphone
**2 lur** *s* bakhåll, ***ligga på*** ~ lie in wait, lurk
**lura I** *itr* ligga på lur lie in wait [*på ngn* for a p.] **II** *tr* 'skoja' take ... in; bedraga deceive; speciellt på pengar cheat, swindle [*på* i båda fallen out of]; ~ ***ngn att göra*** ... fool a p. into ... ing-form □ ~ **av ngn ngt** genom bedrägeri cheat a p. out of a th.; ~ **på ngn** få ngn att köpa **ngt** trick a p. into buying a th.; ~ **till (åt) sig** secure ... by trickery
**lurifax** *s* sly dog
**lurvig** *a* om hår rough; om hund shaggy
**lus** *s* louse (pl. lice)
**lusläsa** *tr* read through thoroughly
**lust** *s* böjelse, håg inclination; åtrå desire; ***jag har ~ att gå dit*** I feel like going there
**lusta** *s* lust, desire
**lustbetonad** *a* pleasurable
**lustgas** *s* laughing gas
**lustgård** *s*, ***Edens*** ~ the Garden of Eden
**lustig** *a* funny, comic, comical; konstig odd; ***göra sig ~ över*** make fun of
**lustighet** *s*, ***säga en*** ~ say an amusing thing, vitsa crack a joke
**lustigkurre** *s* clown, buffoon
**lustjakt** *s* yacht
**1 lut** *s*, ***ställa ngt på*** ~ stand a th. slantwise
**2 lut** *s* tvättlut lye
**1 luta** *s* mus. lute
**2 luta I** *itr* **1** lean; slutta slope; vila, stöda recline, rest **2** vard., ***det ~r nog ditåt*** it looks like it **II** *tr* lean [*mot* against] **III** *refl*, ~ ***sig bakåt (fram*** el. ***framåt)*** lean back (forward); ~ ***sig ut genom fönstret*** lean out of the window; ~ ***sig ned*** bend down
**lutad** *a* leaning, framåtlutad ... leaning forward

**lutande** *a* leaning; om t. ex. tak, handstil sloping
**luteran** *s* Lutheran
**lutersk** *a* Lutheran
**lutfisk** *s* stockfish; maträtt boiled ling
**luv** *s*, ***komma (råka) i ~en på varandra*** fly at each other (each other's throats)
**luva** *s* cap, woollen cap
**Luxemburg** Luxembourg
**luxemburgare** *s* Luxembourger
**luxuös** *a* luxurious
**lya** *s* lair, hovel; den äv. rum
**lycka** *s* happiness; tur luck; ***~ till!*** good luck!; ***göra ~*** ha framgång be a success
**lyckad** *a* successful; ***vara mycket ~*** be a great success
**lyckas** *itr dep* succeed [*i att* inf. in ing-form]; om person äv. manage; ***jag lyckades göra det*** I managed to do it, I succeeded in doing it
**lycklig** *a* glad happy [*över* about, at]; gynnad av lyckan fortunate; tursam lucky; framgångsrik successful; ***~ resa!*** pleasant journey!
**lyckligtvis** *adv* luckily, fortunately
**lyckokast** *s* unexpected success, real hit
**lyckosam** *a* fortunate; framgångsrik successful
**lycksalig** *a* really happy, blissful
**lycksökare** *s* adventurer, opportunist opportunist
**lyckt** *a*, ***inför (inom, bakom) ~a dörrar*** behind closed doors
**lyckträff** *s* stroke of luck
**lyckönska** *tr* congratulate [*till* on]
**lyckönskning** *s* congratulation
**1 lyda I** *tr* hörsamma obey; t. ex. någons råd take, follow **II** *itr*, ***~ under*** sortera under come (belong) under
**2 lyda** *itr* ha viss lydelse run, read
**lydelse** *s* ordalydelse wording
**lydig** *a* obedient [*mot* to]
**lydnad** *s* obedience
**lyfta I** *tr* lift; höja, t. ex. armen, huvudet raise; ***~ ankar (ankaret)*** weigh anchor; ***~ bort (undan)*** take away, uppbära, t. ex. lön draw, earn **II** *itr* **1** om flygplan take off **2** ***~ på hatten*** raise one's hat; ***~ på luren*** lift the receiver
**lyftkran** *s* crane, lifting crane
**lyhörd** *a* **1** om öra, sinne keen, sharp; om person ... with (that has) a keen (sharp) ear **2** om rum etc., ***det är lyhört i det här rummet*** this room is not soundproof
**lykta** *s* lantern, gat~, billykta lamp
**lyktstolpe** *s* lamp-post
**lymfa** *s* lymph
**lymmel** *s* scoundrel
**lyncha** *tr* lynch
**lynchning** *s* lynching
**lynne** *s* läggning temperament, sinnelag disposition
**lyra** *s* bollkast throw, med slagträ hit; ***en hög ~*** a high ball
**lyrik** *s* lyric poetry; dikter lyrics pl.
**lyriker** *s* lyric poet
**lysa** *itr tr* **1** skina shine; glänsa gleam; om t. ex. stjärnor äv. glitter, twinkle; ***~ igenom*** om solen shine (om färg show) through **2** ***det har lyst för dem (paret)*** the banns have been published for them (the couple)
**lysande** *a* shining, klar bright; bildl. brilliant; om framgång dazzling
**lyse** *s* light
**lysmask** *s* glow-worm
**lysning** *s* [vanl. the] banns pl.; ***ta ut ~*** ask to have the banns published
**lysningspresent** *s* ung. wedding-present
**lysrör** *s* fluorescent lamp, strip light
**lysrörsbelysning** *s* fluorescent (strip) lighting
**lyssna** *itr* listen [*efter* for, *på, till* to]
**lyssnare** *s* listener
**lysten** *a* desirous [*efter* of], glupsk greedy
**lyster** *s* glans lustre
**lyte** *s* kroppsfel bodily defect, disability, missbildning deformity
**lyx** o. **lyxartikel** *s* luxury
**lyxig** *a* luxurious
**lyxkrog** *s* first-class restaurant
**låda** *s* box, större case; draglåda drawer
**låg** (jfr *lägre I, lägst I*) *a* low; ***~a böter*** a small fine
**låga** *s* flame, starkare blaze; på gasspis burner; ***gå upp (stå) i lågor*** go up (be) in flames
**lågavlönad** *a* low-paid
**låginkomsttagare** *s* low-income earner
**lågkonjunktur** *s* depression
**låglönegrupp** *s* low-wage group
**lågmäld** *a* quiet
**lågoktanig** *a*, ***~ bensin*** low-octane petrol (amer. gasoline)
**lågprisvaruhus** *s* discount store
**lågsint** *a* base, mean
**lågsko** *s* shoe
**lågstadium** *s*, ***lågstadiet*** i grundskolan the junior level (department) of the 'grundskola', se *grundskola*
**lågt** *adv* low; staden ***ligger ~*** ... stands on low ground; solen (termometern) ***står ~*** ... is low
**lågtflygande** *a* low-flying
**lågtrafik** *s*, ***vid ~*** at off-peak hours

**lågtryck** *s* meteor. depression; område area of low pressure
**lån** *s* loan; *ge ngn ett ~* lend a p. money
**låna** *tr* **1** få till låns borrow [*av* from]; *får jag ~* din telefon? may I use ...? **2** låna ut lend [*åt* to]; *~ bort (ut)* lend; boken *är utlånad* från bibliotek ... is out on loan
**låneansökan** *s* loan application
**lånebibliotek** *s* lending-library
**lång** (jfr *längre I, längst I*) *a* **1** long; *det tar inte ~ tid att* it won't take long to; det tar *tre gånger så ~ tid* ... three times as long **2** om person, reslig tall
**långbyxor** *s pl* long trousers
**långdistanslöpare** *s* long-distance runner
**långdragen** *a* långvarig protracted, lengthy; långtråkig tedious
**långfilm** *s* long (feature) film
**långfinger** *s* middle finger
**långfranska** *s* French loaf
**långfredag** *s* Good Friday
**långgrund** *a* shallow
**långhårig** *a* long-haired
**långpromenad** *s* long walk
**långrandig** *a* bildl. long-winded
**långsam** *a* slow; gradvis gradual
**långsamhet** *s* slowness
**långsiktig** *a* long-term ...
**långsint** *a, han är ~* he doesn't forget things easily
**långsmal** *a* long and narrow
**långsynt** *a* long-sighted
**långsökt** *a* far-fetched
**långt** *adv* om avstånd far; a long way (distance); om tid long; *gå ~* walk a long way, i livet go far; *det går för ~* bildl. that is going too far; huset är *~ ifrån färdigt* ... far from completed; *det är ~ till jul* it is a long time to Christmas; *det är inte ~ till jul* Christmas is not far off
**långtidsprognos** *s* long-range forecast
**långtradare** *s* lastbil long-distance lorry (truck)
**långtråkig** *a* boring
**långtur** *s* long tour (trip)
**långvarig** *a* long, långt utdragen prolonged
**långvåg** *s* long wave
**långvård** *s* long-term medical treatment
**långärmad** *a* long-sleeved
**lånord** *s* loan-word
**låntagare** *s* borrower
**1 lår** *s* large box, packlår packing-case
**2 lår** *s* anat. thigh, kok. leg
**lårben** *s* thigh-bone
**lås** *s* lock, hänglås padlock; på väska, armband etc. clasp; dörren *gick i ~* ... locked itself; *inom ~ och bom* under lock and key
**låsa** *tr* lock; med hänglås padlock; väska, armband etc. clasp; *~ in* lock ... up; *~ upp* unlock
**låssmed** *s* locksmith
**låt** *s* melodi tune; visa song
**1 låta** *itr* ljuda, verka sound [*som* like]; *hur låter melodin?* how does the melody go?; *så ska det ~!* bildl. that's the spirit!, now you're talking!
**2 låta** *hjälpvb, ~ ngn* göra ngt a) inte hindra let a p. ..., tillåta allow a p. to ... b) se till att get a p. to ..., förmå make a p. ...; *~ göra ngt* se till att ngt blir gjort have (get) a th. done; *låt oss göra det!* let's do it!; *~ ngn förstå* att give a p. to understand ...; *~* dörren *stå öppen* leave ... open; *~ ngt (ngn) vara* leave (let) a th. (a p.) alone
**låtsa** *tr itr* se *låtsas*
**låtsas** *tr itr dep* pretend [*att, som om* that]; *han låtsades inte om att* ... he didn't show that ...; *inte ~* bry sig *om* ngn (ngt) take no notice of ...
**lä** *s* lee, skydd mot vinden shelter
**läcka I** *s* leak äv. bildl. **II** *itr tr, ~ information* leak information
**läcker** *a* delicious
**läckerhet** *s, en ~* a delicacy
**läder** *s* leather; *en sko av ~* a leather shoe
**läge** *s* situation, position; tillstånd state
**lägenhet** *s* våning flat, amer. apartment
**läger** *s* tältläger etc. camp; *slå ~* pitch a camp
**lägerplats** *s* camping-ground
**lägga I** *tr* placera put, place, i liggande ställning lay; *~ ngn* till sängs put a p. to bed; låta *~ håret* have one's hair set; *~ ägg* lay eggs; *~ en duk på* bordet lay a cloth on ... **II** *refl* **1** *~ sig* lie down; gå till sängs go to bed; placera sig place oneself **2** avta, om t. ex. storm abate, subside; gå över pass off □ *~* **av** put aside; *avlagda kläder* cast-off clothes; *lägg av!* vard. lay off!, stop it!, pack it up!; *~* **fram** put forward; *~* **i** *ettan (ettans växel)* put the car in first (in first gear); *~* **sig i** bildl. interfere; *~* **ifrån sig** put down [*på* bordet on ...], undan put away, lämna kvar leave, leave ... behind; *~* **ihop a)** vika ihop fold, fold up **b)** addera ihop add up; *~* **in a)** stoppa etc. in put ... in, slå in wrap up; *~ in sig på* sjukhus go into ... **b)** konservera preserve, på glas bottle; *~* **ned a)** packa ned pack **b)** upphöra med, t. ex. verksamhet discontinue; inställa, t. ex. drift shut down, stänga, t. ex. fabrik close down **c)** offra, t. ex. pengar, tid spend; *~* **om a)** förbinda bandage, sår

dress **b)** ändra change, alter; omorganisera reorganize; ~ **på** put on, t. ex. förband apply; posta post; ~ *på* el. ~ *på luren* tele. hang up, ring off; ~ **till a)** tillfoga add; bidra med contribute **b)** ~ *sig till med* t. ex. glasögon begin to wear, t. ex. skägg grow; ~ **undan** ~ bort, reservera put aside, spara put away; ~ **upp a)** kok. dish up **b)** sömn. shorten **c)** t. ex. arbete organize, plan; ~ **ut a)** pengar spend, lay out **b)** bli tjockare fill out, put on weight

**läggdags** *adv* time for bed

**läggning** *s* karaktär disposition; fallenhet bent

**läggningsvätska** *s* setting lotion

**läglig** *a* timely; passande convenient, ... at the right time

**lägre I** *a* lower etc., jfr *låg;* i rang etc. inferior [*än* to] **II** *adv* lower

**lägst I** *a* lowest etc., jfr *låg* **II** *adv* lowest

**lägstbjudande** *a, den* ~ the lowest bidder

**läka** *tr itr* heal

**läkarbehandling** *s* medical treatment

**läkare** *s* doctor, physician; *allmänt praktiserande* ~ general practitioner

**läkarhjälp** *s, tillkalla* ~ call for a doctor

**läkarhus** *s* medical centre

**läkarintyg** *s* doctor's certificate

**läkarrecept** *s* prescription, doctor's prescription

**läkarundersökning** *s* medical examination

**läkarvård** *s* medical treatment

**läkas** *itr dep* heal

**läkemedel** *s* medicine, drug

**läktare** *s* inomhus gallery; åskådar~ stand, grandstand

**lämna** *tr* **1** leave; överge abandon, ge upp give up **2** ge give, låta ngn få äv. let ... have, överräcka hand; t. ex. förklaring äv. offer; t. ex. anbud äv. make; t. ex. upplysningar äv. provide; t. ex. hjälp äv. afford; avlämna deliver; överlämna hand ... over; avkasta, inbringa yield □ ~ **ifrån sig** ge ifrån sig hand over; ~ **in** hand (skicka send) in; skrivelse give in; till förvaring leave; ~ **kvar** ngt leave ..., oavsiktligt leave ... behind; ~ **tillbaka** return; ~ **ut** t. ex. paket hand out, t. ex. varor deliver; dela ut distribute

**lämpa** *refl,* ~ *sig* passa be convenient; ~ *sig för* ngt be suited for ...

**lämpad** *a* suitable, appropriate

**lämplig** *a* passande suitable; t. ex. behandling äv. appropriate, fitting; läglig convenient

**län** *s* 'län', administrative province; eng. motsv. county

**länga** *s* rad range, row

**längd** *s* length; kroppslängd, höjd height; brödlängd flat long-shaped bun; *i ~en* in the end (long run)

**längdhopp** *s* long jump (hoppning jumping)

**längdhoppare** *s* long jumper

**längdriktning** *s, i ~en* lengthways

**länge** *adv* long, for a long time; *sova* ~ sleep late; *på* ~ for a long time; *än (ännu) så* ~ har ingenting hänt so far ...; *så* ~ *som* konj. as long as; *för* ~ *sedan* a long time ago; middagen *är färdig för* ~ *sedan* ... has been ready for a long time; *det var* ~ *sedan (sen)!* we haven't met for a long time!

**längre I** *a* longer etc., jfr *lång 1-2; en* ~ ganska lång *promenad* a longish (rather long) walk; jag kan inte stanna *någon* ~ *tid* ... for very long **II** *adv* further, farther, endast om avstånd; om tid longer; *du älskar mig inte* ~ you don't love me any more (longer); ~ *fram* om tid later on

**längs** *prep adv,* ~ el. ~ *efter* along, alongside

**längst I** *a* longest etc., jfr *lång 1-2; i det ~a* as long as possible, in i det sista to the very last **II** *adv* om rum furthest, farthest endast om avstånd; ända right; om tid longest; ~ *fram* at the very front

**längta** *itr* long, starkare yearn [*efter ngt* for a th., *efter att* to inf.]; ~ *efter* sakna miss; ~ *hem* long for home, be homesick

**längtan** *s* longing, starkare yearning [*efter, till* for]

**längtansfull** *a* longing, starkare yearning

**länk** *s* **1** led link **2** kedja chain

**länsa** *tr* tömma empty [*på* of]

**länsstyrelsen** *s* the county administrative board

**länstol** *s* armchair, easy chair

**läpp** *s* lip

**läppja** *itr,* ~ *på* dryck sip, sip at

**läppstift** *s* lipstick

**lär** *hjälpvb* **1** sägs etc., *han* ~ *sjunga bra* they say he sings well, he is said to sing well **2** torde, *det* ~ (~ *inte)* inf. it is likely (not likely) to inf.

**lära I** *s* vetenskapsgren science; lärosats doctrine; tro faith **II** *tr* **1** undervisa teach, instruct **2** ~ sig learn **III** *refl,* ~ *sig* learn; snabbt pick up [*ngt av ngn* i båda fallen a th. from a p.]; *få* ~ *sig* learn, undervisas be taught

**läraktig** *a* ... ready (willing) to learn

**lärare** *s* teacher [*i* ett ämne of, in]; sport. etc. instructor

**lärarhögskola** *s* school (institute) of

education, mindre teacher's training college
**lärarinna** *s* teacher, woman teacher
**lärd** *a* learned
**lärjunge** *s* pupil [*i, vid* en skola at]; friare o. bibl. disciple [*till ngn* of a p.]
**lärka** *s* lark, sky lark
**lärkträd** *s* larch, larch-tree
**lärling** *s* apprentice
**läroanstalt** *s* educational institution
**lärobok** *s* textbook, skolbok äv. schoolbook; ~ *i geografi* geography textbook
**läromedel** *s pl* textbooks and teaching aids
**läroplan** *s* curriculum (pl. curricula)
**lärorik** *a* instructive
**läroämne** *s* subject
**läsa** *tr itr* **1** read; t.ex. bön say; ~ *ngt för ngn* read a th. to a p. **2** studera study; ~ engelska *för ngn* ta lektioner take lessons in ... with a p.; ~ *sina läxor* prepare (do) one's homework **3** undervisa, ~ engelska *med ngn* ge lektioner give a p. lessons in ... □ ~ **igenom ngt** read a th. through; ~ **in** en kurs, en roll learn; ~ **på** läxa etc. prepare; ~ **upp** read, read out
**läsare** *s* reader
**läsbar** *a* readable
**läsebok** *s* reader
**läsecirkel** *s* book-club
**läsekrets** *s* circle of readers, public
**läsida** *s* lee-side; *på ~n* on the leeward
**läsk** *s* vard. soft drink, lemonad lemonade
**läska** *tr* **1** ~ *sin törst* quench one's thirst; *en ~nde dryck* a refreshing drink **2** med läskpapper blot
**läskedryck** *s* soft drink, lemonad lemonade
**läskig** *a* vard. horrible, nasty, horrid
**läskpapper** *s* blotting-paper
**läslig** *a* möjlig att läsa legible; tydbar decipherable
**läsning** *s* reading
**läspa** *itr* lisp
**läspning** *s* lisping; *en ~* a lisp
**läsvärd** *a* readable, ... worth reading
**läsår** *s* skol. school year
**läte** *s* sound; djurs call, cry
**lätt I** *a* **1** ej tung light äv. friare; *en ~ förkylning* a slight cold; *med ~ hand* lightly, varsamt gently **2** ej svår easy, simple; *inte ha det ~* not have an easy time of it; *han har ~ för* språk he has a gift for ...; *hon har ~ för att gråta* she cries easily **II** *adv* **1** ej tungt light, lindrigt slightly, gently; litet somewhat; *ta ngt ~* el. *ta ~ på ngt* take a th. lightly, bagatellisera make light of a th. **2** ej svårt easily, vard. easy; *man blir ~ trött,* om one gets easily (is apt to get) tired, ...
**lätta I** *tr* **1** göra lättare lighten; bildl. ease, relieve; ~ *sitt hjärta för ngn* unburden one's mind to a p.; *känna sig ~d* feel relieved; ~ *upp* stämning etc. relieve, humör liven up **2** ~ *ankar* weigh anchor **II** *itr* **1** bli lättare become (get) lighter; bildl. ease **2** om dimma lift
**lättantändlig** *a* inflammable
**lättfattlig** *a* easily comprehensible; ... easy to understand
**lätthanterlig** *a* ... easy to handle (manage)
**lätthet** *s* ringa tyngd lightness; ringa svårighet easiness, simplicity
**lättja** *s* laziness, idleness
**lättjefull** *a* lazy
**lättklädd** *a* tunnklädd thinly (lightly) dressed
**lättlurad** *a* gullible, ... easily taken in
**lättläst** *a* om handstil very legible; om bok etc. very readable
**lättmetall** *s* light metal, aluminium, amer. aluminum
**lättmjölk** *s* low-fat milk
**lättnad** *s* relief; mildring relaxation; lindring easing-off
**lättrogen** *a* credulous, lättlurad gullible
**lättsinnig** *a* thoughtless; ansvarslös irresponsible
**lättskrämd** *a*, *vara ~* be easily scared
**lättskött** *a* ... easy to handle
**lättsmält** *a* om mat easily digested; om bok very readable
**lättsåld** *a* ... easy to sell
**lättsövd** *a*, *vara ~* be a light sleeper
**lättvikt** o. **lättviktare** *s* sport. lightweight
**lättöl** *s* ljust light lager
**läxa I** *s* **1** hemläxa homework (end. sg.); *många läxor* a lot of homework **2** *ge ngn en ~* tillrättavisning teach a p. a lesson **II** *tr*, ~ *upp ngn* tell a p. off
**löda** *tr* solder; ~ *fast* solder ... on
**lödder** *s* lather, fradga foam, froth
**löfte** *s* promise
**lögn** *s* lie, falsehood
**lögnaktig** *a* lying
**lögnare** *s* liar
**löjeväckande** *a* ridiculous
**löjlig** *a* ridiculous; orimlig absurd
**löjrom** *s* bleak roe
**löjtnant** *s* lieutenant, inom flottan sub-lieutenant
**löjtnantshjärta** *s* bot. bleeding heart
**lök** *s* kok. onion; blomsterlök bulb
**lömsk** *a* illistig sly; förrädisk treacherous

**lön** *s* avlöning: speciellt veckolön wages pl., speciellt månadslön salary, mera allm. pay (end. sg.)
**löna** *refl*, ~ ***sig*** pay; ***det ~r sig inte att*** inf. tjänar ingenting till it's no use (no good) ing-form
**lönande** *a* profitable
**löneförhandlingar** *s pl* wage (resp. salary) negotiations, jfr *lön*
**löneförhöjning** *s* rise, rise in wages (resp. salary), jfr *lön*
**löneförmån** *s* benefit attaching to one's salary (veckolön wages)
**löneglidning** *s* wage drift
**lönekontor** *s* salaries department, pay office
**lönestopp** *s* wage-freeze
**lönlös** *a* gagnlös useless, futile
**lönn** *s* bot. maple
**lönndörr** *s* secret (hidden) door
**lönnmördare** *s* assassin
**lönsam** *a* profitable
**lönsamhet** *s* profitability
**lönt** *a*, ***det är inte ~ att försöka*** it is no use trying
**löntagare** *s* wage-earner, salary-earner, jfr *lön*
**löntagarfond** *s* employee fund, wage-earners' investment fund
**löpa I** *itr tr* run; sträcka sig äv. extend; ~ ***ut*** om avtal, tid etc. run out, expire **II** *itr* om hona be on (in) heat
**löpande** *a*, ~ ***utgifter*** running (current) expenses; ~ ***band*** se *band I b*
**löparbana** *s* track, running track
**löpare** *s* **1** sport. runner **2** schack. bishop **3** duk runner
**löpe** *s* rennet
**löpeld** *s*, ***som en ~*** like wildfire
**löpning** *s* sport. running; lopp run, tävling race
**löpsedel** *s* placard
**lördag** *s* Saturday; jfr *fredag* med ex.
**lördagskväll** *s* Saturday evening (senare night); ***på ~arna*** on Saturday evenings (nights)
**lös I** *a* **1** loose, löstagbar detachable; separat separate, single; ***en ~ hund*** a dog off the leash, a stray dog; ***gå ~*** fri be at large; ***vara ~*** hålla på att lossna be coming off, ha lossnat be (have come) off (loose); ***elden är ~*** a fire has broken out, som utrop fire, fire! **2** ej hård el. fast loose; mjuk äv. soft **3** om ammunition etc. blank; om rykte etc. baseless, groundless; ***på ~a grunder*** on flimsy grounds; köpa en vara ***i ~ vikt*** ... loose **II** *adv*, ***gå ~ på*** angripa ***ngn (ngt)*** attack a p. (th.)
**lösa I** *tr* **1** ~ el. ~ ***upp*** loosen; knut etc. äv. undo, untie **2** upplösa, ~ el. ~ ***upp*** i vätska dissolve **3** klara upp solve, konflikt etc. settle **4** betala biljett etc. pay for, köpa buy; ~ ***in*** check (om bank) pay; ~ ***ut*** ngt ***på posten*** get ... out at the post office **II** *refl*, ~ ***sig*** i vätska dissolve; ~ ***sig själv*** om fråga etc. solve itself
**lösaktig** *a* loose, dissolute
**lösegendom** *s* personal property
**lösen** *s* **1** lösepenning ransom; post. surcharge **2** paroll watchword
**lösesumma** *s* ransom
**lösgöra** *tr* lösa, släppa lös set ... free, befria release
**löshår** *s* false hair
**löskokt** *a* soft-boiled
**löskrage** *s* loose collar
**löslig** *a* i vätska soluble, dissolvable; om problem etc. solvable; lös loose
**lösning** *s* **1** av problem etc. solution [*av, på* of] **2** vätska solution
**lösningsmedel** *s* solvent
**lösnummer** *s* single copy
**lösryckt** *a* fristående, om ord etc. disconnected
**löst** *adv* loosely; lätt lightly
**löstagbar** *a* detachable
**löstand** *s* false tooth
**lösöre** *s* personal property
**löv** *s* leaf (pl. leaves)
**lövkoja** *s* bot. stock
**lövskog** *s* deciduous forest
**lövsångare** *s* fågel willow-warbler

# M

**mack** *s* vard. petrol (amer. gas) station
**macka** *s* vard. sandwich
**madeira** *s* vin Madeira
**madonna** *s* Madonna
**madonnabild** *s* picture of the Madonna
**madrass** *s* mattress
**madrassera** *tr* pad; *~d cell* padded cell
**maffia** *s* Mafia, Maffia äv. bildl.
**magasin** *s* **1** förrådshus storehouse, lager o. möbel warehouse **2** tidskrift magazine
**magasinera** *tr* store
**magblödning** *s* gastric haemorrhage
**magcancer** *s* stomach cancer
**magdans** *s* belly dance
**mage** *s* stomach; vard. tummy äv. barnspr.; *ha dålig ~* have a weak stomach; *ha ont* smärtor *i ~n* have a stomach-ache (vard. belly-ache); *vara hård (trög) i ~n* be constipated; *vara lös i ~n* have diarrhoea
**mager** *a* ej fet lean; om person, kroppsdelar thin; *~* halvfet *ost* low-fat cheese
**maggrop** *s* pit of the stomach
**magi** *s* magic
**maginfluensa** *s* gastric influenza
**magisk** *a* magic
**magister** *s* lärare schoolmaster
**magkatarr** *s* gastric catarrh, gastritis
**magknip** *s* stomach-ache
**magnat** *s* magnate, tycoon
**magnesium** *s* magnesium
**magnet** *s* magnet
**magnetisera** *tr* magnetize
**magnetisk** *a* magnetic
**magnetism** *s* magnetism
**magnifik** *a* magnificent, splendid
**magnolia** *s* magnolia
**magra** *itr* become (grow) thin (thinner); banta slim
**magsaft** *s* gastric juice
**magstark** *a*, *det var ~t!* vard. that's a bit steep (thick)!
**magsår** *s* gastric ulcer
**magsäck** *s* stomach
**mahogny** *s* mahogany
**maj** *s* May; jfr *april* o. *femte*
**majestät** *s* majesty; *Ers (Eders) ~* Your Majesty
**majonnäs** *s* mayonnaise
**major** *s* major
**majoritet** *s* majority
**majs** *s* maize, amer. corn
**majskolv** *s* corn-cob; *~ar* som maträtt corn on the cob sg.
**majstång** *s* maypole
**mak** *s*, gå *i sakta ~* ... at a leisurely pace
**1 maka** *s* wife
**2 maka** *tr itr*, *~ ngt* flytta move a th.; *~ på ngt* flytta undan remove a th.; *~ (~ på) sig* move
**makaber** *a* macabre, om detaljer äv. lurid
**makadam** *s* macadam
**makadamisera** *tr* macadamize
**makalös** *a* matchless; ojämförlig incomparable
**makaroner** *s pl* o. **makaroni** koll. macaroni sg.
**make** *s* **1** *~n till den här handsken* the other glove [of this pair] **2** i äktenskap, *~ (äkta ~)* husband; *äkta makar* husband and wife **3** motstycke match, equal; *jag har aldrig hört (sett) på ~n!* well, I never!
**maklig** *a* bekväm easy-going; långsam slow, leisurely
**makrill** *s* mackerel
**makt** *s* power äv. stat; våld force; *ha ~en* be in power; *sätta ~ bakom ordet* back up one's words by force; *det står inte i min ~ att* inf. it is not in my power to inf.; *med all ~* with all one's might; *sitta vid ~en* be in power
**maktbalans** *s* balance of power
**maktgalen** *a* power-mad
**makthavande** *subst a*, *de ~* those in power
**makthavare** *s* person (pl. people) in power
**maktlysten** *a* power-seeking
**maktlystnad** *s* lust for power
**maktlös** *a* powerless
**maktmedel** *s pl* forcible means; *använda ~* use force
**maktmissbruk** *s* abuse of power
**mal** *s* insekt moth

**mala** *tr itr* t.ex. kaffe grind [*till* into]; kött mince
**malaria** *s* malaria
**mall** *s* mönster pattern äv. ritmall
**mallig** *a* stuck-up, cocky, snooty
**Mallorca** Majorca
**malm** *s* miner. ore, bruten rock
**malpåse** *s* moth-proof bag
**malt** *s* malt
**maltdryck** *s* malt liquor
**malva** *s* mallow; färg mauve
**maläten** *a* moth-eaten; luggsliten shabby
**malör** *s* mishap, misfortune
**mamelucker** *s pl* damunderbyxor directoire knickers, pantalettes
**mamma** *s* mother [*till* of], jfr *2 mor;* vard. ma, mum, amer. mom, barnspr. mummy, amer. mammy; ***leka ~, pappa, barn*** play mothers and fathers
**mammaklänning** *s* maternity dress
**mammaledig** *a*, ***vara ~*** be on maternal leave
**mammaledighet** *s* maternal leave
**1 man** *s* hästman etc. mane
**2 man** *s* **1** man (pl. men); besättningsman, arbetare hand; ***hans närmaste ~*** his right-hand man; ***tredje ~*** jur. third party; ***per ~*** per person (head, man) **2** make husband
**3 man** *obest pron* den talande inbegripen one, 'vi' we, speciellt i talspr., anvisningar etc. you; 'folk' people, 'de' they; ***förr trodde ~ att*** jorden var platt people used to think (it was formerly thought) that . . .; ***~ påstår att . . .*** it is said (they say) that . . .
**mana** *tr* uppmana exhort, egga incite, uppfordra call upon
**manager** *s* manager, teat. publicity agent
**manchester** o. **manchestersammet** *s* corduroy
**mandarin** *s* **1** frukt tangerine, mandarin **2** kinesisk ämbetsman mandarin
**mandat** *s* uppdrag commission; fullmakt mandate; riksdags~ (säte) seat
**mandel** *s* almond; anat. tonsil
**mandelmassa** *s* almond paste, marzipan
**mandolin** *s* mandolin, mandoline
**mandom** *s* manhood
**maner** *s* manner; stil style; tillgjordhet mannerism
**manet** *s* jelly-fish
**mangan** *s* manganese
**mangel** *s* mangle
**mangla** *tr* tvätt etc. mangle; utan objekt do the mangling
**mango** *s* frukt mango (pl. -es el. -s)
**mangrant** *adv* in full numbers
**mani** *s* mania, craze [*på* for]
**manick** *s* vard. gadget
**manifest** *s* manifesto (pl. -s)
**manifestation** *s* manifestation
**manifestera** *tr*, ***~ sig*** ta sig uttryck manifest itself
**manikyr** *s* manicure
**manikyrera** *tr* manicure
**maning** *s* upp~ exhortation; vädjan appeal
**manipulation** *s* manipulation; ***bedrägliga ~er*** fraudulent manipulation sg., juggling sg.
**manipulera** *tr itr*, ~ el. ***~ med*** manipulate
**manke** *s*, ***lägga ~n till*** put one's back into it
**mankön** *s* male sex
**manlig** *a* av mankön male, typisk för en man masculine, male, speciellt om goda egenskaper manly
**mannagryn** *s* koll. semolina sg.
**mannaminne** *s*, ***i ~*** within living memory
**mannekäng** *s* person model
**mannekänguppvisning** *s* fashion show (parade)
**manschauvinist** *s* male chauvinist
**manschett** *s* cuff; ***darra på ~en*** bildl. shake in one's shoes
**manschettknapp** *s* cuff-link
**mansgris** *s* vard., ***mullig ~*** male chauvinist pig
**manskap** *s* koll. men pl.; sjö. crew
**manslem** *s* penis, male organ
**manssamhälle** *s* male-dominated society
**mansålder** *s* generation
**mantalsskriva** *tr*, ***mantalsskriven i*** Stockholm registered (domiciled) in . . .
**mantalsskrivning** *s* registration for census purposes, registration
**manuell** *a* manual
**manus** o. **manuskript** *s* manuscript (förk. MS ); film~ script
**manöver** *s* manœuvre
**manövrera** *tr itr* manœuvre, sköta handle, manage
**mapp** *s* för brev etc. folder; pärm file
**maratonlopp** *s* marathon, marathon race
**mardröm** *s* nightmare
**margarin** *s* margarine
**marginal** *s* margin
**marginalanteckning** *s* marginal note
**marginalskatt** *s* marginal tax (rate of tax)
**Maria** Mary
**Marie Bebådelsedag** Annunciation, Lady Day
**marig** *a* vard. awkward, tricky

**marijuana** *s* marijuana
**marin** *s* mil. navy; *Marinen* i Sverige the Swedish Naval Forces pl.
**marinad** *s* marinade
**marinblå** *a* navy blue
**marinera** *tr* marinade
**marionett** *s* marionette, puppet
**marionetteater** *s* puppet theatre
**1 mark** *s* jordyta ground; jordmån soil; markområde land; *ta ~* land; *jämna med ~en* raze to the ground; *på svensk ~* on Swedish soil
**2 mark** *s* mynt mark
**3 mark** *s* spelmark counter
**markant** *a* påfallande marked, pronounced
**markera** *tr* mark äv. sport.; ange indicate; poängtera emphasize, stress
**markerad** *a* marked; utpräglad pronounced
**markis** *s* solskydd awning, sun-blind
**marknad** *s* **1** mässa fair **2** hand. market
**marknadsföra** *tr* market
**marknadsföring** *s* marketing
**markpersonal** *s* flyg. ground staff
**marmelad** *s* jam, av citrusfrukter marmalade
**marmor** *s* marble
**marmorera** *tr* marble
**marmorskiva** *s*, bord *med ~* marble--topped . . .
**marockan** *s* Moroccan
**marockansk** *a* Moroccan
**Marocko** Morocco
**Mars** astron. o. myt. Mars
**mars** *s* månaden March (förk. Mar.); jfr *april* o. *femte*
**marsch** *s* march äv. mus.
**marschall** *s* ung. pitch torch, link
**marschera** *itr* march; *~ iväg* march off
**marschfart** *s* bil. etc. cruising speed
**marsipan** *s* marzipan
**marskalk** *s* **1** mil. marshal **2** vid bröllop 'marshal', male attendant of the bride and bridegroom
**marsvin** *s* guinea-pig
**martyr** *s* martyr
**marxism** *s*, *~* o. *~en* Marxism
**marxist** *s* Marxist
**marxistisk** *a* Marxist
**maräng** *s* meringue
**mascara** *s* mascara
**1 mask** *s* zool. worm; i kött, ost maggot
**2 mask** *s* ansiktsmask mask; *han höll ~en* he did not give the show away (höll sig för skratt kept a straight face)
**1 maska** *s* mesh; vid stickning stitch; i strumpa ladder, run
**2 maska** *itr* go slow, friare o. sport. play for time, waste time
**maskera** *tr* mask
**maskerad** *s* fancy-dress ball
**maskeraddräkt** *s* fancy dress
**maskin** *s* machine; motor, ång~ etc. engine; *~er* ~anläggning machinery, plant (båda sg.); *för full ~* sjö. at full speed; *arbeta för full ~* work full steam; *skriva (skriva på) ~* type
**maskinell** *a* mechanical; *~ utrustning* machinery
**maskineri** *s* machinery äv. bildl., mechanism
**maskinist** *s* engine-man, i fastighet boiler--man; sjö. engineer
**maskinskrivning** *s* typing
**maskinskötare** *s* machine-minder
**maskning** *s* going slow, friare o. sport. playing for time, wasting time
**maskopi** *s*, *de står i ~ med varandra* they are working together
**maskot** *s* mascot
**maskros** *s* dandelion
**maskulin** *a* masculine äv. om kvinna
**maskulinum** *s* genus the masculine gender
**masonit** *s* masonite
**massa** *s* mass, pappersmassa etc. pulp; *en ~ (hel ~)* mängd a (quite a) lot; *massor av (med)* böcker (öl) lots of . . .
**massage** *s* massage
**massageapparat** *s* massage apparatus, stav vibrator
**massaker** *s* massacre
**massakrera** *tr* massacre
**massera** *tr* massage
**massiv** *a* solid, massive
**masskorsband** *s*, sända *som ~* . . . as bulk mail
**massmedium** *s* mass medium (pl. media)
**massmord** *s* wholesale (mass) murder
**masstillverka** *tr* mass-produce
**masstillverkning** *s* mass production
**massvis** *adv*, *~ av (med)* lots (tons) of . . .
**massör** *s* masseur
**massös** *s* masseuse
**mast** *s* mast; flaggmast pole
**mastig** *a* om mat solid, heavy, om program heavy
**masurka** *s* mazurka
**mat** *s* food; måltid meal; *en bit ~* something (a bite) to eat, a snack; *~en är färdig* dinner is ready; *efter ~en* måltiderna after meals
**mata** *tr* feed
**matador** *s* matador
**matarbuss** *s* feeder bus

**matberedare** *s* food-processor
**matbord** *s* dining-table
**matbröd** *s* bread
**match** *s* match; tävling competition
**matcha** *tr itr* om färg, plagg match
**matdags** *adv, det är ~* it is time to eat
**matematik** *s* mathematics sg.
**matematiker** *s* mathematician
**matematisk** *a* mathematical
**material** *s* material; rå~ etc. materials pl.
**materialism** *s*, ~ o. *~en* materialism
**materialist** *s* materialist
**materialistisk** *a* materialistic
**materiel** *s* t. ex. elektrisk equipment; t. ex. skriv~ materials pl.
**materiell** *a* material
**matfett** *s* cooking fat
**matförgiftning** *s* food poisoning
**matiné** *s* matinée, afternoon performance
**matjessill** *s* sweet pickled herring
**matjord** *s* mylla earth, soil
**matkupong** *s* voucher
**matkällare** *s* food cellar
**matlagning** *s* cooking; *vara duktig i ~* be a good cook
**matlust** *s* appetite
**matnyttig** *a* **1** ... suitable as food; ätlig edible **2** t. ex. om kunskaper useful
**matolja** *s* cooking oil
**matrecept** *s* recipe
**matrester** *s pl* leavings, left-overs
**matrona** *s* matron, matronly woman
**matros** *s* seaman, motsats till lätt~ able seaman; friare sailor
**matrum** *s* dining-room
**maträtt** *s* dish, del av meny course
**matsal** *s* dining-room; större dining-hall; på fabrik etc. canteen
**matsedel** *s* menu, bill of fare
**matsilver** *s* table silver
**matsked** *s* tablespoon; *en ~ smör* a tablespoonful of butter
**matsmältning** *s* digestion
**matsmältningsbesvär** *s* indigestion
**matstrupe** *s* gullet
**matställe** *s* restaurant, eating-place
**matsäck** *s* lunch~ packed lunch; smörgåsar sandwiches pl.
**1 matt** *a* **1** kraftlös faint, svag, klen weak, feeble **2** ej blank matt; glanslös dull
**2 matt** *a, schack och ~!* checkmate!
**1 matta** *s* mjuk matta carpet; mindre rug, dörrmatta mat
**2 matta** *tr* göra svag make ... feel weak
**mattas** *itr dep* become weak (weaker) etc., om färg, glans fade; om t. ex. intresse flag
**1 matte** *s* vard., motsats 'husse' mistress
**2 matte** *s* vard., matematik maths, amer. math
**matthet** *s* faintness, weakness
**matvanor** *s pl* eating habits
**matvaror** *s pl* provisions, eatables
**matvaruaffär** *s* provision-shop
**matvrak** *s* glutton
**matvrå** *s* dining alcove
**mausoleum** *s* mausoleum
**max** *s* vard. se *maximum; till ~* as much as possible, to the maximum extent
**maxim** *s* maxim
**maximal** *a* maximum
**maximalt** *adv* maximally
**maximera** *tr* limit, put an upper limit to
**maximibelopp** *s* maximum amount
**maximihastighet** *s* maximum (top) speed
**maximum** *s* maximum (pl. äv. maxima)
**1 med** *s* på kälke etc. runner, på gungstol rocker
**2 med I** *prep* **1** with; *ordet börjar ~ a* the word begins with an a; *hon har två barn ~* sin förste man she has two children by ...; *tala ~ ngn* speak to (with) a p.; *en korg ~ frukt* a basket of fruit; *en plånbok ~* 100 kr. a wallet containing ...; en kommitté *~ fem medlemmar* ... consisting of five members **2** uttr. sätt: *skrivet ~ blyerts* written in pencil; *~ en hastighet av* 60 km at a speed (rate) of ...; *~ fem minuters mellanrum* at intervals of five minutes; *~ andra ord* in other words; *~ hög röst* in a loud voice; *betala ~ check* pay by cheque; *~ järnväg* by railway; *~ post* by post; vad menar du *~ det?* ... by that?; *höja ~* 10% raise by ...; *vinna ~ 2-1* win (win by) 2-1 **3** 'och' and; *~ flera* (förk. *m. fl.*) and others; *~ mera* (förk. *m. m.*) etcetera (förk. etc.), and so on, och andra saker and other things **4** 'beträffande': *nöjd ~* content with; *noga ~* particular about (as to); *ha plats (tid) ~* have room (time) for; *det bästa ~ det* the best thing about it; *så var det ~ det!* so much for that!; *det är ingen fara ~ honom* he's all right; *det är gott ~* en kopp te it's nice to have ..., jag tycker om ... I do like ...; *vad är det för roligt ~ det?* what's so funny about that? **5** i vissa uttryck: *~ en gång, ~ ens* all at once; *~ åren* blev han over the years ...; ett möte skall hållas *~ början kl. 18* ... commencing at 6 p.m.; *hit ~* pengarna*!* hand over ... !; *adjö ~ dig!* bye-bye!, so long!; *tyst ~ dig!* be quiet! **II** *adv* också too, as well; han är trött på det *och det är jag ~* ... and so am I
**medalj** *s* medal
**medaljör** *s* medallist

**medan** *konj* while
**medansvarig** *a*, ***vara*** ~ share the responsibility [*för* for]
**medarbetare** *s* medhjälpare collaborator; ***från vår utsände*** ~ from our special correspondent
**medbestämmanderätt** *s* voice, right to be consulted
**medborgare** *s* citizen
**medborgarskap** *s* citizenship
**medborgerlig** *a*, ***~a rättigheter*** civil rights
**medbrottsling** *s* accomplice
**meddela** *tr*, ~ ***ngn*** inform a p. [*ngt* of a th.]; ge besked let a p. know; ***från London ~s att*** it is reported from London that
**meddelande** *s* budskap message; underrättelse information, news; tillkännagivande announcement; nyhets~ report; ***ett*** ~ underrättelse a piece of information (news); ***få*** ~ ***om*** be informed of
**medel** *s* **1** sätt, metod means (pl. lika); botemedel remedy [*mot* for] **2** ~ pl. pengar money sg., funds
**medeldistanslöpare** *s* middle-distance runner
**medelhastighet** *s* average speed
**Medelhavet** the Mediterranean [Sea]
**medelklass** *s*, ***~en*** the middle classes pl.
**medellivslängd** *s* average length of life
**medellängd** *s* average length (persons height)
**medelmåtta** *s* **1** ***över (under) ~n*** above (below) the average **2** om person mediocrity
**medelmåttig** *a* mediocre
**medelpunkt** *s* centre, focus
**medelst** *prep* by, by means of
**medelstor** *a* medium, medium-sized, middle-sized
**medelstorlek** *s* medium size
**medelsvensson** *s* the (resp. an) average Swede
**medeltal** *s*, ***i*** ~ on an (the) average, on average
**medeltemperatur** *s* mean temperature
**medeltid** *s* hist., ***~en*** the Middle Ages pl.
**medelålder** *s*, ***en man i ~n, en ~s man*** a middle-aged man
**medfaren** *a*, ***illa*** ~ om t. ex. bok, bil ... badly knocked about
**medfödd** *a* congenital [*hos* in]; om talang etc. native, inborn
**medfölja** *tr itr*, ~ ***ngt*** bifogas be enclosed with a th.; räkning ***medföljer*** ... is enclosed
**medföra** *tr* **1** om person carry (take, hitåt bring) ... along with one; om tåg, båt: passagerare convey, take, post etc. carry **2** ha till följd involve, vålla bring about, leda till lead to
**medge** *tr* **1** erkänna admit **2** tillåta allow, permit **3** bevilja grant
**medgivande** *s* **1** erkännande admission; eftergift concession **2** tillåtelse permission; samtycke consent
**medgörlig** *a* reasonable, ... easy to get on with
**medhjälpare** *s* assistant, helper
**medhåll** *s* stöd support; ***få*** ~ ***hos*** be supported by
**medicin** *s* medicine
**medicinera** *itr* take medicine el. medicines
**medicinsk** *a* medical
**medikament** *s* medicine, medicament
**medinflytande** *s* participation; ***ha*** ~ ***över*** have a voice in
**meditation** *s* meditation
**meditera** *itr* meditate
**medium** *s* medium
**medkänsla** *s* sympathy
**medla** *itr* mediate; som skiljedomare arbitrate
**medlare** *s* mediator; skiljedomare arbitrator
**medlem** *s* member
**medlemsavgift** *s* membership fee
**medlemskap** *s* membership [*i* of]
**medlemskort** *s* membership card
**medlidande** *s* pity, compassion, medkänsla sympathy
**medling** *s* mediation; skiljedom arbitration; uppgörelse settlement
**medmänniska** *s* fellow-creature
**medmänsklig** *a* brotherly, human
**medryckande** *a* captivating, tändande stirring
**medsols** *adv* clockwise
**medspelare** *s* sport. o. kortsp. partner, i lagsport fellow-player, teat. etc. co-actor; ***en av medspelarna*** sport. one of the other players
**medtagen** *a* utmattad exhausted
**medtävlare** *s* competitor äv. sport., rival [*om* for]
**medurs** *adv* clockwise
**medverka** *itr* bidraga contribute [*i* t. ex. tidning to, *till* to]; delta take part; hjälpa till assist [*i*, *vid* o. *till* in]
**medverkan** *s* bistånd assistance; deltagande participation
**medvetande** *s* consciousness [*om* of]
**medveten** *a* conscious [*om* of]
**medvetslös** *a* unconscious
**medvind** *s*, ***segla i*** ~ have the wind behind one, bildl. be doing well

**medvurst** *s* German sausage [of a salami type]
**megafon** *s* megaphone
**megahertz** *s* megahertz
**megaton** *s* megaton
**megawatt** *s* megawatt
**meja** *tr* mow, säd cut, reap; ~ ***ned*** folk mow down . . .
**mejeri** *s* dairy
**mejram** *s* marjoram
**mejsel** *s* chisel; skruv~ screwdriver
**mejsla** *tr* chisel
**meka** *itr* vard., ~ ***med*** bilen (mopeden) do repair work on . . ., mixtra med tinker about with . . .
**mekanik** *s* lära mechanics sg.
**mekaniker** *s* mechanic
**mekanisera** *tr* mechanize
**mekanisk** *a* mechanical
**mekanism** *s* mechanism
**melankoli** *s* melancholy
**melankolisk** *a* melancholy
**mellan** *prep* ~ två between, ~ flera, 'bland' among; där var ~ ***femtio och sextio personer*** . . . some fifty or sixty people
**mellanakt** *s* interval, amer. intermission
**Mellaneuropa** Central Europe
**mellaneuropeisk** *a* Central European
**mellangärde** *s* diaphragm, midriff
**mellanhand** *s* medlare intermediary, hand. middleman; gå genom flera ***mellanhänder*** . . . middlemen's hands
**mellanhavande** *s* räkning outstanding account; tvist difference; ~***n*** affärer dealings
**mellanlanda** *itr* make an intermediate landing
**mellanlandning** *s* intermediate landing; ***flyga utan*** ~ fly non-stop
**mellanmål** *s* snack [between meals]
**mellanrum** *s* intervall interval; avstånd space, lucka gap
**mellanskillnad** *s* difference
**mellanstadium** *s*, ***mellanstadiet*** i grundskolan the intermediate level (department) of the 'grundskola', se *grundskola*
**mellanstorlek** *s* medium size
**mellantid** *s* interval; ***under*** ~***en*** in the meantime, meanwhile
**mellanting** *s*, ***ett*** ~ ***mellan*** . . . something between . . .
**mellanvikt** o. **mellanviktare** *s* sport. middleweight
**mellanvåg** *s* radio. medium wave
**Mellanöstern** the Middle East
**mellerst** *adv* in the middle
**mellersta** *a* middle, central; ~ ***Sverige*** Central Sweden
**melodi** *s* melody, tune
**melodisk** *a* melodious
**melodramatisk** *a* melodramatic
**melon** *s* melon
**melonskiva** *s* slice of melon
**memoarer** *s pl* memoirs
**memorandum** *s* memorandum (pl. vanl. memoranda)
**1 men I** *konj* but **II** *s* hake snag
**2 men** *s* skada harm, injury
**mena** *tr itr* **1** åsyfta mean [*med* by]; ***det*** ~***r du väl inte!*** you don't say! **2** anse think [*om* of]
**menande** *a* meaning, significant
**mened** *s*, ***begå*** ~ commit perjury
**menig** *subst a* mil. private
**mening** *s* **1** åsikt opinion; ***säga sin*** ~ ***rent ut*** speak one's mind **2** avsikt intention; syfte purpose; ***det var inte*** ~***en*** ursäkt I didn't mean to; ***vad är*** ~***en med det här?*** vad är det bra för what is the idea of this?, vad vill det här säga what is all this about? **3** innebörd sense; betydelse meaning; ***det är ingen*** ~ ***med att*** inf. there is no point in ing-form **4** gram., sats sentence
**meningsfull** *a* meaningful, purposeful
**meningslös** *a* meaningless; oförnuftig senseless
**meningsutbyte** *s* exchange of views
**menlös** *a* harmless; intetsägande vapid
**mens** vard. o. **menstruation** *s* period, menstruation; ***ha*** ~ have one's period
**mental** *a* mental
**mentalitet** *s* mentality
**mentalsjuk** *a* mentally deranged (ill)
**mentalsjukdom** *s* mental disease
**mentalsjukhus** *s* mental hospital
**mentol** *s* menthol
**menuett** *s* minuet
**meny** *s* menu
**mer** o. **mera** *a adv* more; ytterligare further; ***någon*** ~ ***gång*** . . . another time, mera . . . any more; ***jag träffade honom aldrig*** ~ I never saw him again; ***ingen*** ~ ***än han*** såg det no one besides (except) him . . .; ***var det någon*** ~ ***som såg det?*** did anybody else see it?; han vet ***mer än väl*** . . . perfectly well
**meridian** *s* meridian
**merit** *s* kvalifikation qualification; förtjänst merit
**meritera I** *tr* qualify **II** *refl*, ~ ***sig*** qualify, qualify oneself
**merkantil** *a* commercial
**Merkurius** astron. o. myt. Mercury

**mersmak** *s*, ***det ger*** ~ it whets the appetite (makes you want more)
**mervärdesskatt** *s* value-added tax, VAT
**1 mes** *s* zool. titmouse (pl. titmice)
**2 mes** *s* stackare faint-heart, funk
**mesig** *a* vard. faint-hearted, chicken-livered
**mesost** *s* whey-cheese
**Messias** Messiah
**mest I** *a* o. *subst a* most, the most; 'mer än hälften av' most; det upptar ***den ~a tiden*** ... most of the time; ***det ~a av*** arvet the greater part of ...; ***det ~a av vad som*** görs most of what ...; ***det ~a (allra ~a)*** jag kan göra the most (very most) ... **II** *adv* **1** most, the most; ~ ***beundrad är hon*** för sin skönhet she is most admired ...; ***hon är ~ beundrad*** av dem she is the most admired ...; ***en av våra ~ kända*** författare one of our best-known (most well-known) ... **2** för det mesta mostly, mainly; ***han fick*** ~ huvudsakligen ***pengar*** he got chiefly money; ***som pojkar är*** ~ just as boys generally are
**mestadels** *adv* mostly; till största delen for the most part; i de flesta fall in most cases
**meta I** *tr* angle for **II** *itr* angle, fish
**metall** *s* metal
**metallarbetare** *s* metal-worker
**metallisk** *a* metallic
**meteorolog** *s* meteorologist
**meteorologi** *s* meteorology
**meteorologisk** *a* meteorological
**meter** *s* metre
**metersystem** *s*, ***~et*** the metric system
**metervara** *s*, tyget ***finns i*** ~ ... is sold by the metre
**metervis** *adv* per meter by the metre
**metod** *s* method
**metodik** *s* metodlära methodology; metoder methods pl.
**metodisk** *a* methodical
**metodist** *s* Methodist
**metrev** *s* fishing-line, line
**metrik** *s* prosody
**metrisk** *a* prosodic; rytmisk metrical
**metronom** *s* metronome
**metspö** *s* fishing-rod, rod
**Mexico** Mexico
**mexikan** o. **mexikanare** *s* Mexican
**mexikansk** *a* Mexican; ***Mexikanska bukten*** the Gulf of Mexico
**m. fl.** (förk. för *med flera*) and others
**mick** *s* vard., mikrofon mike
**middag** *s* **1** tid noon, midday; ***god ~!*** good afternoon!; ***i går*** ~ yesterday at noon **2** måltid dinner; ***sova*** ~ have an afternoon nap (a siesta); ***äta*** ~ ***ute*** borta äv. dine out; ***äta*** fisk ***till*** ~ have ... for dinner
**middagsbjudning** *s* dinner-party
**middagsbord** *s* dinner-table
**middagstid** *s*, ***vid ~ (middagstiden)*** a) at dinner-time b) vid 12-tiden at noon
**midja** *s* waist, markerad waistline
**midnatt** *s* midnight
**midnattssolen** *s* the midnight sun
**midsommar** *s* midsummer; som helg Midsummer; jfr *jul*
**midsommarafton** *s* Midsummer Eve
**midsommardag** *s* Midsummer Day
**midsommarstång** *s* maypole
**midvinter** *s* midwinter
**mig** *pron* se *jag*
**migrän** *s* migraine
**mikrofilm** *s* microfilm
**mikrofon** *s* microphone, vard. mike
**mikroskop** *s* microscope
**mikrovågsugn** *s* microwave oven
**mil** *s*, ***en*** ~ ten kilometres, eng. motsv. ung. six miles; ***engelsk*** ~ mile
**mild** *a* mild; t. ex. om färg, regn soft; lindrig, t. ex. om straff light; t. ex. om röst, sätt gentle; ***~a makter (tid)!, du ~e!*** Good gracious!
**milis** *s* militia
**militant** *a* militant
**militarism** *s* militarism
**militär I** *s* **1** soldat serviceman; speciellt i armén soldier; ***en hög*** ~ a high-ranking officer; ***bli*** ~ join the armed forces **2** koll., ***~en*** the military pl., the army **II** *a* military
**militärbas** *s* military base
**militärtjänst** *s* military service
**miljard** *s* milliard, speciellt amer. billion
**miljon** *s* million
**miljonaffär** *s* transaction involving (amounting to) millions (resp. a million)
**miljondel** *s* millionth; jfr *femtedel*
**miljontals** *adv*, ~ ***människor*** millions of people
**miljonär** *s* millionaire
**miljö** *s* yttre förhållanden environment; omgivning surroundings pl.
**miljöaktivist** *s* environmentalist, vard. neds. ecofreak, doomwatcher
**miljöförstöring** *s* environmental pollution
**miljöombyte** *s* change of environment (surroundings)
**miljöskadad** *a* ... harmed by one's environment, missanpassad maladjusted
**miljövård** *s* environmental control
**millibar** *s* millibar
**milligram** *s* milligram, milligramme
**milliliter** *s* millilitre

**millimeter** *s* millimetre
**milstolpe** *s* milestone äv. bildl.
**mima** *itr* mime
**mimik** *s* facial expressions pl.
**mimosa** *s* mimosa
**1 min** *(mitt, mina) pron* my; självständigt mine; ***Mina damer och herrar!*** Ladies and Gentlemen!; ***jag har gjort mitt*** I have done my part (bit); ***jag och de ~a*** me and my family (my people)
**2 min** *s* ansiktsuttryck expression; uppsyn air; utseende look; ***göra ~er*** grimasera make (pull) faces [*åt ngn* at a p.]; ***hålla god ~ i elakt spel*** grin and bear it
**mina** *s* mine
**mindervärdig** *a* inferior
**mindervärdighet** *s* inferiority
**mindervärdighetskomplex** *s* inferiority complex
**minderårig** *a* omyndig ... under age; ***~a*** juveniles
**mindre I** *a* smaller; kortare shorter; ringare less; obetydlig slight; ***Mindre Asien*** Asia Minor; ***av ~ betydelse*** of less (minor) importance; det kostar ***en ~*** liten ***förmögenhet*** ... a small fortune **II** *subst a* o. *adv* mots.: 'mera' less; ***där var ~*** färre ***bilar*** än här there were fewer cars ...; ***ingen ~ än*** statsministern no less a person than ...; det är ***~ troligt*** ... not very likely
**minera** *tr* mine
**mineral** *s* mineral
**mineralhalt** *s* mineral content
**mineralriket** *s* the mineral kingdom
**mineralvatten** *s* mineral water
**miniatyr** *s* miniature
**miniatyrformat** *s, **i ~*** in miniature
**minigolf** *s* miniature golf
**minimal** *a* extremely small, minimal
**minimibelopp** *s* minimum amount
**minimum** *s* minimum (pl. äv. minima)
**minior** o. **miniorscout** *s* flicka ung. Brownie, pojke ung. Cub
**miniräknare** *s* minicalculator, pocket calculator
**minister** *s* minister
**ministär** *s* ministry
**mink** *s* mink
**minkpäls** *s* mink coat
**minnas** *tr dep* remember; recollect, recall; ***om jag minns rätt (inte minns fel)*** if I remember rightly
**minne** *s* **1** memory äv. dators; hågkomst recollection; ***~n*** memoarer memoirs; ***jag har inget ~ av att jag gjorde det*** I can't remember doing it; ***ha (hålla)*** ngt ***i ~t*** keep (bear) ... in mind; ***lägga ... på ~t*** komma ihåg remember ...; ***till ~ (minnet) av*** in memory (remembrance) of **2** souvenir souvenir, keepsake
**minnesanteckning** *s* memorandum (pl. vanl. memoranda)
**minnesbeta** *s, **ge ngn en ~*** teach a p. a lesson that he (she etc.) won't forget
**minnesförlust** *s* loss of memory
**minnesgåva** *s* souvenir, keepsake
**minneslista** *s* memorandum (pl. vanl. memoranda), check (till inköp shopping) list
**minnesmärke** *s* **1** minnesvård memorial, monument [*över* to] **2** från det förgångna relic, ancient monument
**minnesvärd** *a* memorable [*för* to]
**minoritet** *s* minority
**minoritetsparti** *s* minority party
**minsann** *adv* sannerligen certainly, indeed
**minska I** *tr* reduce [*med* by]; skära ned cut down; förminska decrease; sänka lower **II** *itr* decrease, lessen, diminish; sjunka decline; ***~*** 5 kilo ***i vikt*** go down ... in weight
**minskas** *itr dep* se *minska II*
**minskning** *s* reduction, decrease [*av, i* of, in]; nedskärning cut [*av* in]
**minst I** *a* **1** motsats 'störst' smallest; kortast shortest; obetydligast slightest **2** motsats 'mest' least, the least; motsats 'flest' fewest, the fewest; ***han fick ~*** he got least (the least); ***där det finns ~ (~ med)*** bilar where there are fewest ... **3** ***det ~a du kan göra är att*** ... the least you can (could) do is to ...; jag begrep inte ***det ~a*** ... a thing **II** *adv* least; åtminstone at least; ***när man ~*** väntar det when you least ...; ***~ sagt*** to say the least
**minsvepning** *s* minesweeping
**minsökare** *s* mine detector
**minus I** *s* minus; underskott deficit [*på* of] **II** *adv* minus; med avdrag av less
**minusgrad** *s* degree below zero
**minustecken** *s* minus sign
**minut** *s* minute
**minutiös** *a* meticulous; detaljerad minute, elaborate
**minutvisare** *s* minute-hand
**mirakel** *s* miracle
**mirakulös** *a* miraculous
**miserabel** *a* miserable, wretched
**miss** *s* misslyckande miss
**missa** *tr itr* miss
**missanpassad** *a* maladjusted
**missbelåten** *a* dissatisfied, displeased
**missbelåtenhet** *s* dissatisfaction, displeasure
**missbildad** *a* malformed, misshapen

**missbildning** *s* malformation; lyte deformity
**missbruk** *s* abuse
**missbruka** *tr* abuse; alkohol, narkotika be addicted to
**missbrukare** *s* av alkohol person who is addicted to alcohol, over-indulger in alcohol, av narkotika drug-addict
**missfall** *s*, *få* ~ have a miscarriage
**missfoster** *s* abortion
**missfärga** *tr* discolour, stain
**missförhållande** *s*, ~ el. ~*n* unsatisfactory state of things sg., bad conditions pl.; sociala ~*n* . . . evils
**missförstå** *tr* misunderstand
**missförstånd** *s* misunderstanding
**missgynna** *tr* treat . . . unfairly, be unfair to
**misshandel** *s* maltreatment; ***utsätta för*** ~ maltreat, assault, batter
**misshandla** *tr* maltreat, kroppsligt äv. handle . . . roughly, assault, om t. ex. barn, kvinnor äv. batter, knock . . . about
**mission** *s* mission
**missionär** *s* missionary
**missklädsam** *a* unbecoming
**missköta** *tr* mismanage; försumma neglect
**missleda** *tr* mislead
**misslyckad** *a* unsuccessful; ***vara*** ~ be a failure
**misslyckande** *s* failure; fiasko fiasco
**misslyckas** *itr dep* fail [*med* in, *med att* inf. to inf.]
**missmodig** *a* downhearted, dejected
**missnöjd** *a* dissatisfied, displeased, stadigvarande discontented
**missnöje** *s* dissatisfaction, displeasure, stadigvarande discontent [*över* at]; ogillande disapproval [*med* of]
**missräkning** *s* disappointment [*över* at]
**missta** *refl*, ~ ***sig*** make a mistake; ***om jag inte ~r mig*** if I'm not mistaken; ~ ***sig på*** misjudge
**misstag** *s* mistake, error; förbiseende oversight; ***av*** ~ by mistake
**misstanke** *s* suspicion; ***hysa misstankar mot*** suspect; ***väcka misstankar*** arouse suspicion
**misstolka** *tr* misinterpret
**misstro** *tr* distrust; tvivla på doubt
**misstroende** *s* distrust [*till*, *mot* of]
**misstroendevotum** *s*, ***ställa*** ~ move a vote of no confidence
**misstrogen** *a* distrustful
**misströsta** *itr* despair [*om* of]
**misstycka** *itr tr*, ***om du inte misstycker*** if you don't mind
**misstänka** *tr* suspect [*för* of]
**misstänksam** *a* suspicious [*mot* of]
**misstänksamhet** *s* suspicion; egenskap suspiciousness
**misstänkt** *a* **1** suspected [*för* of]; ***en*** ~ a suspect **2** tvivelaktig suspicious
**missunna** *tr* grudge, begrudge, avundas envy
**missuppfatta** *tr* misunderstand
**missuppfattning** *s* misunderstanding
**missvisande** *a* misleading, deceptive
**missämja** *s* dissension, discord, bad feeling
**missöde** *s* mishap; ***tekniskt*** ~ technical hitch; ***genom ett*** ~ en olycklig slump by mischance
**mist** *s* mist; tjocka fog
**mista** *tr* lose; undvara do without
**miste** *adv* wrong; ***ta*** ~ make a mistake; ***gå*** ~ ***om*** miss
**mistel** *s* mistletoe
**misär** *s* nöd extreme poverty, destitution
**mitella** *s* triangular bandage
**1 mitt** *pron* se *1 min*
**2 mitt I** *s* middle, centrum centre **II** *adv*, ~ ***emellan*** half-way between; ~ ***emot*** just opposite; ~ ***framför (för)*** just in front [*ngt* of a th.]; ~ ***för ögonen på ngn*** right before a p.'s eyes; ~ ***i*** in the middle (very middle) [*ngt* of a th.]; among; ~ ***ibland oss*** in our midst; dela ngt ~ ***itu*** . . . into two equal parts, . . . in half; ~ ***på (under, uppe i)*** in the middle of; ~ ***över*** gatan straight across . . .
**mitterst** *adv* in the middle (centre) [*i* of]
**mittersta** *a*, ~ el. ***den*** ~ raden the middle . . .
**mittfältare** *s* sport. midfielder
**mittpunkt** *s* centre
**mixer** *s* kok. o. radio. mixer
**mixtra** *itr*, ~ ***med*** knåpa potter with
**mjuk** *a* soft, t. ex. om handlag gentle, mör tender; smidig lithe, flexible
**mjuka** *tr*, ~ ***upp*** göra mjuk make . . . soft, soften; ~ ***upp*** t. ex. sina muskler limber up
**mjukglass** *s* soft ice-cream
**mjuklanda** *itr* make a soft landing
**mjukna** *itr* soften, become (grow) soft
**mjukost** *s* soft cheese
**mjukplast** *s* non-rigid plastic
**mjäkig** *a* sloppy, sentimental; om t. ex. pojke namby-pamby
**mjäll** *s* i håret dandruff, scurf
**mjälte** *s* spleen
**mjöl** *s* vetemjöl flour
**mjölig** *a* floury; ~ ***potatis*** mealy potatoes
**mjölk** *s* milk

**mjölka** *tr* milk
**mjölkaffär** *s* dairy
**mjölkaktig** *a* milky
**mjölkbar** *s* milk-bar
**mjölkdroppe** *s* drop of milk
**mjölke** *s* fisk~ milt, soft roe
**mjölkflaska** *s* av glas: milk bottle, flaska mjölk bottle of milk
**mjölkpaket** *s* milk carton, paket mjölk carton of milk
**mjölktand** *s* milk-tooth
**mjölnare** *s* miller
**m. m.** (förk. för *med mera*) and so on, och andra saker and other things
**mobb** *s* mob
**mobba** *tr* bully, harass, gang up on
**mobbning** *s* mobbing, bullying, persecution; ~ ***av*** äv. ganging up on . . .
**mobilisera** *tr itr* mobilize
**mobilisering** *s* mobilization
**mocka** *s* **1** kaffe mocha **2** skinn suède
**mockajacka** *s* suède jacket
**mockasin** *s* moccasin
**mod** *s* courage; ***förlora ~et*** lose heart, be discouraged; ***känna sig väl till ~s*** feel at ease; ***vara vid gott ~*** be in good heart (spirits)
**modd** *s* slush
**mode** *s* fashion, 'fluga' rage, craze; ***en*** målare ***på ~t*** a fashionable . . .; ***komma på ~t*** become the fashion, become fashionable; ***komma ur ~t*** go out of fashion, become unfashionable
**modedocka** *s* bildl. fashion plate
**modefluga** *s* passing fashion
**modehus** *s* fashion house
**modell** *s* model; ***sitta (stå) ~*** pose
**1 modellera** *s* modelling clay; plastiskt material plasticine
**2 modellera** *tr* model
**modellklänning** *s* model dress (gown)
**moder** *s* mother; ***M~ jord*** Mother Earth; jfr *mor*
**moderat I** *a* måttlig moderate, skälig reasonable; polit. Conservative **II** *s*, ***~erna*** the Moderate (Swedish Conservative) Party
**moderation** *s* moderation, restraint
**moderbolag** *s* parent company
**moderkaka** *s* placenta
**moderlig** *a* motherly, som tillkommer en mor maternal
**moderlighet** *s* motherliness
**modern** *a* nutida modern, contemporary; tidsenlig up to date; på modet fashionable; ***~ lägenhet*** flat (apartment) with every modern convenience
**modernisera** *tr* modernize
**modersfixerad** *a*, ***vara ~*** have a mother fixation
**modersfixering** *s* mother fixation
**moderskap** *s* motherhood, maternity
**moderskapspenning** *s* maternity allowance
**moderskärlek** *s* maternal (a mother's) love
**modersmjölk** *s* mother's milk
**modersmål** *s* mother tongue
**modeskapare** *s* stylist
**modetidning** *s* fashion paper
**modfälld** *a* discouraged, disheartened
**modifiera** *tr* modify
**modifikation** *s* modification
**modig** *a* courageous, plucky, brave
**modist** *s* milliner, modiste
**modul** *s* module
**modulera** *tr* modulate
**mogen** *a* ripe, speciellt bildl. mature; ***vid ~ ålder*** at a mature age; ***~ för*** ripe (ready) for
**mogna** *itr* ripen, bildl. mature
**mognad** *s* ripeness, speciellt bildl. maturity
**mojna** *itr* lull, slacken
**mojäng** *s* vard. gadget
**molekyl** *s* molecule
**moll** *s* mus. minor; ***gå i ~*** be in the minor key
**moln** *s* cloud
**molnfri** *a* cloudless
**molnig** *a* cloudy, overcast
**molntäcke** *s*, ***lättande ~*** decreasing cloud
**moment** *s* faktor element, factor; punkt point, item; stadium stage; i lagtext clause
**momentan** *a* momentary
**moms** *s* VAT, jfr *mervärdesskatt*
**monark** *s* monarch
**monarki** *s* monarchy
**mongol** *s* Mongol, Mongolian
**Mongoliet** Mongolia
**monitor** *s* monitor
**monogam** *a* monogamous
**monogami** *s* monogamy
**monogram** *s* monogram
**monokel** *s* monocle
**monolog** *s* monologue, soliloquy
**Monopol**® sällskapsspel Monopoly
**monopol** *s* monopoly
**monopolisera** *tr* monopolize
**monoton** *a* monotonous
**monster** o. **monstrum** *s* monster
**monsun** *s* monsoon
**monter** *s* show-case, display case

**montera** *tr* mount; t. ex. bil, radio assemble; ~ ***ned*** dismantle, dismount
**montering** *s* mounting, t. ex. bil, radio assembly
**monteringsfärdig** *a* prefabricated
**montör** *s* fitter, t. ex. bil~, radio~ assembler
**monument** *s* monument
**monumental** *a* monumental
**moped** *s* moped
**mopedist** *s* mopedist, moped rider
**mopp** *s* mop
**moppa** *tr* mop
**moppe** *s* vard. moped moped
**mops** *s* pug, pug dog
**mor** *s* mother, jfr äv. *mamma;* ***~s dag*** Mother's Day; ***bli*** ~ become a mother; ***hon är ~ till A.*** she is the mother of A.
**moral** *s* etik ethics sg.; moraluppfattning morality (end. sg.); seder morals pl.; anda, speciellt stridsmoral morale (end. sg.)
**moralisera** *itr* moralize [*över* on]
**moralisk** *a* moral, etisk ethical
**moralism** *s,* ~ o. ***~en*** moralism
**morbror** *s* uncle, maternal uncle
**mord** *s* murder [*på* of]
**mordbrand** *s* arson; ***anstifta*** ~ commit arson
**mordförsök** *s* attempted murder
**morfar** *s* grandfather, maternal grandfather; vard. grandpa, granddad; ***~s far (mor)*** great-grandfather (great-grandmother)
**morfin** *s* morphine
**morfinist** *s* morphinist, morphine addict
**morföräldrar** *s pl,* ***mina*** ~ my grandparents [on my mother's side]
**morgon** *s* motsats 'kväll' morning, gryning dawn; ***i*** ~ tomorrow; jfr äv. ex. under *kväll*
**morgondag** *s,* ***~en*** tomorrow
**morgonkaffe** *s* early morning coffee
**morgonluft** *s* morning air; börja ***vädra*** ~ bildl. begin to see one's chance
**morgonrock** *s* dressing gown
**morgonstund** *s,* ~ ***har guld i mund*** the early bird catches the worm
**morgontidning** *s* morning paper
**morkulla** *s* woodcock
**mormon** *s* Mormon
**mormonsk** *a* Mormon
**mormor** *s* grandmother, maternal grandmother; vard. grandma, granny; ***~s far (mor)*** great-grandfather (great-grandmother)
**morot** *s* carrot äv. bildl.
**morra** *itr* growl, snarl [*åt* at]
**morrhår** *s pl* whiskers
**morsa** *s* vard. mum, ma, amer. mom
**morse** *s,* ***i*** ~ this morning; ***i går*** ~ yesterday morning
**morsealfabet** *s* Morse alphabet (code)
**morsgris** *s* vard. kelgris mother's darling
**morsk** *a* kavat self-assured, kaxig cocky, stuck-up
**mortel** *s* mortar
**mortelstöt** *s* pestle
**mos** *s* kok. mash, av äpplen sauce
**mosa I** *tr,* ~ el. ~ ***sönder*** reduce ... to pulp; tillintetgöra crush (sport. beat) completely **II** *refl,* ~ ***sig*** pulp
**mosaik** *s* mosaic
**mosaisk** *a* Mosaic
**mosig** *a* mosad pulpy
**moské** *s* mosque
**moskit** *s* mosquito
**Moskva** Moscow
**mossa** *s* moss
**moster** *s* aunt, maternal aunt
**mot** *prep* i riktning mot towards; ***gränsen ~ Finland*** the Finnish border; hålla upp ~ ***ljuset*** ... to the light; ***rusa ~ dörren*** dash to the door; ***skjuta*** ~ shoot at; i fråga om inställning: to, towards; ***vänlig (grym)*** ~ kind (cruel) to; för att beteckna motstånd, kontrast, motsvarighet against, for; tabletter ~ ***huvudvärk*** ... for a headache (headaches); göra ngt ~ ***betalning*** ... for money; ~ ***kvitto*** against a receipt
**mota** *tr,* ~ spärra vägen för ***ngn (ngt)*** bar (block) the way for a p. (a th.)
**motanfall** *s* counter-attack
**motarbeta** *tr* sätta sig upp mot oppose; motverka counteract; bekämpa combat
**motbjudande** *a* repugnant, repulsive [*för* to]
**motell** *s* motel
**motgift** *s* antidote [*mot* against, for, to]
**motgång** *s* misfortune; bakslag reverse, setback
**motion** *s* **1** kroppsrörelse exercise **2** förslag motion, lagförslag bill [*i* on, *om* for]
**motionera I** *tr* give ... exercise **II** *itr* take exercise
**motionscykel** *s* cycle exerciser
**motionsgymnastik** *s* keep-fit exercises pl.
**motiv** *s* bevekelsegrund motive [*för, till* for, of]; skäl reason [*för* for]
**motivation** *s* motivation [*för* of]
**motivera** *tr* **1** utgöra skäl för give cause for, rättfärdiga justify, explain; ange skäl för state one's reasons for **2** skapa lust för motivate

**motivering** *s* berättigande justification, explanation [*för* of, for]; angivande av skäl statement of one's reasons
**motkandidat** *s* rival candidate
**motocross** *s* moto-cross, scramble
**motoffensiv** *s* counter-offensive
**motor** *s* förbrännings~ engine; elektrisk motor
**motorbåt** *s* motor-boat
**motorcykel** *s* motor cycle, vard. motorbike
**motorcyklist** *s* motor cyclist
**motordriven** *a* motor-driven
**motorfartyg** *s* motor ship (förk. MS)
**motorfel** *s*, ***få ~*** get engine trouble
**motorfordon** *s* motor vehicle
**motorfordonsförsäkring** *s* motor vehicle insurance
**motorförare** *s* motorist, driver
**motorgräsklippare** *s* power lawn-mower
**motorhuv** *s* bonnet, amer. hood
**motorism** *s* motorism, motoring
**motorstopp** *s* engine failure; ***jag fick ~*** the (my) car stalled
**motorstyrka** *s* engine power
**motorsåg** *s* power saw
**motortrafikled** *s* ung. main arterial road, major road
**motortävling** *s* motor race
**motorväg** *s* motorway, amer. expressway, freeway
**motorvärmare** *s* engine pre-heater
**motpart** *s* opponent; ***~en*** the other side (party)
**motprestation** *s* service in return
**motsats** *s* opposite, contrary [*mot, till* of]; påstå ***raka ~en*** ... quite (just) the opposite; ***stå i skarp ~ till ngt*** form a sharp contrast to a th.; ***i ~ till mig*** är han ... unlike me ...
**motsatt** *a* opposite, contrary; ***det ~a könet*** the opposite sex; ***~a åsikter*** opposed views
**motse** *tr* se fram emot look forward to, förutse expect
**motsida** *s*, ***~n*** the opposite (sport. opposing) side
**motsols** *adv* anti-clockwise
**motspelare** *s* sport. opponent
**motstridig** *a* conflicting, contradictory
**motstycke** *s* counterpart
**motstå** *tr* resist, withstand
**motstående** *a* opposite
**motstånd** *s* resistance, opposition; ***göra ~ mot*** offer resistance to
**motståndare** *s* opponent, adversary
**motståndskraft** *s* resistance, power of resistance [*mot* to]
**motståndskraftig** *a* resistant [*mot* to]
**motsvara** *tr* correspond to, t.ex. beskrivningen answer, answer to; t.ex. krav fulfil, come up to; vara likvärdig med be equivalent to
**motsvarande** *a* corresponding, jämgod equivalent
**motsvarighet** *s* överensstämmelse correspondence; motstycke counterpart [*till* to, of], opposite number
**motsäga** *tr* contradict
**motsägande** *a* contradictory
**motsägelse** *s* contradiction
**motsätta** *refl*, ***~ sig*** oppose
**motsättning** *s* opposition, fientligt förhållande antagonism; ***stå i ~ mot (till)*** be in contrast to
**motta** o. **mottaga** *tr* receive
**mottagande** *s* reception; speciellt hand. receipt
**mottagare** *s* person o. apparat receiver
**mottaglig** *a* susceptible [*för* to]
**mottagning** *s* reception; doktorn har ***~ varje dag*** ... surgery (consulting) hours every day; rektorn ***har ~ 10-12*** ... receives visitors 10-12
**mottagningsrum** *s* läkares consulting-room, surgery
**mottagningstid** *s* time for receiving visitors; läkares surgery hours
**motto** *s* motto (pl. -s el. -es)
**moturs** *adv* anti-clockwise
**motverka** *tr* motarbeta counteract; hindra obstruct
**motvikt** *s* counterbalance, counterweight
**motvilja** *s* olust dislike [*mot* of, for]
**motvillig** *a* reluctant
**motvillighet** *s* reluctance
**motvind** *s*, ***segla i ~*** sail against the wind, bildl. be doing badly, be under the weather
**motåtgärd** *s* counter-measure
**moussera** *itr* sparkle; ***~nde vin*** sparkling wine
**1 mucka** *tr* vard., ***~ gräl*** pick a quarrel
**2 mucka** *itr* vard. mil. be demobbed
**muffins** *s* ung. queen (fairy) cake, amer. muffin
**mugg** *s* mug, cup
**Muhammed** Mohammed
**muhammedan** *s* Mohammedan
**mula** *s* mule
**mulatt** *s* mulatto (pl. -s)
**mule** *s* muzzle
**mulen** *a* overcast, cloudy
**mullbär** *s* mulberry

**mullig** *a* plump
**mullra** *itr* rumble, roll, growl
**mullvad** *s* mole äv. bildl.
**mulna** *itr* cloud over, become overcast
**mul- och klövsjuka** *s* foot-and-mouth disease
**multilateral** *a* multilateral
**multinationell** *a* multinational
**multiplicera** *tr* multiply [*med* by]
**multiplikationstabell** *s* multiplication table
**multna** *itr* moulder, rot
**mumie** *s* mummy
**mumla** *tr itr* mumble; muttra mutter
**mumsa** *itr* munch; ~ *på ngt* el. ~ *i sig ngt* munch a th.
**mun** *s* mouth; *hålla* ~ keep quiet, vard. shut up; *vara stor i* ~ talk big; *prata bredvid* ~ *(munnen)* let the cat out of the bag; *tala i* ~*nen på varandra* speak at the same time
**München** Munich
**mungiga** *s* jew's harp
**mungipa** *s* corner of one's mouth
**munk** *s* **1** person monk **2** bakverk doughnut
**munkavle** o. **munkorg** *s* muzzle; *sätta* ~ *på* muzzle
**munläder** *s*, *ha gott* ~ have the gift of the gab
**mun-mot-munmetoden** *s* the mouth-to-mouth method, the kiss of life
**munsbit** *s* mouthful
**munspel** *s* mouth-organ
**munstycke** *s* mouthpiece, på cigarett tip
**munter** *a* merry, glättig cheerful
**muntlig** *a* oral; om t. ex. överenskommelse verbal
**muntra** *tr*, ~ *upp* cheer ... up
**munvatten** *s* mouthwash
**mur** *s* wall
**mura** *tr* bygga (av tegel) build ... of brick; ~ en brunn med cement wall ...; ~ *igen (till)* wall up, med tegel brick up
**murare** *s* tegel~ bricklayer, speciellt sten~ mason
**murbruk** *s* mortar
**murgröna** *s* ivy
**murken** *a* decayed, starkare rotted
**murkla** *s* morel
**mus** *s* mouse (pl. mice)
**muselman** *s* Muslim
**museum** *s* museum, för konst äv. gallery
**musik** *s* music
**musikal** *s* musical
**musikalisk** *a* musical
**musikant** *s* musician, music-maker
**musikbänk** *s* hi-fi unit
**musiker** *s* musician
**musikstycke** *s* piece of music
**musikverk** *s* musical composition (work)
**musiköra** *s* musical ear
**muskel** *s* muscle
**muskelknutte** *s* vard. muscle-man, man mountain
**muskelsträckning** *s*, *få en* ~ get a sprained muscle
**muskelstärkare** *s* spring exerciser
**muskot** *s* nutmeg
**muskotblomma** *s* krydda mace
**muskulatur** *s* musculature, muscles pl.
**muskulös** *a* muscular
**muslim** *s* Muslim
**muslimsk** *a* Muslim
**muslin** *s* muslin
**Musse Pigg** seriefigur Mickey Mouse
**mussla** *s* mussel
**must** *s* av äpplen juice
**mustasch** *s* moustache
**mustig** *a* **1** kraftig, närande rich **2** bildl., om t. ex. historia racy, juicy
**muta** *tr* bribe
**mutor** *s pl* bribes
**mutter** *s* tekn. nut
**muttra** *itr* mutter
**mycken** *(mycket; myckna) a* i omedelbar anslutning till följande subst.: a) much, framför eng. subst. i pl. many b) en hel del a great (good) deal of, framför eng. subst. i pl. a great many; fullt med plenty; efter ~ *diskussion (mycket diskuterande)* ... a great deal of discussion; *det var mycket folk* på mötet there were many (a lot of) people ...; *vara till* ~ *nytta* be of great use
**mycket** *adv* utan anslutning till följande subst. **1** följt av adj. o. adv. very, very much; starkare most; *de är* ~ *lika (rädda)* they are very (very much) alike (afraid); *den är för* ~ *kokt (stekt)* it has boiled (fried) too long; det är ~ *möjligt* ... quite possible; med komparativ much; *så* ~ *bättre* all (so much) the better; ~ *färre* fel far fewer ... **2** i övriga fall, *det görs* ~ för barnen much is done ...; *hon är* ~ *över* femtio she is well over ...; *det är* ~ *hans fel* it is to a great extent his fault; *jag beklagar* ~ att I very much regret...; boken innehåller ~ *av intresse* ... much that is interesting; *en gång för* ~ once too often; *koka* ngt *för* ~ ... too long; *hur* ~ fick han how much ...?; *hur* ~ *jag än* försöker however much ...; *lika* ~ as much; *lika* ~ *till* as much again; *så* ~ *fick jag inte* I didn't get as much as that; *det gör inte så* ~ om han går it doesn't matter very much ...; *inte så* ~ *som* ett öre not so

much as . . .; *utan att så ~ som svara* without even answering
**mygel** *s* wangling, fiddling, wire-pulling, jfr *mygla*
**mygga** *s* stick~ mosquito (pl. -es el. -s), knott gnat, midge
**myggbett** *s* mosquito-bite
**mygla** *itr* fiffla wangle, fiddle, gå bakvägar, intrigera äv. use underhand means, pull wires
**myglare** *s* wangler, fiddler, wire-puller
**mylla** *s* mould, earth
**myller** *s* swarm, crowd, throng
**myllra** *itr* swarm [*av* with]
**myndig** *a* **1** *bli ~* come of age; *~ ålder* majority **2** befallande authoritative
**myndighet** *s* **1** myndig ålder majority, full age **2** uppträda *med ~* . . . with authority **3** makt authority **4** *~erna* the authorities
**myndighetsperson** *s* person in authority
**mynna** *itr, ~ i* el. *~ ut i* a) om flod etc. fall into, om gata etc. lead to b) bildl. end in; *~ ut i intet* come to nothing
**mynning** *s* mouth; på vapen muzzle
**mynt** *s* coin; *utländskt ~* foreign currency; *slå ~ av* bildl. make capital out of
**mynta** *s* mint
**myntinkast** *s* på automat slot
**myr** *s* bog, swamp
**myra** *s* ant
**myrstack** *s* ant-hill
**myrten** *s* myrtle
**mysa** *itr* smile contentedly
**mysig** *a* vard., trivsam nice and cosy, groovy; om person sweet, nice
**mysk** *s* musk
**myskoxe** *s* musk-ox
**mysterium** *s* mystery
**mystiker** *s* mystic
**mystisk** *a* gåtfull mysterious; relig. mystic
**myt** *s* myth [*om* of]
**myteri** *s* mutiny; *göra ~* mutiny
**mytologi** *s* mythology
**1 må** *itr* känna sig be, feel; *hur ~r du?* how are you?; *~ så gott!* keep well!
**2 må** *hjälpvb, vad som än ~ hända* whatever may happen; det var vackert *~ du tro!* . . . I can tell you!; *det ~ vara hänt!* all right!
**måfå** *s, på ~* at random
**måg** *s* son-in-law (pl. sons-in-law)
**måhända** *adv* maybe
**1 mål** *s, har du inte ~ i mun?* haven't you got a tongue in your head?; *sväva på ~et* hum and haw, be evasive
**2 mål** *s* jur. case
**3 mål** *s* måltid meal; *ett ~ mat* a meal
**4 mål** *s* **1 a)** vid skjutning mark; skottavla o. bombmål target **b)** i bollspel goal; *göra ett ~* score a goal **c)** vid kapplöpning etc. finish; speciellt vid hästkapplöpning winning-post; *komma (gå) i ~* come in **2** bildl. goal; syfte aim, purpose; *skjuta över ~et* overshoot the mark
**måla I** *tr itr* paint, bildl. äv. depict **II** *refl, ~ sig* sminka sig make (make oneself) up
**målande** *a* om stil, skildring graphic, vivid
**målare** *s* painter
**målarfärg** *s* paint
**målbrott** *s, han är i ~et* his voice is breaking
**målbur** *s* goal
**måleri** *s* painting
**målföre** *s* voice; *återfå ~t* find one's voice
**målinriktad** *a* goal-directed, target-oriented
**målinriktning** *s* direction (orientation) towards a goal
**mållinje** *s* sport. finishing-line; fotb. goal-line
**mållös** *a* stum speechless [*av* with]
**målmedveten** *a* purposeful, single-minded
**målmedvetenhet** *s* purposefulness
**målning** *s* painting; färg paint
**målskillnad** *s* goal difference
**målskjutning** *s* target-shooting
**målsman** *s* **1** förmyndare guardian, förälder parent **2** förespråkare advocate [*för* of]
**målsnöre** *s* finishing-tape
**målstolpe** *s* goal-post
**målsättning** *s* aim, purpose, goal
**måltavla** *s* target
**måltid** *s* meal
**målvakt** *s* goalkeeper, vard. goalie
**1 mån** *s, i någon ~* to some extent, to a certain degree
**2 mån** *a, ~ om* angelägen om anxious about, aktsam med careful of, noga med particular about
**månad** *s* month; jfr *2 vecka* ex.; 1000 kr i *~en (per ~)* . . . a (per) month
**månadshyra** *s* monthly rent
**månadsskifte** *s* turn of the month
**månadsvis** *adv* monthly, by the month
**månatlig** *a* monthly
**månatligen** *adv* monthly
**måndag** *s* Monday; jfr *fredag* med ex.
**måndagskväll** *s* Monday evening (senare night); *på ~arna* on Monday evenings (nights)

**månde** *hjälpvb, vad ~ detta betyda?* what can this mean?
**måne** *s* moon
**månförmörkelse** *s* eclipse of the moon
**många** *obest pron* many; ~ anser att many (a great number of, a lot of) people ...; *ganska (rätt)* ~ quite a number, quite a lot; *så ~ brev!* what a lot of letters!
**mångdubbel** *a, mångdubbla värdet* many times the value
**mångfald** *s* stort antal, *en* ~ t. ex. plikter a great number of
**mångfaldig** *a* manifold; skiftande diverse, varied
**mångfaldiga** *tr* multiply
**månggifte** *s* polygamy
**mångmiljonär** *s* multimillionaire
**mångsidig** *a* many-sided, all-round
**mångtydig** *a* tvetydig ambiguous
**mångårig** *a* ... of many years
**månlandning** *s* moon-landing
**månlandskap** *s* lunar landscape
**månresa** *s* trip to the moon
**månsken** *s* moonlight
**mård** *s* marten
**mås** *s* gull
**måste** *hjälpvb, han* ~ a) he must, angivande 'yttre tvång' he has (resp. will have) to, he is (resp. will be) obliged to b) var tvungen att he had to, he was obliged to; *han har måst* betala he has had to (been obliged to) ...; *jag* ~ kan inte låta bli att *skratta* I can't help laughing
**mått** *s* measure [*på* of]; *~et är rågat!* I've had enough of it!; *hålla ~et* come up to expectations; inge *ett visst ~ av respekt* ... a certain amount of respect; *ta ~ på ngn* till en kostym take a p.'s measurements ...; *av stora ~* bildl. of great proportions; *gjord efter ~* made to measure; *efter våra ~* by our standards
**måtta** *s* moderation; *det är ingen ~ på* vad han fordrar there is no limit to ...; *med ~* moderately
**måttband** *s* measuring-tape
**måttbeställd** *a* ... made to measure, amer. custom-made
**måtte** *hjälpvb, ~ du aldrig ångra det!* may you never regret it!; *han ~ vara sjuk* eftersom ... he must be ill ...; *han ~ inte ha hört det* he cannot have heard it
**måttenhet** *s* unit of measurement
**måttfull** *a* moderate; sansad sober
**måttlig** *a* moderate
**måttstock** *s* measure, standard
**måttsystem** *s* system of measurement
**mäkla** *tr itr* medla mediate
**mäklare** *s* hand. broker
**mäktig** *a* **1** powerful; väldig tremendous, huge **2** om föda heavy
**mängd** *s* **1** kvantum quantity, amount, antal number, mat. set; *i riklig ~* in abundance **2** *~en* folket, massan the crowd
**människa** *s* man (pl. men), person person; mänsklig varelse human being; *~n* i allmänhet man; *människor* folk people; *människorna* mänskligheten mankind sg.; *alla människor* everybody sg.; *ingen ~* nobody; *någon ~* somebody, anybody; *en gammal ~* an old person; *gamla människor* old people; hur är han (hon) *som ~?* ... as a person?
**människokärlek** *s* humanity, love of mankind, kristlig ~ charity
**människoliv** *s* life, human life
**människonatur** *s*, ~ o. *~en* human nature
**människosläkte** *s*, *~t* the human race, mankind
**människovän** *s* humanitarian
**människovänlig** *a* humanitarian, humane
**människovärdig** *a* ... fit for human beings
**mänsklig** *a* human; human humane
**mänsklighet** *s* **1** *~en* människosläktet mankind **2** humanitet humaneness
**märg** *s* **1** benmärg marrow **2** bot. pith
**märka** *tr* **1** mark; *märkt med rött* marked in red **2** lägga märke till notice, observe; *märk att* ... note that ...; skillnaden *märks knappt* ... is hardly noticeable
**märkbar** *a* noticeable; uppenbar obvious
**märke** *s* **1** mark; spår trace; fabrikat: t. ex. bils make, t. ex. kaffe~, tobaks~ brand; klubb~ etc. badge; *ha ~n efter* misshandel show marks of ...; *sätta ~ för* put a mark against **2** *lägga ~ till* notice
**märkesvaror** *s pl* proprietary (branded) goods
**märklig** *a* remarkable; egendomlig strange, odd; *det var ~t!* how extraordinary!
**märkpenna** *s* marker
**märkvärdig** *a* egendomlig strange; anmärkningsvärd remarkable; *göra sig ~* viktig make oneself important
**mäss** *s* mess, lokal äv. messroom
**mässa** *s* **1** kyrkl. mass; *gå i ~n* attend Mass **2** utställning fair, exhibition
**mässing** *s* brass
**mässingsinstrument** *s* brass instrument
**mässling** *s* measles
**mästare** *s* master, sport. champion
**mästarinna** *s* [woman] champion

**mästerlig** *a* masterly
**mästerligt** *adv* in a masterly way
**mästerskap** *s* championship
**mästerstycke** o. **mästerverk** *s* masterpiece
**mäta I** *tr itr* measure **II** *refl*, ~ *sig*, *han kan inte* ~ *sig med* ... he cannot match ...
**mätare** *s* meter; mätinstrument gauge
**mätarställning** *s* meter indication (reading)
**mätbar** *a* measurable
**mätinstrument** *s* measuring instrument
**mätning** *s* mätande measuring; *göra* ~*ar* take (make) measurements
**mätt** *a*, *jag är* ~ *tack* I simply couldn't eat another thing; I've had enough, thanks; *äta sig (bli)* ~ have enough to eat, satisfy one's hunger; *han kunde inte se sig* ~ *på det* he never tired of looking at it
**mätta** *tr* **1** satisfy; *frukt* ~*r inte* fruit does not fill you **2** kem. o. friare saturate
**mättad** *a* kem. o. friare saturated
**mö** *s* flicka maid, maiden
**möbel** *s* enstaka piece of furniture; *möbler* furniture sg.
**möbeltyg** *s* furnishing fabric
**möblemang** *s* furniture (end. sg.); *ett* ~ a suite of furniture
**möblera** *tr* förse med möbler furnish, ordna möblerna i arrange the furniture in
**möblering** *s* furnishing
**möda** *s* besvär pains pl., trouble; *göra sig* ~ take pains (trouble); *endast med* ~ kunde han only with difficulty ...
**mödom** *s* virginity
**mödomshinna** *s* hymen, maidenhead
**mödosam** *a* laborious, difficult
**mödrahem** *s* maternity home
**mödravård** *s* maternity welfare
**mödravårdscentral** *s* antenatal clinic
**mögel** *s* mould; på papper etc. mildew
**mögla** *itr* go (get) mouldy (mildewy)
**möglig** *a* mouldy; om papper etc. mildewy
**möhippa** *s* ung. hen-party for a bride-to-be, speciellt amer. shower
**möjlig** *a* possible; tänkbar conceivable; *i* ~*aste mån* as far as possible
**möjligen** *adv* possibly; kanhända perhaps; *kan man* ~ träffa ... is it possible, I wonder, to ...; *har du* ~ en tia på dig? do you happen to have ...?
**möjliggöra** *tr* make (render) ... possible
**möjlighet** *s* possibility, chans chance, utsikt prospect [*till* i samtliga fall of]
**mönster** *s* pattern
**mönstergill** *a* model end. attributivt, ideal, om t. ex. uppförande exemplary
**mönstra** *tr* **1** förse med mönster pattern **2** granska inspect, scrutinize **3** inräkna muster **4** sjö., anställa på fartyg sign (take) ... on
**mönstring** *s* **1** granskning inspection, scrutiny **2** mil. enlistment
**mör** *a* om kött, frukt tender; om skorpor etc. crisp
**möra** *tr*, ~ *kött* tenderize meat
**mörbulta** *tr* beat ... black and blue; *alldeles* ~*d* efter matchen aching all over ...
**mörda** *tr* murder; utan objekt commit a murder (murders); speciellt bildl. kill
**mördande** *a* friare murderous; om t. ex. blick withering
**mördare** *s* murderer
**mördeg** *s* flan pastry
**mörk** *a* dark; dyster sombre, gloomy; ~ *choklad* plain chocolate; *det ser* ~*t ut* bildl. things look bad
**mörkblå** *a* dark blue
**mörker** *s* dark, darkness; *efter mörkrets inbrott* after dark; *famla i mörkret* grope in the dark
**mörklagd** *a* om person dark, dark-haired
**mörklägga** *tr* black out
**mörkläggning** *s* black-out
**mörkna** *itr* get dark; *det* ~*r* it's getting dark
**mörkrädd** *a*, *vara* ~ be afraid of the dark
**mörkögd** *a* dark-eyed
**mört** *s* roach; *pigg som en* ~ fit as a fiddle
**mössa** *s* cap
**mösskärm** *s* cap peak
**möta** *tr* meet; råka på come across, speciellt röna meet with
**mötande** *a* t. ex. person ... that one meets, t. ex. trafik oncoming ...
**mötas** *itr dep* meet
**möte** *s* meeting; avtalat appointment; konferens conference; *stämma* ~ *med* make an appointment with, arrange to meet
**möteslokal** *s* mötesplats meeting place; samlingsrum assembly (conference) room (rooms pl.)

# N

**nackdel** *s* disadvantage, drawback
**nacke** *s* back of the (one's) head; *bryta ~n* el. *~n av sig* break one's neck
**nackstöd** *s* i bil headrest
**nafs** *s*, *i (på) ett ~* vard. in a flash (jiffy)
**nafsa** *tr itr* snap [*efter* at]
**nafta** *s* naphtha
**nagel** *s* nail; *bita på naglarna* bite one's nails
**nagelband** *s* cuticle
**nagelborste** *s* nail-brush
**nagellack** *s* nail-varnish, nail-polish, nail-enamel
**nagelsax** *s* nail-scissors pl.
**nagga I** *tr*, *~ i kanten* göra hack i notch, nick, bildl., t. ex. kapital eat into, nibble at **II** *itr*, *~* gnaga *på ngt* gnaw (nibble) a th. (at a th.)
**naggande** *adv*, *~ god* real good
**nagla** *tr*, *~ fast* nail . . . on [*vid* to]
**naiv** *a* naive
**naivitet** *s* naiveté
**naken** *a* naked äv. bildl.; speciellt konst. nude
**nakenbadare** *s* nude bather, vard. skinny-dipper
**nalkas** *itr dep* approach
**nalle** *s* leksak o. barnspr. teddy bear, teddy; *Nalle Puh* Winnie-the-Pooh
**namn** *s* name [*på* of]; *ha gott ~ om sig* have a good name (reputation); *skapa (göra) sig ett ~* make a name for oneself; *vad (varför) i Guds (herrans, fridens) ~...?* what (why) on earth...?; *i sanningens ~* to tell the truth; känna ngn bara *till ~et* . . . by name; *en man vid ~ Bo* a man called (named) Bo, a man by (of) the name of Bo; kalla ngn *vid ~* . . . by his (her etc.) name
**namnbyte** *s* change of name
**namne** *s* namesake
**namnge** *tr* name
**namninsamling** *s* list of signatures
**namnsdag** *s* name-day
**namnteckning** *s* signature
**napalm** *s* napalm
**1 napp** *s* dinapp teat, speciellt amer. nipple; tröst dummy, comforter, amer. pacifier
**2 napp** *s* fiske bite; svagare o. bildl. nibble [*på* at]
**1 nappa** *tr itr* om fisk bite, svagare o. bildl. nibble [*på* at]; *det ~de han på genast* he jumped at it at once
**2 nappa** *s* skinnsort nappa
**nappatag** *s* tussle, set-to båda äv. bildl.
**nappflaska** *s* feeding (baby's) bottle
**narciss** *s* narcissus (pl. narcissi)
**narig** *a* om hud chapped, rough
**narkoman** *s* drug (dope) addict, vard. junkie
**narkos** *s* narcosis (pl. narcoses); *ge ngn ~* administer an anaesthetic to a p.
**narkotika** *s pl* narcotics, vard. drugs
**narkotikahandel** *s* drug traffic
**narkotikalangare** *s* drug (dope) pusher
**narkotikamissbruk** *s* drug abuse
**narkotikamissbrukare** *s* drug addict
**narkotisk** *a* narcotic; *~a medel* narcotics
**narr** *s* fool; *göra ~ av ngn* make fun of a p.
**nasal** *a* nasal
**nasalljud** *s* nasal, nasal sound
**nasse** *s* barnspr. piggy, piglet
**nation** *s* nation
**nationaldag** *s* national day
**nationaldräkt** *s* national (peasant) costume
**nationalekonomi** *s* economics sg., political economy
**nationalism** *s* nationalism
**nationalitet** *s* nationality
**nationalmuseum** *s* national museum, för konst national gallery
**nationalsång** *s* national anthem
**nativitet** *s* birth-rate
**natrium** *s* sodium
**natt** *s* night; *god ~!* good night!; *~en till söndagen* kom han . . . on Saturday night; *i ~* a) last night b) kommande tonight c) nu i natt this night; *i går ~* yesterday night; *om (på) ~en (nätterna)* at (by) night; *stanna över ~en* stay overnight (the night)
**nattaxa** *s* på buss etc. night-service fare
**nattdräkt** *s* nightwear; *i ~* in nightwear
**nattduksbord** *s* bedside table

**nattetid** *adv* at (by) night, in the night
**nattfack** *s* night safe (amer. depository)
**nattflyg** *s* trafik night-flights pl.; plan night--plane
**nattfrost** *s* night frost
**nattklubb** *s* night-club
**nattkärl** *s* chamber-pot
**nattlig** *a* nocturnal; var natt nightly
**nattlinne** *s* nightdress, nightgown, vard. nightie
**nattlogi** *s* husrum accommodation for the night
**nattmangling** *s* all-night negotiations pl.
**nattparkering** *s* night (overnight) parking
**nattportier** *s* night-porter
**nattrafik** *s* night-services pl.
**nattrock** *s* dressing-gown
**nattskift** *s* night-shift
**nattskjorta** *s* nightshirt
**nattsköterska** *s* night-nurse
**nattuggla** *s* person night-owl, night-bird
**nattvak** *s* late hours pl.
**nattvakt** *s* **1** person night-watchman **2** tjänstgöring night watch
**nattvard** *s*, ***~en*** the Holy Communion
**nattåg** *s* night train
**natur** *s* nature; läggning disposition; karaktär character; natursceneri etc. scenery, natural scenery; ***~en*** som skapande kraft etc. nature; komma ut i ***~en*** ... into the country (countryside); ***en vacker ~*** omgivning beautiful scenery; ***det ligger i sakens ~*** it is in the nature of things; ***ute i ~en*** out of doors
**natura** *s*, ***in ~*** in kind
**naturaförmåner** *s pl* emoluments, vard. perks
**naturalisera** *tr* naturalize
**naturalistisk** *a* naturalistic
**naturbarn** *s* child of nature
**naturbegåvning** *s*, ***vara en ~*** be a person of natural talents
**naturbehov** *s*, ***förrätta sina ~*** relieve oneself
**naturgas** *s* natural gas
**naturkunskap** *s* skol. science
**naturlag** *s* natural law, law of nature
**naturlig** *a* natural; ***ett*** porträtt ***i ~ storlek*** a life-size ...
**naturligtvis** *adv* of course, naturally
**naturreservat** *s* nature reserve (preserve)
**naturskön** *a* ... of great natural beauty
**naturtillgång** *s* natural asset; ***~ar*** äv. natural resources
**naturtrogen** *a* ... true to life, lifelike
**naturvetare** *s* scientist
**naturvetenskap** *s* science
**naturvetenskaplig** *a* scientific
**naturvård** *s* nature conservation
**nautisk** *a* nautical
**nav** *s* hub; propellernav boss
**navel** *s* navel
**navelsträng** *s* navel-string
**navigation** *s* navigation
**navigera** *tr itr* navigate
**nazism** *s*, ~ o. ***~en*** Nazism
**nazist** *s* Nazi
**nazistisk** *a* Nazi
**Neapel** Naples
**neapolitansk** *a* Neapolitan
**necessär** *s* toilet bag (case)
**ned** *adv* down; nedför trappan downstairs; ***~ (längst ~) på*** sidan at the bottom (very bottom) of ...
**nedan** *adv* below
**nedanför I** *prep* below **II** *adv* below, down below
**nedanstående** *a* nedan angiven etc. the ... below
**nedbantad** *a*, ***~ budget*** reduced budget
**nedbringa** *tr* minska reduce
**nedbruten** *a*, ***vara ~*** bildl. be broken down
**nederbörd** *s* regn rainfall, snö snowfall; ***riklig ~*** heavy rainfall (resp. snowfall)
**nederlag** *s* defeat
**nederländare** *s* Netherlander, Dutchman
**Nederländerna** *pl* the Netherlands
**nederländsk** *a* vanl. Dutch
**nederst** *adv* at the bottom [*i, på, vid* of]
**nedersta** *a*, ***~ (den ~)*** hyllan the lowest (bottom) ...; ***~ våningen*** the ground (amer. first) floor
**nedfall** *s* fall-out
**nedfrysning** *s* refrigeration
**nedfällbar** *a*, ***~ sits*** tip-up seat
**nedför I** *prep* down **II** *adv* downwards
**nedförsbacke** *s* downhill slope, descent
**nedgång** *s* **1** till källare, tunnelbana etc. way down **2** om himlakroppar setting; tillbakagång om pris decline, minskning decrease; ***solens ~*** sunset
**nedifrån** *adv* from below (underneath)
**nedisad** *a* ... covered with ice, iced up
**nedkomma** *itr*, ***~ med*** en son give birth to ...
**nedkomst** *s* förlossning delivery, confinement
**nedlåta** *refl*, ***~ sig*** condescend; förnedra sig stoop

**nedlåtande** *a* condescending, patronizing
**nedlägga** *tr* se *lägga ned* under *lägga*
**nedläggelse** o. **nedläggning** *s* inställelse shutting-down, closing-down
**nedre** *a* lower
**nedrusta** *itr* disarm; begränsa reduce armaments
**nedrustning** *s* disarmament; begränsningar arms limitations pl.
**nedräkning** *s* vid t. ex. start count-down
**nedsatt** *a* om t. ex. hörsel impaired; ~ ***pris*** reduced price
**nedslag** *s* **1** på skrivmaskin stroke; ***200*** ~ i minuten 200 letters . . . **2** blixtnedslag stroke of lightning; mil., projektils impact; sport., vid hopp etc. landing
**nedslående** *a* bildl. disheartening, depressing
**nedsläpp** *s* ishockey face-off; ***göra*** ~ face off
**nedsmutsad** *a* very dirty; om luft, vatten etc. polluted, contaminated
**nedsmutsning** *s* om luft etc. pollution, contamination
**nedstämd** *a* depressed, low-spirited
**nedsättande** *a* disparaging
**nedsättning** *s* lowering, minskning reduction
**nedsövd** *a* . . . under an anaesthetic
**nedtill** *adv* at the foot (bottom) [*på* of], därnere below, down below
**nedtrappning** *s* de-escalation
**nedåt I** *prep* down; längs down along **II** *adv* downwards; ~ ***böj!*** gymn. downward bend!
**nedåtgående I** *s*, ***vara i*** ~ om konjunkturer etc. be on the downgrade **II** *s* om pris falling
**nedärvd** *a* hereditary
**negation** *s* negation
**negativ I** *a* negative **II** *s* foto. negative
**neger** *s* black, Negro (pl. -es)
**negera** *tr* negate
**negerande** *a* negative
**negligé** *s* negligee
**negligera** *tr* neglect; strunta i ignore
**negress** *s* black woman, Negress, Negro
**nej I** *itj* no; ~ ***då!*** visst inte oh, no!, not at all!; ~, ***vilken överraskning!*** well, what a surprise!; ~ ***men se . . . !*** why . . . ! **II** *s* no; avslag refusal; ***tacka*** ~ ***till ngt*** decline a th. with thanks
**nejlika** *s* **1** bot.: stor carnation, enklare pink **2** krydda clove
**nejröst** *s* no
**neka I** *itr* deny **II** *tr* vägra refuse; ~ ***ngn tillträde*** refuse a p. admittance
**nekande** *a* negative; ***ett*** ~ ***svar*** a refusal
**nektarin** *s* nectarine
**neon** *s* neon
**neonljus** *s* neon light
**neonskylt** *s* neon sign
**ner** *adv* o. sammansättningar se *ned* etc.
**nere I** *adv* down **II** *a* deprimerad down, depressed
**nerv** *s* nerve; ***han går mig på*** ~***erna*** he gets on my nerves
**nervig** *a* vard., nervös nervous
**nervlugnande** *a*, ~ ***medel*** tranquillizer
**nervositet** *s* nervousness
**nervpåfrestande** *a* nerve-racking
**nervsammanbrott** *s* nervous breakdown
**nervvrak** *s* nervous wreck
**nervös** *a* nervous, orolig uneasy; ~ el. ~ ***av sig*** highly-strung, neurotisk neurotic
**netto** *adv* net; ***betala*** ~ ***kontant*** pay net cash
**nettolön** *s* net wages (månadslön salary), take-home pay
**nettovinst** *s* net profit
**neuros** *s* neurosis (pl. neuroses)
**neurotisk** *a* neurotic
**neutral** *a* neutral
**neutralisera** *tr* neutralize äv. bildl.
**neutralitet** *s* neutrality
**neutron** *s* neutron
**neutrum** *s* neuter; ***i*** ~ in the neuter
**ni** *pers pron* you; *er* you, refl. yourself (pl. yourselves)
**nia** *s* nine; jfr *femma*
**nick** *s* **1** nod **2** sport. header
**nicka** *itr tr* **1** nod [*åt, till ngn* at, to a p.] **2** sport. head
**nickel** *s* nickel
**nidingsdåd** *s* outrage
**niga** *itr* curtsy, curtsey [*för ngn* to a p.]
**nigning** *s* curtsying, curtseying; *en* ~ a curtsy (curtsey)
**nikotin** *s* nicotine
**nikotinförgiftning** *s* nicotine-poisoning
**Nilen** the Nile
**nio** *räkn* nine; jfr *fem* o. sammansättningar
**nionde** *räkn* ninth (förk. 9th); jfr *femte*
**niondel** *s* ninth [part]; jfr *femtedel*
**nisch** *s* niche
**1 nit** *s* iver zeal, starkare ardour
**2 nit** *s* lott o. bildl. blank
**3 nit** *s* tekn. rivet
**nita** *tr*, ~, ~ ***fast*** rivet
**nitisk** *a* ivrig zealous, starkare ardent
**nitti** se *nittio*
**nittio** *räkn* ninety; jfr *femtio*
**nittionde** *räkn* ninetieth

**nitton** *räkn* nineteen; jfr *fem* o. sammansättningar
**nittonde** *räkn* nineteenth (förk. 19th); jfr *femte*
**nittonhundranittiotalet** *s* the nineteen nineties pl.; *på ~* in the nineteen nineties
**nittonhundratalet** *s* the twentieth century; jfr *femtonhundratalet*
**nivå** *s* level, standard
**njure** *s* kidney
**njursten** *s* stone in the kidney (kidneys)
**njuta I** *tr* enjoy **II** *itr* enjoy oneself
**njutbar** *a* enjoyable
**njutning** *s* pleasure, starkare delight
**Noa** o. **Noak** Noah; *~s ark* Noah's ark
**nobba** *tr* vard. say no to, turn down, decline
**nobben** *s* vard., *få ~* be turned down
**nobelpris** *s* Nobel Prize [*i* litteratur for . . . ]
**nobelpristagare** *s* Nobel Prize winner
**nog** *adv* **1** tillräckligt enough, sufficiently; ***han var fräck ~ att*** inf. he had the cheek (impudence) to inf.; ***stor ~ (~ stor)*** large enough, sufficiently large; ***inte ~ med att han vägrade,*** han t. o. m . . . not only did he refuse, . . . **2** ***konstigt ~*** kom hon funnily enough . . . **3** förmodligen probably, helt säkert certainly; ***han är ~ snart här*** I expect he will soon be here; ***de kommer ~!*** helt säkert äv. they'll come all right!
**noga I** *adv* precis precisely, exactly; ingående closely; omsorgsfullt carefully; ***akta sig ~ för att*** inf. take great care not to inf.; ***jag vet inte så ~,*** hur (när) . . . I don't know exactly . . . **II** *a* noggrann careful, kinkig particular; fordrande exacting [*med ngt* i samtliga fall about a th.]
**noggrann** *a* omsorgsfull careful [*med* about]; exakt accurate; ingående close
**nogräknad** *a* particular [*med* about]
**noll** *räkn* nought, amer. naught, på instrument zero, speciellt i telefonnummer 0, uttalas [əu]; sport. nil; tennis love; ***det är ~ grader*** Celsius the thermometer is at zero (freezing-point)
**nolla** *s* nought, amer. naught; ***en ~*** om person a nobody (nonentity)
**nollställa** *tr* mätare etc. set . . . to zero, reset
**nolltaxerare** *s* vard. taxpayer who pays no income-tax due to deductions that exceed tax on income
**nolltid** *s*, ***på ~*** vard. in no time
**nolläge** *s* zero (neutral) position
**nominativ** *s* nominative; ***i ~*** in the nominative
**nominera** *tr* nominate
**nonchalans** *s* nonchalance; försumlighet negligence, likgiltighet indifference, vårdslöshet carelessness
**nonchalant** *a* nonchalant; försumlig negligent; likgiltig indifferent; vårdslös careless
**nonchalera** *tr* pay no attention to; försumma neglect
**nonsens** *s* nonsense, rubbish, bosh
**nonstop** *a* non-stop
**nord** *s* o. *adv* north [*om* of]
**Nordafrika** som enhet North (norra Afrika Northern) Africa
**nordafrikansk** *a* North-African
**Nordamerika** North America
**nordamerikansk** *a* North-American
**nordan** o. **nordanvind** *s* north wind
**nordbo** *s* Northerner, skandinav Scandinavian
**Norden** Skandinavien the Scandinavian (mer officiellt Nordic) countries pl., Scandinavia
**Nordeuropa** the north of Europe, Northern Europe
**Nordirland** Northern Ireland
**nordisk** *a* northern; skandinavisk Scandinavian, mer officiellt Nordic
**nordkust** *s* north coast
**nordlig** *a* från el. mot norr, om t. ex. vind, riktning, läge northerly, om vind äv. north, i norr northern
**nordligare I** *a* more northerly **II** *adv* farther north
**nordligast I** *a* northernmost **II** *adv* farthest north
**nordost I** *s* väderstreck the north-east **II** *adv* north-east [*om* of]
**nordostlig** *a* north-east, north-eastern, north-easterly
**nordpol** *s*, ***~en*** the North Pole
**nordsida** *s* north side
**Nordsjön** the North Sea
**Nordsverige** the north of Sweden, Northern Sweden
**nordväst I** *s* väderstreck the north-west **II** *adv* north-west [*om* of]
**nordvästlig** *a* north-west, north-western, north-westerly
**nordvästra** *a* the north-west (north-western)
**Norge** Norway
**norm** *s* måttstock standard; rättesnöre norm; regel rule
**normal** *a* normal
**normalisera** *tr* normalize
**normalstorlek** *s* normal (standard) size
**norr I** *s* väderstreck the north; ett rum ***mot (åt) ~*** . . . to the north, . . . facing north **II** *adv* north, to the north [*om* of]

**norra** *a* t. ex. sidan the north, t. ex. delen the northern; ~ ***halvklotet*** the Northern hemisphere; ~ ***Sverige*** the north of Sweden, Northern Sweden
**norrifrån** *adv* from the north
**norrläge** *s*, hus ***med*** ~ . . . facing north
**norrländsk** *a* Norrland, . . . of Norrland
**norrlänning** *s* Norrlander
**norrman** *s* Norwegian
**norrsken** *s* northern lights pl.
**norrstreck** *s* på kompass North point
**norrut** *adv* åt norr northward, northwards; i norr in the north, out north; ***resa*** ~ go (travel) north
**norsk** *a* Norwegian
**norska** *s* **1** kvinna Norwegian woman **2** språk Norwegian; jfr *svenska*
**norskfödd** *a* Norwegian-born; för andra sammansättningar jfr äv. *svensk-*
**nos** *s* zool., tekn. 'spets' o. vard. 'näsa' nose; om häst, nötkreatur muzzle
**nosa** *itr* sniff, smell [*på ngt* at a th.]
**noshörning** *s* rhinoceros, vard. rhino
**nostalgisk** *a* nostalgic
**not** *s* nottecken, anmärkning note; ~***er*** nothäfte music sg.: ***vara med på*** ~***erna*** understand what the thing is all about, catch on
**nota** *s* **1** räkning bill; speciellt hand. account **2** lista list [*på* of]
**notera** *tr* anteckna note (take) down; uppge pris på quote; sport. o. friare: seger record
**notis** *s* **1** meddelande etc. notice, i tidning news-item; tillkännagivande announcement **2** ***inte ta*** ~ ***om*** take no notice of
**notorisk** *a* notorious
**notställ** *s* music-stand
**nottecken** *s* mus. note
**notväxling** *s* polit. exchange of notes
**nougat** *s* choklad~ soft chocolate nougat; fransk nougat nougat
**novell** *s* short story
**november** *s* November (förk. Nov.); jfr *april* o. *femte*
**novis** *s* novice
**nu** *adv* now; ~ ***genast*** at once; ~ ***gällande*** priser ruling . . .; ~ ***då (när)*** now that; ~ ***på*** söndag this (this coming) . . .; ~ ***är det snart jul*** Christmas will soon be here; ~ ***kommer han!*** here he comes!; ~ ***ringer det!*** there goes the bell!
**nubb** *s* tack (koll. tacks pl.)
**nubbe** *s* snaps (pl. lika)
**nucka** *s*, ***gammal*** ~ old spinster
**nudda** *tr itr*, ~ ***vid*** brush against; skrapa lätt graze
**nudel** *s* noodle
**nudism** *s* nudism
**nudist** *s* nudist
**nuförtiden** *adv* nowadays, these days
**nukleär** *a* nuclear
**numera** *adv* nu now, nuförtiden nowadays
**numerus** *s* gram. number
**nummer** *s* number; om tidningsupplaga issue; på sko etc. size; i program item, varieté turn
**nummerbyrå** *s* tele. directory inquiry service
**nummerlapp** *s* kölapp queue ticket
**nummerordning** *s* numerical order
**nummerplåt** *s* number (amer. vanl. license) plate
**nummerskiva** *s* tele. dial
**numrera** *tr* number; ~***d plats*** reserved seat
**numrering** *s* numbering
**nunna** *s* nun
**nunnekloster** *s* convent, nunnery
**nutid** *s*, ~***en*** the present times pl.; ~***ens*** . . . of today, today's
**nutida** *a* . . . of today, today's; modern modern; tidsenlig up-to-date
**nutria** *s* nutria
**nuvarande** *a* present, dagens . . . of today; ***i*** ~ ***stund*** at the present moment
**ny** *a* new; hittills okänd novel; färsk fresh; nyligen inträffad recent; ***en*** ~ en annan another, another one; ***ett*** ~***tt*** annat ***pappersark*** a fresh sheet of paper; ***den*** ~***a generationen*** the rising generation; ***en*** ~ Hitler a second . . .; ***det*** ~***a i*** what is new about (in); ***på*** ~***tt*** once more
**nyanlagd** *a* recently-built, newly-built; ***den är*** ~ it has been recently (newly) built
**nyans** *s* shade, nuance
**nyansera** *tr* avtona shade off; variera vary, nuance
**Nya Zeeland** New Zealand
**nybakad** *a* om bröd etc. fresh
**nybildad** *a* recently-formed
**nybliven** *a*, ***en*** ~ ***mor*** a woman who has recently become a mother
**nybyggare** *s* settler
**nybyggd** *a* recently-built, newly-built
**nybygge** *s* hus under byggnad house under construction; färdigt bygge new building
**nybörjare** *s* beginner [*i* at]
**nyck** *s* idé fancy, infall whim
**nyckel** *s* key
**nyckelbarn** *s* latch-key child
**nyckelben** *s* collar-bone
**nyckelfigur** *s* key figure
**nyckelhål** *s* keyhole
**nyckelknippa** *s* bunch of keys
**nyckelpiga** *s* ladybird, amer. ladybug
**nyckelposition** *s* key position

**nyckelring** *s* key-ring
**nyckelroll** *s* key role (part)
**nyckfull** *a* capricious; godtycklig arbitrary
**nyfascism** *s*, ~ o. ~*en* neo-Fascism
**nyfiken** *a* curious [*på* about], vard. nosey
**nyfikenhet** *s* curiosity; ***väcka ngns*** ~ arouse a p.'s curiosity; ***av ren*** ~ out of sheer curiosity
**nyfödd** *a* new-born
**nyförvärv** *s* new (recent) acquisition; om t. ex. fotbollsspelare new signing
**nygift** *a* newly-married
**nyhet** *s* **1** något nytt, ny sak novelty; förändring innovation **2** underrättelse, ~ el. ~*er* news sg.; ***en*** ~ a piece of news; ***inga*** ~***er är goda*** ~***er*** no news is good news
**nyhetsbyrå** *s* news agency
**nyhetsförmedling** *s* news-distribution, news-service
**nyhetssammandrag** *s* news summary
**nyhetsutsändning** *s* radio. o. TV newscast
**nyklippt** *a* om hår ... that has (had etc.) just been cut; ***jag är*** ~ I have just had my hair cut
**nykomling** *s* newcomer
**nykter** *a* sober äv. 'sansad'
**nykterhet** *s* sobriety, soberness
**nykterist** *s* teetotaller
**nyktra** *itr*, ~ ***till*** become sober
**nylagad** *a* om mat freshly-made ...
**nyligen** *adv* recently
**nylon** *s* nylon
**nylonstrumpa** *s* nylon stocking
**nymf** *s* nymph
**nymodig** *a* modern, neds. new-fangled
**nymålad** *a* freshly-painted, newly-painted; *Nymålat!* Wet Paint!
**nymåne** *s* new moon
**nynazism** *s*, ~ o. ~*en* neo-Nazism
**nynna** *tr itr* hum [*ngt* el. *på ngt* a th.]
**nyp** *s* pinch
**nypa I** *s* **1** hålla ngt ***i*** ~***n*** ... in one's hand **2** ***en*** ~ smula, t. ex. mjöl a pinch of ..., frisk luft a breath of ...; ***med en*** ~ ***salt*** bildl. with a pinch (grain) of salt **II** *tr* pinch, nip
**nypermanentad** *a*, ***jag är*** ~ I have just had a perm
**nypon** *s* frukt rose hip; buske dog-rose
**nyponsoppa** *s* rose-hip soup
**nypremiär** *s* revival; ***ha*** ~ om pjäs be revived
**nys** *s*, ***få*** ~ ***om*** get wind of
**nysa** *itr*, ~ el. ~ ***till*** sneeze
**nysilver** *s* electroplated nickel silver (förk. E.P.N.S.); ***av*** ~ electroplated ...
**nysning** *s* sneezing; ***en*** ~ a sneeze
**nysnö** *s* newly-fallen snow
**nyspulver** *s* sneezing powder
**nyss** *adv*, ***han anlände*** ~ he arrived just now; ***han har (hade)*** ~ ***anlänt*** he has (had) just arrived
**nystan** *s* ball
**nystartad** *a* recently-started
**nytta** *s* use, good, fördel advantage; ***dra*** ~ ***av*** ngt benefit (profit) by ...; ***göra någon*** ~ uträtta ngt get something done, hjälpa be of help; medicinen ***gör*** ~ ... does some good; ***vara ngn till stor*** ~ be of great use to a p.
**nyttig** *a* useful, till nytta ... of use; hälsosam good
**nyttolast** *s* maximum load, payload
**nyttotrafik** *s* commercial traffic
**nyutkommen** *a*, ***en*** ~ bok a recent ...
**nyval** *s* new election
**nyvärdesförsäkring** *s* replacement value insurance
**nyzeeländare** *s* New Zealander
**nyår** *s* new year; som helg New Year
**nyårsafton** *s* New Year's Eve
**nyårsdag** *s* New Year's Day
**nyårslöfte** *s* New Year resolution
**nyårsvaka** *s*, ***hålla*** ~ see the New Year in
**1 nå** *itj* well!
**2 nå** *tr itr* reach; ***jag kan*** ~***s per telefon (på nummer*** ... ***)*** I can be reached by phone (you will find me at number ... )
**nåd** *s* **1** ***få*** ~ be pardoned, om dödsdömd be reprieved **2** titel, ***Ers*** ~ Your Grace
**nådeansökan** *s* petition for mercy
**nådestöt** *s*, ***ge ngn*** ~***en*** put a p. out of his misery
**någon** (*något, några*) *pron* **a)** 'en viss' some, somebody, someone, 'en (ett)' one, a, an, 'ett visst' some, something, 'somliga', 'några stycken' some **b)** 'någon (något, några) alls' any, anybody, anyone, anything, 'en (ett)' a, an, one **c)** någon (något) av två either; ***har du*** ~ en ***cigarett?*** have you a cigarette?; ***-Ja, jag tror jag har*** ~ ***här*** -Yes, I think I have one here; varje kväll är det dans på ***något av de större hotellen*** ... one (one or other) of the big hotels; därmed har beviset förlorat ***något*** någon del ***av sin kraft*** ... some of its force; ***har*** ~ ***av pojkarna*** gått? have any of the boys ...?; ***om*** ~ ***söker mig*** if anybody (någon viss person somebody) calls; ***om man inte har något att säga*** if you haven't got anything to say; ***jag har något viktigt att göra*** I have something important to do; ***några*** cigaretter ***hade han inte*** he hadn't got any ...; ***för några få dagar sedan*** a few days ago; ***några av pojkarna***

*kunde simma* some of the boys could swim

**någondera** (*någotdera*) *pron* av två either; *från ~ sidan* from either side; *~ av er* måste ha sagt det one of you . . .

**någonsin** *adv* ever; *aldrig ~* never

**någonstans** *adv* somewhere resp. anywhere; *var ~?* where?, whereabouts?

**någonting** *pron* oftast something resp. anything

**någorlunda I** *adv* fairly **II** *a* fairly good

**något I** *pron*, se *någon* **II** *adv* en smula somewhat, a little, a bit, lätt slightly, ganska rather

**nål** *s* needle, på grammofon stylus; hårnål, knappnål pin; *sitta som på ~ar* be on pins and needles

**nåla** *tr*, *~ fast ngt* pin a th. on [*på, vid* to]

**nåldyna** *s* pincushion

**nålsöga** *s* eye of a (resp. the) needle

**nåväl** *itj* nå well!; då så all right!

**näbb** *s* bill, beak; *försvara sig med ~ar och klor* defend oneself tooth and nail

**näbbmus** *s* shrew-mouse

**näck** *a* vard., naken naked, nude

**näckros** *s* water-lily

**näktergal** *s* thrush; nightingale

**nämligen** *adv* **1** ty for, eftersom since, emedan as; ser ni you see; *det är ~ så (saken är ~ den), att* . . . the fact is that . . . **2** framför uppräkning el. som upplysning namely; bara en man ansågs lämplig, *~ X* . . ., and that was X

**nämna** *tr* omnämna mention; uppge state

**nämnare** *s* mat. denominator

**nämnd** *s* utskott committee

**nämndeman** *s* ung. lay assessor

**nämnvärd** *a*, *ingen ~* förbättring no . . . to speak of

**näpen** *a* nice, pretty, sweet

**näppeligen** *adv* hardly, scarcely

**1 när I** *konj* om tid when **II** *adv* when; hur dags at what time

**2 när** *adv*, *han är inte på långt ~ så lång* som jag he is nowhere near as tall . . .; alla var närvarande *så ~ som på två* . . . but two; *så ~* nästan almost

**1 nära I** *a* near, close; *i (inom) en ~ framtid* in the near (immediate) future **II** *adv* o. *prep*, hon var *~ döden* . . . near death; *hon har ~ till tårar* she is always ready to cry; *stå någon ~* be very near (close) to a p.; *jag var ~ att falla* I nearly (almost) fell

**2 nära** *tr* **1** nourish, feed; underhålla support, nourish; underblåsa foment **2** hysa cherish, entertain

**närande** *a* nourishing

**närbelägen** *a* nearby, . . . near (close) by

**närbesläktad** *a* . . . closely related

**närbild** *s* close-up

**närbutik** *s* local shop (store)

**närgången** *a* impertinent; *vara ~ mot* take liberties with, göra sexuella närmanden mot make a pass at

**närhelst** *konj* whenever

**närhet** *s* **1** grannskap neighbourhood, vicinity **2** nearness

**närig** *a* snål stingy; girig grasping

**näring** *s* föda nourishment, food; *ge ~ åt* t.ex. ett rykte lend support to

**näringsfrihet** *s* freedom of trade

**näringsgren** *s* branch of business, industry

**näringsliv** *s* trade and industry, industry

**näringsrik** *a* nutritious, . . . of high food value

**näringsvärde** *s* nutritive (food) value

**näringsämne** *s* nutritive substance

**närliggande** *a* **1** nearby, . . . near (close) by **2** bildl., *en ~* lösning a . . . that lies near at hand, an obvious . . .

**närma I** *tr* bring . . . nearer (closer) **II** *refl*, *~ sig* approach; gränsa till border on; *~ sig 40 år* be getting on for forty; filmen *~r sig slutet* . . . is drawing to an end

**närmande** *s*, *~n* advances

**närmare** (jfr *nära*) **I** *a* nearer, closer; ytterligare further; *vid ~ granskning* on close examination; *~* ingående *kännedom om* an intimate knowledge of **II** *adv* nearer, closer; t.ex. granska more closely; *~ bestämt* more exactly, to be precise; jag har *tänkt ~ på saken* . . . thought the matter over **III** *prep* nearer, closer (nearer) to; inemot close on, nästan nearly

**närmast I** *a* nearest; omedelbar immediate; om t.ex. vän closest; närmast i ordningen next; *under de ~e (de två ~e)* dagarna during the next few (two) . . .; *inom den ~e framtiden* in the immediate (near) future; *hans ~e släktingar* his nearest relations; *i det ~e* almost **II** *adv* **1** nearest, closest; t.ex. närmast berörd most closely; närmast i ordningen next; *tiden ~* omedelbart *före* kriget the time immediately before . . .; *var och en är sig själv ~* every man for himself; *den ~ sörjande* the chief mourner **2** först och främst first of all, in the first place **III** *prep* nearest, closest (nearest, next) to

**närradio** *s* local radio

**närstående** *a* close, intimate

**närsynt** *a* short-sighted

**närsynthet** *s* short-sightedness

**närtrafik** *s* suburban services pl.

**närvara** *itr*, *~ vid* be present at, attend

**närvarande** *a* **1** tillstädes present; *de* ~ those present **2** nuvarande present; *för* ~ for the present (time being)
**närvaro** *s* presence; *i gästernas* ~ before the guests
**näs** *s* landremsa isthmus; udde foreland
**näsa** *s* nose; *ha* ~ *för* have a nose for; *räcka lång* ~ *åt* cock a snook at; *sätta* ~*n i vädret* put on airs; *tala i* ~*n* talk through one's nose; *dra ngn vid* ~*n* lead a p. by the nose
**näsblod** *s*, *jag blöder* ~ my nose is bleeding
**näsborre** *s* nostril
**näsbränna** *s* vard., *få sig en* ~ get a telling-off
**näsduk** *s* handkerchief
**nässelfeber** *s* nettle-rash
**nässla** *s* nettle
**näst I** *adv* next; *den* ~ *bästa* the second best; *den* ~ *sista* the last but one **II** *prep* after, next to
**nästa** *a* next; ~ *dag* nu följande next day, påföljande the next (following) day
**nästan** *adv* almost; praktiskt taget practically; ~ *aldrig* hardly ever; ~ *ingenting* hardly anything
**näste** *s* nest äv. bildl.
**nästla** *refl*, ~ *sig in hos ngn* ingratiate oneself with a p.
**näsvis** *a* cheeky, saucy, impertinent
**nät** *s* net; spindels web; nätverk network; elektr. mains pl.
**nätansluten** *a* elektr. mains-operated
**näthinna** *s* anat. retina
**nätt I** *a* söt pretty, prydlig neat; *en* ~ *summa* a tidy sum **II** *adv* prettily, neatly; ~ *och jämnt* only just
**nätverk** *s* network
**näve** *s* fist; *slå* ~*n i bordet* bang one's fist on the table
**nöd** *s* nödställd belägenhet distress; behov need, svagare want; nödvändighet necessity; *det går ingen* ~ *på honom* he has nothing to complain of; *i* ~ *och lust* for better or for worse; *med* ~ *och näppe* narrowly; *han kom undan med* ~ *och näppe* he had a narrow escape
**nödbedd** *a*, *vara* ~ need pressing
**nödbroms** *s* emergency brake
**nödfall** *s*, *i* ~ if necessary
**nödgas** *itr dep* be compelled to inf., have to inf.
**nödig** *a* nödvändig necessary
**nödlanda** *itr* make an emergency landing
**nödlandning** *s* emergency landing
**nödläge** *s* distress
**nödlögn** *s* white lie
**nödlösning** *s* emergency (tillfällig temporary) solution
**nödrop** *s* cry of distress, signal distress signal
**nödsakad** *a*, *se sig* ~ *att* inf. find oneself compelled to inf.
**nödsignal** *s* distress signal; per radio SOS
**nödutgång** *s* emergency exit
**nödvändig** *a* necessary, oumbärlig essential
**nödvändiggöra** *tr* necessitate
**nödvändighet** *s* necessity
**nödvändigtvis** *adv* necessarily
**nöja** *refl*, ~ *sig med* be satisfied (content) with; *han nöjde sig med* inskränkte sig till *en kort kommentar* he confined himself to a short comment
**nöjd** *a* tillfredsställd satisfied, content; belåten pleased
**nöje** *s* **1** glädje pleasure, delight, joy; *jag har* ~*t att känna* . . . I have the pleasure of knowing . . .; *för* ~*s skull* for fun **2** förströelse amusement
**nöjesbransch** *s*, ~*en* show business, vard. show-biz
**nöjesfält** *s* amusement park
**nöjesliv** *s* underhållning entertainments, amusements; liv av nöjen life of pleasure
**nöjeslysten** *a* . . . fond of amusement (pleasure)
**nöjesläsning** *s* light reading
**nöjesresa** *s* pleasure-trip
**nöjesskatt** *s* entertainment tax
**nöt** *s* bot. nut
**nöta** *tr itr*, ~ el. ~ *på* wear, kläder wear out; *tyget tål att* ~ *på* the cloth will stand wear; ~ *av (ut)* wear off (out)
**nöthårsmatta** *s* cowhair carpet (mindre mat)
**nötknäppare** *s* nutcrackers pl.; *en* ~ a pair of nutcrackers
**nötkreatur** *s pl* cattle; *fem* ~ five head of cattle
**nötkött** *s* beef
**nötskal** *s* nutshell
**nötskrika** *s* fågel jay
**nött** *a* worn; bildl. hackneyed
**nötväcka** *s* fågel nuthatch

# O

**oaktat** *prep* notwithstanding
**oaktsam** *a* careless
**oanad** *a* unsuspected, unthought of
**oangenäm** *a* unpleasant, disagreeable
**oansenlig** *a* insignificant, om t. ex. lön modest; om utseende plain
**oanständig** *a* indecent
**oanständighet** *s* indecency
**oansvarig** *a* irresponsible
**oanträffbar** *a* unavailable; ***har har varit ~*** hela dagen I (we etc.) have been unable to get hold of him ...
**oanvänd** *a* unused
**oanvändbar** *a* useless
**oaptitlig** *a* unappetizing
**oartig** *a* impolite
**oas** *s* oasis (pl. oases)
**oavbruten** *a* uninterrupted, continuous
**oavgjord** *a* undecided; ***en ~ match*** a draw
**oavgjort** *adv*, ***sluta ~*** end in a draw; ***spela ~*** draw
**oavhängig** *a* independent
**oavsett** *prep* oberoende av irrespective of, frånsett apart from; ***~ om han kommer eller inte*** whether he comes or not
**oavsiktlig** *a* unintentional
**obalans** *s* lack of balance; ***komma i ~*** get out of balance
**obalanserad** *a* unbalanced
**obarmhärtig** *a* merciless, skoningslös relentless
**obducera** *tr* perform a post-mortem on
**obduktion** *s* post-mortem
**obeaktad** *a* unnoticed; ***lämna ~*** disregard
**obebodd** *a* uninhabited
**obeboelig** *a* uninhabitable
**obefintlig** *a* om sak non-existent
**obefogad** *a* unwarranted; grundlös unfounded
**obefolkad** *a* uninhabited
**obegagnad** *a* unused; ***så gott som ~*** as good as new
**obegriplig** *a* incomprehensible, otydbar unintelligible
**obegränsad** *a* unlimited
**obegåvad** *a* unintelligent
**obehag** *s* olust discomfort, besvär trouble; ***känna ~*** feel ill at ease
**obehaglig** *a* disagreeable, unpleasant, otrevlig nasty
**obehärskad** *a* uncontrolled, om person ... lacking in self-control
**obehörig** *a* unauthorized; som saknar kompetens unqualified; ***~a äga ej tillträde*** no admittance
**obekant I** *a* **1** okänd unknown [*för* to] **2** med ngn (ngt) unacquainted, unfamiliar [*med* with] **II** *subst a* person stranger
**obekräftad** *a* unconfirmed
**obekväm** *a* uncomfortable, oläglig inconvenient
**obemannad** *a* om t. ex. raket unmanned, om fyr, järnvägsstation etc. unattended
**obemärkt** *a* unnoticed; ringa humble
**obenägen** *a* ohågad disinclined [*för* for], ovillig unwilling
**oberoende I** *s* independence **II** *a* independent [*av* of]
**oberäknelig** *a* unpredictable
**oberättigad** *a* unjustified, groundless
**oberörd** *a* bildl. unmoved, unaffected [*av* by]; likgiltig indifferent [*av* to]; ***det lämnade mig ~*** it did not affect me, it left me cold
**obesegrad** *a* unconquered, speciellt sport. undefeated
**obeskrivlig** *a* indescribable
**obeslutsam** *a* irresolute
**obestridlig** *a* indisputable
**obestämd** *a* indefinite, obeslutsam indecisive, oklar vague; ***uppskjuta ngt på ~ tid*** postpone a th. indefinitely; ***~ artikel*** gram. indefinite article
**obeständig** *a* ostadig inconstant, ombytlig changeable; ***lyckan är ~*** fortune is fickle
**obesvarad** *a* unanswered, om hälsning unreturned; ***~ kärlek*** unrequited love
**obesvärad** *a* ostörd undisturbed, av t. ex. för mycket kläder unhampered; otvungen, ledig easy, free and easy
**obetald** *a* unpaid

**obetingad** *a* ovillkorlig unconditional; ~ *reflex* unconditioned reflex
**obetonad** *a* unstressed
**obetydlig** *a* insignificant, trifling, ringa slight
**obetänksam** *a* thoughtless, inconsiderate
**obevakad** *a* unguarded; ~ *järnvägsövergång* unguarded level crossing
**obeväpnad** *a* unarmed
**obildad** *a* uneducated, uncultured
**objekt** *s* object äv. gram.
**objektiv I** *s* kamera~ etc. lens **II** *a* objective
**objuden** *a* uninvited, unasked
**oblekt** *a* unbleached
**obligation** *s* hand. bond
**obligatorisk** *a* compulsory
**oblodig** *a* om statskupp etc. bloodless
**oblyg** *a* shameless, immodest, impudent
**oboe** *s* oboe
**obotlig** *a* incurable, om skada irreparable
**obs.** förk. Note, N.B.
**obscen** *a* obscene
**obscenitet** *s* obscenity
**observant** *a* observant
**observation** *s* observation
**observatorium** *s* observatory
**observatör** *s* observer
**observera** *tr* observe, note
**obstruktion** *s* sport. o. polit. obstruction
**obäddad** *a* om säng unmade
**oböjlig** *a* inflexible; gram. indeclinable
**obönhörlig** *a* inexorable, implacable
**ocean** *s* ocean, sea
**ocensurerad** *a* uncensored
**och** *konj* and; ~ ***så vidare*** (förk. ***osv.***) and so on, et cetera (förk. etc.); ***han satt ~ läste en bok*** he was (sat) reading a book
**ociviliserad** *a* uncivilized
**ocker** *s* usury, med varor profiteering
**ockerpris** *s* exorbitant price
**ockerränta** *s* extortionate interest
**ockrare** *s* usurer, money-lender
**också** *adv* also, . . . too, . . . as well
**ockupant** *s* occupant, occupier, hus~ äv. squatter
**ockupation** *s* occupation
**ockupationsmakt** *s* occupying power
**ockupationsstyrkor** *s pl* occupation forces
**ockupera** *tr* occupy
**o. d.** (förk. för *och dylikt*) and the like
**odaterad** *a* undated
**odds** *s* odds pl.
**odefinierbar** *a* indefinable
**odelad** *a* undivided; om bifall unqualified
**odemokratisk** *a* undemocratic
**odiplomatisk** *a* undiplomatic
**odisciplinerad** *a* undisciplined
**odiskutabel** *a* indisputable
**odjur** *s* monster
**odla** *tr* bruka cultivate; frambringa grow, raise; ~***de pärlor*** culture (cultured) pearls
**odlare** *s* cultivator, grower, planter
**odling** *s* odlande cultivation; av t. ex. grönsaker growing; område plantation
**odryg** *a* uneconomical
**odräglig** *a* olidlig unbearable
**oduglig** *a* incompetent, unqualified [*till* for]; incapable [*till* t. ex. arbete of]; om sak useless
**odåga** *s* good-for-nothing
**odödlig** *a* immortal
**odödlighet** *s* immortality
**odör** *s* bad (nasty) smell (odour)
**oegentlig** *a* oriktig, olämplig improper, irregular
**oegentligheter** *s pl* irregularities
**oekonomisk** *a* uneconomical
**oemotståndlig** *a* irresistible
**oemottaglig** *a* insusceptible [*för* to], för smitta äv. immune
**oenig** *a* divided, oense . . . in disagreement
**oenighet** *s* disagreement, brist på samförstånd dissension
**oense** *a, **bli*** ~ disagree, osams fall out [*med* with]; ***vara*** ~ disagree [*om* about]
**oerfaren** *a* inexperienced, unpractised [*i* in]
**oerhörd** *a* enorm enormous, tremendous
**oersättlig** *a* irreplaceable
**ofantlig** *a* enormous, tremendous
**ofarlig** *a* . . . not dangerous, harmless
**ofattbar** *a* incomprehensible, inconceivable [*för* to]
**ofelbar** *a* felfri infallible
**offensiv** *s* o. *a* offensive
**offentlig** *a* public; officiell official
**offentliggöra** *tr* announce, make . . . public
**offentlighet** *s* publicity; ~***en*** allmänheten the public (general public)
**offer** *s* uppoffring sacrifice äv. relig.; byte, rov victim, prey; i krig, olyckshändelse victim, casualty
**offert** *s* hand. offer [*på* vid försäljning of, vid köp for]; ***lämna en*** ~ make (submit) an offer
**officer** *s* officer [*i* in, *vid* of]
**officiell** *a* official
**offra I** *tr* uppoffra sacrifice äv. relig.; satsa spend; ägna devote [*på* to]; ~ ***sitt liv*** give (lay down) one's life **II** *refl*, ~ ***sig*** sacrifice oneself [*för* for]

**offside** *s* o. *a* o. *adv* sport. offside
**ofog** *s* mischief, oskick nuisance
**oframkomlig** *a* om väg impassable
**ofrankerad** *s* om brev unstamped
**ofreda** *tr* antasta molest
**ofrivillig** *a* involuntary
**ofruktbar** *a* om t. ex. jord barren, sterile
**ofrånkomlig** *a* oundviklig inevitable
**ofta** *adv* often; *allt som ~st* every now and then
**ofullbordad** *a* unfinished, uncompleted
**ofullkomlig** *a* imperfect
**ofullständig** *a* incomplete
**ofärgad** *a* om t. ex. glas uncoloured; om tyg undyed; om skokräm neutral
**oförarglig** *a* harmless, inoffensive
**oförberedd** *a* unprepared
**oförbätterlig** *a* incorrigible
**ofördelaktig** *a* disadvantageous; om utseende unprepossessing
**oförenlig** *a* incompatible; om t. ex. åsikter irreconcilable
**oföretagsam** *a* unenterprising
**oförglömlig** *a* unforgettable
**oförhappandes** *adv* av en slump accidentally, by chance
**oförklarlig** *a* inexplicable, unaccountable
**oförlåtlig** *a* unforgivable
**oförmåga** *s* inability, incapability
**oförrättad** *a*, ***med oförrättat ärende*** without having achieved anything, empty-handed
**oförsiktig** *a* incautious; vårdslös careless
**oförskämd** *a* insolent, impudent
**oförskämdhet** *s* insolence; ***en ~*** an impertinence
**oförsonlig** *a* irreconcilable, implacable
**oförståndig** *a* oklok unwise, dum foolish
**oförsvarlig** *a* indefensible, inexcusable
**oförtjänt** *a* undeserved; om person undeserving
**oförutsedd** *a* unforeseen, unexpected
**oförändrad** *a* unchanged, unaltered
**ogenerad** *a* free and easy, oberörd unconcerned
**ogenomförbar** *a* impracticable, unworkable, unrealizable
**ogenomskinlig** *a* opaque
**ogift** *a* unmarried, single
**ogilla** *tr* **1** disapprove of, dislike **2** jur.: avslå disallow, upphäva overrule, t. ex. besvär, talan dismiss
**ogillande I** *s* disapproval, rejection **II** *a* disapproving
**ogiltig** *a* invalid
**ogin** *a* disobliging
**ogrundad** *a* unfounded
**ogräs** *s* weeds pl.; ***ett ~*** a weed; ***rensa ~*** weed
**ogräsmedel** *s* weed-killer
**ogynnsam** *a* unfavourable [*för* for]
**ogärna** *adv* motvilligt unwillingly, reluctantly
**ogästvänlig** *a* inhospitable
**ohanterlig** *a* om sak unwieldy
**ohederlig** *a* dishonest
**ohyfsad** *a* ill-mannered, ohövlig impolite, om ngns yttre untidy
**ohygglig** *a* förfärlig dreadful, frightful
**ohygienisk** *a* unhygienic
**ohyra** *s* vermin pl.
**ohållbar** *a* om ståndpunkt etc. untenable, om situation precarious; ogrundad baseless
**ohälsosam** *a* unhealthy, om föda unwholesome
**ohämmad** *a* unrestrained; utan hämningar uninhibited
**ohörbar** *a* inaudible
**ohövlig** *a* impolite
**oigenkännlig** *a* unrecognizable
**oinskränkt** *a* om frihet unrestricted
**ointaglig** *a* mil. impregnable
**ointressant** *a* uninteresting
**ointresserad** *a* uninterested [*av* in]
**oinvigd** *a* uninitiated [*i* in]
**oj** *itj*, *~!* oh!, oh dear!; vid smärta ow!
**ojust I** *a* oriktig incorrect; orättvis unfair **II** *adv* incorrectly; ***spela ~*** commit a foul
**ojämförlig** *a* incomparable
**ojämn** *a* uneven; skrovlig rough; oregelbunden irregular; växlande variable; om tal, udda odd, uneven; ***~ kamp*** unequal struggle; ***~ väg*** rough (bumpy) road
**ok** *s* yoke äv. bildl.
**okammad** *a* dishevelled
**oklanderlig** *a* irreproachable; felfri faultless
**oklar** *a* **1** indistinct; om ljus, sikt, färg dim **2** otydlig unclear, indistinct
**oklok** *a* unwise, imprudent
**oknäppt** *a* om plagg unbuttoned; knappen ***är ~*** ... is not done up
**okomplicerad** *a* simple, uncomplicated
**okonstlad** *a* oförställd unaffected
**okonventionell** *a* unconventional
**okritisk** *a* uncritical
**okryddad** *a* unseasoned
**oktan** *s* octane
**oktantal** *s* octane rating (number); bensin med ***högt ~*** high octane petrol
**oktav** *s* mus. octave
**oktober** *s* October (förk. Oct.); jfr *april* o. *femte*

**okultiverad** *a* uncultivated; ohyfsad unpolished
**okunnig** *a* **1** ovetande ignorant, omedveten unaware, unconscious, oupplyst uninformed [*om* i samtliga fall of, *om att* . . . that . . . ] **2** olärd ignorant [*i* of]
**okunnighet** *s* ignorance
**okuvlig** *a* indomitable
**okynne** *s* mischievousness, mischief
**okynnig** *a* mischievous
**okänd** *a* unknown; obekant unfamiliar; främmande strange [*för* i samtliga fall to]
**okänslig** *a* insensitive
**olag** *s*, ***i ~*** out of order
**olaga** o. **olaglig** *a* unlawful, illegal
**olidlig** *a* insufferable
**olik** *a* unlike
**olika I** *a* different, skiftande varying, växlande various; ***smaken är ~*** tastes differ; ***det är ~*** varierar it varies **II** *adv* differently, in different ways
**olikartad** *a* dissimilar, different
**olikhet** *s* unlikeness; skillnad difference
**oliktänkande** *subst a*, ***en ~*** a dissident
**olinjerad** *a* unruled
**oliv** *s* olive
**olivolja** *s* olive oil
**olja I** *s* oil; ***gjuta ~ på vågorna*** bildl. pour oil on troubled waters **II** *tr* oil
**oljeblandad** *a* . . . containing (mixed with) oil
**oljeborrning** *s* drilling for oil
**oljeborrplattform** *s* oil-rig
**oljebyte** *s* oil change
**oljebälte** *s* på vattnet oil slick
**oljeeldning** *s* oil-heating
**oljefat** *s* oil drum
**oljefläck** *s* på vattenyta oil-slick
**oljefärg** *s* oil-colour
**oljekanna** *s* oil-can
**oljeledning** *s* pipeline
**oljemålning** *s* oil-painting
**oljemätare** *s* oil-gauge
**oljepanna** *s* oil-fired boiler
**oljeraffinaderi** *s* oil refinery
**oljetank** *s* oil tank (cistern)
**oljetanker** *s* oil tanker
**oljeutsläpp** *s* discharge (dumping) of oil
**oljud** *s* noise
**olle** *s* tröja [thick] sweater
**ollon** *s* acorn
**ologisk** *a* illogical
**olovlig** *a* unlawful, förbjuden forbidden
**olust** *s* obehag uneasiness; missnöje dissatisfaction; motvilja dislike, distaste
**olustig** *a* ur humör . . . out of spirits; obehaglig unpleasant
**olycka** *s* **1** misfortune; otur bad luck; motgång trouble; bedrövelse unhappiness; elände misery **2** missöde mishap; olyckshändelse accident; katastrof disaster; ***en ~ kommer sällan ensam*** it never rains but it pours; ***en ~ händer så lätt*** accidents will happen **3** om person wretch
**olycklig** *a* betryckt unhappy [*över* about]; eländig miserable; drabbad av otur unfortunate, unlucky; beklaglig unfortunate
**olycksbådande** *a* ominous
**olycksfall** *s* accident, casualty
**olycksfallsförsäkring** *s* accident insurance
**olycksfågel** *s* unlucky creature (person), person dogged by bad luck
**olyckshändelse** *s* accident, lindrigare mishap
**olycksplats** *s*, ***~en*** the scene of the accident
**olydig** *a* disobedient [*mot* to]
**olydnad** *s* disobedience
**olympiad** *s* Olympiad
**olympisk** *a*, ***de ~a spelen*** the Olympic Games
**olåst** *a* unlocked
**olägenhet** *s* besvär inconvenience, nackdel drawback
**oläglig** *a* olämplig inconvenient
**olämplig** *a* unsuitable, unfit; oläglig inconvenient
**oländig** *a*, ***~ terräng*** rough (rugged) ground
**oläslig** *a* om handstil etc. illegible; om bok unreadable
**olöslig** *a* kem. o. bildl. insoluble
**1 om** *konj* if; ***~ så är*** if so; ***~ inte*** if not, unless
**2 om I** *prep* **1** 'omkring' round, speciellt amer. around; ha en halsduk ***~ halsen*** . . . round one's neck; ***falla ngn ~ halsen*** fall on a p.'s neck; ***jag är kall ~ händerna*** my hands are cold **2** om läge of; ***norr ~*** . . . north of . . . **3** om tid, ***~ dagen (dagarna)*** in the daytime, by day; två gånger ***~ dagen*** . . . a day; ***~ fredagarna*** on Fridays; ***~ morgnarna*** in the morning; ***året ~*** all the year round; inom, ***~ ett år*** in a year (a year's time); ***i dag ~ sex veckor*** six weeks from today **4** 'angående' etc. about, of; ***historien ~*** the story about (of); 'över' (ämne etc.) on; ***föreläsa ~*** lecture on; 'på', om antal, en grupp ***~ 40 personer*** . . . of 40 people **II** *adv* **1** 'omkring', en bok ***med papper ~*** . . . wrapped in paper; ***helt (höger) ~!*** about (right) turn! **2** 'på nytt', ***måla ~*** en vägg repaint . . . ;

*många gånger* ~ many times over; *göra* ~ re-make
**omaka** *a* odd . . ., om t.ex. äkta par ill--matched
**omanlig** *a* unmanly
**omarbeta** *tr* revise
**omarbetning** *s* revision; för scenen, filmen adaptation
**ombesörja** *tr* attend to, take care of
**ombilda** *tr* omskapa transform, omorganisera reorganize
**ombonad** *a* om bostad etc. cosy, snug
**ombord** *adv* on board, aboard
**ombud** *s* representative
**ombudsman** *s* representant representative
**ombyggnad** *s*, huset *är under* ~ . . . is being rebuilt
**ombyte** *s* change; utbyte exchange; ~ *förnöjer* variety is the spice of life
**ombytlig** *a* changeable
**omdebatterad** *a* debated; omstridd controversial
**omdirigera** *tr* trafiken redirect, re-route
**omdöme** *s* omdömesförmåga judgement; åsikt opinion
**omdömeslös** *a* om person . . . lacking in judgement
**omedelbar** *a* immediate, direct
**omedgörlig** *a* unreasonable, unco-operative
**omedveten** *a* unconscious [*om* of]
**omelett** *s* omelette, omelet
**omfamna** *tr* embrace
**omfamning** *s* embrace
**omfatta** *tr* täcka cover; kartan *~r hela staden* . . . covers the whole town
**omfattande** *a* vidsträckt extensive, wide; far-reaching
**omfattning** *s* extent, utsträckning range
**omfång** *s* storlek size; omfattning extent
**omfångsrik** *a* extensive
**omfördela** *tr* redistribute
**omge** *tr* surround
**omgift** *a* remarried
**omgivning** *s*, ~ el. *~ar* t.ex. en stads surroundings pl., trakt neighbourhood; miljö environment
**omgående I** *a*, *per* ~ promptly, immediately **II** *adv* promptly, immediately
**omgång** *s* **1** uppsättning set; hop batch **2** sport. etc. round; tur turn; gång time; *i ~ar* efter varandra by (in) turns
**omhänderta** *tr* take care of, look after
**omild** *a* om behandling harsh, om kritik severe
**omintetgöra** *tr* plan, förhoppningar etc. frustrate, thwart; planerna *omintetgjordes* . . . were brought to nothing

**omisskännlig** *a* unmistakable
**omistlig** *a* indispensable
**omkastning** *s* sudden change; av ordningen inversion, i åsikter, politik reversal
**omklädningshytt** *s* dressing (changing) cubicle
**omklädningsrum** *s* dressing-room, changing-room
**omkomma** *itr* be killed, die; *de omkomna* the victims, those killed
**omkostnader** *s pl* costs, utgifter expenses
**omkrets** *s* circumference
**omkring I** *prep* round, about, speciellt amer. around; *runt* ~ around, round about; ungefär about **II** *adv* round, around, hit och dit about; *runt* ~ all round (around); *när allt kommer* ~ after all, when all is said and done
**omkull** *adv* down, over
**omkörning** *s* overtaking; *han gjorde en snabb* ~ he overtook rapidly
**omkörningsfil** *s* fast (overtaking, amer. passing) lane
**omlopp** *s* circulation; astron. revolution; en del rykten *är i* ~ . . . are going about
**omloppsbana** *s* astron. orbit
**omläggning** *s* om ändring change, alteration, omorganisering reorganization, change-over; av trafik diversion
**omnämna** *tr* mention [*för ngn* to a p.]
**omodern** *a* out of date, unfashionable; om bostad . . . without modern conveniences
**omogen** *a* unripe; om person immature
**omoralisk** *a* immoral
**omorganisera** *tr* reorganize
**omotiverad** *a* **1** unjustified, unwarranted **2** utan motivation unmotivated
**omplacera** *tr* tjänsteman etc. transfer . . . to another post; pengar re-invest
**omplacering** *s* av tjänsteman etc. transfer, av pengar investment
**ompröva** *tr* reconsider, re-examine
**omprövning** *s* reconsideration; *ta ngt under* ~ reconsider a th.
**omringa** *tr* surround
**område** *s* **1** geogr. territory, mindre district, area, trakt region **2** fack etc. field
**omröstning** *s* vote, voting
**omsider** *adv* at last; *sent* ~ at long last
**omskola** *tr* retrain
**omskolning** *s* retraining
**omskära** *tr* circumcise
**omslag** *s* **1** för bok etc. cover; för paket wrapper **2** förändring change
**omslagspapper** *s* wrapping paper
**omsluta** *tr* omge surround, enclose, encircle

**omsorg** *s* **1** omvårdnad care [*om* of, om person äv. for] **2** noggrannhet care, omtanke attention; besvär trouble
**omsorgsfull** *a* careful; grundlig thorough
**omspel** *s* sport. replay; play-off
**omstridd** *a* disputed
**omständighet** *s* circumstance; ***vara i goda (dåliga)*** ekonomiska *~er* be well (badly) off
**omständlig** *a* detailed, långrandig long-winded
**omstörtande** *a*, *~ **verksamhet*** subversive activity
**omsvep** *s*, säga ngt ***utan*** *~* . . . straight out
**omsvängning** *s* sudden change
**omsätta** *tr* **1** omvandla convert; *~ **i pengar*** turn into cash **2** hand., sälja sell; växel etc. renew
**omsättning** *s* hand. turnover, sales pl.; växels renewal
**omtala** *tr* meddela report; omnämna mention; ***mycket*** *~d* much discussed
**omtanke** *s* omsorg care [*om* for], omtänksamhet consideration
**omtumlad** *a* dazed, . . . in a daze
**omtyckt** *a* popular [*av* with]; ***illa*** *~* unpopular
**omtänksam** *a* considerate [*om, mot* to el. towards]
**omtänksamhet** *s* consideration
**omusikalisk** *a* unmusical
**omutlig** *a* incorruptible
**omval** *s* re-election
**omvandla** *tr* transform, change
**omvandling** *s* transformation, change
**omvårdnad** *s* care, nursing
**omväg** *s* detour, roundabout way; ***ta en*** *~* make a detour
**omvälja** *tr* re-elect
**omvänd** *a* **1** omkastad inverted, reversed **2** relig. o. friare converted
**omvända** *tr* relig. convert
**omvändelse** *s* conversion
**omvänt** *adv* inversely
**omvärdering** *s* revaluation, reassessment
**omvärld** *s*, *~**en, ens*** *~* the world around
**omväxlande** *a* t.ex. program varied; alternerande alternate
**omväxling** *s* variety, variation; ***för*** *~**s skull*** for a change
**omyndig** *a* minderårig . . . under age; ***en*** *~* a minor
**omåttlig** *a* immoderate, excessive
**omänsklig** *a* inhuman
**omärklig** *a* unnoticeable, imperceptible
**omöblerad** *a* unfurnished
**omöjlig** *a* impossible
**omöjlighet** *s* impossibility
**onanera** *itr* masturbate
**onani** *s* masturbation
**onaturlig** *a* unnatural
**ond** *a* o. *subst a* **1** moraliskt evil, wicked; *~ **cirkel*** vicious circle **2** arg angry, amer. mad [*på* with, *över* about] **3** ont **a)** ***roten till allt ont*** the root of all evil; ***intet ont anande*** unsuspectingly; ***det är inget ont i det*** there is no harm in that; ***jag har inget ont gjort*** I have done no wrong **b)** värk pain, ache; ***göra ont*** hurt; ***ha ont*** be in pain, suffer; ***ha ont (mycket ont) i huvudet*** have a headache (a bad headache) **c)** ***det är ont om*** smör . . . is scarce, there is a shortage of . . .; ***ha ont om*** . . . be short of . . .
**ondska** *s* evil, wickedness; elakhet malice, spite
**ondskefull** *a* wicked; elak spiteful, malicious
**onekligen** *adv* undeniably, certainly
**onkel** *s* uncle
**onormal** *a* abnormal
**onsdag** *s* Wednesday; jfr *fredag* med ex.
**onsdagskväll** *s* Wednesday evening (senare night); ***på*** *~**arna*** on Wednesday evenings (nights)
**ont** se *ond 3*
**onyanserad** *a* . . . without nuances
**onyttig** *a* oduglig useless, . . . of no use
**onyx** *s* onyx
**onåd** *s* disfavour, disgrace
**onödan** *s*, ***i*** *~* unnecessarily, without cause
**onödig** *a* unnecessary, needless
**oordnad** *a* i oordning disordered, disorderly, om förhållanden unsettled
**oordning** *s* disorder; ***råka i*** *~* become disarranged
**oorganiserad** *a* unorganized; *~ **arbetskraft*** non-union labour
**opal** *s* opal
**opartisk** *a* impartial; neutral neutral
**opassande** *a* improper, unbecoming
**opedagogisk** *a* unpedagogical
**opera** *s* opera; byggnad opera-house; ***gå på*** *~**n*** go to the opera
**operasångare** *s* opera-singer
**operation** *s* operation
**operationsbord** *s* operating-table
**operationssal** *s* operating-theatre
**operera I** *itr* operate **II** *tr* operate on; *~ **bort*** remove
**operett** *s* klassisk operetta, light opera, mera modern musical comedy
**opersonlig** *a* impersonal

**opinion** *s* opinion; *den allmänna ~en* public opinion
**opinionsmöte** *s* public meeting
**opinionsstorm** *s* storm of opinion
**opinionsundersökning** *s* public opinion poll
**opium** *s* opium
**opponera** *refl*, *~ sig* object [*mot* to]
**opportunist** *s* opportunist
**opportunistisk** *a* opportunist
**opposition** *s* opposition; *~en* polit. the Opposition
**oppositionsledare** *s* leader of the Opposition
**opraktisk** *a* unpractical, impractical
**oproportionerlig** *a* disproportionate
**oprövad** *a* untried
**opsykologisk** *a* unpsychological
**optik** *s* optics
**optiker** *s* optician; affär optician's
**optimism** *s* optimism
**optimist** *s* optimist
**optimistisk** *a* optimistic
**optisk** *a* optical; *~ affär* optician's
**opus** *s* work, production, mus. opus
**opåkallad** *a* uncalled for
**opålitlig** *a* unreliable, untrustworthy
**orakad** *a* unshaved, unshaven
**orakel** *s* oracle
**orange** *s* o. *a* orange; jfr *blått*
**orangutang** *s* orang-outang
**oratorium** *s* mus. oratorio (pl. -s)
**ord** *s* word; *~ och inga visor* plain speaking; *begära ~et* ask permission to speak; *få ~et* be called upon to speak; *hålla (stå vid) sitt ~* keep one's word; *innan jag visste ~et av* before I knew where I was; *i ~ och handling* in word and deed; *med ett ~* in a (one) word; *ta till ~a* begin to speak
**ordagrann** *a* literal
**ordalag** *s*, *i allmänna ~* in general terms
**ordblind** *a* word-blind
**ordbok** *s* dictionary
**orden** *s* samfund order; ordenstecken decoration, order
**ordentlig** *a* **1** orderly, methodical, noggrann careful; prydlig neat, proper tidy; välskött well-kept **2** riktig proper; rejäl real, grundlig thorough; jag har fått *en ~ förkylning* ... a terrible cold; *ett ~t mål mat* a square meal
**ordentligt** *adv* in an orderly (a methodical, a careful) manner; *uppför dig ~!* behave yourself!; *bli ~ våt* get thoroughly wet
**order** *s* **1** befallning order, command; *få ~ om att* be ordered (instructed) to; *ge ~ om ngt* order a th.; *lyda ~* obey orders; *på ~ av* by order of **2** hand. order [*på* for]
**ordföljd** *s*, *rak (omvänd) ~* normal (inverted) word order
**ordförande** *s* vid sammanträde chairman, chairperson, i förening äv. president [*i* of]
**ordförandeskap** *s* chairmanship, i förening äv. presidency
**ordförklaring** *s* explanation (definition) of a word
**ordförråd** *s* vocabulary
**ordinarie** *a* om tur etc. regular; om tjänst permanent
**ordination** *s* med. prescription
**ordinera** *tr* med. prescribe
**ordinär** *a* ordinary, common
**ordklass** *s* part of speech
**ordlek** *s* pun
**ordlista** *s* glossary, vocabulary
**ordna I** *tr itr* ställa i ordning arrange, fix, sina affärer settle; skaffa get, find; ta hand om see to; t. ex. tävlingar organize **II** *refl*, *det ~r sig nog!* that (it) will be all right, don't you worry!, things will sort themselves out □ *~* **om** ändra rearrange; ombestyra arrange; *~* **upp** reda ut settle
**ordning** *s* **1** order; ordentlighet orderliness; snygghet tidiness; metod method; *den allmänna ~en* law and order; *jag får ingen ~ på det här* I can't get this straight; *hålla ~ på...* keep... in order; det är *helt i sin ~* ... quite in order; *i vanlig ~* as usual; *göra i ~* ngt get ... ready (in order); *göra sig i ~* get ready; *ställa i ~* get (put) ... in order **2** följd order, sequence
**ordningsföljd** *s* order, sequence, succession
**ordningsmakt** *s*, *~en* the police pl.
**ordningsman** *s* i skolklass monitor
**ordningssinne** *s* feeling for order
**ordningstal** *s* ordinal number
**ordningsvakt** *s* patrolman, vid ölkafé doorkeeper
**ordrik** *a* om språk ... rich in words; om person verbose, wordy
**ordspråk** *s* proverb
**ordval** *s* choice of words
**ordväxling** *s* dispute, altercation
**orealistisk** *a* unrealistic
**oreda** *s* oordning disorder, confusion, röra muddle
**oregano** *s* oregano
**oregelbunden** *a* irregular
**orena** *tr* contaminate, pollute, defile
**oresonlig** *a* unreasonable, envis stubborn

**organ** *s* organ; språkrör mouthpiece, tidning newspaper
**organdi** *s* tyg organdie
**organisation** *s* organization
**organisatör** *s* organizer
**organisera** *tr* organize
**organism** *s* organism
**orgasm** *s* orgasm
**orgel** *s* organ
**orgie** *s* orgy
**oriental** *s* Oriental
**orientalisk** *a* oriental
**Orienten** the Orient, the East
**orientera I** *tr* orientate; informera inform **II** *refl*, *~ sig* orientate oneself, take one's bearings [*efter* kartan by, from ... ]
**orientering** *s* orientation, information information; sport. orienteering
**orienteringsämne** *s* skol. general subject
**original** *s* **1** original **2** person eccentric **3** maskinskrivet huvudexemplar top copy
**originalitet** *s* originality
**originell** *a* ursprunglig original; säregen eccentric, queer
**oriktig** *a* incorrect; orätt wrong
**orimlig** *a* absurd; oskälig unreasonable
**orka** *tr itr*, jag, du etc. *~r (~de)* ... can (could); ***nu ~r jag inte*** hålla på ***längre*** I cannot (can't) go on any longer; ***jag ~r inte mer*** t. ex. mat I cannot (can't) manage any more; ***att du bara ~r!*** how can you manage?
**orkan** *s* hurricane
**orkester** *s* orchestra
**orkestrera** *tr* orchestrate
**orkidé** *s* orchid
**orlon** *s* Orlon
**orm** *s* snake
**ormbunke** *s* fern
**ormtjusare** *s* snake-charmer
**ornament** *s* ornament, decoration
**ornitolog** *s* ornithologist
**oro** *s* anxiety, uneasiness [*för, över* about]; speciellt politisk o. social unrest
**oroa I** *tr* göra ängslig make ... anxious (uneasy); bekymra worry, trouble **II** *refl*, *~ **sig för*** be anxious about, worry about (over)
**orolig** *a* ängslig anxious, uneasy; unsettled, unquiet; rastlös, bråkig restless
**orolighet** *s*, *~er* disturbances
**oroshärd** *s* trouble spot
**orosmoln** *s*, ***~en hopar sig*** the storm clouds are gathering
**oroväckande** *a* alarming
**orre** *s* fågel black grouse (pl. lika)
**orsak** *s* cause [*till* for]; ***ingen ~!*** not at all!, amer. you're welcome!; ***av denna ~*** for that reason
**orsaka** *tr* cause
**ort** *s* plats place; trakt district
**ortodox** *a* orthodox
**ortopedisk** *a* orthopaedic
**orubbad** *a* unmoved; om t. ex. förtroende unshaken
**orutinerad** *a* inexperienced
**oråd** *s*, ***ana ~*** suspect mischief, vard. smell a rat
**oräknelig** *a* innumerable
**orättvis** *a* unjust, unfair [*mot* to]
**orättvisa** *s* unfairness (end. sg.), injustice
**orörd** *a* untouched, kvar unmoved
**orörlig** *a* immobile, utan att röra sig motionless
**os** *s* smell, unpleasant smell
**osa** *itr* smoke, ryka reek; ***det ~r bränt*** there is a smell of burning
**o.s.a.** (förk. för *om svar anhålles*) please reply, R.S.V.P. (förk. för répondez s'il vous plaît franska)
**osagd** *a* unsaid, unspoken; ***det låter jag vara osagt*** I would not like to say
**osaklig** *a* ... not to the point, irrelevant
**osammanhängande** *a* incoherent, disconnected
**osams** *a*, ***bli ~*** quarrel, fall out
**osann** *a* untrue, false
**osanning** *s* falsehood; ***tala ~*** tell lies (a lie)
**osannolik** *a* unlikely, improbable
**osjälvisk** *a* unselfish, selfless
**osjälvständig** *a* ... lacking in independence, unoriginal
**oskadd** *a* unhurt, unharmed, om sak undamaged, intact; ***han återvände ~*** he returned safe and sound
**oskadliggöra** *tr* render ... harmless
**oskarp** *a* slö blunt; suddig blurred, unsharp
**oskick** *s* ovana bad habit
**oskiljaktig** *a* inseparable
**oskuld** *s* **1** innocence; kyskhet chastity, virginity **2** jungfru virgin; oskuldsfull person innocent
**oskyddad** *a* unprotected, för väder o. vind unsheltered
**oskyldig** *a* innocent, ... not guilty [*till* of]; oförarglig inoffensive
**oskälig** *a* unreasonable, om pris etc. excessive
**oslagbar** *a* unbeatable
**oslipad** *a* om ädelsten o. glas uncut, om ädelsten äv. unpolished, om kniv dull; bildl. unpolished

**osläckt** *a* unextinguished, unquenched; ~ ***kalk*** quicklime, unslaked lime
**osmaklig** *a* unappetizing, distasteful, starkare disgusting
**osockrad** *a* unsweetened
**osportslig** *a* unsporting
**oss** *pron* se *vi*
**1 ost** *s* o. *adv* east; jfr *öster*
**2 ost** *s* cheese; ***lyckans*** ~ lucky dog (beggar)
**ostadig** *a* unsteady, unstable; ***~t väder*** changeable weather
**osthyvel** *s* cheese slicer
**Ostindien** the East Indies pl.
**ostkaka** *s* Swedish cheese (curd) cake
**ostkant** *s* cheese rind
**ostkust** *s* east coast
**ostlig** *a* east, easterly; eastern; jfr *nordlig*
**ostraffad** *a* unpunished
**ostron** *s* oyster
**ostädad** *a* untidy
**ostämd** *a* mus. untuned
**osund** *a* unhealthy, om föda unwholesome, om t. ex. metoder unsound
**osv.** (förk. för *och så vidare*) etc.
**osympatisk** *a* unpleasant, disagreeable
**osynlig** *a* invisible
**osäker** *a* uncertain [*på, om* of], otrygg insecure, riskfull unsafe; ***känna sig*** ~ bortkommen feel unsure; isen ***är*** ~ . . . is not safe
**otacksam** *a* speciellt person ungrateful [*mot* to el. towards]; ~ ***uppgift*** thankless task
**otacksamhet** *s* ingratitude, ungratefulness
**otakt** *s*, ***gå i*** ~ walk out of step; spela ***i*** ~ . . . out of time
**otal** *s*, ***ett*** ~ a vast number of, countless
**otalig** *a* innumerable, countless
**otalt** *a*, ***ha ngt ~ med ngn*** have a score to settle (a bone to pick) with a p.
**otillfredsställande** *a* unsatisfactory
**otillfredsställd** *a* unsatisfied
**otillgänglig** *a* inaccessible (*för* to), unapproachable (*för* by)
**otillräcklig** *a* om kvantitet insufficient, om kvalitet inadequate
**otippad** *a*, ***en ~ segrare*** an unbacked winner
**otjänst** *s*, ***göra ngn en*** ~ do a p. a bad turn (a disservice)
**otrevlig** *a* disagreeable, unpleasant
**otrogen** *a* t. ex. i äktenskap unfaithful, svekfull faithless [*mot* to]
**otrolig** *a* incredible, unbelievable
**otränad** *a* untrained, . . . out of training
**otta** *s*, ***i ~n*** early in the morning
**otur** *s* bad luck; ***ha*** ~ be unlucky
**otvivelaktigt** *adv* undoubtedly; no doubt
**otvungen** *a* free and easy, natural
**otydlig** *a* indistinct
**otålig** *a* impatient [*på* with, *över* at]
**otålighet** *s* impatience
**otäck** *a* nasty [*mot* to]; ryslig horrible, awful
**otäcking** *s* vard. rascal, devil
**otämd** *a* untamed
**otänkbar** *a* inconceivable, unthinkable, unimaginable
**oumbärlig** *a* indispensable
**oundgänglig** *a* necessary, oumbärlig indispensable
**oundviklig** *a* unavoidable, som ej kan undgås inevitable
**oupphörlig** *a* incessant, continuous, perpetual
**ouppmärksam** *a* inattentive
**outgrundlig** *a* inscrutable
**outhärdlig** *a* unbearable
**outsider** *s* sport. etc. outsider
**outspädd** *a* undiluted
**outtröttlig** *a* indefatigable, om energi etc. tireless
**outtömlig** *a* inexhaustible
**oval** *s* o. *a* oval
**1 ovan I** *prep* above, over **II** *adv* above; ***här*** ~ above; ***som*** ~ as above
**2 ovan** *a* ej van unaccustomed, unused [*vid* to]; oövad unpractised, untrained, oerfaren inexperienced
**ovana** *s* **1** brist på vana unfamiliarity [*vid* with] **2** ful vana bad habit
**ovanför** *prep adv* above
**ovanifrån** *adv* from above
**ovanlig** *a* unusual, sällsynt uncommon, rare, infrequent
**ovannämnd** *a* above-mentioned
**ovanpå I** *prep* on top of **II** *adv* on top
**ovanstående** *a*, ~ lista the above . . .
**ovarsam** *a* vårdslös careless
**ovation** *s* ovation
**overall** *s* boiler-suit, för småbarn zip-suit, skid~ ski-suit, jogging~ jogging-suit
**overklig** *a* unreal
**overksam** *a* **1** sysslolös idle, inactive **2** ineffective
**ovetenskaplig** *a* unscientific
**ovett** *s* scolding, otidigheter abuse; ***få*** ~ get a scolding
**ovidkommande** *a* irrelevant [*för* to]
**ovilja** *s* agg animosity, starkare aversion [*mot* to]
**ovillig** *a* ej villig unwilling, ohågad reluctant
**ovillkorlig** *a* unconditional

**ovillkorligen** *adv* absolutely
**oviss** *a* uncertain, tveksam doubtful
**ovisshet** *s* uncertainty, doubt; *i* ~ uncertain, in a state of uncertainty
**ovårdad** *a* om klädsel etc. dishevelled, om person slovenly, om språk careless, substandard
**oväder** *s* storm
**ovälkommen** *a* unwelcome
**ovän** *s* enemy; *vara* ~ *med ngn* be on bad terms with a p.
**ovänlig** *a* unkind, ej vänskaplig unfriendly
**oväntad** *a* unexpected
**ovärderlig** *a* invaluable [*för* to]
**ovärdig** *a* unworthy, skamlig shameful
**oväsen** *s* noise; *föra* ~ make a noise
**oväsentlig** *a* unessential, inessential; oviktig unimportant [*för* to]
**oxbringa** *s* kok. brisket of beef
**oxe** *s* **1** ox (pl. oxen); kok. beef **2** ***Oxen*** astrol. Taurus
**oxfilé** *s* fillet of beef
**oxkött** *s* beef
**oxstek** *s* roast beef
**oxsvanssoppa** *s* oxtail soup
**ozon** *s* ozone
**oåterkallelig** *a* irrevocable
**oåtkomlig** *a* inaccessible [*för* to]; ***förvaras*** ~ ***för barn*** to be kept out of children's reach
**oäkta** *a* falsk false; imiterad imitation ...
**oändlig** *a* infinite, endless, interminable; fortsätta ***i det*** ~***a*** ... for ever and ever
**oärlig** *a* dishonest [*mot* to el. towards]
**oätbar** *a* uneatable
**oätlig** *a* om t. ex. svamp inedible
**oäven** *a*, ***inte*** ~ fairly good, ... not bad
**oöm** *a* om sak durable, hard-wearing, om person robust
**oöverlagd** *a* rash; ej planlagd unpremeditated
**oöverskådlig** *a* om följder etc. incalculable, om tid indefinite
**oöverstiglig** *a* insurmountable
**oöversättlig** *a* untranslatable
**oöverträffad** *a* unsurpassed [*i fråga om* for]

# P

**p** *s*, ***sätta*** ~ ***för*** ... put a stop to ...
**pacificera** *tr* pacify
**pacifism** *s*, ~ o. ~***en*** pacifism
**pacifist** *s* pacifist
**pack** *s* slödder rabble, riff-raff
**packa** *tr* pack, pack up; ~***t med folk*** packed (crowded) with people □ ~ **ihop sig** tränga ihop sig crowd; ~ **in** pack up, put in; ~ **ner** pack up; ~ **upp** unpack
**packad** *a* vard., berusad tight, tipsy
**packe** *s* pack, package; bunt bundle
**packis** *s* pack-ice
**packlår** *s* packing-case
**packning** *s* **1** packing; konkret pack, bagage luggage, bagage **2** tekn. gasket, till kran etc. washer
**padda** *s* toad
**paddel** *s* paddle
**paddla** *itr* paddle
**paff** *a*, ***jag blev alldeles*** ~ I was quite taken aback
**paginera** *tr* paginate, page
**pagod** *s* pagoda
**pain riche** *s* French loaf
**paj** *s* pie; utan deglock tart
**paja I** *itr* vard., ~ el. ~ ***ihop*** break down, collapse, go to pieces **II** *tr* ruin
**pajas** *s* clown
**paket** *s* parcel, litet packet, större samt bildl. package; ***ett*** ~ ***cigaretter*** a packet (amer. a pack) of cigarettes
**paketavtal** *s* enhetsavtal package deal
**paketcykel** *s* carrier cycle
**paketera** *tr* packet
**pakethållare** *s* carrier, luggage carrier
**paketresa** *s* package tour

**Pakistan** Pakistan
**pakistanare** *s* Pakistani
**pakistansk** *a* Pakistani
**pakt** *s* pact, treaty
**palats** *s* palace
**Palestina** Palestine
**palestinier** *s* Palestinian
**palestinsk** *a* Palestinian
**palett** *s* konst. palette, pallet
**paljett** *s* spangle
**pall** *s* möbel stool, fotstöd foot-stool
**palla** *tr* stötta, ~ *upp* chock (block) up
**palm** *s* palm
**palmblad** *s* palm-leaf
**palmsöndag** *s* Palm Sunday
**palsternacka** *s* parsnip
**paltbröd** *s* blood bread
**paltor** *s pl* rags, duds
**pamflett** *s* lampoon
**pamp** *s* bigwig, VIP (förk. för Very Important Person)
**pampig** *a* vard. magnificent, grand
**Panamakanalen** the Panama Canal
**panamerikansk** *a* Pan-American
**panda** *s* panda
**panel** *s* panel, panelling (end. sg.)
**panera** *tr* breadcrumb, coat ... with egg and breadcrumbs
**pang** *itj* bang!, crack!, pop!
**panga** *tr* vard. smash
**pangsuccé** *s* vard. roaring success, smash hit
**panik** *s* panic
**panikslagen** *a* panic-stricken
**pank** *a* vard., *vara* ~ be broke
**1 panna** *s* kok. pan, kaffepanna kettle; värmepanna furnace, ångpanna boiler
**2 panna** *s* anat. forehead
**pannbiff** *s* ung. hamburger
**pannkaka** *s* pancake; *det blev* ~ *av alltihop* it fell flat; *göra* ~ *av ngt* make a mess of a th., muck up a th.
**pannrum** *s* boiler room
**panorama** *s* panorama
**panorera** *itr* pan
**pansar** *s* armour (end. sg.)
**pant** *s* pledge, pawn; i lek forfeit; *betala* ~ för t. ex. tomglas pay a deposit
**pantbank** *s* pawnshop
**panter** *s* panther
**pantkvitto** *s* pawn-ticket
**pantomim** *s* pantomime, dumb show
**pantsätta** *tr* i bank pawn
**papegoja** *s* parrot
**papiljott** *s* curler
**papp** *s* pasteboard; kartong cardboard
**pappa** *s* **1** father [*till* of]; vard. dad, pa, barnspr. daddy, amer. papa; jfr *far* **2** ~ *långben* daddy-long-legs
**pappaledig** *a, vara* ~ be on paternal leave
**pappaledighet** *s* paternal leave
**papper** *s* paper, brevpapper stationery, omslagspapper wrapping paper; *ett* ~ a piece of paper; *några* ~ ark some sheets of paper
**pappersark** *s* sheet of paper
**pappersavfall** *s* waste paper
**pappersbruk** *s* paper-mill
**pappersexercis** *s* red tape
**pappershandel** *s* stationer's
**papperskasse** *s* paper carrier
**papperskniv** *s* paper-knife, paper-cutter
**papperskorg** *s* waste-paper basket, amer. waste-basket; utomhus litter-bin
**papperslapp** *s* slip of paper
**pappersmassa** *s* paper pulp
**papperspåse** *s* paper-bag
**pappersservett** *s* paper-napkin
**pappkartong** *s* cardboard box
**paprika** *s* grönsak pepper, sweet pepper; krydda paprika
**par** *s* **1** sammanhörande pair; två stycken couple; *ett* ~ handskar (byxor) a pair of ...; *ett gift* ~ a married couple **2** *ett* ~ några ... a couple of ..., two or three ...; *om ett* ~ *dagar* in a day or two, in a few days
**para I** *tr* **1** ~ *ihop* match, pair, pair ... together **2** djur mate **II** *refl,* ~ *sig* mate
**parad** *s* parade
**paradera** *itr* parade
**paradis** *s* paradise
**paradisdräkt** *s, i* ~ in one's birthday suit
**paradoxal** *a* paradoxical
**paraduniform** *s* full dress uniform
**paragraf** *s* section, jur. paragraph
**Paraguay** Paraguay
**paraguayare** *s* Paraguayan
**paraguaysk** *a* Paraguayan
**parallell** *s* o. *a* parallel
**paralysera** *tr* paralyse
**paranoid** *a* paranoid
**parant** *a* elegant elegant, flott chic
**paranöt** *s* brazil-nut, brazil
**paraply** *s* umbrella
**parasit** *s* parasite
**parasitera** *itr* sponge [*på* on]
**parasoll** *s* parasol, sunshade
**paratyfus** *s* paratyphoid fever, paratyphoid
**pardon** *s, utan* ~ without mercy
**parentes** *s* parenthesis (pl. parentheses), brackets pl.
**parera** *tr* parry; avvärja fend off

**parfym** *s* perfume, billigare scent
**parfymaffär** *s* perfumery [shop]
**parfymera** *tr* perfume, scent
**parisare** *s* person Parisian
**parisisk** *a* Parisian
**park** *s* park
**parkera** *tr itr* park
**parkering** *s* parking, plats parking-place
**parkeringsautomat** *s* parking-meter
**parkeringsböter** *s pl, få* ~ get a parking fine
**parkeringsförbud** *s, det är* ~ parking is prohibited
**parkeringshus** *s* multi-storey car park
**parkeringsljus** *s* parking light
**parkeringsmätare** *s* parking meter
**parkeringsplats** *s* parking-place; område car park, amer. parking lot; rastplats vid landsväg lay-by
**parkeringsvakt** *s* för parkeringsmätare traffic warden; vid parkeringsplats car-park attendant
**parkett** *s* **1** teat. stalls pl.; *främre* ~ orchestra stalls; *bakre* ~ pit **2** golv parquet flooring
**parkettgolv** *s* parquet floor
**parlament** *s* parliament
**parlamentarisk** *a* parliamentary
**parlör** *s* phrase-book
**parmesanost** *s* Parmesan
**parning** *s* mating
**parningslek** *s* mating dance
**parningstid** *s* mating season
**parodi** *s* parody [*på* of]
**parodiera** *tr* parody, mimic
**paroll** *s* watchword, slogan
**part** *s* del portion, share; jur. party
**parti** *s* **1** del part äv. mus.; avdelning section; av bok passage **2** hand., kvantitet lot; varusändning consignment **3** polit. party **4** spelparti game **5** gifte match **6** *ta ngns* ~ take a p.'s part (side)
**partiell** *a* partial
**partikel** *s* particle
**partikongress** *s* party conference
**partiledare** *s* party leader
**partipolitik** *s* party politics (sg. el. pl.)
**partipolitisk** *a* party-political
**partisan** *s* partisan
**partisk** *a* partial, biased, one-sided
**partiskhet** *s* partiality, bias, one-sidedness
**partitur** *s* score
**partner** *s* partner
**party** *s* party
**parvis** *adv* in pairs (couples)

**pass** *s* **1** passage pass **2** legitimation passport **3** tjänstgöring duty; *vem har ~et i kväll?* who is on duty tonight? **4** *så* ~ *mycket* så mycket as much as this; *så* ~ till den grad *stor att* ... so big that ...; *komma väl (bra) till* ~ come in handy
**passa I** *tr itr* **1** ge akt på attend, se efter see to, look after; betjäna wait upon; ~ *telefonen* answer the telephone; ~ *tiden* be punctual; ~ *på* utnyttja *tillfället* take the chance (opportunity); ~ *tåget* be in time for the train **2** vara lagom, lämpa sig etc. fit, suit; vara lämplig be fit [*till* for]; be suitable [*till* for, *för* to]; vara läglig be convenient [*för ngn* to a p.]; möbeln *~r inte här* ... is out of place here; *det ~r mig utmärkt* it suits me excellently; *de ~r för varandra* they are suited to each other **3** vara klädsam suit, become **4** kortsp. o. sport. pass **II** *refl,* ~ *sig* **1** lämpa sig be convenient; *när det ~r sig* when it is convenient **2** anstå be becoming, be fitting **3** se upp look out □ ~ **ihop** fit, fit together; ~ *ihop* om personer suit each other; ~ *ihop med* ngt match ...; ~ **in a)** tr. fit ... in (into) **b)** itr. fit, fit in; ~ **på** look out; ~ *på medan* ... take the opportunity while ...; ~ **upp a)** betjäna attend, vid bordet wait [*på ngn, ngn* on a p.] **b)** *pass upp!* look out!
**passadvind** *s* trade-wind
**passage** *s* passage
**passagerare** *s* passenger
**passande** *a* lämplig suitable; fit; läglig convenient [*till* i samtliga fall for]; riktig, rätt appropriate, proper
**passare** *s* compasses pl.; *en* ~ a pair of compasses
**passera** *tr itr* pass; överskrida cross, sport. overtake; ~ *förbi* pass by
**passersedel** *s* pass
**passform** *s* om kläder etc. fit
**passfoto** *s* passport photo
**passion** *s* passion
**passionerad** *a* entusiastisk keen, ardent; ~ *kärlek* passionate love
**passionerat** *adv* passionately
**passiv I** *a* passive **II** *s* gram. the passive, the passive voice
**passkontroll** *s* examination of passports; kontor passport office
**passkontrollant** *s* passport official
**passning** *s* **1** eftersyn attention **2** sport. pass
**pastej** *s* pie, liten patty
**pastell** *s* pastel
**pastellmålning** *s* pastel
**pastill** *s* pastille, lozenge

**pastor** *s* frikyrklig pastor; ~ ***Bo Ek*** the Rev. Bo Ek
**pastorsexpedition** *s* ung. parish registrar's office
**pastorsämbete** *s* parish authority
**paté** *s* paté
**patent** *s* patent [*på* for]
**patentlås** *s* safety (yale) lock
**patentlösning** *s* patent (ready-made) solution, panacea
**patetisk** *a* högtravande highflown; lidelsefull passionate; gripande pathetic
**patiens** *s* patience, amer. solitaire; ***lägga ~*** play patience
**patient** *s* patient
**patolog** *s* pathologist
**patologi** *s* pathology
**patologisk** *a* pathological
**patos** *s* lidelse passion, devotion; falskt ~ pathos
**patriark** *s* patriarch
**patriarkalisk** *a* patriarchal
**patriot** *s* patriot
**patriotisk** *a* patriotic
**patron** *s* för skjutvapen cartridge; för t.ex. kulpenna refill
**patronhylsa** *s* cartridge-case
**patrull** *s* patrol
**patrullera** *tr itr* patrol
**paus** *s* **1** pause; uppehåll break; teat., radio. interval **2** mus. rest
**paviljong** *s* pavilion
**pedagog** *s* educationist, lärare pedagogue
**pedagogik** *s* pedagogy
**pedagogisk** *a* pedagogical; uppfostrande educational
**pedal** *s* pedal
**pedant** *s* pedant, friare meticulous person, perfectionist, vard. nitpicker
**pedanteri** *s* pedantry, friare meticulousness, perfectionism, vard. nitpicking
**pedantisk** *a* pedantic, friare meticulous, vard. nitpicking
**pediatrik** *s* pediatrics sg.
**pedikyr** *s* pedicure
**pejla** *tr itr* **1** take a bearing of; flyg., med radio locate **2** loda sound; ~ ***läget (stämningen)*** bildl. see how the land lies; ~ ***läget (stämningen) hos (bland)*** sound, sound out
**peka** *itr* point [*på* at, to]
**pekfinger** *s* forefinger, index finger
**pekines** *s* hund pekinese (pl. lika)
**pekoral** *s* pretentious (high-flown) trash
**pekpinne** *s* pointer
**pelare** *s* pillar; kolonn column
**pelargon** *s* bot. geranium
**pelargång** *s* colonnade; arkad arcade

**pelikan** *s* pelican
**pendang** *s* counterpart
**pendel** *s* pendulum
**pendeltrafik** *s* commuter (shuttle) service
**pendeltåg** *s* commuter train
**pendla** *itr* swing; t.ex. om förortsbo commute
**pendlare** *s* commuter
**pendling** *s* svängning oscillation
**pendyl** *s* ornamental clock
**penetrera** *tr* penetrate
**peng** *s* slant coin, little sum of money; se äv. *pengar*
**pengar** *s pl* koll. money sg.; ***kontanta (reda)*** ~ cash, ready money; ***förtjäna (göra) stora*** ~ make (earn) big money; ***vara utan*** ~ äv. be penniless (out of cash)
**penibel** *a* awkward
**penicillin** *s* penicillin
**penis** *s* penis
**penna** *s* pen; blyertspenna pencil
**pennalism** *s* bullying
**penningbekymmer** *s pl* financial worries
**penningbrist** *s* shortage (lack) of money
**penningflöde** *s* cash flow
**penninglott** *s* state lottery ticket
**penninglotteri** *s* state lottery
**penningplacering** *s* investment
**penningsumma** *s* sum of money
**penningvärde** *s* money value
**pennkniv** *s* penknife
**pennvässare** *s* pencil-sharpener
**pensé** *s* pansy
**pensel** *s* brush
**pension** *s* **1** underhåll pension; ***få (avgå med)*** ~ get (retire on) a pension **2** flickpension girls' boarding-school
**pensionat** *s* boarding-house, mindre hotell private hotel
**pensionera** *tr* pension, grant a pension to; ~***d*** pensioned, retired
**pensionsförsäkring** *s* retirement annuity (pension insurance)
**pensionsålder** *s* pensionable (retirement) age
**pensionär** *s* pensioner, retirement pensioner, senior citizen
**pensla** *tr*, ~ ***med ägg*** brush with beaten egg; ~ ***ett sår*** med jod paint a wound . . .
**pentry** *s* kokvrå kitchenette; sjö. o. flyg. galley
**peppar** *s* pepper; ~, ~***!*** touch (amer. knock on) wood!; ***dra dit ~n växer!*** go to blazes!

**pepparkaka** *s* gingerbread biscuit; ***mjuk*** ~ gingerbread cake
**pepparkorn** *s* peppercorn
**pepparkvarn** *s* pepper-mill
**pepparmint** *s* smakämne peppermint
**pepparmynta** *s* växt peppermint
**pepparrot** *s* horse-radish
**peppra** *tr itr* pepper [*ngt* el. *på ngt* a th.]
**per** *prep* **1** med by; ~ ***brev (post)*** by letter (post) **2** ~ ***månad*** a (per) month; månadsvis by the month; ~ ***gång*** varje gång every (each) time; åt gången at a time
**perenn** *a* perennial
**perfekt I** *a* perfect **II** *s* the perfect tense; ~ ***particip*** past (perfect) participle
**perfektionist** *s* perfectionist
**perforera** *tr* perforate
**perforering** *s* perforation
**periferi** *s* **1** cirkels circumference **2** ytterområde periphery
**period** *s* period
**periodisk** *a* periodic; ~ ***tidskrift*** periodical
**periodsupare** *s* periodical drinker
**periodvis** *adv* periodically
**periskop** *s* periscope
**permanent I** *a* permanent **II** *s* perm
**permanenta** *tr* hår perm; låta ~ ***sig*** have a perm
**permission** *s* leave of absence; ***ha*** ~ be on leave
**permittera** *tr* **1** mil. grant leave to **2** friställa dismiss temporarily
**perplex** *a* perplexed
**perrong** *s* platform
**persedel** *s* mil. item of equipment; ***persedlar*** utrustning equipment, kit (båda sg.)
**perser** *s* Persian äv. katt
**persian** *s* Persian lamb
**Persien** Persia
**persienn** *s* Venetian blind
**persika** *s* peach
**persilja** *s* parsley
**persisk** *a* Persian
**persiska** *s* **1** kvinna Persian woman **2** språk Persian
**person** *s* person, framstående personage; ~***er*** vanl. people; ~***erna*** teat. the cast sg.; ***i egen hög*** ~ in person
**personal** *s* staff; speciellt mil. personnel; ***ha för liten*** ~ be understaffed; ***höra till*** ~***en*** be on the staff
**personbevis** *s* birth certificate
**personbil** *s* private car
**personifiera** *tr* personify
**personkult** *s* cult of personality
**personlig** *a* personal, individual; ~***t*** på brev private; ***för min*** ~***a del*** for my part; ~***t pronomen*** personal pronoun
**personligen** *adv* personally
**personlighet** *s* personality; person personage, figure; ***han är en*** ~ he has personality
**personnamn** *s* personal name
**personnummer** *s* personal code number
**persontåg** *s* motsats godståg passenger train; motsats snälltåg ordinary (slow) train
**perspektiv** *s* perspective; ~***en*** utsikterna the prospects
**perspektivfönster** *s* picture window
**Peru** Peru
**peruan** *s* Peruvian
**peruansk** *a* Peruvian
**peruk** *s* wig
**perukmakare** *s* wigmaker
**pervers** *a* perverted
**perversitet** *s* pervertedness (end. sg.), sexual perversion
**pessar** *s* diaphragm, pessary, Dutch cap
**pessimism** *s* pessimism
**pessimist** *s* pessimist
**pessimistisk** *a* pessimistic
**pest** *s* plague
**peta** *tr itr* pick, poke; ~ ***naglarna*** clean one's nails; ~ ***(~ sig i) näsan*** pick one's nose; ~ ***på ngt*** pick (poke) at a th.
**petig** *a* pedantisk finicky, finical
**petitess** *s* trifle
**petition** *s* petition [*om* for]
**petunia** *s* petunia
**pga.** (förk. för *på grund av*) on account of
**pH-värde** *s* pH value
**pianist** *s* pianist, piano-player
**piano** *s* piano (pl. -s); ***spela*** ~ play the piano
**pianola** *s* pianola, player-piano
**pianostol** *s* piano-stool
**pianostämmare** *s* piano-tuner
**pianotråd** *s* piano-wire
**picknick** *s* picnic
**pickolo** *s* page-boy, page, amer. bellboy
**pickup** *s* på skivspelare samt liten varubil pick-up
**pickupnål** *s* stylus
**piedestal** *s* pedestal
**piff** *s* zest; ***sätta*** ~ ***på maten*** give a relish to the food; ***sätta*** ~ ***på ngt*** add a little extra touch to a th.
**piffa** *tr*, ~ ***upp*** smarten up
**piffig** *a* chic, smart; ***en*** ~ ***maträtt*** a tasty dish
**piga** *s* maid
**1 pigg** *s* spike; spets point

**2 pigg** *a* **1** brisk, spry; vaken alert; *~a ögon* lively eyes; *känna sig ~* feel fit **2** *vara ~ på ngt* be keen on a th.
**pigga** *tr, ~ upp* buck up, muntra upp cheer up
**piggna** *itr, ~ till* come round
**piggsvin** *s* porcupine
**piggvar** *s* turbot
**pigment** *s* pigment
**pik** *s* spydighet dig, taunt; *ge ngn en ~* make a sly dig at a p.
**pika** *tr* taunt
**pikant** *a* piquant, kryddad äv. spicy
**piket** *s* **1** polisstyrka police (riot, flying) squad **2** polisbil police van, amer. patrol wagon
**1 pil** *s* träd willow
**2 pil** *s* för pilbåge arrow, för pilkastning dart; *kasta ~* play darts
**pilbåge** *s* bow
**pilgrim** *s* pilgrim
**pilgrimsfärd** *s, göra en ~* go on a pilgrimage
**pilkastning** *s* spel darts
**pilla** *itr, ~* knåpa *med ngt* potter at a th.
**piller** *s* pill
**pillerburk** *s* pillbox äv. damhatt
**pilot** *s* pilot
**pilsner** *s* ung. lager
**1 pimpla** *tr itr* dricka tipple
**2 pimpla** *tr itr* fiske. jig [*ngt* for a th.]
**pimpsten** *s* pumice, pumice-stone
**pina I** *s* pain, torment, suffering **II** *tr* torment, torture
**pinal** *s* sak thing
**pincené** *s* eye-glasses pl.; *en ~* a pair of eye-glasses
**pincett** *s* tweezers pl.
**pingis** *s* vard. ping-pong
**pingla** *itr* tinkle, jingle
**pingst** *s, ~* el. *~en* Whitsun, jfr *jul*
**pingstafton** *s* Whitsun Eve
**pingstdag** *s* Whit Sunday
**pingsthelg** *s, ~en* Whitsun
**pingstlilja** *s* narcissus
**pingströrelse** *s, ~n* the Pentecostal Movement
**pingstvän** *s* Pentecostalist
**pingvin** *s* penguin
**pinje** *s* stone-pine
**pinne** *s* peg; för fåglar perch; vedpinne stick
**pinnhål** *s, komma ett par ~ högre* rise a step or two
**pinnstol** *s* railback chair
**pinsam** *a* painful, besvärande awkward
**pinuppa** *s* vard. pin-up
**pion** *s* peony
**pionjär** *s* pioneer
**1 pip I** *s* ljud peep, cheep; råttas squeak **II** *itj* peep!
**2 pip** *s* på kärl spout
**1 pipa** *itr* om fågel chirp, cheep, om råtta squeak; om vinden whistle
**2 pipa** *s* pipe; visselpipa whistle; *röka ~* smoke a pipe; *gå åt ~n* go to pot
**piphuvud** *s* pipe-bowl
**pipig** *a* om röst squeaky
**pippi** *s* **1** barnspr., fågel birdie, dickey bird **2** *ha ~ på* vard. have a 'thing' about (a mania for)
**piprensare** *s* pipe-cleaner
**pipskaft** *s* pipe-stem
**pipskägg** *s* pointed beard
**pipställ** *s* pipe-rack
**pir** *s* pier; mindre äv. jetty
**pirat** *s* pirate
**piratsändare** *s* pirate transmitter
**pirog** *s* pastej Russian pasty; *~er* vanl. piroshki
**pirra** *itr, det ~r i magen på mig* I have butterflies in my stomach
**pirrig** *a* jittery, enerverande nerve-racking
**piruett** *s* pirouette
**pisk** *s* whipping; *få ~* be whipped
**piska I** *s* whip **II** *tr itr* whip, starkare lash, prygla äv. flog, mattor beat; *~ upp en stämning av . . .* whip up an atmosphere of . . .
**piskrapp** *s* lash, cut with a whip
**pisksnärt** *s* piskslag crack
**pissa** *itr* vulg. piss, mindre vulg. pee, piddle
**pissoar** *s* urinal
**pist** *s* skidbana piste
**pistol** *s* pistol, vard. gun
**pistong** *s* tekn. piston
**pitt** *s* vulg. cock, prick
**pittoresk** *a* picturesque
**pizza** *s* pizza
**pizzeria** *s* pizzeria
**pjoller** *s* babble, struntprat drivel
**pjoska** *itr, ~ med ngn* coddle (pamper) a p.
**pjoskig** *a* namby-pamby
**pjäs** *s* **1** teat. play **2** föremål o. mil. piece **3** schack. man (pl. men)
**pjäxa** *s* skiing-boot
**placera I** *tr* **1** place, gäster seat **2** *~ pengar* invest money **II** *refl, ~ sig* sätta sig seat oneself; *~ sig som etta* sport. come first; *inte bli ~d* not be placed □ *~* **om** möbler etc. rearrange, shift about; tjänsteman etc. transfer . . . to another post; pengar re-invest; *~* **ut** sätta ut set out
**placering** *s* placing; om pengar investment
**pladask** *adv, falla ~* come down flop

**pladder** *s* babble, prattle
**pladdra** *itr* babble, prattle
**plagg** *s* garment, article of clothing
**plagiat** *s* plagiarism; *ett* ~ a piece (an act) of plagiarism
**plagiera** *tr* plagiarize
**plakat** *s* bill, större placard, poster
**1 plan** *(-en -er) s* **1** öppen plats open space, piece of ground, liten, t.ex. framför hus, äv. area; bollplan etc. ground, field, tennisplan court **2** planritning plan [*till* for, of] **3** planering etc. plan [*på* for]; ***ha ~er på ngt (på att*** inf.*)* plan a th. (to inf.); ***hysa ~er mot*** have designs on
**2 plan** *(-et -) s* **1** planyta plane, nivå äv. level; ***ligga i samma ~ som*** be on the same level as; ***i två ~*** in two planes **2** flygplan plane
**3 plan** *a* plane, level; ~ ***yta*** plane surface
**planenlig** *a* ... according to plan
**planera** *tr* planlägga plan, design, project; ~ göra förberedelser ***för*** make preparations for
**planet** *s* planet
**planetsystem** *s* planetary system
**plank** *s* staket fence, kring bygge etc. hoarding
**planka** *s* plank, av furu el. gran deal
**planlägga** *tr* plan; ***planlagt mord*** premeditated murder
**planläggning** *s* planning, design
**plansch** *s* plate, illustration; väggplansch wall chart
**planta** *s* plant
**plantage** *s* plantation
**plantera** *tr* plant; ~ ***om*** transplant, krukväxt repot
**plantering** *s* konkret plantation; anläggning park, garden
**plantskola** *s* nursery
**plask** *s* splash
**plaska** *itr* splash
**plaskdamm** *s* paddling pool (pond)
**plast** *s* plastic
**plastbehandlad** *a* plastic coated
**plastfolie** *s* cling wrap (film)
**plastpåse** *s* plastic bag
**plastvaror** *s* plastic goods
**platan** *s* plane-tree
**platina** *s* platinum
**platonsk** *a* Platonic; ~ ***kärlek*** Platonic love
**plats** *s* **1** place, 'ort och ställe' spot; sittplats, mandat seat; utrymme space; tillräcklig plats room; ***beställa ~*** t.ex. på bilfärja book a passage; ***få en bra ~*** sittplats get a good seat; ***få ~ med*** find room for; hotellet ***har ~ för 100 gäster*** ... has accommodation for 100 guests; ***lämna ~ för*** make room for; ***ta (ta upp) stor ~*** take up a great deal of space (room); ***tag ~!*** järnv. take your seats, please!; ***bo på ~en*** live on the spot; ***ställa ngt på sin ~*** put a th. where it belongs; ***sätta ngn på ~*** vard. take a p. down a peg, put a p. in his (her) place **2** anställning situation, job, befattning post, position; ***få ~*** get a job [*hos* with]; ***söka ~*** look for a job
**platsannons** *s* advertisement in the situations-vacant column
**platsansökan** *s* application for a situation etc., jfr *plats 2*
**platsbiljett** *s* seat reservation
**platt I** *a* flat **II** *adv* flatly
**platta I** *s* plate, rund disc, grammofon~ record, disc **II** *tr,* ~ ***till (ut)*** flatten, flatten out; ~ ***till ngn*** squash a p.
**plattform** *s* platform
**plattfotad** *a* flat-footed
**plattityd** *s* platitude
**platå** *s* plateau
**plenum** *s* plenary meeting (session)
**Plexiglas**® *s* Perspex
**plikt** *s* skyldighet duty [*mot* towards]
**pliktkänsla** *s* sense of duty
**pliktskyldig** *a* dutiful
**plikttrogen** *a* faithful, dutiful, loyal
**plint** *s* **1** byggn. plinth **2** gymn. box
**plita** *itr* skriva write busily; ~ ***ihop*** put ... together with a great effort
**plock** *s* småplock odds and ends pl.
**plocka** *tr itr* pick, samla gather; ~ ***en fågel (ögonbrynen)*** pluck a fowl (one's eyebrows); ~ t.ex. äpplen pick ... □ ~ **bort** remove, take away; ~ **fram** take out; ~ **ihop** gather ... together, collect; ~ **ner** take down; ~ **sönder** pick (take) ... to pieces; ~ **upp** pick up, ur låda take out; ~ **åt sig** grab
**plog** *s* plough, amer. plow
**ploga** *tr itr,* ~ ***vägen*** clear the road of snow
**plomb** *s* **1** tandfyllning filling **2** försegling seal
**plombera** *tr* **1** tand fill **2** försegla seal
**plommon** *s* plum
**plommonstop** *s* bowler, amer. derby
**plommonträd** *s* plum-tree
**plottra** *itr* småsyssla potter about; ~ ***bort*** fritter away
**plottrig** *a* messy, muddled, confused
**plugg** *s* **1** tapp plug, stopper, i tunna tap, bung **2** vard., pluggande swotting, cramming; skola school
**plugga I** *tr,* ~ ***igen*** plug up **II** *tr itr* vard., pluggläsa swot, grind
**plugghäst** *s* swot, swotter, crammer
**1 plump** *a* coarse, rude, rough

**2 plump** *s* blot
**plumpudding** *s* Christmas pudding
**plundra** *tr* utplundra plunder, råna rob, loot [*på* of]
**plundring** *s* plunder, plundering, robbing, looting
**plural** *s* the plural; ***stå i ~*** be in the plural; ***första person ~*** first person plural
**pluralform** *s* plural form
**pluralis** se *plural*
**pluraländelse** *s* plural ending
**plus** *s* o. *adv* plus
**plusgrad** *s* degree above zero
**pluskvamperfekt** *s* the pluperfect (pluperfect tense)
**plustecken** *s* plus sign
**Pluto** astron. o. myt. Pluto äv. seriefigur
**plutokrat** *s* plutocrat
**pluton** *s* platoon
**plutonium** *s* plutonium
**plutt** *s* vard., barn tiny tot, småväxt person little shrimp
**plym** *s* plume
**plymå** *s* cushion
**plysch** *s* plush
**plåga I** *s* smärta pain, pina torment; plågoris nuisance **II** *tr* pina torment, starkare torture; ***~ livet ur ngn*** worry (plague) the life out of a p.
**plågas** *itr dep* suffer, suffer pain
**plågoris** *s* scourge, svagare pest, nuisance
**plågsam** *a* painful
**plån** *s* på tändsticksask striking surface
**plånbok** *s* wallet
**plåster** *s* plaster; ***som ~ på såret*** to make up for it, as a consolation
**plåstra** *itr*, ***~ ihop*** patch . . . up äv. bildl.; ***~ om*** sår dress
**plåt** *s* **1** koll. sheet-metal, metal **2** skiva plate äv. foto.
**plåta** *tr* vard. take a snapshot (picture) of
**plåtburk** *s* tin, can
**plåtslagare** *s* sheet-metal worker
**plåttak** *s* tin (plated) roof
**pläd** *s* filt rug
**plädera** *itr* plead
**pläter** *s* silver på koppar [Sheffield] plate
**plätera** *tr* plate
**plätt** *s* kok. small pancake
**plöja** *tr* plough, amer. plow
**plöjning** *s* ploughing, amer. plowing
**plös** *s* på sko tongue
**plötslig** *a* sudden, abrupt
**plötsligt** *adv* suddenly, abruptly, all of a sudden
**P.M.** *s* memo (pl. -s)
**pneumatisk** *a* pneumatic
**pocketbok** *s* paperback
**podium** *s* platform, för talare rostrum, för dirigent podium
**poem** *s* poem
**poesi** *s* poetry
**poet** *s* poet
**poetisk** *a* poetic, poetical
**pointer** *s* hund pointer
**pojkaktig** *a* boyish
**pojke** *s* boy, lad, friare fellow, chap
**pojklymmel** *s* young rascal (scamp)
**pojknamn** *s* boy's name
**pojkstreck** *s* boyish (schoolboy) prank, lark
**pojkvasker** *s* vard. little fellow, större stripling
**pojkvän** *s* boy-friend
**pokal** *s* speciellt pris cup, för dryck goblet
**poker** *s* poker
**pokeransikte** *s* poker-face
**pokulera** *itr*, ***de satt och ~de*** they sat drinking together
**pol** *s* pole
**polack** *s* Pole
**polar** *a* polar
**polare** *s* vard. pal, mate
**polarisera** *tr itr* polarize
**polcirkel** *s* polar circle; ***norra (södra) ~n*** the Arctic (Antarctic) circle
**polemik** *s* polemic, controversy
**polemisera** *itr* carry on a controversy
**Polen** Poland
**polera** *tr* polish
**polermedel** *s* polish
**policy** *s* policy
**poliklinik** *s* out-patients' department (clinic)
**polio** *s* polio
**polioskadad** *a*, ***han är ~*** he has polio (is a polio victim)
**polis** *s* **1** myndighet o. koll. police pl. **2** polisman policeman, police officer, amer. vanl. patrolman; ***en kvinnlig ~*** a policewoman
**polisanmälan** *s* report to the police
**polisassistent** *s* senior police constable
**polisbil** *s* patrol car
**polisbricka** *s* policeman's badge
**polisdistrikt** *s* police district, amer. precinct
**polisförhör** *s* police interrogation
**polishund** *s* police-dog
**poliskommissarie** *s* police superintendent, lägre chief inspector, amer. captain, lägre lieutenant
**poliskår** *s* police force
**polisman** se *polis 2*
**polismästare** *s* police commissioner

**polisonger** *s pl* side-whiskers, speciellt amer. sideburns
**polispiket** *s* riot (flying) squad; bil police van, amer. patrol wagon
**polisrazzia** *s* police raid
**polisspärr** *s* kedja police cordon, vägspärr road-block
**polisstat** *s* police state
**polisstation** *s* police-station
**polisundersökning** o. **polisutredning** *s* police investigation
**politbyrå** *s* politburo
**politik** *s* politics (sg. el. pl.); handlingssätt policy
**politiker** *s* politician
**politisk** *a* political
**polka** *s* polka
**polkagris** *s* peppermint rock
**pollen** *s* pollen
**pollett** *s* check, counter, gas~ disc
**pollettera** *tr,* ~ ***bagaget*** have one's luggage (baggage) labelled (registered), amer. check one's baggage
**pollettering** *s* registering, registration, amer. checking
**polo** *s* polo
**polokrage** *s* polo-neck, turtle-neck
**polonäs** *s* polonaise
**polotröja** *s* polo-neck (turtle-neck) sweater
**polsk** *a* Polish
**polska** *s* **1** kvinna Polish woman **2** språk Polish; jfr *svenska*
**Polstjärnan** *s* the pole-star (North Star)
**polyester** *s* polyester
**polyné** *s* kok. macaroon
**polyp** *s,* ***~er i näsan*** adenoids
**pomerans** *s* Seville (bitter) orange
**pommes frites** *s pl* chips, French fried potatoes, French fries
**pomp** o. **pompa** *s* pomp
**pondus** *s* authority, värdighet dignity
**ponera** *tr* suppose
**ponny** *s* pony
**ponton** *s* pontoon
**pontonbro** *s* pontoon bridge
**popartist** *s* vard. pop artiste
**poplin** *s* poplin
**popmusik** *s* pop music
**poppel** *s* poplar
**popularisera** *tr* popularize
**popularitet** *s* popularity
**populär** *a* popular [*bland* with]
**populärvetenskap** *s* popular science
**por** *s* pore
**porla** *itr* murmur, ripple, purl
**pormask** *s* blackhead
**pornografi** *s* pornography
**pornografisk** *a* pornographic
**porr** *s* vard. porno, porn
**porrfilm** *s* porno film (movie)
**porrtidning** *s* porno magazine
**porslin** *s* china, äkta ~ porcelain
**porslinstallrik** *s* china plate
**port** *s* ytterdörr street-door, front-door; inkörsport gate, portgång gateway
**portabel** *a* portable
**porter** *s* stout, svagare porter
**portfölj** *s* brief-case; ***minister utan*** ~ minister without portfolio
**portförbjuda** *tr,* ~ ***ngn*** refuse a p. admittance
**portgång** *s* gateway, doorway
**portier** *s* receptionist, reception clerk; vaktmästare hall porter
**portion** *s* portion; ***i små ~er*** bildl. in small doses
**portionera** *tr,* ~ el. ~ ***ut*** portion, portion (ration) out
**portionsvis** *adv* in portions
**portmonnä** *s* purse
**portnyckel** *s* latchkey, front-door key
**porto** *s* postage
**portofri** *a* post-free, ... free of postage
**portofritt** *adv* post-free, ... free of postage
**portohöjning** *s* increase in postal rates
**porträtt** *s* portrait, speciellt foto picture
**porträttera** *tr* portray
**porträttlik** *a* lifelike
**porträttmålare** *s* portrait painter
**porttelefon** *s* house telephone
**Portugal** Portugal
**portugis** *s* Portuguese (pl. lika)
**portugisisk** *a* Portuguese
**portugisiska** *s* **1** kvinna Portuguese woman **2** språk Portuguese; jfr *svenska*
**portvakt** *s* dörrvakt porter; i hyreshus caretaker
**portvin** *s* port, port wine
**porös** *a* porous, svampaktig spongy
**pose** *s* pose, attitude
**posera** *itr* pose
**position** *s* position
**1 positiv I** *a* positive; ***~t svar*** affirmative answer, answer in the affirmative **II** *s* gram. the positive
**2 positiv** *s* mus. barrel-organ
**positivhalare** o. **positivspelare** *s* organ-grinder
**possessiv** *a* possessive äv. gram.
**post** *s* **1** brevpost etc. post, mail; ***sända ... med (per)*** ~ post ..., mail ..., send ... by post (mail) **2** postkontor post-office; ***Posten***

postverket the Post Office **3** hand., i bokföring etc. item, entry; belopp amount; varuparti lot **4** vaktpost sentry **5** befattning post, appointment
**posta** *tr* post, mail
**postadress** *s* postal address
**postanstalt** *s* post-office
**postanvisning** *s* money order; *hämta pengar på en* ~ cash a money order
**postbox** *s* post-office box
**poste restante** *s* poste restante
**postexpedition** *s* post-office, mindre branch post-office
**postexpeditör** *s* post-office clerk
**postfack** *s* post-office box
**postförbindelse** *s* postal communication
**postförskott** *s* cash (amer. collect) on delivery (förk. C.O.D.); *sända ngt mot* ~ send a th. C.O.D.
**postgiro** *s* postal giro service (konto account)
**postiljon** *s* sorting clerk; brevbärare postman, amer. mailman
**postisch** *s* hairpiece, postiche
**postkontor** *s* post-office
**postkort** *s* postcard
**postkupp** *s* rån post-office (mail) robbery
**postlucka** *s* post-office counter
**postmästare** *s* postmaster
**postnummer** *s* postcode, amer. ZIP code
**postorderfirma** *s* mail-order firm
**postpaket** *s* postal parcel; *som* ~ by parcel post
**poströst** *s* postal vote
**postskriptum** *s* postscript
**postsparbanksbok** *s* post-office savings-bank book
**poststämpel** *s* postmark
**posttaxa** *s* postage rate
**posttjänsteman** *s* post-office employee
**posttur** *s* hämtning collection; leverans till adressaten post delivery; *med första ~en* by the first post
**Postverket** the Post Office Administration
**postväsen** *s* postal services pl.
**potatis** *s* potato; koll. potatoes pl.; *färsk* ~ new potatoes
**potatischips** *s pl* potato crisps (amer. chips)
**potatismjöl** *s* potato flour
**potatismos** *s* creamed (vanl. utan tillsats mashed) potatoes pl.
**potatissallad** *s* potato-salad
**potatisskal** *s* potato peel (avskalade peelings)
**potatisskalare** *s* redskap potato-peeler
**potens** *s* fysiol. potency; mat. power
**potentat** *s* potentate
**potentiell** *a* potential
**pott** *s* pot, pool
**potta** *s* nattkärl chamber-pot
**poäng** *s* **1** point, skol., betygspoäng mark, amer. grade; *segra på* ~ win on points **2** slutkläm, mening point; *fatta (missa) ~en i* en historia see (miss) the point of . . .
**poängberäkning** *s* sport. etc. scoring
**poängställning** *s* score
**poängtera** *tr* emphasize, point out
**p-piller** *s* contraceptive (birth) pill; *sluta med* ~ give up the Pill; *ta (äta)* ~ be on the Pill
**p-plats** se *parkeringsplats*
**PR** *s* PR, public relations pl.; reklam publicity
**pracka** *tr*, ~ *på ngn ngt* fob a th. off on a p., thrust a th. down a p.'s throat
**Prag** Prague
**prakt** *s* splendour, magnificence
**praktexemplar** *s*, den här blomman är *ett riktigt* ~ . . . a real beauty
**praktfull** *a* splendid, magnificent; prunkande gorgeous
**praktik** *s* practice; *sakna* ~ *i (på)* . . . lack experience in (of) . . .; *i ~en* in practice
**praktikant** *s* trainee
**praktisera** *tr itr* practise; *allmänt ~nde läkare* general practitioner
**praktisk** *a* practical, lätthanterlig handy
**praktiskt** *adv* practically; ~ *taget* practically
**pralin** *s* chocolate, med krämfyllning chocolate cream
**prao** *s* (förk. för *praktisk arbetslivsorientering*) practical occupational experience
**prassel** *s* rustle, rustling
**prassla** *itr* rustle
**prat** *s* samspråk talk, chat; pladder chatter; skvaller gossip; *~!* el. *sånt ~!* nonsense!; *löst (tomt)* ~ idle talk
**prata** *itr tr* talk, chat, skvallra gossip; ~ *omkull ngn* talk a p. down
**pratbubbla** *s* i serieruta balloon
**pratig** *a* talkative, chatty
**pratkvarn** *s* chatterbox
**pratmakare** *s* great talker, chatterbox
**pratsam** o. **pratsjuk** *a* talkative, chatty
**pratstund** *s* chat
**praxis** *s* practice, custom
**precis I** *a* precise, exact **II** *adv* exactly, precisely, just; *komma* ~ be punctual; kom ~ *klockan 8* . . . at eight (eight o'clock) sharp

**precisera** *tr* villkor etc. specify; uttrycka klart define exactly; ***närmare ~t*** to be precise
**precision** *s* precision
**predika** *tr itr* preach [*över* on]
**predikan** *s* sermon [*över* on]
**predikant** *s* preacher
**predikat** *s* predicate
**predikatsfyllnad** *s* complement
**predikstol** *s* pulpit
**prefix** *s* prefix
**prejudikat** *s* precedent
**prekär** *a* precarious, insecure
**preliminär** *a* preliminary
**preliminärskatt** *s* preliminary tax
**preludium** *s* mus. prelude
**premie** *s* försäkringsavgift premium; extra utdelning bonus, pris prize
**premieobligation** *s* premium bond
**premiera** *tr* prisbelöna award prizes (a prize) to, belöna reward
**premiss** *s* förutsättning condition; filos. premise
**premiär** *s* teat. first (opening) night (performance)
**premiärminister** *s* prime minister, premier
**prenumerant** *s* subscriber
**prenumeration** *s* subscription
**prenumerera** *itr*, ~ ***på*** subscribe to, take in
**preparat** *s* preparation
**preparera** *tr* prepare
**preposition** *s* preposition
**presenning** *s* tarpaulin
**presens** *s* the present tense, the present; ~ ***particip*** the present participle
**present** *s* present, gift
**presentation** *s* introduction [*för* to]
**presentera** *tr* **1** föreställa introduce [*för, i* to]; ~ ***sig*** introduce oneself **2** framlägga, förete present
**presentkort** *s* gift voucher
**president** *s* president [*i* of]
**presidentperiod** *s* presidency
**presidentval** *s* presidential election
**presidera** *itr* preside [*vid* at]
**preskribera** *tr* jur., ***brottet är ~t*** the period for prosecution has expired
**press** *s* **1** tidningspress, redskap etc. press **2** påtryckning pressure; påfrestning strain; ***utöva ~ på ngn*** bring pressure to bear on a p.
**pressa** *tr* press; krama squeeze; ~ ***ett pris*** force a price down □ ~ **fram** en bekännelse extort ... [*ur* from]; ~ **ihop** compress, squeeze ... together; ~ **upp** t.ex. priser force up; ~ **ut ngt ur** press a th. out of; ~ ***ut pengar av ngn*** blackmail a p.

**pressande** *a* t.ex. värme oppressive, t.ex. arbete arduous
**pressbyrå** *s* press agency
**presscensur** *s* press censorship
**pressfotograf** *s* press photographer
**pressklipp** *s* press cutting (clipping)
**presskonferens** *s* press conference
**pressveck** *s* crease
**prestation** *s* arbets~, sport~ performance, bedrift achievement, feat
**prestationsförmåga** *s* capacity, performance
**prestera** *tr* perform, accomplish, achieve
**prestige** *s* prestige
**pretendent** *s* pretender [*på, till* to]
**pretention** *s* pretension
**pretentiös** *a* pretentious
**preussare** *s* Prussian
**Preussen** Prussia
**preventiv** *a* o. *s* preventive
**preventivmedel** *s* contraceptive
**preventivpiller** *s* contraceptive (birth) pill; se äv. *p-piller*
**prick** *s* **1** punkt dot, fläck speck, på tyg etc. spot; på måltavla bull's eye; ***träffa mitt i ~*** bildl. hit the mark; ***sätta ~en över i*** bildl. add the finishing touch; ***på ~en*** to a T, exactly **2** straffpoäng penalty point **3** person, ***en hygglig ~*** a decent fellow
**pricka** *tr* **1** t.ex. linje dot, med nål etc. prick **2** träffa hit **3** ge en prickning censure □ ~ **av** tick (check) ... off; ~ **för** tick off, mark
**prickig** *a* spotted, spotty
**prickning** *s* bildl. reproof
**prickskytt** *s* sharp-shooter
**prima** *a* first-class, first-rate
**primadonna** *s* prima donna, på talscen leading lady
**primitiv** *a* primitive
**primula** *s* primula, vard. primrose
**primuskök** *s* ®Primus, Primus stove
**primär** *a* primary
**primör** *s* early vegetable (fruit)
**princip** *s* principle; ***av ~*** on principle; en man ***med ~er*** ... of principle
**principfast** *a* firm
**principfråga** *s* question (matter) of principle
**principiell** *a*, ***av ~a skäl*** on grounds of principle
**prins** *s* prince
**prinsessa** *s* princess
**prinskorv** *s* ung. chipolata sausage
**prioritera** *tr* give priority to
**prioritet** *s* priority
**pris** *s* **1** price; ***hålla för höga ~er*** charge too much; ***falla i ~*** fall in price; ***till nedsatt***

~ at a reduced price; *till ~et av* at the cost of; *till varje* ~ at all costs, at any price **2** belöning prize; *få första ~et* be awarded the first prize; *ta ~et* be easily first (best), vard. take the cake (biscuit) **3** beröm praise
**prisa** *tr* praise; ~ *sig lycklig* count oneself lucky
**prisbelöna** *tr* award a prize (prizes) to; *prisbelönt roman* prize novel
**prishöjning** *s* rise (increase) in prices (the price)
**prisklass** *s* price range (class)
**priskontroll** *s* price control
**priskrig** *s* price war
**prislapp** *s* price ticket (tag)
**prislista** *s* hand. price-list; sport. prize list
**prisläge** *s* price range (level); *i alla ~n* at all prices
**prismedveten** *a* price-conscious
**prisnedsättning** *s* price reduction
**prispall** *s* winners' stand, rostrum
**prisskillnad** *s* difference in (of) price (prices)
**prisstopp** *s* price-freeze; *införa* ~ freeze prices
**prissumma** *s* prize-money
**prissänkning** *s* price reduction
**prissätta** *tr* fix the price (prices) of, price
**pristagare** *s* prize-winner
**prisuppgift** *s* quotation [*på* for]; *lämna ~ på* state (give) the price of
**prisutdelning** *s* distribution of prizes
**prisutveckling** *s* price trend
**privat I** *a* private, personal; *i det ~a* in private life **II** *adv* privately, in private
**privatanställd** *a*, ~ *person* person in private employment
**privatbil** *s* private car
**privatbilist** *s* private motorist
**privatbruk** *s*, *för* ~ for private (personal) use
**privatlektion** *s* private lesson
**privatliv** *s* private life
**privatperson** *s* private person; *som* ~ är han in private (private life) ...
**privatsekreterare** *s* private secretary
**privatägd** *a* privately-owned
**privilegiera** *tr* privilege
**privilegium** *s* privilege
**PR-man** *s* PR (public-relations) officer
**problem** *s* problem
**problematisk** *a* problematic, complicated
**problembarn** *s* problem child
**procedur** *s* procedure
**procent** *s* per cent; tal percentage; *få ~ på* omsättningen get a percentage on ...
**procentare** *s* vard. money-lender, loan-shark
**procentsats** *s* rate per cent, percentage
**procentuell** *a* percentage ...
**process** *s* **1** förlopp process, operation **2** jur. lawsuit, action, case; *göra ~en kort med ngn* make short work of a p.
**procession** *s* procession
**producent** *s* producer; odlare grower
**producera** *tr* produce, odla äv. grow
**produkt** *s* product
**produktion** *s* production, speciellt jordbr. produce
**produktiv** *a* productive, om t. ex. författare prolific
**produktivitet** *s* productivity
**professionell** *a* professional
**professor** *s* professor [*i* of, *vid* at, in]
**professur** *s* professorship, chair
**profet** *s* prophet
**profetera** *tr itr* prophesy
**profetia** *s* prophecy
**proffs** *s* pro (pl. pros)
**proffsboxare** *s* professional boxer
**proffsig** *a* vard. professional
**profil** *s* profile; personlighet personality; avbilda *i* ~ ... in profile (side-face)
**profit** *s* profit
**profitera** *itr* förtjäna profit, benefit [*på* by]; utnyttja take advantage [*på* of]
**profitör** *s* profiteer
**profylax** *s* prophylaxis, preventive medicine
**prognos** *s* ekon. o. meteor. forecast
**prognoskarta** *s* weather chart
**program** *s* programme, data. program
**programenlig** *a* ... according to programme
**programledare** *s* konferencier compère
**programmera** *tr* programme, data. program
**programmering** *s* programming
**programpunkt** *s* item on a (the) programme
**progressiv** *a* progressive
**projekt** *s* project, plan, scheme
**projektil** *s* projectile, missile
**projektor** *s* projector
**proklamation** *s* proclamation
**proklamera** *tr* proclaim
**proletariat** *s* proletariat
**proletär** *s* o. *a* proletarian
**prolog** *s* prologue [*till* to]
**promemoria** *s* memorandum (pl. vanl. memoranda)

**promenad** *s* **1** spatsertur walk, flanerande stroll; ***ta en*** ~ go for a walk **2** plats promenade
**promenadsko** *s* walking-shoe
**promenera** *itr* take a walk (stroll), stroll; promenade; ***gå ut och*** ~ ***med*** hunden take ... out for a walk; ~ ***omkring*** stroll about
**promille** *(pro mille)* **I** *adv* per thousand (mille, mil) **II** *s*, ***hög*** ~ av alkohol ung. high percentage of alcohol
**prominent** *a* prominent
**promotor** *s* företags~ o. sport. promotor
**pronomen** *s* pronoun
**propaganda** *s* propaganda
**propagera** *itr* make (carry on) propaganda [*för* for]
**propeller** *s* propeller
**propellerblad** *s* propeller blade
**proper** *a* snygg tidy, neat, ren clean; ***en*** ~ ***flicka*** a decent (nice) girl
**proportion** *s* proportion; ***ha sinne för*** ~***er*** have a sense of proportion; ***inte alls stå i*** ~ ***till*** ... be out of all proportion to ...
**proportionell** *a* proportional, proportionate [*mot* to]
**proportionerlig** *a* proportionate; symmetrical
**proposition** *s* lagförslag government bill; ***framlägga en*** ~ bring in (introduce, present) a bill
**propp** *s* stopper, för tvättställ, tapp plug; elektr. fuse, fuse plug; blodpropp clot; av öronvax lump of wax; öronpropp ear-piece; ***en*** ~ ***har gått*** a fuse has blown
**proppa** *tr*, ~ ... ***full*** cram, stuff; ~ ***i ngn*** mat cram ... into a p.; ~ ***i sig*** gorge oneself [*ngt* with a th.]; ~ ***igen*** ett hål stop up, plug up
**proppfull** *a* crammed, packed [*med* with]
**proppmätt** *a*, ***äta sig*** ~ gorge oneself [*på* with]; ***vara*** ~ vard. be full up
**propå** *s* proposal
**prosa** *s* prose; ***på*** ~ in prose
**prosaisk** *a* prosaic, unimaginative
**prosit** *itj* God bless you!
**prospekt** *s* reklamtryck prospectus; för hotell etc. brochure
**prost** *s* dean
**prostata** *s* prostate, prostate gland
**prostituerad** *a* prostitute; ***en*** ~ a prostitute
**prostitution** *s* prostitution
**protegé** *s* protégé
**protein** *s* protein
**protektionism** *s* protectionism
**protes** *s* arm, ben etc. artificial arm (leg etc.); tandprotes denture, dental plate
**protest** *s* protest; ***inlägga*** ~ lodge a protest
**protestant** *s* Protestant
**protestantisk** *a* Protestant
**protestera** *itr tr* protest [*mot* against], object [*mot* to]
**protestmöte** *s* protest meeting
**protokoll** *s*, ***föra*** ~ ***vid*** ett sammanträde keep the minutes of ...
**prototyp** *s* prototype
**prov** *s* **1** test; prövning trial; examensprov examination; ***bestå*** ~***et*** stand the test; anställa ngn ***på*** ~ ... on trial; ***sätta på*** ~ put to the test; ***ta*** en vara ***på*** ~ take ... on approval **2** bevis proof **3** varuprov sample, av tyg etc. pattern; provexemplar specimen
**prova** *tr itr* test, pröva på, provköra etc. try; grundligt try out; kläder try on; ~ ***av*** test, provsmaka sample, taste; ~ ***ut*** t. ex. glasögon, hatt try out
**provdocka** *s* tailor's dummy
**provhytt** *s* fitting cubicle (större room)
**proviant** *s* provisions pl., supplies pl.
**provins** *s* province
**provinsiell** *a* provincial
**provision** *s* commission
**provisorisk** *a* tillfällig temporary; ~ ***regering*** provisional government
**provisorium** *s* provisional arrangement, makeshift
**provkollektion** *s* collection of samples
**provkörning** *s* av bil etc. trial run, på väg road test
**provocera** *tr* provoke; ~***nde*** provocative
**provokation** *s* provocation
**provokativ** *a* provocative
**provrum** *s* att prova kläder i fitting-room
**provrör** *s* test tube
**provrörsbarn** *s* test-tube child
**provsmaka** *tr* taste, sample
**provstopp** *s* för kärnvapen nuclear test ban
**prunka** *itr* make a fine show
**pruta** *itr* om köpare haggle, köpslå bargain; om säljare reduce the price; ~ ***på*** en vara haggle over the price of ...
**prutt** *s* vulg. fart
**prutta** *itr* vulg. fart, let off
**pryd** *a* prudish
**pryda** *tr* smycka adorn, dekorera decorate; ***den pryder sin plats*** it is decorative
**pryderi** *s* prudishness, prudery
**prydlig** *a* neat, trim
**prydnad** *s* decoration; prydnadssak o. bildl. ornament
**prydnadssak** *s* ornament
**prydnadsväxt** *s* ornamental plant
**prygel** *s* flogging

**prygla** *tr* flog
**pryl** *s* vard. thing, gadget
**prål** *s* ostentation, grannlåt finery
**prålig** *a* gaudy
**pråm** *s* barge, hamnpråm lighter
**prägel** *s* avtryck impression; på mynt o. bildl. stamp; drag touch; karaktär character; ***sätta sin ~ på*** leave (set) one's mark on
**prägla** *tr* mynta coin, mint; stämpla stamp; känneteckna characterize, mark
**präktig** *a* utmärkt fine, splendid, grand; stadig stout, tjock thick; ***en ~ förkylning*** a proper cold
**pränta** *tr* write . . . carefully; texta print
**prärie** *s* prairie
**präst** *s* clergyman, speciellt katol. samt icke-kristen priest; frikyrklig minister; ***kvinnliga ~er*** women clergymen
**prästgård** *s* vicarage, rectory
**prästkrage** *s* bot. oxeye daisy
**pröjsa** *itr tr* vard. pay
**pröva I** *tr* try, try out; undersöka test; granska examine; ***~ ngns tålamod*** try a p.'s patience **II** *refl*, ***~ sig fram*** feel one's way
**prövning** *s* **1** prov, undersökning test, trial, examination; t. ex. av fullmakt investigation **2** lidande trial, affliction
**P.S.** *s* (förk. för *post scriptum*) P.S.
**psalm** *s* i psalmboken hymn; i Psaltaren psalm
**psalmbok** *s* hymn-book
**pseudonym** *s* pseudonym
**p-skiva** *s* parking-disc
**psyka** *tr* vard. psych, psych out
**psyke** *s* mentality, psyche
**psykedelisk** *a* psychedelic
**psykiater** *s* psychiatrist
**psykiatri** *s* psychiatry
**psykiatrisk** *a* psychiatric
**psykisk** *a* mental
**psykoanalys** *s* psychoanalysis
**psykolog** *s* psychologist
**psykologi** *s* psychology
**psykologisk** *a* psychological
**psykopat** *s* psychopath
**psykos** *s* psychosis (pl. psychoses)
**pub** *s* pub
**pubertet** *s* puberty
**publicera** *tr* publish
**publicitet** *s* publicity
**publik** *s* auditorium audience; åskådare spectators pl.; läsekrets äv. readers pl.; antal besökare attendance
**publikation** *s* publication
**publikdragande** *a* popular, attractive
**publikfriande** *a* . . . that plays (play) to the gallery, crowd-pleasing
**publiksuccé** *s* hit, success, bok best seller
**puck** *s* i ishockey puck
**puckel** *s* hump, hunch
**puckelrygg** *s* hunchback
**puckelryggig** *a* hunchbacked
**pudding** *s* kok. pudding
**pudel** *s* poodle
**puder** *s* powder
**puderdosa** *s* compact
**pudra I** *tr* powder, med socker etc. dust **II** *refl*, ***~ sig*** powder oneself
**puff** *s* knuff push; lätt med armbågen nudge
**puffa** *tr* knuffa push; lätt med armbågen nudge
**puka** *s* kettle-drum; ***pukor*** i orkester timpani
**pulka** *s* 'pulka', sledge
**pullover** *s* pullover
**pulpet** *s* desk
**puls** *s* pulse; ***ta ~en på ngn*** med. feel a p.'s pulse; ***känna ngn på ~en*** sound a p. out
**pulsa** *itr* trudge, plod [*i* snön through . . . ]
**pulsera** *itr* beat, throb, pulsate, pulse
**pulsåder** *s* artery
**pulver** *s* powder
**pulverisera** *tr* pulverize
**puma** *s* puma
**pump** *s* pump
**1 pumpa** *tr* pump; ***~ däcken*** blow up the tyres
**2 pumpa** *s* bot. pumpkin; amer. squash
**pumps** *s pl* court-shoes, amer. pumps
**pund** *s* **1** myntenhet pound (förk. £) **2** vikt pound (förk. lb., pl. lb. el. lbs.)
**pundsedel** *s* pound note
**pung** *s* påse pouch; börs purse; anat. scrotum
**punga** *itr*, ***~ ut med*** fork out, cough up
**pungdjur** *s* marsupial
**pungslå** *tr*, ***~ ngn*** fleece a p.
**punkt** *s* point; skiljetecken full stop, amer. period; sak, fråga point, matter; i kontrakt, 'nummer' på program etc. item; ***sätta ~ för ngt*** bildl. put a stop to a th.; ***låt mig tala till ~!*** let me finish!
**punktera** *tr* sticka hål på puncture
**punktering** *s*, ***få ~*** have a puncture (vard. a flat tyre)
**punktlig** *a* punctual
**punktlighet** *s* punctuality
**punktmarkering** *s* sport. man-to-man marking
**punktskrift** *s* blindskrift braille
**punktstrejk** *s* selective strike
**punsch** *s* Swedish (arrack) punch
**pupill** *s* anat. pupil
**puré** *s* purée
**puritan** *s* puritan
**purjo** o. **purjolök** *s* leek
**purken** *a* vard. sulky, sullen

**purpur** *s* purple
**purpurröd** *a* blåröd purple, högröd crimson
**1 puss** *s* pöl puddle, pool
**2 puss** *s* kyss kiss
**pussa** *tr* o. **pussas** *itr* kiss
**pussel** *s* puzzle, läggspel jig-saw puzzle; *lägga* ~ do a jig-saw puzzle
**pussla** *itr*, ~ *ihop* put together
**pust** *s* vindpust breath of air
**pusta** *itr* flåsa puff; ~ *ut* hämta andan take breath, ta en paus take a breather
**puta** *itr*, ~ *med munnen* pout; ~ *ut* om kläder etc. bulge, stick out
**puts** *s* **1** rappning plaster **2** putsmedel polish
**putsa** *tr* **1** rengöra clean; polera polish; klippa ren trim; ~ *ett rekord* better a record **2** rappa plaster
**putsmedel** *s* polish
**putsning** *s* **1** cleaning, polishing; *en* ~ a clean, a polish **2** rappning plastering, konkret plaster
**putt** *s* golf. putt
**putta** *tr* vard., ~ *till ngt* give a thing a push
**puttra** *itr* kok. simmer, bubbla bubble
**pygmé** *s* pygmy
**pyjamas** *s* pyjamas pl., amer. pajamas pl.; *en* ~ a pair of pyjamas
**pynt** *s* finery, t. ex. julpynt decorations pl.
**pynta** *tr itr* smycka decorate; göra fint smarten things up
**pyra** *itr* smoulder äv. bildl.
**pyramid** *s* pyramid
**pyre** *s* mite, tiny tot
**Pyrenéerna** *pl* the Pyrenees
**pyreneisk** *a*, *Pyreneiska halvön* the Iberian Peninsula
**pyroman** *s* pyromaniac
**pys** *s* little chap (boy)
**pyssla** *itr* busy oneself; *gå och* ~ potter about; ~ *om* nurse
**pysslig** *a* handy
**pyton** o. **pytonorm** *s* python
**pyts** *s* bucket, färgpyts pot
**pytteliten** *a* tiny, teeny
**pyttipanna** *s* fried diced meat, onions, and potatoes
**på I** *prep* **1** om rum on, 'inom' samt framför namn på större ö vanl. in; 'vid' at; om riktning to, into, on to; ~ *Hamngatan* in (amer. on) Hamngatan; ~ *Hamngatan 25* at 25 Hamngatan; ~ *himlen* in the sky; *bo* ~ *hotell* stay at a hotel; ~ *landet* in the country; *han hade inga pengar* ~ *sig* he had no money on (about) him; ~ *sjön* till havs at sea; köpa ngt ~ *torget* ... in the market; *göra ett besök* ~ ... pay a visit to ...; *gå* ~ *bio* go to the cinema; *handeln* ~ *utlandet* trade with foreign countries; *knacka* ~ *dörren* knock at the door; *stiga upp* ~ *tåget* get into (on to) the train; *fara (fara ut)* ~ *landet* go into the country **2** om tid, de är födda ~ *samma dag* ... on the same day; ~ *samma gång* at the same time; ~ *hösten* in the autumn; ~ *fredag morgon* on Friday morning; *i dag* ~ *morgonen* this morning; ~ *1900-talet* in the 20th century; ~ *fritiden* in one's leisure time **3** vid ordningsföljd after; *gång* ~ *gång* time after time **4** 'per' in; *det går* 100 pence ~ *ett pund* there are ... in a pound **5** i prep. attribut of; 'lydande på' for; *en check* ~ 500 kr a cheque for ...; *en flicka* ~ *femton år* a girl of fifteen; en gädda ~ *fem kilo* ... weighing five kilos; *en sedel* ~ *fem pund* a five-pound note **6** andra uttryck, ~ *engelska* in English; säga ngt ~ *skoj* ... for a joke; *arbeta* ~ ngt work at ...; *ringa* ~ *sköterskan* ring for the nurse; *jag märkte* ~ *hennes ögon att* ... I could tell by her eyes that ...; *blind* ~ *ena ögat* blind in one eye **II** *adv*, *en burk med lock* ~ a pot with a lid on it; *han rodde* ~ he rowed on, he went on rowing
**påbrå** *s*, *ha gott* ~ come of good stock
**påbud** *s* decree
**påbörja** *tr* begin; *ett* ~*t arbete* a job already begun
**pådrag** *s*, maskinen gick *med fullt* ~ ... at full speed; polisen arbetar *med fullt* ~ ... in full force
**påfallande I** *a* striking **II** *adv* strikingly
**påflugen** *a* pushing
**påfrestande** *a* trying
**påfrestning** *s* strain, stress
**påfyllning** *s* påfyllande filling up; en portion till another helping; en kopp till another cup
**påfågel** *s* peacock speciellt tupp; höna peahen
**påföljd** *s* consequence
**påföra** *tr*, ~ *ngn skatt* levy tax on a p.
**pågå** *itr* go (be going) on; fortsätta continue, vara last
**pågående** *a*, ~ *form* gram. progressive (continuous) form (tense); *under* ~ *föreställning* while the performance is in progress
**påhitt** *s* idé idea, knep invention; lögn invention
**påhittig** *a* ingenious
**påhopp** *s* attack
**påk** *s* thick stick, cudgel
**påkalla** *tr* kräva call for, claim, demand; ~ *ngns uppmärksamhet* attract a p.'s attention
**påklädd** *a* dressed

**påkostad** *a* expensive
**påkörd** *a, bli ~* be run into, omkullkörd be knocked down
**pålaga** *s* tax, duty, impost
**påle** *s* pole, post, mindre pale, stake
**pålitlig** *a* reliable, trustworthy
**pålitlighet** *s* reliability, trustworthiness
**pålägg** *s* **1** smörgåsmat: skinka, ost etc. ham, cheese etc. **2** tillägg extra (additional) charge, höjning increase
**påläggskalv** *s* framtidsman coming young man
**påminna** *tr itr, ~ **ngn om ngt*** få att minnas remind a p. of a th., fästa uppmärksamheten på call a p.'s attention to a th.; ***han påminner om sin bror*** he resembles his brother, he reminds one of his brother; ***påminn mig om att jag skall*** inf. remind me to inf.
**påminnelse** *s* reminder [*om* of]
**påpasslig** *a* attentive; 'vaken' alert; ***vara ~*** gripa tillfället seize the opportunity
**påpeka** *tr* point out
**påpekande** *s* anmärkning remark, påminnelse reminder
**påringning** *s* tele. phone call
**påse** *s* bag
**påseende** *s* granskning inspection, examination; ***sända*** varor, böcker ***till ~*** send ... on approval; ***vid första ~t*** at the first glance
**påsig** *a* baggy; ***~a kinder*** puffy cheeks
**påsk** *s* Easter; ***glad ~!*** Happy Easter!; jfr *jul*
**påskafton** *s* Easter Eve
**påskdag** *s* Easter Day (Sunday)
**påskhelg** *s, **~en*** Easter
**påskina** *tr, **låta ~*** antyda intimate, hint
**påskkäring** *s* liten flicka young girl dressed up as a witch who goes from door to door at Easter
**påsklilja** *s* daffodil
**påsklov** *s* Easter holidays pl.
**påskrift** *s* text, t. ex. på etikett inscription; etikett, t. ex. på flaska label; underskrift signature
**påskynda** *tr* hasten, speed up, t. ex. förloppet accelerate
**påskägg** *s* Easter egg
**påslag** *s* på lön increase, rise
**påslakan** *s* quilt (duvet) cover
**påssjuka** *s* mumps sg.
**påstigning** *s* boarding, entering
**påstridig** *a* obstinate, stubborn
**påstå** *tr* say, uppge state; hävda assert, vidhålla maintain; ***det ~s*** they say, it is said; ***han ~r sig kunna*** inf. he claims to be able to inf.
**påstådd** *a* alleged
**påstående** *s* uppgift statement; hävdande assertion
**påstötning** *s* påminnelse reminder
**påta** *itr* peta, gräva poke about
**påtaglig** *a* obvious, märkbar marked
**påtryckning** *s* pressure; ***utöva ~ar på ngn*** bring pressure to bear (put pressure) on a p.
**påtryckningsgrupp** *s* pressure group
**påträffa** *tr* se *träffa på* under *träffa I*
**påträngande** *a* om person pushing; om t. ex. behov, fara urgent, instant
**påtvinga** *tr, **~ ngn ngt*** force a th. on a p.
**påtår** *s* second (another) cup
**påtänkt** *a* contemplated
**påve** *s* pope
**påverka** *tr* influence, affect
**påverkan** *s* influence, effect
**påvisa** *tr* påpeka point out; bevisa prove
**påökt** *s, **få ~*** på lönen get a rise in pay
**päls** *s* på djur fur, coat; plagg fur coat; ***ge ngn på ~en*** stryk give a p. a hiding
**pälsa** *tr, **~ på sig ordentligt*** wrap oneself up well
**pälsfodrad** *a* fur-lined
**pälsmössa** *s* fur cap
**pälsvaror** *s pl* furs
**pälsverk** *s* fur, koll. furs pl.
**pärla** *s* pearl; av glas etc. bead; droppe, t. ex. av dagg drop; bildl., om t. ex. konstverk o. person gem; ***äkta pärlor*** real pearls; ***imiterade pärlor*** imitation pearls; ***odlade pärlor*** culture (cultured) pearls
**pärlband** *s* string of pearls (av glas etc. beads)
**pärlemor** *s* mother-of-pearl
**pärlhalsband** *s* pearl necklace
**pärlhyacint** *s* grape hyacinth
**pärm** *s* bokpärm cover; samlingspärm file, för lösa blad binder, mapp folder
**päron** *s* pear
**päronformig** *a* pear-shaped
**päronträd** *s* pear-tree, pear
**pärs** *s* prövning ordeal
**pöbel** *s* mob
**pöl** *s* vattenpöl, blodpöl etc. pool, smutsig vattenpöl puddle
**pölsa** *s* lungmos hash of lungs
**pösa** *itr* svälla swell, swell up, jäsa rise
**pösig** *a* puffy

# Q

**quartzur** *s* quartz watch (på vägg clock)
**quatre mains** *adv* mus., *spela* ~ play a duet (resp. duets)
**quenell** *s* kok. quenelle
**quiche** *s* kok. quiche
**quilta** *tr* sömn. quilt
**quisling** *s* quisling

# R

**rabalder** *s* uppståndelse commotion; oväsen uproar; tumult disorder
**rabarber** *s* rhubarb
**1 rabatt** *s* flower bed; kant~ flower border
**2 rabatt** *s* hand. discount; nedsättning reduction; *lämna 20%* ~ allow a 20% discount [*på priset* off the price]
**rabattkort** *s* reduced rate ticket
**rabattkupong** o. **rabattmärke** *s* discount coupon
**rabbin** *s* rabbi
**rabbla** *tr*, ~ el. ~ *upp* rattle (reel) off
**rabies** *s* rabies
**racer** *s* racer, bil (båt etc.) äv. racing car (boat etc.)
**racerförare** *s* racing driver
**rackare** *s* rascal; skälm rogue
**rackartyg** *s* mischief
**rackarunge** *s* young rascal
**racket** *s* racket; bordtennis~ bat
**rad** *s* **1** räcka, led row; serie series (pl. lika); antal number; *tre dagar i* ~ three days running (in succession); *en* ~ *frågor* a number of questions **2** i skrift line; *börja på ny* ~ nytt stycke start a fresh paragraph; *skriv ett par ~er till mig* write me a line **3** teat., *på första ~en* in the dress circle; *andra ~en* the upper circle; *tredje ~en* the gallery
**rada** *tr*, ~ *upp* ställa i rad (rader) put . . . in a row (resp. in rows); räkna upp cite, enumerate
**radar** *s* radar
**radarskärm** *s* radar screen

**radera** *tr*, ~ el. ~ ***bort (ut)*** sudda ut erase, rub out; ~ ***ut*** utplåna, t. ex. stad raze
**radergummi** *s* rubber, india-rubber, amer. o. för bläck eraser
**raderhuvud** *s* på bandspelare erasing head
**radhus** *s* terrace (terraced) house, amer. row house
**radialdäck** *s* radial tyre (amer. tire)
**radiator** *s* radiator
**radie** *s* radius (pl. radii)
**radikal I** *a* radical; grundlig thorough **II** *s* person radical
**radio** *s* **1** radio; rundradio broadcasting; ***Sveriges R~*** the Swedish Broadcasting Corporation; ***höra ngt i ~*** hear a th. on the radio; ***sända i ~*** broadcast; ***höra (lyssna) på ~*** listen in **2** radiomottagare radio, radio set, receiver
**radioaktiv** *a* radioactive; ~ ***strålning*** nuclear radiation; ***~t nedfall*** fall-out
**radioaktivitet** *s* radio-activity
**radioantenn** *s* aerial, amer. vanl. antenna
**radioapparat** *s* radio, radio set, receiver
**radiobil** *s* **1** polisbil radio patrol car **2** på nöjesfält dodgem car **3** för radioinspelning recording van, mobile unit
**radiolicens** *s* radio licence
**radiolyssnare** *s* radio listener
**radiomottagare** *s* radio, radio set, receiver
**radioprogram** *s* radio programme
**radiostation** *s* radio station
**radiostyrd** *a* radio-controlled
**radiosändare** *s* apparat radio transmitter; sändarstation radio station
**radiotelegrafist** *s* radio operator
**radioterapi** *s* radiotherapy
**radioutsändning** *s* broadcast
**radium** *s* radium
**radon** *s* radon
**radskrivare** *s* data. line printer
**raffig** *a* vard. stunning, very smart
**raffinaderi** *s* refinery
**raffinera** *tr* refine
**raffinerad** *a* refined; elegant elegant
**rafflande** *a* nervkittlande thrilling
**rafsa** *itr*, ~ ***ihop*** sina saker scramble ... together; ~ ***ihop*** ett brev scribble down ...
**ragata** *s* vixen, termagant
**raggare** *s* 'raggare', member of a gang of youths who ride about in big cars
**raggmunk** *s* ung. potato pancake
**raggsocka** *s* ung. thick oversock
**ragla** *itr* stagger, reel
**ragu** *s* ragout
**raid** *s* raid [*mot* on]
**rak** *a* straight; upprätt erect, upright; ***på ~ arm*** offhand, straight off
**raka** *tr* shave; ~ ***sig*** shave
**rakapparat** *s* elektrisk shaver, electric razor, razor
**rakblad** *s* razor blade
**rakborste** *s* shaving-brush
**raket** *s* rocket; ***fara i väg som en ~*** be off like lightning
**raketdriven** *a* rocket-propelled
**raketvapen** *s* missile, rocket missile
**rakhyvel** *s* safety razor
**rakitis** *s* rickets sg.
**rakkniv** *s* razor
**rakkräm** *s* shaving cream
**raklång** *a*, ***falla ~*** fall flat; ***ligga ~*** lie stretched out (full length)
**rakt** *adv* rätt straight, right, direct; alldeles quite, starkare absolutely; helt enkelt simply; gå ~ ***fram*** ... straight on; ***han gick ~ på sak*** he came straight to the point
**raktvål** *s* shaving soap
**rakvatten** *s* after-shave lotion
**rallare** *s* navvy
**rally** *s* bil~ motor rally, rally
**ram** *s* infattning frame; scope, framework; ***sätta inom glas och ~*** frame
**rama** *tr*, ~ ***in*** frame
**ramaskri** *s* outcry
**ramla** *itr* falla fall, tumble; ~ ***av*** fall off
**ramp** *s* **1** sluttande uppfart ramp **2** teat.: golvramp footlights pl.; takramp stage lights pl. **3** avskjutningsramp launching pad
**rampfeber** *s* stage-fright
**rampljus** *s* belysning footlights pl.; ***stå i ~et*** bildl. be in the limelight
**ramponera** *tr* damage; förstöra wreck
**ramsa** *s* jingle, string of words (names); barnramsa nursery rhyme
**ranch** *s* ranch
**rand** *s* streck etc. stripe; kant edge; brädd brim, brink; ***ränderna går aldrig ur*** a leopard cannot change its spots
**randig** *a* striped; om fläsk streaky
**rang** *s* rank; företrädesrätt precedence; ***en konstnär av första ~*** a first-rate artist
**ranka** *tr* rangordna rank
**rankningslista** *s* ranking list
**rannsaka** *tr* search, examine; jur. try
**rannsakan** o. **rannsakning** *s* search; jur. trial
**ranson** *s* ration
**ransonera** *tr* ration
**ransonering** *s* rationing
**ranunkel** *s* buttercup
**rapa** *itr* belch
**rapning** *s* belch

**1 rapp** *s* slag blow; snärt lash, starkare stroke
**2 rapp** *a* quick; flink nimble
**rappa** *tr* kalkslå plaster
**rapphöna** o. **rapphöns** *s* partridge
**rapport** *s* report; redogörelse account; ***avlägga ~ om ngt*** report on a th.
**rapportera** *tr* report [*om* on]
**raps** *s* rape
**rapsodi** *s* rhapsody
**rar** *a* snäll nice, vänlig kind; söt sweet
**raring** *s* darling, love, honey
**raritet** *s* rarity
**1 ras** *s* race; om djur breed; stam stock
**2 ras** *s* landslide; av byggnad collapse
**rasa** *itr* **1** störta, ~ el. ~ ***ned*** fall down; störta ihop collapse; störta in cave in **2** om vind etc. rage
**rasande** *a* furious
**rasblandning** *s* mixture of races (av djur breeds)
**rasdiskriminering** *s* racial discrimination
**rasera** *tr* riva ned demolish, förstöra destroy, jämna med marken raze, lay . . . in ruins; bildl., t. ex. tullmurar abolish
**raseri** *s* fury, frenzy; vrede rage; stormens raging
**raseriutbrott** *s* fit of rage
**rasfördom** *s* racial prejudice
**rasförföljelse** *s* racial persecution
**rashat** *s* racial (race) hatred
**rashund** *s* pedigree dog
**rashäst** *s* thoroughbred
**rasism** *s* racialism, racism
**rasist** *s* racialist, racist
**rask** *a* snabb quick, fast
**raska** *itr*, ~ ***på*** hurry, hurry up
**raskatt** *s* pedigree cat
**rasp** *s* verktyg o. ljud rasp
**raspolitik** *s* racial (race) policy
**rassla** *itr* rattle, clatter, rustle
**rast** *s* paus break; frukostrast break, break for lunch
**rasta I** *tr* motionera exercise; ~ ***hunden*** air the dog **II** *itr* ta rast have a break, rest
**rastlös** *a* restless
**rastplats** o. **rastställe** *s* vid vägen för bilister lay-by
**rata** *tr* reject
**ratificera** *tr* ratify
**ratificering** *s* ratification
**rationalisera** *tr* rationalize
**rationalisering** *s* rationalization
**rationell** *a* rational
**ratt** *s* wheel; bil., sjö. etc. äv. steering-wheel; på TV, radio etc. knob
**rattfull** *a*, föraren ***var ~*** . . . drove while under the influence of drink
**rattfylleri** *s* drunken driving
**rattlås** *s* steering-wheel lock
**rattstång** *s* steering-column
**ravin** *s* ravine
**rayon** *s* textil. rayon
**razzia** *s* raid
**rea** vard. se *realisation, realisera*
**reagera** *itr* react [*för, på* to]
**reaktion** *s* reaction
**reaktionsförmåga** *s* ability to react
**reaktionär** *a* o. *s* reactionary
**reaktor** *s* nuclear reactor, reactor
**realinkomst** *s* real income
**realisation** *s* sale, bargain sale
**realisationsvinst** *s* capital gain
**realisera I** *tr* **1** sälja till nedsatt pris sell off **2** förverkliga realize, carry out **II** *itr* hold (have) sales
**realism** *s* realism
**realistisk** *a* realistic
**realitet** *s* reality
**reallön** *s* real wages pl.
**realvärde** *s* real value
**rebell** *s* rebel
**rebus** *s* picture puzzle
**recensent** *s* critic, reviewer
**recensera** *tr* review
**recension** *s* review
**recept** *s* **1** med. prescription **2** kok. o. bildl. recipe [*på* for]
**receptbelagd** *a* . . . obtainable only on a doctor's prescription
**receptfri** *a* . . . obtainable without a doctor's prescription
**reception** *s* **1** mottagning reception **2** på hotell reception desk
**recettmatch** *s* sport. benefit (testimonial) match
**reciprok** *a* reciprocal
**reda I** *s* ordning order; ***få ~ på*** få veta find out, get to know; ***ha ~ på ngt*** know a th.; ***hålla ~ på*** hålla uppsikt över look after; hålla sig à jour med keep up with; ***ta ~ på*** a) utforska find out b) ta hand om see to **II** *a*, ~ ***pengar*** ready money, hard cash **III** *tr* ordna, t. ex. bo, måltid prepare; ~ ***upp*** lösa upp unravel; ~ ***ut*** klarlägga explain
**redaktion** *s* personal editorial staff; editors pl.
**redaktör** *s* editor
**redan** *adv* already; så tidigt som as early as; till och med even; ~ ***då jag kom in*** märkte jag . . . the moment I entered . . .; ~ ***följande dag*** the very next day; ~ ***som barn*** while still a child, even as a child

**redare** *s* shipowner
**rede** *s* bo nest
**rederi** *s* företag shipping company
**redig** *a* klar clear; tydlig plain
**redigera** *tr* edit; avfatta write
**redlöst** *adv*, ~ ***berusad*** blind drunk
**redning** *s* kok. thickening
**redo** *a* färdig ready; beredd prepared
**redogöra** *itr*, ~ ***för ngt*** account for a th., describe (give an account of) a th.
**redogörelse** *s* account [*för* of]; report [*för* on]
**redovisa** *tr itr*, ~ ***ngt*** el. ~ ***för ngt*** account for a th.
**redovisning** *s* account
**redskap** *s* verktyg tool; speciellt hushålls~ utensil; koll. equipment
**reducera** *tr* reduce; förminska diminish; sänka t. ex. priser cut, lower
**reducering** *s* reduction
**reduceringsmål** *s* sport., ***få ett*** ~ pull one back
**reduktion** *s* reduction; sänkning av t. ex. priser cut
**reell** *a* verklig real, faktisk äv. actual
**referat** *s* redogörelse account, report; översikt review; i radio commentary
**referendum** *s* referendum (pl. äv. referenda)
**referens** *s* reference
**referensram** *s* frame of reference
**referera I** *tr*, ~ ***ngt*** report a th.; ~ ***en match*** sport. commentate on (cover) a match **II** *itr*, ~ ***till*** ngn (ngt) refer to . . .
**reflektera I** *tr* reflect **II** *itr* fundera reflect [*över ngt* on a th.]; tänka think [*över ngt* about a th.]; ~ ***på att*** sluta think of ing-form
**reflex** *s* reflex; återspegling reflection
**reflexanordning** *s* på fordon rear reflector
**reflexband** *s* luminous tape
**reflexbricka** *s* luminous (reflector) tag (disc)
**reflexion** *s* **1** fys. reflection **2** begrundan reflection; anmärkning observation
**reflexiv** *a* gram. reflexive
**reflexrörelse** *s* reflex movement
**reform** *s* reform; nydaning reorganization
**reformera** *tr* reform; nydana reorganize
**refräng** *s* refrain, chorus
**refug** *s* trafik. traffic island, refuge
**refusera** *tr* förkasta reject, turn down
**regatta** *s* regatta
**1 regel** *s* på dörr bolt
**2 regel** *s* rule; föreskrift regulation; ***i (som)*** ~ as a rule
**regelbunden** o. **regelmässig** *a* regular; ordnad settled
**regelrätt** *a* regular; enligt reglerna . . . according to rule (the rules)
**regelvidrig** *a* . . . against the rules
**regemente** *s* mil. regiment
**regera** *tr itr* härska rule; styra govern; vara kung etc. reign
**regering** *s* government; styrelse rule; monarks regeringstid reign
**regeringskris** *s* government crisis
**regeringsparti** *s* government party
**regeringsställning** *s*, ***i*** ~ in power (office)
**regeringstid** *s* monarks reign
**regi** *s* **1** teat., ***i B:s*** ~ produced (directed) by B **2** ledning, ***i egen (privat)*** ~ under private management
**regim** *s* regime; ledning management
**region** *s* region
**regional** *a* regional
**regissera** *tr* teat. o. film. direct; i Engl. teat. äv. produce
**regissör** *s* teat. o. film. director; i Engl. teat. äv. producer
**register** *s* register; förteckning list; i bok index
**registrera** *tr* register
**registrering** *s* registration
**registreringsbevis** *s* för motorfordon certificate of registration
**registreringsnummer** *s* registration number
**registreringsskylt** *s* number (amer. license) plate
**regla** *tr* med regel bolt; låsa lock
**reglage** *s* regulator, spak lever
**reglemente** *s* regulations pl.
**reglera** *tr* regulate; justera adjust; fastställa fix; göra upp, t. ex. arbetstvist settle; ~***d arbetstid*** regulated working hours
**reglering** *s* **1** reglerande regulating, regulation; justerande adjustment; fastställande fixing; uppgörelse settlement **2** menstruation period, menstruation
**regn** *s* rain; ***det ser ut att bli*** ~ it looks like rain
**regna** *itr* rain; ***låtsas som om det*** ~***r*** take no notice
**regnblandad** *a*, ~ ***snö*** sleet
**regnbåge** *s* rainbow
**regndroppe** *s* raindrop
**regnig** *a* rainy
**regnkappa** *s* raincoat
**regnmätare** *s* rain-gauge
**regnområde** *s* area of rain
**regnskog** *s* rain forest

**regnskur** *s* shower, shower of rain; häftig downpour
**regnväder** *s* rainy weather
**reguljär** *a* regular
**rehabilitera** *tr* rehabilitate
**rejäl** *a* **1** pålitlig reliable; redbar honest **2** *en ~ förkylning* a nasty cold; *en ~ prissänkning* a substantial reduction
**rek** *s* brev registered letter
**reklam** *s* annonsering etc. advertising, publicity (båda end. sg.); konkret advertisement; *göra ~* advertise [*för ngt* a th.]
**reklamation** *s* klagomål complaint; ersättningsanspråk claim
**reklambyrå** *s* advertising agency
**reklamera** *tr* klaga på make a complaint about; kräva ersättning för put in a claim for
**reklamerbjudande** *s* special offer
**reklamfilm** *s* advertising film
**reklamkampanj** *s* advertising campaign
**reklampris** *s* bargain price
**rekommendation** *s* **1** anbefallning recommendation **2** post. registration
**rekommendera** *tr* **1** anbefalla recommend **2** post., *~t brev* registered letter, amer. certified mail
**rekonstruera** *tr* reconstruct
**rekord** *s* record; *slå ~ i* ngt beat (break) the ... record; *sätta ~* set up a record
**rekordartad** *a* record ...; oöverträffad unprecedented
**rekordförsök** *s* attempt at the (resp. a) record
**rekordhållare** *s* record-holder
**rekordhög** *a*, *~a priser* record (sky-high) prices
**rekordtid** *s* record time
**rekreation** *s* recreation, vila rest
**rekryt** *s* recruit; värnpliktig conscript
**rekrytera** *tr* recruit
**rekrytering** *s* recruitment
**rektangel** *s* rectangle
**rektangulär** *a* rectangular
**rektor** *s* vid skola headmaster, kvinnlig headmistress; vid institut o. fackhögskolor principal, director; vid högskola rector
**rektorsexpedition** *s* headmaster's study
**rekviem** *s* requiem
**rekvirera** *tr* beställa order; skicka efter send for; begära ask for
**rekvisita** *s* teat. o. film. properties pl.
**rekvisition** *s* beställning order
**relatera** *tr* relate, give an account of
**relation** *s* **1** redogörelse account, report **2** förhållande relation; intimare, mellan personer relationship; *stå i ~ till* be related to
**relativ** *a* relative äv. gram.
**relativt** *adv* relatively
**relevans** *s* relevance
**relevant** *a* relevant [*för* to]
**relief** *s* relief
**religion** *s* religion; tro faith
**religionskunskap** *s* skol. religion
**religiös** *a* religious
**relik** *s* relic
**reling** *s* sjö. gunwale
**relä** *s* relay
**rem** *s* strap; livrem belt; drivrem belt
**remi** *s* schack draw
**remiss** *s* **1** parl., *sända på ~ till* ... refer to ... for consideration **2** med. referral, letter of introduction, sjukhus~ note of admission
**remissdebatt** *s* full-dress debate on the budget and the Government's policy
**remittera** *tr* refer
**remsa** *s* strip; strimla ribbon, telegraf~ tape
**1 ren** *s* dikesren ditch-bank; landsvägsren verge, speciellt amer. shoulder
**2 ren** *s* zool. reindeer (pl. lika)
**3 ren** *a* clean; oblandad pure, outspädd neat; bildl. pure, förstärkande äv. mere, sheer; *~ choklad* ordinary chocolate; *en ~ förlust* a dead loss; det är *~a (~a rama) lögnen* ... a downright (sheer) lie; *ett ~t samvete* a clear conscience; *~a sanningen* the plain (absolute) truth; *en ~ slump* a mere chance; *~t spel* fair play; *~ vinst* net (clear) profit; *göra ~t* städa etc. clean up
**rena** *tr* clean; vätska o. bildl. purify
**rendera** *tr* t. ex. obehag cause, t. ex. åtal bring
**rendezvous** *s* rendezvous (pl. lika); träff date
**rengöra** *tr* clean; tvätta wash, golv scrub
**rengöring** *s* cleaning, washing, scrubbing
**rengöringskräm** *s* för ansiktet cold cream, cleansing cream
**rengöringsmedel** *s* cleaning agent, cleanser
**renhet** *s* cleanness; om t. ex. vatten, luft purity äv. bildl.
**renhållning** *s* cleaning; sophämtning refuse (amer. garbage) collection
**renhållningsarbetare** *s* refuse (amer. garbage) collector
**renhållningsverk** *s* public cleansing department
**renhårig** *a* ärlig honest
**rening** *s* cleaning; kem. o. bildl. purification
**renkött** *s* reindeer meat
**renlig** *a* cleanly
**renodla** *tr* cultivate; förfina refine; *~d* pure, bildl. absolute, downright

**renommé** *s* reputation, repute; ***ha gott (dåligt)*** ~ have a good (bad) reputation (name)
**renovera** *tr* renovate
**renovering** *s* renovation
**rensa** *tr* rengöra clean; fågel draw; bär pick; magen o. bildl. purge; ~ ***luften*** bildl. clear the air; ~ el. ~ ***bort ogräs*** weed; ~ ***bort*** remove; ~ ***ut*** bildl. weed out
**rent** *adv* **1** cleanly; ***tala*** ~ talk properly **2** alldeles quite, completely; ~ ***av*** faktiskt actually, till och med even; det är ~ ***av en skandal***... a downright scandal; ~ ***ut*** plainly, outright; ~ ***ut sagt*** to use plain language
**rentvå** *tr* bildl. clear [*från* of]
**renässans** *s* **1** renaissance; förnyelse revival **2** ~***en*** hist. the Renaissance
**reorganisera** *tr* reorganize
**rep** *s* rope, lina cord; ***hoppa*** ~ skip, amer. jump rope
**repa I** *s* scratch **II** *tr* rispa scratch **III** *refl,* ~ ***sig*** ta upp sig improve; tillfriskna recover [*efter* from]
**reparation** *s* repair, repairs pl.; lagning mending
**reparationsverkstad** *s* repair workshop, för bilar ofta garage
**reparatör** *s* repairer, repairman
**reparera** *tr* repair, laga mend, amer. äv. fix
**repertoar** *s* repertoire; spelplan programme
**repetera** *tr* upprepa repeat; skol. revise; teat., öva in rehearse
**repetition** *s* upprepning repetition; skol. revision; teat. rehearsal
**repetitionskurs** *s* refresher course
**repetitionsövning** *s* mil. military refresher course
**repig** *a* scratched
**replik** *s* reply, answer; teat. line
**replikera** *itr* reply, answer
**repmånad** *s* mil., ***göra*** ~ do one's military refresher course
**reportage** *s* i tidning etc. report; i radio commentary, i TV ung. live transmission; bearbetat, i radio o. TV documentary
**reportagefilm** *s* documentary
**reporter** *s* reporter
**representant** *s* representative [*för* of]; parl. member, deputy
**representanthuset** *s* the House of Representatives
**representation** *s* **1** polit. etc. representation **2** värdskap entertainment
**representationskostnader** *s pl* entertainment expenses
**representativ** *a* representative, typisk typical; stilig, värdig distinguished
**representera I** *tr* företräda, motsvara represent **II** *itr* utöva värdskap entertain
**repressalier** *s pl* reprisals
**reprimand** *s* reprimand, svagare rebuke
**repris** *s* av pjäs o. film revival; av radio- o. TV-program repeat; sport. (TV) i slowmotion action replay; ***programmet ges i*** ~ nästa vecka there will be a repeat of the programme...
**reproducera** *tr* reproduce
**reproduktion** *s* reproduction
**reptil** *s* reptile
**republik** *s* republic
**republikan** *s* republican
**republikansk** *a* republican
**repövning** *s* mil. military refresher course
**1 resa I** *s* speciellt till lands journey; till sjöss voyage, överresa crossing; vard., om alla slags resor trip; med bil ride, trip; med flyg flight; ***resor*** speciellt längre travels; ***enkel*** ~ ***kostar*** 90 kr the single fare is...; ***lycklig*** ~***!*** pleasant journey!, bon voyage! **II** *itr* färdas travel, journey; med ortsbestämning vanl. go [*till* to], avresa leave, depart [*till* for]; ~ ***över*** Atlanten cross ... □ ~ **bort** go away [*från* from]; ***han är bortrest*** he has gone away; ~ **förbi** go past (by), passera pass; ~ **igenom** pass through
**2 resa I** *tr,* ~ el. ~ ***upp*** sätta upp raise; ~ ***ett tält*** pitch a tent; ~ ***på sig*** get (stand) up **II** *refl,* ~ ***sig*** stiga upp rise, get (stand) up, get on one's feet; ~ ***sig*** el. ~ ***sig upp i sängen*** sit up in bed, om håret stand on end
**resande** *s* **1** det att resa travel, travelling **2** resenär traveller; passagerare passenger
**resebroschyr** *s* travel (holiday) brochure
**resebyrå** *s* travel agency
**resecheck** *s* traveller's cheque (amer. check)
**reseda** *s* mignonette
**reseersättning** *s* compensation for travelling expenses
**reseffekter** *s pl* luggage, baggage båda sg.
**reseförsäkring** *s* travel insurance
**resehandbok** *s* guide
**resekostnad** *s,* ~***er*** cost sg. of travelling, travelling expenses pl.
**reseledare** *s* guide, tour leader
**resenär** *s* traveller; passagerare passenger
**reseradio** *s* portable radio
**reserv** *s* reserve
**reservat** *s* reserve, national park
**reservation** *s* **1** protest protest **2** reservation; ***med en viss*** ~ with a certain reservation; ***med*** ~ ***för*** fel barring (allowing for)...

**reservdel** *s* spare part
**reservdäck** *s* för bil etc. spare tyre (amer. tire)
**reservera** *tr* reserve; hålla i reserv keep ... in reserve; förhandsbeställa book, belägga (plats) take
**reserverad** *a* reserved
**reservnyckel** *s* spare key
**reservoar** *s* reservoir; cistern cistern
**reservoarpenna** *s* fountain-pen
**reservutgång** *s* emergency exit (door)
**reseskildring** *s* bok travel book
**reseskrivmaskin** *s* portable typewriter
**resfeber** *s*, ***ha*** ~ be nervous (excited) before a journey
**resgods** *s* luggage, baggage
**resgodsexpedition** *s* luggage (baggage) office
**resgodsförsäkring** *s* luggage (baggage) insurance
**resgodsförvaring** o. **resgodsinlämning** *s* konkret left-luggage office, cloakroom, amer. checkroom
**residens** *s* residence; säte seat
**resignation** *s* resignation
**resignera** *itr* foga sig resign oneself [*inför* to]
**resignerad** *a* resigned
**reslig** *a* tall; lång o. ståtlig stately
**resning** *s* **1** uppresande raising **2** höjd elevation **3** uppror rising, revolt **4** jur. new trial
**resolut** *a* beslutsam resolute, determined
**resolution** *s* resolution [*om ngt* on a th.]
**reson** *s* reason; ***ta*** ~ listen to reason
**resonans** *s* resonance
**resonemang** *s* diskussion discussion, samtal talk, conversation; tankegång reasoning, argument, line of argument
**resonera** *itr* discuss, talk; argumentera reason, argue
**resonlig** *a* reasonable
**respekt** *s* respect; aktning esteem
**respektabel** *a* respectable; anständig decent
**respektera** *tr* respect
**respektingivande** *a* ... that commands respect; imponerande imposing
**respektive I** *a* respective **II** *adv* respectively; ***de kostar ~ 30 och 40 kronor (30 ~ 40 kronor)*** ... 30 and 40 kronor respectively
**respektlös** *a* disrespectful
**respirator** *s* respirator
**respons** *s* response
**resrutt** *s* route
**ressällskap** *s* **1** ***få (göra) ~ till*** Rom travel together to ... **2** person travelling companion; grupp party of tourists
**rest** *s* remainder, rest; surplus; kvarleva remnant; ***~er*** av mat leftovers; ***för ~en*** för övrigt besides, furthermore, för den delen for that matter
**restaurang** *s* restaurant
**restaurangvagn** *s* dining-car, diner, restaurant-car
**restaurera** *tr* restore
**restaurering** *s* restoration
**restera** *itr* remain
**resterande** *a* remaining
**restid** *s* åtgående tid travelling time
**restlager** *s* surplus stock
**restriktion** *s* restriction
**restriktiv** *a* restrictive
**restskatt** *s* unpaid tax arrears pl., back tax
**resultat** *s* result; utgång, utfall outcome
**resultatlös** *a* fruktlös fruitless, futile
**resultera** *itr* result [*i* in]
**resumé** *s* résumé
**resurs** *s* resource; ***~er*** penningmedel means
**resväska** *s* suitcase
**resår** *s* **1** spiralfjäder coil spring **2** gummiband elastic
**resårband** *s* elastic; ***ett*** ~ a piece of elastic
**resårbotten** *s* sprung bed
**resårmadrass** *s* spring interior mattress
**reta** *tr* **1** framkalla retning irritate; stimulera stimulate; ~ ***aptiten*** whet the appetite **2** förarga, ~ el. ~ ***upp*** irritate, annoy
**retas** *itr dep* tease
**retfull** *a* irritating, annoying
**rethosta** *s* dry (nervous) cough
**retirera** *itr* retreat, retire, withdraw
**retlig** *a* lättretad irritable; lättstött touchy
**retorik** *s* rhetoric
**retorisk** *a* rhetorical
**retroaktiv** *a* retrospective, retroactive
**reträtt** *s* mil. o. bildl. retreat; ***slå till*** ~ retreat
**retsam** *a* irritating, annoying
**retsticka** *s* tease
**retur** *s* **1** ***tur och*** ~ se under *2 tur 2* **2** ~ ***avsändaren*** return to sender; ***vara på*** ~ i avtagande be decreasing (on the decline)
**returbiljett** *s* return (amer. round-trip) ticket
**returglas** *s* returnable bottle
**returmatch** *s* return match
**returnera** *tr* return, send back
**retuschera** *tr* retouch
**reumatiker** *s* rheumatic
**reumatisk** *a* rheumatic
**reumatism** *s* rheumatism
**1 rev** *s* fiske. fishing-line

**2 rev** *s* sandrev, klipprev reef
**1 reva** *s* ranka tendril; utlöpare runner
**2 reva** *s* rämna tear, rent, rip
**3 reva** *tr* sjö. reef
**revalvera** *tr* revalue
**revalvering** *s* revaluation
**revansch** *s* revenge
**revben** *s* rib
**revbensspjäll** *s* kok. spare-ribs pl.
**revelj** *s* mil. reveille
**revers** *s* hand. promissory note
**revidera** *tr* revise; räkenskaper audit; priser readjust
**revir** *s* jaktområde preserves pl.; djurs territory
**revision** *s* revision; av räkenskaper audit
**revisionsbyrå** *s* firm of accountants
**revisor** *s* auditor
**revolt** *s* revolt
**revoltera** *itr* revolt
**revolution** *s* revolution
**revolutionera** *tr* revolutionize; *~nde* epokgörande revolutionary
**revolutionär** *a* o. *s* revolutionary
**revolver** *s* revolver, gun
**revorm** *s* ringworm
**revy** *s* review; teat. revue, show
**revär** *s* stripe
**Rhen** the Rhine
**rhododendron** *s* rhododendron
**Rhodos** Rhodes
**ribba** *s* lath; vid höjdhopp bar
**ribbstickad** *a* rib-knitted
**ribbstol** *s* wall bars pl.
**ricinolja** *s* castor oil
**rida** *itr tr* ride
**ridande** *a, ~ polis* mounted police
**ridbyxor** *s pl* riding-breeches
**riddare** *s* knight
**riddarsporre** *s* bot. delphinium
**ridhäst** *s* saddle (riding) horse
**ridning** *s* riding
**ridsport** *s* riding
**ridspö** *s* riding-whip, horsewhip
**ridstövel** *s* riding-boot
**ridtur** *s* ride
**ridå** *s* curtain äv. bildl.
**rigg** *s* sjö. rigging, tackling
**rigorös** *a* rigorous, strict, severe
**rik** *a* rich; mycket förmögen äv. wealthy; om jordmån, fantasi fertile; *~ på* rich in, full of; *bli ~* get rich, make money; *de ~a* the rich
**rike** *s* stat state, country, realm; kungadöme o. relig. kingdom; kejsardöme empire; *Sveriges ~* the Kingdom of Sweden
**rikedom** *s* **1** förmögenhet wealth (end. sg.), fortune, riches pl. **2** abstrakt richness [*på* in], wealth [*på* of]; ymnighet abundance
**riklig** *a* abundant, ample; rik rich; *~t med* mat plenty of . . .
**riksbank** *s, Sveriges R~, Riksbanken* the Bank of Sweden
**riksdag** *s, ~en, Sveriges R~* the Riksdag, the Swedish Parliament
**riksdagshus** *s, ~et* the Riksdag (Parliament) building
**riksdagsledamot** o. **riksdagsman** *s* member of the Riksdag, member of parliament
**riksdagsval** *s* general election
**riksgräns** *s* frontier, border
**rikssamtal** *s* long-distance (trunk) call
**Riksskatteverket** *s* the National [Swedish] Tax Board
**riksspråk** *s* standard language; *det svenska ~et* Standard Swedish
**riksväg** *s* main (arterial) road
**riksåklagare** *s* Prosecutor-General, Chief Public Prosecutor
**rikta I** *tr* vända åt visst håll direct; vapen etc. aim, level, point [*mot* i samtliga fall at]; räta straighten; *~ in* t.ex. kikare etc. train [*mot* on] **II** *refl, ~ sig* vända sig address oneself; om bok etc. be intended [*till* for]; om kritik be directed [*mot* against]
**riktig** *a* rätt right, proper, felfri correct; berättigad justified; förstärkande: äkta real, regular, ordentlig proper; *det är inte ~t mot honom* it is not fair on him; de slogs *på ~t* på allvar . . . in earnest
**riktigt** *adv* korrekt correctly; verkligen really, alldeles, ganska quite, ordentligt properly, mycket very; *jag mår inte ~ bra* I am not feeling quite well; saken är *inte ~ skött* . . . not properly handled; det är *~ synd* . . . a real (really a) pity; *göra en sak ~* do a thing right
**riktlinje** *s* bildl., *dra upp ~rna för ngt* lay down the general outlines for a th.
**riktmärke** *s* aim, objective [*för* of]
**riktning** *s* **1** direction; *i ~ mot* . . . in the direction of . . . **2** direction, linje line, lines pl.; vändning turn; rörelse movement
**riktnummer** *s* tele. dialling (amer. area) code
**riktpunkt** *s* objective, aim [*för* of]
**rim** *s* rhyme
**rimfrost** *s* hoar-frost, rime, white frost
**rimlig** *a* skälig reasonable; sannolik probable
**rimligen** o. **rimligtvis** *adv* reasonably; sannolikt quite likely

**1 rimma** *itr* rhyme [*på* with, to]; stämma agree, tally
**2 rimma** *tr* kok. salt . . . lightly
**ring** *s* ring; på bil etc. tyre, amer. tire; kring solen o. månen halo (pl. -s el. -es); sport. ring
**1 ringa** *a* liten small, slight, obetydlig trifling; *av ~ intresse* of little interest; *inte det ~ste tvivel* not the slightest doubt; *inte det ~ste* inte alls not in the least
**2 ringa** *tr itr* ring, klämta toll; *~ ett samtal* make a phone-call; *~ på (i) klockan* ring the bell □ ~ **på hos ngn** ring a p.'s door-bell; ~ **upp ngn** ring (call) a p. up
**ringakta** *tr* person despise; sak disregard
**ringaktning** *s* contempt, disregard
**ringblomma** *s* marigold
**ringfinger** *s* ring-finger
**ringhörna** *s* corner of a (resp. the) ring
**ringklocka** *s* bell; dörrklocka door-bell
**ringla** *itr* o. *refl*, *~ sig* om t. ex. väg, kö wind; om hår, rök curl
**ringlek** *s* ring game
**ringning** *s* ringing
**ringtryck** *s* bil. tyre (amer. tire) pressure
**rinna** *itr* run, flyta äv. flow, strömma äv. stream □ ~ **bort** run away; ~ **i väg** om tid slip away; ~ **ut**: *floden rinner ut i* havet the river flows into . . .; *~ ut i sanden* bildl. come to nothing; ~ **över** flow (run) over
**ripa** *s* grouse (pl. lika)
**1 ris** *s* sädesslag rice
**2 ris** *s* **1** kvistar twigs pl. **2** till aga rod
**risgryn** *s* koll. rice; *ett ~* a grain of rice
**risgrynsgröt** *s* [boiled] rice pudding
**risig** *a* **1** snårig scrubby, . . . full of dry twigs **2** vard., förfallen tumbledown, ramshackle, ovårdad, sjabbig shabby; *känna sig ~* feel lousy
**risk** *s* risk [*för* of]; *på egen ~* at one's own risk; *löpa ~en att* inf. run the risk of ing-form
**riskabel** *a* risky, farlig dangerous
**riskera** *tr* risk; *~ att falla* risk falling
**riskfylld** *a* risky, farlig dangerous
**risotto** *s* kok. risotto
**rispa I** *s* scratch; i tyg rent **II** *tr* scratch
**rista** *tr* skära carve, cut; *~ in* med nål etc. engrave [*i* on]
**rit** *s* rite
**rita** *tr* draw; göra ritning till design; *~ av* draw; kopiera copy; *~ upp (ut)* draw
**ritare** *s* draughtsman
**ritning** *s* drawing, byggn. äv. design
**ritt** *s* ride, riding-tour
**ritual** *s* ritual
**riva** *tr* **1** klösa scratch, om rovdjur claw; med rivjärn grate; slita tear **2** t. ex. hus pull down □ ~ **lös (loss)** tear (rip) off; ~ **ned** tear down; ~ **omkull** knock down; ~ **sönder** tear; ~ **upp** öppna tear (rip) open; gata etc. take up; *~ upp ett beslut* cancel (go back on) a decision
**rival** *s* rival [*om* of]
**rivalisera** *itr*, *~ med ngn om ngt* compete with a p. for a th.
**rivalitet** *s* rivalry
**Rivieran** the Riviera
**rivig** *a* **1** med schwung swinging, lively **2** om person . . . full of go
**rivjärn** *s* grater
**rivning** *s* rasering demolition, pulling down
**rivningshus** *s* house to be demolished
**rivstart** *s* flying start äv. bildl.
**rivöppnare** *s* ring-opener, pop-top
**1 ro** *s* vila rest, frid peace, stillhet stillness; *jag får ingen ~ för honom* he gives me no peace; *slå sig till ~* make oneself comfortable, dra sig tillbaka settle down
**2 ro** *tr itr* row
**roa I** *tr* amuse; underhålla entertain; *vara ~d av att dansa* like (enjoy) dancing **II** *refl*, *~ sig* amuse oneself
**robbert** *s* kortsp. rubber
**robot** *s* människa robot; mil. guided missile
**robotbas** *s* guided missile base
**robotvapen** *s* guided missile
**robust** *a* robust, sturdy
**1 rock** *s* coat; *vara för kort i ~en* be too short, ej duga not be up to the mark (job)
**2 rock** *s* mus. rock, rock music
**rocka** *s* fisk ray; speciellt ätlig skate
**rockficka** *s* coat-pocket
**rockhängare** *s* galge coat-hanger; krok coat-hook; i rock tab
**rockmusik** *s* rock, rock music
**rockvaktmästare** *s* cloak-room attendant
**rococo** *s*, *~n* the Rococo period
**rodd** *s* rowing
**roddare** *s* oarsman, rower
**roddbåt** *s* rowing (row) boat
**roddsport** *s* rowing
**roddtur** *s* row, pull
**roddtävling** *s* rowing-match
**rodel** *s* sport. toboggan, sportgren tobogganing
**roder** *s* roderblad rudder; hela styrinrättningen helm; *lyda ~* answer the helm
**rodna** *itr* turn red, redden; om person, av blygsel etc. blush, av t. ex. ilska flush [*av* with]
**rodnad** *s* hos sak redness (end. sg.); hos person blush, flush
**rododendron** *s* rhododendron
**roffa** *tr* rob [*ngt från ngn* a p. of a th.]; *~ åt sig* grab

**rofferi** *s* robbery
**rojalism** *s* royalism
**rojalist** *s* royalist
**rojalistisk** *a* royalist, royalistic
**rokoko** *s* rococo; *~n* the Rococo period
**rolig** *a* skojig funny; trevlig nice, pleasant; roande amusing; ***det var ~t att få träffa dig*** it was nice to meet you; ***det var ~t att höra*** I am glad to hear it; ***så ~t!*** how nice!, så skojigt what fun!
**rolighetsminister** *s* funny man
**roligt** *adv* amusingly; ***ha ~t*** enjoy oneself, have fun
**roll** *s* part, role; ***~erna är ombytta*** the tables are turned; ***det spelar ingen ~*** it does not matter; ***det har spelat ut sin ~*** it has had its day
**rollista** *s* cast
**Rom** Rome
**1 rom** *s* fiskrom roe äv. som maträtt, spawn
**2 rom** *s* dryck rum
**roman** *s* bok novel
**romanförfattare** *s* novelist
**romans** *s* romance
**romantik** *s* romance
**romantisera** *tr* romanticize
**romantisk** *a* romantic
**romare** *s* Roman
**romarriket** *s* the Roman Empire
**romersk** *a* Roman
**romersk-katolsk** *a* Roman Catholic
**rond** *s* round, vakts äv. beat
**rondell** *s* trafik. roundabout, amer. traffic circle
**rop** *s* call, cry, högre shout; ***~ på*** hjälp call (cry) for . . .
**ropa** *tr itr* call, call out, cry, högre shout; ***~ efter ngn*** call out after a p., call out to (tillkalla call) a p.; ***~ på hjälp*** call for help □ ~ **an** call; tele. call up; ~ **ngn till sig** call a p.; ~ **upp** namn read out, call over; ~ **ut** meddela call out, announce
**ros** *s* bot. rose
**rosa** *s* o. *a* rose, pink
**rosenbuske** *s* rose-bush
**rosenkindad** *a* rosy-cheeked
**rosenknopp** *s* rosebud
**rosenrasande** *a* furious
**rosenröd** *a* rosy, rose-red; ***se allt i rosenrött*** see everything through rose-coloured spectacles
**rosenträ** *s* rosewood
**rosenvatten** *s* rose-water
**rosett** *s* prydnad, knuten bow, rosformig rosette
**rosig** *a* rosy, rose-coloured
**rosmarin** *s* rosemary
**rossla** *itr* wheeze, rattle
**rossling** *s* wheeze, rattle
**rost** *s* på järn o. växter rust
**1 rosta** *itr* rust, get rusty; ***~ sönder*** rust away
**2 rosta** *tr* roast; bröd toast; ***~t bröd*** toast
**rostbiff** *s* roast beef
**rostfri** *a* rustless, om stål stainless
**rostig** *a* rusty
**rostskydd** *s* rust protection; medel rust preventive
**rostskyddsmedel** *s* rust preventive, anti-rust agent
**rot** *s* root, bildl. äv. origin; ***slå ~*** take root
**rota** *itr* root, poke; ***~ i en byrålåda*** poke about in a drawer
**rotation** *s* rotation, revolution
**rotel** *s* department; inom polisen squad, division
**rotera** *itr* rotate, revolve, turn
**rotfrukt** *s* root vegetable
**rotfyllning** *s* av tand root filling
**rotfäste** *s*, ***få ~*** take root, get a roothold
**rotmos** *s* mashed turnips pl.
**rotselleri** *s* celeriac
**rotting** *s* cane
**rotvälska** *s* double Dutch
**roulett** *s* roulette
**rov** *s* prey; byte booty, loot
**rova** *s* bot. turnip äv. vard. om fickur
**rovdjur** *s* predatory animal, beast of prey
**rovfågel** *s* bird of prey
**rovgirig** *a* rapacious, ravenous
**rubb** *s*, ***~ och stubb*** the whole lot
**rubba** *tr* flytta på move, dislodge, bringa i oordning disturb, upset, ngns förtroende etc. shake; ***~ ngns planer*** upset a p.'s plans
**rubbad** *a* förryckt crazy
**rubbning** *s* störning disturbance
**rubel** *s* rouble
**rubin** *s* ruby
**rubinröd** *a* ruby-red, ruby
**rubricera** *tr* förse med rubrik headline; beteckna classify
**rubrik** *s* i tidning headline; t. ex. i brev o. över kapitel heading
**rucka** *tr* en klocka regulate, adjust; ***~ på*** beslut change, modify, en sten move
**ruckel** *s* kyffe hovel, ramshackle house
**ruckning** *s* regulation, adjustment
**rudiment** *s* rudiment
**rudimentär** *a* rudimentary
**ruff** *s* sport. foul
**ruffa** *itr* sport. foul
**ruffel** *s*, ***~ och båg*** vard. monkey business, hanky-panky, fiddling
**ruffig** *a* **1** sport. rough, foul **2** sjaskig shabby, fallfärdig dilapidated

**rufsa** *tr*, *~ (~ till) ngn i håret* ruffle a p.'s hair
**rufsig** *a* ruffled, dishevelled
**ruggig** *a* se *ruskig*
**ruin** *s* ruin
**ruinera** *tr* ruin
**ruinerad** *a* ruined, bankrupt
**rulad** *s* kok. roulade, roll
**rulett** *s* roulette
**rulla I** *tr itr* roll **II** *refl*, *~ sig* roll; om blad etc. curl □ *~* **ihop** roll up; *~* **in** vagn etc. wheel in; *~* **ned** gardin etc. pull down; *~* **upp** ngt hoprullat unroll; gardin pull up
**rullbord** *s* serving trolley
**rullbälte** *s* inertia-reel [seat-belt]
**rulle** *s* roll; trådrulle, filmrulle samt på metspö reel; *det är full ~* it's going like a house on fire, på fest the party is in full swing
**rullgardin** *s* blind, amer. window shade, shade
**rullkrage** *s* polo-neck
**rullskridsko** *s* roller-skate
**rullstol** *s* wheel chair
**rulltrappa** *s* escalator, moving staircase
**rulltårta** *s* jam (av choklad chocolate) Swiss roll
**rum** *s* **1** room; uthyrningsrum lodgings pl.; logi accommodation (end. sg.); *möblerade ~* i annons äv. furnished apartments; *~ att hyra* rubrik äv. apartments to let **2** utrymme room; *få ~ med* find room for; *lämna ~ för ngt* make room for a th.; *ta för stort ~* take up too much room (space); *komma i första ~met* come first; *äga ~* take place
**rumba** *s* rumba; *dansa ~* do (dance) the rumba
**rumla** *itr*, *~* el. *~ om* be on the spree
**rumpa** *s* vard., stuss backside, behind
**rumsadverb** *s* adverb of place
**rumsförmedling** *s* för hotellrum etc. agency for hotel accommodation; för uthyrningsrum accommodation agency
**rumskamrat** *s* room-mate
**rumsren** *a* house-trained, amer. housebroken; bildl. regelrätt, just ... on the level
**rumstemperatur** *s* room temperature
**rumän** *s* Romanian
**Rumänien** Romania
**rumänsk** *a* Romanian
**rumänska** *s* **1** kvinna Romanian woman **2** språk Romanian
**runa** *s* rune
**runalfabet** *s* runic alphabet
**rund I** *a* round; knubbig plump; *~a ord* sexord four-letter words; *i runt tal* in round numbers **II** *s* ring, circle
**runda I** *tr* **1** göra rund round; *~ av* round off **2** fara (gå) runt round **II** *s*, *gå en ~ i* parken take a stroll round ...
**rundkindad** *a* round-cheeked
**rundlagd** *a* plump
**rundresa** *s* circular tour
**rundsmörjning** *s* bil. lubrication, greasing
**rundtur** *s* sightseeing tour
**rundvandring** *s*, *en ~ i staden* a tour of (a walk round) the town
**runsten** *s* rune stone
**runt I** *adv* round; *låta ngt gå ~* vid bordet pass a th. round **II** *prep* round; *~ hörnet* round the corner; *året ~* all the year round
**runtom I** *adv* round about, around; *~ i landet* all over the country **II** *prep* round, all round
**rus** *s* intoxication; *sova ~et av sig* sleep it off (oneself sober); *gå i ett ständigt ~* be in a constant state of intoxication; *i ett ~ av lycka* in transports of joy
**rusa I** *itr* rush, dash **II** *tr*, *~ en motor* race an engine □ *~* **efter** hämta rush for; *~* **fram till** rush (dash) up to; *~* **förbi** rush (dash) past; *~* **i väg** rush (dash) off; *~* **upp** start up, spring to one's feet; *~ upp ur sängen* spring out of bed
**rusdryck** *s* intoxicant
**rush** *s* rush [*efter* for]
**rusig** *a* intoxicated [*av* with, by]
**ruska** *tr itr* shake; *~ på huvudet* shake one's head
**ruskig** *a* om väder nasty; motbjudande disgusting; hemsk horrible
**ruskväder** *s* nasty (foul, awful) weather
**rusning** *s* rush [*efter* for]
**rusningstid** *s* rush-hour, rush-hours pl.
**rusningstrafik** *s* rush-hour traffic
**russin** *s* raisin
**russinkaka** *s* plum cake
**rusta I** *tr* mil. arm; utrusta equip, speciellt fartyg fit out **II** *itr* prepare [*till (för)* for]; mil. arm; *~* **upp** reparera repair, do up
**rustik** *s* rustic
**rustning** *s*, *en ~* pansar a suit of armour; *i full ~* in full armour
**ruta** *s* **1** fyrkant square; på TV-apparat screen **2** i fönster etc. pane
**rutad** *a*, *rutat papper* cross-ruled paper
**ruter** *s* kortsp. diamonds pl.; *en ~* a diamond
**ruterdam** *s* the queen of diamonds
**ruterfem** *s* the five of diamonds
**rutig** *a* checked, check ...
**rutin** *s* experience; vana, slentrian routine

**rutinerad** *a* experienced
**rutinmässig** *a* routine . . .; *det är ~t* it is a matter of routine
**rutscha** *itr* slide, glide
**rutschbana** *s* switchback; på lekplats slide
**rutt** *s* route, trafiklinje service
**rutten** *a* rotten
**ruttna** *itr* rot, putrefy
**ruva** *itr* sit, brood; grubbla brood
**rya** o. **ryamatta** *s* rya rug, type of long-pile rug
**ryck** *s* knyck jerk, dragning tug, pull
**rycka I** *tr itr* dra pull, tug; häftigare jerk, twitch; slita tear; *~ på axlarna åt ngt* shrug one's shoulders at a th. **II** *itr, ~ närmare* om t.ex. fienden close in; *~ till ngns undsättning* rush to a p.'s help □ *~* **bort** tear etc. (om döden snatch) away; *~* **fram** a) mil. advance b) ngt pull out; *~* **in** mil., till tjänstgöring join up; *~* **in i** ett land march into . . .; *~ in i ngns ställe* take a p.'s place; *~* **loss (lös)** ngt pull (jerk) . . . loose; *~* **till** start, give a start; *~ till sig* snatch; *~* **upp sig** pull oneself together; *~* **ut** om brandkår etc. turn out
**ryckig** *a* knyckig jerky
**ryckning** *s* ryck pull, tug, sprittning twitch
**ryckvis** *adv* i ryck by fits and starts
**rygg** *s* back; *vända ngn ~en* turn one's back to (bildl. on) a p.; *gå bakom ~en på ngn* do things behind a p.'s back; *hålla ngn om ~en* bildl. support a p., back a p. up
**rygga** *itr* shrink back, flinch [*för* from]
**ryggfena** *s* dorsal fin
**ryggmärg** *s* spinal marrow (cord)
**ryggrad** *s* backbone äv. bildl., anat. spine
**ryggradsdjur** *s* vertebrate
**ryggradslös** *a* om person spineless, . . . without backbone; *~a djur* invertebrates
**ryggsim** *s* backstroke
**ryggskott** *s* lumbago
**ryggstöd** *s* support for the back; på stol back
**ryggsäck** *s* rucksack
**ryggtavla** *s* back
**ryggvärk** *s* backache
**ryka** *itr* smoke; *det ryker ur skorstenen* the chimney is smoking
**rykta** *tr* dress, groom
**ryktas** *opers dep, det ~ att* . . . it is rumoured that . . .
**ryktbar** *a* renowned, famous
**ryktbarhet** *s* renown, fame
**rykte** *s* **1** kringlöpande nyhet rumour, report [*om* of]; *~t går att* . . . there is a rumour that . . . **2** allmänt omdöme om ngn (ngt) reputation; *ha gott ~* have a good reputation; *ha ~ om sig att vara* . . . have the reputation of being . . .
**ryktessmidare** o. **ryktesspridare** *s* rumour-monger
**rymd** *s* **1** världsrymd space; *yttre ~en* outer space **2** rymdinnehåll capacity
**rymddräkt** *s* space-suit
**rymdfarare** *s* space traveller
**rymdfarkost** *s* space-craft (pl. lika)
**rymdflygning** *s* space flight
**rymdfärd** *s* space flight, space journey
**rymdkapsel** *s* space capsule
**rymdmått** *s* cubic measure
**rymdpilot** *s* space pilot
**rymdraket** *s* space rocket
**rymdstation** *s* spacestation
**rymdålder** *s, ~n* the space age
**rymlig** *a* spacious, roomy
**rymling** *s* fugitive, runaway, escapee
**rymma I** *itr* fly run away, om fånge etc. escape **II** *tr* kunna innehålla hold, ha plats för have room for; innefatta contain
**rymmas** *itr dep, de ryms i salen* there is room for them in the hall; *den ryms i fickan* it goes into the pocket
**rymning** *s* ur fängelse etc. escape
**rynka I** *s* i huden wrinkle, line; på kläder crease **II** *tr itr, ~ pannan* wrinkle one's forehead, ögonbrynen knit one's brows, speciellt ogillande frown; *~ på näsan åt* turn up one's nose at **III** *refl, ~ sig* om tyg crease
**rynkig** *a* **1** om hud wrinkled **2** skrynklig creased
**rysa** *itr* av köld shiver, av fasa etc. shudder [*av* with]
**rysare** *s* thriller
**rysk** *a* Russian
**ryska** *s* **1** kvinna Russian woman **2** språk Russian; jfr *svenska*
**ryskfientlig** *a* anti-Russian
**ryskfödd** *a* Russian-born; för andra sammansättningar jfr äv. *svensk-*
**ryslig** *a* dreadful, horrible, awful
**ryslighet** *s, ~er* horrors
**rysning** *s* shiver, shudder
**ryss** *s* Russian
**Ryssland** Russia
**ryta** *itr tr* roar [*åt* at]
**rytande** *s, ett ~* a roar
**rytm** *s* rhythm
**rytmisk** *a* rhythmic, rhythmical
**ryttare** *s* rider, horseman
**ryttartävling** *s* horse-riding competition
**1 rå** *a* **1** ej kokt el. stekt raw **2** om t.ex. silke raw, om t.ex. olja crude **3** om t.ex. skämt coarse; *den ~a styrkan* brute force

**2 rå** *refl*, ~ *sig själv* be one's own master □ ~ **för**: *jag ~r inte för det* I cannot help it; ~ **om** äga own; ~ **på** be stronger than; *jag ~r inte på honom* I can't manage him
**råbarkad** *a* coarse, crude, boorish
**råbiff** *s* beefsteak à l'américaine, scraped raw beef with a raw egg yolk
**råd** *s* **1** advice (end. sg.); *ett ~ (gott ~)* a piece of advice (good advice); *lyda ngns ~* take a p.'s advice; *be ngn om ~ (fråga ngn till ~s)* ask a p.'s advice **2** medel means, utväg way out; *det blir väl ingen annan ~* there will be no alternative; *han vet alltid ~* he is never at a loss **3** pengar, *jag har inte ~ till (med) det* I can't afford it **4** rådsförsamling council
**råda I** *tr* ge råd advise; *vad råder du mig till?* what do you advise me to do? **II** *itr* **1** ha makten rule; disponera dispose [*över* of]; *om jag fick ~* if I had my way; omständigheter *som jag inte råder över* ... over which I have no control **2** förhärska prevail; *det råder* there is (resp. are) ...
**rådande** *a* prevailing, current; förhärskande predominant; *under ~ förhållanden* in the existing (present) circumstances; *den ~* (nuvarande) regimen the present ...
**rådfråga** *tr* consult
**rådfrågning** *s* consultation
**rådgivare** *s* adviser
**rådgivning** *s* advice
**rådgivningsbyrå** *s* advice (information) bureau
**rådgöra** *itr*, ~ *med* consult (confer) with
**rådhus** *s* town (city) hall
**rådig** *a* resolute, fyndig resourceful
**rådjur** *s* roe deer (pl. lika)
**rådlig** *a* advisable, klok wise
**rådman** *s* jur. member of a municipal court
**rådslag** *s* deliberation, consultation
**rådvill** *a* villrådig perplexed, ... at a loss
**råg** *s* rye
**råga I** *tr* heap, pile up **II** *s*, *till ~ på allt* to crown it all, on top of it all
**rågbröd** *s* rye bread
**råge** *s* full (good) measure
**rågmjöl** *s* rye flour
**rågsikt** *s* sifted rye flour
**rågummi** *s* raw rubber, till sko crêpe rubber
**1 råka** *s* zool. rook
**2 råka I** *tr* träffa meet, stöta ihop med run (come) across **II** *itr* **1** händelsevis komma att happen to; *han ~de falla* he happened to fall **2** komma, ~ *i fara* get into danger; bilen *~de i sladdning* ... started skidding; ~ *i händerna på* fall into the hands of □ ~ **på** ngn come (run) across a p.; ~ **ut**: ~ *illa ut* get into trouble; ~ *ut för* bedragare fall into the hands of ...; *jag har ~t ut för honom* tidigare I have come up against him ...; ~ *ut för* en olycka meet with ...
**råkas** *itr dep* meet
**råkost** *s* raw (uncooked) vegetables and fruit
**råma** *itr* moo, starkare bellow
**1 rån** *s* bakverk wafer
**2 rån** *s* robbery
**råna** *tr* rob; ~ *ngn på ngt* rob a p. of a th.
**rånare** *s* robber
**rånförsök** *s* attempted robbery
**rånkupp** *s* robbery
**rånmord** *s* murder with robbery
**råolja** *s* crude oil
**råris** *s* unpolished (rough) rice
**råsiden** *s* raw silk
**råtta** *s* rat, liten mouse (pl. mice)
**råttfälla** *s* mouse-trap, rat-trap
**råttgift** *s* rat-poison
**råvara** *s* raw material
**räcka I** *tr* **1** överräcka hand; *vill du ~ mig saltet* please pass me the salt; ~ *ngn handen* give a p. one's hand; ~ *varandra handen* shake hands **2** nå reach **II** *itr* **1** förslå be enough (sufficient), suffice [*för, till* for] **2** vara, hålla på last **3** nå reach, extend, stretch □ ~ **fram** hold (stretch) out; bilvägen *räcker inte ända fram* ... does not go all the way; *få det att ~* **till** make it do; ~ **upp** *handen* put up one's hand; *han räcker inte upp till* bordskanten he does not reach (come) up to ...; ~ **ut** *handen efter ngt* reach out for a th.
**räcke** *s* på t. ex. balkong rail; på trappa: inomhus banisters pl., utomhus railing
**räckhåll** *s*, *inom ~ (~ för ngn)* within reach (a p.'s reach)
**räckvidd** *s* reach, range
**räd** *s* raid [*mot* on]
**rädd** *a* afraid (end. predikativt) [*för* of, *för att* to]; skrämd frightened, scared [*för* of]; alarmed; ~ *av sig* timid; *vara ~ om* aktsam om be careful with, t. ex. sina kläder take care of; *var ~ om dig!* take care of yourself!
**rädda** *tr* save, ur överhängande fara rescue [*från, ur, undan* from]; bevara preserve [*åt* for]; ~ *livet på ngn* save a p.'s life; hans liv *stod inte att ~* ... was beyond saving
**räddare** *s* rescuer, befriare deliverer
**räddhågad** *a* timid
**räddning** *s* rescue; räddande saving, rescuing
**räddningsaktion** *s* rescue action

**räddningsbåt** *s* lifeboat
**räddningskår** *s* rescue (salvage) corps; bil. breakdown service
**räddningsmanskap** *s* rescue party
**rädisa** *s* radish
**rädsla** *s* fear, dread [*för* of]
**räffla** *s* o. *tr* groove
**räfsa I** *s* rake **II** *tr* rake [*ihop* together]
**räka** *s* liten, tångräka shrimp, större prawn
**räkel** *s*, *en lång* ~ a lanky fellow
**räkenskap** *s*, *föra* ~*er* keep accounts
**räkenskapsår** *s* financial year
**räkna** *tr itr* **1** count, reckon, beräkna calculate; hans dagar *är* ~*de* ... are numbered; ~*s som* omodern be regarded as ...; ~ *med ngt* vänta sig expect a th., ta med i beräkningen allow for a th., påräkna count (reckon, calculate) on a th.; en motståndare *att* ~ *med* ... to be reckoned with; ~*t i pund* in pounds; *i pengar* ~*t* in terms of money **2** mat. do arithmetic (sums); ~ *ett tal* do a sum **3** uppgå till number □ ~ **efter**: *jag måste* ~ *efter* I must work it out; ~ **ifrån** dra av deduct; frånse leave ... out of account; ~ **ihop** t. ex. pengar count up, en summa add up; ~ **med** count, count in, include; ~ **upp** nämna i ordning enumerate; pengar count out; ~ **ut** beräkna calculate, work out, fundera ut figure out, förstå make out; boxn. count out; ~ *ut ett tal* do a sum
**räknas** *itr dep*, *han (det)* ~ *inte* he (that) does not count
**räknedosa** *s* minicalculator
**räknemaskin** *s* calculating machine, calculator
**räkneord** *s* numeral
**räknesticka** *s* slide-rule
**räknetal** *s* sum
**räkneverk** *s* counter
**räkning** *s* räknande counting; beräkning calculation; mat. arithmetic; nota bill; konto account; *en* ~ *på* 500 kr. a bill for ...; *föra* ~ *över ngt* keep an account of a th.; *hålla* ~ *på ngt* keep count of a th.; *tappa* el. *tappa bort* ~*en* lose count; behålla ngt *för egen* ~ ... for oneself; *för ngns* ~ on a p.'s account (behalf); platsen hålls *för hans* ~ ... for him; *ett streck i* ~*en* an unforeseen obstacle; *ta ngt med i* ~*en* take a th. into account; *vara ur* ~*en* be out of the running
**räls** *s* rail
**rälsbuss** *s* railbus
**rämna I** *s* crack **II** *itr* crack, split
**1 ränna** *s* groove; avloppsränna drain; farled channel
**2 ränna** *itr* run; ~ *omkring (ute)* om kvällarna run about ...
**rännsten** *s* gutter
**rännstensunge** *s* guttersnipe
**ränsel** *s* knapsack, rucksack
**ränta** *s* interest (end. sg.); ~ *på* ~ compound interest; *ta 15% i* ~ charge 15% interest; *mot* ~ at interest
**räntabel** *a* interest-bearing, vinstgivande profitable
**räntefri** *a* ... free of interest
**räntehöjning** *s* increase in the rate of interest
**ränteinkomst** *s* income from interest
**räntesats** *s* rate of interest
**räntesänkning** *s* reduction in the rate of interest
**rät** *a* right, om linje straight; ~ *vinkel* right angle; *2* ~*a* i stickning 2 plain
**räta** *tr itr*, ~ el. ~ *ut* straighten, straighten out; ~ *på benen* stretch one's legs; ~ *ut sig* om sak become straight
**rätsida** *s* right side, face
**1 rätt** *s* maträtt dish; del av måltid course; *dagens* ~ på matsedel today's special
**2 rätt** *s* **1** rättighet right, rättvisa justice; *ge ngn* ~ admit that a p. is right; *kontraktet ger honom* ~ *till* ... the contract entitles him to ...; *du gjorde* ~ *som vägrade* you were right to refuse; *göra* ~ *för sig* göra nytta do one's share, betala för sig pay one's way; *ha* ~ be right [*i ngt* about a th.]; *ha* ~ *till ngt* have a right to a th.; *komma till sin* ~ do oneself justice, ta sig bra ut show to advantage; *han är i sin fulla* ~ he is quite within his rights; *med* ~ *eller orätt* rightly or wrongly; *med all (full)* ~ with perfect justice **2** rättsvetenskap law **3** domstol court, court of law
**3 rätt I** *a* riktig right, correct; rättmätig rightful; sann, verklig true, real; ~ *skall vara* ~ fair is fair; *det är inte mer än* ~ it's only fair; *det är* ~ *åt honom!* serves him right!; *göra det* ~*a* do what is right, do the right thing; *i ordets* ~*a bemärkelse* in the proper sense of the word **II** *adv* **1** korrekt rightly, correctly; *eller* ~*are sagt* or rather; *går din klocka* ~*?* is your watch right?; *höra* ~ hear right; *räkna* ~ antal count right, räknetal do it right; *stava* ~ spell correctly **2** förstärkande quite, ganska fairly, pretty, rather; *jag tycker* ~ *bra om henne* I quite like her **3** rakt straight, direct, right
**rätta I** *s* **1** *med* ~ rightly, justly; *finna sig till* ~ settle down, find one's way about; *komma till* ~ be found; *komma till* ~ *med* manage, handle, t. ex. problem cope with,

t. ex. svårigheter overcome; *sätta sig till* ~ settle oneself; *tala ngn till* ~ bring a p. to reason; *visa ngn till* ~ show a p. the way **2** jur., *inför* ~ in court, before court; *dra ngt inför* ~ bring (take) a th. to court; *stå inför* ~ be on trial, stand trial; *ställas inför* ~ be put on trial **II** *tr itr* **1** korrigera correct, put ... right; ~ *en skrivning* mark (amer. grade) a paper; ~ *till* t. ex. fel put ... right, correct, missförhållande etc. remedy **2** avpassa adjust [*efter* to] **III** *refl*, ~ *sig* **1** correct oneself **2** ~ *sig efter* t. ex. ngns önskningar comply with, beslut etc. abide by, go by; andra människor, omständigheterna adapt oneself to

**rättegång** *s* rannsakning trial; process legal proceedings pl.; speciellt civilmål lawsuit

**rättelse** *s* correction

**rättesnöre** *s*, *tjäna till* ~ *för ngn* serve as a guide to a p.

**rättfram** *a* straightforward, frank

**rättfärdig** *a* just, righteous

**rättfärdiga** *tr* justify

**rättighet** *s* right; befogenhet authority; jfr *spriträttigheter*

**rättika** *s* black radish

**rättmätig** *a* om t. ex. arvinge rightful, lawful; om krav etc. legitimate

**rättning** *s* korrigering correcting, av skrivningar äv. marking

**rättrogen** *a* faithful, friare orthodox

**rättsfall** *s* legal case

**rättshjälp** *s* legal aid

**rättsinnad** o. **rättsinnig** *a* right-minded

**rättskrivning** *s* spelling, orthography

**rättslig** *a* laglig legal; *på* ~ *väg* by legal means

**rättslärd** *a* ... learned in the law; *en* ~ a jurist

**rättslös** *a* om person ...without legal rights

**rättspsykiater** *s* forensic psychiatrist

**rättssal** *s* court, court-room

**rättssamhälle** *s* community governed by law

**rättsskydd** *s* legal protection

**rättstavning** *s* spelling, orthography

**rättsväsen** *s* judicial system

**rättvis** *a* just [*mot* to]; skälig fair; opartisk impartial

**rättvisa** *s* justice; skälighet fairness; opartiskhet impartiality; ~*n* lag o. rätt justice; *göra* ~ *åt ngt* do justice to a th.

**rättvisekrav** *s*, *det är ett* ~ *att* ... it's only fair that ..., justice demands that ...

**rättvänd** *a* ... turned right way round (right side up)

**rättänkande** *a* right-minded

**rätvinklig** *a* right-angled

**räv** *s* fox

**rävhona** *s* vixen, she-fox

**rävjakt** *s* fox-hunting

**rävspel** *s* intriguing, intrigues pl.

**rävunge** *s* fox cub

**röd** *a* red; högröd scarlet; ~*a armén* the Red Army; *Röda havet* the Red Sea; ~*a hund* German measles; *Röda korset* the Red Cross; *i dag* ~ *i morgon död* here today, gone tomorrow; *se rött* see red; för sammansättningar jfr äv. *blå-*

**rödaktig** *a* reddish, ruddy

**rödbeta** *s* beetroot, amer. beet

**rödblommig** *a* om person florid, om t. ex. hy äv. rosy, ruddy

**rödbrun** *a* russet

**rödbrusig** *a* red-faced ...

**rödhake** o. **rödhakesångare** *s* robin, robin redbreast

**rödhårig** *a* red-haired

**röding** *s* fisk char

**rödkindad** *a* red-cheeked, rosy-cheeked

**rödkål** *s* red cabbage

**Rödluvan** Little Red Riding Hood

**rödlök** *s* red onion

**rödnäst** *a* red-nosed

**rödsprit** *s* methylated spirits pl., vard. meths pl.

**rödspätta** *s* plaice (pl. lika)

**rödvin** *s* red wine

**rödögd** *a* red-eyed

**1 röja** *tr* förråda betray, give away; yppa reveal; avslöja expose; visa show

**2 röja** *tr* skog clear; ~ *mark* clear land; ~ *väg för* clear (pave) the way for; ~ *ngn ur vägen* remove a p.; ~ *undan* t. ex. hinder clear away, person, hinder remove

**röjning** *s* clearing

**rök** *s* smoke; *gå upp i* ~ go up in smoke

**röka** *itr tr* smoke

**rökare** *s* smoker; *icke* ~ non-smoker

**rökbomb** *s* smoke-bomb

**rökelse** *s* incense

**rökfri** *a* smokeless

**rökförbud** *s*, *det är* ~ smoking is prohibited

**rökig** *a* smoky

**rökkupé** *s* smoking-compartment, smoker

**rökning** *s* smoking; ~ *förbjuden* no smoking

**rökpipa** *s* pipe, tobacco-pipe

**rökrum** *s* smoking-room

**röksvamp** *s* puff-ball

**rön** *s* iakttagelse observation; upptäckt discovery

**röna** *tr* meet with, experience

**rönn** *s* mountain ash, speciellt i Skottland rowan
**rönnbär** *s* rowanberry
**röntga** *tr* X-ray
**röntgenbehandling** *s* X-ray treatment
**röntgenbild** *s* X-ray picture
**röntgenfotografera** *tr* X-ray
**röntgenstrålar** *s pl* X-rays
**rör** *s* **1** ledningsrör pipe; mest tekn. tube **2** i radio el. TV valve, amer. tube
**röra I** *s* mess, virrvarr mix-up, oreda muddle; ***vara en enda ~*** be all in a mess **II** *tr* **1** sätta i rörelse move, stir; ***inte ~ ett finger*** not stir a finger **2** vidröra touch; angå concern; ***det rör mig inte i ryggen*** I couldn't care less; ***~ ngn till tårar*** move a p. to tears **III** *itr*, ***~ i gröten*** stir the porridge; ***~ på benen*** stretch one's legs; ***han rörde på huvudet*** he moved his head; ***~ på sig*** move, motionera get some exercise **IV** *refl*, ***~ sig* a)** move; motionera get exercise; ***rör dig inte!*** don't move!; ***~ sig fritt*** move about freely **b)** ***han har mycket pengar att ~ sig med*** he has a lot of money at his disposal; ***det rör sig om din framtid*** it concerns your future; ***det rör sig om*** stora summor ... are involved; ***vad rör det sig om?*** what is it about? □ ~ **ihop** kok. etc. mix; bildl. mix up; ~ **om** el. ~ **om i** kok. stir; ~ ***om i*** byrålådan poke about in ...
**rörande I** *a* touching, moving **II** *prep* angående concerning, regarding
**rörd** *a* gripen moved, touched
**rörelse** *s* **1** motsats vila motion; av levande varelse movement; ***sätta fantasin i ~*** stir the imagination; ***sätta sig i ~*** begin to move **2** politisk etc. movement **3** affärs~ business, enterprise
**rörelsefrihet** *s* freedom of movement
**rörelseförmåga** *s* ability to move
**rörelsehindrad** *a* disabled
**rörelsekapital** *s* working capital
**rörig** *a* messy; ***vad här är ~t!*** what a mess!
**rörledning** *s* pipeline
**rörledningsfirma** *s* plumbing firm
**rörlig** *a* flyttbar movable; om priser, ränta flexible; ***~t kapital*** working capital
**rörläggare** o. **rörmokare** *s* plumber
**rörsocker** *s* cane sugar
**röst** *s* **1** stämma voice; ***med hög (låg) ~*** in a loud (low) voice **2** polit. vote; ***lägga ned sin ~*** abstain from voting
**rösta** *itr* vote; ***~ om ngt*** vote on a th.; ***~ på ngn*** vote for a p.
**röstberättigad** *a* ... entitled to vote
**röstfiske** *s* vote-catching
**röstkort** *s* voting card
**röstlängd** *s* electoral register
**rösträkning** *s* rösträknande counting of votes; ***en ~*** a count (count of votes)
**rösträtt** *s* ngns right to vote
**röstsedel** *s* voting-paper, ballot-paper
**röta** *s* rot, putrefaction, förmultning decay
**rött** *s* red; jfr *blått*
**röva** *tr* rob [*ngt från ngn* a p. of a th.]
**rövare** *s* robber; ***leva ~*** raise Cain (hell)
**rövarhistoria** *s* cock-and-bull story

# S

**sabba** *tr* vard. ruin, spoil, muck up; ~ ***allti-hop*** äv. throw a spanner in (into) the works
**sabbat** *s* Sabbath
**sabbatsår** *s* sabbatical, sabbatical year
**sabel** *s* sabre
**sabla** *a* o. *adv* blasted, damned
**sabotage** *s* sabotage
**sabotera** *tr itr* sabotage
**sabotör** *s* saboteur
**Sachsen** Saxony
**sacka** *itr*, ~ ***efter*** lag (drop) behind
**sackarin** *s* saccharin
**sadel** *s* saddle; ***sitta säkert i ~n*** bildl. be (sit) firmly in the saddle
**sadelmakare** *s* saddler
**sadism** *s* sadism
**sadist** *s* sadist
**sadistisk** *a* sadistic
**sadla I** *tr* saddle **II** *itr*, ~ ***om*** byta yrke change one's profession (trade)
**safari** *s* safari
**saffran** *s* saffron
**saffransbröd** *s* saffron-flavoured bread
**safir** *s* sapphire
**saft** *s* natursaft juice; kokt med socker fruit-syrup; apelsinsaft orange juice; ***pressa (krama) ~en ur en citron*** squeeze a lemon
**saftig** *a* juicy
**saga** *s* fairy-tale; fornnordisk saga; myt. myth; ***berätta en ~ för mig!*** tell me a story!
**sagesman** *s* informant
**sagobok** *s* story-book, fairy-tale book
**sagoland** *s* fairyland, wonderland
**sagolik** *a* fabulous; fantastisk t.ex. om tur fantastic; ***en ~ röra*** an incredible mess
**Sahara** the Sahara
**sak** *s* **1** thing, object **2** omständighet etc. thing; angelägenhet matter, business (end. sg.); ~ att kämpa för cause; rättsfall case; ***en ~*** 'någonting' something; ***~er och ting*** things; ***~en är den att han ...*** the fact is that he ...; ***~en är klar!*** that settles it!; ***vad gäller ~en?*** what's it about?; ***göra gemensam ~ med ngn*** make common cause with a p.; ***jag ska säga dig en ~*** I tell you what; do you know what; ***jag skall tänka på (över) ~en*** I'll think it (the matter) over; ***det är en annan ~ med dig*** it's different with you; ***det är min (inte min) ~*** that's my (none of my) business; ***det är din ~ att göra det*** it is up to you to do it; ***~ samma*** no matter, never mind; ***det är en självklar ~*** it is a matter of course; ***han har rätt i ~*** essentially he is right; ***så var det med den ~en!*** and that's that!; ***han är säker på sin ~*** he is sure of his point; ***till ~en!*** let us come to the point!
**sakfråga** *s*, ***själva ~n*** the point at issue
**sakförare** *s* solicitor, lawyer
**sakkunnig** *a* expert, competent
**sakkunskap** *s* expert knowledge
**saklig** *a* matter-of-fact; objektiv objective
**sakna** *tr* **1** inte ha, vara utan lack, be without; behöva want, be in want of; lida brist på be wanting (lacking) in; ***ryktet ~r grund*** the rumour is without foundation; ***huset ~r hiss*** there is no lift in the house; ***han ~r humor*** he has no sense of humour; verbet ***~r infinitiv*** ... has no (lacks an) infinitive **2** inte kunna hitta, ***jag ~r mina nycklar*** I have lost my keys **3** märka frånvaron av miss
**saknad I** *a* missed; borta missing; ***~e*** subst. persons missing **II** *s*, ~ ***efter ngn*** regret at a p.'s loss
**saknas** *itr dep* vara borta be missing
**sakrament** *s* sacrament
**sakristia** *s* vestry, sacristy
**sakta I** *a* långsam slow; varsam gentle; dämpad, tyst soft; ***i ~ mak*** at an easy pace **II** *adv* långsamt slowly; varsamt gently; ~ ***i backarna!*** take it easy!; ***gå för ~*** om urverk be slow **III** *tr itr*, ~ ***av (ned)*** el. ~ ***farten*** slow down **IV** *refl*, klockan ***~r sig*** ... is losing (is losing time)
**sal** *s* hall; matsal dining-room; salong drawing-room
**salami** *s* salami
**saldo** *s* balance; ***ingående ~*** balance brought forward; ***utgående ~*** balance carried forward

**salig** *a* blessed; vard., lycklig very happy; *min ~ far* om avliden my poor father; *~ i åminnelse* of blessed memory
**saliv** *s* saliva
**sallad** *s* **1** bot. lettuce **2** kok. salad
**salladdressing** *s* salad dressing
**salladsbestick** *s, ett ~* a pair of salad servers
**salladshuvud** *s* lettuce
**salong** *s* i hem drawing-room, amer. parlor; finare lounge
**salt** *s* o. *a* salt
**salta** *tr* salt; *en ~d räkning* a stiff bill; *~ in (ned)* lägga i saltlake brine
**saltgurka** *s* pickled gherkin
**salthalt** *s* salt content, salinity
**saltkar** *s* för bordet salt-cellar
**saltomortal** *s* somersault
**saltsjö** *s* insjö salt lake
**saltströare** *s* salt-sprinkler
**saltsyra** *s* hydrochloric acid
**saltvatten** *s* salt water
**salu** *s, till ~* on (for) sale
**salubjuda** o. **saluföra** *tr* offer ... for sale
**saluhall** *s* market-hall
**salustånd** *s* stall, speciellt på marknad booth, på mässa stand
**salut** *s* salute
**salutera** *s* salute
**salutorg** *s* market place
**1 salva** *s* skott~ etc. samt bildl. volley
**2 salva** *s* till smörjning ointment
**salvia** *s* sage
**samarbeta** *itr* co-operate, work together; speciellt i litterärt arbete o. polit. collaborate
**samarbete** *s* co-operation; collaboration, jfr *samarbeta*
**samarbetsvillig** *a* co-operative
**samba** *s* samba; *dansa ~* do (dance) the samba
**samband** *s* connection; *stå i ~ med* have (bear) a relation to
**sambeskattning** *s* joint taxation
**sambo** *s* live-in, mera formellt cohabitor, cohabitee
**same** *s* Lapp, Laplander
**samexistens** *s* co-existence
**samfund** *s* society, association
**samfälld** *a* joint; enhällig unanimous
**samfärdsel** *s* communications pl.; trafik traffic
**samfärdsmedel** *s* means (pl. lika) of communication
**samförstånd** *s* mutual understanding, understanding, enighet agreement
**samhälle** *s, ~* el. *~t* society; ort place
**samhällelig** *a* social
**samhällsanda** *s* public spirit; *god ~* äv. good citizenship
**samhällsdebatt** *s* public discussion of social problems
**samhällsfarlig** *a, vara ~* be a public danger
**samhällsfientlig** *a* anti-social
**samhällsgrupp** *s* social group
**samhällsklass** *s* class, class of society
**samhällskunskap** *s* civics
**samhällslära** *s* sociology
**samhällsskick** *s* social structure, type of society
**samhällsställning** *s* social position
**samhällstillvänd** *a* social-minded
**samhörighet** *s* solidarity, själsfrändskap affinity
**samisk** *a* Lapp
**samklang** *s* accord, harmony; *stå i ~ med* be in harmony with
**samkväm** *s* social gathering
**samla I** *tr, ~* el. *~ ihop* gather, planmässigt collect, få ihop get together; *~* på hög amass, accumulate; förena, ena unite, unify; *~ frimärken* collect stamps; *~ en förmögenhet* amass a fortune **II** *itr, ~ på* ngt collect ...; *~ till* ngt a) spara save up for ... b) lägga ihop club together for ... **III** *refl, ~ sig* a) se *samlas* b) collect (compose) oneself; koncentrera sig concentrate
**samlad** *a* collected äv. 'sansad'; församlad assembled, total; *Strindbergs ~e skrifter* the collected (complete) works of Strindberg
**samlag** *s* sexual intercourse, speciellt med. coitus
**samlare** *s* collector
**samlas** *itr dep* om personer gather, get (come) together, församlas assemble, träffas meet; hopas collect
**samlevnad** *s* mellan människor social life, living together; *fredlig ~* mellan nationer o. grupper peaceful coexistence
**samling** *s* av personer gathering, grupp group; av t.ex. böcker, mynt collection; *hela ~en* the whole lot
**samlingslokal** *s* meeting-place, samlingssal assembly hall
**samlingsplats** *s* meeting-place
**samlingspunkt** *s* meeting-point, rallying-point
**samlingsregering** *s* coalition government
**samlingssal** *s* assembly hall
**samma** *(samme) a* the same [*som* as]; likadan similar [*som* to]; *~ dag han for* the day he left; *sak ~* no matter; de är *i ~ ålder*

. . . the same age; *på ~ gång* at the same time; *på ~ sätt* in the same way
**samman** *adv* together
**sammanbiten** *a* resolute
**sammanblandning** *s* förväxling confusion, mixing up; blandning mixing, konkret mixture, blend
**sammanbo** *itr* live together, live in, mera formellt cohabit
**sammanbrott** *s* collapse, breakdown; *få ett ~* collapse, break down
**sammandrabbning** *s* encounter, clash, conflict
**sammandrag** *s* summary; *här är nyheterna i ~* here is the news summary
**sammanfalla** *itr* coincide
**sammanfatta** *tr* sum up, summarize
**sammanfattning** *s* summary
**sammanfattningsvis** *adv* to sum up
**sammanföra** *tr* bring . . . together
**sammanhang** *s* samband connection; i text context
**sammanhållning** *s* solidarity; enighet unity
**sammanhängande** *a* connected, utan avbrott continuous
**sammankalla** *tr* summon, assemble
**sammankomst** *s* meeting, gathering, assembly
**sammanlagd** *a* total total; *deras ~a inkomster* their incomes taken together
**sammanlagt** *adv* in all
**sammansatt** *a* om t. ex. ord compound, av olika beståndsdelar composite; *vara ~ av* bestå av be composed of
**sammanslagning** *s* union, fusion merger, fusion
**sammanslutning** *s* förening association, society; polit. union, federation
**sammanställa** *tr* put together, compile
**sammanställning** *s* putting together; av t. ex. antologi, register compilation
**sammanstötning** *s* kollision collision; strid clash
**sammansvärjning** *s* conspiracy, plot
**sammansättning** *s* **1** det sätt varpå ngt är sammansatt composition; struktur structure; kombination combination **2** ord som består av två el. flera ord compound
**sammanträda** *itr* meet, assemble
**sammanträde** *s* meeting, committee meeting
**sammanträffa** *itr* råkas meet
**sammanträffande** *s* **1** möte meeting **2** ~ av omständigheter coincidence
**sammet** *s* velvet
**sammetsklänning** *s* velvet dress
**sammetslen** *a* velvety
**samordna** *tr* co-ordinate
**samråd** *s* consultation
**samråda** *itr* consult each other; *~ med ngn* consult a p.
**samröre** *s* dealings pl., collaboration; *ha ~ med* have dealings with
**sams** *a, vara ~* a) vänner be friends, be on good terms b) eniga be agreed [*om ngt* on (about) a th.]
**samsas** *itr dep* **1** enas agree [*om ngt* on (about) a th.] **2** *~ om* t. ex. utrymmet share
**samspel** *s* mus., teat. ensemble; sport. teamwork; bildl. interplay
**samspråk** *s* talk, conversation
**samspråka** *itr* talk, converse, förtroligt chat
**samstämmig** *a* enhällig unanimous
**samsända** *tr* radio. o. TV. broadcast (transmit) simultaneously
**samsändning** *s* radio. o. TV. joint broadcast (transmission)
**samt** *adv* and, and also, tillsammans med together (along) with
**samtal** *s* conversation, talk; tele. call
**samtala** *itr* talk, converse [*om* about]
**samtalsämne** *s* topic, topic of conversation; *byta ~* change the subject
**samtid** *s, ~en* vår tid our age (time)
**samtida** *a* o. *subst a* contemporary; *våra ~* our contemporaries
**samtidig** *a* i samma ögonblick simultaneous
**samtidigt** *adv* på samma gång at the same time, i samma ögonblick simultaneously
**samtliga** *a, ~* passagerare all the . . .; *~ var där* all of them (us etc.) were there
**samtycka** *itr* consent, assent, agree [*till* i samtliga fall to]
**samtycke** *s* consent, gillande approval
**samvaro** *s* being together; tid tillsammans time together, umgänge relations pl.; *under vår sista ~* when we were last together
**samverka** *itr* co-operate
**samverkan** *s* co-operation
**samvete** *s* conscience; *ha dåligt ~ för ngt* have a bad (guilty) conscience about a th.; *ha gott (rent) ~* have a clear conscience
**samvetsgrann** *a* conscientious; ängsligt ~ scrupulous
**samvetskval** *s pl* pangs of conscience, remorse sg.
**samvetslös** *a* . . . without any conscience, unscrupulous
**samvetsäktenskap** *s* common-law marriage

**samvetsöm** *a*, ~ värnpliktig conscientious objector
**samvälde** *s*, *Brittiska ~t* the Commonwealth
**samåka** *itr* car-pool; *vi samåker till jobbet* we share one car to work
**samåkning** *s* car-pooling
**sanatorium** *s* sanatorium, amer. sanitarium
**sand** *s* sand, till vägar grit
**sanda** *tr* mot halka grit
**sandal** *s* sandal
**sandbil** *s* gritting truck, vard. gritter, amer. sandtruck
**sandig** *a* sandy
**sandkorn** *s* grain of sand
**sandlåda** *s* att leka i sandpit, amer. sand-box
**sandpapper** *s* sandpaper; *ett ~* a piece of sandpaper
**sandpappra** *tr* sandpaper
**sandslott** *s* barns sand-castle
**sandstrand** *s* beach, sandy beach
**sandsäck** *s* sandbag
**sandwich** *s* canapé, Swedish sandwich
**sanera** *tr* **1** befria från skadliga ämnen decontaminate, från olja disperse **2** t.ex. stadsdel clear ... of slums, t.ex. fastighet renovate, riva pull down **3** bildl. reconstruct, reorganize; t.ex. videomarknaden clean up, t.ex. finanser put ... on a sound basis
**sanering** *s* **1** det att befria från skadliga ämnen decontamination, oljesanering dispersal **2** av t.ex. stadsdel slum-clearance, av t.ex. fastighet renovation, rivning pulling down **3** bildl. reconstruction, reorganization; av t.ex. videomarknaden cleaning-up; finanser etc. putting ... on a sound basis
**sanitetsbinda** *s* sanitary towel (amer. napkin)
**sanitetsvaror** *s pl* sanitary articles
**sanitär** *a* sanitary; *vara (utgöra) en ~ olägenhet* be a private nuisance
**sank I** *s*, *borra (skjuta) ... i ~* sink **II** *a* sumpig, vattensjuk swampy, marshy, waterlogged
**sankt** *a* saint (förk. St.)
**sanktbernhardshund** *s* St. Bernard [dog]
**sanktion** *s* sanction; *tillgripa ~er* straffåtgärder resort to sanctions
**sanktionera** *tr* sanction
**sann** *a* true [*mot* to]; *inte sant?* wasn't it?, don't you think so?; *så sant jag lever!* as sure as I live
**sanna** *tr*, *~ mina ord!* mark my words!
**sannerligen** *adv* indeed, really; förvisso certainly
**sanning** *s* truth; *tala ~* tell (speak) the truth; *~en att säga* var jag ... to tell the truth ...; *säga ngn ett ~ens ord (några beska sanningar)* tell a p. a few home truths
**sanningsenlig** *a* truthful; sann true
**sannolik** *a* probable, likely
**sannolikhet** *s* probability, likelihood; *med all ~* in all probability
**sannolikt** *adv* probably, very likely
**sannspådd** *a*, *han blev ~* his predictions came true
**sans** *s* medvetande, *förlora ~en* lose consciousness; *komma till ~* come round
**sansad** *a* sober, sober-minded, level-headed; vettig sensible; modererad moderate; *lugn och ~* calm and collected
**sardell** *s* anchovy
**sardin** *s* sardine
**sardinburk** *s* burk sardiner tin of sardines
**Sardinien** Sardinia
**sarg** *s*, *~en* i ishockey the sideboards pl.
**sarga** *tr* såra wound, illa tilltyga mangle
**sarkasm** *s* sarcasm
**sarkastisk** *a* sarcastic
**satan** *s* **1** den onde Satan, the Devil **2** i kraftuttryck, *ett ~s oväsen* a (the) devil of a row
**satellit** *s* satellite
**satellitstat** *s* satellite state
**satir** *s* satire [*över* on, upon]
**satiriker** *s* satirist
**satirisera** *itr*, *~ över* satirize
**satirisk** *a* satirical
**sats** *s* **1** språkv. sentence, om t.ex. huvudsats el. bisats vanl. clause **2** ansats take-off; *ta ~* vid hoppning take a run **3** mus. movement **4** uppsättning set **5** kok. batch
**satsa I** *tr* stake; riskera venture; investera invest **II** *itr* i spel make one's stake (stakes); *~ på* hålla på bet on
**satsdel** *s*, *ta ut ~arna [i en mening]* analyse a sentence
**satsning** *s* inriktning concentration, försök bid; *en djärv ~* a bold venture
**satt** *a* stocky, square-built
**Saturnus** astron. o. myt. Saturn
**satäng** *s* satin
**Saudi-Arabien** Saudi Arabia
**sax** *s* scissors pl., större shears pl.; *en ~* a pair of scissors (shears)
**saxofon** *s* saxophone, vard. sax
**saxofonist** *s* saxophonist
**scarf** *s* scarf (pl. scarves)
**scen** *s* på teater stage; del av akt scene; *~en* teatern the stage, the theatre; *ställa till en ~* make a scene

**scenarbetare** *s* stage hand, scene-shifter
**scenario** *s* scenario (pl. -s)
**schablon** *s* mönster pattern, model
**schablonavdrag** *s* i självdeklaration standard (general) deduction
**schablonmässig** *a* stereotyped; conventional, mechanical
**schack** *s* spel chess; ***hålla . . . i ~*** keep . . . in check
**schackbräde** *s* chessboard
**schackdrag** *s* move äv. bildl.
**schackmatt** *a* checkmate
**schackparti** *s* game of chess
**schackpjäs** *s* chessman
**schackspelare** *s* chessplayer
**schakt** *s* tekn. o. gruv. shaft
**schakta** *tr* excavate; t. ex. lös jord remove
**schalottenlök** *s* shallot
**schampo** *s* shampoo (pl. -s)
**schamponera** *tr* shampoo, give . . . a shampoo
**schamponering** *s* shampoo (pl. -s)
**scharlakansfeber** *s* scarlet fever, scarlatina
**scharlakansröd** *a* scarlet
**schattering** *s* nyans shade
**schatull** *s* casket
**schejk** *s* sheik, sheikh
**schema** *s* t. ex. arbets~ schedule, t. ex. färg~ scheme; skol. timetable, amer. schedule
**schematisk** *a* schematic; ***en ~ framställning*** an outline
**schimpans** *s* chimpanzee
**schism** *s* schism, split
**schizofren** *s* o. *a* schizophrenic
**schizofreni** *s* schizophrenia
**schlager** *s* hit, song hit, popular song
**schlagerfestival** *s* hit-song contest (festival)
**schlagersångare** *s* popular singer
**Schwarzwald** the Black Forest
**Schweiz** Switzerland
**schweizare** *s* Swiss (pl. lika)
**schweizerfranc** *s* Swiss franc
**schweizerost** *s* Swiss cheese, emmentaler Emmenthal
**schweizisk** *a* Swiss
**schvung** *s* fart, kläm go, dash, pep
**schysst** *a* o. *adv* vard. OK, fine; rättvis fair, decent
**schäfer** *s* Alsatian
**scout** *s* scout, pojk~ boy scout, flick~ girl guide (amer. scout)
**scripta** *s* vard. script (continuity) girl
**se** *tr itr* see; titta look; ***jo, ~r du*** . . . well, you see . . .; ***hur man än ~r det*** whatever way you look at it; ***jag ~r det som*** min plikt I regard it as . . .; ***jag tål inte ~ honom*** I can't stand the sight of him; ***få*** råka ~ see, catch sight of; ***där ~r du!*** there you are!; ***i stort ~tt*** på det hela taget on the whole, i allmänhet generally speaking; ***~ på*** (obetonat) titta på look at, ta en titt på have a look at, uppmärksamt watch; ***hur ~r du på saken?*** what is your view of the matter?; ***~ allvarligt på saken*** take a serious view of the matter; ***jag ~r på dig att*** . . . I can tell by your face that . . .; ***~ sig i spegeln*** look at oneself in the mirror □ ~ **efter** ta reda på see [*om* if]; leta look; övervaka look after; ~ **fram emot (mot)** look forward to; ~ **sig för** look out, take care; ~ **igenom** look through; ~ **ned på** bildl. look down on; ~ **sig om** vända sig look around; ***~ sig om efter*** söka look about for; ***~ sig om (omkring) i världen*** see the world; ~ **på** look on, iaktta watch; ***~r man på!*** well, well!, I say!; ~ **till** övervaka look after, see to; ***~ till att*** ngt görs see (see to it) that . . .; ~ **upp a)** titta upp look up [*från* from] **b)** akta sig look (watch) out [*för* for]; vara försiktig take care, be careful; ***~ upp för*** steget***!*** mind . . . !; ***~ upp till*** beundra look up to; ~ **ut a)** titta ut look out **b)** ha visst utseende look [*som* like]; ***~ ut att*** inf. look like ing-form, verka seem to inf.: ***han ~r bra ut*** he is good-looking; ***hur ~r han ut?*** what does he look like?; ***hur ~r det ut i*** rummet***?*** what is . . . like?; ***så du ~r ut!*** what a state you are in!; ***det ~r så (inte bättre) ut*** it looks (seems very much) like it; ***det ~r ut att bli regn (en vacker dag)*** it looks like rain (like being a fine day); ***~ ut [åt sig]*** välja choose (pick out); ~ **över** se igenom look over
**seans** *s* seance
**sebra** *s* zebra
**sed** *s* bruk custom, praxis practice, sedvana usage; ***~er och bruk*** manners and customs
**sedan** *(sen)* **I** *adv* **1** därpå then; senare later; efteråt afterwards; ***~ har jag inte sett henne*** I haven't seen her since (after that); ***det är ett år ~ nu*** it is a year ago now **2** vard., ***än sen då?*** iron. so what? **II** *prep* alltsedan: vid uttryck för tidpunkt since, vid uttryck för tidslängd for; ***~ dess*** since then; ***hon är (har varit) sjuk ~ i går (ett år)*** she has been ill since yesterday (for a year) **III** *konj* alltsedan since; efter det att after; när when; ***~ (ända ~) jag kom hit*** since (ever since) I came here; ***det var först ~ jag hade sett den som*** . . . it was not until I had seen it that . . .
**sedel** *s* banksedel bank-note, note, amer. bill

**sedelautomat** *s* cash dispenser
**sedelbunt** *s* bundle of bank-notes (notes)
**sedermera** *adv* later on; afterwards
**sedlighet** *s* morality
**sedlighetsbrott** *s* sexual offence
**sedlighetsrotel** *s*, *~n* the vice squad
**sedvanlig** *a* customary, vanlig usual; vedertagen accepted
**sedvänja** *s* custom, praxis practice
**seedad** *s* sport. seeded
**seg** *a* tough; envis stubborn
**segdragen** *a* long drawn-out, protracted
**segel** *s* sail; ***hissa ~ (seglen)*** hoist sail (the sails)
**segelbåt** *s* sailing-boat, större yacht
**segelflygning** *s* **1** flygning sailflying; gliding **2** färd sailplane (gliding) flight
**segelflygplan** *s* sailplane, glidplan glider
**seger** *s* victory, sport äv. win; besegrande conquest
**segerherre** *s* victor
**segerrik** *a* victorious
**segertåg** *s* triumphal procession
**seghet** *s* toughness; envishet stubbornness
**segla** *itr tr* sail
**seglare** *s* person yachtsman
**seglats** *s* segeltur sailing tour (trip), längre sjöresa voyage
**segling** *s* **1** seglande sailing, sport~ äv. yachting **2** segeltur sailing tour
**seglivad** *a*, ***vara ~*** bildl. tough, hard to get rid of
**segna** *itr*, ***~ till marken*** sink to the ground; ***~ död ned*** drop down dead
**segra** *itr* win; vinna seger be victorious, triumph; ***~ eller dö*** conquer or die; ***~ över*** besegra conquer, övervinna overcome
**segrare** *s* victor; i tävling winner
**segrarpall** *s* winner's (resp. winners') stand, rostrum
**segregation** *s* segregation
**segregera** *tr* segregate
**segsliten** *a* utdragen long drawn-out
**seismograf** *s* seismograph
**sejdel** *s* tankard, utan lock mug
**sekatör** *s* pruning shears pl., secateurs pl.; ***en ~*** a pair of pruning shears (secateurs)
**sekel** *s* century
**sekelskifte** *s*, ***vid ~t*** at the turn of the century
**sekret** *s* fysiol. secretion
**sekretariat** *s* secretariat
**sekreterare** *s* secretary
**sekretess** *s* secrecy
**sekretär** *s* bureau (pl. -x)
**sekt** *s* sect
**sektion** *s* section
**sektor** *s* sector; ***den statliga ~n*** the public sector
**sekund** *s* second
**sekunda** *a* sämre second-rate, inferior
**sekundvisare** *s* second-hand
**sekundär** *a* secondary
**sekvens** *s* sequence
**sele** *s* harness; barnsele reins pl.
**selen** *s* kem. selenium
**selleri** *s* celery; rot~ celeriac
**semafor** *s* semaphore
**semester** *s* holiday, holidays pl., vacation
**semesterersättning** *s* holiday compensation
**semesterfirare** *s* holiday-maker
**semestra** *itr* ha semester be on holiday; tillbringa semestern spend one's holiday
**semifinal** *s* semifinal
**semikolon** *s* semi-colon
**seminarium** *s* univ. seminar
**semitisk** *a* Semitic
**semla** *s* bun filled with cream and almond paste [eaten during Lent]
**1 sen** *adv prep konj* se *sedan*
**2 sen** *a* **1** motsats tidig late; ***för ~ ankomst*** late arrival; ***det börjar bli ~t*** it is getting late **2** ***inte vara ~ att*** inf. not be slow to inf.
**sena** *s* sinew, anat. äv. tendon; på tennisracket string
**senap** *s* mustard
**senare I** *a* later; motsats förra latter; subsequent, kommande future; ***det blir en ~ fråga*** that will be a question for later on; ***på ~ år*** de här åren in the last few years **II** *adv* later, längre fram later on
**senast I** *a* latest; sist i ordning last; ***de ~e veckorna*** the last few weeks **II** *adv* latest; motsats först last; jag såg honom ***~ igår*** ... only yesterday; ***~ (allra ~)*** i morgon ... at the latest (the very latest); du ska vara hemma ***senast kl. 4*** ... by 4 o'clock at the latest
**senat** *s* senate
**senator** *s* senator
**senig** *a* sinewy, om kött äv. stringy
**senil** *a* senile
**senilitet** *s* senility
**senior I** *a* senior **II** *s* sport. senior
**sensation** *s* sensation
**sensationell** *a* sensational
**sensitivitetsträning** *s* sensitivity training
**sensmoral** *s*, ***~en är*** ... the moral is ...
**sensuell** *a* sensual
**sent** *adv* late; ***gå och lägga sig ~*** som vana keep late hours; ***komma för ~ till*** ... a) inte passa tiden be late for ... b) gå miste om be too late for ...

**sentida** *a* . . . of our days
**sentimental** *a* sentimental
**separat I** *a* separate; särskild special **II** *adv* separately
**separation** *s* separation
**separera** *tr itr* separate
**september** *s* September (förk. Sept.); jfr *april* o. *femte*
**serbisk** *a* Serbian
**serbokroatiska** *s* språk Serbo-Croatian
**serenad** *s* serenade
**sergeant** *s* sergeant
**serie** *s* **1** series (pl. lika); i radio, TV etc. series, följetong serial; följd, svit sequence; sport. league **2** *tecknad* ~ el. ~ comic strip, cartoon
**seriefigur** *s* character in a comic strip
**seriekrock** *s* multiple collision
**serietidning** *s* med tecknade serier comic, comic paper
**serietillverkad** *a* mass-produced
**seriös** *a* serious; högtidlig solemn
**serum** *s* serum
**serva** *tr itr* sport. serve; *vem ~r?* whose serve (service) is it?
**serve** *s* serve, service
**servera I** *tr* serve; hälla i pour out; ~ *sig själv* help oneself; *middagen är ~d, det är ~t* dinner is served (ready) **II** *itr* serve (wait) at table
**servering** *s* **1** betjäning service; uppassning waiting **2** lokal restaurant; på järnvägsstation etc. refreshment room, buffet
**serveringsavgift** *s* service charge
**servett** *s* napkin, serviette
**service** *s* service
**servicebox** *s* night safe (amer. depository)
**servicehus** *s* block of service flats (apartments) [for the elderly or disabled]
**servicestation** *s* service station
**serviceyrke** *s* service occupation
**servis** *s* porslin etc. service, set
**servitris** *s* waitress
**servitör** *s* waiter
**servobroms** *s* servo (servo-assisted) brake
**ses** *itr dep* råkas meet, see each other; *vi ~!* see you later!
**session** *s* session; friare meeting
**set** *s* set äv. i tennis; i bordtennis o. badminton game
**setboll** *s* set point, i bordtennis o. badminton game ball
**setter** *s* hund setter
**sevärd** *a, den är* ~ it's worth seeing
**sevärdhet** *s, ~erna i staden* the sights of the town; *det är en verklig* ~ it's really worth seeing
**1 sex** *räkn* six; jfr *fem* o. sammansättningar
**2 sex** *s* det sexuella sex
**sexa** *s* **1** six; jfr *femma* **2** måltid light supper
**sexcylindrig** *a* six-cylinder . . .
**sexig** *a* sexy
**sexliv** *s* sex life
**sextio** *räkn* sixty; jfr *femtio* o. sammansättningar
**sextionde** *räkn* sixtieth
**sextiowattslampa** *s* sixty-watt bulb
**sexton** *räkn* sixteen; jfr *femton* o. sammansättningar
**sextonde** *räkn* sixteenth (förk. 16th); jfr *femte*
**sextondelsnot** *s* mus. semiquaver, amer. sixteenth-note
**sexualdrift** *s* sex (sexual) urge
**sexualförbrytare** *s* sexual offender
**sexualitet** *s* sexuality
**sexualliv** *s* sex life
**sexualundervisning** *s* sex instruction
**sexuell** *a* sexual, sex . . .
**sfinx** *s* sphinx
**sfär** *s* sphere
**sheriff** *s* sheriff
**sherry** *s* sherry
**shoppa** *itr* shop; *gå och* ~ go shopping
**shoppingvagn** *s* shopping trolley, cart
**shoppingväska** *s* shopping bag
**shorts** *s pl* shorts
**show** *s* show
**si** *adv*, det görs *än ~, än så* . . . now this way, now that; *det är lite ~ och så med hans kunskaper i* . . . his knowledge of . . . isn't up to much (is rather so-so)
**sia** *tr itr* prophesy [*om* of]
**Siames** *s* katt Siamese (pl. lika)
**siamesisk** *a* Siamese
**Sibirien** Siberia
**sibirisk** *a* Siberian
**siciliansk** *a* Sicilian
**Sicilien** Sicily
**sicksack** *s, i ~* in a zigzag, zigzag
**sida** *s* **1** side; ~ *vid* ~ side by side; det är *hans starka* ~ . . . his strong point; *byta* ~ i bollspel change ends; *han har sina goda sidor* he has his good points; *ställa sig på ngns* ~ bildl. side (take sides) with a p.; han förtjänar lite *vid ~n om* . . . on the side; *å ena ~n* . . . *å andra ~n* on one (the one) hand . . . on the other; *lägga* ngt *åt ~n* put . . . aside (away); bildl. put . . . on one side; *gå åt ~n* step aside; *gå åt ~n för* ngn make room for . . . **2** i bok page; *se ~n* (förk. *sid.*) 5 see page (förk. p.) 5

**sidbyte** *s* sport. change of ends
**siden** *s* silk
**sidfläsk** *s* rökt el. saltat bacon
**sidled** *s, i ~* sideways, laterally
**sidlinje** *s* sport.: i tennis side-line, i fotboll touch-line
**sidspår** *s* side-track
**sidvind** *s* side wind
**siesta** *s* siesta; ***ta ~*** take a siesta
**siffra** *s* figure; konkret äv. numeral; enstaka i flersiffrigt tal digit; antal number; ***romerska siffror*** Roman numerals; skriva ***med siffror*** ... in figures
**sifon** *s* siphon
**sig** *pron, ~* el. ***~ själv*** maskulin himself, feminin herself, neutrum itself, pl. themselves; 'man' oneself; ***man måste försvara ~*** one must defend oneself; ***hon hade inga pengar på ~*** she hadn't any money about her; ***han tvättade ~ om händerna*** he washed his hands; ***hon sade ~ vara nöjd*** she said she was satisfied; ***känna ~ trött*** feel tired; ***lära ~*** learn; ***rädd av ~*** timid, inclined to be timid; han hade ***ingenting på ~*** ... nothing on; ***gå hem till ~*** go home
**sightseeing** *s* sightseeing; ***vara ute på ~ (en ~)*** be out sightseeing (on a sightseeing tour)
**sigill** *s* seal
**sigillring** *s* seal ring
**signal** *s* signal; ringning ring; ***ge ~*** make a signal, med signalhorn sound the horn; ***slå en ~ (en ~ till ngn)*** ringa upp give a p. a ring
**signalement** *s* description [*på* of]
**signalera** *tr itr* signal
**signatur** *s* signature; författarnamn pseudonym
**signaturmelodi** *s* signature tune
**signera** *tr* sign
**signifikativ** *a* typisk typical, betydelsefull significant
**sik** *s* whitefish
**1 sikt** *s* såll sieve
**2 sikt** *s* **1** visibility; ***ha fri ~*** have a clear view **2** tidrymd, ***på lång ~*** on a (the) long view
**1 sikta** *tr* sålla sift, pass ... through a sieve, t. ex. grus screen; i kvarn bolt
**2 sikta I** *tr* sight **II** *itr* aim [*på (mot, till)* at]
**sikte** *s* sight äv. på skjutvapen; ***ta ~ på*** aim at
**siktförbättring** *s* improved visibility
**siktförsämring** *s* reduced visibility
**sil** *s* **1** strainer; durkslag colander **2** sl., narkotikados shot
**sila I** *tr* strain **II** *itr* om t. ex. vatten, sand trickle; om ljus filter; ***regnet ~r ned*** it is steadily pouring down
**silhuett** *s* silhouette
**silikon** *s* silicone
**silikonbehandlad** *a* silicone treated
**silikos** *s* silicosis
**silke** *s* silk
**silkesgarn** *s* silk yarn
**silkeslen** *a* silky
**silkesmask** *s* silkworm
**silkespapper** *s* tissue paper
**silkesvantar** *s pl, **behandla ngn med ~*** treat (handle) a p. with kid gloves
**sill** *s* herring; ***inlagd ~*** pickled herring
**silver** *s* silver
**silverbröllop** *s* silver wedding
**silvergran** *s* silver fir
**silvermedalj** *s* silver medal
**silverputs** *s* silver polish
**silversmed** *s* silversmith
**silverstämpel** *s* silver mark
**simbassäng** *s* swimming-pool, inomhus swimming-bath
**simbyxor** *s pl* trunks, swimming trunks
**simdyna** *s* swimming float
**simfenor** *s pl* sport. flippers
**simhall** *s* swimming baths (pl. lika)
**simkunnig** *a, **han är ~*** he can swim
**simlärare** *s* swimming teacher (instructor)
**simma** *itr* swim; ***~ bra*** be a good swimmer
**simmare** *s* swimmer
**simning** *s* swimming
**simpel** *a* common, ordinary; enkel simple; lumpen mean, tarvlig vulgar
**simsalabim** *itj* hey presto
**simskola** *s* swimming-school
**simsport** *s* swimming
**simtag** *s* swimming stroke; ***ta ett ~*** swim a stroke
**simulera I** *tr* sham, simulate **II** *itr* spela sjuk sham illness, malinger
**simultantolkning** *s* simultaneous interpretation (translation)
**sin** *(sitt, sina) poss pron* a) his; her; its; syftande på flera ägare their; med syftning på 'one' one's b) självständigt: his; hers; its; theirs; one's own; ***på ~a ställen (håll)*** in places, here and there; ***på ~ tid*** förr formerly; ***någon har glömt kvar ~ väska*** somebody has forgotten his bag
**sina** *itr* go dry; om t. ex. förråd give out, run short; ***aldrig ~nde*** ström never-ceasing ...
**singel** *s* **1** tennis etc. singles (pl. lika); match singles match **2** grammofonskiva single
**singelolycka** *s* one-car accident
**singla** *tr* kasta toss; ***~ slant om*** toss for; ***ska vi ~ slant?*** let's toss up!

**singular** *s* the singular; ***stå i ~*** be in the singular; ***första personen ~*** first person singular
**singularform** *s* singular form
**singularis** se *singular*
**sinnad** *a* lagd minded; inriktad disposed; ***fientligt (vänskapligt) ~*** nation hostile (friendly) ...
**sinne** *s* **1** fysiol. sense; ***vara från (vid) sina ~n*** be out of one's (in one's right) mind (senses); ***vid sina ~ns fulla bruk*** in full possession of all one's senses (faculties) **2** själ, håg mind, hjärta heart; sinnelag disposition, nature; ***ett glatt ~*** a cheerful disposition; ***ha ~ för*** have a sense of, have a feeling for, ha blick för have an eye for, förstå sig på have an instinct for; man vet inte vad han ***har i ~t*** ... is up to; ***sätta sig i ~t att*** inf. set one's mind on ing-form; ***vara glad (lätt) till ~s*** be in a happy mood (be light at heart)
**sinnelag** *s* disposition, temperament
**sinnesförvirrad** *a* mentally deranged
**sinnesförvirring** *s* mental derangement
**sinnesintryck** *s* sense impression
**sinnesnärvaro** *s* presence of mind
**sinnesrubbad** *a* **1** mentalt sjuk mentally disordered **2** vard. crazy
**sinnesrörelse** *s* emotion
**sinnessjuk** se *mentalsjuk*
**sinnesstämning** *s* frame (state) of mind, mood
**sinnlig** *a* sensuell sensual, köttslig carnal
**sinnrik** *a* ingenious
**sinom** *pron*, ***i ~ tid*** in due course
**sinsemellan** *adv* between (om flera äv. among) themselves
**sionism** *s* Zionism
**sippa** *s* wild anemone, windflower
**sippra** *itr* trickle, droppvis tränga ooze; ***~ ut*** trickle (ooze, läcka leak) out
**sirap** *s* treacle, syrup, golden syrup, amer. molasses
**siren** *s* myt. o. larmapparat siren
**sirlig** *a* prydlig elegant, graceful
**sist** *adv* last; ***ligga ~*** i tävling be last; ***~ i*** boken, kön at the end of ...; ***~ men inte minst*** last but not least; det har hänt mycket ***sedan ~*** ... since the last time; ***till ~*** till slut finally, in the end, avslutningsvis lastly
**sista** *(siste) a* last, bakerst äv. back; senaste latest; slutlig final; ***på ~ bänk*** i sal etc. in the back row; ***~ delen*** the last (av två the latter) part; ***de ~ (de två ~) dagarna*** the last few (the last two) days; ***~ gången*** the last time, förra gången last time; ***lägga ~ handen vid*** ... put the finishing touches to ...; ***i ~ hand*** last, last of all; det är ***~ modet*** ... the latest fashion; ***~ sidan*** i tidning the back page; ***in i det ~*** to the very last
**sistnämnda** *a* last-mentioned
**sistone** *s*, ***på ~*** lately
**sisu** *s* never-say-die attitude, bulldog spirit
**sits** *s* seat, på stol äv. bottom
**sitt** *pron* se *sin*
**sitta** *itr* **1** sit, sitta ned sit down; vara, befinna sig be; ***var så god och sitt!*** sit down, please!; ***~ hemma*** be (stanna stay) at home; ***~ och läsa*** sit reading, hålla på att be reading; ***~ i fängelse*** be in prison; ***han sitter i telefon*** he is engaged on the phone **2** om sak be, ha sin plats be placed; hänga hang; vara satt be put (anbragt fixed, fitted); klänningen ***sitter bra*** ... fits well (is a good fit) □ ~ **av** avtjäna t. ex. straff serve; ~ **fast** ha fastnat stick, be stuck; vara fastsatt be fixed, vara fastklibbad adhere; inte lossna hold; ~ **i** om t. ex. skräck remain; fläcken ***sitter i*** ... is still there; ~ **ihop** have stuck together, vara hopsatt be put (fastened) together; ~ **inne** a) inomhus be (hålla sig stay) indoors b) i fängelse be in prison, vard. do time; ~ **kvar a)** inte resa sig remain sitting (seated); ***sitt kvar!*** don't get up! **b)** vara kvar remain; ~ **med i** styrelsen be a member of ...; ~ **ned (ner)** sit down; ~ **uppe** sit up; om sak: vara uppsatt be up; ~ **åt** be tight, starkare be too tight
**sittande** *a* sitting; ***den ~ regeringen*** the Government in office; ***i ~ ställning*** in a sitting position
**sittplats** *s* seat
**sittstrejk** *s* sit-down strike
**sittvagn** *s* för barn push-chair, amer. stroller
**situation** *s* situation; ***vara ~en vuxen*** be equal to (rise to) the occasion
**sjabbig** *a* shabby
**sjafsig** *a* hafsig slovenly
**sjakal** *s* jackal
**sjal** *s* shawl; halsduk scarf (pl. äv. scarves)
**sjalett** *s* kerchief
**sjappa** *itr* vard. bolt, make off
**sjaskig** *a* slovenly, sjabbig shabby
**sjok** *s* t. ex. av tyg, snö sheet
**sju** *räkn* seven; jfr *fem* o. sammansättningar
**sjua** *räkn* seven; jfr *femma*
**sjuda** *itr* seethe; småkoka simmer
**sjuk** *a* ill predikativt; attributivt o. amer. äv. predikativt sick; ***bli ~*** fall (be taken) ill [*i influensa* with the flu]; ***en ~*** el. ***en ~ person*** a sick person; ***han är ~*** he is ill (amer. äv. sick); ***~ humor*** sick humour
**sjuka** *s* illness, svårare disease

**sjukanmäla** *tr,* ~ *ngn (sig)* report a p. (report) sick
**sjukbädd** *s* sjuksäng sickbed; *vid* ~*en* at the bedside
**sjukdom** *s* illness, svårare, av bestämt slag disease äv. bildl.; *smittsam* ~ infectious (epidemic) disease
**sjukdomsfall** *s* case of illness
**sjukersättning** *s* sickness benefit
**sjukfrånvaro** *s* absence due to illness
**sjukförsäkring** *s* health insurance
**sjukgymnast** *s* physiotherapist
**sjukgymnastik** *s* physiotherapy
**sjukhem** *s* nursing home
**sjukhus** *s* hospital; *ligga på* ~ be in hospital
**sjukintyg** *s* certificate of illness; utfärdat av läkare doctor's certificate
**sjukledig** *a, vara* ~ be on sick-leave; han har varit ~ *en vecka* ... absent for a week owing to illness
**sjuklig** *a* lidande sickly, unhealthy
**sjukling** *s* sick person, invalid
**sjukpenning** *s* sickness benefit
**sjukrum** *s* sick-room
**sjuksal** *s* hospital ward, ward
**sjukskriva** *tr, jag har blivit sjukskriven* I have got a doctor's certificate, I am on the sick-list
**sjukskötare** *s* male nurse
**sjuksköterska** *s* nurse
**sjuksköterskeelev** *s* student nurse
**sjuksyster** *s* nurse
**sjuksäng** *s* sickbed
**sjukvård** *s* skötsel nursing, care of the sick; behandling medical treatment; organisation medical service
**sjukvårdare** *s* male nurse; mil. medical orderly
**sjukvårdsartiklar** *s pl* sanitary (medical) articles
**sjukvårdsbiträde** *s* nurse's assistant
**sjunde** *räkn* seventh (förk. 7th); jfr *femte*
**sjundedel** *s* seventh [part]; jfr *femtedel*
**sjunga** *tr itr* sing; ~ *rent (falskt)* sing in tune (out of tune) □ ~ **in** *ngt på grammofonskiva* record a th.; ~ **med** join in the singing; ~ **ut** sing up, bildl. speak one's mind
**sjunka** *itr* sink; falla fall, drop; bli lägre subside; minska decrease; priserna *har sjunkit* ... have fallen (gone down, declined); temperaturen *sjunker* ... is going down äv. om feber, ... is falling; ~ *i pris* go down in price; ~*nde tendens* downward tendency (trend); ~ *ihop* falla ihop collapse; ~ *ned i* en stol, gyttjan sink into ...
**sjunkbomb** *s* depth charge (bomb)
**sjuttio** *räkn* seventy; jfr *femtio* o. sammansättningar
**sjuttionde** *räkn* seventieth
**sjutton** *räkn* **1** seventeen; jfr *femton* o. sammansättningar **2** i svordomar o. vissa uttryck, *fy* ~*!* Lord!; *ja, för* ~*!* yes, damn it!, javisst you bet!; *vad* ~ *skulle jag göra det för?* why on earth should I do that?; *full i* ~ full of mischief; *för* ~ *gubbar* for goodness' sake; *det var dyrt som* ~ it cost quite a packet, it cost the earth
**sjuttonde** *räkn* seventeenth (förk. 17th); jfr *femte*
**sjå** *s, ett fasligt* ~ a tough job
**sjåpa** *refl,* ~ *sig* be namby-pamby; göra sig till be affected, put it on
**sjåpig** *a* namby-pamby; tillgjord affected
**själ** *s* soul; hjärta heart; sinne mind; ande spirit; *lägga in hela sin* ~ *i* put one's heart and soul into; *i* ~ *och hjärta* innerst inne in one's heart of hearts
**själslig** *a* mental; andlig spiritual
**själv** *pron* **1** *du* ~ yourself; *jag* ~ myself; *han* ~ himself; *hon* ~ herself; *den (det)* ~ itself; *man* ~ oneself, yourself; *vi (ni, de)* ~*a* ourselves (yourselves, themselves); *mig* ~ myself; *hon har pengar* ~ egna she has got money of her own; *han kom* ~ personligen he came in person; *du ser (hör)* ~ *hur* ... you can see (hear) for yourself how ...; *du* ~ *då!* what about you (yourself)?; *gå* ~*!* you go!; *säg* ~ *när!* say when! **2** ~*a arbetet* arbetet i sig the work itself; ~*a* blotta *tanken* the very idea; ~*a (*~*aste) kungen* the king himself, t.o.m. kungen even the king
**självaktning** *s* self-respect, self-esteem
**självbedrägeri** *s* self-deception
**självbehärskning** *s* self-command, self-control
**självbelåten** *a* self-satisfied
**självbestämmanderätt** *s* right of self-determination
**självbetjäning** *s* self-service
**självbevarelsedrift** *s* instinct of self-preservation
**självbiografi** *s* autobiography
**självbiografisk** *a* autobiographical
**självdeklaration** *s* income tax return
**självdisciplin** *s* self-discipline
**självfallen** *a* obvious, self-evident
**självförebråelse** *s* self-reproach
**självförsvar** *s* self-defence
**självförsörjande** *a* self-supporting, om land self-sufficient

**självförtroende** *s* self-confidence; *ha ~* be self-confident
**självförverkligande** *s* self-fulfilment
**självförvållad** *a* self-inflicted
**självgod** *a* self-righteous
**självhäftande** *a* self-adhesive
**självinstruerande** *a, ~ material* self-instructional material
**självironi** *s* irony directed at oneself, self-irony
**självisk** *a* selfish, egoistic
**självklar** *a* uppenbar obvious, self-evident; *ja, det är ~t!* yes, of course!
**självkostnadspris** *s, till ~* at cost price
**självkritik** *s* self-criticism
**självkänsla** *s* self-esteem
**självlockig** *a* om hår naturally curly
**självlysande** *a* luminous
**självlärd** *a* self-taught
**självmant** *adv* of one's own accord
**självmedveten** *a* säker self-assured, self-confident
**självmord** *s* suicide; *begå ~* commit suicide
**självmordsförsök** *s* attempted suicide; *göra ett ~* attempt to commit suicide
**självmål** *s, ett ~* an own goal
**självporträtt** *s* self-portrait
**självrisk** *s* försäkr. excess
**självservering** *s* lokal self-service restaurant
**självskriven** *a* självklar natural; *~ till en plats* just the person for the job
**självstudier** *s pl* private (individual) studies
**självständig** *a* independent
**självständighet** *s* independence
**självsvåldig** *a* egenmäktig arbitrary, high-handed
**självsäker** *a* self-assured, self-confident
**självuppoffring** *s* self-sacrifice
**självverkande** *a* automatic, self-acting
**självändamål** *s* end in itself
**sjätte** *räkn* sixth (förk. 6th); *ett ~ sinne* a sixth sense; jfr *femte*
**sjättedel** *s* sixth [part]; jfr *femtedel*
**sjö** *s* insjö lake; hav sea; *jag sitter inte i ~n* har inte bråttom I'm in no hurry, det går ingen nöd på mig I'm all right; *till ~ss* sjöledes by sea, på sjön at sea; *gå till ~ss* om person go to sea, om båt put to sea; *ute till ~ss* on the open sea
**sjöduglig** *a* seaworthy
**sjöfart** *s* navigation; *handel och ~* trade and shipping
**sjögräs** *s* seaweed
**sjögående** *a* sea-going
**sjögång** *s* high (rough) sea; *det är svår ~* there is a heavy sea
**sjöjungfru** *s* mermaid
**sjökapten** *s* sea captain
**sjökort** *s* chart
**sjölejon** *s* sea-lion
**sjöman** *s* sailor; i mera officiellt språk seaman
**sjömil** *s* nautisk mil nautical mile
**sjömärke** *s* navigation mark, sea-mark
**sjörapport** *s* väderleksrapport weather forecast for sea areas
**sjöresa** *s* voyage, sea voyage; överresa crossing
**sjörövare** *s* pirate
**sjösjuk** *a* seasick; *lätt bli ~* be a bad sailor
**sjösjuka** *s* seasickness
**sjöstjärna** *s* zool. starfish
**sjöstrid** *s* naval encounter
**sjöstridskrafter** *s pl* naval forces
**sjösätta** *tr* launch
**sjösättning** *s* launching
**sjötomt** *s* site (bebyggd piece of ground) bordering on the sea (vid insjö on a lake)
**sjötunga** *s* sole
**ska** se *I skola*
**skabb** *s* scabies, itch
**skada I** *s* persons injury; saks damage (end. sg.); ont harm; *det är ingen ~ skedd* there is no harm done; *få svåra skador* be seriously injured (hurt, om sak damaged); *ta ~ av* bli lidande suffer from, om sak be damaged by; *ta ~n igen* make up for it **II** *tr* person injure; sak damage; vara skadlig för be bad for, harm; *det ~r inte att försöka* there is no harm in trying
**skadad** *a* om person o. kroppsdelar injured; om sak damaged; *den ~e* the injured person; *de ~e* the injured
**skadeanmälan** *s* notification of damage (loss)
**skadeglad** *a* om t. ex. min malicious
**skadeglädje** *s* malicious pleasure
**skadegörelse** *s* damage [*på* to]
**skadestånd** *s* damages pl.
**skadeståndsskyldig** *a* ... liable to damages
**skadeverkan** o. **skadeverkning** *s* skada damage (end. sg.); skadlig verkan harmful effect
**skadlig** *a* injurious, harmful; *det är ~t (~t för hälsan) att röka* smoking is bad for the health
**skaffa I** *tr* get, få tag på get hold of, inhämta obtain; *~ ngn ngt* a) get (finna find) a p. a th. b) förse ngn med ngt provide a p. with a th. **II** *refl, ~ sig* get oneself, förskaffa sig procure, t. ex. kunskaper acquire, t. ex. vänner

make; inhämta obtain; lyckas få secure; tillvinna sig gain, ådraga sig contract; förse sig med provide oneself with
**skafferi** *s* larder, större pantry
**skaft** *s* på t. ex. redskap, bestick handle; bot. stalk, stem
**skaka** *tr itr* shake [*av* with]; om åkdon jolt; ***han ~de i hela kroppen*** he was trembling all over; ~ ***på*** ngt shake ...; ~ ***på huvudet*** shake one's head □ ~ **av** ... **från ngt** shake ... off a th.; ~ ***av*** mattan shake ..., give ... a shake; ~ ***av sig*** ... shake off ... äv. bildl.: ~ **fram** shake out [*ur* of]; bildl. produce, find; ~ **om** ngt shake up ..., shake ... well; ~ ***om ngn*** give a p. a shake
**skakad** *a* upprörd shaken, upset
**skakande** *a* om t. ex. nyheter upsetting, distressing
**skakel** *s* skalm shaft
**skakig** *a* shaky; om vagn jolting, jogging
**skakis** *a* vard. shaky; nervös jittery
**skakning** *s* shaking, enstaka shake; vibration vibration; med ***en ~ på huvudet*** ... a shake of the head
**skal** *s* hårt, på t. ex. nötter, skaldjur, ägg shell; mjukt skin, speciellt på citrusfrukter peel; avskalade (t. ex. potatis~) koll. peelings pl.
**1 skala** *s* scale; på radio tuning dial; göra ngt ***i stor ~*** ... on a large scale
**2 skala** *tr* t. ex. frukt, potatis, räkor peel, ägg shell; ~ ***av*** peel
**skalbagge** *s* beetle
**skald** *s* poet
**skaldjur** *s* shellfish
**1 skall** *hjälpvb* se *1 skola*
**2 skall** *s* barking; av trumpet blast
**skalla** *itr* om sång, musik ring out, peal; eka resound; ***ett ~nde skratt*** a roar (peal) of laughter
**skalle** *s* skull, huvud head; vard. nut
**skallerorm** *s* rattlesnake
**skallgång** *s* efter bortsprungen etc. search, efter förbrytare chase
**skallig** *a* flint~ bald, bald-headed
**skallra I** *s* rattle **II** *itr* rattle; ***tänderna ~de på honom*** his teeth chattered
**skalm** *s* **1** skakel shaft **2** på glasögon sidepiece, amer. bow; på sax blade
**skalp** *s* o. **skalpera** *tr* scalp
**skalv** *s* quake
**skam** *s* shame; skamfläck disgrace [*för* to]
**skamfilad** *a*, ***ett skamfilat rykte*** a tarnished reputation
**skamfläck** *s* stain, blot [*på, i* on]; ***en ~ för*** a disgrace to
**skamkänsla** *s* sense (feeling) of shame
**skamlig** *a* shameful, disgraceful; friare scandalous
**skamlös** *a* shameless, fräck impudent
**skamsen** *a* shamefaced; ***vara ~ över*** be ashamed of
**skamvrå** *s*, ***stå (ställa) i ~n*** stand (put) in the corner
**skandal** *s* scandal; ***det är en ~ (rena ~en)!*** it's a disgrace!
**skandalös** *a* scandalous; uppträdande outrageous
**skandinav** *s* Scandinavian
**Skandinavien** Scandinavia
**skandinavisk** *a* Scandinavian
**skapa** *tr* create, make; ***han är som skapt för det*** he is just cut out for it
**skapande** *a* creative
**skapare** *s* creator; av t. ex. mode el. stil originator
**skapelse** *s* creation
**skaplig** *a* tolerable, passable, not bad
**skara** *s* troop, band; ***i stora skaror*** in large crowds
**skare** *s* frozen crust [on the snow]
**skarp I** *a* sharp; brant steep; om smak o. lukt strong; om ljud piercing; om ljus, färg etc. bright, glaring; om sinnen keen; ~ ***ammunition*** live ammunition; ~ ***protest*** strong protest **II** *s*, ***ta i på ~en med någon*** crack down on a p.; ***säga till*** ngn ***på ~en*** tell a p. off
**skarpsinne** *s* sharp-wittedness
**skarpsinning** *a* acute, sharp-witted
**skarv** *s* fog joint, sömn. seam; tekn. splice
**skarva** *tr itr* lägga till ett stycke add a piece [*ngt* to a th.]; ~ ***ihop*** join, sömn. piece ... together, tekn. splice
**skarvsladd** *s* extension flex (amer. cord)
**skata** *s* magpie
**skateboard** *s* skateboard
**skatt** *s* **1** rikedom treasure; ***~er*** riches **2** avgift etc.: tax; kommunal~ (koll.) ung. local taxes pl., i Engl. ung. rates pl.; på vissa varor (tjänster) duty; ***det är ~ på*** bensin there is a tax on ...
**skatta I** *tr* värdera, uppskatta estimate [*till* at]; value; ~ ***sig lycklig*** count oneself fortunate **II** *itr* betala skatt pay taxes [*för inkomst* on an income]; ***han ~r för ... om året*** he is assessed at ... a year
**skattebetalare** *s* taxpayer
**skatteflykt** *s* undandragande av skatt tax evasion
**skatteflykting** *s* tax-exile
**skattefri** *a* tax-free
**skattefusk** *s* tax evasion
**skattehöjning** *s* increase in taxation

**skattekort** *s* preliminary tax card
**skattekrona** *s*, ***skatten har fastställts till 35 kronor per*** ~ the rate has been fixed at 35 per cent of the rateable income
**skattekvitto** *s* för bil ung. motor-vehicle tax receipt
**skattelättnad** *s* tax relief
**skattemyndighet** *s*, ***~er*** tax authorities
**skattepaket** *s* taxation package proposals
**skatteparadis** *s* tax haven
**skattepliktig** *a* om person ... liable to tax; om varor o. inkomst taxable
**skatteskolkare** *s* tax evader (dodger)
**skatteskuld** *s* tax debt
**skattesmitare** *s* tax evader (dodger)
**skattesänkning** *s* tax reduction
**skattetabell** *s* tax table
**skattetryck** *s* pressure (burden) of taxation
**skattkammare** *s* treasury
**skattmas** *s* tax-collector
**skattmästare** *s* treasurer
**skattsedel** *s* ung. income-tax demand note
**skattskyldig** *a* ... liable to tax
**skava** *tr itr* gnida, riva rub, chafe; skrapa scrape; ***skorna skaver*** my shoes make my feet sore; ~ ***av (bort)*** t.ex. färg scrape, scrape off
**skavank** *s* fel defect, fault
**skavsår** *s* sore, chafe
**ske** *itr* hända happen, inträffa äv. occur; äga rum take place; ***det kommer att*** ~ en förbättring there will be ...; ***vad som ~r (händer och ~r)*** what is going on
**sked** *s* spoon; ***ta ~en i vacker hand*** bildl. make the best of a bad job
**skede** *s* period; fas phase; stadium stage
**skeende** *s* course, course of events
**skela** *itr* squint
**skelett** *s* skeleton, stomme framework
**skelögd** *a* squint-eyed, cross-eyed
**skelögdhet** *s* squint
**sken** *s* **1** ljus etc. light, starkt äv. från eldsvåda glare **2** falskt yttre etc. show, appearance; förevändning pretext, pretence; ***~et bedrar*** appearances are deceptive; ***ge sig ~ av att vara*** ... pretend to be ...
**1 skena** *itr* bolt; ~ el. ~ ***i väg*** run away äv. bildl.; ***en ~nde häst*** a runaway horse
**2 skena** *s* järnv. o. löpskena rail
**skenbar** *a* apparent
**skenben** *s* shin-bone
**skenhelig** *a* hypocritical
**skenhelighet** *s* hypocrisy
**skenmanöver** *s* diversion
**skepnad** *s* figure; ***i*** en tiggares ~ in the guise of ...
**skepp** *s* **1** ship, fartyg vessel **2** arkit. nave, sidoskepp aisle
**skeppa** *tr* ship, send ... by ship
**skeppare** *s* master, vard. skipper
**skepparhistoria** *s* yarn, sailor's yarn
**skeppsbrott** *s* shipwreck
**skeppsbruten** *a* shipwrecked; ***en*** ~ a shipwrecked man (woman)
**skeppsredare** *s* shipowner
**skeppsvarv** *s* shipyard
**skepsis** *s* scepticism
**skeptisk** *a* sceptical
**sketch** *s* sketch
**skev** *a* vind warped; bildl. äv. distorted, warped
**skick** *s* **1** tillstånd condition, state; ***i dåligt (gott)*** ~ in bad (good) order (speciellt om hus repair); ***i sitt nuvarande*** ~ in its present state (shape) **2** uppförande behaviour, sätt manners pl.
**skicka** *tr* sända send [*med, per* by]; expediera forward; vid bordet pass; ***vill du*** ~ ***hit brödet (saltet)?*** please pass me the bread (salt) □ ~ **efter** send for; ~ **i väg** send off; ~ **med** ngt send ... along (too); ~ **omkring** send (vid bordet pass) round; ~ **tillbaka** return, send back; ~ **vidare** send (vid bordet pass) on
**skicklig** *a* duktig clever, skilful; kunnig capable; ***vara ~ i (i att göra) ngt*** be good (clever) at a th. (at doing a th.)
**skicklighet** *s* cleverness, skill
**1 skida** *s* slida sheath, scabbard
**2 skida** *s* sport. ski; ***åka skidor*** ski, göra en skidtur go skiing
**skidbacke** *s* ski slope (för skidhopp jump)
**skidbindning** *s* ski binding
**skidbyxor** *s pl* skiing trousers
**skidföre** *s*, ***det är bra (dåligt)*** ~ ung. the snow is good (bad) for skiing
**skidlift** *s* ski-lift
**skidlöpare** *s* skier
**skidstav** *s* ski stick (amer. pole)
**skidtur** *s* skiing tour
**skidvalla** *s* ski wax
**skidåkare** *s* skier
**skidåkning** *s* skiing
**skiffer** *s* tak~ slate
**skift** *s* shift, arbetslag äv. gang
**skifta** *tr itr* change, alter; omväxla med varandra alternate; ~ ***i rött*** be tinged with red
**skiftarbete** *s* shift work
**skifte** *s* change
**skiftning** *s* förändring change; rött ***med en ~ i blått*** ... with a tinge of blue

**skiftnyckel** *s* adjustable spanner (wrench)
**skikt** *s* layer, av färg äv. coat
**skild** *a* **1** åtskild separated; frånskild divorced **2** *~a* olika different, varying; *vitt ~a intressen* widely differing interests
**skildra** *tr* describe; depict
**skildring** *s* description; outline, sketch
**skilja I** *tr itr* **1** avskilja, åtskilja separate; med våld sever; en tunn vägg *skilde oss åt* we were separated by ... **2** särskilja distinguish [*mellan (på)* between]; *~ mellan (på)* tell the difference between **II** *refl*, *~ sig* **1** part [*från* person (avlägsna sig från) from, ngt (sälja etc.) with]; vara olik differ, be different **2** jur. *~ sig* get a divorce; *~ sig från sin man* divorce one's husband
**skiljas** *itr dep* **1** part; *~ ifrån* lämna *ngn* äv. leave a p.; *~ åt* part **2** ta ut skilsmässa get a divorce
**skiljetecken** *s* punctuation mark
**skiljeväg** *s* crossroad
**skillnad** *s* olikhet difference; åtskillnad distinction; *till ~ från henne* unlike her
**skilsmässa** *s* äktenskaplig divorce; *begära (söka) ~* jur. sue for a divorce; *de ligger i ~* they are seeking a divorce
**skimmer** *s* shimmer, glimmer; *ett ~ av* löje an air of ...
**skimra** *itr* shimmer, glimmer
**skina** *itr* shine; starkare blaze
**skingra I** *tr* disperse; t.ex. tvivel dispel; t.ex. mystiken clear up, solve **II** *refl*, *~ sig* disperse, scatter
**skingras** *itr dep* disperse, scatter
**skinka** *s* **1** kok. ham **2** vard., om kroppsdel buttock
**skinn** *s* skin; päls fur; beredd hud leather; *hålla sig i ~et* behärska sig control oneself
**skinnjacka** *s* läderjacka leather jacket
**skinntorr** *a* skinny, scraggy
**skipa** *tr*, *~ rätt* administer justice; *~ rättvisa* rättvist fördela etc. see that justice is done
**skippa** *tr* vard., hoppa över skip
**skiss** *s* sketch, friare outline [*till* of]
**skissera** *tr* sketch, friare outline
**skit** *s* exkrementer shit äv. om person; smuts filth; skräp damned junk (rubbish); *prata ~* talk tripe; *prata ~ om ngn* run a p. down
**skita** *itr* vulg. shit; *det skiter jag i* I don't care a damn about that; *~ ner* make ... dirty; *~ ner sig* get dirty
**skitig** *a* vard. filthy
**skitsnack** *s* vard. crap, bullshit
**skiva** *s* **1** platta etc. plate, av trä etc. board, tunn sheet, grammofon~ record, disc; bords~ top, lös leaf (pl. leaves) **2** uppskuren slice **3** kalas party
**skivad** *a* sliced, ... in slices
**skivbroms** *s* disc brake
**skivling** *s* svamp agaric
**skivpratare** *s* i radio disc jockey
**skivspelare** *s* record-player
**skivtallrik** *s* på grammofon turntable
**skjorta** *s* shirt
**skjortblus** *s* shirt-blouse, shirt-waist
**skjortknapp** *s* påsydd shirt button; lös bröstknapp shirt stud
**skjul** *s* redskaps~ etc. shed; kyffe hovel
**skjuta** *tr itr* **1** med skjutvapen shoot; ge eld, avfyra fire **2** flytta push, starkare shove; *~ på* uppskjuta *ngt* put off (postpone) a th. **3** *katten sköt rygg* the cat arched its back □ *~* **av** skjutvapen, skott fire, discharge; *~* **fram a)** *~ fram stolen till* brasan push the chair up to ... **b)** sticka ut jut out, project; *~* **ifrån sig** ngn (ngt) push (starkare shove) ... away; *~* **igen** dörr etc. push ... to, stänga close, shut; *~* **till** bidra med contribute; *~ till vad som fattas* make up for the deficiency; *~* **upp** a) t.ex. dörr push ... open; rymdraket launch b) uppskjuta put off, postpone
**skjutbana** *s* shooting-range, täckt shooting-gallery
**skjutsa** *tr* köra drive; *~ ngn* give a p. a lift
**skjutvapen** *s* fire-arm
**sko I** *s* **1** lågsko shoe; känga boot, halvkänga bootee **2** hästsko horse shoe **II** *tr* förse med skor shoe äv. häst **III** *refl*, *~ sig* göra sig oskälig vinst *på ngns bekostnad* line one's pocket at a p.'s expense
**skoblock** *s* shoe-tree
**skoborste** *s* shoe-brush, boot-brush
**skock** *s* oordnad mängd crowd, mindre klunga group; av djur herd, flock
**skocka** *refl*, *~ sig* o. **skockas** *itr dep* crowd (herd, flock) together [*kring* round]
**skodon** *s pl* shoes, boots and shoes; hand. footwear sg.
**skog** *s* större forest; mindre wood, ofta woods pl.; *det går åt ~en* it's all going wrong (to pieces)
**skogbevuxen** o. **skogig** *a* forested, wooded
**skogsarbetare** *s* woodman, lumberjack
**skogsbrand** *s* forest fire
**skogsbruk** *s* forestry
**skogsbryn** *s* edge of a wood (större forest)
**skogsdunge** *s* grove
**skogstrakt** *s* woodland
**skohorn** *s* shoehorn

**skoj** *s* **1** skämt joke, jest; pojkstreck prank; ofog mischief; drift joking **2** bedrägeri swindle, humbug, vard. racket
**skoja I** *itr* skämta joke; ha hyss för sig, bråka etc. lark about, play pranks, be up to mischief; ~ driva *med ngn* kid a p. **II** *itr tr* bedraga cheat, swindle [*på* out of]
**skojare** *s* **1** bedragare cheat, swindler; bluffmakare trickster; kanalje blackguard **2** skämtare joker; spjuver rogue
**skojig** *a* lustig, konstig funny; trevlig nice
**skokräm** *s* shoe polish (cream)
**1 skola** (*skall*, vard. *ska; skulle*) **I** *hjälpvb* **1** uttr. ren framtid *skall* = kommer att: i första person will (shall), i övriga fall will; *skulle* i första person would (should), i övriga fall would; ofta äv. konstr. med be going to; ***jag hoppas ni ska trivas här*** I hope you will be happy here; ***jag frågade honom om han skulle komma hem till middag*** I asked him if he would be home for dinner; ***jag ska träffa honom*** i morgon I will (I shall, I'll) meet him . . ., I am going to meet him . . .; ***ingen visste vad som skulle hända*** nobody knew what would (was going to) happen **2** konditionalt *skulle:* i första person would (should), i övriga fall would; ***det skulle inte förvåna mig om han gifte om sig*** I wouldn't (shouldn't) be surprised if he remarried; ***det skulle jag tro*** I would (should) think so; ***om jag varit som du, skulle jag ha vägrat*** in your place I would (should) have refused; ***utan hans hjälp skulle hon ha drunknat*** without his help she would have been drowned **3** om något omedelbart förestående ***skall (skulle)*** = ämnar (ämnade), tänker (tänkte): ***jag ska spela tennis i eftermiddag*** I'm going to play tennis this afternoon; ***jag ska just (just till att) packa*** I'm about (just going) to pack; ***det såg ut som om det skulle bli regn*** it looked as if it were (was) going to rain; ***när ska du resa?*** when are you leaving (going)?; ***ska du stanna över natten?*** are you staying the night? **4** om något på förhand bestämt, enligt avtal el. ödet, konstr. med be to inf. ; ***konserten skall äga rum i domkyrkan*** the concert is to take place in the cathedral; ***om vi skall vara där*** klockan tre måste vi if we are to be there . . .; ***föreställningen skulle börja klockan åtta*** the performance was to begin at eight; ***kriget skulle vara mer än fyra år*** the war was to last for more than four years **5** uttr. subjektets egen vilja, avsikt: ***skall*** will; ***skulle*** would; ***jag ska se vad jag kan göra*** I will (I'll) see what I can do; ***jag skulle ge vad som helst för att få igen den*** I would (I'd) give anything to have it back **6** uttr. annans vilja än subjektets: ***skall*** shall; ***skulle*** should; ***ska jag öppna fönstret?*** shall I open the window?; ***jag vet inte vad jag ska säga*** I don't know what to say; ***jag lovade att han skulle få pengarna*** I promised that he would (should) have the money; ***vad vill du att jag ska göra?*** what do you want me to do?; ***hon bad mig att jag skulle komma genast*** she asked (told) me to come at once; ***jag väntade mig inte att du skulle vara här*** I didn't expect you to be here **7** uttr. lämplighet och tvång ***skall*** el. ***skulle*** **a)** = bör (borde): should i alla personer, ought to **b)** = måste: presens must, imperfekt had to; ***han skulle ha varit mer försiktig*** he should (ought to) have been more careful; ***du skulle ha sett honom*** you should have seen him; ***varför ska du alltid gräla?*** why must you always quarrel? **8** uttr. åsikt, förmodan ***skall (skulle)*** = säges (sades), påstås (påstods): konstr. med be said (supposed) to; ***hon skall vara mycket musikalisk*** she is said (supposed) to be (they say that she is) very musical; ***hon skulle*** enligt vad det påstods ***vara omgift med en amerikanare*** she was said (supposed) to be remarried to an American **9** i att-satser: ***det är synd att han ska vara så lat*** it is a pity that he should be so lazy; ***det är konstigt att det ska vara så svårt*** it's strange that it should be so difficult; ***jag längtar efter att skolan ska sluta*** I long for school to break up; ***han litar på att jag skall hjälpa henne*** he relies on me to help her; ***han var angelägen om att hon skulle komma tillbaka*** he was anxious for her to return **10** i avsikts-, villkors- o. medgivandebisatser: ***skulle*** should; ***han sänkte rösten för att vi inte skulle höra vad han sade*** he lowered his voice so (in order) that we might (should, would) not hear what he said; ***om han skall räddas, måste något göras genast*** if he is to be saved, something must be done at once; ***om*** om händelsevis ***något skulle inträffa, skickar jag ett telegram*** if anything should happen, I will (I'll) send a telegram; ***om*** om mot all förmodan ***jag skulle vinna högsta vinsten, skulle jag resa till Japan*** if I were to draw the first prize, I would (should) go to Japan **11** speciella fall: ***det ska du säga som aldrig har försökt!*** that's easy for you to say who have never tried!; ***du skulle bara våga!*** you just dare!; ***vad ska det här betyda?*** what is the meaning of this?; ***vad ska det tjäna till?*** what is the use (good) of that?; ***vad ska det här föreställa?*** what is this supposed to be?; ***naturligtvis skulle det hända just mig***

of course it would happen to me of all people
**II** med utelämnat huvudverb i sv.: *jag ska av* tänker stiga av *här* I'm getting off here; *jag ska (skulle) bort (hem, ut)* I'm (I was) going out (home, out); *jag ska i väg nu* I must be off (be going) now; *vad ska jag med det till?* what am I supposed to do with that?
**2 skola I** *s* school; *sluta (lämna) ~n* leave school **II** *tr* utbilda train; ~ *om* retrain
**skolbarn** *s* schoolchild (pl. schoolchildren)
**skolbespisning** *s* school meals pl.
**skolexempel** *s*, *ett ~ på* ... a typical (classic) example of ...
**skolflicka** *s* schoolgirl
**skolgång** *s* schooling; school attendance; *~en börjar tidigt* children begin school early
**skolgård** *s* playground, speciellt mindre school yard
**skolk** *s* truancy
**skolka** *itr*, ~ el. ~ *från skolan* play truant (amer. hooky); ~ *från* t.ex. en lektion shirk; ~ *från arbetet* keep away from one's work
**skolkamrat** *s* schoolfellow, schoolmate
**skolkare** truant
**skolklass** *s* school class (form)
**skolkort** *s* biljett schoolchildren's season--ticket
**skollov** *s* ferier holidays pl. (vacation)
**skollärare** *s* schoolmaster, schoolteacher
**skollärarinna** *s* schoolmistress, schoolteacher
**skolmogen** *a* ... ready (sufficiently mature) for school
**skolning** *s* utbildning training
**skolplikt** *s* compulsory school attendance
**skolpojke** *s* schoolboy
**skolradio** *s* broadcasting (program broadcast) for schools
**skolresa** *s* school journey
**skolsal** *s* klassrum classroom
**skolskjuts** *s* bil car (bus) for transporting children to school
**skolstyrelse** *s* ung. local education authority
**skoltandvård** *s* school dental service
**skol-TV** *s* school TV; program TV programme for schools
**skolväska** *s* school bag (med axelrem satchel)
**skolålder** *s* school age
**skolår** *s* school year
**skolöverstyrelsen** *s* the [Swedish] Board of Education
**skomakare** *s* shoemaker
**skomakeri** *s* shoemaker's
**skona** *tr* spare [*ngn från ngt* a p. a th.]
**skonare** o. **skonert** *s* schooner
**skoningslös** *a* merciless
**skonsam** *a* mild lenient; hänsynsfull considerate; barmhärtig merciful; varsam careful; ~ *mot huden* kind to the skin
**skonsamhet** *s* leniency; consideration; care; jfr *skonsam*
**skopa** *s* scoop, för vätska ladle
**skorpa** *s* **1** bakverk rusk **2** hårdnad yta crust
**skorpion** *s* **1** scorpion **2** *Skorpionen* astrol. Scorpio
**skorsten** *s* chimney, på fartyg o. lok funnel
**skosnöre** *s* shoelace, amer. shoestring
**skospänne** *s* shoe-buckle
**skosula** *s* sole
**skoter** *s* motor-scooter
**skotsk** *a* Scottish, Scots; speciellt om skotska produkter Scotch
**skotska** *s* **1** kvinna Scotswoman (pl. Scotswomen), i Engl. äv. Scotchwoman (pl. Scotchwomen) **2** språk Scots
**skott** *s* **1** vid skjutning shot äv. i sport.; laddning charge **2** på växt shoot, sprout
**skotta** *tr* shovel
**skottavla** *s* target
**skottdag** *s* leap-day
**skotte** *s* person Scotsman (pl. Scotsmen), Scot, i Engl. äv. Scotchman (pl. Scotchmen); *skottarna* som nation el. lag etc. the Scots, i Engl. äv. the Scotch
**skottglugg** *s* loop-hole
**skotthåll** *s*, *inom (utom)* ~ within (out of) gunshot (range) [*för* of]
**skottkärra** *s* wheel-barrow
**Skottland** Scotland
**skottlinje** *s* line of fire
**skottlossning** *s* skottväxling firing, shooting
**skottsäker** *a* ogenomtränglig bullet-proof
**skottväxling** *s* exchange of shots
**skottår** *s* leap-year
**skraj** *a*, *vara* ~ have got the wind up
**skral** *a* **1** underhaltig poor; illa medfaren rickety **2** krasslig ... out of sorts, ... poorly
**skramla I** *s* rattle **II** *itr* rattle; om mynt jingle; om kokkärl etc. clatter
**skrammel** *s* skramlande rattling, jingling, clattering; *ett* ~ a rattle
**skranglig** *a* gänglig lanky; rankig rickety
**skrank** *s* railing, barrier; vid domstol bar
**skrapa I** *s* **1** redskap scraper **2** skråma scratch **3** tillrättavisning telling-off **II** *tr itr* scrape; riva, krafsa scratch
**skratt** *s* laughter; enstaka ~, sätt att skratta laugh; *få sig ett gott* ~ have a good

(hearty) laugh; *skaka (tjuta) av* ~ shake (roar) with laughter; *jag försökte hålla mig för* ~ I tried to keep a straight face, I tried not to laugh; *vara full i (av)* ~ be ready to burst with laughter
**skratta** *itr* laugh [*åt* at]; ~ *till* give a laugh; ~ *ut ngn* laugh a p. down
**skrattgrop** *s* dimple
**skrattretande** *a* laughable, ridiculous
**skrattsalva** *s* burst (starkare roar) of laughter
**skrattspegel** *s* distorting mirror
**skrev** *s* crotch, crutch
**skreva** *s* klyfta cleft; spricka crevice
**skri** *s* människas scream, shriek, yell; rop cry
**skriande** *a*, *ett* ~ *behov av* a crying need for; *behovet är* ~ there is a crying need; *en* ~ *brist på* an acute shortage of
**skribent** *s* writer, journalist scribe
**skrida** *itr* gå långsamt glide; om tid pass on; ~ *fram* om person march (stride) along
**skridsko** *s* skate; *åka* ~*r* skate, göra en skridskotur go skating
**skridskobana** *s* skating-rink
**skridskoåkare** *s* skater
**skridskoåkning** *s* skating
**skrift** *s* **1** motsats tal o. tryck writing; skrivtecken characters pl. **2** handling etc. written (tryckt printed) document; tryckalster publication
**skriftlig** *a* written
**skriftligt** *adv* in writing
**skriftspråk** *s*, ~*et* the written language
**skrik** *s* cry, rop shout, tjut yell, gällt scream, shriek; *sista* ~*et* modet the latest fashion, all the rage
**skrika** *itr tr* utstöta skrik cry, call (cry) out, ropa shout, gällt scream, shriek
**skrikande** **I** *a* shouting, screaming; om färg glaring, loud **II** *s* shouting, screaming
**skrikhals** *s* gaphals loudmouth, gnällmåns cry-baby
**skrikig** *a* **1** om barn screaming attributivt; om röst shrill; *barnet är så* ~*t* the child screams such a lot **2** om färg glaring, loud
**skrin** *s* box; för smycken äv. case
**skrinlägga** *tr* uppge give up; lägga på hyllan shelve
**skriva** *itr tr* write; ~ *ren (rent)* copy out . . .; ~ *maskin (på maskin)* type; ~ beloppet *med bokstäver* set out . . . in writing □ ~ **av** copy; ~ **in** bokföra etc. enter; ~ **in sig** register; ~ **om** på nytt rewrite; ~ **på** t. ex. lista write one's name on; ~ **under** sign (put) one's name to . . ., utan objekt sign, sign one's name; ~ **upp** anteckna write (take) down; debitera put . . . down [*på ngn* to a p.'s account]; ~ **ut** write out, på maskin type; ~ **ut ngn** från t. ex. sjukhus discharge a p.
**skrivbok** *s* skol. exercise-book
**skrivbord** *s* writing-desk, desk, större writing-table
**skrivbordsalmanacka** *s* desk calendar
**skrivbordslåda** *s* desk drawer
**skrivbordsunderlägg** *s* writing-pad
**skrivbyrå** *s* maskinskrivningsbyrå typewriting agency
**skrivelse** *s* official letter, written communication
**skriveri** *s* writing
**skrivfel** *s* slip of the pen, på maskin typing-error
**skrivmaskin** *s* typewriter
**skrivmaskinspapper** *s* typing-paper
**skrivning** *s* skriftligt prov written test (för examen exam)
**skrivunderlägg** *s* writing-pad
**skrivvakt** *s* invigilator
**skrock** *s* superstition
**skrockfull** *a* superstitious
**skrot** *s* scrap-metal, järn~ scrap-iron
**skrota** *tr*, ~ el. ~ *ned* scrap
**skrothandlare** *s* scrap-merchant
**skrothög** *s* scrap-heap
**skrovlig** *s* rough; sträv harsh
**skrovmål** *s*, *få sig ett* ~ have a good tuck-in (blow-out)
**skrubb** *s* rum cubby-hole
**skrubba** *tr* skura scrub; gnida rub
**skrubbsår** *s* graze
**skrumpen** *a* shrivelled; hopkrympt shrunken
**skrumpna** *itr* shrivel, shrivel up; krympa shrink
**skrupel** *s* scruple
**skrupelfri** *a* unscrupulous
**skruv** *s* screw; *ha en* ~ *lös* bildl. have a screw loose; *det tog* ~ that did it (did the trick), that went home
**skruva** *tr itr* screw; boll spin □ ~ **av** unscrew, screw off; stänga av turn off; ~ **fast** screw (fasten) . . . on (tight); ~ **ned** gas, radio etc. turn down, lower; ~ **på** gas, radio etc. turn on; ~ **upp** gas, radio etc. turn up
**skruvmejsel** *s* screwdriver
**skruvnyckel** *s* spanner, wrench
**skruvstäd** *s* vice
**skrymmande** *a* bulky
**skrymsle** *s* nook, corner
**skrynkelfri** *a* creaseproof
**skrynkla** **I** *s* crease; wrinkle äv. i huden **II** *tr*

tyg, ~ *sig* crease, crumple, wrinkle; ~ *ihop* crumple up
**skrynklig** *a* creased; wrinkled äv. om hud
**skryt** *s* boasting; *tomt* ~ an empty boast
**skryta** *itr* boast [*över, med* of, about]
**skrytsam** *a* om person boastful
**skråla** *itr* bawl, bellow, roar
**skråma** *s* scratch, slight wound
**skräck** *s* fright, dread [*för* of]; *sätta ~ i ngn* strike a p. with terror
**skräckinjagande** *a* terrifying
**skräckslagen** *a* terror-struck, terror--stricken
**skräckvälde** *s* reign of terror
**skräda** *tr, inte ~ orden* not mince matters (one's words)
**skräddare** *s* tailor
**skräddarsydd** *a* tailor-made, amer. custom-made
**skräll** *s* crash äv. bildl.; smäll bang; sport. sensation, turn-up
**skrälla** *itr* om t. ex. trumpet, högtalare blare; om fönster rattle; om åska crash; sport. cause a sensation (an upset)
**skrälle** *s, ett ~ till* bil (hus etc.) a ramshackle old . . .
**skrällig** *a* musik etc. blaring
**skrämma** *tr* frighten, scare; *låta ~ sig* be intimidated; ~ *bort (ihjäl)* frighten el. scare . . . away (to death); ~ *upp* göra rädd frighten
**skrän** *s* yell, howl; skränande yelling, howling
**skräna** *itr* yell, howl
**skräp** *s* rubbish, trash
**skräpa** *itr, ~ ned* make a mess; ~ *ned (ned i)* rummet etc. litter up . . .
**skräpig** *a* untidy, littered
**skräpmat** *s* junk food
**skrävla** *itr* brag, swagger
**skrävlare** *s* braggart, swaggerer
**skröplig** *a* bräcklig frail, om hälsa weak
**skugga I** *s* motsats ljus shade, av ett föremål shadow; ligga *i ~n av ett träd* . . . in the shade of a tree; *inte ~n av en chans* not an earthly (not the ghost of a) chance **II** *tr* **1** ge skugga åt shade **2** bevaka shadow, tail
**skuggbild** *s* silhouette
**skuggboxning** *s* shadow boxing
**skuggig** *a* shady
**skuggregering** *s* shadow cabinet
**skuggrik** *a* very shady
**skuggsida** *s* shady side
**skuld** *s* **1** debt **2** fel fault; brottslighet guilt; *~en är min* it's my fault, I'm to blame; *vara ~ till* . . . be to blame for . . ., orsak till be the cause of . . .
**skuldfri** *a* **1** utan skulder . . . free from debt (debts) **2** oskyldig guiltless, innocent
**skuldkänsla** *s* sense of guilt
**skuldmedveten** *a* . . . conscious of one's guilt
**skuldra** *s* shoulder
**skuldsatt** *a* . . . in debt
**skull** *s, för min ~* for my sake, just to please me; *för min egen ~* i eget intresse in my own interest
**skulle** *hjälpvb* se *I skola*
**skulptur** *s* sculpture
**skulptör** *s* sculptor
**1 skum** *a* **1** mörk dark; obscure **2** suspekt shady, suspicious; illa beryktad disreputable
**2 skum** *s* foam; fradga froth
**skumbad** *s* foam-bath
**skumgummi** *s* foam-rubber
**skumma I** *itr* foam, fradga froth **II** *tr* skim
**skummjölk** *s* skim (skimmed) milk
**skumpa** *itr* jog
**skumplast** *s* foam plastic
**skunk** *s* skunk
**skur** *s* shower
**skura** *tr itr* golv scrub; göra ren clean
**skurborste** *s* scrubbing-brush
**skurk** *s* scoundrel, villain
**skurkaktig** *a* scoundrelly, villainous
**skurkstreck** *s* piece of villainy, svagare dirty trick
**skurpulver** *s* scouring-powder
**skurtrasa** *s* scouring-cloth
**skuta** *s* small cargo boat; vard., båt boat
**skutt** *s* hopp leap, bound
**skutta** *itr* leap, bound
**skvala** *itr* pour; forsa gush, rush
**skvaller** *s* gossip; förtal slander
**skvalleraktig** *a* gossipy, som förtalar slanderous
**skvallerbytta** *s* gossip, gossipmonger; ~ *bingbång!* telltale tit!
**skvallerkärring** *s* old gossip
**skvallertidning** *s* gossip magazine (paper)
**skvallra** *itr* gossip; sprida ut rykten tell tales
**skvalmusik** *s* non-stop pop [music], piped music
**skvalp** *s* kluckande splash
**skvalpa** *itr* i kärl splash to and fro; ~ *ut (över)* spill, splash (slop) over
**skvatt** *s, inte ett ~* not a thing (bit)
**skvätt** *s* drop; som skvätt ut splash; *en ~ vatten* a few drops of water
**skvätta I** *tr itr* stänka splash **II** *itr* småregna drizzle

**1 sky** *s* **1** moln cloud **2** himmel sky; ***skrika i högan*** ~ cry to the skies
**2 sky** *s* köttsky gravy
**3 sky** *tr* shun; ***inte*** ~ ***någon möda*** spare no pains; ***inte*** ~ ***någonting*** stick at nothing
**skydd** *s* protection, mera konkret shelter [*mot* against]; ***söka*** ~ seek protection, seek (take) shelter; ***i*** ~ ***av mörkret*** under cover of darkness
**skydda** *tr* protect; mera konkret shelter; försvara defend; skyla, ge betäckning cover; trygga safeguard; bevara preserve; ~ ***sig*** protect (mera konkret shelter) oneself
**skyddsanordning** *s* safety device, guard
**skyddshelgon** *s* patron saint
**skyddshjälm** *s* protective helmet
**skyddskonsulent** *s* probation officer
**skyddsling** *s* ward, protégé, om kvinna protégée
**skyddsmakt** *s* protecting power
**skyddsombud** *s* safety supervisor (officer)
**skyddsområde** *s* mil. prohibited (restricted) area
**skyddsrock** *s* overall, läkares etc. white coat
**skyddsrum** *s* air-raid shelter
**skyddstillsyn** *s* probation
**skyfall** *s* cloudburst
**skyffel** *s* skovel shovel; sop~ dust-pan
**skyffla** *tr* skotta shovel
**skygg** *a* shy [*för* of]; blyg timid
**skygghet** *s* shyness; blyghet timidity
**skygglappar** *s pl* blinkers
**skyhög** *a* extremely high; om t. ex. priser sky-high
**skyhögt** *adv* sky-high
**skyla** *tr* hölja cover; dölja hide; ~ ***över*** cover up
**skyldig** *a* **1** som bär skuld guilty [*till* of]; ***göra sig*** ~ ***till*** t. ex. ett brott commit . . .; ***den*** ~***e*** the guilty person, the culprit **2** ***vara (bli)*** ~ ***ngn pengar (en förklaring)*** owe a p. money (an explanation); ***vad är (blir) jag*** ~***?*** what do I owe you? **3** förpliktad bound, obliged
**skyldighet** *s* duty, obligation [*mot* towards]
**skylla** *tr itr*, ~ ***ngt på ngn*** blame a p. for a th.; ~ ***på ngn*** throw (lay) the blame on a p.; ***det får du*** ~ ***dig själv för*** you have yourself to blame for that; ***skyll dig själv!*** det är ditt eget fel it is your own fault!; ~ ***ifrån sig*** throw the blame on someone else
**skylt** butiksskylt etc. sign, sign-board; dörrskylt, namnskylt plate; vägvisare sign-post
**skylta I** *itr*, ~ ***med ngt*** put a th. on show, display a th. **II** *tr* väg sing-post
**skyltdocka** *s* tailor's dummy, mannequin
**skyltfönster** *s* shop-window
**skyltning** *s* konkret display, display of goods, i skyltfönster window-display
**skymf** *s* förolämpning insult
**skymfa** *tr* insult; kränka outrage
**skymma I** *tr* block; dölja conceal, hide; ***du skymmer mig*** you are in my light **II** *itr* get dark; ***det börjar*** ~ it is getting dark
**skymning** *s* twilight, dusk
**skymt** *s* glimpse; spår trace; ***se en*** ~ ***av*** . . . catch a glimpse of . . .
**skymta I** *tr* få en skymt av catch a glimpse of **II** *itr* visa sig, dyka upp appear here and there; ~ ***fram*** peep out, otydligare loom
**skymundan** *s*, ***hålla sig i*** ~ undangömd keep oneself out of the way
**skynda I** *itr* ila, hasta hasten; skynda sig, raska på, se *II* **II** *refl*, ~ ***sig*** hurry, hurry up; hasten; ~ ***dig (dig på)*** hurry up!, come on!; ***jag måste*** ~ ***mig*** har bråttom I am in a hurry □ ~ **fram** o. ~ ***sig fram till platsen*** hurry to the spot; ~ **på** hurry, hurry up; ~ ***på ngn*** hurry a p.
**skyndsam** *a* speedy; brådskande quick
**skynke** *s* täckelse cover, covering
**skyskrapa** *s* skyscraper
**skytt** *s* **1** shot, marksman **2** ***Skytten*** astrol. Sagittarius
**skytte** *s* shooting, med gevär rifle-shooting
**skyttegrav** *s* trench
**skyttel** *s* vävn. shuttle
**skytteltrafik** *s* shuttle service; ***gå i*** ~ shuttle
**skåda** *tr* behold, see
**skådeplats** *s* scene, scene of action
**skådespel** *s* play, drama; bildl. spectacle
**skådespelare** *s* actor
**skådespelerska** *s* actress
**skådespelsförfattare** *s* playwright, dramatist
**skål I** *s* **1** bunke bowl, flatare basin, dish **2** välgångsskål toast; ***dricka ngns*** ~ ***(en*** ~ ***för ngn)*** drink to a p.'s health (to the health of a p.) **II** *itj* your health!, here's to you!, vard. cheers!
**skåla** *itr* glas mot glas clink (touch) glasses; ~ dricka ***med ngn*** drink a p.'s health; ~ ***för ngn*** drink a p.'s health
**skålla** *tr* scald
**skållhet** *a* scalding hot
**Skåne** Skåne, Scania
**skåning** *s* person from (living in) Skåne, Scanian

**skånsk** *a* Scanian
**skåp** *s* cupboard
**skåpbil** *s* van, delivery van
**skåpsupa** *itr* take (have) a drop on the quiet (sly)
**skåra** *s* hugg, rispa cut, repa scratch
**skägg** *s* beard
**skäggig** *a* bearded; orakad unshaved
**skäl** *s* **1** reason [*till* for]; orsak cause, grounds pl.: ***det vore ~ att*** it would be advisable to; ***av det enkla ~et*** for that simple reason **2** rätt, ***göra ~ för sig*** göra nytta do one's share; vara värd sin lön be worth one's salt
**skälig** *a* rimlig reasonable; rättvis fair
**skäligen** *adv* **1** tämligen rather, pretty **2** reasonably
**skäll** *s*, ***få ~*** get a telling-off
**skälla** *itr* **1** om hund bark [*på* at] **2** om person, ***~ på ngn*** call a p. names; ***~ ut*** läxa upp scold, tell ... off
**skällsord** *s* insult, word of abuse
**skälm** *s* spjuver rogue
**skälmaktig** *a* o. **skälmsk** *a* roguish, mischievous
**skälva** *itr* shake, starkare quake
**skälvning** *s* darrning tremor
**skämd** *a* om frukt rotten; om kött tainted
**skämma** *tr* spoil, mar; ***~ bort*** spoil [*med* by], klema bort pamper; ***~ ut*** disgrace, put ... to shame; ***~ ut sig*** disgrace oneself
**skämmas** *itr dep* **1** blygas be (feel) ashamed (ashamed of oneself); ***skäms du inte?, du borde ~!*** aren't you ashamed of yourself?, you ought to be ashamed of yourself!; ***~ för (över)*** ... be ashamed of... **2** become rotten (tainted), bli skämd
**skämt** *s* joke, jest; skämtande joking; ***~ åsido!*** joking apart!; ***han tål inte ~*** he can't take a joke; ***på ~*** for a joke, in jest
**skämta** *itr* joke, jest [*med* with]; ***~ med ngn*** driva med pull a p.'s leg, göra narr av make fun of a p.
**skämtare** *s* joker, jester, wag
**skämtartikel** *s* party novelty, novelty
**skämthistoria** *s* funny story, joke
**skämtsam** *a* joking, jesting
**skämtserie** *s* comic strip, comic
**skämttecknare** *s* cartoonist
**skämtteckning** *s* cartoon
**skämttidning** *s* comic, comic paper
**skända** *tr* desecrate; våldtaga violate
**1 skänk** *s* matsalsmöbel sideboard
**2 skänk** *s* gåva gift; få ngt ***till ~s*** som gåva ... as a gift, gratis ... for nothing
**skänka** *tr* give; förära present [*ngn ngt* a p. with a th.]; ***~ bort*** give away
**1 skär** *s* liten klippö rocky islet, skerry
**2 skär** *a* ljusröd pink; för sammansättningar jfr äv. *blå-*
**skära I** *s* redskap sickle **II** *tr itr* cut; kött carve; ***~ tänder*** grind (gnash) one's teeth **III** *refl*, ***~ sig*** såra sig cut oneself; ***~ sig i fingret*** cut one's finger
**skärande** *a* om ljud piercing, shrill
**skärbräde** *s* cutting-board
**skärböna** *s* French (string) bean
**skärgård** *s* archipelago (pl. -s), islands and skerries pl.: ***Stockholms ~*** the Stockholm archipelago
**skärm** *s* screen; t.ex. lampskärm shade; brätte peak
**skärma** *tr*, ***~ av*** t.ex. ljus screen
**skärmbild** *s* X-ray picture
**skärmbildsundersökning** *s* X-ray examination
**skärmmössa** *s* peaked cap
**skärp** *s* belt; långt knytskärp sash
**skärpa I** *s* sharpness; tydlighet (hos bild) definition; om t.ex. kritik severity; klarhet clarity **II** *tr* sharpen; stegra, öka intensify, increase, t.ex. motsättningar accentuate; t.ex. straff make ... severer; ***det skärpta läget*** the tense situation **III** *refl*, ***~ sig*** rycka upp sig pull oneself together, wake up
**skärpt** *a* intelligent bright, sharp
**skärrad** *a* jittery, nervy
**skärskåda** *tr* undersöka examine, view; syna scrutinize, scan
**skärtorsdag** *s* Maundy Thursday
**skärva** *s* broken piece; splitter splinter
**sköld** *s* shield
**sköldpadda** *s* land~ tortoise; havs~ turtle
**skölja** *tr* rinse; ***~ sig i munnen*** rinse one's mouth; ***~ av*** t.ex. händer wash; t.ex. tallrik rinse; ***~ upp*** tvätta upp give ... a quick wash; ***~ ur*** rinse
**sköljning** *s* rinsing; ***en ~*** a rinse
**skön** *a* **1** vacker beautiful **2** angenäm nice; härlig lovely; bekväm comfortable; ***~t!*** bra fine!; ***det är ~t att han*** ... it is a good thing he ... **3** iron. nice, fine, pretty; ***en ~ röra*** a fine (pretty) mess
**skönhet** *s* beauty äv. om person
**skönhetsdrottning** *s* beauty queen
**skönhetsfel** o. **skönhetsfläck** *s* flaw, blemish
**skönhetsmedel** *s* cosmetic, beauty preparation
**skönhetssalong** *s* beauty parlour
**skönhetssinne** *s* sense of beauty
**skönhetstävling** *s* beauty competition
**skönhetsvård** *s* beauty care (behandling treatment)

**skönja** *tr* urskilja discern; börja se begin to see
**skönjbar** *a* discernible, synbar visible
**skönlitteratur** *s* imaginative (pure) literature; på prosa fiction
**skör** *a* brittle; ömtålig fragile
**skörd** *s* harvest, crop
**skörda** *tr* reap; säd harvest, frukt gather
**skörta** *tr,* ~ *upp* fästa upp tuck up; bedraga overcharge; *bli uppskörtad* vard. have to pay through the nose
**sköta I** *tr* **1** vårda nurse; behandla treat, om läkare attend; vara aktsam om be careful with, look after ... well **2** förestå, leda manage, run; hantera handle, maskin etc. work, operate; ha hand om (t. ex. ngns affärer) look after; kunna ~ *ett arbete* ... carry on a job; ~ *sitt arbete* go about (attend to) one's work; *sköt du ditt (dina affärer)!* mind your own business! **3** ~ el. ~ *om* ombesörja attend (see) to; ta hand om take care of; behandla deal with; göra do; ha hand om be in charge of **II** *refl,* ~ *sig* **1** sköta om sig look after (take care of) oneself **2** uppföra sig conduct oneself; *hur sköter* klarar *han sig?* how is he doing (getting on)?
**skötbord** *s* nursing table
**sköte** *s* knä lap
**skötebarn** *s* pet, huvudintresse chief concern
**sköterska** *s* nurse
**skötsam** *a* stadgad steady; plikttrogen conscientious
**skötsel** *s* vård care, av sjuka nursing; ledning management, handling, t. ex. av hushåll running
**skötselanvisning** *s,* ~*ar* på plagg etc. care instructions, för t. ex. apparat maintenance sg., operating instructions
**skövla** *tr* devastate; förhärja ravage
**sladd** *s* **1** elektr. flex, amer. cord **2** slirning skid; *jag fick* ~ *på bilen* my car skidded
**sladda** *itr* slira skid
**sladdbarn** *s* skämts. afterthought
**sladder** *s* **1** prat chatter **2** skvaller gossip
**slafsig** *a* slarvig sloppy; om mat mushy
**1 slag** *s* sort kind, sort; typ type; vi har *ett* ~*s nya (röda) blommor* ... a new (red) kind of flower; boken *är i sitt* ~ *utmärkt* ... is excellent in its way
**2 slag** *s* **1** stöt, hugg blow; i spel stroke, med knytnäven punch; *göra* ~ *i saken* settle the matter **2** rytmisk rörelse beat, tekn. stroke **3** klockslag stroke **4** *ett* ~ en kort stund for a moment (a little while); *vänta ett* ~*!* wait a moment (bit)! **5** mil. battle; ~*et vid* Lund the battle of ... **6** med. apoplexy; *få* ~ vanl. have a stroke, vard. have a fit **7** på kavaj etc. lapel; på byxor turn-up, amer. cuff
**slaganfall** *s* apoplectic stroke, fit of apoplexy
**slagen** *a* besegrad defeated, beaten
**slagfält** *s* battlefield
**slagfärdig** *a* kvick quick-witted
**slagkraft** *s* effektivitet effectiveness; vapens striking power
**slagkraftig** *a* effective
**slagord** *s* slogan, catchword
**slagsida** *s* sjö. list; *få* ~ heel over
**slagskepp** *s* battleship
**slagskämpe** *s* fighter
**slagsmål** *s* fight; bråk row; *råka i* ~ *med*... get into a fight with ...
**slagträ** *s* i bollspel bat
**slagverk** *s* mus., ~*et* i orkester the percussion
**slak** *a* slack; matt feeble, weak
**slakt** *s* slaktande slaughter
**slakta** *tr* kill, butcher, i större skala äv. slaughter samtliga äv. bildl.; ~ *ned* kill, slaughter
**slaktare** *s* butcher
**slakteri** *s* **1** slaughter-house **2** slakteriaffär butcher's
**slakthus** *s* slaughter-house
**slalom** *s* slalom; *åka* ~ slalom
**slalombacke** *s* slalom slope
**slalomåkare** *s* slalom skier, slalomer
**slalomåkning** *s* slalom-skiing, slaloming
**1 slam** *s* kortsp. slam
**2 slam** *s* gyttja mud, kloakslam sludge
**slammer** *s* clatter, rattle [*av, med* of]
**slampa** *s* slut
**slamra** *itr* clatter, rattle; ~ *med ngt* clatter (rattle) a th.
**1 slang** *s* språkv. slang
**2 slang** *s* tube äv. cykelslang; t. ex. vattenslang hose
**slangbåge** *s* catapult
**slanglös** *a,* ~*t däck* tubeless tyre
**slank** *a* slender
**slant** *s* mynt coin, kopparmynt copper; ~*ar* pengar money sg.; förtjäna *en* ~ ... some (a bit of) money
**slapp** *a* slak slack, limp; nonchalant easy-going
**slapphet** *s* slackness, limpness; nonchalans easy-goingness
**slappna** *itr* slacken; ~ *av* relax
**slarv** *s* carelessness, försumlighet negligence
**slarva I** *s* careless woman (girl) **II** *itr* be careless; ~ *bort* förlägga lose, slösa bort fritter away

**slarver** *s* careless fellow; odåga good-for--nothing
**slarvfel** *s* careless mistake
**slarvig** *a* careless, negligent
**1 slask** *s* **1** slush; slaskväder slushy weather **2** slaskvatten slops pl.
**2 slask** *s* vask sink
**slaska I** *tr*, ~ ***ned*** splash **II** *itr* **1** blaska dabble (splash) about **2** ***det ~r*** it's slushy weather, the weather is slushy
**slaskhink** *s* slop-pail
**slaskig** *a* om väder o. väglag slushy
**slaskvatten** *s* slops pl.
**slaskväder** *s* slushy weather
**1 slav** *s* folk Slav
**2 slav** *s* slave [*under ngt* to a th.]
**slava** *itr* slave, friare drudge
**slavdrivare** *s* slave-driver
**slaveri** *s* slavery
**slavhandel** *s* slave-trade
**1 slavisk** *a* Slavonic
**2 slavisk** *a* osjälvständig slavish
**slejf** *s* på sko strap; ärmslejf tab; ryggslejf half--belt
**slem** *s* anat. mucus; i t. ex. luftrören phlegm
**slemhinna** *s* mucous membrane
**slemlösande** *a* expectorant
**slemmig** *a* slimy; slemhaltig mucous
**slentrian** *s* routine
**slev** *s* soppslev etc. ladle
**sleva** *tr*, ~ ***i sig*** ngt shovel down . . ., put away . . .
**slicka** *tr itr*, ~ el. ~ ***på*** lick; ~ ***sig om munnen*** lick one's lips; ~ ***av (ur)*** ren lick . . . clean; ~ ***i sig*** om katt lap up
**slickepinne** *s* lolly, lollipop
**slida** *s* sheath; anat. vagina
**slinga** *s* t. ex. rör~ coil; av rök etc. wisp; ögla loop; hår~ lock
**slingra I** *tr itr* wind **II** *refl*, ~ ***sig*** om t. ex. väg, flod wind; om växt trail; om t. ex. rök wreathe; bildl. try to get round things; ~ ***sig ifrån*** bildl. dodge, shirk; ~ ***sig undan*** get (dodge) out of it (things)
**slingrande** o. **slingrig** *a* om t. ex. väg, flod winding
**slinka** *itr* kila slip, smyga slink, steal
**slint** *s*, ***slå*** ~ misslyckas fail, backfire
**slipa** *tr* grind, polish; glas o. ädelstenar cut
**slipad** *a* knivig, slug smart, shrewd
**slipover** *s* slipover
**slippa** *tr itr* **1** ~ el. ~ ***ifrån (undan)***: befrias från be excused from, undgå escape; bli kvitt get rid of, inte behöva not have to, not need to; ***för att*** ~ besväret to save (avoid) . . .; ***kan jag inte få (låt mig) ~ göra det!*** I'd rather not do it; do I have to do it?; ***låt mig ~ höra*** eländet I don't want to have to listen to . . .; ***slipp*** låt bli ***då!*** don't then! **2** släppas, ~ ***över*** bron be allowed to pass . . . □ ~ **fram** få passera be allowed to pass; ~ **igenom** get (släppas be let) through; ~ **lös** get (break) loose; ~ **undan** undkomma escape; ~ **ut** get (släppas be let) out [*ur* of]; bli frigiven be released
**slips** *s* tie
**slipsten** *s* grindstone
**slira** *itr* skid; om hjul spin; om koppling etc. slip
**slirig** *a* slippery
**sliskig** *a* sickly-sweet, sweet and sickly; lismande oily
**slit** *s* arbete toil, drudgery
**slita I** *tr itr* **1** nöta, ~ el. ~ ***på*** t. ex. kläder wear out **2** riva tear; rycka pull **3** knoga work hard, drudge [*med* ngt at . . . ]; ~ ***ont*** have a rough time of it **II** *refl*, ~ ***sig*** om t. ex. djur break (get) loose; ~ ***sig från*** . . . om pers. tear oneself away from . . . □ ~ **av** sönder break, bort tear off; ~ **loss (lös)** tear off (loose); ~ ***sig lös*** tear oneself away; ~ **sönder** riva i bitar tear . . . up (to pieces); ~ **ut** nöta ut wear out
**slitage** *s* wear and tear
**sliten** *a* worn, luggsliten shabby
**slit-och-slängsamhälle** *s*, ~***t*** ung. the consumer society
**slits** *s* skåra, sprund slit
**slitsad** *a*, ***en ~ kjol*** a slit skirt
**slitsam** *a* toilsome, laborious
**slitstark** *a* hard-wearing; hållbar durable
**slockna** *itr* go out
**slogan** *s* slogan
**sloka** *itr* droop, flag
**slokhatt** *s* slouch-hat
**slopa** *tr* avskaffa abolish; ge upp give up; utelämna leave out; sluta med discontinue
**slott** *s* palace; borg castle
**sluddra** *itr* slur one's words; om berusad talk thickly
**sluddrig** *a* slurred; om berusad thick
**slug** *a* shrewd; listig sly, cunning; klipsk clever
**sluka** *tr* swallow, hungrigt devour äv. bildl.
**slum** *s* slumkvarter slum; ~***men*** the slums pl.
**slummer** *s* slumber; lur doze, nap
**slump** *s* **1** tillfällighet chance; ~***en gjorde att*** vi träffades it so happened that . . .; ***av en ren ~*** by mere chance (accident); ***på en ~*** at random, at haphazard **2** rest remnant
**slumpa I** *tr*, ~ ***bort*** sell off . . . **II** *refl*, ***det ~de sig så att*** . . . it so happened (chanced) that . . .
**slumpmässig** *a* random

**slumra** *itr* slumber; halvsova doze; ~ *till* doze off
**slumrande** *a* slumbering
**slunga I** *s* sling **II** *tr* sling, häftigt fling, hurl
**slurk** *s* skvätt drop; *en* ~ *kaffe* a few drops of coffee
**sluskig** *a* shabby
**sluss** *s* passage lock; dammlucka sluice
**slut I** *s* end, ending; *~et gott, allting gott* all's well that ends well; *få (göra)* ~ *på* stoppa put an end to; *göra* ~ *på* konsumera finish; *göra* ~ *med ngn* break off with a p.; *ta* ~ upphöra end, tryta give out; smöret *börjar ta* ~ ... is running short; arbetet *tar aldrig* ~ ... will never end; smöret *har tagit* ~ *för oss* we have no ... left; *den andre (femte) från ~et* the last but one (four); *i (vid) ~et av (på)* at the end of; *på ~et* at (in) the end; *till* ~ till sist finally, in the end, äntligen at last, avslutningsvis lastly **II** *a* over, avslutad at the end, finished; förbrukad used up, all gone; slutsåld sold out; utmattad done up; utsliten done for; *det är* ~ *med friden* there will be no more peace; *det är* ~ *mellan oss* it is all over between us
**sluta I** *tr itr* **1** avslutas end, finish; göra färdig finish, finish off; upphöra med stop, cease; lämna leave; ~ *skolan* leave school; boken *~r sorgligt* ... has a sad ending; *vi ~r* kl. 3 we finish (stop) ...; *det har ~t regna* it has stopped (left off) raining; ~ *röka* give up smoking; *han har ~t hos oss (på firman)* he has left us (the firm); ~ upphöra *med ngt (med att göra ngt)* stop a th. (stop doing a th.); *det ~de med att* han ... the end of it was that ...; *~!* stop it! **2** ~ *till* close, shut **3** uppgöra conclude; ~ *fred* make peace **II** *refl*, ~ *sig* **1** stänga sig: om t. ex. dörr shut, om t. ex. blomma close **2** ansluta sig, ~ *sig till* ngn attach oneself to ..., join ... **3** dra slutsats, ~ *sig till* conclude [*av* from]
**slutare** *s* foto. shutter
**sluten** *a* stängd closed; förseglad sealed; privat private
**slutföra** *tr* fullfölja complete, finish
**slutgiltig** *a* final, definitive
**slutkapitel** *s* last (final) chapter
**slutkörd** *a, vara* ~ be done up, be whacked
**slutlig** *a* final; ytterst ultimate, slutgiltig definite; ~ *skatt* final tax
**slutligen** *adv* finally, in the end, ultimately
**slutlikvid** *s* slutbetalning final settlement, payment of balance
**slutomdöme** *s* final verdict
**slutresultat** *s* final result (outcome)
**slutsats** *s* conclusion; *dra en* ~ *av* ngt draw a conclusion from ...; *dra förhastade ~er* jump to conclusions
**slutscen** *s* final (closing) scene
**slutsignal** *s* sport. final whistle
**slutskattesedel** *s* final income tax demand note
**slutskede** *s* final stage (fas phase)
**slutspel** *s* sport. final tournament, i schack end-game
**slutstation** *s* terminus, amer. terminal
**slutsumma** *s* sum total, total amount
**slutsåld** *a, vara* ~ be sold out, be out of stock
**slutta** *itr* slope, slant
**sluttande** *a* sloping
**sluttning** *s* slope
**slyngel** *s* young rascal, rackarunge scamp
**slå I** *tr itr* tilldela slag, besegra beat; träffa med (ge) ett slag strike, hit, smite; stöta, smälla knock, bang; tele., ett nummer dial; *klockan ~r två* the clock is striking two; *det slog mig* frapperade mig it struck me; ~ ngt *i golvet* knock ... on to the floor; ~ en boll *i nät* hit (sparka kick) ... into the net; ~ *en spik i* ngt drive (hammer, knock) a nail into ...; ~ *i dörrarna* slam (bang) the doors; ~ *i lexikon* consult a dictionary **II** *itr* **1** vara i rörelse: om t. ex. hjärta beat; om dörr be banging; *regnet ~r mot* fönstret the rain is beating against ... **2** bli uppskattad be a hit **III** *refl*, ~ *sig* skada sig hurt oneself; ~ *sig i huvudet (på knät)* hurt el. bump one's head (knee); ~ *sig för sitt bröst* stoltsera thump one's chest □ ~ **an** ton, tangent strike; vara tilltalande catch on [*på* with]; ~ **av** a) hugga osv ... av knock off, bryta itu break ... in two b) koppla av switch off c) pruta, ~ *av på* t. ex. pris, krav reduce; ~ **fast** hammer ... on [*på* ngt to ... ]; ~ **i** t. ex. spik drive ... in; ~ *i vin i* ett glas pour out wine into ...; ~ **ifrån** koppla från switch off; ~ **igen** a) stänga t. ex. bok, dörr close (shut) ... with a bang b) ge igen hit (strike) back; ~ **ihjäl** kill; ~ **ihop** t. ex. bok, paraply close; slå samman put ... together; blanda ihop mix ... together; förena join, combine; ~ *sig ihop* inbördes join together; ~ **in a)** hamra in drive (knock) in **b)** slå sönder: t. ex. fönster smash, t. ex. dörr batter ... down **c)** ~ lägga *in ngt* wrap up a th. [*i papper, i ett paket* in paper, into a parcel]; ~ **ned a)** slå omkull (till marken) knock ... down; kuva, t. ex. uppror crush, smash **b)** komma nedfallande fall, drop; om fågel alight; ~ *ned i* om blixten strike; ~ *sig ned* sätta sig sit (settle) down, bosätta sig settle, settle down; ~ *dig ned!* take a seat!; ~

**om a)** förändras change äv. om väder **b)** ~ *om* ett papper *om ngt* put (wrap) . . . round a th.; ~ **omkull** knock . . . down (over); ~ **på** koppla på t. ex. motor switch on; ~ **runt** om t. ex. bil overturn; ~ **sönder** break . . . to pieces, smash; ~ **till** a) ge . . . ett slag strike, hit b) koppla på t. ex. motor switch on c) acceptera take the chance d) bestämma sig settle (clinch) the deal; ~ **tillbaka** t. ex. anfall beat off, repel; ~ **upp a)** sätta upp put up **b)** fälla upp, t. ex. paraply, sufflett put up, krage turn up **c)** öppna open, t. ex. dörr throw . . . open; ~ *upp sidan 10 i boken* open the book at page 10, se på turn to page 10 in the book; ~ *upp ett ord i* ett lexikon look up a word in . . .; ~ **ut a)** t. ex. fönster smash **b)** i boxning knock out **c)** om blomma come out; öppna sig open; om träd burst into leaf; ~ *väl ut* turn out well

**slående** *a* påfallande, träffande striking

**slån** o. **slånbär** *s* sloe

**slåss** *itr dep* fight [*om ngt* over (for) a th.]

**släcka** *tr* put out; t. ex. törst slake, quench; *ljuset är släckt* the light is out

**släde** *s* sleigh, mindre t. ex. hund~ sledge; *åka* ~ sleigh, go sleighing

**slägga** *s* **1** sledgehammer **2** sport., redskap hammer; *kasta* ~ throw the hammer, släggkastning throwing the hammer

**släkt I** *s* **1** ätt family; *det ligger i ~en* it runs in the family **2** släktingar relations pl., relatives pl. **II** *a* related [*med* to]

**släkte** *s* generation generation; ras race

**släkting** *s* relation, relative

**släktkär** *a*, *vara* ~ have a strong family feeling

**släktled** *s* generation generation

**släktmöte** *s* family gathering

**släktnamn** *s* family name, surname

**släktskap** *s* relationship, kinship; bildl. äv. affinity

**släkttavla** *s* genealogical table, pedigree

**slända** *s* troll~ dragon-fly; dag~ mayfly

**släng** *s* **1** sväng swerve; knyck jerk [*med huvudet* of one's head] **2** lindrigt anfall touch

**slänga** *tr* vard. chuck, sling; vårdslöst toss; häftigt fling; kasta bort throw (chuck) away, swing

**slängkappa** *s* cloak

**slängkyss** *s*, *kasta en ~ åt ngn* blow a p. a kiss

**slänt** *s* sluttning slope, backsluttning hillside

**släp** *s* **1** på klänning train **2** släpvagn trailer

**släpa I** *tr* dra drag, med möda haul, längs marken trail; ~ *fötterna efter sig* drag one's feet **II** *itr*, ~ *på* bära på lug . . . along, dra på drag . . . along; *gå med ~nde steg* shuffle along; ~ *efter* lag behind; ~ *fram ngt ur* källaren drag a th. out of . . .; ~ *med sig* ngt drag . . . about with one

**släpig** *a* om t. ex. gång shuffling; om t. ex. röst drawling

**släppa I** *tr* ngt leave hold of, let go of; ngn let . . . go, ~ lös let . . . loose, frige set . . . free, release; *släpp mig!* let me go!; *släpp min hand!* let go of my hand!; ~ *hundarna på* . . . set the dogs on . . . **II** *itr* om t. ex. färg come off; om t. ex. värk pass off **III** *refl*, ~ *sig* fjärta let off □ ~ **efter** vara eftergiven give in; ~ **fram (förbi)** let . . . pass; ~ **ifrån sig** let . . . go, avhända sig part with, avstå från give up; ~ **igenom** let . . . through; ~ **in ngn i** . . . let (admit) a p. into . . .; ~ *in* luft let in . . .; ~ **lös** t. ex. fånge set . . . free, release; djur turn . . . loose, koppla lös unleash; ~ **på** vatten, ström turn on; ~ **upp** t. ex. ballong send up, koppling i bil let in; ~ **ut** let . . . out [*ur* of]; olja, föroreningar discharge; fånge äv. release; djur turn . . . out; sömn. let out

**släpphänt** *a* easy-going, indulgent [*med, mot* towards]

**släpvagn** *s* trailer, för spårväg trailer coach

**slät** *a* jämn om t. ex. hy, hår, yta smooth; plan level, plane, om yta äv. even, om mark äv. flat; enkel, om t. ex. ring plain

**släta** *tr*, ~ *till* smooth down, plana flatten; ~ *ut* smooth out; ~ *över* t. ex. problem smooth over . . .

**släthårig** *a* om hund smooth-haired

**slätstruken** *a* bildl. mediocre, indifferent

**1 slätt I** *s* plain; slättland flat land **II** *adv* jämnt, *ligga* ~ be smooth

**2 slätt** *adv* dåligt, *stå sig* ~ *i* konkurrensen come off badly in . . .

**slätvar** *s* fisk brill

**slö** *a* blunt, dull; trög slow, sluggish; håglös listless, apathetic

**slöa** *itr* idle, laze

**slödder** *s* mob, riff-raff, rabble

**slöfock** *s* lazy-bones

**slöja** *s* veil äv. bildl.

**slöjd** *s* handicraft, träslöjd woodwork

**slösa I** *tr* waste, vara frikostig med, t. ex. beröm lavish [*på* i bägge fallen on]; ~ *bort* waste **II** *itr* be wasteful; ~ *med* slösa bort waste, vara frikostig med be lavish with (t. ex. beröm of), t. ex. pengar spend . . . lavishly

**slösaktig** *a* wasteful; frikostig lavish

**slöseri** *s* wastefulness, extravagance

**smacka** *itr* när man äter eat noisily; ~ *med läpparna* smack one's lips; ~ *med tungan* click one's tongue

**smak** *s* taste; viss utmärkande flavour, bismak savour äv. bildl.; *~en är olika* tastes differ; *få ~ för* acquire a taste for; *det ger ~ åt (sätter ~ på)* soppan it gives a flavour to...; *falla ngn i ~en* strike (take) a p.'s fancy
**smaka** *tr itr*, ~ el. *~på* taste; *~ bra (sött, citron)* taste nice (sweet, of lemon); *det ~r ingenting (konstigt)* it has no (a queer) taste; *det ~r* pedanteri it smacks of...; *det ska ~ gott med* lite kaffe ... will be very welcome
**smakfull** *a* tasteful; elegant stylish
**smaklig** *a* välsmakande savoury, delicate, aptitlig appetizing; *~ måltid!* enjoy your meal!
**smaklös** *a* tasteless
**smakprov** *s* taste, bildl. sample
**smaksak** *s* matter of taste
**smaksinne** *s* sense of taste
**smaksätta** *tr* flavour
**smakämne** *s* flavouring
**smal** *a* narrow; ej tjock thin; slank slender; *det är en ~ sak för honom* it's quite easy for him; *hålla sig ~* keep slim; *vara ~ om höfterna* have narrow hips
**smalfilm** *s* sub-standard film, cinefilm
**smalfilmskamera** *s* cine-camera
**smalna** *itr* become el. get narrow (tunnare, magrare thinner)
**smaragd** *s* emerald
**smart** *a* smart; slug sly
**smash** *s* sport. smash
**smasha** *tr itr* sport. smash
**smaskens** o. **smaskig** *a* vard. scrumptious, delicious
**smatter** *s* skrivmaskins clatter; trumpets blare
**smattra** *itr* om skrivmaskin etc. clatter; om trumpet blare
**smed** *s* smith; grovsmed blacksmith
**smedja** *s* smithy, forge
**smeka** *tr* caress, kela med fondle
**smekmånad** *s* honeymoon
**smeknamn** *s* pet name
**smekning** *s* caress, endearment
**smet** *s* blandning, äv. kaksmet mixture; pannkakssmet etc. batter; grötlik massa sticky mass
**smeta** *tr itr* daub, något kladdigt smear; *~ ned sig* get oneself into a mess (all mucky)
**smetig** *a* smeary, sticky
**smicker** *s* flattery
**smickra** *tr* flatter
**smickrande** *a* flattering [*för* to]
**smida** *tr* forge; hamra ut hammer out; bildl. (t.ex. planer) devise; *~ medan järnet är varmt* strike while the iron is hot
**smide** *s* **1** smidning forging, smithery **2** föremål wrought-iron goods
**smidig** *a* böjlig, spänstig flexible; vig, rörlig lithe; mjuk (om t.ex. ngns sätt) smooth and easy
**smidighet** *s* böjlighet, spänstighet flexibility; vighet litheness; mjukhet smoothness
**smil** *s* smile
**smila** *itr* smile
**smilfink** *s* vard. smarmy type
**smilgrop** *s* dimple
**smink** *s* make-up; sminkmedel paint, rött rouge; teat. grease-paint
**sminka** *tr* make ... up äv. teat.; *~ sig* make up
**sminkning** *s* konkret make-up
**smisk** *s*, *få ~* get a smacking (på stjärten spanking)
**smiska** *tr* smack, på stjärten spank
**smita** *itr* **1** ge sig i väg run away [*från* ngn from ...]; försvinna make off; föraren *smet från olycksplatsen* ... left the scene of the accident; *~ från* t.ex. tillställning slip away from, t.ex. betalning, skatter evade, dodge **2** om kläder, *~ åt* fit tight
**smitning** *s* trafik. case of hit-and-run
**smitta I** *s* infection, genom beröring contagion **II** *tr itr* infect; *han ~de mig* I caught it from him, he gave it to me; *bli ~d av ngn* catch an infection from a p.; sjukdomen *~r* ... is infectious (vid beröring contagious)
**smittbärare** *s* disease carrier, carrier
**smittkoppor** *s pl* smallpox sg.
**smittsam** *a* infectious, genom beröring contagious, catching
**smittämne** *s* contagion, virus virus
**smocka I** *s* wallop, sock, biff **II** *tr*, *~ till ngn* sock (biff) a p.
**smoking** *s* dinner-jacket, amer. tuxedo
**smolk** *s* bildl. *~ i glädjebägaren* a fly in the ointment
**smuggel** *s* smugglande smuggling
**smuggelgods** *s* smuggled goods pl., contraband
**smuggla** *tr itr* smuggle
**smugglare** *s* smuggler
**smuggling** *s* smugglande smuggling
**smula I** *s* **1** speciellt bröd~ crumb; allmännare bit, scrap **2** litet, *en ~* a little, a bit, en aning a trifle **II** *tr*, *~ sönder* crumble
**smultron** *s* wild strawberry
**smussel** *s* hanky-panky, monkey business
**smussla** *itr* practise underhand tricks; fiffla cheat
**smuts** *s* dirt, filth

**smutsa** *tr,* ~ ***ned*** make . . . dirty; ~ ***ned sig*** get dirty
**smutsig** *a* dirty, filthy; nedsmutsad, om t. ex. kläder soiled, om t. ex. disk unwashed; ***bli*** ~ get dirty
**smutskasta** *tr* throw (fling) mud at; ~ ***ngns person*** drag a p.'s name through the mud
**smutskläder** *s pl* dirty linen sg.
**smutta** *itr* sip; ~ ***på*** dryck sip el. sip at . . .
**smycka** *tr* adorn; pryda ornament; dekorera decorate
**smycke** *s* piece of jewellery; ~***n*** jewellery sg.
**smyckeskrin** *s* jewel case (box)
**smyg** *s,* ***i*** ~ olovandes on the sly (quiet)
**smyga** *itr* o. *refl,* ~ ***sig*** steal, smita slip, gå tyst creep; ~ ***på tå*** tiptoe; ***ett fel har smugit sig in*** an error has slipped in
**smygande** *a* om t. ex. gång stealthy, sneaking; bildl., om t. ex. sjukdom, gift insidious
**små** se *liten*
**småaktig** *a* futtig mean; petnoga niggling; om t. ex. kritik carping
**småaktighet** *s* meanness; petighet niggling; i t. ex. kritik carping
**småbarn** *s* small (little) child, spädbarn baby, infant
**småbarnsföräldrar** *s pl* the parents of small children
**småbil** *s* small car; mycket liten mini-car
**småbildskamera** *s* minicamera
**småbitar** *s pl* small pieces (bits)
**småborgare** *s* member of the lower middle-class
**småborgerlig** *a* lower middle-class; bourgeois
**småbruk** *s* konkret smallholding
**småbrukare** *s* smallholder
**småbröd** *s* koll. fancy biscuits pl., amer. cookies pl.
**småfolk** *s* koll., enkelt folk humble folk, ordinary people pl.
**småfranska** *s* roll, French roll
**småföretag** *s* small-scale business (firm)
**småföretagare** *s* small entrepreneur
**småhus** *s* small [self-contained] house
**småkaka** *s* fancy biscuit, amer. cookie
**småle** *itr* smile [*mot, åt* at]
**småleende** *s* faint smile
**småningom** *adv,* ***så*** ~ gradually, little by little
**småpaket** *s* post. small packet
**småpengar** *s pl* small coins; växel~ small change sg.
**småprat** *s* chat, kallprat small talk
**småprata** *itr* chat
**smårätter** *s pl* ung. fancy dishes
**småsak** *s* liten sak little (small) thing; bagatell trifle
**småsparare** *s* small saver (depositor)
**småstad** *s* small town; landsortsstad provincial town
**småstadsaktig** *a* provincial
**småstadsbo** *s* provincial
**småstuga** *s* cottage
**småsyskon** *s pl* younger (small) sister (el. sisters) and brother (el. brothers), younger sisters (brothers)
**småtimmarna** *s pl,* ***på (fram på)*** ~ in the small hours
**smått I** *a* small etc., jfr *liten I* **II** *subst a,* ***allt möjligt*** ~ ***och gott*** all sorts of nice little things; ***i*** ~ i liten skala on a small scale **III** *adv* en smula a little, slightly, somewhat
**småttingar** o. **småungar** *s pl* small children, kids
**småvägar** *s pl* bypaths
**smäcker** *a* slender
**smäda** *tr* abuse
**smädelse** *s,* ~ el. ~***r*** abuse sg.
**smädlig** *a* abusive; om skrift libellous
**smäll** *s* **1** knall bang; av piska crack; av kork pop; vid kollision smash; vid explosion detonation **2** slag med handen smack, slap, med piska lash; stöt blow **3** smisk smacking, spanking
**smälla I** *tr* **1** slå, dänga bang, knock **2** smiska smack, spank **II** *itr* om dörr etc. bang, slam; om piska, gevär crack; om kork pop; om skott go off; ~ ***i*** dörrarna bang (slam) . . .
**smällare** *s* fyrverkeri cracker, banger
**smällkaramell** *s* cracker
**smälta** *tr itr* **1** melt, metaller fuse [*till* i båda fallen into] **2** mat digest, komma över get over □ ~ **bort** melt away; ~ **ihop** melt (fuse) . . . together
**smältpunkt** *s* melting-point
**smärgel** *s* emery
**smärre** *a* smaller, less; ***några*** ~ ***fel*** a few minor errors
**smärt** *a* slender, slim
**smärta** *s* pain; lidande suffering; sorg grief; ***ha svåra smärtor*** be in great pain
**smärtfri** *a* painless
**smärtgräns** *s* pain-threshold äv. bildl.
**smärtsam** *a* painful
**smärtstillande** *a* pain-relieving; analgesic; ~ ***medel*** analgesic
**smör** *s* butter; ***bre*** ~ ***på*** . . . spread butter on . . .; ***gå åt som*** ~ ***(som*** ~ ***i solsken)*** go like hot cakes
**smörblomma** *s* buttercup
**smördeg** *s* puff pastry

**smörgås** *s* **1** *en ~* utan pålägg a slice (piece) of bread and butter, med pålägg an open sandwich **2** *kasta ~* lek play ducks and drakes, skip stones across the water
**smörgåsbord** *s* smorgasbord, large mixed hors d'œuvre
**smörgåsmat** *s* skinka, ost etc. ham, cheese etc.
**smörj** *s* beating (thrashing); *få ~* get a beating (thrashing)
**smörja I** *s* skräp rubbish; muck äv. 'smuts' **II** *tr* med fett (olja) grease (oil); rund~ lubricate
**smörjmedel** *s* lubricant
**smörjning** *s* lubrication, greasing
**smörjolja** *s* lubricating oil
**smörklick** *s* pat of butter
**smörkniv** *s* butter knife
**smörkräm** *s* buttercream
**smörpapper** *s* grease-proof paper
**snabb** *a* rapid, quick, swift, om t. ex. tåg, löpare fast, om t. ex. affär, hjälp prompt; *i ~ takt* at a rapid (quick) pace
**snabba I** *tr, ~ på (upp)* speed up **II** *itr* o. *refl, ~ sig (~ på)* hurry up, look lively (snappy)
**snabbfrysa** *tr* quick-freeze
**snabbgående** *a* fast
**snabbkaffe** *s* instant coffee
**snabbkurs** *s* crash (rapid) course
**snabbköp** o. **snabbköpsaffär** *s* self--service shop (amer. store), större supermarket
**snabbmat** *s* fast (convenience) food
**snabbtelefon** *s* inter-com telephone
**snabbtänkt** *a* quick-witted, ready-witted
**snabel** *s* elefants trunk
**snack** *s* o. **snacka** *tr* vard. se *prat, prata*
**snaggad** *a, vara ~* have one's hair cut short, have a crew cut
**snappa** *tr itr* snatch [*efter* at]; *~ till (åt) sig* snatch; *~ upp* en nyhet etc. snatch (pick) up, ett ord etc. catch
**snaps** *s* glas brännvin snaps (pl. lika), dram
**snar** *a* snabb speedy, omedelbar prompt, nära förestående near, immediate
**snara** *s* snare, fälla trap
**snarare** *adv* **1** om tid sooner **2** hellre rather; *det var ~ tjugo* än tio it was nearer twenty . . .
**snarast** *a adv, med det ~e, ~ möjligt* as soon as possible, at the earliest possible date
**snarka** *itr* snore
**snarkning** *s* snarkande snoring; *en ~* a snore, snoring
**snarlik** *a* rather like
**snarstucken** *a* touchy, short-tempered
**snart** *adv* soon; inom kort shortly; *så ~* el. *så ~ som* konj., så fort as soon as, så ofta whenever; *så ~ som möjligt* as soon as possible; så har det varit *i ~ tio år* . . . for nearly ten years
**snask** *s* sötsaker sweets pl., amer. candy
**snaska** *itr tr* **1** äta sötsaker eat sweets; *~ ngt* munch a th. **2** äta snaskigt be messy
**snatta** *tr itr* pilfer, vard. pinch; i butik shoplift
**snattare** *s* shoplifter
**snatteri** *s* pilfering, i butik shoplifting
**snattra** *itr* om anka quack; pladdra chatter, jabber
**snava** *itr* stumble, trip
**sned I** *a* lutande slanting, sluttande sloping, krokig, vind crooked, på snedden diagonal **II** *s, på ~* aslant, askew; med hatten *på ~* . . . on one side
**snedsprång** *s* bildl. escapade, kärlekshistoria affair
**snedstreck** *s* slanting line (stroke)
**snedtak** *s* sloping roof
**snedvriden** *a* twisted, distorted
**snedögd** *a* slant-eyed
**snegla** *itr, ~ på* . . . förstulet glance furtively at . . .
**snett** *adv* slantingly; på sned askew; på snedden diagonally; hatten *sitter ~* . . . is crooked; tavlan *hänger ~* . . . is slanting
**snibb** *s* hörn corner; spets point
**snickarbyxor** *s pl* bib-and-brace overalls
**snickare** *s* speciellt inrednings~ joiner, timmerman carpenter; möbel~ cabinet-maker
**snickeri** *s* **1** abstrakt o. koll. joinery (carpentry) work, cabinet work **2** snickarverkstad joiner's (cabinet-maker's) workshop
**snickra** *itr* do joinery (carpentry) work
**snida** *tr* carve
**snideri** *s* carving
**sniffa** *itr tr* sniff [*på* at]
**snigel** *s* slug; med snäcka snail
**snigelfart** *s, med ~* at a snail's pace
**sniken** *a* greedy [*efter* for]; covetous [*efter* of]
**snille** *s* genius
**snilleblixt** *s* brainwave, flash of genius
**snillrik** *a* brilliant
**snits** *s* style, chic
**snitsa** *tr* vard., *~ till (ihop)* a) t. ex. middag knock up, fix; ett tal put together b) piffa upp smarten up
**snitsig** *a* stylish, chic
**snitt** *s* cut, med. incision; tvärsnitt section
**sno I** *tr* **1** hoptvinna twist, vira twine, wind; snurra twirl, turn **2** vard., stjäla pinch **II** *refl, ~ sig* **1** linda sig twist, twine [*om* round];

trassla ihop sig get twisted **2** vard., skynda sig get cracking
**snobb** *s* snob; kläd~ dandy
**snobba** *itr*, ~ ***med*** t. ex. kunskaper show off, t. ex. fina bekantskaper swank (brag) about
**snobberi** *s* snobbery
**snobbig** *a* snobbish
**snobbism** *s* snobbery
**snodd** *s* cord; för garnering braid, lace
**snofsig** *a* vard. smart, natty
**snok** *s* zool. grass snake
**snoka** *itr* poke, pry, snoop; ~ ***upp (reda på)*** hunt up
**snopen** *a* besviken disappointed; obehagligt överraskad disconcerted
**snopp** *s* **1** på cigarr tip **2** vard., penis thing, willie
**snoppa** *tr* ljus snuff; krusbär etc. top and tail, bönor string; ~ el. ~ ***av*** cigarr cut; ~ ***av ngn*** snub a p.
**snor** *s* vard. snot
**snorig** *a* snotty, snotty-nosed
**snorkel** *s* schnorkel, snorkel
**snorkig** *a* vard. snooty, cocky
**snorunge** o. **snorvalp** *s* snotty-nosed kid; som är uppkäftig saucy (cheeky) brat
**snubbla** *itr* stumble, trip
**snudd** *s*, ***det är ~ på skandal*** it's little short of a scandal
**snudda** *itr*, ~ ***vid*** brush against, skrapa lätt graze
**snurra I** *s* leksak top, vind~ windmill **II** *itr tr* spin, twirl; kring axel turn [*omkring* on]; rotate, revolve; ***allting ~r runt för mig*** my head is in a whirl
**snurrig** *a* vard., yr giddy, dizzy; tokig crazy
**snus** *s* ung. moist snuff
**snusa** *itr* tobak take snuff
**snusdosa** *s* snuff-box
**snusen** *s* vard., ***lite på ~*** a bit tipsy
**snusförnuftig** *a* would-be wise, platitudinous
**snusk** *s* dirt, filth
**snuskig** *a* dirty, filthy
**snusmalen** *a*, ***snusmalet kaffe*** very fine-grind coffee
**snut** *s* vard., polis cop; ***~en*** koll. the cops pl.
**snuva** *s*, ***få (ha)*** ~ catch (have) a cold
**snuvig** *a*, ***vara*** ~ have a cold
**snyfta** *itr* sob
**snyftning** *s* sob
**snygg** *a* prydlig tidy, neat, ren clean; vacker etc. pretty, nice, fine; om en man handsome, good-looking; ***jo, det var just ~t!*** iron. this is a fine thing!
**snygga** *tr itr*, ~ ***till (upp) sig*** make oneself tidy, piffa upp sig smarten oneself up; ~ ***upp*** städa tidy up
**snyltgäst** *s* person sponger, gatecrasher
**snyta** *refl*, ~ ***sig*** blow one's nose
**snyting** *s* vard., ***ge ngn en*** ~ sock (biff) a p.
**snål** *a* **1** stingy, mean [*mot* towards] **2** om vind biting
**snåla** *itr* vara snål be stingy (mean); nödgas leva snålt stint oneself; ~ ***in på*** spara save on
**snålhet** *s* stinginess, meanness [*mot* towards]; ***låta ~en bedra visheten*** be penny-wise and pound-foolish
**snåljåp** *s* skinflint, miser, speciellt amer. cheapskate
**snålskjuts** *s*, ***åka*** ~ bildl. take advantage [*på* of]
**snår** *s* thicket, brush
**snäcka** *s* snäckdjur mollusc; skal shell
**snäll** *a* good, vänlig kind, ~ och rar nice [*mot* i samtliga fall to]; väluppfostrad well-behaved; ***~a du*** gör det, ***var ~ och*** gör det will (would) you ...?; ***men ~a du,*** hur ...! but my dear, ...!
**snälltåg** *s* fast (express) train, express
**snärja** *tr* snare, entangle, trap; ~ ***in sig*** get entangled
**snärtig** *a* **1** om slag sharp; om replik cutting **2** klämmig smart, chic
**snäsa** *tr*, ~ el. ~ ***till ngn*** snap at a p., åthuta tell a p. off; ~ ***av ngn*** snub a p.
**snäv** *a* tight, close, trång, knapp narrow
**snö** *s* snow
**snöa** *itr* snow; ***det ~r*** it is snowing
**snöblandad** *a*, ***snöblandat regn*** sleet
**snöblind** *a* snowblind
**snöboll** *s* snowball
**snödjup** *s* depth of snow
**snödriva** *s* snow-drift
**snödroppe** *s* växt snowdrop
**snöfall** *s* snowfall, fall of snow
**snöflinga** *s* snowflake
**snöglopp** *s* sleet
**snögubbe** *s* snowman
**snöig** *a* snowy
**snökedja** *s* tyre chain
**snöplig** *a* t. ex. om nederlag ignominious, t. ex. om resultat disappointing; ***få (ta) ett ~t slut*** come to a sorry end
**snöplog** *s* snow-plough, amer. snowplow
**snöra** *tr* lace, lace up
**snöre** *s* string, grövre cord, segelgarn twine; för garnering braid; målsnöre tape; ***ett*** ~ a piece of string etc.
**snöripa** *s* ptarmigan (pl. lika)
**snörliv** *s* stays pl.; korsett corset
**snörpa** *itr*, ~ ***på munnen*** purse one's lips
**snöröjning** *s* snow-clearance
**snöskoter** *s* snow-scooter

**snöskottning** *s* clearing (shovelling) away snow
**snöskred** *s* avalanche, snowslide
**snöslask** *s* sleet, wet snow; sörja slush
**snöslunga** *s* rotary snow-plough, amer. rotary snow plow
**snöstorm** *s* snowstorm, våldsam blizzard
**snösväng** *s* vard., snöröjning snow-clearance; arbetsstyrka snow-clearance force
**snötäcke** *s* covering of snow; *~ts tjocklek* the depth of snow
**snötäckt** *a* snow-covered
**snövessla** *s* fordon weasel
**Snövit** i sagan Snow White
**so** *s* sugga sow
**soaré** *s* soirée
**sobel** *s* djur o. skinn sable
**sober** *a* sober
**social** *a* social
**socialarbetare** *s* social (welfare) worker
**socialbidrag** *s* social welfare allowance
**socialbyrå** *s* social welfare office
**socialdemokrat** *s* social democrat
**socialdemokrati** *s* social democracy
**socialdemokratisk** *a* social democratic
**socialfall** *s* social case
**socialförsäkring** *s* social (national) insurance
**socialgrupp** *s* social group (class)
**socialhjälp** *s* public (national) assistance; hjälpbelopp assistance allowance
**socialisera** *tr* socialize, förstatliga nationalize
**socialism** *s, ~* o. *~en* socialism
**socialist** *s* socialist
**socialistisk** *a* socialistic
**socialminister** *s* minister of health and social affairs
**socialvård** *s* social welfare
**socialvårdare** *s* social worker
**societet** *s* society; *~en* Society
**sociolog** *s* sociologist
**sociologi** *s* sociology
**socka** *s* sock
**sockel** *s* base; lampfattning socket
**socken** *s* parish
**socker** *s* sugar
**sockerbeta** *s* sugar-beet
**sockerbit** *s* lump of sugar
**sockerdricka** *s* lemonade
**sockerfri** *a* sugarless, t. ex. tuggummi sugar-free
**sockerhalt** *s* sugar-content
**sockerkaka** *s* sponge-cake
**sockerlag** *s* syrup
**sockerrör** *s* sugar-cane
**sockersjuk** *a* diabetic; *en ~* a diabetic
**sockersjuka** *s* diabetes
**sockerskål** *s* sugar basin (bowl)
**sockerärt** *s* sugar pea
**sockra** *tr itr, ~* el. *~ i (på)* sugar; *~ det beska pillret* sugar the pill
**soda** *s* soda
**sodavatten** *s* soda-water, soda
**soffa** *s* sofa; mindre o. pinn~ settee, vil~ couch; t. ex. järnvägsvagn o. park~ seat
**soffbord** *s* coffee table
**soffgrupp** *s* group of sofa and armchairs, möblemang lounge (three-piece) suite
**soffliggare** *s* valskolkare abstainer
**sofistikerad** *a* sophisticated
**soja** *s* sås soy (soya) sauce
**sojaböna** *s* soya-bean, soybean
**sol** *s* sun
**sola** *refl, ~ sig* sun oneself, bask in the sun (sunshine)
**solarium** *s* solarium
**solbad** *s* sun-bath
**solbada** *itr* sun-bathe, take a sun-bath
**solbränd** *a* brun sunburnt, tanned
**solbränna** *s* sunburn, tan
**soldat** *s* soldier, menig äv. private
**soldäck** *s* sundeck
**soleksem** *s* sun-rash
**solenergi** *s* solar energy
**solfjäder** *s* fan
**solförmörkelse** *s* solar eclipse
**solglasögon** *s pl* sun-glasses
**solglimt** *s* glimpse of the sun
**solid** *a* solid; *~ ekonomi* sound economy; *~a kunskaper i ...* a sound knowledge of...
**solidarisera** *refl, ~ sig* fully identify oneself [*med* with]
**solidarisk** *a, vara ~ med ngn* be loyal to a p.
**solidaritet** *s* solidarity
**solig** *a* sunny
**solist** *s* soloist
**solka** *tr, ~ ned* soil
**solkig** *a* soiled
**solklar** *a* uppenbar obvious, clear, self-evident
**solklänning** *s* sun dress
**solkräm** *s* sun (suntan) lotion
**solljus** *s* sunlight
**solnedgång** *s* sunset, sundown; *i (vid) ~en* at sunset
**solo I** *a adv* solo, helt ensam alone **II** *s* solo (pl. solos, mus. äv. soli)
**solochvåra** *tr, ~ ngn* play the lonely--hearts racket with a p., trick a p. out of money by false promises of marriage
**solochvårare** *s* lonely-hearts racketeer, confidence trickster who obtains money

from a woman by false promises of marriage
**sololja** *s* suntan oil (lotion)
**solros** *s* sunflower
**solsken** *s* sunshine; ***det är*** ~ vanl. the sun is shining
**solskydd** *s* i bil sun shield (visor); skydd mot solen i allm. protection from the sun
**solsting** *s*, ***få*** ~ have (get) a sunstroke
**solstråle** *s* sunbeam, ray of sunshine
**solsystem** *s* solar system
**soltak** *s* sun-shelter, på bil sliding roof
**soluppgång** *s* sunrise; ***i (vid)*** ~***en*** at sunrise
**solur** *s* sundial
**som I** *pron* om person who (objektsform whom), om djur el. sak which; allm. ofta that; ***allt (mycket)*** ~ all (much) that; ***han var den förste (ende)*** ~ ***kom*** he was the first (the only one) to come; platsen ~ ***han bor på*** ... where (in which) he is living; det var här ~ ***jag mötte honom*** ... that I met him; ***det är någon*** ~ ***knackar på dörren*** there is someone knocking at the door **II** *konj* **1** as; like; varför gör du inte ~ ***jag?*** ... as (vard. like) I do?, ... like me?; ***om jag vore*** ~ ***du*** if I were you; ~ ***pojke simmade han*** ~ ***en fisk*** as a boy he swam like a fish **2** angivande orsak: eftersom as, since **III** *adv* framför superlativ: när vattnet är ~ ***högst*** ... at its highest; ***när*** festen ***pågick*** ~ ***bäst*** right in the middle of ...; när man är ~ ***mest (minst) förberedd*** ... most (least) prepared
**somlig** *pron*, ~***t***, ~***a*** some; ~***t*** självständigt some things pl.; ~***a*** självständigt some, some (certain) people
**sommar** *s* summer; för ex. jfr *höst*
**sommardag** *s* summer day
**sommargäst** *s* holiday (summer) visitor (guest)
**sommarlik** *a* summery, summer-like
**sommarlov** *s* summer holidays pl., vacation
**sommarstuga** *s* summer (weekend) cottage
**sommarställe** *s* place in the country, summer cottage (större house)
**sommartid** *s* **1** årstid summer, summertime **2** framflyttad tid summer time
**somna** *itr* fall asleep, go to sleep; ~ ***om*** fall asleep again
**son** *s* son
**sona** *tr* atone for, make amends for
**sonat** *s* sonata
**sond** *s* probe äv. rymdsond
**sondera** *tr* probe, sound; ~ möjligheterna explore ...; ~ ***terrängen*** see how the land lies
**sondotter** *s* granddaughter
**sonhustru** *s* daughter-in-law (pl. daughters-in-law)
**sonson** *s* grandson
**sopa** *tr itr* sweep
**sopbil** *s* refuse lorry, amer. garbage truck
**sopborste** *s* dust brush, med längre skaft broom
**sophink** *s* refuse pail (bucket)
**sophämtare** *s* refuse (amer. garbage) collector, vard. dustman
**sophämtning** *s* refuse (amer. garbage) collection
**sophög** *s* dustheap, refuse (amer. garbage) heap
**sopkvast** *s* broom
**sopnedkast** *s* refuse (amer. garbage) chute
**sopor** *s pl* avfall refuse, amer. garbage, skräp rubbish samtl. sg.
**sopp** *s* svamp bolete
**soppa** *s* **1** soup **2** vard. mess
**sopptallrik** *s* soup-plate
**sopran** *s* person o. röst soprano
**sopskyffel** *s* dustpan
**sopstation** *s* central refuse (amer. garbage) disposal plant
**soptipp** *s* refuse (amer. garbage) dump, refuse tip
**soptunna** *s* dustbin, refuse bin, amer. trash (garbage) can
**sorbet** *s* sorbet, sherbet
**sorg** *s* **1** bedrövelse sorrow, grief [*över* för]; bekymmer worry; ***till min stora*** ~ måste jag to my great regret ... **2** sörjande o. sorgdräkt mourning, förlust genom dödsfall bereavement; ***anlägga*** ~ go into mourning [*efter* for]
**sorgband** *s* mourning-band
**sorgdräkt** *s* mourning
**sorgebarn** *s* problem child
**sorgfri** *a* bekymmerfri carefree
**sorgklädd** *a* ... in (wearing) mourning
**sorglig** *a* ledsam, beklaglig sad, bedrövlig deplorable; ***ett*** ~***t faktum*** a melancholy fact; det är ~***t men sant*** ... sad but unfortunately true
**sorglös** *a* carefree; obekymrad unconcerned; lättsinnig happy-go-lucky
**sorgmarsch** *s* funeral march
**sorgmusik** *s* funeral music
**sorgsen** *a* sad, sorgmodig melancholy, mournful
**sork** *s* vole, field-mouse
**sorl** *s* murmur

**sorla** *itr* murmur
**sort** *s* slag sort, kind; typ type; kvalitet quality, grade, hand., märke brand
**sortera I** *tr* sort, assort, efter kvalitet äv. grade, classify [*efter* according to] **II** *itr*, ~ ***under*** a) lyda under be subordinate to b) höra under belong (come) under
**sortering** *s* **1** sorterande sorting; ***av första (andra)*** ~ graded as firsts (seconds) **2** se *sortiment*
**sorti** *s* exit [*från, ur* from]
**sortiment** *s* assortment, range, selection
**SOS** *s*, ***ett*** ~ an SOS
**sot** *s* soot; i motor carbon
**1 sota I** *tr* **1** skorsten etc. sweep; motor decarbonize **2** ~ el. ~ ***ned*** smutsa soot, make ... sooty **II** *itr* alstra sot smoke, give off soot
**2 sota** *itr*, ***få*** ~ ***för ngt*** smart for a th.
**sotare** *s* person chimney-sweep
**sotig** *a* sooty; smutsig grimy
**souvenir** *s* souvenir, keepsake
**sova** *itr* sleep, be asleep; ~ ***gott*** djupt be sound (fast) asleep; ***sov gott!*** sleep well!; ***jag skall*** ~ ***på saken*** I'll have to sleep on it (on the matter) □ ~ **av sig** t.ex. rus, ilska sleep off ...; ~ **ut** tillräckligt länge have enough sleep; ~ **över** tiden oversleep; ~ ***över*** hos ngn stay the night
**Sovjet** *s* the Soviet Union; ***Högsta*** ~ the Supreme Soviet
**sovjetisk** *a* Soviet
**Sovjetryssland** Soviet Russia
**Sovjetunionen** the Soviet Union, the Union of Soviet Socialist Republics (förk. U.S.S.R.)
**sovkupé** *s* sleeping-compartment
**sovmorgon** *s*, ***ha*** ~ have a lie-in
**sovplats** *s* järnv., sjö. sleeping-berth
**sovplatsbiljett** *s* sleeping-berth ticket
**sovra** *tr* t.ex. material sift, sort out
**sovrum** *s* bedroom
**sovstad** *s* dormitory suburb
**sovsäck** *s* sleeping-bag
**sovvagn** *s* sleeping-car
**spackel** *s* **1** verktyg putty knife **2** ~färg putty
**spackla** *tr* putty
**spad** *s* liquid; för soppor o. såser stock
**spade** *s* spade
**spader** *s* **1** kortsp. spades pl.; ***en*** ~ a spade **2** vard., ***få*** ~ go mad; ***jag tror jag får*** ~***!*** I'm going mad (nuts)!
**spaderdam** *s* the queen of spades
**spaderfem** *s* the five of spades
**spagetti** *s* koll. spaghetti sg.
**1 spak** *s* lever, flyg. control column (stick)
**2 spak** *a* lätthanterlig manageable, foglig docile
**spaljé** *s* för växt trellis
**spaljéträd** *s* trained fruit-tree
**spalt** *s* typogr. column
**spalta** *tr* klyva split, split up
**spana** *itr* med blicken look out, intensivt watch; polis. investigate; mil. reconnoitre; ~ ***efter*** be on the look-out for, search for
**spanare** *s* spejare scout, flyg. observer; polis. investigator, detective
**Spanien** Spain
**spaning** *s* search sg.; polis~ investigation; mil., flyg. reconnaissance; ***vara på*** ~ ***efter ngt*** bildl. be on the look-out (the search) for a th.
**spaningsplan** *s* reconnaissance plane
**spanjor** *s* Spaniard
**spanjorska** *s* Spanish woman (lady etc.); jfr *svenska 1*
**spann** *s* brospann span
**spannmål** *s* corn, speciellt amer. grain; brödsäd cereals pl.
**spansk** *a* Spanish; ~ ***peppar*** se *paprika*
**spanska** *s* språk Spanish; jfr *svenska 2*
**spanskfödd** *a* Spanish-born; för andra sammansättningar jfr *svensk-*
**spara** *tr itr* **1** save [*till* for] **2** hushålla med economize [*på* on]; skona, t.ex. sin hälsa spare; ~ ***på*** sockret! go easy on ... ! □ ~ **ihop** save up, lay up [*till* i båda fallen for]; hopa accumulate; ~ **in** dra in **på ngt** economize on a th.
**sparare** *s* saver
**sparbank** *s* savings-bank
**sparbanksbok** *s* savings book
**sparbössa** *s* money-box, savings-box
**spargris** *s* piggy bank
**spark** *s* kick; ***få en*** ~ get kicked; ***få*** ~***en*** vard. get the sack, be fired; ***ge ngn*** ~***en*** give a p. the sack, fire a p.
**sparka** *tr itr* kick; ~ ***boll*** vanl. play football; ***bli*** ~***d*** från jobbet get the sack, be fired □ ~ **av sig** täcket kick off one's bedclothes; ~ **igen** dörren kick ... shut; ~ **till** ngn, ngt give ... a kick; ~ **upp** t.ex. dörr kick ... open
**sparkapital** *s* saved (savings) capital
**sparkbyxor** *s pl* rompers
**sparkcykel** *s* scooter
**sparkdräkt** *s* romper suit
**sparkstötting** *s* kick-sled
**sparra** *itr tr*, ~ ***mot ngn*** be a p.'s sparring-partner
**sparringpartner** *s* sparring-partner
**sparris** *s* koll. asparagus

**sparsam** *a* ekonomisk economical; *vara ~ med* bränslet economize on . . .; *vara ~* med pengar be economical; *~ med* t. ex. beröm, ord sparing of
**sparsamhet** *s* economy, thrift
**spartan** *s* Spartan
**spartansk** *a* Spartan
**sparv** *s* sparrow
**sparvhök** *s* sparrow-hawk
**spasmodisk** *a* spasmodic
**spastiker** *s* spastic
**spastisk** *a* spastic
**spatsera** *itr* walk, go for a walk
**spatsertur** *s* walk
**speceriaffär** *s* grocer's shop (amer. store)
**specerier** *s pl* groceries
**specialerbjudande** *s* special offer
**specialfall** *s* special case
**specialisera** *tr*, *~ sig* specialize [*på*, *i* in]
**specialist** *s* specialist [*på* in]; expert expert [*på* on (in)]
**specialitet** *s* speciality
**specialklass** *s* remedial class
**specialkunskap** *s* specialist knowledge
**speciallärare** *s* remedial teacher
**specialutbildad** *a* specially trained
**speciell** *a* special, especial, particular
**specificera** *tr* specify
**specifik** *a* specific
**specifikation** *s* specification [*över* of]; detailed description [*över* of]
**spedition** *s* spedierande forwarding, dispatch, shipping
**speditör** *s* forwarding (shipping) agent (agents pl.)
**speedway** *s* speedway
**spegel** *s* mirror, looking-glass
**spegelbild** *s* reflected image
**spegelblank** *a* om t. ex. sjö glassy, om t. ex. golv, metall shiny
**spegelreflexkamera** *s* reflex camera
**spegelvänd** *a* reversed, inverted
**spegla I** *tr* reflect, mirror **II** *refl*, *~ sig* be reflected, om person look in a mirror
**speja** *itr* spy, spy about (round) [*efter* for]
**spejare** *s* mil. reconnaissance scout
**spektakel** *s* **1** bråk, oväsen row **2** *bli till ett ~* become a laughing-stock
**spektakulär** *a* spectacular
**spektrum** *s* spectrum (pl. spectra) äv. bildl.
**spekulant** *s* **1** intending (prospective) buyer **2** börsspelare speculator
**spekulation** *s* speculation; *på ~* on speculation (vard. spec)
**spekulera** *itr* speculate [*över* about (on)]
**spel** *s* **1** mus. playing **2** teat., spelsätt acting **3** sällskaps-, kort- o. idrottsspel game; spelande playing, spelsätt vanl. play; hasardspel gambling; stick i kortspel trick; *~ om pengar* playing for money; förlora (vinna) *på ~* . . . by gambling **4** spelrum clearance, play **5** olika uttryck, *~et är förlorat* the game is up; *ha fritt ~* have free scope; *spela ett högt ~* play a dangerous game; *ha ett finger (sin hand) med i ~et* have a hand in it; *stå på ~* be at stake; *sätta ngt på ~* risk a th., put a th. at stake; *sätta . . . ur ~* put . . . out of the running
**spela** *tr itr* play; visa t. ex. film show; *~* hasard gamble; låtsas vara pretend; *~ fiol (piano)* play the violin (the piano); *~ kort* play cards; *~ teater* act; *~ sjuk* pretend to be ill; *~ för ngn* a) inför ngn play to a p. b) ta lektioner take piano etc. lessons from a p.; *~ på* en häst bet on . . .; *~ på lotteri* take part in a lottery (lotteries pl.) □ *~* **in a)** *~ in en film* make (produce) a film; *~ in ngt* på band record a th. **b)** inverka come into play; *~* **upp** spelläxa play [*för* to]; t. ex. en vals strike up; ljudband play back
**spelare** *s* player, hasard~ gambler, vadhållare better
**spelautomat** *s* gambling (slot) machine
**spelbord** *s* för kortspel card-table; för hasardspel gambling (gaming) table
**speldosa** *s* musical box
**spelfilm** *s* feature film
**spelhall** *s* amusement hall (arcade)
**spelhåla** *s* gambling-den, gambling-house
**spelkort** *s* playing-card
**spelman** *s* folk musician, fiolspelare fiddler
**spelmark** *s* counter
**spelregel** *s* rule of the game
**spelrum** *s* scope, play, margin; *fritt ~* free scope
**spelskuld** *s* gambling debt
**spenat** *s* spinach
**spendera** *tr* spend
**spene** *s* teat, nipple
**spenslig** *a* slender, om figur äv. slight
**sperma** *s* sperm
**spermie** *s* sperm
**1 spets** *s* udd point; på reservoarpenna nib; ände t. ex. på finger, tunga tip; topp top, bergspets äv. peak; *stå* (resp. *ställa sig, sätta sig) i ~en för ngt* be (resp. put oneself) at the head of a th.; *driva saken till sin ~* carry matters to extremes
**2 spets** *s* textil., *~* el. *~ar* lace (end. sg.)
**spetsa** *tr* göra spetsig, *~* till sharpen, point; *~ öronen* prick up one's ears
**spetsig** *a* pointed, vass sharp; om vinkel etc. acute
**spetskrage** *s* lace collar
**spett** *s* spit

**spetälsk** *a* leprous; *en* ~ a leper
**spetälska** *s* leprosy
**spex** *s* farce, burlesque
**spexa** *itr* clown about
**spigg** *s* fisk stickleback
**spik** *s* nail, stift nubb, tack; *slå (träffa) huvudet på ~en* bildl. hit the nail on the head
**spika** *tr itr* nail, med nubb etc. tack; ~ *fast* nail [*vid* on to]; ~ *en dag* för sammanträdet fix a day ...
**spikhuvud** *s* head of a nail
**spikrak** *a* dead straight
**spiksko** *s* sport. spiked (track) shoe
**spill** *s* waste, wastage, loss
**spilla** *tr itr* spill, drop; bildl. waste, lose; ~ *ord (tid) på ngt* waste words (time) on a th.
**spillo** *s*, *gå till* ~ go (run) to waste
**spillolja** *s* waste oil
**spillra** *s* skärva splinter; friare remnant, remains pl.; *spillror* av t. ex. flygplan, hus wreckage
**spillvatten** *s* överloppsvatten waste water
**spilta** *s* stall, lös box, loose box
**1 spindel** *s* tekn. spindle
**2 spindel** *s* zool. spider
**spindelnät** o. **spindelväv** *s* cobweb; spider (spider's) web
**spinkig** *a* very thin, slender
**spinn** *s* flyg. spin, spinning dive
**spinna** *tr itr* spin; om katt, motor purr
**spion** *s* spy; hemlig agent secret agent
**spionage** *s* espionage
**spionera** *itr* spy [*på* on, *åt* for]
**spioneri** *s* spying; espionage (end. sg.)
**spira I** *s* **1** topp spire **2** härskarstav sceptre **II** *itr*, ~ el. ~ *upp (fram)* skjuta skott sprout, sprout up (forth); *~nde liv* budding (growing) life
**spiral** *s* spiral; preventivmedel intra-uterine contraceptive device (förk. IU[C]D), loop
**spiralfjäder** *s* coil (spiral) spring
**spiraltrappa** *s* spiral (winding) staircase
**spiritualism** *s* spiritualism
**spiritualitet** *s* elegans brilliancy, fyndighet wit
**spirituell** *a* witty
**spis** *s* stove, köksspis kitchen range, elektrisk, gasspis cooker; eldstad open fire-place
**spisa** *tr itr* eat
**spisning** *s* eating; *utan vidare* ~ without further ado
**spjut** *s* spear, kastspjut javelin äv. sport., kort dart
**spjutkastning** *s* sport. throwing the javelin
**spjäll** *s* i eldstad damper; i maskin throttle valve
**spjälsäng** *s* cot, amer. crib
**spjärna** *itr*, ~ *emot* streta emot offer resistance
**splint** *s* flisor splinters pl.
**splitter** *s* splinter
**splitterfri** *a* shatterproof
**splittra I** *s* splinter **II** *tr* shatter, splinter, shiver; klyva split; bildl. divide, divide up; *han är ~d* he lacks inner harmony, he divides his energies **III** *refl*, ~ *sig* splinter; bildl. divide one's energies
**splittring** *s* söndring disruption, oenighet division, split
**1 spola** *tr itr* ~ vatten etc. flush, skölja rinse; med. syringe; ~ på WC flush the pan; ~ *av* t. ex. bilen wash down; förkasta reject
**2 spola** *tr* vinda upp på spole wind, spool; ~ *av* unspool; ~ *om (tillbaka)* band, film rewind
**spolarvätska** *s* windscreen (amer. windshield) washer fluid
**spole** *s* **1** för symaskin spool; för film, färgband, band etc.: tom spool, full reel; hårspole curler **2** elektr., radio. coil
**spoliera** *tr* spoil, wreck, ödelägga ruin
**spoling** *s* stripling, neds. whipper-snapper
**sponsor** *s* sponsor
**sponsra** *tr* sponsor
**spontan** *a* spontaneous
**spontanitet** *s* spontaneity
**sporadisk** *a* sporadic, enstaka isolated
**sporra** *tr* spur
**sporre** *s* spur
**sport** *s* sport
**sporta** *itr* go in for sports (games)
**sportaffär** *s* sports shop
**sportartiklar** *s pl* sports equipment sg. (goods)
**sportbil** *s* sports-car
**sportdykare** *s* skin-diver
**sportdykning** *s* skin-diving
**sportfiskare** *s* angler
**sportfiske** *s* angling
**sportig** *a* sporty
**sportjacka** *s* blazer sports-jacket
**sportkläder** *s pl* sports clothes
**sportlov** *s* winter sports holiday[s pl.]
**sportnyheter** *s pl* sports news sg., sportscast sg.
**sportredaktör** *s* sports editor
**sportsida** *s* sporting page
**sportslig** *a* sporting
**sportsman** *s* sportsman
**sportsmässig** *a* sportsmanlike, sporting
**sportstuga** *s* ung. week-end (summer) cottage
**sportvagn** *s* bil sports-car
**spott** *s* saliv spittle, saliva

**spotta** *itr tr* spit
**spottkopp** *s* spittoon, amer. cuspidor
**spottstyver** *s*, köpa ngt *för en ~* ... for a song
**spraka** *itr* knastra crackle, gnistra sparkle
**sprallig** *a* jolly, frisky
**spratt** *s* practical joke; *spela ngn ett ~* play a trick on a p.
**sprattelgubbe** *s* jumping jack
**sprattla** *itr* flounder, om småbarn kick about; om dansös etc. vard. caper about
**sprej** *s* o. **spreja** *tr* spray
**sprejflaska** *s* atomizer
**spreta** *itr* om ben sprawl; ~ el. ~ *ut* stick out; ~ *med* fingrarna spread ...
**spretig** *a* straggly; ~ *handstil* sprawling hand
**spricka I** *s* crack, i hud chap; i t. ex. vänskap breach; t. ex. inom parti split **II** *itr* crack, om hud chap, brista break, sprängas sönder burst, rämna split; äta tills man är *nära att ~* ... ready to burst; förhandlingarna *har spruckit* ... have broken down
**sprida** *tr* o. *refl*, ~ *sig* spread; ~ ut sig, skingra sig disperse, scatter; ~ *ljus över ngt* bildl. shed light on a th.; ~ *ett rykte* spread a rumour; ~ *omkring* scatter ... about; ~ *ut* spread out, friare spread, circulate
**spridd** *a* utbredd spread; enstaka isolated, stray; kringspridd scattered, dispersed; *~a skurar* scattered showers; *på ~a ställen* here and there
**spridning** *s* spreading, spreading out, scattering; dispersion, jfr *sprida;* tidningar *med stor ~* ... with a wide circulation
**spring** *s* springande running about; *det är ett ~ av folk* dagen i ända there is a stream of people popping in and out ...
**1 springa** *s* narrow opening; t. ex. dörr~ chink; t. ex. i brevlåda slit, för mynt slot
**2 springa** *itr tr* **1** löpa run; ~ *sin väg (kos)* run away; ~ *benen av sig* run oneself off one's legs; ~ *efter ngn* vara efterhängsen run (be) after a p.; ~ *i affärer* go shopping **2** brista burst äv. ~ *av* gå av snap, break; ~ *i luften* explode, be blown up □ ~ **bort** run away (off); *en bortsprungen hund* a dog that has run away; ~ **efter** a) bakom run behind b) hämta run for, run and fetch; ~ **fatt ngn** catch a p. up; ~ **fram** run forward (up); t. ex. ur gömställe spring out [*ur* from]; ~ **före** framför run in front, run ahead [*ngn* of a p.]; ~ **in** genom dörren run (run in) ...; ~ **ned** run down (nedför trappan downstairs); ~ **om** ngn (ngt) overtake ...; ~ **upp** a) löpa run up (uppför trappan upstairs) b) resa sig jump (spring) up
**springande** *a*, *den ~ punkten* the vital point
**springare** *s* schack. knight
**springpojke** *s* errand (messenger, delivery) boy
**sprinkler** *s* sprinkler
**sprinter** *s* sprinter
**sprinterlopp** *s* sprint, dash
**sprit** *s* alkohol alcohol, industriell spirit; dryck spirits pl., stark~ liquor
**sprita** *tr* ärter etc. shell, pod
**spritdryck** *s* alcoholic liquor; *~er* spirits
**spritförbud** *s* prohibition
**spritkök** *s* spirit stove (heater)
**spritlangare** *s* ung. bootlegger
**spritpåverkad** *a* ... under the influence of drink (liquor, alcohol), intoxicated
**spritrestriktioner** *s pl* spirits restrictions
**spriträttigheter** *s pl*, *ha ~* be fully licensed
**spritsmugglare** *s* liquor smuggler, bootlegger
**spritt** *adv*, ~ *språngande galen* raving mad; ~ *språngande naken* stark naked
**spritta** *itr* t. ex. av glädje jump, bound [*av* for]; ~ *till (upp)* give a start, start
**spritärter** *s pl* shelling (kok. green) peas
**sprudla** *itr* bubble; ~ *av liv* bubble over with high spirits (with life)
**sprudlande** *a* exuberant; om kvickhet sparkling
**sprund** *s* på kläder slit, opening
**spruta I** *s* hand~ o. för injektion syringe, för besprutning, målning sprayer; rafräschissör spray, atomizer; brandspruta fire-engine; *få en ~* get an injection (vard. a shot) **II** *tr itr* spurt, med fin stråle squirt, ~ ut med stor kraft spout; bespruta sprinkle, med slang hose; speciellt färg samt mot ohyra spray; ~ *in* inject
**sprutlackering** *s* spraying, färg spray paint
**sprutmåla** *tr* spray-paint
**sprutpistol** *s* spray gun
**språk** *s* language; uttryckssätt style; tal~ speech; siffrorna *talar sitt tydliga ~* ... speak for themselves; *ut med ~et!* speak up!, out with it!
**språka** *itr* talk, speak [*om* about]
**språkbegåvad** *a*, *han är mycket ~* he has a gift for languages
**språkbegåvning** *s* gift for languages
**språkbruk** *s* usage, linguistic usage
**språkfel** *s* linguistic error
**språkkunnig** *a*, *vara ~* have a good knowledge of languages

**språkkunskaper** *s pl* knowledge sg. of languages
**språkkurs** *s* language course
**språkkänsla** *s* feeling for language
**språklärare** o. **språklärarinna** *s* language teacher
**språkrör** *s* mouthpiece
**språkundervisning** *s* language teaching
**språng** *s* jump, leap; *vara på* ~ i farten be running about
**språngbräda** *s* springboard
**språngmarsch** *s* run; *i* ~ at a run
**språngsegel** *s* brandsegel jumping sheet
**spräcka** *tr* crack äv. röst; plan spoil
**spräcklig** *a* speckled, spotted
**spränga** *tr* burst; med sprängämne blast, ~ i luften blow up; slå sönder, t.ex. dörr break (force) ... open; ~ *banken* i spel break the bank; ~ *bort* med sprängämne blast away; ~ *sönder* burst, med sprängämne blast (flera delar to pieces)
**sprängbomb** *s* high-explosive bomb
**sprängladdning** *s* explosive (bursting) charge
**sprängämne** *s* explosive
**sprätt** *s, han satte* ~ *på pengarna* he ran through the money
**sprätta** *tr,* ~ *upp* söm rip up; bok cut, kuvert slit open (up)
**spröd** *a* brittle; om t.ex. sallad crisp; ömtålig fragile
**spröt** *s* **1** zool. antenna, feeler **2** i paraply rib
**spurt** *s* sport. spurt
**spurta** *itr* sport. spurt
**sputnik** *s* sputnik
**spy** *itr tr* vomit; ~ el. ~ *ut* eld, rök belch forth
**spydig** *a* malicious, ironisk sarcastic
**spydighet** *s* egenskap malice; ~*er* malicious remarks
**spå** *tr itr* **1** utöva spådom tell fortunes; ~ *ngn i kort (i handen)* tell a p. his fortune by the cards (by the lines of the hand) **2** förutsäga predict, foretell
**spådom** *s* förutsägelse prediction, prophecy
**spågumma** o. **spåkärring** *s* [old] fortune-teller
**spån** *s* flisa chip; koll.: filspån filings pl., hyvelspån shavings pl.
**spånkorg** *s* chip-basket
**spånskiva** *s* material particle board, chipboard; *en* ~ a sheet of particle board (chipboard)
**spår** *s* **1** märke mark; friare trace; fotspår footstep; t.ex. efter vagn, djur track; jakt. trail, lukt scent; på grammofonskiva groove, på band track; ledtråd (vid brott) clue; *följa* ~*et* om hund follow the track, om polisen follow up the clue; *följa ngn i* ~*en* bildl. follow a p.'s footsteps; allt *gick i de gamla* ~*en* bildl. ... was in the same old groove; *vara inne på fel* ~ bildl. be on the wrong track; *komma ... på* ~*en* get on the track of ... **2** järnv. track; skenor rails pl., line
**spåra** *tr* följa spåren av track, trace; ~ *upp* track down; ~ *ur* om tåg etc. leave the rails; bildl. go astray, get off the rails
**spårhund** *s* sleuth-hound, bloodhound
**spårlöst** *adv, han försvann* ~ he disappeared without a trace (into thin air), ... into thin air
**spårvagn** *s* tram, tram-car, amer. streetcar
**spårvagnsförare** *s* tram (amer. streetcar) driver
**spårvagnskonduktör** *s* tram (amer. streetcar) conductor
**spårvagnslinje** *s* tram-line
**spårvidd** *s* gauge, width of track
**spårväg** *s* tramway, amer. streetcar line
**spä** *tr,* ~ *ut* dilute; blanda mix
**späck** *s* lard; valfisk~ blubber
**späcka** *tr* med späck lard; fylla stuff; bildl. interlard, stud
**späckad** *a* larded; *en* ~ *plånbok* a bulging wallet
**späd** *a* om t.ex. växt, ålder tender; om gestalt slender; ömtålig delicate
**späda** *tr,* ~ *ut* dilute; blanda mix
**spädbarn** *s* infant, baby
**spädbarnsdödlighet** *s* infant mortality
**spädgris** *s* sucking-pig
**spädning** *s* dilution; spädande diluting, mixing
**spänd** *a* utsträckt stretched; om rep, muskel taut; om person tense; ivrig att få veta anxious to know; *ett spänt förhållande* strained relations pl.; *högt* ~ *förväntan* eager expectation; *spänt intresse* intense interest
**1 spänn** *s, vara på* ~ om person be in suspense
**2 spänn** *s* vard., krona krona (pl. kronor)
**spänna I** *tr* sträcka ut stretch äv. om muskel; dra åt, t.ex. rep tighten; anstränga, t.ex. krafter, röst strain; ~ *ngns förväntningar* raise a p.'s expectations; ~ *hanen på ett gevär* cock a gun **II** *refl,* ~ *sig* tense oneself; anstränga sig strain oneself; *spänn dig inte!* relax! □ ~ **av (av sig)** unfasten, ngt fäst med rem unstrap, med spänne unbuckle; ~ **fast** fasten (med rem strap, med spänne buckle) ... on [*vid* to]; ~ *fast* säkerhetsbältet fasten ...; ~ **på (på sig)** put on, säkerhetsbälte fasten; ~ **åt** tighten

**spännande** *a* exciting, thrilling; ***det skall bli ~ att få se*** it will be very interesting to see
**spänne** *s* clasp, på skärp buckle, för håret slide, hårklämma hair clip
**spänning** *s* allm. o. elektr. tension, i volt voltage; tekn. strain, stress; bildl. excitement, oro suspense; ***vänta med ~*** wait excitedly (eagerly)
**spänst** *s* kroppslig vigour, physical fitness; elasticitet springiness, om t. ex. fjäders elasticity; vitalitet vitality
**spänsta** *itr* motionera take exercise to keep fit
**spänstig** *a* om person vigorous, fit; om gång springy; elastisk elastic; vital vital; ***hålla sig ~*** keep fit, keep in form (good form)
**spärr** *s* **1** catch, stop, lock; locking device **2** vid in- o. utgång barrier **3** hinder barrier, barrikad barricade; polisspärr på väg road-block
**spärra** *tr* block up, bar; stänga för trafik close [*för* to]; ~ ***en check*** stop payment of a cheque; ~ ***ett konto*** block an account □ ~ **av** gata (väg) close, med t. ex. bockar block, med rep rope off, med poliskordong cordon off; isolera isolate, shut off; ~ **in** shut (låsa lock) ... up; ~ **upp ögonen** open one's eyes wide
**spärranordning** *s* locking (blocking) device
**spärreld** *s* barrage
**spärrvakt** *s* ticket collector
**spätta** *s* fisk plaice (pl. lika)
**spö** *s* kvist twig; metspö fishing-rod; ridspö horsewhip; smal käpp switch; ***regnet står som ~n i backen*** it's pouring down, vard. it's raining cats and dogs
**spöka** *itr* **1** om en avliden haunt a place; ***det ~r här (i huset)*** this place (house) is haunted **2** vard., ***det är nog*** kabelfelet ***som ~r igen*** ligger bakom it is probably ... that is behind it (ställer till trassel is causing trouble) again
**spöke** *s* vålnad ghost, spectre
**spökhistoria** *s* ghost story
**spöklik** *a* ghostlike, ghostly; kuslig uncanny, weird
**spörsmål** *s* question; ***juridiska ~*** legal matters
**squash** *s* sport. o. slags pumpa squash
**stab** *s* staff
**stabil** *a* stable; stadig solid; om person steady
**stabilisator** *s* sjö. o. flyg. stabilizer
**stabilisera** *tr refl,* ~ ***sig*** stabilize
**stabilitet** *s* stability
**stabschef** *s* mil. chief of staff
**stack** *s* höstack stack; hög heap; myrstack ant-hill
**stackare** *s* poor creature (starkare devil)
**stackars** *oböjl a,* ~ ***jag (mig)!*** poor me!; ~ ***liten!*** poor little thing!
**stackato** *s* o. *adv* staccato
**stad** *s* town; större city; i administrativt avseende borough; ***gamla ~en (stan)*** the old part of the town
**stadfästa** *tr* dom confirm; lag establish; fördrag ratify
**stadga I** *s* **1** stadighet steadiness, stability; stadgad karaktär firmness of character **2** förordning regulations pl.; lag law **II** *tr* **1** göra stadig steady **2** förordna direct; påbjuda decree
**stadgad** *a* **1** om person steady, om rykte settled **2** föreskriven prescribed
**stadig** *a* steady; stabil stable; om måltid substantial; ***ha ~t arbete*** have regular work; ~ ***blick*** steady gaze; ~ fast ***kund*** regular client; ***~t väder*** settled weather
**stadigvarande** *a* permanent; standig constant
**stadion** *s* stadium
**stadium** *s* stage; skede phase
**stadsbefolkning** *s* urban (town) population
**stadsbibliotek** *s* town library
**stadsbud** *s* bärare porter
**stadsdel** *s* quarter of a (resp. the) town, district
**stadsfullmäktig** *s* town (i större stad city) councillor
**stadshotell** *s* ung. principal hotel in a (resp. the) town
**stadshus** *s* town (i större stad city) hall
**stadsplanering** *s* town-planning, city-planning
**stafett** *s* sport. **1** pinne baton **2** tävling etc. relay
**stafettlöpare** *s* relay runner
**stafettlöpning** *s* relay race (löpande racing)
**staffli** *s* easel
**stag** *s* lina etc.: sjö. stay, till tält guy; stång av trä el. metall strut
**stagnation** *s* stagnation
**stagnera** *itr* stagnate
**staka** *tr* t. ex. väg mark; ~ ***ut*** t. ex. tomt stake out (off), gränser mark out
**stake** *s* **1** stör stake **2** ljusstake candlestick
**staket** *s* av trä fence, av metall railing
**stall** *s* **1** byggnad stable; för cykel shed **2** grupp racerförare stable
**stallbroder** *s* companion, neds. crony

**stam** *s* **1** bot. stem; trädstam trunk **2** ätt family, lineage; folkstam tribe; djurstam strain; en man *av gamla ~men* ... of the old stock
**stamfader** *s* progenitor, earliest ancestor
**stamgäst** *s* regular, regular frequenter
**stamkund** *s* regular customer
**stamma** *itr* i tal stammer, stutter
**stamning** *s* stammering, stuttering
**stampa** *itr tr* med fötterna stamp; *~ i marken* om häst paw the ground; *~ takten* beat time with one's foot; *stå och ~ på samma fläck* be getting nowhere
**stamtavla** *s* genealogical table; pedigree äv. om djur
**standard** *s* standard; *höja ~en* raise the standard
**standardformat** *s* standard size
**standardhöjning** *s* rise in the standard of living
**standardisera** *tr* standardize
**standardmått** *s* standard size
**standardsänkning** *s* lowering of the standard of living
**stank** *s* stench, offensive smell
**stanna I** *itr* **1** bli kvar stay; *~ över natten* stay (stop) the night; *~ borta* stay away; *~ hemma* stay at home **2** bli stående stop, om fordon (avsiktligt) pull up; *~ tvärt* stop short; klockan *har ~t* ... has stopped; *det ~de vid hotelser* it got no further than threats **II** *tr* hejda stop □ ~ **av** stop, cease; ~ **kvar** remain
**stanniol** *s* tinfoil
**stanniolpapper** *s* tinfoil
**stans** *s* tekn. punch
**stansa** *tr* punch
**stapel** *s* hög pile; av ved stack; *gå av ~n* äga rum come off, take place
**stapelvara** *s* staple, staple commodity
**stapla** *tr*, ~ el. *~ upp* pile, pile up, stack
**stappla** *itr* gå ostadigt totter, stumble [*fram* along]; vackla stagger
**stare** *s* starling
**stark** *a* strong; kraftig powerful; fast firm; stor great, intensiv intense; om ljud loud; om krydda äv. hot; *~t kaffe* strong coffee; *~ köld* bitter cold; *~ trafik* heavy traffic
**starksprit** *s* spirits pl., amer. hard liquor
**starkström** *s* power (heavy) current
**starkvin** *s* fortified wine, dessert wine
**starköl** *s* strong beer
**starr** *s* med., *grå ~* cataract; *grön ~* glaucoma
**start** *s* start; flyg. take-off; *flygande (stående) ~* sport. flying (standing) start
**starta I** *itr* start; flyg. take off; bege sig av set out **II** *tr* start, start up
**startbana** *s* flyg. runway
**startblock** *s* sport. starting-block
**startförbud** *s* flyg., *det råder ~ (~ har utfärdats)* all planes are grounded
**startgrop** *s*, *ligga i ~arna* bildl. be ready to start, be waiting for the starting signal
**startkapital** *s* initial capital
**startklar** *a* ... ready to start (flyg. take off)
**startlinje** *s* starting line
**startmotor** *s* starting motor
**startnyckel** *s* bil. ignition key
**startpistol** *s* sport. starter's gun
**startraket** *s* booster rocket
**startskott** *s*, *~et gick* the pistol went off
**stass** *s* vard. finery
**stat** *s* polit. state; *~en* the State, statsmakten the Government
**station** *s* station; tele. exchange
**stationera** *tr* station
**stationsinspektor** *s* station-master
**stationsvagn** *s* bil station wagon
**stationär** *a* stationary
**statisk** *a* static
**statist** *s* teat. walker-on, speciellt film. extra
**statistik** *s* statistics som ämne sg., siffror pl.
**statistisk** *a* statistical
**stativ** *s* stand; till kamera etc. äv. tripod
**statlig** *a* statens etc. vanl. State ...
**statsanslag** *s* Government (State, public) grant
**statsanställd I** *a* ... employed in Government service **II** *subst a* Government employee
**statsbesök** *s* state visit
**statsbidrag** *s* State subsidy (grant)
**statschef** *s* head of State
**statsfientlig** *a* ... hostile to the State
**statsfinanser** *s pl* Government finances, finances of the State
**statsförvaltning** *s* public (State) administration
**statskunskap** *s* political science
**statskupp** *s* coup d'état
**statskyrka** *s* established (State) church
**statsman** *s* statesman; politiker politician
**statsminister** *s* prime minister, premier
**statsobligation** *s* Government bond
**statsråd** *s* **1** minister cabinet minister **2** konselj cabinet council
**statssekreterare** *s* under-secretary of State
**statstjänst** *s* Government (public, civil) service
**statstjänsteman** *s* civil (public) servant

**statsunderstöd** *s* State subsidy (grant)
**statsöverhuvud** *s* head of State
**statuera** *tr*, *för att ~ ett exempel* as a lesson (warning) to others
**status** *s* status, ställning äv. standing
**statussymbol** *s* status symbol
**staty** *s* statue
**stav** *s* **1** käpp etc. staff; vid stavhopp pole; skidstav ski stick **2** sportgren pole-vault
**stava** *tr itr* spell; *~ fel* make a spelling mistake
**stavelse** *s* syllable
**stavfel** *s* spelling mistake
**stavhopp** *s* sportgren pole-vault, hoppning pole-vaulting
**stavhoppare** *s* pole-vaulter
**stavning** *s* spelling
**stearin** *s* candle-grease
**stearinljus** *s* candle
**steg** *s* step; kliv stride; raketsteg stage; utvecklingen går framåt *med stora ~* ... with rapid strides; *ta första ~et* take the first step; *ta ~et fullt ut* bildl. go the whole way (hog)
**stega** *tr*, *~* el. *~ upp* en sträcka pace (step) out ...
**stege** *s* ladder äv. bildl.
**steglits** *s* fågel goldfinch
**stegra** *tr* t. ex. priser increase, raise; t. ex. oro heighten; förstärka intensify; *de ~de levnadskostnaderna* the increase sg. in the cost of living
**stegring** *s* ökning increase, rise
**stegvis** **I** *adv* step by step **II** *a* gradual
**stek** *s* joint; tillagad vanl. roast, joint of roast meat
**steka** **I** *tr* roast; i ugn äv. bake; i stekpanna fry; den är *för litet (mycket) stekt* ... underdone (overdone) **II** *itr* om solen be broiling (scorching) **III** *refl*, *~ sig i solen* be broiling in the sun
**stekfat** *s* meat dish
**stekos** *s* smell of frying
**stekpanna** *s* frying pan
**stekspade** *s* spatula
**stekspett** *s* spit
**stektermometer** *s* meat thermometer
**stekugn** *s* roasting-oven
**stel** *a* stiff; styv rigid; om umgänge formal; *~ av fasa* paralysed with fear
**stelbent** *a* bildl. formal, rigid
**stelhet** *s* stiffness; styvhet rigidity; formalitet formality
**stelkramp** *s* tetanus, vard. lockjaw
**stelna** *itr* om kroppsdel etc. stiffen, get stiff; av köld (fasa) be numbed; om vätska solidify
**sten** *s* stone; liten pebble; stor boulder, rock; *en ~ har fallit från mitt bröst* it is a load off my mind
**stena** *tr* stone
**stenbock** *s* **1** zool. ibex **2** *Stenbocken* astrol. Capricorn
**stenbrott** *s* quarry
**stencil** *s* stencil
**stencilera** *tr* stencil
**stendöd** *a* stone-dead
**stendöv** *a* stone-deaf
**stengods** *s* stoneware
**stengolv** *s* stone floor
**stenhus** *s* stone (av tegel brick) house
**stenhög** *s* heap of stones
**stenig** *a* stony
**stenkast** *s* avstånd stone's throw
**stenograf** *s* shorthand writer
**stenografi** *s* shorthand, stenography
**stenparti** *s* trädg. rock-garden, rockery
**stenskott** *s* damage to a car caused by a stone (by stones) flying up from the road
**stensätta** *tr* lägga pave
**stenåldern** *s* the Stone Age
**steppdans** *s* dansande tap-dancing, enstaka tap-dance
**stereoanläggning** *s* stereo equipment, stereo
**stereofonisk** *a* stereophonic
**stereotyp** *a* stereotyped
**steril** *a* sterile; ofruktbar barren
**sterilisera** *tr* sterilize
**sterling** *s*, *pund ~* pound sterling
**stetoskop** *s* stethoscope
**steward** *s* steward
**stia** *s* svinstia sty, pig-sty
**stick** **I** *s* **1** av nål etc. prick; av t. ex. bi sting, av mygga bite; av vapen stab, thrust **2** kortsp. trick; *lämna ngn i ~et* leave a p. in the lurch **II** *adv*, *~ i stäv mot* ... directly contrary to ...
**sticka** **I** *s* **1** flisa splinter; pinne stick; *få en ~ i* fingret get a splinter in ... **2** textil. knitting-needle **II** *tr* **1** prick; stinga: om t. ex. bi sting, mygga bite; köra, stöta stick; *~ hål i (på)* prick (make) a hole (resp. holes) in, t. ex. ballong puncture; *~* en kniv *i ngn* stick ... into a p.; *~* en nål *i (igenom) ngt* run ... into (through) a th.; *~ sig i fingret* prick one's finger [*på* with] **2** stoppa put, stick; 'köra' thrust **3** textil. knit **III** *itr* **1** röken *sticker i näsan på mig* ... makes my nose smart; *solen sticker i ögonen* the sun blazes into your eyes **2** vard., *stick!* push off!, hop it!, scram!; *jag sticker (måste ~)* I'm (I must be) off; *~ hem* pop (nip) home □ *~* **emellan med** ett par ord put in ...; ~

**fram** stick out; ~ **ihjäl (ned) ngn** stab a p. to death; ~ **upp** a) skjuta upp, synas stick up (out); om växt shoot up b) vara uppnosig be cheeky
**stickande** *a* smärtande shooting, svagare tingling; om lukt, smak pungent; om sol, hetta blazing, scorching
**stickgarn** *s* knitting-yarn
**stickig** *a* som sticks prickly
**stickkontakt** *s* elektr.: propp plug; vägguttag point
**stickling** *s* cutting
**stickning** *s* textil. knitting äv. om det som stickas
**stickprov** *s* spot check
**1 stift** *s* kyrkl. diocese
**2 stift** *s* **1** sprint etc. pin; häft~ drawing-pin; amer. thumbtack **2** blyerts~ lead, reserv~ lead refill; på reservoarpenna nib; i tändare flint; tänd~ plug; grammofon~ stylus
**stifta** *tr* grunda found
**stiftare** *s* grundare founder
**stiftelse** *s* foundation
**stig** *s* path, upptrampad track
**stiga** *itr* **1** gå step, walk **2** höja sig rise; ascend, go up; om flygplan climb **3** öka, växa rise, grow; ***brödet har stigit i pris*** bread has gone up in price □ ~ **av** gå av get off, från buss etc. äv. alight, från cykel dismount; ***jag vill ~ av*** bli avsläppt ***vid*** ... I want to be put down at ...; ~ **fram** step forward; ~ **in** get in; ~ ***in i bilen*** get into the car; ~ ***in i rummet*** enter the room; ***stig in!*** vid knackning come in!; ~ **ned (ner)** step down, descend; ~ **på a)** i rummet enter **b)** gå på: tåg, buss etc. get on, cykel get on, mount; ~ **undan** step out of the way; ~ **upp** get up, kliva upp get out [*ur* t. ex. badkaret of ... ]; ~ ***upp i*** en vagn get into ...; ~ ***upp på*** en stege get up on (mount) ...
**stigande** *a* rising; om ålder advancing; ~ ***efterfrågan*** growing demand; ***med ~ intresse*** with increasing interest; ~ ***skala*** ascending scale; ~ ***tendens*** rising (upward) tendency
**stigbygel** *s* stirrup
**stigmatisera** *tr* stigmatize
**stigning** *s* rise; i terräng samt flyg. ascent, climb; backe rise; ökning increase
**stil** *s* **1** handstil handwriting, writing **2** boktr. type; tryckstil print **3** sätt att utföra ngt style; manner; ***i stor*** ~ i stor skala on a large scale, vräkigt in style, in grand style; något ***i den ~en*** ... like that; ***något i ~ med*** something like; ***det är ~ på henne*** she has style
**stilett** *s* stiletto (pl. -s)
**stilettklack** *s* stiletto (spike) heel
**stilig** *a* elegant, smart; vacker handsome
**stilistisk** *a* stylistic
**still** *adv* se *stilla I*
**stilla I** *a adv* ej upprörd calm; stillsam quiet; fridfull peaceful; svag gentle; tyst silent; ***S~ havet*** the Pacific [Ocean]; ***ligga (sitta)*** ~ lie (sit) still, hålla sig ~ keep still (quiet), inte röra sig not move (stir); ***sitta*** ~ kvar remain seated; ***stå*** ~ a) inte flytta sig stand still b) om t. ex. fabrik, maskin stand (be) idle **II** *tr* t. ex. hunger satisfy; lindra, t. ex. lidande alleviate
**stillasittande** *a* om t. ex. arbete, liv sedentary
**stillastående** *a* om t. ex. fordon stationary; om maskin idle
**stillatigande** *adv* silently, in silence
**stillbild** *s* film. still
**stilleben** *s* konst. still life (pl. still lifes)
**stillestånd** *s* vapen~ armistice
**stillhet** *s* stillness, calm; quiet; tranquillity; peace; jfr *stilla;* det skedde ***i all*** ~ ... quietly; begravningen ***sker i*** ~ ... will be private
**stillsam** *a* quiet; rofylld tranquil
**stiltje** *s* vindstilla calm; lugn period period of calm; stillestånd stagnation
**stim** *s* **1** fiskstim shoal, school **2** oväsen noise
**stimmig** *a* noisy
**stimulans** *s* stimulering stimulation
**stimulera** *tr* stimulate
**sting** *s* av t. ex. bi sting, av mygga bite, av nål etc. prick; 'snärt' sting, bite, go
**stinka** *itr* stink
**stins** *s* station-master
**stint** *adv, se ~ **på ngn*** stare hard at a p.; ***se ngn ~ i ögonen*** look a p. straight in the eye
**stipendiat** *s* speciellt studie~ holder of a scholarship
**stipendium** *s* speciellt studie~ scholarship; bidrag grant
**stipulera** *tr* stipulate
**stirra I** *itr* stare [*på* at] **II** *refl,* ~ ***sig blind på ngt*** bildl. let oneself be hypnotized by a th.
**stirrande** *a* staring; ~ ***blick*** tom vacant eye (look)
**stjäla** *tr itr* steal
**stjälk** *s* bot. stem, tjockare stalk
**stjälpa** *tr itr* **1** välta omkull overturn, tip over **2** hälla pour, tip; ~ ***i sig*** gulp down; ~ ***ur (ut)*** innehåll pour out, spilla spill
**stjärna** *s* star
**stjärnbaneret** *s* the star-spangled banner, the stars and stripes

**stjärnbild** *s* constellation
**stjärnfall** *s* shooting star
**stjärngosse** *s* 'star boy', boy in a long white shirt and pointed cap [who attends on 'Lucia']
**stjärnhimmel** *s* starry sky
**stjärt** *s* tail äv. bildl.; på människa bottom, behind
**stjärtfena** *s* tail-fin
**sto** *s* mare; ungt filly
**stock** *s* log; ***sova som en*** ~ sleep like a log
**stocka** *refl,* ~ ***sig*** stagnate; om trafik be (get) held up
**stockholmare** *s* Stockholmer
**stockholmska** *s* **1** kvinna Stockholm woman (flicka girl) **2** språk Stockholm dialect
**stockning** *s* avbrott stoppage; ~ ***i trafiken*** traffic jam, hold-up
**stockros** *s* hollyhock
**stoff** *s* material material, stuff; innehåll (i bok etc.) subject-matter
**stofil** *s,* ***gammal*** ~ old fogey
**stoft** *s* **1** damm etc. dust **2** avlidens remains, ashes (båda pl.)
**stoj** *s* oljud noise, larm uproar
**stoja** *itr* make a noise, be noisy
**stol** *s* chair; utan ryggstöd stool; sittplats seat; ***sticka under*** ~ ***med ngt*** conceal a th., keep a th. back
**stollig** *a* crazy, cracked
**stolpe** *s* säng~, lykt~ post; telefon~ etc. pole
**stolpiller** *s* med. suppository
**stolt** *a* proud [*över* of]
**stolthet** *s* pride [*över* in]
**stoltsera** *itr* boast [*med* of]; pride oneself [*med* on]
**stomme** *s* frame, framework; utkast skeleton
**stopp** *s* **I** stoppage; ***sätta*** ~ ***för ngt*** put a stop to a th.; ***säg*** ~*!* say when! **II** *itj* stop!, halt!
**1 stoppa I** *tr* stop; sätta stopp för put a stop to **II** *itr* **1** stop, come to a standstill **2** stå emot stand up [*för* to]; hålla last; ***det*** ~***r inte med*** 100 kr. . . . isn't enough
**2 stoppa** *tr* **1** strumpor etc. darn, mend **2** fylla fill; ~ full stuff; möbler upholster; ~ fickorna ***fulla*** fill ... **3** instoppa etc. put, thrust □ ~ **i sig** äta put away; ~ **in** stoppa undan tuck away [*i* ngt in (into) ... ]; ~ **ned** put (tuck) down; ~ **om** a) möbler re-upholster b) t. ex. ett barn tuck . . . up in bed; ~ **till** fylla igen (t. ex. hål) stop up, fill up, täppa till (t. ex. rör) choke, block up; ~ **undan** stow away; ~ **upp** djur etc. stuff

**stoppförbud** *s* trafik., ***det är*** ~ waiting is prohibited
**stoppgarn** *s* darning-wool
**stoppgräns** *s* stopping limit
**stopplikt** *s* trafik. obligation to stop
**stoppljus** *s* på bil brake (stop) light
**stoppmärke** *s* trafik. stop sign
**stoppning** *s* **1** lagning darning, mending **2** möbel~ upholstery
**stoppnål** *s* darning-needle
**stoppsignal** *s* stop signal
**stoppskylt** *s* trafik. stop sign
**stopptecken** *s* stop signal
**stoppur** *s* stop watch
**stor** *a* **1** large, i bet. rymlig, vidsträckt, i stor skala; vard. big; lång tall; speciellt abstrakt samt i bet. framstående etc. great; ~***t antal*** a large (great) number; ***en*** ~ ***del av tiden*** a good (great) deal of the time; ***till*** ~ ***del*** largely; ***till min*** ~***a förvåning*** much to my surprise; ***vara till*** ~ ***hjälp*** be a great help; ***en*** ~ ***karl*** a big (lång tall) man; ***en verkligt*** ~ ***man*** a truly great man; ***det är*** ~***a pengar*** that's a lot of money; ~ ***publik*** a large audience; ***en*** ~ ***summa pengar*** a large (big) sum of money; ***i*** ~***t sett (i det*** ~***a hela)*** on the whole; ***slå på*** ~***t*** do things in a big way, do the thing in style **2** vuxen grown up; ~***a damen*** vard. quite a little lady; ***bli*** ~ grow up **3** ~ ***bokstav*** capital letter
**storartad** *a* grand, magnificent, splendid
**storasyster** *s* big sister
**storbelåten** *a* highly satisfied
**Storbritannien** Great Britain
**stordåd** *s* great achievement (exploit)
**storebror** *s* big brother
**storfamilj** *s* extended family
**storfinans** *s* high finance, big business
**storhet** *s* **1** egenskap greatness, grandeur **2** person celebrity
**storhetstid** *s* days pl. of glory
**storhetsvansinne** *s* megalomania
**stork** *s* stork
**storkna** *itr* choke, suffocate
**storlek** *s* size; ***till*** ~***en*** in size
**storm** *s* hård vind gale; speciellt med oväder samt friare storm; ***en*** ~ ***i ett vattenglas*** a storm in a teacup, amer. a tempest in a teapot
**storma I** *itr,* ***det*** ~***r*** a storm is raging; ~ ***fram*** rush at **II** *tr* mil. o. friare storm
**stormakt** *s* great (big) power
**stormande** *a* stormy; ~ ***bifall*** a storm of applause; ***göra*** ~ ***succé*** be a tremendous success
**stormarknad** *s* hypermarket
**stormförtjust** *a* absolutely delighted

**stormig** *a* stormy
**stormning** *s* assault, stormande storming
**stormsteg** *s* bildl., *med* ~ by leaps and bounds
**stormvarning** *s* gale warning
**storrökare** *s* heavy smoker
**storsint** *a* magnanimous
**storsinthet** *s* magnanimity
**storslagen** *a* grand, grandiose, magnificent
**storslalom** *s* giant slalom
**storspov** *s* fågel curlew
**storstad** *s* big city (town), världsstad metropolis
**storstilad** *a* grand, grandiose
**Stor-Stockholm** Greater Stockholm
**storstrejk** *s* general strike
**storstädning** *s* spring-cleaning
**stort** *adv* greatly, largely; ***inte ~ mer än*** ett barn little (not much) more than ...
**stortrivas** *itr dep* get on very well, be very happy
**stortå** *s* big toe
**storvilt** *s* big game
**storvuxen** o. **storväxt** *a* big, om person samt träd äv. tall
**storätare** *s* big (heavy) eater, gourmand
**storögd** *a* large-eyed, big-eyed
**straff** *s* punishment; speciellt jur. penalty; ***belägga ngt med ~*** impose a penalty on a th.; ***få sitt ~*** be punished; ***till ~*** as a punishment
**straffa** *tr* punish
**straffarbete** *s* hard labour, imprisonment with hard labour
**straffbar** *a* punishable; ***det är ~t att*** inf. it is an offence to inf.
**straffregister** *s* criminal records pl. (register)
**straffränta** *s* penal interest
**straffspark** *s* sport. penalty, penalty kick
**straffånge** *s* convict
**stram** *a* snäv tight; sträng severe; stel stiff
**strama** *itr* om kläder etc. be tight
**strand** *s* shore, badstrand, sandstrand beach; flodstrand bank
**stranda** *itr* om fartyg run ashore; misslyckas fail, break down
**strandning** *s* fartygs stranding, misslyckande failure, t. ex. förhandlingars breakdown
**strapats** *s*, *~er* hardships
**strass** *s* paste, strass
**strategi** *s* strategy
**strategisk** *a* strategic
**strax** *adv* **1** om tid directly, in a minute (moment), snart presently; genast at once; ***~ efter*** middagen just after ...; ***~ innan*** han for just before ...; är du klar? - ***Jag kommer ~!*** ... I'm coming in a minute (moment)!; ***jag kommer ~ tillbaka*** I'll be back in a minute (moment); ***klockan är ~ 2*** it is close on two o'clock **2** om rum, ***~ bredvid (intill)*** close by
**streber** *s* climber, pusher
**streck** *s* **1** pennstreck, penseldrag etc. stroke, linje o. skiljelinje line; tvärstreck cross; på skala mark; ***låt oss dra ett ~ över det*** glömma det let's forget it; ***ett ~ i räkningen*** an unforeseen obstacle **2** rep cord, line, för tvätt clothes-line **3** ***ett fult ~*** a dirty trick **4** ***hålla ~*** hold good, be true
**strecka** *tr*, ***~ för i en bok*** mark passages in a book; ***~ under*** underline, score
**streckkod** *s* på varor bar-code
**strejk** *s* strike; ***utlysa ~*** call a strike
**strejka** *itr* **1** gå i strejk go on strike; vara i strejk be on strike **2** inte fungera: bilen ***~r*** ... is out of order; bromsarna ***~r*** ... don't work
**strejkaktion** *s* industrial action
**strejkande** *a* striking; ***de ~*** the strikers
**strejkbrytare** *s* strike-breaker, neds. scab, blackleg
**strejkvakt** *s* picket
**stress** *s* stress
**stressad** *a* ... suffering from stress, ... under stress
**stressande** o. **stressig** *a* stressful, ... causing stress
**streta** *itr* knoga work hard, toil [***med ngt*** at a th.]; mödosamt förflytta sig struggle; ***~ emot*** resist, struggle
**1 strid** *a* om ström etc. swift, rapid
**2 strid** *s* kamp fight, fighting (end. sg.); speciellt hård struggle; speciellt mellan tävlande contest; drabbning battle; oenighet contention, strife (båda end. sg.), konflikt conflict, dispyt dispute; ***en ~ på liv och död*** a life-and-death struggle; ***inre ~*** inward struggle; ***i ~ mot*** regler etc. in violation of...; ***det står i ~ med (mot)*** avtalet it goes against ...
**strida** *itr* **1** kämpa fight, struggle; tvista dispute **2** ***det strider mot*** ... it is contrary to (is against) ...
**stridbar** *a* ... with plenty of fighting spirit, aggressiv aggressive
**stridig** *a* motstridande conflicting, contending
**stridigheter** *s pl* conflicts; meningsskiljaktigheter differences
**stridsanda** *s* fighting spirit
**stridsberedskap** *s* readiness for action
**stridslysten** *a* aggressiv aggressive

**stridsmedel** *s, konventionella* ~ conventional weapons
**stridsrop** *s* war-cry
**stridsspets** *s* warhead
**stridsvagn** *s* tank
**stridsyxa** *s* battle-axe; *gräva ned ~n* bury the hatchet
**stridsåtgärd** *s* offensive action, facklig strike action
**stridsövning** *s* tactical exercise, manœuvre
**strikt** *a* strict; i klädsel, uppträdande sober
**strila** *tr itr* sprinkle; *~nde regn* steady rain
**strimla I** *s* strip, shred **II** *tr* kok. shred
**strimma** *s* streak, rand stripe; *en ~ av hopp* a gleam of hope
**strippa I** *itr* do a strip-tease, strip-tease **II** *s* person stripper
**stropp** *s* strap, på sko etc. loop
**struken** *a, en ~ tesked* a level teaspoonful
**struktur** *s* structure; speciellt textil. texture
**strulig** *a* vard. trying, difficult
**struma** *s* goitre, struma
**strumpa** *s* stocking, herrstrumpa sock
**strumpbyxor** *s pl* tights, stretch tights, pantyhose sg.
**strumpeband** *s* suspender; ringformigt (utan hållare) samt amer. garter
**strumpebandshållare** *s* suspender (amer. garter) belt
**strumpläst** *s*, gå omkring *i ~en* ... in one's stockinged (stocking) feet; *han mäter* 1,80 *i ~en* he stands ... in his stockings
**strunt** *s* skräp rubbish, trash; *~ i det!* never mind!
**strunta** *itr, ~ i* not bother about; *det ~r jag blankt i!* I don't care (give) a hang about that!
**struntprat** *s* o. *itj* nonsense, rubbish
**struntsak** *s* bagatell trifle, trifling matter
**struntsumma** *s* trifle, trifling sum
**strupe** *s* throat
**struphuvud** *s* larynx (pl. larynges)
**struptag** *s, ta ~ på ngn* seize a p. by the throat, throttle a p.
**strut** *s* pappersstrut cornet, screw (twist) of paper; glasstrut etc. cone
**struts** *s* ostrich
**stryk** *s, få ~* get a beating (thrashing); *ful som ~* as ugly as sin
**stryka** *tr* **1** smeka stroke, gnida rub **2** med strykjärn etc. iron **3** bestryka med färg etc. coat, paint; breda på, t. ex. salva spread **4** stryka ut (över) cross (strike) out, cancel □ ~ **av** torka av wipe; ~ **bort** t. ex. en tår brush away, torka bort wipe off, ta bort remove; ~ **för ngt med rött** mark a th. in red; ~ **med** gå ut be finished off, om pengar be used up, dö die, perish; ~ **ned** förkorta cut down; ~ **omkring på gatorna** t. ex. om ligor roam the streets; ~ **på** t. ex. salva spread; ~ **under** underline, emphasize, stress; ~ **ut**, ~ **över** t. ex. ett ord cross (strike) out, cancel
**strykande** *a, ha ~ åtgång* have a rapid sale; varorna *hade ~ åtgång* ... went like hot cakes
**strykbräde** *s* ironing-board
**strykfri** *a* non-iron
**strykjärn** *s* iron, flat-iron
**strykklass** *s, sätta ... i ~* discriminate against, victimize
**strykmaskin** *s* ironing machine
**strykning** *s* **1** med handen etc. stroke; gnidning rub **2** med strykjärn ironing **3** med färg coating, konkret coat, coat of paint **4** uteslutning cancellation
**stryktips** *s* results pool
**strypa** *tr* strangle
**strå** *s* straw; hårstrå hair; grässtrå blade of grass; *dra det kortaste (längsta) ~et* get the worst (best) of it; *dra sitt ~ till stacken* do one's bit; *inte lägga två ~n i kors* not lift a finger [*för att* to]
**stråke** *s* bow; *stråkar* i orkester strings
**stråkinstrument** *s* stringed instrument
**stråla** *itr* beam, shine, om t. ex. ögon sparkle [*av* with]; ~ *av hälsa* be radiant with health
**strålande** *a* lysande brilliant; ~ *väder* glorious weather
**strålbehandling** *s* radiotherapy
**stråle** *s* ray, av ljus beam; av vätska, gas jet
**strålkastare** *s* rörlig searchlight; för illumination floodlight; teat. spotlight; på bil etc. headlight
**strålning** *s* radiation
**strålskydd** *s* protection against radiation
**strålskyddsinstitut** *s, ~et* the National Institute of Radiation Protection
**stråt** *s* väg, kosa way, course
**sträck** *s, i ~* el. *i ett ~* at a stretch; without stopping
**sträcka I** *s* stretch, avstånd, väg~ distance, del~ section **II** *tr* spänna stretch; försträcka, *~ en muskel (sena)* pull (stretch) a muscle (tendon); ~ *vapen* lay down one's arms **III** *itr, ~ på benen* stretch one's legs; *~ på sig* tänja och sträcka stretch, stretch oneself; räta på sig straighten oneself up; *sträck på dig!* stå rak! stand straight! **IV** *refl, ~ sig* **1** tänja och sträcka stretch, stretch oneself; *~ sig efter ngt* reach (reach out) for a th. **2** ha viss utsträckning stretch, range □ ~ **fram** t. ex. handen put (hold) out; ~ **ut** put (hold, tänja

stretch) out; dra ut, spänna stretch; förlänga extend
**sträckbänk** *s*, ***hålla ngn på ~en*** i spänning keep a p. on tenterhooks
**sträckning** *s* **1** ut~ extension **2** ***få en ~*** muskel~ pull (stretch) a muscle
**1 sträng** *a* hård omild, severe; bestämd, noga strict; bister, allvarlig stern, austere; ***lagens ~aste straff*** the maximum penalty; ***vara ~ mot*** be severe (mot barn strict) with
**2 sträng** *s* mus. samt racket~ string
**stränga** *tr* string; ~ ***om*** restring
**stränginstrument** *s* string (stringed) instrument
**sträv** *a* rough, om smak o. bildl. harsh
**sträva** *itr* strive; kämpa struggle; ~ ***efter att*** inf. endeavour (strive) to inf.
**strävan** *s* ambition, mål aim; bemödande effort, efforts pl.
**strävhårig** *a* om hund wire-haired
**strävsam** *a* industrious, hard-working
**strö** *tr* sprinkle, strew; ~ ***omkring*** scatter, scatter about; ~ ***pengar omkring sig*** splash money about
**ströare** *s* castor
**ströbröd** *s* breadcrumbs pl.
**strödd** *a* utspridd scattered
**ströjobb** *s* odd (casual) job
**strökund** *s* chance (stray) customer
**ström** *s* **1** strömning current; vattendrag, flöde stream; ***en ~ av tårar*** a flood of tears; ***i en jämn ~*** in a constant stream **2** elektr. current; elkraft power
**strömavbrott** *s* power failure (cut)
**strömbrytare** *s* switch
**strömförande** *a* live
**strömlinjeformad** *a* streamlined
**strömma** *itr* stream, flyta, flöda äv. flow, run, starkare pour; ~ ***in*** om vatten etc. rush in, flow in, om t. ex. folk, brev stream (pour) in; ~ ***till*** om vatten etc. flow; om folkskaror come flocking; ~ ***över*** overflow
**strömming** *s* Baltic (small) herring
**strömning** *s* current
**strösocker** *s* granulated sugar, finare castor sugar
**ströva** *itr*, ~ el. ~ ***omkring*** roam, rove, ramble, stroll
**strövtåg** *s* vandring ramble, excursion äv. bildl.
**stubb** *s* åkerstubb, skäggstubb stubble
**stubben** *s*, ***på ~*** vard. on the spot
**stubin** *s* fuse; ***ha kort ~*** om person be short-tempered
**stucken** *a* offended, hurt [*över* at]
**student** *s* studerande student
**studera** *tr itr* study
**studerande** *s* univ. student
**studie** *s* study [*över* of]
**studiebesök** *s* visit for purposes of study, study visit
**studiebidrag** *s* study grant
**studiecirkel** *s* study circle
**studiehandbok** *s* students' guide, university handbook
**studiehjälp** *s* financial aid to those studying at the 'gymnasium' level
**studielån** *s* study loan
**studiemedel** *s* ekonomiskt stöd study allowances (bidrag grants)
**studieplan** *s* syllabus
**studierektor** *s* director of studies
**studieresa** *s* study tour
**studierådgivning** *s* student counselling (guidance)
**studiestöd** *s* financial aid to students
**studievägledare** *s* study counsellor
**studievägledning** *s* study counselling (guidance)
**studio** *s* studio (pl. -s)
**studium** *s* study [*av, i* of]
**studs** *s* bounce
**studsa** *itr* om boll bounce; ~ ***tillbaka*** rebound, bounce back
**stuga** *s* cottage, koja cabin
**stuka** *tr* **1** skada, ömslå sprain; ~ el. ~ ***sig i handleden*** sprain one's wrist **2** ~ el. ~ ***till*** platta till batter, knock ... out of shape
**stum** *a* **1** dumb [*av* with]; ***bli ~*** be struck dumb; ***i ~ beundran*** in mute admiration **2** om bokstav: ej uttalad mute, silent
**stumfilm** *s* silent film, silent
**stump** *s* rest stump
**stund** *s* kort tidrymd while; tidpunkt moment; ***stanna en ~*** stay for a while; ***en kort ~*** a short while, a moment; ***det dröjer bara en liten ~*** it will only be a moment; ***inte en lugn ~*** not a moment's peace; ***han trodde att hans sista ~ var kommen*** he thought that his last hour had come; ***för en ~ sedan*** a little while (a few minutes) ago; ***på lediga ~er*** in one's spare time; ***till min sista ~*** to my dying day
**stunda** *itr* approach, draw near
**stundande** *a* coming
**stundom** o. **stundtals** *adv* at times, now and then
**1 stup** *s* brant precipice, steep slope
**2 stup** *adv*, ~ ***i ett (kvarten)*** non-stop, every five minutes
**stupa** *itr* **1** luta brant descend abruptly, fall steeply **2** ***nära att ~ av trötthet*** ready to drop with fatigue; ~ ***i säng*** tumble into

bed **3** dö i strid be killed in action; *de ~de* those killed in action (in the war)
**stupfull** *a* vard. dead drunk
**stupränna** o. **stuprör** *s* drain-pipe
**stursk** *a* näsvis cheeky; fräck insolent, impudent; mallig uppish, stuck-up
**stut** *s* oxe bullock
**stuteri** *s* stud, stud-farm
**stuv** *s* remnant; *~ar* äv. oddments
**1 stuva** *tr* stow
**2 stuva** *tr* grönsaker etc. cook ... in white sauce; *~d potatis* potatoes in white sauce; *~d spenat* creamed spinach
**stuvare** o. **stuveriarbetare** *s* stevedore, speciellt amer. longshoreman
**stuvning** *s* vit sås white sauce; kött~ stew
**styck** *s*, 10 kronor *~ (per ~)* ... each; *pris per ~* price each; sälja *per ~* ... by the piece
**stycka** *tr* **1** kött etc. cut up; *~ sönder* cut ... into pieces **2** jord, mark parcel out
**stycke** *s* **1** del, avsnitt etc. piece, part, bit; text~ passage, som börjar med ny rad paragraph; vi fick gå *ett ~ av vägen* ... part of the way; *ett gott ~* härifrån a fair distance...; *ett gott ~ in på* 2000-talet well into...; bilen gick bara *ett litet ~* ... a little (short) way; *i ~n* sönder in pieces, broken; *slå i ~n* knock ... to pieces **2** *fem ~n apelsiner* five oranges; *vi var fem ~n* there were five of us; *några ~n* some, a few; 10 kronor *~t* ... each **3** musik~ piece, piece of music; teater~ play **4** *i många ~n* avseenden in many respects
**styckning** *s* av kött etc. cutting-up; av mark parcelling out
**stygg** *a* speciellt om barn naughty; elak nasty [*mot* to]; ond wicked
**styggelse** *s* abomination [*för* to]
**stygn** *s* stitch
**stylta** *s* stilt
**stympa** *tr* lemlästa mutilate, maim
**stympning** *s* mutilation, maiming
**styr** *s*, *hålla ... i ~* keep ... in check; *hålla sig i ~* control oneself
**styra** *tr itr* **1** fordon, fartyg etc. steer **2** regera govern, rule; leda direct; *de ~nde i samhället* those in power **3** *~ om* ordna see to, arrange, manage
**styrbord** *s* starboard
**styre** *s* **1** cykelstyre handlebars pl. **2** styrelse rule
**styrelse** *s* förenings etc. committee; bolags~ board of directors; företagsledning management; *sitta med i ~n* be on the board (committee)
**styrelseledamot** o. **styrelsemedlem** *s* member of a (the) board (förenings committee)
**styrka I** *s* **1** strength; kraft power, force; intensitet intensity; *vindens ~* the force of the wind; *andlig ~* strength of mind **2** trupp force; arbetsstyrka working staff; antal, numerär strength **II** *tr* **1** göra starkare, befästa strengthen, confirm; ge kraft, mod fortify **2** bevisa prove; med vittnen attest, verify
**styrkedemonstration** *s* show of force
**styrketår** *s* vard. bracer, stiffener, pick-me-up
**styrman** *s* sjö. **1** mate; *förste (andre) ~* first (second) mate **2** som styr helmsman
**styrning** *s* styrande steering; *automatisk ~* automatic control
**styrsel** *s* stadga firmness, steadiness; stability, 'ryggrad' backbone
**styrspak** *s* flyg. control column
**styrstång** *s* på cykel handlebars pl.
**styv** *a* **1** stiff; *~ bris* fresh breeze **2** duktig, skicklig, *~ i* matematik, tennis etc. good at ...
**styvbarn** *s* stepchild
**styvbror** *s* stepbrother
**styvfar** *s* stepfather
**styvmoderligt** *adv*, *vara ~ behandlad* be unfairly treated
**styvmor** *s* stepmother
**styvmorsviol** *s* love-in-idleness, wild pansy
**styvna** *itr* stiffen
**styvsyster** *s* stepsister
**styvt** *adv* **1** stiffly; *hålla ~ på ngt (att* inf.*)* insist on a th. (on ing-form) **2** duktigt, *det var ~ gjort!* well done!
**stå I** *itr* **1** stand; *hur ~r det (spelet)?* what's the score?; *det ~r 2-1* it (the score) is two one; *det ~r en karl där* there is a man standing there; *~ och hänga* hang around; *~ för* ansvara för be responsible for, leda, ha hand om be at the head (in charge) of; *~ för vad man säger* stand by what one has said; *~ i ackusativ* be in the accusative; *~ i affär* work in a shop; *ha mycket att ~ i* have many things to attend to, have plenty to do; *valet ~r mellan* ... the choice lies between ...; *barometern (visaren) ~r på* ... the barometer (hand) points to ...; *~ vid* vad man har sagt stand by ..., keep (stick) to ... **2** ha stannat, om klocka have stopped; hålla, om tåg etc. stop, wait **3** finnas skriven be written; *läsa vad som ~r om* ... read what is written (i tidning what they say) about ...; *det ~r i boken* it is in the book; *det ~r i boken att* ... it says in the

book that ...; ***han ~r som konstnär*** i passet he is put down as an artist **II** *refl,* ~ ***sig*** hävda sig hold one's own; hålla sig, om mat etc. keep; fortfarande gälla, om teori etc. hold good, stand; bestå last □ ~ **bakom** ngt bildl. be behind ...; ~ **efter** vara underlägsen **ngn** be inferior to a p.; ~ **emot** resist, withstand; tåla stand; ~ **fast vid** t. ex. anbud stand by, t. ex. åsikt stick to, t. ex. krav insist on; ~ **framme** till bruk etc. be ready, skräpa be left about; ~ **inne** vara inomhus be indoors; ***låta*** pengarna ~ ***inne*** leave ... on deposit; ~ **kvar** stanna kvar remain, stay on; **vad ~r på?** hur är det fatt what's the matter?, vard. what's up?; ~ ***på sig*** stick to one's guns; ~ ***på dig!*** don't give in!, stick up for yourself!; **hur ~r det till?** hur mår du how are you?; ***hur ~r det till hemma (med familjen)?*** how is your family?; ~ **upp** stiga upp, höja sig rise; ~ **ut**: ***jag ~r inte ut längre*** I can't stand (bear, put up with) it any longer; ~ **över** ngt vara höjd över be above ...; ***jag ~r över till*** väntar I'll wait till; ~ ***över sin tur*** i spel pass, miss one's turn

**stående** *a* standing; vertical; stillastående stationary; ~ ***fras*** set phrase; ***bli*** ~ a) inte sätta sig remain standing b) stanna stop c) bli kvarlämnad be left

**ståhej** *s* vard. hullabaloo, fuss

**stål** *s* steel

**stålborste** *s* wire brush

**stålindustri** *s* steel industry

**Stålmannen** seriefigur Superman

**stålpenna** *s* nib

**stålull** *s* steel wool

**stålverk** *s* steelworks (pl. lika)

**stånd** *s* **1** salustånd stall, speciellt på marknad booth, på mässa stand **2** civilstånd status **3** samhällsklass social class **4** nivå height **5** fysiol. erection **6** ställning etc., ***hålla*** ~ hold one's ground (own), hold out [*mot* fienden against ... ] **7** skick etc. condition, state; ***vara i ~ att*** inf. be able to inf., be capable of ing-form; ***få till*** ~ bring about, upprätta establish; ***komma till*** ~ come (be brought) about, äga rum come off, take place; ***sätta*** ngt ***ur*** ~ put (throw) ... out of gear; ***vara ur ~ att*** inf. be incapable of ing-form, be unable to inf.

**ståndaktig** *a* firm; orubblig steadfast, constant

**ståndare** *s* bot. stamen

**ståndpunkt** *s* standpoint, point of view

**stång** *s* stake etc. pole; i galler etc. bar; räcke rail; ***hålla ngn ~en*** hold one's own against a p.; flaggan är ***på halv*** ~ ... at half-mast

**stångas** *itr dep* butt; med varandra butt each other

**stånka** *itr* flåsa puff and blow, breathe heavily; stöna groan [*av* with]

**ståplats** *s*, ***~er*** ~utrymme standing room

**ståt** *s* pomp; prakt splendour

**ståta** *itr,* ~ ***med*** parade, make a display of

**ståtlig** *a* storslagen grand, magnificent; imponerande: om person imposing, om t. ex. byggnad stately, impressive

**städ** *s* anvil

**städa I** *tr* rengöra clean, vard. do, snygga upp i tidy up **II** *itr* clean (tidy) up

**städare** *s* cleaner

**städerska** *s* cleaner, städhjälp charwoman, vard. char; på hotell chambermaid; på båt stewardess

**städrock** *s* overall

**städskåp** *s* broom cupboard (amer. closet)

**ställ** *s* ställning stand, för disk, pipor m. m. rack

**ställa I** *tr* **1** put, place, stand; ~ en dörr ***öppen*** lämna öppen leave ... open; ~ ngt ***i utsikt*** hold out the prospect of ...; ~ ***ngn inför*** en svårighet confront a p. with ...; ~ ***s (~ ngn) inför valet mellan*** ... have to choose (make a p. choose) between ...; ~ ***en fråga till ngn*** ask a p. a question, put a question to a p.; ~ ngt ***till förfogande*** make ... available; ***ha det bra ställt*** ekonomiskt be well off **2** ställa in set; ~ ***sin klocka*** set one's watch [*efter* kyrkklockan by ... ]; ~ klockan ***på ringning kl. 6*** set ... for six o'clock **3** uppställa, t. ex. villkor make; lämna, t. ex. garanti give **II** *refl,* ~ ***sig*** placera sig place oneself; ***ställ dig här!*** stand here!; ~ ***sig i kö (rad)*** queue (line) up; ~ ***sig i vägen för ngn*** put oneself in a p.'s way; ~ ***sig upp*** stand up, rise □ ~ **ifrån sig** put ... down, undan put away, lämna, glömma leave ... behind; ~ **in a)** put ... in; reglera adjust [*efter* to]; ~ ***in radion på en station*** tune in a station; ~ ***in sig på ngt*** bereda sig på prepare oneself for a th., räkna med count on a th. **b)** ~ ***sig in hos*** ngn ingratiate oneself with ..., vard. cringe (suck up) to ... **c)** inhibera etc. se *inställa;* ~ **om** placera om rearrange; ~ **till med** anordna arrange, organize, sätta i gång med start, t. ex. bråk make, vålla cause; ***vad har du nu ställt till med?*** what have you been up to now?; ~ **undan** put aside; ~ **upp** a) placera put ... up, t. ex. schackpjäser lay out; ordna, t. ex. i grupper place, arrange b) uppbåda: t. ex. en armé raise, ett lag put up c) göra upp: t. ex. program, rapport draw up d) framställa: t. ex. teori put forward, advance, t. ex. villkor make, t. ex. regel lay down e) delta

take part, join in; vara villig stand by, show willing; ~ *upp mot* ... i tävling meet ...
**ställbar** *a* adjustable
**ställd** *a* svarslös nonplussed, bragt ur fattningen put out, embarrassed
**ställe** *s* **1** place; plats, fläck äv. spot; passus i skrift etc. passage; *på ~t* genast on the spot; *göra på ~t marsch* mark time; *på en del (sina) ~n* in some places, here and there **2** *i ~t* instead, i gengäld in return; *jag skulle inte vilja vara i ditt ~* I wouldn't be in your shoes; *i ~t för* instead of [*att gå* going]
**ställföreträdare** *s* deputy, ersättare substitute; representant representative
**ställning** *s* **1** position; plats place; samhälls~ o. affärs~ standing; poäng~ score; *hur är ~en?* i spel what is the score?; *ta ~* a) ha egen uppfattning take one's stand b) bestämma sig make up one's mind; *en man i hög ~* a man of high (of good social) position; *i sittande ~* in a sitting position, sittande sitting down **2** ställ stand; stomme frame
**ställningstagande** *s* ståndpunkt standpoint [*i* en fråga on ... ]; attitude [*till* towards]
**stämband** *s* vocal cord
**stämgaffel** *s* tuning-fork
**stämjärn** *s* chisel, mortise chisel
**1 stämma I** *s* röst voice; mus. part, i orgel stop **II** *itr* överensstämma correspond, tally; *räkningen stämmer* the account is correct; *det stämmer!* that's right!, quite right! □ ~ **in** falla in, *alla stämde in i sången* everyone joined in the song; ~ **ned** göra förstämd depress; ~ *ned tonen* come down a peg or two; ~ **upp** raise; orkestern *stämde upp* ... struck up; ~ **överens** agree, accord
**2 stämma** *tr itr* hejda stem, check
**3 stämma I** *s* sammanträde meeting, assembly **II** *tr* jur. summon [*inför domstol* to appear before the court]; ~ *ngn för* ... sue a p. for ...
**1 stämning** *s* sinnes~ mood, temper; atmosfär atmosphere; *~en var tryckt* there was a feeling of depression; *vara i ~ (den rätta ~en) för* ... be in the right mood for...; *i glad (festlig) ~* in high spirits
**2 stämning** *s* jur. summons; *delgiva ngn ~* serve a writ upon a p.
**stämpel** *s* **1** verktyg stamp, gummi~ rubber stamp **2** avtryck stamp, på guld, silver hallmark; post~ postmark; inbränd brand, mark
**stämpelavgift** *s* stamp duty
**stämpeldyna** *s* stamp pad
**stämpelkort** *s* clocking-in card
**stämpelur** *s* time clock
**1 stämpla I** *tr* med stämpel stamp; märka mark; frimärke cancel; *brevet är ~t* den 3 maj the letter is postmarked ...; ~ *in* belopp register **II** *itr*, *gå och ~* om arbetslös be on the dole
**2 stämpla** *itr* konspirera plot, conspire
**stämpling** *s* komplott plot, conspiracy
**ständig** *a* oavbruten constant, continuous; stadigvarande permanent; oupphörlig continual
**stänga** *tr itr* tillsluta shut, slå igen close; med lås lock; med regel bolt; ~ *butiken* för dagen shut up shop; posten *är stängd* ... is closed □ ~ **av** shut off, väg close, spärra av block up; vatten, gas shut (vrida av turn) off; elström, radio, TV switch off, huvudledning, telefon cut off; från tjänst etc. suspend; *gatan är avstängd!* street closed to traffic!; *avstängt!* no admission!; ~ **igen** shut (lock) up; ~ **in** låsa in shut (lock) ... up; inhägna hedge ... in; ~ *in sig* shut (lock) oneself up; ~ **till** close, shut; ~ **ute** shut (lock) ... out, utesluta exclude
**stängningsdags** *adv* closing-time
**stängsel** *s* fence; räcke rail; barrier
**stänk** *s* splash; droppe tiny drop; från vattenfall etc. spray; *ett ~* regn~ a drop of rain; *ett ~* citronsaft a dash of ...; *ett ~ av vemod* a touch of melancholy
**stänka I** *tr* splash; svagare sprinkle äv. tvätt; ~ *smuts på ngn* spatter a p. with mud; *bli nedstänkt* get splashed all over **II** *itr* skvätta splash
**stänkskydd** *s* på bil mudflap
**stänkskärm** *s* flygel på bil wing; mudguard äv. på cykel; amer. fender
**stäpp** *s* steppe
**stärka** *tr* **1** styrka strengthen; bekräfta confirm **2** med stärkelse starch
**stärkande** *a* strengthening; ~ *medel* tonic
**stärkelse** *s* starch
**stärkkrage** *s* starched collar
**stäv** *s* sjö. stem
**stäva** *itr* head; ~ *mot* ... bear towards ...
**stävja** *tr* check; undertrycka suppress
**stöd** *s* support; stötta prop; hjälp aid; *få ~* ekonomiskt *av* ... be subsidized by ...; *till (som) ~ för* påstående etc. in support (confirmation) of, minnet as an aid to
**stöddig** *a* självsäker self-important, cocksure
**stödja I** *tr* support; luta rest, lean; grunda base, found; ~ *armbågarna mot bordet* rest one's elbows on the table **II** *refl*, ~ *sig* support oneself; luta sig lean, rest; ~ *sig på* t. ex. faktum base one's opinion on; ~ *sig på ngn* åberopa cite a p. as one's authority

**stödundervisning** *s* remedial teaching
**stök** *s* städning cleaning; fläng bustle; före jul etc. preparations pl.
**stöka** *itr* städa clean up; ~ *till* make a mess; ~ *till i rummet* litter up the room
**stökig** *a* untidy, messy
**stöld** *s* theft; thieving (end. sg.); inbrotts~ burglary
**stöldförsäkring** *s* insurance against theft (inbrott burglary)
**stöldgods** *s* stolen goods pl.
**stöldsäker** *a* thiefproof, dyrkfri burglarproof
**stön** *s* groan, svagare moan
**stöna** *itr* groan, svagare moan
**stöpa** *tr* gjuta cast, mould; ~ *ljus* make (dip) candles
**stöpslev** *s, vara (ligga) i ~en* bildl. be in the melting-pot
**1 stör** *s* fisk sturgeon
**2 stör** *s* stång pole, stake
**störa** *tr itr* disturb; avbryta interrupt; *förlåt att jag stör* excuse my disturbing you; *får jag ~ ett ögonblick?* could you spare me a minute?
**störande I** *a* bullersam rowdy; besvärande troublesome, annoying **II** *adv, uppträda ~* create a disturbance
**störning** *s* disturbance; avbrott interruption; rubbning disorder; radio.: genom annan sändare jamming (end. sg.); *~ar* från motorer etc. interference sg.
**störningsskydd** *s* radio. noise suppressor
**störningssändare** *s* radio. jamming station
**större** *a* larger (bigger; greater etc., jfr *stor*); ~ *delen av* ... most of ...; *till ~ delen* for the most part, mostly; *ett ~ krig* relativt stort a major war; *en ~ summa* relativt stor a big (large) sum
**störst** *a* largest (biggest; greatest etc., jfr *stor*); ~ *i världen* biggest in the world; *~a delen av* ... most of ...; *till ~a delen* for the most part, mostly
**störta I** *tr* beröva makten overthrow; ~ *ngn i fördärvet* bring about a p.'s ruin **II** *itr* **1** falla fall (tumble, topple) down [*ned i* into]; om flygplan crash; om häst fall **2** rusa rush, dash **III** *refl, ~ sig* kasta sig throw oneself, rusa rush (dash) headlong; ~ *sig i fördärvet* ruin oneself □ ~ **emot** a) i riktning mot rush etc. towards b) anfalla rush at; ~ **fram** ut rush etc. out; ~ **in** om tak etc. fall in, come down, om vägg fall down; ~ **ned** falla fall (tumble) down; rusa rush down; rasa come down; ~ **samman** collapse
**störtdykning** *s* nose (vertical) dive
**störthjälm** *s* crash helmet
**störtlopp** *s* sport. downhill race
**störtregn** *s* torrential rain
**störtregna** *itr, det ~r* it is pouring down
**stöt** *s* **1** slag, törn etc. a) thrust; slag blow; knuff push b) shock äv. elektr. o. vid jordbävning; fys. impact c) skakning hos fordon etc. jolt **2** vard., inbrott job
**stöta I** *tr* **1** thrust; slå knock, bang, bump **2** krossa pound **3** bildl. offend **II** *itr* knock, bump, strike [*mot* ngn (ngt) against ..., into ...]; ~ *på grund* run aground **III** *refl, ~ sig med ngn* get on the wrong side of a p. □ ~ **emot ngt** knock (bump, strike) against a th.; ~ **ihop** kollidera med knock into each other, råkas run across each other; ~ *ihop med* kollidera med run into, collide with, träffa run across (into); ~ **på** träffa, finna come across; ~ *på* t.ex. svårigheter meet with; ~ **till** knuffa till knock against
**stötande** *a* offensive, svagare objectionable
**stötdämpare** *s* shock absorber
**stötesten** *s* stumbling-block [*för* to]
**stötfångare** *s* bumper
**stötsäker** *a* shockproof
**stött** *a* **1** om frukt bruised **2** förnärmad offended [*över* at (by), *på* with]
**stötta I** *s* prop, stöd support, stay **II** *tr* prop, prop up
**stöttepelare** *s* bildl. mainstay, pillar
**stövel** *s* high boot; *stövlar* speciellt av gummi wellingtons
**stövelknekt** *s* bootjack
**subjekt** *s* subject
**subjektiv** *a* subjective
**substans** *s* substance, ämne matter
**substantiell** *a* substantial
**substantiv** *s* noun
**substantivera** *tr* substantivize; *~t adjektiv* adjective used as a noun
**subtil** *a* subtle
**subtilitet** *s* subtlety
**subtrahera** *tr* subtract
**subtraktion** *s* subtraction
**subvention** *s* subsidy
**subventionera** *tr* subsidize
**succé** *s* success; om bok, pjäs etc. äv. hit; *göra ~* meet with (be a) success
**successiv** *a* stegvis gradual
**suck** *s* sigh; *dra en djup ~* heave a deep sigh; *dra sin sista ~* breathe one's last
**sucka** *itr* sigh [*av* with, *efter* for]
**Sudan** the Sudan
**sudd** *s* **1** tuss wad; tavelsudd duster **2** suddighet blur; bläckfläckar etc. smudges pl.

**sudda** *itr tr* **1** svärta av sig smudge **2** måla, kludda daub □ ~ **bort (ut)** radera rub out, erase; ~ *ut på* svarta tavlan rub (wipe) ... clean, wipe out, med radergummi rub out
**suddgummi** *s* india-rubber, eraser
**suddig** *a* kluddig smudgy; otydlig blurred, indistinct; oredig confused
**sufflé** *s* soufflé
**sufflett** *s* hood, amer. top
**sufflör** *s* prompter
**sug** *s* **1** suction **2** *tappa ~en* lose heart, give up
**suga** *tr itr* suck; *sjön suger* the sea air gives you an appetite; ~ *på en pipa* suck at a pipe; ~ *ur* t.ex. apelsin, sår suck; ~ *ut* bildl. suck ... dry, t.ex. arbetare sweat; ~ *åt sig* absorb, suck up
**sugande** *a, ha en ~ känsla i magen* have a hollow (sinking) feeling in one's stomach
**sugen** *a, känna sig* ~ hungrig feel peckish; *jag är ~ på* en kopp kaffe I feel like ...
**sugga** *s* sow
**suggerera** *tr* influence [*till* i båda fallen into]
**suggestion** *s* suggestion
**suggestiv** *a* suggestive
**sugrör** *s* till saft etc. straw
**sukta** *itr, ~ efter* long for
**sula** *s* o. *tr* sole
**sultan** *s* sultan
**summa** *s* sum
**summarisk** *a* summary, kortfattad äv. concise
**summer** *s* buzzer
**summera** *tr, ~* el. *~ ihop* sum up, add up
**sump** *s* kaffesump grounds pl.
**sumpa** *tr* missa miss, tappa lose; ~ *chansen* miss (pass up) the opportunity
**sumpgas** *s* marsh gas, methane
**sumpmark** *s* swamp, marsh
**1 sund** *s* sound, strait, straits pl.
**2 sund** *a* sound, healthy; om föda wholesome
**sup** *s* dram, snifter; glas brännvin snaps (pl. lika)
**supa** *tr itr* drink, starkare booze; ~ *ngn full* make a p. drunk; ~ *sig full* get drunk
**supé** *s* supper, evening meal
**supera** *itr* have supper
**superlativ I** *s* gram. the superlative; *i ~* in the superlative **II** *a* superlative
**supermakt** *s* superpower
**suppleant** *s* deputy, substitute
**supplement** *s* supplement [*till* to]
**supporter** *s* supporter
**suput** *s* vard. drunkard, boozer
**sur** *a* **1** motsats söt sour äv. bildl., syrlig acid äv. kem.; butter äv. surly; *göra livet ~t för ngn* lead a p. a dog's life; *bita i det ~a äpplet* swallow the bitter pill; *han är ~ på mig* he is cross with me; *vara ~ över ngt* be angry (sore) about a th. **2** blöt wet, om mark waterlogged; om pipa foul
**surdeg** *s* leaven; *jäsa med ~* leaven
**surfa** *itr* go surf-riding
**surfing** *s* surf-riding
**surfingbräda** *s* surf-board, till windsurfing sailboard
**surkål** *s* sauerkraut
**surmulen** *a* sullen, surly
**surna** *itr* sour, turn sour
**surr** *s* hum, buzz; vinande whir
**surra** *itr* hum, buzz; vina whir
**surrealism** *s* surrealism
**surrealistisk** *a* surrealistic
**surrogat** *s* substitute
**surströmming** *s* fermented Baltic herring
**sus** *s* **1** vindens sigh; *det gick ett ~ genom rummet* a murmur (buzz) went through the room **2** *leva i ~ och dus* lead a wild life
**susa** *itr* **1** *det ~r i träden* the wind is sighing in the trees; farten var så hög att *det ~de om öronen på oss* ... the wind whistled about our ears **2** om kula etc. whistle, whiz; ~ *förbi* whistle (rush, tear) by, whiz past; ~ *i väg* rush off
**susen** *s* vard., *göra ~* ge resultat do the trick, settle it; vinet *i såsen gjorde ~* ... gave an extra touch to the sauce
**suspekt** *a* suspicious, predikativt äv. suspect
**suspendera** *tr* suspend
**sussa** *itr* vard., sova sleep, barnspr. go to bye-byes
**sutare** *s* fisk tench
**sutenör** *s* pimp, ponce
**suverän I** *s* sovereign **II** *a* enväldig sovereign, supreme; överlägsen superb, terrific
**suveränitet** *s* sovereignty, supremacy
**svacka** *s* hollow, depression, ekon. decline
**svada** *s* talförhet volubility; ordflöde torrent of words
**svag** *a* weak; feeble; utmattad faint; lätt, om t.ex. vin, öl light; ringa slight; otydlig, om ljud faint, soft; skral poor; *ett ~t hopp* a faint hope; *det ~a könet* the weaker sex; ~ *puls* feeble pulse; ~ *vind* light breeze; ~ *värme* kok. low heat; *vara ~ för* ... have a weakness for (be fond of) ...; *vara ~ i armarna* have got weak arms
**svagdricka** *s* small beer

**svaghet** *s* weakness äv. brist, fel; ***ha en ~ för*** choklad have a weakness for ...
**svagsint** *a* feeble-minded
**svagström** *s* low-voltage current
**sval** *a* cool
**svala** *s* swallow; ***en ~ gör ingen sommar*** ordspråk one swallow does not make a summer
**svalg** *s* anat. throat
**svalka I** *s* coolness, friskhet freshness **II** *tr* cool, uppfriska äv. refresh; ***~ av*** cool off (down)
**svall** *s* av vågor surge, surging
**svalla** *itr* om vågor surge, swell; om blod boil, om känslor etc. run high
**svallning** *s*, ***hans känslor var (råkade) i ~*** his passions were roused (he flew into a passion)
**svallvåg** *s* brottsjö surge; efter fartyg backwash
**svalna** *itr* cool; ***~ av*** cool down (off)
**svamla** *itr* drivel; utan sammanhang ramble
**svammel** *s* drivel; osammanhängande rambling
**svamp** *s* **1** fungus; speciellt ätlig mushroom; ***plocka ~*** pick (gather) mushrooms **2** tvättsvamp sponge
**svampgummi** *s* sponge rubber
**svampkarta** *s* mushroom chart
**svampplockning** *s* mushrooming, picking mushrooms
**svampstuvning** *s* creamed mushrooms
**svan** *s* swan
**svankrygg** *s* sway-back; ***ha ~*** be sway-backed
**svans** *s* tail
**svansa** *itr*, ***gå och ~*** swagger about
**svar** *s* **1** answer, reply, gensvar response [*på* i samtliga fall to]; ***~ betalt*** reply paid; ***ge ngn ~ på tal*** give a p. tit for tat **2** ***stå till ~s för ngt*** be held responsible for a th.
**svara** *tr itr* **1** answer, reply; reagera respond [*med* with, *på* to]; med motåtgärd counter [*med* with, *med att* inf. by ing-form]; ***det är rätt ~t*** that's right; ***~ i telefon*** answer the telephone (phone); ***~ inför rätta för ngt*** stå till svars answer for a th. in court; ***~ på*** en fråga, ett brev, en annons answer ...; ***det kan jag inte ~ på*** I can't say **2** ***~ för*** ansvara för, ordna answer (be responsible) for; ***~ för*** kostnaderna stand ... **3** ***~ mot*** motsvara correspond to, agree with
**svarande** *s* jur. defendant; i skilsmässomål respondent
**svarslös** *a*, ***vara (stå) ~*** be nonplussed, not know what to reply
**svarsvisit** *s* return visit (call)
**svart I** *a* black; dyster dark; ***~a börsen*** the black market; ***~ färg*** black; ***Svarta havet*** the Black Sea; ***stå på ~a listan*** be on the black list; ***~a tavlan*** skol. the blackboard; ***en ~*** a black; ***de ~a*** the blacks; för sammansättningar jfr äv. *blå-* **II** *adv* olagligt illegally **III** *s* färg black; ***ha ~ på vitt på*** ... have ... in black and white; ***göra ~ till vitt*** prove that black is white; ***måla*** skildra ... ***i ~*** paint ... in black colours; ***se allting i ~*** look on the dark side of things; jfr *blått*
**svartabörsaffär** *s* black-market transaction
**svartabörshaj** *s* black-marketeer
**svarthårig** *a* black-haired; ***han är ~*** he has black hair
**svartlista** *tr* blacklist
**svartmuskig** *a* swarthy
**svartmåla** *tr* paint ... black
**svartna** *itr* blacken, become black; ***det ~de för ögonen på mig*** everything went black before my eyes
**svartpeppar** *s* black pepper
**svartsjuk** *a* jealous [*på* of]
**svartsjuka** *s* jealousy
**svartsjukedrama** *s* brott crime passionnel
**svartskäggig** *a* black-bearded
**svartvit** *a* black and white
**svartögd** *a* black-eyed; för sammansättningar jfr äv. *blå-*
**svarv** *s* lathe, turning-lathe
**svarva** *tr itr* turn
**svarvare** *s* turner
**svarvstol** *s* turning-lathe
**svavel** *s* sulphur, amer. sulfur
**svavelhalt** *s* sulphur (amer. sulfur) content
**svavelhaltig** *a* sulphurous, amer. sulfurous
**svavelsyra** *s* sulphuric (amer. sulfuric) acid
**sweater** *s* sweater
**1 sveda** *s* smarting pain; ***ersättning för ~ och värk*** damages pl. for pain and suffering, smart-money
**2 sveda** *tr* singe; förbränna scorch, burn
**svek** *s* förräderi treachery [*mot* to]; trolöshet deceit
**svekfull** *a* treacherous
**svensexa** *s* stag-party
**svensk I** *a* Swedish **II** *s* Swede
**svenska** *s* **1** kvinna Swedish woman (dam lady, flicka girl); ***hon är ~*** she is Swedish (a Swede) **2** språk Swedish; ***~n*** Swedish;

*på ~* in Swedish; *vad heter . . . på ~?* what is the Swedish for . . .?
**svensk-engelsk** *a* t. ex. ordbok Swedish--English, t. ex. förening Anglo-Swedish, Swedish-British
**svenskfödd** *a* Swedish-born
**svenskspråkig** *a* **1** Swedish-speaking . . .; *~* författare . . . who writes in Swedish **2** avfattad på svenska . . . in Swedish **3** där svenska talas . . . where Swedish is spoken
**svensktalande** *a* Swedish-speaking . . .; *vara ~* speak Swedish
**svenskundervisning** *s* the teaching of Swedish; ordna, få *~* . . . instruction in Swedish
**svep** *s* sweep; razzia raid; *i ett ~* at one sweep, friare at one go
**svepa** *tr* wrap up; minor sweep □ *~* **fram** om t. ex. vind sweep along; snöstormen *svepte fram över landet* . . . swept over the country; *~* **i sig** tömma vard. knock back; *~* **in** wrap up; *~ in sig* wrap oneself up
**svepskäl** *s* pretext; *komma med ~* make excuses
**Sverige** Sweden
**svetsa** *tr*, *~* el. *~ ihop (samman)* weld
**svetsare** *s* welder
**svetsning** *a* welding
**svett** *s* sweat, perspiration
**svettas** *itr dep* sweat, perspire
**svettdroppe** *s* drop (bead) of perspiration
**svettig** *a* sweaty, perspiring; *vara alldeles ~* be all in a sweat; *jag är ~ om händerna* my hands are sweaty
**svida** *itr* smart, sting; *det svider i halsen på mig* av t. ex. peppar my throat is burning, vid förkylning I have a sore throat; *röken sved i ögonen på mig* the smoke made my eyes smart
**svidande** *a* smarting, burning; *ett ~ nederlag* a crushing defeat
**svika I** *tr* överge fail, desert; bedra deceive, förråda betray; *~ sitt löfte* break one's promise; *~ sin plikt* fail in one's duty **II** *itr* fail, fail to come (appear)
**svikande** *a*, *med aldrig ~* . . . with never-failing . . .
**sviklig** *a* fraudulent
**svikt** *s* fjädring springiness, spänst elasticity, böjlighet flexibility
**svikta** *itr* böja sig bend; vackla totter, gunga shake; om t. ex. tro waver, om t. ex. krafter, motstånd give way, yield
**svikthopp** *s* sport. spring-board diving
**svimma** *itr* faint, swoon; *~ av* faint away
**svimning** *s* faint, swoon
**svin** *s* pig; *han är ett ~* he is a swine
**svinaktig** *a* om t. ex. pris outrageous; oanständig dirty, filthy
**svinaktigt** *adv* beastly; *uppföra sig ~* behave like a swine (beast)
**svindel** *s* **1** yrsel dizziness, giddiness, vertigo **2** bedrägeri swindle
**svindla I** *itr* få yrsel, *det ~r för ögonen på mig* I feel dizzy **II** *tr* bedra swindle, cheat
**svindlande** *a* om t. ex. höjd dizzy, giddy; om pris, lycka etc. enormous; *i ~ fart* at breakneck speed
**svindlare** *s* swindler, cheat
**swing** *s* dans o. musik swing
**svinga** *tr itr* swing
**svinhus** *s* pigsty
**svinkall** *a*, *det är ~t* it's freezing (beastly cold)
**svinkött** *s* pork
**svinläder** *s* pigskin
**svinn** *s* waste, wastage, loss
**svinstia** *s* pigsty
**svira** *itr* rumla be on the spree (vard. binge)
**sviskon** *s* prune
**svit** *s* **1** följe, rad rum o. mus. suite; serie succession, kortsp. sequence **2** *~erna av* t. ex. sjukdom the after-effects of . . .
**svordom** *s* svärord swear-word, förbannelse curse, oath; *~ar* koll. swearing sg.
**svullen** *a* swollen
**svullna** *itr* swell; *~ up* swell, swell up
**svullnad** *s* swelling
**svulst** *s* swelling, tumour
**svulstig** *a* inflated, turgid
**svulten** *a* mycket hungrig starving [*på* for]
**svuren** *a* sworn
**svåger** *s* brother-in-law (pl. brothers-in-law)
**svågerpolitik** *s* nepotism
**svångrem** *s* belt, waist-belt; *dra åt ~men* bildl. tighten one's belt
**svår** *a* difficult, hard, mödosam heavy, tough; allvarlig grave, serious; severe; *i ~are* allvarligare *fall* in serious (more serious) cases; *ett ~t fel* misstag a serious (grave) error (mistake); *en ~ förkylning* a bad (severe) cold; *ha ~a plågor* be in great pain; *ett ~t prov* a severe test; *en ~ sjukdom (skada)* a serious illness (injury); *ett ~t slag* bildl. a sad blow; *~ värk* severe pain; *göra det ~t för ngn* make things difficult for a p.; *ha det ~t* lida suffer greatly, slita ont have a rough time of it, ekonomiskt be badly off; *ha ~t för ngt* find a th. difficult
**svårartad** *a* om sjukdom malignant, serious, grave

**svårbegriplig** o. **svårfattlig** *a* ... difficult (hard) to understand
**svårframkomlig** *a* om väg almost impassable
**svårhanterlig** *a* ... difficult (hard) to handle (manage)
**svårighet** *s* difficulty [*att* inf. in]; möda hardship; besvär trouble; hinder obstacle
**svårlöst** *a* om problem ... difficult (hard) to solve
**svårmod** *s* melancholy; dysterhet gloom; sorgsenhet sadness
**svårsmält** *a* ... hard to digest, indigestible
**svårstartad** *a* ... difficult (hard) to start
**svårtillgänglig** *a* om plats ... difficult of access; om person, reserverad distant, reserved
**svårtolkad** o. **svårtydd** *a* ... difficult (hard) to interpret
**svägerska** *s* sister-in-law (pl. sisters-in-law)
**svälja** *tr itr* swallow; t. ex. stolthet pocket
**svälla** *itr* swell; utvidga sig expand
**svält** *s* starvation; hungersnöd famine
**svälta** *itr* starve; ~ *ihjäl* starve to death
**svältgräns** *s* hunger line
**svämma** *itr*, ***floden ~de över sina bäddar*** the river overflowed its banks
**sväng** *s* krök turn, bend, kurva curve; vägen ***gör en tvär ~*** ... takes a sharp turn; ***vara med i ~en*** be out and about a great deal
**svänga** *tr itr* **1** swing; vifta med wave; vända turn; vibrera vibrate **2** göra en sväng (vändning) turn; om vind change; ~ ***om hörnet*** turn the corner; ~ ***åt höger*** turn to the right □ ~ **av** ***åt vänster*** turn off to the left; ~ **in på** en gata turn into ...; ~ **om** turn around, om vind veer round
**svängdörr** *s* swing (roterande revolving) door
**svänghjul** *s* flywheel
**svängning** *s* rörelse swing; vibration vibration; kringsvängning rotation, revolution; variation fluctuation; friare i t. ex. politik change, shift
**svängrum** *s* space, elbow-room
**svära** *tr itr* **1** gå ed swear [*på* to, *vid* by] **2** begagna svordomar swear, curse [*över, åt* at]
**svärd** *s* sword
**svärdfisk** *s* swordfish
**svärdotter** *s* daughter-in-law (pl. daughters-in-law)
**svärdslilja** *s* iris
**svärfar** *s* father-in-law (pl. fathers-in-law)
**svärföräldrar** *s pl* parents-in-law
**svärm** *s* t. ex. av bin, människor swarm; av fåglar flight
**svärma** *itr* **1** swarm [*omkring* round] **2** ~ ***för ngn (ngt)*** have a crush on a p. (a passion for a th.)
**svärmare** *s* drömmare dreamer
**svärmeri** *s* förälskelse infatuation, starkare passion
**svärmor** *s* mother-in-law (pl. mothers-in-law)
**svärord** *s* swear-word
**svärson** *s* son-in-law (pl. sons-in-law)
**svärta I** *s* blackness; färgämne blacking **II** *tr*, ~ el. ~ ***ned*** blacken
**sväva** *itr* float, be suspended; om fågel soar, kretsa hover; hänga fritt hang; ~ ***i fara*** be in danger
**svävare** o. **svävfarkost** *s* hovercraft (pl. lika)
**sy** *tr itr* sew, kläder vanl. make; ~ ***fast (i) en knapp i*** rocken sew a button on; ~ ***ihop*** sew up
**syateljé** *s* dressmaker's [workshop]
**sybehör** *s pl* sewing-materials
**sybord** *s* work-table
**syd** *s* o. *adv* south; jfr äv. *nord, norr* med ex. o. sammansättningar
**sydafrikan** *s* South African
**sydafrikansk** *a* South-African
**sydlig** *a* southerly; south; southern; jfr *nordlig*
**sydländsk** *a* southern, ... of the South
**sydlänning** *s* southerner
**sydost I** *s* väderstreck the south-east; vind south-easter, south-east wind **II** *adv* south-east [*om* of]
**sydpol** *s*, ***~en*** the South Pole
**sydväst I** *s* **1** väderstreck the south-west; vind south-wester, south-west wind **2** huvudbonad sou'wester **II** *adv* south-west [*om* of]
**syfilis** *s* syphilis
**syfta** *itr* sikta, eftersträva aim [*till* at]; ~ ***på*** anspela på allude to, mena mean; ***~r du på mig?*** are you referring to me?; ~ ***tillbaka på ngt*** refer back to a th.
**syfte** *s* ändamål purpose, end, mål aim; ***~t med*** hans resa the purpose of ...; ***i (med) ~ att*** inf. with a view to ing-form
**syjunta** *s* sewing circle, amer. sewing-bee
**syl** *s* awl; ***inte få en ~ i vädret*** not get a word in edgeways
**sylt** *s* jam, preserve, preserves pl.
**sylta I** *s* kok. brawn, amer. headcheese **II** *tr itr* **1** koka sylt preserve **2** bildl., ~ ***in sig*** trassla in sig get involved, get mixed up [*i* in]
**syltburk** *s* jam-jar; med innehåll jar of jam
**syltlök** *s* syltad lök, koll. pickled onions pl.

**symaskin** *s* sewing-machine
**symbol** *s* symbol
**symbolisera** *tr* symbolize
**symbolisk** *a* symbolic, symbolical
**symfoni** *s* symphony
**symfoniorkester** *s* symphony orchestra
**symmetri** *s* symmetry
**symmetrisk** *a* symmetric, symmetrical
**sympati** *s* medkänsla sympathy [*för* for]; *fatta ~ för ngn* take to a p., take a liking to a p.
**sympatisera** *itr* sympathize [*med* with]
**sympatisk** *a* trevlig nice, pleasant
**sympatistrejk** *s* sympathetic strike
**sympatisör** *s* sympathizer
**symtom** *s* symptom [*på* of]
**symtomatisk** *a* symptomatic [*för* of]
**syn** *s* **1** synsinne sight; ***ha dålig ~*** have a bad eyesight; ***få ~ på*** ... catch sight of... **2** synsätt view [*på* of] **3** anblick sight **4** vision vision; spökbild apparition **5** utseende, sken, ***för ~s skull*** for the sake of appearances; ***till ~es*** som det ser ut apparently, skenbart seemingly
**syna** *tr* besiktiga inspect, granska examine
**synagoga** *s* synagogue
**synas** *itr dep* **1** vara synlig be seen, visa sig appear, show; ***fläcken syns inte*** the spot does not show; ***det syns tydligt att*** ... it is obvious (evident) that ...; ***~ till*** appear, be seen **2** framgå, tyckas appear
**synbar** *a* synlig visible [*för* to]
**synbarligen** *adv* uppenbart obviously
**synd** *s* **1** sin; ***ett ~ens näste*** a hotbed of sin; ***envis som ~en*** as stubborn as a mule; hata ngn ***som ~en*** ... like poison **2** skada, orätt, ***så ~!*** what a pity (shame)!; ***det är ~ att*** han inte kommer it is a pity that ...; ***jag tycker ~ om henne*** I feel sorry for her
**synda** *itr* sin; ***~ mot en regel*** offend against a rule
**syndabock** *s* scapegoat
**syndaflod** *s* flood, deluge; ***~en*** bibl. the Flood
**syndare** *s* relig. sinner; friare offender
**syndfull** *a* sinful
**syndig** *a* sinful, starkare wicked
**synfel** *s* defect of vision, visual defect
**synfält** *s* field of vision
**synhåll** *s*, ***inom ~*** within sight [*för* of]; ***utom ~*** out of sight
**synkronisera** *tr* synchronize
**synlig** *a* visible [*för* to]; ***bli ~*** come into sight
**synnerhet** *s*, ***i ~*** particularly (especially)
**synnerlig** *a* särskild particular, special; utpräglad pronounced; märklig singular
**synnerligen** *adv* ytterst extremely, särskilt particularly
**synonym I** *a* synonymous **II** *s* synonym [*till* of]
**synorgan** *s* visual organ
**synpunkt** *s* ståndpunkt standpoint; åsikt view; ***från (ur) juridisk ~*** from a legal point of view
**synskadad** *a* visually handicapped
**synskärpa** *s* acuteness of vision, visual acuity
**syntax** *s* syntax
**syntes** *s* synthesis (pl. syntheses)
**syntetfiber** *s* synthetic fibre
**syntetisk** *a* synthetic
**synthesizer** *s* mus. synthesizer
**synvidd** *s* range of vision
**synvilla** *s* optical illusion
**synvinkel** *s* aspect, synpunkt point of view
**synål** *s* sewing-needle
**synålsbrev** *s* packet of needles
**syra** *s* **1** kem. acid **2** smak acidity, sourness
**syre** *s* oxygen
**syrebrist** *s* lack of oxygen
**syren** *s* lilac
**syrgas** *s* oxygen
**Syrien** Syria
**syrier** *s* Syrian
**syrisk** *a* Syrian
**syrlig** *a* sourish, om t. ex. leende, ton acid, om min sour
**syrra** *s* vard. sister
**syrsa** *s* cricket
**syskon** *s*, ***ha ~*** bröder och systrar have brothers and sisters; ***de är ~*** bror och syster they are brother and sister
**syskonbarn** *s* **1** pojke nephew, flicka niece **2** kusin cousin
**syskrin** *s* work-box
**sysselsatt** *a* upptagen occupied, engaged, strängt upptagen busy; anställd employed
**sysselsätta I** *tr* ge arbete åt employ; upptaga occupy, keep ... busy **II** *refl*, ***~ sig*** occupy oneself; busy oneself
**sysselsättning** *s* occupation, employment, work; ***full ~*** ekon. full employment; ***ha full ~ med ngt*** have one's hands full with a th.; ***sakna ~*** have nothing to do, vara arbetslös be unemployed
**syssla I** *s* **1** göromål business, work båda utan pl.; i hushåll etc. duty; sysselsättning occupation **2** tjänst, befattning: högre office, lägre occupation, job **II** *itr*, ***~ med*** vara sysselsatt med busy oneself (be busy) with; ***vad ~r du*** just nu ***med?*** what are you doing?; ***vad ~r du med på söndagar?*** how do you

spend your Sundays?; ~ ***med trädgårdsarbete*** do gardening
**syssling** *s* second cousin
**sysslolös** *a* idle; arbetslös unemployed
**system** *s* **1** system, vid tippning perm; ***sätta ngt i ~*** make a system of a th. **2** ***~et*** vard., se *systembutik*
**systematisera** *tr* systematize
**systematisk** *a* systematic, orderly, methodical
**systembolag** *s* bolag state-controlled company for the sale of wines and spirits
**systembutik** *s* State liquor shop (store)
**systemtips** *s* permutation, vard. perm
**syster** *s* sister äv. nunna; sjuksköterska vanl. nurse; ***systrarna Larson*** the Larson sisters
**systerdotter** *s* niece
**systerfartyg** *s* sister ship
**systerson** *s* nephew
**syträd** *s* sewing-thread
**1 så** *tr itr*, ~ el. ~ ***ut*** sow äv. bildl.
**2 så I 1** uttr. sätt so, sålunda thus, på så sätt like this (that); ***hur ~?*** varför why?; ~ ***där (här)*** like that (this); ~ ***går det*** när man ... that is what happens ...; ***min ~ kallade vän*** this so-called friend of mine; ***den är placerad ~ att*** man når den it is placed in such a way that ...; ***han bara säger ~*** he only says that; ~ ***är det*** that is how it is, det är rätt that's it; ~ ***är (var) det med det (den saken)!*** well that's that!; ***är det bra ~?*** is it all right?, tillräckligt is that enough? **2** uttr. grad so, framför attributivt adjektiv such; vid jämförelse as; ~ ***här varmt är det sällan*** i mars it is seldom as warm as this (this warm) ...; ***jag sjunger inte ~ bra*** I don't sing very well; ~ ***dum är han inte*** he is not as stupid as that (that stupid); jag har aldrig sett ~ ***snälla människor (något ~ vackert)*** ... such kind people (anything so beautiful); ***han är inte ~ dum att han flyttar*** he's not silly enough to move **3** i utrop. ~ ***roligt!*** how nice!; ~ ***synd!*** what a pity!; ~ ***du ser ut!*** what a sight you are!; ~ ***där ja, nu kan vi gå*** well, now we can go; ~ ***det ~!*** so that's that!, so there! **4** sedan, då then; ***gå till höger, ~ ser du*** ... turn to the right and you will see ...; ***om du inte vill, ~ slipper du*** if you don't want to do it, you needn't **II** *konj* **1** uttr. avsikt, ~ ***[att]*** so that, in order that; so as to inf. **2** uttr. följd, ~ ***att*** so that; och därför and so; ***det är ~ att man kan bli tokig*** it is enough to make one go mad **III** *pron*, ***i ~ fall*** in that case, if so
**sådan** (vard. *sån) pron*, ***en ~ bok (~ där bok)*** a book like that; ***en ~ stor bok!*** what a big book!; ~ ***är han*** that's how he is; ***ser jag ~ ut?*** do I look like that?; ***arbetet som ~t*** the work as such; ***en ~ som han*** a man like him; ***jag har en ~ (några ~a) hemma*** I have one (some) at home; papperstallrikar? - ***~a använder jag inte*** ... I don't use them; ***~t händer*** these (such) things will happen; ***~t gör man inte*** it's just not done; karameller ***och ~t*** ... and suchlike; han sade ***ingenting ~t*** ... nothing of the kind
**sådd** *s* sående sowing; det sådda seed
**såg** *s* verktyg saw
**såga** *tr itr* saw
**sågspån** *s* koll. sawdust
**sågtandad** *a* serrated
**således** *adv* följaktligen consequently
**såll** *s* sieve
**sålla** *tr* sift
**sålunda** *adv* thus, in this manner
**sång** *s* **1** sjungande singing äv. som skolämne, song **2** sångstycke song
**sångare** *s* **1** singer **2** fågel warbler
**sångbok** *s* song-book
**sångerska** *s* female singer, singer
**sångfågel** *s* song-bird, songster
**sångkör** *s* choir
**sångröst** *s* singing-voice
**sångstämma** *s* vocal part
**såpa** *s* soft soap
**såpbubbla** *s* soap-bubble; ***blåsa såpbubblor*** blow bubbles
**såphal** *a* slippery, greasy
**sår** *s* wound; inflammerat sore; brännsår burn
**såra** *tr* **1** wound, injure; ***den ~de*** the wounded person; ***de ~de*** the wounded **2** kränka hurt, stöta offend
**sårbar** *a* vulnerable
**sårbarhet** *s* vulnerability
**sårsalva** *s* ointment
**sås** *s* sauce, köttsås gravy; salladssås dressing
**såsom** *konj* as; like; ~ ***barn*** as a child; behandla ngn ~ ***ett barn*** ... like a child
**såsskål** *s* sauce-boat, gravy-boat
**såtillvida** *adv* i så måtto so (thus) far; ~ ***som*** in so far as
**såvida** *konj* if, in case, förutsatt att provided that; ~ ... ***inte*** unless ...
**såvitt** *adv*, ~ ***jag vet*** as far as I know
**såväl** *konj*, ~ ***A som B*** A as well as B, both A and B
**säck** *s* sack; mindre bag
**säcka** *itr*, ~ ***ihop*** collapse, break down
**säckig** *a* baggy
**säckpipa** *s* bagpipes pl.
**säckpipsblåsare** *s* bagpiper
**säckväv** *s* sacking, sackcloth

**säd** *s* corn, speciellt amer. grain; utsäde seed, grain
**sädesax** *s* ear of corn
**sädesfält** *s* med gröda field of corn
**sädesslag** *s* kind of corn, cereal
**sädesvätska** *s* semen
**sädesärla** *s* wagtail
**säga I** *tr* say, berätta, tillsäga tell; betyda mean; ***säg det!*** vem vet? who knows?; ***säg inte det!*** var inte så säker I wouldn't say that; ***var snäll och säg mig*** ... please tell me ...; ***så att ~*** so to say (speak); ***om jag får ~ det själv*** though I say it myself; ***om, låt oss ~,*** tre dagar in, let's say, ...; ***det må jag ~!*** well, I never!; kom snart, ***ska vi ~ i morgon?*** ... shall we say tomorrow?; ***det vill ~*** (förk. *dvs.*) that is, that is to say (förk. i.e.); ***vad vill det här ~?*** what does this mean?; ***~ vad man vill, men hon*** ... say what you will (like), but she ...; ***gör som jag säger*** do as I say (tell you); ***jag säger då det!*** well, I never!; ***jag bara säger som det är*** I am merely stating facts; ***var det inte det jag sa?*** I told you so!; ***då säger vi det!*** that's settled, then!; ***säger du det?*** really?, you don't say?; ***det säger du bara!*** you're only saying that; ***vad säger du om det?*** what do you say to that?; ***det säger inte så mycket*** that is not saying much; ***vem har sagt det?*** who said that (so)?; ***namnet säger mig ingenting*** the name conveys nothing to me; ***jag har hört ~s att*** ... I have heard it said that ...; ***han sägs vara rik*** he is said to be rich; ***sagt och gjort*** no sooner said than done; ***det är för mycket sagt*** that is saying too much; ***det är inte sagt*** är inte säkert that's not sure; ***som sagt (som sagt var)*** as I said before; ***oss emellan sagt*** between ourselves **II** *refl*, ***hon säger sig vara lycklig*** she says she is happy; ***det säger sig självt*** that goes without saying □ ~ **emot** contradict; ~ **ifrån** flatly refuse; ~ **om** upprepa say ... again, repeat; ~ **till** befalla tell, order; ***~ till ngn*** ge ngn besked tell a p., let a p. know; om ni önskar något, ***så säg till!*** ..., say so!; ***säg till*** när det räcker***!*** say when!; ***är det tillsagt?*** vid expediering are you being attended to?; ***han har ingenting att ~ till om*** he has no say; ***han har en hel del att ~ till om*** he has a great deal of say; ~ **upp** anställd vanl. give ... notice, hyresgäst vanl. ... give notice to quit; ***~ upp bekantskapen med ngn*** break off relations with a p.; ***~ upp sig (sin anställning)*** give notice; ~ **åt** ***ngn att*** inf. tell a p. to inf.
**sägen** *s* legend, myth
**säker** *a* förvissad sure, certain [*på* of (about)]; riskfri safe; trygg secure; stadig steady; betryggad assured; ***ett ~t gömställe*** a safe hiding-place; ***vara på den säkra sidan*** be on the safe side; ***ett ~t tecken*** a sure sign; ***det är alldeles ~t*** otvivelaktigt it is quite certain; ***känna sig ~*** feel secure (safe); ***kan jag vara ~ på det?*** can I be sure of that?, räkna på may I count on that?; ***är du ~ på det?*** are you sure (certain, positive) about that?; ***det kan du vara ~ på (var så ~)*** you may be certain (sure), you bet; ***han tog det säkra för det osäkra och*** ... to be on the safe side he ...
**säkerhet** *s* **1** visshet certainty; safety, trygghet security; i uppträdande assurance; ***den allmänna ~en*** public safety; ***för ~s skull*** to be on the safe side; ***vara i ~*** be safe, be in safety; ***med all ~*** säkerligen certainly, without doubt; ***veta med ~*** know for certain **2** security; ***lämna ~ för*** ett lån give (leave) security for ...; ***låna ut pengar mot ~*** lend money on security
**säkerhetsbälte** *s* i t.ex. bil, flygplan seat belt; safety belt äv. säkerhetsanordning
**säkerhetskedja** *s* på dörr door-chain; på smycke safety-chain
**säkerhetslina** *s* livlina life-line
**säkerhetsnål** *s* safety-pin
**säkerhetspolis** *s* security police
**säkerhetsskäl** *s*, ***av ~*** for security reasons
**säkerhetsåtgärd** *s* precautionary measure
**säkerligen** *adv* certainly, no doubt
**säkerställa** *tr* guarantee, secure
**säkert** *adv* med visshet certainly, högst sannolikt very likely, probably; tryggt safely; stadigt securely; ***ja ~!*** certainly!; ***det vet jag alldeles ~*** I know that for certain; ***jag vet inte ~ om*** ... I am not quite sure whether...
**säkra** *tr* secure; t.ex. freden safeguard, sin ställning äv. consolidate
**säkring** *s* **1** elektr. fuse **2** på vapen safety-catch
**säl** *s* seal
**sälg** *s* sallow, pussy-willow
**sälja** *tr itr* sell; marknadsföra market
**säljare** *s* seller, försäljare salesman
**sälla** *s*, ***~ sig till*** join
**sällan** *adv* seldom, rarely, infrequently; ***endast ~*** only on rare occasions; ***inte så ~*** rather often
**sällsam** *a* strange, peculiar, singular
**sällskap** *s* umgänge company, society; samling personer party, company; följeslagare

companion; förening society, association; *göra ~ med ngn till stationen* go with (accompany) a p. to the station; *jag gjorde henne ~* eskorterade henne *hem* I saw her home; *vi gjorde ~ till teatern* we went together to the theatre; *ha ~ med* en flicka be going out with . . .; *hålla ngn ~* keep a p. company; *komma (råka) i dåligt ~* get into bad company; *i ~ med* together (in company) with

**sällskaplig** *a* road av sällskap sociable

**sällskapslek** *s* party (parlour) game

**sällskapsliv** *s* social life; societetsliv society life

**sällskapsmänniska** *s* sociable person

**sällskapsresa** *s* conducted tour

**sällskapsspel** *s* party (parlour) game

**sällsynt** *a* rare, uncommon, unusual

**sälskinn** *s* sealskin

**sämja** *s* harmony, concord, unity

**sämjas** *itr dep* enas agree [*om ngt* on (about) a th.]

**sämre** *a adv* worse; underlägsen inferior

**sämskskinn** *s* chamois-leather

**sämst** *a adv* worst; *i ~a fall* if the worst comes to the worst; *de ~ avlönade* the most poorly paid

**sända** *tr* send [*med, per* by]; med järnväg, fartyg consign, ship; radio. transmit, program broadcast; . . . *sänds i radio och TV* . . . will be broadcast and televised

**sändare** *s* radio. transmitter

**sändarstation** *s* broadcasting (transmitting) station

**sändebud** *s* ambassador, envoyé envoy

**sänder** *adv*, *i ~* i taget at a time; en efter en one by one, one at a time

**sändning** *s* **1** sändande sending, varuparti consignment, shipment, leverans delivery **2** i radio o. TV transmission, program broadcast

**sändningstid** *s* viewing time (hours pl.)

**säng** *s* bed; utan sängkläder bedstead; barnsäng cot; *gå i ~ med ngn* go to bed with a p.; *komma i ~* get to bed; *få kaffe på ~en* have coffee in bed; *ta ngn på ~en* take a p. by surprise; *gå till ~s* go to bed, om sjuk take to one's bed; *ligga till ~s* be (lie) in bed; sitta *vid ngns ~* . . . at (by) a p.'s bedside

**sängdags** *adv* time for (to go to) bed; *vid ~* at bedtime

**sängfösare** *s* nightcap

**sängkammare** *s* bedroom

**sängkant** *s*, *vid ~en* at the bedside

**sängkläder** *s pl* bedclothes, bedding sg.

**sänglampa** *s* bedside lamp

**sängliggande** *a* på längre tid bedridden; *vara ~* be confined to bed (one's bed)

**sänglinne** *s* bed-linen

**sängtäcke** *s* quilt

**sängvätare** *s* bed-wetter

**sängöverkast** *s* bedspread

**sänka I** *s* **1** fördjupning depression, hollow **2** med. sedimentation rate; *ta ~n* carry out a sedimentation test [*på ngn* on a p.] **II** *tr* **1** lower, priser, skatter etc. äv. reduce; *~ farten* reduce speed; *~ ned* sink **2** *~ ett fartyg* sink a ship

**sänkning** *s* sänkande lowering, t. ex. av priser äv. reduction; av fartyg sinking

**sära** *tr*, *~* el. *~ på* skilja från varandra separate, part; *~ på benen* part one's legs

**särbehandling** *s* special treatment

**särbeskattning** *s* individual (separate) taxation

**särdeles** *adv* synnerligen extremely, exceedingly, most

**särdrag** *s* characteristic; egenhet peculiarity

**säregen** *a* egendomlig strange, peculiar, odd

**särklass** *s*, *stå i ~* be in a class by oneself

**särprägel** *s* distinctive stamp (character)

**särskild** *a* speciell special, particular; *~ ingång* separate entrance; *jag märkte ingenting särskilt* I did not notice anything particular; *jag har inte något särskilt för mig* I have nothing particular to do

**särskilja** *tr* separate; åtskilja distinguish between

**särskilt** *adv* speciellt particularly, specially, i synnerhet äv. in particular; *jag brydde mig inte ~ mycket om det* I did not bother too much about it

**särskola** *s* special school for mentally retarded children

**särställning** *s*, *inta en ~* hold an exceptional (a unique) position

**särtryck** *s* off-print

**säsong** *s* season

**säte** *s* **1** hemvist, stolsits seat **2** persons bakdel seat

**sätt** *s* **1** way, manner, fashion (end. sg.); metod äv. method; medel means (pl. lika); *hans ~ att undervisa* his method of teaching; *på ~ och vis* i viss mån in a way; *på alla möjliga ~ (på alla ~ och vis)* in every possible way; *på annat ~* in another way; *på det ~et* in that (this) way (manner), like that (this); *på det ena eller andra ~et (på ett eller annat ~)* somehow or other; *på så ~* in that way, jaså I see! **2** uppträdande manner, behaviour; umgängessätt manners pl.

**sätta I** *tr* **1** placera put, place, set; fästa, sticka stick; ordna place, arrange; anbringa fit, fix; ~ *ngn till att göra ngt* set a p. to do a th.; ~ *smak på* smaksätta flavour, ge smak åt give a flavour to; ~ *barn till världen* bring children into the world **2** satsa stake, bet; plantera set, t. ex. potatis plant; typogr. compose, set up **II** *refl,* ~ *sig* **1** sitta ned sit down; ta plats take a seat; placera sig place oneself; *sätt dig här!* come and sit here!; ~ *sig upp i* sängen sit up in . . .; ~ *sig i bilen (på cykeln) och köra* get into the car (on the bicycle) and drive (ride); ~ *sig vid ratten* take the wheel **2** bildl., om person put oneself [*i* en situation in . . . ]; ~ *sig på ngn* spela översittare bully a p. **3** om sak: sjunka settle; fastna stick [*i* halsen in . . . ] □ ~ **av** a) släppa av put down b) reservera set aside; ~ **sig emot** ngn, ngt, opponera sig oppose . . .; ~ **fast a)** fästa fix, fasten; ~ *sig fast* fastna stick, get stuck **b)** ~ *fast ngn* fånga, ange put a p. away, run in a p.; ~ **fram** a) ta fram put out; t. ex. mat put . . . on the table; t. ex. stolar draw up b) klocka put . . . forward; ~ **för** t. ex. en skärm put (place) . . . in front; ~ *för en lucka* put up a shutter; ~ **i** put in; t. ex. knapp sew . . . on; t. ex. ett häftstift apply, t. ex. tändstift fit in; installera install; ~ *i ett foder i* ngt line . . .; ~ *i ngn* t. ex. en idé put . . . into a p.'s head; ~ *i sig* mat put away . . .; ~ **ihop** put . . . together, join; kombinera combine; författa, komponera compose, t. ex. ett program draw up; ~ **in a)** put . . . in; lämna till förvaring deposit; ~ *in pengar på* ett konto pay money into . . . **b)** orientera, ~ *ngn (sig) in i* ngt acquaint a p. (oneself) with . . ., make a p. (oneself) acquainted with . . .; ~ **i väg** set (dash, run) off; ~ **ned** a) put (set) down b) minska reduce, sänka lower, försvaga, t. ex. krafter weaken; ~ **på a)** put on; montera på fit on; ~ *på ngt på* ngt put a th. on . . ., montera på fit a th. on to . . .; ~ *på sig* ngt put on . . ., säkerhetsbälte fasten . . .; ~ *på* laga *lite kaffe* make some coffee **b)** sätta i gång: t. ex. radio turn on; ~ **upp a)** placera etc. put up; resa, ställa upp set up; uppföra erect; höja, t. ex. pris raise; hänga upp hang; placera högre put . . . higher up; ~ *upp ngt på* en hylla put a th. up (place a th.) on . . . **b)** upprätta: t. ex. kontrakt draw up, t. ex. lista make out (up) **c)** teat., iscensätta stage **d)** starta: t. ex. tidning, affär start; ~ *upp* ett fotbollslag get together . . .; ~ *sig upp mot* ngn set oneself up against . . .; ~ **ut** a) ställa ut put . . . out (utomhus outdoors); till beskådande display; plantera ut plant b) skriva ut: t. ex. datum put down, t. ex. komma put; ange t. ex. på karta mark, show

**sättare** *s* typogr. compositor, type-setter

**sätteri** *s* composing room

**sättsadverb** *s* adverb of manner

**säv** *s* rush

**söder I** *s* väderstreck the south; *Södern* the South **II** *adv* south, to the south [*om* of]; jfr *norr* m. ex. o. sammansättningar

**Söderhavet** the South Pacific

**söderifrån** *adv* from the south

**söderut** *adv, resa* ~ go (travel) south; jfr äv. *norrut*

**södra** *a* the south; t. ex. delen the southern; jfr *norra*

**söka I** *tr itr* **1** leta look; ~ el. ~ *efter* leta efter look (ihärdigt search) for; ~ *läkare för* ngt see (consult) a doctor about . . .; *sekreterare söks* i annons secretary wanted **2** vilja träffa want to see; försöka träffa try to get hold of; *vem söks (söker ni)?* who do you want to see?; *det är en herre som söker dig* there is a gentleman to see you **3** ansöka om apply for **II** *refl,* ~ *sig till* uppsöka seek, dras till make for; ta sin tillflykt till resort to; ~ *sig till ngn* seek a p. □ ~ **in i (vid)** en skola apply for admission in . . .; ~ **upp** ngn look . . . up, go to see . . .; ~ **ut** utvälja choose, pick out

**sökande** *s* aspirant applicant, candidate [*till* en plats for . . . ]

**sökare** *s* foto. view-finder

**sökarljus** *s* searchlight, på t. ex. bil äv. spotlight

**sökt** *a* långsökt far-fetched

**söla I** *itr* masa dawdle, loiter; dra ut på tiden waste time **II** *tr* smutsa soil, dirty

**sölig** *a* **1** långsam dawdling, slow **2** smutsig soiled, dirty

**söm** *s* textil. seam; *gå upp i* ~*marna* come apart at the seams; *utan* ~ seamless

**sömlös** *a* seamless

**sömmerska** *s* dressmaker

**sömn** *s* sleep; *ha god* ~ sleep well; *falla i* ~ fall asleep; *gå i* ~*en* walk in one's sleep, vara sömngångare be a sleep-walker; *under* ~*en* during sleep

**sömnad** *s* sewing, konkret äv. needlework

**sömngångare** *s* sleep-walker

**sömnig** *a* sleepy

**sömnlös** *a* sleepless

**sömnlöshet** *s* insomnia

**sömnmedel** *s* sleeping medicine

**sömnpiller** *s* sleeping-pill

**sömnsjuka** *s* afrikansk sleeping-sickness

**sömntablett** *s* sleeping-tablet, sleeping-pill

**sömntuta** *s* vard. great sleeper
**söndag** *s* Sunday; ***på sön- och helgdagar*** on Sundays and holidays; jfr *fredag* med ex.
**söndagsbilaga** *s* Sunday supplement
**söndagsbilist** *s* week-end motorist
**söndagskväll** *s* Sunday evening (senare night); ***på ~arna*** on Sunday evenings (nights)
**söndagsskola** *s* Sunday school
**sönder** *pred a* o. *adv* **1** bruten broken; i bitar in pieces; sönderriven torn, söndersliten tattered; ***gå ~*** brista etc. break, krossas smash, gå i bitar go (come) to pieces, spricka burst; ***ha ~*** slå (bryta etc.) ~ break, i flera delar break to pieces ..., riva ~ tear ... to pieces; ***ta ~*** ta isär take ... to pieces (bits) **2** i olag out of order; slut (om t. ex. glödlampa) gone; ***gå ~*** go (get) out of order, stanna break down; ***ha ~*** damage, starkare ruin
**sönderbombad** *a* ... destroyed by bombs, ... wrecked by bombs
**sönderfall** *s* disintegration
**sönderfalla** *itr* i bitar fall to pieces; disintegrate
**sönderslíten** *a* tattered, threadbare, ... torn to pieces
**söndra** *tr* dela divide; t. ex. parti disrupt, break up
**söndring** *s* oenighet dissension, discord
**sörja I** *tr*, ***~ ngn*** avliden mourn (sakna regret the loss of) a p., bära sorgdräkt efter wear (be in) mourning for a p.; ***han sörjes närmast av maka och barn*** the chief mourners are his wife and children **II** *itr* **1** mourn, grieve; ***~ över*** grieve for (over), sakna beklaga, regret **2** ***~ för*** se till see to, sköta om take care of, dra försorg om provide for; ***~ för ngns behov*** supply a p.'s wants; ***~ för*** framtiden make provision for ...; ***~ för att*** ngt görs see to it that ..., see that ...
**sörjande** *a*, ***de närmast ~*** the chief mourners
**sörpla** *tr*, ***~ i sig*** ngt drink (soppa etc. guzzle) down ... noisily
**söt** *a* sweet; rar nice, småvacker pretty, amer. äv. cute; färsk (om t. ex. mjölk) fresh; ***~t vatten*** i insjö fresh water
**söta** *tr* sweeten
**sötma** *s* sweetness
**sötmandel** *s* sweet almond (koll. almonds pl.)
**sötningsmedel** *s* sweetening agent, sweetener
**sötnos** *s* sweetie, sweetie-pie, honey, amer. cutie
**sötsaker** *s pl* sweets, amer. candy sg.
**sötsliskig** *a* sickly-sweet, om t. ex. leende sugary, om t. ex. färg pretty-pretty
**sötsur** *a* sour-sweet
**sött** *adv* rart etc. sweetly; ***det smakar ~*** it tastes sweet
**sötvatten** *s* fresh water
**sötvattensfisk** *s* fresh-water fish
**söva** *tr* **1** put (send, vagga lull) ... to sleep; suset ***är ~nde*** ... makes you sleepy (drowsy) **2** med., ~ el. ***~ ned*** ge narkos administer an anaesthetic to

# T

**ta I** *tr itr* take; ta med sig hit, komma med bring; ta fast catch; lägga beslag på seize; ta sig (t. ex. en kopp kaffe, en tupplur) have; ta betalt charge; göra verkan take effect, om kniv etc. bite; ***han kan ~ folk*** he knows how to take people; ***~ ett lån*** raise a loan; ***han tog det hårt*** it affected him deeply; ***det tog*** gjorde verkan it went home; bromsen ***~r inte*** ... doesn't work; ***vem ~r ni mig för?*** who do you think I am?; ***~ i (på)*** vidröra ***ngt*** touch a th.; ***~ ngn i armen*** take a p. by the arm **II** *refl,* ***~ sig* 1** skaffa sig: t. ex. en ledig dag, en promenad take, t. ex. en bit mat, en cigarett have **2** lyckas komma get; ***kan du ~ dig*** hitta ***hit?*** can you find your way here? **3** förkovra sig improve; tillfriskna recover [*efter* from]; om planta [begin to] grow □ ~ **av a)** take off, remove; ***~ av sig*** take off **b)** vika av turn off; ~ **bort** avlägsna take away, remove; ~ **efter** imitate, copy; ~ **emot** mottaga receive; ta hand om: t. ex. beställning, avgifter etc. take; t. ex. inackorderingar, tvätt take in; antaga accept; mildra (t. ex. stöt) moderate; ***anmälningar ~s emot av*** ... applications may be handed in to ...; ~ **fast** fånga catch, få fast get hold of; ***~ fast tjuven!*** stop thief!; ~ **fram ngt** take a th. out [*ur* of]; ~ ***fram*** för att visa upp produce [*ur* out of]; ~ ***sig fram*** hitta find one's way; ~ **för sig** servera sig help oneself [*av ngt* to a th.]; ~ **sig för** göra do, gripa sig an med set about; ~ **i** hugga i go at it; ***det är väl att ~ i*** överdriva now you're exaggerating (overdoing it); ~ **ifrån ngn ngt** take a th. away from a p., beröva deprive a p. of a th.; ~ **igen** tillbaka take ... back; ***~ igen förlorad tid*** make up for lost time; ***~ igen sig*** återhämta sig recover; ~ **in** take (bring ) in; station i radio etc. tune in to; ***~ in ngn*** ge tillträde admit a p. [*i* t. ex. förening to]; ***vara intagen på sjukhus*** be in hospital; ***~ in vatten*** läcka let in water; ***~ in på hotell (hos ngn)*** put up at a hotel (at a p.'s house); ~ **itu med** set about; ~ **med** föra hit, ha med sig bring, föra bort take; inbegripa include; ~ **om** upprepa take (say, read etc.) ... again (over again); ~ **på** o. ~ **på sig** t. ex. skor put on; ***~ på sig skulden*** take the blame; ~ **till** börja använda take to, begagna sig av use; överdriva exaggerate; ***vad skall jag ~ mig till?*** what am I to do?; ~ **upp** take (bring) up; ur ficka etc. take out [*ur* of]; samla upp gather up; öppna (t. ex. paket) open; ***han tog upp sig*** mot slutet av matchen he improved ...; ~ **ur** take out [*ur* of], avlägsna (t. ex. kärnor, en fläck) remove; ~ **ut** dra ut take (bring) out; extrahera extract; få ut get out [*ur* of]; hämta ut (t. ex. pengar på bank etc.) draw; ***~ ut en melodi på*** ett instrument pick out a tune on ...; ~ **vid** börja begin; fortsätta follow on, follow; ***~ illa vid sig*** be upset [*av, över* about]; ~ **åt sig** dra till sig: t. ex. smuts attract, fukt absorb; tillskriva sig (t. ex. äran) take, claim

**tabbe** *s* vard. blunder, bloomer, howler

**tabell** *s* table [*över* of]

**tablett** *s* tablet; liten duk table mat

**tabu** *s* taboo

**tabulator** *s* tabulator, ~tangent tabulator key

**taburett** *s* **1** stol stool **2** statsrådsämbete ministerial post

**tack** *s* thanks pl.; ***ja ~!*** som svar på: Vill du ha ...? yes, please!; ***nej ~!*** no, thank you (thanks)!; ***hjärtligt ~ för*** ... many thanks for ...; ***~ så mycket!*** many thanks!; ***~ för senast!*** motsvaras av we had a nice time the other day (evening etc.); ***~ för maten!*** motsvaras av I did enjoy the meal!, what a nice meal!; ***~ för att du kom!*** thanks for coming!; ***~ vare*** hans hjälp thanks to ...

**1 tacka** *tr itr* thank; ***~ ja (nej) till ngt*** accept (decline) a th. with thanks; ***ingenting att ~ för!*** don't mention it!; ***~ för det!*** naturligtvis of course!; ***~ vet jag*** ... give me ... any day

**2 tacka** *s* får ewe

**3 tacka** *s* av guld, silver bar, ingot

**tackla** *tr* sport. o. bildl. tackle

**tackling** *s* sport. tackle; tacklande tackling

**tacksam** *a* grateful [*mot* to]

**tacksamhet** *s* gratitude [*mot* to]

**tacksamhetsskuld** *s, **stå i ~ till ngn*** owe a debt of gratitude to a p., be under an obligation to a p.

**tacktal** *s* speech of thanks
**tafatt** *a* awkward
**tafsa** *itr* vard., ~ *på ngt* fiddle with a th.; ~ *på ngn* paw a p. about
**taft** *s* taffeta
**tag** *s* **1** grepp grip, grasp, hold; t. ex. simtag, årtag stroke; *släppa ~et* let go; *fatta (gripa, hugga) ~ i* catch hold of; *få ~ i (på)* get hold of **2** stund, slag: *försök själv ett ~* have a go (a try) yourself; *i första ~et* i första försöket at the first try (go), med detsamma straight off; *två i ~et* two at a time; jag skall resa bort *ett ~* . . . for a while
**taga** se *ta*
**tagel** *s* horsehair
**tagen** *a* medtagen done up; rörd moved
**tagetes** *s* French (större African) marigold
**tagg** *s* prickle; törntagg thorn
**taggig** *a* prickly; med törntaggar thorny
**taggtråd** *s* barbed wire
**tajma** *tr* vard. time
**tak** *s* yttertak roof; innertak ceiling äv. i bet. maximum; på bil äv. top; *ha ~ över huvudet* have a roof over one's head; rummet *är högt i ~* . . . has a high ceiling
**takkrona** *s* chandelier
**taklampa** *s* ceiling lamp
**taklucka** *s* roof hatch
**takpanna** *s* tile, roofing tile
**takräcke** *s* på bil roof-rack
**takränna** *s* gutter
**takt** *s* **1** tempo, mus. time; fart pace, rate; *slå ~en* beat time; *gå i ~* keep (walk) in step **2** rytmisk enhet bar **3** finkänslighet tact, discretion
**taktfast** *a* om steg measured; rytmisk rhythmic
**taktfull** *a* tactful, discreet
**taktik** *s* tactics (vanl. pl.)
**taktiker** *s* tactician
**taktisk** *a* tactical
**taktlös** *a* tactless
**taktpinne** *s* baton, conductor's baton
**tal** *s* **1** antal, siffertal number; räkneuppgift sum **2** anförande speech; *det är ~ om att* inf. there is some talk of ing-form; *det har aldrig varit ~ om det* there has never been any question of that; *hålla ~* el. *ett ~* make a speech; *på ~ om det* apropå by the way; *föra något på ~* take (bring) a matter up; *komma på ~* come up
**tala** *tr itr* speak, konversera talk; *allvarligt ~t* seriously speaking; *det är mycket som ~r för* tyder på *att han har* . . . there is a lot that points towards his having . . .; *~ för sig själv* talk to oneself; å egna vägnar speak for oneself; *det är ingenting att ~ om!* don't mention it!; *för att inte ~ om* . . . not to mention . . .; *~ till* speak (talk) to, högt. address □ ~ **in** . . . på band record . . .; ~ **om** tell [*ngt för ngn* a p. a th.]; *~ inte om det för någon!* don't tell anybody!; ~ **ut** så att det hörs speak up, rent ut speak one's mind
**talan** *s*, *föra ngns ~* plead a p.'s cause; *han har ingen ~* he has no voice in the matter
**talande** *a* uttrycksfull expressive, om blick significant; *den ~* talaren the speaker
**talang** *s* talent; *han är en ~* he is a talented (gifted) person
**talangfull** *a* talented, gifted
**talare** *s* speaker, väl~ orator
**talarstol** *s* rostrum, vid möte platform
**talas** *itr dep*, *vi får ~ vid om saken* we must have a talk about it
**talesman** *s* spokesman [*för* of, for]
**talesätt** *s* set phrase, locution
**talfel** *s* speech defect
**talför** *a* talkative, loquacious
**talförmåga** *s* faculty (power) of speech
**talg** *s* tallow, njurtalg suet
**talgoxe** *s* fågel great tit (titmouse)
**talk** *s* puder talcum powder
**tall** *s* träd pine, pine-tree, Scotch pine (fir); för sammansättningar jfr äv. *björk*
**tallbarr** *s* pine-needle
**tallkotte** *s* pine-cone
**tallrik** *s* plate; *en ~ soppa* a plate of soup
**talman** *s* parl. speaker
**talong** *s* på biljetthäfte etc. counterfoil
**talrik** *a* numerous; *~a* t. ex. vänner äv. many (a great number of) . . .
**talspråk** *s* spoken language
**tam** *a* tame; *~a djur* domestic animals
**tambur** *s* hall; kapprum cloakroom
**tampong** *s* tampon
**tand** *s* tooth (pl. teeth) äv. på kam, såg etc.; *borsta tänderna* brush (clean, do) one's teeth; *jag har fått blodad ~* my appetite has been whetted, bli ivrig taste blood; *visa tänderna* bildl. o. om djur bare (show) one's teeth
**tandborste** *s* toothbrush
**tandem** *s* tandem, tandem bicycle
**tandgarnityr** *s* set of teeth; protes denture
**tandhygien** *s* dental hygiene
**tandklinik** *s* dental clinic
**tandkräm** *s* toothpaste
**tandkött** *s* gums pl.
**tandlossning** *s* loosening of the teeth
**tandläkare** *s* dentist, dental surgeon
**tandpetare** *s* toothpick
**tandprotes** *s* denture, dental plate

**tandreglering** *s* corrections of irregularities of the teeth; med. orthodontics sg.
**tandsköterska** *s* dental nurse
**tandsten** *s* tartar
**tandställning** *s* för tandreglering brace
**tandtråd** *s* dental floss
**tandvård** *s* dental service; personlig dental care
**tandvärk** *s*, ***ha*** ~ have toothache el. a toothache
**tangent** *s* mus. o. på skrivmaskin key
**tangentbord** *s* på skrivmaskin keyboard
**tangera** *tr*, ~ ***rekordet*** equal the record
**tango** *s* tango; ***dansa*** ~ do (dance) the tango
**tank** *s* **1** behållare tank **2** stridsvagn tank
**tanka** *tr itr* bil. fill up, vard. tank up; sjö. o. flyg. refuel
**tankbil** *s* tank lorry (truck), tanker
**tankbåt** *s* tanker
**tanke** *s* thought; idé idea [*om, på* of]; åsikt opinion [*om* about]; ***det är min*** ~ avsikt ***att resa*** I intend to go; ***jag hade inte en*** ~ ***på att*** gå dit it never occurred to me to . . .; ***det för (leder)*** ~***n till*** . . . it makes one think of . . .; ***ha ngt i tankarna*** have a th. in mind; ***komma på andra tankar*** change one's mind; ***komma på bättre tankar*** think better of it; ***slå det ur tankarna!*** put that out of your head!
**tankegång** *s* train (line) of thought
**tankeläsare** *s* thought-reader
**tanker** *s* tanker
**tankeställare** *s*, ***det gav oss en*** ~ that was an eye-opener, that gave us something to think about
**tankeväckande** *a* thought-provoking
**tankeöverföring** *s* thought-transference
**tankfartyg** *s* tanker
**tankfull** *a* thoughtful, pensive
**tanklös** *a* thoughtless
**tankning** *s* bil. filling-up; sjö. o. flyg. refuelling
**tankspridd** *a* absent-minded
**tankspriddhet** *s* absent-mindedness
**tankstreck** *s* dash
**tant** *s* aunt; friare lady, nice old lady; ~ ***Johansson*** Mrs. Johansson
**tantig** *a* vard. old-maidish, old-womanish, om sätt att klä sig frumpish
**Tanzania** Tanzania
**tanzanier** *s* Tanzanian
**tanzanisk** *a* Tanzanian
**tapet** *s* wallpaper; vävd etc. tapestry; ***vara på*** ~***en*** bildl. be on the carpet
**tapetrulle** *s* roll of wallpaper
**tapetsera** *tr* paper; ~ ***om*** repaper
**tapetserare** *s* upholsterer
**tapetsering** *s* paper-hanging
**tapisseri** *s* tapestry
**tapp** *s* **1** i tunna etc. tap **2** till hopfästning peg
**1 tappa** *tr*, ~ vin ***på buteljer*** draw . . . off into bottles, bottle; ~ ***på vattnet i badkaret*** run the water into the bath
**2 tappa** *tr* **1** låta falla drop, let . . . fall **2** förlora lose; ~ ***huvudet*** lose one's head; ~ ***bort*** lose
**tapper** *a* brave, courageous
**tapperhet** *s* bravery, courage
**tappt** *adv*, ***ge*** ~ give in
**tariff** *s* tariff
**tarm** *s* intestine
**tarmkanal** *s* intestinal canal
**tarmvred** *s* ileus
**tarvlig** *a* simpel vulgar; lumpen shabby
**tarvligt** *adv*, ***bära sig*** ~ ***åt*** behave shabbily [*mot* to]
**taskig** *a* vard. rotten, lousy
**taskspelare** *s* juggler, conjurer
**tass** *s* paw
**tassa** *itr* patter, pad
**tatuera** *tr* tattoo
**tatuering** *s* tattooing; ***en*** ~ a tattoo
**tavelgalleri** *s* picture-gallery
**tavelutställning** *s* exhibition of paintings
**tavla** *s* **1** målning picture **2** anslagstavla board; skottavla target **3** vard., tabbe blunder
**tax** *s* dachshund
**taxa** *s* rate, charge, tariff; för körning fare, för telefonering fee
**taxameter** *s* meter, taximeter
**taxera** *tr* för beskattning assess . . . for taxes [*till* at]
**taxering** *s* för skatt tax assessment
**taxeringsvärde** *s* ratable value
**taxi** *s* taxi, taxi-cab, cab
**taxichaufför** *s* taxi (cab) driver
**taxistation** *s* taxi-rank, cab-rank, amer. taxistand, cabstand
**T-bana** se *tunnelbana*
**tbc** *s* tuberkulos T.B.
**TCO** se ex. under *tjänsteman*
**1 te** *s* tea; ***dricka (laga)*** ~ have (make) tea
**2 te** *refl*, ~ ***sig*** förefalla appear, seem; se ut look
**teak** *s* teak
**teater** *s* theatre; ***spela*** ~ act; ***gå på*** ~***n*** go to the theatre; ***gå in vid*** ~***n*** go on the stage
**teaterbesök** *s*, ***ett*** ~ a visit to the theatre
**teaterbesökare** *s* theatregoer
**teaterbiten** *a* stage-struck
**teaterföreställning** *s* theatrical performance

**teaterkikare** *s* opera glasses pl.
**teaterkritiker** *s* dramatic critic
**teaterpjäs** *s* play, stage play
**teatersalong** *s* auditorium
**teaterscen** *s* stage, theatrical stage
**teatersällskap** *s* theatrical (theatre) company
**teatralisk** *a* theatrical
**tebjudning** *s* tea-party
**teburk** *s* tea-caddy
**tecken** *s* sign [*på, till* of]; kännetecken, bevis mark, högt. token; signal signal [*till* for]; skrivtecken character
**teckenspråk** *s* sign-language
**teckna I** *tr itr* **1** avbilda draw, skissera sketch, outline; ~ *efter* modell draw from . . . **2** skriva sign; ~ *aktier* subscribe for shares **II** *refl,* ~ *sig för* . . . på en lista put down one's name for . . .
**tecknare** *s* **1** drawer, draughtsman, amer. draftsman **2** av aktier subscriber
**teckning** *s* **1** avbildning drawing; skiss sketch **2** av aktier etc. subscription
**tedags** *s, vid* ~ at tea-time
**teddybjörn** *s* teddy bear
**tefat** *s* saucer; *flygande* ~ flying saucer
**teflon** *s* ®Teflon
**tegel** *s* murtegel brick
**tegelpanna** *s* roofing-tile
**tegelsten** *s* brick
**tegeltak** *s* tiled roof
**tejp** *s* adhesive (sticky) tape
**tejpa** *tr* tape, laga med tejp mend (tejpa fast fasten) . . . with tape
**teka** *itr* ishockey face off
**tekanna** *s* tea-pot
**teknik** *s* metod technique; ingenjörskonst engineering; vetenskap technology
**tekniker** *s* technician, ingenjör engineer
**teknisk** *a* technical
**teknokrat** *s* technocrat
**teknolog** *s* technologist
**teknologi** *s* technology
**teknologisk** *a* technological
**tekopp** *s* teacup; kopp te cup of tea
**telefon** *s* telephone, vard. phone; *det är* ~ *till dig* you are wanted on the phone; *svara i* ~ answer the phone; *tala i* ~ talk (speak) on the phone
**telefonabonnent** *s* telephone subscriber
**telefonapparat** *s* telephone
**telefonautomat** *s* slot (coin-operated) telephone, amer. pay station
**telefonavlyssning** *s* telephone (wire) tapping
**telefonera** *tr itr* telephone, vard. phone; ~ *till ngn* telephone (phone) a p.
**telefonhytt** *s* call-box
**telefonist** *s* operator, telephone operator
**telefonkatalog** *s* telephone directory (book)
**telefonkiosk** *s* public call-box, telephone booth (kiosk), amer. pay station
**telefonkö** *s* telephone queue service, telephone queue
**telefonlur** *s* receiver, telephone receiver
**telefonnummer** *s* telephone number
**telefonpåringning** *s* telephone call
**telefonsamtal** *s* telephone call; *vi hade ett långt* ~ we had a long conversation on the phone
**telefonstation** *s* telephone exchange
**telefonstolpe** *s* telephone pole
**telefonsvarare** *s, automatisk* ~ telephone answering machine, answerphone
**telefontid** *s* answering hours pl.
**telefonvakt** *s* telephone answering service
**telefonväckning** *s, beställa* ~ order an alarm call
**telefonväxel** *s* t. ex. på företag, hotell switchboard
**telegraf** *s* telegraph
**telegrafera** *tr itr* telegraph
**telegrafiskt** *adv* telegraphically, by telegram
**telegrafist** *s* telegraphist, telegraph operator
**telegrafstation** *s* telegraph office
**telegram** *s* telegram, vard. wire; via undervattenskabel cable, cablegram; radio~ radiogram, radiotelegram
**telegrambyrå** *s* news agency
**telekommunikationer** *s pl* telecommunications
**teleobjektiv** *s* telephoto lens
**telepati** *s* telepathy
**teleprinter** *s* teleprinter
**teleskop** *s* telescope
**telestation** *s* telephone and telegraph office
**Televerket** the [Swedish] Telecommunications Administration, mera vard. Swedish Telecom
**television** *s* television; se äv. *TV* med ex. o. sammansättningar
**telex** *s* telex
**telexa** *tr* telex
**tema** *s* **1** theme **2** gram., *ett verbs* ~ the principal parts of a verb
**temp** *s* vard., *ta* ~*en* take one's (a p.'s)

temperature; ***ta ~en på ngn*** take a p.'s temperature
**tempel** *s* temple
**temperament** *s* temperament; ***ha ~*** be temperamental
**temperamentsfull** *a* temperamental
**temperatur** *s* temperature; ***ta ~en*** take one's (a p.'s) temperature; ***ta ~en på ngn*** take a p.'s temperature
**tempererad** *a* om klimat, zon temperate
**tempo** *s* fart pace, speed, rate; takt tempo
**temporär** *a* temporary
**tempus** *s* tense
**tendens** *s* tendency; om priser etc. trend
**tendera** *itr* tend [*mot, åt, till* towards]
**tenn** *s* tin; i tennföremål pewter
**tennis** *s* tennis
**tennisbana** *s* tennis court
**tennisracket** *s* tennis racket
**tennsaker** *s pl* pewter goods, pewter sg.
**tennsoldat** *s* tin soldier
**tenor** *s* person o. röst tenor
**tenta** vard. **I** *s* exam, preliminary exam **II** *itr* be examined [*för ngn* by a p.]
**tentakel** *s* tentacle, feeler
**tentamen** *s* examination, preliminary examination
**tentera I** *tr*, ~ ***ngn*** examine a p. [*i* in, *på* on] **II** *itr* be examined [*för ngn* by a p.]
**teolog** *s* theologian
**teologi** *s* theology
**teoretiker** *s* theorist
**teoretisk** *a* theoretical
**teori** *s* theory
**tepåse** *s* tea-bag
**terapeut** *s* therapist
**terapeutisk** *a* therapeutic
**terapi** *s* therapy
**term** *s* term
**termin** *s* univ., skol. term, amer. äv. semester
**terminal** *s* terminal äv. data.
**terminologi** *s* terminology
**termometer** *s* thermometer
**termos** o. **termosflaska** *s* vacuum (Thermos ®) flask
**termoskanna** *s* vacuum (Thermos ®) jug
**termostat** *s* thermostat
**terpentin** *s* turpentine
**terrakotta** *s* terracotta
**terrass** *s* terrace
**terrassera** *tr* terrace
**terrier** *s* terrier
**territorialvatten** *s* territorial waters pl.
**territoriell** *a* territorial
**territorium** *s* territory
**terror** *s* terror
**terrorisera** *tr* terrorize
**terrorism** *s* terrorism
**terrorist** *s* terrorist
**terräng** *s* ground, country; ***kuperad ~*** hilly country; ***förlora (vinna) ~*** lose (gain) ground
**terränglöpning** *s* cross-country running (tävling run el. race)
**terylene** *s* terylene
**tes** *s* thesis (pl. theses)
**teservis** *s* tea-set
**tesil** *s* tea-strainer
**tesked** *s* tea-spoon
**tesort** *s* tea, kind of tea
**test** *s* prov test
**testa** *tr* test
**testamente** *s* will, last will and testament; ***Gamla (Nya) Testamentet*** the Old (New) Testament; ***upprätta sitt ~*** make (draw up) one's will
**testamentera** *tr*, ~ ***ngt till ngn (ngn ngt)*** bequeath a th. to a p., leave a p. a th.
**testbild** *s* i TV test card
**testikel** *s* testicle
**testning** *s* testing
**tevagn** *s* tea-trolley, tea-waggon
**tevatten** *s* water for the tea
**teve** se *TV* med ex. o. sammansättningar
**t. ex.** (förk. för *till exempel*) e.g.
**text** *s* text; filmtext subtitles pl.; sångtext words pl.
**texta** *tr itr* med tryckbokstäver write ... in block letters
**textil** *a* textile
**textilier** *s pl* textiles
**textilindustri** *s* textile industry
**textilslöjd** *s* skol. textile handicraft
**textkritik** *s* textual criticism
**text-TV** *s* teletext
**Thailand** Thailand
**thailändsk** *a* Thai
**thinner** *s* thinner
**thriller** *s* thriller
**tia** *s* ten; sedel ten-krona note; jfr *femma*
**Tibet** Tibet
**tibetan** *s* Tibetan
**tibetansk** *a* Tibetan
**ticka** *itr* tick
**ticktack** *s* tick-tack
**tid** *s* time; period period; intervall interval; ögonblick moment; kontorstid etc. hours pl.; ***långa ~er*** kunde han ... for long periods...; ***beställa ~ hos*** läkare etc. make an appointment with; ***ge sig god ~*** allow oneself plenty of time; ***har du ~ ett slag?*** have you a moment to spare?; ***ta god ~ på sig*** take one's time [*med* ngt over ... ]; ***det är inte sådana ~er numera*** times are not like

that nowadays; jag var sjuk ***första ~en*** ... during the first few days (weeks etc.); ***den gamla goda ~en*** the good old times (days) pl.; ***den gustavianska ~en*** the Gustavian period; ***för en ~ sedan*** some time ago; ***vara före sin ~*** be ahead of one's time; ***i ~ och otid*** ideligen at all times; ***inom den närmaste ~en*** in the immediate future; ***med ~en*** in time, in course of time; ***det är på ~en att jag (vi) går*** it is about time to leave; ***på min ~*** ... in my time (day) ...; ***på senare ~, på senaste (sista) ~en*** recently, lately; ***under ~en*** meantime, meanwhile; ***under ~en*** 1-15 maj between ...; ***gå ur ~en*** depart this life; ***vid ~en för*** t.ex. sammanbrottet at the time of; ***vid samma ~*** i morgon at this time ...

**tidevarv** *s* period, epoch, age

**tidig** *a* early; ***~are*** föregående previous, former

**tidigt** *adv* early; ***~ på morgonen*** early in the morning; ***tidigare*** earlier, förut previously; hon kommer ***tidigast i morgon*** ... tomorrow at the earliest

**tidning** *s* newspaper, paper; veckotidning magazine; ***det står i ~en*** it is in the paper

**tidningsartikel** *s* newspaper article

**tidningsbilaga** *s* supplement to a (the) paper

**tidningsförsäljare** *s* news-vendor

**tidningskiosk** *s* news stand, större bookstall

**tidpunkt** *s* point of time, moment; ***vid ~en för*** ... at the time of ...

**tidrymd** *s* period, space of time [*av* of]

**tidsadverb** *s* adverb of time

**tidsbegränsning** *s* time-limit

**tidsbesparande** *a* time-saving

**tidsbesparing** *s*, ***~en*** the saving of time, the time saved

**tidsbrist** *s* lack of time

**tidsenlig** *a* nutida up to date; modern modern

**tidsfråga** *s*, det är bara ***en ~*** ... a matter of time

**tidsfördriv** *s* pastime, time-killer

**tidsförlust** *s* loss of time

**tidsinställd** *a*, ***~ bomb*** time-bomb

**tidskrift** *s* periodical; teknisk journal; lättare magazine

**tidskrävande** *a* time-consuming

**tidsnöd** *s*, ***vara i ~*** be short of time

**tidssignal** *s* i radio time signal

**tidsvinst** *s* saving of time

**tidsålder** *s* age, era

**tidsödande** *a* time-wasting, time-consuming

**tidtabell** *s* timetable, amer. äv. schedule

**tidtagarur** *s* stop-watch, timer

**tidtagning** *s* timekeeping

**tidvatten** *s* tide

**tidvattensvåg** *s* tidal wave

**tidvis** *adv* at times

**tiga** *itr* be silent [*med* about], keep silent

**tiger** *s* tiger

**tigerunge** *s* tiger cub

**tigga** *tr itr* beg; ***gå och ~*** go begging; ***~ och be ngn om*** ngt beg a p. for ...

**tiggare** *s* beggar

**tiggeri** *s* begging

**tigrinna** *s* tigress

**tik** *s* bitch, she-dog

**till I** *prep* **1** om rum o. friare to; in i into; mot towards; dricka vin ***~ middagen*** ... with one's dinner; ***få soppa ~ middag*** have soup for dinner; ***färdas ~ fots (lands, sjöss)*** travel (go) on foot (by land resp. sea); ***resa in ~ staden*** travel (go) up to town; ***resa ~ utlandet*** go abroad; ***tåget ~ S.*** the train for S. **2** om tid: ***från 9 ~ 12*** from 9 to 12; har vi mjölk ***~ i morgon?*** ... for tomorrow?; vigseln är bestämd ***~ den 15:e*** ... for the 15th; han börjar skolan ***~ hösten*** ... this autumn; han gav mig presenter ***~ jul och ~ födelsedagen*** ... at Christmas and on my birthday; reser du hem ***~ jul?*** ... for Christmas?; ***natten ~ fredagen*** som adv. on (during) the night before Friday; det skulle vara färdigt ***~ i dag*** ... by today **3** avsedd för for, uttr. tillhörighet, förhållande of; ***två biljetter ~*** Hamlet two tickets for ...; här är ett brev ***~ dig*** ... for you; ***hans kärlek ~*** ... his love of ...; ***han är son ~*** en läkare he is the son of ...; författaren ***~ boken*** ... of the book; ***nyckeln ~*** skåpet the key to (som tillhör of) ...; en vän ***~ mig (min bror)*** ... of mine (my brother's) **4** andra uttryck: ***förvandla ~*** transform into; ***en förändring ~ det sämre*** a change for the worse; ***detta gjorde honom ~*** en berömd man this made him ...; ***~ antalet (kvaliteten)*** in number (quality); känna ngn ***~ namnet (utseendet)*** ... by name (sight); ***~ yrket*** by profession; ***köpa ngt ~ ett pris av*** buy a th. at the price of **5** i vissa förbindelser **a)** ~ el. ***~ att*** inf. to inf.; kulor ***~ att skjuta med*** ... for shooting [with], ... to shoot with **b)** ***~ och med (t. o. m ... )*** up to, up to and including **6** ***~ dess (dess att)*** till, until **II** *adv* **1** ytterligare, ***en dag ~*** one day more, another day; ***en kopp te ~*** another cup of tea; ***köp tre*** flaskor ***~!*** buy three more ... !; ***lika mycket ~*** as much again; ***litet ~*** a little more **2** i vissa förb., ***det gör varken ~ eller från*** it makes no differ-

ence; ~ *och från* då och då off and on; *gå ~ och från* come and go; ~ *och med* even; *åt byn* ~ towards the village; ~ *dess* till then, until then; ~ *dess att* till, until
**tillagning** *s* kok. making, cooking; av måltid preparation; ~ *av mat* cooking
**tillbaka** *adv* back; bakåt backwards; *sedan lång tid ~ är han* ... for a long time past he has been ...
**tillbakablick** *s* retrospect end. sg. [*på* of]; i film etc. flashback [*på* to]
**tillbakadragande** *s* withdrawal, av t. ex. trupper äv. pull-out
**tillbakadragen** *a* försynt retiring, reserverad reserved; *ett tillbakadraget liv* a retired life
**tillbakagång** *s, vara på ~* be on the decline, be falling off
**tillbakavisa** *tr* förslag reject; beskyllning repudiate
**tillbehör** *s pl* till bil, dammsugare etc. accessories
**tillblivelse** *s* coming into being
**tillbringa** *tr* spend [*med att* inf. in ing-form]
**tillbringare** *s* jug, amer. pitcher
**tillbud** *s* olycks~, *det var ett allvarligt ~* there might have been a serious accident
**tillbörlig** *a* due; lämplig fitting, proper
**tilldela** *tr, ~ ngn* ngt allot ... to a p., utmärkelse confer ... on a p., pris award a p. ...; *~ ngn ett slag* deal a p. a blow
**tilldelning** *s* ranson allowance, ration; ransonerande allocation
**tilldra** o. **tilldraga** *refl, ~ sig* **1** ske happen, occur; utspelas take place **2** attrahera attract
**tilldragande** *a* attractive
**tilldragelse** *s* occurrence; viktigare event
**tillfalla** *itr, ~ ngn* go to a p., oväntat fall to a p.
**tillfart** o. **tillfartsväg** *s* approach (access) road
**tillflykt** *s* refuge [*mot, undan* from]; medel, utväg resort, resource; *ta sin ~ till* take refuge in, en person take refuge with, go to ... for refuge
**tillflyktsort** *s* place of refuge
**tillfoga** *tr* **1** tillägga add **2** vålla, *~ ngn ngt* t. ex. förlust inflict a th. on a p.
**tillfreds** *a* satisfied, content [*med* with]
**tillfredsställa** *tr* satisfy; göra till lags suit, please; hunger etc. äv. appease
**tillfredsställande** *a* satisfactory [*för ngn* to a p.]
**tillfredsställelse** *s* satisfaction [*för* to, *över, med* at]
**tillfriskna** *itr* recover [*efter, från* from]
**tillfrisknande** *s* recovery
**tillfråga** *tr* ask, rådfråga consult [*om* about, as to]
**tillfångata** *tr* take ... prisoner, capture
**tillfälle** *s* när ngt inträffar occasion; lägligt opportunity, slumpartat chance; *begagna ~t att* inf. take (seize) the opportunity to inf.; *gripa ~t, ta ~t i akt* seize the opportunity; *för ~t* just nu for the time being, för närvarande at present; *vid ~* ska jag ... some time or other ...; *vid första bästa ~* at the first opportunity
**tillfällig** *a* då och då occasional; händelsevis accidental, om t. ex. bekantskap chance ...; kortvarig temporary; övergående momentary; *~t arbete* casual work, odd jobs pl.
**tillfällighet** *s* slump chance; sammanträffande coincidence; *av en ren ~* by pure chance, by sheer accident
**tillfälligt** *adv* för kort tid temporarily, för närvarande for the time being
**tillföra** *tr* bring; ~ skaffa *ngt till* ... supply (provide) ... with a th.
**tillförlitlig** *a* reliable, ... to be relied on
**tillförordna** *tr* appoint ... temporarily
**tillförordnad** *a, ~* professor acting ...
**tillförsel** *s* supply
**tillförsikt** *s* confidence [*till* in]
**tillgiven** *a* **1** attached; om nära släkting affectionate; trogen devoted **2** i brev, *Din varmt tillgivne* ... Yours very sincerely (till nära släkting el. vän affectionately), ...
**tillgivenhet** *s* attachment, hängivenhet devotion [*för* to]; kärlek affection [*för* for]
**tillgjord** *a* affected, konstlad artificial
**tillgodo** *adv* se *till godo* under *godo*
**tillgodogöra** *refl, ~ sig* assimilate, t. ex. undervisningen profit by
**tillgodohavande** *s* för sålda varor etc. outstanding account; i bank etc. credit balance [*hos, i* with]
**tillgodokvitto** *s* credit note
**tillgodose** *tr* krav etc. meet, satisfy; behov supply
**tillgripa** *tr, ~ våld* resort to (use) violence
**tillgå** *tr, det finns att ~* it is to be had, it is obtainable [*hos* from]
**tillgång** *s* **1** tillträde access [*till* to]; *ha ~ till* vatten have ... at hand; *med ~ till kök* with the use of kitchen **2** förråd supply [*på* of]; *~ och efterfrågan* supply and demand **3** resurs: person samt hand. asset; *~ar* penningmedel means
**tillgänglig** *a* **1** accessible [*för* to]; om t. ex. resurser available [*för* ngn to, ngt for]; öppen open [*för* to]; *med alla ~a medel* by every

available means **2** om person . . . easy to approach
**tillhandahålla** *tr,* ~ *ngn ngt* supply a p. with a th.
**tillhygge** *s* weapon
**tillhåll** *s* tillflyktsort retreat, refuge [*för* for]; haunt äv. om djurs ~
**tillhöra** *itr* se *höra II 1*
**tillhörande** *a* . . . belonging to it (them)
**tillhörighet** *s, mina (dina* etc.) ~*er* my (your etc.) belongings (possessions)
**tillika** *adv* also, . . . too, dessutom besides
**tillintetgöra** *tr* nedgöra defeat . . . completely, förstöra destroy, ruin, förinta annihilate
**tillintetgörelse** *s* defeat, destruction, ruin, annihilation
**tillit** *s* confidence [*till* in], reliance [*till* on]
**tillitsfull** *a* confident; ~ mot andra trusting
**tillkalla** *tr* send for; sammankalla summon
**tillknäppt** *a* om person reserved
**tillkomma** *itr* **1** tilläggas be added; *dessutom tillkommer* moms in addition there will be . . . **2** ~ tillhöra *ngn*: vara ngns rättighet be a p.'s due; vara ngns plikt be a p.'s duty; *det tillkommer inte mig att* inf. it is not for me to inf.
**tillkommande** *a* future; *hans* ~ his wife to-be
**tillkomst** *s* uppkomst origin; tillblivelse coming into being; om stat, rörelse etc. rise
**tillkännage** *tr* announce, bestämt declare [*för* to]
**tillkännagivande** *s* announcement, declaration
**tillmäta** *tr,* ~ *ngt stor betydelse* attach great importance to a th.
**tillmötesgå** *tr* person oblige; begäran etc. comply with, önskan äv. meet
**tillmötesgående I** *a* obliging **II** *s* obligingness
**tillnamn** *s* surname, family name
**tillnärmelsevis** *adv* approximately; *inte* ~ så stor som . . . nothing like . . .
**tillreda** *tr* bereda prepare, get . . . ready
**tillrop** *s* call, shout
**tillryggalägga** *tr* cover, do [*på* in]
**tillråda** *tr* advise, recommend
**tillrådan** *s, på min* ~ on my advice
**tillrådlig** *a* advisable
**tillräcklig** *a* sufficient, nog enough; ~ för ändamålet, om t. ex. kunskaper adequate; ~*t med* tid, mat sufficient (enough) . . .
**tillräknelig** *a* . . . responsible for one's actions, sane
**tillrätta** *adv* se *rätta I 1*
**tillrättavisa** *tr* rebuke, starkare reprimand
**tillrättavisning** *s* rebuke, starkare reprimand
**tills** *konj prep* till, until
**tillsammans** *adv* together; inalles altogether, in all; gemensamt jointly; ~ *har vi* 200 kr. we have . . . between (om fler än två among) us
**tillsats** *s* tillsättande addition, ngt inblandat added ingredient; liten tillsats av sprit etc. dash, av kryddor seasoning
**tillskansa** *refl,* ~ *sig* appropriate; ~ *sig makten* usurp power
**tillskott** *s* tillskjutet bidrag contribution, additional (extra) contribution; tillökning addition
**tillskriva** *tr* tillerkänna, ~ *ngn ngt* ascribe (attribute) a th. to a p.; ~ *sig äran* take the credit to oneself
**tillskärare** *s* tailor's cutter, cutter
**tillspetsad** *a, bli* ~ om läge etc. become critical (acute)
**tillströmning** *s* av vatten inflow; av människor stream; rusning rush
**tillstymmelse** *s* suspicion [*till* of]; *inte en* ~ *till sanning* not a vestige of truth
**tillstyrka** *tr* support, recommend
**1 tillstånd** *s* tillåtelse permission, leave; bifall consent; bemyndigande authorization; tillståndsbevis permit; *med benäget* ~ *av* . . . by kind permission of . . . , by courtesy of . . .
**2 tillstånd** *s* skick state, condition; *i berusat* ~ in a state of intoxication; *i dåligt* ~ in bad condition
**tillståndsbevis** *s* licence, permit
**tillställning** *s* entertainment, fest party
**tillstöta** *itr* tillkomma, hända occur; om sjukdom set in
**tillsyn** *s* supervision; *ha* ~ *över* supervise, barn look after
**tillsyningsman** *s* supervisor [*för, över* of]
**tillsynslärare** *s* ung. assistant headmaster (kvinnlig headmistress)
**tillsägelse** *s* befallning order, orders pl. [*om* for]; *utan* ~ without being told; *få en* ~ tillrättavisning be given a reprimand
**tillsätta** *tr* utnämna appoint, kommitté äv. set up; besätta (plats) fill
**tilltag** *s* streck trick
**tilltaga** *itr* increase [*i* in], om t. ex. inflytande grow; utbreda sig spread
**tilltagande I** *a* increasing, om t. ex. inflytande growing **II** *s, vara i* ~ be on the increase, be increasing
**tilltagen** *a, vara knappt* ~ om tyg etc. not be

quite enough; ***vara rikligt*** ~ om t. ex. portion be ample in quantity
**tilltal** *s* address; ***svara på*** ~ answer when one is spoken to
**tilltala** *tr* **1** vända sig till address, speak to **2** behaga appeal to, om person attract
**tilltalande** *a* attractive, pleasing [*för* to]
**tilltalsnamn** *s* first (given) name; ***~et understrykes*** please underline most commonly used first name
**tilltalsord** *s* form (term) of address
**tilltro** *s* tro credit, förtroende confidence [*till* in]; ***vinna*** ~ om rykte etc. gain credence [*hos* with]
**tillträda** *tr* egendom etc. take over, take over possession of, arv, egendom come into, come into possession of; ~ ***tjänsten*** enter on one's duties
**tillträde** *s* **1** entrance, admission [*till* to]; tillåtelse att gå in admittance; ***Tillträde förbjudet!*** No Admittance! **2** tillträdande av egendom entry [*av* into possession of]; taking over [*av* of]; ***vid ~t av tjänsten*** blev han ... on taking up his duties ...
**tilltugg** *s*, ett glas öl ***med*** ~ ... with something to eat with it (with snacks)
**tilltvinga** *refl*, ~ ***sig ngt*** obtain a th. by force
**tilltyga** *tr*, ~ ***ngn illa*** handle a p. roughly, manhandle a p., knock a p. about
**tilltänkt** *a* proposed; tillämnad intended; planerad projected
**tillvalsämne** *s* skol. optional (amer. elective) subject
**tillvarata** *tr* ta hand om take care (charge) of; bevaka safeguard; utnyttja, t. ex. möjligheter take advantage of
**tillvaratagande** *s*, ***~t av*** ... the taking care (charge) of ... etc., jfr *tillvarata*
**tillvaro** *s* existence, liv life
**tillverka** *tr* manufacture, make [*av* out of]; framställa produce [*av* from]
**tillverkare** *s* manufacturer, maker; producer
**tillverkning** *s* fabrikation manufacture, make, production, per år etc. output; ***den är av svensk*** ~ it is made in Sweden
**tillväga** *adv*, hur ska man ***gå*** ~ ... set (go) about it
**tillvägagångssätt** *s* procedure, course of action
**tillväxt** *s* growth; ökning increase [*i* in]
**tillåta I** *tr* allow, permit; gå med på consent to; ***tillåter ni att jag röker?*** do you mind if I smoke?; ***om vädret tillåter*** weather permitting **II** *refl*, ~ ***sig*** permit (allow) oneself; ~ ***sig*** ta sig friheten ***att*** inf. take the liberty to inf. (of ing-form)
**tillåtelse** *s* permission
**tillåten** *a* allowed, permitted; laglig lawful
**tillägg** *s* addition; pris~ extra (additional) charge, järnv. excess (extra) fare
**tillägga** *tr* add [*till* to]
**tilläggspension** *s* supplementary pension
**tillägna I** *tr*, ~ ***ngn*** en bok dedicate ... to a p. **II** *refl*, ~ ***sig*** **1** förvärva acquire; tillgodogöra sig take in **2** lägga sig till med appropriate
**tillämpa** *tr* apply [*på* to]; ***~d matematik*** applied mathematics
**tillämplig** *a* applicable [*på* to]
**tillämpning** *s* application [*på* to]
**tillökning** *s* tillökande increasing, enlargement; påökning increase [*av* of]; ***vänta*** ~ ***i familjen*** be expecting an addition to the family
**tillönska** *tr* wish
**timglas** *s* hour-glass, sand-glass
**timid** *a* timid
**timjan** *s* thyme
**timlärare** *s* non-permanent teacher paid on an hourly basis
**timlön** *s*, ***få (ha)*** ~ be paid by the hour
**timme** *s* hour; lektion lesson; ***en fyra timmars resa*** a four-hour journey; ***90 km (80 kr) i ~n*** 90 kilometres (80 kronor) an hour; ***om en*** ~ in an hour
**timmer** *s* timber, amer. lumber
**timmerman** *s* carpenter
**timotej** *s* timothy grass, timothy
**timpenning** *s* se *timlön*
**timtals** *adv* for hours
**timvisare** *s* hour (small) hand
**1 tina** *s* **1** laggkärl tub **2** fiske~ pot
**2 tina** *tr itr*, ~ el. ~ ***upp*** thaw; smälta melt
**tindra** *itr* twinkle; gnistra sparkle
**ting** *s* sak thing, föremål object
**tingshus** *s* district court-house
**tingsrätt** *s* i stad municipal (på landet district) court
**tinner** *s* thinner
**tinning** *s* temple
**tio** *räkn* ten; jfr *fem* o. sammansättningar
**tiodubbel** *a* tenfold
**tiokamp** *s* decathlon
**tionde** *räkn* tenth (förk. 10th); jfr *femte*
**tiondel** *s* tenth [part]; jfr *femtedel*
**tiotal** *s* ten; ***ett par*** ~ some twenty or thirty; jfr *femtiotal*
**tiotusentals** *adv* tens of thousands; ~ ***människor*** tens of thousands of people
**1 tipp** *s* spets tip [*av, på* of]

**2 tipp** *s* **1** avstjälpningsplats refuse (amer. garbage) dump **2** avstjälpningsanordning tipping device

**1 tippa I** *tr* stjälpa ut tip, dump **II** *itr* tip; ~ *över* tip over

**2 tippa** *tr itr* **1** förutsäga tip **2** med tipskupong do the pools (football pools)

**1 tippning** *s* tipping, dumping

**2 tippning** *s* fotbolls~ doing the pools (football pools)

**tips** *s* **1** upplysning tip, tip-off [*om* about, *as* to] **2** *vinna på* ~ el. *~et* win on the pools

**tipskupong** *s* pools coupon, football pools coupon

**tirad** *s* tirade

**tisdag** *s* Tuesday; jfr *fredag* med ex.

**tisdagskväll** *s* Tuesday evening (senare night); *på ~arna* on Tuesday evenings (nights)

**tissel** *s*, ~ *och tassel* viskande whispering; skvaller tittle-tattle

**tissla** *itr*, ~ *och tassla* viska whisper

**tistel** *s* bot. thistle

**titel** *s* title; *en bok med ~n* ... a book entitled ...

**titelhållare** *s* title-holder

**titelroll** *s* title-role

**titt** *s* **1** blick look, hastig glance; *ta (ta sig) en ~ på* ... have a look (glance) at ... **2** kort besök call [*hos ngn* on a p.]; *tack för ~en!* it was kind of you to look me up (to look in)!

**titta** *itr* look, ta en titt have a look, flyktigt glance [*på* i samtliga fall at]; ~ *fram* peep out, synas show; ~ *in* komma in och hälsa på look (drop) in [*till* ngn on ... ]

**tittare** *s* TV~ viewer

**tittarstorm** *s* i TV ung. storm of protest from TV-viewers

**tittartid** *s*, *på bästa* ~ i TV during peak viewing hours

**titthål** *s* peep-hole

**titulera** *tr*, ~ *ngn* professor address a p. as ...

**tivoli** *s* amusement park, fun-fair

**tjafs** *s* vard., prat drivel, strunt rubbish, fjant fuss

**tjafsa** *itr* vard., prata talk drivel (rubbish), fjanta fuss

**tjalla** *itr* vard., skvallra, ange squeal

**tjat** *s* nagging [*om* about]

**tjata** *itr* gnata nag [*på ngn* a p. el. at a p., *om ngt* about a th.]

**tjatig** *a* **1** gnatig nagging **2** långtråkig boring

**tjeck** *s* Czech

**tjeckisk** *a* Czech

**tjeckiska** *s* **1** kvinna Czech woman **2** språk Czech

**Tjeckoslovakien** Czechoslovakia

**tjeckoslovakisk** *a* Czechoslovak, Czechoslovakian

**tjej** *s* vard. girl

**tjock** *a* thick ej om person; 'kraftig' stout; fet fat; tät (t. ex. skog, rök) dense

**tjocka** *s* fog

**tjockflytande** *a* thick, viscous

**tjockis** *s* vard. fatty

**tjocklek** *s* thickness

**tjocktarm** *s* large intestine

**tjog** *s* score; *fem* ~ ägg five score [of] ...

**tjugo** *räkn* twenty; jfr *fem, femtio* o. sammansättningar

**tjugonde** *räkn* twentieth (förk. 20th); jfr *femte*

**tjur** *s* bull

**tjura** *itr* sulk, be in a sulk

**tjurfäktare** *s* bullfighter

**tjurfäktning** *s* bullfighting; *en* ~ a bullfight

**tjurig** *a* sulky

**tjurskalle** *s* vard. obstinate (pig-headed) person

**tjurskallig** *a* vard. pig-headed

**tjusa** *tr* charm, enchant, fascinate

**tjusig** *a* charming, lovely

**tjusning** *s* charm, enchantment; fascination; *fartens* ~ the fascination of speed

**tjut** *s* howling; *ett* ~ a howl

**tjuta** *itr* howl, om mistlur hoot; vard., gråta cry

**tjuv** *s* thief (pl. thieves); inbrottstjuv burglar, på dagen ofta housebreaker

**tjuvaktig** *a* thievish, thieving

**tjuvgods** *s* stolen property (goods pl.)

**tjuvkoppla** *tr* hotwire

**tjuvlarm** *s* burglar alarm

**tjuvlyssna** *itr* eavesdrop

**tjuvlyssnare** *s* eavesdropper

**tjuvläsa** *tr itr*, ~ en bok read ... on the sly

**tjuvnyp** *s*, *ge ngn ett* ~ make a dig at a p.

**tjuvpojke** *s* young rogue (rascal)

**tjuvskytt** *s* poacher, game poacher

**tjuvskytte** *s* poaching, game poaching

**tjuvstart** *s* false start

**tjuvtitta** *itr*, ~ *i* en bok take a look into ... on the sly

**tjäder** *s* capercaillie, capercailzie

**tjäle** *s* frost in the ground, ground frost

**tjällossning** *s*, *~en* the breaking up of the frost in the ground, the thawing of the frozen soil

**tjälskada** *s* frost-damage

**tjäna** *tr itr* **1** göra tjänst (tjänst åt) serve; ~ *som (till)* . . . serve as . . .; *det ~r ingenting till att gå dit (att du går dit)* it is no use (no good) going (your going there); *vad ~r det till?* what is the use (the good) of that? **2** förtjäna earn, make
**tjänare** *s* servant; *~!* vard. hallo!, amer. hi there!
**tjänarinna** *s* maid servant
**tjänst** *s* service; befattning post, speciellt statlig appointment; ämbete office; *göra ngn en ~* do a p. a favour (a service); *lämna sin ~* befattning resign one's appointment; *vara i ~* be on duty; *vara i ~ hos ngn* be employed by a p.; *stå till ngns ~* be at a p.'s service (disposal); *vad kan jag stå till ~ med?* what can I do for you?
**tjänstebil** *s* official car; bolags etc. company car
**tjänstebostad** *s* flat (apartment, resp. house) attached to one's post (job), högre ämbetsmans official residence
**tjänstebrev** *s* post. official matter (mail), motsats privatbrev official letter
**tjänstefel** *s* breach of duty
**tjänsteflicka** *s* servant, servant girl, maid
**tjänstefolk** *s* servants pl.
**tjänsteman** *s* statlig civil servant, official; i enskild tjänst salaried employee; kontorist clerk; *Tjänstemännens Centralorganisation* (förk. *TCO*) The Swedish Central Organization of Salaried Employees
**tjänstepension** *s* occupational (service) pension
**tjänsteplikt** *s* plikt i tjänsten official duty
**tjänsteresa** *s* i statstjänst official journey; affärsresa business journey
**tjänsterum** *s* office
**tjänsteår** *s* year of service
**tjänstgöra** *itr* serve, do duty [*som* as]; om person äv. act [*som* as . . . ]
**tjänstgöring** *s* duty; arbete work
**tjänstledig** *a*, *vara ~* be on leave (on leave of absence)
**tjänstledighet** *s* leave of absence
**tjänstvillig** *a* obliging, helpful
**tjära** *s* o. *tr* tar
**T-korsning** *s* trafik. T-junction
**toa** *s* vard. lav, loo, amer. john; se äv. *toalett*
**toalett** *s* **1** rum lavatory; wc toilet, W.C; på restaurang etc. men's (ladies') room, amer. washroom; offentlig public convenience; *gå på ~en* go to the lavatory etc. **2** klädsel dress, toilet
**toalettartikel** *s* toilet requisite; *toalettartiklar* äv. toiletry
**toalettbord** *s* toilet-table, dressing-table
**toalettpapper** *s* toilet-paper; *en rulle ~* a toilet-roll
**tobak** *s* tobacco
**tobaksaffär** *s* tobacconist's
**tobaksvaror** *s pl* tobacco sg.
**toffel** *s* slipper
**tofs** *s* tuft, på djur crest; på kläder etc. tassel
**tok** *s* **1** person fool **2** *gå på ~* go wrong
**tokig** *a* mad, crazy; dum silly
**tolerans** *s* tolerance [*mot* towards]
**tolerant** *a* tolerant [*mot* towards]
**tolerera** *tr* tolerate, put up with
**tolfte** *räkn* twelfth (förk. 12th); jfr *femte*
**tolftedel** *s* twelfth [part]; jfr *femtedel*
**tolk** *s* interpreter
**tolka** *tr* interpret; handskrift decipher; återge render; översätta translate; uttrycka (t. ex. känslor) express
**tolkning** *s* interpretation, rendering, translation, jfr *tolka;* version version
**tolv** *räkn* twelve; *klockan ~ på dagen (natten)* vanl. at noon (midnight); jfr *fem* o. sammansättningar
**tom** *a* empty; *~ma sidor* blank pages; *en ~ stol* a vacant chair
**t. o. m.** (förk. för *till och med*) up to, up to and including; som adverb even
**tomat** *s* tomato (pl. -es)
**tomatketchup** *s* tomato ketchup
**tombola** *s* tombola
**tomglas** *s* koll. empty bottles pl.
**tomgång** *s* motor. idling; *gå på ~* idle
**tomhänt** *a* empty-handed
**tomrum** *s* ej utfylld plats vacant space, lucka gap, på blankett blank space; fys. vacuum
**tomt** *s* obebyggd building site, amer. lot; kring villa garden, större grounds pl.
**tomte** *s* **1** hustomte ung. brownie **2** *~n* jultomten Father Christmas, Santa Claus
**tomtjobbare** *s* land speculator
**tomträtt** *s* site-leasehold right
**1 ton** *s* vikt metric ton, eng. motsv. (1016 kg) ton
**2 ton** *s* mus. m. m. tone, om viss ton note; *använd (ta) inte den ~en mot mig!* don't take that tone with me!; *ta sig ~ mot ngn* try to domineer a p.; *det hör till god ~* it is good form
**tona I** *itr* ljuda sound, ring **II** *tr* ge färgton åt tone; håret tint; *~ bort* ljud, bild (i radio o. TV) fade out
**tonarm** *s* på grammofon tone-arm
**tonart** *s* mus. key
**tonfall** *s* intonation
**tonfisk** *s* tunny-fish, större o. kok. tuna

**tongivande** *a*, ***vara*** ~ set the tone (fashion)
**tongång** *s*, ***kända*** ~***ar*** familiar strains
**tonhöjd** *s* pitch
**tonnage** *s* tonnage
**tonsill** *s* tonsil
**tonsätta** *tr* set . . . to music
**tonsättare** *s* composer
**tonvikt** *s* stress; bildl. emphasis; ***lägga*** ~ ***(***~***en) på*** stress, put the stress on, emphasize
**tonåren** *s pl*, en flicka ***i*** ~ . . . in her teens
**tonåring** *s* teenager
**topas** *s* topaz
**topografi** *s* topography
**topp** *s* **1** top; krön crest; bergstopp summit; spets pinnacle, peak; ***hissa flaggan i*** ~ run up the flag; ***med flaggan i*** ~ bildl. with all flags flying **2** blus top
**toppa** *tr* **1** ta av toppen på top **2** stå överst på (t. ex. lista) top, head
**toppen** *itj* vard. super, great
**toppfart** *s* top speed
**toppform** *s*, ***vara i*** ~ be in top form
**topphastighet** *s* top speed
**topplån** *s* last mortgage loan
**toppmöte** *s* summit (top-level) meeting
**toppventil** *s* motor. overhead valve
**torde** *hjälpvb* uppmaning. ***ni*** ~ ***observera*** you will (behagade will please, bör should) observe; förmodan. ***det*** ~ ***finnas*** många som . . . there are probably . . .
**torftig** *a* enkel plain; fattig poor; knapp, skral scanty, meagre
**torg** *s* **1** salutorg market-place, market **2** öppen plats square
**tork** *s* **1** apparat drier **2** ***hänga ut på*** ~ hang . . . out to dry
**torka I** *s* drought, dry weather **II** *tr* dry; genom t. ex. gnidning wipe; om du diskar så ***skall jag*** ~ . . . I'll do the drying-up; ~ ***fötterna*** på dörrmattan wipe one's feet . . .; ~ ***sina tårar*** wipe away one's tears **III** *itr* bli torr dry, get dry □ ~ **av** t. ex. skorna wipe, damma av dust; ~ ***av ansiktet*** dry one's face; ~ ***av dammet på ngt*** wipe the dust off a th.; ~ **upp a)** tr. wipe (mop) up **b)** itr. dry up, get dry again; ~ **ut** om t. ex. flod dry up, run dry
**torkhuv** *s* hood hair-drier
**torkning** *s* drying
**torkrum** *s* drying room
**torkskåp** *s* drying cupboard
**torkställ** *s* för disk plate rack
**torktumlare** *s* tumble-drier
**torn** *s* tower, spetsigt kyrktorn steeple; klocktorn belfry; schack. rook, castle

**tornado** *s* tornado (pl. -s el. -es)
**tornspira** *s* spire, kyrktorn steeple
**torp** *s* crofter's holding (stuga cottage)
**torpare** *s* crofter
**torped** *s* torpedo (pl. -es)
**torpedbåt** *s* torpedo-boat
**torpedera** *tr* torpedo äv. bildl.
**torr** *a* dry; om jord parched, tråkig dull, boring; ***han är inte*** ~ ***bakom öronen*** he is very green; ***ha sitt på det*** ~***a*** be comfortably off
**torrboll** *s* vard., om person bore
**torrklosett** *s* earth closet
**torrmjölk** *s* powdered (dried) milk
**torrschamponering** *s* dry shampoo
**torrskodd** *a* dry-shod
**torsdag** *s* Thursday; jfr *fredag* med ex.
**torsdagskväll** *s* Thursday evening (senare night); ***på*** ~***arna*** on Thursday evenings (nights)
**torsk** *s* **1** cod (pl. lika), codfish **2** vard. prostituerads kund john
**tortera** *tr* torture
**tortyr** *s* torture
**torv** *s* **1** geol. peat **2** grästorv sod, turf
**torva** *s* **1** grästorva piece of turf **2** ***den egna*** ~***n*** one's own plot of land
**total** *a* total, entire, complete
**totalisator** *s* totalizator; vard., toto tote
**totalitär** *a* totalitarian
**touche** *s* anstrykning samt mus. o. konst. touch
**tradition** *s* tradition
**traditionell** *a* traditional
**traditionsbunden** *a* tradition-bound
**trafik** *s* traffic; ***fartyget går i regelbunden*** ~ ***mellan*** . . . the vessel runs regularly between . . .
**trafikant** *s* väg~ road user; fotgängare pedestrian
**trafikera** *tr* bana, linje etc.: om resande use, frequent, om trafikföretag work, operate, om buss etc. run on
**trafikerad** *a*, ***hårt*** ~ ***gata*** street full of traffic, very busy street
**trafikflyg** *s* flygväsen civil aviation, flygtrafik air services pl.
**trafikflygare** *s* airline pilot
**trafikflygplan** *s* passenger [illegible] air liner
**trafikfälla** *s* road trap
**trafikförordning** *s* traffic regulations pl.
**trafikförseelse** *s* traffic offence
**trafikförsäkring** *s* third party motor insurance
**trafikhinder** *s* traffic obstacle
**trafikkaos** *s*, ***det var*** ~ there was a snarl-up
**trafikkort** *s* heavy vehicle licence
**trafikledare** *s* air-traffic controller

**trafikljus** *s* traffic light
**trafikmärke** *s* traffic sign
**trafikolycka** *s* traffic (road) accident
**trafikpolis** *s* **1** avdelning traffic police **2** polisman traffic policeman
**trafiksignal** *s* traffic signal (light)
**trafikskola** *s* driving school
**trafikstockning** *s* traffic jam
**trafikvakt** o. **trafiköervakare** *s* traffic warden
**trafiköervakning** *s* traffic supervisor
**tragedi** *s* tragedy
**tragik** *s* tragedy
**tragikomisk** *a* tragi-comic, tragi-comical
**tragisk** *a* tragic
**trailer** *s* släpvagn o. film trailer
**trakassera** *tr* ansätta, plåga pester, harass, förfölja persecute
**trakasserier** *s pl* pestering, harassment, persecution (alla endast sg.)
**trakt** *s* område district, area; grannskap neighbourhood; *här i ~en* äv. in these parts
**traktamente** *s* allowance for expenses, subsistence allowance
**traktor** *s* tractor, band~ caterpillar
**1 tralla** *s* trolley
**2 tralla** *tr itr* warble, sjunga sing
**trampa** *tr itr* kliva omkring tramp; trycka ned (med foten) tread, upprepat trample; *~ sin cykel* uppför backen pedal one's cycle ...; *~ vatten* tread water; *~ ngn på tårna* tread on a p.'s toes äv. bildl.
**trampbil** *s* för barn pedal car
**trampolin** *s* high-board, diving-board, gymn. springboard
**trams** *s* vard. nonsense, rubbish
**trana** *s* crane
**trans** *s* trance; *vara i ~* be in a trance
**transaktion** *s* transaction
**transformator** *s* transformer
**transformera** *tr* transform
**transfusion** *s* blod~ blood transfusion
**transistor** *s* transistor, vard. tranny
**transistorradio** *s* transistor radio, vard. tranny
**transithall** *s* flyg. transit (departure) hall
**transitiv** *a* transitive
**transpiration** *s* perspiration
**transpirationsmedel** *s* deodorant, anti-perspirant
**transplantation** *s* transplantation; *en ~* a transplant
**transplantera** *tr* transplant, speciellt hud graft
**transport** *s* **1** frakt transport, speciellt amer. transportation; till sjöss freight, shipment **2** i bokföring amount brought (carried) forward
**transportabel** *a* transportable, bärbar portable
**transportera** *tr* frakta transport, till sjöss freight, ship
**transportmedel** *s* means (pl. lika) of transport
**transvestism** *s* transvestism
**transvestit** *s* transvestite
**trapets** *s* gymn. trapeze
**trappa I** *s* stairs, speciellt utomhus steps (båda pl.); inomhus: längre äv. staircase; *en ~* a flight of stairs (resp. steps); bo *en ~ upp* ... on the first (amer. second) floor; möta ngn *i ~n* ... on the stairs **II** *tr, ~ ned* de-escalate; *~ upp* escalate
**trappavsats** *s* inomhus landing
**trappräcke** *s* banisters pl.
**trappsteg** *s* step
**trappstege** *s* stepladder
**trappuppgång** *s* staircase, stairs pl.
**trasa I** *s* **1** trasigt tygstycke rag; *gå klädd i trasor* go about in rags **2** dammtrasa duster; skurtrasa scouring-cloth **II** *tr, ~ sönder* tear ... to rags
**trasig** *a* **1** sönderträsad ragged, tattered; sönderriven torn; fransig frayed **2** sönder broken; i olag ... out of order
**traska** *itr* trot; mödosamt plod, trudge
**trasmatta** *s* rag-mat, större rag-rug
**trassel** *s* **1** bomulls~ cotton waste **2** besvär trouble, bother, komplikationer complications pl.; *ställa till ~* cause a lot of trouble, bråka kick up a fuss
**trassla** *tr, ~ till sina affärer* get one's finances into a muddle; *~ inte till saker och ting!* don't complicate things!
**trasslig** *a* entangled; muddled, confused; *han har ~a affärer* his finances are shaky
**trast** *s* thrush
**tratt** *s* funnel
**trav** *s* trot; rida *i ~* ... at a trot; *hjälpa ngn på ~en* put a p. on the right track, give a p. a start
**1 trava** *tr, ~* el. *~ upp* pile (stack) up
**2 trava** *itr* trot; *komma ~nde* come trotting along
**travbana** *s* trotting-track, trotting-course
**trave** *s* av böcker, ved etc. pile, stack
**travhäst** *s* trotter, trotting horse
**travsport** *s* trotting
**tre** *räkn* three; jfr *fem* o. sammansättningar
**trea** *s* **1** three; *~ns växel* third gear; jfr *femma* **2** vard. three-room flat (apartment)
**tredimensionell** *a* three-dimensional

**tredje** *räkn* third (förk. 3rd); ***för det ~*** in the third place, vid uppräkning thirdly; jfr *femte* o. *andra*
**tredjedag** *s,* ***~ jul*** the day after Boxing Day
**tredjedel** *s* third [part]; jfr *femtedel*
**tredubbel** *a* tre gånger så stor vanl. treble, i tre skikt etc. vanl. triple, trefaldig threefold; ***betala tredubbla priset*** pay treble (three times) the price
**tredubbla** *tr* multiply ... by three, treble
**trefjärdedelstakt** *s* three-four time
**trehjuling** *s* vagn three-wheeler; cykel tricycle
**trehundra** *räkn* three hundred; jfr *femhundra* o. sammansättningar
**trekant** *s* triangle
**trekantig** *a* triangular
**trekvart** *s* three quarters pl.; ***~s timme*** three quarters of an hour
**trekvartsstrumpa** *s* knee sock
**trend** *s* trend
**trendig** *a* vard. trendy
**trerummare** *s* three-room flat (apartment)
**trestegshopp** *s* sport. triple jump
**trestegsraket** *s* three-stage rocket
**trestjärnig** *a* three-star ...
**trettio** *räkn* thirty; jfr *femtio* o. sammansättningar
**trettionde** *räkn* thirtieth (förk. 30th); jfr *femte*
**trettioårig** *a,* ***~a kriget*** the Thirty Years' War; jfr *femårig*
**tretton** *räkn* thirteen; ***det går ~ på dussinet*** they are ten (two) a penny; jfr *fem* o. sammansättningar
**trettondagen** *s* Epiphany, Twelfth Day
**trettondagsafton** *s* the Eve of Epiphany, Twelfth Night
**trettonde** *räkn* thirteenth (förk. 13th); jfr *femte*
**treva I** *itr* grope about [*efter* for] **II** *refl,* ***~ sig fram*** grope one's way along
**trevande** *a,* ***~ försök*** fumbling (tentative) effort
**trevare** *s* feeler
**trevlig** *a* nice; angenäm pleasant; rolig enjoyable; sympatisk attractive; ***vi hade mycket ~t*** we had a very nice time of it
**trevnad** *s* comfort, comfort and well-being
**trevåningshus** *s* three-storey house
**triangel** *s* triangle
**triangeldrama** *s* domestic triangle, teat. eternal triangle drama
**tribun** *s* estrad platform, tribune
**tribunal** *s* tribunal
**tribut** *s* tribute
**trick** *s* knep trick, stunt; kortsp. odd trick
**trikå** *s* **1** tyg stockinet **2** ***~er*** plagg tights
**trikåvaror** *s pl* knitwear sg., hosiery sg.
**trilla** *itr* rulla roll, om tårar äv. trickle; ramla tumble, falla fall
**trilling** *s* triplet
**trim** *s* trim; ***vara i god ~*** be in good trim
**trimma** *tr* trim äv. hund; ***~ en motor*** tune (soup) up an engine
**trimning** *s* trim; trimmande trimming
**trind** *a* knubbig chubby, plump
**trio** *s* trio (pl. -s) äv. mus.
**tripp** *s* short trip; ***ta sig (göra) en ~ till ...*** go for a trip to ...
**trippa** *itr* trip (go tripping) along
**trippelvaccinering** *s* vaccination against diphtheria, tetanus and whooping cough
**trippmätare** *s* bil. trip meter, trip mileage counter
**trissa** *tr,* ***~ upp priset*** force up the price
**trist** *a* dyster gloomy, melancholy; enformig monotonous, tråkig dreary; ledsam sad
**tristess** *s* gloominess, melancholy, enformighet monotony; leda dreariness; ledsamhet sadness
**triumf** *s* triumph
**triumfbåge** *s* triumphal arch
**triumfera** *itr* triumph; jubla exult
**triumferande** *a* triumphant, exultant
**triumftåg** *s* triumphal procession
**trivas** *itr dep* känna sig lycklig be (feel) happy; blomstra flourish, prosper; ***han trivs inte i*** Sverige he isn't happy in ..., he doesn't like being in ...; ***vi trivs med varandra*** we get on well with one another
**trivial** *a* trivial
**trivialitet** *s* triviality
**trivsam** *a* pleasant, om plats cosy
**trivsel** *s* comfort, comfort and well-being
**tro I** *s* belief [*på* in]; tilltro, tillit samt relig. faith [*på* in]; ***sätta ~ till*** ngt trust, believe; ***leva i den ~n att*** be convinced that; ***handla i god ~*** act in good faith **II** *tr itr* believe; anse think, suppose; föreställa sig fancy, imagine; ***Ja, jag ~r det*** Yes, I think (believe) so; ***jag kan (kunde) just ~ det!*** I dare say!, I'm not surprised!; det var roligt, ***må du ~!*** ...,I can tell you!; ***~ ngn om*** ngt believe ... of a p.; ***det hade jag inte trott om dig*** I had not expected that from you; ***~ på*** ngn (ngt) believe in, förlita sig på trust, have faith (confidence) in, sätta tro till believe; ***jag ~r inte på honom*** vad han säger I don't believe him **III** *refl,* ***~ sig vara ...***

think (believe) that one is ..., believe (imagine) oneself to be ...
**troende** *subst a* believing; *en ~* a believer
**trofast** *a* om kärlek faithful, om vänskap loyal
**trofé** *s* trophy
**trogen** *a* faithful; lojal loyal [*mot* to]
**trohet** *s* fidelity, trofasthet faithfulness, loyalty [*mot* to]
**trolig** *a* sannolik probable, likely; trovärdig credible, believable; ***hålla det för ~t*** att ... think it likely ...
**troligen** o. **troligtvis** *adv* very (most) likely, probably
**troll** *s* troll, elakt hobgoblin, goblin; ***när man talar om ~en, så står de i farstun*** talk of the devil and he's sure to appear
**trolla** *itr* göra trollkonster do conjuring tricks; *~ **bort*** spirit (conjure) away; *~ **fram*** en supé produce ... as if by magic (from nowhere)
**trollbunden** *a* spellbound
**trolleri** *s* magic, enchantment
**trollkarl** *s* magician, wizard; trollkonstnär conjurer
**trollkonst** *s* conjuring trick
**trollkonstnär** *s* conjurer
**trolovad** *a, **hans (hennes) ~e*** his (her) betrothed
**trolovning** *s* betrothal
**trolös** *a* faithless, disloyal [*mot* to]
**trolöshet** *s* faithlessness; breach of faith
**trombon** *s* trombone
**trombos** *s* med. thrombosis (pl. thromboses)
**tron** *s* throne
**trona** *itr* be enthroned
**tronföljare** *s* successor to the throne
**trontal** *s* speech from the throne
**tropikerna** *s pl* the tropics
**tropikhjälm** *s* sun-helmet, topee
**tropisk** *a* tropical
**trosa** *s, **trosor*** briefs; ***en ~*** el. ***ett par trosor*** a pair of briefs
**trossamfund** *s* religious community
**trotjänare** o. **trotjänarinna** *s, **gammal ~*** faithful old servant
**trots I** *s* motspänstighet obstinacy; motstånd defiance **II** *prep* in spite of; *~ **att*** in spite of the fact that
**trotsa** *tr* defy; djärvt möta (t. ex. stormen) brave; ***det ~r all beskrivning*** it is beyond description
**trotsig** *a* utmanande defiant, motspänstig obstinate
**trotsålder** *s, **vara i ~n*** be at a defiant (an assertive, an obstinate) age
**trottoar** *s* pavement, amer. sidewalk
**trottoarkant** *s* kerb, amer. curb
**trottoarservering** *s* pavement restaurant (café)
**trovärdig** *a* om t. ex. berättelse credible; om person trustworthy; tillförlitlig reliable
**trovärdighet** *s* credibility; trustworthiness; reliability; jfr *trovärdig*
**trubadur** *s* troubadour
**trubba** *tr, ~ **av*** blunt äv. bildl.
**trubbel** *s* trouble, bother
**trubbig** *a* oskarp blunt, blunted
**trubbnäsa** *s* snub nose
**truck** *s* truck
**truga** *tr, ~ **ngn*** press a p.; *~ **på ngn ngt*** press (force) a th. on a p.; *~ **sig på ngn*** force oneself on a p.
**trumbroms** *s* drum brake
**trumf** *s* trump
**trumfa** *itr* kortsp. play a trump (trumps)
**trumfess** *s* ace of trumps
**trumhinna** *s* ear-drum
**trumma I** *s* mus. o. tekn. drum; ***slå på ~ (~n)*** beat the drum **II** *itr tr* drum
**trumpen** *a* sullen, sulky; butter morose
**trumpet** *s* trumpet; ***spela (blåsa i) ~*** play (som signal sound) the trumpet
**trumpetare** *s* trumpeter
**trumpetstöt** *s* trumpet-blast
**trumslagare** *s* drummer
**trupp** *s* troop, body, band; mil. detachment; sport. squad; teat. troupe; ***~er*** styrkor äv. forces
**trust** *s* trust
**1 trut** *s* fågel gull
**2 trut** *s* vard., mun mouth; ***håll ~en!*** hold your jaw!, shut up!
**truta** *itr, ~ **med munnen*** pout one's lips
**tryck** *s* **1** press pressure äv. bildl.; tonvikt stress [*på* on]; påfrestning strain; känna liksom ***ett ~ över bröstet*** ... a weight on one's chest; ***utöva ~ på ngn*** put pressure on a p. **2** typogr. samt på tyg etc. print, tryckning printing; ***komma ut i ~*** appear (come out) in print
**trycka I** *tr itr* **1** press; klämma squeeze; tynga weigh ... down, oppress; *~ **ngns hand*** shake a p.'s hand; *~ **ngn till sitt bröst*** press (mera känslobetonat clasp) a p. to one's bosom; *~ **på en knapp*** press a button **2** typogr. samt på tyg etc. print **II** *refl, ~ **sig mot*** en vägg press (tätt intill flatten) oneself against ... □ *~* **av** avfyra fire, pull the trigger; *~* **ihop** flera föremål press (klämma squeeze) ... together; *~* **in** press (force) in; *~* **ned** press down; friare depress; *~* **om** bok etc. reprint
**tryckalster** *s* publication; se äv. *trycksak*
**tryckbokstav** *s* block letter

**tryckeri** *s* printing works (pl. lika)
**tryckfel** *s* misprint
**tryckfrihet** *s* freedom of the press
**tryckkabin** *s* flyg. pressurized cabin
**tryckknapp** *s* **1** i plagg press-stud, snap fastener **2** strömbrytare push-button
**tryckkokare** *s* pressure-cooker
**tryckluft** *s* compressed air
**tryckluftsborr** *s* pneumatic drill
**tryckning** *s* **1** pressure, tryckande äv. pressing **2** typogr. printing
**tryckpress** *s* printing press
**trycksak** *s* piece of printed matter; *~er* printed matter sg.
**tryffel** *s* truffle; kok. truffles pl.
**trygg** *a* secure, utom fara safe [*för* from]
**trygga** *tr* make ... secure (safe) [*för, emot* from]
**trygghet** *s* security, utom fara safety
**tryne** *s* snout; vard., ansikte mug
**tryta** *itr* give out, om förråd äv. run short (out)
**tråckla** *tr* sömn. tack; *~ fast* tack on [*på* to]
**tråd** *s* thread; bomullstråd cotton, cotton-thread; metalltråd wire; fiber fibre; *dra i ~arna* dirigera pull the strings; *tappa ~en* bildl. lose the thread; *få ngn på ~en* i telefon get a p. on the line
**trådrulle** *s* med tråd reel of cotton, amer. spool of thread
**trådsliten** *a* threadbare
**tråg** *s* trough, flatare tray
**tråka** *tr* **1** *~ ihjäl (ut) ngn* bore a p. to death **2** trakassera pester
**tråkig** *a* lång~ boring; trist dreary; enformig dull; obehaglig unpleasant; beklaglig unfortunate, sorglig sad; *så ~t!* ledsamt what a pity!
**tråkmåns** *s* vard. bore
**trålare** *s* trawler
**tråna** *itr* yearn, pine [*efter* for]
**trång** *a* narrow; om t. ex. skor tight; *det är ~t i rummet* a) föga utrymme there is not much space in the room b) överfullt the room is packed (crowded)
**trångbodd** *a*, *vara ~* ha liten bostad be cramped for space
**trångsynt** *a* narrow-minded
**trångt** *adv*, *bo ~* be cramped for space; *sitta ~* be cramped, om plagg fit too tight
**1 trä** *tr* trä på (upp) thread [*på* on], t. ex. armen genom rockärmen pass, slip; *~ en tråd på en nål* thread a needle
**2 trä** *s* wood; virke timber; stolar *av ~* äv. wooden ...; *ta i ~!* touch (amer. knock on) wood!
**träaktig** *a* träig woody; om person wooden
**träben** *s* wooden leg
**träbit** *s* piece (bit) of wood
**träbock** *s* person bore
**träd** *s* tree
**1 träda** *tr* se *1 trä*
**2 träda** *itr* stiga step; gå go; trampa tread; *~ i dagen* come to light äv. bildl.; *~ i förbindelse med ngn* enter into communication with a p. □ *~* **emellan** step (go) between; *~* **fram** step (go, komma come) forward; plötsligt emerge [*ur* out of]; *~* **in** eg. step (go, komma come) in, enter; *~ in i* ett rum enter ...; *~* **tillbaka** step (go) back, bildl. withdraw, retire
**trädgräns** *s* timber-line, tree-line
**trädgård** *s* garden, amer. äv. yard
**trädgårdsarkitekt** *s* landscape gardener
**trädgårdsmästare** *s* gardener
**trädstam** *s* tree-trunk
**trädstubbe** *s* tree-stump
**träff** *s* **1** mål~ hit **2** vard., möte date; sammankomst (för flera) get-together, gathering
**träffa** *tr* **1** möta meet, händelsevis run across; jag hoppades *att ~ honom hemma* ... to find him at home; *~s direktör B.?* is Mr. B. in?, i telefon can I speak to Mr. B.?; *~ på* möta, råka på meet with, run (come) across **2** ej missa hit, slå till strike **3** *~ ett avtal* come to an agreement; *~ ett val* make a choice
**träffad** *a*, *hon kände sig ~ av hans anmärkningar* she took his remarks personally
**träffande** *a* välfunnen apt; 'på kornet' to the point
**träffas** *itr dep* meet, händelsevis chance (happen) to meet
**träffsäker** *a* om person ... sure of aim
**träfiberplatta** *s* fibreboard
**trägen** *a* persevering
**trähus** *s* wooden house
**trähäst** *s* wooden horse
**träkarl** *s* kortsp. dummy
**träkol** *s* charcoal
**träldom** *s* bondage, slavery
**trämassa** *s* wood-pulp
**träna** *tr itr* train; öva sig, öva sig i äv. practise; om instruktör coach
**tränare** *s* trainer; instruktör coach
**tränga** *tr* driva drive, press; skjuta push; tvinga force □ *~* **bort** psykol. repress; *~* **sig fram** t. ex. genom folkmassan push one's way forward; *~* **sig före** i kö jump the queue; *~* **igenom** penetrate; *~* **ihop** t. ex. en massa människor crowd (pack) ... together; *~ ihop sig* crowd together; *~* **in** *ngn i ett hörn* press (force) a p. into a corner; *~ (~ sig) in i* ... force one's way into ...; *kulan*

*trängde in i* kroppen the bullet penetrated into ...; ~ **undan ngn** push a p. aside; ~ **ut ngn** i gatan force a p. out; *gasen trängde ut* genom dörrspringan the gas forced its way out ...
**trängande** *a* urgent, pressing
**trängas** *itr dep* crowd; knuffas jostle one another
**trängsel** *s* crowding; människomassa crowd, crush, throng
**träning** *s* training; övning practice; instruktion coaching
**träningsoverall** *s* track suit
**träningsvärk** *s, ha* ~ be stiff [after training resp. exercise]
**träsk** *s* fen, marsh; bildl. slough, sordidness
**träsked** *s* wooden spoon
**träsko** *s* wooden shoe, clog
**träslöjd** *s* woodwork äv. som skolämne, carpentry
**träsnitt** *s* woodcut
**träta** *itr* quarrel [*om* about]
**trävaruhandlare** *s* timber-merchant
**trög** *a* sluggish; långsam slow, slack [*i* at]; flegmatisk phlegmatic; slö dull; *ett ~t lås* a stiff lock; *vara ~ i magen* be constipated
**trögflytande** *a* tjockflytande viscous; om vattendrag sluggish
**trögtänkt** *a* slow-witted
**tröja** *s* sweater; sporttröja jersey; undertröja vest, singlet, amer. undershirt
**tröska** *tr* thresh
**tröskel** *s* threshold äv. bildl.
**tröst** *s* comfort, consolation
**trösta I** *tr* comfort, console; i högre stil solace **II** *refl*, ~ *sig* console oneself [*med* by]
**tröstlös** *a* inconsolable; hopplös hopeless, desperate
**tröstnapp** *s* comforter, dummy, amer. pacifier
**trött** *a* tired, weary [*på* of]; *arbeta sig ~* work till one is tired out
**trötta** *tr* tire, weary
**trötthet** *s* tiredness, weariness, fatigue
**tröttkörd** *a* utarbetad overworked
**tröttna** *itr* become (get, grow) tired [*på* of]
**tröttsam** *a* tiring, om person tiresome
**tsar** *s* tsar, czar
**T-shirt** o. **T-tröja** *s* T-shirt
**tu** *räkn* two; *ett ~ tre* plötsligt all of a sudden; *det är inte ~ tal om den saken* there is no question about that; *på ~ man hand* in private
**tub** *s* **1** tube **2** kikare telescope
**tuba** *s* tuba
**tuberkulos** *s* tuberculosis [*i* of]
**tudela** *tr* divide ... into two [parts]
**tudelning** *s* division into two [parts]
**tuff** *a* vard. **1** tough **2** elegant smart, with-it
**tuffing** *s* vard. a tough guy
**tugga I** *s* munfull bite; vad som tuggas chew **II** *tr itr* chew
**tuggbuss** *s* quid of tobacco
**tuggtobak** *s* chewing-tobacco
**tuggummi** *s* chewing-gum
**tukt** *s* discipline
**tukta** *tr* **1** hålla i tukt o. lydnad chastise, discipline; bestraffa punish **2** forma (t. ex. häck) prune
**tull** *s* **1** avgift customs duty, customs pl.; brotull etc. toll; *betala ~ på (för) ngt* pay duty (customs) on (for) a th. **2** myndighet Customs pl.; tullstation custom-house; *passera genom ~en* get (pass) through the Customs
**tulla** *itr* betala tull, ~ *för ngt* pay duty on a th.
**tullavgift** *s* customs duty
**tullbehandla** *tr* clear ... through the Customs
**tullbevakning** *s* customs supervision
**tullfri** *a* duty-free, ... free of duty
**tullhus** *s* custom-house
**tullkontroll** *s* customs check
**tullpliktig** *a* dutiable, ... liable to duty
**tulltjänsteman** *s* customs officer (official)
**tullvisitation** *s* av resgods customs examination
**tulpan** *s* tulip
**tulpanlök** *s* tulip-bulb
**tum** *s* inch
**tumla** *itr* **1** falla fall, tumble; vältra sig roll **2** torka i tumlare tumble-dry
**tumlare** *s* **1** zool. porpoise **2** glas tumbler **3** tork~ tumbler
**tumma I** *tr itr*, ~ el. ~ *på* fingra på finger a th., nöta på (t. ex. en bok) thumb a th. **II** *itr*, ~ *på ngt* a) överenskomma agree on a th. b) jämka på make modifications in a th.
**tumme** *s* thumb; *hålla tummarna för ngn* keep one's fingers crossed for a p.; *rulla tummarna* twiddle one's thumbs
**tummeliten** *s*, *T~* Tom Thumb
**tumregel** *s* rule of thumb
**tumskruv** *s* thumbscrew; *sätta ~ar på ngn* bildl. put the screws on a p.
**tumstock** *s* folding rule
**tumult** *s* tumult; rabalder uproar; upplopp riot
**tumvante** *s* mitten
**tumör** *s* tumour

**tung** *a* heavy; ***jag känner mig (jag är) ~ i huvudet*** my head feels heavy
**tunga** *s* tongue; ***jag har det (ordet) på ~n*** I have it (the word) on the tip of my tongue, på våg äv. needle, pointer; ***vara ~n på vågen*** bildl. hold the balance, tip the scale; ***ha en rapp ~*** have a quick tongue
**tungomål** *s* språk language
**tungrodd** *a* trög heavy, osmidig (om t. ex. organisation) unwieldy
**tungsinne** *s* melancholy, gloom
**tungsint** *a* melancholy, gloomy
**tungspets** *s* tip of the tongue
**tungt** *adv* heavily; ***hans ord väger ~ hos*** ... his words carry weight with ...; ***~ vägande*** skäl weighty ...
**tungvikt** o. **tungviktare** *s* heavyweight
**tunika** *s* tunic
**Tunisien** Tunisia
**tunisier** *s* Tunisian
**tunisisk** *a* Tunisian
**tunn** *a* thin; om dryck weak, watery
**1 tunna** *s* barrel, mindre cask; ***hoppa i galen ~*** do the wrong thing, make a blunder; ***tomma tunnor skramlar mest*** empty vessels make the greatest noise (sound)
**2 tunna** *tr,* ~ el. ***~ ut*** göra tunnare make ... thinner, späda dilute
**tunnel** *s* tunnel, speciellt gång~ äv. subway
**tunnelbana** *s* underground, vard. tube, amer. subway
**tunnflytande** *a* thin, very liquid
**tunnklädd** *a* thinly dressed (clad)
**tunnland** *s* ung. acre
**tunntarm** *a* small intestine
**tupera** *tr* hår backcomb
**tupp** *s* cock, amer. vanl. rooster
**tuppa** *itr,* ***~ av*** pass (flake) out; slumra till nod off
**tupplur** *s* little (short) nap
**1 tur** *s* lycka luck; ***ha ~ med sig*** lyckas be lucky; ***som ~ var*** luckily; ***mera ~ än skicklighet*** more good luck than skill
**2 tur** *s* **1** ordning, omgång turn; ***i ~ och ordning*** in turn; ***jag står i ~*** it's my turn **2** resa, utflykt trip, tour; utflykt äv. excursion; på cykel, till häst äv. ride, i bil äv. drive; båten ***gör fyra ~er dagligen*** runs four times daily; 150 kr. ***~ och retur*** ... return (there and back); ***~ och retur*** Malmö a return ticket (amer. round-trip ticket) to ... **3** i dans figure
**turas** *itr dep,* ***~ om att*** läsa take it in turns to inf., take turns in (at) ing-form; ***~ om med*** ngn take turns with ...
**turban** *s* turban
**turbin** *s* turbine
**turbinmotor** *s* turbine engine, turbo--motor
**turism** *s* tourism
**turist** *s* tourist
**turista** *itr* vard., ***~ i*** go touring in, tour
**turistbuss** *s* touring (long-distance) coach
**turistbyrå** *s* travel (tourist) agency
**turistklass** *s* tourist class
**turistort** *s* tourist resort
**turk** *s* Turk
**Turkiet** Turkey
**turkisk** *a* Turkish
**turkiska** *s* **1** språk Turkish **2** kvinna Turkish woman
**turkos** *s* o. *a* turquoise
**turlista** *s* tidtabell timetable
**turné** *s* tour; ***göra en ~*** go on a tour
**turnera** *itr* tour
**turnering** *s* tournament
**tursam** *a* lucky, fortunate
**turturduva** *s* turtle-dove
**turtäthet** *s,* vissa tider ***är tågens ~ större*** ... the trains run more frequently
**turvis** *adv* by (in) turns, in turn
**tusan** *s* hang it!; ***ge ~ i allt*** not care a damn about anything
**tusch** *s* färg Indian ink
**tuschpenna** *s* felt pen
**tusen** *räkn* **1** thousand; ~ el. ***ett ~*** a thousand; jfr *hundra* **2** gilla ngn ***till ~*** vard. ... no end, ... a hell of a lot
**tusende I** *s* thousand **II** *räkn* thousandth; jfr *femte*
**tusendel** *s* thousandth [part]; jfr *hundradel*
**tusenfoting** *s* centipede, millipede
**tusenkonstnär** *s* Jack-of-all-trades
**tusenkronorssedel** o. **tusenlapp** *s* one-thousand-krona note
**tusensköna** *s* daisy
**tusental** *s* thousand; jfr *hundratal*
**tusentals** *adv* thousands; ***~ människor*** thousands of people
**tuss** *s* av bomull, tråd etc. wad
**tussilago** *s* coltsfoot (pl. -s)
**1 tuta** *s* finger-stall
**2 tuta** *itr tr* signalera hoot; ***~ i ngn ngt*** vard. put a th. into a p.'s head
**tuttar** *s pl* vulg. tits, titties
**tuva** *s* grästuva tuft; ***liten ~ stjälper ofta stort lass*** ung. little strokes fell great oaks
**TV** *s* television, TV, vard. telly, amer. the tube samtliga äv. TV-apparat; ***se (titta) på ~*** watch television (TV, vard. the telly); ***intern ~*** closed-circuit television

**TV-antenn** *s* television (TV) aerial (amer. äv. antenna)
**TV-apparat** *s* television (TV) set (receiver), vard. telly, amer. tube
**TV-bild** *s* television (TV) picture
**tveeggad** *a* two-edged, bildl. double-edged
**tvegifte** *s* bigamy
**tveka** *itr* hesitate, be doubtful [*om* about]
**tvekamp** *s* duel
**tvekan** *s* hesitation, indecision; tvivel doubt; ***utan*** ~ without hesitation, utan tvivel without doubt
**tveksam** *a* tvekande hesitant, osäker doubtful, uncertain
**tveksamhet** *s* hesitation
**tvestjärt** *s* earwig
**tvetydig** *a* ambiguous, equivocal; oanständig indecent
**tvilling** *s* **1** twin **2** ***Tvillingarna*** astrol. Gemini
**tving** *s* tekn. clamp, cramp
**tvinga** *tr* force, compel □ ~ **fram** en bekännelse *av ngn* extort ... from a p.; ~ **i sig** maten force down ...; ~ **på ngn ngt** force a th. on a p.; ~ **till sig ngt** obtain a th. by force
**tvinna** *tr* twine, twist
**tvist** *s* kontrovers dispute, controversy [*om* about]; ***avgöra (bilägga) en*** ~ decide (settle) a dispute (controversy)
**tvista** *itr* dispute, gräla quarrel [*om* about]
**tvistemål** *s* jur. civil case (suit)
**tvivel** *s* doubt; ***utan*** ~ no doubt, without any doubt
**tvivelaktig** *a* doubtful; diskutabel dubious; skum shady, fishy
**tvivelsmål** *s* doubt; ***sväva i*** ~ have doubts (doubts in one's mind)
**tvivla** *itr* doubt; ~ ***på*** betvivla doubt
**TV-kanal** *s* television (TV) channel
**TV-licens** *s* television (TV) licence
**TV-pjäs** *s* television (TV) play
**TV-ruta** *s* [viewing] screen
**TV-spel** *s* video game
**TV-tittare** *s* televiewer
**tvungen** *a* **1** ***bli (vara)*** ~ ***att*** ... tvingas be forced (compelled), speciellt av inre tvång be obliged to ..., få lov att have to ...; ***vara så illa*** ~ have no other choice **2** stel forced
**1 två** *tr*, ***jag*** ~***r mina händer*** I wash my hands of it
**2 två** *räkn* two; ***båda*** ~ both; ~ ***gånger*** twice; jfr *fem* o. sammansättningar
**tvåa** *s* **1** two, i spel äv. deuce; ~***ns växel*** second gear; jfr *femma* **2** vard. two-room flat (apartment)
**tvådelad** *a*, ~ baddräkt two-piece ...
**tvåfilig** *a* two-laned, two-lane ...
**tvåhjuling** *s* vagn two-wheeler; cykel bicycle
**tvåhundra** *räkn* two hundred; jfr *femhundra* o. sammansättningar
**tvål** *s* soap; ***en*** ~ a piece (bar, tablet) of soap
**tvåla** *tr*, ~ ***in*** soap, lather
**tvålask** *s* soap-container
**tvålfager** *a* vard., ***vara*** ~ be good-looking in a slick way, be pretty-pretty
**tvålflingor** *s pl* soap-flakes
**tvålkopp** *s* soap-dish
**tvållödder** *s* soap-lather
**tvåmotorig** *a* twin-engined, twin-engine...
**tvång** *s* compulsion; våld force; nödvändighet necessity; ***genom (med)*** ~ by compulsion (coercion, force)
**tvångsarbete** *s* forced labour
**tvångsföreställning** *s* obsession
**tvångsläge** *s*, befinna sig (vara) ***i*** ~ ... in an emergency situation
**tvångsmata** *tr* force-feed
**tvångsmatning** *s* force-feeding
**tvångströja** *s* strait-jacket äv. bildl.
**tvåplansvilla** *s* two-storeyed house
**tvårummare** *s* two-room flat (apartment)
**tvåsidig** *a* two-sided, bilateral
**tvåspråkig** *a* bilingual
**tvåspråkighet** *s* bilingualism
**tvåtaktsmotor** *s* two-stroke engine
**tvåvåningshus** *s* two-storey house
**tvåårig** *a* om växt biennial; jfr *femårig*
**tvär I** *s*, t.ex. ligga ***på*** ~***en*** ... crosswise, ... across; ***sätta sig på*** ~***en*** om person become obstinate (awkward) **II** *a* brant steep, om t.ex. krök, vändning abrupt, sharp, plötslig sudden; kort, ogin blunt, abrupt
**tvärbromsa** *itr* brake suddenly
**tvärbromsning** *s* sudden braking
**tvärdrag** *s* korsdrag draught
**tvärgata** *s* crossroad; ***nästa*** ~ till höger the next turning ...
**tvärs** *adv*, ~ ***över gatan*** just across the street; se äv. *härs*
**tvärsigenom** *prep adv* right (straight) through (tvärsöver across)
**tvärsnitt** *s* cross-section äv. bildl.
**tvärstanna** *itr* stop dead
**tvärsäker** *a* absolutely sure (certain), positive, dead certain; självsäker cocksure
**tvärsöver** *prep adv* right (straight) across
**tvärtemot** *prep* quite contrary to

**tvärtom** *adv* on the contrary; *det förhåller sig* ~ it is the other way round; ... *och* ~ ... and vice versa
**tvärvändning** *s, göra en* ~ make a sharp turn
**tvätt** *s* washing, wash; inrättning laundry; *kemisk* ~ dry cleaning (inrättning cleaner's)
**tvätta I** *tr* wash; kemiskt dry-clean; ~ *fönster* clean windows **II** *refl,* ~ *sig* wash; have a wash; ~ *sig om händerna* wash one's hands
**tvättbar** *a* washable
**tvättbjörn** *s* raccoon, coon
**tvättbräde** *s* washboard
**tvätterska** *s* laundress; 'tvättgumma washerwoman
**tvättfat** *s* wash-basin, hand-basin
**tvättinrättning** *s* laundry
**tvättkläder** *s pl* washing sg., laundry sg.
**tvättklämma** *s* clothes-peg, amer. clothespin
**tvättkorg** *s* clothes-basket, laundry-basket
**tvättlapp** *s* face-flannel, face-cloth
**tvättmaskin** *s* washing-machine
**tvättmedel** *s* detergent, i pulverform äv. washing powder
**tvättning** *s* washing, laundering; cleaning äv. kemisk
**tvättomat** *s* ®Laundrette
**tvättprogram** *s* wash (washing) programme
**tvättrum** *s* toalettrum lavatory, jfr *toalett*
**tvättstuga** *s* rum laundry-room; wash-house äv. uthus
**tvättställ** *s* väggfast wash-basin; kommod wash-stand
**tvättsvamp** *s* sponge, bath sponge
**tvättäkta** *a* sann true, genuin genuine, authentic, inbiten out-and-out
**ty** *konj* for; därför att because
**tycka I** *tr itr* anse think; inbilla sig fancy, imagine; *tycker du inte?* don't you think so?; *vad tycker du om* boken*?* how do you like ...? **II** *refl,* ~ *sig höra (se)* ... think (fancy, imagine) that one hears (sees) ...; ~ *sig vara något* think oneself somebody □ ~ **om** uppskatta like (äv. ~ *bra om*); vara förtjust i be fond of, care for; ~ *om att* inf. like (be fond of, love) ing-form: *jag tycker illa om* honom I don't like (I dislike) ...; *jag tycker illa om att göra det* I don't like (I dislike) doing it
**tyckas** *itr dep* seem; *det kan* ~ *så* it may seem so; *vad tycks om* min hatt*?* how do you like ...?
**tycke** *s* **1** åsikt opinion; *i mitt* ~ in my opinion, to my thinking (my mind) **2** smak fancy, liking; *fatta* ~ *för* take a fancy (liking) to; *om* ~ *och smak skall man inte diskutera* there's no accounting for tastes
**tyda I** *tr* tolka interpret; dechiffrera decipher, lösa solve **II** *itr,* ~ *på* indicate; friare point to
**tydlig** *a* lätt att se, inse, förstå plain, clear; lätt att urskilja, om t. ex. fotspår, bevis, uttal distinct; markerad marked; läslig legible; uppenbar obvious
**tydligen** *adv* evidently, obviously
**tyfon** *s* typhoon
**tyfus** *s* typhoid fever
**tyg** *s* **1** material [*till* for]; cloth; ~*er* textiles **2** *allt vad* ~*en håller* for all one is worth
**tygel** *s* rein; *ge ngn fria tyglar* give a p. a free hand; *hålla* ngn *i strama tyglar* keep ... in check
**tygla** *tr* rein in; lidelser etc. bridle, curb, begär restrain, check
**tygstycke** *s* piece (rulle roll) of cloth
**tyll** *s* tulle
**tyna** *itr,* ~ *av (bort)* languish (pine) away
**tynga I** *itr* vara tung weigh heavily [*på* on]; trycka press [*på* on] **II** *tr* belasta, t. ex. minnet burden, load; sorgen *tynger henne* ... weighs her down; *tyngd av* skatter burdened with ...; *tyngd av år* weighed down by years
**tyngande** *a* heavy; tungt vägande weighty; om t. ex. skatt oppressive
**tyngd** *s* weight, tungt föremål etc. load båda äv. bildl.; speciellt fys. gravity; *en* ~ *har fallit från mitt bröst* a load (weight) has been lifted from my mind, that's a weight off my mind
**tyngdkraft** *s,* ~*en* gravity, the force of gravity
**tyngdlyftning** *s* weight-lifting
**tyngdlöshet** *s* weightlessness
**tyngdpunkt** *s* centre of gravity; bildl. äv. main point
**typ** *s* type äv. boktr. [*av* of]; sort äv. model
**typexempel** *s* typical example
**typisk** *a* typical, representative [*för* of]
**typograf** *s* typographer
**typografi** *s* typography
**tyrann** *s* tyrant
**tyranni** *s* tyranny
**tyrannisera** *tr* tyrannize
**tyrannisk** *a* tyrannical, härsklysten domineering
**Tyrolen** the Tyrol
**tyrolerhatt** *s* Tyrolean hat

**tysk I** *a* German **II** *s* German; för sammansättningar jfr *svensk*
**tyska** *s* **1** kvinna German woman **2** språk German; jfr *svenska*
**Tyskland** Germany
**tyst I** *a* silent; quiet; ljudlös noiseless; ~ *förbehåll* mental reservation; *var ~!* be quiet!; göra gott *i det ~a* ... on the quiet **II** *adv* silently, quietly; t.ex. gå, tala softly, quietly; *håll ~!* keep quiet!; *hålla ~ med ngt* keep a th. quiet (a th. to oneself); *tala ~* speak low
**tysta** *tr* silence; ~ *ned* ngn silence ..., ngt suppress ..., hush ... up
**tystgående** *a* silent, noiseless
**tysthet** *s* tystnad silence; tystlåtenhet quietness; *i ~* el. *i all ~* i hemlighet in secrecy, privately
**tystlåten** *a* fåordig silent; förtegen reticent
**tystna** *itr* become silent; upphöra cease
**tystnad** *s* silence; *förbigå ngt med ~* pass a th. over in silence
**tystnadsplikt** *s* läkares etc. professional secrecy
**tyvärr** *adv* unfortunately; *~!* alas!, bad luck!; ~ *kan jag inte komma* äv. I'm sorry to say I can't come; ~ *inte* I'm afraid not
**tå** *s* toe; *gå på ~* walk on tiptoe, tiptoe
**1 tåg** *s* rep rope, grövre cable
**2 tåg** *s* **1** march, tågande marching; festtåg etc. procession **2** järnv. etc. train; *byta ~* change trains
**tåga** *itr* march; i t.ex. demonstrationståg walk (march) in procession
**tågförare** *s* train-driver, engine-driver
**tågförbindelse** *s* train service (connection)
**tågluffa** *itr* go by Interrail
**tågluffare** *s* train hiker, person who goes by Interrail
**tågolycka** *s* railway accident
**tågresa** *s* train-journey
**tågtidtabell** *s* railway timetable (amer. schedule)
**tåla** *tr* uthärda bear, endure; stå ut med stand, finna sig i suffer, put up with, tolerate; *jag tål* det (honom) *inte* I can't stand (bear, put up with) ...; *han tål en hel del [sprit]* he can hold his liquor; *han tål inte skämt* he can't take a joke; *jag tål inte krabba* crab disagrees with me; det *tål att tänka på* ... needs thinking about; sådant *bör inte ~s* ... ought not to be tolerated
**tålamod** *s* patience; *ha ~* be patient; *förlora ~et* lose one's patience
**tålig** o. **tålmodig** *a* patient, long-suffering
**tålmodighet** *s* patience; long-suffering
**tåls** *s*, *ge sig till ~* have patience, be patient
**tånagel** *s* toenail
**1 tång** *s* verktyg tongs pl.: *en ~ (två tänger)* a pair (two pairs) of tongs
**2 tång** *s* bot. seaweed, tang
**tår** *s* **1** tear; *brista i ~ar* burst into tears; *rörd till ~ar* moved to tears **2** skvätt drop; *en ~ kaffe* a few drops of coffee
**tårfylld** *a* ... filled with tears; om t.ex. blick, röst tearful
**tårgas** *s* tear-gas
**tårkanal** *s* tear duct
**tårpil** *s* träd weeping willow
**tårta** *s* cake; speciellt med grädde gâteau (pl. gâteaux); av mör- el. smördeg vanl. tart; *det är ~ på ~* it's saying the same thing twice
**tårtbit** *s* piece of cake
**tårtbotten** *s* flan case
**tårtspade** *s* cake-slice
**tårögd** *a*, *vara ~* have tears in one's eyes
**täcka** *tr* cover; i form av skyddande lager coat; skydda protect; fylla, t.ex. ett behov äv. supply; speciellt hand. meet
**täcke** *s* cover, covering; lager äv. coating, sängtäcke quilt, duvet, duntäcke down (continental) quilt
**täckjacka** *s* quilted jacket
**täckmantel** *s*, *under vänskapens ~* under the cloak of friendship
**täcknamn** *s* assumed (cover) name
**täckning** *s* covering; hand. cover
**täckorganisation** *s* front organization
**täckt** *a* covered; ~ *bil* closed car
**tälja** *tr itr* skära cut; snida carve
**täljare** *s* mat. numerator
**täljkniv** *s* sheath-knife
**tält** *s* tent; större, för cirkus etc. marquee
**tälta** *itr* bo i tält camp, camp out
**tältare** *s* tenter
**tältduk** *s* canvas
**tältplats** *s* camping-ground, camping-site
**tältstol** *s* camp-stool
**tältsäng** *s* camp-bed
**tämja** *tr* tame; husdjur domesticate
**tämligen** *adv* fairly, moderately
**tända I** *tr* light; elljus turn (switch, put) on; ~ *eld (en brasa)* make a fire; ~ *på (eld på)* ... set fire to ... **II** *itr* fatta eld catch fire; om tändsticka ignite
**tändare** *s* cigarett~ etc. lighter
**tändhatt** *s* percussion cap, detonator
**tändning** *s* bil. ignition; tändande lighting
**tändningsnyckel** *s* motor. ignition key

**tändrör** *s* mil. fuse
**tändsticka** *s* match
**tändsticksask** *s* match-box; ask tändstickor box of matches
**tändstift** *s* motor. sparking (spark) plug
**tänja I** *tr* stretch; ~ *ut* stretch; draw out, prolong **II** *refl,* ~ *sig* el. ~ *ut sig* stretch
**tänjbar** *a* stretchable; elastic äv. bildl.
**tänka I** *itr* think [*på* of]; förmoda suppose; föreställa sig imagine; tro believe; ***tänk att hon är*** så rik! to think that she is . . . !; ***tänk bara!*** just think (fancy, imagine)!; ***tänk om du skulle*** träffa honom supposing (what if) you were to . . .; ~ ***för sig själv*** inom sig think to oneself; ***var det inte det jag tänkte!*** just as I thought!; ***det är (vore) något att ~ på*** that's worth considering (thinking about) **II** *tr,* ~ el. ~ ***att*** inf.: ämna be going to inf., fundera på att be thinking of ing-form; ***tänker du stanna*** hela kvällen? are you going to stay . . .?, do you intend (mean) to stay . . .? **III** *refl,* ~ ***sig* 1** föreställa sig imagine; ***kan ni ~ er*** vad som har hänt? can you imagine . . .?, would you believe . . .?; ~ ***sig för*** think carefully (twice) **2** ämna bege sig, ***vart har du tänkt dig*** resa? where have you thought of going to? □ ~ **efter** think, reflect, consider; ***när man tänker efter*** äv. when one comes to think of it; ~ **igenom** en sak think . . . out; ~ **om** do a bit of rethinking, reconsider matters; ~ **ut** fundera ut think (work) out; ~ **över** think over, consider
**tänkande I** *s* thinking, imagining; begrundan meditation, reflection; filosofi thought **II** *a* thinking; ***en ~ människa*** äv. a thoughtful (reflecting) man
**tänkare** *s* thinker
**tänkbar** *a* conceivable, imaginable, thinkable; möjlig possible; ***den enda (bästa) ~a*** lösningen the only conceivable (the best possible) . . .
**tänkvärd** *a* . . . worth considering, minnesvärd memorable
**täppa I** *s* trädgårds~ garden-patch **II** *tr,* ~ ***till (igen)*** stop up, obstruct; ~ ***till munnen på ngn*** bildl. shut a p.'s mouth; ***jag är täppt i näsan*** my nose is stopped up
**tära** *tr itr* förtära consume; ~ ***på*** t. ex. ngns krafter tax . . ., t. ex. ett kapital break into . . .; ***en tärande sjukdom*** a wasting disease
**1 tärna** *s* zool. tern, sea-swallow
**2 tärna** *s* brudtärna bridesmaid
**tärning** *s* spel~ dice pl.; kok. cube; ***~en är kastad*** the die is cast
**tärningsspel** *s* game of dice; spelande dice-playing

**1 tät** *s* head; ***gå i ~en för*** . . . head . . ., walk (march) at the head of . . .
**2 tät** *a* **1** t. ex. om rader close; svårgenomtränglig thick; om skog o. dimma samt fys. dense; ej porös massive, compact; om snöfall heavy **2** ofta förekommande frequent, upprepad repeated
**täta** *tr* täppa till stop up; göra . . . vattentät make . . . watertight
**tätatät** *s* tête-à-tête
**täthet** *s* closeness; density äv. fys.: compactness; frequency; jfr *2 tät*
**tätna** *itr* become (get) denser (more compact, thicker)
**tätningslist** *s* för fönster etc. draught (amer. draft) excluder, strip
**tätort** *s* tätbebyggd densely built-up (tätbefolkad populated) area
**tätt** *adv* closely; thickly, tight; ***hålla ~*** om båt, kärl be watertight; ***locket sluter ~*** the lid fits tight; ***stå ~*** stand closely together; ~ ***efter*** close behind; ~ ***intill (invid)*** close up (by); close up to . . .
**tättbebyggd** *a* densely built-up
**tättbefolkad** *a* densely populated
**tättskriven** *a* closely-written
**tävla** *itr* compete [*med* with, *om* for]
**tävlan** *s* competition [*om* for]; tävlande rivalry
**tävlande I** *a* competing, rivaliserande rival **II** *subst a, **en ~*** a competitor, a rival
**tävling** *s* competition äv. pris~; contest äv. sport.; t. ex. i löpning race
**tävlingsbana** *s* löparbana race-track; hästtävlingsbana race-course
**tävlingsbidrag** *s* entry, competition entry, lösning av tävlingsuppgift solution
**tävlingsbil** *s* racing car
**tävlingsförare** *s* racing driver (motorist)
**tö** *s* thaw
**töa** *itr* thaw
**töcken** *s* dimma mist, dis haze
**töja** *refl,* ~ ***sig*** stretch
**töjbar** *a* stretchable, elastic
**tölp** *s* boor, drummel äv. lout
**tölpaktig** *a* boorish, loutish
**töm** *s* rein
**tömma** *tr* **1** göra tom empty; brevlåda clear; sitt glas drain; ~ ***ut*** empty out, empty, hälla ut pour out **2** tappa, ~ ***på flaskor*** pour into bottles
**tönt** *s* vard. drip, wet, zombie
**töntig** *a* vard. silly, ynklig pathetic; om t. ex. underhållning feeble, corny
**töras** *itr dep* **1** våga dare, dare to **2** få lov att, hur mycket kostar den ***om jag törs fråga?*** . . . if I may ask?

**törn** *s* stöt blow, bump, bildl. äv. shock
**törna** *itr*, ~ *emot* ngt bump (knock) into (against) . . ., starkare crash into . . .; ~ *ihop* collide
**törne** *s* tagg thorn, mindre prickle
**Törnrosa** the Sleeping Beauty
**törnrosbuske** *s* vild briar, briar-bush
**törst** *s* thirst [*efter* for]
**törsta** *itr* thirst [*efter* for]; ~ *ihjäl* die of thirst
**törstig** *a* thirsty
**tös** *s* vard. girl, lass, poet. maid
**töväder** *s* thaw äv. bildl.; *det är* ~ a thaw has set in

# U

**ubåt** *s* submarine
**UD** se *utrikesdepartement*
**udd** *s* point; på t. ex. gaffel prong; bildl. sting
**udda** *a* odd, uneven; ~ *eller jämnt* odd or even; *en* ~ omaka *sko* an odd shoe
**udde** *s* hög cape, promontory, headland, låg el. smal point
**uddlös** *a* pointless
**Uganda** Uganda
**ugandier** *s* Ugandan
**ugandisk** *a* Ugandan
**uggla** *s* owl
**ugn** *s* oven; brännugn kiln; smältugn furnace
**ugnseldfast** *a* oven-proof
**ugnslucka** *s* oven-door
**ugnspannkaka** *s* ung. batter pudding
**ugnssteka** *tr* roast, roast . . . in the oven, t. ex. potatis, fisk bake
**u-hjälp** *s* u-landshjälp aid to the developing countries
**Ukraina** the Ukraine
**ukrainare** *s* Ukrainian
**ukrainsk** *a* Ukrainian
**ukulele** *s* ukulele
**u-land** *s* developing country
**ull** *s* wool; *av* ~ made of wool, woollen . . .
**ullgarn** *s* wool (woollen) yarn, wool
**ullig** *a* woolly, fleecy
**ullsax** *s* sheep shears pl.
**ulster** *s* ulster
**ultimatum** *s* ultimatum
**ultrakonservativ** *a* ultraconservative
**ultrakortvåg** *s* radio. ultra-short waves pl., very high frequency (förk. VHF)
**ultraljud** *s* ultrasound
**ultramarin** *a* o. *s* ultramarine

**ultraradikal** *a* ultraradical
**ultrarapid I** *a*, ~ ***bild*** slow-motion picture **II** *s*, ***i*** ~ in slow motion
**ultraviolett** *a* ultraviolet
**ulv** *s* wolf (pl. wolves)
**umbärande** *s* privation, hardship
**umgås** *itr dep* be a frequent visitor [*hos ngn* at a p.'s house (place)]; see each other, be together; ***ha lätt att ~ med folk*** find it easy to get on with people; ~ ***i fina kretsar*** move (mix) in good society
**umgänge** *s* förbindelse relations pl., dealings pl.; sällskap company, society; ***dåligt ~*** bad (low) company; ***intimt (sexuellt) ~*** sexual intercourse
**umgängeskrets** *s* circle of friends and acquaintances
**umgängesliv** *s* social life
**undan I** *adv* **1** bort away, ur vägen out of the way, åt sidan aside; ***gå ~*** väja get out of the way **2** fort, raskt, ***det går ~ med arbetet*** the work is getting on fine; ***låt det gå ~!*** make haste! **3** ~ ***för*** ~ little by little, en i taget one by one **II** *prep* from, ut ur out of
**undanbe** o. **undanbedja I** *refl*, ~ ***sig*** t. ex. återval decline ... **II** *tr*, ***blommor undanbedes*** no flowers by request; ***rökning undanbedes*** refrain from smoking, no smoking
**undandra** o. **undandraga** *refl*, ~ ***sig*** t. ex. sina plikter shirk, evade
**undanflykt** *s*, ***komma med ~er*** be evasive, make excuses
**undangömd** *a* ... hidden away (out of sight)
**undanhålla** *tr*, ~ ***ngn ngt*** withhold a th. (keep a th. back) from a p.
**undanröja** *tr* t. ex. hinder clear away, person, hinder remove
**undanskymd** *a* ... hidden away (out of sight)
**undanta** o. **undantaga** *tr* except; ***ingen undantagen*** nobody excepted
**undantag** *s* exception; ***ett ~ från regeln*** an exception to the rule; ***~et bekräftar regeln*** the exception proves the rule; ***med ~ av (för)*** with the exception of
**undantagsfall** *s*, ***i ~*** in exceptional cases
**undantagslöst** *adv* without exception, invariably
**undantagstillstånd** *s*, ***proklamera ~*** proclaim a state of emergency
**1 under** *s* wonder, marvel, miracle; ***göra ~*** work (do) wonders, work miracles; ***som genom ett ~*** as if by a miracle
**2 under I** *prep* **1** i rumsbetydelse under; nedanför below, beneath; ***stå ~ ngn*** i rang be (rank) below a p.; ***ta ngn ~ armen*** take a p.'s arm; ***ett slag ~ bältet*** a blow below the belt; ***vara känd ~ namnet*** ... be known by (go by el. go under) the name of...; ***5 grader ~ noll*** five degrees below freezing-point (zero) **2** i tidsbetydelse: under loppet av during, in; svarande på frågan 'hur länge' for; ~ ***dagen*** during the day; det regnade oavbrutet ~ ***fem dagar*** ... for five days; ~ ***en resa*** skall man when travelling ...; ~ ***tiden*** in the meantime; ~ ***det att han talade*** skrev han while he was speaking ... **II** *adv* underneath, nedanför below
**underarm** *s* forearm
**underbar** *a* wonderful, marvellous
**underbarn** *s* infant prodigy
**underbemannad** *a* undermanned
**underbetala** *tr* underpay
**underbyxor** *s pl* herr~ underpants, pants, i trosmodell briefs; dam~ knickers, panties, trosor briefs
**underdel** *s* lower part, bottom
**underdånig** *a* ödmjuk humble
**underexponera** *tr* under-expose
**underfund** *adv*, ***komma ~ med*** find out, understand
**underförstå** *tr*, predikatet ***är ~tt*** ... is understood; ***detta ~s (är ~tt)*** i avtalet this is implied ...
**undergiven** *a* submissive
**undergräva** *tr* undermine
**undergång** *s* **1** ruin, fall, förstörelse destruction; ***världens ~*** the end of the world **2** subway, amer. underpass
**underhaltig** *a* ... below standard, inferior
**underhand** *adv* privately
**underhandla** *itr* negotiate [*om* for]
**underhuggare** *s* underling, subordinate
**underhåll** *s* **1** understöd maintenance; t. ex. årligt allowance **2** skötsel maintenance, upkeep
**underhålla** *tr* **1** försörja support, maintain **2** hålla i stånd maintain, keep up **3** roa entertain, amuse
**underhållande** *a* roande entertaining, amusing
**underhållning** *s* entertainment
**underhållningsbranschen** *s* teater m. m. show business, vard. showbiz
**underhållningsmusik** *s* light music
**underifrån** *adv* from below (underneath)
**underjordisk** *a* underground
**underkant** *s*, ***i ~*** on the small (kort short, låg low) side

**underkasta I** *tr* subject ... to **II** *refl*, ~ *sig* submit to
**underkastelse** *s* submission; kapitulation surrender
**underkjol** *s* underskirt, petticoat
**underkläder** *s pl* underclothes, underwear sg.
**underklänning** *s* slip
**underkropp** *s* lower part of the body
**underkuva** *tr* subdue, subjugate
**underkäke** *s* lower jaw
**underkänna** *tr* ogilla not approve of; avvisa reject; skol. fail
**underkänt** *s, få* ~ fail, be failed [*i* in]
**underlag** *s* foundation, basis (pl. bases)
**underlakan** *s* bottom sheet
**underlig** *a* strange, curious; konstig odd
**underliv** *s* abdomen; könsdelar genitals pl.
**underlåta** *tr, **han underlät att*** meddela oss he failed to ...
**underlåtenhet** *s*, ~ ***att betala*** failure to pay
**underläge** *s* weak position; ***vara i*** ~ sport. be doing badly
**underlägg** *s* t. ex. karott~ mat; skriv~ writing pad
**underlägsen** *a* inferior [*ngn* to a p.]
**underläkare** *s* assistant physician (kirurg surgeon)
**underläpp** *s* lower lip, underlip
**underlätta** *tr* facilitate, make ... easier
**undermedvetande** *s* subconsciousness
**undermedveten** *a* subconscious; ***det undermedvetna*** the subconscious (subconscious mind)
**underminera** *tr* undermine, sap
**undermålig** *a* substandard, inferior
**undernärd** *a* underfed, undernourished
**undernäring** *s* undernourishment, malnutrition
**underordnad I** *a* subordinate; ~ ***ngn (ngt)*** subordinate to a p. (to a th.) **II** *subst a* subordinate
**underrede** *s* på fordon undercarriage
**underredsbehandling** *s* undersealing; konkret underseal
**underrubrik** *s* subheading
**underrätta** *tr*, ~ ***ngn om ngt*** inform a p. of a th.
**underrättelse** *s*, ~ el. ~*r* information [*om* about, on], mil. etc. intelligence [*om* of]; nyhet el. nyheter news [*om* of] samtliga sg.
**underrättelsetjänst** *s* intelligence, intelligence service
**underskatta** *tr* underrate, underestimate
**underskott** *s* deficit; ~ ***på*** 1 000 kr a deficit of ...
**underskrida** *tr* fall short of, be below
**underskrift** *s* signature; ***förse*** ... ***med sin*** ~ sign ...
**underst** *adv* at the bottom [*i* lådan etc. of ... ], lägst lowest
**understa** *a, **den*** ~ lådan etc. the lowest (av två the lower) ..., the bottom ...
**understiga** *tr* be (fall) below, fall short of; ~***nde*** below, under, less than
**understryka** *tr* underline, emphasize, stress
**understöd** *s* till behövande relief; periodiskt underhåll allowance; anslag subsidy, grant
**understödja** *tr* support; hjälpa assist, aid
**undersåte** *s* subject
**undersöka** *tr* examine; investigate
**undersökning** *s* examination; investigation; prov test, testing; ***medicinsk*** ~ medical examination; ***vid närmare*** ~ on closer examination (inspection)
**underteckna** *tr* sign; ~***d*** (resp. ~***de***) I (resp. we), the undersigned
**undertrycka** *tr* suppress; underkuva subdue, oppress
**undertröja** *s* vest, amer. undershirt
**underutvecklad** *a* underdeveloped
**undervattensbåt** *s* submarine
**undervattenskabel** *s* submarine cable
**underverk** *s* miracle, wonder
**undervisa** *tr itr* teach; handleda instruct [*i* in]; ***han*** ~***r i engelska*** he teaches English
**undervisning** *s* teaching; meddelad instruction, handledning tuition; utbildning education; ***få*** ~ ***i*** engelska be taught ...
**undervärdera** *tr* underestimate, underrate
**underårig** *a* ... under age; ***vara*** ~ äv. be a minor
**undgå** *tr* slippa undan escape; undvika avoid; ***jag kunde inte*** ~ ***att höra det*** I couldn't avoid (help) hearing it
**undkomma** *itr* escape, get away
**undra** *itr* wonder [*på (över) ngt* at a th.]
**undran** *s* wonder [*över* at]
**undre** *a* lower; ***den*** ~ ***världen*** the underworld
**undsätta** *tr* mil. relieve; rädda rescue
**undsättning** *s* relief; ***komma till ngns*** ~ come to a p.'s rescue
**undsättningsexpedition** *s* relief expedition
**undulat** *s* budgerigar, vard. budgie
**undvara** *tr* do without; avvara spare
**undvika** *tr* avoid
**ung** *a* young; ***som*** ~ var han as a young man..., when he was young ...; ***de*** ~***a*** the young, young people

**ungdom** *s* **1** abstrakt youth; *i min* ~ in my youth (young days), when I was young **2** ~ el. *~ar* young people pl., youth; *några ~ar* some young people; *~en av idag* young people today
**ungdomlig** *a* youthful
**ungdomlighet** *s* youthfulness, youth
**ungdomsbok** *s* juvenile book
**ungdomsbrottslighet** *s* juvenile delinquency
**ungdomsår** *s pl* early years; youth sg.
**unge** *s* **1** av djur: t. ex. fågelunge young bird; *ungar* young, young ones **2** vard., barn kid
**ungefär I** *adv* about; ~ *vid min ålder* at about my age; ~ *samma sak* much the same thing; ~ *så här* something like this **II** *s, på ett* ~ approximately, roughly
**ungefärlig** *a* approximate
**Ungern** Hungary
**ungersk** *a* Hungarian
**ungerska** *s* **1** kvinna Hungarian woman **2** språk Hungarian
**ungkarl** *s* bachelor
**ungkarlshotell** *s* working men's hotel, common lodging-house
**ungkarlsliv** *s* bachelor life
**ungmö** *s* maid, maiden; *gammal* ~ old maid, spinster
**ungrare** *s* Hungarian
**uniform** *s* uniform
**unik** *a* unique
**union** *s* union
**unison** *a* unison
**universalmedel** *s* panacea, cure-all
**universell** *a* universal
**universitet** *s* university; *ligga vid ~et* be at the university
**universum** *s* universe, världsalltet the Universe
**unken** *a* musty, fusty, avslagen stale
**unna I** *tr,* ~ *ngn ngt* not grudge (begrudge) a p. a th.; *det är dig väl unt!* you deserve it!; *inte* ~ *ngn ngt* grudge (begrudge) a p. a th. **II** *refl,* ~ *sig ngt* allow oneself a th.
**uns** *s* vikt ounce; *inte ett* ~ bildl. not a scrap
**upp** *adv* up; uppåt upwards; uppför trappan upstairs; *hit* ~ up here; *högst* ~ at the top; *ända* ~ right up; *gata* ~ *och gata ned* up one street and down another; *vända* ngt ~ *och ned* turn ... upside-down; ~ *med händerna* hands up!
**uppassare** *s* servitör waiter, på båt o. flyg steward
**uppasserska** *s* servitris waitress, på båt o. flyg stewardess
**uppassning** *s* vid bordet waiting; attendance
**uppbjuda** *tr,* ~ *alla [sina] krafter* summon all one's strength
**uppblåst** *a* **1** luftfylld blown, inflated **2** högfärdig conceited
**uppbringa** *tr* **1** kapa capture, seize **2** skaffa procure
**uppbrott** *s* breaking up; avresa departure
**uppbåd** *s* skara troop, band; *ett stort* ~ *av poliser* a strong force of policemen
**uppbära** *tr* erhålla, t. ex. lön pension, draw; inkassera collect
**uppbörd** *s* inkassering collection, av skatt äv. levy
**uppdaga** *tr* upptäcka discover, bring ... to light
**uppdatera** *tr* update, bring ... up to date
**uppdelning** *s* division, distribution
**uppdiktad** *a* invented
**uppdrag** *s* commission; uppgift task; *enligt* ~ *av* by direction (order) of; *få i* ~ *att* inf. be commissioned (instructed) to inf.; *ge ngn i* ~ *att* inf. commission (instruct) a p. to inf.; *på* ~ *av* styrelsen by order of ...
**uppdragsgivare** *s* **1** arbetsgivare employer **2** hand. principal, klient client
**uppe** *adv* up; i övre våningen upstairs; upptill at the top [*på* of, above]; *vara* ~ hela natten sit (stay) up ...; *vi var* ~ *i* 120 km we were doing ...
**uppehåll** *s* **1** avbrott, paus break; järnv., flyg. etc. stop, halt, wait; *göra* ~ stop, halt, järnv. etc. äv. wait; *tåget gör 10 minuters* ~ i Laxå the train stops for 10 minutes ...; *utan* ~ without stopping (pausing) **2** vistelse stay
**uppehålla I** *tr* **1** fördröja detain, delay, keep **2** underhålla, t. ex. bekantskap keep up, maintain; ~ *livet* support (sustain) life **II** *refl,* ~ *sig* vistas stay, stop [*hos* with]; ha sin hemvist reside
**uppehållstillstånd** *s* residence permit
**uppehållsväder** *s, mest* ~ mainly dry (fair)
**uppehälle** *s, fritt* ~ free board and lodging; *förtjäna sitt* ~ earn one's living
**uppenbar** *a* obvious, självklar evident
**uppenbara** *refl,* ~ *sig* reveal oneself [*för* to]; visa sig appear
**uppenbarelse** *s* **1** relig. revelation; drömsyn vision **2** varelse creature
**uppenbarligen** *adv* obviously, evidently
**uppfartsväg** *s* drive, approach
**uppfatta** *tr* apprehend, höra catch; begripa understand

**uppfattning** *s* apprehension; begripande understanding; begrepp idea, notion [*om, av* of]; ***bilda (göra) sig en ~ om ngt*** form an opinion (idea) of a th.; ***enligt min ~*** in my opinion
**uppfinna** *tr* invent; t. ex. metod devise
**uppfinnare** *s* inventor
**uppfinning** *s* invention
**uppfinningsrik** *a* inventive, fyndig ingenious
**uppfostra** *tr* bring up; amer. äv. raise; ***illa ~d*** badly brought up, ill-bred; ***väl ~d*** well brought up, well-bred
**uppfostran** *s* upbringing
**uppfriskande** *a* refreshing
**uppfylla** *tr* **1** fylla, genomtränga fill; ***uppfylld av beundran*** filled with (full of) admiration **2** fullgöra fulfil, plikt äv. perform, löfte äv. carry out; ngns önskningar comply with, meet
**uppfyllelse** *s* fulfilment; av t. ex. plikt performance; ***gå i ~*** be fulfilled, come true
**uppfånga** *tr* catch; signaler pick up; ljus, ljud intercept
**uppfällbar** *a* om t. ex. säng, klaff . . . that can be raised, om sits, stol tip-up
**uppfödning** *s* av djur breeding, rearing, amer. raising
**uppföljning** *s* follow-up
**uppför I** *prep* up **II** *adv* uphill
**uppföra I** *tr* **1** bygga build, erect **2** framföra: pjäs, opera, musik perform **II** *refl*, ***~ sig*** skicka sig, bära sig åt behave, behave oneself; ***~ sig väl*** behave
**uppförande** *s* **1** byggande building, erection, construction; huset ***är under ~*** . . . is under construction **2** framförande: teat. o. mus. performance **3** yttre uppträdande behaviour; moraliskt uppträdande conduct; ***dåligt ~*** el. ***ett dåligt ~*** bad behaviour, misbehaviour
**uppförsbacke** *s* uphill slope, ascent, hill
**uppge** *tr* state; ange give; rapportera report; ***han uppgav sig vara . . .*** he declared himself to be . . .; ***~ sin ålder till . . .*** state one's age to be . . .
**uppgift** *s* **1** information (end. sg.) [*om, på* about, on, *angående* as to]; påstående statement [*över* as to]; ***närmare ~er*** further information **2** åliggande task; kall mission; skol.: skriftligt prov written exercise (speciellt för examen paper), mat. problem; ***få i ~ att göra ngt*** be given the task of doing a th.; ***han har till ~ att*** it is his task to; mekanismen ***har till ~ att*** the purpose of . . . is to
**uppgjord** *a*, ***~ på förhand*** pre-arranged; ***matchen var ~*** på förhand the match was fixed
**uppgå** *itr*, ***~*** belöpa sig ***till*** amount to
**uppgång** *s* **1** väg upp way up; trapp~ staircase **2** om himlakroppar rise, rising; höjning, om pris etc. rise
**uppgörelse** *s* **1** avtal agreement, arrangement; ***träffa en ~*** come to (make) an agreement **2** avräkning settlement, settlement of accounts **3** dispute, scen scene
**upphetsad** *a* excited
**upphetsande** *a* exciting
**upphetsning** *s* excitement
**upphittad** *a* found
**upphittare** *s* finder
**upphov** *s* origin, källa source, orsak cause; ***ge ~ till*** give rise to; ***vara ~ till . . .*** be the cause of . . .
**upphovsman** *s* originator, anstiftare instigator [*till* i samtliga fall of]
**upphällning** *s*, ***vara på ~en*** be on the decline
**upphäva** *tr* avskaffa abolish, do away with; förklara ogiltig declare . . . null and void; annullera annul, cancel; avbryta, t. ex. belägring, blockad raise
**upphöja** *tr* raise; ***~*** befordra ***ngn till . . .*** promote a p. . . .; ***10 upphöjt till 2 (3)*** mat. 10 squared (cubed)
**upphöra** *itr* sluta cease, stop; ta slut come to an end, be over; ***firman har upphört*** the firm has closed down (no longer exists)
**uppifrån I** *prep* down from, from **II** *adv* from above; ***~ och ned*** from top to bottom
**uppiggande** *a* stärkande bracing; stimulerande stimulating
**uppkalla** *tr* benämna name, call [*ngn (ngt) efter . . .* a p. (a th.) after . . .]
**uppkok** *s* bildl. rehash [*på* of]
**uppkomling** *s* upstart
**uppkomma** *itr* arise [*av* from]
**uppkomst** *s* ursprung origin
**uppkäftig** *a* cheeky, saucy
**uppköp** *s* purchase
**uppkörning** *s* körprov driving test
**uppladdning** *s* mil. build-up
**upplaga** *s* edition; om tidning etc.: utgåva äv. issue, spridning circulation
**upplagd** *a*, ***jag känner mig inte ~ för att*** inf. I'm not in the mood for (I don't feel like) ing-form
**uppleva** *tr* erfara experience; bevittna witness
**upplevelse** *s* experience

**upplopp** *s* **1** tumult riot, tumult **2** sport. finish

**upplysa** *tr,* ~ ***ngn om*** underrätta inform a p. of . . ., ge upplysning give a p. information on (about) . . .

**upplysande** *a* informative; lärorik instructive; förklarande explanatory

**upplysning** *s* **1** belysning lighting, illumination **2** underrättelse information (end. sg.); ***en*** ~ a piece of information; ~***ar*** information sg.; ***närmare*** ~***ar*** further particulars (information)

**upplyst** *a* kunnig, bildad enlightened

**upplåta** *tr,* ~ ***ngt åt ngn*** put a th. at a p.'s disposal

**uppläggning** *s* arrangement äv. kok.

**uppläsning** *s* reading, recitation

**upplösa I** *tr* **1** dissolve **2** skingra, t. ex. möte disperse, trupp disband **II** *refl,* ~ ***sig*** dissolve; sönderfalla decompose; upphöra be dissolved; skingras disperse, disband

**upplösning** *s* dissolution; sönderfall disintegration, breaking up, skingring dispersion, disbandment; dramas denouement

**upplösningstillstånd** *s,* ***vara i*** ~ bildl. be on the verge of a breakdown (collapse)

**uppmana** *tr* enträget urge, request

**uppmaning** *s* urgent request

**uppmjukning** *s* softening, softening up

**uppmuntra** *tr* encourage

**uppmuntran** *s* encouragement

**uppmärksam** *a* attentive [*på, mot* to]; iakttagande observant [*på* of]; ***göra ngn*** ~ ***på*** . . . draw (call) a p.'s attention to . . .

**uppmärksamhet** *s* attention; artighet attentiveness; iakttagelseförmåga observation; ***fästa (rikta) ngns*** ~ ***på*** . . . draw (call, direct) a p.'s attention to . . .; ***fästa*** ~ ***vid*** . . . pay attention to . . .; ***väcka*** ~ attract attention

**uppmärksamma** *tr* lägga märke till notice, observe; ***en*** ~***d bok*** a book that has (had) attracted much attention

**uppnosig** *a* cheeky, saucy

**uppnå** *tr* reach; ernå attain, achieve

**uppnäsa** *s* snub (turned-up) nose

**uppochnedvänd** *a* . . . upside-down; bildl. äv. topsy-turvy

**uppoffra I** *tr* sacrifice [*för* to]; avstå från give up, forgo **II** *refl,* ~ ***sig*** sacrifice oneself [*för* for]

**uppoffrande** *a* self-sacrificing

**uppoffring** *s* sacrifice

**upprepa** *tr* repeat; förnya renew; ~***de gånger*** repeatedly

**upprepning** *s* repetition; förnyande renewal

**uppriktig** *a* sincere, frank [*mot* with]

**uppriktighet** *s* sincerity, frankness [*mot* with]

**uppriktigt** *adv* sincerely, frankly; ~ ***sagt*** frankly, to be frank (honest)

**upprop** *s* **1** skol., mil. etc. roll-call, calling over [of names] **2** vädjan appeal

**uppror** *s* **1** resning etc. rebellion, mindre revolt; ***göra*** ~ revolt, rebel **2** upphetsning excitement

**upprorisk** *a* rebellious

**upprusta** *itr* rearm; reparera repair, carry out repairs; öka kapaciteten hos expand, improve

**upprustning** *s* rearmament; reparation repair (end. sg.), ökning av kapacitet expansion, improvement

**uppryckning** *s* shake-up, shaking-up

**upprymd** *a* elated; lätt berusad tipsy

**uppräkning** *s* enumeration

**upprätt** *a adv* upright, erect

**upprätta** *tr* **1** få till stånd establish, grunda found **2** avfatta draw up **3** rehabilitera rehabilitate; ~ ***ngns rykte*** restore a p.'s reputation

**upprättelse** *s* redress, satisfaction, rehabilitation

**upprätthålla** *tr* vidmakthålla maintain, keep up, uphold; bevara preserve

**uppröjning** *s* clearing, clearance; bildl. clean-up

**uppröra** *tr* väcka avsky hos revolt; chockera shock; ~ ***sinnena*** stir up people's minds

**upprörande** *a* revolting; shocking

**upprörd** *a* harmsen indignant; uppskakad upset; chockerad shocked

**uppsagd** *a,* ***vara*** ~ have had notice (notice to quit); ***bli*** ~ get notice (notice to quit)

**uppsats** *s* skol. composition; större, litterär essay [*om* on]

**uppsatsämne** *s* subject for composition (essay)

**uppsatt** *a,* ***en högt*** ~ ***person*** a person in a high position

**uppseende** *s,* ***väcka*** ~ attract attention, starkare create a sensation

**uppseendeväckande** *a* sensational

**uppsikt** *s* supervision, superintendence [*över* of]; ***ha*** ~ ***över*** have charge of, supervise; ***stå under*** ~ be under supervision

**uppskakande** *a* upsetting, starkare shocking

**uppskatta** *tr* **1** beräkna etc. estimate, värdera value [*till* i båda fallen at] **2** sätta värde på appreciate

**uppskattning** *s* estimate, värdering valuation; värdesättning appreciation

**uppskattningsvis** *adv* approximately

**uppskjuta** *tr* put off, postpone, rymdraket launch

**uppskov** *s* uppskjutande postponement [*med* of]; ***bevilja ngn en månads ~*** allow a p. a respite of one month; ***utan ~*** without delay

**uppskärrad** *a* excited, jumpy, jittery

**uppslag** *s* **1** på byxa turn-up, amer. cuff; på damplaggs ärm cuff **2** idé idea, förslag suggestion

**uppslagsbok** *s* reference book, encyklopedi encyclopedia

**uppslagsord** *s* headword, main entry

**uppsluka** *tr* engulf, swallow up

**uppsluppen** *a* . . . in high spirits

**uppslutning** *s* anslutning support; ***det var god ~ på mötet*** many people attended the meeting

**uppspelt** *a* . . . in high spirits

**uppstigning** *s* rise; ur sängen getting up; flyg. o. på berg ascent

**uppstoppad** *a* om djur stuffed

**uppsträckning** *s* reprimand, vard. telling-off

**uppstå** *itr* **1** uppkomma arise [*av* from]; come into existence, om t. ex. mod appear; plötsligt spring up; result [*av* from] **2** bibl. rise; ***~ från de döda*** rise from the dead

**uppstående** *a*, ***~ krage*** stand-up collar

**uppståndelse** *s* **1** oro excitement, stir, fuss **2** bibl. resurrection

**uppställning** *s* **1** anordning arrangement, disposition **2** mil. formation; sport. line-up

**uppstötning** *s* belch; ***få en ~ (~ar)*** belch

**uppsving** *s* rise; hand. boom

**uppsvullen** o. **uppsvälld** *a* swollen

**uppsyn** *s* **1** ansiktsuttryck countenance, min air, utseende look **2** övervakning supervision, control

**uppsåt** *s* speciellt jur. intent; avsikt intention

**uppsägning** *s* notice to quit; ***med tre månaders ~*** with three months' notice

**uppsägningstid** *s* period of notice; ***med en månads ~*** with one month's notice

**uppsättning** *s* **1** upprättande putting up, jfr *sätta upp* under *sätta* **2** teat. stage-setting **3** sats set

**uppta** o. **upptaga** *tr* **1** antaga, tillägna sig adopt **2** ta i anspråk, fylla take up

**upptagen** *a* **1** sysselsatt busy [*med att arbeta* working]; occupied; ***jag är ~*** i kväll, bortbjuden etc. I am engaged . . ., av arbete I shall be busy . . . **2** besatt occupied; ***sittplatsen är ~*** the seat is taken; ***det är upptaget*** tele. the number is engaged

**upptagetton** *s* tele. engaged tone

**upptakt** *s* början beginning [*till* of]; prelude

**uppteckna** *tr* skriva ned take (write) down

**upptill** *adv* at the top [*på* of]; däruppe above

**upptrappning** *s* escalation

**uppträda** *itr* **1** framträda appear; visa sig make one's appearance; om skådespelare äv. act, perform **2** uppföra sig behave, behave oneself

**uppträdande** *s* framträdande appearance; uppförande behaviour

**uppträde** *s* scene; ***ställa till ett ~*** make a scene

**upptåg** *s* prank; skälmstycke practical joke

**upptågsmakare** *s* practical joker

**upptäcka** *tr* discover; komma på, ertappa detect; få reda på find out

**upptäckt** *s* discovery; detection, jfr *upptäcka*

**upptäcktsfärd** o. **upptäcktsresa** *s* expedition; ***göra en ~ i*** . . . explore . . .

**upptäcktsresande** *s* explorer

**upptänklig** *a* imaginable, conceivable

**uppvaknande** *s* awakening

**uppvakta** *tr* **1** göra . . . sin kur court; besöka t. ex. myndighet call on; ***vi ~de honom på hans födelsedag*** we congratulated (came to congratulate) him on his birthday **2** göra hovtjänst hos attend upon

**uppvaktning** *s* **1** visit; ***på hans födelsedag blev det stor ~*** many people congratulated (came to congratulate) him on his birthday **2** följe attendants pl.; prins ***C. med ~*** . . . with his suite

**uppvigla** *tr* stir up

**uppviglare** *s* agitator agitator

**uppvigling** *s* agitation

**uppvisa** *tr* t. ex. pass produce; påvisa show

**uppvisning** *s* exhibition, show, mannekäng~ parade, t. ex. gymnastik~ display

**uppväcka** *tr* framkalla awaken; t. ex. vrede provoke

**uppväg** *s*, ***på ~en*** on the (one's) way up (norrut up north)

**uppväga** *tr* counterbalance; ersätta compensate (make up) for; ***mer än ~*** outweigh

**uppvärmning** *s* heating; ***elektrisk ~*** electric heating

**uppväxande** *a* growing up; ***det ~ släktet*** the rising generation

**uppväxt** *s* growth

**uppväxttid** *s* childhood and adolescence

**uppåt I** *prep* up to (towards); ~ *landet* från havet up country, norrut in the north of the country **II** *adv* upwards **III** *a, vara* ~ glad be in high spirits
**uppåtgående I** *s, vara i (på)* ~ om priser etc. be on the upgrade **II** *a* om pris rising
**1 ur** *s* fickur, armbandsur watch; väggur etc. clock; ***Fröken Ur*** the speaking clock
**2 ur** *s, i* ~ ***och skur*** in all weathers
**3 ur** *prep* out of; från from; ~ ***bruk*** out of use
**uran** *s* uranium
**Uranus** astron. Uranus
**urarta** *itr* degenerate [*till* into]
**urbanisera** *tr* urbanize
**urberg** *s* primary (primitive) rock (rocks pl.)
**urgammal** *a* extremely old, forntida ancient
**urholka** *tr* bildl. undermine
**urholkning** *s* fördjupning hollow, cavity
**urin** *s* urine
**urinblåsa** *s* bladder
**urinera** *itr* urinate, pass urine
**urinprov** *s* specimen of urine
**urinvånare** *s* original inhabitant, aboriginal; ***urinvånarna*** äv. the aborigines
**urklipp** *s* press cutting, amer. clipping
**urkund** *s* document, record
**urladdning** *s* discharge; explosion explosion; bildl. outburst
**urlastning** *s* unloading
**urmakare** *s* watchmaker; butik watchmaker's [shop]
**urminnes** *a, sedan* ~ ***tid (tider)*** from time immemorial
**urmodig** *a* completely out of date; gammalmodig old-fashioned
**urna** *s* urn
**urpremiär** *s* first performance
**urringad** *a* low-necked, décolleté
**urringning** *s, djup* ~ plunging neckline, décolletage
**ursinne** *s* fury, frenzy; raseri rage
**ursinnig** *a* furious
**urskilja** *tr* skönja discern, 'kunna urskilja' make out; särskilja distinguish
**urskillning** *s* discernment, discrimination; omdömesförmåga judgement
**urskog** *s* primeval (virgin) forest
**urskulda I** *tr* excuse **II** *refl,* ~ ***sig*** excuse oneself
**ursprung** *s* origin [*till* of]; ***till sitt*** ~ in origin
**ursprunglig** *a* original, primitive
**ursprungligen** *adv* originally
**ursäkt** *s* excuse; ***be om*** ~ apologize; ***be ngn om*** ~ apologize to a p.
**ursäkta I** *tr* excuse, pardon; ~ ***mig!*** excuse (pardon) me!; ~ ***att jag*** ... excuse my ing-form **II** *refl,* ~ ***sig*** excuse oneself [*med att* ... on the grounds that ... ]
**urtavla** *s* dial, clock-face
**urtiden** *s, i* ~ in prehistoric times pl.
**urtråkig** *a* vard. deadly (dead) dull (boring)
**Uruguay** Uruguay
**uruguayare** *s* Uruguayan
**uruguaysk** *a* Uruguayan
**urusel** *a* vard. rotten, lousy, putrid
**urval** *s* choice, selection; dikter i ~ selected ...
**urvattnad** *a* watered-down; fadd wishy-washy; om färg watery
**urverk** *s* works pl. of a watch (resp. clock); ***som ett*** ~ like clockwork
**uråldrig** *a* extremely old, ancient
**USA** the U.S., the U.S.A.
**usch** *itj* ooh, ugh; ~ ***då!*** ugh!
**usel** *a* wretched, miserable; dålig worthless; gemen vile, mean
**U-sväng** *s* U-turn
**ut** *adv* out; utomlands abroad; ***dag*** ~ ***och dag in*** day in day out; ***vända*** ~ ***och in på ngt*** turn a th. inside out; ***gå*** ~ ***på gatan (isen)*** go out into the street (on to the ice); ***gå*** ~ ***på restaurang*** go to a restaurant; ~ ***ur*** out of
**utagerad** *a, **saken är*** ~ the matter is settled (over and done with)
**utan I** *prep adv* without; ~ ***arbete*** out of work; ~ ***honom skulle jag*** aldrig klarat det but for him I should ...; ~ ***att han märker (märkte) det*** without his el. him noticing it; ***känna ngt*** ~ ***och innan*** know a th. inside out **II** *konj* but; ***inte blott*** ... ~ ***även*** not only ... but also
**utanför I** *prep* outside, framför before **II** *adv* outside; ***lämna mig*** ~! bildl. leave me out of it!
**utanordna** *tr,* ~ ***ett belopp*** order a sum of money to be paid
**utanpå I** *prep* outside, on the outside of, över on the top of, over; ***gå*** ~ överträffa beat **II** *adv* outside, on the outside, ovanpå on the top
**utantill** *adv, **lära sig ngt*** ~ learn a th. by heart
**utarbeta** *tr* work out; t. ex. rapport, svar prepare, t. ex. program draw up
**utarbetad** *a* worn out, overworked
**utbetala** *tr* pay out
**utbetalning** *s* payment

**utbetalningskort** *s* post. postal cheque
**utbilda** *tr* educate; i visst syfte train; undervisa instruct; ~ *sig för läkaryrket* study for the medical profession; hon är *~d sjuksköterska* ... a trained (qualified) nurse
**utbildning** *s* education; training; instruction; jfr *utbilda*
**utbildningsanstalt** *s* educational (training) institution
**utbildningsdepartement** *s* ministry of education
**utbildningsminister** *s* minister of education
**utbjuda** *tr* offer
**utblottad** *a* destitute [*på* of]
**utbreda I** *tr* spread; utsträcka extend **II** *refl*, ~ *sig* spread
**utbredd** *a* spread; *allmänt (vida)* ~ widespread, om t. ex. bruk äv. general
**utbredning** *s* spreading, extension
**utbringa** *tr* leve give; föreslå call for; ngns skål drink to a p.'s health
**utbrista** *itr* yttra exclaim, burst out
**utbrott** *s* av t. ex. krig, sjukdom outbreak [*av* of]; vulkans eruption; av känslor outburst
**utbryta** *itr* break out
**utbränd** *a* burnt out
**utbud** *s* erbjudande offer; *~et av* varor *har ökat* the offering of ... for sale has increased
**utbuktning** *s* bulge
**utbyggnad** *s* tillbyggnad extension, annexe
**utbyta** *tr* exchange [*mot* for]
**utbyte** *s* **1** exchange; *i ~ mot* in exchange for **2** behållning profit, benefit; *ha ~ av* get benefit from
**utdela** *tr* distribute, deal (give) out
**utdelning** *s* distribution, dealing out; av post delivery; aktie~ dividend
**utdrag** *s* extract, excerpt [*ur* from]
**utdragbar** *a* extensible; *~t bord* extension table
**utdragen** *a* lång drawn out; långrandig lengthy
**utdöd** *a* utslocknad extinct; övergiven dead
**utdöende** *a*, arten *befinner sig i ~* ... is dying out
**utdöma** *tr* **1** straff impose **2** förklara oduglig condemn, förkasta reject
**ute** *adv* **1** rumsbetydelse out, utomhus outdoors, out of doors, utanför outside; *där ~* out there; *vara ~ på havet (landet)* be out at sea (in the country); *vara ~ och resa* be out travelling **2** tidsbetydelse, *allt hopp är ~* all hope is at an end; *tiden är ~* time is up; *det är ~ med honom* it is all up with him **3** *vara illa ~* i knipa be in trouble (in a bad fix); *vara för sent (tidigt) ~* be too late (too early); *vara ~ efter* ngn (ngt) be after ...
**utebli** o. **utebliva** *itr* om person fail to come, stay away, not turn up; om sak not be forthcoming, ej bli av not come off; ~ *från* t. ex. möte fail to attend, be absent from
**utefter** *prep* along, all along
**utegångsförbud** *s* under viss tid curfew
**uteliv** *s* friluftsliv outdoor life
**utelämna** *tr* leave out, omit; förbigå pass over
**uteservering** *s* lokal open-air café (restaurant)
**utesluta** *tr* exclude, ur förening etc. äv. expel [*ur* from]; *det är uteslutet* it is out of the question
**uteslutande** *adv* solely, exclusively
**utexaminerad** *a* trained, certificated; *bli ~ från* t. ex. högskola graduate from ...
**utfall** *s* **1** bildl. attack **2** result, outcome
**utfalla** *itr* **1** utmynna fall, fall out [*i* into] **2** om vinst go [*på* nummer to ... ]; om pengar become due
**utfart** *s* way (vattenled passage) out, ur stad exit road, main road out of town
**utfartsväg** *s* exit road, main road out of town
**utflykt** *s* utfärd excursion, outing, trip
**utforma** *tr* ge form åt design, model, give final shape to; formulera draw up, formulate
**utformning** *s* design, shaping; formulering drawing up, formulation
**utforska** *tr* ta reda på find out; undersöka investigate; speciellt land explore
**utfällbar** *a* folding, collapsible
**utfärda** *tr* issue; t. ex. revers make out
**utfästa** *tr*, ~ *en belöning* offer a reward
**utfästelse** *s* löfte promise, pledge; åtagande engagement
**utför I** *prep* down **II** *adv* down, downhill; *färdas ~* descend; *det går ~ med honom* bildl. he is going downhill
**utföra** *tr* perform; ~ *ett arbete* do (perform, execute) a piece of work; ~ *en beställning* carry out an order
**utförande** *s* verkställande, framförande etc. performance, execution, carrying out; arbete workmanship, modell design
**utförbar** *a* practicable, workable
**utförlig** *a* detailed, uttömmande exhaustive
**utförsbacke** *s* downhill slope, descent
**utförsåkning** *s* sport. downhill run (race)
**utförsälja** *tr* sell out (off)

**utförsäljning** *s* sale, clearance sale
**utge I** *tr* bok publish **II** *refl, ~ sig för att vara ...* pretend to be ...
**utgift** *s* expense; ~ el. *~er* expenditure sg.
**utgivare** *s* av bok etc. publisher; *vara ansvarig ~* be legally responsible
**utgivning** *s* publication
**utgå** *itr* **1** härstamma come, issue [*från, ur* from]; *jag ~r från att du vet* I assume you know **2** uteslutas be excluded; utelämnas left out (omitted)
**utgående I** *a* outgoing; ~ *post* outgoing mail **II** *s, vara på ~* om person be about to leave, om fartyg be outward bound
**utgång** *s* **1** väg ut exit, way out **2** slut end, close; slutresultat result, outcome
**utgångspunkt** *s* starting-point
**utgåva** *s* edition
**utgöra** *tr* constitute, make up, form; belöpa sig till amount to; *~s* bestå *av* consist (be made up) of
**uthyrning** *s* letting, för lång tid leasing; *till ~* om t. ex. båt for hire, om t. ex. rum to let
**uthållig** *a* ... with good staying power; ståndaktig persevering
**uthållighet** *s* staying power, perseverance
**uthärda** *tr* stand, bear
**utifrån I** *prep* from **II** *adv* from outside
**utjämna** *tr* skillnad level (even) out
**utjämning** *s* levelling-out, evening-out
**utkant** *s* av stad outskirts pl.
**utkast** *s* koncept draft, rough draft, skiss sketch [*till* of]
**utkastare** *s* vakt chucker-out, amer. bouncer
**utkik** *s* person o. utkiksplats look-out; *hålla ~* keep a look-out [*efter* for]
**utklassa** *tr* sport. outclass
**utklädd** *a* dressed up
**utkomma** *itr* om bok etc. come out, be published
**utkomst** *s, ha (få) sin ~* earn one's living
**utkämpa** *tr* fight, kämpa till slut fight out
**utkörning** *s* av varor delivery
**utlandet** *s, från ~* from abroad; *i ~* abroad
**utlandskorrespondent** *s* utrikeskorrespondent foreign correspondent
**utlandssvensk** *s* Swede living abroad, expatriate Swede
**utled** o. **utledsen** *a* thoroughly tired el. fed up [*på* of]
**utlopp** *s* utflöde outflow; avlopp outlet äv. bildl.; *ge ~ åt* sin vrede give vent to ...
**utlova** *tr* promise; erbjuda offer
**utlysa** *tr* give notice of, announce
**utlåning** *s* utlånande lending; lån loans pl.
**utlåningsränta** *s* interest on a loan; räntefot lending rate
**utlåtande** *s* opinion; sakkunnigas report
**utlägg** *s* outlay, expenses pl.
**utlämna** *tr* deliver, hand over; överlämna give up, surrender; till annan stat extradite
**utlämnande** o. **utlämning** *s* delivering, handing over; överlämnande surrender; till annan stat extradition
**utländsk** *a* foreign
**utlänning** *s* foreigner; speciellt jur. alien
**utlösa** *tr* tekn. release; sätta igång start, trigger, trigger off
**utlösning** *s* **1** releasing, release **2** sexuell orgasm
**utmana** *tr* challenge; trotsa defy
**utmanande** *a* challenging, defiant, om t. ex. uppträdande, klädsel provocative
**utmanare** *s* challenger
**utmaning** *s* challenge
**utmattad** *a* exhausted
**utmattning** *s* fatigue, exhaustion
**utmed** *prep* along, all along
**utmynna** *itr* se *mynna ut* under *mynna*
**utmåla** *tr* paint, depict [*för* to, *som* as]
**utmärglad** *a* avtärd emaciated, haggard
**utmärka I** *tr* känneteckna characterize **II** *refl, ~ sig* distinguish oneself [*genom* by]
**utmärkande** *a* characteristic, distinguishing quality
**utmärkelse** *s* distinction; ära honour
**utmärkt** *a* excellent, förstklassig first-rate
**utmätning** *s* jur. distraint, distress; *göra ~* distrain
**utnyttja** *tr* tillgodogöra sig utilize, make use of, exploatera exploit
**utnyttjande** *s* utilization, exploitation
**utnämna** *tr* appoint; *han har utnämnts till professor* he has been appointed professor
**utnämning** *s* appointment
**utnött** *a* worn out; sliten well-worn
**utochinvänd** *a* ... turned inside out
**utom** *prep* **1** utanför outside; jag har inte *varit ~ dörren* ... been out of doors (out); *~ fara* el. *~ all fara* out of danger; *~ allt tvivel* beyond doubt; *bli ~ sig* be beside oneself [*av* with] **2** med undantag av except, with the exception of; förutom besides, in addition to; *alla ~ han* all except him, all but he; *ingen ~ jag* no one but (except) me; det var fyra gäster *~ jag* ... besides me; hela landet *~ Stockholm* ... excluding Stockholm
**utombordare** *s* outboard motorboat
**utombords** *adv* outboard, outside
**utombordsmotor** *s* outboard motor

**utomhus** *adv* outdoors, out of doors
**utomhusantenn** *s* outdoor aerial
**utomhusbana** *s* för tennis open-air court, för ishockey outdoor rink
**utomlands** *adv* abroad
**utomordentlig** *a* extraordinary; förträfflig excellent
**utomstående** *subst a, en ~* an outsider
**utomäktenskaplig** *a* om förbindelse extra-marital, om barn illegitimate
**utopi** *s* utopia, idé, plan utopian scheme (idea)
**utpekad** *a, känna sig ~* feel accused; *den ~e* mördaren the alleged ...
**utplåna** *tr* obliterate [*ur, från* from]; blot (wipe) out; hela byn *~des* ... was wiped out
**utpost** *s* outpost, förpost advanced post
**utpressare** *s* blackmailer
**utpressning** *s* blackmail
**utprova** *tr* try out, test
**utpräglad** *a* marked, pronounced
**utreda** *tr* undersöka investigate
**utredning** *s* undersökning investigation; betänkande report, kommitté commission, committee
**utrensning** *s* utrensande weeding out; polit. purge
**utresa** *s* outward journey; sjö. outward passage (voyage)
**utresetillstånd** *s* exit permit
**utresevisum** *s* exit visa
**utrikes I** *a* foreign **II** *adv* abroad; *resa ~* go abroad
**utrikesdepartement** *s* ministry for foreign affairs; *~et* i Engl. the Foreign and Commonwealth Office, i Amer. the State Department
**utrikeskorrespondent** *s* foreign correspondent
**utrikesminister** *s* minister for foreign affairs; *~n* i Engl. the Secretary of State for Foreign and Commonwealth Affairs, i Amer. the Secretary of State
**utrikespolitik** *s* foreign politics pl. (handlingssätt policy)
**utrikespolitisk** *a, en ~ debatt* a debate on foreign policy; *~a frågor* questions relating to foreign policy
**utrop** *s* cry, exclamation
**utropa** *tr* **1** ropa högt exclaim, cry out **2** offentligt förkunna proclaim
**utropstecken** *s* exclamation mark
**utrota** *tr* root out, eradicate, t.ex. råttor exterminate
**utrusta** *tr* equip, speciellt fartyg fit out, beväpna arm
**utrustning** *s* equipment, outfit
**utryckning** *s* **1** efter alarm turn-out **2** hemförlovning discharge from active service
**utrymma** *tr* **1** lämna evacuate, t.ex. hus vacate **2** röja ur clear out
**utrymme** *s* plats space, room, spelrum scope; *fordra mycket ~* take up a lot of space
**utrymning** *s* evacuation; röjning clearing
**uträtta** *tr* do; t.ex. uppdrag perform, carry out; åstadkomma accomplish, achieve
**utröna** *tr* ascertain, find out [*om* whether]
**utsago** *s, enligt ~ är han* ... he is said to be ...; *enligt hans ~* according to him
**utsatt** *a* **1** blottställd exposed [*för* to]; sårbar vulnerable; *vara ~ för* ... föremål för be subjected to ..., mottaglig för be liable to ... **2** *på ~ tid* at the time fixed (appointed time)
**utse** *tr* välja choose [*till* ledare etc. as ..., *till* en post for ... ]; utnämna appoint; *~ ngn till ordförande* appoint a p. chairman
**utseende** *s* yttre appearance, persons vanl. looks pl.; *känna ngn till ~t* know a p. by sight
**utsida** *s* outside; yttre exterior
**utsikt** *s* **1** överblick view; rummet *har ~ mot parken* ... overlooks the park; *hålla ~* keep a look-out **2** prospect, chans chance; *han har goda ~er att* inf. his prospects of ing-form are good; *det finns alla ~er (föga ~) till* ... there is every prospect (not much chance) of ...
**utsiktstorn** *s* outlook tower
**utsirad** *a* ornamented, decorated
**utsirning** *s* ornament, ornamentation
**utsjasad** *a* dead (dog) tired
**utskjutande** *a* projecting
**utskott** *s* committee
**utskrattad** *a, bli ~* be laughed down
**utskällning** *s* telling off, scolding
**utslag** *s* **1** hud~ rash; *få ~* break out in a rash **2** på våg turn of the scale; av visare etc. deflection **3** avgörande decision; *fälla ~ (ett ~)* give a decision (verdict) **4** yttring manifestation, exempel instance
**utslagen** *a* ur tävling eliminated; *vara ~* om blomma be out (in bloom), om träd be in leaf; *en ~ människa* a dropout, an outcast
**utslagsgivande** *a* decisive
**utslagsröst** *s, ha ~* have the casting vote
**utslagstävling** *s* sport. elimination (knock-out) competition
**utsliten** *a* worn out; *~ fras* hackneyed phrase
**utslocknad** *a* om vulkan, ätt extinct

**utsläpp** *s* avlopp outlet; tömning discharge, dumpning dumping
**utsmyckning** *s* ornament, utsmyckande ornamentation (end. sg.)
**utspark** *s* sport. goal kick
**utspel** *s* **1** åtgärd move, action, initiativ initiative, förslag proposals pl. **2** kortsp. lead
**utspelas** *itr dep* take place
**utspisning** *s* feeding
**utspridd** *a* scattered, spread out
**utspädd** *a* diluted
**utspädning** *s* dilution
**utstakad** *a* staked out; bestämd determined
**utstråla I** *itr* radiate, emanate **II** *tr* radiate äv. bildl.; t. ex. ljus emit
**utstrålning** *s* radiation, emanation, om person personal charm, charisma
**utsträckning** *s* extension; i tid prolongation; vidd extent; ***i stor*** ~ to a great extent; ***i största möjliga*** ~ to the greatest possible extent
**utsträckt** *a* outstretched, extended; ***ligga*** ~ lie stretched out
**utstuderad** *a* raffinerad studied, listig artful, inpiskad out-and-out
**utstyrsel** *s* utrustning outfit
**utstå** *tr* stå ut med endure, genomgå suffer, go through
**utstående** *a* om t. ex. tänder, öron protruding; utskjutande projecting
**utställare** *s* **1** på utställning exhibitor **2** av check drawer
**utställning** *s* exhibition, show; visning display
**utställningsföremål** *s* exhibit
**utställningslokal** *s* show-room, med flera rum show-rooms
**utstöta** *tr* ljud utter
**utstött** *a*, ***en*** ~ ***människa*** an outcast
**utsuga** *tr* exploit, bleed . . . white
**utsugning** *s* bildl. exploitation
**utsvulten** *a* starved, famished
**utsvävande** *a* liderlig dissipated
**utsvävningar** *s pl* dissipation sg.; friare extravagances
**utsåld** *a* sold out, om vara äv. . . . out of stock; ***utsålt*** i annons etc. full house
**utsäde** *s* **1** sådd sowing **2** frö, koll. seed, seed-corn
**utsändning** *s* sending out, radio. TV transmission, broadcast, TV äv. telecast
**utsätta I** *tr* **1** blottställa expose, underkasta subject [*för* to] **2** bestämma fix, appoint **II** *refl*, ~ ***sig för*** expose oneself to; ~ ***sig för risken att*** inf. run the risk of ing-form
**utsökt** *a* exquisite, choice
**utsövd** *a* thoroughly rested
**uttag** *s* **1** elektr. socket, vägg~ point, plug point **2** penning~ withdrawal
**uttagningstävling** *s* trial, trials pl.
**uttal** *s* pronunciation [*av* ord of]; ***ha bra engelskt*** ~ äv. have a good English accent
**uttala I** *tr* **1** ord pronounce; ~ ***fel*** mispronounce **2** uttrycka, t. ex. önskan express **3** t. ex. dom pronounce, pass **II** *refl*, ~ ***sig*** express oneself, give (express) one's opinion [*om* on]; ~ ***sig för*** (resp. ***mot***) ngt declare oneself in favour of (resp. against) . . .
**uttalande** *s* statement, pronouncement
**uttalsbeteckning** *s* phonetic notation
**uttaxera** *tr* levy
**uttaxering** *s* levying; ***en*** ~ a levy
**utter** *s* djur o. skinn otter
**uttjänad** o. **uttjänt** *a* om sak . . . which has served its time; utsliten worn out
**uttorkad** *a* dried up
**uttryck** *s* expression; ***stående*** ~ set phrase; ***ge*** ~ ***åt*** . . . give expression (om känsla vent) to . . .; ***ta sig (komma till)*** ~ ***i*** . . . find expression in . . .; ***som ett*** ~ ***för*** min uppskattning as a mark (token) of . . .
**uttrycka I** *tr* express; jag vet inte ***hur jag skall*** ~ ***det*** äv. . . . how to put it **II** *refl*, ~ ***sig*** express oneself; ***för att*** ~ ***sig kort*** to be brief
**uttrycklig** *a* express; tydlig explicit
**uttryckligen** *adv* expressly, explicitly
**uttrycksfull** *a* expressive
**uttryckslös** *a* expressionless, om blick vacant
**uttrycksmedel** *s* means (pl. lika) of expression
**uttryckssätt** *s* mode of expression
**uttråkad** *a* bored, . . . bored to death
**utträda** *itr*, ~ ***ur*** förening leave . . ., withdraw (retire) from . . .
**utträde** *s* withdrawal, retirement
**uttröttad** *a* weary, . . . tired out [*av* with]
**uttåg** *s* march out, departure
**uttömma** *tr* bildl. exhaust, spend; ~ ***sina krafter*** exhaust oneself, spend one's strength
**uttömmande I** *a* exhaustive; very thorough **II** *adv* exhaustively; thoroughly
**utvald** *a* chosen, picked; ***några få*** ~***a*** a select few
**utvandrare** *s* emigrant
**utvandring** *s* emigration
**utveckla I** *tr* develop; t. ex. teorier expound; visa display, show; t. ex. elektricitet, värme generate **II** *refl*, ~ ***sig*** develop, växa äv. grow

**utvecklas** *itr dep* develop, grow
**utveckling** *s* framåtskridande development, vetensk. evolution, framsteg progress
**utvecklingsland** *s* developing country
**utvecklingsstadium** *s* stage of development
**utvecklingsstörd** *a* mentally retarded
**utverka** *tr* obtain, procure, secure
**utvidga I** *tr* göra bredare widen; t. ex. sitt inflytande extend, t. ex. marknaden expand; göra större enlarge **II** *refl*, *~ sig* se *utvidgas*
**utvidgas** *itr dep* widen, widen out; expand äv. om metall, enlarge
**utvidgning** *s* widening; extension, expansion, enlargement; jfr *utvidga*
**utvilad** *a* thoroughly rested
**utvinna** *tr* extract, win [*ur* from]
**utvisa** *tr* **1** visa ut order (send) ... out, sport. send (order) ... off; order ... off; i ishockey send ... to the penalty box; ur landet banish, expel **2** visa show; utmärka indicate
**utvisning** *s* ordering out (off); sport. sending off; ur landet expulsion
**utväg** *s* expedient, means (pl. lika), way out; ***jag ser ingen annan ~*** I see no other way out [*än att* inf. but to inf.]
**utvändig** *a* external, outside
**utvändigt** *adv* externally, outside, on the outside
**utvärdera** *tr* evaluate
**utvärdering** *s* evaluation
**utvärtes** *a* external, outward; ***till ~ bruk*** for external use (application)
**utväxla** *tr* exchange
**utväxling** *s* **1** utbyte exchange **2** tekn. gear, gearing
**utväxt** *s* outgrowth, knöl protuberance
**utåt I** *prep* uttr. riktning out towards, t. ex. landet out into **II** *adv* outwards; ***längre ~*** further out; dörren ***går ~*** ... opens outwards
**utåtriktad** o. **utåtvänd** *a* ... turned (directed) outwards; om person extrovert, outgoing
**utöka** *tr* increase; se äv. *öka*
**utöva** *tr* t. ex. makt exercise, inflytande exert, t. ex. välgörenhet, yrke practise, t. ex. verksamhet carry on
**utöver** *prep* over and above, beyond
**utövning** *s* t. ex. av makt exercise, t. ex. av yrke practice; t. ex. inflytande exertion
**uv** *s* great horned owl, eagle-owl
**uvertyr** *s* overture [*till* to]

# V

**vaccin** *s* vaccine
**vaccination** *s* vaccination
**vaccinera** *tr* vaccinate
**vacker** *a* **1** beautiful; söt pretty; storslagen fine; trevlig nice; ***en ~ dag***, se *dag*; räcka fram ***vackra handen (~ tass)*** ... the right hand **2** om t. ex. summa considerable
**vackla** *itr* totter; ragla stagger; vara obestämd vacillate; om t. ex. priser fluctuate
**vacklan** *s* vacillation; obeslutsamhet indecision
**vacklande** *a* tottering; raglande staggering; obestämd vacillating; om t. ex. priser fluctuating; obeslutsam unsettled; om hälsa uncertain, failing
**1 vad** *s* på ben calf (pl. calves)
**2 vad** *s* **1** vadhållning bet; ***skall vi slå ~ om det?*** shall we bet on it? **2** jur. notice of appeal
**3 vad I** *pron* frågande what; ~ el. ***va?*** hur sa what?, artigare I beg your pardon?, pardon?; ***~ för en (ett, ena, några)*** förenat o. självständigt: what; avseende urval which, which one (pl. ones); ***nej, ~ säger du!*** really!, you don't say!; ***vet du ~!*** I'll tell you what!; jag vet inte ***~ som hände*** ... what happened; ***~ värre är*** what is worse; ***~ helst*** whatever **II** *adv*, ***~ du är lycklig!*** how happy you are!; ***~ tiden går fort!*** how time flies!
**vada** *itr* wade
**vadare** o. **vadarfågel** *s* wading bird, wader
**vadd** *s* wadding; bomullsvadd cotton wool
**vaddera** *tr* pad, pad out, wad
**vaddtäcke** *s* quilt

**vadhållning** *s* betting, wagering
**vag** *a* vague; dimmig hazy
**vagabond** *s* vagabond, tramp, vagrant
**vagel** *s* med. sty
**vagga I** *s* cradle äv. bildl. **II** *tr* rock; ~ ... *i sömn* rock ... to sleep
**vaggvisa** *s* cradle song, lullaby
**vagina** *s* vagina
**vagn** *s* carriage; lastvagn etc. waggon, wagon, truck, tvåhjulig kärra cart; bil car
**vaja** *itr* om t. ex. flagga fly, float
**vajer** *s* cable, tunnare wire
**vak** *s* hole in the ice
**vaka I** *s* vigil, night-watch **II** *itr* hålla vaka sit up; ha nattjänst be on night duty; ~ ***hos*** en patient watch by ...; ~ ***över*** övervaka keep watch over, watch over
**vakande** *a* watching; ***hålla ett ~ öga på*** keep sharp (close) eye on
**vakans** *s* vacancy
**vakant** *a* vacant
**vaken** *a* **1** ej sovande awake (end. predikativt); attributivt waking; ***i vaket tillstånd*** when awake **2** mottaglig för intryck, om t. ex. sinne alert; pigg bright; uppmärksam wide-awake
**vakna** *tr,* ~ el. ~ ***upp*** wake, wake up
**vaksam** *a* vigilant, watchful
**vaksamhet** *s* vigilance, watchfulness
**vakt** *s* **1** watch äv. sjö., watching; speciellt mil. guard, tjänstgöring äv. duty; ***gå på*** ~ mil. be on guard, be on duty, sjö. be on watch; ***vara på sin*** ~ vara försiktig be on one's guard **2** person guard, vaktpost sentry
**vakta** *tr itr* watch; bevaka guard; t. ex. barn look after; hålla vakt keep guard
**vaktare** *s* guardian; fång~ warder
**vaktbolag** *s* security company, Securicor ®
**vaktel** *s* quail
**vakthavande** *a,* ~ ***officer*** the officer on duty
**vaktkur** *s* sentry-box
**vaktmästare** *s* uppsyningsman caretaker, speciellt amer. janitor, i museum attendant, i kyrka verger; dörrvakt doorman, porter, på bio etc. commissionaire, attendant; kypare waiter
**vaktparad** *s,* ***~en*** styrkan the guard
**vakuum** *s* vacuum
**vakuumförpackad** *a* vacuum-packed
**vakuumförpackning** *s* vacuum packaging (konkret pack, package)
**vakuumtorka** *tr* vacuum-dry
**1 val** *s* zool. whale
**2 val** *s* **1** choice; utväljande äv. selection; ***vara i ~et och kvalet*** be faced with a difficult choice **2** genom omröstning election; själva röstandet voting; det blir ***allmänna*** ~ ... a general election; ***förrätta*** ~ hold an election (elections); ***förrätta ~et*** conduct (preside at) the election; ***gå till*** ~ go to the polls
**valack** *s* häst gelding
**valagitation** *s* electioneering, election campaign
**valbar** *a* eligible [*till* for]; ***icke*** ~ ineligible
**valbarhet** *s* eligibility
**valberedning** *s* election (nominating) committee
**valberättigad** *a* ... entitled to vote
**valborg** o. **valborgsmässoafton** *s* the eve of May Day, Walpurgis night
**valdag** *s* polling (election) day
**valdistrikt** *s* electoral (voting) area
**Wales** Wales
**walesare** *s* Welshman (pl. Welshmen); ***walesarna*** som nation the Welsh
**walesisk** *a* Welsh
**walesiska** *s* **1** kvinna Welshwoman (pl. Welshwomen) **2** språk Welsh
**valfisk** *s* whale
**valfläsk** *s* election promises pl., bid for votes
**valfri** *a* optional
**valfrihet** *s* freedom of choice
**valfusk** *s* electoral rigging
**valfångare** *s* whaler
**valförrättare** *s* presider at an (the) election
**valförrättning** *s* omröstning election; själva röstandet voting
**valhänt** *a* klumpig clumsy, awkward
**valk** *s* **1** i huden callus; av fett roll **2** hårvalk pad
**valkampanj** *s* election campaign
**valkrets** *s* constituency
**1 vall** *s* upphöjning bank, embankment; fästningsvall rampart, earthwork
**2 vall** *s* betesvall grazing-ground, pasture-ground
**1 valla** *tr* vakta tend, watch
**2 valla I** *s* skidvalla wax **II** *tr,* ~ ***skidor*** wax skis
**vallfart** *s* pilgrimage
**vallfärda** *itr* go on (make) a pilgrimage
**vallgrav** *s* moat
**vallmo** *s* poppy
**vallmofrö** *s* poppy seed
**vallokal** *s* polling-station
**vallängd** *s* electoral register
**valmanskår** *s* electorate, constituency
**valmöte** *s* election meeting
**valnöt** *s* walnut
**valp** *s* pup, puppy; pojke cub

**valpa** *itr* whelp
**valross** *s* walrus
**valrörelse** *s* election campaign
**1 vals** *s* waltz; ***dansa*** ~ dance (do) a waltz
**2 vals** *s* tekn., i kvarn etc. roller; i valsverk roll; på skrivmaskin cylinder
**1 valsa** *itr* waltz
**2 valsa** *tr* tekn., ~ el. ~ ***ut*** roll out
**valsedel** *s* voting-paper, ballot-paper
**valskvarn** *s* roller mill
**valstrid** *s* election campaign (contest)
**valthorn** *s* French horn
**valurna** *s* ballot-box
**valuta** *s* myntslag currency; utländsk ~ foreign exchange; ***få ~ för pengarna*** get value for one's money
**valutabestämmelser** *s pl* currency (för utlandsvaluta foreign exchange) regulations
**valutahandel** *s* exchange dealings pl.
**valutakurs** *s* rate of exchange, exchange rate
**valutamarknad** *s* foreign exchange market
**valv** *s* vault
**valör** *s* value; sedelvalör denomination
**vamp** *s* vamp
**vampyr** *s* vampire
**van** *a* practised, experienced, trained; skicklig skilled, expert; förtrogen accustomed, used [*vid* ngt to ..., *att* el. *vid att* inf. to ing-form]
**vana** *s* speciellt omedveten habit; speciellt medveten practice, sedvana custom, vedertaget bruk usage; erfarenhet experience, färdighet practice; ***sin ~ trogen*** true to one's habit; ***av gammal ~*** by force of habit; ***ha för ~ att*** inf. have a (be in the) habit of ing-form, medvetet make a practice of ing-form
**vandalisera** *tr* vandalize, destroy
**vandalism** *s* vandalism
**vandra** *itr* gå till fots walk; gå på vandring, fotvandra ramble, hike; ströva utan mål wander, roam, stroll
**vandrande** *a* **1** walking etc., jfr *vandra* **2** ~ ***njure*** med. floating kidney
**vandrare** *s* wanderer; fot~ walker, rambler, hiker; resande traveller
**vandrarhem** *s* youth hostel
**vandring** *s* wandering; utflykt walking-tour; fotvandring ramble, hike
**vandringspris** *s* challenge trophy
**vanebildande** *a* habit-forming
**vanföreställning** *s* delusion, fallacy
**vanheder** *s* disgrace, dishonour
**vanhedra** *tr* disgrace, dishonour, bring disgrace (shame) on ...
**vanhedrande** *a* disgraceful, dishonourable
**vanhelga** *tr* profane, desecrate
**vanhelgande** *s* profanation, desecration, sacrilege
**vanilj** *s* vanilla
**vaniljglass** *s* vanilla ice-cream; ***en*** ~ äv. a vanilla ice
**vaniljsocker** *s* vanilla sugar
**vaniljsås** *s* custard sauce, vanilla custard
**vanka** *itr*, ~ el. ***gå och*** ~ saunter, wander
**vankas** *itr dep*, ***det vankades*** bullar (för oss) we were treated to ...
**vankelmod** *s* vacillation; ombytlighet inconstancy
**vankelmodig** *a* vacillating; ombytlig inconstant
**vanlig** *a* bruklig usual [*hos* with]; accustomed, habitual; sedvanlig customary [*hos* with]; vardaglig ordinary; gemensam för många, motsats sällsynt common; allmän general; ofta förekommande frequent; ***mindre*** ~ less (not very) common; ***i ~a fall*** in ordinary cases, as a rule; ***~a människor*** ordinary people; ***på ~t sätt*** in the ordinary (usual) manner (way); ***som ~t*** as usual; bättre ***än ~t*** ... than usual
**vanligen** *adv* generally, usually, ordinarily, commonly
**vanlottad** *a* ... badly (unfairly) treated
**vanmakt** *s* maktlöshet powerlessness, impotence
**vanmäktig** *a* powerless, impotent
**vanpryda** *tr* disfigure, spoil the look of
**vanrykte** *s* disrepute
**vansinne** *s* insanity, madness; dårskap folly; ***det vore rena ~t att*** inf. it would be insane to inf.
**vansinnig** *a* mad; utom sig frantic [*av* with]; ***har du blivit ~?*** are you mad (out of your mind)?; ***han gör mig*** ~ he drives me mad (crazy)
**vanskapad** o. **vanskapt** *a* deformed, malformed, misshapen
**vansklig** *a* svår difficult, hard; riskabel risky; kinkig awkward
**vansköta** *tr* mismanage, försumma neglect
**vanskötsel** *s* mismanagement, försummelse neglect
**vante** *s* glove; tumvante mitten; ***lägga vantarna på*** ... vard. lay hands on ...
**vantolka** *tr* misinterpret
**vantrivas** *itr dep* be (feel) uncomfortable, not feel at home, get on badly [*med ngn* with a p.]; om djur, växter not thrive; ***jag vantrivs med*** arbetet I am not at all happy in ...

**vantrivsel** *s* dissatisfaction, unhappiness (inability to get on) in one's surroundings
**vanvett** *s* insanity; galenskap madness
**vanvettig** *a* insane; galen mad, crazy
**vanvård** *s* mismanagement, neglect
**vanvårda** *tr* mismanage, neglect
**vanvördig** *a* disrespectful, irreverent [*mot* to]
**vanvördnad** *s* disrespect, irreverence [*mot* to]
**vanära I** *s*, *dra ~ över* sin familj bring disgrace on ... **II** *tr* disgrace, dishonour
**vapen** *s* **1** weapon; i pl. vanl. arms, koll. weaponry sg.; *bära (föra) ~* bear (carry) arms; *nedlägga vapnen (sträcka ~)* lay down one's arms, surrender; *gripa (kalla...) till ~* take up (call ... to) arms **2** vapensköld coat of arms
**vapenbroder** *s* brother-in-arms (pl. brothers-in-arms); comrade-in-arms (pl. comrades-in-arms)
**vapendragare** *s* bildl. supporter, partisan
**vapenfri** *a*, *~ tjänst* non-combatant duties pl.
**vapenför** *a* ... fit for military service
**vapenlicens** *s* licence to carry a gun, firearms permit
**vapensköld** *s* coat of arms
**vapenstillestånd** *s* armistice; vapenvila truce, cessation of hostilities; tillfälligt cease-fire
**vapenvila** *s* cessation of hostilities; tillfällig cease-fire
**vapenvägrare** *s* conscientious objector (förk. CO)
**1 var** *s* med. pus, matter
**2 var** *pron* **1** varje särskild each, varenda every; *~ femte dag* every fifth day, every five days; ge dem *ett äpple ~* ... an apple each **2** *~ och en* var och en för sig each; alla everyone, everybody; *~ och en av* ... each of (alla every one of) ...; *vi betalar ~ och en för sig* each of us will pay for himself (resp. herself); han talade med *~ och en för sig* ... each individually **3** *~ sin: vi fick ~ sitt äpple* we got an apple each; de gick *åt ~ sitt håll* ... in different directions
**3 var** *adv* where; *~ då (någonstans)?* where?; *~ i all världen är det?* where on earth is it?; *~ som helst* anywhere; *~ än (helst)* wherever
**1 vara** *vb* **I** *itr* be; finnas till äv. exist; *för att ~ så ung är du* ... considering you are so young you are ...; *vi är fem stycken* there are five of us; *det är Eva* sagt i telefon Eva speaking, Eva here; *hur vore det om vi skulle gå på bio* i kväll*?* what (how) about going to the cinema ...?; *får det ~* en kopp te*?* would you like ...?; *det får (vi låter det) ~ som det är* we'll leave it as it is (at that); *var ska (brukar)* knivarna *~?* where do ... go?; *jag var hos* hälsade på *honom* I went to see him; *hur är det med* ...? hur mår how is (resp. are) ...?, hur förhåller det sig med how (what) about ...?; *man måste ~ två om det (om att göra det)* that's a job for two (it takes two to do it); *vad är den här (ska den här ~) till?* what is this for? **II** *hjälpvb* be; *när (var) är han född?* when (where) was he born?; *bilen är gjord i Sverige* the car was made in Sweden; *bilen är gjord* för export the car is made ...; *han är (var) bortrest* he has (had) gone away □ *~* **av med** ha förlorat have lost, vara kvitt have got (be) rid of; *~* **kvar** stanna remain, stay on; *~* **med** deltaga take part, närvara be present [*på (vid)* at]; *får jag ~ med?* may I join in (göra er sällskap join you)?; *jag var med* när det hände I was there (present) ...; *~ med om (på)* samtycka till agree to; *~ med om* bevittna see, uppleva experience; *vad är det med henne?* what's the matter with her?, hur mår hon? how is she?; *~* **om sig** look after one's own interests, look after number one; *~* **till** exist, be; *den är till för det* that's what it's there (meant) for
**2 vara** *itr* räcka last; pågå go on, fortsätta continue
**3 vara** *s* artikel article; product; *varor* koll. äv. goods
**4 vara** *s*, *ta ~ på* ta hand om take care of, look after; utnyttja make use of
**5 vara** *itr* om sår etc. fester
**varaktig** *a* långvarig lasting; beständig permanent
**varandra** *pron* each other, one another
**varannan** *räkn* every other (second)
**vardag** *s* weekday, arbetsdag äv. workday; *till ~s* vardagsbruk for everyday use (om kläder wear)
**vardaglig** *a* everyday, ordinary; banal commonplace; om utseende plain; språkv. colloquial
**vardagsklädd** *a* ... dressed in everyday (ordinary) clothes
**vardagskläder** *s pl* everyday (ordinary) clothes
**vardagslag** *s*, *i ~* om vardagarna on weekdays; vanligtvis usually; till vardagsbruk for everyday use (om kläder wear)
**vardagsliv** *s* everyday (ordinary) life
**vardagsmat** *s* everyday (ordinary) food
**vardagsrum** *s* living-room, sitting-room
**vardera** *pron* each

**varefter** *adv* after which
**varelse** *s* being; *levande* ~ living creature
**varenda** *pron* every, every single
**vare sig** *konj* **1** either; *jag känner inte ~ honom eller hans bror* I don't know either him or his brother **2** antingen whether; han måste gå ~ *han vill eller inte* whether he wants to or not
**vareviga** *a*, ~ *en* every single one
**varför** *adv* why; ~ *det (då)?* why?; jag var förkyld, ~ *jag stannade hemma* ... so (for which reason, and that's why) I stayed at home
**varg** *s* wolf (pl. wolves); *jag är hungrig som en* ~ I could eat a horse
**varghona** o. **varginna** *s* she-wolf
**vargunge** *s* wolf-cub
**varhelst** *adv*, ~ el. ~ *än* wherever
**variant** *s* variant
**variation** *s* variation äv. mus.
**variera** *tr itr* vary; vara ostadig fluctuate
**varieté** *s* **1** föreställning variety show, performance **2** lokal variety theatre
**varifrån** *adv* from where, where ... from
**varigenom** *adv* through (by) which
**varje** *pron* varje särskild each, varenda every; vardera av endast två either; vilken som helst any; *i* ~ *fall* in any case; *lite av* ~ a little of everything
**varjämte** *adv* besides which (person whom)
**varken** *konj*, ~ ... *eller* neither ... nor; den är ~ *bättre eller sämre än tidigare* ... no better nor worse than before
**varm** *a* warm, het hot; bildl. warm, hjärtlig hearty; *tre grader ~t* three degrees above zero; *bli* ~ *i kläderna* begin to find one's feet; *tala sig* ~ warm to one's subject; *vara* ~ *om fötterna* have warm feet
**varmbad** *s* hot bath
**varmblodig** *a* warm-blooded, bildl. hot-blooded
**varmfront** *s* meteor. warm front
**varmhjärtad** *a* warm-hearted, generous
**varmluft** *s* hot air
**varmrätt** *s* huvudrätt main dish (course)
**varmvatten** *s* hot water
**varmvattensberedare** *s* geyser, water-heater
**varmvattenskran** *s* hot-water tap
**varna** *tr* warn [*för ngn* against a p., *för att göra ngt* not to do a th., against doing a th.]; *han ~de oss för det* he warned us against it
**varning** *s* warning, caution; ~ *för hunden!* beware of the dog
**varningslampa** *s* warning lamp
**varningsmärke** o. **varningsskylt** *s* trafik. warning sign
**varningstriangel** *s* warning (reflecting) triangle
**varpå** *adv* on which; tid after (on) which, whereupon
**vars** *pron* rel. whose, om djur o. saker äv. of which
**varsam** *a* aktsam careful [*med* with]
**varsamhet** *s* care, caution
**varsel** *s* **1** förebud premonition **2** förvarning notice
**varsko** *tr* underrätta inform, förvarna warn [*ngn om ngt* a p. of a th.]
**varsla** *itr*, ~ *om strejk* give notice of a strike
**varstans** *adv*, det ligger papper *lite* ~ ... here, there, and everywhere, ... all over the place
**Warszawa** Warsaw
**var så god** *itj* se under *god I 1*
**1 vart** *adv* where; ~ *än (helst)* wherever; jag vet inte ~ *jag skall gå* ... where to go; ~ *som helst* anywhere
**2 vart** *s*, *jag kommer inte någon (kommer ingen)* ~ I'm getting nowhere
**vartill** *adv* to (of) which
**varudeklaration** *s* description of goods (merchandise); förpackningsrubrik: innehåll contents pl., ingredienser ingredients used
**varuhiss** *s* goods lift (amer. elevator)
**varuhus** *s* department (departmental) store (stores pl. lika)
**varumagasin** *s* lager warehouse
**varumärke** *s* trademark
**varunder** *adv* under which
**varuprov** *s* sample
**1 varv** *s* skeppsvarv shipyard, shipbuilding yard; flottans naval yard (dockyard), naval shipyard
**2 varv** *s* **1** omgång turn, round; tekn. revolution; vid stickning etc. row **2** lager, skikt layer
**varva** *tr* **1** lägga i skikt put ... in layers **2** sport. lap **3** skol. etc., *~d kurs* sandwich course
**varvid** *adv* at which; han snubblade, ~ *han föll* ... in doing which he fell
**varvräknare** *s* revolution (vard. rev) counter
**varvsindustri** *s* shipbuilding industry
**varvtal** *s* number of revolutions (vard. revs)
**vas** *s* vase
**vaselin** *s* vaseline
**vask** *s* avlopp sink
**vaska** *tr* wash

**1 vass** *a* sharp; spetsig pointed; om t.ex. blick, ljud piercing
**2 vass** *s* bot. reed, koll. reeds pl.
**Vatikanen** the Vatican
**watt** *s* watt
**vatten** *s* **1** water; *ta in ~* läcka take in water; *ta sig ~ över huvudet* take on more than one can manage, bite off more than one can chew; en diamant, en idealist *av renaste ~* ... of the first (purest) water **2** vätska, *~ i knät* water on the knee **3** urin, *kasta ~* pass (make) water
**vattenavhärdare** *s* water softener
**vattenbehållare** *s* water tank; större reservoir; för varmvatten boiler
**vattenbrist** *s* shortage (scarcity) of water
**vattendelare** *s* watershed, divide
**vattendrag** *s* watercourse, stream
**vattenfall** *s* waterfall; större falls pl.
**vattenfast** *a* waterproof, water-resistant
**vattenfärg** *s* water-colour
**vattenförsörjning** *s* water supply
**vattenhink** *s* water bucket
**vattenkanna** *s* water-jug, amer. water pitcher; för vattning watering-can
**vattenkanon** *s* water-cannon
**vattenklosett** *s* water-closet
**vattenkoppor** *s pl* chicken-pox sg.
**vattenkraft** *s* water power
**vattenkran** *s* water-tap, tap, amer. water faucet, faucet
**vattenkrasse** *s* watercress
**vattenkvarn** *s* water-mill
**vattenkyld** *a* water-cooled
**vattenledning** *s* water-main
**vattenmätare** *s* water-gauge, water--meter
**vattenpass** *s* water-level
**vattenplaning** *s* bil. aquaplaning
**vattenpolo** *s* water-polo
**vattenpuss** o. **vattenpöl** *s* puddle, pool of water
**vattenskida** *s* water-ski; *åka vattenskidor* water-ski
**vattenslang** *s* hose
**vattenspridare** *s* water sprinkler
**vattenstånd** *s* water-level
**vattenstämpel** *s* water-mark
**vattentillförsel** o. **vattentillgång** *s* water-supply
**vattentorn** *s* water tower
**vattentät** *a* om tyg waterproof; om kärl watertight
**vattenverk** *s* waterworks (pl. lika)
**vattenyta** *s, på ~n* on the surface of the water
**vattenånga** *s* steam
**vattenödla** *s* newt
**vattkoppor** *s pl* chicken-pox sg.
**vattna** *tr* water
**vattnas** *itr dep, det ~ i munnen på mig* it makes my mouth water
**vattnig** *a* watery
**Vattumannen** astrol. Aquarius
**vattusot** *s* dropsy
**vax** *s* wax
**vaxa** *tr* wax
**vaxartad** *a* waxlike
**vaxböna** *s* wax bean
**vaxdocka** *s* wax doll
**vaxduk** *s* oilcloth
**vaxkabinett** *s* waxworks exhibition (museum)
**vaxkaka** *s* honeycomb
**vaxljus** *s* wax candle, smalare taper
**wc** *s* W.C., toilet, lavatory
**ve** *itj, ~ och fasa!* blast!, damnation!
**veck** *s* fold; i sömnad pleat; byxveck etc. crease; i ansiktet wrinkle; *bilda ~* fold; *lägga pannan i ~* pucker one's brow
**1 vecka I** *tr* pleat, fold; *~d kjol* pleated skirt **II** *refl, ~ sig* fold; skrynkla sig crease; speciellt om papper crumple, crinkle
**2 vecka** *s* week; utkomma *en gång i ~n* ... once a week; *förra ~n* last week; *om en ~* in a week (week's time); *i dag om en ~* a week from today, a week today
**veckig** *a* creased; skrynklig crumpled
**veckla** *tr* linda, vira wind; *~ ihop* fold ... up (together); *~ upp (ut)* unfold, t.ex. paket undo
**veckodag** *s* day of the week
**veckohelg** *s* weekend
**veckolön** *s* weekly wages pl.
**veckopeng** *s* o. **veckopengar** *s pl* weekly pocket-money sg.
**veckoslut** *s* weekend
**veckotidning** *s* weekly publication (magazine), weekly
**ved** *s* wood, bränsle firewood
**vederbörande I** *a* the ... concerned; behörig the proper (appropriate) ... **II** *s* the person (jur. party) concerned; pl. those concerned
**vederbörlig** *a* due, proper; *på ~t* säkert *avstånd* at a safe distance; *med ~t tillstånd* with due permission
**vedergällning** *s* retribution; gottgörelse recompense, reward; hämnd retaliation
**vedergällningsaktion** *s* act of reprisal
**vederhäftig** *a* reliable, trustworthy
**vederlag** *s* compensation

**vedermöda** *s*, ~ el. *vedermödor* hardship, hardships pl.
**vedertagen** *a* erkänd adopted, accepted, recognized
**vedervärdig** *a* repulsive, repugnant
**vedhuggare** *s* wood cutter
**vedträ** *s* log of wood
**vegetabilier** *s pl* vegetables
**vegetabilisk** *a* vegetable
**vegetarian** *s* vegetarian
**vegetarisk** *a* vegetarian
**vegetation** *s* vegetation
**vek** *a* böjlig pliant; svag weak; mjuk soft; känslig gentle, tender; *bli* ~ äv. soften, grow soft
**veke** *s* wick
**vekling** *s* weakling
**velig** *a* obeslutsam vacillating
**wellpapp** *s* corrugated cardboard
**velour** *s* velour
**weltervikt** *s* welter-weight
**vem** *pron* who (objektsform who el. whom); vilkendera which, which of them; ~ *där?* who is (mil. goes) there?; jag vet inte ~ *som kom* ... who came; ~*s är det?* whose is it?; ~ *det än är* whoever it may be
**vemod** *s* sadness, melancholy
**vemodig** *a* sad, melancholy
**ven** *s* vein
**Venedig** Venice
**venerisk** *a* venereal; ~ *sjukdom* venereal disease
**venetianare** *s* Venetian
**venetiansk** *a* Venetian
**Venezuela** Venezuela
**venezuelan** *s* Venezuelan
**venezuelansk** *a* Venezuelan
**ventil** *s* **1** i rum ventilator, air-regulator **2** tekn. valve
**ventilation** *s* ventilation
**ventilera** *tr* **1** ventilate, vädra air **2** dryfta debate, discuss
**Venus** astron. o. myt. Venus
**veranda** *s* veranda, amer. äv. porch
**verb** *s* verb
**verbböjning** *s* conjugation of a verb (of verbs)
**verifiera** *tr* verify
**verifiering** o. **verifikation** *s* verification; kvitto receipt
**veritabel** *a* veritable, true
**verk** *s* **1** arbete work, labour; dåd deed; *samlade* ~ collected works; *i själva* ~*et* in reality, actually; *sätta* ... *i* ~*et* carry out, put ... into effect, förverkliga realize; *gå (skrida) till* ~*et* go (set) about it **2** ämbetsverk civil service department **3** fabrik works pl. **4** i ur works pl.
**verka** *itr* **1** handla, arbeta work, act; ~ *för* ... work for ... **2** göra verkan work, act; medicinen ~*de inte* ... had no effect **3** förefalla seem, appear; ~ *barnslig* seem childish
**verkan** *s* resultat effect, result; följd consequence; kem. action; inflytande influence; intryck impression; *göra* ~ have an effect, be effective; *ha* ~ *på* ... have an effect on...
**verklig** *a* real; sann, äkta true, genuine; faktisk actual; *ett* ~*t nöje* a true (real) pleasure
**verkligen** *adv* really; faktiskt actually, indeed; förvisso certainly; *nej* ~*?* really?; *jag hoppas* ~ att du har rätt I do (betonat) hope...
**verklighet** *s* reality; faktum fact; sanning truth; *bli* ~ become a reality, materialize; *i* ~*en* i verkliga livet in real life, i själva verket in reality, faktiskt in fact, as a matter of fact
**verklighetsflykt** *s* escape from reality
**verklighetsfrämmande** *a* unrealistic
**verklighetstrogen** *a* realistic, ... true to life
**verkmästare** *s* foreman
**verkningsfull** *a* effective, impressive
**verkningsgrad** *s* efficiency
**verksam** *a* active; driftig energetic; arbetsam industrious, busy; verkande effective; *vara* ~ *som* ... work as ...
**verksamhet** *s* activity, activeness; handling, rörelse action; maskins operation; arbete, sysselsättning work; fabriks~ etc. enterprise, affärs~ äv. business; *sätta* ... *i* ~ set ... working
**verkstad** *s* workshop; bil~ garage
**verkstadsgolv** *s, arbetarna på* ~*et* the workers on the shop floor
**verkstadsindustri** *s* engineering industry
**verkställa** *tr* carry out, perform; order execute; utbetalning make
**verkställande I** *a* executive; ~ *direktör* managing director, amer. president **II** *s* carrying out, performance; t. ex. av dom execution
**verkställighet** *s* execution; *gå i* ~ be put into effect, be carried out (into effect)
**verktyg** *s* tool, instrument båda äv. bildl.; redskap äv. implement, utensil
**verktygslåda** *s* tool-box, tool-chest
**vermouth** o. **vermut** *s* vermouth
**vernissage** *s* opening of an (the) exhibition

**vers** *s* verse; dikt poem; *sjunga på sista ~en* be on one's (its) last legs, be on the way out
**version** *s* version
**versmått** *s* metre
**versrad** *s* line of poetry
**vertikal** *a* o. *s* vertical
**vertikalplan** *s* vertical plane
**vertikalvinkel** *s* vertical angle
**vessla** *s* weasel, ferret
**vestibul** *s* vestibule, entrance hall; i hotell lounge, lobby
**veta** *tr* know; *såvitt (vad) jag vet* as far as I know; *det vet jag väl!* irriterat I know that (all about that)!; *vet du vad, vi* går på bio! I'll tell you what, let's . . .; *få ~* få reda på find out, get to know, learn, få höra hear of, be told; *man kan aldrig ~* you never know (never can tell) □ ~ **av** ngt know of . . ., be aware of . . .; *vet du av att* . . . do you know that . . .; *honom vill jag inte ~ av* I won't have (don't want) anything to do with him; *där vet man inte av någon vinter* they don't know what winter is there; ~ **med sig** be conscious, be aware [*att man är* of being, that one is]; ~ **om** know about, be aware of; ~ **varken ut eller in** be at one's wits' end, be at a loss what to do
**vetande** *s* knowledge; *mot bättre ~* against one's better judgement
**vete** *s* wheat
**vetebröd** *s* wheat bread, white bread; kaffebröd buns pl.
**vetebulle** *s* bun
**vetemjöl** *s* wheat-flour
**vetenskap** *s* science
**vetenskaplig** *a* scientific; humanistisk scholarly
**vetenskapligt** *adv* scientifically; in a scholarly manner
**vetenskapsman** *s* naturvetenskapsman scientist; humanist scholar
**veteran** *s* veteran
**veteranbil** *s* veteran car
**veterinär** *s* veterinary surgeon, vard. vet
**veterligen** o. **veterligt** *adv, mig ~* to my knowledge
**vetgirig** *a* eager to learn
**vetgirighet** *s, hans ~* his inquiring mind (kunskapstörst thirst for knowledge)
**veto** *s* veto; *inlägga ~ mot ngt* veto a th.
**vetskap** *s* knowledge
**vett** *s* sense; *ha ~ att* have the sense to . . .; *vara från ~et* be out of one's senses
**vetta** *itr, ~ mot (åt)* face, face on to
**vettig** *a* sensible, reasonable
**vettskrämd** *a* . . . frightened (scared) out of one's senses (wits)
**vev** *s* crank, handle
**veva I** *s, i den ~n* just at that (the same) moment (time) **II** *itr* turn the handle [*på ngt* of a th.]
**vevaxel** *s* crankshaft
**vevstake** *s* connecting rod
**whisky** *s* whisky, amer. o. irländsk whiskey
**whiskygrogg** *s* whisky and soda
**vi** *pers pron* we; *oss* us, refl. ourselves
**via** *prep* via, by, by way of
**viadukt** *s* viaduct
**vibration** *s* vibration
**vibrera** *itr* vibrate
**vice** *a* vice-, deputy
**vice versa** *s* vice versa
**vicevärd** *s* landlord's agent, deputy landlord
**vichyvatten** *s* soda-water, soda
**vicka** *itr* vara ostadig wobble, be unsteady; gunga rock, sway
**1 vid** *a* wide; vidsträckt extensive, broad
**2 vid** *prep* **1** i rumsbetydelse at; bredvid by; nära near; *sitta ~ ett bord* sit at (bredvid by) a table; ställa sin cykel *~ dörren (~* mot *ett träd)* . . . by the door (against a tree); *staden ligger ~ en flod* the town stands on a river; *huset ligger ~ en gata* nära centrum the house is in (amer. on) a street . . .; han stoppades *~ gränsen* . . . at the frontier; *sida ~ sida* side by side **2** uttr. verksamhetsområde: *vara anställd ~* en firma be employed in (at) . . .; *han är ~ marinen (polisen)* he is in the Navy (the police); *vara (gå in) ~ teatern* be (go) on the stage **3** 'över' over, 'fäst vid' to; *sitta och prata ~* ett glas vin sit talking over . . .; *sitta ~ sina böcker* hela dagen sit over one's books . . .; *den är fäst (sitter) ~* en stång it is fastened (attached) to . . . **4** i tidsbetydelse at; sluta skolan *~ arton år* . . . at the age of eighteen; *~ avtäckningen* at (under during) the unveiling ceremony; *~ besök i England* bör man . . . when on (when paying) a visit to England . . ., when visiting England . . .; *~ hans död* efter, till följd av on his death; *~ sin död* när han dog when he died; *~ halka* när (om) det är halt when it is slippery; *~ jul (middagen)* at Christmas (dinner); de betalas *~ leverans* . . . on delivery; vakna *~ ljudet av musik* . . . at (till to) the sound of music; *~ midnatt* at (omkring about, inte senare än by) midnight; *~ dåligt väder* in bad weather; *vara ~ god hälsa* be in good health
**vida** *adv* **1** i vida kretsar widely; *~ omkring*

far and wide **2** i hög grad, ~ ***bättre*** far (much, a good deal) better, better by far
**vidare** *a adv* ytterligare further; mera more; i rum farther, further, i tid longer; ~ ***meddelas att*** ... it is further (furthermore) reported that ...; ***se*** ~ sid. 5 see also ...; ***och så*** ~ and so on; ***tills*** ~ så länge for the present, tills annat besked ges until further notice; ***utan*** ~ resolut straight off, genast at once; ***inte (inget)*** ~ ***bra*** not very (too, particularly) good; han är ***ingen*** ~ ***lärare*** ... not much of a (not a very good) teacher; ***flyga*** ~ fly on [*till* to]; ***läsa*** ~ read on, go on reading
**vidarebefordra** *tr* forward, send on
**vidarebefordran** *s* forwarding; ***för*** ~ ***till*** to be forwarded (sent on) to
**vidareutbildning** *s* further education (training)
**vidbränd** *a*, gröten ***är*** ~ ... has got burnt
**vidd** *s* **1** omfång width **2** omfattning extent, scope, räckvidd range **3** vidsträckt yta, ~***er*** wide open spaces
**vide** *s* buske osier, träd willow
**video** *s* apparat o. system video (pl. -s); ***spela in på*** ~ video-record
**videoband** *s* video tape
**videobandspelare** *s* video recorder
**videoinspelning** *s* video recording
**videokassett** *s* video cassette
**vidga I** *tr* göra vidare widen; göra större enlarge, expand äv. metall **II** *refl*, ~ ***sig*** bli vidare widen; bli större enlarge, öka, växa expand
**vidgning** *s* widening; enlargement, expansion; jfr *vidga*
**vidgå** *tr* own; bekänna confess
**vidhålla** *tr* hold (keep, adhere, stick) to
**vidimera** *tr* attest
**vidimering** *s* attestation
**vidja** *s* osier
**vidkommande** *s*, ***för mitt*** ~ tänker jag ... as far as I am concerned ..., for my part...
**vidkännas** *tr dep* **1** bära, lida, ***få*** ~ kostnaderna have to bear ...; ***få*** ~ förluster have to suffer **2** erkänna acknowledge
**vidlyftig** *a* utförlig circumstantial, detailed, mångordig wordy
**vidmakthålla** *tr* maintain, keep up
**vidmakthållande** *s* maintenance, keeping up
**vidrig** *a* disgusting, repulsive
**vidröra** *tr* touch; omnämna touch on
**vidskepelse** *s* superstition
**vidskeplig** *a* superstitious
**vidskeplighet** *s* superstition
**vidsträckt** *a* extensive, wide, vast
**vidstående** *a*, ~ sida the adjoining ...
**vidsynt** *a* **1** tolerant broad-minded **2** framsynt far-sighted
**vidta** o. **vidtaga** *tr* åtgärder take; ~ ***förändringar*** make changes
**vidunder** *s* monster
**vidunderlig** *a* monstrous
**vidvinkelobjektiv** *s* wide-angle lens
**vidöppen** *a* wide open
**Wien** Vienna
**wienare** *s* Viennese (pl. lika)
**wienerbröd** *s* Danish pastry
**wienerkorv** *s* frankfurter; speciellt amer. wienerwurst, vard. wiener, wienie
**wienerlängd** *s* ung. [long] bun plait
**wienerschnitzel** *s* Wiener schnitzel
**wienervals** *s* Viennese waltz
**Vietnam** Vietnam
**vietnames** *s* Vietnamese (pl. lika)
**vietnamesisk** *a* Vietnamese
**vift** *s*, ***vara ute på*** ~ be out on the spree
**vifta** *itr tr* wave; ~ ***på svansen*** om hund wag its tail; ~ ***bort*** flugor whisk away ...
**viftning** *s* wave, wave of the hand; på svansen wag, wag of its tail
**vig** *a* smidig lithe; rörlig agile, nimble
**viga** *tr* **1** helga, inviga consecrate **2** sammanviga marry
**vigsel** *s* marriage, wedding
**vigselakt** *s* marriage ceremony
**vigselattest** *s* marriage certificate
**vigselring** *s* wedding-ring
**vigör** *s* vigour; ***vid full*** ~ in full vigour
**vik** *s* bay, större samt havsvik gulf; mindre creek
**vika I** *s*, ***ge*** ~ give way (in), yield, submit [*för* to], falla ihop collapse **II** *tr* **1** fold **2** reservera, ~ ***en kväll*** för festen etc. set aside an evening ...; ~ ***en plats*** reserve a seat **III** *itr* ge vika yield, give way (in) [*för* to]; ~ ***om hörnet*** turn (turn round) the corner **IV** *refl*, ~ ***sig*** böja sig bend; ***benen vek sig under henne*** her legs gave way under her □ ~ **av** turn off [*från vägen* from the road], jfr *avvika;* ~ **ihop** fold up; ~ **in på** en sidogata turn into (down) ...; ~ **undan** give way [*för* to]
**vikariat** *s* post as a substitute (as a deputy, som lärare äv. as a supply teacher), temporary post
**vikarie** *s* för t. ex. lärare substitute, ställföreträdare äv. deputy, ersättare äv. stand-in, för lärare äv. supply teacher
**vikariera** *itr*, ~ ***för ngn*** substitute (deputize, stand in) for a p., act as a substitute (a deputy) for a p.

**vikarierande** *a* deputy, om t. ex. rektor acting
**vikbar** *a* foldable
**viking** *s* Viking
**vikingatiden** *s* the Viking Age
**vikingatåg** *s* Viking raid
**vikt** *s* **1** weight; sälja *efter ~* ... by weight; *gå ned (upp) i ~* lose (put on) weight **2** betydelse importance; *fästa stor ~ vid ngt* attach great importance to a th.
**viktig** *a* **1** important; väsentlig essential; *det ~aste* är att ... the main (important) thing ... **2** högfärdig self-important, mallig stuck-up; *göra sig ~* give oneself airs
**viktigpetter** *s* vard. pompous (conceited) ass
**vila** **I** *s* rest, repose; *en stunds ~* a little rest; *i ~* at rest **II** *tr itr* rest [*mot* against, *på* on]; *saken får ~ tills vidare* the matter must rest there for the moment; *här ~r* ... here lies ...; *~ ut* have a good rest **III** *refl*, *~ sig* rest, take a rest
**vild** *a* wild; *~a djur* wild animals; *~ strejk* wildcat strike; *Vilda Västern* the Wild West; *bli ~* ursinnig become (get) furious (amer. mad)
**vilddjur** *s* wild beast
**vilde** *s* savage
**vildhet** *s* wildness, savagery
**vildmark** *s* wilderness
**vildsint** *a* fierce, ferocious
**vildsvin** *s* wild boar
**vilja** **I** *s* will; önskan wish, desire; avsikt intention; *min sista ~* testamente my last will and testament; *få sin vilja fram* have (get) one's own way; *av egen fri ~* of one's own free will; *med bästa ~ i världen går det inte* with the best will in the world it is not possible **II** *tr itr* o. *hjälpvb* önska want, wish, desire, tycka om like; mena, ämna mean; vara villig be willing; *~ ha* want; *vill du vara snäll och* el. *skulle du ~* inf. will you please inf., would you mind ing-form: *jag vill att du skall göra (gör) det* I want you to do it; *vill du ha* lite mera te*? - Ja, det vill jag* would you like ...? - Yes, I would; *vad vill du att han skall göra?* what do you want (wish) him to do?; *gör som du vill* do as you like (please, wish); *om Gud vill* ... God willing ..., ... please God; vet du *vad jag skulle ~?* ... what I would like to do?; *jag skulle ~ ha* ... I want ..., I should like (like to have) ...; *jag vill hellre ha* te än kaffe I would rather have ...; *det vill jag hoppas* I do hope so; *jag vill minnas* att ... I seem to remember ...; *vad vill du ha att dricka?* what will you have (what do you want) to drink?; arbetet *vill aldrig ta slut* ... seems never to end
**vilje** *s*, *göra ngn till ~s* do as a p. wants (wishes)
**viljestark** *a* strong-willed
**viljestyrka** *s* will-power
**viljesvag** *a* weak-willed
**vilken** *pron* **1** relativt: om person who (objektsform whom), om djur el. sak which, allmänt that; *~ som helst* anyone; *~ som helst som* whoever, whichever; *dessa pojkar, vilka alla* är bosatta i ... these boys, all of whom ...; *dessa böcker, vilka alla* är ... these books, all of which ...; *i vilket fall* han måste in which case ...; *i vilket fall som helst* in any case **2** frågande: obegränsat what, självständigt om person who (objektsform who el. whom); urval which, which one (pl. ones); *vilkens, vilkas* whose; *vilka böcker* har du läst*?* what (av ett begränsat antal which) books ...?; *~ är* vad heter Sveriges största stad*?* what is ...?; *vilka är* de där pojkarna*?* who are ...?; jag vet inte *~ av dem som kom först* ... which of them came first **3** andra ex., res *~ dag du vill* ... any day you like; *vilka åtgärder han än må vidta* whatever steps he may take **4** i utrop, *~ dag!* what a day!; *vilket väder!* what weather!; *vilka höga berg!* what high mountains!
**vilkendera** *pron* which, whichever
**1 villa** *s* illusion, delusion
**2 villa** *s* house, finare, på kontinenten o. ibl. i Engl. villa, enplans~ ofta bungalow
**villasamhälle** o. **villastad** *s* residential district
**villaägare** *s* house-owner
**villebråd** *s* game; förföljt ~ quarry
**villervalla** *s* confusion, chaos
**villfarelse** *s* error, mistake, delusion
**villig** *a* willing, beredd äv. ready; *vara ~ att* be willing (prepared) to
**villighet** *s* willingness, readiness
**villkor** *s* condition; köpe~ etc. terms pl.; *ställa som ~ att* ... make it a condition that ...; *på det ~et att* ... on condition that ...; *på inga ~* on no condition
**villkorlig** *a* conditional; *de fick ~ dom* they were given a conditional (suspended) sentence
**villkorsbisats** *s* conditional clause
**villkorslös** *a* unconditional
**villospår** *s*, *vara på ~* be on the wrong track
**villoväg** *s*, *leda (föra) ngn på ~ar* lead a p. astray; *råka (komma) på ~ar* go astray
**villrådig** *a*, *vara ~* be at a loss
**villrådighet** *s* irresolution

**vilodag** *s* day of rest
**vilohem** *s* rest home
**vilopaus** o. **vilostund** *s* break, rest
**vilse** *adv*, ***gå*** ~ lose one's way, get lost
**vilseleda** *tr* mislead, lead ... astray
**vilseledande** *s* misleading
**vilsen** *a* lost
**vilstol** *s* deck chair, av sängtyp folding lounge chair
**vilt I** *adv* **1** wildly, furiously; ***växa*** ~ grow wild **2** ~ ***främmande*** quite strange **II** *s* game
**vilthandel** *s* butik poulterer's, poultry shop
**vimla** *itr* swarm [*av* with]; ***det ~r av folk på gatorna*** the streets are swarming (teeming) with people
**vimmel** *s* folk~ throng, crowd
**vimmelkantig** *a* yr giddy, dizzy; förvirrad confused
**vimpel** *s* streamer, mil. pennant
**vimsig** *a* scatterbrained
**vin** *s* **1** dryck wine **2** växt vine
**vina** *itr* whine, om pil etc. whistle
**vinbär** *s*, ***röda*** ~ redcurrants; ***svarta*** ~ blackcurrants
**1 vind** *s* wind; lätt vind breeze; ***driva ~ för våg*** drift aimlessly; ***låta ngt gå ~ för våg*** leave a th. to take care of itself; ***få ~ i seglen*** catch the wind, bildl. begin (start) to do well; ***ha ~ i seglen*** sail with a fair wind, bildl. be successful; ***borta med ~en*** gone with the wind
**2 vind** *s* i hus attic, vindsrum äv. garret
**vindflöjel** *s* weathercock, vane
**vindruta** *s* på bil windscreen
**vindrutespolare** *s* windscreen washer
**vindrutetorkare** *s* windscreen wiper
**vindruva** *s* grape
**vindruvsklase** *s* bunch (cluster) of grapes
**vindskammare** *s* attic, garret
**vindskontor** *s* lumber-room, box-room
**vindspel** *s* windlass, winch; stående capstan
**vindstilla** *a* calm, becalmed
**vindsurfa** *itr* windsurf
**vindsurfingbräda** *s* sailboard
**vindsvåning** *s* attic, attic storey
**vindtygsjacka** *s* windproof jacket, windcheater
**vindtät** *a* windproof
**vindögd** *a* squint-eyed, cross-eyed
**vinfat** *s* wine-barrel, wine-cask
**vinflaska** *s* wine bottle; med vin bottle of wine
**vinge** *s* wing
**vingla** *itr* gå ostadigt stagger; stå ostadigt sway, om möbler wobble
**vinglig** *a* staggering, om möbler wobbly, rickety
**vingmutter** *s* wing-nut
**vingård** *s* vineyard
**vinjett** *s* vignette
**vink** *s* med handen wave; tecken sign, motion; antydan hint; ***förstå ~en*** take the hint
**vinka** *itr tr* ge tecken beckon, motion [*åt* to]; vifta wave; ~ ***av ngn*** wave a p. off; ***han ~de henne till sig*** he beckoned to her to come up (over) to him
**vinkel** *s* angle; hörn corner; vrå nook
**vinkelformig** *a* angular
**vinkelhake** *s* set-square, triangle
**vinkeljärn** *s* angle-iron, angle bar
**vinkellinjal** *s* T-square
**vinkelrät** *a* perpendicular [*mot* to]; ~ ***mot*** ... äv. at right angles to ...
**vinkla** *tr*, ~ ***nyheterna*** slant the news
**vinkällare** *s* wine-cellar
**vinlista** *s* wine-list, wine-card
**vinna** *tr itr* i strid, tävlan, spel win; t. ex. tid, terräng gain [*genom, med, på* by]; ha vinst profit [*på* by]; ha nytta benefit [*på* from]; ***du vinner ingenting med att hota*** threats won't get you anywhere; ~ ***på*** en affär profit (benefit) from el. by ..., tjäna pengar make money on ...; ~ ***på*** ta in på ***ngn*** gain on a p.
**vinnande** *a* winning; intagande attractive
**vinnare** *s* winner
**vinning** gain, profit; ***för snöd ~s skull*** out of sheer greed
**vinningslysten** *a* greedy, grasping
**vinodlare** *s* vine-grower
**vinranka** *s* grape-vine
**vinrättigheter** *s pl*, ***ha*** ~ be licensed to serve wine; ***ha vin- och spriträttigheter*** be fully licensed
**vinsch** *s* winch
**vinscha** *tr*, ~ el. ~ ***upp*** hoist, winch
**vinst** *s* gain; förtjänst profit, profits pl.; avkastning yield, returns pl.; utdelning dividend; i lotteri lottery prize; ***högsta ~en*** the first prize; ***ren*** ~ net profits pl.; ***ge*** ~ yield a profit; ***sälja ... med*** ~ sell ... at a profit; ***på ~ och förlust*** at a venture, on speculation
**vinstandel** *s* share of (in) the profits; utdelning dividend
**vinstgivande** *a* profitable, remunerative, paying
**vinstlista** *s* lottery prize-list
**vinstlott** *s* winning ticket
**vinstnummer** *s* winning number
**vinstock** *s* grape-vine, vine

**vinter** *s* winter; för ex. jfr *höst*
**vinterbonad** *a* ... fit for winter habitation
**vinterdag** *s* winter (winter's) day
**vinterdvala** *s* winter sleep, hibernation; *ligga i ~* hibernate
**vinterdäck** *s* snow (winter) tyre
**vintergata** *s, Vintergatan* the Milky Way
**vinterkörning** *s* med bil winter driving, driving in the winter
**vintersport** *s* winter sports pl.
**vintertid** *s* winter, wintertime
**vinthund** *s* greyhound
**vinyl** *s* vinyl
**vinylacetat** *s* vinyl acetate
**vinäger** o. **vinättika** *s* wine-vinegar
**viol** *s* violet
**violett** *s* o. *a* violet; jfr *blått*
**violin** *s* violin
**violinist** *s* violinist
**violoncell** *s* cello (pl. -s)
**violoncellist** *s* violoncellist, cellist
**vipp** *s, **vara på ~en att*** inf. be on the point of (be within an ace of) ing-form
**vippa** *itr* swing (guppa bob) up and down; gunga seesaw; *~ **på stjärten*** wag one's tail; *~ **på stolen*** tilt the (one's) chair
**vipport** *s* garagedörr overhead door
**vira** *tr* wind; för prydnad wreathe
**wire** *s* cable; tunnare wire
**viril** *a* virile, manly
**virka** *tr itr* crochet
**virke** *s* wood, timber
**virkning** *s* crocheting, crochet work
**virrig** *a* muddled, confused
**virrvarr** *s* förvirring confusion, villervalla muddle, röra jumble, oreda mess, tangle
**virtuos** *s* virtuoso (pl. -s)
**virtuositet** *s* virtuosity
**virus** *s* virus
**virvel** *s* whirl, swirl
**virvelvind** *s* whirlwind
**virvla** *itr* whirl, swirl
**1 vis** *s* way, manner, fashion
**2 vis** *a* wise, starkare sage
**1 visa** *s* song; folkvisa ballad
**2 visa I** *tr* show [*för* to], peka point [*på* at (to)]; ådagalägga äv. exhibit, demonstrate, display; ***kyrkklockan ~r rätt tid*** the church clock tells the right time; *~ **ngn aktning*** pay respect to a p.; *~ **ngn på dörren*** show a p. the door **II** *refl, ~ **sig*** show oneself; framträda appear; bli tydlig become apparent; synas äv. be seen; ***det kommer att ~ sig om*** ... it will be seen whether ...; ***detta ~de sig vara ogenomförbart*** this proved (proved to be) impracticable □ ~ **fram** förete show, exhibit, display; ~ **upp** fram, t.ex. pass, ta fram produce; ~ **ut ngn** order (send) a p. out
**visare** *s* på ur hand; på instrument pointer, indicator, needle
**visavi I** *s* man (woman) opposite **II** *prep* mittemot opposite; beträffande regarding
**visdom** *s* wisdom; lärdom learning
**visdomstand** *s* wisdom-tooth
**visent** *s* European bison
**vishet** *s* wisdom
**vision** *s* vision
**visionär I** *a* visionary **II** *s* visionary, dreamer
**visit** *s* call, visit; ***avlägga ~ hos ngn*** pay a p. a visit, call on a p.
**visitation** *s* examination; kropps~ search
**visitera** *tr* examine; kropps~ search; inspektera inspect
**visitkort** *s* visiting-card, card; amer. calling card
**viska** *tr itr* whisper
**viskning** *s* whisper
**visning** *s* showing; demonstration demonstration; förevisning exhibition, display, show
**visp** *s* whisk; mekanisk äv. beater
**vispa** *tr* whip, whisk; ägg etc. beat
**vispgrädde** *s* whipped (till vispning whipping) cream
**viss** *a* **1** certain [*om, på* of]; sure [*om, på* of, about] **2** särskild certain; bestämd: om tidpunkt äv. given; om summa fixed; ***en ~*** herr Andersson a certain ...; ***i ~ mån*** to a certain (to some) extent; ***i ~a avseenden*** in some respects (ways)
**visselpipa** *s* whistle
**vissen** *a* faded; förtorkad withered; ***känna sig ~*** feel off colour, feel rotten
**visserligen** *adv* helt visst certainly; förvisso to be sure; ***han är ~ duktig, men*** ... it is true that he is clever, but ...
**visshet** *s* certainty; ***få ~ om*** ... find out ... for certain
**vissla I** *s* whistle **II** *tr itr* whistle; *~ **ut*** hiss, artist hiss ... off the stage
**vissling** *s* whistle
**vissna** *itr* fade, wither
**visst** *adv* certainly, to be sure; utan tvivel no doubt; ***ja ~!*** certainly!, of course!; *~ **inte!*** certainly not!
**vistas** *itr dep* stay; bo reside, live
**vistelse** *s* stay
**vistelseort** *s* place of residence, permanent residence
**visuell** *a* visual
**visum** *s* visa

**vit** *a* white; ***den ~a duken*** the screen; ***en ~*** a white, a white man; ***de ~a*** the whites; för sammansättningar jfr äv. *blå-*
**vita** *s* äggvita, ögonvita white
**vital** *a* vital; livskraftig vigorous
**vitalitet** *s* vitality; livskraft vigour
**vitamin** *s* vitamin
**vitaminbrist** *s* vitamin deficiency
**vitaminisera** *tr* vitaminize
**vite** *s* fine, penalty; ***vid ~ av*** ... under penalty of a fine of ...
**vitglödande** *a* white-hot, incandescent
**vithårig** *a* white-haired
**vitkål** *s* cabbage, white cabbage
**vitlimma** *tr* whitewash
**vitling** *s* fisk whiting
**vitlök** *s* garlic
**vitlöksklyfta** *s* clove of garlic
**vitna** *itr* whiten, turn (grow, go) white
**vitpeppar** *s* white pepper
**vitriol** *s* vitriol
**vits** *s* ordlek pun; kvickhet joke, jest
**vitsa** *itr* joke, crack jokes
**vitsig** *a* kvick witty
**vitsippa** *s* wood anemone
**vitsord** *s* skriftligt betyg testimonial; skol. mark, amer. grade
**vitsorda** *tr* intyga testify to, certify; ***~ att ngn är*** ... certify that a p. is ...
**1 vitt** *s* white; jfr *blått* o. *svart*
**2 vitt** *adv* widely; ***~ och brett*** far and wide; ***prata ~ och brett om*** ... talk at great length about ...
**vittgående** *a* far-reaching; ***~ reformer*** extensive reforms
**vittna** *itr* witness; intyga testify [*om* to]; ***~ mot (för) ngn*** give evidence against (in favour of) a p.; ***~ om*** visa show
**vittne** *s* witness; ***vara ~ till ngt*** witness a th.
**vittnesbås** *s* witness-box
**vittnesbörd** *s* testimony, evidence
**vittnesmål** *s* evidence, testimony; ***anlägga ~*** give evidence
**vittomfattande** *a* far-reaching, extensive
**vittra** *itr* falla sönder moulder, crumble, crumble away
**vittvätt** *s* white laundry (linen), whites pl.
**vivre** *s*, ***fritt ~*** free board and lodging
**VM** se *världsmästerskap*
**vodka** *s* vodka
**vokabelsamling** *s* vocabulary
**vokabulär** *s* ordförråd vocabulary, ordlista äv. glossary
**vokal** *s* vowel
**vokalist** *s* vocalist
**volang** *s* flounce, smalare frill
**volfram** *s* tungsten
**1 volt** *s* elektr. volt
**2 volt** *s* ridn. o. fäkt. volt; ***göra (slå) ~er*** gymn. turn somersaults
**volym** *s* volume äv. bokband
**votera** *itr tr* vote
**votering** *s* voting
**votum** *s* vote
**vov** *itj*, ***~ ~!*** bow-wow!
**vovve** *s* barnspråk bow-wow
**vrak** *s* wreck äv. bildl.
**vraka** *tr* reject
**vrakgods** *s* wreckage
**vrakpris** *s* bargain price
**vrakspillror** *s pl* wreckage sg.
**vred** *s* handle, runt äv. knob
**vrede** *s* wrath, ursinne fury, rage; ***låta sin ~ gå ut över ngn*** vent one's anger on a p.
**vredesmod** *s*, ***i ~*** in wrath (anger)
**vredesutbrott** *s* fit of rage
**vredgad** *a* angry, furious
**vresig** *a* peevish, cross
**vresighet** *s* peevishness, crossness
**vricka** *tr* stuka sprain; rycka ur led dislocate
**vrickad** *a* vard. crazy, cracked
**vrickning** *s* stukning sprain, dislocation
**vrida** *tr itr* turn; sno twist, wind; ***~ händerna*** wring one's hands; ***~ tvätt*** wring out the washing; ***~ och vränga på ngt*** twist and turn a th. □ **~ av** twist off; **~ fram klockan** put the clock forward; **~ om** nyckeln turn ...; **~ på** t. ex. kranen turn on; **~ till kranen** turn off the tap; **~ upp klockan** wind up the clock
**vriden** *a* **1** snodd twisted, contorted **2** tokig cracked, crazy
**vridmoment** *s* tekn. torque
**vrist** *s* instep; ankel ankle
**vrå** *s* corner, nook, cranny
**vråk** *s* fågel buzzard
**vrål** *s* vrålande roaring, bawling; ***ett ~*** a roar (bawl)
**vråla** *itr* roar, bawl, bellow
**vrång** *a* ... difficult to deal with, cussed, disobliging
**vrångbild** *s* distorted picture
**vrångstrupe** *s*, ***jag fick den i ~n*** it went down the wrong way
**vräka I** *tr* **1** heave; kasta toss, throw **2** köra ut från en bostad evict, eject **II** *itr*, ***regnet vräker ned*** it's pouring down; ***snön vräker ned*** the snow is coming down heavily **III** *refl*, ***sitta och ~ sig*** lounge about □ **~ bort** kasta throw away; **~ omkull** throw ... over; **~ ut pengar** spend money like water

**vräkig** *a* ostentatious; flott flashy, showy; slösaktig extravagant
**vränga** *tr* vända ut o. in på turn ... inside out; förvränga distort, twist
**vulgaritet** *s* vulgarity
**vulgär** *a* vulgar, common
**vulkan** *s* volcano
**vulkanisera** *tr* vulcanize
**vulkanisk** *a* volcanic
**vurm** *s* passion, craze, mania [*för (på)* for]
**vurma** *itr*, ~ *för ngt* have a passion for a th.
**vuxen** *a* fullvuxen adult, grown-up; *de vuxna* adults, grown-ups
**vuxenutbildning** *s* adult education
**vy** *s* view
**vykort** *s* picture postcard
**vyssja** *tr* lull [*i sömn* to sleep]
**vådaskott** *s* accidental shot
**vådlig** *a* farlig dangerous
**våffeljärn** *s* waffle-iron
**våffla** *s* waffle
**1 våg** *s* **1** redskap scale, scales pl., större weighing-machine; med skålar balance **2** *Vågen* astrol. Libra
**2 våg** *s* wave
**våga I** *tr itr* dare; riskera äv. risk; *~r han gå?* dare he go, does he dare to go; ~ *livet* venture (risk) one's life; *du skulle bara ~!* just you dare!, just you try! **II** *refl*, ~ *sig dit* dare to go there; ~ *sig på ngn (ngt)* angripa dare to tackle a p. (a th.)
**vågad** *a* djärv daring, bold, riskfylld risky, hazardous; oanständig indecent
**vågarm** *s* arm (lever) of a balance
**vågbrytare** *s* breakwater
**vågdal** *s* trough of the sea (the waves); bildl. down period, doldrums pl.; *komma in i en* ~ get into a down period
**vågformig** *a*, ~ *rörelse* wave-like (undulating) movement
**våghals** *s* dare-devil
**våghalsig** *a* reckless, rash
**vågig** *a* wavy; böljande undulating
**våglängd** *s* radio. wavelength
**vågrät** *a* horizontal, plan level; *~a ord* i korsord clues across
**vågsam** *a* risky, hazardous, daring, bold
**vågspel** o. **vågstycke** *s* bold (daring) venture, vågsam handling daring act
**våld** *s* makt power; tvång force, compulsion; våldsamhet violence; *yttre* ~ violence; *bruka (öva)* ~ use force el. violence [*mot* against]; *vara i ngns* ~ be in a p.'s power, be at a p.'s mercy; *med* ~ by force
**våldföra** *refl*, ~ *sig på* use violence on
**våldsam** *a* violent; vild furious
**våldsamhet** *s* violence
**våldsdåd** *s* act of violence
**våldta** *tr* rape
**våldtäkt** *s* rape
**våldtäktsman** *s* rapist
**vålla** *tr* förorsaka cause, be the cause of
**vålnad** *s* ghost, phantom
**vånda** *s* agony; kval torment
**våndas** *itr dep* suffer agony, be in agony
**våning** *s* **1** lägenhet flat, amer. apartment **2** etage storey, våningsplan floor; *på (i) andra ~en* en trappa upp on the first (amer. second) floor
**våningsbyte** *s* exchange of flats (apartments)
**1 vår** *poss pron* our; självständigt ours; *de ~a* our people; för ex. jfr vidare *1 min*
**2 vår** *s* spring, springtime; för ex. jfr *höst*
**våras** *itr dep, det* ~ spring is coming
**1 vård** *s* minnesvård memorial, monument
**2 vård** *s* care [*om, av* of]; uppsikt äv. charge, jur. custody; *sluten* ~ institutional care, på sjukhus hospital treatment; *öppen* ~ non-institutional care; *få god* ~ be well looked after; *ha* ~ *om* ... have charge (care) of ...
**vårda** *tr* take care of, se till look after; bevara preserve; *han ~s på sjukhus* he is (is being treated) in hospital
**vårdad** *a* om person o. yttre well-groomed, neat; om t. ex. språk polished
**vårdag** *s* spring day, day in spring
**vårdagjämning** *s* vernal equinox
**vårdare** *s* keeper; sjuk~ male nurse
**vårdhem** *s* nursing home
**vårdnad** *s* custody [*om* of]
**vårdnadshavare** *s* målsman guardian
**vårdslös** *a* careless [*med* with, about]; försumlig negligent [*med* about], neglectful [*med* of]
**vårdslöshet** *s* carelessness; negligence; neglect
**vårdtecken** *s*, *som ett* ~ as a token
**vårdyrke** *s* social service (sjukvårdande nursing) occupation
**vårflod** *s* spring flood
**vårlik** *a* spring-like
**vårstädning** *s* spring-cleaning
**vårta** *s* wart
**vårtbitare** *s* green grasshopper
**vårtecken** *s* sign of spring
**vårtermin** *s* spring term (amer. semester)
**vårtrötthet** *s* spring fatigue
**våt** *a* wet; fuktig damp, moist; *bli* ~ *om fötterna* get one's feet wet
**väcka** *tr* **1** göra vaken wake, wake ... up; på beställning vanl. call; bildl. rycka upp rouse; ljud

som kan ~ *de döda* ... raise (awaken) the dead; ~ *ngn till liv* call a p. back to life, ur svimning revive a p. **2** framkalla arouse; uppväcka, t. ex. känslor, äv. awaken; ~ *förvåning* cause astonishment; ~ *minnen*, ~ *minnen till liv* awaken (call up) memories **3** framställa, t. ex. fråga raise, bring up

**väckarklocka** *s* alarm, alarm-clock

**väckelse** *s* relig. revival

**väckelsemöte** *s* revival (revivalist) meeting

**väckning** *s*, *får jag be om ~ kl. 7?* will you call me at 7, please?

**väder** *s* weather; *det är dåligt ~* the weather is bad; *vad är det för ~ i dag?* what's the weather like today?

**väderbiten** *a* weather-beaten

**väderkorn** *s*, *ha gott ~* have a keen scent

**väderkvarn** *s* windmill

**väderlek** *s* weather

**väderleksrapport** *s* weather forecast (report)

**väderlekstjänst** *s* meteorological (weather forecast) service

**väderleksutsikter** *s pl* rapport weather forecast sg.

**väderprognos** *s* weather forecast

**väderrapport** *s* weather forecast (report)

**vädersatellit** *s* weather satellite

**väderstreck** *s* point of the compass; *de fyra ~en* äv. the [four] cardinal points

**vädja** *itr* appeal

**vädjan** *s* appeal

**vädra** *tr itr* **1** lufta air **2** få väderkorn på scent; ~ *ngt* få nys om get wind of a th.

**vädring** *s* luftning airing; *hänga ut* kläder *till ~* hang ... out to air

**vädur** *s* **1** zool. ram **2** *Väduren* astrol. Aries

**väg** *s* road; bildl. way; stig path; *en timmes ~ att gå (att köra) härifrån* one hour's walk (drive, ride) from here; *~en till* lycka och framgång the way (road) to ...; *allmän ~* public road; *gå (resa) sin ~* go away, leave; *gå ~en rakt fram* go (walk) right on, follow the road; *resa (ta) ~en över* Paris go via (by way of) ...; *vart har hon tagit ~en?* where has she gone?; *stå i ~en för ngn* stand in a p.'s way äv. bildl.; *något i den ~en* something like that; *vara på ~ till* ... be on one's way to ...; *följa ngn en bit på ~en* accompany a p. part of the way; *stanna på halva ~en* stop half-way; *jag var just på ~ att säga det* I was about to say it; *inte på långa ~ar* not by a long way (vard. chalk); hur ska man *gå till ~a?* ... set (go) about it?; *ur ~en!* get out of the way!; *vid ~en* vägkanten on (by) the roadside

**väga I** *tr* weigh äv. bildl.; ~ *skälen för och emot* weigh (consider) the pros and cons **II** *itr* weigh; *det står och väger* it's in the balance

**vägande** *a*, *tungt ~ skäl* very weighty (important) reasons

**vägarbetare** *s* road worker (mender)

**vägarbete** *s* road-work sg., reparation road repairs pl.; på skylt Road Up

**vägbana** *s* roadway

**vägbeläggning** *s* konkret road surface

**vägegenskaper** *s pl* bil. road-holding qualities

**vägg** *s* wall; *bo ~ i ~ med ngn* i rummet intill occupy the room next to a p.; i lägenheten intill live next door to a p.; *köra huvudet i ~en* run one's head against a wall; *ställa ngn mot ~en* bildl. put a p. up against a wall; *det är uppåt ~arna* galet it's all wrong

**väggfast** *a* ... fixed to the wall; *~a inventarier* fixtures

**väggkontakt** *s* vägguttag point; strömbrytare wall switch

**vägglus** *s* bug

**väggmålning** *s* wall painting, mural

**vägguttag** *s* elektr. point, wall socket

**vägkant** *s* roadside, wayside; vägren verge

**vägkorsning** *s* crossroads (pl. lika), crossing

**väglag** *s* state of the road (resp. roads); *det är dåligt ~* the roads are in a bad state

**vägleda** *tr* guide, instruct

**vägledning** *s* guidance, instruction

**väglängd** *s* distance

**vägmärke** *s* road (traffic) sign

**vägnar** *s pl*, *å (på) ngns ~* on behalf of a p., on a p.'s behalf

**vägnät** *s* road network

**väg- och vattenbyggnad** *s* road and canal construction, civil engineering

**vägra** *tr itr* refuse [*ngn ngt* a p. a th.]; *det ~des honom (han ~des) att resa* he was refused permission to go

**vägran** *s* refusal

**vägren** *s* **1** vägkant verge **2** mittremsa central reserve

**vägskäl** *s* fork, fork in the road; *vid ~et* at the cross-roads

**vägspärr** *s* road block

**vägsträcka** *s* distance

**vägtrafikant** *s* road-user

**vägtrafikförordning** *s* road traffic regulations pl.

**vägvett** *s* road sense

**vägvisare** *s* **1** person guide **2** vägskylt signpost

**vägövergång** *s* över annan led viaduct, amer. overpass
**väja** *itr,* ~ el. ~ ***undan*** make way [*för* for], give way [*för* to]; ~ ***undan för*** slag dodge; ~ ***åt höger*** move to the right
**väktare** *s* watchman; nattvakt security officer; ***lagens*** ~ pl. the guardians of the law
**väl I** *s* welfare, well-being **II** *adv* **1** bra well; ***hålla sig*** ~ ***med ngn*** keep in with a p.; ***det vore*** ~ ***om*** ... it would be a good thing if... **2** grad, ***hon är*** ~ något för ***ung*** she is a bit too young **3** förmodligen probably; ***du är*** ~ ***inte*** sjuk? you are not ..., are you?; ***han får*** ~ ***vänta*** he will have to wait; ***han är*** ~ ***framme nu*** he must be there by now; ***det är*** ~ ***inte möjligt!*** surely it is not possible!; ***det hade*** ~ ***varit bättre att*** ...? wouldn't it have been better to ...?; ***det vet jag*** ~***!*** I know that! **4** andra betydelser, ***jag önskar det*** ~ bara ***vore över*** I only wish it were over; ***när han*** ~ en gång ***somnat*** var han ... once he had fallen asleep ...; jag mötte inte henne ***men*** ~ däremot ***hennes bror*** ... but her brother; ***gott och*** ~ ***en timme*** well over one hour
**välartad** *a* well-behaved
**välbefinnande** *s* well-being; god hälsa health
**välbehag** *s* pleasure, delight
**välbehållen** *a* safe and sound, om sak in good condition
**välbehövlig** *a* badly needed
**välbekant** *a* well known
**välbelägen** *a* well-situated, nicely-situated
**välbeställd** *a* well-to-do, wealthy
**välbesökt** *a* well-attended
**välbetänkt** *a* well-advised, judicious
**välbärgad** *a* well-to-do
**välde** *s* **1** rike empire; ***det romerska*** ~***t*** the Roman Empire **2** makt domination
**väldig** *a* enorm enormous, vard., t.ex. bekymmer awful, t.ex. succé terrific; vidsträckt vast
**väldigt** *adv* mycket very
**välfärd** *s* welfare
**välfärdssamhälle** o. **välfärdsstat** *s* welfare state
**välförsedd** *a* well-stocked; well-supplied
**välförtjänt** *a* om t.ex. vila well-earned, om belöning well-merited, om t.ex. popularitet well-deserved
**välgjord** *a* well-made
**välgrundad** *a* well-founded
**välgång** *s* prosperity, success
**välgångsönskningar** *s pl* good wishes; ***bästa*** ~***!*** best wishes!
**välgärning** *s* kind (charitable) deed
**välgörande** *a* om sak beneficial
**välgörare** *s* benefactor
**välgörenhet** *s* charity
**välgörenhetsinrättning** *s* charitable institution
**välja** *tr itr* **1** choose [*bland* from among, out of, *mellan, på* between, *till* as, for]; noga select, plocka ut pick out [*bland* from]; yrke adopt, take up; ~ ***bort*** skolämne drop; ~ ***ut*** select, pick out **2** genom röstning utse elect; ~ ***ngn till*** ordförande elect a p. ...; ~ ***om*** re-elect
**väljare** *s* voter
**väljarkår** *s* electorate
**välklädd** *a* well-dressed
**välkommen** *a* welcome [*till, i* to]
**välkomna** *tr* welcome
**välkomsthälsning** *s* welcome
**välkänd** *a* **1** well known **2** ansedd ... of good repute
**välla** *itr,* ~ ***fram*** well forth, strömma stream (pour) forth
**vällevnad** *s* luxurious (high) living
**välling** *s* på mjöl gruel
**välluktande** *a* sweet-smelling, fragrant
**vällust** *s* sensual pleasure
**vällustig** *a* sensual, voluptuous
**välmenande** *a* well-meaning
**välmening** *s* good intention; ***i all (bästa)*** ~ with the best of intentions
**välment** *a* well-meant, well-intentioned
**välmående** *a* **1** vid god hälsa healthy; blomstrande flourishing **2** välbärgad prosperous
**välsedd** *a* popular; om gäst welcome
**välsigna** *tr* bless
**välsignad** *a* blessed
**välsignelse** *s* blessing; uttalad benediction
**välsituerad** *a* well-to-do
**välskapad** *a* well-made; ~***e ben*** shapely legs
**välskapt** *a* ***ett*** ~ ***barn*** a fine, healthy child
**välskött** *a* well-managed, om t.ex. hushåll well-run, om t.ex. händer well-kept, om t.ex. tänder well-cared-for, om t.ex. yttre well-groomed
**välsmakande** *a* läcker tasty, delicious
**välsorterad** *a* well-assorted, well-stocked
**välstekt** *a* well-done
**välstånd** *s* prosperity, rikedom wealth
**vält** *s* roller
**välta** *tr itr* overturn, tip over
**vältalare** *s* orator, good speaker
**vältalig** *a* eloquent
**vältalighet** *s* eloquence
**vältra I** *tr* roll; ~ ***skulden på ngn*** lay the blame on a p. **II** *refl,* ~ ***sig i*** gräset roll over in ...; ~ ***sig i*** lyx be rolling in ...; ~ ***sig i*** smutsen wallow in ...

**väluppfostrad** *a* well-bred, well-mannered
**välvd** *a* arched, vaulted
**välvilja** *s* benevolence, goodwill; ***hysa ~ mot ngn*** be well disposed towards a p.
**välvillig** *a* benevolent, kind, kindly; ***ställa sig ~ till*** ett förslag be favourably disposed to . . .
**välvårdad** *a* well-kept, om t. ex. yttre well-groomed
**välväxt** *a* shapely; ***vara ~*** have a fine figure
**vämjas** *itr dep*, ***~ vid ngt*** be disgusted (nauseated) by a th.
**vämjelig** *a* disgusting, nauseating
**vämjelse** *s* disgust, loathing
**vän** *s* friend; ***gamle ~!*** old chap (fellow)!; ***en god*** nära ***~*** a great (close) friend [*till* of]; ***en ~*** el. ***god ~ till min bror (till mig)*** a friend of my brother's (a friend of mine); ***bli ~*** el. ***god ~ med . . .*** make friends with . . .; ***bli ~ner*** el. ***goda ~ner*** become friends
**vända I** *tr itr* turn; vända om (tillbaka) turn back, återvända return; ***var god vänd (v.g.v.)*** el. ***vänd!*** please turn over (P.T.O.); ~ el. ***~ med*** bilen turn . . . round, reverse . . .; ***~ om hörnet*** round (turn) the corner; ***~ på*** bladet, sidan turn (turn over) . . .; ***~ på sig*** turn round; ***~ på steken*** bildl. look at it (turn it) the other way round **II** *refl*, ***~ sig*** turn; kring en axel äv. revolve; om vind shift, veer; ***lyckan vände sig*** the (his etc.) luck changed; ***~ sig i sängen*** turn over in the (one's) bed; ***~ sig till ngn*** ~ sig om mot ngn turn to (towards) a p., rikta sig till ngn address a p., för att få ngt apply to a p.; ***inte veta vart man skall ~ sig*** not know where (till vem to whom) to turn □ ~ **om** tillbaka turn back, åter~ return; ~ **sig om** turn, turn round; ~ **upp och ned på** ngt turn . . . upside-down; ~ **ut och in på** vränga turn . . . inside out
**vändbar** *a* reversible
**vändkors** *s* turnstile
**vändkrets** *s* tropic
**vändning** *s* turn; förändring change; uttryckssätt: fras phrase, uttryck expression; ***en ~ till det bättre*** a change for the better; ***ta en ny (en allvarlig) ~*** take a new (a serious) turn; ***vara kvick (rask, snabb) i ~arna*** be a fast worker, be alert; ***vara långsam i ~arna*** drag one's feet, be a slowcoach; ***i en hastig ~*** all of a sudden
**vändpunkt** *s* turning-point
**väninna** *s* girl-friend, woman-friend
**vänja I** *tr* accustom [*vid* to] **II** *refl*, ***~ sig*** accustom oneself, bli van grow (get) accustomed, get used [*vid* to]; ***~ sig vid att*** inf. get into the habit of ing-form; ***man vänjer sig snart*** you soon get used to it; ***~ sig av med att*** inf. break oneself of the habit of ing-form
**vänkrets** *s* circle of friends
**vänlig** *a* kind [*mot, to*]; vänskaplig friendly [*mot* to, towards]
**vänlighet** *s* kindness, friendliness; ***visa ngn en ~*** do a p. a kindness
**vänort** *s* twin town
**vänskap** *s* friendship; ***fatta ~ för ngn*** become attached to a p.
**vänskaplig** *a* friendly, om förhållande, sätt äv. amicable; ***stå på ~ fot med ngn*** be on friendly terms with a p.
**vänskapsband** *s* bond (tie) of friendship
**vänskapsmatch** *s* friendly, friendly match
**vänster I** *a, subst a* o. *adv* left; ***~ sida*** left (left-hand) side; jfr *höger I* ex. **II** *s* polit., ***~n*** the Left; sport., ***en rak ~*** a straight left
**vänsteranhängare** *s* leftist, leftwinger
**vänsterback** *s* left back; för andra sammansättningar jfr äv. *höger-*
**vänsterhänt** *a* left-handed
**vänsterorienterad** *a*, ***vara ~*** be left-wing
**vänsterparti** *s* left-wing party
**vänsterprassel** *s* vard., ***ett (lite) ~*** an affair on the side
**vänstervriden** *a* polit., ***vara ~*** be left-wing; ***en ~*** a left-winger
**vänstervridning** *s* polit. left-wing views (tendencies) (båda pl.)
**vänta I** *itr tr* wait [*på* for]; invänta await; förvänta ~ el. ***~ sig*** expect [*av* of, from]; ***var god och ~*** i telefon hold the line, please; inte veta ***vad som ~r en . . .*** what may be in store for one; ***jag ~r dem*** i morgon I am expecting them . . .; ***det hade jag inte ~t mig av honom*** I didn't expect that from (of) him; ***det är att ~*** it is to be expected; ***~ med att göra ngt*** put off (postpone) a th. (doing a th.); ***~ på att han skall*** inf. wait for him to inf.; ***få ~*** have to wait; ***låta ngn ~ på sig*** keep a p. waiting; svaret ***lät inte ~ på sig . . .*** was not long in coming **II** *refl*, ***~ sig*** se ex under ***I*** □ ~ **in**: ***tåget ~s in*** kl. 10 the train is due in (to arrive) at . . .; ~ **ut ngn** tills ngn kommer wait for a p. to come
**väntan** *s* waiting; förväntan expectation
**väntelista** *s* waiting list
**väntetid** *s* wait, waiting time
**väntrum** o. **väntsal** *s* waiting room
**väpnad** *a* armed
**väppling** *s* bot. trefoil, clover

**1 värd** *s* host; hyresvärd landlord
**2 värd** *a* worth; värdig worthy of; pjäsen ***är ~ att ses*** ... is worth seeing; ***det är inte mödan värt*** it is not worth while
**värde** *s* value; speciellt inre värde worth; ***sätta stort ~ på ngt*** attach great value (importance) to a th.; ***falla (minska, sjunka) i ~*** drop (fall, decrease) in value, ekon. äv. depreciate; ***stiga (gå upp) i ~*** rise in value, ekon. äv. appreciate
**värdebeständig** *a* stable; indexbunden index-tied
**värdebrev** *s* rekommenderat registered (assurerat insured) letter
**värdefull** *a* valuable
**värdeförsändelse** *s* assurerat paket insured (rekommenderat registered) parcel (brev letter)
**värdehandling** *s* valuable document
**värdelös** *a* worthless, valueless
**värdeminskning** *s* depreciation, decrease in value
**värdepapper** *s* security, obligation bond, aktie share
**värdera** *tr* **1** fastställa värdet på value, estimate, estimate the value of **2** uppskatta value, sätta värde på appreciate
**värdering** *s* valuation, estimation
**värderingsman** *s* official valuer
**värdesak** *s* article (object) of value; ***~er*** äv. valuables
**värdestegring** *s* increase (rise) in value
**värdesätta** *tr* se *värdera*
**värdfolk** *s* vid bjudning host and hostess
**värdig** *a* **1** worthy; förtjänt av worthy of; passande fitting **2** om egenskap dignified
**värdighet** *s* **1** egenskap dignity [*i* of]; ***han ansåg det vara under sin ~ att*** inf. he considered it beneath him (beneath his dignity) to inf. **2** ämbete etc. office, position; rang rank
**värdigt** *adv* with dignity
**värdinna** *s* hostess; hyresvärdinna, pensionatsvärdinna landlady
**värdland** *s* host country
**värdshus** *s* gästgivargård inn; restaurang restaurant
**värdshusvärd** *s* innkeeper, landlord
**värja I** *tr* försvara defend **II** *refl*, ***~ sig*** defend oneself [*mot* against] **III** *s* rapier
**värk** *s* ache, pain; ***~ar*** födslovärkar labour pains; ***reumatisk ~*** rheumatic pains pl.
**värka** *itr* ache; ***fingret värker*** my finger aches
**värktablett** *s* painkiller
**värld** *s* world; jord earth; jag vill inte såra henne ***för allt i ~en*** ... for the world, ... for anything (anything in the world); ***vad i all ~en*** har hänt? what on earth ...; ***vem i all ~en*** ...? who on earth ...?; ***i hela ~en*** all over the world, over the whole world; ***komma sig upp i ~en*** come up in the world; ***komma till ~en*** come into the world; ***vi måste få saken ur ~en*** let's have done with it
**världsalltet** *s* the universe
**världsatlas** *s* atlas of the world
**världsbekant** *a* ... known all over the world
**världsberömd** *a* world-famous
**världsbild** *s* world picture, conception of the world
**världsdel** *s* part of the world, continent
**världsfrånvarande** *a* ... who is living in a world of his own
**världshandel** *s* world trade (commerce)
**världshav** *s* ocean
**världsherravälde** *s* world dominion
**världskarta** *s* map of the world
**världskrig** *s* world war; ***första (andra) ~et*** the First (Second) World War, speciellt amer. World War I (World War II)
**världskris** *s* world crisis
**världslig** *a* motsats andlig worldly
**världslighet** *s* worldliness
**världsmakt** *s* world power
**världsmedborgare** *s* citizen of the world
**världsmästare** o. **världsmästarinna** *s* world champion
**världsmästerskap** *s* world championship
**världsomfattande** *a* world-wide
**världsomsegling** *s* seglats sailing trip round the world
**världsrekord** *s* world record
**världsrykte** *s* world fame
**världsrymden** *s* outer space
**världsvan** *a* urbane
**världsåskådning** *s* outlook on (view of) life
**värma I** *tr* warm; göra het heat **II** *refl*, ***~ sig*** warm oneself, get warm
**värme** *s* warmth; fys. o. hög heat; eldning heating; ***vid 30 graders ~*** at 30 degrees above zero
**värmealstrande** *a* heat-producing
**värmebehandling** *s* med. heat treatment, thermotherapy
**värmebeständig** *a* heat-proof, heat-resistant
**värmebölja** *s* heat-wave
**värmeflaska** *s* hot-water bottle
**värmelampa** *s* infra-red lamp
**värmeledande** *a* heat-conducting

**värmeledning** *s* **1** fys. conduction of heat **2** anläggning heating, central heating
**värmeledningselement** *s* radiator
**värmepanna** *s* boiler
**värmeplatta** *s* hot-plate
**värmepump** *s* heat pump
**värmeskåp** *s* warming cupboard
**värn** *s* försvar defence, beskydd protection
**värna** *tr itr*, ~ el. ~ ***om*** defend, protect [*mot* against]
**värnlös** *a* defenceless
**värnplikt** *s*, ***allmän*** ~ compulsory military sevice; ***göra ~en (sin ~)*** do one's military service
**värnpliktig** *a* ... liable for military service; ***en*** ~ a conscript, amer. draftee
**värpa I** *tr* lay **II** *itr* lay, lay eggs
**värphöna** *s* laying hen, layer
**värpning** *s* laying
**värre** *a adv* worse; ***dess*** ~ tyvärr unfortunately; ***det gör bara saken*** ~ it only makes matters worse; ***det var*** ~ ***det*** det var tråkigt that's too bad, what a nuisance
**värst I** *a* worst; ***i ~a fall*** if the worst comes to the worst; ***det är det ~a jag vet*** it's a thing I can't stand; ***det ~a var att*** ... the worst of it was that ... **II** *adv* worst, the worst; ***han blev*** ~ ***skadad*** he got injured worst (the worst); filmen var ***inte så*** ~ ***bra*** ... not all that (not very, not so) good
**värva** *tr* rekrytera recruit, enlist; t. ex. fotbollsspelare sign; ~ ***ngn för en sak*** enlist a p. in a cause; ~ ***röster*** solicit votes
**värvning** *s* recruiting; recruitment, enlistment; ***ta*** ~ enlist [*vid* in], join the army
**väsa** *itr* hiss; ~ ***fram*** hiss, hiss out
**väsen** *s* **1** någots innersta natur essence; beskaffenhet nature; läggning character, disposition; personlighet samt varelse being **2** oväsen noise, row; ***mycket ~ för ingenting*** a lot of fuss (much ado) about nothing
**väsentlig** *a* essential; betydande considerable; ***i allt ~t*** in all essentials
**väska** *s* bag, case, handväska handbag
**väskryckare** *s* bag-snatcher
**väsnas** *itr dep* make a noise (fuss)
**vässa** *tr* sharpen; bryna whet
**1 väst** *s* plagg waistcoat, amer. vest
**2 väst** *s* o. *adv* west; jfr *väster, nord, norr* med ex. o. sammansättningar
**västanvind** *s* west wind, westerly wind
**väster I** *s* väderstreck the west; ***Västern*** the West **II** *adv* west, to the west [*om* of]; jfr *norr* med ex. o. sammansättningar
**västerifrån** *adv* from the west
**Västerlandet** *s* the West
**västerländsk** *a* western
**västerlänning** *s* Westerner
**västerut** *adv*, ***resa*** ~ go (travel) west; jfr äv. norrut
**Västeuropa** Western Europe
**Västindien** the West Indies pl.
**västlig** *a* west, western; jfr *nordlig*
**västmakterna** *s pl* the Western Powers
**västra** *a* the west, t. ex. delen the western; jfr *norra*
**västtysk** *a* o. *s* West German
**Västtyskland** West Germany
**väta** *tr itr* wet
**väte** *s* hydrogen
**vätebomb** *s* hydrogen bomb, vard. H-bomb
**vätesuperoxid** *s* hydrogen peroxide
**vätska** *s* liquid; kropps~ body fluid
**väv** *s* web; material fabric, woven fabric; vävnadssätt weave
**väva** *tr* weave
**vävare** *s* weaver
**vävd** *a* woven
**vävnad** *s* **1** vävning weaving **2** konkret woven fabric; tissue äv. biol.
**vävnadsindustri** *s* textile industry
**vävning** *s* weaving
**vävstol** *s* loom
**växa** *itr* grow; öka increase; ~ ***ngn över huvudet*** bildl. get beyond a p.'s control; ***vara situationen vuxen*** be equal to the occasion □ **det växer bort** it will disappear; ~ **ifrån** ngt grow out of ..., outgrow ...; ~ **igen** om sår heal, heal up; om stig become overgrown with weeds; ~ **ihop** grow together; ~ **till**: ***flickan har vuxit till sig*** she has grown into a fine girl; ~ **upp** grow up, grow; ~ **ur** sina kläder grow out of ...
**växande** *a* growing; ökande increasing
**växel** *s* **1** bankväxel bill of exchange; ***dra en ~ på ngn*** draw a bill on a p.; ***dra växlar på framtiden*** count too much on the future **2** växelpengar change, small change **3** på bil gear; ***köra på tvåans*** ~ drive in second gear **4** spårväxel switch **5** tele. exchange; växelbord switchboard
**växelbruk** *s* jordbr. rotation of crops
**växelkontor** *s* exchange office
**växelkurs** *s* rate of exchange, exchange rate
**växellåda** *s* gear box
**växelspak** *s* gear lever, gear shift
**växelström** *s* alternating current
**växelvis** *adv* alternately; by turns
**växla I** *tr* **1** t. ex. pengar change; utbyta, t. ex. ord, ringar exchange; ***kan du*** ~ 100 kronor ***åt mig?*** can you give me change for ...?; ~ ***en sedel*** cash a note **2** järnv. shunt, switch

**II** *itr* **1** skifta vary, ändra sig change **2** bil. change (speciellt amer. shift) gear (gears); ~ ***till lägre växel*** change to a lower gear; om tåg shunt **3** ~ ***om*** alternate

**växlande** *a* varying, changing; vindar variable; natur varied

**växt** *s* **1** tillväxt growth; ökning increase; kroppsväxt build; längd height, stature; ***han är liten (stor) till ~en*** he is short (tall) in (of) stature **2** planta plant; ört herb; svulst growth, tumour

**växthus** *s* greenhouse, glasshouse

**växtriket** *s* the vegetable kingdom

**växtvärk** *s* growing pains pl.

**vördnad** *s* reverence, veneration; aktning respect; ***betyga ngn sin*** ~ pay reverence (one's respects) to a p.

**vördnadsbetygelse** *s* token (mark) of respect

**vördnadsbjudande** *a* venerable, friare imposing

**vördsam** *a* respectful

# X

**x-krok** *s* x-hook, angle-pin picture hook

**xylofon** *s* xylophone

**xylofonist** *s* xylophonist

# Y

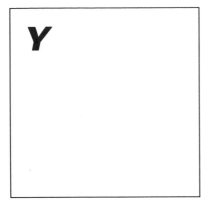

**yacht** *s* yacht
**yla** *itr* howl
**ylle** *s* wool; filt *av* ~ äv. woollen ...
**yllefilt** *s* woollen blanket
**yllestrumpa** *s* woollen stocking (kortare sock)
**ylletröja** *s* jersey, sweater
**ylletyg** *s* woollen cloth (fabric)
**yllevaror** *s pl* woollens, woollen goods
**ymnig** *a* riklig abundant, om regn, snöfall äv. heavy; överflödande profuse
**ymnigt** *adv* abundantly, heavily
**ympa** *tr* **1** träd graft **2** med. inoculate
**ympning** *s* **1** av träd graft, grafting **2** med. inoculation
**yngel** *s* koll. fry (vanl. pl.); grodyngel tadpole
**yngla** *itr* om t.ex. groda spawn; ~ ***av sig*** breed
**yngling** *s* youth, young man
**yngre** *a* younger; nyare more recent; i tjänsten junior; ***en*** ~ rätt ung ***herre*** a youngish gentleman
**yngst** *a* youngest
**ynklig** *a* ömklig pitiable; eländig, usel miserable, wretched; futtig paltry
**ynkrygg** *s* coward, funk
**ynnest** *s* favour
**ynnestbevis** *s* favour, mark of favour
**yoga** *s* yoga
**yoghurt** *s* yogurt, yoghurt
**yppa I** *tr* röja reveal, uppenbara äv. disclose **II** *refl*, ~ ***sig*** erbjuda sig present itself, om tillfälle etc. äv. arise, turn up; uppstå arise
**ypperlig** *a* utmärkt excellent, superb; präktig splendid; förstklassig first-rate
**ypperst** *a* förnämst finest, best
**yppig** *a* om växtlighet luxuriant; fyllig buxom, om figur full; ~ ***barm*** ample bosom
**yr** *a* dizzy, giddy [*av* with]; ***bli*** ~ (~ ***i huvudet***) get dizzy (giddy); ~ ***i mössan*** flurried, bewildered
**yra I** *s* **1** vild framfart frenzy; glädjeyra delirium of joy; ***i segerns*** ~ in the flush of victory **2** snöyra snowstorm **II** *itr* **1** rave; om febersjuk be delirious; ~ ***om ngt*** rave about a th. **2** om snö, sand whirl (drift) about
**yrka** *tr itr*, ~ el. ~ ***på*** fordra demand; resa krav på call for, som rättighet claim; kräva insist
**yrkande** *s* begäran demand; claim äv. jur.
**yrke** *s* lärt, konstnärligt profession; inom hantverk o. handel trade; sysselsättning occupation; arbete job; ***utöva ett*** ~ practise a profession resp. carry on a trade; ***till*** ~***t*** by profession
**yrkesarbetande** *a* gainfully employed
**yrkesarbetare** *s* skilled worker
**yrkesinspektion** *s* factory (industrial) inspection
**yrkeskvinna** *s* professional woman
**yrkeslärare** *s* vocational teacher
**yrkesman** *s* fackman professional; hantverkare craftsman
**yrkesmusiker** *s* professional musician
**yrkesmässig** *a* t.ex. om förfarande professional; t.ex. om trafik commercial
**yrkesorientering** *s*, ***praktisk*** ~ practical vocational guidance
**yrkessjukdom** *s* occupational disease
**yrkesskada** *s* industrial injury
**yrkesskicklig** *a* skilled, ... skilled in one's trade
**yrkesskicklighet** *s* skill in one's trade; hantverksskicklighet craftsmanship
**yrkesskola** *s* vocational school
**yrkesutbildad** *a* skilled, trained
**yrkesutbildning** *s* vocational training
**yrkesutövning** *s* exercise of a profession (inom hantverk el. handel a trade)
**yrkesval** *s* choice of a profession (inom hantverk el. handel a trade)
**yrkesvalslärare** *s* careers teacher
**yrkesvana** *s* professional experience, experience in one's trade; jfr *yrke*
**yrkesvägledare** *s* careers officer
**yrkesvägledning** *s* vocational guidance
**yrsel** *s* svindel dizziness; feberyra delirium
**yrsnö** *s* drift snow
**yrvaken** *a* drowsy
**yrväder** *s* snowstorm, blizzard
**ysta** *tr* mjölk curdle; ~ ***ost*** make cheese

**yster** *a* livlig frisky, boisterous
**yta** *s* surface; areal area
**ytbehandla** *tr* finish
**ytbeklädnad** *s* facing
**ytlig** *a* superficial, om person äv. shallow
**ytlighet** *s* superficiality, shallowness
**ytmått** *s* square measure
**ytter** *s* sport. winger
**ytterbana** *s* outside track
**ytterdörr** *s* outer door, front door
**ytterficka** *s* outside pocket
**ytterkant** *s* outer (outside) edge
**ytterkläder** *s pl* outdoor clothes
**ytterlig** *a* extreme, excessive; fullständig utter
**ytterligare I** *a* vidare further; därtill kommande additional; mer more **II** *adv* vidare further; i ännu högre grad additionally; ännu mera still more; ~ ***två månader*** another two months
**ytterlighet** *s* extreme; ytterlighetsåtgärd extremity
**ytterlighetsparti** *s* extremist party
**ytterlighetsåtgärd** *s* extreme measure; ***~er*** äv. extremities
**ytterområde** *s* fringe area; förort suburb
**ytterrock** *s* overcoat
**yttersida** *s* outer side; utsida outside, exterior
**ytterskär** *s*, ***göra ~*** do the outside edge
**ytterst** *adv* **1** längst ut farthest out **2** i högsta grad extremely, most
**yttersta** *a* **1** längst ut belägen outermost, längst bort belägen farthest; friare utmost **2** sist last; om t.ex. orsak ultimate; ***ligga på sitt ~*** be at death's door **3** störst, högst utmost, extreme; ***göra sitt ~*** do one's utmost; ***utnyttja ngt till det ~*** exploit a th. to the utmost
**yttertak** *s* roof
**yttra I** *tr* uttala utter, säga say; t.ex. sin mening express **II** *refl*, ~ ***sig*** **1** uttala sig express (give) an (one's) opinion [*om* about (on)]; ta till orda speak **2** visa sig show (manifest) itself [*i* in]; ***hur ~r sig*** sjukdomen*?* what are the symptoms of ...?
**yttrande** *s* uttalande remark, utterance, anförande statement; utlåtande opinion [*över, i* on]
**yttrandefrihet** *s* freedom of speech
**yttranderätt** *s* right of free speech
**yttre I** *a* **1** längre ut belägen outer, utanför el. utanpå varande äv. exterior, external, outward, outside; ~ ***likhet*** outward (external) resemblance; ~ ***skada*** external injury **2** utifrån kommande external; ~ ***våld*** physical violence **II** *subst a* exterior, ngns äv. external appearance, ngts äv. outside; ***till det ~*** outwardly, externally
**yttring** *s* manifestation [*av* of]
**yvas** *itr dep*, ~ ***över ngt*** pride oneself on a th., be proud of a th.
**yvig** *a* om hår etc. bushy; tät äv. thick
**yxa I** *s* axe, speciellt amer. ax; med kort skaft hatchet; ***kasta ~n i sjön*** bildl. throw up the sponge, give up **II** *tr*, ~ ***till*** rough-hew
**yxskaft** *s* axe-handle

# Z

**Zaire** Zaire
**zairier** *s* Zairean, Zairian
**zairisk** *a* Zairean, Zairian
**Zambia** Zambia
**zambier** *s* Zambian
**zambisk** *a* Zambian
**zebra** *s* zebra
**zenit** *s* zenith
**zigenare** *s* gipsy, gypsy
**zigenarliv** *s* gipsy life
**zigenerska** *s* gipsy [woman]
**Zimbabwe** Zimbabwe
**zimbabwier** *s* Zimbabwean
**zimbabwisk** *a* Zimbabwean
**zink** *s* zinc
**zinksalva** *s* zinc ointment
**zodiaken** *s* the zodiac
**zodiaktecken** *s* astrol. sign of the zodiac
**zon** *s* zone, friare area
**zongräns** *s* zonal boundary; trafik. fare stage
**zontaxa** *s* zone fare system, avgift zone tariff
**zonterapi** *s* zone therapy
**zoo** *s* zoologisk trädgård zoo; zoologisk affär pet shop
**zoolog** *s* zoologist
**zoologi** *s* zoology
**zoologisk** *a* zoological; ~ ***affär*** pet shop; ~ ***trädgård*** zoological gardens pl., Zoo
**zoom** *s* foto. zoom
**zooma** *itr* foto., ~ ***in (ut)*** zoom in (out)
**zulu** *s* Zulu

# Å

**1 å** *s* small river, stream, amer. äv. creek; ***gå över ~n efter vatten*** take a lot of unnecessary trouble
**2 å** *prep* se *på*
**3 å** *itj* oh!
**åberopa** *tr* hänvisa till refer to
**åberopande** *s*, ***under ~ av*** with reference to
**åbäke** *s* om sak monstrosity; ***ditt ~!*** you big lump!
**åbäkig** *a* unwieldy, clumsy
**ådagalägga** *tr* lägga i dagen manifest; visa show, display
**åder** *s* vein
**åderbråck** *s* varicose veins pl.
**åderförkalkad** *a* . . . suffering from hardening of the arteries (med. arteriosclerosis); ***han börjar bli ~*** vard. he's getting senile
**åderförkalkning** *s* hardening of the arteries, med. arteriosclerosis, friare senility
**åderlåta** *tr* bleed äv. bildl.
**1 ådra I** *s* vein **II** *tr* vein, sten, trä grain
**2 ådra** o. **ådraga I** *tr* cause **II** *refl*, ~ ***sig*** sjukdom contract, förkylning catch; utsätta sig för incur; uppmärksamhet attract; ~ ***sig skulder*** incur debts
**åh** *itj* oh!
**åhå** *itj* oh!, oho!, I see!
**åhöra** *tr* listen to, hear; föreläsning attend
**åhörare** *s* listener; ~ pl. audience
**åhörarplatser** *s pl* public seats; på teater etc. auditorium sg.
**åhörarskara** *s* audience
**åka** *itr tr* **1** fara go, som passagerare äv. ride; köra drive; vara på resa travel; ~ ***bil*** go by

car; ~ ***buss (tåg)*** go (travel) by bus (train); ~ ***båt*** go by boat; ~ ***gratis*** travel free (free of charge); ~ ***hiss*** go by lift; ~ ***motorcykel*** ride a motor cycle; ***jag fick ~ med honom till*** stationen he gave me a lift to ... **2** glida, halka slip, glide □ ~ **av** halka av slip off; ~ **bort** resa go away; ~ **dit** vard., bli fast be (get) caught; ~ **fast** be (get) caught; ~ **förbi** go (köra drive) past (by), passera pass; ***låta ngn ~*** **med** give a p. a lift; ***får jag ~ med?*** may I have a lift?; ~ **om** ngn overtake ..., pass ...; ~ **på a)** kollidera med run into **b)** vard. råka ut för: ~ ***på en förkylning (smäll)*** catch a cold (a packet)

**åker** *s* åkerjord arable land; åkerfält field

**åkerbruk** *s* agriculture, farming

**åkeri** *s* firm of haulage contractors, road carriers pl., hauliers pl.

**åklagare** *s* prosecutor; ***allmän*** ~ public prosecutor, amer. prosecuting (district) attorney

**åkomma** *s* complaint

**åkpåse** *s* i barnvagn toes muff

**åksjuk** *a* travel-sick

**åksjuka** *s* travel sickness

**åktur** *s* drive, ride; ***göra en*** ~ go for a drive (ride)

**ål** *s* eel; havsål conger-eel

**åla** *itr refl,* ~ ***sig*** crawl on one's knees and elbows

**ålder** *s* age; ***i en ~ av 70 år (vid 70 års ~)*** at the age of 70; ***han är i min*** ~ he is my age; ***barn i ~n 10-15*** children between 10 and 15 years of age

**ålderdom** *s* old age

**ålderdomlig** *a* gammal old; gammaldags old-fashioned; om t. ex. språk archaic

**ålderdomshem** *s* home for aged (old) people

**åldersgräns** *s* age limit

**ålderspension** *s* retirement pension

**åldersskillnad** *s* difference in age

**ålderstigen** *a* aged, advanced in years

**ålderstillägg** *s* ung. seniority allowance

**åldrad** *a* aged

**åldras** *itr dep* age, grow old (older)

**åldrig** *a* aged

**åldring** *s* old man (woman)

**åldringsvård** *s* [social and medical] care of old people, geriatric care

**åligga** *itr,* ~ ***ngn*** be incumbent on a p., be a p.'s duty

**åliggande** *s* plikt duty, skyldighet obligation, uppgift task

**ålägga** *tr* beordra order, instruct

**åläggande** *s* injunction, order

**åminnelse** *s, **till*** ~ ***av*** in commemoration of

**ånga I** *s* steam, dunst vapour (båda end. sg.) **II** *itr tr* steam

**ångare** o. **ångbåt** *s* steamboat; större steamer

**ånger** *s* repentance, samvetskval remorse; ledsnad regret [*över* at]

**ångerfull** *a* repentant [*över* of]; remorseful; bedrövad regretful

**ångervecka** *s* week after date of purchase in which one has the right to cancel a hire-purchase agreement

**ångest** *s* anxiety, anguish

**ångestfylld** *a* anxiety-ridden, ... filled with anguish, agonized, anguished

**ångfartyg** *s* steamship (förk. S/S, S.S.)

**ångkoka** *tr* steam

**ångmaskin** *s* steam-engine

**ångpanna** *s* boiler

**ångra I** *tr* regret, be sorry for; ***jag ~r att jag gjorde det*** I regret doing it **II** *refl,* ~ ***sig*** a) känna ånger regret it, be sorry b) ändra sig change one's mind

**ångvält** *s* steam-roller

**ånyo** *adv* anew, again

**år** *s* year; hon dog ~ ***1986*** ... in (in the year) 1986; ***förra ~et*** last year; ***hon fyller ~ i morgon*** tomorrow is her birthday; ***han är tjugo ~ (tjugo ~ gammal)*** he is twenty (twenty years old el. years of age); ***~et om (runt)*** all the year round; ***så här ~s*** at this time of the year; ***ett två ~s (två ~ gammalt) barn*** a two-year-old child, a child of two; ***~ från (för) ~*** year by year; ***i ~*** this year; ***i många ~*** for many years, om framtid for many years to come; han är ***en man i sina bästa ~*** ... a man in his prime, ... in the prime of his life; ***med ~en*** over the years; ***om två ~*** in two years (years' time); ***två gånger om ~et*** twice a year; ***under ~ens lopp*** in the course of time; ***vid mina ~*** at my age

**åra** *s* oar; mindre scull; paddelåra paddle

**åratal** *s, **i (på)*** ~ for years (years and years)

**årgång** *s* **1** av tidning etc. year's issue, speciellt bunden annual volume **2** av vin vintage

**århundrade** *s* century

**årlig** *a* annual, yearly

**årligen** *adv* annually, yearly, every year

**årsavgift** *s* annual charge; i förening etc. annual subscription

**årsberättelse** *s* annual report

**årsbok** *s* year-book, annual

**årsdag** *s* anniversary [*av* of]

**årsinkomst** *s* annual (yearly) income

**årsklass** *s* age class (group)

**årskontrakt** *s* contract by the year

**årskort** *s* annual (yearly) season-ticket
**årskull** *s* age group; t. ex. studenter batch
**årskurs** *s* skol. form, amer. grade; läroplan curriculum (pl. äv. curricula)
**årslön** *s* annual (yearly) salary; *ha* ... *i* ~ have an annual income of ...
**årsmodell** *s*, *av senaste* ~ of the latest model
**årsmöte** *s* annual meeting
**årsskifte** *s* turn of the year
**årstid** *s* season, time of the year
**årtal** *s* date, year
**årtionde** *s* decade
**årtusende** *s* millennium (pl. äv. millennia); *ett* ~ vanl. a thousand years
**ås** *s* geol. o. byggn. ridge
**åsamka** se *ådraga*
**åse** *tr* betrakta watch, bevittna witness
**åsido** *adv* aside; *skämt* ~ joking apart
**åsidosätta** *tr* inte beakta disregard, set aside
**åsikt** *s* view, opinion [*om* of, about]
**åska I** *s* thunder; *~n har slagit ned i trädet* the lightning has struck the tree **II** *itr*, *det ~r* it is thundering
**åskledare** *s* lightning-conductor
**åskmoln** *s* thundercloud
**åsknedslag** *s* stroke of lightning
**åskvigg** *s* thunderbolt
**åskväder** *s* thunderstorm
**åskådare** *s* spectator, mera passiv onlooker, mera tillfällig bystander; *åskådarna* publiken, på teater etc. the audience, vid idrottstävling the crowd båda sg.
**åskådarläktare** *s* på t. ex. idrottsplats stand
**åskådlig** *a* klar clear
**åskådning** *s* outlook, way of thinking
**åsna** *s* donkey, ass båda äv. om person
**åstadkomma** *tr* få till stånd bring about; förorsaka cause, make; frambringa produce, prestera achieve
**åsyfta** *tr* aim at; avse, mena intend, mean; hänsyfta på refer to
**åsyn** *s* sight; *i ngns* ~ in a p.'s presence
**åt I** *prep* till to, i riktning mot towards, in the direction of; ~ *höger* to the right; *nicka* ~ *ngn* nod at a p.; *ropa* ~ *ngn* call out to a p.; *skratta* ~ laugh at; *ge ngt* ~ *ngn* give a th. to a p.; *köpa ngt* ~ *ngn* buy a th. for a p.; *två* ~ *gången* two at a time **II** *adv*, *skruva* ~ screw ... tight, tighten
**åta** o. **åtaga** *refl*, ~ *sig* ta på sig undertake, take upon oneself, ansvar etc. äv. take on, assume
**åtagande** *s* undertaking, engagement
**åtal** *s* av åklagare prosecution; av målsägare legal action; *allmänt* ~ public prosecution; *väcka* ~ *mot* take legal proceedings against
**åtala** *tr* om åklagare prosecute; om målsägare bring an action against; *bli (stå) ~d för stöld* be prosecuted for theft; *den ~de* the defendant
**åtalbar** *a* indictable, actionable
**åtanke** *s*, *ha ngn (ngt) i* ~ remember a p. (a th.), bear a p. (a th.) in mind
**åtbörd** *s* gesture
**åter** *adv* **1** tillbaka back, back again **2** ånyo, igen again, once more; *öppnas* ~ äv. reopen **3** å andra sidan on the other hand
**återanpassa** *tr* rehabilitera rehabilitate
**återanpassning** *s* rehabilitation
**återanskaffningsvärde** *s* replacement value
**återanvända** *tr* re-use; tekn. recycle
**återanvändning** *s* re-use; tekn. recycling
**återberätta** *tr* retell; i ord återge relate
**återbesök** *s* hos t. ex. läkare next visit (appointment)
**återbetala** *tr* repay, pay back
**återbetalning** *s* repayment
**återblick** *s* retrospect (end. sg.) [*på* of]; i bok, film etc. flashback [*på* to]
**återbud** *s*, *ge (skicka)* ~ om inbjuden send word to say (ringa phone to say) that one cannot come
**återbäring** *s* refund; hand. rebate; försäkr. dividend
**återerövra** *tr* recapture, reconquer
**återerövring** *s* recapture, reconquest
**återfall** *s* relapse [*i* into]; *få* ~ have a relapse
**återfinna** *tr* find ... again; citatet *återfinns på sid. 27* ... is to be found on page 27
**återfå** *tr* get ... back, recover; ~ *hälsan* recover one's health, recover
**återförena** *tr* reunite
**återförening** *s* reunion
**återge** *tr* **1** tolka render; reproduce [*i tryck* in print]; framställa represent **2** ge tillbaka, ~ *ngn hälsan* restore a p.'s health
**återgivande** o. **återgivning** *s* reproduction, rendering
**återgå** *itr* **1** återvända go back; gå tillbaka be returned **2** upphävas be cancelled
**återgälda** *tr* repay, gengälda return, reciprocate
**återhållsam** *a* måttfull temperate, moderate
**återhållsamhet** *s* temperance, moderation
**återhämta I** *tr* recover **II** *refl*, ~ *sig* recover [*efter*, *från* from]
**återigen** *adv* again

**återinföra** *tr* reintroduce; varor reimport
**återinträde** *s* re-entry [*i* into]
**återkalla** *tr* **1** kalla tillbaka call ... back, t. ex. ett sändebud recall **2** annullera cancel
**återkomma** *itr* return, come back; i tanke recur
**återkommande** *a* regelbundet recurrent; *ofta* ~ frequent
**återkomst** *s* return
**återlämna** *tr* give back, return
**återresa** *s* journey back; *på* ~*n* on one's (the) way back
**återse** *tr* see (meet) ... again
**återseende** *s* meeting, meeting again, reunion; *på* ~*!* see you later!
**återspegla** *tr* reflect, mirror
**återspegling** *s* reflection
**återstod** *s* rest, remainder; lämning remains pl.
**återstå** *itr* remain, vara kvar äv. be left (left over); *det* ~*r att bevisa* it remains to be proved
**återstående** *a* remaining; *hans* ~ *dagar* the rest of his days
**återställa** *tr* restore; lämna replace, return
**återställare** *s* pick-me-up, bracer; *han tog en* ~ äv. he took a hair of the dog that bit him
**återställd** *a*, *han är alldeles* ~ he has quite recovered
**återsända** *tr* send back, return
**återta** o. **återtaga** *tr* **1** take back; återerövra recapture; återvinna recover **2** återkalla withdraw, upphäva cancel
**återtåg** *s* retreat
**återuppliva** *tr* revive
**återupplivningsförsök** *s* attempt at resuscitation; *göra* ~ *på ngn* make an attempt to bring a p. back to life
**återupprätta** *tr* re-establish; ge upprättelse åt rehabilitate
**återuppstå** *itr* rise again; friare be revived
**återuppta** o. **återupptaga** *tr* resume, take up ... again
**återupptäcka** *tr* rediscover
**återval** *s* re-election
**återverka** *itr* react, have repercussions [*på* on]
**återvinna** *tr* win back; återfå regain; avfall, mark reclaim, t. ex. aluminium från ölburkar recycle
**återvinning** *s* av avfall, mark reclamation, t. ex. aluminium från ölburkar recycling
**återväg** *s* way back
**återvälja** *tr* re-elect
**återvända** *itr* return, turn (go, come) back
**återvändo** *s*, *det finns ingen* ~ there is no turning (going) back
**återvändsgata** *s* cul-de-sac
**återvändsgränd** *s* blind alley; *råka in i en* ~ bildl. reach a deadlock
**åtfölja** *tr* gå med accompany, bildl. attend; följa efter follow
**åtgång** *s* förbrukning consumption; avsättning sale
**åtgången** *a*, *illa* ~ ... that has been roughly treated (handled)
**åtgärd** *s* measure, mått o. steg step, move; *vidta* ~*er* take measures (steps)
**åtgärda** *tr*, *det måste vi* ~ göra något åt we must do something about it
**åtkomlig** *a* som kan nås within reach [*för* of]
**åtlyda** *tr* obey
**åtlydnad** *s* obedience
**åtlöje** *s* ridicule; *göra sig till ett* ~ make a laughing-stock of oneself
**åtminstone** *adv* at least, minst ... at the least, i varje fall at any rate
**åtnjuta** *tr* enjoy, erhålla receive
**åtnjutande** *s* enjoyment; *komma i* ~ *av* benefit by
**åtrå I** *s* desire, speciellt sexuellt lust [*efter* for] **II** *tr* desire
**åtråvärd** *a* desirable
**åtsittande** *a* tight, tight-fitting
**åtskild** *a* separate; *ligga* ~*a* lie apart
**åtskilja** *tr* separate
**åtskiljas** *itr dep* part
**åtskillig** *a* **1** a great (good) deal [före substantiv of] **2** ~*a* flera several
**åtskilligt** *adv* a good deal, considerably
**åtskillnad** *s*, *göra* ~ *mellan* make a distinction between
**åtstramning** *s* av kredit squeeze, av ekonomin tightening-up end. sg.
**åtta I** *räkn* eight; ~ *dagar* vanl. a week; ~ *dagar i dag* this day week; jfr *fem* o. sammansättningar **II** *s* eight; jfr *femma*
**åttahörning** *s* octagon
**åttio** *räkn* eighty; jfr *femtio* o. sammansättningar
**åttionde** *räkn* eightieth
**åttonde** *räkn* eighth (förk. *8th*); *var* ~ *dag* every (once a) week; jfr *femte*
**åttondel** *s* eighth [part]; jfr *femtedel*
**åverkan** *s*, *göra* ~ *på ngt* cause damage to a th.

# Ä

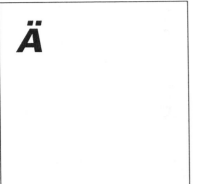

**äckel** *s* **1** nausea; bildl. disgust; ***känna ~ för*** feel sick (nauseated) at **2** äcklig person creep, disgusting creature, horror
**äckelpotta** *s* vard. pig
**äckla** *tr* nauseate, sicken; friare disgust
**äcklig** *a* nauseating, sickening, vard. yucky; friare disgusting
**ädel** *a* noble; av ädel ras thoroughbred; ***av ~ börd*** of noble birth
**ädelmetall** *s* precious metal
**ädelost** *s* blue-veined cheese, blue cheese
**ädelsten** *s* precious stone; juvel gem, jewel
**äga** *tr* ha i sin ägo, besitta possess, ha have, vara personlig ägare till, rå om own; ***~ rum*** take place
**äganderätt** *s* ownership, proprietorship [*till* of], besittningsrätt right of possession
**ägare** *s* owner, till restaurang, firma etc. proprietor
**ägg** *s* egg
**äggformig** *a* egg-shaped
**äggkopp** *s* egg-cup
**äggledare** *s* anat. Fallopian tube, zool. oviduct
**äggröra** *s* scrambled eggs pl.
**äggskal** *s* egg-shell
**äggstanning** *s* baked egg
**äggstock** *s* ovary
**äggtoddy** *s* egg-nog, egg-flip
**äggula** *s* yolk, egg yolk; ***en ~*** the yolk of an egg; ***två äggulor*** the yolks of two eggs
**äggvita** *s* **1** egg white; ***en ~*** the white of an egg; ***två äggvitor*** the whites of two eggs **2** ämnet albumin
**äggviteämne** *s* protein, enkelt albumin
**ägna I** *tr* devote [*åt* to]; ***~ sin tid åt ...*** devote one's time to ... **II** *refl*, ***~ sig åt*** devote oneself to; utöva ***~ sig åt ett yrke*** follow a profession
**ägnad** *a* suited, fitted [*för* for]; ***~ att väcka oro*** calculated to cause alarm
**ägo** *s*, ***komma i ngns ~*** come into a p.'s hands; ***vara i ngns ~*** be in a p.'s possession
**ägodelar** *s pl* property sg., possessions
**äkta** *a* **1** motsats: falsk genuine; autentisk authentic; om silver etc. real; uppriktig sincere; sann, verklig true **2** ***~ hälft*** better half; ***~ makar*** husband (man) and wife; ***~ par*** married couple, husband and wife; ***det ~ ståndet*** the married state
**äktenskap** *s* marriage; ***~et*** jur. äv. matrimony, wedlock; ***efter tio års ~*** after ten years of married life; ***ingå ~ med*** marry; ***född inom (utom) ~et*** born in (out of) wedlock
**äktenskaplig** *a* matrimonial
**äktenskapsannons** *s* matrimonial advertisement
**äktenskapsbrott** *s* adultery
**äktenskapsförord** *s* premarital settlement
**äktenskapslöfte** *s* promise of marriage
**äktenskapsskillnad** *s* divorce
**äkthet** *s* genuineness; autenticitet authenticity
**äldre** *a* older [*än* than]; framför släktskapsord elder, amer. vanl. older; i tjänst etc. senior [*än* to]; tidigare earlier; Sten Sture ***den ~ ...*** the Elder; ***av ~ datum*** of an earlier date; ***en ~*** rätt gammal ***herre*** an elderly gentleman
**äldst** *a* oldest; framför släktskapsord eldest, amer. vanl. oldest; av två äv. older resp. elder; i tjänst etc. senior; tidigast earliest
**älg** *s* elk, amer. moose
**älska** *tr itr* love; tycka om like, be fond of; ha samlag make love
**älskad** *a* beloved, predikativt vanl. loved; ***~e Kerstin!*** Kerstin darling!, i brev my dear Kerstin, ...
**älskare** *s* lover
**älskarinna** *s* mistress
**älskling** *s* darling, som tilltal äv. love, sweetheart, sweetie, speciellt amer. honey; käresta sweetheart; favorit pet
**älsklingsbarn** *s* favourite child; ***familjens ~*** the pet of the family
**älsklingsrätt** *s* favourite dish
**älskog** *s* love-making
**älskvärd** *a* amiable, charming
**älskvärdhet** *s* amiability, charm

**älta** *tr* bildl. go over ... again, dwell on
**älv** *s* river
**älva** *s* fairy, elf (pl. elves)
**ämbete** *s* office
**ämbetsman** *s* public (Government) official, official
**ämbetsrum** *s* office
**ämbetsverk** *s* civil service department
**ämna** *tr* intend (mean) to
**ämne** *s* **1** material material **2** stoff, materia matter **3** samtalsämne, skolämne etc. subject; *hålla sig till ~t* keep to the subject (point)
**ämneslärare** *s* specialist (subject) teacher
**ämnesomsättning** *s* metabolism
**än I** *adv* **1** se *ännu* **2** också, *om ~* even if, even though; ett rum *om ~ aldrig så litet* ... however small (small it may be); *hur mycket jag ~ tycker om honom* however much (much as I) I like him; *när (var) jag ~* ... whenever (wherever) I ...; *vad (vem) som ~* ... whatever (whoever) ..., no matter what (who) ... **3** *~ sen då?* well, what of it?, so what? **4** *~ ... ~ ...* sometimes ..., sometimes ...; *bli ~ varm ~ kall* go hot and cold by turns **II** *konj* efter komparativ than; *äldre ~* older than
**ända I** *s* **1** end; spetsig tip; stump bit, piece; sjö., tågända rope, bit of rope; *nedre (övre) ~n av (på)* ngt the bottom (top) of ...; *gå till ~* come to an end; *vara till ~* be at an end **2** vard., persons behind, bottom **II** *adv, han bor ~ borta* i ... he lives as far away as ...; *~ från början* from the very beginning; *~ in i minsta detalj* down to the very last detail; *~ sedan dess* ever since then; *~ till* jul until ..., fram till right up to ...; resa *~ till London* ... as far as (all the way to) London
**ändamål** *s* purpose; avsikt aim; *~et med* the purpose (object, aim) of; *~et helgar medlen* the end justifies the means; *för detta ~* for this purpose, to this end
**ändamålsenlig** *a* ... adapted (suited, fitted) to its purpose, suitable
**ände** se *ända I*
**ändelse** *s* ending, suffix
**ändhållplats** *s* terminus
**ändra I** *tr* alter; byta change; *~ en klänning* alter a dress; *~* el. *~ på* alter, mera genomgripande change **II** *refl, ~ sig* förändras alter, change; ändra beslut change one's mind, komma på bättre tankar think better of it
**ändring** *s* alteration, change; rättning correction; *en ~ till det bättre* a change for the better
**ändstation** *s* för tåg, buss etc. terminus
**ändtarm** *s* rectum
**ändå** *adv* **1** likväl yet, still, inte desto mindre nevertheless; trots allt all the same, i vilket fall som helst anyway **2** vid komparativ still, even; *~ bättre* still (even) better **3** *om du ~ vore här!* if only you were here!
**äng** *s* meadow
**ängel** *s* angel
**änglalik** *a* angelic
**ängslan** *s* anxiety; oro alarm, uneasiness
**ängslas** *itr dep* be (feel) anxious (alarmed) [*för, över* about]; oroa sig worry [*för, över* about]
**ängslig** *a* rädd, orolig anxious, uneasy [*för, över* about]
**änka** *s* widow
**änkedrottning** *s* queen dowager (regents moder mother)
**änkeman** *s* widower
**änkepension** *s* widow's pension
**änkling** *s* widower
**ännu** *adv* **1** om tid: speciellt om ngt ej inträffat yet; fortfarande still; hittills as yet, yet, so far, så sent som only, as late as; *är han här ~?* har han kommit is he here yet?, är han kvar is he still here?; *det har ~ aldrig hänt* it has never happened so far (as yet); *~ i denna dag* to this very day; *~* så sent som *i går* only yesterday; *~ så länge* hittills so far, up to now **2** ytterligare more; *~ en* one more, yet another; *~ en gång* once more **3** framför komparativ still, even; *~ bättre* still (even) better
**äntligen** *adv* till slut at last, sent omsider at length
**äppelmos** *s* mashed apples pl., apple-sauce
**äppelträd** *s* apple-tree
**äppelvin** *s* cider
**äpple** *s* apple
**äppleskrott** *s* apple-core
**ära I** *s* honour; beröm credit; berömmelse glory, renown; *ge (tillskriva) ngn ~n för* ngt give a p. the credit for ...; *det gick hans ~ för när* that wounded his pride; *ha ~n att* inf. have the honour (pleasure) of ing-form; *jag har den ~n, jag har den ~n att gratulera!* allow me to congratulate you!; *har den ~n!* på födelsedag many happy returns!, many happy returns of the day!, happy birthday!; *sätta en (sin) ~ i att* inf. make a point of ing-form; *dagen till ~* in honour of the day; en fest *till ngns ~* ... in a p.'s honour **II** *tr* honour
**ärad** *a* honoured; aktad esteemed
**äregirig** *a* ambitious

**ärekränkande** *a* defamatory; i skrift libellous
**ärekränkning** *s* defamation; i skrift libel
**ärelysten** *a* ambitious
**ärende** *s* **1** uträttning errand; ***gå ~n*** om bud go on errands; ***ha ett ~ till stan*** have business (something to do) in town; ***skicka ngn i ett ~*** send a p. on an errand **2** fråga matter; ***offentliga ~n*** public affairs
**ärevarv** *s* sport. lap of honour
**ärftlig** *a* hereditary
**ärftlighet** *s* biol. heredity, om sjukdom hereditariness
**ärftlighetslära** *s* theory of heredity, genetics
**ärg** *s* verdigris
**ärkebiskop** *s* archbishop
**ärkefiende** *s* arch-enemy
**ärkehertig** *s* archduke
**ärkeängel** *s* archangel
**ärla** *s* wagtail
**ärlig** *a* honest; hederlig honourable; rättvis fair; ***med ~a eller oärliga medel*** by fair means or foul
**ärlighet** *s* honesty; ***~ varar längst*** honesty is the best policy
**ärligt** *adv*, ***~ talat*** to be honest
**ärm** *s* sleeve
**ärmhål** *s* arm-hole
**ärmlinning** *s* wristband
**ärmlös** *a* sleeveless
**ärr** *s* scar äv. bildl.
**ärrig** *a* scarred; koppärrig pock-marked
**ärt** o. **ärta** *s* pea
**ärtbalja** o. **ärtskida** *s* pod, pea pod
**ärtsoppa** *s* pea soup
**ärva** *tr itr* inherit [*av, efter* from]; ärva pengar come into money; ***~ ngn*** be a p.'s heir
**ärvd** *a* inherited; medfödd hereditary
**äsch** *itj* oh!, pooh!
**äska** *tr* anslag etc. ask for, demand; ***~ tystnad*** call for silence
**äss** *s* ace
**äta** *tr itr* eat; ***~ upp*** eat up; ***vad skall vi ~ till*** middag? what shall we have for ...?
**ätbar** *a* eatable
**ätbarhet** *s* edibility
**ätlig** *a* edible
**ätt** *s* family; kunglig dynasty
**ättika** *s* vinegar; ***lägga in i ~*** pickle
**ättiksgurka** *s* sour pickled gherkin
**ättiksprit** *s* vinegar essence
**ättiksyra** *s* acetic acid
**ättling** *s* descendant, offspring (pl. lika)
**även** *adv* också also, ... too; likaledes ... as well as; till och med even; ***~ om*** even if, even though; ***inte blott ... utan ~*** not only ... but also ...
**ävensom** *konj* as well as
**även så** *adv* also, ... likewise
**äventyr** *s* **1** adventure **2** flirt, romans affair
**äventyra** *tr* risk, hazard, jeopardize
**äventyrare** *s* adventurer
**äventyrlig** *a* adventurous; riskabel risky
**äventyrslust** *s* love of adventure
**äventyrslysten** *a* adventure-loving

# Ö

**ö** *s* island; poet. o. i vissa önamn isle; *på en ~* in (liten ön) an island
**öbo** *s* islander
**1 öde** *s* fate; bestämmelse destiny; *~t* Fate, Destiny, lyckan Fortune; *ett grymt ~* a cruel fate
**2 öde** *a* waste; ödslig desolate, deserted
**ödelägga** *tr* lägga öde lay ... waste; förhärja ravage, devastate
**ödeläggelse** *s* devastation, ruin, destruction
**ödemark** *s* waste, desert; vildmark wilderness
**ödesdiger** *a* fatal; olycksbringande disastrous
**ödesmättad** *a* fateful, fatal
**ödla** *s* lizard
**ödmjuk** *a* humble; undergiven meek
**ödmjuka** *refl, ~ sig* humble oneself [*inför* before]
**ödmjukhet** *s* humility, humbleness
**ödsla** *tr itr, ~ med* be wasteful with; *~* el. *~ bort* waste, squander
**ödslig** *a* desolate; dyster dreary
**öga** *s* eye; *få upp ögonen för* become alive to, inse realize; *få ögonen på* catch sight of; *ha ~ för* have an eye for; *han har ögonen med sig* he keeps his eyes open; *ha ett gott ~ till ngt* have one's eye on a th.; *hålla ett ~ på* keep an eye on; *kasta ett ~ på* have a look at; *~ för ~* an eye for an eye; *med blotta ~t* with the naked eye; *mellan fyra ögon* in private, privately; *stå ~ mot ~ med* stand face to face with; *det var nära ~t!* that was a narrow escape (close shave)!
**ögla** *s* loop, eye
**ögna** *itr, ~ i ngt* have a glance (look) at a th.; *~ igenom* glance through
**ögonblick** *s* moment; *ett ~!* one moment please!; *vilket ~ som helst* at any moment; *för ~et* för tillfället for the moment, just now; *i samma ~* at that very moment; *om ett ~, på ~et* in a moment, in an instant; *på ett ~* in the twinkling of an eye
**ögonblicklig** *a* instantaneous; omedelbar immediate
**ögonblickligen** *adv* omedelbart instantly, immediately
**ögonbryn** *s* eyebrow
**ögonfrans** *s* eyelash, lash
**ögonglob** *s* eyeball
**ögonhåla** *s* eye-socket
**ögonkast** *s* glance; *kärlek vid första ~et* love at first sight
**ögonlock** *s* eyelid
**ögonläkare** *s* eye specialist, oculist
**ögonskugga** *s* eyeshadow
**ögonsten** *s, ngns ~* the apple of a p.'s eye
**ögontjänare** *s* time-server
**ögonvittne** *s* eyewitness
**ögonvrå** *s* corner of the (one's) eye
**ögrupp** *s* group of islands
**öka I** *tr* increase [*med* by], bidra till add to; utvidga enlarge; förhöja t.ex. nöjet, värdet av enhance **II** *itr* increase; *~ i vikt* put on weight
**ökas** *itr dep* increase
**öken** *s* desert; bibl. wilderness
**öknamn** *s* nickname
**ökning** *s* increase [*i* of]; addition [*till* to]; enlargement, enhancement; jfr *öka*
**ökänd** *a* notorious
**öl** *s* beer; *ljust ~* pale ale; *mörkt ~* stout
**ölburk** *s* tom beer-can; full can of beer
**ölflaska** *s* tom beer-bottle; full bottle of beer
**ölglas** *s* beer-glass; glas öl glass of beer
**ölkafé** *s* ung. beer-house
**öm** *a* **1** ömtålig tender, känslig sensitive, som vållar smärta sore, aching; *en ~ punkt* a sore point **2** kärleksfull tender, loving
**ömhet** *s* **1** tenderness, soreness **2** tillgivenhet tenderness, affection
**ömklig** *a* ynklig pitiful, pitiable; eländig wretched
**ömma** *itr* **1** göra ont be (feel) tender (sore) **2** *~ för* feel compassion for, feel for
**ömmande** *a* behjärtansvärd, *ett ~ fall* a deserving case
**ömse** *a, på ~ håll (sidor)* on both sides
**ömsesidig** *a* mutual, reciprocal

**ömsesidighet** *s* reciprocity
**ömsom** *konj adv*, ~ . . . ~ . . . sometimes . . ., sometimes . . .
**ömtålig** *a* som lätt tar skada easily damaged; om matvara perishable; skör frail; klen (om hälsa), kinkig (om t. ex. fråga) delicate
**ömtålighet** *s* liability to damage; fragility; delicacy, jfr *ömtålig*
**önska** *tr* wish; ~ sig wish for; åstunda desire; gärna vilja, vilja ha want; ~ el. ~ ***sig ngt till födelsedagen*** want (wish for) a th. for one's birthday
**önskan** *s* wish, desire; ***mot min ~*** against my wishes
**önskedröm** *s* dream; ***det är bara en ~*** it's just a pipedream
**önskelista** *s*, ***det står överst på min ~*** it is at the top of the list of presents I would like
**önskemål** *s* wish, desire
**önskeprogram** *s* i radio o. TV request programme
**önsketänkande** *s* wishful thinking
**önskvärd** *a* desirable; ***icke ~*** undesirable
**önskvärdhet** *s* desirability
**öppen** *a* open; offentlig, om t. ex. plats public; uppriktig frank, candid; ***~ tävlan*** public (open) competition; ***ligga ~ för alla vindar*** be exposed to the winds; ***vara ~ mot ngn*** be open (frank) with a p.
**öppenhet** *s* openness; uppriktighet frankness, candour
**öppenhjärtig** *a* frank, outspoken
**öppenhjärtighet** *s* open-heartedness; uppriktighet frankness
**öppethållande** *s* opening-hours pl.
**öppna I** *tr* open; låsa upp unlock; ***~ för ngn*** open the door for a p., let a p. in; varuhuset ***~s (~r) klockan 9*** . . . opens at nine o'clock **II** *refl*, ***~ sig*** open; vidga sig open out
**öppning** *s* opening; springa crack, för mynt slot
**öra** *s* **1** ear; ***dra öronen åt sig*** get cold feet, become wary; ***ha ~ för musik*** have an ear for music; ***höra dåligt (vara döv) på det högra örat*** hear badly with (be deaf in) one's right ear; ***vara förälskad (skuldsatt) upp över öronen*** be head over heels (be over head and ears) in love (in debt) **2** handtag handle; på tillbringare ear
**öre** *s* öre; ***utan ett ~ på fickan*** without a penny (a bean); ***inte värd ett rött ~*** not worth a brass farthing (amer. a cent)
**Öresund** the Sound
**örfil** *s* box on the ear (ears)
**örfila** *tr*, ~ el. ***~ upp ngn*** box a p.'s ears
**örhänge** *s* **1** smycke earring, långt eardrop, örclips earclip **2** schlager hit
**örlogsfartyg** *s* warship
**örlogsflotta** *s* navy
**örn** *s* eagle
**örngott** *s* pillow-case
**öronbedövande** *a* deafening
**öroninflammation** *s* inflammation of the ear
**öronläkare** *s* ear specialist
**öronpropp** *s* **1** mot buller earplug **2** vaxpropp plug of wax **3** radio, hörpropp earphone
**öronsjukdom** *s* disease of the ear
**öronvärk** *s* earache
**örring** *s* earring
**örsnibb** *s* ear lobe, lobe
**örsprång** *s* earache
**ört** *s* herb, plant
**ösa I** *tr* scoop; sleva ladle; hälla pour; ***~ en båt*** bale out a boat; ***~ presenter över ngn*** shower a p. with presents **II** *itr*, ***det öser ned*** it's pouring down, vard. it's raining cats and dogs
**ösregn** *s* pouring rain, downpour
**ösregna** *itr* pour; ***det ~r*** it's pouring down
**öst** *s* o. *adv* east; jfr *öster, nord, norr* med ex. o. sammansättningar
**östan** o. **östanvind** *s* east wind, easterly wind
**östasiatisk** *a* East Asiatic
**Östasien** Eastern Asia
**östblocket** *s* the Eastern bloc
**öster I** *s* väderstreck the east; ***östern*** the East, the Orient **II** *adv* east, to the east [*om* of]; jfr *norr* med ex. o. sammansättningar
**österifrån** *adv* from the east
**Österlandet** the East, the Orient
**österländsk** *a* oriental, eastern
**österlänning** *s* Oriental
**österrikare** *s* Austrian
**Österrike** Austria
**österrikisk** *a* Austrian
**Östersjön** the Baltic [Sea]
**österut** *adv*, ***resa ~*** go (travel) east; jfr äv. *norrut*
**Östeuropa** Eastern Europe
**östlig** *a* easterly; east; eastern; jfr *nordlig*
**östra** *a* the east; t. ex. delen the eastern; jfr *norra*
**östtysk** *a* o. *s* East-German
**Östtyskland** East Germany
**öva I** *tr* **1** träna train [*ngn i ngt* a p. in a th., *ngn i att* inf. a p. to inf.]; ***~ in*** lära in practise, roll, pjäs rehearse; ***~ upp*** train; exercise **2** utöva exercise **II** *refl*, ***~ sig i att*** inf.

practise ing-form: ~ *sig i engelska* practise English

**över I** *prep* **1** i rumsbetydelse o. friare over; högre än above; tvärsöver across; ned över, ned på on, upon; ~ *hela* jorden, kroppen all over...; *gå* ~ *gatan* walk across the street, cross the street; *kasta sig* ~ ngn fall on...; *leva* ~ *sina tillgångar* live beyond one's means; via via, by way of **2** i tidsbetydelse over; resa bort ~ *julen*... over Christmas; *klockan är* ~ *fem* it is past (speciellt amer. äv. after) five **3** mer än over, more than, above; ~ *hälften av* over (more than) half of; ~ *medellängd* over (above) average height **4** om, angående, *en biografi* ~ Strindberg a biography of...; *en karta* ~ *Sverige* a map of Sweden; *en essä (föreläsning)* ~ an essay (a lecture) on **II** *adv* **1** over; ovanför above; tvärsöver across **2** slut over, at an end; förbi äv. past **3** kvar left, left over; *det som blev* ~ what was left (left over), the remainder

**överallt** *adv* everywhere; ~ *där* det finns vanl. wherever...

**överanstränga I** *tr* overstrain, overexert **II** *refl*, ~ *sig* overstrain (overexert) oneself

**överansträngd** *a* overstrained, utarbetad overworked

**överansträngning** *s* overstrain, overexertion, overwork

**överarm** *s* upper arm

**överbefolkad** *a* overpopulated

**överbefolkning** *s* overpopulation

**överbefälhavare** *s* supreme commander, commander-in-chief

**överbelasta** *tr* overload äv. elektr.; bildl. overtax

**överbetala** *tr* overpay

**överbevisa** *tr* jur. convict [*ngn om ett brott* a p. of a crime]; friare convince [*ngn om* a p. of]

**överblick** *s* survey, general view [*över* of]

**överblicka** *tr* survey

**överbliven** *a* remaining, left

**överbord** *adv*, *falla* ~ fall overboard

**överbrygga** *tr* bridge

**överdel** *s* top (upper) part, av plagg äv. top

**överdos** *s* overdose

**överdosera** *tr* overdose

**överdrag** *s* **1** t.ex. skynke cover, covering, på möbel cover; lager av färg coat, coating **2** på konto overdraft

**överdragskläder** *s pl* overalls

**överdrift** *s* exaggeration, om påstående äv. overstatement; *gå till* ~ go too far, go to extremes

**överdriva** *tr itr* exaggerate; *du överdriver* går för långt you're overdoing it

**överdriven** *a* exaggerated, excessive

**överdrivet** *adv* exaggeratedly; ~ noga, artig etc. too...

**överdåd** *s* slöseri extravagance, lyx luxury

**överdäck** *s* upper deck

**överens** *a*, *adv*, *vara* ~ ense be agreed (in agreement, in accord), agree [*om* on]; *komma* ~ *om ngt* agree (come to an agreement) on (about) a th.; *komma bra* ~ *med ngn* get on well with a p.; *stämma* ~ agree, passa ihop äv. correspond [*med* with]

**överenskommelse** *s* agreement; arrangement; *enligt* ~ as agreed (arranged)

**överensstämma** *itr* agree; passa ihop äv. correspond [*med* with]

**överensstämmelse** *s* agreement; motsvarighet correspondence; *i* ~ *med* enligt in accordance with

**överexponera** *tr* overexpose

**överexponering** *s* overexposure

**överfall** *s* assault, attack

**överfalla** *tr* assault, attack

**överfart** *s* crossing, överresa äv. voyage, passage

**överflyga** *tr* overfly

**överflygning** *s* overflight

**överflöd** *s* ymnighet abundance, profusion, rikedom affluence; övermått superabundance [*på*, *av* i samtliga fall of]; *finnas i* ~ be abundant; *leva i* ~ live in luxury

**överflöda** *itr* abound [*av*, *på* in, with]

**överflödig** *a* superfluous, redundant; *känna sig* ~ feel unwanted

**överflödssamhälle** *s*, ~*t* the Affluent Society

**överfull** *a* overfull; packad crammed

**överföra** *tr* överflytta, sprida transfer, transmit; ~ *en sjukdom* transmit a disease

**överföring** *s* av pengar transfer; av varor conveyance, transport, transportation; av elkraft, radio. transmission

**överförtjust** *a* delighted, overjoyed

**överge** *tr* abandon, svika desert, lämna leave, forsake; ge upp give up

**övergiven** *a* abandoned, deserted

**överglänsa** *tr* outshine, eclipse

**övergrepp** *s* övervåld outrage; intrång encroachment

**övergå** *tr itr*, *det* ~*r mitt förstånd* it passes (is above) my comprehension

**övergående** *a* passing, tillfällig temporary, kortvarig transitory

**övergång** *s* **1** omställning change-over; från ett tillstånd till ett annat transition; förändring

change **2** för fotgängare crossing, pedestrian crossing **3** övergångsbiljett transfer ticket
**övergångsbestämmelse** *s* provisional (temporary) regulation
**övergångsbiljett** *s* transfer ticket
**övergångsstadium** *s* transition stage
**övergångsställe** *s* för fotgängare crossing, pedestrian crossing
**övergångstid** *s* transition period, period (time) of transition
**övergångsålder** *s* klimakterium change of life, climacteric
**övergöda** *tr* overfeed
**övergödd** *a* overfed
**överhand** *s*, ***få (ta) ~en*** få övertaget get the upper hand [*över* of]; sprida sig spread; ***få (ta) ~en över ngn*** om känsla get the better of a p.; elden ***tog*** ~ . . . got out of control
**överhet** *s*, ***~en*** the authorities pl.
**överhetta** *tr* overheat
**överhopa** *tr* load; ***~d med arbete*** overburdened with (vard. up to the eyes in) work
**överhuvud** *s* head, ledare chief
**överhuvudtaget** *adv* on the whole; alls at all
**överhängande** *a* hotande impending, imminent; brådskande urgent
**överilad** *a* rash, hasty
**överinseende** *s* supervision, superintendence
**överkant** *s* upper edge (side); ***i ~*** för stor, lång, hög etc. rather on the large (long, high etc.) side
**överkast** *s* säng~ bedspread, coverlet
**överklaga** *tr* appeal against
**överklagande** *s* appeal [*av* against]
**överklass** *s* upper class; ***~en*** the upper classes pl.
**överklassig** *a* upper-class . . .
**överkomlig** *a* om hinder surmountable; om pris reasonable, moderate
**överkropp** *s* upper part of the body
**överkäke** *s* upper jaw
**överkänslig** *a* hypersensitive, oversensitive; allergisk allergic [*för* to]
**överkörd** *a*, ***bli ~*** i trafiken etc. be (get) run over, bildl., i diskussion etc. be steamrollered
**överlagd** *a* uppsåtlig premeditated; ***noga ~*** övertänkt well considered
**överlakan** *s* top sheet
**överlasta** *tr* overload, overburden
**överleva** *tr itr* survive; ***~ ngn (ngt)*** äv. outlive a p. (a th.); ***~ sig själv*** om företeelse outlive its day, become out of date
**överlevande** *a* surviving; ***de ~*** the survivors
**överlista** *tr* outwit, dupe
**överljudshastighet** *s* supersonic speed
**överljudsplan** *s* supersonic aircraft
**överlupen** *a* **1** ***~ av*** besökare overrun with . . .; ***~ med arbete*** overburdened with work **2** övervuxen, ***~ av (med)*** mossa overgrown (covered) with . . .
**överlycklig** *a* overjoyed
**överlåta** *tr* **1** överföra transfer, make over [*ngt till (åt, på) ngn* a th. to a p.]; ***biljetten får ej ~s*** the ticket is not transferable **2** hänskjuta leave; ***jag överlåter åt dig att*** inf. I leave it to you to inf.
**överlåtelse** *s* transfer [*på, till* to]
**överläge** *s* advantage; ***vara i ~*** be in a superior (an advantageous) position, have the upper hand, sport. be doing well
**överlägga** *itr* confer [*med ngn om ngt* with a p. about a th.]; deliberate
**överläggning** *s* deliberation, discussion; ***~ar*** samtal talks
**överlägsen** *a* superior [*ngn* to a p.]; högdragen supercilious
**överlägsenhet** *s* superiority [*över* to]; högdragenhet superciliousness
**överläkare** *s* avdelningschef chief (senior) physician (kirurg surgeon); sjukhuschef medical superintendent
**överlämna** *tr* avlämna deliver, deliver up (over), framlämna hand . . . over, räcka pass, pass . . . over; skänka present, give; ge upp, t. ex. ett fort deliver up, surrender, give . . . up; överlåta leave; ***den saken ~r jag åt dig*** I leave that to you
**överlämnande** *s* delivery; av t. ex. gåva presentation
**överläpp** *s* upper lip
**övermakt** *s* i antal superior numbers pl.; i stridskrafter superiority in forces; ***kämpa mot ~en*** fight against heavy odds
**överman** *s* superior; ***finna sin ~*** meet one's match
**övermanna** *tr* overpower
**övermod** *s* förmätenhet presumption, arrogance
**övermogen** *a* overripe
**övermorgon** *s*, ***i ~*** the day after tomorrow
**övermått** *s* excess, överflöd superfluity
**övermäktig** *a* superior; ***smärtan blev henne ~*** the pain became too much for her
**övermänniska** *s* superman
**övermänsklig** *a* superhuman
**övernatta** *itr* stay overnight, stay (spend) the night
**övernaturlig** *a* supernatural; ***i ~ storlek*** larger than life

**överord** *s pl* överdrift exaggeration sg.
**överordnad I** *a* superior; ***kapten är ~ löjtnant*** a captain is a lieutenant's superior; ***i ~ ställning*** in a superior (responsible) position **II** *subst a* superior; ***han är min ~e*** äv. he is above me
**överplagg** *s* outer garment
**överpris** *s* excessive price; ***betala ~ för*** be overcharged for
**överraska** *tr* surprise, take ... by surprise
**överraskande I** *a* surprising **II** *adv* surprisingly; ***det kom fullständigt ~*** it came as a complete surprise
**överraskning** *s* surprise
**överreklamerad** *a* overrated
**överresa** *s* crossing, längre voyage, passage
**överrock** *s* overcoat
**överrumpla** *tr* surprise, take ... by surprise
**överrumpling** *s* surprise
**överräcka** *tr* hand over, skänka present
**överrösta** *tr*, oväsendet ***~de honom*** ... drowned his voice; ***~ ngn*** skrika högre än shout a p. down, shout louder than a p.
**övers** *s*, ***ha tid till ~*** have spare time; ***jag har ingenting till ~ för sådana människor*** I've no time for such people
**överse** *itr*, ***~ med*** ngt overlook ...
**överseende I** *a* indulgent [*mot* towards] **II** *s* indulgence [*med* with]; ***ha ~ med ngn*** be indulgent towards a p.; ***ha ~ med ngt*** overlook a th.
**översikt** *s* survey, sammanfattning outline, summary [*över*, *av* i samtliga fall of]
**översiktskarta** *s* key map, general map
**översittare** *s* bully; ***spela ~*** bully, play the bully; ***spela ~ mot ngn*** bully a p.
**översitteri** *s* bullying
**överskatta** *tr* overrate, overestimate
**överskattning** *s* overrating, overestimation
**överskjutande** *a* t.ex. belopp surplus ..., excess ...
**överskott** *s* surplus; vinst profit
**överskrida** *tr* t.ex. gräns cross; t.ex. sina befogenheter exceed, overstep, go beyond
**överskrift** *s* till artikel etc. heading, caption; till dikt etc. title; i brev form of address
**överskugga** *tr* overshadow
**överskåda** *tr* survey, take in
**överskådlig** *a* klar och redig clear, lucid, lättfattlig ... easy to grasp
**överskådlighet** *s* clearness, lucidity
**överslag** *s* förhandsberäkning rough estimate (calculation) [*över* of]
**översnöad** *a* ... covered with snow, snowy
**överspänd** *a* overstrung, highly-strung
**överst** *adv* uppermost, on top; ***~ på sidan*** at the top of the page
**översta** *a*, ***den ~*** lådan etc. the top (av två the upper) ...; ***den allra ~*** grenen, hyllan the topmost (uppermost) ...
**överste** *s* colonel
**överstelöjtnant** *s* lieutenant-colonel; inom flygvapnet ung. wing commander
**överstepräst** *s* high priest
**överstiga** *tr* exceed, go (be) beyond (above)
**överstycke** *s* top, top (upper) piece
**överstånden** *a*, ***det värsta är överståndet*** the worst is over; ***få det överståndet*** get it over (over with)
**översvallande** *a* om person effusive, gushing; ***~ entusiasm*** unbounded enthusiasm; ***~ glädje*** transports of joy, rapturous delight; ***~ vänlighet*** overflowing kindness
**översvämma** *tr* flood äv. bildl.
**översvämning** *s* flood
**översyn** *s* overhaul; ***ge*** bilen ***en ~*** äv. overhaul ...
**översållad** *a* strewn, covered [*med* with]
**översätta** *tr* translate [*till* into]
**översättare** *s* translator
**översättning** *s* translation [*till* into]
**överta** *tr* take over, t.ex. ansvaret, befälet äv. take; t.ex. praktik, affär succeed to
**övertag** *s* överläge advantage [*över* over]
**övertala** *tr* persuade; ***låta ~ sig att*** inf. be persuaded (talked) into ing-form
**övertalig** *a* ... too many in number, överflödig redundant
**övertalning** *s* persuasion
**övertalningsförmåga** *s* persuasive powers pl.
**övertid** *s* overtime; ***arbeta på ~*** work overtime
**övertidsarbete** *s* overtime work
**övertidsersättning** *s* overtime pay (compensation)
**övertramp** *s* sport. o. bildl., ***göra ~*** overstep the mark
**överträda** *tr* infringe, trespass against
**överträdelse** *s* infringement, trespass; ***~ beivras*** offenders (vid förbjudet område trespassers) will be prosecuted
**överträffa** *tr* surpass, exceed; överglänsa outdo; ***~ sig själv*** surpass (excel) oneself
**övertyga** *tr* convince [*om* of]; ***ni kan vara ~d om att*** ... you may rest assured that ...; ***~ sig om*** make sure of
**övertygande** *a* convincing

**övertygelse** *s* conviction; ***handla efter sin ~*** act up to one's convictions
**övervaka** *tr* supervise, superintend; hålla ett öga på keep an eye on, watch over
**övervakare 1** jur. probation officer **2** som håller uppsikt över supervisor
**övervakning** *s* **1** jur. probation; ***stå under ~*** be on probation **2** uppsikt supervision, superintendence
**övervara** *tr* attend, be present at
**övervikt** *s* overweight; bagage~ excess luggage (baggage); ***med tio rösters ~*** with (by) a majority of ten
**övervinna** *tr* overcome, besegra conquer
**övervintra** *itr* pass the winter, ligga i ide hibernate
**övervintring** *s* wintering, i ide hibernation
**övervuxen** *a* overgrown, overrun
**övervåning** *s* upper floor (storey)
**1 överväga** *tr* ta i betraktande consider
**2 överväga** *tr itr* uppväga outweigh; ja-röster ***överväger*** . . . are in the majority
**1 övervägande** *s* consideration, deliberation; ***ta ngt i ~*** take a th. into consideration
**2 övervägande** *a* förhärskande predominant; ***den ~ delen av*** the great majority of
**överväldiga** *tr* overwhelm, overpower
**överväldigande** *a* overwhelming
**övervärdera** *tr* overestimate, overrate
**överväxel** *s* bil. overdrive
**överårig** *a* över pensionsålder superannuated; friare, för gammal . . . too old, över viss maximiålder . . . over age
**överösa** *tr*, **~ *ngn med*** t.ex. gåvor, ovett shower . . . on a p.
**övning** *s* **1** end. sg.: praktik, vana practice; träning training; ***~ i att*** dansa practice in ing-form **2** med pl. exercise; t.ex. brandövning, strukturövning drill; ***gymnastiska ~ar*** gymnastic exercises
**övningsbil** *s* driving-school car, motsv. i Engl. äv. learner's (learner) car
**övningsexempel** *s* uppgift exercise; mat. etc. problem
**övningsförare** *s* learner-driver
**övningskörning** *s* med bil driving practice
**övningslärare** *s* teacher in a practical subject
**övningsuppgift** *s* skol. exercise
**övningsämne** *s* skol. practical subject
**övre** *a* upper; översta äv. top; **~ *däck*** upper deck
**övrig** *a* återstående remaining, annan other; ***det (de) ~a*** the rest; ***det ~a Europa*** the rest of Europe; ***det lämnar mycket (intet) ~t att önska*** it leaves a great deal (nothing) to be desired; ***för ~t*** a) dessutom besides, moreover b) i förbigående sagt incidentally, by the way c) annars otherwise d) vidare further
**övärld** *s* skärgård archipelago (pl. -s), poet. island world

## Dictionaries from Hippocrene Books

**Albanian-English Dictionary**
*0744 ISBN 0-87052-077-6 $14.95 paper*

**English-Albanian Dictionary**
*0518 ISBN 0-7818-0021-8 $16.95 cloth*

**English-Arabic Conversational Dictionary**
*0093 ISBN 0-87052-494-1 $9.95 paper*

**Modern Military Dictionary: English-Arabic/Arabic-English**
*0947 ISBN 0-87052-987-0 $30.00 cloth*

**Arabic For Beginners**
*0018 ISBN 0-87052-830-0 $7.95 paper*

**Elementary Modern Armenian Grammar**
*0172 ISBN 0-87052-811-4 $8.95 paper*

**Kangaroo Comments and Wallaby Words**
*0160 ISBN 0-87052-580-8 $7.95 paper*

**Bulgarian-English Dictionary**
**English-Bulgarian Dictionary**
*0331 ISBN 0-87052-154-4 $8.95 paper*

**Byelorussian-English/English Byelorussian Dictionary**
*1050 ISBN 0-87052-114-4 $9.95 paper*

**Cambodian-English Dictionary**
*0144 ISBN 0-87052-818-1 $14.95 paper*

**Czech-English English-Czech Concise Dictionary**
*0276 ISBN 0-87052-981-1 $7.95 paper*

**Czech Phrasebook**
*0599 ISBN 0-87052-967-6 $8.95 paper*

**Danish-English English-Danish Practical Dictioanry**
*0198 ISBN 0-87052-823-8 $9.95 paper*

**Dutch-English Concise Dictionary**
*0606 ISBN 0-87052-910-2 $7.95 paper*

**American English For Poles**
*0441 ISBN 83-214-0152-X $20.00 paper*

**American Phrasebook For Poles**
*0595 ISBN 0-87052-907-2 $7.95 paper*

**English for Poles Self-Taught**
*2648 ISBN 0-88254-904-9 $19.95 cloth*

**English Conversations for Poles**
*0762 ISBN 0-87052-873-4 $9.95 paper*

**American Phrasebook For Russians**
*0135 ISBN 0-7818-0054-4 $7.95 paper*

**Estonian-English/English-Estonian Concise Dictionary**
*1010 ISBN 0-87052-081-4 $11.95 paper*

**English-Persian Dictionary**
*0365 ISBN 0-7818-0056-0 $16.95 paper*

**Persian-English Dictionary**
*0350 0-7818-0055-2 $16.95 paper*

**Finnish-English/English-Finnish Concise Dictionary**
*0142 ISBN 0-87052-813-0 $9.95 paper*

**French-English/English-French Practical Dictionary**
*0199 ISBN 0-88254-815-8 $6.95 paper*
*2065 ISBN 0-88254-928-6 $12.95 cloth*

**Georgian-English English-Georgian Dictionary**
*1059 ISBN 0-87052-121-7 $8.95 paper*

**German-English/English-German Practical Dictionary**
*0200 ISBN 0-88254-813-1 $6.95 paper*
*2063 ISBN 0-88254-902-2 $12.95 cloth*

**English-Hebrew/Hebrew English Conversational Dictionary**
*0257 ISBN 0-87052-625-1 $7.95 paper*

**Hindi-English Standard Dictionary**
*0186 ISBN 0-87052-824-6 $11.95 paper*

**English-Hindi Standard Dictionary**
*0923 ISBN 0-87052-978-1 $11.95 paper*

**Teach Yourself Hindi**
*0170 ISBN 0-87052-831-9 $7.95 paper*

**Hungarian Basic Coursebook**
*0131 ISBN 0-87052-817-3 $14.95 paper*

**Indonesian-English/English-Indonesian Practical Dictionary**
*0127 ISBN 0-87052-810-6 $8.95 paper*

**Irish-English/English-Irish Dictionary and Phrasebook**
*1037 ISBN 0-87052-110-1 $7.95 paper*

**Italian-English/English-Italian Practical Dictionary**
*0201 ISBN 0-88254-816-6 $6.95 paper*
*2066 ISBN 0-88254-929-4 $12.95 cloth*

**English-Korean Korean-English Dictionary**
*1016 ISBN 0-87052-092-X $9.95 paper*

**Mexico Language and Travel Guide**
*0503 ISBN 0-87052-622-7 $14.95 paper*

**Nepali-English/English Nepali Concise Dictionary**
*1104 ISBN 0-87052-106-3 $8.95 paper*

**Norwegian-English English-Norwegian Concise Dictionary**
*0202 ISBN 0-88254-584-1 $7.95 paper*

**Pilipino-English/English-Pilipino Concise Dictionary**
*2040 ISBN 0-87052-491-7 $6.95 paper*

**Polish-English English Polish Practical Dictionary**
*1014 ISBN 0-87052-083-0 $9.95 paper*

**Polish-English English-Polish Concise Dictionary**
*0268 ISBN 0-87052-589-1 $6.95 paper*

**Polish-English English-Polish Standard Dictionary**
*0207 ISBN 0-87052-882-3 $14.95 paper*
*0665 ISBN 0-87052-908-0 $22.50 cloth*

**Polish Phrasebook and Dictionary**
*0192 ISBN 0-87052-053-9 $6.95 paper*

**Portugese-English/English-Portugese Dictionary**
*0477 ISBN 0-87052-980-3 $14.95 paper*

**Romanian-English/English-Romanian Dicitonary**
*0488 ISBN 0-87052-986-2 $19.95 paper*

**Romanian Conversation Guide**
*0153 ISBN 0-87052-803-3 $8.95 paper*

**English-Russian Dictionary**
*1025 ISBN 0-87052-100-4 $11.95 paper*

**A Dictionary of 1,000 Russian Verbs**
*1042 ISBN 0-87052-100-4 $11.95 paper*

**Russian-English English-Russian Dictionary**
*2344 ISBN 0-87052-751-7 $9.95 paper*
*2346 ISBN 0-87052-758-4 $14.95 cloth*

**Russian-English Dictionary, with Phonetics**
*0578 ISBN 0-87052-758-4 $11.95 paper*

**Russian Phrasebook and Dictionary**
*0597 ISBN 0-87052-965-X $9.95 paper*

**Slovak-English/English-Slovak Dictionary**
*1052 ISBN 0-87052-115-2 $8.95 paper*

**Spanish Verbs**
*0292 ISBN 07818-0024-2 $8.95*

**Spanish Grammar**
*0273 ISBN 0-87052-893-9 $8.95*

**Spanish-English/English-Spanish Practical Dictionary**
*0211 ISBN 0-88254-814-X $6.95 paper*
*2064 ISBN 0-88254-905-7 $12.95 cloth*

**Swahili Phrasebook for Travelers in Southern Africa**
*0073 ISBN 0-87052-893-9 $6.95 paper*

**Swedish-English/English-Swedish Dictioanry**
*0755 ISBN 0-87052-870-X $16.95 paper*
*0761 ISBN 0-87052-871-8 $19.95 cloth*

# HIPPOCRENE HANDY DICTIONARIES

***For the traveler of independent spirit and curious mind, this practical series will help you to communicate, not just to get by.***

All titles:
120 pages 5" x 7 3/4"
$6.95 paper

**ARABIC**
*0463 ISBN 0-87052-960-9*

**CHINESE**
*0725 ISBN 0-87052-050-4*

**DUTCH**
*0723 ISBN 0-87052-049-0*

**GREEK**
*0464 ISBN 0-87052-961-7*

**JAPANESE**
*0466 ISBN 0-87052-962-5*

**PORTUGUESE**
*0735 ISBN 0-87052-053-9*

**SERBO-CROATIAN**
*0728 ISBN 0-87052-051-2*

**SWEDISH**
*0737 ISBN 0-87052-054-7*

**THAI**
*0468 ISBN 0-87052-963-3*

**TURKISH**
*0930 ISBN 0-87052-982-X*

Ask for these and other Hippocrene titles at your local booksellers!